かたかな

直音（ちょくおん）

ア	イ	ウ	エ	オ					
カ	キ	ク	ケ	コ	ガ	ギ	グ	ゲ	ゴ
サ	シ	ス	セ	ソ	ザ	ジ	ズ	ゼ	ゾ
タ	チ	ツ	テ	ト	ダ	ヂ	ヅ	デ	ド
ナ	ニ	ヌ	ネ	ノ					
ハ	ヒ	フ	ヘ	ホ	バ	ビ	ブ	ベ	ボ
					パ	ピ	プ	ペ	ポ
マ	ミ	ム	メ	モ					
ヤ		ユ		ヨ					
ラ	リ	ル	レ	ロ					
ワ				ヲ					

拗音（ようおん）

キャ	キュ	キョ	ギャ	ギュ	ギョ
シャ	シュ	ショ	ジャ	ジュ	ジョ
チャ	チュ	チョ	ヂャ	ヂュ	ヂョ
ニャ	ニュ	ニョ			
ヒャ	ヒュ	ヒョ	ビャ	ビュ	ビョ
			ピャ	ピュ	ピョ
ミャ	ミュ	ミョ			
リャ	リュ	リョ			

撥音（はつおん）　ン

促音（そくおん）　ッ

長音符（ちょうおんぷ）　ー　＊縦書（たてが）きのときは「｜」となる。

INFORMATIVE JAPANESE DICTIONARY

•最新版•

易懂

日漢辭典

阪田雪子（監修）　遠藤織枝（編集主幹）

于乃明・李仲儀（翻　譯）

大新書局　印行

まえがき

日本語学習者は年ごとに増え、母語も学習目的も多様化してきています。それに応じて、日本語学習書はかなりの種類が出版されていますが、学習者の使える日本語辞典に関しては必ずしもその要望にこたえられてはいません。

日本語を学ぶための日本語辞典は、語の表記法を示して意味を平明に解説するだけではじゅうぶんではなく、その語がどんな語と結びつき、さらに、どんな文脈で用いられるかを示すことがたいせつで、それはまた、文章を正しく書くときにも役立つものでなければなりません。

このような趣旨で公的な機関から出版された辞典としては、『基本語用例辞典』（文化庁 1971 年初版、1990 年第 3 版）と『基礎日本語学習辞典』（国際交流基金 1986 年英語版、現在は 9 カ国語に翻訳）がありますが、前者は 4500 語、後者は 2873 語というように基本的な語が中心です。本辞典は、それよりさらに上の程度の学習者にも使えるように、見出し語として約 11000 語を選びました。日本語能力試験 1 級では 10000 語程度の語彙習得を認定基準としていますから、数量的にはほぼ一致していることになります。

本辞典は、用例を示すことを中心にアクセントをはじめ可能な限りの情報をしるすことに努め、その大意がつかめるよう中国語訳と英語訳とをつけました。また、日常の生活でよく使われる擬音語、擬態語、慣用句、ことわざなどもできるだけ多く載せ、日本語学習上、特に必要と思われる情報については囲み記事としてまとめてあります。

以上のように、日本語教育の現場での経験を生かし、日々の学習の参考となるものを積極的に取りあげました。日本語学習に役立つものであることを期待します。

1995 年 1 月

阪　田　雪　子

Foreword

An increasing number of people take up the study of Japanese every year, bringing with them an increasing diversity of native languages and goals in studying Japanese. A fairly comprehensive range of textbooks has been published in response, but dictionaries available to students do not always meet their needs.

In a Japanese dictionary designed for non-native speakers, we feel it is not enough just to show how a word is written and explain its meaning. It is also important to indicate how the word is used and in what context. This information should be useful in writing sentences.

Two dictionaries with such goals have been published by official organizations: *Kihongo Yorei Jiten* and *Kiso Nihongo Gakushu Jiten*. Both of these, however, concentrate on basic vocabulary: 4,500 words in the former and 2,873 in the latter. In order to meet the needs of students at more advanced levels, the present dictionary contains approximately 11,000 entries. Since Level 1 of the Japanese Language Proficiency Test requires a vocabulary of about 10,000 words, this dictionary is at a roughly equivalent level in terms of numbers.

In addition to giving guidelines such as accents, we have endeavored to make the entries as informative as possible, mainly by means of sample sentences. Chinese and English translations have been added to convey the general meaning. We have also included as many examples as possible of onomatopoeia, mimesis, idioms, proverbs, and other expressions that are frequently used in daily life. Further information that we judged especially necessary to a student of Japanese has been included in topic boxes.

Our basic approach has been to draw on classroom experience in Japanese language education, focusing on those aspects we view to be most helpful in the learning of Japanese. It is our sincere hope that this dictionary will earn the approval of discerning and demanding users.

January 1995

Sakata Yukiko

前言

隨著學習日語的人數逐年增加，其母語及學習目的也趨於多樣化，出現了各種形式的日語學習書籍。但是，學習者所使用的日語辭典卻未必能完全滿足學習者的需要。

為了學習日語者使用的日語辭典，如果僅僅標示出詞語的表記法，粗淺地說明詞義是不夠的。重要的是要說明該詞語可以和哪些詞語搭配，可以用於什麼文章句子中，並且必須要對正確寫作有所幫助。

以此為宗旨，由官方機構所出版的辭典有『基本語用例辭典』和『基礎日本語學習辭典』。前者有 4500 詞條，後者有 2873 詞條，皆以基本詞語為主。本辭典為便於水準較高的學習者也能使用，列出約 11000 詞條。日本語能力測驗 1 級以學會 10000 個左右的詞語為認定標準，所以在數量上基本是與此一致的。

本辭典的特點，主要是以例句說明詞義，在發音聲調和提供可能的知識上也下了很大的功夫。而且，為了簡單扼要地表示詞義，在詞語解釋及用例中，附加了中文和英文的翻譯。另外，也盡可能大量編入了日常生活中常用的擬聲詞、擬態詞、慣用句和成語等。日語學習時的必要知識，則採取了專欄注釋。

我們根據日語教育的實際經驗，為編寫這本能為日語學習提供充分參考的辭典盡了最大的努力，期待這本辭典能有助於日語的學習。

1995 年 1 月

阪田雪子

この辞書を使う人のために

中 為了本辭典的讀者。E Guide for users of this dictionary.

ことばの選び方

この辞書は、日本語を学ぶ人にとって必要と思われる約１万1000のことばを中心にできています。これらのことばは、日本語を話したり書いたりするときの基本となるもの、日本の日常生活の中でよく使われるもの、日本語を学習するとき必要なもの、といった観点から選びだしたものです。そのため、ことばの形がいくつかあるものはくだけた形のものも載せてありますし、また、日本語を学ぶ人にとってわかりにくいと思われる擬音語や擬態語を多く載せています。これらのことばのうち特に重要なものは、見出し語を大きくしてあります。

文字の使い方

見出し語は、和語、漢語、それに外来語です。外来語は日本語に入ってから長い時間がたっているものはひらがなで、ふつうの外来語はかたかなで示しました。活用することばは原則として基本形で示し、動詞、形容詞の語幹と活用語尾の境に中黒（・）を入れました。ただし、形容動詞は語幹のみを示しました。また、２つ以上のことばからできた「かもしれない」などの連語には中黒を入れていません。

お・す【押す】

ちからづよ・い【力強い】

しずか【静か】

そのことばが接頭語または接尾語としてしか使われないものには、ハイフン(-)を入れました。

さい-【最-】

-ごし【-越し】

見出し語で、常用漢字表とその付表にあるものは【　】の中に漢字表記を示しました。

いっしょうけんめい【一生懸命】

いなか【田舎】

常用漢字表になくても、１語の漢語の中で使われているものには⌒のしるしを、常用漢字であっても、その読み方が常用漢字表にないものには⌒のしるしをつけました。

こっけい【滑稽】

常用漢字表にあっても、副詞などで、あまりふだん漢字で書き表さないものは漢字表記を示しませんでした。ただし、そのうちのいくつかは注に示してあります。

たいてい

三注 漢字で書くときは「大抵」。

ことばの説明や用例で使う漢字の全部と訓読みの数字には読みがなをつけました。これらの文の中では漢字表記欄に漢字が出ていても実際にはあまり使わないものはひらがなで書いています。１つの項目の中で２つ以上の漢字表記のあるものについては注でことばの意味と漢字の書き方を結びつけて示してあります。

あら・い【荒い・粗い】

≡注 漢字で書くときは、❶は「荒い」、❷❸❹は「粗い」。

漢字の使い分けができないものは【　】の中に並べて示すだけとし、用例には、より多く目にふれるものを使いました。

たんけん【探検・探険】…☆南極を探検する // 探検家

慣用句では、常用漢字表外の字を[　]の中に示すことがあります。

さば

さば[鯖]を読む

外来語は(　)の中に原語を示しました。英語以外のばあい、イタリア語は㋑、オランダ語は㋔、中国語は㊥、ドイツ語は㋣、フランス語は㋫、ポルトガル語は㋭、ラテン語は㋶、ロシア語は㋺のように示してあります。

ウエット (wet)

かるた (㋭carta)

日本で、原語と違った形で使われている外来語は、もとの形とその原語を〔　〕の中に示しました。

ワープロ…〔←ワードプロセッサー (word processor)〕

見出し語の並べ方

見出し語は五十音順に並べ、同じかなのところはつぎの順序で並べ方を決めました。

①「清音」→「濁音」→「半濁音」の順。

かいかつ【快活】　　**ビザ**

がいかつ【概括】　　**ピザ**

②「大きい字」→「小さい字（拗音、促音など）」の順。

きよう【器用】　　**いつか**

きょう【経】　　**いっか**【一家】

③「ひらがな」→「ひらがなとかたかなのまじったもの」→「かたかな」の順。

でも　　**ダブ・る**

デモ　　**ダブル**

(1)外来語の長音は「ー」で示し、「コース」の「ー」は「コオス」のように、その前のかたかなの母音と同じに扱いました。

(2)かたかな表記が同じ外来語は、つづりのアルファベット順としました。

トラック (track)

トラック (truck)

④ハイフンは、「ないもの」→「後にあるもの」→「頭にあるもの」の順。

よく

よく-【翌-】

-よく【-浴】

⑤中黒は、「ないもの」→「あるもの（語末近くにあるものから）」の順。

いる【射る】

い・る【要る】

⑥「漢字だけのもの」→「漢字とひらがなのまじったもの」→「漢字のないもの」の順。

さる【猿】

さる【去る】

あお・ぐ【仰ぐ】

あお・ぐ

文法事項の扱い

この辞書の見出し語では、動詞以外は品詞名をしるしていません。ただし、本文の中や巻末の付録では「名詞」「形容詞」などと品詞の名前を使っています。その際、「きれいだ」「丈夫だ」などのことばは「形容動詞」と呼んでいます。

動詞は、変化の形を〔　〕の中に示し、また、五段動詞と「来る」「する」の「て」に続く形がどうなるかを(　)の中に示しました。

あ・う【合う】アウ〔自動五〕(あって)

ぬ・ぐ【脱ぐ】ヌグ〔他動五〕(ぬいて)

変化の形としては「五」「一」「くる」「する」の４種類に分けています。「五」は「行く」「話す」「持つ」などの五段動詞、「一」は「見る」「食べる」などの一段動詞、「くる」は「来る」、「する」は「する」「勉強する」などの「する」動詞です。

「自動」「他動」は、自動詞と他動詞の区別を示し、「言う」「募る」など、自動詞でも他動詞でもあるばあいは「自他動」として、区別できるものは注にその使い分けを示しました。なお、この辞書では、「(恋を) ささやく」「(時を) 過ごす」のように、目的、対象となることばをとるものを他動詞と考えています。

また、漢語などが「～する」の形でも使うものについては、それも〔　〕の中に示しています。全体にかかるばあいは見出しの後に、そうでないばあいはそれぞれの番号の後に入れてあります。

けいさん【計算】…〔～する〕❶

しょうぶ【勝負】…❷〔～する〕

副詞に「～する」がつくときには、その前に「と」がついて「～とする」の形になるものもありますが、このばあいは「(と)」を用例中に示しませんでした。

くよくよ…〔～する〕…☆妹はきのうの試験のことでくよくよしている//くよくよ(と)考える

また、同じことばが名詞と副詞に使われるばあいに、「副詞的に」と説明したり、実際に使われる形を示したりすることがあります。

かたわら【傍ら】…❷(副詞的に)

いっさい【一切】…❷(「いっさい～ない」の形で)

ことばが、どのように使われるか、また、どのようなことばと一緒に使われるか、の用法と接続の形についてもくわしく述べています。ただし、示したもののほかに助動詞、副詞などが接続するばあいもありますが、それらは省略してあります。

じょう【上】…❸(他のことばの頭について)(1) いい。☆上機嫌//上天気…❹(他のことばの後について)(1) ～の関係で。～において。～からして。☆法律上許されない

しかも…(文と文をつないで)❶前にいったことに、さらにほかのことをつけ加えるときに使うことば。…☆洋子はコンピューターの専門家だ。しかも、ドイツ語の通訳もしている

みたいだ (名詞、動詞と形容詞の基本形、形容動詞の語幹について)❶はっきりしないが、たぶんそうらしいということを表す。☆かぜをひいたみたいだから、薬を飲んでおく

かえ・る【返る】…❸(動詞の「ます」形について)すっかり～する。☆あきれかえる//静まりかえる

まか・せる【任せる】…❷(「～にまかせ[し]て」の形で)そのものが持つ力をじゅうぶんに活用する。…☆金にまかせて美術品を買い集める

アクセント

アクセントは、発音を示すかたかなの上に引いた横線で示しました。横線のあるところは高く発音し、ないところは低く発音します。横線の終わりが￢となっているときはそのつぎの音が下がり、終わりが－となっているときは後に続く助詞なども同じ高さになることを示しています。

助詞、助動詞、接頭語、接尾語、連語、慣用句には、接続詞などと同じ項目となっているときを除いて、アクセントは示していません。また、ことばの意味によっては、示したアクセントを使い分けるばあいがあります。

ことばの説明と訳と用例

ことばにはいろいろな意味がありますが、この辞書では、それらの意味の中でも中心となるもの、また、日本語の使い方を勉強しようとする人に必要と思われるものに限って説明しています。そのうえで、説明がいくつかに分かれるときは❶❷❸…、その中でさらに分かれるときは(1)(2)(3)…と箇条書きにして、できるだけ具体的にわかりやすく書きました。

どのことばにも、その意味と使い方がよく理解できるように用例がつけてあります。用例は基本的には文の例であげ、そのほかに句や語の例も示せるものは示しました。これらの文や句や語からも生きた日本語と日本の事情が学べるように、できるだけ現在の日本の社会や日本人の生活がわかるものにしてあります。

ことばの意味を正確に知る手助けとなるように中国語と英語の訳をつけました。訳はそのことば全体の意味としてではなく、そこに取りあげた日本語の意味の部分と用例にほぼ一致するものです。「ざあざあ」のような擬音語は、これだけの訳をつけても理解しにくいので、用例に訳をつけてあります。

　　ざあざあ…❶…☆雨がざあざあ(と)降っている / It's raining heavily. / 雨嘩嘩地下。

「再-」「-み」など接頭語や接尾語についても、用例に訳をつけることがあります。

　　さい-【再-】…☆再開発 / redevelopment. / 重新開發。

慣用句、ことわざ

慣用句、ことわざとして使われるものは、項目の最後に取りだして並べました。たくさんあるばあいは「『目』のつく慣用表現」などと見出しをつけてあります。その慣用句、ことわざでことばの形がすこしだけ違っているものは「目(の玉)の黒いうち」のように示しました。これは「目の黒いうち」と「目の玉の黒いうち」と2つの形があるということです。また、「腕をこまね[ぬ]く」とあるのは、「腕をこまねく」「腕をこまぬく」の2つの形があるということです。慣用句とことわざにもその意味の説明と訳と用例を示していますが、用例はつけていないものもあります。

囲み記事

この辞書を使う人に、日本での生活で役に立つ情報として、駅と車内、入管、病院、郵便局などで必要なことばをまとめて囲み記事にしてあります。また、「は」と「が」など似ていることばの違いを説明するためのものもあります。

いろいろな記号

この辞書ではつぎのような記号を使っています。

中　中国語の訳です。

E　英語の訳です。

[対] 対になることばです。ことばの説明が分かれているときは、そこにあてはまるものだけをそれぞれの用例の後に入れました。

いりぐち【入り口】…[対]出口

いやし・い【卑しい】…❶…[対]尊い　❷…[対]貴い

[数] 数え方です。音読みの数字にも読みがなをつけました。

ギター…[数]１丁

[話] 「しまった」「やばい」など、おもに話しことばとして使われるものにつけました。

[書] 「しかしながら」「ゆえに」など、おもに論文、レポートなどを書くときに使い日常の会話などには使わないものにつけました。

[関連] 関連のあることばです。

じょう【上】…[関連]❶❷中、下

[名] 動詞の項目で、それに対応する名詞があるばあいに、その形を示しました。

さま・る【狭まる】…[名]狭まり

[自動] 名詞や他動詞の項目で、それに対応する自動詞があるばあいに、その形を示しました。

ながれ【流れ】…[自動]流れる

つ・む【積む】…[自動]積もる

[他動] 名詞や自動詞の項目で、それに対応する他動詞があるばあいに、その形を示しました。

かざり【飾り】…[他動]飾る

の・る【載る】…[他動]載せる

[自他動] 名詞の項目で、それに対応する自他動詞があるばあいに、その形を示しました。

まけ【負け】…[自他動]負ける

[似た表現] 慣用句で、ほかに似た表現があるとき、参考までに示してあります。

ねこ【猫】

猫に小判…[似た表現]豚に真珠

[注] 漢字の読み方、使い方の注意です。また、形式的、補助的役割を果たすことばなど、ひらがなで書くものもここに注記してあります。

かんじん【肝心・肝腎】

二[注] 以前は「肝腎」を使ったが、最近は「肝心」のほうを多く使う。

[参] ことばのなりたちや、似たことばとの違いや、使うときの注意などの情報です。

イメージダウン

二[参] 英語の「イメージ(image)」と「ダウン(down)」から日本でできたことば。

⇨○○　その項目ではことばの説明をしていないので、「○○」の項目を見てほしいということです。

ピンポン…⇨卓球

す・む【済む】…❹（「すまない」の形で）⇨すまない

くら・む…（「目がくらむ」の形で）⇨目 慣用

→○○　「○○」の項目を見てほしいということです。

いろいろ…→さまざま

＊「さまざま」の項目の 参 に「いろいろ」との関係が示してあります。

しんごう【信号】…→交差点 図

びょういん【病院】…→ 囲み

ば…→たら 囲み

それ…→ 付録 指示語のまとめ

うす【薄】…☆手薄（→ 項目）

れんごう【連合】…☆国際連合（→国連 項目）

は・る【張る】…⓯…☆見えを張る（→見え 慣用）

▷　ことばの説明がいくつかに分かれているときに、以下の記述がその項目全体にかかることを示しています。

この辞書全体を通しての表記

かなづかいは、内閣告示「現代仮名遣い」（1986年7月）の原則と特例により、許容は採用しませんでした。

送りがなは、内閣告示「送り仮名の付け方」（1973年6月、1981年10月一部改正）の本則と例外により、許容は採用しませんでした。

外来語の表記は、内閣告示「外来語の表記」（1991年6月）の原則、慣用、一般的表記を参考にして決めました。

字体は、内閣告示「常用漢字表」（1981年10月）と法務省令「人名用漢字別表」（1990年3月）に示されたものを使用しました。

囲み記事　目次

飲食店で使うことば …… 97
駅と車内で使うことば …… 130
銀行で使うことば …… 377
空港で使うことば …… 384
ごみを出すときに使うことば …… 510
タクシーで使うことば …… 792
電話をかけるときに使うことば …… 935
図書館で使うことば …… 970
入管で使うことば …… 1050
美容院や理髪店で使うことば …… 1198
病院で使うことば …… 1199
不動産屋で使うことば …… 1240
ホテルや旅館で使うことば …… 1304
市役所や区役所で使うことば …… 1451
郵便局で使うことば …… 1470

「ている」と「てある」 …… 91
「おい」「やあ」「よう」
　「もしもし」「さあ」「どれ」 …… 143
「くらい」と「ほど」 …… 407
「そこで」と「それで」 …… 752
「そして」と「それから」 …… 754
「ば」「たら」「と」「なら」 …… 822
「ようだ」「らしい」「だろう」 …… 826
「に」と「で」 …… 901
「ね」「よ」「な」 …… 999
「になる」と「となる」 …… 1029
「は」と「が」 …… 1095

監修／阪田雪子

1925年、東京都生まれ。東京女子大学文理学部日本文学科卒業。東京外国語大学で、22年間、日本語教育および日本語学を担当。聖心女子大学教授をへて、杏林大学外国語学部教授。著書『ハビヤン抄・キリシタン版平家物語』（吉川弘文館）など。第20期国語審議会委員。国立国語研究所評議員。日本語教育学会理事。

編集主幹／遠藤織枝

1938年、岐阜県生まれ。お茶の水女子大学大学院人文科学研究科修士課程修了。文教大学文学部教授。日本語学専攻。著書『気になる言葉』（南雲堂）、編著『使い方の分かる類語例解辞典』（小学館）など。1988年、エイボン女性年度賞（教育賞）受賞。

編集・執筆／にほんごの会

1984年、日本語教育に関心を持つ女性たちの勉強会として発足。1988年、企業組合結成。1985年に第1回日本語教育入門講座を開講以来、各種研修会や講座を開催、自己研鑽と教師養成に努める。会員はおもに日本語教師として各方面で活躍中。

編集委員＝倉石澄子　坂手輝子　長澤英子　三井昭子

芦原悦子　江川昌子　大谷まこと　大村　敏　神野栄子
小林みどり　杉田志津子　鈴木郁子　高藤淑子　竹増美智子
富士保子　藤平昌子　溝口千代子　矢部節子　山田和子
横山杉子　四方田千恵

翻訳

英語：田所メアリー　Diane Gruenstein

中国語：于乃明　李仲儀

翻訳点検

英語：内田英子　柳沢園子

イラスト

高村郁子

あ／ア

ああ アー ❶「あのよう(に)」のくだけた言い方。中 那麼；那樣。E like that; in that way.

☆ ああ忙しくては遊ぶひまもないだろう/那麼忙，連玩的時間也沒有吧!

☆ ああいえばこういう/你若那樣說，我就這樣說(＝唱反調)。

❷ 感動したり驚いたりしたときに言うことば。中 啊；呀；哎呀。E Ah!; Oh!

☆ ああ、よかった。間に合って/啊，太好了，正好趕上。

☆ ああ、たいへん/哎呀，不得了。

☆ ああ、疲れた/哎呀，累壞了。

▷ 話 →付録 指示語のまとめ

あい【愛】アイ ❶親子やきょうだい、友達などが、たがいにだいじに思い、温かい気持ちを持つこと。また、その心。中 愛；友愛；恩愛。E love; affection.

☆ 子供は両親の愛を受けて成長した/孩子在父母的關愛下成長。

☆ きょうだい愛/兄弟友愛。

☆ 人類愛/人類愛。

❷ 男女がたがいに好きだと思い合うこと。また、その心。中 愛；愛情。E love; tender passion.

☆ 恋人の誕生日に愛をこめてプレゼントを贈った/在情人生日那天送了一份充滿愛的禮物。

☆ ２人は愛が実って結婚した/兩人相愛後便結婚了。

❸ たいせつに思う心。中 愛好；熱愛。E love.

☆ 学問に対する愛/熱愛學問。

あいかわらず【相変わらず】アイカワラズ いままでと変わらないで。中 和往常一樣；仍舊；仍然。E as before; as usual.

☆ 父はあいかわらず、毎日２箱タバコを吸っている/父親仍然每天抽兩包菸。

参 強めて「あいもかわらず」ともいう。

あいきょう【愛敬・愛嬌】アイキョー ❶親しみがあり、かわいらしいこと。中 可愛之處；動人之處；魅力。E charming; cute.

☆ このパンダの縫いぐるみはあいきょうがある/這個熊貓布偶挺可愛的。

❷ 人にいい感じを与えるような態度や顔つき、ことばなど。愛想やお世辞。中 親切；好感。E charm.

☆ 店の主人が客にあいきょうを振りまいて、なにか買わせようとしている/老闆親切地招呼客人購物。

あいさつ【挨拶】アイサツ〔～する〕 ❶人に会ったときや別れるときなどに、礼儀としてたがいに言うことばや動作。中 寒暄話；應酬話；打招呼。E a greeting.

☆ 夜、人と会ったとき「こんばんは」と言ってあいさつをする/晚上，遇見人時應問候一聲「晚安」！

☆ あいさつをかわす(＝たがいにあいさつし合う)/互道寒暄(＝互相打招呼問候)。

❷ 人が集まった席や、手紙で改まっていうことば。中 致詞。E an address.

☆ 開会のあいさつをする/致開幕詞。

☆ あいさつ状/致函。

あいじょう【愛情】アイジョー ❶愛する気持ち。たいせつに思う、温かい気持ち。

中愛。E love; affection.

☆ 先生の学生たちへの愛情は深い/老師對學生的愛是很深的。

☆ 母親の愛情/母愛；母親的愛。

☆ 自然への愛情/對大自然的愛。

❷ 男女がたがいに恋しく思う感情。中愛情。E love.

☆ 妻への愛情は変わらない/對妻子的愛是不會改變的。

☆ 2人の愛情はもう冷えてしまった/兩人的愛情已經冷卻下來了。

あいず【合図】アイズ〔～する〕 前もって約束しておいたやり方で知らせること。また、その知らせ。信号。サイン。中信號。E a signal; a sign.

☆ 警察官が合図をしたので、車を止めた/因為警察做了手勢，所以把車停下來。

☆ 姉はわたしに目で合図した/姊姊對我使了個眼色。

☆ 出発の合図/出發的信號。

アイスクリーム (ice cream) アイスクリーム 牛乳、砂糖、卵などをまぜて、凍らせた菓子。中冰淇淋；雪糕。E ice cream.

☆ 暑い日はアイスクリームがよく売れる/大熱天冰淇淋最暢銷。

☆ バニラアイスクリーム/香草冰淇淋。

あい・する【愛する】アイスル〔他動する〕 ❶ 人や動物を心から好きになり、したったりかわいがったりする。中愛；慈愛。E love; care for.

☆ 愛する人とはいつも一緒にいたいと思うものだ/相愛的人總想經常在一起。

☆ 父は野の小鳥たちを愛した/父親喜愛野外的小鳥。

対憎む、嫌う

❷ ものごとに強く心をひかれ、親しむ。中愛好；喜愛。E be attached to; love.

☆ バイオリンの深い音色を愛する/喜愛小提琴的悠揚音色。

☆ 自然を愛し、旅を愛する人生/愛好自然，愛好旅遊的人生。

対憎む、嫌う

参 否定形は、古い言い方「愛す」の活用形からできた「愛さない」を使う。

あいそ【愛想】アイソ 人にいい感じを与える態度やことば。あいそう。中(親切、和藹的)態度；表情；印象。E amiability.

☆ あの店の主人は、愛想がいい/那家老闆的態度親切。

☆ 愛想のない返事/冷淡的回答。

☆ 愛想笑い/a put-on smile./媚笑；討好的笑。

対無愛想、無愛想

あいだ【間】アイダ ❶ 2つのものにはさまれた部分や空間。時間や距離などのへだたり。中間隔；距離；時間。E between; an interval.

☆ 日本とアメリカの間に、太平洋がある/日本與美國之間隔著太平洋。

☆ つぎの電車が来るまで、すこし間がある/下班電車到達之前還有一點空檔。

❷ 区切られた、ひと続きの時間。中期間；時段。E during; time.

☆ 夏休みの間、アルバイトをしていた/暑假期間去打工了。

❸ 人と人との関係。中關係。E relationship.

☆ 最近、恋人との間がうまくいかない/最近與情人的關係不好。

☆ 親子の間/親子關係。

❹ ある限られた人々の範囲。中間；中間。E among.

☆ このことばはいま、若者の間ではやっている/這個用語目前在年輕人之間很流行。

参 ❷の「間」の後には、「学校で勉強している間、外はずっと雨が降っていた」「病気の間、ずっとうちで寝ていた」のように継続的な動作や状態がくる。「間に」の後には、「留守の間に、泥棒が入った」のように瞬間的な動作がくる。

あいちゃく【愛着】アイチャク〔～する〕愛情を感じて、離れにくく思うこと。中留戀；依依不捨。E (an) attachment; love.

☆ 古くなったが、子供のときから住んでいた家には愛着があって、こわせない/孩提時代居住過的房子雖已老舊了，但仍十分留戀，不忍拆毀它。

☆ 自分で編んだセーターなので愛着が深い/因為是自己編織的毛衣，所以非常珍惜。

あいつ アイツ 「あの人」のくだけた言い方。話 中那傢伙；那小子；他；她。E that fellow; that guy; he; she.

☆ あいつもばかだなあ。泳げないのに川に飛びこむなんて/那小子直愚蠢，明明不會游泳卻還跳進河裡。

☆ あいつもとうとう父親になったか/那小子終究還是當了父親。

参 そこにはいないが、話す人も聞く人も知っている人をさして、見下したり、親しみの気持ちを持ったりしたときにいう。

あいづちをうつ【あいづちを打つ】相手の話を聞きながら、それに調子を合わせて「はい」「ええ」などとことばをはさむ。中幫腔；隨聲附和；點頭。E chime in; throw in words of agreement.

☆ あいづちを打ちながら、熱心に話を聞いた/他一邊點頭一邊耐心地聽對方講話。

注 漢字で書くときは「相槌を打つ」。

あいて【相手】アイテ ❶なにかをするとき、対象となる人。中對手；對方；對象。E a partner.

☆ 一郎はダンスの相手をさがしている/一郎正在尋找舞伴。

☆ わたしはジョンを相手にして英会話の練習をした/我和約翰一起練習英語會話。

☆ 話し相手/說話的對象；協商者。

❷ なにかをするときの仲間。中伙伴；共事者。E a companion.

☆ 一緒にスキーをする相手がほしい/我想找個伴一起去滑雪。

☆ 遊び相手/玩伴。

❸ なにかをするときの競争者。中對手；競爭對象。E an opponent; a rival.

☆ 相手のチームは強かった/對方球隊很厲害。

☆ けんかの相手/吵架的對手。

アイデア (idea) アイデア、アイデア 思いつき。考え。アイディア。中主意；構思；想法；概念。E an idea.

☆ 波の力で電気を起こすとはおもしろいアイデアだ/用波浪的衝力來發電是一個很有趣的構想。

☆ いいアイデアが浮かんだ/腦袋裡浮現出一個很好的主意。

☆ グッドアイデア/a good idea./好辦法；好主意。

アイデンティティー (identity) アイデンティティー 自分だけが持っている、ほかと違う性格や性質。中個性。E one's identity.

☆ 他人の意見や主張ばかりまねしているが、あなたのアイデンティティーはどこにあるのか/一昧地仿效他人的意見和主張，那你的個性和特質在哪裡呢?

あいとう【哀悼】アイトー〔～する〕人の死を、悲しみなげくこと。中哀悼；弔唁。E condolence; regret.

☆ なくなった恩師の写真に向かって哀悼の気持ちを表した/面對逝去恩師的遺照表示深切哀悼。

☆ 哀悼の意を表する/表示哀悼。

☆ 哀悼のことば/悼詞。

あいどく【愛読】アイドク〔～する〕好きで、よく読むこと。中愛讀；喜歡讀。E love to read.

☆ ヘミングウェーの作品を愛読している/他喜歡讀海明威的作品。

☆ 愛読書/喜歡讀的書。

アイドル (idol) アイドル　おおぜいの人が、あこがれ、近づきたいと思っている人。中 偶像；被崇拜的對象。E an idol.

☆ 妹はクラスのアイドルだそうだ/聽說妹妹是班上的偶像。

☆ アイドル歌手/偶像歌手。

あいにく　アイニク　つごうの悪いことが起こったようす。中 不湊巧。E unfortunately; untimely.

☆ あいにくの雨で旅行が中止になった/不巧因為下雨而中止了旅行。

☆ きょうはあいにくつごうが悪くて一緒に食事ができません/很不巧今天不方便，不能與你一起吃飯了。

☆ おあいにくさま/真對不起；真不湊巧。(→ 項目)

あいま【合間】アイマ、アイマ　なにかが続いている途中のとぎれた短い時間。中 空間時間；間隙；空隙。E an interval; between.

☆ 勉強の合間に、10分間休む/每堂課間休息十分鐘。

☆ 仕事の合間をみて、家に電話をかける/利用工作的空檔打電話回家。

あいまい【曖昧】アイマイ　はっきりしないようす。中 曖昧；含糊；不清楚。E vague; non-committal.

☆ 二郎の態度はいつもあいまいだ/二郎的態度總是很曖昧。

☆ 曖昧模糊/obscure; vague./模稜兩可；含糊其詞。

対 明確、明瞭

あいよう【愛用】アイヨー〔～する〕　好きで、よく使うこと。中 愛用；喜歡用。E use regularly; one's favorite～.

☆ わたしは、この辞書を愛用している/我喜歡用這本字典。

☆ 愛用の万年筆/愛不釋手的鋼筆。

あいらし・い【愛らしい】アイラシイ　「かわいらしい」のすこし古い言い方。中 可愛；討人喜歡。E lovely; cute.

☆ 愛らしい顔の人形/臉蛋可愛的洋娃娃。

☆ 愛らしい目をした子供/有著一雙可愛眼睛的小孩。

→かわいい

アイロン (iron) アイロン　熱の力で衣類のしわをのばしたり、形をととのえたりする道具。中 熨斗。E an iron.

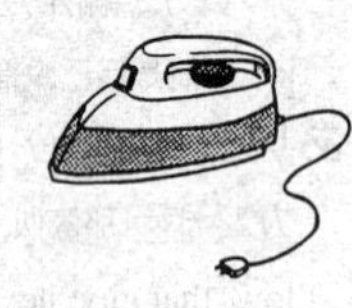

〔アイロン〕

☆ ハンカチにアイロンをかける/用熨斗熨手帕。

☆ アイロン台/熨斗架。

☆ スチームアイロン/蒸氣熨斗。

数 1台

あ・う【会う・遭う】アウ〔自動五〕(あって)　❶ 人と顔を合わせる。中 見；見面。E see; meet.

☆ 駅へ行く道で毎朝、犬を連れた女の人に会う/每天早晨，在去車站的路上，我都碰到那個牽著狗的女人。

☆ 3時に友達と会うことにしている/決定三點與朋友見面。

対 別れる

❷ あまりよくない経験をする。中 遭遇；碰上。E have; meet with.

☆ 山の中で道に迷って、ひどい目にあった/在深山中迷了路，真是倒楣。

☆ 自動車の事故にあう/發生車禍。

注 漢字で書くときは、❶は「会う」、❷は「遭う」。

あ・う【合う】アウ〔自動五〕(あって)　❶ 2つ以上のものごとが1つになる。中 一致；相同；符合。E agree with; get along well with.

☆ 子供の教育について親と教師の意見が合う/對孩子的教育問題，家長和老師的意見是一致的。

☆ あの人とは気が合う/我和他合得來。

❷ 正しいもの、基準になるものと同じになる。[中]準；對；正確。[E] fit; be right.

☆ この靴は足にぴったり合っている/這雙鞋十分合腳。

☆ 答えが合う/回答正確。

❸ 調和する。[中]合適；相稱；相配；相吻合。[E] match; go well with.

☆ このネクタイは茶色のスーツによく合う/這條領帶與咖啡色西裝很相配。

☆ 日本酒にチーズは合わない/乳酪與日本酒不對味。

❹ (動詞の「ます」形について)たがいに～する。一緒に～する。[中]在一起。

☆ 話し合う/對話；談話；商談；談判。(→[項目])

☆ 助け合う/help each other /互相幫助。

☆ 落ち合う/相會；相遇；相見；邂逅；碰面；會合；匯流。(→[項目])

❺ (「合わない」の形で)価値が認められない。[中]不划算；吃虧。[E] don't pay.

☆ 引っ越しを手伝ったのに、お礼がラーメン１杯とは合わない/幫人搬家，卻只吃到一碗拉麵真不划算。

▷ [他動] 合わせる

アウト (out) アウト ❶ テニス、卓球、バレーボールなどで、ボールが決まった範囲の外に出ること。[中]出界。[E] out.

☆ ラインいっぱいに入ったと思ったのにアウトと言われた/我認為完全在界內，但裁判卻判為出界。

[対]イン

❷ 野球で、打った人や走った人が失敗して権利を失うこと。[中]出局；死。[E] out.

☆ 一生懸命に走ったが１塁でアウトになってしまった/儘管拚命地跑了，還是在一壘就出局了。

[対]セーフ

❸ だめ。失敗。[中] 失敗；完了；不行了。[E] be unsuccessful.

☆ あの話はアウトになってしまった/那件事完全失敗了。

▷ [話]❸

あえ・ぐ アエグ〔自動五〕(あえいで) ❶ 苦しそうに呼吸する。[中]喘。[E] pant; gasp.

☆ 長くて急な坂道をあえぎながら上った/喘著氣上了又長又陡的坂道。

☆ 夏の太陽の下で犬もあえいでいた/在夏天的太陽下連狗也喘著氣。

❷ ものごとがよくない状態になって苦しむ。[中]苦於；掙扎。[E] suffer from.

☆ 都会の人たちは住宅問題にあえいでいる/大都市的人們為住宅的問題而苦惱。

☆ 物価高にあえぐ/苦於物價太高。

あえて アエテ ❶ あまり必要でないことや困難であることを知りながらも、自分から進んでするようす。[中]敢；大膽；硬幹。[E] dare to do; venture to do.

☆ 聞きたくないかもしれないが、あえて忠告しておく/也許你不想聽，但我還是要給你個忠告。

❷ (「あえて～ない」の形で)特に～するほどではない。無理に～する必要はない。[中]並不～。[E] not necessarily; not particularly.

☆ どうしてもやりたいというのなら、わたしはあえて反対はしない/如果你無論如何都想要做的話，我並不反對。

▷ [書]

あお【青】アオ ❶ 色の１つ。(1)よく晴れた空のような色。[中]藍；青。[E] blue.

☆ 濃い青のスカート/深藍色的裙子。

☆ 青色/淺藍色；蔚藍色。

(2) 葉などの緑色のような色。[中]草綠；綠色。[E] green.

☆ 青リンゴ/青蘋果。

☆ 青葉/綠葉；嫩葉。(→[項目])

(3) 交通信号で「進め」を意味する色。[中]綠燈。[E] a green traffic light.

☆ 信号が青になったら渡る/變綠燈時便可通行。

❷ (他のことばの頭について)(1)青い色をしている。青みをおびている。中青；藍。

☆ 青白い/青白色；蒼白。(→項目)

☆ 青海原/ the wide blue sea. /蒼海；蔚藍的海洋。

(2) 若く未熟だ。中年輕；未成熟。

☆ 青くさい / inexperienced; unskilled. / 幼稚；不成熟；乳臭未乾。

☆ 青二才 / 毛頭小子；黃口孺子。(→項目)

あおあお【青青】アオアオ〔～する〕 非常に青く、または緑に見えるようす。中青綠；青翠；綠油油。E deep blue; fresh and green.

☆ きょうの空は青々とよく晴れている/今天天氣晴朗，天空一片蔚藍。

☆ 青々した新鮮な野菜 / 青翠的新鮮蔬菜。

あお・い【青い】アオイ ❶ 青の色をしている。中藍；青。E blue.

☆ 空が青く晴れて雲ひとつない / 天藍色的晴空一點雲也沒有；蔚藍的晴空，萬里無雲。

☆ 青い海 / 蔚藍的海洋。

❷ 緑の色をしている。中綠。E green; unripe.

☆ 信号が青いうちに渡ろう/趁綠燈時快過去。

☆ まだ青くて食べられないトマト / 這蕃茄還是青綠色的，不能吃。

❸ 顔色が悪い。中蒼白；發青。E pale.

☆ どこか悪いんですか、そんな青い顔をして / 你哪裡不舒服嗎?臉色那麼蒼白。

青くなる 恐れや心配ごとで、顔色が白っぽく悪くなる。中 臉嚇白了。E turn pale.

☆ パスポートをなくして青くなってさがした / 護照丟了，嚇白了臉到處尋找。

あお・ぐ【仰ぐ】アオグ〔他動五〕(あおいで)

❶ 顔を上に向けて高い所を見る。中仰望；瞻仰。E look up at.

☆ 西の空をあおぐと、三日月が見えた / 抬頭仰望西方，但見一輪新月高掛。

☆ 50階もある高いビルをあおいだ / 仰望五十層樓高的大廈。

❷ 自分より地位などが高いところにある人として尊敬する。中敬仰；尊為。E look up to; respect.

☆ 母を人生の先輩としてあおぐ / 我把母親尊為人生的導師。

あお・ぐ アオグ〔他動五〕(あおいで) 扇子、うちわなどを動かして風を起こす。中搧。E fan.

☆ うちわであおいで火を強くする / 用扇子把火搧旺。

☆ 暑いので子供を扇子であおいでやる/天氣太熱，所以用扇子給孩子搧搧風。

あおじゃしん【青写真】アオジャシン

❶ 設計図などを写すのに使う写真。図や文字が青地に白く、または白地に青く出る。中藍圖。E a blueprint.

☆ 設計の責任者が青写真を見せて説明する/ 設計人員讓大家看著藍圖，並做說明。

❷ 将来の計画や予定。中 初步計畫。E a plan; an outline.

☆ 5年後に開く新しい学部の青写真ができた / 已擬訂出五年後新設科系的藍圖。

▷ 数 ❶ 1 枚

あおじろ・い【青白い】アオジロイ、アオジロイ ❶ 青い色をふくんで白い。中青白色；蒼白。E pale.

☆ 青白い月の光 / 銀白色的月光。

❷ 顔色が白っぽくて悪い。中蒼白。E pale.

☆ 病気で外へ出ないので、青白い顔になった / 因生病不出門，所以臉色蒼白。

あおにさい【青二才】アオニサイ 年が若く未熟で、経験が少ない男。中毛頭小子；黃口孺子。E a greenhorn.

☆ 彼はまだ青二才だから、重要な仕事は頼めない/他還是一個毛頭小子，不能委以重任。

参 軽蔑したり謙遜したりしていうときに使う。

あおば【青葉】アオバ 夏の初めごろの緑色をした木の葉。中嫩葉；綠葉。E green leaves.

☆ 青葉がしげって、山の緑が美しくなって

きた / 山上鬱鬱蔥蔥，枝繁葉茂，十分美麗。

あおむけ【あお向け】アオムケ　顔や胸などを上にした状態。あお向き。

〔あお向け〕

中 仰；仰臥。E on one's back.

☆ ベッドにあおむけになる / 仰臥在床。

☆ 母親は、子供をあおむけに寝かせた / 媽媽讓小孩仰著睡。

対 うつぶせ、うつむけ　他動 あお向ける

あお・る　アオル〔他動五〕(あおって)　❶ 風が強く吹いて、ものを動かす。中 吹動。E flap; fan.

☆ 風でカーテンがあおられる / 風吹動著窗簾。

☆ 火事は西風にあおられて、となりの街まで燃えひろがった / 火災乘著西風蔓延到了鄰街。

❷ ものごとが思うとおりになるように、ことばなどで人を動かす。中 煽動；鼓動。E stir up; incite.

☆ 人々をあおって自分の意見に賛成させる / 鼓動人們同意自己的意見。

☆ 競争心をあおる / 激起競爭心。

▷ 名 あおり

あか【赤】アカ　❶ 色の1つ。(1)血や火のような色。中 紅；紅色。E red.

☆ 濃い赤のセーター / 深紅色的毛衣。

☆ 赤鉛筆 / 紅色鉛筆。

(2)「(1)」のような茶色。中 紅褐色；栗色。E reddish brown.

☆ 赤犬 / 茶褐色的狗。

☆ 赤毛 / 紅頭髮。

(3) 交通信号で「止まれ」を意味する色。中 紅燈。E a red traffic light.

☆ 信号が赤のときは、道を渡るな / 紅燈亮時不要過馬路。

❷ (他のことばの頭について)完全な。中 完全。

☆ 赤恥 / open disgrace. / 當衆出醜；丟人現眼。

☆ 赤はだか / stark naked. / 赤裸裸。

赤の他人　まったく関係のない人。中 毫無關係的人；陌生人。E a total stranger.

☆ 後ろ姿が似ていたので弟かと思ったが、よく見ると赤の他人だった / 從背後看很像是弟弟，但仔細一看卻是一個陌生人。

あか　アカ　❶ 体の表面にたまるよごれ。中 汚垢；汚泥。E dirt; grime.

☆ かぜで1週間ふろに入らなかったので、あかがたまった / 因感冒一個禮拜都沒洗澡，身上全是汚垢。

☆ 体を洗って、あかを落とす / 洗澡把身上的汚泥洗掉。

☆ 手あかのついた本 / 沾有手漬的書。

☆ 耳あか / 耳垢。

❷ 水の中にたまるよごれ。中 水垢；水鹼。E scale; fur.

☆ 湯あか / scale. / 水鏽；水鹼；水垢。

あかあかと【赤赤と・明明と】アカアカト

❶ 非常に赤く見えるようす。中 火紅地；熾熱地；熊熊。E with bright flames.

☆ 暖炉の火が赤々と燃えている / 暖爐的火熊熊地燃燒著。

❷ 非常に明るいようす。中 燈火輝煌。E brightly.

☆ ホールには1晩じゅう明々と電気がついていた / 大廳裡一晚上都燈火輝煌。

☆ 月が明々と照っている / 月亮明亮地照耀著。

注 漢字で書くときは、❶は「赤々と」、❷は「明々と」。

あか・い【赤い】アカイ　赤の色をしている。中 紅；紅色；紅的。E red.

☆ 酒を飲んで顔が赤くなった / 喝酒後臉變紅了。

☆ 赤いバラをお祝いに持っていく / 帶著一束玫瑰去祝賀。

☆ 火が赤く燃える / 火燒得通紅。

☆ 夕日が赤い / 夕陽紅；夕陽是紅色的。

あかじ【赤字】アカジ　支出が収入より多いこと。中 赤字；虧空。E the red; a deficit.

☆ 新しい商品が売れず、会社は大きな赤字を出してしまった / 新產品銷不出去，公司出

現了巨額虧損。

对黒字

あか・す【明かす】アカス〔他動五〕(あかして) ❶眠らずに夜の時間を朝まで過ごす。中熬夜(通宵不睡)。E stay up all night.

☆ 本を読みはじめたらおもしろくて、とうとう夜を明かしてしまった / 只要讀起書來，就感到很有趣，就一直讀到天亮。

☆ 語り明かす / 聊到天亮；聊通宵。(→ 項目)

☆ 泣き明かす / 哭一夜；由夜裡哭到天明。

❷隠していたりよくわからなかったりすることを、はっきり表に出す。また、表に出して言う。中說出；揭破。E show; reveal.

☆ 手品のたねを明かす / 揭開戲法的謎底。

☆ 親しい友達にだけ本当の気持ちを明かす/只對最親密的朋友才說真心話。

对隠す ▷ 自動明ける

あかちゃん【赤ちゃん】アカチャン 「赤ん坊」の親しみをこめた言い方。中嬰兒；小娃娃。E a baby.

☆ かわいい赤ちゃんですね / 真是個可愛的小娃娃。

☆ パンダの赤ちゃんが生まれた / 生下一隻熊貓寶寶。

あかみ【赤身】アカミ 牛や馬などの肉で脂の少ない部分。肉の赤い魚。中瘦肉；紅肉。E lean meat; red flesh.

☆ 牛肉の赤身を焼き肉にする / 把牛的瘦肉做成烤肉。

☆ 赤身の魚 / 把瘦魚肉做成生魚片。

对脂身、白身

あかみ【赤み】アカミ 赤い感じ。赤さの度合い。中帶著紅色。E a tinge of red.

☆ 東の空がすこしずつ赤みをおびてきた / 東方天空逐漸變成紅色。

赤みがさす すこし赤くなる。赤い感じがする。中現出紅色。E a flush comes to.

☆ 酒を飲んだので顔に赤みがさしてきた/因喝了酒臉色泛紅。

あが・める アガメル〔他動一〕 神や仏などを、尊いと思ってうやまう。中崇敬；崇拜；尊敬。E worship; respect.

☆ むかしの人は神をあがめて立派な神殿をつくった / 古人敬神而建立了雄偉的神殿。

☆ 一般に東洋では先祖をあがめる気持ちが強い / 東方普遍比較尊敬祖先。

あからさま アカラサマ、アカラサマ 隠しておいたほうがいいことなどを、そのまま外に表したり言ったりするようす。中露骨；不客氣。E plainly; openly.

☆ さようならとも言わず、あからさまに不満の表情を見せて出ていった / 也不說「再見」，顯露不滿的表情就出去了。

参 悪い態度をとったり、否定的なことを言ったりするときに使う。いい意味では使わない。

あかり【明かり】アカリ ❶あたりを明るくするもの。中光；亮光。E light.

☆ 月の明かりを頼りに夜道を歩く / 靠月光走夜路。

☆ 雪明かり / the gleam of snow. /積雪映照的雪光。

❷電気の光。中燈光。E a light.

☆ 夜寝るときは、明かりを消してください/夜裡睡覺時請關燈。

あが・る【上がる・揚がる・挙がる】アガル〔自動五〕(あがって) ❶低い所から高い所に移る。中上；登；升起。E go up; rise.

☆ 2階に上がる / 上二樓；上樓。

☆ 煙が空へ上がる / 煙飄(升)上高空。

☆ 家に上がる / 進屋。

对下がる、下りる

❷地位、程度、値段などがこれまでより高くなる。中上升；高漲；晉(級)。E rise; be raised; be promoted.

☆ 去年に比べて物価が上がった / 與去年相比物價上漲了。

☆ 地位が上がる / 地位變高；職務提升。

対 下がる

❸ 水の中などから出る。中 登(陸)；上(岸)；洗完(澡)。E land; get out of (the bath).

☆ 船から岸に上がる / 從船上上岸。

☆ ふろから上がる / 洗完澡。

❹ いい結果になる。中 取得(成績)；有(效果)；揚(名)。E produce; improve.

☆ 成果が上がる / 取得成果。

☆ 効果が上がる / 提昇效果。

❺ 完成する。終わる。中 結束；完成；停止。E be finished; stop.

☆ 作品がきれいに上がった / 作品漂亮地完成了。

☆ 雨が上がる / 雨停了。

❻ 緊張などで落ちついた状態でなくなる。中 慌張；怯場；緊張。E get nervous; get stage fright.

☆ 初舞台で上がってしまってせりふをまちがえた / 因初次登台怯場，而把台詞說錯了。

❼「訪問する」の謙譲語。中「訪問」的自謙語；拜訪。E ((humble)) visit.

☆ 先生のお宅に上がる / 去老師家拜訪。

❽ (動詞の「ます」形について)すっかりその状態になる。

☆ 家ができあがる / 房子蓋好了。

☆ 恐ろしくて震えあがる / be terrified and tremble violently. / 嚇得直發抖。

▷ 名 上がり 他動 上げる・揚げる・挙げる

注 漢字で書くときは「上がる」を使うことが多いが、「旗があがる」などのばあいは「揚がる」、「証拠があがる」などのばあいは「挙がる」。また、❽はひらがなで書く。

あかる・い

【明るい】アカルイ ❶ 光の量がたくさんあって、ものがよく見える。中 明亮。E light; bright.

☆ 窓の大きい部屋は明るい / 窗戶大的房間很明亮。

☆ 電気をつけると明るくなる / 打開電燈就變亮了。

対 暗い

❷ 色があざやかだ。中 鮮艷；鮮明。E bright; vivid.

☆ 明るい赤のブラウス / 鮮紅色的女襯衫。

対 暗い

❸ 性質や表情などが楽しそうでほがらかだ。中 開朗；明朗；快活。E cheerful; happy.

☆ あの子は明るい性格で、よく笑う / 那孩子性格開朗，笑口常開。

☆ 明るい家庭 / 開朗的家庭。

対 暗い

❹ 隠しごとがなく、正しい。中 光明磊落。E clean; honest.

☆ 明るい政治 / 透明化的政治；光明的政治。

対 暗い

❺ (「～に明るい」の形で)～をよく知っている。中 熟悉；精通。E be well versed in.

☆ 父は中国の歴史に明るい / 父親精通中國歷史。

対 暗い

あかんぼう

【赤ん坊】アカンボー 生まれて、あまり月日のたっていない子供。赤んぼ。赤ちゃん。中 嬰兒；嬰孩兒。E a baby.

☆ 今度生まれてくる赤ん坊の名前を考えている / 正在給最近將出生的嬰兒想名字。

☆ となりの家の赤ん坊はよく泣く / 鄰家的嬰兒很愛哭。

参 丁寧でない感じがあるので、自分の子についていうときに使うことが多い。ほかの人の子に対しては、親しい関係のときや、いい感情を持っていないばあいに使う。

あき

【秋】アキ 四季の1つ。夏のつぎに来る季節。日本では9、10、11月ごろに当たる。中 秋；秋天；秋季。E fall; autumn.

☆ 秋は木々の紅葉が美しい / 秋天樹木的紅葉

あ

很美。

☆ 夏の暑さも終わり、涼しい秋になった／夏天的酷暑過後就是涼爽的秋天。

☆ 芸術の秋／充滿藝術氣息的秋天。

関連 春、夏、冬

あき【空き】アキ ❶空いている所。すきま。中 空隙；空檔；空白。E a space; a blank.

☆ 用紙の空きの所に名前を書いてください／請在表格上的空格寫上姓名。

❷ 使っていないものや場所。また、その地位や役目に人がいないこと。中 沒使用的；空位；空額。E a vacant seat; a vacancy.

☆ コンサートの席の空きはまだありますか／音樂會還有空位嗎?

☆ 部長が会社をやめたので、部長の地位に空きができた／經理辭去公司的職務，所以經理位置空缺。

☆ 空き家／空房；閒置房。

☆ 空き地／空地。

❸ 空いている時間。中 空閒；閒工夫。E time to spare.

☆ 今週は忙しくて空きが全然ない／這禮拜忙得一點空閒也沒有。

☆ 空き時間／空檔；空閒時間。

▷ 自動 空く

あきあき【飽き飽き】アキアキ〔～する〕同じことが続いていやになること。中 厭煩；膩。E be bored with; be sick of.

☆ 何度も同じ話を聞かされてあきあきする／幾次都聽到相同的話，怪厭煩的。

☆ 食堂の料理は毎日同じであきあきだ／餐廳的菜每天都一樣，都吃膩了。

あきす【空き巣】アキス 留守の家に入って、ものを盗むこと。また、その人。中 乘人不在家時行竊；乘人不在家時行竊的人。E a robbery during one's absence from home; a sneak-thief.

☆ 留守の間に空き巣に入られ、金を盗まれた／無人在家時小偷入室行竊偷走了錢。

☆ 空き巣ねらい／闖空門；空門賊(乘家中無人時偷竊)。

あきっぽ・い【飽きっぽい】アキッポイ すぐに飽きてしまう。話 中 沒耐性；動不動就厭煩。E fickle; get soon tired of.

☆ 兄はあきっぽい性質で、仕事をつぎつぎに変えている／因為哥哥的個性很容易感到厭煩，所以經常換工作。

あきらか【明らか】アキラカ はっきりしていて、疑いのないようす。中 明顯；清楚。E clear; obvious.

☆ このまま人口が増え続けると、21世紀には食糧がたりなくなるのは明らかだ／人口像這樣繼續增加的話，到二十一世紀造成糧食不足是顯而可知的。

☆ 事故の原因が明らかになる／事故的原因終會真相大白的。

あきら・める アキラメル〔他動一〕もうこれ以上続けてもだめだと希望をなくして、いままでしていたことをやめてしまう。中 斷念；死心；罷休。E give up; quit.

☆ 親の反対で道子との結婚をあきらめた／因父母堅決反對，與道子的婚事只好作罷了。

☆ 1度の失敗ぐらいであきらめるのはまだ早い／只因一次失敗就死心不做，為時尚早。

名 あきらめ

あ・きる【飽きる】アキル〔自動一〕同じことが繰り返されたり長く続いたりしていやになる。中 膩；厭煩；夠了。E grow tired of; lose interest in.

☆ おもしろい本でも何度も読めば飽きる／再有趣的書讀幾遍也會感到厭煩。

☆ いつまでやっても終わりそうもない仕事に飽きてきた／對怎麼做也做不完的工作漸漸感到厭煩。

☆ 聞き飽きる／聽夠了；聽得厭煩。

名 飽き

あき・れる アキレル〔自動一〕思ったより

ひどいようすなのに驚いて、いやになってしまう。[中]吃驚；驚訝；愕然。[E] be amazed; be dumbfounded.

☆ 自分のかばんをどこに置いたか忘れるとは、あきれた中学生だ/連自己的書包都忘了放在哪裡，真是令人驚訝的國中生。

☆ あきれかえる/十分驚訝；非常驚訝。

☆ あきれはてる/驚訝到極點；令人驚訝。

あく【悪】アク　悪いこと。よくない行い。[中]惡；壞；歹。[E] (an) evil; (a) vice.

☆ 社会の悪をなくす/消除社會上的不良風氣。

☆ 悪は必ず滅びる/惡勢力必然滅亡。

☆ 悪趣味/bad taste./低級的嗜好。

☆ 社会悪/社會惡習；社會弊端。

☆ 必要悪/雖屬惡行，但卻為社會所需，如死刑。

[対]善

あく　アク　❶ 肉などを煮たときに汁の表面に浮かぶ白い泡状のもの。また、野菜などにふくまれる渋み。[中]浮沫；渣滓；澀味。[E] harshness; scum.

☆ 切ったゴボウを水につけてあくを抜く/把牛蒡切碎放入水中去澀味。

☆ あくをすくう/除去浮沫；舀出浮沫。

❷ 他人がいやだと思うほどの強い個性。[中]個性倔強；獨特的風格。[E] a strong personality; too individualistic.

☆ あの俳優はあくが強い/那個演員個性倔強；那位演員有自己獨特的風格。

☆ あくの強い文章/有獨特風格的文章。

あ・く【開く・空く・明く】アク〔自動五〕(あいて) ❶ ふさいでいたものがなくなり、出入りしたり見通したりできるようになる。また、見えるようになる。[中]開。[E] open.

☆ 風で戸が開いた/風把門吹開了。

☆ 子犬の目が明いた/小狗睜開眼了。

[対]閉まる、閉じる

❷ 営業などが始まる。また、営業する。[中]開始；開門。[E] open; begin.

☆ 銀行は9時になると開く/銀行九點開門。

☆ この食堂は夜遅くまで開いている/這家餐館晚上營業到很晚。

[対]閉まる、閉じる

❸ 時間や場所をとっていたものなどがなくなり、使えるようになる。[中]空；空出；騰出。[E] be free; become vacant.

☆ 時間が空いたから映画でも見よう/因為有空，所以去看看電影吧。

☆ 電車の席が空く/電車上有空位。

[対]ふさがる

▷ [名]開き・空き・明き　[他動]開ける・空ける・明ける

[注] 漢字で書くときは、❶は「開く」「明く」、❷は「開く」、❸は「空く」。

開いた口がふさがらない　あきれてものも言えない。[中]目瞪口呆；嚇得發呆；嚇得說不出話。[E] be dumbfounded.

☆ 先週事故を起こしてこりたはずなのにまたやったとは、開いた口がふさがらない/上週剛出了交通事故才受到教訓，今天又出事了，令人無話可說。

あくしつ【悪質】アクシツ　性質や品質が悪いようす。[中]品質惡劣；惡性；粗劣。[E] vicious; wicked.

☆ 悪質な犯罪が増えてきた/惡性犯罪案件逐漸增加。

☆ 弱い立場の老人から金をだまし取る悪質な商法/詐騙處境堪憐老人的錢是令人不齒的商業手段。

あくしゅ【握手】アクシュ〔～する〕あいさつするときや、親しみの心を示すために、たがいの手と手をにぎり合うこと。[中]握手。[E] shake hands with.

〔握手〕

☆ ジョンと一郎は「はじめまして」と言い

ながら握手をかわした/約翰與一郎邊握手邊說「幸會幸會，請多指教」。

☆ ２人は握手して別れた/兩個人握手道別。

あくじゅんかん【悪循環】アクジュンカン 悪いことがたがいに影響し合ってもっと悪くなり、それが続くこと。中 惡性循環。E a vicious circle.

☆ 夜、眠れないので昼寝をする。するとまた、夜、眠れなくなるという悪循環におちいった/因為夜裡睡不著覺白天就睡了午覺，睡了午覺夜裡又睡不著覺，陷入了惡性循環。

☆ 悪循環を招く/導致惡性循環；引起惡性循環。

あくせく【齷齪】アクセク〔～する〕 気持ちや時間に余裕がなく、非常に忙しそうにするようす。中 辛辛苦苦；忙忙碌碌。E hard; busy oneself.

☆ 好きな音楽も聞かず遊びにも行かず、毎日あくせく(と)働いている/既不聽喜歡的音樂也不出去遊玩，每天只是辛勤地工作。

☆ あくせくしないでのんびり暮らそう/別忙得那麼辛苦，輕輕鬆鬆地生活吧。

アクセサリー (accessory) アクセサリー、アクセサリー 指輪、イヤリング、ネックレスなど、体や服につける飾り。中 首飾；裝飾品。E accessories.

☆ パーティーに、胸と耳に大きな真珠のアクセサリーをつけて出かける/胸前和耳朵上戴著大珍珠首飾出席舞會。

☆ 服が地味だから、はでなアクセサリーをつけよう/因為衣服太樸素了，所以加點華麗的裝飾吧。

〔アクセサリー〕

アクセント (accent) アクセント ❶ １語の中で、どこを強く、または、どこを高く発音するかのきまり。日本語は高低のアクセントであり、英語は強弱のアクセントである。中 語調；重音。E an accent.

☆ その地方のアクセントで話す/用那個地方的語調說話。

☆「はし」は、アクセントによって意味が違う/「はし」這個詞因重音不同，其意義也有所不同。

❷ ある部分を強調すること。また、強調する点。中 重點；強調之處。E an accent; a stress.

☆ 廊下の壁にポスターをはってアクセントをつける/在走廊的牆壁貼上海報來引人注意。

☆ えりにアクセントのあるデザイン/在衣領上做重點的設計。

あくど・い アクドイ ❶ 色や味などが濃くて、いやな感じだ。中 過於濃艷；(味道)太濃。E showy; fulsome.

☆ あくどい色の看板が目につく夜の街/夜晚的街道上到處可見五光十色的廣告招牌。

❷ やり方がひどくて、たちが悪い。中 惡毒；過火；居心不良。E vicious.

☆ 安い賃金で長い時間働かせるあくどい経営者/讓員工以低薪資長時間工作的刻薄老闆。

あくび アクビ 眠くなったり疲れたりしたときに、自然に大きく口が開いて呼吸をすること。中 (打)哈欠。E a yawn.

☆ 先生のつまらない話が長く続いてあくびが出た/老師的話又長又臭，忍不住直打哈欠。

☆ あくびをがまんする/忍著不打哈欠。

あくま【悪魔】アクマ 人を悪の道へ入らせる魔物。中 惡魔；魔鬼。E the Devil; a demon.

☆ この本は、悪魔に誘われて良心を売った娘の話だ/這本書講的是一個姑娘被惡魔引誘而出賣良心的故事。

☆ 悪魔のように冷たい男/魔鬼似的冷酷男人。

あくまで アクマデ、アクマデ ❶ 始めたことや決めたことを、強い意志を持って最後までしようとするようす。中 徹底；～到底。

E to the last; persistently.

☆ 自分が正しいと思うことを、あくまで主張する / 他始終堅持自己認為是對的事。

❷ どこまでも。完全に。中 完全；徹底。E as far as the eye can reach; perfectly.

☆ 冬の空はあくまで青く澄んでいる / 冬天的天空始終是蔚藍的。

ニ 参 強めて「あくまでも」ともいう。

あくめい【悪名】アクメイ　悪い評判。あくみょう。中 壞名聲；臭名。E a bad reputation; notorious.

☆ 彼は不正選挙を何度もしていることで悪名の高い政治家だ / 他是有多次不正當的選舉行徑而惡名昭彰的政客。

あぐら　アグラ　両足を前に組んですわること。中 盤腿坐。E sit cross-legged.

☆ 兄はあぐらをかいて、ビールを飲んでいる / 哥哥盤腿坐著喝著啤酒。

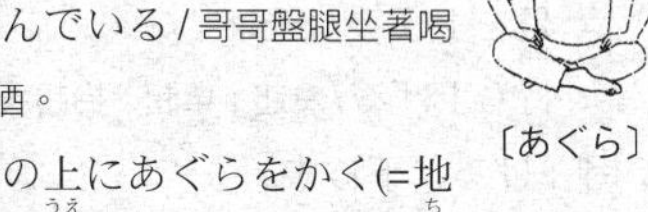

〔あぐら〕

☆ 地位の上にあぐらをかく(=地位に頼って、いい気になる) / 高踞在地位上(=因地位高而洋洋得意)。

アクリル　アクリル　アクリロニトリルを原料として合成した繊維や樹脂。中 丙烯。E acrylic fiber; acrylic resin.

☆ アクリルが30パーセント入ったセーター / 含有丙烯30%人造纖維的毛衣。

☆ アクリルガラス / 丙烯樹脂玻璃。

あくる【明くる】アクル　そのつぎの。中 下；翌；第二。E the next.

☆ 日本へ来た明くる日から仕事を始めた / 來日本的第二天就開始工作了。

☆ 卒業した明くる年、わたしたちは結婚した / 畢業的第二年我們就結婚了。

あげあしをとる【揚げ足を取る】　相手のことばの中から、小さいまちがいや気に入らないことを取りあげて悪く言う。中 找麻煩；吹毛求疵。E trip a person on his/her own words; find fault with.

☆ 暑いのにご苦労ですが会議を始めたいと言ったら、「ご苦労」は上から下へしか使えないことばだとあげあしをとられて、会議は進まなかった / 剛說完「天氣熱，辛苦各位，開始開會吧」，就有人找麻煩說『「ご苦労」是上級對下級說的』使會議進行不下去。

似た表現 揚げ足取り

あけがた【明け方】アケガタ　夜が明けてだんだん朝になるころ。中 黎明；凌晨；拂曉。E dawn; daybreak.

☆ 友達と明け方まで話をしていたので寝不足だ / 因與朋友聊天到凌晨而睡眠不足。

☆ 明け方に近所で火事があった / 黎明時附近發生了火災。

対 暮れ方

あげく　アゲク　(「～したあげく〔に〕」「そのあげく〔に〕」の形で)結局のところ。あまりよくない結果として。中 結果；最後。E after.

☆ 留学するといって大騒ぎしたあげくに、試験に落ちてしまった / 吵著要去留學，結果卻沒考上。

☆ どちらにしようかと、ずいぶん迷った。そのあげく、なにも買わずに帰った / 猶豫了半天不知該買哪一個?最後什麼都沒買就回家了。

あげくの果て　「あげく」を強めた言い方。中 結果；到頭來；到了最後。E in the end; finally.

☆ 彼は盗みを繰り返して警察に追われ、あげくの果てに自殺してしまった / 他多次行竊被警察追捕，到了最後卻自殺了。

あけすけ　アケスケ、アケスケ　隠したり遠慮したりしたほうがいいことまで、はっきりと表すようす。話 中 露骨；不含蓄；不客氣。E straightforwardly; unreservedly.

☆ 三郎は社長に、この会社は給料が安い、とあけすけに不満を言った / 三郎不客氣地向老闆表示不滿，說公司給的薪水太少了。

あけっぱなし【開けっ放し】アケッパナシ

あ

❶ 開けたままでおくようす。中 大大敞開；敞著。E leave open.

☆ 窓を開けっぱなしにして寝たら、泥棒に入られた／開著窗戶睡覺，結果被小偷闖進去了。

❷ 隠しごとをしないでなんでも人に言うようす。中 直率；心直口快。E open; straightforward.

☆ 母は開けっぱなしな性格で、父とけんかしたことまで人に話してしまう／母親為人心直口快，連跟父親吵架的事也告訴別人。

▷ 話 他動 開けっ放す

あけっぴろげ【開けっ広げ】アケッピロゲ 隠しごとをしないで、ありのままの自分を見せるようす。話 中 直爽；坦率。E open; outgoing; frank and easy.

☆ 父は開けっぴろげの性格で、家の経済状態もすべて子供たちに話して聞かせる／父親性格坦率，將家裡的經濟狀況全部告訴孩子們。

あ・ける【開ける・空ける・明ける】アケル〔自他動一〕 ❶ 戸などを動かして、出入りしたり見通したりできるようにする。中 打開；開。E open.

☆ 暑いから窓を開けましょう／太熱了，所以把窗戶打開吧。

☆ 古いかばんを開けるとむかしのノートが入っていた／一打開舊書包，就發現裡面裝有以前的筆記本。

対 閉める、閉じる

❷ 営業などを始める。中 營業；開門。E open.

☆ 利用者のために夜も図書館を開けておく／為了方便使用者，夜間也開放圖書館。

対 閉める、閉じる

❸ 時間や場所をとっていたものなどをなくして、使えるようにする。中 空出；騰出。E keep ~ free; make room.

☆ 来週は友達と会うので予定を空けてある／下週騰出時間與朋友見面。

☆ 席を空ける／空出座位。

対 ふさぐ

❹ ある期間や状態が終わって、新しくなる。中 明；亮；過年。E begin; break.

☆ 年が明ける／過新年；進入新年。(→年 慣用)

☆ 夜が明ける／天亮。

☆ 明けても暮れても(=毎日毎日、いつも)／不管白天，晚上(每天、經常)。

対 暮れる

▷ 自動 開く・空く・明く　他動 明かす

注 漢字で書くときは、❶❷は「開ける」、❸は「空ける」、❹は「明ける」。また、❶❷❸は他動詞、❹は自動詞。

あ・げる【上げる・揚げる・挙げる】アゲル〔他動一〕 ❶ 低い所から高い所に移す。中 舉；抬；揚。E put ~ on; fly; raise; lift.

☆ 荷物を棚に上げる／將行李放在架上。

☆ たこを空高くあげる／把風箏放得很高。

☆ 足を上げる／抬腳。

☆ 持ち上げる／拿起；舉起；抬起。(→ 項目)

対 下げる、下ろす

❷ 地位、程度、値段などをこれまでより高くする。中 提高；抬高；增加。E raise; improve.

☆ 仕事の能率を上げる／提高工作效率。

☆ ビールの値段を上げる／提高啤酒的價格。

対 下げる

❸ いい結果をえる。中 長進；揚(名)；取得(成果)。E gain; achieve; obtain.

☆ 名を上げる／揚名。

☆ 成果を上げる／取得成果。

❹ はっきりわかる形に表す。中 舉行；舉例。E hold; give.

☆ 結婚式をあげる／舉行婚禮。

☆ 例をあげる／舉例；舉例子。

❺ 力などを出す。中 竭力。E do one's best.

☆ 全力をあげて戦う／竭盡全力進行戰鬥；拚死作戰。

☆ 総力をあげて取り組む／竭盡全力比賽。

❻「与える」「やる」の謙譲語。中「給」「給予」

的自謙語。E ((humble)) give; present.

☆ あなたにいい辞書をあげましょう/送您一本好辭典。

対くれる、もらう

❼ (「～てあげる」の形で)「～てやる」の謙遜した言い方。中自謙的表達。

☆ 道を教えてあげる / tell a person the way to ～. / 告訴別人怎麼走。

対くれる、もらう

❽ (動詞の「ます」形について)すっかりその状態にする。最後までする。

☆ 論文を書きあげる / finish writing a thesis. / 寫完論文；完成論文。

☆ 勤めあげる / 完成工作；做完工作。

▷ 自動 上がる・揚がる・挙がる

注 漢字で書くときは「上げる」を使うことが多いが、「たこをあげる」などのばあいは「揚げる」、「式をあげる」などのばあいは「挙げる」。また、❼❽はひらがなで書く。

あご アゴ ❶ 口を中心として、その上と下の器官。ものをかんだり声を出したりするのに使う。中頷；顎；下巴。E a jaw.

☆ かたいものを食べて、あごが疲れた/吃硬的東西，下巴都疲了。

☆ 上あご / 上顎。

☆ 下あご / 下顎。

❷ 口の下の外側の部分。中下巴。E a chin.

☆ あごにひげを生やす / 下巴長出鬍鬚。

☆ あごに手を当てて考える/手撐著下巴思考問題。

▷ →顔 図

あごで使う 自分を偉いと思い、無礼な態度で人を使う。中用下巴指使人；頤指氣使。E order a person around.

☆ 課長は部下をあごで使うので、社内の評判が悪い / 課長頤指氣使，公司內部對他評價都不好。

あごを出す ひどく疲れたようすをする。中累得要命。E be exhausted.

☆ 登りはじめてまだ30分しかたっていないのに、弟は「もう歩けない」とあごを出した/剛往山上了三十分鐘，弟弟就累得要命地說「已經走不動了」。

あこが・れる アコガレル〔自動一〕 自分の理想と思うものごとや人に強く心をひかれる。中憧憬；嚮往。E be attracted by; long for.

☆ 空を飛びたいと思い、飛行機に乗る職業にあこがれた / 一心想飛上天空，所以嚮往駕駛飛機這個職業。

☆ 子供のときからあこがれていた国に留学できて、夢のようだ/能到從孩提時代就嚮往的國家留學，真像作夢一樣。

名 あこがれ

あさ【麻】アサ 手のひらのような形の葉を持った植物。茎から繊維をとる。また、その繊維製品。中麻；麻纖維。E hemp; linen.

☆ 麻の布で夏用のスーツをつくる / 用麻紗做夏天的衣服。

☆ 麻のハンカチ / 麻紗手帕。

☆ 麻のロープ / 麻繩。

あさ【朝】アサ 夜が明けてから、しばらくの間。また、昼までの間。中早晨；早上；上午。E morning.

☆ 朝、早く起きて散歩をする/早晨早起去散步。

☆ 朝の９時から学校で勉強をする / 從早上九點開始在學校上課。

☆ 朝ごはん / 早餐。

☆ 朝寝坊 / 起得晚；早晨睡懶覺。(→ 項目)

対夕、晩

あさ・い【浅い】アサイ ❶ 底や奥までの間が短い。中淺。E shallow.

☆ この川は浅いので、歩いて渡れる / 這河水很淺，所以可以涉水過去。

対深い

❷ 程度や量が少ない。中淺；不夠。E light; little.

☆ 眠りが浅くてすぐ目が覚める/睡得不深，馬上就醒來。

☆ 経験が浅い/經驗不夠；經驗不足。

対深い

あさがお【朝顔】アサガオ　茎がつるになってのび、夏の朝早く、白、紫、ピンクなどのまるい花をつける植物。中牽牛花；喇叭花。E a morning glory.

〔朝顔〕

☆ 朝早くに庭に出たら、白い朝顔が咲いていた/一大清早步入院中，乍見白色牽牛花已經開了。

☆ 鉢植えの朝顔/牽牛花盆栽。

数1輪

あさって　アサッテ　あしたのつぎの日。明後日。中後天。E the day after tomorrow.

☆ あさってはたぶん晴れるでしょう/後天大概是晴天吧。

あさねぼう【朝寝坊】アサネボー〔～する〕朝、遅く起きること。また、その人。中早晨睡懶覺；起得晚；早晨睡懶覺的人；早晨起得晚的人。E get up late; a late riser.

☆ 夜遅くまでテレビを見ていたので、朝寝坊をしてしまった/晚上看電視到很晚，早上睡過頭了。

☆ 朝寝坊して授業に遅れた/早上睡過頭，所以上課遲到了。

対早起き

あさはか【浅はか】アサハカ　考えがたりないようす。中淺薄；淺見；膚淺。E thoughtless; silly.

☆ 外見で結婚相手を選ぶのは浅はかだ/以外貌來選結婚對象的做法實在是太膚淺了。

☆ 浅はかにも人のすすめるとおり株を買って大損した/只怪我認識不清，聽他人意見買股票結果損失慘重。

あさひ【朝日】アサヒ　朝の太陽。また、その光。中旭日；朝陽。E the morning sun.

☆ 朝日がのぼり、だんだん明るくなってきた/旭日東升，逐漸天亮起來了。

☆ 朝日が輝く/朝陽閃耀。

☆ 朝日がさす/朝日照射；早晨的陽光照射。

対夕日

あさまし・い【浅ましい】アサマシイ　心や性質などがよくなくて、いやしい。中卑鄙；下流；無恥。E shameful; mean.

☆ お金があるのに人のものを盗むとは浅ましい/自己有錢還去行竊，真卑鄙。

☆ もうけを１人で全部取ろうなんて浅ましい考えだ/想一個人全部獨吞賺來的錢，真是無恥的想法。

あざむ・く【欺く】アザムク〔他動五〕(あざむいて)　いろいろうまいことを言って、うそを本当と思いこませる。中欺騙。E deceive.

☆ 政治家の選挙のときだけの立派な約束は国民をあざむくものだ/政客只在選舉時做出好聽的承諾，是欺騙國民的行為。

あさめしまえ【朝飯前】アサメシマエ　朝食の前にできてしまうほど簡単であること。中輕而易舉；極其容易。E quite easy; nothing.

☆ となりのおじさんは大工だから、犬小屋をつくるなんて朝飯前だ/隔壁那位叔叔是個木匠，做個狗窩實在是輕而易舉的事。

あざやか【鮮やか】アザヤカ　❶色や形などが美しく、はっきりしているようす。中鮮艷；艷麗；漂亮。E vivid; bright.

☆ 夕焼けがとてもあざやかだ/晚霞非常艷麗漂亮。

☆ 若葉はあざやかな緑色をしている/嫩葉呈現出鮮艷的綠色。

❷やり方が見事ですぐれているようす。中巧妙；熟練；精彩。E brilliant; splendid.

☆ あざやかにシュートが決まった/精彩熟練地投籃成功。

☆ 体操選手はあざやかな演技を見せた/體操選手表演了精彩的體操項目。

あさゆう【朝夕】アサユー ❶朝と夕方。中早晨和晚上。E morning and evening.

☆ 祖父はテレビで朝夕のニュースを必ず見る/祖父一定要看早晨和晚上的新聞報導。

❷いつも。毎日。中經常；每天。E day in and day out; all the time.

☆ 試験が近いので、朝夕勉強をしている/快考試了，所以從早到晚都在讀書。

あさ・る アサル、アサル〔他動五〕(あさって)

❶ほしいものや必要なものを手に入れるためにさがしまわる。中尋求；獵取。E look for; search for.

☆ 夜まで図書館で研究の資料をあさった/在圖書館找研究資料直到晚上。

☆ 町の歴史を調べたくて、古本屋をあさる/為研究城鎮的歷史而走遍了舊書店。

☆ 買いあさる/求購。

❷動物などが食べ物をさがしまわる。中尋找食物。E forage for; hunt for.

☆ 池で水鳥が泳ぎながらえさをあさっている/水禽(鴨之類)在池裡邊游邊找食物。

あざわら・う【あざ笑う】アザワラウ〔他動五〕(あざわらって) 相手を見下して意地悪く笑う中 嘲笑E laugh at; scoff at.

☆ 走るのが遅い、と体の弱い兄をあざ笑って父にしかられた/因嘲笑體弱的哥哥走路慢而受到父親的指責。

☆ 仕事で失敗したときは、人がみなあざ笑っているように思えた/工作失敗時，我感到大家好像都在嘲笑我。

名あざ笑い

あし【足・脚】アシ ❶人や動物の体を支えたり歩いたりする器官。人のばあいは足首から上を「脚」、下を「足」と区別することもある。

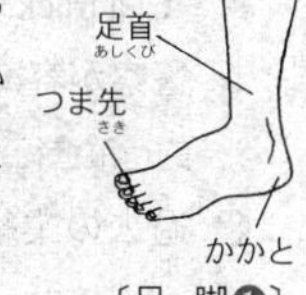

〔足・脚❶〕

中腳；腿。E a leg; a foot.

☆ キリンは首も脚も長い/長頸鹿脖子長腳也長。

☆ 足を組む/cross one's legs./盤腿〔而坐〕；蹺起二郎腿。

☆ 足の裏/腳心；腳掌。

❷ものの下にある部分。ものを支える部分。中腳。E a leg.

☆ テーブルの脚がぐらぐらする/桌腳搖晃不穩。

☆ いすの脚/椅腳。

❸歩くこと。歩調。中腳步；步行。E step; walking.

☆ 雨が降りそうになってきたので、足を速めた/好像要下雨了，加快腳步走。

☆ 花屋の前で足を止めて、季節の花を眺める/在花店前停下來觀賞當季花卉。

❹行ったり来たりすること。中去；來；來往。E coming and going.

☆ 叔母がなくなって以来、叔母の家から足が遠のいた/伯母去世以後，就很少去伯母家了。

☆ 不景気で、デパートは客足が減った/經濟不景氣，百貨公司的顧客減少了。

❺乗り物や交通機関。中交通工具。E transportation.

☆ 電車の事故は、乗客の足に大きな影響を与えた/由於電車事故，帶給乘客極大不便。

☆ 駅に近くて足の便がいい/離車站近，交通很方便。

▷ 数❶❷1本

注 漢字で書くときは、❶は「足」「脚」、❷は「脚」、❸❹❺は「足」。

…………「足」のつく慣用表現 …………

足が地につく 態度や気持ち、主張がしっかりしている。中腳踏實地。E be realistic.

☆ きみの意見は理想ばかりで足が地についていない/你的建議太理想化，不腳踏實地(不切實際)。

似た表現 地に足をつける

足が速い ❶食品がくさりやすい。中容易腐爛。E go bad easily.

☆ イワシは足が速いから、食べてしまったほうがいい / 沙丁魚容易腐爛，最好吃完。

❷ 売れ行きがいい。中 銷路好；暢銷。E sell well.

☆ この商品は足が速く、すぐ売りきれる / 這個商品很暢銷，馬上就賣完了。

足が棒になる 足が非常に疲れて、棒のようにかたくなる。中 腳累得要命；腿累得僵硬。E one's legs become stiff with exhaustion.

☆ 山道を８時間も歩いたので、足が棒になった / 走了八個小時的山路，腳累得都僵掉了。

似た表現 足を棒にする

足を洗う 悪いグループや仕事から離れる。中 改邪歸正。E wash one's hands of.

☆ すりの仲間から足を洗ってまじめに働いている / 小偷金盆洗手後，認真在工作。

足を引っ張る 成功や進行をじゃまする。中 扯後腿；暗中阻撓。E get in the way of.

☆ 兄がエラーばかりして、みんなの足を引っぱったので、だいじな試合に負けてしまった / 哥哥盡出錯，扯大家的後腿，使重要的比賽輸了。

あじ

【味】アジ ❶ 食べたり飲んだりしたときの「甘い」「辛い」「苦い」などの感じ。中 味；味道。E taste; flavor.

☆ どんな味か、食べてみる / 什麼口味，嚐一嚐看看。

☆ このお菓子は、イチゴの味がする / 這點心有草莓的味道。

☆ 味をみる / 嚐嚐味道。

❷ ものごとのおもしろみ。中 趣味；妙處；滋味。E taste; interest.

☆ 道子は味のある絵をかく / 道子畫了一幅別有風味的畫。

❸ ものごとのぐあいや調子。中 感覺。E (a) condition.

☆ ナイフの切れ味をためす / 試一下刀子是否好用。

❹ (「味な」の形で)気がきいてやり方がスマートな。中 (可以做)漂亮；巧妙。E smart.

☆ 課長の誕生日にバラの花をプレゼントするなんて、味なことをするもんだ / 課長生日時送他一束玫瑰花，真是個好點子。

味もそっけもない すこしのおもしろみもない。つまらない。中 枯燥乏味；沒意思。E quite dull.

☆ 味もそっけもないあいさつは、聞いていてもつまらない / 沒有內容的談話，聽了也沒意思。

味をしめる いちどしたことがうまくできたので、またしてみたくなる。中 嘗到甜頭。E be encouraged by.

☆ 友達にほめられたのに味をしめて、何度も同じ歌を歌う / 聽到朋友的誇揚，十分得意，反覆唱著同一首歌。

あじ

アジ 海にすむ魚の一種。日本近海でとれ、種類が多い。焼いたり干物にしたりする。中 竹筴魚。E a horse mackerel.

☆ アジを塩焼きにする / 鹽烤竹筴魚。

☆ アジの開き(＝アジの腹の部分を切って開き、干物にしたもの) / 剖開竹筴魚(＝把竹筴魚的腹部剖開曬成魚乾)。

数 1匹

あしあと

【足跡】アシアト ❶ 人や動物が歩いたあとに残る足の形。中 足跡；腳印。E tracks; a footprint.

☆ クマの足跡があるから気をつけよう / 有熊的腳印，小心點。

☆ 雪の上に靴の足跡が残る / 雪上留有鞋印。

❷ 通った道筋。また、逃げたゆくえ。中 蹤跡。E a track.

☆ 警察が容疑者の足跡を追う / 警察根據嫌犯的行蹤進行追查。

❸ 過去の業績。そくせき。中 成就；業績。E achievements.

☆ 最初の会長は会のために立派な足跡を残

した/創始會長為本會留下了光輝的業績。

あしおと【足音】アシオト、アシオト ❶歩くとき、足や靴が地面などに当たって出る音。中 腳步聲。E footsteps.

☆ 子供が寝ているから、足音をさせないように/孩子已睡著了，走路小聲一點。

☆ 足音をしのばせる/walk stealthily./躡手躡腳地；悄悄地走。

❷ 近づいてくる感じ。気配。中 腳步；氣息。E the approach of.

☆ 春の足音が聞こえる季節になった/可感到春天腳步接近了。

あしからず アシカラズ 相手の希望と違う結果になり申し訳ないという気持ちを表すときにいうことば。中 不要見怪；原諒。E I beg you to understand the situation; I'm sorry, but~.

☆ きょうの飛行機は満席ですので、あしからずご了承ください/今天的飛機已客滿，請多包涵。

☆ あすは用事があって一緒に行けませんが、あしからず/明天有事，不能一起去，敬請原諒。

あしくび【足首】アシクビ、アシクビ かかとの上にある、すこし細い部分。中 踝；腳踝。E an ankle.

☆ スキーで足首を痛めた/滑雪時腳踝受傷了。

→足・脚 図

あじけな・い【味気ない】アジケナイ おもしろみも張り合いもなくてつまらない。あじきない。中 沒意思；乏味；無聊。E dull; weary.

☆ 1人で食事をするのはあじけない/一個人吃飯真乏味。

☆ ベッドと机しかないあじけない部屋/房間裡只有床和書桌，很單調。

アシスタント (assistant) アシスタント 仕事、研究などを手伝う人。中 助手；助理。E an assistant.

☆ 三郎はテレビ局で制作のアシスタントをしている/三郎在電視台擔任製作助理。

あした アシタ、アシタ きょうのつぎの日。あす。明日。中 明天。E tomorrow.

☆ あしたはぼくの誕生日なんだ/明天是我的生日。

☆ あした電話するよ/明天會打個電話給你。

関連 昨日、今日

あしでまとい【足手まとい】アシデマトイ なにかをするとき、じゃまになること。また、その人やもの。中 累贅；妨礙；連累；拖累。E a hindrance; a burden.

☆ 二郎は仕事を覚えるのが遅くて、みんなの足手まといになっている/二郎工作學得太慢，成了大家的絆腳石。

あしば【足場】アシバ ❶歩く場所，また、その状態。中 腳下；下腳處。E a footing; a foothold.

☆ 足場が悪くてあぶない山道を注意して歩く/走危險的山路時要注意。

❷ 建物の工事などで、高い所の作業のために太い木などを組んでつくった場所。中 搭腳處；鷹架。E scaffolding.

☆ 工事の足場を組む/搭建工地鷹架。

❸ ものごとの基礎。中 立足點；基礎。E a footing; a basis.

☆ いままでの経験を足場にして、新しい仕事を始める/以過去的經驗為基礎開始新的工作。

☆ 生活の足場/生活的立足點。

❹ 交通の便。中 交通之便；交通條件。E the convenience of location.

☆ 駅に近く足場がいいので、このアパートに決めた/離車站近交通方便，所以決定住這棟公寓。

あしぶみ【足踏み】アシブミ、アシブミ〔～する〕 ❶同じ場所で前にも後ろにも進まないでする、歩く動作。中 原地踏步。E stamp one's feet; march in place.

☆ とても寒くて、足踏みしながらバスを

待った / 特別冷，所以邊踏步邊等車。

☆ 選手たちは、自分の順番になるまで足踏みをして待っている / 運動員出場之前踏步等候。

❷ ものごとがうまくいかず、同じ状態が続くこと。中 停滯不前；停頓。E a standstill.

☆ 交渉は進まず、まだ足踏みの状態だ / 談判沒有進展，仍處於停滯態。

あしもと【足元】アシモト、アシモト ❶地面に接している足のあたり。中 腳。E at one's feet.

☆ 懐中電灯で足もとを照らす / 用手電筒照下。

☆ 雪ですべるので足もとに気をつけて歩く / 下雪路滑，小心走路。

❷ 歩くときの足のようす。中 腳步；步伐；走路。E a step; a gait.

☆ 酒を飲みすぎて、足もとがふらふらしている / 飲酒過量，走路搖搖晃晃的。

☆ 足もとがおぼつかない / walk with an unsteady gait. / 走路不穩。

❸ 自分の身のまわり。また、その状況。中 基礎；身邊；附近的情況。E a foothold.

☆ 足もとをかためてから新しい事業に取りかかる / 打好基礎，然後開始新的工作。

足元にも及ばない 相手が非常にすぐれていて、比べることができない。中 遠遠趕不上；望塵莫及。E be no match for.

☆ 道子のゴルフの腕はすばらしくて、わたしはその足もとにもおよばない / 道子高爾夫球打得很好，我是望塵莫及。

似た表現 足元へも寄りつけない

あじわ・う【味わう】アジワウ、アジワウ〔他動五〕(あじわって) ❶おいしさを深く感じながら、ものを食べたり飲んだりする。中 品嚐；品味。E taste; savor.

☆ 祖母が心をこめてつくった料理を、よく味わって食べた / 仔細品嚐了祖母精心做的菜。

☆ 珍しい酒をもらったので、さっそく味わってみた / 從別人那裡得到了一瓶少有的好酒，馬上打開嚐了一嚐。

❷ ものごとを体験し、深い意味を感じたり考えたりする。中 玩味；鑑賞；體驗。E experience; appreciate.

☆ 山の中で自動車が故障したときは、たいへんな苦労を味わった / 在山裡車子故障時，真是嚐到了苦頭。

☆ 詩を味わって読む / 吟味詩詞。

▷ 名 味わい

あす【明日】アス、アス ❶きょうのつぎの日。あした。みょうにち。中 明天。E tomorrow.

☆ あす、お宅にうかがいます / 明天去您家拜訪；明天到府上拜訪。

☆ あすの晩、またお目にかかりましょう / 明晚再拜訪您吧。

❷ 近い将来。中 最近；將來。E the future.

☆ あすはわが身 / 下一次就輪到自己了。

☆ あすの世界 / 未來的世界；將來的世界。

注「みょうにち」とも読めるので、区別するためには、ひらがなで書くほうがいい。

あずか・る【預かる】アズカル〔他動五〕(あずかって) 人から頼まれたものを引き受けて、たいせつにして守る。中 收存；(代人)保管；保存。E keep; take charge of.

☆ 受付でお客の貴重品を預かる / 服務台代客人保管貴重物品。

☆ 医者は患者から命を預かっている / 醫生掌管病人的生命。

名 預かり

あず・ける【預ける】アズケル〔他動一〕たいせつなものを人に渡して守ってもらう。中 存；寄存；存放。E deposit; leave~in the care of.

☆ 銀行にお金を預ける / 到銀行存款。

☆ 昼の間、子供を保育園に預けて働いている / 白天先把小孩送到幼稚園後再去工作。

アスレチック(athletic) アスレチック 水泳、ダンス、体操などの設備や器具があり、いろいろな運動のできる施設。アスレチッククラ

ブ。中 健身房；健康俱樂部。E an athletic club.

☆ 会社の帰りにアスレチックで汗を流す / 從公司回家的路上去健身房鍛鍊身體。

あせ【汗】アセ ❶ 暑いときや緊張したときなどに皮膚から出る水分。中 汗；汗水。E sweat; perspiration.

☆ スポーツをして汗をかく / 做運動出汗。

☆ 会社の面接試験で、緊張して汗が出た / 在公司面試時緊張得直冒汗。

☆ 手に汗をにぎる / 捏一把冷汗；提心吊膽。(→手 慣用)

❷ ものの表面などにつく水滴。中 (滲出的) 水珠。E sweat; condensation.

☆ 冷蔵庫から出しておいたビール瓶が汗をかいている / 剛才從冰箱拿出的啤酒瓶上滲出水珠。

あせだく【汗だく】アセダク ひどく汗が出ているようす。話 中 汗流浹背；渾身是汗；大汗淋漓。E be dripping with sweat; feverishly.

☆ クーラーのない暑い部屋で、汗だくで仕事をする / 在沒有冷氣的悶熱房間裡汗流浹背地工作。

☆ パスポートをなくし、汗だくになってさがした / 丟了護照，找得渾身是汗。

あせば・む【汗ばむ】アセバム〔自動五〕(あせばんで) すこし汗をかく。汗でしめっている。中 微微出汗。E be slightly sweaty.

☆ 暑い日は仕事をしないうちからひたいが汗ばむ / 大熱天裡，還沒工作，前額已微微出汗。

☆ 汗ばむぐらいの軽い運動/微微出汗的運動。

あせ・る【焦る】アセル〔自動五〕(あせって) ものごとが思うとおりに進まないので落ちつかなくなる。中 急躁；著急。E be impatient; fret.

☆ 夕方になっても仕事が終わらないので、みなあせりだした / 到了傍晚工作還沒做完，大夥開始著急了。

☆ 出かけなければならないのに、客が帰らないので気があせる/有事必須外出，可是客人不走真讓人著急。

名 焦り

あぜん【唖然】アゼン (「あぜんとする」の形で)ひどく驚いたり、あきれたりしてことばが出ないようす。中 啞然；目瞪口呆。E be dumbfounded.

☆ 仕事中に部長が急に歌を歌いだしたので、みんなあぜんとしてしまった / 工作中經理突然唱起歌來，大家都傻住了。

あそこ アソコ ❶ 話す人からも聞く人からも離れていて、両方から見える所をさすことば。中 那裡；在那裡。E there; over there.

☆ あそこに見えるのがわたしの学校です / 那裡看到的就是我們的學校。

❷ 見えないが、話す人も聞く人も知っている所をさすことば。中 那裡。E that place.

☆ あそこはいいレストランだね。今度、一緒に行こう / 那裡是一家不錯的餐廳，下次一起去吃吧。

▷ → 付録 指示語のまとめ

あそび【遊び】アソビ ❶ 遊ぶこと。中 玩；遊戲；遊玩。E play; a game.

☆ 子供のころ、いろいろな遊びをした / 孩提時代，玩過各式各樣的遊戲。

☆ 遊び相手 / 玩伴。

❷ 好んで酒を飲んだり、かけごとなどをしたりすること。中 放蕩；吃喝嫖賭。E pleasure.

☆ 遊び人 / 遊手好閒的人；好賭博的人；花花公子。

☆ 遊び好き/好玩；好嫖；好賭；喜歡吊兒郎當；喜歡游手好閒；好玩的人。

▷ 自動 遊ぶ

あそ・ぶ【遊ぶ】アソブ〔自動五〕(あそんで) ❶ 仕事を離れ自分の好きなことをして楽しむ。中 玩；消遣。E play; enjoy oneself.

☆ 家族そろってゲームをして遊ぶ / 一家一起打電動消遣。

☆ 子供たちが公園で遊んでいる / 孩子們在公

あ

園玩遊戲。

❷ 決まった仕事がなく、役に立つことをしないでいる。中 閒著；沒事做。E be idle; be not in use.

☆ 貯金があるから老後は遊んで暮らせる／因為有存款，晚年不用做事也可以安享晚年。

☆ 運転手がたりなくて遊んでいるトラック／駕駛員不足，卡車沒有人開。

▷ 名 遊び

あた・える【与える】アタエル〔他動一〕

❶ なにかを相手に渡す。中 給；給予；賜與。E give; present.

☆ 王は少年に１頭の白い馬と剣を与えた／國王賜給少年一匹白馬和一把劍。

☆ 日本では20歳になると選挙権が与えられる／在日本滿二十歲就有選舉權。

対 奪う

❷ 受けさせる。加える。中 帶來；使～蒙受；造成。E cause; give.

☆ 台風は広い地域に損害を与えた／颱風給廣大地區帶來損害。

☆ 強い印象を与える／給予很深刻的印象。

☆ 罰を与える／給予處罰。

あたかも アタカモ ❶(「あたかも～のようだ」の形で)形、性質、状態などがちょうどそのようだ。中 恰似；宛如；猶如。E as if; like.

☆ 幼いころのことが、あたかもきのうのことのように思いだされる／雖然是兒時回憶，但一想起就猶如昨日一般。

❷ 時刻や時期がちょうどその時だ。中 正好；正是。E Now is ～.

☆ 時あたかもスキーシーズン／現在正是滑雪季節。

▷ 書

あたたか・い【暖かい・温かい】アタタカイ ❶ 暑くも寒くもなく、ちょうどいい。中 暖；暖和。E warm.

☆ 春になると暖かくなる／一到春天就暖和起來。

☆ 日当たりがよくて、冬でも暖かい部屋／房間採光好，冬天也很暖和。

対 寒い

❷ 肌にふれたときに、その温度がちょうどいいと感じる。中 熱呼呼；暖和。E hot; warm.

☆ できたばかりの温かい料理／剛做好熱呼呼的菜。

対 冷たい

❸ 心がやさしくて、情け深い。中 溫暖；熱情；心地好。E warm; kind.

☆ 温かいことばを聞いて感激した／聽到窩心的話語真讓人感動。

☆ 心の温かい人／心地好的人；熱情的人。

対 冷たい

注 漢字で書くときは、❶は「暖かい」、❷❸は「温かい」。

あたた・める【暖める・温める】アタタメル〔他動一〕 ❶ あたたかくする。中 溫；熱；燙；烘暖。E heat up; warm up.

☆ ガスストーブで部屋を暖める／用暖爐溫暖房間。

☆ 親鳥が卵を温める／母雞孵蛋。

対 冷やす

❷ 考えたこと、書いたものなどをすぐに発表せずに、よくするために手もとに置く。中 醞釀構思。E nurse; warm over.

☆ ２年間温めていた計画を実行することにした／決定實施醞釀構思兩年之久的計畫。

▷ 書❷ 自動 暖まる・温まる

注 漢字で書くときは、❶は「暖める」「温める」、❷は「温める」。

あだな【あだ名】アダナ 親しみの気持ちや見下す気持ちなどを表したいときに、その人の特徴をとらえてつける名前。ニックネーム。中 外號；綽號。E a nickname.

☆ 学生たちはＡ先生を「めがね猿」というあだ名で呼んでいる／學生們給Ａ老師取外號叫「眼鏡猴」。

☆ あだ名をつける / 取綽號。

あたふた アタフタ〔～する〕 非常にあわてて行動するようす。話 中慌忙；慌慌張張。E in a hurry; hastily.

☆ 忘れ物に気づいて、あたふた(と)取りにもどった / 發現忘了東西，慌慌張張跑回來拿。

☆ 急に10人もお客が来ることになり、あたふたしながら食事の準備をした / 一下要來十位客人，慌忙的準備飯菜。

あたま

【頭】アタマ ❶ 人や動物の首から上。特に髪がある部分。中頭；腦袋。E the head.

☆ 転んで頭にけがをした / 跌倒摔傷了頭。

☆ 頭を深く下げて、おじぎをする / 低頭深深地鞠躬。

☆ かぜをひいて頭が痛い / 感冒頭痛。

❷ 髪の毛。中頭髮。E hair.

☆ 年をとって頭が薄くなった / 上了年紀頭髮變稀疏了。

☆ 頭を洗う / 洗頭。

☆ 頭を刈る / 理頭；理髮。

❸ 頭脳や考える力。中頭腦；腦筋；腦子。E a head; brains.

☆ 頭を使えば、こんな問題はすぐにとける / 動動腦筋，這問題很快就能解決。

☆ 眠くて頭が働かない / 睏得頭腦變遲鈍。

☆ 頭がいい / 腦子靈活；頭腦清楚。

❹ ものの先や上の部分。中頭部；頂端；開頭。E the top; the head.

☆ 富士山の頭に雪が積もっているのが見える / 可以看到富士山頂積著雪。

☆ 鼻の頭に汗をかく / 鼻頭出汗。

❺ 最初。初め。中開頭；一開始。E the first; the beginning.

☆ わたしはその話を頭から信用していない / 我打從一開始就不相信那個消息。

☆ 本文の頭から読んでいく / 從文章的開頭往下讀。

☆ 頭金 / a down payment. / 定金；押金。

❻ 人の数。人数。人員。中人；人數。E the number of persons; a person.

☆ 頭数だけはなんとかそろった / 人員總算到齊了。

☆ 1人頭、1000円です / 每人一千日圓。

▷ →体 図

…………「頭」のつく慣用表現 …………

頭が固い 自分の考えを変えない。頑固だ。中頑固；死腦筋。E be hard-headed.

☆ 父は頭がかたくて、家族の意見を聞こうとしない / 父親頑固，不聽家人的意見。

頭が切れる 頭脳の働きが鋭い。中頭腦敏銳。E be intelligent; be sharp.

☆ 道子は頭が切れるから、むずかしい論文もすぐ理解できる / 道子頭腦敏銳，難懂的論文也馬上能理解。

頭が下がる 感心して非常に尊敬する。中欽佩；佩服。E have respect for.

☆ 有名になっても年をとってもまだ努力を続けている先生には頭が下がる / 老師雖然功成名就，又上了年紀但仍繼續努力，真讓人欽佩。

頭に来る 怒りの気持ちが起こる。中生氣；氣得發昏。E get mad.

☆ 貸してやったノートをなくしたと言われて頭にきた / 聽說把我借給他的筆記本弄丟了，真氣人。

頭を抱える どうしていいかわからなくて、すっかり困る。中抱著腦袋沈思；發愁；傷腦筋。E be perplexed; be at a loss.

☆ 妻の入院や、子供の教育費に家のローンなど、金のかかることばかりで頭をかかえている / 妻子住院，小孩的學費加上房子的貸款等花費使我傷透腦筋。

頭をしぼる 苦労して考えだそうとする。中絞盡腦汁；苦苦思索。E rack one's brains.

☆ 新しい会社の名前を広く知ってもらうに

はどうすればいいかと、みなで頭をしぼった / 大家都在為怎樣才能使新公司的名稱家喻戶曉而絞盡腦汁。

あたまうち【頭打ち】アタマウチ　ものごとが、あるところまでのびてきて、もうそれ以上のびなくなること。中 達到頂點；達到極限。E (reach) the upper limit.

☆ ワープロの売り上げが昨年から頭打ちになっている / 文字處理機的銷售去年已達到最高峰。

☆ この会社の給料は、50歳で頭打ちになる / 這家公司的薪資在五十歲時達到頂點。

あたまでっかち【頭でっかち】アタマデッカチ　❶ 頭など上の部分が、ふつうより大きいこと。中 腦袋大；頭大身體小。E top-heavy.

☆ 娘がつくった人形は、かわいいが頭でっかちだ / 女兒做的洋娃娃很可愛，可惜頭大身小。

☆ この花瓶はすこし頭でっかちで、安定が悪い / 這個花瓶有點頭重腳輕，放不平穩。

❷ 知識はたくさんあるが、実際には使えないこと。また、その人。中 光說不練(的人)。E an armchair theorist.

☆ 京子は頭でっかちで、知識は豊富だが、実行力に欠けている / 京子光說不練，知識雖然豐富，但實際工作能力不足。

▷ 話❷

あたらし・い【新しい】アタラシイ　❶ いままでのものと違って、はじめてのものだ。中 新。E new.

☆ きょうから新しい生活を始める / 從今天開始新生活。

対 古い

❷ あまり時間がたっていない。中 新式；新鮮；新。E new; fresh.

☆ きのう買った新しい靴をはいて行く / 穿昨天剛買的新鞋出門。

☆ 新しいビルが建った / 新的大樓蓋好了。

☆ 新しくておいしそうな魚 / 新鮮可口的魚。

対 古い

あたらない（「〜に〔は〕あたらない」の形で）〜する必要はない。なにも〜することではない。中 不要；用不著。E need not; do not have to.

☆ 60歳の大学生も、いまでは驚くにあたらない / 現在六十歲上大學也不足為奇。

あたり【辺り】アタリ　❶ その場所に近い所。付近。中 附近；周圍。E in the vicinity of; around.

☆ 銀座のあたりの店は、値段が高い / 銀座附近的商店，商品價錢昂貴。

☆ 雪が降って、あたりが真っ白になった / 下雪了，周圍變成一片雪白。

❷（他のことばの後について）(1) だいたいの日時。ごろ。中 大約；上下。E around; about.

☆ 来週の金曜日あたり、一緒に食事でもしませんか / 下週五前後，一塊吃頓飯怎麼樣？

(2) たとえば〜など。

☆ つぎの学長にはA先生あたりが適任だろう / Somebody like professor A will be suitable for the next president of the college. / 像A老師那樣的人，適合接任下屆校長吧。

▷ →辺

二 注 ❷はひらがなで書く。

あたり【当たり】アタリ　❶ 当たること。ぶつかること。ぶつかった感じ。中 打中；命中；撃中；對待。E hit; touch; impact.

☆ 当たりがやわらかい / 待人和善。

☆ 当たり所 / 打中的地方。

☆ 人当たり / 對人的態度。

☆ 心当たり / 猜得到；心中有數；猜得到的事。(→ 項目)

❷ 期待どおりになること。中 稱心如意；成功。E a hit; a success.

☆ 当たりはずれがある / 有中獎的，也有不中獎的。

☆ 大当たり / 成功獲勝；中頭獎。

対 外れ

❸ (「食」「湯」などの後について)それらのために体をこわすこと。中 對身體有害；中毒。

☆ 古い食べ物を食べて食あたりした / I had something stale to eat and got food poisoning. / 吃了過期的東西因而食物中毒。

☆ 温泉に長く入っていて湯あたりしてしまった / 在溫泉中泡得太久而引起身體不適。

❹ (単位を表すことばの後について)それについて。中 表示每、平均的意思。

☆ きょうのパーティーは1人あたり2000円の会費だ / 今天的晚會每人繳會費兩千日圓。

☆ 1キロあたり300円の卵 / eggs of 300 yen per kilogram. / 一公斤三百日圓的雞蛋。

▷ 自動 当たる

あたりさわり 【当たり障り】アタリサワリ そのことによってぐあいの悪いことが起こること。中 妨礙；壞影響；不良影響。E problem; trouble.

☆ 政治の話は当たり障りがあるので、会食の話題にはしないほうがいい / 有關政治的話題是個敏感問題，聚餐時迴避為宜。

☆ 当たり障りのない話 / 無關痛癢的話。

あたりまえ 【当たり前】アタリマエ ❶ ある結果になるのが、自然でなんの不思議もないようす。中 當然；自然；應該。E natural; no wonder.

☆ 洋子はあんなに勉強したのだから、合格してあたりまえだ / 洋子那樣努力，考上是理所當然的。

❷ ほかと変わったところがなく、ふつうであるようす。中 普通；正常。E usual; ordinary.

☆ 毎日9時から5時まで働くようなあたりまえの生活はしたくない / 不喜歡朝九晚五那種固定模式的生活。

あた・る 【当たる】アタル〔自動五〕(あたって) ❶ ものに強くぶつかる。中 碰上；撞上。E hit; strike.

☆ 子供が投げたボールが当たって窓ガラスが割れた / 小孩投的球，把玻璃窗打破了。

☆ 落ちてきた石が頭に当たってけがをした / 被落石打傷了頭。

❷ ものがふれたり、とどいたりする。中 曬；照；吹。E expose oneself to; shine on.

☆ ふろから上がって涼しい風に当たった / 洗完澡吹吹涼風。

☆ 日がよく当たる部屋 / 採光良好的房間。

❸ ものごとが思っていたようになる。中 成功；走運；說中；猜中。E prove a success; prove right.

☆ 企画が当たればこの商品はよく売れるはずだ / 如果計畫成功的話，這商品應該暢銷。

☆ 天気予報が当たる / 天氣預報很準確。

対 外れる

❹ (「〜に〔は〕あたらない」の形で) ⇨ あたらない

▷ 名 当たり　他動 当てる

あちこち アチコチ、アチコチ 「あちらこちら」のくだけた言い方。話 中 這裡那裡；到處；處處；每處；各個地方。E here and there.

☆ この公園はあちこちにベンチが置いてある / 這個公園裡到處都設有長椅。

☆ 入学試験について、あちこちの大学を調べてみた / 調查各地大學入學考試情況。

あちら アチラ ❶ 話す人からも聞く人からも離れている所。また、その方向やそこにあるものをさすことば。中 那裡；那邊。E over there; that over there.

☆ ここを9時に出ると、あちらには12時に着く / 九點離開這裡的話，十二點就到達那裡。

☆ あちらに見えるのが国際センターです / 那邊能看見的是國際中心。

❷ 話す人からも聞く人からも離れている人をさすことば。中 他；她；那位。E that person.

☆ あちらはタイのビラートさんです / 那位是泰國的皮拉特先生。

☆ あちらさま / 那位先生 / 女士。

▷ →付録 指示語のまとめ

参 ❶のくだけた言い方は「あっち」。また、❷には敬意がふくまれ、「あの方」と同じような意味になる。

あちらこちら アチラコチラ　いろいろな場所や方向。あちこち。あっちこっち。中 這裡那裡；到處。E here and there; from place to place.

☆ 山のあちらこちらに桜が咲いている/山上到處盛開著櫻花。

☆ 東京のあちらこちらを見物する/到東京四處看看。

あつ・い【厚い】アツイ　❶ 表から裏までの間が大きい。中 厚。E thick.

☆ あの家は壁が厚くて丈夫そうだ/那房子的牆很厚看似堅固。

☆ 厚く切った肉/切得很厚的肉。

☆ 厚い辞書/厚厚的字典。

対 薄い

❷ 思いが深い。中 深厚。E warm; deep.

☆ ２人は厚い友情で結ばれている/兩人結下了深厚的友誼。

☆ 厚く御礼申し上げます/表示深深的謝意。

あつ・い【暑い】アツイ　体が熱いと感じるぐらい気温が高い。中 熱。E hot.

☆ 暑いからクーラーをつけよう/太熱了，打開冷氣吧。

☆ ゆうべは暑かったので、窓を開けて寝た/昨晚太熱了，所以開著窗戶睡。

対 寒い、涼しい

あつ・い【熱い】アツイ　❶ さわれないぐらい温度が高い。中 熱；燙。E hot; heated.

☆ お茶は熱いのがいい/茶要熱的比較好。

☆ ふろが熱くて入れない/洗澡水太熱，沒辦法洗。

対 冷たい

❷ 気持ちが激しく燃えるようだ。中 火熱；激動。E passionate.

☆ 感激して胸が熱くなった/感激得一股暖流湧上心頭!

☆ 一郎と洋子は熱い恋をしている/一郎和洋子正在熱戀中。

対 冷たい

あっか【悪化】アッカ〔～する〕ものごとが悪くなること。中 惡化。E go from bad to worse; get worse.

☆ 都市の交通事情は、ますます悪化している/城市的交通每況愈下。

☆ 病気が悪化する/病情惡化。

対 好転

あつか・う【扱う】アツカウ〔他動五〕(あつかって)　気をつけてものを動かしたり人の相手をしたりする。中 使用；處理；對待。E handle; deal with; treat.

☆ 新しい機械を扱うのはむずかしい/使用新機器是很難的。

☆ 幼稚園の先生は子供を上手に扱う/幼稚園的老師很會哄孩子。

名 扱い

あつかまし・い【厚かましい】アツカマシイ　恥ずかしいという気持ちや遠慮する気持ちなどがまったくない。中 厚臉皮；不害臊。E impudent; too much to ask.

☆ となりから雑誌をのぞきこんで、早くページをめくってくれとはあつかましい人だ/看雜誌時坐在旁邊的人跟著看，而且竟要求我快點翻頁，真是厚臉皮。

☆ あつかましいお願いですが、わたしの保証人になっていただけませんか/冒昧請問您能夠做我的保證人嗎?

あつくるし・い【暑苦しい】アツクルシイ　暑くて、苦しいほどだ。中 熱得難受；悶熱。E stuffy; sultry.

☆ この部屋は狭くて窓もなく、暑苦しい/這房間又小又沒窗戶，真是悶熱。

☆ 中学生の制服はえりがつまって暑苦しそうだ/中學生的校服衣領窄，看起來很悶熱。

あっけな・い アッケナイ 思っていたより簡単で、ものたりない。中太簡單；沒意思；不盡興。E too easily; disappointing.

☆ 最初の試合であっけなく負けてしまった/首場比賽就輕易地輸了。

☆ 問題があまりやさしくて、あっけなかった/問題太簡單沒意思。

あっけにとられる 【あっけに取られる】 びっくりしたりあきれたりして、なにもできないでいる。中感到驚愕；嚇呆；發愣。E be astonished; be taken aback.

☆ 子猿にバナナをやったら母猿が取りあげて食べてしまったので、あっけにとられて見ていた/給小猴子一隻香蕉，卻被猴媽媽搶去吃了，讓人都看呆了。

☆ 髪を半分ずつ赤と黄色に染めている人がいて、あっけにとられた/有個人將頭髮染成一半紅一半黃，讓人感到驚愕。

あっさり アッサリ ❶〔～する〕味や色、また人の性格などから受ける感じが、さっぱりしているようす。中清淡；樸素；坦率。E light; plain; frank.

☆ 病気のときには、油を使わないあっさりした味のものが食べたくなる/生病時想吃不放油的清淡料理。

☆ あっさりした性格/坦率的性格。

対こってり

❷ 簡単なようす。中簡單；輕鬆。E easily.

☆ 1点も取れず、あっさり(と)負けた/一分也沒得，一敗塗地。

☆ あっさり(と)問題をとく/輕鬆地解開難題。

あっせん 【斡旋】アッセン〔～する〕 うまくいくように、世話をすること。また、紹介をすること。中幫助；介紹；斡旋。E good offices; mediation.

☆ アルバイトのあっせんをする/幫助別人找打工。

☆ 知り合いに、仕事のあっせんを頼む/請求朋友幫忙介紹工作。

あったか・い アッタカイ 「暖かい」「温かい」のくだけた言い方。話 中暖；暖和。E warm; hot.

☆ 寒いからストーブをつけて部屋をあったかくしよう/天冷開暖爐暖和房間吧。

☆ 料理があったかいうちに食べよう/趁食物熱時快吃吧。

あっち アッチ 「あちら」のくだけた言い方。話 中那裡；那個。E over there.

☆ こっちは寒いが、あっちは暖かいようだ/這裡冷，但那裡好像很暖和。

☆ あっちへ行きなさい/快去那邊！

▷ → 付録 指示語のまとめ

あっとう 【圧倒】アットー〔～する〕 比べものにならないほど強い力で他を負かすこと。中佔優勢；壓倒；勝過。E overwhelm; overpower.

☆ 体が小さいので、気力で相手を圧倒してすもうに勝った/因為身材矮小，相樸時只好用力氣壓倒對方來取勝。

☆ 出場者の中ではA選手が圧倒的に強い/出場者中A選手佔絕對優勢。

あっぱく 【圧迫】アッパク〔～する〕 ❶ 強い力で押しつけること。中壓；壓迫。E press.

☆ 胸が圧迫されて苦しい/胸悶難受。

❷ 勢力や軍事力などで押さえつけること。中壓迫；施加壓力；壓制。E suppress; oppress.

☆ 最近の物価高は、人々の生活を圧迫している/最近物價高漲，給人們生活帶來壓力。

☆ 学校の厳しい規則が生徒を圧迫している/學校以嚴格的紀律約束學生。

あっぷあっぷ アップアップ、アップアップ〔～する〕 ❶ おぼれそうになり、なんとか助かろうとして苦しむようす。中嗆得透不過氣。E be on the point of drowning.

☆ 川に落ちてあっぷあっぷしている子供を

助けた/搶救掉進河裡嗆得透不過氣來的小孩。

❷ 非常に苦しみ、困っているようす。中 非常痛苦、困難。E be on the verge of bankruptcy.

☆ 会社の経営が苦しくなり、あっぷあっぷしている / 公司經營不順，瀕臨破產。

▷ 話

あつまり【集まり】アツマリ、アツマリ 集まること。また、その会。集会。中 會合；集會；彙集。E an attendance; a meeting.

☆ そのクラスは、遅刻する学生が多く、集まりが悪い / 那個班級的多數學生經常遲到，集合困難。

☆ あすの午後、ＰＴＡの集まりがある / 明天下午召開家長會。

自動 集まる

あつま・る【集まる】アツマル〔自動五〕(あつまって) ものごとや人が１つの所に寄る。中 集合；集聚。E gather; crowd; be shown.

☆ きょうはお祭りなので町に人がおおぜい集まった / 今天是祭典，所以鎮上聚集很多人。

☆ 世間の同情が集まる/獲得社會大衆的同情。

対 散る 名 集まり 他動 集める

あつ・める【集める】アツメル〔他動一〕ものごとや人を１つの所に寄せる。中 集合；招集；收集。E gather; assemble; collect.

☆ 人々を集めて選挙演説をする / 召集選民進行競選演說。

☆ 庭の落ち葉を１ヵ所に集めた / 把院子裡的落葉掃在一起。

☆ 会費を集める / 收會費。

自動 集まる

あつりょく【圧力】アツリョク、アツリョク

❶ ものを押さえつける力。中 壓力。E pressure.

☆ 空気に圧力を加えて液体窒素をつくる / 給空氣加壓產生液態氮。

☆ 水の圧力 / 水壓。

☆ 圧力なべ/ a pressure cooker. /高壓鍋；壓力鍋。

❷ 人や団体、または意見などをおさえつける力。中 壓力；制服力。E pressure.

☆ 議員に圧力をかけて法律を通させる/給議員施加壓力，讓法律通過。

☆ 圧力団体 / a pressure group. / 壓力集團。

あて【当て】アテ ❶ 目的。また、見込み。中 目標；目標。E an aim; an object.

☆ １人で、当てもなく旅をする / 一個人無目標地出外旅行。

☆ 仕事の当てがないので、うちにいる / 找不到工作，只好待在家裡。

❷ 頼り。期待。中 指望；期待；依靠。E expectation; reliance.

☆ 二十になっても、まだ親を当てにする / 二十歲了還依靠父母。

☆ あの人の言うことは、当てにならない / 那個人說的話靠不住。

-あて ❶ (他のことばについて)手紙や文書を送る相手を表す。中 (寄、送、匯…) 給。

☆ 会社あての重要な書類が紛失した / 把要交給公司的重要文件給遺失了。

☆ 私あてに送ってください / Please send it to me. / 請寄給我。

❷ (「１人あて」の形で)数人で分けてするとき、１人について。中 幾個人分配時，每人分得…。

☆ １人あて 1000 円支払う / pay one thousand yen per person. / 每人支付一千日圓。

あてこすり【当てこすり】アテコスリ 遠まわしに悪口や皮肉を言うこと。また、そのことば。中 諷刺；含沙射影。E an insinuation; a sarcastic remark.

☆ 友達に「体は小さいのによく食べるね」と、あてこすりを言われてしまった/朋友譏諷我說「個子小卻很能吃」。

他動 当てこする

あてさき【あて先】アテサキ 手紙やはがきなどの、相手の住所や名前。中 收件人的姓名住址。E an address.

☆ あて先が違っていたので、出したはがき

がもどってきた/因為地址不對，寄出去的明信片被退回來了。

あてずっぽう 【当てずっぽう】アテズッポー、アテズッポー 確かな理由はないが、自分で適当に推しはかるようす。話 中瞎猜；胡猜。E by guess; at random.

☆ 試験のとき、わからないところはあてずっぽうで答えておいた/考試時不懂的地方瞎猜隨便作答。

☆ ビデオの使い方がわからず、あてずっぽうにボタンを押していたらこわれてしまった/不懂錄影機的使用方法，亂按一通結果弄壞了。

あてつ・ける 【当てつける】アテツケル〔他動一〕 相手を非難する気持ちを、直接関係のない形で、わざとなにかを見せたり聞かせたりして表す。中指桑罵槐；諷刺。E rebuke a person indirectly; spite a person.

☆ 禁煙車なのにとなりの座席の人がタバコを吸っていたので、あてつけるように何度もせきをした/雖是禁菸車，但坐在旁邊的人仍在吸菸，我暗示性地咳了好幾次。

名当てつけ

あてな 【あて名】アテナ 手紙やはがきなどに書く、相手の名前。住所をふくむばあいもある。中收信件人的姓名(地址)。E an addressee; an address.

☆ 封筒にあて名を書く/在信封上寫上收信人的姓名地址。

あてはま・る 【当てはまる】アテハマル〔自動五〕(あてはまって) 話題になっていることがらにちょうどよく合う。中適合；適用；合適。E apply to; be true of; satisfy.

☆ 新聞に自動車の騒音と排気ガスで困っている人たちのことが出ていたが、これはわたしの町にもあてはまる/新聞報導有人飽受汽車噪音和廢氣困擾，其實我們城鎮也有相同情況。

☆ 条件にあてはまる人を採用する/錄用符合條件的人。

他動当てはめる

あでやか アデヤカ 人の注目を集めるような、はなやかできれいなようす。中艷麗；華麗；婀娜；婀娜多姿。E charming; fascinating.

☆ あでやかで美しい主演女優/婀娜多姿又美麗的女主角。

☆ あでやかな和服姿の娘/身穿高雅華麗和服的姑娘。

あ・てる 【当てる・充てる】アテル〔他動一〕

❶ ものを強くぶつける。中碰；撞；擊打。E hit; strike.

☆ 石を投げて電柱に当てる/丟石頭砸電線桿。

❷ ものをふれさせたり、とどかせたりする。中(把手)放在～；曬；烤；淋。E put; expose.

☆ ひたいに手を当てて熱があるかどうかをみる/將手放在額頭上看有沒有發燒。

☆ 植木の鉢を外へ出して日光に当てる/把花盆端到外邊去曬曬太陽。

❸ ものごとがぴったり合うようにする。中猜；推測。E guess.

☆ 箱の中になにが入っているかを当てなさい/請猜猜看箱子裡放著什麼?

☆ クイズの答えを当てる/猜謎；猜難題答案。

❹ 目的に合わせてものごとをする。中充當；安排。E allot; assign.

☆ 収入を全部生活費にあてる/將收入全部當生活費。

▷ 自動当たる

注 漢字で書くときは、❶❷❸は「当てる」、❹は「充てる」。

あと 【後】アト ❶ 顔のあるほうと反対のほう。中後邊；後面；後方。E behind; back.

☆ わたしの後からついてきなさい/跟著我來。

☆ 一郎はふるさとを後にして東京へ働きに来た/一郎離開家鄉，來到東京工作。

対先

❷ あることが終わってから。中以後；之後。

E later; after.

☆ いま忙しいから、その話は後でしましょう/現在正忙著，那事以後再說吧。

☆ 夏休みの後にテストがある/暑假之後要考試。

対 前

❸ 順番や時間が後ろであること。中 之後；其次。E the next.

☆ 後の電車のほうが、すいているだろう/下班電車比較空吧。

☆ 面接の順番は洋子の後だった/面試的順序，我排在洋子的後面。

対 先、前

❹ 残りの部分。中 其餘；此外。E the rest; the remainder.

☆ 後は、またあした勉強しよう/其餘部份明天再讀吧。

☆ 後の金額は、来月払います/其餘的錢下個月再付。

❺ (副詞的に)これから。そのほかに。中 再；還有。E from now; in; more.

☆ あと1週間でクリスマスだ/再過一星期就是聖誕節了。

☆ あと5人で満員になる/再五個人就客滿了。

二 注 ❺はひらがなで書く。

後の祭り 時が過ぎてしまい、手遅れになること。中 已經晚了；錯過時機；馬後炮。E It's too late ~.

☆ 試験が終わってから正しい答えに気がついても後の祭りだ/考試結束後才想到正確答案，可是已經來不及了。

後を追う ❶ 追いかける。跡を追う。中 追趕。E pursue.

☆ 逃げていく犯人の後を追う/追捕逃跑的犯人；追捕逃犯。

❷ 死んだ人をしたって、続いて死ぬ。跡を追う。中 緊跟著死去。E die soon after ~.

☆ この小説の主人公は、恋人の後を追って死んだ/這部小說的主人翁緊跟著戀人殉情。

あと【跡】アト ❶ 人やものなどが通った所に残る形。中 印；跡；痕跡。E a track; a trace.

☆ 事件現場に車の跡が残っていた/事故現場留有車的痕跡。

☆ 雪の上に動物の足跡がある/雪地上有動物的足跡。

❷ 人やものなどが存在したしるし。

☆ 跡をくらます/cover up one's tracks./消失蹤跡。

☆ 跡をつける(=尾行する)/跟蹤(=尾隨)。

❸ 傷ついたり変化したりした部分に残るしるし。中 傷痕；傷疤。E a scar; a mark.

☆ 腕に切り傷の跡が残る/手腕上留有割傷的疤痕。

☆ やけどの跡/燒傷的痕跡。

☆ ピストルの弾の跡/手槍的彈痕。

❹ 人の行動、ものごとの経過をとどめるもの。中 跡象。E a sign; evidence.

☆ 一生懸命努力したので、進歩の跡がみられる/拚命努力有進步的跡象。

❺ つぎの人が相続する家業、地位、身分。中 家業。E one's family business.

☆ 祖父の代から続いた店の跡をつぐ/繼承祖父留下的商店。

あとあじ【後味】アトアジ、アトアジ ❶ 食べたり飲んだりしたあとに、口の中に残る味。中 口中餘味。E an aftertaste.

☆ このお茶はおいしいし、後味もいい/這茶不僅好喝，而且餘香猶存。

❷ なにかをしたあとに残る感じや気分。中 餘味；後味。E an aftertaste; an impression.

☆ うそがばれて、後味の悪い思いをした/謊言被拆穿，使人感到很難堪。

あとかたづけ【後片付け・跡片付け】アトカタズケ〔～する〕 ものごとが終わったあと、きれいに整理すること。中 整理；收拾。E clear (the table); put things in order.

☆ 夕食の後片づけをする / 晩飯後收拾碗筷。

☆ 引っ越しの跡片づけ / 搬家收拾整理。

注「後片付け」は時間に、「跡片付け」は場所に重点を置いた言い方。

あどけな・い アドケナイ　子供のようすが無邪気でかわいい。中 天真；天真無邪；天真爛漫；孩子氣。E innocent; childish.

☆ 子供の寝顔はあどけない / 小孩的睡臉天真無邪。

☆ あの子は小学２年生だが、まだあどけなくて幼稚園児に見える / 那孩子雖已小學二年級，但看起來天真爛漫的像是幼稚園兒童。

あとしまつ【後始末・跡始末】アトシマツ〔～する〕　ものごとが終わったあと、きちんと整理や処置をすること。中 清理；收拾；善後。E settle; clean up after; set matters right.

☆ 借金の後始末をつける / 處理借款。

☆ 火事場の跡始末 / 清理火災現場。

注「後始末」は時間に、「跡始末」は場所に重点を置いた言い方。

あとずさり【後ずさり】アトズサリ〔～する〕　前を向いたまま、後ろに下がること。後じさり。中 後退；往後倒。E step back.

☆ 怒った兄になぐられそうになって、思わず後ずさりをした / 生氣的哥哥好像要打我，嚇得我不由得直往後退。

あとまわし【後回し】アトマワシ　順番を変えて後にすること。中 推遲；往後挪；緩辦。E put off; defer.

☆ むずかしい問題は後まわしにして、やさしいものから始める / 擱下難題，先做容易的。

☆ 皿洗いは後まわしにして、テレビを見よう / 先看電視，碗盤等一下再洗。

あな【穴】アナ　❶ 表面がほかよりも下がり、中に深く入っている所。中 坑。E a hole.

☆ 庭に穴を掘って木を植える / 在院裡挖坑植樹。

❷ 向こう側まで突き抜けて、中が空いている所。中 孔；洞；眼。E a hole; an eye.

☆ 転んでズボンが破れて穴が開いた / 摔倒了，褲子破了個洞。

☆ 針の穴に糸を通す / 穿針引線。

❸ 必要であるのに、欠けたり不足したりしている部分。中 不足之處；虧空。E a gap; a deficit.

☆ 主役の俳優が急に入院したので、舞台に穴が空いた / 由於主角突然住院，表演開了天窗。

☆ ボーナスで借金の穴を埋める / 用獎金來還債。

穴があったら入りたい　ひどく恥ずかしいことをしてどこかに隠れたいと思うようす。中 無地自容；有個地洞都想鑽進去。E I wish I could sink through the floor.

☆ 駅の階段で転んでしまい、穴があったら入りたい気分だった / 在車站的樓梯摔倒了，真丟臉。

アナウンサー (announcer) アナウンサー　テレビやラジオなどで、ニュースを読んだり司会をしたりすることを職業としている人。中 廣播員；播音員；播送員；主播。E an announcer.

☆ Ｙアナウンサーがわかりやすいことばでニュースを伝えている / Y主播用淺顯易懂的話播報新聞。

あなた アナタ　相手をさすことば。中 你；您。E you.

☆ あなたのお国はどちらですか / 您是哪一國人?

☆ あなたはどう思いますか / 你覺得如何呢?

参 軽い敬意を表しているが、目上の人には使わないほうがいい。

あなど・る【侮る】アナドル〔他動五〕(あなどって)　相手を能力が低いと思って軽く扱う。中 侮辱；輕視。E hold in contempt; make light of.

☆ 若くて経験がないとあなどっていたら、いい仕事をするので驚いた / 以為他年輕沒經驗，而輕視他，但實際上很能幹，真令人驚訝。

☆ 初出場だからと相手チームをあなどると負けるぞ / 雖然對手是首次出場，但若因此而輕敵肯定會輸。

名 侮り

あに【兄】アニ　年上の、男のきょうだい。中 哥哥；兄；家兄。E an older brother.

☆ 兄は新聞社に勤めている/哥哥在報社工作。

☆ 兄とサッカーの練習をする/和哥哥一起練習踢足球。

対 姉、弟

参 人と話すときに自分の身内をさして使うことば。姉の夫や、配偶者の年上の男のきょうだいのこともいう。親しい気持ちをこめて、「兄さん」「兄貴」などともいう。他人の「兄」に向かって、またその人を話題にしていうときは、「お兄さん」を使う。

あね【姉】アネ　年上の、女のきょうだい。中 姊姊；姊；家姊。E an older sister.

☆ 姉は学校の先生をしている/姊姊在學校當老師。

☆ 姉と２人で買い物に行く/和姊姊倆人一起去購物。

対 兄、妹

参 人と話すときに自分の身内をさして使うことば。兄の妻や、配偶者の年上の女のきょうだいのこともいう。親しい気持ちをこめて、「姉さん」「姉貴」などともいう。他人の「姉」に向かって、またその人を話題にしていうときは、「お姉さん」を使う。

あの　アノ　❶話す人からも聞く人からも離れていて、両方から見えるもの、こと、人をさす。中 那個；那。E that over there.

☆ あの山が富士山です/那座山是富士山。

☆ あの背の高い人はわたしの先輩です/那位高個子是我學長。

❷ 目の前のことではないが、話す人も聞く人も知っているもの、こと、人、時をさす。中 那個；那。E that (thing, person).

☆ 先日のあの話はどうなりましたか/前幾天講的那件事怎麼樣啦?

☆ さっきあなたが話していたあの店員は親切そうでしたね/您剛才講的那位店員似乎對人很親切呢。

❸ 遠慮したり、どうしようかとちょっと迷ったりしながら相手に話しかけるときに言うことば。中 那個～；啊；嗯。E Um ～; Errrr ～; Excuse me, but ～.

☆ あの、かぜで熱があるので、早く帰りたいのですが/嗯，因為感冒發燒，想早點回家。

☆ あの、ちょっとうかがいますが/嗯，稍微打擾一下。

▷ 話❸　→付録 指示語のまとめ

参 ❸は「あのう」と長くのばすことが多い。

あのよ【あの世】アノヨ、アノヨ　死んだあとに行く世界。中 來世；黃泉。E the other world.

☆ あの世へ行って、なくなった人にもういちど会いたい/想到黃泉去，再見死去的親友一面。

対 この世

アパート　アパート〔←アパートメントハウス(apartment house)〕　１つの建物を仕切って、いくつかの家族が独立して住めるようにつくった住宅。中 公寓。E an apartment (house).

☆ 2DK のアパートを借りて住んでいる/租了兩房一廳的公寓住。

☆ 駅に近いアパートをさがす/找離車站近的公寓。

数 1軒・1戸・1棟・1室　→マンション

あば・く【暴く】アバク〔他動五〕(あばいて)　ある人が隠していた悪事や秘密などを、世間の人にわかるようにする。中 揭發；揭露。E disclose; expose.

☆ よその家庭の秘密をあばくのはやめよう/別揭穿別人家的秘密。

☆ 新聞が、政治家の疑わしい過去をあばいた/報章揭露了政客可疑的過去。

あば・れる【暴れる】アバレル〔自動一〕　人、動物などがまわりに迷惑をかけるほど荒々しい動作をする。中胡鬧；亂鬧。E be unruly; act violently.

☆ 子供がおもちゃをほしがって店の前で暴れ、母親を困らせている/孩子想要玩具，在商店門前大吵大鬧，讓母親很為難。

☆ 酔っぱらった客が暴れて店のいすをこわした/喝醉酒的顧客胡鬧，弄壞了店裡的椅子。

アピール (appeal) アピール〔～する〕 意見などを、多くの人々に伝えること。また、人々の関心をひくように強調すること。中呼籲；有魅力；有吸引力；深受歡迎。E apeal.

☆ 自然のたいせつさを人々にアピールする/向世人呼籲大自然的重要性。

☆ 若者にアピールする商品を取り扱う/經營能夠吸引年輕人的商品。

あ・びる 【浴びる】アビル〔他動一〕 ❶ 水や湯などを体にかぶる。また、さっとふろにつかる。中淋；沖；澆。E take (a shower).

☆ 夏は、家に帰るとまずシャワーを浴びる/夏天回家後先沖個澡。

☆ ひとふろ浴びてさっぱりした/沖個澡後清爽多了。

❷ 自分の身に外から来るものごとを受ける。中得到；受到。E bask; be showered with.

☆ 朝の光を浴びながら散歩する/迎著朝陽去散步。

☆ 歌い終わった歌手は満場の拍手を浴びて退場した/歌手唱完後在一片掌聲中退場。

☆ 非難を浴びる/遭受責難。

あぶな・い 【危ない】アブナイ、アブナイ

❶ けがをしたり死んだりすることがありそうだ。危険だ。中危險；不安全。E dangerous; risky.

☆ 車のそばを歩くのはあぶない/走在車子旁邊很危險。

☆ あぶないから気をつけなさい/很危險；請注意！

❷ 悪い結果が予想されるようす。中靠不住；令人擔心。E questionable; doubtful.

☆ この仕事は条件がよすぎてあぶない/這個工作條件好的讓人覺得有問題。

☆ あすの天気はあぶない/明天的天氣令人擔心。

危ない橋を渡る 危険なことを知っていて、なにかをする。中冒險。E tread on thin ice.

☆ A氏は、大臣になるまでに何度もあぶない橋を渡ってきたようだ/A君當部長前，曾走過多次險路。

あぶら 【油・脂】アブラ ❶ 動物や植物などからとった、水にとけず燃えやすい物質。中油。E oil; fat.

☆ なべに油を引いて肉と野菜をいためる/在鍋裡放油炒肉和菜。

☆ 牛肉の脂/牛油。

☆ てんぷら油/炸東西用的油。

❷ 石油。また、ガソリンなどの石油製品。中汽油(等)。E oil; oil products.

☆ 自転車に油をさす/給腳踏車上油。

▷ →脂肪

注 漢字で書くときは、液体のものは「油」、固体のものは「脂」。

脂がのる ❶魚などの脂肪が増して味がよくなる。中肥胖；肥美。E put on fat.

☆ この刺身は脂がのっておいしそうだ/這生魚片很肥美，看起來很好吃。

❷ 調子が出て、仕事などがよくできる。中提得起勁；圓熟。E be in one's prime.

☆ あの作家は最近脂がのっていて、いい作品をどんどん発表している/那個作家最近工作很起勁，不斷發表好作品。

油を売る むだ話をして仕事を怠ける。中摸魚；閒聊浪費時間；磨蹭；偷懶。E idle one's time away; tittle-tattle.

☆ こんな所で油を売っていないで、早く仕事を終わらせなさい/別在這裡摸魚，快點把工作做完。

油をしぼる　厳しくしかる。中 嚴加責備；斥責；譴責。E bawl out severely.

☆ 仕事で失敗して、部長に油をしぼられた / 因工作失敗，被經理嚴加責備。

あふ・れる　アフレル〔自動一〕　いっぱいになって外まで出てくる。また、外に出てくるほどいっぱいになる。中 溢出；漾出；充滿。E overflow; be filled with.

☆ 大雨が降って池の水があふれた / 下大雨，池塘裡的水往外溢出。

☆ 目に涙があふれる / 眼裡充滿淚水。

☆ 自信にあふれたようす / 充滿自信的樣子。

あぶ・れる　アブレル〔自動一〕　必要な人数に入りそこなう。話 中 超過規定人數；多出的。E fail to get (a job); be left over.

☆ このごろはアルバイトをしたい人が多くて、きょうも仕事にあぶれてしまった / 最近想兼差的人很多，今天又沒找到工作了。

☆ 友達の車は４人乗りなので、５人で遊びに行くときは１人あぶれる / 朋友的車只可坐四個人，五個人出遊時，會有一人沒位子坐。

あべこべ　アベコベ　ものごとの位置、順番、関係などが反対や逆になっていること。話 中 反；相反；顛倒。E backward; reverse; opposite.

☆ セーターの前と後ろをあべこべに着る / 背心前後穿反了。

☆ 親が子供にしかられるとは、あべこべだ / 父親竟被兒子訓一頓，真是反了。

あま・い【甘い】アマイ　❶ 砂糖のような味だ。中 甜；甜的。E sweet.

☆ このブドウはとても甘い / 這葡萄非常甜。

☆ 甘いケーキ / 甜點。

対 苦い

❷ 塩気が少ない。中 淡。E insufficiently salted.

☆ 料理の味が甘いから塩をたす / 菜的味道不夠鹹，再加點鹽。

対 辛い

❸ 人を気持ちよくさせるようだ。中 甜蜜；好聽；巧妙。E sweet; honeyed.

☆ 甘い声で歌う / 用甜美的歌聲演唱。

☆ 甘いことばで人をだました / 用甜言蜜語騙人。

❹ いいかげんなところで許してしまう。中 寬容；姑息；樂觀；天真。E optimistic; indulgent.

☆ きょうの試験は、甘く見積もって70点は取れたと思う / 今天的考試，我樂觀地估計能得七十分。

☆ 子供になんでも買ってやる甘い親 / 什麼都買給孩子的好說話的父母。

対 厳しい、辛い

あま・える【甘える】アマエル〔自動一〕

❶ 子供などが、ものをほしがったり、かわいがってもらいたがったりする。中 撒嬌。E behave like a spoiled child; make up to.

☆ わたしは末っ子なので、いつまでも母に甘えていた / 我是家中排行最小的，所以總是跟母親撒嬌。

☆ 妻に甘えて身のまわりの世話を望む夫 / 向妻子撒嬌，冀望妻子照顧自己一切的丈夫。

❷ 相手が許してくれるのを知っていて利用する。中 承（您盛情）；利用～的機會；借（對方的）好意。E depend on; take advantage of.

☆ みんなの厚意に甘えて休ませてもらった / 承蒙大家的好意讓我休息。

☆ おことばに甘えて、たいせつなご本をお借りします / 承蒙盛情，那就借用一下您這本貴重的書。

▷ 名 甘え

あまぐ【雨具】アマグ　傘、長靴、レーンコートなど、雨のときに身につけるもの。中 雨具。E rain gear; rainwear.

〔雨具〕

☆ つゆに入る前に雨具を点検する / 進入梅雨季之前，先準備好雨具。

☆ 雨具を用意して外出しよう / 準備好雨具出

門吧。

あまくだり【天下り】アマクダリ〔～する〕 官庁を退職した役人が、民間の会社などに幹部として就職すること。中政府官員退休後在民間企業任職。E an appointment of a former government official to a civilian post.

☆ 叔父は建設省を退職して、ある会社の重役に天下りした/叔父從建設省退休後在一家公司任要職。

自動天下る

あま・す【余す】アマス〔他動五〕(あましてい) 全部使わないで一部分を残す。中剰餘；剰；留。E leave over; be left.

☆ 食べきれなくてごちそうをあます/菜吃不完剰下一些。

☆ 楽しい夏休みも3日をあますだけとなった/愉快的暑假僅剰下三天了。

自動余る

余すところ 残っているもの。中只剰下；僅多出。E left.

☆ 旅行から帰ったとき、財布の中はあますところ200円だった/旅行回來皮包裡只剰二百日圓。

余すところなく すっかり残らず。中絲毫不留；完全；徹底。E fully; completely.

☆ この小説は作者の心をあますところなく伝えている/這部小說將作者的想法完全的表達出來。

アマチュア (amateur) アマチュア 職業としてではなく、好きで熱心にやっている人。しろうと。アマ。中業餘愛好者。E an amateur.

☆ アマチュアの作品とは思えないほどすばらしい茶碗だ/這個碗非常漂亮，不會覺得是業餘者的作品。

☆ アマチュア写真家/業餘攝影師。

対プロ、プロフェッショナル

あまった・れる【甘ったれる】アマッタレル〔自動一〕 見ていていやになるほど甘える。中過於撒嬌；任性撒嬌。E play the baby; wheedling.

☆ もう子供じゃないのだから甘ったれるのはやめなさい/已不是小孩了，別再任性撒嬌。

☆ 甘ったれた言い方は、場合によっては不快感を与える/撒嬌的言行會因場合不同會帶來不快感。

名甘ったれ

あまやか・す【甘やかす】アマヤカス、アマヤカス〔他動五〕(あまやかして) 子供などをかわいがるだけで、しつけをきちんとせず、好きなようにさせておく。中嬌生慣養；不管教；放任。E spoil; indulge.

☆ 末っ子なのでつい甘やかして育ててしまった/老么終究是嬌生慣養。

☆ 飼い犬を甘やかす/放任養的狗不管。

☆ 生徒を甘やかす先生/對學生放任不管的老師。

あまやどり【雨宿り】アマヤドリ〔～する〕 雨が急に降ってきたとき、木の下や家の軒下などで、雨がやむまで待つこと。中避雨；躲雨。E take shelter from the rain.

軒

〔雨宿り〕

☆ 急に雨が降りはじめたので、木の下で雨宿りをした/因為突然下起雨來，便到樹下避雨。

☆ しばらく雨宿りしていたが、雨はますます強くなってきたので、駅まで走った/避了一陣子雨，可是雨越下越大，只好跑到車站。

あまり【余り】アマリ、アマリ、アマリ ❶残ったもの。中剰餘；殘餘。E the rest; (the money) left; leftovers.

☆ 旅行の費用のあまりのお金で本を買った/用旅行剰下的錢買了書。

☆ パーティーのあまりの料理を持って帰る/把宴會剰下的菜帶回家。

❷ 数学で、割り算をしたときの残った数。中餘數。E the remainder.

☆ 17を8で割ったあまりは1 / 17除以8的餘數是1。

❸ ふつうの程度をこえるようす。中 過於～而。E too; so.

☆ ショックのあまり声も出ない / 受到很大的打擊而說不出話來。

☆ あまり寒くて息も凍りそうだ / 冷到連呼吸都困難。

❹ (「あまり～ない」の形で)程度がそれほど高くない。中 怎麼；不很；不太。E not very; not much.

☆ きょうはあまり忙しくない / 今天不太忙。

☆ 最近は映画もあまり見ない/最近不常看電影。

❺ (数や量を表すことばの後について)だいたい同じか、それよりもすこし多いこと。中 餘；多。E over; more than.

☆ 店には20人あまりの客がいた / 店裡有二十多位顧客。

▷ 自動 余る　→残り

あまりに【余りに】アマリニ、アマリニ　ふつうよりずっと程度が強いようす。中 太；過於。E too; so.

☆ 東京の物価があまりに高くて驚いた/東京的物價貴得驚人。

☆ 山の紅葉があまりに美しいので、何枚も写真をとった / 因為山上的紅葉太美了，所以照了好幾張照片。

ニ 参 強めて「あまりにも」ともいう。

あま・る【余る】アマル〔自動五〕(あまって)

❶ 多いので使ったあとに残る。中 餘；剩；剩下。E remain; be left over.

☆ あまっている金があったら貯金しなさい/要是有剩餘的錢請把它存起來。

☆ バナナを5人に2本ずつ分けたら3本あまった/把香蕉分給五個人，每人兩根，還剩下三根。

❷ (「～にあまる」の形で)ある範囲をこえている。中 超越範圍。

☆ この仕事はわたしの手にあまる/ This task is beyond me. / 這項工作我處理不了。

☆ 目にあまる / 令人看不下去，不能漠視；令人不能容忍。(→目 慣用)

☆ 身にあまる / 過分；承擔不起的。(→身 慣用)

▷ 名 余り 他動 余す

あみ【網】アミ　❶ 糸、ひも、針金などを編んだもの。また、それからつくった、魚や虫などを捕る道具。中 網。E a net.

☆ 鳥が逃げないように、小屋のまわりに網を張る / 在鳥巢周圍拉上網子以免鳥飛走。

☆ 網で池の金魚をすくう / 用網撈池子裡的金魚。

❷ ものごとをとらえるために、張りめぐらしたもの。中 羅網；法網。E a (police) net; the clutches (of the law).

☆ 犯人を捕まえるため、警察が網を張る/警察佈下天羅地網追捕犯人。

☆ 法の網 / 法網。

あみもの【編み物】アミモノ　毛糸や糸などを編んで、セーター、手袋など身のまわりのものをつくること。また、できあがったもの。中 編織；用毛線或線編織日常用品，如毛衣、手套；編織品。E knitting.

☆ 冬の夜、母はよくこたつで編み物をしていた / 冬夜，母親經常在電暖桌織毛線。

☆ わたしの趣味は編み物です / 我的興趣是打毛線。

あ・む【編む】アム〔他動五〕(あんで)　❶ 糸、竹、針金など細いものを組み合わせて形のあるものにする。中 編；織。E knit; braid.

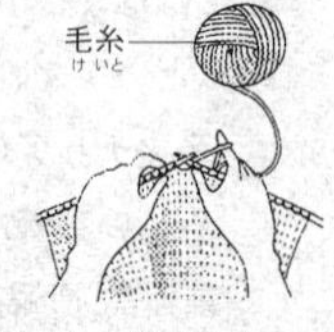

〔編む❶〕

☆ 毛糸で手袋を編んだ / 用毛線織手套。

☆ 母に髪を編んでもらう/要母親幫我綁辮子。

❷ 文章を集めて整理し、1冊の本にする。中 編纂；編輯。E compile; edit.

☆ クラスで文集を編もうと思って文章を集めている/班上想編文集，正在收集文章。

あめ 【雨】アメ　空から落ちてくる水の粒。また、その天気。中 雨。E rain.

☆ あしたは雨だろう/明天會下雨吧。

☆ 雨がやんで空が晴れてきた/雨停之後，天空放晴了。

☆ 雨降り/下雨；降雨。

関連 晴れ、曇り

参 他のことばの前につくと、「雨水」「雨もり」「雨宿り」などのように「あま」と読み方が変わることが多い。

あめ アメ　米などのでんぷんからつくった甘いねばりけのある食品。また、キャンデーやドロップなど口の中に入れてなめる菓子。中 糖；飴糖；麥芽糖。E candy.

☆ 子供のみやげに、きれいなあめを買って帰る/買塊漂亮的糖回去給孩子作禮物。

☆ 水あめ/糖漿；麥芽糖。

→菓子 図

あやう・い 【危うい】アヤウイ、アヤウイ　「あぶない」のすこし古い言い方。中 危險。E narrow; dangerous.

☆ 船が沈んであやういところを助けられた/在船快沉沒的危險時刻被救起來。

☆ けが人を早く病院へ運ばないと命があやうい/受傷的人若不快點送醫的話，會有生命危險。

あやうく 【危うく】アヤウク　もうすこしで悪いことが起こるところだったが、そうならずにすんだというようす。中 險些；差一點點。E nearly; narrowly.

☆ あやうく車にひかれるところだった/差點被車撞上。

☆ 発見が早くて、あやうく一命を取りとめた/幸虧發現得早，不然就差點送命。

あやし・い 【怪しい】アヤシイ、アヤシイ

❶ ようすが変だ。中 可疑；奇怪。E strange.

☆ あやしい男がうちの中をのぞいていてこわい/行跡可疑的男人一直往家中窺看，令人害怕。

☆ 外であやしい音がするが、なんだろう/外邊響起奇怪的聲音，到底是什麼啊?

❷ 疑わしくて信用できない。中 靠不住；令人懷疑。E suspicious; doubtful.

☆ 兄が約束を守るかどうかあやしいものだ/哥哥能否守約令人懷疑。

☆ その話は条件がよすぎてあやしい/他說的條件太好了，有點可疑。

❸ 男女の間に秘密の関係がありそうだ。中（男女間）關係可疑。E suspect two people of having a secret affair.

☆ あの2人はあやしい/那兩人關係可疑。

▷ 話❸

あや・す アヤス〔他動五〕(あやして)　赤ちゃんや小さい子供の相手をしてきげんを取る。中 哄；逗。E humor; pacify.

☆ 一生懸命にあやしたら、子供はやっと泣きやんだ/拼命哄孩子終於停止哭了。

あやつ・る 【操る】アヤツル〔他動五〕(あやつって)

❶ 道具、ことばなどを思うように使う。中 掌握；操作；耍；開動；駕駛。E manage; handle.

☆ 小さな舟を上手に操って、向こう岸に渡る/熟練地划著小船到達對岸。

☆ 最新の機械を自由に操る/熟練地操作新機器。

❷ 見えないところにいて、人を自分の思いどおりに動かす。中（背後）操縱。E manipulate.

☆ 事件の陰で犯人を操っている、もっと悪い人がいる/在事件背後有更可惡的人在幕後操縱。

あやふや アヤフヤ　はっきりしていなくて、あてにならないようす。話 中 含糊；靠不住；曖昧。E uncertain; vague.

☆ 10年前のことをきかれても、記憶があやふやでよく覚えていない/問我十年前的事，記憶已模糊不清了。

☆ 結婚を申しこんだら、あやふやな返事しかもらえなかった/求婚後，卻只得到一個含

糊的答覆。

あやまち【過ち】アヤマチ、アヤマチ、アヤマチ　不注意やうっかりしたことから起こる失敗。中 錯誤；過錯；失敗。E a mistake; a fault.

☆ 過去の過ちを許す / 原諒過去犯過的錯誤。

☆ 過ちをおかす / 犯錯。

他動 過つ

参「まちがい」も似ているが、「まちがい」が広く一般的な失敗全部に使うのに対して、「過ち」はおもに精神的な問題をいう。

あやま・る【誤る】アヤマル〔他動五〕(あやまって)　ものごとのやり方をまちがえる。まちがったやり方をする。中 錯；弄錯。E make a mistake.

☆ 運転を誤って電柱にぶつかった / 駕駛失誤汽車撞上了電線桿。

☆ 地図の見方を誤ると目的の場所へ行けない / 如果看錯地圖，就到不了目的地。

☆ 聞き誤る / 聽錯。

名 誤り

あやま・る【謝る】アヤマル〔他動五〕(あやまって)　自分が悪かったと思って相手に許してくれるように頼む。中 道歉；認錯；謝罪。E apologize.

☆ となりの人の足を踏んでしまって、「ごめんなさい」と謝った / 踩了旁人的腳，趕緊說聲「對不起」道歉。

あゆみ【歩み】アユミ　❶ 歩くこと。また、歩き方。中 步行；行走。E walking; a pace.

☆ 歩みを止めて後ろを振り返る / 停下腳步向後看。

☆ 歩みを速める / 加快步伐。

❷ ものごとの進み方。過程。中 進展；變遷。E history; a course.

☆ この大学が始まってからの50年間の歩みを、1冊の本にした / 這所大學將建校五十年的沿革編成了一本書。

☆ 近代絵画の歩み / 現代繪畫的變遷。

▷ 自動 歩む

あゆ・む【歩む】アユム〔自動五〕(あゆんで)

1歩1歩ゆっくり進む。書 中 走；步行。E walk.

☆ 苦しくても自分の目的に向かって歩み続ける姿勢がだいじだ / 重要的是再苦也要有決心繼續向著自己的目標前進。

☆ 明治時代(1868～1912)の女性の歩んだ道を振り返る / 回顧明治時代的女性所走過的路。

☆ 歩み寄る / 接近；妥協；互相讓步。

名 歩み

参「歩く」も似ているが、「歩く」が実際に足を動かす動作であるのに対して、「歩む」は抽象的に進む、移動するの意味。「歩む」で実際の動きをいうときは文学的な表現。

あら　アラ　感心したり驚いたりしたときに思わず言うことば。話 中 啊；哎呀。E Oh!; My goodness!

☆ あら、すてきな帽子ね / 哎呀，好漂亮的帽子!

☆ あら、お久しぶり / 啊，好久不見。

あらあらし・い【荒荒しい】アラアラシイ

乱暴で、激しい。中 粗暴；粗野。E rough; violent; wild.

☆ 一郎は怒って、荒々しく戸を閉めて出ていった / 一郎生氣，粗暴地關上門走了。

☆ 荒々しいことばでどなる / 用粗野的話大聲叫嚷。

あら・い【荒い・粗い】アライ　❶ 勢いが強くて激しい。乱暴だ。中 劇烈；凶猛。E rough; violent; freely.

☆ 台風で波が荒い / 颱風使得波浪滔天。

☆ 兄は気が荒くて、よく大げんかする / 哥哥性格粗暴，經常跟人吵架。

☆ 金づかいが荒い / 花錢如流水揮金如土。

❷ 粒などが細かくない。中 粗。E coarse.

☆ 野菜を粗くきざんでいためる/蔬菜切粗點炒。
☆ コーヒーを粗くひく/把咖啡顆粒磨粗一點。
対 細かい
❸ 網などのすきまが大きい。中（間隙）粗；大。E rough; large.
☆ 網の目が粗いので、小さな魚は逃げてしまう/因網眼大，小魚都跑掉了。
対 細かい
❹ すみずみまで注意がいきとどかない。中 粗心；粗枝大葉。E rough.
☆ 三郎は、仕事は速いが粗い/三郎的工作效率雖然快，但不精細。
☆ このたんすはつくり方が粗い/這個衣櫥做工太粗糙。
注 漢字で書くときは、❶は「荒い」、❷❸❹は「粗い」。

あら・う【洗う】アラウ〔他動五〕(あらって) 水、湯などでよごれを落とす。中 洗。E wash; cleanse.
☆ 朝は冷たい水で顔を洗う/早晨用冷水洗臉。
☆ よごれた靴下をせっけんで洗う/用肥皂洗髒襪子。
☆ 山の空気に心が洗われる/呼吸山上的空氣令人心情舒暢。

あらかじめ アラカジメ なにかが起こる前に。なにかをする前に。書 中 預先；先；事先。E beforehand; in advance.
☆ 外国旅行をするときには、あらかじめその国の歴史や地理などを調べておいたほうがいい/去外國旅行，最好事先了解那個國家的歷史和地理情況等等。
☆ ご欠席のばあいには、あらかじめお知らせください/不能出席時，請事先通知。
参「前もって」も意味は同じだが、「あらかじめ」のほうがすこし改まった言い方。

あらけずり【荒削り・粗削り】アラケズリ、アラケズリ ❶〔～する〕大きくざっとけずること。また、けずったもの。中 粗略刨削（過的東西）。E plane roughly.
☆ あらけずりしただけの板で箱をつくる/用只是粗略刨削過的木板做箱子。
❷ 仕上げが大ざっぱで、丁寧にできあがっていないこと。中 粗糙；草率；馬虎。E unrefined; unpolished.
☆ あのテニスの選手は若くて技術もまだあらけずりだ/那位網球選手年輕，技術也馬馬虎虎。
☆ あらけずりの文章/文章寫得草率。

あらさがし【あら探し】アラサガシ〔～する〕人の欠点や失敗をさがしだし、それを悪く言うこと。中 挑毛病；挑剔；找碴兒；吹毛求疵。E find fault with.
☆ あの人は、ことばの使い方がまちがっている、アクセントがおかしい、などと他人のあらさがしばかりしている/他專門挑剔別人的用詞不當或語調奇怪等毛病。

あらし アラシ ❶ 非常に激しい風。また、雨をともなった強い風。中 暴風雨；風暴。E a storm.
☆ 雨がますます強くなり、あらしになった/雨越下越大，一下子變成暴風雨了。
☆ きのうは1日じゅうあらしが吹き荒れた/昨天暴風雨肆虐了一天。
❷ 状態などの激しい変化。中 風暴；激烈的變化。E a storm of.
☆ 1929年に経済不況のあらしが世界じゅうをおそった/1929年經濟蕭條的風暴席捲了世界各地。
注 漢字で書くときは「嵐」。

あらすじ【粗筋】アラスジ 小説、映画、計画などの、だいたいの内容。中 概略；概要。E an outline; a summary.
☆ あらすじを読んでおいて芝居を見るとよくわかる/讀過劇情介紹，再看戲就好懂了。
☆ この小説は、「ハムレット」とあらすじが似ている/這部小說的情節與《哈姆雷特》相似。

あらそ・う【争う】アラソウ〔他動五〕(あらそって) ❶ 相手に勝とうとする。また、相手に勝つためになにかをする。中 爭；爭奪。E compete; dispute.

☆ 映画が終わると、観客は先を争って出口へ向かった / 電影結束後，觀衆爭先恐後地往門口出去。

☆ 社長の地位を争う/爭當社長；爭奪社長的位置。

☆ 言い争う / 爭論；口角。

❷ (時間を表すことばを受けて)すこしの時間もたいせつにしてなにかをする。中 表示一點點時間也要爭取做點什麼。

☆ 病人は一刻を争う危険な状態が続いている / 病人仍處於分秒必爭的危急狀態。

☆ 1分を争う時だ / There is not a moment to lose. / 刻不容緩。

▷ 名 争い

あらためて 【改めて】アラタメテ ❶ いまではなく別の機会に。中 再；改天。E some other time; later.

☆ 山田さんはお留守でしたので、改めてまたうかがいます / 山田先生不在家，改天再去拜訪。

☆ きょうはご報告だけにし、改めてお礼にまいります/今天只向您報告，改天再來致謝。

❷ 前に考えたり感じたりしたことを、もういちど、前よりももっと強く考えたり感じたりするようす。中 重新；再一次。E over again; anew.

☆ 以前からいい俳優だと思っていたが、今度の映画で改めてそのすばらしさに感心した/以前我就認為他是優秀演員，這部電影讓人再次感到他的卓越演技。

あらた・める 【改める】アラタメル〔他動一〕古くなったものごとを、変えて新しくする。よくなるように直す。中 改；改變。E change; reform.

☆ 会社の名前を改めてイメージを新しくする / 改變公司名稱，樹立新形象。

☆ これからは心を改めてまじめに勉強する/從現在開始決心認真地學習。

☆ 服装を改める / 修改服裝。

自動 改まる

あらっぽ・い 【荒っぽい・粗っぽい】アラッポイ、アラッポイ ❶ やり方などが乱暴だ。中 粗暴；粗野。E rough; rude.

☆ 父は、ことばは荒っぽいが気持ちはやさしい / 父親說話粗野，但心地善良。

☆ 歯医者で荒っぽい治療をされて、とても痛かった / 牙醫粗野的治療，使我痛得非常厲害。

❷ すみずみまで注意がいきとどかない。中 粗糙。E crude; unrefined.

☆ この家はつくり方が粗っぽい / 這房子建得粗糙。

☆ 本の内容はいいが、文章が粗っぽい / 書的內容很好，但文筆拙劣。

注 漢字で書くときは、❶は「荒っぽい」、❷は「粗っぽい」。

あらゆる アラユル ある限りのもの全部。すべての。中 所有；一切。E all; every.

☆ 太陽の光は世の中のあらゆるものを照らす/太陽照耀世界的萬物；太陽照耀著全世界。

☆ あらゆる国が平和を望んでいるのに、なぜ実現しないのか/所有國家都渴望和平，但為什麼實現不了呢?

参 「すべての」も似ているが、「すべての試験問題に正しく答えられた」「会場に来たすべての人々が準備を手伝った」のような「すべての」を「あらゆる」に置きかえると、すこし不自然になる。このように範囲が決められているばあいには、「あらゆる」は使いにくい。

あらわ アラワ、アラワ 隠していたものを、はっきり見せるようす。中 顯露；暴露。E open; naked.

☆ 今度の事件で両者の対立があらわになった / 這次的事情暴露出了兩者的對立關係。

☆ 夏は肌もあらわな女性の姿が多くなる/夏天，露出肌膚的女性多起來了。

あらわ・す 【表す・現す・著す】アラワス〔他

動五〕(あらわして) ❶ 考えや気持ちなどを、見たり聞いたりできるよう表に出す。中 表現；表示；表達。E show; express.

☆ 赤ちゃんは体じゅうでうれしさを表す/嬰兒用身體來表示高興和喜悅。

☆ 画家の心をよく表している絵/這幅畫貼切地表達了畫家的心情。

対 隠す

❷ 隠れていたもの、見えなかったものを外へ出す。中 現；露；顯露；顯現。E appear; take (effect).

☆ 雲の中から月が姿を現す/月亮從雲中露出來。

☆ 友達は20分も遅れてやっと姿を現した/朋友遲到二十分鐘後終於現身了。

☆ 薬が効き目を現す/藥產生效果。

対 隠す

❸ 自分の研究や創作などを本にして出す。中 著；著作；著書。E write; publish.

☆ 父は歴史の本を5冊著した/父親著有五本歷史書。

▷ 自動 表れる・現れる

注 漢字で書くときは、❶は「表す」、❷「現す」、❸は「著す」。

あらわ・れる【表れる・現れる】アラワレル〔自動一〕❶ 考えや気持ちなどが表に出る。中 表現；顯出。E show; be revealed.

☆ 作者のやさしい心が童話の中に表れている/作者善良的心在童話故事中表露無遺。

☆ すぐ感情が顔に表れる人/把感情立即表現在臉上的人；是一個容易喜形於色的人。

対 隠れる

❷ 隠れていたもの、見えなかったものが外へ出てくる。中 出現；出來。E appear; come in sight.

☆ 霧が晴れて山が現れた/霧散天晴，山巒重現。

☆ ときどき村にクマが現れる/村裡經常有熊出現。

対 隠れる

▷ 名 表れ・現れ　他動 表す・現す

注 漢字で書くときは、❶は「表れる」、❷は「現れる」。

あり アリ 昆虫の一種。体が小さく黒か茶色で、土や木の中に巣をつくり、集団生活をする。中 螞蟻。E an ant.

☆ 砂糖にアリがたかる/Ants swarm to sugar./砂糖裡滿了螞蟻。

☆ アリが行列をつくる/螞蟻排列成隊。

数 1匹

ありありと アリアリト ❶ 実際には見えていないことが、本当に見えているように感じられるようす。中 清清楚楚；活靈活現；逼真。E vividly.

☆ 幼いころのことを考えるとき、母の顔がありありと目に浮かぶ/回憶兒時，母親臉龐清楚地浮現在眼前。

❷ 気持ちや状態などが、顔や態度にはっきり表れているようす。中 明顯；清清楚楚；明明白白。E plainly; clearly.

☆ 入賞できなくて残念だという気持ちが、ありありと顔に浮かんでいた/不能獲獎的遺憾情緒，很明顯地表現在臉上。

ありがた・い アリガタイ ❶ うれしくて感謝したい気持ちだ。中 感謝；感激。E thankful; grateful.

☆ 手伝ってもらってありがたい/得到您的幫助，十分感謝。

☆ 心のこもったおみやげを、ありがたくいただく/收到您充滿深情厚意的禮品，十分感激。

❷ 自然にうやまいたくなる気持ちだ。中 神聖的；難得；可貴的。E edifying; blessed.

☆ ありがたい神の教え/可貴的神之教誨。

ありがとう アリガトー 感謝やお礼の気持ちを表すときに言うあいさつのことば。話 中 謝謝。E Thank you.

☆ お手紙をありがとう/謝謝您的來信。

☆ 親切に教えてくれてありがとう/感謝您的親切教誨。

→すみません

ニ 参 丁寧な言い方は「ありがとうございます」。

ありさま　アリサマ、アリサマ　ものごとのようす。状態。中 様子；情況；情景。E a sight; a state; circumstances.

☆ テレビで火山噴火の恐ろしいありさまを映していた/電視裡播放火山爆發的恐怖情景。

☆ いまのありさまではインフレはますますひどくなるだろう/從目前的情況來看，通貨膨脹將會越來越嚴重。

ありったけ　アリッタケ　持っているだけすべて。あるだけ全部。話 中 所有的；全部的；一切的。E all that one has; the whole.

☆ いままでためていたありったけの金で、車を買った/把以前所有的存款都用來買車了。

☆ 父親はありったけの財産を息子に渡した/父親把所有的財產都給了兒子。

ありとあらゆる　アリト・アラユル　「あらゆる」を強めた言い方。中 所有；一切。E each and every; every possible.

☆ ありとあらゆる方法を使ったが、病人の命は救えなかった/用盡一切方法，還是救不活病人。

☆ ありとあらゆる機会をとらえて協力を求める/抓住一切機會尋求協助。

ありのまま　アリノママ、アリノママ　事実のとおり。あるまま。そのまま。中 如實地；實事求是的；真正的。E frankly; as it is.

☆ 思っていることを隠さないでありのままに話す/把自己的想法毫不隱瞞的照實說出。

☆ 自分のありのままの姿を見せる/顯露自己的本色；真實地表現自己。

アリバイ (alibi) アリバイ　犯罪が起きたとき、その場にいなかったということの証明。中 不在犯罪現場的證明(＝不在場證明)。E an ablibi.

☆ きのう捕まった容疑者にはアリバイがあった/昨天抓到的嫌犯有不在場證明。

☆ アリバイを証明する/證明不在犯罪現場。

☆ 確かなアリバイ/確實的不在場證明。

ありふれた　アリフレタ、アリフレタ　どこにでもある。すこしも珍しくない。中 常見；常有；不稀奇。E trite; common; old.

☆ この文章は、ありふれた表現が多くてつまらない/這篇文章表現手法太通俗，沒什麼意思。

☆ ありふれた景色/常見的景色。

☆ ありふれた話/常有的事。

ある　アル　はっきりしない人、時、場所などをさすことば。中 某；有。E a; one; some; a certain.

☆ ある人に聞いた話だが、近いうちに大きな地震があるそうだ/聽某個人說，最近會發生大地震。

☆ 年末のある日、電車の中でむかしの友達に会った/年底的某一天，在電車上碰見了以前的朋友。

あ・る　【有る・在る】アル〔自動五〕(あって)　❶ ものごとが、目や耳に感じるもの、心の中に考えるものとしてそこに認められる。中 有。E there is; be.

☆ 机の上に辞書がある/書桌上擺著字典。

☆ きのう地震があった/昨天發生了地震。

対 無い

❷ ものごとや状態がもち続けられている。中 有；持有；具有。E have.

☆ 金がたくさんある人がうらやましい/有錢人令人羨慕。

☆ 国にはそれぞれの歴史がある/各國具有不同的歷史。

対 無い

❸ 人などが、ある状態でいる。中 有；在位於。E there is; hold.

☆ 反対する人があったら計画はやめます/只要有人反對，計畫就停止。

☆ 父は5年間社長の地位にあった/父親在社長的位置上工作了五年。

対 無い

❹ (「〜てある」の形で)ある状態が続くことを表す。中 表示某種態繼續存在。

☆ 壁に地図がはってある / There is a map pinned on the wall. / 牆上掛著一張地圖。

☆ 窓が開けてあります / 窗戶開著。

対 ない

❺ (「〜である」の形で) ⇨である

▷ →いる 囲み

注 漢字で書くときは、❶❷は「有る」、❸は「有る」「在る」。❹❺はひらがなで書く。

あるいは アルイワ ❶ (語句と語句をつないで)前か後のどちらかを選ぶときに使うことば。中 或者；或是。E or; either ~ or.

☆ 転勤が国内になるか、あるいは外国になるか、まだ決まっていない / 還不知道工作會被調到國內還是國外。

❷ 確かではないが、予想どおりになるかもしれないと思えるようす。もしかしたら。中 或許；也許。E perhaps; maybe.

☆ あしたの朝は、あるいは雪になるかもしれない / 明天早上或許會下雪。

☆ 父の病気は、あるいはがんかもしれない / 父親的病也許是癌症。

▷ 書 →それとも

参 ❶は「または」と意味は同じだが、「あるいは」のほうがすこし改まった言い方。

アルカリ (オ alkali) アルカリ 水にとけて水酸化物イオンを出すもの。リトマス紙を青くする。中 鹼性。E alkali.

☆ アルカリは酸を中和する / 鹼性有中和酸性的作用。

☆ アルカリ性 / 鹼性。

対 酸

ある・く 【歩く】アルク〔自動五〕(あるいて) ❶ 足を使って進む。中 走；步行。E walk.

☆ 家から駅まで歩いていく / 從家步行去車站。

☆ 時間がないから急いで歩く / 沒有時間了，快點走。

❷ いろいろな所を動きまわる。中 奔走；周遊。E walk about; move about.

☆ 旅行が好きで多くの国を歩いた / 因喜歡旅遊，而周遊過許多國家。

☆ 遊び歩く / 逛多處地方。

☆ 食べ歩く / 走走吃吃(邊走邊吃)。

▷ 名 歩き →歩む

アルコール (オ alcohol) アルコール ❶ 酒。中 酒；酒精。E spirits.

☆ 一郎はアルコールに強く、いくら飲んでも平気な顔をしている / 一郎很能喝酒，不管喝多少臉色還是不變。

☆ アルコール中毒 / alcoholism. / 酒精中毒。

❷ 炭化水素の水素原子を水酸基で置きかえた化合物。エチルアルコールをさすことが多い。中 酒精；乙醇。E alcohol.

☆ アルコールランプ / 酒精燈。

☆ 工業用アルコール / 工業酒精。

アルバイト (ド Arbeit) アルバイト〔〜する〕勤めを持つ人が自分の仕事のほかに、また、学生などが自由な時間を利用して、金をえるためにする仕事。バイト。中 副業；臨時工；打工。E a part-time job.

☆ 夏休みに喫茶店でアルバイトをした / 暑假去咖啡店打工。

☆ 学校の給料だけではたりないので、塾でアルバイトをする / 因只靠學校的薪水還不夠，所以去補習班兼差。

アルバム (album) アルバム ❶ 写真などがまとめてある、本の形をしたもの。中 相簿；影集。E a photo album.

☆ 古いアルバムを見て、子供のころを思いだした / 看到舊相簿時，就回想起兒時的情景。

☆ 旅行の写真をアルバムにはる / 把旅遊照片貼到相簿上。

❷ いくつかの曲が入っている CD やレコード。中 唱片；專輯。E a CD album.

☆ マドンナの新曲のアルバムは、あした発売される / 瑪丹娜的新專輯明天上市。

▷ 数 ❶1冊、❷1枚

アルファベット (alphabet) アルファベット　ABC…など、ある決まった順序に配列された、西洋の言語の文字。ふつうはローマ字をいう。中 拉丁字母；字母序列；字母表。E the alphabet.

☆ アルファベットの「A」から、読み書きの練習を始める / 從字母「A」開始練習讀寫。

参 ギリシャ文字の初めの2つの文字、アルファ(α)とベータ(β)を合わせてできたことば。

あれ　アレ　❶ 話す人からも聞く人からも離れていて、両方から見えるもの、こと、人をさすことば。中 那；那個。E that; over there.

☆ あれが東京タワーです / 那是東京鐵塔。

☆ あれがわたしの娘です / 那是我女兒。

❷ 目の前のことではないが、話す人も聞く人も知っているもの、こと、人、時をさすことば。中 那人；那時；那。E that; then.

☆ あれはどうも子供のときから落ちつかない性格だった / 他從小就是不穩重的性格。

☆ あれから道子には会っていない / 從那時起就再也沒見過道子。

❸ 驚いたときや不審に思ったときに言うことば。中 呀！；哎呀！E Look!; Goodness!

☆ あれ、雨が降ってきた / 天呀，下雨了。

☆ あれ、まあ / 是那樣啊！沒有想到。

▷ 話❸　付録 指示語のまとめ

参 ❶❷で人をさすばあいは目下の人。

あれこれ　アレコレ　名前などをはっきりさせないものごとをいろいろ。あれやこれや。中 這個那個；種種。E one thing or another; this and that.

☆ スーパーで、旅行に必要なものをあれこれ(と)買った / 在超市買了各式各樣旅遊必需品。

☆ あれこれ(と)考えても始まらない。とにかくやってみよう / 想東想西成不了事，總之做做看。

あ・れる【荒れる】アレル〔自動一〕❶ 静かで落ちついていた状態が乱れる。中 突然變天；波濤洶湧。E be rough; self-indulgent.

☆ 風が吹いて波が高く、きょうの海は荒れている / 風大浪高，今天海上波濤洶湧。

☆ 友達は遅くまで酒を飲んだりして、生活が荒れている / 朋友常飲酒到深夜，生活糜爛。

対 収まる、静まる

❷ ものが手入れしていなくて悪い状態になる。中 荒蕪；荒廢；(皮膚) 變粗糙；乾燥。E lie waste; (skin) get chapped.

☆ しばらく留守にしたら、庭は草が生えて荒れてしまった / 長時間不在家，庭院裡雜草叢生。

☆ 肌が荒れる / 皮膚粗糙。

▷ 名 荒れ　他動 荒らす

アレルギー (Ⓓ Allergie) アレルギー、アレルギー　❶ ある特定の物質に対して過敏な反応を起こす性質。中 過敏性反應。E an allergy.

☆ アレルギーがあるから卵は食べられない / 因為過敏不能吃雞蛋。

☆ アレルギー体質 / 過敏性體質。

☆ アレルギー症状 / 過敏症。

❷ あるものごとや人に対して、いやだと思う反応。中 感到厭惡。E an allergy; an tipathy.

☆ 戦争と聞いただけでアレルギーが起きる / 只要一聽到戰爭，就會產生一種厭惡感。

☆ 勉強アレルギー / 厭惡學習。

▷ 話❷

あわ【泡】アワ　気体が液体の中に入ってできる、まるい玉。中 泡；水泡；氣泡；沫；水花。E suds; bubbles; foam.

☆ 汚水が流れこんで、川の表面に泡が浮かんでいる / 汚水流入河裡，水面飄浮著泡沫。

☆ 泡を立てる / 起泡。

☆ ビールの泡 / 啤酒泡。

泡を食う 非常に驚きあわてる。話中 驚慌；著慌。E be confused; helter-skelter.

☆ 本を万引きしようとしている学生をどなったら、泡をくって逃げていった/一對那個正要偷書的學生大喊，他就驚慌失措地逃跑了。

あわ・い 【淡い】アワイ ❶ 色、味、かおりなどが薄い。中 淺；淡。E light; pale.

☆ 淡い甘みのあるくだもの/淡甜的水果。

☆ 花の淡いかおり/清淡的花香味。

☆ 淡いピンクの洋服/粉紅色的洋裝。

対 濃い

❷ 程度がすこしだ。中 些微；清淡。E faint; fleeting.

☆ 淡い希望をいだく/懷有一絲希望。

☆ 小学生のころ、先生に淡い恋をした/小學時代，曾對老師抱持著淡淡的愛意。

あわ・せる 【合わせる】アワセル〔他動一〕

❶ 2つ以上のものごとを同じ状態になるようにする。合わす。中 對(表)；對照。E set; check with.

☆ 腕時計を駅の時計の時間に合わせた/按照車站大鐘的時間對一下錶。

☆ 宿題の答えを正解と合わせる/核對家庭作業的正確答案。

❷ ものごとを1つにまとめる。合わす。中 混合；配在一起；加在一起。E put together; add.

☆ 大きな仕事でも、みんなで力を合わせればできる/不管多大的工作，只要大家同心協力就能完成。

☆ 2と3を合わせると5になる/2加3等於5。

☆ 組み合わせる/配合；編在一起。(→項目)

▷ 自動 合う

合わせる顔がない 失敗したり結果がよくなかったりして、申し訳なくて会うのが恥ずかしい。中 無顏以對；沒臉見人。E be ashamed to see someone.

☆ 入学試験に全部落ちてしまって、先生にも親にも合わせる顔がない/所有的入學考試都落榜了，沒臉見老師和父母。

あわただし・い 【慌ただしい】アワタダシイ 急いでしなければならないことがあって忙しく、落ちつかない。中 慌張；匆忙。E busy; hurried.

☆ 引っ越しの準備であわただしい/忙著準備搬家。

あわ・てる 【慌てる】アワテル〔自動一〕

❶ びっくりするようなことに出あって落ちつきを失う。中 慌張；驚慌；著慌。E be flustered; panic.

☆ 朝になって宿題があったのを思いだしてあわてた/隔天早上才想起要做作業，慌張了起來。

☆ お金を払おうとして財布が見つからずあわてた/要付款找不到錢包而發了慌。

❷ 急いでなにかをする。中 急急忙忙地；急忙。E do something in a hurry.

☆ 電車のドアが閉まりそうになったのであわてて乗った/因為電車門快關了，匆忙地上了車。

☆ あわてないでゆっくり話してください/別著急，慢慢說。

あわよくば アワヨクバ、アワヨクバ うまくいけばそうなるかもしれないと期待しているようす。中 幸運的話；如果有機會的話。E if things go well; if lucky.

☆ 候補者が少ないから、あわよくば今度の選挙には当選できるかもしれない/因為候選人少，幸運的話也許這次選舉能夠當選。

☆ 相手の調子が悪いから、あわよくばこの試合は勝てるかもしれない/因為對方況不佳，也許這場比賽能獲勝。

あわれ 【哀れ】アワレ ❶ かわいそうだと思わずにはいられないようす。中 可憐；憐憫；悲哀。E pitiful; sad.

☆ 親の死の意味がまだわからない子供のよ

あ

うすが哀れだ / 還不懂什麼叫做父母就已過世的孩子真可憐。

☆ 捨てられた子猫が哀れな声で鳴いている/ 被丟棄的小貓發出悲鳴。

❷ みすぼらしいようす。みじめなようす。中 悽慘；悲慘。E miserable; wretched.

☆ 全身雨にぬれて、哀れな格好で帰ってきた / 全身被雨淋透，悽慘地回到了家。

❸ しみじみとした感じ。深く心にしみるような情。中 深深感動；深切感動。E pathos; pensive beauty.

☆ 秋の夕暮れはなんとなくものの哀れを感じる / 秋天的黃昏總讓人產生淒涼感。

あわれ・む 【哀れむ】アワレム〔他動五〕(あわれんで)　かわいそうだと思う。中 憐憫；憐惜；憐。E pity; feel compassion for.

☆ けがをした捨て犬を哀れんで手当てをしてやった / 可憐那隻受傷被丟棄的小狗，於是給牠進行治療。

名 哀れみ

あん 【案】アン　❶考えたこと。意見。中 意見；主意。E an idea; an opinion.

☆ みんなが案を出し合って、1つの作品をつくる / 大家出主意，共同創作一個作品。

❷ 計画。中 計劃；方案。E a plan.

☆ 今度のパーティーをどうするかの案をまとめる / 彙整如何籌備這次晚會的方案。

☆ 案をねる / work on a plan. / 苦心籌劃；想辦法；擬定方案。

☆ 予算案 / 預算草案；預算案。

あんい 【安易】アンイ　軽く考え、努力しないようす。中 漫不經心(的)；輕率；容易。E easy; easygoing.

☆ 日本人ならだれでも日本語が教えられる、というのは安易な考えだ / 認為只要是日本人不管誰都會教日文，是輕率的想法。

☆ 安易な道に流され、努力を怠る / 貪圖安逸，不肯努力。

あんがい 【案外】アンガイ、アンガイ　予想していたことと現実とが、だいぶ違っているようす。中 意想不到；出乎意料。E unexpectedly; be surprised at.

☆ 弟の焼いたケーキは色も形も悪かったが、案外おいしかった / 弟弟做的糕點配色和外形都不好，卻出乎意料的好吃。

☆ Aチームが優勝すると思っていたが、案外な結果に終わった / 大家都認為A隊能獲勝，但結果卻出人意料。

あんき 【暗記】アンキ〔～する〕　なにも見ないで書いたり言ったりできるように覚えること。中 記；背；熟記；暗記；記住。E learn by heart.

☆ 暗記したはずの友達の電話番号を忘れてしまった / 把原本記起來的朋友電話號碼給忘記了。

☆ 丸暗記/ rote learning. /全部記住；死記硬背。

アンケート (フ enquête) アンケート、アンケート　多くの人々に同じ質問をして、意見を調べること。また、その調査。中 問卷調查；民意調查；諮詢意見。E a questionnaire.

☆ 東京の生活について外国人にアンケートをする/就東京的生活對外國人進行問卷調查。

☆ アンケートに答える / 回覆問卷調查。

あんさつ 【暗殺】アンサツ〔～する〕　ひそかにねらって、不意に重要な人物を殺すこと。中 暗殺。E assassinate.

☆ ケネディ大統領は1963年にダラスで暗殺された / 甘迺迪總統1963年在達拉斯被暗殺。

☆ 暗殺を企てる / 企圖進行暗殺行動。

あんじ 【暗示】アンジ　❶〔～する〕はっきりと言わないで伝えること。また、そのことばや態度など。中 暗示；示意。E hint; allude to.

☆ 子供の絵は、その子の心の状態を暗示している/孩子的畫透露出那個孩子的心理狀態。

❷ ある考えを起こさせる作用。中 暗示。E a suggestion.

☆ あなたならきっとできると暗示をかけて、

主役をやらせた / 暗示他一定辦得到，並讓其擔任主角。

☆ 暗示にかかる / respond to suggestion. / 得到暗示。

あん·じる【案じる】アンジル、アンジル〔他動一〕 ❶ 人の身の上や先のことなどをあれこれと心配する。案ずる。中 擔心；掛念。E be concerned for; worry about.

☆ もう２年も連絡がない友達を案じている/掛念已兩年沒有聯繫的朋友。

☆ 故郷で暮らす年とった両親のことを案じる / 掛念在家鄉生活的年邁雙親。

☆ 案じ顔 / 擔心的神色。

❷ あれこれと考える。案じる。中 思索；思考。E think out; devise.

☆ わたしが一計を案じてつくった計画書を見てください / 請看看依據我的方案所制訂的計劃書。

あんしん【安心】アンシン〔～する〕 心配がなく心が落ちついていること。中 安心；放心；無憂無慮。E be relieved; security; peace of mind.

☆ 病気が治ったという母の手紙を読んで安心した / 讀了母親病癒的來信後，就放心了。

☆ 安心感 / 安心感；放心感。

対 心配、不安

あんせい【安静】アンセイ 病気を治すために静かにして体を休めていること。中 安靜；靜養；靜心休養。E rest; quiet.

☆ 病気はほとんどよくなったが、まだ安静が必要だ / 病情已無大礙，但仍需要靜養。

☆ 絶対安静/ absolute rest. /絕對安靜；完全靜養。

あんぜん【安全】アンゼン 心配や変わったことがなく、無事であること。中 安全。E safe; safety.

☆ ここはあぶないから、安全な場所に逃げよう / 因為這裡危險，逃到安全的地方去吧。

☆ 歩行者の安全を第一に考える / 以行人的安全為第一優先。

☆ 安全運転 / 安全駕駛。

☆ 安全保障 / 安全保障。

☆ 交通安全 / 交通安全。

対 危険

アンダーライン (underline) アンダーライン 横書きの文章で、読む人の注意をひくために語句や文の下に引く線。下線。中 底線。E an underline.

☆ たいせつな所にアンダーラインをしながら読む / 邊讀邊在重要的句子下方劃線。

☆ アンダーラインを引く / 在字下方劃線。

数 1本

参 縦書きのばあいは語句や文の右側に引く。サイドライン。傍線。

あんちゅうもさく【暗中模索】アンチューモサク、アンチューモサク〔～する〕 暗い所でものをさがすように、どうしていいかわからないまま、いろいろやってみること。中 暗中摸索。E grope blindly in the dark.

☆ 二郎が始めた新しい研究は、まだ暗中模索の段階だ / 二郎開始進行的新研究尚處於暗中摸索的階段。

あんてい【安定】アンテイ〔～する〕 大きい変化がなく、ものごとが落ちついていること。中 安定；穩定。E stable; steady.

☆ 転職後２年目から、生活が安定してきた/從換工作的第二年開始，生活就穩定下來了。

☆ 物価が安定する / 物價穩定。

対 不安定

アンテナ (antenna) アンテナ ❶ 電波を出したり受けたりする装置。中 天線。E an antenna.

☆ ベランダに衛星放送のアンテナをつける/在陽台上裝衛星接收天線。

☆ アンテナのぐあいが悪くてよく映らない/天線的狀況不好，所以影像不清楚。

❷ いろいろな情報を集める手段。中 蒐集各種情報的手段。E an antenna to gather information.

☆ アンテナを張りめぐらし、経済の最新の動きをとらえる／廣泛蒐集各種情報，來掌握經濟發展的新動向。

あんな　アンナ　「あのような」「あのよう」のくだけた言い方。中那樣的；那樣。E such; like that.

☆ あんなきれいな人、見たことがない／從來沒有見過那麼漂亮的人。

☆ あんなに行きたがっているのだから、行かせればいい／既然那麼想去，就讓他去吧。

→付録 指示語のまとめ

あんない【案内】アンナイ〔～する〕❶道や場所を知らない人に教えたり、そこに連れていったりすること。また、その場所を見せて歩くこと。中引導；嚮導；帶路。E guide; show.

☆ 客を会場に案内する／將客人引導到會場。

☆ 高校生たちは先輩に大学の中を案内してもらった／高中生們請學長帶路參觀大學。

❷ ものごとの内容、事情などを知らせること。また、それを書いた書類や手紙など。中通知；邀請(信)。E an invitation; a notice.

☆ 親戚じゅうに両親の銀婚式のパーティーの案内を出す／發函邀請所有親戚參加雙親銀婚紀念宴會。

☆ 開店案内／開店通知。

☆ 案内状／邀請信；通知書。

❸ ものごとの内容、事情。また、それをよく知っていること。中說明；指南。E know.

☆ ご案内のとおり、午後の部は1時半から始めます／根據說明，午後節目將從下午一點半開始。

☆ このへんは不案内だ／這裡不太清楚。

あんに【暗に】アンニ　自分のほうからははっきり示さず、相手自身に気づかせるようす。それとなく。中暗中；暗地；背地。E indirectly; implicitly.

☆ 他の会社の例を話すことで、暗にこの会社のやり方を批判している／假裝是別家公司的例子，其實是暗中批評這家公司的做法。

あんのじょう【案の定】アンノジョー　予想していたとおり。中果然；果然不出所料。E sure enough; just as one feared.

☆ ダイヤモンドの指輪が安すぎて変だと思っていたら、案の定、偽物だった／正懷疑這鑽戒怎麼那麼便宜，果然是假的。

あんぴ【安否】アンピ　無事であるか、そうでないかということ。中平安與否。E safety; health.

☆ 母国の大地震のニュースに、両親の安否を気づかう／聽到祖國發生大地震的消息，擔心父母是否平安。

☆ 安否をたずねる／打聽平安與否。

あんまり　アンマリ、アンマリ　「あまり」を強めた言い方。中過分；過火；太。E too heartless; too; so.

☆ もう顔を見たくないとは、あんまりな言い方だ／說不想見面是一種太過分的說法。

☆ どうしたの？あんまり遅いので心配してたよ／怎麼啦?那麼晚，讓人擔心。

☆ いま、あんまり食べたくない／現在不太想吃。

あんもく【暗黙】アンモク　黙ってなにも言わないこと。中沈默；默不作聲；緘默。E tacitly.

☆ 父の目を見て、その悲しみを暗黙のうちに理解した／看著父親的眼睛，默默地理解到他的悲哀。

☆ 暗黙の了解／a tacit understanding. ／默契。

あんらく【安楽】アンラク、アンラク　心や体がゆったりとして楽なようす。中安樂；舒適。E comfortably.

☆ 老後は安楽に暮らしたい／年老後，想舒適地生活；安度晚年。

☆ 安楽いす／an easy chair; an armchair. ／安樂椅；扶手椅。

☆ 安楽死／euthanasia; mercy killing. ／無痛苦死亡；安樂死。

い／イ

い【胃】イ　内臓の１つ。腹部の上にある袋のようなもの。液を出して食べ物を消化する。中胃。E the stomach.

☆ 食べすぎは胃によくない/吃多了對胃不好。

☆ 胃がもたれる(=胃が重苦しく感じる)/消化不良(=感覺胃不舒服)。

☆ 胃カメラ/胃鏡。

☆ 胃がん/胃癌。

→内臓図

い【意】イ　❶心に思うこと。気持ち。中意；心意；心情；想法。E (a) mind; a will; a feeling.

☆ あなたもわたしと同じ考えを持っていることを知って、意を強くした/知道你和我有相同的想法後，堅定了我的信念。

☆ 感謝の意を表す/表示感謝之意。

❷そのことばや文の意味。中意義；意思。E (a) meaning.

☆ 漢字の「旧」は「古い」の意を表す/漢字的「舊」表示「古老」「陳舊」之意。

▷書

意に沿う　希望どおりにする。中遵從旨意；順從意願。E go along with a person's desires.

☆ 注文した客の意にそうように家を設計する/根據訂約顧客的意願設計房子。

似た表現 意にかなう

意に反する　希望しない。中違背心願。E act against a person's will.

☆ むかしは自分の意に反する結婚をする人も多かった/過去有不少人是違背自己的意願而結婚的。

似た表現 意に背く

意のまま　思ったとおり。中隨意；任意。E at will.

☆ やっと意のままに運転できるようになった/終於能隨心所欲地駕駛汽車了。

似た表現 思いのまま

いあわ・せる【居合わせる】イアワセル〔自動一〕　ものごとが起こったとき、ちょうどその場所にいる。いあわす。中正好在場。E happen to be present.

☆ 友達が服を買いに来た店にわたしもいあわせたので、一緒に服を選んであげた/朋友來買衣服時，我正好也在那家店，所以就幫忙一起挑選。

い・い　イイ　❶状態、能力、性質、形などがすぐれている。正常だ。中好；良好；優良。E good; sweet; beautiful.

☆ 体の調子がいい/身體狀況良好。

☆ いい声で鳴く/以優美聲音鳴叫。

☆ いい部屋/好房子。

対 悪い

❷道理に合っている。正しい。中好；對；正確。E right; proper; good.

☆ こうしたほうがいいと思う/我認為這樣做比較好。

☆ いい行い/舉止端莊；好品行。

対 悪い

❸好ましい状態だ。中好；合適；恰當。E good; nice; fine.

☆ あの２人はとても仲がいい/那兩人非常要好。

☆ 気持ちがいい/舒服。

☆ 天気がいい/天氣好。

対 悪い

❹ 地位、身分などが高い。中 高；好。E (rank, position) high.

☆ いいポストにつく / 找到一個好工作。

❺ じゅうぶんだ。それ以上いらない。中 充分；夠；足夠。E enough; adequate.

☆ わたしは睡眠時間は５時間でいい / 我睡五個小時就夠了。

☆ こんなつらい仕事はもういい / 這樣難熬的工作已做夠了。

❻ かまわない。中 可以；沒關係。E may; all right.

☆ 代金は来月でいい / 貨款下個月付也沒關係。

☆ タバコを吸ってもいい / 吸菸也沒關係。

❼ すなおで、疑う気持ちを持たない性質だ。中 善良；好。E good-natured.

☆ 一郎は人がいいから、だまされやすい / 一郎為人心地善良，所以容易受騙。

☆ 気がいい / 心情好；心地善良。

❽ 反対の意味を皮肉をこめていう言い方。中 用諷刺的口氣表示反對的說法。

☆ いい大人が (=ちゃんとした大人なのに) つまらないことでけんかして、恥ずかしくないの？ / 好好的一個大人，為一點小事就吵架，不害羞嗎?

☆ いい値段ですね / It's quite expensive. / 價錢真貴呢。

❾ (動詞の「ます」形について) ～やすい。

☆ はきいい靴 / comfortable shoes. / 好穿的鞋。

☆ 働きいい職場 / 舒服的工作場所。

対 -にくい

参 改まった言い方は「よい」。「いい」も「～く」「～かった」「～ければ」の形のときは「よい」の活用の「よく」「よかった」「よければ」を使う。

いい気になる　自分１人で得意になる。中 自以為了不起；得意洋洋；沾沾自喜。E be elated; be conceited.

☆ ちょっと歌をほめてあげたら、妹はいい気になって歌い続けた / 稍微稱讚歌唱得好，妹妹就神氣地唱個沒完。

いいあ・う【言い合う】イーアウ〔他動五〕(いいあって)　❶ ２人以上の人が、たがいに言う。中 互相說；異口同聲地說。E talk over; exchange words.

☆ おたがいに思っていることを言い合いましょう / 互相傾訴心聲吧。

☆ 新年に友達と出会って「おめでとう」と言い合う / 新年碰見朋友時要說「新年好」。

❷ たがいに相手を悪く言う。中 互相說 (對方壞話)；爭吵；口角。E quarrel.

☆ 道でぶつかった２人は、たがいに相手が悪いと言い合っている / 在路上相撞的兩個人互相指責對方的不對。

▷ 名 言い合い

いいえ　イーエ　相手の言うことを否定したり反対したりするときに言うことば。話 中 不；不是；沒有。E no.

☆「山田さんですか」「いいえ、わたしは田中です」/「是山田先生嗎?」「不，我是田中。」

☆「行かないんですか」「いいえ、行きます」/ "Won't you go?" "Yes, I will." /「不去嗎?」「不，我去。」

対 ええ、はい

参「いや」も似ているが、「いいえ」のほうが丁寧な言い方。

いいかえ・す【言い返す】イーカエス〔他動五〕(いいかえして)　相手のことばに対して、こちらからも負けないように言う。中 還嘴；頂嘴。E retort; talk back.

☆ 友達がわたしのことを足が短いと言ったので、そっちは手が短いと言い返してやった / 朋友說我腿短，我就回說他手短。

☆ 言われたら言い返す / 說我，我就頂他 (還嘴)。

いいがかり【言いがかり】イーガカリ　理由がないのに、無理に理屈をつけて相手を責めること。また、そのことば。中 找麻煩；挑釁。

[E] a false charge.

☆ 道路がこんで遅れたのに、妻は、あなたの運転が下手だから遅れた、と言いがかりをつけた / 路上塞車回家晚了，妻子卻找麻煩說我開車技術不好才回來晚的。

いいかげん 【いい加減】イー・カゲン、イーカゲン ❶程度がちょうどいいようす。[中]適合；適當；適可而止；恰好；正好。[E] just right.

☆ おふろはちょうどいいかげんです / 洗澡水的溫度剛剛好。

❷ 信用できない、無責任なようす。[中]馬虎；靠不住；胡亂；牽強附會。[E] irresponsible; haphazard.

☆ 学生の質問に答えられなくて、いいかげんなごまかしを言う教師 / 他是一個回答不了學生的問題，胡說一通敷衍了事的老師。

❸ (副詞的に)うんざりした気持ちを表す。かなり。たいがい。[中] 相當；十分。[E] pretty; rather.

☆ 先生の話は毎日同じで、いいかげんいやになった / 老師的話每天都相同，差不多要厭煩了。

[参]「いいかげんの温度」のばあいの「いいかげん」は、「いい」と「かげん」の2つのことば。

いいかた 【言い方】イーカタ ❶話すときの声やことばづかいや態度。[中] 說法。[E] a manner of speaking.

☆ 丁寧な言い方をする / 用禮貌的說法。

☆ 言い方が悪いと相手を怒らせることがある / 說法不妥會激怒對方。

❷ 表現の方法。[中]表現法；表現手法。[E] an expression.

☆ 書きことばでしか使わない言い方がある / 也有只適合文章體使用的說法。

☆ 自分の妻をさす言い方はいろいろある / 對自己的妻子有各種各樣的稱呼方式。

いいきか・せる 【言い聞かせる】イーキカセル〔他動一〕 相手がよくわかるように教え、話す。言い聞かす。[中]說給～聽；勸說；忠告。[E] warn; instruct; tell.

☆ 1人で川で遊んではいけないと、子供に言い聞かせる / 告訴孩子，不要一個人到河邊遊玩。

いいそび・れる 【言いそびれる】イーソビレル〔他動一〕 言いたいことがあるのに言いだせなくてそのままにしてしまう。[中]未能說出；一直沒有機會說出口。[E] fail to mention.

☆ 母に借金を頼みたかったが、兄がいたので言いそびれた / 想向母親借錢，因哥哥在場，一直沒有機會說出口。

いいつ・ける 【言いつける】イーツケル〔他動一〕 ❶目下の人に用事などをするように言う。[中]吩咐；命令。[E] order; tell.

☆ 子供に庭の掃除を言いつけた / 吩咐孩子打掃庭院。

❷ 人の悪口などをそっと目上の人に話す。[中]打小報告；告狀。[E] tell tales; tell on.

☆ わたしの失敗をだれかが課長に言いつけたらしい / 好像有人把我的失誤向課長告狀了。

▷ [名]言いつけ

いいなり 【言いなり】イーナリ 自分で決めず、他人の言うとおりになるようす。[中]唯命是從；沒有主見；任人擺佈。[E] be at the mercy of; do as one is told.

☆ 買う側は売る側の言いなりだ / 買方任賣方擺佈。

☆ 校長の言いなりになっている教師 / 他是一位對校長唯命是從的教師。

いいは・る 【言い張る】イーハル〔他動五〕(いいはって) 自分の考えを通そうとして強く言う。[中]固執己見；硬說；堅持主張。[E] insist; persist.

☆ 友達はバスを待っているより歩いたほうが早いと言いはった / 朋友堅持說，等公車不如走路快。

☆ 交差点での車の衝突事故で、どちらの運転者も信号を守っていたと言いはっている/在十字路口，兩車相撞，雙方駕駛都堅稱有遵守交通號誌。

いいぶん【言い分】イーブン　言いたいこと。相手に対する主張、不平、不満など。中 要說的話；主張；不滿；意見。E one's say; an objection.

☆ 両方の言い分をよく聞いてから判決を下す / 認真地聽取雙方意見後再下判斷。

☆ 消費税に対して言い分がある / 對消費稅有意見。

いいわけ【言い訳】イーワケ〔～する〕　自分の失敗などの理由を話して、許してもらおうとすること。また、そのことば。中 辯解；辯白；藉口。E an excuse.

☆ バスが来なかったから待ち合わせに遅れたと言い訳をする/他辯解說公車沒來所以趕不上赴約。

☆ 言い訳なんか聞きたくない / 什麼藉口我都不想聽。

いいん【委員】イイン　おおぜいの中から選ばれて、ある仕事をまかされる人。中 委員。E a representative; a committee member.

☆ 学園祭があるので、委員を選んで準備を始める/為舉行校慶，選出執行委員來開始準備工作。

☆ 選挙管理委員 / 選舉管理委員。

☆ クラス委員 / 班長；班級委員。

い・う【言う】ユー、イウ〔自他動五〕(いって)　❶ ことばを声にして出す。中 說；講。E say; tell; speak.

☆ あなたの名前を言ってください / 請說出你的名字。

☆ 朝、人に会ったときは「おはようございます」と言う / 早上遇見人時要說「早安」。

❷ 心の中に思ったことをことばに表す。中 表達；表明。E express.

☆ あなたが言いたいことはこの手紙でわかりました / 這封信已表達了你想說的意思。

❸（「～という」の形で）(1) ～と呼ぶ。～と称する。中 稱；叫；叫做；所謂。

☆ わたしは鈴木といいます / My name is Suzuki. / 我叫鈴木。

☆ オートバイを自動二輪ということもある/摩托車也叫自動兩輪車。

(2) ～である。～と思われる。中 據說；聽說。

☆ 兄の古い友達だという人が訪ねてきた/一位自稱是哥哥老友的人來拜訪。

☆ このへんは以前は森だったという/ It is said that this area was a forest in the past. / 聽說這一帶以前是森林。

❹ 物音がする。中 作響；發出響聲。E make a sound.

☆ 戸が風でがたがたいう/風颳得門嘎嘎作響。

☆ 階段が古くてぎしぎしいう / 由於樓梯老舊所以吱吱作響。

▷ →話す

注 ❸❹ はひらがなで書く。また、❶❷❸(1)は他動詞、❸(2)❹は自動詞。

参 基本形は「ゆう」ともいう。

言うに言われぬ　ことばで表そうとしてもうまく表せないほど微妙な。中 說也說不出來；無法形容。E indescribable.

☆ 年老いた俳優の舞台姿は、いうにいわれぬ美しさだった / 老演員的舞台形象美得無法形容。

言うまでもない　わざわざ言わなくても、もうだれにもよくわかっている。中 不用說；不待言；不言而喻；當然。E needless to say.

☆ 電車は、いうまでもなく電気で走る乗り物である / 電車當然是用電驅動的交通工具。

いえ【家】イエ　❶ 人が住むための建物。中 房；房子。E a house.

☆ 山の上に赤い屋根の家が１軒ある / 山上有一間紅屋頂房子。

☆ 家を建てる / 蓋房子。

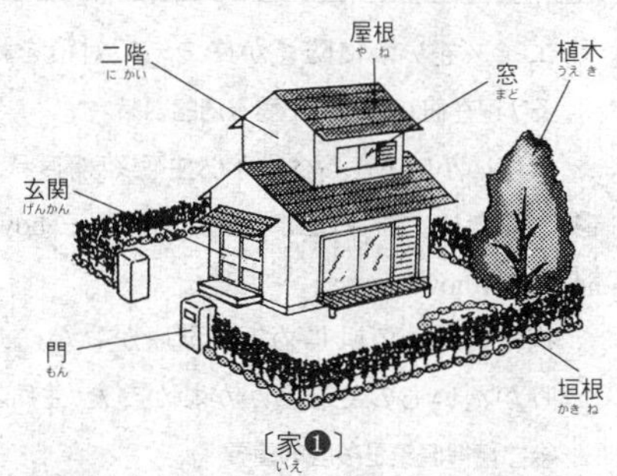

〔家❶〕

❷ 自分が寝たり起きたりする場所。中家。E one's home.

☆ 家で仕事をする / 在家裡工作。

☆ 家にお客を呼ぶ / 往家裡邀請客人。

❸ 家庭。中家庭。E a family; a household; a home.

☆ 結婚して家を持つ / 結婚後成家了。

☆ 社会人になって家を出る/出社會後便離開家。

❹ 親から子、子から孫と続く血筋や家業。中家族；家業。E one's family business; a family.

☆ 一郎は家をついで酒造業を経営している / 一郎繼承家業，經營釀酒業。

▷ 数❶1軒・1戸・1棟

いえで【家出】イエデ、イエデ〔～する〕帰らないつもりで自分の家をこっそり出ること。中離家出走。E run away from home.

☆ 親にしかられて家出した / 遭父母斥責而離家出走。

☆ 覚悟の家出 / 決心離家出走。

いか【以下】イカ ❶ これから後に述べること。中以下。E the following; the rest.

☆ 内容は以下のとおり / 内容如下。

☆ 以下は省略する / 以下省略。

対以上

❷ (他のことばの後について)(1)数や量や程度などがそれより下であること。中～以下。E or less; or under; below.

☆ 1万円以下なら買う / 一萬日圓以下就買。

☆ 5歳以下は無料です / 五歲以下免費。

☆ 平均以下の生活 / 平均水準以下的生活。

対以上

(2) ～を代表として。中以～為首的。E from~to.

☆ 北海道以下47の都道府県の代表が集まる/集合了以北海道為首的四十七個都道府縣的代表。

参 ❷で数や量を表すことばに「以下」がつくと、その数や量をふくむ。その数や量をふくまないばあいには「未満」を使う。

いか イカ 海にすむ軟体動物の一種。胴は細長い袋の形をしていて、いぼのようなものがついた足が10本ある。体はやわらかく、食用にする。中烏賊；墨魚。E a cuttlefish; a squid.

☆ 新鮮なイカを刺身にして食べる / 把新鮮的烏賊做成生魚片來吃。

数1杯・1匹 →たこ図

いがい【以外】イガイ (他のことばの後について)それを除くほかのもの。中以外；除了～以外。E except; but.

☆ 水泳以外ならどんなスポーツもできる / 除了游泳之外什麼運動我都會。

☆ 彼らを助けるには、ヘリコプターで行く以外にない / 要搶救他們，除了搭乘直升機去之外別無他法。

いがい【意外】イガイ、イガイ ❶ 結果が予想したことと違っているようす。中意外；想不到；出乎意料。E unexpected; surprising.

☆ 日本人でも日本語の文法については意外に知らないものだ /料想不到日本人對日語文法也不懂。

❷ (「意外と」の形で)思いのほか。案外。中意外；意料不到。E unexpectedly.

☆ 東京にも意外と多くの農地が残っている/想不到，在東京還留有很多農地。

いかが イカガ 「どう」の丁寧語。中「怎麼樣」的禮貌語；如何。E ((polite)) how; what.

☆ お母さんのご病気はいかがですか/您母親的病如何了?

☆ お肉の焼き方はいかがいたしましょう？/

肉的烤法是如何呢?

いかがわし・い イカガワシイ ❶本当かどうかはっきりしなくて、信用できない。中可疑；不可靠。E doubtful; questionable.

☆ あの薬はいかがわしいから、使わないほうがいい/那藥可疑，不要用的好。

☆ すこし協力すれば車を1台くれるというような、いかがわしい話には気をつけよう/稍微幫忙一下就說要送一輛汽車，要提防這種令人可疑的話。

❷ 道徳上よくない。中不正派；不正經；不三不四。E indecent; obscene.

☆ いかがわしい雑誌が売られているのは困る/出售一些不三不四的雜誌，令人頭痛。

いがく【医学】イガク 病気を治したり予防したりすることについて研究する学問。中醫學。E medical science; medicine.

☆ 医学の進歩で、以前は治らなかった病気も治るようになった/由於醫學發達，以前不能治療的病也能治好了。

☆ 医学を専攻する/專修醫學；專攻醫學。

☆ 医学博士/醫學博士。

いか・す【生かす】イカス〔他動五〕(いかして) ❶生き続けさせる。中弄活；讓～活著；放生。E keep ~ alive.

☆ 釣った魚は生かしておく/把釣到的魚放生。

対殺す

❷ 人やものの持つ能力を、じゅうぶんに引きだして使う。中有效地利用；活用；發揮；充分發揮。E make use of.

☆ 母は趣味を生かして、お茶を教えている/母親充分發揮嗜好，現在在教茶道。

☆ 材料の味を生かした料理/充分發揮材料原味的菜餚。

対殺す

▷ 自動 生きる

いかに イカニ ❶どのようにして。どういう方法で。中如何；怎樣。E how; in what way.

☆ エイズをいかに防ぐかについて対策をねる/正在研究如何防止愛滋病的對策。

☆ 人生いかに生きるべきか/人生應該怎樣度過。

❷ どんなに。どれほど。中多麼；如何。E how; no matter how.

☆ 病気になってはじめて、健康がいかにありがたいものであるかがわかった/生病之後才懂得健康是多麼的重要。

☆ いかに苦しかろうと、へこたれない/無論多麼苦，絕不氣餒。

▷ 書

いかにも イカニモ ❶どう考えてみても。まことに。中實在；的的確確；真。E very; really.

☆ 道路で転んだ高校生は、いかにも恥ずかしそうな顔をして立ち上がった/摔倒在路上的高中生，非常難為情地了起來。

☆ いかにもおいしそうに食べている/真是吃得津津有味。

❷ 相手の話の内容に賛成するときに言うことば。中果然；的確；完全。E indeed; it is true.

☆ いかにもあなたのおっしゃるとおりです/正如你所說的。

☆ いかにもそのとおりです/的確是那樣的。

▷ 話❷

いかめし・い イカメシイ ❶立派で、人を恐れさせるようすだ。中威嚴；嚴肅；嚴厲。E stern; stately.

☆ いかめしい顔つきをした校長先生/表情嚴肅的校長。

☆ 城のいかめしい門/威嚴的城門。

❷ 厳重だ。中戒備森嚴。E strict; close.

☆ おおぜいの警官がいかめしい警備をしている/許多警察站崗執勤，戒備森嚴。

いかり【怒り】イカリ、イカリ 人の行動や社会で起こることが理屈に合わないと不快に感じて、がまんができない気持ち。中怒；憤怒；生氣。E anger; indignation.

☆ 金持ちだけを優遇する政策に怒りを覚え

る/只優待有錢人的政策引起人們的憤怒。

☆ 怒りをぶちまける/ take one's anger out on. / 大發雷霆。

自動 怒る

いかん【遺憾】イカン、イカン 思いどおりにいかなくて、残念に思うようす。中 遺憾。E regrettable; regret.

☆ 国際化を主張しながら外国人差別の発言をする大臣がいるのは、実に遺憾である/竟有部長一邊主張國際化，一邊卻發言歧視外國人，實在令人遺憾。

☆ 実力を遺憾なく発揮して、入賞した/將實力發揮得淋漓盡致，因而得獎了。

☆ 遺憾の意を表明する/表示遺憾之意。

参 公的な立場で責任者が使うときは、本心から謝まっているのではなく、儀礼的なことが多い。

いき【息】イキ 口や鼻から空気を吸ったり出したりすること。また、その空気。中 呼吸；喘氣；(呼吸的)氣息。E a breath.

☆ 寒いので息が白く見える/天冷，呼出的氣都是白的。

☆ 息を止めて水に潜る/憋氣潛水。

☆ 息を吸う/呼吸；吸氣。

☆ 息を吐く/呼氣；吐氣。

…………「息」のつく慣用表現…………

息が合う 一緒になにかをするとき、相手と気持ちや調子が1つになる。中 步調一致；合得來。E work together well.

☆ バレーボールは、6人の選手の息が合わなくては勝てない/打排球時六位球員如果步調不一致就無法獲勝。

似た表現 息を合わせる

息が切れる 息をするのが苦しくなる。中 呼吸困難；接不上氣；上氣不接下氣；氣喘如牛。E lose one's breath.

☆ 急な階段を走って上ったので息が切れた/上陡峭的樓梯，累得上氣不接下氣。

似た表現 息を切らす

息が絶える 死ぬ。中 斷氣；死；氣絕。E die; pass away.

☆ 病院へ運ぶ途中で病人は息が絶えた/送醫途中病人就斷氣了。

似た表現 息を引き取る

息もつか(せ)ず 休まず。中 一口氣地；沒有喘氣地。E without stopping.

☆ 推理小説を息もつかずに最後まで読んだ/一口氣讀完推理小說。

息をのむ なにも言えないほど驚く。中 (因吃驚而嚇得)喘不上氣；倒吸一口氣。E hold one's breath in surprise.

☆ 電車に乗ってきた人が、なくなった父にそっくりなので、はっと息をのんだ/電車上來了一位長得和先父一模一樣的人，我吃驚地倒吸一口氣。

息を弾ませる ❶激しい運動の後、息をはあはあさせる。中 喘氣；上氣不接下氣。E gasp for breath.

☆ フィギュアスケートの選手は、演技の後、息をはずませて得点の発表を待つ/花式溜冰選手在賽後氣喘吁吁地等待得分的發表。

❷ 非常にうれしそうにする。中 興奮地(說)。E become shortbreathed with joy.

☆ 優勝の喜びを息をはずませて語る/他高興地敘述獲勝後的喜悅。

▷ 似た表現 息が弾む

息を吹き返す ❶死んだように見えたものが生き返る。中 回復意識；甦醒。E come back to life.

☆ 人工呼吸のおかげで息を吹き返した/多虧用了人工呼吸使他醒過來。

❷ もとのように活発になる。中 恢復活力。E be revitalized.

☆ 魚はとれなくなったが、養殖を始めたので、この漁村は息を吹き返した/雖然魚源枯竭，但開始養殖後這漁村又恢復了活力。

……………………………………………

いき【意気】イキ　進んでしようとする、張りきった気持ち。中 意氣；氣勢；氣慨。E spirits; morale.

☆ 必ず優勝するという意気でがんばろう/要以志在必得的氣慨去努力打拚。

☆ 建国の意気に燃える若者たち/為建國而意氣風發，鬥志高昂的熱血青年。

意気があがらない　元気が出ない。中 提不起精神；意氣消沈。E be depressed.

☆ 働いても働かなくても給料が同じだと思うと、意気があがらない/只要想到幹不幹活都拿一樣的工資，就會令人振奮不起精神。

いき【生き】イキ　❶ 食用にする魚や貝の新しさ。中 新鮮程度。E fresh.

☆ 釣り船で食べる魚は生きがいいから、おいしい/在漁船上吃的魚肉特別鮮美好吃。

❷ (他のことばの頭について)生きていること。中 生；活。

☆ 生き地獄/a hell on earth./人間地獄；活地獄。

☆ 生き別れ/part from a person never to see again./生離。

▷ 自動 生きる

いき【行き】イキ　❶ 行くこと。行くとき。ゆき。中 去；往。E go.

☆ 行きはバスに、帰りは電車にする/去時搭公車，回來坐電車。

対 帰り

❷ (地名の後について)乗り物などの目的地を表す。ゆき。中 表示交通工具的目的地。

☆ 大阪行きの切符/a ticket to Osaka./前往大阪的車票。

☆ ハワイ行きの飛行機/前往夏威夷的飛機。

▷ 自動 行く

いぎ【異議】イギ　他の人と違った意見。中 異議；不同的意見。E an objection; a protest.

☆ 山をけずってゴルフ場をつくることには異議がある/對挖山建造高爾夫球場持反對的意見。

☆ 異議を唱える/make an objection./提出異議。

いぎ【意義】イギ　そのことにふくまれる内容。中 意義。E (a) meaning; significance.

☆ 核兵器をなくすことの意義は大きい/消滅核武器的意義非常重大。

☆ 人生に意義を見いだす/discover the meaning of life./尋找人生的意義。

参「意味」も似ているが、「意議」のほうがやや内容が深くて重々しい感じがする。

いきあたりばったり【行き当たりばったり】イキアタリバッタリ、イキアタリバッタリ　計画を立てずに、そのときの気分やなりゆきで行動するようす。ゆきあたりばったり。話 中 漫無計劃；沒譜。E casually; haphazard.

☆ 宿を決めずに、いきあたりばったりに旅に出た/不預訂旅館漫無計劃地出遊。

☆ いきあたりばったりな調査ではいいデータはとれない/漫無計劃的調查得不到準確的數據資料。

いきいき【生き生き】イキイキ、イキイキ〔～する〕　❶ 非常に元気で、生命力がいっぱいのようす。中 活潑；生氣勃勃；朝氣蓬勃。E fresh; lively.

☆ 久しぶりの雨で、草木が生き生きしてきた/久旱後的及時雨，使草木長得鬱鬱蔥蔥。

☆ 生き生きした表情/活潑的表情；生氣勃勃的表情。

❷ 実物を見ていると思えるほど勢いのあるようす。中 生動；栩栩如生。E vividly.

☆ この作品は、村の若者たちの生活を生き生き(と)描いている/這部作品把農村青年的生活描繪得栩栩如生。

いきおい【勢い】イキオイ　❶ ものごとが動くときの速さや強さ。中 勢；勢力；氣勢。E speed; force.

☆ 坂を下りる自転車に勢いがつく/騎腳踏車下坡有很大的衝力。

☆ 大雨で川の流れが勢いを増している/大雨

使河水的流速加快。

❷ 他を圧倒する強い力。中氣勢；氣焰；勁頭。E power; influence.

☆ ナポレオンの勢いはヨーロッパ全体におよんだ/拿破崙的氣勢橫掃整個歐洲大陸。

❸ (副詞的に)当然の結果として。中勢必；自然而然地。E naturally.

☆ 生活が豊かになれば、いきおい、レジャー産業が活発になる/生活富裕之後，旅遊觀光業勢必蓬勃發展。

二注 ❸はひらがなで書く。

いきがい【生きがい】イキガイ、イキガイ 生きていくうえで喜びを感じることがら。中生存的意義；生活的價值。E a reason for living; something to live for.

☆ 子供の成長を生きがいにする/父母將生存的意義寄託於孩子的成長。

☆ 年をとっても生きがいを持ち続けたい/上了年紀後也想繼續有意義的生活。

いきかえ・る【生き返る】イキカエル、イキカエル〔自動五〕(いきかえって) いちど死んだようになったものが、また元気になる。中復活；甦醒；活過來。E revive; be restored to life.

☆ 雪がとけて花が咲きはじめると、村は生き返ったようになる/只要冰雪溶化，花朵開始盛開，鄉村就復甦了。

☆ 枯れたと思った木が生き返った/看似已枯死的樹木又復活了。

いきぐるし・い【息苦しい】イキグルシイ 息をするのが苦しい。息がつまるほどだ。中喘不過氣；窒息。E stuffy; stifling.

☆ 満員電車の中は息苦しい/電車塞滿人，悶得透不過氣來。

☆ 面接試験のときは、息苦しいぐらい緊張した/面試時緊張得喘不過氣來。

いきさき【行き先】イキサキ ⇨行き先

☆ 旅行の行き先は、北海道にした/決定去北海道旅遊。

いきさつ イキサツ ものごとがある結果になるまでの、内部のいろいろな事情。中經過；原委；底細。E circumstances; details.

☆ 話し合いがまとまらなかったいきさつをくわしく報告する/將談判意見不一致的原委做詳細報告。

☆ これまでのいきさつから考えて、あの2人が別れるのはまちがいないだろう/從事情的經過來看，他們兩人一定會分手。

いきじびき【生き字引】イキジビキ そのことに深く関係していたり、知識が豊富だったりして、辞書で調べなくてもその人に聞けばわかるという人。中活字典；萬事通。E a walking dictionary.

☆ 映画評論家のA氏は、映画のことはなんでも知っている生き字引だ/電影評論家A先生對電影是無事不曉的活字典。

いきだおれ【行き倒れ】イキダオレ 飢えや、寒さ、病気などのために、道で倒れたり死んだりすること。また、その人。ゆきだおれ。中倒在路上；倒臥。E collapse (and die) on the street.

☆ 行き倒れになった人を救急車で運ぶ/叫救護車送一個倒在路邊的人。

いきちがい【行き違い】イキチガイ ❶たがいに会うつもりで出かけていったのに会えないこと。ゆきちがい。中雙方在途中走岔，沒見到面；錯過。E miss each other.

☆ 傘を持って父を迎えに行ったが、行き違いになって会えなかった/拿著傘去接父親，因為錯過而沒有接到。

❷ 連絡がふじゅうぶんで誤解が生じること。ゆきちがい。中弄錯；差錯；產生齟齬。E a mutual misunderstanding.

☆ よく説明しなかったため、感情の行き違いが起こってけんか別れしてしまった/由於沒有說清楚，引起了感情上的不睦，結果吵架分手了。

い

▷ 自動 行き違う

いきづま・る【行き詰まる】イキズマル〔自動五〕(いきづまって)　先へ行けなくなる。ものごとがうまくいかず、まったく進まなくなる。ゆきづまる。中 走投無路；停滯不前；陷入僵局。E come to a deadlock.

☆ 店を開く計画は、資金がたりなくていきづまった/開店的計劃由於資金不足而停滯。

☆ 交渉がいきづまる/談判陷入僵局。

名 行き詰まり

いきとうごう【意気投合】イキトーゴー、イキ・トーゴー〔～する〕　たがいの気持ちや考え方がぴったり合うこと。中 意氣相投。E find a kindred spirit in.

☆ 洋子とはパーティーで知り合い、話しているうちにすっかり意気投合した/和洋子在宴會上認識，一談之下意氣相投。

いきどお・る【憤る】イキドール〔自動五〕(いきどおって)　許すことができないと激しく怒る。中 憤怒；氣憤。E be enraged.

☆ 父は政治家の不正の記事を読んでいきどおっている/父親看到有關政客營私舞弊的報導，感到非常氣憤。

名 憤り

いきどまり【行き止まり】イキドマリ　❶ 道が途中で終わっていて、その先に進めないこと。また、そのような場所。ゆきどまり。中 走到盡頭；止境。E a dead end; a blind alley.

☆ 通り抜けられると思っていたら行き止まりだったので、しかたなく引き返した/想直接穿過去卻是死胡同，沒辦法只好往回走。

❷ 地位などが、その先に進めないこと。ゆきどまり。中 頂點；終點；走到頭；止境。E be not promoted higher than.

☆ 部長まで昇進したが、そこで行き止まりだ/升到經理，也就到頂了。

いきなり　イキナリ　❶ 予想していないときに急に。中 突然；冷不防。E suddenly.

☆ 一郎がいきなり大声で歌いだしたので、みんなは驚いてそちらのほうを見た/一郎突然大聲唱起歌來，大家都驚奇地朝他看。

❷ 順序どおりにしないで先へ進むようす。中 猛然；馬上就。E abruptly.

☆ 準備体操もしないでいきなり泳ぎはじめると、心臓まひを起こすことがある/不做暖身運動就猛然下水游泳，會引起心臟麻痺。

いきもの【生き物】イキモノ、イキモノ　命のあるもの。特に動物をさしていうばあいが多い。中 生物；動物；有生命的東西。E a living thing; life.

☆ 生き物は必ずいつかは死ぬ/生物總有一天會死去。

いきようよう【意気揚揚】イキヨーヨー　(「意気揚々と」の形で)ものごとがうまくいって元気いっぱいのようす。中 得意洋洋；洋洋得意。E triumphantly.

☆ 試合に勝ったチームの選手たちは意気揚々と帰ってきた/比賽獲勝的選手得意洋洋地回來了。

い・きる【生きる】イキル〔自動一〕　❶ 命がある。中 活；生存；保持生命。E live.

☆ 人が100歳まで生きるのはなかなかむずかしい/人要活一百歲是很難的。

☆ 生物は太陽と水がなければ生きることができない/若沒有太陽和水生物就不能夠存活。

☆ 生きのびる/長生；多活；長壽；活下來。

対 死ぬ

❷ 目的を持ったり収入をえたりして暮らしていく。中 生活。E earn a living.

☆ 貧しくても芸術家として生きたい/雖然貧困但仍希望以藝術家為生。

☆ 生きるために、ずいぶんつらい仕事もした/為了生活，而一直做著非常艱苦的工作。

☆ 生き抜く/掙扎的活下去；堅決活到底度過艱苦的日子。

❸ うまく使われて効果が上がる。[中]有效；生動；有生氣。[E] be enlivened; come alive.

☆ 1本の線で絵全体が生きた / 這一筆使整幅畫充滿生機。

☆ 始めの部分を書き直すと、文がずっと生きる / 修改開頭部分後，文章就生動多了。

[対]死ぬ

▷ [名]生き [他動]生かす

い・く【行く】イク〔自動五〕(いって)

❶ 人やものが、ある場所から遠ざかる方向へ動く。[中]去；赴；到…去。[E] go.

☆ 電車で行く / 坐電車去。

☆ 5時までに行く / 五點以前去。

[対]来る

❷ いまいる場所から目的の場所へ向かう。[中]去。[E] go; proceed to.

☆ 出張で札幌へ行く / 因為出差到札幌。

☆ 相談をしに行く / 去商量問題。

[対]帰る

❸ 決まっていることとして通う。[中]去；上學；上班。[E] go; commute.

☆ 娘は4月から幼稚園へ行くのを楽しみにしている / 小女兒高興地盼望著從四月開始上幼稚園。

☆ 大学へ行って物理学を学んでいる / 上大學讀物理系。

❹ ものごとが行われる。[中]進行；進展。[E] go; work.

☆「仕事はうまくいきましたか」「いいえ、どうも計画のようにはいきません」/「工作進展順利吧」「不，總是不能按計劃進行」。

❺ ものごとが、ある状態にとどく。[中]理解；領會；知足。[E] proceed (to a plint).

☆ 納得がいくまで議論する / 討論到互相認同為止。

☆ 満足がいく / 得到滿足。

❻ (「〜ていく」の形で)(1)ある状態が続く。また、ある状態に向かって進む。[中]表示某種狀態繼續進行。

☆ ずっと建築の仕事をしていく / I have been and will be working in construction. / 會在建築這一行一直做下去。

☆ 世界情勢は急速に変わっていく / 世界情勢急速地變化。

(2) ある状態を残して立ち去る。[中]讓某種狀態存續下去。

☆ 重い荷物は置いていく / I will leave heavy baggage here. / 丟下笨重的行李。

☆ ドアのかぎをかけていく / 把房門鎖好。

▷ [名]行き

[注] ❹❺❻はひらがなで書く。

[参] すこし古い言い方は「ゆく」。

いくじ【育児】イクジ 生まれてから小学校へ行くころまでの子供の世話をすること。[中]育兒。[E] child care.

☆ 育児を分担し合う若い両親 / 共同養育孩子的年輕父母。

☆ 育児休業 / 為了育兒而停職。

いくじがない【意気地がない】 心が弱くて、ものごとをしようとする強い気持ちがない。[中]沒有志氣；沒出息；懦弱。[E] chickenhearted.

☆ 長い病気で意気地がなくなり、テニスも水泳もやめてしまった/久病體虛喪失志氣，連網球和游泳都放棄了。

☆ 飛行機に乗るのがこわいとは、いまどき意気地がない人だ/害怕搭飛機，真是個沒出息的現代人。

[似た表現]意気地なし

いくつ イクツ 数、年齢などがどれほどかをきくときのことば。[中]幾個；多少。[E] how many; how old.

☆ 砂糖はいくつ入れますか / 要放多少砂糖?

☆ お年はいくつですか / 您多大歲數；您貴庚?

☆ いくつ目の駅で降りますか/在第幾站下車?

いくつか イクツカ 数がそれほど多くないが、すこしはあるようす。[中]多少；若干。

E some; several.

☆ 読めない漢字がいくつかある/有一些不會讀的漢字。

い

いくつも イクツモ 数がたくさんあるようす。中很多；好幾個。E a great many; a lot of.

☆ 書けない漢字がいくつもある/有很多不會寫的漢字。

いくどうおん【異口同音】イクドーオン、イク・ドーオン 多くの人が同じことを言うこと。中異口同聲。E with one voice; unanimously.

☆ 人々は異口同音に、地震の恐ろしさを語った/大家異口同聲地說地震很可怕。

いくぶん【幾分】イクブン ❶全体をいくつかに分けた一部分。中一部分。E a part; something.

☆ 自分の力の幾分でも社会に役立てられたらうれしい/只要自己能為社會盡一分力，就感到十分高興。

☆ 給料の幾分かを貯金する/將薪水的一部分存起來。

❷程度がすこしであるようす。中稍微；多少；一點點。E a little; somewhat.

☆ マフラーを首に巻くと、いくぶん暖かくなりますよ/圍上圍巾後就會暖和點。

☆ 熱が下がり、きのうよりいくぶん気分がいい/退燒了，比昨天稍微感覺好一些。

いくら イクラ ❶金額や数や量がどれだけかということ。中多少錢；多～。E how much; what.

☆ この本はいくらですか/這本書多少錢?

☆ 部屋代がいくらするか聞いてから考える/問一問房租多少錢後再考慮是否要租。

❷(数や量を表すことばの後について) それよりすこし多いこと。中～多；若干。E some; something.

☆ 1億いくらの人口がいる/有一億多的人口。

☆ 3万いくらもするものを買った/買了價值三萬多日圓的東西。

❸(「いくら～ても」の形で)どんなに～ても。中無論～也；即使～也；怎麼～也。E no matter how ~.

☆ 金属の皿はいくら落としても割れない/金屬的盤子即使摔到地上也摔不壞。

❹(「いくら～でも」の形で)たとえ～でも。中就是～也；即使～也。E even.

☆ いくら子供でも許すわけにはいかない/即使是孩子也是不能饒恕的。

いくらなんでも どう考えても。ふつうとはあまりに違いすぎるようす。中不管怎麼說也；無論怎樣；無論怎麼；即使…也…。E to say the least.

☆ 1日に30本もタバコを吸うなんて、いくらなんでも多すぎる/一天抽三十多根菸，不管怎麼說都太多了。

いくらか イクラカ、イクラカ 量や程度がすこしはあるようす。中多少；稍微；少量。E somewhat; a little.

☆ 風がいくらかあるのでヨットが進む/多少有點風，所以帆船才能航行。

☆ 金がいくらか残った/剩下少量的錢。

いくらも イクラモ、イクラモ ❶たくさん。中很多；很豐富；有得是；要多少有多少。E so much; so many.

☆ 酸素は空気中にいくらもある/空氣中充滿了氧氣。

☆ 失敗した話ならいくらもできる/失敗是常有的事。

❷(「いくらも～ない」の形で)すこししか～ない。中多少。E only a little.

☆ いくらも走らないうちに息が苦しくなった/沒跑多遠就感到呼吸困難。

いけ【池】イケ 人工的、または自然にできたくぼみに水がたまっている所。沼や湖より小さい。中水池；池塘。E a pond; a pool.

☆ 庭に池をつくる/在院子裡造池塘。

☆ 池でウナギを養殖する/在池子裡養殖鰻魚。

☆ ため池(=農業用水をためておく池)/蓄水池

(蓄農業用水的池塘)。

☆ 大正池/大正池（火山爆發形成的湖泊）。

→沼

いけな·い イケナイ ❶よくない。中不好；壞；糟糕。E bad.

☆ いたずらばかりして、いけない子だ/調皮搗蛋，不聽話的孩子。

☆ かぜをひいたの？それはいけないね/感冒了啊？那可不太好啊！

❷(「～てはいけない」の形で)～てはだめだ。中不可以；不行。E don't; must not.

☆ この部屋に入ってはいけない/不許進這間屋子。

☆ 子供は酒を飲んではいけない/小孩子不可以喝酒。

❸(「～といけない」の形で)～と困る。中不合適；不好。E so that ~ not.

☆ 忘れるといけないから、ノートに書いておく/記在筆記本上以免忘記。

❹(「なければいけない」の形で)⇨なければならない。中必須……。

☆ すぐ行かなければいけない/必須立刻去。

いけばな【生け花】イケバナ 草木や花を形よく器にさすこと。また、そのやり方やその花。床の間、玄関、台の上などに置いて部屋を飾る。中插花。E arranged flowers; flower arangement.

〔生け花〕

☆ 季節の生け花でピアノの演奏会の会場を飾った/應景的插花點綴著鋼琴演奏會場。

☆ 生け花を習う/學習插花。

いけん【意見】イケン ❶あることについての考え。中意見；看法。E an opinion; a view.

☆ 米の自由化についてのあなたの意見を聞かせてください/請您談談關於稻米生產自由化的意見。

☆ 意見が一致する/意見一致。

☆ 賛成意見/贊成意見。

❷〔～する〕自分の考えを言って、教えさとすこと。中勸告；規勸；提意見。E advice; admonish.

☆ 息子にタバコをやめるよう何度も意見したが、まだやめない/再三勸告兒子戒菸，可是他還在抽。

いご【以後】イゴ ❶これから先。その時から後。中今後；以後。E after this; since.

☆ ガラスを割ってしまったことはしかたがない。以後、気をつけるように/玻璃既然打破就沒辦法了，今後要注意點。

☆ テレビで紹介されて以後、この町をおとずれる人が多くなった/經電視介紹後，到這小鎮拜訪的人變多了。

❷その時を入れて、その時の後。中～之後；～以後。E after; from ~ onward.

☆ 10時以後はここに入れない/十點以後這裡禁止進入。

☆ この道路は1997年以後に完成する予定だ/這條道路預計在1997年以後完工。

対以前 ▷ →以降

いご【囲碁】イゴ ⇨碁

☆ 囲碁の名人位を争う/圍棋名人爭奪賽。

いこい【憩い】イコイ 仕事をしないでのんびりすること。書中休息。E rest; relaxation.

☆ 公園はみんなの憩いの場だ/公園是人們休憩的場所。

☆ 好きな音楽を聞きながら憩いのひとときを過ごす/聽聽自己喜歡的音樂，度過休閒的時光。

自動憩う

いこう【以降】イコー その時を入れて、その時の後。中之後；以後。E after; on and after.

☆ 明治以降、近代化が進んだ/明治時代以後，加快了現代化的步調。

☆ 工事の完成は来年以降になる見込み/預計工程將在明年以後完成。

い

対 以前
参 「以後」も似ているが、「以降」のほうが時間の幅が長い。また、「以後」は「以後、気をつけなさい」のように単独でも使えるが、「以降」には単独の使い方はない。

いこう【意向】イコー　どうしたいか、どうするつもりかについての考え。中 意向；意圖。E wishes; an intention.

☆ 結婚する２人の意向を聞いて式の準備を進める/詢問結婚男女雙方的意見，著手婚禮的準備工作。

☆ 政府は新しい法案を出す意向だ/政府表示要制定新法案。

イコール (equal) イコール　❶ 数学で、等しいことを表す記号。記号は「＝」。中 等號。E equal.

☆「A＝B」は「AイコールB」と読む/A＝B讀作A等於B。

❷ ２つのことがらが同じ価値や意味を持つこと。中 相等；等於。E equal; mean.

☆ 国際貢献イコール軍隊の派遣というのはおかしな論理だ/派遣軍隊相等於國際貢獻是一種很奇怪的邏輯。

いごこち【居心地】イゴコチ、イゴコチ　そこにいるときの気持ち。中 (在某處時的)心情；感覺。E feel comfortable (uncomfortable).

☆ この喫茶店は、うるさくないし店員も感じがいいので居心地がいい/這家咖啡廳既安靜，店員又不錯，待起來感覺很不錯。

いざ　イザ　なにかを始めようとするときに言うことば。中 一旦；喂；好啦。E when one comes to ~ ; if compelled.

☆ けんかばかりしていた弟だが、いざ別れるとなると、さびしいものだ/雖然和弟弟平時打打鬧鬧，但一旦分開還是很寂寞。

☆ いざとなったら、みんなに反対されてもわたしはやる/事到臨頭，即使大家反對我也要做。

参 本来は、「いざさらば(＝では、さようなら)」「いざ行かん(＝さあ、行こう)」のように、勢いよく人に呼びかけたり自分を強く励ましたりするときに使ったが、現在では詩、短歌などでしか使わない。

いさぎよ・い【潔い】イサギヨイ　思いきりがよくて、立派だ。中 勇敢；果斷；乾脆；毫不留意；毫不怯懦；痛痛快快。E with good grace; manly.

☆ 自分が悪いと思ったら、いさぎよく謝る/如果認為自己錯了，就要勇敢地承認。

☆ 洋子との結婚はいさぎよくあきらめる/果斷地放棄了和洋子的結婚。

いざこざ　イザコザ　関係がある人の間の、ちょっとした争い。話 中 (親人之間的)糾紛；不合意見。E trouble; a quarrel.

☆ 遺産の相続をめぐって家の中にいざこざが起きている/有關遺產繼承問題，使家裡意見不合。

☆ いざこざに巻きこまれる/被捲入了糾紛之中。

いささか　イササカ　❶ 量や程度がすこしであるようす。中 略；稍微；一點點。E a little; a bit.

☆ 10年ぶりに高校時代の同級生が訪ねてきて、いささか驚いた/十年未見的高中同學來訪，不要有些吃驚。

❷ (「いささかも〜ない」の形で)すこしも〜ない。中 毫無〜；一點點也不〜。E not even the least.

☆ 兄は疲れているようすなどいささかも見せないで働いていた/哥哥毫不露出倦容地工作著。

▷ 書

いさまし・い【勇ましい】イサマシイ　❶ 勢いが強くて、元気がある。中 活潑；生氣勃勃；雄壯。E active; stirring.

☆ ラグビーは勇ましいスポーツだ/橄欖球是一種激烈的運動。

☆ 勇ましい行進曲/雄壯的進行曲。

❷ なにごとも恐れない。中 勇敢；勇猛。

[E] brave; courageous.

☆ 勇ましい消防士が子供を火の中から助けだした/勇敢的消防隊員從大火中救出了孩子。

いさん【遺産】イサン ❶死んだ人が残した財産。[中]遺產。[E] an inheritance.

☆ 親の遺産を相続する/繼承父母的遺產。

☆ 遺産を分ける/分遺產。

❷むかしの人が残した立派な仕事や値打ちのあるもの。[中]文化遺產。[E] a heritage.

☆ この古い建物は文化的遺産だから、たいせつに保存しよう/這座古老建築是文化遺產，一定要好好保存。

いし【石】イシ ❶山道や河原などにある、岩より小さいかたまり。[中]石頭；石子。[E] a stone.

☆ 河原で石を拾う/在河灘上撿石頭。

☆ 石を投げてカラスを追う/丟石頭趕走烏鴉。

❷なにかの材料とするために山から切りだした岩石や鉱物。[中]石塊；礦石。[E] stone.

☆ 石でできた家/用石頭造的房子。

☆ 石の彫刻/石雕。

❸特別の岩石などを加工してつくったもの。[中]玉石；寶石。[E] a flint; a jewel.

☆ ライターの石/打火機的火石；打火石。

☆ 緑色の石がついているカフスボタン/鑲著綠寶石的西裝袖扣。

☆ 碁石/圍棋子。

石にかじりついても どんなに苦しくても。[中]無論怎樣艱苦也要〜。[E] at all costs.

☆ 大学院に入った以上は、石にかじりついても博士号を取りたい/既然考上了研究所，即使是啃石頭也要拿到博士學位。

いし【医師】イシ 病気やけがの診察や治療をすることを職業としている人。法律上定められた資格の呼び名。医者。[中]醫生；大夫。[E] a doctor.

☆ 災害のあった地域に医師を派遣する/派醫生到災區。

☆ 医師国家試験/國家醫師考試。

いし【意志・意思】イシ ❶あることを積極的にしようという気持ち。[中]意志；意願。[E] (a) will.

☆ 意志が強い/意志堅強。

☆ 意志をかためる/堅定意志。

❷心に思うこと。[中]心思；意思；想法；打算。[E] an intention.

☆ 選挙に国民の意思が反映される/選舉能反應出國民的意願。

☆ 意思表示/表明意願。

ニ [注] ❶は「意志」、❷は「意思」。

いじ【意地】イジ ❶その人のいちばんもとになる考え方。[中]志氣；好勝心。[E] nature; temper.

☆ 苦しい人生だったが、意地だけでがんばってきた/雖然是艱苦的人生，但靠著志氣打拼至今。

❷「❶」を通そうとする気持ち。[中]好勝心；逞強心；固執；上進心；好強。[E] will power; pride.

☆ 代表選手としての意地があるから負けられない/因為身為選手代表，要有志氣，絕不能輸。

☆ 意地を通す/堅持到底。

❸ものをほしがる気持ち。[中]貪心；嘴饞。[E] greed; want.

☆ 食い意地/嘴饞得很；貪嘴；嘴饞；貪食。

…………「意地」のつく慣用表現…………

意地が汚い じゅうぶん持っているのにもっと多くを望んだり、または他人のものまでほしがったりするようす。意地きたない。[中]貪婪。[E] greedy; gluttonous.

☆ 自分の分は食べたのに、他人の残したごちそうにも手を出すとは意地がきたない/自己的份吃光了不算，還要打別人剩菜的主意，太貪心。

意地が悪い わざと人を困らせたり、いやがらせをしたりするようす。[中]居心不良；心術不正；故意刁難。[E] ill-tempered; spiteful.

☆ 知っているのに教えてくれないなんて意

地が悪い / 明明知道又隱瞞不說，真是壞心。

[似た表現] 意地悪

意地(に)でも　どんなに無理をしても必ず。[中] 說什麼也；硬著頭皮也；為了爭口氣。[E] do anything to.

☆ この前は惜しくも負けたので、今度は意地でも勝ちたい / 可惜上次輸了，這次要打贏爭口氣。

意地になる　なにかに非常にこだわって、あることをやめずに続ける。[中] 偏要；非得要；意氣用事。[E] obstinately.

☆ こんな辛いものは食べられないだろうと言われて、意地になって食べる / 被說不敢吃這麼辣的東西，就偏要吃。

意地を張る　他人に負けたくなくて自分の考えや行動を変えない。[中] 固執；逞強。[E] do not give in; be obstinate.

☆ どうせ3日しか続かないと言われたジョギングだが、意地を張ってもう1年も続けている / 被說是只有三分鐘熱度的慢跑，逞強地持續了一年。

いじ【維持】イジ〔～する〕　いままでと同じように保つこと。[中] 維持；保持。[E] preserve; maintain.

☆ 健康を維持するために食べ物に気をつけ、適度な運動をする / 為了保持健康，要注意飲食，並做適量運動。

☆ 現状維持 / 維持現狀。

いしあたま【石頭】イシアタマ　新しいことを受け入れたり、状況に合わせて対応を変えたりすることができにくい人。[中] 老頑固；死腦筋；腦筋古板的人。[E] hard-headed; stubborn.

☆ 女に学問はいらないと、姉の留学に反対していた石頭の父を説得するのはたいへんだった / 我費盡口舌說服認為女孩不需有學問而反對姐姐去留學的頑固老爸。

いしき【意識】イシキ　❶ 自分のしていることや考えていることがはっきりとわかる心の働き。[中] 意識；知覺；神志。[E] consciousness; one's senses.

☆ けがをしたときは意識がはっきりしていて、自分で救急車を呼んだ / 受傷時神志還很清楚，所以自己叫了救護車。

☆ 意識を失う / 喪失意識。

☆ 無意識 / 無意識。(→[項目])

❷ ものごとについての考えや判断。[中] 意識；認識；覺悟。[E] consciousness; a sense.

☆ 政治についての意識が高い / 政治意識很高。

☆ 罪の意識 / 犯罪意識。

❸〔～する〕気にすること。心をとられること。[中] 認識；意識到；認識到。[E] be conscious of.

☆ 先生の目を意識してまじめな生徒のふりをする / 意識到老師的注意，而假裝成認真的學生。

☆ 優勝を意識してかたくなっている / 只想著得冠軍，而變得全身僵硬。

いじ・ける　イジケル、イジケル〔自動一〕　恐ろしいものやじゃまをするもののために、のびのびした元気のいい状態でなくなる。[中] 氣餒；無精打采；不開朗。[E] grow timid; be warped.

☆ しかってばかりいるといじけた子供になる / 老是斥罵孩子，會使孩子失去信心。

☆ 態度がいじけている / 態度軟弱。

いじ・める　イジメル〔他動一〕　自分より弱いものをわざと苦しめて楽しむ。[中] 欺負；虐待；刁難；捉弄。[E] ill-treat; bully.

☆ 子供のころ、おもちゃを取って妹をいじめたことがある / 小時候，曾經欺負妹妹，搶她的玩具。

☆ 自分たちと違う服装をしている子をいじめる / 欺負和自己不同打扮的孩子。

[対] かわいがる　[名] いじめ

いしゃ【医者】イシャ　「医師」の日常的な言い方。[中] 醫生；大夫。[E] a doctor.

☆ 祖父が急に倒れたので、医者に来てもらう/爺爺突然病倒了，所以把醫生請來了。

☆ かかりつけの医者/經常去看的醫生。

医者の不養生　医者は、患者の体には注意しても、自分の体には注意しないで病気になることがあることから、人にはいろいろ言えても自分はなかなか実行できないということ。[中]醫生勤於謀人而疏於謀己；懂得道理而不實踐。[E] Doctors never take their own advice.

[似た表現]紺屋の白ばかま

いじゅう【移住】イジュー〔～する〕　ほかの土地へ行って住むこと。[中]移住；移居。[E] emigrate; immigrate.

☆ 30年前に南米に移住した叔父の家族に会いに行く/去探望三十年前移民到南美的叔叔一家。

☆ 移住者/移民。

いしゅく【委縮・萎縮】イシュク〔～する〕　元気がなくなり、小さくなること。[中]萎縮；畏縮。[E] atrophy; cower.

☆ 弟は筋肉が委縮して歩けなくなる病気にかかった/弟弟得了使人不能行走的肌肉萎縮症。

☆ こわそうな審査員の前で委縮してしまって、実力が出せなかった/在表情嚴峻的評審員面前，畏縮得發揮不出實力。

[注] もとは「萎縮」だったが、「萎」の字は常用漢字表にないので、同じ音の「委」を当てて「委縮」として使うようになった。

いしょ【遺書】イショ　死を覚悟した人が、死後のことについて書いて残すもの。[中]遺書。[E] a note left behind by a dead person.

☆ 遺書が見つかったので、自殺だとわかった/因為發現了遺書，所以才知道是自殺。

☆ 遺書を残して家を出る/留下遺書，離家出走。

[数] 1通

いしょう【衣装】イショー　儀式などの改まった場所で、または舞台で着る特別の衣服。[中]服裝；禮服；戲服。[E] clothes; dress; costume.

☆ 豪華な衣装でダンスパーティーに行く/穿著華麗的服裝去參加舞會。

☆ 花嫁衣装/新娘服；結婚禮服。

☆ 貸衣装/租借服裝；出租服裝(指紅白喜事用的禮服)。

[数] 1枚・1着

いじょう【以上】イジョー　❶ これまで述べたこと。[中]上述；前面所述。[E] the above; with this.

☆ バザーを以上のとおり実施する/舉行上述的義賣活動。

☆ 以上で説明を終わります/說明就到此為止。

[対]以下

❷ これで終わりの意味で、書類の最後に書いたり、改まった話の最後に述べたりすることば。[中]完；終。[E] That's all.

☆ これで報告を終わります。以上/報告到此結束。

❸ (他のことばの後について)数や量や程度などがそれより上であること。[中]～以上；不止；超過。[E] and over; more ~ than.

☆ 50人以上入れる広い部屋/能容納五十人以上的大房間。

☆ 予想以上にむずかしい問題/比想像中還困難的問題。

[対]以下

❹ (「～した以上」「～する以上」の形で)～であるならば。～からには。[中]既然～就～。[E] since; now that.

☆ 言った以上、実行するべきだ/既然說出來了，就應該付諸行動。

☆ だれも教えてくれない以上、自分で考えるしかない/既然沒有人教，只好自己思考了。

[参] ❸で数や量を表すことばに「以上」がつくと、その数や量をふくむ。その数や量をふくまないばあいには「こえる」を使う。

いじょう【異常・異状】イジョー　❶ ふつうと違って、特別であること。[中]異常；反常。[E] unusual; abnormal.

☆ 入社試験で異常に緊張した/因為參加就職考試，所以異常地緊張。

い

☆ 異常乾燥注意報 / 異常乾燥注意警告。
☆ 異常気象 / 異常氣候現象；氣候反常。
対 正常
❷ ふつうと違った状態。中 異常狀態；異常情況；變化。E unusual; wrong.
☆ 校内に異状はない / 校內沒有異狀。
⼆注 ❶は「異常」、❷は「異状」。

いしょくじゅう【衣食住】イショクジュー、イショクジュー　着ることと食べることと住むこと。中 衣食住；吃穿住。E food, clothing and shelter.
☆ 衣食住は人間の生活の基本だ / 衣食住是人們賴以生活的基本要件。
☆ 生活費の大部分を衣食住にあてている / 生活費大部分用於吃穿住。

いじ・る イジル〔他動五〕(いじって)　❶ なんとなく、手でさわったり動かしたりする。中 擺弄；玩弄。E finger; play with.
☆ 鉛筆をいじりながら先生の話を聞く / 一邊玩弄鉛筆，一邊聽老師講課。
❷ 楽しみや遊びとしてものごとをする。中 玩耍；玩賞；擺弄。E potter about; dabble in.
☆ 退職して時間ができたら、庭をいじって楽しもう / 退休後有空就修剪院子裡的花草樹木，享享清福。

いじわる【意地悪】イジワル、イジワル　わざと人を困らせたり、いやがらせをしたりすること。また、そのような人。中 使壞；刁難；壞心眼。E ill-natured; spiteful.
☆ きょうが定休日だと知っていたのに教えてくれないなんて、意地悪な人だ / 明知今天是公休日卻不告訴我，真是個壞心眼的人。

いしんでんしん【以心伝心】イシンデンシン、イシン・デンシン　なにも言わなくても心と心が通じ合うこと。中 心意相通；心心相印。E telepathy.
☆ 30年も一緒に暮らしているから、以心伝心で、すぐ通じる / 在一起生活了三十年，真是心意相通，不用說也明白。

いす　イス　❶ 腰をかけるための家具。中 椅子。E a chair.
☆ いすに腰を下ろす / 坐上椅子。
☆ いすに腰かける / 坐在椅子上。
❷ 社会や職場での地位。中 職位；位置；寶座。E a post; a position.
☆ 大臣のいすをねらう / 覬覦部長的職位。
☆ 社長のいすを息子にゆずる / 董事長讓位給兒子。
▷ 数 1脚　→家具 図
⼆注 漢字で書くときは「椅子」。

いずみ【泉】イズミ　❶ 地中から自然にわき出ている水。また、その場所。中 泉；泉水；泉源。E a spring; a fountain.
☆ 山の中に泉を見つけて登山者たちはひと休みした / 在山上發現泉水登山的人們便在那裡稍作休息。
☆ 泉がわく / 泉湧；噴出泉水。
❷ 知恵などが絶え間なくわき出るもと。中 泉源。E a fountain.
☆ 彼の頭からは、泉のようにアイデアがわき出る / 點子像泉水一樣，不斷從他腦中湧現出來。
☆ 知識の泉 / 知識的泉源。

イスラムきょう【イスラム教】イスラムキョー　7世紀の初めにムハンマド(マホメット)がアラビアで始めた宗教。アラーを唯一絶対の神として信仰し、コーランを教典とする。マホメット教。回教。中 伊斯蘭教；回教。E Islam.
☆ 中近東ではイスラム教の信者が多い / 中東地區回教的信徒很多。
☆ イスラム教徒 / 伊斯蘭教徒；回教徒。

いずれ　イズレ　❶ いろいろ言っても結局は。中 反正；早晚；歸根究底。E at any rate; in any case.
☆ いまは薬を飲んでいるが、いずれ(は)手術をしなければならない / 現在只是藥物治療，但最終還是必須動手術。

❷ 近い将来。近いうちに。[中]不久；改天；過幾天。[E] sooner or later; before long.

☆ いずれ、また、お目にかかったときに/總之，下次再見時。

❸「どれ」「どちら」の古い言い方。[中]哪個；哪一方面。[E] which; all.

☆ ２人のうち、いずれが姉かわからない/兩個人當中，不知哪個是姊姊。

☆ いずれもすばらしい作品だ/不管哪一個都是出色的作品。

▷ [書]❸

[参] ❶は「いずれにせよ」「いずれにしろ」の形、❷は「いずれそのうち」の形を使うこともある。

いせい【威勢】イセイ　元気な生き生きとした気力。[中]精神；勁頭；朝氣。[E] spirits; dash; vigor.

☆ 魚が網の中で威勢よく跳ねる/魚在網裡強勁地彈跳。

☆ 威勢のいい掛け声/慷慨激昂的喊叫聲。

いせい【異性】イセイ、イセイ　男性から見た女性、女性から見た男性。[中]異性。[E] the opposite sex.

☆ 異性に興味を持つ/對異性感興趣。

☆ 異性を意識する年ごろ/對異性產生興趣的年齡。

[対]同性

いぜん【以前】イゼン　❶ いまよりずっと前の時。前。[中]以前；從前；過去；原來。[E] once; used to be; before.

☆ このビルがある所は、以前は畑だった/這棟樓所在的地方以前是農田。

☆ その話は以前聞いたことがある/從前聽說過那件事。

❷ その時を入れて、その時の前。[中]～以前；～之前。[E] before.

☆ 来日以前は日本語は聞いたこともなかった/來日本之前，沒聽過日語。

☆ ９時以前に来た/九點以前來的。

[対]以後、以降

いぜん【依然】イゼン　もとのとおりで、変わらないようす。[書][中]依然；仍然；仍舊。[E] as before; yet; still.

☆ 戦争は、依然、地球上のどこかで起きている/戰爭依然在地球的某個地方發生著。

☆ 落ちた飛行機は、依然として見つかっていない/墜落的飛機仍然不知去向。

いそいそ　イソイソ、イソイソ〔～する〕　うれしくて、体の動きが自然に速くなるようす。[中]高高興興；興沖沖地；急忙地。[E] cheerfully; lightheartedly.

☆ フィアンセから電話があって、姉はいそいそ(と)出かけていった/未婚夫打電話來，姊姊便高高興興地出門了。

いそがし・い【忙しい】イソガシイ　することが多くて、ゆっくり休む時間がない。[中]忙；忙碌；繁忙。[E] busy.

☆ 毎日仕事で忙しい/每天忙於工作。

☆ きょうはごはんを食べるひまもないほど忙しかった/今天忙得連吃飯的時間都沒有。

[対]暇

いそ・ぐ【急ぐ】イソグ〔自他動五〕(いそいで)　❶ 早く終わらせようとする。[中]趕緊(完成)；加快。[E] hurry; speed up.

☆ 急いで仕事をする/趕緊完成工作。

☆ 辞書の完成を急ぐ/趕快完成字典。

❷ 早くいきつくように、歩いたり走ったりする。[中]趕到；快。[E] hurry (somewhere); rush.

☆ 連絡がありますから急いで来てください/有事相告，請快來。

▷ [名]急ぎ

[注] ❶は他動詞、❷は自動詞。

急がば回れ　早く行きたいときは近道などせず、遠まわりのようでも安全な道を選ぶほうが結局は早く着くものだ。[中]欲速則不達。

E Slow but sure wins the race.

いぞん【依存】イゾン〔～する〕 ほかの人やものに頼ってやっていくこと。中 依存；依靠；賴以生存。E depend on; rely on.

☆ いつまでも親に依存しているのはよくない / 不能總是依靠父母。

☆ われわれの生活は石油に依存している/我們的生活處處依賴著石油。

☆ 相互依存 / 相互依靠。

注 以前は「いぞん」といったが、最近は「いぞん」のほうを多く使う。

いた【板】イタ 木や石や金属などを薄く平らにしたもの。中 木板；金屬薄板；薄石板。E a board; a plate.

☆ 木の板で箱をつくる / 用木板做箱子。

☆ スキーの板 / 滑雪板。

☆ 板の間(＝たたみが敷いてなくて、板が張ってある部屋)/ 鋪板子的房間(＝不鋪榻榻米而鋪木板的房間)。

数 1枚

板につく そのことに慣れて、服装や仕事のようすがその人に合ってくる。中 熟練；老練。E get used to.

☆ アナウンサーになって３年、ニュースの読み方もすっかり板についてきた/當主播三年了，對播報新聞也已完全熟練了。

いた・い【痛い】イタイ ❶ 病気をしたり、けがをしたり、打たれたりして、がまんできない感じだ。中 疼；疼痛。E painful; sore.

☆ かぜをひいて頭が痛い / 因感冒而頭痛。

☆ 歯が痛くて寝られない / 牙疼得睡不著。

❷ 思っていたとおりにならなくて、つらく、苦しい。中 不如意而難受；難過。E be hard hit; be a blow.

☆ 先月は病気でアルバイトができなかったのが痛かった / 上個月因為生病，而沒去打工，很遺憾。

☆ やっと買った自転車を盗まれたのは痛い/好不容易買的腳踏車被人偷了，好心疼。

いだい【偉大】イダイ ことがらや人の、価値や大きさや力などが特に立派なようす。中 偉大。E great; admirable.

☆ 自然の力は偉大だ / 大自然的力量是很偉大的。

☆ エジソンは偉大な発明家だった / 愛迪生是個偉大的發明家。

いたいたし・い【痛痛しい】イタイタシイ かわいそうで、見ていられない感じだ。中 非常可憐，心疼。E pitiful; painful.

☆ 去年結婚した姉は、苦労が多いらしくて痛々しいほどやせてしまった / 去年剛結婚的姊姊似乎因過分操勞，身體瘦弱得令人心疼。

☆ 足の骨を折って、痛々しい姿で学校に通う弟 / 弟弟腿骨折了，所以一拐一拐艱難地走去上學。

いだ・く【抱く】イダク〔他動五〕(いだいて)

❶「抱く」の古い言い方。中 抱；摟。E hold ~ in one's arms.

☆ 幼いイエスをいだく聖母マリア / 聖母瑪莉亞懷中抱著年幼的耶穌。

❷ 心の中に考えとして持つ。中 懷有；懷抱。E have.

☆ 社員たちは会社の将来に不安をいだいている/職員對公司的未來懷著忐忑不安的心情。

▷ 書 →抱く

いた・す【致す】イタス、イタス〔他動五〕(いたして) ❶「する」の謙譲語、丁寧語。中「做」「幹」的自謙語和鄭重語。E ((humble, polite)) do.

☆ 細かい仕事は私がいたします / 瑣碎的工作由我來做。

☆ つぎの会合はいつにいたしましょうか/下次的聚會訂在什麼時候好呢?

❷ (「お[ご]～いたす」の形で)謙遜した言い方の「お[ご]～する」をさらに強めた言い方。中 自謙語的進一步表述方法。

☆ 建物の中をご案内いたします/我帶您參觀這座大樓。

☆ どうぞよろしくお願いいたします/請多多指教。

☆ お荷物をお持ちいたしましょう/Let me carry your baggage./我幫你提行李。

いたずら イタズラ ❶〔~する〕おもしろがって人の迷惑になるようなことをすること。[中]淘氣;搗亂。[E] mischief; a practical joke.

☆ 線路に石を置くというような危険ないたずらは絶対にやってはいけない/在鐵軌上放石頭這樣危險的惡作劇絕對不能做。

☆ いたずらっ子/淘氣的孩子。

☆ いたずら電話/騷擾電話;惡作劇電話。

❷ 運命や自然がもたらす思いがけない結果。[中]惡作劇;玩笑。[E] a trick; an irony.

☆ 運命のいたずらで、双子の一方は大金持ちに、もう一方はこじきになった/由於命運的捉弄,孿生兄弟中的一個發了大財,而另一個則淪為乞丐。

いたずら半分 まじめに考えないようす。[中]半開玩笑地;鬧著玩地。[E] for fun.

☆ いたずら半分に犬をからかったら、その犬にかみつかれた/跟狗鬧著玩,反被狗咬了。

いただきます イタダキマス 食事の前などに言うあいさつのことば。[話][中]我要吃了。[E] I will receive (of this meal).

☆ 客は「いただきます」と言って、はしを持った/吃飯時客人說「那麼,我就不客氣了」,然後拿起了筷子。

いただ・く【頂く】イタダク〔他動五〕(いただいて) ❶頭の上に載せる。[中]頂;戴;頂在頭上。[E] wear; be crowned with.

☆ 月桂樹の冠をいただいている優勝者/頭戴桂冠的勝利者。

☆ 頂上に雪をいただく山々/山頂覆蓋著白雪的山峰。

❷「もらう」の謙譲語。[中]「收到」「接受」的自謙語。[E] ((humble)) get; receive.

☆ 先生に辞書をいただいた/老師給了我一本字典。

☆ 課長からおほめのことばをいただいた/我受到了課長的表揚。

[対]差し上げる

❸「食べる」「飲む」の謙譲語、丁寧語。[中]「吃」「喝」的自謙語和鄭重語。[E] ((humble, polite)) eat; drink.

☆ ビールを1杯いただいただけで、いい気持ちになりました/只喝了一杯酒,心情就好起來了。

☆ もうじゅうぶんいただきました/已經喝得(吃得)很多了。

❹ (「~ていただく」の形で)「~てもらう」の謙遜した言い方。

☆ ぜひわたしの話を聞いていただきたいのです/Would you please listen to me?/請務必聽一下我的話。

☆ 先生に作文を直していただいた/老師給我改了作文。

二[注]❹はひらがなで書く。

いたって【至って】イタッテ、イタッテ このうえもなく。きわめて。[中]很;甚;極。[E] very; extremely.

☆ 祖父は100歳になりましたが、いたって元気です/祖父雖已年屆百歲,但仍然還是很健康。

☆ いたって簡単な問題/是個相當容易的問題。

いたで【痛手】イタデ ❶体や心に受けたひどい傷。[中]重傷。[E] a heavy blow.

☆ 失恋という心の痛手に耐える/忍受著失戀的傷痛。

❷ ひどい損害。[中]沈重的打擊;嚴重的傷害。[E] grave damage; a heavy loss.

☆ 台風のために農作物が大きな痛手を受けた/颱風使農作物受到嚴重的損害。

いたばさみ【板挟み】イタバサミ 対立するどちらの立場にも味方できなくて困ること。

中兩難；兩頭受氣；左右為難。E be in a dilemma.

☆ 政府は、貿易の自由化を要求するP国と、自由化反対の国内生産者との板ばさみになっている/政府在要求貿易自由化的P國和反對自由化的國内生產業者間左右為難。

☆ 三郎は妻と母親との板ばさみになって困っている/三郎夾在妻子和母親之間左右為難。

いたまし・い【痛ましい】イタマシイ　胸が痛むほどかわいそうだ。中悽慘；慘不忍睹；令人心酸。E tragic; miserable.

☆ 足の悪い老人が逃げ遅れて焼け死ぬという痛ましい事故が起こった/發生了一起瘸腿老人來不及逃出而被活活燒死的悲慘事故。

☆ 交通事故で若い人が死ぬのは痛ましい/年輕人死於交通事故，實在令人痛心。

いた・む【悼む】イタム〔他動五〕(いたんで)　人の死を悲しみなげく。書中悼念；哀悼；弔唁；悲傷。E mourn; lament.

☆ 恩師の死をいたんでお別れの会を開く/開追悼會弔唁去世的恩師。

☆ 友の死をいたむ/弔唁死去的朋友。

いた・む【痛む・傷む】イタム〔自動五〕(いたんで)　❶ 体に痛みを感じる。中疼；疼痛。E have a pain; ache; hurt.

☆ 転んでけがをしたところが痛む/摔倒受傷的地方很痛。

☆ 虫歯が痛む/蛀牙疼。

❷ 心に強い悲しみを感じる。中悲痛；痛苦；悲傷。E ache; feel sad.

☆ 災害で家族をなくした人たちを思うと心が痛む/一想起因災害而失去家人的人們就感到悲痛。

❸ ものに傷がつく。また、ものがくさる。中損壞；腐敗；壞。E be damaged; go bad.

☆ 台風で家が傷んだ/颱風使房屋受到了損壞。

☆ 野菜が傷んでいて食べられない/青菜腐爛得不能吃了。

▷ 名 痛み・傷み　他動 痛める・傷める

注 漢字で書くときは、❶❷は「痛む」、❸は「傷む」。

いた・める【痛める・傷める】イタメル〔他動一〕　❶ 体を痛くする。中損傷。E hurt; injure.

☆ 何日も歩き続けて足を痛めてしまった/連續走幾天路，腳累得疼起來了。

☆ 無理をして腰を痛める/太逞強而把腰給弄傷了。

❷ 心に強い悲しみを感じさせる。中痛心。E be grieved over.

☆ 学校へ行きたがらない子供に心を痛める/為了不想去上學的孩子而痛心。

☆ 胸を痛める/痛心；煩惱；苦惱；傷心；心煩。(→胸 慣用)

❸ ものに傷をつける。中損壞；弄壞。E damage.

☆ 古い本だから傷めないようたいせつに扱う/對舊書要小心愛護，不要弄壞。

▷ 自動 痛む・傷む

注 漢字で書くときは、❶❷は「痛める」、❸は「傷める」。

いた・める イタメル〔他動一〕　なべに油を引き、肉や野菜など料理の材料をまぜながら火を通す。中炒；爆。E stir-fry; fry.

☆ フライパンで材料を全部一緒にいためる/用平底鍋把材料全放進去一起炒。

☆ 強い火で肉をいためる/用大火炒肉。

いた・る【至る】イタル、イタル〔自動五〕(いたって)　❶ ずっと進んできて、ある時間、場所、状態などにいきつく。中至；到；到達；來臨；達；及。E extend to; get (serious).

☆ 会議は昼から夜に至るまで続いた/會議從白天一直開到深夜。

☆ ことは大事には至らずにすんだ/事情幸好沒造成大禍就平息了。

❷ (「至らぬ[ない]」の形で)人間として未熟でいきとどかない。中缺點很多；不周到；不成熟。E inexperienced; careless.

☆ 至らぬ者ですが、よろしくご指導ください／雖然做事尚欠周全，但還請多多指教。

☆ わたしが至らないためにご迷惑をおかけしました／沒設想周全，給各位添麻煩了。

▷ 書❶

いたれりつくせり【至れり尽くせり】 非常によく心が配られていること。中 完善；無微不至；盡善盡美。E the most gracious; heart-warming.

☆ 雪国の温泉に泊まったら、至れりつくせりのサービスだった／住在雪國的溫泉旅館裡，受到了無微不至的服務。

☆ この病院では至れりつくせりの看護をしてくれるから、なにも困ったことはない／這家醫院照顧病患無微不至，所以沒有任何為難之事。

いたわ・る イタワル〔他動五〕(**いたわって**) いろいろ気を配って、病人や老人など弱い人に親切にする。中 憐恤；照顧。E be kind to; care for.

☆ 席をゆずって老人をいたわる／讓位給老人，體恤他們。

☆ けが人をいたわりながら病院に連れていく／一邊安慰受傷的人，一邊把他們送往醫院。

名 いたわり

いち【一】イチ ❶ 数の最初。1。1つ。中 一；一個。E one.

☆ 5に1をかけても5だ/5乘1還是等於5。

❷ 順番の最初。1番目。第1。中 第一；首位。E the first; the beginning.

☆ 一からやり直す／從頭做起；重新做起。

☆ 世界一大きい湖／世界第一大湖。

☆ 一、二を争う／爭第一，第二。

❸ (他のことばの頭について)その中の1つ。その中の1人。中 一(個)～；～之一。E one among others.

☆ 一企業の社員として働く／在一家企業中任職。

☆ 大統領が一少年と握手する／總統和一位少年握手。

一か八か うまくできるかどうかわからないが、思いきって。中 碰運氣；賭賭看；聽天由命。E take a chance.

☆ 独立して店を持たないかという話があるのだが、一か八か挑戦してみよう／由於有人出主意要我獨立開店，於是就想試試看。

一から十まで 始めから終わりまで全部。中 一切；全部；所有的。E everything.

☆ ワープロの使い方はこの説明書に一から十まで書いてあるから、これを見ればいい／說明書上詳細地寫著文字處理機的操作方法，只要一看就明白了。

一も二もなく あれこれ迷わずすぐに。中 馬上；立刻；不管三七二十一。E without hesitation.

☆ お花見に行こうと言ったら、みんな一も二もなく賛成した／一說要去賞花，大家馬上異口同聲地表示贊成。

一を聞いて十を知る 1つの注意、やり方、ヒントなどを与えられただけで全体について理解する。中 聞一知十。E be very quick to understand.

いち【位置】イチ〔～する〕 ものや人が、ある場所を占めること。また、その場所。中 位置。E (a) position; a location; be situated.

☆ 机の位置を動かす／挪動桌子的位置。

☆ 洋子は会社で重要な位置にいる／洋子在公司身居要職。

☆ 日本の中央部に位置する湖／位於日本中部的湖泊。

いちいち イチイチ もらしたり残したりせず1つ1つについて。中 一一；一個一個；逐一。E one by one; every single thing; in detail.

☆ パスポートを取るとき、たくさんの書類にいちいち同じことを書くのは面倒なものだ／辦理護照時，要逐一填寫很多同樣的表格，真麻煩。

☆ 細かいことまでいちいち尋ねる／詢問每一個細節。

いちおう【一応】イチオー ❶ 完全ではないが、だいたい。中 大致上；大體；大體上；基

本上。E in the main; in a way.

☆ 研究のレポートはいちおうできあがりました／研究報告基本上已完成了。

☆ 彼はいちおうもっともな意見を言う／他的意見大體上是對的。

❷ まちがいはないと思うが、なおいっそう注意して。中 姑且；先。E to make sure.

☆ 彼も賛成だと思うが、いちおう意見を聞いてみよう／預想他會贊成的，不妨先問問看。

いちがいに【一概に】イチガイニ、イチガイニ　全部まとめて。中 一概；籠統地；一律地。E sweepingly; necessarily.

☆ 一概に英雄といっても、その程度はさまざまだ／雖都稱為英雄，但在程度上是有差別的。

☆ 高価なものが品質がいいとは一概にはいえない／雖說價位高，但品質未必好。

いちがつ【一月】イチガツ、イチガツ　１年の最初の月。正月。１月。中 一月；正月。E January.

☆ １月２日に書き初めをした／新年第二天舉行新年試筆。

☆ １月にスキーに行く／一月份去滑雪。

いちご　イチゴ　くだものの一種。畑にでき赤くて甘い。そのまま食べるほか、ケーキやジャムにも使う。中 草莓；楊梅。E a strawberry.

☆ イチゴをつむ／摘草莓。

☆ イチゴを飾ったケーキ／草莓蛋糕。

☆ イチゴジャム／草莓醬。

→果物 図

いちじ【一時】イチジ　❶ 過ぎ去ったある時。中 曾經；某時；一段時間。E once; at one time.

☆ わたしは一時、北海道に住んでいた／我曾在北海道住過一段時間。

☆ いまはすっかり治ったが、一時は命があぶなかった／現在雖已痊癒了，但曾經一時差點丟了小命。

❷ しばらくの間。中 短時間；暫時；臨時。E for a while; temporarily.

☆ 仕事の手を一時休める／暫時停止工作。

☆ 晴れ一時くもり／晴時多雲。

❸ その時だけ。中 一時；當時；那時。E passing; momentary.

☆ この旅行は一時の思いつきではなく、前から準備したものだ／這次旅行，不是一時心血來潮，而是早就開始籌劃了。

いちじるし・い【著しい】イチジルシイ　はっきりめだっている。中 顯著；明顯。E remarkable; striking.

☆ 最近、この地方は著しく発展した／最近這個地方發展很快。

☆ 妹のピアノの進歩は著しい／妹妹彈鋼琴進步很快。

いちだいじ【一大事】イチダイジ　その人にとって重大な事件。中 一件大事；一個大事件。E a serious matter.

☆ 病気になっては一大事だから、毎年健康診断を受ける／生病可是一件大事，所以每年都要做健康檢查。

いちだんと【一段と】イチダント　以前や他のものと比べて、違いがはっきりわかるぐらいに程度が進むようす。中 更加；愈加；越發。E still more.

☆ 台風が近づき、風雨が一段と強まってきた／颱風接近，風雨愈來愈大。

いちだんらく【一段落】イチダンラク〔～する〕　ものごとの途中で区切りがつくこと。また、その１つの区切り。中 一個段落。E (reach) a pause; the end of one stage.

☆ 引っ越しの荷物を運び終わって一段落ついた／搬完東西，搬家總算告一段落了。

☆ 論文は書き終えて一段落したが、面接試験がまだ残っている／論文寫完，終於告一段落了，可是還有面試。

いちど【一度】イチド、イチド　❶ 回数が１回であること。中 一次；一回；一遍。E once; one time.

☆ 人生は1度だけだ/人生只有一次。

☆ 以前に1度奈良へ行ったことがある/以前去過奈良一次。

❷ (副詞的に)あるたいせつなことが起こるようす。中 一旦；既然。E once.

☆ いちど戦争になったら、なかなか終わらない/一旦發生了戰爭，就很難結束。

❸ (「いちどに」の形で)同じ行動や変化がいっせいに起こるようす。中 一下子；同時。E all together; all at once.

☆ おおぜいの観客がいちどに出口に殺到したので、けが人が出た/很多觀衆同時擠到門口，所以有人受了傷。

☆ 暖かくなって桜がいちどに咲いた/天氣變暖，櫻花一下子都開了。

一度ならず 1度だけでなく2度も3度も。中 不止一次(地)；不斷地。E more than once.

☆ 一度ならずたびたび事故を起こしているのだから、車の運転はやめたほうがいい/一次又一次地發生交通事故，還是不開車的好。

いちにち【一日】イチニチ、イチニチ ❶ 午前0時から午後12時までの24時間。また、ある時刻から数えて24時間。1日。中 一天；一日；一晝夜。E a day.

☆ ゆくえがわからなくなってから丸1日がたつ/已經整整一天不知去向。

❷ 朝から晩まで。1日。中 一天；整天。E all day.

☆ きょうは1日立ちっぱなしだった/今天站了一整天。

❸ (職業や地位などを表すことばの頭について)その日だけの。中 僅一日。

☆ 一日駅長/a stationmaster for-a-day./一日站長。

☆ 一日天下/掌權一日；一日天下。

▷ →一日

一日千秋の思い 待ちどおしくて、1日が1000年にも長く感じられること。中 一日千秋之感。E impatiently; eagerly.

☆ 病床の父は、息子の帰国を一日千秋の思いで待っている/臥病在床的父親一日千秋地盼望兒子回國。

似た表現 一日千秋の思い

いちにんまえ【一人前】イチニンマエ

❶ ふつうの大人1人が1回に食べる量。中 一人份。E one serving; one portion.

☆ すしを1人前注文する/訂一人份的壽司。

☆ 体が大きいので1人前ではものたりない/他個子高大，只吃一人份的量不夠。

❷ 能力や技能がじゅうぶんで、1人でやっていけること。また、その人。中 夠格；夠格的人；能勝任；能勝任的人。E full-fledged; regular.

☆ 早く一人前のコックになって、店を持ちたい/想快點成為一位夠格的廚師，擁有一家屬於自己的店。

☆ 大学を出ても、一人前の教師になるまでには4、5年かかる/即便是大學畢業，要做一位勝任的老師還需要四、五年。

注 ❶は「1人前、2人前…」のような数え方の1つで「1人前」と書くが、❷は決まった言い方なので「一人前」と書く。

いちば【市場】イチバ ❶ 毎日または決まった日に、卸売りと小売り業者が集まってものを売り買いする所。中 集市；市場。E a marketplace.

☆ 市場は朝早くから荷物を運ぶトラックでにぎやかだ/市場上運送貨物的卡車來來往往，十分熱鬧。

☆ 魚屋は市場で仕入れた魚を店で売る/賣魚的在店裡賣從市場上批來的魚。

❷ 食料品や日用品を売る店が1カ所に集まっていて、一般の客に売る所。中 市場。E a market.

☆ うちのアパートの近くに市場があるので便利だ/我住的公寓附近有市場，所以很方便。

いちはやく イチハヤク 他より先に、早く行動するようす。中 很快地；迅速地；最早地。E quickly; at once.

☆ A社の記者が事故の現場へいちはやく駆けつけた/A社的記者最快地趕到出事現場。

いちばん【一番】イチバン、イチバン ❶ 順番が最初であること。中 最初；第一。E No.1; the first.

☆ 中国は人口が世界で1番だ/中國的人口是世界第一。

☆ 1番列車/第一班火車。

❷ すもう、将棋、碁などの1回の対戦。中 一盤；一局。E a bout; a game.

☆ 勝敗を決める一番/決定勝負的一局。

☆ 結びの一番/最後的一局。

❸ (副詞的に)それより上のものがないようす。中 最。E the best; the most.

☆ 平和な社会で健康に暮らすのがいちばんいい/能在和平社會裡健康地生活是最好不過了的。

☆ いちばん好きな人と結婚したい/想和自己最喜歡的人結婚。

注 ❶は「1番、2番…」のような数え方の1つで「1番」と書くが、❷は決まった言い方なので「一番」と書く。また、❸はひらがなで書く。

いちばんのり【一番乗り】イチバンノリ〔～する〕 だれよりも先に、その場所に行くこと。中 最先到場(的人)。E arrive before anyone else.

☆ 会場に一番乗りをしていい席をとる/最先到達會場，佔了最好的坐位。

いちぶ【一部】イチブ ❶ 全体の中のある部分。中 一部分。E a part; a portion.

☆ 日本はアジアの一部だ/日本是亞洲的一部分。

☆ 関東の一部で雨が降る/關東的部分地區會下雨。

対 全部

❷ 書物、芝居などの始めの1つ。中 第一卷；第一部。E (book, play) Part 1.

☆ 1部と2部の間に15分休憩がある/第一部和第二部之間休息十五分鐘。

▷ →一部分

注 ❶は決まった言い方なので「一部」と書くが、❷は「1部、2部…」のような数え方の1つで「1部」と書く。

参 ❶は、「一部の～」と「～の一部」とでは意味が異なる。たとえば「一部の家」はたくさんある家のうちのいくつかの家をさし、「家の一部」は1軒の家のある部分をさす。

いちぶしじゅう【一部始終】イチブシジュー あることがらの始めから終わりまでの全部。中 從頭到尾；原原本本；一五一十。E all the details; the whole story.

☆ 演奏会の一部始終をテレビカメラでとる/用攝影機拍下了整個演奏會的過程。

☆ 事件の一部始終を思いだすことができる/可以回想起事情發生的全部經過。

いちぶぶん【一部分】イチブブン 数や量などの、全体の中のすこしの部分。中 一部分；少部分。E a small part; a small portion.

☆ われわれは宇宙の一部分しか知らない/我們只知道宇宙的一小部分。

☆ この国では一部分の人だけが豊かで、残りの大部分が貧しい/這個國家只有一小部分的人富有，其他大多數人仍是貧窮的。

対 全部、大部分

参 「一部」も似ているので、ふつうの会話では同じように使われることもある。しかし「一部」が、全体の中のある部分をいうだけで、その部分の大きさなどは問題にしていないのに対して、「一部分」は、それが少ない部分であることを意味する。

いちもくりょうぜん【一目瞭然】イチモクリョーゼン、イチモク・リョーゼン 一目ではっきりわかるようす。中 一目瞭然；十分明顯。E clear at a glance; quite obvious.

☆ 高い山から眺めると、町のようすが一目

瞭然だ/從高山上眺望，小鎮的景象一目瞭然。

☆ 学生全員の成績が一目瞭然にわかる表をつくった/做了一張一目瞭然的全班成績表。

いちやく【一躍】イチヤク、イチヤク　地位などが、ふつうの順序どおりではなく急に上がったり、名が急に知られるようになったりするようす。中一躍；一下子。E with a bound; in one leap.

☆ はじめての主演映画が大ヒットし、彼は一躍大スターになった/首次主演的電影大為轟動，他一下子便成了大明星。

いちよう【一様】イチヨー　どれも同じ状態や反応に見えるようす。中一樣；同樣。E unanimously; the same.

☆ 道子が会社をやめることを知った人たちは、一様に残念がった/凡是知道道子辭職的人，均感遺憾。

☆ 人の生き方は一様でない/人人各有不同生存之道。

対 多様

いちょう【胃腸】イチョー　胃と腸。食べたものを消化し、栄養を吸収する器官。中腸胃 E the stomach and intestines.

☆ 一郎は胃腸が丈夫なので、なにを食べても平気だ/一郎的腸胃很好，吃什麼都沒事。

☆ 胃腸薬/胃腸藥。

いちりつ【一律】イチリツ　扱いや金額などに差がなく、同じであるようす。中一律；一樣；一概。E uniform; across the board.

☆ この会社では、パートの給料は一律になっている/這家公司的打工工資都是一樣的。

☆ 私鉄各社が運賃を一律に20円値上げする/民營鐵路的票價一律漲了二十日圓。

いちりゅう【一流】イチリュー　❶その分野の評価がいちばん上であること。中一流；第一流；頭等。E of the first rank; first-class.

☆ 洋子は世界で一流のデザイナーだ/洋子是世界一流的服裝設計師。

☆ ピカソは彫刻家としても一流だ/畢卡索也是一流的雕刻家。

☆ 一流品/極品。

❷そのものだけに見られる独特なようすであること。中獨特。E peculiar to.

☆ 動物はみな、彼ら一流のやり方で子を育てる/各種動物都以他們獨特的方式撫養著後代。

▷ 関連 ❶二流、三流

いつ　イツ　はっきりわからない時を表すことば。中什麼時候；何時；幾時。E when.

☆ いつ日本へ来ましたか/什麼時候來日本的?

☆ 学校はいつ始まりますか/學校什麼時候開學?

いつか【五日】イツカ　❶その月の5番目の日。5日。中五號；五日。E the fifth (of May).

☆ 5月5日はこどもの日で祝日だ/五月五日是兒童節，是國定假日。

❷日の数が5つあること。5日。中五天。E five days.

☆ 月曜から金曜までの5日働く/從星期一到星期五工作五天。

☆ 5日間/5天。

いつか　イツカ　❶はっきりわからない過去の時を表すことば。中以前；曾經；記不清什麼時候。E once; before; the other day.

☆ いつか通った道だと思うが、はっきりとは覚えていない/好像曾經走過這條路，但記不清楚了。

❷はっきりわからない未来の時を表すことば。中總有一天；有機會；不久。E someday; sometime.

☆ いつか南極へ行ってみたい/有機會的話，我想到南極去看一看。

❸はっきりいつとは気づかないうちに変化が起こるようす。中不知不覺(地)；不知什麼時候。E before one is aware of it.

☆ 雨はいつか雪に変わっていた/不知什麼時候雨變成了雪。

い

いっか【一家】イ͞ッカ　1つの家の人全部。家族全員。中 一家；全家。E a family.

☆ 毎年冬休みには一家でスキーに行くことにしている/決定全家每年寒假都去滑雪。

☆ 一家そろって写真をとる/全家人一起照相。

一家をなす　研究、技術、芸術などで独自のものを持っていると世の中から認められる。中 自成一家；自成一派。E establish oneself as an authority.

☆ 道子は書道で一家をなしていて、弟子も多い/道子作為書法家獨具風格，弟子成群；道子在書法上獨成一派，桃李滿天下。

いっかつ【一括】イッカツ〔～する〕　ひとまとめにして扱うこと。中 全包含在內；總括起來；一大批。E lump together; in bulk.

☆ 教科書は学校で一括して注文する/學校統一訂購教科書。

☆ 一括払い/一次付清。

いっきいちゆう【一喜一憂】イ͞ッキイチユー、イ͞ッキ・イチユー〔～する〕　まわりの事情が変わるごとに喜んだり心配したりすること。中 一喜一憂。E be now glad, now sad.

☆ 入院中の母の病状の変化に一喜一憂する/母親住院病情不穩定，令人憂喜參半。

いっきに【一気に】イ͞ッキニ　途中で休まず勢いよく1回で行うようす。中 一氣；一下子；一口氣。E at a stretch; in one gulp.

☆ 階段を5階まで一気に駆け上がった/一口氣上了五樓。

☆ 大きなグラスのビールを一気に飲む/一口氣喝了一大杯啤酒。

→一挙に

いっきょに【一挙に】イ͞ッキョニ　1回に多くのことが行われるようす。中 一舉；一下子。E all at once; at a stroke.

☆ 飛行機が墜落し、一挙に70名もの命が失われた/飛機墜毀，一下子喪生了七十條人命。

☆ 一挙に問題を解決する/一舉解決了問題。

参「一気に」も似ていて、「事件を一挙に/一気に解決する」ではどちらも使える。しかし、「一気に」が休まないですするという意味を持っているので、「コップの酒を一気に飲む」とはいえても「一挙に飲む」とはいえない。

いつくし・む【慈しむ】イツクシ͞ム〔他動五〕(いつくしんで)　子供などをたいせつに見守り、かわいがる。書 中 憐愛；疼愛；慈愛。E love; be tender.

☆ 両親は娘をいつくしみ育てた/父母用愛撫育女兒長大。

☆ 神さまは生きているものすべてをいつくしんでくださる/神憐憫世上所有的生靈。

名 慈しみ

いっけん【一見】イッケ͞ン〔～する〕 ❶ 1度見ること。中 一看；看一次。E seeing; a look.

☆ この寺の仏像はすばらしく、一見の価値がある/這座廟的佛像很壯觀，值得一看。

☆ 百聞は一見にしかず/百聞不如一見。(→項目)

❷ ちょっと見ること。ちょっと見たところでは。中 一看；看一眼。E at first sight; seemingly.

☆ この人工ダイヤは、一見したところでは本物と区別できない/這顆人造鑽石乍看之下和真品一模一樣，難以區別。

☆ 一見高そうな腕時計/看似昂貴的手錶。

いっこう【一向】イッコ͞ー ❶ まったく。中 完全；全然；一向。E quite; absolutely.

☆ しかられてもいっこう(に)平気だ/被人責罵也完全不在乎。

❷(「いっこう〔に〕～ない」の形で)すこしも～ない。まるで～ない。中 一點也不～；毫不～。E not at all; not in the least.

☆ いっこうに雨が降らなくて、農家の人たちは困っている/一直不下雨，農民陷入了困境。

☆ 仕事がいっこう進まない/工作毫無進展。

いっさい【一切】イ͞ッサイ ❶ すべてのこと。すべてのもの。すべて。中 一切；全部；

一概。E everything; all; entirely.

☆ 火事で財産のいっさいを失った / 因為火災，而失去了所有的財產。

☆ この事故のいっさいの責任は運転手にある / 這起事故的責任全部歸咎於司機。

☆ 過去をいっさい忘れる / 忘掉過去的一切。

❷ (「いっさい〜ない」の形で)まったく〜ない。中完全不〜；絕對不〜。E not at all; absolutely not.

☆ 酒はいっさい飲まない / 滴酒不沾。

☆ 試験の時間中はいっさい話をしてはいけない / 考試中絕對不許說話。

いっさくじつ【一昨日】イッサクジツ 「おととい」の改まった言い方。中前天。E the day before yesterday.

☆ 一昨日、会社の創立 20 周年の祝賀会が行われた/前天公司舉行了創立二十週年的慶祝會。

いつしか イツシカ はっきりいつとは気づかないあいだに。書 中 不知不覺（地）；不覺(地)。E before one is aware of it.

☆ 若い若いと思っているうちに、いつしか 50 歳を過ぎてしまった / 以為自己還年輕，但不知不覺已經過了五十歲了。

☆ ふと外を見たら、いつしか夕やみがせまっていた / 一看窗外，不覺天色已晚了。

参「いつのまにか」も似ているが、「いつしか」は文学的な表現。

いっしみだれず【一糸乱れず】 すこしも乱れず、きちんとそろっているようす。中井然有序；有條不紊。E in perfect order.

☆ 高校生の野球チームは、一糸乱れず行進した / 高中棒球隊有條不紊地踏步前進。

いっしゅ【一種】イッシュ ❶その中にふくまれる 1 つの種類。中一種。E a kind; a sort.

☆ 自転車も交通手段の一種だ / 腳踏車也是一種交通工具。

❷ (「一種の」の形で)ふつうそう呼ばれるものと見たところは違うが、内容はそれと同じものであるようす。中一種；一類。E a kind of.

☆ まじめすぎるのも一種の病気だ / 太過認真也是一種毛病。

いっしゅん【一瞬】イッシュン わずかな時間。中一瞬間；一剎那。E a moment; an instant.

☆ ほんの一瞬の不注意が事故につながる/一不注意就會釀成事故。

☆ どうしようか一瞬迷った/一時不知如何是好。

☆ ボートは一瞬にして大波にのまれた/小船一瞬間被大浪給吞沒了。

いっしょ【一緒】イッショ ❶区別がないこと。同じであること。中一樣。E the same.

☆ わたしは父と誕生日が一緒だ / 我的生日和爸爸是同一天。

☆ 洋子と一緒のクラスだ/我和洋子是同班同學。

❷ ひとまとめにすること。ひとまとまりになること。中一起。E put together; together with.

☆ これも一緒に送ってください / 請連同這個一起寄去。

❸ 同じ時、同じ場所で行動をすること。中一起；一同；一塊。E together; with.

☆ 家族が一緒に暮らす / 全家人一起生活。

☆ 犬と一緒に散歩する / 帶著狗一起散步。

❹ (「ご一緒する」の形で)相手とともに行く。中陪同；同行；一同前往。E go with; accompany.

☆ 学会にご一緒してよろしいでしょうか / 一起去參加學會好嗎?

☆ わたしもご一緒させてください / 請讓我也一起隨行。

一緒になる 別々にあるものが 1 つになる。結婚する。中結合在一起；在一起；結婚。E join; get married.

☆ あの 2 人は去年一緒になった / 那兩個人去年結婚了。

いっしょう【一生】イッショー 生まれてから死ぬまでの間。中一生；終生；一輩子。E one's whole life; as long as one lives.

☆ 道子は、いい人たちにかこまれてしあわせな一生を送った/道子身邊都是一些善良的人，過了幸福的一生。

☆ ご親切は一生忘れません / 你的親切我終生難忘。

参「生涯」も似ているが、「生涯」が人だけに使うのに対して、「一生」は「チョウの一生」のように人以外のものにも使える。

いっしょうけんめい【一生懸命】イッショーケンメイ 必死に努力するようす。中拚命；盡力；非常刻苦。E as ~ as one can; be eager to.

☆ 一生懸命に走ったが、バスに間に合わなかった/儘管拚命地跑，最後還是沒有趕上公車。

☆ ぜひ入社させてほしいと一生懸命頼む/拚命地請求「讓我進入貴公司吧。」

参 武士が1カ所の土地を守るために必死に戦ったことからできたことばで、もともとは「一所懸命」だったが、音が似ているところから「一生懸命」と書くようになり、いまでは「一生懸命」が一般的になっている。

いっしん【一心】イッシン ❶ 2人以上の人の心が1つになること。中同心；齊心；一條心。E be of one mind.

☆ 一心同体 / be one in body and mind. / 大家一條心；一個目標。

❷ 1つのことだけを考えて、ほかのことを考えないこと。中一心一意；專心一志。E out of a sheer desire; be absorbed in.

☆ 病気を治したい一心で酒もタバコもやめた/一心一意想治好病，所以把菸和酒都戒掉了。

☆ 仕事に一心に励む / 一心一意地努力工作。

いっしんいったい【一進一退】イッシンイッタイ、イッシンイッタイ〔～する〕 ものごとが、よくなったかと思うと悪くなる、という繰り返しで、なかなかどちらか決まらないこと。中一進一退；忽好忽壞；忽漲忽落。E hang in the balance; seesaw.

☆ 母の病状は一進一退で、助かるかどうかわからない / 媽媽的病情忽好忽壞，不知能不能治好。

☆ A国とB国は、国境付近で一進一退の戦いを繰り返している/A國和B國在國境線附近一進一退地打拉鋸戰。

いっしんふらん【一心不乱】イッシンフラン 1つのことに熱中して、ほかの人がどう考えるかなど気にしないようす。中一心一意；專心一志。E be completely absorbed in.

☆ あと半年の命だと言われた画家は、毎日、一心不乱に絵をかいた/被宣告只剩半年壽命的畫家，每日仍專心一志地作畫。

いっ・する【逸する】イッスル、イッスル〔他動する〕 ❶ 手に入るはずだったものごとを失う。中失去；丟掉；錯過。E miss; lose.

☆ 病気で海外旅行の機会を逸した / 因為生病，而失去了到海外旅行的機會。

☆ 時機を逸する / 失去機會；錯過機會。

❷ 道からはずれる。中 脫離；離開；越出(常軌)。E be eccentric.

☆ 親をバットでなぐるとは常軌を逸している / 用球棒打自己的父母，實在是大逆不道。

▷ 書

いっせいに イッセイニ みなが、同時に、同じことをするようす。中一齊；同時。E all at once; simultaneously.

☆「スタート」の合図で、マラソンランナーはいっせいに走りだした / 聽到起跑的槍聲，馬拉松選手一起開跑。

☆ 違法駐車をいっせいに取り締まる/全面取締違規停車。

いっせきにちょう【一石二鳥】イッセキニチョー、イッセキ・ニチョー 1つのことをして同時に2つの利益をえること。中一箭雙鵰；一舉兩得。E killing two birds with one stone.

☆ 毎朝駅まで30分歩くことにしているが、金もかからず体にもよく、一石二鳥だ/每

天早上花三十分鐘走到車站，既省錢又強身，可謂是一舉兩得。

いっそ イッソ 考え方をすっかり変えて、思いきった行動をとろうとするようす。中索性；乾脆；倒不如。E would rather; might as well.

☆ 考えてもいいアイデアが出てこない。いっそ酒を飲んで寝てしまおうか/絞盡腦汁也想不出什麼好主意，乾脆喝酒睡覺算了。

いっそう【一層】イッソー 前よりも程度が強くなるようす。中更；更加；進一步。E all the more; still.

☆ 友達ができてから、日本の生活がいっそう楽しくなった/有了朋友以後，在日本的生活更增添了一些樂趣。

☆ いい作品を残すためには、いっそうの努力が必要だ/為了寫出好作品，必須更加努力。

いったい【一体】イッタイ ❶ 2つ以上のものが1つにまとまること。中一體；同心協力。E be united; in a body.

☆ 住民と役所が一体になって、ごみのリサイクル運動に取り組んだ/政府和市民共同努力，積極參與垃圾的回收運動。

❷ (「いったいに」の形で)ものごとを大きく全体で考えるようす。中整體說來；大體上；一般。E generally speaking; on the whole.

☆ 最近の子供は運動不足で、いったいに体力がない/最近的孩子運動不足，大體上看來體力差多了。

❸ (副詞的に)疑問や非難の気持ちを強調するようす。中到底；究竟。E (who, when) on earth.

☆ いったいだれがこんなにきれいに掃除してくれたのだろう？/究竟是誰幫忙打掃得這麼乾淨?

☆ 京子の電話はいったいいつ終わるのか/京子到底要到什麼時候才會講完電話呢?

注 ❷❸はひらがなで書く。

いったん イッタン ❶ 途中ですこしの間、時間を空けるようす。一時的に。中姑且；暫且；先。E for a moment.

☆ いったん家にもどって出直します/先回家一趟，再出門。

☆ 踏切でいったん止まって左右を見る/在平交道先停下看看左右。

❷ いちどなにかが起こったら。中一旦；既然。E once.

☆ いったん失った信用を取りもどすのには、長い年月がかかる/想挽回失去的信譽，可要花費漫長的時間。

☆ いったん引き受けた以上は最後までやりなさい/既然答應了，就要堅持做到底。

いっち【一致】イッチ〔～する〕 2つ以上のものがうまく合うこと。中一致。E agree with; accord with.

☆ 家族の意見が一致して、冬休みにスキーに行くことにした/全家意見一致，決定寒假去滑雪。

☆ 全会一致/ unanimously. /全體一致；無異議。

いっちょういったん【一長一短】イッチョーイッタン、イッチョー・イッタン 1つの長所と1つの短所があること。それぞれにいいところも悪いところもあって、どれがいちばんだといえないこと。中一長一短；各有利弊；有利有弊。E merits and demerits.

☆ マンションに住むのも、庭つきの家に住むのも、一長一短がある/住公寓也好，住獨門獨院的房子也好都各有利弊。

いっちょくせん【一直線】イッチョクセン、イッチョクセン ❶ まっすぐな1本の線。中一條直線。E a straight line.

☆ 道路が一直線に続いている/道路筆直地延伸下去。

❷ 途中どこにも寄らないでまっすぐ。中一直地；筆直地。E straight; directly.

☆ 渡り鳥が北をめざして一直線に飛んでいく/候鳥成群朝北一直線地飛去。

☆ 東京とロンドンを一直線で結ぶ航空路/連

い

接東京和倫敦的直航航線。

いつつ【五つ】イツツ ❶ 4つのつぎの数。5。5つ。中5個。E five.

☆ 1つ、2つ、3つ、4つ、5つ、6つ…と数える/1個、2個、3個、4個、5個、6個…地數著。

☆ 世界には5つの大陸がある/世界上有五大洲。

❷ 5歳。5つ。中5歳。E five years old.

☆ 息子が数えで5つになったから七五三のお祝いをする/兒子已經五歲了，所以給他做七五三儀式(在日本為慶祝孩子的成長男孩三歲、五歲，女孩三歲、七歲在十一月十五日舉行慶祝儀式)。

いってい【一定】イッテイ〔～する〕 定まっていて、変化がないこと。中一定；固定；規定。E fixed; regular.

☆ 毎日一定の時刻に鐘が鳴る/每天到了一定的時間鬧鐘就會響。

☆ 毎回の参加者は一定している/每次出席的人都是固定的。

いってまいります【行ってまいります】イッテマイリマス 外へ出かけるときに出かける人が言うあいさつのことば。話中我走；我去上班了；我去一下就來。E Good-bye.

☆「行ってまいります」と言うと、祖母は必ず、「行ってらっしゃい。車に気をつけてね」と言う/我一說：「我走了。」奶奶一定回答：「路上小心，小心車啊!」

参「行ってきます」も似ているが、「行ってまいります」のほうが丁寧な言い方。

いつでも イツデモ、イツデモ どんなときでも。中無論什麼時候；隨時；總是；任何時候都；常常是。E at any time; always.

☆ 困ったときはいつでも相談に来てください/遇到困難時一定要隨時來找我。

☆ 三郎はいつでも忙しがっている/三郎總是很忙。

いってらっしゃい【行ってらっしゃい】イッテラッシャイ 「行っていらっしゃい」のくだけた言い方。外へ出かける人を送るときに言うあいさつのことば。話中再見，慢走。E Good-bye; Have a nice day.

☆「行っていらっしゃい。お元気で」という声に送られて空港をたった/在機場「一路順風，多保重」的道別聲中出發了。

☆ 登校する子供に「行ってらっしゃい」と言う/對要去上學的孩子們說：「路上小心哦!」

いつのまにか【いつの間にか】イツノマニカ、イツノマニカ はっきりいつとは気づかないあいだに。中不知不覺(地)；不知什麼時候。E before one is aware of it.

☆ 夢中で本を読んでいるうちに、いつのまにか朝になっていた/熱衷地讀著書，不知不覺已到了第二天早晨。

→いつしか

いっぱい【一杯】イッパイ、イッパイ ❶ 1つのコップ、茶碗などの入れ物に入る分量。中一杯；一碗。E a glass of; a spoonful of.

☆ 水を1杯ください/請給我一杯水。

☆ スプーン1杯の砂糖を加える/加一匙的白糖。

❷ すこしの酒。また、酒をすこし飲むこと。中(喝)一杯酒。E a drink.

☆ 帰りに一杯やりませんか/回家路上要不要一起去喝一杯?

❸ 量や人数などの多いようす。中滿；充滿。E be crowded with; a lot of.

☆ コンサート会場は人でいっぱいだ/演奏會裡座無虛席。

☆ 宿題がいっぱいある/一大堆作業。

❹ (他のことばの後について)全部であるようす。中全部。

☆ 来週いっぱい休みます/下週全部放假。

☆ 力いっぱい闘う/ fight with all one's might. /努力奮鬥。

注 ❶は「1杯、2杯…」のような数え方の1つで「1杯」と書くが、❷は決まった言い方なので「一杯」と書く。また、❸❹はひらがなで書く。

一杯食わせる[す]　人をだます。中 欺騙。E deceive; take a person in.

☆ 丈夫なかばんだと言われて買ったが、すぐにこわれた。どうやら一杯食わされたようだ/說是耐用的皮包才買的，卻一下子就壞了，感覺上當了。

対 一杯食う

いっぱん【一般】イッパン　❶ ふつうに多くあることがら、人、もの。中 一般；普通。E general; ordinary.

☆ 一般の会社は日曜日が休みだ/一般的公司星期日休息。

☆ 専門のことばは一般の辞書には出ていない/專業用語在一般的字典裡是找不到的。

☆ 一般常識 / common sense. /一般常識。

対 特殊、特別

❷ (「一般に」の形で)例外もあるが、ふつうは。中 一般來說；普遍。E generally; on the whole.

☆ 女性は一般に男性より長生きする/一般來說，女性比男性長壽。

いっぱんてき【一般的】イッパンテキ　特別なものだけに限らず、多くのことにあてはまるようす。中 一般的。E general; common.

☆ 週休2日の会社が一般的になってきた/週休二日的公司漸漸普遍。

いっぴきおおかみ【一匹おおかみ】イッピキオーカミ　どの組織や仲間にも入らず、自分だけの力で行動する人。中 單槍匹馬。E a lone wolf.

☆ 三郎はどの派閥にも入らず、一匹おおかみで政治活動をしている/三郎無黨無派，單槍匹馬地從事政治活動。

注 漢字で書くときは「一匹狼」。

いっぷく【一服】イップク、イップク　❶ 薬、抹茶などの1回分。中 一包藥。E a dose.

☆ 寝る前にこの薬を1服飲む/睡前服用一包這個藥。

❷〔～する〕しばらく休むこと。中 稍做休息；歇一陣子。E a break.

☆ 疲れたからここで一服しよう/累了，先在這裡歇一會兒吧。

注 ❶は「1服、2服…」のような数え方の1つで「1服」と書くが、❷は決まった言い方なので「一服」と書く。

いっぺん【一遍】イッペン、イッペン　❶「1回」のくだけた言い方。中 一回；一遍。E once.

☆ いなかへは年に一遍帰るだけだ/一年只回一次老家。

❷ (「いっぺんに」の形で)(1) 同時に。中 同時；一次；一下子。E at the same time; at a time.

☆ 荷物を全部いっぺんに運ぶ/一次搬完所有的行李。

☆ 交通事故で5人の家族をいっぺんに失った/由於交通事故，一家五口同時喪生。

(2) すぐに。中 一下子；立刻。E immediately; in an instant.

☆ この薬を飲めば病気がいっぺんに治る/喝了這藥，病一下子就能好。

▷ 話

いっぺんとう【一辺倒】イッペントー　(他のことばの後について)そのことだけにかたよること。中 一邊倒。E be totally committed to.

☆ 明治以来、日本政府は西欧一辺倒の政策をとってきた/明治維新以來，日本採取了全面西化的政策。

☆ 最近のテレビ番組は娯楽一辺倒だ/最近的電視節目，一律傾向娛樂性。

いっぽう【一方】イッポー　❶ 1つの方向。中 一方；一個方向。E one side.

☆ 家の一方が公園に面している/房子的一邊面向著公園。

❷ 2つあるものごとのうちの1つ。中 某一方；一方面；一個。E one of two.

☆ ひもの一方のはしを木に結びつける/把繩

子的一頭綁在樹上。

☆ 夫婦の一方が働く／夫婦的其中一方在工作。

☆ 一方の腕／一隻胳膊。

対 両方

❸ (動詞の基本形について)(1) そうなるばかりであること。中 一直；越來越。

☆ ここ数年、輸出はのびる一方だ／Export has been increasing steadily for the past few years.／這幾年，出口不斷地在成長。

☆ 働かないので、貯金は減る一方だ／由於沒有工作，存款一直在減少。

(2) ２つのことがらを結びつけて、１つのことを行うだけでなく、その反対のことも行うこと。中 要…，同時也要…。

☆ 子供をしかる一方で、いいところをほめる／要斥責孩子，但同時也要稱讚他好的方面。

☆ 原料を輸入する一方、製品を輸出する／export products while importing raw materials.／進口原料的同時也出口產品。

❹ (文と文をつないで)別のほうでは、もう１つの面についていえば。中 另一方面。E while; on the other hand.

☆ 地球上にはじゅうぶん食べられない人々がいる。一方、食べ物があまって捨てる人もいる／地球上有人吃不飽，同時也有人因吃不完而扔掉食物。

いっぽうつうこう【一方通行】イッポーツーコー　❶ 車の通り抜けを片方からしか許さないこと。中 單向通行。E one-way traffic.

☆ この道路は一方通行だから、向こうから来る車はないはずだ／這條道路是單行道，應該不會有車從對面開來。

❷ 会話や通信などが片方からだけであること。中 只傳達單方面的意見。E one-way communication.

☆ 何度も手紙を出したが一方通行で、向こうからの返事がない／單方面寄了好幾封信，對方卻一直沒有回音。

いつまでも　イツマデモ　そのままずっと続けて。中 到什麼時候也；永遠；始終。E forever.

☆ 父母にはいつまでも生きていてほしいと願う／希望父母長生不老。

☆ この喜びはいつまでも忘れない／這分喜悅永遠也忘不了。

いつも　イツモ　❶ ふつうのばあい。中 平常；往常；平日。E usual.

☆ きょうの試験はいつもよりやさしかった／今天的考試比平時簡單多了。

❷ どんなときでも。中 總(是)；常常。E always; all the time.

☆ 車をいつもみがいているので、１年たっても新車のようだ／由於經常擦車，過了一年，還是像新的一樣。

いつわ・る【偽る】イツワル〔他動五〕(いつわって)　本当でないことを言って相手に本当のように思わせる。うそをつく。中 說謊；顛倒黑白；假冒。E lie; pretend.

☆ 経歴を偽って会社に入った／謊報履歷混進了公司。

☆ 病気と偽って学校を休む／裝病不去學校上課。

名 偽り

いてん【移転】イテン〔～する〕　建物などの場所が変わること。また、変えること。中 遷移；搬家。E move.

☆ 大学が都心から郊外に移転する／大學從市中心遷往郊外。

☆ 事務所を駅前に移転する／把辦公室搬到車站前面。

☆ 移転通知／搬遷通知。

いでん【遺伝】イデン〔～する〕　親の体の形、性質が子や孫に現れること。中 遺傳。E hereditary; inherit.

☆ 髪や目の色は遺伝する／頭髮和眼睛的顏色來自遺傳。

☆ ぼくの背が低いのは父からの遺伝だ／我的個子矮小是來自父親的遺傳。

☆ 遺伝子/a gene./遺傳基因。

☆ 隔世遺伝/atavism./隔代遺傳。

いと【糸】イ̄ト ❶毛、麻、綿、まゆなどの繊維を集めて細長くつくったもの。中 線。E thread; yarn.

☆ 糸をつなぐ/接線。

☆ 糸で縫う/用線縫補。

☆ 毛糸/毛線。(→項目)

❷「❶」のように細くて長いもの。中 似線的東西;絲。E (*natto*; spider) thread.

☆ 納豆が糸を引く/納豆能扯出絲。

☆ クモの糸/蜘蛛絲。

❸ 楽器の弦。中 弦。E a string.

☆ 三味線の糸が切れた/三弦琴的琴弦斷了。

▷ 数 ❶1本・1巻、❸1本

いと【意図】イ̄ト〔～する〕 目的があって特にそうしようと考えること。また、その考えや目的。中 意圖;打算。E an intention; an aim.

☆ この文を読むと、作者の意図がわかる/讀了這篇文章就能理解作者的想法。

いど【井戸】イ̄ド 地面を掘って地下水をくみあげるようにしたもの。中 井。E a well.

☆ 井戸を掘る/挖井。

☆ 井戸がかれる(=井戸の水が出なくなる)/井乾枯了(井裡的水沒有了)。

☆ 井戸水/井水。

いどう【移動】イドー〔～する〕 場所が変わること。また、変えること。中 移動;挪動。E move; change location.

☆ テレビカメラが移動して司会者を写した/移動攝影機,把主持人帶入鏡頭。

☆ 机といすを部屋のすみへ移動する/把桌椅移到房間角落裡。

いとぐち【糸口】イトグチ、イトグチ ものごとが進んだり解決したりする手がかり。中 頭緒;線索。E a start; a clue.

☆ みんな黙っているので、話の糸口がつかめない/大家都沈默無言,所以找不到話題可談。

☆ 犯人が残していった手帳が、事件を解決する糸口になった/嫌犯留下的筆記本成了破案的線索。

いとこ イトコ 父または母のきょうだいの子。中 堂兄弟姊妹;表兄弟姊妹。E a cousin.

☆ 父方のいとこと母方のいとこを合わせると全部で12人いる/(父母兩家的)表兄弟姊妹和堂兄弟姊妹加起來一共有十二個人。

いとし・い イトシイ 心がひかれて抱きしめたい気持ちだ。中 可愛。E beloved; darling.

☆ いとしいわが子を胸にいだく/抱著自己可愛的孩子。

☆ いとしいあの人は、いまどこにいるのだろう/思念的人,你在何方?

いとな・む【営む】イトナム〔他動五〕(いとなんで) ❶ 仕事や生活を毎日続けていく。中 經營;從事。E lead (a life).

☆ 家族5人の暮らしを営む/維持一家五口的生計。

☆ 島で生活を営む/在島上生活。

❷ 小規模な商売をする。中 經營(小本生意)。E run (a business).

☆ 兄は故郷の町で旅館を営んでいる/哥哥在家鄉小鎮上經營旅館。

▷ 名 営み

いとま イトマ、イトマ 人との別れ。また、そのあいさつ。書 中 告辭;辭行;告別。E leave; be going.

☆ 海外へ転勤することになり、故郷の母にいとまを告げてきた/要調到國外去工作,來向家鄉的母親辭行。

☆ これでおいとまいたします(=もう帰ります)/就此告辭;到此告辭(=我該回去了)。

=参 すこし古い言い方。

-いない【-以内】(数や量を表すことばについて)それをふくんで、それより少ない数や量や範囲を表す。中 ～以內。E within; less than; or less.

☆ 10分以内にもどってくる/十分鐘以内回來。

☆ 毎月10万円以内で生活する/每月用不到十萬日圓過生活。

☆ 意見を、原稿用紙３枚以内にまとめる。/ sum up one's opinions in manuscript paper of three pages or less. / 把意見歸納在三張稿紙以內。

いなか【田舎】イナカ　❶ 都市から離れた、田や畑の多い土地。中 鄉下；鄉間。E the country; a rural district.

☆ いなかは緑が多く空気がきれいだ/鄉下樹木多，空氣清新。

☆ いなかでのんびり暮らす / 在鄉下過悠閒的生活。

対 都会、町

❷ 地方にある生まれ故郷。中 故鄉；家鄉；老家。E one's home; one's hometown.

☆ 夏休みに母のいなかへ行く / 暑假去媽媽的老家。

☆ いなかが恋しい / 思念家鄉。

いぬ【犬】イヌ　走るのが速く、音を聞き分け、においをかぎ分ける力が鋭い動物。ペットとして、また、家の番、狩りのためなど種類が多い。中 狗；犬。E a dog.

☆ 犬は飼い主に忠実な動物だ / 狗是忠於主人的動物。

☆ 犬死に / die to no purpose. / 白死。

数 １匹

犬と猿　非常に仲が悪いということ。中 水火不容；不和。E be on cat-and-dog terms.

☆ あの２人は犬と猿だから、顔を合わせるとけんかしている /那兩個人水火容，只要一見面就吵架。

似た表現 犬猿の仲

犬も歩けば棒に当たる　❶ でしゃばると、よくない目にあう。中 多嘴惹禍。E Overstepping one's bounds may bring troubles.

❷ いろいろやってみると、ときには幸運に出あうかもしれない。中 出外碰到好運氣。E Every dog has his day.

いね【稲】イネ　穀物の一種。おもに水田でつくり、熟した穂から米をとる。中 稻；稻子；水稻。E rice; a rice plant.

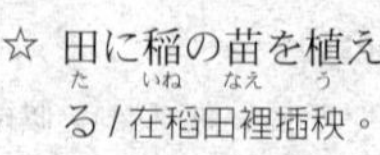
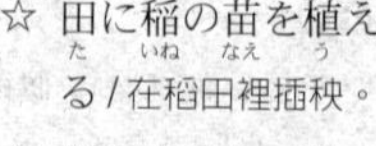

☆ 田に稲の苗を植える / 在稻田裡插秧。

☆ 稲が実る/結稻穗。

☆ 稲を刈る / 割稻子。

数 １本・１株

いねむり　【居眠り】イネムリ〔～する〕なにかをしている途中で、眠ろうと思わないのに眠ってしまうこと。中 瞌睡；打盹兒。E a doze.

☆ 電車の中で居眠りして、つぎの駅まで行ってしまった / 在電車裡打盹，多坐了一站。

☆ 居眠り運転 / 開車打瞌睡。

いのち　【命】イノチ　❶ 生物が生きていくための力のもとになるもの。生命。中 生命；命；性命。E life.

☆ 親からもらった命をたいせつにする/珍惜父母所給予的生命。

☆ 命の恩人(=命を助けてくれた人) /救命恩人(= 救過自己命的人)。

❷ 生まれてから死ぬまでの間。寿命。中 壽命。E a life span.

☆ 人間の命は長くて100年ぐらいだ / 人的壽命再長也不過一百歲左右。

❸ なくてはならないたいせつなもの。中 最寶貴的東西。E the most important thing.

☆ 刺身は新鮮さが命だ / 生魚片以新鮮為要。

☆ きみこそわが命 / 你就是我的生命。

命の綱　生きるためになくてはならないもの。中 生命的依靠。E the staff of life.

☆ 目の不自由な人にとって、白いつえは命の綱だ/對盲人來說，白色的手杖就是他生命的依靠。

いのちがけ【命がけ】イノチガケ、イノチガケ　死んでもかまわないと覚悟して、なにかをすること。中 拚命；冒死。E at the risk of one's life.

☆ 消防士は家の中の人を助けようと、命がけで火の中に飛びこんだ／消防隊員為了救人，冒著生命危險衝進大火中。

いのちからがら【命からがら】イノチカラガラ、イノチ・カラガラ　非常な困難の中を命だけは失わずにやっと。中 險些喪命；勉勉強強好不容易才～。E with one's bare life.

☆ 難民たちは、命からがら国境を越えて逃げてきた／難民們冒著生命危險越過國境逃了出來。

いのちしらず【命知らず】イノチシラズ　死ぬことを恐れないでなにかをすること。また、その人。中 不怕死；不怕死的人；不要命；不要命的人。E reckless; a daredevil.

☆ 時速120キロでオートバイを飛ばしていく、命知らずの若者たち／以一百二十公里的時速駕駛摩托車，真是不要命的年輕人。

いのちづな【命綱】イノチズナ　危険な場所でなにかをするとき、用心のために体をつないでおく綱。中 救生索；安全帶。E a lifeline.

☆ 命綱をつけて電柱の上で仕事をする／繫著安全帶，在電線桿上作業。

数 1本

いのちとり【命取り】イノチトリ、イノチトリ　❶ 生命をうばうもの。死の原因。中 死因。E the cause of death.

☆ 出血多量が命取りになった／因失血過多而喪生。

❷ 名誉や地位など、だいじなものを失うことになる原因。中 致命傷。E prove fatal.

☆ 大臣の失言が内閣の命取りになった／部長的失言，使內閣蒙受致命的打擊。

いのちびろい【命拾い】イノチビロイ〔～する〕　もうすこしで死にそうになっていたところを助かること。中 撿回一條命；死裡逃生。E have a narrow escape.

☆ 車の運転を誤って海に落ちたが、窓から逃げて命拾いをした／開車失誤掉進了海裡，從車窗逃生撿回了一條命。

いのり【祈り】イノリ　神や仏に願うこと。中 祈禱；禱告。E (a) prayer; (a) grace.

☆ 頭を下げて神に祈りをささげる／低頭向神禱告。

☆ 食事の前にお祈りをする／吃飯前禱告。

他動 祈る

いば・る【威張る】イバル〔自動五〕(いばって)　自分が強いすぐれた者であるように言ったり、ふるまったりする。中 自豪；自以為了不起；逞威風；驕傲。E brag; put on airs.

☆ 社長はいつもいばって大きないすにすわっている／董事長總是不可一世地坐在大椅子上。

☆ いばりちらす／逞威風。

いはん【違反】イハン〔～する〕　法律や社会的な約束を守らないこと。中 違反。E (a) violation.

☆ 酒を飲んで自動車を運転するのは違反だ／飲酒駕車違反了交通規則。

☆ 選挙違反／不正當的競選；違反選舉原則。

☆ 駐車違反／違規停車。

いびき　イビキ　眠っているときに、息と一緒に鼻やのどから出てくる音。中 鼾聲。E a snore.

☆ となりの人のいびきがうるさくて眠れない／旁人的鼾聲吵得我睡不著覺。

いびきをかく　いびきの音を出す。中 打鼾；打呼。E snore.

☆ 父は疲れたらしく、いつもより大きいいびきをかいて寝ている／好像很累，睡覺時鼾聲比平時大聲。

いびつ　イビツ　❶ ゆがんでいるようす。中 壓扁；走形；歪斜。E distorted.

☆ ケーキの箱が人に押されていびつになっ

た/蛋糕盒被人壓扁了。

☆ 手づくりのいびつな茶碗/形狀不整的手工茶碗。

❷ すなおでなく、ひねくれているようす。中 乖僻。E warped; perverted.

☆ 子供のころから兄たちにいじめられて育ったので、性格がいびつになってしまった/由於從小在哥哥們的欺負下長大，所以性格乖僻。

☆ 世の中は金がすべてだというのは、いびつな考え方だと思う/我認為金錢萬能是不正確的想法。

いふく【衣服】イフク　洋服や着物など身につけて着るもの。書 中 衣服；衣裳。E clothes; dress.

☆ サラリーマンの衣服は、色もデザインもよく似ている/上班族的服裝，無論顏色樣式都很相似。

☆ 衣服をととのえて面接会場に入る/整理儀容後進入面試的會場。

数 1枚・1着

参「衣類」も似ているが、「衣類」が上着、下着、靴下、手袋など身にまとうもの全部であるのに対して、「衣服」は下着、小物類はふくまない。

いま【今】イマ　❶ この時。現在の瞬間。中 現在；此刻；目前。E now.

☆ いま、ちょうど12時です/現在正好是十二點。

❷ この時代。現代。中 今日；當代。E today; nowadays.

☆ いまでは女性が外で働くのがあたりまえになった/現在，職業婦女性已被社會全然的接受。

対 昔

❸ すこし前。中 剛才；剛剛。E just now.

☆ 姉はいま出かけました/姊姊剛剛出門了。

☆ いま焼きあがったパン/剛剛烤好的麵包。

❹ すぐに。じきに。中 立刻；馬上。E at once; right away.

☆ いまお茶をいれるから、ちょっと待ってください/現在去沏茶，請等一下。

❺ そのうえに。さらに。もう。中 再；更。E more; again.

☆ いまいちどお会いしたい/我還想再見到你。

☆ いますこしお待ちいただけたら幸いです/如果您能稍候片刻，我將不勝感激。

いま【居間】イマ　家族がいつも自由に使える部屋。中 起居室；客廳。E a living room.

☆ 父は居間でテレビを見ている/父親正在客廳看電視。

数 1室・1間　→茶の間

いまいまし・い【忌ま忌ましい】イマイマシイ　悔しくて、腹が立ってしかたがない。中 可恨；可惡；令人生氣；悔恨。E provoking; vexing.

☆ 目の前で魚をとって逃げるとは、いまいましい猫だ/可惡的貓，竟然在我眼前叼了魚就跑。

☆ 実力のない二郎がいちばん早く課長になるなんて、いまいましい/沒有實力的二郎反而最早當上課長，真令人生氣。

いまごろ【今ごろ】イマゴロ　❶ だいたいいまの時間。中 現在；此時；這時候。E about this time.

☆ その事件が起きたのは去年のいまごろだった/那件事是在去年的這個時候發生的。

❷ いまになって。中 如今；到這時候。E at this time.

☆ もう真夜中だよ。いまごろどこへ行くんだ/已經深夜了，這時候到哪裡去啊!

いまさら　イマサラ、イマサラ　❶ いまとなっては遅すぎるようす。中 事到如今；事已至此。E (too late) now.

☆ 若いときにもっと勉強すればよかったと後悔しても、いまさらどうにもならない/少年不努力，老大徒傷悲。

❷ 改めて。中 現在才；現在重新。E all the more; hardly necessary.

☆ 新宿に行くと、いまさらのように人の多さに驚く / 一到新宿就會再次為人潮洶湧的景象而感到吃驚。

☆ いまさら言うまでもない / 現在已沒有必要再說了。

いまし・める 【戒める】イマシメル、イマシメル〔他動一〕 目下の人に、まちがった行動を直すように、またはしないように注意をする。中 勸戒；勸告。E admonish; reprove.

☆ 先生は、タバコを吸ってはいけないと生徒をいましめた / 老師勸告學生不要吸菸。

☆ 悪い行いをいましめる / 勸戒不要做壞事。

名 戒め

いまだに イマダニ 前と同じ状態がいまも続いているようす。いまになってもまだ。中 還；仍然。E still; yet.

☆ 父が死んで15年になるが、いまだにあの日のことをはっきりと覚えている / 父親去世已經十五年了，當天的情景仍歷歷在目。

いまに イマニ 現在は無理だが、将来必ず実現するだろうと思うようす。中 早晚；遲早；總有一天。E in the future; before long.

☆ 洋子は研究熱心だから、いまにきっといい研究者になるだろう / 洋子專心從事研究工作，總有一天會成為優秀的研究人員。

いまひとつ 【いま一つ】イマヒトツ すこし満足できないところがあるようす。中 略有欠缺；稍差。E not completely.

☆ この絵はよくかけているが、いまひとつ人の心を打つものがない / 這幅畫雖然畫得不錯，但美中不足的是不太感人。

いまや 【今や】イマヤ いまは前とは違うということを、強めていうようす。いまでは。書 中 現在正是；現在已經。E now.

☆ かばん1つで東京に来た一郎が、いまや大会社の社長だ / 僅帶著一個手提箱就來東京闖天下的一郎，現在已是大公司的老板了。

いまわし・い 【忌まわしい】イマワシイ いやな感じだ。中 討厭；可惡。E detestable; disgusxting.

☆ いまわしい過去を忘れたい / 想忘掉討厭的過去。

☆ 多くの人が殺し合う戦争は、人間社会で最もいまわしいものだ / 戰爭使人互相殘殺，是人類社會最令人厭惡的醜行。

いみ 【意味】イミ〔～する〕 ❶ ことば、文、記号、行為などが表している内容。中 意思；意義。E (a) meaning.

☆ 辞書でことばの意味を調べる / 從字典上查詞彙的意思。

☆ 漢字にはそれぞれ意味がある / 漢字各有不同的含意。

❷ そのことを深く考えたときわかる内容。中 意義。E an implication.

☆ あのときの母の涙はなにを意味していたのだろう / 那時母親的眼淚究竟有什麼含意呢?

❸ そのことの値打ち。中 價值；意義。E meaning; purpose.

☆ あなたのお祝いの会なんだから、あなたが来なければ意味がない / 為你而開的慶祝會，你不來就沒有意義了。

▷ →意義

いみん 【移民】イミン〔～する〕 国の方針または合法的な方法で国を出て外国に移り、そこに住むこと。また、その人。中 移民。E emigrate; immigrate.

☆ ジョンの父はイギリスからオーストラリアへ移民した / 約翰的父親是從英國移民到澳洲來的。

イメージ (image) イメージ、イメージ〔～する〕 ❶ 人それぞれに心に思い浮かべる姿や形。中 形象；意象。E an image.

☆ わたしのイメージにぴったりの人が現れたら結婚する / 如果能找到一個完全合乎我理

想的人，我就結婚。

☆ イメージが浮かぶ / 腦海中浮現出圖像。

❷ ちょっと見たときの感じ。中 印象；感覺。 E an impression; an image.

☆ にこにこしているほうがイメージがいい / 面帶微笑給人良好印象。

イメージダウン　イメージダウン〔～する〕いままでよかった評価が悪くなること。中 降低聲譽；敗壞形象。E damage the image.

☆ 質の悪い品をつくると会社のイメージダウンになる / 生產劣質品會敗壞公司的形象。

対 イメージアップ

参 英語の「イメージ (image)」と「ダウン (down)」から日本でできたことば。

イメージチェンジ　イメージチェンジ〔～する〕　どこかを変えて、人がいままで持っていた感じを別の感じにすること。中 改變形象；轉變看法。E change one's public image.

☆ 長かった髪を短く切って、道子はイメージチェンジした / 道子剪短長髮後形象改變了。

参 英語の「イメージ (image)」と「チェンジ (change)」から日本でできたことば。

いも【芋】イモ　根または地下茎にでんぷんを蓄えて大きくなった野菜。ジャガイモ、サツマイモ、サトイモなど。中 薯。E a (sweet) potato.

じゃがいも
さといも
さつまいも
〔芋〕

☆ 芋を煮て食べる / 煮蕃薯吃。

☆ 芋掘り / 挖地瓜。

芋を洗うよう　人が集まって非常に混雑しているようす。中 擠得密密麻麻的；擠得像沙丁魚一樣。E a crowd packed like sardines.

☆ 日曜日の海岸は、人が多くて芋を洗うようだ / 星期日海灘上擠滿了密密麻麻的遊客。

いもうと【妹】イモート　年下の、女のきょうだい。中 妹妹；小妹。E a younger sister.

☆ 妹は歌が好きで、いつもテレビと一緒に歌っている / 妹妹喜歡唱歌，經常跟著電視一起唱。

対 姉、弟

参 人と話すときに自分の身内をさして使うことば。弟の妻や、配偶者の年下の女のきょうだいのこともいう。他人の「妹」に向かって、またその人を話題にしていうときは、「妹さん」を使う。

いもづるしき【芋づる式】イモズルシキ　1つのことがきっかけとなって、つぎからつぎへと関係のあるものごとが進むこと。中 循線；從一個線索追查出很多事來。E one after another.

☆ 犯人が1人捕まると、その仲間が芋づる式に逮捕された / 抓到一個犯人後，循線逮捕了其他同夥。

いや【嫌】イヤ　好きではないので、受け入れたり続けたりしたくないと思うようす。中 不願意；不喜歡；討厭；膩。E be fed up with; disgusting.

☆ 6月は雨ばかりでいやになる / 六月份盡是下雨，煩死了。

☆ 生徒の悪口ばかり言う、いやな先生 / 盡說學生壞話，令人討厭的老師。

いや　イヤ、イヤ、イヤ　❶ 驚いたり感動したりしたときに言うことば。中 哎呀；哎喲。E Oh!; Oh my!; Why!

☆ いや、驚いたなあ。あんな所で道子に会うなんて / 哎呀，竟然在那種場合遇見道子，真令人吃驚。

☆ いや、すばらしい演奏だった。いまもピアノの音が耳に残っている / 哎呀，真是好棒的的演奏。鋼琴聲到現在還迴繞耳邊。

❷ 相手の言うことを否定したり反対したりするときに言うことば。中 不。E no.

☆「コーヒーにする？」「いや、紅茶がいい」/「喝咖啡嗎?」「不，喝紅茶好了。」

☆「日曜日、車借りていい？」「いや、それはだめだ」/「星期日車子能借用一下嗎?」「對不起，不能借。」

対うん

❸ 自分の言ったこと、思ったことを否定するときに言うことば。中不；不對。E no.

☆ 国へ帰ろうか。いや、だめだ。もっとがんばらなくては/回國吧，不，不行，一定要咬緊牙根撐下去。

▷ 話　→いいえ

ニ 参 ❶は「いやあ」と長くのばすこともある。

いやいや【嫌嫌】イヤイヤ　したくないと思いながら、なにかをするようす。中勉勉強強；不得已而～。E reluctantly; unwillingly.

☆ まだ勉強を続けたいのだが、父に帰ってこいと言われて、いやいや国へ帰る/本想繼續求學，但父親要我回去，只好勉強返國。

いやおうなしに　イヤオーナシニ、イヤオーナシニ　こちらの考えなどかまわないで。無理やりに。中不管願意不願意；不容分辯。E force one to; whether one likes it or not.

☆ 年が上だというので、いやおうなしに会長をさせられている/就因年紀長，衆人不由分說便硬要我當會長。

☆ いやおうなしに酒を飲ませる/不管願意不願意都要被我灌酒。

いやがらせ【嫌がらせ】イヤガラセ　その人をうらんで、またはその人を困らせるために、いやがることをしたり言ったりすること。中故意使人不痛快；故意刁難；令人生氣。E harass.

☆ 夜中にベルが鳴って受話器を取っても相手はなにも言わない、といういやがらせの電話に迷惑している/深夜電話鈴響，拿起電話對方卻不吭一聲，這騷擾電話令人苦惱。

☆ 性的いやがらせ/性騷擾。

いやし・い【卑しい】イヤシイ、イヤシイ

❶ 下品で、心がきたない。中卑鄙；卑劣；下流。E vulgar; mean.

☆ 食べ物がたくさんあるのに、ぼくのはみんなより少ないなどというのはいやしいことだ/食物有很多，但我的份量卻比別人少，這種事真令人生氣。

対尊い

❷ 価値や地位や身分が低い。中卑賤；下賤；低賤。E humble; low.

☆ むかしは、武士は高い身分で、商人はいやしい身分とされた/古時武士身份高貴，商人身份卑下。

対貴い

いやに　イヤニ　ふつうとは違っていて、変な感じがするようす。中真；夠；～得厲害。E strangely, terribly.

☆ いやに静かだと思ったら、本を開いたまま眠っている/心想怎麼這麼安靜，原來書看到一半，他就睡著了。

☆ きょうの電車はいやにすいているが、どうしたんだろう/今天的電車乘客少得奇怪，不知怎麼回事。

いやらし・い【嫌らしい】イヤラシイ　❶その人の言動がいかにも不快に感じられるようすだ。中討厭；令人作嘔。E disgusting; unpleasant.

☆ 金持ちであることを自慢するのはいやらしい/炫耀財富的人真令人作嘔。

❷ 性的に露骨で、いやな感じだ。中下流；猥褻；不正經。E lascivious.

☆ いやらしい目つきで女性を上から下まで見る/用下流的眼光上下打量女性。

いよいよ　イヨイヨ　❶予想していたことがもうすぐ実現しそうなようす。中到底；終於；馬上就。E at last; finally.

☆ 高校時代から交際していたあの２人が、いよいよ結婚することになった/從高中就開始交往的那兩個人終於決定結婚了。

❷ 前より程度が強くなるようす。中越發；

い

更。E more and more; all the more.

☆ 雨がいよいよ激しくなり、夕方には川があふれそうになってきた/雨越下越大，傍晚時河水都快要氾濫了。

いよく【意欲】イヨク　なにかを進んでしようとする張りきった気持ち。中 意志；積極性。E (a) will; (a) desire.

☆ ゆっくり休んだら、働く意欲がわいてきた/好好地休息之後，又滿懷工作的熱忱。

☆ 生きる意欲を失って自殺を考えた/喪失活下去的意願，想要自殺。

いよくてき【意欲的】イヨクテキ　意欲が盛んなようす。中 熱情高漲；積極主動。E with enthusiasm.

☆ 一郎は勉強にもクラブ活動にも意欲的に取り組んでいる/一郎不論對學習，還是對社團活動，都熱情積極地去參與。

いらい【以来】イライ　その時からずっと。中 從那以來；從那以後。E since; since then.

☆ 去年手術をして以来、体の調子がよくない/從去年動過手術以後，身體狀況就一直不好。

☆ 一郎は息子の誕生以来、人が変わったようにまじめになった/一郎自從兒子出生以後，就像變個人似的認真多了。

いらい【依頼】イライ〔～する〕　人になにかをするよう頼むこと。中 託；委託；託付；請求；要求。E ask; a request.

☆ 電気屋に、テレビの修理を依頼する/委託電器行修理電視機。

☆ 留学生の依頼を引き受けて、保証人になった/答應留學生的請求，當了保證人。

いらいら　イライラ、イライラ〔～する〕　自分の思うようにならず、気持ちが落ちつかないようす。中 焦急；焦躁；著急。E irritation; grow impatient.

☆ 静かな音楽で気持ちのいらいらをしずめる/優雅的音樂，使焦急的心情平靜下來。

☆ 道路がこんで車が走らないので、いらいらして時計を見る/路上塞車走不動，著急得直看手錶。

いらだ・つ　イラダツ〔自動五〕(いらだって)　ものごとが思うようにならないので、不愉快で落ちつかずにいる。中 焦躁；著急。E get irritated; become impatient.

☆ 急いでいるのにバスが来なくていらだっている/很趕時間，卻等不到公車非常著急。

☆ やさしい問題なのに正しく答えられる学生がいなくて、先生もいらだっていた/明明是簡單的問題卻沒有學生答得出來，老師也著急了起來。

名 いらだち

いらっしゃ・る　イラッシャル〔自動五〕(いらっしゃって)　❶「行く」「来る」「いる」の尊敬語。中「去」「來」「在」的尊敬語。E ((respectful)) go; come; be.

☆ 駅までバスでいらっしゃいますか/您坐公車去車站嗎?

☆ 午後は先生もこちらへいらっしゃるはずです/下午老師應該也會來這裡。

☆ ご両親はずっと外国にいらっしゃったのですね/令尊令堂一直在國外吧?

❷ (「いらっしゃい」の形で)「❶」の命令形。また、来た人を迎えるときに言うあいさつのことば。中 歡迎用語。

☆ こちらへいらっしゃい/Come here./請來這邊。

☆ いらっしゃい。さあどうぞお入りください/歡迎光臨，請進。

❸ (「～ていらっしゃる」の形で)「～ていく」「～てくる」「～ている」の尊敬した言い方。中 尊敬語。

☆ 先生は旅行に大きいかばんを持っていらっしゃいますか/老師帶大旅行箱去旅行嗎?

☆ いつ外国から帰っていらっしゃったのですか/When did you come back from abroad?/您什麼時候從國外回來的?

☆ おじいさんは新聞を読んでいらっしゃる/爺爺正在看報紙。

❹ (「～でいらっしゃる」の形で)「～である」の尊敬した言い方。中尊敬表達。

☆ 山田先生は名医でいらっしゃる/ Dr. Yamada is a skilled physician. /山田大夫是位名醫。

☆ 田中さまでいらっしゃいますか/您是田中先生嗎?

参 ❶は「おいでになる」と似ているが、「おいでになる」のほうが尊敬の程度が高い。

いり【入り】イリ ❶ 入ること。中入；進入。E entering; entrance.

☆ 雨のせいか、客の入りが悪かった/因為下雨的緣故，顧客來的不多。

☆ 横綱の土俵入り/橫綱力士的入場儀式。

☆ 日の入り/日沒；日暮。(→項目)

❷ ある決まった時期に入ること。また、その最初の日。中開始；入～。E the beginning.

☆ 彼岸の入り/進入春分期或秋分期的第一天。

☆ つゆ入り/進入梅雨季節。

対明け

❸ あるものが入っていること。中 裝有；帶有；摻有。E containing; with.

☆ 500グラム入りの袋/容納五百公克的袋子。

❹ 収入。中收入；進帳。E an income.

☆ 今月はよく働いたので入りがいい/因這個月工作時數長，收入比較多。

対出

いりぐち【入り口】イリグチ 建物などの中へ入る所。中入口；門口。E an entrance; a door.

☆ 入り口を開けて客を迎える/開門迎客。

☆ 入り口にかぎがかかっているので中に入れない/門鎖著，進不去。

対出口

いりょう【医療】イリョー、イリョー 医者がする、病気やけがの診断、治療など。中醫療。E medical treatment.

☆ 国民の医療の費用は大部分が健康保険で支払われる/國民醫療費的大部分由健康保險來支付。

☆ 医療器具/醫療機械；醫療儀器。

☆ 医療費/醫療費。

いる【居る】イル〔自動一〕 ❶ 人、動物などが、ある時間、ある場所にとどまる。中(人、動物)在；有。E be; there is.

☆ 門の前に白い犬がいる/門前有一隻白狗。

☆ いすわる/ remain in the same position. /久坐不去；逗留；留任。

☆ いのこる/(下班、放學等後)不走；留下；加班。

❷ (「～ている」の形で)動作や状態がずっと続くことを表す。中表示動作或狀態一直繼續。

☆ 1日じゅう部屋で本を読んでいた/一整天在房間裡讀書。

☆ 鳥が空を飛んでいる/ A bird is flying in the

「ている」と「てある」(「ている」與「てある」)

A 「電気がついている」

B 「電気がつけてある」

両方とも電気がついた状態を表している。Aは自動詞「つく」のて形「ついて」に「いる」が、Bは他動詞「つける」のて形「つけて」に「ある」がついたものである。2つの文の違いは、Aが単に電気がついている状態を表しているのに対して、Bはなにか目的があって、だれかが電気をつけ、消さないでそのままにしていることを表している。「窓が開いている」「窓が開けてある」や、「ドアが閉まっている」「ドアが閉めてある」などの違いも同じである。

sky. / 天上飛著一隻鳥兒。

☆ 窓が開いている / The window is open. / 窗戸開著。

▷ → 囲み

ニ 注 ❷はひらがなで書く。

居ても立ってもいられない 心配なことがあって、すわっていることも立っていることもできないほど落ちつかない。中 坐立不安；迫不急待。E be quite restless.

☆ 選挙の開票が始まると、候補者たちはいても立ってもいられない気持ちになる/選舉開票時，候選人都坐立不安。

いる 【射る】イル〔他動一〕 ❶ 弓を引いて、目的のものに向け、矢を飛ばす。中 射。E shoot.

☆ 弓を射る / 射箭。

☆ 矢を射る / 射箭。

☆ 的を射る / 打靶。

❷ 飛んでいく矢のような力でものに当てる。中 照射；晃(眼)；目光炯炯逼人。E pierce.

☆ 突然強い光が目を射た / 突然一束強光直射眼睛。

☆ 人を射るような鋭い目つき / 銳利的目光炯炯逼人。

い・る 【要る】イル〔自動五〕(いって) ないと困ることになる。必要だ。中 要；需要。E need; be necessary.

☆ むずかしい仕事には協力者がいる/困難的工作需要協助的人。

☆ 生活するのに、月に10万円はいる/每個月需要十萬日圓生活費。

いるい 【衣類】イルイ コート、セーター、シャツ、スーツ、ズボン、下着、靴下、和服など、着たりはいたりするもの。中 衣服；衣裳。E clothes; clothing.

☆ 旅行中に衣類を入れたスーツケースを盗まれて、着がえがなにもなくなった/旅行中裝衣服的皮箱被偷，沒有衣服可換。

数 1枚・1着 →衣服

〔衣類〕

いれい 【異例】イレイ これまでになかったこと。ほかにはないこと。中 破例；破格；沒有前例。E exceptional; unprecedented.

☆ 今年の気候は、暑さ、雨量、台風の数など、異例なことが多かった/今年的氣候炎熱的程度，雨量及颱風的次數都是史無前例的。

☆ 異例の出世 / an exceptional promotion. / 破格晉級。

いれか・える 【入れ替える】イレカエル、イレカエル〔他動一〕 ❶ それまで入っていたものや人を出して、新しくほかのものや人を入れる。中 更換；重新放入。E replace; make some fresh (tea).

☆ 部品を新しいものに入れかえる / 更換新的零件。

☆ お茶が冷めたので入れかえる / 茶涼了重新沏一杯。

❷ 場所や地位を取りかえる。中 更換；調換。E shift.

☆ 財布を上着のポケットに入れかえる/把錢包換到上衣的口袋。

☆ たんすの中の夏服を冬服と入れかえる/把夏天的衣服從衣櫃中拿出，再放入冬服。

▷ 名 入れ替え　自動 入れ替わる

いれかわりたちかわり【入れ代わり立ち代わり】イレカワリタチカワリ、イレカワリ・タチカワリ　つぎつぎと人が出たり入ったりするようす。中 川流不息；接連不斷；絡繹不絕。E one after another; in quick succession.

☆ 選挙事務所には、入れかわり立ちかわり応援の人がやってくる/來競選辦公室聲援的人川流不息。

いれば【入れ歯】イレバ　なくなった歯の跡に入れる人工の歯。義歯。中 假牙。E a false tooth.

☆ 奥の歯を全部入れ歯にする/把裡面的臼齒全部換成假牙。

☆ 祖父は総入れ歯で、自分の歯は1本もない/祖父滿嘴假牙，真牙一顆也沒有。

数 1本

いれもの【入れ物】イレモノ　なにかを入れるもの。中 容器；器具；器皿。E a container; a case.

☆ チョコレートをきれいな入れ物に入れて売る/把巧克力裝入漂亮的容器中銷售。

☆ ガラスの入れ物/玻璃容器。

→容器

い・れる【入れる】イレル〔他動一〕❶ 外から中に移す。中 放入；裝進。E put in; put into.

☆ コーヒーにミルクを入れる/把牛奶加入咖啡裡。

☆ ポケットに手を入れる/手插進口袋中。

☆ 運び入れる/運進來。

対 出す

❷ あるものの中に収める。中 裝；放；存；繳納；存放；收進。E put in.

☆ 自動車を駐車場へ入れる/把車子開進停車場停放。

☆ 銀行にお金を入れに行く/到銀行去存款。

対 出す

❸ 加えて一緒にする。中 插入；加入；添加。E add to; let a person join.

☆ 広告には写真も入れよう/廣告中也加入照片吧。

☆ 友達を仲間に入れる/讓朋友成為我們的夥伴。

☆ 書き入れる/寫入；把…記入。

❹ ものを取りつけて使えるようにする。中 放入；鑲(牙)。E set in; put in.

☆ 部屋に新しい家具を入れる/房間裡添加新家具。

☆ 入れ歯を入れる/裝假牙。

❺ 目的を果たすために必要な力や動作を与える。中 傾注；開(開關)。E throw ~ into; switch on.

☆ この仕事は特に力を入れてやりたい/對這項工作特別想全力以赴。

☆ ラジオのスイッチを入れる/打開收音機。

▷ 自動 入る

いろ【色】イロ　❶ 目に感じる、赤、青、黄などの感覚。中 色；顏色；色彩。E a color.

☆ 木の葉の色が赤くなる/樹葉變成紅色了。

☆ 信号の色が赤から青に変わる/號誌燈由紅轉綠。

❷「❶」の、特に人の顔や肌から受ける感覚。中 臉色；膚色。E (a) complexion.

☆ 母は色が白いが、わたしは色が黒い/母親膚色白，而我膚色黑。

☆ 海へ行って、いい色になってきた/到海邊去，膚色曬得很好看。

❸ 気持ちや感情が顔に表れたもの。中 氣色；神色。E a look; a sign.

☆ 入賞の知らせを聞いて、洋子は顔一面に喜びの色を表した/聽到得獎的消息，洋子表現出滿面喜悅。

☆ 疲れの色が見える/露出疲憊氣色；感覺疲勞。

❹ そのもののようす。中 景象；情景；樣子。E a look.

☆ 悪いことをしたのに、反省の色は全然みえない/儘管做了壞事，但毫無悔意。

☆ 秋の色が深まる/秋色變濃；秋色已深。

いろいろ イロイロ 種類がたくさんあるようす。中 種種；各種各樣；各式各樣。E various; many kinds of.

☆ 解決しなければならない問題がいろいろ(と)ある / 有各種各樣需要解決的問題。

☆ 会議ではいろいろな意見が出た / 會議上提出了各種各樣的意見。

☆ 看護婦はいろいろ(と)親切に患者の世話をした / 護士無微不至地照顧病患。

→さまざま

いろけ【色気】イロケ ❶ 異性をひきつける性的魅力。中 誘惑力；魅力；春心。E sex appeal.

☆ モンローは色気のある女性だった / 夢露是一位有魅力的女性。

☆ 道子は一郎の甘い声に色気を感じるという / 道子說一郎甜美的聲音具有魅力。

❷ 誘いに応じてもいいという態度や意欲。中 興趣。E an inclination; interest.

☆ よその会社からの誘いに色気を示す/其它公司來挖角使他心動。

色気がつく 子供が大人になりかかって、性を意識しはじめる。色気づく。中 春情萌動；情竇初開。E become sexually awakened.

☆ 息子は高校生になって色気がつき、女性に関心を持ちはじめた/兒子讀高中時情竇初開，開始對女性感興趣。

いろづ・く【色づく】イロズク〔自動五〕(いろづいて) 草木の葉や実などが、季節によって赤や黄などの目につく色に変わる。中 (草木等) 變色；呈現顏色；(楓葉) 變紅。E (leaves, fruits) color; turn red or yellow.

☆ 秋になって木の葉が色づくと、林の中が明るくなる / 秋葉斑斕，林木燦爛亮麗。

☆ 青かったミカンがだんだん色づいてきた/青綠色的橘子漸漸地變黃。

いろつや【色つや】イロツヤ 人の肌、動物の毛、宝石などの色や光。中 氣色；臉色；光澤。E (a) complexion; gloss.

☆ ゆっくり休養したから、顔の色つやがよくなった / 充分地休養一段時間後，臉色變得有光澤了。

☆ あの馬は色つやがすばらしい / 那匹馬的色澤很好。

いろどり【彩り】イロドリ、イロドリ ❶ 色をつけること。また、色と色の組み合わせ。中 配色。E coloring; a color scheme.

☆ いろどりの美しいネクタイを買った/買了一條顏色亮麗的領帶。

☆ 料理をいろどりよく並べて客に出す/給顧客端上配色好看的菜餚。

❷ ちょっとした変化や、飾りになるもの。中 裝飾；點綴。E a touch of color; a colorful effect.

☆ 花を飾って、部屋にいろどりをそえる/在屋裡擺花裝飾，為房間增添色彩。

▷ 他動 彩る

いろは イロハ ❶「いろはにほへと」で始まる、かなの 47 文字。中 伊呂波(平假名四十七字的總稱)。E the *iroha*; the Japanese alphabet.

☆ むかしの国語辞書は、ことばがいろはの順に並んでいた / 過去的日語字典是按照伊呂波的順序排列的。

❷ ものごとの初歩。中 初步；入門。E the ABC; the rudiments.

☆ 先輩に柔道のいろはから教えてもらう/向前輩請教柔道入門知識。

参 47文字とは、「いろはにほへとちりぬるをわかよたれそつねならむうゐのおくやまけふこえてあさきゆめみしゑひもせす」で、平安時代につくられた歌(いろは歌)をもとにしたもの。

いろめがね【色眼鏡】イロメガネ ❶ レンズに色がついためがね。サングラス。中 遮光鏡；墨鏡。E colored glasses; sunglasses.

☆ 黒い色めがねの男が現場から立ち去るのを

見た / 看見一位戴黑色墨鏡的男子從現場離去。

❷ 先入観や偏見を持ってものごとをみること。中 帶有色眼鏡看；帶有成見。E a biased viewpoint.

☆ 髪を赤く染めた若者は不良だと、色めがねでみる大人がいる / 有的大人有成見，認為把頭髮染成紅色的年輕人品行不良。

参 ❶はすこし古い言い方。直射日光を防ぐために色がついているめがねという意味では、「サングラス」を使うことが多い。

いろん 【異論】イロン　ほかの人と違う意見。反対する意見。中 異議；不同意見。E an objection; a different opinion.

☆ 提案に異論を唱えたが認められなかった / 雖然對提案持反對的意見，但沒有被接受。

☆ 警官がいつもピストルを持って歩くことについては異論がある / 對警官在任何時候都帶槍巡邏有不同意見。

いろんな 　イロンナ　「いろいろな」のくだけた言い方。話 中 各種各樣的。E various; many kinds of.

☆ いろんな人がいて、いろんな考え方があって、それが世の中というものだ / 有各種各樣的人就有各種各樣的想法，這就是社會。

いわ 【岩】イワ　その一部が地上に現れているような大きな石。中 岩石；大石頭。E a rock; a crag.

☆ 岩をけずってトンネルをつくった / 穿岩鑿壁修建隧道。

☆ けわしい岩を登る / 攀登陡峭的岩石。

いわ・う 【祝う】イワウ〔他動五〕(いわって) いいことやうれしいことがあった喜びを、ことばやものを贈ることなどで表す。中 祝賀；慶賀；慶祝。E celebrate; congratulate.

☆ 家族そろって新年を祝う / 全家人在一起慶賀新年。

☆ 会社の創立50周年を社員全員で祝った / 公司全體人員慶祝公司成立五十週年。

名 祝い

いわし 　イワシ　海にすむ魚の一種。日本の沿岸で大量にとれる。煮たり、焼いたり、刺身にしたりして食べるが、最近は他の魚のえさにすることが多い。中 沙丁魚。E a sardine.

☆ イワシは安くておいしいが、くさりやすいのが欠点だ / 沙丁魚價格便宜，味道鮮美，但缺點是容易腐爛。

数 1匹

いわば 　イワバ、イワバ　別のことばでいうと。たとえていうと。中 說起來；可以說。E so to speak; as it were.

☆ 15歳年上の姉は、わたしにとっては、いわば母親のような存在だ / 大我15歲的姊姊對我來說就像母親一樣。

いわゆる 　イワユル、イワユル　一般によく言われる。中 所謂；常說的；一般人說的；大家所說的。E what is called.

☆ コンピューターのいわゆるデータベースについて説明します / 就電腦所謂的資料庫加以說明。

いわれ 　イワレ　❶そういわれる、また、そうされる理由。中 理由；緣故；因由。E a reason; a cause.

☆ 彼女はいわれのない差別に苦しんでいる / 她遭受無理歧視而深感苦惱。

☆ 悪いことをしていないのだから、謝るいわれはない / 沒做壞事，無須道歉。

❷ ものごとの始まりと歴史。中 來歷；來由；因由。E a history; an origin.

☆ たなばたのいわれは、中国のむかし話にある / 七夕源自中國古代傳說。

☆ 町名のいわれを調べる / 研究鎮名的由來。

いをとなえる 【異を唱える】　違う意見を言って、それまでの考えに反対する。中 標新立異；標奇立異。E raise an objection.

☆ 自分より上の人たちが決めたことに異を

唱えるには勇気がいる/對比自己地位高的人作出的決定提出不同意見，是需要勇氣的。

似た表現 異を立てる

いん【印】イン　❶ 人や会社などの名前を彫った、木や石の小さい棒。書類などに押して、関係したり了承したりしていることを示す。印鑑。判。中 印；印章；圖章。

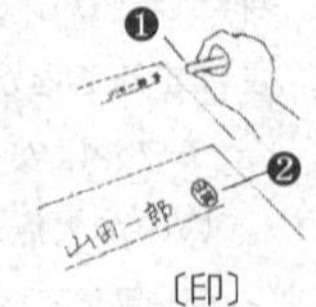

〔印〕

E one's seal; a stamp.

☆ 保証人に、名前を書いて印を押してもらった/請擔保人寫好姓名並加蓋印章。

☆ 校長印/校長印信。

☆ 認め印/普通常用的圖章。

❷「❶」で押したしるし。印鑑。判。中 印；圖章。E a seal; a stamp.

☆ この書類に課長の印をもらってください/請在這份文件上蓋上課長的大印。

-いん【-員】(他のことばについて)そこの人。そこで働く人。中(接在其他用詞後)那裡的工作人員。

☆ 研究所員/a research center staff member. /研究所工作人員。

☆ 会社員/公司職員。

☆ 銀行員/a bank clerk. /銀行職員。

いんが【因果】インガ　❶ 原因と結果。中 因果；原因和結果。E cause and effect.

☆「情けは人のためならず」ということわざは、自分のした親切がいつかは自分に返ってくるという意味で、因果はめぐってくるものだという考え方を表している/「你善待別人，將來別人也會善待你」，這句諺語的意思是善待人者，人恆善待之；因果循環。

☆ 因果関係/因果關係。

❷ 悪い行いのむくいとして起きた不幸な状態。中 因果報應。E misfortune (resulting from wrongdoing).

☆ なんの因果でこんなひどい目にあうのだろうか/不知是什麼因果報應，竟如此倒楣。

☆ 因果なことに、金を盗んで逃げる途中に、交通事故で死んだ/真是因果報應，那個人在偷錢逃跑途中被車撞死了。

いんかん【印鑑】インカン、インカン　❶ ⇨ 印。中 印；印章；圖章。

☆ 印鑑を持って会計へ行く/拿印章到財務處去。

☆ 責任者の印鑑のない書類は受け取れない/未加蓋負責人印章的文件不予受理。

❷ あらかじめ役所にとどけてある特別のしるし。実印。中 圖章；印鑑。E one's registered seal.

☆ 印鑑証明(=役所が、その印鑑を持つ人が本人であることを証明した書類)/印鑑證明(=主管單位證明印章持有者為本人的文件)。

いんき【陰気】インキ　性格や雰囲気が、暗くてしめっぽい感じがするようす。中 憂鬱；鬱悶；陰暗。E gloomy; cheerless.

☆ 陰気になるから、父の病気の話はやめよう/提起父親的病情會令人鬱悶，就別再說了吧。

☆ 陰気な部屋/陰森森的房間。

☆ 陰気くさい/gloomy-looking. /憂鬱；沈悶；陰暗。

対 陽気

いんぎん【慇懃】インギン、インギン　非常に丁寧で、礼儀正しいようす。中 有禮貌；恭敬；懇切。E very politely.

☆ ホテルの従業員はいんぎんに頭を下げた/旅館的工作人員很有禮貌地點頭。

☆ いんぎん無礼(=表面的には礼儀正しいが、実は相手を見下しているようす)/假裝殷勤；表面恭敬而內心瞧不起(=表面上很尊敬，但實際上看不起對方)。

インク(ink) インク、インク　書いたり印刷したりするときに使う、色のついた液体。インキ。中 墨水；油墨；墨油。E ink.

☆ 万年筆にインクを入れて字を書く/在鋼筆

装入墨水寫字。

☆ 印刷したばかりなので、インクが手につく/因為才剛印刷出來，所以油墨沾到手。

☆ インク消し/修正版液；修正液。

いんけん【陰険】インケン 表面はふつうに見えるが、心の中でよくないことを考えているようす。中陰險；笑裡藏刀。E sly; wily; sinister.

☆ やさしそうな青年なのに、大人のいないところで小さい子供をいじめていたとは、陰険な性格だ/這個表面熱絡（情）的（小）青少年，其實個性陰險（笑裡藏刀），大人不在時就欺負小孩。

☆ 陰険な目つき/陰險的目光。

いんさつ【印刷】インサツ〔～する〕 文字や絵などのもとの版をつくって、同じものをたくさん刷ること。中印刷。E printing; print.

☆ 印刷が悪くて字が読みにくい/印刷品質差，字看不清楚。

☆ 年賀状を印刷する/印製賀年卡。

☆ 印刷機/印刷機；印刷機械。

いんさん【陰惨】インサン 思わず目をおおいたくなるようなひどいようす。中悲慘；悽慘。E ghastly; cruel.

☆ ホラー映画の陰惨な画面には思わず目をそむけた/恐怖片的悲慘畫面令人不由得感到殘不忍睹。

いんしゅ【飲酒】インシュ〔～する〕 酒を飲むこと。中飲酒。E drinking.

☆ この宗教では信者の飲酒を禁じている/這個宗教禁止信徒飲酒。

☆ 飲酒運転/酒後開車；酒後駕駛。

いんしゅう【因習・因襲】インシュー むかしからの習慣や考え方のうちで、いまの時代には合わないと考えられることがら。中因襲；舊習；舊例；舊的傳統習慣。E a long-established custom; (a) convention.

☆ 農村の古い因習を打ち破って、若者が住みやすい村をつくる/打破農村舊的傳統習慣，建造適合青年人居住的鄉村。

いんしょう【印象】インショー そのことがらから心に受ける感じ。中印象。E an impression.

☆ はじめて京都へ行き、落ちついた町という印象を受けた/第一次去京都時，它寧靜的街道，令人印象深刻。

飲食店で使うことば（餐飲店用語）

メニュー 中菜單。E a menu.

注文 中點；點菜；點飯。E order.

定食 中套餐。E a set meal.

ランチ 中午餐。E lunch.

勘定 中買單；結帳。E an account; a check.

～人前 中～份。E for ~ person(s).

注文するときの言い方

メニューをお願いします 中請讓我看一下菜單。E Bring me a menu, please.

～はありますか 中有～嗎? E Do you have~?

わたしは～にします 中我要～。E I'll have ~.

～をお願いします 中請給我～。E Will you give me ~ ?

わたしには～をください 中我點～。E Give me ~ , please.

お勘定してください 中請結帳。E Check, please.

おいくらですか 中多少錢? E How much is this?

☆ 印象に残る景色/給人留下深刻印象的風景。

☆ 第一印象/第一印象。（→項目）

いんしょうてき【印象的】インショーテキ　強い印象を与えるようす。中 印象深刻；有強烈印象。E impressive.

☆ あの映画の窓ごしに別れのキスをする場面が印象的だった/那部影片中隔窗吻別的場面給人留下深刻印象。

いんしょくてん【飲食店】インショクテン、インショクテン　客が食べたり飲んだりする店。中 餐廳；餐飲店；飲食店；小吃店。E an eating house; a restaurant.

☆ オフィス街の飲食店は昼が忙しい/中餐時間辦公室那條街的餐廳很忙。

☆ 飲食店を経営する/經營餐飲店。

数 1軒・1店　→囲み

インスタント (instant) インスタント、インスタント　簡単にすぐできること。即席。中 速成；簡便；方便；稍加工即可。E instant.

☆ インスタントコーヒー/即溶咖啡。

☆ インスタントラーメン/速食麵；泡麵。

☆ インスタント食品/速食。

いんせい【陰性】インセイ　❶ 暗く、気持ちが重くなるような性質。中 陰性；消極；不開朗。E gloomy.

☆ 彼は性格が陰性だから友達がなかなかできない/他性格不開朗，很難交到朋友。

対 陽性

❷ 病気などの検査で、反応が表れないこと。中 陰性。E negative.

☆ 肝炎の検査の結果が陰性と出てほっとした/知道肝炎檢查結果為陰性後就放心多了。

☆ 陰性反応/陰性反應。

対 陽性

いんそつ【引率】インソツ〔～する〕　多くの人が団体でどこかへ行くとき、その人たちを連れていくこと。中 率領。E lead; conduct.

☆ 小学生を引率して遠足に行く/帶領小學生去郊遊。

☆ 団体旅行の引率/帶團旅行。

☆ 引率者/領隊；導遊。

インターナショナル (international) インターナショナル　国際的。中 國際的；世界的。E international.

☆ インターナショナルエアポート/國際機場。

☆ インターナショナルスクール/國際學校。

いんたい【引退】インタイ〔～する〕　いままで行っていた仕事や役割をやめること。中 引退；退職；退休。E retire.

☆ 会長の役を、この大会を最後に引退することにした/決定最後參加完這場大會，便辭去會長職務。

☆ 野球選手の一郎は足にけがをして引退した/棒球選手一郎因腿傷而退出球隊。

いんちき　インチキ、インチキ〔～する〕　人をだますようなごまかしをすること。話 中 騙人；搞鬼。E shady; cheat.

☆ 健康になる水だといってただの水を高く売るとは、いんちきな商売だ/將普通的水謊稱是健康水以高價賣出，這是騙人的生意手法。

☆ ゲームでいんちきして勝った/比賽中搞鬼獲勝。

インテリ　インテリ〔←インテリゲンチア(ロ intelligentsiya)〕　知識や教養があり、ものごとを自分の頭で考えて判断できる人。中 知識分子；知識階級。E an intellectual; an educated person.

☆ 駅前の本屋の主人はインテリで、古今東西の文学に通じている/站前書店老板是位知識分子，通曉古今東西文學。

いんねん【因縁】インネン、インネン　人間の力をこえたなにかで決められているつながり。中 因緣。E fate; connection.

☆ 母が若いころ教師をした学校で教えるのもなにかの因縁だ/我在母親年輕時教過的學校裡教書，這也是緣分吧。

☆ 小学校から大学まで同級生だった人と結婚するとは、よほど深い因縁があるらしい/與那位從小學到大學一直同班的人結婚，似乎很有緣分。

因縁をつける 困らせたり金を取ったりすることを目的に、相手のちょっとしたことばや動作につけこんでおどす。中 找麻煩。E pick a quarrel with.

☆ 目が合っただけでやくざに因縁をつけられた/只是瞄了一眼，就被流氓找麻煩了。

インフォメーション (information) インフォメーション ❶一般の人へのお知らせ。中 通知；情報；報告。E information.

☆ 新聞にいろいろな行事のインフォメーションを載せる/在報紙上刊載各種活動的訊息。

❷ 受け付けをしたり、案内をしたりする所。案内所。中 傳達室；詢問處。E an information desk.

☆ ホテルのインフォメーションで、観光バスの出る時間をきく/到飯店服務台打聽觀光巴士出發的時間。

インプット (input) インプット〔～する〕⇨入力。中 輸入。

☆ 新しい情報をインプットする/輸入新資訊。

対 アウトプット

インフルエンザ (influenza) インフルエンザ ウイルスによって伝染するかぜ。流行性感冒。流感。中 流行性感冒；流感。E influenza; the flu.

☆ インフルエンザが流行している/流行性感冒正流行；流感肆虐。

☆ インフルエンザにかかる/感染流行性感冒。

☆ インフルエンザの予防注射/流行性感冒預防針。

インフレ インフレ〔←インフレーション (inflation)〕 物価が上がり、貨幣の価値が下がる現象。中 通貨膨脹；通膨。E inflation.

☆ インフレになると、サラリーマンは生活が苦しくなる/一通貨膨脹，上班族的生活就苦了。

☆ インフレが進む/通貨膨脹越發嚴重。

☆ インフレを抑制する/抑制通貨膨脹。

対 デフレ

いんぼう【陰謀】インボー 人に知られないようにこっそり立てる悪い計画。中 陰謀；密謀。E a plot; an intrigue.

☆ 社長が突然交代した裏には、反対派の陰謀があった/董事長突然換人的內幕中暗藏反對派的陰謀。

☆ 政府を倒そうという陰謀を企てる/企圖陰謀推翻政府。

いんよう【引用】インヨー〔～する〕 他人の言ったことばや書いた文章を借りてきて、自分の話や文章の間にはさむこと。中 引用。E quote; cite.

☆ 小説の中の会話の一部を引用して、敬語を説明する/引用小說中的一段對話來對敬語加以說明。

☆ 引用文/引用文。

いんりょう【飲料】インリョー 人が飲むもの。中 飲料。E a drink; a beverage.

☆ 各種の飲料を自動販売機で売る/用自動販賣機銷售各種飲料。

☆ 雨水を飲料にする/把雨水當成飲料。

☆ 飲料水/飲料水。

いんりょく【引力】インリョク 物体がたがいに引っぱり合う力。中 引力；萬有引力。E gravitation; gravity.

☆ ニュートンは、リンゴが木から落ちるのを見て引力の法則を発見した/牛頓看見蘋果從樹上掉下來，因此發現了萬有引力定律。

☆ 万有引力の法則/萬有引力定律。

いんれき【陰暦】インレキ ⇨旧暦

☆ 農業ではいまでも陰暦を使って作業の時期を決めることがある/農業上至今仍使用農曆來決定農作物播種的時間。

対 陽暦

う／ウ

う ❶(五段動詞の「お」の段について)(1)話す人の意志を表す。[中]表示說話人的意思。

☆ 仕事が終わったら、ビールを飲もう。/ I'll go for a beer when I've finished the work. /工作完之後，一起喝啤酒吧。

☆ 日曜日に秋葉原にパソコンを買いに行こうと思っている/星期日想去秋葉原買電腦。

(2) 相手を誘う気持ちを表す。[中]表示勸誘對方。

☆ パーティーに一緒に行こう/ Let's go to the party together. /一起去參加舞會吧。

☆ あすの夜、新宿で会おう/明天晚上在新宿碰面吧。

(3) (「〜うじゃないか」の形で)やわらかい誘い、命令を表す。[中]表示委婉的命令。

☆ 苦しいけれど、がんばろうじゃないか / It's hard-going but let's see it through. / 雖然辛苦，可是還得努力。

☆ まず道子の話を聞こうじゃないか/還是先聽聽道子的話吧。

(4) (「〜うとする」の形で)そのことが行われるすぐ前であることを表す。[中]表示剛要做某事之前。

☆ 手紙を書こうとしたら、その相手から電話がかかってきた。/ Just when I was about to write a letter, I received a call from that person. /剛要寫信給那個人，對方就打電話來了。

❷(形容動詞の「う」に続く形について)推量を表す。[中]表示推量。

☆ 今年の祭りはにぎやかだろう / The coming festival will be lively. /今年的祭典會很熱鬧吧。

[参] 一段動詞、「する」動詞、「来る」は「ない」形に「よう」がつく。

ウイスキー (whisky) ウイスキー、ウイスキー　大麦などからつくるアルコール飲料。イギリスのスコットランド産が有名。[中]威士忌。[E] whisky.

☆ 毎晩ウイスキーの水割りを飲む/每天晚上喝一杯加水的威士忌。

[数] 1杯・1本

ウイルス (㊂virus) ウイルス　ふつうの顕微鏡では見えない微生物。日本脳炎やインフルエンザなどの病気のもととなる。ビールス。[中]病毒；濾過性病毒。[E] a virus.

☆ 今年のインフルエンザのウイルスはA型だ/今年流行性感冒的病毒是A型的。

ウール (wool) ウール　羊の毛からつくった毛糸や毛織物。[中]羊毛；毛線；毛料；毛織物。[E] wool.

☆ ウールのオーバー/羊毛大衣。

☆ ウール100パーセント/100%羊毛(=純羊毛)。

うえ 【上】ウエ、ウエ　❶ある所から見て高いほう。[中]上邊；上部。[E] above; over.

☆ 飛行機が雲の上を飛ぶ/飛機在雲上飛。

[対] 下

❷ものの外側の部分。[中]表面；外側。[E] over; on.

☆ セーターの上にコートを着る/毛衣外穿上一件外套。

[対] 下

❸地位や能力や年齢などが高いこと。[中]上；高；強；大。[E] higher; older.

☆ 上に立つ者には責任がある/上位者負有責任。

☆ 年齢はわたしより１つ上だ／年齢比我大一歲。

[対] 下

❹ (「～したうえ」の形で)～をしたのに加えて。[中] 而且；且；加上。

☆ ごちそうになったうえに、おみやげまでもらった。/ I was given a gift as well as being treated to a meal. / 不但請我吃飯還送了我禮物。

❺ (目上の人を表すことばの後について)敬意を表す。[中] 表示敬意。

☆ 父上 / my dear father. / 父親〔大人〕。

☆ 姉上 / 姊姊〔大人〕。

上には上がある　これが最高だと思っても、それよりもっとすぐれたものやいいものがあるものだ。[中] 天外有天，人外有人。[E] Greatness is comparative.

☆ 今度の絵はよくかけたと思って出品したが、上には上があるもので、展覧会場にはもっとすばらしいものがあった／覺得這次畫得不錯，拿去參展，誰知天外有天，展覽館還有更傑出的作品。

うえ【飢え】ウエ　食べ物がなくて、苦しいほどおなかがすくこと。[中] 飢餓；饑；餓。[E] hunger; starvation.

☆ 飢えと寒さで死ぬ／因飢寒而死亡；死於饑寒交迫。

☆ 飢えに苦しんでいる子供たちを救おう／拯救在飢餓中受苦的兒童吧！

☆ 飢え死に／餓死；飢餓而死。

[自動] 飢える

うえき【植木】ウエキ　庭や鉢に植えてある木。また、これから植える木。[中] 栽種的樹；盆栽的花木。[E] a garden plant; a potted plant.

☆ 休日はいつも植木きの手入れをする／假日經常修剪花木。

☆ 植木鉢 / a flowerpot. / 花盆。

[数] １本・１株・１鉢　→家[図]

ウエット (wet) ウエット　義理や人情をたいせつにし、感傷的になりやすいようす。[話]

[中] 多愁善感；重感情；多情。[E] sentimental.

☆ ウエットな性格だから、人から頼まれると断れなくてなんでも引き受けてしまう／因為是重感情的性格，不會拒絕他人的求助，總是有求必應。

[対] ドライ

う・える【植える】ウエル〔他動一〕　草や木を育てるために根を土に埋める。[中] 種植；栽。[E] plant.

☆ 山に杉の木を植える／在山上種杉樹。

☆ 花を植えたらすぐ水をやりなさい／種花之後應馬上澆水。

[自動] 植わる

うお【魚】ウオ　水の中にすみ、えらで呼吸し、ひれで泳ぐ動物。[書] [中] 魚。[E] a fish.

☆ 魚市場／魚市。

☆ 魚河岸／鮮魚批發市場。

☆ 飛び魚／飛魚。

[数] １匹

[参]「さかな」も意味は同じだが、食べ物をさすときには「うお」は使わない。「ゆうべ、さかなを食べた」と言い、「うおを食べた」とは言わない。

魚の目　足の裏や手のひらなどの皮膚の一部がかたくなって、中に深く入りこんでできたまるいもの。[中] 雞眼。[E] a corn.

☆ 魚の目ができて、靴をはくと足が痛い／長了雞眼，一穿鞋就腳痛。

うおうさおう【右往左往】ウオーサオー、ウオー・サオー〔～する〕　突然のできごとにすっかりあわてて、どうしていいかわからず、あちこち動きまわること。[中] 東跑西竄；亂跑。[E] move about in confusion; go this way and that.

☆ 夜中の火事で、逃げ場を失った人々はただ右往左往するばかりだった／深夜火災，無處可逃的人四下亂竄。

うがい　ウガイ〔～する〕 口の中やのどをきれいにするため、水や薬の液を口に入れて、すすいではきだすこと。中 漱口。E gargle.

☆ かぜの予防はうがいがいちばんだ/預防感冒最有效的方法就是漱口。

☆ 外から帰ったら、うがいしなさい/只要從外邊回來就要漱口。

うかうか　ウカウカ〔～する〕 ❶ なにかに気を取られて、注意がたりないようす。うっかり。中 不留神；不注意。E be careless.

☆ うかうかしていて１万円をだまし取られてしまった/一不留神就被騙走了一萬日圓。

❷ よく考えもしないで、時間を過ごすようす。ぼんやり。中 悠悠哉哉；遊手好閒。E idle (one's time) away.

☆ たいした仕事もしないで、うかうか(と)年をとってしまった/一事無成，遊手好閒虛度光陰。

うかが・う　【伺う】ウカガウ〔他動五〕(うかがって) 「聞く」「尋ねる」「訪問する」の謙譲語。中 「打聽」「訪問」的自謙語。E ((humble)) hear; ask; visit.

☆ さっきのお話をもうすこしくわしくうかがいたいのですが/請您把剛才說的話再說得稍微詳細點。

☆ 今晩７時にお宅へうかがいます/今晚七點到府上拜訪。

名 伺い

うかつ　【迂闊】ウカツ　ぼんやりしていて注意がたりないようす。中 疏忽；糊裡糊塗；粗心大意；馬虎。E careless; inattengtive.

☆ 支払いがきょうまでだということを、うかつにも忘れていた/一時疏忽忘了繳款日期到今天截止。

☆ 妻の誕生日を忘れていたのはうかつだった/糊裡糊塗忘了妻子的生日。

うか・ぶ　【浮かぶ】ウカブ〔自動五〕(うかんで) ❶ 水の底などから離れて水面にある。中 漂；浮；漂浮。E float.

☆ 池に小さな舟が浮かんでいる/池塘裡漂著一艘小船。

☆ 木の葉が水に浮かぶ/樹葉漂浮在水面上。

対 沈む

❷ 地面から離れて空中にある。中 浮；漂浮。E float.

☆ 大きな風船が空に浮かんでいる/空中飄著一個大氣球。

❸ ものごとが、人に見えるところ、意識できるところまで出てくる。中 浮現；想起；湧現。E come to; occur to.

☆ 悲しい知らせを聞いた人々の目には涙が浮かんだ/聽到悲慘消息的人們，眼裡都泛著淚水。

☆ 幼いころの思い出が心に浮かぶ/心中浮現出兒時的回憶。

▷ 他動 浮かべる

うか・べる　【浮かべる】ウカベル〔他動一〕

❶ ものを水面にあるようにする。中 讓～浮起。E float.

☆ ふろの水におもちゃを浮かべて遊ぶ/把玩具浮在浴池中玩耍。

☆ 舟を浮かべる/讓小舟浮起來。

対 沈める

❷ ものごとを、人に見みえるところ、意識できるところに出す。中 露出；浮現。E express; wear.

☆ ほほえみを浮かべてあいさつする/露出微笑打招呼。

☆ 思い浮かべる/想起來；想起；憶起。(→ 項目)

▷ 自動 浮かぶ

うか・る　【受かる】ウカル〔自動五〕(うかって) 試験などに合格する。中 考中；考上。E pass (an examination).

☆ 入学試験に受かってほっとした/考上大學就放心了。

☆ 運転免許の試験に受かったら車を買う/只要一通過駕照考試就買車。

対落ちる、滑る　他動受ける

うき【雨期・雨季】ウキ　1年のうち特に雨が多く降る時期、季節。中雨季。E the rainy season.

☆ タイは4月から9月ごろまで雨期だ/泰國從四月至九月是雨季。

対乾期・乾季

注 ふつうは「雨期」を使うが、特に季節を強調するときは「雨季」。

うきあしだ・つ【浮き足立つ】ウキアシダツ〔自動五〕(うきあしだって)　逃げだそうとして落ちつきがなくなる。中失去鎮靜；慌張；想逃跑。E be impatient to escape.

☆ 地震で部屋が揺れだすと、仕事をしていた人もみな浮き足だってしまった/發生地震房屋搖晃，正在工作的人都慌慌張張想往外跑。

うきうき　ウキウキ、ウキウキ〔～する〕　心から楽しくて落ちつかないようす。中喜氣洋洋；喜不自禁；高興快活。

☆ 彼女はうきうきしながらデートの場所へ行った/In a lighthearted mood, she went to the meeting place./她喜不自禁地去赴約。

うきぼり【浮き彫り】ウキボリ　❶もののの形や模様が浮き上がるように、まわりを彫る方法。また、そうしてつくった作品。中浮雕。E relief; embossed carving.

☆ 息子のつくった浮き彫りの本立てが賞をもらった/兒子做的浮雕書架得了獎。

❷まわりのことを示すことで、ものごとや問題点などがはっきりわかるようにすること。中刻畫；突出表現。E show in relief; distinguish.

☆ アンケートにより、国民生活の実態が浮き彫りにされた/透過意見調查，顯出百姓生活真實情況。

うきよえ【浮世絵】ウキヨエ、ウキヨエ　江戸時代に始まった風俗画で、おもに遊女や芝居の俳優、景色などを題材にした絵。筆でかいたものと、木に彫って刷ったものがある。中(江戸時代流行的)風俗畫；「浮世繪」。

〔浮世絵〕

E an *ukiyoe*; a color print of life in the Edo period.

☆ 浮世絵はヨーロッパの画家に大きな影響を与えた/「浮世繪」對歐洲畫家產生了很大影響。

☆ 歌麿の浮世絵/喜多川歌磨畫的浮世繪。(喜多川歌磨是江戶中，晚期著名畫家)

数1枚・1点

う・く【浮く】ウク〔自動五〕(ういて)　❶水の底などから離れて水面に出る。中浮；飄。E float.

☆ 体が水に浮けば、すぐ泳げるようになる/只要能將身體浮在水面，馬上就會游泳了。

対沈む

❷ものごとの基盤、立場などがゆるんだり、悪くなったりする。中 動搖；晃動；脫離(群衆)。E become loose; be isolated.

☆ 歯が浮いて、かたいものがかめない/牙齒晃動不能咬硬東西。

☆ 父は考え方が古すぎて、家の中で浮いている/父親的想法太守舊，在家裡沒人認同他。

▷ 他動浮かす

うぐいす　ウグイス　鳥の一種。スズメぐらいの大きさで、茶色のまじった薄い緑色をしている。いい声で鳴く。中鶯；黃鶯。E a Japanese bush warbler.

〔うぐいす〕

☆ 春の初めに、ウグイスがホーホケキョと鳴く/春天一到，黃鶯就嘰嘰喳喳地叫起來。

数1羽・1匹

注 漢字で書くときは「鶯」。

うけあ・う【請け合う】ウケアウ〔他動五〕(うけあって)　ものごとがまちがいないことを保証する。責任を持って引き受ける。中承擔；負責；擔保；保證。E assure; guarantee.

☆ 山田さんが新しい会長にふさわしいことを請け合います／我保證山田先生很適合擔任新會長。

☆ このカメラの品質を請け合ってくれますか／能保證這架照相機的品質嗎？

名請け合い

うけい・れる【受け入れる】ウケイレル、ウケイレル〔他動一〕 ❶人やものをよそから自分のところへ迎え、引き取る。中接收；接納；收容。E accept.

☆ A校は外国の子供を受け入れる／A校接收外籍學生。

☆ メーカーから新製品を受け入れる／接受廠商的新產品。

❷ 相手の意見や要求などを認めて取り入れる。中接受；採納；同意。E agree to; grant.

☆ 会社は、給料を上げてほしいという要求を受け入れた／公司同意了提高薪資的要求。

対拒む、退ける

▷ 名受け入れ

うけおい【請負】ウケオイ、ウケオイ　いつまでにどのくらいの金額で行うかを決めて、仕事を引き受けること。中承包；包工。E a contract.

☆ 建築工事は請負にした／建築工程採用了承包方式。

☆ 請負人／承包人。

他動請け負う

うけざら【受け皿】ウケザラ　❶カップなどの下に置いてしずくを受ける皿。中茶托；茶碟；托盤；茶盤。E a saucer.

☆ 受け皿に砂糖とスプーンを載せてコーヒーを出す／在托盤放上砂糖和小湯匙後，再把咖啡端給客人。

❷ 仕事や人を引きついで受け入れるもの。中接受；接收工作。E a backup; take the responsibility for.

☆ 退職後の受け皿をさがす／找退休後的工作。

☆ 地方自治体が受け皿になって留学生を受け入れる計画がある／地方政府成立機構計劃接受留學生。

▷ 数❶1枚

うけつ・ぐ【受け継ぐ】ウケツグ、ウケツグ〔他動五〕(うけついで)　自分より前の人たちがしてきたことを、続け守っていく。中繼承；承繼。E take over; succeed to.

☆ 先任者の仕事を受けつぐ／接收先前任職者的工作。

☆ 伝統を受けつぐ／繼承傳統。

名受け継ぎ

うけつけ【受付・受け付け】ウケツケ　❶外から来た人の用事を聞き、連絡をする所。また、その係の人。中接待處；詢問台；櫃台；接待員。E a reception desk; a receptionist.

☆ 受付で会費を払って中に入る／在櫃台交了會費後再進入會場。

☆ 受付の人に研究所の場所を尋ねる／向接待人員打聽研究所的地點。

❷ 受けつけること。中受理；接受。E acceptance.

☆ 1月20日から入学願書の受け付けを始める／從一月二十日開始接受入學申請書。

▷ 他動受け付ける

三 注❶は「受付」、❷は「受け付け」。

うけつ・ける【受け付ける】ウケツケル、ウケツケル〔他動一〕 ❶役所、事業所などで、外からの用事や仕事をそれぞれ適切に取り扱う。中受理；接待。E accept; listen to.

☆ 市役所には市民の苦情を受けつける窓口がある／市政府設置接受市民意見的窗口。

☆ 申し込みを受けつける／受理報名；接受申請。

❷ (「受けつけない」の形で)与えられたもの

ごとを受け入れない。中 不肯接受；不容納。

E will not listen to; cannot take.

☆ 祖父は年をとって頑固になり、家族の意見も受けつけない / 祖父上了年紀，思想頑固，不肯接受家人的意見。

☆ 患者は病院の食事も受けつけなくなった / 患者連醫院的飯都不吃。

▷ 名 受付・受け付け

うけと・る【受け取る】ウケトル、ウケトル〔他動五〕(うけとって) ❶ 渡されるものを自分の手に収める。自分のほうにもらう。中 接；收；領。E receive; accept.

☆ 買い物をしておつりを受け取る / 拿買東西找的零錢。

☆ 郵便物を受け取る / 收到郵件。

❷ 人のことばなどをそのとおりに理解する。中 領會；理解；相信。E take; interpret.

☆ 親切心で注意したのに、まちがって受け取られてしまった / 好心地提醒他，反而被誤解了。

▷ 名 受け取り・受取

うけみ【受け身・受身】ウケミ、ウケミ ❶ 自分から行動しないで、他人からの働きかけを受けること。中 被動。E passive.

☆ 受け身の態度でなく、もっと積極的になりなさい / 不能採取被動的態度，應該更積極主動。

❷ 柔道などで、けがをしないように倒れる技。中 安全跌倒法；跌倒不受傷的方法。E a defensive fall.

☆ 毎日、道場で受け身のけいこをする / 每天在練武館練習防身術。

❸ 文法で、他からの動作を受けることを表す決まった形の言い方。受動態。中 被動形。E the passive voice.

☆ 日本語では助動詞の「れる」「られる」を使った「盗まれる」「ほめられる」などを受身の形という / 日語中使用助動詞「れる」「られる」的「盗まれる」「ほめられる」等叫做被動形。

注 ❶❷は「受け身」、❸は「受身」。

うけも・つ【受け持つ】ウケモツ、ウケモツ〔他動五〕(うけもって) 自分の責任として分けられた仕事をする。中 擔任；主管；負責。E be in charge of.

☆ 小学校で５年生のクラスを受け持っている / 在小學擔任五年級的班導。

☆ パーティーの買い物の係を受け持つ / 擔任宴會用品的採購員。

名 受け持ち

う・ける【受ける】ウケル〔自他動一〕 ❶ 外から来るものをこちらで取る。中 受到；遭受。E catch; suffer.

☆ 子供がボールを上手に受けるようになった / 孩子已能熟練地接球了。

☆ 被害を受ける / 受害；遭受迫害。

❷ 外からの働きかけにそれぞれ応じる。中 接受；接待。E receive.

☆ 招待を受ける / 接受招待。

☆ 妹に相談を受けた / I was asked advice by my sister. / 妹妹徵求我的意見。

❸ 価値のあるものをもらう。中 蒙受；得到。E be awarded; receive.

☆ 新人賞を受ける / 獲得新人獎。

☆ 学位を受ける / 獲得學位。

対 授ける

❹ 自分に向けられたものを取り入れる。中 接受。E have; take.

☆ 手術を受ける / 接受手術。

☆ 試験を受ける / 參加考試。

❺ 人気が出る。評判がいい。中 受歡迎。E be popular.

☆ このテレビ番組は若者に受けている / 這個電視節目很受年輕人歡迎。

▷ 自動 受かる →被る

注 ❶〜❹は他動詞、❺は自動詞。

うごか・す 【動かす】ウゴカス〔他動五〕(うごかして) ❶ものなどを、ある場所から別の場所へ移す。[中]挪動；移動；搬動。[E] move; shift.

☆ 重い机を動かしたので疲れた／搬了很重的桌子真累人。

☆ ピアノをひく人は速く指を動かす／彈鋼琴的人手指移動很快。

❷ ものなどを止めておかない。[中]活動；動。[E] move.

☆ 体操をして体を動かすのは健康にいい／做體操活動身體有利於健康。

[対]止める

❸ 状況を変える。[中]打動；推動。[E] move; change.

☆ 人の心を動かす／打動人心。

☆ 歴史を動かす事件／推動歷史前進的事件。

❹ それぞれの働きをするように使う。[中]使用。[E] operate; manage.

☆ この会社は10台のトラックを動かしている／這家公司使用十輛卡車。

☆ たくさんの金を動かして事業をする／運用大量資金經營事業。

▷ [自動]動く

うご・く 【動く】ウゴク〔自動五〕(うごいて)

❶ ものなどが、ある場所から別の場所へ移る。[中]動；移動。[E] move.

☆ むかしの人は太陽が地球のまわりを動くと思っていた／古人認為太陽繞著地球轉。

☆ 動きまわる／轉動。

❷ ものなどが止まっていない。[中]跳動；擺動；動盪。[E] be in motion.

☆ 胸に手を当ててみると心臓が動くのがわかる／把手放在胸前就會感到心臟在跳動。

[対]止まる

❸ 状況が変わる。[中]變化；變動。[E] change.

☆ 世界はいま激しく動いている／目前世界正處於激烈動盪之中。

❹ それぞれの働きをする。[中]開動；行動；活動。[E] run; be active.

☆ この電車は朝5時すぎから動く／這輛電車早上五點以後開車。

☆ 自然保護団体の人たちが積極的に動いている／自然保護團體的成員已積極展開行動。

▷ [名]動き [他動]動かす

うごのたけのこ 【雨後の竹の子】 似たものごとがつぎからつぎへ出てくること。[中]雨後春筍。[E] like mushrooms after a rain.

☆ ロックミュージックの流行で、雨後の竹の子のように、たくさんのロックバンドが生まれた／搖滾樂的流行，使許多搖滾樂團，如雨後春筍般地出現。

[注]「雨後の筍」とも書く。

[参]雨が降ったあと、竹やぶのあちらこちらに竹の子がぞくぞくと生えることからいう。

うさぎ ウサギ 耳の長い、4本足の小型の動物。後ろ足が長く、よく跳ねる。肉や毛皮を利用する。[中]兔子。[E] a rabbit; a hare.

☆ 小学校でウサギを飼う／在小學飼養兔子。

☆ ウサギの毛皮でつくったコート／用兔毛做的大衣。

☆ ウサギ小屋／兔子窩；兔籠。

[数]1羽・1匹

[注]漢字で書くときは「兎」。

うし 【牛】ウシ 家畜の一種。大きくて力が強く、頭に2本の角がある。乳をとる種類、肉をとる種類などがある。[中]牛。[E] a cow; a bull.

☆ 牛が牧場のあちこちで草を食べている／牛在場到處吃草。

☆ 日本で一般に牛の肉を食べるようになったのは100年ぐらい前からだ／在日本大約從一百年前開始吃牛肉。

[数]1頭・1匹

うじうじ ウジウジ〔～する〕 自分の気持ちや考えをはっきり決めたり表したりできないようす。[話][中]猶豫不決；躊躇不定；磨磨蹭蹭。

☆ 彼は言いたいことがあるのに、うじうじしてなかなか言わない。/ He is so bashful, he can hardly get out what he has to say. /他有話想說，卻一直吞吞吐吐，不肯說出來。

うしな・う 【失う】ウシナウ〔他動五〕(うしなって) それまで持っていたものをなくす。中 遺失；失落；失掉；喪失；失去；損失。E lose.

☆ 事業に失敗して財産を失った / 事業失敗，失去財產。

☆ 親友を失う / 失去好友。

☆ 命を失う / 喪命。

対 得る

うじゃうじゃ ウジャウジャ〔～する〕 小さな虫などがたくさん集まり、かたまって動いているようす。話 中 萬蟲蠕動的樣子。

☆ 砂糖にアリがうじゃうじゃ（と）たかっている。/ Ants are swarming on the sugar. / 砂糖裡密密麻麻地爬滿了螞蟻。

うしろ 【後ろ】ウシロ ❶ 顔のあるほうと反対のほう。中 後面；背後；背面。E behind; back.

☆ 後ろからだれかがついてくる / 後面有人跟著。

☆ 振り返って後ろを見る / 轉過身來看一看後面。

対 前

❷ ものの正面と反対のほう。中 後；背後；背面。E the back; behind.

☆ この建物の後ろは山だ / 這幢建築物的後面是山。

☆ 車の後ろに子供がいる / 車後面有個小孩。

対 前

❸ 並んでいるものの終わりに近いほう。中 後；後面。E the rear.

☆ 教室のいちばん後ろの席にすわる / 坐在教室最後一排。

対 前

後ろを見せる 負けて逃げだす。また、弱みを見せる。中 敗走；臨陣脫逃；示弱。E turn one's back on the enemy.

☆ 敵に後ろを見せるな / 不要在敵人面前顯露弱點。

うしろがみをひかれる 【後ろ髪を引かれる】 後のことを考えて、いつまでも思いきれないでいる。中 牽腸掛肚；戀戀不捨；依依不捨。E with painful reluctance.

☆ 年とった両親を残して、後ろ髪を引かれる思いで外国の任地へ向かった / 留下年邁的父母，依依不捨地去外國赴任。

うしろむき 【後ろ向き】ウシロムキ ❶ 後ろのほうを向くこと。中 轉過身。E turn backward.

☆ 三郎は、授業中なのに後ろ向きになって京子と話をしている/三郎在上課中轉過身去和京子說話。

対 前向き

❷ ものを考えるとき、消極的であること。中 消極；倒退。E negative; retrogressive.

☆ 後ろ向きの考え方ではものごとは進歩しない / 一直存有消極的想法就不會進步。

対 前向き

うしろゆびをさされる 【後ろ指を指される】 陰で悪く言われたり非難されたりする。中 被人在背後指責；讓人家在背後捅一刀。E be talked about behind one's back.

☆ 人に後ろ指をさされるようなことをした覚えはないのに、どうして非難されるのだろう / 並沒有做過什麼讓人在背後說閒話的事，為什麼要遭受責難。

うす 【薄】 ❶ (名詞、形容詞の頭について)

(1) 色、厚みなどが薄い。中 淡；薄。

☆ 薄紫 / light purple. / 淡紫色。

☆ 薄氷 / 薄冰。

(2) 程度が少ない。中 薄；微；淡。

☆ 薄味 / light seasoning. / 口味清淡。

☆ 薄情け / 薄情。

☆ 薄暗い / 微暗；昏暗。(→項目)

(3) どことなくその感じがする。中 總感到；總好像；總有些；也不知哪裡。

☆ 薄ぎたない / dirty. / 有點髒。

☆ 薄気味悪い / 有些可怕的；感覺有點詭異的。

❷ (他のことばの後について)すこししかない。中 一點點。

☆ 望み薄 / There is little hope ～. / 希望不大；只有一點點希望。

☆ 品薄 / 物資缺乏；物資短缺。

☆ 手薄 / 缺少；缺乏；不足；人手少。(→ 項目)

うず【渦】ウズ　❶ まるい形で巻いている水や空気の流れ。中 旋渦；旋渦狀。E an eddy; a whirlpool.

☆ 海の水が渦を巻いている所に近づくと危険だ / 靠近海中漩渦就會很危險。

☆ 渦潮/ an eddying current. /漩流；打漩的海流。

❷ こんでいたり混乱していたりするようす。中 混亂；擁擠。E a swirl of.

☆ 新宿駅で人の渦に巻きこまれて、たいへんだった / 被捲入新宿車站的人潮之中，十分淒慘。

うす・い【薄い】ウスイ　❶ 表から裏までの間が小さい。中 薄。E thin.

☆ この本は薄いから、すぐ読み終えられる/ 這本書很薄，馬上就能讀完。

☆ 夏は地の薄い服を着る / 夏天穿質地輕薄的服裝。

対 厚い

❷ 色、味、溶液の濃さ、すきまなどの程度が少ない。中 淺；淡；薄。E light; pale; thin.

☆ 薄い紫色の花 / 淡紫色的花。

☆ 薄い塩味 / 淡淡的鹹味；味道淡。

☆ 薄い髪の毛 / 頭髮稀疏。

対 濃い

❸ ものごとの程度が低い。中 少；缺乏。E scanty; little.

☆ あの映画は印象が薄くてよく覚えていない / 對那部電影印象模糊記不清楚。

☆ 政治に関心が薄い/對政治不太關心；政治觀念淡薄。

☆ 人情が薄い / 人情淡薄。

うずうず　ウズウズ〔～する〕あることをしたいと思う気持ちをおさえることがむずかしいようす。中 微動；急躁；心裡發癢。

☆ 父はカラオケで、早く歌いたくてうずうずしている。/ My father is waiting impatiently for his turn to sing at the *karaoke*. / 父親在卡拉 OK 裡想快點唱到歌，似乎等不及了。

参「むずむず」も似ているが、「むずむず」が「背中がむずむずする」のように、虫などが体をはうときの気持ちから、じっとしていられないようすを表すのに対して、「うずうず」はしたくてたまらないと思う気持ちを表す。

うすぐら・い【薄暗い】ウスグライ、ウスグライ　すこし暗い。中 微暗；昏暗；陰暗。E dim.

☆ 朝まだ薄暗いうちに出かけた / 天還沒亮就出門了。

☆ この部屋は昼でも薄暗くて、電気をつけないと本が読めない/這房間就連白天也很陰暗，不開燈不能讀書。

うすっぺら【薄っぺら】ウスッペラ　❶ ものが薄くて、安っぽいようす。中 很薄；薄薄的。E very thin.

☆ わたしの使っているふとんは薄っぺらで、あまり暖かくない/我蓋的被子很薄，不太保暖。

☆ 薄っぺらな紙 / 很薄的紙張。

対 分厚い

❷ 人の性質や考え方や行動に深みがなく、軽いようす。中 淺薄；輕薄；輕浮；膚淺。E frivolous; shallow.

☆ 世の中は便利になったが、薄っぺらな人間ばかり増えて、かえってつまらなくなった/社會變得方便了，但膚淺的人不斷在增加，反而變得無聊了。

☆ 薄っぺらな考え/膚淺的考慮；膚淺的想法。

対 重厚

▷ 話

うずま・る ウズマル〔自動五〕(うずまって)

❶ なにかの中に見えなくなるほど入ってしまう。埋まる。中 (被)掩埋；(被)埋上；埋著。E be buried; be entirely surrounded by.

☆ 道路が雪でうずまった / 道路被雪給覆蓋了(埋沒了)。

☆ 図書館で本にうずまりながら仕事をしている / 在圖書館裡埋首書堆中工作。

❷ すきまがないほどいっぱいになる。埋まる。中 擠滿；堆滿；被佔滿。E be filled up.

☆ 展覧会の会場はおおぜいの人たちでうずまった / 展覽會場擠滿了人。

▷ 他動 うずめる

うす・める【薄める】ウスメル、ウスメル〔他動一〕 色、味、溶液などを薄くする。また、ものごとの持つ性質の特徴を弱くする。中 弄淺；弄淡；稀釋；調淡。E dilute; weaken.

☆ 水をたして、みそ汁の味を薄める / 加點水稀釋味噌湯。

自動 薄まる

うず・める ウズメル〔他動一〕 ❶ ものを土の中などに入れ、なにかで上からおおう。埋める。中 埋；填埋。E bury.

☆ 死んだ小鳥を庭にうずめた / 把死掉的小鳥埋在庭院裡。

☆ 腕の中に顔をうずめて涙をこらえる/把臉埋在手臂中忍住淚水。

❷ すきまがないほどいっぱいにする。埋める。中 塞滿；擠滿。E fill up; throng.

☆ 庭を白い花でうずめる / 庭院裡開滿白花。

☆ ホールをうずめたたくさんの人たち/大廳裡擠滿了人。

▷ 自動 うずまる

うずも・れる ウズモレル、ウズモレル〔自動一〕 ❶ 上からおおわれて見えなくなる。ものの下、または中に隠れる。埋もれる。中 埋；埋沒；塞滿。E be entirely surrounded by; be buried.

☆ A教授はいつも本の山にうずもれて研究している / A 教授經常埋首在書堆中進行研究工作。

☆ 火山灰にうずもれた町 / 被火山灰埋沒的小城鎮。

❷ 価値のあるものが人々に知られないでいる。埋もれる。中 埋沒；淹沒。E be unknown to the world.

☆ 外国にうずもれていた日本の名画をさがしだす / 查訪流失在外國的日本名畫。

☆ うずもれた人材の発掘/發掘被埋沒的人才。

うす・れる【薄れる】ウスレル、ウスレル〔自動一〕 だんだん薄くなる。中 減退；漸弱；褪色。E fade.

☆ 夏、日に焼けて黒くなっていた肌の色が、秋になって薄れてきた / 夏天被太陽曬黑的皮膚到秋天後就白回來了。

☆ 子供のころの記憶が薄れる / 兒時的記憶漸漸模糊。

うそ ウソ ❶ 事実と違うこと。中 謊言；假話。E a lie.

☆ この事件で社長が知らなかったというのはうそだ/如果說社長不知道這件事那是騙人的。

☆ 会社へ行くとうそをついて家を出て、パチンコ屋へ行った/騙家裡去公司，其實去了小鋼珠遊樂場。

対 誠、本当、真実

❷ (「うそのよう」の形で)信じられないほど。中 令人難以置信。E incredibly.

☆ きのうのあらしがうそのように、きょうはよく晴れた / 今天晴空萬里，令人難以相信昨天竟是狂風暴雨。

うそはっぴゃく【うそ八百】ウソ・ハッピャク あれこれとうそをたくさん言うこと。中 胡說八道；信口雌黃。E tell all sorts of lies.

☆ あの人はいつもうそ八百を並べるから、だれからも信用されない / 那人平時總是胡說八道，所以誰都不相信他。

う

うた【歌】ウタ ❶ことばにメロディーやリズムをつけたもの。中歌；歌曲。E a song.

☆ カラオケで歌を歌う/在卡拉OK唱歌。

☆ 子守歌/搖籃曲；催眠曲；搖籃歌。

❷ 和歌。短歌。中詩；詩歌。E a *waka*; a *tanka*.

☆ むかしの人は歌で自分の心を表した/古人用詩歌表達自己的心情。

☆ 啄木の歌を暗記している/背誦石川啄木的短歌。

▷ 数 ❶1曲、❷1首

うた・う【歌う】ウタウ〔他動五〕(うたって)

❶ ことばにメロディーやリズムをつけて声を出す。中唱；唱歌。E sing.

☆ 子供の誕生日に、家族みんなでお祝いの歌を歌う/小孩生日時，全家人一起唱祝賀歌。

☆ 小鳥が木の枝で朝の歌を歌っている/小鳥在枝頭唱晨曲。

❷ 心に感じたことを詩や歌につくる。中賦詩；詠歌；歌吟。E sing about; express.

☆ 秋のさびしさをうたった詩は人の心を打つ/歌詠秋天淒涼的詩最能打動人心。

うたが・う【疑う】ウタガウ〔他動五〕(うたがって) ❶ものごとを本当でないのではないか、まちがっているのではないかと思う。中懷疑；猜疑。E doubt.

☆ 原子力発電所は安全だという説明を疑う人もある/有人懷疑核能發電廠很安全無虞的說法。

対 信じる

❷ ものごとを悪く考えて、どうもそうらしいと思う。中不相信；疑惑。E suspect.

☆ あの人が犯人ではないかと疑う/懷疑那個人說不定是罪犯。

▷ 名 疑い

うたがわし・い【疑わしい】ウタガワシイ、ウタガワシイ ❶本当かどうか確かではない。中不確定；有疑問；靠不住；可疑的；值得懷疑的；靠不住的。E doubtful; questionable.

☆ この記事の内容は疑わしい/這篇報導的內容有些可疑。

☆ このダイヤは本物かどうか疑わしい/這鑽石的真假令人懷疑。

❷ なにか変だと思われる。中 可疑；值得懷疑。E suspicious.

☆ この事件には疑わしい人が何人かいる/涉嫌這件事的可疑人物有好幾個。

☆ 一郎の行動には疑わしい点がいくつかある/一郎的行為有些可疑之處。

うたたね【うたた寝】ウタタネ〔～する〕 寝床でない所で、すこしの間、眠ってしまうこと。中打瞌睡；打盹兒。E a nap; a doze.

☆ ソファでうたた寝してかぜをひいてしまった/在沙發上打瞌睡，而感冒了。

うだつがあがらない【うだつが上がらない】 上からおさえられて出世できなかったり、金に恵まれたりしない。中抬不起頭來；翻不了身。E cannot rise in the world.

☆ 一郎は20年も勤めているのにまだ平社員のままで、さっぱりうだつが上あがらない/一郎工作了二十年，仍是一個小職員，無法升職。

参「うだつ」は木造建築の屋根を支える短い柱のこと。

うち【内】ウチ ❶ものの中。中裡面；內部。E the inside.

☆ 心の内を話す/一吐真言(=吐露心底的話)。

☆ 福は内、鬼は外/趨吉避兇。(→福 慣用)

対 外

❷ 自分の家、家族、会社、学校など。中自己的家；我；我們～。E one's (home, family, company, school).

☆ ゆうべは遅くうちに帰った/昨夜很晚才回家。

☆ うちの会社は給料がいい/我們公司薪水高。

対 外、よそ

❸ 家。中房子。E a house.

☆ うちを建てる/蓋幢房子。

❹ ある数や量の範囲。中中；內。E among; out of.

☆ 10人のうち3人が欠席だった / 十人中有三人缺席。

❺ (「〜うちに」の形で)〜のあいだに。中趁〜；時候。E during; while; before.

☆ 勉強しているうちに眠くなってきた/念書時睡意襲來。

☆ 暗くならないうちに出かけよう / 趁著天沒黑前快出門吧。

ニ 注 ❷〜❺はひらがなで書く。

うちあ・ける【打ち明ける】ウチアケル、ウチアケル〔他動一〕 それまで人に話さないでいたことを、すっかり話してしまう。中說出實話；談心；說真心話；坦白說出。E confide; confess.

☆ 彼と結婚の約束をしたと母に打ち明けた/跟母親坦白我已經與他訂婚了。

☆ 試験に失敗したことを友達に打ち明けるのはつらかった / 難以啓齒告訴朋友考試失敗的事。

うちあわ・せる【打ち合わせる】ウチアワセル、ウチアワセル〔他動一〕 なにかを始める前に、進め方などを決めるために話し合う。中 商量；商洽；碰面。E make arrangements.

☆ 旅行の時間や乗り物について友達と打ち合わせる / 和朋友商量旅行時間與交通工具。

名打ち合わせ

うちけし【打ち消し】ウチケシ 否定すること。そうではないということ。中否定；否認。E (a) denial; negation.

☆「書かない」という形は「書く」の打ち消しの言い方である / 「書かない」就是「書く」的否定表示。

他動打ち消す

うちこ・む【打ち込む】ウチコム、ウチコム〔自動五〕(うちこんで) 1つのことに夢中になる。中入迷；熱衷；迷戀。E be absorbed in; be devoted to.

☆ タイへ行きたいので、タイ語の勉強に打ちこんでいる / 因想去泰國，所以熱衷學泰語。

☆ 友達は仕事に打ちこんで、遅くまで会社にいる/朋友熱衷於工作，很晚了還留在公司。

名打ち込み

うちだ・す【打ち出す】ウチダス、ウチダス〔他動五〕(うちだして) 自分の考えをみんなにわかるように強くはっきりと示す。中提出。E set forth.

☆ A社は公害のない車を開発する計画を打ちだした /A公司提出了一個無公害汽車的開發計劃。

うちと・ける【打ち解ける】ウチトケル、ウチトケル〔自動一〕 人と一緒にいるときに、たがいに信頼し合って親しみを持つようになる。中融洽；無隔閡；不拘束；放鬆。E open up to; get friendly.

☆ はじめて会った子供たちも、だんだん打ちとけて遊びはじめた/才剛見面的孩子，很快就能融洽地玩在一起了。

うちゅう【宇宙】ウチュー 太陽、月、星などがある、地球の外の広い空間。地球もその一部。中宇宙。E the universe; outer space.

☆ 宇宙から見ると地球なんて小さなものだ/從宇宙來看，地球是多麼渺小。

☆ 宇宙旅行 / 宇宙旅行。

☆ 宇宙人 / 外星人。

うちょうてん【有頂天】ウチョーテン すべてがうまくいき、うれしくてほかのことは忘れてしまうようす。中得意洋洋；歡天喜地；高興極了。E be in ecstasy; go into raptures.

☆ 弟はおおぜいの部員の中から正選手に選ばれて、有頂天になっている / 弟弟從許多選手成員中被選為正式選手，得意極了。

☆ 議員に当選したぐらいで有頂天になって

はいけない / 只不過當選上議員而已，切莫得意忘形。

うちわ【内輪】ウチワ　❶家族や親しい人だけでよその人を入れないこと。[中]家裡；内部；自己人。[E] private; family.

☆ 内輪だけで新年会をする / 只聚集自己人開新年會。

☆ 内輪もめ / 内部糾紛；内鬨。

❷ 実際より少なめのこと。[中]不過頭；低估。[E] moderate; conservative.

☆ 修理代は、内輪に見積もっても５万円はかかる / 修理費最低也得花費五萬日圓。

うちわ　ウチワ　手に持って動かし風を起こす道具。竹などの骨に紙や布などがはってある。[中]扇；扇子；紙扇。[E] a fan.

〔うちわ〕　〔扇子〕

☆ ゆかたにはうちわが似合う / 夏天的和服與手持團扇很相稱。

☆ 暑いので、うちわであおいで涼む / 天太熱，用扇子搧涼。

[数] 1本

う・つ【打つ・撃つ・討つ】ウツ〔他動五〕(うって)　❶ものをほかのものに勢いよく当てる。[中]打；碰傷。[E] hit; strike; beat.

☆ 転んだとき、ひざを打って痛かった / 跌一跤摔傷了膝蓋很痛。

❷ (「心を打つ」の形で) ⇨心 [慣用]

❸ (「胸を打つ」の形で) ⇨胸 [慣用]

❹ たたくような、またはものをたたいて中に入れるような動作で、なにかをする。[中]打(釘)；打(針)。[E] hammer (a nail) into; give (a shot).

☆ くぎを打つ / 釘釘子。

☆ 注射を打つ / 打針。

☆ 番号を打つ / 編號。

☆ 碁を打つ(=碁の勝負をする) / 下圍棋(=下圍棋決勝負)。

❺ 戦争、狩りなどで、目標に弾や矢などを当てて殺そうとする。[中]射擊。[E] shoot; fire.

☆ 木の上のカラスを撃ったが、当たらなかった / 射樹上的烏鴉，但沒打中。

☆ ねらい撃つ / 瞄准射擊。

❻ 武器などを使って敵と戦って倒す。[中]攻擊；襲擊；討；打。[E] attack.

☆ 夜中にせめこんで、敵を討つ / 夜裡攻擊敵人；深夜向敵人進攻。

[注] 漢字で書くときは、❶～❹は「打つ」、❺は「撃つ」、❻は「討つ」。

うっかり　ウッカリ〔～する〕　注意がたりないために、気がつかなかったり忘れたりするようす。[中]不注意；不留意；無意中。[E] carelessly; by mistake.

☆ はがきに名前を書くのを、うっかり(と)忘れて出してしまった / 不小心忘了在明信片上寫名字就寄出去了。

☆ うっかりして友達の傘をまちがえて持ってきてしまった / 無意中錯把朋友的傘拿回家了。

うつくし・い【美しい】ウツクシイ　❶色や形や音などが、人の心を打つほどいい感じだ。[中]美；美麗；漂亮；好看。[E] beautiful; lovely.

☆ 美しい音楽を聞く / 聽優美的音樂。

☆ 美しい着物 / 漂亮的和服。

☆ 美しい景色 / 美麗的風景。

[対]醜い

❷ 心や行いなどが感動するほど立派な感じだ。[中](心地、行為)善良；美好；優美。[E] pure; noble.

☆ ２人の間には美しい友情がある / 兩個人之間建立了美好的友誼。

☆ 心の美しい人になりたい / 希望成為一個心地善良的人。

[対]醜い

うつ・す【写す・映す】ウツス〔他動五〕(うつして)　❶ものの姿やようすをそのとおりに別のものに現す。[中]抄寫；臨摹；拍攝。[E] copy; take (a photograph).

☆ 友達のノートを写す/抄寫朋友的筆記。

☆ 記念写真を写すためにみな並んだ/大家站在一起拍紀念照。

❷ 光や影によって、ものの姿や形を平らな面などに現す。中 照；映照；放映。E show; reflect.

☆ 映画館では戦争の映画を映していた/電影院正在放映戰爭片。

☆ 鏡に顔を映す/用鏡子照臉。

▷ 名 写し・映し　自動 写る・映る

注 漢字で書くときは、❶は「写す」、❷は「映す」。

うつ・す【移す】ウツス〔他動五〕(うつして)ものごとを、ある場所や状態から違うほうへ動かし、変える。中 移動，轉移，挪動，傳染。E move; give.

☆ 窓のそばへ机を移した/把桌子移到了窗邊。

☆ 家族にかぜをうつしてしまった/把感冒傳染給家人。

自動 移る

注「病気をうつす」などはひらがなで書く。

うっすら　ウッスラ　程度がかすかなようす。中 薄薄地；稍微；多多少少；略微。

☆ テレビの上にうっすら(と)ほこりがたまっている/There is faint layer of dust on the television set. /電視機上薄薄地蒙著一層灰。

☆ うっすら(と)目を開けてあたりを見る/眯著眼環視周遭。

うっそう【鬱蒼】ウッソー（「うっそうと」の形で)木や草がたくさん生えて、薄暗いようす。中 鬱鬱蔥蔥；蔥綠茂密；枝繁葉茂。E dense; thick.

☆ うっそうとした森の中は、昼間でも暗い/蒼綠茂密的森林中，白天也是陰暗。

☆ 草がうっそうとしげる庭/雜草叢生的院子。

参 改まって「うっそうたる森林」のように表現することもある。

うった・える【訴える】ウッタエル、ウッタエル〔他動一〕❶自分が正しく相手がまちがっていることをはっきりさせてもらうために、裁判所などに問題を持ちこむ。中 控告；訴訟。E sue; bring an action.

☆ 土地の境界線のことで、となりの家の人を裁判所に訴えた/因土地的界線問題，向法院控告鄰居。

❷ 自分のつらいことなどをわかってもらおうと人に知らせる。中 申訴；訴說。E complain of.

☆ 病人はしきりに苦痛を訴えた/病人不斷地訴說痛苦。

❸ 人々に働きかけて心を動かす。中 呼籲。E appeal to.

☆ 人々の良心に訴えて町をよごさないようにする/向人們的良心發出呼籲，別污染城市。

▷ 名 訴え

うつつをぬかす【うつつを抜かす】なにかに夢中になって、しなければならないことを忘れてしまう。中 迷上；(被～弄得)神魂顛倒；迷住。E be engrossed in.

☆ 競馬にうつつを抜かして、とうとう会社をやめさせられた/迷上了賽馬，最後被公司開除了。

うってつけ　ウッテツケ　条件にぴったり合うこと。中 最合適；最適合；最恰當；理想。E be just right for.

☆ 声がよくて正しく話せるあなたに、アナウンサーはうってつけの仕事だ/你的聲音甜潤發音準確，播音員是最理想的工作。

うっとうし・い　ウットーシイ　❶心がはればれしない。中 鬱悶；陰鬱。E gloomy; dismal.

☆ つゆの季節はうっとうしい/梅雨季節使人感到鬱悶。

☆ かぜがなかなか治らなくて、うっとうしい気分だ/感冒一直好不了，心情也鬱悶。

❷ じゃまでうるさい感じだ。中 厭煩；礙事。E annoying; be a bother.

☆ 前髪がのびてきて、うっとうしい/前額頭髮長了，很煩人。

▷ 話❷

うっとり ウットリ〔～する〕 すばらしいと思うものに心をすっかりうばわれてしまうようす。中 出神；心曠神怡。

☆ 鏡の中の自分の姿をうっとり（と）眺める/gaze raptly at one's reflection in the mirror. /出神地望著鏡中的自己。

☆ 大好きな歌手の歌にうっとりする/入神地傾聽最愛歌手的歌。

うつぶせ ウツブセ 体を寝かせて、顔も胸も腹も下にした状態。中 俯臥；趴。E on one's stomach.

〔うつぶせ〕

☆ 赤ちゃんをうつぶせに寝かせる/讓嬰兒趴著睡。

☆ うつぶせになって本を読む/趴在床上看書。

☆ うつぶせの姿勢/俯臥姿勢。

対 あお向け 他動 うつぶせる

うつむ・く ウツムク、ウツムク〔自動五〕(うつむいて) 首を曲げて顔を下へ向ける。中 低頭；垂頭。E bow one's head.

☆ しかられた子供は黙ってうつむいていた/被責備的孩子，默默地低著頭。

対 あお向く 他動 うつむける

うつらうつら ウツラウツラ、ウツラ・ウツラ〔～する〕 眠かったり高い熱があったりするときに、意識がはっきりしないようす。中 似睡非睡地；昏昏沉沉地；糊裡糊塗地。

☆ 祖父は新聞をひろげたまま、ストーブのそばでうつらうつら（と）居眠りをしている/With the newspaper open wide, my grandfather is dozing off by the heater. /祖父捧著報紙，坐在爐旁昏昏沉沉的打起盹來了。

うつりかわり【移り変わり】ウツリカワリ ものごとのようすが、時がたつにつれて違っていくこと。中 變遷；變化。E (a) change.

☆ 最近の流行は移り変わりが速い/最近的流行風潮變化迅速。

☆ 季節の移り変わり/季節變化。

自動 移り変わる

うつ・る【写る・映る】ウツル〔自動五〕(うつって) ❶ 写真などに姿や形が現れる。中 照；照下來。E be taken; come out.

☆ この写真にはわたしの家族が全部写っている/這是一張全家福照片。

☆ きれいに写るコピー機/影印清晰的影印機。

❷ 光や影によって、ものの姿や形が平らな面などに現れる。中 映；映照；映現。E be shown on; be reflected.

☆ きょうのテレビに、わたしの生まれた町が映っていた/今天的電視節目拍到了我出生的城鎮。

☆ ぬれた道路に、歩く人の影が映っている/被雨水淋濕的道路上照映出行人的影子。

▷ 名 写り・映り 他動 写す・映す

注 漢字で書くときは、❶は「写る」、❷は「映る」。

うつ・る【移る】ウツル〔自動五〕(うつって) ものごとが、ある場所や状態から違うほうへ変わり動く。中 搬遷；轉移；變遷；推移。E move; catch.

☆ 会社の近くに移ったから便利になった/搬到公司附近，上班方便多了。

☆ 妹のかぜがうつったのか、わたしもせきが出る/好像被妹妹的感冒傳染，我也咳嗽了。

他動 移す

注「病気がうつる」などはひらがなで書く。

うつろ ウツロ 心の中がからっぽで、なにも考えられないようす。中 空虛；眼神發呆；目光茫然。E vacant; hollow.

☆ 娘を交通事故でなくしてから、心がうつろになって、なにをする気にもなれない/自從女兒因交通事故去世後，我心中空盪，什麼事也不想做。

☆ 人生の目的を持たない若者は、うつろな目をしている / 沒有人生目標的青年人，目光茫然。

うつわ【器】ウツワ　❶ 中になにかを入れるためのもの。中 容器；器具；器皿。E a dish; a container.

☆ いい器に料理を盛ると、おいしそうに見える/把飯菜盛在漂亮的碗碟中，看起來就覺得好吃。

☆ サラダ用の器 / 裝沙拉的容器。

❷ あることがらができる能力や才能。中 本事；本領；才幹；才能；器量。E caliber; capacity.

☆ 息子は将来、社長になる器だ / 兒子將來有當董事長的才能。

☆ リーダーとしては器が小さい / 身為領導器量太小。

うで【腕】ウデ　❶ 肩から手首までの部分。中 前臂；胳膊；臂。E an arm.

☆ 恋人と腕を組んで歩く/和戀人挽著手散步。

☆ 腕組み(=両腕を胸の前で組み合わせること) / 抱著胳膊(兩胳膊抱在胸前)。

☆ 腕時計 / 手錶。

❷ 身につけた技能。中 本領；技能；能耐；功夫。E skill; ability.

☆ あの人はとても腕のいい職人だ / 他是一位手藝非常好的工匠。

☆ 腕だめし / 試試力量；試試才幹。

☆ 腕前 /能力；本事；功夫；本領；手藝。(→ 項目)

▷ 数 ❶ 1 本　→体 図

腕が上がる　技能がよくなる。中 技術提升。E acquire (more) skill.

☆ 毎日練習したので、だいぶ腕が上がった/經過每天的練習，技術進步了很多。

似た表現 腕を上げる、手が上がる

腕をこまね[ぬ]く　なにかをする必要があるときに、手を出さないでなにもしないでいる。中 袖手旁觀；什麼也不做。E remain passive.

☆ 食べ物がたりなくて死んでいく子供がいるときに、腕をこまねいて見ているわけにはいかない / 看到因食糧不足而快要餓死的孩子時，無法袖手旁觀。

似た表現 手をこまね[ぬ]く

腕を振るう　技能をじゅうぶんに出して立派に行う。中 施展才能。E display one's skill.

☆ 書道の展覧会に出すために、腕をふるって字を書く / 為參加書法展覽會，提筆振腕寫了一幅字。

腕を磨く　技能が上がるように訓練をする。中 磨練本領；練功。E improve one's skill.

☆ 調理師の試験に合格できるように腕をみがく / 為了能通過廚師考試而苦練。

うできき【腕利き】ウデキキ、ウデキキ　すぐれた能力や技術を持つこと。また、持っている人。中 有能耐；能手；有能耐的人。E skilled; competent.

☆ 一郎は和菓子づくりでは店でいちばんの腕利きだ/一郎是店中做日式點心的第一把交椅。

☆ 腕利きの部長が来て、部の空気が変わった /來了一位能幹的經理後，整個部門的氣氛都變了。

うでまえ【腕前】ウデマエ、ウデマエ　ものごとをうまく行う能力や技術。中 功夫；本領；手藝；能力。E ability; skill.

☆ おおぜいの人の前でピアノの腕前を示す/在許多人面前展示演奏鋼琴的才華。

☆ 大きな壁画をかいて画家としての腕前を発揮した / 畫一幅很大的壁畫，發揮了作為畫家的本領。

うと・い【疎い】ウトイ　❶ あまり親しくない。中 疏遠。E distant; be estranged from.

☆ 京子とは卒業後あまり会えず、つきあいがうとくなった / 畢業後不常與京子見面，關係因而疏遠了。

対 親しい

❷ 経験不足で、細かいところをよく知らな

い。中 生疏；不了解；不懂。E know little of; be ignorant of.

☆ わたしはその会社の事情にはうとい/我不了解那家公司的情況。

☆ 父は金もうけにうとい/父親不懂得賺錢。

対 詳しい

うとうと　ウトウト〔～する〕 浅く眠っているようす。また、眠りかけているようす。

中 昏昏沉沉；模模糊糊；迷迷糊糊。

☆ とても眠くて、授業中、先生の話を聞きながらうとうとしてしまった/I was very sleepy, so I got drowsy listening to the teacher talk during class./因為睏極了，上課時一邊聽課一邊昏昏沉沉地打起瞌睡。

うどのたいぼく【うどの大木】 大きいだけでなにもできない人を見下していう言い方。

中 大而無用的人；大草包。E a big, useless fellow.

☆ 一郎は、体は大きいがなんの役にも立たないから、うどの大木だ/一郎個子又高又壯，但什麼也不會，是個大草包。

参「うど」は草の名。生長すると2メートルほどにまでなるが、食用にもならず、材木としても使えない、というところからできたことば。

うどん　ウドン 小麦粉を水でこねて薄くのばし、細長く切ったもの。

中 麵條。E *udon*; noodles.

☆ 昼にうどんを食べる/中午吃烏龍麵。

☆ てんぷらうどん/天婦羅烏龍麵。

〔うどん〕

数 ゆでたものは1玉、ほしたものは1把・1束

うなが・す【促す】ウナガス、ウナガス〔他動五〕(うながして) ものごとを早く、きちんとするように人に言う。また、そうするようにすすめる。中 催促；提醒。E urge; draw.

☆ 準備の遅い妹を促して買い物に出かけた/催促慢吞吞準備的妹妹快點去買東西。

☆ 運転者の注意を促すために標語の看板を立てる/為提醒司機注意而設立路標。

うなぎ　ウナギ 魚の一種。細長くてぬるぬるしている。海で卵を産み、川に上ってすむ。中 鰻魚。E an eel.

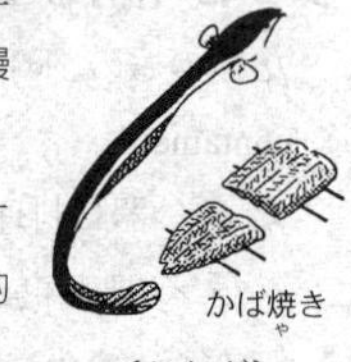

〔うなぎ〕

☆ 土用のうしの日にウナギを食べる/在立秋前的丑日吃烤鰻魚。

☆ ウナギのかば焼き/蒲燒鰻魚。

数 1匹、かば焼きは1串

注 漢字で書くときは「鰻」。

うなず・く　ウナズク、ウナズク〔自動五〕(うなずいて) 「わかった」「賛成だ」などの気持ちを表すために首を縦に振る。中 點頭(表示贊同)。E nod.

☆ 患者は医者の説明をうなずきながら聞いていた/患者點著頭聽醫生說明。

うな・る　ウナル〔自動五〕(うなって) ❶ 動物などが、低く長く力の入った声を出す。中 吼叫；嗥；嘯；高聲吼。E growl.

☆ 犬を連れて散歩をしていたら、急にうなりだした/牽狗散步時，狗突然狂吠了起來。

❷ 人やものが、低く長い声や音を出す。中 呻吟；哀哼；轟鳴。E groan; roar.

☆ 熱が高くて、うんうんうなりながら寝ていた/發高燒，在睡夢中不斷呻吟。

☆ 工場の中はいつも機械がうなっている/工廠裡機器總是轟聲不斷。

▷ 名 うなり

うぬぼ・れる　ウヌボレル、ウヌボレル〔自動一〕 自分が、実際以上にすぐれていると思いこんで得意になる。中 驕傲；自滿；自大；自負。E be conceited; flatter oneself.

☆ スキーがうまいとうぬぼれていたが、ビデオに写った自分の姿を見てがっかりした/經常自誇滑雪技術很棒，但看到錄影中自己的樣子卻大失所望了。

名うぬぼれ

うのめたかのめ【うの目たかの目】 鋭い目でなにかを求めたり、熱心にさがしたりするようす。中銳利的眼光；用銳利的目光找。E with sharp eyes.

☆ 祖父の残した財産を、親類の者たちがうの目たかの目でねらっている / 家裡的親戚都用老鷹般銳利的目光覬覦著祖父的遺產。

参「う」も「たか」も鳥の名。ウが魚をとるとき、タカが小鳥をねらうときの鋭い目のようだ、というところからできたことば。

うば・う【奪う】ウバウ〔他動五〕(うばって)

❶ なにかを相手から無理に取る。中搶；奪；掠奪。E rob; take by force.

☆ 夜道で強盗に財布をうばわれた / 走夜路，被強盜搶走了錢包。

☆ 恐ろしい病気が母の命をうばった / 可怕的疾病奪走了母親的生命。

対与える

❷ 相手の心などを強くひきつける。中被強烈地吸引住；迷住。E engross; fascinate.

☆ 1枚の絵に心をうばわれて、その前に長い間立っていた / 被一幅畫強烈地吸引，在畫前佇立良久。

☆ 大事件のニュースが人々の目をうばった / 重大新聞強烈地吸引了每一個人的目光。

うま【馬】ウマ 家畜の一種。大きくて力が強く、速く走ることができる。顔、首、胴、脚が長い。乗馬、競馬などに使う。中馬。E a horse.

☆ 馬は汽車や車が発達する前のだいじな交通手段だった / 在火車和汽車發明之前，馬是重要的交通工具。

☆ 馬に乗って草原を走る / 騎馬奔馳在草原上。

数1頭・1匹

うまが合う 気持ちが合う。中對味兒；合來；投緣。E get on well with.

☆ 洋子とはうまが合って、もう30年も一緒に仕事をしている / 與洋子投緣，在一起共事已三十年了。

馬の耳に念仏 いくら言ってきかせてもわからないこと。中馬耳東風；對牛彈琴。E He is deaf to my advice.

☆ 将来のために貯金しろと息子にいくら言っても、馬の耳に念仏だ / 為將來要多存點錢的話跟兒子就算說了再多遍，也只是對牛彈琴而已。

似た表現のれんに腕押し

うま・い ウマイ ❶ 味がいい。中好吃；好喝；美味可口。E delicious; tasty.

☆ この料理はうまい / 這道菜美味可口。

☆ うまい酒 / 好喝的酒；好酒。

対まずい

❷ 上手だ。中好；出色；很棒。E good; skillful.

☆ 京子は歌がうまい / 京子歌唱得不錯。

☆ ジョンは日本語がうまくなった / 約翰的日語變得很好。

対下手、まずい

❸ つごうがいい。中幸運；有好處。E tempting well.

☆ 自分の好きなことができて、そのうえ、お金をもらえるとはまったくうまい話だ / 能做自己喜歡的事，加上又能賺錢，真是件好事!

☆ 仕事がうまくいく / 工作進展順利。

▷ 話 →おいしい

うまい汁を吸う 自分は苦労しないで、地位や他人などを利用して、利益をえる。中佔便宜；撈油水。E pocket the profits.

☆ 一郎は他人のアイデアでもうけて、うまい汁を吸った / 一郎用別人的點子賺錢，撿了便宜。

うま・る【埋まる】ウマル〔自動五〕(うまって) ❶ ⇨うずまる。中埋上；填滿。

☆ 川は流れてきた土や石で埋まった / 河川被流沙和土石淹埋了。

☆ 広場は何万という人で埋まった/廣場擠滿了數萬人。

❷ 欠けているものが補われる。中彌補；填補；補償。E be filled; be covered.

☆ 長く空席だった会長の席が埋まった/填補了長期空缺的會長位置。

☆ 赤字が埋まる/彌補虧空。

▷ 他動 埋める

うまれ【生まれ】ウマレ 生まれた場所や時、また生まれた家の状態。中出生；誕生。E birth; one's birthplace; lineage.

☆ 生まれも育ちも北海道だ/在北海道出生長大。

☆ 明治生まれ/出生於明治時代。

☆ 早生まれ/born early in the year [from January 1 to April 1]. /早出生(四月一日以前出生)。

自動 生まれる

うまれつき【生まれつき】ウマレツキ 生まれたときから、その性質や能力を持っていること。中天生；天性；本性；生來。E by nature; by birth.

☆ 気がやさしいのは生まれつきだ/天生性格善良(=本性善良)。

☆ 生まれつき足が大きい/生來腳就很大(=天生大腳丫)。

うま・れる【生まれる・産まれる】ウマレル〔自動一〕❶ 人や動物の子供が、母親の体や卵からこの世に出る。中出生；誕生。E be born.

☆ 娘は4月に生まれた/女兒是四月出生的。

☆ 卵がかえって、かわいいひなが生まれた/雞蛋孵化，孵出可愛的小雞。

対 死ぬ

❷ それまでなかったものごとが新しくつくりだされる。中產生；出現。E come into existence; be produced.

☆ 作家の筆の先からすばらしい作品が生まれる/優秀的作品出自於作家的筆下。

▷ 名 生まれ 他動 生む・産む

注 漢字で書くときは、❶は「生まれる」「産まれる」、❷は「生まれる」。

うみ【海】ウミ ❶ 地球上で、広く遠くまで塩水がいっぱいにある所。中海；海洋。E the sea; the ocean.

☆ 地球の表面の約3分の2は海だ/地球表面約三分之二是海洋。

☆ 海を渡る(=外国へ行く)/渡海；飄洋過海(到外國去)。

対 陸

❷ 一面にひろがっているもの。中茫茫一片。E a sea of.

☆ 火事で一面火の海だ/發生火災成了一片火海。

うみ ウミ ❶ 皮膚の傷口やはれあがったりした部分から出てくる黄色い液体。中膿。E pus.

☆ はれものがうみを持っているので、そこが熱くて痛い/腫瘡中有膿，因此發熱疼痛。

☆ うみが出てしまえば治るのは早い/把膿全部擠出來之後，就會好的快。

❷ ある社会や組織などの中に、長い間にたまった悪いもの。中積弊；惡患；弊端。E the corruption or nonproductive elements in a system or society.

☆ 組織を根本的に改革して、いままでのうみを出すことが必要だ/要從根本上改革組織機構，必須鏟除以往的弊端。

う・む【生む・産む】ウム〔他動五〕(うんで)

❶ 人や動物の母親が、体から子供や卵を外へ出す。中生；產；下；生下。E have a baby; lay.

☆ 赤ちゃんを産むには健康な体が必要だ/生小孩需要健康的身體。

☆ 鶏がよく卵を産む/母雞經常下蛋。

❷ それまでなかったものごとを新しくつくりだす。中產生；產出。E produce; bear.

☆ 自由な気風がすばらしい芸術作品を生んだ/自由的氣氛孕育優秀的藝術作品。

☆ 利益を生む/產生效益。

▷ 自動 生まれる・産まれる

注 漢字で書くときは、❶は「生む」「産む」、❷は「生む」。

うめ【梅】ウメ　春の初めに白や赤の花が咲く木。6月ごろ青い実がなる。中 梅；梅樹。E an *ume* tree; a Japanese apricot.

☆ 梅が咲きはじめたから、もうすぐ春だ/因為梅花盛開，所以馬上就是春天了。

〔梅〕

☆ 梅の実で梅酒をつくる/用梅子釀酒。

数 1本、花は1輪

うめた・てる【埋め立てる】ウメタテル〔他動一〕　海や川、低い土地などに土を入れる工事をして平らな土地をつくる。中 填拓；填海。E reclaim.

☆ 海岸を埋め立てて工業団地をつくる/填海建設工業區。

名 埋め立て

うめぼし【梅干し】ウメボシ　梅の実を塩づけにしてほし、シソの葉と一緒にしてつくる酸っぱい食べ物。中 鹹梅；酸梅乾。E a pickled *ume*.

☆ 梅干しを入れたおにぎりをつくる/加入酸梅乾捏飯糰。

う・める【埋める】ウメル〔他動一〕　❶ ⇨うずめる。中 埋；填埋。

☆ 猫の死体を庭のすみに埋める/把貓的屍體埋在庭院的一角。

☆ 穴を掘ってごみを埋める/挖洞把垃圾埋起來。

❷ 空いた所をふさぎ、欠けた所をもとのようにする。中 填；補；填上；補上。E fill in; fill up.

☆ 文の空いている箇所を適当なことばで埋めなさい/請用適當詞彙填入文中的空格裡。

☆ 道路工事の穴を埋める/把修建道路時挖的坑洞填平。

▷ 自動 埋まる

うも・れる【埋もれる】ウモレル〔自動一〕⇨うずもれる

☆ 田も畑も雪に埋もれている/田野都淹沒在雪裡。

☆ 兄が弟の埋もれた才能を引きだしてデザイナーに育てあげた/哥哥發掘弟弟被埋沒的才能，把他培養成了一位設計師。

うやうやし・い【恭しい】ウヤウヤシイ　相手をうやまって、礼儀正しく、丁寧にふるまうようすだ。中 恭恭敬敬；畢恭畢敬；很有禮貌。E respectful; reverent.

☆ たいせつなお客に向かって、店員はうやうやしく頭を下げてあいさつしている/面對重要的客戶，店員很有禮貌地鞠躬問候。

☆ 父は神社へ行くと、いつもうやうやしくおがむ/父親只要去神社，總是畢恭畢敬地跪拜。

うやま・う【敬う】ウヤマウ〔他動五〕(うやまって)　ほかの人を尊敬してたいせつに扱う。中 尊敬；敬重。E respect.

☆ 東洋では老人を賢い人としてうやまう習慣があった/東方有尊老敬賢的風氣。

☆ 敬語とは相手をうやまって使うことばである/所謂敬語就是尊敬對方而使用的詞語。

名 敬い

うやむや　ウヤムヤ　ものごとがはっきりせず、あいまいであるようす。中 含糊不清；曖昧；糊里糊塗。E indefinite; obscure.

☆ 事故の原因調査をうやむやにすますと、また同じ事故を繰り返すことになる/如果不認真調查事故的原因，同樣的事故恐將一再發生。

うようよ　ウヨウヨ〔～する〕　小さな虫などがたくさん集まり、それぞれ動いているようす。中 許多小蟲聚集一起；蠢蠢欲動的樣子。

☆ 池にはオタマジヤクシがうようよ(と)いた/The pond swarmed with tadpoles./池塘裡擠滿蝌蚪。

☆ このよごれた水の中には、ばいきんがうようよしている/這髒水中全是細菌。

うら【裏】ウラ ❶ものの２つの面のうち、見えないほうの側。中背面。E the back; the lining.

☆ 本の表紙の裏に名前を書く / 在書皮裡面寫上姓名。

☆ 冬の洋服には裏がついている / 冬天的洋裝有襯。

対表

❷ 建物の正面の反対の側。中背面；後面。E the back.

☆ 裏からごみを出す / 從後門倒垃圾。

☆ 裏の入り口 / 後門。

対表、前

❸ 外からは見えないようす。中内部；裡；背後。E behind the scenes.

☆ 警察官が裏で悪いことをしていたのがわかった / 真相大白後，才知道原來是警察監守自盜。

☆ 裏金 / illicit funds. / 暗盤。

対表

裏をかく 相手の予想と違うことをして有利な立場に立つ。中鑽漏洞；將計就計。E outsmart; outwit.

☆ 競争会社の裏をかいて、新商品を半年早く売りだした / 為了出奇制勝競爭對手的公司，提前半年上市了新商品。

うら- (形容詞について)はっきりしないが、なんとなくそのようだ。中内心…；心裡…

☆ うら悲しい笛の音/ the somewhat sad sound of a flute. / 令人感覺悲傷的笛聲。

☆ うらさびしい / 心裡孤苦；有點寂寞；内心寂寞。(→項目)

うらおもて【裏表】ウラオモテ ❶裏と表。中表裡；表面和裡面；正面和反面。E the right side and the wrong side.

☆ 布の裏表を確かめる / 確認布料的正反面。

❷ 人の表面の行動と、頭の中で考えていることが違っていること。中表裡不一致；雙面人。E double-faced.

☆ 表面だけ親切で、裏で仕事のじゃまをするような裏表のある人は信用できない / 表面親切，暗地裡卻妨礙工作的那種雙面人是不能信任的。

❸ 裏を表にすること。中翻裡作面；裡外反穿。E inside out.

☆ セーターを裏表に着る / 把毛衣翻過來穿。

うらがえ・す【裏返す】ウラガエス〔他動五〕(うらがえして) 衣類、紙、板などの表を裏にする。また、それまで内側だったほうを出して表にする。中翻過來。E turn over; turn inside out.

☆ 書き終わった紙を裏返して机の上に置く/ 把寫完的紙翻過來放在書桌上。

☆ シャツを裏返して着ているのに気がつかなかった / 襯衫穿反了也沒發現。

名裏返し 自動裏返る

うらぎ・る【裏切る】ウラギル〔他動五〕(うらぎって) ❶約束や信頼関係を破って、敵の側につく。中背叛；叛變。E betray (a person).

☆ 洋子はA党の親友を裏切ってB党から立候補した / 洋子背叛A黨的朋友，被B黨提名為候選人。

❷ 思われていたことと違う結果にする。中辜負；違背；出乎意料。E betray (expectations).

☆ 先生の予想を裏切って、生徒たちはとても静かに講演を聞いた/出乎老師意料，學生們非常安靜地聽演講。

▷ 名裏切り

うらぐち【裏口】ウラグチ ❶裏側にある出入り口。台所の入り口。中後門；便門。E the back door; the kitchen door.

☆ 酒屋さんは注文の品を持って裏口から入る / 酒店的人拿著訂購的酒從後門進來。

対表口

❷ 見えないところで悪いことをすること。中走後門。E backdoor; illegal.

☆ 裏口入学(=入学試験の成績でなく、金や特別の関係で入学すること)/ 走後門入學

(不靠入學考試成績，靠金錢或特權入學)。

☆ 裏口営業 / 偷偷摸摸營業；非法營業；未通過批准手續的營業。

うらさびし・い【うら寂しい】ウラサビシイ、ウラサビシイ　なんとなくさびしい。中有點寂寞；內心寂寞；內心孤苦。E lonely; desolate.

☆ 住んでいる人も少なく店もない、うらさびしい海辺の村 / 人少店少的荒涼濱海村莊。

☆ うらさびしい気持ち / 寂寞的心情。

うらな・う【占う】ウラナウ〔他動五〕(うらなって)　人の運命やものごとのなりゆき、これから起こるできごとなどを予想する。中佔卜；算命。E tell a person's fortune; forecast.

☆ あまり失敗と不幸が続くので先のことを占ってもらった / 因不斷遭遇失敗和不幸，所以請人算未來的命運。

☆ 子供のとき、靴を投げてあしたの天気を占ったものだ / 孩提時代，常用拋鞋子來預測明天的天氣。

名占い

うらはら【裏腹】ウラハラ　違っていること。反対であること。中相反；口是心非；心口不一。E opposite; contrary to.

☆ あの人は言うこととすることが裏腹だ / 那個人說一套，做一套，實在口是心非。

☆ 考えていることと裏腹の行動をしてしまった/做了一件與自己想法完全相反的事情。

うら・む【恨む】ウラム〔他動五〕(うらんで)　相手が自分にしたことをひどいと感じ、仕返しをしたいと思う。中恨；痛恨；怨恨。E bear a grudge against; blame.

☆ 父をひき殺したトラックの運転手を一生うらむ / 我一生都怨恨那個撞死我父親的卡車司機。

☆ 自分でこわしてしまったんだから、だれをうらむわけにもいかない / 自己搞砸的，不能怨人。

名恨み

うらめし・い【恨めしい】ウラメシイ　うらみたい気持ちだ。中可恨；有怨氣。E feel bitter against; be terribly disappointed.

☆ わたしが困っているのにすこしも助けてくれない友達がうらめしい / 在我困難的時候一點也不肯幫忙的朋友，實在可恨。

☆ せっかくスキーに行ったのに雪がなくてうらめしかった / 特地去滑雪，但沒有雪，令人懊惱。

うらもん【裏門】ウラモン　建物などの裏側にある門。中後門。E a back gate.

☆ 夜遅く帰って裏門からこっそり入った / 很晚才回到家，只好悄悄地從後門進來。

対正門、表門

うらやまし・い　ウラヤマシイ　うらやむ気持ちだ。中羨慕；羨慕的；嫉妒的。E envious; enviable.

☆ 京子の家は広くてうらやましい / 京子家的房子寬敞，真令人羨慕。

☆ だれにも好かれる妹がうらやましい/大家都喜歡的妹妹，真令人羨慕。

うらや・む　ウラヤム〔他動五〕(うらやんで)　人の恵まれたようすなどを見て、自分もそうなりたいと思う。中羨慕；眼紅。E envy; be envious of.

☆ 洋子と一郎はとても仲のいい夫婦だと、友人はみなうらやんでいる / 朋友們都羨慕洋子和一郎是一對幸福美滿的夫妻。

☆ 体の弱い京子が道子の健康をうらやんでいる / 體弱的京子羨慕道子的健康。

うららか　ウララカ　❶ 風もなく晴れあがり、暑くも寒くもないようす。中風和日麗。E bright; beautiful.

☆ うららかな春の光を浴びながら散歩する/沐浴在風和日麗的春光中散步。

❷ 心が明るくはればれとしたようす。中開朗；舒暢。E bright; serene.

☆ 天気がいいと、心までうららかになる / 天氣好心情就舒暢。

三 参 ❶はおもに春の天気についていう。

うりあげ 【売り上げ】ウリアゲ　商品を売ってえた金の合計。中 銷售量；營業額。E sales; proceeds.

う

☆ この店のきょうの売り上げは30万円だった / 這家店今天的營業額是三十萬日圓。

☆ この会社の売り上げは、年々のびている / 這家公司的銷售額逐年增長。

☆ 売上高 / the amount sold. / 銷售額。

うりき・れる 【売り切れる】ウリキレル〔自動一〕　品物が全部売れて、なくなってしまう。中 賣光；賣完。E be sold out; be out of stock.

☆ 評判がいい芝居の切符はすぐ売りきれる / 評價高的戲票很快就賣光了。

☆ 夕方買い物に行ったら、もうパンは売りきれていた / 傍晚去購物，結果麵包已賣完了。

名 売り切れ

うりことばにかいことば 【売り言葉に買い言葉】　相手の乱暴なことばに対し、こちらも同じように乱暴なことばでこたえること。中 以眼還眼，以牙還牙。E pay tit for tat; as a retort.

☆ 売りことばに買いことばで始まったけんかだから、どちらが悪いともいえない / 互揭瘡疤，說不清誰是誰非。

うりこ・む 【売り込む】ウリコム〔他動五〕(うりこんで)　❶相手が買いたくなるように、商品などを上手に強くすすめる。中 推銷；兜售。E sell; push (one's wares).

☆ あちこちの工場を訪ねて新型の機械を売りこむ / 到各地工廠去推銷新機械。

❷ 人や商品の名前などを広く知られるようにする。中 揚名；宣傳。E promote; advertise.

☆ 新人歌手を売りこむため顔写真をあちこちに配る / 為了宣傳新歌手，到處分發歌手的宣傳照。

☆ 選挙に立候補するつもりで名前を売りこむ / 因為打算參加選舉的候選人，所以宣傳自己的姓名。

▷ 名 売り込み

うりだ・す 【売り出す】ウリダス〔他動五〕(うりだして)　❶新しい商品を売りはじめる。中 開始出售；上市。E offer a thing for sale; place a thing on the market.

☆ 兄の会社では、来月新製品を売りだす / 哥哥的公司下個月開始推出新產品。

❷ 安い値段でたくさん売る。中 廉價拍賣。E put a thing on sale.

☆ バーゲンセールで正札の半値で売りだしている / 減價季節半價大拍賣中。

❸ いままであまり知られていなかったものの存在や名前を広く知らせる。中 出名；嶄露頭角。E become popular.

☆ いまテレビに映っている人が、最近売りだした歌手ですよ / 現在在電視中演出的那個人是最近嶄露頭角的歌手。

▷ 名 売り出し

うりて 【売り手】ウリテ　ものを売る側の人。中 賣主；賣方。E a seller.

☆ 売り手の言うとおりの値段で買う / 按賣方的價格買下。

☆ 売り手市場(=売り物が少なくて、売り手に有利な状態) / 賣方市場(=商品少，對賣方有利的況)。

対 買い手

うりば 【売り場】ウリバ　品物や切符などを売る場所。中 出售處；商品銷售處；專櫃。E a counter.

☆ 靴の売り場は1階で、洋服の売り場は2階です / 鞋子專櫃在一樓，西服專櫃在二樓。

う・る 【売る】ウル〔他動五〕(うって)　❶ものなどを、金と引きかえに人に渡す。中 賣；售；銷售。E sell.

☆ 生活に困って、住んでいた家を売った / 生活困難，只好把房子賣了。

☆ この店にはなんでも売っている / 這家店裡什麼商品都有賣。

対買う
❷ 働きかけたり押しつけたりする。中找碴。E pick (a quarrel).
☆ けんかを売る/找碴打架；挑釁。(→喧嘩 慣用)
☆ 恩を売る/要人感恩；賣人情。(→恩 慣用)
❸ 名前や顔を広く知られるようにする。中揚名；沽名。E make a name for oneself; be famous for.
☆ 兄は若いころけんかの強い男として名を売っていた/哥哥年輕時以打架能手而揚名。
☆ あの女優は美しい銀髪で売っている/那位女演員以美麗的白髮而聞名。
▷ 名売り 自動売れる

うるお・う【潤う】ウルオウ〔自動五〕(うるおって) ❶ちょうどいい水分がいきわたる。中潤；濕。E be moistened.
☆ ゆうべの雨で地面がうるおった/昨晚下雨使地面濕了。
☆ 川の水でたくさんの田がうるおう/河水潤澤許多良田。
❷ 前より豊かで余裕ができる。中寬裕起來。E become prosperous; be better off.
☆ 寄付が集まると会の財政がうるおう/得到捐贈的話，協會的資金就寬裕了。
☆ 月給が上がって、すこし生活がうるおうようになった/月薪提高後，生活稍微寬裕了。
▷ 名潤い 他動潤す

うるさ・い ウルサイ ❶音や声が大きくて、じゃまだ。中吵得慌；太吵了；噪音。E noisy.
☆ ステレオの音がうるさい/音響的聲音吵得令人發慌。
☆ となりの部屋の声がうるさくて眠れない/隔壁房間聲音太吵，睡不著。
❷ 同じことが繰り返されて、いやだ。中愛嘮叨。E annoying.
☆ 親が早く結婚しろとうるさく言う/父母總愛嘮叨的說叫我早點結婚吧。
☆ ハエがつきまとってうるさい/蒼蠅飛來飛去，很吵。
❸ はっきりした考えを持っていて、細かいところまで気にする。中通曉；精通。E particular; fussy.
☆ 父は礼儀にうるさい/父親很講究禮儀。
☆ 時間にうるさい人/對時間很要求的人。
☆ 味にうるさい客/講究口味的客人。

うる・む【潤む】ウルム〔自動五〕(うるんで) 水分をふくむ。また、しめりけが多くて、くもったようになる。中濕潤；眼裡含淚。E get wet; get moist.
☆ 感謝のことばを言っているうち涙で目がうるんできた/致謝辭時，眼裡泛著淚光。

うるわし・い【麗しい】ウルワシイ ❶形、色、声などがきちんとしていて美しい。中美麗；漂亮；優美。E beautiful; elegant.
☆ 上品で麗しい女性/高雅美麗的女性。
☆ 麗しい歌声/優美的歌聲。
❷ 天気や気持ちがはればれとしていい。中晴朗；爽朗；佳。E good; fine.
☆ ごきげん麗しくお過ごしですか/有經神飽滿地過日子嗎?
☆ いろいろな花が咲きそろった麗しい春の日/百花齊開的晴朗春日。
❸ 心が温まる。中令人心裡感到溫暖；可愛。E heartwarming.
☆ たがいに助け合う麗しい友情/互相幫助的真摯友情。
☆ 麗しいきょうだい愛/真摯的兄弟愛。

うれい【憂い・愁い】ウレイ、ウレイ ❶ものごとがよくないほうへ進むのではないかという心配。中憂慮；擔憂。E anxiety; concern.
☆ 環境悪化の憂いがある/憂慮環境的惡化。
❷ なんとなく悲しい気分やようす。中憂愁；憂鬱；悲嘆；苦惱。E distress; sorrow.
☆ 愁いをおびた顔/充滿憂愁的臉。
☆ 愁いのある表情/面帶憂愁；滿臉憂傷。
注 漢字で書くときは、❶は「憂い」、❷は「愁い」。

うれし・い　ウレシイ　いいことがあったり満足したりして、気分がいい。中 高興；快活；歡喜。E be happy; be glad.

☆ 試験が終わってうれしい / 考試結束了非常高興。

☆ 久しぶりに友達に会えてうれしい / 見到久別重逢的朋友很高興。

対 悲しい

う・れる【売れる】ウレル〔自動一〕 ❶ものなどが買われていく。中 暢銷；銷路好。E sell; be in demand.

☆ 丈夫で安い靴下がよく売れる / 品質好，價格便宜的襪子非常暢銷。

☆ 飛ぶように売れる / 十分暢銷。

❷ 名前や顔が広く知られる。中 馳名；出名。E be well known; be popular.

☆ よく名が売れている作家に講演を頼む / 請有名氣的作家來演講。

▷ 他動 売る

う・れる【熟れる】ウレル〔自動一〕 植物の実がじゅうぶんに実る。くだものが色づいてやわらかくなり、食べられるようになる。熟す。中 熟；成熟。E ripen.

☆ 9月になるとブドウがうれる / 到九月份葡萄就成熟了。

☆ よくうれていない酸っぱいミカン / 未成熟的橘子味道很酸。

うろうろ　ウロウロ〔～する〕 ❶なんの目的もなく歩きまわるようす。中 打轉；轉來轉去。

☆ 家のまわりを野良犬がうろうろしている / A stray dog is roaming around outside the house. / 野狗徘徊在房子四周。

❷ どうしたらいいかわからず、困って動きまわるようす。中 彷徨；徘徊。

☆ めがねが見つからず、家の中をうろうろ(と)さがした / I wandered all over the house looking for my glasses. / 我在房裡四處尋找眼鏡。

うろおぼえ【うろ覚え】ウロオボエ、ウロオボエ　はっきり覚えていないこと。中 模糊的記憶。E a faint memory.

☆ うろ覚えの電話番号でかけたら、やっぱり違っていた / 憑著模糊不清的記憶打電話，果然打錯了。

☆ うろ覚えの知識ではだめだ / 半知不解的知識是不管用的。

うろた・える　ウロタエル、ウロタエル〔自動一〕 驚いて、どうしていいかわからずまごつく。中 驚惶失措；著慌。E be thrown into confusion; be upset.

☆ 急に部屋の明かりが消えたので、みなうろたえて出口をさがした / 房間的燈光突然熄了，大家都驚慌失措地尋找出口。

☆ 日本ではじめて地震を経験してうろたえた / 在日本第一次經歷地震時，我有些驚慌失措。

うろつ・く　ウロツク〔自動五〕(うろついて) あちこちを行ったり来たりする。中 彷徨；徘徊；閒蕩。E loiter about; hang around.

☆ 変な男が門の前をうろついている / 一個古怪的男子在門前徘徊。

☆ 週末になると盛り場をうろつく若者が増える / 一到週末，在繁華街上閒蕩的年輕人就多了起來。

☆ うろつきまわる / 徘徊；亂轉。

うわき【浮気】ウワキ〔～する〕 ❶気持ちが変わりやすいこと。中 見異思遷；沒定性。E fickle; inconstant.

☆ 客は浮気だから、いつも新しい商品を用意しなければならない / 顧客沒有定性，經常都必須備妥新商品。

❷ 妻や夫があるのに、他の女性や男性と関係を持つこと。中 水性楊花；愛情不專一；輕浮。E a secret love affair.

☆ 夫の浮気を知って、妻は離婚に踏みきった / 知道丈夫有外遇之後，妻子決心離婚。

うわぎ【上着】ウワギ　上半身に着る、最も外側の衣服。中上衣。E a coat; a jacket.

☆ 会議中だが、暑いので上着をぬいだ/雖然正在開會中，但實在太熱，就脫掉了上衣。

☆ スーツの上着/套裝上衣。

対下着、ズボン 数 1枚·1着 →衣類図

うわさ ウワサ〔～する〕 ❶そこにいない人のことをいろいろ言うこと。また、その話。中(關於某人某事的)談論；閒談；傳言；風聲。E talk about; gossip.

☆ うわさをしているところへ本人が来た/說曹操，曹操到。

☆ うわさ話/謠傳；傳說。

❷ 世間で広く話されている、確かでない話題。中(社會上的)傳說；風言風語；謠言。E (a) rumor.

☆ 大地震が起きるといううわさがひろまっている/到處流傳著將要發生大地震的謠言。

うわっつら【上っ面】ウワッツラ ものごとの、外から見える部分。うわつら。話 中外表；表面。E an appearance; the surface.

☆ 人の上っ面だけを見てその人を判断してはいけない/不能僅看外表來判斷一個人。

☆ 上っ面だけきれいにした建物/這是一座僅僅外觀漂亮的建築物。

うわて【上手】ウワテ ❶能力、技術などが他の人よりすぐれていること。中高明；優秀；高手；強手；能手。E superior; better.

☆ テニスは弟のほうが一枚うわてだ/打網球弟弟比我強。

❷ 自分が相手より上だという態度。中採取高姿態；盛氣凌人；咄咄逼人。E get the upper hand on.

☆ こちらが初めからうわてに出て、話し合いはうまくまとまった/我方一開始就擺出高姿態，使會談工作圓滿完成了。

対下手

注「じょうず」「かみて」とも読めるので、区別するためには、ひらがなで書くほうがいい。

うわのそら【上の空】ウワノソラ ほかのことに気をとられていて、心がそこにないこと。中心不在焉；漫不經心；心神不定。E an absent-minded air.

☆ 先生の話を上の空で聞いていたので、なにも覚えていない/由於上課心不在焉，所以什麼也沒記住。

うわべ【上辺】ウワベ 外から見える表面。中表面；外表。E an appearance; the surface.

☆ あの女優は、うわべははなやかだが、実際は質素な生活をしている/那位女演員雖然外表華麗，但實際上卻過著很樸實的生活。

☆ うわべを飾る/裝飾外表。

うわまわ·る【上回る】ウワマワル、ウワマワル〔他動五〕(うわまわって) ものごとが、ある数や量や程度より多くなる。中超過；越過。E be more than; exceed.

☆ 今年の米の生産は昨年を上まわった/今年稻米生產量超過了去年。

☆ 電車は予想を上まわるひどいこみ方だった/電車比預料中還擁擠。

対下回る

うわやく【上役】ウワヤク 役所や会社などで、ある人から見て地位が上の人。中上級；上司；領導。E one's superior; one's boss.

☆ 上役と一緒にゴルフをする/與上司一起打高爾夫球。

対下役

うん【運】ウン ものごとがうまくいくかいかないかなど、人の力ではどうにもならないこと。中運氣；運；命運。E fate; luck; fortune.

☆ 1000万円の宝くじが当たるなんて、本当に運のいい人だ/他中了一千萬日圓的彩券，真是個幸運的人。

☆ きょうは雨には降られるし財布は落とすしで、運の悪い1日だった/今天又被雨淋，又掉了錢包，真是倒楣的一天。

運の尽き 幸運が続かなくなること。中氣數已

盡。E one's fate is sealed.

☆ 競馬に手を出したのが運のつきで、財産をすっかりなくしてしまった / 一開始賭馬手氣就很背，結果輸掉了全部財產。

うん ウン 相手の言うことを認めたり承知したりするときに言うことば。話 中 嗯(=同意對方)。E Yeah; Yes.

☆「きみはここの学校の生徒かい」「うん、そうだよ」/「你是這所學校的學生?」「嗯，是啊。」

☆「あした映画を見に行かない？」「うん、行こう」/「明天要去看電影嗎?」「好，一起去吧。」

対 いや →ええ

うんえい 【運営】ウンエイ〔～する〕 目的を果たすことができるように組織をまとめて動かすこと。中 經營；管理。E manage; operate.

☆ 人を適材適所に配置して、会社をうまく運営する / 因材適用，用人得所，公司才得順利發展。

☆ 運営委員会 / 經營委員會；管理委員會。

☆ 運営資金 / 經營資金。

うんが 【運河】ウンガ 船を通すためにつくった水路。中 運河。E a canal.

☆ スエズ運河ができて、船は地中海から紅海へ出られるようになった / 蘇伊士運河開通後，船就能由地中海出入紅海。

☆ パナマ運河 / 巴拿馬運河。

うんざり ウンザリ〔～する〕 同じことが何度も起こったり長く続いたりするのでいやになるようす。中 膩；厭膩；厭煩。E be disgusted with; be sick of.

☆ 寮の食事は毎晩同じでうんざりだ / 宿舍的飯菜每晚都一樣，吃膩了。

☆ 校長先生がいつも同じことを長々と話すので、生徒たちはうんざりしている / 校長總是冗長地講同一件事，學生都厭煩了。

うんそう 【運送】ウンソー〔～する〕 仕事として荷物を目的の所へ送りとどけること。中 運送；運輸；搬運。E transport.

☆ 引っ越すことになり、運送会社に荷物の運送を頼んだ / 決定搬家之後，委託運輸公司搬運行李。

☆ 注文の品物をトラックで運送する / 用卡車運送訂購的物品。

うんちん 【運賃】ウンチン 乗り物に乗るときや荷物を送るときに払う料金。中 車費；運費。E a fare; freight.

☆ バスの運賃が値上げになる / 公車票價上漲。

☆ 運賃を払う / 支付運費。

うんてん 【運転】ウンテン〔～する〕 乗り物や大きな機械などを動かすこと。中 開；駕駛；操縱；運轉。E drive; operate.

☆ 車を運転する / 開車。

☆ 機械の運転を止める / 停止機器運轉。

☆ 酔っぱらい運転 / 酒後駕車。

☆ 運転手 / 司機；汽車駕駛。

うんと ウント、ウント たくさん。非常に。話 中 多；用力；大大地；非常；遠遠地；很大。

☆ こっそりタバコを吸って、父にうんとしかられた / 偷偷吸菸，被父親狠狠地訓了一頓。

☆ ピアノを運ぶには、うんと力がいる / It requires great strength to carry a piano. / 抬鋼琴需要很大的力氣。

うんどう 【運動】ウンドー〔～する〕 ❶ 健康や楽しみなどのために体を動かすこと。中 (身體的)運動。E exercise.

☆ 毎朝、公園で軽い運動をする / 毎天早上到公園做一些輕快的運動。

☆ 運動会 / 運動會。

❷ ある目的で人々に働きかけたり活動したりすること。中 (政治、社會性的)運動；活動。E a movement; a campaign.

☆ 自然保護の運動を繰りひろげる / 推動自然保護活動。

☆ 選挙運動 / 選舉活動。

☆ 平和運動 / 和平運動。

❸ ものが、時間がたつにしたがって位置を

変えること。[中](物體的)運動。[E] movement; motion.

☆ 地球の運動は引力の法則にしたがっている/地球根據引力定律而轉動。

☆ 落下運動/落下運動；落體運動。

[対] 静止

うんめい【運命】ウンメイ　人や世の中がどうなっていくかを決める大きな力。また、それによって決められたなりゆき。[中] 命運；命。[E] fate; destiny.

☆ こういう古い因習は忘れられていく運命にある/這種舊習背負著被人遺忘的命運。

☆ 被告の運命を決める判決/決定被告命運的判決。

うんよう【運用】ウンヨー〔～する〕 金や規則などをうまく働かせて使うこと。[中] 運用；活用。[E] employ; apply.

☆ 会の財産を運用して、その利子を奨学金にする/有效運用會中(如基金會)財產，把紅利作為獎學金。

☆ 新しい法律を運用すれば、その行為を禁止できる/運用新法律才能夠禁止那種行為。

え／エ

え【柄】エ　道具や器についている細長い部分。手で持つためのもの。[中] 把柄；把子；柄。[E] a handle.

☆ この傘は柄が長い/這把傘的把柄很長。

☆ フライパンの柄が取れた/平底鍋的握柄掉了。

え【絵】エ　ものの形やようすを、線や色でかき表したもの。[中] 畫；圖畫；繪畫。[E] a picture; a painting.

☆ 子供の絵には夢がある/孩子的畫充滿夢想。

☆ 絵のように美しい/如畫一樣的美。

☆ ピカソの絵/畢卡索的畫。

[数] 1枚・1点・1幅

絵にかいたもち[餅]　すばらしい計画だが、実現しそうもなくて実際の役に立たないこと。[中] 畫餅充飢；空中樓閣。[E] of no practical use.

☆ どんなにすばらしくても、実際と離れすぎている計画は絵にかいたもちだ/不管多麼好，脫離現實的計劃只是空中樓閣而已。

エアコン　エアコン　❶〔←エアコンディショニング(air conditioning)〕 自動的に部屋の温度や湿度や換気を調節すること。空調。[中] 空調；溫度調節。[E] air conditioning.

☆ エアコンが広くいきわたって、快適な生活が送れるようになった/空調的普及，使人們能過舒適愉快的生活。

❷〔←エアコンディショナー(air conditioner)〕「❶」を行う装置。[中] 空調；溫度調節器。[E] an air conditioner.

☆ 事務所にエアコンを取りつける/辦公室裝了空調。

▷ [数] ❷ 1台

エアメール (air mail) エアメール　航空便。[中] 航空郵件；航空信。[E] air mail.

☆ 外国の友達からエアメールがとどいた/外國朋友寄來一封航空信。

えいえん【永遠】エイエン　時間が限りなく続くこと。[中] 永遠；永久。[E] everlasting; forever.

☆ 2人は永遠の愛を誓い合った/兩人海誓山盟。

☆ われわれの友情が永遠に続くように願っている/願我們的友誼永存。

☆ 永遠の眠り(=死)/永眠(＝死亡)。

えいが【映画】エイガ、エイガ　ものや人、景色などを写したフィルムをスクリーンの上に映しだして見せるもの。中 電影。E a movie; a film.

☆ 映画を撮影する / 拍攝電影。

☆ 映画を上映する / 上映電影。

☆ 映画に出る / 演電影。

☆ 映画監督 / 電影導演。

☆ 映画館 / 電影院。

数 1本

えいきゅう【永久】エイキュー　ある状態がいつまでも続くこと。中 永久；永遠。E forever; everlasting.

☆ 文化財を永久に保存する / 永久地保存文化遺產。

☆ 世界に永久の平和を実現したい / 希望實現世界永久的和平。

☆ 永久歯 / a permanent tooth. / 恆齒；恆牙。

えいきょう【影響】エイキョー〔～する〕　あるものの働きがほかのものに伝わって、なにかの変化をひきおこすこと。中 影響。E (an) influence; (an) effect.

☆ 円高は外国人の生活に大きく影響している / 日圓升值給外國人的生活帶來很大的影響。

☆ 影響力 / 影響力。

☆ 悪影響 / 壞影響；惡劣影響；不良影響。

……………「影響」の使い方……………

影響がある　中 有影響。E have an influence on.

☆ 経験や環境は、子供の成長に影響がある / 經驗和環境對孩子的成長有影響。

影響が大きい　中 影響大。E have a great influence on.

☆ 健康には栄養や運動の影響が大きい / 營養和運動對健康影響很大。

影響が少ない　中 影響小。E have little effect on.

☆「消費税は国民の生活に影響が少ない」と政府は言っている / 政府宣稱，消費稅對國民的生活影響不大。

影響がない　中 沒有影響。E have no effect on.

☆ 今度の台風は、この地方にはまったく影響がなかった / 這次的颱風對該地區沒有任何的影響。

影響を与える　中 給予影響；影響著。E have an influence on.

☆ いい環境は子供にいい影響を与える / 好環境會給孩子帶來正面影響。

影響を受ける　中 受影響。E be influenced by.

☆ 日本の文化は、中国、朝鮮の影響を受けて育ってきた / 日本文化是受中國和朝鮮的影響而發展起來的。

影響を及ぼす　中 給予影響；帶來影響。E exert an influence on.

☆ コンピューターは、現代人の生活に大きな影響をおよぼしている / 電腦給現代人的生活帶來很大的影響。

似た表現 影響が及ぶ

影響を被る　中 受影響。E be affected by.

☆ 土地値上がりの影響をこうむって、マイホームは買えなくなった / 受地價上漲的影響，已買不起自己的房子了。

影響をもたらす　中 有影響；帶來影響。E bring about an effect upon.

☆ 科学技術の進歩が日常の生活に大きな影響をもたらしている / 科學技術的進步給日常生活帶來很大的影響。

…………………………………………………………

えいぎょう【営業】エイギョー〔～する〕　利益をえるために事業を行うこと。中 營業；經商。E business; sales.

☆ 課長は外へ営業に出かけた / 課長外出跑業務去了。

☆ 本日は営業を休みます / 今日歇業；今日不營業。

☆ 営業成績 / 營業成績；營業額。

☆ 営業部 / a sales department. / 營業部。

えいご【英語】エイゴ　イギリス、アメリカ、カナダ、オーストラリアなどで使われていることば。中 英語；英文。E English.

☆ イギリス人のマイクと英語で話をする/用英語和英國人麥克交談。

☆ アメリカ英語/美式英語。

エイズ (AIDS) エイズ 「Acquired Immune Deficiency Syndrome (後天性免疫不全症候群)」を略した言い方。ウイルスの感染によって体の免疫がなくなり、他の病気が治りにくくなる。中愛滋病；後天性免疫不全症候群。E AIDS.

☆ エイズに対する偏見をなくさなければならない/我們應該消除對愛滋病的偏見。

☆ エイズウイルスは性的な行為や輸血などで感染する/愛滋病病毒是由性行為或輸血等感染的。

えいせい【衛生】エイセイ 清潔に心がけて健康な生活ができるようにすること。中衛生。E hygiene; sanitation; health.

☆ 台所や便所などは特に衛生に注意しなければならない/應特別注意廚房和廁所等處的衛生。

☆ 衛生状態が悪い/衛生況差。

☆ 公衆衛生/公共衛生。

えいせい【衛星】エイセイ ❶ 惑星のまわりを回る星。中衛星。E a satellite; a moon.

☆ 月は地球のまわりを回る衛星だ/月亮是圍繞地球運轉的衛星。

☆ 衛星放送/衛星傳送；衛星廣播。

☆ 人工衛星/人造衛星。(→項目)

❷ 中心になるもののまわりにあって、その影響を受けているもの。中衛星(城)。E a satellite (city).

☆ 衛星都市/衛星都市。

☆ 衛星国/衛星國。

えいぞう【映像】エイゾー 光線の屈折や反射によって、ものの表面に映しだされた形や姿。また、テレビなどの画像。中映像；影像。E a picture; an image.

☆ テレビが古くなって、映像がすこしぼけるようになった/電視機舊了，影像有點不清楚。

えいたん【詠嘆】エイタン〔～する〕 深い感動を声やことばに表すこと。中讚嘆；感嘆。E admiration.

☆ 山の頂上で日の出の美しさに詠嘆の声をあげた/站在山頂上讚嘆美麗的日出。

☆ 自然の美しさに詠嘆して俳句をつくった/作短詩讚嘆大自然之美。

えいだん【英断】エイダン すぐれた判断によって、思いきって決めること。中英明的決斷；當機立斷。E a decisive measure.

☆ 社長の英断によって、新事業がスタートした/董事長英明果斷，開始了新的事業。

☆ 大幅な値下げをするという英断を下した/做出大幅降價的英明決斷。

えいびん【鋭敏】エイビン 感じ方や頭の働きが鋭く速いようす。中敏銳；靈敏；敏感。E sharp; keen.

☆ 子供は大人より鋭敏に感じとる力がある/孩子比大人更敏感。

☆ 鋭敏な神経を持つ/有敏銳的神經。

対鈍感

えいみん【永眠】エイミン〔～する〕「死ぬこと」の改まった言い方。中長眠；去逝。E pass away; die.

☆ 父は昨夜永眠いたしました/父親昨晚去世了。

えいゆう【英雄】エイユー 才能や武勇にすぐれていて、大きなことをやりとげた人。中英雄。E a hero.

☆ ナポレオンもジャンヌ・ダルクもフランスの生んだ英雄である/拿破侖和貞德都是法國出身的英雄。

えいよ【栄誉】エイヨ すばらしいと認められてほめられること。中榮譽；名譽。E honor.

☆ 優勝の栄誉をたたえて校歌を演奏する/演奏校歌，讚揚勝利的榮譽。

えいよう【栄養】エイヨー 生物が生きて育っていくために必要な食物や成分。中營養。E nutrition; nourishment.

☆ 野菜だけでは栄養がたりない／光吃蔬菜營養不足。

☆ 力を出すために、もっと栄養をとりなさい／為增強體力須補充營養。

☆ 栄養不足／營養不足。

☆ 栄養士／營養師。

えいり 【営利】エイリ　利益を求めて活動すること。中 營利；謀利；盈利。E profit-making.

☆ 営利を目的とした仕事に国の予算を使うわけにいかない／不容許使用國家預算從事營利活動。

☆ 営利会社／以營利為目標的公司；營利公司。

☆ 営利事業／營利事業。

ええ　エー、エー　❶ 相手の言うことを認めたり承知したりするときに言うことば。中 欸；好吧。E yes.

☆「リーさんはここの学生ですか」「ええ、そうです」/「李同學是這裡的學生嗎?」「嗯，是的。」

☆「一緒に食事に行きませんか」「ええ、行きましょう」/「一起去吃飯吧!」「好，一起去吧。」

対 いいえ

❷ 話の初めに言ったり、途中にはさんだりすることば。中 嗯。E Uh～; Errrr～.

☆ ええ、私は山田と申しますが／「嗯，我叫

駅と車内で使うことば（車站、車內用語）

乗客　中 乘客；旅客。E a passenger.
駅員　中 站務員。E a station employee.
券売機　中 售票機。E a ticket machine.
改札口　中 驗票口。E a ticket gate.
自動改札機　中 自動驗票機。E an automatic ticket gate.
ホーム　中 月台。E a platform.
～番線　中 第～號月台；月台號碼。E Track No.～.
遺失物取扱所　中 失物招領。E the lost and found.
精算所　中 票價結算處。E the fare adjustment windown.
みどりの窓口　中 綠色窗口(購票窗口)。E the Green Window.
JR線　中 JR線。E a JR line.
私鉄　中 民營鐵路。E a private line.
地下鉄　中 地鐵。E a subway.
始発　中 頭班電車。E the first tarin.
終電　中 末班電車。E the last train.
検札　中 查票；驗票。E examination of tickets.
乗りかえる　中 換車；換乘。E change; transfer.

列車と車両の種類

普通　中 普通車。E a local train.
各駅停車　中 慢車。E a local train.
急行　中 快車。E an express.
特急　中 特快；特別快車。E a limited express.
新幹線　中 新幹線。E the *Shinkansen*.
禁煙車　中 禁菸車廂。E a nonsmoking car.
グリーン車　中 特等對號車廂。E the Green Car.
シルバーシート　中 博愛座。E Silver Seats; seats for the elderly or disabled persons.

切符の種類

乗車券　中 車票。E a ticket.
指定券　中 對號入座票。E a reserved seat ticket.
グリーン券　中 特等對號車票。E a ticket for the Green Car.
急行券　中 快車票。E an express ticket.
特急券　中 特快車票。E a limited express ticket.
入場券　中 月台票。E a platform ticket.
定期券　中 定期車票；月票；季票。E a commuter pass.
回数券　中 多次用票；回數票。E a coupon ticket.

山田。」

☆ このコンピューターは、ええ、人の300人分の計算を、ええ、1分でやってしまいます/這部電腦，嗯，一分鐘的計算抵得過三百人。

▷ 話

参 ❶は「うん」「はい」ともいうが、「うん」→「ええ」→「はい」の順で、丁寧な言い方になる。❷は「ええー」と長くのばすことが多い。

えがお【笑顔】エガオ　うれしそうに笑っている顔。中 笑臉；笑顏。E a smile.

☆ いままで泣いていた子供が、母親の顔を見て笑顔になった/到剛才還哭個不停的孩子看見母親後露出了笑容。

☆ 笑顔でお客さまを迎える/用笑臉迎接客人。

えが・く【描く】エガク〔他動五〕(えがいて)

❶ ものごとの形やようすを、絵やことばなどで表す。中 描繪；畫；繪。E draw; paint; describe.

☆ 人物を生きているように描くのはむずかしい/要把人畫得栩栩如生是很難的。

☆ 船は水の上に白い線を描いて走る/船在水上劃出一條白線地航行著。

❷ ものごとの形やようすを、自分の心の中で思う。中 想像。E picture to oneself; imagine.

☆ 一郎との結婚を胸に描く/在心中想著與一郎結婚的事。

☆ 頭の中に夢を描く/在腦中描繪著夢想。

えき【液】エキ　水や油などのように、流れる性質を持ったもの。中 液；液體。E a liquid; a solution.

☆ 洗濯物をせっけんの液につける/把要洗的衣服泡在肥皂水裡。

☆ 消毒液/消毒液。

☆ 胃液/胃液。

えき【駅】エキ　電車や列車が止まり、客が乗り降りしたり貨物を積みおろしたりする所。中 車站；站；火車站。E a station.

☆ 列車が駅に到着する/列車到站。

☆ 駅から学校まで10分かかる/從車站到學校需要十分鐘。

☆ 東京駅/東京車站。

→ 囲み

エキスパート (expert) エキスパート、エキスパート　1つの分野に、特にすぐれた才能や技術を持っている人。専門家。中 專家；內行。E an expert.

☆ 一郎は胃がん手術のエキスパートだ/一郎是胃癌手術的專家。

エキゾチック (exotic) エキゾチック　外国のような雰囲気があるようす。中 異國情調；外國風味。E exotic.

☆ 目鼻だちがはっきりしたエキゾチックな顔/輪廓分明，很像外國人的臉孔。

☆ エキゾチックな港町/充滿異國情調的港街。

えきたい【液体】エキタイ　物質の3つの状態の1つ。水や油のように、決まった形がなく、容器に入れないと流れていってしまうもの。中 液體；流體。E a liquid; a fluid.

☆ あのコップの中の青い液体はなんですか/那個杯中的藍色液體是什麼?

☆ 液体酸素/液體氧氣；液體氧。

関連 固体、気体

えきでん【駅伝】エキデン　「駅伝競走」を略した言い方。長い距離の道路をいくつかの区間に分けて、1つの区間を各チームから1人の選手が走って、合計の時間で順位を決める、チーム対抗の競走。中 長跑接力賽。

E *ekiden*; a long-distance relay race.

☆ 道路のわきで駅伝の選手たちを応援する/在道路的兩旁給長跑接力賽的選手們加油聲援。

☆ 箱根大学駅伝/箱根大學長跑接力賽。

えきべん【駅弁】エキベン　駅のホームや売店、車内などで売っている弁当。中 車站賣的便當。E a box lunch sold at a railroad station or in a train.

☆ 駅弁を食べるのが旅行の楽しみの1つだ/

吃車站便當是旅行的一大樂事。

えくぼ　エクボ　笑ったときに、ほおにできる小さなくぼみ。中酒窩；笑窩。E a dimple.

☆ 笑うとえくぼがかわいい子／一笑起來酒窩特別可愛的孩子。

☆ かたえくぼ／單酒窩；單笑窩。

えぐ・る　エグル〔他動五〕(えぐって)　❶ナイフなどを使って中の部分を取りだし、深い穴を開ける。中挖；�。E scoop out; gouge.

☆ リンゴのしんをナイフでえぐって取る／用小刀子把蘋果核挖出來。

☆ 胸がえぐられるような悲しみ／poignant sorrow.／掏心般的悲傷。

❷隠されている事実を明らかにして示す。中追究；深掘。E cut (to the heart).

☆ 事件をよく調べて、問題の核心をえぐった記事を書く／認真調查事件之後，寫出一篇深入問題核心的報導。

えげつな・い　エゲツナイ　下品で、いやな感じだ。話中下流；討厭；露骨。E vulgar; nasty; vicious.

☆ 課長はえげつないことばで部下をしかるので嫌われている／課長用下流的話責備部屬，令人厭惡。

☆ えげつないやり方でお金をもうける／用下流的方式賺錢。

エゴ（㋶ego）エゴ　❶⇨自我。中自我。

☆ ３歳はエゴが確立する時期だ／三歲是確立自我意識的時期。

❷〔←エゴイズム(egoism)〕自分中心に考えて、自分だけがよければいいという考え方。中利己主義；自私自利。E egoism.

☆ 親のエゴで子供の将来を決めてはいけない／不能用父母的私心來決定孩子的將來。

☆ 地域エゴ／地方主義。

エコノミー (economy) エコノミー　❶経済。中經濟。E economy.

☆ 日米エコノミー戦争／日美經濟戰爭。

❷節約すること。中節約。E economy.

☆ エコノミークラス(=旅客機などの普通席)／(客機艙位)經濟艙(=飛機的二等艙；普通艙)。

☆ エコノミー切符(=割引の切符)／經濟艙票(折價票)。

えこひいき　エコヒイキ〔～する〕　自分の気に入った人だけを特によくしてやること。中偏袒；偏向；偏心。E favoritism; partiality.

☆ Ａ先生はえこひいきすることなく、どの子も公平に扱っている／A老師不偏心，對哪個孩子都公平。

えさ　エサ、エサ　動物を育てたり、捕らえたりするための食物。中餌食；飼料。E feed; bait.

☆ 犬にえさをやる／給狗餵食。

☆ 小鳥のえさ／鳥飼料。

二注 漢字で書くときは「餌」。

エスカレーター (escalator) エスカレーター　階段のようなものを動かして、人や荷物を上や下に運ぶ装置。中自動手扶梯；電動扶梯。E an escalator.

☆ エスカレーターで３階まで上がる／乘自動手扶梯上三樓。

数１基

エスペラント (Esperanto) エスペラント　ポーランドの医師ザメンホフが考え、1887年に発表した世界の共通語。中世界語。E Esperanto.

☆ エスペラントを習って世界じゅうの人々と話してみたい／學習世界語，想和全世界的人交談。

えだ【枝】エダ　植物の幹や茎から分かれてのびていくもの。中樹枝。E a branch; a bough.

☆ 木の枝を折る／折斷樹枝。

☆ 枝ぶり(=枝のようす)／樹型(=樹枝的形)。

☆ 枯れ枝／枯枝。

数１本　→木図

エチケット（㋫ équette）エチケット、エチケット　人とつきあうときに守らなければならないことばの使い方や動作。中 禮貌；禮節；禮儀。E etiquette.

☆ ドアを開けて、後から人が来るとわかっていたら押さえているのがエチケットだ/開門看見後面有人來時，開門等候是一種禮貌。

☆ パーティーなどで相手のいやがることを尋ねるのはエチケットに反する/宴會中問一些讓對方厭煩的問題是不禮貌的行為。

☆ エチケットを守る/尊守禮節禮貌。

えっちらおっちら エッチラ・オッチラ 歩きにくそうに、ゆっくりと歩くようす。話 中 很吃力地，很費勁地(背運重物或走山路的樣子)。

☆ 90歳になる祖母が、畑でつくった野菜を持って、えっちらおっちらやってきた/My ninety-year old grandmother came toiling over, carrying vegetables grown in her field. /年近九十的祖母抱著她種的菜吃力地走過來。

えつらん 【閲覧】エツラン〔～する〕 図書館などで、そこにある書物や新聞などを読んだり調べたりすること。中 閱覽。E reading; inspection.

☆ 図書館で江戸時代の古い辞書を閲覧する/在圖書館查閱江戶時代的古老字典。

☆ 閲覧室/閱覽室。

えて 【得手】エテ いちばん得意にすること。中 拿手；擅長。E one's strong point; be good at.

☆ 人には得手不得手がある/人各有所長。

☆ 歌を歌うのは、どうも得手じゃない/似乎不擅長唱歌。

対 不得手

えてして エテシテ そうなることが多いようす。中 每每；往往。E be apt to; as is often the case.

☆ えてして、子供は親に言われたことに反発するものだ/孩子往往不聽父母的話。

☆ あんなに売れていた商品がいまはまったくだめだ。商売とは、えてしてこんなものだ/那樣暢銷的商品現在又不賣了，買賣往往就是這樣。

えと エト ❶ 十干と十二支を組み合わせて年を表すのに使うもの。古くは、日、時刻、方角などにも使った。中 天干地支；干支。E *eto*; an ancient system for counting days, months and years by combining two ordered sets of symbols called the ten stems or trunks (*jikkan*) and the twelve branches (*junishi*).

☆ えとは、きのえね、ひのえうまなど60種ある/天干地支有甲子，丙午等六十個年份。

❷ ⇨十二支。中 十二支；地支。

☆ 来年のえとはひつじです/明年是羊年。

参「十干」とは、「木、火、土、金、水」をそれぞれ「え(=兄)」と「と(=弟)」に分けたもので、「きのえ・きのと、ひのえ・ひのと、つちのえ・つちのと、かのえ・かのと、みずのえ・みずのと」のこと。

えど 【江戸】エド 東京の古い呼び名。徳川家康が1603年に幕府を開いて政治の中心地となり発達した。中 江戶。E Edo.

☆ 江戸は武士と町人の町として栄えた/江戶曾以武士和商人聚集之處而繁榮。

☆ 江戸時代はおよそ260年続いた/江戶時代大約經歷了二百六十年。

エネルギー (ド Energie) エネルギー、エネルギー ❶ 物体などが持つ、仕事をする力。中 能；能量；熱量。E energy.

☆ 原子力エネルギー/原子能。

☆ 運動エネルギー/動能。

☆ 熱エネルギー/熱能。

❷ 産業や人間生活に必要な電気、ガスなど。中 能源。E energy (electricity, gas).

☆ エネルギー資源/能源資源。

☆ エネルギー問題/能源問題。

❸ ものごとを活発に行う精力。活力。中 精力；氣力。E energy; vigor.

☆ 洋子は若さとエネルギーにあふれている/

洋子年輕，精力充沛。

えのぐ【絵の具】エノグ　絵に筆で色をつけるための材料。油絵の具、水彩絵の具など。中顏料；水彩。E colors; paints.

☆ 文房具店で12色の絵の具を買う/在文具店買十二色顏料。

えび　エビ　海や川にすむ節足動物の一種。かたい殻でおおわれ、2対の触角と5対の足を持つ。クルマエビ、イセエビなど食用になるものが多い。中蝦。E a shrimp; a prawn; a lobster.

〔えび〕

☆ エビのてんぷらを食べる/吃炸蝦。

数 1匹

えびでたい[鯛]を釣る　すこしの元手で大きな利益をえる。中拋磚引玉。E throw a sprat to catch a mackerel.

似た表現 えびたい

エピソード(episode) エピソード、エピソード　人やものごとの一面を表す、ちょっとした話。中軼事；插曲；奇聞。E an episode; an anecdote.

☆ 首相には、学生時代に、海でおぼれかけた人を救助したというエピソードがあるそうだ/據說首相在學生時代曾救過一個掉入海裡快淹死的人。

エプロン (apron) エプロン、エプロン　台所の仕事や掃除などのときに使う洋風の前かけ。中圍裙。E an apron.

☆ エプロンをかけて家事をする/繫上圍裙做家務。

〔エプロン〕

☆ エプロン姿で台所に立つ/圍著圍裙在廚房站著。

数 1枚

えほん【絵本】エホン　子供のための、絵が多い本。中兒童繪本；畫冊。E a picture book.

☆ おとなしく1人で絵本を見ている/一個人乖乖地在看著畫冊。

☆ 子供に絵本を読んでやる/給孩子唸繪本。

数 1冊

えもの【獲物】エモノ、エモノ　狩りや漁でとったもの。中獵物；捕獲物。E game; a catch; a bag.

☆ むかしの人は、えものを追って山を走りまわった/以前的人在山上圍捕獵物。

☆ えものに逃げられる/讓獵物跑了。

エラー (error) エラー〔～する〕　失敗すること。まちがい。中錯誤；過失；失敗。E an error.

☆ きょうの野球の試合はエラーが多かった/今天的棒球比賽失誤過多。

☆ コンピューターでエラーが出ると、もういちどやり直しだ/電腦只要一出錯，就必須重來一次。

えら・い【偉い】エライ　❶人物や行動がすぐれていて、立派だ。中了不起；偉大。E great.

☆ 勉強も仕事もちゃんとやるとは偉い/書讀的好，工作也做的好，真了不起。

❷ 地位や身分が高い。中(地位、身分)高。E in a high position.

☆ 病院では院長がいちばん偉い/醫院裡院長的地位最高。

❸ 程度がひどい。中嚴重；厲害；不得了。E hard; awful.

☆ 大雪で電車が動かなくなってえらい目にあった/下大雪電車開不動，真倒楣。

☆ きょうはえらく暑い/今天天氣熱得厲害。

▷ 話❸

注 ❸はひらがなで書く。

えら・ぶ【選ぶ】エラブ〔他動五〕(えらんで)　2つ以上のものごとの中から目的に合うものを取る。中選擇；挑選。E elect; choose.

☆ 洋子をクラス委員に選んだ/洋子被選為班代。

☆ 自分に合った職業を選ぶ/選擇適合自己的職業。

えり【襟】エリ　❶衣服の、首のまわりにつける布。中領子。E a neckband; a collar.

☆ 着物のえりのよごれを洗う/清洗衣服領子

上的髒污。

☆ ワイシャツのえり / 白襯衫的領子。

❷ 首の後ろの部分。中 後頸；後脖。E the nape of the neck.

☆ えりをそる / 剃脖子上的毛。

☆ えりあし / (脖頸的) 髮際。

▷ →着物、ワイシャツ 図

襟を正す 気持ちや態度を引きしめる。中 正襟。E shape up; with respect.

☆ 選挙の結果を、国民のわが党に対する批判としてえりを正して受けとめる / 將選舉結果正視為國民對本黨的批評。

エリート (フ élite) エリート 特に選ばれたすぐれた人々。中 傑出人物；菁英。E the elite.

☆ エリートへの道は厳しい / 成為菁英的道路是艱難的。

☆ エリートコース / 英才之路。

☆ エリート教育 / 菁英教育；培養菁英。

えりごのみ【えり好み】エリゴノミ、エリゴノミ〔〜する〕 好きなものだけを取ること。より好み。中 挑剔；挑挑揀揀；挑肥揀瘦。E be particular; be choosy.

☆ 食べ物をえり好みする子は丈夫になれない / 偏食的孩子身體是不會健壯的。

える【得る】エル〔他動一〕 ❶ 自分のものにする。中 得到。E obtain; get; gain.

☆ 親からやっとのことで外国旅行の許しをえた / 總算得到父母同意可以去國外旅遊了。

☆ 承認をえる / 得到承認。

☆ 要領をえない / 不得要領。(→要領 慣用)

対 失う

❷ (「〜ざるをえない」の形で)〜しないわけにはいかない。中 不得不〜。

☆ 決まった以上、したがわざるをえない / 既然已經決定了，不得不照辦。

☆ 賛成せざるをえない / cannot help agreeing. / 不得不贊成。

❸ (動詞の「ます」形について)〜することができる。可能だ。中 能夠；可能。

☆ そんなことはありえない / 不可能發生那種事 (= 豈有此理)。

☆ 知りえた限りの情報を伝えます / 轉告所知的有限情報。

☆ 理解しえない / cannot understand. / 不能理解；理解不了。

参 古い言い方は「得る」。そのため、❸のようなばあいの基本形では、「ありうる」「理解しうる」を使うことも多い。

エレガント (elegant) エレガント 動作や服装などが上品で美しいようす。中 優雅；優美。E elegant.

☆ エレガントな身のこなし / 高貴的穿著打扮。

☆ エレガントな服装 / 高雅美麗的服裝。

エレベーター (elevator) エレベーター 動力で、人や荷物を上や下に運ぶ装置。中 電梯。E an elevator.

☆ エレベーターでマンションの7階に上がる / 搭乘電梯上公寓七樓。

☆ このデパートにはエレベーターもエスカレーターもある / 這家百貨公司既有電梯又有手扶梯。

数 1台・1基

えん【円】エン ❶ まるい形。丸。中 圓；圈。E a circle.

☆ 円の中心から円のまわりへ直線を引くと、長さはみな同じだ / 從圓心向圓周畫直線，其長度都是相等的。

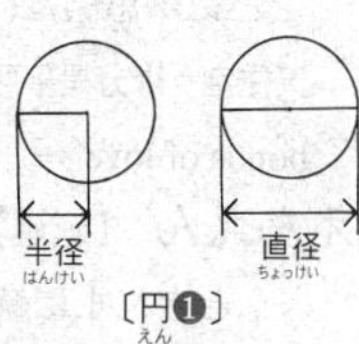

〔円❶〕

☆ コンパスで円をかく / 用圓規畫圓。

❷ 日本の金の単位。1円は100銭。記号は「¥」。中 日圓。E a yen.

☆ ドルに対して円が高くなる / 日圓對美元的匯率升值。

☆ 円の価値が上がる / 日圓升值。

☆ 1冊200円のノート / 二百日圓一本的筆記本。

えん【縁】エン　❶ものごととの結びつき。関係。中關係；因緣。E a relation; a connection.

☆ 子供のときから勉強が嫌いで、いまも学問とは縁がない/從孩提時代開始就不喜歡讀書，現在仍與學問無緣。

❷ 人と人との結びつき。中血緣；姻緣；緣分。E ties; bonds; fate.

☆ 夫婦の縁は切れても親子の縁は切れない/即使夫妻緣盡了，但是親子間的血緣是斷不了的。

☆ あなたとまたお会いできたのもなにかのご縁でしょう/能與您再次見面也是因為某種緣分吧。

❸ 縁側。中廊子；走廊。E a veranda.

☆ 縁の下/(走廊的)地板下。

☆ ぬれ縁/(日式建築)房間窗外的窄廊。

縁の下の力持ち　人に見えないところで他人のために努力し、苦労すること。また、している人。中甘願在幕後賣力；無名英雄。E work unnoticed; an unsung hero.

☆ 舞台の衣装や照明や道具係の人たちは、俳優を美しく見せ観客を楽しませるために、縁の下の力持ちとして働いている/負責舞台服裝，照明和道具的工作人員為了使演員出色，觀衆高興，在幕後辛勤地工作。

縁は異なもの(味なもの)　男女の結びつきはまことに不思議な(おもしろい)ものだ。中姻緣天注定；緣分是不可思議的。E Wondrous are the bonds of love.

えんえん【延延】エンエン　ものごとが長く、とぎれずに続くようす。中沒完沒了；連綿不斷。E long (line); as long as.

☆ コンサート会場へ急ぐ人の列が延々と続いている/趕往音樂會會場的人群接連不斷。

☆ 延々２時間にわたる長電話/沒完沒了打了兩個小時的電話。

えんか【演歌】エンカ　人情や恋愛などをテーマとした、日本的なメロディーの流行歌。中(日本民間流行歌曲)演歌。E an *enka*; a popular song with a melody of Japanese style.

☆ 父はカラオケで演歌を歌うのが大好きだ/父親特別喜歡去卡拉OK唱演歌。

数１曲

えんかい【宴会】エンカイ　おおぜいの人が一緒に食事をしたり酒を飲んだりして楽しむ会。中宴會。E a dinner party; a banquet.

☆ 今度の土曜日は会社の宴会がある/下週六公司有宴會。

☆ 宴会場/宴會場；宴會廳。

えんかく【沿革】エンカク　学校や会社などいろいろな組織の、始まりから現在までの移り変わり。中沿革；變遷。E a history; development.

☆ 母校の沿革を調べる/調查母校的沿革。

えんかつ【円滑】エンカツ　ものごとが途中で止まらないで順調に進むようす。中圓滿；順利。E smooth; harmonious.

☆ 特に反対意見もなく会議は円滑に進められた/沒有什麼反對意見，會議進行得很順利。

☆ 円滑な運営/順利營運。

えんがわ【縁側】エンガワ　和風の建築で、座敷の外側にある細長い板敷きの部分。中廊子；走廊。E a veranda; a porch.

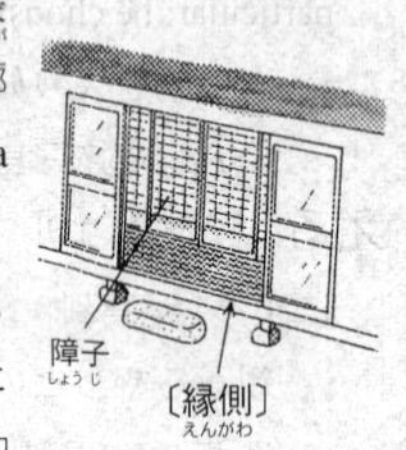

☆ 祖母の家の縁側は、よく日が当たってとても暖かい/祖母家的走廊日照充足，非常暖和。

☆ 母はよく縁側で縫い物をしていた/母親經常坐在外廊上縫衣服。

えんがん【沿岸】エンガン　海や川や湖にそった陸地の部分。また、陸地に近い部分。中沿岸；沿海。E the coast; the shore.

☆ 瀬戸内海の沿岸では魚がたくさんとれる/瀬戶內海沿岸可捕到許多魚。

☆ 沿岸に津波が押し寄せる/大浪打向沿岸。

☆ 沿岸漁業/沿海漁業。

えんき【延期】エンキ〔～する〕 行事などを、決めた日より後に変えること。中 延期。E postpone; put off.

☆ 講師のつごうで講習会を来週に延期した/因老師的關係，講習會延到下週舉行。

☆ かぜをひいたので、旅行の出発を延期する/因感冒，旅行延期出發。

えんぎ【演技】エンギ〔～する〕 ❶ 俳優や芸人などが客の前で芸をして見せること。中 演技；表演。E acting; performance.

☆ あの俳優の演技は役になりきっていて実にみごとだ/那個演員完全融入角色，演技非常出色。

☆ 演技賞/演技獎；表演獎。

❷ 他人をごまかすために、わざとある態度をとること。中 表演；作戲；花招。E an act; a gesture.

☆ 道子の笑顔は親を安心させるための演技だ/道子的笑臉是為了讓父母放心，而故意裝出來的。

えんきょく【婉曲】エンキョク ものの言い方や文の書き方などが、直接的でなく、穏やかなようす。中 婉轉；委婉。E indirect; roundabout.

☆ 家まで送っていくという二郎の申し出を、途中で買い物をしたいからと婉曲に断った/因想在回家途中購物，所以婉拒了二郎送我到家的要求。

☆ 交渉などで「考えておく」というのは婉曲な断り方の1つである/在談判中，說「考慮考慮」是一種婉轉的拒絕方式。

えんきん【遠近】エンキン 遠い所と近い所。中 遠近。E far and near; distance.

☆ この風景画は遠近がよく表現されている/這幅風景畫把遠近感表現得恰到好處。

☆ 片方の目だけでは遠近の感じがよくわからない/獨眼無法辨明遠近感。

☆ カメラのレンズの遠近を調節する/調節照相機的焦距。

☆ 遠近感/遠近感。

えんげい【園芸】エンゲイ 野菜や草花、くだものなどを育てること。中 園藝。E gardening.

☆ 父は園芸が趣味で、日曜日はいつも庭で木や花の手入れをしている/父親對園藝感興趣，星期日經常在庭院裡修剪樹木花卉。

☆ 園芸作物/園藝作物。

えんげき【演劇】エンゲキ 人々がそれぞれの役をもって舞台に上がり、ある物語を演じて客に見せる芸術。中 演劇；戲劇。E the drama; a play.

☆ 演劇を勉強するために俳優の養成所に入る/為了學習演戲，而進入演員培訓班。

☆ 演劇の脚本を書く/編劇本；寫劇本。

→劇

えんこ【縁故】エンコ ❶ 血のつながりや結婚などによってできる関係。中 親屬關係；親戚關係。E (a) relationship; a relative.

☆ 親類の縁故を頼って仕事をさがす/靠親戚關係找工作。

❷ 人と人を結びつける特別なつながり。中 關係；親朋故舊。E (a) connection.

☆ 弟は父の友人の縁故であの会社に就職できた/弟弟靠父親的朋友關係才得以在那家公司任職。

☆ 縁故採用/ employ a person through personal connections. / 非公開招募；錄用自己人。

えんご【援護】エンゴ〔～する〕 困っている人を助けること。中 援助；救濟。E support; back up.

☆ 交通事故で親をなくした子供たちが高校に進学できるよう、援護の方法を考える/思考能讓因交通事故失去父母的孩子進高中讀書的援助方法。

えんし【遠視】エンシ 「遠視眼」を略した言い方。近くのものがぼんやりしてよく見えない状態。中 遠視；遠視眼。E farsighted.

☆ 遠視で新聞もよく読めない/因為遠視連報

紙也看不清。

☆ 遠視が進んできたので、めがねをかけることにした/遠視變嚴重了，因此決定戴眼鏡。

対近視

えんしゅう 【演習】エンシュー〔～する〕

❶ 実際と同じようにして行う訓練。中演習。E maneuvers; a rehearsal.

☆ 自衛隊の演習が富士山のふもとで行われている/自衛隊在富士山腳下進行演習。

☆ 運動会の予行演習/運動會的彩排。

❷ 大学などで、学生の研究発表や討論を中心に行う授業。ゼミナール。ゼミ。中專題研究討論(課)。E a seminar.

☆ 今度の演習はわたしが「日本の教育の近代化」について発表する/這次專題研究討論，我要發表關於「日本教育現代化」的論文。

☆ 演習科目/專題研究討論課程。

えんじゅく 【円熟】エンジュク〔～する〕

❶ 芸や技術などが、じゅうぶんに上手になっていること。中熟；熟練；嫻熟。E mature; fully developed.

☆ あの俳優は円熟した芸を身につけている/那位演員演技純熟。

対未熟

❷ 人柄などが穏やかになり、人間味が増してくること。中圓通；成熟；老練。E mature; mellow.

☆ 社長の円熟した風格が、社員の心をひきつける/董事長老練成熟的風度吸引著職員的心。

えんしゅつ 【演出】エンシュツ〔～する〕

❶ 演劇や映画などで、脚本をもとに俳優の演技、衣装、道具、音楽、照明などすべてを指導し、まとめること。中演出；導演。E produce; direct.

☆ テレビドラマを演出する/指導電視劇演出。

☆ 演出家/舞台監督；導演。

❷ 会などが盛りあがるように工夫をすること。中表演。E staging.

☆ オリンピックの開会式の演出はすばらしかった/奧運開幕典禮的表演非常出色。

えんじょ 【援助】エンジョ〔～する〕 金やものなどをあげて、生活の貧しい人や経済的に苦しい組織などを助けること。中援助；支援；資助。E assist; aid; support.

☆ 地震で被害を受けた国に医薬品などを送って援助した/送醫藥品等物援助遭受地震災害的國家。

☆ 国から生活費の援助を受ける/從國家領取生活救濟金。

☆ 精神的援助/精神上的援助；思想上的支持。

エンジョイ (enjoy) エンジョイ〔～する〕 楽しむこと。中享受；享樂。E enjoy.

☆ 週末は山の別荘でのんびりした生活をエンジョイしている/週末到山莊別墅享受悠閒自在的生活。

☆ 恋人とドライブをエンジョイする/和情人一起駕車兜風。

えん・じる 【演じる】エンジル、エンジル〔他動一〕 ❶ 演劇、映画などで、その中の人物になって見せる。演ずる。中演；扮演。E perform; play.

☆ あの女優は、40歳になっても18歳の少女を演じることができる/那位女演員年已四十，還能扮演十八歲的少女。

☆ 主役を演じる/當主角；飾演主角。

❷ 人の目につくことをする。演ずる。中作出；造成。E commit (a blunder).

☆ 客の前で大失敗を演じてしまった/在客人面前大大地漏氣。

エンジン (engine) エンジン 燃料を燃やして機械などを動かす力をつくる装置。中引擎。E an engine.

☆ 自動車のエンジンをかける/發動汽車引擎。

☆ エンジンの調子はいい/引擎況良好。

数1台・1基

えんしんりょく 【遠心力】エンシンリョク

あるものが回っているとき、その円の中心から外へ向かって遠ざかろうとする力。中 離心力。E centrifugal force.

☆ 洗濯機の脱水機は、遠心力を利用して洗濯物の水分を外へ飛ばす仕組みになっている/洗衣機的脱水機是利用離心力將洗滌物的水向外甩掉。

対 求心力、向心力

エンスト エンスト〔～する〕 運転中の自動車などのエンジンが故障して急に止まること。中 引擎停了；汽車不動了。E stalling; an engine breakdown.

☆ エンジンがまだ冷えているのに走って、エンストを起こした/引擎還沒暖就開動，結果熄火了。

☆ 車が踏切でエンストしてあわてた/汽車在鐵路平交道上熄火了，急得慌了手腳。

参 英語の「エンジン(engine)」と「ストップ(stop)」を合わせたものを略して日本でできたことば。

えんぜつ【演説】エンゼツ〔～する〕 おおぜいの人の前で自分の意見や主張を話すこと。中 演說；講話；演講。E a speech; an address.

☆ 候補者の演説を聞く/聽候選人演講。

☆ 街頭演説/街頭演講。

えんせん【沿線】エンセン 線路などにそった地域。中 鐵路沿線。E along a railroad line.

☆ 新しく開通した鉄道の沿線に住宅団地ができた/在新開通的鐵路沿線建起了住宅區。

☆ 中央線沿線に住む/居住在中央線沿線。

えんそう【演奏】エンソー〔～する〕 人に聞かせるために楽器をひいたり吹いたりすること。中 演奏。E a (musical) performance.

☆ すばらしいピアノの演奏にみんな聞きほれている/優美的鋼琴演奏使大家聽得入迷。

☆ 演奏会/演奏會。

えんそく【遠足】エンソク〔～する〕 運動や見学のために行く、1日だけの小旅行。おもに学校の生徒が団体で行くもの。中 (當天往返的)遠足；郊遊。E a school picnic.

☆ 遠足の生徒たちが草の上でお弁当を食べている/郊遊的學生在草地上吃便當。

☆ 1年生の春の遠足は動物園だった/一年級學生的春天遠足去了動物園。

えんだか【円高】エンダカ 為替相場で、日本の円の価値が外国の金に比べて高いこと。中 日圓升值。E a strong yen (rate).

☆ 円高になると、外国の品物が安く買えるようになる/日圓升值買外國貨就便宜多了。

☆ きょうの円相場は1ドル105円で、先週末の106円より1円、円高だ/今天的匯率是一美元換一百零五日圓，比上週末的一百零六日圓升值一日圓。

対 円安

えんだん【縁談】エンダン ある人との結婚をすすめる話。中 親事；提親。E a marriage proposal.

☆ あまり気が進まない縁談だったので断った/謝絕了一樁不太滿意的親事。

☆ やっと息子の縁談がまとまった/兒子的親事總算談妥了。

えんちょう【延長】エンチョー ❶〔～する〕時間や距離などがのびること。また、のばすこと。中 延長。E extend; lengthen.

☆ 国会の会期が1週間延長した/國會會期延長了一週。

☆ 新幹線を青森まで延長する/新幹線延長到青森縣。

☆ 延長戦/延長賽。

対 短縮

❷ 1つの線につないで考えたときの全体の長さ。中 全長。E length.

☆ A私鉄の線路は延長500キロになった/A民營鐵路全長五百公里。

❸ 形は違っても、続いていて同じようだと考えられるものごと。中 延長部分；擴展。

え

E an extension of.

☆ 遊びも学習の延長である / 遊戲也是學習的一部分。

☆ クラブ活動を授業の延長だと考える/把社團活動視為課業的延伸。

えんとつ【煙突】エントツ　煙を外に出すための長い筒。中 煙囪；煙筒。E a chimney; a smokestack.

☆ 工場の煙突から煙が出ている / 工廠的煙囪直冒著濃煙。

☆ ストーブの煙突 / 暖爐的煙筒。

数 1本

えんにち【縁日】エンニチ　神社や寺で、神や仏をおまつりする日。中 有廟會的日子；廟會。E a temple or shrine festival.

☆ 縁日の夜店で金魚を買った / 在廟會的夜市買到金魚。

☆ この寺は毎月8日が縁日だ / 這座寺院每月八號有廟會。

えんぴつ【鉛筆】エンピツ　細長い木の中に黒や赤などのしんを入れてつくった、字や絵をかく道具。中 鉛筆。E a pencil.

☆ 鉛筆をけずる / 削鉛筆。

☆ 鉛筆で書く / 用鉛筆寫字。

☆ 色鉛筆 / 彩色鉛筆。

数 1本　→文房具図

えんまん【円満】エンマン　面倒な問題がなく、穏やかなようす。中 圓滿；美滿；沒有缺點。E amiable; peacefully.

☆ A部長は円満な性格で、だれともけんかしたことがない/A部長個性溫和，沒和任何人吵過架。

☆ 円満に会社を退職する / 圓滿地從公司退休。

☆ 夫婦円満 / 夫妻生活美滿。

えんやす【円安】エンヤス　為替相場で、日本の円の価値が外国の金に比べて安いこと。中 日圓貶值。E a weak yen (rate).

☆ 円安になると、日本からの輸出がしやすくなる / 日圓貶值，有利於日本產品的出口。

☆ きょうの円相場は1ドル103円で、先週末の102円より1円、円安だった/今天的匯率為一美元兌一百零三日圓，比上週末一百零二日圓貶值一日圓。

対 円高

えんりょ【遠慮】エンリョ、エンリョ　❶〔～する〕自分のしたいことや言いたいことを控えめにすること。中 客氣；迴避；謝絕。E reserve; restraint.

☆ 遠慮しないで、召し上がってください/別客氣，請用吧。

❷〔～する〕断ることを遠まわしにいう言い方。中 婉轉謝絕的表達方法。

☆ 7時以後の入場はご遠慮ください/ Please refrain from entering after seven. /七點鐘以後謝絕進場。

❸ 将来のことまで見通した深い考え。中 遠慮；深謀遠慮。E foresight; forethought.

☆ 深謀遠慮(＝先のことまでよく考えた計画)/ 深謀遠慮(＝對未來的事情考慮得很周到的計畫)。

▷ 書❸

遠慮会釈もない　相手の迷惑をすこしも考えずになにかをするようす。中 毫不客氣地。E quite unshamedly.

☆ 社長は会議中、遠慮会釈もなくいびきをかいて眠っていた/董事長在會議中毫不客氣地打著呼睡著了。

えんりょぶか・い【遠慮深い】エンリョブカイ　いつも人の気持ちを気づかって自分のしたいと思う気持ちをおさえる性質だ。中 非常客氣；拘謹；拘禮。E reserved; modest.

☆ 一郎は遠慮深くて、会議ではいつもすみの席にすわる / 一郎很拘謹，開會時總是坐在角落的位置。

お／オ

お【尾】オ 魚や鳥、けものなどのしりから後ろのほうに細長くのびたもの。しっぽ。中 尾巴；尾。E a tail.

〔尾〕

☆ 犬が喜んで尾を振っている／小狗高興地搖著尾巴。

☆ 猫が尾を立てる／貓咪翹著尾巴。

☆ 尾頭つき(=頭と尾をつけたまま焼いた魚)／連頭帶尾(=連頭帶尾的整條烤魚)。

対頭 数1本

尾を引く なにかがすんだあとまでも長く影響が残る。中 拖個尾巴；留下痕跡；留下影響。E leave a trail.

☆ 転勤を断ったのが尾を引いて、課長との関係がまずくなった／因為拒絕調職，而和課長的關係搞僵了。

お- (名詞、動詞、形容詞、形容動詞について)

❶ 上品な感じや、丁寧の気持ちを表す。中 表示鄭重。

☆ お暑うございます／It's hot.／今天真熱啊！

☆ お米／米。

❷ 尊敬、丁寧の気持ちを表す。中 表示尊敬。

☆ けさの新聞はもうお読みになりましたか／今早的報紙您看過了嗎？

☆ いつお出かけになりますか／When will you start?／您什麼時候出發？

☆ お手紙ありがとうございました／謝謝您的來信。

❸ 謙遜の気持ちを表す。中 表示自謙。

☆ ここでお待ちします／I will be waiting here for you.／我就在這裡等您。

☆ 結果はのちほどお知らせいたします／待會兒告訴您結果。

▷ →御-

参 おもに和語につく。漢語には「ご」がつくのがふつうだが、「お食事」「お料理」「お豆腐」「お電話」「お返事」など、日常よく使うことばには、漢語でも「お」のつくものがある。また、❷は相手の動作、相手に関係のあることについていい、❸は自分の動作についていう。

おあいにくさま オアイニクサマ ❶ 相手の望みどおりにならないことを、なぐさめて言うことば。あいにく。中 真對不起；真不湊巧；遺憾。E I am sorry; That's too bad.

☆ おあいにくさまですが、父はただいま留守にしております／真不湊巧，我父親剛剛外出。

❷「❶」を冗談半分に言うことば。中 真不湊巧；真遺憾；偏巧。E I am sorry.

☆「ぼくとスキーに行こうよ」「おあいにくさま。彼とハワイに行くことになっているの」／「和我去滑雪吧！」「真不湊巧，我已決定和男友一起去夏威夷了。」

▷ 話

おい オイ 自分のきょうだいの、男の子供。中 姪子；外甥。E a nephew.

☆ 小学生のおいとテレビゲームをして遊んだ／和還是小學生的姪子一起玩電動。

☆ わたしにはおいが3人いる／我有三個姪兒。

対めい

注 漢字で書くときは「甥」。

参 くだけた言い方は「おいっ子」、丁寧な言い方は「おいごさん」。

お

おい オイ 人に呼びかけるときに言うことば。話 中喂；欸。E Hey!; Say!

☆ おい、ちょっと手伝ってくれ/喂，來幫一下忙。

☆ おい、飯はまだか/喂，飯還沒好嗎?

☆ おい、あそこを見てみろ/喂，看看那邊。

→囲み

おいうちをかける【追い打ちをかける】被害を受けて困っている人に、また被害を与える。中第二次打擊；禍不單行；打落水狗。E (a second disaster) occurs on top of (the first).

☆ 地震に追い打ちをかけて台風がこの町をおそった/剛發生過地震，颱風又襲擊了這座城鎮，真是禍不單行。

おいおい オイオイ、オイオイ 順を追って。そのうちに。中逐漸；慢慢。E gradually; in time.

☆ 高齢者人口はおいおい(に)若者の数を上まわることになる/老年人口將逐漸超過年輕人口。

☆ 会員の名簿はおいおい(に)つくるつもりだ/打算慢慢地建立會員名冊。

おいか・ける【追いかける】オイカケル〔他動一〕 先に行っているものを後から追う。中追趕。E run after; follow.

☆ 前を行く人が財布を落としたので、拾って追いかけた/前面那人掉了錢包，撿起來追上去還給他。

☆ 流行を追いかける/趕時髦。

おいかぜ【追い風】オイカゼ、オイカゼ 進んでいくほうに後ろから吹く風。中順風。E a tailwind; a favorable wind.

☆ ヨットは追い風を受うけて順調に進む/遊艇順風前進。

☆ ボールは追い風に乗って気持ちよく飛んだ/球順著風地飛了出去。

対向かい風

おいこ・す【追い越す】オイコス〔他動五〕(おいこして) 後から来たものが前のものより先に出る。中趕過；超過。E pass; overtake.

☆ スピードを上げて何台もの車を追い越していく/加速超過了幾輛車。

☆ 弟はどんどん身長がのびて、わたしを追い越してしまった/弟弟不斷地長高，已經超過我了。

名追い越し

おいし・い オイシイ 味がいい。中好吃；好喝；美味可口。E delicious; tasty.

☆ この料理はおいしい/這道菜好吃；這道菜美味可口。

☆ おなかがすいていると、なにを食べてもおいしい/肚子餓了，吃什麼都好吃。

対まずい

参「うまい」も意味は同じだが、「おいしい」のほうが丁寧な言い方。

おいそれと オイソレト (「おいそれと～ない」の形で)簡単には～できない。中不能輕易～。

☆ 危険な仕事なので、おいそれと引き受けるわけにはいかない/As it is a dangerous task, I cannot accept it so readily. /因為是危險工作，所以不能輕易接受。

おいだ・す【追い出す】オイダス〔他動五〕(おいだして) 人などをじゃまにして、ある場所や位置などから外へ行かせてしまう。中趕出；逐出；轟出；驅逐出去。E expel; drive out.

☆ 社長は自分のやり方に反対した重役を会社から追いだした/社長把反對派董事趕出了公司。

☆ 庭へ入ってきた猫を追いだす/把進入院子裡的貓趕出去。

おいたち【生い立ち】オイタチ どこで生まれ、どのように育ったかということ。中成長

史；出身；童年時代。E one's childhood; one's personal history.

☆ 三郎は小さいとき両親に死別して苦労したと、不幸な生い立ちを語った/三郎講述他從小父母雙亡，受苦受難那段不幸的童年往事。

おいつ・く 【追いつく】オイツク〔自動五〕(おいついて) 後から来たものが前のものと同じ場所、程度に達する。中 趕上；追上。E catch up with.

☆ 友達は先に出かけたが、走っていけば追いつけるだろう/雖然朋友先走了，但用跑的還是追得上吧。

☆ A国は技術の面でB国に追いついた/在技術方面，A國已趕上了B國。

☆ 追いつき、追い越せ/趕上・超過。

おいつ・める 【追い詰める】オイツメル〔他動一〕 相手を、これ以上逃げても逃げるところがない状態にする。中 逼到走投無路。E run down; corner.

☆ 警察はとうとう犯人を追いつめた/警察終於將犯人逼到走投無路。

☆ 将棋では「王」を先に追いつめたほうが勝ちだ/象棋中先將對方「將、帥」逼得走投無路的為勝方。

おいて (「〜において」の形で) ❶ ものごとが行われる場所を表す。中 在；於。E at; in; on (a place).

☆ 広島において平和のためのコンサートが開かれた/在廣島舉辦和平音樂演奏會。

❷ 時を表す。中 在〜(時)。E at; in; on (a time).

☆ 地震などの災害時においては、特に正確な情報が必要だ/發生地震等災害時，特別需要準確的情報資訊。

❸ 〜について。〜という点で。中 在〜方面；關於〜這方面。E concerning; as for.

☆ 統計の分析能力において、道子は非常に

「おい」「やあ」「よう」「もしもし」「さあ」「どれ」

「おい/やあ/よう、元気？」

「おい」「やあ」「よう」は親しい人に軽い気持ちで呼びかけるときに使う。このうち「おい」は、「**おい**、ちょっと待て」「**おい**、飯はまだか」のように、命令したりおさえつけるように言ったりするなど、いばった感じになることもある。

「やあ」「よう」は、「**やあ/よう**、しばらくだったね」のように、思いがけず出会った驚きや喜びを表して言うこともある。また、「よう」は、「**よう**、こっちへ来いよ」「**よう**、頼むから」などのように、誘ったり人に頼んだりするときにも言う。

「もしもし」は、「**もしもし**、田中さんのお宅ですか」「**もしもし**、ハンカチが落ちましたよ」のように、電話で相手に呼びかけるときや、知らない人に、後ろなどから呼びかけるときに言う。

「さあ」は、「**さあ**、食べましょう」「**さあ**、大きな声で読みなさい」のように、相手を誘ったりなにかをさせようとしたりして呼びかけるときに言う。また、判断に迷うようなときは、「**さあ**、ちょっとわかりません」と言う。前の2つの「さあ」は短く言うが、後の「さあ」は長くのばして終わりを下げて言う。「どれ」は、「**どれ**、出かけるか」「**どれ**、ひとつやってみるか」のように、思いたってなにかをしようとするときに自分に向けて言う。また、「**どれ**、手を見せてごらん」「**どれ**、ちょっと貸してみて」のように、相手になにかをさせようとして呼びかけるときにも言う。

すぐれている / 在統計分析能力方面，道子非常出色。

▷ 書

おいてきぼり【置いてきぼり】オイテキボリ　後に残して、行ってしまうこと。置いてけぼり。話 中丟下；甩下；扔下；撇下；被甩；拋棄不管。E be left behind; leave a person behind.

☆ 団体旅行で出発の時間に遅れ、置いてきぼりをくった / 沒趕上團體旅遊的出發時間，結果被放鴿子了。

☆ 30分待って来なかったら、置いてきぼりにするからね / 等三十分鐘若還沒來的話就不管了哦。

おいでになる　「行く」「来る」「いる」の尊敬語。中「去」「來」「在」的尊敬語。E ((respectful)) go; come; be.

☆ あす、音楽会においでになりますか / 明天，您會來聽音樂會嗎?

☆ お母さまは、いまおうちにおいでになりますか / 您母親在家嗎?

→いらっしゃる

おいはら・う【追い払う】オイハラウ〔他動五〕(おいはらって)　じゃまなものやうるさいものを、ある場所からすっかりいなくしてしまう。中轟出；趕出；清除。E drive away.

☆ 食べ物に集まるハエを追い払う / 把聚集在食物上的蒼蠅趕走。

お・いる【老いる】オイル〔自動一〕　体や心の働きが弱くなるほど、年齢が多くなる。中老；年老；上年紀；衰老。E grow old; age.

☆ 祖父は、体は老いたが心は青年のように若い / 祖父雖然上了年紀，但心情仍然像青年人那樣年輕。(祖父年老心不老)

☆ 老いこむ / 衰老起來。

名老い　→老ける

オイル (oil) オイル　❶ 油。中油。E oil.

☆ フライパンにオイルをひいて肉と野菜をいためる / 平底鍋下油炒肉和蔬菜。

☆ オイル焼き / 用油煎。

☆ サラダオイル / 沙拉油。

❷ 石油やガソリン。中石油；汽油。E oil; petroleum; gasoline.

☆ オイル産出国 / 石油生產國。

☆ オイルショック / 石油危機。

❸ 機械などがよく動くようにさす油。中機油；潤滑油。E oil; lubricant.

☆ オイル交換 / 換機油。

☆ エンジンオイル / 引擎潤滑油。

おう【王】オー　❶ 君主制をとる国で、いちばん権力のある人。国王。中帝王；君主；國王。E a king; a monarch.

☆ デンマークやタイの王は国民から尊敬されているようだ / 丹麥和泰國的國王好像很受國民愛戴。

☆ 王位 / 王位。

☆ 王さま / 國王。

❷ ある方面でいちばんすぐれた人やもの。中首領；大王。E a king of ～; a ～ king.

☆ ライオンは百獣の王だ / 獅子是百獸之王。

☆ ホームラン王 / 全壘打王。

❸ 将棋で、いちばん位の高いこま。王将。中(象棋)將。E (*shogi*) the king.

☆ 飛車で王をねらう / (象棋)用車吃「將帥」。

お・う【負う】オウ〔他動五〕(おって)　❶ 人やものを背中にのせる。中背；負。E bear; carry on one's back.

☆ 徳川家康は「人の一生は重い荷物を負って遠い道を行くようなものだ」と言った / 德川家康說：「人的一生就像背負重物走遠路。」(任重道遠)

☆ リュックを背に負って山に登る / 背著背包去登山。

❷ ものごとを自分が引き受ける。中擔負；負擔。E assume; receive.

☆ 会長としてわたしが全部の責任を負う / 身

為社長，我負起全部的責任。

☆ 心に傷を負う / 傷心(心靈受到創傷)。

お・う 【追う】オウ〔他動五〕(おうて) ❶ 先に進んでいるものにとどこうとして後から行く。中 追。E run after; follow.

☆ 幼児が泣きながら母親の後を追っていった / 小孩邊哭邊追著媽媽。

☆ 先輩の後を追って同じ研究所に入った / 跟隨學長進入同一研究所工作。

❷ 後ろから急がせて先へ進ませる。中 催逼；忙迫。E drive; be pressed.

☆ 山の牧場へ、牛を追っていく / 把牛趕往山上的牧場。

☆ 仕事に追われて休むひまがない / 工作忙得連休息的時間都沒有。

❸ じゃまなもの、いらないものを去らせる。中 轟出；趕走；攆走。E drive away; shoo away.

☆ 稲を食べに来るスズメを追う / 趕走來吃稻穀的麻雀。

おうえん 【応援】オーエン〔～する〕 ❶ 力を貸して助けること。中 支援；援助。E help; support.

☆ 人手がたりないので応援に駆けつける / 人手不足，所以趕來援助。

☆ 選挙のために応援の演説をする / 進行助選演說。

❷ 競技で、拍手をしたり大声を出したりして味方の選手を励ますこと。中 聲援；助威。E cheer.

☆ 高校野球は応援の人たちでいっぱいだ / 為高中棒球隊加油的人很多。

☆ 応援団 / 啦啦隊。

☆ 応援歌 / 加油歌。

おうきゅう 【応急】オーキュー 急になにかが起こったとき、その場で簡単に処置をすること。中 應急。E emergency.

☆ 海でおぼれた人を助け、応急の処置として人工呼吸をする / 在海上搶救溺水的人，急救措施就是進行人工呼吸。

☆ 応急手当て / 急救治療。

おうこう 【横行】オーコー〔～する〕 悪い人が自由に歩きまわること。また、悪いことが盛んに行われること。中 橫衝直撞；橫行霸道；跋扈。E run rampant.

☆ 暴力団が横行して住民が困っている / 幫派橫行霸道，居民寢食難安。

☆ 不正な金のやりとりが横行する / 不正當的金錢交易氾濫。

おうごん 【黄金】オーゴン ❶ 金。こがね。中 黃金。E gold.

☆ 京都の金閣寺は、壁や柱などに黄金がはってある / 京都金閣寺的牆及柱子都貼上金箔。

☆ 黄金の仏像 / 金佛像。

❷ 非常に価値の高いもの。中 寶貴；黃金(時代)。E a golden ～.

☆ アリはその黄金の腕でボクシングのタイトルを取った / 阿里用他的金胳膊奪取了拳王的寶座。

☆ 映画の黄金時代(=映画が盛んだった時代) / 電影的黃金時代(＝電影的繁榮時代)。

▷ 書 ❶

おう・じる 【応じる】オージル、オージル〔自動一〕 外からの働きかけに合った行動をとる。応ずる。中 應；答應；接受；接照。E meet; satisfy; accept.

☆ 学生の要求に応じてサークルの部屋を増やした / 為了滿足學生的要求，增加了社團活動室。

☆ 注文に応じる / 接受訂購。

おうしん 【往診】オーシン〔～する〕 医者が病人の家に行って診察や治療をすること。中 出診。E a house call.

☆ 動かせないほど病人の熱が高いので往診を頼んだ / 病人發高燒到不能行動，請醫生出診。

☆ 胃腸の弱っている患者を週に1回往診する / 胃腸不好的患者，醫生每週出診一次。

おうせい 【旺盛】オーセイ 非常に元気で

活動力があるようす。中 旺盛；充沛；飽滿。E excellent; strong.

☆ 少年は旺盛な食欲でもりもり食べた/青少年食慾旺盛，狼吞虎嚥。

☆ 京子は１晩に１冊ずつ本を読むほど読書力が旺盛だ/京子一晚能讀完一本書，讀書慾旺盛。

おうせつま【応接間】オーセツマ　客を通してもてなす部屋。洋風の部屋をさすことが多い。中 客廳；會客室。E a drawing room.

☆ ソファのセットを置いた応接間に客を迎える/在放有沙發的客廳接待客人。

数 1室・1間

おうたい【応対】オータイ、オータイ〔～する〕　相手の話を聞き、それに対して返事をすること。中 接待；應對；應酬。E receive (callers); wait on (customers).

☆ 店員は客との応対に忙しい/店員忙著接待客人。

☆ 電話相談に応対する/接受電話諮詢。

おうだん【横断】オーダン〔～する〕　❶ 横に切ること。中 橫斷；橫切。E a cross section.

☆ 木の横断面/樹木的橫切面。

対 縦断

❷ 広い所を東西の方向に横切って進むこと。中 橫貫；橫越；穿越。E go across.

☆ ヨットで太平洋を横断する/乘遊艇橫渡太平洋。

☆ アメリカ大陸を横断する鉄道/橫貫美國大陸的鐵路。

対 縦断

❸ 川や道など細長いものを横切って渡ること。中 橫穿；橫渡；橫過。E cross.

☆ 子供が黄色い旗を持って、道路を横断している/小孩子舉著黃色旗子過馬路。

☆ 横断歩道/行人穿越道；斑馬線。

おうちゃく【横着】オーチャク、オーチャク〔～する〕　しなければならないことをしないでいること。怠けること。中 厚臉皮；不要臉；偷懶。E impudent; lazy.

☆ あいつは金を借りても、平気でいつまでも返さない横着なやつだ/他是一個借錢永遠不還也不在乎的厚臉皮。

☆ 横着して足で戸を開ける/偷懶用腳開門。

☆ 横着者/不講理的人；刁滑的人；厚顏無恥的人。

おうと【嘔吐】オート〔～する〕　食べたものをはきだすこと。書 中 嘔吐。E vomit; (feel) sick.

☆ 患者は朝から３回嘔吐した/病人從早晨開始已嘔吐三次了。

☆ 嘔吐を催す/引起噁心；令人作嘔。

おうとう【応答】オートー〔～する〕　きかれたことに答えること。中 應答；應對。E an answer; a response.

☆ 先に山頂をめざした仲間に無線で呼びかけているが、応答がまったくない/用無線電呼叫先到達山頂的朋友，但沒人回答。

☆ 質疑応答(=質問や疑問と、それに答えること)/回答問題(=對提出的疑問、問題作答覆)。

おうとつ【凹凸】オートツ　出た所とへこんだ所。中 凹凸；凹凸不平。E uneven.

☆ この道は凹凸があるので歩きにくい/這條道凹凸不平，不好走。

☆ 土地の凹凸をならして家を建てる/把凹凸不平的土地整平蓋房子。

おうふく【往復】オーフク〔～する〕　❶ 行って、またもとの所にもどること。行きと帰り。中 往返；來回；來去。E go to ~ and back; make a round trip.

☆ 郵便局まで往復すると10分かかる/到郵局往返需花費十分鐘。

☆ 往復切符/來回票。

☆ 往復はがき/回郵明信片。

対 片道

❷ 行ったり来たりすること。中 來往；往返；往來。E correspondence.

☆ 手紙の往復/書信往來。

おうへい【横柄】オーヘイ　いばって人を見下すようす。中 傲慢無禮；妄自尊大。E arrogant; haughty.

☆ 客はタクシーに乗ると、横柄な態度で運転手に行き先を告げた/顧客一上計程車，就傲慢無禮地交待司機要去的地點。

☆ 横柄な口をきく生徒/說話傲慢無禮的學生。

対 謙虚

おうぼ【応募】オーボ、オーボ〔～する〕募集に応じて申し込みをすること。中 應募；報名參加；投稿應徵。E enter; apply for.

☆ コンクールに応募して賞を受ける/報名參加音樂大賽，並獲得了獎。

☆ 応募作品/參賽作品。

おうぼう【横暴】オーボー　人が困ることも考えないで力のあるものが勝手なことをすること。中 横暴；蠻横；殘暴。E tyrannical; violence.

☆ 古代ローマ帝国のネロは横暴な皇帝として有名だ/古羅馬帝國的皇帝尼祿是個著名的暴君。

☆ 民主主義では少数の意見もたいせつで、多数による横暴は許されない/民主主義重視少數人的意見，不允許多數人蠻横無理。

☆ 横暴をきわめる/横暴至極；極其蠻横。

おうよう【応用】オーヨー〔～する〕理論や考えなどを実際の場にあてはめて使うこと。中 應用。E apply; put to use.

☆ 科学を応用して生活を合理化し、豊かにする/應用科學使生活有條不紊、豐富多彩。

☆ 頭がかたくて応用がきかない/腦袋頑固不靈。

☆ 応用研究/應用研究。

おうらい【往来】オーライ　❶〔～する〕人や車が行ったり来たりすること。中 往來；通行；來來往往。E traffic.

☆ 大通りは車の往来が激しい/大街上車流不止。

❷ 人や車がよく通る道。中 道路；大街；馬路。E a road.

☆ 裏通りから往来に出る/從後面巷道走上大街。

☆ あぶないから往来では遊ばないようにね/因為危險，所以別在大馬路上玩!

おうりょう【横領】オーリョー〔～する〕他人のものや公共のものを、不法に自分のものにしてしまうこと。中 侵佔；侵吞；霸佔；強佔。E embezzle; misappropriate.

☆ 帳簿をごまかして会社の金を横領する/捏造假帳，盜領公司的錢。

☆ 工場の倉庫にあった品物を横領して売る/霸佔工廠倉庫存貨，然後賣出。

☆ 公金横領/侵吞公款。

お・える【終える】オエル〔他動一〕ものごとを全部すます。中 做完；完成；結束。E finish; end.

☆ 宿題を終えるのに12時までかかった/到十二點才做完作業。

☆ 86歳の生涯を終える/結束了八十六歲的一生。

対 始める　自動 終わる

おお-【大-】(他のことばについて) ❶ 大きい。広い。多い。中 大；寬；多。

☆ 大広間/a grand hall./大廳；大會場。

☆ 大声/大聲。

☆ 大男/大個子；身材高大的男人。

☆ 大空/太空；天空。

☆ 大人数/人數衆多；許多人。

❷ 程度が激しいようす。中 很；非常。

☆ 大急ぎ/in a great hurry./緊急；匆忙。

☆ 大騒ぎ/大騒亂；大吵鬧。

☆ 大喜び/非常歡喜；極其高興。

☆ 大いばり/非常傲慢；非常自豪。

❸ 年齢や順番が上だ。中 大；年長。

☆ 大伯父/a granduncle./伯祖；叔公；舅爺。

☆ 大番頭/大掌櫃。

おお・い【多い】オーイ、オオイ　数や量がたくさんある。中 多。

E many; lots of; much.

☆ 世界の人口はだんだん多くなる / 世界人口逐漸多起來。

☆ 日本は地震が多い / 日本地震多。

対 少ない

おおいに【大いに】オーイニ　数や量がふつうよりずっと多かったり、程度が大きかったりするようす。中 很；頗；非常。E much; greatly; heartily.

☆ これからの時代は、若い人に大いにがんばってもらいたい / 未來希望青年人奮力打拚。

☆ 今晩は大いに飲もう / 今晚多喝點吧。

おお・う【覆う】オオウ、オーウ〔他動五〕(おおって)　❶ 隠したり守ったりするように全体になにかをかぶせる。中 蒙上；蓋上；覆蓋；披上。E cover; hide.

☆ 両手で顔をおおって泣いた / 兩手摀著臉哭泣。

☆ 白い布で食卓をおおう / 用白布覆蓋飯桌。

❷ 全体にひろがる。中 籠罩；充滿；瀰漫。E be overcast; spread over.

☆ 灰色の雲が空をおおっている / 天空烏雲密佈。

☆ 明るい雰囲気が会場をおおっていた / 會場充滿一片輕鬆愉快的氣氛。

▷ 名 覆い

おおがた【大型・大形】オーガタ　❶ 同じ種類のものの大きさを大、中、小、あるいは大、小に分けたときのいちばん大きいもの。また、大きいこと。中 大型。E large-sized; large-scale.

☆ 大型の冷蔵庫 / 大冰箱。

☆ 大型連休 / 長期的連續假期。

☆ 大型バス / 大型公車。

❷ ものの形がふつうより大きいもの。また、大きいこと。中 形大的；大號的。E large.

☆ これよりすこし大形の箱がほしい / 想要有更大一點的箱子。

☆ 大形のせんべい / 大煎餅。

▷ 関連 ❶ 中型、小型、❷ 中型、小形

注 ❶は「大型」、❷は「大形」。

おおかれすくなかれ【多かれ少なかれ】

多い少ないの違いはあっても。中 或多或少；多多少少；多少有點。E more or less; to some extent.

☆ 人間には多かれ少なかれ欠点があるものだ / 人多少有些缺點。

おおき・い【大きい】オーキイ　❶ 広さ、長さ、体積などがふつう以上だ。中 大；高大。E big; large.

☆ 大きい荷物 / 大件行李。

☆ 大きい家 / 大房子。

対 小さい

❷ 年齢が上だ。中 年長；大。E older.

☆ 洋子はわたしより 2 歳大きい / 洋子比我大兩歲。

☆ 大きいほうの兄は銀行員です / 大哥是銀行職員。

対 小さい

❸ 数や量や程度などがふつう以上だ。中 大；大的。E big; great; loud.

☆ 大きい音がしてびっくりした / 一聲巨響嚇了我一跳。

☆ フィリピンで大きい地震が起こった / 菲律賓發生了大地震。

対 小さい

❹ 心が広い。中 寛容。E broad-minded.

☆ 一郎は人間が大きいので友人から頼りにされる / 一郎為人寬厚，朋友都信賴他。

☆ 人物が大きい / 待人寬厚之人；了不起的人物。

対 小さい

▷ →大きな

おおきな【大きな】オーキナ　大きいようす。中 大；大的。E big; large.

☆ こんな大きなかばんを買ってどうするつもり？ / 買這麼個大包包要做什麼?

☆ 大きな家に住んで、おいしいものを食べ

るのが夢だ／住大房子，吃好吃的東西是我的夢想。

対 小さな

参「大きい」が「大きい家」「大きくなる」「家が大きい」のように活用したり、述語として使ったりするのに対して、「大きな」は「大きな家」と名詞の前でだけ使う。また、「大きい」が、一般的、客観的に、ある基準をこえているものについていうのに対して、「大きな」は話し手の主観的な判断による。

大きなお世話　必要もない世話をやくこと。他人の世話や干渉を強く断るときにいう。中 用不著你管；不勞你大駕。E It is none of your business.

☆ わたしがだれと結婚しようが、大きなお世話だ。ほっといてほしい／我跟誰結婚，都用不著你管，請放心好了。

大きな顔をする　偉そうなようすをする。中 擺架子。E look proud; act big.

☆ 一郎は社長の息子だから、若いのに大きな顔をしている／一郎是董事長的兒子，雖然年輕但架子很大。

おおげさ【大げさ】オーゲサ　実際よりもたいへんそうに言ったりふるまったりするようす。中 誇張；誇大；小題大作。E exaggerated.

☆ 二郎の話は大げさだから、話半分に聞いておく／二郎的話有些誇大，只能半信半疑。

☆ 小さなけがなのに、大げさに包帯を巻かれた／明明是一點小傷，但仍煞有其事地包紮了一番。

オーケストラ (orchestra) オーケストラ　たくさんの楽器で合奏すること。また、その楽団。中 管弦樂；管弦樂隊；交響樂隊。E an orchestra.

☆ カラヤンの指揮するオーケストラの演奏を聞いたことがある／曾經聽過卡拉揚指揮的管弦樂團演奏。

☆ 洋子はオーケストラでフルートを受け持っている／洋子在管弦樂團吹長笛。

おおざっぱ【大ざっぱ】オーザッパ　細かいところにまで気を配らず、粗いようす。また、そのように全体を考えるようす。中 粗心；粗略；大略。E sloppy; rough.

☆ 父の掃除のしかたは大ざっぱだから、すみにごみが残っている／打掃敷衍了事，角落都還留有垃圾。

☆ 大ざっぱな計算では、1カ月の生活費は約20万円だ／粗略估計一下，一個月的生活費約為二十萬日圓。

→大まか

おおすじ【大筋】オースジ　ものごとのだいたいの内容。中 梗概；概略。E on the whole; an outline.

☆ 会議は大筋では意見が一致した／會議上看來大家的意見基本上一致。

☆ 話の大筋をつかむ／抓住談話的大綱。

おおぜい【大勢】オーゼイ　たくさんの人。中 大批；許多人；一群人。E a large number of; in great numbers.

☆ この駅ではおおぜいの人が毎日乗り降りする／這個車站每日上下車的旅客很多。

☆ おおぜいでやれば速くできる／若很多人一起做，很快就能完成。

おおぜき【大関】オーゼキ　すもうで、横綱のすぐ下の地位。また、そのすもう取り。中（相撲）大關。E an *ozeki*; a *sumo* wrestler of the second highest rank.

☆ 大関と横綱の取組は力が入っておもしろい／大關與橫綱的相撲賽旗鼓相當十分有趣。

オーソドックス (orthodox) オーソドックス　ものの考え方や方法が、伝統にしたがっていて正しいとされるようす。中 正統派；正統的。E orthodox.

☆ 道子は、地味だがオーソドックスな方法で手がたく研究を進めている／道子採用雖然保守，但正統的方法踏實地進行研究。

☆ オーソドックスな考え方 / 正統的思考方法；正統的想法。

オーダー (order) オーダー ❶ 順序。[中]順序；次序。[E] order.

☆ バッティングオーダー(=野球の打つ順番) / 打擊者的上場順序(= 棒球擊球順序)。

❷〔～する〕注文。[中]訂購；訂做。[E] an order.

☆ 背広をオーダーする / 訂購西裝。

☆ オーダーメード / 訂做的服裝。

☆ メールオーダー / 郵購。

おおっぴら【大っぴら】オーッピラ 隠したり言い訳をしたりしなくてもいいようす。[話][中]公開；毫不掩飾；明目張膽。[E] openly; in public.

☆ 二十を過ぎて、大っぴらにお酒を飲めるようになった / 過了二十歲後，就能光明正大地喝酒了。

☆ 大っぴらな政府批判 / 公開批評政府。

おおどおり【大通り】オードーリ 幅の広い道路。[中]大道；大路；大街；馬路。[E] a main street.

☆ 大通りに面して商店が並ぶ / 大馬路旁商店林立。

☆ 大通りは車でいっぱいだ / 大街上汽車擁擠不堪。

[数] 1本・1筋

オーバー (over) オーバー ❶〔～する〕こえること。[中]超過；越過。[E] exceed; be over.

☆ このエレベーターは、定員をオーバーすると動かなくなる/這電梯一超載就不動了。

☆ 夢中になって講演して、時間を30分もオーバーしてしまった/演講得太熱心，時間超過三十分鐘。

❷〔←オーバーコート (overcoat)〕外出のとき、寒さを防ぐためにいちばん外側に着る服。[中]大衣。[E] an overcoat.

☆ 外は寒そうだからオーバーを着ていこう / 外邊好像很冷，穿上大衣吧。

❸ おおげさなようす。[中]誇張；誇大；過份。[E] exaggerated.

☆ オーバーに泣き叫ぶ / 誇張的大哭大叫。

☆ オーバーな喜び方 / 開心過頭。

▷ [数]❷ 1着 →衣類[図]

おおぶねにのったよう【大船に乗ったよう】 ほかの大きな力があるので安心していられるようす。[中]非常放心；穩若泰山。[E] feel reassured.

☆ 金持ちの三郎が招待してくれた旅行だから、大船に乗ったような気持ちだ / 招待我們去旅行的人因為是三郎，因此大家非常放心。

おおぶろしきをひろげる【大ぶろしきを広げる】 自分の仕事などについて、実際よりもずっと大きく話す。[中]說大話；吹牛；誇口。[E] talk big; brag.

☆ 伯父さんが新しい仕事の話をしていたが、また大ぶろしきをひろげている、とだれも本気で聞かなかった / 伯父吹牛大談新工作，誰也沒有認真聽。

オーブン (oven) オーブン 蒸し焼きの料理をつくるときに使う道具。天火。[中]烤爐；烤箱。[E] an oven.

☆ オーブンでクッキーを焼く/用烤箱烤餅乾。

☆ オーブントースター/麵包烤箱；烤麵包機。

[数] 1台

オープン (open) オープン ❶〔～する〕営業を、新しく、またはその日最初に始めること。[中]開業；開張；開場。[E] open.

☆ A銀行の支店が駅前にオープンした /A銀行的分行已經在車站前開業了。

☆ 本日10時よりオープン / 今天十點開業。

❷ 隠していることのない開放的なようす。[中]開放；敞開；公開。[E] frankly; open.

☆ なんでもオープンに話し合える友達がいる / 有一位能敞開心懷來談心的朋友。

☆ この職場はオープンな雰囲気だからいい / 這個單位的人都很坦誠，氣氛很好。

❸ 開いた。開けた。中開；敞開。

☆ オープンシャツ / 開襟襯衫；敞領襯衫。

☆ オープンカー / an open car; a convertible. / 敞篷汽車。

おおまか【大まか】オーマカ　細かいところにこだわらず、全体を考えるようす。中粗略；不拘小節；大手大腳；大方；慷慨。E rough; generous.

☆ 大まかにみて、きょうの売り上げは10万円ぐらいだ / 大略估計，今天的營業額大概十萬日圓左右。

☆ 店長が大まかな性格でうるさく言わないので、店員はのびのびと働いている / 店長性格豪爽不囉嗦，所以店員工作輕鬆愉快。

参「大ざっぱ」も似ているが、「大ざっぱ」のほうは細かいことに注意しないのを否定的にとらえている。

おおみそか【大みそか】オーミソカ　1年の最後の日。12月31日。中除夕。E New Year's Eve.

☆ 大みそかに年越しそばを食べる / 除夕夜吃迎新蕎麥麵。

☆ 大みそかは正月の準備でとても忙しい / 除夕為了準備過年，非常忙碌。

参「みそか」は毎月の最後の日。

おおむね　オームネ　全部ではないが、大部分。書 中大概；大意；大體；大部分。E generally; for the most part.

☆ 調査の結果は、予想とおおむね一致した / 調查的結果與預料的大體一致。

☆ 田中さんの提案は、おおむね承認された / 田中先生的提案大體上已得到同意。

おおめだまをくう【大目玉を食う】　ひどくしかられる。大目玉をくらう。中挨了一頓臭罵；被狠狠地訓斥了一頓。E get a good scolding; really catch it.

☆ 父のだいじにしている時計をこわして、大目玉をくった / 弄壞了父親珍藏的手錶，挨了一頓臭罵。

おおめにみる【大目に見る】　人の小さなまちがいや失敗を取りあげずに、見のがしてやる。中寛恕；寬大處理。E overlook; tolerate.

☆ いままで1度も遅刻しなかったんだから、今度だけは大目にみてやろう / 過去他從不遲到，這次初犯就算了吧。

おおもの【大物】オーモノ　❶ 釣りや猟でとった価値の大きなえもの。中大獵獲物。E a big catch.

☆ きょうは大物を釣り上げた / 今天釣到大魚。

対小物

❷ 強い力や影響力を持つ人。中 大人物；大亨；有實力的人物。E an important figure; a VIP.

☆ 政界の大物が集まる / 政界名人雲集。

☆ あの子は将来、大物になるだろう / 那個孩子將來必成大器。

対小物

おおや【大家】オーヤ　貸家やアパートなどの持ち主。中房東；房主。E a landlord; a landlady.

☆ 大家に部屋代を払う / 付房租給房東。

☆ ドアがこわれたので大家に修理を頼んだ / 房門壞了請房東修理。

対店子

おおやけ【公】オーヤケ　❶ 国家、政府、役所など。中國家；政府；官廳。E public; governmental.

☆ 文部省、入国管理局、市役所など公の機関の仕事は書類が多くて面倒だ / 文部省、出入境管理局、市政府等政府機關的公文又多又麻煩。

対私

❷ 社会に広く知れること。中公衆；公開；公佈於眾。E public; known.

☆ 秘密文書を公にする / 公開秘密文件。

☆ 調査結果を公に発表する / 公開調查結果。

❸ 会社、団体など属している組織の一員としての立場。中公家。E public; official.

☆ 会社員としての公の行動と個人としての私

の行動は厳密に区別しなければならない/作為公司職員應該把公事和私事嚴格區分開來。

☆ 公の発言/公開發言。

対私

おおよそ　オーヨソ　ものごとのだいたいのところ。また、そのようす。およそ。中大體；大概；大致；大約；約。E rough; general; about.

☆ おおよその計画はできたが、まだ細かいところが決まっていない/雖然大概完成了計劃的草案，但具體事項尚未決定。

☆ おおよその見通しはついた/大概情況已預料到了。

☆ 駅までおおよそ10分ぐらいかかる/到車站大約需要十分鐘。

おおらか　オオラカ、オーラカ　ゆったりとして、小さなことにこだわらないようす。中落落大方；豁達開朗；胸襟開闊。E free from all cares; broad-minded.

☆ 京子は両親にかわいがられ、なんの苦労もせずおおらかに育った/京子被父母所疼愛，沒吃過苦，而培育出雍容豁達的氣度。

☆ 一郎はおおらかな性格で、他人のいいところだけを見ている/一郎性格豁達開朗，眼裡只有別人的長處。

おおわらわ【大わらわ】オーワラワ　力いっぱい努力しているようす。中拚命幹；努力奮鬥；手忙腳亂。E very busy.

☆ 急に客が来ることになり、大わらわでごちそうの用意をした/客人忽然決定要來，手忙腳亂地準備飯菜。

おか【丘】オカ　山よりも低く、平地よりすこし高い所。中山崗；小山；丘陵。E a hill.

☆ 丘に上って景色を眺める/上山丘眺望美景。

☆ 小高い丘/小山丘。

おかあさん【お母さん】オカーサン　子供が母親に呼びかけることば。また、他人の母親についていうことば。中媽媽；媽；母親。E Mother; Mom; a mother.

☆ お母さん、今度の日曜日に海へ行こうよ/媽媽，這個星期日去海邊吧。

☆ 山田さんのお母さんに駅で会った/在車站遇見了山田的母親。

対お父さん　→母

おかえりなさい【お帰りなさい】オカエリナサイ　外から帰ってきた人を迎えるときに言うあいさつのことば。話 中你回來了。E Hello, dear; Welcome home!

☆「ただいま」と言うと、「お帰りなさい」と母が迎えてくれる/一說「我回來了」，母親就出來迎接說「你回來了」。

おかげ　オカゲ　神や仏、また、まわりの人たちの大きな力によること。中託～的福；多虧～保佑。E thanks to; owing to; because of.

☆ あなたのおかげで、とても助かった/多虧您的幫助。

☆ あいつのおかげで、ひどい目にあった/拜那小子所賜，倒了大霉。

☆ おかげさまで元気です/託您的福，我很好。

おかし・い　オカシイ　❶笑いたくなる気持ちだ。中可笑；滑稽。E funny; amusing.

☆ 漫画を読んでいて、おかしくて笑ってしまった/看著漫畫，有趣的笑了出來。

☆ 二郎はいつもおかしいことを言ってみんなを笑わせる/二郎常說一些滑稽的事逗大家笑。

❷ ふつうと違っている。変だ。中古怪；不正常。E wrong; queer.

☆ テレビの調子がおかしくて、よく映らない/電視機有問題，影像效果不好。

☆ その考え方はおかしいから賛成できない/那個想法很怪，難以同意。

おか・す【侵す・犯す・冒す】オカス、オカス〔他動五〕(おかして)　❶他人の領域に入りこみ、その権利のじゃまをする。中侵犯；侵入；侵佔。E invade; infringe on.

☆ となりの国の軍隊が国境をおかしたので戦争が始まった/由於鄰國軍隊侵犯國境，因此爆發了戰爭。

☆ 領空をおかす/侵犯領空。

☆ 基本的人権をおかす/侵犯基本人權。

❷ 法律や道徳など決まっていることに背く。してはいけないことをする。中犯；違犯。E commit; violate.

☆ 罪をおかして捕らえられる/犯罪被逮捕。

☆ 過ちをおかす/commit a fault./犯錯。

❸ 危険や困難を押しきる。中侵襲；冒；冒犯。E brave; risk.

☆ 荒波をおかして船を出した/冒著驚濤駭浪行船。

☆ 危険をおかす/run a risk./冒著危險。

注 漢字で書くときは、❶は「侵す」、❷は「犯す」、❸は「冒す」。

おかず オカズ 食事のとき、ごはんにそえる食べ物。副食。総菜。中菜；菜餚。E a (side) dish.

☆ 今夜のおかずは焼き魚と野菜の煮物だ/今晚的菜是烤魚和燉蔬菜。

☆ おいしいおかず/美味可口的菜餚。

おかね【お金】オカネ 「金」の丁寧語。中錢。E money.

☆ ジュース買うから、お金ちょうだい/給我錢買飲料。

おが・む【拝む】オガム〔他動五〕(おがんで)

❶ 神や仏をうやまったり、恩を受けた人に感謝したりする気持ちを表すために、頭を下げる、手を合わせる、ひざをつく、などの動作をする。中(合掌)拜；叩拜。E worship; pray.

☆ 祖母は毎朝、必ず仏さまをおがむ/祖母每天早上一定拜佛。

☆ 川に落ちておぼれた子供を助けてくれた人を、心の中でおがんでいる/深深地感謝那位救出掉進河裡快淹死的小孩的人。

❷「見る」の謙譲語。中「看」的自謙語。E ((humble)) see; look at.

☆ やっとお顔をおがむことができました/總算見到您了。

☆ 国宝の名画をおがませてもらった/看到了號稱國寶的名畫。

おかわり オカワリ〔～する〕 食べたり飲んだりしてから、またもういちど同じものをもらうこと。中添飯；又加一碗。E a second helping; another cup.

☆ とてもおなかがすいていたので、ごはんを３杯もおかわりした/肚子非常餓，盛了三碗飯。

☆ おかわりをお願いします/請再給我一碗飯。

おかんむり オカンムリ きげんの悪いこと。話 中不高興；情緒不佳；生氣。E be cross; be displeased.

☆ 父の帰りが遅いので母はおかんむりだ/因為父親晚歸，母親很不高興。

☆ 社長はおかんむりのようだから、近づかないようにしよう/董事長似乎情緒不佳，離他遠點。

おき【沖】オキ 海や湖や大河などの、岸から遠く離れた所。中海上；湖心。E the offing; off.

☆ 東京港の沖で漁船と客船が衝突した/在東京灣，漁船與客船相撞了。

☆ 沖釣り/坐船到海裡垂釣。

-おき (数や量を表すことばについて)その数や量だけ間を空けること。中每隔；每空；每。

☆ １日おきに髪を洗う/每隔一天洗一次頭髮。

☆ ２メートルおきに木を植える/plant trees at intervals of two meters./每隔兩公尺種一棵樹。

☆ ８分おきに電車が来る/每隔八分鐘來一班電車。

参「ごと」も似ており、「２メートルおき/ごとに木を植える」は、２メートルずつ間を空けて木を植えるということで同じ意味である。しかし、「１日おきに髪を洗う」を「１日ごとに」ということはできない。

お

おきて オキテ　社会生活で守らなければならないきまり。中 成規；規章；法令；戒律。E a rule; a law; a regulation.

☆ 社会のおきてを守って生活する / 遵守社會規範生活。

☆ おきてに背く / violate the law. / 違反戒律。

☆ おきてを破る / 破壞規章制度。

参「規則」も似ているが、「おきて」のほうがすこし古い言い方で、もとは、守らなければいけないものとして政府や上から定められたもの。

おぎな・う【補う】オギナウ〔他動五〕(おぎなって)　たりない分をたす。また、欠けたところを代わりのもので埋める。中 補；補上；補充。E supplement; make up for.

☆ わたしの発表のふじゅうぶんなところを、友達に補ってもらった/我發言中不周到的地方，請朋友幫助補充。

☆ 仕事が増えたので、アルバイトの学生を入れて補う / 工作量增多了，因此需要增加打工的學生。

名 補い

おきもの【置物】オキモノ　棚などに置く飾り物。中 陳設品；裝飾品；擺設。E an ornament; an artifact.

☆ ガラスでつくった置物を棚に飾る/在置物架擺上玻璃裝飾品。

おきゅうをすえる【お灸をすえる】　強くしかって、つらい思いをさせ反省させる。中 嚴斥；教訓。E punish; chastise.

☆ 運動部の部員が朝の練習を怠けたので、部長は午後の練習を3倍にして、きつくおきゅうをすえた / 運動部的組員早上偷懶不練習，組長嚴厲訓斥，且懲罰下午練習增加三倍。

参「灸」は漢方医療の1つで、悪い所にもぐさを置き、火をつけ熱くして治すやり方。

お・きる【起きる】オキル〔自動一〕❶ 横になっていたものがまっすぐに立つ。中 起；起來；坐起來；立起來。E get up; rise (from bed).

☆ 病人は気分がいいらしく、起きて庭へ出ている / 病人情況好轉，起床到庭院散步。

☆ 起き上がる / 起來；站起來。

対 寝る

❷ 眠っていたものが目を覚ます。また、眠らないでいる。中 醒；不睡。E wake up; sit up.

☆ 飛行機の音で赤ちゃんが起きてしまった/飛機的噪音把嬰兒給吵醒了。

☆ ゆうべは1時まで起きていた / 昨晚到深夜一點都還沒睡。

対 寝る

❸ 事件などが発生する。起こる。中 發生。E happen; occur.

☆ 大きな列車事故が起きた / 發生一起重大的火車事故。

▷ 他動 起こす

おく【奥】オク　❶ 中へ深く入った所。中 深處；裡頭。E the inner part; the depths.

☆ 山の奥へ入りこんで道がわからなくなる/走進深山迷了路。

☆ 奥地 / 腹地；內地；背後地。

❷ 家の入り口から遠い所。中 裡屋；裡院；上房；內宅。E the in terior; the back.

☆ 客を奥へ通す / 讓客人進入內廳。

☆ 奥の座敷 / 內廳；內室。

❸ 内部。中。人に簡単には見せないもの。中 內部。E the heart; the back of one's mind.

☆ たいせつな思い出として、心の奥にしまっておく / 埋在心底作為一個美好的回憶。

奥の手　最後までとっておくだいじなやり方。中 最後一手；秘訣。E one's best card; the last resort.

☆ 奥の手を使って将棋の相手を倒す/使用絶技打倒將棋的對手。

お

おく 【億】オク　数の単位。１万の１万倍の数。[中]億；萬萬。[E] one hundred million.

☆ 都会で住宅を買うには、億の単位のお金が必要だ/在大都市置產的話，需要上億資金。

☆ 日本の人口は約１億2000万人だ/日本的人口約一億二千萬人。

お・く 【置く】オク〔他動五〕(おいて) ❶なにかを、ある場所や位置にあるようにする。[中]放；置；擱。[E] put; place.

☆ 窓のそばに机を置く/窗戶旁邊擺書桌。

☆ 会場に案内係を置き、お客を案内させる/會場有接待員引導客人。

❷ 間に空白があるようにする。[中]隔；間隔。[E] make an interval.

☆ 食事の後、時間をおいて薬を飲む/飯後隔一陣子再吃藥。

❸ (「～ておく」の形で)そのままにする。前もって～する。[中]表示對某一事物做了某種動作之後不再動它；表示預先做好某種準備工作。

☆ 電車の時刻表を壁にはっておく/keep the train schedule posted on the wall. /把電車時刻表貼在牆上。

☆ よその家を訪問するときは、電話をかけておいたほうがいい/去別人家拜訪前，最好先打個電話。

[注] ❸はひらがなで書く。

おくさん 【奥さん】オクサン　他人の妻に呼びかけることば。また、他人の妻についていうことば。[中]太太；夫人。[E] a person's wife; Mrs.; ma'am.

☆ となりの奥さんと立ち話をする/與鄰居太太站著閒談。

☆ 奥さん、宅配便ですよ/太太，您家的快遞包裹。

→妻

おくじょう 【屋上】オクジョー　ビルなどのいちばん上の、人が出られるようにつくった場所。[中]屋頂；房頂；樓頂。[E] the roof; the rooftop.

☆ 会社の屋上で昼休みにバレーボールをする/午休時間到公司頂樓打排球。

☆ デパートの屋上に子供の遊び場がある/百貨公司頂樓上有兒童遊樂場。

☆ 屋上庭園/房頂庭園。

おくそく 【憶測・臆測】オクソク〔～する〕しっかりした根拠もなく、いいかげんに推量すること。[中]揣測；猜測。[E] guess; a conjecture.

☆ 母はがんではないかと憶測して悩んでいる/母親因擔憂罹患癌症而煩惱。

☆ 憶測でものを言わないようにしよう/不要胡亂猜測。

☆ 憶測がはずれる/猜測不對；猜錯了。

[注] もとは「臆測」だったが、「臆」の字は常用漢字表にないので、同じ音の「憶」を当てて「憶測」として使うようになった。

おくびょう 【憶病・臆病】オクビョー　気が小さくてちょっとしたことでもこわがるようす。[中]膽小；膽怯；怯懦。[E] cowardly; timid.

☆ この子は憶病だから、１人で留守番もできない/這孩子膽小，不能一人留下看家。

☆ 年をとって、すっかり憶病になってしまった/上了年紀，就變得膽小怯懦了。

[対]大胆

[注] もとは「臆病」だったが、「臆」の字は常用漢字表にないので、同じ音の「憶」を当てて「憶病」として使うようになった。

おくふか・い 【奥深い】オクフカイ　❶表や入り口から遠く、奥のほうまで続いている。おくぶかい。[中]深邃；幽深。[E] deep; far back.

☆ 奥深い森の中に迷いこんでしまった/在深邃的森林中完全迷失方向。

❷ 意味が深い。おくぶかい。[中]深奧；深遠。[E] profound; deep.

☆ 知れば知るほど奥深い思想だ/這是一種越接觸越覺深奧的思想。

☆ 茶の道は奥深くてきわめつくせない/茶道

的深奧永無止境。

おくゆかし・い【奥ゆかしい】オクユカシイ　心づかいや態度が上品で、心がひかれる感じだ。中 高尚；優美；文雅；嫻靜。E refined; graceful; elegant.

☆ 人のためになる立派なことをたくさんして、それを自慢しないのが京子の奥ゆかしいところだ／為別人做了很多好事而不邀功不自傲，才是京子的情操高尚之處。

おくゆき【奥行き】オクユキ　❶ 土地や家や家具などの、前からいちばん奥までの長さ。中 進深；縱深。E depth.

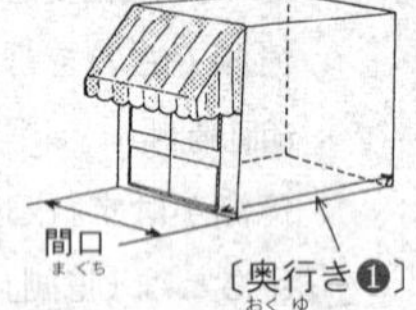

☆ この家は、間口は狭いが奥行きが深い／這座房子面窄而縱深。

☆ 奥行きが43センチのたんす／這是一個縱深四十三公分的櫃子。

対 間口

❷ 考え、知識、経験などの深さ。中 深度。E deep; profound.

☆ 兄は無口だが、考え方に奥行きがある／哥哥沉默寡言，但想法很有深度。

☆ 奥行きのある文章／有深度的文章。

対 間口

おくりがな【送り仮名】オクリガナ　「送り仮名」の「り」のように、漢字に続けてその読み方をはっきりさせるために書くかな。中 注假名；漢字後面標寫的假名。E *kana* added to a Chinese character.

☆「食物」と「食べ物」は、送りがなの有無で読み方を区別している／「食物」與「食べ物」的讀法根據假名拼法而有所區別。

おくりむかえ【送り迎え】オクリムカエ、オクリムカエ〔～する〕　人を送ったり迎えたりすること。中 送迎；接送；迎來送往。E see off and welcome; take to and from.

☆ この車は駅と旅館の間を往復して客の送り迎えをしている／這專車往返車站，旅館接送客人。

☆ 子供の幼稚園の送り迎えに車を使う／用車接送小孩去幼稚園。

おくりもの【贈り物】オクリモノ　家族や友達などに贈るもの。プレゼント。中 禮物。E a present; a gift.

☆ 誕生日に母から贈り物をもらう／生日收到母親送的禮物。

☆ 友達に結婚祝いの贈り物をする／送朋友結婚禮物。

おく・る【送る・贈る】オクル〔他動五〕(おくって)　❶ ものや人をある所から他の所に移す。中 寄；送。E send.

☆ 郵便局から小包を送る／從郵局寄送小包裹。

☆ オリンピックに選手を送る／歡送奧運選手。

対 迎える

❷ 去っていく人に、途中までついていったり別れを惜しんだりする。中 送行；伴送。E see off.

☆ 友達を駅まで送る／送朋友到車站。

☆ 卒業生を送る会を開く／舉辦畢業生歡送會。

対 迎える

❸ 時を過ごす。中 度過。E spend; lead.

☆ わたしは北の小さな町で青春時代を送った／我在北部的一座小鎮度過了青春時代。

☆ 充実した日々を送る／每天過著充實的日子。

❹ 人に好意、感謝などの気持ちでものを与える。中 贈送；饋贈。E present; give.

☆ 会社に長い間勤めた人に記念品を贈る／贈送紀念品給公司的資深員工。

注 漢字で書くときは、❶❷❸は「送る」、❹は「贈る」。

おく・れる【遅れる・後れる】オクレル〔自動一〕　❶ 決められた時刻よりも後になる。中 遲；晚；遲到；晚到。E be late.

☆ けさは寝坊をして、会社に遅れてしまった／今早睡過頭了，所以上班遲到。

❷ 他のものよりも後になる。中 落後。E fall behind.

☆ みんなから2、3歩後れて歩く／跟在大家兩、三步後面走。

☆ 流行に後れたくない／趕時髦。

対 先立つ、進む

❸ ものごとの進み方がふつうよりも遅くなる。中 慢；遲誤。E lose; be behind (the schedule).

☆ この時計はすこし遅れるようだ／這時鐘似乎慢了一點。

☆ 工事が遅れている／工程進度慢了一點。

対 進む

▷ 名 遅れ・後れ

注 漢字で書くときは、❶❸は「遅れる」、❷は「後れる」。

おけ オケ　水や食べ物などを入れる、木などでつくった筒形の入れ物。中 桶；木桶。E a pail; a bucket; a tub.

☆ おけに白菜と塩を入れて漬物をつける／把白菜和鹽巴放入桶內做泡菜。

〔おけ〕

〔たる〕

☆ 新しいふろおけは木のかおりがする／新洗澡盆散發出木頭的香味。

☆ 手おけ／提桶；帶手把的水桶。

おける （「〜における」の形で）〜での。〜のばあいの。書 中 在〜的；關於〜的。E in; about.

☆ わが国における土地問題は非常に深刻だ／我國的土地問題非常嚴重。

☆ 青少年における体力の不足は大きな問題である／青少年的體力不足是個大問題。

おこ・す 【起こす・興す】オコス〔他動五〕(おこして)　❶ 横になっているものをまっすぐに立てる。中 扶起；立起。E set up; raise up; help up.

☆ 倒れているいすを起こす／扶起倒地的椅子。

☆ 転んだ人を、手を引いて起こす／把跌倒的人用手拉起來。

☆ 抱き起こす／抱起。

対 寝かす

❷ 眠っている人の目を覚まさせる。中 叫醒；喚醒。E wake (up).

☆ 昼寝をしている人を起こす／叫醒睡午覺的人。

☆ あすの朝6時に起こしてください／明早六點請叫我起床。

対 眠らす、寝かす

❸ ものごとを始める。中 開始；發起；造成。E start; raise.

☆ 考えてばかりいるより、行動を起こすことがだいじだ／實際行動起來比光考慮更重要（＝不要光說不練）。

☆ 騒ぎを起こす／造成騷亂；引起騷動。

❹ 勢いを盛んにする。中 振興；興辦。E initiate; promote.

☆ 青年たちは町に新しい文化を興そうと努力している／青年們為振興家鄉的新文化而努力。

☆ 産業を興す／振興產業。

▷ 自動 起きる、起こる・興る

注 漢字で書くときは、❶❷❸は「起こす」、❹は「興す」。

おごそか 【厳か】オゴソカ　まじめな気持ちにならせるほど、厳しく重々しいようす。中 莊嚴；嚴肅；隆重；鄭重。E solemn; grave.

☆ 卒業式がおごそかに行われた／舉行了隆重的畢業典禮。

☆ おごそかな雰囲気の教会／教會的氣氛莊嚴隆重。

おこた・る 【怠る】オコタル、オコタル〔他動五〕(おこたって)　しなければならないことがあっても、しないですます。中 懶惰；怠慢；懈怠；鬆懈。E neglect.

☆ 毎日の努力を怠っていてはいい仕事はできない／終日怠惰一事無成。

☆ 運転中に注意を怠ると事故につながる／開車稍不留意就會出事。

対 励む

おこな・う【行う】オコナウ〔他動五〕(おこなって) それぞれのやり方にしたがってものごとをする。中 進行；實行；做。E do; conduct.

☆ 来年度の新人社員の採用試験を行う/舉行考試招錄明年公司新進職員。

☆ 人口調査を行う/進行人口調查。

名 行い

おこりっぽ・い【怒りっぽい】オコリッポイ すぐに怒る性質だ。中 愛生氣；好發脾氣。E irritable; quicktempered.

☆ 兄は怒りっぽくて、だれとでもすぐけんかする/哥哥愛發脾氣，不管跟誰都一下子就吵起架來。

☆ 年をとって怒りっぽくなった/上了年紀，變得愛發脾氣了。

おこ・る【怒る】オコル〔自動五〕(おこって) 不快なことにがまんできず、顔色やことばにその気持ちが出る。中 生氣；發怒。E get angry.

☆ おとなしい人だが、弱い者がいじめられているのを見るとひどく怒る/雖是老實人，但看到弱者受欺負就會勃然大怒。

☆ 真っ赤な顔をして怒る/紅著臉大發雷霆。

おこ・る【起こる・興る】オコル〔自動五〕(おこって) ❶ あることが発生する。起きる。中 發生。E happen; occur.

☆ 戦争が起こると若者たちの命が失われる/一旦發生戰爭，青年人就會犧牲生命。

☆ ハワイで大きな地震が起こった/夏威夷發生了大地震。

❷ 勢いが盛んになる。中 興起；興盛；振興。E rise; flourish.

☆ 古い歴史を持つ町に新しい芸術活動が興った/具有悠久歷史的城市興起了新的藝術活動。

▷ 名 起こり・興り 他動 起こす・興す

注 漢字で書くときは、❶は「起こる」、❷は「興る」。

おご・る オゴル〔他動五〕(おごって) 相手の分も金を払って人にごちそうする。中 請客；做東。E treat.

☆ ボーナスが出たから、きょうはおごります/領了獎金，所以今天我請客。

☆ 先輩におごってもらう/讓前輩請客。

名 おごり

おさ・える【押さえる・抑える】オサエル、オサエル〔他動一〕 ❶ 手でつかんだり上から重いものを載せたりして、動かないようにする。中 壓；按；摁。E hold of; press down.

☆ 風に飛ばされないように両手で帽子を押さえる/兩手按住帽子以免被風吹走。

❷ たいせつな点をつかむ。中 抓住；扣住。E get hold; grasp.

☆ 証拠を押さえる/抓住證據。

☆ 要点を押さえる/掌握要點。

❸ 人やものごとが自由な動きをしないようにする。中 壓制；控制；抑制；忍住。E restrain; control.

☆ 係員は、争って中に入ろうとする人々をおさえて順に入場させた/管理人員控制住爭先恐後想進來的人，讓他們依序進場。

☆ 笑いをおさえる/忍著笑意。

☆ 涙をおさえる/強忍著眼淚。

▷ 名 押さえ・抑え

注 漢字で書くときは、❶❷は「押さえる」、❸は「抑える」。

おさな・い【幼い】オサナイ ❶ 年が少ない。中 年幼；幼小。E young; infant.

☆ 洋子は幼い弟をとてもかわいがっている/洋子特別喜愛年幼的弟弟。

☆ 宇宙飛行士を夢見た幼い日がなつかしい/懷念兒時那段夢想當太空人的時光。

❷ 子供っぽい。未熟だ。中 幼稚；孩子氣。E childish; immature.

☆ 三郎は考え方が幼くて、とても社会人とは思えない/三郎想法很幼稚，難以想像他已進入社會工作了。

おさななじみ【幼なじみ】オサナナジミ 子供のころ仲よく遊んで親しくしたこと。また、その友達。中 青梅竹馬；童年時代的朋友。E a childhood friend.

☆ 道子と一郎は幼稚園のころからの幼なじみだ/道子和一郎是從幼稚園就認識的青梅竹馬。

☆ 電車の中で10年ぶりに幼なじみに出会って、なつかしかった/在電車中遇見十年未見的兒時玩伴，感覺好懷念。

おざなり オザナリ その場だけ間に合わせるいいかげんなようす。中 敷衍；走過場；應景。E perfunctory.

☆ 準備もしていないおざなりの講義ではつまらない/沒做準備，敷衍了事的課是不值得一聽的。

おさ・める【収める・納める・治める・修める】オサメル〔他動一〕 ❶ いい結果を手に入れる。中 取得；獲得。E obtain; gain.

☆ 新しい仕事は思いどおり成功を収めた/新工作如預期般順利完成了。

☆ 勝利を収める/取得勝利。

❷ ものをなにかの中に入れてきちんと片づいた状態にする。中 收；收藏；收好。E put; keep.

☆ 読み終わった本を本棚に収める/把讀完的書放進書櫃中收好。

☆ 美しい景色をカメラに収める/用相機拍下美麗的風景。

☆ 10字以内に収める/限制在十個字以內。

❸ ものや金などを約束どおりに渡す。中 繳納；交付。E deliver; pay.

☆ 製品を工場から店へ納める/從工廠把產品送到店裡。

☆ 期日までに税金を納める/如期繳納稅金。

❹ 落ちついた状態にする。中 治；治理。E subdue; rule.

☆ 両方の話をよく聞いて騒ぎを治めた/認真聽取雙方解釋後再處理爭端。

☆ 国を治める/治理國家；治國。

❺ 学問や技術などを身につける。また、自分をきちんとしようと努力する。中 學習；鑽研。E study; pursue.

☆ 仏教の学問を修めるため、寺で2年間過ごした/為鑽研佛教，而在寺院生活了兩年。

▷ 自動 収まる・納まる・治まる・修まる

注 漢字で書くときは、❶❷は「収める」、❸は「納める」、❹は「治める」、❺は「修める」。

おさらい オサライ〔～する〕 けいこごとなどで、習ったことをもういちど自分でしてみること。中 複習；溫習。E a review; (a) rehearsal.

☆ きのう習った踊りのおさらいをする/複習昨天學過的舞蹈動作。

参 「復習」も似ているが、「復習」が勉強全体に使うのに対して、「おさらい」は小さな子供の勉強やけいこごと(踊り、ピアノなど)に使う。

おじ【伯父・叔父】オジ ❶ 父母の兄。父母の姉の夫。中 伯父；舅父；姑父；姨父。E an uncle.

☆ 伯父からお年玉をもらう/從伯父那裡收到壓歲錢。

対 伯母

❷ 父母の弟。父母の妹の夫。中 叔父；舅父；姑父；姨父。E an uncle.

☆ 叔父は話がおもしろいので大好きだ/叔叔說話風趣，所以我很喜歡他。

対 叔母

注 漢字で書くときは、❶は「伯父」、❷は「叔父」。

参 人と話すときに自分の身内をさして使うことば。他人の「伯父」「叔父」に向かって、またその人を話題にしていうときは、「伯父さん」「叔父さん」を使う。

おし・い【惜しい】オシイ ❶ たいせつなので失いたくない気持ちだ。中 珍惜；捨不得；吝

惜。E precious; valuable.

☆ いまは試験前だから、5分でも時間が惜しい/快考試了，哪怕是五分鐘也很珍惜。

☆ 命が惜しかったので、強盗にお金を全部やった/為了保命，把錢全給了強盜。

❷ わずかなところで思いどおりにならなくて残念だ。中 可惜；遺憾。E regrettable; pitiful.

☆ 惜しいところで優勝できなかった/差一點就獲勝，真可惜。

☆ テレビをつけたら、見たいドラマが終わったところで、惜しいことをした/打開電視一看，想看的連續劇剛好演完，真遺憾。

おじいさん オジーサン ❶ 祖父に呼びかけることば。また、他人の祖父についていうことば。中 爺爺；祖父；外祖父。E Grandpa; a grandfather.

☆ おじいさん、おもしろいテレビをやってるから一緒に見よう/爺爺，現在正在演好玩的節目，一塊看吧。

☆ 孫がいるけど、おじいさんとは呼ばれたくない/雖然有了孫子，但還不想讓別人叫我爺爺。

対 おばあさん

❷ よその年とった男の人についていうことば。中 老爺爺。E an old man.

☆ ひげの長いおじいさんが毎日家の前を通っていく/一個留長鬍子的老爺爺每天從我家門前走過。

対 おばあさん

▷ →祖父

おしいれ【押し入れ】オシイレ 日本間で、ふとんや道具などを入れておく、ふすまや戸のついた物入れ。中 壁櫥。E a closet.

☆ 朝、ふとんをたたんで押し入れにしまう/早上把被棉被折好放進壁櫥。

☆ 押し入れが少ないと、荷物の整理がたいへんだ/壁櫥不夠的話，整理東西很麻煩。

→座敷図

おしうり【押し売り】オシウリ〔～する〕相手がいらないものを無理に売りつけること。また、その人。中 強迫推銷；硬叫人買。E a high-pressure salesman.

☆ 新聞の押し売りにねばられて困る/被人強迫推銷報紙，使我們感到很為難。

☆ 押し売りお断り/拒絕強迫推銷。

おし・える【教える】オシエル〔他動一〕❶ 知識や技術などを人に伝えて身につけさせる。中 教；訓練。E teach.

☆ 母は高校で数学を教えている/媽媽在高中教數學。

対 習う、学ぶ

❷ 自分の知っていることを人にわからせる。中 告訴。E tell; show.

☆ あなたの住所と電話番号を教えてください/請告訴我您的住址和電話號碼。

☆ 駅へ行く道を教える/告訴他去車站的路。

❸ 人の生き方などについて、教訓を与える。中 教導；教訓。E give a lesson.

☆ 人間として守るべき道を子供たちに教える/教導孩子如何走向正道。

▷ 名 教え

おしか・ける【押しかける】オシカケル〔自動一〕❶ おおぜいの人が勢いよくいちどに集まる。中 擁到；蜂擁而至；湧進。E throng.

☆ 人気歌手が来ると聞いて、みんな町の広場へ押しかけた/聽說名歌星來了，大家都擁向鎮上的廣場。

☆ 安売りの店へ人々が押しかけた/人潮湧進廉價商店。

❷ 招かれていない相手の所へ遠慮せずに行く。中 不請自來。E go uninvited.

☆ 学生のころは、先輩の家へ押しかけて朝まで語り明かしたものだ/學生時代常到學長家做客，一聊就聊到天亮。

おじぎ【お辞儀】オジギ〔～する〕あいさつとして、人に頭を下げること。相手に対して尊敬や感謝の気持ちを表す態度。中行禮；鞠躬。E a bow.

☆ デパートの店員は客に丁寧におじぎをする/百貨公司的店員禮貌地向顧客鞠躬。

〔お辞儀〕

おしこ・む【押し込む】オシコム〔他動五〕(おしこんで) 狭い所にものなどをつめて入れる。中塞；塞進；硬往裡裝。E push into; squeeze into.

☆ 客が来るというので、急いでふとんを押し入れに押しこんだ/聽說客人要來了，趕緊把棉被塞進壁櫥裡。

☆ 電車がこんでいたので、前の人を押しこんで自分も乗った/電車上人很多，所以推著前面的人自己也擠上了車。

おじさん【伯父さん・叔父さん】オジサン

❶ 伯父、叔父に呼びかけることば。また、他人の伯父、叔父についていうことば。中伯伯；叔叔；舅舅。E Uncle ~; an uncle.

☆ 伯父さん、お年玉ありがとう/伯父，謝謝您的壓歲錢。

☆ 田中くんの叔父さんがテレビに出てたよ/田中的叔叔上電視了。

対 伯母さん・叔母さん

❷ よその中年の男の人についていうことば。中伯伯；叔叔；大爺。E a gentleman.

☆ 変なおじさんには気をつけなさいよ/要小心奇怪的伯伯哦。

対 おばさん

▷ →伯父・叔父

ニ 注 ❷はひらがなで書く。

おしだ・す【押し出す】オシダス〔他動五〕(おしだして) ❶ 押して中から外へ動かす。中推出去。E push out; squeeze out.

☆ 絵の具をチューブから押しだして使う/從軟管擠出繪畫顏料來用。

❷ 意見、主張などをはっきりと示す。中打出；推出。E raise.

☆ 政治改革を前面に押しだして選挙に臨む/以推動政治改革來打選戰。

▷ 名 押し出し

おしつけがまし・い【押しつけがましい】オシツケガマシイ 自分の考えや意見を無理に人に受け入れさせようとする。中硬逼著；命令式；強加於人。E force one's opinion on others; pushy.

☆ 押しつけがましいお願いですが、ぜひ寄付をしてください/雖然有點強人所難，但請多少捐一點。

☆ 兄は、数学を教えてやるからタバコを買ってこいと、押しつけがましく言った/哥哥用命令的口吻說，給他買包香菸來，就教我數學。

おしつ・ける【押しつける】オシツケル〔他動一〕 ❶ 力を入れて当て、動かさずにいる。中壓上；擠住；頂住。E press against.

☆ 見つからないように壁に背を押しつけてじっとしていた/為了不讓人發現，把背緊靠在牆上一動也不動。

❷ いやがることをさせる。いやがるものを持たせる。中強迫人做；強迫使人接受；強加於人。E force.

☆ 妻は赤ん坊の世話をわたしに押しつけて買い物に出かけた/妻子把寶寶推給我照顧，就出去買東西了。

▷ 名 押しつけ

おしっこ オシッコ〔～する〕「小便」「尿」のくだけた言い方。もとは子供のことば。しっこ。話 中尿尿；撒尿。E pee; tinkle.

☆ 子供は遊びに夢中になって、ついおしっこをもらしてしまった/小孩只顧玩，連褲子尿濕了都不知道。

☆ 子供が1人でおしっこができるようになって、すこし楽になった/小孩會獨自上廁所使我稍微輕鬆了一點。

→小便

おしなべて　オシナベテ　ほとんど全部が同じであるようす。書 中全都一樣；普遍；整體看來。E generally; most of.

☆ プロのバスケットボールの選手たちは、おしなべて背が高い/職籃選手普遍來說個子都很高。

おしはか・る【推し量る】オシハカル〔他動五〕(おしはかって)　よくわからないことを、いろいろなことをもとにして考えてみる。中推測；猜測；忖度。E guess; surmise.

☆ 客の数や品物の動きで、店の売り上げを推しはかることができる/根據顧客的人數和商品動向，可以推測出商品的銷售額。

☆ 人の心を推しはかる/猜測人心。

おしぼり【お絞り】オシボリ　手や顔をふくために、水または湯につけてしぼった小さなタオル。中手巾；擰乾的濕手巾。E a moist hand towel.

☆ 来客におしぼりを出す/給客人送上小手巾。

☆ 冷たいおしぼりで汗をふく/用冰涼的濕手巾擦汗。

おしまい　オシマイ　❶終わり。しまい。中完了；終了；結束。E the end; the finish.

☆ きょうの練習はこれでおしまいにしましょう/今天的練習就到此為止吧。

☆ 話はおしまいまで静かに聞きなさい/請安靜地把話聽完。

❷望みもなく助けることもできなくなってしまうこと。しまい。中無法挽救；絕望；無可奈何。E it's all up; be beyond hope.

☆ いいことと悪いことの区別ができなくなったら、人間もおしまいだ/好壞都分不出來，人也就完蛋了。

▷ 話

おし・む【惜しむ】オシム〔他動五〕(おしんで)

❶失うことを残念に思って、たいせつにする。中惋惜；感到可惜；遺憾。E grudge; be reluctant.

☆ すこしの時間も惜しんで本を読む/一點時間也不放過地拿來讀書。

☆ 別れを惜しむ/依依惜別。

❷出すこと、することをいやがる。中吝惜；捨不得。E spare.

☆ 費用を惜しんだために食べ物も飲み物もたりなかった/由於捨不得花錢，所以吃的喝的都不夠。

☆ 労力を惜しむ/吝惜氣力；惜力。

おしゃべり　オシャベリ　❶〔～する〕人と、なんということもなく気軽に話すこと。また、その話。中說話；聊天；閒聊；瞎扯。E a chat; idle talk.

☆ 友達とおしゃべりをすると気持ちが晴れる/只要和朋友在一起聊天，心情就會開朗多了。

❷なんでもよく話すこと。また、その人。中愛說話；愛瞎扯；多嘴多舌的人。E talkative; a chatterbug.

☆ あの人はおしゃべりだから、秘密は話さないほうがいい/那個人是個大嘴巴，所以秘密最好別和他說。

おしゃれ　オシャレ〔～する〕　服装や化粧などに気をつけて、きれいに見えるようにすること。中會打扮；愛美；好修飾。E be dressed up; stylish.

☆ おしゃれをしてパーティーに出かける/精心打扮一番後去參加舞會。

☆ おしゃれに気をつかう/費盡心思打扮。

☆ おしゃれな人/會打扮的人；愛美的人。

おしょく【汚職】オショク　政治家や役人などが、自分の地位を利用して、金や品物を出した人に特別な利益を与えるような不正な行いをすること。中貪污；瀆職。E corruption; graft.

☆ ゴルフ場の建設をめぐる汚職が、警察の調べで明らかになった/關於建設高爾夫球場的貪污行為，警察已經調查清楚了。

☆ 土地開発の汚職で政府の高官が逮捕された/已經逮捕了在土地開發中有貪污行為的政府高級官員。

おしんこ オシンコ　漬物。話 中 鹹菜；醬菜；泡菜；新醃的鹹菜。E pickles; pickled vegetables.

☆ ごはんにはやっぱりおしんこが合う/白飯還是配醬菜最好吃。

☆ 父は、外国へ行くとおしんこが食べたくなる、と言う/父親說，一到外國去就會想吃醬菜。

おす【雄】オス　動物で、精子を持つほう。中 雄；公。E a male.

☆ 雄の猫が雌を求めて夜中に大きな声で鳴く/公貓追求母貓而在夜裡大聲叫。

☆ 美しい羽を持った雄の鳥が飛びたった/一隻羽毛美麗的雄鳥飛走了。

☆ 雄犬/公狗。

対 雌

参 人間についてはいわない。

お・す【押す】オス〔他動五〕(おして) ❶ こちらから向こうへ力を入れる。中 推；擠；按；壓。E push.

☆ 重いドアを押して開ける/把笨重的大門推開。

☆ 故障した車を4人で押して道のわきへ寄せた/四人把故障的車推到路邊。

対 引く

❷ (「おして」の形で)無理をして。中 冒；不顧。E in spite of.

☆ 仕事が心配で、病気をおして会社へ行った/心中擔心工作，而抱病上班。

☆ おしてお願いします/強求；硬性委託。

押しも押されもしない[せぬ]　能力がすぐれ、人柄や地位などが立派で、だれからも認められている。中 牢不可破；地位穩固；無可否認。E of established reputation.

☆ 若いときは絵が売れなくて苦労していたが、いまでは押しも押されもしない一流の画家だ/年輕時畫賣不出去而十分潦倒，如今卻已成為大名鼎鼎的一流畫家。

お・す【推す】オス〔他動五〕(おして) ❶ これまでに知っていることやようすなどから判断して、そうではないかと考える。中 推斷；推測；推想。E judge from; suppose.

☆ ことばづかいから推して、たぶん九州のほうの人だろう/根據用詞來推測，大概是九州人。

❷ 価値があり適当だと思った人をある地位に推薦する。中 推薦；推舉。E recommend; nominate.

☆ つぎの選挙では京子を会長に推すつもりだ/下次選舉，打算推薦京子作會長。

おずおず オズオズ〔～する〕　恐れや遠慮から、ためらうような態度で行動するようす。中 擔心害怕；畏畏縮縮；戰戰兢兢；提心吊膽。

☆ 彼は「私にもできるでしょうか」と、おずおず(と)尋ねた/He asked timidly, "Do you think I can do this, too?"/他畏畏縮縮地問：「我行嗎?」

おすみつき【お墨付き】オスミツキ、オスミツキ　権力のある人が、いいと保証すること。中 權威人士的保證。E an official go-ahead; a certificate.

☆ 社長のお墨つきがあるから、この仕事はどんどん進めても大丈夫だ/因為有老闆的擔保，這個工作儘管放手一搏吧。

参 むかし、将軍や大名などが墨で自分の名前を書いて許可したことを示したことからいう。

おせいぼ【お歳暮】オセイボ　年末に、世話になった人に贈る品物。歳暮。中 年終禮品；年禮。E a year-end present.

☆ お歳暮を持って恩師を訪ねる/帶著年禮探望恩師。

☆ 知り合いからお歳暮がとどいた/好友送來了年禮。

お

おせじ【お世辞】オセジ　相手を喜ばせようとしてほめること。また、そのことば。中恭維話；奉承話。E a compliment; flattery.

☆ いつまでもお若いとお世辞を言われた／常有人奉承我總是那麼年輕。

☆ 父の歌はお世辞にも上手だとはいえない／父親的歌，再怎麼恭維，也不能說好聽。

☆ お世辞笑い／諂媚的笑；假笑。

おせっかい　オセッカイ〔～する〕　しなくてもいい世話をすること。話 中多管閒事；愛管閒事。E meddle in.

☆ 他人におせっかいをするより自分のことを考えたほうがいい／與其兼善天下，不如明哲保身。

☆ どんな格好をしようと、よけいなおせっかいだ／我穿什麼用不著你多管閒事。

おせん【汚染】オセン〔～する〕　空気や水、食品などが、放射能やガス、薬品などでよごれること。中汚染。E pollution; contaminate.

☆ 大気の汚染で健康を害する人が増えている／因空氣汚染而損及健康的人不斷增加。

☆ 放射能で汚染された農産物を焼いて捨てる／燒毀遭核能汚染的農作物。

☆ 複合汚染／multiple contamination.／複合汚染；多重汚染。

おぜんだて【おぜん立て】オゼンダテ〔～する〕　準備をしておくこと。中準備；事先的佈置。E preparations; arrangements.

☆ 前もっておぜんだてをしておいて会議に臨む／開會前事先做好準備。

おそ・い【遅い】オソイ　❶時刻や時期が遅れている。中晚；晚了；遲了。E late.

☆ 仕事が忙しくて帰りが遅くなった／工作忙，所以回家很晚。

☆ 今年は桜の咲くのが遅い／今年櫻花開得晚。

対早い

❷ 間に合わない。中來不及；趕不上。E too late for.

☆ 5時の汽車にはもう遅いから6時のにする／五點的火車已經趕不上了，還是搭六點的。

☆ いまからでも遅くないから、すぐ始めよう／現在開始也不遲，馬上開始吧。

対早い

❸ 時間がかかるようすだ。中慢；遲緩。E slow.

☆ 船は飛行機より遅い／船比飛機慢。

☆ ぼくは走るのが遅いので、運動会は苦手だ／我跑得慢，所以不喜歡參加運動會。

対速い

おそ・う【襲う】オソウ、オソウ〔他動五〕(おそって)　❶急にせめてひどい目にあわせる。中襲擊；侵擾。E hit; attack.

☆ 大きな台風が島をおそった／強烈颱風襲擊島上。

☆ ライオンが子ジカをおそう／獅子捕殺小鹿。

❷ (「おそわれる」の形で)よくない感情にとらわれる。中襲；襲擊。E be seized with.

☆ 恐怖におそわれる／感到恐怖不安。

おそかれはやかれ【遅かれ早かれ】　遅い早いの違いはあっても。中遲早；早晚；總有一天。E sooner or later.

☆ 遅かれ早かれ、子供は親から独立していくものだ／孩子遲早要離開父母獨立生活。

☆ 遅かれ早かれ、連絡があるだろう／遲早總會有聯繫吧。

おそまつ【お粗末】オソマツ　内容ややり方などが、ふじゅうぶんでよくないようす。中粗糙；不精緻；簡慢。E poor; shabby.

☆ 大学の文化祭の演劇はおそまつで見ていられなかった／大學文化節的演出太草率，慘不忍睹。

☆ おそまつなテレビ番組／粗糙的電視節目。

☆ おそまつさま(＝「ごちそうさまでした」と礼を言われたときの返事のことば)／哪裡哪裡，招待不周。(＝請客吃飯時，客人說承蒙招待後主人回答說的客氣話)。

おそらく オソラク (「おそらく〜だろう」の形で)可能性が大きいと思うようす。中 恐怕；大概；或許。E probably; most likely.

☆ この提案はおそらく否決されるだろう/這個提案恐怕會被否決吧。

☆ 連休の前だから、おそらく道はこんでいるだろう/連續假期前，道路大概很擁擠。

おそるおそる 【恐る恐る】オソルオソル 悪い結果になるだろうと恐れながら行動するようす。中 誠惶誠恐地；提心吊膽地；戰戰兢兢地。

☆ 短気な社長に、売り上げが減ったことをおそるおそる報告する/提心吊膽地向性急的老闆報告銷售額下滑的情況。

☆ 凍った道路をおそるおそる運転する/ drive cautiously down the frozen street. /小心翼翼地在結冰的馬路上開車。

おそれ 【恐れ・虞】オソレ ❶恐ろしく思うこと。中 畏懼；害怕；恐懼。E fear; dread.

☆ 最近の軍の動きに恐れを感じる/對最近的軍事動態感到恐懼。

☆ 激しい火山活動に、自然に対する恐れをいだく/頻繁激烈的火山活動使人們對自然感到恐懼。

☆ 恐れをなす(=恐れる)/恐懼(=害怕；畏懼)。

❷悪いことが起こりそうな心配。中 惟恐；擔心；危險；恐怕會〜。E fear; danger.

☆ 大きな地震が起こるおそれがある/擔心發生大地震。

☆ 忙しすぎると人間らしさがなくなるおそれがある/太忙的話，怕會累得不成人形。

▷ 他動 恐れる

注 漢字で書くときは、❶は「恐れ」、❷は「虞」。

おそれいりますが 【恐れ入りますが】人になにかを丁寧に頼むときに言うことば。話 中 對不起；十分抱歉；實在不好意思。E I'm very sorry, but〜.

☆ おそれいりますが、先生の研究室を使わせていただけないでしょうか/實在不好意思，能借用一下老師的研究室嗎?

参「すみませんが」も同じように使うことがあるが、「おそれいりますが」のほうが丁寧な言い方。

おそ・れる 【恐れる】オソレル〔他動一〕❶相手をこわいと思う。中 怕；害怕；畏懼。E fear.

☆ 病気や死を恐れる気持ちはだれにもある/沒有人不怕生病和死亡。

☆ 失敗を恐れてはなにもできない/害怕失敗的話，就什麼也做不了。

☆ 恐れおののく/嚇得發抖。

❷悪いことになるのではないかと心配する。中 擔心；惟恐。E be afraid of.

☆ 道子は事故を恐れて飛行機に乗らない/道子怕會發生事故而不敢坐飛機。

▷ 名 恐れ

おそろし・い 【恐ろしい】オソロシイ ❶悪いことになりそうで不安でたまらない。中 可怕。E terrible; frightful.

☆ 地震や雷は恐ろしい/地震和閃電是很可怕的。

☆ ゆうべ、近くで火事があって恐ろしかった/昨晚附近發生了火災，太可怕了。

❷(「〜は恐ろしいものだ」の形で)〜は驚くほどの力を持っている。〜はたいしたものだ。中 驚人。E can make wonders.

☆ 習慣とは恐ろしいもので、定年になっても朝7時には目が覚めてしまう/老習慣難改，退休後依然早上七點就醒了。

❸程度がひどい。中 驚人；非常；厲害。E awful; very.

☆ 洋子は恐ろしく頭がいい/洋子聰明過人。

☆ きょうは恐ろしい暑さだ/今天非常熱。

▷ →怖い

おそわ・る 【教わる】オソワル〔他動五〕(おそわって) 教えてもらう。中 受教；學習。E be

taught.

☆ 小さいとき母にピアノを教わった/小時候母親教我鋼琴。

☆ 父に教わった歌をいまでも覚えている/父親教的歌，到現在仍記憶猶新。

おだいじに【お大事に】オダイジニ　体をたいせつにしてくださいという気持ちをこめて言うあいさつのことば。話 中 請多保重；請保重身體。E Please take care of your health.

☆ 友達を見舞ったあと、「おだいじに」と言って病室を出た/探望朋友後，說聲「請多保重」就走出病房。

☆ お体くれぐれもおだいじにお過ごしください/請多保重身體。

おたおた　オタオタ〔～する〕　突然のことや考えていなかったことが起きて、あわてるようす。話 中 慌慌張張，手足無措。

☆ 多量の出血を見ておたおたしてしまった/看見流了大量的血，嚇得手足無措。

☆ 今月末で会社をやめてもらうと言われて、おたおたしている/I'm terribly upset because I was told to quit my job by the end of this month. /聽到只能做到這個月底，驚慌失措。

おたがいさま【お互いさま】オタガイサマ、オタガイサマ　たがいに同じような立場や状態にいること。中 彼此彼此。E It's the same with me.

☆ 犬の鳴き声がうるさいと文句を言われたが、となりでも大きい音で音楽を聞いているのだから、おたがいさまだ/鄰居抱怨我家狗叫聲大，可是他家音樂聲也不小，兩家真是彼此彼此。

おだ･てる　オダテル〔他動一〕　なにかをさせるために、相手をむやみにほめていい気にさせる。中 給戴高帽；捧；奉承。E flatter.

☆ 子供をおだてて買い物に行かせる/稱讚孩子以叫，他去幫忙買東西。

☆ 妹と２人で父をおだてて新しい靴を買ってもらった/和妹妹兩人一起奉承父親，讓他給我們買了新鞋。

名 おだて

おたまじゃくし　オタマジャクシ　❶ 柄のついた、汁をすくう道具。おたま。中 圓勺子。E a ladle.

〔おたまじゃくし〕

☆ おたまじゃくしでみそ汁をおわんに入れる/用圓勺盛味噌湯放入碗裡。

❷ 卵からかえって、まだしっぽがあるカエルの子。中 蝌蚪。E a tadpole.

☆ 春の小川にオタマジャクシが泳いでいる/蝌蚪在春天的小河裡游泳。

❸「音符」のくだけた言い方。中 音符。E a (musical) note.

☆ おたまじゃくしはよく読めませんが、歌うのは好きです/雖然不太懂音符，但很喜歡唱歌。

▷ 話❸　数❶１本、❷１匹

ニ 注 ❷は動物の名前なので、かたかなで書く。

おだやか【穏やか】オダヤカ　❶ 荒々しさがなく、静かで落ちついたようす。中 穩靜；平靜。E calm; quiet; mild.

☆ 海は穏やかで、波ひとつない/海面上風平浪靜。

❷ 心が安定していて、怒ったりしないようす。中 溫和；和氣；恬靜。E gentle; mild.

☆ 一郎は穏やかな人柄で、怒った顔を見せたことがない/一郎性格溫和，從沒看過他發脾氣。

おちあ･う【落ち合う】オチアウ、オチアウ〔自動五〕(おちあって)　別の所にあったもの、別の所にいた人が、ある場所で出あって一緒になる。中 匯合；匯流；相會；碰面。E meet.

☆ 小さい２つの流れが山のふもとで落ち合って大きい川になる/兩條小溪在山腳下匯

成一條大河。

☆ 5時に駅の前で友達と落ち合って一緒に行った/五點在車站前與朋友會合後一起去。

おちい・る【陥る】オチイル、オチイル〔自動五〕(おちいって) すぐには出てこられないような、困った状況に入りこむ。中 陷；陷入。E fall into; be thrown into.

☆ 意見がまとまらず、会議は混乱におちいった/意見不一致，會議陷入了一片混亂。

☆ 絶望的な気分におちいる/陷入絕望的境地。

おちおち オチオチ (「おちおち〜ない」の形で)安心して落ちついていられない。中 不能安穩〜；不能安心〜。E not quietly; not peacefully.

☆ 大地震が近いと聞くと、おちおち眠っていられない/聽說最近會有大地震，連覺都睡不安穩。

☆ 近所の家に続けて泥棒が入ったので、おちおち外出もできない/附近的住家陸續被小偷闖入，連外出都不放心。

おちこ・む【落ち込む】オチコム、オチコム〔自動五〕(おちこんで) ❶ 高い所から、穴や水の中など低い所に入っていく。中 掉進；落進；墜入。E fall into.

☆ 滝は30メートルの高さから下の川へ落ちこんでいる/瀑布從三十公尺高處落到下面的河裡。

❷ 商売などが前よりずっと悪い状況になる。中 跌落；下降。E fall off; decline.

☆ 輸出の量が前の年の3分の2に落ちこんだ/出口量下降為去年的三分之二。

❸ がっかりして暗い気持ちになる。中 意志消沈。E be depressed.

☆ 仕事に失敗してからずっと落ちこんでいる/自從工作失敗以後，一直意志消沉。

おちつ・く【落ち着く】オチツク〔自動五〕(おちついて) ❶ ものごとや心が静かでいい状態になる。中 平靜；穩定；踏實；沉著。E become calm; feel at ease.

☆ 祭りも終わって町の空気も落ちついてきた/廟會結束後，街上又恢復了平靜。

☆ 秋は気持ちが落ちつくいい季節だ/秋天是令人心情平靜的好季節。

❷ 決まった仕事、決まった住まいなどができる。中 安居；定居；(在某工作崗位)久呆；安定；落戶。E settle down.

☆ 工場や営業の仕事などを経験したが、最後には研究所に落ちついた/在工廠和銷售部門都待過，但最後還是在研究部門安定下來。

☆ あちこちと移ったが、横浜に家を建てて落ちつくことになった/以前經常到處搬家，後來決定在橫濱蓋棟房子定居。

▷ 名 落ち着き

おちば【落ち葉】オチバ 枯れて落ちた木の葉。中 落葉。E fallen leaves.

☆ かさこそと落ち葉を踏んで山道を歩く/踩著落葉沙沙作響地走在山路上。

☆ 落ち葉を掃く/掃落葉。

数 1枚

おちぶ・れる【落ちぶれる】オチブレル〔自動一〕 地位や収入を失って、前よりずっと低い生活に変わる。中 淪落；破落；落魄。E fall low; be reduced to poverty.

☆ 事業に失敗し財産も全部失って、落ちぶれてしまったいまの姿を、旧友たちに見られたくない/不想讓老朋友們看到我現在事業失敗，財產耗盡的落魄樣子。

おちめ【落ち目】オチメ 商売や運や人気などの勢いが衰えて、悪い状態になっていくこと。中 敗運；衰敗；倒霉。E go down on one's luck; be on the skids.

☆ 事業に失敗してから落ち目になって、家も工場も手放した/事業失敗，時運不濟，連房子和工廠都賣掉了。

☆ スターも落ち目になると、ファンも減ってかわいそうなものだ/明星一過氣，影迷也減少，真是可憐。

おちゃ【お茶】オチャ　❶「茶」の丁寧語。中 茶水。E tea.

☆ お茶をいれる / 泡茶；沏茶。

☆ お茶を出す / 倒茶。

☆ お茶を飲む / 喝茶。

❷ 茶をいれたり飲んだりする作法。茶の湯。茶道。中 茶道。E the tea ceremony.

☆ けいこを積んでお茶の先生になる / 努力學習將來當一名茶道老師。

☆ お茶を習う / 學習茶道。

❸ 仕事の途中などで、茶を飲んだりして休憩すること。中 喝口茶休息；小憩。E a tea break.

☆ そろそろお茶にしましょうか / 該喝口茶休息一下了吧。

☆ お茶の時間 / 休息時間。

▷ 数 ❶ 1杯

お茶を濁す　まじめにしないで、いいかげんなことを言ったりしたりしてごまかす。中 含糊其詞；敷衍了事。E patch up; make shift.

☆ よく調べないで、新聞の数字でお茶をにごしてレポートを出したら先生にしかられた / 不認真調查，用報紙上的數據敷衍了事寫了報告，結果被老師訓斥了一頓。

おちゅうげん【お中元】オチューゲン　7月15日前後に、世話になった人に贈る品物。中元。中 中元節禮品。E a midyear gift.

☆ デパートから、お中元の配達があった / 從百貨公司送來了中元節的禮品。

☆ 仕事を紹介してくれた人にお中元としてビールを贈る / 以啤酒作為中元節禮品送給介紹給我工作的人。

おちょうしもの【お調子者】オチョーシモノ　調子にのりやすい人。調子がいいだけで、あまり信用できないような人。話 中 輕舉妄動的人；隨聲附和的人；應聲蟲(實際上靠不住的人)；膚淺的人；隨波逐流的人。E a person easily elated or flattered.

☆ 弟はお調子者だから、すこしおだてるとすぐのってくる / 弟弟是個輕率的人，稍微有人奉承，馬上就會附和。

お・ちる【落ちる】オチル〔自動一〕❶ ものが重さを支えられなくなって高い所から低い所へ動く。中 落下；掉下；墜落。E fall.

☆ 酔って駅のホームから線路に落ちた / 喝醉酒從車站月台跌落到鐵軌上。

☆ すべり落ちる / 滑落。

❷ ついていたものが取れる。中 (顏色、光澤、污垢等)掉；落。E fade; come off.

☆ 何度も洗っているうちにシャツの色が落ちてしまった / 洗過幾次，襯衫都褪色。

☆ 靴のよごれはこの布でこすれば落ちる / 用這塊布可擦掉鞋上的污泥。

❸ 程度や質などが下がって悪くなる。中 降低；低落。E go down; lose.

☆ 疲れると仕事の能率が落ちる / 人一疲勞工作效率就會下降。

☆ 酒は古くなると味が落ちる / 酒放久了味道就不好了。

❹ 試験などに不合格になる。中 不及格；考不中。E fail; lose in.

☆ 大学の入学試験に落ちて浪人する / 大學考試落榜成為重考生。

☆ 予選に落ちる / 預選落榜。

対 受かる

▷ 他動 落とす

おっか・ける【追っかける】オッカケル〔他動一〕「追いかける」のくだけた言い方。話 中 追趕；緊跟著去；緊接著。E run after.

☆ 後からすぐ追っかけるから先に行ってて / 你先走吧，我馬上就追上去。

おっかな・い　オッカナイ　「こわい」「恐ろしい」のくだけた言い方。話 中 可怕；令人害怕；令人提心吊膽。E fearful; terrible.

☆ あの犬はかみつくからおっかないよ / 那狗

會咬人，很可怕啊!

☆ パパはおっかない顔をしてわたしをにらんだ/爸爸對我怒目而視。

おつかれさま【お疲れさま】オツカレサマ ほかの人がよく働いたあとなどに言うあいさつのことば。お疲れさん。[話][中]您辛苦了；您受累了。[E] That's tough; Thank you for all your trouble.

☆ 遅くまでお疲れさまでした/工作到這麼晩，您辛苦了。

☆ 部長、ほんとうにお疲れさまでございました/經理，您真是辛苦了。

おっくう【億劫】オックー 行動するのが面倒で、気が進まないようす。[中]感覺麻煩；不起劲·嫌麻煩·懶得～。[E] bothersome; tiresome.

☆ 雨の日に出かけるのはおっくうだ/下雨天懶得出門。

☆ 年をとった祖母は、体を動かすのもおっくうなようだ/祖母上了年紀好像連挪動身體都嫌麻煩。

おっこ·ちる オッコチル〔自動一〕「落ちる」のくだけた言い方。[話][中]掉；落。[E] fall.

☆ 池におっこっちゃった/掉進池塘裡了。

おっしゃ·る オッシャル〔他動五〕(おっしゃって) 「言う」の尊敬語。[中]「說」「講」的尊敬語。[E] ((respectful)) say.

☆ いまなんとおっしゃいましたか/剛才您說了什麼?

おっちょこちょい オッチョコチョイ 考えることやすることが落ちついていなくて失敗しやすいようす。また、その人。[話][中]冒失鬼；馬虎；不穩重。[E] a scatterbrain; a careless person.

☆ 兄はおっちょこちょいだから、きょうも人の傘をまちがえて持ってきてしまった/哥哥是個糊塗蛋，今天又拿錯別人的傘回家了。

おっと【夫】オット 結婚している男女の、男性のほう。[中]丈夫；夫。[E] a husband.

☆ 夫はいま外出しております/我先生剛剛外出。

☆ 姉は夫を早くなくして苦労の多い人生を送った/姊姊早年喪夫，辛苦地過了一生。

[対]妻

[参] 第三者や自分の夫をさすときに使う。自分の夫は「主人」「つれあい」ともいい、また、姓をいうこともある。

おっとり オットリ〔～する〕 性格や態度が穏やかで、あわてず、競争する気持ちもないようす。[中]穩重大方；穩穩當當；心胸開闊。[E] quiet; generous.

☆ 洋子は1人娘でおっとりしているので、負けても全然悔しがらない/洋子是個獨生女，穩重大方，遭受挫敗也不難過。

☆ おっとり(と)かまえる/泰然處置；姿態穩重。

おつり【お釣り】オツリ 代金より大きな金で払って、返される金。つり銭。つり。[中]找的錢。[E] change.

☆ タバコを買って、1万円でおつりをもらう/用一萬日圓買香菸後找了錢。

☆ おつりがいらないように小銭を用意してください/(車上)不找零，請自備零錢。

おてあげ【お手上げ】オテアゲ ものごとがいきづまってどうにもならないこと。だめになること。[話][中]束手無策；沒輒；只好認輸；只好放棄。[E] It's all over with; be at a loss.

☆ 景気が悪くて、うちの商売はお手上げです/經濟不景氣，我們公司業績毫無起色。

☆ 台風で山くずれが起これば、このへんの住宅地はお手上げだ/如果颱風造成山崩，這片住宅地就報銷了。

おでき オデキ 皮膚がはれあがって、中にうみを持ったもの。[中]膿腫；膿皰；癤子。[E] a boil; an abscess.

☆ おできが痛いので、医者に切ってもらった/膿皰很痛，請醫生割除掉。

おでこ オデコ ❶「ひたい」のくだけた言

い方。中額頭；額角。E the forehead; the brow.

☆ おでこに手を当てて、熱を調べる/把手放在額頭上，看看是否發燒。

❷ ひたいがふつうより出ていること。また、その人。中額頭突出(的人)。E a prominent forehead.

☆ わたしはおでこだから、髪で隠している/我額頭太高，所以用頭髮遮住。

▷ 話

おてのもの【お手のもの】オテノモノ、オテノモノ 慣れていて簡単にできること。得意なもの。中得意的一手；擅長；拿手；專長。E one's specialty; be an expert.

☆ ケーキづくりはお手のものだ/做蛋糕是我的專長。

☆ 通訳は、英語がお手のもののリーさんに頼もう/請英語好的李小姐做翻譯。

おてやわらかに【お手柔らかに】オテヤワラカニ、オテヤワラカニ あまり厳しくしないで。手かげんして。中溫和；手下留情。

☆ 初心者ですから、お手やわらかにお願いします/I'm a beginner, so I hope you won't give me too hard a game./因為是初學者，請您手下留情。

参 試合のときなどに、相手に対して謙遜していう言い方。

おてん【汚点】オテン 仕事や歴史に残された失敗や不名誉なこと。書 中劣跡；污點。E a stain; a blemish.

☆ 勝つために薬を使う選手が出たことは、オリンピックの歴史に汚点を残した/運動員為獲勝而服用藥物出賽，給奧運史上留下了污點。

おでん オデン 大根、コンニャク、昆布、卵、サトイモなどを、しょうゆの薄味で長い時間煮た料理。中關東煮。E *oden*; Japanese hotchpotch.

☆ 冬の夜は、おでんがなによりのごちそうだ/冬天晚上，吃關東煮比什麼都好。

☆ おでんは、なんといっても大根がいちばんうまい/不論怎麼說，關東煮中的蘿蔔最好吃。

おと【音】オト ❶ ものがすれ合ったりぶつかったりしてできた振動が、空気や水を通じて人間の耳に感じられるもの。中音；聲；聲音；響聲。E a sound; a noise.

☆ 大きな音がしたけれど、あれはなんだろう/發出這麼大的響聲，是什麼啊?

☆ 音を立てないように静かに歩く/不發出聲音地靜靜走路。

☆ 足音/腳步聲；腳步；氣息。(→項目)

❷ 世間に知られた評判。うわさ。中聞名；有名。E famous.

☆ 音に聞こえた俳句の先生/一位有名望的俳句(日本詩歌之一)老師。

おとうさん【お父さん】オトーサン 子供が父親に呼びかけることば。また、他人の父親についていうことば。中爸爸；爸；父親。E Father; Dad; a father.

☆ お父さん、今度の日曜日、山へ行こうよ/爸爸，下個星期日，我們去爬山吧。

☆ お父さんによろしくお伝えください/請代我向令尊問好。

対 お母さん →父

おとうと【弟】オトート 年下の、男のきょうだい。中弟弟；弟。E a younger brother.

☆ 小さいころ、弟とよくけんかをした/小時候經常和弟弟吵架。

☆ 弟はいつもいたずらばかりして、ほんとに困る/弟弟老是愛捉弄人，真煩人。

対 兄、妹

参 人と話すときに自分の身内をさして使うことば。妹の夫や、配偶者の年下の男のきょうだいのこともいう。他人の「弟」に向かって、またその人を話題にしていうときは、「弟さん」を使う。

おどおど オドオド〔～する〕 恐れや不安の気持ちが、落ちつかない態度となって表れるようす。[中]提心吊膽；戰戰兢兢。

☆ 彼は、うそがばれるのを恐れておどおどしている/ He is nervous afraid of having his lies found out. /他擔心謊言被拆穿而忐忑不安。

おとこ【男】オトコ ❶人間のうち、精子を持つほう。男子。男性。[中]男的；男性；男人；男子。[E] a man; a male.

☆ 生まれた子は男の子だった/生下的孩子是個男孩。

☆ 男の声/男聲。

[対]女

❷「❶」で、心や体が一人前になった人。[中]男子漢；成年人。[E] an adult man.

☆ あの子ももう立派な男になったね/那孩子也已長成堂堂男子漢了呢。

[対]女

❸男性であることを特に強くいう言い方。[中]男子漢；大丈夫；傢伙。[E] a man.

☆ おれも男だ、喜んで引き受けよう/我也是個男子漢，就該欣然接受。

☆ 男の中の男/男人中的男人。

[対]女

❹愛人としての男性。[中]情夫；男朋友。[E] a lover.

☆ 男をつくる/找情夫；找男朋友。

☆ 妻には男がいた/妻子有外遇。

[対]女

おとさた【音さた】オトサタ、オトサタ 手紙や電話を使った知らせ。便り。[中]音信；消息。[E] news; a letter.

☆ 道子から１年以上も音さたがないので心配している/一年多沒有道子的音信，讓人擔心。

☆ 二郎はフランスへ行ってから音さたがないが、元気だろうか/二郎去法國後音信全無，不知近況如何?

[参]「音」も「さた」も、「手紙」の意味の古いことば。現在では「音さたが[も]ない」のように否定のことばと一緒に使う。

おとしだま【お年玉】オトシダマ 新年の祝いとして、子供や目下の人に贈る金や品物。[中]壓歲錢。[E] a New Year's present.

☆ お正月の楽しみは、お年玉がもらえることだ/過年最高興的是能拿到壓歲錢。

☆ お年玉をためてテレビゲームを買う/把壓歲錢存起來買電玩。

おと・す【落とす】オトス〔他動五〕(おとして) ❶ものの支えを取り去って高い所から低い所へ動かす。[中]使落下；使墜落。[E] drop.

☆ 棒でたたいてクリの実を落とす/用木棍打落栗樹上的栗子。

☆ 涙を落とす/落淚；掉眼淚。

❷いままでそこにあったものをなくす。[中]弄掉；去掉；喪失；遺失。[E] lose; remove.

☆ 勝っていた試合を落とす/輸掉了應獲勝的比賽。(應勝而未勝；大意失荊州)

☆ 洋服のほこりを落とす/拍抖衣服上的灰塵。

☆ 命を落とす/喪命。

☆ 気を落とす/沮喪。

[対]拾う

❸程度や質などを下げる。[中]降低；減低；失掉。[E] slow down; lower.

☆ 曲がり角で自動車はスピードを落とした/汽車在轉角處減速慢行。

☆ 声を落として話す/壓低聲音說話。

☆ 製品の質を落とす/產品品質下降。

❹たいせつなものを不注意でなくしたり抜かしたりする。[中]漏掉；遺漏。[E] miss; omit.

☆ 案内状を出すときに、田中さんを落としてしまった/發請帖時漏掉了田中先生。

▷[自動]落ちる

おど・す【脅す】オドス〔他動五〕(おどして) 相手をこわがらせて、自分にしたがわせようとする。おどかす。[中]威脅；嚇唬。[E] threaten; frighten.

☆ 犯人は、ピストルで殺すぞとおどし、金をうばって逃げた/犯人持槍威嚇要殺人，搶到錢就逃跑了。

名脅し →脅かす

おとず·れる【訪れる】オトズレル〔自動一〕

❶ 人に会いに行く。ある場所へ行く。訪ねる。中 訪問；過訪。E call on; visit.

☆ 久しぶりに古い友人の家をおとずれた／拜訪了久未見面的老朋友家。

☆ この前京都をおとずれてから５年たった／上次造訪京都以來，已經過了五年。

❷ ある状態がやってくる。中 到來；來臨。E arrive; come.

☆ 戦争で荒れた国にも、ついに平和がおとずれた／飽受戰火摧殘的國家，和平終於來臨。

☆ 山に雪が降ると本当の冬がおとずれる／山上只要一下雪，寒冬就將來臨。

▷ 書 名訪れ

おととい オトトイ、オトトイ きのうの前の日。一昨日。中 前天。E the day before yesterday.

☆ きょうは５日だが、おとといの３日は雨だった／今天是五號，前天三號是個下雨天。

☆ 中国からおととい帰ってきた／前天從中國回來。

おととし オトトシ 去年の前の年。一昨年。中 前年。E the year before last.

☆ おととしもらった小犬がこんなに大きくなった／前年別人給我的小狗現在已長得這麼大了。

おとな【大人】オトナ ❶ 一人前に成長した人。中 大人；成人。E an adult.

☆ 二十になってもう大人なのだから、しっかりしなくては／到二十歲就是大人了，因此一定要穩重。

☆ 大人になる／長大成人；成人。

対 子供

❷ 考え方や行動などがじゅうぶん成長していること。中 老成；成熟；大人。E grown-up; mature.

☆ 道子は高校生だが、言うこともすることもしっかりしていて、もう大人だ／道子雖是高中生，說話做事都很成熟，已經是大人了。

☆ 大人のつきあい／成熟的交際；大人的交際往來。

対 子供

おとなし·い オトナシイ 性質が静かで、穏やかだ。中 老實；溫順；規規矩矩。E gentle; quiet; tame.

☆ この子はおとなしくて親の言うことをよく聞く／這孩子老實，很聽父母的話。

☆ この馬はおとなしいから、乗っても大丈夫だ／這匹馬溫順，騎上去也沒問題。

おどり【踊り】オドリ 踊ること。中 舞蹈；跳舞。E dancing; a dance.

☆ サンバのような激しい踊りが好きだ／我喜歡像森巴那種激烈的舞蹈。

☆ 盆踊り／盂蘭盆舞。

他動 踊る

おと·る【劣る】オトル、オトル〔自動五〕(おとって) ものごとの程度がほかより下だ。

中 劣；亞；不如；差。E be inferior to.

☆ 身長や体重でおとっても体力では負けない／雖然身高體重不如人，但體力卻不差。

☆ 負けずおとらず／不相上下；不分優劣；差不多。(→項目)

対 勝る、優れる

おど·る【踊る·躍る】オドル〔自他動五〕(おどって) ❶ 音楽や拍子に合わせ、手足や体を動かして、喜び、悲しみなどいろいろな思いを表現する。中 跳舞；舞蹈。E dance.

☆ 舞台ではバレリーナが「白鳥の湖」を踊っている／芭蕾女伶在舞台上演出「天鵝湖」。

☆ タンゴを踊る／跳探戈台。

❷ 力があふれているように激しく動く。

中 跳躍；蹦；(心)跳動。E jump; leap.

☆ 選手は空中に身を躍らせて、ボールを敵のコートに打ちこんだ／選手一躍而起，將球打進對方場地。

☆ 期待に胸が躍る/心中滿是期待。

☆ 躍り上がって喜ぶ/高興得跳起來。

▷ 名 踊り・躍り　→舞う

注 漢字で書くときは、❶は「踊る」、❷は「躍る」。また、❶は他動詞、❷は自動詞。

おとろ・える【衰える】オトロエル、オトロエル〔自動一〕人や国などの力や勢いがだんだん弱くなる。中 衰退；衰弱；衰亡。E become weak; decline.

☆ すっかり体が衰えた祖母はどこにも出なくなった/祖母的身體相當衰弱，哪裡也去不了。

☆ 200年前には栄えていたA国も、いまでは衰えてしまった/兩百年前繁華一時的A國現在已經衰敗了。

対 栄える　名 衰え

おどろ・く【驚く】オドロク〔自動五〕(おどろいて) 考えてもいなかったようなことにあって、心が揺れ動く。びっくりする。中 嚇；驚恐；害怕；吃驚。E be surprised; be astonished.

☆ 郷里の町がすっかり変わっているのには驚いた/家鄉小鎮的景象完全變了，使人感到吃驚。

☆ 台所にネズミがいたのに驚いて大声を出した/被廚房裡的老鼠嚇得驚聲尖叫。

名 驚き　他動 驚かす

おなか　オナカ「腹」の丁寧語。中 肚子。E the belly; the stomach.

☆ 食べすぎておなかをこわした/吃得太多吃壞了肚子。

☆ おなかの調子が悪い/肚子不舒服。

☆ おなかが痛い/肚子痛。

おなじ【同じ】オナジ　❶そのものであるようす。別のものではないようす。おんなじ。中 同一；同一個。E the same.

☆ 同じページを何度も読む/同一頁反覆讀了幾遍。

対 別

❷ 2つ以上のものの性質や形、種類、程度などが、違っていないようす。おんなじ。中 相同；同樣；一樣。E the same; equal.

☆ 道子と一郎は同じクラスだ/道子與一郎同班。

☆ AホテルもB旅館も料金は同じだ/A飯店與B旅館費用相同。

対 別

❸ (「同じ～なら」の形で)どうせ。結局は。中 同樣；一樣；無論如何；反正；歸根到底。

☆ 同じ行くなら車にしよう/If we are going, let's go by car./如果要去，就坐車去吧。

同じ穴のむじな　たがいによくないことをしている者どうしであること。中 一丘之貉。E They are birds of a feather.

☆ 銀行も地上げ屋も、土地でもうけたという意味では、同じ穴のむじなだ/就炒地皮賺錢這件事來說，銀行和土地商是一丘之貉。

似た表現 一つ穴のむじな

同じかま[釜]の飯を食う　親しく一緒に生活する。中 吃同一個鍋的飯；生活在一起；同甘共苦。E live under the same roof.

☆ この3人は学生時代、寮で同じかまの飯を食った仲だ/他們三人在學生時代同住一間宿舍，同吃一鍋飯的患難之交。

似た表現 一つかまの飯を食う

おなら　オナラ　肛門から出る腸の中の気体。ガス。話 中 屁。E wind.

☆ 盲腸の手術の後、おならが出ればもう大丈夫だ/盲腸手術後，能放屁就說明沒問題了。

☆ 人前でおならをするのは失礼だ/在別人面前放屁是不禮貌的。

参「へ」も意味は同じだが、「おなら」より下品な感じなので、ふつうは「おなら」を使う。

おに【鬼】オニ　❶想像上の化け物。人間の形をしているが、頭に角があり、口にきばがある。中 鬼；魔鬼；鬼怪；妖魔鬼怪。E an ogre; a demon.

☆ 節分に豆をまいて鬼を追いだす/立春前一天

撒豆驅鬼祈福。

☆ 青鬼/綠鬼。

☆ 赤鬼/紅鬼。

❷ 鬼ごっこなどで、人を捕まえる役。中扮鬼抓人。E it.

〔鬼❶〕

☆ 今度は一郎が鬼だ、さあ、みんな早くばらばらに隠れよう/這次換一郎當鬼，大家快躲起來。

❸ 人間らしい心を持たない冷たい人。中冷酷無情的人；狠毒的人；鐵石心腸的人。E a relentless person; harden oneself.

☆ 心を鬼にして、子供を厳しくしかる/他心如鐵石，訓斥孩子很嚴厲。

❹ 1つのことに集中している人。中～迷；～狂。E a demon for (work).

☆ あの人は仕事の鬼だ/他是一個工作狂；他工作著了迷。

❺ (他のことばの頭について)(1)厳しくてこわい。中嚴厲；可怕。

☆ 鬼監督/a tough director./魔鬼教練。

(2) 同じ種類の中で大きいほうのもの。中大的；特大。

☆ 鬼ヤンマ/a giant dragonfly./巨型蜻蜓。

☆ 鬼ユリ/a tiger lily./(植物)萱草。

鬼に金棒 強いものに、もうひとつ強いものが加わること。中如虎添翼；為虎生翅。E be doubly powerful; be invulnerable.

☆ アイデアの豊かな道子が会長で、資金集めの上手な一郎が副会長なら、鬼に金棒だ/如果思維敏捷，點子豐富的道子當會長和具有高超集資能力的一郎當副會長的話，真是如虎添翼。

鬼の居ぬ間に洗濯 こわい人がいないあいだにのんびりすること。中小鬼當家；山中無老虎，猴子稱大王。E When the cat's away, the mice will play.

☆ きょうは部長が出張だ。鬼のいぬ間に洗濯でゆっくりやろうよ/今天經理外出，我們就輕輕鬆鬆地慢慢幹活吧。

鬼の霍乱 ふだん病気をしたことのない人が珍しく病気になること。中神仙也難免生病。E a normally healthy person sudenly falls ill.

☆ 何年ぶりかでかぜをひいたら、鬼のかくらんだ、とひやかされた/幾年以來第一次感冒，被人奚落說：神仙也難免會生病。

おにいさん【お兄さん】オニーサン 兄に呼びかけることば。また、他人の兄についていうことば。中哥哥；哥。E an older brother.

☆ お兄さん、勉強教えてよ/哥哥！教教我吧！

☆ 一郎のお兄さんはラグビーの選手だ/一郎的哥哥是橄欖球選手。

対お姉さん →兄

おにぎり【お握り】オニギリ ごはんの中に梅干しなどを入れてにぎったもの。中飯糰。E a rice ball.

☆ 山で食べるおにぎりは特別おいしい/在山上吃的飯糰特別香。

☆ おにぎりを持って遠足に行く/帶飯糰去郊遊。

参「おむすび」「にぎり飯」も同じものをさすが、「おにぎり」は「にぎる」から、「おむすび」は「結ぶ」からできたことば。「にぎり飯」は「にぎったごはん」の意味。

おにごっこ【鬼ごっこ】オニゴッコ〔～する〕 子供の遊びの1つ。1人が鬼になってほかの子を追いかけて捕まえる。捕まえられた子が鬼になって繰り返す。中捉迷藏；捉人遊戲。E tag.

☆ むかしは空き地で鬼ごっこをして遊んだものだ/以前我們經常在空地上玩捉迷藏。

おねえさん【お姉さん】オネーサン 姉に呼びかけることば。また、他人の姉についていうことば。中姊姊。E an older sister.

☆ お姉さん、この漢字、なんて読むの？/姊姊，這個漢字怎麼讀？

☆ 洋子のお姉さんは英語がとても上手だ/洋子的姊姊英語很棒。

対お兄さん →姉

おのおの オノオノ たくさんいる人のひとりひとり。書 中各自；各；各人。E each person; everyone.

☆ 生徒たちはおのおの自分の意見を言った/學生們發表各自的意見。

☆ 人はおのおの独自の個性と才能を持っている/每人都有獨特的個性和才能。

おのずから オノズカラ、オノズカラ 特別なことをなにもしなくても結果としてそうなるようす。書 中自；自然；自然而然地。E naturally; by itself.

☆ 生き物を飼っていると、命のたいせつさがおのずからわかるようになる/如果你飼養動物的話，就自然而然地懂得生命的珍貴。

おのの・く オノノク〔自動五〕(おののいて) 恐れや心配がひどくて、体が震えるほどだ。中(因恐怖等)發抖；打哆嗦；顫慄。E tremble.

☆ 被害者の苦しみを思い、罪の深さにおののいている/想起被害者的痛苦，深感自己的罪孽深重而發抖。

おば【伯母・叔母】オバ ❶父母の姉。父母の兄の妻。中姑媽；姨媽；伯母；舅媽。E an aunt.

☆ 伯母は京都に住んでいる/姑媽(伯母)住在京都。

対伯父

❷ 父母の妹。父母の弟の妻。中姑媽；阿姨；嬸嬸；舅媽。E an aunt.

☆ 叔母とは気が合うので、よく話をする/和嬸嬸很投緣，經常在一起聊天。

対叔父

注 漢字で書くときは、❶は「伯母」、❷は「叔母」。

参 人と話すときに自分の身内をさして使うことば。他人の「伯母」「叔母」に向かって、またその人を話題にしていうときは、「伯母さん」「叔母さん」を使う。

おばあさん オバーサン ❶祖母に呼びかけることば。また、他人の祖母についていうことば。中奶奶；祖母；外祖母；姥姥。E Grandma; a grandmother.

☆ おばあさん、お帰りなさい/奶奶，您回來啦!

☆ 孫が生まれて道子もうおばあさんだ/孫子出生後，道子就當上奶奶了。

対おじいさん

❷ よその年とった女の人についていうことば。中老奶奶。E an old lady.

☆ バスの中でおばあさんに席をゆずった/在公車上，我讓位給一位老奶奶。

対おじいさん ▷ →祖母

おばけ【お化け】オバケ ❶恐ろしい形をして、人間をこわがらせるもの。中妖怪；妖精。E a ghost; a goblin.

☆ あの森には毎晩お化けが出るそうだ/聽說那片森林中，每晚都有妖怪出現。

☆ お化け屋敷/鬧鬼的房子；兇宅；鬼屋。

❷ 同じ種類のもので、ふつうより大きいものや形の変わったもの。中超大～。E a monster.

☆ キュウリのお化け/大得可怕的黃瓜；巨型黃瓜。

☆ お化けスプーン/巨型湯匙。

おばさん【伯母さん・叔母さん】オバサン

❶ 伯母、叔母に呼びかけることば。また、他人の伯母、叔母についていうことば。中姑姑；姑媽；姨媽。E Aunt ~; an aunt.

☆ 伯母さん、おみやげありがとう/姑姑，謝謝您給我的禮物。

☆ 山田くんの叔母さんは小学校の先生だって/聽說山田的阿姨是小學老師。

対伯父さん・叔父さん

❷ よその中年の女の人についていうことば。中阿姨；大嬸；大媽。E a lady.

☆ タバコ屋のおばさんに道を尋ねた/向賣菸的老闆娘問路。

対おじさん ▷ →伯母・叔母

注 ❷はひらがなで書く。

おはようございます　オハヨーゴザイマス

朝、人に会ったり、訪問したりしたときに言うあいさつのことば。[話] [中]你早；早安。[E] Good morning.

☆ おはようございます。ゆうべはよく眠れましたか / 你早!昨晚睡得好嗎?

[参] くだけた言い方は「おはよう」。

おび【帯】オビ　着物の上から胴に巻いてしめる長い布。[中](日本和服的)腰帶；帶子。[E] an *obi*; a broad sash for a *kimono*.

☆ このごろは、1人で帯をしめることができる人が少なくなった/近來，自己一個人能夠繫日本和服腰帶的人已經不多了。

☆ 帯あげ / 和服裝飾帶裡的襯墊。

☆ 帯じめ / 和服腰帶裝飾帶扣。

[数] 1本　→着物 [図]

おび・える　オビエル、オビエル〔自動一〕

悪いことが起こるように思って、ひどくこわがる。[中]害怕；膽怯；惴惴不安。[E] be frightened.

☆ 赤ん坊は飛行機の音におびえて眠らない/嬰兒害怕飛機聲而睡不著。

☆ 町の人たちは大きな地震があるといううわさにおびえている/聽說有大地震，鎮上的人都很恐慌。

[名] おびえ

おびただし・い　オビタダシイ　❶ 数や量が非常に多い。[中]很多；大量；大批；許許多多。[E] excessive; a great number of.

☆ おびただしい出血で命があぶない/因失血太多，有生命危險。

☆ パレードにおびただしい数の見物人が出た / 看遊行表演的人盛況空前。

❷ (「〜ことおびただしい」の形で)よくないことの程度が大きい。[中]〜得厲害；〜得很。[E] quite; very.

☆ 三郎の車の運転は乱暴なことおびただしい / 三郎開車橫衝直撞。

☆ 祭りの後の道路はきたないことおびただしい / 節慶後，道路髒得不得了。

おひや【お冷や】オヒヤ　「冷たい飲み水」の丁寧語。[中]冷水；涼水。[E] cold water.

☆ すみません。お冷やをください / 不好意思，請給我一杯冰水。

[数] 1杯

おびやか・す【脅かす】オビヤカス〔他動五〕(おびやかして)　❶ 相手がこわがるようにする。[中]威脅；威嚇。[E] threaten; frighten.

☆ 国境に軍隊を集めて、となりの国をおびやかす / 在邊界上集結軍隊，威脅鄰國。

❷ 地位などをあやうく感じさせる。[中]威脅；影響。[E] threaten; menace.

☆ チャンピオンの座を、若い無名の選手がおびやかしている/年輕名不見經傳的選手正威脅著冠軍寶座。

☆ 平和をおびやかす / 影響和平；威脅和平。

▷ [書]

[参] ❶ は「おどかす」や「おどす」と似ているが、「おびやかす」は抽象的なものについていうことが多い。

おひらき【お開き】オヒラキ　宴会、パーティーなどが終わること。[中]散會；散席；舞會結束。[E] be over; break up.

☆ 新入社員の歓迎会は、10時でお開きになった / 新進職員的歡迎會到十點鐘結束了。

☆ もう遅いから、きょうの誕生会はこれでお開きにしよう / 已經很晚了，今天的慶生會就到這裡結束吧。

お・びる【帯びる】オビル、オビル〔他動一〕

自分の身につけて持つ。また、その性質や成分として持っている。[中]佩帶；攜帶；帶有；含有。[E] be charged with; be tinged with.

☆ 特別の使命をおびて外国へ出発した/帶著特殊使命出國。

☆ 元気になって、ほおが赤みをおびてきた/身體恢復健康，紅光滿面。

オフィス (office) オフィス　事務室。事務所。また、会社。中 辦公室；事務所。E an office.

☆ パソコン、ファックスなど新しい事務機器を取り入れたオフィス/配有電腦，傳真機等新型辦公設備的辦公室。

☆ オフィスオートメーション/辦公設備自動化；自動化辦公室。

☆ オフィス街/辦公大樓街。

おふくろ【お袋】オフクロ　自分の母親のことを、親しみをこめて他人や母親本人に話すときの言い方。話 中 (在同別人說話時對自己母親的親密稱呼) 老媽；媽媽。E one's mother; one's old lady.

☆ おふくろは、いつまでもおれのことを子供だと思っている/老媽總把我當孩子看。

☆ おふくろの味/(做的菜) 有媽媽的味道。

対 おやじ

おふる【お古】オフル　前に何度か使って古くなった衣服や道具。話 中 舊東西；舊衣服。E a used article; a hand-me-down.

☆ 友達からワープロのお古をもらった/朋友送我一台舊的文字處理機。

☆ わたしは子供のころ、姉さんのお古ばかり着せられた/我小時候總穿姊姊穿過的舊衣服。

おべっか　オベッカ　目上の人に気に入られようと、むやみにほめたり、お世辞を言ったりすること。話 中 奉承；諂媚；恭維；拍馬屁。E flattery.

☆ 三郎はいつもおべっかを使って、課長のごきげんをとっている/三郎總是滿嘴奉承讓課長高興。

オペレーター (operator) オペレーター　機械や装置を運転したり操作したりする人。中 操作人員；電腦操作員；總機。E an operator.

☆ オペレーターに新しいパソコンの使い方を習う/向操作人員學習新電腦的使用方法。

☆ 自動化が進んで電話局のオペレーターも以前より減った/自動化程度不斷提高，電信局的總機也比以前少了。

おぼえがき【覚え書き・覚書】オボエガキ

❶ 忘れないために書きとめておくこと。また、その書いたもの。メモ。中 記錄；筆記。E a memo; a note.

☆ 気がついたとき覚え書きをしておいたものが、あとで役に立つことがある/把不經意發現的東西記下來，往往以後用得上。

❷ 非公式な外交文書。中 (非正式的外交文件) 備忘錄；照會。E a memorandum.

☆ A国と貿易に関する覚書を交換する/與A國交換貿易備忘錄。

▷ 数 ❷ 1通

二 注 ❶は「覚え書き」、❷は「覚書」。

おぼ・える【覚える】オボエル〔他動一〕

❶ 習ったことや経験したことを知識、習慣として身につける。中 記；記住；掌握。E remember; learn.

☆ 子供のとき母にほめられたことをよく覚えている/清楚記得小時候母親經常誇獎我。

☆ 新しい仕事のやり方を覚えるのに1週間かかる/掌握新工作的做法需要一星期。

対 忘れる

❷ なにかを心や体に感じる。中 感覺；感到。E feel.

☆ 理由のない差別がまだあることに怒りを覚える/對毫無理由的歧視感到憤怒。

☆ 胸のあたりに痛みを覚えて病院へ行った/感覺胸部疼痛就去醫院看病。

▷ 名 覚え

おぼつかな・い　オボツカナイ、オボツカナイ　❶ しっかりしていなくて心細い。中 靠不住；不穩當。E unsteady; unreliable.

☆ 歩きはじめたばかりの赤ちゃんの歩き方はおぼつかない/剛學走路的嬰兒腳步不穩。

☆ 記憶がおぼつかなくてよくわからない/記得不清，不太懂。

❷ できるかどうか疑わしい。中 沒把握；可

疑。[E] uncertain; doubtful.

☆ この実験の成功はおぼつかない/這次實驗能否成功沒有把握。

☆ わたしの体力であの山に登れるかどうかおぼつかない/我沒把握我的體力能否登上那座山。

おぼ・れる　オボレル〔自動一〕 ❶ 水の中でうまく泳げず死にそうになる。また、そのまま水の中で死ぬ。[中] 溺水淹死。[E] drown; be drowned.

☆ 川に飛びこんで、おぼれている人を助けた/跳進河裡救起快淹死的人。

☆ 船が沈んでたくさんの人がおぼれた/船沉下去，許多人都淹死了。

❷ なにかに夢中になって、きちんとした考え方や生き方ができなくなる。[中] 沈溺；沈湎；沈迷；迷戀。[E] indulge in; be addicted to.

☆ ぜいたくな生活におぼれて、親の財産を使ってしまった/沈迷奢侈生活，耗盡父母家產。

☆ 酒におぼれて体をこわした/酗酒而弄壞了身體。

おぼれる者はわらをもつかむ　人は困ると、なんの役にも立たないつまらないものにも頼ろうとする。[中] 溺水者攀草求生；病急亂投醫。[E] A drowning man will catch at a straw.

おぼん【お盆】オボン　仏教の行事の1つ。7月15日、または8月15日を中心に、いろいろな食べ物を仏壇に供えて死者のしあわせを祈る。盆。うら盆。[中] 盂蘭盆會；中元普渡；中元節。[E] the *Bon* Festival; the Buddhist All Souls' Day.

☆ 都会へ働きに出た人もお盆には郷里へ帰る/來城裡工作的人也要回鄉下去過中元節。

☆ お盆休み/中元節假期。

おまえ【お前】オマエ　自分と同等か目下の相手をさすことば。[話] [中] (對同輩以下的稱呼)你。[E] you (used when talking to one's equal or junior).

☆ おまえのうちはどこだ？/你家在哪裡呀?

☆ おまえたち、もうすこし礼儀正しくしたらどうだ/你們，稍微懂點禮貌好不好?

[参]「きみ」も似ているが、「おまえ」のほうがくだけた言い方。

おまけ　オマケ〔～する〕 ❶ 値段を、あるばあいだけ安くすること。[中] 讓價；少算；優惠。[E] a discount.

☆ 1500円の品物を200円おまけして1300円にしましょう/一千五百日圓的東西，便宜個兩百，就算一千三吧。

❷ 商品に、サービスのためになにかをつけること。また、そのもの。[中] 多給；白送。[E] throw in.

☆ リンゴを1つおまけする/多送一個蘋果。

▷ →景品

おまけに　オマケニ　(文と文をつないで)さらにそのうえに。[中] 又加上；而且。[E] and besides; and what is worse.

☆ 寝坊してしまった。おまけに途中で電車が故障したので、会社にひどく遅刻した/早晨睡過頭加上途中電車又故障，所以才這麼晚到公司。

おまちどおさま【お待ちどおさま】オマチドーサマ　相手を待たせたとき、謝る気持ちで言うあいさつのことば。[話] [中] 讓您久等了。[E] I'm sorry to have kept you waiting.

☆ どうもお待ちどおさま。おすし3人前おとどけしました/抱歉，讓您久等了，這是三口壽司。

☆ お待ちどおさま。バスが遅れたものだから/讓您久等了。因公車來晚了。

[参] 目上の人などにはもっと丁寧な言い方の「お待たせしました」のほうを使う。

おまもり【お守り】オマモリ　身につけたり車や建物につけたりすると、災難を受けないという小さな札。[中] 幸運符；護身符。[E] a lucky charm; an amulet.

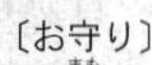

〔お守り〕

☆ 神社に初もうでに行っ

て、お守りを買った/新年後首次參拜神社買了一個護身符。

☆ 交通安全のお守り/交通安全的護身符。

☆ 商売繁盛のお守り/生意興隆的護身符。

数 1枚

おまわりさん【お巡りさん】オマワリサン 「巡査」「警官」の親しみをこめた言い方。中 警察；巡警。E a policeman.

☆ おまわりさんに道を尋ねた/向巡警問路。

→警官

参 町のあちこちをまわって歩くことからいう。

おみくじ オミクジ 神社や寺におまいりした人が、これから先の運がいいか悪いかを占うために引くくじ。中 神籤。E a written oracle; a sacred lot.

☆ 初もうでに行っておみくじを引いたら、「大吉」だった。今年はいい年になりそうだ/新年後首次到廟裡拜拜，抽到一張大吉籤，今年似乎會是一個幸運年。

数 1本

おむつ オムツ 大便や小便を受けるためにまたに当てる布や紙。おしめ。中 尿布。E a diaper.

☆ 赤ちゃんはおむつを取りかえてもらって気持ちよさそうだ/嬰兒換了尿布後情緒似乎好多了。

☆ 紙おむつ/紙尿布。

数 1枚

おめおめ オメオメ、オメオメ 名誉をけがされても恥をかかされても、なにもしなかったり平気でいたりするようす。中 不害臊；厚著臉皮；滿不在乎。E in this shameful state; shamelessly.

☆ 父のことまでばかにされては、おめおめ(と)引き下がれない/連自己的父親都被羞辱，怎麼能忍耐(士可忍孰不可忍)?

☆ みんなに迷惑をかけておいて、よくもおめおめ(と)来られたものだ/給大家添了麻煩，竟然還敢厚著臉皮來。

おめでた オメデタ 「めでたいこと」の丁寧語。特に、ほかの人の結婚、妊娠、出産などにいう。中 喜事。E a congratulatory occasion.

☆ 姉のうちは、娘の入学、息子の結婚とおめでたが続いている/姊姊家，女兒上學及兒子結婚，喜事一樁接一樁。

おめでた・い オメデタイ、オメデタイ ❶「めでたい」の丁寧語。中 可喜；可賀；可慶；可喜的；可賀的。E happy; joyous.

☆ この町から国際的な賞を受ける人が出たのはおめでたいことだ/這條街上出了一位獲國際大獎的名人，真是可喜可賀。

❸ 人がよすぎてだまされやすいようす。中 過於天真；老好人；太樂觀的；過於老實的。E simple; foolish.

☆ 弟はおめでたいから、いつも損ばかりしている/弟弟過於好心，總是吃虧。

▷ 話 ❷

おめでとう オメデトー 新年、誕生日、結婚、出産、入学、卒業、合格など、めでたいこと、喜ばしいことを祝うあいさつのことば。中 恭喜恭喜；可喜可賀。E Congratulations!

☆ ご卒業おめでとう/大學畢業，恭喜恭喜。

☆ 新年おめでとう/恭喜新年；新年好。

参 丁寧な言い方は「おめでとうございます」。

おめにかかる【お目にかかる】「会う」の謙譲語。中「見」「見面」的自謙語。E ((humble)) see; meet.

☆ くわしいことは、お目にかかったときにお話しします/詳細情況待見面後再談。

☆ お目にかかることができて、たいへんうれしいです/能夠見到您，非常高興。

おも【主】オモ ものごとの中心になっているようす。いちばんたいせつだったり、いちばん多かったりするようす。中 主要；重要；多半。E mainly; chief.

お

☆ 日本で消費するエビは、おもにタイから輸入したものだ／日本吃的蝦主要是從泰國進口的。

☆ この雑誌のおもな読者は高校生だ／這本雑誌的主要讀者是高中生。

おもい【思い】オモイ　❶ 思うこと。考えること。想像すること。中 思考；思索；想像。E thought; imagination; feelings.

☆ 外国でことばがわからなくてつらい思いをした／在外國曾因語言不通而十分痛苦。

☆ 故郷の母に思いを寄せる／思念故鄉的母親。

☆ 思いにふける／沉思。

❷ 願ったり望んだりすること。中 願望；心願。E a hope; an expectation.

☆ 子供がほしいという思いがかなう／實現想要擁有孩子的願望。

☆ 思いのまま／隨心所欲；隨意。

❸ 恋する気持ち。中 思慕；愛慕。E love; affection.

☆ 同級生の洋子に思いを寄せる／愛慕同年級的洋子。

❹ 心配や悲しみなどの気持ち。中 憂慮；憂愁。E care; worry.

☆ いつになったら病気が治るのだろうと思いに沈む／憂慮著要到什麼時候病才能治好。

▷ 他動 思う

思いも寄らない　まったく予想もしない。中 意想不到；出乎意料。E unexpected.

☆ 子供たちからハワイ旅行に招待されるとは思いも寄らないことだった／孩子們邀請我們去夏威夷旅遊，真是意想不到。

似た表現 思いもかけない

おも・い【重い】オモイ　❶ 目方が多い。中 重；沉。E heavy.

☆ 本がたくさん入っているので、かばんが重い／裝了很多書，書包很重。

☆ 重い荷物／很重的行李。

対 軽い

❷ 程度が大きい。中 嚴重；重。E serious.

☆ 父の病気が重くて心配だ／父親病情嚴重，很讓人擔心。

☆ 殺人の罪は重い／殺人是重罪。

対 軽い

❸ 重要だ。中 重要；重大。E important.

☆ 総理大臣は非常に重い地位だ／總理的地位非常重大。

対 軽い

❹ 気分がはればれしない。中 沉重；不舒暢。E heavy; depressed.

☆ 頭が重くてなにもしたくない／頭昏昏沉沉的，什麼也不想做。

☆ 仕事がうまくいかなくて気が重い／工作進展不順，心情十分沉重。

対 軽い

おもいあが・る【思い上がる】オモイアガル、オモイアガル〔自動五〕(おもいあがって)

自分の能力や地位を立派なものと考えて、偉そうにふるまう。中 驕傲起來；自滿起來；自大。E become conceited.

☆ いちど主役をやったぐらいで思い上がってはいけない／當了一次主角就驕傲起來是不行的。

名 思い上がり

おもいあた・る【思い当たる】オモイアタル、オモイアタル〔自動五〕(おもいあたって)

自分の知っていることと考え合わせて、そうだと気がつく。中 想像得到；猜想到；想起。E think of; have an idea of.

☆ 後になって失敗の原因に思いあたった／後來才想到了失敗的原因。

おもいうか・べる【思い浮かべる】オモイウカベル、オモイウカベル〔他動一〕　心の中に姿や形を描く。中 想起；憶起；想起來。E picture to oneself.

☆ ふるさとの美しい山や川を思い浮かべた／想起家鄉美麗的山河。

自動 思い浮かぶ

おもいおもい 【思い思い】オモイオモイ ひとりひとりがそれぞれ思うようにするようす。中 各隨己願；各依己意；各按所好。E as one pleases; each in one's own way.

☆ 思い思いの料理を持ち寄ってパーティーを開く/每個人都帶著各自拿手的料理來聚會。

☆ 卒業生たちは、思い思いに夢を描いて学校を出ていった/畢業生們帶著各自所描繪的理想離開了學校。

おもいがけな・い 【思いがけない】オモイガケナイ、オモイガケナイ 全然思っていない。中 意想不到；沒想到；意外；想像不到的。E unexpected; unforeseen.

☆ 誕生日に思いがけない人からプレゼントをもらってうれしかった/生日收到一口意想不到的人所送的禮物，而感到非常高興。

☆ 思いがけない所で友達に会って驚いた/在意想不到的地方遇見了朋友，實在很驚喜。

おもいきって 【思い切って】オモイキッテ、オモイキッテ 迷う気持ちを捨てて。中 乾脆；下狠心；下決心；斷然；毅然決然。E decisively; boldly.

☆ 思いきって道子に結婚を申しこもう/下決心向道子求婚。

おもいきり 【思い切り】オモイキリ ❶ ものごとを満足できるほどじゅうぶんにするようす。中 痛痛快快；狠狠地；盡情地。E to one's heart's content.

☆ 広い海で思いきり泳ぎたい/想在大海盡情地游泳。

☆ 思いきり泣いて、やっと悲しみが薄れた/痛痛快快地哭了一頓，悲傷就減輕了一些。

❷ 心を決めること。決心すること。中 下狠心；決心。E resolute; decisive.

☆ 思いきりよく古いものを捨てた/下決心丟棄舊東西。

❸ あきらめること。中 斷念；死心；想開。E resignation.

☆ 思いきりが悪くて、どうしても洋子が忘れられない/因為想不開，怎麼也忘不了洋子。

▷ 他動 思い切る

おもいだ・す 【思い出す】オモイダス、オモイダス〔他動五〕(おもいだして) 過去にあったものごとや忘れていたものごとを、また心に浮かべる。中 想起來；聯想起來。E recollect; remember.

☆ 若いころのことを思いだすと、なつかしくて涙が出てくる/一想起年輕時的種種，懷念得不覺淚下。

☆ 図書館が休みなのを、出かける前に思いだしてよかった/幸虧在出門前想起圖書館休館。

おもいつ・く 【思いつく】オモイツク、オモイツク〔他動五〕(おもいついて) ある考えを心に浮かべる。中 想出；想到；想起。E think of; hit upon.

☆ 仕事を早く簡単にやる方法を思いついた/想出又快又簡單的工作方法。

名 思いつき

おもいで 【思い出】オモイデ 心に深く残っていて、なにかにつけて思いだされること。中 回憶；回想；追憶。E a memory; recollections.

☆ 学生時代の楽しい思い出は、いつまでも忘れられない/令人終生難忘學生時代的快樂回憶。

☆ 思い出にふける/沈浸在回憶之中；深深陷入回憶之中。

☆ 思い出話/懷舊談；回憶錄。

おもいとどま・る 【思いとどまる】オモイトドマル、オモイトドマル〔他動五〕(おもいとどまって) するつもりでいたことを、いろいろ考えてやめる。中 打消主意；放棄念頭。E give up; abandon.

☆ 仲間たちに説得されて、会社をやめるのを思いとどまった/經同事勸說，才打消了辭職的念頭。

おもいのほか【思いのほか】オモイノホカ、オモイノホカ　思っていたよりも。意外に。中出乎意料的；意想不到地；意外地。E unexpectedly; more ~ than one expected.

☆ 新しい家は郊外にあるが、駅に近くて思いのほか便利だ / 新家雖在郊外，但離車站近，出乎意料地方便。

☆ ここは、思いのほか暖かい/這裡出乎意料地暖和。

おもいやり【思いやり】オモイヤリ　相手の立場になって考えること。中同情心；體諒；體貼；關懷。E sympathy; consideration.

☆ まちがったことをしたら注意してあげるのが本当の思いやりだ /做錯事時會告誡你，才是真正的為你著想。

☆ 弱い人や不幸な人に思いやりの心を持つ/同情軟弱和不幸的人。

他動 思いやる

おも・う【思う】オモウ〔他動五〕(おもって)　❶心で考え判断する。中感到；認為。E think.

☆ 自分の考えははっきり言うべきだと思う/我認為應該清楚地說出自己的想法。

☆ みんなに知らせたほうがいいと思う/我覺得還是告訴大家的好。

❷ 心に感じる。中感到；感覺。E feel.

☆ ほめられてとてもうれしく思っている/受到表揚感到非常高興　。

☆ 心の清らかな人になりたいと思う/想做一個心地純潔的人。

❸ 想像したり思いだしたりするように心を働かせる。中想；想像；推想。E imagine; expect.

☆ 10年後の世界を思う/想像一下十年後的世界。

☆ 思ったとおり雨が降ってきた / 如預料的下起雨來了。

❹ 心をひかれ、たいせつにする。中思念；想念；愛慕。E love; care for.

☆ 外国にいる恋人を思う/思念在外國的情人。

☆ ふるさとを思う / 想念家鄉。

▷ 名 思い

参「考える」も似ているが、「考える」がものごとを理論的、知的に扱うのに対して、「思う」は主観的、感情的な心の動きを表す。したがって、「むずかしい数学の問題を考える」を「むずかしい数学の問題を思う」とはいわない。

おもうぞんぶん【思う存分】オモウゾンブン、オモウ・ゾンブン　したいと思うことを満足するまでするようす。中盡情地；痛痛快快地；為所欲為地。E to one's heart's content; to the hilt.

☆ 久しぶりに会った友達と1晩じゅう、思う存分語り合った / 與久別重逢的朋友痛痛快快地聊了一個晚上。

☆ カラオケで思う存分歌いたい / 想在卡拉OK盡情地唱歌。

おもおもし・い【重重しい】オモオモシイ　偉そうでどっしりしている。中莊重；嚴肅；鄭重。E solemn; dignified.

☆ 議長は重々しく選挙の結果を報告した/會議主席鄭重地報告了選舉結果。

☆ 社長は重々しい態度で書類に署名した/董事長以莊嚴的態度簽署了文件。

☆ 重々しい口調 / 嚴肅的語調；鄭重的語氣。

対 軽軽しい

おもかげ【面影】オモカゲ、オモカゲ　❶頭の中に残っている、そこにいない人の顔や形など。中面貌；模樣。E a person's face, looks, image, figures (remembered by others).

☆ 手紙を読むと、友の面影が目に浮かんでくる / 一讀來信，朋友的面容就浮現在眼前。

❷ むかしはこうだったと思いださせるようす。中跡象；影像；風貌。E vestiges; traces.

☆ 東京の下町には、明治や大正の面影を残している所がある / 東京平民住商區有的地方仍殘留著明治和大正時代的風貌。

おもくるし・い【重苦しい】オモクルシイ
おさえつけられるようで、いやな感じだ。
中沈悶；鬱悶；不舒暢。E oppressive; gloomy.
☆ 会議は重苦しい雰囲気の中で行われた/會議在沈悶的氣氛中進行。
☆ 級友が犯人だとわかって、クラスの者は重苦しく黙りこんだ/知道同班同學是罪犯後，全班同學都沉默無言。

おもしろ・い オモシロイ ❶笑いたくなるような感じだ。
中滑稽；可笑。E funny; laughable.
☆ タレントがおもしろい冗談を言って客を笑わせている/藝人以有趣的言談來逗觀衆笑。
対つまらない
❷ 楽しかったり、心がひかれて興味が持てたりする。中有趣；有意思；感興趣。E interesting; amusing.
☆ おもしろい小説なので、寝るのも忘れて読んだ/因為這本小說趣味十足，所以廢寢忘食地把它讀完了。
対つまらない

おもた・い【重たい】オモタイ 「重い」のくだけた言い方。話中重；沈；重的；沈重的。E heavy.
☆ この荷物は重たくて持てない/這行李很重，拿不動。
☆ 疲れて足が重たい/累得走不動。
☆ 眠くてまぶたが重たくなる/睏得連眼都睜不開。

おもちゃ オモチャ 子供が持って遊ぶもの。中玩具。E a toy.
☆ 子供には年齢に合ったおもちゃを与えるのがいい/最好給孩子買與年齡相符的玩具。
☆ おもちゃ売り場/玩具店；玩具商場。

おもて【表】オモテ ❶ものの2つの面のうち、見えるほう、また、外に出すほうの側。中前面；正面。E the front; the right side.
☆ はがきの表に住所とあて名を書く/明信片的正面書寫住址和姓名。
☆ この紙は、つるつるしたほうが表だ/這張紙的光滑面是屬於正面。
☆ 表通り/大街。
対裏
❷ 建物の正面。中正面。E the front.
☆ 表に人が来た/迎面來了人。
☆ 表の入り口/正門。
対裏
❸ 外から見えるようす。中表面；外表；外觀。E the surface.
☆ ものごとの表だけ見て判断するのは危険だ/只根據表面來判斷事情是危險的。
☆ 表だけ飾ってごまかす/只裝飾外表來敷衍一下。
対裏
❹ 建物の外。中屋外；外邊。E outside.
☆ 天気がいいから表で遊びなさい/天氣那麼好，到外邊去玩吧。

おもむき【趣】オモムキ ❶全体から感じられるおもしろみのあるようす。中風趣；雅趣；情趣。E taste; elegance.
☆ 趣があって、なかなかいいお部屋ですね/真是雅致且富有情趣的房間呢！
☆ 冬枯れの景色も、また、趣があっていいものだ/冬天的荒涼景色也是別有情趣啊！
❷ 言おうと思っていることの要点。中旨趣；意思；要點。E the intent; the meaning.
☆ 先日のお手紙の趣、承知いたしました/已知悉前幾天來信的重點。
☆ この翻訳は原文の趣をよく伝えている/這篇翻譯準確地表達了原文的意思。

おもむ・く【赴く】オモムク〔自動五〕(おもむいて) ❶用事のある場所に向かっていく。中赴；奔赴；前往。E go; head for.
☆ 学会に出席するために京都におもむいた/前往京都出席學會。

❷ ある状態に向かう。中 趨向；趨於；傾向。E get; become.

☆ 病気は快方におもむいた / 病情趨於好轉。

おもむろに　オモムロニ　落ちついて、ゆっくりとしはじめるようす。書 中 慢慢地；靜靜地；徐徐地。E deliberately; slowly.

☆ ひとりひとりの意見を全部聞いたあとで、会長がおもむろに口を開いた / 逐一聽完每個人的意見後，會長才緩緩開口。

☆ 祖父はおもむろに立ち上がった / 祖父慢慢地站了起來。

おもわく　【思惑】オモワク　❶ 先がどうなるかについての予想。中 預期；期待；期望；願望；打算。E expectation; speculation.

☆ 思惑がずばり当たって、新しい会社が大いに発展した / 一如預期，新公司蓬勃地發展起來。

☆ 思惑がはずれて失敗してしまった / 期望落空徹底失敗。

❷ 人にどのように思われているかということ。中 想法；看法；議論；評價。E (public) opinion.

☆ 世間の思惑が気になって、やりたいことができない / 怯於世人的想法，想做的事也不敢做。

☆ 人の思惑を気にする / 在乎別人的想法。

注 本来は「思わく」だが、最近は「思惑」と書くのがふつう。

おもわず　【思わず】オモワズ　自分ではするつもりのなかったことをしてしまうようす。中 禁不住；不由得。E unconsciously; in spite of oneself.

☆ 大きな音に驚いて、思わず手に持っていた皿を落とした / 被巨大的聲音嚇了一跳，手裡的碟子不自覺地掉落地上。

おもん・じる　【重んじる】オモンジル、オモンジル〔他動一〕　人やものの価値を認めてたいせつに扱う。重んずる。中 重視；重用；看重。E think much of.

☆ 部長はわたしを重んじて、責任ある仕事をさせてくれる / 部長看重我，委以重任。

☆ 内容より形式を重んじる / 比較內容較注重形式。

対 軽んじる

おや　【親】オヤ　❶ 人間や動物で、その子を生んだもの、生ませたもの。また、子を育てているもの。父と母。中 雙親；父母。E parents.

☆ 親になるのは簡単だが、本当にいい親になるのはむずかしい / 當父母簡單，但要當好父母卻不容易。

☆ 育ての親 / 撫養者；養父母。

☆ 親離れ / become independent of one's parents. / 離開父母；不依靠父母。

対 子、子供

❷ ゲームなどで、遊びの中心になる人。中 (遊戲等) 作莊。E the dealer.

☆ さいころで親を決める / 擲骰子決定誰作莊。

❸ たくさんあるものの中で中心になるもの。

☆ 親会社 / a parent company. / 母公司。

対 子

親の心子知らず　親は深い愛情で子供を育て、ときにはしかったりもするが、子供にはそれがよくわからないということ。中 兒女不知父母心；可憐天下父母心。E A child cannot understand one's parent's heart.

親の(光は)七光り　親の地位や社会での評価が高いことで子供が得をすること。中 沾父母的光；依靠父母的庇蔭。E It's a great help to have a famous parent.

おや　オヤ、オヤ　驚いたときや疑問のあるときに言うことば。話 中 哎；哎呀；噢。E Oh!; Why!; Oh dear!

☆ おや、こんな遅い時間にどうしたの？/ 哎呀，這麼晚有什麼事嗎？

☆ おや、あの音はなんだろう？/ 哎呀，那是什麼聲音?

おやかた【親方】オヤカタ、オヤカタ　職人やすもうの社会などで、後輩や弟子たちを指導し育てる責任のある人。中（傳授技藝的）師傅。E a boss; a master.

☆ 親方は厳しいけど、とても人情に厚い人だ／師傅雖很嚴厲，但富有人情味。

☆ 親方によく教わって早く一人前の職人になりたい／認真向師傅求教，冀望早日出師。

親方日の丸　国の権力や資金を後ろに、いばったり怠けたりしていること。中倚仗政府機關的權勢。E a government big shot.

☆ 中央から来た役人は、親方日の丸で無理な要求ばかりする／從中央來的官員倚仗政府機關的權勢，盡提無理要求。

おやじ　オヤジ、オヤジ　❶ 自分の父親のことを、親しみをこめて他人や父親本人に話すときの言い方。中（在同別人說話時對自己父親的親密稱呼）老爸；老爹；老頭子。E one's father; one's old man.

☆ おやじももう年だね。白髪がずいぶん増えた／我老爸老了，滿頭白髮。

対お袋

❷ 店の主人などのことを、親しみをこめて他人や本人に話すときの言い方。中老闆；掌櫃的；老人；老頭子；頭目；首領。E the boss.

☆ 駅前のすし屋のおやじは口下手だ／車站前的壽司店老闆不善言談。

☆ おやじさん、きょうはなにがおいしい？／老闆，今天有什麼好吃的?

▷ 話

おやしらず【親知らず】オヤシラズ　歯のうちで最後に生える、奥の上下４本の歯。中智齒。E a wisdom tooth.

☆ 二十過ぎても親知らずがまだ生えない／過了二十歲仍沒有長智齒。

☆ 親知らずが痛いので歯医者へ行く／智齒痛，去看牙醫。

数 1本

参 この歯が生えるころはもう親がなくなっていて親を知らない、ということからできたことば。

おやすみなさい　オヤスミナサイ　寝る前に言うあいさつのことば。話 中晚安；睡覺吧；再見。E Good night.

☆「お母さん、おやすみなさい」と言って、子供はベッドに入った／說聲：「媽媽，晚安。」孩子就上床睡覺了。

参 くだけた言い方は「おやすみ」。

おやつ【お八つ】オヤツ　昼食と夕食の間、3時ごろに食べる間食。中 午後點心；零食；零嘴。E a snack.

☆ おやつにクッキーとおせんべいを食べる／午後點心吃餅乾和煎餅。

☆ 母親は子供たちのおやつを準備して外出した／母親給孩子準備好點心後就外出了。

おやゆび【親指】オヤユビ　手や足の５本の指の１つ。いちばんはしにあり、太くて短い指。中拇指；大拇指。E the thumb; the big toe.

☆ 親指から順に指を折って1、2、3…と数えていく／從大拇指開始彎著手指數1，2，3…。

☆ 足の親指が痛い／腳的大拇指痛。

→手図

およ・ぐ【泳ぐ】オヨグ〔自動五〕(およいで)

❶ 魚や人などが、ひれ、手足などを動かして水の中や水面を進む。中游；游泳；游水。E swim.

☆ 小さい魚がたくさん集まって泳いでいる／許多的小魚會聚在一起游來游去。

☆ 夏休みには海へ泳ぎに行くつもりだ／暑假打算去海邊游泳。

❷ 世の中や人ごみなどを上手に進む。中混日子；鑽營。E get along; thread one's way.

☆ 一郎は政界をうまく泳いで、若くして大臣のポストについた／一郎善於在政界鑽營，年紀輕輕的就當上了部長。

▷ 名 泳ぎ

およそ オヨソ ❶ ものごとのだいたいのところ。また、そのようす。おおよそ。中 大概；大致；大體。E rough; general; about.

☆ 報告を聞いたので、およそのことはわかった / 聽過報告了，所以大致了解情況。

☆ 集会の参加者は、およそ 200 人だった / 出席會議者大約兩百人。

❷ 一般的なこととして話しはじめるときにいうことば。中 一般；凡是；所有。E generally; on the whole.

☆ およそ親というものは、いくつになっても子供のことを心配するものだ / 凡是父母親，無論孩子多大都還是會擔心。

❸ (後に否定の意味のことばがついて)まったく～ない。全然～ない。中 完全；全然；根本；非常。

☆ きのうの映画はおよそおもしろくなくて、ずっと居眠りしていた / The movie I saw yesterday wasn't interesting at all, so I was dozing all the time. / 昨天看的電影十分乏味，我一直在打瞌睡。

および オヨビ、オヨビ (語と語をつないで)同じ種類のものを並べあげるときに使うことば。書 中 和；及；以及。E and; as well as.

☆ 自動車および電気製品の海外輸出は、年々増加している / 汽車和電器產品的出口量年年在增加。

☆ 電車、バスおよび地下鉄などの交通機関を利用する / 利用電車，公車和地鐵等交通工具。

→ならびに

およ・ぶ【及ぶ】オヨブ〔自動五〕(およんで)

❶ ものごとが、ある場所、時、状態などにとどく。中 達到；涉及；及於；臨到。E extend to; last.

☆ 台風の被害は広い地域におよんでいる / 颱風給廣大地區帶來了災害。

☆ 会議は深夜におよぶまで続いた / 會議持續到深夜。

❷ (「およばず[ない]」の形で)力や考えなどがその程度に達しない。中 不及；不到。

☆ しばらく並んで走ったが、力およばず負けてしまった / 並肩與他跑了一會兒，但因體力不支還是輸了。

☆ こんな大事故が起こるとは思いもおよばなかった / Such a serious accident was beyond our imagination. / 萬萬沒想到會發生這樣嚴重的事故。

❸ (「～に[は]およばない」の形で)～する必要がない。中 沒有必要做…。

☆ 仕事はだいたい終わったから、わざわざ来るにはおよばない / 工作大致完成，不需特意再來。

☆ きみが行くにはおよばない / You don't have to go. / 用不著你去。

▷ 他動 及ぼす

及ばずながら ふじゅうぶんではあるが。人を手伝ったり相談相手になったりするときに謙遜していう。中 雖然力量微薄；儘管能力有限。E to the best of my ability.

☆ 人手や資金がたりないなら、わたしに相談してください。およばずながらお役に立ちましょう / 如果人手或資金不足，請跟我商談。雖然力量微薄，但還能起點作用吧。

およぼ・す【及ぼす】オヨボス、オヨボス〔他動五〕(およぼして) ものごとの結果や影響をほかのところにとどくようにする。中 波及；影響到；帶來；使遭受；使受到；受到影響。E harm; do damage.

☆ 空気のよごれが人々の健康に害をおよぼしている / 空氣污染危害到人們的健康。

☆ 台風がたくさんの田畑に被害をおよぼした / 颱風使許多耕地遭受到破壞。

自動 及ぶ

おり【折・折り】オリ ❶ その時。その場合。機

会。中時候；機會；時機；時。E a chance; when.

☆ わたしが折をみて、よく話しておきます/我會找個機會，好好談一談。

☆ 北海道へ旅行した折に買ってきた絵はがき/這風景明信片是去北海道旅行時買的。

❷ 薄い板や厚い紙でつくった箱。また、それにつめた菓子や料理。中小盒；小匣；木片盒；紙盒。E a small wooden or cardboad box for packing food.

☆ 宴会の料理を折りに入れて持ち帰る/把宴會的菜裝入紙盒帶回家。

☆ すしを折りに入れてもらう/請把壽司裝盒。

☆ 菓子折り/點心盒。

▷ 他動 折る

三 注 ❶は「折」、❷は「折り」。

おりあい【折り合い】オリアイ ❶人と人との関係。中相處；相互關係。E be on (bad) terms with.

☆ 一郎とはどうも折り合いが悪くて困っている/一郎不好相處，令人很困擾。

❷ ゆずり合って、相手とたがいに気持ちを合わせること。中和解；和好；讓步；談妥。E come to terms.

☆ 事故の後、加害者と被害者が話し合って、ようやく折り合いがついた/車禍發生後，肇事者與受害者經過對談，終於達成和解。

▷ 自動 折り合う

おりあしく【折あしく】オリアシク、オリアシク ちょうどそのときにつごうの悪いことが起こるようす。中不湊巧；偏偏；不合時機。E unfortunately; as luck would have it.

☆ 頂上の写真をとろうとしたとき、折あしく雲がかかってしまった/想拍攝山頂時，不巧被雲層遮住了。

対 折よく

おりいって【折り入って】オリイッテ、オリイッテ 真剣に改まって重大なことを頼んだり相談したりするときにいうことば。中誠懇；懇求。E a very special favor.

☆ 折り入ってお願いしたいことがあります。実は保証人になっていただきたいのです/有件事想懇求您的幫忙。其實是想請您作我的保證人。

おりおり【折折】オリオリ、オリオリ ❶その時その時。中當令的；應時令的。E each (season).

☆ 公園には四季おりおりの花が咲いている/公園裡一年四季盛開應時的花。

❷ 同じようなことが、適当な間をおいて繰り返されるようす。ときどき。中隨時；時時；常常。E sometimes; occasionally.

☆ あの人は通勤の電車でおりおり見かける人だ/那人是經常在上班的電車上看到的熟面孔。

おりかえし【折り返し】オリカエシ ❶もとのほうに折った部分。中折回；翻回。E a cuff; a lapel.

☆ ズボンの折り返しにほこりがたまる/褲腳翻摺處積有灰塵。

❷ ある所まで行ってまたもどること。また、その地点。中返回；折回。E a turn; a shuttle.

☆ マラソンの折り返しの地点にはおおぜいの人が待っていた/有許多人在馬拉松賽跑的終點等待。

☆ 折り返し運転/來回行駛。

❸ (副詞的に)手紙など通信がとどいてすぐに返事などをするようす。中立即回信。E by return mail; call back soon.

☆ 手紙をごらんになったら、折り返しお返事をお願いします/讀信後請速回覆。

☆ 折り返しお電話します/立即回電話。

▷ 自他動 折り返す

おりがみ【折り紙】オリガミ、オリガミ

❶ 紙を折っていろいろな形をつくること。また、それに使う色のついた紙。中手工摺紙；摺紙。E *origami*;

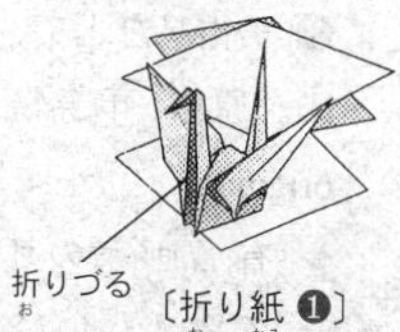

〔折り紙 ❶〕

お

the art of folding paper into various figures.

☆ 折り紙で舟を折る／用紙摺小船。

☆ 新聞紙を折り紙にしてかぶとをつくった／用報紙摺成一頂頭盔。

❷（「折り紙つき」の形で）確かなものだと保証すること。中 證明書；保證書。E authentic; acknowledged.

☆ 洋子はこの病院で折り紙つきの看護婦だ／洋子是這家醫院公認的好護士。

▷ 数 ❶ 1枚

おりから【折から】オリカラ ❶ ちょうどその時。中 正在那時；正在那個當頭；恰好在那個時候。E just then; at that moment.

☆ 折からの雨で試合は中止になった／恰好在那個時候下雨，使得比賽中止。

☆ 海岸に出ると、折から真っ赤な太陽がのぼりはじめた／一到海岸邊，火紅的太陽剛要升起來。

❷ そのような時だから。中 正當～季節。E in this.

☆ 気候不順の折から、お体をたいせつになさってください／正值氣候多變之際，請多保重身體。

▷ 書

オリジナル（original）オリジナル ❶ 独創的。独自の。中 獨創；創新。E original.

☆ だれにもまねのできないオリジナルな作品を生みだしたい／想寫一部任何人都模仿不了的獨創作品。

❷ 演劇などで、原作がなくて新しくつくりあげたもの。中 創作劇本。E an original script.

☆ 今度の新しい映画は黒沢明のオリジナルだ／這次的新片是黑澤明一手編導的原作。

❸ 美術品などで、複製や模造品ではないもの。原作。中 原物；原型；原作；原畫。E the original.

☆ 有名画家のオリジナルはとても高くて買えない／名畫家的真跡價格非常貴，買不起。

おりづる【折りづる】オリズル、オリズル 紙を折ってツルの形にしたもの。中 紙鶴。E a folded paper crane.

☆ 折りづるをたくさん折って千羽づるをつくる／用紙摺許多鶴，然後串成千紙鶴。

数 1羽 →折り紙 図

ニ 注 漢字で書くときは「折り鶴」。

おりめ【折り目】オリメ、オリメ ❶ 平らなものを折ったときにできる筋。中 摺痕；摺線。E a crease.

☆ ズボンの折り目にアイロンをかける／用熨斗燙褲子的摺線。

❷ ものごとのけじめ。礼儀作法。中 規矩；禮貌。E well-mannered; polite.

☆ 電話ですむのに、礼を言いにわざわざ出かけてくるとは、本当に折り目正しい人だ／打個電話就行了，還特意過來道謝，真是有禮貌的人。

おりもの【織物】オリモノ、オリモノ 縦糸と横糸を組み合わせて織った布。中 紡織品；紡織物。E textiles; fabrics.

☆ 絹の織物で着物をつくる／用絲絹做衣服。

☆ 綿織物／棉織品。

おりよく【折よく】オリヨク、オリヨク ちょうどそのときに希望どおりのことが起こるようす。つごうよく。中 正好；恰好；恰巧。E fortunately; luckily.

☆ 雨に降られて困っていたところへ、折よく空車のタクシーが来た／正因下雨而煩惱不已時，正好來了一輛空計程車。

対 折あしく、折悪く

お・りる【下りる・降りる】オリル〔自動一〕❶ 高い所から低い所へ移る。中 下；下來；降落。E come down; go down.

☆ 階段を下りる／下樓梯。

☆ 飛行機が地上へ下りる／飛機著陸。

☆ 壇から降りる/下台；從台上下來。

☆ 駆け下りる/從上面跑下來。

対上がる、上る・登る、乗る

❷ 乗り物など移動するものの上や中から出る。中下(車)等。E get off; get out.

☆ バスから降りる/(從公車上)下車；下公車。

☆ 東京駅で降りる/在東京車站下車。

対乗る

❸ ある地位や役割をやめる。中退(位)；辭(職)。E resign.

☆ 年をとったので、会長の役を降りて若い人にかわってもらった/年事已高，辭去會長一職，換年輕人做。

❹ 露、霜などが現れる。中下；降。E fall.

☆ 霜が降りて庭が真っ白だ/下霜了，庭院裡一片雪白。

▷ 他動下ろす・降ろす

注 漢字で書くときは、❶は「下りる」「降りる」、❷❸❹は「降りる」。

お・る【折る】オル〔他動五〕(おうて) ❶ 薄いもの、細長いものなどを曲げる。中摺；砅。E fold.

☆ 便箋をきちんと折って封筒に入れる/把信摺好裝入信封。

☆ 指を折って数を数える/彎著指頭數數。

☆ 紙でつるを折る/用紙摺鶴。

❷ かたいものを力を入れて曲げ、切り離してしまう。中折斷；弄斷。E break.

☆ 桜の枝を折ってはいけない/不准折斷櫻花樹枝。

☆ 自転車で転んで腕の骨を折った/從腳踏車上摔下，手腕骨折。

▷ 名折・折り 自動折れる

お・る オル〔自動五〕(おうて) ❶「いる」の謙譲語、丁寧語。中「在」的自謙語和鄭重語。E ((humble, polite)) be.

☆ 9時まで会社におります/一直到九點都在公司。

☆ 現在、卒業論文を書いております/目前正在寫畢業論文。

☆ 桜の花が咲いております/櫻花正在盛開。

❷「いる」の尊大な感じを表す言い方。

☆ いまに見ておれ/You wait!/走著瞧吧!

☆ 若いくせに生意気なことを言いおる/雖然年輕卻愛說大話。

おれ オレ 自分をさすことば。話 中(男性對同輩以下的自稱)我；咱；俺。E (masculine) I (used when talking to one's equal or junior).

☆ おれと一緒に行こうぜ/跟我一起去吧!

☆ おれはがんばるぞ/我會努力的!

☆ おれたち/我們。

参 男性が同等か目下の人に対して使う、くだけた、または乱暴な言い方。

おれい【お礼】オレイ〔～する〕 ⇨礼❸

☆ 世話になった先輩にお礼の品を送った/送禮答謝照顧我的學長(或先進同仁)。

☆ お礼を言う/道謝。

お・れる【折れる】オレル〔自動一〕 ❶ ものが曲がった状態になる。曲がって離れてしまう。中折；斷。E be folded; be broken off.

☆ 無理にかばんに入れたら、本のはしが折れてしまった/硬往書包裡塞，結果摺到書角了。

☆ 強い風で木の枝が折れた/強風吹斷了樹枝。

❷ 道などの方向を変える。中拐彎；轉彎。E turn.

☆ この道を左に折れると駅の前へ出る/這條路往左轉，可到車站前。

❸ 自分の考えを主張するのをやめ、相手に合わせる。中讓步；屈服。E give in.

☆ 説得されて最後にわたしが折れた/最後我被說服而讓步。

▷ 他動折る

おろおろ オロオロ〔～する〕 非常に心配したり驚いたりして、どうしたらいいかわからないようす。中驚慌失措；慌慌張張。

☆ 家に帰ったら、母が入院したと、妹がおろおろしていた/When I came home, I found my sister in a fluster saying my mother was in the hospital. /一回到家，妹妹慌張地說媽媽住院了。

☆ 迷子になった子供がおろおろ(と)母親をさがしている/走丟的孩子驚慌地在尋找媽媽。

おろか【愚か】オロカ　知能や考えがたりず、言ったりしたりすることがふつうではないようす。中 糊塗；愚笨；傻。E foolish; stupid.

☆ 他人の不幸を喜ぶのは愚かなことである/幸災樂禍是愚蠢的行為。

☆ 親に反発ばかりして愚かだったと思う/我認為老頂撞父母是不智的。

対 賢い

おろしうり【卸売り】オロシウリ、オロシウリ　問屋が生産者や輸入業者から品物を買い入れ、それを小売業者に売ること。卸。中 批發；批售；批賣。E wholesale.

☆ 卸売りの値段は品物の量が多ければ安くできる/批貨量愈大價錢愈便宜。

☆ 卸売商/批發商。

対 小売り

おろ・す【下ろす・降ろす・卸す】オロス〔他動五〕(おろして)　❶ 高い所から低い所へ移す。中 取下；拿下；弄下。E take down; drop.

☆ 電車の棚に上げたかばんを下ろす/把放在電車行李架上的包包拿下來。

☆ いすに腰を下ろす/坐在椅子上。

☆ 芝居の幕を下ろす/落幕。

☆ 見下ろす/往下看；俯視。

対 上げる

❷ 人やものなどを下のほうに移す。中 放下；卸下；撂下；使(人)降下。E let a person off; unload.

☆ 駅で乗客を降ろす/讓乘客在車站下車。

☆ 車から荷物を下ろす/將行李從車上卸下。

対 乗せる、積む

❸ ある地位や役割からはずす。中 撤下。E remove.

☆ 社長を降ろして副社長と交代させた/撤換社長，由副社長接任。

☆ 一郎を映画の主役から降ろす/取消讓一郎擔任電影的主角。

❹ なにかの中にあったものやしまってあったものを外へ出す。中 提取；批發；新使用。E withdraw (money); sell wholesale; put on for the first time.

☆ 銀行でお金をおろす/在銀行提款。

☆ 問屋が小売店に商品を卸す/批發商批發商品給零售商。

☆ 新しい靴をおろしてはく/換穿新鞋。

▷ 名 下ろし・降ろし・卸　自動 下りる・降りる

注 漢字で書くときは、❶は「下ろす」、❷は「下ろす」「降ろす」、❸は「降ろす」、❹で「商品をおろす」ばあいは「卸す」。

おろそか　オロソカ　しなければいけないことを、しないでほうっておくようす。心をこめないようす。中 疏忽；不認真；忽視；草率。E be negligent; ignore.

☆ 漫画に熱中して、勉強がおろそかになる/熱衷看漫畫，忽略了讀書。

☆ 注意をおろそかにする/不注意；不留神。

☆ 客をおろそかに扱ってはいけない/不可怠慢客人(顧客至上)。

おわり【終わり】オワリ　終わること。続いていることの、もう先がないという最後のところ。中 終；終了；結束。E the end; the close.

☆ 夏の終わりに、よく台風が来る/夏末經常颳颱風。

☆ わたしももう80を過ぎて、人生の終わりに近づいてきた/我也已年過八十，將走到人生的盡頭。

対 始め・初め　自他動 終わる

おわ·る【終わる】オワル〔自他動五〕(おわって) ❶ずっと続いていたものごとがそこで止まる。中完；結束；完了。E end; be over.

☆ 仕事は８時に全部終わった / 工作在八點全部結束了。

☆ 演奏が終わると、大きな拍手が起こった / 演奏一結束，台下響起熱烈鼓掌。

対 始まる

❷ ずっと続けていたものごとをそこでやめる。中做完；結束；完成。E finish.

☆ みな一緒に食事を終わった / 大家一起吃完飯。

☆ これで天気予報を終わります / 氣象預報到此結束。

☆ 読み終わる / 讀完。

対 始める

▷ 名 終わり　他動 終える

注 ❶は自動詞、❷は他動詞。

おん【音】オン ❶耳に聞こえる音。中音；聲音；響聲。E a sound; a noise.

☆ ハ調の音はいちばんわかりやすい / C 調的音最易聽辨(容易懂)。

☆ 音の高低を調べる / 調整音調的高低。

☆ 音符 / 音符。(→ 項目)

❷ 人間がことばとして口から出す音。中(人的)聲音。E pronunciation.

☆ パ行の音はくちびるを閉じてから声を出す / パ行應先閉唇再發音。

☆ 音読 / 音讀。

☆ 発音 / 發音。(→ 項目)

❸ 漢字の読み方で、中国の発音が日本に伝わったもの。音読み。中(日文中漢字的)讀音；音讀。E the Chinese-style reading of a character.

☆ 漢字の読み方には音と訓がある / 漢字的讀法有音讀和訓讀兩種。

☆「林」という字は音では「りん」と読む / 「林」字的音讀，讀作「りん」。

対 訓

おん【恩】オン 人から受けた親切やありがたい行為。中恩；恩惠；恩情。E kindness; a favor.

☆ あなたから受けた恩は決して忘れません / 絕不會忘記你的恩情。

☆ 恩返し / 報恩。

恩に着せる なにかをしてあげて、相手にありがたく思わせる。中要人家感恩；要人家領情。E demand gratitude.

☆ 一郎は、あのとき金を貸したと、いつまでも恩に着せている / 一郎當時把錢借出去後，現在總是要人感恩。

対 恩に着る

恩をあだで返す 親切にしてもらったのにありがたいと思わず、反対に相手にひどいことをする。中恩將仇報。E repay kindness with evil.

☆ 親のない少年を引き取って本当の子供として育てたつもりだったが、家の大金を持って出ていってしまった。恩をあだで返されたわけだ / 領養一個孤兒，視如己出，但他卻恩將仇報，偷了家裡的巨款跑了。

恩を売る 相手が感謝しなければならないようなことをしてあげ、あとで自分の利益につながるようにする。中要人家感恩；賣人情。E do a lot for a person.

☆ いま恩を売っておけば、困ったときには助けてくれるだろう / 現在賣個人情，在遇到困難時就會得到幫助吧。

おんがく【音楽】オンガク、オンガク 音の高低や強弱、音色などをいろいろに組み合わせて、人間の感情を表現する芸術。中音樂。E music.

☆ 美しい音楽は国境を越えて、人々に感動を与える / 優美動人的音樂超越國界，感動人們。

☆ 音楽会 / 音樂會。

☆ クラシック音楽/古典音樂。

おんくん【音訓】オンクン　漢字の音読みと訓読み。[中](日文中漢字的)音讀和訓讀。[E] the Chinese and Japanese readings of Chinese characters.

☆「森」という漢字には、音訓2通りの読み方がある/「森」這個漢字有音讀和訓讀兩種讀法。

☆ 常用漢字とその音訓をわかりやすく説明した辞書がほしい/想要有一本詳細解釋常用漢字，並標有音讀和訓讀的字典。

おんけい【恩恵】オンケイ　自然や人が与えてくれる恵み。[中]恩惠；好處。[E] a favor; a benefit.

☆ 人類は自然の恩恵を受けて生きている/人類受到大自然的恩惠得以生存。

☆ 恩恵をほどこす/do a person a favor./施予恩惠。

☆ 恩恵に浴する/enjoy the benefits of./沾光；受到好處。

おんけん【穏健】オンケン　考え方や行動が穏やかでしっかりしているようす。[中]穩健；穩重。[E] moderate; sound.

☆ 面接で、人柄が穏健であるか判断する/經由面試，判斷個性是否穩重。

☆ 穏健な思想/穩定的思想；思想穩重。

[対]過激

おんこう【温厚】オンコー　性格が穏やかで、やさしいようす。[中]溫厚；敦厚；憨厚；忠實。[E] gentle; mild-mannered.

☆ 父は温厚で、子供たちを大声でしかることはなかった/父親性格溫厚，從不大聲斥責孩子。

☆ 温厚篤実/gentle and sincere./忠厚老實。

おんし【恩師】オンシ　教えを受けて、特に世話になった先生。[中]恩師。[E] one's former teacher.

☆ 30年ぶりのクラス会で、恩師に会うことができてうれしかった/能在三十年後的同學會上，再見到恩師，真是高興極了。

おんしつ【温室】オンシツ　草花や野菜などを寒さから守るために、また季節に関係なく植物を育てるために、外より高い温度を保つようにつくられた、ビニールまたはガラス張りの建物。[中]溫室。[E] a hothouse; a greenhouse.

☆ 温室で熱帯の植物を育てる/在溫室裡栽培熱帶植物。

☆ 温室で栽培した野菜/在溫室裡栽培的蔬菜。

[数]1棟

おんしん【音信】オンシン、オンシン　手紙や電話などで連絡すること。[書][中]音信；消息。[E] correspondence; news; a letter.

☆ 音信が不通で連絡がとれない/通信中斷，聯絡不上。

☆ 外国へ行った娘から音信がなくて心配だ/沒收到國外女兒的來信，讓人擔心。

おんせい【音声】オンセイ　❶人がくちびるや舌などを使って出す声や音。[中]聲音；嗓音；音聲；語音。[E] a voice; a sound.

☆ 外国語を勉強するには、まずそのことばの音声の特徴を知るといい/學外語時，最好先了解這種語言的發音特點。

[対]文字

❷テレビやラジオなどの声や音。[中]聲音；音聲。[E] an audio signal; sound.

☆ このテレビはアンテナが悪いのか、音声がはっきりしない/這台電視聲音不清晰，是不是天線有問題?

☆ 音声多重放送/多聲道放送。

おんせん【温泉】オンセン　❶地熱で熱くなった地下水が湯になってわき出る所。また、その湯。[中]溫泉。[E] a hot spring.

☆ 温泉を掘り当てる/挖掘溫泉。

☆ 温泉で卵をゆでる/用溫泉煮雞蛋。

❷「❶」を利用してつくった浴場がある所。

[中]溫泉。[E] a spa; a hotspring resort.

☆ 冬は温泉に行ってゆっくり休みたい/冬天想去洗溫泉好好休養。

☆ 温泉旅館/溫泉旅館。

☆ 温泉町/溫泉鎮。

おんたい【温帯】オンタイ　熱帯と寒帯との間の地帯。温暖な気候で四季の変化がある。[中]溫帶。[E] the Temperate Zone.

☆ 日本は温帯に位置していて、春夏秋冬の４つの季節がある/日本地處溫帶，春夏秋冬四季分明。

☆ 温帯低気圧/溫帶低氣壓。

☆ 温帯植物/溫帶植物。

[関連]寒帯、熱帯

おんだん【温暖】オンダン　気候が穏やかで暖かいようす。[中]溫暖。[E] warm; mild.

☆ ハワイは温暖の地なので、１年じゅう旅行者が観光に来る/夏威夷氣候溫暖，一整年都有旅客來觀光。

☆ 温暖な地方ではくだものがよく育つ/溫暖地區的水果培育良好。

☆ 地球の温暖化/地球溫室效應。

[対]寒冷

おんち【音痴】オンチ　❶音に対する感覚が悪くて、歌が正確に歌えないこと。また、その人。[中]音痴；五音不全。[E] tone-deaf; have no ear for music.

☆ 音痴のわたしが歌を歌うとみんなが笑う/我五音不全，一唱歌大家都笑倒了。

❷ 感覚が鈍いこと。また、うまくできないこと。[中]某種感覺遲鈍。[E] have no sense of.

☆ 京子は方向音痴で、同じ所へ行くのに何度も道をまちがえている/京子缺乏方向感，同一地方去了幾次仍走錯路。

☆ 機械音痴/機械白痴。

おんど【温度】オンド　ものの熱さや冷たさの程度。[中]溫度。[E] temperature.

☆ おふろの温度は41度ぐらいがちょうどい い/洗澡水的溫度四十一度左右最恰當。

☆ 寒いから部屋の温度をすこし上げる/天氣寒冷，把房間的溫度稍微調高點。

☆ 温度計/溫度計。

おんとう【穏当】オントー、オントー　穏やかで無理がないようす。[中]妥當；穩妥。[E] proper; appropriate.

☆ 判断力のない子供のしたことだから、警察を呼んだりせず、よく話して聞かせて穏当な処置をとろう/因為是沒有判斷力的孩子做的事，先別找警察，好好跟他說再妥當處理吧。

[対]不穏当

おんな【女】オンナ　❶人間のうち、卵子を持つほう。女子。女性。[中]女的；女性；女人；女子。[E] a woman; a female.

☆ 女が男と肩を並べて働ける社会になってきている/逐漸成為能夠男女共同工作的社會。

☆ 女の声/女聲；女人的聲音。

[対]男

❷「❶」で、心や体が一人前になった人。[中]成熟的女人；亭亭玉立的姑娘。[E] an adult woman.

☆ 胸から腰へかけての体の線は、女を感じさせる/從胸部到腰部的曲線，最能表現出女性的感覺。

[対]男

❸ 愛人としての女性。[中]情婦；女朋友。[E] a woman.

☆ 夫に女がいることを知って離婚した/知道丈夫有情婦後就離婚了。

[対]男

おんびん【穏便】オンビン　ものごとの処理などをするとき、穏やかに取りはからうようす。[中]溫和；不擴大化；息事寧人。[E] peaceful; private.

☆ クラスの中で盗難事件が起きたが、子供の心を傷つけないように、穏便に扱った/班上發生竊案，為不傷及孩子幼小心靈，而低調處理。

お

おんぶ　オンブ〔～する〕 ❶背負うこと。背負われること。中 背；背孩子。E carry (a child) on one's back.

☆ 子供をおんぶして買い物に行く / 背著孩子去購物。

❷ 自分ではなにもしないでほかの人に頼ること。中 讓別人負擔費用；依靠別人。E rely on another.

☆ 結婚式の費用は全部親におんぶした/婚禮的費用全部由父母負擔。

▷ 話

おんぶにだっこ　なにからなにまで全部他人にしてもらうこと。中 完全依靠別人；得寸進尺。E have everything be taken care of by another.

☆ 今度の旅行は、なにもかもあなたにおんぶにだっこで申し訳なかった / 這次旅行全部依靠你，真是過意不去。

おんぷ【音符】オンプ　音楽で、音の長短を表し、楽譜上の位置によって音の高低を表す符号。中 音符。E a (musical) note.

☆ 楽譜に音符を書きこむ / 在樂譜寫上音符。

☆ ４分音符 / 四分音符。

おんぼろ　オンボロ　非常に古くなって傷んでいるようす。話 中 破舊；破爛不堪；東西破舊；衣衫襤褸。E run-down; dilapidated.

☆ おんぼろの自転車でも、わたしのだいじな足だから捨てられない / 雖然是破舊的腳踏車，卻是我重要的交通工具，不能扔掉。

☆ おんぼろ家屋 / 破爛不堪的家。

おんよみ【音読み】オンヨミ〔～する〕 漢字を音で読むこと。音。中 音讀。E the Chinese-style reading of a character.

☆「山」という字は音読みでは「さん」と読む /「山」字音讀讀為「さん」。

対 訓読み

オンライン (on-line) オンライン　コンピューターで、中央の装置と離れた所にある装置とが回線でつながっていて、その回線内ではデータのやりとりがすぐに行える状態。銀行などで使われている。中 (電腦) 連線；線上。E on-line.

☆ 銀行がオンラインになって、どこの本店や支店からでも、お金を出したり入れたりすることができる/銀行已實行電腦連線，在任何地區的銀行或分行都可以存款和取款。

☆ オンラインシステム / 連線系統。

おんわ【温和】オンワ　❶気候が暖かく穏やかで、特に寒いときや暑いときのないようす。中 溫和；溫暖。E mild; temperate.

☆ 老後は気候の温和な土地で暮らしたい / 老了以後想到氣候溫暖的地區渡晚年。

❷ 性格が穏やかで、やさしいようす。中 溫和。E mild; gentle.

☆ 姉は温和な性格だが、妹は気性が激しい / 姊姊性格溫和，但妹妹性格暴躁。

か／カ

か【科】カ ❶学問などを分類したものの1つ1つ。中科。E a department.

☆ 大きな病院には、小児科、内科、外科など、いろいろな科がある／大醫院設有小兒科、内科、外科等各種科別。

☆ 電子工学科／the department of electronic engineering.／電子工學系。

☆ 日本文学科／日本文學系。

❷ 生物を分類するときの段階の1つ。中(生物分類的)科。E a family.

☆ ライオンはネコ科の動物だ／獅子屬於貓科動物。

☆ イネ科の植物／稻科植物。

か【蚊】カ　昆虫の一種。羽があり、体は細くて小さい。雌は動物の血を吸う。中蚊子。E a mosquito.

☆ 蚊に刺されてかゆい／被蚊子叮了，感覺很癢。

☆ 夏は蚊が多い／夏天蚊子多。

数 1匹

蚊の鳴くような声　非常に小さい声。中細小的聲音。E a very faint voice.

☆ 洋子は蚊の鳴くような声で、遅くなった理由を両親に話した／洋子用細聲跟父母解釋晚回家的理由。

か【課】カ ❶役所や会社などの仕事によって、分けた区分の1つ。ふつう、部の下、係の上。中(機關、公司等分工的)課。E a section.

☆ 課の全員が残って仕事をしている／課裡全員留下加班。

☆ 会計課／會計課；財務課。

☆ 人事課／the personnel section.／人事課。

❷ 教科書などの1つの区切り。中課。E a lesson.

☆ 前の課を復習する／複習之前的課程。

☆ きょうは第3課からだ／今天從第三課開始上。

か ❶(文の終わりについて)(1)疑問や質問を表す。中表示疑問、質問。

☆ どうして地球はまるいのだろうか／為什麼地球是圓的呢?

☆ 試験はいつありますか／When will the examination be held?／哪一天要考試?

(2) 否定する気持ちを表す。中表示反問、否定。

☆ わたしがそんなことを言うもんですか／Would I say such a thing?／我會說那種話嗎?

☆ 本当にそうでしょうか／果真是那樣嗎?

(3) 相手を悪く言う気持ちを表す。中表示責難。

☆ こんな簡単なことがわからないのか／Is it possible that you don't understand something so simple?／這麼簡單的問題都不懂嗎?

☆ 忘れたらだめじゃないか／忘記了是不行的。

(4) 相手に賛成を求める気持ちを表す。中表示勸誘、徵求同意。

☆ あそこでコーヒーを飲もうか／Shall we have a coffee there?／在那裡喝杯咖啡好不好?

(5) 驚いたり感心したりする気持ちを表す。中表示驚訝、感嘆。

☆ これが本物のダイヤか。すごいなあ／So, this is the real diamond. How beautiful it is!／這就是真鑽石嗎?好美啊!

☆ 彼が社長になったのか。驚いた／他當社長啦!真想不到。

❷ (「どれ」「だれ」「なぜ」などについて)確

かでないことを表す。中表示是不是。

☆ この傘を忘れた人がだれかわからない / I don't know who forgot this umbrella. /不知是誰把傘忘在這裡了。

☆ なぜか頭が重い / 不知為什麼感到頭很沈重。

❸ たぶんそうだろうという気持ちを表す。中表示不確切的推斷；也許是；說不定。

☆ 気のせいか、彼女の顔が青く見える / I don't know if it's just my imagination, but she looks pale. /是我多心嗎，總覺得她的臉色發白。

☆ たくさん練習したためか、とてもよくなった / 可能是勤加練習的緣故吧，進步了很多。

❹ (「～か…〔か〕」の形で)どちらかはっきりしないことを表す。中表示不定。

☆ 1年か2年、外国で勉強するつもりだ / I intend to study abroad for a year or two. /我打算到外國去讀一、兩年書。

☆ 遠くから見ると男か女かわからない/遠看不知是男是女。

-か【-化】(他のことばについて)ものごとがその状態になること。また、その状態にすること。中～化；變化。

☆ 最近、オフィスのOA化が進んでいる / 最近在推動辦公室自動化。

☆ 小説を映画化する / 把小說拍成電影。

☆ 貿易の自由化 / liberalization of trade. / 貿易自由化。

☆ 合理化 / 合理化；提高效率。(→項目)

-か【-日】(数を表す和語について)日付、日数を表す。中年月日；日期。

☆ きょうは3月2日です / Today is March 2. / 今天是三月二號。

☆ 3日、4日、5日、6日、7日、8日、9日 /3號、4號、5號、6號、7號、8號、9號。

☆ 10日間 / for ten days. / 十天。

-か【-家】(他のことばについて) ❶ そのことを専門とする人、職業とする人。中以某種事為職業的人；專家。

☆ 音楽家 / 音樂家。

☆ 芸術家 / an artist. / 藝術家。

☆ 政治家 / 政治家。

❷ その性質の強い人。中某種性格突出的人。

☆ 社交家 / 社交活動家；社交家。

☆ 努力家 / 非常努力的人。

☆ 理想家 / an idealist. / 理想家。

☆ 理論家 / 理論家。

が ガ 昆虫の一種。形はチョウににているが、胴はチョウより太く、夜明かりを求めて飛びまわる。中蛾。E a moth.

☆ 街灯にガが集まってくる/街燈上聚滿著蛾。

数 1匹 →ちょう 図

が ガ ❶ (文と文をつないで)前にいったことと違うことを後でいうときに使うことば。中可是；但是。

☆ 旅行に行きたい。が、金はない / I want to go on a trip. But I'm sorry I have no money. / 想去旅行，可是沒錢。

❷ 動作を行うもの、その状態にあるもの、あるいはそのような性質のものがなにであるかを表す。中表示動作、作用、狀態或性質的主體。

☆ わたしが先生です / 我是老師。

☆ 桜が咲いている / 櫻花盛開。

☆ 一郎がかいた絵 / the picture Ichiro drew. / 一郎畫的畫。

❸ 好き嫌い、希望、上手、下手などの対象を表す。中表示好惡、希望、可能、巧拙等的對象。

☆ 二郎は肉より魚が好きだ / Jiro prefers fish to meat. / 比起肉二郎喜歡吃魚。

☆ 京子はテニスが上手だ/京子網球打得很好。

❹ そのことばを特に強める。中表示強調。

☆ わたしはここがいい / This place is fine for me. / 我覺得這裡不錯。

☆ 雨ではなくて雪がふっている / 不是下雨，是正在下雪。

❺ (動詞、形容詞、形容動詞の基本形について) (1)前置きを表す。中作為引言或補充的說明

與後面的敘述相連接。

☆ もしもし、田中と申しますが、山田先生でいらっしゃいますか/喂，我是田中，請問您是山田先生嗎?

☆ いつも言うことだが、努力に勝るものはない / I always say this, but effort is always the best. / 我常說，努力勝於一切。

(2) 2つの動作の時間的な関係を表す。中表示兩種動作的時間關係。

☆ バスは終点に着いたが、すぐ、また発車した/ The bus reached the terminus, but it immediately started out again. / 汽車到了終點又馬上開走了。

(3) 前のことと反対であることを表す。中表示與前面事情相反或無能為力的狀態。

☆ 薬を飲んだが、かぜは治らない / I took some medicine, but my cold is no better. / 吃了藥，可是感冒沒好。

☆ いいアルバイトをさがしているが、なかなか見つからない/想找個好一點的打工，可是很難找得到。

(4) (文の終わりについて)表現をやわらかくする。中表示委婉或等待對方的反應。

☆ あす、用事で休みたいのですが/ I'd like to take the day off tomorrow because I have an errand to run. / 明天有點事，想請假。

☆ たしか、ここに置いたはずだが/的確是放在這裡的。

▷ →は 囲み

カーテン (curtain) カーテン　光をさえぎったり、部屋を飾ったりするために、窓や空間につるす布。中簾子；窗簾。E a curtain.

☆ カーテンのすきまから朝日がさしこんでいる / 太陽從窗簾縫照進來。

☆ カーテンをつるす / 掛窗簾。

☆ カーテンを閉める / 拉上窗簾。

数 1枚

カード (card) カード　❶ なにかに使う目的で小さく四角に切った厚い紙。中卡；卡片。E a card.

☆ 名前をカードに書いて整理する / 把名字整理在卡片上。

☆ 単語カード / 單字卡。

❷ 機械で磁気を読み取ることによりいろいろな目的に使えるようにしたもの。磁気カード。中磁卡。E a (magnetic) card.

☆ カードで買い物をする / 刷卡購物。

☆ クレジットカード / 信用卡。

☆ テレホンカード / 電話卡。(→項目)

❸ 試合の組み合わせ。中 編組；分組。E a matchup; a pairing.

☆ 決勝戦は予想どおりのカードになった/決賽的編組如預想的一樣。

☆ 熱戦が予想される好カード / 比賽分組實力相當，可預期精彩戰況。

▷ 数❶❷ 1枚

ガール (girl) ガール　女の子。中女孩；少女。E a girl.

☆ ガールスカウト / 女童子軍。

☆ ガールフレンド / 女朋友。

☆ チアガール / a cheerleader. / 啦啦隊員。

対ボーイ

かい 【会】カイ　❶ 人がなにかの目的で集まること。また、その集まり。中會；會議；集會。E a meeting.

☆ 2カ月に1回、友人とおいしいものを食べ歩く会を開いて楽しんでいる / 每兩個月就和朋友辦一次聚餐，非常愉快。

☆ 会が終わる / 會議結束。

☆ 月例会 / a monthly meeting. / 月聚會。

❷ 人が集まってつくった組織。中 (活動組織的)會。E a society; an association.

☆ 同じ学校を卒業した人たちの会を同窓会という/同一所學校畢業的人組織的活動叫同學會。

☆ 野鳥の会 / 野鳥觀賞會。

☆ 同好会 / a club. / 俱樂部；社團。

かい【回】カイ ❶あることを繰り返して行うときの１区切り。中回；次。E each time.

☆ 一郎のスキーは、回を重ねるにつれてうまくなっていく/一郎的滑雪技術日益精進。

❷(数を表すことばの後について)繰り返す数や順番を表す。中回；次。E a time.

☆ １週間に１回、掃除をする/一星期打掃一次。

☆ 第３回日本語研究会/第三屆日語研究會。

かい【貝】カイ ❶水の中にすみ、外側がかたい殻になっている動物。中貝。E a shellfish.

☆ 貝の料理がおいしい海岸のレストラン/貝類菜餚烹調得很可口的濱海餐廳（餐館）。

☆ 二枚貝/雙殼綱的軟體動物，雙殼貝類。

☆ 巻き貝/腹足綱的介類(如蠑螺)。

❷貝殻。中貝殼。E a shell.

☆ 貝でつくったネックレス/用貝殼做的項鍊。

☆ 貝細工/貝雕品(藝術品)。

▷ 数❷１枚

かい【階】カイ 高い建物の１段ごとに区切った空間。また、その数を表す。中層；樓。E a story; a floor.

☆ このエレベーターは全部の階に止まる/這電梯每層都停。

☆ ６階建てのビル/六層樓；六層建築物。

☆ 最上階/最高層。

かい カイ ある行動の効果や価値。中價值；效果；意義。E (an) effect; worth.

☆ 努力したかいがあって上級クラスに進めた/努力有了代價，得以進級。

☆ やりがいのある仕事/值得做的工作。

☆ 教えがい/worth teaching./值得教導。

かい (文の終わりについて)❶相手に対する質問や感動を表す。中表示質問或感動。

☆ もう帰るのかい/Are you going already?/要回去了嗎?

❷強く否定する気持ちを表す。中表示強烈的否定。

☆ だれがあんなもの買うもんかい(=決して買わないぞ)/誰會買那樣的東西啊！(=絕不買那樣的東西)

☆ 歌なんか歌うかい/I never sing a song./我才不唱呢!

▷ 話

参 男性が親しい人に使う。

-かい【-海】(他のことばについて)ある決まった範囲の海。中…海。

☆ 南極海/the Antarctic Ocean./南極海。

☆ 日本海/日本海。

☆ 北極海/北極海。

☆ 公海/the open sea./公海。

参「太平洋」「インド洋」のような「洋」よりも狭い海に使う。

-かい【-界】(他のことばについて)ある決まった範囲の社会、世界。中～界。

☆ 経済界/經濟界。

☆ 芸能界/the entertainment world./演藝界；文化圈；文藝界。

☆ 自然界/自然界。

☆ 各界/各界。

がい【害】ガイ じゃまになるような悪いこと。災い。中害；害處；危害。E harm; damage.

☆ タバコや酒は体に害がある/菸酒對人體有害。

☆ 害を与える/帶來危害。

☆ 害になる/成為禍害；有害處。

対利、益

かいあく【改悪】カイアク〔～する〕制度やきまりなどを変えて、前より悪くすること。中變壞。E a change for the worse.

☆ 政府の改正案を、野党は、改悪だと批判した/在野黨批評政府的修正案愈修愈糟。

☆ 道路交通法の改悪に反対する/反對亂改道路交通法。

対改善、改良、改正

かいいん【会員】カイイン 会や団体に入っている人。メンバー。中會員。E a member.

☆ 留学生会の会員になった/成為留學生會的會員。

☆ 会員が増えて、会は発展している/會員增加，使學會擴展。

☆ 名誉会員/名譽會員。

かいえん【開演】カイエン〔～する〕演劇や演奏などが始まること。また、始めること。中開演。E the performance begins.

☆ コンサートは10時に開演する/音樂會十點開演。

☆ 開演の合図のベルが鳴る/開演的預備鈴響了。

☆ 開演時間/開演時間。

対終演

かいが【絵画】カイガ「絵」の改まった言い方。書 中畫兒，繪畫。E a picture; a painting.

☆ 絵画を鑑賞する/鑑賞繪畫。

☆ 絵画コンクール/繪畫比賽。

☆ 絵画展/畫展。

数 1枚・1点

がいか【外貨】ガイカ 外国の貨幣。貿易などによってえる外国からの収入。中外幣；外匯。E foreign currency.

☆ 自動車や電気製品は外貨を多く獲得している/汽車和電器用品賺取了大量外匯。

☆ 外貨にかえる/換成外匯。

かいかい【開会】カイカイ〔～する〕集会、会議などが始まること。また、始めること。中開會；開幕。E open (a meeting).

☆ きょうからアジア大会が開会する/亞洲大會今天開幕。

☆ 時間になりましたので開会します/時間到了，開始開會。

☆ 開会式/開幕式。

対閉会

かいがい【海外】カイガイ 海の向こうにある外国。中海外；國外。E foreign countries; abroad.

☆ 海外へ行くにはパスポートが必要だ/到國外去需要護照。

☆ 海外に支店がある/海外設有分店。

☆ 海外旅行/海外旅行。

かいがいし・い カイガイシイ きびきびとよく働くようすだ。中勤快；積極。E diligently; busy oneself.

☆ 妹がかいがいしく母の仕事を手伝っている/妹妹很勤快，正在幫助媽媽做家事。

☆ かいがいしく病人の世話をする/無微不至地照顧病人。

かいかく【改革】カイカク〔～する〕組織や制度などの悪いところを変えること。中改革。E (a) reform.

☆ 明治維新は日本の政治の大きな改革だった/明治維新是日本政治上的重大改革。

☆ 選挙制度を改革する/改革選舉制度。

☆ 行政改革/行政改革。

☆ 農地改革/土地改革；農田改革。

がいかくだんたい【外郭団体】ガイカクダンタイ 官公庁などと組織は別だが、仕事では密接な関係がある団体。中所屬單位；外圍組織。E an affiliated organization.

☆ 父は外務省を定年退職したあと、その外郭団体で働いている/父親從外交部退休後，在其外圍組織下工作。

☆ 県庁の外郭団体/縣政府外圍組織。

かいかつ【快活】カイカツ 元気で生き生きとしているようす。中快活；開朗。E cheerfully; merrily.

☆ 勝ったチームの選手たちは、記者の質問に快活に答えた/勝隊選手愉快地回答記者問題。

☆ たっぷり眠り、じゅうぶん食べたあと、子供たちは快活に遊ぶ/孩子們睡足吃飽後，愉快地玩耍。

がいかつ【概括】ガイカツ〔～する〕だいたいの内容を1つにまとめること。中概括；總結。E summarize; generalize.

☆ 会議で出た意見を概括して報告する/將會

議上提出的意見總結之後再向上匯報。

☆ 会の活動を概括する / 會務報告。

かいかぶ・る【買いかぶる】カイカブル〔他動五〕(かいかぶって)　人の能力を、本当にあるよりも大きくみてしまう。中 高估；過於相信。E overrate; overestimate.

か

☆ 先生はわたしの日本語の能力を買いかぶっている / 老師高估我的日語能力。

名 買いかぶり

かいがら【貝殻】カイガラ　貝の外側のかたい部分。中 貝殼。E a shell.

☆ 大むかしの人が住んでいた跡から、貝殻がたくさん出てきた / 在古代人的舊址有大量的貝殼出土。

☆ 海岸で貝殻を拾う / 到海邊拾貝殼。

数 1枚

かいかん【会館】カイカン　集会や娯楽などのために人々が集まる建物。中 會館。E a hall; an assembly hall.

☆ 留学生のための会館ができた / 為留學生而建的會館。

☆ 市民会館 / 市民會館。

かいがん【海岸】カイガン　陸と海との境目の地帯。中 海岸。E the seashore; the seaside.

☆ 海岸に波が打ち寄せる / 波濤拍打在海岸。

☆ 海岸の白い砂と青い海のコントラストが美しい / 白色沙灘與蔚藍海洋形成美麗鮮明的對比。

☆ 海岸線 / 海岸線。

☆ 湘南海岸 / 湘南海岸(神奈川縣相模灣沿岸一帶)。

がいかん【外観】ガイカン　外から見たようす。中 外觀；外表。E (an) appearance; the exterior.

☆ あの建物は、外観はホテルのようだが、実は学校の寮だ / 那幢建築物外觀看似旅館，其實是學校宿舍。

☆ 外観をよくする / 裝飾外觀。

がいかん【概観】ガイカン〔～する〕　全体をざっとみること。中 概觀；概論；大致的輪廓。E a general view; a survey.

☆ 世界経済の動きを概観する / 概觀世界經濟發展動向。

☆ 江戸時代の文化を概観する / 概觀江戶時代的文化。

かいぎ【会議】カイギ、カイギ〔～する〕　会を開いて相談すること。中 會議。E a conference; a meeting.

☆ 世界各国の代表が集まって、環境を守るための会議を開く / 世界各國代表彙集一堂，召開環境保護會議。

☆ 会議で決める / 開會決定。

☆ 会議にかける / submit ~ to a meeting. / 提交會議討論。

☆ 国際会議 / 國際會議。

参「会談」「協議」も似ているが、「会談」「協議」が2人のときも3人以上のときも使うのに対して、「会議」はふつう3人以上の人が集まって相談するときに使う。また、議長がいて、議事進行の手続きがきちんと決まっているのが「会議」で、「会談」「協議」はそれほど形式にこだわらない。

かいぎ【懐疑】カイギ　疑いを持つこと。中 懷疑；可疑。E doubt; skepticism.

☆ すべてのことに懐疑の念をいだくことが学問の始まりだ / 對一切事物都持懷疑態度，是學習的開端。

☆ UFOを見たという話には懐疑的になる / 對看見不明飛行物(幽浮)的傳說表示懷疑。

かいきゅう【階級】カイキュー　社会の中での地位や身分を区別したもの。中 階級；等級。E a class; a rank.

☆ むかしの社会では階級による差別が大きかった / 古代社會階級的差異性很大。

☆ 労働者階級 / 工人階級。

☆ 中産階級 / 中產階級。

☆ 上流階級 / 上流社會。

かいきょう【海峡】カイキョー　陸と陸との間の狭くなっている海。中 海峽。E a strait; a channel.

☆ 海峡を泳いで渡る / 游渡海峽。

☆ マゼラン海峡 / 麥哲倫海峽。

☆ 津軽海峡 / 津輕海峽。

かいぎょう【改行】カイギョー〔~する〕文章の行をかえて、つぎの行から書くこと。中 另起一行；換行。E start a new paragraph.

☆ 段落の切れ目で改行する / 從分段處另起一行。

☆ 改行したら、つぎの行は1字下げて書きはじめる / 換行時，空一個字開始。

かいぎょう【開業】カイギョー〔~する〕

❶ 会社、商店などが新しく仕事を始めること。中 開業；開張；開設。E start a business; open.

☆ 鉄道会社が駅前にホテルを開業した / 鐵路公司在車站前開了一家旅館。

☆ 近所に不動産屋が開業した / 附近一家不動產公司開業了。

対 廃業、閉業

❷ 医者が病院に勤めないで自分で医院を開いて診療すること。中（醫生）私人開業。E practice.

☆ 父は歯科医院を開業している / 父親開了一家牙科醫院。

☆ 開業医 / 開業醫師。

▷ →開店

がいきょう【概況】ガイキョー　だいたいのようす。中 概況。E a general situation; an outlook.

☆ 来年度の新入社員の採用の概況を報告する / 報告下年度公司新進職員的錄用概況。

☆ 天気概況 / 天氣概況。

かいきん【皆勤】カイキン〔~する〕1日も休まないで出席、出勤すること。中 全勤。E perfect attendance.

☆ 小学校を皆勤で通す / 在小學全勤出席。

☆ 皆勤手当 / an allowance for not missing any work. / 全勤津貼。

かいきん【解禁】カイキン〔~する〕いままで禁止されていたことが、許されること。中 解除禁令。E the opening; lift a ban.

☆ 釣の好きな人がアユの解禁の日を待っている / 釣客期待香魚禁釣期早日結束。

☆ 病気が治ってやっと酒が解禁になった / 病癒後，終於解除禁酒令。

かいけい【会計】カイケイ　❶ 金やものの出し入れの計算や整理。また、その係の人。中 會計；財務會計。E accounts.

☆ 事務所の会計の仕事 / 在辦公室擔任會計的工作。

☆ 会計係 / 會計工作者。

❷〔~する〕代金を払うこと。中 結帳；付款。E a check; payment.

☆ お会計はお帰りにどうぞ / 回去時再付款結帳吧。

☆ 会計をすます / 結帳；買單。

かいけつ【解決】カイケツ〔~する〕事件や問題がうまく片づくこと。また、片づけること。中 解決。E solve; settle.

☆ 犯人が捕まって、事件は解決した / 逮捕罪犯後，事情就解決了。

☆ 会社と組合の話し合いで、休日についての問題は解決がついた / 公司與工會交涉後，解決了休假的問題。

対 未解決

かいけん【会見】カイケン〔~する〕時間、場所などを決めて、公式に人に会うこと。中 會見。E an interview.

☆ A国の大統領はB国の首相と会見した / A國總統會見了B國首相。

☆ 首相に会見を申し入れる / 要求見首相。

☆ 記者会見 / a press conference. / 記者招待會。

かいげん【開眼】カイゲン〔~する〕❶ 新

か

しい仏像、仏画が完成すること。また、そのときの式。[中]開光；開光儀式。[E] a Buddhist ceremony to consecrate a newlymade statue or picture.

☆ 開眼供養/佛像開光大典。

☆ 大仏開眼/大佛開光儀式。

❷ ある技能のこつを悟ること。[中]領會；領悟。[E] awaken to.

☆ 10年目でやっと日本料理に開眼した/經過十年，終於悟出日本料理的精髓。

かいげんれい【戒厳令】カイゲンレイ 戦争や混乱が起きそうなときに、軍隊に大きな権力を与えて、地域の安全を守らせる政府の命令。[中]戒嚴令。[E] martial law.

☆ 戒厳令が出され、夜間の外出は禁止されている/頒佈戒嚴令，禁止夜間外出。

☆ 戒厳令を解除する/解除戒嚴令。

かいこ【回顧】カイコ〔～する〕 むかしのことを振り返ってみること。[中]回顧；追憶。[E] reminisce; recollect.

☆ 楽しかった学生時代を回顧する/回憶愉快的學生時代。

☆ ピカソの生涯を回顧する/回顧畢卡索的一生。

☆ 回顧展/ a retrospective exhibition. /回顧展。

☆ 回顧録 / memoirs. /回憶錄。

[参]「回想」も似ているが、「回想」が自分や自分に関係のある過去を振り返り、思いだすことであるのに対して、「回顧」は、過去の人物や事件などについて思いだすときに多く使う。

かいこ【解雇】カイコ〔～する〕 雇っていた人をやめさせること。[中]解僱。[E] dismiss; dismissal.

☆ 会社の金を使いこんだ社員を解雇する/解僱挪用公款的職員。

☆ 解雇通知/解僱通知。

[対]雇用

かいご【介護】カイゴ〔～する〕 病人や、体を自由に動かせない人の世話をすること。[中]看護；照料。[E] nurse; care for.

☆ 起き上がることができない病人の介護はたいへんなことだ/看護不能起床的病人是非常辛苦的工作。

☆ 体の弱った父を家庭で介護する/在家照料身體虛弱的父親。

[参]「看護」「介助」「介抱」も似ていて、「看護」は病院で世話をする意味、「介助」は体を自由に動かせない人を手助けする意味、「介抱」は思いやりの気持ちをもって相手の苦痛を減らすよう、水や薬を飲ませたり寝かせたりする意味で使う。

かいごう【会合】カイゴー〔～する〕 ある目的のために人が集まること。また、その集まり。[中]聚會；集會。[E] a meeting.

☆ 役員が集まって会合を開いた/高級主管在一起開會。

☆ 今晩、町会の会合がある/今晚有社區集會。

がいこう【外交】ガイコー ❶ 国と国との交際や交渉。[中]外交。[E] diplomacy.

☆ 江戸時代は鎖国のため外交はほとんどなかった/江戶時代實行鎖國政策，幾乎沒有外交。

☆ 外交政策/外交政策。

☆ 外交官/外交官。

[対]内政

❷ 店や会社でではなく、外へ出て勧誘したり、取り引きしたりすること。また、その人。[中]對外事務；外勤。[E] sell ~ door-to-door; a salesperson.

☆ 化粧品の外交をする/從事化妝品外勤工作。

☆ 保険の外交員/保險業的外勤人員。

かいこういちばん【開口一番】カイコーイチバン 口を開いて話しはじめるとすぐに。[中]一開口便～。[E] The first thing one said was ～.

☆ 教授は開口一番、勉強したくない人は、いますぐ教室を出ていくようにと言った/教授開門見山說，不想學的人馬上出去。

かいこく【開国】カイコク〔～する〕 外国とつきあいや貿易を始めること。中門戶開放；國家對外開放。E open a country to foreign intercourse.

☆ 日本は、長い鎖国時代を終えて、やっと開国した／日本結束長期鎖國時代，總算開放了國門。

対鎖国

がいこく【外国】ガイコク よその国。中外國；國外。E a foreign country.

☆ 若いうちに、いろいろな外国を見ておきたい／想趁年輕時，周遊各國看看。

☆ 外国語／外國語；外語。

☆ 外国人／外國人。

がいこつ【骸骨】ガイコツ 死んだあとに残った骨。また、骨だけになった死体。中骸骨；屍骨。E a skeleton.

☆ 山の中から骸骨が出てきた／從山中發現屍骨。

☆ 一郎は骸骨のようにやせている／一郎骨瘦如柴。

数 1体

かいこ・む【買い込む】カイコム〔他動五〕(かいこんで) あとで必要になると思って、ものをたくさん買う。中買進；購進；大量地買進。E buy a lot; lay in.

☆ 夏休みに読もうと思って本をたくさん買いこんだ／買了很多書，因為想在暑假看。

☆ バーゲンセールでいろいろなものを買いこんだ／廉價拍賣時買進了各種各樣的物品。

かいこん【悔恨】カイコン〔～する〕 前にした悪い行いを、しなければよかったと思うこと。書 中悔恨；痛悔。E remorse; regret.

☆ 殺人犯は自分の行ったことに対して、悔恨の涙を流した／殺人犯對於自己的罪行流下悔恨的眼淚。

かいさい【開催】カイサイ〔～する〕 会や行事などを行うこと。中主辦；舉辦。E hold; open.

☆ 土曜の午後に講演会を開催しますからお出かけください／請出席星期六下午舉辦的講演會。

☆ オリンピックの開催／舉辦奧林匹克運動會。

参 たくさんの参加者を集める会のときは「開催する」というが、規模が小さくて決まった人だけが集まる会のときは、「ＰＴＡの懇談会を開く」「家族会議を開く」のように「開く」を使う。

かいさつ【改札】カイサツ〔～する〕 駅で切符を調べてはさみを入れたり、切符を受け取ったりすること。中剪票；驗票。E examine tickets.

☆ 駅員が切符の改札をしている／站務員正在剪票。

☆ 改札口／剪票口。

☆ 自動改札／自動剪票。

かいさん【解散】カイサン〔～する〕

❶ 集会や団体行動が終わり、人々が別れていくこと。中解散。E break up; disperse.

☆ 団体旅行が終わり、夕方、駅前で解散した／團體旅行結束，傍晚在車站前解散。

☆ 現地解散／原地解散。

対集合

❷ 会や団体が活動をやめること。中解體；解散。E disband; dissolve.

☆ ロックグループが解散した／搖滾樂團解散了。

☆ 研究会を解散する／解散研究會。

❸ 衆議院や地方議会で、議員に任期の終わる前に資格をなくさせ、議会をしばらく閉じること。中(議會等)解散。E dissolution.

☆ 首相が衆議院の解散を決意した／首相決心解散衆議院。

☆ 解散の後に総選挙がある／解散後進行大選。

がいさん【概算】ガイサン〔～する〕 だい

たいの計算をすること。[中]概算；估算；概估。[E] a rough estimate.

☆ 今度の旅行の費用は、概算で１人あたり２万円だ／這次旅費概估每人需要兩萬日圓。

☆ 家の建築費を概算する／估算房子的建築費用。

[対]精算

かいし【開始】カイシ〔～する〕 始まること。始めること。[中]開始。[E] begin; start.

☆ 新学期の授業を開始する／新學期開課。

☆ 競技は10時に開始した／比賽從十點開始。

☆ 試合開始／比賽開始。

[対]終了

がいして【概して】ガイシテ 細かいことは考えず、全体を大きくみていうようす。[書]

[中]一般；普通；大致來說。[E] generally; in general.

☆ 最近の子供は、概してものやお金には恵まれている／最近的小孩一般來說金錢和物資都不缺。

かいしめ【買い占め】カイシメ １つの企業などが品物を自分たちだけですべて、またはたくさん買ってしまうこと。[中]全部包下；壟斷收購；囤積。[E] a corner; heavy buying.

☆ 大会社の買い占めでマグロの値段が上がった／由於大公司收購囤積，使鮪魚價格上漲。

☆ 土地の買い占め／壟斷收購土地。

☆ 株の買い占め／壟斷收購股份；控股。

[他動]買い占める

かいしゃ【会社】カイシャ 仕事をして金をもうけるためにつくっている団体。[中]公司。[E] a company; a corporation.

☆ 電気関係の会社に勤める／在電器公司上班。

☆ 会社員／公司職員。

☆ 株式会社／股份公司。(→[項目])

[数]１社

かいしゃく【解釈】カイシャク〔～する〕 文章や話の意味を理解すること。また、意味を説明すること。[中]解釋；說明。[E] (an) interpretation.

☆ 同じ話を聞いても、人によって解釈が違う／即使聽同樣一句話，解釋也會因人而異，有所不同。

☆ この文の意味を解釈してください／請解釋這句話的含意。

☆ 英文を解釈する／解釋英文。

かいじゅう【懐柔】カイジュー〔～する〕 反対する人を、なにかの方法でうまく自分にしたがうようにすること。[中]拉攏。[E] conciliate.

☆ 敵を懐柔して味方に引き入れる／拉攏敵人加入我方。(懷柔政策)

☆ 懐柔策／a conciliatory measure.／拉攏政策；懷柔政策。

がいしゅつ【外出】ガイシュツ〔～する〕 家や職場から外へ出かけること。[中]出門；外出。[E] go out.

☆ 引退後も外の用事がいろいろあって、毎日外出している／退休後，外邊還有許多事要辦，所以每天仍要出門。

☆ 外出着／外出服；出門穿的漂亮衣服。

☆ 外出先／外出目標地。

かいしょ【楷書】カイショ 漢字の書き方の１つで、字の形が１画１画きちんとしたもの。[中]楷書。[E] the square style of writing Chinese characters.

☆ 名前を楷書で書いてください／請用楷書寫姓名。

[関連]行書、草書　→草書[図]

かいじょ【介助】カイジョ〔～する〕 体を自由に動かせない人の食事や着がえ、ふろに入ること、歩くことなどを助けること。[中]護理；幫助。[E] assist a disabled person.

☆ 車いすでの外出には、介助する人が必要だ／坐輪椅外出需要有人照料。

→介護

かいじょ【解除】カイジョ〔～する〕 出されていた制限、禁止、また契約などを取りやめて、もとの状態にすること。[中]解除；廢除。

E cancel; lift a ban.

☆ 山へ登るのは、大雨注意報が解除されてからにしよう / 要登山的話，等暴風雨警報解除後再說吧。

☆ 通行止めの解除 / 解除禁止通行的禁令。

かいしょう【解消】カイショー〔～する〕いままであった関係、問題、悩みなどが消えてなくなること。また、それらをなくすこと。中消除；解除。E be dispelled; break off.

☆ 事故を起こした車が片づけられて、交通渋滞が解消した / 處理發生交通事故的車，解除交通阻塞。

☆ 説明を聞いて疑問が解消した / 聽了說明之後，疑問便消除。

☆ 婚約を解消する / 解除婚約。

かいしょう【かい性】カイショー しっかり働いて、立派に生活していく気力と能力。中志氣；好強；有本事。E ability; competence.

☆ 親にかいしょうがなかったので、子供のころから苦労した / 由於父母沒本事，所以他從小就很辛苦。

☆ たくさんの子供にそれぞれ家を持たせた、かいしょうのある母 / 能幹的母親讓每個孩子都有了自己的家。

かいじょう【会場】カイジョー 会を開く場所。中會場。E the meeting place; a hall.

☆ 会場を取る(=会場を予約する) / 預約會場(=預訂會場)。

☆ 音楽会の会場 / 音樂會會場；音樂廳。

かいしょく【会食】カイショク〔～する〕集まって食事をすること。中會餐；聚餐。E dine together.

☆ 式の後、卒業生が集まって会食した / 畢業典禮後，畢業生一起聚餐。

☆ 会食を午後１時から始める / 下午一點開始聚餐。

かいしょく【解職】カイショク〔～する〕ついている職務をやめさせること。中解職；免職。E recall; dismiss.

☆ 住民は市の金を使いこんだ市長の解職を求めた / 市民要求將盜用市府公款的市長解職。

☆ スキャンダルを起こして大臣の地位を解職された / 醜聞曝光後，大臣被解除了職務。

☆ 解職処分 / punishment of dismissal. / 免職處分。

がいしょく【外食】ガイショク〔～する〕レストランや食堂など自分の家以外で食事をすること。中在外吃飯。E eat out.

☆ お弁当を持っていかないので、お昼は外食することが多い / 因沒有帶便當，所以中午大多在外吃。

☆ 外食産業 / 外食產業；提供在外用餐的餐飲業。

かいしん【改心】カイシン〔～する〕いままでの心を、悪いと気がついて、変えること。中改過自新；回心轉意。E reform oneself.

☆ 泥棒は改心して、それからは人のものを盗んだりしないでまじめに働いた / 小偷改過自新，不再行竊，認真工作。

かいすいよく【海水浴】カイスイヨク 海岸で水を浴びたり泳いだりすること。中海水浴。E sea bathing.

☆ 水のきれいな海岸へ海水浴に行きたい / 想到海水清澈的海邊去泡海水浴。

☆ 海水浴場 / 海水浴場。

かいすう【回数】カイスー 同じことが、何回も起こったときの数。中次數；回數。E the number of times; frequency.

☆ 欠席の回数を調べる / 調查缺席的次數。

☆ この１年間に国内で起こった地震の回数を報告する / 報告這一年內國內所發生的地震次數。

☆ 回数券 / a coupon ticket. / 回數票。

かいせい【改正】カイセイ〔～する〕制度やきまりなどを、よりよいものに変えること。中修改；修正。E amend; revision.

☆ 憲法を改正するには、国民の半分以上の

賛成がいる / 修改憲法需要二分之一以上的國民同意。

☆ 条約の改正 / 修改條約。

対 改悪

かいせい【快晴】カイセイ　雲がなくて、空がよく晴れること。中 晴朗；萬里無雲。E fine weather.

☆ きのうは快晴に恵まれ、とても楽しいハイキングだった / 昨天晴空萬里，遠足非常愉快。

☆ 快晴の日が続く / 連續晴天。

かいせつ【開設】カイセツ〔～する〕　いままでなかった施設などを新しくつくって仕事を始めること。中 開設；開辦。E open; establishment.

☆ A銀行が支店を開設した / A銀行開辦了分行。

☆ 研究所の開設 / 成立研究所。

かいせつ【解説】カイセツ〔～する〕　ものごとをよくわかるように説明すること。また、その説明。中 解說；講解。E comment on; (a) commentary.

☆ 国際情勢について解説してもらう / 請人講解國際形勢。

☆ ニュース解説 / 新聞解說。

がいせつ【概説】ガイセツ〔～する〕　全体についてだいたいを説明すること。また、その説明。中 概論；概述；概說。E an outline; a summary.

☆ 先生に「源氏物語」の概説を頼む / 請老師概述「源氏物語」。

☆ この本は日本の歴史について概説してある / 這本書概述日本歷史。

☆ 概説書 / 概論書。

対 詳説

かいせん【改選】カイセン〔～する〕　議員、役員などの任期が終わったあと、つぎの人を選びだすこと。中 改選；重選。E reelect.

☆ 新しい年になったので、会の役員を改選する / 新年度開始，改選會裡的幹部。

☆ 改選された議員 / 被改選的議員。

かいぜん【改善】カイゼン〔～する〕　ものごとの悪いところを直し、よくすること。中 改善。E improve.

☆ 給料を上げ、働く時間を短くして、労働条件を改善する / 提高工資，縮短工時，改善勞動條件。

☆ 食生活が改善され、長生きするようになった / 飲食生活受到改善，人的壽命也隨之延長。

対 改悪　→改良

がいせん【凱旋】ガイセン〔～する〕　戦いに勝って帰ること。中 凱旋。E return in triumph; triumphal.

☆ 選挙に勝った新しい大統領が故郷へ凱旋した / 競選獲勝的新總統凱旋歸鄉。

☆ 凱旋パレード / 凱旋遊行。

☆ 凱旋門 / 凱旋門。

かいそう【回想】カイソー〔～する〕　自分の過去を振り返って思いだすこと。中 回想；回憶；回顧。E recollect.

☆ アルバムを見て青春時代を回想する / 看相簿回憶起青年時代。

☆ 子供のころの回想にふける / get lost in one's childhood memories. / 沉浸在童年的回憶中。

☆ 回想録 / memoirs. / 回憶錄。

→回顧

かいそう【海草・海藻】カイソー　❶ 海の中に生える草。種でふえる。中 海草。E seaweed.

☆ 海の底では、海草の間を魚が泳いでいる / 魚在海草間漫游。

❷ 海の中に生える植物。キノコのように胞子でふえる。ワカメ、昆布、アオノリなど食べられるものが多い。中 海藻。E marine plants.

☆ 海藻は体にいい食べ物だ / 海藻是有益於身體的食物。

注 ❶は「海草」、❷は「海藻」。

かいぞう【改造】カイゾー〔～する〕　つくりかえること。中 改造。E remodel.

☆ 漁船を改造して観光船にする/將漁船改造成觀光船。

☆ 内閣改造/ the Cabinet reshuffle. /內閣改組。

かいそく【快速】カイソク ❶乗り物が気持ちよく速く進むこと。中快速；高速度。E a high speed.

☆ 車は快速で走る/汽車高速行駛。

☆ 快速船/快速船。

❷「快速電車」「快速列車」を略した言い方。速度が速く、止まる駅の少ない電車や列車。中高速電車；快車。E a rapid-service train.

☆ この駅は小さいから快速は止まらない/這是小站，所以快車不停。

☆ 通勤快速/通勤快車。

▷ 数❷1本，車両は1両

かいぞく【海賊】カイゾク 海上で船をおそって、金やものを取る悪者。中海盜。E a pirate.

☆ 海賊におそわれて、なにもかも取られてしまった/被海盜襲擊，遭洗劫一空。

☆ 海賊船/海盜船。

かいたい【解体】カイタイ〔～する〕 ❶1つにまとまっているものを部分ごとに分けること。中拆卸；拆開。E dismantle; take down.

☆ 使えなくなった自動車を解体する/解體已報廢的汽車。

☆ ビルの解体作業/拆樓房。

❷組織がなくなること。また、なくすこと。中瓦解；解散。E dissolve; break up.

☆ 時代に合わなくなった組織を解体した/解散了不符時宜的組織。

参「分解」も似ているが、「分解」が細かい部分までばらばらにして小さく分けることをいうのに対して、「解体」は比較的大きく分けることをいう。

かいたく【開拓】カイタク〔～する〕 ❶いままで利用されていなかった土地をたがやして田や畑をつくること。中開拓；開墾；開荒。E develop; reclaim.

☆ 北海道は明治時代になって開拓された/明治時代北海道才被開墾。

対未開拓

❷新しい分野や進路などを切り開くこと。中創始；開創；開闢。E seek; open up.

☆ 販売するルートを開拓する/開闢銷售的管道。

☆ 市場開拓/開闢市場；開拓市場。

対未開拓

かいだし【買い出し】カイダシ 産地や市場に行って、ものを多くまとめて買うこと。中採購；購買。E lay in; shopping.

☆ 戦後すぐは、よく農村へ買い出しに行ったものだ/戰後不久，經常去農村採購。

☆ キャンプのための食料の買い出しに行く/外出採購露營的食品。

他動買い出す

かいたた・く【買いたたく】カイタタク〔他動五〕(かいたたいて) 値段をひどく安くさせて買う。中狠狠地壓價購買；殺價購買。E beat down the price.

☆ 古い型のテレビを安く買いたたいて手に入れた/狠狠地殺價，買到了一台老式電視機。

かいだめ【買いだめ】カイダメ〔～する〕 必要以上の品物を買って、しまっておくこと。中囤積。E hoard; stock up on.

☆ 原稿用紙の買いだめがあるから、5年は買わなくてすむ/稿紙囤積成堆，五年內都不用買了。

☆ 値上げの前にビールを買いだめしておく/漲價前先囤積一些啤酒。

かいだん【会談】カイダン〔～する〕 組織の代表者などが会って話し合うこと。中會談。E a talk; a conference.

☆ 両国の大統領が会談して、軍備縮小を話し合った/兩國總統會談，協商裁軍問題。

☆ 党首会談/黨主席會議。

→会議

かいだん【階段】カイダン　上り下りするための段。[中]樓梯；台階。[E] stairs.

☆ エレベーターが故障していたので、5階まで階段を歩いて上った / 電梯故障，只好用走的到五樓。

☆ 階段を上り下りする / 上下樓梯。

→手すり[図]

がいたん【慨嘆】ガイタン〔～する〕 ひどいことだと、なげき憂えること。[書][中]痛惜；嘆息；慨然興嘆；慨嘆。[E] lament; deplore.

☆ 大都市の地価が下がらないのを慨嘆する声がしきりだ / 大都市地價太高的埋怨聲不絕於耳。

☆ 無益な人殺しの戦争がいつまで続くのかと慨嘆にたえない / 不斷感嘆濫殺無辜的戰爭還要持續多久。

かいちく【改築】カイチク〔～する〕 もとからある建物の一部または全部を建てかえること。[中]改建；重建；翻修。[E] rebuild; reconstruct.

☆ 家が古くなったので改築した / 由於房子老朽，而拆掉重建。

☆ 台所を改築する / 翻修廚房；改建廚房。

かいちゅうでんとう【懐中電灯】カイチューデントー　電池で光を出す、持ち運びのできる小型電灯。[中]手電筒。[E] a flashlight.

〔懐中電灯〕

☆ 停電になったときのために懐中電灯を用意しておく / 準備手電筒以備停電之用。

☆ 懐中電灯で足もとを照らしながら山道を登った / 用手電筒照路登山。

[数] 1本

かいちょう【会長】カイチョー　❶ 会のいちばん上にいる人。[中]會長。[E] the president.

☆ 留学生会の会長に選ばれる / 被選為留學生會會長。

❷ 会社で、社長の上の地位の人。実際は社長をやめた人などがついて、実権のあまりない名誉職的なばあいが多い。[中]會長。[E] the chairperson.

☆ 今度、社長をやめて会長になった / 這一次辭掉董事長當上會長。

かいちょう【快調】カイチョー　調子よくいくこと。[中]順利；進展良好。[E] smoothly; an excellent condition.

☆ 仕事は予定どおり快調に進んでいる / 工作如預期般進展順利。

☆ 選手の体が快調なら、いい記録が出るだろう / 選手身體況良好，就會創造新紀錄吧。

[対]不調

かいつう【開通】カイツー〔～する〕 鉄道、道路、トンネル、電話などが、完成したり整備されたりして使えるようになること。[中]通車；通行；(電話)通話。[E] be opened to traffic; (telephone) establish connection.

☆ 雪で閉ざされていた登山道が、5カ月ぶりに開通した / 被大雪封住的登山道經過五個月才重新開通。

☆ 新しいバス路線が開通する / 開通新的公車路線。

☆ トンネルの開通式 / 隧道完工通車儀式。

かいて【買い手】カイテ　ものを買う側の人。[中]買主；買方。[E] a buyer.

☆ 古いワープロの買い手が見つかったら、新しいのを買おう / 舊的文字處理機能找到買主的話，那就再買一台新的吧。

☆ 買い手市場(＝売り物が多くて、買い手に有利な状態) / 買方市場(＝商品多，對買方有利的況)。

[対]売り手

かいてい【改定】カイテイ〔～する〕 すでに公式に定められていた規則などを変えて新しくすること。[中]修改；重新規定。[E] revise.

☆ 賃金体系を改定する / 修訂薪資體制。

☆ 運賃の改定 / 重新訂定運費。

かいてい【改訂】カイテイ〔～する〕本の内容などを書き直し、誤りを訂正すること。中修訂。E revise.

☆ 新しい資料を使って教科書を改訂する/使用新資料來修訂教科書。

☆ 新しい独立国ができたので、世界地図の改訂が必要になった/新獨立國家誕生，因此世界地圖需要修訂。

☆ 改訂版/修訂版。

かいてき【快適】カイテキ 調子がよくて非常に気持ちがいいようす。中舒適；舒服；舒暢。E comfortable; cozy.

☆ 新幹線の旅はとても快適だ/搭乘新幹線旅行非常舒適。

☆ 広い部屋で快適に暮らす/住寬敞的房間，生活舒適。

☆ 冷房のきいた快適なオフィス/冷氣涼爽舒適的辦公室。

かいてん【回転】カイテン〔～する〕回ること。中旋轉；迴轉；轉動。E (a) revolution; (a) rotation.

☆ エンジンの回転を速くする/將引擎的轉速提高。

☆ 頭の回転が速い/quick-witted./腦筋靈敏。

かいてん【開店】カイテン〔～する〕❶商店が新しく仕事を始めること。中開設店鋪；開店；商店開張。E open a store.

☆ 駅前に喫茶店が開店した/車站前新開了一家咖啡店。

☆ 開店のあいさつ/商店的開幕致詞。

対閉店

❷ 店を開けて営業すること。中營業；開門。E be open; open.

☆ 日曜日も休まず開店します/週日無休照常營業。

☆ Aデパートは10時に開店する/A百貨公司在十點開門。

☆ 開店休業(=開店しているのに客がなく、休んでいるのと同じようであること)/開門停業；開門營業也沒有顧客(＝開店營業但顧客少，與不開門相同)。

対閉店

参 ❶は「開業」と似ているが、「開業」が業務そのものに重点が置かれる仕事を始めるときにいうのに対して、「開店」は商品の売買を中心とする店を始めることをいう。たとえば不動産屋、ホテルなどは「開業」で、花屋、レストラン、デパートなどは「開店」。

ガイド (guide) ガイド〔～する〕旅行、見学、山登りなどの案内をすること。また、その案内人。中導遊；導遊員；嚮導；嚮導者。E a guide.

☆ ガイドの説明を聞きながら古い寺を見物する/一邊聽導遊解說，一邊參觀古寺廟。

☆ わたしは将来、観光ガイドになりたい/我將來想當觀光導遊。

☆ ガイドブック/旅行指南；參考手冊。

☆ バスガイド/遊覽車的導遊員。

かいとう【回答】カイトー〔～する〕要求や問い合わせなどに文書で答えること。また、その答え。中回答；答覆。E a reply; fill out.

☆ 組合は会社側の回答を受け入れた/工會接受了公司回覆。

☆ アンケートに回答する/回答問卷調查。

対質問

かいとう【解答】カイトー〔～する〕問題をといたり解決したりして答えること。また、その答え。中解答。E an answer; a solution.

☆ 試験問題の解答を出す/解答考題。

☆ 世界の人口問題に対する解答はまだ出ていない/解決世界人口問題，目前尚無答案。

☆ 解答用紙/答案紙。

☆ 解答者/解答者。

対問題

かいどう【街道】カイドー、カイドー 町と町を結ぶ、交通上重要な道路。中 大道；大街。E a highway.

☆ この町は街道にそって発展した／這個城鎮沿大街發展。

☆ 広い街道に面したファミリーレストラン／面臨寬敞大街的家庭餐館。

☆ 日光街道／日光大街。

数 1本・1筋

がいとう【街頭】ガイトー　街の中の、人がおおぜい集まる所。中 街頭。E the street.

☆ 街頭でテレビ中継をしていた／在街頭上進行著電視轉播。

☆ 街頭演説／街頭演說。

☆ 街頭募金／街頭募捐。

☆ 街頭録音／街頭錄音。

がいとう【該当】ガイトー〔～する〕　ある条件にあてはまること。中 符合；適合。E come under; correspond to.

☆ 高校卒業以上、経験３年以上の応募資格にわたしも該当する／高中畢業以上的學歷、三年以上的工作經驗等招聘條件，我都符合。

☆ 該当者／符合條件者。

かいと・る【買い取る】カイトル〔他動五〕(かいとって)　買って自分のものにする。中 買下；買入。E buy; purchase.

☆ 帰国する友達から車を安く買い取った／從要回國的朋友手裡買下了一輛廉價的車子。

☆ 借りていた土地を買い取った／買下承租的土地。

名 買い取り

かいにゅう【介入】カイニュー〔～する〕　直接関係のない人が、横から割りこむこと。中 介入；干預；插手。E intervene.

☆ ２人だけの問題だから、他人に介入されたくない／這是兩人之間的問題，不想讓外人插手。

☆ 軍事介入／軍事介入。

かいにん【解任】カイニン〔～する〕　ついている任務をやめさせること。中 解除任務；除職；免職。E remove from office; dismiss.

☆ 大統領が軍の司令官を解任した／總統解除了軍隊司令官的職務。

☆ 役員会で社長が解任された／董事會免除了總經理的職務。

対 任命

かいぬし【飼い主】カイヌシ、カイヌシ　ペットや家畜を飼っている人。中 飼主；主人；所有者。E the owner.

☆ 犬は飼い主の言うことをよく聞く／狗很聽主人的話。

☆ 飼い主のいない猫／沒有主人的貓。

がいねん【概念】ガイネン　あることについて、いくつかのものの中から共通する部分を抜きだしてとらえた、一般的な意味内容。中 概念。E a general idea; a concept.

☆ 外国語を訳すばあい、日本語の概念には合わないことがある／翻譯外語時，有些是不符合日語的思維方式。

☆ 既成概念／既成的概念。

がいはく【外泊】ガイハク〔～する〕　自宅に帰らないで、別の所に泊まること。中 外宿；在外過夜。E stay out overnight; sleep over.

☆ 親に黙って外泊してしかられた／瞞著父母在外過夜，挨了父母一頓罵。

☆ たまに外泊するのも楽しいものだ／偶爾在外過夜也滿有趣的。

参 旅行先で泊まるようなばあいは「宿泊」といい、「外泊」とはいわない。

かいはつ【開発】カイハツ〔～する〕　❶ 新しく土地を切り開いて農地にしたり、資源を取りだしたり、道路をつくったりして人間生活に役立てること。中 開發；開墾；開闢。E develop; exploit.

☆ 静かな農村だったこのあたりも開発が進んで、大きな団地ができた／這附近本是寂靜農村，進行開發後，成了大社區。

☆ 電源開発/電力開發。

対未開発

❷ 新しいものを考えだして商品にすること。中開發研製。E develop.

☆ 新製品がつぎつぎに開発されている/不斷開發研製新產品。

☆ 新しい薬を開発する/開發研製新藥。

対未開発

かいばつ【海抜】カイバツ　海面からはかった陸地の高さ。中海拔。E above sea level.

☆ 富士山は海抜3776メートルだ/富士山海拔三七七六米。

→標高

かいひ【会費】カイヒ　会のために、会員や出席者が出す金。中會費。E a (membership) fee.

☆ 研究会の会費を払う/繳研究會的會費。

☆ 忘年会の会費を集める/收忘年會費。

☆ 年会費/年會會費。

かいひ【回避】カイヒ、カイヒ〔～する〕　つごうの悪いことにぶつからないようにすること。中迴避；避免。E avoid; evade.

☆ 会議での混乱を回避するために、出席者にじゅうぶん説明しておく/避免會議混亂，先對出席者作充分的說明。

☆ 責任を回避する/迴避責任。

がいぶ【外部】ガイブ　❶ ものの外側。外の部分。中外部；外邊；外面。E the outside; the exterior.

☆ 建物の外部の壁が古くなってよごれている/建築物外牆又舊又髒。

☆ 劇場の外部にまで、ファンの列が長く続いている/劇院外戲迷大排長龍。

対内部

❷ ある組織の外側。また、組織に入っていない人。中外部；外界。E outside an organization; an outsider.

☆ 外部の人は入らないでください/外界人士請勿入內。

☆ 秘密を外部にもらす/向外界洩密。

対内部

かいふく【回復】カイフク〔～する〕　悪くなった状態が、もとのいい状態にもどること。また、いい状態にもどすこと。中恢復；康復；復原。E recover; retrieve.

☆ 景気が回復したので失業者が減った/由於經濟景氣恢復，失業人口便減少了。

☆ いちど失った信用を回復するのはむずかしい/重新贏得信任是件難事。

かいぶつ【怪物】カイブツ　❶ 正体がわからず、人に恐ろしがられる生物。中怪物；妖怪。E a monster.

☆ ヒマラヤの雪深い山中にイエティという怪物がいるそうだ/傳說在喜瑪拉雅山的深雪中住著叫「雪怪」的怪物。

❷ 見かけや行動力がふつうの人とは非常に違っている人を、感嘆の気持ちをこめていう言い方。中怪傑；神秘人物。E a wonder; a mysterious figure.

☆ 小さな町工場を日本一のコンピューター会社にした一郎は、まさに怪物だ/一郎是個傳奇人物，他將一個小工廠發展成日本第一流的電腦公司。

がいぶん【外聞】ガイブン　❶ 内部のことが外に聞こえること。人に聞かれること。中被別人知道。E being made public.

☆ このことはまだ秘密なので外聞をはばかる(=聞かれるのは困る)/這還是個秘密，不能洩露，免遭非議(秘密洩露就麻煩了)。

❷ まわりの人の評判。体裁。中外面的傳聞；名聲；聲譽；體面。E reputation; decency.

☆ 外聞が悪いから変な格好で街を歩かないで、と母に言われた/母親指責說：「你在外面的風評不好，不要再穿奇裝異服到街上行走。」

☆ 恥も外聞もない/We can't afford to care

about decency. / 不顧羞恥和面子。

☆ 外聞を気にする / 很在乎名聲。

かいへい【開閉】カイヘイ〔～する〕 開けたり閉めたり、開いたり閉じたりすること。中 開關。E open and close.

☆ ドアが自動的に開閉する / 門會自動開關(自動門)。

☆ 箱のふたを開閉する / 開關箱蓋。

かいほう【開放】カイホー〔～する〕 ❶ 入り口などを開けはなすこと。中 打開；敞開。E open; leave ~ open.

☆ 窓を開放して空気を入れかえる / 打開窗戶讓空氣流通。

☆ 冷房中につき、開放しないでください / 冷氣開放，勿開門窗。

対 閉鎖

❷ 出入りを禁止せず、自由にすること。中 開放。E open (to the public).

☆ こどもの日に遊園地を無料で開放する / 兒童節，遊樂場免費對兒童開放。

☆ 開放的(＝ありのままにふるまい、秘密などがないようす) / 開放的；公開的；不秘密的(＝真誠地對待，沒有秘密的)。

☆ 市場開放 / open the market to foreign products. / 開放市場。

かいほう【解放】カイホー〔～する〕 束縛や制限をなくして自由にすること。中 解放；解救。E emancipate; release; liberate.

☆ 南北戦争の後、奴隷が解放された / 南北戰爭後，奴隸獲得了解放。

☆ 身代金を受け取ったあと、人質を解放する / 收到贖金後，便釋放了人質。

対 束縛

かいぼう【解剖】カイボー〔～する〕 ❶ 生物の体を切り開いて中の状態を調べること。中 解剖。E an autopsy; dissect.

☆ 遺体を解剖して、死亡の原因を調べる / 解剖遺體，調查死亡原因。

☆ 解剖実験 / 解剖試驗。

❷ ものごとの筋道を細かく分けて考え、はっきりさせること。中 分析；剖析。E analyze.

☆ 夏目漱石の文学を解剖する / 分析夏目漱石的文學。

☆ 政界の徹底解剖 / 徹底剖析政界。

かいまく【開幕】カイマク〔～する〕 ❶ 幕が開いて、芝居などが始まること。中 開幕；開演。E the curtain rises.

☆ ベルの合図で開幕する / 以鈴聲表示開幕。

☆ あと5分で開幕です / 五分鐘後開演。

❷ 催し物などが始まること。中 開始；開幕。E open; the opening.

☆ オリンピックが開幕する / 奧林匹克運動會開幕。

☆ スキーシーズンの開幕 / 開始進入滑雪的季節。

対 閉幕

かいま・みる【かいま見る】カイマミル〔他動一〕 もののすきまから、ちょっと見る。また、ことば、ようすから感じとる。中 窺視；偷看。E catch a glimpse of.

☆ たくさんの人の間から横綱の姿をかいま見た / 從許多的人縫間窺視橫綱的身影。

☆ 社長の暗い表情に経営の苦労をかいま見た / 從社長暗淡的表情上可以窺視出經營的辛苦勞累。

かいむ【皆無】カイム 全然ないこと。中 毫無；完全沒有；全無。E no ~ at all.

☆ 火星に生物がいる可能性は皆無だ / 火星上毫無生物存在的可能性。

☆ 欠点が皆無な人はいない / 沒有人是毫無缺點的；人無完人。

かいめい【解明】カイメイ〔～する〕 原因などのわからないところを調べて、はっきりさせること。中 弄清；解釋清楚。E make clear; uncovering.

☆ 故障の原因を解明する / 弄清故障的原因。

☆ 真相の解明には時間がかかる / 弄清事情的

真相需要花點時間。

かいめつ【壊滅】カイメツ〔～する〕 組織、仕組みなどが完全にこわれてなくなること。[書] [中]毀滅；殲滅；破壞。[E] be destroyed; crushing.

☆ 大地震で村が壊滅した/大地震毀滅了村莊。

☆ 安い輸入品が入ってきたので、絹の産業は壊滅した/由於大量廉價進口商品的衝擊，破壞了國內的絲綢工業。

☆ 壊滅的打撃/毀滅性的打擊。

かいもく カイモク （「かいもく～ない」の形で)まったく～ない。全然～ない。[中]完全不～。[E] absolutely not; not at all.

☆ 問題がむずかしくて、どこから手をつけたらいいか、かいもく見当がつかない/問題很難，不知從哪下手才好，完全沒有頭緒。

☆ かいもく理解できない/完全不能理解。

かいもの【買い物】カイモノ ❶〔～する〕ものを買うこと。[中]購物。[E] shopping.

☆ たくさん買い物したので、お金がなくなってしまった/買了很多東西，而把錢花光了。

☆ 買い物客/購物者；顧客。

❷ 買って得になるもの。[中] 買到很便宜的東西。[E] a good burgain.

☆ これはいい買い物だった/這東西買得很值得。

かいやく【解約】カイヤク〔～する〕 契約を取り消すこと。[中]解約；廢約。[E] cancel.

☆ 予定が変わったので、旅行会社に解約を申し入れた/預定計畫改變了，於是和旅行社解約。

☆ 解約するばあいは、1カ月前に申し出ること/解約需在一個月之前提出。

☆ 解約料(=解約のために払う金)/解約金；解除合約費用(=因解除合約而支付的費用)。

がいゆう【外遊】ガイユー〔～する〕 外国に旅行すること。[中]國外旅行。[E] travel abroad; a trip abroad.

☆ 議員たちは森林の実情を見るため、アジアへ外遊する予定だ/議員為了考察森林的實況，預定去亞洲旅行。

☆ 社長はただいま外遊中です/老闆目前正在國外旅行。

かいよう【海洋】カイヨー 広い海。[中]海洋。[E] the ocean.

☆ ヨットで海洋に乗りだす/乘遊艇出海。

☆ 海洋性気候/海洋性氣候。

がいよう【概要】ガイヨー 要点をだいたいまとめたもの。[中]概要；概略。[E] an outline; a summary.

☆ この本には日本文化の概要が書いてある/這本書有敘述日本文化的概要。

☆ これがA博士の新しい学説の概要を書き抜いたものだ/這是由A博士新學說所摘錄下來的概要。

がいらい【外来】ガイライ ❶外国から来ること。また、来たもの。[中]外來；舶來。[E] foreign; imported.

☆ パンやバターは外来の食べ物だ/麵包和奶油是外來的食物。

☆ 外来文化/外來文化。

☆ 外来種/外來種。

❷「外来患者」を略した言い方。病院に通って治療を受ける患者。[中]門診病人。[E] an outpatient.

☆ 外来の診察が終わってから入院患者をみる/看完門診病人後再看住院病人。

がいらいご【外来語】ガイライゴ 外国語が、ある国へ入り、その国のことばとして使われるようになったもの。[中]外來語。[E] a loan word.

☆ 日本語の中に、外来語が増えてきた/日語的外來語份量與日俱增。

[関連]和語、漢語

[参] 一般に、中国から入った「漢語」は「外来語」といわない。「ピアノ」「ボタン」「テレビ」など、おもにアメリカ、ヨーロッパから入ってきたものをいい、かたかなで書く。

かいらく【快楽】カイラク、カイラク 気持ちよく楽しいこと。中快樂。E pleasure.

☆ おいしいものを食べたり、美しいものを見たりして、人生の快楽を求める / 吃好的，看美的，追求人生的快樂。

☆ 快楽にふける / 充滿快樂；沈浸在快樂之中。

かいらん 【回覧】カイラン〔～する〕 順にまわして見たり読んだりすること。中傳閱。E circulate.

☆ １冊しかないので回覧してください / 因為只有一本，所以請大家傳閱。

☆ 書類を部内に回覧する / 文件在內部傳閱。

☆ 回覧板 / 傳閱夾。

がいりゃく 【概略】ガイリャク だいたいのところ。おおよそ。中概況；大概的內容。E an outline; roughly.

☆ 研究の概略を先生に報告する / 向老師報告研究的概要。

☆ 交通の歴史について概略話した / 大略說了一下有關交通方面的歷史。

参「あらまし」も似ているが、「あらまし」がだいたい全部という意味で使うのに対して、「概略」は細かいところは省略してあるという意味で使う。

かいりょう 【改良】カイリョー〔～する〕 ものの欠点を工夫して直し、よりよくすること。中改良。E improve.

☆ 化学肥料を入れて、やせた土を改良する / 施用化學肥料改良貧瘠土壤。

☆ 米の品種を改良して寒い地方でもつくれるようにした / 改良水稻的品種，使其能在寒冷地區生長。

対改悪

参「改善」も似ているが、「改善」が「生活の改善」のようにものごとの状態をよくすることであるのに対して、「改良」は「品種改良」「電気冷蔵庫の改良」のように具体的なものの質をよくすることをいう。

がいろじゅ 【街路樹】ガイロジュ 道路ぞいに並べて植えてある樹木。中林蔭樹；行道樹。E trees lining a street.

☆ 街路樹の木陰を散歩する / 在大街兩旁樹蔭下散步。

☆ 駅前通りの街路樹の緑が濃くなってきた / 站前大街兩旁行道樹鬱鬱蔥蔥。

数１本

がいろん 【概論】ガイロン〔～する〕 その学問のだいたいの内容とその研究法を説明すること。また、その内容。中概論。E an outline; an introduction.

☆ １年のとき、経済学概論の講義を聞いた / 在一年級的時候我們就學完了經濟學概論。

☆ 中国文学概論 / 中國文學概論。

☆ 日本語学概論 / 日本語學概論。

☆ 哲学概論 / 哲學概論。

対詳論

かいわ 【会話】カイワ〔～する〕 話をやりとりすること。また、その話。中會話；交談。E (a) conversation.

☆ 外国語で会話をするのはむずかしい / 用外語交談很困難。

☆ 会話がはずむ / 熱烈交談。

☆ 会話をかわす / 交談；會談。

☆ 日常会話 / 日常會話。

かいわい 【界隈】カイワイ (「この」「その」などの指示語や地名の後について)ある場所とそのあたり。中附近；近處。E around; the neighborhood.

☆ 浅草かいわいには古い店が多い / 淺草附近有很多老店。

☆ このかいわいは、いつも散歩しているのでよく知っている / 經常在這一帶散步，因此十分熟悉。

か・う 【買う】カウ〔他動五〕(かって)

❶ ものなどを、金を払って自分のものにする。中買；購買。E buy.

☆ 郵使局へ切手を買いに行く/去郵局買郵票。

☆ 新しい教科書を買った/買了新的教科書。

対売る

❷ 自分の言ったことやしたことが原因で他人に悪い感情を持たれる。中招致；惹起。E incur; evoke.

☆ わたしのことばが父の怒りを買った/我的話惹父親發怒了。

☆ うらみを買う/招惹；得罪。

❸ なにかを引き受ける。中接受；承擔。E offer; accept (a challenge).

☆ クラス委員を買って出る/接受當班級的幹部。

☆ 売られたけんかを買う/對找麻煩的人要狠狠還擊。

❹ 高く評価する。中器重；讚許；高度評價。E think highly of.

☆ ジョンさんの日本語の力を買って、通訳を頼んだ/大家非常認同約翰的日語能力，所以請他做翻譯。

か・う【飼う】カウ〔他動五〕(かうて) 動物に食べ物や水をやり、自分のものとして世話をする。中飼養；餵養；養。E keep; raise.

☆ 犬を飼ってかわいがる/飼養照顧一隻小狗。

カウンセラー (counselor) カウンセラー、カウンセラー 学校や職場などで、悩みを持つ人の相談を受け、助言を与える人。中諮商員。E a counselor.

☆ 最近は、専任のカウンセラーを置いて、社員の心の問題を解決しようとする企業が増えてきた/最近不少民間企業聘請諮商專家，幫助職員解決情緒的問題。

カウンター (counter) カウンター 事務所、飲食店などにある細長いテーブル。業務をする人や料理人などが客と向き合って、受け付け、飲食などのサービスをする。

〔カウンター〕

中服務台；櫃台；吧台。E a counter.

☆ 航空会社のカウンターで飛行機に乗る手続きをする/在航空公司的櫃台辦理登機手續。

☆ カウンターにすわり、中の板前さんと話しながら飲む/坐在餐廳吧台前，與廚師邊聊邊喝。

かえ・す【返す】カエス〔他動五〕(かえして)

❶ もとの状態。中返回；送回。E restore.

☆ 放射能に汚染された環境をもとに返すことはむずかしい/要恢復被輻射污染的環境是很困難的工作。

☆ 白紙に返す/恢復原貌。

❷ もとの場所や人にもどす。中還；歸還。E return; pay back.

☆ きのう借りた本を返した/歸還昨天借的書。

☆ 借金を返す/還錢。

対借りる

❸ 相手がしたことに、こちらも同じように反応する。中回；還。E return; answer.

☆ あいさつを返す/致答詞。

☆ 返すことばもない/沒有回話；沒有答覆。

❹ (動詞の「ます」形について)(1)同じことをまたする。中重複；反覆。

☆ 母からの手紙を何度も読み返した/I have read the letter from my mother again and again./反覆看了好幾遍母親來的信。

☆ テープをもういちど聞き返す/再重覆聽一遍錄音帶。

(2) 相手からされたのと同じことを、相手にする。中頂回；打回。

☆ テニスボールを打ち返す/return the tennis ball./把網球打回去。

☆ 言い返す/頂嘴；回嘴。(→項目)

▷ 名返し 自動返る

かえ・す カエス〔他動五〕(かえして) 卵を温めて、ひなにする。中孵；孵化。E hatch.

☆ 鳥が巣の中で卵をかえしている/鳥在巢中孵蛋。

☆ ひなをかえす/孵小雞。

か

自動かえる

かえすがえす　カエスガエス　❶どう考えても。中實在；十分地。E really; extremely.

☆ 日本にいるあいだにあなたに会えなくて、かえすがえすも残念です / 在日本逗留期間卻沒能與您見面，頗為遺憾。

❷ 何度も繰り返して。中一再；再三地。E repeatedly.

☆ わたしの旅行中、子供たちの世話を、かえすがえすよろしくお願いいたします/在我旅行期間，請您多多關照我的孩子。

かえって　カエッテ　予想とは反対に。中相反地；反倒；反而。E on the contrary; rather.

☆ タクシーに乗ったら、電車よりかえって時間がかかった / 搭計程車反倒比乘電車更費時間。

☆ 運動もやりすぎるとかえって健康を害することがある / 運動過度有時反而有害健康。

かえり【帰り】カエリ　帰ること。帰るとき。中回來；歸來；歸途。E coming back; on one's way home.

☆ たくさん買い物をしてしまい、帰りは苦労した / 東西買的太多，回來時十分辛苦。

☆ 学校の帰りに本屋に寄る / 從學校回家的途中，順便去了一趟書店。

☆ 帰り道 / 歸途。

対行き　自動帰る

かえり・みる【顧みる・省みる】カエリミル〔他動一〕　❶むかしのことを思い考える。中回顧；回想。E look back on.

☆ 20年前の自分を顧みて、あのころは元気だったと思う/回顧二十年前，當時我還很健壯。

☆ 世界の歴史を顧みる / 回顧世界的歷史。

❷ 気にかける。中回顧；照顧。E take notice of; think of.

☆ 研究に夢中で家庭を顧みるひまがない/專心於研究工作，而無暇照顧家庭。

☆ 自分の危険を顧みずに人を助けた /不顧自身安危的去救助別人。

❸ してきたことがいいか悪いか考える。中反省；反躬；自問。E reflect on.

☆ 若いころの自分を省みて、自分勝手だったことを恥ずかしく思う / 反省年輕時的自己，為自己的自私而感到羞愧。

注 漢字で書くときは、❶❷は「顧みる」、❸は「省みる」。

参 ❷は否定の形で使うことが多い。

かえる　カエル　水田や池の水辺などに多くすむ小さい動物。水中で卵からオタマジャクシになり、成長してカエルになると陸上にもすむ。後ろ足が発達し、泳ぎ、また、跳ねる。中青蛙。E a frog.

〔かえる〕

☆ 水田からカエルの鳴き声が聞こえてくる/聽見從水田中傳來的青蛙叫聲。

数 1匹

かえる[蛙]の子はかえる　子供はたいてい親に似るものだ、特に、平凡な親から平凡な子が生まれるということ。中有其父必有其子。E Like father, like son.

かえる[蛙]の面に水[小便]　なにを言われても、なにをされても平気でいるようす。中蠻不在乎；毫不介意。E It's like pouring water on a duck's back.

かえ・る【返る】カエル〔自動五〕(かえって)

❶ もとの所や、もとの状態にもどる。中恢復；歸還。E return to; be returned.

☆ 祭りでにぎやかだった街が、いつもの静かな街に返った / 因節慶而熱鬧的街道又恢復了平日的寂靜。

☆ 電車の中に忘れた本が返ってきた / 找回忘在電車上的書。

☆ 生き返る / 復活；甦醒；活過來。(→項目)

❷ こちらのしたことに相手が反応する。中返回；回來。E come back.

☆ 友達に問い合わせの手紙を出したら、すぐに返事が返ってきた/才寫信向朋友打聽，馬上就有了回音。

☆ 山に向かって叫ぶと、こだまが返る/朝著山上喊就能聽到回音。

❸ (動詞の「ます」形について)すっかり～する。中 完全；全部；都。

☆ あきれかえる/ be astounded by. /吃驚不已。

☆ 静まりかえる/ become dead silent. /靜悄悄；鴉雀無聲。

▷ 他動 返す

かえ・る 【帰る】カエル〔自動五〕(**かえって**) ❶ もとの場所にもどる。中 回去；回來；返回。E return; come back.

☆ 来月、国へ帰る/下個月回國。

☆ うちに帰ってテレビを見よう/回家看電視。

対 行く

❷ もとの場所にもどるために、どこかを離れる。中 回去；離開；走。E leave; go back.

☆ 三郎は3時まで教室にいたが、すこし前に帰った/三郎到三點還在教室，剛走沒多久。

☆ 研究室の人たちは、みんな帰ってしまった/研究室的人都回去了。

▷ 名 帰り 他動 帰す →戻る

か・える 【代える・替える・換える・変える】カエル〔他動一〕 ❶ あるものと同じ働きを他のものにさせる。中 代替。E substitute; replace.

☆ わたしの命にかえても、娘を助けたい/我希望能用我的生命交換女兒一命。

☆ レポートを提出させて試験にかえる/以報告代替考試。

❷ あるものを、新しいものや価値が同じ他のものにする。中 換；變換。E change; exchange.

☆ 汗をかいたのでシャツをかえた/全身是汗，所以換了一件襯衫。

☆ カーテンをかえる/換窗簾。

☆ ドルを円にかえる/用美元兌換日圓。

❸ 時、所、ようすなどを前と違うようにする。中 改變。E change.

☆ 出発する日を変える/更改出發的日期。

☆ 考えを変える/改變主意。

❹ (動詞の「ます」形について)その動作をもういちど改めてする。中 重換。

☆ 言いかえる/ put [it] in other words. /句話說；用另一句話說。

☆ 書きかえる/改寫；重新寫；更換；重發。(→ 項目)

☆ 乗りかえる/換乘；換車；改乘。(→ 項目)

▷ 名 代え・替え・換え 自動 代わる・替わる・換わる・変わる

注 漢字で書くときは、❶は「代える」、❷❹は「替える」「換える」、❸は「変える」。

かお 【顔】カオ ❶ 頭の前面で、目、鼻、口などがある部分。また、その形や雰囲気。中 臉；面孔。E a face.

☆ 起きてすぐ顔を洗う/起床後立即洗臉。

☆ 恥ずかしくて顔が赤くなる/羞得滿臉通紅。

☆ 上品な顔/清秀漂亮的臉蛋。

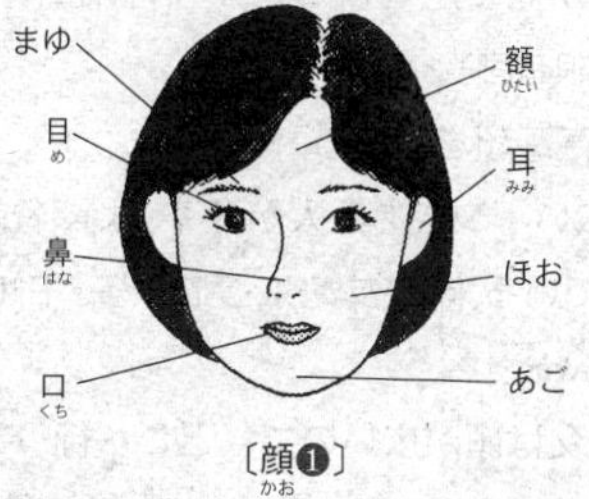

〔顔❶〕

❷ 外に表れた心の動き。表情。中 表情；神色；様子。E a look.

☆ 妻は顔をくもらせて夫の病状をきいている/妻子神色凝重地聆聽著丈夫的病情。

☆ はればれした顔/臉上露出高興的表情。

❸「❶」がその人を表すことから、その人自身。中 人；面子；臉上露出。E show up; be present.

☆ 会社に顔を出してから現場へ向かう/到公司露一下面，就去現場(工地等)。

☆ 顔がそろう/人到齊了。

❹ 人の名誉などを代表するもの。中 面子；臉

面。E honor.

☆ 会長になれるかどうかは、ぼくの顔にかかわる問題だ / 能否當上會長是關係到我面子的大問題。

❺ 人によく知られていること。中 有名；出名；著名；聞名。E well-known; widely-known.

☆ 母はこの近所ではなかなかの顔らしい/母親在附近一帶是有頭有臉的人物。

…………「顔」のつく慣用表現 …………

顔が利く　名前がよく知られていて影響力が強い。中 有勢力；有面子。E have contacts.

☆ 劇場に顔がきく叔父に、いい席の切符を買ってもらう / 叔叔跟劇場關係不錯，請他幫我買一張座位好的戲票。

似た表現 顔を利かせる［す］

顔が立つ　名誉や立場が傷つけられないですむ。中 臉上有光；有面子。E save one's face.

☆ 紹介した人がよく働くので、わたしの顔が立った / 我介紹的人工作很能幹，因此感到很有面子。

似た表現 顔を立てる

顔が広い　つきあう人が多く、よく名前が知られている。中 交友廣闊；認識人多。E be widely known.

☆ 父は顔が広いので、どこへ行っても声をかけられる / 父親交友廣闊，無論到哪裡，都有熟人。

顔から火が出る　たいへん恥ずかしくて、顔が真っ赤になる。中 面紅耳赤。E burn with shame.

☆ 友人だと思って「やあ元気？」と肩をたたいたら、全然知らない人だったので、顔から火が出る思いをした / 以為是認識的朋友，拍著肩問「近來好吧」，誰知竟是陌生人，害我羞得面紅耳赤。

顔に泥を塗る　がまんできないような恥ずかしい思いをさせる。中 沒面子；使～丟臉。E stain one's reputation.

☆ みんなの前でおれのむかしの罪をばらして、よくも顔に泥をぬってくれたな / 別當著大家的面揭露我過去的罪行，讓我沒面子。

顔を貸す　頼まれて人前に出たり自分の名前を利用させたりする。中 借～的名義。E lend one's name.

☆ 新しい会をつくるから顔を貸してくれ/借用你的名義成立一個新協會。

顔をつぶす　人前に出られなくなるほど恥ずかしい思いをさせる。中 丟臉；丟面子。E bring shame on.

☆ 息子が盗みをして、裁判官の父の顔をつぶしてしまった/法官的兒子當小偷，顏面丟盡。

似た表現 顔がつぶれる

顔を汚す　名誉をなくさせる。中 損害名譽；使～丟臉。E disgrace.

☆ 不正な手段を使って、社長の顔をよごすようなことをするな / 不要使用不正當的手段，做損害老闆顏面的事。

…………………………………………………………

かおあわせ　【顔合わせ】カオアワセ、カオアワセ〔～する〕 ❶ 同じ仕事をする人たちが、はじめて集まること。中 碰面；會面。E meet for the first time.

☆ 今年の新入社員と課員の顔合わせがあった / 公司今年的新進職員與科員們見了面。

❷ 演劇やスポーツなどで、一緒に出たり、対戦したりすること。中 同台演出；合演；交鋒。E be matched against.

☆ 決勝戦は、東京代表チームと大阪代表チームの顔合わせになった / 決賽由東京代表隊與大阪代表隊交鋒。

☆ 初顔合わせ / 首次同台演出。

かおいろ　【顔色】カオイロ　❶ 顔の色。中 臉色；氣色。E a complexion.

☆ 病気が治って、顔色がよくなった / 病治癒後，臉色好看多了。

☆ 寝不足なので、顔色が悪い/睡眠不足，所以臉色不好。

❷その人の心の動きが表れた顔のようす。中臉色；神色。E a look; an expression.

☆ 過去の秘密を知られて、顔色を変える/過去秘密被揭露，臉色都變了。

☆ 人の顔色をうかがう/ be sensitive to someone's moods. /看人臉色。

かおく【家屋】カオク　人の住む建物。中房屋；住屋。E a house.

☆ 広い家屋に住んでいる/居住在寬敞的房子。

☆ 洪水で家屋が流された/房子被洪水沖走了。

数 1戸・1棟・1棟

かおだち【顔だち】カオダチ　目、鼻など、顔にあるものの形や配置。中容貌；相貌；面龐。E features; looks.

☆ 顔だちがはっきりしている/相貌端莊，眉清目秀。

☆ 美しい顔だち/美麗的容貌；漂亮的臉蛋。

かおつき【顔つき】カオツキ　顔のようすや表情。中相貌；表情；神色。E a look.

☆ 顔つきが父親に似ている/相貌和他父親很像。

☆ 厳しい顔つきで子供をしかる/用嚴肅的臉孔教訓孩子。

☆ しあわせそうな顔つき/臉上充滿幸福的表情。

かおなじみ【顔なじみ】カオナジミ、カオナジミ　いつも会っていて、顔を知り合っていること。また、その人。中熟識；熟人；面熟。E a familiar face; become acquainted with.

☆ いつも行く店の店員と顔なじみになった/常去這家店，跟店員混熟了。

かおぶれ【顔ぶれ】カオブレ　会や仕事などに加わる人々。中成員。E the members; a lineup.

☆ いつもの顔ぶれで旅行に出かける/幾個死黨一起去旅行。

☆ 珍しい顔ぶれが集まった/幾個難得見面的人聚在一起。

かおまけ【顔負け】カオマケ〔～する〕相手がずうずうしくて、またはすぐれていて、こちらが恥ずかしく思うこと。中替他害臊；相形見絀；甘拜下風。E outshine; be put to shame.

☆ 映画の中の犬は、人間も顔負けの演技をしている/電影中狗明星的演技令演員們相形失色。

☆ うちの息子は、コックさんも顔負けするほど料理がうまい/我兒子的烹調技術使廚師都甘拜下風。

かおみしり【顔見知り】カオミシリ、カオミシリ　たがいに相手の顔を知っていること。また、そういう人ひと。中相識；相識的人；認識；認識的人。E know each other by sight; an acquaintance.

☆ 道子と一郎はアパートのとなりどうしで顔見知りだ/道子和一郎是公寓鄰居，所以是老相識。

☆ 図書館の顔見知りの係員/熟識的圖書館工作人員。

かおみせ【顔見せ・顔見世】カオミセ　❶〔～する〕おおぜいの人の前にはじめて顔を見せること。中(同大家)初次見面。E one's debut.

☆ パンダが生後はじめて顔見せをした/熊貓出生後初次與遊客見面。

❷歌舞伎で、一座の役者が全員そろって観客に顔を見せること。中(歌舞伎劇團)全團公演，同台演出。E (*kabuki*) formal introduction of the entire cast.

☆ 顔見世狂言/歌舞伎狂言劇首次公演。

☆ 顔見世興行/歌舞伎全團演出。

注 ❶は「顔見せ」、❷は「顔見世」。

かおり【香り・薫り】カオリ　いいにおい。中香味；芳香。E (a) fragrance; (an) aroma.

☆ この花は甘いかおりがする/這花散發出香味。

☆ コーヒーのかおりが漂う/飄著咖啡香。

自動 香る・薫る

注 漢字の使い方は「かおる」と同じ。

かお・る【香る・薫る】カオル〔自動五〕(かおっ

か

て) いいにおいがする。中 發出香氣；散發芳香。E smell sweet; be fragrant.

☆ バラがかおっている / 玫瑰散發著芳香。

☆ 菊の花のかおる季節 / 菊花飄香的季節。

☆ 風かおる５月(=日本の５月の気持ちのいいようすを表す言い方)/風輕氣爽的五月(=日本表示五月人們心情舒暢的說法)。

名 香り・薫り

注 漢字で書くときは、花、香水など具体的なものは「香る」、風、初夏など抽象的なもののとき、また比喩的に使うときは「薫る」。

がか 【画家】ガカ 絵をかくことを職業としている人。中 畫家。E a painter.

☆ 将来は画家かデザイナーになりたい/將來我想當畫家或設計師。

☆ 日曜画家 / 週日畫家(平日上班，利用星期日做畫的業餘畫家)。

☆ 日本画家 / 日本畫家。

☆ 洋画家 / 西洋畫家。

かかあでんか 【かかあ天下】カカーデンカ 家庭の中で、夫よりも妻のほうが力を持っていばっていること。話 中 老婆當家；老婆掌權。E be a henpecked husband.

☆ うちはかかあ天下だから、なんでも妻の言いなりだ / 我老婆當家，她說的話算數。

対 亭主関白

かがいしゃ 【加害者】カガイシャ 他人を傷つけたり、他人に損害を与えたりした人。中 肇事者。E an assailant.

☆ 加害者が損害を賠償する / 肇事者賠償損失。

☆ 車を運転している人はだれでも加害者になる危険性がある / 所有的司機都有成為肇事者的風險。

対 被害者

かか・える 【抱える】カカエル〔他動一〕

❶ ものを腕でかこむようにして体に近づけて持つ。中 抱；夾。E hold in one's arms.

☆ 重い荷物を両手でかかえて持つ / 用兩手抱著沈重的行李。

〔抱える❶〕

☆ 本をかかえる / 抱著書。

☆ 頭をかかえる / 抱著頭。

(→頭 慣用)

❷ 責任を持たなければならない人を身近に持つ。中 身邊有～。E have a person to attend to.

☆ 夫に死なれ、３人の子供をかかえて苦労している / 丈夫去世，她身邊帶著三個孩子，生活清苦。

☆ 病人をかかえる / 帶著病人。

❸ 解決のむずかしい問題を持つ。中 負擔；存在。E have a problem.

☆ 借金をかかえる / 負債；欠債。

☆ 人口問題をかかえて困っている国/為人口問題而困擾的國家。

かかく 【価格】カカク、カカク ものの値段。中 價格；價錢。E a price.

☆ 高級な材料を使うと価格が高くなる/使用高級材料的話，價格就變貴了。

☆ 安い価格でたくさん売って、もうけを多くする / 薄利多銷能賺很多錢。

☆ 卸売価格 / 批發價。

☆ 小売価格 / 零售價。

かがく 【化学】カガク 自然科学の一部門で、物質の性質、構造、物質相互間の変化、反応などを研究する学問。中 化學。E chemistry.

☆ 高校のときの化学の実験はおもしろかった / 高中化學的實驗課程很有趣。

☆ 化学反応 / 化學反應。

☆ 化学変化 / 化學變化。(→項目)

参「科学」と同じ音なので、区別するために「化学」を「ばけがく」と呼ぶことがある。

かがく 【科学】カガク 実験や調査などによって、事実を説明し法則を見つけ、それを応用する学問。人文科学、社会科学、自然科学に分けられる。特に自然科学だけをさすこともある。中 科學。E science.

☆ 最近の科学の進歩はめざましい / 最近科學進步快速。

☆ 科学万能主義(=科学の力でなんでも解決できるとする考え方) / 科學萬能主義(=認為依靠科學的力量什麼都能解決的)。

☆ 科学技術 / 科學技術。

かがくせんい【化学繊維】カガクセンイ 化学作用によって人工的につくられた繊維。合成繊維(ナイロン、ビニロン、テトロンなど)、半合成繊維(アセテートなど)、再生繊維(レーヨンなど)がある。化繊。中 化學纖維。E a synthetic fiber.

☆ 化学繊維が改良されて、安くて丈夫な衣類が手に入るようになった / 化纖經改良後，物美價廉的衣服就變得容易買到了。

かがくてき【科学的】カガクテキ ものごとを事実にもとづいて正しく理解し、扱おうとするようす。中 科學(的)。E scientific.

☆ ことばの変化を知るために、方言を科学的に調査、研究する / 用科學方法研究調查方言，以了解語言的變化。

☆ 占いに頼るのは科学的な考え方ではない / 依靠算命是不科學的想法。

☆ 科学的な方法 / 科學方法。

かがくへんか【化学変化】カガクヘンカ〔～する〕 化学反応が起こるときの物質の変化。中 化學變化。E a chemical change.

☆ 鉄や銅は空気中で化学変化を起こす / 鐵和銅在空氣中會產生化學變化。

☆ 化学変化が起きて、水が水素と酸素に分解する / 起化學變化後，水就分解成氫和氧。

かか・げる【掲げる】カカゲル、カカゲル〔他動一〕 ❶ ものを高く上げる。中 舉起；懸掛。E raise; fly.

☆ カップを高く掲げて優勝の喜びを表す / 高舉獎杯，表示獲得冠軍的喜悅。

〔掲げる❶〕

☆ 旗を掲げる / 懸掛旗幟。

❷ 考えを多くの人に知らせるようにする。中 揭出；標榜。E declare; adopt.

☆ 世界の平和を守るという理想を掲げて政治家になる / 標榜維護世界和平之理想而成為政治家。

☆「死刑反対」のスローガンを掲げる / 打著「反對死刑」的口號。

か

かかと カカト ❶ 足の裏の後ろの部分。中 腳後跟。E the heel (of one's foot).

☆ かかとを上げて立つ / 抬起腳後跟站著；踮著。

❷ 靴などの、「❶」に当たる部分。中 鞋後跟；鞋跟。E the heel (of a shoe).

☆ 靴のかかとを取りかえる / 換鞋跟。

☆ かかとの高い靴 / 高跟鞋。

▷ →足・脚 図

かがみ【鏡】カガミ 顔や姿を映す道具。中 鏡子。E a mirror.

☆ 鏡を見ながらひげをそる / 照鏡刮鬍。

☆ 鏡の中の自分を見る / 照鏡子。

数 1 面

鏡のよう ❶ よく光っているようす。中 明鏡。E like a mirror.

☆ 廊下が鏡のようにぴかぴかにみがいてある / 走廊擦得像鏡子一樣明亮。

❷ 波がなく静かなようす。中 平靜如鏡。E as smooth as glass.

☆ 鏡のような海 / 大海平靜如鏡。

かがみもち【鏡もち】カガミモチ 平たく、まるくつくったもち。大小2個を重ねて神に供えたり、正月などのお祝いに使ったりする。中 (供神用的)圓形年糕。E 2 stacked, round ricecakes (offered to a deity).

〔鏡もち〕

☆ 正月には玄関に鏡もちを飾る / 正月前門擺個圓形年糕當裝飾。

二 注 漢字で書くときは「鏡餅」。

かが・める カガメル〔他動一〕 体を曲げて

低くする。中 把腰彎下去；把身子縮起來。E bend; stoop; bow.

☆ ジョンは大きな体をかがめて車に乗った/約翰縮起高大身軀踢促地坐在車裡。

☆ 腰をかがめてあいさつをする / 深深鞠躬。

自動 かがむ

かがやかし・い【輝かしい】カガヤカシイ 立派で、すばらしい。中 輝煌；顯赫。E brilliant; bright.

☆ フレミングは医学に輝かしい業績を残した / 弗萊明在醫學方面留下輝煌成就。

☆ コンクールに優勝した洋子には輝かしい未来が待っている / 洋子比賽獲勝，前程似錦。

かがや・く【輝く】カガヤク〔自動五〕(かがやいて) ❶ きらきら光る。中 閃耀；閃光；閃爍。E twinkle; shine.

☆ 空に星が輝いている / 天空中星光閃爍。

☆ 雪山が朝日を受けて輝いて見える/雪山在陽光照射下閃閃發光。

❷ 生き生きとして明るいようすに見える。中 神采洋溢；閃耀顯赫；神采飛揚。E light up; glow.

☆ うれしさで顔が輝いている/高興得神采洋溢。

☆ 世界チャンピオンの名誉に輝く / 世界冠軍的名譽使他聲名顯赫。

▷ 名 輝き　→ひらめく

かかり【係】カカリ　仕事の受け持ち。また、その仕事を受け持つ人。中 擔任者；擔任；主管人員。E (a person in) charge.

☆ 係の者が案内します / 由接待員引導。

☆ 係を決めて仕事を分担する / 先決定擔任人員後再分工。

☆ 進行係 / 主持人。

-がかり ❶ (時間や人数を表すことばについて)それだけの時間や人手がかかること。中 用；需要。

☆ ３人がかりで本棚を動かす/ move a bookshelf with combined strength of three. / 三人一起搬書架。

☆ ５年がかりの工事 / construction requiring five years. / 耗時五年的工程。

❷ (動詞の「ます」形について)～するついでであること。中 順便去。

☆ 通りがかりに寄ってみた / I dropped in while I was passing this way. /路過順道拜訪。

かかりつけ【掛かりつけ】カカリツケ　いつもその医者の診察を受けていること。中 經常就診的醫生；家庭醫師。E one's family doctor.

☆ 体がだるいので、かかりつけの医者にみてもらった / 全身倦怠，所以請家庭醫生看了看。

☆ かかりつけの医者が大学病院を紹介してくれた/經常幫我看病的醫生介紹給我一家大學醫院。

かか・る【掛かる・架かる・懸かる】カカル〔自動五〕(かかって) ❶ 上でとめられていて下にさがる。中 掛；懸掛。E hang.

☆ 壁に絵がかかっている /房間牆上掛著一幅畫。

❷ なにかを始める。中 著手；從事；開始做。E begin; start.

☆ 朝早くから仕事にかかる / 一早就開工。

☆ 料理にかかる / 開始做菜。

❸ 金や時間が必要だ。中 花費；需要；用。E cost; take.

☆ 生活費は１カ月にいくらかかりますか/一個月花費多少生活費?

☆ 学校まで電車で１時間かかる / 搭乘電車到學校需要一小時。

❹ 機械や装置が働く。中 開動；發動；上。E be locked; start.

☆ 教室にかぎがかかっている / 教室的門鎖著。

☆ 寒いのでエンジンがかからない / 天氣太冷，引擎發不動。

❺ よくないことが身におよぶ。中 遭受；落到身上。E cause (trouble); be suspected.

☆ あなたに迷惑がかかることはありません/不會給您添麻煩。

☆ わたしに疑いがかかっているらしい/大家好像都懷疑我。

❻ 離れた所がなにかでつながる。中 架設；安裝；掛(來電話)。E (a bridge) be built; have a call.

☆ 川に橋がかかった/河上架著一座橋。

☆ 友達から電話がかかってきた/朋友打電話來。

❼ (動詞の「ます」形について)その状態になりはじめている。中 即將…。

☆ 死にかかる/ be about to die. /就要死；即將死。

☆ とけかかっている/ be beginning to melt. /即將溶化。

▷ 他動 掛ける・架ける・懸ける

注 漢字で書くときは、❻で、橋、電線などのばあいは「架かる」。❼はひらがなで書く。

かか・る カカル〔自動五〕(かかって) 病気になる。中 患；患病。E catch; become sick.

☆ 悪いかぜにかかって1週間も休んだ/患重感冒，休息了一星期。

かかわらず (「～にかかわらず」の形で) ～に関係なく。中 不管；不論。E regardless of.

☆ 晴雨にかかわらず、ハイキングを行う/不論晴雨，我們都要去郊遊。

☆ 年齢にかかわらず、ご参加ください/不限年齡大小，請大家都參加吧。

かかわ・る カカワル、カカワル〔自動五〕(かかわって) 関係を持つ。中 關係到；涉及到。E have to do with; be a matter of.

☆ 母は5年前から日本語教育にかかわっている/母親從五年前開始從事與日語教育有關的工作。

☆ 生死にかかわる大手術/這是悠關生死的大手術。

名 かかわり

かき 【下記】カキ 下に書いてあること。書 中 記載在下邊；下列；如下。E the following.

☆ 下記の注意をよく読んでください/請閱讀下列注意事項。

☆ 住所は下記のとおり/住址記載在下邊；住址如下。

対 上記

かき 【夏季・夏期】カキ ❶ 夏の季節。中 夏季。E the summer season.

☆ 夏季ボーナス/夏季獎金。

❷ 夏の間。中 夏季；暑期。E the summer period.

☆ 夏期集中講座/暑修班。

☆ 夏期休暇/暑假。

注 ❶は「夏季」、❷は「夏期」。

かき カキ くだものの一種。秋、実るとオレンジ色になる。中 柿子。E a persimmon.

☆ 秋も深まりカキの実が熟すころとなった/深秋是柿子成熟的季節。

☆ 甘ガキ(=熟すと甘くてそのまま食べられるカキ)と渋ガキ(=なんらかの方法で渋みを取らないと食べられないカキ)/甜柿子(=熟後很甜美可直接食用的柿子)與澀柿子(=不去掉澀味就無法食用的柿子)。

→果物 図

注 漢字で書くときは「柿」。

かき カキ 浅い海の岩につく二枚貝の一種。生のままやフライなどにして食べる。中 牡蠣。E an oyster.

☆ 広島県はカキの養殖で有名だ/廣島縣以養殖牡蠣聞名。

☆ 生ガキにレモンの汁をかけて食べる/生牡蠣上淋點檸檬汁再吃。

☆ カキフライ/油炸牡蠣。

かぎ カギ ❶ 錠の穴に入れてそれを開閉する金具。中 鑰匙。E a key.

☆ 部屋の入り口にかぎをかける/鎖上房門。

☆ 机の引き出しのかぎを開ける/打開桌子抽屜的鎖。

☆ かぎ穴/鑰匙孔。

❷ ものごとの重要な手がかり。中 關鍵。E a key; a clue.

☆ 関係者の話が事件を解決するかぎになる/

當事人的話成為解決問題的關鍵。

☆ 大国が世界平和のかぎをにぎっている/大國是世界和平的關鍵。

▷ →錠図

注 漢字で書くときは「鍵」。

かきおき【書き置き】カキオキ ❶〔～する〕用事を書いて残しておくこと。また、書いたもの。中 留言；留字。E leave a note behind.

☆ 急用のときは書き置きのところへ電話してください/有急事時請打電話到字條所寫的地方。

❷ 死ぬときや家出するときに残しておく手紙。中 遺書；遺言；留言。E a will; a suicide or runaway note.

☆ 死ぬつもりで、書き置きを残して家出した/想要尋死，留下遺書離家出走。

かきおろし【書き下ろし】カキオロシ 小説や脚本や論文などを、出版や上演のために新しく書くこと。また、その作品。中 新寫的作品；新作品。E a newly written (novel).

☆ 人気作家の書き下ろしの小説を出版する/出名作家的新著。

☆ 書き下ろしの脚本で芝居を上演する/根據新劇本來演戲。

他動 書き下ろす

かきか・える【書き換える・書き替える】カキカエル、カキカエル〔他動一〕 ❶ 書いてある文字や内容を変えてもういちど書く。中 改寫；重新寫；重寫。E rewrite; transfer.

☆ 漢字をひらがなに書きかえる/將漢字改寫為平假名。

☆ 中古車を買って、名義を書きかえる/買一部舊車，重新過戶。

❷ 免許、許可などの期限が切れる前に手続きをして新しくする。更新する。中 更換；重發。E renew.

☆ 今年は運転免許証を書きかえる年だ/今年是更換駕照的年度。

▷ 名 書き換え・書き替え

かきかた【書き方】カキカタ、カキカタ

❶ 文字や文章を書く方法。中 寫法；書寫方法。E how to write.

☆「凸」の漢字の書き方を教えてください/請教我漢字「凸」的寫法。

☆ 手紙の書き方/書信的寫法。

❷ 筆の運び方。習字。中 筆法；書法；習字。E calligraphy.

☆ いまの学校の習字の時間のことを、祖母のころは「書き方」といったそうだ/現在學校的習字課，在祖母時代好像叫做「書法」。

かきこ・む【書き込む】カキコム、カキコム〔他動五〕(かきこんで) ❶ 決められた所や空いている所に書く。書き入れる。中 寫上；寫入。E write in; fill in.

☆ 申込書に名前と住所を書きこむ/在申請書填上姓名與住址。

☆ 手帳に約束の日を書きこむ/在筆記本記上約會日期。

❷ 絵や文を、細かいところまで丁寧にかく。中 細緻描寫。E write or draw in detail.

☆ この小説は、人の心の動きをよく書きこんでいる/這部小說細緻地描寫了人物的心情變化。

☆ もうすこしかきこむと、いい絵になる/再畫細緻點，就是一幅好畫。

▷ 名 書き込み

かきぞめ【書き初め】カキゾメ 新年にはじめて字を書くこと。特に筆で書く習字についていう。ふつう1月2日にする。中 新春試筆。(日本的新春儀式之一；在過年時第一次用毛筆寫字，通常在1月2日舉行)。E the first calligraphy of the New Year.

☆ お正月に家族みんなで書き初めをした/正月全家人聚一起以毛筆寫字。

☆ 書き初めコンクール/新春試筆比賽。

かきだし【書き出し】カキダシ 書きはじめ

ること。文章の最初の部分。中 文章的起首；開頭。E the beginning; the opening sentence.

☆ この本は書き出しがおもしろかったので読む気になった / 這本書開頭寫得很有趣，引人入勝。

他動 書き出す

かぎつ·ける カギツケル〔他動一〕 ❶ においのもとをさがしあてる。中 嗅出；聞出。E smell out; detect (a scent).

☆ 犬が麻薬をかぎつけた / 警犬嗅出了麻藥。

❷ 隠されていたことをさがしあてる。中 探聽出；刺探出。E detect (a) secret; get wind of.

☆ 新聞記者が政治家の不正行為をかぎつけた / 新聞記者打探出政客的不軌行為。

☆ 秘密をかぎつける / 刺探秘密。

かきとめ 【書留】カキトメ 「書留郵便」を略した言い方。特別料金を取って、まちがいなくとどくように、また事故があったときには弁償する約束で、送る人と相手を記録しておく郵便。中 掛號；掛號信。E registered mail.

☆ たいせつな書類を書留で送る / 重要文件要用掛號郵寄。

☆ 現金書留 / 現金掛號信。

数 1通

かきとり 【書き取り】カキトリ ❶ 人の話などを聞いて書くこと。中 抄寫；記錄。E write down.

☆ 要点の書き取りをしながら講演を聞く / 邊聽講演邊記要點。

❷ 読みあげる語句、文章などを文字にして正しく書くこと。また、かなで書いたことばを漢字で書くこと。中 聽寫；默寫。E dictation.

☆ テープを聞いて書き取りの試験をする / 聽錄音帶後，進行聽寫測驗。

☆ 漢字の書き取り / writing *kanji*. / 聽寫漢字。

▷ 他動 書き取る

かきなぐ·る 【書きなぐる】カキナグル、カキナグル〔他動五〕(かきなぐって) 絵や字を乱暴にかく。中 胡亂地寫；潦草地寫。E scribble; dash off.

☆ 怒って書きなぐったような手紙が来た / 收到了一封因生氣而字跡潦草的信。

☆ 急いでかきなぐった絵 / 為應急而胡亂畫的畫。

かきね 【垣根】カキネ 他の区域との境を示すために木を並べて植えたり、竹を並べたりしたかこい。中 籬笆；柵欄；圍牆；牆根。E a fence; a hedge.

☆ 垣根の穴から猫が出入りする / 貓從籬笆的小洞進出。

☆ 垣根ごしに(=垣根をへだてて)話をする / 隔著牆(=隔著牆根)說話。

→家 図

参 「塀」も似ているが、「塀」は板、ブロック、れんが、石などでつくる。

かきのこ·す 【書き残す】カキノコス、カキノコス〔他動五〕(かきのこして) ❶ 一部分を書かないで残す。中 沒寫完；不寫留下。E leave something unsaid.

☆ 時間がなくて、結論を書き残した / 時間不夠，結論沒寫完。

❷ 他の人に見せるために書いて残す。中 寫下；留言；流傳；寫完留下。E leave (a will) behind.

☆ 遺言を書き残す / 寫下遺囑。

☆ 机の上に伝言を書き残す / 在辦公桌上寫下留言。

かきま·ぜる 【かき混ぜる】カキマゼル、カキマゼル〔他動一〕 かきまわして、中のものがまざるようにする。中 攪拌；混合。E stir; mix; beat.

☆ 材料をよくかきまぜてケーキをつくる / 將原料攪拌好做蛋糕。

☆ 卵をかきまぜる / 攪拌雞蛋；打蛋。

かきまわ·す 【かき回す】カキマワス、カキマワス〔他動五〕(かきまわして) ❶ 手や道具を使って、中のものを円を描くように動かす。中 攪拌；攪合。E stir.

☆ コーヒーに砂糖を入れて、スプーンでかきまわす / 在咖啡裡加點糖，再用匙子攪拌。

☆ ふろの湯をかきまわす / 攪拌洗澡水。

❷ 混乱させる。[中] 攪亂；擾亂；搗亂。[E] throw ~ into confusion.

☆ 三郎は、みんなの考えに反対ばかりして会議をかきまわした/三郎一個勁地反對大家的意見，把會議攪亂了。

かきみだ·す 【かき乱す】カキミダス、カキミダス〔他動五〕(**かきみだして**) 静かな状態をこわす。[中] 攪亂；弄亂。[E] disturb; upset.

☆ 急いで駆けこんでくる遅刻学生の足音が、静かな教室の雰囲気をかき乱した/遲到學生的快步聲攪亂了教室裡的寧靜氣氛。

☆ 友人の死を知って、わたしの心はかき乱された / 得知朋友死訊後，攪亂了我的心。

かきゅう 【下級】カキュー　クラスなどを分けたときの下の等級、階級、学年。[中] 下級；低年級。[E] lower; lower-grade; inferior.

☆ クラブの下級生 / 社團的低年級學生。

☆ 下級裁判所 / a lower court. / 下級法院。

[関連] 上級、中級、初級

かぎょう 【家業】カギョー　その家の職業や商売。[中] 家業；父業。[E] one's father's business; one's family business.

☆ 家業をついで和菓子屋になった / 繼承家業，成為一名日式點心師傅。

☆ 家業に励む / 為家業打拚。

かぎり 【限り】カギリ、カギリ　❶ 時間、数、量、ひろがりなどで、もうこれ以上ないというところ。限度。[中] 限；限度。[E] a limit.

☆ 人のできることには限りがある / 人的能力是有限的　。

❷ あるだけ全部。[中] 竭盡(全力)。[E] to the utmost of; at the top of.

☆ 力の限り戦う / 竭盡全力戰鬥。

☆ 声を限りに叫ぶ / 拚命叫喊。

❸ その範囲だけであること。[中] 在~範圍內；據~所~。[E] as far as.

☆ 見た限りでは、病気だとは思えない / 依我看，你沒有病。

☆ 電車から線路に下りてはいけないが、非常のばあいはこの限りではない / 不能從電車上跳下，除非特殊情況發生。

❹ ものごとの続くあいだ。それ以上。[中] 只要~就~。[E] as long as; now that.

☆ きみが話さない限り、だれにも知られない / 只要你不說，就沒人知道。

☆ ストライキが続く限り、工場の機械は動かない/只要繼續罷工，工廠的機器就動不了。

▷ [他動] 限る

かぎりな·い 【限りない】カギリナイ　❶ 終わるところがない。[中] 無限；無邊無際。[E] no limit to; endless.

☆ 人間の欲望は限りない/人類的慾望永無止境。

☆ 限りなくひろがる大空 / 無邊無際的天空　。

❷ 最高だ。[中] 無比；極大。[E] extremely.

☆ オリンピックで金メダルが取れて、限りなくしあわせだ / 在奧運會上奪取金牌，我感到無比幸福。

かぎ·る 【限る】カギル〔他動五〕(**かぎって**) 範囲を決める。[中] 限；限定；限制。[E] limit to; restrict to.

☆ このテニスコートの使用は会員に限る/這網球場只限會員使用。

☆ 議員１人の発言を５分に限る / 每個議員的發言時間限為五分鐘　。

[名] 限り

~とは限らない　~とは必ずしもいえない。[中] 不一定；不見得；未必。[E] be not necessarily ~.

☆ お金がたくさんあってもしあわせとは限らない / 家財萬貫也不一定幸福。

~に限って　~だけはほかと違って。[中] 唯有~；只有~。[E] be the last person; on that particular occasion.

☆ うちの子に限ってそんなことをするはず

がない / 我的孩子絕不可能去做那樣的事。

～に限る ～が最上だ。～がいちばんいい。中 最好是～；為好。E the best thing is ～.

☆ 美しい山なら富士山に限る / 最美的山是富士山。

かきわ·ける【書き分ける】カキワケル、カキワケル〔他動一〕区別して書く。中 分開寫；區別開來寫；用不同的寫法寫。E distinguish between ～ and … in writing.

☆ この小説は２人の女性のようすを、よく書き分けている / 這部小說用不同的手法巧妙地描繪兩位女性的形象。

☆「代える」と「変える」を書き分ける / 分開寫「代える」和「変える」。

名 書き分け

かきわ·ける【かき分ける】カキワケル、カキワケル〔他動一〕多くの人やものを左右に押し開く。中 用手撥開；用手推開。E plow; push one's way.

☆ 船は水をかき分けて進む / 小船撥水前進。

☆ 日曜日の歩行者天国はとてもこんでいたので、おおぜいの人をかき分けて歩いた / 星期日行人專用區人潮擁擠，我推開很多人才走得過去。

かく【角】カク、カク ❶ 四角。中 四方形；四角形。E a square.

☆ 角に切った大根 / 切塊的蘿蔔。

☆ 角砂糖 / 方糖。

☆ 角形(＝四角の形) / 方形(＝四角形)。

❷ たがいに交わる２本の直線や２つの面がつくる図形。中 角。E an angle.

☆ 90度の角を直角という / 九十度的角叫直角。

かく【画】カク、カク 漢字を書くときの、ひと続きの線や点。また、その数を表す。中 筆畫。E a stroke (of a Chinese character).

☆「輪」という字は画が多い /「輪」字的筆畫多。

☆「正」は５画の漢字だ / 漢字「正」字是五畫。

☆ 画数 / 筆畫數。(→ 項目)

かく【核】カク ❶ ものの中心にある、重要な部分。中 核心；中核。E the core; the nucleus.

☆ 全国に支店があるが、核となるのは東京本社だ / 全國都有分店，但核心是東京總店。

☆ 組織や運動には核になる人が必要だ / 搞組織或運動都需要核心人物。

❷「原子核」を略した言い方。原子の中心にあるもの。中 原子核。E an atomic nucleus.

☆ 核爆発 / 核爆。

☆ 核分裂 / 核分裂。

❸「核兵器」を略した言い方。原子力の大きなエネルギーを利用した爆弾や武器。水爆、原爆など。中 核子武器。E nuclear weapons.

☆ 核をなくして平和な世界にする / 消滅核武，建立和平的世界。

☆ 核戦争 / 核戰。

☆ 反核運動 / 反核運動。

かく【格】カク ❶ その社会の中で評価された順位。中 資格；等級；水準。E (a) rank; (a) status.

☆ きょうの対戦相手は去年の優勝チームで、初出場のわがチームとは格が違う / 今天的對手是去年的冠軍隊，我隊初次參賽，實力相差懸殊。

☆ 格が高い / 水準高；高水準。

❷ 文法で、ことばが文中の他のことばに対して持つ関係。中 格。E a case.

☆ 日本語の格は「が」「の」「に」「を」などの格助詞によって示される / 日語的格由「が」「の」「に」「を」等格助詞來表示。

☆ 目的格 / 受格。

☆ 主格 / 主格。

か·く【欠く】カク〔他動五〕(かいて) ❶ かたいものの一部をこわして離れさせる。中 弄壞；少。E crack; chip.

☆ 皿をぶつけて、ふちを欠いてしまった / 碟子邊上碰出缺口。

❷ 必要なものがない。中 缺；缺乏；缺少。

E lack; be short of.

☆ 朝早く電話をかけるのは常識を欠いた行いだ / 大清早打電話是缺乏常識的行為。

☆ 礼儀を欠く / 缺乏禮節；不懂禮節禮貌。

☆ 食べるものにもこと欠く(= 不自由する)/ 缺乏食物(＝物資不自由)。

▷ 自動 欠ける

か

欠くことができない　絶対に必要だ。中 必需；不可缺少的。E indispensable.

☆ ことばの勉強に辞書は欠くことができない / 學習語言字典不可少。

か・く【書く】カク〔他動五〕(かいて)　❶ なにかを使って字や絵などをしるす。中 寫；畫。E write; draw.

☆ ノートに漢字を何度も書いて覚える/在練習本上多寫幾遍漢字就記住了。

☆ 美しく咲いたバラの絵をかく / 繪一幅玫瑰花盛開的畫。

❷ 文章にまとめる。中 作；寫。E write; compose.

☆「日本の歴史」という本を書いた / 寫了一本《日本歷史》。

☆ 手紙を書く / 寫信。

☆ 論文を書く / 寫論文。

☆ 詩を書く / 寫詩。

ニ 注 絵や漫画などのときは、ひらがなで書く。

か・く　カク〔他動五〕(かいて)　❶ つめなどを立ててこする。中 搔；撓。E scratch.

☆ 子供にまちがいを直されて頭をかく/錯誤被孩子糾正，窘得直搔頭。

☆ かゆいところをかく / 搔癢處。

❷ 手や道具でこするように押したり引いたりする。中 推；撥。E paddle; shovel.

☆ 手で水をかいて泳ぐ / 用手划水游泳。

☆ シャベルで雪をかく / 用鐵鍬鏟雪。

❸ はっきり表面に出す。中 清楚地顯現。

☆ 汗をかく / sweat. / 出汗；流汗。

☆ いびきをかく / 打呼；打鼾。(→いびき 慣用)

☆ 恥をかく / 丟臉；出醜；丟人。(→恥 慣用)

かく-【各-】　(他のことばについて)それぞれの。中 各；各個。

☆ 各社が新入社員を採用する / 各公司招募新職員。

☆ 各クラスの代表 / 各班的代表。

☆ 各学校 / each school. / 每個學校。

☆ 各県 / 各縣。

かぐ【家具】カグ　家の中に置いて使う道具。机、たんす、食器棚など。中 家具。E furniture.

たんす　本棚　いす　〔家具〕テーブル

☆ トラックで引っ越しの家具を運ぶ / 用卡車裝運搬家的家具。

☆ 家具を少なくして部屋を広く使う / 少擺些家具讓房間空間大一點。

☆ ひまなときはデパートの家具売場を見て歩く / 有空時到家具店晃晃。

か・ぐ　カグ〔他動五〕(かいで)　鼻でにおいを感じとる。中 聞；嗅。E smell; sniff.

☆ 花のかおりをかぐ / 聞花香。

☆ いろいろな香水をかいで比べてみる/聞聞各種不同的香水，進行比較。

がく【学】ガク、ガク　専門的な広い知識。学問。中 學問。E learning; studies.

☆ 祖父は本をたくさん読んでいて学があるから、きけばなんでも教えてくれる / 祖父飽讀詩書學富五車，有問必答。

☆ 学を修める / pursue one's studies. / 治學。

☆ 論理学 / 論理學。

がく【額】ガク、ガク　❶ 金銭の量。中 金額。E an amount; a sum.

☆ それぞれの部の予算の額を公表する/公佈各部門預算金額。

☆ 収入額 / 收入金額。

❷ 絵、写真、書などを入れて壁などに飾る、わくのついたもの。中 匾額；鏡框。E a frame.

☆ 家族の写真を額に入れて机の上に置く/把

全家福合照鑲到鏡框裡，擺在書桌上。

☆ 額縁／畫框；鏡框。(→項目)

▷ 数❷ 1枚・1面

がくい【学位】ガクイ、ガクイ　研究が認められ審査に合格した人に与えられる称号。中 學位。E a degree.

☆ 姉は学位を取るために、いま論文を書いている／姊姊為取得學位，目前正在寫論文。

☆ 学位論文／學位論文。

参「学士号」と「修士号」と「博士号」とがある。

かくいつてき【画一的】カクイツテキ　みんな同じように扱うようす。中 劃一(的)；統一(的)；一律。E in the same way; uniform.

☆ 子供の個性を無視して画一的に扱ってはいけない／不能無視孩子的個性，只用齊頭式的教導。

☆ 画一的な指導／統一領導。

かくう【架空】カクー　実際にないが、想像して考えだしたこと。中 虛構；空想。E imaginary; madeup; fictitious.

☆ 竜は架空の動物だ／龍是一種虛構的動物。

☆ これは実話ではなく、架空の話である／這不是實話，是虛構的故事。

☆ 架空の人物／虛構的人物。

対 実在

かくかぞく【核家族】カクカゾク　夫婦とその子供だけの家庭。中 (夫婦與子女的)小家庭。E a nuclear family.

☆ 核家族が増えて、子供が祖父母と接する機会が少なくなった／小家庭增加，孩子與祖父母接觸的機會變少了。

がくぎょう【学業】ガクギョー、ガクギョー　学校での勉強。中 學業；功課。E studies; schoolwork.

☆ 二郎は学業よりもアルバイトを熱心にしている／二郎熱中打工忽略了學業。

☆ 学業に励む／努力學業。

☆ 学業成績／學業成績。

かくげつ【隔月】カクゲツ、カクゲツ　1カ月おき。中 隔月；每隔一個月。E every other month.

☆ 会からのお知らせは隔月に発行される／學會隔月發一次通知。

☆ 研究会は隔月に開かれる／研究會隔月舉行一次。

かくげん【格言】カクゲン、カクゲン　真理を述べ、人生について教える短いことば。中 格言。E a proverb.

☆ いまになって「時は金なり」という格言の意味がわかった／到現在我才懂得「時間就是金錢」這句格言的真正涵義。

かくご【覚悟】カクゴ、カクゴ〔～する〕

❶ むずかしくても実行しようと心に決めること。中 心理準備；決心。E make up one's mind.

☆ あの人と一生をともにする覚悟です／決心與他白頭偕老。

❷ 危険や困難を受けてもしかたないと心に決めること。中 下狠心；拚命；豁出去。E be resigned; be prepared for.

☆ がんだと言われたときには、死を覚悟した／被告知我患的是癌症時，已做好了面對死亡的心裡準備。

☆ しかられるのは覚悟のうえで、父のパソコンをいじってみた／明知會挨罵，還是(忍不住)去玩的電腦。

かくさ【格差】カクサ　2つ以上のものの間にある価格、等級などの違い。中 差別。E a differential; a gap.

☆ 大企業と小企業では賃金の格差がある／大公司與小公司之間工資是有差距的。

☆ 格差を縮める／縮小差距。

がくさいてき【学際的】ガクサイテキ　2つ以上の異なる学問分野にまたがっているようす。中 跨學科(的)；各學科之間(的)。E interdisciplinary.

☆ これからはますます学際的な視野が必要とされる / 今後越來越需要跨越學科的見解。

☆ 学際的研究 / 跨學科的研究。

かくさん【拡散】カクサン〔〜する〕ひろがり散ること。また、そうさせること。中 擴散。E diffuse; spread.

☆ フロンはすぐに気体になって大気中に拡散する / 氟氯碳化物（冷媒）立即變成氣體擴散到大氣中。

☆ 核拡散防止条約/ Treaty on the Non-Proliferation of Nuclear Weapons. / 防止核武擴散條約。

かくじ【各自】カクジ 何人かの中のひとりひとり。中 各自；每個人。E each person; everyone.

☆ 切符は各自でお持ちください / 每個人的票請各自帶著。

☆ ごみは各自始末する / 垃圾自行處理。

がくし【学士】ガクシ 大学の学部を卒業した人に与えられる学位。また、それを持っている人。中 學士。E a bachelor's degree; a university graduate.

☆ うちの会社では経営学の学士を採用した/我們公司錄用了企管學士。

☆ やっと学士が取れた / 總算獲得了學士學位。

関連 修士、博士

がくし【学資】ガクシ 勉強するために必要な費用。中 學資；學費；學習費用。E school expenses.

☆ 両親に学資を出してもらう / 請父母幫助繳學費。

☆ アルバイトをして学資をためる/打工賺學費。

→学費

かくしき【格式】カクシキ 身分にふさわしい交際や生活のやり方。中 門風家規；禮節；規矩。E formality; social rules.

☆ この寺の行事は、伝統と格式を重んじて行われる/這座寺院舉行儀式時，重視傳統和門風。

☆ 格式張る(= 礼儀作法をたいせつにして堅苦しくふるまう)/講究規矩；講究禮法；講究排場（= 非常重視禮節排場，拘泥於形式）。

がくしき【学識】ガクシキ いろいろ勉強して身につけた深い知識。中 學識；學問。E learning; scholarship.

☆ この会合は学識のある人の集まりなので、話題がとても豊富だ/這個聚會彙集了很多有識之士，話題極其豐富。

☆ 学識経験者 / 學識淵博的人。

かくしげい【隠し芸】カクシゲイ 宴会のときなどにみんなの前でしてみせる、ふだんは見せない芸。中 餘興節目；技藝；玩藝。E a parlor trick; a hidden talent.

☆ あの人はふだんはあまりめだたないが、宴会になると手品や歌など、多才な隠し芸を見せてくれる/他平常不太顯眼，但只要一開晚會，他就會表演魔術、唱歌等，顯示出他的多才多藝。

かくじつ【確実】カクジツ 確かで、まちがいがないようす。中 確實；準確。E reliable; certain.

☆ 新聞は確実な情報を伝えなければならない / 報紙必須忠實地報導。

☆ 大統領の来日が確実となった / 總統訪日證實無誤。

がくしゃ【学者】ガクシャ ある分野を深く研究し、知識をたくさん持っている人。中 學者；科學家。E a scholar.

☆ 大学院に進んで、将来は学者になりたい/進研究所深造，將來想成為學者。

☆ 地震の研究をしている学者 / 從事地震研究的學者。

かくしゃく【矍鑠】カクシャク（「かくしゃくとする」の形で）年をとっても元気なようす。書 中 矍鑠；老當益壯。E hale and hearty; vigorous.

☆ 祖父は85歳だが、かくしゃくとしている/祖父高齡八十五，老而彌堅。

☆ かくしゃくとした態度/舉止穩健。

[参] 改まって「かくしゃくたる老人」のように表現することもある。

かくしゅう【隔週】カクシュー　1週間おき。[中]隔週；每隔一週。[E] every other week.

☆ 隔週の水曜日が定休日だ/隔週的星期三為公休日。

☆ 以前は隔週土曜日が休日だったが、いまは毎週土曜日が休日になった/以前隔週週休二日，現在每週週休二日。

かくじゅう【拡充】カクジュー〔～する〕規模を大きくし、満足できるものに近づけること。[中]擴充；擴大；擴建。[E] expand.

☆ スポーツ施設を拡充する/擴建體育設施。

☆ 災害を受けた地域への援助を拡充する/擴大對受災的地區的援助。

がくしゅう【学習】ガクシュー〔～する〕知識や技術などを身につけるために学ぶこと。特に学校などで勉強すること。[中]學習。[E] learn; study.

☆ 日本語を学習する外国人が増えた/學習日語的外國人增加了。

☆ 学習者/學員。

☆ 学習塾/補習班。

かくしょう【確証】カクショー　まちがいのない、しっかりした証拠。[中]確證；確鑿的證據。[E] conclusive evidence; positive proof.

☆ 警察は、あの男が真犯人だという確証をにぎった/警察已掌握那位男子就是犯人的確鑿證據。

☆ 確証はないが、どうも姉はなにか隠しているようだ/儘管沒有確鑿的證據，但總感到姊姊有所隱瞞。

かくしん【革新】カクシン〔～する〕いままでの古いやり方をすっかりやめにして、新しいものにすること。[中]革新。[E] innovate; progressive; reformist.

☆ 技術を革新する/進行技術革新。

☆ 革新的な考え/革新的思想。

☆ 革新政党/政黨革新。

[対]保守

かくしん【核心】カクシン　ものごとの中心になっている、重要な部分。[中]核心；要害；關鍵。[E] the core; the point.

☆ いまの社会のゆがみは経済の成長ばかり求めてきた結果だという、問題の核心をついた発言が出た/有人指出目前社會的歪斜，其核心問題是在於一味地追求經濟高度成長。

☆ 事件の核心にふれる/涉及到事件的核心問題。

☆ 核心にせまる/接近問題的核心。

かくしん【確信】カクシン〔～する〕確かにそうだと信じること。[中]確信；堅信；有把握。[E] be convinced; confidence.

☆ この絵が入選すると確信している/我確信這幅畫能入選。

☆ 成功するかどうか、確信が持てない/能否成功，沒有把握。

☆ 確信を持って言う/很有把握的說出來。

かく・す【隠す】カクス〔他動五〕(かくして)

❶ 考えや気持ちなどを人に知られないようにする。[中]掩蓋；掩飾；遮蓋。[E] conceal; keep a matter secret from.

☆ 妹は悲しみを隠そうとして笑ってみせた/妹妹想掩蓋內心悲痛而擠出笑容。

☆ 名前を隠して、困っている人にお金を送る/饋贈貧困，不欲人知。

☆ おおい隠す/掩飾；遮掩；隱藏。

[対]表す、明かす

❷ 人に見られないようにする。[中]藏；隱藏；躲藏；蒙起來。[E] hide; cover.

☆ いたずらをして友達の靴を隠す/惡作劇地把朋友的鞋藏起來。

☆ 泥棒はマスクで顔を隠していた/小偷用口罩蒙住臉。

☆ 身を隠す/藏身。

[対]現す　▷[自動]隠れる

かくすう【画数】カクスー　漢字を形づくっている線や点の数。中 筆畫數。E the number of strokes in a Chinese character.

☆「正」の字の画数は５だ/「正」字是五筆畫。

☆ 画数の多い漢字は覚えるのがたいへんだ/筆畫多的漢字不容易記住。

かくせい【隔世】カクセイ　❶ 時代がすっかり変わること。中 隔世。E (belong to) a different age.

☆ 最近の通信の発達は、郵便と電話しかなかった20年前のことを思うと隔世の感がある/近來通訊技術發展神速，想起二十年前只有郵政和電話，恍如隔世。

❷ 世代を飛ばすこと。中 隔代。E atavism.

☆ 商売の才能が祖父から孫へ隔世遺伝する/祖父經商的才能隔代遺傳給孫子。

がくせい【学生】ガクセイ　学校で勉強している人。中 學生。E a student.

☆ わたしたちは学生のころからの友人だ/我們從學生時代起就是朋友。

☆ 学生運動/學生運動。

☆ 学生生活/學生生活。

☆ アルバイト学生/工讀生。

関連 児童、生徒

がくせつ【学説】ガクセツ　学問や研究をするうえでのいろいろな考え方。中 學說。E a theory.

☆ 日本人はどこから来たかについて新しい学説を発表する/發表關於日本人起源的新學說。

☆ 先生の学説に耳を傾ける/認真傾聽老師的學說。

がくぜん【愕然】ガクゼン　(「がくぜんとする」の形で)予想しなかったことにひどく驚くようす。中 愕然。E be startled; be shocked.

☆ 突然の父の死の知らせにがくぜんとする/突然聽到父親去世的消息，驚愕萬分。

☆ 司法試験に今年も不合格と聞いてがくぜんとした/聽到今年司法考試仍不及格感到愕然。

参 悪いこと、好ましくないことについていう。

かくだい【拡大】カクダイ〔～する〕　形や規模が大きくなること。また、大きくすること。中 擴大；放大。E magnify; expansion.

☆ 虫めがねで拡大して見る/用放大鏡來看。

☆ 事業の拡大を計画する/計畫擴大事業。

☆ 拡大解釈(=法律や規則のことばの意味を広くとること)/擴大解釋(=擴大法律或規則中條款的意義)。

☆ 拡大コピー/放大影印。

対 縮小

かくだいきょう【拡大鏡】カクダイキョー　１枚の凸レンズを使って、小さいものを大きくして見る道具。虫めがね。ルーペ。中 放大鏡。E a magnifying glass.

☆ 拡大鏡で宝石の鑑定をする/用放大鏡鑑定寶石。

☆ 祖父は拡大鏡を使って辞書を読んでいる/祖父用放大鏡查閱辭典。

がくだん【楽団】ガクダン　いろいろな楽器を使って音楽を演奏する人々のグループ。中 樂團；樂隊。E an orchestra; a band.

☆ 来年、大学のバイオリン科を卒業したらどこかの楽団に入りたい/明年從大學的小提琴科系畢業後，想進樂團工作。

☆ 楽団員/樂團成員；樂隊成員。

☆ 管弦楽団/管弦樂團。

かくち【各地】カクチ　それぞれの土地。中 各地；到處。E all over; various places.

☆ 世界の各地から人々が集まる/世界各地的人聚集一處。

☆ 全国各地を旅行する/到全國各地去旅遊。

かくちょう【拡張】カクチョー〔～する〕　広く大きくなること。広く大きくすること。中 擴大；擴張。E widen; enlargement.

☆ 道路を拡張したので、通りやすくなった/道路拓寬了，車輛的通行變得順暢。

☆ 飛行場の拡張 / 拓寬機場。

☆ 拡張工事 / 擴建工程。

☆ 胃拡張(＝胃の内部が異常にひろがったままになる病気)/ 胃擴張(＝胃內部異常地擴張的疾病)。

かくちょう【格調】カクチョー　文章、映画、演説などから受け手が感じる、上品でととのった調子。中 格調；風格。E tone; dignified; noble.

☆ 国民の心を打つ、格調の高い演説 / 演說格調高雅，打動國民的心。

☆ 格調正しい文章 / 文章立論正確。

がくちょう【学長】ガクチョー　大学の最高の責任者。中 大學校長。E a president.

☆ この大学では学長と学生の話し合いの時間がある / 這所大學有安排校長與學生的對話時間。

☆ 学長選挙 / 大學校長選舉。

かくてい【確定】カクテイ〔～する〕　はっきり定まること。定めること。中 決定；確定。E be decided; fix.

☆ 新政府の方針が確定した / 確定新政府的方針。

☆ 役員会で、工場移転の日時を確定した / 董事會決定工廠搬遷的日期。

☆ 確定申告(＝前年の所得に対する税を決めるために税務署に行う申告)/ 確實申報(＝為確定上一年的所得稅而向稅務機關的申報)。

対 不確定

かくど【角度】カクド　❶ たがいに交わる２本の直線や２つの面がつくる角の大きさ。中 角度。E an angle.

☆ 直角の角度は90度である / 直角的角度為90度。

☆ 角度をはかる / 測量角度。

☆ 角度の急な斜面 / 角度陡峭的斜面。

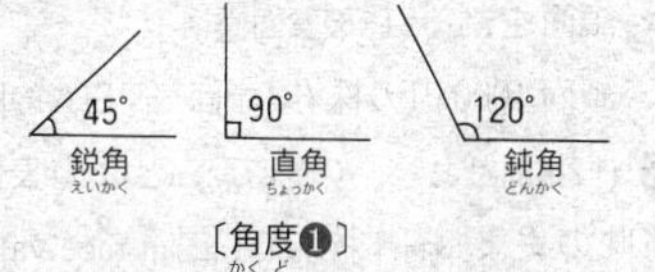

〔角度❶〕

❷ 見る立場。中 立場；角度。E a viewpoint.

☆ いろいろな角度から研究する / 從各種角度來進行研究。

☆ 角度を変えて考える / 換個角度思考問題。

かくとう【確答】カクトー〔～する〕　はっきりした返事。中 明確答覆。E a definite answer.

☆ いつ貸した金を返してくれるのか、確答してほしい / 希望你明確答覆何時能還錢。

☆ 確答を避ける / 不明確答覆；迴避明確答覆。

かくとく【獲得】カクトク〔～する〕　努力の結果、自分のものにすること。中 獲得；得到。E win; acquire.

☆ 試合に勝って賞金を獲得する / 比賽勝利獲得獎金。

☆ 政権を獲得する / 取得政權。

☆ 名誉を獲得する / 獲得名譽。

かくにん【確認】カクニン〔～する〕　確かにそうだと認めること。中 確認；證實。E confirm; identify.

☆ 品物を確認したうえで代金を払う / 確認商品之後再付款。

☆ 身分証明書で人物の確認をする / 以身份證對人進行確認。

がくひ【学費】ガクヒ　学校で勉強するために必要な費用。中 學費。E school expenses; tuition.

☆ 私立大学は学費が高いので、国立大学に入りたい / 因為私立大學學費高，所以想進國立大學。

☆ 学費をかせぐためにアルバイトを始めた / 為了賺取學費而開始打工。

☆ 学費がかさむ / 學費調漲。

参「学資」も似ているが、「学資」が学校に必要な費用のほかに、下宿代、食費など生活費もふくむのに対して、「学費」は授業料など学校関係の費用だけをいう。

がくふ【楽譜】ガクフ　音符などを使って、音楽の曲を書き表したもの。中 樂譜。E a score;

か

music.

☆ ショパンのピアノ曲の楽譜を買いに行った / 去買了蕭邦的鋼琴曲樂譜。

☆ 楽譜を見ながらバイオリンをひく / 看著樂譜拉小提琴。

数 1部・1枚

がくぶ【学部】ガクブ、ガクブ　大学で、学問の専門別に分けた部門。中 系。E a college; a faculty; a department.

☆ この大学には国際学部、情報学部、文学部の３学部がある / 這所大學設有國際、資訊及文學三個學院。

☆ 学部長 / 院長。

がくふう【学風】ガクフー　❶ 学問をするうえでの考え方の特徴。中 學風；治學風格。E academic features; a school.

☆ あの先生の学風は合理主義的で、しかも人間的である / 那位老師的學風不僅合理，而且饒富人情。

☆ 学風をつぐ / 繼承前任的治學風格。

❷ 学校、特に大学の伝統的な気風。中 校風；學校風氣。E school traditions.

☆ この大学の自由な学風にあこがれて入学した / 嚮往這所大學自由的校風而考進了。

がくぶち【額縁】ガクブチ　絵、写真、書などを入れて壁に飾るためのわく。中 書框；鏡框；匾額。E a frame.

☆ 卒業の記念写真を額縁に入れて飾る / 用相框把畢業紀念照裝飾起來。

☆ 下手なわたしの絵も、額縁に入れるとよく見える / 我畫得不好，但放入畫框裡就顯得好看了。

数 1枚・1面

かくべつ【格別】カクベツ　ふつうとは程度がまったく違うようす。中 特別；特殊；格外。E particularly; exceptionally.

☆ 血液検査の結果、格別異常はないと言われた / 根據血液檢查結果，沒有特別異常的現象。

☆ けさの寒さは格別で、水道管が凍っていた / 今天早晨特別冷，水管都結凍了。

かくほ【確保】カクホ〔～する〕　必要なものを、しっかりつかんでおくこと。中 確保；確實保住。E secure.

☆ 住民のためのじゅうぶんな食糧を確保する / 一定要確保居民有足夠的糧食。

☆ 交通手段の確保 / 確保交通設施。

かくま・う　カクマウ〔他動五〕(かくまって)　追われている人を見つけられないように隠す。中 隱匿；隱藏；窩藏。E shelter; harbor.

☆ 暴力団から逃げてきた女の子をしばらくかくまってやった / 把從幫派逃出的女孩暫時隱藏起來。

☆ 犯人をかくまう / 窩藏罪犯。

かくめい【革命】カクメイ　❶ 国家の権力をうばい取り、社会の組織を急激に根本的に変えること。中 革命。E a revolution.

☆ 革命が歴史の流れを変える / 革命改變了歷史的潮流。

☆ 革命を起こす / 發動革命。

☆ フランス革命 / 法國革命。

❷ 根本的な変化。中 大變革；革新。E a revolution; a radical change.

☆ 電話の発明は人類に大きな革命をもたらした / 電話的發明給人類帶來一場大革命。

☆ 産業革命 / 產業革命。(→ 項目)

▷ →クーデター

がくめん【額面】ガクメン　❶ 証券や貨幣などに書いてある金額。また、給料で、税金、保険料などを引かれる前の金額。中 額面；面值；票面。E face value; the gross income.

☆ 給料の額面は多いが、手取りは少ない / 名目上工資很多，但實際收入並不多。

☆ 額面を割る / 跌破票面價格。

☆ 額面 1000 円の株券 / 票面一千日圓的股票。

❷ (「額面どおり」の形で)ことばの表面上の意味のまま。中 不折不扣。E at face value.

☆ 部長のほめことばは、額面どおりには受け取れない/對經理的溢美之辭，受之有愧。

がくもん 【学問】ガクモン ❶〔～する〕学ぶこと。また、学んで身につけた知識。中 學問；學識。E learning; studies.

☆ A先生に、学問する楽しさを教えられた/向A先生請教學問的樂趣。

☆ 学問に励む/努力鑽研學問。

☆ 耳学問(=深く勉強したのではなく、聞いてえた知識)/口耳之學；道聽塗說之學；一知半解的學識（＝非努力鑽研而是從旁邊聽來的知識）。

❷ 体系的にまとめられた知識や理論。中 學問；科學。E a science.

☆ おもしろいテーマだが、学問としての価値はない/儘管是一個有趣的主題，但沒有作為學問的價值。

☆ 学問の世界は毎日進歩している/學術的發展日新月異。

がくや 【楽屋】ガクヤ 劇場の舞台裏にある、出演者が準備をしたり休んだりするための部屋。中 後台；演員休息室。E a dressing room; a greenroom.

☆ 役者の楽屋に花束をとどける/把鮮花送到演員休息室。

☆ 休憩時間に、ちょっと楽屋をのぞいてきた/演出休息時間到後台看了看。

かくやく 【確約】カクヤク〔～する〕 必ずそのようにすると約束すること。また、その約束。中 保證；確定。E a definite promise.

☆ 期限内に返すという確約をえている/(他)保證在期限內歸還。

☆ 確約はできないが、たぶん来年には課長になれるだろう/沒有確實把握，大概明年能當上課長吧!

かくやす 【格安】カクヤス ふつうの値段よりずっと安いようす。中 特價；特別便宜。E a bargain; a good buy.

☆ 型が古いので格安で売る/款式過時，所以特價出售。

☆ まとめて買えば格安になる/統一購買的話會特別便宜。

がくようひん 【学用品】ガクヨーヒン、ガクヨーヒン ノートや鉛筆など、学校で必要な品物。中 學習用品；文具。E school supplies.

☆ 新学期の始まる前に学用品を買ってそろえておく/新學期開始前，把學習用品購買齊全。

☆ 最近は学用品の種類がとても増えた/最近學習用品的種類增加了很多。

かくり 【隔離】カクリ、カクリ〔～する〕

❶ 人やものからへだたること。また、へだてること。中 隔絕；隔離。E isolate; segrigate.

☆ 文明社会から隔離された無人島で何日生きられるか/在與文明隔絕的無人島上能活幾天?

☆ 人種隔離政策/種族隔離政策。

❷ 伝染病の患者を、別の病室に離しておくこと。中 隔離；隔開。E quarantine; isolate.

☆ コレラ患者を隔離する/隔離霍亂的病患。

☆ 隔離病棟/隔離病房。

かくりつ 【確立】カクリツ〔～する〕 しっかりした制度、組織、人格、関係などができること。また、つくること。中 確立；確保。E establish.

☆ 民主主義体制が確立する/確立民主主義的體制。

☆ 両国の友好関係の確立をめざす/旨在確立兩國的友好關係。

かくりつ 【確率】カクリツ あることが起こりうる割合。中 概率；準確率；可能性。E probability.

☆ 医学の進歩により、病気で死ぬ確率が低くなった/由於醫學進步，疾病的死亡率降低了。

☆ あすの雨の降る確率は10パーセントだ/明天的降雨率為百分之十。

かくりょう 【閣僚】カクリョー 内閣を構成している各国務大臣。ふつう、総理大臣をふくまない。[中] 閣員；閣僚；部長。[E] a Cabinet minister.

☆ 総理大臣が閣僚を集めて閣議を開く/總理召集閣僚開會。

☆ 閣議経験者 / 當過内閣的人士。

がくりょく【学力】ガクリョク、ガクリョク 勉強して身につけた知識や能力。[中] 學力；學習成績。[E] scholastic ability.

☆ 病気で長く休んでいたので、だいぶ学力が落ちた/因病請長假，學業成績下降了許多。

☆ 学力がつく / 提高學力。

がくれい【学齢】ガクレイ ❶ 子供が義務教育を受ける年齢。日本では満6歳から15歳まで。[中] 義務教育的年齢；學齡。[E] school age.

☆ あの人には学齢期の子供が3人いる/他有三個學齡期的孩子。

❷ 子供が小学校に入学する年齢。日本では満6歳。[中] 學齡。[E] school age.

☆ 子供が学齢に達するまでに国に帰りたい/想在孩子達到學齡前回國。

がくれき【学歴】ガクレキ その人がどんな学校を出たかということ。[中] 學歷。[E] (an) educational background.

☆ 学歴によって採用するかしないかを決めるのはよくない / 根據學歷來決定是否錄用是不好的。

☆ 学歴社会 / 重視學歷的社會。

かくれみの【隠れみの】カクレミノ 本当の考えを隠すための手段。また、世間をごまかし、不正を隠して身を守るための手段。[中] 隱藏；假裝。[E] a cover.

☆ 税務署が調べたところ、あの会社は政治家の所得を隠すための隠れみのに使われていることがわかった/税務局經過調查，弄清楚了那家公司是被用來作為隱藏政治人物資金收入的手段。

かく・れる【隠れる】カクレル〔自動一〕

❶ ものの後ろになって見えなくなる。[中] 隱藏；遮蔽。[E] be hidden.

☆ 月が雲に隠れて見えなくなった / 月亮被雲遮蔽看不見。

☆ 弟はドアの裏側に隠れて、父をおどかそうと待っている / 弟弟躲在門後，等著嚇唬爸爸。

[対] 現れる

❷ 人に知られないような状態にある。[中] 埋沒；隱蔽。[E] hidden.

☆ 隠れている才能を引きだす / 發掘被埋沒的才能。

[対] 表れる ▷ [他動] 隠す

かくれんぼ【隠れんぼ】カクレンボ 子供の遊びの1つ。鬼になった子が隠れた子をさがしだし、最初に見つけられた子がつぎに鬼となる。かくれんぼう。[中] 捉迷藏。[E] hide-and-seek.

☆ 子供のころはよく裏庭でかくれんぼをしたものだ / 孩提時代常在院子裡玩捉迷藏。

がくんと ガクント ❶ 突然、大きく動いたり揺れたりするようす。[中] 猛然；喀嚓一聲；猛然一下子。

☆ 電車が急に止まり、がくんと揺れた / The train lurched when it came to a sudden stop. / 電車突然停止，猛然晃了一下。

❷ 状態が急に悪くなるようす。[中] 猛然。

☆ 石油の急激な値上がりで、景気ががくんと悪くなった / The economy took an abrupt turn for the worse with the steep hike in the oil price. /石油價格飛漲，景氣一下子變得蕭條。

▷ [話]

[参] ❷は「がたっと」と似ているが、「がたっと」が変化の大きさに重点があるのに対して、「がくんと」は変化の動きの面に重点がある。

かけ カケ ❶ かけること。[中] 打賭；賭。[E] a bet.

☆ ラスベガスでかけに負けて財産を失った/在拉斯維加斯賭輸了財產。

❷ 運を天にまかせて、思いきってなにかをすること。中 碰運氣；聽天由命。E a gamble; a game of chance.

☆ この事業が成功するかどうかわからないが、思いきってかけをしてみよう / 不知這項事業能否成功，下了決心賭一下吧！

☆ 結婚は一種のかけだ / 婚姻如同一種賭注。

▷ 他動 かける

かげ【陰】カゲ ❶ ものにさえぎられて、光、風、雨などの当たらない所。中 日陰；背光處；陰涼。E shade.

☆ 夏は木の陰が涼しい / 夏天樹下陰涼。

☆ 岩の陰で寒さをしのぐ / 到岩石背面避寒風。

❷ ものに隠れて見えない所。中 背後；後面；看不見的地方。E behind.

☆ ドアの陰にだれかいる / 門後有人躲藏著。

☆ 太陽が山の陰に沈む / 太陽下山。

❸ 多くの人に知られないところ。中 背後；暗地；暗中。E behind one's back; behind the scenes.

☆ 陰で人のうわさをする / 在背後議論別人。

☆ 成功の陰に涙あり / 成功的背後有流不盡的淚水。

☆ 陰の苦労 / 暗中辛勞（默默耕耘）。

❹（「おかげ」の形で）⇨おかげ

陰になりひなたになり ある時は見えないところで、ある時は見えるところで、助けたり守ったりするようす。中 明裡暗裡；人前人後。E both openly and secretly.

☆ 心のやさしい兄は陰になりひなたになり、わたしを助けてくれる / 心地善良的哥哥明裡暗裡都幫我。

似た表現 陰に陽に

陰ひなたなく 見えないところでも見えるところでも同じようにふるまうようす。中 人前人後一樣地；表裡如一。E faithfully; honestly.

☆ あの社員は陰ひなたなくよく働く / 那位職員人前人後都一樣努力工作。

かげ【影】カゲ ❶ 光がものに当たったときにできる、暗くてそのものの形をした部分。中 影；影子。E a shadow.

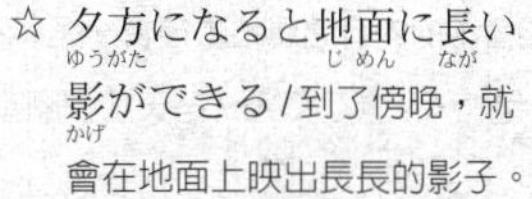

〔影❶〕

☆ 夕方になると地面に長い影ができる / 到了傍晚，就會在地面上映出長長的影子。

☆ 影絵 / a shadow picture. / 影子畫；剪影。

❷ 姿や形。中 形象。E an image; a reflection.

☆ 湖に富士山の影が映っている / 湖面上映出富士山的倒影。

☆ 人影 / 人影。（→ 項目）

❸ なにか悪いことがらの影響。中 陰影；影響；壞影響。E a shadow; a trace.

☆ 街を歩くと、戦争の影が感じられる / 走在街上，仍能感觸到戰爭的陰影。

影が薄い 印象が弱い。中 印象淺。E unimpressive.

☆ 5人もきょうだいがいると、中には影が薄い子がいるものだ / 如果兄弟姊妹有五個，當中就會有不顯眼的。

影も形もない もとあったものが、予想に反して、まったく見えない。中 無影無蹤；完全改觀。E disappear without a trace.

☆ 20年ぶりに故郷に帰ってみると、家は影も形もなくなっていた / 二十年返故鄉，老家房子已無蹤影。

がけ ガケ 山や岸が壁のように切りたっている所。中 懸崖；絕壁。E a cliff; a precipice.

☆ あの山道は非常にけわしくて、両側ががけになっている / 那條山路很危險，懸崖絕壁聳立兩旁。

☆ がけがくずれる / 懸崖倒塌。

☆ がけをよじ登る / 攀登懸崖絕壁。

かけあし【駆け足】カケアシ〔～する〕

❶ すこし速く走ること。中 快跑；跑步。E a run.

☆ 信号が赤になりそうなので、駆け足で横断歩道を渡った / 快要變紅燈了，所以快步通過行人穿越道。

❷ ものごとを急いですること。急に動作が

行われること。中 跑步似地；急急忙忙；草率地。E hurriedly; just around the corner.

☆ 試験に出そうな所を、駆け足で復習する/把考試可能會出的內容急急忙忙複習一遍。

☆ 冬が駆け足でやってくる/冬天加快腳步匆匆來臨。

かけい【家計】カケイ　その家の収入と支出の状態。中 家計；家庭經濟；生活。E a family budget.

☆ 教育費がかかるので、家計が苦しい/由於需要繳學費，所以家計困難。

☆ 家計を助けるためにアルバイトをする/課外打工賺錢來彌補家庭開銷。

☆ 家計簿/家計記錄本；家計簿。

かけおち【駆け落ち】カケオチ〔～する〕結婚を許されない恋人どうしが、一緒に暮らしたくて、よその土地へ逃げること。中 私奔。E elope; run away.

☆ 姉は、どうかわたしたちをさがさないでくださいという置き手紙をして駆け落ちした/姊姊留下一封「請不要找我們」的信就私奔了。

☆ 駆け落ちしようとしたが、親に見つかって連れもどされた/正打算要私奔，卻被父母發現，而被帶了回來。

かけがえのない　非常にたいせつで、代わりになるものがない。中 無可替換的；無比寶貴的。E irreplaceable; irrecoverable.

☆ あなたはわたしにとって、かけがえのない人です/對我來說，你是無可取代的人。

☆ かけがえのない命/無比寶貴的生命。

かげき【過激】カゲキ　考え方や行動が非常に激しいようす。中 過激；過火；激進。E radical; extreme.

☆ 学生たちは過激な反政府運動を続けた/學生繼續進行激烈的反政府運動。

☆ 責任を取って幹部は全員やめろ、という過激な意見も出た/為承擔責任口，提出了要全體幹部辭職的過份要求。

対 穏健

かげき【歌劇】カゲキ　オーケストラの音楽に合わせて、歌手が歌いながら演じる劇。オペラ。中 歌劇。E an opera.

☆「カルメン」ははなやかで変化に富んだ歌劇だ/《卡門》是一齣高雅且富情節變化的歌劇。

☆ 歌劇に出演する/演出歌劇。

かけきん【掛け金】カケキン、カケキン

❶ 毎日、あるいは毎月決まった額を積み立てたり支払ったりするばあいの、その金。中 按天(月)積存(繳納)的錢。E an installment; a premium.

☆ 積み立て貯金の掛け金を毎月払う/每月繳錢積存儲金。

☆ 生命保険の掛け金/分期繳納壽險金。

❷ 後から代金をもらう約束で渡した品物の、その代金。中 賒欠貨款。E a bill.

☆ 掛け金を集金する/催收賒欠貨款。

かげぐち【陰口】カゲグチ　いない所で、その人の悪口を言うこと。また、その悪口。中 暗中說壞話。E backbiting; malicious gossip.

☆ 陰口が社長の耳に入ったらたいへんだ/暗中說壞話，要是被總經理聽到可不得了。

☆ 陰口をたたく(=悪いうわさ話をする)/造謠中傷(＝說別人的壞話)。

かけごえ【掛け声】カケゴエ、カケゴエ

❶ 拍子をとり、また勢いをつけるために出す声。中 吆喝；吆喝聲。E a shout (to mark time, of encouragement).

☆ 手拍子に合わせて、掛け声をかける/手打著拍子出聲喊叫。

☆ 掛け声をかけてみこしをかつぐ/吆喝著抬神轎。

❷ 見ている人が応援のために出す声。中 喝采；喝采聲援。E a cheer.

☆ 歌舞伎では、お客の掛け声はなくてはならないものだ/歌舞伎表演，需要觀眾的喝采聲援。

☆ 応援団の掛け声に励まされて、最後まで走った/受到啦啦隊喝采聲的鼓勵，終於跑到了終點。

❸ なにかをやろうという呼びかけ。中呼籲；號召。E (take) the initiative.

☆ きみが掛け声をかけてくれたら、あとはぼくがまとめよう/您只要登高一呼，之後的事由我來處理。

かけこ・む【駆け込む】カケコム、カケコム〔自動五〕**(かけこんで)**　急いで中に入る。中跑進。E run into.

☆ 発車のベルが鳴っている電車に駆けこんだ/我飛快地跑進開車鈴響的電車。

☆ 遅刻して教室に駆けこんだ/因為遲到，急忙跑進教室。

名駆け込み

かけざん【掛け算】カケザン〔～する〕　ある数や式にある数や式をかけてその結果を求める計算。「13×6」「3χ×(5＋6y)」のような計算。中乘法。E multiplication.

☆ 1個150円のリンゴを5個買うといくらになるか、掛け算をしてお金を払う/一個蘋果一百五十日圓，買五個，乘一乘看需要付多少錢。

対割り算

かけじく【掛け軸】カケジク　床の間などにかけて鑑賞する、文字や絵のかいてある巻き物。中掛軸；有軸的字畫。E a hanging scroll.

☆ 床の間に、季節に合った掛け軸をかける/在壁龕裡掛著應時的掛軸。

数1幅・1本　→座敷図

かけずりまわ・る【駆けずり回る】カケズリマワル、カケズリマワル〔自動五〕**(かけずりまわって)**　あちこち走りまわる。話中東奔西跑；到處奔跑；亂跑亂竄。E run about.

☆ ほしい本をさがして、本屋を駆けずりまわった/為了找一本想要的書，走遍了大小書店。

かけだし【駆け出し】カケダシ　その仕事についたばかりの人。中生手；新手。E a novice.

☆ いまは漫画家として名前も知られるようになったが、駆け出しのころは苦労の連続だった/剛入門學畫時期，著實吃了不少苦頭，現在已是成名漫畫家。

☆ 駆け出しの新聞記者/新進的報社記者。

対ベテラン　自動駆け出す

かけつ【可決】カケツ〔～する〕　議会、会議などで、出された案に賛成する人のほうが多いと認めて、正式に決めること。中通過。E approve; pass.

☆ 全会一致で可決する/全會一致通過。

☆ 衆議院では可決されたが、参議院では否決された/在衆議院雖然通過，但在參議院遭否決了。

対否決

かけつ・ける【駆けつける】カケツケル、カケツケル〔自動一〕　急いで目的の所にいきつく。中急忙趕到(目的地)；跑到；跑來；跑去。E run to; hurry to.

☆ 学校が火事だと聞いて駆けつけた/聽到學校發生火災急忙跑回學校。

☆ 会社が終わってからパーティーに駆けつけた/公司下班後，急忙趕去參加宴會。

かけっこ【駆けっこ】カケッコ〔～する〕　一緒に走って、だれが速いかを比べること。話中賽跑。E a footrace.

☆ あそこの木まで、どちらが早く着くか、駆けっこしよう/我們比賽看誰先跑到那棵樹下。

かげながら【陰ながら】カゲナガラ、カゲナガラ　相手から見えないところで、相手のことを思うようす。中暗自；在背後。E secretly; in one's heart.

☆ 1日も早く退院できることを、陰ながら祈っております/我暗中祈禱能儘早出院。

かけはな・れる【懸け離れる】カケハナレル、カケハナレル〔自動一〕　2つのものの間が遠く離れている。違いが非常に大きい。中相距太遠；頗有距離；相差懸殊。E be far from; be quite different from.

☆ あの姉妹は年がかけ離れている/那兩姊妹年齡相差懸殊。

☆ その考えはあまりにも現実とかけ離れている/他那種想法與現實相距甚遠。

かけひき【駆け引き】カケヒキ、カケヒキ〔～する〕 商売や交渉などで、相手のようすを見ながら、自分につごうのいいように話を進めること。中伺機進退；討價還價；耍手腕。E tactics; maneuvering.

☆ かけひきが上手な人に交渉してもらう/讓善於討價還價的人去進行交渉。

☆ 外交上のかけひき/外交手腕。

かけぶとん【掛け布団】カケブトン 寝るときに、体の上にかけるふとん。中被子。E a quilt; a coverlet.

☆ 夏は薄い掛けぶとんをかけて寝る/夏季蓋薄被睡覺。

☆ 掛けぶとんから足を出して寝ている子供/把腳伸出被子睡覺的孩子。

対敷き布団 数1枚 →布団図

かけもち【掛け持ち】カケモチ〔～する〕 2つ以上の場所での仕事や役目を1人で引き受け、それをすること。中兼職；兼任。E hold two or more positions concurrently.

☆ 2つの学校をかけもちで教える/在兩所學校兼任教職。

☆ 母は社長業と主婦業のかけもちで忙しい/媽媽既當總經理又是家庭主婦，忙得不可開交。

かけら カケラ ❶ものが割れてできた、小さな一部分。中碎片；碴兒。E a broken piece; a fragment.

☆ 割れた皿のかけらを集めてのりでくっつける/把打碎的盤子聚集在一起用膠水黏住。

☆ クッキーのかけらを犬にやる/把餅乾屑拿去餵狗。

❷(「かけらもない」の形で)ほんのすこしもない。中毫無。E not a speck of.

☆ 同情心のかけらもない、冷たい男/他是毫無同情心的冷血男人。

か・ける【欠ける】カケル〔自動一〕 ❶かたいものの一部がこわれて、取れる。中缺口；裂縫。E break; chip.

☆ かたい木を切ったら、ナイフの刃が欠けてしまった/砍很硬的木頭，結果刀刃上砍出了缺口。

☆ ふちの欠けた茶碗/邊緣有缺口的碗。

❷必要なものがない。中缺；缺乏；缺少。E lack; be missing.

☆ なにをするにも気力が欠けていたらだめだ/缺乏力氣的話什麼都做不了。

☆ 文学全集の1冊目が欠けている/文學全集尚缺第一冊。

❸月が細くなる。中(月)缺；虧。E wane.

☆ 満月を過ぎて、月が欠けはじめた/滿月過後就開始出現月蝕(現象)。

対満ちる

▷他動欠く

か・ける【掛ける・架ける・懸ける】カケル〔他動一〕 ❶上でとめて落ちないようにする。また、しっかりとその状態にする。中掛；懸掛。E hang; put on.

☆ 壁に絵をかける/把畫掛在牆上。

☆ 肩にかばんをかける/肩上背書包。

☆ めがねをかける/戴眼鏡。

❷腰を下ろす。中坐。E sit (down).

☆ 道ばたの石にかけて休む/坐在路旁石頭上休息。

☆ いすにかける/坐在椅子上；坐椅子。

❸多くの金や時間を使う。中花費。E spend; take (time).

☆ 教育に金をかける/把錢花在教育上。

☆ 時間をかけて新聞を読む/花時間看報紙。

❹機械や装置を働かせる。中開動；開。E start;

play.

☆ エンジンをかける / 發動引擎。

☆ CD をかける / 放 CD。

❺ なにかの影響があるようにする。

☆ 親に苦労をかける / cause one's parents trouble. / 讓父母操心。

☆ 盗みの疑いをかけられる/被懷疑涉及竊案。

❻ 離れた所をなにかでつなぐ。中 架；鋪上；打(電話)。E build (a bridge); call.

☆ 川に橋をかける / 在河上架橋。

☆ 友達に電話をかける / 打電話給朋友。

❼ ものの上に、おおうようになにかを載せる。中 蓋上；蒙上。E cover; sprinkle.

☆ ベッドにカバーをかける / 鋪床罩。

☆ サラダに塩をかける / 在沙拉中撒鹽巴。

❽ 掛算をする。中 乘。E multiply.

☆「2×3＝6」は、「2かける3は6」と読む / 2 × 3=6 讀作 2 乘 3 等於 6。

対 割る

❾ 失敗したらその大切なものを失う覚悟で行働する。中 不惜一切；豁出一切。E risk (one's life).

☆ 命をかけて戦う / 豁出命去戰鬥。

☆ 自分の地位をかけて政治改革に取り組む/賭上自己的地位，來推行政治改革。

❿ (「〜から…にかけて」の形で)時間や場所の範囲を表す。中 (從〜一直)到。E from ~ to ….

☆ 月末から来月の初めにかけて、九州へ出張する / 從本月末至下月初，到九州出差。

☆ 駅から学校にかけて、桜の並木が続いている / 從車站到學校，道路兩旁盡是櫻花樹。

⓫ (動詞の「ます」形について)(1)なにかの動作を始めた状態を表す。中 表示動作剛開始。

☆ 電車のドアが閉まりかけている / The train door is beginnning to close. /電車的門正要關上。

☆ 夕ごはんを食べかけたとき、友達が遊びにきた / 正要吃晚餐時，朋友來串門子。

(2) 他の人やものに、その動作を向けることを表す。中 表示把某種動作加在別人身上。

☆ スキーを壁に立てかける / rest one's skis against the wall. / 把滑雪板靠在牆上。

☆ 話しかける / speak to. / 打招呼；跟〜說話。

▷ 自動 掛かる・架かる・懸かる

注 漢字で書くときは、❻で、橋、電線などのばあいは「架ける」。⓫はひらがなで書く。

〜にかけては 〜に関しては。中 論；關於。E as far as ~ is concerned; of.

☆ 料理にかけては自信がある / 論烹調技術，我信心十足。

か・ける【駆ける】 カケル〔自動一〕 速く走る。中 快跑；奔跑；跑。E run; dash.

☆ 時間がなかったので駅まで駆けていった/因時間不多，跑步到車站。

か・ける カケル〔他動一〕 ゲームなどで、勝った人が金やものをもらう約束で勝ち負けを争う。中 打賭；賭輸贏。E bet; gamble.

☆ 金をかけてマージャンをする/打麻將賭錢。

名 かけ

かげん【加減】 カゲン　❶〔〜する〕加えることと減らすこと。また、足し算と引き算。中 加減；加法和減法。E addition and subtraction.

☆ 加減算 / 加減法。

☆ 加減乗除(＝足し算と引き算と掛け算と割り算)/加減乘除(＝加法、減法、乘法和除法)。

❷〔〜する〕ちょうどよくすること。中 調整；調節。E adjust; fix.

☆ 力の入れ方をかげんする / 調節用力方法。

☆ ブレーキを踏むかげんがむずかしい/煞車要踩到恰到好處不容易。

❸ ものごとのぐあい、調子、程度。中 程度；狀態；情況。E condition; a state (of health).

☆ 光のかげんで色が違って見える / 因亮度不同，顏色看起來也不一樣。

☆ おかげんはいかがですか /您(的身體)感到怎樣。

❹ (名詞、動詞の「ます」形について)(1)そのことの程度を表す。中 程度。

☆ 湯かげんをみてからふろに入る/試試洗澡水的水溫，再進去。

☆ 楽器の糸の張りかげんで音が変わる/調整樂器的弦來改變音調。

☆ 塩かげん/ seasoning with salt. /鹹度；鹹淡。

(2) すこしそのようすであること。中 狀態；情況。

☆ 国民の生活が上向きかげんになった/國民的生活水準提高了。

☆ うつむきかげんで歩く/ walk bending slightly forward. /略彎著腰走路。

かこ【過去】カコ　❶ いまより前の時。中 過去；既往。E the past.

☆ 過去のことを思いだす/回想起過去的事情。

☆ 過去の記録を調べる/調查一下過去的記載。

❷ 過ぎ去ったこと。これまでの事情。これまでの知られたくない事情。中 過去；往事；前科。E one's past life.

☆ おたがいの過去を隠してつきあう/相互隱瞞對方的過去而交往。

☆ 過去のある人/來歷複雜的人。

▷ 関連 ❶ 現在、未来

かご　カゴ　竹などで編んだり、プラスチックなどでつくったりしてある、やや深めの入れ物。中 筐；籃；籠；簍。E a basket.

〔かご〕　〔ざる〕

☆ ブドウをつんでかごに入れる/摘下葡萄放入筐內。

☆ 買い物かご/購物籃。

☆ 揺りかご/ a cradle. /搖籃；搖車。

☆ 鳥かご/鳥籠。

かこい【囲い】カコイ　自由に出入りできないように、板などでまわりにつくったもの。中 圍柵；柵欄。E an enclosure; a fence.

☆ 鶏をかこいの中で飼う/把雞關進柵欄餵養。

☆ ビルのまわりにかこいをつくって工事をする/在大樓四周圍上柵欄施工。

他動 囲う

かこう【下降】カコー〔～する〕　下に下がること。書 中 下降。E a decline; go down; fall.

☆ 出生率が下降の傾向にある/出生率呈現下降的趨勢。

☆ 景気の下降/經濟蕭條；景氣蕭條。

☆ 下降線/ a downward curve. /下降曲線。

対 上昇

かこう【火口】カコー　火山の、とけた岩、灰、煙などを噴きだす口。噴火口。中 噴火口；火山口。E a crater.

☆ 火山の爆発で新しい火口ができた/火山爆發形成新的火山口。

☆ 火口に水がたまって、湖になった/火山口積火成湖。

かこう【加工】カコー〔～する〕　もとのものに手を加えて、別の製品をつくること。中 加工。E process; manufacture.

☆ 牛乳を加工して、チーズをつくる/把牛奶加工製成乳酪。

☆ 原料を輸入し、製品に加工して輸出する/進口原料，出口成品。

☆ 加工品/加工品。

かごう【化合】カゴー〔～する〕　2種類以上の物質が一緒になり、化学的に反応して、まったく別の物質ができること。中 化合。E chemical combination; combine with.

☆ 水素と酸素が化合して水ができる/氫與氧化合成水。

☆ 酸素はいろいろなものと化合しやすい/氧氣易於與各種物質起化合作用。

☆ 化合物/化合物。

かこく【苛酷・過酷】カコク　❶ 厳しくいじめ、苦しめるようす。中 殘酷。E harsh; cruel.

☆ むかしの地主は農民を苛酷に扱った/舊社會地主殘酷地剝削農民。

❷ 非常に厳しいようす。中 嚴酷；苛刻；嚴厲；嚴重；嚴格。E severe; oppressive.

☆ 3回遅刻したら退学とは過酷な校則だ/遲到三次就退學，真是嚴格校規。

☆ 過酷な要求/苛刻的要求。

▷ 書

注 ❶は「苛酷」、❷は「過酷」。

かこつ·ける カコツケル、カコツケル〔他動一〕 なにかをするために、関係のないことを理由や口実にする。中 藉故；藉口。E under the pretext of; use something as an excuse.

☆ 病気にかこつけて会社を休んだ/藉病不去公司上班。

☆ 子供の入学式にかこつけてスーツを新しくつくった/參加孩子入學典禮，藉機做了一套新西裝。

かこ·む【囲む】カコム〔他動五〕(かこんで) もののまわりをなにかが取り巻く。中 圍；包圍；圍繞；圍上；環繞。E surround; sit around (a table).

☆ 日本は海にかこまれている/日本四面環海。

☆ 家族でテーブルをかこんで食事をする/一家圍坐在餐桌吃飯。

☆ 先生をかこんでのクラス会/邀請老師出席的同學會。

名 囲み

かさ【傘】カサ 雨、雪、日光などを防ぐために、手で頭の上に高くかざして使うもの。中 傘；雨傘。E an umbrella; a parasol.

☆ 傘をさして歩く/撐著傘走路。

☆ 折りたたみ傘/摺疊傘。

☆ 日傘(=晴れたときにさす傘)/遮陽傘(=晴天用的傘)。

数 1本 →雨具図

かさい【火災】カサイ 「火事」の改まった言い方。中 火災。E a fire.

☆ 昨日、都内で5件の火災が発生した/昨天，東京都內發生了五起火災。

☆ 火災報知機(=火災の発生を知らせる装置)/火災警報器(=發生火災的警報裝置)。

☆ 火災保険/火災保險。

数 1件

かさかさ カサカサ、カサカサ〔~する〕

❶ 乾いたものが軽くふれ合う音を表す。中 沙沙地響。

☆ 風で枯れ葉がかさかさ(と)音を立てた/The dead leaves rustled in the wind. /風颳得枯葉沙沙響。

❷ 水分がたりなくなっているようす。中 乾燥；不濕潤。

☆ 日照り続きで、土の表面がかさかさに乾いている/The ground is parched from the long drought. /連續日曬，地面乾裂。

☆ 冬、空気が乾燥してくると、くちびるがかさかさになる/冬天空氣乾燥，嘴唇容易乾裂。

❸ 精神的にゆとりのないようす。中 精神緊張。

☆ 仕事に追われていると、心がかさかさになるような気がする/Being pressed with work, feel I am burned out. /天天忙於工作，感到索然乏味。

▷ →がさがさ

がさがさ ガサガサ、ガサガサ〔~する〕

❶ 乾いたものが強くふれ合う音を表す。中 沙沙地響。

☆ 新聞紙をがさがさ(と)いわせながら、茶碗や皿を包む/wrap bowls and dishes with old newspaper, with a rustling sound. /用報紙包碗盤，弄得沙沙直響。

❷ 水分がたりなくて荒れているようす。中 乾巴巴的；粗糙貌。

☆ 洗剤をたくさん使って大掃除したら、手ががさがさになった/When I used a lot of cleanser in spring cleaning, my hands got all chapped up. /因為大掃除中用了很多洗潔劑，手變得乾巴巴的。

▷ →ごそごそ

か

参「かさかさ」も似ているが、「がさがさ」のほうが、❶は音が大きく騒がしく、❷は荒れ方がひどい。

かざかみ【風上】カザカミ 風が吹いてくる方向。中 上風；逆風。E the windward.

☆ 風上に立って、煙をよける/站在上風處，躲開煙霧。

☆ 風上のほうからいいにおいが流れてくる/一股清香隨風飄來。

対 風下

風上にも置けない あるグループの一員として扱う値打ちがないほど性質や行動が悪い。中 令人嗤之以鼻，不屑為伍。E be a disgrace to.

☆ 人のものを盗むなんて、友達の風上にも置けないやつだ/他偷人家的東西，不配做我們的朋友。

かざしも【風下】カザシモ 風が吹いていく方向。中 下風；順風。E the leeward.

☆ 煙が風上から風下のほうに流れる/煙由上風處吹往下風處。

☆ 火事のとき、風下は危険だ/發生火災時，順風方向很危險。

対 風上

がさつ ガサツ ことばや動作が荒っぽく、上品さに欠けるようす。話 中 粗野；不禮貌；粗心大意。E rude; rough.

☆ 妹はがさつだから、だいじな食器の片づけは頼めない/妹妹粗手粗腳的，不能讓她收拾珍貴的餐具。

☆ がさつなことばづかい/不禮貌的說法。

かさねがさね【重ね重ね】カサネガサネ 同じことが何度も繰り返されるようす。中 屢次；一次又一次。E repeatedly; hearty.

☆ 息子さんのご結婚にお嬢さんの就職決定と、重ね重ねおめでとうございます/再次恭喜令郎結婚、令嬡就職。

かさ・ねる【重ねる】カサネル〔他動一〕

❶ ものの上に同じようなものを載せる。中 擱在；重疊地堆放。E pile up; (wear) one over the other.

☆ 本の上に辞書を重ねて置く/把字典重疊地堆在書上。

☆ シャツを2枚重ねて着る/兩件襯衫套在一起穿。

❷ あることに同じようなことを、何度も加える。中 反覆；屢次；多次；一次又一次；再次。E repeat.

☆ きょうの試合のために毎日練習を重ねた/為了今日的比賽，每天反覆地練習。

☆ 実験を重ねる/反覆試驗。

▷ 自動 重なる

かさば・る カサバル〔自動五〕(かさばって) ものの大きさが、そのものの実質より大きい状態だ。中 體積大；佔地方。E be bulky.

☆ 箱に入れるとかさばるから、紙に包むだけでいいです/放入箱中佔地方，用紙包起來就行了。

☆ ポップコーンは軽いがかさばる/爆米花很輕但體積大。

かさぶた カサブタ 皮膚におできや傷ができたあと、新しい皮膚ができるまでの間そこをおおっている、かたい皮。中 瘡痂。E a scab.

☆ かさぶたができたから、傷はもうすぐ治る/傷口長出瘡痂，很快就會好了。

☆ かさぶたが取れる/瘡痂快脫落了。

かさ・む カサム、カサム〔自動五〕(かさんで)

❶ 費用や金額が積もって多くなる。中（費用、金額）增多；增大。E run up (to a large sum).

☆ 子供が生まれて生活費がかさむようになった/小孩出生後，生活費增加了。

☆ 借金がかさむ/借款增加。

❷ ものの体積や量が増える。中 增多；增大。E increase; accumulate.

☆ 引っ越しの荷物がかさんで、車がいっぱいになった/搬家的行李增多，汽車裝滿了。

かざり 【飾り】カザリ ❶飾ること。飾るもの。中装飾；裝飾品。E an ornament; a decoration.

☆ 胸にバラの飾りをつける / 在胸前別上一朵玫瑰飾花。

☆ お正月の飾り / 正月裝飾品；新年裝飾品。

❷ 実際の役に立たず、ただ形だけあるもの。中裝飾表面；擺設。E a figurehead; ornamental.

☆ あの会長はただの飾りで、仕事はなにもしていない / 那位會長不理會務，徒具虛名。

☆ 飾りポケット / 衣服的裝飾口袋；假口袋。

☆ 飾りボタン / 裝飾鈕扣。

▷ 他動 飾る

かざりけ 【飾り気】カザリケ 自分を飾って、人によく見せようとする気持ち。飾りっ気。中好裝飾；好修飾。E affectation.

☆ 飾り気のない、さっぱりした人 / 不做作，直爽、乾脆的人。

かざ・る 【飾る】カザル〔他動五〕(かざって)

❶ 見たとき感じがいいように、きれいなものを置いたりかけたりする。中裝飾；裝潢；擺設。E decorate; display.

☆ 部屋に花を飾って楽しむ / 房間裡裝飾點花使人感到愉快。

☆ 店に品物を飾る / 店裡陳設商品。

☆ 着飾る / 盛裝打扮。

❷ 表面だけよく見せる。中只裝飾表面；講究門面。E embellish; be affected.

☆ ことばを飾ってほめあげる / 用漂亮的話來表揚。

☆ 見かけを飾る / 裝飾外表；裝飾門面。

☆ 飾らない態度で接する / 以坦誠不掩飾的態度待人接物。

▷ 名 飾り

かざん 【火山】カザン 地下からの噴火でできた山。また、現在噴火している山。中火山。E a volcano.

☆ 火山が噴火して山の形が変わった / 火山爆發，山的形改變了。

☆ 火山性地震 / 火山性地震。

☆ 活火山(=いまでもときどき噴火する火山)/ 活火山(=至今仍時常噴出的火山)。

数 1座・1山

かし 【菓子】カシ 食事のとき以外に食べる、あめ、せんべい、クッキーなどの食べ物。お菓子。中點心；糕點。E a snack food; (a) cake; sweets.

☆ 甘い菓子の食べすぎは歯によくない / 甜點吃太多對牙齒不好。

☆ 洋菓子 / 西式點心。

☆ 和菓子 / 日式點心。

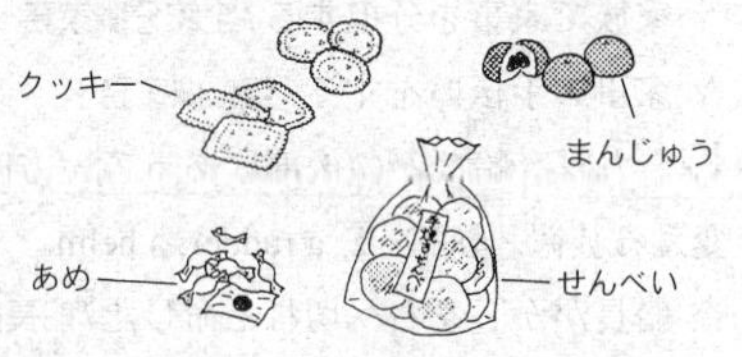

〔菓子〕

かし 【貸し】カシ ❶人に貸すこと。また、貸した金やもの。中借出；出租的東西。E a loan.

☆ 先月の貸しを返してもらう / 請歸還上個月的借款。

☆ 賃貸し(= 金を取ってものを貸すこと)/ 出租；租賃(=用錢買了東西再租賃出去)。

対 借り

❷ 相手の利益になることをしてあげること。中有恩惠。E be indebted to a person.

☆ 宿題を手伝ってやったから、二郎には貸しがある / 我幫二郎做功課，所以二郎欠我一份情。

対 借り ▷ 他動 貸す

かし 【カ氏】カシ 1気圧のときに水が凍る温度を32度、沸騰する温度を212度とし、その間を180に分けた温度のはかり方。記号は「°F」。華氏。中華氏。E Fahrenheit.

☆ ジョンはカ氏で温度をはかるので、けさの体温は98度だそうだ / 因為約翰是用華氏溫度量的，早上的體溫為華氏98度。

対セ氏

かじ【火事】カジ　建物、船、山林などが燃えること。火災。中失火；火災。E a fire.

☆ たいへんだ！火事だ！/不得了啦!失火啦!

☆ 火事を消す/撲滅火災。

☆ 火事で家が燃える/火災燒毀房子。

☆ 山火事/山火；山上失火。

数 1件

かじ【家事】カジ　掃除、洗濯、料理など、家の中のいろいろな用事。中家務。E housework.

☆ 家族で家事を分担する/全家分攤家務。

☆ 家事の手伝いをする/幫忙做家務。

かじ　カジ　船などの後部にあって、方向を変える装置。中舵。E a rudder; a helm.

☆ 船長がかじを右へ切れと命じた/船長命令右轉舵。

かじを取る　❶かじを動かして、目的のほうへ船を進める。中掌舵。E steer; be at the helm.

☆ 船長はかじをうまく取って衝突を避けた/船長靈活掌舵，避開了擦撞。

❷ 全体を見わたして、うまく進むように引っぱっていく。中掌握方向；操縱。E manage; control.

☆ 会長がみずからかじを取っているので、会の運営がうまくいっている/會長親自主導，所以會務營運順利。

▷ 似た表現 かじ取り

がし【餓死】ガシ〔～する〕　飢えて死ぬこと。中餓死。E die of starvation.

☆ 地球上には、食べるものがなくて餓死する子供たちがいる/地球上還有因飢荒餓死的兒童。

☆ 餓死寸前/on the verge of starvation./瀕於餓死。

かじか・む　カジカム〔自動五〕(かじかんで)寒くて、手足の指がよく動かなくなる。中凍僵。E become numb with cold.

☆ 寒い部屋にいたら、手がかじかんで字が書けなくなった/在寒冷的房間裡，手凍得不能寫字。

☆ 雪の中を歩くと足がかじかんでくる/在雪地中行走，腳凍僵了。

かしきり【貸し切り】カシキリ　場所や乗り物などをグループなどに貸して利用させ、他の人を入れないこと。中包租。E reserved; chartered.

☆ ここはわれわれのグループだけの貸し切りだから、遠慮なく楽しんでください/這是我們自己包租的場所，請不要客氣好好玩吧。

☆ 貸し切りバス/包租巴士；承租巴士。

他動 貸し切る

かし・げる　カシゲル〔他動一〕　斜めにする。中傾斜；歪；歪著。E lean.

☆ 前の人がじゃまなので、首をかしげて映画を見た/因前面的人擋著，我只好歪著頭看電影。

☆ どうしてこんなことになったのだろうかと、みんな首をかしげている(=不思議に思っている)/大家都歪著腦袋想，怎麼會變成這樣呢?(=感到不可思議)。

かしこ・い【賢い】カシコイ　頭がいい。また、要領がいい。中聰明；伶俐；賢明。E intelligent; clever.

☆ あの子は8歳だがとても賢くて、もう大人の本が読める/那小孩才八歲，但非常聰明，已經能讀大人的書了。

☆ 一郎は自分が有利になるように賢く行動する/一郎聰明伶俐，做事總對自己有利。

対 愚か

かしこま・る　カシコマル〔自動五〕(かしこまって)　❶目上の人の前などで、体をかたくして、きちんとした態度、姿勢をとる。中畢恭畢敬；拘謹。E sit straight respectfully; stand on ceremony.

☆ 先生の話をかしこまって聞いていた/我們畢恭畢敬地聽老師講話。

☆ そんなにかしこまらないで、もっと楽にしてください/別那樣拘謹，放輕鬆點吧。

❷ (「かしこまりました」の形で)「承知しました」の丁寧な言い方。中「知道了」的鄭重語；遵命。E Certainly, sir / madame; Very good, sir / madame.

☆ かしこまりました。すぐご連絡いたします/遵命，馬上打電話聯繫。

かしだ・す【貸し出す】カシダス〔他動五〕(かしだして) ❶外に持ちだすことを認めてものを貸す。中出借；出租。E lend out.

☆ 夏休みの前に、研究室の本を貸しだす/暑假前，把研究室的書借出來。

対借り出す

❷ 銀行などが、期限を決めて金を貸す。中貸款；放款。E make a loan to.

☆ 事業のための資金を、銀行が貸しだす/銀行對企業融通資金。

対借り出す ▷ 名貸し出し

かしつ【過失】カシツ 不注意のために起きた、よくない結果。中過失；過錯。E a mistake; a fault; negligence.

☆ 看護婦が薬をまちがえるという重大な過失があった/護士曾有把藥給錯的重大過失。

☆ 過失をおかす/犯錯誤。

☆ 過失傷害/過失傷害。

対故意

かじつ【果実】カジツ ❶麦、クリ、トマト、カキ、リンゴなど植物の実。中果實；果子。E fruit.

☆ 果実の形は、植物の種類によって違う/果實的形因植物種類不同而異。

☆ 食べられない果実もある/有的果實不能吃。

❷「くだもの」の改まった言い方。中水果。E fruit.

☆ 果実の収穫期/水果收成期。

☆ 果実酒/水果酒。

▷ 書

かしま【貸間】カシマ 部屋代を取って人に貸す部屋。貸室。中出租的房間。E a room for rent.

☆ 空いている部屋を貸間にする/出租空房間。

☆ アパートの1室が空いたので、「貸間あります」という紙をはった/因為我住的公寓有空房一間，因此貼出一張「雅房分租」的廣告條。

数1室・1間

参 ふつうの家の1室もアパートも、人に貸すなら「貸間」といえる。しかし、「○号室」と番号がつくような規模のアパートやマンションでは、「貸室」ということが多い。

かしや【貸家】カシヤ 家賃を取って人に貸す家。中出租的房子。E a house for rent.

☆ 2年間海外へ行くので、いまの家を貸家にする/要到海外兩年，所以想把現在住的房子租出去。

☆ 庭のある貸家をさがす/想承租有院子的房子。

対借家 数1軒・1戸

かしゅ【歌手】カシュ 歌を歌うことを職業としている人。中歌手；歌唱家；歌唱演員。E a singer.

☆ 歌が好きだから、ぜひ歌手になりたい/因為喜愛唱歌，很想當歌手。

☆ オペラ歌手/歌劇演員。

かしょ【箇所】カショ ❶場所や部分。中地方；～處；部分。E a place; a spot; a part.

☆ がけがくずれて、危険な箇所がある/懸崖崩塌。

☆ 意味のわからない箇所にしるしをつける/在不懂的地方做上記號。

❷ (数を表すことばの後について)場所の数を表す。中(助數詞用法)處；地方。

☆ 1カ所/一處。

☆ 2、3カ所/ two or three places. /兩、三處。

〓注 ❷は古くは「ケ所」「個所」「箇所」とも書いたが、最近は「カ所」「か所」と書く。

かじょう【過剰】カジョー ちょうどいい程度をこえていること。中 過剩；過量。E excess; surplus.

☆ 人口が過剰で食糧が不足する / 人口過剩，糧食不足。

☆ 過剰包装 / 過份包裝。

☆ 自意識過剰(= 自分が他人からどう見られているか、考えすぎること)/ 過份在乎別人的看法(= 過份考慮別人會怎麼看自己)。

対不足

がしょう【賀正】ガショー、ガショー 正月を祝うこと。年賀状や、正月のあいさつとして贈る品の上書きに書くことば。書 中 恭賀新年；賀年；新年好。E New Year's greetings; A Happy New Year!

☆ 毎年、年賀状には「賀正」と書いて、えとの絵をかくことにしている / 毎年，賀年片上都印有「恭賀新禧」，並畫出當年的生肖。

かじょうがき【箇条書き】カジョーガキ ことがらの要点を簡潔に書き並べること。また、書き並べたもの。中 分項寫；逐項寫。E itemize.

☆ 採用の条件を箇条書きにして発表する/分項寫明錄用的條件，公開招募。

☆ 要点を箇条書きにしるす/將要點逐項記上。

かしら【頭】カシラ ❶「頭」の古い言い方。中 頭；腦袋。E the head.

☆ 頭を上げよ / 把頭抬起來。

☆ 尾頭つき / 帶頭尾(的魚)；整條魚。

対尾

❷ グループで仕事をする人たちの上に立つ人。中 首領；首腦。E a master; a chief.

☆ 経験を積んで、大工の頭になった / 累積經驗，成了木匠工頭。

❸ いちばん年上の人。中 年紀最大的人；年歲最長。E the oldest.

☆ 8つを頭に、3人の子供がいる / 有三個小孩，最大的八歲。

かしら (文の終わりについて)はっきりしないことに対する軽い疑問や質問を表す。話 中 表示疑問；表示否定。

☆ 会議は何時からだったかしら / 會議幾點開始?

☆ 本当かしら / I wonder if it's true. / 是真的嗎?

かしらもじ【頭文字】カシラモジ 英語などで、文、地名、人名などの始めに使う大文字。中 大寫字母；開頭字母。E an initial; accapital letter.

☆ 国際連合(the United Nations) はその頭文字の「UN」で呼ばれることが多い/聯合國(the United Nations) 經常被縮寫為「UN」。

☆ チームの頭文字が書いてある帽子 /帽子上印著運動隊名的縮寫。

〓参 名前の頭文字は「イニシャル」ともいう。

かじりつ・く カジリツク、カジリツク〔自動五〕(かじりついて) ❶ 食べようとして、かみつく。中 咬住；用力咬。E bite into.

☆ ハンバーガーにかじりつく / 啃漢堡。

❷ 離れないようにしっかりつかまる。中 抱住不放；黏住。E cling to; stick to.

☆ 子供はこわがって母親にかじりついている / 孩子感到害怕，抱住媽媽不放。

☆ 地位にかじりつく / 絕不辭職。

▷ 話

かじ・る カジル〔他動五〕(かじって) ❶ かたいものを歯ですこしずつかみ取る。中 啃；咬。E gnaw; nibble.

☆ ネズミが壁をかじる / 老鼠啃牆壁。

❷ すこしだけやってみる。中 稍微學一點；試一下。E learn a bit of.

☆ 大学でフランス語をすこしかじった/在大學稍微學了一點法語。

☆ 聞きかじる / 聽到一點點；學到一些皮毛。(→項目)

▷ 話❷

かしん【過信】カシン〔～する〕 人やものなどを信用しすぎること。中過於相信。E place too much confidence in; overestimate.

☆ いままで病気をしたことがなくても、自分の体を過信してはいけない/儘管到目前為止還未生過病，但也不能過份相信自己的身體。

☆ 薬を過信しないほうがいい/不要過份依賴藥物。

かじん【歌人】カジン、カジン 和歌や短歌をつくる人。中詩人(日本和歌)。E a poet.

☆ 与謝野晶子は明治、大正、昭和と活躍した歌人だ/與謝野晶子是活躍於明治、大正、昭和時代的詩人。

かす カス ❶液体の底に沈んでたまっているもの。中沈澱物；殘渣。E dregs.

☆ 古い日本酒の瓶の底に、かすが白くたまっている/陳年日本酒的瓶底有白色沈澱物。

❷ いいものを取った残り。中無用的東西；殘渣。E refuse; left-overs.

☆ オレンジをしぼってジュースをつくったあとのかすを捨てる/把榨過的柳橙殘渣扔掉。

☆ かすをつかむ(=値打ちのないものを選ぶ)/挑到無用的東西(＝選中無用的東西)。

☆ 食べかす/吃剩的渣。

☆ 残りかす/殘渣。

か・す【貸す】カス〔他動五〕(かして)

❶ 自分のものを、ある期間他人に使わせる。中借給；借出。E lend; rent.

☆ 本を友達に貸す/把書借給朋友。

☆ 家を貸す/出租房屋。

対借りる

❷ 能力を他人のために使う。中幫助；提供。E give (advice) ; help.

☆ あなたの知恵を貸してください/請您給我出個主意。

☆ 手を貸す(=助ける)/給人幫助(幫助別人)。

☆ 耳を貸す/聽別人說話；聽取意見；參與商議。(→ 耳 慣用)

対借りる ▷ 名貸し

かず【数】カズ ❶ものがいくつあるかを数えるもの。中數；數目。E a number.

☆ 人の数を数える/計算人數。

☆ 数多い思い出/數不盡的回憶。

❷ 多いこと。中多數；多；很多；許多。E numerous.

☆ 数ある本の中からいいものを選ぶ/從書堆中挑選好書。

☆ 値段の安いものは数を売らないと利益が多くならない/價錢低的商品，銷售量不大，就賺不到錢(薄利多銷)。

❸ 数える値打ちのあるもの。中值得一提的事物；有…價值的事物。E count.

☆ あなたの失敗は数のうちに入らないから、そう心配しなくてもいい/你的挫敗次數有限，不要放在心上。

数にものをいわせる 数の多いことで有利な立場に立つ。中以多為勝。E by sheer force of numbers.

☆ 数にものをいわせて自分たちの主張を通してしまった/少數服從多數，我們的主張獲得通過。

似た表現 数がものをいう

ガス (オ gas)ガス ❶⇨気体

☆ ガスを入れて風船をふくらませる/灌氣使氣球膨脹。

☆ 炭酸ガス/二氧化碳。(→ 項目)

❷ 燃料用の気体。中煤氣；瓦斯。E gas.

☆ 地震のときはすぐガスを消す/發生地震時應立即關瓦斯。

☆ ガスの元栓をしめる/關緊瓦斯的總開關。

☆ プロパンガス/瓶裝瓦斯；液化瓦斯。(→ 項目)

☆ 天然ガス/天然氣。

❸ ⇨おなら

☆ おなかの手術をしたあとは、ガスが出てはじめて安心する/在腹部手術後放了屁，心中鬆了一口氣。

❹ ⇨霧❶

☆ 山にガスがかかっている / 山上大霧籠罩。

☆ ガスがたちこめて 3 メートル先も見えない / 濃霧籠罩，連三公尺外的東西都看不見。

かすか カスカ 形や音などがはっきりしないようす。動きなどがたいへん小さいようす。中 微弱；略微；隱隱約約。E faint; slightly.

☆ かすかな物音にも驚く / 微弱的響聲也令人心驚膽跳。

☆ カーテンがかすかに揺れている / 窗簾輕微搖擺。

かずかず【数数】カズカズ 種類や数が多いこと。いろいろ。中 各種；種種。E many; various.

☆ 思い出のかずかずが浮かんでは消えた / 種種回憶浮現後又消失了。

☆ 品物は若向きのものから年配向きのものまでかずかず取りそろえてあります / 各種物品，老少皆宜，應有盡有。

かすみ カスミ 空気の中にある水蒸気が白く浮いて見えるもの。これがあると遠くの景色がぼんやり見える。春の朝夕に多い。中 霞；暮靄，雲霞。E (a) haze; (a) mist.

☆ かすみがかかって花も木もぼんやりして見える / 暮靄籠罩，花木朦朧。

☆ 春がすみ / 春霞；春天的彩霞。

自動 かすむ →霧

かす・む カスム〔自動五〕(かすんで) ❶ かすみなどがかかって、ものがはっきり見えなくなる。中 雲霧朦朧；有薄霧。E be hazy.

☆ 山がかすんで見える / 山上雲霧朦朧看不清。

❷ 目が悪くて、かすみがかかったように、はっきり見えなくなる。中 看不清楚；朦朧。E grow dim.

☆ 目がかすんで本が読めない / 視力模糊無法讀書。

❸ 他のもっと印象の強いもののために存在がはっきりしなくなる。中 黯然失色。E be overshadowed.

☆ あなたの絵があまりにすばらしいので、ほかの絵はみんなかすんでしまう / 你的畫畫得太好了，使別人的畫顯得遜色多了。

▷ 名 かすみ

かす・める カスメル〔他動一〕 ❶ すきをねらって、すばやく盗む。中 偷；搶；掠奪。E steal.

☆ 店員の見ていないうちに店の品物をかすめる / 趁店員不注意，偷走店裡商品。

❷ (「目をかすめる」の形で)人に気づかれないようにして、悪いことをする。中 騙過；瞞過。E behind one's back.

☆ 親の目をかすめて、タバコを吸う / 背著父母偷抽香菸。

❸ ふれるかと思うほど近づいて通りすぎる。中 掠過；閃過。E graze; brush past.

☆ 鳥がわたしの頭をかすめて飛んでいった / 小鳥從我頭上掠過。

❹ 思いや感情などがちょっと現れて消える。中 掠過；忽然浮現。E flash across (one's mind).

☆ 母と話していて、幼いころの自分の姿が一瞬心をかすめた / 在和媽媽交談中，自己幼年時的樣子忽然浮現在眼前。

かすりきず【かすり傷】カスリキズ 表面をこすってできた軽い傷。中 擦傷。E a scratch.

☆ 自転車で転んで、足にかすり傷をした / 騎腳踏車摔倒，擦傷了腳。

☆ ほんのかすり傷だから、薬はいらない / 一點點擦傷，不需要上藥。

かす・れる カスレル、カスレル〔自動一〕

❶ 書いたり印刷したりしたもので、インクや絵の具がじゅうぶんでなくて見えない部分ができる。中 字模糊不清。E be blurred; be scratchy.

☆ このコピーは字がかすれていて読めない / 這張影印字體發白模糊，看不清楚。

☆ ペンがかすれる / 筆的墨水乾了。

❷ 声がなめらかでなく、聞き取りにくくなる。中 沙啞。E become hoarse.

☆ かぜをひいて声がかすれる / 感冒聲音沙啞。

▷ 名 かすれ

かぜ【風】カゼ ❶温度や気圧の差などで起こる空気の流れ。中 風。E a wind.

☆ 朝から強い風が吹いている / 從早上開始颳大風。

☆ 風がやむ / 風停；風息。

☆ そよ風(=ちょうどいい強さで気持ちよく吹く風)/ 微風（＝微微吹拂使人心情舒暢的風）。

❷（「～風を吹かす」の形で）⇨吹かす❸

風の便り どこからともなく伝わってくるうわさ。中 風聞；由傳聞而得知的事。E I heard from someone that ～.

☆ 大学時代、同じ部屋に住んでいた友人が、いまは偉くなっていると風の便りに聞いた / 聽說，大學時代與我同寢的朋友現在變得炙手可熱。

風の吹き回し （「どういう風の吹きまわしか[で]」の形で）どういう事情が生じたためか。中 根據不同情況而定。E for some reason or other.

☆ 家に呼んでも来たことがなかった一郎が、どういう風の吹きまわしか、突然訪ねてきた / 請都請不來的一郎，不知吹了什麼風，突然登門造訪。

風を切る 勢いよく進む。中 飛快前進。E cut through the wind.

☆ オートバイが風を切って進む / 那台機車風馳電掣地騎過去。

かぜ【風邪】カゼ 体が寒さに耐えきれず、鼻水、せき、熱が出たり、のどが痛くなったりする病気。中 感冒；傷風；著涼。E a cold.

☆ かぜをひく / 感冒；傷風；著涼。

☆ かぜで寝ている / 由於感冒不舒服睡覺。

☆ かぜ薬 / 感冒藥。

☆ 鼻かぜ / 鼻子不通；流鼻涕的感冒。

かぜあたり【風当たり】カゼアタリ ❶風が当たること。また、その強さ。中 風勢。E The wind blows ～.

☆ 海に面した家は風当たりが強い / 房屋面海，風勢強勁。

❷ ほかから受ける批判、非難。中 招風；受非難；受責難。E criticism; blame.

☆ 公務員の汚職に対する世間の風当たりが強い / 輿論紛紛責備公務員貪污。

かせい【火星】カセイ 惑星の１つ。太陽から４番目にあり、地球の外側、木星の内側で太陽のまわりを回る。地球よりずっと小さい。中 火星。E Mars.

☆ 火星は赤く光って見える / 火星看上去發紅光。

☆ 火星人 / a Martian. / 火星人。

かぜい【課税】カゼイ〔～する〕 税金を割り当てること。中 課稅；徵稅。E tax; impose a tax.

☆ 土地や建物に課税する / 對土地和建築物徵稅。

☆ 収入の額に応じて課税される / 根據個人收入金額徵收所得稅。

かせ・ぐ【稼ぐ】カセグ〔他動五〕(かせいで)

❶ 働いて金をえる。中 賺錢；掙錢。E earn (money).

☆ 若いときにかせいで、年をとったらのんびり暮らす / 年輕時多賺些錢，老了後就可以舒舒服服過日子了；年少掙錢老來用。

☆ アルバイトで学費をかせぐ / 打工賺錢繳學費。

❷ 努力して得になるようにする。中 爭取；獲得。E score; make points.

☆ 試合で点をかせぐ / 比賽中得分。

☆ 仕事で点数をかせぐ(=仕事をうまくやって自分の評価を高める)/ 在工作中提高自己的評價（＝把工作做好，提高對自己的評價）。

❸ いい状態になるまで時間を引きのばす。中 拖延。E stall (for time); gain (time).

☆ パーティーの準備ができるまで、客にビデオを見せて時間をかせぐ / 讓客人看錄影帶打發時間，直到晚會準備就緒。

▷ 名稼ぎ

カセットテープ (cassette tape)カセットテープ　箱形の小さな入れ物に入っている、録音や録画のためのテープ。カセット。中卡式録音帶；卡式録影帶。E a cassette tape.

☆ 大学の講義をカセットテープに録音して、家で聞いて復習する／將大學的講課内容録下，回家複習。

☆ 好きな歌のカセットテープを買う／買自己喜歡的歌曲録音帶。

数１本

かせん【河川】カセン　「川」「河」の改まった言い方。法律や公用文などで多く使う。書中河川。E rivers.

☆ 河川の氾濫を防ぐ／防止河川氾濫。

☆ 河川を管理する／治理河川。

☆ 河川工事／河川工程。

☆ １級河川／一級河川。

→川・河

かそ【過疎】カソ　その地域の人口が非常に減ること。中人口過少。E depopulated.

☆ 生まれ故郷は、若者が減り、老人ばかりの過疎の村になってしまった／故鄉年輕人口流失，變成僅剩老人的過疏村莊。

☆ 過疎化／人口過少化(現象)。

☆ 過疎地／人口過少地區。

対過密

かそう【火葬】カソー〔～する〕　死んだ人を焼いて葬ること。中火葬；火化。E cremation.

☆ 日本ではふつう、人が死ぬと火葬にする／日本人死後普遍火葬。

☆ 火葬場／火葬場；火化場。

かそうぎょうれつ【仮装行列】カソーギョーレツ　楽しみのために、自分とは違うものの服装や格好で、おおぜいが列になって歩くこと。中化裝遊行。E a fancy dress parade.

☆ 体育祭のとき、いろいろな民族の服を着て仮装行列をした／體育節時，人們穿著各種民族服裝遊行。

かぞえどし【数え年】カゾエドシ、カゾエドシ　生まれた年を１歳、つぎの新年に２歳と数える年齢。中虚歲。E one's age counting the year one was born as 1 year of age, becoming 2 with the New Year.

☆ お正月が来ると、数え年18歳になる／到了過年，我虚歲十八。

参 最近は「数え年」よりも「満」の年齢でいうほうが多い。

かぞ・える【数える】カゾエル〔他動一〕

❶ 数がいくつか調べる。中數；計算；清點。E count.

☆ 出席した人の数を数える／清點出席會議人數。

☆ きょうから数えて10日後に夏休みが始まる／從今天算起，十天後開始放暑假。

❷ 評価を与え、あるものの１つとする。中數；算。E rank; reckon.

☆ ピカソは、20世紀の有名な画家の１人に数えられている／畢卡索是二十世紀數一數二的名畫家之一。

かそく【加速】カソク〔～する〕　だんだん速くなること。また、速くすること。中加速。E accelerate.

☆ 坂道を下りる自転車に加速がつく／腳踏車下坡會自動加速。

☆ 飛行機が加速しながら飛びたつ／飛機加速起飛。

対減速

かぞく【家族】カゾク　同じ家に住んでいる夫婦、親子、きょうだいなど。中家庭；家屬；家族。E a family.

☆ 家族そろって元気に働いている／一家人都努力工作。

☆ 家族連れ／攜家帶眷。

〔家族〕

☆ 4人家族/四口之家。

☆ 核家族/(夫婦與未婚子女的)小家庭。(→項目)

かた【方】カタ　❶人を尊敬していう言い方。中尊敬人的說法。

☆ あの方は先生ですか/Is he a teacher? /那位是老師嗎?

☆ 切符をお持ちでない方はお申し出ください/沒有票的人請報名。

❷(動詞の「ます」形について)ものごとのやり方、程度やようす。中方法;做法;程度;情形。

☆ 漢字の読み方を調べる/look up how to read the Chinese character. /查漢字讀音。

☆ ワープロの使い方を説明する/說明文字處理機的使用方法。

❸(名詞の後について)関係のある2つのうちの一方。中兩個有關的另一方。

☆ 母方の叔父/my uncle on my mother's side. /舅舅;母舅。

☆ 相手方の意向/對方意向。

❹(人の名前の後について)その人の所にいること。中表示所屬的方面。

☆ 田中様方　山田一郎様/田中先生轉交山田一郎先生。

☆ 木村方　山川花子/Hanako Yamakawa, c/o Mr. Kimura. /木村先生轉交山川花子。

参 ❹で、手紙のあて名には「田中様方」と敬語の「様」をつけるが、自分のほうは「様」はつけない。

かた【片】カタ、カタ　(他のことばの頭について)❶2つあるもののうちの一方。中一個;一方。

☆ 片足/一隻腳。

☆ 片手/one hand. /一隻手。

☆ 片道/單程。(→項目)

❷中心から離れた。中表示遠離中心的。

☆ 片いなか/a remote district. /偏僻的鄉村。

☆ 片すみ/a corner. /一隅;角落。

❸完全でない。じゅうぶんでない。

☆ 片言/不完整的單詞;不清楚的話;半語。(→項目)

☆ 片時/for a moment. /一刻;片刻。

片が付く　ものごとの解決がつく。中事情辦妥;解決。E be settled.

☆ 交通事故の相手との話し合いもやっと片がついた/交通事故後,經與對方協商,問題終於解決。

似た表現 片を付ける

かた【肩】カタ　❶腕のつけねと首の間。中肩;肩膀;膀子。E the shoulder.

☆ カメラを肩にかける/把照相機掛在肩上。

☆ 肩がこる/have a stiff neck. /肩膀痠痛。

❷衣服の、「❶」に当たる部分。中肩。E the shoulders.

☆ シャツの肩のあたりが破れた/襯衫的肩部破了。

☆ 肩を縫う/做衣服上肩部分;縫肩。

☆ 肩パット/墊肩。

▷ →体図

…………「肩」のつく慣用表現……………

肩で息をする　苦しそうに息をする。中呼吸困難。E pant; breathe hard.

☆ マラソン選手は肩で息をしながらゴールに入った/馬拉松選手氣喘呼呼地跑到終點。

肩で風を切る　自分は偉いと思い、いばっている。中耀武揚威;趾高氣揚。E swagger about.

☆ 三郎は、学校の中でいちばん強いのだというように、肩で風を切って歩いている/好像大家都怕他一樣,三郎走起路來耀武揚威。

肩の荷を下ろす　ずっと続けて負わされていた責任を果たして楽になる。中卸下重擔;放下包袱。E be relieved of a burden.

☆ パンダの赤ちゃんが無事大きくなって、係の人は肩の荷を下ろした/小熊貓健康長大,飼養人員鬆了口氣。

似た表現 肩の荷が下りる

肩を怒らせる[す] 肩を高く張って、いばった格好をする。中 聳起肩膀；擺架子。E square one's shoulders.

☆ 息子は、もう自分も一人前だと肩を怒らせて家を出た／兒子自稱已是大人，裝腔作勢便離家而去。

似た表現 肩をそびやかす

肩を落とす 思いどおりにならず、がっかりする。中 肩膀無力地垂下來；氣餒；垂頭喪氣。E be disheartened.

☆ 予選で落ちてがっくり肩を落としている選手／運動員在預選中落敗，垂頭喪氣。

肩を並べる ❶となりに並ぶ。中 並肩。E side by side.

☆ 小学校時代は、姉と肩を並べて学校へ通ったものだ／小學時代我和姊姊經常一起並肩上學。

❷ 同じ程度の高い能力を持つ。中 並駕齊驅。E can compare with another.

☆ 洋子は、先生と肩を並べるほどピアノが上達した／洋子鋼琴演奏水準已能與老師並駕齊驅了。

肩を持つ 味方になって援助する。中 偏向；袒護。E take sides with.

☆ きょうだいげんかをすると、両親はいつも弟の肩を持った／我們兄弟一吵架，父母總是袒護弟弟。

....

かた 【型・形】カタ ❶同じものをいくつもつくるときの、もとになるもの。中 模子；模型。E a mold; a pattern.

☆ チョコレートをとかして型に入れ、かためる／把巧克力溶化後倒入模中凝固。

☆ 型で抜いたビスケット／用模子做的餅乾。

☆ 型紙／染花紋用的漏花紙板；裁剪衣服的紙型。

❷ 伝統的な動きや形式。中 形式；架式。E forms; formal.

☆ 柔道の型を覚える／記住柔道的招式。

☆ 型どおりの開会式／按慣例舉行的開會儀式。

☆ 型破り／破例；打破常規；不拘常規的作法；古怪；與眾不同。(→項目)

❸ そのものが持っている形の特徴にとって分けたときの区分け。中 型；式；號。E a model; a type.

☆ 新しい型の自動車を売りだす／銷售新型汽車。

☆ 折りたためる型のベッド／摺疊式床；摺疊床。

☆ AB型の血液／AB型。

❹ もののかたち。中 形；形狀。E (a) shape.

☆ 着古して形がくずれた上着／穿久變形的上衣。

☆ 卵形／蛋形；雞蛋形。

注 ❶❷❸は「型」、❹は「形」。

型にはまる やり方などがごくふつうで、新しいところがなにもない。中 古板；陳舊。E stereotyped.

☆ 結婚式の、型にはまったあいさつ／結婚儀式古板乏味的賀詞。

似た表現 型にはめる

-がた 【-方】 ❶(人を表すことばについて)2人以上の人に敬意を表す。中 表示複數的敬稱。

☆ みなさま方／everybody.／諸位先生(女士)。

☆ 先生方／teachers.／各位老師。

❷ (名詞について)関係のあるものが2つ以上に分かれているとき、そのうちの1つ。中 表示所屬的方面。

☆ 徳川方／the Tokugawa side.／徳川陣營。

☆ 幕府方／幕府陣營。

☆ 敵方／敵人方面；敵方。

❸ (数の量を表すことばについて)だいたいの割合、程度。中 表示大約、差不多。

☆ 5割方、生産が増えた／There was about a 50 percent increase in production.／生產提高了百分之五十。

☆ 30パーセント方、利益が減った／利潤減少約百分之三十。

❹ (時を表すことばについて)だいたいの時。中 表示大約的時間。

☆ 夕暮れ方 / toward dusk. / 黃昏時分。

☆ 明け方 / 黎明；拂曉；凌晨；天亮時分。(→項目)

☆ 朝方 / 早晨；清晨。

かた・い【固い・堅い・硬い】カタイ ❶丈夫で形が簡単には変わらない。中 硬。E hard; firm

☆ 鉄や石はかたい / 鐵和石是硬的。

☆ かたい木でつくった机 / 硬木做的書桌。

☆ かたい地盤 / 地基穩固。

対 柔らかい・軟らかい

❷ 心が簡単には変わらない。中 堅定；堅決。E firm; resolute.

☆ 禁煙しようとかたく決心した / 下定決心戒煙。

☆ チームの団結がかたい / 隊裡團結一心。

☆ かたい約束 / 信誓旦旦；海誓山盟。

❸ 力がこもっている。中 緊；用力。E firm.

☆ かたく抱きしめる / 緊緊擁抱。

☆ かたい握手 / 緊緊地握手。

❹ 顔つきや動作がこわばっている。中 拘謹；生硬；僵硬。E stiff; nervous.

☆ アナウンサーがかたい表情で事故を知らせる / 播音員用生硬的表情報導事故情況。

☆ 緊張してかたくなって話す / 緊張得連說話都很拘謹。

対 軟らかい

❺ きちんとしてまじめだが、おもしろくない。中 正經；死板。E serious; formal.

☆ きょうはかたい話はやめて、楽しく飲もう / 今天不搞那死板的一套，痛痛快快地喝酒吧!

対 軟らかい

注 漢字で書くときは、人の態度や、しまっていて形が変わらない状態のものは「固い」、人の性質や、もろくなく砕けにくい状態のものは「堅い」、鉱物や、力を加えても形が変わらない状態のものは「硬い」。

かだい【課題】カダイ ❶学校などで、それをするようにと与えられた問題。中 提出的題目；課題。E a subject; a theme; an assignment.

☆ 論文試験の課題は「日本経済の発展について」だった / 論文考題是「關於日本經濟的發展」。

☆ 研究課題 / 研究課題。

❷ 解決しなければならないことがら。中 課題；任務。E a problem.

☆ 会社再建のために困難な課題を解決する / 重建公司需要解決困難課題。

☆ 統一のための課題は多い / 為了統合任務很多。

-がたい【-難い】(動詞の「ます」形について)～するのがむずかしい。～しにくい。中 難的；難。

☆ 忘れがたい思い出 / an unforgettable memory. / 難以忘懷的回憶。

☆ 耐えがたい暑さ / unbearable heat. / 難以忍受的酷熱。

対 -やすい

かたおもい【片思い】カタオモイ 一方だけが相手を恋しく思うこと。中 單相思；單戀。E one-sided love.

☆ 心を打ち明けられず、ずっと片思いのままでいる / 不敢表白自己的心意，一直在單相思。

かたがき【肩書き】カタガキ、カタガキ 名刺などで、名前の上に書く、その人の職業、身分、地位など。中 頭銜；官銜；地位。E a title; a degree.

☆ 部長の肩書きを持つ / 他是現任經理。

☆ 肩書きで人を判断してはいけない / 不能以身分地位大小來判斷別人。

-かたがた (おもに動作を表す名詞について)あることと一緒にもう1つのこともすること。中 順便做某事。

☆ ごあいさつかたがたお礼にうかがいました / 去寒暄順便表示謝意。

☆ 買い物かたがた街を散歩する / I take a walk along the street while I do some shopping. / 出

去購物，順便逛街。

参「ついでに」「がてら」も似ているが、「ついでに」がはっきりと1つの機会を利用して別のこともするのに対して、「かたがた」は、機会を利用する意味は薄く、同時にする意味が強い。「ごあいさつかたがた」を「ごあいさつついでに」と言うと失礼になる。また、「がてら」と「かたがた」を比べると、「AがてらB」ではAに中心があるのに対して、「CかたがたD」ではCもDも重さが変わらない、という違いがある。

がたがた　ガタガタ、ガタガタ〔～する〕

❶ かたいものが何度も続いてぶつかり合う音を表す。中 表示兩種硬物相撞發出的連續聲音(咯噹咯噹)。

☆ 強い風に、ドアががたがた(と)音を立てている / The door is rattling in the strong wind. / 大風把門吹得喀噠喀噠地響。

❷ 寒さやこわさのため、震えるようす。中 表示寒冷或害怕的渾身打哆嗦。

☆ プールの水が冷たくて、体ががたがた(と)震えた / The pool water was so cold that I shivered all over. / 游泳池的水太冷，凍得渾身直打哆嗦。

❸ こわれかけているようす。中 表示快要壞了的狀態。

☆ 何度も引っ越したので、家具ががたがたになった / The furniture has gotten beaten up from all our moves. /多次搬家，家具都快搬壞了。

☆ 年をとって歯ががたがたになった/年紀大了，牙齒鬆動。

❹ (「がたがた～言う」の形で)不平を言う。中 發牢騷。

☆ みんなで決めたことだから、後からがたがた言ってもだめだ/ It's no use grumbling about something we all agreed on. / 既然是大家一致決定的，過後再說什麼也沒有用。

▷ 話❹

参 ❶は、「箱の中で鉛筆がかたかたいう」のような「かたかた」と似ているが、「がたがた」のほうが音が大きく騒がしい。

かたかな　【片仮名】カタカナ、カタカナ　かなの1つ。漢字の一部をとってできた「ア、イ、ウ…」などの文字。外来語、動物や植物の名前などを書くときに使う。中 片假名。E *katakana*; the square form of *kana*.

☆「コンニチハ」とかたかなで書くと、外国人が言っているような感じが出る/用片假名寫「コンニチハ」，給人感覺是外國人說的話。

☆ かたかなことば(=外来語など)/片假名詞(=外來語等)。

かたがわり　【肩代わり・肩替わり】カタガワリ〔～する〕　負担などを別の人がそっくり引き受けること。中 (債務、負擔等的)轉移；更替。E take over; shoulder.

☆ 子の借金を親が肩代わりして払う / 子債父還。

かたき　【敵】カタキ　❶ 自分や自分の主人、親族、親友などが害を受けたことをうらんで、機会があれば仕返しをしようと思っている相手。中 仇敵；仇人；冤家。E a person to be avenged; an enemy.

☆ 親を殺した敵を一生うらむ / 弒親之仇，不共戴天。

☆ 敵討ち / revenge; vengeance. / 復仇；贏回。

❷ 競争する相手。中 敵手；競爭對手；對手。E a rival.

☆ 商売敵(=同じ商売をしていて、客を取り合う相手)/ 商場上的競爭對手(=經營同一種買賣，互相拉攏顧客的對手)。

☆ 恋敵(=同じ人を好きになった者どうし)/情敵(=喜歡同一個人的兩個人)。

かたぎ　カタギ　ある年代や職業や立場などの人が、なにがあっても変えずに持っている性質や考え方。[中]氣質；性情；脾氣。[E] a trait; a turn of mind.

☆ 親はむかしかたぎで、礼儀にはうるさい/父母保守，拘泥禮節。

☆ 職人かたぎ/工匠氣質；工匠的特質。

かたくな カタクナ 自分の考えをすこしも変えようとしないようす。[中]頑固；固執。[E] obstinately; stubborn.

☆ 娘は親のすすめる結婚話をかたくなに断った/女兒固執地拒絕了父母所提的婚事。

☆ だれの意見も聞かないかたくなな態度/態度頑固，拒納雅言。

かたくるし・い【堅苦しい】カタクルシイ、カタクルシイ 親しい態度にならないで窮屈だ。[中]拘泥形式；死板。[E] formal; square.

☆ 堅苦しいあいさつは抜きにして、すぐ本題に入りましょう/省略死板的開場白，快進入正題吧。

かたぐるま【肩車】カタグルマ〔～する〕子供などを両肩にまたがらせてかつぐこと。[中]騎肩脖。[E] carry (a child) on one's shoulders.

〔肩車〕

☆ こんでいてパンダがよく見えないので、子供を肩車してやった/人多擁擠小孩看不見熊貓，於是騎在大人肩脖上看。

☆ 子供のころは、よく父に肩車をしてもらったものだ/小時候經常騎在肩脖上。

かたこと【片言】カタコト、カタコト 幼い子供や、ことばがよくできない外国人が話す、単語を並べただけの話し方。[中]不完整的單詞；不完全的話語。[E] prattle; broken (French).

☆ 2歳ぐらいの子が片言で話しかけてきた/兩歲左右的孩子已開始用不完整的話語說話了。

☆ 片言のフランス語でも通じる/用不流利的法語也能讓對方明白意思。

かたずをのむ どうなることかと心配しながら見守る。[中]提心吊膽地注視著情況變化。[E] hold one's breath.

☆ 横綱が勝つか、大関が勝つか、観客はかたずをのんで見ている/觀衆都提心吊膽地盯著看是橫綱贏還是大關贏。

[参]「かたず」は「固唾」と書き、緊張したときに口の中にたまるつばのこと。

かたたたき【肩たたき】カタタタキ〔～する〕

❶ 肩のこりをほぐすために、肩をたたくこと。また、その道具。[中]捶肩。[E] massage one's shoulders (by pounding with one's fists).

☆ 母の日に、プレゼントの代わりに肩たたきをしてあげた/母親節那天，我沒送禮物，而是為母親捶肩。

❷ 人を減らすため退職をすすめること。[中]勸退工作。[E] ask a person to take early retirement.

☆ 部長が、年とった社員の肩たたきをする/經理勸年紀大的職員退休。

☆ 定年の前に肩たたきされて会社をやめた/還不到退休年齡就被勸退，而辭去公司職務。

かたち【形】カタチ ❶ ものの格好や姿。[中]形；樣子。[E] (a) shape.

☆ 本の形をした箱/書本形的箱子。

☆ 長靴のような形をしたイタリア/地圖上義大利的形像長筒靴。

☆ 姿形(＝体つき)/體格；體形；姿態(＝身材)。

❷ 表面に現れて見える形式。[中]形式；樣式。[E] (a) form.

☆ 形の上では武力を持たないことになっている/表面上似乎沒有軍備。

☆ 形だけの夫婦/名義上的夫妻；形式上的夫妻。

かたちづく・る【形づくる】カタチズクル〔他動五〕(**かたちづくって**) まとまった形のものにする。[中]構成；形成。[E] form; make up.

☆ 1つの民族が1つの国家を形づくっているとは限らない/一個國家不一定由一個民族所構成。

☆ 人体を形づくっている細胞/構成人體的細胞。

かたづ·ける【片付ける】カタズケル〔他動一〕 ❶乱れているものをもとの場所にもどしたり、きれいにととのえたりする。中 收拾；整理。E clear; put ~ in order.

☆ 食事の後を片づける / 飯後收拾碗筷餐桌。

☆ 部屋を片づける / 整理房間。

❷ ものごとを解決する。中 解決；處理。E settle; dispose of.

☆ 裁判官たちは大きな事件を片づけた/法官們處理了一個重大案件。

☆ やさしい問題から先に片づけよう/先從簡單的問題開始解決。

▷ 名 片付け　自動 片付く

がたっと　ガタット　❶かたいものが１回だけぶつかり合って音を立てるようす。中 表示木質的硬東西等相撞時發出的聲音(如咯噹、嘩啦、咕咚等)。

☆ 棚に飾ってあった人形が、がたっと音を立てて倒れた/ The doll on the shelf fell with a clunk. /擺在架子上的洋娃娃咯噠一聲倒下了。

❷ 急に悪い方向へ大きく変化するようす。中 表示急劇變化的樣子(如一下子、顯然、急劇地等)。

☆ しばらく運動しなかったら、体力ががたっと落ちた / I didn't exercise for some time, so my bodily strength declined quickly. / 由於好久沒有運動，體力一下子衰退了。

☆ 墜落事故の後、飛行機の乗客ががたっと減った/發生墜機事件後，搭飛機的乘客一下子減少了。

▷ 話 ❷　→がくんと

かたっぱしから　【片っ端から】　順につぎつぎと。手当たり次第に。話 中 依次；左一個右一個。E one after another.

☆ おなかがすいていたので料理を片っぱしから食べた / 因肚子太餓了，所以把菜通通都吃完了。

かたてま　【片手間】カタテマ、カタテマ　おもな仕事や本職の合間に、ほかの仕事をすること。中 空間；業餘。E in one's spare time; on the side.

☆ 役所勤めの片手間に野菜をつくっている/利用在機關上班空檔，種植蔬菜。

☆ 大工さんが片手間にいすをつくってくれた / 木匠在空閒時，幫我做了一把椅子。

かたどおり【型どおり】カタドーリ　特別のやり方でなく、決まりきった方法ですること。中 照例；照一定形式；老套。E in due form; formal.

☆ 入学式は型どおりに進んだ / 按例舉行入學典禮。

☆ 型どおりのあいさつ状/例行公事的問候信。

かたな【刀】カタナ　むかしの日本で戦いに使われた、片側だけが刃になっている剣。長い間、武士だけが持つことを許された。中 刀；大刀。E a *katana*; a sword.

☆ むかし武士は腰に刀を２本さしていた / 過去武士腰插兩把刀。

〔刀〕

☆ 博物館に国宝の刀が展示されている/博物館陳列著國寶的寶刀。

数 1本・1振

かたひじはる【肩ひじ張る】　自分の弱みを見せないように特に強そうな態度をとる。中 擺架子；逞強。E refuse to yield.

☆ 夫が死んだあと、子供をかかえて、肩ひじ張って生きてきた/丈夫去世後，帶著孩子硬是撐過來了。

☆ いまは女性が肩ひじ張って権利を主張する時代ではない / 現在已不是女性逞強，要求權利的時代了。

かたほう【片方】カタホー　２つあるもののうちの１つ。中 一隻；一方；一邊。E one of a pair; one side.

☆ 片方の靴下が破れた / 破了一隻襪子。

☆ 片方の話だけで判断するのは不公平だ / 只依片面之詞下判斷，有失公平。

対両方

参 話しことばでは「片っ方」「片一方」ともいう。

かたぼうをかつぐ【片棒を担ぐ】 あまりよくない仕事を一緒にする。中合夥；給～當幫兇。E take part in; be a partner in.

☆ 麻薬密輸の片棒をかついで捕まった/幫忙偷運毒品事發被捕。

かたみ【形見】カタミ 死んだ人や別れた人が残した、思い出の品物。中遺物；紀念品。E a keepsake; a memento.

☆ 叔父がいつも使っていた万年筆を形見にもらう/要叔父常用的那支鋼筆作為紀念品。

☆ 忘れ形見(思い出の品物。また、親の死後に残された幼児)/遺物；遺腹子；遺兒(＝値得回憶的物品，及父母死後留下的幼兒)。

かたみち【片道】カタミチ 行きか帰りかの、どちらかの道。中單程。E one way.

☆ 京都までの新幹線の料金は、片道いくらですか/搭乘新幹線去京都的單程票要多少錢?

☆ 片道切符/單程票。

対往復

かたむ・く【傾く】カタムク〔自動五〕(かたむいて) ❶斜めになる。中傾斜；歪。E lean; slant.

☆ 地震で家が傾いた/發生地震後房子傾斜了。

☆ 傾いて見える煙突/看起來歪斜的煙囱。

❷ 太陽や月が沈みかける。中偏西；西斜。E go down; sink.

☆ 西の空に日が傾く/太陽西下。

❸ 悪い状態になる。中衰落；衰微；傾。E decline.

☆ 父が事業に失敗して家が傾き、母は非常に苦労した/父親事業失敗，家境衰落，母親非常辛苦。

☆ 国が傾く/國家衰落。

❹ 考えがある方向に向かう。中傾向於。E be inclined; lean.

☆ 世論は政府案支持に傾いてきた/輿論傾向於支持政府方案。

☆ 気持が傾く/看法傾向於…。

▷ 名傾き 他動傾ける

かたむ・ける【傾ける】カタムケル〔他動一〕

❶ 斜めにする。中使～傾斜；使～歪。E incline; tilt.

☆ 首を傾けて考える/歪著頭思考。

☆ さかずきを傾ける/舉杯喝酒；傾杯。(→杯 慣用)

❷ 悪い状態にする。中傾家；敗(家)。E ruin; wreck.

☆ むかしは金持ちだったのに、事業に失敗して家を傾けた/以前很富有，事業失敗後，就傾家蕩產了。

❸ なにかに集中させる。中傾注。E devote oneself to.

☆ 研究に全力を傾ける/傾注全部精力從事研究工作。

☆ 耳を傾ける/傾聽。(→耳 慣用)

▷ 自動傾く

かた・める【固める】カタメル〔他動一〕

❶ やわらかいものや液体や粉のようなものなどをかたい状態にする。中凝固；堅硬。E solidify; harden.

☆ セメントに水を加えてかためる/用水攪拌水泥使其凝固。

☆ 雪を踏んでかためる/把雪踩實。

❷ 別々のものを1つにまとめる。中堆集一處。E collect; mass together.

☆ ごみを定められた場所にかためて置く/把垃圾堆集中於一個規定的場所。

❸ しっかりと安定したものにする。中堅定；鞏固。E strengthen; establish oneself.

☆ 日本語の基礎をかためる/打好日語基礎。

☆ 決心をかためる/下定決心。

❹ 守りをしっかりとする。中加強防守。E strengthen; fortify.

☆ 城の門をかためる / 加強城門防守。

☆ 警備をかためる / 加強警戒。

▷ [自動]固まる

かたやぶり 【型破り】カタヤブリ ❶型にはまっていなくて思いきった考え方をするようす。[中]不拘常規的做法；打破常規；破例。[E] unconventional.

☆ かたいまじめな本ばかり出していた出版社が、今度は漫画と写真だけの型破りな雑誌を出した/這家出社向來只出內容古板正經的書，這次打破慣例，出漫畫和全是照片的雜誌。

❷ ふつうの人と態度や行動が違うようす。[中]與衆不同；古怪。[E] extraordinary.

☆ 一郎は仕事を６回も変え、３匹の猫とだけ暮らす型破りな生活をしている / 一郎換六次工作，和三隻貓在一起，過著與衆不同的生活。

かたよ・る 【片寄る・偏る】カタヨル〔自動五〕(かたよって) ❶一方に寄る。[中]偏頗；偏於一方；失去平衡。[E] lean; incline.

☆ 公園は町の中心から北にかたよった所にある / 公園位於市中心偏北的地方。

❷ バランスがとれなくなる。[中]失去平衡。[E] be ill-balanced.

☆ 人口は都市にかたよっている / 人口集中於都市。

☆ 栄養がかたよる / 營養不均衡。

❸ 公平でなくなる。[中]偏袒；不公平。[E] be onesided; be prejudiced.

☆ A先生の評価はかたよっている/A老師的評價有失公平。

☆ かたよった愛情 / 偏愛。

▷ [名]片寄・偏り

[注] 漢字で書くときは、❶は「片寄る」、❷❸は「偏る」。

かたりあか・す 【語り明かす】カタリアカス〔他動五〕(かたりあかして) 寝ないで朝まで話し合う。[中]聊到天亮；聊一通宵。[E] talk all night.

☆ 秋の夜長を、友達と愛について語り明かした / 秋天夜長，與朋友談情說愛到天亮。

☆ 今夜はみんなで語り明かそう / 今晚大家一起聊到天亮吧！

かたりて 【語り手】カタリテ ❶話をする人。[中]講話人；說話人。[E] a teller of stories.

☆ きょうの「戦争体験を話す会」の語り手は、つらい思い出を静かに語った/今天「戰爭體驗報導」中，那位報告人靜靜地講述辛酸的回憶。

[対]聞き手

❷ 劇やドラマなどで、内容や筋などを読んで説明する人。ナレーター。[中]劇情解說員；旁白。[E] a narrator.

☆ 語り手が前回までの筋を語り終わると、主人公が登場した / 劇情解說員介紹完前一回的概要後，主角就出場了。

かた・る 【語る】カタル〔他動五〕(かたって) ❶ ことばを使ってできごとや気持ちを人に伝える。[中]談；講；講述。[E] tell; talk.

☆ 先生は生徒に自分の経験を語って聞かせた / 老師把自己的經驗講給學生聽。

☆ 人生について語る / 講述人生。

❷ 声を出し、節をつけて物語などを述べる。[中]說唱。[E] narrate; recite.

☆「平家物語」を語る / 說唱《平家物語》。

▷ [名]語り

カタログ (catalogue)カタログ 種類、値段、大きさなどを書いて商品を紹介したもの。商品目録。[中]商品目錄；商品說明書。[E] a catalogue.

☆ ワープロのカタログを見て、買う機種を決める/先看文字處理機的說明書後，再決定買哪一種。

☆ 通信販売のカタログで腕時計を注文する/根據郵購商品目錄訂購手錶。

かたわら 【傍ら】カタワラ、カタワラ ❶すぐ近く。[中]旁；身旁；旁邊。[E] near by; beside.

☆ いつもかたわらに辞書を置き、すぐ調べられるようにしておく／經常把字典放在身邊，以便急用。

☆ 主人のかたわらにすわっている犬／小狗坐在主人旁邊。

❷ (副詞的に)おもなことをして、その一方で。～と同時に。中 一邊～一邊～；～的同時。E besides; while.

☆ 医者として働くかたわら、地域の住民の相談相手を務める／身為醫生一邊為人看病，一邊兼差當地居民的諮詢顧問。

☆ 勤めのかたわら小説を書く／一邊工作，一邊寫小說。

かち【価値】カチ　ものの値打ち。中 價值。E value; worth.

☆ 100円の価値は、10年前といまとではずいぶん違う／十年前一百日圓的價值和現在是完全不同的。

☆ 京都は古い町だから、行ってみる価値がある／京都是一座古城，值得去一看。

かち【勝ち】カチ　勝つこと。勝利。中 贏；勝；勝利。E a win; a victory.

☆ 試合は赤組の勝ちだ／比賽紅隊獲勝。

☆ 勝ちを急ぐ／急於求勝；求勝心切。

対 負け　自動 勝つ

-がち (名詞、動詞の「ます」形について)～になりやすい。～になることが多い。中 每每；容易；比較多。

☆ 人間は自分につごうの悪いことは忘れがちである／人常容易忘記自己的缺點。

☆ このバスはいつも遅れがちだ／這班公車經常誤點。

☆ 雨がちの天気／rainy weather.／動不動就下雨的天氣。

かちあ・う【かち合う】カチアウ、カチアウ〔自動五〕(かちあって)　2つの同じようなものごとが同じときに重なる。中 趕在一起；碰在一起。E fall on; conflict with.

☆ 日曜日と祝日がかち合う／星期日正好和節日重疊。

☆ 山田さんにあげるプレゼントの品物が、友達のとかち合ってしまった／我送給山田的禮品和朋友送他的，正巧一樣。

かちかん【価値観】カチカン　そのものの価値がどれだけあるかを考える、その考え方。中 價值觀。E one's sense of values.

☆ 人の心をなによりもたいせつにしたい夫と、ものや金がいちばんだと考える妻とでは価値観がまったく合わない／一個非常重視精神生活的丈夫與一個視錢如命的妻子，他們的價值觀完全不合。

☆ 価値観が違う／價值觀不同。

かちき【勝ち気】カチキ、カチキ　人に負けたり、弱いと思われたりすることが嫌いなようす。中 好強心；要強。E unyielding; strong-minded.

☆ 勝ち気な性格の人は、スポーツ選手に向いている／性格好強的人適於當運動員。

☆ 道子は勝ち気で、親が死んでも涙を見せなかった／道子好強，父親去世也沒有哭。

かちく【家畜】カチク　牛、馬、羊、豚、鶏など、食用にするためや働かせるために飼う動物。中 家畜；牲口。E a domestic animal.

☆ 毎日家畜の世話をする／每天餵養牲口。

☆ 家畜を飼う／飼養動物。

☆ 家畜小屋／家畜窩。

かちぬき【勝ち抜き】カチヌキ　試合に勝った人やチームだけがつぎつぎに相手をかえて進んでいき、優勝を決める方法。中 淘汰賽；勝者循環賽直至決賽。E a tournament.

☆ じゃんけんの勝ち抜きで、1位を決める／划拳決定勝負。

☆ 勝ち抜き戦／淘汰賽。

自動 勝ち抜く

かつ カツ　❶(語句と語句をつないで)あることがらに別のことがらを加えるときに使うこ

か

とば。中 且；並且；而且。E besides; moreover.

☆ 注意深く、かつ大胆な行動を期待する/希望你密切注意，大膽行動。

❷ いくつかの動作が同時に行われるようす。中 又～又；也～也。E ~ and … at the same time.

☆ かつ踊り、かつ歌いして楽しいひとときを過ごした/度過了一段又唱又跳的快樂時光。

▷ 書

か・つ【勝つ】カツ〔自動五〕(かって) ❶ 争って相手を負かす。中 戰勝；打敗；贏。E win; defeat.

☆ けんかに勝つ/吵架吵贏了。

☆ 自然の力に勝とうとしても無理だ/人定勝天是不可能的。

対 負ける、敗れる

❷ 苦しいこと、むずかしいことを乗り越える。中 克制；克服。E overcome; surmount.

☆ 朝までにレポートを書きあげようとがんばったが、眠さにかつことができず、途中で寝てしまった/本來想努力在明天早上前把報告寫完，但抵不住睡意，中途就睡著了。

対 負ける

❸ なにかの傾向が強い。中 過多。E be predominant.

☆ 赤みのかった茶色/偏紅的茶色。

☆ 理性がかった性格/過於理性的性格。

▷ 名 勝ち

ニ 注 ❷はひらがなで書く。

-がつ【-月】(数を表すことばについて) 1年を12に分けた期間の名前を表す。中 …月。

☆ 何月に日本へ来ましたか / In what month did you come to Japan? / 你幾月來日本的?

☆ 1月/一月。(→ 項目)

☆ 9月/九月。(→ 項目)

かっか カッカ ❶ 火が盛んに燃えるようす。中 形容爐火很旺，熊熊燃燒貌。

☆ だん炉の火がかっかと燃えている / The fire is blazing in the hearth. / 爐火燒得很旺。

❷〔～する〕体が熱くなるようす。中 形容身體發熱貌。

☆ 強い酒を飲んだらかっかと熱くなった / Hard liquor made me hot. / 喝了烈酒，整個身子感到陣陣發熱。

❸〔～する〕激しく怒ったりあせったり、冷静でないようす。中 形容大發雷霆、火冒三丈的樣子。

☆ 妹は母に日記を読まれて、かっかしている / My younger sister is furious because Mother read her diary. /妹妹發現日記被母親偷看，氣得火冒三丈。

▷ 話

がっかい【学会】ガッカイ 専門研究者の団体。また、その団体が開く研究発表会や講演会。中 學會。E a learned society; an academic meeting.

☆ 来月、学会で研究発表をするので準備に忙しい/學會下個月要發表研究報告，所以準備工作很忙。

☆ 学会に出席する / 出席學會。

☆ 国際学会 / 國際學會。

がつがつ ガツガツ〔～する〕❶ 夢中になって食べたり、食べたがったりするようす。中 飢餓；貪婪地吃；狼吞虎嚥地吃的樣子。

☆ 3日間なにも食べずにいた弟は、飢えた犬のようにがつがつ(と)食べている / My brother is wolfing down food like a hungry dog since he has not eaten anything for three days. /弟弟三天什麼也沒有吃，所以像條餓狗一樣貪婪地吃著。

☆ 格好が悪いからあまりがつがつするな/別狼吞虎嚥，樣子難看。

❷ 非常にものをほしがるようす。欲張るようす。中 對某事物非常渴求及貪婪的心情及態度。

☆ 一郎はお金がたくさんあるのにもっとほしいとがつがつしている / Although Ichiro is rich, he is still greedy to earn more money. /

儘管一郎那麼有錢，但他還是很貪財。

☆ 二郎は会社で早く出世したくてがつがつしている / 二郎想在公司早點混出名堂。

▷ 話

がっかり ガッカリ〔～する〕 期待していたようにならなくて、残念に思うようす。中 失望；灰心喪氣；頹喪。E feel disappointed; lose heart.

☆ ハイキングが雨で中止になって、がっかりしている / 郊遊因下雨中止，大家感到很失望。

→がっくり

かっき【活気】カッキ 生き生きとしたようすであること。中 活力；朝氣；生氣；生動；活躍；興旺。E vigor; spirit; liveliness.

☆ 朝の市場は活気がある/早市充滿活力，生機勃勃。

☆ 活気あふれる若者の町/充滿青春氣息的年輕人街道。

がっき【学期】ガッキ 学校の１年間をいくつかに分けた１つ。中 學期。E a school term; a semester.

☆ 小学校は１学期、２学期、３学期と、３つの学期に分かれている/小學分為一學期、二學期、三學期的三個學期。

☆ 今学期はいろいろな行事があって忙しい/這學期活動多，忙得不可開交。

☆ 学期末テスト / 期末考試。

がっき【楽器】ガッキ 音楽を演奏するための道具。バイオリンのような弦楽器、フルートのような管楽器、太鼓のような打楽器など。中 樂器。E a musical instrument.

☆ 家族で楽器を演奏し合う / 全家在一起演奏。

☆ いちばんひいてみたい楽器はコントラバスだ / 我最喜歡拉低音大提琴。

かつぎだ・す【担ぎ出す】カツギダス〔他動五〕(かつぎだして) ❶ かついで出す。中 擔出去；抬出去。E carry ~ out.

☆ けが人をかつぎだして救急車に乗せる/把受傷者抬出送上救護車。

☆ 荷物を部屋の外にかつぎだす / 把行李提到屋外。

❷ 責任のある立場の人になってもらうために選えらびだす。中 推舉；捧出。E persuade a person to be.

☆ 先輩を衆議院選挙に候補者としてかつぎだす / 推舉前輩競選衆議員。

▷ 話❷

かっきてき【画期的】カッキテキ 前の時代と違った、まったく新しい時を迎えるようす。中 劃時代；劃時代的；劃期的。E epoch-making; a landmark.

☆ 電気を利用するようになって、社会は画期的に進歩した / 由於電力的普遍使用，使社會有了劃時代的進步。

☆ 電話の発明は画期的なできごとだ/電話的發明是劃時代的大事。

がっきゅう【学級】ガッキュー 学校で、授業のために生徒をいくつかの組に分けたもの。中 班級；班。E a class.

☆ この学級の人数は30人だ/這班有三十個學生。

☆ 学級委員 / 班代。

☆ 学級担任 / 班導師。

かつ・ぐ【担ぐ】カツグ〔他動五〕(かついで)

❶ 人、ものなどを運ぶために肩にのせる。中 扛；擔；背。E carry ~ on one's shoulder.

☆ 大きな袋をかついで歩く / 扛著大布袋走路。

〔担ぐ❶〕

☆ スキーの板をかつぐ / 扛著滑雪板。

❷ 上に立つ人として、みんなでその地位につける。中 以～為領袖；推舉。E set up a person as.

☆ 会長にかつぐ / 推舉擔任會長。

☆ 学長にかつぐ / 推舉當校長。

❸ 遊びの気持ちで人をだます。中 騙；耍弄。E play a trick on.

☆ 弟をかつぐつもりでテレビに出演させてやると言ったら、本気になってしまった/本打算騙弟弟說讓他去演電視，結果他卻當真了。

☆ うまくかつがれた/被人巧妙地騙了。

❹ 迷信を気にする。中 迷信。E be superstitious.

☆ 縁起をかついで、4(=死)と9(=苦)のない電話番号にしてもらった/因迷信，選了不帶4(=死)和9(=苦)字的電話號碼。

がっくり ガックリ〔～する〕 ❶ 急に折れたり傾いたりするようす。中 突然無力地(折斷或傾斜)。E (drop one's head) suddenly.

☆ 満塁ホームランを打たれて、投手はがっくり(と)首をたれた/被打了一個全壘打，投手垂頭喪氣。

❷ 期待していたようにならなくて、非常に残念に思い、元気がなくなるようす。中 頽廢，心灰意冷。E be broken down in disappointment.

☆ 今年こそ課長になれると思っていたのに、だめだったのでがっくりした/心想今年能當上課長，但事與願違，令人心灰意冷。

▷ 話

参 ❷は「がっかり」と似ているが、「がっくり」のほうが残念に思う気持ちが強く、その影響が気力や体力にまでおよんでいる。

かっこ【括弧】カッコ〔～する〕 数字や文字などを間に入れてほかの部分と区別するための記号をつけること。また、その記号。「」()〔〕など。中 括弧；括號。E parentheses; brackets.

☆ 会話の部分をかっこでかこむ/用括號將會話部分括起來。

☆ かっこでくくる/用括號括起來。

かっこ【確固】カッコ （「確固とする」の形で)態度や考え方などがしっかりしているようす。書 中 堅定；堅決；斷然。E assured; firm.

☆ 難民問題に対し、政府は確固とした態度をとるべきだ/對於難民問題，政府應該採取堅定態度。

参 改まって「確固たる信念」のように表現することもある。

かっこいい カッコイイ 姿、形、ようすなどがいい。格好がいい。話 中 真棒；真帥。E cool; neat.

☆ あなたのお兄さん、背が高くてかっこいいね/你哥哥又高又帥啊！

☆ 新しくて高級なかっこいい車がほしいな/真希望擁有一輛嶄新且高級外型炫麗的車子！

対 かっこ悪い

参 子供や若者が使いはじめ、「かっこうがいい」→「かっこういい」→「かっこいい」と短くなってできたことば。

かっこう【格好】カッコー ❶ 目で見た形や服装。中 樣子；外形；裝束。E (a) shape; (an) appearance.

☆ 鯨は魚のような格好をしている/鯨的外形像魚一樣。

☆ はでな格好で町を歩く/穿著耀眼走上街頭。

☆ 格好をつける(=人からよく見られようと形や服装をととのえて気取る)/裝模作樣(=為了讓看起來好看，身穿漂亮、款式新穎的服裝裝模作樣)。

❷ ちょうどいい程度であるようす。中 正合適；恰好。E suitable; reasonable.

☆ われわれが住むのに格好な家が見つかった/找到了一棟正適合我們居住的房子。

がっこう【学校】ガッコー ❶ 子供や学びたい人たちが学ぶ所。また、人を集めて教育をする所。小学校、中学校、高等学校、大学、専門学校など。中 學校。E a school.

☆ いえの近くに学校がある/家附近有一所學校。

☆ 学校に通う/上學。

☆ 学校を出る/畢業。

❷ 授業。中 功課；課。E school; (a) class.

☆ きょうは学校がないから朝寝坊できる/今天學校不上課，可以睡懶覺。

▷ 数 ❶ 1 校

かっさい【喝采】カッサイ〔～する〕 声をあげ拍手をして、盛んにほめること。中 喝彩；歡呼。E applause; cheers.

☆ 太平洋を1人で渡った勇気に、人々は喝采を送った / 一個人橫渡太平洋勇氣可嘉，人們給予由衷喝彩。

☆ 喝采を浴びる / 搏得喝彩。

☆ 拍手喝采する / 拍手歡呼；拍手喝彩。

かつじ【活字】カツジ ❶ 印刷に使う文字の型。中 活字；鉛字。E a printing type.

☆ 新聞の見出しを大きい活字にする / 報紙的標題採用大號鉛字

❷「❶」で印刷した文字や文章。中 正式出版物。E print; the printed material.

☆ 自分の書いたものが活字になってうれしい / 自己的作品能正式出版，感到高興。

☆ テレビの影響で活字離れが進んでいる/受電視的影響，不愛看書的現象越來越嚴重了。

がっしゅく【合宿】ガッシュク〔～する〕 一緒に泊まりこんで集中的にスポーツの練習や、研究などをすること。中 集訓。E a training camp.

☆ 夏休みにラグビーの合宿を行う / 暑假參加橄欖球隊集訓。

☆ 研究会の合宿に参加する/參加研究會的集訓。

がっしょう【合唱】ガッショー〔～する〕 おおぜいの人がいくつかのグループに分かれてそれぞれの声の部分を受け持ち、1つに合わせて歌うこと。中 合唱。E a chorus.

☆ ベートーベンの第9交響曲の合唱に参加るため毎日練習している / 為參加貝多芬第九交響樂的合唱，每天練習。

☆ 混声4部合唱 / 混聲四部合唱。

対 独唱

がっしり ガッシリ〔～する〕 強くて丈夫なようす。中 健壯；粗壯。E sturdy; stout; firm.

☆ 運動選手はがっしりした体格の人が多い/運動員中體格健壯的人很多。

☆ 祖父の代から使っている、がっしりした木のいす / 這把堅固的木椅，是從祖父那一代就開始使用的。

→がっちり

がっそう【合奏】ガッソー〔～する〕 いくつかの楽器を合わせて演奏すること。中 合奏；齊奏。E play in concert; an ensemble.

☆ 父はフルート、母はピアノ、わたしはバイオリンで合奏した/父親吹長笛、母親彈鋼琴、我拉小提琴一起合奏。

☆ 器楽合奏 / 器樂合奏。

対 独奏

かっそうろ【滑走路】カッソーロ 飛行機が離陸したり着陸したりするときに使う道。中 滑行道；跑道。E a runway; an airstrip.

☆ 飛行機が滑走路から飛びたった / 飛機從跑道上起飛。

☆ 滑走路で離陸の許可を待つ / 在跑道上等待起飛命令。

数 1 本

かったる・い カッタルイ 疲れてだるい。話 中 疲倦；慵懶。E feel heavy and tired.

☆ かったるくてなにもする気になれないね/疲倦得什麼都不想做。

☆ こんなに暑いと体がかったるい / 如此炎熱，身體慵懶。

がっち【合致】ガッチ〔～する〕 ぴったり合うこと。中 符合；一致。E match; agree with.

☆ 自分の希望に合致する職業を選ぶ/選擇一個符合自己願望的職業。

☆ 目的に合致する / 與目標一致。

がっちり ガッチリ〔～する〕 ❶ 非常に強くて丈夫なようす。中 堅固；牢固；堅實。E strong; firm.

か

☆ 石づくりのがっちりした家/用石塊砌成的堅固房子。

❷ かたく組み合わせるようす。中 嚴密吻合；嚴密縫合。E tightly.

☆ 両国の首相はがっちり(と)握手した/兩國總理緊緊握手。

❸ 着実に、機会をうまく利用して、金などを自分のものにするようす。中 用錢仔細。E steadily.

☆ 毎月、給料の半分をがっちり(と)貯金している/每月固定把一半薪水存入銀行。

▷ 話

参 ❶は「がっしり」と似ているが、「がっちり」のほうが結びつきが強く、こわれにくい。

かつて カツテ ❶過去のある時に。以前に。中 曾；曾經；以前。E once; before; at one time.

☆ かつて、太陽が地球のまわりを回ると信じられていた時代があった/過去，人們曾相信太陽繞著地球轉。

❷ (「かつて〜ない」の形で)いままでに1度も〜ない。中 至今從未〜；從來沒有〜。E never before.

☆ かつて見たこともないほどの美しい景色/前所未見的美景。

☆ かつてない寒さ/從未有過的寒冷。

かって【勝手】カッテ ❶「台所」の古い言い方。お勝手。中 廚房。E a kitchen.

☆ むかしの勝手は暗くて寒くてつらかったと祖母は言う/祖母說，以前的廚房陰暗、寒冷，讓人受不了。

☆ 勝手仕事/廚房工作。

☆ 勝手口(=台所から外へつながる出入り口)/廚房門、後門(=廚房與外邊相通的門)。

❷ なにかをするときのぐあい。以前から慣れて知っているようす。中 情況。E conditions; circumstances.

☆ 正月だけはいつもと勝手が違って都心は静かだ/只有新年時，市中心一片寂靜，與平時不同。

☆ 使い勝手/用的感覺；用著。(→ 項目)

❸ 自分のつごうのいいようにするようす。中 隨意；任意。E selfish; as one pleases.

☆ 病人は、人がいるとうるさい、だれもいなくなるとさびしいと、勝手なことばかり言っている/病人老是說，有人來嫌吵，沒人來又覺寂寞。

☆ 1人で勝手に暮らす/一個人自由自在地過活。

☆ 身勝手/任性；自私；自利；只顧自己方便。(→ 項目)

かっと カット、カット ❶火や光などが急に強くなるようす。中 頓時。

☆ 雨がやんで、真夏の太陽がかっと照りつけた/The rain let up and the summer sun shone scorchingly. /雨一停，頓時又夏日炎炎。

❷〔〜する〕急に激しく怒ったりあせったりするようす。中 頓時；勃然。

☆ ばかと言われ、かっとして相手をなぐってしまった/When I was called a fool, I flew into a rage and struck my companion. /人家罵我混蛋，一時忍不住打了對方。

カット (cut) カット ❶〔〜する〕長いものを途中で切ること。中 切；剪。E cut.

☆ 美容院で髪をカットしてもらう/想去美容院剪頭髮。

☆ 橋の完成祝いでテープをカットする/參加大橋完工剪彩典禮。

❷〔〜する〕けずって少なくすること。中 去掉。E cut; reduce.

☆ 3時間の映画を2時間半にカットしてテレビで放送する/把三個小時的影片剪接為兩個半小時在電視中播放。

☆ 休んだ分だけ給料をカットする/扣除休假時的工資。

❸ 本や雑誌などに入れる小さな絵や図。挿絵。イラスト。中 插圖；插畫。E a cut; an illustration.

☆ この辞書はカットが多いので、楽しくわかりやすい / 這本字典中有很多插圖，令人喜歡且又易懂。

▷ 数 ❸ 1枚・1点

かっとう【葛藤】カットー〔～する〕 ❶ 簡単にはどちらと決められなくて迷ったり悩んだりすること。中 苦惱；憂慮；内心鬥爭。E (a) conflict.

☆ 姉の恋人を好きになってしまった道子は、心のかっとうに苦しんでいる / 道子愛上姊姊的男朋友，心中十分地苦惱。

❷ 人や国、組織などの間に争いがあること。中 糾紛；糾葛。E trouble; discord.

☆ 会員の間のかっとうをなくして、楽しく語り合える会にしたい / 平息會員之間的糾紛，讓大家愉快地一起交談。

かつどう【活動】カツドー〔～する〕 動いてなにかの働きをすること。中 活動。E activity; action.

☆ 心臓は死ぬまで活動を続ける / 心臟跳動，至死方休。

☆ ボランティア活動 / 志工活動；義工活動。

☆ クラブ活動 / 俱樂部活動。

☆ 火山活動 / 火山活動。

かっぱつ【活発】カッパツ 休みなくつぎつぎに活動が続くようす。中 活潑；活躍。E active; lively; brisk.

☆ 火山が活発な活動を始めたので、近くの住民は避難した / 火山頻頻開始活動，附近居民都外出避難。

☆ 活発な討論 / 活躍的討論會；討論踴躍。

対 不活発

かっぱら・う カッパラウ、カッパラウ〔他動五〕(かっぱらって) すばやくものを盗む。話 中 乘隙迅速行竊；偷。E catch away; snatch.

☆ 少年が通行人からかばんをかっぱらって逃げていった / 少年乘隙偷了行人皮包後匆忙逃逸。

☆ 店の品物をかっぱらう / 偷取商店的物品。

名 かっぱらい

カップ (cup) カップ ❶ 取っ手のある茶碗。中 (有把柄的)茶杯。E a cup.

☆ コーヒーカップ / 咖啡杯。

❷ 料理の材料の量をはかる、目盛りのついた入れ物。1カップは200cc。中 量杯。E a measuring cup.

☆ お米をカップではかる / 用量杯量米。

☆ 計量カップ / 量杯。

❸ 優勝者に贈られる、さかずきの形をした賞品。中 獎杯。E a cup; a trophy.

☆ 優勝者に大きなカップを手渡す / 頒給優勝者(冠軍)大獎杯。

❹ 食べ物を入れて売られている茶碗形の容器。紙、プラスチックなどでつくられている。中 杯子；碗。E a cup; a container.

☆ カップ入りアイスクリーム / 杯裝冰淇淋。

☆ カップラーメン / 杯麵。

☆ カップケーキ / 杯裝點心。

▷ →コップ 図

カップル (couple) カップル 夫婦、恋人などの、男と女。最近は同性の2人をさすこともある。中 情侶；一對男女；夫婦。E a couple.

☆ 土曜日の公園はカップルが多い / 星期六公園裡的情侶多。

☆ クイズに当たった人を、カップルで香港へ招待する / 招待中獎的夫婦去香港旅遊。

対 シングル 数 1組

がっぺい【合併】ガッペイ〔～する〕 2つ以上のものを合わせて1つにすること。また、2つ以上のものが1つになること。中 合併。E combine; merge.

☆ A銀行とB銀行が合併して、AB銀行になった / A銀行與B銀行合併，組成AB銀行。

☆ 合併症 /complications. / 併發症。

がっぽり ガッポリ 金などが、いちどにたくさん入ったりなくなったりするようす。話

中 形容一次大筆大筆賺錢的樣子。

☆ たくさん売れたので、がっぽり（と）もうかった / It sold well, and we made a huge profit. / 因為賣的很好，賺了一大筆錢。

かつやく【活躍】カツヤク〔～する〕注目される活動をすること。中 活躍；大顯身手。E play an active part; cut conspicuous figures.

☆ 道子は国際公務員として国連で活躍している / 道子身為國際公務員活躍於聯合國。

☆ 最近、各界に女性の活躍がめだつ / 最近，在社會各界女性大顯身手。

☆ 大活躍 / 大顯身手；非常活躍。

かつよう【活用】カツヨー〔～する〕❶その価値をうまく生かして使うこと。中 有效地利用；正確地使用。E put ~ to practical use; make use of.

☆ 空いている倉庫を活用する方法を考える / 考慮一個有效利用空倉庫的辦法。

☆ 余暇の活用 / 有效利用休閒時間。

❷ 動詞、形容詞、形容動詞、助動詞が、その使われる意味によって決まった形に変化すること。中 詞尾變化。E conjugate.

☆ 動詞「来る」は「こ(ない)」「き(ます)」「くれ(ば)」のように活用する / 動詞「来る」的詞尾變化為「こ(ない)」、「き(ます)」、「くれ(ば)」。

☆ 五段活用 / 五段動詞變化。

参 ❶は「利用」と似ているが、「利用」が使う側のつごうのいいように使うという感じが強いのに対して、「活用」はそれが持っている価値を生かすという感じが強い。「あの人を活用する」と言えば、活用された人は喜ぶが、「あの人を利用する」と言えば、利用された人は怒るであろう。

かつら カツラ 頭にかぶるもので、髪の毛が生えているように見せるもの。中 假髮。E a wig; a hairpiece.

☆ 時代劇の中で侍のかつらをつける / 古裝劇中武士戴的假髮。

☆ はげや白髪を隠すためのかつらがよく売れている / 能遮掩禿頭和白頭髮的假髮十分暢銷。

かつりょく【活力】カツリョク 活動のもとになる力。中 活力；精神；生命力。E vitality; energy.

☆ 健康は、活力の源だ / 健康是活力的源泉。

☆ たくさん食べて活力をつける / 吃飽點增加活力；吃飽點有精神。

☆ 活力がみなぎる / 充滿活力。

かてい【仮定】カテイ〔～する〕現実でないことを、もしそうだったらと考えること。中 假定。E suppose; assume.

☆ 地球上に水がないと仮定したら、生物は生きていけないだろう / 如果地球上沒有水的話，那生物就無法生存了。

☆ 80歳まで生きるという仮定で人生の計画を立てる / 假定一個活到八十歲為前提的生涯規劃。

かてい【家庭】カテイ 一緒に生活している家族の集まり。また、その場所。中 家庭。E a home; a family.

☆ 結婚したら、明るい家庭をつくりたい / 結婚後想建立一個快樂的家庭。

☆ 家庭教育 / 家庭教育。

かてい【過程】カテイ ものごとが移り変わっていく道筋。中 過程；經過。E a process.

☆ 子供の成長の過程を写真にとって残す / 把小孩的成長過程拍下照片保存。

☆ 自動車の製造過程を図に示す / 用圖表示汽車製造過程。

かてい【課程】カテイ 学校などで、修得することが決められている内容。カリキュラム。中 課程。E a course; a curriculum.

☆ 中学校の課程を修了する / 修完初中的課程。

☆ 博士課程 / 博士課程。

-がてら (動作を表す名詞、動詞の「ます」形について)なにかをするときに、ほかのことも一緒にすること。中 順便做。

☆ 買い物しがてら街を歩いてみる/買東西順便逛街。

☆ ごあいさつがてら、うかがいました/ I came to see you to pay my respects. /順道來拜訪您。

→-かたがた

がでんいんすい【我田引水】ガデン・インスイ、ガデン・インスイ　ものごとを自分のつごうのいいほうに引き寄せて言ったりしたりすること。中自私自利；只顧自己；自賣自誇。E turning things or arguments in one's own favor; self-seeking.

☆ 我田引水になるかもしれませんが、わたしの発見した薬を飲めば、あなたの病気はきっと治ります/也許是自賣自誇，但只要吃了我發明的藥，您的病就一定會治好。

かど【角】カド　❶ もののはしなどの、とがった部分。中角；稜；隅角。E a corner; an edge.

☆ 5ページ目の角を折って目印にする/把第五頁的角摺起來做個記號。

☆ 花瓶をテーブルの角にぶつけてこわしてしまった/花瓶碰到桌角裂開了。

❷ 道の、折れ曲がった所。中 拐角；拐彎處。E a corner.

☆ 信号の角を左に曲がる/號誌燈轉角處往左轉。

☆ 角の店/街角的店。

▷ →隅

角が立つ　他人を怒らせたり、不快にさせたりすることになる。中不圓滑；讓人生氣。E create bitter feelings.

☆ あまりほしくないが、いらないと言うのも角が立つからもらっておこう/儘管不是很喜歡，說不要也會讓人生氣，還是買了吧。

似た表現 角を立てる

角が取れる　いろいろ苦労して人格が穏やかになる。中 變得隨和；沒脾氣。E become affable.

☆ 若いころは自分勝手な人だったが、年とともに角が取れて、思いやりが出てきた/年輕時我行我素，隨著年齡的增長，變得隨和且有同情心了。

かど【門】カド 「門」の古い言い方。また、門のあたり。書 中門；門前。E a gate.

☆ 門に立って帰る客を見送る/站在門前送客。

☆ 門出/開始～的生活；走上～的道路。(→項目)

☆ 門松/新年裝飾門前的松枝；門松。(→項目)

かど【過度】カド　ちょうどいい程度をこえているようす。書 中 過度。E excessive; too much.

☆ 過度の疲労で倒れる/因過度疲勞而累倒了。

☆ わが子に過度な期待をかけてはいけない/對自己的孩子不要有太高的期望。

対 適度

かとき【過渡期】カトキ　変化している途中の時期。中 過渡期。E a period of transition.

☆ 16歳ごろは、子供から大人に変わる過渡期だ/十六歲左右是從孩子變為大人的過渡期。

☆ この国は目下、民主化への過渡期にある/這個國家目前正處於向民主化推進的過渡期。

かどで【門出】カドデ、カドデ〔～する〕　旅などへ行くこと。また、新たな気持ちでいままでとは違った世界に出ていくこと。中　走上～的道路；開始～的生活 E　one's start in life; go out into the world.

☆ 結婚した2人の門出を祝う/祝福兩位開始新婚生活。

☆ 社会人としての門出/開始步入社會。

かどまつ【門松】カドマツ、カドマツ　正月に家の門のところに立てる、松や竹などでつくった飾り。

中「門松」：新年裝飾門前的松枝。

E the New Year's pine decorations.

〔門松〕

☆ 門松を立てたり、しめ縄を飾ったりして正月を祝う/在門前置門松、裝飾稻草繩慶祝新年。

かな【仮名】カナ　漢字をもとにしてつくられた日本の文字。ひらがなとかたかなの2種類あるが、ひらがなだけをさすこともある。かな文字。中假名；日本字母。E *kana*; the Japanese syllabary.

☆ 日本では、漢字、かな、ローマ字の３種類の文字が使われている / 日本使用漢字、假名、羅馬字三種文字。

☆ かな書き / 用假名寫。

かな　(文の終わりについて)　❶ はっきりしないことに対する疑問や質問を表す。中對不清楚的事表示疑問。

☆ 山田くん遅いけど、どうしたのかな / 山田遲到了，不知怎麼了？

☆ いま何時かな/ I wonder what time it is now. / 現在幾點了？

❷ (「〜ないかな」の形ちで)希望を表す。中表示希望。

☆ お正月、早く来ないかな / I wish the New Year would come soon. / 盼新年早點到。

☆ いいアルバイトがないかな / 沒有好一點的臨時工作嗎？

▷ 話

参「かなあ」と長くのばすこともある。そのときは質問の意味は弱くなり、疑問や希望の気持ちが強くなる。

かない【家内】カナイ　❶ 家の中。また、家族。中家裡；家裡人。E a family; domestic.

☆ 家内安全 / 家中安全。

☆ 家内工業 / 家庭工業。

❷ 自分の妻を、夫が他人に話すときの言い方。中我的妻子；內人。E my wife.

☆ お正月休みは家内と温泉へ行ってきました / 新年休假我和內人去洗溫泉。

対主人 ▷ →妻

参 ❷は若い夫はあまり使わない。

かな・う　カナウ〔自動五〕(かなって)　❶ 求めているものとちょうど合う。中適合；符合。E suit (one's taste).

☆ この部屋はわたしの希望にかなっている/這間房子符合我的理想。

☆ 目的にかなう / 能達到目標。

❷ 希望どおりになる。中得以實現；如願以償。E meet (one's wishes).

☆ 望みがかなって留学できた / 實現了留學的願望。

☆ 願いがかなう / 如願以償。

❸ 比べるものと同じ水準にある。中敵得過；趕得上；比得上。E match; equal.

☆ 足の速さでルイスにかなう人はいない/在短跑方面還沒有人比得上路易士。

❹ (「かなわない」の形で) ⇨かなわない

▷ 他動かなえる

かなし・い【悲しい】カナシイ　つらいことがあって泣きたいような気持ちだ。中悲傷；悲哀；傷心。E sad.

☆ あなたと別れるのは悲しい / 與您分離是一件傷心事。

☆ 母に死なれて悲しくてたまらない / 因母親去世而悲傷至極。

対うれしい、喜ばしい

かなし・む【悲しむ】カナシム〔他動五〕(かなしんで)　悲しい気持ちになる。中悲傷；悲哀；悲痛。E grieve; feel sad.

☆ 友人の死を悲しむ/ 對朋友的死我感到很悲痛。

☆ 家族との別れを悲しむ/ 與家人分離我很傷心。

☆ なげき悲しむ / 憂愁悲傷；哀聲嘆氣。

対喜ぶ　名悲しみ

かなづかい【仮名遣い】カナズカイ　かなでことばを書き表すときの表記のきまり。中假名表記法。E the rules for the use of *kana*.

☆ 正しいかなづかいで文を書くようにする/ 用正確的假名表記法寫作文。

☆ かなづかいのまちがいを直す / 改正假名表記法中的錯誤。

☆ 現代かなづかい / 現代假名表記法。

かなづち　カナズチ、カナズチ　❶ 頭が鉄でできた、くぎなどを打つときに使う道具。ハンマー。中 錘子；鐵錘；榔頭。E a hammer.

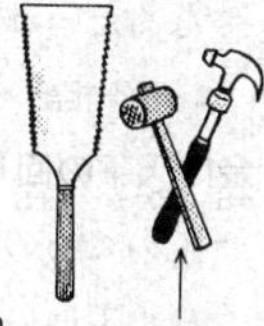

☆ かなづちでくぎを打つ/用鐵錘釘釘子。

❷ まったく泳げない人。中 不會游泳的人；旱鴨子。E a person who can't swim.

☆ かなづちだから、海には行きたくない/我不會游泳，所以不想去海邊。

▷ 話❷

注 漢字で書くときは「金槌」。

かなめ カナメ ❶ 扇子の骨を合わせる所に使う小さなくぎ。中 扇軸；扇骨。E the rivet.

☆ かなめがはずれて扇子が使えない/扇骨鬆掉扇子就不能用了。

❷ いちばんたいせつな場所。中 核心；要點。E the main point.

☆ ここが論文のかなめだから、しっかり書こう/這是論文的核心，要好好地寫。

☆ 守備のかなめ/防守要塞。

かなもの【金物】カナモノ なべ、やかん、くぎ、かなづちなど、金属でできている道具や器具。中 鐵器類；金屬工具；小五金。E hardware.

☆ 最近の道具は金物だけでなく、プラスチックでできたものも多い/近來工具不僅限於金屬製品，塑膠製品也很普遍了。

☆ 金物屋/五金行；鐵器店；金屬器具店。

かならず【必ず】カナラズ まちがいなくそうなったり、そうしたりするようす。確実に。きっと。中 一定；必定；必然。E be sure to; without fail; certainly.

☆ 提出期限は必ず守りなさい/必須遵守提出的期限。

→断じて

かならずしも【必ずしも】カナラズシモ、カナラズシモ (「必ずしも～ない」の形で)いつも～というわけではない。中 不一定～；未必～。E not necessarily; not always.

☆ 高級なレストランが必ずしも味がいいとは限らない/高級餐廳的菜色未必保證好吃。

☆ お金がある人が必ずしも幸福とはいえない/有錢人不一定幸福。

かなり カナリ ふつう以上の程度であるようす。中 相當；很；頗。E rather; quite; good.

☆ 今月中に仕上げるのはかなりむずかしい/這個月要完成任務似乎很困難。

☆ 駅からかなりの距離があるので、タクシーで行こう/離車站還很遠，搭計程車去吧。

がな・る ガナル〔自動五〕(がなって) 大声を出してうるさく言う。話 中 吵鬧；嚷嚷。E shout; blare.

☆ 部長は、静かに話せばいいのにすぐがなるから困る/經理要能和顏悅色說話就好了，動輒大聲叫嚷，令人難堪。

☆ 1日じゅう宣伝カーのスピーカーががなっていて、うるさい/宣傳車的擴音聲吵了一整天，煩死人了。

☆ がなりたてる/叫嚷起來。

かなわない ❶ 勝てない。中 敵不過；比不上；趕不上。E be no match for.

☆ 去年優勝したあのチームにはとてもかなわないだろう/誰也敵不過去年的冠軍隊。

❷ (「～て〔は〕かなわない」の形で)がまんができない。中 忍受不了。

☆ あんな下手なスピーチが長く続いてはかなわない/他那低水準的演說，再講下去會讓人受不了。

☆ 暑くてかなわない/I cannot bear the heat./這樣熱可受不了。

かに カニ 海や川の中や水辺にすむ節足動物の一種。かたい殻でおおわれ、1対のはさみと4対の足を持ち、横に歩く。ズワイガニ、ケガニなど食用になるものが多い。中 蟹；螃蟹。E a crab.

☆ 海辺でカニを捕まえる/在海邊撈捕螃蟹。

☆ カニコロッケ/炸蟹丸子；炸蟹肉餅。

数 1杯・1匹

かにゅう【加入】カニュー〔～する〕 会や団体に入ること。中 加入；参加。E become a member of; join.

☆ 生活協同組合に加入する/加入生活互助會(福利站)。

☆ 俳句研究会への加入を申しこむ/申請加入俳句研究社團。

対 脱退

かね【金】カネ ❶ 金属。中 金屬；鐵。E metal.

☆ 雷が鳴っているとき、金でできたものにさわると危険だ/打雷時，觸碰金屬是危險的。

☆ 留め金(=ものとものをつなぐための小さな金属)/金屬卡子(=連接用的金屬片)。

❷ 金銭。お金。中 錢。E money.

☆ このごろはどこへ行くにも、なにをするにも金がいる/這年頭不論到哪、做什麼事，都少不了錢。

☆ 金をもうける/賺錢。

☆ 金になる仕事/賺錢的工作。

参 ❶は他のことばの前につくと、「金物」「金具」「金網」などのように「かな」と読み方が変わることが多い。

金がものをいう ふつうの方法ではできないばあいに、金をたくさん出すことでうまくいくようになる。中 有錢能使鬼推磨。E Money talks.

☆ 実力もないのに会長になれたのは、金がものをいったせいだ/沒有實際工作能力，但卻當了會長，這就是有錢能使鬼推磨的道理。

似た表現 金にものをいわせる

金に目がくらむ 金に心をうばわれて正しい判断ができない。中 利令智昏；見錢眼開；利慾攻心 E be blinded by money.

☆ 金に目がくらんだ二郎は恋人を捨てて、大金持ちの娘と結婚した/見錢眼開的二郎甩掉了心愛的人，和一個富家女結了婚。

金の切れ目が縁の切れ目 金でつながっていた人間関係は、金がなくなるとうまくいかなくなるということ。中 錢完了緣分盡；錢在人情在，錢盡不相識。E Money gone, friends gone.

金は天下の回りもの 金は人から人へとまわっていくものなので、いま金がなくても心配しなくていい、そのうちに自分のところに来るということ。中 貧不生根，富不長苗；貧富無常。E Money comes and goes.

かねがね カネガネ、カネガネ 以前から何度もあったようす。中 很早以前；早就；老早。E often; for a long time.

☆ かねがねお名前はうかがっておりました/久仰大名。

☆ スペインには、かねがね行きたいと思っていた/早就想去西班牙。

かねそな・える【兼ね備える】カネソナエル、カネソナエル〔他動一〕 いい性質や要素を2つ以上合わせて持っている。中 兼備。E have both.

☆ 高い知能と健康な体を兼ね備えている/學問淵博，體魄強健。

☆ 強さとやさしさを兼ね備えた人/剛柔並濟的人。

自動 兼ね備わる

かねつ【過熱】カネツ〔～する〕 ❶ 熱くなりすぎること。熱くしすぎること。中 燒得過熱。E overheat.

☆ 火事の原因は、こたつの過熱らしい/失火的原因可能是電暖桌(日式暖具，四方桌，下置電燈取暖)過熱。

❷ 競争などが非常に激しいこと。中 過於激烈；過度。E heat up; accelerate.

☆ 受験戦争はますます過熱している/升學考競爭愈形激烈。

かねて カネテ 以前から。中 早就；老早；以前。E beforehand; before; long.

☆ かねて予想されていたとおり、A銀行とB銀行は来月合併することになった/如前所料，A銀行與B銀行決定下月合併。

かねない (動詞の「ます」形について)～するかもしれない。～しないとはいえない。中 也許；說不定；也可能。

☆ このままでは地球は滅びかねない / The way things are, it's possible that the earth will be destroyed. / 這樣下去地球很可能滅亡。

☆ 両国が衝突しかねない情勢 / 兩國可能發生衝突。

かねもち【金持ち】カネモチ、カネモチ　金をたくさん持っている人。お金持ち。中 有錢人；富翁；財主。E a rich person.

☆ 洋子は金持ちの家に生まれ、ぜいたくな暮らしをしている / 洋子出生富貴之家，生活奢侈。

☆ なんとかして金持ちになりたい / 不管如何想成為一個富翁。

☆ 大金持ち / 大財主；大富翁；巨富。

か・ねる【兼ねる】カネル〔自他動一〕 ❶ 2つ以上の役目を持つ。中 兼；兼帶；兼任。E serve both as.

☆ 首相が外相を兼ねる / 首相兼任外相。

☆ 朝食と昼食を兼ねた食事 / 早飯與午飯一起吃。

❷ (動詞の「ます」形について)事情があって、そのようにできない、またはしにくい。中 不能；難以。

☆ 値段が高いので買いかねる / I cannot buy it because it is too expensive. / 價格太貴買不下手。

☆ 荷物が重そうなので見かねて持ってあげた / 看他行李很重，不忍心而上前幫忙。

☆ まことに申し上げかねますが (=言いにくいことを言いだすときの丁寧な言い方) / 實在抱歉，真是不好意思 (=說不好意思的事時的鄭重的說法)。

❸ (「かねない」の形で) ⇨かねない

注 ❷❸はひらがなで書く。また、❶は他動詞、❷❸は自動詞。

かねんぶつ【可燃物】カネンブツ　よく燃えるもの。燃えやすいもの。中 可燃物。E flammables; combustibles.

☆ 紙や木は可燃物だからよく燃える / 紙和木材是可燃物，所以容易燃燒。

☆ 可燃物と不燃物に分けて、ごみを出す / 把可燃和不可燃垃圾分開倒。

対 不燃物

かのう【化膿】カノー〔～する〕 皮膚の、傷になったりはれたりした部分がうみを持つこと。中 化膿。E fester; suppurate.

☆ 傷口が化膿しないように消毒する / 為使傷口不化膿要進行消毒。

☆ 化膿止めの薬 / 防止化膿藥。

かのう【可能】カノー　できる見込みのあること。中 可能。E possible.

☆ 科学の進歩によって宇宙旅行も可能になった / 科技的進步使太空旅行也成為可能了。

☆ 可能な限り、やってみよう / 我儘可能做吧。

☆ 可能性 / 可能性。

対 不可能

かのじょ【彼女】カノジョ　❶ 自分と相手以外の女性をさすことば。中 她。E she.

☆ 彼女はとても親切な人だ / 她是一位非常親切的人。

対 彼

❷ 恋人である女性。中 女朋友；對象。E one's sweetheart; one's girlfriend.

☆ きのう、山田さんの彼女に会った / 昨天遇到山田的女朋友了。

対 彼　▷ 話 ❷

かば・う　カバウ〔他動五〕(かばって)　弱いものを助け、守る。中 庇護；袒護；保護。E speak for; protect.

☆ 仲間をかばって、自分だけが悪いと言いはる / 為庇護同事，把責任都堆到自己身上。

☆ 外でいじめられている弟をかばって、うちへ連れて帰った / 保護在外面受欺負的弟弟，把他帶回家。

がばと ガバト　急に起き上がったり伏せたりするようす。がばっと。[話][中]猛地；猛然地。

☆ 悪い夢を見て、がばとふとんから起き上がった / Having a nightmare, I suddenly sprang up out of bed. / 被噩夢嚇醒，猛然地從床上坐起來。

かばん カバン　手に持ったり肩にかけたりする入れ物。革、ビニール、布などでできている。[中]皮包；手提包；書包；背包。[E] a bag.

☆ 毎日、教科書や辞書をかばんに入れて持ってくる / 每天把教科書和字典裝在書包裡帶來。

☆ 旅行かばん / 旅行袋。

[注] 漢字で書くときは「鞄」。

かはんすう【過半数】カハンスー、カハンスー　全体の半分をこえる数。[中]超過半數；半數以上。[E] the majority.

☆ クラスの過半数の人の賛成でクラス委員に選ばれた / 班裡超過半數同意，我被選為班級幹部。

☆ 過半数を占める / 佔半數以上；超過半數。

かひ【可否】カヒ　賛成か反対か。また、いいか悪いか。よしあし。[中]可否；對錯；正反。[E] right or wrong; pros and cons.

☆ 村民にゴルフ場建設の可否を問う / 徵詢村民是否同意建設高爾夫場。

☆ 米の自由化の可否を論じる / 討論米的自由買賣是否可行。

かび【華美】カビ　はなやかで美しく、はでなようす。[中]華美；華麗；豪華。[E] gaudy; gorgeous.

☆ パーティーには華美な服装の人がたくさん集まった / 舞會上來了很多穿著華麗的人。

☆ 生活があまり華美になるのはいけない / 生活太奢侈是不行的。

かび カビ　食物、衣類、室内の壁などに生える微生物。[中]霉。[E] mold; mildew.

☆ ３日前に買ったパンにかびが生えた / 三日前買的麵包發霉了。

☆ かびくさい / 霉味；陳腐的。

☆ 青かび / 綠霉。

[自動] かびる

かびん【花瓶】カビン　花を生けるための瓶や、つぼの形をした器。[中]花瓶。[E] a vase.

☆ 花瓶に花を生ける / 往花瓶裡插花。

☆ 中国製の古い花瓶を床の間に飾る / 用中國製老式花瓶裝飾壁龕。

かびん【過敏】カビン　ふつう以上に感じやすいようす。[中]過敏；過於敏感。[E] oversensitive.

☆ 世の中の動きに過敏に反応する / 對社會上的變化反應過敏。

☆ 神経が過敏で、すこしの音にも目を覚ます子供 / 這孩子神經過敏，有點聲音就睡不著。

☆ 過敏症 / hypersensitivity. / 過敏症。

かぶ【株】カブ　❶ 植物の根のほうのひとまとまり。[中]株；棵；根。[E] roots.

☆ 花の株を分けて２つの鉢に入れた / 把花根分開，種入兩個花盆。

☆ 木の切り株 / 樹的殘株。

❷ 会社の資本を構成する単位。株式。株券。[中]股票；股分。[E] stocks.

☆ 株をやってもうける / 買股票賺錢。

☆ 株で損をした / 買股票賠錢。

☆ 株を売買する / 炒股票；買賣股票。

お株を奪われる　自分の得意だったことを、ほかの人がもっと上手にしてしまう。[中]取而代之，天外有天，強中自有強中手。[E] be outdone in one's own specialty.

☆ いままで、学校でわたしがいちばん歌が上手だったが、新入生にお株をうばわれてしまった / 以前我是學校最佳歌手，但現已被新生擠下來了。

[似た表現] お株を取られる

株が上がる　評判や人気が高くなる。[中]聲譽鵲起；聲名高漲。[E] enhance one's reputation.

☆ 田中さんは最近いい仕事をしているので、社内で株が上がっている / 田中最近表現傑出，在公司內聲譽高漲。

似た表現 株を上げる

カフェテリア (cafeteria) カフェテリア　客が自分で好きな料理を選んでテーブルに運んで食べる軽食堂。中 自助餐廳。E a cafeteria.

☆ きょうは、友達と青山のカフェテリアで食事をした / 今天和朋友在青山(東京一地名)的自助餐廳用餐。

☆ カフェテリア形式の学生食堂 / 自助式學生餐廳。

数 1軒・1店

がぶがぶ ガブガブ　水や酒などを、たくさん、勢いよく飲むようす。話 中 咕嚕咕嚕地喝；大口大口地喝(表示猛喝大量飲料的樣子)；牛飲。

☆ 暑くてのどが渇いたので、水をがぶがぶ(と)飲んだ / My throat was so dry in the heat that I drank water in large gulps. / 熱得口乾舌燥，就咕嚕咕嚕地大喝好幾口水。

かぶき【歌舞伎】カブキ　日本の代表的な伝統演劇。江戸時代に発達した劇で、男が女の役も演じる。中 歌舞伎。E the *kabuki*.

☆ 日本へ行ったら、ぜひ歌舞伎を見たい / 去日本，一定要看歌舞伎。

☆ 歌舞伎役者 / a *kabuki* actor. / 歌舞伎演員。

〔歌舞伎〕

かぶしきがいしゃ【株式会社】カブシキガイシャ　多くの人が金を出し合って株主となり、組織した会社。中 股份公司；股份有限公司。E a joint-stock company.

☆ 友人たちと資本を出し合ってコンピューターの株式会社をつくった / 與朋友們合資開了一家電腦股份有限公司。

数 1社

かぶ・せる カブセル〔他動一〕 ❶ 他人の頭や顔をおおうようになにかをつける。中 蓋上；蒙上；包上。E put a thing on.

☆ 子供に帽子をかぶせる / 給孩子戴上帽子。

❷ なにかで隠すように表面をおおう。

☆ ふとんにカバーをかぶせる / 把被子套上被單。

☆ 種をまいて土をかぶせる / 播種後要掩埋泥土。

❸ 他人に罪や責任を負わせる。中 推諉；推給。E lay (the guilt) on another; blame.

☆ 社長は秘書に罪をかぶせた / 老闆把罪過推給秘書。

☆ 責任を他人にかぶせる / 把責任推卸給別人。

▷ 自動 かぶさる

カプセル (Ⓓ Kapsel) カプセル　❶ ゼラチンでつくった小さな容器に粉の薬を入れたもの。中 膠囊。E a capsule.

☆ カプセルはとても飲みやすい / 膠囊很容易吞食。

☆ 1日3回、カプセルを1つずつ飲んでください / 一日三次，每次服一粒膠囊。

❷ 空気が入らないようにしっかりふたをしてある容器。中 密封容器。E a capsule; an air-tight container.

☆ 記念の品をカプセルに入れて土に埋めた / 把紀念品裝入密封容器裡埋入土中。

☆ タイムカプセル / 時光膠囊(供後人理解當代人的情況)。

▷ 数 ❶ 1錠　→薬 図

かぶぬし【株主】カブヌシ、カブヌシ　株式会社に金を出して、その株を持っている人。中 股東。E a stockholder.

☆ A株式会社に出資している株主は100人ぐらいだ / A股份公司股東達一百多人。

☆ 株主総会 / 股東全會；股東大會。

☆ 大株主/大股東。

かぶりつ・く カブリツク、カブリツク〔自動五〕(かぶりついて) ものを食べようと、大きく口を開けて勢いよくかみつく。話 中 大口地咬；一口咬住；咬住不放。E bite into.

☆ おなかがすいていたので大きいパンにかぶりついた/肚子餓了，所以一口咬住一個大麵包。

☆ スイカにかぶりつく/大口大口地吃西瓜。

がぶりと ガブリト ❶大きな口を開けて、かみつくようす。がぶっと。中 表示張大口咬的樣子。

☆ 犬は、しっぽを踏まれてがぶりとかみついた/The dog, having its tail stepped on, sunk its teeth into me. /這隻狗被踩了尾巴，齜牙裂嘴向我撲來。

❷大きな口を開け、いちどにたくさん水などを飲むようす。がぶっと。中 表示大口大口地喝水的樣子。

☆ 波がきて、海水をがぶりと飲んでしまった/Struck by the wave, I took a big mouthful of seawater. /一個波浪打來，一下子喝了一大口海水。

かぶ・る カブル〔他動五〕(かぶって) ❶自分の頭や顔をおおうようになにかをつける。中 蓋；戴。E put on.

☆ 帽子をかぶる/戴帽子。

☆ 面をかぶる/蓋住臉；蒙面。

対 脱ぐ

❷なにかで隠れるように表面をおおう。中 蒙；蓋。E cover; be covered with.

☆ 頭からふとんをかぶって寝る/用被子蒙頭睡覺。

☆ 机がほこりをかぶっている/桌子蒙上一層灰塵。

❸本当は引き受けなくてもいい罪や責任を負う。中 承擔；背上。E take (another's guilt) upon oneself.

☆ 弟が兄の罪をかぶる/弟弟背起哥哥的罪行。

☆ 秘書が議員の責任をかぶる/秘書承擔議員的責任。

かぶ・れる カブレル〔自動一〕 ❶山の木や薬などが原因で、皮膚が赤くなったり、かゆくなったりする。中 過敏症；起斑疹。E get a rash.

☆ うるしにかぶれる/身上沾到漆起了斑疹。

☆ 洗剤にかぶれる/因用了洗潔劑皮膚起疹子。

❷人がなにかの影響を強く受けて、全面的にそれを認め同じになろうとする。中 著迷；熱衷。E be influenced by.

☆ 兄はビートルズにかぶれていた/哥哥對披頭四著迷。

☆ 新しい思想にかぶれる/為新思想著迷。

▷ 名 かぶれ

二 参 ❷はいい意味では使わない。

かふん【花粉】カフン 花の雄しべの中にある粉。雌しべについて実を結ぶ。中 花粉。E pollen.

☆ 春になると、杉の花粉でアレルギーを起こす人が多い/一到春天，很多人因杉樹的花粉而引起過敏。

☆ 風に吹かれて花粉が飛んでくる/花粉被風吹得到處亂飛。

☆ 花粉症/pollinosis. /花粉症。

かべ【壁】カベ ❶建物のまわりをかこんだり室内を区切ったりするための仕切り。中 牆；牆壁。E a wall.

☆ 壁が薄いので、となりの音が聞こえる/牆薄到能聽見隔壁聲音。

☆ 壁にペンキをぬる/在牆塗油漆。

☆ 白壁の家/白色牆房子。

❷越えるのがむずかしい障害。中 障礙；隔閡。E a barrier.

☆ 2人の結婚には、親の反対という壁がある/他們兩人的婚姻遭到父母反對。

☆ 研究が壁に突き当たってしまって悩んでいる/研究工作碰了壁，真苦惱。

壁を破る 障害を越える。スポーツでは、いままでの記録よりいい記録を出す。中破紀錄。E crack the (two-hour)barrier.

☆ マラソンで２時間の壁を破ることができるだろうか／馬拉松比賽能否打破兩小時的紀錄。

かへい【貨幣】カヘイ　政府が発行する金。品物と交換する価値がある。中貨幣。E money; currency.

☆ インフレが続くと貨幣の価値が下落する／如果繼續通貨膨脹，貨幣還將貶值。

〔貨幣〕

☆ 貨幣には硬貨と紙幣がある／貨幣有硬幣和紙幣兩種。

☆ 日本で最も古い貨幣は８世紀につくられた／日本最早的貨幣是在八世紀製造的。

数１枚

かほご【過保護】カホゴ　子供などを必要以上に世話すること。中過分嬌生慣養。E pampered; overprotective.

☆ 過保護に育てると、自立心のない人間になる／如果過分嬌生慣養，就會變成一個沒有自立能力的人。

☆ 過保護な親が増えているという／據稱對孩子過度保護的父母愈來愈多。

かぼそ・い【か細い】カボソイ、カボソイ　細くて弱々しい。中纖細；纖弱。E slender; feeble.

☆ 洋子はか細い体で仕事も勉強もがんばっている／洋子身體纖弱，卻對工作、學習十分努力。

☆ 冬が近づいて虫の声もか細くなった／冬天的腳步近了，蟲子的聲音也變得孱弱無力。

☆ か細い腕／纖細的胳膊。

かま【窯】カマ　ものを高温で焼くための装置。

☆ どんな茶碗ができあがるか、窯から出すときが楽しみでもあり不安でもある／出窯時總是既興奮又不安，不知燒出什麼樣的碗。

☆ 炭焼き窯／a charcoal kiln.／木炭窯。

☆ パン窯／麵包爐。

かま　カマ　湯を沸かしたり、ごはんを炊いたりする道具。中鍋。E an iron pot.

☆ むかしは、なべとかまがあればじゅうぶん生活できたものだ／過去有了鍋爐，就可以過日子。

☆ 電気がま／電鍋。

☆ 茶がま／茶爐。

注 漢字で書くときは「釜」。

かま・える【構える】カマエル〔自他動一〕

❶ 建物や家庭をつくる。中修建房屋；建立家庭；自立門戶。E set up; keep.

☆ 娘はもう結婚して一家をかまえています／女兒已結婚自立門戶了。

☆ 店をかまえる／自己獨立開店。

❷ 手に持って準備をする。中準備好。E be prepared to.

☆ いつでもシャッターを押せるようにカメラをかまえた／把相機準備好，隨時可拍照。

❸ 対応できるように、ものごとや人に向かい合う。中作出姿態；準備好。E assume a posture.

☆ どんな質問にも答えられるようにかまえる／要做好準備回答任何問題。

☆ なんとかなると、のんきにかまえる／相信總能應付，所以泰然處之。

▷ 名構え

注 ❶❷は他動詞、❸は自動詞。

-がましい　(名詞、動詞の「ます」形について)いかにも～するようすだ。中表示近似、類似的意思。

☆ 兄は失敗すると、いつも言い訳がましいことを言う／哥哥每次出紕漏，總是找些理由說。

☆ うらみがましい目つき／a reproachful look.／充滿怨氣的目光。

かまぼこ　カマボコ　魚肉をすりつぶして味をつけ、蒸したり焼いたりした食品。中魚板。E boiled fish paste.

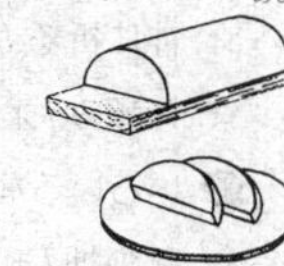

☆ 弁当のおかずに、切ったかまぼこを入れる／便當

〔かまぼこ〕

菜裡，有切好的魚板。

数 1枚・1本

がまん【我慢】ガマン〔～する〕 心に感じているつらいことや苦しいことを、外に出さないでおさえること。中 忍耐；克制；容忍。E endure; be patient.

☆ 親の反対をおして結婚したのだから、どんなに苦しいことがあってもがまんしよう / 不顧父母的反對與他結了婚，將來不論怎樣困苦，都要忍耐。

☆ がまん強い / 很能忍耐。

☆ やせがまん / 充硬漢；硬著頭皮忍耐；打腫臉充胖子。(→ 項目)

かみ【上】カミ ❶ 上と下、前と後ろなど、1つのものを半分に分けたときの先の部分。中 上邊；上部。E the first half; the upper part.

☆ 上の句 / 上句。

☆ 上一段活用 / 上一段動詞變化。

☆ 上半期(= 前半の期間) / 上半期(= 前面一半的時間)。

対 下

❷ 川や風などのもとになるほう。中 上邊；上部。E the top; the upper part.

☆ 山の上のほうから花のいいかおりがしてくる / 從山上飄來一陣花香。

☆ 風上 / 上風。(→ 項目)

☆ 川上 / 河川上游。(→ 項目)

対 下

かみ【神】カミ ❶人間以上の力を持ち、すべてを支配するものとして人々が信じるもの。中 神；上帝。E God.

☆ 神を信じる / 信仰上帝。

☆ 神に祈る / 向上帝祈禱。

☆ 神頼み / 求神保佑。

❷ いろいろなものにいる霊。中 靈魂。E a god.

☆ 風の神 / 風神。

☆ 火の神 / 火神。

かみ【紙】カミ 植物の繊維などからつくった、薄く平たいもの。字や絵をかいたり、ものを包んだりするのに使う。中 紙。E paper.

☆ メモをするための紙がほしい / 需要一張做備忘的紙。

☆ プレゼントをきれいな紙で包む / 用漂亮的紙把禮品包好。

☆ 紙くず / 紙屑；廢紙；碎紙。(→ 項目)

☆ ちり紙 / 衛生紙；手紙。(→ 項目)

数 1枚

かみ【髪】カミ ❶ 頭に生える毛。中 頭髮。E hair.

☆ 髪をくしでとかす / 用梳子梳頭髮。

☆ 髪がのびる / 頭髮長長了。

☆ 髪が薄くなる(=髪が少なくなる) / 頭髮稀薄(= 頭髮少了)。

☆ 髪の毛 / 頭髮。(→ 項目)

❷「❶」の形。中 髮型。E a hairstyle.

☆ 気分を変えて新しい髪にしてみた / 改變心情，換一個新髮型。

☆ 日本髪 / 日式髮型。(→ 項目)

▷ 数 ❶ 1本

かみあ・う【かみ合う】カミアウ、カミアウ〔自動五〕(かみあって) ❶ たがいにかむ。中 相咬；搏鬥。E bite each other.

☆ 2匹の犬がかみ合っている / 兩條狗相互咬在一起；狗咬狗。

❷ 2つのものがぴったりと合って、まとまった働きをする。中 卡住；咬合；相投。E mesh with; be in gear with.

☆ 歯車がうまくかみ合う / 齒輪完全咬合。

☆ 議論がかみ合わない / 議論紛紛；沒有共識。

かみくず【紙くず】カミクズ いらなくなって捨てる紙。中 廢紙；紙屑；碎紙。E wastepaper.

☆ 教室の中に紙くずを捨ててはいけない / 不要在教室裡亂扔紙屑。

☆ 紙くずかご / 廢紙簍；廢紙籃。

かみざ【上座】カミザ　客や地位の高い人がすわる席。中上座。E the head seat.

☆ 会議のとき、社長は上座にすわる / 開會時，老闆坐上座。

対下座

参 だいたい、入り口から遠い所で、日本では床の間の前。また、そこに近い場所。

かみしも　カミシモ　江戸時代の武士が改まったときに着る衣服。中江戸時代武士的禮服(漢字原為「裃」，意指上下兩件)。E a ceremonial dress worn by the *samurai* in the Edo period.

☆ テレビの時代劇にかみしもをつけた武士がおおぜい出ている / 在歷史劇中出現許多穿著禮服的武士。

〔かみしも〕

☆ かみしもをぬぐ (=打ちとける)/無拘束；無隔閡。

かみそり　カミソリ、カミソリ　ひげや髪の毛をそるのに使う刃物。中刮鬍刀。E a razor.

☆ 毎朝かみそりでひげをそる / 每日早晨用刮鬍刀刮鬍子。

☆ かみそりの刃 / 刮鬍刀片。

☆ 電気かみそり / 電動刮鬍刀。

数 1丁

かみそりのように切れる　頭の働きなどが非常に鋭いようす。中非常聰明；精明能幹。E razor-sharp.

☆ 課長はかみそりのように切れる人だから、小さなミスも許されない / 課長是一個精明能幹的人，所以連一點小錯也不容許。

かみつ【過密】カミツ　❶その地域に人口が集中してこみすぎていること。中過密；過於集中。E overpopulated.

☆ 過密地帯 / 人口過於集中的區域。

☆ 過密都市 / 人口集中的都市。

対過疎

❷ 密度が高すぎること。中過於擁擠；過於密集。E overcrowded; congested.

☆ 社長のスケジュールは非常に過密で、1カ月先まで予定がびっしりだ / 老闆的行程排得非常密集，一個月後的計畫都排滿了。

☆ 電車の過密ダイヤ / 電車的班次密集。

かみつ・く　カミツク、カミツク〔自動五〕(かみついて)　❶なにかを歯で強くかむ。中咬；咬住。E bite at.

☆ 犬が子供にかみついた / 狗咬住小孩。

❷ おもに地位などが上の人を激しく非難する。中極力反擊；反咬。E snap at.

☆ 課長は人事のことで部長にかみついた / 課長在人事安排上向經理抗議。

かみて【上手】カミテ、カミテ　❶客席から見て舞台の右側のほう。中(從觀衆席看)舞台右側。E the right side of the stage (seen from the audience).

☆ 舞台の上手から主演の俳優が登場した/主要演員從(觀衆席看)舞台右側出場。

対下手

❷ 川の上のほう。水が流れてくるほう。川上。中上游。E up the river.

☆ この川の上手に小さい滝がある / 這條河的上游有小瀑布。

対下手　▷ →歌舞伎図

かみなり【雷】カミナリ、カミナリ　❶空が暗くくもっているときに、雲の中で電気が発生し、稲光や大きな音が出る現象。また、その音。中雷；打雷聲。E thunder; lightening.

☆ けさ、大きな雷が鳴った / 早上打大雷。

☆ 雷が落ちる / 打雷。

☆ 雷に打たれる / 被雷擊；遭雷擊。

❷ (「雷を落とす」の形で)激しくしかる。中大發雷霆；咆哮如雷。E thunder at.

☆ 先生は、隠れてタバコを吸っていた生徒を見つけて雷を落とした / 老師發現躲起來吸菸的學生後，大發雷霆。

かみのけ【髪の毛】カミノケ　頭の毛。中頭髮。E hair.

☆ 髪の毛をきれいにとかす / 把頭髮梳理得很漂亮。

☆ 長い髪の毛 / 長長的頭髮。

数 1本

かみひとえ【紙一重】カミヒトエ　紙1枚の薄さほどのすこしの違いしかないこと。中一髮之際；微小的差別。E by a hairsbreadth; only a very slight difference.

☆ 運動会の100メートル競走で、紙一重の差で負けてしまった / 在運動會的一百公尺短跑中，以毫釐之差輸了。

☆ 2人の実力の差は紙一重だ / 兩人的實力伯仲之間(相差微小)。

か・む　カム〔他動五〕(かんで)　❶ 上下の歯で強くものをとらえる。中咬。E bite.

☆ 兄は考えるとき親指をかむくせがある / 哥哥思考問題時總有咬大拇指的習慣。

☆ くちびるをかむ / 咬嘴唇。(→ 唇 慣用)

❷ 上下の歯でものを砕く。中嚼；咀嚼。E chew.

☆ ものをよくかんで食べる / 把東西嚼碎後再吃。

☆ かんでふくめるように教える(= よくわかるように丁寧に教える) / 通俗易懂地教學。(=認真地講課以讓學生理解)。

がむしゃら　ガムシャラ　まわりのことや結果を考えずに、自分の思ったことを無理やりにするようす。話 中蠻幹；不顧一切；拚命。E furiously; recklessly.

☆ 自分の店を持つために、日曜も休まず友達ともつきあわず、がむしゃらに働いた / 為要擁有自己的店，連星期日也不休息也不跟朋友來往，不顧一切地打拚。

かめ　カメ　背中にかたい殻を持ち、海や川や池にすむ動物。中烏龜。E a turtle.

☆ 池のカメにえさをやる / 餵池裡的烏龜。

〔かめ〕

☆ つるは千年、かめは万年 / 千年仙鶴萬年龜，長命百歲。

数 1匹

かめ[亀]の甲より年の功　長い間の経験がたいせつだということ。中薑還是老的辣。E The older, the wiser.

かめい【加盟】カメイ〔～する〕　団体や組織に入ること。中加盟；參加盟約。E become a member of; join.

☆ 国際連合に加盟する / 加入聯合國。

☆ NATO 加盟国 / 北大西洋公約組織加盟國。

対 脱退

がめつ・い　ガメツイ　欲が深くて、利益をえることに特に熱心なようすだ。話 中唯利是圖；貪得無厭。E grasping; greedy.

☆ 一郎はがめつくて、友達に金を貸しても利息を取る / 一郎唯利是圖，借錢給朋友也要利息。

☆ 叔母は金持ちだが、がめついから寄付などはしない / 嬸嬸雖很富有，但很吝嗇，從不捐款。

カメラ (camera) カメラ　写真を写すための機械。写真機。また、テレビや映画を撮影するための機械。中照相機；攝影機。E a camera.

☆ カメラで写真をとる / 用照相機照相。

☆ 胃カメラ / 胃鏡。

☆ テレビカメラ / 攝影機。

数 1台

かもく【科目】カモク　学校での学科の種類。中科目。E a subject.

☆ わたしの高校時代の得意な科目は化学だった / 我讀高中時學得最好的科目是化學。

☆ 選択科目 / 選修課。

☆ 必修科目 / 必修課。

かもく【寡默】カモク　あまりしゃべらないこと。無口。書 中沈默寡言。E taciturn; of few words.

☆ 姉は寡默なので、なにを考えているのかよくわからないことがある / 姊姊沈默寡言，有時不知道她在想什麼。

☆ 寡黙な人 / 沈默寡言的人。

対 冗舌・饒舌

かもしれない (名詞、動詞と形容詞の基本形、形容動詞の語幹について)はっきりしないことなので、断定できないことを表す。中 說不定~可以；也未可知；可能；也許。

☆ とても寒いから雪になるかもしれない / It is very cold, and it may snow. / 這麼冷，可能要下雪了。

☆ 洋子はきょう来ないかもしれない / 洋子今天可能不來。

かもつ【貨物】カモツ 車や船などで運ぶ荷物。中 貨物。E freight; cargo.

☆ きのう駅へ貨物を受け取りに行った / 昨天去火車站拿貨。

☆ 貨物自動車 / 貨車；載貨車。

☆ 貨物列車 / 運貨列車。

☆ 貨物船 / 貨船。

がやがや ガヤガヤ〔~する〕 おおぜいの人の話し声などで騒がしいようす。中 表示衆多人說話混雜在一起的吵鬧聲；吵吵嚷嚷；喧嘩。

☆ 先生が出ていくと、とたんに教室はがやがやしはじめた / As soon as the teacher left, the classroom began to get clamorous. / 老師一出去，教室頓時吵鬧了起來。

かやく【火薬】カヤク 爆発を起こす薬品。中 火藥。E gunpowder.

☆ 火薬を爆発させて建物をこわす / 用火藥炸毀建築物。

☆ マッチは細い棒の先に火薬をつけたものだ / 火柴就是在小細棒的尖頭塗上火藥。

☆ 火薬工場 / 火藥工廠。

かゆ カユ 米を、水を多くしてやわらかく煮たもの。中 粥；稀飯。E rice gruel.

☆ 病気の子供のためにかゆをつくる / 為生病的孩子煮粥。

☆ 食欲がないので、かゆだけ食べる / 沒有食慾，只喝點粥。

☆ 七草がゆ / 七草粥；正月初七放入春天的七種花草做成的粥。

☆ 卵がゆ / 雞蛋粥。

かゆ・い カユイ 皮膚がむずむずして、かきたい感じだ。中 癢。E itchy.

☆ 蚊に刺されてかゆい / 被蚊子叮得癢癢的。

☆ 4、5日髪を洗わなかったら、頭がかゆくなった / 四、五天沒有洗頭髮了，頭髮癢的難受。

かゆい所に手が届く 細かいところまでよく気がついて、世話がいきとどく。中 無微不至的照顧。E be very considerate.

☆ 日本へ来たばかりのとき、田中さんがかゆいところに手がとどくようにいろいろ教えてくれた / 剛來日本時，得到了田中先生各方面無微不至的照顧和幫助。

かよ・う【通う】カヨウ〔自動五〕(かよって)

❶ 同じ地点をいつも行き帰りする。中 經常來往。E go to; commute.

☆ 毎日、学校へ通う / 每日去上學。

☆ 病院へ1週間通った / 去了一個星期的醫院。

❷ なにかを通ってものが流れる。中 通；流通。E circulate.

☆ 地下に空気が通っている / 地下空氣流通。

☆ 血管に血が通う / 血液在血管中流動。

❸ 心が温かく伝わり合う。中 通曉；心靈相通；相通。E be communicated to; be humane.

☆ 心の通う友達 / 心心相印的朋友。

☆ 血の通った政治 (=国民のためをよく考えた政治) / 血脈相通的政治（＝認真地考慮國民利益的政治）。

▷ 名 通い

かようび【火曜日】カヨービ 1週7日の3番目の日。月曜のつぎ、水曜の前の日。火曜。火。中 星期二；禮拜二。E Tuesday.

☆ 毎週火曜日の夜6時半から研究会を開いている / 每星期二晚上六點半開始開研究會議。

かよわ・い【か弱い】カヨワイ 力がなくて、

いかにも弱(よわ)そうだ。中 柔弱；纖弱。E weak; frail.

☆ あなたのか弱(よわ)い体(からだ)で、よく富士山(ふじさん)に登(のぼ)れましたね / 您那纖弱的身子，還能上富士山，真不簡單。

から【空】カラ ❶ 中(なか)になにも入(はい)っていないこと。中 空。E empty.

☆ たくさん買(か)い物(もの)したので、財布(さいふ)が空(から)になった / 買了很多東西，錢包空了。

☆ 家(いえ)を空(から)にする / 家裡沒人。

❷ (他(た)のことばの頭(あたま)について)中身(なかみ)がなくて形(かたち)だけだということ。中 空虛；假。

☆ 疲(つか)れているけれど、空元気(からげんき)を出(だ)して出(で)かける / 儘管累了，還是打起精神出門。

☆ 空(から)いばり / bluff; bravado. /擺空架子；虛張聲勢。

☆ 空騒(からさわ)ぎ / 虛驚一場。(→項目)

☆ 空(から)つゆ / 乾旱的梅雨季；不下雨的梅雨季(梅雨時期不下雨)。

☆ 空(から)まわり / fruitless effort. /空轉；空喊；空忙。

から【殻】カラ 中身(なかみ)を取(と)ったあとの、残(のこ)った外側(そとがわ)。中 外殼；外皮。E an empty (lunch box); a shell.

卵(たまご)の殻(から)

弁当(べんとう)の殻(から)

〔殻(から)〕

☆ 山(やま)で食(た)べた弁当(べんとう)の殻(から)を持(も)ち帰(かえ)る / 把在山上吃完的便當盒帶回來。

☆ 卵(たまご)の殻(から)を破(やぶ)ってひなが生(う)まれた / 小雞破殼而出。

殻(から)に閉(と)じこもる 自分(じぶん)の世界(せかい)に入(はい)りこんでしまって、そこから出(で)ない。中 把自己關在小房子裡。E withdraw into oneself.

☆ ほかの人(ひと)の意見(いけん)や考(かんが)えを聞(き)かないで殻(から)に閉(と)じこもっていても、進歩(しんぽ)がない / 不聽別人意見，故步自封，是不會進步的。

から ❶ 動作(どうさ)が起(お)こる場所(ばしょ)を表(あらわ)す。中 表示動作的起點。

☆ バスは新宿(しんじゅく)から出発(しゅっぱつ)した / 公車已從新宿開出了。

☆ 山(やま)の上(うえ)のほうから歩(ある)いてきた人(ひと) / a person who came down from the summit. / 從山上走下來的人。

対 まで

❷ 動作(どうさ)や状態(じょうたい)が始(はじ)まる時(とき)を表(あらわ)す。中 表示動作、狀態開始的時間。

☆ パーティーは6時(じ)から始(はじ)まる / 舞會從六點開始。

☆ 去年(きょねん)から横浜(よこはま)に住(す)んでいる / I have lived in Yokohama since last year. / 從去年開始住在橫濱。

対 まで

❸ 動作(どうさ)や状態(じょうたい)が起(お)こる原因(げんいん)や理由(りゆう)を表(あらわ)す。中 表示動作、狀態發生的理由或原因。

☆ つまらないことから妹(いもうと)とけんかをしてしまった / I argued over something trifling with my sister. / 由於一點小事和妹妹吵了一架。

☆ アンケートの結果(けっか)から人々(ひとびと)の政府(せいふ)に対(たい)する考(かんが)え方(かた)がわかる /透過問卷調查，了解人民對政府的想法。

❹ 原料(げんりょう)や材料(ざいりょう)、成分(せいぶん)などを表(あらわ)す。中 (表示材料、成分等的)構成。

☆ 水(みず)は水素(すいそ)と酸素(さんそ)からできている / 水是由氫和氧合成的。

☆ 新聞紙(しんぶんし)から再生(さいせい)した紙(かみ)/ recycled paper from newspaper. / 廢報紙做的再生紙。

❺ 変化(へんか)の始(はじ)まりを表(あらわ)す。中 表示變化的開始。

☆ 雨(あめ)から雪(ゆき)に変(か)わった / It changed from rain to snow. / 由雨變成雪了。

☆ 課長(かちょう)から部長(ぶちょう)になった / 由課長升為經理。

❻ 動作(どうさ)、作用(さよう)の出(で)どころ、もとを表(あらわ)す。中 表示出處；由～；來自～。

☆ 友達(ともだち)から古(ふる)いワープロをもらった/ I got an old word processor from my friend. / 朋友給了一台舊文字處理機。

❼ (「～てから」の形(かたち)で)動作(どうさ)、作用(さよう)の順序(じゅんじょ)、始(はじ)まりを表(あらわ)す。中 表示動作和其結果的順序及開始。

☆ 手(て)を洗(あら)ってから、食事(しょくじ)をする /After washing hands, we eat. / 先洗手再吃飯。

☆ 勉強がすんでから、手紙を書く/讀完書後再寫一封信。

❽ (動詞、形容詞、形容動詞の基本形について)前のことが原因、理由となって後のことがあることを表す。中表示前面的原因引起後來的事情。

☆ あとで電話をかけるから、待っていてください/ I'll phone later, so please wait. /待會再打電話給你，請等一等。

☆ 熱が高いから、きょうは寝ていなさい/因發高燒，今天請好好地休息。

☆ 便利ですから、ここに住みたいです/因為很方便，想住在這裡。

▷ →ので

がら 【柄】ガラ ❶ 体の大きさ。中體格；身材。E build.

☆ この子は柄は小さいが体は丈夫だ/這個孩子身材矮小，但體格健壯。

☆ 大柄/身材高大；大個子。

☆ 小柄/身材小；身材矮小；矮個子。(→項目)

❷ 人の性格や態度から感じられる雰囲気。中人品；性格。E character; nature.

☆ 女性の車にわざと近づいていじめる柄の悪いトラック運転手がいる/有些卡車司機品性不好，故意靠近來欺負婦女駕車。

❸ 布や紙などの模様。中花式；花紋。E a pattern; a design.

☆ 姉ははでな柄のブラウスを着ている/姊姊身穿一件花俏的襯衫。

☆ しま柄/條紋花色。

対無地

カラー (color) カラー ❶ 色。色彩。中色；彩色。E a color.

☆ カラーテレビ/彩色電視機。

☆ カラーフィルム/彩色底片。

対モノクロ

❷ 独特の調子や雰囲気。特色。中特色；獨特的風格。E a color; a character.

☆ 出場チームはそれぞれカラーを持っている/出場參賽隊伍各有各的獨特風格。

☆ スクールカラー/校色(用於校旗、校服等表示學校象徵的顏色)；學校風氣；校風。

から・い 【辛い】カライ ❶ 舌をぴりっと刺すような感じだ。中辣。E hot; spicy.

☆ すしのわさびが辛すぎて涙が出た/沾壽司的芥末辣得令人直流眼淚。

☆ 唐辛子の入った辛い料理/加了辣椒有辣味的菜。

❷ 塩の味がする。また、塩気が強い。塩辛い。中鹹。E salty.

☆ 塩を入れすぎて料理が辛くなってしまった/鹽放多了，菜太鹹。

対甘い

❸ いいか悪いかの決め方が厳しい。中嚴；嚴格。E strict.

☆ A先生は点のつけ方が辛い/A先生給學生分數很嚴。

対甘い

からオケ 【空オケ】カラオケ 伴奏用の音楽が入っていて、それに合わせて歌うためのテープやレーザーディスク。その設備。また、その設備を置いている店。中卡帶(CD)伴奏的演唱；卡拉OK。E *karaoke*; a tape or a laser disc with instrumental tunes for singing along, includes specialized stereo equipment.

☆ パーティーの後、みんなでカラオケへ行って歌を歌った/宴會後，大家都去唱卡拉OK。

☆ カラオケ大会/卡拉OK大賽。

注「カラオケ」とかたかなで書くことが多い。

参「オケ」は英語の「オーケストラ(orchestra)」を略した言い方で、空の(=歌のない)オーケストラの意味。

からか・う カラカウ〔他動五〕(からかって)

相手をちょっと怒らせたり困らせたりして

か

楽しむ。中 逗；逗弄；開玩笑。E tease; make fun of.

☆ ネズミの鳴き声をまねて、猫をからかった / 模仿老鼠的聲音，逗貓玩。

☆ 友達をからかう / 捉弄朋友。

名 からかい

からから　カラカラ、カラカラ　❶ 軽くてかたいものが、続いて何度もぶつかる音を表す。中 喀啦喀啦硬物相撞聲。

☆ 小石を入れた缶を振ると、からから(と)音がする / A can with pebbles rattles when I shake it. / 裝了小石子的罐子一搖，喀啦喀啦作響。

❷ 完全に乾いているようす。中 乾巴巴地。

☆ 1カ月も雨が降らないので、地面がからからに乾いている / With no rain for a month, the ground is dried out. / 一個月不下雨，地面乾巴巴的。

☆ のどがからからに渇く / 口乾舌燥；喉嚨乾渴。

▷ →がらがら

がらがら　ガラガラ、ガラガラ　❶ かたいものがたがいに当たる大きな音を表す。中 表示硬物相撞的聲音。

☆ 岩ががらがら(と)落ちてきた / Rocks came clattering down. / 岩石嘩啦嘩啦落下來。

☆ 戸をがらがら(と)開ける / 嘎啦一聲推開門。

❷ うがいするときの音を表す。中 表示咕嚕咕嚕的聲音。

☆ がらがら(と)うがいする / gargle noisily. / 咕嚕咕嚕漱口。

❸ 中になにもないようす。非常にすいているようす。中 表示空虛、空蕩蕩的樣子。

☆ 電車はがらがらだった / The train was practically empty. / 電車裡空蕩無人。

参 ❶は「からから」と似ているが、「がらがら」のほうが音が大きく騒がしい。

からきし　カラキシ　(後に否定の意味のことばがついて)まったくだめなようす。からっきし。話 中 簡直；完全；一點也不。E not at all; completely.

☆ 酒はからきし飲めなくて、なめただけで顔が真っ赤になる / 一點酒也不能喝，一沾臉就紅。

がらくた　ガラクタ　いらなくなったいろいろなもの。話 中 破爛；不值錢的東西。E odds and ends; junk.

☆ 物置の中のがらくたを整理する / 整理倉庫中的破爛。

☆ この古いおもちゃは、親からみればがらくただが、子供にとっては宝物なのだ / 這個舊玩具，在父母看來是一文不值，對孩子而言卻是寶貝。

からくち【辛口】カラクチ　❶ みそや酒などの味の甘くないもの。中 辣味道；辣的東西。E salty; dry (*sake*).

☆ どちらかといえば、辛口の酒のほうが好きだ / 不論怎樣說，我還是比較喜歡喝烈酒。

☆ 辛口タイプのビールがよく売れている / 口味濃烈的啤酒最暢銷。

対 甘口

❷ 程度を弱めたりせず厳しいこと。中 辛辣；嚴厲。E harsh.

☆ あの人は辛口の批評をする / 他提出嚴厲的批評。

☆ 辛口のテレビ番組 / 具有強烈諷刺意味的電視節目。

対 甘口

からくも　カラクモ　非常にあぶない状態から、やっと抜けだすようす。かろうじて。書 中 如履薄冰；好不容易。E narrowly; barely.

☆ 飛行機が爆発する直前に、からくも脱出した / 在飛機爆炸前的一剎那，好不容易逃了出來。

☆ 38対37で、からくも勝った / 三十八比三十七險勝。

からさわぎ【空騒ぎ】カラサワギ〔～する〕騒ぐ理由もないのに騒ぐこと。中 大驚小怪；無

謂的紛擾。Ｅ make a fuss about nothing.

☆ 男女差別をなくす運動が、単なる空騒ぎで終わってはいけない/女權運動不能光吵吵嚷嚷一番就算完了。

からし【辛子】カラシ　カラシナという野菜の種からつくった粉をねったもの。黄色くて辛い。中 芥末。Ｅ mustard.

☆ このサンドイッチは辛子がよくきいている/這個三明治中的芥末味很濃。

☆ おでんに辛子をつけて食べる/關東煮沾芥末再吃。

☆ 洋辛子/芥末醬。

からす　カラス　鳥の一種。人家の近くの森などにすみ、全身が黒い。中 烏鴉。Ｅ a crow

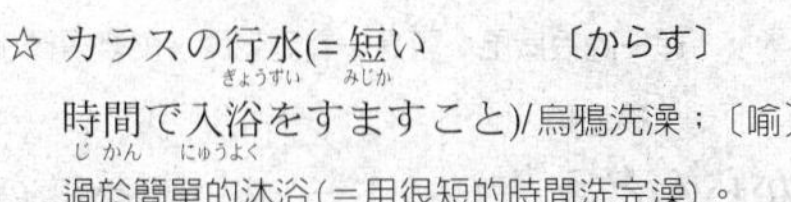

☆ カラスがカーと鳴いた/烏鴉嘎嘎叫。

〔からす〕

☆ カラスの行水(=短い時間で入浴をすますこと)/烏鴉洗澡；〔喻〕過於簡單的沐浴(＝用很短的時間洗完澡)。

数 1羽・1匹

ニ注 漢字で書くときは「烏」。

ガラス(㋔glas) ガラス　窓やコップなどに使う、透明な物質。かたいが割れやすい。中 玻璃。Ｅ glass.

☆ 注意してガラスのコップを洗う/小心洗玻璃杯。

☆ ガラスの食器/玻璃餐具。

☆ くもりガラス/不透明玻璃；毛玻璃。

からだ【体】カラダ　❶ 人間や動物の首、胴、手足などの全体。中 身體。Ｅ the body.

☆ ジョギングで体をきたえる/慢跑鍛鍊身體。

❷ 胴。胴体。中 身子。Ｅ the trunk; the torso.

☆ 体のわりに手足が小さい/從身體比例看，手腳短小。

❸ 健康の状態。中 身體；健康。Ｅ health.

☆ 働きすぎて体をこわした/工作過度損害健康。

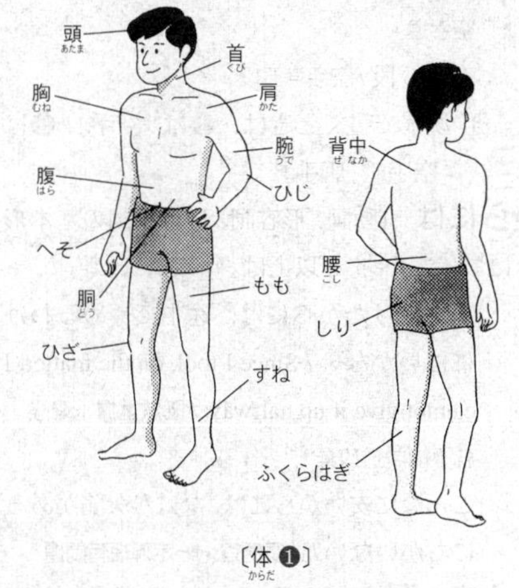

〔体❶〕

からだつき【体つき】カラダツキ、カラダツキ　体の格好。中 體形；身材。Ｅ build; physique.

☆ あの柔道選手はがっしりした体つきをしている/那位柔道選手體格非常健壯。

☆ 体つきから見ると、あの人はまだ20代だ/從身材來看，他還只有二十多歲。

☆ ほっそりした体つき/苗條的身材；纖細的身材；窈窕的身材。

からっぽ【空っぽ】カラッポ　中になにもないこと。話 中 空；空虛。Ｅ empty.

☆ 1週間買い物をしなかったので、冷蔵庫の中がからっぽだ/一週沒買東西，冰箱已經空了。

☆ 忙しすぎて頭がからっぽになった/工作太忙了，頭腦裡什麼也不想。

☆ からっぽの財布/空空的錢包。

からて【空手・唐手】カラテ　❶ 手になにも持っていないこと。中 空手。Ｅ empty-handed.

☆ おみやげをと思ったが遅くてなにも買えず、からてで帰った/本想買點禮物，但太晚了什麼也買不到，只好空手回家。

❷ 沖縄から伝わった、手や足を使ってする武術。中 空手道。Ｅ *karate*.

☆ ジョンは空手を習っている/約翰目前在學

空手道。

☆ 空手５段 / 空手道五段。

注 漢字で書くときは、❶は「空手」、❷は「空手」「唐手」。

からには (動詞、形容詞、形容動詞の基本形について)〜する以上は。中 既然…。

☆ 引き受けたからには、途中でやめるわけにはいかない / Since I took on the matter, I cannot give it up halfway. / 既然承擔下來了，就不能中途放棄。

☆ こんなに安いからには、なにか欠陥があるにちがいない / 這麼便宜，一定哪裡有問題。

からま・る 【絡まる】カラマル〔自動五〕(からまって) ❶巻きついて取れなくなる。中 纏繞；纏。E get entangled; be entwined.

☆ 何本ものひもがからまって、ときほぐすのがたいへんだ / 很多條線纏在一起，要解開很困難。

☆ つる草が木にからまる / 藤蔓纏樹。

❷ ものごとが複雑に関係している。中 糾紛；糾葛；糾纏。E get involved in.

☆ この事故には多くの原因がからまっている / 這事故是由多種原因造成的。

▷ 他動 絡める

から・む 【絡む】カラム〔自動五〕(からんで)

❶ 巻きつく。中 纏在〜上。E twine round; be entangled.

☆ 着物のすそが足にからんで歩きにくい / 衣裙下襬糾纏在腿上，不好行走。

☆ ブラシに髪の毛がからむ /梳子上纏著頭髮。

❷ 関係がある。中 密切相關；緊密結合。E be involved in.

☆ 政治家のからんだ事件/與政治家密切相關的事件。

☆ 選挙に金がからむ / 選舉與金錢密切相關。

❸ 人にしつこくなにかを言って離れない。中 糾纏不清；無理取鬧。E be clingy and obnoxious.

☆ 兄は酒を飲むとからむので、みんなに嫌われている / 哥哥一喝酒就會無理取鬧，大家都討厭他。

▷ 名 絡み

がらりと ガラリト、ガラリト ❶引き戸を大きく勢いよく開けて音を立てるようす。がらっと。中 嘎啦聲。

☆ 戸をがらりと開けて、「ただいま!」と大声で言った/ I pulled the sliding door open wide and exclaimed, " I'm home! " / 嘎啦一聲打開門，然後大聲說，「我回來了。」

❷ 以前と比べてすっかり変わるようす。がらっと。中 突然完全改變貌。

☆ 部長はいままでいばっていたのに、社長が来たとたん、がらりとやさしくなった/ The manager was overbearing, but became soft suddenly when the president came. / 經理一向很威風，可是一看到老闆，就變得像小貓一般溫順。

がらんどう ガランドー 広い部屋や家の中になにもないようす。話 中 內裡空空；空曠。E empty; hollow.

☆ 引っ越しの荷物を出したあとの家の中はがらんどうで、とても広く感じた / 搬家把行李搬出去後，家裡空空蕩蕩，感覺非常寬敞。

かり 【仮】カリ 本当のものではなく、一時的なものであること。中 臨時；假定。E temporary; assumed.

☆ このアパートは仮の住まいだから、あまり家具は置かないつもりだ / 這公寓只是暫時住，不打算買太多的家具。

☆ 仮の名前 / 假名；假名字。

☆ 仮契約 / 暫定的契約。

かり 【狩り】カリ ❶鳥やけものを銃や弓矢で捕まえること。中 打鳥；打獵。E hunting; shooting.

☆ むかしの人は狩りをして生活していた/古代人以打獵為生。

☆ 狩りに行く / 去打獵。

☆ ウサギ狩り / 獵兔。

❷ 山や海で動物や植物をとること。また、観賞すること。中 採集；觀賞；遊肴。E (fruit) picking; (mushroom, shellfish) gathering; (tree) viewing.

☆ ブドウ狩りに行く / 去摘葡萄。

☆ キノコ狩り / 採蘑菇。

☆ 潮干狩り / 退潮拾貝。

☆ もみじ狩り / 觀賞楓葉。

かり【借り】カリ ❶ 人から借りること。また、借りた金やもの。中 借款；欠款；借的東西。E a debt; a loan.

☆ 兄に 1000 円の借りがある / 向哥哥借了一千日圓。

☆ 前借り / 預付工資；預付；預先借款。

対 貸し

❷ 他人から受けた恩やうらみ。中 有恩報恩有仇報仇。E be indebted to a person; an obligation.

☆ 一郎には、このあいだ仕事を手伝ってもらった借りがある / 對一郎這段時間幫助我們工作，應該報答。

☆ 借りができる / 欠人一份情。

☆ 借りを返す / 還債。

対 貸し ▷ 他動 借りる

かりいれ【刈り入れ】カリイレ 実った稲や麦を刈って、取り入れること。中 收割。E harvesting.

☆ 今年は天気がよかったので、刈り入れが早い / 今年天氣好，可提前收割。

☆ 近所の人に手伝ってもらって刈り入れをした / 請鄰人幫助完成收割。

他動 刈り入れる

かりこ・む【刈り込む】カリコム〔他動五〕(かりこんで) のびた草木や髪を短く切って、形をととのえる。中 修剪；修整。E crop; trim.

☆ 暑くなったので髪を短く刈りこんだ / 天氣太熱，剪短頭髮。

☆ 庭の木を刈りこむ / 修剪院子裡的樹木。

名 刈り込み

かりだ・す【借り出す】カリダス〔他動五〕(かりだして) ❶ ものを借りて外へ持って出る。中 借走；借出。E borrow; take out.

☆ これは研究室から借りだした本だ / 這是從研究室借來的書。

☆ 展覧会のためにルーブル美術館から名画を借りだす / 為舉辦畫展，準備從羅浮宮美術館借些名畫。

対 貸し出す

❷ 銀行などから、期限を決めて金を借りる。中 借錢；貸款。E take out a loan.

☆ 車を買う金を銀行から借りだした / 向銀行貸款買車。

対 貸し出す ▷ 名 借り出し

かりに【仮に】カリニ ❶ そうだと仮定して。中 假設；要是；如果；假定；若是。E if; suppose.

☆ 仮に原爆が発明されなかったとしたら、歴史は変わっていただろう / 假如沒有發明原子彈，那歷史就不一樣了。

❷ 一時的に。中 暫時；臨時；暫且。E temporarily; for the present.

☆ ガラスの割れている所に、仮にテープをはっておく / 用膠布暫貼於玻璃裂縫。

がりべん【がり勉】ガリベン 学校の勉強だけを一生懸命することや、そういう人を悪くいう言い方。話 中 死讀書；只知用功學習(的人)；書呆子。E a grind; a swot.

☆ 兄はがり勉で、学校の成績はいいが友達はいない / 哥哥只知用功讀書，成績雖好，但沒有朋友。

かりもの【借り物】カリモノ 人から借りたもの。中 借的東西。E a borrowed thing.

☆ この着物は姉からの借り物だ / 這件衣服是向姊姊借的。

☆ 借り物の思想 / 不是自己的想法；外來的思想。

かりゅう【下流】カリュー ❶川の流れの、海に近いほう。中下游；下流。E the lower reaches of a river; downstream.

☆ ライン川の下流にある町に住む/住在萊茵河下游的城鎮。

☆ 隅田川を下り、下流で釣りをする/沿隅田川往下，在下游釣魚。

❷ 社会で、地位、生活程度などの低い階級。中下層；底層。E the lower classes.

☆ わたしは、子供のころ家が非常に貧しくて下流の社会に育った/我孩提時代家境非常貧窮，在下層社會中長大的。

▷ 関連 上流、中流

かりょく【火力】カリョク、カリョク 火の燃える勢い。また、そのエネルギー。中火力；火勢。E heating power; thermal power.

☆ 天然ガスの火力は強い/天然氣的火勢很旺。

☆ 火力が弱くて魚がなかなか焼けない/火不旺，魚很難烤熟。

☆ 火力発電/火力發電。

か・りる【借りる】カリル〔他動一〕 ❶他人のものを、ある期間使わせてもらう。中借；租借。E borrow.

☆ 友達に鉛筆を借りる/向朋友借一支鉛筆。

☆ 部屋を借りる/租房子；租屋。

対 貸す、返す

❷ 他人の能力を使わせてもらう。中借助；借。E ask for (advice).

☆ あなたの知恵を借りたいのです/想借重您的智慧。

☆ みんなの助けを借りる/借助大家的幫忙。

☆ 猫の手も借りたい/忙得不可開交。
(→ 猫 慣用)

対 貸す ▷ 名 借り

か・る【刈る】カル〔他動五〕(かって) 草木や髪などを切り取る。また、切って短くする。中割；剪；修剪。E trim; reap; cut.

☆ 草を刈る/割草。

☆ 稲を刈る/收割水稻。

☆ 髪を刈る/剪頭髮；理髮。

-がる (形容詞と形容動詞の語幹について)〜であるようすだ。〜であるように見せる。中表示感覺、感到的意思。

☆ 転んでけがをした子供は痛がって泣いている/The child who fell down and hurt himself is complaining of pain and crying. /跌傷的孩子感到疼痛而哭泣。

☆ 口では強がっているが、1人で旅行するのは心細い/雖然嘴硬，但要一個人去旅行總感到心中不安。

かる・い【軽い】カルイ ❶目方が少ない。中輕。E light.

☆ この荷物は軽いから子供でも持てる/這行李很輕，連小孩子都能提得起來。

☆ 旅行に持っていくカメラは軽くて小さいのがいい/旅遊用照相機輕巧為佳(小巧玲瓏為好)。

対 重い

❷ 程度が小さい。中輕微。E slight.

☆ 階段から落ちたが、軽いけがですんだ/從樓梯上摔下來，受了點輕傷。

☆ 軽いかぜだから心配ない/有點輕微感冒，別擔心。

対 重い

❸ 重要でない。中簡單。E light.

☆ 新聞は今度の事件を軽く扱っている/報紙對這次事件只作了簡單報導。

☆ 軽い役割/簡單任務。

対 重い

❹ 疲れや悩みがない。中輕鬆；快活。E light; relieved.

☆ 元気に足どりも軽く歩く/很有精神走起路來也輕鬆快活。

☆ 仕事が無事に終わって心が軽くなった/工作順利完成，心情愉快。

対 重い

❺ 簡単で、やさしい。中 簡單。E easy.

☆ この問題は軽くできる/這問題很容易處理。

☆ 軽く優勝できた/輕而易舉獲勝。

かるがる【軽軽】カルガル ❶ 本当に軽そうに動かすようす。中 輕鬆地；毫不費力地。E easily; without exertion.

☆ 体の大きなトムは、２人の子供をかるがる(と)抱き上げた/身材高大的湯姆毫不費力地抱起了兩個小孩。

❷ 体が軽そうなようす。中 輕巧。E lightly.

☆ ジョンは塀をかるがる(と)飛び越えた/約翰輕鬆地翻過了牆。

❸ 簡単そうに行うようす。中 輕而易舉地。E with ease.

☆ むずかしい問題でも兄にきけば、かるがる(と)といてくれる/不管怎樣難解的問題，只要問一下哥哥，就能輕而易舉地解決。

カルシウム (calcium) カルシューム　石灰岩、貝殻、骨などにふくまれる、比重が軽い金属。中 鈣。E calcium.

☆ 牛乳はカルシウムをたくさんふくんでいる/牛奶中含有豐富的鈣質。

☆ カルシウムがたりないと歯や骨が弱くなる/如果缺乏鈣，牙齒和骨骼就會變得脆弱。

☆ カルシウムをとる/攝取鈣質。

かるた (㊥carta) カルタ　長方形の紙の札に絵や文字をかいたもの。また、読み手の読んだ札をおおぜいで取り合うゲーム。中 寫有和歌的日本紙牌。E Japanese card games in which a poem or saying on one card is read aloud and the players find its match.

〔かるた〕

☆ お正月には、家族でかるたをする/過年時，全家一起玩日本紙牌。

☆ かるた大会/日本紙牌比賽。

☆ かるた取り/搶紙牌遊戲。

☆ いろはがるた/印有いろは等四十七個假名為首字的詩歌或諺語的紙牌。

数 1枚・1組

注 もとはポルトガル語だが、日本語に入ってから長い時間がたっているので、かたかなよりもひらがなで書くことが多い。

カルチャー (culture) カルチャー　文化。教養。中 文化；教養。E culture.

☆ 国際交流を通じて、いろいろな国のカルチャーを知る/透過國際交流，了解各國文化。

☆ カルチャーショック/文化衝擊。

☆ カルチャーセンター/文化中心。

かるはずみ【軽はずみ】カルハズミ、カルハズミ　よく考えずに行動すること。中 輕率；隨意。E rash; hasty; thoughtless.

☆ 友人に、誘ってくれればどこへでも行くと軽はずみな約束をしてしまった/我輕率地答應朋友說，你約我去哪我都去。

☆ 軽はずみな発言/輕率的發言。

かれ【彼】カレ ❶ 自分と相手以外の男性をさすことば。中 他。E he.

☆ 彼はわが社の希望の星だ/他是我們公司的希望之星。

対 彼女

❷ 恋人である男性。中 男朋友；對象。E one's sweetheart; one's boyfriend.

☆ 京子の彼はすてきな男性だ/京子的男朋友是個俊男。

対 彼女　▷ 話❷

かれい【華麗】カレイ　はなやかで美しいようす。中 華麗；富麗。E splendid; gorgeous.

☆ 三島由紀夫の文章はとても華麗だ/三島由紀夫的文章非常華麗。

☆ オペラの華麗な舞台にうっとりとした/華麗的歌劇舞台使人陶醉。

ガレージ (garage) ガレージ、ガレージ　自動車の車庫。中 車庫。E a garage.

☆ ガレージに車を入れる/把車開進車庫。

☆ ガレージから車を出す/從車庫把車開出來。

☆ ガレージセール (=ガレージなどで、自分が使わないものを売ること)/車庫拍賣(利用車庫出售自己不用的物品)。

カレーライス (curry and rice) カレーライス　肉や野菜を油でいため、カレーの味をつけて煮こんだものをごはんにかけて食べる料理。ライスカレー。中 咖哩飯。E curry and rice.

☆ 夏はカレーライスのように辛いものがおいしい/夏天吃些像咖哩飯這種帶有辣味的食物比較開胃。

☆ お昼は学生食堂のカレーライスにしよう/中午就在學生餐廳吃咖哩飯吧。

かれこれ　カレコレ　❶〔～する〕どれと決めないようす。なにやかや。とやかく。中 這個那個；這樣那樣。E this and that; in the meantime.

☆ かれこれ言わずに、やってみたほうがいい/不要嘮嘮叨叨，最好做做看。

☆ 返事を書こうと思いながら、かれこれするうちに1週間が過ぎた/想要回信，但瑣事纏身轉眼一星期就過去了。

❷ (数や量を表すことばの頭について)だいたい。およそ。中 大約；將近。E about; nearly.

☆ かれこれ半月近くたつのに、まだ荷物がとどかない/將近半個月了，行李還沒運到。

☆ かれこれ5キロほど歩いた所に湖があった/大約走五公里左右會有個湖泊。

か・れる【枯れる】カレル〔自動一〕❶草や木が生命力を失って水分がなくなり、色が変わる。中 枯萎；凋零；枯死。E wither; die.

☆ 花瓶の中の花が枯れてしまった/花瓶中的花凋謝了。

☆ 秋になると木の葉が枯れて落ちる/秋天樹葉枯萎凋零。

❷ 長い間の努力によって、いい味わいになる。中 成熟；老練。E mature; become refined.

☆ 叔父は70歳を過ぎて人間が枯れてきた/叔叔年過七十，行事老練圓滑。

☆ あの役者の芸は枯れてすばらしくなった/那位演員演技成熟，演得入木三分。

かれん【可憐】カレン　かわいらしく、ちょっと弱々しい感じのするようす。中 可愛；可憐。E lovely; tiny; pretty.

☆ ほっそりした姿、かわいい声など、あの人はいまも可憐なところがある/她那苗條的身段、甜美的聲音等等，至今仍有令人憐愛之處。

☆ エーデルワイスのような可憐な花が好きだ/我喜歡像雪絨花那樣可愛的花。

☆ 純情可憐/純情可愛。

カレンダー (calendar) カレンダー　1年間の月日、曜日、祝祭日などを週や月で区切ってしるしたもの。暦。中 日曆；月曆。E a calendar.

☆ 新年を迎える準備に、各部屋に新しいカレンダーをかける/作為迎接新年的準備，在各個房間掛上新月曆。

☆ カレンダーに誕生日のしるしをつける/在月曆上把生日標示出來。

かろう【過労】カロー　働きすぎて非常に疲れること。中 過度勞累；疲勞過度。E overwork.

☆ 今月は仕事が忙しすぎて、過労で倒れる人も出た/這個月工作太忙，也有人因過度勞累而病倒。

☆ 過労から病気になる/因疲勞過度導致生病。

☆ 過労死/過勞死。

かろうじて　カロージテ　あぶなかったり無理だったりしたことを、どうにか切り抜けるようす。中 好不容易才～；勉勉強強地～。E just barely; by the skin of one's teeth.

☆ ガソリンに火がつく直前に車の窓から逃げだし、かろうじて助かった/在汽油著火前從車窗逃出來，總算得救。

☆ 2位の人と1票差で、かろうじて当選した/僅以一票之差，僥倖當選。

かろやか【軽やか】カロヤカ　かるがるとしたようす。中 輕鬆；輕快。E lightly; airy.

☆ 馬は軽やかにさくを飛び越えた/馬輕鬆地越過柵欄。

☆ 試験が終わって、軽やかな気持ちで家に帰った/考完試，心情輕鬆地回家。

カロリー (ⓓKalorie) カロリー ❶熱をエネルギーの量として表すときの単位で、1気圧のもとで、水1グラムの温度を1度上げるのに必要な熱量。記号は「cal」。中卡；卡路里；熱量。E a calorie.

☆ 天然ガスはカロリーが高い/天然瓦斯的熱量高。

❷ 食物が消化吸収されるときに出る熱量。また、その単位。「❶」の1000倍で、記号は「Cal」。中卡；大卡。E a Calorie.

☆ ケーキはカロリーが高い/蛋糕的熱量高。

☆ 1日1600カロリーでダイエットを始める/開始節食，毎天只攝取一千六百卡路里。

☆ 低カロリー食品/低卡路里食品。

参 ❶の単位は1992年から「ジュール」に変わった。1カロリーは約4.2ジュール。

かろん・じる【軽んじる】カロンジル〔他動一〕 人やものの価値を認めず、軽く扱う。軽んずる。中輕視；瞧不起；不愛護。E make light of.

☆ 人の命を軽んじる/輕忽他人生命。

☆ 約束を軽んじる/不守信。

対重んじる

かわ【川・河】カワ くぼんでいて、自然の水が流れる所。また、そこを流れる水。中川；河。E a river; a stream.

☆ 大雨が降ったので川の流れが速くなった/因為下大雨，河水流速變快了。

☆ 川を渡る/過河。

☆ ナイル川/尼羅河。

数 1本・1筋

注「河」は「河川」「大河」のように熟語として使うことが多く、単独ではあまり使わない。

かわ【皮・革】カワ ❶動物や植物の表面をおおっているもの。中皮；外皮。E the skin; a hide; a peel.

☆ 海水浴で日に焼けて、体の皮がむけた/海水浴後，身體被太陽曬得脫皮。

☆ リンゴの皮をむく/削蘋果皮。

☆ 毛皮/毛皮。

❷「❶」のうちの動物のものを加工してやわらかくしたもの。中皮革。E leather.

☆ このバッグは牛の革でできている/這皮包是牛皮製。

☆ ワニ革のベルト/鱷魚皮帶。

☆ 革の財布/皮包。

注 漢字で書くときは、❶は「皮」、❷は「革」。

がわ【側】ガワ ❶考え方や立場がいくつかに分かれているものの1つ。中一側；一方；方面。E a side.

☆ 消費者の側に立って安全な商品をつくる/應從消費者的立場考慮生產安全商品。

☆ どちらの側が正しいか公平にみる/以公平立場評估究竟哪一方正確。

❷(他のことばの後について)～のほう。

☆ 窓側の席/窗邊的位子。

☆ こちら側/這邊；這方面。

☆ 向こう側/對面；對方。

☆ 反対側/the opposite side./反方向。

☆ 右側/右邊；右側。

かわい・い カワイイ ❶小さいもの、弱いものを深く愛し、たいせつにしたいと思うようすだ。中可愛。E dear.

☆ かわいいわが子のためならなんでもする/為了我那可愛的孩子什麼都能做。

対憎い

❷ 若い人、子供、小動物などの見た感じがいい。中可愛；討人喜歡；好玩。E lovely; pretty.

☆ 歌は下手でも顔がかわいくて人気のある歌手/歌雖唱不好，但因長相可愛而受歡迎的歌手。

☆ 縫いぐるみのようなかわいい小犬/像絨毛玩具那般可愛的小狗。

[参]「愛らしい」「かわいらしい」も似ているが、それらが外から見た感じをいうのに対して、「かわいい」は❶のように自分の主観的な感情だけでいうばあいもある。

かわいい子には旅をさせよ わが子を本当にかわいいと思うなら、親のそばに置いて甘やかすより、他人の中に出していろいろな経験や苦労をさせたほうがいい。[中]棒頭出孝子；疼愛孩子就要讓他吃苦。[E] Spare the rod and spoil the child.

かわいそう カワイソー 困っている人などに対して気の毒に思うようす。[中]可憐。[E] take pity on; poor.

☆ 捨て猫をかわいそうだと思って拾ってきた/可憐這隻流浪貓，於是撿了回來。

☆ あの人、事業に失敗したんだって。かわいそうに/聽說他事業失敗了，真可憐。

[参] 目上の人のことをいうときには「(お)気の毒」を使う。

かわいらし・い カワイラシイ かわいいようすだ。[中]可愛；討人喜歡。[E] lovely; charming; tiny.

☆ 2、3歳の子のしゃべり方はかわいらしい/兩、三歲小孩的說話方式很可愛。

☆ 赤ちゃんのかわいらしい手/嬰兒可愛的手。

[対]憎らしい →かわいい

かわか・す【乾かす】カワカス〔他動五〕(かわかして) 乾くようにする。[中]曬乾；晾乾；烘乾。[E] dry.

☆ ぬれた服を火で乾かす/用火烘乾濕衣服。

☆ 洗った髪をドライヤーで乾かす/用吹風機吹乾剛洗的頭髮。

[対]湿らす [自動]乾く

かわかみ【川上】カワカミ 川の流れてくる上の方向。[中]上游；上流。[E] upstream; the upper reaches of a river.

☆ 川上までさかのぼって水源をさがす/逆溯上游尋找水源。

☆ 台風の後は、川上からいろいろなものが流れてくる/颱風過後，從上游漂下各種東西。

[対]川下

かわ・く【乾く・渇く】カワク〔自動五〕(かわいて) ❶ものや空気などの水分が取れた状態になる。[中]乾；乾燥。[E] dry; get dry.

☆ 冬は空気の乾いた日が多い/冬天空氣乾燥的日子多。

☆ 洗濯物が乾く/洗的衣物乾了。

[対]湿る

❷ 口の中の水分が少なくなって、水がほしくなる。[中]渴；乾渴。[E] be thirsty; feel thirsty.

☆ 汗をかいて、のどが渇いた/出汗之後，口渴。

▷ [名]乾き・渇き [他動]乾かす

[注] 漢字で書くときは、❶は「乾く」、❷は「渇く」。

かわしも【川下】カワシモ 川の流れていく下の方向。[中]下游；下流。[E] downstream; the lower reaches of a river.

☆ 川下になると流れがゆるやかになる/到了下游，水流變得平緩。

☆ 川下の地域は商業が盛んだ/下游地區商業發達。

[対]川上

かわ・す【交わす】カワス〔他動五〕(かわして) ❶たがいにやりとりする。[中]交；交換。[E] exchange.

☆ あいさつをかわす/互相寒暄；互打招呼。

☆ 意見をかわす/交換意見。

☆ 約束をかわす/發誓；約定。

❷ 両方から来たものが重なり合う。[中]交結；交叉；交錯。[E] cross; intersect.

☆ 桜の木が枝をかわしている/櫻花樹枝盤根錯節。

☆ 情をかわす(=男女が体の関係を持つ)/發生關係(=男女之間具有肉體關係)。

かわ・す カワス〔他動五〕(かわして) ❶ 近づいてくるものを、体の向きを変えたりしてよける。中 躲閃；閃開。E dodge.

☆ 捕まえようとしたら、ひらりと身をかわして逃げてしまった/想要抓他，他卻敏捷一閃逃掉了。

❷ 自分に向けられたものをよける。中 避開；躲開。E evade; parry.

☆ 相手の質問をかわす/迴避對方的質問。

☆ 批判をかわす/迴避批評。

かわせ【為替】カワセ 取り引きをするばあいに、現金ではなく、小切手など代わりのもので受け渡しをする方法。中 匯兌；匯款。E a money order.

☆ 大学の入学金を為替で送った/用匯款繳大學學費。

☆ 郵便為替/郵政匯兌。

かわら【河原・川原】カワラ 川の、水が流れていない部分で小石や砂の多い所。中 河灘。E a dry riverbed.

☆ 河原で遊んでからお弁当を食べた/在河灘玩耍後吃了便當。

☆ 河原でキャンプする/在河灘露營。

かわら カワラ 土をかためて窯で焼いたもの。おもに屋根に使う。中 瓦。E a tile.

〔かわら〕

☆ 向こうに見える青いかわらの2階建てがわたしの家です/對面那座青瓦兩層的建築是我家。

☆ 台風の強い風でかわらが飛んだ/由於颱風強勁，吹掉屋瓦。

☆ 屋根がわら/屋頂瓦。

数 1枚

かわり【代わり】カワリ ❶ あるものにかわること。中 代替；替代。E instead of; a substitute.

☆ 万年筆の代わりに、ボールペンを使う/用原子筆代替鋼筆。

☆ 代わりの品/替代品。

☆ 身代わり/替身；代替別人。

❷ 利益を受けたことに対するお返し。中 補償；報答。E in return for; in exchange for.

☆ 助けていただいたかわりに、なにかお手伝いします/我要幫您忙，來回報您以前對我的協助。

☆ きみが大学で勉強するのにいる金は出してあげよう。かわりに、卒業したらわたしの会社で働いてもらおう/上大學所需的費用由我來出，畢業後要來我公司上班，作為回饋。

❸ (「おかわり」の形で) ⇨ おかわり

▷ 自動 代わる

かわりばえ【代わり映え】カワリバエ (「かわりばえが[の]しない」の形で)いままでとすこしもかわらない。中 沒什麼變化；沒有新鮮感。E be none the better for the change.

☆ いつも集まるのは同じメンバーで、ちっともかわりばえがしない/每次聚會總是相同的人，沒有什麼新鮮感。

☆ 通勤用のかわりばえのしないスーツ/上班穿的西裝沒什麼變化。

かわりもの【変わり者】カワリモノ 一般の人とどこか違う人。中 奇特的人；怪人。E an odd fellow; an eccentric person.

☆ あの人は変わり者で、家族と別れて山の中で絵をかいて暮らしている/他是個怪人，離開家人在山裡作畫過日子。

かわ・る【代わる・替わる・換わる・変わる】カワル〔自動五〕(かわって) ❶ あるものと同じ働きを他のものがする。中 代替；代理。E take the place of.

☆ 病気の父にかわって、わたしが出席する/我代替生病的父親出席。

☆ 愛にかわるものはない/沒有任何東西能代替

愛情。

❷ あるものが、新しいものや価値の同じ他のものになる。中更換；更迭。E exchange.

☆ 後ろの席から前の席にかわる / 座位從後排換到前排。

☆ 空気が入れかわる / 換換空氣。

❸ 時、所、ようすなどが前と違うようになる。中變；變化；改變。E change.

☆ 住所が変わる / 住址變更。

☆ 考えが変わる / 想法改變。

☆ 天気が変わる / 天氣變化。

❹ (「変わった[ている]」の形で)ふつうとは違っている。珍しい。中與衆不同；奇怪。E strange; unusual.

☆ あの人の考えは変わっている / 他的想法與衆不同。

☆ 変わった名前 / 古怪的名字。

▷ 名 代わり・替わり・変わり

他動 代える・替える・換える・変える

注 漢字で書くときは、❶は「代わる」、❷は「替わる」「換わる」、❸❹は「変わる」。

かわるがわる　カワルガワル　2つ以上のものや2人以上の人が順番に。中輪換；輪流。E in turn; alternately.

☆ 将棋では、2人の人がかわるがわるこまを動かす / 日本象棋是由兩人輪流下的。

☆ 生徒たちはかわるがわる立って意見を言った / 學生們輪流站起來發表意見。

→交互に

かん【缶】カン　金属製の入れ物。中罐(子)。E a can.

☆ ジュースの缶を捨てる / 扔掉果汁罐。

☆ 缶ビール / 罐裝啤酒。

☆ 缶切り(=缶を開ける道具)/ 開罐器(=開啓罐頭的工具)。

☆ ドラム缶(=ガソリンなどを入れる大きい缶)/ 汽油桶(=裝汽油的大罐子)。

☆ 空き缶 / 空罐。

かん【巻】カン　❶ 1冊の本。中巻；書；書本。E a volume; a book.

☆ この小説は巻が進むにつれて、おもしろくなる / 這部小說隨著情節發展，越來越精彩。

☆ 巻頭(=本の始め)/ 巻頭(書的開始)。

☆ 巻末(=本の終わり)/ 巻尾(書的結尾)。

❷ (数を表すことばの後について)本、フィルム、雑誌などの数を表す。中期；巻。

☆ その論文は、この雑誌の2巻9号に出ている / 那篇文章刊登在這本雜誌第二巻第九期上。

☆ 全部で11巻の映画フィルム / 總計十一捲電影底片。

☆ 10巻の全集 / the complete works in ten volumes. / 十巻全集。

かん【間】カン　❶ あいだ。中期間；間。E during; between.

☆ 夫は長く病気をしていた。その間、妻が働いて生活を支えた / 丈夫長期患病，其間由妻子工作維持生活。

☆ その間、3キロのへだたりがあった / 其間距離三公里。

❷ (他のことばの後について)(1)～の間。中期間。

☆ 3カ月間 / for three months. / 三個月〔的期間〕。

(2) ～と…との間。中之間。

☆ 日米間の話し合い / 日美之間的會談。

☆ 東京・大阪間 / between Tokyo and Osaka. / 東京大阪間；東京大阪之間。

▷ 書❶

かん【感】カン　❶ 強く心を動かされること。中感；感覺；感慨。E a feeling; a sense.

☆ 今昔の感(=いまとむかしを比べて、その差が大きいことをしみじみと感じる気持ち)/ 今昔之感(現在與過去相比深感差別巨大的心情)。

❷ (他のことばの後について)ものごとから受ける感じ、雰囲気、気持ち。中感；心情。

☆ この写真には季節感がよく表れている / 這張照片真實地表現出了季節感。

☆ 安心感 / 安全感；安心感。

☆ 満足感 / a feeling of satisfaction. / 滿足感。

感極まる　たいへん感動する。中感動至極。E be deeply moved.

☆ 30 年ぶりに再会した父と子は、感きわまって抱き合って泣いた / 隔了三十年才重逢的父子倆，感動至極，相擁痛哭。

感にたえない　非常に感動する。中不勝驚嘆；萬分激動。E admiring.

☆ ゴッホの絵を見て、「うーん、実にすばらしい」と父は感にたえないような声を出した / 父親看了梵谷的畫後萬分驚嘆地說：「嗯，真是太棒了。」

似た表現 感にたえる

-かん【-館】(他のことばについて)おおぜいの人が集まる大きな建物。中～館；～院。

☆ このビルは 1 号館から 5 号館まである/這棟樓包括一號館到五號館。

☆ 映画館 / 電影院。

☆ 美術館 / 美術館。

☆ 体育館 / a gymnasium. / 體育館。

☆ 本館 / the main building. / 正樓；主樓。

がん　ガン　❶ 皮膚や体の中にできる悪性のはれもの。中癌。E cancer.

☆ タバコを吸いすぎると肺がんになりやすいそうだ / 據說菸吸過多易得肺癌。

☆ 発がん物質 / a carcinogen. / 致癌物質。

☆ 乳がん / 乳癌。

❷ 組織などの中で、じゃまになっている人やもの。中癥結。E a cancer; a curse.

☆ A 国では人口問題ががんになって、経済の発展が遅れている / 在A國人口問題是經濟發展落後的癥結。

かんい【簡易】カンイ、カンイ　簡単で、手軽なようす。中簡易；簡便。E simple; simplified; easy.

☆ 簡易な方法 / 簡便的方法。

☆ 簡易書留 / 簡易掛號信。

☆ 簡易宿泊所 / 簡易宿舍。

かんいっぱつ【間一髪】カンイッパツ、カン・イッパツ　非常に短い時間の差でうまくいったりいかなかったりすること。中毫釐之差；差一點點；千鈞一髮。E a narrow escape; a close call.

☆ 銀行の窓口は午後 3 時に閉まるので、急いで自転車で行って間一髪のところで間に合った / 銀行營業只到下午三點，急忙騎腳踏車前往，差點兒沒趕上。

☆ 車が急に曲がってきたが、反射的によけて間一髪助かった / 車子急轉彎衝過來，千鈞一髮之際我反射性地避開，逃過了一劫。

参 もとは、髪の毛 1 本が入るぐらいのすきまの意味。

かんえん【肝炎】カンエン　ウイルスの感染や中毒などによって起こる肝臓の病気。中肝炎。E hepatitis.

☆ 父は手術の輸血のせいで肝炎になった/父親因手術輸血而感染了肝炎。

☆ 酒の飲みすぎと過労で肝炎になり、1 カ月間入院した / 酒喝太多加上疲勞過度而得了肝炎，住院治療一個月。

☆ 血清肝炎 / 血清肝炎。

☆ B 型肝炎 /B 型肝炎；乙型肝炎；B 肝。

かんおけ【棺おけ】カンオケ　死体を入れるための木の箱。中棺材。E a coffin; a casket.

☆ 棺おけの中に故人の愛用した辞書を入れる / 將故人愛用的字典放入棺材裡。

棺おけに片足を突っ込む　もう長くは生きられないということ。中土埋半截；行將就木。E have one foot in the grave.

☆ わたしはもう老年で、棺おけに片足を突っこんでいますよ/我已年邁，行將就木。

かんか【感化】カンカ〔～する〕　影響を与えて、性質や行動を変えること。中感化；影響。E influence.

☆ 読書好きの父の感化を受けて、わたしも本が大好きだ/受到喜歡看書的父親影響，我也喜歡看書。

☆ 友達に感化されてロックファンになった/受朋友影響成為搖滾樂的愛好者。

がんか【眼科】ガンカ、ガンカ　医学の一分野。目の病気を専門に扱う。中眼科。E ophthalmology; an eye doctor.

☆ 目が痛いので、眼科でみてもらう/由於眼睛疼痛，所以去看眼科。

☆ 眼科医/眼科醫生。

かんがい【感慨】カンガイ　心に深く感じること。中感慨。E deep emotion.

☆ むかしの友達に会い、子供時代を思いだして感慨が深かった/與老友相見，回憶兒時無限感慨。

☆ 感慨にひたる/沈浸於感慨之中。

☆ 感慨無量/ be filled with deep emotion. /無限感慨。

かんがい【灌漑】カンガイ〔～する〕　田や畑に人工的に水を引き入れること。中灌漑。E irrigate; irrigation.

☆ 山の田んぼにも灌漑して米の増収をはかる/灌溉山間田地，謀求稻米增產。

☆ 灌漑用水/灌溉用水。

かんがえ【考え】カンガエ　考えること。考えたこと。中想法；意見；思想。E an idea; discretion.

☆ わたしにいい考えがあります/我有個好主意。

☆ 考えが浅い/想法膚淺。

☆ 考えが甘い/ That's wishful thinking. /看得太簡單。

他動考える

かんがえぶか・い【考え深い】カンガエブカイ　深く、じゅうぶんに考えているようすだ。中深思熟慮；慎重考慮。E thoughtful; prudent.

☆ 田中さんは考え深い人だから、みんなの気持ちをよく思いやって決めてくれるでしょう/田中先生思慮慎密，他會仔細考慮大家的立場後再做決定吧。

かんが・える【考える】カンガエル、カンガエル〔他動一〕

❶ 知っていることや経験をもとに、あれこれと頭を働かせる。中想；思考；考慮。E think; consider.

☆ 数学の問題を考える/思考數學問題。

☆ いいか悪いか考える/考慮好壞。

☆ 未来の世界を考える/想像未來世界。

❷ 新しいものを工夫する。中創造；發明。E think up; devise.

☆ 簡単に使える機械を考えた/發明一種使用簡便的機械。

☆ 安く旅行できる方法を考える/想一個省錢的旅行方法。

▷ 名考え　→思う

かんかく【間隔】カンカク　ものごとの間の距離や時間。中間隔。E a space; an interval.

☆ 壁との間隔を10センチあけて机を置く/與牆壁間隔十公分擺放桌子。

☆ 植木を1メートル間隔で植える/間隔一公尺種樹。

☆ 10分間隔/間隔十分鐘。

かんかく【感覚】カンカク　❶ 目、耳、鼻、舌、皮膚などで感じとること。中感覺。E a sense; feeling.

☆ 冷たい氷に長い時間さわっていたので、手の感覚がなくなった/長時間摸冰塊，手失去知覺。

☆ 足の感覚がまひする/腳感覺麻痺。

❷ ものごとの感じ方やとらえ方。中感覺；審美觀。E a sense.

☆ 感覚をみがく/培養美感。

☆ 新しい感覚のデザイナー/感覺新穎的設計師。

☆ 美的感覚/美好的感覺；美感。

かんかつ【管轄】カンカツ〔～する〕　権限をもって、管理し支配すること。また、その

範囲。中 管轄。E jurisdiction; control.

☆ 義務教育に関することは文部省が管轄している / 有關義務教育的事由教育部管轄。

☆ この仕事は区役所の管轄外だ / 這份工作非屬區公所管轄。

かんかん カンカン、カンカン ❶ 金属や石などのかたいものを続けて打つときの高く澄んだ音を表す。中 連續不斷地撞擊金屬性物體或石頭等發出的清澈而響亮的聲音；噹噹地響。

☆ 教会の鐘がかんかん(と)鳴っている / The church bell is clanging. / 教堂鐘聲噹噹響。

❷ 太陽が非常に暑く強く照っているようす。中 陽光強烈照射，炎熱無比的樣子。

☆ 外は太陽がかんかん(と)照りつけている / Outside, the sun is shining relentlessly. / 外面太陽熾烈。

❸ ひどく怒るようす。中 非常生氣的樣子。

☆ 生徒にあだ名で呼ばれた先生はかんかんに怒った / The teacher, called by his nick-name by his students became infuriated. / 老師聽到學生叫他的外號，大發雷霆。

▷ →がんがん、ぎらぎら

がんがん ガンガン ❶ 非常に大きなうるさい音を表す。中 表示非常大的噪音；用堅硬物體連續敲打鐵製品等發出的聲音；噹噹響；震耳的響聲。

☆ 工事現場から、鉄の柱を打つ音ががんがん(と)響いてくる / The sound of hammering on the pile booms from the construction site. / 從工地現場傳來敲打鐵柱的噹噹響聲。

☆ となりの部屋でステレオをがんがん(と)鳴らしている / 隔壁房間音響震耳地作響。

❷〔～する〕頭が続けて強く打たれるように激しく痛むようす。中 表示頭部疼痛如同受到猛烈連續打擊。

☆ ゆうべ酒を飲みすぎて、頭ががんがんする / I have a splitting headache from overdrinking last night. / 昨夜酒喝過多，頭疼得厲害。

❸ 程度が非常に激しいようす。中 活動程度非常劇烈的樣子。

☆ がんがん練習して早く上手になろう / Let's practice like mad and make rapid progress. / 拚命的練習，盡快進步。

☆ がんがんストーブをたく / 暖爐開到最大。

▷ 話❸

参 ❶は「かんかん」と似ているが、「がんがん」のほうが音が大きく騒がしい。

かんき【乾期・乾季】カンキ 熱帯などで、1年のうち特に雨の少ない時期、季節。中 旱季；乾旱季節。E the dry season.

☆ この地方はいまは乾期なので、ほとんど雨が降らない / 這個地方現在是旱季，幾乎不下雨。

対 雨期・雨季

注 ふつうは「乾期」を使うが、特に季節を強調するときは「乾季」。

かんき【換気】カンキ〔～する〕 室内の空気を入れかえること。中 通風；使空氣流通。E ventilation.

☆ 換気が悪くて頭痛がする / 通風不良而引起頭疼。

☆ 換気扇 / 換氣扇。

☆ 換気口 / 換氣口。

かんき【歓喜】カンキ〔～する〕 非常に喜ぶこと。中 歡喜；高興。E rejoice over; joy.

☆ サッカーの試合に勝って歓喜した / 贏了足球賽而感到歡喜。

☆ 歓喜のあまり、思わず跳び上がった / 因為太高興，不由得跳了起來。

☆ 歓喜の歌 / 快樂頌。

対 悲哀

かんきゃく【観客】カンキャク 演劇やスポーツなどの見物人。中 觀眾。E an audience; the spectators.

☆ コンサートは、舞台と観客とが1つになって盛りあがった / 音樂會台上台下融為一體，達到高潮。

☆ 観客席 / 觀衆席。

かんきょう【環境】カンキョー　人や生物が生活しているまわりの状態。中 環境。E environment; surroundings.

☆ この住宅は、緑にかこまれた、とてもいい環境にある / 這住宅綠蔭圍繞四周，環境非常好。

☆ 環境が変わる / 環境改變。

☆ 環境に適応する / 適應環境。

☆ 環境破壊 / 破壞環境。

がんきょう【頑強】ガンキョー　自分の考えをしっかり守り、なかなか相手に負けないようす。中 頑強；堅決。E obstinately; stiff.

☆ 息子の結婚に母親は頑強に反対した/母親堅決反對兒子的婚事。

☆ 空港建設は農民の頑強な抵抗にあっている / 機場工程遭到農民們的強烈抗爭。

かんきょうおせん【環境汚染】カンキョーオセン　人間が水、空気、大地など自然環境をよごすこと。中 環境污染。E environmental pollution.

☆ いまのままの環境汚染が続いたら、地球の将来はあやうい/現在的環境污染持續下去的話，地球的將來不堪設想。

☆ 環境汚染防止条例 / 環境污染防治條例。

かんきん【監禁】カンキン〔～する〕ある場所に閉じこめること。中 監禁。E confine; imprison.

☆ 犯人は社長を監禁して要求を突きつけた/犯人監禁老闆提出強硬要求。

☆ 誘拐して監禁する / 誘拐並監禁起來。

☆ 監禁場所 / 監禁地點；拘留所。

かんぐ・る【勘ぐる】カングル〔他動五〕(かんぐって)　勝手に気をまわして、表に出ない事情をあれこれ悪く考える。中 瞎猜測；往壞處推測。E suspect.

☆ 相手のことばを本心とは違うのではないかと勘ぐる / 懷疑對方言不由衷。

☆ 夫が指輪を買ってくれたのは、なにか悪いことをしているからではないかと勘ぐった/丈夫給我買個戒指，我猜想他可能做了什麼對不起我的壞事。

名 勘ぐり

かんけい【関係】カンケイ　❶〔～する〕2つ以上のものを結びつけること。また、そのつながり。中 關係；聯繫。E (a) relation; be involved in.

☆ 課長と父とは大学の先輩後輩の関係にある / 課長與父親是大學前後期同學。

☆ 不正事件に関係した人を取り調べる/調查與違法事件有關的人。

☆ 関係が深い / 關係深；關係密切。

☆ 人間関係 / 人際關係。

☆ 利害関係 / 利害關係。

❷〔～する〕ほかのものに影響を与えるようなつながり。中 關係；影響。E because of; influence.

☆ 天候の関係で工事は1カ月も遅れた/受天氣影響，工程延遲一個月。

☆ 因果関係 / 因果關係。

❸ (他のことばの後について)その方面。

☆ 営業関係の仕事をしている/ be doing sales work. / 在銷售部門工作。

かんげい【歓迎】カンゲイ〔～する〕喜んで迎えること。中 歡迎。E welcome.

☆ 社員たちは新入社員を温かく歓迎した/公司職員熱烈歡迎新進職員。

☆ ホームステイの留学生を家族で歓迎する/全家歡迎來寄宿家庭的留學生。

☆ 歓迎会 / 歡迎會。

☆ 大歓迎 / 熱烈歡迎。

対 歓送

参 迎えるのと送るのを同時にいう言い方は「歓送迎」。

かんげき【感激】カンゲキ〔～する〕人の

行動やものごとに深く心を動かされること。[中] 感激；感動。[E] be deeply moved.

☆ 外国へはじめて行ったとき、まわりの人々の親切に感激した/初次出國，為周圍人們的熱情所感動。

☆ 友人の温かい励ましのことばに感激した/朋友溫馨鼓舞的話使我深為感動。

☆ 感激屋/ an emotional person. /感情豐富的人；易動感情的人。

かんけつ【完結】カンケツ〔～する〕 続いていたものがすっかり終わること。[中] 完結；完成；結束。[E] be concluded; be completed.

☆ 1年続いていたテレビドラマがついに完結した/持續播放一年的連續劇終於結束了。

☆ この連載小説は半年で完結する予定だ/預計用半年的時間完成這部連載小說。

かんけつ【簡潔】カンケツ 説明などが短くてわかりやすいようす。[中] 簡潔。[E] briefly; concise.

☆ 報告書を簡潔にまとめる/扼要整理報告。

☆ 簡潔な文章/簡潔的文章。

[対] 冗長

かんげん【還元】カンゲン〔～する〕 ❶ もとにもどすこと。もとにもどること。[中] 回報；還原。[E] return; restore.

☆ 会社がえた利益の一部を、社会に還元する/公司將獲利的一部分回饋給社會。

☆ 白紙還元する/ start afresh. /恢復原樣。

❷ 酸化物から酸素を取ること。[中] 還原。[E] deoxidize.

☆ オゾン(O_3)を還元すると酸素(O_2)になる/還原臭氧形成氧氣。

☆ 還元剤/還原劑。

[対] 酸化

がんけん【頑健】ガンケン 体ががっしりしていて丈夫なようす。[書] [中] 健壯；強健；結實。[E] very strong; robust.

☆ 弟はスポーツできたえた頑健な体をしている/弟弟靠運動練就一副強健的體魄。

☆ 父は頑健そのもので、病気などしたことがない/父親身體十分健壯，從不生病。

かんご【漢語】カンゴ むかし中国から入ってきたことば。また、漢字を音読みにしたことば。[中] 漢語詞；漢語。[E] a Japanese word of Chinese origin.

☆ おじいさんの手紙は漢語が多い/爺爺寫的信裡漢語詞彙很多。

☆「生物」は、漢語では「せいぶつ」で、和語では「なまもの」である/「生物」這個詞漢語音讀作「せいぶつ」，日語訓讀作「なまもの」。

[関連] 和語、外来語 →外来語

がんこ【頑固】ガンコ 自分の考えを変えないようす。[中] 頑固；固執。[E] obstinately; stubborn.

☆ 社長は自分の意見を頑固に押し通した/老闆固執地堅持己見。

☆ 頑固おやじ/頑固的老頭。

かんこう【刊行】カンコー〔～する〕 本や雑誌を印刷し出版すること。[中] 出；發行。[E] publish; issue.

☆ 1年に2回、論文集を刊行する/每年發行兩次論文集。

☆ 定期刊行物/定期出物；期刊。

かんこう【慣行】カンコー 前からの習慣として行われること。[中] 慣例；常規；習慣做法。[E] (a) custom; (a) traditional practice.

☆ 歓迎会で新人にスピーチをしてもらうことが、この部の慣行となっている/在歡迎會上讓新進人員致詞是本部慣例。

☆ 慣行にしたがう/遵循慣例。

☆ 慣行を破る/打破慣例。

かんこう【観光】カンコー〔～する〕 よその土地の景色や名所を見物すること。[中] 遊覽；觀光。[E] sightseeing.

☆ ここは桜の名所で、観光に来る客が多い/

這是觀賞櫻花有名的景點，來此觀光的人很多。

☆ 市内をバスで観光する/坐公共汽車在市內觀光。

☆ 観光旅行/觀光旅行。

☆ 観光客/觀光客；遊覽客人。

☆ 観光地/觀光地。

かんこうちょう【官公庁】カンコーチョー　国や地方公共団体などの仕事をする役所。中 中央政府機關和地方公共團體機構。E government and municipal offices.

☆ 官公庁で働く人を公務員という/在公家機關工作的人叫公務員。

☆ 大学を卒業したら官公庁に就職したいと思っている/大學畢業後想任公職。

参「官庁」も似ているが、「官庁」が国の行政の事務をとる所であるのに対して、「官公庁」は国も地方行政の役所もふくむ。

かんこく【勧告】カンコク〔～する〕　人に、こうしたほうがいいと強くすすめること。中 勸告。E advise; recommend.

☆ 社長は、病気で長く休んでいる社員に退職を勧告した/老闆勸那些因病休長假的職員離職。

☆ 人事院は公務員の給与を３パーセント上げるように勧告した/人事行政局提案將公務員的薪資調高百分之三。

かんごく【監獄】カンゴク　「刑務所」「拘置所」の古い言い方。中 監獄；監牢。E a prison; a jail.

☆ 監獄で、おかした罪を反省しながら年月を送る/在監獄中邊反省所犯罪行邊度日。

☆ 自由のない生活は監獄の中にいるのと同じだ/沒有自由的生活，簡直跟坐牢一樣。

かんごふ【看護婦】カンゴフ　けが人や病人の手当てや世話をすることを職業としている女性。中 護士；女護士。E a nurse.

☆ 入院中は看護婦さんにたいへん世話になった/住院期間承蒙護士無微不至地照顧。

☆ 看護婦を一生の職業としたい/想把護士當作終生職業。

☆ 正看護婦/正式護士。

☆ 准看護婦/準護士；護理員。

参 同じ職業の男性は「看護士」という。

かんこんそうさい【冠婚葬祭】カンコンソーサイ　成人式、結婚式、葬式や法事などの、人生のうちでたいせつな儀式。中 弱冠禮；紅白喜事；祭典。E ceremonial occasions.

☆ 年とともに冠婚葬祭のための費用が増える/隨著年齡增長婚喪喜慶開銷也增加。

☆ 冠婚葬祭用に黒い服をつくった/為了參加(各種)典禮儀式，作了黑色的禮服。

かんさ【監査】カンサ〔～する〕　会社や団体などの仕事や会計を監督し、検査すること。中 監查；監督檢查。E an audit; (an) inspection.

☆ 今月は監査があるので、帳簿をきちんとしておく/這個月要查帳，事先要把帳做好。

☆ 監査役/監查人；監查員。

☆ 会計監査/會計監查。

かんさい【関西】カンサイ　京都府、大阪府、兵庫県、和歌山県、滋賀県、奈良県の２府４県。中 關西地區。E the Kansai district.

☆ 日本は、むかしは関西が政治、経済の中心だった/以前關西地區是日本政治、經濟中心。

☆ 関西には古い寺や仏像がたくさんある/關西地區有許多古寺和佛像。

☆ 関西弁/關西方言。

対 関東

かんさつ【観察】カンサツ〔～する〕　そのものがどういう状態にあるかをよく見ること。中 觀察。E observe.

☆ 昆虫の鳴き方を観察する/觀察昆蟲鳴叫方法。

☆ 朝顔の種をまき、生長を観察する/種下牽牛花種子，觀察其生長過程。

☆ 観察記録/觀察記錄。

かんさん【閑散】カンサン　(「閑散とする」の形で)人があまりいなくてひっそりしてい

るようす。中 閒散；清靜。E be almost deserted; quiet.

☆ 平日の美術館は、人が少なくて閑散としている / 平日的美術館人少清靜。

☆ 客がいなくて閑散とした店 / 門可羅雀的商店。

参 人が多いのがふつうであるのに、人けがなくて静かであるようすをいう。

かんさん【換算】カンサン〔～する〕 ある単位の数や量を別の単位にかえて計算すること。中 換算；折合。E convert.

☆ メートル法に換算すると、1フィートは約30.48センチである / 換算成美制，一英呎大約為三〇・四八公分。

☆ ドルを円に換算する / 將美元換算成日圓。

かんし【監視】カンシ〔～する〕 なにかよくないことが起こらないように注意して見守ること。中 監視。E watch.

☆ 海水浴場では係員が、おぼれる人がいないか監視している / 在海水浴場，工作人員正在監看是否有人溺水。

☆ 監視の目が厳しい / 監視得很嚴密。

☆ 監視を強める / 加強監視。

☆ 監視員 / 監視員。

かんじ【漢字】カンジ 中国でつくられた、1字1字が意味を持っている文字。中 漢字。E *kanji*; a Chinese character.

☆ 漢字の音と意味を調べる / 查閱漢字的發音和意思。

☆ ひらがなやかたかなは漢字からつくられた文字だ / 平假名和片假名是根據漢字演化出來的文字。

☆ 漢字練習帳 / 漢字練習本。

☆ 常用漢字 / 常用漢字。(→項目)

かんじ【幹事】カンジ 会合やグループなどで中心になって世話をする人。中 負責組織安排的人；幹事；幹部。E a manager; a secretary.

☆ 会社の旅行の幹事なので、ホテルや乗り物の予約で忙しい / 由於擔任公司旅遊的幹事，為預訂住宿和交通工具而忙碌萬分。

☆ クラス会の幹事を決める / 決定班會幹部人選。

かんじ【感じ】カンジ ❶ 刺激を受けて、温度や痛さや味などを体で知ること。中 感覺；感；知覺。E feeling.

☆ 冷たい水に長くつけていたら手の感じがなくなった / 手長時間泡在冰水裡失去了知覺。

☆ だるい感じ / 倦怠的感覺。

❷ ものごとから受ける印象や感情。中 印象；感覺。E an impression.

☆ この絵は春らしい感じがよく出ている / 這幅畫給人春天的感覺。

☆ 感じの悪い人 / 印象惡劣的人。

☆ 軽い感じ / 輕鬆感。

☆ 暗い感じ / 不明朗的感覺。

▷ 自他動 感じる

がんじがらめ ガンジガラメ ❶ ひもを何回も縦や横にまわしてしっかりしばり、動かないようにすること。中 五花大綁；捆結實。E bind firmly hand and foot.

☆ おじいさんは悪いキツネを捕まえて、縄でがんじがらめにしばった / 爺爺捉到一隻可惡的狐狸，用繩子五花大綁。

❷ いろいろなことがあって自由に動けないこと。中 束縛；束縛自由。E be hedged about.

☆ 厳しい規則で生徒はがんじがらめになっている / 嚴格的規章，束縛了學生的自由。

▷ 話

がんじつ【元日】ガンジツ 1年の最初の日。1月1日。中 元旦；一月一日。E New Year's Day.

☆ 毎年元日には近くの神社へ行って、新しい年の家族の健康としあわせを祈る / 每年元旦都要到附近神社，祈禱新年全家健康幸福。

→元旦

かんしゃ【感謝】カンシャ〔～する〕 よくしてもらってありがたいと思うこと。また、ありがたいと思い礼を言うこと。中 感謝。E gratitude; thank.

☆ 近所の人々にいろいろお世話になり、感謝の気持ちでいっぱいです / 受到街坊鄰居多方關照，心中充滿感激。

☆ 留学させてくれた両親に感謝する / 感謝讓我去留學的父母。

☆ 感謝にたえない / I can never thank you enough. / 不勝感謝；感謝之至。

かんじゃ【患者】カンジャ　病気やけがで治療を受けている人。中 患者；病人。E a patient.

☆ 医師は患者を診察して、病状を説明した / 醫生診斷病人後，說明病情。

☆ 入院患者 / 住院病人。

かんしゃく【癇癪】カンシャク　気持ちをおさえることができずに、怒りをいちどに出してしまうこと。中 暴躁脾氣；肝火。E a fit of anger; a temper.

☆ ストレスがたまるとかんしゃくを起こしたくなる / 壓力積在一起，就想發脾氣。

☆ かんしゃく玉を破裂させる / burst into a fit of rage. / 鬧脾氣；動肝火。

かんしゅう【慣習】カンシュー　人々の間にむかしから決まって行われていること。中 習慣；習俗；老規矩。E a custom; a convention.

☆ この近所では、結婚したらあいさつにまわる慣習がある / 這附近有婚後要輪著到每家問候的習俗。

☆ 古い慣習を破る / 打破舊習。

かんしゅう【観衆】カンシュー　スポーツや演劇、祭りなどを見ているおおぜいの人たち。中 觀衆。E spectators; an audience.

☆ きょうのこの野球場の観衆は5万人だ / 今天這個棒球場的觀衆有五萬人。

☆ サッカー場で観衆がけんかを始めた / 足球場上，觀衆吵起架來了。

☆ 大観衆 / 衆多的觀衆；許許多多的觀衆。

かんじゅく【完熟】カンジュク〔～する〕くだものなどが完全に熟すこと。中 熟透；成熟。E ripen fully.

☆ 完熟したトマトは甘くておいしい / 熟透的蕃茄又甜又好吃。

☆ くだものが完熟するのを待つ / 等待水果成熟。

対 未熟

かんしょう【干渉】カンショー〔～する〕自分の思うようにしたくて、他人のことによけいな意見を言うこと。中 干涉。E interference; meddle.

☆ 子供も中学生になると親の干渉を嫌う / 上中學後，孩子也討厭父母干涉。

☆ 他人に干渉されたくないから、1人で住む / 因為不想被別人干涉，所以一個人住。

☆ 内政干渉 / 干涉內政。

かんしょう【鑑賞・観賞】カンショー〔～する〕 ❶ 絵、彫刻、音楽など芸術作品を理解し、よく味わうこと。中 欣賞；鑑賞。E enjoy; appreciation.

☆ パリへ行ったら、ルーブル美術館でゆっくり絵を鑑賞したい / 如果去巴黎，想在羅浮宮美術館悠閒地欣賞繪畫。

☆ 趣味は音楽鑑賞だ / 嗜好是欣賞音樂。

❷ 美しいもの、いいものを見て、ほめたり楽しんだりすること。中 觀賞；欣賞。E admire; enjoy.

☆ むかしの人は、月や花を観賞して和歌をつくった / 前人觀賞月亮和櫻花寫出了優美的詩歌。

☆ 部屋に鉢植えの植物を置いて観賞する / 在房間裡擺放盆栽觀賞。

二 注 ❶は「鑑賞」、❷は「観賞」。

かんじょう【勘定】カンジョー〔～する〕

❶ 数を数えること。また、その結果。中 數；計算；清點。E count; the figures.

☆ 箱の中にリンゴがいくつあるか勘定する / 清點箱中蘋果的數目。

☆ 勘定が合う / 帳目無誤。

❷ 金を支払うこと。また、その金額。中 算帳；帳；帳款。E an account; a check.

☆ きょうの昼食の勘定はわたしがもちます/今天的午餐由我來付。

☆ 勘定をみんなで割り勘にする/帳款大家平攤。

☆ 勘定書/帳單。

☆ どんぶり勘定/無計畫的開支；隨意亂花錢。(→項目)

勘定に入れる 前もって考えておく。中考慮；估計；顧及。E count in.

☆ 車の渋滞を勘定に入れて早めに家を出る/考慮路上會塞車就提早出門。

かんじょう【感情】カンジョー 喜び、悲しみ、怒りなどの気持ち。中感情；情緒。E feelings; emotion.

☆ 感情を理性でおさえる/用理性控制感情。

☆ 感情が激しい/情緒激動。

☆ 感情的になる/變得容易感情用事。

感情が高ぶる 気持ちがいらいらしたり興奮したりする。中感情激動；興奮。E get excited.

☆ 父は母と激しい口げんかをしたあとなので、感情が高ぶっているようだ/父親剛和母親激烈爭吵，所以情緒很激動。

感情を害する 気持ちを傷つける。中傷害感情；傷感情。E hurt a person's feelings.

☆ どうして失恋したのときいたら、京子はすっかり感情を害してしまった/問起怎麼會失戀時，京子的感情受到了很大的傷害。

かんじょうだか・い【勘定高い】カンジョーダカイ なにかをするとき、自分の損得ばかり考えるようす。中計算；圖利；打如意算盤；算盤打得精。E calculating; mercenary.

☆ 兄はとても勘定高いから、損をしそうなことには決して手を出さない/哥哥算盤打的精，所以他絕不會做賠本的事。

二参 ふつう、いい意味では使わない。

かんしょく【感触】カンショク ❶手や皮膚でさわった感じ。中觸覺；觸感。E the touch; a feel.

☆ このかばんは革がやわらかくて感触がい い/這只皮包軟，觸感很好。

☆ 絹の感触/觸絹的感覺；感覺像絹一樣。

❷ 確かではないが、そのようすから受けた感じ。中感覺。E a feeling; an impression.

☆ P大学の入試では、合格できそうな感触をえた/我感覺會通過P大學的入學考試。

☆ きのうの会議では交渉がうまくまとまりそうな感触があった/感覺昨天會議談判得很成功。

かん・じる【感じる】カンジル〔自他動一〕

❶ 刺激を受けて、温度や痛さや味などを体で知る。感ずる。中感覺；感知；感到。E feel; perceive.

☆ 暑さを感じる/感到熱。

☆ 痛いと感じる/感到疼痛。

☆ 空腹を感じる/感覺飢餓。

❷ 刺激を受けて、ある気持ちになる。感ずる。中（心理的）感到；覺得。E feel (emotionally).

☆ うれしいと感じる/感到很高興。

☆ 責任を感じる/感到某種責任。

❸ なにかに心を動かされる。感ずる。中感到；內疚。E sense; be moved.

☆ 青年たちの意気に感じて、自分もなにか役に立ちたいと思った/為年輕人高漲情緒所動，自己也想有些作為。

☆ 心に感じるところがあって仕事をやめた/心中有感，而辭去了工作。

▷ 名感じ

かんしん【感心】カンシン〔～する〕 非常に立派だと感じ、ほめたくなること。中欽佩；佩服；令人佩服。E admire; admirable.

☆ 祖父はジョンがとても熱心に勉強するので感心している/祖父佩服約翰的學習熱忱。

☆ 親を助けて働く感心な中学生/幫忙父母做事、令人欽佩的中學生。

二参 目上の人のことをいうときには使えない。

かんしん【関心】カンシン あることに興味

を持って、もっと知りたいと思うこと。中 關心；感興趣。E interest; concern.

☆ いまいちばん関心を持って読んでいるのは『源氏物語』だ/現在最感興趣的是閱讀《源氏物語》。

☆ 関心をいだく/抱有興趣。

☆ 関心が高い/很感興趣；非常關心。

対 無関心→　興味

かんじん【肝心・肝腎】カンジン　非常にたいせつで、ないと困るようす。中 首要；重要；緊要。E essential; important.

☆ 文章表現で肝心なのは、だれにでもわかるように書くということだ/寫文章最關鍵的是要寫得讓所有人看得懂。

☆ 運動選手は体をこわさないことが肝心だ/當運動員最要緊的是不要搞壞身體。

注 以前は「肝腎」を使ったが、最近は「肝心」のほうを多く使う。

参 肝臓と心臓、または肝臓と腎臓が人間の体にとって特にたいせつなものであることからできたことば。

かん・する【関する】カンスル〔自動する〕あるものごとにかかわる。関係する。中 有關；關於。E be related to; on; about.

☆ 戦争終結に関する話し合いを行う/舉行有關戰爭結束的會談。

☆ ことばに関する参考書/有關語言的參考書。

☆ われ関せず(＝みんなが問題にしていることに、自分は関係ない、という態度をとる)/事不關己(對於大家視為問題的事，擺出與己無關的態度)。

～に関して　～について。中 關於～；就～。E on; about.

☆ 試験に関して質問がありますか/關於考試有什麼問題嗎?

かんせい【完成】カンセイ〔～する〕全部できあがること。仕上げること。中 完成。E be completed; finish.

☆ この家は完成するのに半年かかった/花了半年時間蓋好這房子。

☆ 5カ月前からかきはじめていた絵がやっと完成した/五個月前開始作的這幅畫終於完成了。

☆ 完成を急ぐ/急於完成。

対 未完成

かんせい【閑静】カンセイ　街の騒音が聞こえず、静かで落ちついたようす。中 清靜；恬靜。E quiet and nice.

☆ 一郎は、小鳥の声で目が覚めるような閑静な住宅地に住んでいる/一郎住在能聽到小鳥叫聲而醒過來的清靜住宅區。

☆ 閑静な町並み/恬靜的市街。

かんせい【歓声】カンセイ　うれしいときに出す「わあ」「わあい」「やった」などという大きい声。中 歡呼聲；歡聲。E a shout of joy; a cheer.

☆ 人気歌手が舞台に出てきたら、「きゃあ」という歓声があがった/深受歡迎的歌手一登上舞台，「哇呀」的歡呼聲就響徹雲霄。

☆ マラソンで最初の選手が競技場に入ってきたとき、大歓声が起こった/在馬拉松賽中，領先的選手回到會場時，響起了熱烈的歡呼聲。

かんせつ【間接】カンセツ　間になにかを入れてものごとが行われること。中 間接。E indirectly.

☆ 道子のことは兄から聞いて間接に知っている/道子的事是從哥哥那裡間接知道的。

☆ 間接話法/indirect speech./間接敘述法。

☆ 間接税/間接税。

対 直接

かんせん【感染】カンセン〔～する〕病気がうつること。中 感染；傳染。E be infected with; catch.

☆ 体力が弱っているときは病気に感染しやすい/身體虛弱時容易感染疾病。

☆ インフルエンザに感染する/感染上流行性

感冒。

☆ 感染症／傳染病。

かんせん【幹線】カンセン　鉄道や道路などで、いくつかの主要な地点を結ぶ線。中 幹線。E a main line; a trunk road.

☆ 道路の混雑を減らすために新しい幹線をつくる／為了舒解道路壅塞況修建新的幹道。

☆ 幹線道路／幹線道路。

☆ 新幹線／新幹線。(→項目)

対 支線　数 1本

かんぜん【完全】カンゼン　すべてがそろっていること。中 完全；完善。E completely; perfect.

☆ きょう約束があったことを完全に忘れていた／完全忘了今天有約會這事。

☆ 会議の準備はもう完全だ／會議已經準備就緒了。

☆ 完全を期する／期望完善。

☆ 完全無欠／完整無缺；完美無缺。

対 不完全

かんそ【簡素】カンソ　必要なものだけでよけいなものがないようす。中 簡樸；簡單樸素。E simple; plain.

☆ 社長をやめたら山に小さな家を建てて簡素に暮らしたい／辭去董事長職務後，想在山上建一所小屋過簡樸的生活。

☆ 簡素な部屋／簡樸的房間。

☆ 簡素化／精簡。

かんそう【乾燥】カンソー〔～する〕　乾いていること。乾くこと。乾かすこと。中 乾燥。E dry.

☆ 夏の高原の空気は乾燥していてさわやかだ／夏天高原空氣乾爽。

☆ ふとんをほして乾燥させる/曬被子使其乾燥。

☆ タバコの葉を乾燥する／烘乾菸草葉。

☆ 乾燥機／乾燥機。

☆ 無味乾燥／枯燥乏味。(→項目)

かんそう【感想】カンソー　あることについて感じたこと。中 感想。E one's impressions.

☆ きのう見た芝居の感想を話す／談談昨天看戲的感想。

☆ 工場見学をした感想を述べる／敘述參觀工廠的感想。

☆ 感想文／感想文；讀後感。

かんぞう【肝臓】カンゾー　内臓の1つ。腹部の右上にあって、胆汁を出し、栄養を蓄え、解毒作用などをする。肝。中 肝；肝臟。E the liver.

☆ 酒の飲みすぎは肝臓に悪い／飲酒過量對肝不好。

☆ 肝臓がん／肝癌。

☆ 肝臓病／肝病。

→内臓 図

かんそく【観測】カンソク〔～する〕 ❶ 自然のようすを調べること。中 觀測；觀察。E (an) observation.

☆ 天体を観測して新しい星を発見する/觀測天體，發現新行星。

☆ 観測船／觀測船。

☆ 気象観測／氣象觀測。

❷ いままであったことをもとにして、たぶんこうなるだろうと予想すること。中 推測；猜想。E thinking; an opinion.

☆ 次期社長はA氏というのが大方の観測だ／一般人都猜測下任社長會是A氏。

☆ 希望的観測／根據主觀願望的推測。

かんたい【寒帯】カンタイ　地球の南緯および北緯66度33分から南極および北極までの地帯。非常に寒い。中 寒帶。E the Frigid Zone.

☆ 南極大陸は寒帯にある/南極大陸地處寒帶。

関連 温帯、熱帯

かんたい【歓待】カンタイ〔～する〕　客を喜んでもてなすこと。中 款待；熱情招待。E receive warmly; treat hospitably.

☆ 外国から友達が来たので家族で歓待した/從國外來了朋友，全家熱情招待。

か

☆ 何年ぶりかで叔父の家を訪ねたら、歓待された/隔了多年後到叔父家拜訪，受到熱情款待。

かんだい【寛大】カンダイ　心が広くて、思いやりのあるようす。中 寛大。E generous; broadminded.

☆ 部長はとても寛大な人なので、部下は安心して仕事ができる/經理是個寬宏大量的人，所以部下都能安心地工作。

☆ 寛大な処置/寬大處理。

かんだか・い【甲高い】カンダカイ　声の調子が高くて強い。中 高亢；尖銳。E high-pitched; shrill.

☆ 姉の甲高い笑い声が聞こえた/能聽見姊姊尖銳的笑聲。

☆ 子供たちが甲高い声をあげて騒いでいる/孩子們尖聲呼叫著玩鬧。

かんたん【感嘆】カンタン〔～する〕すばらしいと感心すること。中 感嘆；讚嘆。E admiration; wonder.

☆ 友達の歌った歌がすばらしかったので、思わず感嘆の声をあげた/朋友歌唱得好，不由得發出讚嘆。

☆ すばらしい絵を見て感嘆した/看見漂亮的畫而發出讚嘆。

かんたん【簡単】カンタン　やさしく手間がかからないようす。中 簡單；容易。E simple; easy.

☆ このビデオは取り扱い方が簡単だ/這錄影機的使用方法很簡單。

☆ カレーライスは子供にもつくれる簡単な料理だ/咖哩飯是連孩子都會做的簡單料理。

対 複雑

かんだん【歓談】カンダン〔～する〕なごやかに楽しく話し合うこと。中 暢談；暢敘。E a pleasant talk.

☆ 会議が終わったあと、出席者たちはくつろいで歓談した/會議結束後，出席人員們愉快交談。

☆ 歓談をかわす/暢談；交談。

がんたん【元旦】ガンタン　1月1日の朝。また、1月1日。中 元旦；一月一日。E New Year's Day.

☆ 元旦はいつもの朝となにか違うような気がする/感覺元旦的早晨與平時有些不同。

☆ 一年の計は元旦にあり/一年之計在於春；一日之計在於晨。

参「旦」は朝の意味で、「元旦」はもとは1月1日の朝だけをいったが、いまでは1月1日全体をさし、「元日」と同じ意味で使われている。

かんちがい【勘違い】カンチガイ〔～する〕うっかり思い違いをすること。中 錯認；錯想；誤會。E misunderstand.

☆ きょうは日曜日だと勘違いしてゆっくり寝ていたら、会社から電話がかかってきた/誤以為今天是星期天，悠閒躺著睡懶覺時，公司的人打電話來了。

がんちゅう【眼中】ガンチュー、ガンチュー

❶ (「眼中に〔おか〕ない」の形で)まったく関心がない。中 不放在眼裡；不放在心上。E take no account of; think nothing of.

☆ 夫はゴルフに夢中で、他のスポーツは眼中にない/丈夫熱中高爾夫球，不把其他運動放在眼裡。

❷ (「眼中には～しかない」の形で)～のことだけを考えている。中 只考慮～。

☆ 父の眼中には病気の母のことしかない/My father thinks about nobody but my ailing mother. /爸爸只惦記著生病的媽媽。

かんちょう【官庁】カンチョー　国の行政の事務を受け持つ所。中 政府機關；官署。E a government office.

☆ 国の政治に直接関係したくて、官庁で働く/想與國家政治攀上直接關係，而在政府機關工作。

☆ 官庁街/政府機關街。

☆ 中央官庁/中央政府機關。

→官公庁

かんつう【貫通】カンツー〔～する〕 穴を開けて反対側へ通じること。中 貫通；貫穿；穿過。E be bored through; go through.

☆ トンネルが貫通した/隧道貫通了。

☆ ピストルの弾が胸を貫通した/手槍的子彈貫穿胸部。

かんづめ【缶詰】カンズメ、カンズメ ❶ 長く保存するために、食料品などを缶につめ空気が入らないようにしたもの。中 罐頭。E canned food.

☆ 登山には缶詰を持っていくといい/登山時可以帶著罐頭去。

☆ ペットフードの缶詰/寵物食品罐頭。

☆ くだものの缶詰/水果罐頭。

❷ 集中的に仕事をさせるため、どこかに入れて出られないようにすること。中 關起來；隔離起來。E be confined.

☆ ホテルで缶詰になって原稿を書く/關在飯店寫稿子。

▷ 話❷

かんてい【鑑定】カンテイ〔～する〕 宝石や美術品などの価値や、本物かどうかを見分けること。中 鑑別；鑑定；判斷。E judge; appraise.

☆ この絵が本当にピカソのものかどうか鑑定してもらう/請人鑑定這幅畫是否是畢卡索真跡。

☆ 鑑定書/鑑定書。

☆ 鑑定士/鑑定人員。

かんてつ【貫徹】カンテツ〔～する〕 考えや行動を思ったとおりに最後までやりとおすこと。中 貫徹。E attain; carry out.

☆ 市民たちは要求を貫徹して、市の中心に公園をつくらせた/貫徹市民們的要求，在市中心建了公園。

☆ 初志を貫徹する/貫徹初衷。

かんとう【関東】カントー 東京都、茨城県、栃木県、群馬県、埼玉県、千葉県、神奈川県の1都6県。中 關東地區。E the Kanto district.

☆ 関東のことばは関西に比べると強く聞こえる/與關西相比，關東地區的話聽起來有力。

☆ 冬、関東地方は晴れの日が多い/冬天關東地區晴天多。

☆ 関東風の味つけ/關東風味的料理。

対 関西

かんどう【勘当】カンドー〔～する〕 親や先生が、悪いことをした子や弟子を、縁を切って追いだすこと。中 斷絶父子(師徒)關係。E disinherit; disown.

☆ 伯父は、黙って金を持ちだし競馬に使いこんでいた息子を勘当した/伯父與偷錢賽馬的兒子斷絶了父子關係。

☆ 恩師に勘当される/被恩師斷絶了師徒關係。

かんどう【感動】カンドー〔～する〕 すばらしいものを見たり聞いたりして、心に強く感じること。中 感動；激動。E be impressed; be moved.

☆ 目の見えない主人を、命をかけて守った犬の話を聞いて感動した/聽到狗捨命護盲主的故事後十分感動。

☆ 映画を見て主人公の生き方に感動した/看了電影後，深受主角的人生觀所感動。

☆ 感動を呼ぶ/引起感動。

かんとく【監督】カントク〔～する〕 人や仕事を全体的に見て、命令したりまとめたりすること。また、その人。中 監督；導演；領隊。E a manager; supervise.

☆ 兄は会社のバレーボールチームの監督をしている/哥哥是公司排球隊的教練。

☆ 部下を監督する/監督部下。

☆ 工事現場の監督/監督施工現場。

☆ 映画監督/電影導演。

がんとして【頑として】ガントシテ、ガント

シテ　強く主張して、自分の意見や態度を絶対に変えないようす。中 堅決地；頑固地。E stubbornly; obstinately.

☆ だれが説得しても、頑として薬を飲もうとしない / 無論誰來勸說都堅決不吃藥。

☆ 頑として主張を曲げない / 堅持己見，絕不妥協。

かんにん【堪忍】カンニン〔～する〕 怒りたいのをおさえ、相手を許すこと。中 忍耐；容忍。E be patient with; forgive.

☆ 今回だけは堪忍するが、今度ガラスを割ったら許さない / 這次就算了，下次打破玻璃絕不原諒。

☆ どうぞ堪忍してください / 請求寬恕。

☆ もう堪忍できない / 已經不能容忍。

堪忍袋の緒が切れる　いままでおさえてきた怒りがまんできずに、ついに爆発する。中 忍無可忍。E run out of patience.

☆ たびたびのいたずらに堪忍袋の緒が切れて、息子をなぐりつけた / 忍無可忍兒子常調皮搗蛋，因此打了他一頓。

似た表現 堪忍袋の緒を切らす

カンニング (cunning)カンニング〔～する〕 試験のとき、人の答え、ノートやメモ、本を見るなど不正をすること。中 作弊。E cheat in an examination.

☆ 三郎はカンニングをして先生にひどくしかられた / 三郎考試作弊受到老師嚴厲訓斥。

☆ カンニングペーパー / 作弊小紙條；小抄。

かんねん【観念】カンネン ❶ あるものごとについて、こういうものだと考える、その考え。中 觀念。E a sense; an idea.

☆ 子供には時間という観念がない / 孩子沒有什麼時間觀念。

☆ 経済観念 / 經濟觀念。

☆ 固定観念 / a fixed idea. / 成見。

❷〔～する〕もうこれしかないと思って心を決めること。また、あきらめること。中 斷念；死心；聽天由命。E resign oneself to; give up.

☆ このままにしておけば命があぶないと言われ、観念して手術を受けた / 據說再拖下去會危及性命，只好聽天由命接受手術治療。

☆ 犯人は逃げられないと観念して自首した / 犯人覺悟到無路可逃，只好死了心乖乖自首。

カンパ　カンパ〔～する〕〔←カンパニヤ(ロ kampaniya)〕 おおぜいの人に呼びかけて資金を集めること。その金を出すこと。また、その金。中 募捐；募捐運動。E a charity drive; a fund-raising campaign.

☆ 大地震のあった国へカンパを送る / 募款給發生大地震的國家。

☆ 失業して困っている友人にカンパした / 捐錢給因失業而生活困苦的朋友。

☆ カンパを呼びかける / 呼籲募捐；號召募捐；勸募。

かんぱい【乾杯】カンパイ〔～する〕 祝いの席で、集まった人々が酒の入ったさかずきを持ち、祝いや励ましのことばを言って、いっせいに飲むこと。中 乾杯。E To your health!; a toast.

☆ みなさんの健康を祝して乾杯! / 祝大家身體健康，乾杯!

☆ ２人の結婚を祝って乾杯した / 乾杯祝賀兩人結婚。

☆ 乾杯の音頭をとる / 帶頭乾杯。

かんばし・い【芳しい】カンバシイ ❶ においがいい。中 芳香；芬芳。E fragrant.

☆ 梅の花のかおりがかんばしい / 梅花香氣芬芳。

☆ お茶のかんばしいかおり / 茶的芳香。

❷ (「かんばしくない」の形で)あまり立派ではない。よくはない。中 不好；名譽不好。E not good.

☆ 努力したが、試験の成績はかんばしくなかった / 雖然努力，但考試成績並不理想。

☆ 新しい市長の評判はかんばしくない / 對新任市長的評價不好。

がんば・る【頑張る】ガンバル〔自動五〕(がんばって) ❶努力して最後まで自分の考え、行動をとり続ける。[中]堅持；拚命努力。[E] exert oneself; work hard.

☆ 元気な弟に負けないように、がんばって山を登る/為了不輸給精力十足的弟弟而拚命山。

☆ 論文を書くために、遅くまで図書館でがんばっている/為了寫論文，在圖書館打拚到很晩。

❷ ある場所から動かない。[中]不走；不動；不離開。[E] stay at a place.

☆ 入口に犬ががんばっている/入口處守著一隻狗。

☆ 酔っぱらいが閉店の時間を過ぎてもがんばっていて困る/打烊時間已過，那酒醉的人卻不離開真令人為難。

▷ [名]頑張り

かんばん【看板】カンバン ❶会社、商店、医院などが宣伝のために商品名や店名や絵などを大きくかいて外に出したもの。[中]招牌；廣告牌。[E] a signboard; a billboard.

☆ 駅を出るとすぐ薬屋の大きな看板が見えた/出了車站馬上就看見藥店的大招牌。

☆ よくめだつ看板/十分顯眼的廣告牌。

❷ 人の関心を集めるためのもの。[中]招牌。[E] big-name; a catchword.

☆ あの教授はこの大学の看板だ/那位教授是這所大學的招牌教授。

☆ 減税を看板にして票を集める/打著減稅的幌子吸收選票。

❸ その日の営業を終わりにして、店を閉めること。[中]下班時間；關門。[E] closing time.

☆ そろそろ看板の時間だ/快到下班時間了。

☆ 客もないから、すこし早いけれど看板にしよう/雖然有些早，但也沒有客人，所以提早關門吧。

▷ [数]❶1枚・1本

看板に偽りあり 外観と中身とがだいぶ違うということ。[中]表裡不一致。[E] under the guise of.

看板を下ろす 商店などが店をやめる。[中]關門；歇業。[E] close up one's shop.

☆ 長く続いていたそば屋も後継ぎがいないため、とうとう看板を下ろした/老字號的(蕎麥)麵店，由於後繼無人終於歇業了。

[似た表現]のれんを下ろす

かんぱん【甲板】カンパン、カンパン 船の上の平らな所。デッキ。[中]甲板。[E] a deck.

☆ 船の甲板で日光浴をする/在甲板上做日光浴。

☆ 船員が甲板を洗っている/船員正在清洗甲板。

かんび【甘美】カンビ 非常に気持ちよく、現実を忘れてしまうほど美しいようす。[中]美好；甜蜜。[E] sweet; mellow.

☆ 甘美なメロディーにうっとりとする/優美的旋律聽得入神。

☆ 甘美なことば/甜言蜜語；甜蜜的語言。

かんび【完備】カンビ〔～する〕 必要なものが全部そろっていること。また、そろえること。[中]完備；齊全；完善。[E] be well supplied; be fully equipped.

☆ このアパートは冷暖房が完備している/這所公寓冷暖氣設備齊全。

☆ 大地震に備えて、缶詰や水、ラジオなどを完備した/為預防大地震而準備罐頭、水、收音機等物品。

[対]不備

かんびょう【看病】カンビョー〔～する〕 病人やけが人の世話をすること。[中]看護；護理。[E] nurse; attend.

☆ きょうだいが順番に、年とった病気の母を看病する/兄弟姊妹們輪流看護年邁生病的母親。

☆ 看病のため会社を休む/向公司請假看護病人。

☆ 看病疲れ/因看護而疲憊。

かんぶ【幹部】カンブ 団体や会社の中心にいてその組織を動かす人。[中]幹部。[E] the executives; the leaders.

か

☆ 会社の幹部が工場を視察に来た/公司的幹部來工廠視察。

☆ 3月に幹部は全部交代した/三月份幹部全部調動。

☆ 幹部候補生/幹部候選人；領導候選人。

☆ 幹部社員/幹部職員；職員幹部。

か

かんぺき【完璧】カンペキ　どこにも欠点がないようす。中完善。E perfect; flawless.

☆ あの人のする仕事はいつも完璧だ/他做事總是牢靠周到。

☆ 世の中に完璧な人などいない/世上沒有十全十美的人。

☆ 完璧を期する/ aim at perfection. /期望完善。

かんべん【勘弁】カンベン〔～する〕他人のした悪いことや過ちを許すこと。中原諒；饒；寬恕；饒恕。E pardon; forgive; stand.

☆ 知らずにやったことだから、今度だけは勘弁してあげよう/念你是在不知情的情況下做的，就饒你這一遭。(不知者不罪)

☆ 勘弁できない/無法原諒。

がんぼう【願望】ガンボー〔～する〕願い望むこと。中願望；希望；心願。E a wish; a desire.

☆ 戦争のない平和な時代が1日も早く来ることを願望する/希望沒有戰爭的和平時代早日來臨。

☆ 長年の願望がかなう/實現多年的願望。

かんぽうやく【漢方薬】カンポーヤク　古くから中国に伝わる医術に使う薬。草の根や木の皮、動物の内臓などからつくる。中中藥。E Chinese medicine.

☆ かぜをひいたときは、漢方薬を飲んで寝る/感冒時吃完中藥就睡覺。

☆ 漢方薬局/中藥局；中藥舖。

かんむり【冠】カンムリ　❶王や女王が頭にかぶるもの。中冠；王冠。E a crown; a coronet.

☆ ダイヤをちりばめた冠/鑲鑽石的王冠。

❷漢字の部首の1つ。「字」の「宀」、「笛」の「⺮」のように上の部分にあるもの。中字頭；字冠。E the crown part of a Chinese character.

☆ 雨かんむり(=⻗)の下に田がくると「雷」になる/雨字頭下面加「田」字就是「雷」字。

☆ 穴かんむり(=穴)/穴字頭。

☆ 草かんむり(=艹)/草字頭。

かんめい【感銘】カンメイ〔～する〕深く感動し、忘れないこと。中銘感；感動。E deep impression.

☆ 学校へも行かず、苦労して作家になった人の講演を聞いて感銘を受けた/聽那位未曾入學就讀且經歷刻苦的作家演講，我深受感動。

☆ 感銘を与える/給予鼓舞。

かんめい【簡明】カンメイ　簡単ではっきりしているようす。中簡明；簡單明瞭。E simple and plain; briefly and to the point.

☆ 課長の仕事の指示のしかたは簡明でわかりやすい/課長交待工作方式簡明易懂。

☆ あの記者は記事を簡明にうまく書く/那位記者的文筆簡潔流暢。

かんゆう【勧誘】カンユー〔～する〕すすめて誘い入れること。中勸；勸說；勸誘。E invite; solicit.

☆ 新入生をテニスクラブに勧誘する/招攬新生加入網球社。

☆ 保険のセールスマンが勧誘に来た/保險公司的人來拉保險。

☆ 新聞の勧誘員/報紙推銷員。

かんよ【関与】カンヨ〔～する〕仕事、事件などに関係を持つこと。中干預；參與。E take a hand in; participate in.

☆ 社長は今回のゴルフ場建設の不正事件に関与しているようだ/老闆好像有參與這次高爾夫球場違法興建事件。

☆ 国政に関与する/干預國家政治。

かんよう【肝要】カンヨー　たいへんたいせつなようす。中要緊；重要。E most important; essential.

☆ 人生で成功するには努力が肝要だ/想要在人生路上獲得成功，努力是很重要。

☆ 肝要な箇所に傍線を引く/在重要的地方劃線。

かんよう【寛容】カンヨー　心が広く、他人の意見や行動をよく受け入れるようす。また、他人の失敗をとがめず許すようす。中寛容。E magnanimous; tolerant.

☆ A先生はとても寛容で、学生の小さな失敗などなんとも思っていない/A老師很寬容，認為學生的小挫敗算不得什麼。

☆ 寛容な態度/寬容的態度。

かんようく【慣用句】カンヨーク　2つ以上の単語がつながり、それぞれの意味ではなく、全体として別の意味を表すもの。たとえば、「目と鼻の先」「足を洗う」など。中成語；慣用句。E an idiom; an idiomatic expression.

☆ 慣用句は、もとの語の意味と全然違う意味になっているので注意しなくてはいけない/由於慣用句的意思與原來語句的意思完全不同，所以必須注意。

☆ 慣用句を上手に使うと話や文章がおもしろくなる/如能巧妙運用成語，說話和寫文章就會妙趣橫生。

がんらい【元来】ガンライ　最初から。もともと。書 中本來；原來；生來。E by nature; originally.

☆ 元来、話をするのが苦手で、スピーチを頼まれるのがいちばんつらい/生來就不善言談，最怕別人要我演講。

かんらく【陥落】カンラク〔～する〕 ❶城や土地を敵にうばわれること。中被攻下；陷落；塌陷；淪陷。E surrender; fall.

☆ あの城はむかし徳川氏と戦って陥落したものだ/那座城池曾在與德川家的戰役中淪陷過。

☆ 首都陥落/首都淪陷。

❷ 相手の熱意に負けてしまうこと。中屈服；被說服。E give in.

☆ 父は京子の熱意に陥落して留学を許した/父親被京子的熱情打動，同意她去留學。

かんり【管理】カンリ〔～する〕 仕事や組織、品物などを、責任をもって動かしたり止めたりして、いつも気をつけること。中管理。E be in charge of; be managed.

☆ この土地はA社が管理している/這塊地由A公司管理。

☆ 管理のいいマンションは住みやすい/管理完善的公寓，住起來很舒服。

☆ 管理人/管理員。

☆ 健康管理/健康管理。

かんりょう【完了】カンリョー〔～する〕すっかり終わること。すっかり終えること。中完了；結束。E be completed; finish.

☆ きょうの仕事はこれで完了だ/今天的工作到此結束。

☆ 旅行の準備を完了した/做好旅行的準備。

かんりょう【官僚】カンリョー　行政の中心の部分で仕事をしている、上級の役人。中官僚；官吏。E a bureaucrat; a government official.

☆ 兄は大学を出て官僚になった/哥哥大學畢業後當了官。

☆ 官僚主義/官僚主義。

☆ 高級官僚/高官；高級官僚。

かんれき【還暦】カンレキ　「えと」がひとまわりして60年後にもどってくること。満60歳をいう。中花甲；滿六十歲。E one's sixtieth birthday.

☆ 父は今年還暦を迎える/父親今年步入花甲之年。

☆ 先生の還暦を祝う会を開く/為老師六十大壽開慶生會。

→古希・古稀

かんれん【関連】カンレン〔～する〕 あることとほかのことがつながりがあること。中關聯；聯繫；有關係。E (a) relation; (a) connection.

か

☆ 世界経済と日本の景気は関連がある/世界經濟與日本景氣互相關聯。

☆ 関連会社/關係企業。

☆ 関連性/關聯性。

かんろく【貫録・貫禄】カンロク その地位にふさわしい堂々とした体つきや態度。中 尊嚴；威嚴；派頭。E dignity; (a) presence.

☆ 二郎は部長になってから一段と貫録が出てきた/二郎當上經理後更顯出了威嚴。

☆ 貫録がある/有派頭；有威嚴。

☆ 貫録じゅうぶんな人/派頭十足的人。

注 もとは「貫禄」だったが、「禄」の字は常用漢字表にないので、同じ音の「録」を当て「貫録」として使うようになった。

かんわ【緩和】カンワ〔～する〕 ひどい状態や制限がゆるやかになること。また、ゆるやかにすること。中 緩和。E ease; relax.

☆ 電車の本数が増えて混雑が緩和した/電車增加班次，緩和了擁擠的狀況。

☆ 国際間の緊張を緩和する政策/緩和國際緊張形勢的政策。

☆ 金融緩和/金融緩和。

か

き／キ

き【木】キ ❶根、幹、葉に分かれていて、冬も枯れない植物。
中 樹；樹木。E a tree.

☆ 庭に花の咲く木がたくさん植えてある／庭院種了許多會開花的樹。

☆ 子供が木に登って遊んでいる／孩子正在樹玩。

〔木❶〕

☆ 松の木／松樹。

❷ 材木。中 木材；木料。E wood.

☆ 木でつくった食器戸棚／用木材做的碗櫥。

☆ 木のおもちゃ／木製玩具。

▷ 数 ❶1本

木で鼻をくくる 相手に冷淡な態度をとる。
中 愛理不理；態度冷淡。E blunt; curt.

☆ 店に入ろうとしたら、店員は「もう閉店です」と木で鼻をくくったような言い方をした／想進到店裡，店員卻愛理不理地說：「已經打烊了。」

き【生】キ ❶ほかのものがまじっていないこと。中 純粹的；正經的；真正的。E straight; neat.

☆ ウイスキーを生で飲む／喝純威士忌酒（＝不加冰水）。

❷（他のことばの頭について）違う性質のものがすこしもまじっていないこと。

☆ 生じょうゆ／undiluted soy sauce.／原封醬油，未稀釋（摻水）的醬油。

☆ 生まじめ／一本正經；死板。（→ 項目）

き【気】キ ❶その場にただよっている感じ。中 氣氛；感覺。E air; atmosphere.

☆ 高原には、はや秋の気がみなぎっている／高原上充滿早秋氣氛。

❷ そのものの持つ味やにおい。中 香氣；香味；風味。E flavor or smell of something.

☆ 気の抜けたビール／沒了氣的啤酒。

❸ ものごとに対する心の動き。中 心情；心緒；情緒。E feeling or emotion.

☆ この仕事は気が進まない／對這工作沒興趣。

☆ やる気を起こす／起勁。

❹ 人の性質。中 氣質；性質；性情。E human nature.

☆ あの人はとても気がいい人だ／他氣質很好。

❺ 意識。中 心；心神；意識。E consciousness; mind.

☆ ショックを受けて気を失った／因受刺激而昏厥。

☆ 気は確かか／意識還清醒嗎?

❻（他のことばの頭や後について）そういう気持ち、性質であること。中 表示性格。

☆ 気落ち／沮喪；氣餒；頹喪。（→ 項目）

☆ 気苦労／操心；勞神。（→ 項目）

☆ きかん気／頑強的性格。（→ 項目）

☆ 移り気／caprice.／心情易變。

…………「気」のつく慣用表現…………

気がある ❶しようと思う気持ちがある。中 有意；打算。E feel like doing.

☆ 行く気があるなら早く支度をしなさい／有意要去的話就早點準備吧。

対 気がない

❷ 恋愛の感情がある。中 有意；愛慕；戀慕。

[E] be interested in.

☆ どうも三郎はわたしに気があるらしい/看來三郎對我有意。

気が多い　気持ちがいろいろなものに移りやすい。[中] 見異思遷；用情不專；朝三暮四；水性楊花。[E] fickle; capricious.

☆ 洋子は気が多い人なので、恋愛しても続かない/洋子是個異思遷的人，即使談戀愛也不會長久。

気が大きい　心が大きくて、細かいことを気にしない。[中] 大方；豪邁。[E] feel quite well-off.

☆ 今月はボーナスが入るので、気が大きくなって、子供に高いおもちゃを買ってやった/這個月發獎金，慷慨地給孩子買了很貴的玩具。

[対] 気が小さい

気が置けない　気をつかう必要がなく打ちとけられる。[中] 沒有隔閡；無需客套；推心置腹。[E] be easy to get along with.

☆ 京子は気が置けない人で、だれからも好かれる/京子容易相處，誰都喜歡她。

気が重い　❶ 気持ちが暗くて、さっぱりしない。[中] 心情沉重；心裡不痛快；心思沉重。[E] be heavy-hearted.

☆ 月末までに仕事を終わらせなければいけないと思うと気が重い/一想到月底前必須完成工作，心情就沉重了起來。

[対] 気が軽い

❷ する気がしない。[中] 不想做。[E] feel disinclined to do.

☆ 家族に自分の病気のことを知らせるのは気が重い/不想告訴家人自己的病情。

気が利く　❶ 相手の気持ちを考えて、細かいことまで気がつく。[中] 機靈；殷勤周到；心思敏捷。[E] be attentive.

☆ 洋子はとても気がきくので、看護婦の仕事に向いている/洋子細心周到，適合當護士。

❷ (「気がきいた[ている]」の形で)しゃれている。[中] 漂亮；有風趣。[E] smart; sophisticated.

☆ 気がきいた店を紹介しよう/介紹一下時髦的店鋪。

気が気でない　心配でじっとしていられない。[中] 焦慮；著急；坐立不安。[E] be terribly anxious.

☆ だいじな会議があるのに、電車が遅れてしまって気が気でない/參加重要會議，偏偏電車誤點，令人心急。

気がする　なんとなくそう思う。[中] 感到好像；彷彿。[E] feel.

☆ きょう、だれかが訪ねてくるような気がする/感覺今天好像有什麼人要來拜訪。

気が散る　気持ちが集中できない。[中] 精神不集中；精神渙散。[E] can't concentrate.

☆ となりの部屋のテレビの音がうるさくて、気が散って本が読めない/隔壁房間電視聲音太吵，無法集中精神看書。

気がつく　❶ 細かいところまで注意がとどく。[中] 用心周密；細心。[E] be attentive.

☆ 道子はよく気がつく人なので、なにをまかせても安心だ/道子很細心，無論託付什麼事都可以放心。

❷ そうだと認める。[中] 發覺；察覺；意識到。[E] notice.

☆ わたしがいるのに気がつかないらしい/似乎沒察覺我在場。

❸ 意識がもどる。[中] 清醒過來；甦醒。[E] regain consciousness.

☆ 事故で頭を打ち、意識を失っていたが、3日後に気がついた/因事故撞頭失去意識，三天後才清醒過來。

気が遠くなる　❶ 意識がなくなる。[中] 神志昏迷；失去知覺。[E] feel faint.

☆ 暑い日に人ごみの中を歩いていたら、気が遠くなって倒れてしまった/大熱天走在人群中，神志昏迷倒了下來。

❷ することがむずかしかったり多かったりして、たいへんだと思う。[中] 受不了。[E] feel

overwhelmed.

☆ この仕事はとても量が多くて、気が遠くなりそうだ/工作量太大，快要承受不了。

気が抜ける ❶気持ちがゆるみ、ぼんやりする。中洩氣；無精打采；垂頭喪氣。E be absent-minded.

☆ 試験が終わり、ちょっと気が抜けてかぜをひいてしまった/考試結束心情鬆懈，一不注意受了風寒。

❷ビールや炭酸飲料などのかおりや風味などがなくなる。中走味。E go flat.

☆ このビールは栓をあけてから時間がたっているので気が抜けている/這瓶啤酒打開瓶蓋後放了些時候，所以走味了。

気が早い 気持ちばかりが先に行くようす。中性急；性情急躁。E be impatient.

☆ 結婚相手も決まっていないのに新婚旅行のことを考えるなんて、気が早い人だ/結婚對象還沒定下來，就考慮蜜月旅行，真是個急性子。

気が短い 怒りっぽい。せっかちだ。中好動肝水；性情急躁。E be short-tempered.

☆ 部長は気が短くてすぐどなるので部下の評判が悪い/經理性子急，動不動就發脾氣，部下對他的評價很壞。

対気が長い

気が向く しようという気持ちになる。中心血來潮；高興。E feel like doing.

☆ 気が向くと、1日じゅう絵をかいている/心血來潮，畫了一整天的畫。

気に入る 好みや趣味に合っていて満足する。中稱心；如意；喜歡。E like; be pleased with.

☆ わたしはこの絵をとても気に入っている/我非常喜歡這幅畫。

気にかける 心配する。中介意。E worry about.

☆ 母は働きすぎの父のことをいつも気にかけている/母親總是擔心工作過度的父親。

似た表現気にかかる

気にする そのことから心が離れず、いつも心配する。中在乎。E worry about; care.

☆ 失敗したことをいつまでも気にしていると、体によくない/總是把挫敗掛在心上，對身體不好。

気になる 関心や不安を持つ。中擔心；掛念；放心不下。E feel uneasy about; worry.

☆ 一郎に言われたことが気になって、なかなか眠れなかった/擔心一郎所述，輾轉難眠。

気を回す あれこれとよけいなことを考える。中胡亂猜疑；多心；往壞處想。E be suspicious.

☆ 不景気で、うちの会社もつぶれるのではないかと気をまわして悩んでいる/怕公司會在不景氣中倒閉而憂心忡忡。

気をもむ 悪い結果になるのではないかと心配する。中焦慮不安；焦躁。E fret about; be anxious about.

☆ 2人が離婚するのではないかと、まわりの人は気をもんでいる/擔心兩人會鬧離婚，周遭親友焦慮不安。

似た表現気がもめる

………………………………………………

き【機】キ ❶なにかをするのに、ちょうどいいとき。中時機；機會。E an opportunity; a chance.

☆ この機をのがさず、やってしまおう/不要錯過機會，好好做吧!

☆ ものごとは機をみることがたいせつだ/見機行事很重要。

❷飛行機。また、その数を表す。中飛機。E an airplane.

☆ 大統領が専用機から降り立った/總統從專機上下來了。

☆ 一番機が飛んだ/一號機飛走了。

☆ 航空機1機/an airplane./一架飛機。

❸(名詞の後について)動力を持った機械。中機器。

☆ 自動販売機/a vending machine./自動販賣機。

き

☆ 電気洗濯機 / 洗衣機。

☆ 掃除機 / 吸塵器。

機が熟す　ものごとを始めるのにちょうどいいときになる。中 時機成熟。E The time is ripe.

☆ いまこそ機は熟した。計画を実行しよう/現在時機成熟，開始執行計畫吧。

機に乗じ[ず]る　ものごとの状態をよく見て、チャンスをうまく利用する。中 乘機。E take advantage of an opportunity.

☆ 三郎は機に乗じてうまく動き、いつのまにか会長に納まってしまった / 三郎乘機四處活動，不知不覺他竟當上了會長。

機を見るに敏　チャンスをつかむことが速くて、上手だ。中 善於見機行事，眼明手快。E be quick to seize an opportunity.

☆ 機をみるに敏な道子は、値上がりしそうな土地を買ってはもうけている / 眼明手快的道子買下即將漲價的土地而賺了錢。

き-【既-】(他のことばについて)もう～した。すでに～した。書 中 已經。

☆ 既発行の貨幣 / 已發行貨幣。

☆ 既発表の論文/ a previously-published paper. / 已經發表的論文。

対 未-

き-【貴-】(他のことばについて)❶ 敬意を表す。中 貴…；表示敬意。

☆ 貴大学 /your university. / 貴大學。

☆ 貴社 /your company. / 貴公司。

❷ 身分や価値が高いこと。中 貴。

☆ 貴金属 /a precious metal. / 貴金屬。

☆ 貴公子 /a young noble. / 貴公子。

▷ 書 ❶

-き【-基】(数を表すことばについて) ❶ 置いてあって動かさないものの数を表す。中 台；座；只。

☆ 石油タンク３基 / 三只油桶。

☆ 信号灯２基 / 兩座號誌燈。

☆ 墓１基 / a grave; a tomb. / 一座墳墓。

❷ 動かしたり運転したりするものの数を表す。中 台。

☆ エスカレーター１基 / 一部電扶梯。

☆ エンジン５基 / five engines. / 五具引擎。

きあい【気合】キアイ　しっかりしようと思う強い気持ち。中 氣勢；運氣；精神。E spirit; fight.

☆ 必ず今晩じゅうに仕上げると、気合を入れて原稿を書く / 原稿一定要在今晚完成，於是打起精神來寫。

☆ 気合をかける / shout at; urge on. / 吶喊。

きあつ【気圧】キアツ　大気の圧力。また、その単位。１気圧は1013ヘクトパスカル。中 氣壓。E atmospheric pressure.

☆ 高い山の上は気圧が低い / 高山上氣壓低。

☆ 飛行機に乗っていると、気圧の変化で耳が痛くなる / 坐飛機時因氣壓變化耳膜疼痛。

☆ 高気圧 / 高氣壓。(→ 項目)

☆ 低気圧 / 低氣壓。(→ 項目)

ぎあん【議案】ギアン　話し合うために会議に出すことがら。中 議案；提案。E a bill; a measure.

☆ 市議会に、駅前の再開発に関する議案を提出する / 市議會上提出有關車站附近重新開發的議案。

☆ その議案は原案どおり可決された/那議案已照原案通過。

数 １件

きい【奇異】キイ　変わっていて不思議なようす。書 中 奇異；稀奇；離奇。E strange; queer.

☆ 小学校のロビーに地獄の絵がかけてあるのは奇異な感じだ/在小學大廳裡掛地獄畫，令人有格格不入的感覺。

☆ あの人たちの行動は、われわれの目には奇異に映ることが多い/他們許多舉動在我們看來很詭異。

きいろ【黄色】キイロ　色の１つ。レモンの皮や卵の黄身のような色。中 黃色。E yellow.

☆ 真夏のヒマワリの黄色はとてもあざやかだ/盛夏向日葵的黃色十分鮮艷。

☆ 信号が黄色に変わった/號誌燈變成黃色。

きいろ・い【黄色い】キイロイ 黄色をしている。中 黃色。E yellow.

☆ イチョウの葉は秋になると黄色くなる/銀杏樹葉到了秋天變成黃色。

☆ 黄色い菜の花/黃色油菜花。

黄色い声 若い女性や子供の高い声。中 (年輕婦女、小孩的)尖聲;尖叫聲。E a shrill voice.

☆ 歌手が登場すると、ファンの女子高生たちが黄色い声をあげた/歌手一出場,高中生女歌迷就大聲尖叫起來。

ぎいん【議員】ギイン 選挙で選ばれて、国会や都道府県などの議会で国や地方の行政について話し合ったり決めたりする人。中 (國會、地方議會的)議員。E a member (of the Diet, of an assembly).

☆ なりたい人よりなってほしい人を議員に選ぶ/要選我們希望他當選議員的人,而不是他本人想當選的人。

☆ 国会議員/國會議員。

☆ 市議会議員/市議會議員。

きうん【気運・機運】キウン、キウン ❶ 社会の情勢がある方向へ向かおうとするようす。中 氣運;趨向;局勢。E a tendency; a trend.

☆ 戦争が終わりそうな気運が高まってきた/戰爭即將結束的趨勢日益明顯。

☆ 復興の気運が盛りあがる/復興的契機日益成熟。

❷ なにかをするのに、ちょうどいい時機。中 好機會;時機。E the time.

☆ 古い制度を改める機運が熟してきた/改革舊制度的時機成熟。

二 注 ❶は「気運」、❷は「機運」。

き・える【消える】キエル〔自動一〕 ❶ 火が燃えなくなる。中 熄滅。E go out; be extinguished.

☆ 風が吹いて、ろうそくの火が消えた/風吹燭火滅。

対 つく

❷ 電気やガス器具の働きが止まる。中 滅;電器停止運轉。E go out.

☆ 明かりが消えて暗くなった/燈熄滅後就變暗了。

対 つく

❸ 見えるもの、音、におい、感情などがなくなる。中 消失;隱沒;聽不見。E disappear; melt away.

☆ 夜がふけて、公園から人の姿が消えた/夜深,公園了無人跡。

☆ 雪が消える/雪融。

▷ 他動 消す

きお・う【気負う】キオウ〔自動五〕(きおって) 負けないように張りきる。中 抖擻精神;奮勇。E get oneself up; be eager.

☆ 必ず勝つと気負って試合に出たが、気負いすぎて緊張して負けてしまった/抱著必勝之心參加比賽,反而緊張過度而敗北。

名 気負い

きおく【記憶】キオク〔～する〕 忘れないで覚えていること。中 記憶。E (a) memory.

☆ 古い記憶をたどって、子供のころ住んでいた土地を訪ねてみた/追尋往日回憶,回到兒時住的地方。

☆ 記憶が薄れる/記憶模糊。

☆ 記憶喪失/loss of memory./喪失記憶。

きおち【気落ち】キオチ〔～する〕 がっかりすること。中 氣餒;沮喪;頹喪。E be discouraged.

☆ 楽しみにしていた外国旅行が中止になり、気落ちしている/盼望已久的出國旅行被取消了,十分沮喪。

きおん【気温】キオン 大気の温度。中 氣溫。E temperature.

☆ けさ6時の気温は16度だった/今早6點的

き

氣溫為十六度。

☆ 最高気温 / 最高氣溫。

☆ 最低気温 / 最低氣溫。

ぎおんご【擬音語】ギオンゴ　ものの音や声をまねて表したことば。犬の鳴き声「わんわん」や、ものをたたく音「とんとん」など。擬声語。中 擬聲詞。E onomatopoeia.

☆ 擬音語を使うと、生き生きした表現ができる / 用擬聲詞就能生動表達。

→擬態語

きが【飢餓】キガ　食べ物がなくなり、苦しいほどおなかがすいた状態。飢え。中 飢餓。E starvation; hunger.

☆ 世界には飢餓に苦しんでいる人がおおぜいいる / 世上許多人苦於飢餓。

☆ 飢餓地獄 / starvation hell. / 飢餓地獄。

☆ 飢餓感 / 飢餓感。

きかい【奇怪】キカイ　常識ではわからないほど不思議なようす。奇っ怪。中 奇怪；離奇；不可思議。E strange; mysterious.

☆ 借金ばかりしていた二郎が大金持ちになるとは奇怪なことだ/老是借錢的二郎居然成為大富翁，真是不可思議。

☆ 奇怪な事件 / 奇怪的事。

☆ 奇怪な人物 / 奇怪的人。

きかい【機会】キカイ　なにかをするのに、ちょうどいいとき。中 機會。E a chance; an opportunity.

☆ 機会があれば、外国へ行ってみたい/有機會想去外國看看。

☆ 機会に恵まれる / 遇到好機會。

☆ 機会をねらう / 瞄準機會；尋找機會。

きかい【機械】キカイ　人間の代わりに仕事をする、動力を使った装置。中 機械；機器。E a machine; machinery.

☆ いろいろな機械が発明されて、人間の生活は便利になった/各式各樣的機械發明出來後，人類生活方便多了。

☆ 機械化 / 機械化。

☆ 機械的 / 機械的。

☆ 産業機械 / 産業機械。

参「器械」も似ているが、「器械」は「機械」より規模が小さく、人の力で動かすようなものをいう。

きがい【危害】キガイ　命をうばったり、体にけがをさせたりするような危険なこと。中 危害；災禍。E (an) injury; harm.

☆ この犬はよくしつけてあるので、人に危害を与えることはない / 這隻狗受過良好訓練，所以不會危害人。

☆ 危害を加える / 施加危害；加以危害；加害。

☆ 危害をこうむる / 受害；蒙受危害。

きがい【気概】キガイ　どんなことにも負けない強い気持ち。中 氣概；氣魄；精神。E spirit; backbone.

☆ 洋子は気概があるから、どんなにむずかしい仕事でもやりとげるだろう / 洋子很有魄力，不論什麼難事都能徹底完成吧。

☆ 気概を示す / 顯示魄力。

☆ 気概を持つ / 有魄力。

ぎかい【議会】ギカイ　選挙で選ばれた議員が集まって、国や地方の行政について話し合ったり決めたりする機関。中 議會；國會。E the Diet; an assembly.

☆ 毎年12月に議会が開かれる / 每年十二月份召開議會。

☆ 議会で予算案を審議する / 國會審議預算案。

きがえ【着替え】キガエ〔～する〕　いままで着ていた服や下着を別のものと取りかえること。また、その服や下着。中 換衣服；換洗的衣服。E a change of clothes; change one's clothes.

☆ 3日分の着がえを持って旅行に出る/帶著三天份的換洗衣物去旅行。

☆ 今夜は家で着がえをしてからパーティーに出かけよう / 今晚在家換了衣服再去參加舞會吧。

他動 着替える

きがかり【気がかり】キガカリ、キガカリ　心配なこと。中 掛念；擔心。E feel anxious about; a worry.

☆ 母に手紙を出して３カ月もたつのになんの返事もないので気がかりだ/給媽媽的信寄出三個月了，卻沒有任何回音，著實令人擔心。

☆ 気がかりなことがある/有令人擔心的事。

きかく【企画】キカク〔～する〕　あることをするために計画を立てること。また、その計画。中 規劃；計畫。E a plan; a project.

☆ デパートの催し物の１年間の企画を立てる/制訂百貨公司年度商品展示計畫。

☆ 雑誌の新年号の編集の企画をする/企畫編輯新春雜誌。

きがね【気兼ね】キガネ〔～する〕　他人に気をつかって遠慮すること。中 多心；顧慮；客氣。E out of regard; constraint.

☆ となりの部屋の人に気がねして、小さい音でCDを聞く/因顧及鄰居安寧而小聲聽CD。

☆ 家族はみな出かけているから、気がねはいらないよ/家人全都出門了，所以不要客氣。

きがる【気軽】キガル　深く考えないで簡単に行動に移るようす。中 輕鬆愉快；爽快；隨隨便便。E with ease; readily.

☆ 先生は気軽に保証人になってくださった/老師爽快地答應當我的保證人。

☆ 頼まれた仕事を気軽に引き受ける/爽快地接受委託的工作。

きかん【気管】キカン　のどから肺へ通じている、呼吸のための空気の通るくだ。中 氣管。E the trachea; the windpipe.

☆ 急いで食べたら、食べ物が気管に入って苦しくなった/吃得太急，食物卡在氣管十分痛苦。

☆ 気管支/the bronchi./支氣管。

きかん【季刊】キカン　雑誌などを季節ごとに１年に４回、定期的に刊行すること。中 季刊。E quarterly.

☆ 季刊の雑誌は春号、夏号、秋号、冬号と分けられることが多い/季刊雜誌大多分為春季號、夏季號、秋季號和冬季號。

☆ 季刊誌/季刊雜誌。

きかん【期間】キカン、キカン　ある時期からある時期までの間。中 期間。E a term; a period.

☆ 中学と高校の期間、寮で過ごした/國中和高中期間住宿。

☆ 試験の期間は金曜日からつぎの週の土曜日まで/考試期間從本週五到下週六。

☆ 期間中/在此期間內。

☆ 有効期間/有效期間。

☆ 短期間/短時間。

きかん【器官】キカン、キカン　動物の目や口、植物の葉や根のように、ある決まった働きをする部分。中 器官。E an organ.

☆ 口や胃は食物を消化する器官である/口和胃是消化食物的器官。

☆ 呼吸器官/呼吸器官。

☆ 循環器官/循環器官。

きかん【機関】キカン、キカン　❶個人、団体が、ある目的のためにつくった組織。中 機關；組織；機構。E an organ; a system.

☆ 国連やユネスコのような国際的な機関で働きたい/想在聯合國和聯合國文教組那樣的國際性機構中工作。

☆ 機関誌/機關雜誌。

☆ 教育機関/an educational institution./教育機關。

☆ 交通機関/a means of transportation./交通工具；交通機關。(→ 項目)

❷ 火力や電力などを使って機械を動かす装置。中 機構；裝置。E an engine; a machine.

☆ 列車の機関が蒸気から電気にかわった/列車車頭由蒸汽式轉變成電氣式。

☆ 機関士 /[船]輪機員；[鐵]火車司機。

☆ 機関車 / 火車頭；列車頭。

きかんき【利かん気】キカンキ　負けず嫌いな性質。話 中 頑強的性格。E spirited; unyielding.

☆ 京子はきかん気だから、どんなむずかしい仕事でも「できない」とは言わない / 京子性格頑強，不管遇到什麼難事都不說「做不到」。

きき【危機】キキ、キキ　あぶないとき。中 危機；險關。E a crisis; a critical situation.

☆ 重体におちいっていた患者が、医師の適切な処置で危機を脱した / 陷入病危的病人因醫生正確的處置下脫離險境。

☆ 危機におちいる / 陷入危機。

☆ 危機を乗り越える / 克服危機。

☆ 危機感 / 危機感。

ききいっぱつ【危機一髪】キキイッパツ、キキ・イッパツ　もうすこしで危険なことになりそうな状態。中 千鈞一髮；萬分危急。E by a hairbreadth.

☆ トラックに衝突しそうになったが、危機一髪のところでブレーキを踏んで助かった / 快要撞上卡車，千鈞一髮之際緊踩煞車，逃過一劫。

ききうで【利き腕】キキウデ　左右の腕のうち、うまく使えるほう。中 慣用的手。E one's dominant hand.

☆ 利き腕を骨折したので字が書けない / 慣用的那隻手因骨折而沒辦法寫字。

参「利き腕」が右の人を「右利き」といい、左の人を「左利き」という。

ききおぼえ【聞き覚え】キキオボエ　❶前に聞いたことがあること。中 耳熟。E be familiar.

☆ このテープの声には聞き覚えがある / 這捲帶子的聲音耳熟。

❷ 聞いて覚えること。中 耳聽心記。E picked-up knowledge.

☆ わたしの英語は聞き覚えなので、確かではない / 我的英語是東聽一句、西聽一句學來的，所以不標準。

▷ 他動 聞き覚える

ききかじ・る【聞きかじる】キキカジル〔他動五〕(ききかじって)　ものごとの一部分や表面だけを聞いて知っている。中 聽到一星半點。E get a superficial knowledge.

☆ ちょっと聞きかじっただけの知識だから、きちんと説明できない / 來自道聽塗說的知識，所以解釋不清楚。

名 聞きかじり

ききぐるし・い【聞き苦しい】キキグルシイ　❶雑音などのため聞き取りにくい。中 聽不清楚。E hard to hear.

☆ この電話は、雑音が入って聞き苦しい / 電話有雜音，所以聽不清楚。

❷ 話の内容が悪くて、聞いていていやな感じになるようすだ。中 難聽；不好聽；不堪入耳。E unpleasant to hear.

☆ 遅刻をして、いつも言い訳をするのは聞き苦しい / 遲到後總要辯解，真是令人聽不下去。

ききて【聞き手】キキテ　話を聞く人。中 聽者；聽衆。E a listener; an audience.

☆ わたしばかり話していたから、今度は聞き手にまわろう / 老是我說，這次換我當聽衆。

対 話し手、語り手

ききとが・める【聞きとがめる】キキトガメル〔他動一〕　人の話を聞いて、はっきりしないことやまちがったことがあるのに気づくと、うるさく質問したり非難したりする。中 責問；指責；批評；責備。E jump on a person's words; find fault with.

☆ 母親は子供のことばづかいを聞きとがめて、いちいち言い直させた / 母親指責孩子措詞欠佳，要他一一改正。

ききとど・ける【聞き届ける】キキトドケル〔他動一〕　相手の願いや申し出を聞いて承知する。中 應允；答應。E grant; listen to.

☆ 姉はわたしの頼みを聞きとどけて、セーターを編んでくれた/姊姊答應我的請求織件毛衣給我。

ききなが・す【聞き流す】キキナガス〔他動五〕(ききながして)　人があれこれ言うのを聞いても気にしないでそのままにする。[中] 當作耳邊風；置若罔聞；充耳不聞。[E] take no notice of; ignore.

☆ 父は、日曜ぐらい家族と一緒にいて、という母のことばを聞き流してゴルフに出かけた/媽媽說：「禮拜天就和家人待在一起吧。」而爸爸把這話當作耳邊風，出門去打高爾夫球。

☆ 人に悪口を言われても、聞き流していればいい/別人說你壞話，就把它當作耳邊風。

ききめ【効き目】キキメ　薬や治療、また、ことばなどによる効果。[中] 效力；效驗；靈驗。[E] effect.

☆ 頭痛止めの薬を飲んだら、1時間後に効き目が現れた/吃了頭痛藥，一小時後便見效了。

☆ 二郎にいくらお酒をやめなさいと言っても効き目がない/勸二郎別喝酒，怎麼勸也聽不進去。

ききょう【帰郷】キキョー〔～する〕　ふるさとへ帰ること。[中] 回老家；回家鄉。[E] return home.

☆ 今年の夏休みは、帰郷せず論文の準備をするつもりだ/今年暑假，打算準備論文不回老家。

きぎょう【企業】キギョー　会社や工場などのように、利益を上げる目的でつくられた組織。[中] 企業。[E] an enterprise; a business.

☆ 卒業してから企業で働こうか役人になろうか迷っている/畢業後要去公司工作?還是當公務員?令人猶豫不決。

☆ 企業研修/企業進修。

☆ 中小企業/中小企業。

☆ 零細企業/小規模企業。

☆ 大企業/大企業。

ぎきょく【戯曲】ギキョク　劇のせりふなどを書いた文学作品。[中] 劇本；戲劇。[E] a drama; a play.

☆ シェークスピアの戯曲が、毎年上演される/每年都會上演莎士比亞的戲劇。

☆ 小説を戯曲化して芝居を上演する/把小說改編成劇本推上銀幕。

[数] 1本

ききわ・ける【聞き分ける】キキワケル〔他動一〕　❶ 2種類以上の音や声を聞いて、それぞれ区別する。[中] 聽出來；聽明白。[E] tell (the difference) by hearing.

☆ 草の中で鳴くいろいろな虫の声を聞き分ける/分辨草叢裡不同昆蟲的各種叫聲。

❷ 話を聞き、その内容をもっともだとしてしたがう。[中] 聽話；聽從。[E] listen to (one's words); understand.

☆ 子供が親の話をよく聞き分ける/孩子聽父母的話。

▷ [名] 聞き分け

ききん【飢饉】キキン、キキン　❶ 農作物ができなくて、食べ物がなくなること。[中] 饑荒；饑饉；糧荒。[E] a famine.

☆ 世界のどこかで、毎年飢饉のため苦しむ人々がいる/世界上每年總有人為飢荒所苦。

❷ 生活に必要なものがたりなくて困ること。[中] 缺乏；缺；荒。[E] a shortage.

☆ 6月、7月に雨が少なかったので、この夏は水飢饉が起こりそうだ/六、七月份雨量少，看來今年夏天會鬧乾旱。

ききん【基金】キキン、キキン　事業や社会活動のもとになる金。[中] 基金。[E] a fund.

☆ 国際交流グループをつくるための基金を集める/為成立國際交流組織而籌募基金。

☆ 国連人口基金/聯合國人口基金。

きく【菊】キク　秋に黄色や白などの花が咲く植物。種類が多く、むかしから栽培されている。[中] 菊；菊花。[E] a chrysanthemum.

〔菊〕

☆ 庭一面に菊の花が咲いている/院子裡開滿了菊花。

☆ 玄関に菊の花を飾る/在玄關裝飾菊花。

数 1輪・1本

き

き・く【利く・効く】キク〔自他動五〕(きいて)

❶ じゅうぶんな働きをする。中 好用；敏銳。E work; act.

☆ 冷たくて指の先がきかない/天氣冷手指不靈活。

☆ 利き腕/慣用的手。(→項目)

❷ 効き目がある。効き目が現れる。中 有效；奏效；見效。E be effective; work.

☆ すしにわさびが効いていて、涙が出た/壽司上的青芥末辣得我眼淚直流。

☆ 宣伝が効いて、お客がおおぜいやってきた/宣傳見效，來了許多客人。

☆ 頭痛によく効く薬/治療頭痛效果好的藥；治療頭痛的特效藥。

❸ そのことができる。中 可以；能夠。E be able.

☆ 若いうちは、やり直しがきく/趁年輕還可重頭來過。

☆ 無理のきかない体になった/身體變得不能逞強了。

❹ (「口をきく」の形で) ⇨口 慣用

注 漢字で書くときは、❶❸❹は「利く」、❷は「効く」。また、❶❷❸は自動詞、❹は他動詞。

き・く【聞く・聴く】キク〔他動五〕(きいて) ❶ものの音や声を耳で感じる。中 聽。E hear.

☆ 小鳥の 鳴く声を聞く/聽小鳥的各種叫聲。

❷ 音やことばを耳にして、その内容を知る。中 聽；收聽。E hear.

☆ ラジオでニュースを聞く/收聽廣播新聞。

❸ 願いや命令や教えなどを受け入れる。中 聽取；聽從。E grant; listen to.

☆ 弟の頼みを聞いて野球を見に連れていく/依弟弟請求，帶他去看棒球。

❹ 答えを知るために尋ねる。中 打聽；問。E ask; inquire.

☆ 駅への道を人にきいた/向別人打聽去車站的路。

❺ 注意をして音楽や話に耳を傾ける。中 聽。E listen to.

☆ 講演を聞きに行く/去聽講演。

☆ クラシック音楽を聴く/聽古典音樂。

▷ 自動 聞こえる

注 漢字で書くときは、❶〜❹は「聞く」、❺は「聞く」「聴く」。

聞いて極楽、見て地獄 話では非常にいい所と聞いていたが、実際に行ってみたらひどい所だ、聞くと見るとでは大違いだということ。中 耳聞是虛，眼見為實。E A paradise on hearsay, a hell at sight.

聞くは一時の恥、聞かぬは一生の恥 知らないことをきくのは、その時は恥ずかしいが、知らずにいれば一生恥ずかしい思いをして過ごすことになる、勇気を出して人にききなさいということ。中 求教是一時之羞，不問是終身之恥；要不恥下問。E To ask is but a moment's shame, but not to ask and remain ignorant is an everlasting shame.

似た表現 聞くは一時の恥、聞かぬは末代の恥

きぐ【危惧】キグ〔〜する〕 悪い結果になるのではないかと心配し恐れること。書 中 危懼；畏懼；擔心。E apprehensions; misgivings.

☆ 環境が悪化しているので、地球の将来を危惧する人は多い/環境正在不斷惡化，許多人擔心地球的將來。

☆ 危惧の念をいだく/有畏懼之心；有恐懼感。

きぐ【器具】キグ 生活で使う簡単な器械や道具。中 器具；用具。E an appliance; an apparatus.

☆ ガス屋さんにガスの器具の点検を頼む/委託瓦斯公司的人檢查瓦斯器具。

☆ 暖房器具／取暖用具。

☆ 電気器具／電器。

きぐう【奇遇】キグー　思いがけず出会うこと。[中]奇遇；巧遇。[E] an unexpected meeting.

☆ きのう銀座で、奇遇にも学生時代の友人に会った／昨天在銀座巧遇學生時代的朋友。

☆ こんな所であなたにお会いするとは奇遇ですね／真巧，竟然在這裡碰見你。

ぎくしゃく　ギクシャク〔～する〕❶ ことばや態度がなめらかでないようす。[中]生硬；不自然；不靈活。[E] awkwardly; choppy.

☆ ロボットがぎくしゃく(と)歩く／機器人走路僵硬。

☆ ぎくしゃくした話し方／生硬的說話方式。

❷ 関係がうまくいかないようす。[中](關係)緊張。[E] become strained.

☆ 貿易問題をめぐり両国の間はぎくしゃくした／圍繞在兩國之間的貿易問題造成相互關係緊張。

きくばり【気配り】キクバリ〔～する〕　失敗や手落ちのないように細かいところまで注意をすること。[中]照料；照顧。[E] vigilant attention; be attentive.

☆ 細かい気配りができる一郎にパーティーの準備をまかせよう／一郎心思周密，很能辦事，就拜託他準備宴會吧。

ぎくりと　ギクリト、ギクリト〔～する〕　急なできごとに、一瞬、驚いたり恐れたりするようす。ぎくっと。[話][中]吃一驚；嚇一跳。[E] be shocked; be startled.

☆ 蛇かと思ってぎくりとして立ち止まったが、よく見たらひもだった／以為是蛇大吃一驚，停下腳步，仔細一看，原來是條繩子。

きぐろう【気苦労】キグロー〔～する〕　あれこれと気をつかうこと。[中]操心；勞神。[E] worries; cares.

☆ 転職したばかりで、いろいろ気苦労が絶えない／剛調換工作，令人操心的事就接連不斷。

☆ 気苦労が多くて胃をこわした／操心太多而傷胃。

きげき【喜劇】キゲキ　❶ こっけいなおもしろさを中心とした劇。[中]喜劇；笑劇。[E] a comedy.

☆ たまには喜劇でも見て楽しもう／偶爾看個喜劇來消遣。

☆ 喜劇役者／喜劇演員。

[対]悲劇

❷ 社会や人生の中で起こる、笑いだしたくなるようなできごと。[中]喜劇；令人發笑的事情；令人啼笑皆非的事情。[E] a comedy.

☆ ダイエットをしすぎてものが食べられなくなったとは喜劇だ／過分節食最後得了厭食症，令人啼笑皆非。

[対]悲劇

きけん【危険】キケン　あぶないこと。[中]危險。[E] danger; dangerous.

☆ この川は流れが速いから泳ぐのは危険だ／這條河水流速快，游泳很危險。

☆ 身に危険がせまる／瀕臨危險；身臨險境。

☆ 危険物／危險物品；危險品。

[対]安全

きけん【棄権】キケン〔～する〕　選挙権や出場参加権などの権利を捨てること。[中]棄權；放棄。[E] abstain (from voting); drop out of (a race).

☆ A国では、選挙で棄権すると罰せられるという／據說在A國，選舉時棄權要受罰。

☆ マラソン大会で、途中で足が痛くなり、レースを棄権した／馬拉松比賽途中因腳痛而棄權。

きげん【起源・起原】キゲン　ものごとの起こり、始まり。[中]起源。[E] the origin; the beginning.

☆ 日本人の起源をさかのぼって調べる／追溯日本人的起源。

☆ 人類の起源／人類的起源。

☆ 漢字の起源 / 漢字的起源。

きげん【期限】キゲン　前もっていつまでと決めた時期。中 期限。E a term; a deadline.

☆ もうすぐ借金返済の期限がくる / 貸款償還期限馬上就到了。

☆ レポートの提出期限は今月中です / 提交報告的期限為本月。

☆ 期限切れ / 到期。

きげん【機嫌】キゲン　❶ 気分の状態。中 心情；情緒。E (a) humor; a mood.

☆ きょうは、社長のきげんがとてもいい。なにかいいことがあったのだろうか / 今天老闆的心情特別好，到底有什麼好事呢?

☆ きげんを取る / 討好人。

☆ きげんをそこねる / 得罪人。

❷ (「ごきげん」の形で)気分のいいようす。中 高興；興高采烈。E be in a good mood.

☆ 父はゴルフのスコアがよくてごきげんだ / 打高爾夫的成績不錯，他非常得意。

きこう【気候】キコー　ある地域の 1 年を通してみた気象。中 氣候。E (a) climate.

☆ 来日して 2 年たってやっと日本の気候に慣れた / 來日本兩年後，終於適應了日本的氣候。

☆ 温暖な気候の土地に住みたい / 想住在氣候溫暖的地方。

参「天気」「天候」も似ているが、「天気」はそのときどきの空のようす、「天候」は数日から十数日の間の気象をいうのに対して、「気候」はある地域の長期間の平均的な気象をいう。

きこう【機構】キコー　会社や団体などの組織。また、組織された活動の仕組み。中 組織；機構。E an organization; a system.

☆ 経営の合理化のため、機構を改革する / 為使經營合理化而進行改組。

☆ 政治機構 / 政治機構。

☆ 流通機構 / 流通機構。

きごう【記号】キゴー　ある決まった意味を持つしるし。文字、符号、標識など。文字を除いて考える立場もある。中 記號；符號。E a symbol; a sign.

☆「$」はドルを表す記号だ /「$」是表示美元的記號。

☆ 元素記号 / 元素符號。

☆ 発音記号 / 發音符號。

ぎこう【技巧】ギコー　ものをつくったり表現したりするときの技術上の工夫。すぐれた技術。中 技巧。E art; technique; technical skill.

☆ 道子は技巧をこらした美しい文章を書く / 道子講究技巧文章寫得漂亮。

☆ すぐれた技巧の彫刻 / 技巧精湛的雕刻。

きこ・える【聞こえる】キコエル〔自動一〕

❶ 音や声が耳に入る。中 聽得見；能聽見。E hear; can hear.

☆ 聞こえません。もっと大きな声で話してください / 聽不見，請說大聲點。

☆ どこからか美しい歌声が聞こえてくる / 不知從哪裡傳來優美的歌聲。

❷ 意味がそのように受け取れる。中 聽起來感到～。E sound.

☆ その話にはうそがあるように聞こえる / 聽起來感覺到，話裡好像有不實之處。

❸ 世の中に広く知られている。中 聞名；出名。E be well-known; be noted.

☆ 洋子はすぐれた芸術家として聞こえている / 洋子以優秀的藝術家而聞名。

▷ 名 聞こえ　他動 聞く

きこく【帰国】キコク〔～する〕　自分の国へ帰ること。中 歸國；回國。E return to one's country.

☆ マイクは留学を終えて先週帰国した / 麥克結束留學於上週返國。

☆ 帰国の途につく / 啓程回國；踏上歸途。

☆ 一時帰国 / 暫時回國。

ぎこちな・い　ギコチナイ　ことば、態度、動作などがじゅうぶん慣れていなくて、なめらかでない。ぎごちない。中 笨拙；不靈活。E awkward; stiff.

☆ 改札口で新しい駅員がぎこちない手つきで切符を切っている/剪票口的新進站務員，剪票動作不純熟。

☆ ぎこちないあいさつ/生硬的寒暄。

きこな・す【着こなす】キコナス〔他動五〕(きこなして) 衣服を、自分によく似合うよう上手に着る。中 穿著得體；穿出品味。E have a flair for dressing well.

☆ 母はいつも着物をすっきりと着こなしていた/媽媽善於穿著和服品味絶佳。

名 着こなし

きこん【既婚】キコン すでに結婚していること。結婚したことがあること。中 已婚。E married.

☆ わが社は既婚、未婚を問わず、意欲のある人を採用する/我們公司錄用具高度工作熱忱的人，不管已婚、未婚。

対 未婚

きざ キザ 服装やことばなどがおしゃれすぎて、人にいやな感じを与えるようす。話 中 裝腔作勢；過於華麗；刺眼；令人討厭；裝模作樣，高傲。E affected; conceited.

☆ 以前は男性が香水をつけるときざだと思われていた/以前男人擦香水被認為裝模作樣，令人討厭。

☆ きざな話し方/說話裝腔作勢。

参 おしゃれな男性、気取ったふるまいをする男性をからかったり批判したりするときにいい、女性についてはあまりいわない。

ぎざぎざ ギザギザ、ギザギザ〔～する〕のこぎりの歯のような細かくて鋭い形をしていること。中 鋸齒刻紋；呈鋸齒。E notches.

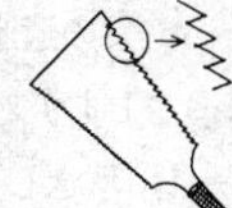

〔ぎざぎざ〕

☆ ぎざぎざの飾りがついているかばん/有鋸齒裝飾的書包。

☆ ふちがぎざぎざの葉/a notched leaf./鋸齒邊的樹葉。

☆ ぎざぎざがある模様/鋸齒花紋。

きさく【気さく】キサク 性格や態度がさっぱりしていて、親しみやすいようす。中 坦率；爽快。E frankly; open-hearted.

☆ 上司は気さくに相談にのってくれた/上司熱心地幫我出主意。

☆ 市長は気さくな人柄で、市民に人気がある/市長為人坦率，深受市民歡迎。

きざし【兆し】キザシ これからなにかが起こることを感じさせるしるし。中 先兆；徵兆。E a sign.

☆ 2月になって春のきざしがみえてきた/二月露出春天的徵兆。

☆ 病気回復のきざし/疾病好轉的徵兆。

自動 兆す

きざ・む【刻む】キザム〔他動五〕(きざんで)

❶ 包丁やナイフで細かく切る。中 切細；剁碎。E chop up; mince.

☆ タマネギを細かくきざむ/把洋蔥切成細末。

❷ 木や石に小刀などで彫りこむ。中 刻；雕刻。E engrave; carve.

☆ 2人の名前を石にきざんで記念にした/把兩人名字刻在石上作紀念。

☆ 仏像をきざむ/雕刻佛像。

❸ 強く心にとどめる。中 銘記；牢記。E impress.

☆ 先輩の忠告をしっかりと胸にきざんでおく/把學長忠告銘記於心。

❹ 細かく区切って進む。中 刻上刻度；滴答滴答地記錄。E tick away.

☆ 時をきざむ/記時。

☆ 目盛りをきざむ/刻上刻度。

▷ 名 刻み

きし【岸】キシ 海や川や湖などに接している陸地の部分。中 岸；岸邊。E a bank; the

shore.

☆ 向こうの岸まで泳いで渡ろう / 游到對岸去。

☆ 川の岸 / 河岸。

☆ 岸辺 / 岸邊。

きじ【生地】キジ　❶ 衣服などをつくる布。中 布料；衣料。E cloth; material.

☆ 子供服は丈夫なもめんの生地でつくるといい / 孩子的衣服最好用耐穿的棉布來做。

❷ 自然のままの性質や状態。中 本來面目；真正的面貌。E just as one is; one's true character.

☆ 古い友達なので生地のままでつきあっている / 由於是老朋友，所以很自然不做作地與他交往。

☆ 大げんかをしたとき、つい生地が出てしまった / 發生嚴重爭執，終於露出了本來的面目。

きじ【記事】キジ　人に知らせるために新聞や雑誌などに書かれた文章。中 新聞；報導；消息。E an article; a news story.

☆ 学校の新聞に運動会の記事を書く / 把運動會的報導刊登在校刊上。

☆ 新聞記事 / 新聞報導。

数 1本

ぎし【技師】ギシ　会社、工場などで専門的な技術をもって働く人。中 工程師；技師。E an engineer.

☆ 洋子は建築設計の技師として働いている / 洋子是建築設計工程師。

☆ 電気技師 / 電氣工程師。

☆ 機械技師 / 機械工程師。

ぎしき【儀式】ギシキ　祝いごと、葬式、祭りなどのように、人々が集まって決まったやり方で行われる行事。中 儀式；典禮。E a ceremony; a rite.

☆ 学校で行われる大きな儀式は入学式と卒業式である / 學校舉行的重大儀式有入學典禮和畢業典禮。

☆ 大学の創立100年を祝う儀式を行う / 舉行儀式慶祝大學創立一百周年。

きしつ【気質】キシツ　❶ 生まれつき人が持っている性質。中 氣質；脾氣。E (a) disposition; (a) temper.

☆ 心理学では人間の気質を多血質、胆汁質、粘液質、ゆううつ質の4つの型に分けている / 心理學上把人的氣質分成多血質、膽汁質、黏液質和憂鬱質這四種類型。

❷ ある年代、職業、集団などに共通の性格。かたぎ。中 氣質；風格。E a turn of mind; a trait.

☆ サラリーマン気質 / 上班族氣質。

☆ 学生気質 / 學生氣質。

きじつ【期日】キジツ　そうしなければならないと決められた日。中 日期；期限。E a time limit; a due date.

☆ 宿題は期日までに出すこと / 作業要在規定期限之前交出。

☆ 電気料金支払いの期日は毎月25日だ / 交電費的期限是每月二十五號。

☆ 期日を守る / 遵守期限。

きし・む　キシム〔自動五〕(きしんで)　❶ ものとものとがすれ合うとき、なめらかにいかないで、ぎしぎし音を立てる。中 嘎吱嘎吱響。E creak; squeak.

☆ 家が古くて、歩くと床がきしむ / 房子舊了，走起路來地板就嘎吱嘎吱作響。

☆ 安物なのでベッドがきしむ / 這床是便宜貨，所以嘎吱作響。

❷ 人と人、あるいは2つのものごとなどの間がぴったりといかなくなる。中 產生摩擦；發生衝突。E be in discord; be at strife.

☆ 国境で紛争が起きて、両国の関係がきしんできた / 在國境上發生紛爭，兩國關係產生了摩擦。

☆ 父の遺産をめぐって、きょうだいの仲がきしむ / 父親遺產的問題，使得兄弟間發生衝突。

▷ 名 きしみ

参 ❶は「きしる」と似ているが、「きしる」は「門の扉がきしって、いやな音を立てるのように、金属などかたいものが強くこすれ合って鋭い音を立てるのをいう。

きしゃ【汽車】キシャ　蒸気の力で線路を走る乗り物。中 火車；列車。E a train.

☆ バスよりも汽車で旅行するのが好きだ/與公車相比，我喜歡搭乘火車旅行。

☆ 午後8時発の汽車に乗る/搭晚上八點的火車。

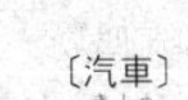

〔汽車〕

☆ 汽車賃/火車票價。

数 1本、車両は1両

参 前からの習慣で、長い距離を走る電車を「汽車」ということもある。

きしゃ【記者】キシャ、キシャ　新聞や雑誌や放送などの材料を集めたり記事を書いたりする人。中 記者。E a reporter; a journalist.

☆ 記者が首相にインタビューをする/記者採訪首相。

☆ 記者会見/記者招待會。

☆ 新聞記者/新聞記者。(→項目)

きしゅ【機種】キシュ　飛行機や機械などの種類。中 飛機或機器的種類。E a mode; a type.

☆ このテレビは古い型の機種だから修理ができない/這台電視機型號老舊，無法修理。

☆ 新しい機種のパソコンが発売された/銷售新型個人電腦。

きじゅつ【記述】キジュツ〔～する〕　見たり、考えたり、経験したりしたことなどを文章に書き表すこと。中 記述；用文字敘述。E describe; a description.

☆ 思ったことをそのまま記述する/把想到的事忠實記錄下來。

☆ この論文の記述には誤りがある/這篇論文的論述錯誤。

ぎじゅつ【技術】ギジュツ　❶ものごとをうまく行う方法。中 技術；技巧。E (a) technique; (a) skill.

☆ 免許を取ったばかりで運転の技術が未熟だ/剛取得駕照，技術還不熟練。

❷ 科学理論を実際の生活に役立つようにする方法。中 (科學)技術。E technology.

☆ 科学技術の発達は人々の生活を変えた/科技進步改變人們生活。

☆ 技術革新/技術革新。

きじゅん【基準・規準】キジュン　❶比べるとき、もとになるもの。中 標準；基準。E a standard.

☆ 合格の基準を厳しくする/嚴格審核合格標準。

☆ 建築基準を守る/遵守建築標準。

❷ したがわなくてはならない規則。中 準則。E a criterion.

☆ 判定の規準を設ける/設立判定的準則。

注 ❶は「基準」、❷は「規準」。

参 ❶は「標準」と似ているが、「標準」が理想とする水準もふくむのに対して、「基準」は客観的な事実としてよりどころとなるものをいう。

きしょう【気性】キショー　生まれつきの性質。中 天性；秉性；脾氣。E (a) disposition; (a) temper.

☆ 道子は穏やかな気性で、けんかをしたことがない/道子脾氣溫和，從不與人爭吵。

☆ 激しい気性/生性剛烈；脾氣急躁。

きしょう【気象】キショー　晴雨、風向き、気温など、大気の状態。中 氣象。E weather (conditions).

☆ 高い山は気象の変化が激しい/高山氣候變化無常。

☆ 気象観測/氣象觀測。

☆ 異常気象/異常氣象。

きしょう【起床】キショー〔～する〕　目を覚まして寝床やベッドから出ること。中 起床。E rising; get up.

☆ この病院では、起床は6時と決まってい

る / 這家醫院起床時間通常定為六點。

☆ 毎朝 7 時に起床する / 每天早上七點起床。

対 就床、就寝

きしょうてんけつ【起承転結】キショーテンケツ　漢詩の句の並べ方。第 1 句(= 起句)で言はじめたことを第 2 句(= 承句)で展開させ、第 3 句(=転句)ではそれを他に転換し、第 4 句(= 結句)で全体をまとめるという順序。このことから、文章の組み立て方の意味に使われる。中 起承轉合。E the four-part structure of Chinese poetry: introduction, development, turn and conclusion.

☆ 起承転結のととのった文章 / 起承轉合文章工整。

ぎじんほう【擬人法】ギジンホー、ギジンホー　人間以外のものを人間にたとえて表現する方法。たとえば「風が歌う」「泣きだしそうな空」のような言い方。中 擬人法。E personification.

☆ 擬人法を使った、表情の豊かな文章を書く / 以擬人法寫出內容豐富的文章。

きず【傷】キズ　❶ 切ったり、ものにぶつけたりして、体の表面を傷めた所。中 傷；創傷。E an injury; a wound.

☆ 指の傷が痛い / 手指上的傷口很痛。

☆ 傷口を消毒する / 傷口消毒。

☆ かすり傷 / 擦傷。(→ 項目)

❷ 心が痛む状態。中 創傷。E an emotional hurt.

☆ 裏切られた心の傷をいやす / 安慰被出賣的心靈創傷。

☆ 戦争が心に残した傷 / 戰爭給人們心中烙下創傷。

❸ ものの一部が切れたり欠けたりした所。中 瑕疵；毛病。E a bruise; a flaw.

☆ 傷のあるリンゴは安い / 有瑕疵的蘋果比較便宜。

☆ 机の傷 / 桌子的裂痕。

▷ →けが

きすう【奇数】キスー　1、3、5…のように、2 で割りきれない整数。この辞書では右側のページを示す数。中 奇數；單數。E an odd number.

☆ クラスの人数が奇数なので、2 人ずつで組むといつも 1 人あまってしまう / 班上人數為奇數，每兩人一組總會多出一人。

☆ 奇数番号 / 奇數號碼。

対 偶数

ぎすぎす　ギスギス〔～する〕❶ 非常にやせているようす。中 枯瘦。

☆ 彼は、病気をしてぎすぎすした体になってしまった / He became very thin after his illness. / 他病得骨瘦如柴。

❷ 人に対する思いやりが全然なく、人間関係が悪くなっているようす。中 不和悅；死板的；不靈活的。

☆ どちらもゆずらず、会議はぎすぎすした雰囲気になった / The atmosphere became very frigid when neither party at the meeting would give way. / 會議中雙方互不相讓，氣氛隨之緊張。

☆ ぎすぎすした人間関係 / 不靈活的人際關係。

きず・く【築く】キズク〔他動五〕(きずいて)

❶ 土や石を盛りあげ、かためてつくる。中 築；構築。E build; construct.

☆ ピラミッドは古代エジプト人が築いた / 金字塔是古代埃及人建造的。

☆ 城を築く / 築城。

❷ ものごとを基本からしっかりとつくりあげる。中 建立；奠定。E build up; make.

☆ 自由で差別のない社会を築く / 建立一個自由平等的社會。

☆ 明るい家庭を築く / 建立一個快樂的家庭。

☆ 財産を築く / 累積財富。

きずつ・ける【傷つける】キズツケル〔他動一〕　❶ 人の体やものに傷を与える。中 傷；弄傷；傷害；損害；損傷。E injure; damage.

☆ ナイフを落として、足を傷つけた／刀掉下來弄傷了腳。

☆ だいじな銀の皿を傷つけて、しかられた／因弄壞了珍貴銀盤，挨了一頓臭罵。

❷ 人の気持ち、名声、信用などをそこなう。[中]敗壞；傷害。[E] disgrace; hurt.

☆ 今回の暴力事件は、学校の名を傷つけた／這次暴力事件敗壞了學校名聲。

☆ わたしのことばが友達の心を傷つけたらしい／看來我的話傷了朋友的心。

▷ [自動]傷つく

きずな キズナ、キズナ　親と子のように、切り離すことができない、人と人とのつながり。[中]羈絆；紐帶。[E] bonds; ties.

☆ 2人の友情は強いきずなで結ばれている／兩人交情甚篤。

☆ 夫婦のきずな／夫婦情深。

き・する【帰する】キスル〔自他動する〕

❶ 最後に、ある1つのところに落ちつく。帰す。[中]歸於；歸結。[E] result in; be reduced to.

☆ せっかくの努力も失敗に帰した／一番努力終歸失敗。

❷ だれかのせいにする。なすりつける。帰す。[中]歸於；歸因。[E] attribute (a matter) to.

☆ 事故の責任を課長1人に帰するのは不当だ／把事故責任歸到課長一人實屬不當。

☆ 罪を人に帰する／歸罪於人。

▷ [書]

[注] ❶は自動詞、❷は他動詞。

き・する【期する】キスル〔他動する〕 ❶ 日や時を限る。期す。[中]訂下期限；以～為期。[E] as of (a date).

☆ 1月1日を期して、新しい生活を始める／以一月一號為期，開始新的生活。

❷ あることをやりとげようと、決心する。期す。[中]下定決心。[E] be determined.

☆ 勝利を期して、サッカーの全国大会に出る／參加全國足球大賽，誓言取勝。

☆ 心に期するところがある／心中有所期待。

❸ 望みをかける。期す。[中]期待；期望。[E] expect; look forward to.

☆ クラスメートと再会を期して別れた／向同學說：「後會有期」後，就告別了。

▷ [書]

期せずして　申し合わせたわけではないのに。偶然に。[中]不約而同。[E] unexpectedly; by accident.

☆ 期せずして意見が一致した／不約而同意見一致。

☆ 期せずして全員が集まった／全員不約而同地集合。

きせい【気勢】キセイ　一生懸命にしようとする元気な気持ち。[中]氣勢；聲勢。[E] spirit; vigor.

☆ 負けているチームの応援団はどうも気勢があがらない／球隊吃敗仗啦啦隊也提不起勁。

☆ 気勢をそぐ／削弱氣勢，銳氣受挫。

きせい【既成】キセイ　ものごとがすでにそうなっていること。[書][中]既成；現有。[E] established; existing.

☆ 既成のことばだけでは表現できない新しい考え方が生まれている／光靠現有的詞彙已無法表達日新月異的想法。

☆ 男は外で働き、女は子供を育てる、という既成概念が変わりつつある／男人在外工作，婦女在家養育孩子的(男主外女主內)這種傳統觀念正逐漸改變中。

☆ 既成事実／既成事實。

きせい【帰省】キセイ〔～する〕　休みのときなどに、短い間、ふるさとに帰ること。[中]歸省；回家探親；省親。[E] going home.

☆ 夏休みに帰省するのを楽しみにしている／盼望暑假回家探親。

☆ 帰省バス／返鄉探親專車。

☆ 帰省客／回家探親的人；歸鄉人。

きせい【規制】キセイ〔～する〕　規則や制限

をつくってそれを守らせること。中限制；控制。E regulation.

☆ 日本には輸入についての規制がある/日本實施進口限制措施。

☆ 行動の自由を規制する/限制行動自由。

☆ 交通規制/交通管制。

ぎせい【犠牲】ギセイ ❶あることのために命やたいせつなものを投げだすこと。中犠牲；付出代價。E sacrifice.

☆ 家庭を犠牲にして仕事に熱中する/熱衷工作而犠牲家庭。

☆ 犠牲的精神(=進んで犠牲になろうとする気持ち)/勇於犠牲奉獻(=主動奉獻的意願)。

❷ 災害、戦争、事故などで死んだり傷ついたりすること。中犠牲；捐軀。E be sacrificed; a victim.

☆ 戦争の犠牲となった人はたくさんいる/許多人成為戰爭的犠牲品。

☆ 交通事故で犠牲者が出た/因交通事故人員傷亡。

きせいひん【既製品】キセイヒン、キセイヒン 注文を受けてからつくるのではなく、売るために前もってつくってある品物。中製成品；現成品。E ready-made goods.

☆ 既製品は注文してつくった品物より安い/成品比訂做的便宜。

☆ この服は既製品なので体に合わない/這件衣服是現成品，所以不合身。

きせき【奇跡】キセキ、キセキ ふつうでは考えられないような不思議なできごと。中奇蹟。E a miracle.

☆ 飛行機が落ちたのに助かったのは奇跡だ/飛機墜落卻大難不死，真是個奇蹟。

☆ 奇跡が起こって、見えなかった目が見えるようになった/奇蹟發生重見光明，盲眼明。

きせつ

【季節】キセツ 1年を気候の変化によって分けたもの。中季節。E a season.

☆ 日本には、春、夏、秋、冬の4つの季節がある/日本有春、夏、秋、冬四個季節(意指四季分明)。

☆ 季節の移り変わり/季節變換。

☆ 季節はずれの寒さ/不合時令的寒冷。

きぜつ【気絶】キゼツ〔～する〕 少しの間、息ができなくなり死んだようになること。中昏厥；暈倒。E faint; lose consciousness.

☆ 子供が交通事故で死んだと聞いて母親は気絶してしまった/聽說孩子死於車禍，母親昏了過去。

☆ なぐられて気絶した/被打得昏了過去。

き・せる【着せる】キセル〔他動一〕 ❶衣服などを身につけさせる。中給～穿上。E dress; put on.

☆ 子供に服を着せる/給孩子穿衣服。

❷ 喜ばないことを人に押しつける。中使蒙受；嫁(禍)；加(罪)。E lay (the blame) on another.

☆ 秘書に罪を着せる/加罪於秘書。

☆ ぬれぎぬを着せる/枉加罪名；冤枉好人。

きぜわし・い【気ぜわしい】キゼワシイ

❶ 気持ちが急がされているようで、落ちつかない。中慌張；忙亂。E restless.

☆ 年末は正月の準備で気ぜわしい/年末準備過年而顯得忙亂。

❷ せっかちで落ちつきがない。中性急；急躁。E hurriedly.

☆ 道子は店を3軒持っていて、その間をいつも気ぜわしく飛びまわっている/道子開了三家店，總是來去匆匆地在三家店之間奔走。

きせん【汽船】キセン 蒸気などの力で進む、大型の船。中輪船。E a steamship; a steamer.

〔汽船〕

☆ かつては日本からアメリカへ行くために、汽船で太平洋を渡った/以前從日本去美國，要坐輪船橫渡太平洋。

数 1隻・1艘

きぜん【毅然】キゼン （「毅然とする」の形で)気持ちや考え方が強くしっかりしていて、すこしのことでは心が動かされないようす。中 毅然；堅決。E resolutely; firmly.

☆ 悪いことに誘われても毅然として断る/被人慫恿做壞事，要堅決拒絶。

参 改まって「毅然たる態度」のように表現することもある。

ぎぜん【偽善】ギゼン 本当はそうでないのに表面だけいいことをしているように見せかけること。中 偽善；虚偽。E hypocrisy.

☆ 名前をひろめたいだけの二郎の奉仕活動は偽善に満ちている/只想出名的二郎，舉辦的服務活動，充滿虚偽。

☆ 偽善的行為/虚偽的行為。

☆ 偽善者/偽君子。

対 偽悪

きそ【起訴】キソ〔～する〕 人を殺したり、ものを盗んだりした人を、検察官が裁判所に訴えること。中 起訴；提起公訴。E prosecute; indict.

☆ 強盗事件の容疑者を起訴する/對強盜案件的嫌疑犯提起公訴。

☆ 起訴状/起訴書。

対 不起訴

きそ【基礎】キソ ❶ 研究や、いろいろなものごとのいちばんたいせつなもとになる部分。中 基礎。E the basis; the groundwork.

☆ 外国語をはじめ、なんでも勉強は基礎がたいせつだ/以學外語為首(不僅是學外語)，無論學什麼打基礎都很重要。

☆ 基礎をかためる/鞏固基礎；打牢基礎。

☆ 基礎知識/基本知識。

❷ 土の中にあって建物をしっかり支えているたいせつな部分。中 根基；地基。E the foundation.

☆ この建物は基礎がしっかりしているから、大きな地震が起こっても大丈夫だ/這座建築物地基打得牢，即使發生大地震也無安全之虞。

☆ 基礎工事/基礎工程。

きそ・う【競う】キソウ〔他動五〕(きそって) 負けたくないと思って、たがいに争う。中 競爭；爭奪；比。E contend; vie with.

☆ 競ってコンピューターを開発する/競相研発電腦。

☆ 建築中の2つのビルが高さを競っている/正在施工中的兩座大樓在高度上要一較高下。

☆ 母と料理の腕を競う/跟媽媽比賽烹飪技術。

ぎぞう【偽造】ギゾー〔～する〕 人をだますため、本物に似ているようにつくること。中 偽造；假造。E forge; counterfeit.

☆ パスポートを偽造して国外へ逃げる/偽造護照逃往國外。

☆ 偽造紙幣/偽造紙幣。

きそく【規則】キソク しなければならないこと、してはいけないことを決めたもの。中 規則。E a rule; a regulation.

☆ 交通の規則を守る/遵守交通規則。

☆ みんなで考えて規則をつくる/集思廣益制定規則。

☆ 規則違反/違反規則。

→規定、おきて

参「きまり」「ルール」も似ているが、「規則」ははっきりと文章で書かれ、「きまり」より厳しい感じ。守らなかったばあいのことや例外なども決めてあったりする。「ルール」は「野球のルールを守る」のようにスポーツ、ゲームなどに多く使う。

きぞく【貴族】キゾク 社会の上のほうの特別の力を持つ階級の人々。中 貴族。E the aristocracy; a noble.

☆ 日本では第2次世界大戦の後、貴族はなくなった/日本二次大戰後貴族階級消失了。

☆ 貴族の出身/貴族出身。

☆ 貴族階級 / 貴族階級。

きた【北】キタ、キタ　4つの方角の1つ。太陽がのぼるほうを向いて左の方角。中北；北方。E the north.

☆ 北海道は日本でいちばん北にある / 北海道位於日本最北部。

☆ 北の風 / 北風。

☆ 北向き / 朝北。

対 南

ギター (guitar) ギター　楽器の一種。木などでつくった胴に6本の糸を張り、指先ではじいて音を出す。中吉他；六弦琴。E a guitar.

☆ 兄は友達とつくったバンドでギターをひいている / 哥哥在與朋友一起組成的樂團中彈吉他。

☆ ギターのひき語り / 彈吉他為自己伴唱；自彈自唱。

数 1丁

きたい【気体】キタイ　物質の3つの状態の1つ。空気のように、自由に動いて形がないもの。ガス。中氣體。E (a) gas; (a) vapor.

☆ 空気には窒素、酸素、水素などの気体がふくまれている / 空氣中含有氮氣、氧氣和氫氣。

☆ 風船の中の気体を抜く / 抽出氣球中的氣體。

☆ 有毒の気体が発生する / 產生有毒氣體。

関連 固体、液体

きたい【期待】キタイ〔～する〕　将来いい結果、いい状態になるだろうと心の中で思い、待つこと。中期待；期望。E expectation.

☆ 大学生活は期待していたとおりすばらしかった / 大學生活一如所期望那般美好。

☆ 期待はずれ(＝思っていたほどよくないこと) / 期望落空(比想的要差)。

きたい【機体】キタイ　飛行機の胴体。また、飛行機のエンジン以外の部分。中機身；機體。E the body of an airplane; a fuselage.

☆ 事故で墜落した機体の一部が見つかった / 找到因事故墜機的部分殘骸。

☆ 銀色の機体が飛行場の上空に現れた / 銀色的飛機出現在機場上空。

ぎだい【議題】ギダイ　会議で話し合うテーマ。中議題；討論題目。E a subject for discussion; the agenda.

☆ 貿易の自由化が議題にのぼった / 貿易自由化成為了議題。

☆ きょうの中心議題は来年度の予算のことだ / 今天的中心議題是明年的預算。

ぎたいご【擬態語】ギタイゴ　ものごとの状態の感じを表したことば。「うれしくてわくわくする」の「わくわく」や、「心配でどきどきする」の「どきどき」など。中擬態詞。E a mimetic word.

☆ ジョージは日本語の中で擬態語がいちばんわかりにくいと言う / 喬治說：日語中的擬態詞最難懂。

参 同じことばでも擬音語と擬態語の両方になるばあいがある。「かさかさ」「がたがた」など、「落ち葉をかさかさ踏む」「戸ががたがた鳴る」は擬音語だが、「手が荒れてかさかさになる」「古くてがたがたの家具」は擬態語である。

きた・える【鍛える】キタエル〔他動一〕

❶ 金属を熱したり打ったりして強くする。中鍛；錘煉。E forge; temper.

☆ 鉄をきたえる / 鍛鐵。

❷ 厳しい練習の繰り返しで、体や心を強くしっかりしたものにする。中鍛鍊。E build up; train.

☆ 若いうちに体をきたえておこう / 要趁年輕時鍛鍊好身體。

☆ ジョギングで足をきたえて登山に備える / 以慢跑方式鍛鍊腳力以便登山。

きたく【帰宅】キタク〔～する〕　自分の家に帰ること。中回家。E come home; go home.

☆ 会社が遠いので毎日帰宅が遅い / 公司離家遠，所以每天回家都很晚。

☆ 帰宅時間 / 回家時間。

きたな･い【汚い】キタナイ　❶よごれていて不潔な感じだ。[中]髒；骯髒。[E] dirty.

☆ 部屋にごみが落ちていてきたない / 房裡藏污納垢。

☆ シャツがきたないから洗濯しよう / 襯衫髒了，洗洗吧。

[対]きれい

❷ きちんとしていない。[中]雜亂無章；不整齊。[E] poor; bad.

☆ 姉の字はきたなくて読みにくい / 姊姊的字不漂亮很難看懂。

[対]きれい

❸ やり方や気持ちがよくない。[中]卑鄙；卑劣；骯髒。[E] mean; unfair.

☆ 楽な仕事は自分がして、いやな仕事だけ部下にやらせるとはきたない / 輕鬆工作自己包下，吃重工作丟給部下，真是卑鄙。

きたならし･い【汚らしい】キタナラシイ　いかにもきたない感じだ。[中]骯髒；令人作嘔。[E] filthy.

☆ 雑誌や紙くずや空き缶が散らかっているきたならしい部屋 / 房間四處散亂著雜誌、紙屑、空罐，不堪入目。

☆ きたならしい格好 / 令人作嘔的外表。

きたる【来る】キタル　もうすぐ来る。[中]來；到來；下次的。[E] this coming; next.

☆ きたる５月10日の大会にはぜひご出席ください / 請務必出席五月十號的大會。

☆ 運動会はきたる10月10日に行う / 運動會訂於十月十日舉行。

[対]去る

きち【既知】キチ、キチ　もう知られていること。[書][中]已知；既知。[E] (already) known.

☆ 既知のことについての説明は不要である / 關於已知的事情就不用解釋了。

☆ 既知の情報 / 已知的情報。

[対]未知

きち【基地】キチ、キチ　軍隊、探検、登山などの行動のもととなる場所。[中]基地；根據地。[E] a base.

☆ 基地の近くに住んでいるので、飛行機の音がうるさい / 由於住在基地附近，飛機聲音很吵。

☆ 南極基地 / 南極基地。

きち【機知】キチ、キチ　場面に合わせて頭が速く働き、うまく言える才能。[中]機智。[E] wit.

☆ 洋子の機知に富んだ発言で、会議の沈んだムードが明るくなった / 洋子機智的發言使會議沈寂的氣氛變得活絡起來。

☆ 機知を働かせる / 動用機智。

きちがい【気違い】キチガイ　❶心の状態がふつうではないこと。また、その人。[中]瘋子；精神錯亂(的人)。[E] crazy; mad.

☆ 子供に死なれた母は気違いのようになってしまった / 母親因為孩子死了而精神失常。

❷ 好きなことにすっかり夢中になっていること。また、その人。[中]狂熱者；～迷。[E] a fan; a maniac.

☆ 父は野球気違いで毎日曜日試合を見に行く / 爸爸是個棒球迷，每週日都去看比賽。

☆ 映画気違い / 電影迷。

[参] 人を差別する意味があるので、人を呼ぶときに使ってはいけない。

きちょう【基調】キチョー　考え方や行動などのもとになっているもの。[中]基調；基本；主題。[E] the basis; be based on.

☆ 人間愛を基調とした小説 / 以人類愛情為主題的小說。

☆ 赤を基調とした暖かい感じの絵 / 這幅畫以紅色為基調給人感覺溫暖。

きちょう【貴重】キチョー　価値が高くたいせつであるようす。[中]貴重；珍貴。[E] precious; valuable.

☆ 30年におよぶ彼との友情はまことに貴重だ / 與君結識三十載，一生能有幾多人。

☆ 国会図書館には多くの貴重な資料がある/國會圖書館有許多貴重的資料。

☆ 貴重品/貴重物品。

ぎちょう【議長】ギチョー　会議を進めたりまとめたりする人。中 主持人；司儀；議長。E the chairperson.

☆ 議長に指名されて発言する/被議長指名發言。

☆ 議長は閉会を宣言した/議長宣布會議結束。

☆ 衆議院議長/衆議院議長。

きちょうめん【几帳面】キチョーメン、キチョーメン　細かいことまで気をつかい、いいかげんなところのないようす。中 規規矩矩；一絲不苟。E regularly; meticulous.

☆ 妹は毎日きちょうめんに日記をつけている/妹妹每天認真寫日記。

☆ 弟はきちょうめんな性格で、借りた金はすぐに返す/弟弟個性一絲不苟，借錢馬上就還。

対 ずぼら

きちんと　キチント〔～する〕 ❶ よくととのっているようす。きちっと。中 整整齊齊；整潔。E neatly.

☆ 新聞をきちんとたたむ/把報紙疊整齊。

☆ 机の上をきちんと片づける/將桌上收拾整潔。

❷ 正確なようす。きちっと。中 準時；準確。E accurately.

☆ 全員、約束の時間にきちんと集まった/全體在約定的時間內準時集合。

☆ きちんと計算する/計算準確。

❸ 規則正しいようす。きちっと。中 按時地；認真地。E regularly.

☆ 朝晩きちんと歯をみがく/早晚按時刷牙。

▷ →ちゃんと

きつ・い　キツイ　❶ 厳しくて、つらい感じだ。中 嚴厲；苛刻。E hard; severe.

☆ 仕事がきつくて体をこわしてしまった/工作辛苦搞壞了身體。

❷ 気が強い。中 剛強；爭強好勝；厲害。E strong-minded; stern.

☆ 父はきつい性格で、みんなにこわがられている/父親很嚴厲，大家都怕他。

☆ きつい顔つき/嚴厲的表情。

❸ 力の入れ方が強い。中 緊緊地；牢牢地。E firmly.

☆ ひもをきつく結ぶ/把繩子繫緊。

☆ きつく手をにぎられて痛かった/手被緊緊抓得發疼。

対 緩い

❹ すきまやゆとりがなくて窮屈だ。中 緊；瘦小。E tight.

☆ この靴はきつくて、足が痛い/這雙鞋緊，腳疼。

☆ 太ったのでズボンがきつい/因為太胖，所以褲子穿起來很緊。

対 緩い

❺ 程度が強い。中 強烈；厲害。E strong; intense.

☆ きつい酒/烈酒。

☆ きつい日差し/熾烈陽光。

きづか・う【気遣う】キズカウ〔他動五〕(きづかって)　あれこれ気にかける。中 擔心；掛念。E be anxious about; be concerned about.

☆ 病気の姉を気づかって、いつもそばにいる/擔心病中姊姊，經常隨侍在側。

☆ 友の安否を気づかう/擔心朋友安危。

名 気遣い

きっかけ　キッカケ　あるものごとが始まる直接の原因や機会。中 時機；開端；契機；機會。E a start; a chance.

☆ 友達に誘われたのがきっかけで、テニスをするようになった/自從跟朋友去打過網球後，便開始打網球。

☆ あの人と話をするきっかけがほしい/盼有機會與他說話。

きっかり　キッカリ　時間や数や量などが正確に合うようす。中 正；整；恰。E just; exactly; sharp.

☆ 会費はきっかり1000円だ/會費是一千日圓整。

☆ 9時きっかりにバスが出発する/公車(或遊覽車)九點整發車。

きづかれ【気疲れ】キズカレ、キズカレ〔～する〕 慣れないことや人などに対して、いろいろ思ったり心配したりして心が疲れること。中 精神疲勞。E be mentally fatigued.

☆ 勤めはじめたばかりなので、毎日、気疲れする/因為才開始上班工作所以每天覺得精神疲憊。

☆ 社長と話すと気疲れがする/只要與總經理談話，精神就覺得疲勞。

きづ・く【気づく】キズク〔自動五〕(きづいて) ❶いままで知らなかったことや意識しなかったことを、なにかのきっかけで知ったり意識したりする。中 注意到；發覺。E notice; become aware.

☆ 電車に乗ってから、きょうは会社が休みだったことに気づいた/搭上電車之後才發覺，今天休息不用上班。

☆ 後ろに人がいるのに気づかずに、ドアを閉めてしまった/沒注意後面還有人，就關上了門。

❷ 正気にもどる。中 清醒過來；甦醒過來。E find oneself; regain consciousness; come to one's senses.

☆ 気づいたときは、わたしは病院のベッドに寝ていた/清醒過來的時候，我已經躺在醫院的病床上。

ぎっくりごし【ぎっくり腰】ギックリゴシ 重い荷物を持ち上げようとしたり、急に腰をひねったりしたときなどに、突然、激しい腰の痛みが起こること。話 中 閃到腰；腰扭傷。E a strained back; a slipped disk.

☆ 父は書類の入った箱を持ち上げようとしてぎっくり腰になった/父親想把書箱抬起來時閃到腰。

きつけ【着付け】キツケ、キツケ〔～する〕 和服をきちんと着ること。また、人に着せてあげること。中 穿和服的技巧。E the art of putting on a *kimono*.

☆ 若い人にとって和服の着付けはむずかしい/對年輕人來說，不善於穿著和服。

☆ 美容院で着付けをしてもらう/美容院的人幫忙穿著和服。

☆ 着付け教室/和服穿著技巧訓練班。

きっさてん【喫茶店】キッサテン、キッサテン コーヒー、紅茶などの飲み物や、ケーキ、軽い食事などを出す店。中 茶館；咖啡店。E a coffee shop; a tearoom.

☆ すこし話したいことがあるので、3時に駅前の喫茶店へ来てください/想跟你談些事情，三點請到站前咖啡店來。

数 1軒 1店

ぎっしり ギッシリ 箱やわくなどの中に、すきまもないほどいっぱいつまっているようす。中 滿滿的。E closely; tightly.

☆ 本棚に本がぎっしり(と)並んでいる/書架上擺滿了書。

☆ ミカンがぎっしり(と)つまった箱/裝滿橘子的箱子。

きっすい【生粋】キッスイ ほかのものがなにもまじっていないこと。中 純粹；道地。E trueborn.

☆ 両親も二郎も東京生まれの東京育ちで、きっすいの東京人だ/父母、二郎都是土生土長的道地東京人。

きっちり キッチリ ❶〔～する〕すきまやゆるんでいるところが全然ないようす。中 正合適；緊。E tightly; closely.

☆ アルコールが蒸発しないように、瓶のふたをきっちり(と)しめる/防止酒精蒸發要將瓶蓋蓋緊。

❷ 時間や数や量などが正確に合うようす。中 正；整；恰。E precisely; exactly.

☆ 1ミリも違わないように、きっちり(と)はかる/測量準確毫釐不差。

☆ 1,853円、きっちり(と)払う/正好付了一千八百五十三日圓。

きって【切手】キッテ、キッテ 郵便物の上に料金としてはる小さな紙。中 郵票。E a stamp.

☆ わたしの趣味は切手を集めることだ/我的嗜好是集郵。

☆ 封をして切手をはる/信封好後貼上郵票。

☆ 記念切手/紀念郵票。

数 1枚

きっての (他のことばの後について)～でいちばんの。中 最。

☆ クラスきっての勉強家/the most diligent student in the class./班上最用功的人。

☆ 村きっての働き者/村裡最勤勞的人。

きっと キット ❶ 確実に予想どおりになるだろうと思うようす。中 一定；必定。E surely; undoubtedly.

☆ こんなに寒いのだから、あすはきっと雪になるだろう/這麼冷，明天一定會下雪吧。

❷ 強く決意したり期待したりするようす。中 一定；必定。E certainly; be sure to.

☆ 来年はきっとアルプスに登るぞ/明年一定要爬阿爾卑斯山。

☆ インドに着いたら、きっと手紙をくださいね/到了印度一定要給我來信!

きつね キツネ 口が細くとがり、尾が太くて長い、犬に似た動物。山や野にすみ、むかし話や伝説では人を化かすとされた。中 狐狸。E a fox.

〔きつね〕

☆ キツネにだまされるというむかし話は多い/敘述被狐狸欺騙的故事很多。

数 1匹

きつね[狐]につままれる 考えてもみなかったことが起こり、わけがわからずぼんやりする。中 被狐狸迷住。E feel bewildered.

☆ 旅行しているはずの人が目の前にいるなんて、きつねにつままれたようだ/此人應當在旅行，卻出現我眼前，該不會是我老眼昏花吧。

きっぱり キッパリ〔～する〕 絶対に変えないという強い意志を、ことばや態度で表すようす。中 斷然；堅決；乾脆。E flatly; decisively.

☆ 不正な金の受け取りはきっぱり(と)断る/斷然拒收不正當的錢。

☆ きっぱりした返事/a definite reply./乾脆的回答。

きっぷ【切符】キップ 乗り物に乗るときや映画を見るときなどに、金を払ったしるしとしてもらう券。中 (坐車船、入場等的)票。E a ticket.

☆ 音楽会の切符が2枚あるけど、一緒に行きませんか/我有兩張音樂票，要不要一起去呢?

☆ 京都行きの切符を買う/購買去京都的票。

☆ 往復切符/來回票。

数 1枚

きづまり【気詰まり】キヅマリ、キヅマリ 気持ちが通じ合わない人や知らない人などと一緒にいて、のんびりできないこと。中 發窘；感覺受拘束。E feel constrained; feel ill at ease.

☆ 校長先生のそばにいると、話すこともなくて気づまりだ/在校長身邊就感到拘束而無話可說。

☆ 気づまりな雰囲気/令人發窘的氣氛。

きてい【規定】キテイ〔～する〕 ものごとのやり方などを決めること。また、決まったこと。中 規定。E a regulation; a rule.

☆ 会場を使用するには規定の料金が必要だ/依規定使用會場要繳付租金。

☆ 規定に反する/違反規定。

☆ 規定の手続き/規定的手續。

参「規則」も似ているが、「規定のほうが意味が狭く、法律的な規則をいうときに使う。

きてん【起点】キテン ものごとの始まる所。中 起點。E the starting point.

☆ 京都を起点として歴史的に有名な所を歩く / 以京都為起點，走訪歷史上有名的地方。

☆ 東海道の起点は日本橋だ / 東海道的起點是日本橋。

対 終点

きてん【機転】キテン　なにか起こったとき瞬間的にいい考えが出てくる心の働き。中 機智；機靈。E quick wit; tact.

☆ せりふを忘れたが、機転をきかせて自分でせりふをつくり、その場を切り抜けた / 一時忘掉台詞，但靈機一動，自己編造應付而擺脫困境。

☆ 財布を忘れて出かけたが、機転のきく子供だから、なんとかするだろう / 孩子出門忘了帶錢包，但他機靈，會想辦法。

きと【帰途】キト、キト　帰り道。帰る途中。書 中 歸途。E on one's return trip; on one's way home.

☆ ニューヨークからの帰途、ハワイに立ち寄った / 從紐約回來，順道去了趟夏威夷。

☆ 学校からの帰途、友達に会った / 從學校回家途中碰到了朋友。

☆ 帰途につく / 踏上歸途。

きどあいらく【喜怒哀楽】キドアイラク、キド・アイラク　喜びと怒りと悲しみと楽しみ。人間のいろいろな感情。中 喜怒哀樂。E feelings; emotions.

☆ 仕事場では喜怒哀楽を表に出さない / 在工作時喜怒哀樂不形於色。

☆ 喜怒哀楽の激しい人 / 喜怒哀樂無常的人。

きどう【軌道】キドー　❶ 電車や列車などの通る道。線路。中 軌道；鐵軌。E a (railroad) track.

☆ 電車が軌道からはずれる大事故が起こった / 發生了電車脫軌的重大事故。

❷ 太陽や月などの天体が必ず通る道。中 軌道。E an orbit.

☆ 人工衛星が軌道を回っている / 人造衛星繞軌道運行。

❸ ものごとが進んでいく経過。中 軌道。E (a) track.

☆ 店の経営が軌道に乗る / 店裡的營運軌道。

▷ 数 ❶ 1本

きとく【危篤】キトク　病気やけががたいへん重くて、すぐにも死にそうなこと。中 危篤；病危。E critical condition.

☆ 祖父が危篤との知らせを聞いて、すぐ病院へ行った / 聽到祖父病危消息，馬上趕到醫院。

☆ 危篤におちいる / 陷入病危狀態。

☆ 危篤状態 / 病危狀態。

きど・る【気取る】キドル〔自他動五〕(きどって)　❶ 自分をよく見せようとして、特別にいい格好をする。中 裝腔作勢；裝模作樣。E be affected; put on airs.

☆ 気取って、カメラの前に立つ / 在相機前裝模作樣。

☆ 異国風のちょっと気取った喫茶店 / 裝飾成異國情調的咖啡店。

❷ そうではないのに、それらしいようすをまねる。中 假裝；冒充。E pose as; pretend.

☆ 芸術家を気取る / 冒充藝術家　。

▷ 名 気取り

二 注 ❶は自動詞、❷は他動詞。

きなが【気長】キナガ　気持ちがのんびりしていて、いらいらしないようす。中 慢性；耐心。E patiently.

☆ 病気の回復を気長に待つ / 耐心等待病情好轉。

☆ そんなにあわてないで、気長にやりなさい / 耐心地做，不必那麼慌張。

☆ 10年計画という気長な話 / 十年計畫遙不可及。

対 気短、短気

きにゅう【記入】キニュー〔～する〕　書き入れること。中 記上；填寫。E fill out; (an) entry.

☆ 申込書に名前を記入する / 在申請書上填寫名字。

☆ 記入欄 / 填寫欄。

きぬ【絹】キヌ　カイコのまゆからとった糸。また、その糸でつくった織物。[中] 絲綢；綢子；絲織品。[E] silk.

☆ 中国から絹を輸入する / 從中國進口絲綢。

☆ 絹のネクタイ / 絲綢領帶。

☆ 絹の着物 / 絲綢和服。

きねん【記念】キネン〔～する〕 思い出に残しておくこと。また、そのもの。[中] 紀念。[E] commemoration.

☆ 卒業を記念して全員で写真をとる / 全體學員合影以作畢業紀念。

☆ 子供の誕生記念に木を植える / 種樹來紀念孩子的出生。

☆ 結婚記念日 / 結婚紀念日。

きのう【昨日】キノー、キノー ❶ きょうの前の日。さくじつ。[中] 昨天。[E] yesterday.

☆ きのうの日曜日は忙しかった / 昨天星期天很忙。

❷ 近い過去。[中] 昨天；近來。[E] yesterday; recent.

☆ このバスの混雑はきのうきょうのことではない / 公共汽車的這種混亂狀況由來已久。

☆ きのうの敵はきょうの友 / 昨天的敵人是今天的朋友。

▷ [関連] ❶今日、あした

[注]「さくじつ」とも読めるので、区別するためには、ひらがなで書くほうがいい。

きのう【機能】キノー、キノー〔～する〕 そのものの持っている働き。また、その働きを生かすこと。[中] 機能；作用。[E] a function.

☆ ことばの機能は気持ちや考えを伝えることだ / 語言的功能是傳達心意和思想。

☆ 病気になって胃の機能が低下した / 生病使得胃的功能下降。

☆ 民主主義が正しく機能している国 / 民主主義機制正常運作的國家。

ぎのう【技能】ギノー、ギノー　なにかをつくったり行ったりする能力。[中] 技能；本領；功夫。[E] skill; ability.

☆ 特別な技能があれば就職に有利だ / 擁有特殊技能對就職有利。

☆ 技能をみがいて仕事に役立てる / 苦練技能以利謀職。

きのこ　キノコ　野山のしめった木の陰や落ち葉の下などに生える植物。傘のような形のものが多い。食べられるものと、毒があり食べられないものがある。[中] 蘑菇；菌。[E] a mushroom.

〔きのこ〕

☆ 秋には山へキノコをとりに行く / 秋天上山採蘑菇。

☆ キノコごはん / 蘑菇飯。

☆ キノコ汁 / 蘑菇汁。

きのどく【気の毒】キノドク、キノドク

❶ つらく悲しい思いをしている人に同情するようす。[中] 可憐；可憫；憐憫。[E] sympathize with; feel sorry.

☆ 火山の爆発で家も畑も失った人たちは本当に気の毒だ / 火山爆發，人們失去家園、田地，真可憐。

❷〔～する〕人に迷惑をかけて悪かったと思うこと。[中] 對不起；過意不去。[E] be sorry.

☆ 雨の中を来てもらったのに、留守にしていて気の毒なことをした / 您下雨天還來，而我又不在，真是過意不去。

☆ 頼まれたことを忘れて気の毒した / 忘了所託之事，真是對不起。

▷ →かわいそう

きのみきのまま【着の身着のまま】 着ているもののほかはなにも持っていないこと。[中] 只好穿著身上的衣服。[E] with only the clothes on one's back.

☆「火事だ!」という声に着の身着のまま逃げだした / 一聽到「失火了!」的喊聲，只穿著身上的衣服，便逃了出來。

☆ 旅行中、かばんを盗まれて着の身着のまま帰ってきた/旅行中旅行箱被偷，只穿著一身衣服回來。

きば キバ　動物のあごの上下にある、鋭くとがった歯。中 犬齒；獠牙；虎牙。E a fang; a tusk.

☆ きばを見せておそいかかるライオン/獅子露出獠牙突然撲了過來。

数 1本

きばを研ぐ　相手を傷つける準備をする。中 磨牙；伺機加害。E prepare to attack.

☆ きばをといで敵のようすをじっと見ている/緊盯敵情，伺機襲擊。

きばをむく　相手を憎む気持ちをはっきり表す。中 露出獠牙；準備加害。E expose one's fangs; snarl.

☆ きばをむいて敵におそいかかる/露出獠牙突然撲向敵人。

きはく【気迫】キハク　どんなことにも負けないでやるという激しい気持ち。中 氣魄；氣勢。E spirit; vigor; determination.

☆「必ずやれ」と強く言う一郎の気迫に押されて、「はい」と言ってしまった/被一郎強硬口氣要求說：「一定要做。」也只好說聲：「是。」

☆ 気迫がこもる/充滿魄力。

きはく【希薄・稀薄】キハク　❶ 空気の密度や液体の濃度などが薄いようす。中 稀薄；稀少。E thin; diluted.

☆ 高い山の上では空気が希薄で息苦しい/高山空氣稀薄，令人喘不過氣。

対 濃厚

❷ 気持ちや意志が感じられないようす。中 缺乏；不足。E lack; weak.

☆ 病人は生きようという意欲が希薄で、病気がなかなか治らない/病人缺乏求生欲望，病怎麼也好不了。

☆ 人情の希薄な世相/人情淡薄的世態。

注 もとは「稀薄」だったが、「稀」の字は常用漢字表にないので、同じ音の「希」を当てて「希薄」として使うようになった。

きはずかし・い【気恥ずかしい】キハズカシイ、キハズカシイ　なんとなく恥ずかしく感じる。中 害羞；害臊；不好意思。E be embarrassed.

☆ 自分が映っているビデオを見るのは気恥ずかしい/看自己被拍錄的影片有些不好意思。

きばつ【奇抜】キバツ　ほかとひどく違って、あっと驚く意外さがあるようす。中 出奇；奇特；驚奇；奇異。E eccentric; novel.

☆ 京子はいつも奇抜な服装をしているので、とてもめだつ/京子總是奇裝異服，特別顯眼。

☆ 奇抜なアイデア/奇特的想法。

きばらし【気晴らし】キバラシ、キバラシ〔～する〕　暗く沈んでいる気持ちを、なにかほかのことをして明るくすっきりさせること。中 散心；消遣。E a diversion; a recreation.

☆ 疲れたから音楽でも聞いて気晴らししよう/累了聽聽音樂散散心吧。

☆ ずっと勉強していたから気晴らしにちょっと散歩に出る/長時間讀書，散步稍作消遣。

きば・る【気張る】キバル〔自他動五〕(きばって)　❶ 息をつめて、体にぐっと力を入れる。中 發奮；振作起來；努力。E exert oneself.

☆ 気張って重い荷物を持ち上げる/奮力舉起沈重行李。

❷ 思いきって、たくさん金を出す。中 慷慨付錢；肯多花錢。E give generously; treat oneself to.

☆ 結婚祝いを気張る/慷慨地祝賀結婚。

注 ❶は自動詞、❷は他動詞。

きはん【規範】キハン　その社会でなにかをするときの手本となるもの。中 規範；模範。E a model; a norm

☆ 大人は子供に、どう生きるかの規範を示さなければならない/大人須以身作責教導孩子如何生存。

☆ 規範としての文法/文法規範。

☆ 行動規範/行動規範；行為規範。

きばん【基盤】キバン　進歩や発展のために必要なしっかりした基礎。中 基礎。E a basis; a foundation.

☆ 農業の基盤は土地にある/農業立基於土地。

☆ 会社が倒産して生活の基盤を失った/公司破產失去生計的依靠。

☆ 基盤をととのえる/整頓基礎。

きびきび　キビキビ〔～する〕　話し方や態度が、元気ではっきりしていてむだがないようす。中 機敏；俐落；乾脆。

☆ 看護婦たちは、きびきび(と) 病人の世話をしている/The nurses are tending the patients energetically. /護士敏捷地照顧病人。

☆ 店員の応対がきびきびしていて気持ちがいい/店員應對敏捷讓人舒服。

きびし・い【厳しい】キビシイ　❶いいかげんなところで許すということがない。中 嚴；嚴格；嚴厲。E strict.

☆ あの先生は厳しいから、宿題を忘れるとたいへんだ/那位老師很嚴厲，沒做作業可不得了。

☆ 警察が麻薬を厳しく取り締まる/警察嚴格地取締麻藥。

対 甘い

❷ 苦労したり、緊張したりするほどひどい。中 緊。E hard; stern.

☆ 収入が少なくて生活が厳しい/收入少生活苦。

☆ 厳しい顔で手術を始める/表情嚴肅地開始動手術。

❸ 程度がふつう以上だ。中 嚴酷；毫不留情。E severe; intense.

☆ この会社は採用条件が厳しい/這間公司的錄用條件很嚴格。

☆ 気温セ氏35度以上の厳しい暑さが続く/仍將持續攝氏三十五度以上的酷暑。

対 緩い

きひん【気品】キヒン　人の顔や行い、また、芸術作品などから受ける、上品な感じ。中 品格；風度高雅。E dignity; grace; refinement.

☆ 気品に満ちたマザー・テレサ/風度高雅的特麗莎修女。

☆ 気品にあふれる顔/充滿高雅氣質的臉龐。

☆ 気品のある態度/高雅的風度。

きびん【機敏】キビン　なにか変化があったとき、すばやく行動するようす。中 機敏；敏捷；機靈。E quick.

☆ 火事になりかけたが、所員の機敏な処置でカーテンを焼いただけですんだ/差點造成火災，幸虧工作人員機警處置，只燒掉了窗簾而已。

☆ 機敏に動く/機敏的行動；行動敏捷。

きふ【寄付・寄附】キフ、キフ〔～する〕　宗教関係、公共の団体などに金や品物を差しだすこと。また、その金や品物。中 捐贈；捐助。E donation; contribution.

☆ 寄付を集めて、困っている人に送る/籌募捐贈物品送給生活困難的人。

☆ バザーに衣類を寄付した/在義賣會上捐贈衣服。

☆ 寄付金/捐款。

注 以前は「寄附」を使ったが、最近は「寄付」のほうを多く使う。

きふう【気風】キフー、キフー　ある人々の集まりが共通して持っている考え方や雰囲気。中 風氣；風尚。E spirit; characteristics.

☆ A大学の気風は明るくて学生たちはのびのびしている/A大學風氣開明，學生自由開放。

☆ 自由を尊重する気風/尊重自由的風尚。

きぶん【気分】キブン　❶体の調子や、そのときどきの心の状態。中 身體狀況；心情；情緒。E a feeling; a mood.

☆ 気分が悪いので先に帰ります/身體不適所以先回家。

☆ 弟はそのときの気分で勉強したりしなかったりする/弟弟唸不唸書，視當時心情而定。

❷ そのあたり全体の雰囲気。中 氣氛。E an atmosphere; a mood.

☆ 街はクリスマス気分でにぎやかだ/街上充滿聖誕節氣氛，熱鬧非凡。

参 ❶は「気持ち」と似ているが、「気分のほうが抽象的でぼんやりした状態を表す。「鳥になったような気分／気持ち」はどちらもいえるが、「外国人の気分を理解する」とはいえない。具体的な考えまで表すばあいには「外国人の気持ちを理解する」のようにいう。また、「お気持ちはいかがですか」は相手の考えを尋ねているが、「ご気分はいかがですか」は健康状態をふくめた漠然とした心のようすをきいている。

きぼ【規模】キボ　建物、計画、組織などの大きさ。中 規模。E a scale.

☆ この小学校は規模が小さくて先生は5人しかいない/這間小學規模小，老師只有五人。

☆ 資本金を増やして会社の規模を拡大する/增資擴大公司規模。

きぼう【希望】キボー〔～する〕　こうしたい、こうなればいいと思うこと。中 希望；期望。E (a) hope; a wish; a desire.

☆ 留学したいという希望が実現してうれしい/很高興能夠實現留學的願望。

☆ 希望に燃える/充滿希望。

☆ 希望を失う/失去希望。

きほん【基本】キホン　ものごとの中心、また、基礎となるもの。中 基本；基礎。E a basis; foundation.

☆ テニスの練習は基本を守ってやることがたいせつだ/(打網球)從基礎開始練習很重要。

☆ 社長が役員会で、会社の基本となる方針を発表した/老闆在幹部會上宣布公司的基本方針。

☆ 動詞の基本形/動詞的基本形。

きほんてき【基本的】キホンテキ　いちばんもとになるようす。中 基本(的)；基礎(的)。E fundamental; basic.

☆ 人にあいさつするのは基本的な礼儀だ/與人打招呼是基本禮節。

☆ その考え方は基本的にまちがっている/那種想法根本不對。

☆ 基本的人権とは、人が生まれたときから持っている権利のことだ/所謂基本人權，係指人生出來後，自然被賦有的權利。

きまえ【気前】キマエ　金や品物などを惜しまず出して使う性質。中 氣度；大方；慷慨。E generous

☆ 母は気前がいいから、なんでも人にあげてしまう/媽媽很慷慨，把什麼都給別人。

☆ 困っている人のために気前よく寄付する/經常慷慨捐助落難的人。

きまぐれ【気まぐれ】キマグレ　❶気持ちや行動が変わりやすいこと。中 心浮氣躁；忽新猿意馬。E capricious; on a whim.

☆ 妹は気まぐれで、勉強したりしなかったりする/妹妹心浮氣躁，讀書時而用功時而中斷。

☆ 気まぐれに練習しても上手にならない/三天打漁兩天曬網，練不出名堂。

❷ 変わりやすくてこれから先どうなるかわからないこと。中 反覆無常；變化無常。E changeable.

☆ 最近の天気は気まぐれだから、傘を持っていきなさい/最近天氣多變化，出門不要忘帶把傘。

きまじめ【生まじめ】キマジメ　まじめすぎて窮屈な感じがするようす。中 一本正經；死板；太認真。E very serious.

☆ 兄はとても生まじめで冗談がわからない/哥哥太死板，開個玩笑都不行。

☆ 生まじめな性格/一本正經的性格。

きまず·い【気まずい】キマズイ、キマズイ 相手と気持ちが合わないで、いやな感じだ。中 不融洽；有隔閡。E awkward; uncomfortable.

☆ 先生の論文を批判して以来、先生と気まずくなった/自從批評了老師的論文後，與老師之間就有了隔閡。

☆ 気まずい関係/關係不融洽。

きまって【決まって】キマッテ そのときは必ず。例外なく。中 一定；必定；準是。E always; habitually.

☆ 図書館の帰りには決まって喫茶店に寄る/從圖書館回家途中必定要去咖啡店坐坐。

☆ かぜをひくと、決まって熱を出す/感冒後，一定會發燒。

きまま【気まま】キママ 人を気にしないで自分の好きなようにするようす。中 隨心所欲；任性；我行我素。E as one likes; selfish; carefree.

☆ わたしは独身で気ままに暮らしている/無拘無束地過著單身生活。

☆ 気ままな性格/任性的性格。

☆ 勝手気ままな生活/隨心所欲的生活。

きまり【決まり】キマリ ❶守るように決められていること。中 規定；決定。E a rule; a regulation.

☆ 夜10時までには帰宅するというきまりをつくる/規定好晚上十點前回家。

❷いつも決まってする習慣。中 慣例；習慣。E a habit.

☆ 毎朝、体操をするのが父のきまりになっている/父親習慣每天早上做體操。

❸面倒なものごとや問題を終わらせること。中 歸結；了結。E a conclusion; a settlement.

☆ 仕事のきまりをつける/完成工作；把工作做個了結。

☆ よし、それで話はきまりだ/好吧，就這樣定下來吧。

▷ 自動 決まる →規則

きまりが悪い なんとなく恥ずかしい。きまり悪い。中 不好意思；害羞。E feel embarrassed.

☆ おおぜいの人の前で話すのはきまりが悪い/在衆人面前講話真不好意思。

似た表現 ばつが悪い

きま·る【決まる】キマル〔自動五〕(きまって) ❶ものごとがはっきりする。中 決定；定。E be decided.

☆ 予定が決まったら知らせる/決定之後另行通知。

☆ 委員が決まる/委員人選已確定。

❷服装や動作がその場にちょうどよく合う。中 合適；相稱。E look smart; look chic.

☆ あの親子はそろいのTシャツが決まっている/那父子倆穿同樣花色T恤很相襯。

❸スポーツなどで、技がうまくいく。中 發揮得好；奏效；成功。E sink a shot; shoot a goal.

☆ シュートが決まる/射門成功；投籃得分。

▷ 話❷ 名 決まり 他動 決める

～に決まっている 当然～だ。必ず～する。そうなることが初めからわかっている。中 當然；必然。E be sure; be natural.

☆ いまやらなければ、あとで後悔するに決まっている/現在不做，以後一定會後悔。

きみ【君】キミ 自分と同等か目下の相手をさすことば。中 (對同輩以下的稱呼)你。E you (used when talking to one's equal or junior).

☆ ねえ、きみ遊びに行かないか/喂，你要不要去玩?

☆ これ、きみの本かい/這是你的書嗎?

→お前

きみ【気味】キミ ものごとから感じる気持ち。中 感觸；感受；心情。E a feeling; a sense.

☆ この道は暗くて、気味が悪い/這條路很暗，令人毛骨悚然。

☆ いつもいばっている兄がしかられていて、いい気味だ/一向傲慢的哥哥挨罵了，活該。

-ぎみ (名詞、動詞の「ます」形について)そのような傾向があったり、そのような気分だったりすること。中表示有點…傾向。

☆ 大雨のため電車は遅れぎみだ/由於下大雨，電車誤點。

☆ かぜぎみ/ have a touch of a cold. /有點感冒。

☆ 疲れぎみ/有一點累。

きみつ【機密】キミツ　国や組織などのたいせつな秘密。中機密。E a secret; secret information.

☆ 国家の機密をもらしてはならない/不能洩漏國家機密。

☆ 軍事上の機密/軍事上的機密；軍事機密。

☆ 機密書類/機密文件。

きみょう【奇妙】キミョー　理由はわからないがふつうと違って不思議な、または変なようす。中奇妙；奇怪。E strange; odd.

☆ いつも２人の意見は奇妙に一致する/兩人的意見總是出奇地一致。

☆ だれもいないのに話し声がするのは奇妙だ/沒人卻有說話聲，真怪。

☆ 奇妙なことに、わたしと親友の道子は誕生日が同じだ/奇妙的是，我和好友道子的生日是同一天。

ぎむ【義務】ギム　人間として、あるいは法律で決められていて当然しなければならないこと。中義務。E (a) duty; (an) obligation.

☆ 親は子供を育てる義務がある/父母有撫養孩子的義務。

☆ 教員希望者には教育実習を義務づける(=義務としてさせる)/有志教書的人一定要完成教學實習(課程)(=教育學分)。

☆ 義務教育/義務教育。

対権利

きむずかし・い【気難しい】キムズカシイ、キムズカシイ　自分の考えや気分に合わないと、すぐきげんを悪くする。中不和悅；愛生氣；不好侍候。E hard to please; testy.

☆ 父は年をとって気むずかしくなった/父親年歲大了，變得愛生氣。

☆ あそこの本屋の主人は気むずかしそうで、話しかけにくい/那家書店老闆不和藹，很難與他搭話。

きめこまか【きめ細か】キメコマカ　❶人の皮膚やものの表面などがなめらかなようす。中皮膚細膩。E smooth; fine-grained.

☆ きめこまかで、きれいな肌/細膩而漂亮的肌膚。

☆ よくみがいた、きめこまかな板/打磨細緻的光滑木板。

❷気がつかないような小さいことまで注意しているようす。中細緻；仔細。E detailed; careful.

☆ １人暮らしや病弱な老人に対しては、家庭訪問や食事サービスなどきめこまかな心づかいが必要だ/對於單身和病弱的老人，有必要採取家庭訪問、餐飲服務等細微關懷和照顧。

きめつ・ける【決めつける】キメツケル〔他動一〕　相手に言い訳を許すことなく、そうだと決めてしまう。また、厳しく責める。中申斥；指責；硬說是。E take for granted; reproach harshly on some assumption.

☆ 証拠もないのに犯人ときめつけてはいけない/不要在沒有證據時就硬說人家是犯人。

☆ 子供の言うことも聞かず、「悪いのはおまえだ」と一方的にきめつけた/不聽孩子說明，就一昧斥責：「是你不好。」

きめて【決め手】キメテ　確実な結論を出すための大もとになるものごと。中決定的辦法；解決的證據。E a conclusive factor.

☆ 残された記録が決め手となって被害者の死亡時刻がわかった/根據遺留證據判斷死者的死亡時間。

☆ 犯人であるという決め手がない/沒有證據證明他是犯人。

き・める【決める】キメル〔他動一〕　❶ものごとをはっきりさせる。中決定；確定。E decide; determine; elect.

☆ あすから毎朝ジョギングをすることに決めた / 決定從明天起每天早晨慢跑。

☆ 委員を決める / 確定委員人選。

❷ 服装や動作をその場にちょうどよく合うようにする。中 使合於場合。E look striking.

☆ 一郎は黒の背広で決めて式に出た/一郎穿著合適的黑西裝出席了儀式。

❸ スポーツなどで、技をうまく行う。中 發揮作用；使～奏效。E sink a shot; shoot a goal.

☆ 京子がシュートを決めて、試合に勝った/京子射門成功，贏得了比賽。

▷ 話❷　自動 決まる

～と決めている　～と思いこんで疑わない。～するのを習慣にしている。中 斷定；認定。E assume; make it a point.

☆ 兄はわたしが一緒に行くものと決めている / 哥哥認定我要一起去。

☆ 夕食には、ビールは２本と決めている/晚飯必定喝兩瓶啤酒。

きも【肝】キモ　❶ 人や動物の内臓。また、その１つである肝臓。中 內臟；五臟六腑；肝臟。E the liver.

☆ ウナギの肝 / 鰻魚的肝臟；鰻魚肝。

❷ 精神力。心の状態。中 膽子；膽量；內心狀態。E courage; guts.

☆ 父は肝の小さい人で、他人の目ばかり気にしていた / 父親膽小，很在意別人的目光。

…………「肝」のつく慣用表現…………

肝が据わる　なにがあっても驚かず、落ちついている。中 沈著穩重；穩如泰山。E have iron nerves.

☆ 社長は肝がすわっているから、倒産しそうになってもあわてず、ゆうゆうとしている/經理沈著穩重，所以眼看公司快破產了也不慌張，悠然從容。

似た表現 肝を据える

肝が太い　どんなことも恐れず、ふつうの人のできないようなこともやる勇気がある。中 膽子大。E have pluck.

☆ あなたは肝が太いから政治家に向いている / 你膽子大，適合當政治家。

対 肝が小さい

肝に銘じ[ず]る　しっかり心にとめて忘れないようにする。中 銘記在心；銘感五內。E take (someone's advice) to heart.

☆ 両親の教えを肝に銘じて努力するつもりだ / 要把父母的教誨銘記在心，努力向上。

肝をつぶす　息が止まるかと思うほどびっくりする。中 嚇破膽；喪膽；嚇得魂飛魄散。E be terribly frightened.

☆ 林の中で死体を見つけて肝をつぶした/在樹林中發現一具屍體，嚇得魂飛魄散。

肝を冷やす　危険を感じ、ぞっとするように感じる。中 嚇得提心吊膽。E be scared half to death.

☆ 車を運転していたら、突然子供が飛びだしてきて肝を冷やした/正開車時，突然一個孩子跳出來，嚇得我直打寒顫。

……………………………………………………

きもち【気持ち】キモチ　❶ 人やものごとに対する感じ方、心の持ち方。中 心情；心緒；心境。E a feeling; feel (comfortable).

☆ 子供の気持ちを考えて無理なことはさせない / 考慮到孩子的心情，不讓他做不合適的事。

☆ おふろに入るのは気持ちがいい / 洗個澡心情舒暢。

❷ 体の状態。中 舒服；舒適。E feel (sick, well).

☆ 気持ちが悪いから早く帰って休みたい/身體不適，想早點回去休息。

☆ 薬を飲んだらすこし気持ちがよくなった/吃藥後感覺好些了。

▷ →気分

きもの【着物】キモノ　❶ 身につけるもの。中 衣服。E clothes.

☆ 暖かくなったので冬の着物を片づけよう/

天氣轉暖，收拾冬季衣服。

☆ 着物をぬいでふろに入る / 脫衣服洗澡。

❷ 日本人がむかしから着ている衣服。中 和服。E a *kimono*.

〔着物❷〕

☆ 正月には着物を着るが、ふだんは洋服だ / 新年穿和服，平常穿洋裝。

☆ 自分で着物が着られる人は少ない / 很少有人能自己穿和服。

対 洋服

▷ 数 1枚・1着　→和服

参 ❶はふつう、上着、ズボン、スカートなど、上に着るものをいい、下着はふくまない。

ぎもん 【疑問】ギモン　はっきりそうだとわからないこと。また、本当かどうか疑わしいこと。中 疑問。E a question; (a) doubt.

☆ 疑問の点を先生に尋ねる / 問老師問題。

☆ あの人の話が本当かどうかは疑問だ / 他的話真假難辨。

☆ 疑問に答える / 回答疑問。

☆ 疑問をいだく / 有疑問。

きゃく 【客】キャク　❶ 訪ねてくる人。中 客人。E a guest; a visitor.

☆ わたしの家はお客が多いのでにぎやかだ / 家裡客人很多所以很熱鬧。

☆ 突然の客は困る / 不速之客來到令人為難。

❷ 金を払ってものを買ったり、見たり、聞いたり、乗り物に乗ったりする人。中 顧客；遊客；乘客。E a customer; a passenger.

☆ あそこの食堂は客でいっぱいだ / 那家餐廳客滿。

☆ 乗降客 / 上下車(船)的乘客。

☆ お客さま / 客人；顧客。

ぎゃく 【逆】ギャク　本来の正しい順序、方向、位置などに反すること。中 逆；反；相反。E opposite; contrary.

☆ 行きたいほうとは逆の電車に乗ってしまったらしい / 好像搭上了反方向的電車。

☆ 子供が親より先に死ぬのは順序が逆というものだ / 白髮人送黑髮人，真是世事無常。

参 「反対」も似ているが、「反対」が対立するものごとの一方からみて他方をさしていうのに対して、「逆」は本来の自然な正しい方向、順序に反するばあいをいう。「子供が親より先に死ぬのは順序が逆」には本来の自然な順序に反しているというふくみがあり、「反対」は使えない。「逆方向に走る」は、まちがえて本来行くべき方向ではないほうに向かって走る意味だが、「反対方向に走る」には方向をまちがえたという意識はない。荷物を持っているほうの手が疲れたのでもう一方の手に持ちかえるというときには「反対の手」であり、「逆の手」とはいわない。

ぎゃくじょう 【逆上】ギャクジョー〔～する〕　怒りや悔しさのためにひどく興奮して、わけがわからなくなること。中 勃然大怒；大為惱火。E (a) frenzy; fly into a rage.

☆ 別れようと言われて逆上した男は恋人を刺した / 情人說要分手，男子勃然大怒將她刺傷。

きゃくしょく 【脚色】キャクショク〔～する〕　❶ 小説などを映画や劇にするためにつくりかえること。中 改編；改寫。E dramatize; adapt ~ for.

☆ 実際にあった事件を脚色してテレビドラマにする / 將真實事件改編成電視劇。

☆ 川端康成の小説を脚色して映画にする / 將川端康成的小說改編成電影。

❷ 事実をわざと変えて話をおもしろくすること。中 加油添醋；誇大其詞。E embellish; color a story.

☆ あの人の話は脚色が多いから、どうも信用できない / 他的話大多有誇大的成分，根本不能相信。

ぎゃくせつ【逆説】ギャクセツ　真理に反するようなことを言っているが、よく考えてみると、実は真理を述べていることばや言い方。中 反論；似是而非的論點。E a paradox.

☆ 逆説を用いて人の心に強い印象を与える/運用反論加深印象。

☆「急ぐときほどあわてずゆっくりやれ」や「損して得取れ」などは逆説的な言い方だ/像「急時宜緩，事緩則圓」、「吃虧就是佔便宜」等這類話，都是反論式的說法。

ぎゃくたい【虐待】ギャクタイ〔～する〕弱い立場の人や動物をむごく扱って、いじめ、苦しめること。中 虐待。E be cruel to; maltreat.

☆ 条約で、戦争で捕虜になった人を虐待してはいけない、と定めている/條約規定不許虐待戰俘。

☆ 動物虐待に反対する運動/反對虐待動物運動。

ぎゃくてん【逆転】ギャクテン〔～する〕状況がいままでとは逆になること。中 倒過來；反過來。E be reversed; turn the tables.

☆ 新しい証拠が見つかり、判決が有罪から無罪に逆転した/發現新證據，判決逆轉為無罪。

☆ 逆転勝ち/敗部復活；反敗為勝。

きゃくほん【脚本】キャクホン　劇や映画などのせりふ、動作、道具や照明について書いたもの。中 劇本；台詞。E a script; a scenario.

☆ 俳優が脚本を手に持ってせりふを練習している/演員手拿劇本練習著台詞。

☆ 脚本家/劇本作家；劇作家。

数 1本

きゃしゃ　キャシャ　姿、形がほっそりしていて、弱々しいようす。中 苗條；嬌嫩；削瘦。E delicate; fragile.

☆ 最近の子供は骨がきゃしゃだから、すぐに骨折する/最近的孩子很嬌嫩，所以動不動就骨折。

☆ この机はきゃしゃにできているから、乱暴に扱ってはいけない/這張桌子中看不中用，所以不可粗暴地使用它。

対 頑丈

きやすめ【気休め】キヤスメ、キヤスメ　すこしの間だけ気持ちを安心させること。また、そのことばや行い。中 安心；寬慰；安慰。E mere consolation; soothing words.

☆ 気休めかもしれないけれど、毎日、ビタミン剤を飲んでいる/也許是求心安所以每天服用維他命藥劑。

☆ 医者はすぐ治ると言ったが、あれはわたしが心配すると思って気休めを言っているだけだ/醫生說病馬上痊癒，但那只是怕我擔心的安慰話。

きゃっかんてき【客観的】キャッカンテキ　自分1人の考え方や感じ方によらず、他の多くの人がそのとおりだと思えるような見方をするようす。中 客觀(的)。E objective.

☆ この資料は数字も正確で、客観的な事実だけを書いてあるので信用できる/這份資料數字正確，只客觀地敘述事實，值得信任。

☆ 校長は多くの生徒の話をもとに、今回のできごとを客観的に判断した/校長根據眾多學生的說詞客觀地判斷了這次事件。

対 主観的

きゃっこうをあびる【脚光を浴びる】人々から興味を持たれ、関心を集める。中 顯露頭角；受到注目；嶄露頭角。E come into the spotlight.

☆ 新人俳優が、脚光を浴びる日を夢見ながら練習に励んでいる/新演員企盼嶄露頭角而拚命練習。

キャッシュカード　キャッシュカード　銀行などで、客が、機械で現金を出し入れするとき使うカード。中 自動提款卡；現金卡。E a bank card.

☆ キャッシュカードで金を引きだす/用自動提款卡提取現金。

数 1枚

参 英語の「キャッシュ(cash)」と「カード(card)」から日本でできたことば。

キャベツ (cabbage)キャベツ　野菜の一種。薄い緑色の葉が重なって、大きな玉のようになる。中大白菜；高麗菜。E a cabbage.

☆ キャベツの千切り/高麗菜切絲。

☆ キャベツのサラダ/高麗菜沙拉。

→野菜 図

キャリア (career)キャリア、キャリア　経験や経歴。中履歴；經歴。E a career; experience.

☆ 10年のキャリアがあるから、むずかしい仕事でも大丈夫だ/因有十年資歴，工作再難也能應付。

☆ キャリアウーマン/職業婦女。

キャンセル (cancel)キャンセル〔～する〕前もって決めた約束を取り消すこと。中取消；作廢。E cancel.

☆ 予定が変わったのでホテルの予約をキャンセルした/因計畫變更，取消飯店予約。

☆ キャンセル待ち(＝予約が取り消された切符を手に入れようとして待つこと)/等候補票(＝等待取得被取消的預定票)。

☆ キャンセル料/取消的費用；退票手續費。

キャンプ (camp)キャンプ　❶〔～する〕山、海岸などにテントを張って、ある期間、生活すること。中露營；露營帳篷。E camp.

☆ 夏休みに高原でキャンプする/暑假在高原上舉辦露營。

☆ キャンプファイアー/露營營火。

❷〔～する〕運動選手や軍隊などの集団が共同生活をする所。中營地；集訓地；兵營。E a training camp; a camp.

☆ 野球のキャンプ場/棒球集訓地。

☆ 米軍キャンプ/美軍兵營。

☆ ベースキャンプ/大本營。

❸ 人を収容する所。収容所。中収容所。E a relocation center; an internment camp.

☆ 難民キャンプで医師として働く/在難民収容所當醫師。

ギャンブル (gamble)ギャンブル　金や品物をかけて勝負をすること。かけごと。中賭博。E gambling; a gamble.

☆ 一郎はギャンブルで財産を全部失った/一郎賭博輸掉全部財產。

☆ 弟は仕事もせず競輪、競馬などのギャンブルに夢中になっている/弟弟不做事，熱中賽車、賽馬等賭博活動。

きゅう【九】キュー　❶ 8に1を加えた数。9。9つ。中9；9個。E nine.

☆ 9人でバレーボールをする/九人制排球。

☆ 3の3倍は9/三的三倍是九。

❷ 順番が8のつぎ。9番目。第9。中第九。E the ninth.

☆ 9回の裏のホームランで勝負が決まった/第九局的後半局以全壘打決定勝負。

☆ 9号車/九號車。

参 1、2、3…と数えていくとき、8のつぎの9はふつう「く」と言う。しかし、「く」が「苦」と同音であるので、それを避けるために「きゅう」がよく使われる。

きゅう【急】キュー　❶ 急がなければならないこと。中急；急迫。E urgent; pressing.

☆ 急な用事ができて、いますぐ出かけなければならない/突然有事，必須馬上出門。

☆ 急を要する手術/需要馬上做手術。

❷ 突然のようす。中突然；忽然。E sudden; abrupt.

☆ 急に雨が降りだした/突然下起雨來。

☆ きのうまで元気だった人の急な死に驚いた/昨天還好好的人，突然去世，令人驚愕萬分。

☆ 急停車/突然停車；緊急刹車。

❸ 速いようす。中急遽；快速。E rapid; swift.

☆ この川は流れが急だ/這條河水湍急。

❹ 傾斜が大きいようす。中 陡峭；陡。E steep.

☆ 急な坂道を上るのは苦しい / 陡坡很累人。

☆ 急傾斜の屋根 / 斜面很陡的屋頂。

❺ 危険が起こりそうなこと。中 緊急；危急。E an emergency; a crisis.

☆ 病人の急を知らせる / 告知病人病情危急。

☆ 国家の急を救う / 拯救國家危難。

き

きゅう【級】キュー　❶ ものごとの程度や段階。中 級；等級。E a rank; a rate.

☆ 日本語能力試験は４つの級に分かれている / 日語能力測驗分為四級。

☆ 国宝級の仏像 / 國寶級的佛像。

☆ そろばん３級 / 珠算三級。

❷ 学校の学年や、同じ学年をいくつかに分けたクラス。組。中 班級；年級。E a class; a grade.

☆ 道子とは小学校６年のとき同じ級だった / 小學六年級時與道子同班。

きゅうえん【救援】キューエン〔～する〕困った状態から抜けだせるように力を貸すこと。中 救援；支援。E rescue; relief.

☆ 水害で住宅に取り残された人々のために救援の飛行機を出す / 出動飛機救援那些因水災被困在家中的民衆。

☆ 救援活動 / 救援活動。

☆ 救援物資 / 援救物資。

きゅうか【休暇】キューカ　学校や会社などで、日曜や祝日のほかに認められている休み。中 休假。E a vacation; a holiday.

☆ 休暇をとって海外旅行をする / 休假到國外旅行。

☆ 有給休暇(＝会社などで、休んでも給料がもらえる休暇) / 有薪休假(＝休假不扣薪)。

きゅうがく【休学】キューガク〔～する〕病気などの理由で、ある期間、学校を休むこと。中 休學。E temporary absence from school.

☆ 病気で２年間休学したので、勉強が遅れてしまった / 生病休學兩年，學習進度嚴重落後。

ぎゅうぎゅう　ギューギュー、ギューギュー

❶ すこしのすきまもないぐらい、無理に入れてあるようす。中 緊緊的；滿滿的。

☆ 引っ越しのとき、箱の中に洋服をぎゅうぎゅう(に)つめた / When moving, we squeezed our clothes into the boxes. / 搬家時，箱子裡衣服塞得滿滿的。

☆ 電車の中はぎゅうぎゅうで本も読めない / 電車上擁擠，沒法看書。

❷ 強く責めたり苦しめたりするようす。中 痛斥。

☆ たいせつな書類をなくして、課長にぎゅうぎゅう(と)しぼられた / Having lost important papers, I was severely scolded by the chief of my section. / 弄丟重要文件，我被課長嚴厲地訓斥了一頓。

▷ 話

きゅうきゅうしゃ【救急車】キューキューシャ　急病の人やけがをした人を急いで病院へ運ぶための、消防署の車。中 急救車；救護車。E an ambulance.

☆ 心臓病の発作が起こって夜中に救急車を呼んだ / 半夜心臟病發作叫來救護車。

数 1台

きゅうぎょう【休業】キューギョー〔～する〕　仕事や商売などを休むこと。中 停止營業；停業；歇業。E close a business; take a holiday.

☆ 社員旅行のため臨時に休業する / 因員工旅遊而暫停營業。

☆ 美容院のドアに「本日休業」の札がかけてある / 美容院門口掛著「本日公休」的牌子。

きゅうきょく【究極】キューキョク　ものごとが最後にいきつくところ。中 最終；終極。E ultimate; in the end.

☆ 人類の究極の目的は世界平和の実現にある / 人類的最終目標是實現世界大同。

☆ 究極的には理解し合えた / 雙方最終取得相互諒解。

きゅうくつ【窮屈】キュークツ ❶ものや場所が小さかったり狭かったりして、自由に動けないようす。中窄小；瘦小；緊。E cramped; tight.

☆ 親子5人で住むのに2 DKの部屋ではあまりに窮屈だ/父母和孩子五人住在兩房一廳的房裡，顯得太擠。

☆ 太ったので去年の服が窮屈になった/變胖了，去年的衣服今年穿不下了。

❷ 気持ちが自由にのびのびできないようす。中感覺受拘束；不舒暢。E strict; rigid; ill at ease.

☆ この学校は規則が多くて窮屈だ/這所學校規矩多，很拘束。

☆ ゆうべの会食は上司のとなりの席で窮屈だった/昨晚聚餐坐在上司旁邊很不自在。

きゅうけい【休憩】キューケイ〔～する〕なにかをしている途中ですこし休むこと。中休息。E a break; (a) rest.

☆ 疲れたから、ちょっと休憩しよう/累了，休息會兒吧。

☆ 休憩時間/休息時間。

☆ 休憩室/休息室。

参「休息」も似ているが、「休息」は心や体を休めてゆっくりすることで、「休憩」より時間的に長いことが多い。「日曜日はゆっくり休息したい」の「休息」を「休憩」に置きかえることはできない。

きゅうげき【急激】キューゲキ 変化などが急で激しいようす。中急劇。E rapidly; abrupt.

☆ 世界情勢は急激に変化している/世界局勢正發生急劇變化。

☆ 今週に入って急激な円安になった/本週日圓急劇貶值。

きゅうこう【休講】キューコー〔～する〕教師が休みで講義がないこと。中停課；老師請假不上課。E cancel a lecture.

☆ 学校へ行ったら休講だったので図書館で勉強した/去學校後由於停課，所以在圖書館讀書。

☆ 休講にならないよう、代わりの先生が講義する/為了不停課，而由代課老師來上課。

きゅうこう【急行】キューコー ❶〔～する〕急いで行くこと。中急往；急驅；急忙趕去；急赴。E rush to.

☆ 警官が事故のあった所へ急行する/警察急赴出事現場。

❷「急行電車」「急行列車」を略した言い方。おもな駅だけに止まって目的地に早く着く電車や列車。中快車。E an express.

☆ 急行で行けば約束の時間に間に合う/坐特別快車去，能趕上約會時間。

☆ 急行には特別の料金がいる/坐特快車要付額外的車費。

対鈍行

▷ 数❷1本、車両は1両

きゅうさい【救済】キューサイ〔～する〕災害にあったり経済的に苦しかったりして困っている人を助けること。中救濟；救貧。E relief; aid.

☆ 戦争で苦しんでいる人々を救済する/救濟因戰爭受難的人。

☆ 救済事業/救濟事業。

☆ 難民救済/救濟難民。

きゅうし【急死】キューシ〔～する〕突然死ぬこと。中突然死亡；暴卒；猝死。E sudden death.

☆ 友達が水泳中に心臓まひを起こして急死した/朋友游泳因心臟麻痺而猝逝。

☆ 叔父の急死の知らせに驚いた/聽到叔父猝死的消息感到震驚。

きゅうしき【旧式】キューシキ 形、方法、考え方などが古いこと。中舊式；老式。E old-fashioned; out-of-date.

☆ 旧式なやり方では能率が悪い/老式做法效率低。

☆ この機械は旧式だが、丈夫で故障が少ない/

這部機械雖然是老式的，但很勞固，故障也少。

対 新式

きゅうじつ【休日】キュージツ　学校や会社などで、休むことに決まっている日。中 休假；假日。E a holiday; a day off.

☆ わたしの会社は土曜と日曜が休日だ/我們公司週休二日。

☆ 休日はたいてい釣りをして過ごす/假日大多釣魚度過。

対 平日

きゅうしにいっしょうをえる【九死に一生を得る】　死にそうになったけれども、なんとか助かる。中 九死一生；死裡逃生。E narrowly escape death.

☆ 交通事故でひどいけがをしたが、九死に一生をえて命だけは助かった/因交通事故雖受重傷，但九死一生保住了性命。

きゅうしゅう【九州】キューシュー　日本列島の中で西南にあり、本州、北海道のつぎに大きい島。福岡、佐賀、長崎、熊本、大分、宮崎、鹿児島の7つの県がある。沖縄県をふくめることもある。中 九州。E Kyushu.

☆ 九州はむかしから外国と接触する窓口であった/九州自古是與外國接觸的窗口。

☆ 九州地方/九州地區。

きゅうしゅう【吸収】キューシュー〔～する〕　外にあるものを中に吸いこみ、取り入れること。中 吸收。E absorb; assimilate.

☆ 黒い色は光をよく吸収する/黑色能完全吸收光線。

☆ 外国の文化を吸収して独自の文化の創造に役立てる/吸收外國文化，對創造獨自的文化有其貢獻。

☆ 養分の吸収/養分的吸收；吸收養分。

きゅうしょ【急所】キューショ、キューショ

❶ 体の中で、命に関係するたいせつな所。中 要害；致命處。E a vital part.

☆ 大きなけがをしたが、急所をはずれていたので命は助かった/雖然身負重傷，但沒有傷到致命處，所以保住了性命。

❷ ものごとのいちばんたいせつな点。中 要點；關鍵。E the key point.

☆ 急所を押さえて勉強する/抓住要點努力學習。

☆ 問題の急所をついた意見/觸及問題關鍵的意見。

きゅうじょ【救助】キュージョ〔～する〕　生命があぶないというような状態にある人を助けること。中 救助；搭救。E rescue; save.

☆ 海でおぼれそうになっている人を救助した/救助在海裡溺水的人。

☆ 救助訓練/救助訓練。

☆ 人命救助/搭救人命。

きゅうしょく【休職】キューショク〔～する〕　勤めている人が身分はそのままで、ある期間、仕事を休むこと。中 停職。E a leave of absence from duty; a sick leave.

☆ 仕事中にけがをして休職している/因工作中受傷停職請公傷假。

☆ 休職が認められて外国に勉強に行く/請假批准後去外國讀書。

きゅうしょく【求職】キューショク〔～する〕　仕事をさがすこと。中 找工作；求職。E seek employment; job hunting.

☆ 大学生は4年になると求職のための活動を始める/大學生一到四年級就開始四處找工作。

☆ 求職難(＝仕事がなかなか見つからないこと)/求職難(＝很難找到工作)。

対 求人

きゅうしょく【給食】キューショク　学校などで、食事を用意してみんなに食べさせること。また、その食事。中 供給飲食；提供伙食。E a school lunch.

☆ 子供は給食の時間がいちばん楽しいようだ/小學營養午餐時間是孩子們最開心的時候。

☆ 学校給食/學校提供伙食。

ぎゅうじ・る【牛耳る】ギュージル〔他動五〕

(ぎゅうじって)　仲間や組織を自分の思うように動かす。中 控制；操縱；主宰。E take the lead.

☆ 猿の社会では、ボス猿が集団を牛耳っている / 在猿猴的社會裡，由首領(＝猴王) 控制整個團體。

☆ 党を牛耳る実力者 / 操縱全黨的實力人物。

きゅうしん【休診】キューシン〔～する〕

病院などが診察や治療を休むこと。中 停診。E see no patients; be closed.

☆ かかりつけの医院が休診の日に子供が病気になって困った / 孩子生病適逢常去的醫院停診，不知如何是好。

☆ 本日休診 / 今日休診。

きゅうじん【求人】キュージン　働く人をさがすこと。中 招聘人員。E a job offer; help-wanted.

☆ 求人の広告を出す / 登廣告招聘人員。

☆ 求人難(＝働く人がなかなか見つからないこと) / 招聘人員難 (＝很難找到工作人員)。

対 求職

きゅうしんてき【急進的】キューシンテキ

理想や目的を急いで実現させようとするようす。中 急進(的)；冒進(的)。E radical; extreme.

☆ 急進的な改革は、人々の同意をえられない / 急進改革得不到國民的贊同。

☆ 急進的な考え方の政治家 / 激進派的政治家。

対 漸進的

きゅうしんりょく【求心力】キューシンリョク　あるものが回っているとき、その円の中心に向かって働く力。向心力。中 向心力。E centripetal force.

☆ 月が地球の周囲を回転するとき、地球が月におよぼす引力は求心力の作用をしている / 月球對地心引力產生向心力的作用，所以月亮繞著地球轉。

☆ 民族の求心力が働いて国家の統一が実現した / 民族向心力發揮效用，實現國家統一。

対 遠心力

きゅうす　キュース　お茶をいれるときに、葉を入れて湯をそそぎこむ、小型で、取っ手と口のついた道具。中 小茶壺。E a small teapot.

〔湯飲み〕

〔きゅうす〕

☆ お茶をいれるときは、最初に湯できゅうすを温めておく / 沏茶時要先將沸水倒入茶壺溫壺。

☆ きゅうすから湯のみにお茶をつぐ / 把茶從茶壺倒入茶杯。

きゅうせい【急性】キューセイ　症状が急に現れ進み方が速い、病気の性質。中 急性。E acute.

☆ 急性の胃炎で、はき気と痛みがひどいので会社を休む / 急性胃炎發作，又吐又疼，所以沒去上班。

☆ 急性肺炎 / 急性肺炎。

対 慢性

きゅうせん【休戦】キューセン〔～する〕

話し合って戦争をしばらくの間やめること。中 停戰。E a truce; a cease-fire.

☆ 住民のために1日も早い休戦を望む / 以居民為重盼望早日停戰。

☆ 休戦協定 / 停戰協定。

きゅうそく【休息】キューソク〔～する〕

疲れた心や体をゆっくり休ませること。中 休息。E (a) rest.

☆ 1週間に1度は休息をとる / 每週休息一次。

☆ 今度の夏休みには、南の島でゆっくり休息するつもりだ / 這個暑假打算在南方小島悠閒休息。

→休憩

きゅうそく【急速】キューソク　進み方などが非常に速いようす。中 迅速；快速。E rapid; quick.

☆ メアリーの日本語は、日本に来てから急速に進歩した / 來日本後，瑪麗的日語進步很快。

き

☆ この統計は国内経済の急速な発展を示している / 這次統計顯示國内經濟迅速發展。

きゅうだい【及第】キューダイ〔～する〕試験や検査に合格すること。また、資格や条件に合うこと。中 及格；合格；考上。E pass (an examination); pass muster.

☆ 進級テストに及第して４年に進むことができた / 升級考試合格，升四年級。

☆ それだけの知識があれば医者として及第だ / 擁有那麼多的知識，應該是合格醫師了。

対 落第、不合格

きゅうたいいぜん【旧態依然】キュータイイゼン　むかしのままですこしも進歩や変化のないようす。中 舊態依然。E remain unchanged; old-fashioned.

☆ 旧態依然とした考え方では若い社員の心はつかめない / 一味守成，是得不到年輕員工認同的。

☆ 旧態依然の経営方針 / 一成不變的經營方針。

きゅうち【窮地】キューチ　逃げることのできない苦しい立場。中 困境；窘境。E a difficult situation; a predicament.

☆ 周囲を敵にかこまれて窮地に追いこまれた / 被敵人包圍陷入困境。

☆ 全員に反対されて窮地に立っている / 遭受全員反對，陷入困境。

きゅうでん【宮殿】キューデン　国王、天皇などの住む建物。中 宮殿。E a palace.

☆ イギリスのバッキンガム宮殿 / 英國的白金漢宮。

☆ フランスのベルサイユ宮殿 / 法國的凡爾賽宮。

きゅうてんちょっか【急転直下】キューテンチョッカ〔～する〕ようすが急に変わって解決に近づくようす。中 急轉直下。E suddenly; all at once.

☆ 犯人がわかって事件は急転直下、解決に向かった / 查出犯案人，案情急轉直下迅速結案。

☆ 両国の話し合いにより、急転直下、戦争の終結を迎えた / 情勢在兩國談判後急轉直下，戰爭終於結束。

ぎゅうにく【牛肉】ギューニク　食用としての牛の肉。中 牛肉。E beef.

☆ すきやきに牛肉は欠かせない / 壽喜燒中牛肉是不可缺少的。

☆ 牛肉 100 パーセントのハンバーグ / 百分之百牛肉漢堡。

ぎゅうにゅう【牛乳】ギューニュー　飲み物としての牛の乳。ミルク。中 牛奶。E milk.

☆ 牛乳はカルシウムの多い食品だ / 牛奶是多鈣食品。

☆ しぼりたての牛乳を飲む / 喝剛擠出的牛奶。

数 1杯・1本

きゅうば【急場】キューバ　急いでなんとかしなければならないばあい。中 緊急場合；緊急情況。E an emergency; a crisis; a pinch.

☆ 財布を盗まれてしまったので、交番でお金を借りて急場をしのいだ / 錢包被偷向派出所借錢救急。

☆ 急場に間に合うように車の準備をしておく / 為應付緊急情況而備好車。

きゅうはく【窮迫】キューハク〔～する〕金がなくてたいへん困った状態になること。中 窘迫；窮困。E be reduced to poverty; be in financial difficulties.

☆ 生活が窮迫していて本を読む余裕などまったくない / 生活窘困無暇看書。

☆ 国家財政の窮迫 / 國家財政窘迫。

きゅうびょう【急病】キュービョー　急に病気になること。中 急病。E a sudden illness.

☆ 急病でマラソン大会に参加できなくなった / 因急病而無法參加馬拉松比賽。

きゅうへん【急変】キューヘン〔～する〕状態が急に悪いほうに変わること。中 急變；驟變。E a sudden turn; a sudden change.

☆ 病状が急変し、医者が駆けつけてきた / 病情突變，醫生趕過來。

☆ 天気の急変で登山は中止となった/天氣突變，登山中止。

きゅうぼう【窮乏】キューボー〔～する〕 金やものがなくて生活に困ること。書 中 貧窮；貧困。E destitution; poverty.

☆ 戦争が続くと、国民は窮乏に耐えなければならなくなる/戰爭持續下去的話，國民就必須忍受窮困。

☆ 不況で給料がもらえず窮乏生活が続いている/公司發不出薪水生活陷於貧困。

きゅうめい【究明・糾明】キューメイ〔～する〕 ❶事実や原因などを調べてはっきりさせること。中 查明；追求。E inquire into.

☆ 真相を究明する/查明真相 。

❷事件や犯罪について厳しく質問してはっきりさせること。中 查究；查明；追究。E examine (a matter) closely.

☆ 責任を糾明する/追究責任。

注 ❶は「究明」、❷は「糾明」。

きゅうゆ【給油】キューユ〔～する〕 機械がなめらかに動くように油をさしたり、燃料としての油を入れたりすること。中 加油；供油。E fill up; refuel.

☆ つぎのガソリンスタンドで給油しよう/到下一個加油站加油。

☆ 給油所/加油站。

☆ 給油船/加油船。

きゅうゆう【旧友】キューユー 古くからの友達。中 舊友；老朋友。E an old friend.

☆ 旧友と久しぶりに会った/碰見久違的老友。

☆ 10年ぶりに会った旧友はちっとも変わっていなかった/十年不見，老友一點也沒變。

きゅうゆう【級友】キューユー 学校で同じクラスの友達。中 同班同學。E a classmate.

☆ 級友と一緒に写真をとる/與同班同學一起拍照。

☆ 30人の級友全部でハイキングに出かけた/三十位同班同學一起去郊遊。

きゅうよ【給与】キューヨ 雇っている人が働いている人に払う金。特に公務員や会社員など勤め人に支払われる金。給料。中 工資；資薪；薪水。E a salary; pay.

☆ 会社からの給与のほかに、部屋を貸して収入をえている/除了薪水，還有房租收入。

☆ 給与所得/工資所得；薪資所得。

参 働いてもらう金のことを公式にいうことば。

きゅうよう【休養】キューヨー〔～する〕 病気になったときや疲れがひどいとき、しばらく仕事を休んで体や心をゆっくりさせること。中 休養。E (a) rest; recuperation.

☆ 休養のため温泉へ行く/準備去溫泉休養。

☆ 2、3日休養すれば治ります/休養兩三天就可以恢復了。

きゅうよう【急用】キューヨー 急ぎの用事。中 急事。E urgent business.

☆ 急用ができて旅行に行けなくなった/有急事無法去旅行。

☆ 急用だから手紙より電話で知らせたほうがいい/急事寫信太慢，最好用電話通知。

きゅうよのいっさく【窮余の一策】 非常に困ったときに考えだした1つの方法。中 窮極之策；最後一招；黔驢之技。E the last resort.

☆ 心境を問われていいことばが思い浮かばず、窮余の一策で漢詩の一節を読みあげた/被問及當時的心境時，想不出好的語言來表達，一時黔驢技窮，最後讀了一段漢詩交差。

きゅうり キューリ 野菜の一種。緑色で細長く、表面にとげのようなものがある。生のままや漬物にして食べる。中 黃瓜。E a cucumber.

☆ キュウリとレタスでサラダをつくる/用黃瓜和生菜做沙拉。

数 1本 →野菜 図

きゅうりょう【給料】キューリョー 「給与」の日常的な言い方。中 工資；薪資；薪水。

Ⓔ a salary; wages; pay.

☆ こんな安い給料では生活できない/這麼少的薪水無法過活。

☆ 給料が出る/發工資。

きゅうれき【旧暦】キューレキ　月がまるくなったり欠けたりすることをもとにしてつくった、むかしの暦。陰暦。㊥舊曆；陰曆；農曆。Ⓔ the old calendar.

☆ 日本では1872年まで旧暦が使われていた/日本一八七二年以前一直使用舊曆法。

☆ アジアには旧暦で正月を祝う国がある/亞洲有的國家按陰曆慶賀新年。

㊧新暦

きよ・い【清い】キヨイ　❶よごれていなくて、きれいだ。㊥清澈；不混濁。Ⓔ clear.

☆ 谷川の清い流れで顔を洗う/用山溪清洗臉。

☆ 清く澄んだ秋の月/清澈的秋月。

❷ 心が正しく、けがれていない。㊥純潔；潔白。Ⓔ clean; pure.

☆ 選挙には清い1票を入れよう/選舉時請投下神聖的一票。

☆ 清く正しく生きる/清白正直地生活。

きよう【起用】キヨー〔～する〕　いままで用いられなかった人を選びだしてたいせつな仕事をさせること。㊥起用；擢用。Ⓔ appoint; promote.

☆ 新しい仕事に新人を起用して成功した/起用新人擔任新職而獲成功。

☆ 世界情勢にくわしい人を外務大臣に起用する/任用熟知世局的人擔任外交部長。

きよう【器用】キヨー　❶手を使ってする細かい仕事が上手なようす。㊥手巧；靈巧。Ⓔ handy; clever; skillful.

☆ 器用な人だからセーターも編むし、シャツも縫う/她手很巧，不但會織毛衣，還會做襯衫。

☆ 器用貧乏(=器用なために1つのことに集中できなかったり、人から便利に使われ、いい仕事ができなかったりすること)/樣樣通樣樣鬆(=因為多才多藝反而不能集中力量做好一件事，或是因容易被人使喚利用反而無法做好自己的工作)。

㊧不器用・無器用

❷ 要領がよく、ものごとをうまく処理するようす。㊥巧妙；精明。Ⓔ cleverly.

☆ 二郎は会社の中で器用に立ちまわって、同期のだれよりも早く課長になった/二郎在公司表現精明幹練，比同期進公司的人早當上課長。

㊧不器用・無器用

きょう【経】キョー　仏教の教えを書いた文章。㊥佛經。Ⓔ a sutra.

☆ 僧が経を読む/和尚誦經。

☆ 寺でお経を唱える/在寺廟誦經。

きょう

【今日】キョー　この日。いまの日。こんにち。㊥今天；今日。Ⓔ today; this day.

☆ きょうはきのうより暑い/今天比昨天熱。

☆ きょうは忙しいので、あしたにしてほしい/由於今天忙，所以希望挪到明天。

関連 昨日、あした

注「こんにち」とも読めるので、区別するためには、ひらがなで書くほうがいい。

きょうい【胸囲】キョーイ　胸のまわりの長さ。㊥胸圍。Ⓔ a chest measurement.

☆ 胸囲をはかってみたら85センチあった/量得胸圍八十五公分。

☆ 胸囲のゆったりしたブラウス/胸圍寬鬆的襯衫。

きょうい【脅威】キョーイ　力や強さで相手を恐れさせること。㊥威脅。Ⓔ a menace; a threat.

☆ 各国の話し合いが進んで核戦争の脅威は少なくなった/各國談判進行順利，核戰威脅減少。

☆ 日本の経済発展がアメリカに脅威を与え

ている／日本經濟發展給美國帶來威脅。

きょういく【教育】キョーイク〔～する〕 知識、技術、教養などいろいろなことを人に教え、人を育てること。[中] 教育。[E] education; training.

☆ どんな子供もじゅうぶんな教育を受ける権利がある／每個孩子都有受教育的權利。

☆ 家庭教育／家庭教育。

☆ 義務教育／compulsory education.／義務教育。

きょういくすいじゅん【教育水準】キョーイクスイジュン 教育の平均的な程度。[中] 教育水準。[E] the standard of education.

☆ 国民の教育水準を高める／提高國民教育水準。

☆ 義務教育でみなが学校へ行くようになり、教育水準が上がった／實行義務教育，大家都能上學，教育水準因而提高。

きょういくせいど【教育制度】キョーイクセイド 教育を行うために、社会的にきちんと決められた仕組み。[中] 教育制度。[E] an educational system.

☆ 初等教育6年、中等教育6年の教育制度をとる国が多い／很多國家採用初等教育六年、中等教育六年的教育制度。

☆ 教育制度を改める／改革教育制度。

きょういてき【驚異的】キョーイテキ ひどく驚くほど珍しいようす。びっくりするほど。[中] 驚人(的)；驚奇(的)。[E] wonderful; marvelous.

☆ この本は驚異的なベストセラーとなった／這本書出奇地成了暢銷書。

☆ 驚異的な記録／驚人的紀錄。

きょういん【教員】キョーイン 学校で学生、生徒に教えることを職業としている人。[中] 教員；教師。[E] a teacher.

☆ 母は大学の教員をしている／母親是大學教師。

☆ 父は小学校での教員生活が長い／父親在小學當老師的日子很長。

きょうか【強化】キョーカ、キョーカ〔～する〕 もっと強くすること。また、強くしたもの。[中] 強化。[E] tighten; strengthen.

☆ 交通の取り締まりを強化する／強化交通管理。

☆ 強化ガラス／強化玻璃。

きょうかい【協会】キョーカイ ある目的のために人々が集まり協力して運営していく会。[中] 協會。[E] a society; an association.

☆ 交通安全協会は交通事故をなくすために活動している／交通安全協會為消除交通事故而努力工作。

きょうかい【教会】キョーカイ 宗教、おもにキリスト教を信じる人の組織。また、その人々が集まる建物。[中] 教會。[E] a church.

☆ 日曜には教会へ行って神に祈る／週日去教會向神祈禱。

☆ 教会で結婚式をあげる／在教會舉行結婚典禮。

きょうかい【境界】キョーカイ 土地やものごとの、向こうとこちらを分ける境目。[中] 境界；邊界；界線。[E] a border; a boundary.

☆ 小さな川がとなりの村との境界になっている／小溪成為與鄰村的分界線。

☆ 生物学と化学の境界のところを研究する／研究介於生物學和化學之間的學問。

☆ 境界線／邊界線。

きょうかしょ【教科書】キョーカショ 授業のとき使う本。[中] 教科書；課本。[E] a textbook.

☆ 教科書を教えるのでなく教科書で教えることがたいせつだ／教書不宜照本宣科，要教學生懂得書中道理才是最重要的。

☆ 化学の教科書／化學教科書。

[数] 1冊

きょうかつ【恐喝】キョーカツ〔～する〕 相手の弱みなどをつかんでこわがらせ、金や品物を無理やりに取りあげること。[中] 恐嚇；恫嚇；威嚇。[E] threaten; blackmail.

☆ やくざが小さな店の経営者を恐喝して金を巻き上げた／流氓恐嚇小店老闆捲走錢財。

☆ 恐喝罪 / 恐嚇罪。

きょうかん【共感】キョーカン〔～する〕 他人の考えや感じ方に自分も同じようだと思う感情、気持ち。中 同感；共鳴。E sympathy; a response.

☆ 体験をもとにしたトムの話は多くの人の共感を呼んだ / 以體驗為基礎湯姆的故事引起了許多人的共鳴。

☆ 性差別をなくそうという意見に共感する / 在消除性別歧視(=兩性平權)的議題上形成共識。

対 反感

きょうき【凶器】キョーキ　ナイフやピストルなど、人を殺したり傷つけたりするのに使う道具。中 兇器。E a lethal weapon.

☆ 殺人現場に凶器が残されていた / 殺人現場留下兇器。

☆ 大地震では窓ガラスも凶器になる / 大地震中窗戶玻璃也具殺傷力。

きょうぎ【協議】キョーギ、キョーギ〔～する〕 人々が集まって相談すること。中 協議；協商；商議。E discuss; a conference.

☆ 3カ国が集まって貿易問題を協議した / 三國集會協商貿易問題。

☆ 会社の経営について協議する / 就公司的經營進行商議。

☆ ごみ処理問題協議会 / 垃圾處理問題協議會。

→会議

きょうぎ【競技】キョーギ〔～する〕 スポーツの試合などで、勝ち負けや技を争うこと。中 比賽；體育比賽。E a game; a race; an event.

☆ 水泳大会の競技に出場する / 出場進行游泳比賽。

☆ 体操の競技種目 / 體操的比賽項目。

☆ 競技会 / 比賽大會。

☆ 陸上競技 / 田徑比賽。

ぎょうぎ【行儀】ギョーギ　動作や話し方などの作法。中 舉止；禮貌。E manners; behavior.

☆ 子供のとき、母に行儀が悪いとよくしかられた / 小時候，經常被媽媽斥責說沒禮貌。

☆ 静かに行儀よく食べる / 靜靜地很有教養地吃飯。

きょうきゅう【供給】キョーキュー〔～する〕 ❶ 相手がほしいと言ったとき、ものを与えること。中 供給；提供。E supply; provide.

☆ 災害地の人に食糧や衣類を供給する / 供應糧食和衣服給受災地區的人們。

❷ 生産者が商品を市場に出すこと。中 供應。E supply.

☆ この商品は買いたい人が多くて供給が間に合わない / 想買這種商品的人很多，供不應求。

対 需要

ぎょうぎょうし・い【仰仰しい】ギョーギョーシイ　表現などが大げさだ。中 誇大；誇張。E ostentatious; exaggerated.

☆ 小さな傷なのに仰々しく包帯を巻いている / 傷口很小，卻誇張地纏著繃帶。

☆ ちょっとしたことを仰々しく騒ぎたてる / 為一點小事就誇張地大吵大鬧。

きょうぐう【境遇】キョーグー　その人が置かれている家庭環境、経済、健康、職業、友人関係などの状態。中 境遇；處境；環境。E circumstances; environment.

☆ 洋子は健康でお金があって好きな仕事ができるという恵まれた境遇にいる / 洋子的境遇很好，身體健康，有錢又有好工作。

☆ 不幸な境遇で育つ / 在不幸的環境中成長。

☆ さびしい境遇 / 寂寞的處境。

きょうくん【教訓】キョークン〔～する〕 失敗しないようによく教えわからせること。また、その教え。中 教訓。E a lesson; a moral.

☆「イソップ物語」には話の中に必ず教訓がある /《伊索寓言》的故事中必定含有寓意。

☆ 今度の失敗はわたしにとっていい教訓となった / 這次的失敗對我來說是個很好的教訓。

☆ 教訓を与える / 予以教訓；使受教訓。

きょうけん【強健】キョーケン　体が強く丈

夫なようす。中 強健；強壯；健壯。E robust; healthy.

☆ 身体強健で運動好きな人を求める/尋找身體強健喜歡運動的人。

☆ 強健な肉体の持ち主/擁有強健體魄的人。

対 虚弱

きょうげん【狂言】キョーゲン ❶日本の古典演劇の１つ。室町時代に発達したこっけいな劇。能狂言。中 狂言。E a farce presented between *Noh* plays.

☆ 能楽と能楽の間に狂言を演じる/在能樂和能樂之間穿插的滑稽劇。

〔狂言❶〕

❷ いかにも本当のようにして人をだまそうとするたくらみ。中 詭計；騙局。E a sham; a mock.

☆ 去っていった恋人を呼びもどしたいために狂言自殺をはかった/為了想要離去的戀人回頭，而謀劃自殺騙局。

☆ 狂言強盗(＝強盗にやられたようにうそを言うこと)/謊報被搶(＝撒謊說被強盜搶了)。

きょうこ【強固】キョーコ　しっかりしていて動かされないようす。中 堅固；鞏固。E firm; strong.

☆ 強固な意志を持って研究を続ける/以頑強意志持續研究。

☆ 強固な信念/堅強的信念。

☆ 強固な地盤/穩固的地盤。(票源穩定的地區)

対 軟弱

きょうこう【恐慌】キョーコー ❶恐れあわてること。中 恐慌；惶恐。E a panic; a scare.

☆ 突然の停電に住民たちはみな恐慌をきたした/突然停電，造成居民惶恐不安。

❷ 経済が混乱し、会社などがつぶれ、生活が苦しくなること。中 經濟恐慌；經濟危機。E a panic; a depression.

☆ 1929年にアメリカから始まった恐慌は世界じゅうにひろまった/1929年源自美國的經濟恐慌蔓延全世界。

☆ 経済恐慌/經濟恐慌；經濟危機。

きょうこう【強行】キョーコー〔～する〕強い反対があってもかまわず無理やり行うこと。中 強行。E force; enforce.

☆ 反対意見を無視して工事を強行する/無視反對意見強行施工。

☆ 強行採決/強行裁決。

→断行

きょうこう【強硬】キョーコー　自分の意見を強く押し通そうとするようす。中 強硬。E firmly; strong.

☆ 国民は公共料金の値上げに強硬に反対した/國民強烈反對公用費率上漲。

☆ 強硬手段(＝主張を実現するために、思いきった方法をとること)/強硬手段(＝為實現主張採取斷然措施)。

対 柔軟、軟弱

きょうざい【教材】キョーザイ　教えるための材料。中 教材。E teaching materials.

☆ 新聞は日本語学習のいい教材になる/報紙是學習日語的好教材。

☆ 教科書以外に地図、スライド、ビデオなどを教材として使う/除教科書以外，還使用地圖、幻燈片、錄影帶等作教材。

きょうさく【凶作】キョーサク　作物のできが非常に悪いこと。中 歉收；收成不好。E a poor harvest; a crop failure.

☆ 雨が少なくて米は凶作だ/雨水缺乏稻穀歉收。

☆ 凶作で作物は去年の半分しかとれない/因歉收，作物收成只有去年一半。

対 豊作

きょうざめ【興ざめ】キョーザメ〔～する〕 おもしろみや魅力が、ちょっとしたことからつまらないものに思えること。中 掃興；敗興。E be disillusioned; spoil the pleasure.

☆ きれいな人だと思ったが、ことばが下品で興ざめした／感覺她長得很漂亮，但是說話低級令人掃興。

☆ 楽しいパーティーで、いない人の悪口を言うのは興ざめなものだ／在快樂的舞會上，說不在場人的壞話，真讓人掃興。

きょうし【教師】キョーシ　学問やいろいろの技術などを教える人。中 教師。E a teacher.

☆ 中学校で英語の教師をしている／在中學當英語老師。

☆ 山田さんはわたしにとって人生の教師といえる人だ／山田先生對我而言稱得上是人生的導師。

☆ ピアノの教師／鋼琴老師；鋼琴教師。

☆ 家庭教師／家庭教師。

ぎょうじ【行事】ギョージ、ギョージ　学校、会社、家庭などで、日をいつと決めて行う催し。中 活動；儀式。E an event; a function.

☆ 秋は運動会、見学、展覧会などの行事で学校は忙しい／秋天要辦運動會、參觀、展覽會等活動，學校很忙。

☆ ここは、お盆、月見など、むかしからの行事が盛んだ／在這裡，古老的中元節、中秋賞月等傳統的節日很盛行。

きょうしつ【教室】キョーシツ　❶ 学校で、授業や勉強をする部屋。中 教室；課堂。E a classroom.

☆ この学校には教室が12ある／這所學校有十二間教室。

☆ 教室で習ったことは忘れない／在課堂上學到的東西忘不了。

❷ 希望者を集めて、スポーツ、芸能、技術などいろいろなことを教える所。中 講習所；學習班。E a ～ school; a ～ class.

☆ スキー教室で講習を受ける／在滑雪講習班聽講。

☆ 話し方教室／說話技巧講習班。

☆ 料理教室／烹飪教室。

▷ 数❶1室

きょうじゅ【享受】キョージュ〔～する〕 精神的にも物質的にも外のものを受け入れて味わい楽しむこと。書 中 享受。E enjoy.

☆ 健康で文化的な生活を享受する／享受健康又有文化氣息的生活。

☆ 新しく獲得した自由を享受する／享受重新獲得的自由。

☆ 美の享受／美的享受。

きょうじゅ【教授】キョージュ、キョージュ

❶〔～する〕人にものを教えること。中 教；教授；講授。E teach; give lessons in.

☆ 生け花を教授する／教授插花。

☆ 日本語の個人教授／個人教授日文。

❷ 大学や高等専門学校などで教育や研究をする最高の職の人。中 教授。E a professor.

☆ ノーベル賞をもらった物理学の教授／獲得諾貝爾獎的物理學教授。

☆ 大学教授／大學教授。

きょうしゅう【郷愁】キョーシュー　故郷や、なくなってしまったもの、古い時代などをなつかしく思う気持ち。中 鄉愁；懷念故鄉的憂傷心情；懷鄉；思鄉。E homesickness; nostalgia.

☆ 外国に来て月を見ていると、郷愁を感じる／來到國外，一見月亮就思鄉情切。

☆ 京都や奈良を歩いて郷愁にふける／漫步在京都、奈良的街道上，不禁陷入鄉愁。

きょうしゅく【恐縮】キョーシュク〔～する〕　人に迷惑をかけたり、なにかをしてもらったりして申し訳なく思うこと。中 惶恐；過意不去；對不起；慚愧；羞愧。E be much obliged to; be sorry to trouble a person.

☆ たくさんおみやげをいただいて恐縮しています／收您這麼多禮物真是過意不去。

☆ 恐縮ですが、車に一緒に乗せていただけませんか/對不起，能讓我搭個便車嗎?

ぎょうしゅく 【凝縮】ギョーシュク〔～する〕 ❶ ばらばらのものがまとまり、小さくかたまること。また、かためること。中 凝結；凝縮。E condense; consolidate.

☆ これは命への思いを凝縮したすばらしい短歌だ/這是首凝聚對生命的的思索很棒的短歌。

❷ 気体が液体に変わること。また、変えること。中 凝結。E condense.

☆ 気体が凝縮する/氣體凝結。

☆ 水蒸気を凝縮すると水になる/水蒸氣凝結成水。

▷ 書

ぎょうしょ 【行書】ギョーショ 漢字の書き方の1つで、楷書をすこしくずしたもの。中 行書。E the semi-cursive style of writing Chinese characters.

☆ 色紙に中国の古い詩を行書で書く/在方形紙板上用行書寫上中國古詩。

関連 楷書、草書 →草書 図

きょう・じる 【興じる】キョージル、キョージル〔自動一〕 おもしろがる。ゲームや遊びに夢中になって楽しむ。興ずる。中 感覺有趣；愉快；以～取樂。E have fun; amuse oneself.

☆ 休日の夜は、家族が集まってトランプに興じる/放假晚上，家人聚在一起玩撲克牌為樂。

☆ 笑い興じる/歡笑。

きょうじん 【強靭】キョージン 精神などが強くて、ねばり強いようす。書 中 強韌；堅強；頑強。E strong; tenacious.

☆ 強靭な意志で、多くの難関を突破する/憑著堅強的意志突破許多難關。

きょうせい 【強制】キョーセイ〔～する〕 相手の気持ちを考えず無理にやらせること。中 強制；強迫。E compel; force.

☆ 子供に勉強を強制するのはよくない/強迫孩子學習不太好。

☆ 強制執行/強制執行。

きょうせい 【矯正】キョーセイ〔～する〕 悪いところを直してよくすること。中 矯正；匡正。E reform; straighten; correct.

☆ 歯の並び方が悪いので矯正する/牙齒排列不整，需要矯正。

☆ 矯正視力/矯正視力。

ぎょうせい 【行政】ギョーセイ 国家が法律にもとづいて政治を行うこと。中 行政。E administration.

☆ 国の行政は内閣によって進められる/國家的行政由內閣來負責實行。

☆ 地方の行政は都道府県、市町村や特別区が単位になっている/地方行政以都道府縣、市町村和特別地區為單位。

☆ 行政官庁/行政官署。

関連 立法、司法

ぎょうせき 【業績】ギョーセキ 仕事や研究などの立派な結果。中 成績；業績。E results; achievements.

☆ A教授は学問的な業績により賞を受けた/A教授因學問上的特殊成就而獲獎。

☆ 商品の販売で業績を上げ昇進した/銷售商品成績斐然，獲致晉升。

☆ 業績を残す/留下業績。

きょうそう 【競争・競走】キョーソー〔～する〕 ❶ 速さ、強さ、勝ち負け、いい悪いなどについて人と争うこと。中 競爭；競賽。E (a) competition; a contest.

☆ どちらが遠くまで泳げるか競争する/比賽看誰游得遠。

☆ 競争相手/競爭對手。

☆ 生存競争/生存競爭。

❷ 一緒に走って速さを争うこと。また、その競技。中 賽跑。E a race.

☆ 100メートル競走で1位になった/一百公尺賽跑得第一。

☆ 自転車競走/腳踏車賽。

注 ❶は「競争」、❷は「競走」。

きょうそん【共存】キョーソン〔～する〕

2つ以上のものが、ぶつかり合わずに一緒に生きていくこと。きょうぞん。中 共存；共處。E coexist.

☆ 人間は、動物や植物とうまく共存していかなければならない/人類必須和動植物共存共容。

☆ 考え方が違う国どうしが平和に共存する/與想法不同的國家和平共處。

きょうだい【兄弟】キョーダイ　同じ親から生まれた子供たち。中 兄弟；兄弟姊妹。E a brother; a sister.

☆ 洋子はきょうだいが多い/洋子兄弟姊妹多。

☆ きょうだいげんか/兄弟鬩牆。

☆ 5人きょうだい/五個兄弟姊妹。

参 兄と弟と姉と妹のすべてについていい、姉と妹など女だけの「きょうだい」を特に「姉妹」という。

きょうたん【驚嘆】キョータン〔～する〕

すばらしさにたいへん驚いて感心すること。中 驚嘆。E admiraton; wonder at.

☆ 8歳の子供のすばらしいピアノ演奏に驚嘆した/八歲孩子的精湛琴藝，令人驚嘆不已。

☆ 雪景色の美しさに驚嘆の声をあげる/雪景優美，嘆為觀止。

きょうだん【教壇】キョーダン　教室で教師が教えるときに立つ、すこし高くなっている所。中 講壇；講台。E a (teacher's) platform.

☆ 教室の前のほうに教壇と黒板がある/教室前面有講台和黑板。

教壇に立つ　教師になる。教師をする。中 站上講壇；當教師。E be a teacher.

☆ 大学卒業後すぐ教壇に立った/大學畢業後馬上當了教師。

教壇を去る　教師をやめる。中 離開講壇；辭去教書的工作。E retire from teaching.

☆ A先生は定年で教壇を去られた/A老師屆齡退休。

きょうち【境地】キョーチ　❶ 勉強や経験などの結果、えられた心の状態。中 境界；心境。E a state of mind; ground.

☆ 僧のような悟りの境地に達する/達到像出家人開悟的境界。

☆ 新境地を開く/開闢新境界。

❷ その人が置かれている立場。中 處境；境地。E a position; a situation.

☆ 品物が売れず責任者は苦しい境地に立たされている/商品滯銷，負責人處境艱難。

きょうちょう【協調】キョーチョー〔～する〕　考え方や立場が違ってもみなで力を合わせること。中 協調；合作。E cooperation.

☆ 社会生活では人と協調することがたいせつだ/在社會上，懂得與人協調是很重要的。

☆ 労働者と経営者の協調が求められている/尋求勞資雙方協調合作。

きょうちょう【強調】キョーチョー〔～する〕

強めたり強く言ったりして、あることをめだたせること。中 強調。E emphasize; stress.

☆ 敗戦記念日にあたり平和のたいせつさを強調する/在戰敗紀念日強調和平的重要性。

☆ 人間の自由と平等については、いくら強調してもしすぎることはない/關於人類的自由與平等，怎麼強調都不過份。

きょうつう【共通】キョーツー〔～する〕

あることがどれにもあてはまること。中 共同。E common.

☆ わたしたち夫婦には学生時代からの共通の友達が多い/我們夫婦從學生時代就有很多共同的朋友。

☆ 3人とも猫好きという点で共通している/愛貓是三個人的共同點。

☆ 共通の話題/共同的話題。

きょうてい【協定】キョーテイ〔～する〕

組織や団体などの間で、ある問題について約束すること。また、その内容。中 協定。E an

agreement; a pact.

☆ 魚をとる量についてのＡ国との協定を守る / 在漁獲量上，遵守與Ａ國訂定的協定。

☆ 交流協定を結ぶ / 締結交流協定。

☆ 協定価格 / 協定價格。

☆ 建築協定書 / 建築公司對周邊居民承諾新建大樓將維持一定環境水準，雙方簽訂之協議書。

参「協約」も似ているが、「協約」が正式に約束した内容に中心があり、文書を取りかわして確認する必要があるのに対して、「協定」は約束することに中心がある。だから、話し合いによる申し合わせ程度のときにも「協定」ということがある。

ぎょうてん【仰天】ギョーテン、ギョーテン〔～する〕 ひっくりかえりそうになるぐらい非常に驚くこと。中 大吃一驚；非常吃驚。E be greatly astonished.

☆ 戦争で死んだと聞いていた人が目の前に現れて仰天した / 聽說已在戰爭中捐軀的人卻突現眼前，讓我大吃一驚。

☆ レストランで、ビール１本3000円と言われて仰天した / 聽說餐廳一瓶啤酒要價三千日圓，讓人大吃一驚。

きょうど【郷土】キョード 生まれ育った土地。中 鄉土；故鄉。E one's native place; one's hometown.

☆ 郷土を愛する心 / 眷戀故鄉之情。

☆ 郷土の歴史 / 鄉土歷史。

☆ 郷土色(=その郷土独特の特徴)豊かな踊りや音楽 / 充滿鄉土氣息(＝鄉土獨特的特徵)的舞蹈和音樂。

参「故郷」「ふるさと」も似ているが、これらがそこを離れて住んでいるときにいうのに対して、「郷土」はいま住んでいる所にもいう。

きょうどう【共同】キョードー ２人以上の人が一緒になにかをしたり、１つのことに同じ立場で関係したりすること。中 共同。E cooperation; collaboration.

☆ 会社を共同で経営する / 共同經營公司。

☆ 校内の設備を共同で利用する / 共同利用校內設備。

☆ 共同生活 / 共同生活。

対 単独

きょうどうくみあい【協同組合】キョードークミアイ 生産者や消費者が経済的利益のためにつくる組織。中 合作社。E a cooperative (association).

☆ 漁業協同組合 / 漁業合作社。

☆ 生活協同組合 / 消費合作社。(→生協 項目)

☆ 農業協同組合 / 農業合作社。

きょうはく【脅迫】キョーハク〔～する〕 相手をおどして、無理になにかをさせること。中 威脅；脅迫；恫嚇。E a threat; intimidate.

☆ 5000万円出さないと子供の命はないという脅迫の電話があった / 接到如果不交出五千萬日圓孩子就沒命的恐嚇電話。

☆ いやなら会社をやめてもらうと脅迫されて仕事を引き受けた / 受公司威脅「不喜歡做就辭職」，只好承擔工作。

きょうはん【共犯】キョーハン ２人以上の人が相談して悪いことをすること。また、その罪をおかした人。中 共犯；同謀；同夥。E complicity.

☆ この複雑な事件には必ず共犯がいると思う / 我想這起複雜的案件裡一定有共犯。

☆ 共犯者をさがしだす / 開始搜尋共犯。

きょうふ【恐怖】キョーフ、キョーフ〔～する〕 危険を感じてたいへん恐ろしく思うこと。中 恐怖；恐懼。E fear; terror; horror.

☆ 戦争に行って死の恐怖に直面した / 去打仗，面對死亡的恐怖。

☆ 高いビルの屋上から下を見て、恐怖におそわれた / 從高樓的屋頂往下看令人感到恐懼。

☆ 恐怖心 / 恐懼感。

きょうぼう【凶暴・狂暴】キョーボー

❶ 性質が乱暴で、人に害を与えやすいようす。中 兇暴；殘暴；狂暴。E brutal; ferocious.

☆ あの男は凶暴で、近くにあるものをなんでもこわしてしまう/那個男人生性殘暴，把附近的東西全毀了。

☆ 凶暴性 / 殘暴性。

☆ 凶暴犯 / 兇暴的犯人。

❷ 狂ったように乱暴を働くようす。中 狂暴；兇暴。E violent; frenzied.

☆ 兄は酒を飲むと狂暴になって、だれとでもけんかを始める/哥哥一喝酒就抓狂，不管和誰都吵架。

注 ❶は「凶暴」、❷は「狂暴」。

きょうみ【興味】キョーミ、キョーミ おもしろみを感じて心がひかれること。中 興趣。E interest.

☆ 絵に興味のある人と一緒に展覧会に行く/和對畫有興趣的人一起去參觀畫展。

☆ 興味を失う / 失去興趣。

☆ 興味津々(=非常に興味があるようす)/興致勃勃(=非常感興趣的樣子)。

参「関心」も似ているが、「関心」は、「政治に対する関心が高い」「子供の教育にもっと関心を払ってほしい」のように、あることに心をひかれてより深く知ろうとする知的な心の動きがもとになっている。これに対して「興味」は個人的なことがらに用いることが多く、また、知的なことに限らずさまざまな好奇心がもとになっている。

きょうみぶか・い【興味深い】キョーミブカイ たいへんおもしろく感じる。中 很有興趣；頗有意思。E interesting; with great interest.

☆ アンケートをしたら、興味深い結果が出た / 問卷調查出現了有趣的結果。

☆ あなたの研究発表はとても興味深く聞かせていただきました / 有幸聽您發表研究成果，覺得非常有意思。

ぎょうむ【業務】ギョーム 会社や役所などでの仕事。中 業務；工作。 E business; duties.

☆ 日々の業務に追われて全体を見通す余裕がない / 每天忙於業務，無暇顧全大局。

☆ 業務上の過失は罪が重くなる / 業務上的過失使罪責加重。

☆ 業務命令 / 工作指令。

きょうめい【共鳴】キョーメイ〔～する〕 ほかの人の考え方や行動に心から賛成すること。中 共鳴；同情；贊同。E sympathy.

☆ 洋子の主張は多くの人の共鳴を呼んだ/洋子的主張引起很多人的共鳴。

☆ 教育者としての母の生き方に共鳴する/我贊同身為教育家的母親的人生哲學。

きょうやく【協約】キョーヤク〔～する〕 当事者の間で相談のうえ約束すること。また、その文書。中 協約；協定。E an agreement; a pact.

☆ 協約を結ぶ / 締結協約。

☆ 団体協約 / 團體協約。

☆ 労働協約 / 勞動協約。

→協定

きょうゆう【共有】キョーユー〔～する〕 1つのものを2人以上の人が一緒に使ったり所有したりすること。中 共有；共同所有。E own a thing jointly; common.

☆ 会社の仲間とヨットを共有する / 與公司同事共同擁有遊艇。

☆ 夫と妻の共有の財産 / 夫妻的共有財產。

対 専有

きょうよう【共用】キョーヨー〔～する〕 あるものを、2人以上の人や団体で使うこと。中 共同使用。E share ~ with; for common use.

☆ この運動場は小学校と中学校で共用している / 這個運動場由小學和中學共同使用。

☆ 家族共用のワープロを買った / 買了家人共用的文字處理機。

対 専用

きょうよう【教養】キョーヨー　人間として必要な学問、知識、心の豊かさなど。中 教養；修養；文化；文化教育。E culture; education.

☆ 子供に高い教養を身につけさせる / 讓孩子學習高級文化的素養。

☆ 教養を高める / 提高素養。

☆ 教養番組 / 文教節目。

きょうらくてき【享楽的】キョーラクテキ　人生を楽しむことをだいじに考え、いつも楽しみを追い求めるようす。中 享樂的；追求享受的。E pleasure-seeking.

☆ 京子は現在だけを楽しんで享楽的に生きている / 京子只求眼前的快樂，愛好生活享受。

☆ 享楽的な生活 / 享樂的生活。

きょうらん【狂乱】キョーラン〔～する〕　気が狂って行動がふつうでなくなったり、ものごとが異常な状態になったりすること。中 狂亂；瘋狂。E become frantic; be beside oneself.

☆ 妻と子供の突然の事故死に、老いた叔父は狂乱した / 妻兒死於突發事故，年邁的叔父因而為之發狂。

☆ あまりの悲しさに半狂乱(＝半分狂ったような状態)になる / 悲傷過度幾近瘋狂。

☆ 狂乱物価 / skyrocketing prices. / 物價暴漲。

きょうりょう【狭量】キョーリョー　他人の考えを受け入れられないほど心が狭いこと。中 度量小；氣度狹小。E narrow-minded.

☆ 市長は狭量で、市民の意見を聞こうとしない / 市長度量狹小，不聽市民意見。

☆ 狭量な人 / 度量小的人。

対 広量

きょうりょく【協力】キョーリョク〔～する〕　なにかをするとき、2人以上の人が力を合わせること。また、中心となる人に他の人が力をそえること。中 協力；合作；協助。E cooperate.

☆ 友人の事業に協力する / 協助朋友經營的事業。

☆ わたし1人ではできないので協力をお願いします / 我一個人做不來，請幫忙。

きょうりょく【強力】キョーリョク　力が非常に強いようす。中 力量大；強有力。E strong; powerful.

☆ 原子力は強力なエネルギーだ / 原子能是一種強而有力的能源。

☆ 環境を守る運動を強力に進める / 強力推動環保運動。

きょうれつ【強烈】キョーレツ　強くて激しいようす。中 強烈。E strong; intense; severe.

☆ 旅先で見た夕日の美しさが強烈に印象に残っている / 旅遊所見夕陽美景，留給我深刻印象。

☆ 強烈な個性 / 強烈的個性。

☆ 強烈なパンチ / a crushing punch. / 強烈的一擊。

ぎょうれつ【行列】ギョーレツ〔～する〕　人やものなどが順に並んで列をつくること。また、そのような列。中 行列；隊伍；排隊。E a line; a queue; a procession.

☆ 雨のためにバスが遅れているのか、停留所には長い行列ができている / 下雨，導致公車誤點，車站大排長龍。

☆ バーゲンでいいものを買うために、たくさんの人が行列して開店を待っている / 為了在大拍賣買到好貨，許多人大排長龍等待商店開門。

〔行列〕

きょえいしん【虚栄心】キョエイシン　表面だけ飾って自分をよく見せようとする気持ち。中 虛榮心。E vanity.

☆ 兄はつぎつぎと外国の高級車を買って、虚栄心を満足させている / 哥哥一輛接一輛地購買外國高級車，來滿足虛榮心。

☆ 虚栄心の強い人 / 虛榮心強的人。

ギョーザ (㊥餃子)ギョーザ　小麦粉をねった薄い皮の中に、細かく切った肉や野菜を包んでつくる、中国の料理。中 餃子。E a Chinese meat dumpling.

☆ 中国の北方では、正月にギョーザを食べる習慣がある/在中國北方過年有吃餃子的習慣。

☆ 焼きギョーザ/煎餃。

きょか【許可】キョカ〔~する〕　願いを聞いて、いいとして認めること。中 許可；允許；准許。E permission; a license.

☆ 講師の許可をえて講演を録音する/得到演講者的許可後才錄音。

☆ 法務省からビザ延長の許可が下りる/法務部的簽證延期許可下來了。

☆ 許可証/許可證。

対 不許可

きょぎ【虚偽】キョギ　本当でないことを本当のように見せかけること。うそ。書 中 虚偽。E false; untrue.

☆ 税金の虚偽の申告をする/逃漏稅、謊報稅。

☆ 警察で虚偽の証言をする/在警察局作偽證。

対 真実

ぎょぎょう【漁業】ギョギョー　魚や貝などをとったり育てたりする産業。中 漁業。E fishery.

☆ 漁業で暮らしを立てる/靠捕漁為生。

☆ 漁業組合/漁業工會。

☆ 沿岸漁業/沿岸漁業。

きょく【曲】キョク、キョク　音楽のメロディー。音楽作品。中 曲子；樂曲；歌曲；曲調；調子。E music; a composition; a tune.

☆ 静かでゆっくりした曲が好きだ/喜歡安靜而緩慢的曲調。

☆ モーツァルトの曲/莫札特的樂曲。

きょく【局】キョク　❶ 役所や会社などの組織をいくつかに分けたものの1つ。課の上が部、部の上が局で、いちばん大きい。中 局；司；室。E a bureau.

☆ 市の交通局/市交通局。

☆ 新聞社の編集局/報社的編輯室；報社編輯部。

❷「郵便局」「放送局」などを略した言い方。中 郵局；廣播電台。E a post office; a broadcasting station.

☆ 取材に出かけるが、局へはもどらない予定だ/出門採訪，打算不回電台了。

きょくげん【極言】キョクゲン〔~する〕　極端な言い方をすること。中 極端地說；徹底地說。E speak boldly; speak in extremes.

☆ 極言すれば、きみは24時間、会社人間で、家庭のことはなにも考えていない/說得極端一點，你是二十四小時都屬於公司的人，對家裡的事漠不關心。

きょくせつ【曲折】キョクセツ　ものごとの複雑な事情。中 曲折；複雜。E ups and downs.

☆ 2人はいろいろな曲折をへて離婚した/兩人經歷了許多曲折後離婚了。

☆ 両親の死、交通事故、失業など、道子の人生は曲折が多かった/父母變故、自己出了車禍又失業，道子的人生多坎坷。

きょくせん【曲線】キョクセン　なめらかに曲がった線。中 曲線。E a curve.

☆ ボールが曲線を描いて飛ぶ/球沿曲線飛行。

☆ この建物の美しさは屋根や柱の曲線にある/這座建築的美在屋頂和柱子的曲線。

対 直線　数 1本　→線 図

きょくたん【極端】キョクタン　考え方や行動が、常識からはずれてひどくかたよっていること。中 極端。E extreme.

☆ 一郎の極端な考えにはだれも賛成しなかった/對一郎那種極端的想法誰也不贊同。

☆ 母は猫を極端に嫌っている/母親極端地討厭貓。

☆ 両極端の意見/兩種極端的意見。

きょくど【極度】キョクド　これ以上ないというほど程度が高いようす。中 極度；頂點。E extreme; the maximum.

☆ 極度の疲労で動けなくなった/因極度疲勞而不能動彈。

☆ 喜びが極度に達した/興奮達到頂點；極其高興。

きょくめん【局面】キョクメン、キョクメン

❶ 碁や将棋の勝ち負けのようすを表す盤の上の状態。中棋的局面。E (*go, shogi*) the position.

☆ 先に始めた人に有利な局面となる/局面對先下手的人有利 。

❷ ものごとがどうなっていくかという、そのときの状態。中局面；局勢；形勢。E the situation; a phase.

☆ 世界の情勢は新しい局面を迎えている/世界情勢迎接新的局面。

☆ 困難な局面の打開(=解決)に努力する/努力打開(=解決)困難的局面。

きょくりょく【極力】キョクリョク、キョクリョク　できる限り。中儘量；儘可能；盡力。E to the utmost; as ~ as possible.

☆ 極力荷物を少なくして山に登る/儘量少帶行李登山。

☆ 遅刻は極力避けること/要儘量避免遲到。

きょくろん【極論】キョクロン〔~する〕 極端な言い方をすること。また、極端な意見。中極端地說；極端的意見。E an extreme statement.

☆ 極論すれば、環境破壊が進んで人類は滅亡する/極端地說，繼續破壞環境，人類終將滅亡。

☆ あの会社がすぐに倒産するというのは極論だ/說那家公司馬上要破產，是一種極端的看法。

きょじゃく【虚弱】キョジャク　生まれつき体が弱くて病気をしやすいようす。中虛弱；軟弱。E weak; delicate.

☆ 弟は虚弱で、小さいときから病院に通ってばかりいる/弟弟體弱多病，自幼就常跑醫院。

☆ 虚弱体質/a weak constitution. /虛弱的體質；體質虛弱。

対強健

きょしゅ【挙手】キョシュ〔~する〕 自分の意思を示すために片手をあげること。中舉手。E raise one's hand; a show of hands.

☆ この意見に賛成の方は挙手してください/贊成這個意見的人請舉手。

☆ 挙手によって決める/透過舉手來表決。

きょしんたんかい【虚心坦懐】キョシンタンカイ、キョシン・タンカイ　初めから自分だけのかたよった狭い考えを持たずに、人の意見やものごとをすなおに受け入れるようす。中虛心坦懷；坦白地。E frankly; open-mindedly.

☆ 虚心坦懐に人の話を聞けば、その判断が正しいことがわかる/如果虛心坦懷地聽人說明，就能明白那判斷是正確的。

☆ ものごとに虚心坦懐に接すれば新しい面がみえてくる/凡事虛心坦懷地面對，就能看到新的一面。

きょせい【虚勢】キョセイ　自信がないのに表面だけ元気があるように見せること。中虛張威勢；虛張聲勢。E a bluff; a false display of power.

☆ 虚勢を張って強がっているけれど、心の中は不安でいっぱいだ/虛張聲勢地逞強，其實心中充滿不安。

きょぜつ【拒絶】キョゼツ〔~する〕 相手の要求や要望をどうしてもいやだと言って断ること。中拒絕。E refuse; turn down.

☆ わが家の横に駐車場をつくらないように頼んだが、地主に拒絶された/請求地主不要在我家旁邊建停車場，但遭到拒絕。

☆ 拒絶反応/rejection./排斥反應。

対承諾、受諾

参「拒否」も似ているが、「拒絶」のほうが受け入れようとしない程度が強い。

ぎょせん【漁船】ギョセン　魚や貝などをとる船。中漁船。E a fishing boat.

☆ 朝早く漁船が港を出ていく/漁船一大早就

出港了。

☆ どの漁船も魚をたくさんとって帰ってきた / 每條漁船都滿載而歸。

数 1 隻・1 艘

ぎょそん【漁村】ギョソン　漁業で生活している人々が多く住む、海の近くの村。中 漁村。E a fishing village.

☆ 漁村の民宿に泊まって新鮮な魚をたくさん食べた / 借宿漁村民宅，吃到了許多鮮魚。

☆ 漁村で生まれたので水泳は得意だ / 出生於漁村，所以擅長游泳。

きょだい【巨大】キョダイ　非常に大きいようす。中 巨大。E huge; gigantic.

☆ 巨大に発展した都市 / 發展成巨大都市。

☆ 巨大な岩 / 巨大岩石。

☆ 巨大産業 / 巨型產業。

きょだつ【虚脱】キョダツ〔～する〕　気力がなくなり、なにもしたくなくてぼんやりすること。中 悵然若失；虛脫；失神。E lethargy; prostration.

☆ 戦争に負けて国民はみな、虚脱した表情を見せている / 戰敗，國民表情悵然若失。

☆ 事業に失敗して深い虚脱感におそわれた / 事業失敗，感覺虛脫茫然。

☆ 虚脱状態 / 虛脫狀態；失神的樣子。

ぎょっと　ギョット、ギョット〔～する〕　思いがけないことが起こり、一瞬、非常に驚くようす。話 中 嚇得心裡撲通一跳；大吃一驚。E be startled; be shocked.

☆ 夜道で突然後ろから肩をたたかれてぎょっとした / 走夜路時，突然從後面肩膀被拍了一下，嚇了一大跳。

☆ 請求書に予想の３倍もの金額が書かれていたので、ぎょっとした / 付款通知單上寫的金額是預想的三倍，讓我大吃一驚。

きょてん【拠点】キョテン　活動をするためのよりどころとなる場所。中 據點；基地。E a base; a stronghold.

☆ 市民センターが消費者運動の拠点になっている / 市民中心是消費者運動的據點。

☆ 住民たちは近くの学校を拠点にして文化活動を行っている / 居民們以附近學校為據點推動文化活動。

きょどうふしん【挙動不審】キョドーフシン　人の動作や行動に変なところがあってあやしいこと。中 行跡可疑。E behave suspiciously.

☆ 火事の現場で挙動不審の男を見た / 在火災現場看見了一個行跡可疑的男人。

☆ 警官が挙動不審な人になにか尋ねている / 警官正詢問行跡可疑的人。

きょとんと　キョトント、キョトント〔～する〕　驚いて、なんのことかわからず、目を大きく開けているようす。話 中 驚訝；目瞪口呆。

☆ 洋子は知らない人に突然親しそうに話しかけられ、きょとんとしている / 一位陌生人突然親切地向洋子打招呼，洋子愣住了。

☆ きょとんとした顔 / a stupid look of amazement. / 愣住的表情。

きょねん【去年】キョネン　今年の前の年。昨年。中 去年。E last year.

☆ 去年は今年より雨が多かった / 去年雨量比今年多。

☆ 子供が大きくなって、去年買った靴はもうはけない / 孩子大了，去年買的鞋已穿不下了。

関連 今年、来年

きょひ【拒否】キョヒ〔～する〕　相手の要求や要望をいやだと言って断ること。中 拒絕；謝絕；否決。E reject; refuse.

☆ 海外への転勤の命令を拒否する / 拒絕調職國外的命令。

☆ 拒否権 / a veto. / 否決權。

☆ 乗車拒否 / 拒絕乘車。(→ 項目)

対 承諾、受諾　→拒絶

きよ・める【清める】キヨメル〔他動一〕よごれやけがれを取り除いてきれいにする。

中弄潔淨；洗淨；去除污垢。E purify; cleanse.

☆ すもうでは、塩をまいて土俵を清める/相撲比賽前，先撒鹽巴以清淨摔跤場。

☆ 手を清めてから神社におまいりする/洗淨手後參拜神社。

対汚す

きょよう【許容】キョヨー〔～する〕 この程度ならいいと認めて許すこと。大目に見ること。書中容許；允許；寬容。E permit; allow; tolerate.

☆ 許容の範囲をこえた量の放射線を浴びる/接受放射線的量超過了允許範圍。

☆ このような規則違反はとても許容できない/像這樣違反規則，絕對不能容許。

☆ 許容量/允許量。

きよらか【清らか】キヨラカ よごれがなく、美しくさわやかなようす。中清；清新；清澈；不混濁；純潔；清白。E cleanly; pure.

☆ 清らかに澄んだ山の空気を吸う/呼吸山中清新空氣。

☆ 清らかな心/純潔的心。

☆ 清らかな水/清澈的水。

きょり【距離】キョリ ❶離れている２つの地点や２つのものの間の長さ。中距離；間隔。E (a) distance; an interval.

☆ 学校までの距離をはかる/測量到學校的距離。

☆ 急行料金は距離によって違う/快車車資因距離遠近而不同。

❷ 心と心の間が遠く離れていること。中隔閡；距離。E a difference; a gap.

☆ 親子の間に距離があって、子供はさびしがっている/親子之間有隔閡，孩子感到孤單。

☆ よく話し合って、おたがいの距離を縮めるようにしよう/要好好談談，縮短雙方距離。

きょろきょろ キョロキョロ〔～する〕 落ちつきがなく、あたりを見まわすようす。中東張西望。E (look around) restlessly.

☆ あの人は道に迷ったのか、地図を持ってきょろきょろしている/他可能迷路了，拿著地圖東張西望。

☆ 部屋の中をきょろきょろ(と)見まわす/環視房內。

きよわ【気弱】キヨワ 気が弱くて、なにごとにも消極的で自分の主張を押し通すことができないこと。中軟弱；心軟；懦弱。E timid; fainthearted.

☆ 気弱な性格で反対意見が言えない/他性格軟弱，不敢說出反對意見。

☆ 年老いてすっかり気弱になってしまった/上了年紀變得十分軟弱。

きらい【嫌い】キライ ❶そうしたくないようす。また、いやだと思うようす。中不喜歡；嫌惡；討厭。E dislike; hate; distasteful.

☆ 人の悪口ばかり言う人は嫌いだ/我討厭挑撥是非的人(說別人壞話的人)。

☆ 勉強が嫌いで困る/不喜歡讀書，十分傷腦筋。

☆ 嫌いな食べ物/討厭的食物。

☆ 食わず嫌い/沒有嚐過味道就說不喜歡；不知其內容就感到厭煩(的人)；懷有偏見(的人)。(→項目)

対好き

❷ よくない傾向。中不好的傾向；有～之避嫌。E a smack; a touch.

☆ 最近の若者は努力を避けるきらいがある/最近的年輕人有逃避努力的傾向。

▷ 他動嫌う

注 ❷はひらがなで書く。

きら・う【嫌う】キラウ〔他動五〕(きらって) いやがる。好まない。中嫌惡；厭惡；討厭。E dislike; hate.

☆ 野菜を嫌う子が多いのは、困ったことだ/很多孩子討厭吃蔬菜，真傷腦筋。

☆ 勉強を嫌う/討厭讀書。

対好く、好む、愛する 名嫌い

きらきら キラキラ〔～する〕 美しく光り

輝くようす。中 閃閃發亮。

☆ 雪に朝日が当って、きらきら（と）光っている / The snow is sparkling in the morning light. / 朝陽照得白雪閃閃發亮。

☆ 子供は目をきらきらさせて、虫の動きを見ている / 孩子亮著眼睛，觀察蟲子的活動。

→ぎらぎら

ぎらぎら ギラギラ〔～する〕 ❶ 強く光り輝くようす。中 閃爍；耀眼。

☆ 真夏の太陽がぎらぎら（と）輝いている / The midsummer sun is shining glaringly. / 盛夏陽光閃耀。

❷ 感じ悪く光るようす。中 晃眼；耀眼。

☆ 川の水の表面に油が浮いて、ぎらぎらしている / Oil slicks are shining on the surface of the river. / 河水表面浮油閃爍發光。

参 ❶は「かんかん」「きらきら」と似ているが、「かんかん」が熱や暑さを強くいうのに対して、「ぎらぎら」は輝いていることを強くいう。また、「きらきら」のほうが「ぎらぎら」より輝きがやわらかく、「真夏の太陽がきらきら輝く」とはいわない。

きらく【気楽】キラク 責任や心配がないので、気をつかわなくていいようす。中 舒暢；輕鬆；安逸。E comfortably; carefree; easy.

☆ 老後は仕事からも家族からも解放されて気楽に暮らしたい / 晚年，想卸下工作和家庭重擔，享享清福。

☆ 気楽な商売 / 輕鬆的買賣。

きらびやか キラビヤカ はなやかで、きらきらと輝くほど美しいようす。中 光輝燦爛；燦爛奪目；華麗。E gorgeously; showy.

☆ いくつものアクセサリーを身につけ、きらびやかに装う / 全身戴滿飾物，裝扮華麗光彩。

☆ きらびやかなドレス / 燦爛奪目的盛裝。

きらめ・く キラメク〔自動五〕(きらめいて) きらきらと光る。中 閃閃發光；閃耀。E twinkle; sparkle.

☆ 夜空にたくさんの星がきらめいている / 夜空滿佈星辰閃閃發光。

☆ ネオンがきらめく盛り場 / 霓紅燈閃爍的鬧區。

名 きらめき →ひらめく

きり【霧】キリ ❶ 水蒸気が地面近くで水の粒となって集まり、煙のように見えるもの。ガス。中 霧。E (a) fog; (a) mist.

☆ 霧が深くて先が見えない / 霧很濃看不見前方。

☆ 霧に包まれたロンドンの街を歩く / 走在霧氣籠罩的倫敦街道上。

☆ 霧が晴れる / 霧散了。

❷ 水などの液体を細かくして空気中に飛ばしたもの。中 噴霧。E spray.

☆ アイロンをかける前に衣類に霧を吹く / 使用熨斗前，先在衣服上噴水。

参 ❶は「もや」「かすみ」と似た現象であるが、気象用語では、見える距離が１キロ未満のばあいを「霧」、１キロ以上のばあいを「もや」という。また、発生時刻としては「霧」「もや」は昼のものにも夜のものにも使うが、「かすみ」は昼のものだけをいう。さらに、古くから春のものは「かすみ」、秋のものは「霧」と区別して使っている。

きり ❶ものごとがそれだけであることを表す。中 表示限定。

☆ ２人きりで話すのは久しぶりだね / It has been a long time since just the two of us talked alone together. / 好久沒有這樣兩人促膝長談。

☆「はい」と言ったきり黙ってうつむいている / 只說了句「是」，就低頭無語。

❷ ずっとそのままの状態が続いているようす。中 一直持續著那種態。

☆ 道子は病人につききりで世話をしている / Michiko has taken care of a sick person without leaving him for a moment. / 道子寸步不離地照料病人。

❸ (「～きり…ない」の形で)それで終わり、その後の動作がなにも行われない。中 只；僅；全然。

☆ わたしは、朝、牛乳を飲んだきりでなにも食べていない / I only drank milk in the morning and haven't eaten anything. / 早晨只喝了點牛奶，到現在什麼都沒吃。

☆ 外国へ行ったきり帰ってこない / 出國至今未返。

ぎり【義理】ギリ ❶人とのつきあいで、いやでもしなければならないこと。中 情義；情分；禮節。E (an) obligation; (a) duty.

☆ ほしくなかったが、義理で友達の会社の商品を買った / 雖不想買，但礙於情分，還是買了朋友公司的東西。

☆ 義理と人情の板ばさみ/義理人情，左右為難。

❷ 血のつながりのない親子、きょうだいなどの間柄。中 無血緣的親戚關係。E ～ -in law.

☆ 妹の夫はわたしにとって義理の弟に当たる / 妹妹的丈夫是我妹夫。

☆ 義理の母 / 丈母娘；岳母。

義理にも お世辞にも。中 就算看在情面上也～。E even to be polite.

☆ 新しい大臣のスピーチは義理にもうまいとは言えない / 新任部長的演講就算看在情面上也不能說是很精彩。

義理を立てる 自分の気持ちよりも、人とのつきあいや、人から受けた恩恵にお返しをすることを重視する。中 照顧情面；看在情分上。E do one's duty (regardless of personal feelings).

☆ 先輩に義理を立てて、先輩の出した本を5冊も買った / 為了捧場，買了五本學長出的書。

似た表現 義理が立つ、義理立て

きりあ・げる【切り上げる】キリアゲル、キリアゲル〔他動一〕 ❶することが残っていても、適当なところでやめて、終わりにする。中 結束；告一段落。E leave off; cut short.

☆ 授業を早めに切り上げて、運動会の準備をする / 提早下課，準備運動會。

☆ 仕事を4時に切り上げて花見に行く / 工作到四點告一段落，然後去賞櫻花。

❷ 計算で、ある位より小さいはんぱの数を取り去り、その代わりにその上の位に1を加える。たとえば、5.3を6とする。中 進位。E round up; raise.

☆ 小数点以下を切り上げる / 小數點以下進位。

対 切り捨てる

❸ 外国の通貨に対して、自国の通貨の価値を高くする。中 升值。E revalue (a currency).

☆ 円を切り上げる / 使日圓升值。

対 切り下げる

▷ 名 切り上げ

きりか・える【切り替える】キリカエル、キリカエル〔他動一〕 いままでのやり方などをやめて、ほかのものにする。中 轉換；改換。E change; switch.

☆ 鉄道を廃止して、バス輸送に切りかえる / 廢除鐵路改用汽車運輸。

☆ テレビのチャンネルを切りかえる / 切換電視頻道。

名 切り替え 自動 切り替わる

きりきり キリキリ ❶ものが、きしみながら激しく回転するようす。中 轉得快。

☆ 魚がえさに食いついたので、釣り糸をきりきり（と）巻き上げた / A fish caught at the bait so I began to vigorously reel in the line. / 感覺魚吃餌了，立刻快速用力捲起魚線。

❷ 鋭く痛むようす。中 刺痛；絞痛。

☆ 急に胃がきりきり(と)痛みだした / Suddenly my stomach began to hurt acutely. / 胃突然絞痛起來。

ぎりぎり ギリギリ 時間、数や量、程度などが限度いっぱいで、まったくゆとりがないようす。中 最大限度；極限；到底。E just barely; the utmost possible limit.

☆ ぎりぎりで約束の時間に間に合った / 勉強

趕上約定的時間。

☆ ぎりぎりの線で譲歩する/做出最大限度的讓步。

きりきりまい【きりきり舞い】キリキリマイ〔～する〕　非常に忙しく働くこと。中忙得不可開交。E hustle around; have a hectic time.

☆ いちどにたくさん注文がきて、きりきりまいしている/一下子來了許多訂單，忙得不可開交。

きりくず・す【切り崩す】キリクズス、キリクズス〔他動五〕(きりくずして)　❶山やがけなどをけずって形をこわす。中砍低；削平。E cut through; level.

☆ 山を切りくずして住宅地にする/劏平山地變成住宅區。

❷相手の結びつきを乱し、力を弱める。中離間；瓦解。E split; break.

☆ 反対派を切りくずす作戦を立てる/制定戰術瓦解反對派。

▷ 名切り崩し

きりさ・げる【切り下る】キリサゲル、キリサゲル〔他動一〕　外国の通貨に対して、自国の通貨の価値を低くする。中貶值。E devalue (a currency).

☆ 円を切り下げる/使日圓貶值。

対切り上げる　名切り下げ

きりす・てる【切り捨てる】キリステル、キリステル〔他動一〕　❶いらない部分を切って捨てる。中砍下扔掉；切掉；切去。E cut away; cut down.

☆ 魚の頭と尾を切り捨てる/切掉魚的頭和尾。

☆ 弱者を切り捨てる政策は困る/放棄弱者的政策令人擔心。

❷計算で、ある位より小さいはんぱの数を取り去り、0とする。たとえば、16.7を16とする。中捨去。E omit; discard.

☆ 小数点以下を切り捨てる/捨去小數點以後的部分。

対切り上げる

▷ 名切り捨て

キリストきょう【キリスト教】キリストキョー　西暦30年ごろ十字架にかけられたイエス・キリストが始めた宗教。キリストの福音(中基督的福音。E The Christian gospel.)と、神の子としての存在を中心とする。中基督教。E Christianity.

☆ キリスト教を信じる/信仰基督教。

☆ キリスト教徒/基督教徒。

きりだ・す【切り出す】キリダス、キリダス〔他動五〕(きりだして)　❶切り取って運びだす。中砍伐後運出。E bring down; quarry.

☆ 山から木を切りだす/從山中伐木後運出。

❷用意してきた話、相談などを改まって話しはじめる。中開口說話。E begin to talk about; broach.

☆ 来客はあいさつをすますと、さっそく用件を切りだし、資金を援助してほしいと頼んだ/客人稍事寒暄後馬上進入正題，請求給予資金援助。

☆ 別れ話を切りだす/開口要求分手。

きりつ【規律】キリツ、キリツ　人の行いのもととして決めたもの。一定の秩序。中規律；紀律。E order; discipline; rules.

☆ 毎日の予定表にしたがって規律ある生活をする/每天按照預定時間表過規律的生活。

☆ 団体生活では規律を守ることがたいせつだ/團體生活遵守紀律是很重要的。

きりつ・める【切り詰める】キリツメル、キリツメル〔他動一〕　❶一部分を切り取って形を小さくする。中剪短。E shorten.

☆ そで丈を切りつめる/將袖長剪短。

❷節約して、出費や使う量を少なくする。中削減；縮減。E cut down; reduce.

☆ 収入が減ったので、食費を切りつめている/收入減少，縮減伙食費。

☆ 切りつめた予算/削減後的預算。

きりぬ・ける【切り抜ける】キリヌケル、キリヌケル〔他動一〕 あぶないところや苦しいところをやっと抜け出る。中擺脫；闖過；脫離。E pull through; tide over.

☆ 病人は、危険な容体を切り抜けて、静かに眠っている/病人脫離險境，靜靜地睡著了。

☆ 不況を切り抜ける/擺脫景氣蕭條。

きりふだ【切り札】キリフダ ❶トランプで、いちばん強い札。中王牌。E a trump (card).

☆ とっておきの切り札でゲームに勝つ/打出最後王牌而獲勝。

❷ 最後に使う最も効果的な手段。中最後的招數；王牌。E one's last resort.

☆ A国は石油を切り札にして強い姿勢で会議に臨んだ/A國把石油當作王牌，以強硬的姿態出席會議。

☆ リレー競走で、最後の切り札として足の速いジョンを起用する/接力賽中打出最後一張王牌，起用了飛毛腿約翰。

きりまわ・す【切り回す】キリマワス、キリマワス〔他動五〕(きりまわして) いろいろこみいった仕事などを、中心になってうまく処理する。中料理；掌管。E run (a store); manage.

☆ 父が死んでから、母は1人でこの店を切りまわしてきた/父親去世後，母親獨自掌管了這家店。

名切り回し

きりょう【器量】キリョー ❶地位や役職にふさわしい能力や心の広さ。中才幹；氣量。E ability; dignity.

☆ A教授は若い研究者や学生の気持ちをよく理解できる器量の大きい人だ/A教授氣度大，很能理解年輕研究員和學生的心情。

☆ B部長は失敗をなにもかも部下のせいにして器量を下げてしまった/B經理將失敗責任全部推給部下，真是丟人。

❷ 人の顔形。中容貌；相貌。E looks; features.

☆ 洋子は器量もいいし心もやさしい/洋子不但貌美且心地善良。

☆ 器量よし/相貌漂亮。

きりょく【気力】キリョク、キリョク 苦しくても仕事や運動などを最後までしようとする強い気持ち。中勇氣；毅力；魄力。E energy; spirit; vitality.

☆ 体力はあるのに気力がたりなくて試合に負けた/有體力卻沒有毅力，所以比賽輸了。

☆ 病気を治すには、医者の力だけでなく本人の気力がたいせつだ/要治好病，不只是靠醫生的力量，本人的毅力也是很重要的。

対体力

きる【着る】キル〔他動一〕 ❶衣服などを身につけて、体をおおう。中穿。E put on; wear.

☆ 上着を着る/穿上衣。

対脱ぐ

❷ いやなことを自分の身に受ける。中承受。E take (a crime) on oneself; be grateful.

☆ 人の罪を着る/替他人受罪。

☆ 恩に着る/感恩。

参 ❶は、「オーバーを着る」「セーターを着る」など全体か上半身をおおうような衣服を身につけるときに使う。頭、手、足、下半身だけのときは、「帽子をかぶる」「手袋をはめる」「靴下をはく」「ズボンをはく」などと別のことばを使う。

き・る【切る】キル〔他動五〕(きって) ❶ひと続きのものを、刃物などで離れ離れにする。中剪；切。E cut.

☆ はさみで紙を切る/用剪刀剪紙。

☆ つめを切る/剪指甲。

❷ 刃物などで傷をつける。中切傷；砍傷。E cut.

☆ ナイフで指を切る/小刀切傷手指。

❸ つながりをなくす。終わりにする。中斷絕。E disown (one's son); hang up; switch off.

☆ 親子の縁を切る/斷絕親子關係。

☆ 電話を切る/掛上電話。

☆ スイッチを切る/關掉開關。

❹ 日や時を限る。中 限定；截止。E set a time limit.

☆ 図書館は期限を切って本を貸しだす/圖書館限定日期借出書刊。

❺ ハンドルやかじを動かして、進む方向を変える。中 扭轉；拐(彎)。E turn (the steering wheel).

☆ ハンドルを右に切る/方向盤右轉。

☆ カーブを切る/轉彎。

❻ 新しく始める。中 開；開始。E begin anew.

☆ 司会者がまず口を切った/主持人首先開始發言。

☆ 新しい生活のスタートを切る/開始新生活。

❼ 決まった数や量にとどかない。中 低於～；降至～。E go below; cut under.

☆ 原価を切る/低於原價。

☆ 体重が50キロを切った/體重降到五十公斤以下。

❽ (動詞の「ます」形について)(1)終わりまで～する。～し終わる。中 ～完。

☆ 読みきる/finish reading./全部看完。

☆ 泳ぎきる/游到底；游完全程。

(2) 完全に～する。ひどく～する。中 完全。

☆ 疲れきる/be totally exhausted./疲憊不堪。

☆ 言いきる/assert./斷言。

☆ 弱りきる/十分微弱。

▷ 名 切り　自動 切れる

注 ❽はひらがなで書く。

きれい キレイ ❶ 美しいようす。中 華麗；漂亮；好看。E beautiful; pretty.

☆ お正月にはきれいな着物を着る/過年時穿漂亮的和服。

☆ きれいな絵/漂亮的畫。

❷ よごれていなくて清潔なようす。中 潔淨；乾淨。E clean.

☆ 部屋をきれいにする/把房間打掃乾淨。

☆ コップをきれいに洗う/把杯子洗乾淨。

☆ きれいな水/潔淨的水。

対 汚い

❸ きちんとしているようす。中 整齊；工整。E clear; neat.

☆ ジョンはきれいな漢字を書く/約翰漢字寫得很工整。

対 汚い

❹ 完全なようす。中 徹底；完全；一乾二淨。E completely; thoroughly.

☆ 一郎との約束をきれいに忘れていた/把和一郎的約會忘得一乾二淨。

☆ お金もカメラも時計も、きれいさっぱり盗まれてしまった/錢、相機和手錶全部被竊。

ぎれい【儀礼】ギレイ 社会の慣習として決められた礼儀。中 禮儀；禮節。E courtesy; ceremony.

☆ 儀礼だけのあいさつをする/禮貌性地寒暄；禮貌性問候。

☆ 外交儀礼として贈り物をする/依外交禮節贈送禮物。

きれいごと キレイゴト、キレイゴト 見かけだけはきれいだが、内容をともなわないことがら。中 漂亮話；漂亮事。E high-sounding ideas; whitewash.

☆ きれいごとばかり並べても、実績がなくては信用できない/即使說得天花亂墜，拿不出成績就不能相信。

☆ あのドラマはきれいごとになりすぎて現実味に欠ける/那部戲太過理想而不切實際。

きれめ【切れ目】キレメ ❶ 切れた跡。切れた所。中 斷開處；裂縫。E a cut.

☆ 魚に包丁で切れ目を入れて煮る/用刀將魚劃上切縫後再煮。

❷ 続いているものが止まったり中途で終わったりしている部分。中 段落；間隔；斷絕時。E a break; a pause; an end.

☆ 話の切れ目を待ってこちらの意見を言う/等著談話告一段落，再發表我的意見。

☆ 文の切れ目に句点を打つ/在句子的結尾處打上句號。

☆ 金の切れ目が縁の切れ目/財盡情亦絶。(→金 慣用)

き・れる【切れる】キレル〔自動一〕❶ひと続きのものが、離れ離れになる。中 斷；斷開。E snap; break.

☆ 糸が切れて、風船が空に飛んでいく/線斷了，氣球向空中飛去。

☆ 雲が切れる/雲層露出縫隙。

❷ 破れたり、こわれたりする。中 磨破；開綻；決口。E break; collapse; wear out.

☆ 堤防が切れる/堤防決口。

☆ 服のそでが切れる/衣服袖子脫線了。

❸ 刃物などで傷がつく。中 砍傷；劃破。E cut; crisp.

☆ ナイフで指が切れた/手指被刀劃破。

☆ 手の切れるようなお札/嶄新鈔票。

❹ つながりがなくなる。終わりになる。中 中斷；斷絶。E terminate; be cut off.

☆ 酒やタバコと縁が切れる/和菸酒絶緣(戒酒戒菸)。

☆ 話している途中で電話が切れた/話說到一半，電話就斷了。

❺ 日や時が限られる。中 到期；屆滿。E expire; run out.

☆ 本の貸し出し期限が切れる/借出的書到期了。

❻ 使い終わって、なくなる。効き目がなくなる。中 用盡；沒有了。E run out of; lose its hold.

☆ ガソリンが切れそうだから、給油をしなくてはいけない/汽油快沒了，必須加油。

☆ 薬が切れるとまた痛みはじめる/藥效一過就又疼起來。

❼ 刃物などの切れ方がいい。鋭い。中 鋭利；快。E cut well; sharp.

☆ このはさみはよく切れる/這把剪刀很利。

☆ 頭が切れる人/精明的人。

❽ 切ることができる。中 能切斷；能斷開。E be able to cut.

☆ このはさみなら厚い紙でも切れる/這把剪刀連厚紙也能剪開。

❾ (動詞の「ます」形について)すっかり～することができる。中 完全能夠。

☆ こんなにたくさんは食べきれない/It's too much to eat./這麼多吃不完。

▷ 名 切れ 他動 切る

注 ❾はひらがなで書く。

キロ (㋫kilo) キロ ❶(単位を表すことばの頭について)1000倍であることを表す。記号は「k」。中 千。E a kilo.

☆ キログラム/公斤。

☆ キロリットル/千升。

❷「キロメートル」「キログラム」などを略した言い方。中 公里；公斤。E a kilometer; a kilogram.

☆ 毎朝、家から駅まで1キロ歩く/每天早上從家到車站要走一公里。

☆ 体重が3キロ増えた/體重增加了三公斤。

きろく【記録】キロク〔～する〕❶後まで伝える必要のあることを書いておくこと。また、そのもの。中 記錄；記載。E a record; a document.

☆ 演説の要旨を記録する/記錄演說主要內容。

☆ 子供の成長の記録を残しておく/留下孩子成長紀錄。

❷ 競技などの結果や成績。特にその最高のもの。中 紀錄。E a (sport's) record.

☆ 水泳でいい記録が出た/游出了好成績。

☆ 過去の記録を破って世界新記録を出す/打破舊紀錄，創造新的世界紀錄。

☆ 記録的な暑さ/創紀錄的炎熱。

ぎろん【議論】ギロン〔～する〕 たがいに意見を述べたり批判したりして、論じ合うこと。また、その内容。中 議論；爭論。E (an) argument; (a) discussion.

☆ 政治改革について、大いに議論を戦わせた / 就政治改革問題進行大辯論。

☆ 議論が出つくしたようだから採決に移る/討論得差不多了，進入表決階段。

☆ 議論百出(=非常に多くの意見が出ること) / 議論紛紛 (＝出現非常多的意見)。

参「討論」「討議」も似ているが、これらが討論会、検討会など決められた場で行われるものをいうのに対して、「議論」にはそのような制約はなく、どこででもどんなばあいにもできる。

ぎわく【疑惑】ギワク　本当はどうなのかと強く疑うこと。中 懷疑；疑惑；疑心。E suspicion; doubt.

☆ 殺人事件の現場にいた男は疑惑の目でみられている / 人們用懷疑的眼光盯著在殺人現場的那個男子。

☆ 疑惑が晴れる / 疑惑解除。

きわだ・つ【際立つ】キワダツ〔自動五〕(きわだって)　まわりのものより、はっきりめだつ。中 顯著；顯眼；突出。E be conspicuous; stand out.

☆ 形のいい松の木が公園の中できわだっている / 形狀好的松木在公園裡很顯眼。

☆ きわだって美しいバラの花 / 顯眼漂亮的玫瑰花。

きわど・い【際どい】キワドイ　❶ もうすこしでだめになったり、危険な状態になったりする。中 危險萬分；差一點。E just narrowly.

☆ 発車1分前にホームに着いて、きわどいところで間に合った/在開車的前一分鐘到達月台，險些沒趕上。

☆ きわどいところで助かった / 險些喪命。

❷ もうすこしで下品になる。中 近於下流。E indecent.

☆ 部長は酒を飲むときわどい話をしたがるので困る / 經理一喝酒就說些下流話，真沒辦法。

きわまりな・い【極まりない】キワマリナイ　(他のことばの後について)これ以上のことはない。中 無限。E be extremely ～.

☆ ノックもせずに部屋に入ってくるとは失礼きわまりない/不敲門就衝進房來，太失禮了。

☆ 不愉快きわまりない/極不愉快；非常不愉快。

きわめて【極めて】キワメテ　それより上がないようす。このうえなく。中 極其；極為；非常。E extremely; exceedingly.

☆ 病人はきわめて危険な状態だから、家族をすぐ呼んだほうがいい / 病人的病情極其危險，最好馬上通知家屬。

きわ・める【極める・究める・窮める】キワメル〔他動一〕 ❶ これ以上はない、というところまでいきつく。中 達到極限；攀登到頂端。E reach (the summit); go to extremes.

☆ 今年こそチョモランマの頂上をきわめたい/今年無論如何都想攀登珠穆朗瑪峰 (聖母峰) 的頂峰。

☆ ぜいたくをきわめた生活/極其奢侈的生活。

❷ 学問、芸の道などの奥深いところまでさぐる。中 徹底弄清楚；徹底鑽研。E investigate thoroughly; master.

☆ 真理をきわめる / 尋求真理。

▷ 自動 極まる・窮まる

注 漢字で書くときは、❶は「極める」、❷は「究める」「窮める」。

きん【金】キン　❶ 黄色くてつやのある、やわらかい金属。貨幣や装飾品などをつくるのに使われる。中 黃金；金子。E gold.

☆ 金の首飾り / 金項鍊。

☆ 金の指輪 / 金戒指。

☆ 金貨 / 金幣。(→項目)

❷ 色の1つ。「❶」のような色。中 金色。E golden.

☆ 金の糸で刺繍する / 用金色的線刺繡。

☆ 金髪 / 金髮。(→項目)

❸「金曜日」を略した言い方。【中】星期五。【E】Friday.

☆ 火、金はピアノの練習日だ/週二和週五練鋼琴。

❹ かね。【中】錢。

☆ 金５万円也/￥50,000./五萬日圓整。

☆ 金一封/(略表寸心的)一筆錢。

❺ 競技会、競演会などで、１位の人がもらうもの。【中】金牌；金質獎章。【E】a gold medal.

☆ オリンピックの各国の金の数を比べる/比較奧運會各國所獲金牌總數。

☆ 金メダル/金牌。

☆ 金賞/金獎。

ぎん【銀】ギン ❶ 白くてつやのある金属。貨幣や食器、装飾品などをつくるのに使われる。【中】銀。【E】silver.

☆ 銀の食器/銀製餐具。

☆ 銀貨/銀幣。

❷ 色の１つ。「❶」のような色。【中】銀色。【E】silver.

☆ 銀の靴/銀色鞋子。

☆ 銀髪/白髮；銀髮。(→項目)

きんいつ【均一】キンイツ 金額、品質などがみな同じであるようす。【中】均等；全部一樣。【E】uniform; flat.

☆ A社の製品は品質が均一で当たりはずれがない/A公司的產品品質一致很有保障。

☆ 100円均一の売り場/價格一律一百日圓的商店。

☆ 均一料金/價格相同。

きんえん【禁煙】キンエン〔～する〕 タバコを吸うのを禁止すること。また、タバコを吸う習慣をやめること。【中】禁止吸菸；禁菸；戒菸。【E】Smoking is prohibited; give up smoking.

☆ 病院の中はほとんど禁煙になっている/醫院大多禁止吸菸。

☆ 今年こそ禁煙しようと決心した/下決心今年戒菸。

☆ 禁煙席/禁菸席。

→ノースモーキング

きんか【金貨】キンカ 金をおもな成分とする硬貨。【中】金幣。【E】a gold coin.

☆ 古道具の中から江戸時代の金貨が出てきた/從舊古董中發現了江戶時代的金幣。

☆ 記念の金貨が発売される/銷售紀念金幣。

【数】1枚

ぎんが【銀河】ギンガ たくさんの星が集まって銀色の川のように見えるもの。天の川。【中】銀河。【E】the Milky Way; the Galaxy.

☆ 銀河を見上げて遠い宇宙を思う/仰望銀河想像遙遠的宇宙。

きんがく【金額】キンガク 数字で表された金の量。【中】金額；款項。【E】an amount of money; a sum of money.

☆ 金額が大きいので、いちどには支払えない/由於金額大，所以不能一次支付。

☆ 品物の金額がわからない/不知道商品的價錢。

きんがしんねん【謹賀新年】キンガシンネン「つつしんで新年のお祝いを申し上げます」の意味で、年賀状に書くあいさつのことば。【書】【中】恭賀新禧。【E】I wish you a Happy New Year.

☆ 年賀状には「謹賀新年」「賀正」「迎春」などの決まった書き方がある/賀年片上有「恭賀新禧」、「賀年」、「春禧」等固定寫法。

きんがん【近眼】キンガン 遠くのものがはっきり見えない目。【中】近視眼；近視。【E】nearsighted.

☆ 近眼だから黒板の字がよく見えない/我近視，所以看不清楚黑板上的字。

☆ 近眼用のめがねをつくる/配一副近視眼鏡。

【参】「近視」も似ているが、「近視」が医学で使うことばで視力の状態をいうのに対して、「近眼」は日常的な言い方で目そのものについていう。

きんきゅう【緊急】キンキュー ことがらが重大で急いでしなければならないこと。【中】緊急；急迫。【E】urgent; pressing.

☆ 緊急の用事ができたので、日曜だが出社する / 公司有急事，雖然是週日也要去上班。

☆ 負傷者の輸送は緊急を要する / 需要緊急運送傷患。

☆ 緊急事態 / 緊急狀態。

きんぎょ【金魚】キンギョ　体の色が赤、白、黒などで、見て楽しむための魚。中金魚。E a goldfish.

☆ ガラスケースの中で金魚が泳いでいる / 金魚在魚缸中游來游去。

〔金魚〕

☆ 縁日の夜店で金魚を２匹買ってきた / 在廟會的夜市買了兩條金魚。

数 1 匹

きんきょう【近況】キンキョー　近ごろのようす。中近況。E the present condition; how one is getting along.

☆ 遠くにいる両親に近況を知らせる / 將近況告知住在遠方的雙親。

☆ 近況報告 / 近況報告。

きんげん【謹厳】キンゲン　まじめで厳しいようす。中謹嚴；嚴謹。E serious; solemn.

☆ 謹厳な二郎の言うことだから、信用している / 因為是嚴謹的二郎說的話，所以可以相信。

☆ 謹厳な教師 / 嚴謹的老師。

☆ 謹厳実直 / austere and righteous. / 嚴謹耿直。

きんけんせいじ【金権政治】キンケンセイジ　金の力で動く政治。中金權政治；財閥政治。E money politics.

☆ 金権政治は、社会の混乱と腐敗を招く / 金權政治導致社會混亂和腐敗。

きんこ【金庫】キンコ　盗みや火事などから守るため、現金やたいせつなものを入れておく、鉄などでできた、かぎのかかる入れ物。中金庫；保險櫃。E a safe; a vault.

☆ 金庫にたいせつな書類や現金、宝石が入れてある / 保險櫃中裝有重要文件、現金和寶石。

☆ 金庫破り(＝金庫を開けて中のものを盗むこと。また、その人) / 撬開保險櫃的竊盜(＝打開金庫偷竊其中物品，偷竊者)。

きんこう【均衡】キンコー〔～する〕　つりあいがとれていること。中均衡；平衡；平均。E balance; equilibrium.

☆ 力の均衡が破れて戦争が始まった / 力量的平衡遭受破壞之後，戰爭就開始。

☆ 貿易相手国との均衡を保つ / 保持與貿易對手國的均衡。

→釣り合い

ぎんこう【銀行】ギンコー　❶多くの人から金を預かったり、会社などに資金を貸したりする、代表的な金融機関。中銀行。E a bank.

☆ 銀行にお金を預ける / 將錢存入銀行。

☆ 銀行から金を借りて家を建てる / 向銀行借錢蓋房子。

☆ 銀行員 / 銀行職員。

❷ないもの、必要なものを貸したり、あげたりする所。中銀行。E a bank.

☆ 血液銀行 / 血液銀行；血庫。

☆ 人材銀行 / a talent bank. / 人材銀行；人才庫；人才中心。

▷ 数 ❶1 行　→囲み

きんし【近視】キンシ　「近視眼」を略した言い方。遠くのものがはっきり見えない状態。中近視眼；近視。E nearsighted.

☆ わたしの家は親きょうだいみな近視だ / 我全家都是近視眼。

☆ 近視の度が進んだので、めがねをつくり直した / 近視度數加深，重配一副眼鏡。

対遠視　→近眼

きんし【禁止】キンシ〔～する〕　してはいけないと命令して止め、やらせないこと。中禁止。E prohibit; ban.

☆ 公園内への車の乗り入れを禁止する / 禁止車輛駛入公園。

☆ 工事中のため通行を禁止する / 因施工禁止

通行。

☆ 駐車禁止/禁止停車。

きんしがんてき【近視眼的】キンシガンテキ　先のことまで考えることができず、目の前の狭い範囲のことしか見られないようす。中目光短淺的；短視的。E shortsighted.

☆ すぐにいい結果が出ないからやめるなどと近視眼的なことを言わず、長期的にみてじっくりやってほしい/不要說那種因為不能馬上出現好結局而作罷等目光短淺的話，希望將目光放遠一些好好做。(莫貪圖近利，目光放遠；盼務實苦幹，眼光遠大。)

きんしゅ【禁酒】キンシュ〔～する〕　酒を飲むのを禁止すること。また、酒を飲む習慣をやめること。中忌酒；戒酒。E abstain from alcohol; give up drinking.

☆ 医者から禁酒を言い渡された/被醫生警告要禁酒。

☆ 禁酒を始めてから体の調子がよくなった/禁酒以來，身體狀況好轉起來。

きんじょ【近所】キンジョ　近い所。自分の家から近い所。中附近；鄰近；近處。E the neighborhood; the vicinity.

☆ この近所に銀行はありませんか/附近有銀行嗎?

☆ うちの近所で火事があった/我家附近發生

き

銀行で使うことば（銀行用語）

口座を開く

印鑑、判　中印；圖章。E one's seal.

健康保検証　中健康保險證。E a health insurance card.

パスポート　中護照。E a passport.

口座　中戶頭。E an account.

口座番号　中戶頭帳號。E an account number.

通帳　中存摺。E a bankbook.

預金をする

普通預金　中活期存款。E an ordinary deposit.

定期預金　中定期存款。E a fixed deposit.

元金　中本金；資本。E the principal.

利息　中利息；利錢。E interest.

預金をおろす

キャッシュカード　中自動提款卡。E a bank card.

暗証番号　中密碼；暗號。E a secret code.

現金自動支払機(CD)　中自動提款機。E a cash dispenser.

現金自動預入払出機(ATM)　中自動存提款機。E an automatic teller machine.

手数料　中手續費。E a handling charge.

支払い、振り込み、送金

自動振り込み　中自動轉帳。E automatic transfer.

自動引き落とし　中自動消帳。E automatic withdrawal.

国内送金　中國內匯款。E domestic remittance.

海外送金　中國際匯款。E overseas remittance.

金を借りる

ローンを組む　中辦理分期付款。E fix the loan terms (of payment).

担保　中抵押；擔保。E a security; a mortgage.

両替をする

円にかえる　中兌換成日圓。E change into yen.

トラベラーズチェック　中旅行支票。E a traveller's check.

了火災。

きん·じる【禁じる】キンジル、キンジル〔他動一〕 してはいけないとして、やらせない。禁ずる。中禁止；不准。E forbid; prohibit; ban.

☆ 無断で部屋に入ることを禁じる/禁止擅自闖入房間。

☆ 未成年者の喫煙を禁じる/禁止未成年吸菸。

対許す

きんしん【謹慎】キンシン〔～する〕 失敗やおかした罪のために自分の行動やことばをつつしむこと。特に、罰として家の外に出ず、人と会わず、静かに反省すること。中謹慎；獨居反省。E be on one's good behavior; be confined to one's home.

☆ 酒を飲んで交通事故を起こしてしまったので、しばらくは謹慎だ/因飲酒釀成交通事故，要好好反省一段時間。

☆ 学校の規則を破ったために3日間の自宅謹慎を命じられる/由於違反學校紀律，被勒令在家思過三天。

きんせい【近世】キンセイ 時代区分の1つ。中世と近代との間の時代。日本史では江戸時代。安土桃山時代をふくむこともある。中近世；近代。E early modern times.

☆ 近世になって歌舞伎が盛んになった/到了近世，歌舞伎流行起來。

きんせい【金星】キンセイ 惑星の1つ。太陽に2番目に近く、水星の外側、地球の内側で太陽のまわりを回る。地球よりすこし小さい。中金星；太白星。E Venus.

☆ 夕方、西の空にのぼる明るい星、また明け方、東の空に白っぽく見えるのが金星だ/金星，傍晚在西空升起，色澤明亮；黎明在東方出現，顏色淡白。

☆ 金星ロケット/金星火箭。

きんせん【金銭】キンセン 「金」のすこし改まった言い方。中金錢；錢款。E money.

☆ 金銭の貸し借りで人間関係が悪くなることがある/有因為金錢借貸，而破壞交情的事情。

☆ トラブルを金銭で解決する/用錢來解決問題。

きんぞく【金属】キンゾク 金、銀、鉄、銅、アルミニウムなど、みがくとつやが出て、薄くのばすことができ、熱や電気をよく伝える性質があるもの。中金屬；五金。E metal.

☆ 車にはいろいろな金属が使われている/車上用到各種金屬。

☆ 貴金属/貴金屬。

きんぞく【勤続】キンゾク〔～する〕 同じ勤め先に続けて勤めること。中連續工作年數；年資。E continuous service (at the same company).

☆ 勤続20年の社員に記念品を贈る/贈送紀念品給工作二十年的資深職員。

☆ 勤続年数/年資。

きんだい【近代】キンダイ 時代区分の1つ。近世と現代との間の時代。日本史では明治維新から第2次世界大戦終了まで。中近代；現代。E the modern era; modern times.

☆ 近代になってヨーロッパ文明が日本へどっと入ってきた/到了近代，歐洲文明大量進入日本。

きんだいか【近代化】キンダイカ〔～する〕 封建的な古いものを捨て去り、ものごとを科学的、合理的、民主的なものにすること。中現代化。E modernization.

☆ いままでの古い考え方が経営の近代化を遅らせている/以前的舊想法拖延了經營的現代化。

☆ 工場の設備の近代化を進める/推動工廠設備現代化。

きんちょう【緊張】キンチョー〔～する〕

❶ 失敗してはいけない、うまくやらなければいけない、という気持ちになり、心も体もかたくなること。中緊張；興奮不安。E become tense; strained.

☆ おおぜいの前で話すときはだれでも緊張

する / 在許多人面前講話，誰都會緊張。

☆ 試験場は緊張した顔つきの人でいっぱいだ / 考場上聚滿神情緊張的人。

対 弛緩

❷ いまにも争いが起こりそうになること。中 緊張；緊迫。E tensions.

☆ 両国間の緊張がとけて戦争のおそれがなくなった / 兩國緊張關係得以緩和，戰爭危機消失。

☆ 緊張緩和 / 緩和緊張。

きんとう【均等】キントー　どれも同じで、数や量などに差がないこと。中 均等；均勻；平均。E equal; even.

☆ 利益は均等に分配する / 利益平均分配。

☆ 男女雇用機会均等法/男女就業機會均等法。

きんにく【筋肉】キンニク　骨や内臓のまわりにあって、伸び縮みして体や内臓を動かす働きをする器官。中 肌肉。E muscles.

☆ 運動選手は筋肉が発達している / 運動員肌肉發達。

☆ 肩をもんで筋肉をやわらかくする / 揉搓肩部舒緩肌肉。

☆ 筋肉労働 / 體力勞動。

きんねん【近年】キンネン　最近の数年間。中 近幾年；最近；近些年。E in recent years.

☆ 近年にない大雪が降った / 近年來沒有下過的大雪。

☆ 近年の事務機器の発達は驚くほどだ/近年辦公設備的急速發展令人吃驚。

きんぱく【緊迫】キンパク〔～する〕　情勢が緊張し、いまにもたいへんなことが起こりそうで気をゆるめられないこと。中 緊迫；緊張。E tense; acute.

☆ 手術室は緊迫した空気に包まれていた/手術室充滿著緊張的氣息。

☆ いまにも軍事衝突が起こりそうな緊迫した国際情勢 / 眼看就要發生軍事衝突般的緊張國際局勢。

きんぱつ【金髪】キンパツ　金色の髪の毛。ブロンド。中 金髮；金色髮。E blond hair.

☆ ジェーンは美しい金髪をなびかせて走ってきた / 珍飄動著優美的金髮跑過來。

☆ 金髪の少年 / 金髮少年。

ぎんぱつ【銀髪】ギンパツ　銀色に見えるような白髪。中 白髮；銀髮。E silver hair; gray hair.

☆ 電車の中で美しい銀髪の女性を見かけた / 電車上看到一位有著漂亮銀髮的女性。

きんぴか【金ぴか】キンピカ　金色にぴかぴか光ること。また、品はよくないが新しいもの、はでなもの。話 中 金光閃爍；亮晶晶。E glittering; gaudy.

☆ 金ぴかの飾りをつけたトラックがやってきた / 一輛裝飾得金光閃閃的卡車開了過來。

☆ 歌手は金ぴかの衣装を着て舞台に立った / 歌手身著金光閃爍的服飾站在舞台上。

きんべん【勤勉】キンベン　勉強や仕事などを一生懸命にすること。中 勤勉；勤奮；勤勞。E hard; diligent.

☆ 兄は長い間勤勉に働いて、やっと自分の家が持てた / 哥哥長期勤奮不懈，終於擁有了自己的家。

☆ 勤勉な労働者 / 勤奮的勞工。

☆ 勤勉な学生 / 勤奮的學生。

対 怠惰、怠慢

ぎんみ【吟味】ギンミ、ギンミ〔～する〕　細かく、くわしく調べること。中 斟酌；挑選；玩味。E examine closely; select with care.

☆ 料理の材料はよく吟味して買う / 嚴格選購料理的材料。

きんみつ【緊密】キンミツ　2つの間がうまくいっていて、しっかり結びついているようす。中 緊密；密切。E close.

☆ 両国の首脳は電話で緊密に連絡を取り合っている / 兩國首腦透過電話密切聯繫。

☆ 小説の内容と形式には緊密な関係がある / 小說的內容和形式有密切關係。

きんむ【勤務】キンム〔～する〕 会社や役所などに勤めること。また、その勤め。中 工作。E work; service; duty.

☆ 姉は郵便局に勤務している/姊姊在郵局工作。

☆ 勤務時間/工作時間。

☆ 勤務先/工作單位。

きんもつ【禁物】キンモツ してはいけないこと。避けなければいけないこと。中 嚴禁；忌諱；切忌。E be prohibited; a taboo.

☆ 病気が治ったばかりだからタバコは禁物だ/病後初癒，切忌抽菸。

☆ 人の家を訪問したとき、長居(=長くいること)は禁物だ/作客切忌久留(=留很長時間)。

☆ 油断は禁物/切忌粗心大意。

きんゆう【金融】キンユー ❶ 金を貸したり借りたりすること。中 金融。E finance; banking.

☆ 銀行、証券会社など金融の関係の仕事がしたい/想從事銀行、證券公司等金融方面的工作。

☆ 金融業/金融業。

❷ 資金の需要と供給の関係。中 金融資金；信貸。E the money market.

☆ 不景気で失業者が多いので金融を緩和する/不景氣失業多，所以要採寬鬆金融政策。

☆ 景気が過熱ぎみで物価もどんどん上がっているので、金融を引きしめる/景氣過熱物價猛漲，要緊縮金融資金。

きんようび【金曜日】キンヨービ 1週7日の6番目の日。木曜のつぎ、土曜の前の日。金曜。金。中 星期五；禮拜五。E Friday.

☆ 金曜日の夜は、映画館や喫茶店がこんでいる/星期五晚上，電影院和咖啡廳生意興隆。

きんり【金利】キンリ、キンリ 借りたり貸したりした金につく利子。また、利子の率。中 利息；利款；利率。E (the rate of) interest.

☆ 借金の額が多いので金利だけでもたいへんだ/借款金額多，光是利息就讓人吃不消。

☆ 金利が1パーセント上がったので利子がふえた/利率上漲一個百分點，利息相應增加。

きんろう【勤労】キンロー〔～する〕 ❶ 体を使って一生懸命働くこと。中 勤勞；勞動。E physical labor.

☆ 汗を流して働く勤労の喜びを若者に体験させる/讓年輕人體驗勞動流汗的喜悅。

☆ 勤労感謝の日/勞動感謝日。

❷ 給料をもらって、一定時間決まった仕事をすること。中 工作。E work; wage-earning labor.

☆ 自分の勤労でえた収入で生活する/靠自己辛勤工作的收入來過日子。

☆ 勤労所得/工作所得；勞動收入。

☆ 勤労青年/青年勞工。

く／ク

く【九】ク　⇨九。中 9；9個。

☆ ベートーベンの第9を聞きに行く／去聽貝多芬的第九交響樂。

☆ 8、9人／八、九人。

☆ 9月／九月。(→項目)

く【区】ク　❶行政上の1つのまとまり。東京など大都市にある。中 區。E a ward; a city.

☆ 東京には23の区がある／東京有二十三個區。

☆ 京都の上京区に住む／住在京都的上京區。

☆ 区議会／區議會。

☆ 区役所／區公所。

❷ (他のことばの後について)目的によって土地などをある範囲に分けたもの。中 區域；區。E a district.

☆ 選挙区／選舉區。

☆ 学区／學區。

く【句】ク　❶文章や詩などの1区切り。中 詞組；片語；句；詩句。E a phrase; a verse.

☆ 本を一字一句に注意して読む／閱讀時注意書中的一字一句。

☆ 句点(=「。」のこと)／句點(即「。」)。

☆ 慣用句／成語；慣用句。(→項目)

❷ 俳句。また、その数を表す。中 俳句。E a *haiku*.

☆ 芭蕉の句には深い味わいがある／芭蕉的俳句有很深的含意。

☆ 桜を見て1句つくる／看著櫻花做一句俳句。

☆ 句集／俳句集。

ぐあい【具合】グアイ　❶ものごとの働きや状態。中 情況；狀態；情形。E a condition; a state.

☆ ドアのぐあいが悪くて、開かない／門的狀況不好，開不了。(門卡住了，開不了。)

☆ 懐ぐあい／one's financial condition.／手頭；經濟情況。

❷ 体の調子や状態。中 身體狀態。E health.

☆ ご病人のぐあいはいかがですか／病人的身體況如何?

☆ おなかのぐあいがよくない／腹部不適；肚子不舒服。

❸ 方法。中 方法。E a manner; a way.

☆ 着物の帯を手早く結ぶには、どういうぐあいにすればいいですか／怎麼做才能迅速繫好和服腰帶呢?

❹ なにかをするときの、ほかのことがらとの関係。中 方便；合適。E convenience.

☆ 結婚式にジーンズをはいて行くのは、ぐあいが悪いよ／穿牛仔褲去參加結婚典禮不合適。

☆ いいぐあいに雨がやんだ／真巧雨停了。

くい【悔い】クイ、クイ　悔いること。中 後悔；懊悔；悔恨。E regret.

☆ 悔いのない学生時代を送る／度過無悔的學生時代。

☆ 人生に悔いを残さないようになんでもやってみるつもりだ／為了不讓人生留下遺憾，打算什麼都嘗試一下。

他動 悔いる

くいき【区域】クイキ　目的や特色によって区切った、ある決まった場所。中 區域；範圍。E an area; a zone; a district.

☆ 水泳が禁止されている区域では、泳いではいけない／不要在禁止游泳的區域內游泳。

☆ 危険区域／危險區域。

☆ 住宅区域/住宅區。

くいさが・る【食い下がる】クイサガル、クイサガル〔自動五〕(くいさがって)　簡単にあきらめないで強い相手に向かっていく。中 不肯輕易罷休；纏住不放。E persist; harass.

☆ 学生は鋭い質問で先生に食い下がった/學生以尖銳的問題纏住老師不放。

☆ 野党のA議員は首相の答弁に最後まで食い下がった/在野黨的A議員對於首相答詢不肯輕易罷休，糾纏到底。

くいしんぼう【食いしん坊】クイシンボー　なんでも食べたがること。また、その人。食いしんぼ。話 中 嘴饞(的人)；貪吃；饞鬼。E a glutton; greedy.

☆ 弟は食いしん坊だから、なんでも平気で食べてしまう/弟弟好吃，無論吃什麼都一掃而空。

クイズ (quiz)クイズ　❶ 問題を出して相手に答えさせる知的な遊び。また、その問題。中 考問；機智問答。E a quiz.

☆ クイズを出す/出難題。

☆ クイズをとく/猜出謎語。

☆ テレビのクイズ番組/電視的猜謎問答節目。

❷ 小さい試験。中 小測驗。E a quiz; a test.

☆ 毎朝、授業の始めに漢字のクイズをする/每天早上，一開始上課便做漢字的聽寫小考。

▷ 数 1題・1問

くいだおれ【食い倒れ】クイダオレ　ぜいたくな食べ物に金を使いすぎて貧乏になってしまうこと。中 吃窮；因講究吃喝而貧窮。E waste one's money in extravagant food.

☆ 京の着倒れ、大阪の食い倒れ(=京都の人は着るものに金を使い、一方、大阪の人は食べるものにぜいたくをして財産をなくすということ)/京都人穿窮、大阪人吃窮(=京都人把錢花在穿戴上，另一方面，大阪人在吃方面很奢侈因而耗盡家產)。

くいちが・う【食い違う】クイチガウ、クイチガウ〔自動五〕(くいちがって)　一致してほしいものごとがうまく一致しない。中 不一致；有分歧；有矛盾。E have different (opinions); do not meet.

☆ 家族の意見がくいちがって一緒の旅行ができない/家人意見不一致，無法一起去旅行。

☆ 線路のつぎ目がくいちがう/接錯線路接頭。

☆ 話がくいちがう/說話前後矛盾。

名 食い違い

くいと・める【食い止める】クイトメル、クイトメル〔他動一〕　よくないことがそれ以上進むのを止める。中 防止住；擋住。E check; prevent.

☆ 地球上のCO_2の増加をくいとめる/防止地球上二氧化碳的增加。

☆ 病気の伝染をくいとめる/防止疾病傳染。

くいにげ【食い逃げ】クイニゲ〔～する〕　飲食店で、食事の代金を払わないで逃げること。また、その人。中 吃飯後不付錢而溜走。E leave without paying the bill.

☆ 店員のいないすきに食い逃げされた/趁店員不在，吃飯後不付錢就溜走了。

く・いる【悔いる】クイル〔他動一〕　自分のしたことや言ったことが適切でなかったと反省し、残念に思う。中 後悔；悔恨。E regret.

☆ 母にうそをついたことを悔いる/後悔對媽媽撒謊。

☆ 社会に出てから学生時代の不勉強を悔いても遅い/進入社會後，再後悔學生時代不用功也晚了(書到用時，方恨少)。

名 悔い

く・う【食う】クウ〔他動五〕(くって)　❶「食べる」の乱暴な言い方。中 吃；生活。E eat; live on.

☆ めしを食う/吃飯。

☆ 給料が安くて食うに困る/薪水少吃飯都成問題。

☆ 食うための仕事/為生活而工作。

❷ 虫が刺したりかんだりする。中 咬；叮。

E bite; eat.

☆ 蚊に食われてかゆい / 被蚊子叮了一下感到發癢。

☆ 虫が食った野菜 / 蟲咬過的菜。

❸ もの、時間などを多く使う。中 花費；消耗。E consume; use up.

☆ 大きい車はガソリンをくう / 大車耗油。

☆ 研究費をくう / 花掉研究經費。

❹ 相手の 領分をおかす。また、相手を負かす。中 打敗。E encroach on; upstage.

☆ 選挙で、相手の票をくう/選舉時吸取對手票源。

☆ 主役がわき役にくわれる / 配角搶了主角的風頭。

☆ 人をくった話 / an insolent story. / 毋中無人ㄉ言。

❺ 他の人からよくないものを受ける。

☆ 小言をくう / 受責備；挨訓斥。

☆ 割をくう / get the short end of the stick. / 吃虧；不划算。

☆ 一杯くった(=だまされた)/上了個大當(＝被騙了)。

▷ 話

くうかん 【空間】クーカン　❶ 空いている所。スペース。中 空隙；空的地方。E (empty) space; room.

☆ アパートが狭いので、本棚と天井の間の空間も利用してものを置いている/公寓狹小，只能利用書架和天花板間的空間擺放東西。

❷ 上下、前後、左右へのひろがり。中 空間。E (open) space.

☆ 都市にも自然を楽しめる空間がほしい/想要找一處能在都市裡欣賞大自然的空間。

☆ 宇宙空間 / 宇宙空間。

対 時間

くうき 【空気】クーキ　❶ 地球を取り巻いている気体。中 空氣。E air.

☆ 部屋の空気が悪いから、窓を開けて新鮮な空気を入れよう/房裡空氣不好，打開窗戶透透新鮮的空氣。

❷ その場のようす。雰囲気。中 氣氛。E an atmosphere.

☆ 道子は、自由な空気の家庭で育った/道子在氣氛自由的家庭中長大。

☆ 試験中のクラスの緊張した空気/考試期間班上緊張的氣氛。

くうきょ 【空虚】クーキョ　心の中、生活などに内容がなく意味が感じられないようす。中 空虛；沒有內容。E empty; vacant.

☆ 希望を失い、空虚な心で毎日を送っている / 失去希望，每天過著內心空虛的日子。

☆ 空虚な表情 / 空虛的表情。

ぐうぐう グーグー　❶ 深く眠っているようす。また、そのときのいびきの音を表す。中 呼呼地；打呼嚕聲。

☆ 地震だというのにぐうぐう(と)眠っている / 發生地震，卻還在呼呼大睡。

☆ 疲れた父はぐうぐう(と)いびきをかいて寝てしまった/ Father was so tired that he slept soundly snoring. / 疲憊不堪的父親打著呼聲睡著了。

❷ 空腹のときに腹が鳴る音を表す。

☆ 朝なにも食べないで学校に行ったら、11時ごろ、腹がぐうぐう(と)鳴って困った/ I went to school without eating any breakfast, and around eleven I was embarrassed when my stomach started growling. /早上什麼也沒吃就去上學，到了十一點肚子餓得咕嚕叫，真讓人尷尬。

くうこう 【空港】クーコー　飛行機が出発したり到着したりする所。飛行場。中 機場；航空港。E an airport.

☆ 空港に着いたらすぐ飛行機に乗る手続きをする / 到機場後立即辦理登機手續。

→ 囲み

ぐうすう 【偶数】グースー　2、4、6…のように、2で割りきれる整数。この辞書では左側のページを示す数。中 偶數。E an even number.

☆ 偶数番号 / 偶數號。

☆ 偶数月 / 偶數月。

対 奇数

くうぜん【空前】クーゼン　これまでに、同じような例がないこと。中 空前。E unprecedented.

☆ 今年の夏は暑かったので、ビールは空前の売れ行きだった/今年夏天熱，啤酒特別暢銷。

☆ 空前絶後(= これまで例がなく、今後もないだろうと思われるようなこと) / the first and probably the last. / 空前絶後（以前沒有，以後也不會有的事情）。

ぐうぜん【偶然】グーゼン　思いがけないこと、予想もしなかったことが起こること。思いがけず。中 偶然；偶然性；沒想到。E a chance; by accident; unexpectedly.

☆ その新星の発見は、決して偶然ではなく、アインシュタインの理論にもとづくものであった / 發現那顆新星絕非偶然，而是根據愛因斯坦的理論找到的。

☆ きのう、電車の中で偶然、むかしの友達に出会った / 昨天，在電車上巧遇故友。

☆ 偶然の一致 / 偶然的一致。

対 必然

くうそう【空想】クーソー〔～する〕　実祭にありそうもないこと、できそうにないことなどを考えること。中 空想；幻想。E fantasy; fancy.

☆ 宇宙旅行は、むかしは空想にすぎなかった / 宇宙旅行在以前只是幻想。

☆ 空想にふける / 沈迷於幻想之中。

空港で使うことば（機場用語）

乗客　中 乘客；旅客。E a passenger.

パスポート　中 護照。E a passport.

ビザ　中 簽證；入境許可證。E a visa.

搭乗券　中 登機證。E a boarding card.

ターミナルビル　中 機場中心大樓；機場控制中心。E a terminal building.

チェックインカウンター　中 搭乘手續辦理處；劃位櫃抬。E a check-in counter.

出発ロビー　中 候機室；出境大廳。E a departure lobby.

出入国審査　中 出入境檢查。E immigration.

搭乗手続き　中 登機手續。E boarding proce dures.

到着ロビー　中 到達廳；入境大廳。E an arrival lobby.

税関　中 海關。E the customs.

国内線　中 國內航線。E a domestic line.

国際線　中 國際航線。E an international line.

座席の種類

エコノミークラス　中 經濟艙；普通艙。E economy class.

ビジネスクラス　中 商務艙。E business class.

ファーストクラス　中 頭等艙；特等艙。E first class.

通路側の席　中 靠通道的座位。E an aisle seat.

窓側の席　中 靠窗的座位。E a window seat.

喫煙席　中 吸菸席。E a smoking seat.

禁煙席　中 禁菸席。E a nonsmoking seat.

満席　中 客滿；沒有空位。E sold-out; fully reserved.

キャンセル待ち　中 候補。E be on the waiting list.

[対]現実

ぐうぞう【偶像】グーゾー ❶神や仏の形をまねてつくった、信仰の対象となる像。仏像、キリストの像など。[中]偶像。[E] an idol; an image.

☆ 初期のキリスト教では、偶像の崇拝は禁じられた/在初期的基督教中，禁止偶像崇拜。

☆ 偶像を破壊する/破壞偶像。

❷あこがれの対象となる人。[中]偶像；形象。[E] an idol; a popular person.

☆ そのロック歌手は若者たちの偶像だった/那位搖滾歌手是年輕人的偶像。

☆ 落ちた偶像(=いまでは尊敬も愛されもしなくなった人)/過氣的偶像(＝現在不再被尊敬和愛戴的人)。

ぐうたら グータラ 怠けて、無気力に暮らすようす。また、そのような人。[話] [中]吊兒郎當；吊兒郎當的人；無所事事；遊手好閒。[E] idle; lazy.

☆ 毎日昼ごろに起きて食事をし、テレビを見てまた寝るという、ぐうたらな生活を送っている/每天中午左右起床、吃飯，看看電視又再睡覺，過著無所事事的生活。

☆ ぐうたら息子/吊兒郎當的兒子。

クーデター(㋫coup d'État) クーデター 武力などを使って、政治の支配権をうばい取ること。[中]軍事政變。[E] a coup d'etat.

☆ 軍隊がクーデターを起こした/軍隊發動軍事政變。

☆ クーデターは失敗した/軍事政變失敗。

[参]「革命」も似ているが、「革命」が政治体制がかわることをいうのに対して、「クーデター」は同じ体制の内部で支配権がかわることをいう。

ぐうのねもでない【ぐうの音も出ない】失敗やまちがいをほかの人に言われて、そのとおりなのでなにも言えない。[中]一聲不吭；無言；什麼也不說；無言辯解。[E] be silenced.

☆ わたしの原稿が遅れたために雑誌が出せず、みなに非難されてぐうの音も出なかった/因我原稿遲交，使雜誌無法出，被眾人指責，我也無言辯解。

くうはく【空白】クーハク ❶書なければならない所に、なにも書いていないこと。[中]空白；空白處。[E] a blank.

☆ 氏名の欄は空白のまま提出した/姓名欄沒填就交出去了。

❷意味のあることがなにも行われないこと。[中]空白；空虛。[E] a blank; a vacuum.

☆ 病気中の空白を取りもどすため、必死に勉強する/為彌補生病期間的空虛而拚命讀書。

☆ 記憶の空白の部分を埋める/彌補記憶的空白部分。

くうふく【空腹】クーフク 腹がすくこと。[中]空腹。[E] hunger; hungry.

☆ 昼食をとるひまもなく、空腹をがまんして働いた/也沒時間吃午飯，強忍飢餓繼續做。

☆ 空腹で倒れそうになる/餓得快要昏倒。

[対]満腹

くうゆ【空輸】クーユ、クーユ〔～する〕 飛行機で人やものを運ぶこと。[中]空運；航空輸送。[E] transport by air.

☆ 世界じゅうの珍しいくだものが、東京に空輸されてくる/世界各地的珍貴水果被空運到東京。

クーラー(cooler)クーラー ❶「ルームクーラー」を略した言い方。室内の温度を下げて涼しくする装置。[中]空調；冷氣設備。[E] an air conditioner.

☆ クーラーがききすぎて寒い/空調調得太冷。

☆ クーラーを入れる/開冷氣。

❷釣った魚などを入れて冷やしたまま運ぶ箱。[中]攜帶式冷藏箱；手提式冷藏箱。[E] a cooler.

☆ 父は日曜日になるとクーラーをかついで魚釣りに行く/一到週日，父親就扛著攜帶式冷藏箱去釣魚。

▷ [数]❶1台

くかく【区画】クカク〔～する〕 目的に応じて土地などをいくつかに分けること。また、分けられた所。中 區劃；劃區。E a division; a lot.

☆ 土地を切り開いて、1区画100坪に分けて売りだす / 土地開墾出來，將一區劃分成百坪單位分售。

☆ 区画整理 / land readjustment. / 區劃整理。

くがく【苦学】クガク〔～する〕 働きながら苦労して学校に通うこと。中 半工半讀。E work one's way through school.

☆ 家が貧しかったので、苦学してやっと大学を出た / 因家境貧困，半工半讀，總算大學畢業。

☆ 苦学生 / 工讀生。

くがつ【九月】クガツ 1年の9番目の月。9月。中 九月。E September.

☆ 学校の秋の学期は9月に始まる / 學校秋季班於九月開學。

くき【茎】クキ 草や花の、中心になる細長い部分。葉や花を支え、養分や水分を通す。中 莖；梗；稈。E a stem; a stalk.

☆ 背が高く茎が細い草は、風で倒れやすい / 高稈細草風吹就倒。

数 1本 →花図

くぎ クギ 先がとがって細長く、木材などをとめるために打ちこむもの。金属や木や竹でできている。中 釘子；釘。E a nail; a peg.

☆ 壁にくぎを打つ / 在牆上釘釘子。

☆ くぎを抜く / 拔出釘子。

数 1本

くぎ[釘]を刺す まちがいのないように念を押す。中 叮囑妥當；千叮萬囑。E remind a person of something.

☆ あすは試験があるので、絶対に遅刻しないよう学生にくぎを刺しておく / 明天考試，千叮萬囑學生絕對不要遲到。

くぎり【区切り・句切り】クギリ、クギリ

❶ ものごとの切れ目。中 段落。E an end; a stop.

☆ 仕事に区切りをつける / 工作暫時告一段落。

☆ 作業の区切りのいいところでひと休みしよう / 工作恰好告一段落，就休息一會吧!

❷ 文章や詩などの句の切れ目。中 句讀；段落。E a period; a pause.

☆ 文の区切りに句読点をつける / 在句子段落處注上標點符號。

▷ 他動 区切る・句切る

くく・る ククル〔他動五〕(くくって) ❶ ばらばらのものを、なにかを使って1つにまとめる。中 捆紮；括上。E bind; enclose.

☆ 古新聞をひもでくくって運ぶ / 將舊報紙捆紮起來搬走。

☆ 会話文は、「…」のようにかっこでくくってください / 請將會話部分像「…」這樣用括號括起來。

❷ 縄、ひもなどを巻きつける。中 綁上；縛住。E tie up.

☆ けがした所を包帯でくくる / 用繃帶包紮受傷的部位。

☆ 首をくくる / hang oneself. / 上吊。

くぐ・る クグル〔自動五〕(くぐって) ❶ ものの下や中を通り抜ける。中 鑽過；通過；走過。E go under; pass under.

☆ 小さな門をくぐる / 鑽過小門。

☆ 低い枝の下をくぐって歩く / 從低矮樹枝下鑽過。

❷ 小さいすきまを無理に通るように、むずかしいことやよくないことをする。中 闖過；鑽過。E slip through.

☆ むずかしい試験をくぐって弁護士になる / 闖過艱難考試，才能成為律師。

☆ 法の網をくぐる / evade the law. / 鑽法律漏洞。

❸ 水などの中にすっかり入る。中 潛入。E parboil; dive.

☆ 食べる前にさっと湯をくぐらせたほうがいい / 吃之前，最好稍微燙一下。

☆ 水鳥が水中にくぐる / 水鳥潛入水中。

くさ 【草】クサ ❶ 茎や葉がやわらかい植物。[中]草；草本植物。[E] grass; a weed.

☆ 道路に草が生えている / 路上長著小草。

☆ 畑の草を抜く / 拔除田裡雜草。

☆ 草花 / 花草；花卉。(→[項目])

❷ (他のことばの頭について)娯楽のためにする、本格的でないもの。[中]業餘的；非專業的。

☆ 草ずもう / amateur *sumo* wrestling. / 業餘相撲。

☆ 草野球 / 業餘棒球。

▷ [数]❶ 1本

草の根 市民のレベルで地道に活動すること。また、その人たち。[中]群衆性的；民衆。[E] (a) grass roots (movement).

☆ この町には外国人が多く住み、草の根の国際交流が盛んである/這城市住著許多外國人，民間國際交流盛行。

☆ 草の根の市民運動 / 市民自發性運動。

草の根を分けて(も)さがす いなくなった人などを、どんなことをしてでもさがしだす。[中]仔細搜查；盡一切辦法尋找。[E] leave no stone unturned.

☆ 逃げた犯人は草の根を分けてもさがすつもりだ / 盡一切辦法搜捕逃犯。

くさ・い 【臭い】クサイ ❶ いやなにおいがする。[中]臭；難聞。[E] smell; stink.

☆ トイレがくさくならないように、いつもきれいにしておく/為了不讓廁所散發臭味，總是清理得很乾淨。

❷ 疑わしい。[中]可疑。[E] suspicious; fishy.

☆ この取り引きは条件がよすぎて、どうもくさい / 這樁買賣條件過於優越，很可疑。

❸ (名詞、動詞の「ます」形、形容詞と形容動詞の語幹について)(1)そういうにおいがする。[中]有……氣味；味道。

☆ こげくさい / 焦味；糊味；焦糊味。(→[項目])

☆ 汗くさい / smell of sweat. / 汗臭味。

(2) そのように思える。[中]加強意思。

☆ しろうとくさい / amateurish. / 半調子。

☆ 面倒くさい / 非常麻煩的。

☆ 古くさい / 古老的；陳腐的；過時的；落伍的；不新奇的。

三[参] ❸はふつう、いい意味では使わない。

臭い飯を食う 罪をおかして刑務所に入る。[中]坐牢；入獄；被拘押。[E] go to prison.

☆ 強盗の罪で3年間くさい飯を食った/曾犯強盜罪坐牢三年。

臭いものにふたをする ぐあいの悪いことを、その場限りの方法で隠す。[中]掩蓋壞事。[E] hush up a scandal.

☆ 市の汚職事件で、市長は担当者を罷免し、くさいものにふたをしようとしたが、市民は納得しなかった/該市貪污事件中，市長以免職懲處相關人士，意圖遮掩事實，但市民卻不同意。

くさき 【草木】クサキ 草や木。植物。[中]草木。[E] plants; vegetation.

☆ 日本の夏は、雨が多く気温も高いので、草木がよく生長する / 日本夏天雨量多，氣溫高，草木長得非常繁茂。

[数] 1本

草木もなびく 他の人を圧倒するような力があるので、どんな人でもしたがう。[中]望風披靡；望風歸順。[E] be carrying everything before one.

☆ あの人は経済界の実力者として、いまや草木もなびく勢いだ / 他是經濟界重量級人物，勢力之大令人望風披靡。

くさばな 【草花】クサバナ 草や花。花の咲く草。[中]花草；花卉。[E] a flower; a flowering plant.

☆ 珍しい草花をたくさん庭に植えている/庭院裡種了許多珍貴的花草。

☆ 春の草花 / 春天的花草。

[数] 1本

くさばのかげ 【草葉の陰】 墓の中。あの世。[中]九泉之下；黃泉。[E] in one's grave.

☆ 死んだ父が、草葉の陰からわたしを見

守ってくれている/先父在天之靈保佑我。

くさびをうちこむ【くさびを打ち込む】

敵の中にせめこんで、その勢力を2つに分ける。中 釘入楔子；插入敵陣。E drive a wedge into.

☆ 敵陣にくさびを打ちこんで、敵の力を弱くする/深入敵陣削弱敵人力量。

☆ 若い議員たちの批判に力を貸して、与党にくさびを打ちこむ/幫年輕議員助陣抨擊執政黨。

参「くさび」は，木や鉄でつくったV字形のもので、むかし木や石を割ったり、もののつなぎ目のすきまをとめたりするのに使った。

くさむら【草むら】クサムラ　草が集まってしげっている所。中 草叢；雜草繁茂的地方。E the grass.

☆ 草むらで秋の虫が鳴いている/草叢中秋蟲鳴叫。

☆ 子供のころ、近所の草むらで遊んだ/小時候常在附近的草叢中遊玩。

くさり【鎖】クサリ　金属などでできた輪をつないで長くひものようにしたもの。中 鎖鏈；鐵鏈；鏈子。E a chain.

☆ 逃げないように、犬を鎖でつないでおく/為防狗逃，拴住狗鏈。

☆ 鎖を切って逃げる/打斷鐵鏈逃走。

☆ 金鎖/金鎖鏈。

数 1本

くさ・る【腐る】クサル〔自動五〕(くさって)

❶ 食べ物や死んだ動物などが変化して、いやなにおいを出すようになる。中 腐爛；爛；壞。E rot; spoil.

☆ この卵はくさっている/這顆雞蛋壞了。

☆ リンゴが古くなってくさる/蘋果放久會腐爛。

❷ 木や金属が古くなってくずれるようになる。中 腐朽；生鏽；糟。E decay; corrode.

☆ 木の橋がくさって渡れなくなる/木橋腐朽無法通行。

☆ くぎがくさって折れる/釘子生鏽折斷。

❸ ものごとが思うようにならず、気持ちが落ちこむ。中 灰心失望；消沉。E be depressed.

☆ 田中さんは仕事で失敗をしてくさっている/田中因工作失敗，心灰意冷。

☆ 失恋してくさっている友達をなぐさめる/安慰因失戀而情緒消沉的朋友。

▷ 話❸

腐ってもたい[鯛]　本当にいいものは、すこしぐらい質が落ちても、やはりいいということ。中 真金不怕火煉。E An old eagle is better than a young crow.

くされえん【腐れ縁】クサレエン　別れようと思っても、どうしても離れられずに長く続いている、あまりよくない関係。中 欲罷不能的關係；孽緣；難解之緣。E an undesirable yet unseverable relationship; fatal ties.

☆ あいつは悪友だが、学生時代からの腐れ縁だからしかたない/那個人是壞朋友，但從學生時代就結下難解之緣，沒辦法。

☆ 腐れ縁を断ち切る/斬斷孽緣。

くさわけ【草分け】クサワケ、クサワケ　新しい分野の仕事などを、他の人より早く始めること。また、その人。中 創始人；先鋒；開拓。E a pioneer.

☆ あの先生は日本語教育の草分けだ/那位老師是日語教育的創始人。

☆ コンピューター開発の草分け/電腦開發的先驅。

くし　クシ　食べ物を刺し通す細長い棒。先がとがっていて、竹や金属などでできている。中 籤。E a skewer.

☆ 焼き鳥用に、とり肉とねぎをくしに刺す/將雞肉和蔥串在竹籤作成烤雞肉串。

〔くし〕

☆ くし焼き/串燒。

数 1本

二注 漢字で書くときは「串」。

くし クシ 髪の毛の乱れを直し、きれいにそろえる道具。女の人が髪の飾りに使うこともある。中 梳子；髻子。E a comb.

☆ 日本髪を結って美しいくしをさす / 梳好日式傳統髮型插上好看的髮髻。

〔くし〕

☆ 髪をくしでとかす / 用梳子梳頭。

数 1枚・1本

くじ クジ 数字やしるしなどをつけた紙や棒などを使って、なにかを決める方法。また、そのもの。中 籤；抓鬮；抽籤。E a lot; lottery.

☆ くじで順番を決める / 抽籤決定順序。

☆ くじを引いたら、賞品のテレビが当たった / 抽籤中了電視機。

☆ 宝くじ / a public lottery. / 彩券；獎券。

数 1本

くじ・く クジク〔他動五〕(くじいて) 手や足に強い力がかかって関節を傷める。中 挫傷；扭傷。E sprain.

☆ 転んで手首をくじいた/因跌倒而扭傷了手腕。

☆ スキーをして足をくじいた/滑雪扭傷了腳。

❷ 勢いを弱める。中 挫；打擊；抑制。E discourage; crush.

☆ しかりすぎて生徒の気持ちをくじいてしまった / 過分責備打擊到學生情緒。

☆ 強きをくじき、弱きを助ける(=強いものの力をおさえ、弱いものに力を貸す)/抑強扶弱(=抑制強者的力量，幫助弱小)。

☆ 出ばなをくじく / 一開始就給人潑冷水；銳氣。(→項目)

▷ 自動 くじける

くしゃくしゃ クシャクシャ、クシャクシャ、クシャクシャ ❶ 紙や布などに、たくさんのしわがよっているようす。中 皺；起皺紋。

☆ 洗濯機で絹のハンカチを洗濯したら、くしゃくしゃになった / When I washed my silk handkerchief in the washer, it got all wrinkled up. /絲綢手絹讓洗衣機洗得皺成一團。

☆ 書きまちがえた紙をくしゃくしゃにして捨てる / 把寫錯的稿紙搓成一團扔掉。

❷ 髪などがもつれているようす。中 蓬亂；亂成一團。

☆ バスの窓を開けていたら、髪がくしゃくしゃになった/ As I left the bus window open, my hair got all disheveled. /一打開公車窗戶，頭髮被吹得亂七八糟的。

❸ 顔にしわを寄せて泣いたり笑ったりするようす。中 哭笑時臉上起的皺紋。

☆ 孫から誕生日のプレゼントをもらい、おばあさんは顔をくしゃくしゃにして喜んだ / The grandmother wrinkled her face up in joy upon receiving a birthday present from her grandchild. /收到孫子送的生日賀禮，奶奶樂得臉上笑開了花。

❹〔～する〕不満に思うことなどがあり、気分がすっきりしないようす。中 心情不舒暢；煩悶；不痛快；心亂。

☆ 仕事はうまくいかないし部長にはしかられるしで、気持ちがくしゃくしゃする / Now my work didn't go well and then I was scolded by the manager, so I feel wretched. / 工作進行不順，又遭部長指責，心情很煩悶。

くしゃみ クシャミ〔～する〕 鼻の中が刺激されて、急に激しく息を出すこと。中 噴嚏。E a sneeze.

☆ かぜをひいたのか、くしゃみが出る/打了個噴嚏，也許是感冒了。

☆ 彼はいまごろ、くしゃみをしているよ。ぼくたちがうわさをしているから / 他正在打噴嚏！因為我們剛在背後談論他。

くしょう【苦笑】クショー〔～する〕 人から批判されたり皮肉を言われたりして、あまりいい気持ちではないが、怒るほどではなく、笑い顔をしてごまかすこと。苦笑い。

中苦笑。E smile wryly; a bitter smile.

☆ 子供に「ごみを捨ててはいけないよ」と注意されて、思わず苦笑した/被孩子提醒，「不要亂扔垃圾!」弄得我不禁苦笑。

☆ 苦笑をもらす/流露出苦笑。

くじょう【苦情】クジョー　相手から受けた被害や迷惑に対する怒りや不満。中抱怨；不滿。E a complaint.

☆ 新聞の配達が遅いので、苦情を言った/抱怨報紙送來晚了。

☆ 工場の騒音に付近の住民から苦情が出た/附近居民抱怨工廠噪音太大。

ぐしょう【具象】グショー　ものが、実際に見える形や姿を持っていること。形や姿が、そのままだれにでもわかりやすい方法で表現されていること。書中形象化；具體表現。E representational; concrete.

☆ 絵画は具象から抽象へと移り変わった/繪畫由具象轉為抽象。

☆ 具象的/具體化的。

対抽象

くしん【苦心】クシン、クシン〔～する〕　むずかしいことを解決しようと、いろいろ方法を考えること。中苦心；費心；絞盡腦汁。E pains; efforts; hard work.

☆ エジソンは苦心に苦心を重ねて、電球を発明した/愛迪生絞盡腦汁，終於發明了電燈。

☆ この壁かけは、姉の苦心の作です/這幅壁掛是姊姊嘔心瀝血之作。

☆ 苦心談/辛苦的經驗談。

→苦労

ぐず　グズ　態度がはっきりしなかったり動作がのろかったりすること。また、その人。中遲鈍；慢吞吞。E a dawdler; a shilly-shally.

☆ みんな仕事を終えて帰ったのに、まだ半分もできていないとはぐずなやつだ/大家都做完下班了，(他)卻一半都沒做完，真是個慢性子。

☆ わたしはぐずだから、なにも1人で決められない/我反應遲鈍，一個人總是做不了決定。

ぐずぐず　グズグズ　❶〔～する〕動作が遅くて、時間を取るようす。中遲疑不決或拖延時間的樣子。

☆ 彼は、行きたくなさそうに、ぐずぐず(と)支度している/He is wasting time on getting ready as if he doesn't want to go. /他磨磨蹭蹭地收拾東西好像不願意去。

対てきぱき

❷(「ぐずぐず～言う」の形で)あれこれ不満ばかり言う。中亂發牢騷，不斷抱怨的樣子。

☆ いやなら、ぐずぐず言わないではっきりと断ったほうがいい/If you don't like it, don't grumble and just say no. /如果你不願意就乾脆拒絕，別嘮嘮叨叨的。

❸〔～する〕鼻がつまっているようす。中因鼻涕堵塞、呼吸不暢而發出的聲音及其樣子。

☆ 道子はかぜをひいて、鼻をぐずぐずさせている/Michiko is sniffling with a cold. /道子感冒了，鼻子不通。

くすぐった・い　クスグッタイ、クスグッタイ　❶さわられるなど、刺激を受けて、むずむずして笑いたくなる感じだ。中酥癢；發癢。E tickle.

☆ 足の裏やわきの下をさわられるとくすぐったい/一被碰到腳底和腋下，就感到發癢。

❷ほめられたりしてなんとなく恥ずかしく感じる。照れくさい。中難為情；不好意思；汗顏。E feel embarrassed.

☆ しかたなしに書いた作文がクラスでいちばんうまいと先生にほめられて、くすぐったい気持ちだ/不得已而寫的作文竟被老師評為班上特優並加以表揚，真是不好意思。

くすぐ・る　クスグル〔他動五〕(くすぐって)他人のわきの下や足の裏などを軽くこすって、じっとしていられないような、また、笑いたいような気持ちを起こさせる。中使發癢；

脂肢。E tickle.

☆ 父の足の裏をくすぐる / 搔父親的腳底。

❷ 人の心を刺激するようなことを言って、いい心持ちにさせる。中 逗弄；投合對方所好；投其所好。E flatter.

☆ だれよりもよく似合う、などと客の心をくすぐって、高いものを買わせる / 對顧客說：「比誰都合適」之類的話，以投其所好，讓他買貴的東西。

☆ 虚栄心をくすぐる / flatter one's vanity. / 逗弄；誘起虛榮心。

▷ 名 くすぐり

くず・す 【崩す】クズス〔他動五〕(くずして)

❶ 手や道具で、それまでの形をこわす。中 拆毀；粉碎。E level, take down.

☆ 山をくずして道をつくる / 開山修路。

☆ 壁をくずす / 拆掉牆壁。

❷ ととのっていた状態をこわす。中 打亂；瓦解；摧毀。E put into disorder; sit at ease.

☆ 古い体制をくずす / 摧毀舊體制。

☆ ひざをくずす(=楽なすわり方をする)/隨意坐(＝採取舒服的坐姿)。

☆ くずした着方をする / 穿著簡便。

❸ 字を１画ずつきちんと書かないで、続けて書く。中 連筆寫；寫草體。E (write) in running style.

☆ くずして書いた字は読みにくい / 字跡潦草難以辨讀。

❹ 高額の金を小額の金にかえる。中 換成零錢；找開。E break; change.

☆ １万円札を1000円札10枚にくずす / 把一張一萬日圓的鈔票換成十張一千日圓的。

▷ 自動 崩れる

ぐずつ・く グズツク〔自動五〕(ぐずついて)

ものごとのよくない状態が続く。中 陰晦；不明朗；不順利。E progress very slowly; be unsettled.

☆ 貿易の交渉がぐずついている / 貿易談判不順利。

☆ 天気は２、３日ぐずつくでしょう / 今後兩、三天天氣會陰晴不定。

くすぶ・る クスブル〔自動五〕(くすぶって)

ものがよく燃えず煙だけ出る。中 冒煙；煙熏。E smoke; smolder.

☆ 火事の跡がくすぶっている/火災現場冒著煙。

☆ たき火がくすぶる / 取暖用的火在冒煙。

❷ ものごとが解決しないでいる。中 停滯不前；糾纏不休。E smolder.

☆ ２国間にくすぶっている問題を解決する/解決兩國間糾纏不休的問題。

☆ 値上げ問題がくすぶっている / 物價上漲問題遲遲不能解決。

❸ なにをするということなく、むだに時間を過ごす。中 賦閒；閒居。E pass the time away.

☆ 毎日うちの中にくすぶってばかりいないで、外へ出かけたらどうだい / 不要每天悶在家裡，出門走走吧！

くすり 【薬】クスリ ❶ 病気や傷などを治すために、飲んだり、ぬったり、注射したりするもの。中 藥。E (a) medicine.

錠剤

カプセル

〔薬❶〕

☆ 医者からもらった薬を飲んだら、すぐに熱が下がった/吃了醫生開的藥，燒就馬上退了。

☆ 薬屋 / 藥局；藥房。

☆ 塗り薬 / 塗劑。

☆ 飲み薬 / 內服藥；口服藥。

❷ 害のある虫などを殺すもの。中 農藥。E a poison; an insecticide.

☆虫がつかないうちに、庭の木に薬をまく/趁害蟲發生之前，先給院裡的樹撒上農藥。

☆ 薬を入れたえさでネズミを殺す / 用滲有農藥的誘餌消滅老鼠。

▷ 数 粉薬は１包、錠剤は１錠・１粒　→薬品

薬が効く　ある人に注意した効果が現れる。中 有效；生效。E be an effective dose.

☆ 今度0点を取ったらスキーに行かせないとおどしたら、薬が効いたのか、息子は急にまじめに勉強しだした/威脅兒子說，下次再考零分就不讓你去滑雪。也許這句話起了作用，他馬上開始認真地讀書。

薬になる　失敗や困った経験などが、かえってあとでいい結果を生む。中 作為教訓。E be a good lesson.

☆ 一郎も、今度の事故はいい薬になっただろう。二度とむちゃな運転はするまい/這次事故對一郎來說是個很好的教訓，以後他開車不會再橫衝直撞了吧。

くすりゆび【薬指】クスリユビ　手の5本の指の1つ。親指から数えて4番目の指。中 無名指。E the ring finger.

☆ 左手の薬指に結婚指輪をはめている/左手無名指上戴著結婚戒指。

→手 図

参 むかし、この指で薬をぬったので、この名がついた。

ぐず・る　グズル〔自動五〕(ぐずって)　子供が泣いたり言うことを聞かなかったりして、きげんが悪い。話 中 磨人；纏人；鬧人。E whine; be peevish.

☆ 学校へ行きたくないとぐずる/吵鬧著說不想去學校上學。

☆ 熱があるらしく、赤ん坊がぐずって困る/嬰兒吵鬧著，好像是發燒了，真讓人擔心。

くせ【癖】クセ　❶ 繰り返しているうちに、習慣的にするようになった、その人独特の行動や身ぶり。中 癖性；習慣；習性。E a habit; a vice.

☆ 話しながら髪をさわるくせがある/習慣邊說話邊摸頭髮。

☆ 悪いくせを直す/改正壞習慣。

☆ 怠けぐせ/懶慣了。

❷ ふつうと違う性格やようす。中 特徵；特點。E a peculiarity; a mannerism.

☆ 三郎の字はくせがあって読みにくい/三郎的字很怪，很難看懂。

くせに　(名詞に「の」のついたもの、動詞と形容詞の基本形、形容動詞の「な」の形について)❶前のこととくいちがうことが後に続くことを表す。中 可是；都。

☆ 彼は知っているくせに教えてくれない/Though he knows, he won't tell me. /他明明知道，卻不告訴我。

☆ 金持ちのくせにけちだ/雖是富翁卻很吝嗇。

❷ (文の終わりについて)悔しがったり非難したりする気持ちを表す。中 表示後悔責難的心情。

☆ 必ず行くと言ったくせに/ Didn't you tell me that you would go without fail? /你說好一定去，可是～。

☆ さっきまであんなに怒っていたくせに/直到剛才還那樣氣憤，可是現在卻…。

▷ 話

参「のに」も似ているが、「のに」が前と後の主語が違っていても使われるのに対して、「くせに」は前と後が同じ主語のときだけ使われる。「くせに」のほうが非難したり責めたりする気持ちが強い。

くそ　クソ　❶ 肛門から出される食べ物のかす。便。中 糞；大便；屎。E shit; dung.

☆ 馬が道でくそをしている/馬在路上拉屎。

❷ 人をののしったり、悔しく思ったりするときに言うことば。中 表示輕蔑、罵人的發聲。

☆ くそ、いまにみていろ/ Hang it! Just you wait! /好小子，走著瞧吧。

❸ (他のことばの頭や後について)見下したり、そのことばの悪い意味を強めたりする。中 表示輕蔑、罵人的意思。

☆ くそ坊主/ You're a useless fool! /笨蛋；白癡。

☆ 下手くそ/非常笨；拙劣。(→項目)

☆ やけくそ / 自暴自棄。(→ 項目)

❹ (他のことばの頭について)程度が極端すぎること。中 (含有輕蔑語氣) 表示某種行為過分、過度。

☆ くそまじめ / be too serious. / 過分認真；一本正經。

☆ くそ力 / brute strength. / 蠻力；傻勁。

☆ くそ勉強 / 過分用功；死用功。

▷ 話

参 ❶で、動物のものはふつう「ふん」という。❸❹は、見下す気持ちがふくまれるので、他人に向かっては使わないほうがいい。

ぐたいさく【具体策】グタイサク　内容や、やり方の実祭がはっきりわかる問題解決の方法。中 具體對策；實際對策。E a concrete measure.

☆ 土地の値段を下げるための具体策は示されていない / 降低地價的具體對策還沒出爐。

☆ 抽象論ばかり言ってないで、具体策を出してください / 不要光談抽象的理論，請拿出具體的對策來。

ぐたいてき【具体的】グタイテキ　実際にものごとがはっきりと示されて、だれにでもわかりやすいようす。中 具體(的)。E concrete.

☆ 教育制度について具体的な例をあげて説明する / 就教育制度列舉具體實例說明。

☆ 一般論ではわからないから、もっと具体的に話してください / 光是一般性論述還不能理解，請說得再具體一些。

対 抽象的

くだ・く【砕く】クダク〔他動五〕(くだいて)

❶ かたいものをこわして小さくする。中 弄碎；砸碎；打碎。E break into pieces.

☆ 岩を砕く / 擊碎岩石。

☆ 氷を砕いてジュースに入れる / 打碎冰塊放入果汁中。

❷ 勢いを弱くする。中 摧毀；挫敗。E crush; shatter.

☆ 敵の勢いを砕く / 摧毀敵人的氣勢。

☆ 野望を砕く / 挫敗野心。

❸ (「心をくだく」の形で)⇨心 慣用

❹ わかりやすい表現にする。中 用淺顯易懂的話說明。E (explain) plainly.

☆ むずかしいことばをくだいて説明する / 用淺顯易懂的話解釋難懂的詞語。

▷ 自動 砕ける

くたくた　クタクタ、クタクタ　❶ 非常に疲れて、力が入らないようす。中 非常疲勞，完全失去體力的狀態。

☆ サッカーの練習を5時間もして、くたくたになった / After five hours of soccer practice, he was completely exhausted. / 一連練了五個小時足球，累得筋疲力盡。

☆ 1日じゅう歩きまわったので、足がくたくただ / 走了一整天，腳累得抬不起來。

❷ もとの形を保てなくなっているようす。中 難以保持原有形的樣子；走樣。

☆ 野菜を煮すぎて、くたくたになってしまった / The overcooked vegetables turned to a pulp. / 菜煮得時間過久，都爛了。

☆ 着古してくたくたになった洋服 / 穿舊變樣的衣服。

▷ 話

ください【下さい】クダサイ　❶ 自分になにかを与えてほしいときの丁寧な言い方。

☆ すみません、リンゴを3つください / 勞駕，請給我三個蘋果。

☆ 今夜、お電話をください / Please call me this evening. / 今天晚上請打電話給我。

❷ (「～てください」「お[ご]～ください」の形で)人になにかをするように頼んだり、なにかをすすめたりするときの丁寧な言い方。

☆ ちょっと待ってください / 請稍等。

☆ どうぞごらんください / Please have a look. / 請您看看。

☆ 芝生の中に入らないでください／請勿踐踏草皮。

注 ❷はひらがなで書く。

参「くださる」の命令形。

くださ・る【下さる】クダサル〔他動五〕(くださって)　❶「くれる」の尊敬語。中「給(我)」的尊敬語。E (respectful) give (me).

☆ 先生が本をくださる／老師給(我)一本書。

対 差し上げる

❷ (「〜てくださる」「お[ご]〜くださる」の形で)「〜てくれる」の尊敬した言い方。中 尊敬的表達。

☆ 先生が詩を朗読してくださる／Our teacher reads aloud a poem for us. /老師為我們朗讀詩。

☆ 会長がお話しくださる／會長對我們講。

注 ❷はひらがなで書く。

参 命令形は「ください」。

くたび・れる　クタビレル〔自動一〕　❶ 心や体を使いすぎたために元気ではなくなる。疲れる。中 累；疲勞。E get tired; be fatigued.

☆ 長い時間立っていたのでくたびれた／站了很久所以很累。

☆ 外国語で議論をするとくたびれる／用外語進行辯論很累。

☆ 待ちくたびれる／等得疲倦。

❷ 長く使って、ものが傷む。中 用舊；使用過久。E be worn out.

☆ このかばんは5年も毎日持ち歩いたので、くたびれてきた／每天都帶著這只皮包，用了五年，已經舊了。

☆ くたびれた洋服／穿舊的衣服。

▷ 話

くだもの【果物】クダモノ　生で食べられる、水分の多い、木や草の実。リンゴ、ミカン、バナナなど。中 水果。E fruit.

☆ 食事の後にくだものを食べる／飯後吃水果。

☆ くだものナイフ／水果刀。

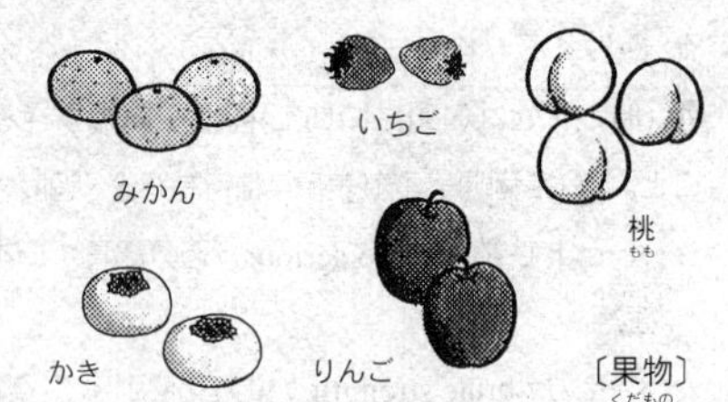

〔果物〕

くだらな・い　クダラナイ　問題にするだけの内容や価値がない。中 無意義；無聊；沒意思。E absurd; trivial.

☆「声が小さい」と言われて悩むなんて、くだらない話だ／人說你「聲音小」就煩惱，沒什麼可在意的。

☆ くだらないことからけんかになった／因無聊的事發生爭吵。

くだり【下り】クダリ　❶ 下ること。下へ行くこと。また、その道。中 下；下坡。E a descent.

☆ 登りは2時間かかったが、下りは30分で歩いた／上山花了兩小時，下山只要三十分。

☆ 下り坂／下坡路。

対 上り・登り

❷ 中央から地方へ、また、幹線から支線へ向かうこと。中 下行。E down; a down train.

☆ 連休の初日の朝、下りの道路は車の渋滞がひどい／連休第一天早上，下行道路就堵得厲害。

☆ 東京から下りの新幹線で京都へ行く／坐下行新幹線從東京到京都。

対 上り

▷ 自動 下る

くだ・る【下る】クダル〔自動五〕(くだって)

❶ 高い所から下のほうへ移る。中 下；從高往下移動。E go down; descend.

☆ 舟で川を下る／乘船順流而下。

☆ 長い坂を下って駅に行く／下長坡到車站。

対 上る、登る

❷ 命令や判定などが出る。中 下；宣判。E be sentenced; be given.

☆ ハイジャック事件の判決が下る／對劫機事

件作出判決。

☆ 転勤の命令が下る / 下達調職令。

❸ 中央から地方へ行く。中 由中央到地方。E go away from the center toward the rural areas.

☆ 東京を出発して東海道を西へ下る/從東京出發經過東海道(地名，東京到京都的路線)往西去。

対 上る

❹ 数や量などがそれより小さい。中 在～以下；少於；低於。E be less than.

☆ あしたも30度を下ることはないだろう / 預計明天也不會低於三十度。

❺ 時代が現代に近づく。中 時代推移。E (the times) pass on; progress.

☆ 時代が下るにつれて人権思想がひろまってきた / 隨著時代變遷，人權思想逐漸普及。

対 上る

❻ 下痢をする。中 瀉肚。E have loose bowels; have diarrhea.

☆ きのうから腹が下ってなにも食べられない / 昨天開始拉肚子，毫無食慾。

❼ (「くだらない」の形で)⇨くだらない

▷ 名 下り　他動 下す

くち【口】クチ　❶ 顔の、鼻の下にあって、ものを食べたり、ことばを話したりする器官。中 口；嘴。E a mouth.

☆ 食べ物を口に入れたまましゃべってはいけない / 嘴裡不要含著東西說話。

☆ 口を大きく開けて笑う / 開口大笑。

❷「❶」のように開いた部分。中 口；嘴兒。E an opening like a mouth.

☆ 瓶の口 / 瓶口。

☆ ホースの口 / 水管口。

☆ 傷口 / 傷口。

❸ 人の出入りする所。中 入口；出口。E an entrance; an exit.

☆ この駅には改札口は1つしかない/這車站只有一個剪票口。

☆ 中央口 / 中央出入口。

☆ 非常口 / 安全門；緊急出口。(→ 項目)

☆ 裏口 / 後門；便門；走後門(指入大學、工作單位等)。(→ 項目)

❹ 話すことば。中 說話；言語。E words; speech.

☆ この喜びは口では表せない / 這種喜悅的心情是無法用言語表達。

☆ 口が達者な人 / 能言善道的人。

❺ 食べ物を味わう感覚。中 口味；味覺。E taste.

☆ 日本料理はわたしの口に合わない / 日本料理不合我的口味。

☆ 口がこえている(=ぜいたくなものを食べていて、味にうるさい)/品味高、吃東西挑剔(=吃奢侈的東西，對味道很挑剔)。

❻ 食べさせなければならない人数。中 扶養人數；人口。E a mouth to feed.

☆ 生活が苦しいので、口を減らすために子供を町へ働きに出した/生活困苦，為了減少扶養人數，讓孩子去城裡工作。

❼ 働く所。中 工作；工作的地方。E a job.

☆ 通訳なら仕事の口はいくらでもある/口譯人員的工作機會很多。

☆ 就職口 / 就職單位。

☆ 働き口 / 工作單位。

❽ (数を表すことばの後について)(1)食べたり言ったりする回数を表す。中 表示次數。

☆ 1口で食べる/ eat with one bite. /一口吃下。

(2) 寄付や会員募集の事業などの金を払うときの単位を表す。中 股；份；份額。E a share.

☆ 1口5000円だから、3口1万5000円寄付することにした / 一份五千日圓，決定捐款三份，共一萬五千日圓。

→顔 図

…………「口」のつく慣用表現…………

口がうまい　お世辞を言ったり、ことばでごまかしたりするのが上手だ。中 嘴甜；嘴巧。E have a honeyed tongue.

☆ あの男は口がうまいから、信用できない/他嘴甜，不能相信。

口がうるさい　❶ いやになるほど同じようなことを何度も言う。口やかましい。口うるさい。中 多嘴多舌；喋喋不休。E nagging.

☆ 口がうるさい母は、「ハンカチは？かぎは持った？何時に帰る？」と毎朝言う/愛嘮叨的媽媽每天早上都要問：「手帕呢?帶鑰匙了嗎?幾點回來?」

❷ あれやこれやとうるさくうわさをする。口うるさい。中 人言可畏。E (people)will talk.

☆ 世間の口がうるさいから、夜遊びはしないほうがいい/社會上人言可畏，最好不要晚上出去玩。

口が重い　あまりしゃべらない性格だ。中 嘴笨；寡言；話少。E be slow of speech.

☆ あの作家は口が重いから、話を聞きだすのがたいへんだ/那位作家沈默寡言，要他回答一些事情相當費力。

口が堅い　秘密などを簡単にしゃべらない性格だ。中 嘴緊；守口如瓶。E tight-lipped.

☆ 内緒にしたいから、口がかたい三郎に相談してみよう/想保守秘密，所以去找守口如瓶的三郎商量。

対 口が軽い

口が軽い　秘密などでも簡単にしゃべってしまう性格だ。中 嘴快；說話輕率；大嘴巴。E talkative.

☆ あんな口が軽い人には、あぶなくてなにも言えない/和那種大嘴巴說話要留意，什麼都不能說。

対 口が堅い

口が滑る　言ってはいけないことを、うっかり言ってしまう。中 說溜嘴；失言。E let one's tongue slip.

☆ つい口がすべって、父に「はげたね」と言ってしまった/無意說溜了嘴，竟對爸爸說：「頭都禿了。」

似た表現 口を滑らす

口が悪い　ほめるよりも悪口や皮肉を言うことが多い性格だ。中 嘴利；損人；說話帶刺。E be sarcastic; have a sharp tongue.

☆ ミニスカートをはいていたら、口が悪い父は「そんな短いスカートなら、きっと安かっただろう」と言った/穿上迷你裙後，講話帶刺的爸爸說道：「那樣短的裙子一定很便宜吧。」

口にする　❶ 食べる。中 吃；嘗滋味。E eat.

☆ おなかのぐあいが悪くて、ゆうべからなにも口にしていない/肚子不舒服，昨晚起就沒吃任何東西。

❷ 話題にする。中 掛在嘴上；提起。E talk about.

☆ 戦争中のつらい経験は口にしたくない/不想提及戰爭中的痛苦經驗。

口を利く　❶ 話をする。中 說話。E talk to; speak with.

☆ 京子とけんかして何日も口をきいていない/和京子吵了架，好幾天都沒和她說話。

❷ 間に入ってものごとがうまくいくように話す。中 調停；調解；斡旋。E use one's influence; recommend.

☆ 叔父が社長に口をきいてくれたので、いまの会社に就職できた/叔父向社長請託，我才得以在現在的公司任職。

口を酸っぱくする　注意などを何度も繰り返し言う。中 苦口相勸；反覆勸說。E tell over and over again.

☆ 酒を飲んで運転するなと、口を酸っぱくして忠告したのに、二郎は聞かなかった/苦口婆心地勸告二郎不要酒後駕車，他卻不聽。

似た表現 口が酸っぱくなる

口をそろえる　何人かの人が同じことを言う。中 異口同聲。E say in unison.

☆ ジョンは正直なやつだと、友人たちは口をそろえて言う/朋友們異口同聲地說約翰是個正直的人。

似た表現 口を合わせる

口を出す ❶ 自分には関係ないことに意見を言ったり、指図したりする。中 多嘴；插嘴。E meddle in.

☆ わたしの問題にあれこれ口を出さないでほしい/對於我的問題希望不要多嘴說這說那的。

❷ 人の会話をじゃまする。中 插嘴。E butt in; cut in.

☆ だいじな話をしているんだから、そばから口を出さないでくれ/因為在談要緊事，不准插嘴。

▷ 似た表現 口を挟む、くちばしを入れる

口を開く 話しはじめる。中 開口。E open one's mouth to speak.

☆ トムは口を開けばいつでも車の話だ/湯姆開口說的盡是關於車子的話題。

…………………………………………………………

ぐち【愚痴】グチ 言ってもしかたがない不満を言うこと。また、そのことば。中 牢騷；抱怨。E an idle complaint.

☆ 仕事がつらいと、いつも愚痴ばかり言う/總是抱怨工作辛苦。

☆ 愚痴ひとつこぼさず、母は寝たきりの祖父の世話をしている/媽媽照顧一直臥床不起的祖父，從來沒有一句怨言。

☆ あの人は愚痴っぽい/他愛發牢騷。

くちおし・い【口惜しい】クチオシイ 「悔しい」の古い言い方。書 中 窩心；遺憾；氣憤。E regrettable.

☆ みんなの前で侮辱されて口惜しい/當眾受辱氣憤難當。

くちぎたな・い【口汚い】クチギタナイ ものの言い方が下品で乱暴だ。中 說話下流；出言不遜。E foulmouthed; abusive.

☆ 兄と弟はけんかして口ぎたなくののしり合った/哥哥與弟弟吵架，互相口出穢言。

☆ 口ぎたなくどなる/大聲罵髒話。

くちぐせ【口癖】クチグセ くせになっているようによく言うこと。また、そのことば。中 口頭語；口頭禪。E one's favorite phrase.

☆「努力しなさい」は父の口ぐせで、「早く、早く」は母の口ぐせだ/「努力吧」是父親的口頭禪，而「快一點」則是母親的口頭禪。

くちぐるまにのせる【口車に乗せる】 うまい話をして人をだます。中 使人上當；用花言巧語騙人。E wheedle a person into.

☆ 店の人の口車にのせられて、ひどい車を買わされた/在店員花言巧語的哄騙下，買了輛爛車。

対 口車に乗る

くちごたえ【口答え】クチゴタエ、クチゴタエ〔～する〕 目上の人の言うことにしたがわないで、言い返すこと。また、そのことば。中 頂嘴；還嘴。E talk back; retort.

☆ 親が「もっと勉強しなさい」と言うと、「そんなに勉強したら死んじゃうよ」と子供は口答えをした/父母親說「讀書要再用功點!」孩子頂嘴：「會讀死人的!」

くちコミ【口コミ】クチコミ 新聞やテレビなどを通じてでなく、人の口から口へと評判、うわさなどが伝わること。話 中 小道消息；道聽途說；風傳。E by word-of-mouth.

☆ このレストランはおいしいと口コミでひろがって客が増えてきた/這家餐廳的菜口碑不錯，客人聞風而來。

三 参「マスコミ」をまねてできたことば。

くちごも・る【口ごもる】クチゴモル〔自動五〕(くちごもって) ❶ ことばが口の中にこもって発音がはっきりしない。中 說不清楚；結結巴巴。E mumble; stammer.

☆ 祖父はいつも口をあまり開けずに口ごもった話し方をするので、聞き取りにくい/祖父說話時嘴巴不怎麼張開，又說不清楚，所以很難聽懂。

❷ つごうの悪いことがあってはっきり言わない。中 支吾；含糊不清。E falter.

く

☆ お金を借りたいとはっきり言えなくて口ごもった／想借錢又支支吾吾的不說明白。

くちずさ・む【口ずさむ】クチズサム〔他動五〕(くちずさんで)　なんとなく心に浮かんだ歌、詩などを小さな声に出す。中 誦；哼；吟；哼唱。E sing to oneself; hum (a tune).

☆ 掃除をしながら、好きな歌を口ずさむ／邊打掃邊哼喜歡的歌曲。

☆ 詩を口ずさむ／吟詩。

くちぞえ【口添え】クチゾエ〔～する〕　話し合いなどがうまくいくように他の人が相手になにか言ってくれること。中 代人說好話；講情；說人情。E recommend; good offices.

☆ 田中教授が「チンさんは、まじめな学生ですよ」と口添えしてくださったので就職することができた／多虧田中教授講情，說：「小陳是個認真的學生。」才找到工作。

☆ 山田氏の口添えのおかげでようやく大臣に面会できた／多虧山田先生美言，終於能與部長見到面。

くちどめ【口止め】クチドメ、クチドメ〔～する〕　ほかの人にしゃべってはいけないと禁じること。中 堵嘴；不讓說出。E forbid a person to mention it.

☆ その事故の原因については、かたく口止めされている／搞住他的嘴不讓他說出關於那次事故的原因。

☆ 口止め料／hush money.／遮口費。

くちばし　クチバシ　鳥の口の、突き出てかたい部分。中 鳥類的嘴；喙。E a bill; a beak.

☆ 小鳥がくちばしでえさをつついている／小鳥用嘴啄食。

→からす 図

くちばしが黄色い　まだ若く、経験が少ない。未熟なことを見下していう言い方。中 少不經事；乳臭未乾；毛頭小子。E be callow; inexperienced.

☆ くちばしが黄色いくせに、あの男は偉そうなことばかり言う／他乳臭未乾，卻口出狂言。

くちばしを入れる　自分に関係ない話やものごとに、また、意見を求められてもいないのに意見を言う。中 插嘴；管閒事。E meddle in; butt in.

☆ 夫婦の間の問題に他人がくちばしを入れてもしかたがない／夫婦之間的問題別人無法插嘴。

似た表現 くちばしを挟む、口を出す

くちばし・る【口走る】クチバシル〔他動五〕(くちばしって)　❶ 言おうと思っていないことを、調子にのって言ってしまう。中 說溜嘴；順口說出。E blurt out; let (a secret) slip out.

☆ 仲間としゃべっているうちに、会社の秘密を口ばしってしまった／和朋友聊天時，一時說溜了公司的秘密。

❷ 意識しないでなにかを言う。中 亂說話；無意識地說。E talk unconsciously.

☆ 父は高い熱に苦しみながら「あしたの会議は…」と口ばしっていた／父親發著高燒，嘴裡亂說話著「明天的會議……。」

くちびる【唇】クチビル　口のまわりの、すこし赤い、しわの入った、特別の筋肉の部分。中 嘴唇；唇。E a lip.

☆ 冬になるとくちびるが荒れる／一到冬天嘴唇就乾裂。

☆ くちびるに紅をつける／塗口紅。

☆ 上くちびる／上嘴唇。

☆ 下くちびる／下嘴唇。

唇をかむ　悔しさをがまんする。中 悔恨得咬嘴唇。E bite one's lips (to control one's vexation).

☆ わずかの差で試合に負けてくちびるをかむ選手たち／選手們以微小差距敗北，悔恨得直咬嘴唇。

唇をとがらせる[す]　不平不満の気持ちを顔で表す。中 噘嘴。E pout.

☆ うるさいのでテレビを消すようにと言われて、妹はくちびるをとがらせた／「太吵了，關掉電視吧。」此話一出，妹妹噘起了嘴。

似た表現 口をとがらせる[す]

くちぶえ【口笛】クチブエ、クチブエ くちびるをすぼめて、笛のような音を出すこと。また、その音。中口哨。E whistle.

☆ 楽しいときは、口笛を吹く/高興的時候吹口哨。

☆ 口笛を吹いて犬を呼ぶ/吹口哨把狗叫來。

くちぶり【口ぶり】クチブリ 話し手の気持ちが表れた話し方。中口氣;語氣;口吻。E the way one talks.

☆ あの口ぶりでは相当自信があるらしい/用那種口氣說話，看來相當有自信。

☆ 偉そうな口ぶり/傲慢的口吻。

くちべに【口紅】クチベニ 美しく見えるように、くちびるにつける赤い色のもの。紅。中口紅;唇膏。E a lipstick; rouge.

☆ 薄いピンクの口紅をつける/塗上淡粉色的口紅。

☆ 口紅を直す/重塗口紅;再塗一次口紅。

数 1本

くちやかまし・い【口やかましい】クチヤカマシイ、クチヤカマシイ 細かいことにもいろいろうるさく言う。中愛吹毛求疵;愛嘮叨。E nagging; faultfinding.

☆ 課長は鉛筆やメモ用紙の使い方にまで口やかましく注意する/課長嘮嘮叨叨地連鉛筆、筆記紙之類的用法都要提醒我們。

くちょう【口調】クチョー ❶声に出して言ったときのことばの調子。中語調;聲調。E a tone.

☆ この文章は口調がいいので、暗記しやすい/這篇文章文筆流暢，聲調優美容易背誦。

❷ 話し方に表れる特色。中腔調;口氣。E the tone of one's speech.

☆ 野党議員は激しい口調で大統領を非難した/在野黨議員以激烈言辭責難總統。

☆ 興奮した口調/興奮的語調。

☆ 命令口調/命令的腔調;命令的口氣。

く・ちる【朽ちる】クチル〔自動一〕 ❶木、木材などがくさってだめになる。中腐朽;朽壞;朽爛。E rot; decay.

☆ 木の橋が朽ちて渡れなくなった/木橋腐朽，無法渡過。

☆ 柱が朽ちはてた/柱子全爛了。

❷ 有名だったものが、いつのまにか力をなくす。また、世間の人に知られずに死ぬ。中衰敗;衰亡。E become obscure; die in obscurity.

☆ 永久に朽ちることのない名作を残す/留下永垂不朽的名作。

☆ 名声が朽ちる/名聲衰退。

くつ【靴】クツ 革、ゴム、布などでできた洋風のはきもの。中鞋。E shoes.

☆ 日本人は家の中では靴をぬいでいる/日本人在家裡是脫鞋的。

☆ 靴をみがく/擦鞋。

☆ 靴ずれ/a shoe sore./腳被鞋磨破。

☆ 登山靴/登山鞋。

数 1足

くつう【苦痛】クツー ❶体に感じるつらさ、痛み。中痛苦。E (a) pain.

☆ 病人が苦痛を訴える/病人訴說痛苦。

☆ 薬で苦痛をやわらげる/用藥緩和疼痛。

❷ 心で感じるつらさ、苦しみ。中痛苦。E a burden; an agony.

☆ 冬の朝早く起きるのは苦痛だ/冬天早起很痛苦。

☆ 初めはことばがわからず、毎日の生活が苦痛だった/起初語言不通，每天過得很痛苦。

くつがえ・す【覆す】クツガエス、クツガエス〔他動五〕(くつがえして) ❶大きなものを裏返す。中弄翻;打翻;翻轉。E overturn; capsize.

☆ 大地をくつがえすような大きな物音が起こった/一聲巨響，震得大地像要翻轉。

☆ 船をくつがえす/翻船。

❷ 根本から否定したりこわしたりする。中推翻。E reverse; overthrow.

☆ 最高裁は高裁判決をくつがえした/最高法院推翻了高等法院的判決。

☆ これまでの理論をくつがえす/推翻以前的理論。

☆ 政権をくつがえす/推翻政權。

▷ 自動 覆る

クッキー (cookie)クッキー　洋菓子の一種。小麦粉にバター、砂糖、卵などをまぜて、薄い形にしてオーブンで焼いたもの。中 小甜餅乾。E a cookie.

☆ 子供の誕生日にクッキーを焼いた/孩子生日那天烤了小甜餅吃。

☆ 手づくりのクッキー/自製小甜餅。

→菓子 図

くっきり　クッキリ〔～する〕　ものの形がはっきりと、あざやかに見えるようす。中 鮮明；明顯；清楚。E clearly; clear-cut.

☆ 澄んだ青空に富士山がくっきり(と)浮かんで見える/湛藍的天空下，富士山清楚地呈現出來。

☆ 大きな黒い目と高い鼻のくっきりした顔だち/大大的黑眸和高高的鼻樑，顯得十分鮮明的容貌。

くつした【靴下】クツシタ、クツシタ　靴をはくときや、寒いときに足を直接おおう袋の形をした衣類。中 襪子。E socks; stockings.

☆ 寒いから、厚い靴下をはいて出かけよう/天冷，所以穿一雙厚襪子出門吧。

☆ 靴下をぬぐ/脫下襪子。

☆ 毛糸の靴下/毛線襪子。

数 1足

参 短いものは「ソックス」、長いものは「ストッキング」という。

くつじょく【屈辱】クツジョク　相手の権力や力に無理やりしたがわされて、恥ずかしい思いをさせられること。中 屈辱；恥辱；侮辱。E humiliation; an insult.

☆ 屈辱を受ける/感受到侮辱。

☆ 屈辱に耐える/忍受屈辱。

☆ 屈辱を味わう/experience humiliation./受到屈辱。

☆ 屈辱感/屈辱感。

ぐっすり　グッスリ　まわりの音などに気づかないぐらい眠りが深いようす。中 酣睡貌；熟睡貌。

☆ ぐっすり(と)眠っていて、地震があったのにも気がつかなかった/I was sleeping like a log and did not even notice there was an earthquake./睡得很沉，連發生地震都不知道。

くっ・する【屈する】クッスル、クッスル〔自動する〕　外からの力に負けてくじける。また、したがう。書 中 挫折；屈服；屈從。E yield to; submit to.

☆ 貧乏に屈することなく研究を続ける/不屈於貧困繼續從事研究工作。

☆ 敵に屈する/向敵人屈服。

ぐったり　グッタリ〔～する〕　体の力が抜けたり疲れたりして元気がないようす。中 筋疲力盡；十分疲乏。E be exhausted; be limp; droop.

☆ 子供がぐったりしているので熱をはかったら40度もあった/孩子感到疲憊無力，量體溫竟高達四十度。

☆ 旅行から帰ったら、鉢のシクラメンの花がぐったりしていた/旅行回來，那盆仙客來的花(別名兔耳花)已枯萎了。

くっつ・く　クッツク〔自動五〕(くっついて)　すきまが空かないようにつく。また、ついてしたがう。話 中 緊貼在一起；黏著；緊挨著。E get stuck; stick to.

☆ ガムが指にくっついて取れない/口香糖黏在手指上取不下來。

☆ ２台の車がくっついて走っている/兩輛車緊挨著行駛。

☆ 先輩にくっついて飲みに行く/跟著學長去喝酒。

他動 くっつける

くってかか・る 【食ってかかる】クッテカカル、クッテカカル〔自動五〕(くってかかって) 激しい言い方で相手に向かっていく。中頂撞；極力爭辯；極力反駁。E lash out at.

☆ 学生は、先生の言ったことはまちがっていると教師にくってかかった / 學生頂撞老師說：「老師說錯了。」

☆ 電車の遅れに怒って乗客が駅員にくってかかった / 電車誤點，憤怒的乘客疾言厲色地質問站務員。

ぐっと グット、グット ❶ 勢いをつけて１度でなにかをするようす。中一下子集中力量使勁的樣子。

☆ 大根を、ぐっと引っぱって抜いた / I pulled out the *daikon* with a jerk. /猛一使勁把蘿蔔拔了起來。

☆ 缶ビールを、ぐっと飲みほした / 一口氣喝完一罐啤酒。

❷ 急に大きく変化するようす。中形勢急遽變化有緊迫感。

☆ 家を改築したら、ぐっと住みやすくなった / After remodelling, the house was much more comfortable. /房子改建之後，頓時住得舒服多了。

❸ 強く感情が動くようす。中感動強烈的樣子。

☆ 一郎は、洋子のやさしいことばにぐっときて結婚を決意した / Ichiro was struck by Yoko's kind words and made up his mind to marry her. /一郎被洋子的溫柔話語打動，決心結婚。

☆ 欲しかったが、ぐっとがまんして買うのをやめた / 雖然很想要，但還是強忍著沒買。

▷ 話

くつろ・ぐ クツログ〔自動五〕(くつろいで) 心も体も楽にする。中舒暢；輕鬆地休息。E relax; have a carefree time.

☆ 音楽を聞いてくつろぐ/聽音樂輕鬆休息一下。

☆ 土曜日の夜は家族とくつろいで過ごす/全家一起輕鬆地度過週六夜晚。

名くつろぎ

ぐでんぐでん グデングデン 酒にひどく酔って、頭も体もふつうの状態でなくなるようす。話中形容飲酒過多、醉得不省人事的樣子；爛醉如泥。

☆ ゆうべはぐでんぐでんに酔っぱらってしまい、だれとどこで飲んだのか全然覚えていない / I was dead drunk last night, and I don't remember who I was with or where I was drinking. / 昨晚爛醉如泥，連和誰喝(在哪喝都想不起來。

くど・い クドイ ❶ 同じようなことを何度も繰り返してうるさい。中囉嗦；喋喋不休；嘮叨。E wordy; lengthy.

☆ １度言えばわかるのに、２度も３度も同じことを言うとはくどい人だ / 說一遍就懂了，他非要一再重複同樣的話，真囉嗦。

❷ 味や色などが濃くて、いやな感じだ。中過於濃厚；油膩。E heavy; gaudy.

☆ この料理は味つけが濃すぎてくどい/這道菜調味過於油膩。

くとうてん 【句読点】クトーテン、クトーテン 文の切れ目を示すためのしるし。句点「。」と読点「、」のこと。中標點符號；句點和逗點。E punctuation marks.

☆ 読みやすいように正しく句読点をつける/為方便閱讀，應注上正確標點符號。

☆ 句読点を打つ/ punctuate. /標上句點和逗點。

くどきおと・す 【口説き落とす】クドキオトス、クドキオトス〔他動五〕(くどきおとして) くどいて自分の思うとおりにすることに成功する。中說服對方；使對方同意自己的意見。E persuade; win a person's heart.

☆ 市長選に立候補するよう叔父をくどきおとす / 說服叔父競選市長。

☆ 一郎は道子をくどきおとして結婚の約束をさせた / 一郎說服道子與他訂婚。

くど・く【口説く】クドク〔他動五〕(くどいて)　相手を自分の思うようにさせようと、何度も、または長い時間をかけてあれこれ言う。中 勸說；說服；勸服。E persuade; entreat.

☆ ＰＴＡ会長になってもらうため、何度も家を訪ねて山田さんをくどいた / 為讓山田出任 PTA 會長，數顧茅廬。

☆ 親をくどいて、留学を許してもらった / 說服父母同意(自己)留學。

名 口説き

くどくど　クドクド　同じことについて、聞くのがいやになるぐらい何度も言うようす。中 就一個問題，或一件事反覆嘮叨不休的樣子。

☆ 子供のころ悪い成績をとるたびに、母にくどくど(と)小言を言われた / 小時候每當成績差，就被媽媽叨唸個沒完。

☆ くどくど(と)説明する / explain tediously. / 囉哩囉嗦地解釋。

くに【国】クニ　❶ 国家。中 國家。E a state; a nation.

☆ 日本はアジアの国だ / 日本是亞洲國家。

☆ 国をあげて、となりの国の大統領の訪問を歓迎した / 舉國歡迎鄰國總統前來訪問。

☆ 国を治める / 治國；治理國家。

❷ 生まれ育った土地。故郷。ふるさと。中 家鄉；老家；故鄉。E one's home; one's hometown.

☆ 国の母へ手紙を書いた / 寫信給故鄉的母親。

☆ お国はどちらですか / 您老家是哪裡?

☆ お国ことば(＝方言) / 家鄉話(＝方言)。

❸ ある特色のある地域。中 地方；地區。E a country; a region.

☆ 南の国 / 南部地區。

☆ 雪国の暮らし / 多雪地區的生活；雪國生活。

☆ 北国の春 / 北部地區的春天；北國之春。

☆ 山国 / 山區。

❹ むかしの政治的区域の土地の名。中 封地；領地。E province.

☆ 出雲の国 / 出雲國。

☆ 大和の国 / 大和國。

❺ 特色を持った1つの世界。中 領域。E the realm; a land.

☆ 夢の国 / 理想國。

☆ 不思議の国 / 仙境。

▷ 数 ❶ 1カ国・1国、❹ 1国　→国家

くにくのさく【苦肉の策】　非常に苦しいときに、ほかにいい方法がなくて、しかたなくとる手段。中 苦肉計。E the last resort.

☆ 人手不足を解決するために、給料を10パーセント上げるという苦肉の策をとった / 為解決人手不足問題採用苦肉計，將薪資調漲百分之十。

くね・る　クネル〔自動五〕(くねって)　何度もゆるやかに折れ曲がる。中 緩慢地彎曲。E wind; wiggle.

☆ 谷川が山の間をくねってながれている / 河流蜿蜒地在山谷間慢慢地流。

☆ 体をくねらせる / 使身體彎曲。

☆ 曲がりくねる / 彎彎曲曲。

くば・る【配る】クバル〔他動五〕(くばって)　ものを必要な所にいきとどくようにする。中 分；發；分送。E distribute; hand out; deliver.

☆ みんなに1枚ずつ紙を配る / 發給每人一張紙。

☆ パーティーの客に飲み物を配る / 給參加晚會的客人送飲料。

❷ 注意などがいきとどくようにする。中 多方注意；用心周到。E be careful; keep an eye on.

☆ 栄養に気を配った料理をつくる / 製作注意營養搭配的料理。

☆ 小さい子供に目を配る / 留神照顧小孩。

くび【首】クビ　❶ 頭と胴をつなぐ細い部分。また、それに似た形のもの。

☆ 首を曲げて、体操をする / 彎曲脖子做體操。

☆ 犬の首に首輪をつける / 給狗脖子戴上頸圈。

☆ 瓶の首 / 瓶頸。

☆ 手首 / 手腕。(→ 項目)

❷「❶」より上の部分。中 頭；腦袋。E a neck.

a head.

☆ あぶないから、窓から首を出さないでください/因為危險，請不要將頭伸出窗外。

☆ あの青年はわたしより首1つ背が高い/那青年比我高一個頭。

❸ 雇っている人をやめさせること。中 撤職；解僱。E dismiss; fire.

☆ 欠勤、遅刻続きで、仕事を怠けるようなやつはもう首だ/那種缺席、連續遲到、工作偷懶的人應該被解僱。

☆ 首にする/解僱。

▷ →体 図

…………「首」のつく慣用表現…………

首が回らない 借金が多くてどうにもならない。中 債務壓得抬不起頭來。E be deeply in debt.

☆ 会社をひろげた際の多額の借金で首がまわらない/被擴大公司經營時的巨額債務，壓得抬不起頭來。

首を縦に振る 相手の要求などを受け入れる。中 點頭；同意。E nod assent.

☆ 外国に留学したいというわたしの願いに対して、父がようやく首を縦に振った/我想去國外留學的願望，父親終於同意了。

対 首を横に振る

首を突っ込む 興味を持ち参加する。中 與某件事有所牽連；入夥。E get involved in.

☆ 日本では政治に首を突っこむ学者は少ない/在日本，很少有學者涉足政治。

首を長くする まだかまだかと熱心に待つ。中 引頸等候；渴望。E look forward to; wait eagerly.

☆ 国の家族がわたしの帰国を首を長くして待っている/故鄉家人正盼著我回去。

首をひねる 原因、理由がわからなかったり、賛成できなかったりして、考えこむ。中 左思右想；揣摩。E be puzzled.

☆ 父の病気は原因がわからず、医者も首をひねっている/父親的病因不明，連醫生也疑惑不解。

似た表現 首をかしげる

……………………………………………………

くびきり【首切り】クビキリ、クビキリ

❶ 悪いことをした人の首を切り落とすこと。中 斬首。E decapitation.

☆ むかし、大きな罪をおかした人は首切りの刑になった/以前犯了重罪要被斬首。

☆ 首切り役人/劊子手。

❷ 仕事をやめさせること。中 撤職；解僱。E dismissal; discharge.

☆ 経営が苦しくなって従業員の首切りに踏みきった/經營困難，決心解僱職員。

☆ 首切りに反対する/反對解僱。

くびったけ【首ったけ】クビッタケ 相手の男性または女性を好きになって、夢中になるようす。話 中 為愛情神魂顛倒；迷住。E be deeply in love with.

☆ 京子は二郎に首ったけだ/京子被二郎迷住了。

くびっぴき【首っぴき】クビッピキ あるものを頼りにして、いつもそれを見ながら仕事などをすること。話 中 不離手的～；不斷參看；不斷查看；始終不離開。E constantly referring to.

☆ 英語の辞書と首っぴきで翻訳した/翻譯時不斷查看英語字典。

くふう【工夫】クフー〔～する〕 いい方法はないかといろいろ考えること。考えだしたもの。中 想辦法；動腦筋；找竅門。E a device; an idea.

☆ 漢字を速く覚えられるように、カードをつくって工夫している/為能快速記住漢字，設法製作卡片。

☆ 工夫をこらす/tax one's ingenuity. /找竅門。

くべつ【区別】クベツ〔～する〕 2つ以上のものや人を比べて、違いによって分けること。また、その違い。中 區別。E a difference; a distinction.

☆ 政治家は公私の区別をつけるべきだ/政治

家庭公私分明。

☆ この会には、性、年齢、職業の区別なくだれでも参加できる/這個會不分性別、年齢和職業，誰都能參加。

☆ 善悪の区別をする/區別善惡。

→差別

くぼ・む　クボム〔自動五〕(くぼんで)　まわりよりも低くなる。中 窪；凹下；塌陷。E sink; cave in.

☆ 重いトラックが通ったあと、地面がくぼんだ/笨重卡車通過後，地面下陷。

☆ 目がくぼむ/get sunken eyes./眼睛深邃。

名 くぼみ　→へこむ

くま　クマ　おもに山の中にすみ、体が大きく、足が太くて短い動物。日本には北海道にヒグマ、本州や四国にツキノワグマの２種がいる。中 熊。E a bear.

☆ クマは、冬の間は穴の中で眠って過ごす/熊在洞中冬眠，度過整個冬天。

数 1頭・1匹

注 漢字で書くときは「熊」。

くまなく　クマナク、クマナク　残っているところがないようす。すみずみまで。書 中 到處；全都。E all over; in every nook and corner.

☆ 伝統的な祭りを見るために、日本じゅうくまなく旅をした/為觀賞傳統的節慶活動，在日本各處旅行。

☆ くまなくさがす/到處尋找。

くみ【組・組み】クミ　❶ 学校などで、勉強のために分けた人の単位。クラス。中 班；組。E a class.

☆ １学年を３つの組に分ける/將同一學年的學生分成三班。

❷ 一緒に行動する人の単位。中 隊；夥；組。E a group.

☆ ５人ずつの組になってゲームをする/每五人編成一組玩遊戲。

☆ ２人組の強盗/二人一組的強盜。

❸ (数を表すことばの後について)単位、セットになっているものの数を表す。中 套；對；組。

☆ ふとん２組み/two sets of *futon*./兩套棉被。

☆ ５人分１組みの食器/五人份為一套的餐具。

▷ 自他動 組む

注 ❶❷は「組」、❸は「組み」。

くみあい【組合】クミアイ　同じ目的を持つ人たちが集まって、利益などを守るためにつくった団体。中 公會；工會；合作社。E an association; a union.

☆ 労働者が組合を組織する/勞工組成工會。

☆ 組合に加入する/加入工會。

☆ 生活協同組合/消費合作社；生活合作社。(→生協 項目)

くみあわ・せる【組み合わせる】クミアワセル、クミアワセル〔他動一〕 ❶ ２つ以上のものを合わせて、１つのまとまったものにする。組み合わす。中 編在一起；交叉在一起；搭在一起。E combine.

☆ ことばを組み合わせて文をつくる/彙編詞彙組成文章。

☆ いろいろな色を組み合わせたデザイン/搭配各種顏色的設計。

❷ 試合などで、戦う相手を決める。組み合わす。中 編組；配合。E match.

☆ 初めにＡチームとＢチームを組み合わせる/首先將Ａ隊與Ｂ隊編成一組。

▷ 名 組み合わせ　自動 組み合わさる

くみた・てる【組み立てる】クミタテル、クミタテル〔他動一〕 １つ１つのものをまとめて新しいものをつくりあげる。中 組織；構成；裝配。E assemble; put together; build up.

☆ 工場で自動車を組み立てる/在工廠裝配汽車。

☆ 新しい理論を組み立てる/建構一種新理論。

名 組み立て

く・む【酌む】クム〔他動五〕(くんで) ❶ 酒を器に入れて飲む。中 斟；倒。E have a drink.

☆ 1人で静かに酒をくむ/一個人靜靜地斟酒。

☆ くみかわす/對飲。

❷ 相手の事情や気持ちをよく理解する。中 體諒；體察。E take ~ into consideration; sympathize with.

☆ 友達はわたしの事情をくんで、快く金を貸してくれた/朋友體諒我的情況，爽快地借錢給我。

☆ 親の気持ちをくむ/體諒父母的心情。

く・む【組む】クム〔自他動五〕(くんで)

❶ なにかの目的のために仲間になる。中 合夥；配合；搭伴。E cooperate; pair with.

☆ 道子と組んで研究をする/與道子合作共同研究。

☆ テニスの試合でジョンと組む/網球比賽時與約翰搭檔。

❷ スポーツで、相手と体をつかみ合う。中 扭成一團；抱在一起。

☆ すもうで四つに組む/ grapple with one's opponent in *sumo* wrestling. /從正面挑戰進行相撲比賽。

☆ 組み合う/互相扭打；扭成一團。

❸ たがいにからみ合わせる。中 交叉起來；交疊在一起。E fold (one's arms); cross (one's legs).

☆ 胸の前で、腕を組んで考える/兩臂交叉胸前考。

☆ 腰かけて足を組む/盤腿坐下；盤腿而坐。

❹ まとまっていないものを集めて1つのものにする。中 搭；編；組。

☆ 足場を組む/搭鷹架。

☆ 予算を組む/ make a budget. /籌編預算。

❺ 金を送ったり借りたりするときに、決められた方法をとる。中 辦理手續。

☆ 為替を組む/ have a money order made. /辦理匯款手續。

☆ 家を買うローンを組む/辦理分期付款手續買房子。

▷ 名 組・組み

三 注 ❶❷は自動詞、❸❹❺は他動詞。

く・む クム〔他動五〕(くんで) 水などを、それがたくさんある所から取りだす。中 打(水)；汲(水)；取(水)。E draw (water); ladle.

☆ 川の水をバケツにくむ/將河水打在水桶裡。

☆ コップに水をくむ/用杯子取水。

☆ くみあげる/汲上來。

くめん【工面】クメン、クメン〔～する〕 必要な数や量の金や品物を集めようと、いろいろ工夫すること。中 籌措；籌款；設法弄錢。E manage; raise money.

☆ 働いて、日本へ留学する費用をやっと工面した/經由工作，終於籌到了去日本留學的費用。

☆ 入学できたが、授業料の工面がつかなくて困っている/雖然考上了，但還在為學費發愁。

くも【雲】クモ 水や氷の粒がたくさん集まって空に浮いているもの。雨や雪を降らす。中 雲；雲彩。E (a) cloud.

☆ 空は灰色の雲におおわれて、いまにも雨が降りそうだ/天空烏雲籠罩，看來就要下雨。

☆ 月が雲に隠れて見えない/月隱藏在雲中，看不見。

☆ 入道雲/(氣象)積雨雲；(夏季的)雷雲。

☆ 雨雲/烏雲；雨雲；陰雲。

雲をつかむよう 話や計画などがはっきりしていなくて現実的でないようす。中 虛幻無實；不著邊際；不切實際。E vague; visionary.

☆ 石油からパンをつくりたいなどと、ジョンは雲をつかむようなことを言う/約翰總說一些不切實際的話，比如想從石油中提取原料做麵包。

雲をつく 非常に背が高いようす。中 頂天；沖天。E towering.

☆ あのバレーボールのチームには、雲をつくばかりの大男がそろっている/那個排球隊中盡是人高馬大的壯漢。

くも クモ 虫の一種。4対の足を持ち、腹の先から糸を出して網のような巣をつくり、虫を捕まえて食べる。中 蜘蛛。E a spider.

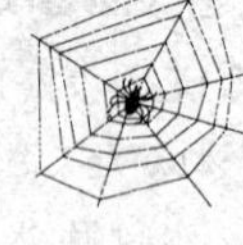
〔くも〕

☆ クモが巣をかけている/蜘蛛正在織網。

☆ クモの巣/蜘蛛網。

数 1匹

くもの子を散らすよう　集まっていた人たちが、ばらばらになって逃げだすようす。中 多數人向四面八方散去；人群四散；四處逃散。E in all directions.

☆ 弱い子をいじめていた小学生たちは、パトカーの音にくもの子を散らすように逃げた/欺侮弱小孩子的小學生們，一聽到警車的警報器響就四處逃散。

くもがくれ【雲隠れ】クモガクレ〔～する〕逃げて姿を隠すこと。中 躲藏；逃跑。E disappear; hide oneself.

☆ 会社の金を使いこんだ会計係は、どこかに雲隠れしてしまった/侵佔公款的會計不知逃向何方。

くもなく【苦もなく】クモナク　ふつうの人にはむずかしいことを、すこしも苦労しないで簡単にするようす。中 容易；不費勁；輕而易舉。E without any trouble; with ease.

☆ 力持ちの一郎は、60キロの荷物を苦もなく運ぶ/一郎力大如牛，搬起六十公斤行李不費吹灰之力。

くもり【曇り】クモリ　❶ 雲が多く、太陽や月が見えない天気。中 陰天。E cloudy weather.

☆ 天気予報では、あすはくもりのち晴れだそうだ/據天氣預報，明天多雲轉晴。

☆ くもりがち/be mostly cloudy./常常陰天；動不動就陰天。

☆ くもり空/多雲的天空；陰天。

❷ ガラスなどすきとおったものについたよごれ。中 模糊不清；朦朧；污點。E a blur; a cloud.

☆ よくみがかれて、くもりひとつない窓ガラス/玻璃窗被擦得乾乾淨淨、沒有任何髒污。

▷ 関連 ❶晴れ、雨　自動 曇る

くやし・い【悔しい】クヤシイ　思うようにならなかったり、人にいやな思いをさせられたりして、腹立たしい。中 遺憾；氣憤。E regrettable; vexing.

☆ 試合に1点差で負けて悔しい/比賽以一分之差飲恨。

☆ 親友にボーイフレンドを取られて悔しい/被閨中好友橫刀奪愛，覺得很氣憤。

くや・む【悔やむ】クヤム〔他動五〕(くやんで)　❶ 自分のしたことや言ったことが適切ではなかったと気がつき、後で残念に思う。中 懊悔；後悔。E regret.

☆ 買い物に金を使いすぎたと悔やんでいる/後悔購物花錢過多。

☆ 努力がたりなかったことを悔やむ/後悔努力不夠。

❷ 人の死を惜しみ悲しむ。中 弔唁；哀悼。E mourn over; lament.

☆ 先生の死を悔やむ/哀悼老師去世。

▷ 名 悔やみ

くよくよ　クヨクヨ〔～する〕　小さなことや終わってしまったことに、いつまでも悩むようす。中 想不開；悶悶不樂；煩惱。E worry about; brood on.

☆ 妹はきのうの試験のことでくよくよしている/妹妹為昨天的考試悶悶不樂。

☆ くよくよ(と)考える/悶悶不樂想不開。

くら【倉・蔵】クラ　米や酒、家具や道具などを安全にしまっておくための建物。中 庫房；糧倉。E a warehouse; a storehouse.

〔倉・蔵〕

☆ 江戸時代、この町は商業が盛んだったので、そのころの倉が多く残っている/江戶時代這個城鎮商業興隆，現在還保留著許多當時的倉庫。

☆ 酒蔵を訪ねる旅/訪問酒窖之旅。

☆ 米倉／糧倉。

数 1棟

注 漢字で書くときは、米や麦などをしまう建物は「倉」、道具類をしまうのは「蔵」を使うことが多い。

参「倉庫」も似ているが、「倉庫」のほうが新しいことばで、会社や工場などにある、材料や製品などをしまっておく建物をいうのに対して、「倉」「蔵」は、むかしからある和風の建物をいう。

くらい【位】クライ ❶身分、官職、資格、地位などの上下の関係。中 官職；職位；階級。E (a) rank.

☆ 将棋の名人の位につく／成為象棋名人。

☆ 位が上がる／職位上升。

☆ 王の位／王位。

❷数を表すために10倍ごとにつけることば。中 位數。E a digit.

☆ 10の位から100の位に位が上がる／從十位數上升到百位數。

☆ 1000の位／千位數。

❸(数や量を表すことばの後について)だいたいの数や量や程度を表す。中 大約；大概；上下；前後。

☆ ここから東京まで1時間くらいかかる／It takes about one hour from here to Tokyo.／從這裡到東京需要一小時左右。

☆ 半分くらいの人が欠席した／半數左右的人缺席。

❹(名詞、動詞と形容詞の基本形、形容動詞の「な」の形について)(1)それが、たいした程度ではない気持ちを表す。中 表示一點心意，微不足道。

☆ 入学試験に落ちたくらいで泣くことはない／入學考試落榜也沒必要哭呀！

☆ すこしくらいの雨なら行くつもりだ／If it just rains a little, I'll still go.／如果雨不大我還是打算去。

(2) ある例を示して動作や状態の程度を表す。中 像……那樣。

☆ この町くらいの大きさがちょうどいい／A town about this size is perfect.／像這個城市一般大剛好。

☆ 洋子くらい丈夫になりたい／想變得像洋子

「くらい」と「ほど」(「くらい」與「ほど」)

A「学校の体育館**くらい**／**ほど**の広さである」「10分**くらい**／**ほど**待ってください」

B「泣きたい**くらい**／**ほど**悲しかった」「川の水があふれる**くらい**／**ほど**雨が降った」

C「旅行**くらい**／**ほど**楽しいものはない」「歌があなた**くらい**／**ほど**上手な人はいない」

Aのように、だいたいの数や量や程度を表すとき、Bのように、ある例を示して動作や状態の程度を表すとき、そしてCのように、最高の程度であることを表すときには、それぞれ「くらい」も「ほど」も使うことができる。

「自分の食事**くらい**自分でつくりなさい」「こんな簡単なこと**くらい**わかるでしょう」など、程度が軽いものを取りあげていうときは、「くらい」だけを使う。

「あの店は評判**ほど**おいしくない」「口で言う**ほど**力は強くないようだ」のように、比較の基準を示し、それを否定するときは「～ほど…ない」の形を使う。また、「お酒を飲めば飲む**ほど**元気になる」「安ければ安い**ほど**客が来る」のように、一方の程度が高くなるともう一方も比例して上がることを表すときも、「ほど」だけを使う。

那樣健康。

❺ (「〜くらい…はない」の形で)最高の程度であることを表す。中表示最高程度。

☆ 運動の後のビールくらいおいしいものはない / There's nothing as tasty as a beer after exercise. /運動後來杯啤酒的滋味，什麼也比不上。

❻ (「〜くらいなら」の形で)そのようなことなら、むしろ他を選ぶ。中與其……寧願。

☆ 親のお金で結婚式をするくらいなら、しないほうがいい / 與其用父母的錢舉行結婚典禮，還不如不辦的好。

☆ 途中でやめるくらいなら、初めからするな / You'd better not do it if you give it up in the middle. /與其半途而廢，還不如從一開始就不要做。

▷ →囲み

注 ❸〜❻はひらがなで書く。

参 ❸〜❻は「ぐらい」ともいう。

くら・い 【暗い】クライ ❶ 光の量が少なくて、ものがはっきり見えない。中暗；昏暗；黑暗。E dark; dim.

☆ 太陽が沈んで暗くなった/太陽西沉天色昏暗。

☆ 暗い夜道 / 黑暗的夜路。

対明るい

❷ 色がくすんでいる。中發黑；發暗。E dark.

☆ 黒や灰色のような暗い色の服が好きだ/喜歡黑色、灰色等暗色系的衣服。

対明るい

❸ 性質や表情などがはればれしなくて、沈んでいる。中沉重；不明朗；陰沉。E gloomy; somber.

☆ 妻の病気のことを思うと、暗い気持ちになる / 一想到妻子的病，心情就沉重起來。

☆ 暗い性格 / 沈悶的性格。

対明るい

❹ 隠しておきたいことがある。中隱瞞的；掩飾的。E shadowy.

☆ 暗い過去を持つ男 / 隱瞞過去的男人。

対明るい

❺ (「〜に暗い」の形で)〜をよく知らない。

中生疏；不熟悉。E be not familiar with.

☆ わたしは東京の地理に暗い / 我對東京地區不熟。

対明るい

ぐらぐら グラグラ、グラグラ〔〜する〕

❶ 液体が沸騰し、中から泡が出てきて激しく動いているようす。中熱水沸騰、從水中冒泡的樣子。

☆ お湯がぐらぐら(と)沸いてきた/ The water came to a rolling boil. / 滾水沸騰。

❷ 激しく、不安定に、何度も揺れるようす。

中形容激烈動盪、反覆搖晃的樣子。

☆ 地震で家がぐらぐら(と)揺れた / The house shook unsteadily in the earthquake. /地震震得房子搖搖晃晃。

☆ 歯がぐらぐらになる / 牙齒晃動。

❸ 考えなどが、なかなか決まらないようす。

中形容考慮問題猶豫不決、搖擺不定的樣子。

☆ 就職しようか父の仕事を手伝おうかと、気持ちがぐらぐらしている / I'm wavering between getting a job and helping with my father's job. /我在尋找工作與幫助父親事業之間猶豫不定。

くらし 【暮らし】クラシ ❶ 暮らすこと。

中生活；度日。E life.

☆ 都会の暮らしに疲れてしまった / 對都市生活感到倦怠。

☆ 快適な暮らし / 舒適的生活。

❷ 金の面から見た生活。生計。中家境；生計。E a living; a livelihood.

☆ 先月から収入が増えたので、暮らしが楽になった/上個月起收入增加，家計寬裕起來。

☆ 暮らし向き(=生計の状態) /生計；家境(=家庭生計的況)。

☆ その日暮らし / 過一天算一天；當天掙當天花；一日打柴一日燒。(→項目)

▷ 自他動 暮らす

参 ❶は「生活」と似ているが、「生活」が「虫の生活」のように動物についてもいえるのに対して、「暮らし」は人間についてだけいう。

暮らしを立てる 収入をえて、生活していけるようにする。中 謀生。E make a living.

☆ 通訳のアルバイトでどうにか暮らしを立てている/靠兼差當翻譯總算勉強過日子。

似た表現 暮らしが立つ

クラシック (classic) クラシック、クラシック ❶ギリシャ・ローマ時代の芸術作品。また、評価の定まったすぐれた作品。古典。中 古典；經典著作。E a classic; ancient Greek and Latin literature.

☆ 絵は最近のものよりクラシックに興味がある/比起近代畫，反而對古典作品更感興趣。

❷ 現代の多様な音楽に対して、伝統的、芸術的な西洋音楽。中 古典音樂；(西方)傳統音樂。E classical music.

☆ ジャズよりクラシックをよく聞くが、特にモーツァルトが好きだ/聽古典音樂多於爵士樂，而且偏好莫札特的作品。

☆ クラシックコンサート/古典音樂演奏會。

❸ 古めかしく、落ちついてしゃれたようす。中 古典的；古雅的。E classic; classical.

☆ この部屋には落ちついたクラシックな家具が似合う/莊重典雅的家具與這個房間相配。

対 モダン

くら・す 【暮らす】クラス〔自他動五〕(くらして) ❶ 食べる、寝る、仕事をするなどして、毎日を生きていく。中 生活；過日子。E live; make a living.

☆ 海で魚をとって暮らす/以捕魚為生。

☆ 1人で暮らす/一個人生活；獨居生活。

❷ 1日を過ごす。中 整天做～；度日。E spend a day.

☆ きのうは1日じゅう寝て暮らした/昨天睡了一整天。

☆ 遊び暮らす/整天無所事事。

▷ 名 暮らし

注 ❶は自動詞、❷は他動詞。

クラス (class) クラス ❶ 学校などで、生徒、学生を勉強のために分けた単位。組。学級。中 班；級。E a class; a grade.

☆ この学年は、A、B、Cの3つのクラスがある/這個年級有A、B、C三個班級。

☆ クラスメート/班上同學；同班同學。

❷ 順位の上下、品質のいい悪いなどの基準にしたがって分けたもの。中 等級；級別。E a class; a rank.

☆ ファーストクラスの座席を予約する/預約頭等艙位。

☆ このホテルはサービスも設備もBクラスだ/這飯店的服務水準和設備都屬B級。

グラス (glass) グラス ❶ ワインやビールなどを飲む、ガラスの器。中 玻璃酒杯；高腳杯。E a glass.

☆ グラスを傾ける/飲酒。

☆ グラスを空ける(=グラスの酒を飲んでしまう)/把杯中的酒喝完(=喝光杯裡的酒)。

☆ ワイングラス/葡萄酒杯。

❷ めがね。双眼鏡。中 眼鏡。E glasses.

☆ サングラス/太陽眼鏡；墨鏡。

☆ オペラグラス/觀劇用望遠鏡。

クラブ (club) クラブ ❶ 同じ趣味、目的などを持つ人たちが楽しむためにつくった会。また、集まる場所。中 俱樂部；社團。E a club.

☆ ギターのクラブに入会する/加入吉他俱樂部。

☆ クラブ活動/社團活動。

☆ テニスクラブ/網球俱樂部。

❷ ゴルフで、ボールを打つ用具。中 高爾夫球桿。E a (golf) club.

☆ クラブのにぎり方から練習する/從握高爾夫球桿開始練習。

☆ アイアンクラブ/桿頭為鐵製的高爾夫球桿。

く

▷ 数 ❷1本

グラフ (graph) グラフ　ものの数や量の関係や割合などを図に表したもの。中圖表；圖解；座標圖。E a graph.

☆ 留学生の国別の割合をグラフにする/將留學生的國別比例做成圖表。

☆ 折れ線グラフ/曲解形圖表。

☆ 円グラフ/圓形圖表。

☆ 棒グラフ/柱形圖表。

くら・べる【比べる】クラベル〔他動一〕 2つ以上のものについて、同じ点、違う点、いい点、悪い点などを調べる。中比；比較。E compare.

☆ この赤いリンゴと青いリンゴを比べると、赤いリンゴのほうが大きい/與青蘋果相比，這個紅蘋果較大。

☆ 去年に比べて今年は暖かい/與去年相比，今年較暖和。

比べものにならない　差が大きすぎて、比べることができない。中不能比；不能相提並論。E cannot be compared with.

☆ 新幹線の速さは、このバスの速さとは比べものにならない/新幹線與這輛公車在速度上不能相提並論。

くら・む　クラム〔自動五〕(くらんで)　(「目がくらむ」の形で)⇨目 慣用

グラム (フ gramme) グラム　メートル法で、重さの基本になる単位。1グラムは、セ氏4度の水1立方センチの重さ。記号は「g」。中公克。E a gram.

☆ 塩分は1日8グラム以上とらないほうがいい/鹽的攝取量每天最好不要超過八公克以上。

くらやみ【暗やみ】クラヤミ　光がなく、暗いこと。また、その場所。中漆黑；黑暗。E darkness; the dark.

☆ 停電で、町は暗やみになった/因停電，市區變得一片漆黑。

☆ 暗やみの中を手さぐりで歩く/在黑暗中摸索前進。

くり　クリ　野山に生える木。秋に実る。とげのあるいがに包まれた濃い茶色の実は、ごはんと炊いたり、菓子の材料にしたりする。中栗子樹；栗子。E a chestnut.

〔くり〕

☆ 秋になると、山にクリ拾いに行く/一到秋天，上山撿栗子。

☆ クリごはん/栗子飯。

☆ クリ色/栗子色。

数 1本

三注 漢字で書くときは「栗」。

くりあ・げる【繰り上げる】クリアゲル、クリアゲル〔他動一〕 ❶順番を順に前に動かす。中往前移。E move up (the order).

☆ 1番の人がいなくなったので2番を1番に、3番を2番に、と繰り上げた/由於排在第一位的那個人不在，所以依序把第二、三位往前移。

対 繰り下げる

❷日、時刻を早くする。中提前。E advance (the time); move up (the time).

☆ 開会の時刻を10時から9時に繰り上げた/將開會時間從十點提前到九點。

☆ 帰国の予定を半年繰り上げる/將回國預定時間提前半年。

対 繰り下げる

❸数をたす計算をした結果、けたを上へ移す。中進位。E move up.

☆ たして10になったら、10の位に繰り上げる/夠十就進到十位上。

対 繰り下げる

▷ 名 繰り上げ　自動 繰り上がる

クリーニング (cleaning) クリーニング、クリーニング〔～する〕 洗濯。特に、ドライクリーニング。中洗濯；洗衣服。E (send～to) the laundry; (have～) cleaned.

☆ スーツをクリーニングに出す/將套裝拿去洗。

☆ シャツを急いでクリーニングしてもらう/急著讓洗衣店洗襯衫。

クリーム (cream)クリーム ❶牛乳からとった脂肪。洋食やケーキなどをつくるときに使う。また、その状態の食べ物。中奶油；乳脂。E cream.

☆ コーヒーにクリームを入れる/在咖啡裡加奶精。

☆ クリームチーズ/奶油起司。

❷「❶」のような状態の化粧品。中乳液化妝品；雪花膏；面霜。E a (cosmetic) cream.

☆ 日焼けどめクリームをつける/擦防曬霜。

☆ ナイトクリーム/晚霜。

クリーン (clean)クリーン ❶清潔なようす。中乾淨的；清潔的。E clean; undefiled.

☆ クリーンな政治家/廉潔的政治家。

☆ クリーンヒーター(=室内の空気をよごさない暖房器具の商標名)/清潔牌暖氣設備clean heater(=室內空氣不會污染的暖氣設備的商標名稱)。

☆ クリーン選挙/無賄選舉；不買票選舉。

❷あざやかな、また、みごとなようす。中漂亮；出色。E clean; splendid.

☆ クリーンヒット/(棒球)適時、漂亮的安打。

くりかえ・す【繰り返す】クリカエス、クリカエス〔他動五〕(くりかえして) 同じことを2度以上続けてする。中反覆；重複。E repeat.

☆ 成功するまで実験を何度も繰り返す/反覆進行實驗直到成功。

☆ 同じ失敗を繰り返す/重蹈覆轍。

☆ 繰り返して読む/反覆閱讀。

名繰り返し

クリスマス (Christmas)クリスマス 12月25日のキリストの誕生を祝う祭り。中聖誕節。E Christmas.

☆ 家族とクリスマスを祝う/和家人一起慶祝聖誕節。

☆ クリスマスプレゼント/聖誕禮物。

☆ クリスマスイブ/ Christmas Eve. /聖誕夜。

くりひろ・げる【繰り広げる】クリヒロゲル、クリヒロゲル〔他動一〕 ❶巻いてあるものや、たたんであるものをはしから順々に見えるようにひろげる。中展開；打開。E unroll; unfold.

☆ 人々の前で、巻いた布を繰りひろげてみせる/在眾人面前，打開捲起的布給大家看。

❷観客の前につぎつぎとひろげるようになにかを行う。中進行；展開。E develop before one's eyes; put on a display.

☆ 選手たちは連日、熱戦を繰りひろげた/選手們連日展開激烈的競賽。

くる【来る】クル〔自動くる〕(きて) ❶人やものが、離れた場所からこちらへ動く。中來。E come.

☆ 母から手紙が来た/母親來信了。

☆ 台風が来る/颱風要來。

☆ まだ電車が来ない/電車還沒來。

対行く

❷ある時期に近づく。中到來；到。E (time) come.

☆ 春が来る/春天來了。

☆ 来る日も来る日も雨降りだ/天天都下雨。

☆ 出発のときが来た/出發的時刻到了。

対去る

❸ある状態になる。中來；產生；發生。E come; become; get.

☆ 頼みがあると言われて、借金の申し込みだとぴんときた/他說有事相求，我立刻明白是要借錢。

☆ 急に疲れがきた/突然感到疲憊。

❹なにかが原因で起こる。中由來；來自〜。E come from; be caused by.

☆ あの人の落ちついた話し方は自信からきている/他說話沈著來自自信。

☆ 働きすぎからくる病気/因工作過度勞累而引起的疾病。

❺ (「〜ときたら」「〜ときては」「〜とくると」「そうこなくては」の形で)なにかを話題にするときの強めた言い方。中 提到…。

☆ わたしの兄ときたら、山の話になると夢中だ/ Where my brother is concerned, he gets carried away when it comes to mountain talk. / 說起我老哥，他一談到山，就說個沒完。

☆ ビールに枝豆ときては、仕事などしていられない/提起喝啤酒吃毛豆，哪還有心工作。

☆ 野球の話とくると、みんな熱中してしまう / 一提到棒球，大家就談得入迷。

☆ そうこなくてはきみらしくない / 不這樣做就不像你了。

❻ (「〜てくる」の形で)(1)ある動作がこちらにとどく。中 來到；到來。

☆ 風が吹いてくる / 颳風了；風吹來了。

☆ 妹が本を送ってくる/ My younger sister will send the books here. / 妹妹把書寄來。

(2) なにかをしてからもどる。中 …回來。

☆ 学校へ行ってくる/ I'm going to school [after which I'll come back]. / 我去學校。

☆ ノートを買ってくる / 去買筆記本。

(3) なにかがずっと続く。中 一直在…。

☆ 30年間生きてきた/ I have lived for 30 years. / 活了三十年。

(4) なにかが始まる。中 …起來。

☆ 雨が降ってくる / 下起雨來了。

☆ 涙が出てきた / Tears began to flow. / 流下眼淚。

(5) だんだんある状態になる。中 逐漸成為…狀態。

☆ 文法がわかってくる / You will come to understand the grammar. /語法逐漸明白〔起來〕。

☆ 豆が煮えてきた / 豆煮熟了。

=注 ❻はひらがなで書く。

くる・う 【狂う】クルウ〔自動五〕(くるって)

❶ 人やものが異常な状態になる。中 發狂；發瘋；瘋狂。E go mad; be out of order.

☆ 悲しく苦しいことばかり続いて、母はとうとう狂ってしまった/悲痛之事接踵而至，母親終於瘋了。

☆ 時計が狂っているから正しい時間がわからない / 錶出了毛病，所以不知準確時間。

❷ 前に考えたことと実際のことが違ってしまう。中 (預定等)打亂；弄亂。E (plans) get upset; go wrong.

☆ 急に友達が来たので、その日の予定が狂った / 朋友突然來訪，打亂了那天的預定計畫。

☆ 天気の予想が狂う / 天氣預報完全不準。

❸ 異常なほどなにかに一生懸命になる。中 沈溺；沈迷於。E be obsessed with.

☆ 父は仕事もしないで競馬に狂っている/丟下工作，沈迷於賭馬。

☆ 踊り狂う / 迷戀於跳舞。

グループ (group)グループ ❶ 同じような性質を持つものの集まり。中 群；組。E a group.

☆ 日本語の動詞を3つのグループに分ける / 將日語動詞分成三大類。

❷ 一緒に行動する人の集まり。中 團體；小組。E a group (of people).

☆ グループになって行動する / 分成小組進行活動。

☆ グループ学習 / 小組學習。

☆ 読書グループ / 讀書會。

くるおし・い 【狂おしい】クルオシイ ❶ 気が変になりそうだ。中 簡直要發瘋。E mad; crazy.

☆ 恋人に会いたくて狂おしい気持ちだ/渴望與戀人相見的念頭，簡直令人發瘋。

❷ じっとしていられないような気持ちにさせられる。中 像發瘋似地；發狂地。E wild; frenzied.

☆ 祭りで人々は1晩じゅう狂おしく踊った/節日裡，人們通宵狂舞。

☆ 狂おしいリズムの音楽 / 節奏瘋狂的音樂。

くるくる クルクル ❶ 続けて、軽く速く回るようす。中 連續輕快旋轉的樣子。

☆ フィギュアスケートの選手は、すごいスピードで体をくるくる(と)回転させる / Figure skaters spin at a fantastic speed. / 花式滑冰選手以極快的速度旋轉身體。

❷ 長いものを、小さく何回も巻くようす。中 一繞一繞地捲；一層一層地。

☆ ポスターをくるくる(と)巻く / roll up a poster. / 把海報一圈圈地捲起來。

❸ 体をよく動かして働くようす。中 手腳不停地；一歇也不歇地；（忙得）團團轉。

☆ レストランの店員はくるくる(と)よく働いている / The employees of the restaurant are working unceasingly. / 餐廳的店員工作忙得團團轉。

❹ 考えや決心などが短い時間のうちに何度も変わるようす。中 想法；決心等短時間內多次變化。

☆ 国祭情勢の変化につれて会社の方針もくるくる(と)変わった / Company policy changed repeatedly in keeping with the changing international circumstances. / 隨著國際形勢的變化，公司的方針也不停地改變。

▷ →ぐるぐる

ぐるぐる グルグル ❶ 続けて、大きく回るようす。中 形容輕快連續旋轉的樣子。

☆ ヘリコプターが空をぐるぐる(と)回っていた / The helicopter was flying round and round in the sky. / 直升機在天空兜圈子。

❷ 長いものを、大きく何回も巻くようす。中 形容長的東西捲很多層的樣子。

☆ けがをした足に包帯をぐるぐる(と)巻きつける / bandage up a wounded foot. / 在受傷的腳上一層層地纏上繃帶。

❸ あちこち動きまわるようす。中 形容變化、移動迅速的樣子。

☆ 郵便局をさがして、駅のあたりをぐるぐる(と)歩きまわった / I walked all around the station trying to find the post office. / 為尋找郵局，在車站周圍繞了半天。

参 ❶❷は「くるくる」と似ているが、「ぐるぐる」のほうが回り方や巻き方が大きい。

くるし・い 【苦しい】クルシイ ❶ 体や心に痛みや悩みがあって、がまんすることがむずかしい。中 痛苦；難受。E be out of breath; painful.

☆ 一生懸命走ったので息が苦しい / 拚命地跑，呼吸困難。

☆ 苦しい胸の内を語る / 訴說內心的痛苦。

❷ 金がたりなくて、困った状態だ。中 艱難；艱苦。E needy; hard-off.

☆ 物価が上がって生活はますます苦しくなった / 物價上漲，生活越是艱苦。

❸ なにかをするのがむずかしい。無理がある。中 勉強；不自然。E strained; farfetched.

☆ 2部屋しかない家に大人5人で暮らすのはちょっと苦しい / 家裡只有兩個房間，住了五個大人，實在太過勉強。

くるし・む 【苦しむ】クルシム〔自動五〕(くるしんで) ❶ 苦しいと思う。中 感到痛苦；難受。E groan; suffer from.

☆ 国民は重い税金に苦しんでいる / 國民為重稅所苦。

☆ 病気に苦しむ / 受疾病折磨。

❷ なにかが簡単にできなくて困る。中 傷腦筋；煩惱。E be puzzled; be troubled.

☆ あなたの行動は理解に苦しむ / 你的言行令人難以理解。

☆ 論文がうまく書けず、苦しんでいる / 論文寫不好，傷腦筋。

▷ 名 苦しみ 他動 苦しめる

くるっと クルット 軽く1回、回転するようす。くるりと。

☆ 彼女は、バレリーナのように片足でく

るっと回った / She spun around on one foot like a ballerina. / 她像芭蕾舞女演員那樣用單腳旋轉。

参「グラウンドをぐるっとひとまわりする」のような「ぐるっと」も似ているが、「くるっと」のほうが回り方が軽く小さい。

くるま【車】クルマ ❶軸を中心にして回るようになっている輪。中 輪；車輪。E a wheel; a caster.

☆ このスーツケースは車がついているから、運ぶのが楽だ / 這個行李箱有輪子，所以搬運起來很輕鬆。

❷ 乗り物。特に、自動車。中 車；小汽車。E a car; an automobile.

☆ 駅まで車で迎えに行った / 開車去車站接人。

☆ 車を運転する / 開車。

☆ お車代 / a small amount of reward for coming. / 一點點小意思；心意；車馬費(常用於演講，作報告後的答謝)。

▷ 数 ❶1輪、❷1台・1両

車の両輪 どちらが欠けても役に立たなくなる、両方とも重要だということ。中 如同車之兩輪；二者不可缺一；相輔相成。E be inseparable.

☆ 夫婦は車の両輪のようなものだ / 夫婦如同車之兩輪，二者缺一不可。

車を拾う タクシーを呼び止めて乗る。中 在街上叫計程車。E get a taxi.

☆ 急に雨が降りだしたので、途中で車を拾って家に帰った / 突然下雨，半路叫了輛計程車回家了。

くるまいす【車いす】クルマイス 体の不自由な人が、腰かけたまま動きまわれるようにした、車のついたいす。中 輪椅。E a wheelchair.

〔車いす〕

☆ 体が弱った祖父を、毎日車いすに乗せて散歩する / 每天讓身體虛弱的祖父坐輪椅散步。

☆ 車いすで移動する人のために、駅の階段をスロープに直す / 為讓坐輪椅的人行動方便，將車站的台階改成斜坡。

☆ 電動車いす / 電動輪椅。

数 1台

注 漢字で書くときは「車椅子」。

-ぐるみ (他のことばについて)全部一緒。中 全部一起；連；帶；整個。

☆ 町ぐるみで町をきれいにする運動を進める / 在全鎮推動美化城市運動。

☆ 会社ぐるみの不正 / company-wide corruption. / 公司集體舞弊。

☆ 家族ぐるみのつきあい / 家族間的交際往來。

くる・む クルム〔他動五〕(くるんで) 巻くように包む。中 包；裹；捲。E wrap in; rol up.

☆ 赤ちゃんを毛布でくるんで抱く / 用毛毯將嬰兒裹住抱起。

☆ 花束を紙でくるむ / 用紙把花束包起。

自動 くるまる

ぐるり グルリ、グルリ ❶まわり。周囲。中 周圍；四周。E around ~.

☆ 家のぐるりを塀でかこむ / 用圍牆將房子的四周圍住。

❷(「ぐるりと」の形で)(1)人やものなどが円をかくように動くようす。中 迴轉；轉圈。E (turn) around.

☆ 大きな木のまわりをぐるりとまわる / 繞著大樹周圍轉。

(2) 人やものなどが円をかくように並ぶようす。中 圍住；圍上；包圍。E surround.

☆ 警官が犯人の家をぐるりと取りかこんでいる / 警察將犯人家團團圍住。

参 ❷(1)は、「前を歩いていた道子がくるりと後ろを向いた」のような「くるりと」と似ているが、「ぐるりと」のほうが動きが大きく重い。

くれ【暮れ】クレ ❶ 太陽が沈みかけたころ。中 日暮；黃昏。E dusk; sunset.

☆ 暮れの鐘/敲晚鐘(日本許多寺院會在六點敲打青銅鐘)。

☆ 日の暮れ/日暮；黃昏。

☆ 夕暮れ/黃昏；傍晚。(→項目)

❷ 1年や季節の終わりのころ。中 年終；年底；季節末。E the end of (a year, a season).

☆ 年の暮れは、正月の準備で忙しい/年終，忙碌地準備過年。

☆ 暮れも押しつまる(=近づく)/臨近年末(=接近年底)。

☆ 秋の暮れ/秋末；晚秋。

▷ 自動 暮れる

くれぐれも クレグレモ、クレグレモ 何度も繰り返し心をこめて。中 懇切地；衷心地。

☆ ご家族のみなさまにくれぐれもよろしくお伝えください/Please give my best regards to all your family. /請向府上各位問候。

☆ くれぐれもおだいじに/請多多保重。

二 参 手紙やあいさつでいう。

クレジット(credit) クレジット 後から代金を払ったり、分割払いにしたりする約束で行われる販売。信用販売。中 信用銷售；分期付款；賒銷。E credit.

☆ クレジットで7万円のスーツを買った/以分期付款買了一件七萬日圓的套裝。

☆ クレジットカード/a credit card. /信用卡。

く・れる【暮れる】クレル〔自動一〕 ❶ 太陽が沈んで暗くなる。中 日暮；天黑；入夜。E get dark.

☆ 秋は暮れるのが早い/秋天天黑得早。

☆ 日が暮れる前に家に帰ろう/在天黑之前回家吧。

対 明ける

❷ 1年や季節が終わる。中 結束；過年。E (a year, a season) come to an end.

☆ 今年もあと10日で暮れる/還有十天就過年了。

☆ 秋が暮れていく/秋天即將過去。

対 明ける

❸ 暗い気持ちになったり、考える力をなくしたりする。中 不知如何是好。

☆ 悲しみにくれる/be overwhelmed with grief. /沈浸在悲哀之中。

☆ とほうにくれる/走投無路；不知如何是好；束手無策。(→項目)

▷ 名 暮れ 他動 暮らす

く・れる クレル〔他動一〕 ❶ 人が、自分や自分の側の人になにかを与える。中 給(我)。E give (me).

☆ 父がわたしに金をくれることはめったにない/父親很少給我錢。

☆ 友達が弟に本をくれた/朋友送給弟弟一本書。

対 上げる、やる

❷ (「～てくれる」の形で)自分や自分の側の人に対する動作を、好意的に受けとめていることを表す。中 友好地接受。

☆ 京子がわたしに日本語を教えてくれる/京子教我學日語。

☆ 荷物を持ってくれて助かった/幫我拿行李，真是太感謝了。

☆ 来てくれる/come for me. /特意來一趟。

対 上げる、やる

❸ (「～てくれ」の形で)相手に頼む。中 請求對方。

☆ きみも一緒に行ってくれ/你也一起去吧。

☆ 言わせてくれ/Let me speak. /讓我說幾句。

ぐ・れる グレル〔自動一〕 正しい生き方からはずれて、悪い方向に進む。話 中 墮落；走入歧途。E turn bad; go astray.

☆ 息子がぐれて、学校にも行かず、家にも帰らなくなってしまった/兒子學壞了，既不上學，也不回家。

くろ【黒】クロ ❶ 色の1つ。日本人の髪やカラスのような色。また、その色のもの。中 黑；黑色。E black.

☆ 黒のスーツを着て葬式に行く／穿黑套裝參加葬禮。

対 白

❷ 犯罪の事実があること、また、その人。中 犯罪(的人)；罪犯。E guilty.

☆ 指紋が一致したから、その男は黒にまちがいない／由於指紋一致，所以那男子肯定是犯人。

対 白

黒を白と言いくるめる 上手な話し方でごまかす。中 黑的說成白的；花言巧語。E call black white.

☆ あいつは口がうまい男だから、自分につごうがいいように黒を白と言いくるめてしまう／那傢伙油嘴滑舌，總是為了自己的方便，顛倒是非。

くろ・い【黒い】クロイ ❶ 黒の色をしている。中 黑；黑色。E black.

☆ 洋子の髪は黒くてまっすぐだ／洋子的頭髮又黑又直。

❷ 黒に似た色をしている。黒っぽい。中 黝黑色；褐色。E dark; tanned.

☆ 海で日に焼けて顔も体も黒くなった／在海邊把臉和身體都曬黑了。

❸ 心が正しくない。中 邪惡；不正當；黑。E black-hearted.

☆ A氏は腹が黒いという評判だから信用できない／大家都說A氏心腸壞，不可信任他。

くろう【苦労】クロー ❶〔～する〕むずかしいことを解決しようと、頭や心や体を非常に使うこと。中 辛苦；勞苦；艱苦；受累。E (a) trouble; (a) hardship.

☆ 学校に近いアパートをさがすのに苦労した／為了找離學校近的公寓十分辛苦。

☆ 知らない土地での生活は、苦労が多い／在陌生的地方生活諸多不便。

☆ 苦労性／worry about everything.／心眼窄；好操心；愛嘀咕。

❷（「ご苦労」の形で）相手が頭や体を使って努力するのをいたわることば。中（你）辛苦了；（讓您）受累了。E Many thanks for your trouble.

☆ ご苦労をおかけしました／給您添了許多麻煩。

☆ ご苦労さま／您辛苦了！（→項目）

参 ❶は「苦心」と似ているが、「苦心」が主として頭を使うのに対して、「苦労」は頭だけでなく心や体も使うばあいにいう。

くろうと【玄人】クロート、クロート その芸や技術を職業や専門としている人。また、経験の豊かな人。プロ。中 內行；行家；專家。E a professional; an expert.

☆ 道子は新聞記者だから、文章を書くことではくろうとだ／道子是新聞記者，寫文章是行家。

☆ くろうと顔負け／put a professional to shame.／內行人都自愧不如。

対 素人

クローズアップ (close-up) クローズアップ〔～する〕❶ 映画などで、ある部分を大きく写すこと。アップ。中 特寫。E a close-up (shot).

☆ 女優の顔をクローズアップする／給女演員的臉來個特寫。

対 ロングショット

❷ 人々の注意をひくように、ものごとを大きく取りあげること。中 大書特寫。E do a close-up (report).

☆ 最近、新聞などで環境問題がクローズアップされてきた／最近媒體對環保問題大寫特寫。

くろじ【黒字】クロジ 収入が支出より多いこと。中 盈餘；賺錢。E the black; a surplus.

☆ わが社も今年は黒字になった／我們公司今年也有盈餘。

☆ 貿易上の黒字／貿易出超。

☆ 黒字財政／財政盈餘。

対 赤字

くろぼし【黒星】クロボシ　すもうで、負けたことを示す「●」のしるし。また、負けることや大きな失敗にもいう。中(相撲)表示輸的黑點記號；失敗。E (*sumo*) a defeat mark; a failure.

☆ あの力士は、きょうも黒星だった/那個相撲選手今天又輸了。

☆ 警察は殺人事件の犯人に何度も逃げられて、黒星を重ねている/警察不斷失誤，讓殺人犯逃掉好幾次。

対 白星

くろまく【黒幕】クロマク　表面には出ないで、陰で人を動かす人。中幕後操縱者；後台。E a mastermind; a behind-the-scenes strong man.

☆ あの事件で逮捕されたのはA氏だが、黒幕はB氏らしい/在那次事件中被逮捕的雖然是A氏，但是後台卻像是B氏。

☆ 政界の黒幕/政界的後台。

くわ・える【加える】クワエル、クワエル〔他動一〕 ❶前からあるものになにかをつけたして増やす。中加；加上；添加。E add; include.

☆ 料理の味が薄いので塩を加える/菜的味道淡，再加點鹽。

☆ 3に5を加えると8になる/三加五等於八。

☆ 書き加える/添寫；加寫。

❷ なにかに入れる。中加入；包括。E let ~ join.

☆ 仲間に加える/(吸收某人)入夥。

❸ 人やものなどに対してなにかの働きかけをする。中給予；加以；施加。E give; apply; put.

☆ 荷物の重さに制限を加える/對行李重量設限。

☆ 治療を加える/給予治療。

▷ 自動 加わる

くわ・える　クワエル〔他動一〕　口でものをはさむようにする。中叼；銜。E hold a thing in one's mouth.

☆ ストローをくわえてジュースを飲む/含著吸管喝果汁。

☆ タバコをくわえたままメモをとる/叼著香菸記筆記。

くわし・い【詳しい】クワシイ　❶細かいところまでよくわかるようになっている。

中詳細。E detailed; in detail.

☆ くわしい地図があれば、知らない所でも行ける/若有詳細地圖，那麼陌生的地方也能去。

☆ 係員がくわしく説明してくれたのでよくわかった/辦事員對我詳細地解釋，我才明白。

❷ 細かいところまでよく知っている。中精通；熟悉。E be well versed in; know very well.

☆ 道子はフランスの歴史にくわしい/道子精通法國歷史。

☆ 兄はスポーツのことならなんでもくわしい/哥哥對運動十分精通。

対 疎い

くわずぎらい【食わず嫌い】クワズギライ

❶ 食べてみないで、嫌いだと決めてしまうこと。また、その人。食べず嫌い。中沒有嚐過味道就感到討厭(的食物)。E dislike some food without having tried it.

☆ 一郎は刺身を食べないが、あれは食わず嫌いだ/一郎不吃生魚片，其實他嚐也沒嚐就說討厭。

❷ そのよさを知らないで、よくないと思いこんで嫌うこと。また、その人。中不知其內容就感到厭煩(的人)；懷有偏見(的人)。E have a silly prejudice.

☆ 食わず嫌いはやめて、試しに聞いてごらん、ロックもいいよ/不要懷有偏見，試著聽聽看，搖滾樂也蠻不錯的。

くわだ・てる【企てる】クワダテル〔他動一〕なにかをしようと思い、それについて計画する。中計劃；企圖；策劃。E plan; plot.

☆ 新しい新聞の発行を企てる/計劃發行新報紙。

☆ 悪事を企てる/企圖做壞事。

名 企て

くわわ・る【加わる】クワワル、クワワル〔自動五〕(くわわって)　❶前からあるものになにかがつき、増える。中 加上；添上；添加。E increase; gain.

☆ 7月になって暑さが加わった / 到了七月份，天氣更熱了。

☆ スピードが加わる / 加快速度。

❷ なにかに入る。中 參加；加入。E join; take part in.

☆ 会議に加わる / 參加會議。

☆ 研究グループに加わる / 加入研究小組。

▷ 他動 加える

くん【訓】クン　漢字の読み方で、中国の発音をまねたものでなく、同じ意味の日本語のことばの発音で読むもの。訓読み。中 (日文中漢字的) 訓讀。E the Japanese reading of a Chinese character.

☆ 漢字の読み方には音と訓がある / 漢字有音讀和訓讀兩種讀法。

☆「林」という字は訓では「はやし」と読む /「林」這個字訓讀讀作「はやし」。

対 音

-くん【-君】(友達や目下の人の名前について) 軽い敬意や親しみを表す。中 (接在朋友及晚輩姓名後) 表示輕度敬意和親切。

☆ 田中一郎くんはぼくの中学校時代の同級生だ / 田中一郎君是我中學時同班同學。

☆ 山田くん / Mr.Yamada. / 山田君。

ぐん【群】グン　同じ種類のものが多く集まっていること。中 群。E a group.

☆ 群をなして北へ帰る鳥たち / 成群北歸的鳥兒。

☆ イワシの大群 / 沙丁魚群。

☆ 群島 / 群島。

群を抜く　同じ種類のものの中で、ほかと比べて非常にすぐれている。中 超群；出類拔萃。E excel others; come out on top.

☆ A社のビールの売り上げは同業4社の中で群を抜いている / A公司啤酒的銷售額在同業四公司中獨佔鰲頭的。

ぐんぐん　グングン　進み方が速く、勢いがあるようす。中 有力地；猛烈地；迅速；突飛猛進；陸續；接二連三。

☆ 新幹線は、駅を出るとぐんぐん(と)スピードをあげた / The *Shinkansen* increased its speed steadily after leaving the station. / 新幹線一駛出車站，就猛然加速。

☆ 息子は中学生になって、背がぐんぐん(と)のびた / 兒子上了中學後，個子猛長高。

くんじ【訓示】クンジ〔～する〕目上の人が目下の人に仕事上の注意などをすること。また、そのことば。中 訓示；諭告；曉諭。E an admonitory address.

☆ 毎朝、仕事の前に部下に訓示する / 每天早上工作前對部下訓示。

☆ ホールで部長の訓示がある / 經理要在大廳訓話。

ぐんしゅう【群衆・群集】グンシュー　❶ある場所に集まったおおぜいの人々。中 群衆；人群。E a crowd of people.

☆ 大統領は、数千の群衆を前に演説した / 總統在數千群衆前發表演說。

☆ 群衆にまぎれる / blend into the crowd. / 混入人群。

❷〔～する〕人や動物などが、ある場所に自然に多く集まること。また、その集まり。中 群；群集；聚集。E flock together; throng.

☆ 電灯のまわりに虫が群集している / 電燈周圍蟲子群集。

☆ 群集心理 / mob psychology. / 群衆心理；群聚鬧事的心理。

注 ❶は「群衆」、❷は「群集」。

ぐんしゅく【軍縮】グンシュク〔～する〕「軍備縮小」を略した言い方。軍備を減らすこと。中 軍備縮小；裁軍；裁減軍隊。E arms reduction; disarmament.

☆ 世界は軍縮の方向に向かっている／世界正朝著裁減軍備的方向發展。

☆ 軍縮会議／裁減軍備會議；裁軍會議。

対 軍拡(＝軍備拡張)

くんしょう【勲章】クンショー ❶ 国や社会のために立派な仕事をした人に、国から贈られるしるし。中 勳章。E a decoration; an order; a medal.

☆ 勲章を授ける／授與勳章。

☆ 勲章を胸につける／將勳章戴在胸前。

☆ 文化勲章／文化勳章。

❷ 身についたもの、身近なもので、特に記念や誇りに思うもの。中 勳章；紀念品。E a souvenir; a keepsake.

☆ このバイクの傷跡は、ぼくの青春時代の勲章だ／這輛摩托車的傷痕是我青春時代的紀念。

くんせい【薫製・燻製】クンセイ 塩づけにした魚や動物の肉などを、煙でいぶし、乾かした食べ物。中 熏；燻製。E smoked food.

☆ 牛の肉を薫製にする／燻牛肉。

☆ サケの薫製／燻鮭魚。

☆ 薫製品／燻製品。

注 もとは「燻製」だったが、「燻」の字は常用漢字表にないので、同じ音の「薫」を当てて「薫製」として使うようになった。

ぐんたい【軍隊】グンタイ 戦うためにつくられた軍人の集団。中 軍隊。E armed forces; an army.

☆ 軍隊の厳しい規律／軍隊紀律嚴明。

☆ 軍隊に入る／加入軍隊；參軍。

☆ 軍隊生活／軍隊生活。

ぐんび【軍備】グンビ 戦争のための、兵力や武器などの用意。中 軍備；軍事設備。E armaments.

☆ 軍備のための予算が増えると、国民経済が苦しくなる／軍備預算增加，國民經濟拮据。

☆ 軍備を縮小する／縮小軍備；裁減軍隊。

くんよみ【訓読み】クンヨミ〔～する〕 漢字を訓で読むこと。訓。中 訓讀。E the Japanese reading of a Chinese character.

☆「山」という字は訓読みでは「やま」と読む／「山」這個字訓讀讀作「やま」。

対 音読み

くんれん【訓練】クンレン〔～する〕 技術などを練習させて、よく覚えさせること。中 訓練。E training; (a) drill.

☆ 目が不自由な人の役に立つように犬を訓練する／訓練導盲犬幫助盲人。

☆ パイロットになる訓練を受ける／接受飛行員訓練。

☆ 防火訓練／防火訓練。

く

け／ケ

け

け【毛】ケ ❶人間や動物の体、また植物の表面に生えている糸状のもの。中頭髮；汗毛；毛；羽毛。E hair; fur.

☆ 父は毎朝鏡を見ては、毛が薄くなったとなげいている／父親每天早上照著鏡子感嘆頭髮日漸稀疏。

☆ 猫の毛が抜ける／貓的毛掉了。

❷ 羊毛でつくった毛織物。ウール。中毛線；毛織物。E wool.

☆ 毛のシャツは暖かい／毛衣暖和。

▷ 数❶1本

毛の生えたよう 程度が、あるものよりすこしだけいいようす。中稍許好一些。E be just a little better than.

☆ ウサギ小屋に毛の生えたような家に住む／住在比兔籠稍好一些的房子裡（日本人用兔籠來形容住處狹小）。

げ【下】ゲ、ゲ ❶他と比べて品質や価値などが低いこと。中下等；劣等。E lower; inferior.

☆ わたしの成績はクラスでも下のほうだ／我的成績即使在班上也算差的。

☆ 中流の下の暮らし／水準以下的生活。

❷ 2冊か3冊でひとそろいになっている本の最後の1冊。下巻。中下卷；下冊。E the last (second,third) volume.

☆「日本経済史・上」を読み終わったから、今度は下を続もう／《日本經濟史・上》已讀完，下次要讀下冊。

▷ 関連上、中

-げ (名詞、動詞の「ます」形、形容詞と形容動詞の語幹について)そのようなようすだ。中樣子；情形；感覺；跡象；神色。

☆ 京子はなにをやっても上手であぶなげがない／無論做什麼，京子都做得有板有眼，萬無一失。

☆ 悲しげな声／a sorrowful voice.／顯得悲傷的聲音。

☆ 満足げに答える／滿意地回答。

☆ 不安げな顔／顯得不安的神情。

☆ 用ありげなようす／好像有事的樣子。

ケア (care) ケア〔～する〕 病人、老人、障害者など、社会による助けの必要な人々を専門家、ボランティアなどが世話すること。中照顧；護理。E care for; aid.

☆ 体の不自由な老人たちをケアする／照顧身體行動不便的老人。

☆ 在宅ケア制度／an at-home care system.／家庭護理制度。

けい【刑】ケイ 国が、法律を守らなかった者に対して加える罰。中刑；刑罰。E a punishment; a sentence.

☆ 裁判長は被告に懲役15年の刑を言い渡した／審判長對被告宣判有期徒刑十五年。

☆ 重い刑／重刑。

☆ 死刑／死刑。(→項目)

けい【計】ケイ ❶自分の利益になるようにするための計画。中計劃；打算。E a plan; a scheme.

☆ 一年の計は元旦にあり／New Year's Day is the time to make your yearly plans.／一年之計在於春。

☆ 百年の計／百年之計；百年大計。(→項目)

❷ 2つ以上の数や量を合わせてえられる数や量。合計。中 合計；共計。E a total; the sum.

☆ ホテル代、交通費合わせて、費用は計10万円となる/旅館費加上交通費，共計十萬日圓。

参 ❶は「計画」と意味は同じだが、「計画」が一般的に使われるのに対して、「計」は決まった言い方の中でだけ使われる。

げい【芸】ゲイ 訓練によって身につけた技術。特に、人に見せ、人を楽しませるもの。中 武藝；技藝；技能。E an art; a craft; a trick.

☆ 犬に芸を教える/教狗練習技能。

☆ 芸をみがく/苦練功夫。

☆ 芸のうまい役者/技藝精湛的演員。

芸が細かい 小さなことにまで注意を払い、よく工夫されているようす。中 辦事精細，想得很周到。E be detailed; be elaborate.

☆ このおもちゃの自動車は、動くだけでなくライトまでつくのだから、芸が細かい/這輛玩具車不僅會動，還有燈光，設想真周到。

芸がない やり方に工夫がたりず、つまらない。中 沒有技藝；平凡。E unresourceful; boring.

☆ いつもと同じ歓迎会では芸がないから、今年はなにか違ったことをやろう/再辦和以前同樣的歡迎會就沒意思了，所以今年辦個與衆不同的吧。

芸は身を助ける 特別の技術を持っていると、生活に困ったとき、金をえるのに役立つ。中 藝能養身；藝不壓身。E Accomplishments can help to see us through bad times.

けいい【敬意】ケイイ 相手を尊敬する気持ち。中 敬意。E respect; honor.

☆ 国民は偉大だった故大統領に敬意を表して、空港にその名前をつけた/百姓向偉大的已故總統表示敬意，將機場以他的名字命名。

☆ 敬意のこもった態度/充滿敬意的態度。

けいえい【経営】ケイエイ〔～する〕 経済的にうまくいくように、方針、規模などを決めて事業をすること。中 經營。E manage; run.

☆ 先輩は旅行会社を経営している/學長在經營旅行社。

☆ 店の経営が苦しい/商店經營很艱難。

☆ 多角経営/多角經營。(→項目)

けいえん【敬遠】ケイエン〔～する〕 ❶ 表面ではその人を尊敬しているようすを見せながら、実際には避けて親しくしないこと。中 敬而遠之。E keep at a respectful distance; shun.

☆ あの部長は口うるさいので、部下に敬遠されている/那位經理說話囉嗦，所以部下們都敬而遠之。

☆ 近所づきあいを敬遠する/與附近人交際，保持敬而遠之的態度。

❷ 野球で、打者にヒットを打たれないように、わざとフォアボールにして、1塁に出すこと。中 棒球中，為了不被打者打擊出去，故意投四壞球，保送（打者）上一壘。E walk a batter intentionally.

☆ 投手は好調の4番打者を敬遠した/棒球投手故意投四壞球給狀況極佳的第四棒打者。

けいか【経過】ケイカ ❶〔～する〕時間がたつこと。中 流逝；過去。E pass; elapse.

☆ 時が経過するにつれて、その事件も忘れられていった/隨著時光流逝，那件事也被遺忘了。

☆ 手術が始まって、2時間経過した/手術(到現在)已進行了兩個小時。

❷ 時間とともに変化する、ものごとの進みぐあい。中 經過；過程。E progress; development.

☆ 手術後の経過は順調だ/手術之後恢復得很好。

☆ 試合の経過を見守る/注視比賽全程。

けいかい【軽快】ケイカイ ❶ 体が楽に動き、すばやいようす。中 輕快。E lightly; nimble.

☆ 山道を軽快に歩く登山者たち/在山路上輕快行走的登山者。

☆ 軽快な動作/輕快的動作。

❷ 気持ちが明るく、楽しくなるようす。中 輕鬆愉快。E rhythmical; cheerful.

け

☆ 軽快なサンバのリズムにのって踊る/隨著輕快的森巴舞曲節奏跳舞。

けいかい【警戒】ケイカイ〔～する〕犯罪や災害など悪いことが起こらないように用心すること。中警戒；警備；防範。E guard; precaution.

☆ 住民は、大雨で川の水があふれるのを警戒している/居民警惕防範大雨造成河水氾濫。

☆ このへんは夜間の犯罪が多いので、警官が警戒に当たっている/這一帶夜間犯罪多，警察正採取警戒措施。

→注意

けいかく【計画】ケイカク〔～する〕あることを実行する前に、うまくいくように、方法、手順などを考えること。また、その考え。中計劃。E a plan; a project.

☆ 政府は留学生を10万人受け入れることを計画している/政府計劃接受十萬留學生。

☆ 夏休みの旅行の計画を立てる/訂暑期旅行計劃。

☆ 町の将来の計画/城鎮未來的計劃。

→計

けいかん【警官】ケイカン「警察官」を略した言い方。警察の仕事をする役人。中警察；警察人員。E a policeman.

☆ 警官が泥棒を追いかけて捕まえた/警察追上前抓住了小偷。

☆ 交通整理の警官/疏導交通的警察；交通警察。

☆ 婦人警官/女警察；女警。

→交番図

参「警察官」には階級があり、そのいちばん下が「巡査」。「警官」は特に「巡査」をさすことが多い。「巡査」の親しみをこめた言い方が「おまわりさん」。

けいき【景気】ケイキ ❶社会の経済活動の状態。中景氣。E business (conditions).

☆ 今年は景気が悪いが、来年は回復するだろう/今年不景氣，明年會恢復吧。

☆ 景気が停滞する/景氣停滯。

☆ 不景気/不景氣；蕭條；買賣冷清；買賣蕭條；沒精神；愁眉不展。(→項目)

❷商売などで利益が出ているかどうかということ。中市面；行情。E business.

☆ あの店は客がたくさん来て景気がいい/那家商店客人多，生意很好。

❸元気のいい動きや力があること。中精神百倍。E a lively, roused state.

☆ 酒を飲んで景気をつける(＝元気を出す)/喝了酒就精神百倍(＝振作精神)；喝酒提神。

☆ どうしたの？ 朝から景気の悪い顔をして/怎麼了?一大早就無精打采?

けいぐ【敬具】ケイグ「つつしんで申し上げます」の意味で、手紙の終わりに書くあいさつのことば。「拝啓」などと書きはじめた手紙文の終わりに使う。書中敬啓者；謹上；謹啓。E Yours truly; Sincerely yours.

けいけん【経験】ケイケン〔～する〕実際に見たり、したりすること。また、それによってえた知識や技術。中經驗；經歷。E experience.

☆ 外国で暮らして、いろいろ珍しい経験をした/在國外生活，累積了許多寶貴經驗。

☆ 若いうちになんでも経験してみるほうがいい/年輕時最好什麼都體驗一下。

☆ 経験を積む/累積經驗。

☆ 経験が浅い/經歷膚淺。

→体験

けいこ【稽古】ケイコ〔～する〕音楽、踊り、お茶などの芸ごとや、柔道などの武道を習ったり練習したりすること。中練習；練功；學習。E practice; a lesson.

☆ 京子は毎日、家でピアノをけいこしている/京子每天在家練習鋼琴。

☆ 週に1度、お花のけいこに通う/每週去學一次插花。

けいご【敬語】ケイゴ 聞き手や話の中の人に対し、敬意を表したり、丁寧に言ったりすることば。中 敬語。E an honorific expression.

☆ 目上の人、親しくない人と話すときは、敬語を使う / 與長輩和不熟悉的人說話時使用敬語。

参「いらっしゃる」などの「尊敬語」、「申し上げる」などの「謙譲語」、「お茶」や「です」「ます」などの「丁寧語」がある。

けいこう【傾向】ケイコー ❶ ものごとが、ある方向に向かうこと。中 傾向；趨勢。E a trend; a tendency.

☆ 若い会社員の間では仕事よりも自分の時間をたいせつにする傾向が出てきている/公司年輕職員傾向於重視個人(休閒)時間更甚於工作。

☆ 農村の人口は減少の傾向を示している/農村人口已出現了減少的傾向。

❷ 人の考え、行動、性質が、ある方向に強く向いていること。中 傾向性。E a tendency.

☆ 洋子は、なんでも悲観的に考える傾向がある / 洋子傾向於凡事都往壞處想。

☆ 保守的な傾向 / 保守傾向。

げいごう【迎合】ゲイゴー〔～する〕 相手によく思われようとして、簡単に相手の考えや好みなどに調子を合わせること。中 迎合；逢迎。E cater to; go with.

☆ あの新聞は、おもしろそうなことばかり記事にして読者に迎合している / 那份報紙為迎合讀者口味盡報導趣味盎然的消息。

☆ 世論に迎合した政策/迎合社會輿論的政策。

けいこうとう【蛍光灯】ケイコートー 熱を出さないで明るい光を出す照明器具。中 日光燈。E a fluorescent light.

☆ 蛍光灯をつける / 開日光燈。

数 1本

けいこく【警告】ケイコク〔～する〕 危険などを防ぐため、強いことばで注意すること、また、その注意。中 警告；提醒注意。E warn; caution.

☆ 石を投げて騒ぐ群衆に、やめなければ逮捕すると、警官隊は警告した / 鎮暴警察警告扔石頭騷亂的群衆，如果再不停止就進行逮捕。

☆ タバコは肺にも心臓にもよくないと、専門家は警告している / 專家提醒：吸菸對肺和心臟都不好。

けいさい【掲載】ケイサイ〔～する〕 新聞、雑誌などに文章や写真や広告などを載せること。中 刊登；登載。E carry; appear; run.

☆ 留学生との交流の記事が雑誌に掲載されている / 與留學生交流的報導登在雜誌上。

☆ 新聞に広告を掲載する/在報紙上刊登廣告。

けいざい【経済】ケイザイ ❶ ものの生産から消費までの社会の活動や仕組み。中 經濟；經濟狀態。E economy.

☆ 資源も労働力も豊かで、国の経済は安定している / 資源和勞動力都很豐富，國家經濟狀態穩定。

☆ 経済援助 / 經濟援助。

☆ 自由経済 / 自由經濟。

❷ 生活の中で、金に関すること。中 (生活)經濟情況。E finance.

☆ 収入が少なくて、わが家の経済は苦しい/收入少，我家經濟拮据。

☆ まだ学生で経済力がない / 還是個學生，沒有經濟能力。

❸ 金や時間などがかからないこと。中 經濟；節省(時間、金錢等) E economy; save.

☆ 車より飛行機を使ったほうが時間の経済になる / 與車相比，飛機節省時間。

☆ 経済観念 / a sense of economy. / 經濟觀念。

対 不経済

けいざいてき【経済的】ケイザイテキ

❶ 経済に関係のあるようす。中 經濟上的。E economic.

☆ 経済的理由で学校をやめた / 因經濟上的原因而輟學。

❷ むだな金や時間などを使わなくてすむよう

す。中 節省的；經濟性的；經濟的。E economical.

☆ 学生割引を上手に利用すると経済的だ/善於使用學生優惠價，比較經濟實惠。

☆ 一般に、１人より２人で暮らすほうが経済的だ/通常，兩人一起生活要比獨自一人生活經濟些。

対 不経済

けいさつ【警察】ケイサツ　人々が安心して生活できるように、生命、財産を守り、犯罪などを取り締まる、公の機関。中 警察。E the police.

☆ お金を拾ったので、警察にとどけた/撿到錢，交給警察。

☆ 泥棒に入られたので、警察を呼んだ/因為東西被偷，所以叫來警察。

☆ 警察官/警察；警察人員。(→警官 項目)

けいさん【計算】ケイサン〔～する〕 ❶ 数や量を数えること。または、数学の式などを使って答えを出すこと。中 計算。E calculation; figures.

☆ おつりの計算をまちがえる/找錢算錯了。

☆ 計算が速い/計算迅速；運算速度快。

☆ 計算が合う/算得對。

☆ 大型計算機/大型計算機。

❷ 予定の中に入れて考えておくこと。中 考慮；估計；計算。E take a thing into account; figure.

☆ 大雪のときは、電車の遅れを計算して早めに家を出る/下大雪時，估計電車會誤點，於是提早出門。

☆ 計算どおりうまくいった/正如估計的那樣順利進行。

けいし【軽視】ケイシ、ケイシ〔～する〕 軽くみること。だいじではないと思うこと。中 輕視。E make light of.

☆ 小さなミスを軽視したため、大きな事故が起こった/因為輕忽小錯誤而引發了大事故。

☆ 人命軽視/輕視人命。

対 重視

けいじ【刑事】ケイジ　❶ 犯罪を調べ、犯人逮捕などの仕事をする警官。中 刑事警察；刑警。E a (police) detective.

☆ 近所の殺人事件のことで刑事が調べにきた/附近發生殺人案，刑警前來調查。

❷ 殺人や強盗など、刑法に関する事件。中 刑事；刑事案件。E a criminal case.

☆ 刑事裁判/a criminal trial./刑事審判。

☆ 刑事事件/刑事案件。

対 民事

けいじ【掲示】ケイジ〔～する〕 多くの人に知らせたいことを書いて、壁などにはりだすこと、また、そのもの。中 佈告。E a notice; a bulletin.

☆ 合格者の名前を掲示する/公佈合格者名單。

☆ 工場の入り口に「立入禁止」の掲示を出す/工廠門口掛著「禁止入內」的告示牌。

☆ 掲示板/佈告欄；佈告牌。

けいしき【形式】ケイシキ　❶ なにかをするときの決まった形、やり方。中 形式；方式。E a form.

☆ 試験は面接の形式でする/考試採取面試的形式。

☆ 形式に合わせて手紙を書く/配合格式寫信。

対 内容

❷ 内容に意味がなく形だけのこと。中 形式；表面的。E a formality.

☆ 形式だけのあいさつや贈り物なら、しないほうがいい/如果只是虛應故事的寒暄和送禮，不如不做。

☆ 形式を重んじる/注重形式。

対 内容

けいしきてき【形式的】ケイシキテキ

❶ 形式としてはそれでいいようす。中 方式；格式；正式的。E formally.

☆ 書類を形式的にととのえて出す/整理成正式文件後上交。

☆ 結婚の届けを出すと、形式的に夫婦として認められる/一辦理結婚登記，就正式成為夫婦了。

対 実質的

❷ 形式を重視し、内容がともなわないようす。中 表面的；注重形式。E superficial; conventional.

☆ 心のこもらない形式的なスピーチは、聞いていてつまらない/重於形式而不帶感情的演講，聽起來沒意思。

対 実質的

けいしゃ【傾斜】ケイシャ〔～する〕 斜めになること。また、その程度。中 傾斜；傾斜度。E slope; an inclination.

☆ この坂は15度傾斜している/這個坡傾斜十五度。

☆ ゆるやかな傾斜の山をスキーですべっておりる/沿著緩斜的山坡滑雪下來。

☆ 屋根の傾斜/屋頂的傾斜度。

げいしゃ【芸者】ゲイシャ 宴会などで、日本髪、着物姿で酒の相手をし、歌や踊りで客を楽しませることを職業としている女性。中 藝妓。E a *geisha*.

☆ 芸者が宴会の席をもりあげる/藝妓使宴會的氣氛熱鬧起來。

げいじゅつ【芸術】ゲイジュツ、ゲイジュツ 音楽、絵、彫刻、文学、演劇、写真など、美の表現を目的とした人間の創作活動。また、その作品。中 藝術。E art.

☆ 美しい建築は空間の芸術といえる/漂亮的建築可以稱作空間藝術。

☆ 芸術的な写真/藝術性的照片；藝術照。

☆ 芸術家/藝術家。

けいしょう【敬称】ケイショー 人を尊敬して呼ぶ言い方。また、そのために名前の後につけて使うことば。「さま」「さん」「殿」など。中 敬稱；尊稱。E an honorific title.

☆「お父さん」も敬称だから、他人に話すときは、「父」と言ったほうがいい/「父親」也是敬稱，所以和別人講話時，最好說「家父」。

☆「田中」に敬称をつけて「田中さん」と呼ぶ/對「田中」加以敬稱，則叫作「田中先生」。

☆ 敬称略/敬稱從略。

対 謙称

けいせい【形成】ケイセイ〔～する〕 まとまった形につくること。中 形成。E form; build up.

☆ いくつかの部族が集まって、古代国家を形成した/古代國家是由幾個部族聚在一起形成的。

☆ 青年期に人格が形成される/人格在青少年期形成。

けいぞく【継続】ケイゾク〔・する〕 前からの状態や活動が続くこと。また、続けること。中 繼續；延續。E continue; go on.

☆ まだまだ審議は継続する予定だ/審議預期還要持續一段時間。

☆ これまでどおり、相手方と交渉を継続する/和以往一樣，繼續與對方交涉。

けいそつ【軽率】ケイソツ なにかをするときに、じゅうぶんに考えないで決めたり行動したりするようす。中 輕率；草率。E rash; hasty; thoughtless.

☆ 相手のことをよく知りもしないで結婚を決めたのは軽率だった/還沒真正了解對方，就決定了結婚，真是過於輕率。

☆ 軽率な行動/草率的行動。

対 慎重

けいたい【形態】ケイタイ 組織など、まとまったものの形。中 形態。E (a) form; (a) shape.

☆ 日本の経済は資本主義の形態をとっている/日本經濟採取資本主義形態。

☆ 社会によって家族の形態が異なる/不同社會的家庭形態也隨之不同。

けいたい【携帯】ケイタイ〔～する〕 身につけて持ち歩くこと。中 攜帶。E carry ~ with

one; portable.

☆ 車を運転するときは、必ず運転免許証を携帯すること / 開車時必須攜帶駕照。

☆ 携帯ラジオ / 攜帶式收音機。

けいちょう【傾聴】ケイチョー〔～する〕話などを熱心に聞くこと。中 傾聽；聆聽。E listen attentively to.

☆ 講演を熱心に傾聴する / 認真傾聽演講。

☆ あの学者の説は傾聴に値する(＝聞いて理解するだけの価値がある)/ 那位學者的學說值得一聽(＝聽後有理解的價值)。

けいと【毛糸】ケイト　羊の毛などからつくった糸。中 毛線。E woolen yarn.

☆ 毛糸でセーターを編む / 用毛線織毛衣。

☆ 毛糸の靴下 / 毛線襪。

☆ 毛糸玉 / 毛線球。

数 1本・1玉　→編む 図

けいとう【系統】ケイトー　❶関係のあることがらを、ある1つの考えにしたがって順序正しく並べたもの。中 系統；分類。E a system.

☆ 動物の種類を系統を立てて説明する / 有系統地解釋動物的種類。

☆ バス路線の系統図 / 公車路線系統圖。

☆ 電気系統 / 電氣系統。

❷ 同じ血や特徴を持つもののつながり。中 血統；系統。E a family; descent.

☆ イタリア語とフランス語は同じ系統の言語だ / 義大利語和法語源於同一系統。

☆ わたしの背が低いのは母方の系統を引いているからだ / 我個子矮是因為遺傳到媽媽那方的血統。

けいとう【傾倒】ケイトー〔～する〕❶あることを高く評価したり、ある人を心から尊敬したりして、すっかり夢中になること。中 傾倒；崇拜。E have great esteem for.

☆ A教授の新しい言語理論に傾倒している / 為A教授的新語言理論而傾倒。

❷ ある仕事の重要性を認め、それに全部の力を使うこと。中 熱中；全神傾注。E devote oneself to.

☆ この10年、地震予知の研究に全力を傾倒してきた / 這十年來，傾注全力於地震預測的研究工作。

げいのう【芸能】ゲイノー　映画、演劇、歌、踊り、落語など、人々を楽しませるもの。中 文藝；文娛；娛樂。E public entertainment; performing arts.

☆ テレビや映画で活躍している芸能人 / 活躍於電視和電影圈的藝人。

☆ 大衆芸能 / 大衆娛樂。

☆ 芸能界 / 娛樂界。

けいば【競馬】ケイバ　馬に乗ってする競走。特に、プロの騎手が乗って競馬場を走り、観客に順位を予想させるかけごと。中 賽馬。E horse racing.

☆ 競馬に金をかける / 在賽馬上下賭注。

☆ 競馬でもうける / 以賭馬賺錢。

☆ 草競馬 /(日本農村舉行的)小型賽馬；地方賽馬。

けいはく【軽薄】ケイハク　ことばや態度がふまじめで心がこもっていないようす。中 輕薄；輕率。E frivolous; flippant.

☆ 軽薄な行動は人に誤解されやすい / 行為輕浮容易讓人誤解。

☆ 軽薄な態度 / 態度輕率。

対 重厚

けいばつ【刑罰】ケイバツ　国が、法律を守らなかった者に加える罰。中 刑罰。E a punishment; a penalty.

☆ 人を殺した者には、重い刑罰が加えられる / 對殺人者科以重刑。

☆ 刑罰を受ける / 受刑法懲罰。

けいひ【経費】ケイヒ　ものごとをするのに必ずかかる金。中 經費。E costs; expenses.

☆ 売り上げから経費を引くと利益はほとんどなくなる / 從銷售額中扣掉費用後，幾乎沒有利潤了。

☆ 経費を節約する / 節約經費。

☆ 必要経費 / 必要的經費。

けいひん【景品】ケイヒン　商品を買ってくれた客に、お礼としてあげる品物。また、催し物に集まった客に無料で配る品物。中 贈品。E a premium; a free gift.

☆ ビールを6本買うと、グラスの景品がついてくる / 買六瓶啤酒可獲贈玻璃杯一只。

☆ くじで景品が当たる / 抽獎得到贈品。

☆ 景品つき大売り出し / 附送贈品的大拍賣。

参「おまけ」も似ているが、「おまけ」が、値引きの代わりに商品にそえるものを一般的にいうのに対して、「景品」は、特に商品に最初からつけてあるものや、くじで当たるものについていう。

けいべつ【軽蔑】ケイベツ〔～する〕　自分よりもおとっていると決めて、人やものごとを見下すこと。中 輕蔑；蔑視；看不起。E contempt; scorn; disdain.

☆ 本好きの姉は、漫画はくだらないと軽蔑している / 喜歡看書的姊姊，瞧不起漫畫，說它沒意思。

☆ 軽蔑したような笑い / 輕蔑的笑。

対 尊敬

けいほう【刑法】ケイホー　なにが犯罪になるか決めて、その刑罰を定めた法律。中 刑法。E criminal law; the Penal Code.

☆ 刑法に照らして罰する / 依照刑法懲罰。

☆ 刑法の解釈 / 對刑法的解釋。

けいみょう【軽妙】ケイミョー　文章、話し方、演技などが、軽い感じでうまいようす。中 輕鬆；瀟灑。E light and easy; witty.

☆ あの作家は、ユーモアのある軽妙な文を書く / 那位作家寫的文章幽默而輕鬆。

☆ 気のきいた軽妙な司会で楽しませる / 機靈且又瀟灑的主持人使人感到輕鬆愉快。

☆ 軽妙洒脱 / smart and refined. / 輕妙瀟灑；瀟灑輕鬆。

けいむしょ【刑務所】ケイムショ、ケイムショ　罪をおかし、裁判で刑の決まった者を、その期間入れておく所。中 監獄；監牢。E a prison; a jail.

☆ 殺人の罪で15年間刑務所に入っていた / 因殺人罪入獄服刑十五年。

参 まだ刑の決まっていない者は「拘置所」に入れられる。

けいやく【契約】ケイヤク〔～する〕　法律的に効果のある約束をすること。また、その約束。中 契約；合約。E a contract.

☆ アパートを借りる契約をする / 簽定租屋（公寓）契約。

☆ 契約を結ぶ / 簽訂契約。

☆ 契約を取り消す / 取消契約。

☆ 売買契約 / 買賣合約。

けいゆ【経由】ケイユ、ケイユ〔～する〕　目的地に行く途中、ある場所を通っていくこと。中 經由；經過。E via; by way of.

☆ この飛行機は、香港を経由してシンガポールへ行く / 這架飛機經香港飛往新加坡。

☆ 米原経由金沢行きの列車 / 經米原開往金澤的列車。

けいようし【形容詞】ケイヨーシ　文法上の単語の分け方の1つ。性質や状態、感情などを表すことばのうち、「～い」で終わり、活用するもの。中 形容詞。E an adjective.

☆「高い」「忙しい」「うれしい」などは形容詞だ / 「高的」、「忙碌的」、「高興的」等都是形容詞。

参 形容動詞を「な形容詞」ということもあるが、そのばあいはふつうの形容詞を「い形容詞」という。

けいようどうし【形容動詞】ケイヨードーシ　文法上の単語の分け方の1つ。性質や状態、感情などを表すことばのうち、「～だ」で終わり、活用するもの。中 形容動詞。E an adjective verb.

け

☆「きれいだ」「静かだ」「嫌いだ」などは形容動詞だ／「漂亮」、「安静」、「討厭」等都是形容動詞。

参 名詞に続く形が「きれいな」「静かな」となるので「な形容詞」ということもある。

け

けいりょう【計量】ケイリョー、ケイリョー〔～する〕　重さ、量などをはかって数字で表すこと。書 中 計量；量。E weigh; measure.

☆ 試合前に、選手の体重を計量する／比賽前要量選手的體重。(賽前過磅)

☆ 米や砂糖を正確に計量する／正確計量米和砂糖。

☆ 計量カップ／量杯。

けいりん【競輪】ケイリン　自転車に乗ってする競走。特に、プロの選手が競輪場を走り、観客に順位を予想させるかけごと。中 自行車競賽。E *keirin*; a bicycle race.

☆ 大金を競輪にかける／在自行車賽上押大賭注。

☆ 競輪で損をする／因自行車比賽而受損失(＝輸錢)。

けいれき【経歴】ケイレキ　その人がどういう学校を出て、どのような仕事をしてきたか、どんな社会的立場にあったかなどということ。中 經歷；履歷。E one's personal history; a career.

☆ 候補者の経歴を紹介する／介紹候補者的履歷。

☆ A氏はB大学を卒業後、教師と会社員をへて、現在は作家という経歴の持ち主だ／A氏的履歷如下：從B大學畢業後當過老師和公司職員（上班族），現在是作家。

けいれん【痙攣】ケイレン〔～する〕　動かすつもりはないのに、筋肉が急にかたくなって震えること。中 痙攣；抽筋。E be convulsed; a fit of convulsion.

☆ 泳いでいるとき、急に足がけいれんして驚いた／游泳時，腳突然抽筋，嚇了一跳。

☆ けいれんを起こす／產生痙攣。

☆ 胃けいれん／stomach cramps.／胃痙攣；胃痛。

ケーキ (cake) ケーキ　洋菓子の一種。小麦粉、牛乳、砂糖、卵などを使って型に入れて焼いたもの。中 蛋糕；西洋糕點。E a cake.

☆ クリスマス用のケーキを焼く／烤製聖誕節用的蛋糕。

☆ イチゴのショートケーキ／草莓奶油蛋糕。

ケース (case) ケース　❶ 入れ物。中 櫃子；箱子；盒子。E a case.

☆ ビデオテープをケースにしまう／將錄影帶放入盒中。

☆ めがねのケース／眼鏡盒。

❷ 実際の例。また、そのことが起きたときの事情。中 實例；事例。E a case; an example.

☆ 若い人の交通事故は、スピードの出しすぎのケースが多い／年輕人發生交通事故，多數是由超速引起。

☆ 特殊なケース／特殊情況。

☆ ケースバイケース(＝それぞれのばあいに合わせること)／(＝與各種不同情況相適應)隨機應變。

参 ❶は「箱」と似ているが、「箱」が中に入れるものが決まっていないことが多いのに対して、「ケース」は入れるものが決まっているそれぞれの入れ物をいう。

ゲーム (game) ゲーム　❶ ルールにしたがって、勝ち負けや点を争う遊び。中 遊戲；遊藝。E a game.

☆ みんなでトランプのゲームをして遊ぶ／大家一起玩撲克牌。

☆ テレビゲーム／a TV game.／電視遊樂器〔機〕；電玩遊戲；電玩。

☆ ゲームセンター／a penny arcade.／電子遊藝場；電子遊樂場。

❷ スポーツで勝ち負けを争うこと。試合。中 競技；比賽。E a game.

☆ きょうのゲームは雨で中止になった／今天

比賽因雨中止。

☆ ゲームの開始は10時だ/比賽十點開始。

参 ❷はスポーツの中でも、おもに野球などボールを使う競技にいう。

けおりもの 【毛織物】ケオリモノ、ケオリモノ　羊など動物の毛で織った布。中毛料；毛織物。E woolen cloth.

☆ イギリスのヨークシャーは毛織物の生産地として有名だ/英國的約克夏以生產毛料而著名。

☆ 毛織物工業/毛料工業。

けが　ケガ〔～する〕　不注意や事故などで、体に傷がつくこと。中傷；負傷。E an injury; a wound.

☆ 自転車で転んで、足にけがをした/因騎腳踏車跌倒，腳受了傷。

☆ 大けが/重傷。

☆ けが人/傷者。

参「傷」も似ているが、「けが」をした結果、手足などにできたものが「傷」である。「転んでけがをした」の「けが」を「傷」に、「傷が痛い」「傷を縫う」の「傷」を「けが」に置きかえることはできない。また、事故や不注意などで「けが」をするが、手術のとき切ったりした跡は「傷」である。

けがの功名　失敗したと思ったことがいい結果になること。中歪打正著；因禍得福。E a lucky hit; a fluke.

☆ 染色で、入れる薬をまちがえたが、予想以上にいい色に染まり、けがの功名と喜んでいる/染色時加錯染藥，未料染出的顏色比想像還好，歪打正著，十分得意。

げか 【外科】ゲカ　医学の一分野。病気やけがを、手術など、外から手を加えて治す。中外科。E surgery.

☆ 心臓のぐあいが悪く、内科の薬だけでは治らないので、外科で手術してもらう/心臟情況很嚴重，僅靠服藥治不好，所以需動手術。

☆ 外科医(=外科の医師)/外科醫生(=外科醫師)。

対内科

けが・す 【汚す】ケガス、ケガス〔他動五〕(けがして)　美しいものをきたなくしたり、価値を下げたりする。中弄髒；玷污；忝居。E disgrace; defile.

☆ 不名誉なことをして名をけがす/做不光彩的事情玷污名聲。

☆ 末席をけがす(=地位または会合の席にいることの謙遜した言い方)/忝居末席(=表示自己處於某種地位或出席某種集會時謙遜的說法)。

対清める　自動汚れる

参「よごす」も似ているが、「よごす」がものをきたなくすることに使うのに対して、「けがす」は精神的な面に使う。

けがらわし・い 【汚らわしい】ケガラワシイ　心や行いがきたなくて、近づくと自分まできたなくなりそうで、いやだ。中污穢；骯髒；討厭。E disgusting; odious.

☆ あの2人の不正な取り引きは口にするのもけがらわしい/那兩人非法交易的行為，令人覺得齷齪。

けが・れる 【汚れる】ケガレル〔自動一〕　清らかなものがきたなくなる。また、純粋さがなくなる。中污染；弄髒。E be defiled; be polluted.

☆ 人をだまして金もうけすることばかり考えているうちに、心がけがれてしまった/一心只想詐財，心靈隨之污穢。

☆ けがれた金/ill-gotten money./髒錢；不義之財。

名汚れ　他動汚す

参「よごれる」も似ているが、「よごれる」がものがきたなくなることに使うのに対して、「けがれる」は精神的な面に使う。

げき 【劇】ゲキ　舞台で、身ぶりとことばを

け

使って物語などを表現するもの。中 劇；戲。E a play; (a) drama.

☆ 学校で子供たちがクリスマスの劇をする/孩子們在學校演出聖誕劇。

☆ シェークスピアの劇はおもしろい/莎士比亞的戲劇很有趣。

☆ 喜劇/喜劇；令人發笑的事情。(→項目)

☆ 悲劇/悲劇。(→項目)

参「演劇」「芝居」も似ているが、「演劇」には芸術的な劇という意味がふくまれる。また、「芝居」は「芝居見物」というように娯楽のための劇という意味が強い。したがって、子供が学校で表現練習の1つとしてするものは「劇」になる。

げきが【劇画】ゲキガ　漫画のように紙面を区切って、写実的な絵で表現した物語。中 連環畫；漫畫書。E comics with a realistic narrative.

☆ わたしは、ユーモアのある短い漫画よりも、ドラマチックな劇画のほうが好きだ/比起幽默的短篇漫畫，我更喜歡富帶情節的連環畫。

げきじょう【劇場】ゲキジョー　演劇、映画などを客に見せるための建物。中 劇場。E a theater.

☆ 新しくできた劇場へ「三人姉妹」を見に行く/去新落成的劇場看《三姊妹》。

☆ オペラ劇場/歌劇場；歌劇院。

☆ 国立劇場/國立劇場。

げきつう【激痛・劇痛】ゲキツー　がまんできないような激しい痛み。中 劇痛。E an acute pain.

☆ スキーで転んだとたん、足に激痛を感じた/滑雪時一跌倒，就感到腳上劇烈疼痛。

☆ 夜中に激痛におそわれた/半夜裡突然感到劇烈疼痛。

対 鈍痛

げきてき【劇的】ゲキテキ　劇の一場面のように、人の心を動かしたり、実際にありそうもないことや変化が起こったりするようす。中 戲劇性(的)；扣人心弦(的)。E dramatic.

☆ アンナは踊り子からデザイナーになり、最後は大統領になるという劇的な生涯を送った/安娜的一生富於戲劇性，從舞蹈演員到設計師，最後又成為總統。

☆ 戦争で別れた兄との30年ぶりの再会はまさに劇的だった/隔了三十年後與在戰爭中分離的哥哥重逢，真是極富戲劇性。

げきど【激怒】ゲキド〔～する〕　激しく怒ること。中 極為憤怒；勃然大怒。E wild rage; violent anger.

☆ 市長が選挙のときの約束を簡単に破ったので、市民は激怒している/市長輕易違背選舉時的承諾，市民們勃然大怒。

☆ 父は激怒のあまり、ものも言えなくなった/父親憤怒至極，氣得說不出話來。

けぎらい【毛嫌い】ケギライ〔～する〕　はっきりした理由もなく、感情的にいやだと思うこと。中 不由地討厭；無緣無故地討厭。E have an instinctive dislike of.

☆ 母は聞いたこともないのに、ロックミュージックを毛嫌いしている/母親連搖滾樂都沒聽過，卻無緣無故地討厭它。

げきれい【激励】ゲキレイ〔～する〕　がんばれと人を元気づけること。中 激勵；鼓勵；鼓舞。E encourage.

☆ 優勝するまでがんばってと選手たちを激励する/鼓勵選手們繼續努力，直到取得第一名。

☆ 激励の手紙を書く/寫鼓勵信。

げきれつ【激烈・劇烈】ゲキレツ　非常に激しいようす。中 激烈；猛烈。E severe; fierce.

☆ 受験者1000人に対し合格者5人という激烈な競争を勝ち抜いた/在一千名應試者只錄取五名的激烈競爭中取得了勝利。

☆ 激烈な争い/激烈爭鬥。

けさ【今朝】ケサ　きょうの朝。中 今天早晨。E this morning.

☆ けさは、いつもより早く起きた/今天起得比以往都早。

☆ けさ早く東京に着いた/今天一早到達東京。

げし【夏至】ゲシ、ゲシ　太陽が赤道からいちばん北へ離れたとき。北半球では１年じゅうで昼間の時間が最も長い日。毎年６月21日ごろ。中 夏至。E the summer solstice.

☆ 夏至のころは夕方７時を過ぎてもまだ明るい/夏至傍晚，過了七點天還亮著。

対 冬至　→残暑

けしか・ける　ケシカケル、ケシカケル〔他動一〕❶犬などの動物に勢いをつけるように声をかけて、攻撃させる。中 嗾使；唆使。E hound (a dog) on.

☆ 闘犬は、犬どうしをけしかけて戦わせる/所謂鬥犬，就是叫唆狗兒互相打鬥。

❷ 他の人にいろいろなことを言って勢いづけ、自分の思っている行動をとらせようとする。中 唆使；挑動；煽動；教唆。E incite; urge on.

☆ 年とった両親をけしかけて、はじめての外国旅行に行かせた/哄勸年邁的父母首次出國旅行。

けしき【景色】ケシキ　目に映る、山や海や川などの自然の姿。中 景色；風景。E scenery; a view; a scene.

☆ 山を登りながら、アルプスの美しい景色に見とれた/一面登山，一面被阿爾卑斯山的美景深深吸引住。

☆ 雪景色/雪景。

参「風景」も人の目に映るまわりのようすという点では似ているが、「風景」が「家庭の団欒風景」「都会の風景」というように自然以外にも使うのに対して、「景色」はおもに自然についていう。

けしゴム【消しゴム】ケシゴム　鉛筆で書いた字などを消すのに使うもの。中 橡皮擦。E an eraser.

☆ まちがえた漢字を消しゴムで消して書き直す/用橡皮擦把寫錯了的漢字擦掉重寫。

→文房具 図

けじめ　ケジメ、ケジメ　はっきりさせる必要のある区別。中 區別；界限。E a line; a distinction.

☆ 政治家として公私のけじめをつける/身為政治家要公私分明。

☆ テレビを見ながら宿題をするような、勉強と遊びのけじめがないのはだめだ/邊看電視邊寫功課，像這樣讀書和遊玩不分是不行的。

げしゃ【下車】ゲシャ、ゲシャ〔～する〕　電車、バスなどから降りること。中 下車；出車站。E get off (a train); get out of (a car).

☆ 大阪へ行く途中、京都で下車して金閣寺を見てきた/去大阪途中，在京都下車順訪金閣寺。

☆ 途中下車/中途下車。

対 乗車

げしゅく【下宿】ゲシュク〔～する〕　金を払って、よその家の部屋を借りて住むこと。また、その家や部屋。食事をつくってもらうこともある。中 寄宿在別人家中；租房間住。

E room; board; a lodging house.

☆ 学校の近くの田中さんのところに下宿しています/目前在離校較近的田中先生家中寄宿。

☆ 安い下宿をさがす/尋找便宜的公寓。

☆ 下宿人/寄宿的人；寄宿者。

☆ 下宿料/寄宿費。

げじゅん【下旬】ゲジュン　１月を３つに分けたうちの最後の約10日間。21日から月の最後の日まで。中 下旬。E the end of a month.

☆ 12月の下旬は、クリスマスや、正月の用意で忙しい/十二月下旬因準備聖誕節和過新年而忙碌。

関連 上旬、中旬

けしょう【化粧】ケショー〔～する〕❶口紅や粉などをぬって、顔を美しくつくること。中 化妝；梳妝；打扮。E makeup.

☆ 化粧してとてもきれいになった/化妝後變

得很漂亮。

☆ 化粧室 / a dressing room; a rest room. / 化妝室；洗手間。

☆ 化粧品 / 化妝品。

❷ 外側をきれいに見えるように飾ること。中 裝飾；裝潢。E give (a building) a face lift.

☆ 古い建物の壁をぬりかえて化粧した / 重新粉刷裝潢古老建築的牆壁。

☆ 雪化粧 / 銀裝素裹。

け・す【消す】ケス〔他動五〕(けして)

❶ 火をなくす。中 滅；撲滅；熄滅。E put out; extinguish.

☆ 消防車が駆けつけて火を消した / 消防車趕來滅火。

☆ ろうそくを消す / 吹滅蠟燭。

対 つける

❷ 電気やガス器具の働きを止める。中 關上；關掉。E turn off.

☆ 教室の電気を消す / 關掉教室電燈。

☆ お湯が沸いたらガスを消してください / 水煮開後請關上瓦斯。

対 つける

❸ 見えるもの、音、におい、感情などをなくす。中 擦掉；消掉；解除。E erase; counteract; remove.

☆ 黒板の字を消す / 擦掉黑板上的字。

☆ 毒を消す / 消毒。

☆ においを消す / 除去異味。

▷ 自動 消える

げすい【下水】ゲスイ　台所、ふろ場、トイレなどで使ったあとのよごれた水。また、その水を流す設備。中 下水；髒水。E a drain; sewage.

☆ 下水がつまって水があふれる / 下水道堵塞，水溢了出來。

☆ 下水管 / 下水管。

☆ 下水道 / a sewer system. / 下水道。

対 上水

けず・る【削る】ケズル〔他動五〕(けずって)

❶ 刃物などで、ものの表面を薄く切り取る。中 削；刨；鏟。E shave (wood); sharpen (a pencil).

☆ 木の枝をけずってはしをつくる / 削樹枝做筷子。

☆ ナイフで鉛筆をけずる / 用刀削鉛筆。

☆ しのぎをけずる / 激戰；激烈地交鋒；爭論。(→ 項目)

❷ 全体のうちの一部分を取り去る。中 削減；刪去；除掉。E delete; cut down.

☆ 文章が長すぎたので、50字ほどけずった / 文章太長，刪減約五十個字。

☆ 予算をけずる / 削減預算。

けた　ケタ　数の位。十進法では、10倍ごとにつけていくことばで、2は1けた、22は2けた、222は3けたになる。中 位數。E a figure; a digit.

☆ 1000と100では1けた違う / 一千和一百差一位數。

☆ 小数点以下3けたまで計算せよ / 計算到小數點後三位。

けたが違う　数や量や程度にたいへんな違いがある。中 相差懸殊；不能比擬。E be no comparison.

☆ 国の予算と市の予算では、けたが違う / 國家預算與市府的預算相差懸殊。

似た表現 けた違い

げた　ゲタ　日本のはきもの。木の板に歯とはなおがついている。

はなお

中 (日本式) 木屐。E *geta*; Japanese wooden clogs.

〔げた〕

☆ ゆかたを着てげたをはく / 身著浴衣(夏天穿的單件和服)，腳穿木屐。

☆ げたばき住宅(= 1階が商店などで、2階以上が住宅になっている建物) / 木屐式住宅(=一樓是商店等，二樓以上是住宅的建築物)。

数 1足

げたを預ける 問題の解決方法などを、だれかにすっかりまかせる。中 把事情託付給別人去解決；明知有困難，強把事情託付給別人。E leave everything to; pass the ball.

☆ 就職をA社にするかB社にするか決められなくて、父にげたを預けてしまった / 無法決定在A、B兩公司間擇一就業，於是交給父親去決定。

げたを履かせる 実際の得点や数や量よりも多くする。話 中 放水抬高分數。E jack up (the scores in a test).

☆ 点が悪すぎるから、げたをはかせても合格点にとどかない / 分數太低，即使放水也不及格。

けたたまし・い ケタタマシイ 人を驚かすような、大きな音や声が突然するようすだ。中 喧囂；尖嘯；大聲；嘈雜。E screaming; shrill.

☆ サイレンをけたたましく鳴らして、消防自動車が走っていく / 消防車鳴著尖銳的警報疾駛而去。

☆ けたたましい叫び声 / 尖叫聲。

けたはずれ【けた外れ】ケタハズレ ふつうと比べて、程度や数や量が非常に違っていること。中 格外；異常；特別。E extraordinary.

☆ 東京の土地の値段は、全国の平均と比べると、けた外れに高い / 東京地價比全國平均地價要高出許多。

けだる・い ケダルイ、ケダルイ なんとなくだるい。中 疲倦；懶散；懶洋洋。E languid; lazy.

☆ 熱がすこしあって、体がけだるい / 有些發燒，身體疲倦無力。

☆ けだるい春の日 / 懶洋洋的春天。

けち ケチ ❶ 金やものなどをひどく惜しんで使いたがらないこと。また、その人。中 吝嗇；小氣；小氣鬼。E stingy; miserly.

☆ 三郎はけちだから、姉が結婚するのにプレゼントもしない / 三郎很小氣，姊姊結婚時連個禮物都沒給。

☆ 1円のお金も出したがらないけちな人 / 一毛不拔的鐵公雞。

❷ 金がかかっていなくて、そまつに見えるようす。中 簡陋；破舊；不值錢。E shabby; cheap.

☆ 安売りのけちな洋服も、着なれるとよくなる / 便宜的服裝，穿慣之後也感到很好。

❸ 心が狭くて、よくないようす。中 卑鄙；下賤。E petty; narrow-minded.

☆ ほかの人のアイデアを盗むなんて、けちなやつだ / 竟盜用他人的點子，真卑鄙。

▷ 他動 けちる

けちがつく なにかを始めるときに、先の見通しを暗くするような悪いことが起こる。中 出現不祥之兆；不吉利。E get an unlucky break; be jinxed.

☆ あの地下鉄工事は、始めた日に事故があって、けちがついた / 那項地下鐵工程，在施工首日發生事故，出現不祥之兆。

けちをつける 人がなにかをするとき、いやなことを言って不安にさせる。また、悪く言う。中 挑毛病；潑冷水掃興。E pick flaws with; throw cold water on.

☆ 飛行機が落ちるかもしれないと、兄はわたしの旅行にけちをつける / 哥哥對我的旅行潑冷水說：「飛機可能會失事。」

けちくさ・い ケチクサイ ❶ 金やものを惜しんで、出すのをいやがる。中 小氣；吝嗇。E stingy; tightfisted.

☆ 残業しても夕食代も出さないとはけちくさい会社だ / 即使加班也不付晚飯錢，這家公司真小氣。

❷ 心が狭くて、小さいようす。中 胸懷狹隘；心胸狹窄；沒有肚量。E narrow-minded.

☆ 目先の利益ばかり気にするようなけちくさい考えでは、大きな仕事はできない / 一心只考慮自己眼前的利益，這種心胸狹隘的想法

け

是做不了大事業的。

▷ 話

けちけち ケチケチ〔～する〕 金やものを出すのをいやがるようす。中吝嗇；小氣；不大方。E be stingy; be sparing with.

☆ 兄は、本は高くても買うが、食事にはけちけちしている / 書再貴哥哥也會買，但在吃飯上卻很捨不得花。

けちんぼう【けちん坊】ケチンボー、ケチンボー 「けちな人」のくだけた言い方。けちんぼ。話 中小氣鬼；吝嗇鬼。E a miser; a stingy fellow.

☆ あいつはけちんぼうだから、100円だって貸してくれないと思うよ / 那傢伙是小氣鬼，所以我想他連一百日圓也不會借給我的。

けつあつ【血圧】ケツアツ 心臓から血液を押しだすときの圧力。中 血壓。E blood pressure.

☆ 怒ると血圧が上がる / 一發怒血壓就升高。

☆ 血圧は上が120で下が90だった / 高血壓為一百二十，低血壓為九十。

☆ 血圧が高い / 血壓高。

☆ 高血圧 / 高血壓。(→ 項目)

☆ 低血圧 / 低血壓。(→ 項目)

けつい【決意】ケツイ、ケツイ〔～する〕 あることを実行しようとはっきり考えを決めること。また、その決めた考え。中 決意；決心；下決心。E determine; resolution.

☆ 慎重に考えたうえで、会社をやめることを決意した / 經過慎重考慮，決心辭去公司職務。

☆ ついに離婚を決意した / 終於決定離婚。

☆ 決意を表明する / 表明決心。

☆ かたい決意 / 堅定的決心。

参「決心」も似ているが、「決心」が個人的な問題について心を決めることをいうのに対して、「決意」は公的で重大な問題についてその意志をかためることをいう。

けつえき【血液】ケツエキ 人や動物の体の中を流れている赤い液体。酸素や栄養分、体内でいらなくなったものを運ぶ。血。中 血液。E blood.

☆ 運動をすると、血液の循環がよくなる / 一運動，血液循環就好起來。

☆ 輸血用の血液を集める / 收集輸血用的血液。

☆ 血液銀行 / 血庫；血液庫；血液銀行。

☆ 血液型 / 血型。

けつえん【血縁】ケツエン 親子、きょうだいなど、血のつながりのある関係。また、その人々。中 血緣；血統。E blood relation.

☆ その社会では能力より血縁が重視される / 在那個社會，血緣關係比能力更受重視。

☆ 血縁を頼って就職口をさがす / 依靠家族關係找工作。

☆ 血縁関係 / 血緣關係。

けっか【結果】ケッカ あることがもとで起こったこと。中 結果。E a result; a consequence.

☆ みんなで話し合った結果、旅行は日光へ行くことになった / 大家商量的結果，決定去日光旅行。

☆ 毎日のトレーニングがいい結果を生む / 每天訓練效果良好。

☆ 試験の結果 / 考試結果。

対 原因

けっかく【結核】ケッカク 結核菌によって起こり、伝染する病気。中 結核；結核病。E tuberculosis.

☆ 戦前は、結核は治らない恐ろしい病気といわれた / 戰前，結核病被認為是可怕的絕症。

☆ 結核にかかる / 得了結核病。

☆ 肺結核 / pulmonary tuberculosis. / 肺結核。

けっかん【欠陥】ケッカン だいじなことで、ふじゅうぶんだったり悪かったりするところ。中 缺陷；缺點；毛病。E a defect; a flaw.

☆ 教育制度の欠陥を改める / 改革教育制度的缺陷。

☆ その車には構造上の欠陥がある/那種車在結構上有缺陷。

☆ 欠陥商品/有瑕疵的商品；次級商品。

げっかん【月刊】ゲッカン　雑誌などを毎月、定期的に刊行すること。中 月刊。E monthly.

☆ あの雑誌は月刊で、毎月7日に発売される/那份雜誌是月刊，每月七號發售。

☆ 月刊誌/月刊雜誌。

参 発行する間隔によって、「日刊」「週刊」「季刊」などがある。

けつぎ【決議】ケツギ、ケツギ〔～する〕　会議で、なにかを決めること。また、その決めたこと。中 決議；決定。E resolve; a resolution.

☆ ごみ処理工場の建設が市議会で決議された/在市議會上決定興建垃圾處理場。

☆ 決議案の提出/提出決議案。

☆ 核兵器使用禁止の決議文/禁用核武的決議文件。

げっきゅう【月給】ゲッキュー　1カ月ごとに受け取る給料。中 月薪；月工資。E a monthly salary; monthly pay.

☆ A社では、月給は毎月25日に支払われる/A公司每月二十五號發薪水。

☆ 月給取り(=サラリーマン)/薪水階級(=上班族)。

☆ 月給日/發薪日。

けっきょく【結局】ケッキョク　いろいろなことがあって最後として。中 最後；結果；到底。E after all; in the end.

☆ 冬休みは国へ帰ろうかスキーに行こうか迷ったが、結局、東京でアルバイトすることにした/寒假是回家呢?還是去滑雪呢?一度猶豫不決，但最後決定留在東京打工。

げっけい【月経】ゲッケイ　成熟した女性に起こる、子宮からの定期的な出血。メンス。生理。中 月經；例假。E menstruation; one's period.

☆ 月経が順調にある/月經正常。

☆ 月経が1週間以上遅れている/月經晚了一禮拜。

☆ 月経不順/月經不順。

けっこう【結構】ケッコー　❶ たいへんいいようす。中 很好；滿好。E good; nice; splendid.

☆ 庭も広くて、結構なお住まいですね/院子夠大，很不錯的房子!

☆ 結構な品をいただきまして、恐縮です/收到您那麼貴重的東西真過意不去。

❷ いまの状態でじゅうぶんであり、これ以上はいらないというようす。中 足夠；不用；不要。E don't need; No, thank you.

☆ お見送りは結構です/不用送了。

☆ もうじゅうぶんいただきましたから、おかわりは結構です/已經吃飽，不要再添飯了。

❸ そうしてもかまわないようす。中 能行；可以。E will do.

☆ 印鑑がなければサインでも結構です/如果沒有印章，簽字也行。

❹ (副詞的に)じゅうぶんではないが、相当に。中 相當；一定程度。E pretty; fairly.

☆ あの映画は、前評判はあまりよくなかったが、けっこうおもしろかったよ/那部電影，上映前評價雖不太好，其實很有意思。

▷ 話

注 ❹はひらがなで書く。

参 ❶❷❸は丁寧な言い方。

けつごう【結合】ケツゴー〔～する〕　別々のものが結びついて1つになること。また、1つにすること。中 結合。E unite; combine.

☆ 酸素と水素が結合して水になる/氧和氫結合，形成水。

☆ 分子を結合する/將分子結合起來。

けっこん【結婚】ケッコン〔～する〕　男女が正式に夫婦になること。中 結婚。E marriage.

☆ 道子はジョージと結婚することに決めた/道子已經決定和喬治結婚。

☆ 結婚を申しこむ / 求婚。

☆ 結婚披露宴 / a wedding reception. / 喜宴；喜酒。

☆ 恋愛結婚 / 戀愛結婚。

対 離婚

けっさく【傑作】ケッサク ❶ すぐれたできばえ。また、その作品。中 傑作。E a masterpiece.

☆ この絵はピカソの作品の中でも特に傑作だ / 在畢卡索作品當中，這幅畫尤為經典。

☆ 現代文学の傑作 / 現代文學傑作。

対 駄作、愚作

❷ すこし変わっていて、笑いたくなるほどおかしいようす。中 滑稽可笑的；有趣。E very funny.

☆ 猿の傑作な歩き方に、見ている人は大笑いした/猴子走路的滑稽模樣，看到的人都哈哈大笑。

▷ 数❶ 1作・1点　話❷

けっさん【決算】ケッサン〔～する〕 会計年度など、ある決まった期間の収入、支出、損得の総計算。中 決算；結算；清帳。E settlement of accounts.

☆ 決算の結果、かなりの黒字が出ることがわかった / 結算後，發現賺了許多錢。

☆ わが社は3月が決算の時期だ / 三月份是敝公司的結算時期。

☆ 決算報告 / 決算報告。

対 予算

けっして【決して】ケッシテ（「決して～ない」の形で） どんなことがあっても～ない。中 決不～；絕不～。E never; by no means.

☆ 道路には、決してごみを捨てないでください / 千萬不可把垃圾扔在馬路上。

☆ 二郎は約束には決して遅れない / 二郎約會絕不遲到。

→断じて

げっしゃ【月謝】ゲッシャ 教えてもらうお礼に毎月払う金。中 每月的學費；月費。E a monthly fee.

☆ ピアノの先生に月謝を1万円払う / 每月支付鋼琴老師一萬日圓學費。

☆ 月謝を納める / 交付每月的學費。

参「授業料」も意味は同じだが、「授業料」が、ふつう、学校や塾などの組織に払うものであるのに対して、「月謝」は、個人教授などで教師に直接払うときにいう。

げっしゅう【月収】ゲッシュー 毎月の収入の金額。中 月收入。E a monthly income.

☆ わたしの月収は約30万円だ / 我月入將近三十萬日圓。

☆ サラリーマンの平均月収 / 上班族的月平均收入。

けっしょう【決勝】ケッショー スポーツやゲームなどの試合で、最後に第1位の人やチームを決めること。また、その試合。中 決賽。E the finals.

☆ われわれのサッカーチームは勝ち進んだが決勝で負けてしまった / 我們的足球隊雖然勢如破竹，但決賽還是輸了。

☆ 決勝戦に出る / 參加決賽。

けっしょう【結晶】ケッショー〔～する〕

❶ 原子、分子などが規則正しく並び、形も規則正しい平面でかこまれた固体。また、そのような固体になること。中 結晶。E a crystal.

☆ 虫めがねで雪の結晶を見る / 用放大鏡觀察雪的結晶。

☆ ダイヤモンドは炭素が結晶してできたものだ / 鑽石是碳結晶後形成的。

❷ 愛、努力などの結果、すばらしいものができあがること。中 結晶；成果。E a fruit.

☆ 今回の優勝は、選手たちの血と汗の結晶だ / 這次獲勝是選手們血汗的結晶。

☆ 愛の結晶(= 子供)/ 愛的結晶（= 孩子）。

けっしん【決心】ケッシン、ケッシン〔～する〕 あることをしようと心を決めること。

また、その決めたこと。[中]決心；下決心。[E] determine; resolution.

☆ 大学院へ進むか就職するか、まだ決心がつかない/讀研究所?還是就職?尚未下定決心。

☆ タバコをやめようと決心した/決心戒菸。

☆ 決心をかためる/下定決心。

→決意

けっせい【結成】ケッセイ〔～する〕 ある目的のために、人やグループが集まって組織をつくること。[中]結成；組成。[E] form; organize.

☆ 環境問題に関心のある人々が新しい政党を結成した/關心環保問題的人們組成新政黨。

けっせき【欠席】ケッセキ〔～する〕 会合や授業などを休むこと。[中]缺席。[E] absence.

☆ 病気で学校を欠席した/因病沒上學。

☆ きょうの集まりは欠席が多い/今天的集會，多人缺席。

☆ 欠席届/請假單。

[対]出席

けつだん【決断】ケツダン〔～する〕 思いきって、はっきり決めること。[中]決斷；當機立斷。[E] (a) decision; determination.

☆ 手術するかどうか決断をせまられている/是否動手術，須當機立斷。

☆ あらしの中を進むかもどるか意見が分かれたが、最後にリーダーが決断を下した/關於是否要在暴風雨中是要前進還是折返的意見不一，最後由隊長做出裁決。

☆ 決断力/決斷力。

けってい【決定】ケッテイ〔～する〕 ものごとを決めること。また、その決めたこと。[中]決定。[E] decide; determination.

☆ 会社の新しい方針を決定する/決定公司新的方針。

☆ 先生の一言が、わたしの一生を決定した/老師的一句話，決定了我的一生。

☆ 決定をせまる/被迫做出決定。

☆ 優勝決定戦/冠軍爭奪賽。

けってん【欠点】ケッテン 性格や品物などの、ふじゅうぶんなところや悪いところ。[中]缺點。[E] a fault; a defect.

☆ この掃除機の欠点は、力が弱いことだ/這種吸塵器的缺點是吸力不強。

☆ いい人だが、すこし短気なのが欠点だ/人是好人，缺點是有些性急。

☆ 欠点を直す/改正缺點。

[対]美点

[参]「短所」も似ているが、「短所」が他に比べておとっていることをいうのに対して、「欠点」はある基準にたりないことをいう。

けっとう【血統】ケットー 先祖から続いている血のつながり。[中]血統。[E] blood; descent, lineage.

☆ マリーは13世紀から続く王家の血統を引いている/瑪麗繼承了從十三世紀開始的王族血統。

☆ 血統書/a pedigree./血統保證書。

けっぱく【潔白】ケッパク 心や行いが正しくきれいで、悪いところがないこと。罪のないこと。[中]潔白；清白；廉潔。[E] pure; innocence.

☆ その不正事件には関係していない。わたしは潔白だ/我與那件醜聞無關，我是清白的。

☆ 身の潔白を証明する/證明自己的清白。

☆ 清廉潔白/integrity./清高廉潔。

げっぷ【月賦】ゲップ 買ったものの代金を、何カ月かに分けて払うこと。[中]按月分期付款。[E] a monthly installment plan.

☆ 冷蔵庫を3カ月の月賦で買った/用三個月分期付款買了一台冰箱。

☆ 自動車の月賦販売/車輛以分期付款方式銷售。

けっぺき【潔癖】ケッペキ ❶よごれてきたないことをひどく嫌う性質。[中]喜愛清潔；潔癖。[E] cleanly; fastidious.

☆ 一郎は部屋の掃除を、毎日、朝、昼、晩にするほど潔癖だ/一郎有潔癖，每天早上、中午、晚上都要打掃房間。

☆ 潔癖性 / mysophobia. / 潔癖。

❷ 不正などをひどく嫌い、すこしのまちがいも許せない性質。中 清高；廉潔。E meticulous; scrupulous.

☆ 小さな贈り物も決して受け取らない潔癖な役人もいる / 有的公務員廉潔得連小禮物也絕不收。

けつぼう 【欠乏】ケツボー〔～する〕 必要なものがたりないこと。中 缺乏；缺少；不足。E (a) deficiency; (a) lack.

☆ ビタミンAが欠乏すると、目が悪くなる / 缺乏維生素A，眼睛就會變壞。

☆ 欠乏症 / a deficiency disease. / 缺乏症。

参「不足」も似ているが、「不足」が基準よりたりない、または、たりなく思うことであるのに対して、「欠乏」は客観的にみても絶対的に少ないこと。

けつまつ 【結末】ケツマツ 進んでいたものごとの終わり。中 結尾；結局；結果。E an ending; an end.

☆ その話の結末を早く聞きたい / 想早些聽到那個故事的結局。

☆ 交通事故で、楽しい家族旅行が悲しい結末に終わった / 因交通事故，歡樂的家庭旅行以悲慘的結局收場。

☆ 結末をつける / 結束；解決。

げつまつ 【月末】ゲツマツ その月の終わり。中 月末；月底。E the end of the month.

☆ クレジットカードで買い物をして月末に支払いをする / 刷卡購物，月底付款。

☆ 月末残高 / monthly balance. / 月底餘額。

☆ 月末払い / 月底支付。

げつようび 【月曜日】ゲツヨービ 1週7日の2番目の日。日曜のつぎ、火曜の前の日。月曜。月。中 星期一；禮拜一。E Monday.

☆ 新学期は月曜日から始まる / 新學期從週一開始。

けつれつ 【決裂】ケツレツ〔～する〕 話し合いや交渉がまとまらないで、途中で終わりになること。中 決裂；破裂。E break down; come to a rupture.

☆ 両国首脳の会談は、両者とも自国の立場を主張してゆずらず、とうとう決裂した / 兩國元首會談時，雙方都堅持自己的立場互不相讓，終使會談破裂。

対 妥結

けつろん 【結論】ケツロン、ケツロン〔～する〕 話し合ったり考えたりして、最後にまとまった考えを出すこと。また、その考え。中 結論。E a conclusion.

☆ 5時間も話し合って、やっと1つの結論に達した / 商量了五個小時，終於達成一項結論。

☆ 結論を急ぐ / 急於下結論。

げてもの ゲテモノ ふつうの人は好まないような変わったもの。話 中 一般人棄之，愛好者視為珍奇之物。E bizarre things.

☆ カエル、蛇などを使ったげてもの料理を出すレストラン / 使用青蛙、蛇等材料製作奇特菜餚的餐館。

☆ げてもの食い / a person with bizarre tastes in food. / 愛吃奇特食物的人。

けど ケド 「けれども」のくだけた言い方。話 中 雖然…可是；然而；但是。

☆「この車、かっこいいね」「けど、ちょっと買えないね。500万円もするんだよ」/「這部車很漂亮。」「不過，買不起啊，要五百萬日圓呢!」

☆ 冬休みにスキーに行きたいけど、金がないんだ / I want to go skiing in the winter break, but I cannot afford it. / 寒假我想去滑雪，可是沒有錢。

☆ よくわからないんですけど / 不是很清楚，可是……。

けとば・す 【け飛ばす】ケトバス、ケトバス〔他動五〕(けとばして) ❶ ものをけって飛ばす。けっとばす。[中]踢開；踢散；踢倒。[E] kick away.

☆ 怒りをぶつけるように石をけとばした/洩憤似地踢開石頭。

☆ 思いっきりボールをけとばす/斷然把球踢開。

❷ きっぱりと断る。けっとばす。[中]斷然拒絕。[E] reject flatly.

☆ 車を買って、という息子の要求を一郎はけとばした/一郎斷然拒絕兒子買車的要求。

▷ [話]

けども ケドモ 「けれども」のくだけた言い方。[話] [中]雖然……可是……。

☆ おいしいんだけども、ちょっと高いんだ/Although it is tasty, it is a little bit expensive./好吃是好吃，可是價格貴了一點。

けな・す ケナス〔他動五〕(けなして) 本当の価値をよく考えずに悪く言う。[話] [中]貶低；貶斥；譏誚；誹謗。[E] speak ill of; run down.

☆ 友達はわたしの服を、センスがよくないとけなした/朋友笑我的穿衣哲學不好。

☆ 弟の絵をけなす/貶低弟弟的畫。

[対]褒める

けねん【懸念】ケネン、ケネン〔～する〕 悪い結果になりそうな気がして、不安がったり心配したりすること。[中]惦記；掛念；憂慮；不安；擔心。[E] fear; be anxious about.

☆ つゆに雨があまり降らなかったので、水不足が懸念される/由於梅雨季節不太下雨，所以擔心缺水問題。

☆ 働きすぎて病気になるのではないかと懸念している/擔心工作過度而生病。

けはい【気配】ケハイ、ケハイ まわりのものごとから、なんとなくそう感じられるようす。[中]情形；樣子；苗頭。[E] a sign; an indication.

☆ 足音がして、人が来る気配がした/有腳步聲，似乎有人來了。

☆ 日が長くなり、春の気配が感じられる/白天變長，感到春天到來的跡象。

けばけばし・い ケバケバシイ 服装や飾りなどが非常にはでで、下品な感じだ。[中]花俏；花枝招展；華麗；花花綠綠。[E] showy; garish.

☆ 夜の盛り場には、けばけばしいネオンが輝いている/夜晚鬧區，霓虹燈五光十色地閃耀著。

けびょう【仮病】ケビョー 病気でないのに、病気のように見せること。[中]裝病；假病。[E] pretend to be sick.

☆ かぜをひいたと仮病を使って学校を休む/聲稱得了感冒，裝病不去上學。

げひん【下品】ゲヒン ことば、動作、趣味などが悪く、ほかの人にいやな感じを与えるようす。[中]粗野；下流；不雅。[E] vulgar; coarse.

☆ 食事中に大きな声で笑ったり、大きな音を立てて食べたりするのは下品だ/吃飯大笑或發出大響聲，是很不雅的。

☆ 下品なことばづかい/下流的措詞；粗俗的話語。

[対]上品

けむ・い【煙い】ケムイ 煙のために、目を開けたり息をしたりしにくい。煙たい。煙ったい。[中]煙氣燻人；嗆人。[E] smoky.

☆ 庭で、ぬれた落ち葉を燃やしたら、煙かった/在院裡燃燒潮濕落葉，煙霧嗆人。

☆ この事務所はタバコを吸う人が多く、煙くて困る/這事務所菸槍多，煙氣燻人真煩人。

けむた・い【煙たい】ケムタイ、ケムタイ

❶ ⇨煙い。[中]煙。

☆ 落ち葉を燃やしていたら、煙たくて涙が出た/燃燒落葉，煙氣燻得眼淚直流。

❷ 気軽に話しかけたり近づいたりしにくくて、窮屈だ。煙ったい。[中]不易親近；侷促不安。[E] feel awkward; unapproachable.

☆ わたしは子供のころ、厳しい父が煙たくて近づかないようにしていた/小時父嚴不易親近，我盡量敬而遠之。

▷ [話]

け

けむにまく【煙に巻く】大げさなことや意外なことを言って、相手をぼうぜんとさせたりごまかしたりする。中使人如墜入五里霧中；使人莫名其妙。E mystify; bewilder.

☆ 伯父はいつも自分の奇妙な発明の話をして、みんなをけむに巻く/伯父總是講自己奇妙的發明，使大家如墜入五里霧中。

けむり【煙】ケムリ ❶ ものが燃えたり焼けたりするときに出る、色がついた気体。中煙。E smoke.

☆ 煙突から煙が立ちのぼっている/煙從煙囱裡升起。

☆ 火事で煙に巻かれて死ぬ/因火災被煙燻死。

❷「❶」のように立ちのぼるもの。中煙狀物。E smokelike substances.

☆ 湯の煙/開水的霧氣。

☆ 土煙/飛揚的塵土。

☆ 水煙/水霧。

☆ 雪煙/雪霧；雪煙。

▷ 自動 煙る

煙と消える 夢、希望などがまったくなくなる。中希望落空；化為泡影。E vanish; go up in smoke.

☆ 株で損をして、マイホームの夢は煙と消えた/股票下跌而受損，買房子的希望成泡影。

煙になる ❶ 焼けてすっかりなくなる。中化為青煙；燒光。E go up in flames.

☆ 美術館の火事で、名画がすべて煙になってしまった/美術館發生火災，名畫付之一炬。

❷ 死んで火に焼かれる。中火葬。E be cremated.

☆ わたしをかわいがってくれた祖母も、とうとう煙になってしまった/疼愛我的祖母也撒手人間了。

けむ・る【煙る】ケムル〔自動五〕(けむって)

❶ 煙が出る。中冒煙。E smoke; smolder.

☆ たき火が煙って目が痛い/焚燒枯葉把我的眼睛燻痛了。

☆ 灰皿の中でタバコが煙っている/菸灰缸裡香菸冒煙。

❷ 煙があるように、かすんで見える。中模糊不清；朦朧。E look dim.

☆ 雨に煙って、川の向こうがよく見えない/煙雨朦朧，看不清楚對岸。

▷ 名 煙

けもの【獣】ケモノ 体全体に毛が生え、野山にすむ4本足の動物。けだもの。中野獸；獸類。E a beast; a brute.

☆ 山のけものが食べ物をさがしに村に下りてくる/山中野獸為尋找食物，下山來到村莊。

☆ けもの道/山中獸徑。

数 1頭・1匹

げらく【下落】ゲラク〔～する〕❶ 値段が低くなること。中下降；下跌。E come down; a fall.

☆ 豊作で野菜の値段が下落している/因豐收，蔬菜價格下跌。

☆ 物価の下落/物價下跌。

対 高騰、騰貴

❷ 程度や段階が下がること。中降低；下降；低落。E decline; a fall.

☆ インフレで生活の質が下落した/因通貨膨脹，生活水準下降。

☆ 権威の下落/權威的低落。

げらげら ゲラゲラ 大きく口を開け、大声で笑うようす。中形容哈哈大笑的樣子。

☆ テレビを見ながら兄はげらげら(と)笑っている / My brother is laughing uproariously watching television. /哥哥看電視看得哈哈大笑。

げり【下痢】ゲリ〔～する〕大便が水のような状態で出ること。中腹瀉；瀉肚；拉肚子。E diarrhea.

☆ 食べた魚が古かったのか、ひどい下痢をした/可能是吃的魚不新鮮，腹瀉得很厲害。

☆ 下痢止め(=下痢を止める薬)/止瀉藥(=制止腹瀉的藥)。

対 便秘

け・る ケル〔他動五〕(けって) ❶ 足の先な

どでものを勢いよく飛ばす。中 踢。E kick.

☆ ボールをけってゴールに入れる／將球踢進球門。

☆ 空き缶をけったら、からからと音がした／踢了下空罐子，發出了嘎啦嘎啦的響聲。

❷ 要求や提案などを強い調子で断る。中 拒絕；駁回。E refuse; turn down.

☆ 会社側は労働組合の要求をけった／公司方面拒絕了工會的要求。

☆ 相手の提案をけって別の案を出す／駁回對方提案，提出其他方案。

けれど ケレド 「けれども」のくだけた言い方。話 中 雖然……可是……。

☆ 頭は痛いけれど熱はない／頭雖痛卻沒發燒。

☆ ちょっとお願いがあるんですけれど／I have a favor to ask of you.／我有點事想請您幫忙。

けれども ケレドモ ❶（文と文をつないで）前にいったことと違うことを後でいうときに使うことば。中 雖然……可是……。

☆ 日本経済は確かに発展した。けれども、国民の生活はあまり豊かでない／No doubt the Japanese economy has developed. But the daily life of the people is not very comfortable.／日本經濟確實發達，但是國民生活不太富裕。

❷（動詞、形容詞、形容動詞の基本形について）(1)前置きを表す。中 表示說明前提，為了著重敘述後句。

☆ わたしの経験から言うんですけれども、年をとって住む所が変わるのはよくないですね／It's only my experience, but I don't think it is good for people to move when they get on in years.／依我個人的經驗，上了年紀搬家不太好。

(2) 前のことと反対であることを表す。中 表示與前面的事情相反。

☆ 髪は白いけれども、元気そうな女性だ／Her hair is gray, but she seems energetic.／她頭髮斑白，但是看上去精神很好。

☆ 長い時間働いているけれども、給料は少ない／工時長，薪水少。

(3)（文の終わりについて）表現をやわらかくする。中 婉轉的表達。

☆ アパートを借りるために、いますぐ30万円いるんですけれども／In order to rent an apartment, I need 300,000 yen right away.／為了租公寓，現在馬上需要三十萬日圓，可是……。

☆ 早くしないと、間に合わないんですけれども／不快點的話就趕不上了。

▷ →なのに

参 くだけた言い方は「けれど」「けど」「けども」。

けろりと ケロリト〔～する〕なにも起こらなかったように平気でいるようす。けろっと。話 中 霍然；若無其事；蠻不在乎。E as if nothing had happened; just; entirely.

☆ きのうの頭痛は、1晩寝たらけろりと治った／昨天頭疼，睡了一晚霍然而癒。

☆ けろりと忘れてしまった／忘得一乾二淨。

けわし・い【険しい】ケワシイ ❶ 山や坂などの傾斜が急だ。中 險峻；陡峭。E steep.

☆ あの山はけわしくて、わたしには登れない／那座山險峻，我爬不了。

☆ けわしい坂を上ったので息が苦しい／爬了個陡坡，所以呼吸困難。

❷ きつくて、こわい感じがする。中 嚴厲；可怕；粗暴。E severe; grim.

☆ 約束の時間に遅れて行ったら、道子にけわしい目つきでにらまれた／約會遲到，被道子用嚴厲的眼神瞪了一眼。

❸ 困難や危険が起こりそうだ。中 險惡；艱險。E rocky going; serious.

☆ 時間も費用もかかり、この研究の前途はけわしい／耗時又耗錢，這項研究前途多難。

けん【券】ケン ❶ 切符。中 券；票。E a ticket; a coupon.

☆ 友達から映画の券をもらった / 從朋友那裡得到了電影票。

☆ 入り口で券をお見せください / 在入口處請讓我看一下門票。

☆ 券売機 / 售票機。(→ 項目)

☆ 回数券 / 回數票。

☆ 乗車券 / 車票。(→ 項目)

❷ (他のことばの後について)金額や条件などを証明する書類。中 …券。

☆ 商品券 / a gift certificate. / 商品券；購物券。

☆ 株券 / 股票。

☆ 旅券 / 護照。(→ 項目)

▷ 数 ❶ 1 枚

けん【県】ケン　行政上の１つのまとまり。都、道、府と同等の地方公共団体。たくさんの市、町、村からできている。中 縣。E a prefecture.

☆ この体育館は、県の予算で建てられた / 這座體育館是用縣裡的預算蓋的。

☆ 日本の地域は行政上、１都、１道、２府、43県に分かれている / 日本的地域在行政上分為一都、一道、二府和四十三個縣。

☆ 県知事 / a prefectural governor. / 縣知事；縣長。

☆ 県庁 / 縣政府。(→ 項目)

-けん【-軒】 ❶ (数を表すことばについて)家の数を表す。中 表示房子的數量。

☆ 去年、郊外に小さい家を１軒建てた / 去年在郊外蓋了一棟小房子。

☆ 火事で２軒焼けた / Two houses were burned in the fire. / 火災燒掉兩棟房子。

❷ (名詞について)飲食店などの名前を表す。中 表示飯店等的店名。

☆ 西洋軒 / 西洋廳。

☆ 中央軒 / Chuoh Restaurant. / 中央廳。

けんあく【険悪】ケンアク　❶ 悪いことが起こりそうな、危険なようす。中 險惡；危險。E serious; tense.

☆ 戦争が起こりそうな、険悪な国際情勢だ / 國際形勢險惡，戰爭一觸即發。

☆ 険悪な空気 / 險惡的氣氛。

❷ 憎んでいるような顔や態度のようす。中 險惡；可怕。E hostile; grim.

☆ 険悪な目つきでにらむ / 用可怕的眼神瞪(別人)。

☆ 険悪な表情 / 可怕的表情。

けんい【権威】ケンイ　❶ 他の人をしたがわせる強い力。中 權勢；威權；勢力。E authority.

☆ 戦前、父親は一家の主人として尊敬され、権威があった / 戰前，父親身為一家之主受到尊敬，很有權威。

☆ 権威を失う / 失去權威。

☆ 権威主義 / authoritarianism. / 權威主義。

❷ 専門知識などがすぐれていると認められていること。また、その人。中 權威；威信；專家。E an authority.

☆ 手術は、心臓外科の権威の田中教授にお願いした / 請心臟外科的權威田中教授來動手術。

☆ チン博士は地震学の世界的権威である / 陳博士是地震學的世界權威人士。

げんいん【原因】ゲンイン〔～する〕 あるものごとを起こすもとになること。また、そのもと。中 原因。E a cause.

☆ 運転手の不注意が原因で、大事故が起きた / 因司機不小心而引起大事故。

☆ 火事の原因を調べる / 調查火災的原因。

☆ 原因不明 / 原因不明。

対 結果

参 「理由」も似ているが、「理由」が意志の働く人間の行動を説明するときにいうのに対して、「原因」は人間の意志が関係しないものごとについていう。ただし、悪い結果になった行動については、わざわざ意識してするわけではないので、「けんかの原因／理由」「失敗の原因／理由」などのように、「原因」も「理由」も使う。

げんえき【現役】ゲンエキ　❶ 現在、仕事などをして活動していること。また、その

人。中 現役。E active service; still working fulltime.

☆ 父は75歳だが、まだ現役の医師だ/父親七十五歳了，還是在職醫師。

❷ 上の学校を受験する、在学中の人。中 應屆畢業生。E a student who takes an entrance examination for a school of higher grade for the first time.

☆ 弟は現役で大学に入ると、がんばっている/弟弟為了應屆考上大學而努力唸書。

対 浪人

けんえつ【検閲】ケンエツ〔～する〕 新聞、出版物、映画、郵便物などの表現や内容を、国家が認めるかどうか調べること。中 檢查；審查。E censorship.

☆ 戦争中は表現の自由が制限され、新聞、放送などにも検閲があった/戰爭期間言論自由受到限制，報紙、廣播等都要經過審查。

参 現在の日本国憲法では禁止されている。

けんえんけん【嫌煙権】ケンエンケン タバコを吸わない人が、他人が自分の近くでタバコを吸わないように要求する権利。中 厭菸權。E the right to be free from others' smoking.

☆ 健康を守りたいから嫌煙権を主張する/因為想維護健康，所以主張厭菸權。

けんえんのなか【犬猿の仲】 非常に仲が悪いこと。中 彼此關係如水火；水火不相容。E be on cat-and-dog terms; be on very bad terms.

☆ あの２人はいつもけんかしていて犬猿の仲だ/那兩人總是爭吵，水火不容。

似た表現 犬と猿

参 犬と猿は仲が悪いと考えられていることからいう。

けんか【喧嘩】ケンカ〔～する〕 口で争ったり、なぐり合ったりすること。中 吵架；打架。E a quarrel; a fight.

☆ 幼いきょうだいは、おもちゃを取り合ってよくけんかする/小兄弟倆為爭奪玩具經常打架。

〔喧嘩〕

☆ けんか両成敗(=けんかした人を、どちらが悪いとは決めずに両方とも罰すること)/打架雙方都要負錯的責任。(=對於打架者，不判斷誰好誰壞，雙方都給予懲罰)。

☆ 夫婦げんか/夫婦吵架。

喧嘩を売る 相手を怒らせて、けんかをしかける。中 找碴兒打架；挑釁。E pick a quarrel.

☆ 一郎は酔っぱらうと他人にからんで、けんかを売るくせがある/一郎有個壞毛病，一喝醉就找人挑釁打架。

対 喧嘩を買う

げんか【原価】ゲンカ ❶ 製品、サービスなどを生みだすのにかかった費用。コスト。中 生產價；成本。E cost; the prime cost.

☆ 石油の価格が上がって、製品の原価も上がった/石油價格上漲，產品成本跟著提高。

☆ 原価計算/成本計算。

❷ 商品を仕入れたときの値段。元値。中 原價。E purchasing cost.

☆ 売れ残った商品を、原価で売る/賣剩的商品按成本出售。

けんかい【見解】ケンカイ ある問題に対する考えや意見。中 見解；看法。E an opinion; a view.

☆ ごみの問題について市長の見解を聞きたい/就垃圾問題想聽聽市長的看法。

☆ 見解を異にする/看法不同。

☆ 見解の相違/看法有差異。

げんかい【限界】ゲンカイ、ゲンカイ それ以上はできない、もう無理だという境のところ。中 界限；範圍；限度。E a limit; limitation.

☆ 人間の走る能力の限界は、おそらく100メートル９秒台だろう/人類奔跑速度的極限大概是一百公尺跑九秒吧。

☆ 年をとって体力の限界を感じている/上年紀後感到體力有限。

☆ 限界に挑戦する / 向極限挑戰。

→限度

げんがい【言外】ゲンガイ、ゲンガイ　直接にことばで表現された以外の部分。中 言外。E implied.

☆ 外国語で書かれた文の言外の意味を理解するのはむずかしい / 要理解外語文章的言外之意(＝含意)很難。

けんがく【見学】ケンガク〔～する〕　実際のようすを自分の目で見て、知識をえること。中 參觀學習；參觀。E a field trip; an observation (tour).

☆ 自動車工場へ見学に行く / 去汽車工廠參觀。

☆ 見学旅行 / 參觀旅行。

☆ 工場見学 / 參觀工廠。

→見物

けんかごし【喧嘩腰】ケンカゴシ　いまにもけんかを始めそうな強い態度。中 打架的姿勢；要打架的樣子。E in a defiant manner.

☆ 人とちょっと意見が違っても、彼はすぐけんか腰になってどなる / 即使只是意見與別人稍有差異，他馬上就大發雷霆，擺出一副要打架的樣子。

げんかん【玄関】ゲンカン　建物の正式の出入り口。中 正門；大門；前門；玄關。E the front door; the entrance.

☆ 玄関で靴をぬいで上がる / 在玄關脫鞋進屋。

☆ 玄関を入ると、左側に受付がある / 進入正門，左側就有詢問處。

☆ 成田空港は、いわば日本の空の玄関だ / 成田機場可以說是日本的空中大門。

☆ 表玄関 / 正面大門。

→家 図

玄関払いを食う　訪問客が、会いたい本人に会わせてもらえず玄関に立っただけで帰されてしまう。中 被擋駕；吃閉門羹。E be turned away at the door.

☆ 寄付を頼みに行ったら、玄関払いをくった / 去要求捐助，結果吃了閉門羹。

げんき【元気】ゲンキ　❶心と体を動かすもととなる勢いがあって、いろいろなことをしようとする気持ち。また、その気持ちがあるようす。中 精神；精力；朝氣。E energetic; cheer up; vitality.

☆ 京子はとても活動的で元気な女性だ / 京子是位活動力強、精力充沛的女性。

☆ 酒を飲んで元気をつける / 喝酒提神。

☆ 元気いっぱいの子供 / 朝氣蓬勃的孩子。

❷ 健康でいろいろしようとする気持ちがあるようす。中 有精神；結實；健康。E healthy; fine; get well.

☆ 電話で両親の元気な声を聞いて安心した / 在電話裡聽到父母有精神的聲音就放心了。

☆ 早く元気になって外で遊びたい / 想快點恢復健康好出去玩。

けんきゅう【研究】ケンキュー〔～する〕　❶ものごとを広く調べ深く考えて、法則を発見したり理論化したりすること。中 研究；鑽研。E study; research.

☆ 姉は物理学を研究している / 姊姊在研究物理學。

☆ 研究発表 / 發表研究成果。

☆ 研究論文 / 研究論文。

☆ 研究所 / 研究所。

❷ どうするかよく調べ、考えること。中 考慮；研究。E investigate; look into.

☆ どんな車を買うか、いま、研究している / 現在正考慮買哪種車。

けんきょ【謙虚】ケンキョ　自分が偉いと思わずに、ほかの人の意見や批判などもすなおに取り入れる態度を持っているようす。中 謙虛。E humbly; modest.

☆ 実力のある人ほど人の意見を謙虚に聞く / 愈有實力的人愈虛心聽取別人的意見。

☆ 謙虚な態度 / 謙虛的態度。

対 高慢、傲慢、横柄

けんぎょう【兼業】ケンギョー〔～する〕本業のほかに別の仕事もしていること。また、その仕事。中 兼營；兼業。E a side job.

☆ あの美容院は、待っている客のための喫茶店も兼業している/那家美容院為了等待中的顧客還兼營咖啡屋。

☆ 兼業農家 / a farmer who has a second job. / 兼業農戶。

対 専業

けんきん【献金】ケンキン〔～する〕ある目的に使ってもらうために、団体などに金を差しだすこと。また、その金。中 捐款；捐獻的金錢。E a contribution; a donation.

☆ 信者の献金によって建てられた教会/利用信徒的捐款所蓋的教會。

☆ 政治献金 / 政治捐款。

げんきん【現金】ゲンキン ❶ いま手もとにある金。また、小切手などでなく、実際の金。中 現錢；現款；現金。E cash.

☆ 支払いはカードでなく現金でする/用現金支付而不用信用卡。

☆ 現金自動支払機 / 自動提款機。

☆ 現金書留/ a Japanese system to send cash by registered mail. / 現金掛號信。

❷ 損か得かを考えて急に態度を変えるようす。中 勢利眼；唯利是圖。E calculating; self-interested.

☆ 飛行機は嫌いだと言っていたのに、無料招待と聞いて1番に申しこむとは現金な人だ/說討厭坐飛機，但一聽說是免費招待的就第一個報名，真是唯利是圖。

げんきん【厳禁】ゲンキン〔～する〕絶対にしてはいけないと、厳しく禁止すること。中 嚴禁。E prohibit strictly.

☆ 許可なしに実験室に入ることを厳禁する/嚴禁未經許可擅進實驗室。

☆ 火気厳禁 / 嚴禁煙火。

☆ 土足厳禁 / 嚴禁穿鞋入內。

けんげん【権限】ケンゲン 個人や組織が、法律や規則、また立場などによって、ものごとを実行できる力、範囲。中 權力；權限；職權範圍。E authority; power.

☆ 決定の権限は、重役と社長が持っている/決定權掌握在董事和董事長手中。

☆ 権限を与える / 授權。

☆ 権限を生かす / 利用職權。

☆ 職務権限 / the authority invested in one's position. / 職權範圍。

けんご【堅固】ケンゴ しっかりとしていて、くずれないようす。中 堅固；堅強。E strong; firm.

☆ どこからせめても破れない、実に堅固な城だ / 從哪裡進攻都攻不破，這城固若金湯。

☆ 意志の堅固な人 / 意志堅強的人。

げんご【言語】ゲンゴ 考えていることや感じていることを伝える表現行為。また、その手段として用いられる音声や文字。中 語言；言語。E language.

☆ 世界には、5000以上の言語があるといわれている / 據說世界上有五千種以上的語言。

☆ 言語障害 / a speech disorder. / 語言障礙。

☆ 言語学 / 語言學。

言語に絶する ことばで表すことができない。中 難以形容；不可言。E be beyond words.

☆ むかしは、太平洋を船で渡るのに言語に絶する苦労をした/以前，乘船橫渡太平洋的艱辛難以用言語形容。

けんこう【健康】ケンコー ❶ 体や心がいいか悪いかの状態。中 健康；身體狀況。E health.

☆ 健康がすぐれない / 健康狀況不佳。

☆ 健康に注意する / 注意健康。

☆ 健康診断 / 健康檢查。

対 不健康

❷ 体や心がどこも悪くなく、元気であるようす。中 健康；結實；有精神。E healthy.

☆ 健康な赤ちゃんが生まれた / 生下一個健康

け

的寶寶。

☆ 健康な体 / 健康的身體。

対 不健康

げんこう 【原稿】ゲンコー ❶ 印刷するために書いた文章。中 原稿；稿子。E a manuscript; a copy.

☆ 毎月、雑誌に日本の生活について原稿を書いている / 毎月就日本生活體驗給雜誌寫稿子。

☆ 原稿用紙 / manuscript paper; a writing pad. / 稿紙。

☆ 原稿料 / 稿費。

❷ 講演や放送などで話す内容の下書き。中 草稿。E a draft; a script.

☆ 大統領は原稿を見ずに演説した / 總統不看稿子演講。

☆ アナウンサーは、ニュースの原稿を読みあげた / 播音員讀完了新聞稿件。

▷ 数 ❶ 1枚・1本

げんこつ ゲンコツ かたくにぎった手。にぎりこぶし。また、その手で打つこと。中 拳頭。E a fist.

☆ 怒った男は少年にげんこつを振り上げた / 憤怒的男人向少年揮動拳頭。

☆ また同じいたずらをしたら、げんこつだよ / 再搞這種惡作劇，就讓你吃拳頭。

☆ 相手にげんこつをくわせる / 用拳頭揍對方。

けんさ 【検査】ケンサ〔～する〕 基準に合っているか、悪いところはないかなどを調べること。中 檢查；檢驗。E inspect; (an) examination.

☆ 工場で製品の品質を検査し、合格した品には、検査ずみのしるしをする / 在工廠檢驗產品品質，再給合格品作上檢驗合格的記號。

☆ 身体検査 / 身體檢查。

☆ 会計検査 / an audit. / 查帳。

げんざい 【現在】ゲンザイ ❶ 過去と未来の間の時間。いまこの時。中 現在；目前；此時。E the present.

☆ 現在の時刻は、12時15分です / 現在時間是十二點十五分。

☆ 会社をやめたので、現在、失業中だ / 因為辭職，現在失業中。

❷ (時を表すことばの後について)変化するものごとをその時点でとらえることを表す。中 表示在那個時間上做的統計。

☆ 4月1日現在のこの町の人口 / the population of this town as of April 1. / 四月一日為止的這座城市的人口。

☆ 1983年現在の原油価格 / 1983年的石油價格。

▷ 関連 ❶ 過去、未来

げんさく 【原作】ゲンサク 翻訳、演劇、映画などのもとになった作品。中 原作。E the original (work).

☆ あの映画の原作は、三島由紀夫の小説だ / 那部電影的原作是三島由紀夫的小說。

☆ シェークスピアの英語の原作を読みたい / 想讀莎士比亞的英文原作。

☆ テレビドラマの原作者 / 電視劇的原作者。

数 1作・1点

けんさつ 【検察】ケンサツ 証拠を集めて、犯罪の事実を明らかにすること。また、その仕事をする役所や役人。中 檢察；檢察官。E the prosecution.

☆ 検察はその事件を起訴することにした / 檢察官決定對那個案子起訴。

☆ 検察官 / a public prosecutor. / 檢察官；檢查員。

☆ 検察庁 / 檢察廳；檢察署。

げんさん 【原産】ゲンサン 動物や植物が最初に生まれたこと。また、そのもの。中 原產。E come from ~ originally; native to.

☆ パンダは中国の原産である / 熊貓的原產地是中國。

☆ メキシコ原産の植物 / 原產於墨西哥的植物。

けんじ 【検事】ケンジ 検察の仕事をする役人。中 檢察官。E a public prosecutor.

☆ 政治家と企業の不正事件を検事が調べている / 檢察官正在調查政客和企業間的非法勾當。

☆ 検事の取り調べに応じる/接受檢察官的調查。

げんし【原子】ゲンシ　物質をつくる最小の単位。[中]原子。[E] an atom.

☆ 原子記号/原子記號。

☆ 原子爆弾/原子彈；核彈。(→原爆[項目])

☆ 原子核/ an atomic nucleus. /原子核。

☆ 原子炉/ a nuclear reactor. /原子反應爐；核反應爐。

[参]「陽子([中]質子 [E] a proton.)」と「中性子([中]中子 [E] a neutrou.)」でできた「原子核」と、そのまわりを回る「電子([中]電子 [E] an electron.)」からできている。

げんし【原始】ゲンシ　ものごとの始まり。また、自然のままで発達していないこと。[中]原始。[E] primitive.

☆ 原始から現代までの人類の歴史を概観する/概觀從原始到現代的人類歷史。

☆ 原始的な生活/原始生活。

☆ 原始人/原始人。

けんしき【見識】ケンシキ　ものごとを正しく見分ける判断力。また、すぐれた考え方。[中]見地；見解；鑑賞力。[E] judgment; insight.

☆ 見識のある人を会長に選ぶ/選有見識的人當會長。

☆ 政治に対する見識が高い/對政治見解高深。

けんじつ【堅実】ケンジツ　考え方、やり方が確実で、あぶないところがないようす。[中]牢靠；穩固；穩健。[E] steady; sound.

☆ 毎日、まじめに働き、堅実に暮らしている/每天認真工作，過著踏實的生活。

☆ その野球チームは堅実な守りで勝った/那個棒球隊因堅強的防守而獲得勝利。

☆ 堅実な経営/腳踏實地的經營。

げんじつ【現実】ゲンジツ　いま、実際に存在している事実や状態。[中]現實；實際。[E] reality; actually.

☆ 一郎の言うことは現実とかけ離れている/一郎的話與現實相距甚遠。

☆ 心配していたことが現実に起こってしまった/擔心的事真的發生了。

☆ 現実の厳しさを知る/了解現實的嚴峻性。

☆ 現実主義者/現實主義者。

[対]理想、空想

げんじつてき【現実的】ゲンジツテキ　行いや考え方が現実に合っているようす。[中]現實(的)；實際(的)。[E] realistic; practically.

☆ 京子は現実的だから、金のない人とは結婚しない/京子很現實，所以不和窮小子結婚。

☆ 問題を現実的に解決する/切實解決問題。

けんしゅう【研修】ケンシュー〔～する〕ある方面の知識や能力を高めるために、特別に勉強や実習などをすること。[中]研修；進修；培訓。[E] training.

☆ コンピューターの研修を受ける/接受電腦培訓。

☆ 研修旅行/進修旅行。

☆ 技術研修生/技術進修生。

げんじゅう【厳重】ゲンジュー　小さなことも見のがさない、厳しい態度であるようす。[中]嚴重；嚴格；嚴厲。[E] strict; severe.

☆ 泥棒が入らないように戸締まりを厳重にする/緊閉門戶，嚴防小偷。

☆ 厳重な品質検査/嚴格的品質檢查。

☆ 厳重な警戒/戒備森嚴。

げんしゅく【厳粛】ゲンシュク　おごそかで重々しく、特別なようす。[中]嚴肅；嚴峻；肅穆。[E] solemn; grave.

☆ 生命の誕生の瞬間を見ると、厳粛な気持ちになる/一看到生命誕生的瞬間，就會變得肅然起敬。

☆ 国民の批判を厳粛に受けとめる/嚴肅地接受國民的批判。

げんしょ【原書】ゲンショ　翻訳書のもとになる外国語で書かれた本。[中]原著。[E] the original.

☆ 辞書を引きながら、シェークスピアを原書で読む/一邊查閱字典，一邊讀莎士比亞的原著。

☆ 原書に忠実に訳した翻訳書/忠於原文的譯著。

数 1冊

けんしょう【懸賞】ケンショー　賞金や賞品を与えると約束して、作品やクイズの解答などを出してもらうこと。また、その賞金や賞品。中 懸賞。E a prize contest.

☆ 海外旅行が当たる懸賞だったので、張りきってクイズの問題をといた/因為有海外旅行的獎賞，所以卯足勁回答猜謎問題。

☆ 懸賞論文の募集/有獎徵文。

☆ 懸賞当選者/入選得獎者。

☆ 懸賞問題/有獎問答。

げんしょう【現象】ゲンショー　自然や社会の中に形になって現れ、観察できるものごと。中 現象。E a phenomenon.

☆ 地球の温暖化などの異常な現象が起きている/發生了地球溫室效應等異常現象。

☆ 石油の値上がりは一時的な現象だ/石油價格上漲是暫時的現象。

☆ 社会現象/社會現象。

☆ 自然現象/自然現象。

げんしょう【減少】ゲンショー〔～する〕数や量などがそれまでよりも少なくなること。また、少なくすること。中 減少。E decrease.

☆ 都市の人口は増加しているが、農村の人口は減少している/城市人口增加，而農村人口卻在減少。

☆ 交通事故を減少させるのが当面の目標だ/減少交通事故是當前的目標。

対 増加、増大

げんじょう【現状】ゲンジョー　現在の状態。中 現狀。E the present condition.

☆ 日本の教育の現状では、子供の個性をのばすのはむずかしい/根據日本教育現狀，要發展孩子個性幾乎不太可能。

☆ 現状を維持する/維持現狀。

☆ アジアの現状と将来/亞洲的現狀和未來。

けんじょうご【謙譲語】ケンジョーゴ　敬語の1つ。聞き手や話の中の人に敬意を表すために、自分や自分に関係することを低くいうことば。「いただく」「いたす」など。中 自謙語。E a humble expression.

☆「わたしが行きます」を謙譲語を使って言うと、「私がまいります」になる/「私が行きます」用自謙語說，就是「私がまいります」。

関連 尊敬語、丁寧語　→敬語

げんしょく【原色】ゲンショク　❶ まぜ合わせると、いろいろな色をつくることのできる基本の色。ふつうは、赤、黄、青の3色。中 原色；基色。E a primary color.

☆ 赤、黄、青の原色の絵の具をまぜて、自分の表現したい色をつくる/將紅、黃、藍三原色的原料攪拌後，調出自己想表達的顏色。

☆ 光の3原色は、赤、緑、青だ/光的三原色是紅、綠和藍。

対 中間色

❷ まぜ合わせた色ではない、はでで、はっきりした色。中 鮮艷的色彩。E bold colors.

☆ 歌手のマリーは明るい原色のドレスで舞台に出てきた/歌手瑪麗穿著色彩鮮艷的衣裳登上舞台。

対 中間色

❸ もとのままの色。中 原色；原來的色彩。E original color.

☆ 美術品の原色写真/美術品的原色照片。

☆ 原色図鑑/原色圖鑑。

げんしりょく【原子力】ゲンシリョク　原子核の分裂などで生まれるエネルギー。中 原子能；核能。E nuclear energy.

☆ 原子力を、電気を起こしたり船を動かしたりするのに使う/將原子能用於發電及開動輪船上。

☆ 原子力の平和利用/和平使用原子能。

☆ 原子力発電所/原子能發電廠；核能發電廠。

☆ 原子力船/原子能船；核動力船。

げんすいばく【原水爆】ゲンスイバク　原

子爆弾と水素爆弾。中原子彈和氫彈。E atomic and hydrogen bombs.

☆ 原水爆の実験で、近くの住民に放射線による障害が現れた/由於實驗原子彈和氫彈爆炸，使附近居民遭受幅射線傷害。

☆ 原水爆禁止運動/禁止原子彈和氫彈爆炸運動。

けんせい【牽制】ケンセイ〔～する〕 相手の注意をひきつけて、自由な行動をじゃますること。中牽制；制約。E check; restrain.

☆ 商品を値下げして、ライバル会社を牽制する/降低售價，打擊競爭對手。

☆ 両国は国境に軍隊を送って、牽制し合っている/兩國派軍駐防國境，互相牽制。

けんせつ【建設】ケンセツ〔～する〕 ❶ 道路やビルなど大きなものを新しくつくること。中建設；修建。E construction; build.

☆ 新しい鉄道の建設が始まった/開始了新鐵路的建設。

☆ この川の上流にダムが建設される/在這條河川的上游興建水庫。

対破壊

❷ 新しい組織などをつくりあげること。中建設。E establish.

☆ 平和な世界を建設する/建設和平的世界。

☆ 福祉国家の建設/建設福利國家。

けんぜん【健全】ケンゼン ❶ 体や心が健康であるようす。中健全；健康。E healthy; sound.

☆ 子供たちの健全な発育を願う/希望孩子們健康地發育成長。

☆ 精神と肉体を健全に保つ/維護精神和肉體健康。

対不健全

❷ 欠点がなく、安定していて、望ましいようす。中健全；健康；有規律。E sound; wholesome.

☆ 平日はまじめに働き、週末はテニスをするという健全な生活をしている/平常認真工作，週末打打網球，就這樣過著有規律的生活。

☆ 健全な娯楽/健康的娛樂。

☆ 健全財政/健全財政。

対不健全

げんせん【原潜】ゲンセン 「原子力潜水艦」を略した言い方。原子力を動力とし、海の中にもぐったまま進むことのできる軍事用の船。中原子能潛艇；核動力潛艇。E a nuclear submarine.

☆ 外国の原潜が日本の港に寄ることには反対だ/反對外國核能潛艇在日本港口停泊。

☆ 原潜が爆発事故を起こした/發生核能潛艇爆炸事件。

数1隻

げんそ【元素】ゲンソ 化学的に、それ以上分解できない物質。金、銀、鉄など。中元素。E an element.

☆ 水は、水素と酸素の2つの元素からできている/水由氫和氧兩種元素所合成。

☆ 元素記号/the symbol of an element./元素符號。

げんそう【幻想】ゲンソー〔～する〕 現実と違うことを心の中に思い描くこと。また、その内容。中幻想；空想。E an illusion; a fantasy.

☆ わたしが議員になれば議会をよくすることができると考えたのは、甘い幻想だった/只要我當了議員就一定會搞好議會，這是天真的想法。

☆ 幻想的な音楽/幻想的音樂。

げんぞう【現像】ゲンゾー〔～する〕 カメラで写したフィルムを薬の液につけて、映像が見えるようにすること。中沖洗；顯影。E develop.

☆ カメラ屋で写真の現像を頼んだ/請照相館沖洗相片。

☆ このフィルムを現像してプリントしてください/請沖洗照片。

☆ 現像液/顯影液。

けんぞうぶつ【建造物】ケンゾーブツ 大

きな建物、橋、船などをまとめていう言い方。書 中 建築物。E a building; a structure.

☆ この町には、城や寺などの江戸時代の建造物が多く残っている/這座城鎮裡留有許多城堡、寺廟等江戸時代的建築物。

☆ 歴史的建造物を保存する/保存建築古蹟。

げんそく【原則】ゲンソク　行動や選択などを決める基本的な考え方。中 原則。E a principle; a general rule.

☆ 研修旅行には全員参加するのが原則だ/原則上全體都必須參加研修旅行。

☆ 細かい点では違いがあるが、原則として京子の意見に賛成だ/雖然細節尚有分歧，但原則上同意京子的意見。

けんそん【謙遜】ケンソン〔～する〕　自分や自分側のものを実際より低く評価していうこと。また、控えめな態度であること。中 謙遜；謙虛；自謙。E be modest; be humble.

☆ パクさんは、日本語は下手だと謙遜するが、本当はとても上手だ/朴先生自謙說他的日語很差，但其實非常棒。

☆「すてきなおうちですね」とほめたら、二郎は「いえ、ウサギ小屋ですよ」と謙遜した/「多漂亮的家呀!」這麼一稱讚，二郎就謙虛地說：「哪裡，跟兔子窩差不多（似的）。」

げんだい【現代】ゲンダイ　❶ いまの時代。中 現代；當代。E the present age; today.

☆ 現代はコンピューター時代である/現代是電腦時代。

☆ 現代っ子 / a child of today. / 現代人。

❷ 時代区分の１つ。近代のつぎの時代。日本史では第２次世界大戦 終了から現在まで。中 現代。E the modern period; contemporary.

☆ 現代史/現代史。

☆ 現代文学/現代文學。

げんち【現地】ゲンチ　実際に行われている土地。また、事件や事故などが起こった土地。中 現場；當地；地點。E the spot; the actual place.

☆ タイで飛行機事故が起きたらしいが、現地からのくわしいニュースはまだ入っていない/飛機好像在泰國境內發生事故，但現在尚無來自現場的詳細報導。

☆ 自動車の現地生産/當地生產汽車。

☆ 現地時間/當地時間。

けんちく【建築】ケンチク〔～する〕　家などをつくること。また、つくられたもの。中 建築。E build; a building.

☆ 駅前にビルを建築する/在車站前面興建大樓。

☆ 古い木造建築/古老的木造建築。

☆ 50階建ての高層建築/五十層的高層建築。

けんちょう【県庁】ケンチョー、ケンチョー　県の行政の事務などをする役所。中 縣廳；縣政府；縣公署。E a prefectural office.

☆ 父は県庁に勤めている/父親在縣政府工作。

☆ 神奈川県の県庁は横浜市にある/神奈川縣的縣政府位於橫濱。

☆ 県庁所在地/縣政府所在地。

三 参 都、道、府にはそれぞれ「都庁」「道庁」「府庁」がある。

げんてい【限定】ゲンテイ〔～する〕　範囲、数や量などを決めること。限ること。中 限定；限制。E limit; restrict.

☆ 会場が狭いので、参加者を30名に限定する/由於會場狹小，所以將參加人數限定在三十名。

☆ 100台限定販売のスポーツカー/一百輛限量銷售的跑車。

げんど【限度】ゲンド　これ以上はこえられないという程度、範囲、数や量。中 限度；界限；範圍。E a limit; a ceiling.

☆ ワープロはまだ下手だから、１時間に２枚打つのが限度だ/使用文字處理機還不熟，所以一小時只能打兩頁。

☆ 親切にしたくても、限度がある/即使想親切，也要有限度。

☆ 貸し出し限度額/最高貸款額度。

☆ 最小限度/最低限度。

参「限界」も似ているが、「限界」がそれより先はないという境の線を表すのに対して、「限度」は数や量についても使う。

けんとう【見当】ケントー ❶だいたいの方向。中方向。E a direction.

☆ わが家は、あのテレビ塔の見当にある/我家在那座電視發射塔的方向。

❷ だいたいの予想。中估計；推測；預想。E an estimate; a guess.

☆ 参加者は50人ぐらいだろうと見当をつけて、いすを用意する/估計參加者有五十人左右，來準備座椅。

☆ 見当がはずれる/估計錯誤；希望落空。

❸ (数や量を表すことばの後について)だいたいぐらい。中大約，左右。

☆ 旅行の費用は1人3万円見当になる/旅行費用是每人大約三萬日圓。

☆ 50見当の男/a man about 50 years old./五十歲左右的男人。

けんとう【検討】ケントー〔～する〕 いろいろな面から調べて、よく考えること。中討論；探討；研究。E examine; consider.

☆ 新しい工場をどこに建設するか、検討している/研究在哪裡興建新工廠。

☆ 検討してから、ご返事いたします/研究之後給予答覆。

☆ 再検討/再研究。

けんどう【剣道】ケンドー 日本の武道の1つ。けがを防ぐための道具をつけ、ふつうは竹で刀の形につくったものを使って勝負する。中劍術；劍道。E *kendo*.

〔剣道〕

☆剣道3段の腕前/劍道三段的本領。

☆剣道の道場/a *kendo* school./劍道練習場。

けんとうちがい【見当違い】ケントーチガイ 考える方向がまちがっていること。中估計錯誤；預測失誤。E irrelevant; wrong.

☆ 一郎は人の話をよく聞きもしないで、見当違いな意見ばかり言う/一郎不好好聽別人的話，總是發表一些見解錯誤的意見。

げんどうりょく【原動力】ゲンドーリョク 機械の運動や人間の行動を起こすもとになる力。中原動力；動力。E motive power; driving force.

☆ この自動車の原動力は太陽電池だ/這輛車的動力是太陽能電池。

☆ 優勝の原動力となった選手/成為獲勝關鍵的選手。

げんば【現場】ゲンバ ❶事件や事故などが起こった場所。また、その場面。げんじょう。中現場；地點。E the spot; the scene.

☆ 殺人があった現場を刑事が調べている/刑警在凶殺案現場調查。

☆ 現場検証/an inspection of the scene./現場查證。

❷ 実際に作業などが行われる場所。中現場；工地。E the place where the actual work is done; a site.

☆ 教育の現場では、教師たちが毎日たいへんな苦労をしている/在教育現場，老師們每天都很辛苦。

☆ 地下鉄の工事現場/地下鐵的施工現場。

現場を押さえる 悪いことをしている、その場面で捕まえる。中在現場抓住。E catch somebody in the act.

☆ 電車の中で、刑事がすりの現場を押さえた /在電車上，刑警當場抓到扒手。

けんばいき【券売機】ケンバイキ 乗車券などを売る機械。中售票機。E a ticket machine.

☆ 切符は券売機で買う/在售票機買票。

☆ 券売機にお金を入れたが、券が出てこない/將錢投入售票機，可是票卻沒出來。

数 1台

げんばく【原爆】ゲンバク 「原子爆弾」を略した言い方。原子核が分裂するときに出るエネルギーを利用した、非常に強力な爆弾。[中]原子彈。[E] an atomic bomb.

☆ 1945年8月、広島と長崎に原爆が落とされた/1945年8月，廣島和長崎被投下原子彈。

☆ 原爆被爆者/原子彈爆炸受害者。

☆ 原爆症/原子彈爆炸後遺症。

げんぱつ【原発】ゲンパツ 「原子力発電所」を略した言い方。原子核エネルギーを利用して電気を起こしている所。[中]原子能發電廠。[E] a nuclear power plant.

☆ いま世界じゅうで、原発に賛成か反対かの議論が盛んにされている/現在全世界盛行討論關於應否建造核能電廠的問題。

☆ 原発反対運動/對建造核能發電廠的抗爭活動。

[数] 1基

けんびきょう【顕微鏡】ケンビキョー レンズを組み合わせて、非常に小さいものや生物などを拡大して観察する器械。[中]顯微鏡。[E] a microscope.

☆ 1000倍の顕微鏡でかびを調べる/用一千倍的顯微鏡觀察黴菌。

☆ 顕微鏡写真/顯微鏡照片。

☆ 電子顕微鏡/電子顯微鏡。

[数] 1台

けんぶつ【見物】ケンブツ〔～する〕 楽しみのため、有名な所やスポーツ、劇などを見ること。また、それを見る人。[中]遊覽；參觀(的人)。[E] see; a sightseer; a visit.

☆ 大阪へ博覧会を見物に行った/去大阪參觀博覽會。

☆ 京都のお祭りはいつも見物が多い/京都的節慶裡遊覽的人總是很多。

☆ すもう見物/觀看相撲比賽。

☆ 見物人/參觀的人；參觀者。

[参]「見学」も似ているが、「見学」が「工場見学」のように知識をえるために見ることをいうのに対して、「見物」は楽しみのために見ることをいう。

けんぽう【憲法】ケンポー 国の政治のいちばんもととなるきまり。国の最高の法律。[中]憲法。[E] a constitution.

☆ 戦後、新しい憲法が定められ、日本は民主的な国家に生まれかわった/戰後日本制定新憲法，成為一個民主國家。

☆ 日本国の憲法の基本原則の1つは平和主義である/日本憲法的基本原則之一是和平主義。

☆ 憲法記念日/行憲紀念日。

げんみつ【厳密】ゲンミツ 細かなところにまで注意して、まちがいがないようす。[中]周密；嚴密。[E] strictly; close.

☆「人」ということばと「人間」ということばを厳密に区別して使う/嚴格區別使用「人」和「人類」這兩個詞。

☆ 厳密な調査/嚴密的調查。

けんめい【賢明】ケンメイ 賢くて、ものごとを正しく理解することができるようす。[中]賢明；明智；高明。[E] wise; advisable.

☆ 正月はホテルがこむから、早めに予約するのが賢明だ/過年期間飯店生意好，所以早些預約是明智的。

☆ 運転手の賢明な判断で、あやうく事故を免れた/憑著司機高明的判斷，幸而避免了事故發生。

けんやく【倹約】ケンヤク〔～する〕 金やものなどをできるだけ使わないようにすること。[中]節約；節省；儉省。[E] save; be thrifty.

☆ こづかいを倹約してパソコンを買った/省下零用錢買了一台個人電腦。

☆ 倹約家/節儉的人；勤儉節約者。

[対] 浪費

[参]「節約」も似ているが、「節約」が上手に使ってできるだけむだをしないことであるのに対して、「倹約」は積極的に使わないようにすることをいう。

げんゆ【原油】ゲンユ 地下から取りだしたままで、手を加えていない石油。[中]原油。

E crude oil.

☆ 西アジアから北アフリカにかけての地域で、世界の原油の約４分の１を生産している/在從西亞到北非的地區內，生產的原油佔世界四分之一。

☆ 原油価格/原油價格。

対 精油

けんよう【兼用】ケンヨー〔～する〕 あるものを、２つ以上の目的のために使うこと。中 兼用；兩用。E ～also serve as ….

☆ 狭いアパートなので、居間と寝室を兼用にしている/公寓很小，所以客廳和寢室並用。

☆ 晴雨兼用の傘/晴雨兩用傘。

☆ 冷暖房兼用/冷暖兩用空調。

対 専用

けんり【権利】ケンリ ❶ 法律で、自分の利益を主張して受け取ることのできる力。中 權利。E a right; a claim.

☆ 国民には教育を受ける権利がある/國民有受教育的權利。

☆ 日本の女性は、第２次世界大戦後はじめて政治に参加する権利を持った/日本女性，在第二次世界大戰之後才擁有參政權。

☆ 権利を主張する/主張權利。

対 義務

❷ あることを自由にすることのできる資格。中 權利資格。E a right.

☆ 他人の手紙を勝手に読む権利は、だれにもない/誰都無權拆看他人信件。

☆ 権利金/ a premium; key money. /權利金；押租。

げんり【原理】ゲンリ ❶ 自然界で起こっていることを説明する根本的な法則。中 原理。E a principle; a theory.

☆ 鉄でできた船がなぜ水に浮くのか、その原理がわからない/我不明白鐵造的輪船為什麼會浮在水上的原理。

☆ アインシュタインの相対性原理/愛因斯坦的相對論。

❷ 人間の行動やものの見方を決める、根本的な考え方。中 原理；原則。E a principle.

☆ 民主主義の原理を守る/遵守民主主義的原則。

☆ 多数決の原理/ the principle of majority rule. / 多數表決原則。

げんりょう【原料】ゲンリョー 加工して品物をつくるとき、そのもとになるもの。中 原料。E raw materials.

☆ 原料を海外から輸入し、加工して製品にしたものを輸出する/從海外進口原料，再加工成成品輸出。

☆ 日本酒の原料は米だ/日本酒的原料是米。

けんりょく【権力】ケンリョク 組織の中で、他の人を自分の考えにしたがわせる強い力。特に、国家が国民を支配する力。中 權力。E power; authority.

☆ ジョンはクーデターを起こして権力の座についた/約翰發動政變，登上權力寶座。

☆ 権力をふるう/使用權力。

☆ 権力者/掌權者。

☆ 国家権力/國家權力。

げんろん【言論】ゲンロン 話したり書いたり、ことばによって自分の意見を発表すること。また、その意見。中 言論。E speech; discussion; expression of one's ideas.

☆ 戦争中は、言論が制限され、自由にものが言えなかった/戰爭期間言論受到了限制，不能自由發表言論。

☆ 憲法で言論の自由を保障する/憲法保障言論自由。

☆ 言論機関/輿論機關。

☆ 言論統制/言論控制；言論限制。

こ／コ

こ【子】コ　❶人間や動物で、親から生まれたもの。子供。[中]子女；孩子；小孩。[E] a child.

☆ 子は年をとると親に似てくる / 孩子長大後和父母就愈來愈像了。

☆ 子に先だたれる / 白髮人送黑髮人。

☆ 子離れ / see one's child become independent. / 讓孩子離開父母獨立生活。

[対]親

❷ まだ若い、成熟していない人間や動物。[中]小孩；孩子；小動物。[E] a boy; a girl; a puppy.

☆ 犬の子を育てる / 飼養幼犬。

☆ いたずらっ子 / 調皮鬼。

❸ (名詞、動詞の「ます」形について)人やものを表す。[中]表示人或物。

☆ 江戸っ子(=東京で生まれ育った人)/東京人(=在東京出生長大的人)。

☆ 売り子 / 售貨員。

☆ 教え子 / one's student. / 門生；弟子。

☆ 振り子 / 鐘擺。

子はかすがい　子は両親の間柄をつなぎとめるものだ。[中]孩子是維繫夫婦感情的樞紐。[E] Children are a bond between husband and wife.

子を持って知る親の恩　自分の子を育ててはじめて親の苦労がわかり、ありがたいと思うようになるということ。[中]養兒方知父母恩。[E] Only by becoming parents do we appreciate our own.

こ【個】コ　❶ひとりひとりの人。1つ1つのもの。[中]個體；個人；人。[E] an individual.

☆ 個としての人間をだいじにする/尊重個性。

☆ 個と全体の関係を考える / 顧及個人與全體的關係。

❷ (数を表すことばの後について)ものの数を表す。[中]表示物品的數。

☆ リンゴ5個で700円だ/蘋果五個七百日圓。

☆ 時計を1個買った / I bought one watch. / 買一座鐘。

▷ [書]❶

[参]「1つ、2つ…」と数えられるものは「1個、2個…」と数えることができる。

こ-【小-】(他のことばについて)　❶小さい。細かい。[中]小；小的。

☆ 小部屋 / a small room. / 小房間。

☆ 小鳥 / 小鳥。(→[項目])

❷ 少ない。ちょっと。それほどでもない。

☆ 小高い所 / 稍高的地方。

☆ 小ぎれい / neat; tidy. / 相當乾淨；相當清潔。

☆ 小雨 / 小雨。(→[項目])

❸ その数や量にすこしたりない。[中]微小；一點點。

☆ 小一時間 / almost an hour. / 差不多一小時。

[参] ❸の「小」のつぎにくる数字は「一」だけで、時間、距離などについていう。

-こ【-戸】　(数を表すことばについて)家や世帯の数を表す。[中]棟；戶。

☆ 以前1軒の家が建っていた土地に、4戸の建て売り住宅ができた / 在以前只蓋一棟房屋的地上，新建四棟新居待售。

☆ 一戸建て / a [single] house. / 獨門獨院房屋；透天厝。

ご【五】ゴ　❶ 4に1を加えた数。5。5つ。[中]五；五個。[E] five.

☆ 2たす3は5だ/二加三得五。

☆ 両親と子供3人で5人家族だ/雙親和三個孩子的五口之家。

❷ 順番が4のつぎ。5番目。第5。中 第五。E the fifth.

☆ 100メートル競走で5等だった/百公尺賽跑得第五。

☆ 第5交響曲/第五交響曲。

ご【後】ゴ 時間や順番が後。のち。中 後；以後。E after; later; since.

☆ 一郎には10年前に会ったが、その後、1度も会っていない/十年前和一郎見過一面之後，就再也沒見過。

☆ 事件後3週間たった/事件發生後過了三週。

対 前

ご【碁】ゴ 縦横19本の線のある盤の上に、2人が黒石と白石を交互に並べて、黒白それぞれの石でかこった場所の広さを競うゲーム。囲碁。中 圍棋。E (the game of) *go*.

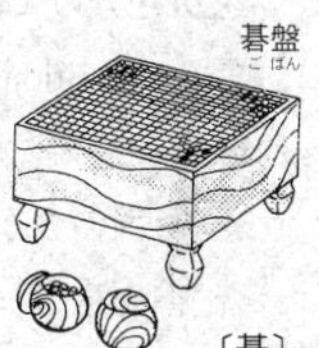

〔碁〕

☆ 休日に友人と碁を打つのが父の楽しみだ/假日與朋友下圍棋是父親的樂趣。

☆ 碁の名人/圍棋名人；圍棋高手。

☆ 碁石/圍棋子。

ご【語】ゴ ❶ ことば。中 語言；話。E a word; language.

☆ 語を選びながら、ゆっくり話す/一邊思索措詞，一邊慢慢地講。

❷ 単語。中 單字。E a word.

☆ 語の意味をよく考えなさい/好好考慮一下單字的意思。

❸ (他のことばの後について)そのことば。中 ～語。

☆ 外来語/外來語。(→項目)

☆ 尊敬語/敬語。(→項目)

☆ フランス語/French./法文；法語。

▷ 書❶

ご-【御-】 (おもに名詞について)❶ 尊敬、丁寧の気持ちを表す。中 尊敬、鄭重的心情。

☆ ご両親によろしく/代向雙親問好。

☆ 車にご注意ください/請注意車輛。

☆ ご入学おめでとう/Congratulations on your admission to school./祝賀入學。

❷ 謙遜の気持ちを表す。中 自謙

☆ 駅までご案内します/我帶您去車站。

☆ ご連絡いたしましょう/我會與您聯絡。

☆ ご遠慮する/I cannot oblige you./辭謝。

▷ →お-

参 おもに漢語につく。和語には「お」がつくのがふつうだが、「ごゆっくり」など、和語でも「ご」のつくものがある。また、❶は相手の動作、相手に関係のあることについていい、❷は自分の動作についていう。

こい【恋】コイ 男と女が、特別に好きで一緒になりたいと思う気持ち。恋愛。中 戀愛；戀。E love.

☆ 一郎と洋子はいま、激しい恋をしている/一郎和洋子正處於熱戀之中。

☆ 恋に破れる/be disappointed in love./失戀。

☆ 恋文/a love letter./情書。

☆ 初恋/初戀。

こい コイ 川や池にすむ魚の一種。2対の口ひげがある。中 鯉魚。E a carp.

☆ 庭の池に大きなコイを何十匹も飼っている/院子池中餵養著幾十條大鯉魚。

☆ コイの滝登り/鯉魚躍龍門。

数 1匹

注 漢字で書くときは「鯉」。

こ・い【濃い】コイ ❶ 色が深い。中 顏色深。E dark; deep.

☆ 春から夏にかけて、木の葉の色がだんだん濃くなる/從春天到夏天，樹葉顏色漸漸變深。

☆ 濃いピンク/深粉紅色。

こ

対 薄い、淡い

❷ その中にふくまれているものの割合が多い。中 濃；親近；稠。E strong; close; thick.

☆ 濃くて、とても苦いコーヒー / 濃郁而極苦的咖啡。

☆ 濃い血縁関係 / 濃厚的血緣關係。

☆ 中身の濃い論文 / 内容深奧的論文。

☆ 濃い塩水 / 濃鹽水。

対 薄い

❸ すきまが少なくて、いっぱいになっている。中 濃；密。E heavy; dense.

☆ ひげが濃い / 鬍鬚很濃密。

☆ 濃い霧 / 濃霧。

対 薄い

❹ そのようなようすが強く表れている。中 程度高；可能性大；強；很。E strong; very.

☆ きのうの火事は、放火の疑いが濃い / 昨天的火災，人為縱火的可能性很大。

☆ 疲労の色が濃い / 很疲勞的樣子。

ごい【語彙】ゴイ 使われる時代や場所や分野など、いろいろな基準でまとめたことばの集まり。中 字彙。E a vocabulary.

☆ 若者の話しことばの語彙を調べる / 調查年輕人的口語字彙。

☆ 夏目漱石の語彙の特徴を研究する / 研究夏目漱石的字彙特徵。

☆ タイ語の語彙 / 泰國話的字彙。

こいし・い【恋しい】コイシイ 人、ものごと、場所に心が強くひかれる。中 眷戀；懷念。E be sick for; long for.

☆ 故郷が恋しくて帰りたくてたまらない / 懷念故鄉很想回去。

☆ 夏になると海や山が恋しくなる / 到了夏天，就想去海邊和山上。

こい・する【恋する】コイスル、コイスル〔他動する〕 異性の相手に、特別に好きだという気持ちを持つ。中 戀愛；愛。E love; fall in love with.

☆ 子供のときから仲のよかった一郎を恋するようになった / 愛上了青梅竹馬的一郎。

こいびと【恋人】コイビト 恋をしている相手。中 情人；意中人；對象；戀人。E a sweetheart; a lover; a love.

☆ 一郎は恋人の洋子に毎日電話をかけている / 一郎每天都要打電話給情人洋子。

☆ 恋人とデートの約束をする / 與情人約定約會時間。

こう【香】コー ❶ たくといいにおいのする木などからつくったもの。また、たいて出すそのかおり。中 香；香料。E incense.

☆ 寺では僧侶が香をたき、経を読む / 僧侶在寺廟燒香誦經。

☆ 香炉(= 香をたく器)/ 香爐(= 燒香的器皿)。

❷「香道」を略した言い方。「❶」のかおりをかぎ分けて楽しむこと。お香。中 香道。E the traditional Japanese ceremony of smelling incense.

☆ お香の会が開かれる / 召開香道大會。

☆ 香をきく(= かおりをかぐ)/ 聞香味(= 聞味道)。

こう【高】 ❶ (他のことばの頭や後について) 高等学校。高校。中 高中。

☆ 小中高の生徒 / 小學、初中、高中的學生。

☆ 高一 / a first-year student in high school. / 高中一年級。

☆ 県立一高 / 縣立第一高中。

❷ (他のことばの頭について)(1)高い。中 高；高的。

☆ 高学歴 / an advanced education. / 高學歷。

☆ 高血圧 / 高血壓。(→ 項目)

対 低

(2) 年が上の。中 年齡高。

☆ 高学年 / 高年級。

☆ 高年齢 / a great age. / 高年齡；高齡。

対 低

(3) ふくまれる量が多い。中 含量高。

☆ 高蛋白 / high-protein. / 高蛋白。
☆ 高ビタミン / 高劑量維他命。
☆ 高脂肪 / 高脂肪。
対 低

こう コー 「このよう(に)」のくだけた言い方。話 中 這麼；這樣。E so; like this.
☆ となりの部屋がこううるさくては勉強もできない / 隔壁房間這麼吵，無法唸書。
☆ こう考えたんだけど、きみはどう思う？/ 我是這麼想的，你怎麼認為?
→ 付録 指示語のまとめ

-こう【-校】(他のことばについて)学校。また、その数を表す。中 學校；表示學校的數量。
☆ わが校の代表を選ぶ / 選出本校的代表。
☆ 3校を受験する / 報考三所學校。
☆ 伝統校 / 傳統學校。
☆ 有名校/ a big-name school. /名校；明星學校。

-こう【-港】(他のことばについて)みなと。中 …港。
☆ 東京港 / Tokyo Harbor. / 東京港。
☆ 輸出港 / 出口港。

-ごう【-号】❶ (他のことばについて)列車や船などの名前を表す。中 號。
☆ ひかり号 / the *Hikari*. / 光號。
☆ メイフラワー号 / 五月花號。
❷ (数や順番を表すことばについて)順番、大きさを表す。中 表示大小順序。
☆ 10号の大きさの絵 / 十號尺寸的畫。
☆ 5月号の雑誌/ the May issue of a magazine. / 五月號雜誌。
☆ 台風12号 / 十二號颱風。

こうい【行為】コーイ 人間がなにかをすること。中 行為；行動；舉動。E an act; (an) action; a deed.
☆ 急病人のために列車を止めた運転士の行為は非常によかった/為了急救病人而緊急停車，司機義行可嘉。
☆ 立派な行為 / 光明正大的行為。
☆ 不正行為 / 不正當的行為。
参 「行動」「行い」も似ているが、「行動」が人間以外の動物がすることもふくみ、動作そのものに重点があるのに対して、「行為」はすることの中身に重点がある。また、「行い」は「日ごろの行い」「いい行いをしてほめられた」のように個人的で身のまわりのことについていう。

こうい【厚意・好意】コーイ ❶ 相手のためになにかしてあげようという親切な気持ち。中 好意；善意；厚意。E kindness.
☆ 困ったときにまわりの人々が示してくれた厚意は本当にありがたかった / 有困難的時候周圍的人真情相待真是難能可貴(雪中送炭，難能可貴)。
☆ ご厚意まことにありがとうございます/承蒙厚誼，感激不盡。
❷ 相手を好きだと思う気持ち。中 好感。E friendliness; goodwill.
☆ 一郎は道子に好意を持っている / 一郎對道子有好感。
☆ 好意的な扱い / 善意地對待。
対 悪意
注 ❶は「厚意」、❷は「好意」。

こういしょう【後遺症】コーイショー
❶ 病気やけがが治ったあとで、どこかにぐあいの悪い所が残っている状態。中 後遺症。E a sequela; an aftereffect.
☆ 脳卒中の後遺症でことばがじゅうぶんに話せない / 言語失調是腦中風的後遺症。
☆ 冬になると、けがの後遺症が出て足腰が痛む/一到冬天，受傷的後遺症就顯現出來，腰酸腿痛的。
❷ 大きなできごとなどの後まで残る悪い影響。中 後患；造成的影響。E an aftermath.
☆ 地震の後遺症で、訪れる観光客がすっかり減ってしまった/因地震造成的影響，來訪的觀光客減少很多。

ごういん【強引】ゴーイン　反対や障害があっても、無理やり行うようす。中強行；強硬；硬幹。E forcibly; high-handed.

☆ 政府は野党の反対を押しきって、強引に法案を通した/政府不顧在野黨的反對，強行通過法案。

☆ 社長は、古い社員を全部やめさせるという強引なやり方で社内改革を進めた/總經理採取解僱全體老職員的強硬做法，推動公司內部改革。

こううん【幸運・好運】コーウン　運がいいこと。中幸運；僥倖。E fortunate; good luck.

☆ 事故にあったが命が助かったのは幸運だった/雖遭遇事故但保住了性命，真是幸運。

☆ 幸運に恵まれる/幸運的；幸運。

☆ 幸運を祈る/祈求好運。

☆ 幸運児/幸運兒。

対不運、非運

こうえい【光栄】コーエイ　世間からほめられたり立派だと認められたりして、誇らしく思うこと。中光榮。E honor; glory.

☆ みなさまからおほめのことばをいただき光栄にぞんじます/大家都表揚我，我為此感到光榮。

☆ 光栄の至り/光榮之至；無上光榮。

こうえん【公園】コーエン　❶人が休んだり遊んだりするために町の中につくられた場所。木や草花が植えてあり、ベンチや子供用の遊びの設備などがある。中公園。E a park.

☆ 公園を散歩する/在公園散步。

☆ 児童公園/兒童公園。

❷ 美しい自然を守りながら、同時に人々に自然を楽しんでもらおうという目的で設けられた広い地域。中天然公園。E a (public, national) park.

☆ 国定公園/國家公園(國家指定的自然風景區)。

☆ 国立公園/國家公園。

こうえん【公演】コーエン〔～する〕　劇場や音楽会場などで、観客を前に劇や踊りなどを演じること。中公演；演出。E a public performance.

☆ この劇団の先月の公演はとても好評だった/這個劇團上個月的公演頗受好評。

☆ ドイツの歌劇団が秋に日本で公演する/德國歌劇團秋天來日本公演。

☆ 海外公演/在海外公演。

こうえん【講演】コーエン〔～する〕　聞きに集まった人々に、あるテーマについてその専門家が話をすること。中講演；演說。E a lecture; an address.

☆ 世界情勢についての講演を聞く/聽關於世界局勢的演講。

☆ 講演会/演講會。

こうか【効果】コーカ　❶なにかをしたために現れる、いい結果。効き目。中效果；成效。E (an) effect; a result; effectiveness.

☆ ジョギングの効果が現れて体の調子がよくなった/慢跑見效，身體狀況變好。

☆ 薬の効果/藥效。

☆ 効果的/有效的。

☆ 宣伝効果/宣傳效果。

❷ 演劇や映画やテレビなどで、本当らしい感じを出すために音や光などを使うこと。中(音響、燈光)效果。E effects (in a play).

☆ 弟は劇場の効果の仕事をしていて、波や風の音を出すのに苦労している/弟弟負責劇場效果的工作，忙著做出波浪和風聲很辛苦。

☆ 効果音 / sound effects. / 音效。

こうか【硬化】コーカ、コーカ〔～する〕

❶ ものがかたくなること。中硬化。E hardening.

☆ 動脈硬化/動脈硬化。

対軟化

❷ 意見や態度が強いものに変わり、ほかの意見などをいっさい聞かなくなること。中態度等強硬起來。E stiffen; harden.

☆ 大規模な反政府デモに硬化した政府は武力弾圧を始めた/政府對大規模反政府遊行持強硬態度，開始武力鎮壓。

対 軟化

ごうか【豪華】ゴーカ　ぜいたくではなやかなようす。中 豪華；奢華。E gorgeous; luxurious.

☆ 近ごろは結婚式がどんどん豪華になる/近來婚禮越發奢侈。

☆ 豪華な食事/豪華大餐。

☆ 豪華船/豪華遊輪。

対 粗末

こうかい【公開】コーカイ〔～する〕　広く一般の人が見たり、聞いたり、参加したりできるようにすること。中 公開；開放。E put ~ on view; open to the public.

☆ 博物館で国宝の仏像を公開する/在博物館公開國寶級的佛像。

☆ 大学の公開講座/大學的公開講座。

☆ 一般公開/一般公開。

対 非公開

こうかい【後悔】コーカイ〔～する〕　すんでしまったことについて、ああすればよかったなどと残念に思うこと。中 後悔；懊悔。E regret.

☆ こんなけわしい山へ来なければよかったと登りながら後悔する/一邊登山一邊後悔不該爬這麼險峻的山。

☆ 学生のときにもっと勉強しておけばよかったと後悔している/當學生時，如果讀書再努力點就好了，現在後悔不已。

後悔先に立たず　あとで残念に思ってもどうにもならない。中 後悔莫及。E It's too late to be sorry.

こうかい【航海】コーカイ〔～する〕　船に乗って海を渡ること。中 航海。E a voyage.

☆ アメリカから日本まで10日間の航海だった/從美國到日本航海需要十天。

☆ 退職したら世界じゅうの海をのんびり航海したい/退休後想在全球海洋悠然航行。

こうがい【公害】コーガイ　鉱山、工場、自動車などの出す有害な化学物質やうるさい音などが、人々を病気にしたり、いろいろな害を与えたりすること。また、その被害。中 公害。E (environmental) pollution.

☆ 経済の発展につれて公害が世界じゅうで問題になっている/隨著經濟發展，公害成為世界性問題。

☆ 水俣病やイタイイタイ病は日本の公害病の代表だ/日本熊本縣水俣市發生因有機水銀中毒造成神經性疾病以及富山縣神通川流域因礦山廢水中含鎘(Cd)會屯積人體内，造成骨痛疾病兩者都是日本公害的代表。

☆ 騒音公害/噪音公害。

こうがい【郊外】コーガイ　都会のまわりの、田や畑や林が比較的多い所。中 郊外；城外。E the suburbs; the outskirts.

☆ 郊外に住んでいるので、会社まで1時間半もかかる/由於住在郊外，到公司要花一個半小時。

☆ 郊外にはまだ自然が残っている/郊外還留存著自然景觀。

こうかがくスモッグ【光化学スモッグ】コーカガクスモッグ　公害の1つ。自動車の排気ガスなどが、日光で化学反応を起こし、空気中の有害物質が濃くなって発生するスモッグ。中 光化學煙霧（空氣污染一種）。E photochemical smog.

☆ 光化学スモッグが発生すると、目やのどが痛くなることがある/產生光化學煙霧後，眼睛和喉嚨有時會疼痛。

☆ 光化学スモッグ警報/光化學煙霧警報。

こうがく【工学】コーガク　自然にあるエネルギーや物質を工業生産に応用するための方法や技術についての学問。また、その方法を人間や社会に適用したもの。中 工科；工學。E engineering.

☆ 工学の分野には土木、機械、建築、電気などがある / 工科領域裡有土木、機械、建築、電氣等。

☆ 工学部 / 工科系。

☆ 都市工学 / 城市工學。

☆ 人間工学 / 人體工學。

ごうかく【合格】ゴーカク〔～する〕 ❶ 試験や検査に受かること。中 合格；及格；考上。E pass (an examination, inspection).

☆ この品はすべての検査に合格したものだ/這種產品檢驗全部合格。

☆ 入学試験に合格する / 入學考試合格。

☆ 合格発表 / 放榜。

対 不合格、落第

❷ 人やものごとが、ある資格、または条件に合っていること。中 合格。E be found acceptable.

☆ 今度入社した三郎は、仕事も人とのつきあいもよくできて、社員として立派に合格だ/這次新進公司的三郎，工作和人際關係都很不錯，是個出色職員。

対 不合格、落第

こうかん【交換】コーカン〔～する〕 ❶ たがいに取りかえること。中 更換。E exchange; replace.

☆ 部品を交換したら、自転車が軽く走るようになった / 更換零件後腳踏車騎起來變得輕快了。

☆ ちり紙交換 / 回收舊報紙之類換取衛生紙。

❷ たがいにやりとりすること。中 交換。E exchange; trade.

☆ パーティーで名刺を交換する / 在晚會上交換名片。

☆ 意見を交換する / 交換看法。

こうかん【好感】コーカン 相手に与える、また相手から受ける、いい印象。中 好感。E a favorable impression; a good feeling.

☆ 洋子は明るくてしっかりしているので、みんなに好感を持たれている / 洋子又開朗又堅強，所以博得大家的好感。

☆ 好感を与える / 給予好感。

こうき【後期】コーキ ある期間をいくつかに分けたばあいの最後の期間。中 後期。E the second semester; the latter period.

☆ A大学の後期の授業は9月末から2月初めまでだ /A 大學的下學期課程從九月底到二月初。

☆ 明治後期 / 明治後期。

関連 前期、中期

こうぎ【抗議】コーギ〔～する〕 正しいと思えない相手のことばや行動に対して、反対の意見を主張すること。中 抗議。E a protest; an objection.

☆ 住民の抗議で、真夜中には飛行機は飛ばないことになった / 由於居民的抗議，決定飛機深夜停飛。

☆ 理由も言われずに首にされて、二郎は会社に抗議した / 二郎無端就被解僱，於是向公司提出抗議。

こうぎ【講義】コーギ、コーギ〔～する〕 大学などで、学説や研究内容などを話して聞かせること。中 講課；講解；講義。E a lecture.

☆ A教授はB大学の経済学の講義を受け持っている /A 教授擔任 B 大學經濟學講座。

☆ 集中講義 / 集中講課。

☆ 名講義 / a famous lecture / 有名的講座。

こうきあつ【高気圧】コーキアツ 大気中で、まわりに比べて気圧の高い状態。中 高氣壓。E high atmospheric pressure.

☆ 東北地方は高気圧におおわれて天気がいい / 東北地區被高氣壓籠罩，天氣晴朗。

対 低気圧

こうきしん【好奇心】コーキシン 知りたい、見たいと思う気持ち。中 好奇心。E curiosity.

☆ 京子はなんでも知りたがる、好奇心の強い子供だ / 京子是個好奇心極強的孩子，什麼都想知道。

☆ 好奇心を満足させる / 滿足好奇心。

こうきゅう【高級】コーキュー　程度、地位、品質などが高いようす。中高級。E high-class; high-grade.

☆ 値段の高いものが高級だというわけではない / 並不是價格高的東西就是高級。

☆ 高級車 / 高級轎車。

☆ 高級品 / 高級品；高級用品。

対低級

こうきょ【皇居】コーキョ　天皇の住まい。中皇宮。E the Imperial Palace.

☆ 天皇は中国の首相と皇居で会見した/天皇在皇宮會見了中國總理。

☆ 皇居前広場 / 皇宮前的廣場。

こうきょう【公共】コーキョー　社会全体のこと。中公共。E the public; public.

☆ 政治家は公共のことを第一に考えなければならない / 政治家必須把公共事務放在優先考量。

☆ 公共心(=社会全体のことを考える気持ち)/公共心；公德心(=考慮社會全體的心情)。

☆ 公共料金(=ガス、水道、電気、郵便、交通など、社会全体に関係する料金)/公共事業費(=煤氣、自來水、電、郵政、交通等關係到社會整體的費用)。

こうぎょう【工業】コーギョー　原料や材料を加工して製品にする産業。中工業。E (an) industry.

☆ 工業は農業や商業とともに産業の中心である / 工業、農業和商業同是產業的中心。

☆ 工業化 / 工業化。

☆ 重工業 / 重工業。

こうきょうきょく【交響曲】コーキョーキョク　多くの楽器を使って演奏する音楽の曲の種類の1つ。ふつう、4楽章でできている。中交響曲。E a symphony.

☆ モーツァルトはたくさんの交響曲を作曲した / 莫札特作了許多交響曲。

☆ ベートーベンの交響曲第5番をＣＤで聞く / 聽貝多芬的第五號交響曲 CD。

数 1曲

こうくう【航空】コークー　飛行機やヘリコプターなどで空を飛ぶこと。中航空；飛行。E aviation.

☆ 航空の安全を守る / 維護航空安全。

☆ 航空運賃 / 航空運費。

☆ 航空会社 / 航空公司。

☆ 航空機 / 飛機。

こうくうびん【航空便】コークービン、コークービン　荷物や郵便物を飛行機で運ぶこと。また、その荷物や郵便物。中航空信；航空郵件。E air cargo or mail.

☆ 航空便で荷物を送る / 用航空郵件寄行李。

☆ 航空便なら3日で着く/航空郵件三日到達。

対船便

こうけい【光景】コーケイ　実際に目で見た景色。また、その場のようす。中景象；情景；場面。E a scene; a sight.

☆ 事故の現場の光景を思いだす / 想起事故現場的情景。

☆ 平和な光景 / 和平景象。

こうげい【工芸】コーゲイ、コーゲイ　食器、ガラス器、花瓶、置物など、生活でも使い、美術的な価値もあるものをつくること。また、それらの作品。中工藝。E a craft; a technical art.

☆ こけしは東北地方の伝統的な木の工芸として有名だ / 東北地區以製作木偶的傳統木製品聞名。

☆ 工芸家 / 工藝家；工藝品藝術家。

☆ 工芸品 / 工藝品。

ごうけい【合計】ゴーケイ〔～する〕　1つ1つの数や量を全部たすこと。また、そのたした全体の数や量。計。中共計；合計；總計。E the sum; a total.

☆ デパートでたくさんの品物を買って、合

こ

計５万円払った/在百貨公司買了許多東西，總共花了五萬日圓。

☆ みんなの飲んだビールを合計すると30本だ/大家總共喝了三十瓶的啤酒。

☆ 合計点/總分。

こうげき【攻撃】コーゲキ〔～する〕 戦い、試合、交渉などで、相手を負かそうとせめること。中攻擊。E an attack; an assault; an offense.

☆ 敵の激しい攻撃を受けて後退した/遭受敵人猛烈攻擊而撤退。

☆ 二郎はボクシングの試合で、積極的に攻撃して勝った/在拳擊賽中，二郎積極進攻取得勝利。

対防御、守備、防衛

ごうけつ【豪傑】ゴーケツ ❶むかしの、ふつう以上に勇気と武力がある人。中豪傑；好漢；英雄。E a hero; a mighty warrior.

☆ 中国の「三国志演義」という小説には関羽をはじめ豪傑がたくさん登場する/中國的小說《三國演義》裡寫了以關羽為首的許多英雄豪傑。

❷ ふつう以上に元気があって、度胸のある人。中 有氣魄的人；豪爽的人。E a gallant; a hearty person.

☆ １晩でウイスキーを２本も飲んでしまうとは、すごい豪傑だ/一晚上竟然喝完兩瓶威士忌，真是豪爽的人。

☆ 豪傑笑い(＝まわりを気にせず大声で笑う笑い方)/豪爽大笑(＝不顧周圍大聲笑)。

▷ 話❷

こうけつあつ【高血圧】コーケツアツ、コーケツアツ 血圧が高くて、成人では最高の血圧が160ミリ以上か、最低の血圧が95ミリ以上の、健康でない状態。中 高血壓。E high blood pressure.

☆ 高血圧と診断されて血圧を下げる薬を飲みはじめた/被診斷出是高血壓，於是開始吃降血壓藥。

対低血圧

こうけん【貢献】コーケン〔～する〕 あることの成功や発展に役立つように、なにかを一生懸命にすること。中貢獻。E (an) contribution.

☆ 国際連合は世界平和に貢献している/聯合國為世界和平作出貢獻。

☆ 国際貢献/國際貢獻。

こうげん【高原】コーゲン 高い山地にひろがる平らな土地。中高原。E a plateau; highlands.

☆ 高原は夏でも涼しいので、たくさんの人がやってくる/高原上夏天很涼爽，許多人前來避暑。

☆ 高原地帯/高原地帶。

☆ 高原野菜/高原蔬菜。

こうご【口語】コーゴ 話すときに使うことば。毎日の生活の中でふつうに使っていることば。話しことば。口頭語。中口語；現代語；白話。E colloquial language.

☆ 明治以前は文章を口語で書くことは少なかった/明治以前很少用口語寫文章。

☆ 口語表現/口語表達。

☆ 口語文/白話文。

対文語

こうこう【孝行】コーコー〔～する〕 子供が親の望むように行動し、また親をたいせつにすること。中孝順。E dutiful; filial.

☆ 孝行のしたい時分に親はなし(＝孝行をしたいと思うころにはもう親は死んでしまってこの世にいない)/子欲養而親不待(＝想行孝時父母已經去世，不在這個世上了)。

☆ 孝行息子/孝順的兒子；孝子。

☆ 親孝行/孝順行為。

対不孝

こうこう【高校】コーコー 「高等学校」を略した言い方。中 高中；高級中學。E a high school.

☆ 最近は中学卒業生の90パーセント以上が高校へ行く/最近，百分之九十以上的中學畢業生升學高中。

☆ 高校生/高中生。

数 1校

こうごう【皇后】コーゴー　天皇の妻。中皇后。E an empress.

☆ 天皇と皇后はヨーロッパ訪問に出発した/天皇和皇后出發訪問歐洲。

こうこく【広告】コーコク〔～する〕 ❶ 人々に広く知らせること。また、その知らせ。中廣告；佈告。E an announcement; a notice.

☆ 人手が足りないのでアルバイト募集の広告を出す/人手不足，所以登廣告徵求臨時工。

☆ 死亡広告/訃聞。

❷ たくさん売るために、商品や会社、店などのよさを広く知らせること。また、そのためのもの。中廣告；宣傳。E an advertisement; a commercial.

☆ バーゲンの広告を見て、靴を買いに行く/看了大拍賣的廣告後去買鞋。

▷ →宣伝

こうこつ【恍惚】コーコツ　❶ 美しいもの、すばらしいものによって、自分を忘れるほどいい気持ちになっている状態。中出神；心醉神迷。E rapture; ecstasy.

☆ 恍惚の境地/心醉神迷的境界。

☆ 恍惚感/心醉神迷的感覺；恍惚感。

❷ 年をとって記憶力や判断力などがひどく悪くなってしまった状態。ぼけた状態。中恍惚；神志不清。E senile.

☆ 恍惚の人/恍惚的人；精神恍惚的人。

☆ 恍惚老人/神志不清的老人。

❸（「恍惚として」の形で）「❶」の状態でなにかをするようす。中入迷；著迷。

☆ 浦島太郎は恍惚として乙姫の美しさに見とれていた/浦島太郎對年輕公主的美麗看得入迷，如痴如醉。

☆ 恍惚として歌う/sing with rapture./如痴如醉地歌唱。

こうごに【交互に】コーゴニ　２種類のものや２人の人がつぎつぎと順番を変えるようす。中互相；交替。E alternately; by turns.

☆ テニスや卓球では、２人が交互にボールを打ち合う/網球和乒乓球是由兩人互相交替打球。

☆ 右手と左手を交互に上げ下げする/將右手和左手交替著上下活動。

参「かわるがわる」も似ているが、「かわるがわる」が２つ以上、２人以上についていうのに対して、「交互に」は２つのものや２人についていう。

こうさ【交差】コーサ、コーサ〔～する〕 ２本以上の線や道などが、ある点で交わること。中交叉。E intersect, cross.

☆ 漢字の「十」は、真ん中で縦の棒と横の棒が交差している/漢字的「十」字的縱線與橫線在正中交叉。

☆ 道路と線路が交差している所に踏切がある/道路與鐵路交叉處有平交道。

☆ 交差点/十字路口；交叉點。(→項目)

☆ 立体交差/立體交叉。

こうさい【交際】コーサイ〔～する〕 人といろいろな行動をともにするなど、親しくすること。中交際；交往。E association; friendship.

☆ ２人はもう10年以上も交際している/兩人交往已有十年以上。

☆ 交際が広い/交際面廣；社會交際廣。

☆ 交際費/交際費。

参「つきあい」も似ているが、「交際」のほうが正式なものという感じがある。「つきあい」には「近所とのつきあい」のような日常的なものと「つきあいでゆうべ遅くまで飲んだ」など義理でする意味があるが、「交際」にはこのような使い方はない。

こうざい【功罪】コーザイ　人のしたことやものごとの、いいところと悪いところ。書

中功罪。E merits and demerits.

☆ ナポレオンは歴史的にみて功罪どちらが多いだろうか/用歷史的眼光看，拿破崙的功過是哪個多呢?

☆ 科学技術発達の功罪を考える/思考科學技術發展的功過。

功罪相半ばする　いいところと悪いところが半分ずつだ。中功過各半。E The merits and demerits are evenly balanced.

☆ この政府は経済面では成功し、外交では失敗したから、功罪相半ばするといえる/這一屆政府在經濟方面成功，在外交方面失敗，可以說是功過參半。

こうさく【工作】コーサク〔～する〕❶紙や木や針金などの材料で簡単なものをつくること。また、それを教える科目。中手工；手工課；工藝課。E handicraft.

☆ 学校の工作の時間に本箱をつくった/在學校工藝課做了只書架。

☆ 工作道具/手工工具。

❷目的を果たすため前もって関係のある人に頼んでおくなどの準備をすること。中工作；活動。E maneuver.

☆ 裏で工作しておいたから、会談はすべてうまくいった/由於事先在幕後做了工作，所以會談很成功。

☆ 秘密工作/秘密活動；地下工作。

こうさつ【考察】コーサツ〔～する〕そのことがどうであるか、原因はなにかなどを明らかにするために調べ、よく考えること。中考察。E study; consideration.

☆ 戦争の原因について考察した論文は多い/考察戰爭原因的論文有很多。

☆ 考察を加える/加以考察。

こうさてん【交差点】コーサテン、コーサテン　道が交わる所。中十字路口；交叉點。E a crossing; an intersection.

☆ つぎの交差点で左に曲がってください/請在下一個十字路口向左轉。

☆ 交差点で信号が変わるのを待った/在十字路口等待號誌改變。

☆ スクランブル交差点/汽車停駛而行人自由穿行的交叉路口；十字路口。

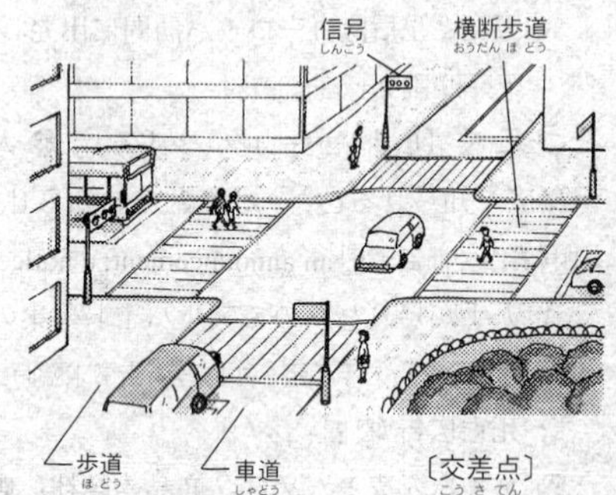

〔交差点〕

こうさん【降参】コーサン〔～する〕❶戦争やけんかなどに負けて相手にしたがうこと。中投降。E surrender; capitulate.

☆ 第2次世界大戦では連合国に対してイタリアが最初に降参した/第二次世界大戰中，義大利最先向聯合國投降。

❷どうすることもできなくて困ってしまうこと。中屈服；認輸。E be beaten; can't bear.

☆ コンピューターにくわしいと言ったら、つぎつぎにむずかしい質問をされて降参した/自稱熟悉電腦，後因不斷地被問到難題而投降。

☆ この蒸し暑さと人ごみには降参だ/我受不了這種悶熱和人群。

こうざん【鉱山】コーザン　役に立つ鉱物を掘りだす山。中礦山。E a mine.

☆ ここはむかし金の鉱山だった所だ/這裡以前是金礦脈。

☆ ウラン鉱山/鈾礦脈。

こうし【公私】コーシ　社会的なことと個人的なこと。中公私。E officially and privately; public and private matters.

☆ 会社では出張が多く、家では子供が生まれて、公私ともに忙しい/公司出差頻繁，家裡又添寶寶，公私兩頭忙。

☆ 公私混同する/公私混淆。

こうし【講師】コーシ ❶講習の教師や講演をする人。中 演講者。E a speaker; a lecturer.

☆ 小説家の山田氏を講師に迎えて、文章の書き方について話を聞いた/請來小說家山田先生當講師，聽他說有關如何寫文章。

❷ 学校などで、時間や科目を限って教えることを頼まれた人。非常勤講師。中 兼任講師。E a part-time teacher.

☆ 日本語学校の講師をする/在日語學校當講師。

☆ 高校の数学の講師として週6時間教える/當高中數學老師每週教課六小時。

❸ 大学や高等専門学校などで教育や研究をする、助教授の下の職の人。専任講師。中 專任講師。E an instructor; a lecturer.

☆ 講師の田中先生が今度助教授になった/原為講師的田中老師，這次升上副教授。

こうじ【工事】コージ〔～する〕 建物、道、鉄道、ダムなどをつくったり直したりする仕事。中 工程；工事。E construction.

☆ 橋の工事が終わった/大橋工程結束。

☆ 工事中/施工期間。

☆ 工事現場/施工現場。

☆ 建築工事/建築工程。

こうしき【公式】コーシキ ❶公的に決められたやり方。また、そのやり方にもとづいていること。中 正式；官方。E official; formal.

☆ 政府は貿易問題についての公式の見解を発表した/政府就貿易問題發表正式的看法。

☆ 公式訪問/正式訪問。

対 非公式

❷ 数学などで、一般的に成立する法則を記号で表した式。中 公式。E a formula.

☆ この公式を使ってχの値を求めよ/運用這個公式求X的值。

こうしせい【高姿勢】コーシセイ 相手に対して自分のほうが強い立場にあることを示す態度。中 高姿態；高壓的姿態；盛氣凌人的態度。E a high-handed attitude.

☆ A社に資金援助することを決めた伯父は、高姿勢でA社の社長を呼びつけた/伯父決定對A公司提供金援，而擺出一副盛氣凌人架式叫A公司的老闆來說話。

☆ 交渉に高姿勢で臨む/以盛氣凌人的態度出席談判。

対 低姿勢

こうじつ【口実】コージツ ほかの人をいちおう納得させるような表向きの理由。中 藉口；口實。E an excuse; a pretext.

☆ 仕事を口実にして、あまり好きでない人からの誘いを断る/以工作為藉口，婉拒跟不太喜歡的人應酬。

☆ 土地の値上がりを口実に家賃を上げる/以地價上漲為藉口提高房租。

こうしゃ【後者】コーシャ 先に述べた2つのものごとのうち、後のほう。中 後者。E the latter.

☆ 日本の代表的な文学には和歌と俳句があり、後者は前者から生まれた/日本具有代表性的文學有和歌和俳句，而後者是從前者衍生出來的。

対 前者

こうしゃ【校舎】コーシャ 学校の建物。中 校舍。E a school building.

☆ 校舎の前は広い校庭になっている/校舍前面是寬廣的校園。

数 1棟・1棟

こうしゅう【公衆】コーシュー 社会の一般の人々。中 公眾；大家；一般人。E the public.

☆ 大統領が公衆の前で戦争終結を宣言した/總統在公眾面前宣佈戰爭結束了。

☆ 公衆道徳/公眾道德；公共道德。

☆ 公衆浴場/公共浴池。

こうしゅう【講習】コーシュー〔～する〕 決まった期間、人を集めて、知識、技術、芸能などを教えること。また、その会。中講習(會)；學習(會)。E a training course; a class.

☆ 夏休みに手話の講習を受けた / 暑假裡參加了手語講習。

☆ 夏期講習 / 暑期講習。

こうしゅうでんわ【公衆電話】コーシューデンワ　金やカードを入れればだれでも使える電話。中公用電話。E a public telephone.

☆ 公衆電話が近くになくてとても不便だ/附近沒有公用電話很不方便。

☆ 公衆電話がふさがっている / 公用電話都被別人佔用著。

数 1台

こうしょう【交渉】コーショー〔～する〕

❶ なにかを決めるために条件を出し合って話し合うこと。中談判；交涉。E negotiations.

☆ 労使の賃上げの交渉がまとまらずストライキに入った / 提高工資的談判未能達成協議，因而引發罷工。

☆ 団体交渉 / 團體交涉。

❷ 人とかかわりを持つこと。中關係；聯繫。E connection; contact.

☆ 三郎とは仕事の関係で交渉がある/因工作關係與三郎有聯繫。

こうしょう【高尚】コーショー　考え方、趣味、好みなどの程度が高くて品があるようす。中高尚。E refined; loftly; noble.

☆ 漢詩が好きだとは高尚な趣味をお持ちですね / 您愛好漢詩，真有雅興啊!

対 低俗

こうじょう【工場】コージョー　機械などを使って、ものをつくったり、加工したり、修理したりする所。中工廠。E a factory; a plant.

☆ 工場では1日じゅう機械が動いている/工廠的機械整天都在運轉。

☆ 工場長 / 廠長。

☆ 自動車工場 / 汽車製造廠。

数 1棟・1棟　→工場

こうじょう【向上】コージョー〔～する〕質や内容などがよくなること。中 向上；提高；進步。E raise; improvement.

☆ 女性の地位を向上させる/提高婦女的地位。

☆ 生産性の向上をめざす / 以提高生產效率為目標。

☆ 教育水準の向上 / 提高教育水準。

☆ 向上心 / 上進心。

対 低下

ごうじょう【強情】ゴージョー　自分の考えをなかなか変えようとしない性質。中倔強；頑固。E stubborn; obstinate.

☆ 父は強情で、ちっとも母の言うことを聞かない / 父親頑固，根本聽不進母親講的話。

☆ ごうじょっぱり / a very obstinate person. / 頑固的傢伙。

こうしん【行進】コーシン〔～する〕　なにかの行事の1つとして人々が列をつくって進んでいくこと。中列隊前進。E march; parade.

☆ 音楽に合わせて町内を行進する / 和著音樂在城内列隊遊行。

☆ 行進曲 / 進行曲。

☆ デモ行進 / 遊行示威。

☆ 入場行進 / 列隊入場。

こうしん【更新】コーシン〔～する〕 ❶ いままであったものが新しくなること。また、新しくすること。中更新；刷新。E break (a record).

☆ 彼はマラソンの世界記録をつぎつぎと更新した / 他不斷刷新馬拉松的世界紀錄。

❷ 契約、許可などの期間をさらに継続すること。中更新。E renew.

☆ 期限が来たので、運転免許証を更新した/更新到期的駕照。

☆ ビザの更新 / 更新簽證。

☆ 更新手続き / 更換手續。

こうすい【香水】コースイ　服や肌にすこしつけて、いいかおりを出す液体。中香水。

E perfume.

☆ 外出の前に香水をつける/外出前噴香水。

☆ バラのかおりの香水/玫瑰香水。

こうずい【洪水】コーズイ、コーズイ ❶大雨などで田畑や家などが水につかるほど川の水が増え、あふれ出ること。中洪水。E a flood.

☆ 台風による大雨のため、あちこちで洪水が起きた/颱颱風下大雨，到處洪水氾濫。

☆ 洪水の被害/遭受洪水災害。

❷ なにかがたくさんいちどに押し寄せること。中洪流。E a deluge of.

☆ 日曜日の海岸は人と車の洪水だ/週日的海岸，人車多如洪流。

こうせい【公正】コーセイ 公平で正しいこと。だれでも同じ扱いをすること。中公正；公平。E just; impartial; fairness.

☆ 兄と姉のけんかに母は公正な判断を下した/媽媽對哥哥與姊姊的爭吵，做出公平的判斷。

☆ 公正を期する/期望公正。

☆ 公正な人事/公正的人事調配。

こうせい【校正】コーセイ〔～する〕 印刷物をつくるときに、ためしに印刷したものと原稿を比べ合わせて、文字のまちがいなどを直すこと。中校對。E proofreading.

☆ 校正はふつう赤鉛筆でする/校對通常是用紅鉛筆。

☆ 丁寧に校正したのにミスがある/認真校對後卻還有錯。

☆ 校正刷り/校樣。

こうせい【構成】コーセイ〔～する〕 いくつかの部分を組み合わせてまとまったものをつくること。また、その組み合わせたもの。中構成；結構；組織。E compose; form; structure.

☆ 各政党から選ばれた2名ずつの議員と事務局員で代表団を構成する/由各政黨分別選出議員和事務局成員各兩名組成代表團。

☆ 文の構成/句子的結構。

☆ 構成員/組織成員；組成人員。

ごうせい【合成】ゴーセイ〔～する〕 ❶ 2つ以上のものを合わせて新しい1つのものをつくること。中合成。E compose; compound.

☆ 何枚かの写真を合成して集合写真をつくる/將幾張照片合成為團體照。

☆ 合成語/複合語；複合詞。

対分解

❷ 2種類以上の物質を合わせて新しい化合物をつくること。中合成。E synthesize.

☆ 石油を原料としていろいろなものを合成する/以石油為原料合成各種物品。

☆ 合成樹脂/synthetic resin; plastic./合成橡膠；塑膠。

☆ 合成繊維/合成纖維。

☆ 合成洗剤/合成洗滌劑。

対分解

ごうせい【豪勢】ゴーセイ 非常にぜいたくで立派なようす。中豪華；奢侈。E luxurious; grand.

☆ 1年に3回も家族そろって海外に遊びに行くとは豪勢だね/一年中有三次，全家到海外旅遊，真奢侈。

☆ 豪勢な金の使い方/花錢奢侈。

こうせいぶっしつ【抗生物質】コーセイブッシツ かびなどの微生物がつくりだす物質で、他の微生物がふえるのをおさえる働きをするもの。中抗生物質。E an antibiotic.

☆ ペニシリンやストレプトマイシンなどの抗生物質で多くの命が救われた/憑藉青黴素和鏈黴素等抗生素挽救了許多人的生命。

こうせき【功績】コーセキ 社会のいろいろな分野での立派な働き。中功績；功勞。E services; achievements.

☆ 医学の発展に大きな功績があった人にノーベル医学賞を贈る/頒發諾貝爾醫學獎給對醫學發展有重大貢獻的人。

☆ キング牧師は黒人差別をなくすために立派な功績を残した/因為消除對黑人的歧視，

金恩牧師留下了卓越的功績。

こうせん【光線】コーセン　光。また、光の筋。中 光線。E a beam (of light); a ray.

☆ 海や山は太陽の光線が強いので、帽子をかぶったほうがいい/由於海邊和山上陽光強烈，所以最好戴帽子。

☆ レーザー光線/雷射。

こうぜん【公然】コーゼン　(「公然と」の形で)隠したりしないで、だれが知っても平気でいるようす。中 公然；公開。E openly; in public.

☆ 学生たちは校長の前で公然とA先生を批判した/學生們在校長面前公然批評A老師。

参 改まって「公然たる態度」のように表現することもある。

公然の秘密　いちおう秘密ということになっているが、本当はだれでも知っていること。中 公開的秘密。E an open secret.

☆ 課長が転勤するということは、公然の秘密である/課長調職已是公開的秘密。

こうそう【構想】コーソー〔～する〕　しようと思うことやそれを実現するための方法などを考えること。また、その考えや計画。中 構思；設想；構想。E a plot; a conception; a plan.

☆ つぎの小説のだいたいの構想ができあがった/下一部小說的大略構想已經完成。

☆ 構想をねる/仔細推敲構思。

こうぞう【構造】コーゾー　多くの部分が集まってできているものの全体の仕組み。中 構造；結構。E structure.

☆ 時計を分解してその構造を調べる/拆開鐘錶查看其中的構造。

☆ 分子の構造/分子結構。

☆ 耐震構造/ an earthquake-proof structure. /抗震結構。

こうそうけんちく【高層建築】コーソーケンチク　高くて、階数が多い建物。中 高樓建築；大廈。E a highrise building; a skyscraper.

☆ ニューヨークのマンハッタンには高層建築が集中している/紐約曼哈頓高樓林立。

こうそく【高速】コーソク　❶ 速い速度。中 高速。E high speed.

☆ 時速150キロの高速で走る/以時速一百五十公里高速奔馳。

☆ 高速列車/高速列車。

❷「高速道路」を略した言い方。速いスピードで走る車のための専用道路。ハイウエー。中 高速公路。E an expressway; a freeway.

☆ 高速で行けば、半分の時間ですむ/走高速公路的話，一半時間就夠了。

☆ 首都高速/首都高速公路。

▷ 数❷ 1本

こうぞく【皇族】コーゾク　天皇の一族。中 皇族。E the Imperial family.

☆ 皇族を迎えて開会式を行う/恭請皇族舉行開幕儀式。

こうたい【交代・交替】コータイ〔～する〕　役目や仕事などを別の人がかわってすること。中 交替；替換；換班。E take another's place; by turns; a change.

☆ 1晩じゅう働いた看護婦さんが、朝、つぎの看護婦さんと交替する/工作了一晚上的護士，早上與下一個護士換班。

☆ 交替で運転する/輪流駕駛。

☆ 政権の交代/政權輪替。

注 仕事や地位を受けつぐばあいは「交代」、時間的にかわるばあいは「交替」。

こうたい【後退】コータイ〔～する〕　❶ いままでの場所よりも後ろのほうへ下がっていくこと。中 往後退。E move backward.

☆ あぶないから、みんな10メートルほど後退してください/因為危險，所以請大家後退十公尺左右。

☆ 1歩後退/往後退一步。

対 前進

❷ いままでの状態よりも衰えたり悪くなったりすること。中 倒退；後退；衰退。E recede;

(a) recession.

☆ 土地税制に対する政府の態度が後退した/政府對於土地稅的態度變為消極。

☆ 景気の後退がひどくて恐慌になった/景氣嚴重衰退，形成一片恐慌。

対 前進

こうだい【広大】コーダイ　広くて大きいようす。中 廣大；廣闊；宏大。E vast; huge; extensive.

☆ 広大にどこまでも続く大平原/一望無際的遼闊平原。

☆ 広大な農園/廣闊的農場。

☆ 広大な宇宙/廣大的宇宙。

☆ 広大無辺/廣大無邊。

こうたいし【皇太子】コータイシ　つぎの天皇または王になることになっている人。中 皇太子。E the Crown Prince.

☆ 日本の皇太子がタイの王室を訪問した/日本皇太子訪問泰國王室。

こうちゃ【紅茶】コーチャ　赤みがかった茶色をしたお茶。中 紅茶。E (black) tea.

☆ 紅茶とコーヒーとどちらが好きですか/紅茶和咖啡，喜歡哪個?

☆ 紅茶をいれる/泡紅茶。

☆ 紅茶のカップ/喝紅茶用的杯子。

数 1杯・1缶

参 喫茶店などでは「ミルクティー」「レモンティー」など「ティー」を使うことが多い。

こうちょう【好調】コーチョー　仕事や体の調子がいいこと。ものごとがうまくいくこと。中 順利；情況良好。E in good condition; good.

☆ 仕事も家庭もわたしの体も、すべて好調だ/我的工作、家庭和身體況都很好。

☆ 今年のAチームは好調なスタートを切った/今年A隊的起步順利。

☆ 万事好調/萬事順利。

対 不調

こうちょう【校長】コーチョー　学校の中のいちばん上の責任者。中 校長。E a principal; a headmaster.

☆ 入学式は校長のあいさつで始まる/入學典禮從校長致詞開始。

☆ 校長先生/校長；校長先生。

こうつう【交通】コーツー　人やいろいろな乗り物が行ったり来たりすること。中 交通。E traffic; transportation.

☆ 技術の進歩によって交通はますます便利になる/隨著技術進步，交通越便利。

☆ 交通の激しい通り/交通頻繁(車輛川流不息)。

☆ 交通違反/違反交通規則。

☆ 交通渋滞/交通壅塞。

☆ 交通費/交通費。

こうつうきかん【交通機関】コーツーキカン、コーツーキカン　車、飛行機、鉄道など、人やものを運ぶ働きをするもの。中 交通工具。E a means of transportation.

☆ 交通機関の発達によって、遠く離れた土地へも簡単に行けるようになった/由於交通工具的發達，就連去遠地也變得輕而易舉。

こうつうじこ【交通事故】コーツージコ　車や電車などが衝突したり、人がひかれたりする事故。中 交通事故。E a traffic accident.

☆ 交通事故で死ぬ人の数は毎年増えている/因交通事故死亡人數每年都在增加。

☆ 交通事故を起こす/發生交通事故。

数 1件

こうてい【肯定】コーテイ〔～する〕　そのとおりだと認めること。中 肯定。E affirm; acknowledge.

☆ 人間はもともと善であるという説を肯定する/肯定人性本善的說法。

☆ 肯定的な意見/肯定性的意見。

☆ 肯定文/肯定句。

対 否定

こうてい【校庭】コーテイ　学校の庭。運動場。中 校園。E a schoolyard; a playground.

☆ 都心にある学校は校庭が狭い / 位於市中心的學校，校園狹小。

☆ 休み時間は校庭で遊ぶ / 休息時間在校園裡玩耍。

こうてき【公的】コーテキ　個人ではなく、国家や社会全体と関係があるようす。中 公家(的)；官方(的)。E public; official.

☆ A市は高齢や病気などで働けない人に、公的な援助を行っている / A市對老弱殘病等無能力工作者，實行官方援助。

☆ 大臣としての公的な立場で発言する / 以身為部長的立場進行官方發言。

対 私的

こうてん【好転】コーテン〔～する〕　ものごとがいい方向に変わること。中 好轉。E take a favorable turn; change for the better.

☆ 情勢の好転によって戦争は避けられる見通しだ / 預測戰爭會因局勢好轉而避免。

☆ 景気が好転する / 景氣回升。

対 悪化

こうでん【香典】コーデン　人がなくなったときに、死者の霊前に供える金や品物など。中 奠儀。E a monetary offering to a departed spirit.

☆ お葬式に5000円の香典を持っていった / 帶五千日圓奠儀參加葬禮。

☆ 香典を包む / 包奠儀。

☆ 香典返し / a gift given in acknowledgement of a funeral offering. / 喪家對送來的奠儀回敬的物品。

☆ 香典袋 / 奠儀袋。

こうてんてき【後天的】コーテンテキ　生まれたあとで身についたようす。中 後天的。E acquired.

☆ 個人の性格は環境などによって後天的につくられる面もある / 個人性格也有因環境等關係而後天形成的。

対 先天的

こうとう【口頭】コートー　口で話すこと。中 口頭。E oral; verbal.

☆ 欠席する人は前日までに口頭で申し出てください / 請假者請於前一天提出口頭申請。

☆ 口頭試問 / an oral examination. / 口試。

こうとう【高等】コートー　程度や段階が高いようす。中 高等。E high; higher; high class.

☆ 人間は生物学的にみて最も高等な動物だ / 從生物學的角度看，人是最高等的動物。

☆ 高等教育 / 高等教育。

関連 初等、中等

こうとう【高騰】コートー〔～する〕　値段が高くなること。中 物價高漲；騰貴；暴漲；飛漲。E rise suddenly; soar.

☆ 戦争が起こりそうになって石油の価格が高騰した / 即將開戰，石油價格猛漲。

☆ 地価の高騰 / 地價暴漲。

対 低落、下落

こうどう【行動】コードー〔～する〕　人間やその他の動物が体を動かしてなにかをすること。中 行動。E (an) action; behavior.

☆ 動物学者が野生の猿の行動を観察する / 動物學家觀察野生猿猴的行為。

☆ 旅行先で自由に行動する / 在旅遊地自由行動。

☆ 団体行動 / 團體行動；集體行動。

→行為

こうどう【講堂】コードー　学校、会社、寺などで、おおぜいの人を集めて集会や講演をする広い部屋、または建物。中 禮堂；大廳；講堂。E an auditorium; an assembly hall.

☆ 入学式は講堂で行う / 入學典禮在禮堂舉行。

☆ 大学の講堂で音楽会を開く / 在大學禮堂舉辦音樂會。

ごうとう【強盗】ゴートー　他人をおどしたり暴力をふるったりして金や品物をうばうこと。また、その人。中 行搶；搶劫；強盜。E a robber; burglary.

☆ 強盗におそわれて現金を取られた/遭強盜襲擊被搶走現金。

☆ 強盗殺人/殺人搶劫。

☆ 銀行強盗/搶銀行。

ごうどう【合同】ゴードー〔～する〕 いくつかの組織が、なにかをするために一緒になること。また、一緒にすること。中 聯合；合併。E join forces; joint.

☆ A社とB社が合同して社員研修会を開く/A公司和B公司聯合舉辦職員研修會。

☆ 合同演奏会/聯合演奏會。

こうとうがっこう【高等学校】コートーガッコー 中学校を卒業したあと、もっと勉強したい人が行くための学校。高校。中 高級中學；高中。E a high school.

☆ 中学を卒業したら近くのA高等学校に入りたい/中學畢業後想進入附近的A高中就讀。

数 1校

こうどく【講読】コードク〔～する〕 本や文章の内容を講義したり質問したりしながら丁寧に細かく読むこと。中 講解文章。E intensive reading and discussion.

☆ A教授の指導で古典文学を講読する/在A教授的指導下閱讀古典文學。

☆ 漢文学講読/中國古典文學講座。

こうどく【購読】コードク〔～する〕 新聞、雑誌などを買って読むこと。中 訂閱。E subscribe to.

☆ この雑誌は売り切れることが多いので、予約して購読しよう/這種雜誌常常銷售一空，所以還是預先訂閱。

☆ 定期購読/定期訂閱。

こうない【構内】コーナイ たくさんの人が出入りするような建物や施設の敷地の中。中 院內；場內；區域內；柵門內；圍牆內。E a yard; the grounds; the campus.

☆ 東京駅の構内は広くて迷ってしまう/因東京車站太大而迷路了。

☆ 大学の構内に車を乗り入れてはいけない/禁止車輛進入大學校園。

対 構外

こうにゅう【購入】コーニュー〔～する〕 たくさんのものや大きなものなどを買い入れること。中 買入；買進；購置。E purchase.

☆ 冬に備えて暖房器具の購入を考えている/為防冬天寒冷，考慮買暖氣設備。

☆ 産地の農家から野菜やくだものを直接に購入する/從產地的農家直接採購蔬菜和水果。

☆ 共同購入/共同買進。

対 販売

こうにん【公認】コーニン〔～する〕 ❶ 国や公共団体などが正式に資格などを認めること。中 公認；國家或行政機關的正式承認；政府機關的許可。E official recognition; authorization.

☆ 政党の公認を受けて、つぎの選挙に立候補する/得到政黨的提名，參加下屆選舉。

☆ オリンピックの公認記録/奧運會正式紀錄。

❷ まわりの人から了解されること。中 認可；默許。E approved; accepted.

☆ 一郎と道子は恋人どうしで、親も公認の仲だ/一郎和道子是雙方父母也都同意交往的一對情侶。

こうば【工場】コーバ 機械などを使って、ものをつくったり、加工したり、修理したりする所。中 工廠。E a factory; a workshop.

☆ このへんは小さな工場が多い/這一帶有很多小型工廠。

☆ 町工場(＝都市の中にある、中小の工場)/城鎮工廠；街道工廠(＝位於城市中的中小型工廠)。

数 1棟・1棟

参 「こうじょう」も意味は同じだが、「こうば」のほうが古い言い方。また、ふつう「こうば」のほうが働く人も少ないし規模も小さい。

こうはい【後輩】コーハイ　同じ学校や職場、また一般社会で、年齢、地位、経験などが自分より下の人。中後進；後生；晚生；晚輩；低年級同學；同一學校的學弟妹。E one's junior; younger men.

☆ 道子は1980年、一郎は1982年の入学だから、一郎が2年後輩だ/道子1980年入學，一郎1982年入學，所以一郎是小兩屆的學弟。

☆ 後輩を指導する/指導低年級同學。

対先輩

こうばい【勾配】コーバイ、コーバイ　平らな面に対する角度があること。また、その角度。中斜坡；坡度。E a slope; an incline.

☆ あのスキー場は勾配が急で初心者には無理だ/那個滑雪場坡度陡，對初學者不合適。

☆ ゆるい勾配の坂を自転車で下る/騎腳踏車沿緩坡而下。

こうばし・い　コーバシイ、コーバシイ　おいしそうに焼けたような、いいにおいがする。中香；芳香。E aromatic; fragrant; nice-smelling.

☆ パンの焼けるこうばしいにおいがする/散發著烤麵包的香味。

☆ ゴマをするこうばしいかおりがする/散發出磨芝麻的香味。

こうはん【広範】コーハン　関係する範囲が広いようす。書中廣泛。E extensive; wide-spread.

☆ 一郎の研究分野は広範にわたる/一郎的研究領域廣泛。

☆ 広範な地域で仏教が信じられている/信仰佛教的地區很廣泛。

こうばん【交番】コーバン　大きい交差点や駅前などにあり、いつも警察官がつめている所。中警察派出所。E a police box.

☆ 金を拾って交番にとどけた/撿到錢交給派出所。

〔交番〕

☆ 交番で道を尋ねる/在派出所問路。

こうひ【公費】コーヒ　国や地方公共団体が出す費用。中公費；官費。E public expense; public money.

☆ 公費で海外へ出張する/公費去國外出差。

☆ 公費の乱用はやめなければならない/必須停止亂用公款。

☆ 公費留学生/公費留學生。

対私費

こうひょう【公表】コーヒョー〔～する〕世間に知らせること。中公佈；公開發表。E announce (officially); make public.

☆ 20歳未満の犯罪容疑者については名前を公表しない/不公佈未滿二十歲的嫌犯姓名。

☆ 政府は条約文を公表した/政府公開發表條約文件。

こうひょう【好評】コーヒョー　評判がいいこと。中好評；稱讚。E be favorably received.

☆ 洋子の今度の作品はたいへん好評だ/洋子這次的作品佳評如潮。

☆ ご好評にこたえて今年もスキー教室を開きます/為了感謝熱烈支持，今年也開設滑雪訓練班。

対悪評、不評

こうふく【幸福】コーフク　喜びが感じられて、満足であること。中幸福。E happy; happiness.

☆ 道子と結婚できて本当に幸福だ/能和道子結婚真是幸福。

☆ 子供の幸福を祈る/祈禱孩子幸福。

☆ 幸福な家庭/幸福家庭。

対不幸

こうぶつ【好物】コーブツ　好きな食べ物や飲み物。中愛吃的東西。E one's favorite food or beverage.

☆ ジョージの好物はすしだ/喬治愛吃的東西是壽司。

☆ 大好物/最愛吃的東西。

こうぶつ【鉱物】コーブツ、コーブツ　石や金属など、地中から取りだす天然の物質。中礦物。E a mineral.

☆ 鉱物の採取 / 礦物的開採；採礦。

☆ 鉱物資源 / 礦物資源。

こうふん【興奮】コーフン〔～する〕　なにかの刺激で、強く気持ちが動かされたり、心臓が速く打ったりすること。中興奮；激動；激昂。E get excited.

☆ 9回裏の逆転ホームランに観客はみな興奮して立ち上がった / 第九局下半的一支逆轉局面的全壘打，觀衆全都興奮得站了起來。

☆ コーヒー3杯で興奮して眠れない / 喝了三杯咖啡興奮得睡不著。

☆ 興奮をしずめる / 興奮的心情平靜下來。

こうへい【公平】コーハイ　一方にかたよらないで、平等に人やものごとに対すること。中公平；公道。E impartially; fair.

☆ 母はわたしたちきょうだいをいつも公平に扱った / 母親總是平等地對待我們幾個兄弟姊妹。

☆ 公平な態度 / 公平的態度。

☆ 公平無私 / fair and disinterested. / 大公無私。

対 不公平

こうほ【候補】コーホ　ある地位や仕事などに選ばれるよう名前があがっている人や場所など。中候補；候補人；候選人。E (a site) proposed; a candidate; a nominee.

☆ 2000年のオリンピックは、いくつかの候補の中からシドニーに決まった / 從幾個候選城市中，選定在雪梨舉辦2000年奧運會。

☆ A氏はノーベル賞の候補にあげられている / A氏被提名為諾貝爾獎的候選人。

☆ 候補者 / 候選人。

こうぼ【公募】コーボ〔～する〕　世間一般に広く知らせて募集すること。中公開招募；公開募集。E accept applications; invite public participation.

☆ A大学で教員を公募している / A大學公開招募教師。

☆ 新製品の名前を公募することにした / 決定為新產品公開徵求命名。

☆ 公募に応じる / 應徵；應聘。

こうほう【広報】コーホー　役所、会社、団体などがその活動について人々に広く知らせること。また、その知らせ。中宣傳；報導。E public information; public relations.

☆ この課では広報の仕事を担当して、毎月お知らせやニュースを発行している / 在這個科擔任宣傳工作，每月發佈通知和新聞。

☆ 広報活動 / 宣傳活動。

☆ 広報紙 / 宣傳單；企業產品宣傳廣告。

ごうほう【合法】ゴーホー　法律の許すわくの中であること。中合法。E lawful; legal.

☆ 裁判所は人のしたことが合法かどうかを判断する / 法院判斷人們所做的事情是否合法。

☆ 合法的に処理する / 合法處理。

対 非合法、違法

ごうまん【傲慢】ゴーマン、ゴーマン　いばった態度をとって人を見下しているようす。中傲慢；驕傲。E arrogant; haughty.

☆ 姉は傲慢で人に頭を下げることを知らない / 姊姊態度傲慢，不懂得向別人低頭請教。(尊重他人)

☆ どんな高い地位についても傲慢な態度をとるべきではない / 不管處於怎樣高的地位，都不應有傲慢的態度。

対 謙虚

こうむいん【公務員】コームイン　国や地方公共団体の仕事をする人。中公務員。E a civil servant; a public employee.

☆ 姉は文部省に勤める公務員だ / 姊姊是任職於教育部的公務員。

☆ 公務員はアルバイトを禁止されている / 禁止公務員打工。

こ

参 中央官庁などで働く「国家公務員」と、都道府県庁や市役所などで働く「地方公務員」がある。

こうむ・る【被る】コームル〔他動五〕(こうむって)　他からなにかの影響を受ける。中 蒙受；遭受；受。E be indebted to; suffer.

☆ 生物は太陽から多くの恩恵をこうむっている / 生物蒙受著太陽賜與的衆多的恩惠。

☆ 大雨の害をこうむる / 豪雨成災。

参「受ける」も似ているが、「こうむる」はなにかを受けて感謝する、迷惑だ、などの評価の気持ちが加わっている。

こうめいせいだい【公明正大】コーメイセイダイ　隠したりせず、だれがみても公平で正しくて立派であるようす。中 光明正大。E fair; fair and square.

☆ 裁判官は公明正大でなければならない / 法官必須光明正大。

☆ 学長には公明正大な人を選ぼう / 推選光明正大的人當校長。

こうもく【項目】コーモク　❶ ものごとをある基準で分けたときの、1つ1つの部分。中 項目；項。E an item; a head.

☆ 日本語を、文字、文法、発音などの項目に分けて説明する / 將日語分成文字、語法、發音等幾個項目進行說明。

❷ 辞書、事典の見出し語。中 詞句。E an entry.

☆ この辞書の項目は約1万だ / 這本字典的詞句大約有一萬句。

こうもん【肛門】コーモン　腸のはしにあって大便を体外へ出す穴。中 肛門。E the anus.

☆ 赤ん坊は肛門で熱をはかることがある / 有時在肛門處給嬰兒量體溫。

☆ 人工肛門 / 人工肛門。

こうよう【公用】コーヨー　❶ 役所や会社、団体などの用事。中 公事；公務。E official business.

☆ 会社の電話を公用以外に使わないでください / 除了公事，請勿使用公司電話。

☆ 先週、公用で大阪へ行ってきた / 上週到大阪洽談公務。

対 私用

❷ 国や公共団体などが使うこと。中 公用。E (for) public use.

☆ 国連では6種類の言語が公用とされている / 在聯合國有六種語言是公用語。

☆ 公用語 / 公用語。

☆ 公用車 / 公用車。

☆ 公用文 / 公文。

こうよう【紅葉・黄葉】コーヨー〔～する〕　寒くなって、木の葉が赤や黄色に変わること。また、その葉。もみじ。中 紅葉；霜葉。E autumn tints; turn red.

☆ 秋になると山は紅葉で本当に美しい / 一到秋天，滿山紅葉十分美麗。

☆ 木々が一面に紅葉して真っ赤だ / 樹葉全部紅了一大片。

☆ 紅葉を見に行く / 去看紅葉。

注 赤くなるものには「紅葉」、黄色くなるものには「黄葉」を使うが、両方合わせて「紅葉」と書くことが多い。

参「紅葉する」ことを「もみじする」ともいう。紅葉する木の代表的なものがカエデで、カエデの別の名を「もみじ」というので、いろいろな木の紅葉であっても、「もみじを見に行く」などという。

こうらく【行楽】コーラク　郊外や観光地などに遊びに行くこと。中 行樂；出遊；遊玩。E a pleasure trip; an excursion.

☆ きのうの日曜日に行楽に出かけた人は20万人にのぼる / 昨天是星期天，出門遊玩的人數高達20萬。

☆ 行楽客 / 遊客。

☆ 行楽地 / 遊覽區。

こうり【小売り】コウリ〔～する〕　品物を消費者に売ること。中 零售；小賣。E retail.

☆ 大型のスーパーが増えて、むかしからの小売りの店は経営が苦しくなった/由於大型超市增加，舊式的零售商店經營困難。

☆ 小売商/零售商。

☆ 小売店/零售店。

対 卸売り

ごうりか【合理化】ゴーリカ〔~する〕

❶ むだを少なくし、機械を使うなどして能率を上げること。中 合理化；提高效率。E rationalize.

☆ 母は、乾燥機、皿洗い機などを買い入れて家事をもっと合理化したいと言う/媽媽說要買乾衣機、洗碗機等，想提高家事的效率。

❷ 企業などで、新しい技術や機械を入れたり、労働者を減らしたりして、生産にかかる費用を少なくすること。中 合理化。E rationalize; streamlining.

☆ A社は大型コンピューターを導入して事務の合理化をはかっている/A公司引進大型電腦，以提高工作的效率。

☆ 合理化で失業者が増えた/由於提高工作效率，失業人口增加。

❸ いちおうの理由をつけて自分が正しいと主張すること。中 合理化；正當化。E rationalize.

☆ 二郎は、タバコをやめてストレスをためるより、吸い続けるほうが健康にいい、と自分を合理化している/二郎給自己找理由，他認為與其戒菸而累積壓力，還不如繼續吸菸，反而對健康有利。

こうりつ【公立】コーリツ　都道府県、市町村や特別区が設立し、運営すること。また、運営している施設。中 公立。E public.

☆ 公立の大学には東京都立大学や横浜市立大学がある/公立大學中有東京都立大學和橫濱市立大學。

☆ 公立図書館/公立圖書館。

☆ 公立病院/公立醫院。

対 私立

参 広い意味では、国がつくり運営する「国立」も、「公立」の中にふくめることがある。

こうりつ【効率】コーリツ　仕事の結果と、その結果を生むためにかかった時間や人手や費用などとの割合。中 效率。E efficiency.

☆ コンピューターを入れたので作業の効率が上がった/由於引進電腦，工作效率提高了。

☆ 効率を高める/提高效率。

☆ 効率が低い/效率低。

ごうりてき【合理的】ゴーリテキ　論理や理屈に合っていて、無理やむだのないようす。中 合理的；合理。E logical; rationally.

☆ 数学は合理的な学問である/數學是一門推理的學問。

☆ 日本のマンションは狭いが、合理的につくられている/日本的高級公寓雖然很狹小，但建造得很合用。

対 非合理的、不合理

こうりゃく【後略】コーリャク、コーリャク〔~する〕　引用する文章の、後の部分を略すこと。書 中 下面省略；以下從略。E omit the rest.

☆ 紙数の関係で後略する/因頁數關係以下從略。

関連 前略、中略

こうりゅう【交流】コーリュー〔~する〕　別々の地域、組織、グループなどの人やものが行ったり来たりすること。中 交流。E interchange; exchange.

☆ 日本と中国の間には、2000年の交流の歴史がある/日本與中國之間有二千年交流的歷史。

☆ 国際交流/國際交流。

☆ 文化交流/文化交流。

こうりょ【考慮】コーリョ〔~する〕　どうするかということについて、よく考えること。中 考慮。E consideration.

☆ 宿泊する人の経済状態を考慮してホテルを選ぶ/考慮住宿人的經濟狀況，來選擇飯店。

こ

☆ 考慮中/正在考慮之中。

参「考慮中」を「ご依頼の件については考慮中です」のように使うときは、相手の依頼を断るつもりだが、すぐに断りを言うと相手に失礼だと思って、時間をすこし引きのばすつもりでそう言っていることが多い。

こうりょく【効力】コーリョク　それが作用して求めている結果を生みだすことができる力。中 效力；效果；效驗。E effect; validity; force.

☆ この切符は買った日しか効力がない/這張票只在購買當日有效。

☆ 薬の効力が現れる/藥效顯現出來。

☆ 効力を失う/失效。

こうれい【高齢】コーレイ　年をとっていること。中 高齡；年高。E an advanced age.

☆ 父は85歳の高齢とは思えないほど元気だ/父親精神奕奕，根本想不到他已是八十五歲高齡了。

☆ 高齢化社会/an aging society./高齡化社會。

こうろん【口論】コーロン、コーロン〔～する〕　ことばで争うこと。中 口角；爭吵；爭論。E a quarrel; an argument.

☆ 料理がまずかったから金を払わないと客が言ったので、店員が怒って口論になった/客人說菜不好吃而不付錢，所以店員氣憤地與他爭吵起來。

☆ 長い口論の末に、洋子の主張が通った/經過長時間的爭論之後通過了洋子的主張。

ごうをにやす【業を煮やす】　ものごとがうまくいかず、がまんできなくなって怒る。中 發急；急得發脾氣。E lose one's temper.

☆ 製品が予定どおりに完成しないので、工場長は業を煮やして部下をしかりつけた/因為產品沒有按預定日期完成，廠長急得訓斥部下。

こえ【声】コエ　❶人や動物が口などから出す音。中 聲；聲音；嗓音。E a voice; a chirp.

☆ となりの部屋で人の声がする/隔壁房間有說話聲。

☆ 声をひそめる/lower one's voice./悄聲；低聲。

☆ 虫の声/蟲鳴。

☆ 猫の鳴き声/貓的叫聲。

☆ 人の泣き声/人的哭聲。

❷意見やことば。中 意見；呼聲。E an opinion; a voice.

☆ 消費税の税率の引き上げに反対の声が強まっている/反對提高消費稅率的聲音日益強烈。

☆ 新聞に読者の声を反映させる/將讀者的心聲反應在報紙上。

声がかかる　誘いを受ける。また、上の人から特別に指名される。中 受到邀請；受到長輩或上級的賞識。E receive an invitation; be designated.

☆ パーティーに来ないかと先輩から声がかかった/受到學長邀請，希望參加晚會。

似た表現 声をかける

声が高い　話す声などが大きい。中 聲音大。E loud; noisy.

☆ 声が高い、みんな寝ているんだから、もっと小さい声で話しなさい/聲音太大了，大家都在睡覺呢，所以說話請小聲點。

対 声が低い

声を限りに　これ以上は出ないというぐらいの声で。中 發出最大的聲音；用盡最大的力氣喊。E at the top of one's voice.

☆ 山で道に迷って声を限りに助けを呼んだ/在山裡迷了路，用最大的音量高喊呼救。

声をのむ　声を出そうとしてやめる。また、非常に驚いたり恐れたり感心したりして声が出せない。中 說不出話來。E be at a loss for words.

☆ 海に日が沈む光景がとても美しくて、みんな声をのんだ/海邊日落景象萬千，大家感動得說不出話來。

こ・える【肥える】コエル〔自動一〕　❶食物をよく食べて太る。中 肥；胖。E grow fat.

☆ 草をたくさん食べてよくこえた牛/吃了許

多草，長得肥壯的牛。

対 やせる

❷ 土地の、植物を育てる力が強い。中 肥沃。E grow fertile.

☆ この畑はこえていて野菜がよくできる/這塊耕地很肥沃，蔬菜長得很好。

対 やせる

❸ いいものをたくさん見たり、聞いたり、食べたりした結果、もののいい悪いがよくわかるようになる。中 識別好壞的能力提高；力求豐富；講究。E be a connoisseur (of food, music, art).

☆ 舌がこえている父は食べ物にうるさい/嘴巴很刁的父親吃東西很挑剔。

☆ 目がこえる/有鑑賞力；眼力高；有眼力。(→目 慣用)

▷ 他動 肥やす →太る

こ・える【越える・超える】コエル〔自他動一〕 ❶ なにかの上を通って向こうへ行く。中 越過；渡過；跨過。E go (over, across).

☆ 山を越えてとなりの町へ行く/翻山越嶺去鄰近的鄉鎮。

☆ 国境を越えるとき、パスポートを見せる/跨越國境時，要出示護照。

☆ 塀を乗り越える/跨越屏障。

❷ ある範囲の外に出る。中 超出；超過。E exceed; be more than.

☆ きのうは30度をこえる暑さだった/昨天很熱，超過三十度。

☆ マラソン大会の参加者は100人をこえる見込みだ/參加馬拉松比賽的人數估計會超過一百人。

▷ →以上

注 漢字で書くときは、❶は「越える」、❷は「超える」。また、❶は自動詞、❷は他動詞。

コース (course) コース ❶ 目的に向かって決められた道や進路。中 路線。E a course; a route.

☆ 山の頂上へのコースを示す看板が立っている/豎立的告示牌上面，指示通往山頂的路線。

☆ 洋子は入社するとき総合職のコースを選んだ/洋子進公司時選擇了管理職。

☆ ハイキングコース/遠足路線。

☆ エリートコース/通向精英階級的路線。

❷ 競走、競泳などで、各選手に割り当てられる進路。中 跑道；泳道。E a course; a lane.

☆ 真ん中のコースは記録のいい選手に与えられる/正中的跑道留給成績好的選手。

☆ 第3コースを走る/跑第三跑道。

❸ 教育の課程。中 課程；學科。E a course (of study).

☆ 進学コース/升學課程。

☆ ドクターコース/博士課程。(→ドクター 項目)

❹ 決まった順で出される1組の料理。中 一道菜。E a course (of a meal).

☆ 今晩の食事のコースの最後はコーヒーとケーキだった/今晚晚餐的最後一道是咖啡和蛋糕。

☆ フルコース/全套餐。

コーチ (coach) コーチ〔～する〕 スポーツなどで、技術の指導をすること。また、指導をする人。中 教練；技術指導。E a coach.

☆ コーチの適切な指導により、京子はマラソン大会で優勝できた/教練適當的指導使得京子在馬拉松比賽中奪魁。

☆ 名コーチ/名教練。

コーディネーター (coordinator) コーディネーター ❶ 共同で仕事をするとき、調整や連絡をする役の人。中 監理員；監督；指導員；協調人。E a coordinator (of an event).

☆ シンポジウムのコーディネーターとして講師を頼みに行く/請講師擔任學術研討會的指導。

❷ 服装や店や部屋などの全体の調和がとれるように組み合わせを考える人。中 服裝師；室內裝潢設計師。E a (fashion) coordinator.

こ

☆ コーディネーターとしてデパートの家具売り場で働く / 在家具店負責室内裝潢設計的工作。

コート (coat) コート　外出のとき寒さや雨を防ぐためいちばん外側に着る服。中 大衣；雨衣。E a coat.

☆ 12月になると街を歩く人はほとんどコートを着る / 一到十二月，街上的行人幾乎都穿上大衣。

☆ 毛皮のコート / 毛皮大衣。

☆ レーンコート / 雨衣。(→項目)

数 1枚・1着

コート (court) コート　テニスやバスケットボールなどの競技をする場所。中 球場。E a court.

☆ 1セットが終わりコートを交代する/一局結束，交換球場。

☆ テニスコート / 網球場。

数 1面

コード (cord) コード　電気器具、電話などに使われる、ゴムやビニールでおおわれた電線。中 軟線；電線；導線。E a cord.

☆ 最近はコードのない電話がはやっている/最近流行無線電話。

☆ アイロンのコードを忘れずに抜いてください / 請不要忘了拔熨斗電線。

☆ コードレス/ cordless. /無線〔式〕；遙控〔式〕。

数 1本　→コンセント図

コーヒー (オ koffie) コーヒー　かおりと苦みのある飲み物。また、その材料の豆や粉。中 咖啡。E coffee.

☆ コーヒーがとても好きで、1日に4、5杯は飲む / 特別喜歡喝咖啡，每天都要喝四、五杯。

☆ コーヒーをいれる / 沖咖啡。

☆ コーヒー豆 / 咖啡豆。

☆ インスタントコーヒー / 即溶咖啡。

数 1杯・1缶

こおり【氷】コーリ　水がセ氏0度以下で固体になったもの。中 冰。E ice.

☆ 暖かくなって氷がとける / 天氣變暖，冰開始融化。

☆ 池に厚く氷が張る / 池裡結了厚厚的冰。

☆ 氷のような心 / 冷酷無情。

こお・る【凍る】コール〔自動五〕(こおって)液体や、ものの中の水分が、低い温度のためにかたまる。中 結凍；結冰；冰凍。E freeze.

☆ 寒さで池の水が凍る/天寒地凍，池水結冰。

☆ 肉が凍ってかたくなる / 肉結凍變硬。

ゴール (goal) ゴール〔～する〕 ❶ 運動競技の決勝点。また、そこに到達すること。中 終點。E the goal; the finish line.

☆ マラソンのランナーは両手を上げてゴールに駆けこんだ/馬拉松選手舉著雙手跑到終點。

☆ ゴールイン / 到達終點。

対 スタート

❷ サッカー、ホッケーなどで、ボールを入れて点を取る所。また、そこにボールを入れること。中 球門；球框；踢進球門。E a goal.

☆ ロメオがゴールを決めてイタリア・チームが勝った/羅密歐射球入門，義大利隊獲勝。

☆ ゴールキーパー / 守門員。

ゴールデンウイーク　ゴールデンウイーク　日本で、4月の末から5月の第1週にかけての、休日の多い期間。中 (從四月底到五月初的)休假最多的週；黃金週。E the "Golden Week" holidays.

☆ ゴールデンウイークには海外へ旅行に出かける人も多い/在黃金週去海外旅行的人士很多。

参 英語の「ゴールデン(golden)」と「ウイーク(week)」から日本でできたことば。

ごかい【誤解】ゴカイ〔～する〕　人の言ったことなどを、まちがって理解すること。中 誤解；誤會。E misunderstand.

☆ きみの将来を思って厳しいことを言うのだ。嫌っているなどと誤解しないでほし

い/考慮到你的將來才說得這麼嚴厲，請你不要誤解為我討厭你。

☆ 誤解を招く/引起誤解。

ごかく【互角】ゴカク　たがいの実力が同じぐらいであること。中勢均力敵；不相上下。E even; well-matched.

☆ テニスの試合で京子と道子はまったく互角に戦った/京子和道子在網球比賽中勢均力敵。

☆ あの2人の実力は互角だ/那兩人的實力不相上下。

ごがく【語学】ゴガク、ゴガク　言語、おもに外国語を学習、研究すること。また、その外国語。中外語；外語學習。E language study; linguistic.

☆ ジョンはドイツ語でも中国語でも、すこし習うとすぐ話せるようになる語学の天才だ/約翰是學外語的天才，無論是德語還是中文，稍學一下馬上就能朗朗上口。

☆ 語学教育/外語教育；語言教育。

こが・す【焦がす】コガス〔他動五〕(こがして)　焼いて色を黒くする。中烤焦；弄糊。E burn; scorch.

☆ 長く焼きすぎて、肉をこがしてしまった/烤太久，肉烤焦了。

☆ タバコの火でズボンをこがした/香菸火把褲子燒焦了。

自動 焦げる

こがた【小型・小形】コガタ　❶同じ種類のものの大きさを大、中、小、あるいは大、小に分けたときのいちばん小さいもの。また、小さいこと。中小型。E small-sized.

☆ ポケットに入れられる小型の辞書がほしい/想要那種能放在口袋裡的袖珍字典。

☆ 小型自動車/小型汽車。

❷ものの形がふつうより小さいもの。また、小さいこと。中形狀小的。E tiny; small.

☆ 小形のハンカチを胸ポケットに入れる/將小手帕放進胸前的口袋中。

☆ この木は春になると、赤い小形の花をつける/到了春天，這棵樹盛開紅色的小花。

▷ 関連 ❶大型、中型、❷大形、中形

注 ❶は「小型」、❷は「小形」。

ごがつ【五月】ゴガツ　1年の5番目の月。5月。中五月。E May.

☆ 日本では、5月の初めは休日が多い/在日本，五月初假日多。

☆ 5月は若葉の季節だ/五月份是長出嫩葉的季節。

こがら【小柄】コガラ　体がふつうより小さいこと。中身材小。E rather small; of small build.

☆ 二郎は小柄でやせている/二郎身材又矮又瘦。

☆ スポーツ選手にしては小柄な人だ/身為運動員身材小了點。

対 大柄

こがらし【木枯らし】コガラシ　秋の終わりごろから冬の初めにかけて吹く冷たい風。中秋末冬初的寒風；秋風。E a cold wintry wind.

☆ 今年ももう12月、木枯らしの吹くころになった/已到十二月，是秋末寒風凜冽的時候了。

☆ 木枯らしがぴゅうぴゅう吹く/寒風呼呼地吹。

ごかん【語幹】ゴカン　文法で、動詞、形容詞など活用をすることばの変化しない部分。中語幹；詞幹。E the stem of a word.

☆「書く」の語幹は「か」で、「赤い」の語幹は「あか」だ/「書く」的詞幹是「か」，「赤い」的詞幹是「あか」。

対 語尾

こき【古希・古稀】コキ　70歳の特別の言い方。中古稀；七十歲。E one's seventieth birthday.

☆ 父が70歳になったので、古希の祝いをした/父親已經七十歲，所以祝賀他進入古稀之年。

☆ 古希を迎える/迎接古稀之年。

注 もとは「古稀」だったが、「稀」の字は常用漢字表にないので、同じ音の「希」を当てて「古希」として使うようになった。

こ

参 中国の詩人、杜甫の詩の１節「人生七十古来稀なり」からできたことば。ほかに、日本では60歳を「還暦」、77歳を「喜寿」、88歳を「米寿」、90歳を「卒寿」、99歳を「白寿」などと呼び、長生きした人を祝う。

こきおろ·す 【こき下ろす】コキオロス、コキオロス〔他動五〕(**こきおろして**)　悪い点ばかりを取りあげて、ひどく悪く言う。話

中 貶斥；貶得一文不值。E criticize severely; denounce.

☆ 新しい先生を、教え方が下手だし、なにも知らないと言ってこきおろす/數落新來的老師教學方法不好、什麼都不知道，把他貶得一文不值。

☆ その絵は幼稚園の子供より下手だと、みんなにこきおろされた/那幅畫被大家貶得一文不值，說比幼稚園的孩子畫得還差。

こぎって 【小切手】コギッテ　金額を書いた、現金と同じ価値のある紙。受取人はこれを銀行に持っていけば現金にかえられる。

中 支票。E a check.

☆ 小切手を切る / issue a check; make out a check. / 開支票。

☆ 旅行者用小切手/旅行人用的支票；旅行支票。

数 1枚

こきゅう 【呼吸】コキュー　❶〔～する〕息を吸ったりはいたりすること。中 呼吸。

E respiration; breathing.

☆ 激しい運動の後は呼吸が速くなる/激烈運動過後呼吸加速。

☆ 呼吸が止まる / 呼吸停止。

☆ 呼吸器 / 呼吸器。

☆ 深呼吸 / 深呼吸。(→項目)

❷ ものごとをうまく行うための微妙な調子。

中 秘訣；竅門。E the knack; the hang.

☆ 歌手とピアノの伴奏者との呼吸がよく合っていた / 歌手與鋼琴伴奏的節奏一致。

☆ 呼吸をのみこむ/ get the knack of. /掌握竅門。

こきょう 【故郷】コキョー　生まれ育った土地。郷里。中 故郷；家鄉；出生地。E one's home; one's hometown.

☆ 15歳で故郷を出て大阪へ来てから20年、大阪は第二の故郷だ/十五歲離開故鄉來到大阪，迄今已二十年，大阪是我的第二故鄉。

☆ 生まれ故郷 / 出生地。

→郷土、ふるさと

故郷へにしき[錦]を飾る　志を立てて故郷を出た人が、成功し、立派になって故郷にもどる。中 衣錦還鄉。E return to one's hometown full of honors.

☆ 三郎はスイスの研究所で長年続けたがんの研究で賞を受け、今度30年ぶりに故郷へにしきを飾った/三郎在瑞士研究所，長年從事癌症研究，並因此獲獎，時隔三十年後，衣錦還鄉。

こく 【国】コク　❶「国語」を略した言い方。

中 語文。E Japanese.

☆ 英、数、国の３科目 / 英文、數學、國文三門課。

❷ (他のことばの後について)くに。中 ～國。

E a ~ country.

☆ ２国間の話し合い / 兩國間的談判。

☆ 相手国 / 對手國。

☆ 友好国 / 友好國家。

☆ 輸出国 / 出口國。

こ·ぐ　コグ〔他動五〕(**こいで**)　❶ 道具を使って舟を動かす。中 划；搖。E row; paddle.

☆ おおぜいで力を合わせてボートをこぐ/家人齊心協力的划船。

〔こぐ〕

❷ 足を曲げたりのばしたりして乗り物を動かす。

中 蹬；盪；踏；踩。E pedal; swing.

☆ 自転車をこいで坂を上るのは疲れる/踩腳

踏車上坡相當費力。

☆ ぶらんこをこぐ/盪鞦韆。

ごく【語句】ゴク　語と句、語と語がつながってできることばや句。中 語句；詞。E words and phrases.

☆「それにもかかわらず」という語句を使って文をつくりなさい/用「儘管」一詞造句。

☆ 接続語句/接續詞。

こくがある　いい味や味わいがあって深みがある。中 味濃；酒烈；意味深長。E have plenty of body; be rich in meaning.

☆ この酒はこくがあって、おいしい/這酒味濃好喝。

☆ さすが熟練した作家が書いただけあって、こくがあるいい文章だ/這篇文章文意雋永，不愧是出自技巧高超的作家之手。

こくご【国語】コクゴ　❶それぞれの国の国民にとっての国家のことば。中 本國語言。E a national language.

☆ 日本の国語は日本語で、チリの国語はスペイン語だ/日本的國語是日語，智利的國語是西班牙語。

☆ 国語辞典/國語字典。

☆ 国語政策/國語教育政策。

❷「国語科」を略した言い方。学校の教育科目の1つで、日本語を勉強する科目。中 日本學校的語文(課)；國語(課)。E Japanese; the Japanese language.

☆ 京子は中学校の国語の先生をしている/京子是中學的國文老師。

こくさい【国際】コクサイ　(他のことばの頭について)数多くの国々と関係のあること。中 國際。E international.

☆ 国際会議/國際會議。

☆ 国際空港/國際機場。

☆ 国際通貨/國際通貨。

☆ 国際平和/國際和平。

対 国内

こくさいか【国際化】コクサイカ〔～する〕文化、経済などの活動を、他の国々との関係を考えながらすること。中 國際化。E internationalization.

☆ 日本語の学習者が多くなって、日本語も国際化してきた/隨著學日語的人增多，日語也國際化了。

☆ 国際化を進める/促進國際化。

こくさいてき【国際的】コクサイテキ　多くの国に関係し、ひろがっているようす。中 國際(的)；國際性(的)。E international.

☆ 黒沢明は国際的に有名な映画監督だ/黑澤明是國際著名的電影導演。

☆ 日本の自動車は国際的な評判をえている/日本汽車受到國際好評。

こくさいもんだい【国際問題】コクサイモンダイ　1つの国内のことではなく、外国との間で起こる政治、経済、軍事などの、解決しなければならないことがら。中 國際問題。E an international problem.

☆ 新聞をよく読んで国際問題の理解を深める/好好閱讀報紙，加深對國際問題的理解。

☆ 先進国の首脳が集まって国際問題を話し合う/先進國家的領袖們商談國際問題。

こくさいれんごう【国際連合】コクサイレンゴー　⇨国連

☆ 国際連合が紛争の処理に当たる/聯合國負責處理國際糾紛。

こくさん【国産】コクサン　自分の国で生産すること。また、生産されたもの。中 國產。E domestic production.

☆ 国産の製品の品質を誇る/國產品的品質值得驕傲。

☆ 世界の国々は工業製品の国産化をめざしている/世界各國以工業產品的自製化為目標。

☆ 国産品/國貨。

対 舶来

こくし【酷使】コクシ、コクシ〔～する〕人

こ

やものを、病気になったり使えなくなったりする限度までひどく使うこと。中 任意驅使；殘酷使用。E work a person very hard; overwork.

☆ 病院も人手がたりなくて看護婦が酷使されている / 醫院人手不足，護士被任意支使。

☆ 体を酷使する / 過分耗損身體；摧殘身體。

こくせいちょうさ【国勢調査】コクセイチョーサ　政府が5年あるいは10年おきなどのある決まった日に、調査員を使って人口や国民の現在の状態を全国で調べること。中 人口普查。E a census.

☆ 10月1日に国勢調査が行われた / 十月一日舉行全國人口普查。

☆ 1990年の国勢調査によると、日本の人口はおよそ1億2361万人である / 根據1990年的全國人口普查，日本人口大約有一億二千三百六十一萬。

こくせき【国籍】コクセキ　❶ その国の国民であるという身分。中 國籍。E nationality; citizenship.

☆ 日本の国籍を持つ人を日本国民と呼ぶ / 擁有日本國籍的人，稱為日本國民。

❷ 船や飛行機などがその国に属していること。中 國籍。E registry.

☆ 国籍のわからない飛行機が飛んできて、大騒ぎになる / 不明國籍的飛機闖入，引發大騷動。

こくそ【告訴】コクソ、コクソ〔～する〕　被害者やその家族などが、犯罪があったことを捜査機関に知らせて犯人の処罰を求めること。中 告；控告；提起訴訟。E sue; accuse; a complaint.

☆ 事実と違う記事を載せた雑誌社を、名誉を傷つけたとして告訴した / 那家雜誌社刊登的報導與事實不符，當事者要控告雜誌社毀謗名譽。

☆ 告訴を取り下げる / 撤回告訴。

→告発

こくち【告知】コクチ〔～する〕　関係する相手に知らせること。中 告知；通知。E notify a person of; a notice.

☆ 病人にがんの告知をするかどうかで悩む / 是否要告知病人得癌症?為此苦惱不已。

☆ 告知書 / 通知書。

☆ 告知板 / 佈告欄。

こくど【国土】コクド　その国の土地。中 國土。E a country; a territory.

☆ 日本は国土が狭い / 日本國土狹窄。

☆ 戦争で国土は荒れた / 發生戰爭使國土荒蕪。

☆ 国土の開発 / 國土開發。

こくない【国内】コクナイ　その国の領土の中。中 國內。E domestic; home.

☆ 旅行が好きで国内はほとんどまわった / 因為愛好旅行，國內幾乎跑遍了。

☆ 国内問題 / 國內問題。

☆ 国内線 / a domestic line. / 國內航線。

対 国外、国際

こくはく【告白】コクハク〔～する〕　隠していたこと、恥ずかしいことを人に打ち明けること。中 坦白；自白。E confess; declare.

☆ 兄は自分の罪を告白した / 哥哥坦承自己的罪過。

☆ 一郎は道子に愛を告白する手紙を書いた / 一郎寫信給道子表明愛意。

こくはつ【告発】コクハツ〔～する〕　❶ 被害者以外の人や組織が、犯罪があったことを捜査機関に知らせて犯人の処罰を求めること。中 公訴；提起訴訟。E accuse; charge.

☆ 税金を納めなかった会社を国税庁が告発した / 國稅局對逃稅的公司提起公訴。

❷ 外部の人に向かって、不正を指摘したり、広く知らせたりすること。中 告發；檢舉；舉發。E a complaint.

☆ 住民の告発で、工場がよごれた水を近くの河川に流していたことがわかった / 由居民檢舉得知工廠把污水排放到附近的河流中。

☆ 内部告発/ exposure from within. /内部檢舉；內部揭發。

参「告訴」も似ているが、「告訴」が被害者やその家族が訴えることをいうのに対して、「告発」はそれ以外の人が訴えることをいう。

こくばん【黒板】コクバン　おもに教室でチョークを使って書く、黒や緑の板。中黑板。E a blackboard.

☆ 先生が黒板に字を書く/老師在黑板上寫字。

☆ 黒板ふき / an eraser. / 黑板擦。

参 最近増えてきた、チョークではないものを使って書く白い板(白板)も「黒板」ということがある。

こくひ【国費】コクヒ, コクヒ　国が出す費用。中國家經費。E public funds; national expense.

☆ 国費を有効に使う / 有效使用國家經費。

☆ 国費のむだづかい / 濫用國家預算。

☆ 国費留学生 / 公費留學生。

こくふく【克服】コクフク〔～する〕たいへんで、むずかしいことがらを、がんばって解決すること。中克服。E conquer; overcome.

☆ 洋子は目が見えないという障害を克服して入学試験に合格した/洋子克服眼盲通過了入學考試。

☆ 困難を克服する / 克服困難。

こくべつしき【告別式】コクベツシキ　死んだ人に別れを告げるための儀式。葬式。中告別儀式。E a funeral (service).

☆ 通夜は今夕6時から、告別式は明日午後1時から行われる / 從今天傍晚六點開始守靈，於明天下午一點開始舉行告別儀式。

☆ 告別式に参列する / 參加告別式。

こくほう【国宝】コクホー　文化的な価値があって、法律によって国の宝と指定されてたいせつにされる美術工芸品、建物、本など。中國寶。E a national treasure.

☆ この仏像は日本でいちばん古いもので、国宝に指定されている/這是日本最古老的佛像，被指定為國寶。

☆ 人間国宝(= 文化的価値の高い技能を持っていて、国の宝と指定された人)/國寶級人士(=擁有文化價值高的技能，被指定為國家的財富和寶物的人士)。

数 1件・1点

こくみん【国民】コクミン　その国の国籍を持ち、その国の一員として国家を構成している人々。中國民。E the people; the nation.

☆ 税金を払うのは国民の義務だ / 納稅是國民的義務。

☆ 国民が政治家を選ぶ / 國民選舉政治家。

☆ 国民主権 / 國民主權。

こくもつ【穀物】コクモツ　人間が主食にする米、麦、豆などの作物。中糧食；穀物。E grain; cereals.

☆ 穀物の中では麦がいちばん古くから栽培されている/穀物中麥子是最早開始被栽培的。

☆ 穀物市場 / 糧食市場。

こくゆう【国有】コクユー　国が持っているということ。中國有。E national; state-owned.

☆ この森林は国有で自由に売買できないことになっている / 這個森林歸為國有，不能自由買賣。

☆ 国有財産 / 國有財產。

☆ 国有地 / 國有土地。

対 私有、民有

ごくらく【極楽】ゴクラク、ゴクラク　仏教の考えでいう、西のほうにあるとされる、すべての苦しみがない楽しく美しい理想の地。また、それにたとえられるような楽しい状態。中極樂世界；天堂。E paradise (of Buddhism); heaven.

☆ 死んだら極楽に行きたいものだ / 希望死後能去極樂世界。

☆ 美しい景色を見ながら温泉に入れて、本当にここは極楽だ/一邊觀賞美麗的景色，一邊還能泡溫泉，這裡真是人間天堂。

対 地獄

こくりつ【国立】コクリツ　国が設立し、運営すること。また、運営している施設。中 國立。E national.

☆ 国立の大学に入る / 進國立大學。

☆ 国立劇場 / 國立劇場。

☆ 国立公園 / 國立公園。

対 私立 →公立

こくれん【国連】コクレン　「国際連合」を略した言い方。1945年につくられた、国際平和を守るために世界の多くの国々が参加している組織。中 聯合國。E the United Nations.

☆ 世界平和のために国連の果たす役割は大きい / 為維護世界和平，聯合國發揮了很大的作用。

☆ 国連加盟国 / 聯合國加盟國。

☆ 国連決議 / 聯合國決議。

☆ 国連憲章 / the United Nations Charter. / 聯合國憲章。

ごくろうさま【ご苦労さま】ゴクローサマ　ほかの人の努力や働きに対して言うあいさつのことば。ご苦労さん。話 中 你辛苦了；你受累了。E Thank you for your trouble.

☆ 遅くまでご苦労さま / 這麼晚了，真是辛苦您了。

☆ 遠くまで荷物を運んでくれてご苦労さまでした / 謝謝你替我把行李搬到那麼遠的地方，辛苦了。

参 ふつう、目上の人が目下の人に言う。目下の人から目上の人に対しては「お疲れさまでした」「お世話さまでした」「ありがとうございました」などと言う。

こけ　コケ　地面や古い木や岩などのしめった所にはりつくように一面に生える植物。花は咲かず、種類が多い。中 苔；蘚苔；綠苔。E moss.

☆ 寺の庭一面にコケが生えている / 寺院的庭院裡長著一大片苔蘚。

☆ スギゴケ / 土馬鬃(土馬鬃科常綠隱花植物)。

ごけいへんか【語形変化】ゴケイヘンカ　文法で、ことばの形が、その位置や働きによって一部変わること。中 詞形變化。E inflection.

☆「読め」は「読む」ということばの語形変化の1つである。/「読め」是「読む」的詞形變化。

こげくさ・い【焦げ臭い】コゲクサイ　もののこげるようなにおいがする。中 燒焦味；烤焦味。E smell burning.

☆ なべをガスにかけたままテレビを見ていたら、こげくさいにおいがしてきた / 將鍋子放在瓦斯爐上就去看電視了，結果聞到一股燒焦味。

☆ 火事は消えたが、あたりはまだこげくさい / 火災雖然滅了，但周圍還是焦味刺鼻。

こけし　コケシ　木をまるくけずってつくる、日本の伝統的な民芸品の人形。中 (日本傳統工藝品)圓頭圓身的小木偶人。E a *kokeshi* doll; a traditional Japanese wooden doll.

〔こけし〕

☆ 母はこけしが好きで、東北地方へ旅行するといつも買ってくる / 媽媽喜歡小木偶人，去東北地區旅行時總會買回來。

☆ こけし人形 / 小木偶人。

こげつ・く【焦げつく】コゲツク、コゲツク　〔自動五〕(こげついて)　❶なべなどの中のものがこげて底にくっつく。中 燒焦。E burn and stick to.

☆ 電話をかけているあいだに、煮ていた豆がこげついてしまった / 講電話的時候，煮著的豆子燒焦了。

❷ 貸した金などが返してもらえない状態になる。中 倒帳；借出的錢無法收回。E be frozen; become uncollectable.

☆ 貸した金がこげついて、こちらの経営もあぶなくなってきた/借出的錢無法收回，這邊的經營也出現了危機。

▷ 名 焦げつき

こ·げる【焦げる】コゲル〔自動一〕 焼けて色が黒くなる。中 糊；焦；烤焦；燒焦。E be burned; be scorched.

☆ すこしこげたパンがおいしい/有點烤焦的麵包好吃。

☆ アイロンが熱すぎて布がこげた/因熨斗太熱把布燙焦了。

他動 焦がす

ごげん【語源·語原】ゴゲン ことばのもともとの古い意味や形。中 語源；詞源。E the origin of a word; an etymology.

☆「魚」の語源は「酒菜(=酒を飲むときのごちそう)」だそうだ/據說「魚」的語源是「酒菜」(＝下酒的菜餚)。

☆ 語源にさかのぼる/追溯語源。

☆ 語源を調べる/調查語源。

ここ【個個】ココ 1つ1つ。ひとりひとり。中 各個；每個；各自。E each; individual.

☆ レポートは個々に提出しないで、係でまとめて出すこと/報告要由負責人收齊再交，不要一個個地交。

☆ 個々の家族にそれぞれの悩みがある/每個家庭都有各自的煩惱；家家有本難唸的經。

ここ ココ ❶ 話す人が、いまいる所。話す人に近い所をさすことば。中 這裡；這兒。E here; this.

☆ ここから大阪まで5時間かかる/從這裡到大阪要五個小時。

☆ ここがわたしの学校です/這裡是我的學校。

❷ 話す人が問題にしていることや所をさすことば。中 這個地方；這裡。E this part.

☆ あなたの文章はここがおかしい/你的文章中這裡有點怪。

☆ 予定表のここを変えてください/請把預定計劃表的這個地方變更一下。

❸ 現在に近い期間。中 近來；現在；這～。E recently; for the past～.

☆ ここのところ(=最近)体の調子が悪い/近來(=最近)身體狀況不大好。

☆ ここ2年ほど連絡がない/這兩年左右沒什麼聯繫。

❹ この程度。中 到這裡；到此。E up to here.

☆ わたしのテニスもここまで進歩した/我的網球技術也進步到這個境界了。

☆ がまんもここまでだ(=これ以上はできない)/忍耐也是到此為止(＝不能再忍了)。

❺ この時。このばあい。中 這種時候；這個時候。E this time; now; here.

☆ ここがチャンスだ/這是一個好機會。

☆ ここでがんばらなければだめだ/這種時候不努力是不行的。

▷ →付録 指示語のまとめ

ごご【午後】ゴゴ ❶ 昼の12時から夜の12時までの時間。中 下半天；後半天。E afternoon.

☆ 飛行機が遅れて午後の10時に成田に着いた/飛機誤點，晚上十點才到達成田機場。

対 午前

❷ 昼の12時から夕方暗くなるまで。中 下午；午後。E afternoon.

☆ 午後は外出するが、夜は家にいる/下午外出，晚上在家。

対 午前

こご·える【凍える】コゴエル、コゴエル〔自動一〕 寒さのために体の感覚がなくなる。中 凍僵。E be frozen; become numb with cold.

☆ 雪の山で道に迷い、凍えて死にそうになった/在雪山上迷路，凍得快要死掉。

☆ 寒くて手が凍える/天氣冷把手都凍僵了。

ここちよ·い【心地よい】ココチヨイ 気持ちがいい。中 愉快；舒暢。E pleasant; comfortably.

☆ 窓を開けると、心地よい風が入ってきた/

打開窗戶，一陣涼風吹進來讓人感到舒暢。

☆ 母親の腕の中で心地よさそうに眠っている赤ん坊 / 在母親懷裡酣睡得很舒服。

こごと【小言】コゴト　細かいことをいろいろ注意したり、しかったりすること。また、そのことば。[中] 申斥；責備。[E] a scolding; a lecture.

☆ 父は小言が多いので、家族にうるさがられている/父親經常罵人，所以遭受家人討厭。

☆ 小言をくう(＝小言を言われる) / 挨罵(＝受責備)。

ここのか【九日】ココノカ、ココノカ　❶ その月の９番目の日。９日。[中] 9號；9日。[E] the ninth (of April).

☆ ４月９日から授業が始まる / 四月九日起開始上課。

❷ 日の数が９つあること。９日。[中] 9天。[E] nine days.

☆ きょうは12月22日、あと９日で今年も終わる/今天是十二月二十二日，還有九天今年就結束了。

☆ ９日間 / 九天。

ここのつ【九つ】ココノツ　❶ ８つのつぎの数。９。９つ。[中] 9個。[E] nine.

☆ １つ、２つ… ８つ、９つ、10と数える/數一個、兩個、……八個、九個、十個。

❷ ９歳。９つ。[中] 9歲。[E] nine years old.

☆ ９つの息子は４月から４年生だ / 九歲的兒子從四月份開始就是四年級學生了。

こころ

【心】ココロ　人間が喜んだり怒ったり感じたり思ったりする、精神活動の源になるもの。また、そのような精神の働き。[中] 心；心靈；心地。[E] (the) mind; the heart; a feeling.

☆ いつでも他人のしあわせを願う心の美しい人になりたい / 想成為時時刻刻祈禱他人幸福的心靈美麗的人。

☆ 心をこめて看病する / 細心照料；周到的護理。

…………「心」のつく慣用表現…………

心が広い　人を許し、すべてを受け入れることができる。[中] 心胸寬大；度量大。[E] broad-minded.

☆ 心が広いＡ先生は、何度も失敗した生徒をすこしもしからず許した/心胸寬大的A老師對屢次考不好的學生以寬容代替責備。

[対] 心が狭い

心にもない　思ってもいない。[中] 並非出自本心；言不由衷；違心。[E] insincere; not meant sincerely.

☆ 商売をしていると、心にもないお世辞を言わなければならないこともある / 做買賣，有時也必須言不由衷地說些奉承話。

心を痛める　心配したり悲しんだりする。[中] 痛心；傷心。[E] be grieved.

☆ 食べ物もなく飢えて死んでいく子供たちのニュースに心を痛めている / 聽到孩子們因沒有食物而餓死的消息，感到痛心。

[似た表現] 心が痛む、胸を痛める

心を打つ　感動を与える。[中] 打動人心；扣人心弦。[E] impress.

☆ いい音楽はいつでも人の心を打つ/優美動聽的音樂，無論何時都會打動人心。

[似た表現] 胸を打つ

心を奪われる　夢中になる。[中] 出神；入迷。[E] be captivated.

☆ 京子は三郎を一目見ただけで心をうばわれてしまった / 京子對三郎一見鍾情。

心を鬼にする　相手のためを思って、非常に冷たく厳しくする。[中] 硬著心腸；把心一橫；狠心地。[E] harden one's heart against pity.

☆ 雪が降って練習を休みたがる子供を、心を鬼にして送りだす/我硬著心腸把因為下雪而想停止練習的孩子，送去參加訓練。

心を砕く　細かくあれこれ考え、心配する。[中] 絞盡腦汁；焦思苦慮；煞費苦心。[E] be concerned.

☆ 一家の主婦として家族の健康に心をくだく / 身為主婦，對家人的健康煞費苦心。

心を許す 人を信じる。中以心相許；信賴。E trust; believe in.

☆ 道子は京子にとってたった１人の心を許せる友達だ／對京子來說，道子是唯一值得信賴的朋友。

……………………………………………

こころあたり【心当たり】ココロアタリ 考えてみて、いままでの経験などから思いつくこと。また、その人や場所。中猜想得到（的事）；線索。E an idea; every likely place.

☆ 全然心当たりがない人からはがきが来た／一個我猜想不出的人寄來了一張明信片。

☆ 子供が夜になっても帰らないので、心当たりに電話をしてさがした／到了晚上孩子還沒有回來，於是打電話到處尋找。

こころ·える【心得る】ココロエル〔他動一〕

❶ まわりの事情やものごとの意味などを理解する。中理解；懂得；明白。E know; understand.

☆ 会の進行については、係が心得ていますから、そちらにきいてください／司儀熟悉，關於會議的進展，去他那裡問問吧。

❷ 知識や技術を身につける。中掌握；會。E have knowledge or skill.

☆ 茶の湯や生け花は心得ている／茶道和插花技巧熟練。

☆ 兄は水泳はいちおう心得ている／哥哥大致學會了游泳。

▷ 名 心得

こころが·ける【心がける】ココロガケル〔他動一〕 そのことをいつも忘れないでいようと努める。中留心；注意；用心。E keep in mind.

☆ 栄養のバランスがとれた食事をするよう心がけている／注意飲食營養的均衡。

名 心がけ

こころぐるし·い【心苦しい】ココログルシイ 自分だけいい思いをしたり、相手に迷惑をかけたりして、すまないと思う気持ちだ。中難過；難受；於心不安。E feel bad; feel sorry.

☆ いつもごちそうになるばかりで心苦しい／總是承蒙熱情款待，令我心裡感到不安。

☆ まことに心苦しいのですが、お金を貸していただけないでしょうか／真是不好意思，能借錢給我嗎？

こころざし【志】ココロザシ、ココロザシ

❶ なにかをしよう、またはなにかになろうという強い気持ち。中志；志向。E an aim; (an) ambition.

☆ 若者には大きな志を持ってもらいたい／希望年輕人擁有遠大的志向。

☆ 志を立てる／立志。

❷ 親切な気持ち。中盛情；厚意。E kindness.

☆ 応援してくれたみんなの志をむだにしないために一生懸命がんばる／為了不辜負大家支持我的厚意而拚命努力。

❸ 感謝の気持ちを表すための贈り物。中表達心意的禮品。E a present.

☆ ほんの志ですので、どうぞお受け取りください／請收下這點小意思。

▷ 他動 志す

こころざ·す【志す】ココロザス〔他動五〕(こころざして) あることを実現させようと、その目標に向かって進んでいく。中立志；志向。E intend; aspire to.

☆ 裁判官を志して法律の勉強をする／立志當法官而學習法律。

☆ オペラ歌手を志して留学した／立志當一名歌劇演員而去留學。

名 志

こころづかい【心遣い】ココロズカイ 相手のために、いろいろ考えて、なにかしてあげようとすること。中掛慮；惦念；操心。E consideration; thoughtfulness.

☆ １人で病気で寝ていたときの友人の親切な心づかいがうれしかった／我生病躺在床

上時，對朋友的親切關懷，感到特別高興。

こころづよ・い【心強い】ココロズヨイ 頼れるものがあって安心だ。中覺得膽壯；踏實；有把握。E feel encouraged.

☆ はじめてのアメリカ旅行だけど、英語のよくできるあなたと一緒だから心強い/第一次去美國旅行，因為有英語道地的你同行，所以心裡很踏實。

対心細い

こころな・い【心ない】ココロナイ 深い考えや思いやりがない。中無情；不體諒人；不懂事。E thoughtless; heartless.

☆ 美しく咲いている桜の枝を折るとは、心ない行為だ / 折斷盛開的美麗櫻花樹枝是無情的行為。

対心ある

こころぼそ・い【心細い】ココロボソイ 頼れるものがなくて心配だ。中心裡沒底；覺得沒依靠；不踏實。E feel helpless; feel lonely.

☆ 山の中で１人で暮らすのは心細い/在山裡一個人過日子感到沒依沒靠。

☆ 今月はお金がたりなくなりそうで心細い/這個月的錢快不夠花了，感到有點擔心。

対心強い

こころ・みる【試みる】ココロミル〔他動一〕実際にどうなるか試しにやってみる。中試；嘗試；試驗。E try; attempt.

☆ 弟は自転車で日本一周を試みた / 弟弟嘗試騎腳踏車環繞日本一周。

☆ 新しい実験を試みる / 嘗試新的實驗。

名試み →試す

こころよ・い【快い】ココロヨイ ❶ 気持ちがいい。中爽快；高興；愉快。E pleasant; comfortably.

☆ 春の快い日差しを楽しむ / 沐浴春天清爽的陽光。

☆ 軽く運動して快く疲れた / 稍微運動後感覺身體清爽。

❷ 喜んでそうすることができる気持ちだ。中痛快；高興。E gladly; be pleased with.

☆ たいへんな仕事を快く引き受けてくれてありがとう / 非常感謝你很乾脆地接受繁重的工作。

☆ 課長は仕事の遅い三郎を快く思っていないようだ/課長對工作拖拉的三郎好像不愉快。

ございます 「ある」の丁寧語。中「有」「是」的鄭重語。E ((polite)) be.

☆ ここに本がございます / 這裡有本書。

☆ わたしは田中でございます / 敝人是田中。

☆ ありがとうございます / 謝謝。

こざっぱり コザッパリ、コザッパリ〔～する〕 ぜいたくではないが、清潔で気持ちのいい感じがするようす。中蠻整潔；蠻俐落。E clean and tidy; neatly.

☆ 一郎の部屋はいつもこざっぱり(と)片づいている / 一郎的房間總是收拾得很整潔。

☆ こざっぱりした服装 / 整潔的服裝。

こさめ【小雨】コサメ 細かくて、すこし降る雨。中小雨。E a light rain; drizzle.

☆ 小雨だったから、傘がなくてもたいしてぬれなかった / 因為是小雨，儘管沒帶傘也沒怎麼淋濕。

対大雨

こし【腰】コシ ❶ 胴の真ん中より下の、背骨の下の部分。ここを使って体を曲げたり回したりする。中腰。E the lower back; the waist; the hips.

☆ 腰をかがめて靴のひもを結ぶ / 彎腰繫鞋帶。

☆ 腰の曲がった老人が歩いてくる / 一位駝背老人走過來。

☆ 腰が痛い / I have a pain in my lower back. / 腰疼。

❷ ものごとをやりとおそうとする姿勢。中鼓起幹勁；認真努力。E determination.

☆ 今度こそ腰を入れて勉強するつもりだ/打算這次一定努力學習。

☆ 腰くだけ / break down. / 半途而廢。

☆ けんか腰 / 打架的樣子。(→項目)

❸ 布や紙、もちやうどんなどに、強さやねばりがあること。中 硬度；黏度。E chewy; sturdy.

☆ このうどんはこしが強くておいしい/這麵有彈性(=很Q)很好吃。

☆ この布はこしがあってしっかりしている/這塊布有彈性很實在。

▷ →体 図

…………「腰」のつく慣用表現 …………

腰が重い なかなか気軽にものごとをしないようす。中 懶得動彈。E be slow to act.

☆ 家族の腰が重くて、母親が１人で家事をして忙しがっている/叫不動家人幫忙，母親一人做家事忙得團團轉。

対 腰が軽い

腰が軽い ❶ 気軽に動いてものごとをするようす。中 勤快。E be quick to act.

☆ となりのおじいさんは、腰が軽くて買い物でも掃除でもどんどん引き受けている/隔壁的爺爺很勤快，不論買東西還是打掃，他都二話不說一手擔下。

対 腰が重い

❷ 落ちつきがなくて軽はずみにすぐ動くようす。中 輕率；不穩重。E imprudent; rash.

☆ 一郎は誘われるとなんにでも飛びつく腰が軽い男だ / 一郎不穩重，一有人找，不管怎樣他都會搶著去。

腰が抜ける 非常に驚いたり、こわかったりして、腰の力がなくなって立てなくなる。中 嚇癱；嚇軟；癱軟。E lose one's legs; be paralyzed with fear.

☆ 暗い夜道でいきなり犬が飛びだしてきたので、腰が抜けてしまった/在昏暗的夜路上突然跑出一條狗，害我嚇癱了。

似た表現 腰を抜かす

腰が低い 他人に対して自分のほうが下であるという態度を見せるようす。中 謙遜；和藹；平易近人。E modest; courteous.

☆ あの魚屋の主人は腰が低く商売もうまい/那家魚店的老板平易近人生意手腕也很好。

似た表現 頭が低い

腰を上げる ❶ すわっていたのが立ち上がる。中 站起身來。E stand up.

☆ もう帰ろうと腰を上げた / 站起身來要走。

❷ ものごとを始めようとする。中 起來；開始。E take action; undertake.

☆ ずっと家の仕事だけしていた母も、とうとう腰を上げて近くの会社へ勤めはじめた / 一向只照料家事的母親也開始到附近公司上班了。

▷ 似た表現 みこしを上げる

腰を折る ❶ 腰を曲げる。中 彎腰。E bend over.

☆ 何度も腰を折っておじぎをする / 彎腰鞠躬好幾次。

❷ 言わなくてもいいことを言ったりして、人のしようとする気持ちをなくさせる。中 中途加以妨礙；半中腰插話；打斷。E interrupt; cut in.

☆ きみが何回も話の腰を折るから、もう話すのはやめるよ / 好幾次都被你插話打斷，所以我不說了。

腰を据える 本気でやろうとする姿勢をとる。中 穩穩當當坐下做；靜下心去做；專心一致。E settle down.

☆ これから１年間、腰をすえて日本語の勉強をするつもりだ/打算今後一年專心一致地學習日語。

似た表現 腰が据わる、みこしを据える

………………………………………………

こじ【孤児】コ̄ジ 両親を失った子供。中 孤兒。E an orphan.

☆ 父母を事故でなくし、洋子は孤児になってしまった/因事故而失去父母，洋子成了孤兒。

☆ 戦災孤児 / a war orphan. / 戰爭孤兒。

-ごし【-越し】❶(名詞について)それをへだててなにかをすること。中 表示隔著。

☆ めがねごしに見る / look over one's glasses. / 隔著眼鏡看。

☆ 壁ごしに人の声が聞こえる / 隔著牆壁能聽見說話聲。

❷ (日、月、年などを表すことばについて)同じ状態が長く続いていること。中 相同的狀態持續很長時間。

☆ 5日ごしの話し合い / 歷時五天的會談。

☆ 3年ごしの恋 / be in love for three years. / 談了三年的戀愛。

ごじ【誤字】ゴジ、ゴジ　形や使い方がまちがっている字。中 錯字。E a wrong character.

☆ 妹は漢字がよく書けなくて、作文は誤字が多い / 妹妹漢字寫不好，作文錯字多。

☆ 誤字を直す / 更正錯字。

こじあ・ける【こじ開ける】コジアケル、コジアケル〔他動一〕　すきまなどになにかを入れて、ねじるようにして無理に開ける。中 撬開。E pry open; break open.

☆ 金庫をナイフでこじ開けて中の金を盗む / 用小刀撬開金庫竊取其中金錢。

☆ 箱をこじ開ける / 撬開箱子。

こしかけ【腰掛け】コシカケ、コシカケ

❶ いすやベンチなど、腰をかけるための台。中 凳子。E a seat.

☆ 竹でつくった簡単な台を腰かけとして使う / 把用竹子做成的簡單台子當作為凳子使用。

❷ 本当にしたい仕事や身分をえるまで一時的に職につくこと。また、その職。中 一時棲身之處。E a temporary job; a stopgap job.

☆ 道子は大学院に進みたかったが、経済的に苦しかったので、2、3年の腰かけのつもりで会社に勤めた / 道子想唸研究所，但由於經濟上的困難，所以去公司工作，算是兩、三年內的暫時棲身之處。

▷ 数 ❶ 1脚　自動 腰掛ける

こじき　コジキ　働かずに、住む家がなく、他人から金や食べ物などをもらって暮らすこと。また、その人。中 乞丐；要飯的。E a beggar.

☆ どんなに貧乏しても、こじきにはなりたくない / 無論怎樣貧困，也不想當乞丐。

こしたんたんと【虎視眈眈と】コシタンタント、コシ・タンタント　機会を待ちかまえて鋭く見まわしているようす。中 虎視眈眈。E vigilantly.

☆ A社が虎視眈々とわが社の技術の秘密をねらっている / A公司虎視眈眈地盯著我們公司的技術秘密。

こしつ【固執】コシツ〔～する〕　自分の思ったことや言ったことにしがみついて、変えようとしないこと。中 固執。E adhere to; persist in.

☆ 京子は自分の意見に固執して、決して変えようとしない / 京子固執己見，絕不願更改。

注 以前は「こしゅう」といったが、最近は「こしつ」のほうを多く使う。

こしつ【個室】コシツ　1人の人が使うための部屋。中 單人房間；單間。E a private room; a single room.

☆ 東京では家が狭くて、家族が個室を持つのはむずかしい / 東京房子狹窄，要想家中每人各住一間相當困難。

☆ 病院の個室は費用が高い / 醫院的單人病房費用高。

数 1室・1間

こじつ・ける　コジツケル、コジツケル〔他動一〕　無理になにか理屈をつける。中 牽強附會。E distort; force the meaning.

☆ 電話番号をことばにこじつけて覚える / 牽強附會地把電話號碼編成一句話來記憶。

名 こじつけ

ごじっぽひゃっぽ【五十歩百歩】ゴジッポヒャッポ　すこしは違っているが、よくないという点でほとんど同じであること。中 五十步笑百步。E There is not much difference between ～.

☆ 10分の遅刻も15分の遅刻も五十歩百歩だ/遲到十分鐘和遲到十五分鐘都是一樣。

こしぬけ【腰抜け】コシヌケ、コシヌケ　相手やものごとに立ち向かう気力がなく憶病なこと。また、その人。[中] 膽怯；懦怯(的人)；懦夫。[E] a coward; weak-kneed.

☆ 彼は上から命令されれば、悪いことでもいやとは言えない腰抜けだ/他很膽小，如果是上司的命令，即便是壞事，他也不敢說不做。

☆ 腰抜け社員/膽小的職員。

ごじゅうおん【五十音】ゴジューオン　日本語の、かなで書き表せる音を整理したもので「アイウエオカキ…」の50の音。[中] 五十音。[E] the Japanese syllabary.

☆ 五十音順(=あいうえお順)/五十音的順序(即あいうえお的順序)。

☆ 五十音図(=5段10行に五十音を整理して表にしたもの)/五十音圖(=將五十個音整理成五段十行製成表)。

[参]「五十音」の中には「バ」や「パ」のような、点や丸のついた音、また小さい「ッ」などの音は入らない。現在、使われている音としては「や行」「わ行」の中で欠けるものがある。

ごしゅうしょうさま【ご愁傷さま】ゴシューショーサマ、ゴシューショーサマ　人が死んだとき、その家族に対して言うあいさつのことば。[話] [中] 弔唁；請節哀順變。[E] I am very sorry about (your mother's) death.

☆ お母さまがなくなられ、ご愁傷さまです/令堂仙逝，請節哀順變。

こしょう【胡椒】コショー　コショウという木の実を乾かして粉にした調味料。[中] 胡椒。[E] pepper.

☆ 肉に塩とこしょうを振りかけて焼く/在肉上撒鹽和胡椒後燒烤。

☆ 塩こしょうをする/加上胡椒鹽來調味。

こしょう【故障】コショー　❶〔～する〕機械などのぐあいが悪くなること。[中] 故障；事故；毛病。[E] trouble; a breakdown.

☆ ステレオが故障したので電気屋に直してもらった/音響故障，拿到電器行去修理。

☆ 電話が故障で通じない/電話因故障不通。

❷ ものごとを順調にいかせないようにするなにか。[中] 障礙。[E] an obstacle; a hitch.

☆ なにか故障が起きたらしく、京子は約束の時間に来なかった/京子會不會出了什麼事，約定的時間到了還沒來。

ごしょうだいじ【後生大事】ゴショーダイジ、ゴショー・ダイジ　非常にたいせつに持っていること。[中] 很重視；極珍重。[E] with utmost care.

☆ 子供のとき、父に買ってもらった時計を、いまも後生大事に使っている/小時候父親買的手錶，我現在都還極為珍惜地戴著。

こしら・える　コシラエル〔他動一〕❶ 形のあるものにつくりあげる。[中] 做；製造。[E] make; build.

☆ 家をこしらえるために金が必要だ/蓋家需要花錢。

☆ ケーキをこしらえる/做蛋糕。

❷ ととのった状態をつくりあげる。[中] 化妝；打扮；捏造。[E] make up; fabricate.

☆ 顔をこしらえる(=化粧をする)/化妝打扮(=化妝)。

☆ 話をこしらえる(=本当らしい話をつくる)/捏造謊言(=虛構語言，弄得像真的一樣)。

❸ なにかのために必要なものを用意する。[中] 籌(款)；湊(錢)；騰出(時間)。[E] raise; make.

☆ 働いて入学金をこしらえる/打工來籌措入學費用。

☆ 仕事を急いで片づけて遊ぶ時間をこしらえる/急忙處理好工作，以騰出遊玩的時間。

▷ [名] こしらえ

参「つくる」も似ているが、「こしらえる」のほうが使い方が狭く、人や作物などを手をかけて育てあげる意味はない。

こじ·れる　コジレル、コジレル〔自動一〕ものごとが複雑になり、うまく進まなくなる。中複雜化；惡化。E become complicated; go sour; grow worse.

☆ 小さなけんかがもとで恋人との間がこじれた/因發生小口角使得與戀人的關係惡化。

☆ かぜがこじれてなかなか治らない/感冒變嚴重了怎麼也治不好。

名こじれ　他動こじらす

こじん【個人】コジン　❶社会や集団の中のひとりひとり。中個人。E an individual.

☆ 個人の生活や意見をたいせつにする社会/重視個人生活和意見的社會。

☆ 個人タクシー/ an owner-driver taxi. /個人計程車。

対団体

❷地位や仕事を離れた、まったく１人の人間。中個人；自己；私人。E a private person.

☆ A社の社員としてでなく、わたし個人としてこの会に参加した/我不是以A公司的職員身份，而是以個人身份來參加會議的。

☆ 個人的な問題を会議に出すのはまずい/將個人問題拿到會議上不好。

こじんしゅぎ【個人主義】コジンシュギ　社会や集団をつくっているひとりひとりの人間の価値を重く考え、その自由や権利をたいせつにしようという考え方。中個人主義。E individualism.

☆ 個人主義は民主的な社会の基礎になる考え方だ/重視個人主義是建立民主社會基礎的想法。

☆ 個人主義と利己主義(＝自分のことだけを考える主義)とはまったく別のものだ/個人主義和利己主義(＝只考慮自己的主義)是兩個完全不同的概念。

対全体主義

こ·す【越す·超す】コス〔自他動五〕(こして)

❶あるものを境にしてこちら側から向こう側に位置を移す。中越過；渡過；跨過。E go over; cross.

☆ 山の頂上を越すと、遠くに海が見えた/一越過山頂就看見遠處的大海。

☆ 舟で川を越す/乘船過河。

❷ある時期を過ごす。中經過。E pass; spend.

☆ 北国では冬を越すために、燃料をたくさん用意する/在北部地區，為了過冬要準備許多燃料。

❸ある範囲の外に出る。中超過；勝過。E exceed; be above.

☆ 30度をこす暑さがもう10日も続いている/超過三十度的酷暑已持續了十天。

☆ 参加者は10万人をこした/參加人數超過十萬。

❹別の所に移る。引っ越す。中遷居；搬家。E move.

☆ 学校の近くに越す/搬家到學校附近。

☆ 今度越した所は、静かで気に入っている/這次搬遷的地方很安靜，正合我意。

注漢字で書くときは、❶❷❹は「越す」、❸は「超す」。また、❶❷❸は他動詞、❹は自動詞。

〜にこしたことはない　〜のがいちばんだ。中〜再好不過了；〜再好沒有了。E It is best to 〜.

☆ 人に頼まず、自分でやるにこしたことはない/不求別人自己來做，這是再好不過的了。

こ·す　コス〔他動五〕(こして)　必要でないものを取り除くため、細かいすきまを通す。中過濾；濾。E filter; strain.

☆ 水をこして飲む/把水過濾後再飲用。

コスト(cost) コスト　ものを生産するのにかかる費用。原価。中成本；生產費。E cost.

☆ 石油の値段が上がってコストが増える/石油價格上漲導致成本增加。

☆ 生産の合理化によってコストを下げる/由於生產合理化而降低成本。

こす・る コスル〔他動五〕(こすって) なにかを別のものに押し当てながら、前後に動かす。中擦；揉；摩擦。E rub; scrub.

☆ 消しゴムでこすって字を消す/用橡皮擦擦字。

☆ タオルで体をこする/用毛巾擦身。

こせい【個性】コセイ、コセイ 人やものがそれぞれ持っている性質や特徴。中個性。E individuality; personality.

☆ 個性を生かせる仕事がしたい/想從事能發揮個性的工作。

☆ 個性が強い/個性強。

☆ 個性をのばす教育/發展個性的教育。

☆ 個性的/個性上的。

こせき【戸籍】コセキ 本籍としている市町村や特別区が管理している、家族の名や関係、生年月日などをしるした公式の文書。中戶口。E a family register.

☆ 結婚して親の戸籍から独立した/結了婚，戶口就脫離父母而獨立。

☆ 戸籍上の親子/戶籍上的親子關係。

こせこせ コセコセ〔～する〕 心に余裕がなく、小さなことまで気にし、落ちつかないようす。中小氣；不大方。

☆ 店の主人はこせこせした人で、いつも店員に細かく注意している/The store owner is a fussy man and is always giving his employees detailed instructions. /店老闆是個囉嗦的人，總是沒完沒了地提醒著店員。

☆ こせこせ(と)動きまわる/來回動個不停。

こぜに【小銭】コゼニ 10円、100円のような小額の金。細かい金。中零錢。E small money.

☆ 小銭の持ち合わせがない/沒有零錢。

☆ 小銭入れ/零錢盒。

ごぜん【午前】ゴゼン、ゴゼン ❶夜の12時から昼の12時までの時間。中夜裡十二點至隔天中午十二點的時間；早上；上午。E the morning.

☆ ゆうべは旧友と午前2時まで語り合った/昨晚和老友聊到凌晨兩點。

☆ 銀行は午前9時に開く/銀行上午九點開門。

対午後

❷朝明るくなってから昼の12時まで。中上午。E the morning.

☆ あしたの午前に会う約束がある/約定明天上午見面。

☆ 午前中/整個上午。

対午後

こそ 前のことばを取りたてて強める気持ちを表す。中表示特別的強調。

☆ 今年こそ、富士山に登りたい/No matter what, I'm going to climb Mt. Fuji this year. /今年一定要登上富士山。

☆「先日は失礼いたしました」「いいえ、こちらこそ」/「前幾天失禮了。」「哪裡，我才失禮呢。」

ごそごそ ゴソゴソ〔～する〕 乾いたもの、軽いものがふれ合って立てる鈍い音を表す。また、そういう音を立てるようす。中窸窸窣窣地作響。

☆ 夜中に、ゴキブリがごそごそ(と)はいまわっていた/I heard a cockroach crawling around noisily at midnight. /夜裡，蟑螂窸窸窣窣地爬動。

☆ 机の引き出しの中をごそごそ(と)さがす/在桌子抽屜中窸窸窣窣地找東西。

参「がさがさ」も似ているが、「ごそごそ」のほうが響きが鈍い。また、「がさがさ」が「がさがさ音がする」のようにおもに音そのものを表すのに対して、「ごそごそ」は「ごそごそ動く」「ごそごそさがす」など動作のようすも表す。

こぞって コゾッテ 全員一緒に行動するようす。1人残らず。書中全都；全部；所有人

員；一致地。E unanimously; all together.

☆ 土曜日は休みにしたいという社長の提案に、みんなこぞって賛成した／對於經理提議週六休息，大家一致贊成。

☆ こぞって参加する／全體參加；全都參加。

ごぞんじ【ご存じ】ゴゾンジ 「知っていること」の尊敬語。中「您知道」的尊敬語。E ((respectful)) know.

☆ ごぞんじのように中国は多民族国家です／正如您所知，中國是個多民族的國家。

☆ 仙台という所をごぞんじですか／您知道仙台這個地方嗎?

こたい【固体】コタイ 物質の3つの状態の1つ。木や金や石のように、形や大きさが決まっていて変わりにくいもの。中 固體。E a solid.

☆ 水が凍ると固体になる／水結冰成為固體。

関連 液体、気体

こだい【古代】コダイ ❶ 非常に古い時代。中 古代。E ancient times.

☆ 古代の人々の暮らしを想像する／想像古代人們的生活起居。

❷ 時代区分の1つ。中世の前の時代。日本史ではおよそ平安時代末まで。中 古代。E the Ancient Ages.

☆ 古代ギリシャ文明の遺跡を訪ねる／探訪古希臘文明的遺跡。

☆ 古代史／古代史。

こたえ【答え】コタエ、コタエ ❶ 呼ばれたりきかれたりしたときに動作やことばでする返事。中 回答；答應；答覆。E an answer; a reply.

☆ いくら呼んでも答えがないから留守らしい／無論怎麼喊都沒有回應，看來是不在家。

☆ 口答え／頂撞；頂嘴。(→項目)

対 問い

❷ 問題をといた結果。中 解答；答案。E an answer; a solution.

☆ 答えは全部合っていて100点だった／答案全部正確，得了一百分。

☆ 答えを出す／回答；作出答案。

対 質問、問い

▷ 自動 答える

こたえられない このうえもなくすばらしい。中 好得很；了不得。E too good.

☆ 運動して汗をかいたあとに飲む冷たいビールの味はこたえられない／運動出汗後，喝冰涼的啤酒，那味道太棒了。

こた・える【答える】コタエル、コタエル〔自動一〕❶ 他の人から言われたことや質問に対して、返事をする。中 回答；答覆。E answer; reply.

☆ 自分の名前を呼ばれたので、「はい」と答えた／因為被叫到自己的名字，所以回答「有」。

☆ 質問に答える／回答問題。

対 問う、尋ねる

❷ 問題をといて、結果を言ったり書いたりする。中 解答。E answer; solve.

☆ 全部の試験問題に答えることができた／考題都答對了。

☆ つぎの問いに答えなさい／請回答下列問題。

対 問う、尋ねる

▷ 名 答え

こた・える コタエル、コタエル〔自動一〕

❶ ほかからの働きかけに対して応じる。中 響應；反應；報答。E respond; live up to.

☆ ピアニストは、人々の拍手にこたえて何度もおじぎをした／鋼琴家為答謝人們的掌聲，鞠了好幾次躬。

☆ 親の期待にこたえる／不辜負父母的期望。

❷ ほかからの刺激を強く受け、苦痛に感じる。中 深感；痛感。E be hard on one; hit home.

☆ 今年の夏は、暑さが体にこたえた／今年夏天的酷熱真令人受不了。

☆ 一郎は仲間の批判がこたえたらしく、元気がない／一郎好像對夥伴們的批評感到心痛，變得無精打采。

❸ ある状態を、がまんして保ち続ける。たえる。中 忍耐；忍受。E hold on; endure.

☆ ひどいけがだったが、2、3日持ちこたえれば大丈夫だと言われた/雖然傷勢很重，但只要忍耐兩、三天的話，大概沒什麼問題。

☆ 踏みこたえる/站穩；撐住；堅持。

❹ (「こたえられない」の形で) ⇨こたえられない

こだか・い【小高い】コダカイ　まわりよりもすこし高い。中 略微高起。E slightly elevated.

☆ 小高い丘に登ると海が見える/一登上稍高一點的山丘就看見了海。

☆ 町の小高い部分が住宅地になっている/城鎮裡略微隆起的地區是住宅區。

ごたごた　ゴタゴタ、ゴタゴタ、ゴタゴタ

❶〔～する〕整理されていないようす。中 東西亂七八糟地放在一起，未加區分和整理的樣子。

☆ 倉庫の中には、古い道具や家具がごたごたと置いてある/ In the warehouse, old tools and furniture are stored in a disorderly way. / 倉庫裡亂糟糟地堆著舊家具和日常生活用具。

❷ (「ごたごた～言う」の形で)いろいろ不平を言う。中 囉哩囉唆地講廢話和發牢騷的樣子。

☆ ごたごた言うから、二郎に頼むのはやめることにした/ Jiro always complains, so I have decided not to ask him anymore. / 二郎不停地發牢騷，所以決定不拜託二郎了。

❸〔～する〕争いや問題があるようす。また、その争いや問題。中 發生糾紛、問題成堆的樣子。

☆ 妻の病気や息子の離婚などで家の中がごたごたしている/ Our family is in disarray with my wife's illness and my son's divorce. / 妻子生病、兒子離婚，弄得家裡亂成一團。

☆ 社内のごたごたが解決した/公司內部糾紛得以解決。

こだち【木立】コダチ、コダチ　まとまって何本か生えている木々の集まり。中 樹木；樹叢。E a grove; a thicket.

☆ 木立の向こうに池が見える/樹叢對面有個池塘。

☆ 杉の木立/杉木林。

こたつ　コタツ　暖房のための器具。木のわくの中に熱の出るものを入れ、上からふとんをかけて暖かくする。その上に板を載せテーブルとしても使う。中 電暖桌。E a *kotatsu*; a table with a heating device covered by a quilt.

〔こたつ〕

☆ 家族が集まってこたつに入ってテレビを見る/全家人擠在一塊圍著電暖桌看電視。

☆ こたつに当たる/用電暖桌取暖。

参 むかしは熱を出すために炭などを使ったが、いまはほとんど電気であり、こたつといえば電気ごたつをさすようになった。

ごたぶんにもれず【ご多分に漏れず】　世間の多くの例と同じように。中 和其他多數人一樣；並非例外。E like other people; as is usual with.

☆ うちの娘も、ご多分にもれず、就職難で困っている/我女兒也不例外，正為工作不好找而發愁呢！

こだわ・る　コダワル〔自動五〕(こだわって)　あることを気にして、深く心をつかう。中 拘泥。E stick to; be particular about.

☆ デザインよりも音にこだわってステレオを選んだ/挑選音響時，選音色重於選設計造型。

☆ つまらないことにこだわる/拘泥於雞毛蒜皮的事。

名 こだわり

こちこち　コチコチ　❶乾いたり凍ったりしてかたいようす。中 硬邦邦；本來柔軟的東西，變得乾、結冰後非常硬的樣子。E dry and hard; be frozen stiff.

☆ 冷凍庫から出したばかりの肉はこちこちですぐには使えない/剛從冷凍庫取出的肉硬邦邦的不能馬上使用。

❷ ひどく緊張して体がかたくなり、動作が不自然なようす。中緊張；僵硬；侷促。E stiff; uptight.

☆ おおぜいの大人の見る中で壇上に立った小学生は、こちこちになって１言も話せなかった / 在衆多大人的注視下，走上台的小學生緊張得連一句話都說不出來。

❸ 考え方がかたいようす。中生硬；死硬；死板。E stubborn; hardboiled.

☆ 校長先生は頭がこちこちで、生徒の気持ちがすこしもわからない / 校長先生頭腦死板，一點也不理解學生的心情。

ごちそう　ゴチソー　❶〔～する〕人に酒や料理などおいしいものを提供して食べてもらうこと。中款待；請客；擺盛宴。E treat a person to; an entertainment.

☆ 合格祝いにごちそうしてあげよう/為慶祝合格而請客。

☆ 先日はたいへんごちそうになりました/上次承蒙款待。

❷ ふつうより高くておいしい食べ物。中好吃的飯菜。E a nice dish.

☆ ボーナスが出たから、今夜はなにかごちそうを食べよう / 發獎金了，所以今晚吃些好吃的吧。

ごちそうさま　ゴチソーサマ　❶ 食事の後や、人にごちそうになったあとに言うあいさつのことば。中承您款待了；叨擾叨擾。E Thank you for this fine meal.

☆ どうも、ごちそうさまでした。とてもおいしかったです/謝謝您的盛情款待，非常好吃。

❷ 恋人どうしや夫婦の仲がいいようすを見せられたとき、ほかの人がからかって言うことば。中夠了，不要讓我流口水了。E Enough! You are making my mouth water.

☆「妻の京子ほどすばらしい女性はいないと思うよ」「まあ、ごちそうさま。それ以上はもうたくさん」/「我覺得再沒有比妻子京子更好的女人了。」「瞧你得意的，夠了夠了。」

▷ 話

ごちゃごちゃ　ゴチャゴチャ、ゴチャゴチャ〔～する〕　いろいろなものが入りまじっているようす。中亂七八糟。

☆ 部屋がごちゃごちゃしていて、なにがどこにあるのかわからない / The room is so messy that I can't find a thing. / 屋子裡亂七八糟，什麼東西都找不到。

☆ 妹の結婚については、関係のない人たちまでごちゃごちゃ(と)口を出す / 關於妹妹的婚姻，連無關的人都胡亂干涉。

こちょう【誇張】コチョー〔～する〕　程度を実際よりもずっと大げさに言うこと。中誇張；誇大。E exaggerate; overstate.

☆ １万人ぐらいの集会を誇張して５万人集まったと発表した/將一萬人的集會誇張地公佈成五萬人。

☆ 兄の話は誇張が多くて信用できない/哥哥言多語浮，不可盡信。

こちら　コチラ　❶ 話す人に近い所。また、その方向やそこにあるものをさすことば。中這裡；這兒；這個。E here; this.

☆ こちらは、いま雨が降っているけど、そちらはどうですか/這裡正在下雨，你那裡怎麼樣?

☆ こちらのほうが安いですよ/這個比較便宜。

❷ 話す人、または話す人に近い人をさすことば。中我；我們；這位。E this person; I; we.

☆ こちらの意見も聞いてくれ / 也聽聽我們的意見吧。

☆ こちらはＡ社の山田さんです / 這位是Ａ公司的山田先生。

☆ こちらさま / 這位(尊稱)。

▷ →付録 指示語のまとめ

参 ❶のくだけた言い方は「こっち」。また、❷で他の人をさすばあいは敬意がふくまれ、「この方」と同じような意味になる。

こぢんまり コジンマリ〔～する〕 小さいが、必要なものは全部あってよくまとまった、感じのいいようす。中 小而整潔；小巧玲瓏。E cozy; compact.

☆ こぢんまりした会で、会員がたがいに親しくなれて楽しい/會員們在小型會議，能彼此親切交談，十分愉快。

☆ こぢんまりして落ちついた家に住みたい/想住在小而整潔又安穩的家。

こつ コツ ものごとを上手にするためのたいせつな点ややり方。中 竅門。E a knack; the hang.

☆ 銀行に入って1年でだいたい仕事のこつを覚えた/進入銀行工作一年，大體掌握住工作的竅門。

☆ 満員電車に乗りこむこつを教えてあげよう/(我)教你乘坐客滿電車的竅門吧。

こっか【国家】コッカ 決まった土地があり、住民がいて、主権者による統治の組織を持つ社会。中 國家。E a state; a country; a nation.

☆ 国家は国民の幸福のために存在する/國家是為了國民的幸福而存在。

☆ 国家権力/國家權力。

☆ 国家公務員/國家公務員。

参 「国」も意味は同じだが、「国」が「国に帰る」「わたしの国」「大きい国」のように日常ふつうに使われるのに対して、「国家」は法律や学問のことばとして使われる。

こっかい【国会】コッカイ 日本国憲法で定められた、国の最高の議会。衆議院と参議院がある。中 國會。E the Diet.

☆ 国会で新しい首相を選んだ/國會選舉新首相。

☆ 国会の会期を延長する/延長國會的會期。

☆ 国会議事堂/the Diet Building./國會殿堂。

☆ 通常国会/定期國會。

☆ 臨時国会/臨時國會。

こづかい【小遣い】コズカイ 生活費ではなくて、遊びなどに自由に使える金。中 零用錢。E an allowance; pocket money.

☆ サラリーマンの1月のこづかいの平均は5万円ぐらいだそうだ/據說上班族一個月的零用錢平均為五萬日圓左右。

☆ 祖母にこづかいをもらう/從祖母那裡得到零用錢。

こっかく【骨格】コッカク ❶動物の体を支え、おおよその形をつくる基本的な骨の組み合わせ。中 骨骼。E a build; a skeleton.

☆ 三郎は背が高く、骨格ががっしりしている/三郎個頭高，骨骼結實。

☆ 大むかしの動物の骨格が化石で見つかった/發現遠古時代動物骨格的化石。

❷ものごとの形を決める基本的な部分。中 骨架。E a framework; structure.

☆ 建物の骨格ができあがって、だいたいの姿がつかめた/建築物結構搭好，大體的樣子就出現了。

☆ 道子は骨格がしっかりした小説を書く/道子寫的小說架構嚴謹。

こっきょう【国境】コッキョー 国と国とを分ける区切り。中 國境。E the (national) border.

☆ 東西両ドイツの間の国境がなくなり、ドイツは統一された/東西德間的國境消除，德國統一了。

☆ 国境を越える/跨越國境。

☆ 国境問題/國境問題。

こづ・く【小突く】コズク〔他動五〕(こづいて) 人や動物の体を指や棒の先などで軽く押す。中 (用手指等)捅；戳；碰。E poke; push.

☆ 足を踏まれて怒った男が、踏んだ男をこづいて、謝れと言った/被踩到腳的憤怒男

人，（用手）戳著踩人腳的男人說：「快賠禮道歉。」

☆ 眠っている犬をちょっとこづいて起こす/稍微碰一下，叫醒正在睡覺的狗。

☆ こづきまわす/推推打打。

こっくり コックリ、コックリ〔～する〕

❶ 大きくうなずくようす。特に、子供の動作についていう。中 點頭(的動作)。E nod (in assent).

☆ 小学校の１年生は先生の話ににっこり笑ってこっくりした/聽了老師的話，一年級的小學生微笑著點頭。

☆ こっくり(と)うなずく/點頭同意。

❷ 居眠りをして首ががくんと下がるようす。中 打盹兒；打瞌睡。E doze off.

☆ 電車の座席でこっくりこっくりしている中年の男/在電車座位上打盹的中年男子。

こっけい 【滑稽】コッケイ ❶ 笑いだしてしまうほどおかしいようす。中 滑稽；詼諧。E funny; humorous.

☆ こっけいなことを言ってみんなを笑わせる/說笑話引大家發笑。

☆ こっけいな動作/滑稽的動作。

❷ あまりにばかばかしくて笑いたくなるようす。中 可笑；滑稽。E laughable; ludicrous.

☆ あの欲ばりが人に寄付をすすめるなんて、まったくこっけいだ/那種貪婪的人竟然勸人捐款，太可笑了。

☆ こっけい千万/hilarious./滑稽透頂；極其滑稽。

-ごっこ (他のことばについて)そのまねをする遊び。中 兒童玩模仿遊戲。

☆ 鬼ごっこ/捉迷藏；捉人遊戲。(→ 項目)

☆ 八百屋ごっこ/play greengrocer./模仿蔬果店賣菜玩遊戲。

☆ 電車ごっこ/模仿開電車、搭電車玩遊戲。

こっこう 【国交】コッコー 国と国との正式な交際。中 邦交。E diplomatic relations.

☆ 日本とアメリカは1854年に国交を開いた/日本和美國於1854年建交。

☆ 国交を断つ/斷絕邦交；斷交。

☆ 国交回復/恢復邦交。

こつこつ コツコツ ❶ かたいものが、軽く、続けて当たる音を表す。中 硬質物體連續輕輕地碰撞的聲音。

☆ だれかがドアをこつこつ(と)ノックした/Someone knocked on the door./有人在咚咚敲門。

☆ 階段を上がっていく靴の音が、こつこつ(と)響く/走上樓梯，鞋聲咚咚作響。

❷ 休まず、まじめに努力し続けるようす。中 不屈不撓、埋頭苦幹的樣子。

☆ 悲しいことに、こつこつ(と)貯金したぐらいで家は買えない/It is sad to say that we cannot buy a house even if we save money assiduously./可悲的是，靠一點一滴存錢是買不起房子的。

☆ こつこつ(と)研究を続ける/孜孜不倦地堅持研究工作。

参 ❶に似た言い方で、かたいものが軽く１回当たるだけのばあいは、「こつん」という。

こっそり コッソリ 人に気づかれないように、秘密に行動するようす。中 悄悄〔地〕；偷偷〔地〕。E secretly; on the sly.

☆ 親に結婚を反対されているが、恋人とは毎日こっそり(と)会っている/雖然被父母反對結婚，但仍每天與情人偷偷地約會。

☆ 学校で宿題の答えをこっそり(と)友達に見せてもらった/在學校請朋友偷偷讓我抄作業答案。

ごっそり ゴッソリ いちどに、全部または大部分を取ったり与えたりするようす。話 中 一次大量拿進來或被取走弄掉的樣子。

☆ 泥棒に、家の中のものをごっそり(と)盗まれた/The thief took almost everything in the house. / 家裡的東西全被小偷偷走了。

☆ 砂糖が値上がりしそうなので、スーパーでごっそり(と)買い占めた / 砂糖快要漲價了，所以到超市大量購買來囤積。

こっち コッチ 「こちら」のくだけた言い方。話 中 這裡；這兒；我；我們。E here; this; I; we.

☆ こっちはいい天気だ / 這裡天氣很好。

☆ こっちのほうがいい / 我覺得這個好。

☆ こっちの負けだ / 我輸了。

→付録 指示語のまとめ

こづつみ【小包】コズツミ 「小包郵便」を略した言い方。小さい荷物にして送る郵便。中 包裹郵件。E a package; parcel post.

☆ 国の母から小包がとどいた / 故鄉的母親寄的包裹到了。

☆ 小包を開ける / 打開包裹。

こってり コッテリ ❶〔～する〕味や化粧などが非常に濃いようす。中 濃妝艷抹的樣子。

☆ 油をたくさん使った、こってりした料理 / rich food using much oil. / 放了不少油的很油膩的菜。

対 あっさり

❷ いやになるほど、じゅうぶんにするようす。中 狠狠地；過於……樣子。

☆ 先生に、1時間もこってり(と)しかられた / I got a good scolding for an hour by the teacher. / 被老師狠狠訓斥了一小時。

▷ 話 ❷

こっとうひん【骨董品】コットーヒン 値打ちがある古い美術品や道具。骨董。中 古董；古玩。E an antique; a curio.

☆ 祖父は骨董品を集めて楽しんでいる / 祖父樂於收集古玩。

こっぱみじん【木っ端微塵】コッパミジン、コッパ・ミジン いちどに細かく砕けちること。中 粉碎；七零八落。E be smashed into pieces.

☆ 激しい衝突で車の前のガラスはこっぱみじんになった / 因猛烈衝撞，汽車的擋風玻璃被撞得粉碎。

コップ (オ kop) コップ ガラスやプラスチックなどでつくられた、水やジュースなどを飲むための器。中 杯子；玻璃杯。E a glass; a cup.

〔カップ〕

〔コップ〕

☆ 毎朝コップ2杯の水を飲む / 每天早上喝兩杯水。

☆ コップに冷たい麦茶をそそぐ / 把冷麥茶倒入杯子裡。

コップの中のあらし[嵐] 当事者にとってはたいへんなことでも、全体から見れば小さな問題にすぎないということ。中 小範圍內的騷動。E a storm in a teacup.

☆ だれが社長になるかで、会社の中は2つに分かれて対立しているが、コップの中のあらしにすぎない / 公司內部對誰當總經理的問題，分成二派形成對立，但其實問題不大。

ごつんと ゴツント かたいものに強くぶつかって音を立てるようす。中 砰的碰撞聲。

☆ 車がなにかにぶつかったらしく、ごつんと音がした / The car seemed to hit something with a bump. / 汽車砰的一聲好像撞到一塊硬東西。

☆ 天井が低くて、立ったら頭がごつんと当たった / 天花板很低，一站起來頭就砰地一聲撞上。

参「小石が塀にこつんと当たった」のような「こつんと」も似ているが、「ごつんと」のほうが当たりが強い。

こてしらべ【小手調べ】コテシラベ 仕事や芸などに取りかかる前に、ちょっと試しにやってみること。中 在正式開始以前試一試。E a preliminary trial; a warmup.

☆ みんなの前でうまく歌えるかどうか、小手調べに、すこし声を出してみる / 因不知

在大家面前能否唱好(心裡沒底)，便在正式開始之前小聲試唱一下。

こてん【古典】コテン　むかしの芸術作品でいまもなおすぐれていると認められているもの。中古書；古籍；古典作品。E a classic.
☆「源氏物語」は日本文学の古典である/《源氏物語》是日本文學中的古典作品。
☆ 古典音楽/古典音樂。
☆ 古典芸能/古典技藝；古典民間藝術。

こと【事】コト　❶ この世の中で起こる現象や事件、また人の行為などを漠然とさすことば。中事；事情。E a thing; a matter; something.
☆ ことは重大である/事情重大。
☆ ことが起きてからでは遅すぎる/等到事情發生就太遲了。
❷ 人やものをさして、その人やものに関して漠然ということば。中人或事物。
☆ 洋子のことが忘れられない/I'll never be able to forget Yoko./我忘不了洋子。
☆ 一郎は車のことにはくわしい/一郎對車子很熟悉。
❸ (動詞、形容詞の基本形、形容動詞の「な」の形について)行為やことがらを表す。中行為；事情。
☆ 歌うことは楽しい/It's fun to sing./唱歌愉快。
☆ 正しいことをする/做正確的事情。
☆ 心配なことがある/有心事；有擔心的事。
❹ (「〜ことだ」の形で)話す人の断定の気持ちを強める。中強調說話人的語氣。
☆ 人から手紙をもらうのはうれしいことだ/收到別人來信是件愉快的事。
☆ それはいいことだ/That's great./那太好了。
❺ (「〜ことができる」の形で)可能を表す。中可能的事。
☆ 日本語を話すことができる/會說日語。
☆ 車を運転することができる/I can drive./會開車。
❻ (「〜ことがある」の形で)そのようなばあいがある。中有那種場合。
☆ 日曜日にも会社へ行くことがある/There are times when I go to the office on Sunday./有時星期日也去公司。
☆ 歯をみがかずに寝ることがある/有時不刷牙就睡覺。
❼ (「〜したことがある」の形で)経験を表す。中表示經驗、經歷。
☆ 京都へ行くことがある/I've been to Kyoto./去過京都。
☆ スキーをしたことがある/曾經滑過雪。
❽ (「〜ことにする」の形で)〜と決める。中決定……。
☆ 洋子と結婚することにした/Yoko and I have decided to get married./決定和洋子結婚。
❾ (「〜ことにしている」「〜ことになっている」の形で)〜するのが習慣だ。中習慣。
☆ 彼は、毎朝30分散歩をすることにしている/He walks for 30 minutes every morning./他每天早上總要散步三十分鐘。
☆ 授業料は４月に納めることになっている/The tuition is to be paid in April./規定四月份繳學費。
❿ (「〜ことになる」の形で)〜と決まる。中預定……。
☆ 来週、中国へ出張することになった/We're making a business trip to China next week./預定下星期到中國出差。
⓫ (「〜ことはない」の形で)〜する必要はない。中沒有必要。
☆ まだ30分あるから、急ぐことはない/We still have 30 minutes, so there's no need to rush./還有三十分鐘，不用著急。
☆ きみが悪いんじゃないから、謝ることはないよ/不是你不好，不用道歉。
⓬ (「〜ということだ」の形で)伝聞を表す。

中 傳聞。

☆ 長期予報によると、今年は雪が少ないということだ / According to the long-range weather forecast, there won't be much snow this year. / 據長期天氣預報說，今年雪少。

⓭ (「～ないことには」の形で)まず～しなければ。中 不先……，就……。

☆ 会ってみないことには、どんな人かわからない/ Without meeting him, I can't tell what he's like. /要是不見到那人就不知道那人是個什麼人。

⓮ (「ことは～〔だ〕が」の形で)いちおう～したが、しかし。中 做過某事……但……。

☆ その映画は見ることは見たが、つまらなかった / I have seen that movie but I didn't think much of it. / 那部電影看是看了，不過沒有什麼內容。

☆ この絵はうまいことはうまいが、暗すぎる / 這幅畫好是好，就是色調太暗了。

⓯ (形容詞の基本形について)副詞のような働きをする。中 起副詞作用。

☆ 一郎とは長いこと会ってない/ I haven't met Ichiro for a long time. /好久沒和一郎見面了。

☆ 仕事を早いこと終わらせて食事に行こう/快點做完工作就去吃飯。

⓰ (文の終わりについて)命令を表す。中 表示命令。

☆ パスポートを持ってくること / Bring your passport. / 務必帶護照。

☆ 教室でタバコを吸わないこと / 禁止在教室裡吸煙。

注 ❷～⓰はひらがなで書く。

ことによると　そのような可能性があるようす。もしかすると。中 或許；也許；說不定。E possibly.

☆ 広い宇宙には、ことによると、人間よりすぐれた生物がいるかもしれない/在廣闊的宇宙裡說不定存在著比人類更優秀的生物。

こともあろうに　ほかのやり方もあるだろうに。中 偏偏；竟會。E of all people.

☆ こともあろうに先生をなぐるなんて、とんでもない/竟然動手打老師，真是豈有此理。

こと【琴】コト　楽器の一種。長い板でつくった胴に13本の糸を張り、特別なつめではじいて音を出す。日本で古くから使われている。

〔琴〕

中 琴；古筝。E a *koto*; a Japanese harp.

☆ 琴で「春の海」をひく/用古筝彈奏《春之海》。

☆ 琴と尺八の合奏/古筝與尺八(類似簫的一種樂器)合奏。

数 1面

-ごと ❶ (名詞、動詞の基本形について)(1) 1つ1つ、全部に。中 每；每次。

☆ 会う人ごとに「おはよう」とあいさつする / 逢人就道：「早安。」

☆ 家ごとに新聞を配達する / deliver a newspaper to each house. / 挨家挨戶送報紙。

(2) それが繰り返されるたびに。中 每。

☆ 駅ごとに新しい客が乗ってくる / At each station, new passengers get on the train. /每個車站，都有乘客上車。

☆ 日ごとに寒くなる / 天氣日漸寒冷。

❷ (数や量を表すことばについて)それを単位として、同じことが繰り返されること。中 每。

☆ バスは15分ごとに来る / The bus comes every fifteen minutes. /巴士每十五分來一班。

▷ →-おき

ことがら【事柄】コトガラ、コトガラ　ものごと。また、ものごとの内容や状態。中 事情；事態。E a matter; circumstances.

☆ 日本の近代史上で最大のことがらは明治維新である / 日本近代史上最大的事件是明治維新。

☆ ことがらがことがらなので(= ことの中身が非常に重大である、あるいは恥ずかしいので)人には言いにくい/由於事體重大(＝事件内容非常重大或者很可恥)不足為外人道也。

こどく【孤独】コドク　頼れる人がだれもいないで、ひとりぼっちであること。また、心の通い合う人がだれもいないで、さびしいと感じる状態であること。中 孤獨。E solitary; lonely.

☆ 京子は戦争で親きょうだいをなくし、結婚もせず、孤独な一生を過ごした/京子在戰爭中失去了父母兄弟，也没結婚，一個人度過了孤獨的一生。

ごとく (名詞に「の」のついたもの、動詞の基本形について)〜のように。〜のようで。書 中 如……那樣。

☆ グラフで示したごとく、この３年間、大学進学率は減少を続けている / 如圖表所示，這三年大學的入學率逐年減少。

☆ 当分の間は従来のごとく年２回の発行とする / 目前還是和以前一樣，毎年發行兩次。

☆ 刃物のごとく鋭い質問/ a question as sharp as a cutting knife. / 如刀劍似的尖銳質詢。

参「ようだ」の意味の古いことば「ごとし」の１つの形で、かたい言い方。名詞が後に続くときは「ごとき」の形をとり、「彼のごとき政治家は非難されるべきだ」のように使う。

ことごとく コトゴトク　残らずすべて。全部。書 中 所有；一切；全部。E everything; all; entirely.

☆ 息子は反抗期で、わたしの言うことにことごとく反対する/兒子正值叛逆期，完全不聽我的話。

☆ 両国間の問題は、ことごとく解決された/兩國間的所有問題都解決了。

ことごとに コトゴトニ、コトゴトニ　すべてのことに。なにかあるたびに。書 中 毎件事；事事；總是。E in everything; at every chance.

☆ 兄は父とことごとに対立し、ついに家を出た / 哥哥與父親總是對立，終於離家出走。

☆ 洋子の予想はことごとに当たった/洋子的預料完全正確。

ことさら コトサラ、コトサラ　❶わざとなにかをするようす。中 故意；特意。E intentionally.

☆ 課長は、わたしが忙しいことを知っていて、ことさら(に)仕事を増やそうとする / 課長知道我忙，還故意要給我增加工作量。

❷ 他と違って特別であるようす。中 特別。E especially; in particular.

☆ あの日はことさら暑かった / 那天特別熱。

ことし【今年】コトシ　この年。いまの年。中 今年。E this year.

☆ 今年は学校とアルバイトで本当に忙しい/今年因學校功課，再加上打工確實很忙。

☆ 今年の夏、北海道へ行くつもりだ/今年夏天想去北海道。

関連 去年、来年

ことづ・ける コトズケル〔他動一〕 人に頼んで他の人になにかを伝えたり、ものをとどけたりしてもらう。中 託付；託帶口信。E leave a message; entrust.

☆ アリと同室の友人に、アリにあす８時に来るようにとことづけた/要阿麗（同住）的室友帶口信，請她（阿麗）明天八點鐘來。

☆ 友達のアパートに本を返しに行ったが留守だったので、管理人に本をことづけて帰ってきた / 去朋友公寓還書，但他不在，於是把書託付給管理人員後就回來了。

名 ことづけ

ことな・る【異なる】コトナル〔自動五〕(ことなって)　あるものと他のものとが同じではない。書 中 不同；不一樣。E differ; be different; vary.

☆ みんなの考えが異なるので、結論を出すのはむずかしい / 由於大家的想法不同，很難作出結論。

☆ 国と国との関係は、時代とともに異なっていく/國與國的關係隨著時代而不同。

☆ 異なる文化/不同的文化。

参「考えを異にする」のように、「～を」の後では「異にする」を使う。

ことに コトニ 同じ種類のものの中でも、程度が特に違っているようす。中 特別；格外；分外。E especially; particularly.

☆ 日本の食べ物は好きですが、ことにおすしは大好物です/喜歡吃日本食品，特別是壽司，是我最喜歡的。

☆ ことに年の暮れは忙しい/年底格外忙碌。

ことのほか コトノホカ、コトノホカ

❶ 程度がふつうよりもずっと高いようす。とりわけ。中 特別；格外。E unusually; exceedingly.

☆ 今年の冬はことのほか寒く、こたつもストーブも全部売りきれた/今年冬天特別冷，電暖桌和暖爐都供不應求。

❷ 思っていた以上に。中 意外；沒想到。E more than expected.

☆ アパートさがしがことのほかうまくいき、安くてきれいな部屋がすぐ見つかった/沒想到找房子那麼容易，一下就找到又便宜又漂亮的房間。

ことば

【言葉】コトバ 人が他の人になにかを伝えるために音声や文字を使って表したもの。中 話；語言；言詞。E language; a word; an expression.

☆ ことばが通じない/cannot make oneself understood./語言不通。

☆ ことばをかわす/talk with./交談。

☆ ことばの壁/a language barrier./語言障礙。

☆ 話しことば/口語。(→ 項目)

………「ことば」のつく慣用表現 ………

ことばがない あまりにも気の毒だったり、ひどかったりして、なにも言えない。中 無話可說；無言相對。E words fail one.

☆ 交通事故で子供をなくした母親には、だれもことばがなかった/面對因交通事故而失去孩子的母親，大家都無言以對。

ことば巧みに うまいことを言って。中 花言巧語地。E with honeyed talk.

☆ ことば巧みに人をだまして金を出させる/花言巧語騙他人拿出錢來。

ことばに甘える 相手の親切なことばにしたがう。中 承蒙您這麼說。E accept someone's kind offer.

☆ おことばに甘えてごちそうになります/承蒙您這麼說，我就恭敬不如從命了。

ことばを返す 口答えをする。中 反駁。E contradict.

☆ ことばを返すようですが、そのことは先日お断りしたはずです/這話似乎無禮，但我還是要說，那件事上次已經拒絕過了。

ことばを濁す はっきり言うのはぐあいが悪いので、あいまいに言う。中 含糊其詞。E speak ambiguously.

☆ 途中まで話したとき、話題の人物が現れたのでことばをにごした/說曹操，曹操到，所以含糊其詞地敷衍過去。

………………………………………………………

ことばづかい

【言葉遣い】コトバズカイ 相手の人やそれぞれの場面に応じたことばの使い方。中 說法；措詞。E one's manner of speaking; language.

☆ ことばづかいはあまり乱暴なのも困るが、丁寧すぎるのもよくない/措詞太粗魯令人難堪，但過於禮貌也不好。

☆ 正しいことばづかいを教わる/學習正確的用詞。

こども

【子供】コドモ ❶ 娘や息子。子。中 自己的兒女；孩子。E a child; a daughter; a son.

☆ 一郎には子供が３人ある/一郎有三個孩子。

☆ 子供ができる / have a baby; get pregnant. / 有孩子；懷孕。

☆ 子供を育てる / 撫養孩子。

対 親

❷ 2、3歳ぐらいから小学生ぐらいまでの少年や少女。中 小孩；兒童。E a child; a youngster.

☆ 子供たちが元気に遊んでいる / 孩子們正在活潑地玩耍著。

☆ こどもの日(= 5月5日の祝日)/兒童節(=日本指五月五號這個節日)。

対 大人

❸ 考え方や行動などが大人として成長していないこと。中 幼稚；孩子氣。E immature; childish.

☆ 二郎は25歳なのに、まだ子供だから、だれとでもすぐけんかをする / 二郎二十五歲了，卻仍孩子氣十足，不管和誰說不了兩句就爭吵起來。

対 大人

子供は風の子 子供は風の寒さなどに負けず元気に外で遊ぶものだということ。中 孩子不怕冷；愛在外面玩。E Children are created to play outdoors.

ことり【小鳥】コトリ スズメやウグイスなどの小形の鳥。中 小鳥。E a (small) bird.

☆ 毎朝、庭に小鳥が来る / 每天早上小鳥都飛到庭院裡。

☆ 小鳥を飼う / 餵養小鳥。

☆ 小鳥のえさ / 小鳥的食餌；鳥食。

数 1羽・1匹

ことわざ コトワザ、コトワザ 世の中や人のありさまを表現したり、教訓を述べたりする、古くから言い伝えられてきたことば。たとえば、「花よりだんご」「ちりも積もれば山となる」「火のない所に煙は立たない」など。中 諺語；俗語。E a proverb; a saying.

☆ 世界の国々のことわざを比べる / 比較世界各國的諺語。

☆ ことわざを上手に使うと、細かく説明するよりずっとよくわかってもらえる/諺語用得好，比詳細說明，更能令人理解。

ことわ・る【断る】コトワル〔他動五〕(ことわって) ❶ 相手の頼みや申し出を受け入れない。中 拒絕；謝絕。E decline; refuse.

☆ コンサートに誘われたが、忙しくて断った/被邀請參加音樂會，但因為工作忙而謝絕了。

❷ 前もって知らせたり言い訳したりする。また、そうして相手の許しをえる。中 事先說明；事先通知。E excuse oneself; ask permission.

☆ 病気で出席できないことを電話で断る/事先打電話說明因病不能參加。

☆ 今晩遅くなると断って家を出た / 事先說明今晚會晚歸之後出了家門。

▷ 名 断り

こな【粉】コナ 非常に細かい粒の固体。また、その集まり。中 粉；粉末。E powder; flour.

☆ 粉と水をこねてギョーザの皮をつくる/攪拌麵粉與水揉成餃子皮。

☆ 粉薬を飲む / 吃藥粉。

☆ 粉々 / pieces; fragments. / 粉碎；碎末。

参 名詞の前につくときは「粉ミルク」「粉雪」など「粉」を使うが、名詞の後につくときは「小麦粉」「うどん粉」のように「粉」を使う。

こな・す コナス〔他動五〕(こなして) ❶ 食べたものを消化する。中 消化。E digest.

☆ 食べたものを胃でこなす/食物在胃裡消化。

❷ 知識、技能などを覚えて、自由に使う。中 掌握；運用自如。E master; handle.

☆ 日本語はなんとかこなせるようになったから、つぎは中国語だ/日語總算能運用自如了，下一個目標是中文。

☆ 道具を使いこなす / 靈活使用工具。

❸ 仕事などをうまくする。中 熟練；做完；處理。E finish; perform.

☆ 予定の半分の時間で仕事をこなした/在預

定的一半時間内做完工作。

☆ むずかしい役をよくこなしている俳優/能把難演的角色處理好的演員。

▷ 名こなし 自動こなれる

コネ コネ〔←コネクション(connection)〕 知り合いの関係。縁故。中關係；門路；後門。E connections.

☆ 道子は叔父の会社にコネで就職した/道子靠走後門進叔父的公司工作。

☆ コネがきく/走後門好辦事。

こ・ねる コネル〔他動一〕 ❶水分を加えた粉などを、手に力を入れてよくまぜる。中捏；攪拌；揉合；弄和。E knead.

☆ 小麦粉をこねてパンをつくる/和麵做麵包。

☆ セメントをこねる/攪拌水泥。

❷ わけのわからないことを、いろいろ言う。中狡辯；磨人；搬弄；撒嬌。E chop logic.

☆ 理屈をこねてばかりいないで実際に働いたらどうだ/不要老是強詞奪理，實際做一下怎麼樣?

☆ だだをこねる/小孩子撒嬌；纏磨；撒嬌。(→項目)

ご・ねる ゴネル〔自動一〕 不平や文句を言って自分の思いどおりにしようとする。話中發牢騷；抱怨。E complain; insist.

☆ 証券会社の窓口で、値下がりした株をなんとかしてくれと客がごねている/在證券公司的窗口，顧客嘮叨不休地說：「請替下跌的股票想想辦法吧!」。

☆ ごね得/死皮賴臉地向對方講條件而得到的好處。

この コノ ❶話す人に近いもの、こと、人をさす。中這；這個。E this.

☆ この本は父がくれたものです/這本書是父親給我的。

☆ この建物が市役所です/這座建築物是市政府。

☆ この人が案内してくれるそうだ/聽說由這個人負責幫我們解說。

❷ 自分がすぐ前にいったことをさす。中(前文中提到的)這個(問題等)。E this (thing, person).

☆ 地球の温暖化、この問題はぜひ解決しなければならない/一定要解決地球的溫室效應這個問題。

▷ →付録指示語のまとめ

このあいだ【この間】コノアイダ、コノアイダ 現在よりすこし前の日。中前幾天；前些時候。E the other day.

☆ このあいだ、おもしろい映画を見た/前幾天看了場很有趣的電影。

☆ このあいだはごちそうさまでした/承蒙您前幾天款待。

二参 くだけた言い方は「こないだ」。

このごろ コノゴロ 現在よりすこし前から現在までの期間。中這些日子；這些天來；近來。E these days; today.

☆ このごろはなんでも便利になった/最近什麼都變得很方便。

☆ このごろ体の調子がよくない/最近身體況不大好。

☆ このごろの若者はおしゃれが上手だ/最近的年輕人很會打扮。

→近ごろ

このたび コノタビ 「今度」の改まった言い方。今回。中這次；這回；此次。E this time; soon.

☆ このたびのご受賞おめでとうございます/祝賀你這次獲獎。

☆ このたび結婚することになりました/這次決定結婚。

このは【木の葉】コノハ ❶木についている葉。中樹葉。E a leaf.

☆ 秋には木の葉が赤くなったり、黄色になったりする/秋天有的樹葉變紅，有的變黃。

☆ 木の葉を拾う/撿樹葉。

❷ (「木の葉のように」の形で)小さくて軽いものが動くようす。中樹葉似的。E like a leaf.

☆ 船は強い風で木の葉のように揺れた/船被大風吹得像樹葉一樣搖擺。

☆ わたしの心は木の葉のように揺れ動く/我的心像樹葉一樣搖擺不定。

▷ [数]❶ 1枚 [書]

[参] ❶は「木の葉」と意味は同じだが、「木の葉」は1つのことばで、「木の葉」は「木」「の」「葉」の3つのことばを合わせたもの。詩や文章の中では「木の葉」より「木の葉」のほうを多く使う。

このまえ 【この前】コノマエ　❶ 現在よりすこし前の日。すこし以前。[中] 前幾天；最近。[E] the other day.

☆ この前、銀座で田中さんに会った/前幾天在銀座見到了田中先生。

❷ すこし以前の、同じようなことをしたり、同じような状態であったりしたとき。[中] 上次；前次。[E] last time; last.

☆ この前アメリカへ行ったのは1975年だった/上次去美國是在1975年。

☆ この前の日曜日は姉とテニスをした/上星期天與姊姊打網球。

このまし・い 【好ましい】コノマシイ　❶ 感じがよくて、好みに合っている。[中] 令人滿意；令人喜歡。[E] agreeable; pleasant.

☆ 客に対して好ましい感じを与えるように、店員を教育する/教育店員，要讓顧客感到滿意。

❷ 満足できるようすだ。望ましい。[中] 合乎理想；合適。[E] desirable; satisfactory.

☆ 新しく採用する社員は中国語ができる人が好ましい/新聘的職員最好是會說中文，較為合適。

このみ 【木の実】コノミ　木になる実。[書] [中] 果實。[E] a nut; a fruit; a berry.

☆ 秋になると、木の実が美しく色づく/一到秋天，樹上果實就成熟了，顏色很漂亮。

[参]「木の実」も意味は同じだが、「木の実」は1つのことばで、「木の実」は「木」「の」「実」の3つのことばを合わせたもの。詩や文章の中では「木の実」より「木の実」のほうを多く使う。

この・む 【好む】コノム〔他動五〕(このんで)

❶ なにかを好きだと感じたり、ほしいと思ったりする。[中] 喜歡；愛好；願意。[E] like.

☆ 父はビールより日本酒を好む/啤酒與日本酒相比，父親較喜歡喝日本酒。

☆ 好むと好まざるとにかかわらず/whether one likes it or not./不論願意與否。

[対] 嫌う

❷ (「好んで」の形で)自分から進んで。[中] 情願；願意；主動。[E] by choice.

☆ 好んでむずかしい仕事を選ぶ/主動選擇困難的工作。

▷ [名] 好み

このよ 【この世】コノヨ、コノヨ　現在、人間が生活している世界。[中] 人世；今世；今生。[E] this world.

☆ この世では幸福になれない/這個世上沒法得到幸福。

☆ この世を去る(=死ぬ)/辭世(=死)。

[対] あの世

こばしり 【小走り】コバシリ　短い歩幅で、急いで行くこと。[中] 小步急行；小跑。[E] run with short steps.

☆ 約束の時間が近づいたので、小走りで目的地へ急いだ/約定時間快到了，於是小跑步趕往目的地。

☆ 小走りに走る/小跑步。

こば・む 【拒む】コバム〔他動五〕(こばんで)

❶ 相手の希望、依頼、要求を断る。[中] 拒絕。[E] refuse; decline.

☆ 会員として適当ではないと思ったので、入会をこばんだ/認為不符合會員資格，所以拒絕入會。

☆ 犯罪者の入国をこばむ/拒絕罪犯入境。

[対] 受け入れる

❷ 進もうとするものを止める。中 阻止；阻擋。E block; obstruct.

☆ 道路に落下した大きな石が車の前進をこばんでいる/落到路上的大石阻擋了車輛前進。

ごはん【ご飯】ゴハン ❶ 米に水を入れて煮たもの。中 米飯。E boiled rice.

☆ 朝食は、いつもごはんとみそ汁だ/早餐總是吃白飯和味噌湯。

☆ ごはんを炊く/做飯。

❷ 食事。中 伙食；用餐。E a meal.

☆ ごはんですよ/開飯了！

☆ 朝ごはん/早飯。

☆ 昼ごはん/午飯。

▷ 数 ❶ 1膳・1杯

ごばん【碁盤】ゴバン 碁で、黒と白の石を並べる四角い台。表面には、縦横それぞれ19本の線が引いてある。中 棋盤。E a *go* board.

☆ 碁盤の前にすわって、碁を打つ/坐在棋盤前，下圍棋。

☆ 道路が碁盤の目のようになっている/道路就像棋盤的格子那樣。

数 1枚・1面 →碁 図

ごび【語尾】ゴビ ❶ 話すときのことばの終わりの部分。中 句尾；語尾。E the end of one's words.

☆ このごろの若い人は語尾をのばして話す/近來年輕人說話時把語尾拉長。

☆ あなたのことばは語尾がよく聞こえない/聽不清楚你最後說的話。

対 語頭

❷ 文法で、動詞、形容詞など活用をすることばの変化する部分。活用語尾。中 詞尾。E a conjugational suffix.

☆「赤い」の語尾は「い」で、「書く」の語尾は「く」だ/「赤い」的詞尾是「い」，而「書く」的詞尾是「く」。

☆ 語尾変化/詞尾變化。

対 語幹

コピー (copy) コピー ❶〔～する〕文書や美術品を本物のとおりにつくること。また、つくったもの。中 複製；複製品；影印；影本。E a copy; a photocopy.

☆ これはロダンのコピーだが、とてもよくできている/這是羅丹的複製品，做得很像。

☆ 試験問題をコピーする/影印考題。

☆ だいじな書類だからコピーをとっておこう/因為是重要文件，所以要影印留底。

❷ 広告の文章。中 廣告文案。E copy.

☆ このコピーはなかなかうまく書けている/這份廣告文案寫得非常好。

☆ コピーライター/廣告撰稿員。

▷ 数 ❶ 1部・1枚・1点、❷ 1本

こぶ【昆布】コブ 「昆布」を短くした言い方。中 海帶。E *kombu*; a sea tangle; kelp.

☆ こぶ巻き/海帶捲（包著小青魚的）。

☆ こぶ茶/海帶茶（將海帶磨成粉末，用熱水沖著喝的）。

数 1枚

参 音が「喜ぶ」に通じるので、お祝いやおめでたいときに使う。

ごぶさた ゴブサタ〔～する〕ある期間、相手に連絡をとらないでいること。中 久違；久疏問候；久未通訊。E haven't seen a person for a long time; one's long silence.

☆ 先生には卒業以来ごぶさたしている/畢業以後就沒有與老師聯繫。

☆ 長い間のごぶさたをおわびいたします/久疏問候向您表示歉意。

こぶし コブシ 5本の指を中に折り曲げてかたくにぎった手。中 拳；拳頭。E a fist.

☆ けんかをしてこぶしを振り上げた/揮舞著拳頭打架。

☆ にぎりこぶし/握著拳頭。

対 平手

こふん【古墳】コフン むかしの墓。3世紀から7世紀にかけてつくられた天皇や豪族の墓。小山のように土を盛ったものが多く、その形によって円墳、方墳、前方後円墳などと呼ばれる。中 古墓；古墳。E an ancient tomb.

☆ 奈良市の郊外の古墳を見学した/參觀了奈良市郊外的古墓。

☆ 古墳を発掘する/發掘古墓。

こぶん【古文】コブン　江戸時代までに書かれた日本語の文章。中 江戸時代以前的古文。E Japanese classics up through the Edo period.

☆ 高校で古文を習った/高中時學過江戸時代以前的古文。

対 現代文

ごぼう　ゴボー　野菜の一種。細長い茶色の根の部分を食べる。中 牛蒡。E a burdock.

☆ 畑にゴボウを植える/在田裡種植牛蒡。

☆ ゴボウの煮物/煮牛蒡。

数 1本　→野菜図

ごぼうぬき【ごぼう抜き】ゴボーヌキ

❶ ものを強く引っぱって抜くこと。たくさんの人の中から1人ずつ、つぎつぎと引き抜くこと。中 一個個地拉走；一個個地抽掉。E pull (people) out one by one.

☆ 警官はすわりこんだデモ隊をごぼう抜きにした/警察把靜坐示威的人們一個個地拉走。

❷ 競走で、何人もの人を追い抜くこと。中 一個個地趕過去。E overtake several competitors in a single spurt.

☆ 1万メートル競走のゴール直前で、6人をごぼう抜きにした/在快到1萬公尺長跑終點時，一口氣趕過了六個人。

こぼ・す　コボス〔他動五〕(こぼして) ❶ なにかの中に入っている液体や細かいものを、外に落とす。中 灑；潑；掉；落；撒。E spill.

☆ コップの水をこぼして服をぬらした/杯子裡的水灑出來，弄濕了衣服。

☆ 食べ物を床にこぼす/把食物撒落在地上。

❷ あふれさせる。中 灑；撒；掉。E shed.

☆ 久しぶりに会った母は涙をこぼして喜んだ/久別重逢，母親高興得流出了眼淚。

❸ 不満などを、人に話す。中 發牢騷；抱怨；不平之鳴。E grumble; complain.

☆ 母は、仕事が忙しくて旅行するひまがないとこぼしている/媽媽抱怨工作太忙，連去旅行的時間也沒有。

☆ 愚痴をこぼす/發牢騷；發怨言。

▷ 自動 こぼれる

こぼ・れる　コボレル〔自動一〕 ❶ なにかの中に入っている液体や細かいものが、外に落ちる。中 漏；掉；灑；流出。E spill.

☆ 袋に穴が開いていて、米がこぼれた/袋子破了個洞，裡面的米灑出來了。

☆ 倒れたコップの水がこぼれる/杯子倒了，水灑出來。

❷ あふれ出る。中 溢出；充滿。E run over; fall.

☆ 孫の写真を見る祖父の顔に笑みがこぼれた/看到孫子的照片，爺爺臉上露出笑容。

☆ 涙がこぼれる/流眼淚；熱淚盈眶。

▷ 他動 こぼす

こま　コマ　日本に古くからあるおもちゃ。真ん中の棒を中心にして、ひもや手などで回して遊ぶ。中 陀螺。E a top.

ひも

〔こま〕

☆ お正月に子供たちがこまを回して遊ぶ/新年時孩子們玩陀螺。

☆ こま回し/轉陀螺。

ごま　ゴマ　穀物の一種。黒、白、茶色の小さい種は、油をとったり、料理に使ったりする。中 芝麻。E sesame.

☆ ゴマをいる/parch sesame seeds./炒芝麻。

☆ ゴマ油/香油；麻油。

☆ ゴマ塩/芝麻鹽。(→項目)

ごまをする　自分の利益になるよう、目上の人にお世辞を言ったり、サービスしたりする。中 阿諛；逢迎；拍馬屁。E flatter; fawn upon.

☆ あいつは給料を上げてもらいたくて課長

にごまをすっている/那小子想加薪，所以老拍課長的馬屁。

似た表現 ごますり

こまか・い【細かい】コマカイ ❶粒や網目などが非常に小さい。中 細；小；零碎。E small; fine.

☆ タマネギを細かくきざむ/把洋蔥切成碎末。

☆ 細かい雨が降る/下小雨。

☆ 細かい目のざる/細眼的小簍筐。

対 粗い

❷ 貨幣が小さい額だ。中 零錢。E small.

☆ 細かいお金がない/沒有零錢。

☆ 1000円札を細かくして電話をかける/把一千日圓找開打電話。

❸ くわしい。中 詳細；仔細。E detailed; minute.

☆ 細かいことは会ったとき話します/詳細情況見面再談。

☆ よく考えて、細かく計画を立てる/好好考慮後，制定一個詳細計劃。

❹ 小さいことにまで、よく気がつく。中 入微；無微不至；周到的。E careful; thoughtful.

☆ 病人や老人に対しては、細かい心づかいが必要だ/對病人和老人來說，需要無微不至的關懷。

❺ 小さいことまで問題にするようすだ。中 細節。E tightfisted; particular.

☆ 道子はお金に細かくて、電話代までいちいちメモしている/道子花錢仔細，連電話費也一一記錄。

ごまか・す ゴマカス〔他動五〕(ごまかして)

❶ 人に気づかれないように、ちょっとした悪いことをする。中 欺騙；蒙混。E cheat; deceive.

☆ 店がこんでいたので、金をごまかして少なく払って出てきた/因為店裡很擁擠，所以混水摸魚少付錢就出去了。

☆ おつりをごまかす/少找錢；錢找不足。

❷ 適当なことを言ったりして、自分につごうの悪いことをうまく隠す。中 胡弄；敷衍。E evade; gloss over.

☆ わたしはその話は聞いていないからわからないと言って、ごまかした/因為沒有聽說過那事，說不知道就敷衍過去了。

☆ 笑ってごまかしてもだめだよ/笑著打馬虎眼可不行啊；一笑置之可不行。

▷ 名 ごまかし

こまぎれ【細切れ】コマギレ 細かく切ったもの。中 細條；碎片；碎塊。E hashed (meat) ; small pieces.

☆ 肉屋でこまぎれの安い牛肉を買う/在肉舖買便宜的碎牛肉塊。

☆ こまぎれの話/隻字片語。

こまごま【細細】コマゴマ〔～する〕❶非常にくわしく丁寧なようす。中 詳詳細細；仔細入微。

☆ 試合前、コーチが選手にこまごま(と)注意を与えた/Before the game, the coach gave the players detailed advice. /賽前，教練仔細叮嚀選手了。

❷ 細かいようす。中 零零碎碎；瑣碎；零碎。

☆ ボタンのようなこまごましたものは、まとめて箱に入れておく/put small things like buttons together in a box. /把鈕扣等零碎物品都放在盒裡。

注「ほそぼそ」とも読めるので、区別するためには、ひらがなで書くほうがいい。

ごましお【ごま塩】ゴマシオ ゴマと塩を合わせたもの。ごはんに振りかけて食べる。多くは黒いゴマと白い塩とでつくるので、黒と白のまざったものの表現にも使う。中 芝麻鹽。E salt with parched sesame.

☆ おかずがないので、ごはんにゴマ塩をかけて食べた/因為沒有菜，就在白飯上灑點芝麻鹽巴吃了。

☆ ゴマ塩頭(半分ぐらい白い髪になった頭)/頭髮斑白(＝頭髮半白)。

こ

こ

こま・る【困る】コマル〔自動五〕(こまって)

❶ どうしていいかわからず苦しむ。中 為難；感到困難；受窘。E have trouble; be at a loss.

☆ 漢字の読み方がわからなくて困る / 不知道漢字的唸法，令人感到困擾。

☆ 部屋のかぎをなくして困った / 房間的鑰匙弄丟了，麻煩大了。

❷ 貧乏で生活に苦しむ。中 窮困；生活困難。E be in want; be hard up.

☆ 家族が多いのに給料が少なくて困っている / 家裡人多收入少，所以生活困苦。

☆ 着るものにも困る / 連衣服都買不起。

-こみ【-込み】（他のことばについて）〜を一緒にして。中 包括在内。

☆ 消費税込みで 1000 円 / Including consumption tax, it's 1,000 yen. / 連消費稅在内共一千日圓。

☆ 1泊5000円は食事代込みの値段だ / 住一晚五千日圓是包含餐費在内的價格。

ごみ　ゴミ　ほこり、紙くず、食べ物のくずなど、捨てるもの。中 垃圾；塵土。E garbage; trash; rubbish.

☆ ごみをごみ箱に捨てる / 把垃圾扔進垃圾箱。

☆ ごみの山 / 垃圾堆。

☆ ごみ収集車 / 垃圾車。

☆ 粗大ごみ / 大件垃圾。(→ 項目)

→ 囲み

こみあ・う【込み合う】コミアウ、コミアウ〔自動五〕(こみあって)　ある場所が人やものでいっぱいになる。中 人多；擠；擁擠。E be crowded.

☆ 朝の電車は人がこみあって動くこともできない / 早上電車人很多，擠得不能動彈。

☆ 道がこみあっていて車が前へ進まない / 道路壅塞，車子無法前進。

こみい・る【込み入る】コミイル、コミイル〔自動五〕(こみいって)　複雑でむずかしくからみ合う。中 複雜；錯綜複雜；糾纏不清。E be complicated.

☆ いろいろとこみいった事情があって、彼と結婚できない / 因為有許多糾纏不清的事情，所以不能與他結婚。

☆ こみいった話 / 錯綜複雜的話。

コミュニケーション (communication) コ

ごみを出すときに使うことば (倒垃圾用語)

ごみ袋　中（倒垃圾用）塑膠袋、垃圾袋。E a bag for garbage.

ポリバケツ　中（倒垃圾用）塑膠桶、垃圾桶。E a plastic bucket for garbage.

ごみ集積所、ごみ置き場　中 垃圾場。E a garbage collection site.

ごみ収集日　中 垃圾收集日。E a garbage collection day.

ごみ収集車　中 垃圾（收集）車。E a garbage truck.

清掃事務所　中 清潔大隊。E the garbage collection office.

分別収集　中 分類收集。E collection of garbage by type.

ごみの種類

生ごみ　中 廚房垃圾；廚餘。E kitchen garbage.

燃えるごみ、可燃ごみ　中 可燃垃圾。E combustible garbage.

燃えないごみ、不燃ごみ　中 不可燃垃圾。E noncombustible garbage.

粗大ごみ　中 大件垃圾。E large-sized garbage.

ミュニケーション〔～する〕 ❶通信。報道。中通訊；報導；宣傳活動。E communication.

☆ 電話は身近なコミュニケーションの手段である／電話是一種方便的通訊工具。

☆ マスコミュニケーション／(透過報紙、廣播、電視等向群衆進行的)大規模宣傳。(→マスコミ 項目)

❷ ことば、文字、身ぶりなどで、考えや気持ちを通じ合わせること。中溝通；交流。E communication.

☆ 同じ家に住んでいても、コミュニケーションのない家族がある／雖然住在一起，但也有缺乏互動的家人。

☆ 会員のコミュニケーションをはかる／謀求與會員交流。

こ・む【込む】コム〔自動五〕(こんで) ❶ある場所が人やものでいっぱいになり、すきまのない状態になる。中擁擠；混雜。E be crowded.

☆ 電車がこんでいて乗れない／電車很擁擠，無法乘坐。

☆ 日曜日なので美術館がこんでいる／因為是星期天，所以美術館很擁擠。

対 すく

❷ (「手がこむ」の形で) ⇨手 慣用

❸ (動詞の「ます」形について)(1)～して中に入る。～して中に入れる。中進入。

☆ 駆けこむ／跑進。(→項目)

☆ 乗りこむ／board.／乘上；坐上。

(2) すっかり～する。中完全；全部。

☆ 思いこむ／be convinced.／確信；深信不疑。

☆ 使いこむ／私用；盜用；花費過多；透支。(→項目)

ゴム (オ gom) ゴム ゴムの木からとる液を原料にしてつくった弾力のある物質。化学的にも合成される。中橡膠；橡皮。E rubber.

☆ 靴下のゴムがのびる／襪子的鬆緊帶鬆掉了。

☆ ゴム長靴／膠靴。

☆ 消しゴム／橡皮擦。(→項目)

☆ 輪ゴム／橡皮筋。

こむぎ【小麦】コムギ 穀物の一種。畑でつくり、粉にしてパンやうどんなどをつくる。中小麥。E wheat.

☆ 小麦は世界じゅうで広く栽培されている／小麥在全世界廣泛種植。

☆ 小麦色の肌(＝日に焼けて、健康そうな肌)／淺褐色的皮膚(＝被太陽曬黑的健康膚色)。

こむぎこ【小麦粉】コムギコ、コムギコ 小麦を粉にしたもの。パンやうどんなどの原料にする。メリケン粉。中麵粉；白麵。E (wheat) flour.

☆ 小麦粉でクッキーをつくる／用麵粉作小餅乾。

こめ【米】コメ 稲の実からもみ殻を取り除いたもの。アジアでは主食としている国が多い。中米；稻米。E rice.

☆ 大むかしから人間は米を食べている／人們從古早就開始吃米飯。

☆ 日本酒は米からつくる／日本酒是用米釀造的。

参「うるち」と「もち米」の２種があり、主食とするのは「うるち」。「もち米」は赤飯、もちなどにして食べる。

ごめんください ゴメンクダサイ、ゴメンクダサイ 人を訪問したとき、また、そこから帰るときに言うあいさつのことば。話 中(叫門時)有人在家嗎?我可以進來嗎?(辭別時)再見；恕我告辭。E (at an entrance) Hello!; Excuse me, is anyone here?; (on leaving) Good-bye; Excuse me (for going first).

☆ 玄関で「ごめんください」と呼んだが、返事はなかった／在門前喊「有人在家嗎?」但是沒人回應。

☆ それではお先にごめんください／那我就先告辭了。

コメント (comment) コメント〔～する〕 あることについて意見を言うこと。また、その意見。中發表意見；發表看法；評語。E comment.

☆ 会長が大会の成果についてコメントした／

會長就大會的成果發表了評語。

☆ 首脳会談が終わってコメントが発表された / 高峰會談結束後，發表了評論。

☆ ノーコメント(なにも話すことはない / 無可奉告(＝什麼話都不說)。

ごめんなさい ゴメンナサイ、ゴメンナサイ　人に謝るときに言うあいさつのことば。[話] [中] 對不起；請原諒。[E] I'm sorry; Excuse me.

☆ 遅くなってごめんなさい/對不起，我來晚了。

☆ ごめんなさい。だいじなものをこわしてしまって/真對不起，弄壞了這麼貴重的東西。

[参] くだけた言い方は「ごめん」。

こも・る コモル〔自動五〕(こもって) ❶ 建物の中に入って外に出ない。[中] 閉不出門。[E] stay indoors; seclude oneself.

☆ 京子は1週間も家にこもったままだが、どうしたのだろう/京子一個星期閉門不出，到底怎麼了?

☆ 寺にこもって修行をする/在寺裡閉門修行。

❷ 気体などが外に出ない。[中] 不通風；充滿。[E] be full of (smoke) ; be muffled.

☆ 魚を焼いた煙が部屋にこもっている/房間裡充滿著烤魚的煙味。

☆ 声が口の中にこもって聞き取りにくい/說話含糊不清，很難聽懂。

❸ 感情などがじゅうぶんに入っている。[中] 包含；充滿。[E] heartfelt; with (enthusiasm).

☆ この絵は、父からの心のこもった贈り物だ / 這幅畫是充滿著父親一片心意的禮物。

☆ 応援に力がこもる / 聲援力量浩大。

▷ [他動] こめる

こもん【顧問】コモン　会社や団体などで、相談を受けて、意見を述べる役目。また、その人。[中] 顧問。[E] an adviser; a counselor.

☆ 父は会社の顧問をしている / 父親是公司的顧問。

☆ 顧問弁護士 / 顧問律師(律師顧問)。

こや【小屋】コヤ、コヤ　小さい、そまつな建物。また、映画や演劇のための劇場。[中] 簡陋的小屋；戲棚。[E] a hut; a shed; a theater.

☆ 山に小屋を建てる / 在山上搭小房子。

☆ 掘っ立て小屋(=簡単につくった建物)/臨時搭的小房子(簡單地搭建的臨時房)。

☆ 芝居小屋 / 戲棚；戲台。

☆ 犬小屋 / 狗窩；狗棚。

[数] 1軒

こやし【肥やし】コヤシ　❶ 農作物がよく育つように、田や畑にまくもの。肥料。[中] 肥料。[E] manure; fertilizer.

☆ 畑にこやしをまく / 在耕地裡施肥。

☆ トマトにこやしをやる / 給番茄施肥。

❷ 仕事、人生、勉強などを成功させるのに役立ついい経験。[中] 經驗教訓。[E] a good experience; a learning experience.

☆ 失敗をこやしにして成長していく / 在失敗的經驗中成長。

▷ [他動] 肥やす

こゆうめいし【固有名詞】コユーメイシ　人名や地名、国名、本の名前、商品名など、ある1つのものだけにつけた名前。[中] 専有名詞。[E] a proper noun.

☆ 固有名詞には「富士山」「ナイル川」「ワシントン」「ハムレット」などがある / 專有名詞有「富士山」、「尼羅河」、「華盛頓」、「哈姆雷特」等等。

[対] 普通名詞

こゆび【小指】コユビ　手や足の5本の指の1つ。いちばん小さくて、外側にある。[中] 小指；小手指。[E] the little finger.

☆ 手の小指は薬指のとなりのいちばん細くて小さい指だ / 手的小指是無名指旁邊的最細小的指頭。

→手 [図]

ごよう【誤用】ゴヨー〔～する〕　ことばなどをまちがって使うこと。また、まちがった使い方。[中] 誤用；用錯。[E] misuse.

☆ この作文は助詞の誤用が多い / 這篇作文中用錯助詞的地方很多。

☆ 誤用を直す / 糾正誤用。

☆ 誤用例 / 誤用例。

こら コ̄ラ　相手をしかったり、おどかしたりするときに言うことば。話 中(表示憤怒、威嚇、斥責的喝聲)喂。E Hey (there)!; I say!

☆ こら、桜の枝を折ったのはだれだ / 喂，誰折掉了櫻花樹枝?

☆ こら、うるさいぞ。静かにしろ / 喂，太吵了，安靜點。

三参 目上の人が目下の人に言う。

こら·える コラエ̄ル〔他動一〕 体や心に感じるものを外に出さない。中 忍耐；忍受。E stand; suppress.

☆ 頭の痛さをこらえて、元気そうにふるまう / 忍著頭痛，強打精神。

☆ 笑いをこらえる / 忍住不笑。

ごらく【娯楽】ゴ̄ラク　仕事や勉強でなく、遊びや楽しみのためにしたり、見たり、聞いたりするもの。中 娛樂；娛樂活動。E amusement; entertainment.

☆ 働くばかりで娯楽のない生活ではつまらない / 光工作而沒有娛樂的生活真是無聊。

☆ 娯楽映画 / 娛樂電影。

☆ 娯楽番組 / 娛樂節目。

こらし·める【懲らしめる】コラシメ̄ル〔他動一〕 罰などを与えて、二度とそのような悪いことはしないようにさせる。中 懲戒；懲罰；教訓。E punish; chastise.

☆ 怠ける生徒をこらしめるために、教室の掃除をやらせた / 為了教訓偷懶的學生，讓他打掃教室。

☆ いたずらな子供をこらしめる / 教訓淘氣的孩子。

名 懲らしめ

こら·す【凝らす】コラ̄ス〔他動五〕(こらして) 心、目、耳などを1つの所に向ける。中 凝集；集中。E strain; exert.

☆ 目をこらして見ると、暗い中になにかが見える / 凝神細看，黑暗中也能看到些東西。

☆ 贈り物の包み紙に工夫をこらす / 在禮物的包裝紙上費盡心思。

コラム (column) コ̄ラム　新聞や雑誌の、線でかこった欄に書かれた短い記事。また、その欄。中 專欄；短評欄。E a column.

☆ 夕刊のコラムを毎日楽しみに読む / 每天都愉快地看晚報上的專欄。

ごらん【ご覧】ゴラ̄ン　❶「見ること」の尊敬語。中「看」「觀賞」的尊敬語。E ((respectful)) see; look at.

☆ 校長先生がわたしたちの作品をごらんになる / 校長看我們的作品。

☆ 左をごらんください / 請看左邊。

☆ 写真をごらんに入れる / 請看照片。

❷「ごらんなさい」を略した言い方。見なさい。中 請看；看。E Look at ~ !

☆ 辞書をよくごらん、おまえの書いた字は違うだろ? / 好好查查字典，你的字寫錯了吧?

❸ (「~てごらん」の形で)~てみなさい。

☆ 右を見てごらん、遠くに富士山が見えるよ / 向右看，能看到遠處的富士山。

☆ 食べてごらん / Have a bite. / 你嚐嚐；請嚐嚐。

三注 ❸はひらがなで書く。

こりごり コ̄リゴリ、コリゴ̄リ〔~する〕 ひどいことになり、もう絶対いやだと思うようす。中 (因為吃過苦頭)再也不敢造次；感到頭痛。

☆ あんな痛い手術はもうこりごりだ / I won't have anything more to do with such a painful operation. / 我再也不想做那樣疼痛的手術了。

☆ あの食堂の定食のまずさにはこりごりしている / 我再也不想吃那家餐廳的難吃的套餐了。

こりつ【孤立】コリ̄ツ〔~する〕 まわりに仲間や頼りになるものがなく、1人だけ離れていること。中 孤立。E be isolated.

☆ みなと違う意見を言い続けているうちに、

孤立してしまった/一直發表與大家不同的意見，所以被孤立了。

☆ 孤立無援(= 1人だけで助けてくれる人のいないこと)/孤立無援(＝沒有一個人支援)。

ごりむちゅう【五里霧中】ゴリムチュー　深い霧の中にいるのと同じで、どうしたらいいか判断のつかないこと。中 五里霧中；迷離恍惚境界。E be in the fog; be at sea.

☆ まったくの新しい仕事を五里霧中の状態でやっている/對新工作不上手，糊裡糊塗地應付著。

こ・りる【懲りる】コリル〔自動一〕　ひどい経験をして、もう二度と同じことはするまいと思う。中 不敢再嘗試；認輸。E learn by experience; have had enough of.

☆ 泥棒に入られたのにこりて、ドアと窓にかぎを2つずつ取りつけた/為防小偷再闖入，我在門窗上各裝兩把鎖。

☆ 転んで大けがをしたのに、こりずにまたスキーに行く/以前曾摔倒受過重傷，現在卻仍不服輸地又去滑雪。

こ・る【凝る】コル〔自動五〕(こって)　❶ 1つのことに夢中になる。中 熱中；入迷；專心致志。E be absorbed in.

☆ ジョンは俳句にこって、毎日5句ずつつくっている/約翰對俳句很入迷，每天都寫五句。

☆ 弟は一時テレビゲームにこっていたが、いまはサッカーに夢中だ/弟弟有段時間熱中打電視遊樂器，現在卻對足球著了迷。

❷ 細かいところまで心を配って特徴を出す。中 講究；下工夫；精緻。E elaborate.

☆ このレストランのコックはこった料理をつくるので、みんなに喜ばれる/因為這家餐廳廚師烹飪的菜很講究，所以很受大家的歡迎。

☆ こった模様のセーター/有精緻圖案的毛衣。

❸ 筋肉がかたまったようになる。中 肌肉等僵硬、痠痛。E grow stiff.

☆ 大きな荷物を持って歩いたので、肩がこってしまった/因為提著大行李走路，所以肩膀肌肉僵硬痠痛。

▷ 他動 凝らす

ゴルフ (golf) ゴルフ　広々とした芝生のコースで、小さなボールをクラブで打って18の穴に順番に入れていくスポーツ。中 高爾夫球。E golf.

☆ ゴルフは若い人も高齢の人も楽しめるスポーツだ/高爾夫球是一項老少咸宜的運動。

☆ ゴルフボール/高爾夫球。

☆ ゴルフ場/高爾夫球場。

これ　コレ、コレ　❶ 話す人に近いもの、こと、人をさすことば。中 這；這個。E this.

☆ これは兄の本です/這是哥哥的書。

☆ これはわたしの長女です/這是我的長女。

❷ 目の前のことで、話す人も聞く人も知っているもの、こと、人をさすことば。中 這；這個。E this.

☆ これはひどい/這太糟糕了。

☆ これがすんだら帰る/這個做完了就回去。

❸ 現在。いま。中 現在；此時。E now.

☆ きょうはこれでおしまいだ/今天到此結束。

☆ これまでの経過を説明する/說明到現在的經過。

❹ 相手に注意したり怒ったりするときに言うことば。中 提醒人注意或生氣時用；(感)喂。E Hey!; Here!; I tell you!

☆ これ、やめなさい/喂，停手。

☆ これ、なにをしているの/喂，你幹什麼!

▷ 話❹　→ 付録 指示語のまとめ

参 ❶❷で人をさすばあいは目下の人をいう。

これという　(後に否定の意味のことばがついて)特に取りたてて言うほどの。特にめだつぐらいの。これといった。中 沒有值得一提的～；沒有特別的～。E nothing particular.

☆ これという用事もないのに呼びだされた/

没有特別的事卻被叫來了。

これから コレカラ、コレカラ いまから後。将来。中 從現在起；今後；將來。E in the future; now.

☆ これからの生活をしっかり考えなさい/好好考慮一下將來的生活吧。

☆ これから食事する / 從現在開始吃飯。

コレクション (collection) コレクション〔～する〕 美術品や切手などを集めること。また、その集めたもの。中 搜集；收藏；收集。E collection.

☆ 切手のコレクションを趣味にしている/我的愛好是集郵。

☆ 浮世絵のコレクション / 收藏「浮世繪」。

これはこれは コレワコレワ、コレワコレワ 感動したり驚いたりしたときに言うことば。話 中 哎呀。E Oh! Well, well.

☆ これはこれは、すばらしい絵だ / 哎呀，這畫真漂亮。

☆ これはこれは、よくいらっしゃいました/哎呀，您來得太好了。

ころ コロ ❶だいたいそのとき。中 時候；時期。E when; season; time.

☆ 桜の咲くころ、日本へ来てください / 請在櫻花盛開的時候來日本來吧。

☆ 子供のころ、京都に住んでいた / 小時候住過京都。

❷ そのことにちょうどいいとき。中 時機。E a good chance.

☆ ころをみてよく話し合ってみよう / 找時間再好好聊吧。

-ごろ ❶(時を表すことばについて)だいたいそのとき。中 表示時分、前後的意思。

☆ 6時ごろ / about six o'clock. / 六點鐘左右。

❷ (名詞、動詞の「ます」形について)そのことにちょうどいいとき。

☆ 食べごろ / 好吃的季節；正適合吃的時候。(→ 項目)

☆ 見ごろ / in full bloom. / 正好看的時候。

☆ 年ごろ/大約的年齡；正值…當年；妙齡；結婚的年齡。(→ 項目)

ころが・す 【転がす】コロガス〔他動五〕(ころがして) ❶ものを進む方向に回りながら動くようにする。中 滾動；轉動。E roll.

☆ ボールを転がしながら歩く / 一邊滾動著球(帶球、盤球) 一邊走路。

☆ 車を転がす(= 自動車を運転する)/ 駕駛汽車；驅車(= 開車)。

☆ 土地を転がす(= 同じ土地を何度も売り買いして値段を上げていく)/轉賣土地抬高價錢而謀利(= 同樣的土地經過幾次炒賣抬高價錢)。

❷ 立っているものを倒す。中 推倒；翻倒。E throw (a person) down.

☆ すもうの相手を転がす/相撲比賽時把對手推倒；把相撲對手推倒。

▷ 自動 転がる

ころころ コロコロ ❶小さくて軽いものが転がるようす。中 小而圓的物體連續滾動的聲音及滾動的樣子。

☆ ボールが坂道をころころ(と)転がっていった / A ball went rolling down the slope. / 球順著坂道咕嚕咕嚕地滾了下去。

❷ 澄んでいて響きのいい、高い声や音を表す。中 形容清脆且響亮的聲音。

☆ コオロギがころころ(と)鳴いている / A cricket is chirping. / 蟋蟀唧唧地叫。

❸ 簡単に何度も変わるようす。中 形容千變萬化的樣子。

☆ 見たと言ったり見なかったと言ったり、言うことがころころ(と)変わる / First they say they saw it, then they say they didn't. They keep changing their story. / 一下說看見了，一下又說沒看見，說話顛三倒四。

❹〔～する〕まるみがあってかわいらしいようす。中 形容小圓體可愛地滾動的樣子。

☆ ころころした小犬が転がるように走って

きた / The roly-poly puppy came bumbling along. / 一隻胖嘟嘟的小狗像翻滚似地跑了過來。

☆ ころころ(と)よく太った赤ちゃん / 胖嘟嘟的嬰兒。

▷ →ごろごろ

こ

ごろごろ ゴロゴロ ❶〔～する〕大きくて重いものが軽がるようす。また、そのときの音を表す。中 形容大且有相當重量的物體連續翻滚的聲音及樣子。

☆ 山道を歩いていたら、大きな石がごろごろ(と)落ちてきた / A huge rock came rolling down as I was walking on the mountain path. /正走在山路上時，一塊大石頭咕嚕咕嚕地滚了下來。

❷「❶」に似た音を表す。中 形容滚動的聲音。

☆ 遠くで雷がごろごろ(と)鳴っている / The thunder is rumbling in the distance. /從遠處傳來隆隆的雷聲。

☆ おなかがごろごろ(と)いう / 肚子咕嚕咕嚕地叫。

❸〔～する〕どこにでもたくさんあるようす。中 形容到處都有很多的樣子。

☆ 英語の話せる人は世間にはごろごろいるよ/ Those who can speak English can be found everywhere. / 會說英文的人到處皆是。

❹〔～する〕なにもしないでいるようす。中 形容什麼都不做的樣子。

☆ 日曜日は家でごろごろしていた / I was loafing around at home on Sunday. /星期天待在家裡沒事做。

参 ❶は「ころころ」と似ているが、「ごろごろ」のほうが音や動きが大きい。

ころ・す 【殺す】コロス〔他動五〕(ころして)

❶ 生きているものを死なせる。中 殺死；弄死。E kill.

☆ 蚊を殺す / 殺蚊子。

☆ たたき殺す / 打死；揍死。

☆ 虫も殺さぬ顔つき(＝小さな虫さえ殺さないようなやさしそうな顔のようす)/顯出一副非常仁慈的面孔；一副仁慈相(＝表示出一副連小蟲子都不殺的仁慈面孔)。

対 生かす

❷ 人やものの持つ能力をだめにする。中 埋沒；糟蹋。E destroy; kill.

☆ 画一的な指導で子供の才能を殺してしまった / 填鴨式的教育會抹殺孩子的才能。

☆ 新鮮な魚の味を殺した料理 / 那道魚做得不好，糟蹋了魚肉的鮮味。

対 生かす

❸ 表面に出ないように押さえる。中 抑制；忍住；壓低。E suppress (one's feelings); under one's breath; hold (one's breath).

☆ 感情を殺して静かに話をする / 控制情緒平靜地談話。

☆ 赤ん坊が寝ているので、声を殺して話し合う / 嬰兒在睡覺，所以壓低聲音說話。

☆ 息を殺す / 摒息；摒住氣。

❹ 勢いを弱める。また、相手の攻撃を止める。中 削弱；降低。E slow down; put out.

☆ スピードを殺す / 降低速度。

☆ セカンドで走者を殺す/把二壘跑者封殺出局。

▷ 名 殺し

ごろね 【ごろ寝】ゴロネ〔～する〕ふとんを敷かないで、また、寝巻きにも着がえないで、その場にごろりと横になって寝ること。中 不蓋被子躺下；穿著衣服睡。E sleep with one's clothes on.

☆ ソファでごろ寝をして、朝まで寝てしまった / 在沙發上披衣而睡，一覺睡到天明。

☆ 作業服のままごろ寝する/穿著工作服睡覺。

ころ・ぶ 【転ぶ】コロブ〔自動五〕(ころんで)

❶ 人がなにかにつまずいたり押されたりして倒れる。中 跌倒；摔倒。E fall down.

☆ 駅の階段で転んでけがをした / 在車站的台階上摔倒受傷了。

☆ すべって転ぶ / 滑倒。

❷ (「どう転んでも」「どちらに転んでも」の形で)どのような結果になっても。中 無論結果如何。

☆ どう転んでも損をすることはない / Whatever may be the issue, we have nothing to lose. / 無論結果如何都不會吃虧。

転ばぬ先のつえ なにをするにも、失敗をしないように事前に注意をすることが必要だということ。中 未雨綢繆；事先做好準備。E Prevention is better than cure; Look before you leap.

転んでもただ(で)は起きない[ぬ] 非常に欲が深く、失敗したときでもそれをむだにせず得することを考えるようす。中 雁過拔毛；跌倒也不會平白起來。E turn everything to account.

☆ 叔父は転んでもただは起きない人だから失敗の経験を本に書いて売りこんだ / 叔父是總不忘撈一筆的人，把失敗的經驗出書銷售。

ころも 【衣】コロモ ❶ 僧の着る着物。中 法衣；袈裟。E a priest's robe.

☆ 黒い衣のお坊さんがやってくる / 一位穿黑袈裟的和尚走了過來。

❷ 着るもの。衣服。中 衣服。E clothes.

☆ 衣をぬぐ / 脫衣服。

☆ 衣がえ / 換裝；更衣。

❸ てんぷらやフライなどをあげるときに、材料をくるむもの。中 麵衣；袍；糖衣。E a coating.

☆ エビに衣をつけてあげる / 把蝦沾上麵粉油炸。

☆ このてんぷらは衣が厚い / 這個天婦羅裹的麵粉太厚了。

▷ 書 ❷

ころりと コロリト、コロリト ❶ 簡単に転がるようす。ころっと。中 形容球、圓桶形的物體一次翻滾或倒下來的樣子。

☆ 大きな体が土俵の上でころりと転がった / The big wrestler was easily rolled over on the *sumo* ring. / 大個兒在相撲場上一下子栽了個跟斗。

❷ 急に変化するようす。ころっと。中 物體突然間或猛然轉動或變化的樣子。

☆ 心臓発作でころりと死ぬ / 因心臟病發作而猝然死去。

☆ 態度がころりと変わる / one's attitude changes abruptly. / 突然改變態度。

こわ・い 【怖い】コワイ 危険な感じがして平静でいられない。中 可怕；令人害怕。E dreadful; terrible; be afraid.

☆ がんはこわい病気だ / 癌症是可怕的疾病。

☆ 子供のころ、父にしかられるのはこわかった / 小時候很怕被父親罵。

参「恐ろしい」も似ていて、「恐ろしい / こわい顔」「ゆうべの火事は恐ろしかった / こわかった」のように、外部の条件、現象からひきおこされる感情を表すときはどちらも使えるが、「合格発表を見に行くのがこわい」のような、悪い結果を予期して心配する意味では、ふつう「こわい」を使う。

こわが・る 【怖がる】コワガル〔他動五〕(こわがって) こわいと思う。中 害怕；恐懼。E fear; be afraid.

☆ 小さい子供は暗い所をこわがる / 小孩子怕黑。

☆ うちの犬は知らない人が来ると、こわがってほえる / 陌生人來時，我家小狗就怕得直叫。

こわごわ コワゴワ、コワゴワ こわいと思いながら行動するようす。中 提心吊膽；擔心害怕。

☆ ヘリコプターの窓から、こわごわ(と)下を見た / I fearfully peered down from the helicopter window. / 提心吊膽地從直升機窗口往下看。

こわ・す 【壊す】コワス〔他動五〕(こわして) ❶ 形のあるものに力を加えて形をなくさせ、使えないようにする。中 弄壞；毀壞。E pull down; break.

☆ 古い家をこわして建て直す/拆除舊宅重建。

☆ 花瓶を床に落としてこわしてしまった/花瓶掉在地上摔壞了。

❷ 使い方が悪かったり使いすぎたりして、もとの働きをなくさせる。中 損害；傷害。E impair; ruin.

☆ 冷たいものを食べすぎて腹をこわした/吃太多冰的東西，把肚子吃壞了。

☆ 体をこわす/損害身體。

❸ いい状態だったものごとをだめにする。中 破壞。E upset; spoil.

☆ 無理な要求を出して、協力関係をこわす/因提出無理要求，而破壞了合作關係。

☆ ムードをこわす/破壞氣氛(情調)。

▷ 自動 壊れる

こわば・る コワバル〔自動五〕(こわばって) やわらかいものが突っぱったようにかたくなる。中 發硬；變硬；變僵硬。E get stiff; stiffen.

☆ タオルを何度も洗濯すると、こわばってくる/毛巾洗過多次而變硬。

☆ 病名を告げられて表情がこわばった/得知病名後表情變得僵硬。

こん【紺】コン　色の1つ。濃い青。濃い海の色。中 深藍；藏藍；藏青。E dark blue; navy blue.

☆ 紺の制服の高校生/穿著深藍色制服的高中生。

☆ 紺色/丈藏藍色。

☆ 濃紺(=濃い紺色)/藏青色(=深藍色)。

こんい【懇意】コンイ　親しくつきあっていて、仲がいいようす。中 親密交往；有交情。E friendly; be on friendly terms with.

☆ 懇意な医者を紹介してあげよう/介紹一個老交情的醫生給你吧。

☆ となりの人と懇意にする/與鄰居有交情。

こんかい【今回】コンカイ　「今度」の改まった言い方。中 這次；這回。E this time.

☆ 今回の研修会はとても有意義だった/這次的研討會非常有意義。

☆ 前回は部長だったが、今回は課長が担当することになった/上次是經理負責，這次決定由科長負責。

関連 前回、次回

こんき【根気】コンキ　途中でやめないで、最後までし続ける気力。中 耐性；毅力。E perseverance; patience.

☆ 根気がないと漢字はなかなか覚えられない/沒有耐性，就記不住漢字。

☆ 根気よく努力する/堅持好好努力。

☆ 根気のいる仕事/需要耐性的工作。

こんきょ【根拠】コンキョ　行動や判断の基礎となるもの。中 根據。E a basis; grounds.

☆ その事実は、わたしの説の正しさを証明する根拠になる/根據這個事實，我的學說的正確性得到證明。

☆ 根拠を明らかにする/闡明根據。

☆ 科学的根拠/科學根據。

☆ 根拠地/根據地。

コンクール(㋫concours) コンクール　音楽や美術などの能力や価値を比べる競技会。中 競賽；比賽；評選會。E a contest.

☆ チャイコフスキー・コンクールで優勝したピアニスト/在柴可夫斯基音樂大賽上勇奪冠軍的鋼琴家。

☆ 写真コンクール/攝影比賽。

こんくらべ【根比べ】コンクラベ〔～する〕1つのことを最後までし続ける気力を競争し合うこと。中 比耐性；比毅力。E an endurance contest.

☆ 幼児教育は幼児との根比べだ/幼兒教育是與幼兒比耐性。

☆ 相手がいやになるまで、根比べする/比耐性直到對方厭煩為止。

コンクリート(concrete) コンクリート　セメントに砂、小石、水を加え、よくまぜ合わせたもの。建物や橋などをつくるときに使う。中 混凝土。E concrete.

☆ コンクリートの家は火事に強い / 混凝土的房子不怕火災。

☆ 鉄筋コンクリート 10 階建て / 十層樓的鋼筋混凝土建築。

☆ コンクリートを打つ(=流し入れる)/澆灌混凝土(=流入);灌漿。

こんげつ【今月】コンゲツ　この月。いまの月。中 本月;這個月。E this month.

☆ 今月の終わりから夏休みに入る / 這個月底開始放暑假。

☆ あと数日で今月も終わる / 還有幾天這個月就結束了。

関連 先月、来月

こんご【今後】コンゴ、コンゴ　これから後。以後。中 今後;以後。E future; after this; in the future.

☆ 今後の方針を立てる / 訂定今後的方針。

☆ 遅刻しないよう、今後、気をつける / 注意以後不要遲到。

ごんごどうだん【言語道断】ゴンゴドーダン　ことばで言い表せないぐらいひどいようす。とんでもないようす。中 豈有此理;荒謬絕倫。E unspeakable; inexcusable.

☆ 先生が教え子の論文を自分の名で発表するとは言語道断だ/老師以自己的名義發表學生撰寫的論文,真是荒唐絕頂。

☆ 投票用紙を金で買うような言語道断な行為は許せない / 不能允許賄選這種荒謬絕倫的行為。

こんこん　コンコン　❶ かたいものを軽く続けてたたく音を表す。中 形容連續輕敲硬質物體的聲音。

☆ ドアを軽くこんこん(と)ノックする音がした / There was a light knock on the door. / 聽到輕輕的咚咚敲門聲。

❷ せきをする音を表す。中 形容連續咳嗽的聲音。

☆ 祖母はかぜをひいたらしく、こんこん(と)せきをしている / My grandmother seems to have caught a cold with a dry cough. / 祖母好像患了感冒,吭吭地咳嗽。

こんこんと【懇懇と】コンコント　理解しやすいようにくわしく、また繰り返して話すようす。中 形容反覆、詳細地講解的樣子。

☆ 母親は息子に、信用がどんなにたいせつであるかをこんこんと話してきかせた / The mother admonished her son repeatedly on how important trust is. / 母親諄諄告誡兒子信用是多麼重要。

☆ こんこんとさとす / 諄諄教誨。

こんこんと　コンコント　❶ 意識のないようす。また、そのくらい深く眠っているようす。中 形容無意識的樣子及無意識地深睡的樣子。

☆ 交通事故で入院した友達は、1週間もこんこんと眠り続けている / My friend, hospitalized after a traffic accident, has been in a coma for a week. / 因發生車禍而住院的朋友整整昏睡了一個星期。

❷ 水などが絶えることなく出てくるようす。中 形容水不斷流出的樣子。

☆ きれいな水がこんこんとわき出ている / Pure spring water is welling up. / 源源不斷地湧出清冽的泉水。

コンサート (concert) コンサート　楽器や歌の演奏会や音楽会。中 演奏會;音樂會。E a concert.

☆ 日本各地でコンサートをする / 在日本各地舉辦音樂演奏會。

☆ コンサートを開く / 舉辦音樂演奏會。

☆ コンサートホール / 音樂廳。

こんざつ【混雑】コンザツ〔〜する〕ある場所がたくさんの人やものでいっぱいで、自由に動けないこと。中 混雜;混亂;雜亂。E congestion; be crowded with.

☆ 年末年始のスキー場は混雑がひどい/歲末

年初時滑雪場非常地混雜。

☆ 買い物客で混雑するデパート/百貨公司因顧客多而混亂。

こんしゅう【今週】コンシュー　この週。いまの週。いまの週の日曜日から土曜日まで。中 本星期；這週；這星期。E this week.

☆ 今週は予定がいっぱいあって忙しくなりそうだ/這星期工作安排得很滿，看來會很忙。

関連 先週、来週

こんじょう【根性】コンジョー　❶困難なことに対して勇敢に立ち向かっていく、強い性格や気質。中 骨氣；毅力；鬥志。E fight; guts.

☆ 妹は根性があるので、外国で働きながら勉強している/妹妹很有毅力，在國外一邊工作一邊讀書。

☆ ど根性/倔脾氣；有骨氣。

❷身にしみついた性質、考え方、生活態度。中 根性；秉性；脾氣。E nature; disposition.

☆ 根性が曲がっている/ be perverse by nature. /性情彆扭。

☆ 貧乏根性/人窮志貧。

☆ 役人根性/ officialism. /官僚氣息；官吏的作風。

参 ❷はふつう、いい意味では使わない。

コンセント　コンセント　壁や柱などにつけた、プラグの差しこみ口。電気の配線と器具のコードをつなぐ役目をする。中 插座；萬能插座。E an outlet; a wall socket.

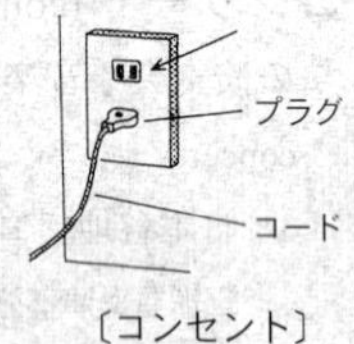

〔コンセント〕

☆ この部屋にはコンセントがないので、冷蔵庫が置けない/這個房間沒有插座，不能擺放冰箱。

参 明治時代に使われていた英語の「コンセントリックプラグ(concentric plug)」からできたことばという。

こんだて【献立】コンダテ、コンダテ　食事に出す料理の種類や、その組み合わせ。中 食譜；菜單。E a menu.

☆ レストランでは季節ごとに新しい献立を用意する/餐廳每季都會準備新菜單。

☆ 夕食の献立に合わせて、材料を買う/按照晚飯的菜單去市場買菜。

☆ 献立表/菜單。

こんだん【懇談】コンダン〔～する〕　打ちとけた雰囲気で、自由に話し合うこと。中 懇談；暢談。E chat; a friendly talk.

☆ 講演会の後で、講師と出席者が懇談をした/演講會後，演講者和出席者在一起暢談。

☆ 先生と父母が懇談する/老師和父母懇談。

☆ 懇談会/懇談會；聯歡會。

こんちゅう【昆虫】コンチュー　アリ、トンボ、チョウなど、体が頭、胸、腹の３部分に分かれ、胸に３対の脚のある動物。中 昆蟲。E an insect.

☆ 蚊、ハエ、ゴキブリなど、わたしたちの身近にいる昆虫は多い/我們身邊有很多昆蟲，例如蚊子、蒼蠅、蟑螂等。

☆ 昆虫採集/採集昆蟲。

数 1匹

コンディション(condition) コンディション　なにかするときの、体の調子や天候などの状態。中 條件；狀況；情況。E condition.

☆ 入学試験の当日は頭痛と発熱で、コンディションが悪かった/入學考試當天，我頭痛發燒，狀況非常不好。

☆ グラウンドコンディション(=競技場の地面の状態)がいい/運動場狀況(=比賽場地狀況)好。

☆ ベストコンディション/最佳狀態；最好條件。

こんど【今度】コンド　❶何度かすることの中で現在していること。また、いますんだばかりのこと。中 這次；上次。E this time; recently.

☆ 今度の計画は失敗だった/這次的計畫失敗了。

☆ 今度、となりの部屋に越してきました。よろしく / 這次成為鄰居了，請多指教。

❷ 近い将来。中 最近；不久。E next time; soon.

☆ 今度こそ一生懸命やります / 下次一定會加倍努力。

☆ 今度、一緒に山へ行きましょう / 下次一起去山上玩吧！

こんどう【混同】コンドー〔～する〕区別しなければならないものを、同じように扱ったり考えたりすること。中 混同；混淆；混為一談。E confuse ~ with ….

☆ ひらがなとかたかなを混同する / 對平假名和片假名混淆不清。

☆ 公私混同/ mix up public and private matters. / 公私不分。

コントロール (control) コントロール〔～する〕自分の思うようにものごとを動かしたり、自分の気持ちや行動をうまく調節したりすること。中 控制；抑制；調節。E control.

☆ マラソンは体力のコントロールがだいじだ / 參加馬拉松比賽時，如何控制體力最為重要。

☆ 部下をうまくコントロールする / 統御部屬有方。

こんな コンナ 「このような」「このよう」のくだけた言い方。中 這麼；這樣的；這樣。E such; like this.

☆ こんな古い服、もう捨ててしまおう / 這麼舊的衣服，乾脆扔掉吧！

☆ こんなに土地が高くては、一生家は持てない / 土地這麼貴，一輩子也買不起房子。

→付録 指示語のまとめ

こんなん【困難】コンナン 実行や解決がむずかしくて、苦しんだり困ったりすること。中 困難。E (a) difficulty; difficult.

☆ 困難を承知で研究を続ける / 明知有困難卻繼續進行研究。

☆ 困難な仕事だが、なんとか成功させよう / 工作雖然困難，總得想個辦法做完。

☆ 困難に直面する / be confronted with a difficulty. / 面臨困難；遇上困難。

対 容易

こんにち【今日】コンニチ ❶「きょう」の改まった言い方。中 今日；今天。E today.

☆ この会は今日ただいま発足いたしました / 這會議從今天開始召開。

❷ このごろ。現在。現代。中 現在；目前；如今。E now; today.

☆ 私の今日あるのはひとえに先生のおかげです / 我能有今天完全是託老師的福。

☆ 今日の問題 / 現在的問題；目前的問題。

▷ 関連 ❶ 昨日、明日

こんにちは コンニチワ 昼間、人に会ったり、訪問したりしたときに言うあいさつのことば。話 中 你(您)好；你們好。E Good afternoon; Hello.

☆ こんにちは。いい天気ですね / 你好，今天天氣真好。

☆ こんにちは。洋子さんはいらっしゃいますか / 你好，請問洋子在嗎？

こんにゃく コンニャク、コンニャク コンニャクイモを乾かして粉にしたものからつくった食品。灰色をしていて、弾力がある。中 蒟蒻。E a *konnyaku*; a devil's tongue.

☆ 父はおでんのコンニャクが好きだ / 爸爸很喜歡吃關東煮裡的蒟蒻。

☆ コンニャク料理 / 蒟蒻料理。

☆ 糸コンニャク / 蒟蒻絲。

数 1枚・1丁

コンパ コンパ〔←コンパニー(company)〕クラスやサークルや気の合うグループで、学生などが会費を出し合って、飲んだり食べたりする会。中 聯歡會。E a (club or class) party.

☆ きょう、六本木でコンパをするから、来てください / 今天在六本木舉行聯歡會，請來參加吧。

☆ 新入生歓迎コンパ / 迎新聯歡會。

☆ 追い出しコンパ(=卒業生を送る会)/送舊聯歡會(＝歡送畢業生大會)。

こんばん【今晩】コンバン　きょうの晩。晩になったいま。中今天晚上。E tonight.

☆ 今晩10時ごろ帰る/今晚十點左右回家。

☆ 今晩の月は、特別美しい/今晚的月亮特別美。

関連 昨晩、明晩

参「今夜」も似ているが、「今夜」がきょうの日没から翌日の日の出までをさすのに対して、「今晩」は夜の初めをさし、ふつう、人々が起きて活動している時間をいう。しかし、「病人の看護のため今晩は一睡もできないだろう」のように「今晩」を「今夜」とまったく同じ意味に使うこともある。

こんばんは　コンバンワ　夜、人に会ったり、訪問したりしたときに言うあいさつのことば。話中晚安；你好；您好；你們好。E Good evening.

☆ こんばんは。いいお月さまですね/你好，今晚的月色真美啊!

☆ こんばんは。新聞の集金に来ました/你好，我來收報費的。

コンビ　コンビ〔←コンビネーション(combination)〕　2つの違ったものの組み合わせ。また、2人の組。中搭檔；搭配。E a combination; a pair.

☆ 2人はどこへ行くのも一緒で、いいコンビだ/不管去哪裡兩人形影不離，真是好搭檔。

☆ 漫才のコンビを組む/搭檔說相聲。

コンビニ　コンビニ〔←コンビニエンスストア(convenience store)〕　食料品や日用品などを扱う、小規模のセルフサービス方式の店。夜遅くまで、または24時間営業をする。中便利商店；便利超商。E a convenience store.

☆ コンビニでおにぎりと雑誌を買った/在便利商店買了飯糰和雜誌。

☆ コンビニには年中無休のチェーン店もある/在便利商店中也有全年無休的連鎖店。

数 1軒・1店

コンピューター (computer) コンピューター　入力、計算、記憶、制御などを電子的に行い、大量の情報を処理する装置。電子計算機。コンピュータ。中電腦。E a computer.

☆ コンピューターにデータを打ちこんで処理する/把數據輸入電腦處理。

☆ コンピューターウイルス/電腦病毒。

数 1台・1基

こんぶ【昆布】コンブ　寒い地方の海中に生える海藻。乾かしたものを、煮て食べたり、料理の味をよくしたりするために使う。こぶ。中海帶。E *kombu*; a sea tangle; kelp.

〔昆布〕

☆ 昆布とかつおぶしでだしをとる/用海帶和柴魚熬高湯。

☆ 昆布をおでんに入れる/把海帶放入關東煮。

☆ 塩昆布/鹹海帶。

数 1枚

こんぽん【根本】コンポン、コンポン　ものごとの基本となる、いちばんたいせつなこと。中基本；基礎。E the basis; the root.

☆ 人間生活の根本は寝ることと食べることだ/人類生活的基礎是睡和吃。

☆ 政治の根本がまちがっている/政治的根本上有問題。

☆ 根本原理/the fundamental principles./基本原理。

コンマ (comma) コンマ　❶ 英語など横書きの文の途中の切れ目につけるもの。また、大きい数字の3つ目ごとにつけるもの。カンマ。記号は「,」。中逗號；分節號。E a comma.

☆ 英文に正しくコンマを打つ/正確地在英文上標上逗點。

❷ 1より小さい数字の前につける点。小数点。カンマ。記号は「.」。中小數點。E a decimal point.

☆ 0コンマ5 （＝0.5）/零點五(＝0.5)。

☆ コンマ以下(＝小数点以下。また、価値のない、つまらないもの)/小數點以下(＝小數點以下的；無價值的；不夠格；不足道的)。

こんや【今夜】コンヤ　きょうの夜。中 今夜。E tonight.

☆ 今夜、ホテルに泊まる/今晚住飯店。

☆ 今夜遅くなってから雨が降るだろう/今晚半夜可能要下雨。

☆ 今夜は暑くて眠れそうもない/今天晚上很熱，根本睡不著。

関連 昨夜、明夜　→今晚

こんやく【婚約】コンヤク〔～する〕　結婚を正式に約束すること。また、その約束。中 婚約，訂婚。E an engagement.

☆ 妹は大学時代の級友と婚約した/妹妹與大學同班同學訂婚了。

☆ 姉は婚約中です/姊姊訂婚了。

☆ 婚約者/訂婚者；未婚妻(夫)。

こんらん【混乱】コンラン〔～する〕　ものごとの順序やきまりなどが乱れること。中 混亂。E be disrupted; confusion; disorder.

☆ 台風のため電車のダイヤが混乱した/因為颱風，電車的時刻表被打亂了。

☆ つぎつぎに、いろいろなことが起こって、頭が混乱した/事情一擁而至，腦子裡一片混亂。

☆ 混乱を招く/引起混亂。

こんりんざい【金輪際】コンリンザイ　(後に否定の意味のことばがついて)これからあと決して。絶対に。中 絶不～；無論如何也不～。E never (again); not at all.

☆ 事故以来、もう金輪際、飛行機に乗るまいと思う/自從出了事故後，我決定再也不坐飛機了。

☆ きみとは金輪際、会いたくない/絕不再和你見面。

参 仏教から来たことばで、そこより先に行けない、いちばん奥のところをいう。

こんわく【困惑】コンワク〔～する〕　どうしていいかわからなくて困ること。中 困惑；不知所措。E be at a loss; be embarrassed.

☆ 姉のボーイフレンドに結婚を申しこまれて困惑している/姊姊的男友向我求婚，真不知所措。

☆ 困惑の表情を浮かべる/臉上浮現出困惑的表情。

さ／サ

さ 【差】サ ❶長さ、大きさ、重さ、品質などの違い。また、その違いの大きさ。中差別；差異；區別。E difference.

☆ 兄と弟では身長にずいぶん差がある/哥哥和弟弟的身高相差很多。

☆ 実力の差/實力的差異。

☆ 性格の差/性格的差別。

☆ 大差/顯著的不同；很大的差別。

❷ 数学で、ある数や式から他の数や式を引いて残ったもの。中差數；差。E the remainder.

☆ 5と3の差は2だ/五和三相差二。

対和

さ ❶(文の終わりについて)(1)もう決まっている、確かにそうだという気持ちを表す。中表示向對方強調自己的主張的口氣。

☆ あしたは雨さ。天気予報が言ってたよ/It's going to rain tomorrow. That's what the weather forecast said./明天下雨呀，天氣預報說的。

☆ 生活は苦しいけれど、なんとか暮らせるさ/生活雖然苦，但總算還過得去的。

(2) (疑問を表す語句について)疑問の気持ちを強める。中表示疑問的口吻。

☆ どうしてそんなことをするのさ？/Why are you doing that?/怎麼做那種事啊?

☆ だれさ。そんなこと言ったの？/誰呀，說了那樣的話?

❷ (ことばをつなぐのに使い)相手の注意をひいたり、勢いをつけたりする。中用以調整語調引起對方注意。

☆ だからさ、わたしは反対なのよ/That's why I'm against it./所以呀，我反對的!

☆ それがさ、ぼくもはじめてなんだ/那個啊，我也是第一次呀!

▷ 話

-さ (形容詞と形容動詞の語幹について)そのような状態、性質、程度であること。中表示程度或狀態。

☆ スポーツの楽しさを経験する/體會運動的樂趣。

☆ 山の中の静かさを楽しむ/享受山裡的寧靜。

☆ 質のよさ/good quality./品質的好壞。

☆ 歌の上手さ/唱歌的功力。

☆ 値段の安さ/價錢的便宜程度。

→-み

さあ サー ❶相手を誘ったりなにかをさせようとしたりして呼びかけるときに言うことば。中喂；嗨。E Come on; Now.

☆ さあ、行こう/喂，走吧。

☆ さあ、元気に走りなさい/喂，加把勁跑吧!

❷ 起こったできごとに対する気持ちを表すときに言うことば。中哎。E Now.

☆ きょうは銀行は休みだ。さあ、困った/今天銀行休息，哎，真麻煩。

☆ さあ、たいへんだ/哎，不得了了!

❸ はっきり返事ができないときや、ためらったりするときに言うことば。中呀；嗯。E Well; Let me see.

☆ 「山田さんはきょう来ますか」「さあ、どうでしょうか」/「山田今天要來嗎?」「嗯，怎麼樣呢?」

▷ 話 →おい 囲み

サークル (circle) サークル ❶丸や四角でかこんだ所。また、かこむもの。中 圓；圓圈。E a circle.

☆ このサークルの中から、ボールを投げる/從圓圈裡投球。

☆ ベビーサークル / a playpen. / 學步的嬰兒用的圍柵。

❷ スポーツや文化活動をするためのグループ。多く趣味で行うものをいう。中 業餘；社團。E a circle; a club.

☆ テニスのサークルをつくって楽しむ/組成網球社進行娛樂活動。

☆ サークル活動 / 社團活動。

ざあざあ ザーザー ❶雨や水などが激しく降ったり流れたりする音を表す。中 嘩啦嘩啦地；嘩嘩地；形容雨、水快速流動的聲音。

☆ 雨がざあざあ(と)降っている / It's raining heavily. / 雨嘩嘩地下。

❷ ラジオやテレビなどの雑音を表す。中 形容收音機、電視機等電器的雜音。

☆ アンテナがはずれてテレビがざあざあ(と)いっている / The antenna's come loose and the TV is full of static. / 天線沒接好，所以電視雜音很大。

サービス (service) サービス〔～する〕 ❶宣伝のためにただで配ったり、あげたりすること。また、そのもの。中 附帶的奉送品；附帶贈品。E a giveaway; for free.

☆ 休憩時間にお茶をサービスする / 休息時間附送一杯茶。

☆ カレンダーをサービスで配る / 把月曆附贈給各位。

❷ 値段を安くしたり、景品をつけたりして売ること。奉仕。中 廉價出售；廉價或免費供應。E give a discount.

☆ すこし値段をサービスしてください/再賣便宜點吧。

☆ モーニングサービス / a morning special. / (咖啡店)特價早餐；早點廉價供應。

☆ サービスセール / 廉價出售。

❸ 客が満足するような、心のこもった応対をすること。また、そのやり方や程度。中 服務；伺候。E service.

☆ あの店はサービスがいい / 那家商店服務好。

☆ 市役所は市民にサービスする所だ/市政府是為市民服務的地方。

☆ サービス業 / the service industry. / 服務業。

☆ アフターサービス / 售後服務；售後保固。

さい【際】サイ あることが起こった時。ある状態の時。中 時候；時機。E on (this) occasion; when.

☆ この際、小さいことは問題にしない / 這個時候，不在乎小事情。

☆ 車を運転する際は、シートベルトをすること / 駕駛汽車時，繫好安全帶。

さい-【再-】 (他のことばについて) 2度目の。改めて。中 重新；再次。

☆ 学生証をなくして再発行してもらった/學生證丟了，重新申請一張。

☆ 再出発する / 從頭做起；從頭再來。

☆ 再開発 / redevelopment. / 重新開發。

☆ 再発見 / 重新發現；再次發現。

さい-【最-】 (他のことばについて)いちばん。最も。中 最…。

☆ 最前列の席にすわる / 坐最前面的座位。

☆ 最年少の議員 / 年齡最小的議員。

☆ 最優秀賞 / the grand prize. / 最優秀獎。

☆ 最高潮 / the climax; the peak. / 最高潮；最高峰。

-さい【-祭】 (他のことばについて)にぎやかな催し。祭り。中 ～節；聯歡會。

☆ 芸術祭 / 藝術節。

☆ 前夜祭 / 節日前夕的祝賀活動。

☆ 文化祭 / a cultural festival; a school festival. / 文化節。

-さい【-歳】 (数を表すことばについて)年齢

を表す。中 表示年齢；歳。

☆ 60歳で定年を迎える / 到六十歲退休。

☆ 10歳 / ten years old. / 十歲。

-ざい【-剤】（他のことばについて）薬。中 ～劑；～藥。

☆ 制がん剤 / an anticancer drug. / 抗癌劑；制癌劑。

☆ 栄養剤 / a nutrient. / 營養劑。

☆ ビタミン剤 / 維他命劑；維生素製劑。

さいあく【最悪】サイアク　いくつかのものの中で、いちばん悪いこと。これ以上悪くなるとは考えられないこと。中 最壞；最惡劣；最不利。E the worst.

☆ 最悪のばあいは、入院して、手術することになる / 最壞的情況是住院動手術。

☆ 今度のテストの成績は最悪だ / 這次考試的成績最差。

☆ 最悪の事態 / 最差的情況。

対 最善、最良

ざいあく【罪悪】ザイアク、ザイアク　人間として、してはいけないこと。道徳、法律、宗教、社会習慣に反する行動。中 罪惡。E a sin; a crime.

☆ 人をだますのは罪悪だ / 騙人是一種罪惡。

☆ 罪悪をおかす / 犯罪；從事犯罪活動。

さいかい【再開】サイカイ〔～する〕　中止していたことを、また始めること。中 再開始；重新進行。E reopen; resume.

☆ 雨がやんだので、試合を再開する / 雨停了，比賽重新開始。

☆ 会談が再開される / 會談重新開始。

さいがい【災害】サイガイ　台風、洪水、地震、火事など、大きな被害を起こす悪いできごと。中 災害。E a disaster.

☆ 今年は台風や地震、火山の噴火など、自然の災害が多かった / 今年颱風、地震以及火山爆發等自然災害很多。

☆ 災害にあって財産を失った / 遭受災害損失財產。

☆ 災害地 / 受災地區；災區。

ざいかい【財界】ザイカイ　大きな会社や銀行の経営者の団体。また、その社会。中 企業界；金融界；經濟界；工商界。E the financial world; the business world.

☆ 日本の政界は財界との関係が強い / 日本政界與企業界的關係密切。

☆ 財界のリーダー / 財界領導人。

☆ 財界人 / 經濟界人士；企業界人士。

ざいがく【在学】ザイガク〔～する〕　生徒や学生として、学校に正式に登録されていること。中 在校；在學校學習；上學。E be a student.

☆ 日本語学校に1年間在学した / 在日語學校上了一年課。

☆ 在学証明書 / 在學證明書。

☆ 在学中 / 在校學習中。

さいき【再起】サイキ〔～する〕　病気、けが、失敗などでだめになった状態から立ち直ること。中 再起；重新恢復。E a comeback; recovery.

☆ 5年前事業に失敗したが、なんとか再起することができた / 雖然五年前事業失敗，但總算想辨法東山再起了。

☆ 再起をはかる(=再起しようとする) / 企圖東山再起；捲土重來(=重新再做起來)。

☆ 再起不能(=再起することができないこと) / 不能東山再起(=很難東山再起)。

さいきん【細菌】サイキン　顕微鏡でしか見ることのできない微生物。人間生活に役立つものと、病原菌のように害となるものがある。バクテリア。中 細菌。E bacteria.

☆ 顕微鏡で細菌の動きを見る / 用顯微鏡觀察細菌的活動。

☆ チフスやコレラは細菌によって伝染する病気だ / 傷寒和霍亂是經由細菌傳染的疾病。

さいきん【最近】サイキン　現在よりすこし前から現在までの期間。また、近い過去。

中最近。E recently.

☆ 最近、野菜の値が高くなった / 最近，蔬菜的價格變貴了。

☆ 最近のできごとを知らせる / 通報最近發生的事件。

☆ つい最近、中国からもどった / 前些日子剛從中國回來。

→近ごろ

さいく【細工】サイク、サイク〔～する〕

❶ 手を使って、ものを細かく、上手につくりあげること。また、つくったもの。中精巧細緻的手工(品)；工藝(品)。E work; workmanship.

☆ 庭の竹を切って、細工する/砍下院子裡的竹子，加工成精巧細緻的工藝品。

☆ 貝細工 / 貝殼工藝品；貝雕。

☆ 紙細工 / 用紙做的工藝品；剪紙工藝品。

❷ 人の目をごまかすために、小さいうそをついたり、隠したり、陰で工作したりすること。中玩弄技巧；搞鬼。E manipulate; a trick.

☆ 銀行からうまく借金できるように、報告書を細工する / 為了能順利地從銀行貸款，在報告書上動手腳。

☆ 細工しても、すぐわかってしまう / 即使作手腳，也會很快被發現。

☆ 小細工 / cheap tricks. / 小花招；小伎倆。

さいけつ【採決】サイケツ、サイケツ〔～する〕 議案が成立するかどうかを、出席者の賛成、反対の意見の数によって決めること。中表決。E a vote.

☆ 投票で採決をする / 採用投票方式來表決。

☆ 予算案を採決する / 表決預算案。

さいげつ【歳月】サイゲツ 「年月」の改まった言い方。1年以上の期間をさすことが多い。中歲月。E years; time.

☆ 別れて以来、5年の歳月がたつ / 自分別以來已過了五年。

☆ 橋ができるまでに10年近い歳月を費やした / 耗時約十年建好這座橋。

歳月人を待たず 歳月は人の思いとは関係なく、速く過ぎてしまうということ。中歲月不待人；歲月無情。E Time and tide wait for no man.

さいけん【再建】サイケン〔～する〕 いちどこわれた建物、会社、組織などを、新しくたて直すこと。中重新建築；重新建設；重新建立。E rebuild; reconstruction.

☆ 火事で焼けた校舎を再建する / 重新修建毀於火災的校舎。

☆ 地震で大きな被害を受けた市の再建のために、市民全員が協力する/為重建因地震而嚴重受損的城市，全體市民同舟共濟。

さいげん【再現】サイゲン〔～する〕 いちどなくなってしまったものが、人々の前にもういちど見えるようになること。また、見えるようにすること。中重現；再次出現。E reproduce; recreate.

☆ 原始時代の生活のようすを再現する/重現原始時代的生活風貌。

ざいげん【財源】ザイゲン、ザイゲン 国や県や市、会社や団体が事業などをするための金。また、その金の出てくるもと。中財源。E a source of revenue; funds.

☆ 税金は国の重要な財源だ / 稅收是國家的重要財源。

☆ 新事業を始めるための財源がない/沒有開始新事業的財源。

☆ 財源が豊かな団体 / 財源充足的團體。

さいこ【最古】サイコ いちばん古いこと。中最古；最古老。E the oldest.

☆ 法隆寺は木造建築で最古のものだ/法隆寺是最古老的木造建築物。

☆ 世界最古の文明 / 世界最古老的文明。

対最新

さいご【最後】サイゴ ❶ いくつか並んでいるものの中で、いちばん後であること。いちばん後ろのもの。中最後；最終；最末。E the last; the end.

☆ パーティーの最後に主催者があいさつした / 在宴會最後由主辦者致詞。

☆ 会場の最後の列にすわる / 坐在會場的最後一排。

☆ 大会の最後を飾るマラソン / 運動會的壓軸好戲是馬拉松賽跑。

対 最初

❷ (「〜したら最後」の形で)いちど〜したら、その後はどんなことがあっても。中 (一旦…)就是最後；就完了；就沒有救了。

☆ 一郎は話しだしたら最後、いつまでも話し続ける / Once Ichiro has started to talk, he will never stop talking. / 一郎一開口就說個沒完沒了。

ざいこ【在庫】ザイコ　品物が倉庫にあること。また、その品物。中 庫存；存貨。E stock.

☆ 大きいサイズの商品の在庫が切れている / 大尺寸的商品已無庫存。

☆ 在庫を管理する / 管理庫存。

☆ 在庫品 / 存貨；庫存品。

さいこう【最高】サイコー　❶ いくつかのものの中で、高さ、程度、地位などがいちばん高いこと。中 最高。E the highest; the best.

☆ きのうは今年最高の暑さだった / 昨天的溫度是今年最高溫。

☆ この毛布の品質は最高だ / 這種毛毯的品質是最好的。

☆ 最高学府 / the highest seat of learning. / 最高學府。

対 最低

❷ 非常にすばらしいようす。中 極好；非常好。E really.

☆ 頂上に立ったときは最高にいい気分だ / 站在山頂上，是心情最好的時候。

対 最低

▷ 話❷

さいこうさいばんしょ【最高裁判所】サイコーサイバンショ、サイコーサイバンショ　裁判所の中で、いちばん上の裁判所。最後の審理をする所。下級裁判所の判決に不満のある人が、さらに裁判を求めることができる所。また、すべての法律や行政機関の行為が憲法に合っているかどうかを判断する所。最高裁。中 最高法院。E the Supreme Court.

☆ 最高裁判所が判決を下す / 最高法院下達判決。

☆ 最高裁判所が違憲の判断をした / 最高法院作了違反憲法的判斷。

参 下級の裁判所としては、高等裁判所、地方裁判所、家庭裁判所、簡易裁判所がある。

さいさん【採算】サイサン　事業や商売で、収入と支出を計算すること。また、計算して、利益が出ること。中 收支的核算。E (commercial) profit.

☆ 採算がとれないので、商売をやめる / 因為收支不平衡，所以停止營業。

☆ 採算が合う / 合算；上算。

ざいさん【財産】ザイサン　個人や団体などが持つ、金、土地、建物、宝石など、経済的に価値があるもの。広い意味では文化遺産など価値のあるものをさす。中 財產。E a fortune; property.

☆ あの人は土地やマンションなどたくさんの財産を持っている / 那人擁有土地、高級公寓等許多財產。

☆ わたしの唯一の財産は健康だ / 我唯一的財產就是健康。

☆ 国有財産(=国家が持っている財産) / 國有財產(=國家擁有的財產)。

さいし【妻子】サイシ　妻と子。夫からみたときの家族。中 妻兒。E one's wife and children; one's family.

☆ 国にいる妻子のことを思う / 想念在國內的妻兒。

☆ 故郷に妻子を残して単身赴任する / 把妻兒

留在家鄉，單身前去赴任。

さいじつ【祭日】サイジツ　神社が祭りを行う日。現在では、国が決めた祝日をいうことが多い。中 節日。E a festival day; a national holiday.

☆ 神社の祭日には参拝者がおおぜい来る/在神社的祭祀日，前來參拜者很多。

☆ 日曜日と祭日は休む/星期日和節日休息。

☆ 祝祭日/政府規定的節日；國定假日。

さいして【際して】サイシテ（「～に際して」の形で）あるものごとに出あって、そのときに。中 ～之際；當～時。E at; in case of.

☆ 出発に際して、一言ごあいさついたします/出發之際，做簡短的話別。

☆ 別れに際して、思い出の歌を歌う/分離之際，唱起懷舊的歌曲。

さいしゅう【採集】サイシュー〔～する〕資料や標本にするために、多くの種類のものを、自分の手で集めること。また、集めたもの。中 採集；收集。E collect (specimens).

☆ 全国の方言を採集する/搜集全國方言。

☆ 植物採集/採集植物。

さいしゅう【最終】サイシュー　いちばん終わり。また、そのもの。中 最後；最末尾。E the last; the final.

☆ 京都から新幹線の最終の列車に乗って帰ってきた/從京都搭乘新幹線的末班車回來的。

☆ マラソンの走者は最終のコーナーをまわった/馬拉松運動員繞過了最後一個彎道。

対 最初

さいしょ【最初】サイショ　いくつか並んでいるものの中で、いちばん初めであること。いちばん初めのもの。中 最初；開始；起初。E the first; the beginning.

☆ まず最初に、会長があいさつする/首先由會長致詞。

☆ なにごとも最初がたいせつだ/任何事情的一開始都是最重要的(＝好的開始)。

対 最後、最終

さいしょう【最小】サイショー　いくつかのものの中で、いちばん小さいこと。中 最小。E the smallest.

☆ 世界で最小のテレビを開発する/研發世界上最小型的電視。

☆ 最小公倍数/the lowest common multiple./最小公倍數。

対 最大

さいしょう【最少】サイショー　いくつかのものの中で、数や量がいちばん少ないこと。中 最少。E the least; the fewest.

☆ 大きい地震だったが、住民の協力で最少の損害ですんだ/雖然是場大地震，但經過居民的共同努力，使損失減到最小程度。

☆ 最少得点/最低得分。

対 最多

さいじょう【最上】サイジョー　いくつかのものの中で、位置などがいちばん上であること。また、品質、程度などがいちばんすぐれていること。中 至高無上；最好；最優。E the best; the highest.

☆ もういちどやり直すのが最上の方法だ/重做一遍是最好的方法。

☆ 最上の品/最高級品；最優產品。

☆ 最上段/最上層。

対 最下、最低

さいしょうげん【最小限】サイショーゲン　それ以上小さくすることができない範囲、限度。中 最小限度；最低限度。E the minimum.

☆ 生活に最小限必要な分だけ働く/找一份能維持最低生活水準的工作做。

☆ 最小限の出費はしかたがない/最低限度的花費是免不了的。

対 最大限

さいしん【細心】サイシン　小さいところまで、よく注意するようす。中 細心；精心。E very careful; scrupulous.

☆ 細心な計画を立てて冬山登山に出かける/精心策畫，冬天去登山。

☆ 細心の注意を払う/密切注意。

さいしん【最新】サイシン　いちばん新しいこと。いちばん進んでいること。中最新。
E the newest; the latest; up-to-date.

☆ 最新の技術で新製品を開発する/利用最新技術開發新產品。

☆ 最新のニュース/最新報導。

☆ 最新式/最新式；最新型。

対最古

さ

さいせい【再生】サイセイ〔～する〕❶だめになりそうだったものがもういちど盛んになること。また、もういちど盛んにすること。中再生；重生；死而復生。E revive; return to life.

☆ つぶれかけた絹の産業が再生した/重建即將沒落的絲綢產業。

☆ 赤字の鉄道を観光用に再生させる/將入不敷出的鐵路，利用觀光旅遊而重生。

❷ 古くなったものや使用ずみのものを役に立つようにつくりかえること。中再生；更生；重製。E reclaim; recycle.

☆ 新聞紙をトイレットペーパーに再生する/將舊報紙再生為衛生紙。

☆ 再生品/再生品。

❸ 生物のなくなった体の一部がまた生えてくること。また、人工的に新しくつくりだすこと。中重新生出；再生。E regenerate; implant.

☆ トカゲの尾が再生する/蜥蜴的尾巴可以再生。

☆ 指の再生手術/手指再生手術。

❹ いままでの生活を反省して、生き方を改めること。中新生；重新做人。E start over; begin a new life.

☆ 新しい仕事について、再生の一歩を踏みだす/有了新工作，開始重新出發。

❺ 録音や録画をしたテープ、CDなどを機械にかけて、もとの音や画像を出すこと。中（錄音的）再現；重播。E play back; reproduce.

☆ 録音したテープを再生して聞く/播放錄音的帶子來聽。

☆ 再生装置/重播設備；播放設備。

ざいせい【財政】ザイセイ　❶国や都道府県や市区町村などが、収入と支出のバランスをとって活動や事業を行うこと。中財政。
E public finance.

☆ 市の財政は苦しいが、福祉のための費用は減らせない/市府財政雖然吃緊，但是不能削減福利方面的費用。

☆ 財政の立て直しをはかる/計畫改革財政。

☆ 財政難/財政困難。

☆ 赤字財政/財政赤字。

❷ 会社、家庭、個人の経済状態。中經濟情況。
E (company, family) finances.

☆ わが家の財政はいつも火の車だ/我家經常經濟拮据。

さいぜん【最善】サイゼン　❶いくつかのものの中で、いちばんすぐれていること。
中最好；最優。E the best.

☆ 病気になってしまったいまは、帰国するのが最善の方法だ/既已得病，如今回國是最好的方法。

☆ 最善策/最好方法。

対最悪

❷ 与えられた条件や状況の中でできる、いちばんいいこと。できる限りのこと。ベスト。中全力。E the best one can.

☆ 目標を達成するため、最善の努力をする/為達成目標，要盡最大努力。

☆ 最善をつくす/竭盡全力。

⇨参 2番目にすぐれていることは「次善」。

さいそく【催促】サイソク〔～する〕約束や希望がうまく進まないとき、早くそれを実行してくれるよう、相手に要求すること。
中催促；催；督促。E press; urge.

☆ 借金を早く返してほしいと催促する/催促

對方快點還錢。

☆ 原稿の催促の電話をかける／打電話催稿。

さいだい【最大】サイダイ　いくつかのものの中で、いちばん大きいこと。中 最大。E the largest; the greatest.

☆ カスピ海は世界で最大の湖だ／裏海是世界上最大的湖泊。

☆ わたしの最大の不幸は母を早くなくしたことです／我最大的不幸是早年喪母。

☆ 最大公約数／the greatest common divisor.／最大公約數。

対 最小

さいだいげん【最大限】サイダイゲン　それ以上大きくすることができない範囲、限度。中 最大限度。E the maximum.

☆ 選手たちは最大限の力を出して戦った／選手們竭盡全力參加了比賽。

☆ 最大限に努力して期限内に仕事を終えた／盡最大努力，如期完工。

対 最小限

さいちゅう【最中】サイチュー　あることが行われている、いちばん盛んなとき。中 ～最盛期；正在進行中。E at the height of; in the middle of.

☆ 8月の暑い最中に入院する／在八月份最熱的時候住院。

☆ 食事の最中に電話がかかってきた／正吃飯時，有電話進來。

さいてい【最低】サイテイ　❶ いくつかのものの中で、高さ、程度、地位などがいちばん低いこと。中 最低；最壞；最劣。E the lowest; the worst.

☆ 今月のアルバイトの収入はいままで最低だ／這個月打工的收入是目前為止最低的。

☆ あの映画は今年度、最低の作品だ／那部電影是今年（水準）最差的影片。

対 最高、最上

❷ 非常に悪いようす。中 不像話；壞透頂；極壞。E the meanest.

☆ タクシーに乗って料金も払わずに逃げるとは最低なやつだ／搭計程車不付錢就逃走，真是個差勁的家伙。

対 最高、最上　▷ 話❷

さいてん【祭典】サイテン　祭り。また、その儀式。ふつう、おおぜいが参加する大きな催しや行事をいう。中 祭祀的儀式；祭禮；盛典。E a festival.

☆ オリンピックは世界のスポーツの祭典だ／奧運是世界體壇的盛典。

☆ 若者の祭典／年輕人的盛典。

☆ 歌の祭典／歌曲的盛典；歌唱大賽。

さいてん【採点】サイテン〔～する〕　点数をつけて成績を表すこと。中 評分；給分數。E mark; grade.

☆ コンテストの出場者の能力を採点する／給參賽者的能力評分。

☆ 試験の採点をする／改考卷。

サイド (side) サイド　❶ そば。横。側面。中 旁邊；側面。E side.

☆ サイドテーブル／側桌；茶几。

☆ サイドライン／邊線。

☆ 右サイド／右側。

❷ ある一方の側に立つこと。中 站在某一方。E (take) one side.

☆ 生産者サイドで米の値段を考える／站在生產者的立場考慮米價。

❸ 本業以外。第２番目のもの。あまり重要でないもの。中 副的；輔助的。E side; secondary.

☆ サイドテキスト／輔助教材；輔助講義。

☆ サイドビジネス(＝副業)／副業；業餘工作。

さいなん【災難】サイナン　人の身に思いがけなく起こる不幸なできごと。中 災難。E a misfortune; an accident.

☆ 留守中に泥棒に入られるという災難にあった／外出時，家中遭小偷了。

☆ 車に追突されてけがをしたとは、とんだ

災難でしたね / 被車撞傷，禍從天降。

さいのう【才能】サイノー、サイノー　ものごとをよく理解し、うまく処理する能力。
中 才能；才幹；才華。E talent; ability.

☆ 才能を生かした職業につく / 從事能一展所長的工作。

☆ 才能をみがく / cultivate one's ability. / 磨練本領。

☆ 芸術的才能 / 藝術才華。

参「能力」も似ているが、「能力」がおもに仕事や運動など実際的なことがらをなしとげる力をいうのに対して、「才能」は芸術や発明、発見など創造的なことにいい、生まれつき持っている力という面が強い。

さいばい【栽培】サイバイ〔～する〕　野菜、くだものの木などを植えて育てること。中 栽培；種植。E cultivate; grow.

☆ キュウリやナスなど夏野菜を栽培する / 種植小黃瓜、茄子等夏天的蔬菜。

☆ ハウス栽培 / 溫室栽培。

☆ 促成栽培 / forcing culture. / 速成栽培。

さいばん【裁判】サイバン〔～する〕　訴えを受けて、裁判官が法律にしたがって判断すること。中 審判；審理；裁判。E a trial; try.

☆ 土地の所有権をめぐって裁判で争う / 法院判決爭取土地所有權。

☆ ロッキード事件を裁判する / 審理洛克希德事件。

☆ 裁判を起こす / 開始審理。

☆ 裁判官 / a judge. / 審判官；法官。

さいふ【財布】サイフ　金を入れるための布や革でつくった小さい入れ物。中 錢包。E a wallet; a pocketbook; a purse.

☆ 財布を忘れて、とても困った / 忘了帶錢包，非常傷腦筋。

☆ いつも財布の中に大金を入れている / 經常在錢包裡放很多錢。

参 硬貨を入れる財布を「小銭入れ」「がま口」、札を入れる財布を「札入れ」ともいう。

財布の口[ひも]を締める　むだづかいをしないよう、金を使う量を少なくする。中 不浪費一文錢。E tighten one's purse strings.

☆ 車を買うお金をためるため財布の口をしめている / 為了存買車的錢，要繫緊荷包。

対 財布の口[ひも]を緩める

財布(の底)をはたく　持っている金を全部使う。中 把所有的錢都花光。E empty one's purse to the last penny.

☆ 珍しい古本があったので財布の底をはたいて買ってきた / 把帶的錢都花光，買回了一本珍貴的舊書。

さいほう【裁縫】サイホー〔～する〕　布地を切って、縫って、衣服などをつくること。中 縫紉；針線。E sew; needlework.

☆ 祖母は縁側でいつも裁縫していた / 奶奶常在屋簷下做針線。

☆ 姉は裁縫が好きで、自分の着るものはたいてい自分でつくる / 姊姊很喜歡縫紉，自己穿的衣服大都自己做。

参 和服をつくることを「和裁」、洋服をつくることを「洋裁」という。

さいぼう【細胞】サイボー　生物の体をつくっている、いちばん小さい単位。中 細胞。E a cell.

☆ 顕微鏡で細胞の動きを見る / 用顯微鏡觀察細胞活動。

☆ 細胞に異常がある / 細胞異常。

☆ 細胞分裂 / 細胞分裂。

☆ がん細胞 / 癌細胞。

さいまつ【歳末】サイマツ　年の暮れ。年末。中 年終；年底。E the year-end.

☆ 歳末の街はあわただしい雰囲気だ / 年底的街頭上一片忙碌景象。

☆ 歳末大売り出し / 年終大拍賣。

ざいもく【材木】ザイモク　家や家具などをつくるために、木を使いやすい大きさに切ったもの。中木材；木料。E wood; lumber.

☆ 家を建てるための材木を買い集める/採購蓋房子的木材。

☆ 材木屋/木材商。

数 1本　→木材

さいよう【採用】サイヨー〔～する〕　いいと思った意見や計画や人物などを選んで、実際に使うこと。中採用；採取；任用；錄用。E adopt (a plan); employ.

☆ 生徒の作品を記念誌の表紙に採用する/採用學生作品作為紀念冊的封面。

☆ 社長が面接して社員の採用を決める/經由社長面試來決定錄用職員。

☆ 採用試験/錄用考試。

さいりょう【最良】サイリョー　いくつかのものの中で、いちばんいいこと。中最好；最佳；最高級。E the best.

☆ オリンピックで優勝できて、きょうは人生で最良の日だ/今天是我一生中最高興的日子，因為在奧運會上奪得冠軍。

☆ 値段は多少高いが、品質は最良だ/雖然價錢貴了一點，但品質是最好的。

対 最悪

ざいりょう【材料】ザイリョー　❶なにかをつくるときのもとになるもの。中材料；素材。E ingredients; materials.

☆ 新鮮な材料で料理をつくる/用新鮮的材料做菜。

☆ サラリーマン生活を材料にして、小説を書く/以上班族的生活為題材，寫一部小說。

❷ 考えたり、なにかが起きたりするもとになるもの。中原因；因素。E data; a factor.

☆ 判断の材料が不足している/判斷的資料不足。

☆ インフレの起きる材料がそろっている/具備引發通貨膨脹的因素。

さいわい【幸い】サイワイ　❶しあわせであること。運がいいこと。中幸運；幸福。E lucky; happy.

☆ 交通事故にあったが、軽いけがですんで幸いだった/發生交通事故，但只受了點輕傷，真是萬幸。

☆ 不幸中の幸い/be lucky it wasn't worse./不幸中的大幸。

対 災い

❷ (副詞的に)うまいぐあいに。中幸虧；幸而；多虧。E fortunately; luckily.

☆ 胃の手術を受けたが、幸い、早く退院できた/雖然做了胃部手術，但幸好能提早出院。

さいわい・する【幸いする】サイワイスル〔自動する〕　うまくいく。いい結果になる。中有利；有幫助；起好作用。E be favorable; favor.

☆ 教師として留学生に接するうえで、留学生活を経験したことが非常に幸いしている/身為教師去接觸留學生，體會留學生活，是非常有益處的事。

☆ 天候が幸いして、農作物がよくできた/幸虧風調雨順，農作物獲得豐收。

対 災いする

サイン(sign)サイン　❶〔～する〕書類などに自分の名前を書くこと。また、書かれた名前。中簽名；簽字。E sign (one's name) ; an autograph.

☆ 買い物をして、カードで支払うときは、書類にサインしなければならない/用信用卡付款購物時，必須在帳單上簽字。

☆ 歌手のサインをもらう/得到歌星的簽名。

❷ 合図。特にスポーツの試合などで、相手のチームにわからないように、体の動きで指示をすること。また、その指示。中信號；暗號。E a sign; a signal.

☆ 監督のサインを見て2塁に走った/看到教練的暗號，跑到二壘。

☆ サインを送る/傳遞信號。

さえ ❶極端な例をあげて、他はもちろんだということを表す。中連～。

☆ 病人は弱っていて、歩くことさえできない / The sick person is so weak that he can't even walk. / 病人虛弱得連路都走不動。

☆ 仕事に夢中で食事さえ忘れる / 工作入神廢寢忘食。

❷ さらにつけ加わることを表す。中連；甚至。

☆ 医学はどんどん進歩して、人工授精さえできるようになった / With the advances of modern medicine, even artificial insemination is possible. / 醫學不斷進步，連人工授精都實現了。

❸ (「～さえ…ば」の形で)それが満たされるだけで、ある結果がえられることを表す。中只要……就……。

☆ この薬さえ飲めば必ず病気は治る / All you have to do is to take this medicine and you will get well. / 只要吃了這個藥，病就一定會好。(藥到病除)

☆ あなたがいいと言ってくれさえすれば、すぐ始められるんだが / 只要你說好，就可以馬上開始。

さえぎ・る 【遮る】サエギル〔他動五〕(さえぎって) ❶間にじゃまになるものを置いて、向こうを見えなくする。中遮；遮住。E obstruct; shut out.

☆ 部屋の中は、カーテンで光をさえぎっているので暗い / 房間裡窗簾把光線遮住了，所以很暗。

❷ 相手の動きを途中でじゃまして止める。中遮斷；阻攔；打斷。E interrupt; block.

☆ 議長は質問者の発言をさえぎって議事を進めた / 議長打斷發問者的發言，進行議事。

☆ 道をさえぎる / 擋路。

さえず・る サエズル〔自動五〕(さえずって)

❶ 小鳥がしきりに鳴き続ける。中(鳥)鳴叫。E chirp; sing.

☆ スズメがさえずる / 麻雀在鳴叫。

❷ 子供などが高い声でやかましくしゃべり続けることをからかっていう言い方。中吱吱喳喳；吵吵嚷嚷。E chatter.

☆ よくさえずる子供たちだなあ / 真是一群吵吵嚷嚷的孩子們啊！

▷ 話❷ 名さえずり

さ・える サエル〔自動一〕❶光、色、音などが冷たく澄む。中清澈；鮮明。E be bright; be clear.

☆ 月がさえる / 月光清澈。

☆ さえた笛の音 / 清脆笛聲。

❷ 頭の働きや神経がはっきりして、鋭くなる。中清晰；靈敏；清醒。E be clear-headed; be wakeful.

☆ 目がさえて、眠れない / 眼睛睜得大大地睡不著。

☆ 頭がさえる / 頭腦清醒。

❸ 腕前のあざやかさがはっきり表れる。中技術高超。E become skilled.

☆ ますます腕がさえる / 技術越來越熟練。

❹ (「さえない」の形で)どこかものたりなくて満足できない。中懊惱；喪氣；不愉快。E dull; depressed.

☆ きょうは朝からさえない日だ / 今天從早晨開始就不愉快。

☆ 姉はいつも流行後れのさえない格好をしている / 姊姊的穿著打扮總是落伍。

さお サオ ❶細長い竹などの棒。中竹竿。E a pole; a rod.

☆ さおを振りまわすとあぶない / 揮舞竹竿是危險的事。

☆ ものほしざお(=洗濯物をほすさお) / 曬衣竿(＝曬衣服的竹竿)。

☆ 釣りざお / 釣魚竿。

❷ 水の底を突いて小舟を動かすのに使う長い棒。中船篙；撐船竿。E a pole (to propel a boat).

☆ 長いさおをうまく操って舟を進める / 用長船篙熟練地撐著小船前進。

☆ 流れにさおさす/順水推冊。(→流れ 慣用)

▷ 数 1本

さか【坂】サカ ❶上りか下りになっている状態の道や土地。中坂；坂道。E a slope; a hill.

☆ 自転車で坂を上るのは疲れる/騎腳踏車上坡很累。

☆ 坂を下る/下坡。

☆ 下り坂/走下坡路；下坡；下坡路。

☆ 上り坂/走上坡路；上坡；上坡路。

❷ 人生の中で、進むのが苦しくなる時期。中陡坡；難關。E time of hardships in human life.

☆ 40の坂を越して体力の衰えを感じるようになった/年過四十，似乎感到體力衰退。

さかい【境】サカイ　あるものとほかのものとを区切るところ。分かれるところ。中界；邊界；分界。E a border; a boundary.

☆ 川を境にして、2つの町がある/以河為界，有兩個城鎮。

☆ となりの土地との境に塀をつくる/在與鄰家土地的分界上建圍牆。

☆ 生死の境/生死界線。

さか・える【栄える】サカエル、サカエル〔自動一〕人や国などの力や勢いが盛んになる。中興盛；昌盛；興隆。E prosper; flourish.

☆ この国は貿易で栄えた/這個國家靠貿易而繁榮昌盛。

☆ 紀元前に栄えた古代都市/西元前極盛一時的古城。

対衰える　名栄え

さかさま　サカサマ　順序や位置がふつうと反対であるようす。さかさ。中逆；顛倒；相反。E reverse; upside down.

☆ 鏡で見ると、左と右がさかさまだ/照鏡子時，左右是相反的。

☆「トマト」はさかさまから言っても「トマト」になる/「トマト」反過來說也是「トマト」。

さが・す【探す・捜す】サガス〔他動五〕(さがして)　人やものを見つけようとしていろいろしてみる。中找；尋找；搜尋。E look for; search for.

☆ わたしは職をさがして1日じゅう歩きまわった/我為了找工作一整天東奔西跑。

☆ 友人のアパートをさがす/找朋友的公寓。

注 漢字で書くときは、ふつう「探す」だが、「ゆくえ不明者をさがす」など、見えなくなった人やものをさがすときは「捜す」。

さかずき【杯】サカズキ　酒を飲むための小さい器。中酒杯；杯。E a *sake* cup.

☆ さかずきを上げて、乾杯する/舉起杯子乾杯。

☆ さかずきに酒を満たす/往杯中斟滿酒。

→日本酒 図

杯を傾ける　酒を飲む。中喝酒；飲酒。E drink *sake*.

☆ 秋の夜を1人静かにさかずきを傾けて過ごす/一個人靜靜地喝酒度過秋夜。

杯を干す　つがれた酒を全部飲む。中乾杯。E drain one's cup.

☆ すすめられるままに一気にさかずきをほした/勸酒時一飲而盡。

さかだち【逆立ち】サカダチ　❶〔～する〕両手を地につけ、足を上にして立つこと。また、ものが上下反対になること。中倒立；顛倒。E stand on one's hands.

〔逆立ち❶〕

☆ 気分を変えるために、公園で逆立ちする/為調整心情，在公園裡倒立。

☆ 兄は逆立ちをして階段を上ることができる/哥哥能倒立著上階梯。

❷ (「逆立ちしても～ない」の形で)どんなにがんばっても～できない。中不管怎麼努力也不行；拚命也……。

☆ 逆立ちしても今晩じゅうにこのセーターは編めない/Even if I make every effort, I cannot finish knitting this sweater tonight. /再怎麼拚命今天晚上也織不完這件毛衣。

さ

さかな【魚】サカナ ❶水の中にすみ、えらで呼吸し、ひれで泳ぐ動物。中魚。E a fish.

☆ 毎日、魚を焼いて食べる/每天都烤魚吃。

☆ 魚を釣る/釣魚。

❷酒を飲むときに食べる料理。また、酒宴を盛りあげるための歌や踊りなど。中酒菜;酒宴上助興的歌、舞等。E an accompaniment (food or entertainment) when drinking *sake*.

☆ 今晩の酒のさかなはイカの塩辛だ/今晚的下酒菜是醃烏賊。

☆ 美しい風景をさかなにして飲む/把美麗的風景當做助興節目(=下酒菜),來喝酒吧!

▷ 数❶1匹 →魚

注 ❷はひらがなで書く。

さかのぼ・る サカノボル〔自動五〕(さかのぼって) ❶川などを流れと反対の上流のほうに向かって上る。中逆流而上。E go upstream.

☆ 谷川をさかのぼっていくと滝があった/溯溪而上有瀑布。

❷過去にもどったり、ものごとのもとにもどったりする。中追溯;回溯。E be retroactive; trace back to.

☆ 4月にさかのぼって給料の増えた分を支払う/從四月份開始補發工資的增加部分。

☆ 平和の原点にさかのぼる/追溯和平的起源。

さかば【酒場】サカバ、サカバ 客に酒を飲ませる店。中酒館。E a bar; a saloon; a pub.

☆ 駅裏の小さな酒場で1人で酒を飲む/一個人在車站後的小酒店喝酒。

☆ 銀座に酒場を開く/在銀座開酒店。

数 1軒・1店

参「バー」も酒を飲ませる所だが、「バー」がカウンターのある比較的小さく、洋酒をおもに出す店であるのに対して、「酒場」は「バー」より広い意味で使い、日本酒の店にも洋酒の店にも、また、大きい店にも小さい店にもいう。

さかや【酒屋】サカヤ ❶酒などを売る店。中酒行;酒舖。E a liquor store.

☆ 駅前の酒屋で缶ビールを買った/在車站前的酒舖裡買了罐裝啤酒。

❷日本酒をつくって売る家。また、その職業。造り酒屋。中酒坊;釀酒廠;酒莊。E a *sake* brewery.

☆ 道子のうちは代々酒屋を営んでいる/道子家世代經營酒莊。

▷ 数 1軒・1店

さから・う【逆らう】サカラウ〔自動五〕(さからって) ❶ものの勢いや流れに反対し、逆の方向に進む。中逆;反。E go against; fight against.

☆ 強い風にさからって歩く/逆著強風行走。

☆ 運命にさからう/與命運抗爭。

対なびく

❷人の意見や注意、規則などにしたがわない。中違背;違抗。E defy; disobey.

☆ 親にさからって家を出た/反抗父母而離家出走。

対従う ▷ →刃向かう・歯向かう

さかり【盛り】サカリ ものや人がいちばん美しく、勢いがある、最高の状態にあること。また、その時期。中鼎盛時期;全盛狀態。E the best; the prime.

☆ 花の盛りは短い/鮮花盛開時間短暫。

☆ 人生の盛りを過ぎた時期/已過人生的鼎盛時期。

☆ いたずら盛り/正淘氣的年齡。

☆ 食べ盛り/最能吃的時期。(→項目)

☆ 働き盛り/最能幹的時期;正值年輕力壯時期。

さかりば【盛り場】サカリバ 都会のにぎやかな場所。飲食店、酒場、娯楽場などが多くて、夜遅くまでにぎわう所。中繁華街市;鬧區;熱鬧場所。E amusement quarters.

☆ 目的もなく盛り場をうろつく/毫無目標地在鬧區閒逛。

☆ 盛り場を歩いていたら友達に会った/走在鬧區遇見了朋友。

さが・る【下がる】サガル〔自動五〕(さがって) ❶高い所から低い所に移る。[中]下降。[E] go down.

☆ エレベーターが下がる/電梯下降。

[対]上がる

❷上で支えられているものが、上から下にたれる。[中]垂下；懸掛。[E] hang down; be suspended.

☆ 前髪が下がってきてうるさい/額頭髮梢垂下來很煩人。

☆ 入り口にのれんが下がっている/在入口處懸掛著印有商號的布簾。

❸地位、程度、値段などがこれまでより低くなる。[中]降低；下降。[E] drop; go down; decline.

☆ 遊びすぎて成績が下がった/玩得太多，所以成績退步了。

☆ 物価が下がる/物價下降。

[対]上がる

❹後ろに移動する。[中]後退；往後退。[E] step back.

☆ 白線の内側に下がる/後退到白線以內。

☆ 1歩下がる/後退一步。

[対]進む　▷ [他動]下げる

さかん【盛ん】サカン　たいへん勢いがいいようす。[中]盛；繁盛；興盛。[E] popular; active; prosperous.

☆ 日本では野球が盛んだ/在日本棒球很盛行。

☆ あの火山は盛んに噴火を繰り返している/那座火山爆發頻繁。

☆ 商業が盛んな町/商業繁榮的城鎮。

さき【先】サキ　❶細長いもののいちばんはしの部分。[中]尖端；頭部；末梢。[E] a point; a tip.

☆ 先がとがったナイフ/很尖銳的刀子。

☆ 舌の先/舌尖。

❷進んでいく方向。目的地。[中]前方；前面；目的地。[E] ahead; the destination.

☆ この先は行き止まりだ/再往前就沒路了(=盡頭)。

☆ 送り先/送貨地點。

☆ 勤務先/工作地點；工作單位。

[対]後

❸これから起こること。[中]將來；以後。[E] the future.

☆ 計画を先にのばす/把計畫往後延。

☆ 先のことはわからない/以後的事情還不知道。

[対]前

❹順番や時間が前であること。[中]前頭；先；早。[E] the first; the head.

☆ 先に立って歩く/在前面走。

☆ どうぞお先に/請先走。

☆ 先を争う/爭先；搶先。

[対]後

❺ある時より前。[中]事先；預先。[E] in advance; beforehand.

☆ ホテルは先に予約しておく/事先預約飯店。

☆ 旅行の予定を先に知りたい/想提前知道旅行的預定計畫。

[対]後、後

さぎ【詐欺】サギ　他人をだまして、金や品物を取ったり、ひどい目にあわせたりすること。[中]詐欺；詐騙；欺騙。[E] (a) fraud; a swindle.

☆ ブランド商品の偽物を売りつける詐欺が多い/強行推銷仿冒名牌商品的詐欺行為很多。

☆ 詐欺を働く/騙人。

☆ 詐欺師/騙子。

さきおととい　サキオトトイ、サキオトトイ　きょうから数えて3日前の日。おとといの前の日。[中]大前天。[E] three days ago.

☆ さきおととい降った雪が、まだとけないで残っている/大前天下的雪，到現在仍殘留未化。

☆ さきおとといは休みだった/大前天休息。

さきごろ【先ごろ】サキゴロ、サキゴロ　「このあいだ」の改まった言い方。[中]前幾天；前些

日子；不久以前。[E] the other day.

☆ 母は、さきごろ帰国いたしました/母親前幾天回國了。

さきだ·つ【先立つ】サキダツ〔自動五〕(さきだって)　❶ 人の先頭に立って行く。[中] 領先；率先；帶頭。[E] go ahead; lead.

☆ 案内のためグループの人々に先だって歩く/為了嚮導走在旅遊團的前頭。

[対] 後れる

❷ あることがらの前にほかのことが行われる。[中] 在～之前。[E] precede.

☆ A先生の講演に先だって主催者のあいさつがある/在A老師講演之前，由主辦者致詞。

❸ 先に死ぬ。[中] 死在～之前；死在父母前。[E] die before someone else.

☆ 妻に先だたれて悲しみにくれる/妻子先我而去了，令我悲痛萬分。

❹ なによりもまず必要だ。[中] 居首；當先；首要。[E] take precedence.

☆ 先だつものは金だ/有錢萬事通，有錢能始鬼推磨。

さきどり【先取り】サキドリ〔～する〕

❶ 将来を予測して、いいと思うことを、他人より早くすること。[中] 預見；預先。[E] anticipate.

☆ 機械化時代を先取りして、外国語の翻訳機を開発する/預期將進入機械化時代，所以研發外語翻譯機。

☆ 時代を先取りする企業/領先時代的企業。

❷ 利益や代金を前に受け取ること。[中] 先得到；優先取得。[E] take in advance.

☆ 3年間の使用料を先取りする/預先收三年的使用費。

さきばし·る【先走る】サキバシル〔自動五〕(さきばしって)　よく考えずに、わかったつもりになってものごとをする。[中] 冒失；搶先；貿然從事。[E] rush ahead; be too hasty.

☆ 80歳の祖母が出かけるというので、タクシーを呼んだら、自分の足で歩く、先走ってよけいなことはするなとしかられた/八十歲的奶奶要出門，我替她叫輛計程車，她執意要走路，還教訓我少管閒事。

☆ 先走って失敗ばかりしている/貿然從事只有失敗一途。

さきほど【先ほど】サキホド　「さっき」の改まった言い方。[中] 剛才；方才。[E] a little while ago.

☆ さきほどお電話いたしました田中です/我是剛才打過電話的田中。

☆ さきほどのお話はたいへん興味深くうかがいました/對您剛才所說的話深感興趣。

[対] 後ほど

さきゆき【先行き】サキユキ　これから先の状況。[中] 將來；前景。[E] the future; the prospects.

☆ 工場の製品がだんだん売れはじめ、先行きが明るい/工廠的產品慢慢地開始暢銷了，前景一片樂觀。

☆ 景気の先行きを見通す/前景看好。

さぎょう【作業】サギョー〔～する〕　実際に体を動かして仕事をすること。[中] 工作；操作；作業。[E] work.

☆ アルバイトでスーパーの商品を棚に並べる作業をする/打工的工作是把超市的商品陳列在貨架上。

☆ 作業員/操作人員；作業人員。

☆ 作業服/工作服；作業服。

☆ 農作業/農活；田間勞動。

さく【策】サク、サク　❶ 計画。人をだまそうとして考えた計画。[中] 計策；圈套。[E] a plan; a scheme.

☆ 敵を倒すための策を考える/研究打敗敵人的策略。

☆ 策をねる/擬訂策略。

☆ 策をめぐらす/籌劃對策。

❷ ものごとや事件に対してとる方法や手段。[中] 方案；策略；對策。[E] a measure; a step.

☆ 川の水のよごれを防ぐための策がない/沒有防止河水污染的對策。

☆ 策がつきる/無計可施。

❸ (他のことばの後について)ものごとをうまくするための方法や手段。

☆ いろいろ意見は出るが、具体策が見つからない/雖然有各種方案，但還沒找到具體的對策。

☆ 安全策/a safety measure./安全措施。

☆ 改善策/a reform measure./改善措施。

さく サク、サク 人や動物が自由に出入りできないように、木や金属などでつくったかこい。中柵欄。E a fence; a railing.

☆ 馬が牧場のさくを越えて逃げた/馬越過牧場的柵欄逃跑。

☆ 危険ですから、さくの中に入らないでください/因為很危險，請不要進入柵欄內。

さ・く 【咲く】サク〔自動五〕(さいて) 花のつぼみが開く。中花開；開花。E bloom.

☆ 桜が咲いた/櫻花開了。

☆ 花が咲き鳥が鳴く/花開鳥鳴。

さ・く 【割く】サク〔他動五〕(さいて) 一部分を分けて、ほかのことにあてる。中匀出；分出；騰出。E spare; allow.

☆ わたしたちの会のために、たいせつな時間をさいていただいて本当にありがとう/百忙之中騰出時間來參加我們的會議，真是太感謝了。

☆ きょうの朝刊は、首脳会談に紙面を大きくさいている/今天早報大篇幅刊登高峰會談的內容。

さ・く 【裂く】サク〔他動五〕(さいて) ❶分け目がまっすぐの線になるように２つに切り離す。中撕開。E tear; rip.

☆ けがの血を止めるため、ハンカチを裂いて、傷口をしばった/為了止血，撕開手帕包紮傷口。

❷ 人々のいい関係をこわす。中挑撥離間。E sever; separate.

☆ ２人の仲を裂く/挑撥兩人的感情。

☆ 夫婦の間を裂く/挑撥夫妻感情(在夫妻間挑撥離間)。

▷ 自動 裂ける

さく- 【昨-】 (日、年などを表すことばについて)きのうの。去年の。いまの１つ前の。中(接在表示日、年等的詞後)表示昨日的；去年的。

☆ マリーは昨12日に帰国した/Mary returned to her homeland yesterday, the 12th./瑪麗已於昨天十二號回國了。

☆ 昨1994年、事件は起こった/去年1994年發生了事故。

☆ 昨秋/last autumn; last fall./去年秋天。

関連 今-、明-

さくいん 【索引】サクイン 書物の中に出てくる語句を取りだして、順番に並べ、その使われている場所を示したもの。本の最後の部分にあることが多い。中索引；檢字表。E an index.

☆ 名簿の索引を見て卒業年度を調べる/看名單的索引查畢業年度。

☆ この論文にも索引があると便利なのに/這篇論文若有索引的話就方便了。

さくげん 【削減】サクゲン〔～する〕 決まっている数や量や金額を、なにかの理由で特別に減らすこと。中削減；縮減。E curtail; reduction.

☆ 国の予算を大幅に削減する/大幅削減國家預算。

☆ 軍備削減交渉/裁軍談判。

☆ 経費削減/削減經費。

☆ 人員削減/削減人員；裁員。

さくじつ 【昨日】サクジツ 「きのう」の改まった言い方。中昨日。E yesterday.

☆ 昨日は失礼いたしました/昨天失禮了。

☆ 昨日、臨時国会が閉会した/昨天臨時國會閉會。

関連 今日、本日、明日

さくしゃ【作者】サクシャ　小説、詩、絵画、彫刻、曲などをつくった人。中 作者；著者；創作者。E an author; a writer.

☆「坊っちゃん」の作者は夏目漱石である／《少爺》的作者是夏目漱石。

☆ 作者不明／作者不詳。

さくじょ【削除】サクジョ〔～する〕　文章、項目、表などから不必要なものを取り除くこと。中 刪掉；刪除；刪去。E strike off; delete; cross out.

☆ やめた会員の名前を名簿から削除する／把停止活動的會員從名單上刪除。

☆ この文は長すぎるから、一部削除してほしい／這篇文章太冗長，希望能刪除一部分。

☆ 1字削除／刪除一字。

さくせい【作成・作製】サクセイ〔～する〕

❶ 計画、案、文書などを自分の考えでまとめあげること。中 作；寫；造成。E draw up; prepare.

☆ 建設計画の作成にとりかかる／著手製訂建設計劃書。

☆ 卒業論文を作成する／寫畢業論文。

☆ 報告書の作成／寫報告。

❷ 品物や図面などをつくること。中 製作(物品等)。E make; produce.

☆ 卒業アルバムを作製する／製作畢業紀念冊。

☆ 町のシンボルとして平和の像を作製する／創作和平雕像作為小鎮標記(＝象徵)。

注 ❶は「作成」、❷は「作製」。

さくせん【作戦】サクセン　❶ 戦争や試合に勝つために、前もって考えておく方法。戦い方。中 作戰；作戰策略。E tactics; strategy.

☆ 監督の作戦がよかったので、試合に勝てた／因為指揮作戰成功，所以比賽獲勝。

☆ 作戦をねる／elaborate a plan of operations.／擬定作戰計劃。

☆ 作戦を展開する／展開作戰計劃。

❷ 軍隊がある期間、計画的に行う戦い。広い意味で社会的な活動に対しても使う。中 作戰行動；運動。E (military) operations.

☆ 都市の包囲作戦／包圍都市的作戰行動。

☆ 上陸作戦／登陸作戰。

☆ 販売拡張作戦／a strategy to increase sales.／促銷策略。

さくねん【昨年】サクネン　「去年」の改まった言い方。中 去年。E last year.

☆ 昨年、日本へまいりました／去年來到日本。

☆ 昨年はたいへんお世話になりました／去年受到您很多的照顧。

関連 今年、本年、明年

さくばん【昨晩】サクバン　「ゆうべ」の改まった言い方。昨夜。中 昨天晚上。E last night.

☆ 昨晩の講演のテーマは高齢化社会についてであった／昨晚演講的主題是關於高齡化社會。

関連 今晩、明晩

さくひん【作品】サクヒン　小説、詩、絵画、彫刻、曲など、つくられたもの。中 作品。E a (piece of) work.

☆ いい作品をたくさん残した小説家／留下許多傑作的小說家。

☆ ゴッホの作品には風景を描いたものが多い／梵谷的作品中大多是風景畫。

☆ 文学作品／文學作品。

数 1作・1点

さくぶん【作文】サクブン　❶ 文章をつくること。また、その文章。特に、学校の教育科目で、課題を出されて文章を書くこと。中 作文；寫文章。E (a) composition.

☆「わたしの家族」という題で作文を書く／以《我的家》為題寫一篇作文。

☆ 自由作文／非命題作文；自由命題作文。

☆ 英作文／英語作文。

❷〔～する〕形だけはきちんとしているが、内容のない文章をつくること。また、その文章。中 有形無實的文章；湊文章。E the writing which is in correct form but lacks substance.

☆ 見学したことにして適当に報告書を作文しておこう/把參觀研習敷衍地整理成一份報告。

さくもつ【作物】サクモツ　田や畑でつくる、米、麦、野菜など。農作物。中農作物；莊稼。E crops; farm products.

☆ この畑で、いまいちばんよくとれる作物はトマトだ/這塊地目前種得最好的農作物是蕃茄。

☆ 作物の収穫/作物收成。

さくや【昨夜】サクヤ、サクヤ　「ゆうべ」の改まった言い方。昨晩。中昨夜。E last night.

☆ 昨夜はごちそうさまでした/昨晚謝謝您的盛情款待。

☆ 昨夜、大阪に着きました/昨晚抵達了大阪。

☆ 昨夜来の雨(＝昨夜からずっと降っている雨)/從昨晚下的雨(＝昨晚開始一直下雨)。

関連 今夜、明夜

さくら【桜】サクラ　春にピンク、白などの花が一面に咲き、秋に葉が赤くなって落ちる木。また、その花。公園や道路にある花が満開のときは、その下で花見をする人も多い。木は建築材や家具に使われ、実の食べられる種類もある。中櫻花；櫻花樹。E cherry blossoms; a cherry tree.

〔桜〕

☆ 日曜日ごろ、桜が満開になるだろう/到星期日，櫻花就會盛開了吧。

☆ 公園に桜の木を植える/在公園裡種植櫻花樹。

☆ 桜の実をさくらんぼという/櫻花樹的果實叫櫻花果。

☆ 桜もち(＝塩づけした桜の葉で巻いた和菓子)/櫻葉餅(＝用鹽醃的櫻花樹葉，捲入豆沙餡的點心)。

数 1本、花は1輪

さぐ・る【探る】サグル〔他動五〕(さぐって)

❶ 手足などを動かして、ものをさがす。中找；探；摸。E feel about.

☆ 乗車券が見つからないので、ポケットをあちこちさぐった/找不到車票，所以在口袋裡到處翻。

❷ 相手に知られないように、そっとようすを調べる。中探聽；偵察；偵探。E spy; feel out.

☆ 敵のようすをさぐる/偵察敵人的情況；偵察敵情。

☆ さぐるような目つきで見る/用試探的眼神看。

❸ どうなっているか、あれこれ調べる。中調查；探尋。E probe; look into.

☆ 事件の原因をさぐる/調查事件的原因。

☆ 語源をさぐる/尋找語源。

▷ 名 探り

さけ【酒】サケ　日本酒。また、ウイスキー、ワイン、ビールなど、アルコールをふくんだ飲み物。中酒。E *sake*; liquor; alcoholic drink.

☆ 酒を飲むと気が大きくなる/一喝酒，膽子就變大了。(喝酒壯膽。)

☆ 酒に酔う/喝醉酒。

☆ 酒飲み(＝酒が好きで、よく飲む人)/酒鬼(＝喜歡喝酒，又經常喝酒的人)。

☆ 祝い酒/喜酒。

数 1杯・1本

参 他のことばの前につくと、「酒だる」「酒盛り」「酒屋」などのように「さか」と読み方が変わることが多い。

酒に飲まれる　酒を飲みすぎて自分をコントロールできなくなる。中爛醉如泥。E get drunk; be dazed by liquor.

☆ 楽しみながら飲むのはいいが、酒に飲まれてしまってはいけない/高興時喝點酒是可以的，但不能爛醉如泥。

酒は百薬の長　酒は適当な分量を飲むならば、どんな薬よりいいということ。中酒為百藥之長。E *Sake* is the best of all medicines.

さけ　サケ　北の海にすむ魚の一種。川で生まれて海に下り、産卵のため生まれた川にもどる。体長は１メートルぐらいになる。焼いたりフライにしたりして食べる。しゃけ。

中 鮭魚。E a salmon.

☆ サケをムニエルにして食べる / 把鮭魚作成法式奶油烤魚來吃。

☆ 塩ザケ / 鹹鮭魚。

数 １匹・１本・１切れ

さげす・む サゲスム、サゲスム〔他動五〕(さげすんで) 相手が自分よりおとっているものとして見下す。中 蔑視；輕視；看不起。

E hold in contempt; look down on.

☆ 貧しい生活をしている人をさげすむのは大きなまちがいだ / 看不起過窮日子的人是最大的錯誤。

さけびごえ【叫び声】サケビゴエ 危険を知らせるためや、驚いたときに出す大声。中 喊叫聲；呼聲。E a scream; a shout.

☆ 山道を歩いていたら、蛇が出てきたので、思わず叫び声をあげた / 走在山路上，突然竄出一條蛇，嚇得我不禁大聲尖叫。

☆ 夜中に近くの公園で叫び声がした / 半夜從附近公園傳來喊叫聲。

さけ・ぶ【叫ぶ】サケブ〔自他動五〕(さけんで) ❶ 大声を出す。わめく。中 大聲喊；喊叫。E shout; cry.

☆ 暗がりから「助けて！」と叫ぶ声がした / 從暗處傳來「救命」的呼聲。

❷ 自分の考えを世の中に向かって強く主張する。中 呼籲；呼喊。E clamor; advocate.

☆ 戦争反対を叫ぶ / 高呼反對戰爭。

▷ 名 叫び

注 ❶は自動詞、❷は他動詞。

さ・ける【避ける】サケル〔他動一〕 ❶ つごうの悪いものごとから離れるようにする。

中 避開；避免；躲避。E avoid.

☆ 父はラッシュアワーを避けて、早く家を出る / 為避開上班高峰時間，提早出門。

☆ 暑さを避ける / 避暑。

❷ 言わないようにする。やめにする。中 避；避開。E take care not to ~.

☆ 相手を傷つけることばは避ける / 避免使用傷害對方的用詞。

☆ 失礼な表現を避ける / 避免失禮的言辭。

▷ →よける

さ・げる【下げる・提げる】サゲル〔他動一〕

❶ 高い所から低い所に移す。中 降下；降低。E lower.

☆ 丁寧に頭を下げておじぎをする / 恭恭敬敬地低頭鞠躬行禮。

☆ ズボンを下げる / 脫褲子。

対 上げる

❷ 上で支えられているものを、上から下にたらす。中 掛；吊；懸掛。E hang; suspend.

☆ 天井から電灯を下げる / 天花板吊著電燈。

☆ カーテンを下げる / 掛窗簾；落幕。

❸ 地位、程度、値段などをこれまでより低くする。中 降低；降下。E lower; drop; bring down.

☆ 物価を下げるのは、政府の役目だ / 降低物價是政府的職責。

☆ テレビのボリュームを下げる / 把電視的音量調小。

対 上げる

❹ 手ににぎったり、肩にかけたりして、ものを持つ。中 提；挎；挽。E carry.

☆ ハンドバッグをさげる / 提著手提包。

❺ 後ろに移動させる。中 往後退；向後移動。E move back.

☆ 教室の机の位置をすこし下げる / 把教室裡的課桌往後移一點。

▷ 自動 下がる

注 漢字で書くときは、❶❷❸❺は「下げる」、❹は「提げる」。

さこく【鎖国】サコク〔～する〕 外国とのつきあいや貿易を禁止すること。また、その政策。日本史では、1639年から1854年まで、江戸幕府がオランダと中国と朝鮮以外の国との貿易を禁止したことをさす。中 閉關自守；閉關鎖國。E close the country; national isolation.

☆ 江戸時代、日本は200年間も鎖国していて、世界の進歩から取り残された/江戶時代，日本閉關自守了兩百年，成為跟不上世界腳步的國家。

対 開国

ささ・える【支える】ササエル、ササエル〔他動一〕 ❶ものをそえて、倒れないようにする。中 支撐；支。E prop up; support.

☆ 古くて倒れそうな小屋を棒で支える/用木棒支撐這個快要倒塌的舊房子。

☆ つえで体を支える/用拐杖支撐身體。

❷ いまの状態を続けるようにする。中 支撐；維持。E support; provide for.

☆ 母が一家の生活を支えている/媽媽支撐著全家的生活。

☆ アルバイトで家計を支える/靠打工維生。

▷ 名 支え

ささ・げる ササゲル〔他動一〕 ❶ 神仏や尊敬する人にものを差し上げる。中 獻；供養；供奉。E offer; consecrate.

☆ 神に祈りをささげる/向神祈禱。

☆ 墓前に花をささげる/在墓前獻花。

❷ 自分が信じている人やものにつくす。中 奉獻；貢獻；獻出。E give; devote.

☆ 恋人に愛をささげる/把愛奉獻給情人。

☆ 貧しい人の医療に一生をささげた/為窮人看病奉獻一生。

参 もとは「両手で目の高さに上げて持つ」動作の意味で使ったが、最近は抽象的な意味で使う。

ささやか ササヤカ 規模が小さく、控えめなようす。中 小規模；小；微薄。E in a small way; small.

☆ 少数の友人だけを招いて、ささやかに結婚式をあげた/只邀請少數親朋好友，舉行了小規模的結婚儀式。

☆ ほんの気持ちだけの、ささやかな品ですが、お受け取りください/僅僅一點心意，微薄之禮，請收下吧。

参 人にものをあげたり、人を招いたりするときに、謙遜して使うことがある。相手の行為やものに対して使ってはいけない。

ささや・く ササヤク、ササヤク〔他動五〕(ささやいて) 小さな声でそっと話す。中 嘀咕；耳語；低聲私語。E whisper.

☆ 耳もとでささやく/在耳邊低聲私語；在耳邊嘀咕。

☆ 恋をささやく2人/兩人談情說愛。

名 ささやき

ささ・る【刺さる】ササル〔自動五〕(ささって) 先のとがったものが、他のものに勢いよく入る。中 扎進；刺入。E stick; get stuck.

☆ 魚の骨がのどに刺さって、痛い/魚刺扎進喉嚨，疼痛不已。

☆ 鋭いことばが胸に刺さる/尖銳的話語刺痛人心。

他動 刺す

さじ サジ、サジ 液体や粉などをすくいとる小さな道具。分量をはかるのにも使う。スプーン。中 匙；匙子；小勺。E a spoon.

☆ コーヒーにミルクを入れて、さじでまぜる/在咖啡裡加入牛奶，用小勺攪勻。

☆ 砂糖をさじで2杯入れる/加入兩勺白糖。

☆ 大さじ/大勺。

☆ 小さじ/小勺。

☆ 茶さじ/茶匙。

数 1本 →食器 図

さじを投げる これ以上なにもできないとあきらめてやめてしまう。中 認為無法挽救而死心；束手無策。E abandon all hope.

☆ 相手チームに大量の得点を許してしまい、監督はさじを投げた/讓對方得分太多，教練也束手無策。

さしあ·げる【差し上げる】サシアゲル、サシアゲル〔他動一〕❶手などで持って高く上げる。中 舉；舉起。E hold up.

☆ 学生たちは卒業証書を高く差し上げて、喜んでいる/學生們高舉畢業證書，興奮莫名。

❷「与える」の謙譲語。中「給」「贈給」的自謙語。E ((humble)) give.

☆ 記念にこの本を差し上げます/送您這本書作紀念。

さ

対 下さる、頂く

❸ (「～てさしあげる」の形で)「～てやる」の謙遜した言い方。中「做」的自謙語。

☆ ホテルを予約してさしあげましょう/I'll reserve a room in the hotel for you./我替您預約飯店吧。

二注 ❸はひらがなで書く。

さしあたり サシアタリ 現在のことだけを問題にするようす。いまのところ。さしあたって。中 當前；目前；眼前。E at present; for the time being.

☆ 家まで建てるお金はないが、さしあたり土地だけ買っておこう/雖然沒有蓋房子的錢，但先把地買下吧。

さしいれ【差し入れ】サシイレ〔～する〕

❶ 刑務所や警察などに拘束されている人に、食料や日用品をとどけること。また、その品物。中 給被拘留或監禁的人送東西；送的東西。E a thing sent in to a prisoner.

☆ 警察に留置されている友人に下着の差し入れをする/給被警察拘留的朋友送内衣褲。

❷ ある場所に閉じこもって仕事をしている人に、食物などをとどけること。また、その品物。中 給在監守崗位的人送食品等；送的食品。E a supply of provisions for a person working.

☆ 合宿している選手たちにすしの差し入れをする/給正在集訓中的選手們送壽司。

☆ 差し入れの弁当/送來的便當。

▷ 他動 差し入れる

さしおさえ【差し押さえ】サシオサエ 決まった期間中に借金や税金が払えないばあい、法律の力で、財産を使ったり売ったりすることを禁止すること。中 扣押；查封；凍結。E attachment; seizure.

☆ 税金を払わない人の土地の差し押さえをする/查封欠稅人的土地。

☆ 国の差し押さえを受ける/被國家查封。

他動 差し押さえる

さじかげん【さじ加減】サジカゲン ❶薬の調合の程度。中 藥量；處方劑量。E a prescription.

☆ 患者に与える薬のさじかげんをまちがえたらたいへんだ/如果弄錯給患者配藥的劑量是很嚴重的。

❷ うまくものごとを運ぶための特別の手かげん。中 處理的分寸；酌情處理。E discretion; allowance.

☆ 税務署の役人のさじかげんひとつで税金が安くなるなどということはない/稅務官員絕不會降低稅金來酌情處理。

ざしき【座敷】ザシキ たたみを敷いた部屋。おもに来客のために使う。中 (日本式)客廳。E a Japanese-style drawing room; a *tatami*-matted room.

☆ 先生のお宅を訪問したら、広い座敷に通された/去老師家拜訪時，被引導到大客廳裡坐。

☆ 床の間のある座敷/有壁龕的日式客廳。

数 1室・1間

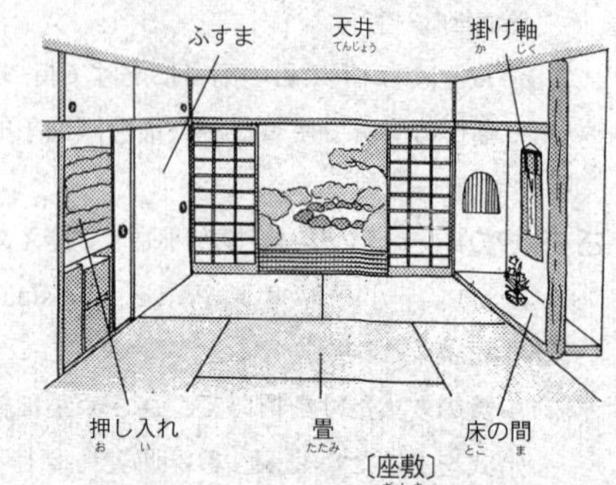

〔座敷〕

さしず【指図】サシズ〔～する〕 命令したり指示したりすること。また、その命令や指示。中 指示；吩咐；命令。E instruct; orders.

☆ 引っ越しの荷物を運ぶ順、置く位置などを指図する / 要指示搬家時行李的搬運順序、擺放位置等。

☆ 社長の指図を受ける / 接受老闆的指示。

さしだしにん【差出人】サシダシニン 手紙やはがきや小包を出すほうの人。中 寄信人。E a sender.

☆ 差出人の名前は封筒の裏側に書く / 寄信人的名字寫在信封背面。

☆ このはがきには差出人の住所が書いてない / 這張明信片沒有寫寄信人的地址。

対 受取人

さしつかえ【差し支え】サシツカエ なにかをするのにつごうの悪い事情。中 妨礙；障礙；不方便。E a previous engagement; (an) objection.

☆ あすは差しつかえがあって出席できない / 明天不太方便所以無法出席。

☆ 差しつかえがなければ、お名前とお年を書いてください / 如果方便的話，請寫下姓名和年齡。

自動 差し支える

さしつかえな・い【差し支えない】サシツカエナイ 「～てもいい」「かまわない」のすこし改まった言い方。つごうの悪いことがない。中 沒關係；不妨；可以。E there is no harm; it's all right.

☆ 1日ぐらいなら、レポートの提出が遅れても差しつかえないようだ / 如果只是晚一天交報告，似乎沒什麼關係。

☆ この話はだれに聞かれても差しつかえない / 這話讓誰聽到都沒關係。

さしでがまし・い【差し出がましい】サシデガマシイ、サシデガマシイ よけいなことをする。話 中 多事；多管閒事。E This is none of my business, but ～; put oneself forward.

☆ 差し出がましいかもしれませんが、お手伝いしましょうか / 也許是多管閒事，讓我來幫幫忙吧！

☆ 家族のことを外から差し出がましくあれこれ言わないでほしい / 這是家務事，希望外人不要七嘴八舌，多管閒事。

さしみ【刺身】サシミ 新鮮な魚などを生のまま、薄く切って、しょうゆ、わさびなどをつけて食べる料理。中 生魚片。E *sashimi*; slices of raw fish.

☆ マグロの刺身が大好きだ / 最喜歡吃鮪魚的生魚片。

☆ 新鮮なイカを刺身にする / 把新鮮的烏賊做成生魚片。

☆ 刺身包丁 / 切生魚片用的窄刃刀；生魚片刀。

刺身のつま ❶ 大根やニンジンを細く切って刺身にそえるもの。中 生魚片配菜。E garnishings served with *sashimi*.

☆ 刺身のつまに大根の細切りと海藻をそえる / 拿蘿蔔絲和海藻作為生魚片的配菜。

❷ 他のものを引きたてるだけで、それ自身には味や値打ちのないもの。中 配角；擺設。E a tasteless garnish; useless ornament.

☆ 会議に出ても黙ってすわっているだけなら刺身のつまだ / 雖然出席會議，但只是默默地坐著，不過是個擺設罷了。

さしょう【査証】サショー ビザ。中 簽證。E a visa.

☆ 大使館の査証が下りる / 大使館的簽證下來了。

☆ 入国査証 / 入境簽證。

三 参 最近は「ビザ」のほうをよく使う。

さ・す【刺す・指す・差す・挿す】サス〔自他動五〕(さして) ❶ 針など先のとがったものを突き入れる。中 刺；扎。E prick; sting; stab.

☆ 針で指を刺してしまった / 針扎到手指了。

☆ ハチに刺される / 被蜜蜂螫了。

☆ 短刀で刺し殺す/用匕首刺殺。

❷ 指や棒などで方向や場所を示す。中指；指示。E point to; call on; indicate.

☆ 時計の針が12時をさす/時針指著十二點鐘。

☆ 先生にさされて、立ち上がる/被老師指名站起。

☆ さし示す/指出；指示。

❸ その方向へと向かう。中向；往；朝。E head; for.

☆ 一郎は東をさして旅に出た/一郎朝著東方出發旅行。

☆ めざす/以…為目標；朝著。(→項目)

❹ 将棋で、こまを進める。中下(棋)；走。E play (*shogi*).

☆ 将棋をさす/下象棋。

❺ ものの間や中に入れる。中插。E wear; put ~ in.

☆ 腰に刀を差す/腰上帶著刀。

☆ 花瓶に花をさす/把花插在花瓶裡。

☆ 差しこむ/插入；扎進。

❻ 傘などを開いて頭の上をおおう。中撐(傘)。E put up.

☆ 傘をさす/撐傘。

❼ 液体を器などにそそぎ入れる。中注入；倒進；滴上。E pour; put ~ into.

☆ さかずきに酒をさす/往酒杯裡倒酒。

☆ 目薬をさす/點眼藥。

❽ 色や気持ちなどが表面に表れる。中透露；泛出；發生。E be tinged with; be tired of.

☆ 青白かった病人のほおに赤みがさしてくる/病人蒼白的面頰上泛出紅暈。

☆ いやけがさす(=いやになる)/感到厭煩(=感到討厭)。

❾ 太陽や月の光が当たる。中照射。E shine into.

☆ 部屋いっぱいに日がさして明るい/太陽照射房間而顯得明亮。

▷ 自動 刺さる

注 漢字で書くときは、❶は「刺す」、❷❸❹は「指す」、❺は「差す」「挿す」、❻～❾は「差す」。また、❶～❼は他動詞、❽❾は自動詞。

さすが サスガ ❶ 予想していたとおりであることを、感心して認めるようす。中真不愧是；到底是；畢竟是。E as may be expected; truly.

☆ 原稿なしでマイクの前で話し続けられるとは、さすが(は)プロのアナウンサーだ/沒有原稿就能在麥克風前朗朗上口，不愧是職業播音員啊！

☆ 名馬の子だけあって、さすが(に)足が速い/真不愧是名駒的後代啊，跑得那麼快！

❷ (「さすがの」の形で)特別な事情で、評判どおり、予想どおりにはいかなくなるようす。中連～也～；甚至～也～。E as; though.

☆ 妹がうそをついたとき、さすがのやさしい母も本気で怒った/妹妹說謊時，連溫和的媽媽也真的生氣了。

さず・ける 【授ける】サズケル〔他動一〕

❶ 目上の人から目下の人にだいじなものを与える。中授；授予；賦予。E grant; bestow; confer.

☆ 王が家来に剣を授ける/國王授劍給家臣。

☆ 卒業証書を授ける/授予畢業證書；頒發畢業證書。

対 受ける

❷ 知識や秘法などを教える。中教授；傳授。E teach; instruct.

☆ 古典の教養を授ける/傳授古典的教養。

☆ 茶道の奥義を授ける/傳授茶道秘訣。

対 受ける　▷ 自動 授かる

さす・る サスル〔他動五〕(さすって) 手のひらなどを当てて、表面をすべらせるように軽くこする。中摩；摸；撫摸。E rub; stroke.

☆ 喘息で苦しむ子供の背をさする/撫摸因哮喘而感到痛苦的孩子的背。

ざせき【座席】ザセキ　列車や劇場などにある、すわる場所。中座位；席位；位子。E a seat.

☆ 新幹線で窓ぎわの座席にすわる / 乘坐新幹線靠窗的位子。

☆ 飛行機の座席を予約する / 預約飛機座位。

☆ 座席指定 / 指定座位。

させる（一段動詞、「来る」の「ない」形について）❶他の人になにかをするように言って、言われた人がそのとおりにすることを表す。中讓做。

☆ 試験を受けさせる / make a person take an exam. / 讓…應試。

☆ 手伝いに来させる / 叫來幫忙。

❷ 他の人にあることをしていいと言ったり、したいだけすることを許したりする。中允許他做想做的事。

☆ 来たいなら来させなさい / Let him come if he wants to. / 他想要來就讓他來吧。

❸ ある状態をひきおこすことを表す。中使產生某種狀態。

☆ ふろの水をあふれさせる / make water overflow out of a bathtub. / 使澡盆的水溢出來。

❹（「～させていただきます」「～させてください」の形で）ある動作をすることを相手に許してもらうことを表す。中請允許～。

☆ ちょっと味をみさせてください / Please let me just taste it. / 讓我嚐嚐味道。

参 五段動詞、「する」動詞には「せる」がつく。

させる　人になにかをやらせる。中讓某人做某事。

☆ 弟に留守番をさせた / I made my brother look after my house while I was away. / 叫弟弟看家。

☆ 子供に掃除の手伝いをさせる / 讓孩子幫忙打掃。

参「する」動詞の「さ」に「せる」がついたもの。

さぞ　サゾ（「さぞ～だろう」の形で）きっとそうだろうと想像するようす。中想必；諒必；一定是。E how; surely.

☆ 宇宙から見る地球は、さぞ美しいことだろう / 從太空看地球，一定很美吧。

☆ 足の骨が折れたときは、さぞ痛かったことでしょう / 腿骨斷了一定很痛吧。

参 おもに同情や共感の気持ちで使う。

さそ・う【誘う】サソウ〔他動五〕(さそって)

❶ 一緒に行ったり、したりするようにすすめる。中勸誘；邀請；約。E invite; ask.

☆ 共同で研究しようと友達を誘う / 邀請朋友共同研究。

☆ 一郎を海外旅行に誘った / 約一郎一起去海外旅行。

❷ 自然にそうなるようにさせる。中引誘；誘惑。E tempt; move.

☆ 春風に誘われて旅に出る / 被春風吸引而出外旅行。

☆ 涙を誘う / 引人落淚。

▷ 名 誘い

さだ・める【定める】サダメル〔他動一〕

❶ 規則などをきちんと決める。中定；制定；規定。E establish; provide.

☆ 憲法を定める / 制定憲法。

☆ 国境を定める / 劃定國境線。

❷ 揺れ動かないようにする。中決定；打定。E fix; settle.

☆ ねらいを定める / 決定目標。

☆ 居を定める / 定居。

▷ 名 定め　自動 定まる

ざだんかい【座談会】ザダンカイ　あるテーマについて、すわったまま自由に話し合う会。中座談會。E a discussion meeting; a roundtable talk.

☆ 雑誌の座談会に出席する / 参加雜誌的座談會。

☆ 座談会で出た意見をまとめる / 總結座談會中提出的意見。

さ

さつ【札】サツ　紙の金。中 紙幣。E a bank note; a bill.

☆ 札を数える / 數錢；數鈔票。

☆ 札束 / 一捆鈔票。

☆ 1000 円札 / 千元紙幣。

☆ お札 / 紙幣；鈔票。

数 1 枚

-さつ【-冊】(数を表すことばについて)本などの数を表す。中 冊；本。

☆ 雑誌を 1 冊買った / 買了一本雜誌。

☆ 本を 3 冊注文した / I ordered three books. / 訂購三本書。

さつえい【撮影】サツエイ〔～する〕写真や映画などをとること。中 攝影。E take a picture; film (a movie).

☆ 映画を撮影する / 拍攝電影。

☆ 撮影技師 / 攝影師。

☆ 撮影所 / 電影製片廠。

☆ 特殊撮影 / 特技攝影。

ざつおん【雑音】ザツオン　❶ いろいろな物音。不愉快な、騒がしい音。中 噪音；嘈雜聲。E noise.

☆ 会議の録音をしたが、雑音がひどくてよく聞き取れない / 雖做了會議的錄音，但雜音很多聽不清楚。

❷ 本来の目的をじゃまするような情報、忠告、干渉など。中 閒話；說長道短；干預。E interference; irresponsible criticism.

☆ 周囲の雑音が多いので、計画がなかなか進まない / 因為周圍的意見很多，所以計畫很難進行。

▷ 話 ❷　→騒音

さっか【作家】サッカ、サッカ　芸術作品をつくる人。特に、小説や随筆、脚本などの作者。中 作家。E an author; a writer; a novelist.

☆ 芥川賞をもらって、一人前の作家として認められるようになった / 獲得了芥川獎後，就成為公認的名作家。

☆ 明治時代の有名な作家の小説はいま読んでもおもしろい / 明治時代著名作家的小說，現在讀起來仍回味無窮。

☆ 推理作家 / 推理小說作家。

☆ 劇作家 / 劇作家。

サッカー(soccer) サッカー　11人ずつのチームが、ボールを足でけって相手のゴールに入れて点を取り合う競技。蹴球。中 足球。E soccer.

☆ ヨーロッパにはサッカーが盛んな国が多い / 歐洲盛行足球的國家很多。

☆ サッカー選手 / 足球選手；足球運動員。

☆ サッカーボール / 足球。

参「フットボール」ともいうが、「フットボール」は広い意味で使われ、「アメリカン・フットボール」「ラグビー」などもふくむ。

さっかく【錯覚】サッカク〔～する〕事実とは違ったように、見たり、聞いたり、感じたりすること。思い違いをすること。中 錯覺。E an illusion; a hallucination.

☆ あまり静かなので、だれもいないのかと錯覚した / 因為太安靜了，所以產生了沒有人在的錯覺。

☆ 錯覚を起こす / 產生錯覺。

さっき　サッキ　いまよりすこし前。さきほど。話 中 剛才；方才。E a little while ago.

☆ 田中さんはさっき帰りましたよ / 田中先生剛才回去了。

☆ さっきの話をもういちど聞かせてください / 請再說一次剛才所說的事。

さっきょく【作曲】サッキョク〔～する〕音楽の曲をつくること。詩や歌に節をつけること。中 作曲。E compose (music).

☆ 新しい合唱曲を作曲する / 作一首新的合唱曲。

☆ ベートーベン作曲のピアノ曲を演奏する / 演奏貝多芬的鋼琴曲。

☆ 作曲家 / 作曲家。

ざっくばらん ザックバラン 隠しごとをしたり、形式ぶったりしないようす。話 中 直率；坦率；爽快。E frankly; outspoken.

☆ ざっくばらんに話し合ったので、相手のことがよく理解できた/因為交談很坦率，所以能夠充份理解對方的意思。

☆ 叔母はざっくばらんな人柄で、思っていることをなんでも話す/我的姑姑性格直率，想什麼就說什麼。

さっさと サッサト ほかのことを気にしないで、急いでするようす。中 趕快；趕緊；敏捷地；迅速地。

☆ 彼はあいさつもしないで、さっさと帰ってしまった/He left promptly without a single goodbye./他沒打聲招呼轉身就走了。

☆ さっさと片づけなさい/快點收拾。

ざっし【雑誌】ザッシ いろいろな記事、論文、文学作品、写真などを載せて、定期的に発行される出版物。中 雜誌；期刊。E a magazine; a periodical.

☆ 本屋にはたくさんの雑誌が並んでいる/書店裡擺放著很多雜誌。

☆ 駅の売店で雑誌を買う/在車站的小攤子買雜誌。

☆ 科学雑誌/科學雜誌。

☆ 写真雑誌/攝影雜誌。

数 1冊

さつじん【殺人】サツジン 人を殺すこと。中 殺人。E murder; homicide.

☆ 現場近くにいた、血のついたシャツの男を殺人の疑いで取り調べる/將在現場附近、襯衫上沾著血跡的那個男子當成殺人嫌犯而拘留審訊。

☆ 戦争は大量殺人だ/戰爭殺害許多人。

☆ 殺人事件/殺人事件。

☆ 殺人罪/殺人罪。

さつじんてき【殺人的】サツジンテキ 人が殺されるのではないかと思われるほど、ひどいようす。中 要命；凶猛；極度。E murderous; deadly; horrible.

☆ 朝の地下鉄の混雑は殺人的だ/早晨的地鐵擠得要命。

☆ 殺人的な暑さ/要命的熱；熱得要命。

さっ・する【察する】サッスル、サッスル〔他動する〕 人の気持ちや事情を、そうではないかと推しはかる。中 推測；諒察；體諒。E understand; sympathize with.

☆ わたしの立場を察してください/請體諒我的處境。

☆ 友達の胸の内を察する/推測朋友的內心。

名 察し

ざつぜん【雑然】ザツゼン (「雑然と」の形で)いろいろなものがまじっていて、整理されていないようす。中 雜亂；雜亂無章；亂七八糟。E in disorder; messy.

☆ この研究室は本が雑然と積み上げてあって、目的の本をさがすのがたいへんだ/這個研究室裡亂七八糟地堆著很多書，要找一本書是非常困難的。

☆ いろいろなものが置かれて雑然としている部屋/這是一間擺放各種東西雜亂無章的房間。

対 整然

さっそく【早速】サッソク すばやく行動に移るようす。中 立刻；馬上。E at once; immediately.

☆ 先生が授業ですすめた本を、放課後さっそく本屋に行って買った/放學後馬上去書店買了老師在課堂上向我們推薦的書。

☆ きのうもらったネクタイをさっそくしめて、会社に行った/立刻打上昨天才收到的領帶去上班。

ざつだん【雑談】ザツダン〔～する〕 テーマも目的もなしに、気楽に話し合うこと。中 閒談；閒聊；聊天。E chat; gossip; a small talk.

☆ 昼休みに、会社の仲間と雑談する/午休時

さ

与公司的同事閒聊。

☆ 友達と雑談をかわす / 和朋友聊天。

ざっと ザット 丁寧にしないようす。だいたいのところ。中 粗略地；大致；大概。

☆ ざっと話を聞いたところでは問題ないようだ / Briefly listening in, it seems there is no problem. / 大體上聽來，好像沒什麼問題。

☆ 会場にざっと100人はいた / 會場上大概有一百人。

さっとう 【殺到】サットー〔～する〕 多くのものや人が、いちどに押し寄せること。中 紛紛來到；蜂擁而至。E rush to; a rush.

☆ ロックコンサートに中学生、高校生が殺到した / 中學生、高中生蜂擁而至來看搖滾音樂會。

☆ 電車の入り口に乗客が殺到する / 乘客們湧向電車入口。

☆ 申し込みが殺到する / 申請書雪片似地飛來。

さっぱり サッパリ ❶〔～する〕余分なものがなく、きれいにととのっているようす。中 整潔；乾淨；瀟灑。E neatly.

☆ いらない書類を捨てて、机の上をさっぱり(と)片づけた / 扔掉沒用的文件，把辦公桌整理乾淨。

☆ 使わないものはきれいさっぱり(と)処分した / 把不用的東西處理乾淨。

❷〔～する〕さわやかな気分になるようす。中 爽快；痛快。E feel refreshed; feel relieved.

☆ シャワーで汗を流したらさっぱりした / 沖個澡把汗洗掉，感到清爽多了。

☆ 前から言いたかったことを言ったらさっぱりした / 把以前就想說的話說出來了，感到很痛快。

❸〔～する〕味や性格などがしつこくないようす。中 清淡；不油膩；直爽；坦率。E plain and simple; frank.

☆ 酢が入っていて、さっぱりした味だ / 放了點醋之後，味道清淡些。

☆ さっぱりした性格の人 / 性格直率的人。

❹(「さっぱり～ない」の形で)まったく～ない。なにも～ない。中 根本……不。

☆ 新製品はさっぱり売れない / The new product isn't selling at all. / 新產品根本賣不出去。

☆ むずかしすぎてさっぱりわからない / 太難了，一點也不懂。

❺(「さっぱりだ」の形で)まったくだめなようす。中 完全不行的樣子。

☆ 不景気で商売のほうはさっぱりだ / Business is no good because of recession. / 由於不景氣生意實在蕭條。

さつまいも サツマイモ 野菜の一種。地上につるがのび、地下に太くて甘い根ができ、その部分を料理して食べる。アルコールの原料にもなる。カンショ。中 蕃薯；地瓜。E a sweet potato.

☆ 落ち葉を集めてサツマイモを焼く / 收集落葉烤蕃薯。

☆ 畑でサツマイモを掘る / 在田裡挖蕃薯。

→芋 図

さて サテ ❶(文と文をつないで)いままでの話につないで、それとは話を変えるときに使うことば。中 那麼；就；卻說。E well; by the way.

☆ きょうは星について話します。さて、みなさん、星はどうして光るのでしょう / 今天講講關於星星的話題。那麼，大家知道星星為什麼會發光嗎?

❷ なにかを始めるときや、どうしようか迷ったときに言うことば。中 呀；那麼；那可。E well; now.

☆ さて、掃除でもするか / 那麼，打掃一下吧。

☆ たくさんのごちそうですね。さて、なにからいただきましょうか / 這麼多好吃的，那麼，先吃哪一樣呢?

▷ 話 ❷

さては サテワ ❶(語と語をつないで)前に

あげたものに、さらにつけ加えるときに使うことば。そのうえに。中 還有；並且還；再加上。E on top of; besides.

☆ テレビ、冷蔵庫、電子レンジ、さては皿洗い機までそろった台所 / 有電視、冰箱、微波爐，還有洗碗機一應俱全的廚房。

❷ (副詞的に)それではきっと。中 這麼說來；那麼一定是～。E then; so.

☆ 2階で物音がする。さては泥棒か / 二樓有聲音，這麼說來一定是小偷了。

☆ それはおかしい。さては、きみ、うそをついたな / 那很奇怪！這麼說來是你說謊了吧。

▷ 話❷

さと【里】サト ❶ 山の間などで、家が集まっている所。中 村落，村莊，鄉間。E a village; the country.

☆ 山の奥に暮らしていると、里が恋しくなる / 一到深山裡生活，就會懷念故鄉。

☆ 里に雪が降る / 鄉間下雪了。

☆ 村里 / 鄉村；村莊。

❷ 人やものの生まれた所。中 故鄉；原產地。E one's birthplace; one's hometown.

☆ 織物の里を訪ねる / 去紡織品的原產地訪問。

☆ 里心(=故郷をなつかしく思う心) / 思鄉；鄉愁；思鄉病(=懷念故鄉的心情)。

❸ 他の家の一員となっている人が、もともと生まれ育った家。実家。中 娘家。E one's parents' home.

☆ 里の両親 / 娘家的雙親。

☆ 里帰り(=結婚した女性や他人の家で働いている人が、しばらく親の家へ帰ること) / 回娘家(=結婚之後的女性或在他人家幫傭的人短時間的回父母家)。

さとう【砂糖】サトー サトウキビや砂糖大根からつくる、甘い味のする調味料。中 糖；白糖；砂糖。E sugar.

☆ 砂糖としょうゆで魚を煮る / 用白糖和醬油來煮魚。

☆ コーヒーに砂糖を入れる / 在咖啡裡放糖。

☆ 角砂糖 / 方糖。

さどう【茶道】サドー 決まった道具を使い、決まった順序や方法にしたがって、茶をたてること。また、その作法。茶の湯。お茶。ちゃどう。中 茶道。E the tea ceremony.

☆ スミスは、茶道を習うと日本の心がわかると言う / 史密斯說一學茶道就能夠理解日本文化。

☆ 茶道の家元 / the head of a school of tea ceremony. / 茶道的掌門人。

参 室町時代に始まり、千利休が形をととのえ、精神を高める道として大成した。

さと・る【悟る】サトル、サトル〔他動五〕(さとって) ❶ 仏教で、心の迷いを去って、真理を自分のものにする。中 悟道；了悟。E be spiritually enlightened; attain Buddhahood.

☆ 悟って生死をこえた心境になる / 看破紅塵，達到超越生死的境界。

❷ 隠れていた事情やわからなかったことをはっきり理解する。中 醒悟；覺悟；認識。E realize; understand.

☆ 過ちを悟る / 明白過錯；知過。

❸ 感づく。気づく。中 察覺；感覺到。E notice; sense.

☆ 親に悟られないように家を抜けだす / 不讓父母發覺而悄悄地從家裡溜走。

▷ 名 悟り

さば サバ 海にすむ魚の一種。日本の沿岸で大量にとれるため、煮たり、焼いたり、生のまま酢につけたりして、よく食べる。中 鯖魚；青花魚。E a mackerel.

☆ サバをみそで煮る / 用味噌燉鯖魚、青花魚。

☆ しめサバ(=新鮮なサバの骨を取り、塩をかけ、酢につけておいたもの) / 鹽醋醃青花魚(=將新鮮的青花魚去骨，撒上鹽，用醋醃製)。

☆ サバずし / 鯖魚壽司。

数 1匹

さ

さば[鯖]を読む　ものを数えたりするときに、自分のつごうのいいように数をごまかす。中 打馬虎眼；在數量上搞鬼。E cheat in counting.

☆ 本当は45歳だが、さばを読んで40歳と言った/其實是四十五歲的人了，卻打馬虎眼說是四十歲。

さばく【砂漠】サバク　雨の少ない、砂や岩ばかりの広い地域。水が少ないので、植物があまり育たず、人もほとんど住まない。中 沙漠。E a desert.

☆ 砂漠に木を植えて緑化する/在沙漠裡種樹來綠化沙漠。

☆ 砂漠を車で走るレースに出場する/參加汽車沙漠越野比賽。

☆ サハラ砂漠/撒哈拉大沙漠。

☆ ゴビ砂漠/戈壁沙漠。

さば・く【裁く】サバク〔他動五〕(さばいて)

❶ 争いなどで、第三者が、どちらが正しいかを決める。中 排解；勸解；解決 E settle.

☆ 2人のけんかを裁く/排解兩人的爭吵；給兩人勸架。

❷ 法律によって、どちらが正しいかを決める。中 審理；審判；判決；判斷。E judge.

☆ むずかしい事件を裁く/審理複雜的案件。

▷ 名 裁き

さば・く　サバク〔他動五〕(さばいて)　❶ 困難な問題を上手に処理する。中 妥善料理；出色地處理；作得漂亮。E manage; deal with.

☆ ホームにいっぱいになって混乱している乗客を、駅員がうまくさばく/月台上乘客很多，非常混亂，月台工作人員非常熟練地疏散了乘客。

❷ 手でものごとを上手に扱う。中 理整齊；弄好。E handle; manipulate.

☆ 手綱をさばく/操韁控繩。

❸ 商品を全部売ってしまう。中 銷售；賣光；推銷。E sell (all).

☆ 家族や友人に買ってもらって、音楽会の入場券をやっとさばいた/多虧家人和朋友來捧場，音樂會的入場券好不容易賣光了。

▷ 自動 さばける

さび【寂】サビ　❶ 古くて、しっとりと落ちついたようす。静かで、葉を落とした木のように飾りのない、奥の深い味わい。中 古色古香；古雅的風趣。E elegant and quiet simplicity.

☆ 茶室は、もともと装飾が少なく、さびの精神を生かしたものだ/茶館原本就是裝飾單純，古香古色的地方。

❷ 渋い深みのあるようす。中 蒼老；精練。E powerful and low; profound.

☆ さびのある声で詩を読む/用沉著老練的聲音朗誦詩歌。

☆ さびのきいたことば/精練的語言。

さび　サビ　金属の表面が、空気や水分にふれて酸化し、茶、黒、緑色などに変わったもの。中 鏽。E rust.

☆ 長い間使っていない包丁を出してみたら、ひどいさびが出ていた/把很久沒用的菜刀拿出來一看，生了很多鏽。

☆ 緑色のさびのついた古い銅貨/古幣生著綠色銅鏽。

自動 さびる

さびし・い【寂しい】サビシイ　❶ 仲間や相手がいなくて心が満たされない。さみしい。中 寂寞；孤寂；無聊。E lonely.

☆ 友達がいなくてさびしい/沒有朋友很寂寞。

☆ 1人でさびしく暮らしている/一個人寂寞地生活著。

❷ 声も音もせず人がいないような感じで心細い。さみしい。中 荒涼；淒寂；冷清。E deserted.

☆ 人も車も通らないさびしい夜道を歩いた/走了一段冷清夜路，路上無人也無車。

☆ この海岸は夏はにぎやかだが、秋になるとさびしくなる/這裡的海岸在夏天雖然很熱鬧，但到了秋天就變得冷清了。

[対]にぎやか

❸ あるといいと思うものがじゅうぶんになくて、心が満たされない。さみしい。[中]感到不滿足；空虛。[E] be lacking.

☆ 懐がさびしい/沒帶錢；手頭緊。(→ 懐 [慣用])

☆ タバコをやめると、口がさびしい/戒菸後，總感到口裡缺點什麼。

さびつ・く サビツク、サビツク〔自動五〕(さびついて) ❶長い間使わなかったため、さびがひどくついていて働きが悪くなる。[中]鏽住；鏽在一起；完全鏽住。[E] be rusted shut; get rusty.

☆ 空き家の入り口のかぎがさびついて開かない/空房子的門鎖鏽掉了，打不開。

☆ さびついたナイフ/生鏽的小刀。

❷ 才能や技術を長く使わないでいて、質が悪くなる。[中](才能、技術)衰退；退步。[E] lose (its) polish.

☆ 歌手をやめて10年たつので、のどがさびついてうまく歌えない/這個歌手退出歌壇已經十年，所以歌藝退步，無法唱得很好。

ざぶとん【座布団】ザブトン　すわるときに下に敷く、小さいふとん。[中]坐墊；棉坐墊；椅墊。[E] a (Japanese floor) cushion.

☆ 客に座ぶとんをすすめる/向客人推薦坐墊。

☆ 座ぶとんを敷いて、すわる/鋪上棉坐墊再坐。

[数]1枚　→布団[図]

さべつ【差別】サベツ〔～する〕　ある相手に対して、他の人より悪い扱い方をすること。[中]歧視；差別待遇。[E] discriminate.

☆ 祖母は、きょうだいの中でも特に兄をかわいがり、わたしや妹を差別する/奶奶特別寵愛哥哥，不理睬我和妹妹。

☆ 残念なことに、女性を差別する職場がまだ残っている/遺憾的是，歧視女性的工作單位現仍存在。

☆ 差別待遇/discriminative treatment./差別待遇；歧視。

[参]「区別」も似ているが、「区別」が大きさ、形、性質などなにかの基準によってものごとを分けるのに対して、「差別」はあまり根拠のない先入観や偏見によって扱いなどを分けることをいう。

さほう【作法】サホー　あいさつしたり、食べたり、立ったりすわったりするときの、むかしから伝えられているやり方。[中]禮法；禮節；規矩。[E] manners; the rules of etiquette.

☆ 日常生活の中で食事の作法を身につける/日常生活中要學會用餐的禮節。

☆ 作法にかなう/合乎禮節。

☆ 行儀作法/舉手投足的禮儀。

サボ・る サボル〔他動五〕(さぼって)　しなければいけないことをしないで休む。怠ける。[話][中]偷懶；曠(工)；逃(學)；蹺課；蹺班。

[E] skip (a class); play hooky; loaf on.

☆ 授業をサボって映画を見に行く/翹課去看電影。

☆ 仕事をサボる/曠職；蹺班。

[参] フランス語の「サボタージュ(sabotage)」を略した「サボ」に「る」がついてできたことば。

さま【様】サマ、サマ　❶ようす。形。格好。[中]樣子；情況；形狀。[E] (an) appearance; a look.

☆ トムが川を泳ぐさまはまるで魚のようだ/湯姆在河裡游泳的樣子好像魚一樣。

☆ さま変わり/a change in appearance./情況發生變化。

❷ まとまった形。様式。[中]樣子；體統。[E] style; (good) form.

☆ ダンスを習いはじめて1年、ようやくさまになってきた/學了一年舞蹈，總算學到了一點名堂。

❸ (人の名前や職業などを表すことばの後について)敬意を表す。[中]敬意。

☆ 神さま/神。

☆ おばあさま/祖母；奶奶。

さ

☆ 田中さま / Mr./Ms. Tanaka. / 田中先生；田中女士。

☆ どちらさま / 哪一位。

❹ (「お[ご]〜さま」の形で)相手の状態や、してくれたことを丁寧に表し、ねぎらいや感謝の気持ちなどを表す。中用以表示恭敬和客氣。

☆ ご苦労さま / 您辛苦了；您受累了。(→項目)

☆ お気の毒さま / (對別人的不幸) 表達遺憾及慰問之意。

☆ お世話さま / Thank you for your help. / 給您添麻煩了，謝謝您的照顧。

▷ →-殿

ざま ザマ 見苦しいようすや悪い格好を軽蔑していう言い方。話 中様子；醜樣；狼狽相。E a mess; a plight.

☆ なんというざまだ / 瞧這是什麼模樣！瞧那副狼狽相！

☆ ざまをみろ / Serves you right! / 活該。

さまざま サマザマ、サマザマ それぞれ違っていて、いくつもの種類があるようす。中各種各樣；種種；形形色色。E various; many kinds of.

☆ 人間の生き方はさまざまだ / 人們的生活方式形形色色。

☆ 世の中にはさまざまな職業がある / 社會上有各式各樣的職業。

参「いろいろ」も似ているが、「いろいろ」が、同じ質のものが何種類もあるばあいと、異なる質のものがまじっているばあいの両方に使うのに対して、「さまざま」は、1つ1つが異なっているという感じが強い。

さまた・げる【妨げる】サマタゲル〔他動一〕なにかをすることのじゃまをする。中妨礙；阻礙。E disturb; obstruct.

☆ 近所の人々の眠りをさまたげないように、ステレオの音を小さくする / 為了不打攪鄰居睡覺，把立體音響音量調小。

☆ 通行をさまたげる路上駐車 / 在路上停車妨礙通行。

名妨げ

さまよ・う サマヨウ〔自動五〕(さまよって)

❶ 目的もなく、また、道がわからずに歩きまわる。中傍徨；徘徊；流浪。E wander; roam.

☆ あてもなく山野をさまよい歩く / 毫無目標地在山野徘徊。

☆ 道に迷い、1日じゅう山の中をさまよった / 迷了路在山裡徘徊了一整天。

❷ 同じ所にとどまらずに行ったり来たりする。中徘徊；遲疑不決；游移。E hover; linger.

☆ 3日間生死の境をさまよっていた / 在鬼門關徘徊了整整三天。

さむ・い【寒い】サムイ 火がほしいと思うぐらい、気温が低いと感じる。中冷；寒冷。E cold; chilly.

☆ きのうは雪が降って、とても寒かった / 昨天下雪，非常冷。

☆ セーターを2枚着ても、まだ寒くてたまらない / 穿了兩件毛衣還是冷得不得了。

対暖かい、暑い

さむけ【寒気】サムケ 熱があるときや、気分の悪いとき、また、恐ろしいときに感じる、いやな寒さ。中發冷；寒冷。E a chill.

☆ 朝からかぜぎみで寒気がする / 從早晨開始有點感冒，身體發冷。

☆ 血を見ると、寒気を感じる / 一見到血就打寒顫。

注「かんき」とも読むが、そのときは「寒気が厳しい」「寒気がゆるむ」「寒気団が近づく」などのように使い、冬の寒さのことで、改まった言い方。

さむらい【侍】サムライ ❶ むかし、剣や弓矢を使って戦うために、主君につかえた人。また、その階級。中武士。E a *samurai*; a warrior.

☆ 侍はいつも大小の刀を腰につけていた / 武

士經常在腰間佩著大小刀。

❷ 度胸があり、行動力や指導力のある人。中 有骨氣；行動果斷的人物；了不起的人物。E a man of courage.

☆ 1人で社長の所へ抗議に行くとは、たいした侍だ/敢一個人去向老闆抗議，真有膽識。

参 ❶は「武士」と同じ人のことをいうが、「武士」のほうが、かたくて、改まった言い方。

さ・める【冷める】サメル〔自動一〕 ❶ ものの温度が低くなる。中 涼；冷。E cool; get cold.

☆ 冷めたスープを温め直す/把涼了的湯重新加熱。

☆ お茶が冷める/茶涼了。

対 暖まる・温まる

❷ 感情や興味などが衰える。中 涼；冷；降低。E cool down.

☆ 学問に対する情熱が冷める/學習的熱情降低了。

☆ ほとぼりが冷めるまで待つ/一直等到冷靜下來。

▷ 他動 冷ます

さ・める【覚める】サメル〔自動一〕 ❶ 眠りや夢から現実にもどって、心がはっきり働くようになる。中 醒；醒過來。E wake up; come out of.

☆ となりの部屋の話し声がうるさくて目が覚めた/鄰屋的說話聲很吵，所以被吵醒了。

☆ 麻酔から覚める/從麻醉中清醒。

対 眠る

❷ 冷静で落ちついている。中 冷靜；平靜。E be cool.

☆ 妹は若いのに覚めていて、ものごとに熱中することがない/妹妹雖然年輕卻很冷靜，不沉迷於任何事。

☆ 一郎は覚めた目で世の中を見ている/一郎用冷靜的眼光看盡世間。

❸ 酒の酔いがなくなる。中 酒醒。E become sober.

☆ 1時間ぐらい休んだら酔いがさめた/休息了大約一個小時左右，酒就醒了。

▷ 他動 覚ます

注 ❸はひらがなで書く。

さも サモ （「さも～そうだ」の形で）ほかの人が見て、確かにそうだと思えるような態度や動作をするようす。中 的確；實在。E evidently; as if.

☆ 犬のシロに散歩に行こうと言ったら、さもうれしそうにしっぽを振った/只要對小狗「小白」說去散步時，牠就會非常高興地搖尾巴。

さゆう【左右】サユー ❶ 左と右。中 左面和右面；左右方。E right and left.

☆ 道路を渡るときは、左右をよく見て、安全を確かめる/過馬路時，要注意察看兩邊來車，確定安全後再過。

☆ 言を左右にする/use equivocal language./支吾搪塞；推辭推諉。

☆ 左右対称/symmetry./左右對稱。

❷〔～する〕ものごとを思うように、自由に動かすこと。中 支配；操縱；左右；掌握。E control; influence.

☆ 戦争がマリーの運命を左右した/戰爭左右了瑪麗的命運。

☆ 野菜の生育は天候に左右される/蔬菜的生長全看老天的臉色。

ざゆうのめい【座右の銘】 いつも心にとめておき、自分のいましめとすることば。中 座右銘。E one's motto.

☆「歳月人を待たず」を座右の銘として、いまの時間をたいせつにするようにしている/把「歳月不饒人」作為自己的座右銘，非常珍惜現在的時間。

さよう【作用】サヨー〔～する〕 ❶ 1つのまとまった働き。中 作用；起作用。E (an) action.

☆ 胃や腸では消化の作用をする/腸胃主宰消

化作用。

☆ 薬の作用を検査する／檢查藥效。

☆ 排泄作用/ the excretory process. /排泄作用。

❷ ほかのものに影響を与える働き。中 作用；影響。E an effect.

☆ 鉄は酸の作用を受けるとさびる／鐵遇酸就生鏽。

☆ 副作用／副作用。(→項目)

さようなら サヨーナラ、サヨーナラ 〔～する〕 別れるときに言うあいさつのことば。さよなら。話 中 再見。E Good-bye.

☆ それではみなさん、さようなら／那麼各位，再見了。

さら 【皿】サラ 食べ物を入れる、浅くて平たい器。陶磁器が多いが、木やガラスや金属のものもある。中 盤子；碟子。E a dish; a plate.

☆ 料理を皿に盛る／把菜盛在盤子裡。

☆ 皿を洗う／洗盤子。

☆ 刺身皿／放生魚片的盤子。

数 1枚 →食器図

さらいねん 【再来年】サライネン 今年のつぎのつぎの年。明後年。中 後年。E the year after next.

☆ 娘が再来年、小学校に入学する／我女兒後年就要上小學了。

さら・う サラウ〔他動五〕(さらって) ❶ 油断しているあいだに、うばって逃げる。中 攫；奪取；搶走；掠奪。E snatch; sweep away.

☆ 切符を買っているすきに、となりにいた男がカメラをさらって逃げた／買票時，旁邊一名男子搶過我的相機就逃跑了。

☆ 波に帽子をさらわれた／帽子被波浪捲走。

❷ 全部をうばい去る。中 取得；贏得。E carry off; monopolize.

☆ 映画監督のA氏は４つの賞を１人でさらった／電影導演A先生一個人獲得了四項大獎。

☆ 若者の人気をさらう歌手／受年輕人歡迎的歌手。

❸ 底にたまったものを取り除いてきれいにする。中 疏浚；淘。E scrape; clean out.

☆ 残った料理をさらって食べる／把剩菜吃乾淨。

☆ 溝をさらって大掃除をする／大掃除通水溝。

さらさら サラサラ、サラサラ ❶ 軽く流れるように進むようす。中 水流輕快地流動的聲音和樣子。

☆ 指の間からさらさら(と)砂がこぼれる／Grains of dry sand are quickly falling through my fingers. ／沙子從指縫中漏下去。

❷ 乾いたものがふれ合って音を立てるようす。中 乾燥物體互相磨擦而發出的聲音。

☆ 風が吹いてささの葉がさらさら(と)音を立てる／The bamboo leaves are rustling in the wind. ／風吹竹葉沙沙地作響。

❸〔～する〕しめりけやねばりけがなく、さっぱりしているようす。中 形容不濕黏、乾爽的樣子。

☆ 京子の髪はさらさらしていて、くしが通りやすい／Kyoko's hair is silky and easy to comb. ／京子的頭髮蓬鬆，非常好梳。

ざらざら ザラザラ、ザラザラ〔～する〕 表面がなめらかでなく、さわると手にひっかかるようす。中 形容物體表面粗糙扎手的樣子。

☆ 靴の中に砂が入って、ざらざらして気持ちが悪い／Some sand got in my shoe and it feels rough and uncomfortable. ／鞋裡進了沙子扎腳感覺不舒服。

☆ 長く掃除をしていないので、部屋がほこりでざらざらだ／房間很久沒打掃，佈滿塵埃。

対 すべすべ、つるつる

さら・す サラス〔他動五〕(さらして) ❶ 日光や風雨の当たるままにしておく。中 曬；曝曬；讓風吹雨打。E expose.

☆ たたみを日にさらす／曬榻榻米。

☆ 風雨にさらされて、こわれかけた小屋／被風吹雨打快要倒塌的小屋。

❷ 水で洗ったり薬品を使ったりして、白くしたり、あくを抜いたりする。中 漂白；漂洗。E soak; bleach.

☆ 薄く切ったタマネギを水にさらす/把切成薄片的洋蔥放在水中沖洗。

☆ 川で布をさらす/在河裡漂洗布匹。

❸ 人々の目にふれるようにする。中 暴露。E expose; lay bare.

☆ みんなの前で恥をさらす/在衆人面前丟人現眼。

❹ 危険な状態に身を置く。中 置身險境。E expose oneself to (danger).

☆ 吹雪に身をさらしながら冬山を下った/冒著暴風雪的險境下了山。

☆ 危険にさらされる/置身險境。

サラダ (salad) サラダ 生の野菜を主に、ハム、ゆで卵などをそえ、ドレッシングなどをかけて食べる料理。中 沙拉；涼拌菜。E (a) salad.

☆ 朝食はいつもパンとサラダとミルクに決めている/早餐一直是固定吃麵包、沙拉和喝牛奶。

☆ サラダボウル/沙拉盤。

☆ 野菜サラダ/生菜沙拉。

さらに サラニ ❶ 程度がいままで以上に高くなるようす。もっと。中 更；更加；更進一步。E furthermore; moreover.

☆ 初級もたいへんだったが、中級になってさらに準備がたいへんになった/初級就很難了，到了中級就更要費一番心思準備了。

❷ すでに存在していたことに、別なことが加わるようす。中 再加上；而且；還。E furthermore; still more.

☆ 雨が降り、さらに風まで吹きはじめた/下了雨，而且又颳起風來。

❸ (「さらに〜ない」の形で)全然〜ない。中 絲毫不；一點也不。E far from; not at all.

☆ 事情はよくわかるので、あなたを非難する気持ちはさらにない/原因已經了解了，所以絲毫沒有責備你的意思。

▷ 書 ❸

サラリーマン サラリーマン 会社や役所などに勤めて、給料をもらって生活している男性。月給取り。中 上班族；薪俸生活者；工資職員。E a salaried worker; an office worker.

☆ 兄は大学を出て、銀行に勤めるサラリーマンになった/哥哥大學畢業後，成了一名在銀行工作的上班族。

☆ サラリーマンをやめて自分で商売をしたい/不再當上班族，而想自己做生意。

参 英語の「サラリー(salary)」と「マン(man)」から日本でできたことば。また、会社や役所などに勤めている女性のことは「オフィスレディー(office lady)」「OL」などという。

さらりと サラリト、サラリト〔〜する〕

❶ ふれた感じが、軽くなめらかで、湿気やねばりけがないようす。さらっと。中 滑溜；鬆散；明快。

☆ 夏服にちょうどいい、さらりとした布地/a light, smooth cloth perfect for summer wear./適用於做夏裝的光滑清爽的布料。

☆ さらりとした髪/光滑的頭髮。

❷ ものごとに全然こだわらないようす。さらっと。中 痛快地；乾脆地；毫不保留地。

☆ いやなことはさらりと忘れる/completely forget something unpleasant./把不好的事忘個一乾二淨。

☆ 言いにくいことをさらりと言う/把難以啓齒的事爽快地說出來。

さりげな・い サリゲナイ 態度やすることがふつうで、特別にそうしているふうではない。中 若無其事；毫不在意。E casual; nonchalant.

☆ 困っているときの他人のさりげない親切はたいへんありがたい/遇到困難時，別人若無其事的關心和幫助是非常難能可貴的。

さ

☆ さりげなく注意する / 若無其事地提醒。

さる【猿】サル　知能が高く、群れをつくって山の中にすむ動物。手足が長く、よく木に登る。中 猴子；猿。E a monkey.

☆ 山道を歩いていたら、猿の親子に出会った / 走山路時，碰到了大猴帶小猴。

☆ 猿知恵 / shallow cunning. / 小聰明；鬼靈精。

☆ 手長猿 / 長臂猿。

数 1匹

猿も木から落ちる　どんなに得意でよくできる人でも、ときには失敗することがある。中 智者千慮，必有一失。E Even Homer sometimes nods.

似た表現 弘法(に)も筆の誤り

さる【去る】サル　過ぎ去った。中 已於；過去。E last; of this month.

☆ 友人の結婚式はさる3日、盛大に行われた / 在3號朋友已舉行了隆重的結婚典禮。

対 来る

さ・る【去る】サル〔自動五〕(さって)　❶ ある場所から離れて別の所へ行く。中 離去；離開。E leave; depart from.

☆ 故郷を去って10年になる / 離開故鄉已十年。

☆ この世を去る / 逝世；去世。

❷ ある時期が過ぎていく。中 過去；經過；結束。E pass; be over.

☆ 青春時代はすでに去った / 青春時代已過去；青春已逝。

☆ 夏が去る / 夏季即將過去。

対 来る

❸ これまでの状態が消えてなくなる。中 消失；過去。E be gone; disappear.

☆ 台風の危険が去った / 颱風的危險過去了。

☆ 痛みが去る / 疼痛消失。

❹ ある場所から離れへだたっている。中 距離；距；離。E be away from.

☆ 東京を去ること100キロの町 / 距離東京一百公里處的小鎮。

❺ (動詞の「ます」形について)完全に～する。中 完全……。

☆ 忘れ去る / put out of mind. / 忘懷。

☆ いやな思い出を消し去る / 忘掉不愉快的回憶。

去る者は追わず　去っていく人は無理に引きとめず、その人の意思にまかせる。中 去者莫追，逝者已矣。E If they want to go, let them go.

去る者は日日に疎し　死んだ人は月日がたつにつれて、しだいに忘れられてしまう。また、親しかった人も離れてしまうと、だんだん親しみが薄くなってしまう。中 人在人情在，人走人情無。E Out of sight, out of mind.

ざる　ザル　❶ 竹や針金を編んだり、金属やプラスチックに穴を開けたりしてつくった入れ物。野菜などを洗ったり、水分を取ったりするのに使う。中 小簍筐；淺筐。E a basket; a colander.

☆ ざるで野菜の水を切る / 用小簍筐將蔬菜由水中撈起弄乾。

☆ 目の粗いざる / 粗眼小簍筐。

☆ ざるそば / 盛在竹簍上沾汁吃的蕎麥麵。

❷「❶」は水がもれることから、いいかげんで抜け穴が多いこと。中 漏洞百出。E have many loopholes.

☆ 何回聞いても忘れるとは、きみの耳はざるだね / 聽了好幾遍還是忘記，你的耳朵有毛病吧?

☆ ざる法(=抜け道が多く、つくられた精神が守られていない法律) / 有漏洞的法律；不完整的法律(＝漏洞多，不能遵守制定精神的法律)。

▷ 話❷　→かご 図

さるまね【猿まね】サルマネ〔～する〕　よく考えないで表面だけほかの人のまねをすること。中 瞎模仿；依樣畫葫蘆。E an awkward imitation; a copycat.

☆ 服も身ぶりも歌手のリンダにそっくりだが、歌が下手だから、ただの猿まねだ / 她衣著、姿態都和歌星琳達很像，但是歌唱得不好，只是瞎模仿。

さわがし・い【騒がしい】サワガシイ ❶声や音が聞こえて、やかましい。中吵；喧鬧。E noisy; boisterous.

☆ となりの教室が騒がしくて、先生の声がよく聞こえない/旁邊教室很吵鬧，所以聽不清楚老師的聲音。

☆ 子供がおおぜいいて騒がしい/有很多孩子在，所以很吵鬧。

❷ 事件や問題などが起こったりして、穏やかでない。中騷然；不平靜。E turbulent; troubled.

☆ 最近、殺人事件や誘拐事件が多くて、世間が騒がしい/最近發生多起殺人和誘拐事件，舉世騷然。

☆ 発電所の建設反対運動も起こり、騒がしくなってきた/反對興建發電廠的抗爭運動，引發社會騷然不安。

さわ・ぐ【騒ぐ】サワグ〔自動五〕(さわいで)

❶ やかましい声や音を立てる。中吵；吵鬧；吵嚷。E make a noise; make merry.

☆ 広場で少年たちがサッカーをして騒いでいる/小孩子在廣場上踢足球，呼叫喧嚷的。

☆ 酒を飲んで騒ぐ/發酒瘋。

❷ あわてて落ちつきがなくなる。中慌張；焦急；興奮不安。E be excited; feel alarmed.

☆ 火事や地震のときは、騒がないで冷静に行動しなさい/發生火災、地震時，不要慌張，要冷靜應對。

☆ 胸が騒ぐ/心驚膽顫；忐忑不安。(→胸 慣用)

❸ おおぜいの人が不平や不満を言いだして、穏やかな状態でなくなる。中騷動；鬧事。E make a racket; clamor.

☆ 1時間も電車が来ないのはなぜかと、乗客が駅長をかこんで騒ぎはじめた/等了一個小時電車不來，乘客們圍著站長喧嚷了起來。

▷ 名 騒ぎ

ざわざわ ザワザワ〔～する〕❶水や木の葉などがいっせいに揺れ動く音を表す。また、そういう音を立てるようす。中沙沙響；喳喳響。

☆ 森の木々が、風でざわざわ(と)音を立てる/The forest trees rustle in the breeze./林木隨風沙沙作響。

❷ おおぜいの人の声や物音がまじり合って、落ちつきのない感じに聞こえるようす。中忙亂；心定不下來。

☆ あした試験をすると言うと、学生たちは急にざわざわしはじめた/When I announced a test tomorrow, all the students began to fidget./宣佈明天要考試，學生頓時哄吵了起來。

さわやか サワヤカ 心や体が清められたようで、気持ちがいいようす。中清爽；爽快；爽朗。E refreshed; delightful.

☆ 山のきれいな空気を吸うと、気分もさわやかになる/呼吸山中清新空氣，心情變得爽朗起來。

☆ 息子のさわやかな笑顔に、母親は元気づけられた/兒子清純的笑臉，使母親精神一振。

さわ・る【触る・障る】サワル〔自動五〕(さわって) ❶手などでなにかに軽くふれる。中觸；碰；摸。E touch; feel.

☆ 猫の毛にさわると、やわらかくて気持ちがいい/貓的毛摸起來又柔軟，又舒服。

☆ 店のトマトにはさわらないでください/請不要觸摸店内的蕃茄。

❷ ぐあいの悪い状態になる。中有害；觸怒。E be bad for; offend.

☆ タバコの吸いすぎは体にさわる/吸菸過多有害健康。

☆ 神経にさわる/使激動；使興奮。(→神経 慣用)

☆ 気にさわる/傷害感情；使…心裡不痛快。

▷ 名 触り・障り →触れる

注 漢字で書くときは、❶は「触る」、❷は「障る」。

さ

触らぬ神にたたりなし 関係しなければ悪い影響も受けずにすむから、よけいなことはしないほうがいい。中 你不惹他，他不犯你；多一事不如少一事。E Let sleeping dogs lie.

さん【三】サン ❶ 2に1を加えた数。3。3つ。中 三；三個。E three.

☆ 5引く2は3だ / 五減二等於三。

☆ 三権分立 / 三權分立。

❷ 順番が2のつぎ。3番目。第3。中 第3。E the third.

☆ 日本語のスピーチコンテストでマークは3位だった / 麥克在日語演講比賽上獲得第三名。

☆ 第3次産業 / 三級產業。

さん【酸】サン ❶ 酸っぱいもの。酸っぱい味。中 酸味。E sour; acid.

☆ 酸味が強い / 很酸；酸味很濃。

☆ 酸性 / 酸性。

❷「酸素」を略した言い方。中 氧。E oxygen.

☆ 酸化 / 氧化；酸化。(→ 項目)

☆ 酸欠 / an oxygen shortage. / 缺氧。

❸ 水にとけて水素イオンを出すもの。リトマス紙を赤くする。中 酸。E (an) acid.

☆ 酸に弱い金属 / 不耐酸的金屬。

☆ 硫酸 / sulfuric acid. / 硫酸。

対 アルカリ

-さん【-山】 (地名などについて)山の名前を表す。中 ～山。

☆ 白根山 / 白根山(位於日本群馬是及長野縣境內的活火山)。

☆ 富士山 / Mt. Fuji. / 富士山。

-さん【-産】(地名について)その土地で生産されたもの。中 ～產。

☆ 青森産のリンゴ / an apple grown in Aomori. / 青森出產的蘋果。

☆ メキシコ産の石油 / petroleum produced in Mexico. / 墨西哥出產的石油。

☆ アフリカ産の金 / 非洲出產的黃金。

-さん ❶ (人の名前や職業などを表すことばについて)軽い敬意を表す。中 在比較鄭重的場合表示敬意。

☆ この方は田中さんです / This is Mr./Ms. Tanaka. / 這位是田中先生 / 小姐。

☆ 京子さん / 京子小姐。

☆ 肉屋さん / 賣肉的；肉舖。

❷ (「お[ご]～さん」の形で)相手の状態や、してくれたことを丁寧に表し、ねぎらいや感謝の気持ちなどを表す。中 用以表示恭敬和客氣。

☆ ご苦労さん / Thank you for your trouble. / 你辛苦了；你受累了。

☆ お疲れさん / 您辛苦了。

▷ →氏

参 人の名前などにつけていう一般的な言い方。

さんか【参加】サンカ〔～する〕 会やグループなどのメンバーになること。また、なにかを一緒にする仲間になること。中 參加。E participate in; take part in; join.

☆「源氏物語」の研究グループに参加する / 參加《源氏物語》的研究小組。

☆ テニスの練習に参加する / 參加網球練習。

☆ 参加者 / 參加者。

さんか【酸化】サンカ〔～する〕 物質が酸素と化合すること。ものが燃えるときや、金属がさびるときなどに起こる。中 氧化；酸化。E oxidize.

☆ 鉄は空気にふれると、表面が酸化しやすい / 鐵一接觸空氣，表面便容易氧化。

☆ 酸化カルシウム / a calcium oxide. / 氧化鈣。

対 還元

さんかく【三角】サンカク 3つの角を持つ形。中 三角形。E a triangle.

☆ 紙を三角に折る / 把紙折成三角形。

☆ 三角貿易 / 三角貿易。

☆ 三角関係 / a love triangle. / 三角關係；三角

戀愛。

さんかくけい【三角形】サンカクケイ、サンカクケイ　平面上で３本の直線と３つの角でできる形。さんかっけい。中三角形。E a triangle.

☆ 三角形の面積を計算する/計算三角形的面積。

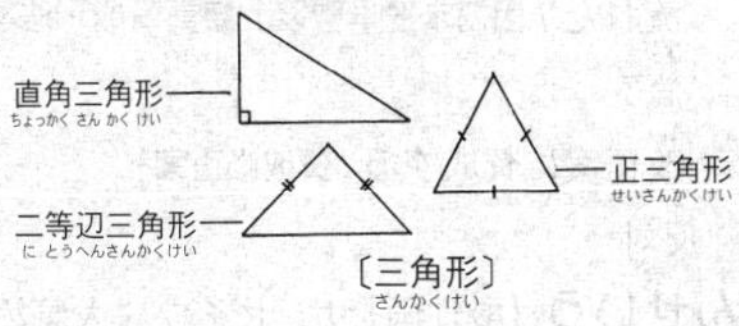

〔三角形〕

さんがつ【三月】サンガツ　１年の３番目の月。３月。中3月。E March.

☆ ３月になると、雪がとけはじめる/三月一到，雪就開始融化。

☆ 卒業式は３月15日だった/3月15日舉行畢業典禮。

さんぎいん【参議院】サンギイン　日本の国会の２つの院のうちの１つ。もう一方の衆議院のいきすぎや誤りを正す機関。解散はなく、議員の任期は６年で、半数ずつ３年ごとに選挙する。参院。中日本國會的參議院。E the House of Councilors.

☆ 衆議院で可決された議案を参議院へまわす/把在衆議院通過的議案轉到參議院。

☆ 参議院議員/參議員。

対衆議院

さんぎょう【産業】サンギョー　人間の生活に必要なものをつくりだすための仕事。中產業。E industry.

☆ 第１次産業(=動物や植物を育て、ふやす産業)/一級產業(＝農業、林業、畜牧業、水產業的總稱)。

☆ 第２次産業(=ものの製造や加工に関する産業)/二級產業(＝與製造加工有關的產業)。

☆ 第３次産業(=商業、通信業、運送業、サービス業など)/三級產業(＝商業、通訊業、運輸業、服務業等)。

☆ 産業機械/產業機械。

☆ 産業資本/產業資本。

さんぎょうかくめい【産業革命】サンギョーカクメイ　商品の生産が、手工業から近代的な機械工業へ大きく変化したこと。中產業革命。E the Industrial Revolution.

☆ 産業革命によって、製品を安く、大量に生産することができるようになった/經由產業革命，不但成本降低，也能大量生產。

さんぎょうはいきぶつ【産業廃棄物】サンギョーハイキブツ　工場でものをつくる過程などで出る不用品、ごみ。化学産業や原子力産業のばあい、自然や人間生活に有害なものがあり、処理の方法が問題となる。中工業廢棄物。E industrial waste.

☆ 産業廃棄物の処理に企業も政府も困っている/在工業廢棄物處理上，企業和政府都感到很頭疼。

☆ 産業廃棄物の再利用を考える/研究工業廢棄物的再利用(＝再生)。

さんこう【参考】サンコー　文を書いたり、考えをまとめたり、学習したりするときに、ほかの本や意見の助けを借りること。また、そのための材料。中參考。E reference; consultation.

☆ この資料を参考に、論文をまとめる/參考這個資料寫論文。

☆ 京子の意見はとても参考になる/京子的意見很有參考價值。

☆ 参考文献/參考文獻。

ざんこく【残酷】ザンコク　人や動物に苦しみを与えて平気でいるようす。中殘酷；殘忍；凶狠。E cruel; brutal.

☆ 侵略軍は残酷にも、逃げ惑う市民や子供に発砲し、数百人も殺した/敵軍非常殘酷，向無處可逃的百姓和孩子開槍，打死了數百人。

☆ 残酷な仕打ち/cruel treatment./殘酷的對待；虐待。

さんざん【散散】サンザン、サンザン　❶いやになるほどなにかをするようす。中 狠狠地；拚命地。E so much; severely.

☆ 人に迷惑をかけてはいけないと、さんざん言い聞かせたから、もういたずらはしないだろう/苦口婆心地跟孩子說，「不要給別人添麻煩」，所以以後不會再淘氣了吧。

❷ 程度などが非常にひどいようす。中 倒了大楣；狼狽不堪。E have a hard time of it.

☆ 今度のスキーでは、リフトから落ちたり木にぶつかったり、さんざんな目にあった / 上次去滑雪時，從登山纜車上摔落，又撞樹，真是倒了大楣。

さんさんごご【三三五五】サンサンゴゴ 同じようなことをする人が、数人ずつグループをつくって、あちこちに散らばっているようす。中 三三兩兩。E by twos and threes.

☆ 桜の木の下に人々が三々五々集まってくる / 人們三三兩兩地集結在櫻花樹下。

☆ 校庭では学生が、三々五々、記念撮影をしている/在校園裡學生們三三兩兩地照相留念。

ざんしょ【残暑】ザンショ 暦の立秋を過ぎても続く暑さ。中 殘暑；秋老虎。E late summer heat.

☆ 残暑お見舞い申し上げます / 在伏暑中向您問候。

☆ 今年は残暑が厳しい/今年入秋後還熱得很。

参「立秋」は8月8日ごろで、その年によってすこし変わる。むかしの中国の暦では、1年を24に分けて、気候の移り変わりを知るようにした。これを二十四節気と呼び、「立春(2月4日ごろ)」「春分(3月21日ごろ)」「夏至(6月21日ごろ)」「立秋」「秋分(9月23日ごろ)」「冬至(12月22日ごろ)」などがある。

さんしょう【参照】サンショー〔～する〕 もっとくわしく知るために、ほかのものと比べ合わせ、参考にすること。中 參照；參看。E refer to.

☆ 年表を参照しながら、歴史小説を読む/参照年表，讀歷史小說。

さんせい【賛成】サンセイ〔～する〕 他の意見や考えを認めて、同意すること。中 贊成。E approval; support; agree.

☆ 議員の過半数の賛成がえられず、法案は流れた / 因為未獲半數以上議員贊成，法案撤消了。

☆ 改正案に賛成する / 贊成修正案。

対 反対

さんせいう【酸性雨】サンセイウ 大気汚染が原因となり、大気中の硫黄酸化物や窒素酸化物がとけて降る、強い酸性の雨。人の体や植物などに害を与える。中 酸性雨；酸雨。E acid rain.

☆ 酸性雨のため、畑の作物が枯れる / 酸雨使田間的農作物枯死了。

☆ 酸性雨の被害がひろがる / 遭酸雨災害的範圍擴大。

さんせいけん【参政権】サンセイケン 国民が自分の国の政治に参加する権利。選挙権や被選挙権など。中 參政權。E the right to vote; suffrage.

☆ 19世紀末から、アメリカの女性たちは参政権を要求して闘いはじめた / 十九世紀末，美國婦女就開始了要求參政權的鬥爭。

☆ 参政権を行使する / 行使參政權。

☆ 婦人参政権 / 婦女參政權。

さんそ【酸素】サンソ 気体の一種。色もにおいもない。空気中の約5分の1を占め、生物の呼吸やものを燃やすのに必要なもの。中 氧；氧氣。E oxygen.

☆ 人間は空気中の酸素を吸って、炭酸ガスを出す / 人吸進空氣中的氧，吐出二氧化碳。

☆ 酸素吸入 / oxygen inhalation. / 氧氣吸入；輸氧。

さんち【産地】サンチ 野菜やくだものなどがつくられた土地。また、動物などの生まれた土地。[中]産地。[E] a producing district.

☆ 産地から直接、新鮮な野菜を買う/從產地直接購買新鮮蔬菜。

☆ 静岡県はお茶の産地として有名だ/静岡縣因出產茶葉而聞名。

☆ 産地直送/由產地直接送達。

☆ 産地直売/由產地直接銷售。

サンドイッチ (sandwich) サンドイッチ

❶ パンの間に、ハム、チーズ、野菜などをはさんで食べやすい大きさに切った食べ物。サンドウイッチ。[中] 三明治；夾心麵包。[E] a sandwich.

☆ 昼食は卵のサンドイッチとコーヒーだ/午飯是雞蛋三明治和咖啡。

❷ ２つのものの間に他のものをはさむこと。はさまれること。[中]夾在中間。[E] be in a fix.

☆ 部長と部下の間でサンドイッチになって、課長は悩んでいる/課長因夾在部長和部下之間，非常煩惱。

さんにんしょう【三人称】サンニンショー 話をしているときの自分と相手以外の人、もの、ことをさすことば。「彼」「彼女」「これ」など。[中]第三人稱。[E] the third person.

☆ 三人称を主体とした文章を書く/以第三人稱為主寫文章。

ざんねん【残念】ザンネン 期待したようにならなくて、ものたりない気持ちや悔しい気持ちが後まで残るようす。[中]遺憾；抱歉；悔恨。[E] be sorry; regret.

☆ せっかくの旅行が雨になって残念だ/特地來旅行，卻遇上雨，真是遺憾。

☆ 残念ながら、これでお別れです/很遺憾，就此分別。

さんび【賛美】サンビ〔～する〕 神などのように絶対的に尊いものや、美しいもの、また、すばらしいものごとをほめたたえること。[中]讚美；歌頌。[E] praise; glorify.

☆ 線路に落ちた客を、危険をおかして助けた駅員の行為を賛美する/站務員冒著生命危險，救助從月台掉落的乘客的行為值得讚美。

☆ 賛美歌/a hymn./讚美歌。

さんぶつ【産物】サンブツ ❶ ある土地でとれたり、つくられたりするもの。[中]物產；產品。[E] a product.

☆ 旅行に行ったら、その土地の産物をみやげに買うことにしている/去旅行時，買當地的土產作為禮物。

☆ 海産物/海產；海貨。

☆ 農産物/農產品。(→[項目])

❷ あることの結果として生まれたものごと。[中]產物。[E] a fruit; a result.

☆ 道子の成功は努力の産物だ/道子的成功是努力的結果。

☆ 時代の産物(=その時代の社会情勢を背景にして生まれたもの、現象)/時代的產物(＝以這個時代的社會形勢作為背景而產生的現象)。

☆ 副産物/副產品。(→[項目])

サンプル (sample) サンプル 商品などの見本。また、調べるために取りだした一部分。[中]樣品；貨樣；標本。[E] a sample.

☆ サンプルを見て注文する/看樣品訂貨。

☆ 税関が積み荷の中から２、３のサンプルを取りだして調べる/海關從裝載的貨物中抽取兩、三個貨樣來檢查。

☆ サンプル調査/樣品檢驗；抽樣檢查。

さんぽ【散歩】サンポ〔～する〕 はっきりした目的を持たずに、気分を変えるためや健康のために、ぶらぶら歩くこと。[中]散步。[E] a walk; a stroll.

☆ 日曜日の朝、多摩川の河原を散歩する/星期天早晨，去多摩川的河灘散步。

☆ 犬を散歩させる/帶著小狗散步；讓小狗散步。

さんま サンマ 海にすむ魚の一種。日本の近海で大量にとれるが、秋のものが特においしい。[中]秋刀魚。[E] a (Pacific) saury.

☆ サンマを塩焼きにして、大根おろしをそえて食べる／鹽烤秋刀魚，再沾上蘿蔔泥吃。

数 1匹・1本

注 漢字で書くときは「秋刀魚」。

さんまいめ【三枚目】サンマイメ　映画や演劇などで、こっけいな役をする俳優。また、その役。ふだんの生活で、いつも人を笑わせる愉快な人のこともいう。中 丑角；喜劇演員；滑稽的人。E a comedian; a comic actor.

☆ 三枚目の役者が出てくると、観客はどっと笑った／丑角演員一出場，觀衆就哄堂大笑。

対 二枚目

参 歌舞伎の番付面の3枚目に名前が出ていることからできたことば。

さんみゃく【山脈】サンミャク　いくつかの高い山がまとまって、細長い列のように続いているもの。一般に、高くけわしい山々のばあいにいう。中 山脈。E a mountain range.

☆ 飛行機は本州中央部のいくつもの山脈の上を通過した／飛機從本州中央山脈上空飛過。

☆ アルプス山脈／阿爾卑斯山脈。

ざんりゅう【残留】ザンリュー〔～する〕　立ち去ったり消えたりしないで、後に残っていること。中 殘留；餘留；留下。E remain behind; be left behind.

☆ 戦争が終わっても、戦場となった国に残留した日本兵がいた／戰爭雖然結束，但仍有日本兵留在曾是戰場的國家。

☆ 農薬が残留している野菜／殘留農藥的蔬菜。

さんれつ【参列】サンレツ〔～する〕　多くの人々と一緒に式に参加すること。中 出席；列席；觀禮。E attend; be present at.

☆ 卒業式には両親も参列した／畢業典禮時，父母也前來參加。

☆ 葬儀に参列する／參加葬禮。

☆ 参列者／出席者。

し／シ

し【氏】シ　❶ 前に話題に出た人について、その人を尊敬していう言い方。中 這位；他(她)。E he; she.

☆ 氏のお力によって、この事業は成功しました／全靠這位的協助促使這項事業成功。

❷ (人の名前などの後について)敬意を表す。中 表示敬意。

☆ 田中一郎氏／Mr. Ichiro Tanaka.／田中一郎先生。

☆ 山田氏／山田先生。

参 相手に直接呼びかけるときには「さん」を使い、「田中氏、こちらに来てください」とは言わない。

し【四】シ　⇒四。中 四。

☆ 四角いテーブルをかこんですわる／圍坐在四方桌旁。

☆ 四方八方／四面八方。(→項目)

☆ 4、5人／四、五個人。

し【市】シ　行政上の1つのまとまり。人口が5万人以上で、法律で定める条件を備えている地方公共団体。中 市。E a city.

☆ 市の施設を利用する／利用市政設施。

☆ 市議会／市議會。

☆ 市役所／市政府。

☆ 横浜市／橫濱市。

し【死】シ　命がなくなること。中 死；死亡。

E death.

☆ 親友の死を悲しむ / 為親友的去世而悲傷。

☆ 事故死 / 因事故死亡。

☆ 自然死 / 自然死亡。

☆ 急死 / 突然死去；暴斃；猝死。(→ 項目)

☆ 脳死 / 腦死。(→ 項目)

☆ 病死 / 病死；病故。

対 生

し【紙】 ❶ (他のことばの後について)かみ。中 紙。E paper.

☆ 西洋紙 / 洋紙。

☆ 日本紙 / 和紙。

☆ 包装紙 / 包裝紙。

❷ (他のことばの頭や後について)新聞。中 報紙。E a newspaper.

☆ 紙上討論会 / 報紙上的討論。

☆ 英字紙 / 英文報紙。

☆ 日刊紙 / 日報。

し【詩】シ 作者の気持ちを、一種のリズムを持たせた形式で表した文学。中 詩；漢詩。E poetry; a poem.

☆ ゲーテの詩の美しさに感動する / 被哥德詩之美所感動。

☆ 詩歌 / 詩歌。

☆ 近代詩 / 近代詩。

☆ 漢詩 / 中國古詩；漢詩。

数 1編

し (動詞、形容詞、形容動詞の基本形について)❶ 同じようなことを並べるときに使う。中 用於並列陳述。

☆ ここは駅に近いし、買い物も便利だ / It's close to the station and convenient for shopping. / 這裡離車站近，購物也方便。

☆ 雨は降るし風は吹くし、いやな日だ / 又下雨又颳風，真是討人厭的天氣。

❷ あることを取りあげて、理由として強調したり、ほかにも理由があることを示したりする。中 加強語氣、強調。

☆ 経済界には知り合いもいるし、いい人を紹介できると思う / I know some people in financial circles, so I think I can introduce you to someone who will help you. / 我在財經圈內有熟人，可以介紹一個能幫你的人。

☆ まだ体の調子がよくないし、仕事をするのは無理だと思う / 身體還沒復原，現在上班還是有點勉強。

じ【地】ジ、ジ ❶ 土地。中 地；土地。E the ground; land.

☆ 地続きの畑 / 毗連的耕地。

☆ 地響き / 地面震動的聲響；地面震動；地面震動發出聲響。(→ 項目)

❷ ある地方。ある地域。中 當地；本鄉本土。E local.

☆ この魚は地のものだからおいしい / 因為這魚是當地產的，所以很好吃。

☆ 地酒 / 當地出產的酒；本地產的酒。

❸ 人のふだんの状態。中 天生；本來的狀態。E one's usual style; one's nature.

☆ 緊張しないで地のままでしゃべってください / 別緊張，照平常那樣講。

☆ 地が出る / 顯露原本的面貌。

❹ 布や紙などの、模様がかかれていない部分。中 質地。E ground; field.

☆ ピンクの地に花の模様のワンピース / 粉紅底帶花圖案的連身裙。

☆ 無地の着物 / 素色和服。

❺ 文章の、会話ではない部分。中 敘述部份。E a narrative part.

☆ 地の文は「だ・である」体で書くこと / 敘述部份用「だ和である」形式書寫。

じ【字】ジ 文字。中 字；文字。E a character; a letter.

☆ 日本の字は、おもに漢字、ひらがな、かたかなである / 日本文字主要是由漢字、平假名和片假名構成。

☆ 字を書く / 寫字。

☆ 字が読めない / 看不懂字。

☆ むずかしい字 / 很難的字。

じ【次】 ❶(名詞の頭について)つぎの。中 次；以下；下。

☆ 次年度 / the next [fiscal] year. / 下年度。

☆ 次号 / 下一期。

❷(数を表すことばの後について)回数、順番などを表す。中 ～次。

☆ 2次試験 / the second examination. / 第二次考試。

☆ 2次会(= 1つの会の後で、同じメンバーで場所を変えたりしてする会) / 第二攤(=第一次宴會後，同樣的成員在其他地方聚會)。

☆ 第3次産業 / 三級產業。

じ【時】ジ ❶時刻の単位。中 點。E o'clock.

☆ 会は10時から始まる / 會議從十點開始。

☆ 午前3時 / 凌晨三點。

☆ 午後4時 / 下午四點。

❷(他のことばの後について)とき。ばあい。中 ～時；時期。

☆ 空腹時 / 空腹時。

☆ 非常時 / an emergency. / 急難時；緊急時。

▷ 書❷

じ【辞】ジ ことば。中 詞；語。E an address.

☆ 歓迎の辞を述べる / 致歡迎詞。

☆ 開会の辞 / 開幕詞。

☆ 送別の辞 / 送別詞。

☆ 接頭辞 / 接頭詞。

-じ【-寺】(他のことばについて)寺の名前を表す。中 ～寺。

☆ 東大寺 / the Todaiji Temple. / 東大寺。

☆ 法隆寺 / 法隆寺。

しあい【試合】シアイ〔～する〕 スポーツなどで、たがいの技術、能力などを争って勝ち負けを決めること。また、その競技会。中 比賽；競賽。E a match; a game.

☆ 娘はテニスの試合に勝って大喜びだ/女兒在網球賽中獲勝而非常高興。

☆ クラス対抗試合 / 班級對抗賽。

しあ・げる【仕上げる】シアゲル、シアゲル〔他動一〕 ものをつくりあげる。また、ものごとをし終える。中 完成；做完。E finish; complete.

☆ この作品を1週間で仕上げなければならない / 這個作品必須一週內完成。

☆ 宿題を仕上げる / 完成家庭作業。

名 仕上げ

自動 仕上がる

しあさって シアサッテ きょうから数えて3日あとの日。あさってのつぎの日。中 大後天。E three days from today.

☆ しあさってから試験が始まる / 大後天開始考試。

☆ きょうは2日だから、しあさっての5日に帰ってくる/今天是二號，所以大後天五號回來。

しあわせ【幸せ】シアワセ ❶心が満足していること。中 幸福。E happiness.

☆ お2人のしあわせをお祈りします/祝你們兩人幸福。

☆ おいしい食事と美しい音楽があればわたしはしあわせだ/如果有可口的美食和動聽的音樂，我就感到幸福。

対 不幸せ、不幸

❷ 運がいいようす。中 運氣好；幸運。E fortunate.

☆ しあわせなことに、長い間さがしていた本が見つかった/幸運的是，找到了尋找已久的書。

☆ しあわせな出会い/幸運的相會；幸運的相逢。

対 不幸せ、不幸

しいく【飼育】シイク〔～する〕 家畜などを飼って育てること。中 飼養；餵養。E breed; raise.

☆ となりの家では豚を飼育している / 鄰家養豬。

☆ パンダの飼育はむずかしい / 飼養熊貓是很難的工作。

しいたけ シータケ キノコの一種。茎は短く、かさはこげ茶色をしている。そのまま、あるいはほして保存しておいたものを水にもどして、料理する。中香菇。E a *shiitake* mushroom.

☆ ちらしずしにシイタケを入れる/在花壽司飯裡放上香菇。

☆ 生シイタケ/鮮香菇。

☆ ほしシイタケ/乾香菇。

注 漢字で書くときは「椎茸」。

シーツ (sheet) シーツ　敷きぶとんやベッドの上に敷く布。敷布。中床單；被單。E a (bed) sheet.

☆ 新しいシーツで寝ると気持ちがいい/在新床單上睡覺很舒服。

☆ 毎朝シーツをかえる/每天早晨換床單。

数 1枚

しいて【強いて】 シーテ　無理をして。中硬；強迫。E if anything; against one's will.

☆ 京子に特に欠点はないが、しいていえばすこし気の弱いところだろう/京子沒有什麼缺點，如果硬要說的話就是膽子有點小吧。

☆ 一緒に行きたくないというのなら、しいて誘う必要はない/要是不願一起去的話，就別硬邀人家了。

シーディー (CD) シーディー　❶「compact disc」を略した言い方。音声をデジタル方式で記録した小さい円盤。レーザー光線を当てて再生する。コンパクトディスク。中雷射唱片。E a compact disc.

☆ CDは従来のレコードより取り扱いが楽だ/CD比以往的普通唱片使用更方便。

❷「cash dispenser」を略した言い方。現金自動支払機。中自動提款機。E a cash dispenser.

☆ 銀行のCDの機械が故障して、お金をおろすことができない/銀行裡的自動提款機故障了，不能領錢。

▷ 数❶1枚、❷1台

ジーディーピー (GDP) ジーディーピー 「Gross Domestic Product」を略した言い方。国内で1年間に生産したものの合計額から原料費などを引いた金額。その国の経済活動の大きさを知る基準の1つ。国内総生産。中國內生產毛額。E GDP.

☆ 日本の1993年のGDPは実質421兆円だ/日本在1993年的國內生產毛額實際上是四百二十一兆日圓。

☆ A国は21世紀までにGDPを2倍にするという/A國到21世紀時將國內生產毛額提高成兩倍。

シートベルト (seat belt) シートベルト　事故のとき体を保護するために、自動車や飛行機の座席につけて、体があまり動かないようにするベルト。中安全帶。E a seat belt.

☆ まもなく着陸しますのでシートベルトをおしめください/馬上就要降落，請大家繫好安全帶。

ジーパン ジーパン　ジーン(=もめんの丈夫な生地)でつくったズボン。中牛仔褲。E jeans.

☆ 体にぴったりのジーパンをはく/穿合身的牛仔褲。

数 1本

参 英語の「ジーンズ (jeans)」と「パンツ (pants)」を合わせたものを略して日本でできたことば。音だけ合わせて「Gパン」と書くこともある。

し・いる【強いる】シイル〔他動一〕　いやがるのに、無理に押しつけてさせる。中強迫；強制。E force; compel.

☆ 飲めない人に酒を強いるのはよくない/勉強不會喝酒的人喝酒是不好的。

☆ 服従を強いる/強迫服從。

☆ 苦戦を強いられる/被迫苦戰。

しい・れる【仕入れる】シイレル〔他動一〕

❶ 商売する人が品物を、また、製造する人が原料を買い入れる。中購買；採購；買進。E buy; stock.

☆ 洋品店の主人は衣類を仕入れに問屋に行

く/船來品店的老板去批發商那裡採購衣服。

☆ 材料を安く仕入れて売る/低價購買材料來銷售。

❷ 手に入れ、自分のものにする。中 獲得；取得；弄到手。E get.

☆ 新しい情報を仕入れる/獲得新資訊。

▷ 名 仕入れ

しいん【子音】シイン　発音のしかたによって分けた音の種類の１つ。日本語では、たとえば「kasa」(カサ)の「k, s」や、「p, b, t, d」など。中 子音。E a consonant.

☆ 日本語の音は「ア、イ、ウ、エ、オ」の母音以外は、ほとんど１子音と１母音の組み合わせでできている/日語的音節除了「ア、イ、ウ、エ、オ」五個母音外，幾乎是由一個子音和一個母音組合而成。

対 母音

じいん【寺院】ジイン　「寺」のすこし改まった言い方。書 中 寺院。E a temple.

☆ 京都には仏教の寺院がたくさんある/京都有許多佛教寺院。

☆ イスラム教の寺院/回教寺院。

☆ ノートルダム寺院/巴黎聖母院。

じえい【自衛】ジエイ〔～する〕　他の人の力を借りずに、自分で自分の安全や利益を守ること。中 自衛。E self-defense.

☆ 市民の手で町を自衛する/百姓自力守衛城鎮。

☆ 自衛隊/自衛隊。

しえき【使役】シエキ　❶〔～する〕ほかの人に仕事をさせること。中 驅使；奴役。E employ.

☆ 聖武天皇は人々を使役して奈良の大仏を完成させた/聖武天皇驅使百姓建造奈良大佛。

❷ 文法で、他人にある動作をさせる意味を表す決まった形の言い方。中 使役。E causative.

☆「子供を買い物に行かせる」の「せる」は使役の助動詞だ/「子供を買い物に行かせる」中的「せる」是使役助動詞。

▷ 書 ❶

しえん【支援】シエン〔～する〕　人や団体の仕事がうまくいくように、力を貸すこと。中 支援；援助。E support; back.

☆ 多くの人々の支援を受けて国会議員になった/受到大衆的支持當選了國會議員。

☆ 支援団体/後援團體。

しお【塩】シオ　塩辛い味のする白い粒で、食べ物に味をつけるいちばんたいせつなもの。海水にたくさんふくまれている。中 鹽；食鹽。E salt.

☆ 魚に塩を振って焼く/在魚上撒上鹽後再烤。

☆ 塩味/鹹味。

☆ 甘塩(＝魚などに塩が少なめに使ってあること)/稍帶鹹味；用鹽稍微醃一下。(＝魚肉上稍微撒些鹽)。

☆ 薄塩/稍帶鹹味；少加鹽；(在魚或肉上)撒上的薄鹽。

しお【潮】シオ　❶ 満ちたり引いたりする海の水。中 潮；海潮。E the tide; a current.

☆ 潮が満ちてくる/漲潮。

☆ 潮が引く/落潮；退潮。

☆ 潮干狩り(＝海水が引いた海辺で貝をとって楽しむこと)/踏浪拾貝(＝在退潮的海邊撿貝殼玩等)。

❷ なにかを始めたりやめたりするのにちょうどいい機会。中 時機；機會。E an opportunity; a chance.

☆ 玄関に人が来たのをしおに電話を切った/藉著有人上門的機會把電話掛斷了。

☆ しおどき/時機；機會。

しおから・い【塩辛い】シオカライ　塩の味が強い。中 鹹。E salty.

☆ 海の水は塩辛い/海水是鹹的。

☆ 塩辛い料理を食べたので、のどが渇いた/吃了很鹹的菜，所以口很渴。

しおやき【塩焼き】シオヤキ、シオヤキ　魚、貝、肉などに塩を振って焼くこと。また、その料理。中 加鹽烤。E grill (fish) with salt.

☆ この魚は塩焼きにして食べよう / 把這魚用鹽烤著吃吧。

☆ アジの塩焼き / 加鹽烤竹莢魚。

しお・れる シオレル〔自動一〕 ❶ 花や草木が、水分がたりなくなって弱る。中 枯萎。E wilt; wither.

☆ 鉢植えの朝顔がしおれる/盆栽的牽牛花謝了。

☆ しおれた花 / 枯萎的花。

❷ 気が弱くなり、しょんぼりする。中 沮喪；氣餒。E be downcast; be dejected.

☆ サッカーの選手になれなくて、弟はしおれている / 弟弟沒當成足球選手很沮喪。

しか【歯科】シカ、シカ 医学の一分野。歯や口の中の病気を専門に扱う。中 牙科。E dentistry.

☆ 歯が痛くて病院の歯科へ行った / 牙疼，去醫院看牙科。

☆ 歯科医 / a dentist. / 牙醫；牙科醫生。

しか (名詞、動詞の基本形、形容詞の「く」の形、形容動詞の「に」の形について、「～しか…ない」の形で)あるものごとだけを取りあげて、それ以外は否定することを表す。中 只；僅；只有。

☆ 駅のホームには3人しかいなかった / There were only three people on the station platform. / 車站月台上只有三個人。

☆ 道子は勉強しかしない / 道子只知道唸書。

☆ がんばるしかない / 只有努力。

→だけ

じが【自我】ジガ ほかの人とは違う自分というもの。私。エゴ。中 自我；自己。E self; ego.

☆ 自我が強い(= 自分の意思を押し通そうとする)/ 自我中心(＝總要堅持自己的意見)。

☆ 自我を主張する / 堅持自己的主張。

☆ 自我の目覚め / 自我覺醒。

しかい【司会】シカイ〔～する〕 会などをまとめ、進行させる役をすること。また、その人。中 主持會議(的人)；司儀。E emcee; preside.

☆ パーティーの司会をする / 擔任晚會司儀。

☆ テレビ番組の司会者 / 電視節目主持人。

しがい【市外】シガイ 市の区域の外。都市の周辺。中 市郊；郊區。E the outskirts; the suburbs.

☆ 市外から市内の学校に通う / 從郊區到市區的學校上課。

☆ 市外通話 / 長途電話。

対 市内

じかい【次回】ジカイ、ジカイ つぎの回。つぎの機会。つぎの時。中 下次；下回。E next time; next.

☆ 今回は忙しくてお目にかかれないが、次回はぜひお会いしましょう / 這次太忙，沒能拜訪您，下次一定去探望您!

☆ 次回のクラス会の幹事を決める / 商定下屆的同學會幹事。

関連 前回、今回

しかえし【仕返し】シカエシ〔～する〕 なにかいやなことをされた人が、相手に同じようなことをすること。中 報復；復仇。E revenge; retaliation.

☆ この仕返しはいつか必ずするぞ / 這個仇是一定要報的。

☆ 兄になぐられた仕返しに、兄の本を破り捨てた/為報復挨哥哥揍，就把哥哥的書撕破且扔了。

→復讐

しかく【四角】シカク 4つの角を持つ形。中 四角形；方形；四方形。E a square; a quadrilateral.

☆ 紙を四角に切る / 把紙剪成方形。

☆ 真四角(= 正方形)/ 正方形。

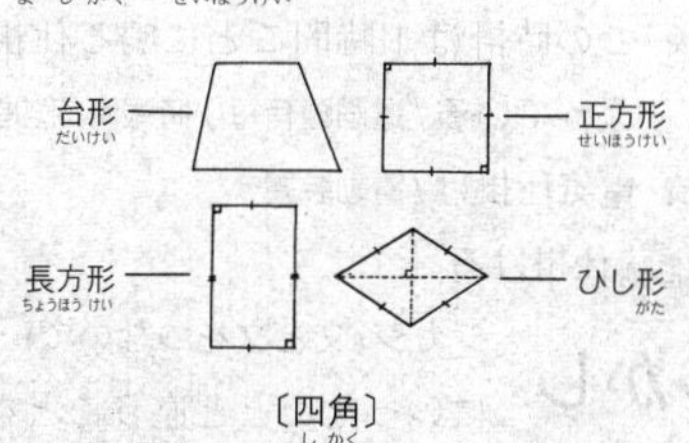

〔四角〕

しかく【視覚】シカク　ものを見るときの目の感覚。中 視覺。E the sense of sight; vision.

☆ 絵や写真などによる表現は見る人の視覚に訴える方法をとっている / 藉由圖片和照片的表現方法，傳達給觀衆視覺上的效果。

☆ 視覚芸術 / 視覺藝術。

しかく【資格】シカク　ある仕事や地位につくために必要な条件。中 資格。E qualifications.

☆ 医師の資格は国家試験に合格した者だけに与えられる / 只有通過國家考試的人才能取得醫生資格。

☆ 資格を取る / 取得資格。

☆ 受験資格 / 報考資格。

じかく【自覚】ジカク〔～する〕 自分の立場や、しなければならないことをはっきりわかっていること。中 自知；覺悟；自覺。E consciousness; be aware of.

☆ 学生としての自覚を持って行動する / 以身為學生的自覺來行動。

☆ 自覚がたりない / 缺乏自覺。

しかくば・る【四角張る】シカクバル、シカクバル〔自動五〕(しかくばって) ❶ 堅苦しい態度をとる。中 拘謹；嚴肅起來；板起面孔。E be formal; be stiff.

☆ はじめて会った人とは自由に話し合えず、四角ばったものの言い方をしてしまう / 和初次見面的人總說客套話，不能輕鬆地交談。

❷ 4つの角がはっきりしていて丸みがない。中 有稜有角。E square; squarish.

☆ 四角ばった顔 / 方臉。

しかけ【仕掛け】シカケ　考えてつくりだした仕組み。中 裝置；結構。E a device; a gadget.

☆ この時計は1時間ごとに鳴る仕掛けになっている / 這個鐘有每小時報時的功能。

☆ 電気仕掛け / 電動裝置。

他動 仕掛ける

しかし　シカシ(文と文をつないで) ❶ 前にいったことと違うことを後でいうときに使うことば。中 但是；可是；然而。E but; however.

☆ 一郎は会長に選ばれた。しかし、会の全員が彼を支持しているわけではない / 一郎被選為會長，但是並非全體會員都支持他。

❷ それにしても。中 可；還。E still.

☆ どうもお疲れさま。しかし、きょうは暑いですね / 您辛苦了。今天還是很熱呀!

▷ →なのに

しかしながら　シカシナガラ　(文と文をつないで)前にいったことと違うことを後でいうときに使うことば。書 中 但是；然而。E however; but.

☆ 日本は経済大国になったといわれる。しかしながら、われわれひとりひとりの生活の質はまだそれほど高くない / 一般都認為日本已發展成經濟大國，但我們個人的生活水準並不是那麼地高。

しかたな・い【仕方ない】シカタナイ　❶ どうすることもできない。あきらめるよりほかにない。中 沒有辦法；沒法子；迫不得已。E It can't be helped; be compelled to.

☆ 先生が病気では休講もしかたない / 老師因為生病，迫不得已停課。

☆ 単位が取れず、しかたなく留年した / 沒拿到學分，只好留級。

❷ どうすることもできないほど悪い。中 不像話；無可救藥。E be beyond any help.

☆ 給料は全部酒に使ってしまう、しかたない兄 / 哥哥太不像話，把薪水都拿去喝酒了。

❸ (「～てしかたない」の形で)本当に～だ。中 的確；真是。

☆ ゆうべ遅くまでテレビを見ていたので、きょうは眠くてしかたない / 昨晚看電視到深夜，所以今天睏得要命。

☆ かわいそうでしかたない / I can't help myself feeling pity. / 可憐得不得了。

二 注 ❸はひらがなで書く。

しがつ【四月】シガツ、シガツ　1年の4番目の月。4月。[中]4月。[E] April.

☆ 日本では、新しい学年は4月から始まる/在日本，新學年從四月開始。

☆ 4月ばか/April Fools' Day./愚人節。

じかに　ジカニ　間にほかの人やものを入れずに、直接に。[中]直接；親自。[E] directly; in person.

☆ 床にじかにすわったら冷たかった/直接坐在地板上很冷。

☆ 社長とじかに交渉する/直接與老闆交涉。

しがみつ・く　シガミツク、シガミツク〔自動五〕(しがみついて)　離れないようにしっかりつかまる。[中]緊緊抓住；摟住。[E] hang on to; cling to.

☆ 突然建物が大きく揺れたので、そばの手すりにしがみついた/因為房屋突然劇烈晃動，所以緊緊抓住旁邊的欄杆。

☆ 外出しようとする母親にしがみついて離れない子/孩子緊緊抱住正要出門的媽媽。

しか・める　シカメル、シカメル〔他動一〕苦しそうに、不快そうに、まゆのあたりにしわを寄せる。[中]皺眉；顰蹙。[E] frown; grimace.

☆ 注射の痛さに、思わず顔をしかめた/打針疼得不禁皺起眉來。

しかも　シカモ　(文と文をつないで)❶前にいったことに、さらにほかのことをつけ加えるときに使うことば。[中]而且；並且。[E] moreover; furthermore.

☆ 洋子はコンピューターの専門家だ。しかも、ドイツ語の通訳もしている/洋子是電腦專家，而且也是德語翻譯。

❷ 前にいったことから当然そうなると思われることが、後で起こらないときに使うことば。それでもなお。[中]而；但；卻。[E] nevertheless; and yet.

☆ 何度も試験に落ちて、しかも、あきらめない/雖然幾次沒考上，但不氣餒。

じかようしゃ【自家用車】ジカヨーシャ　自分の家で持っている車。[中]自用汽車；私人汽車。[E] a private car; one's own car.

☆ 名古屋まで自家用車で行くことにした/決定坐私人汽車去名古屋。

[数] 1台　→マイカー

しか・る　シカル〔他動五〕(しかって)　相手のやり方のよくないところを強いことばで注意する。[中]責備；斥責；批評。[E] scold; reprove.

☆ 母親は、うそをついた子供を厳しくしかった/母親嚴厲地責備說謊的孩子。

☆ 練習を怠けた部員をしかる/斥責在訓練中偷懶的隊員。

[対] 褒める

じかん【時間】ジカン、ジカン　❶ある時刻からある時刻までの長さの単位。1日の24分の1。[中]小時；鐘頭。[E] an hour.

☆ 1日は24時間だ/一天是二十四個小時。

☆ 毎日7時間寝る/每天睡七個鐘頭。

❷ なにかに使うために決めた、ある時。[中]時間；時候。[E] time for ~.

☆ 食事の時間/用餐時間。

☆ 睡眠時間/睡眠時間。

❸ ある長さの時。始めも終わりもなく、いつまでも続く時。[中]時間。[E] time.

☆ 毎日忙しくて、ゆっくり休む時間がない/每天都很忙，沒有時間好好休息。

☆ 時間のかかる仕事/費時的工作。

[対] 空間

❹ ある時刻。[中]某一時間。[E] the time.

☆ 時計がなくて時間がわからない/沒有錶，不知道時間。

☆ 約束の時間を守る/遵守約定的時間。

時間の問題　はっきりした日時はわからないが、近いうちに予想されている結果になるということ。[中]時間的問題；遲早的問題。[E] be a matter of time.

☆ 世界の人口が60億になるのも時間の問題だ / 世界人口達到六十億是遲早的問題。

時間を稼ぐ 自分が有利になるまで、時が来るのを待つ。中 爭取時間。E play for time; buy time.

☆ サッカーの試合はあと５分で終わる。なんとか時間をかせいでこのまま勝ちたいものだ/足球比賽還有五分鐘就結束，要拖延時間設法保持勝利。

似た表現 時間稼ぎ

時間を割く 時間の一部をつごうして、他のことのために使う。中 挪出時間；抽空；擠出時間。E take time off.

☆ 仕事の時間をさいて展覧会を見に行く/挪出一點工作時間去參觀展覽會。

時間をもてあます 時間をどうやって使っていいかわからないでいる。中 不知該如何消磨時間。E time hangs heavy on one's hands.

☆ 仕事が予定より早く終わったので、時間をもてあましてしまった / 工作比預定結束得早，不知該如何消磨時間。

しき 【式】シキ ❶ 計算などのやり方を記号や数字で表したもの。中 算式；公式。E an expression; a formula.

☆ 式を立て数学の問題をとく / 列方程式解數學題。

☆ 化学式 / 化學式。

☆ 方程式 / 方程式。

❷ 決まったやり方でする行事や会。中 儀式；典禮。E a ceremony.

☆ 式を進行させる / 進行儀式。

☆ 式次第 / 儀式程序。

☆ 開会式 / 開幕儀式；開幕典禮。

☆ 入学式 / 入學典禮。

しき 【士気】シキ あることを集団でしようという、人々の気持ちの盛りあがり。中 士氣；情緒。E morale.

☆ 仕事が好調なので、職場の士気は上がっている / 工作很順利，所以員工士氣高昂。

☆ チーム全体の士気を高める / 提高全隊士氣。

☆ 士気を失う / 沒勁；提不起勁；失去幹勁。

しき 【四季】シキ 春、夏、秋、冬の４つの季節。中 四季。E the four seasons.

☆ この庭は木の種類が多く、四季を通じて楽しめる / 這個庭園裡樹的種類很多，一年到頭都能欣賞。

☆ 四季おりおりの花が植えられた公園/種植四季應時花木的公園。

しき 【指揮】シキ〔～する〕 １つの目的のために、多くの人に指示してやらせること。中 指揮。E command; conduct.

☆ この計画の指揮はわたしがとります/這個計畫由我指揮。

☆ カラヤンの指揮したオーケストラの演奏をCDで聞く / 用CD聽卡拉揚指揮的交響樂團演奏。

☆ 指揮者 / 指揮家；指揮。

じき 【時期・時機】ジキ ❶ なにかをするための時の区切り。ある期間。中 時期；期間；時候。E time; a season.

☆ いまは学校が忙しい時期だ / 現在是學校正忙的時候。

☆ 桜の時期 / 櫻花季節。

❷ なにかをするのにちょうどいい時。中 時機；機會。E a chance; an opportunity.

☆ 新しい事業を始める時機をねらっている/尋找開始新事業的時機。

☆ 時機をのがす / 錯過機會。

注 ❶は「時期」、❷は「時機」。

じき ジキ 時間や距離が非常に近いようす。すぐ。中 立刻；馬上；很近。E soon; near at hand.

☆ じきに晩ごはんだから、それまでおやつはがまんしなさい/馬上就要吃晚飯，不要吃點心了。

☆ 頂上はもうじきだ、がんばれ / 馬上就到山頂了，加油!

しききん【敷金】シキキン　家や部屋を借りるときに、家賃のほかに家主に渡す保証金。ふつうは、借り主が出ていくとき返金される。[中]租房時的押金；保證金。[E] a deposit.

☆ この部屋の敷金は家賃の2カ月分です/這房間的押金是兩個月的房租。

☆ 敷金1つ(= 1カ月分)/押金是一個月房租(=一個月的租金)。

しきさい【色彩】シキサイ　❶ 色。色のぐあい。[中]顏色；色彩。[E] a color; coloring.

☆ 色彩が豊かな絵/色彩豐富的畫。

☆ 色彩に乏しい/缺乏色彩。

☆ あざやかな色彩/鮮艷的顏色。

❷ ある傾向や性質。[中]傾向；色彩。[E] a tinge.

☆ 政治的な色彩が強い芝居/政治色彩濃厚的戲劇。

じきじき　ジキジキ　ふつう間に人を入れてすることを、直接するようす。[中]直接；親自。[E] in person; directly.

☆ お会いして、じきじきにお話ししたい/想在見面時直接跟您談談。

☆ 法務大臣にじきじき訴える/親自向法務部長陳情。

しきち【敷地】シキチ　建物を建てたり、庭をつくったりするための土地。[中]建築用地；地皮。[E] a site; (a) ground.

☆ ジョンの家は敷地が広くて、庭にテニスコートや池がある/約翰家建地寬闊，庭院裡有網球場和池塘。

☆ 狭い敷地に家が建っている/在狹窄的建築用地上蓋房子。

しきぶとん【敷き布団】シキブトン　寝るときに、体の下に敷くふとん。[中]褥子；睡墊。[E] a Japanese sleeping mattress.

☆ 敷きぶとんをたたんで押し入れに入れる/把睡墊疊起來放進壁櫥。

[対]掛け布団　[数]1枚　→布団[図]

しきゅう【子宮】シキュー　内臓の1つ。女性や動物の雌が子供を宿し、成長させる所。[中]子宮。[E] the womb; the uterus.

☆ 子宮で胎児が育っている/胎兒在子宮內成長。

☆ 子宮がん/子宮癌。

しきゅう【支給】シキュー〔～する〕　会社や役所などが金やものを与えること。[中]支付；支給；發給。[E] supply; provide; pay.

☆ この工場では従業員に制服を支給している/這家工廠分發制服給員工。

☆ 社員に給料を支給する/支付職員薪水給職員薪資。

☆ 年金の支給を受ける/領取養老金。

しきゅう【至急】シキュー　非常に急ぐこと。[中]加速；火速；緊急。[E] urgent; immediately.

☆ 至急の仕事なので、いますぐやってください/因為是緊急的工作，現在請趕快做。

☆ 急ぎの用事があるから、至急、連絡してください/因有急事，請火速聯繫。

☆ 至急の手紙/快信；緊急信件。

☆ 大至急/非常緊急。

じきゅう【時給】ジキュー　1時間あたりの賃金。時間給。[中]計時工資；按時計酬。[E] an hourly wage.

☆ 時給800円で働く/做每小時八百日圓的工作。

☆ 時給のいい仕事をさがす/尋找時薪高的工作。

☆ 時給が安い/計時工資便宜。

じきゅうじそく【自給自足】ジキュージソク、ジキュー・ジソク〔～する〕　自分に必要なものを、自分でつくりだすこと。[中]自給自足。[E] be self-sufficient.

☆ あの農家では米と野菜を自給自足している/那家農戶，米和蔬菜自給自足。

☆ 自給自足の生活/自給自足的生活。

しきょ【死去】シキョ、シキョ〔～する〕　人が死ぬこと。[書][中]死去；故世；過世；故去。[E] death.

☆ 旧友の突然の死去に驚いた/對於老友的突然去世感到吃驚。

し

じぎょう【事業】ジギョー ❶社会のために意義のある大きな仕事。中 事業。E work.

☆ 福祉事業をすすめる / 推展福利事業。

☆ 公共事業 / 公共事業。

☆ 社会事業 / 社會事業。

❷ 利益をえるためにする仕事。中 企業。E a business; an enterprise.

☆ 事業に失敗して会社がつぶれた / 經商失敗以致公司倒閉。

☆ 事業を大きくひろげる / 大力擴展事業。

☆ 事業家 / 企業家。

しきり【仕切り】シキリ ❶ものとものとを区切ること。また、区切るもの。中 隔開；間隔；區分。E a partition.

☆ 部屋と部屋の仕切りにカーテンをつける / 在房間和房間的間隔處掛上門簾。

❷ すもうで、勝負を始める前に力士がとる姿勢。中 (相撲)比賽開始前擺的架式。E (*sumo*) toeing the mark.

☆ 横綱が仕切りに入る / 橫綱擺開架式。

▷ 他動 仕切る

しきん【資金】シキン 事業などを行うためのもとになる金。中 資金；資本。E funds; capital.

☆ 新しい会社をつくるための資金を集める / 為成立新公司籌集資金。

☆ 資金が不足する / 資金不足。

☆ 結婚資金 / 結婚基金；結婚預備金。

し・く【敷く】シク〔他動五〕(しいて) ❶平らにひろげて置いたり、一面に並べたりする。中 鋪。E spread; gravel.

☆ ふとんを敷く / 鋪棉被。

☆ 砂利を敷いた道 / 鋪著碎石頭的道路。

❷ 下に当てたり、押さえつけたりする。中 墊；壓在下面。E sit on.

☆ 座ぶとんを敷いてすわる / 墊個座墊坐。

☆ 下敷きを敷いて書く / 墊上墊板寫字。

❸ 地面などに設備したり、配置したりする。中 配置；佈置；舖設。E lay.

☆ 鉄道を敷く / 舖設鐵路。

じく【軸】ジク ❶まるいもの、回転するもの、巻いたものの中心となる棒。中 軸；軸心。E an axis; an axle.

☆ こまの軸を持って回す / 捏著陀螺的軸心轉動。

☆ 車の軸が折れた / 車軸折斷了。

❷ 先のほうにある主要な部分を支えている棒状のもの。中 桿。E a holder; a stick.

☆ 筆の軸の下のほうを持って名前を書く / 握著筆桿下端寫名字。

☆ マッチの軸 / 火柴棒。

☆ ペン軸 / 筆桿兒。

❸ 活動の中心。中 核心；骨幹。E a key (man); the axis.

☆ A氏は会の軸となって活躍している / A先生十分活躍是會裡的核心人物。

☆ この町はガラス工業を軸に発展した / 這個城鎮是以玻璃工業為主軸發展起來的。

❹ ⇨掛け軸

☆ 床の間に軸をかける / 在壁龕上掛畫軸。

❺ 数学で、対称図形や座標の中心となる直線。中 軸。E an axis.

☆ x軸とy軸 / x軸和y軸。

☆ 座標軸 / 座標軸。

☆ 対称軸 / 對稱軸。

▷ 数 ❶❷❺ 1本

しくしく シクシク、シクシク ❶あまり声を出さずに弱々しく泣くようす。中 啜泣聲；形容鼻子微微作響、靜靜地不停哭泣的樣子。

☆ 子供が、こわれたおもちゃの前でしくしく(と)泣いている / The child is sobbing in front of the broken toy. / 孩子對著壞掉的玩具低聲哭泣。

❷〔～する〕おなかや歯などが、激しくはないが続けて痛むようす。中 陣陣作痛。

☆ 食べすぎて、おなかがしくしく(と)痛む / I overate and now have a griping stomachache. / 吃得太多，肚子一陣一陣地作痛。

しくじ・る シクジル〔他動五〕(しくじって)

下手なやり方で失敗をする。[中]失敗；搞壞；弄糟。[E] fail.

☆ 運転をしくじって前の車にぶつかった/開車出了狀況，追撞上前車。

☆ 試験をしくじる/考試考壞了。

[名]しくじり

しくはっく【四苦八苦】シクハック〔～する〕

ものごとがうまくいかずに非常に苦しむこと。[中]千辛萬苦；傷透腦筋。[E] be in agony; have difficulty in.

☆ 宿題の作文を書きあげるのに四苦八苦した/為了寫好(完)作文作業真傷透了腦筋。

☆ 資金集めに四苦八苦している/為籌集資金傷透腦筋。

[参] 仏教から来たことばで、体の苦しみではなく、心の苦しみに使う。

しくみ【仕組み】シクミ　組み立ててあるものの構造。[中]結構；構造。[E] a mechanism; structure.

☆ この機械の仕組みを知りたい/想了解這個機器的結構。

☆ 社会の仕組みは複雑だ/社會結構複雜。

[他動]仕組む

しぐれ【時雨】シグレ　秋の終わりから冬の初めごろにかけて、降ったりやんだりする冷たい雨。[中]秋冬之交的陣雨；忽下忽停的雨。[E] a shower in late fall and early winter.

☆ 山道で時雨にあって体が冷えてしまった/在山路碰上陣雨，寒意襲身。

☆ せみ時雨(=たくさんのセミの声が時雨が降りそそぐように聞こえること)/蟬鳴刺耳；刺耳的蟬聲(＝許許多多的蟬聲像陣雨聲一樣)。

[自動]しぐれる

しけい【死刑】シケイ　非常に重い罪をおかした人の生命を絶つ刑罰。[中]死刑。[E] capital punishment; the death penalty.

☆ 殺人者は死刑を宣告された/殺人犯被宣判死刑。

☆ 死刑廃止運動/廢除死刑運動。

☆ 死刑囚/死刑犯；死囚。

しげき【刺激】シゲキ〔～する〕 ❶ 外から働きかけて、生き物や人間の体や心に変化を起こさせること。また、その働き。[中]刺激。[E] stimulate; irritate.

☆ 鼻を刺激する強いにおい/強烈的刺鼻味。

❷ 人間やその集団に働きかけ、力づけたり興奮させたりすること。また、そのもの。[中](心理上的)刺激；使興奮。[E] stimulate; incite; excite.

☆ 姉に刺激を受けてスキーを始めた/受到姊姊的影響而開始滑雪。

☆ あなたは無責任だと言ったのが、夫を刺激したらしい/說了「你太沒責任感了！」以後，好像刺激了丈夫。

し・ける シケル〔自動一〕 ❶ 雨や風がひどくて海が荒れる。[中](海上)起風暴；來暴風雨；波濤洶湧。[E] be stormy.

☆ 台風で海がしけ、魚がとれない/由於颱風到來，海上起了風暴，捕不到魚了。

[対]なぐ

❷ (「しけた[ている]」の形で)ものごとがうまくいかなかったり、手持ちの金が少なかったりして、ひどい状態だ。[中]生意蕭條；經濟拮据；無精打采。[E] be hard up for money; be gloomy.

☆ あいつ、失業してしけているらしい/那傢伙好像因為失業無精打采。

☆ しけた顔だなあ/怎麼愁眉苦臉的。

▷ [話]❷ [名]しけ

しげ・る【茂る】シゲル〔自動五〕(しげって)

草や木が盛んにのびて、葉や枝が重なり合う。[中]茂盛；繁茂；茂密。[E] grow thick.

☆ 庭の木がよくしげっている/庭院裡的樹枝葉茂盛。

☆ 青々としげった草/長得青翠茂盛的草。

しけん【試験】シケン〔～する〕❶ものの性質を調べるために試してみること。中 試驗；檢驗。E an experiment; a test.

☆ 機械の正確さを試験する / 檢驗機械的準確性。

☆ 試験運転 / 試驗駕駛；試車；試開。

❷ 問題を出して答えさせ、学力や能力を調べること。テスト。中 考試；測驗。E an exaination; a test.

☆ 試験に合格する / 考試合格；考上。

☆ 試験を受ける / 參加考試；投考；應試。

☆ 入学試験 / 入學考試。

しげん【資源】シゲン　石油や木材など、自然からとれるもので、産業などの原料や材料になる物質。中 資源。E resources.

☆ 石油はたいせつな地下資源だ / 石油是寶貴的地下資源。

☆ 資源をむだに使わないこと / 不要浪費資源。

じけん【事件】ジケン　犯罪や争いごとなど、大きな問題となるできごと。中 事件。E an incident; an affair; a case.

☆ 最近、大きな事件がつぎつぎと起こる / 最近不斷地發生重大事件。

☆ 事件が発生する / 發生事件。

☆ 殺人事件 / 殺人事件。

数 1件　→出来事

じげん【次元】ジゲン、ジゲン　❶数学で、線、面、空間などの広がりを表すもの。中 次元。E a dimension.

☆ 直線は1次元、平面は2次元、立体は3次元だ/直線是一次元，平面是二次元，立體是三次元。

❷ ものを考えたりなにかをしたりするときの立場や程度。中 立場；著眼點。E a level.

☆ 政治家が金で大臣のポストを買うとは、次元の低い話だ / 政客用錢買部長官銜，真是沒有格調。

☆ 次元の違う考え方 / 觀點不同的想法。

☆ 多次元 / 多次元。

しけんかん【試験管】シケンカン、シケンカン　化学の実験などに使う、底のまるい細長いガラスのくだ。中 試管。E a test tube.

☆ 試験管の中で化学変化が起きる / 在試管中起化學變化。

☆ 試験管ベビー / 試管嬰兒。

数 1本

じこ【自己】ジコ　自分自身。中 自我；自己。E oneself.

☆ 自己をしっかりと見つめる / 好好看清自己。

☆ 自己を主張する / 主張自我。

☆ 自己紹介 / 自我介紹。(→ 項目)

じこ【事故】ジコ　不注意などで起こった悪いできごと。中 事故。E an accident.

☆ この道路は車の事故が多い / 這條路上車輛事故頻繁。

☆ 事故を防ぐ / 防止事故。

☆ 交通事故 / 交通事故。(→ 項目)

☆ 無事故 / 零事故；不發生事故。

数 1件

じこう【時候】ジコー　四季それぞれの気候。中 季節；時令；氣候。E the season; the weather.

☆ 暑くもなく寒くもなく、いい時候になった / 不熱也不冷，是個好季節。

☆ 時候に合った服装 / 時令合宜的衣服。

☆ 時候のあいさつ / 季節性問候。

しこく【四国】シコク、シコク　日本列島の中で西南にある、4番目に大きい島。香川、愛媛、徳島、高知の4つの県がある。中 四國。E Shikoku.

☆ 四国と本州の間に瀬戸内海がある / 瀨戶內海位於四國和本州之間。

しごく【至極】シゴク、シゴク　❶これ以上のものはないようす。きわめて。非常に。中 極其；非常；最。E quite; extremely.

☆ きみがそう言うのも、しごく、もっともなことだ/你會那樣說，也是非常合理的。

☆ しごく、いい気分だ/心情好極了。

❷ (他のことばの後について)このうえもなく～なようすであること。中最；至高。

☆ 恐縮至極に存じます/太感謝您了；太不敢當了。

☆ 迷惑至極な話/ I am much annoyed by it. /極為麻煩的事情。

注 ❶はひらがなで書く。

じこく【時刻】ジコク　時間の流れの中の、ある一定の時、瞬間。中時刻；時間；時候。E time; the hour.

☆ そろそろ飛行機が到着する時刻だ/快要到飛機抵達的時間了。

☆ 開会の時刻を知らせる/通知開會時間。

☆ 時刻表/時刻表。

じごく【地獄】ジゴク　❶仏教やキリスト教で、この世で悪いことをした人が死んでから行くとされる恐ろしい場所。中地獄。E hell.

☆ 悪いことばかりしていると地獄に落ちるぞ/老是做壞事可是要下地獄的!

対 極楽、天国

❷ 救いようのない苦しみの状態。中受苦的地方；地獄。E a hell-like situation.

☆ 戦争中は食べ物も着るものもなく、地獄の生活だった/戰爭中食物和衣著缺乏，過的是地獄般的生活。

☆ 通勤地獄/通勤(=上下班)苦如煉獄。

地獄で仏(に会ったよう)　ひどく困っているときに助けられて、非常にうれしいようす。中絶處逢生；枯木逢春。E an oasis in the desert.

じこしょうかい【自己紹介】ジコショーカイ〔～する〕　はじめて会った人に、自分自身で自分の名前、職業、趣味などを知らせること。中自我介紹。E introduce oneself.

☆ おたがいを知るために、まず順番に自己紹介をしよう/為了互相認識，首先按順序做自我介紹吧!

しごと【仕事】シゴト　❶〔～する〕家庭や社会で、体や頭を使って働くこと。中事情；工作。E work.

☆ 掃除や洗濯などの仕事は家族全員でする/打掃和洗衣是全家人的工作。

☆ 1日の仕事を終えてテレビを見る/把一天的工作做完後再看電視。

☆ 畑仕事/農活；農事。

❷ 職業。中職業；工作。E a job; business.

☆ お仕事はなんですか/您做什麼工作?

☆ 仕事につく/就業。

☆ 仕事をさがす/找工作。

しこ・む【仕込む】シコム〔他動五〕(しこんで)

❶ 教えて身につけさせる。中訓練。E train.

☆ 犬に芸をしこむ/訓練狗耍才藝。

❷ 商品や原料などを買い入れて準備する。また、自分のものにする。中採購；買進；裝進。E stock; study up on.

☆ 正月料理の材料を市場でしこんでくる/在市場採購年菜的材料。

☆ 図書館に通って新しい知識をしこむ/定期往返圖書館取得新知識。

❸ 酒、みそ、しょうゆなどの原料をまぜて、たるなどにつめる。中釀造；調製。E prepare; ferment.

☆ 酒をしこむ/釀酒。

▷ 名 仕込み

じさ【時差】ジサ　❶地球上の各地域の標準時を比べたときの時刻の差。中時差。E a difference in time.

☆ 東京とパリの時差は8時間だ/東京與巴黎的時差為八小時。

☆ 時差ぼけ/不適應時差。

❷ なにかをする時間をずらすこと。中錯開時間。E staggered (commuting hours).

☆ 時差出勤/錯開時間上班。

☆ 時差通学/錯開時間上(下)學。

じざい【自在】ジザイ　じゃまするものがな

く、自分の思ったとおりになるようす。中 自由自在；隨意。E at will; freely.

☆ 京子は新しいコンピューターを自在に動かせる / 京子隨心所欲操縱新電腦。

☆ 自由自在 / 自由自在。

しさつ【視察】シサツ〔～する〕 実際にその場に行って調べたり確かめたりすること。中 視察。E (an) inspection; (an) observation.

☆ 大臣は地震の被害にあった地方を視察した / 部長視察地震災區。

☆ 視察旅行 / 視察旅行。

じさつ【自殺】ジサツ〔～する〕 自分で自分を殺すこと。中 自殺。E kill oneself; (a) suicide.

☆ ビルの屋上から飛び下りて自殺する / 從樓頂跳下自殺。

☆ 自殺をはかる / 尋死。

☆ 自殺者 / 自殺者。

対 他殺

じさん【持参】ジサン〔～する〕 持っていくこと。持ってくること。中 帶來(去)；自備。E bring a thing with one; take a thing with one.

☆ 入管に行くときには必ずパスポートを持参する / 去入境管理局時必須帶護照。

☆ 客が持参したおみやげ / 客人帶來的禮物。

しじ【支持】シジ〔～する〕 考えややり方をいいと認め、うまくいくように助けること。中 支持。E support; backing.

☆ わたしは多くの市民の支持によって市長に選ばれた / 由於衆多市民的支持，我被推選為市長。

☆ 支持率 / 支持率。

しじ【指示】シジ〔～する〕 ものごとをさし示したり、命令したりすること。中 指示。E directions; instructions.

☆ 医者の指示にしたがって薬を飲む / 按醫師的指示服藥。

☆ 指示代名詞 / a demonstrative pronoun. / 指示代名詞。

じじつ【事実】ジジツ ❶ 実際に起こったこと。本当のこと。中 事實；真實。E a fact; the truth.

☆ いま言ったことはすべて事実だ / 剛才說的都是事實。

☆ 事実の確認 / 確認事實。

☆ 事実無根(= まったく事実ではないこと)/ 揑造；莫須有；毫無根據(= 完全不是事實)。

❷ (副詞的に)本当に。まったく。中 事實上；實際上。E in fact; actually.

☆ あなたが言うとおり、事実、この計画には無理がある / 正如你說的那樣，實際上這個計畫有不合理的地方。

☆ それは、事実、きのうここで起こったことだ / 實際上，那是昨天在這裡發生的事。

じしゃく【磁石】ジシャク ❶ 南北の方向を知る道具。中 指南針；磁針。E a compass.

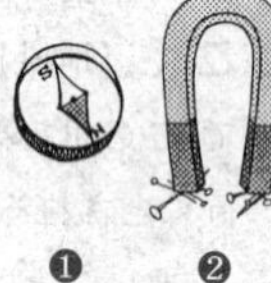

〔磁石〕

☆ 登山のときは、道に迷わないように磁石を持っていく / 登山時，要帶著指南針以免迷路。

☆ 磁石の針は北をさしている / 指南針的指針指向北方。

❷ 鉄を吸いつける性質のある物質。中 磁鐵；吸鐵石。E a magnet.

☆ 磁石を使って鉄と砂を分ける / 用吸鐵石分開鐵和沙。

ししゃごにゅう【四捨五入】シシャゴニュー、シシャ・ゴニュー〔～する〕 計算するとき、4以下を切り捨て、5以上を上の位に入れる扱い方。中 四捨五入。E round off.

☆ 小数点以下を四捨五入すると、4.4は4に、4.5は5になる / 將小數點以後四捨五入時，4.4變為4，4.5變為5。

☆ 89.5パーセントの出席率を四捨五入して90パーセントとする / 將89.5%的出席率四捨五入變為90%。

ししゅう【刺繡】シシュー〔～する〕 布地に、

いろいろな色の糸を刺して絵や模様を表すこと。また、そのもの。中刺繡。E embroider.

☆ 白いハンカチに自分の名前を刺繡する/在白手絹兒上繡自己的名字。

☆ 刺繡入りのブラウス/帶刺繡花紋的女襯衫。

☆ フランス刺繡/法國刺繡。

☆ 日本刺繡/日本刺繡。

しじゅう【始終】シジュー　いつも。たえず。中經常；老是；總是；始終。E always; constantly.

☆ 政治家はしじゅう世論を気にしている/政治人物始終介意輿論。

☆ あの人はしじゅうタバコを吸っている/那個人不停地抽菸。

じしゅう【自習】ジシュー〔～する〕　自分だけで勉強すること。中自習；自學。E a study period; study by oneself.

☆ 数学の時間は先生が休みで自習となった/數學課老師請假，改成自習課。

☆ 家で自習する/在家自習。

☆ 自習時間/自習時間。

☆ 自学自習/自學。

じしゅきせい【自主規制】ジシュキセイ〔～する〕　自分で自分の行いを制限し、他に迷惑をかけないようにすること。中主動限制；自我限制；自律；自我要求。E self-imposed control.

☆ 小売店が安売りを自主規制したので、テレビの価格が安定した/零售商店主動限制，賤價出售，所以電視的價格穩定。

☆ 製品の輸出を自主規制する/主動限制產品出口。

じしゅく【自粛】ジシュク〔～する〕　自分から進んで行いや態度を控えめにしたり、やめたりすること。中自己克制；自律；自我約束。E restrain oneself; refrain from.

☆ 血圧が高いので、酒を自粛している/因為血壓高，所以克制自己不喝酒。

☆ はでな広告の自粛を促す/推動誇大不實廣告的自律。

☆ 深夜の自粛/深夜的自我克制。

ししゅつ【支出】シシュツ〔～する〕　ある目的のために金を使うこと。また、その金。中支出。E expenditure; expenses; pay.

☆ 今月は支出が多く、お金がたりなくなった/這個月開銷大，錢不夠用了。

☆ 本代は教育費から支出する/書本費從教育費中支出。

☆ 収入と支出のバランス/收支平衡。

対収入

ししゅんき【思春期】シシュンキ　13、4歳ごろから18、9歳ぐらいにかけて、男性が女性に、女性が男性に対して関心を強く持つようになる時期。中青春期；思春期。E adolescence; puberty.

☆ 思春期には初恋に悩む若者が多い/在思春期，因初戀而煩惱的年輕人很多。

☆ 思春期の反抗/叛逆（青春）期。

じしょ【辞書】ジショ　ことばを決まった順序に並べ、意味や読み方などを説明したもの。中辭典；字典。E a dictionary.

☆ 新聞の中のことばの意味がわからなかったので、辞書を引いて調べた/不懂報紙上詞彙的意思，所以查字典。

☆ この辞書には英語と中国語の訳がついている/這本字典附有中英文翻譯。

数1冊

参「辞典」「字引」も似ているが、「辞典」は「辞書」よりかたい感じがあり、「字引」は「辞書」「辞典」よりくだけた言い方。また、「字引」「辞書」が単独で使うのに対して、「辞典」は「漢和辞典」「和英辞典」などのように他のことばの後につけて使うことが多い。

しじょう【市場】シジョー、シジョー　特定の商品や株式が売り買いされる場所。また、その範囲。中市場；銷售範圍。E a market.

☆ きょうの株式の市場の動きは活発だった/

今天股市交易熱絡。

☆ 農家が野菜を市場に出す/農民供應市場蔬菜。

☆ 市場価格/市場價格。

☆ 卸売市場/批發市場。

じじょう【事情】ジジョー　ものごとの状態、細かい内容。また、そうなった理由、わけ。中 情形；情況；緣故。E circumstances; reasons; the situation.

☆ 先生は生徒ひとりひとりの家庭の事情をよくつかんでいる/老師詳細地掌握每個學生的家庭情況。

☆ 国内事情/國内情況。

☆ 住宅事情/住宅情況。

じしょく【辞職】ジショク〔〜する〕　役目や職を自分からやめること。中 辭職。E resign (one's office or post) ; resignation.

☆ 部下の失敗の責任を取って辞職する/因部下的失敗而引咎辭職。

☆ 辞職を願い出る/提出辭呈。

しじん【詩人】シジン　詩をつくる人。中 詩人。E a poet.

☆ あの詩人の詩には自然をうたったものが多い/那詩人的詩中歌頌大自然的詩句很多。

☆ 詩人の心/詩人的心。

じしん【自身】ジシン　❶ 自分そのもの。中 自己；自身；本人。E (one's) self; oneself.

☆ これは他人の問題ではなく、自身の問題だ/這不是別人的問題，而是自己的問題。

❷ (他のことばの後について)その人やものを強める言い方。中 本身。E one's own; the thing itself.

☆ きみ自身の意見を聞かせてほしい/希望聽聽你本人的意見。

☆ わたし自身/I, myself./我自己；我個人。

じしん【自信】ジシン　自分の力を信じること。中 自信；信心；把握。E confidence.

☆ もっと勉強して、自信をつけてから試験を受けようと思う/我想再繼續學習，有把握後，再參加考試。

☆ 自信を失う/喪失信心。

☆ 自信過剰/overconfidence./過於自信。

じしん【地震】ジシン　大地が揺れ動く自然現象。中 地震。E an earthquake.

☆ 地震で家が大きく揺れた/由於地震，房子晃動得很厲害。

☆ 日本は火山が多いので地震がよく起こる/日本火山很多，所以經常發生地震。

☆ 地震対策/防震對策。

しずか【静か】シズカ　❶ 音や声がしないようす。中 安靜。E quiet; silent.

☆ 夜の街は人通りも少なく静かだ/夜晚街道上行人少，十分安靜。

☆ 子供が寝ているので、静かにしてください/孩子正在睡覺，請安靜點。

❷ 動きが少ないようす。中 平靜；寧靜。E calm.

☆ 波のない静かな海/風平浪靜的大海。

❸ 性格がおとなしいようす。中 文靜；老實。E soft; gentle.

☆ 彼はいつも静かにほほえんで人の話を聞く/他總是寧靜地微笑著聽別人的談話。

☆ 静かな子/文静的孩子。

しずく【滴】シズク　上から落ちてくる水などの粒。中 水滴。E a drop.

☆ 雨のしずくが窓ガラスをぬらす/雨滴打濕了玻璃窗。

☆ 水道の蛇口からしずくがたれている/水龍頭滴著水。

☆ 涙のしずく/淚珠。

数 1滴

しずけさ【静けさ】シズケサ、シズケサ　静かなこと。また、そのような状態。中 靜；沉靜；寂靜。E stillness; silence; tranquility.

☆ 真夜中の静けさを破って、1台の車が近づいてきた/一輛車開過來，打破了深夜的寂靜。

☆ 客が帰って、部屋はもとの静けさにもどった/客人走了，房間恢復了原有的寂靜。

参「静かさ」も似ているが、「静かさ」がおもに静かな程度を表すのに対して、「静けさ」はおもにその状態を表し、文学的な表現。

システム (system) システム　組織。制度。方式。中 組織；結構；系統。E a system.
☆ 会社のシステムが複雑でわかりにくい/公司的組織很複雜不容易弄清楚。
☆ オンラインシステム/連線系統。
☆ 交通システム/交通系統。

しずま・る【静まる・鎮まる】シズマル〔自動五〕(しずまって) ❶ 物音がなくなり、静かになる。また、落ちつく。中 安靜下來。E become quiet; become composed.
☆ 会場が静まるのを待って、講師が話しはじめた/等會場安靜下來，講師開始講話了。
☆ 気が静まる/情緒平靜下來。
対 荒れる
❷ 勢いが衰え、穏やかになる。中 平靜下來；平息；減弱。E subside; be put down.
☆ 薬を飲んだら痛みがすこしずつしずまってきた/吃藥後疼痛慢慢地減輕了。
☆ 暴動がしずまった/暴動平息下來了。
▷ 他動 静める・鎮める
注 漢字で書くときは、❶は「静まる」、❷は「鎮まる」。

しず・む【沈む】シズム〔自動五〕(しずんで)
❶ 人やものが水面から下のほうへ行く。また、水の底につく。中 下沈；沈沒。E sink.
☆ 大波を受けて船が沈んだ/船被巨浪吞噬。
☆ 古い靴が川の底に沈んでいる/舊鞋沈入河底。
対 浮く、浮かぶ
❷ 太陽や月などが地平線や水平線の下に隠れる。中（太陽、月亮）降落；沈下。E set; go down.
☆ 夕日が山の向こうに沈む/夕陽西下。
対 昇る
❸ よくない状態に落ちこんで、元気がなくなる。中 沈淪；陷入。E be downcast; feel depressed.
☆ 悲しみに沈む/沈浸在悲痛中；悲傷。
☆ 気が沈む/心情鬱悶。
対 浮かれる
▷ 他動 沈める

しせい【姿勢】シセイ ❶ なにかをするときの体の形。中 姿勢。E (a) posture; a position.
☆ 腰を曲げた姿勢で掃除をする/彎著腰打掃。
☆ まっすぐな姿勢で歩く/以筆挺的姿勢行走。
☆ 正しい姿勢で本を読まないと目が悪くなる/讀書姿勢不正確的話，眼睛會變壞。
❷ 心の持ち方。中 態度；姿態。E an attitude.
☆ 提案に賛成か反対かの姿勢を明確にする/對於提案是贊成還是反對，態度要明確。
☆ 姿勢を正す/correct one's attitude./糾正態度。
☆ 消極的な姿勢/消極的態度。

しせつ【施設】シセツ、シセツ　ある目的のために使われる建物や設備。中 設施。E facilities; an institution.
☆ この住宅団地は、病院、学校、公園など、施設がととのっている/這社區的設備完善，擁有醫院、學校、公園等設施。
☆ 公共施設/公共設施。
☆ 娯楽施設/娛樂設施。
☆ 福祉施設/福利設施。

しせん【視線】シセン　ものを見るときの目の方向。中 視線。E one's eyes; one's gaze.
☆ 反対意見を述べると、全員の視線がわたしに集まった/一說反對意見，大家的視線就都集中到我身上。
☆ 視線が合う/四目相對。
☆ 鋭い視線/銳利的視線；銳利的目光。

しぜん【自然】シゼン ❶ 山、川、海、森など、人間の手を加えていない地球上のもの。中 自然；大自然界。E nature.
☆ 休日には山や湖に出かけて自然と親しむ/休假時到山上和湖邊的地方去親近大自然。
☆ 自然観察/野外觀察。

☆ 自然保護/環境保護；對自然環境的保護。

対 人工

❷ (副詞的に)手を加えていないようす。ひとりでに。中 自然；自然而然。E naturally.

☆ 話は自然、むかしの思い出に移っていった/自然而然地，話題轉變到昔日的回憶裡。

☆ 母はよく人の世話をするので、自然といろいろな人が集まってくる/媽媽經常幫助別人，因此交遊自然廣闊。

❸ 無理がないようす。中 自然。E natural.

☆ 愛し合っている２人が一緒に暮らすのは自然だ/相愛的兩個人在一起生活是自然的。

☆ 自然なふるまい/舉止自然。

対 不自然

しぜんかがく【自然科学】シゼンカガク 科学の一分野。自然のいろいろのことを研究する。数学、化学、生物学、天文学など。中 自然科學。E natural science.

☆ 高校時代に自然科学に興味を持ちはじめ、のちに物理学者になった/高中時代開始對自然科學產生興趣，後來成了物理學者。

関連 人文科学、社会科学

しぜんに【自然に】シゼンニ 特別になにもしなくても。中 自然；自然而然地。E naturally; automatically.

☆ 安くて味のいい店には、自然に客が集まってくる/這家餐廳價廉物美客人自然而然地峰擁而至。

☆ 早く寝たので、目覚まし時計が鳴る前に自然に目が覚めた/因為很早就睡了，所以在鬧鐘響前就自然地醒了。

しそう【思想】シソー 人生や社会などに対する考え。人の生き方や行動の方向を決める考え。中 思想。E thought; an idea.

☆ 人間はだれでも平等だという思想をたいせつにする/珍視人人平等的思想。

☆ 民主主義の思想/民主主義的思想。

☆ 思想の自由/思想的自由。

☆ 思想家/思想家。

じぞく【持続】ジゾク〔～する〕 同じ状態がずっと続くこと。また、続けること。中 持續。E continue; last.

☆ 時速200キロのスピードを持続する/持續二百公里的時速。

☆ 協力関係が持続する/持續合作關係。

☆ 持続時間/持續時間。

した【下】シタ ❶ ある所から見て低いほう。中 下面；底下。E below; under.

☆ 富士山に登ると、雲が下に見える/登臨富士山，浮雲腳下擁。

☆ 机の下/桌下。

対 上

❷ ものの内側の部分。中 裡邊；裡頭。E under.

☆ 洋服の下にシャツを着る/在西裝裡穿襯衫。

対 上

❸ 地位や能力や年齢などが低いこと。中 低下；下級；低；小。E lower; younger.

☆ あの部長は仕事がよくできるので、下の者から尊敬されている/那位經理工作出色，受到部屬尊敬。

☆ ２つ下の妹/小兩歲的妹妹。

対 上

❹ (他のことばの頭について)前から用意すること。中 預備；事先準備。

☆ 下準備/preparations./預先準備。

☆ 下調べ/預先調查；事前查考。(→ 項目)

下にも置かない たいへん気をつかってもてなす。中 特別款待；熱情招待。E (receive a) hearty (welcome).

☆ 久しぶりにふるさとへ帰り、下にも置かないもてなしを受けた/回到久別的故鄉，受到熱情款待。

した【舌】シタ 口の中にあって、食べ物を食べやすく動かしたり味を感じたりする器官。また、人間のばあいでは、ことばを発音するときにも使う。中 舌；舌頭。E a tongue.

☆ 犬が舌でわたしの顔をなめた／小狗用舌頭舔我的臉。

☆ とても辛くて、舌がひりひりする／辣得舌頭發麻。

☆ 二枚舌／說話前後矛盾；撒謊。(→項目)

数 1枚

舌が肥える 味のよさがよくわかる。中 口味挑剔；講究吃喝。E have a fastidious taste.

☆ 舌がこえている客が多いので、材料をよく選んで料理する／店裡老饕常客多，所以要精選材料做菜。

似た表現 口が肥える

舌の根の乾かぬうち あることを言ったすぐ後に。中 言猶在耳。E while the words were still on one's tongue.

☆ さっき、酒はもう飲まないと言ったのに、その舌の根の乾かぬうちに、また酒を飲んでいる／剛才還說再也不喝酒了，但又喝起來了。

舌を巻く ひどく感心し、驚く。中 咋舌；讚嘆不已。E be speechless with admiration.

☆ 10歳の京子が中国語の詩をすらすら朗読するのには舌を巻いてしまった／十歲的京子能流利地朗誦中文詩，令人咋舌不已。

したい【死体】シタイ 人間や動物の死んだ体。中 屍體；屍首。E a corpse; a carcass.

☆ 事故で死んだ馬の死体を解剖する／解剖死於事故的馬屍體。

☆ 小犬の死体を土に埋めた／把小狗的屍體埋入土裡。

数 1体 →亡きがら

しだい【次第】シダイ ❶ ものごとの順序。中 次序；順序。E order; a program.

☆ 式次第について話し合う／商談關於典禮的程序。

❷ そうなった事情。わけ。中 情況；情形；緣由。E circumstances.

☆ ことの次第については、つぎの機会にくわしく話します／有關這事，下次再詳談吧。

☆ ことと次第によっては、日曜日に出勤してもらうかもしれない／看情況，可能星期天也要上班。

❸ (名詞の後について)それによって決まること。中 由～決定；全憑。

☆ 行くか行かないかは天気次第だ／Whether we go or not depends on the weather.／去不去由天氣決定。

☆ 新しいワープロを買うかどうかは性能と金額次第だ／買不買新的文書處理機要看性能和價錢來決定。

❹ (動詞の「ます」形について)そのことが終わったら、すぐに。中 一～就立即。

☆ 家に着き次第、電話をください／Please call me as soon as you get home.／回到家後，請你馬上給我打電話。

じたい【事態】ジタイ ものごとの状態。中 事態；局勢。E the situation; the state of affairs.

☆ 戦争という最悪の事態を迎えた／面臨了戰爭這個最惡劣的局勢。

☆ 緊急事態／緊急狀況。

☆ 非常事態／緊急狀況。

参 悪いこと、好ましくないことについていうことが多い。

じたい【辞退】ジタイ、ジタイ〔～する〕 人からすすめられたことを断ること。中 辭退；謝絕。E decline; refuse.

☆ 会長になってほしいと頼まれたが辞退した／雖然大家屬意我當會長，但我還是謝絕了。

☆ 賞を辞退する／婉拒獎賞。

じだい【時代】ジダイ ある基準で区切られた年月。中 時代。E the times; a period; an era; days.

☆ 日本は、いまものがあふれているが、こんな時代がこれからも長く続くのだろうか／日本現在物產富裕，但是這樣的時代能一直持續下去嗎？

☆ 時代後れ／落後於時代；落伍。

☆ 江戸時代/江戶時代。

☆ 学生時代/學生時代。

しだいに【次第に】シダイニ　すこしずつ。だんだん。中 逐漸；漸漸。E gradually.

☆ 事故の話を聞いているうちに、顔色がしだいに変わってきた/聽著關於事故的談話，臉色漸漸地變了。

☆ 朝のうちは涼しいが、午前10時ごろからしだいに暑くなってくる/早晨很涼，但上午十點以後逐漸地熱起來了。

した・う【慕う】シタウ、シタウ〔他動五〕(したって)　❶ 一緒にいたくて後を追う。中 追隨；跟隨。E follow a person to.

☆ 外国へ行った恋人をしたって、後から追いかける/情人出國，我亦追隨而去。

❷ 忘れることができなくて、なつかしく思う。中 懷念；思慕；想念。E yearn for; miss.

☆ なくなった母をしたって、その手紙を読み返す/懷念去世的母親，把信反覆看了幾遍。

☆ ふるさとをしたう/懷念家鄉。

❸ 人の学問や人柄にひかれる。中 敬慕；敬仰；景仰。E be attracted by; adore.

☆ わたしは自由な学風をしたってこの学校に入学した/我仰慕自由的學風，所以進了這所學校。

☆ 学生にしたわれている教授/受學生敬仰的教授。

したうけ【下請け】シタウケ　ある会社や人の仕事を、別の会社や人が協力して引き受けること。また、後から引き受けた会社や人。中 承包；轉承攬。E a subcontract.

☆ 家は建築会社がつくるが、水道や電気の工事は下請けの会社がする/建築公司建房屋，但是水電工程則轉包給別的公司來做。

したが・う【従う】シタガウ、シタガウ〔自動五〕(したがって)　❶ 後についていく。中 跟隨。E follow; accompany.

☆ 案内人にしたがって古い城を見て歩く/跟隨導遊參觀古堡。

❷ 人の言うとおりにする。中 按照；順從；聽從。E follow; obey.

☆ 先輩の意見にしたがって新聞記者になった/聽學長的意見，當上新聞記者。

対 背く、逆らう

❸ 規則、命令などを守り、そのとおりにする。中 遵從；服從。E observe; abide by.

☆ 校則にしたがわず罰を受ける/不遵守校規，受到處罰。

対 背く、逆らう

▷ 他動 従える

〜にしたがって　〜とともに。〜につれて。中 隨著〜；伴隨〜。E as; in proportion to.

☆ 登るにしたがって、山道はけわしくなった/山路越走越險。

したがき【下書き】シタガキ〔〜する〕　文章や絵などを完全にかく前に試しや練習としてかいてみること。また、そのもの。中 打草稿；起草；底稿。E a rough copy; a draft.

☆ 下書きを先生に見せて、直してもらってから清書する/把底稿讓老師看過，修改以後再正式抄寫。

対 清書

したがって　シタガッテ、シタガッテ　(文と文をつないで)前にいったことが条件や理由になって、後でいうことが当然起こるときに使うことば。中 從而；因而；因此。E consequently; therefore.

☆ この国は軍事費に予算が多く使われる。したがって福祉や教育関係の予算が少なくなる/這個國家預算大多用於軍備，因而福利和教育方面相對地減少。

参「だから」も似ているが、「したがって」のほうがかたいことば。論理的な文章や表現に使う。

したぎ【下着】シタギ　シャツやパンツなど、衣服の下に着るもの。多く、肌の上に直接着

る。中 貼身衣服；內衣；襯衣。E underwear.

☆ 運動して汗をかいたので下着を取りかえる／運動出了汗，所以要更換內衣。

☆ 寒いから下着をたくさん着よう／天冷，多穿點貼身衣物吧！

対 上着　数 1枚

したく 【支度】シタク〔～する〕 前もって必要なものをそろえておいたり、必要なことをしておいたりすること。中 準備；預備。E preparations; arrangements.

☆ 夕食の支度をする／準備晚飯。

☆ 旅の支度／旅行準備。

☆ 支度金／預備金；準備金。

じたく 【自宅】ジタク 自分の家。中 自己的家；我家。E one's home.

☆ 郊外の自宅から、1時間半かけて会社に通う／從我在郊外的家到公司要花一個半小時。

☆ 客を自宅に招く／在家招待客人。

したごしらえ 【下ごしらえ】シタゴシラエ〔～する〕 なにかをつくるとき、前もって簡単に準備しておくこと。また、その準備。中 預備；大致的準備。E preparations.

☆ 外出前に、夕食の料理の下ごしらえをしておく／外出之前，預先將晚餐大致準備好。

したし・い 【親しい】シタシイ よく知っていて仲がよく、つきあいが深い。中 親密；親近；不生疏。E friendly; close.

☆ 京子とは子供のころから親しくしている／和京子從小就很親密。

☆ 親しい友達を招待してパーティーをする／邀請親朋好友聚會。

対 疎い

したし・む 【親しむ】シタシム〔自動五〕(したしんで) ❶ 親しくする。中 親近；親密；接近。E make friends with.

☆ 気心の知れた友と親しむ／親近知心的朋友。

❷ いつも接していて、身近に感じる。中 喜愛；愛好。E get close; enjoy.

☆ 土に親しんで野菜や草花を育てるのは楽しい／種植蔬菜花草是親近土地的一大樂趣。

☆ 読書に親しむ／喜愛讀書；好讀書。

▷ 名 親しみ

したしらべ 【下調べ】シタシラベ、シタシラベ〔～する〕 なにかをする前に、そのことについて調べておくこと。中 預先調查；事前查考；課前準備。E a preliminary inquiry; preparation.

☆ 旅行に行く前に現地の事情を下調べしておく／旅行之前，預先調查當地的情況。

☆ 授業の下調べ／課前準備。

したたか シタタカ、シタタカ ❶ 手ごわく、簡単には扱えないようす。中 難對付；不好惹。E tough; difficult to deal with.

☆ 警官にこれだけ厳しく取り調べられても本当のことを言わない容疑者は、なかなかしたたかだ／那個嫌犯很難對付，被警察嚴厲審訊，仍不吐露實情。

❷ 程度がひどいようす。中 強烈；厲害。E dead; hard.

☆ 今夜はたくさん酒を飲んで、したたか酔ってしまった／今晚喝了很多酒，醉得很厲害。

☆ 自転車で転んで、したたかにひざを打った／騎腳踏車摔倒，膝蓋被狠狠碰了一下。

したづつみをうつ 【舌鼓を打つ】 おいしいものを食べて舌を鳴らす。中 舔著舌頭吃美食貌。E smack one's lips; eat with relish.

☆ とれたばかりの魚の料理にしたづつみを打つ／現撈的魚吃起來津津有味，唇齒留香。

二 参「したつづみを打つ」が変化した言い方。

したづみ 【下積み】シタズミ ❶ 他のものの下に積むこと。また、積まれること。中 裝在底下；壓在下面。E be at the bottom of the heap.

☆ この箱は下積みになっていたので、ふたが曲がっている／這個箱子壓在下面，所以箱蓋被壓扁了。

☆ 下積み厳禁／嚴禁壓底；嚴禁壓壞。

対 上積み

❷ 社会や組織の中で、自分の能力が認められず、責任ある地位や仕事につけないこと。また、その人。中 供人驅使；受人壓迫；居於人下(的人)。E be in a lower position; remain in obscurity.

☆ 二郎はいつまでも続く下積みの生活がいやになって会社をやめた / 二郎厭倦了這種總是看人臉色的生活，便辭去了公司的工作。

☆ あの歌手は下積みの時代が長かった/那位歌手屈居人下的時間相當長。

したて【下手】シタテ　自分が相手より下だという謙遜した態度。したで。中 採取謙遜態度。E have a humble attitude.

☆ 相手を怒らせないようにしたてに出る/為了不使對方生氣，而採取低姿態。

対 上手

注「へた」「しもて」とも読めるので、区別するためには、ひらがなで書くほうがいい。

したて【仕立て】シタテ　特別につくったり、用意したりすること。また、そのもの。中 縫紉；製作；特製。E tailor; sew; a special ～.

☆ 式に着る服を洋服屋に仕立てに出す/到西服店定做正式禮服。

☆ 今度の旅行は特別仕立てのバスで行きます / 這次旅行坐專車去。

他動 仕立てる

じたばた　ジタバタ〔～する〕 ❶ 手足を大きく動かして抵抗するようす。中 手忙腳亂；著急；慌張。

☆ 体を押さえつけられ、じたばたする / be pressed down and struggle. / 被人壓在地上，拚命掙扎。

❷ 困難な状態を変えようとして、あわて騒ぐようす。中 著急；著慌；慌張。

☆ あしたの試験にいまさらじたばたしても、どうにもならない / It's no use struggling now for tomorrow's exam. /明天就要考試，你現在著急也沒有用啊。

▷ 話

したまち【下町】シタマチ　大都市の中で、土地の低いほうにあって、商業や工業によって生活している人が多く住む地域。中 老街。E *Shitamachi*; the old districts.

☆ 下町には、祖父の代から住んでいる人が多い / 老街的居民，大都是從祖父輩開始居住的。

☆ 一郎は下町生まれだ / 一郎出生在老街區。

対 山の手

したまわ・る【下回る】シタマワル、シタマワル〔他動五〕(したまわって)　ものごとが、ある数や量や程度より少なくなる。中 不夠～；低於～；在～以下。E be less than; be lower than.

☆ 今年の米の収穫量は、昨年を下まわりそうだ / 今年稻米的收成好像要比去年少。

☆ 平均点を下まわる / 低於平均分數。

対 上回る

じだんだをふむ【じだんだを踏む】　悔しくて、激しく足を踏み鳴らす。中 頓足悔恨；懊惱。E stamp one's feet in vexation.

☆ 大きな魚を釣り上げる直前に糸が切れて、兄はじだんだを踏んで悔しがった/眼看就要釣上一條大魚，釣絲卻斷了，哥哥頓足懊惱。

しち【七】シチ　❶ 6に1を加えた数。なな。7。7つ。中 七；七個。E seven.

☆ 俳句は5、7、5の17音の短い詩だ/俳句是由五、七、五三句共十七個音節組成的短詩。

☆ 七五三/(日本)男孩三歲、五歲，女孩三歲、七歲時，固定在十一月十五日舉行祝賀儀式；"七五三"。(→項目)

❷ 順番が6のつぎ。7番目。第7。中 第七。E the seventh.

☆ 7月号 / 七月號。

☆ 7時 / 七點。

☆ 7人目 / 第七個人。

しち【質】シチ　金を借りるとき、返せないばあいの代わりになるものとして相手に品物を預けること。また、その品物。[中] 抵押品；典當的東西。[E] pawn.

☆ 腕時計を質に入れて金を借りた/當手錶借錢。

☆ 質屋 / a pawnshop. / 當舗。

☆ 人質 / 人質。(→[項目])

じち【自治】ジチ 自分たちのことを自分たちで決めて、組織やグループを動かしていくこと。[中] 自治；地方自治。[E] self-government; autonomy.

☆ 国は大学の自治を尊重して口を出さない/國家尊重大學自治，不予干涉。

☆ 自治会 / 自治會。

☆ 地方自治体 / 地方自治團體。

しちがつ【七月】シチガツ、シチガツ 1年の7番目の月。7月。[中] 7月。[E] July.

☆ 日本では、7月の末から学校の夏休みが始まる / 在日本，七月底學校開始放暑假。

しちごさん【七五三】シチゴサン、シチゴサン 子供の成長を祝う行事。数え年で男の子は3歳と5歳、女の子は3歳と7歳の11月15日に祝う。晴れ着を着て、神社などにおまいりする。

〔七五三〕

[中] (男孩當三歲、五歲，女孩當三歲、七歲時) 在十一月十五日舉行的祝賀儀式，「七五三」。[E] the celebration on November 15 of a child's growth at three, five and seven years of age.

☆ 5歳の子供の七五三を祝う / 慶祝五歲孩子的「七五三」儀式。

☆ 七五三に子供に着せる、新しい着物を用意する / 準備「七五三」儀式給孩子穿的新和服。

じちょう【自重】ジチョー〔～する〕 ❶ 自分の言うこと、行うことを控えめにすること。[中] 自重；自愛；謹慎。[E] be prudent; be cautious.

☆ 外部からいろいろと批判を受けないように、自重して行動する / 為了避免外界各種批評，要謹慎從事。

❷ 自分の体をたいせつにすること。[中] 保重；珍重身體。[E] take care of oneself.

☆ 体の調子がよくないので、自重して酒を控えます / 身體不太好，所以節制飲酒保重身體。

しつ【質】シツ ❶ すぐれているか、そうでないかという点からみた、そのものが持っている、もともとの性質。[中] 品質；內容；實質。[E] quality.

☆ これは質がいい品物だから、値段が高い/這是優質商品，所以價格貴。

☆ この店の商品は、最近、質が落ちた / 這家商店的商品最近品質差了。

☆ 質より量をとる / 量重於質。

☆ 質の高い講義 / 內容充實的講義。

[対] 量

❷ (他のことばの後について) そのものをつくっている物質、性質などを表す。[中] …質；成分。

☆ 動物質 / animal matter. / 動物質。

☆ 蛋白質 / 蛋白質。(→[項目])

-しつ【-室】 (他のことばについて) ❶ それをする部屋。[中] ～室。

☆ 図書室 / a library. / 圖書室。

☆ 待合室 / 候車室；候診室；候機室。(→[項目])

☆ 診察室 / a consultation room. / 診療室。

❷ 組織の中で、ある仕事をする部門。[中] …處；…部。

☆ お客さま相談室 / 顧客諮詢處。

☆ 調査室/ an investigation department. /調查室。

じつ【実】ジツ ❶ 本当であること。本当の中身、内容。[中] 真實；實際。[E] the truth; substance.

☆ 実を言うと、この指輪は本物のダイヤではありません / 說實話，這只戒指不是真鑽。

☆ 名を捨てて実を取る / 務實不務名；捨名取實。(→名[慣用])

☆ 実の娘 / 親生女兒。

❷ いい結果。実際の成績。中 好成績；成就。E a satisfactory result.

☆ 研修の実をあげる / 進修的成績優良。

❸ 心がこもっていること。中 真誠；誠意。E sincerity.

☆ 実のない人とは結婚したくない / 不想和不真誠的人結婚。

しっかく【失格】シッカク〔～する〕 なにかの資格を失うこと。中 喪失資格。E be disqualified.

☆ 彼はあまりにも常識に欠けているから、社会人として失格だ / 他也太缺乏常識了，不配做社會人。

☆ 失格者 / 失去資格的人。

しっかり シッカリ〔～する〕 ❶ かたく、丈夫で、動かないようす。中 牢牢地；穩固；結實。E fast; tightly.

☆ 揺れますから、しっかり(と)つり革におつかまりください / 因為搖晃，請牢牢地抓住(電車上)的吊環。

☆ ひもをしっかり(と)結ぶ / 緊緊繫上繩子。

❷ 強い精神力で、じゅうぶんにするようす。中 堅強；好好地。E surely.

☆ 説明をしっかり(と)聞いて、1度で覚える / 好好地聽解釋，一次就記住。

☆ 気をしっかり(と)持つ / 好好地振作起來。

❸ 確実で信頼できるようす。中 可靠；踏實。E reliable; sound.

☆ しっかりした子で、頼んだことは必ずやってくれる / 他是個踏實的孩子，拜託他的事情他一定做到。

☆ しっかりした判断 / 可靠的判斷。

じっかん【実感】ジッカン〔～する〕 実際にそのように感じること。中 實感；真實感覺。E really feel; feelings.

☆ 父親になったという実感が、1晩寝てやっとわいてきた / 一覺睡醒，才深深地自覺自己已成為父親了。

☆ 実感がこもったスピーチ / 真情流露的演講。

しっき【漆器】シッキ うるしの木から出る汁をぬった食器などの道具。日本の伝統的な工芸の1つ。中 漆器。E lacquer ware.

☆ 漆器は傷がつきやすいから丁寧に取り扱うこと / 漆器容易損傷，要非常小心使用。

☆ 漆器の重箱に、正月料理をつめる / 在漆器的多層方木盒中裝入年菜。

☆ 漆器のわん / 漆碗。

しっきゃく【失脚】シッキャク〔～する〕 失敗して地位を失うこと。中 喪失地位；下台；垮台。E lose one's position; a downfall.

☆ 前首相はクーデターで失脚した / 前首相因非法政變下台。

☆ 社長の失脚 / 老闆下台。

しつぎょう【失業】シツギョー〔～する〕 それまで働いていた仕事を失うこと。また、働きたくても仕事がないこと。中 失業。E lose one's job; unemployment.

☆ 勤めていた会社が倒産して失業した / 上班的公司倒閉，所以失業了。

☆ 失業者 / 失業者。

対 就業

じっくり ジックリ 満足できる結果になるように、時間をかけて落ちついてするようす。中 仔細地；不慌不忙；踏踏實實。E thoroughly; without haste.

☆ たがいに納得できるまでじっくり(と)話し合う / 慢慢地商量直到能互相理解。

☆ じっくり(と)考える / 仔細思考。

しつけ シツケ 家庭生活や人とつきあううえでの礼儀、作法。また、それを身につけさせること。中 教養；管教。E manners; discipline.

☆ 母はしつけにうるさく、食事のときはテレビを見させてくれない / 媽媽管教很嚴，吃飯時不准看電視。

☆ しつけが悪い / 教養差。

他動 しつける

しっけ【湿気】シッケ、シッケ　空気の中にふくまれている水分。しっき。中 濕氣；潮氣。E moisture; humidity; dampness.

☆ 雨が続いて、部屋の中も湿気が多い/雨一直在下，屋裡濕氣也很重。

☆ エアコンをつけて湿気を取り除く/打開空調除濕。

→湿り気

じっけい【実刑】ジッケイ　執行猶予がつかないで、実際にしたがわなければならない刑罰。中 實際服刑。E a prison sentence.

☆ 人を殺した男が懲役15年の実刑の判決を受けた/那個殺人的男子被判十五年的實刑(不得緩刑)。

対 執行猶予

じっけん【実験】ジッケン〔～する〕　頭の中で考えたことが正しいかどうかを実際に確かめてみること。中 實驗。E an experiment; a test.

☆ 教授の考えが正しいことが実験で証明された/經實驗證明了教授的觀點是正確的。

☆ 新薬を実験的に使ってみる/實驗性地試用新藥。

じつげん【実現】ジツゲン〔～する〕　計画や希望などが本当のものになること。また、本当のものにすること。中 實現。E come true; realization.

☆ 子供時代の夢が実現した/實現了兒時的夢想。

☆ 計画の実現を急ぐ/加緊實現計畫。

☆ 実現可能なプラン/有可能實現的計劃。

しつこ・い　シツコイ　❶ いつまでもあきらめずについて来て、うるさく感じられる。しつっこい。中 執拗；糾纏不休。E persistent.

☆ ハエが1匹、追っても追っても、しつこく飛んでくる/一隻蒼蠅趕也趕不走，糾纏不休。

☆ 何度断ってもしつこく同じことを頼みにくる/雖經多次拒絕，卻仍糾纏不休請求處理同一件事。

❷ 色、味、かおりなどが強すぎたり、濃すぎたりする。しつっこい。中 濃；濃厚；油膩。E heavy.

☆ この料理は油をたくさん使っているのでしつこい/這個菜，油用太多很膩胃。

☆ しつこい味/過濃的味道。

じっこう【実行】ジッコー〔～する〕　約束や計画を実際に行うこと。中 實行；執行。E carry out; practice.

☆ あなたの計画はとてもいいから、ぜひ実行してください/你的計畫很好，所以一定要實行。

☆ 計画を実行に移す/把計畫付諸實行。

☆ 実行委員/執行委員。

☆ 実行力/實行能力。

しっこうゆうよ【執行猶予】シッコーユーヨ　ある決まった期間、刑の実行がのばされ、その間に犯罪をおかさなければ、刑が取り消されること。中 緩期執行；緩刑。E a suspended sentence; probation.

☆ 金を盗んだ罪で懲役1年、執行猶予2年の刑を受けた/因竊盜被判一年徒刑，緩刑兩年。

対 実刑

じっさい【実際】ジッサイ　❶ 現実のものであること。事実。中 實際；事實。E the truth; reality.

☆ この仕事は簡単にみえますが、実際はとてもたいへんなのです/這工作看起來簡單，實際上卻很費事。

☆ 実際の体験/實際的體驗。

❷ (副詞的に)本当に。中 真的；的確。E really; actually.

☆ 実際、一郎のやり方には腹が立つ/實在對一郎的做法感到生氣。

☆ 実際、この夏は暑いね/這個夏天真熱啊!

じっし【実施】ジッシ〔～する〕　実際に行うこと。中 實施；實行。E practice; operation.

☆ 新車の試運転を来週実施する/下週進行新

し

車試車。

☆ 実施を見送る／暫緩考慮實施。

☆ 法律の実施／實施法律。

じっしつ【実質】ジッシツ　実際の性質や内容、価値。中 實質；實際。E substance; practically.

☆ 見た目より実質を重んじて、丈夫で燃費のいい車を選ぶ／實質還是比外表重要，所以要挑選又堅固又省油的車。

☆ 実質的に考える／實質性地考慮。

☆ 実質価格／實際價格。

対 名目

しつじつごうけん【質実剛健】シツジツ・ゴーケン　質素でまじめで強くたくましいこと。中 質樸而剛毅。E simple and sturdy.

☆ この高等学校の校風は質実剛健だ／這所高中的校風樸實而剛毅。

☆ 質実剛健の気風／剛健樸實的風氣。

じっしゅう【実習】ジッシュー〔～する〕理論や知識だけを学ぶのではなく、実際に体を使って技術などを学ぶこと。中 實習。E practical training.

☆ 勉強したことを実習するために工場へ行く／到工廠去實習上課學過的東西。

☆ 実習生／實習生。

じつじょう【実状・実情】ジツジョー　❶ 実際に見えるありさま。中 實際情況；實際狀況。E the actual circumstances.

☆ 台風の被害の実状がテレビで報道された／電視報導颱風襲擊受損的實際狀況。

❷ 外部からはわかりにくい本当の事情。中 真情；實情。E the real state of affairs.

☆ 校長は、予算がたりず、生徒が使うボールも買えないという学校の実情を訴えた／校長訴說學校因預算不夠，不能給學生買球的實情。

注 ❶は「実状」、❷は「実情」。

しっしん【湿疹】シッシン　皮膚の表面にできる、はれ、赤みなどの症状。熱やかゆみ、痛みがある。中 濕疹。E eczema.

☆ 腕に湿疹ができて、かゆくてしかたがない／手臂上起了濕疹，癢得不得了。

☆ アレルギー性の湿疹／過敏性濕疹。

じっせき【実績】ジッセキ　仕事や勉強などの成果。また、その積み重ね。中 實際成績；成果。E (actual) results; one's achievements.

☆ 仕事の実績が認められて、課長になった／工作成果得到認同，升任課長。

☆ 実績が上がる／實際成效提高了。

☆ 販売実績／銷售實績。

じっせん【実践】ジッセン〔～する〕　主義や主張、実際に自分で行うこと。中 實踐。E (actual) practice.

☆ 早寝早起きを実践している／實行早睡早起。

☆ 自然食が健康にいいと聞いて、実践してみた／聽說天然食品有益健康，而付諸行動。

対 理論

しっそ【質素】シッソ　衣食住に金をかけず、ぜいたくをしないこと。中 樸素；儉樸。E simple; frugal.

☆ ごはんとみそ汁だけの質素な食事をする／光吃米飯和喝味噌湯的儉樸伙食。

☆ 質素な生活／儉樸的生活。

対 贅沢

じったい【実態】ジッタイ　本当の状態。中 實際狀態；真實情況。E the actual conditions.

☆ 社会の実態に合った制度をつくる／制定符合社會實際情況的制度。

☆ 生活の実態／生活的實際狀況。

☆ 実態調査／實況調查。

しったかぶり【知ったかぶり】シッタカブリ〔～する〕　実際には知らないのに知っているようなようすをすること。中 假裝知道；不懂裝懂。E pretend to know; speak knowingly.

☆ 友達が知ったかぶりをして教えてくれた花の名は、あとで調べたらまちがってい

た/朋友不懂裝懂所告訴我花的名字，後來一查原來是錯的。

じっちゅうはっく【十中八九】ジッチューハック 10のうち8か9まで。ほとんど。じゅっちゅうはっく。中 十之八九；八九不離十。E ten to one.

☆ こんな高いビルから落ちたら、十中八九助からないだろう/如果從這麼高的樓上掉下來，十之八九是沒救了!

しっと【嫉妬】シット、シット〔～する〕

❶ 自分より恵まれている人をうらやみねたむこと。また、その気持ち。中 嫉妒。E be envious.

☆ ピアノの国際コンクールに優勝した友人の才能にしっとする/朋友在國際鋼琴大賽中得第一，他的才能叫人嫉妒。

❷ 自分の愛する人の愛情がほかに向くのをうらみ憎むこと。また、その気持ち。中 嫉妒；吃醋。E be jealous.

☆ 二郎は妻に恋人ができたと思いこみ、しっとに狂った/二郎誤信妻子有了外遇，嫉妒得幾近瘋狂。

☆ しっと深い人/嫉妒心強的人。

しつど【湿度】シツド 空気のしめりの程度。パーセントで表す。中 濕度。E humidity.

☆ つゆどきは雨が多いので、湿度が高くなる/在梅雨季時，雨水多濕度高。

☆ きょうの湿度は60パーセントです/今天的濕度是60%。

じっと ジット ❶〔～する〕体を動かさないようす。中 一動不動；保持穩定。E still; motionless.

☆ 写真をとりますから、しばらくじっとしていてください/要照相了，請暫時不要動。

❷ 静かに、集中しているようす。中 聚精會神；凝神。E intently; deeply.

☆ 相手の顔をじっと見る/目不轉睛地看著對方的臉。

☆ じっと考える/沉思。

❸ がまんするようす。中 忍耐的樣子。E patiently.

☆ 怒りをじっとおさえる/忍住怒氣。

☆ 涙をじっとこらえる/忍住眼淚。

しっとり シットリ〔～する〕 ❶ちょうどよくしめっているようす。中 形容濕氣、水份達到適度的樣子。

☆ 久しぶりの雨で土の表面がしっとり(と)ぬれている/The ground is moist after the long-awaited rain. /久旱逢甘霖，地面因而水份充足。

☆ 顔を洗ったあとでクリームをつけると肌がしっとりする/洗臉後擦點乳液滋潤皮膚。

❷ 静かで落ちついているようす。中 形容十分嫻靜、舉止落落大方的樣子。

☆ 着物姿のしっとりした感じの女性/a gentle-looking woman in a *kimono*. /穿著和服顯得端莊嫻靜的婦女。

しつない【室内】シツナイ 部屋の中。中 室內；屋裡。E indoor; in a room.

☆ 室内の空気を入れかえる/調換室內的空氣。

☆ 室内競技/室內比賽。

☆ 室内楽/chamber music. /室內音樂。

対 室外

じつに【実に】ジツニ 断定や驚きの気持ちを強めるようす。中 實在；確實；的確。E really; very.

☆ 実にいい映画だったから、みんなにすすめよう/實在是一部好電影，所以推薦給大家。

☆ 道子は実に話がうまい/道子的確很會說話。

じつは【実は】ジツワ 本当のことを言うと。打ち明けて言うと。中 說真的；老實說；其實。E in reality; to tell the truth.

☆ 会社をやめたと言っているが、実はやめさせられたのだ/說是辭職，其實是被解僱了。

☆ 実は、折り入ってお願いがあるのですが/老實說，我有件事要拜託您。

しっぱい【失敗】シッパイ〔～する〕 下手

し

だったり、力がたりなかったりして、目的が果たせないこと。中 失敗。E failure; fail.

☆ ロケットの打ち上げは、１回目は失敗に終わったが、２回目には成功した／發射火箭第一次以失敗告終，第二次才得以成功。

☆ 事業に失敗して、たくさんの借金ができた／事業挫敗，債台高築。

対 成功

じっぱひとからげ【十把一からげ】ジッパ・ヒトカラゲ　種類や質の違うものを区別せずに、同じように扱うこと。また、それぞれの特色を認めずにみな同じつまらないものとして扱うこと。じゅっぱひとからげ。中 全都混為一談；全都放在一起。E all together; indiscriminately.

☆ ひとりひとり持っている悩みは違うのだから、じっぱひとからげに解決することはできない／每個人的煩惱都不同，不能全都混為一談來解決。

しつぼう【失望】シツボー〔～する〕　ものごとが思ったとおりにならず、がっかりすること。中 失望。E be disappointed.

☆ 映画は期待はずれで失望した／這部電影沒達到期待，令人失望。

☆ 人生に失望して自殺する／因厭世而自殺。

しつもん【質問】シツモン〔～する〕　わからないこと、知りたいことについて相手に尋ねること。中 詢問；發問；問題。E a question.

☆ わたしの話の中で、わからないことがあったら質問してください／我說的話裡，如果有不明白的地方請提出來。

☆ 質問に答える／回答問題。

対 回答、答え

じつよう【実用】ジツヨー　実際に役に立つこと。実際に使用すること。中 實用。E practical use.

☆ このお皿はきれいだが、大きすぎて実用にならない／這個盤子很漂亮，但太大而不實用。

☆ 実用性／實用性。

☆ 実用品／實用品。

じつりょく【実力】ジツリョク　本当に持っている力。中 實力。E one's (real) ability.

☆ 実力を養う／培養實力。

☆ 実力行使／use of force.／動武；訴諸武力。

☆ 実力者／an influential person.／具有實力的人。

しつれい【失礼】シツレイ〔～する〕　❶ 礼儀を欠くこと。中 失禮；沒禮貌地。E impolite; rude.

☆ 友人はわたしのことを、体は強いが頭は弱いなどと失礼なことを言う／朋友說我四肢發達，頭腦簡單，實在是很不禮貌。

☆ 人の足を踏んでも謝らないとは失礼だ／踩了別人的腳也不道歉，真是沒禮貌。

❷ 人と別れるときや、謝るときや、問いかけるときに言うことば。中 對不起；請原諒；請問；告辭。E I must be going now; Excuse me.

☆ 失礼ですが、どちらにお勤めですか／請問，您在哪高就?

☆ お先に失礼／先告辭了；請原諒，我先走一步。

▷ 話 ❷

じつれい【実例】ジツレイ　実際の例。中 實例；實際事例。E an example; an instance.

☆ 川の水がよごれてきたことは環境悪化を示す実例だ／河水漸漸被污染就是環境惡化的實例。

☆ 実例をあげて説明する／舉出實例說明。

しつれん【失恋】シツレン〔～する〕　相手の心が変わったりして、恋が思いどおりにならないで終わること。中 失戀。E be disappointed in love; a broken heart.

☆ 一郎はとうとう京子に失恋してしまった／一郎最後還是被京子甩掉而失戀了。

☆ 失恋の苦しみを忘れたくて旅に出た／想藉著旅行來忘掉失戀的痛苦。

してい【指定】シテイ〔～する〕　特にこれと決めること。中 指定。E appoint; designate.

☆ あす、指定の場所に指定の時間までに来てください / 明天請按指定時間到指定地點來。

☆ 指定の用紙 / 規定用紙；格式紙。

☆ 指定席 / 指定席位。

してき【私的】シテキ　公の立場を離れて、個人とだけ関係があるようす。中 私人(的)；個人(的)。E private; personal.

☆ 部長は、会社を離れて私的につきあうと楽しい人だ / 與經理私下相處，才知道他是個風趣的人。

☆ 大臣は私的な発言にも注意するべきだ/即使是部長個人發言也應該注意。

対 公的

してき【指摘】シテキ〔～する〕　たいせつなことや問題点などを特に取りあげてさし示すこと。中 指摘；指出。E point out; indicate.

☆ 実際に使ってみて、新製品の使いにくい箇所を指摘する / 試用後，指出新產品的缺失。

☆ 相手のまちがいを指摘する / 指出對方的錯誤。

してん【支店】シテン　本店の下で、本店から分かれて仕事をしている店。中 支店；分店。E a branch (office).

☆ 本店から支店に転勤になる / 從總店調職到分店。

☆ 支店長 / 分店經理。

☆ パリ支店 / 巴黎分店。

対 本店

じてん【字典】ジテン、ジテン　漢字を決まった順序に並べ、意味や読み方などを説明したもの。中 字典。E a dictionary of Chinese characters.

☆ 字典で漢字の意味を調べる / 翻字典查漢字詞義。

数 1冊

じてん【事典】ジテン、ジテン　ものやことに関することばを集めて、決まった順序に並べ、説明したもの。中 百科辭典。E an encyclopedia.

☆ 花や木の名前を植物の事典で調べる/翻閱植物百科全書查花和樹的名字。

☆ 百科事典 / 百科辭典；百科全書。(→項目)

数 1冊

じてん【辞典】ジテン、ジテン　ことばを決まった順序に並べ、意味や読み方などを説明したもの。中 字典；辭典。E a dictionary.

☆ この辞典には用例がくわしく出ている/這本辭典詳細收錄了例句。

☆ 国語辞典 / 國語辭典。

☆ 日中辞典 / 日中辭典；日漢辭典。

数 1冊　→辞書

じてんしゃ【自転車】ジテンシャ、ジテンシャ　その上にまたがり、両足でペダルをたがいちがいに踏んで走らせる二輪車。中 腳踏車。E a bicycle.

☆ 自転車で買い物に行く / 騎腳踏車購物。

☆ 自転車をこぐ / 踩腳踏車。

☆ 自転車置き場 / 腳踏車停放處。

☆ 自転車通学 / 騎腳踏車上學。

数 1台

しどう【指導】シドー〔～する〕　ある目的に向かって教え導くこと。中 指導；教導；領導。E guidance; lead; instruciton.

☆ 先生の指導によって、この作品はできあがった / 在老師的指導下，完成了這部作品。

☆ 下級生を指導する / 指導低年級學生。

☆ スポーツの指導 / 體育運動指導。

☆ 指導力 / 領導力量；領導能力；管理能力。

じどう【自動】ジドー　機械などが自分の力で動くこと。中 自動。E automatic.

☆ このドアは自動だから、手で開けなくてもいい / 這是自動門，不必用手開。

☆ 自動販売機 / 自動販賣機。

☆ 全自動洗濯機 / 全自動洗衣機。

対 手動

じどう【児童】ジドー　子供。特に、小学校に行っている子供。中 兒童。E a child; a pupil.

☆ これは6歳の児童がかいた絵です/這是六歲兒童畫的畫。

☆ 児童文学/兒童文學。

☆ 児童劇/兒童劇。

関連 生徒、学生

参 児童福祉法では、満18歳に満たない男女をいう。

じどうしゃ【自動車】ジドーシャ、ジドーシャ　エンジンの力で、ふつう4つの車輪を回して走る車。中 汽車。E a car; an automobile.

☆ 日本は自動車を世界じゅうに輸出している/日本向全世界出口汽車。

☆ 大型の自動車/大型汽車。

☆ 自動車事故/汽車事故。

数 1台

じどうてき【自動的】ジドーテキ　❶ 人が動かさなくても、ひとりでに動くようす。中 自動(的)；自動地。E (move) automatically.

☆ このストーブは、倒れると自動的に火が消える/這個爐子一倒，火就會自動熄滅。

❷ 自然の動きとしてそういう状態になるようす。中 自動(地)。E as a matter of course.

☆ 60歳になると自動的に会社をやめることになる/一到六十歲就自動辭去公司的職務。

しとしと　シトシト、シトシト　細い雨が静かに降り続くようす。中 淅瀝淅瀝地；靜靜地。

☆ 雨がしとしと(と)降っている/It is drizzling; It is raining softly./雨淅瀝淅瀝地下著。

しとやか　シトヤカ　落ちついていて、上品なようす。中 嫻淑；文靜；端莊。E graceful; modest.

☆ 祖母はしとやかで、大声でどなったことは1度もない/祖母很嫻靜，從不大聲嚷著說話。

☆ むかしはしとやかな女性が好かれたが、いまは活発な女性のほうが人気がある/以前大家都喜歡文靜的女性，現在活潑的女性更受歡迎。

しどろもどろ　シドロモドロ、シドロモドロ　うまく話せないで、論理が乱れているようす。話 中 語無倫次；前言不搭後語；亂七八糟。E faltering; incoherent.

☆ 兄の英語はしどろもどろでよくわからなかった/哥哥的英語說得亂七八糟，根本聽不懂。

☆「は」と「が」の違いを質問したら、若い先生はしどろもどろだった/提到「は」和「が」的區別問題，年輕的老師回答得前言不搭後語。

しな【品】シナ　❶ 品物。中 東西；物品。E an article; goods.

☆ けっこうなお品をいただきましてありがとうございました/謝謝您給我這麼好的東西。

☆ 品切れ/貨物售完；賣光。

☆ 品数/物品的數量；品種；貨色。

❷ もののいい悪いの性質。中 品質。E quality.

☆ この洋服は品がいいので値段が高い/這件衣服品質很好，所以價格高。

☆ 品が落ちる/品質下降。

しない【市内】シナイ　市の区域の中。中 市内。E in the city.

☆ 市内の交通にはバスが便利だ/市內的交通公車很方便。

☆ 市内を案内する/陪同遊覽市內。

☆ 市内見物/市內觀光；市內遊覽。

対 市外

しな・びる　シナビル〔自動一〕　みずみずしさがなくなり、しぼんだり、しわが寄ったりする。中 枯萎；乾癟。E wither; shrivel.

☆ 野菜がしなびる/蔬菜枯萎了。

☆ おばあさんのしなびた手/祖母皺巴巴的手。

しなもの【品物】シナモノ　生活に使われるいろいろなもの。特に、商品。中 東西；物品。

E an article; goods.

☆ いい品物をさがして買う / 尋找好商品購買。

☆ 品物を仕入れる / 採購商品。

☆ 外国製の品物 / 外國產品。

しなやか シナヤカ やわらかくて、曲げても折れたりしないようす。また、動作などがなめらかなようす。中 柔軟；軟和。E limber; pliant.

☆ 若いころはしなやかだった体が、だんだんかたくなってきた / 年輕時柔軟的身體漸漸變得僵硬了。

☆ 竹はしなやかで、弾力性がある / 竹子柔軟富有彈性。

しにぎわ【死に際】シニギワ 死ぬ直前。死ぬとき。中 臨終；臨死。E the hour of death; one's last moments.

☆ 父は死にぎわまで家族のことを心配していた / 父親臨終前還惦記著家人。

しにせ シニセ むかしからずっと続いている店。中 老店舖；老店；老字號。E an old, well-established store.

☆ あの店は100年以上も続いている和菓子のしにせだ / 那家日式點心店是開了一百多年的老字號。

☆ しにせの主人 / 老店的老闆。

☆ しにせの味 / 老店的風味。

数 1軒・1店

しにものぐるい【死に物狂い】シニモノグルイ 死ぬことも恐れないほど一生懸命にすること。中 拚命；拚死；不顧死活。E desperately.

☆ 突然、北京へ転勤を命じられ、死に物狂いで中国語をマスターした / 突然被調職到北京，所以拚命地學習中文。

じにん【辞任】ジニン〔～する〕 それまでしていた仕事や役目を自分からやめること。中 辭職。E resign (one's post).

☆ 委員長を辞任する / 辭去委員長職務。

☆ 辞任のあいさつ / 離職致詞。

対 就任

し・ぬ【死ぬ】シヌ〔自動五〕(しんで)

❶ 息が絶えて命がなくなる。この世から消える。中 死；失去生命；死去；死亡。E die.

☆ 祖父は昨年病気で死んだ / 祖父去年因病故世。

☆ 死んでも(=どんなことがあっても)離さない / 就算死(=不管發生什麼)也不離開。

対 生きる、生まれる

❷ 生き生きしたようすがなくなる。中 無神；呆板；不生動。E be lifeless.

☆ この絵は目が死んでいる / 這幅畫不生動。

❸ うまく使われていない。中 失效；不起作用。E lie unused.

☆ 死んでいる金を上手に使う / 很會運用閒置的資金。

対 生きる

死んだ子の年を数える 取り返しのつかないことで愚痴を言う。中 後悔莫及；覆水難收。E cry over spilt milk.

死んでも死にきれない このまま引き下がるわけにはいかない。中 死也不瞑目。E I shall have to carry my regrets beyond the grave; I shall never give in.

☆ 社内でいちばんだめな男と言われたままでは、死んでも死にきれない / 被說成是公司裡最差勁的男子，令人死也不瞑目。

じぬし【地主】ジヌシ 土地を持っている人。中 地主。E a landowner.

☆ 地主から土地を借りる / 向地主借地。

☆ 大地主 / 大地主。

しのぎをけずる【しのぎを削る】 たがいに激しく戦う。中 激烈地交鋒；爭論。E fight furiously.

☆ 実力が同じぐらいの両チームがしのぎをけずった / 實力差不多的兩隊激烈地交鋒了。

参「しのぎ」は刀の側面にある高くなった線のこと。刀で切り合うときにそれがぶつかってけずられるようであることからいう。

しの・ぐ シノグ〔他動五〕(しのいで)

❶ じっとがまんして困難を切り抜ける。中 忍耐；抵禦；頂住。E stave off; keep off.

☆ 木の実を食べて飢えをしのぐ/吃樹果充飢。

☆ 雨露をしのぐ/遮風避雨。

❷ 他より能力や程度が上だ。中 凌駕；超過。E surpass; exceed.

☆ 80歳の祖父は若者をしのぐ元気がある/八十歲的祖父精神比年輕人還旺盛。

☆ 京子は先生をしのぐほどピアノがうまくなった/京子鋼琴彈得非常好，青出於藍。

しのびこ・む【忍び込む】シノビコム〔自動五〕(しのびこんで) 人に見つからないようにこっそり中へ入る。中 悄悄進入；潛入。E sneak into.

☆ 泥棒は裏口からしのびこんだ/小偷從後門悄悄潛入。

名 忍び込み

しの・ぶ【忍ぶ】シノブ、シノブ〔他動五〕(しのんで) ❶ つらいことをじっとがまんする。中 忍受；容忍；忍耐。E endure; bear.

☆ 恥をしのんで本当のことを話した/忍下羞辱說出實話。

☆ 不自由をしのぶ/忍受不自由。

❷ 人に知られないようにする。中 偷偷地；悄悄地；秘密地；躲避。E hide oneself; secretly.

☆ 木陰にしのぶ/悄悄地躲藏在樹蔭下。

☆ 人目をしのんで旅に出る/偷偷去旅行。

しの・ぶ シノブ、シノブ〔他動五〕(しのんで) 過ぎた時や人、遠い場所などをなつかしく思う。中 回憶；追憶；緬懷。E think of; recall; reminisce.

☆ なき母をしのんで、きょうだいで語り合う/兄弟談心懷念已故母親。

☆ 故郷をしのぶ/懷念故鄉。

しはい【支配】シハイ、シハイ〔～する〕 上に立ち、人やものを自分の思うように動かすこと。中 支配；指使。E manage; rule; be dependent on.

☆ この会社は社長がすべてを支配している/這個公司由老闆支配一切。

☆ 農業は天候に支配されやすい/農業易受天氣影響。

☆ 支配者/統治者。

☆ 支配人/(商店、公司等的)經理。

しばい【芝居】シバイ ❶ 演劇。特に、歌舞伎や大衆演劇。中 戲劇。E a play; the theater.

☆ 芝居の切符を手に入れる/拿到戲(劇)票。

☆ 芝居見物/觀賞戲劇；看戲。

❷〔～する〕人をだまそうとして、したり言ったりすること。中 耍花招；來一手。E put on an act.

☆ あの夫婦は親の前では仲がよさそうに芝居をしている/那對夫妻在父母面前假裝感情很好。

▷ →劇

じはく【自白】ジハク〔～する〕 隠していた自分の罪を認めたり、自分から言ったりすること。中 坦白；自首；招認。E confession.

☆ 自白によると、Aは100万円盗んでいる/根據供認，A偷了一百萬日圓。

☆ 犯行を自白する/坦白罪行。

しばしば シバシバ あまり間を空けず、何度も繰り返すようす。書 中 屢屢；屢次。E often; frequently.

☆ 頼まれたことをしばしば忘れるので、信用されなくなった/屢次忘掉被託付的事，信用掃地。

☆ 小さい地震がしばしば起こる/經常發生小地震。

→時時

しはつ【始発】シハツ ❶ 電車やバスなど

し

が、そこを最初の場所として出発すること。中起點。E the starting (station).

☆ この列車の始発は東京駅だ/這班列車的起點是東京站。

☆ 始発駅から電車に乗るとすわれる/從起站搭乘電車就會有座位。

対終着

❷ 電車やバスなどが、1日のうちでいちばん早く出発すること。また、その乗り物。中頭班(車)。E the first (train, bus).

☆ 始発で行けば、午前中にそちらに着ける/搭乘頭班車去，上午就能到達。

☆ 始発電車/頭班電車。

対終発、最終

しばふ【芝生】シバフ 芝という小さな草が一面に生えている所。中草坪；草地。E grass; a lawn.

☆ 芝生の中に入らないでください/請勿踐踏草坪。

☆ 公園の芝生/公園的草坪。

☆ 芝生の手入れ/整修草坪。

しはら・う【支払う】シハラウ〔他動五〕(しはらって) 買ったものの代金や利用したものの料金を相手に渡す。中支付；付款；交錢。E pay.

☆ 商品の代金を支払う/付貨款；交貨款。

☆ 乗り物の料金を支払う/支付交通費。

名支払い

しばらく シバラク ❶すこしの間があるようす。中暫時；暫且；一陣子。E for a while; for some time.

☆ 社長はいま電話中ですので、しばらくお待ちください/老闆現在電話中，請稍等。

☆ しばらくようすを見てから決めよう/暫且看看情況再決定吧。

❷ すこし長い間があるようす。中半天；許久；好久。E for a long time; for an age.

☆ 二郎にはしばらく会っていないが、どうしているだろう？/好久沒看見二郎，他還好嗎?

☆ しばらくでした。お元気ですか/許久沒見面了，你好嗎?

じばらをきる【自腹を切る】 自分が払う必要のない金を自分で払う。中自己掏腰包。E pay out of one's own pocket.

☆ 会社が出してくれないので、自腹を切って客を接待する/公司不出錢，所以只好自掏腰包招待客人。

しば・る【縛る】シバル〔他動五〕(しばって)

❶ 人やものを、縄やひもなどで、離れないようにしっかり結ぶ。中捆；綁；繫；束。E bind; tie.

☆ 長い髪を後ろでしばる/把長髮繫在腦後。

☆ 強盗に手足をしばられた/被強盜綁住手腳。

対解く

❷ 自由に行動できないようにする。中束縛；限制。E restrict; restrain.

☆ 親でも子供の自由をしばることはできない/即使父母也不能限制孩子的自由。

☆ 規則にしばられて、自由に動けない/被規則束縛，不能自由活動。

しひ【私費】シヒ、シヒ 個人が出す費用。中自費。E one's own expense.

☆ 私費を投じて美術館を建てた/自費興建美術館。

☆ 私費で留学する/自費留學。

対公費

じびか【耳鼻科】ジビカ 医学の一分野。耳や鼻などの病気を専門に扱う。耳鼻咽喉科。中耳鼻喉科。E an ear, nose and throat clinic.

☆ 耳の奥が痛いので、近所の耳鼻科に通っている/耳朵裡面很痛，所以去附近看耳鼻喉科。

じびき【字引】ジビキ 「辞典」「字典」のくだけた言い方。中辭典；字典。E a dictionary.

☆ わからないことばがあったら、すぐに字引を引きなさい/如有不懂的詞彙，請馬上查字典!

☆ 生き字引/活字典；萬事通。(→ [項目])

[数] 1 冊　→辞書

じひびき【地響き】ジヒビキ〔～する〕 重いものが地面に落ちたり動いたりしたときに、地面が大きな音を立てること。[中] 地面震動的響聲。[E] a rumbling of the ground; a thud.

☆ 大型トラックが数台、地響きを立てて通りすぎた/幾台重型卡車開過去時把地震得轟轟響。

しび・れる シビレル〔自動一〕 ❶体全体または一部の感覚がなくなり、身動きがむずかしくなる。[中] 麻木；失去知覺。[E] go to sleep; become numb; be paralyzed.

☆ 長くすわっていると、足がしびれる/坐的時間一長，腿就麻了。

☆ 脳の血管の病気で左半身がしびれている/因腦血管疾病，左半身失去知覺。

❷ 強い刺激に興奮してうっとりする。[中] 因強烈刺激而興奮；陶醉。[E] be caught up.

☆ ロックミュージックにしびれる/陶醉在搖滾樂中。

▷ [名] しびれ　[話] ❷

しぶ・い【渋い】シブイ ❶渋ガキを食べたときの、舌がしびれるような味だ。[中] 澀。[E] bitter; puckery.

☆ 濃くて渋いお茶が好きだ/喜愛又濃又澀的茶。

☆ まだ小さい青いリンゴを取って食べたら渋かった/拿了個還沒熟透的青蘋果吃，很澀。

❷ 地味で落ちついているようすだ。[中] 素雅；雅致。[E] quiet; sober.

☆ 一郎は若いけれど、いつも渋い色のネクタイをしている/一郎很年輕，卻經常打著素色的領帶。

☆ 日本間には渋い色の家具が似合う/日式房間很適合素雅的家具。

❸ けちだ。[中] 吝嗇；小氣。[E] stingy.

☆ あの客はお金に渋くて、代金をなかなか払ってくれない/那位客人視錢如命，從不爽快付錢。

渋い顔 きげんの悪い表情。[中] 板著臉。[E] look sullen.

☆ 父は将棋に負けて渋い顔をしている/爸爸輸了(日本)象棋，就板起臉孔。

しふく【私服】シフク ❶学校や会社、役所などで、決められた制服ではなく、自分で選んで自由に着る衣服。[中] 便服；便衣。[E] plain clothes.

☆ 仕事が終わり、私服に着がえて職場を出る/工作結束後，換上便服離開工作地方。

[対] 制服

❷「私服刑事」を略した言い方。制服を着ないで仕事をしている警官。[中] 便衣警察。[E] a plainclothesman.

☆ 私服が歩道橋の上からデモ隊を見ている/便衣警察從天橋上注視著遊行隊伍。

▷ [数] ❶ 1 枚・1 着

しぶしぶ シブシブ、シブシブ しかたなくするようす。[中] 勉勉強強；不情願。

☆ お母さんにしかられて、しぶしぶ(と)勉強する/ Being scolded by his mother, the child is studying reluctantly. /被媽媽罵了後，很不情願地開始讀書。

しぶと・い シブトイ ❶がまん強くてあきらめず、ねばり強い。[中] 有耐性；頑強。[E] tenaciously.

☆ 何度もだめと言われたがしぶとく頼んで、とうとう車を買ってもらった/說了好幾次都不行，仍有耐性地懇求，終於給我買了輛車。

❷ 最後まで自分の意志を通す。[中] 頑固；倔強。[E] stubborn; obstinate.

☆ 何度しかられても隠れてタバコを吸うしぶといやつ/即使被訓戒多次，仍偷偷吸菸的頑固小子。

▷ [話]

しぶ・る【渋る】シブル〔自他動五〕(しぶっ

て）❶なめらかにものごとが進まない。
中不流暢；青澀。E falter; become slack.

☆ 筆がしぶってなかなか書けない／拿起筆怎麼也寫不出東西。

❷しようという気にならないので、ぐずぐずして、なかなかものごとを進めない。中不痛快；不爽快；不肯。E hesitate to; be reluctant to.

☆ 返事をしぶる／不肯爽快地回答。

☆ 金を出ししぶる／不太願意出錢。

注 ❶は自動詞、❷は他動詞。

じぶん【自分】ジブン　その人自身。わたし。
中自己；本人。E oneself; I.

☆ あなたに言われなくても、自分でよくわかっています／即使你沒說，自己也很明白。

☆ 自分のことは自分でする／自己的事情自己做。

☆ 自分をたいせつにする／愛護自己。

じぶん【時分】ジブン、ジブン　だいたいの時。ころ。中時候；時刻；期間。E time; hour; season.

☆ 子供の時分はよく遊んだ／小時候經常玩。

☆ そろそろ東京に着く時分だ／快到抵達東京的時間了。

☆ いま時分／現在；此時；這時候。

じぶんかって【自分勝手】ジブンカッテ
自分につごうのいいように考えたり、したりすること。中擅自；任意；隨意；任意行動。
E selfish; (have) one's own way.

☆ 団体で旅行しているのだから、自分勝手な行動をしてはいけない／因為是團體旅行，不得擅自行動。

☆ 自分勝手にふるまう／太隨意；為所欲為；恣意妄為。

じへいしょう【自閉症】ジヘイショー　自分以外のものや人に関心を示さなくなる心の病気。中自閉症。E autism.

☆ 息子は軽い自閉症で、ほかの子供とあまり遊びたがらない／兒子患有輕度自閉症，不太願意和其他孩子玩。

しほう【四方】シホー、シホー　❶東西南北の4つの方向。中四方（東西南北）。E the four directions (north, south, east, west).

☆ この家は四方に窓があるので明るい／這房子四面採光，所以很明亮。

☆ この道路は四方に通じている／這條路四通八達。

❷全部の方向。周囲。まわり。中四面八方；周圍；四周。E all directions; all around.

☆ 頂上に立つと、四方が見わたせる／站在山頂，就能遠眺四方。

しほう【司法】シホー、シホー　国家が法律にもとづいて、人々の争いや犯罪を裁くこと。中司法。E judicature.

☆ 司法の独立を守る／維護司法的獨立性。

☆ 司法試験／司法考試。

☆ 司法官／法官。

関連 立法、行政

しぼう【死亡】シボー〔～する〕　人が死ぬこと。中死亡。E die; death.

☆ 交通事故で死亡する若者が増えている／因交通事故死亡的年輕人逐漸增加。

☆ 死亡の原因を調べる／調查死亡原因。

☆ 死亡者／死者。

☆ 死亡率／死亡率。

対 出生、生存

しぼう【志望】シボー〔～する〕　自分がこれからこのようになりたい、したいと望むこと。中志願；希望。E a desire; an ambition.

☆ 卒業後は大学院への進学を志望している／畢業後希望進研究所。

☆ わたしの志望は外交官になることです／我的志願是當外交官。

☆ 志望者／志願者。

しぼう【脂肪】シボー　動物や植物の中にふくまれている脂。中脂肪。E fat.

☆ バターやチーズには脂肪がたくさんふく

まれている / 奶油和乳酪都含有很多脂肪。

☆ 植物性脂肪 / 植物性脂肪。

参 ふつうの温度で固体のものは「脂肪」「脂」、液体のものは「油」という。

しほうはっぽう　【四方八方】シホー・ハッポー　いろいろな方向。あちらこちら。中 四面八方；到處。E in every direction; high and low.

☆ 風が吹いて落ち葉が四方八方に散った / 風吹落葉，隨處飄零。

☆ 家の猫がいなくなったので、四方八方さがした / 家裡的貓不見了，到處尋找。

しぼ・む　シボム、シボム〔自動五〕(しぼんで)　開いていたり、ふくらんでいたりしたものが縮む。中 癟；枯萎；落空。E become deflated; wither.

☆ ゴム風船がしぼむ / 橡皮氣球癟了。

☆ 希望がしぼむ / 希望落空。

☆ 花がしぼむ / 花謝。

対 膨らむ、開く

しぼ・る　【絞る・搾る】シボル〔他動五〕(しぼって)　❶ 両端を持ち、強くねじるなどして水気を取り除く。中 擰；絞。E wring.

☆ タオルを強くしぼる / 使勁擰毛巾。

〔絞る❶〕

❷ 力を加えて液を出させる。中 擠；榨。E squeeze; press.

☆ オレンジをしぼってジュースをつくる / 榨柳橙汁。

❸ 出ないものを無理に出させる。中 拚命～；絞。E strain; rack.

☆ 声をしぼって助けを呼ぶ / 拚命呼救。

☆ 知恵をしぼる / 絞盡腦汁；想盡辦法；大傷腦筋。

❹ ひろがったものの範囲を狭くする。中 集中；縮小。E narrow down; turn down.

☆ 問題をしぼって話し合いを進める / 把問題精簡後，再進行討論。

☆ テレビの音量をしぼる / 調低電視音量。

❺ 厳しくしかったりきたえたりする。中 嚴加責備；申斥。E scold severely; put ~ through the mill.

☆ 宿題を忘れて先生にしぼられた / 忘記做功課被老師訓了一頓。

☆ 激しい練習で部員をしぼる / 以激烈的練習來訓練隊員。

▷ 名 絞り・搾り

注 漢字で書くときは、❶❸❹は「絞る」、❷❺は「搾る」。

しほん　【資本】シホン　事業や商売をするのに必要な金。中 資本。E capital.

☆ 新しい事業を始めるにはたくさんの資本がいる / 開創新事業需要龐大的資金。

☆ 資本金 / 資金；資本。

しほんか　【資本家】シホンカ　利益をえるために資本を出す人。また、資本を出して事業をする人。中 資本家。E a capitalist; the management.

☆ 資本家はお金をもうけると、そのお金を使ってまた事業をひろげていく / 資本家一賺到錢，就再用這些錢來擴展事業。

対 労働者

しほんしゅぎ　【資本主義】シホンシュギ　資本家が賃金を払って労働者を働かせ、利益をあげるという経済の仕組み。また、その社会制度。中 資本主義。E capitalism.

☆ アメリカや日本は資本主義の国だ / 美國和日本是資本主義國家。

☆ 資本主義経済 / 資本主義經濟。

☆ 資本主義体制 / 資本主義體制。

対 社会主義

しま　【島】シマ　海や湖などにあり、まわりを水でかこまれた土地。中 島。E an island.

☆ 日本は大きく分けると4つの島からできている / 如果把日本大體上來劃分，它是由四個島嶼組成的。

☆ 島と島を橋で結ぶ/島與島之間用橋樑連接。
☆ 島国/島國。
☆ 離れ島/孤島。

しま シマ 異なった色の糸で縦や横に織りだした、いくつもの筋。また、そのような模様。中 豎(横)條紋。E stripes.
☆ 青と白のしまのセーター/藍白條紋的毛衣。
☆ しま模様/條紋樣式。
☆ しま馬/a zebra./斑馬。

しまい 【姉妹】シマイ ❶ 姉と妹。女だけのきょうだい。中 姊妹。E sisters.
☆ あの姉妹は2人とも母親に似ている/那姊妹倆都長得像母親。
☆ わたしは3人姉妹の真ん中だ/我是三姊妹中問的那個。
❷ 似たところのある、2つ以上のもの。中 姊妹。E a sister ~.
☆ 北京と東京は姉妹都市だ/北京和東京是姊妹都市。
☆ 姉妹校/姊妹校。
▷ →兄弟

しま・う シマウ〔他動五〕(しまって) ❶ 続いていたものを終わりにする。中 關閉;結束。E close down; finish.
☆ 借金ばかり増えるので店をしまうことにした/因為債務一直增加,所以決定關店。
❷ 出ているものをもとの場所に片づける。中 收拾起來;放到~裡。E put away; put ~ in.
☆ 掃除道具をしまう/把掃除用具收拾起來。
☆ 書類を引き出しにしまう/把文件收到抽屜裡。
❸ (「~てしまう」の形で)(1)ある動作が終わりまで行われる。中 完成;做完。
☆ あすまでにこの本を読んでしまうつもりだ/我打算明天以前讀完這本書。
☆ 宿題はしてしまった/I have finished my homework./做完作業。
(2) あることが起こって困ったという気持ちを表す。中 表示不能恢復原狀。
☆ 財布を落としてしまった/I have lost my purse./錢包掉了。
▷ 名 しまい

しまつ 【始末】シマツ〔~する〕 ものごとをきちんと終わらせること。きちんと片づけること。中 處理;應付;收拾。E deal with; dispose of; put in order.
☆ この仕事の始末をつけてから、つぎの仕事を始めよう/處理完這項工作後,再開始下一項工作。
☆ 始末に負えない(=思うようにものごとを片づけることができない)/真沒法治;真難管教;難應付(=不能稱心如意地處理事情)。
☆ 始末書(=事件や事故など重大な過失をしてしまったことを謝るために、そのいきさつを細かく書いた文書)/檢討書;悔過書(=為了對所發生的事件(案件)和事故等的重大過失謝罪而詳細書寫其經過的公文)。

しまった シマッタ 失敗したときに思わず言うことば。話 中 糟糕;糟了。E Oh no!; Dear me!
☆ しまった、財布を忘れてきた/糟糕,忘了帶錢包。
☆ しまった、道をまちがえたらしい/糟糕,好像走錯路了。
対 しめた

しまらない ❶ 失敗して、格好が悪いようすだ。中 難堪;不好意思。E embarassing.
☆ 外国から買ってきたおみやげが国産品だったとは、しまらない話だ/從國外買回的禮物居然是國產的,真叫人難堪。
❷ 緊張感がなくて、ゆるんでいる感じだ。中 不嚴肅;鬆懈。E loose-looking; stupid.
☆ 電車の中で口を開けてしまらない顔をして寝ている/在電車裡張著嘴,傻呼呼地睡著。
▷ 話

しま・る 【締まる・閉まる】シマル〔自動五〕

(しまって) ❶圧力を加えられたり、引っぱられたりして、ゆるみがなくなる。中 繫緊；勒緊；擰緊。E tighten; be tight.

☆ ねじがかたくしまっていて、はずれない/螺絲鎖緊了，不會鬆脫。

対 緩む

❷ 体や気持ちなどが張りつめた状態になる。中 緊張；嚴肅。E become sober; become tense.

☆ 講演を聞いて、身がしまる思いがした/聽著演講，感覺精神振奮起來了。

☆ しまった顔つき/緊張的神色；嚴肅的表情。

☆ 引きしまる/勒緊；緊閉；緊張。

対 たるむ、緩む

❸ 戸などのすきまがなくなる。また、営業などが終わる。中 關閉；緊閉。E shut; close.

☆ 風でドアが閉まる/風把門關上了。

☆ デパートは午後7時に閉まる/百貨公司晚上七點關門。

対 開く・明く、開く

❹ (「しまらない」の形で)⇨しまらない

▷ 名 締まり　他動 締める・閉める

注 漢字で書くときは、❶❷は「締まる」、❸は「閉まる」。❹はひらがなで書く。

じまん【自慢】ジマン〔～する〕 自分や自分に関係のあることをほめること。中 自誇；自大；驕傲。E be proud of; pride.

☆ マリーは故郷の自然の美しさを自慢している/瑪麗自豪家鄉景色美麗。

☆ 弟の自慢は兄より背が高いことだ/弟弟以比哥哥身材高而自傲。

☆ 自慢話/自鳴得意的話。

しみ【染み】シミ ❶布などに液体がこぼれてできる部分的なよごれ。中 污垢；污點；污痕。E a stain; a spot.

☆ しょうゆをこぼして、洋服にしみがついた/醬油灑了，在洋裝上留下了污漬。

☆ 壁のしみ/牆垢。

☆ しみ抜き/stain removal./除掉污垢。

❷ 皮膚にできる、皮膚より濃い色の斑点。中 皮膚上的褐斑；雀斑；斑點。E a skin blemish.

☆ 日に当たりすぎるとしみができる/太陽曬多了，就會形成雀斑。

☆ 顔のしみを化粧で隠す/用化妝來遮住臉上的雀斑。

▷ 自動 染みる

じみ【地味】ジミ はなやかでなく、めだつところがないようす。中 樸素；不華美；不顯眼。E plain; quiet; modest.

☆ 妹はいつも黒や茶色の地味な洋服を着ている/妹妹經常穿著一身黑色或茶色的樸素洋裝。

☆ 地味な色/素色。

☆ 地味な性格/樸實的性格。

対 派手

しみじみ シミジミ ❶心の底から深く感じるようす。中 痛切；深切。E keenly; deeply.

☆ 家を離れてみて、親のありがたさをしみじみ(と)感じた/一離開家就深感父母恩情的可貴。

❷ 心を通わせながら、静かに話し合うようす。中 感慨地；親密；懇切。E (speak together) with deep feeling.

☆ 死んだ父のことを、きょうだいでしみじみ(と)語り合った/和兄弟姊妹感慨地談起已故的父親。

じみち【地道】ジミチ 地味にまじめに落ちついてものごとをするようす。中 勤懇；踏實。E steadily; persistent.

☆ 毎日、地道に勉強をしたので、日本語が早く上達した/每天都認真踏實地用功，所以日語進步神速。

☆ 地道な努力/勤勤懇懇地努力。

しみったれ シミッタレ 金をなるべく使わないようにすること。また、そういう性格の人。話 中 小氣；吝嗇；吝嗇鬼。E stingy; miserly.

☆ しみったれの兄はいつもいちばん安いものを食べている/小氣的哥哥總是吃最便宜的

東西。

自動 しみったれる

し・みる【染みる】シミル〔自動一〕❶液体やにおいなどが、布や紙にすこしずつひろがって入る。中 浸；滲。E soak; spread.

☆ 汗がシャツにしみる / 汗水滲透襯衫。

☆ インクがしみた紙 / 墨水暈開的紙。

❷ 刺激されて痛いように感じる。中 弄疼；刺眼；刺骨。E sting; ache.

☆ 煙が目にしみる / 煙薰到眼睛。

☆ 冷たい水が歯にしみる / 水冰得牙酸。

❸ 深く心に感じる。中 痛感；銘刻；深切感受。E feel deeply.

☆ 困っているときは、人の親切が身にしみてうれしい / 在困難的時候感受到他人的親切關懷，非常高興。

▷ 名 染み

注 ❷❸はひらがなで書く。

しみん【市民】シミン ❶その市に住んでいる人。中 市民。E a resident (of a city); a citizen.

☆ 市民の要求を市が受け入れる / 市當局接受市民的要求。

☆ 市民税 / 市民税。

❷ 政治に参加する意識を持った人々。中 市民。E a citizen.

☆ 反原発の市民運動を起こす / 發動反對核能電廠的市民運動。

☆ 市民権 / 市民權。

じむ【事務】ジム おもに机の上でする、会社や役所や店などの仕事。中 事務；辦公。E office work.

☆ 9時から5時まで、会社で事務をとる / 九點到五點在公司辦公。

☆ 事務用品 / 辦公用品。

☆ 事務所 / 辦公處；辦事處。

じむしつ【事務室】ジムシツ 事務をする部屋。中 辦公室。E an office.

☆ 学校の事務室でコピーをとる / 在學校辦公室裡影印。

☆ 書類は事務室の机の上にある / 文件在辦公室的桌子上。

数 1室

しめい【氏名】シメイ 人の名字と名前。中 姓名。E one's full name.

☆ テスト用紙には氏名を忘れずに書くこと / 不要忘了在試卷上寫上名字。

☆ パスポートに自分の氏名を記入する / 在護照上簽名。

☆ 住所氏名 / 住址和姓名。

→姓名

しめい【使命】シメイ その人に特に与えられた重要な任務。中 使命；任務。E a mission; a calling.

☆ 医者の使命は病人を治すことだ / 醫生的使命是醫治病人。

☆ 使命を果たす / 完成任務。

☆ 使命感 / 使命感。

しめい【指名】シメイ〔～する〕なにかをさせるための人を決めて、その人の名前を言うこと。中 指名；指定；提名。E designate; nomination.

☆ 会議の議長として山田さんを指名した / 提名山田先生為會議主席。

☆ 指名を受ける / 被提名。

しめき・る【締め切る・閉め切る】シメキル、シメキル〔他動五〕(しめきって) ❶申し込みや応募などを、予定した日時や数で終わりにする。中 屆滿；截止；結束。E close; reach a deadline.

☆ 5時で申し込みを締めきる / 報名至五點截止。

☆ 参加希望者が100名になったら締めきる / 參加名額到一百人就截止。

❷ 窓などをぴったり閉める。また、閉めたままにしておく。中 關閉；緊閉。E shut up; keep closed.

☆ 窓を閉めきった部屋で会議を続けて、頭が痛くなった / 門窗緊閉的房間裡長時間開會，頭開始疼起來。

▷ 名締め切り・閉め切り

注 漢字で書くときは、❶は「締め切る」、❷は「閉め切る」。

しめくく・る【締めくくる】シメククル、シメククル〔他動五〕(しめくくって)　ものごとにまとまりをつけて、終わりにする。中總結；結束。E bring to a finish; close.

☆ 議長が締めくくって、会議は終わった/議長總結後，會議結束了。

☆ 話を締めくくる/將話題作結論。

名締めくくり

じめじめ　ジメジメ〔～する〕❶湿気が多く、不快なようす。中潮濕；濕漉漉。E damp; wet and sticky.

☆ 1週間雨が降り続いたので、部屋の中がじめじめする/雨持續下了一個禮拜，所以房間裡很潮濕。

☆ 低くて、日の当たらないじめじめした土地/地勢低，太陽照不到的濕地。

❷ 暗い、陰気なようす。中陰鬱；苦悶。E depressing; gloomy.

☆ 結婚式に、病気とか借金とかじめじめした話はふさわしくない/在結婚典禮上，談論疾病和欠債等陰鬱的話題是不適當的。

☆ じめじめした性格/陰鬱的性格。

しめ・す【示す】シメス、シメス〔他動五〕(しめして)　❶相手にわかるように、ものを実際に出して見せる。中出示。E show; give (an example).

☆ 例文を示しながら、新しいことばの意味を説明する/邊出示例句，邊說明新詞彙的意思。

☆ 証拠を示す/出示證據。

❷ 感情や意思などを相手にわかるように、外に表して見せる。中表示。E express; display.

☆ 喜びの気持ちを体で示す/全身展現出喜悅的心情。

☆ 誠意を示す/表示誠意。

☆ 態度で示す/以態度表示；表態。

❸ 指などでさして教える。中指示；指教；顯示。E point out; indicate.

☆ 地図を開いて目的地を示した/打開地圖指出目的地。

しめた　シメタ　ものごとがうまくいって喜んだときに思わず言うことば。話中好極了；太棒了；太妙了。E I've done it!; All right!

☆ しめた、宝くじが当たったぞ/太棒了，中獎了!

対しまった

しめっぽ・い【湿っぽい】シメッポイ、シメッポイ　❶しめりけがある。中潮濕；濕潤。E damp.

☆ この洗濯物はまだよく乾いていなくてしめっぽい/這些洗過的衣服還沒完全乾，濕答答的。

☆ 雨が降り続いて、家の中がしめっぽい/持續下雨屋內濕答答的。

❷ 気分が沈んで暗い。中陰鬱；憂鬱；抑鬱。E depressing.

☆ 病気で死んだ級友の話が出て、クラス会はしめっぽくなった/談到因病去世的同班同學的話題，同學會上顯得沈悶。

しめやか　シメヤカ　しみじみとしていて、もの静かなようす。中肅靜；肅穆；寧靜。E softly; quietly; solemn.

☆ しめやかに降りそそぐ雨が、庭の木々をぬらす/淅瀝淅瀝的小雨潤濕了庭院裡的樹木。

☆ しめやかに語り合う/悄聲細語；輕聲交談。

☆ しめやかな通夜/肅穆地徹夜守靈。

しめりけ【湿り気】シメリケ　水分をすこしふくんでいること。中濕氣；水份；潮氣。E damp; moisture.

☆ ゆうべ雨が降ったので、土にしめりけがある/昨晚下了雨，所以土裡有濕氣。

☆ 乾燥機でふとんのしめりけを取り除く/用

除濕機去除被子裡的濕氣。

☆ しめりけのあるシャツ/有濕氣的襯衫。

参「湿気」も似ているが、「湿気」がおもに空気や風についていうのに対して、「しめりけ」は紙、衣類、ふとん、食べ物など身のまわりのものについていう。

しめ・る【湿る】シメル〔自動五〕(しめって)

❶ものや空気などが水分をふくんだ状態になる。中濕；潮；返潮。E become damp.

☆ この洗濯物はまだしめっている/洗過的衣服還有一點潮濕。

☆ 鉢の土をしめらせて種をまく/把盆裡的泥土弄濕，撒上種子。

対乾く

❷雰囲気が沈む。中沈悶；陰鬱。E feel depressed; be gloomy.

☆ 病人のことを話していると、気分がしめってくる/一談到病人的情況，心情就陰鬱了起來。

☆ しめったムード/沈悶的氣氛。

し・める【占める】シメル〔他動一〕 ❶場所、地位、ものなどを自分のものにする。中佔據；佔有；佔領。E take (a seat); win.

☆ 列車の窓ぎわの席を占める/佔列車上靠窗的座位。

☆ 勝ちを占める/取勝。

❷全体の中でそのような位置にある。中占。E occupy; account for.

☆ 日本の工業生産高の中で自動車産業の占める位置は大きい/日本的工業生產額中汽車業所佔的比重很大。

☆ 日本は山林が国土の75パーセントを占めている/日本的山林佔國土的百分之七十五。

し・める【締める・絞める・閉める】シメル〔他動一〕 ❶圧力を加えたり、引っぱったりして、ゆるみやたるみをなくす。中拴緊；蓋緊。E wind; tighten.

☆ 瓶のふたをしめる/拴緊瓶蓋。

☆ ねじをしめる/拴緊螺絲。

対緩める

❷体のまわりをしっかりと巻いたり、なにかで押さえたりして強く力を加える。中繫；扼；勒。E put on (a tie); fasten; strangle.

☆ ネクタイをしめて会社に出かける/繫上領帶去公司。

☆ ベルトをしめる/繫皮帶。

☆ 首をしめる/掐脖子。

☆ 抱きしめる/hug./抱住；抱緊。

☆ にぎりしめる/握緊。

❸ものごとや気持ちなどを張りつめた状態にする。中勒緊。E tighten; brace.

☆ 財布の口をしめる/緊縮開支；節約用錢。(→財布 慣用)

☆ 家計をしめる/economize household spending./節約家庭開支。

☆ 引きしめる/勒緊；拉緊；緊縮；緊張。

対緩める

❹戸などを動かして、すきまをなくす。また、営業などを終える。中關；關閉；合上。E shut; close.

☆ 寒いから窓を閉めてください/很冷請關上窗戶。

☆ 箱のふたを閉める/蓋上箱蓋。

☆ 店を8時に閉める/商店八點打烊。

対開ける

❺そこまでで1区切りとして、勘定などを計算する。中合計；結算。E amount to; total.

☆ かかった費用はしめて5万円だ/花費合計五萬日圓。

▷ 自動 締まる・絞まる・閉まる

注 漢字で書くときは、❶❷❸❺は「締める」、❹は「閉める」、❷で「首をしめる」ばあいは「絞める」。

しめん【四面】シメン ❶4つの面。中四面。E the four sides.

☆ 壁の四面に白いペンキをぬる/四周牆面塗

上白漆。

☆ 四面体(=面の数が４つある立体)/三角錐(=有四個面的物體，每個面均為三角形)。

❷ まわり。周囲。中 四面；四周；周圍。E all sides.

☆ 四面を山で囲まれた村/四周環山的村子。

☆ 四面がすべて白一色の雪景色/四周一片白色雪景。

じめん【地面】ジメン　土地の表面。中 地面；地上。E the ground; the earth.

☆ 雨が降って地面がぬれている/下雨了，地面淋濕了。

☆ 地面に水をまく/在地上灑水。

しめんそか【四面楚歌】シメンソカ、シメン・ソカ　まわりが全部敵で味方がいないこと。中 四面楚歌。E be surrounded by enemies on all sides.

☆ きのうの会議では全員に提案を反対されて、わたしは四面楚歌だった/昨天會議上，提案受到全體一致的反對，我真是四面楚歌孤獨無援。

しも【下】シモ　❶ 上と下、前と後ろなど1つのものを半分に分けたときの後の部分。中 下；下邊。E the second half; the lower part.

☆ この短歌の下の句の意味がわからない/不知道這首短歌下一句的意思。

☆ 下一段活用/下一段動詞的變化。

☆ 下半期(=後半の期間)/下半年度(＝會計年度的下半年度)。

対 上

❷ 川や風などの流れていくほう。中 下游。E down; downstream.

☆ 船で下のほうへ下る/乘船順流而下。

☆ 風下/下風處。(→項目)

☆ 川下/下游。(→項目)

対 上

しも【霜】シモ　寒い朝、空気中の水分が地面やものについて凍って白くなったもの。中 霜。E frost.

☆ 朝起きると霜が降りていて、庭が白くなっていた/早上起床後，飛霜已將院子染成一片白。

☆ 霜枯れ/(草木)因霜枯萎；冷落；蕭條。

☆ 霜柱/霜柱；霜椎。

しもて【下手】シモテ、シモテ　❶ 客席から見て舞台の左側のほう。中 (從觀衆席看)舞台左側。E the left side of the stage (seen from the audience).

☆ 下手から主役が登場する/主角從舞台的左側登場。

対 上手

❷ 川の下のほう。水が流れていくほう。川下。中 下游。E down the river; downstream.

☆ 小船は下手へ流されていった/小船被沖到下游。

対 上手

▷ →歌舞伎図

しもん【指紋】シモン　手の指先の内側にある、たくさんの筋でできた模様。また、それがものにふれてついた跡。中 指紋。E a fingerprint.

☆ 残された指紋によって犯人がわかった/從遺留下的指紋查出了犯人。

☆ 指紋をとる/採集指紋。

→手図

じもんじとう【自問自答】ジモンジトー、ジモンジトー〔～する〕　自分に尋ねて、自分で答えること。中 自問自答。E answer one's own question.

☆ 自分のやったことはこれでよかったのかと自問自答してみる/捫心自問，自己做的事到底對不對呢?

しや【視野】シヤ　❶ 目に見える範囲。中 視野。E a field of vision; one's view.

☆ 森を出ると突然視野が開け、道路や家が見えてきた/一走出森林，視野突然開闊，道路和房屋呈現眼前。

☆ 視野をさえぎる / 遮住視野。

❷ ものの見方や考え方の範囲。[中] 眼光；眼界；見識。[E] one's viewpoint; one's outlook.

☆ 古今東西のいろいろな本を読んで、視野をひろげる / 閱讀古今中外各種各樣的書籍，增加見識。

☆ 広い視野に立つ / 開闊眼界；廣開思路。

しゃ【社】シャ　会社。また、その数を表す。[中] 公司；(表示公司的) 量詞。[E] a company; a corporation.

☆ 社の計画を会議で説明する / 在會議上說明公司的計畫。

☆ 社の仕事で遅くなった / 因為公司的工作而遲到了。

☆ 就職のために新聞社を 2 社訪問した / 為了求職拜訪了兩家報社。

-しゃ【-車】(他のことばについて) ❶ 車輪を使った乗り物。[中] 車。

☆ 三輪車 / a tricycle. / 三輪車。

☆ 自転車 / 腳踏車。(→ [項目])

☆ 人力車 / a *jinrikisha*; a rickshaw. / 人力車。

❷ 自動車。[中] 汽車。

☆ 救急車 / 救護車。(→ [項目])

☆ 高級車 / 高級車。

☆ 乗用車 / a car; an automobile. / 轎車。

❸ 列車。車両。[中] 車輛。

☆ 食堂車 / a dining car. / 餐車。

☆ 機関車 / a locomotive. / 火車頭。

☆ 客車 / 客車。

-しゃ【-者】(他のことばについて) ～する人。[中] ～人。

☆ 教育者 / 教育家；教師。

☆ 経営者 / a manager. / 經營者。

☆ 責任者 / the person in charge. / 負責人。

☆ 文学者 / 文學家；作家。

☆ 労働者 / 勞方；工人。

じゃ　ジャ　「では」のくだけた言い方。[話] [中] 那麼；要是；就。[E] then; well; so.

☆ じゃ、さようなら / 那麼，再見。

☆ 死んじゃおしまいだ / Should you die, you are finished. / 人要是死了，一切就完了。

☆ コーヒーは嫌いじゃない / 不討厭喝咖啡。

二 [参]「じゃあ」と長くのばすこともある。

ジャーナリスト (journalist) ジャーナリスト　新聞、雑誌、放送などの記者、執筆者、編集者。[中] 記者；撰稿人；新聞工作者。[E] a journalist.

☆ 道子は経済雑誌のジャーナリストとして活躍している / 道子在經濟雜誌社當記者，非常地活躍。

しゃいん【社員】シャイン　会社で働いている人。[中] 公司職員。[E] an employee; a staff member.

☆ 姉は電力会社の社員だ / 姐姐是電力公司的職員。

☆ 社員教育 / 職員教育。

☆ 社員旅行 / 員工旅遊。

☆ 新入社員 / 公司新聘職員。

しゃかい【社会】シャカイ　❶ 人々が一緒に暮らしている場。また、その人々の集まり。[中] 社會；世界。[E] (a) society; the world.

☆ 老人にも子供にも住みやすい社会をつくる / 建立一個適合老幼居住的社會。

☆ 社会の批判を浴びる / 受到社會上的批評。

☆ 社会人 / 社會人士。

❷ 同じような職業、立場の人々の集まり。[中] 界；領域。[E] the world; a class.

☆ サラリーマンの社会と教師の社会とでは、教育についての考え方が違う / 上班族與教師對教育的想法是不相同的。

☆ 上流社会 / 上流社會。

しゃかいかがく【社会科学】シャカイカガク　科学の一分野。社会のいろいろなことを研究する。政治学、社会学、経済学、法学など。[中] 社會科學。[E] social science.

☆ わたしは文学より政治や経済などの社会科学に興味がある / 我對於政治和經濟等社會

科學比對文學有興趣。

関連 人文科学、自然科学。

しゃかいしゅぎ【社会主義】シャカイシュギ　金持ちも貧乏人もいない社会を理想とし、生産手段を社会全体のものとして計画的に行う経済の仕組み。また、その社会制度。中 社會主義。E socialism.

☆ 社会主義では、すべてのことが国家の指導によって行われる/在社會主義下，一切事情都在國家的指導下進行的。

☆ 社会主義政党/社會主義政黨。

対 資本主義

しゃかいふくし【社会福祉】シャカイフクシ、シャカイフクシ　人々の暮らしが、安定したしあわせなものになること。特に、貧しい人や弱い人の生活を保護すること。中 社會福利。E social welfare.

☆ 社会福祉の制度がいきとどいた国では老後も安心して暮らせる/在社會福利制度完善的國家裡，能安心地度過晚年。

☆ 社会福祉の施設をととのえる/整頓社會福利設施。

☆ 社会福祉予算/社會福利預算。

じゃがいも　ジャガイモ　野菜の一種。まるくてでこぼこした形で、土の中にでき、料理して食べたり、でんぷんをつくったりする。バレイショ。中 馬鈴薯。E a potato.

☆ カレーライスの中にジャガイモを入れる/煮咖哩飯時放進馬鈴薯。

☆ ジャガイモをゆでる/煮馬鈴薯。

→芋 図

しゃが・む　シャガム〔自動五〕(しゃがんで)　ひざを曲げて、しりがかかとにつくような姿勢をする。中 蹲；蹲下。E squat down.

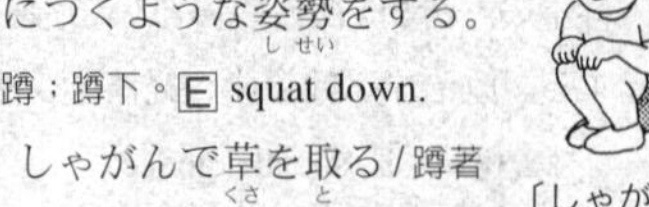

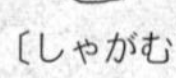

〔しゃがむ〕

☆ しゃがんで草を取る/蹲著拔草。

☆ 歩くのに疲れて、しゃがみこむ/走路累了，蹲下歇會兒。

しゃく【癪】シャク　腹が立つこと。話 中 生氣；發火；討厭。E can't stand; irritate.

☆ 留年するのはしゃくだから進級できるように勉強しよう/很討厭留級，為了能升級而努力讀書吧!

☆ 他人の家の前にごみを捨てて行くとはしゃくなやつだ/把垃圾扔到別人家門口，真是個令人討厭的傢伙。

癪に障る　ものごとが気に入らなくて、むかむか腹が立つ。中 令人生氣；惹人發火；招人討厭。E be irritated; feel offended.

☆ 券売機に金を入れたのに切符が出てこなくて、まったくしゃくにさわる/把錢放進售票機，而車票卻不出來，真令人生氣。

じゃくてん【弱点】ジャクテン、ジャクテン

❶ ふじゅうぶんでたりないところ。中 缺點；弱點；不足之處。E a weak point.

☆ このチームの弱点は若い選手が少ないことだ/這個隊伍的弱點是年輕選手太少。

❷ 他人に知られたくない、その人自身の弱いところ。中 弱點；痛處；把柄。E a sore spot; a shortcoming.

☆ お金を借りているという弱点があるので、わたしは兄とけんかができない/因為和哥哥借錢，所以我不能和哥哥吵架。

☆ 相手の弱点をにぎる/抓住對手的弱點。

☆ 弱点をつく/抓住弱點。

しゃくど【尺度】シャクド　ものごとが正しいかまちがっているか、いいか悪いか、などを決める基準。中 尺度；標準。E a standard; a criterion.

☆ 老人の体と若者の体とは、同じ尺度ではかれない/不能用同樣標準來衡量老年人和年輕人的體格。

☆ アメリカ人の尺度からすれば、日本人は働きすぎだ/從美國人的標準來看，日本人是勞動過度。

じゃくにくきょうしょく【弱肉強食】ジャクニクキョーショク、ジャクニク・キョーショク　弱いものが強いものに負け、強いものの世界になってしまうこと。中弱肉強食。E The strong prey upon the weak; the law of the jungle.

☆ 動物たちは弱肉強食の世界に生きている/各種動物生存於弱肉強食的世界裡。

☆ 商売は弱肉強食の世界だから、大きな店ができると小さな店はつぶれてしまう/商場是一個弱肉強食的世界，大型商店一開，小店就瀕臨倒閉。

しゃくはち【尺八】シャクハチ　楽器の一種。竹でつくった東洋の縦笛で、日本で古くから使われている。中日本簫。E a *shakuhachi*; a five-holed bamboo clarinet.

〔尺八〕

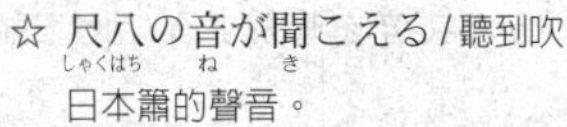

☆ 尺八の音が聞こえる/聽到吹日本簫的聲音。

☆ 尺八を吹く/吹日本簫。

数 1管・1本

参「尺」は日本の長さの古い単位で、長さが1尺8寸(約55センチ)あるところからできた名前。

しゃくや【借家】シャクヤ　人から借りて住んでいる家。中租的房子。E a rented house.

☆ 自分の家が持てなくて借家に住んでいる/沒有自己的房子，所以租房子住。

☆ 借家住まい/租的房屋住所。

☆ 借家人/租房人；房客。

対 貸家　数 1軒・1戸

しゃくりあ・げる【しゃくり上げる】シャクリアゲル、シャクリアゲル〔自動一〕　息を急に吸いこむようにして、肩をふるわせながら泣く。話 中抽噎；哽咽。E sob convulsively.

☆ やっとお母さんに会えて、子供はさらに激しくしゃくりあげた/好不容易找到媽媽，孩子哽咽地更厲害了。

ジャケット(jacket) ジャケット、ジャケット　シャツやセーターの上に着る、前が開いていてボタンでとめる上着。中短外套；短上衣；夾克。E a jacket.

☆ きょうはすこし寒かったので、ジャケットを着て外出した/今天有點冷，所以加件夾克出門。

数 1枚・1着

しゃこ【車庫】シャコ　電車や自動車などを入れるための建物。中車庫；停車場。E a train shed; a garage.

☆ この電車はこの駅が終点で、車庫に入る/這輛電車在終點站進入車庫。

☆ 車庫つきの家を買う/購買有車庫的房子。

しゃこう【社交】シャコー　世の中での、人と人とのつきあい。中社交；交際。E society; sociability.

☆ 社交が上手な姉は、だれとでもすぐ親しくなる/姊姊非常善於交際，和誰都能馬上親近。

☆ 社交ダンス/交際舞；社交舞。

☆ 社交界/社交界。

しゃざい【謝罪】シャザイ〔～する〕　まちがったり、悪いことをしたりしたときにわびること。中謝罪。E an apology.

☆ 飛行機事故の責任を認め、航空会社は乗客とその遺族に謝罪した/航空公司承擔起飛機事故的責任，向罹難者及其家屬道歉。

☆ 公害の被害者は国に謝罪を要求した/遭受公害的受害人向國家要求道歉。

☆ 謝罪広告/道歉啓事。

☆ 謝罪文/道歉書。

しゃしゃり・でる【しゃしゃり出る】シャシャリデル〔自動一〕　頼まれもしないのに、自分から好んで人前に出てなにかをする。話 中出風頭；本來無關卻主動出面。E be officious; assert oneself.

☆ 関係のない人が、集会にしゃしゃり出て発言している/毫無關係的人在集會上出風頭發言。

参 このような動作や行為を不快に思うときに使う。

しゃしょう【車掌】シャショー　電車、列車、バスなどに乗っていて、発車の合図、車内の管理、切符の販売などをする人。中 車掌；隨車服務員。E a conductor.

☆ 車掌が乗客の切符を調べにきた/車掌來驗票了。

☆ 車掌に乗りかえの連絡時間をきく/向車掌詢問換車的時間。

しゃしん【写真】シャシン　カメラで人物や風景などを写すこと。また、写したもの。中 相片；照片。E a picture; a photograph.

☆ 子供のときの写真を見てなつかしく思う/看到小時候的照片真令人懷念。

☆ 写真にとる/拍照；照相。

☆ 写真家/攝影家。

☆ 写真屋/照相館。

☆ 記念写真/紀念照。

数 1枚

しゃせい【写生】シャセイ〔～する〕　自分の目で見たものや景色そのものを、見たとおりに絵や文章にかくこと。中 寫生；速寫。E sketch.

☆ あの作家は自然を写生した文章がうまい/那位作家描寫自然的文章相當精闢。

☆ 花をよく見て写生する/仔細觀察花朵來寫生。

しゃせつ【社説】シャセツ　新聞社などが、その社の意見として新聞や雑誌に載せる文章。中 社論。E an editorial.

☆ きょうのA新聞は、世界の人口問題に関する社説を載せている/今天A報刊登了一篇有關世界人口問題的社論。

☆ B新聞の社説とC新聞の社説は、言っていることがまったく反対だ/B報紙的社論與C報紙社論的論點是完全相反的。

しゃぜつ【謝絶】シャゼツ〔～する〕　人の申し出を丁寧に断ること。中 謝絕。E refuse politely; decline.

☆ インタビューの申し込みを、多忙を理由に謝絶した/以很忙為由謝絕了採訪的要求。

☆ 面会謝絶/謝絕會客。

しゃたく【社宅】シャタク　会社が社員とその家族のために建てた家。中 公司的員工宿舍；公司員工住宅。E a company house.

☆ A社の社宅は会社から歩いて10分の所にある/A公司的員工宿舍在離公司步行十分鐘的地方。

☆ 社宅住まい/住公司員工宿舍。

数 1軒・1戸・1棟

しゃだん【遮断】シャダン〔～する〕　ものの流れをそこでしっかり止めること。中 遮斷；截斷；擋住。E shut out; blockade.

☆ 厚いカーテンで光を遮断する/用厚窗簾遮擋陽光。

☆ 道路を遮断する/截斷道路。

☆ 遮断機(=電車や列車が通るときに、人や車が線路を渡れないようにする装置)が下りた踏切/放下欄杆(=電車或列車通過時，不讓人和車輛通過鐵路的裝置)的鐵路平交道。

しゃちこば・る　シャチコバル〔自動五〕(しゃちこばって)　緊張して体をかたくし、身がまえる。話 中 拘謹；嚴肅；緊張。E be stiff and formal.

☆ 面接の試験で、しゃちこばった言い方をしてしまった/面試時，說話很緊張。

参「しゃちほこばる」「しゃっちょこばる」ともいう。頭はトラに似て、背にかたいとげがあると想像されている「しゃちほこ」という魚のようであることからいう。

しゃちょう【社長】シャチョー　会社でいちばん地位が高く、力と責任を持っている人。会長がいれば、2番目の地位になる。中 社

長；老闆；總經理。[E] the president.

☆ 父は出版社の社長をしている／父親是出社社長。

☆ 社長に就任する／就任社長。

☆ 副社長／副總經理；副社長。

シャツ (shirt) シャツ　❶ 上半身に着る下着。[中] 汗衫。[E] an undershirt.

☆ 汗をかいたので、シャツを取りかえた／出汗了，所以換了件汗衫。

☆ ランニングシャツ／無袖低領運動衫；運動背心。

❷「ワイシャツ」「ポロシャツ」「スポーツシャツ」などを略した言い方。[中] 襯衫；西裝襯衫。[E] a shirt.

☆ 暑いから、上着をぬいでシャツだけになる／因為很熱，所以脱掉外衣，只剩襯衫。

☆ シャツスタイル／襯衫打扮。

▷ [数] 1枚

じゃっかん【若干】ジャッカン　すこし。いくらか。[書] [中] 若干；少許；一些。[E] some; a few; a little.

☆ 若干の意見の差を残して会議は終了した／還留下一些不同的意見，會議就結束了。

☆ A市は来年度の福祉予算を若干増額することに決めた／A市決定明年度的福利預算要增加一部分金額。

☆ 若干名／若干名。

しゃっきん【借金】シャッキン〔～する〕金を借りること。また、借りた金。[中] 借錢；欠債；負債。[E] borrow money; a debt.

☆ お金がたりなくて、銀行から借金して家を建てた／錢不夠，所以從銀行借錢蓋房子。

☆ 借金を返す／還債。

☆ 借金取り／a bill collector.／討債的人；要帳的人。

[対] 貸金

しゃっくり　シャックリ〔～する〕横隔膜(＝胸と腹の間にある薄い膜)が突然縮むために、口から空気が吸いこまれること。また、そのときの音。[中] 打嗝。[E] a hiccup.

☆ しゃっくりが長く続いて苦しい／長時間持續打嗝很難受。

☆ 水を飲んでも背中をたたいても、しゃっくりが止まらない／喝了水也拍了背，但還是止不住打嗝。

シャッター (shutter) シャッター　❶ カメラのレンズについている、光の穴を開いたり閉じたりする仕掛け。[中] 快門。[E] a shutter.

☆ シャッターを押しますから「チーズ」と言って笑ってください／就要按快門了，請你笑著說聲「起司」。

☆ シャッターを切る／按快門。

☆ シャッターチャンス／按快門的時機。

❷ 車庫や店の入り口につける、上下に開けたり閉めたりする戸。[中] 百葉門；鐵門。[E] a shutter.

☆ ガレージのシャッターを上げて車を出す／打開車庫的鐵門，把車開出來。

☆ 銀行は3時にシャッターが下りる／銀行在三點鐘關門。

しゃどう【車道】シャドー　車の通る道。[中] 車道。[E] a roadway.

☆ 人は歩道、車やバイクは車道を通る／行人走人行道，汽車和摩托車走車道。

☆ 車道を横切る／穿越馬路。

[対] 歩道　[数] 1本　→交差点 [図]

しゃにむに　シャニムニ、シャニムニ　ほかのことは考えず無理にしてしまうようす。[中] 胡亂；盲目；不管三七二十一。[E] recklessly; precipitantly.

☆ 電車は満員だったが、しゃにむに乗りこんだ／電車上擠滿了乘客，但還是不管三七二十一的擠上去了。

☆ 雨と霧で前がよく見えなかったが、しゃにむに山道を進んだ／雨霧迷茫視線不清，在山道上盲目前行。

しゃぶしゃぶ　シャブシャブ　薄く切った

肉と野菜などを、なべの中の湯に入れて、すぐ取りだし、別の皿の調味料につけて食べる料理。中 火鍋；涮涮鍋。E *shabushabu*; thin slices of meat boiled briefly, then eaten immediately with a choice of sauces.

☆ 寒いときはしゃぶしゃぶが喜ばれる／天冷的時候涮涮鍋很受歡迎。

☆ しゃぶしゃぶ用に牛肉を薄く切ってもらう／請人把涮涮鍋用的牛肉切得很薄。

しゃぶ・る　シャブル〔他動五〕(しゃぶって)

口の中に入れ、舌の先でなめたり吸ったりする。話 中 吮吸；含；嘬。E suck.

☆ あめをしゃぶる／含著糖。

☆ 指をしゃぶるくせのある子供／有吸指頭習慣的孩子。

しゃべ・る　シャベル〔他動五〕(しゃべって)

気楽にいろいろ話す。話 中 說；講；喋喋不休。E chatter; speak.

☆ あの2人はもう2時間もぺちゃくちゃしゃべっている／那倆人已喋喋不休地說了兩個小時。

☆ 英語がよくしゃべれる人／很會講英語的人。

名 しゃべり

じゃま【邪魔】ジャマ〔～する〕 ❶ 思うようにものごとをできなくすること。また、そうする原因となるものや行動。中 妨礙；干擾；打攪。E a hindrance; disturb.

☆ テレビの音がじゃまになって、勉強ができない／受電視聲音的干擾，無法讀書。

☆ お仕事のじゃまをしてすみませんが、ちょっとこの字を教えてください／對不起打擾了您的工作，請您告訴我這個字一下。

☆ じゃま者／討厭鬼；絆腳石。

❷ (おもに「おじゃまする」の形で)他人を訪問する。中 訪問；拜訪；打攪。E call on; come and see.

☆ あしたの朝、お宅におじゃましてもいいですか／明天早上，可以到府上拜訪嗎?

参「おじゃまします」は他人の家や部屋に入るときに言うあいさつのことば。出るときは、「おじゃましました」と言う。

しゃみせん【三味線】シャミセン　楽器の一種。3本の糸を張り、ばちや指先ではじいて音を出す。日本で古くから使われている。

〔三味線〕

中 (日本樂器)三味線；日本三弦琴。

E a *shamisen*; a three-stringed Japanese banjo.

☆ 浄瑠璃に合わせて三味線をひく／和著淨琉璃(以三弦琴伴唱的日本說唱曲藝)彈三弦琴。

数 1丁・1棹

ジャム (jam) ジャム　リンゴやイチゴなどのくだものに砂糖を入れて煮たもの。中 果醬。E jam.

☆ パンにジャムをつけて食べる／麵包塗上果醬吃。

☆ 紅茶にジャムを入れて飲む／在紅茶裡放入果醬喝。

しゃめん【斜面】シャメン、シャメン　斜めになっている場所、土地。中 斜面。E a slope; an incline.

☆ 山の斜面に木がたくさん植えてある／在山坡上種著很多樹。

☆ 斜面に建っている家／蓋在斜坡上的房子。

☆ 急斜面／陡坡。

しゃよう【社用】シャヨー　会社の用事。

中 公司業務；公務。E company business.

☆ 社用で出かけるときは、会社の車を使ってもいい／因公外出可用公司的車。

☆ 社用で海外へ行く／因公務出國。

☆ 社用族(＝接待するために会社の金で飲食したり遊んだりする人)／假藉公務之名，而大肆揮霍公款的人(＝假藉接待名義，用公款吃喝玩樂的人)。

じゃり【砂利】ジャリ　❶ 小さい石。また、それの集まったもの。中 砂石；碎石子；礫石。

[E] gravel.

☆ 道に砂利が敷いてあるので歩きにくい/因為路上鋪著碎石子，所以很難行走。

☆ 砂利を積んだトラックがビルの工事現場に止まっている/裝載砂石的卡車停在大樓工地現場。

❷「子供」のすこし乱暴な言い方。[中]小孩。[E] a kid; a youngster.

☆ 近所のじゃりがうるさくて困る/附近的小孩吵得不得了，很困擾。

☆ じゃりタレント/童星。

▷ [話]❷

[注] ❷はひらがなで書く。

しゃれ シャレ 発音が同じだったり似ていたりするが意味の違うことばを使って言う、その場に合った気のきいたおもしろいこと。[中]俏皮話；幽默；詼諧話。[E] a pun; a joke.

☆ 日曜日は「寝てようび」とは、しゃれがうまいね/把星期日說成睡覺日，俏皮話說得真妙啊！

☆ 落語家は、盛んにしゃれを飛ばして人々を笑わせた/相聲演員一個勁兒地說俏皮話逗大家笑。

[自動]しゃれる

[参] たとえば、「『あの犬、真っ白でおもしろいね』『どうして？』『だって尾も白いもん』」「『あなたってもてるそうね』『そう、持てるんだ。重い荷物が』」など。

しゃれい【謝礼】シャレイ〔～する〕 感謝の気持ちを表すために金や品物を贈ること。また、その金や品物。[中]謝禮；報酬；禮品。[E] an honorarium; a reward; thanks.

☆ 講演会が終わって、講師に謝礼を渡す/演講會結束後，就給講師奉上報酬。

☆ 就職の世話をしてくれた知人に謝礼する/酬謝幫我介紹工作的朋友。

☆ 謝礼金/酬金。

しゃ・れる シャレル〔自動一〕 ❶化粧をしたり服装を飾ったりして、よく見せようとする。[中]漂亮打扮。[E] dress up.

☆ 姉はデートだといって、ずいぶんしゃれて出ていった/姊姊說有約會，打扮得特別漂亮地出門了。

❷（「しゃれた[ている]」の形で）気がきいて、都会風だ。[中]別緻；有品味。[E] stylish; smart.

☆ 一郎はいつもしゃれたネクタイをしている/一郎經常打別緻的領帶。

☆ しゃれた店/陳設雅致的商店。

❸ しゃれをいう。[中]詼諧；說俏皮話。[E] be witty.

☆ 新聞に、国税局は酷税局だ、などとしゃれて書いてあった/報上登出國稅局是酷稅局的俏皮話。

▷ [名]しゃれ

じゃ・れる ジャレル〔自動一〕 小犬、小猫などが、からみつくように、おもしろがって動きまわる。[話][中]嬉戲；玩耍；歡鬧。[E] play with.

☆ 小猫が毛糸玉にじゃれて遊んでいる/小貓玩毛線球。

シャワー (shower) シャワー 水や湯が雨のようになって噴きだしてくる装置。また、その水や湯。体などを洗うのに使う。[中]淋浴。[E] a shower.

☆ シャワーで汗を流す/淋浴沖掉身上的汗。

☆ シャワーを浴びてさっぱりした/沖了個澡，渾身感到輕鬆爽快。

じゃんけん ジャンケン、ジャンケン〔～する〕 片手で石、はさみ、紙の形をまね、それを同時に出し合って勝ち負けを決める遊び。石ははさみより、はさみは紙より、紙は石より強い。石を「グー」、はさみを「チョキ」、紙を「パー」という。[中]猜拳。

〔じゃんけん〕

[E] *janken*; the game of "scissors-paper-rock".

☆ じゃんけんで順番を決めよう / 猜拳來決定順序吧。

☆ じゃんけんして負けた人がビールを買いに行く / 猜拳輸的人去買啤酒。

参 勝ち負けを決めるとき「じゃんけんぽん」と掛け声をかける。

しゃんと シャント、シャント〔～する〕 姿勢が正しくて元気そうなようす。また、きちんとしているようす。中 端正；挺直。E straighten (one's back); be in full vigor.

☆ 背筋をしゃんとのばして歩く / 挺直腰桿走路。

☆ 病気が治り体力がもどってきたので、体がしゃんとしてきた / 因為病好了，恢復了體力，所以也昂首挺胸起來。

シャンプー (shampoo) シャンプー〔～する〕 髪の毛を洗うときに使う洗剤。また、それを使って洗うこと。中 洗髮精。E shampoo.

☆ シャンプーした髪をドライヤーで乾かす / 把洗過的頭髮用吹風機吹乾。

しゅ【主】シュ ❶ 中心となるもの。中心点。おもなこと。中 主；中心；主要。E take the initiative.

☆ 女性グループが主になって環境問題と取り組んだ / 以婦女團體為中心從事環境問題的研究。

対 従

❷ キリスト教の神、またはキリスト。中 (基督教)主；耶穌。E the Lord.

☆ わたしたちの主、イエス・キリスト / 我們的主，耶穌基督。

❸ (他のことばの頭について)中心となる、たいせつなものであること。中 主要。

☆ 主成分 / the chief ingredient. / 主要成分。

☆ 主目的 / 主要目標。

❹ (他のことばの後について)そのものやことを支配する人、またはその主人。中 主人；～主。

☆ ブドウ園主 / a vineyard master. / 葡萄園主。

☆ 造物主 / the Creator. / 造物主。

しゅ【種】シュ 種類。中 種；種類。E a kind.

☆ わたしは、この種のくだものは、においが強すぎるので好きになれない / 這種水果味道太濃，我不喜歡。

☆ 改良種 / an improved variety. / 改良品種。

☆ 純血種 / a thoroughbred. / 純種。

-しゅ【-手】 (他のことばについて)それを専門、または職業とする人。中 ～手。

☆ 運転手 / 司機。

☆ 1塁手 / the first baseman. /1壘手。

-しゅ【-酒】 (他のことばについて)酒の種類を表す。中 ～酒。

☆ 果実酒 / fruit liquor. / 水果酒。

☆ 純米酒 / 純米酒（清酒的一種）。

☆ ブドウ酒 / wine. / 葡萄酒。

しゆう【私有】シユー〔～する〕 個人が持っていること。中 私有。E private ownership; private.

☆ 都市の中心部の土地の私有は認めない政策をとる / 採取不允許城市中心區土地私有的政策。

☆ 私有財産 / 私有財產。

☆ 私有地 / 私有土地。

対 公有、国有

しゅう【州】シュー ❶ アメリカ、オーストラリア、ドイツなどの政治上の地域の区分。中 聯邦制國家的州。E a state.

☆ アメリカ合衆国には50の州がある / 美國有五十個州。

❷ (地名の後について)その地域を表す。中 地區；～洲。

☆ 欧洲 / Europe. / 歐洲。

☆ 豪州 / 澳洲。

☆ 信州 / 信州。

しゅう【週】シュー 日曜日から土曜日までの7日間。また、それをひとまわりした日にちの単位。中 星期；週。E a week.

☆ 週のうち3日間働く/一星期工作三天。

☆ 母の日は5月の第2週の日曜日だ/母親節是五月的第二個星期天。

-しゅう【-周】（数を表すことばについて）もののまわりを回る回数を表す。中 周。

☆ 地球は1年で太陽のまわりを1周する/地球一年繞太陽一周。

☆ グラウンドを3周する/run three laps./繞場3周。

じゆう【自由】ジユー ❶自分の思いのままであること。中 自由自在；隨意。E as one likes; freely.

☆ けがをして右手が自由に動かせない/受傷的右手不能隨意支使。

対 不自由

❷法律や規則などの制限を受けないこと。また、他のものにじゃまされないこと。中 自由；隨意；任意。E be free to; freedom; liberty.

☆ 午前は団体で工場見学だが、午後は自由に行動できる/上午集體參觀工廠，下午可以自由活動。

☆ 表現の自由/表現的自由。

☆ 自由主義/自由主義。

☆ 自由化/liberalization./自由化。

じゅう【十】ジュー ❶9に1を加えた数。とお。10。中 十；十個。E ten.

☆ 2かける5は10だ/二乘五等於十。

☆ 十人十色(=人によって考えや好みなどがそれぞれ違うこと)/十人十個樣(=人的性格、思想、喜好各不相同)。

❷順番が9のつぎ。10番目。第10。中 第十。E the tenth.

☆ 列の10番目に並ぶ/排在行列裡的第十名。

じゅう【重】 ❶(名詞の頭について)重い。ひどい。激しい。中 重；重的。

☆ 重金属/a heavy metal./重金屬。

☆ 重労働/重勞動。

☆ 重税/重稅。

❷(数を表すことばの後について)重ねたものの数を表す。中 重覆；重疊。

☆ 2重の手間がかかる/費兩次工夫。

☆ 五重の塔/a fivestoried pagoda./五重塔。

-じゅう【-中】（他のことばについて）❶ものごとが、ある期間続くこと。中 表示整個期間。

☆ この公園は1年じゅう美しい花が咲いている/這個公園全年開著美麗的花。

☆ 1晩じゅう/all night./整個晚上。

❷ある範囲の全部であること。中 表示整個區域或範圍。

☆ 世界じゅうから代表が集まる/全球各地的代表齊聚一堂。

☆ 国じゅう/throughout the country./全國，全國各地。

☆ 家じゅう/全家。

しゅうい【周囲】シューイ ❶なにかを取り巻くものの外側。もののまわり。中 周圍；四周。E the circumference; around.

☆ 家の周囲は畑ばかりだ/家的四周全是田地。

❷取り巻いている人やもの。環境。中 周圍的人；環境。E the surroundings; the people around a person.

☆ 周囲がやかましいから自由にふるまえない/周圍的人很挑剔，所以不能自由發揮。

じゅういちがつ【十一月】ジューイチガツ、ジューイチガツ 1年の11番目の月。11月。中 十一月。E November.

☆ 11月は菊と紅葉が美しい月だ/十一月是菊花和紅葉很美麗的月份。

しゅうかい【集会】シューカイ〔~する〕なにかを一緒にするために、人々が1つの場所に集まること。また、その集まり。中 集會。E a meeting; an assembly.

☆ 学費値上げに反対して、集会を開いた/舉行集會，反對學費漲價。

☆ 市民集会/市民大會。

しゅうかく【収穫・収獲】シューカク〔～する〕 ❶農作物のできたものを取り入れること。中 收穫；收成。E a harvest; a crop.

☆ 東南アジアでは米の収穫が１年に２、３回もある / 在東南亞，稻米一年收成二、三次。

☆ 先週ブドウを収穫した / 上禮拜葡萄收成了。

❷ 漁業や狩りでえたもの。中 獵獲物；漁獲量；捕獲量。E a catch; game.

☆ カニの収獲は年々減っている / 螃蟹捕獲量逐年減少。

☆ 収獲量 / 收穫量。

❸ なにかをしてえた、いい結果。中 收穫；成果。E the fruits.

☆ イギリス旅行での収穫は英語がうまくなったことだ / 去英國旅行的收穫是英文變得很棒。

注 ❶❸は「収穫」、❷は「収獲」。

しゅうがくせい【就学生】シューガクセイ、シューガクセイ 日本語学校などに入って勉強している学生。中 就學生（就讀於語言學校，專門學校等非一般大學及短大的學生。拿的是就學簽證，而一般大學及短大拿的是留學簽證）。E a person attending a school; a “pre-college student”.

☆ 就学生に日本語を教える / 教就學生日語。

☆ 就学生ビザ / 就學生簽證。

参「留学生」に対して、日本語学校や各種学校で勉強する外国人をいう。

じゅうがつ【十月】ジューガツ、ジューガツ １年の10番目の月。10月。中 10月。E October.

☆ 10月になると木々の葉が色づきはじめる / 十月一到，樹葉就開始轉紅。

しゅうかん【週刊】シューカン 雑誌などを毎週、定期的に刊行すること。中 週刊。E weekly.

☆ テレビの案内を週刊で出す / 在週刊上刊登電視節目的介紹。

☆ 週刊誌 / 週刊雜誌。

☆ 週刊紙 / 週報。

しゅうかん【週間】シューカン ❶７日間を１区切りとして数える期間。中 一週。

☆ かぜをひいて、１週間学校を休んだ / 感冒了，所以休息一個禮拜沒去上學。

☆ ２週間旅行する / travel for two weeks. / 旅行兩個禮拜。

❷ 特別の行事のための期間。中（舉行某種活動的）期間。

☆ 婦人週間 / Women’s Week. / 婦女週。

☆ 交通安全週間 / 交通安全週。

☆ 読書週間 / 讀書週。

しゅうかん【習慣】シューカン あることを繰り返し、長い間行ってきたため、いつもするようになったこと。中 習慣。E a custom; a habit.

☆ 日本ではお正月にもちを食べる習慣がある / 在日本過新年有吃年糕的習慣。

☆ 子供が小さいうちに、毎日歯をみがく習慣をつけなさい / 趁孩子小，讓他養成每天刷牙的習慣。

しゅうき【周期】シューキ ある決まった時間をおいて同じ現象が繰り返されるときの１回にかかる時間。中 周期。E a cycle.

☆ 地球は太陽のまわりを１年の周期で回る / 地球以一年為周期繞著太陽轉。

しゅうぎ【祝儀】シューギ ❶祝いの儀式。おもに結婚式。中 慶祝儀式；典禮；婚禮。E a wedding; a celebration.

☆ 親戚の息子の祝儀に出かける / 出席親戚兒子的婚禮。

対 不祝儀

❷ 祝いのとき人に贈る金や品物。中 禮品；賀儀；紅包。E a congratulatory gift; a tip.

☆ 結婚式に招待されて受付で祝儀を渡した / 受邀參加婚禮，在收禮台送了賀儀。

☆ 祝儀袋 / 紅包；禮品袋。

しゅうぎいん【衆議院】シューギイン 日本の国会の２つの院のうちの１つ。国会を解散できるなど、もう一方の参議院よりも権限が大きい。法律を決めたり、国の予算を決めたりする。議員の任期は4年。衆院。中日本國會的衆議院。E the House of Representatives.

☆ 予算案はまず衆議院に提出される/首先向衆議院提出預算案。

☆ 衆議院議員/衆議院議員。

☆ 衆議院選挙/衆議院選舉。

対参議院

じゅうきょ【住居】ジューキョ　人が住んでいる家。中住所；住宅。E a house; a residence.

☆ 日本の住居は夏涼しいようにできている/日式建築注重夏涼。

☆ 住居をいなかに移す/搬家到鄉下。

☆ 住居表示/住址。

しゅうきょう【宗教】シューキョー　神や仏など、人間の力をこえた絶対的なものを信じる心の活動。また、その教え。中宗教。E a religion.

☆ 大きな悩みや苦しみにあうと宗教に頼りたくなる/遭遇到很大的煩惱或痛苦時就會想向宗教求助。

☆ 宗教戦争/宗教戰爭。

☆ 宗教団体/宗教團體。

しゅうきん【集金】シューキン〔～する〕料金や代金など、金を集めること。また、その集めた金。中收款。E collect bills.

☆ 新聞代を集金する/收報費。

☆ 集金係/收款員。

しゅうげき【襲撃】シューゲキ〔～する〕敵を突然せめること。中襲擊。E an attack.

☆ 夜中に敵を襲撃する/半夜裡襲擊敵人。

☆ カラスの襲撃/烏鴉的襲擊。

しゅうごう【集合】シューゴー〔～する〕1つの所に集まること。また、集めること。中集合。E gather; assemble.

☆ あす9時に駅に集合してください/明天九點請在車站集合。

☆ 集合住宅/集合住宅。

☆ 集合場所/集合地點。

対解散

じゅうごや【十五夜】ジューゴヤ　陰暦15日の満月の夜。特に8月15日の夜。この夜、日本では、ススキやだんごを月に供える習慣がある。中農曆十五之夜；中秋夜。E a full moon night.

〔十五夜〕

☆ 十五夜にお月見をする/中秋夜賞月。

☆ 十五夜の月を中秋の名月という/把十五夜的月亮稱為中秋明月。

しゅうさい【秀才】シューサイ　学問にすぐれた才能がある人。中秀才；有才華的人；才子。E a brilliant person.

☆ 一郎は学生時代は秀才だったが、社会に出てからめだたなくなった/一郎在學生時代很傑出，但入社會後並不出色。

対鈍才

しゅうし【収支】シューシ　収入と支出。中收支。E income and outgo.

☆ 家計簿の収支が合わない/家計簿上的收支不符。

☆ 収支決算/結算收支。

しゅうし【修士】シューシ　❶大学卒業後大学院で2年以上勉強して単位を取り、論文審査に合格した学生に与えられる学位。修士号。また、それを持っている人。中碩士；碩士學位。E a master's degree; a master.

☆ 言語学の修士を取る/取得語言學的碩士學位。

❷「修士課程」を略した言い方。中碩士課程。E a master's course.

☆ 修士に入って中国古代史を研究する/進入碩士班開始研究中國古代史。

▷ 関連❶学士、博士

しゅうし【終始】シューシ　❶〔～する〕始めから終わりまで同じ状態が続くこと。中始

し

終；一貫。E continue from beginning to end.

☆ 会議は激しい議論に終始した/會議始終都在激烈爭論。

❷ (副詞的に)始めから終わりまでずっと。中 始終；從頭到尾。E from beginning to end.

☆ 話し合いは終始笑い声が絶えなかった/交談從頭到尾笑聲不斷。

☆ 終始一貫して/consistently./始終如一。

じゅうし【重視】ジューシ、ジューシ〔～する〕 重くみること。だいじだと思うこと。中 重視。E place importance on.

☆ 学歴より人物を重視する/比起學歷較重視人品。

対 軽視

じゆうじざい【自由自在】ジユージザイ、ジユー・ジザイ 自分の思うままになにかができるようす。中 自由自在。E have a perfect command of; at will.

☆ 中国で育った道子は自由自在に中国語を話す/在中國長大的道子中文講的非常流利。

☆ 大型機械を自由自在に操る/熟練地操縱大型機器。

じゅうじつ【充実】ジュージツ〔～する〕 内容が豊かで、たりない点がないこと。中 充實。E full; substantial.

☆ 充実した学生生活を過ごす/過著充實的學生生活。

☆ この論文は内容が充実している/這篇論文內容充實。

しゅうしゅう【収拾】シューシュー〔～する〕 混乱した状態をもとの秩序ある状態にもどすこと。中 收拾；整頓。E control; settle.

☆ みんなが勝手なことばかり言って、事態の収拾がつかない/大家各說各話，情況無法收拾。

☆ 混乱の収拾をはかる/計劃收拾亂局。

じゅうじゅん【従順】ジュージュン 相手の言うことにさからわないで、おとなしくしたがうこと。中 順從；聽話。E submissive; obedient.

☆ むかしは、女は男に従順であることがいいと思われていた/以前認為女性順從男性是美德。

☆ 従順な態度/順從的態度。

じゅうしょ【住所】ジューショ 住んでいる所。中 住所；住址。E an address.

☆ 手帳に友達の住所と電話番号を書いておく/把朋友的住址和電話號碼記在筆記本上。

☆ 住所録/住址簿。

じゅうしょう【重傷・重症】ジューショー

❶ 重いけが。中 重傷；傷勢嚴重。E a serious injury.

☆ 交通事故で重傷を負った/因交通事故受重傷。

☆ 重傷者/重傷患者。

対 軽傷

❷ 重い病気。中 重病。E a serious illness.

☆ 父の病気はかなり重症だったので、すぐ入院させた/父親病情相當嚴重，所以讓他馬上住院。

対 軽症

二 注 ❶は「重傷」、❷は「重症」。

しゅうしょく【修飾】シューショク〔～する〕 ❶ 美しく飾りたてること。中 修飾；裝飾；渲染。E embellish; ornament.

☆ その話は修飾が多くてどこまで本当なのかわからない/那件事過於渲染，很難相信到底有多少真實性。

❷ 文法で、語句の前についてその語句を説明したり、限定したりすること。中 修飾。E modify.

☆「青い空」の「青い」は「空」を修飾している/「藍天」中的「藍」修飾「天」。

☆ 修飾語/修飾語。

☆ 連体修飾/連體修飾。

☆ 連用修飾/連用修飾。

しゅうしょく【就職】シューショク〔～する〕職につくこと。職をえること。中就職；就業；找到工作。E find employment; get a job.

☆ 大学を卒業して銀行に就職した／大學畢業後到銀行就職。

☆ 就職試験／就業考試。

対 退職

じゅうじろ【十字路】ジュージロ　２つの道が「十」の文字の形に交差している所。中十字路口。E a crossroads.

☆ 駅前の十字路でトラックとタクシーが衝突した／車站前的十字路口，有卡車和計程車相撞。

☆ そこの十字路を右に曲がると公園がある／在那個十字路口往右轉，就有公園。

じゅうしん【重心】ジューシン　物体の各部分に働く重力が集まって、つりあいのとれる１点。中重心；平衡。E the center of gravity; (a) balance.

☆ 大きな波が来て船の重心が傾いた／大浪湧來，船的重心偏了。

☆ 重心を失って倒れた／失去重心而跌倒了。

ジュース(juice) ジュース　くだものや野菜などをしぼった汁。また、それに水や砂糖を加えてつくった飲み物。中果汁。E juice.

☆ しぼりたての新鮮なジュースを飲む／喝現榨的新鮮果汁。

☆ オレンジジュース／柳橙汁。

数 １杯・１本

しゅうせい【修正・修整】シューセイ〔～する〕❶意見や文章などのよくないところやまちがったところを正しく直すこと。中修正；修改。E amend; revise.

☆ この作文は、内容はいいが、字句は修正したほうがいい／這篇作文內容很好，但用詞最好能修改一下。

☆ 修正案／修正案。

❷ 形などをととのえて直すこと。中修整。E retouch.

☆ 修整して鮮明になった写真／照片經修整變得清楚。

注 ❶は「修正」、❷は「修整」。

じゅうたい【重体・重態】ジュータイ　病気やけがのようすがひどく悪く、危険な状態であること。中病危；危篤。E a serious condition.

☆ 患者が重体になったので、家族や親類を呼び集めた／患者病危，所以召集家人和親屬。

☆ 重体におちいる／病危；病篤。

じゅうたい【渋滞】ジュータイ〔～する〕ものごとがつかえて、なめらかに進まないこと。中進展不順利；停滯不前；壅塞。E be congested; a jam.

☆ 交通が渋滞して、いつもは10分で来られるのに、きょうは30分もかかった／因交通壅塞，平時十分鐘就能到，今天卻花了三十分鐘。

じゅうだい【重大】ジューダイ　ふつうではない、たいへんなようす。非常にだいじなようす。中重大；重要。E serious; important.

☆ 国民の政治への信頼を失わせた政治家の責任は重大である／對於造成國民對政治失去信任的政治家必須承擔重大責任。

☆ 選挙の結果が国の将来に重大な影響を与える／選舉結果對國家未來有重大影響。

☆ 重大事件／a serious affair.／重大事件。

じゅうたく【住宅】ジュータク　人が住む家。中住宅。E a house; housing.

☆ 都会では値段の安い住宅がたりなくて困っている／在都市中價格便宜的住宅供給不足，很困擾。

☆ 住宅難／房荒；住居難。

数 １軒・１戸・１棟　→住まい

しゅうだん【集団】シューダン　人、動物、ものなどが多く集まっている１つのかたまり。中集體；集團。E a group.

☆ 象は集団を組んで生活する動物だ／大象是

群居的動物。

☆ 集団で行動する / 集體行動。

☆ 集団生活 / 集體生活。

☆ 集団作業 / 集體工作。

じゅうたん【絨緞・絨毯】ジュータン　床に敷くために、羊毛などでつくられた織物。中 地毯。E a carpet.

☆ 部屋に赤いじゅうたんを敷く / 在房間裡鋪設紅地毯。

☆ ペルシャじゅうたん / 波斯地毯。

数 1枚

じゅうだん【縦断】ジューダン〔～する〕

❶ 縦に切ること。中 縱斷；從中劈開。E cut vertically.

☆ 火山を縦断した模型を見ると、内部のようすがよくわかる / 看到火山縱剖面模型，就能清楚了解火山内部結構。

☆ 縦断面 / 縱斷面。

対 横断

❷ 広い所を南北の方向に横切って進むこと。中 縱貫。E run through; travel across.

☆ 台風が日本列島を縦断した / 颱風橫掃日本列島。

☆ アフリカ縦断旅行 / 橫越非洲旅行。

対 横断

しゅうちゃく【執着】シューチャク〔～する〕　あるものごとに心が強くひかれて、離れられないこと。しゅうじゃく。中 貪戀；留戀；執著。E be attached to; tenacity.

☆ お金に執着しすぎて、だいじな友達を失った / 因過於貪戀錢財而失去好友。

☆ 生命への執着が強い患者は、治るのも早い / 求生強烈的患者，痊癒得快。

☆ 執着心 / 執著之念；貪戀心。

しゅうちゅう【集中】シューチュー〔～する〕　1つの所に集まること。また、集めること。中 集中。E concentrate.

☆ 大臣に質問が集中した / 向部長集中質詢。

☆ 注意を集中して話を聞く / 集中注意力聽講話内容。

☆ 集中豪雨 / a localized torrential downpour. / 區域性豪大雨；驟雨。

☆ 集中講義 / 集中授課。

対 分散

しゅうてん【終点】シューテン　ものごとの終わる所。電車やバスなどの終わりの駅、停留所。中 終點；終點站。E the end of the line; the terminal.

☆ 東北新幹線で終点の盛岡まで行く / 搭乘東北新幹線到終點站盛岡。

対 起点

じゅうてん【重点】ジューテン、ジューテン　ものごとの重要な点。たいせつな点。中 重點；要點。E an important point; priority.

☆ 工学部へ進みたいので、理科と数学に重点を置いて勉強する / 因為想唸工學院，所以把讀書的重點放在理科和數學上。

☆ 重点政策 / 主要政策。

じゅうどう【柔道】ジュードー　相手と組んで力と技を比べるスポーツ。日本に古くからある柔術を改良して始められた。中 柔道。E *judo*.

〔柔道〕

☆ ジョンは黒帯をめざして、毎日柔道の練習に励んでいる / 約翰以取得黑帶為目標，每天努力練習柔道。

☆ 柔道の投げ技を、ぜひマスターしたい / 務必要掌握柔道的摔倒招數。

☆ 柔道着 / 柔道服。

しゅうとく【習得・修得】シュートク〔～する〕　❶ 技術やことばなどを習って覚えること。中 學會；掌握。E learn; acquire.

☆ 子供のときタイにいたので、タイ語の習得が速い / 因幼時住過泰國，所以泰語學得很快。

❷ 学問や技術などを学んで身につけること。中 學會；掌握。E learn; study; master.

☆ 電子工学を修得して、電機メーカーで働くつもりだ/學了電子學，想到電機製造廠工作。

▷ 書

注 ❶は「習得」、❷は「修得」。

じゅうなん【柔軟】ジューナン　❶やわらかなようす。中柔軟。E supple; pliable.

☆ 体操の選手たちは柔軟な体をしている/體操選手們的身體很柔軟。

☆ 柔軟体操 / calisthenics. / 柔軟體操。

❷ まわりや相手のようすに応じて調節するようす。中靈活。E flexible.

☆ 組合側の要求に、会社側は柔軟な態度を示した/對於工會的要求，公司方面表示出溫和的態度。

☆ 相手の希望に柔軟に対応する/靈活應付對方的要求。

☆ 柔軟性/靈活性。

対 強硬

じゅうにがつ【十二月】ジューニガツ、ジューニガツ　1年の最後の月。12月。中12月。E December.

☆ 12月の終わりごろは身も心も忙しくなる/十二月底身心都開始忙碌起來。

じゅうにし【十二支】ジューニシ　むかし、年、時刻、方角などを表すのに使った12の動物の名で示される呼び名。子(=ネズミ)、丑(=牛)、寅(=トラ)、卯(=ウサギ)、辰(=竜)、巳(=蛇)、午(=馬)、未(=羊)、申(=猿)、酉(=鶏)、戌(=犬)、亥(=イノシシ〔猪〕)のこと。えと。中十二支；地支。E the twelve (animal) signs of the (Chinese and Japanese) zodiac.

☆ 正月には十二支の置物を飾る/在新年時用十二生肖的裝飾品來擺設。

しゅうにゅう【収入】シューニュー　働いたり事業を経営したりして入ってくる金。中收入。E an income.

☆ 収入が増えないのに物価が上がって、生活が苦しい/收入沒增加，物價卻上揚，所以生活很苦。

☆ 1カ月の収入を合計する/合計一個月的收入。

対 支出

しゅうにん【就任】シューニン〔～する〕与えられた仕事や役目につくこと。中就任；就職。E assume the office; be inaugurated.

☆ 社長がやめて、副社長がつぎの社長に就任した/董事長辭職，由副董事長接下一任董事長。

☆ 就任のあいさつ/就任致詞；就職演說。

対 辞任

しゅうねんぶか・い【執念深い】シューネンブカイ　いつまでも忘れたりあきらめたりしないで、自分の気持ちを通そうとするようすだ。中固執；執拗；愛記仇。E tenacious; revengeful.

☆ 会いたくないと断ったのに、執念深く電話をかけてくる/拒絕再度見面，但對方卻仍不死心地打電話來。

じゅうばこ【重箱】ジューバコ　料理を入れる四角の入れ物。ふつう木製で、うるしがぬってあり、何段にも重ねられるようになっている。正月に使うことが多い。

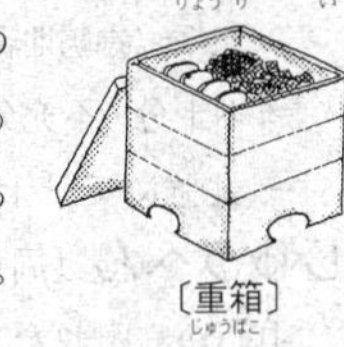

〔重箱〕

中 盛食品用的多層方木盒；飯盒。E a nest of boxes for food.

☆ おせち料理を重箱につめる/把年菜裝到層疊餐盒裡。

☆ 重箱弁当/層疊式飯盒。

重箱の隅をつつく　細かいことまで取りあげてうるさく言う。中挑剔細節；雞蛋裡挑骨頭。E be hairsplitting; carp at trifles.

☆ 研究発表をしたら、重箱のすみをつつくような質問ばかりされていやになった/研究結果發表時，被問的全是些雞蛋裡挑骨頭的問題，真是受不了。

似た表現 重箱の隅をほじくる

じゅうばこよみ【重箱読み】ジューバコヨミ　漢字2字でできていることばで、最初の文字を音で読み、つぎの文字を訓で読む読み方。中 兩個漢字組成的單詞，上一個讀音讀，下一個按訓讀的讀法；音訓讀法。E mixing *on* and *kun* readings in one word which is made of two Chinese characters.

☆「翌朝」を「よくあさ」と読むのは重箱読みだ/「翌朝」讀作「よくあさ」是音訓讀法。

対 湯桶読み

参「重箱」の「重」は「じゅう」と音読みし、「箱」は「はこ」と訓読みすることからいう。ほかに「現場」「新橋」など。

じゅうぶん【十分・充分】ジューブン　たりないものがないようす。中 充分；十分；足夠。E enough; sufficient.

☆ 1月に20万円あれば、日本でもじゅうぶんに暮らしていける/如果一個月有二十萬日圓，就足夠在日本生活了。

☆ 地震に備えて、じゅうぶんな食料を用意した/為防地震，準備了充分的糧食。

対 不十分・不充分

参 強めて「十二分」ともいう。

しゅうへん【周辺】シューヘン、シューヘン　中心から離れたまわり。中 周圍；四周。E the outskirts.

☆ 東京の周辺にもまだ自然は残っている/在東京的周邊還有保留一些自然景觀。

☆ 都会の周辺の土地も値上がりしはじめた/城市周邊的土地也開始漲價了。

しゅうまつ【週末】シューマツ　1週間の終わり。ふつう、金曜の夕方から土曜、日曜にかけてをいう。中 週末。E a weekend.

☆ よい週末をお過ごしください/祝您週末愉快。

☆ 週末の天気が気になる/擔心週末的天氣。

☆ 週末に旅行する/週末去旅行。

じゅうみん【住民】ジューミン　その土地に住んでいる人。中 居民。E an inhabitant; a resident.

☆ 地域の住民の意見をまとめて役所に申し入れる/歸納地區居民的意見，向政府機關反應。

☆ 住民運動/居民運動。

☆ 住民票/戶口名簿。

じゅうやく【重役】ジューヤク　会社の経営を指揮する役員。取り締役と監査役。中 高階主管；董監事。E an executive; a director.

☆ 重役のいすにすわる(=重役の地位をえる)/擔任要職(=獲得要職)。

☆ 重役会議/董事會議。

しゅうよう【収容】シューヨー〔～する〕　人や荷物などを、建物、部屋など、一定の場所に入れること。中 收容；容納。E accommodate; take to.

☆ 事故でけがをした人たちを救急車で病院に収容した/把因事故受傷的人用救護車送到醫院。

☆ 収容人員/可容納人數。

☆ 収容所/an internment camp./收容所。

じゅうよう【重要】ジューヨー　非常にたいせつなようす。中 重要。E important; essential.

☆ だれにとっても健康は重要だ/不論對誰來說健康都是最重要的。

☆ 重要な関心事/叫人關心的重要事情。

☆ 重要書類/重要文件。

じゅうらい【従来】ジューライ　以前からいままで。中 從來；歷來；直到現在。E usually; up to now.

☆ 日本では従来、正月の3日間は休みにする会社が多い/日本大多數的公司在元旦那三天一向都是休假的。

☆ 従来どおり/as usual./一如既往。

しゅうり【修理】シューリ〔～する〕　こわれたり傷んだりした部分を直すこと。中 修理。E repair.

☆ ラジオがこわれたので修理した/收音機壞了所以才修理的。

☆ 車を修理に出す/車輛送修。

☆ 分解修理/拆開來修理。

しゅうりょう【終了·修了】シューリョー〔～する〕 ❶終わること。終えること。中終了；完了；結束。E end; finish.

☆ 予定を全部終了した/預定要做的全都做完了。

☆ 大会が無事に終了した/大會順利結束了。

対開始

❷ 決められた課程を学び終えること。中結業；修業。E finish; complete.

☆ 姉は去年修士課程を修了した/姊姊去年碩士班畢業。

☆ 修了証書/結業證書。

注 ❶は「終了」、❷は「修了」。

じゅうりょう【重量】ジューリョー ❶ものの重さ。中重量。E weight.

☆ 小包の重量は12キロまで許される/小包裹的重量限制在十二公斤以內。

☆ 重量制限/重量限制。

❷ 目方が重いこと。中分量重。E heavy.

☆ 重量感のある人/有存在感的人；分量重的人。

☆ 重量級/重量級。

対軽量

じゅうりょく【重力】ジューリョク 地球がものを引きつける力。中重力。E gravity.

☆ 物体が落ちるのは重力のためである/物體下落是因為重力的作用。

しゅえい【守衛】シュエイ 学校、会社、役所などで、建物を守り、人の出入りを見張る仕事。また、その役の人。中守衛；守門員。E a guard; a doorkeeper.

☆ 門を入ろうとしたら守衛に呼び止められた/正要進門時，被守衛叫住了。

☆ 守衛に立つ/站崗。

☆ 守衛所/警衛室。

しゅえん【主演】シュエン〔～する〕 映画や演劇などで、主役を演じること。また、その人。中主演；主角。E play the leading part; a star.

☆「独裁者」はチャプリンが主演した映画だ/「獨裁者」是卓別林主演的電影。

☆ 主演に選ばれる/被選為主角。

☆ 主演俳優/主角演員。

対助演

しゅかん【主観】シュカン ものごとをとらえ、考え、判断する心の働き。また、その人個人の考え方。中主觀。E subjectivity; a personal opinion.

☆ 主観にとらわれず、公平な立場をとる/不受主觀限制，立場超然公正。

☆ 三郎の判断は主観が強すぎるようだ/三郎的判斷好像太主觀了。

対客観

しゅかんてき【主観的】シュカンテキ 自分1人の考え方や感じ方にもとづいて、ものごとを判断するようす。中主觀(的)。E subjective.

☆ それはあくまできみ個人の主観的な判断であって、客観性がない/那完全是你個人的主觀判斷，不具客觀性。

対客観的

しゅぎ【主義】シュギ ❶行動を決めるときに、その人が持っている考えや主張、方針など。中主義；主張。E a principle; a belief.

☆ 弱い立場の人を差別するのは、わたしの主義に反する/歧視弱者有違我的主張。

☆ 菜食主義/vegetarianism./素食主義。

☆ ことなかれ主義/a peace-at-any-price principle./多一事不如少一事。消極主義。

❷ ある特定の思想、学説の立場。

☆ 同じ主義の仲間と新しい政党をつくった/與理念相同的同志組了新政黨。

☆ 実存主義/existentialism./存在主義。

☆ 資本主義/資本主義。(→項目)

し

☆ 社会主義 / 社會主義。(→ 項目)

しゅぎょう【修行】シュギョー〔～する〕仏の教えや武道などを学ぶために苦しい努力を重ねること。中 修行；修煉。E ascetic practices; train oneself.

☆ 山にこもって修行を積む/在山上閉關修行。

☆ 武者修行 / 武士修練武術。

じゅきょう【儒教】ジュキョー　孔子の思想にもとづく、政治、道徳などの教え。中 儒教；儒家。E Confucianism.

☆ 儒教では、個人が道徳を守れば、自然に国がよくなり、平和になること教えている / 儒家教導我們，只要每個人都遵從道德，自然就會國泰民安。

☆ 儒教思想 / 儒家思想。

参 仏教とともに日本の政治、文化、思想に大きな影響を与え、日本の封建道徳の基礎となった。

じゅぎょう【授業】ジュギョー〔～する〕学校などで、学問や技術を教えること。中 授課；講課；課程。E a class; a lesson; school.

☆ 日本語の授業は朝 9 時に始まる / 日語課從早上九點開始。

☆ 授業に出る / 去上課。

☆ 授業を休む / 請假不上課。

☆ 授業時間 / 上課時間。

しゅくじ【祝辞】シュクジ　祝いの席で祝いの気持ちを述べることば。中 賀辭；祝辭。E a congratulatory address.

☆ 結婚式で祝辞を述べる/ 在結婚典禮上致賀辭。

☆ 先生から祝辞をいただく / 老師致詞；老師來電祝賀。

対 弔辞

しゅくじつ【祝日】シュクジツ　祝いの日。特に、国が決めた休日。中 節日；政府規定的假日。E a national holiday; a public holiday.

☆ 日本では、5月3日は憲法記念日の祝日になっている / 在日本，五月三日是國定假日的憲法紀念日。

対 平日

しゅくしゃ【宿舎】シュクシャ　❶ 旅行などに出かけたとき泊まる所。中 住宿地；投宿處。E lodgings; accommodations.

☆ 外国から来る人たちに宿舎を用意する/給從外國來的人們準備旅館(住處)。

☆ 国民宿舎 / 國民住宅。

❷ 職員などが住むための建物。中 宿舍。E living quarters; housing.

☆ 公務員宿舎 / 公務員宿舍。

しゅくしょう【縮小】シュクショー〔～する〕　形や規模が小さくなること。また、小さくすること。中 縮小；縮減；裁減。E reduce; cut down; reduction.

☆ 会社と組合の努力により、賃金の格差が縮小した / 由於公司和工會的努力，工資的差距縮小了。

☆ 軍備の縮小 / 裁減軍備；裁軍。

☆ 縮小コピー / 縮小複製；縮小影印。

対 拡大

じゅく・す【熟す】ジュクス〔自動五〕(じゅくして)　❶ くだものがやわらかくなって、おいしく食べられる状態になる。うれる。熟する。中 熟；成熟。E ripen; be ripe.

☆ カキが真っ赤に熟す / 柿子成熟變紅了。

☆ よく熟しておいしそうなイチゴ / 已經熟透，看來好像很好吃的草莓。

❷ ちょうどいい時機になる。熟する。中 成熟。E be ripe; mature.

☆ 制度の改革は、機が熟しているいまがチャンスだ / 現在時機成熟是改革制度的好機會。

じゅくすい【熟睡】ジュクスイ〔～する〕ぐっすりよく眠ること。中 熟睡；酣睡。E sleep well.

☆ 酒を飲んで熟睡した / 喝了酒熟睡了。

☆ 最近、考えごとが多くて熟睡できない/最近心事重重無法安眠。

しゅくだい【宿題】シュクダイ ❶学校などで、家に持ち帰ってしてくるように出される問題や課題。中 功課；家庭作業。E homework.

☆ 先生は来週までの宿題を出した/老師將家庭作業出到下週的份量。

☆ 漢字の宿題をしてから遊ぶ/寫完漢字的功課後再玩。

❷ 解決されないまま残されている問題。中 有待解決的問題。E a pending question.

☆ この問題は次回の委員会までの宿題にする/這個問題留待下次委員會討論。

じゅくどく【熟読】ジュクドク〔～する〕よく読んで内容をじゅうぶん理解したり、味わったりすること。中 細讀；熟讀。E read thoroughly.

☆ 哲学の本は熟読しなければ意味がわからない/哲學書如不細讀，則無法了解其涵意。

☆ 熟読玩味/ read with appreciation. /細讀玩味。

しゅくはく【宿泊】シュクハク〔～する〕旅行などをして、自宅以外の所に泊まること。中 住宿；投宿。E stay at; lodging.

☆ 昨夜は京都のホテルに宿泊した/昨晚下榻於京都的飯店。

☆ 宿泊客/投宿客；住宿客。

☆ 宿泊料/住宿費。

→外泊

しゅくめい【宿命】シュクメイ 生まれる前から決まっていて人の力で変えることのできない運命。中 宿命；注定的命運。E destiny; fate.

☆ がんになったのも宿命と思ってあきらめる/認為得了癌症也是自己命中注定，而不抱任何希望。

じゅくれん【熟練】ジュクレン〔～する〕その仕事や技術によく慣れていて上手であること。中 熟練。E skilled; expert; skill.

☆ 熟練した教師は学生にわかりやすく教えることができる/有經驗的老師能把知識言簡意賅地教給學生。

☆ この仕事はむずかしいので、熟練が必要だ/這個工作很難，必須要熟練才行。

☆ 熟練工/ a skilled worker. /熟練工。

対 未熟

しゅげい【手芸】シュゲイ、シュゲイ 編み物、刺繍、人形づくりなど、手先を使ってする工芸。中 手工藝。E handicrafts.

☆ 洋子は手先が器用で、手芸を趣味としている/洋子手巧，愛好手工藝。

☆ 手芸品/手工藝品。

しゅけん【主権】シュケン、シュケン 国家が持つ、他の国の意思に支配されない最高権力。中 主權。E sovereignty.

☆ 日本国憲法では主権は国民にあると定めている/日本憲法規定主權在民。

☆ 主権在民/ The sovereignty rests with the people. /主權在民。

じゅけん【受験】ジュケン〔～する〕試験を受けること。中 投考；考試。E take an examination.

☆ 大学を受験する/考大學。

☆ 受験のための準備を始める/開始準備應考。

☆ 受験勉強/準備考試。

☆ 受験票/准考證。

しゅご【主語】シュゴ 文の中で、動作、作用、性質、状態などの主体になるものを表す部分。中 主語。E the subject.

☆「花が咲く」の文では「花が」が主語である/在「花開了」這句子中「花」是主語。

対 述語

しゅさい【主催】シュサイ〔～する〕会などを中心になって計画して行うこと。また、その人や団体。中 主辦；舉辦；主持。E sponsor.

☆ 学長の主催でパーティーが開かれた/由校長主持展開了晚會。

☆ 音楽会を主催する/舉辦音樂會。

☆ 主催者/主辦者。

しゅざい【取材】シュザイ〔～する〕報道

記事や作品などの材料を、関係する人にきいたり、関係の場所へ行ったりして集めること。中 取材；採訪。E cover; gather materials.

☆ いろいろな国の政治家に会って取材して記事を書く／採訪許多國家的政治人物後撰寫報導。

☆ 火山活動の取材のため、現地に行く／到現場採訪火山活動的情況。

しゅし【趣旨・主旨】シュシ　❶あることをしようとするときの目的や理由など。中 宗旨；主旨；旨趣。E an aim; an object.

☆ 緑を残そうという趣旨に賛成して、森林を買い取るための金を出した／基於保護大自然的宗旨，出錢買下了森林。

☆ 会の趣旨を説明する／說明會議的宗旨。

❷ 文章や話などで言おうとしているおもな点。中 主要意思；意圖。E the main point.

☆ 考えの主旨をはっきりさせながら話す／說出自己的主要觀點。

☆ この論文の主旨は明快だ／這篇論文的主要內容條理分明。

注 ❶は「趣旨」、❷は「趣旨」「主旨」。

しゅしゃせんたく【取捨選択】シュシャセンタク〔～する〕　いくつもある中からいいものや必要なものを選び、悪いものや不必要なものを捨てること。中 去蕪存菁；加以選擇。E a wise choice.

☆ 全部の本を読む時間はないので、取捨選択して読まなければならない／因沒時間把全部的書讀完，所以只能挑著讀。

しゅじゅ【種種】シュジュ　種類や数が多いようす。いろいろ。さまざま。中 種種；各種。E various; all sorts of.

☆ 都会には種々の職業を持った人が住んでいる／都市裡住著從事各行各業的人。

☆ 種々に楽しめるゲーム／各式各樣有趣的遊戲。

☆ 種々雑多／形形色色；種類繁多。

☆ 種々様々／各種各樣；各式各樣。

しゅじゅつ【手術】シュジュツ〔～する〕　けがや病気を治すために傷や病気のある部分を切り開いて処置をすること。中 手術。E an operation.

☆ 手術してがんを取り除く／做手術切除腫瘤。

☆ 目の手術が成功した／眼睛的手術成功了。

☆ 手術室／手術室。

☆ 心臓手術／心臟手術。

参「手術する」には、「若い医師が手術しているあいだ、先輩の医師はずっと見守っていた」のように、医師が手術をする意味も、「目を手術してよく見えるようになった」のように、患者が手術を受ける意味もある。

しゅしょう【首相】シュショー　内閣総理大臣。中 首相。E the prime minister.

☆ 首相はアジア各国を訪問する旅に出発した／首相踏上了出訪亞洲各國之旅。

☆ 首相官邸／首相官邸。

しゅしょく【主食】シュショク　米やパンなど食事の中心となるもの。中 主食。E the staple food.

☆ 日本人の主食は米である／日本人的主食是米飯。

☆ 姉は主食のごはんより副食のおかずを多く食べる／姊姊是副食的菜吃得比主食的飯還要多。

対 副食

しゅじん【主人】シュジン　❶自分がつかえている人。中 主人。E one's master.

☆ むかしの家来や女中にとって、主人はこわい存在だった／對古時的家臣、女僕來說，主人是很有威嚴的。

☆ その犬は主人の言うことをよく聞く／那小狗很聽主人的話。

❷ 店や家などのいちばん上の地位にある人。中 家長；當家的；老闆。E the owner; the landlord or landlady.

☆ 近くの肉屋の主人はよくサービスしてくれる / 附近肉舖的老闆經常給我優惠。

☆ 宿屋の主人 / 旅館老闆。

❸ 自分の夫を、妻が他人に話すときの言い方。中 我的丈夫。E my husband.

☆ うちの主人は子供の世話をよくしてくれるので助かります / 因為我丈夫經常幫忙照顧小孩，所以我很輕鬆。

対 家内

▷ →夫

しゅだい【主題】シュダイ ❶ 研究、論文、談話などの中心となる問題。テーマ。中 文章等的主題；中心思想；主要內容。E a subject.

☆ 日本の選挙制度を主題にしてレポートを書く / 以日本選舉制度作為主題寫報告。

❷ 芸術作品に作者が最も強く表現しようとしている内容。テーマ。中 藝術作品的主題。E a theme; a motif.

☆ ベートーベンの交響曲第９番の主題は人生に対する歓喜だ / 貝多芬第九交響曲的主題是表現對人生之喜悅。

☆ 主題歌 / a theme song. / 主題曲。

しゅたいせい【主体性】シュタイセイ 他人の意見に左右されずに、自分ではっきりした考えを持って行動する性質。中 主體性；獨立性；自主性。E independence; individuality.

☆ あの人は主体性がなく、すぐ人の意見に賛成する / 那個人沒有主見，一下子就贊同別人的意見。

☆ 主体性を持った生き方 / 有自主性的人生觀。

しゅだん【手段】シュダン 目的を実現するために使う方法。中 手段；方法。E a means; a measure.

☆ 医者は最後の手段として患者の足を切断した / 醫生最後的辦法只有將患者的腿截斷了。

☆ 目的のためには手段を選ばない / 為了達到目標不擇手段。

しゅちょう【主張】シュチョー〔～する〕自分の持っている意見を言いはること。また、その意見。中 主張。E insist on; (an) assertion.

☆ 自分の考えを主張するばかりで、他人の意見を聞こうとしない人は困る / 一味地主張自己的想法，不聽他人意見的人叫人傷腦筋。

☆ 自己主張 / 自我主張。

しゅつえん【出演】シュツエン〔～する〕映画や舞台やテレビなどに出て、劇を演じたり、歌を歌ったりすること。中 演出；出場；登台。E appear; performance.

☆ テレビドラマに出演する / 參加電視劇的演出。

☆ 出演料 / 演出費。

☆ 初出演 / 初次出場。

しゅっか【出荷】シュッカ〔～する〕 商品が市場へ出ること。また、出すこと。中 出貨；上市。E ship; forward.

☆ ミカンを箱につめて市場へ出荷する / 把橘子裝箱運往市場。

☆ 桃の出荷が始まった / 桃子開始上市了。

対 入荷

しゅっきん【出勤】シュッキン〔～する〕勤めに出ること。中 出勤；上班。E go to work.

☆ 毎朝９時に出勤する / 每天早上九點上班。

☆ 出勤簿 / 出勤簿。

対 欠勤

しゅっけつ【出欠】シュッケツ 出席と欠席。また、出席か欠席かのどちらかということ。中 出席和缺席；出席情況。E attendance.

☆ 授業を始める前に出欠をとる / 上課之前點名。

☆ 月末に出欠の集計を出す / 在月底統計出整個月出席的情況。

しゅっけつ【出血】シュッケツ〔～する〕

❶ 血管が切れて、血が出ること。中 出血；流血。E bleed.

☆ ひどいけがをして、出血がなかなか止まらなかった / 受了重傷，血流不止。

☆ 出血多量 / 大量出血。

☆ 内出血 / internal bleeding. / 內出血。

対 止血

❷ 必要とした労力や金銭より、売る値段のほうが安いこと。中 犧牲血本；賤價。E sell below cost; sell at a sacrifice.

☆ 近くのスーパーどうしが競争で出血サービスをしている / 附近的幾家超市為了競爭不惜犧牲血本。

▷ 話❷

しゅつげん【出現】シュツゲン〔～する〕いままでなかったり、いなかったりしたものが現れること。中 出現；產生。E the advent; appear.

☆ 家庭電気器具の出現によって家事が楽になった / 由於家用電器的出現，家事變得輕鬆多了。

☆ 天才画家が出現した / 出現天才畫家。

じゅつご【述語】ジュツゴ　文の中で、主語の動作、作用、性質、状態などを表す部分。中 謂語。E a predicate.

☆「花が咲く」の文で「咲く」は「花が」の述語である /「花開了」這句子中「開了」是「花」的謂語。

対 主語

しゅっさん【出産】シュッサン〔～する〕赤ん坊が生まれること。赤ん坊を産むこと。中 生孩子；分娩。E give birth to; childbirth.

☆ 無事に女の子を出産する / 平安無事地生了個女孩。

☆ 夫が妻の出産につきそう / 丈夫照料妻子分娩。

しゅっし【出資】シュッシ、シュッシ〔～する〕資金を出すこと。中 出資；投資。E invest.

☆ 新事業を始めるために出資する / 出資開創新事業。

☆ 出資金 / 投資額。

しゅっしょう【出生】シュッショー〔～する〕人が母体から生まれ出ること。書 中 出生；生育。E birth.

☆ 父は孫の出生を待ち望んでいる / 父親期待著孫子的誕生。

☆ 出生地主義(=出生した子に、両親の国籍とは関係なく、出生地の国籍が与えられるとする考え)/出生地主義(=出生的子女和父母的國籍無關，給予其出生地國籍的想法)。

☆ 出生届 / 報出生戶口。

対 死亡

注 最近は「しゅっせい」も使うようになった。

しゅつじょう【出場】シュツジョー〔～する〕演技、競技などをするためにその場所に出ること。中 出場；參加；上場；登台。E participate in; appearance.

☆ スポーツ大会に出場する / 參加運動會。

☆ テレビのクイズ番組に出場を申しこむ/報名參加電視猜謎節目。

対 休場、欠場、退場

しゅっしょうりつ【出生率】シュッショーリツ　ある決まった期間の、平均人口1000人に対する生まれた子供の数の割合。しゅっせいりつ。中 出生率；生育率。E a birthrate; a total fertility rate.

☆ 地球規模で考えたばあい、出生率をおさえないと人口が増えすぎて困ることになる / 以全球規模來考量的話，如不控制出生率而使人口過度增長，那將問題叢生。

☆ 出生率が低下する / 出生率降低。

参 最近は、1人の女性が一生の間に産む子供の数の平均(=合計特殊出生率)をいうことが多い。

しゅっしん【出身】シュッシン　❶ その土地の生まれであること。中 出生在～。E come from.

☆ 母は京都の出身である / 母親出身自京都。

☆ 出身地 / 出生地。

❷ その学校を出ていること。中 由某校畢業。E be a graduate of.

☆ 父と母は同じ高校の出身だ / 父親和母親畢業於同一所高中。

☆ 出身校 / 畢業學校；母校。

❸ その団体、職業、身分などの出であること。中 經歷的出身。E originally come from; originallly have worked for.

☆ 大蔵省出身の重役 / 出身於財政部的董事。

☆ 農民出身の作家 / 農民出身的作家。

しゅっせ 【出世】シュッセ〔～する〕 社会での地位が高くなり、世間に名が知られるようになること。中 成功；出息；發跡。E succeed in life; rise.

☆ 出世して総理大臣になる / 飛黃騰達當上了總理。

☆ 出世作(＝作家、画家などが世間に認められるようになった最初の作品) / 使作者成名的作品；成名作(＝作家、畫家等得到大衆肯定的最初作品)。

しゅっせき 【出席】シュッセキ〔～する〕 会合や授業などに出ること。中 出席；參加。E presence; attendance.

☆ 日本語のクラスに出席する / 參加日語班。

☆ 出席カード / 出席卡；出席證。

☆ 出席簿 / a roll book. / 點名簿。

対 欠席

しゅっちょう 【出張】シュッチョー〔～する〕 短期間、仕事のため他の土地や職場へ行くこと。中 出差。E a business trip; an official trip.

☆ 会社の出張で大阪へ行く / 因公出差大阪。

☆ 1カ月外国へ出張する / 到國外出差一個月。

☆ 出張旅費 / 出差費。

しゅっぱつ 【出発】シュッパツ〔～する〕

❶ 目的の場所へ向かって出かけること。中 出發；動身。E departure; leave.

☆ 朝早く山小屋を出発して頂上に向かう / 一大早就從山中小屋出發前往山頂。

対 到着

❷ 新しい生活や仕事を始めること。中 開頭；開始做～。E a start.

☆ 結婚した2人は新しい人生へ向けて出発した / 婚後的兩人開始了人生新旅程。

☆ 再出発 / 重新開始。

しゅっぱん 【出版】シュッパン〔～する〕 書物、絵画などを印刷して、売りだしたり配ったりすること。中 出版。E publish.

☆ 便利で使いやすい辞書を出版する / 出版方便好用的字典。

☆ 出版社 / 出版社。

☆ 自費出版 / 自費出版。

しゅと 【首都】シュト、シュト その国の中央政府のある都市。中 首都。E a capital.

☆ 日本の首都は東京である / 日本的首都是東京。

☆ 首都圏(＝首都や首都のまわりの地域) / 首都地區(＝包括首都及其周圍的地區)。

参 以前は「首府」ともいったが、最近はあまり使わない。

しゅどうけん 【主導権】シュドーケン 中心となってものごとを進めていくことのできる力。中 主導權。E leadership; an initiative.

☆ 社長は会社経営の主導権を持っている / 老闆掌握公司經營的主導權。

☆ 主導権をにぎる / take the initiative. / 掌握主導權。

☆ 主導権を争う / 爭奪主導權。

しゅとして 【主として】シュトシテ、シュトシテ いくつかあるものの中で、中心となるようす。中 主要是。E mainly; chiefly.

☆ この本の読者は、主として高校生だ / 這本書的讀者主要都是高中生。

☆ 会社では、主として企画の仕事をしている / 在公司以企畫方面的工作為主。

しゅのう 【首脳】シュノー 政府や会社など、組織の中心となる立場の人。中 首腦；領導人。E a head; a leader.

☆ 各国政府の首脳が一堂に会する(＝同じ所

し

に集まる)/各國政府首腦齊聚一堂(=聚集於同一個地方)。

☆ 首脳会談/高峰會議。

☆ 首脳部/決策部門。

しゅび【守備】シュビ〔～する〕 敵の攻撃を防いで守ること。中守備；防守。E (a) defense.

☆ 国境の守備につく/守衛國境。

☆ 守備をかためる/strengthen the defense./加強守備。

対攻撃

しゅび【首尾】シュビ、シュビ ❶始めと終わり。中首尾；始終；開頭與結尾。E beginning and end.

☆ この論文は首尾が一貫していないから書き直したほうがいい/這篇論文首尾不連貫，最好重寫。

❷ ものごとの経過、結果。中經過；過程；情況。E the outcome; the result.

☆ 交渉の首尾は上々だ(=非常にいい)/交涉的過程非常順利(=非常好)。

☆ 帰国と同時に新しい仕事が見つかったのは上首尾だ/回國的同時就找到新工作是最理想的。

しゅびよく【首尾よく】シュビヨク、シュビヨク 計画したとおりにうまくいくようす。中順利地；成功地。E successfully; smoothly.

☆ 首尾よく合格したら、ワープロを買ってあげよう/如果順利考上的話，就給你買文書處理機。

☆ 研究発表が首尾よく終わってほっとした/研究成果發表順利結束，總算鬆了口氣。

しゅふ【主婦・主夫】シュフ ❶家庭の中心になって、一家の家事と管理をする女性。中主婦；家庭婦女。E a housewife.

☆ 主婦の仕事に終わりはない/主婦的家事永遠做不完。

☆ 兼業主婦/a working housewife./有工作家庭婦女。

☆ 専業主婦/a full-time housewife./家庭主婦。

❷ 家庭の中心になって、一家の家事と管理をする男性。中主夫。E a househusband.

☆ 妻は会社に勤め、わたしは主夫をしている/妻子在公司上班，我是家庭主夫。

注 ❶は「主婦」、❷は「主夫」。

しゅみ【趣味】シュミ ❶職業としてするのではなく、楽しみとしてすること。中愛好；興趣。E a hobby; (a) taste.

☆ 叔母は、音楽、美術、スポーツと、広い趣味を持っている/嬸嬸的興趣廣泛，如音樂、美術、體育全都喜歡。

☆ 趣味として野菜をつくる/種菜是我的喜好。

☆ 無趣味/沒愛好；無風趣；不風雅。

❷ その人の好みの傾向。中趣味；風格。E (a) taste; (a) liking.

☆ 叔父はいつも趣味のいい服を着ている/叔父經常穿很有品味的服裝。

☆ 人を困らせて喜んでいるなんて趣味が悪い/以刁難他人為樂，實在無聊。

☆ 悪趣味/低級趣味。

▷ →道楽

じゅみょう【寿命】ジュミョー ❶生きていられる長さ。また、その終わり。中壽命。E a life span.

☆ 日本では、女性の寿命は男性の寿命より長い/在日本，女性的壽命比男性長。

☆ 寿命がのびる/延長壽命。

☆ 平均寿命/平均壽命。(→項目)

❷ ものの使える期間。また、その終わり。中使用壽命。E life; (This watch) has had it.

☆ 洗濯機の寿命はだいたい10年だ/洗衣機的使用期大約是十年。

☆ この時計もそろそろ寿命だ/這只錶差不多該報銷了。

しゅもく【種目】シュモク、シュモク 種類によって分けた項目。中項目。E an event; an item.

☆ わたしたちのクラスはスポーツ大会でバレーボールと野球の２種目に優勝した/我們班在運動會上獲得排球和棒球兩個項目的冠軍。

☆ オリンピックの競技種目/奧運的比賽項目。

しゅやく【主役】シュヤク ❶劇の中心となる役。また、その役をする人。中 主角。E the leading part; the lead.

☆「人形の家」の主役のノラを演じる役者/在「玩偶之家」的劇中扮演主角娜拉的演員。

対 わき役

❷たいせつな役割。また、その役割の人。中 主要角色；中心人物。E the leading figure.

☆ 花嫁と花婿が結婚式の主役だ/新娘和新郎是結婚典禮上的主角。

対 わき役

しゅよう【主要】シュヨー いろいろある中で特にたいせつなようす。中 主要；重要。E principal; main.

☆ 当社の主要な出版物は、児童向けの図書である/本公司以兒童讀物為主要出版物。

☆ 主要任務/主要任務。

じゅよう【需要】ジュヨー 商品などを買い入れようとする要望。中 需要；需求。E demand.

☆ 夏になるとビールの需要が増す/一到夏天啤酒的需求就增加。

☆ 需要に合わせて生産する/配合需求而生產。

対 供給

しゅりゅう【主流】シュリュー ❶川などのおもな流れ。本流。中 主流。E the mainstream.

☆ ナイル川の主流にそって村がある/沿著尼羅河的主流有村子。

対 支流

❷学問、思想、グループなどの中心となるつながり、傾向。中 主要流派；主要勢力；多數派。E the main current; the dominant power or tendency.

☆ 学生大会では、授業料の値上げに反対する学生が主流を占めた/在學生大會上，學生多數反對學費漲價。

しゅりょく【主力】シュリョク、シュリョク 全体の中心となっているもの。中 主力；主要力量。E the main force; a main (player).

☆ 輸出品の主力は自動車だ/出口以汽車為主。

☆ 洋子はチームの主力として活躍している/洋子是隊裡(小組)的主力表現傑出。

しゅるい【種類】シュルイ 性質や形などの似たものを、ほかのものから区別してまとめたひとかたまり。中 種類；種。E a kind; a sort.

☆ 豊富な種類の花が公園に植えてある/公園裡種的花種類繁多。

☆ 魚の種類の多い水族館/這家水族館的魚種類多。

じゅわき【受話器】ジュワキ 電話で相手と話すための器具。中 聽筒；耳機；受話器。E a (telephone) receiver.

☆ 電話のベルが鳴ったので受話器を取りあげた/電話響了所以拿起了聽筒。

☆ 受話器をはずす/把聽筒拿起來(不接電話)。

しゅわん【手腕】シュワン、シュワン ものごとを思いどおりにする能力。中 才能；手腕；本事。E ability; capability; skill.

☆ 経営の手腕のある京子が社長になり、会社が大きくのびた/有經營長才的京子當了董事長，公司快速成長。

☆ 手腕を発揮する/ display one's ability. /發揮本領；施展才能。

じゅん【順】ジュン どれが先に来て、どれが後に来るかというものごとの並び方。中 順序；次序。E order.

☆ 順をおってできごとを説明する/按順序對事件進行說明。

☆ 順を逆にする/把順序弄反。

☆ アルファベット順/以字母前後為順序。

し

☆ 筆順/ the stroke order of a Chinese character. / 筆劃(順序)。

参 「順序」も似ているが、「順序」が「順序を守る」「順序よく」のように、決められたもの、正しいものという意味がふくまれているのに対して、「順」は先か後かだけを問題にしている。

じゅんい【順位】ジュンイ　ある基準によって順番を決めたばあいに、それが何番目であるかという位置。中 名次；位次；排位。E order; ranking.

☆ 昨年の各企業の輸出額の順位が発表された / 公布去年各企業出口業績的排名。

☆ 人気投票の順位は1位だった / 在最受歡迎調查中名列第一。

しゅんかしゅうとう【春夏秋冬】シュンカシュートー　春と夏と秋と冬。四季。中 春夏秋冬；四季。E the four seasons; all the year round.

☆ この高原は春夏秋冬それぞれに楽しめる/ 這個高原的景色春夏秋冬各有樂趣。

☆ 春夏秋冬を通して温暖な土地 / 四季如春之地。

しゅんかん【瞬間】シュンカン　まばたきをするあいだぐらいの短い時間。中 瞬間；瞬時；剎那；一剎那。E a moment; an instant.

☆ 乗ろうとした瞬間、ドアが閉まって手をはさまれた/正要上車的瞬間，門關上夾到了手。

☆ 瞬間湯沸かし器 / 快速熱水器。

☆ 瞬間風速 / the instantaneous wind velocity. / 瞬間風速。

じゅんかん【循環】ジュンカン　〔～する〕ひとまわりしてもとにもどること。また、それを繰り返すこと。中 循環；環繞。E circulation; a cycle.

☆ 血液の循環がよくない / 血液循環不正常。

☆ 市内を循環するバス / 繞行市內的公車。

☆ 循環器 / a circulatory organ. / 循環器官。

☆ 悪循環 / 惡性循環。(→項目)

じゅんきゅう【準急】ジュンキュー　「準急行電車」「準急行列車」を略した言い方。「普通」より速いが「急行」より遅い電車や列車、「急行」より止まる駅が多い。中 平快車(較特快車慢，較普通車快)。E a local express (train).

☆ この準急に乗れば普通電車より10分早く着く/搭乘這班平快電車比普通電車要早十分鐘到。

数 1本、車両は1両

じゅんさ【巡査】ジュンサ、ジュンサ　警察官の階級の1つ。また、一般に警察官のこと。中 巡查；巡警；警察。E a policeman.

☆ パトロールの巡査に道をきく / 向巡邏的巡警問路。

☆ 巡査派出所 / a police box. / 巡警派出所。

→警官

じゅんじゅんに【順順に】ジュンジュンニ　順序のとおりにつぎつぎにものごとをするようす。中 按順序；依次；順次。E one by one; in order.

☆ 前の人から、順々に名前を言ってください/從前面的人開始，請按順序報上自己的姓名。

じゅんじょ【順序】ジュンジョ　ものごとの並べ方のきまり。中 順序；次序。E order; sequence.

☆ 決められた順序どおりに会を進める/進行既定議程。

☆ 順序よく並ぶ / 按順序排列。

→順、順番

じゅんじょう【純情】ジュンジョー　相手を疑わない、すなおで純粋な気持ち。中 純真；純潔；天真。E pure in heart; naive; innocense.

☆ 洋子はとても純情で他人のことばをなんでも信じる/洋子非常天真，別人說什麼都相信。

☆ 純情を売り物にして出てきた若い映画スター / 靠清純形象崛起的年輕影星。

じゅん・じる【準じる】ジュンジル、ジュンジル〔自動一〕 ❶ 正式のものとだいたい同じ扱いをする。準ずる。中 按～看待。E treat similarly to.

☆ 正社員に準じる/按正式職員看待。

❷ あるものを基準にして、それにならう。準ずる。中 以～為標準；按照～。E according to.

☆ 前例に準じて住宅資金を貸しだす/按照前例，辦理購屋貸款。

じゅんすい 【純粋】ジュンスイ ❶ 他のものがなにもまじっていないようす。中 純粋；純淨；道地。E pure.

☆ 純粋なハチみつはとても値段が高い/純蜂蜜價格特別貴。

☆ 京子は純粋の京都弁を話す/京子說的是道地的京都方言。

❷ 欲や悪い考えのない、きれいな心を持っているようす。中 純真；純潔。E genuine; incorrupt.

☆ 一郎と洋子は純粋な愛情で結ばれている/一郎和洋子因純潔的愛而結合。

☆ 二郎の学問に対する情熱は純粋だ/二郎對學問的熱情是很純粹的(因喜歡而喜歡)。

対 不純

じゅんちょう 【順調】ジュンチョー ものごとがなににもじゃまされないで、思ったとおりうまくいくようす。中 順利；良好。E smoothly; satisfactory.

☆ 計画は予定どおり順調に進んだ/計畫按預定進度順利進行。

☆ 手術の経過は順調で、予定より早く退院できるだろう/手術過程順利，應該能比預定時間早出院吧。

対 不調

じゅんとう 【順当】ジュントー そうなるのが当然であるようす。中 理當；理應；應當。E as expected; proper; normal.

☆ 前評判の高かったチームが順当に勝ち進んだ/賽前評價很高的隊伍，一如預期地晉級下一階段的比賽。

☆ 姉が妹より先に卒業するのが順当だ/姊姊比妹妹先畢業是理所當然的事。

じゅんに 【順に】ジュンニ 順番でものごとをするようす。中 按順序；依次；順次。E in order.

☆ 並んだ順にバスに乗る/按排隊順序上公車。

☆ 前の方から順にお入りください/請從前面開始按順序入場。

じゅんのう 【順応】ジュンノー〔～する〕環境や刺激などに合うように、行動や状態を変えること。中 順應；適應。E adapt oneself to.

☆ 子供は大人より早く新しい環境に順応するものだ/小孩比大人更快適應新環境。

じゅんばん 【順番】ジュンバン 順序にもとづいて決められた位置。中 順序；次序；先後。E a turn; order.

☆ 長い間待たされて、やっとわたしの順番がまわってきた/等了好久，總算輪到我了。

☆ 1番から順番に並べる/從第一個開始按順序排列。

参 「順序」も似ているが、「順序」が並べ方のきまりを示しているのに対して、「順番」はそのきまりの中での位置を示している。だから、「順番を待つ」「順番が来る」の「順番」を「順序」に置きかえることはできない。

じゅんび 【準備】ジュンビ〔～する〕 あることをすぐ始められるように用意すること。中 準備。E preparations.

☆ 引っ越しの準備で毎日忙しい/為了準備搬家，每天都很忙。

☆ 準備がととのう/作好準備。

☆ 準備体操/warm-up exercises./暖身操。

しょ 【書】ショ、ショ ❶ 筆で文字を書く方法。また、筆で書いた文字。中 書法。E handwriting; calligraphy.

☆ 王羲之の書を鑑賞する/欣賞王羲之的墨跡。

し

☆ 書を習う / 練習書法。

☆ 書道 / 書法。(→項目)

❷ 本。書物。中 書；書籍。E a book.

☆ 古今東西の書に親しむ / 喜愛古今中外的書籍。

☆ 新刊書 / a new book. / 新出版的書；新書。

☆ 文学書 / 文學書籍。

❸ (他のことばの後について)文書。書類。

☆ 請求書 / a bill. / 帳單；付款通知單。

☆ 申込書 / an application form. / 申請書；報名單。

▷ 書 ❶❷

しょ-【諸-】 (他のことばについて)いろいろの。多くの。中 諸～；各～。

☆ 一家の毎月の生活にかかる諸費用を計算する / 計算全家每月的各項開銷。

☆ 諸外国 / various foreign countries. / 各國；列國。

☆ 諸問題 / 各種問題。

-しょ【-所】 (他のことばについて)あることをする場所、機関。中 場所；院。

☆ 裁判所 / a court. / 法院。

☆ 事務所 / 辦公室。

☆ 市役所 / 市政府。

☆ 商工会議所 / 總商會；工商總會。

参「試験所」「出張所」「洗面所」などは「じょ」と発音し、「研究所」「発電所」などは「じょ」とも「しょ」とも発音する。

じょ-【助-】 (他のことばについて)主となるものを助けること。中 副～；助理。

☆ 助教授 / an assistant professor. / 副教授。

☆ 助監督 / 助理導演。

☆ 助動詞 / 助動詞。(→項目)

しよう【私用】シヨー 自分のための用事。中 私事。E private business; personal use.

☆ 私用で会社を休む / 因私事向公司告假。

☆ 会社の車を私用に使う / 用公司的車辦私事。

対 公用

しよう【使用】シヨー〔～する〕 使うこと。中 使用；用。E use; employ.

☆ このコピー機は故障のため、使用できません / 這部影印機因故障而無法使用。

☆ 使用説明書 / 使用說明書。

☆ 使用者 / a user; an employer. / 使用者；僱主。

しょう【小】ショー ❶ 小さいものごと。中 小。E small.

☆ シャツのサイズには、大と中と小がある / 襯衫的尺寸有大、中、小三種。

☆ 大は小を兼ねる / 大可兼小。(→大 慣用)

対 大

❷ (他のことばの頭について)(1)小さい。中 小；小型。

☆ 小企業 / 小企業。

☆ 小規模 / a samll scale. / 小規模。

☆ 小劇場 / 小劇場。

対 大

(2) 似ているもので小さいほう。中 比相似的東西小。

☆ 小宇宙 / a microcosm. / 小宇宙。

☆ 小京都 / 小京都。

しょう【省】ショー ❶ 内閣の中央官庁。中 (日本政府機關的)省。E a ministry.

☆ 文部省 / 教育部。

☆ 外務省 / 外交部。

☆ 法務省 / the Ministry of Justice. / 法務部。

❷ (他のことばの頭について)使う量を少なくしたり、節約したりすること。中 節省；節約。

☆ 省エネルギー / energy-saving. / 節省能源。

☆ 省資源 / 節省資源。

☆ 省電力 / 節省電力；省電(裝置)。

しょう【章】ショー 文章の中の大きな1区切り。中 章；章節。E a chapter.

☆ 前の章の要旨をまとめる / 總結前一章的要點。

☆ 第1章 / 第一章。

☆ 序章 / a preface; an introduction. / 序論；緒論。

しょう【賞】ショー 功績のあった人やすぐれた人をほめて、そのしるしとして与える金や品物。中 奬；奬金；奬品。E a prize; an award.

☆ マラソンに参加して賞をもらう / 參加馬拉松比賽獲奬。

☆ ノーベル賞 / 諾貝爾奬。

☆ 1等賞 / 一頭奬。

対 罰

じょう【上】ジョー ❶ 他と比べて、品質や価値などが高いこと。中 上等；優秀。E above the average; the best.

☆ 学校の成績は上だった / 在學校成績優秀。

☆ すしの上を注文する / 叫(點)上等的壽司。

❷ 2冊か3冊でひとそろいになっている本の最初の1冊。上巻。中 上卷；上冊；上集。E the first volume.

☆ 「戦争と平和」の上は読み終えた / 讀完了《戰爭與和平》的上集。

❸ (他のことばの頭について)(1)いい。中 好～。

☆ 上機嫌 / in good humor. / 情緒很好；心情愉快。

☆ 上天気 / splendid weather. / 好天氣。

(2) 上の。中 上；上～。

☆ 上半身 / the upper half of the body. / 上半身。

対 下

❹ (他のことばの後について)(1)～の関係で。～において。～からして。中 ～上。

☆ 法律上許されない / not permitted by law. / 法律上不允許。

☆ 立場上そんなことはできない / 從立場上來說，不能做那樣的事。

(2) ～の上に。中 在～上。

☆ 道路上に置かれている車 / a car left parked on the street. / 停放在路上的車。

▷ 関連 ❶❷中、下

じょう【情】ジョー ❶ ものごとを見たり聞いたりして起こる心の動き。感情。中 情；感情。E feelings; emotion.

☆ 国へ帰る友人ともう会えないと思うと、情が高まってことばが出ない / 一想到不能和歸國的朋友再見面了，就激動的說不出話來。

❷ 他人を思いやる気持ち。愛情。情け。中 情感；恩情。E love; sentiment.

☆ 長くつきあうと自然に情が移る / 日久生情。

☆ 情にもろい / 心軟；感情脆弱。

❸ 真心。誠意。中 情；真情。E sincerity; good faith.

☆ 情をつくす / serve faithfully. / 盡情。

☆ 情のこもった贈り物 / 充滿情意的禮物。

じょう【錠】ジョー ❶ 戸、ふたなどにつけて、開けられないようにするための金具。

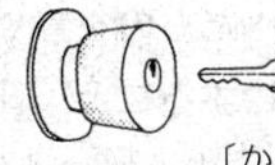

〔かぎ〕

中 鎖；鎖頭。E a lock.

☆ 金庫の錠を開ける / 打開金庫的鎖。

☆ 大きな錠がかかった倉庫 / 上著大鎖的倉庫。

〔錠❶〕

❷ (数を表すことばの後について)錠剤の数を表す。

☆ ビタミン剤を毎日1錠ずつ飲む / take a vitamin pill everyday. / 每天服一粒維他命。

-じょう【-状】(他のことばについて)❶ 形やようすがそのようだ。中 ～狀。

☆ 棒状のお菓子 / a candy stick. / 棒狀糖果。

☆ 板状のチョコレート / 板狀巧克力。

☆ 液状の薬 / a liquid medicine. / 藥水。

❷ 手紙。書いたもの。中 信件；函。

☆ 案内状 / an invitation. / 通知；請帖。

☆ 招待状 / 請帖；邀請函。

☆ 逮捕状 / 拘票。

▷ 書 ❶

-じょう【-城】(他のことばについて)城の名前を表す。中 ～城。

☆ 大阪城 / Osaka Castle. / 大阪城。

☆ 江戸城 / 江戶城。

☆ 姫路城 / 姬路城。

-じょう【-畳】(数を表すことばについて)部屋に敷いたたたみの数を表す。中 表示榻榻米的塊數。

☆ 6畳の部屋 / a six-mat room. / 六塊榻榻米大小的房間。

☆ 4畳半 / 四個半榻榻米。

じょうえん【上演】ジョーエン〔～する〕劇などを舞台で演じて客に見せること。中 上演；演出。E stage; present.

☆ パリで歌舞伎を上演する/在巴黎上演歌舞伎。

☆ 上演時間 / 上演時間。

しょうか【消化】ショーカ〔～する〕 ❶ 食べたものを胃や腸でとかし、吸収できるようにすること。中 消化。E digest.

☆ 赤ん坊に消化のいい食べ物を与える/給嬰兒吃容易消化的食物。

☆ 消化器 / the digestive organs. / 消化器官。

❷ 読んだり聞いたりしたことをじゅうぶん理解して、自分のものとすること。中 理解；掌握；消化。E assimilate; digest.

☆ この理論はむずかしくてなかなか消化できない / 這個理論很難，不容易理解。

❸ 仕事などを残さず処理すること。中 處理完；徹底弄完。E use up; finish.

☆ 残業して、1日のノルマを消化した / 加班做完一天既定的工作量。

☆ 研究室の予算は半年で消化してしまった/研究室的預算在半年裡就用完了。

しょうか【消火】ショーカ〔～する〕 火や火事が消えること。また、消すこと。中 滅火；消防；救火。E extinguish a fire.

☆ 消防士の活躍ですぐ消火した / 由於消防隊員奮力搶救，火馬上就撲滅了。

☆ 消火器 / a fire extinguisher. / 滅火器；消防器材。

☆ 消火栓 / a fire hydrant. / 消防栓。

対 出火

しょうかい【紹介】ショーカイ〔～する〕

❶ 知らない人どうしを引き合わせること。中 介紹。E introduce one person to another.

☆ 友達を両親に紹介する / 向父母介紹朋友。

☆ 知人に紹介の手紙を書く/給熟人寫介紹信。

☆ 自己紹介 / 自我介紹。(→ 項目)

❷ まだ知られていないものごとを、説明したり宣伝したりして知らせること。中 介紹；說明；講解。E introduce (something new); present.

☆ 新製品をパンフレットで紹介する / 用小冊子介紹新產品。

☆ テレビ番組の紹介 / 介紹電視節目。

しょうがい【生涯】ショーガイ 人が生きているあいだ。中 一生；畢生；終生。E a life; a lifetime.

☆ 津田梅子は女子教育のために生涯をささげた / 津田梅子為了女性教育奉獻一生。

☆ 幸福な生涯を送る / 度過幸福的一生。

☆ 生涯教育 / 終身教育。

→一生

しょうがい【障害】ショーガイ ❶ なにかをするときにじゃまになるものごと。中 障礙；妨礙。E an obstacle; a barrier.

☆ 親の反対という障害を乗り越えて、2人は結婚した / 越過了父母反對的障礙，兩人結婚了。

☆ 障害物競走(＝途中に置いた木のわくやネットなどを乗り越えたり、くぐり抜けたりして走る競技)/ 障礙賽跑(＝穿越過途中擱置的木欄杆或網等的賽跑)。

☆ 電波障害 / 電波干擾。

❷ 体の器官や部分が、本来の働きができないこと。中 (身體) 障礙；損壞；毛病。E a disorder; a (physical or emotional) handicap.

☆ 心臓に重い障害があるので手術が必要だ/心臟有嚴重缺陷，必須要動手術。

☆ 身体障害 / 殘疾；殘廢。

☆ 精神障害 / 精神病的總稱。

しょうがくきん【奨学金】ショーガクキン 勉強することをすすめ、助けるために、学生に貸したり与えたりする金。中 奨學金；助學金。E a scholarship.

☆ 文部省から奨学金をもらって留学する/從教育部取得奬學金去留學。

☆ 奨学金制度/奬學金制度。

しょうがつ【正月】ショーガツ、ショーガツ　1年の最初の月。また、新年を祝う期間。中 新年。E the New Year.

☆ 正月を故郷で過ごす/在故鄉過新年。

☆ 正月の行事/新年的活動。

☆ 正月休み/新年休假。

しょうがっこう【小学校】ショーガッコー　義務教育の初めの6年間の学校。満6歳で入学する。中 小學。E an elementary school; a primary school.

☆ 毎日元気に小学校に通う/每天都很有精神地去小學。

☆ 小学校の児童/上小學的兒童。

数 1校

しょうぎ【将棋】ショーギ　縦横81の升目がある盤の上に、2人が20枚ずつのこまを並べ、交互にそのこまを動かして、相手の王将を取り合うゲーム。中 日本象棋。E *shogi*; Japanese chess.

〔将棋〕

☆ 友達と将棋をさす(=将棋をする)/和朋友下日本象棋。

☆ 将棋盤/棋盤(日本象棋)。

じょうき【蒸気】ジョーキ　液体や固体が気体となったもの。特に、水が蒸発してできた気体。水蒸気。中 蒸氣；水蒸氣。E steam.

☆ 水を100度に熱すると蒸気が盛んに出てくる/把水加熱到一百度就會冒出許多蒸氣。

☆ 蒸気機関車/蒸汽火車。

☆ 蒸気船/汽船。

じょうぎ【定規】ジョーギ　線を引くときに使う器具。中 尺。E a ruler.

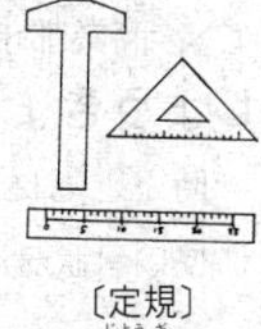
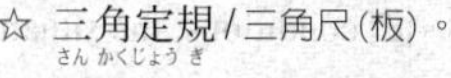
〔定規〕

☆ 定規を当てて、直線を引く/用尺規畫直線。

☆ 三角定規/三角尺(板)。

数 1本

参「ものさし」も似ているが、「ものさし」が長さをはかることがおもな役目であるのに対して、「定規」は線を引くことがおもな役目である。

しょうぎだおし【将棋倒し】ショーギダオシ　おおぜいの中の1人が倒れたことによって、つぎからつぎへと折り重なるように倒れていくこと。中 如骨牌般一個壓一個地倒下；一個倒全都倒。E fall over like dominoes.

☆ 電車が急に止まったので、乗客が将棋倒しになった/電車緊急剎車，乘客如倒骨牌般地跌了一地。

じょうきゃく【乗客】ジョーキャク　乗り物にこれから乗る客。また、乗っている客。中 乘客；旅客。E a passenger.

☆ 乗客は2列に並んで列車の到着を待った/旅客排成兩列等待列車進站。

☆ 乗客名簿/乘客名單。

じょうきゅう【上級】ジョーキュー　クラスなどを分けたときの上の等級、階級、学年。中 上級；高年級。E senior; advanced; upper.

☆ ジョンは小学校でわたしより2年上級だった/約翰在小學比我高兩個年級。

☆ 日本語の上級クラスで勉強している/唸日語高級班。

☆ 上級生/高年級生。

関連 中級、下級、初級

しょうぎょう【商業】ショーギョー　生産者と消費者の間に立って、商品を売り買いして利益をえる仕事。中 商業。E commerce; business.

☆ この町は、交通が便利になり商業が盛んになった/這城市交通便利，商業因此繁榮。

し

☆ 商業都市 / 商業城市。

じょうきょう【状況・情況】ジョーキョー　時とともに変わる、その場のありさまやようす。中 状況；情況。E conditions; the situation; circumstances.

☆ 経済の状況に応じて社の方針を立てる/因應經濟狀況制定公司的方針。

☆ そのときの状況をみて考える / 到時候看情形再說。

☆ 状況判断 / 判斷情況。

し

しょうきょくてき【消極的】ショーキョクテキ　自分から進んで行動しないようす。中 消極。E negative; passive.

☆ 人間関係をよくすることに消極的であってはならない / 要想改善人際關係，消極是不行的。

☆ 消極的な性格の人は政治家には向かない/性格消極的人不適合當政治人物。

対 積極的

しょうけいもじ【象形文字】ショーケイモジ　ものの形に似せてつくった文字。1文字で単語を表す。中 象形文字。E a pictograph; a hieroglyph.

☆ 漢字の「木」「月」などは象形文字である / 漢字裡的「木」「月」等是象形文字。

☆ 古代エジプトの象形文字 / 古埃及的象形文字。

じょうけん【条件】ジョーケン、ジョーケン　ものごとが成立したり実現したりするために必要とされることや約束。中 條件。E a condition; a requirement; terms.

☆ 週休2日という条件で働くことになった/決定以週休二日為條件工作。

☆ 条件がそろう / 具備條件。

☆ 条件に合う / 符合條件。

☆ 必要条件 / 必要條件。

しょうこ【証拠】ショーコ　確かにそうだということをはっきりさせるための材料となるものごと。中 證據。E (a) proof; evidence.

☆ 部屋に足跡がついているのは、だれかが靴のまま入った証拠だ/房間裡留下的腳印是有人穿鞋進來的證據。

☆ 証拠を隠す / 隱藏證據。

☆ 証拠品 / 物證；證物。

しょうご【正午】ショーゴ　昼の12時。中 中午；正午。E noon; midday.

☆ ただいまから正午をお知らせします /（通知您）現在是中午十二點整。

☆ 正午のニュース / 午間新聞。

しょうこう【焼香】ショーコー〔～する〕　仏や死んだ人の前で香をたいておがむこと。中 燒香；焚香。E burn incense (for the dead).

☆ 葬式で、参列者が順に前へ進み出て焼香する / 在葬禮上，參加者依次上前敬香。

☆ お焼香をすませる / 上完香。

じょうこうきゃく【乗降客】ジョーコーキャク　乗り物に乗る客と、乗り物を降りる客。中 上下車的乘客。E passengers getting on and off (a train).

☆ ラッシュアワーの駅は乗降客でいっぱいだ / 上下班尖峰時段車站裡擠滿了乘客。

しょうこうぐん【症候群】ショーコーグン　ある病気の特徴として現れるいくつかの症状の全体。最近は、一般の社会的現象についてもいう。シンドローム。中 症候群。E a syndrome.

☆ 低血圧症候群 / 低血壓症候群。

☆ 燃えつき症候群 / burnout. / 倦怠症。

しょうさい【詳細】ショーサイ　細かいところまでいきわたって、くわしいこと。中 詳細；詳細情況。E details.

☆ 出席できなかった人に会議の詳細を報告する / 向未出席的人報告會議的詳細情況。

☆ 詳細に検討する / 詳細地檢討。

じょうざい【錠剤】ジョーザイ　粉の薬をまるい形にかためてつくったもの。中 藥錠；藥

片。E a pill; a tablet.

☆ 頭が痛いので、頭痛止めの錠剤を２錠飲んだ / 頭很痛，所以吃了兩顆止痛藥。

数 1錠・1粒　→薬 図

しょうさん【称賛・賞賛】ショーサン〔～する〕 本当に立派だと心からほめること。中 稱讚；讚揚。E admire; praise.

☆ 火の中に飛びこんで幼女を助けた一郎の勇気を、人々は称賛した / 衆人一致稱讚一郎衝進火中救出小女孩的勇氣。

☆ 称賛を浴びる / be showered with praise. / 博得讚讚。

☆ 称賛の的 / the object of admiration. / 稱讚的對象。

しょうじ【障子】ショージ 木のわくに縦横のさん(＝細い木材)を組んで、和紙をはったもの。部屋の仕切りや、明かりを入れるための窓などに使われる。中 在木框上糊紙的拉窗；拉門。E a *shoji*; a paper sliding door.

☆ 障子を通して朝の光が部屋に入ってくる / 晨光透過紙拉窗射進房間。

☆ 障子をはりかえる / 重新糊拉門上的紙。

数 1枚　→縁側 図

しょうじき【正直】ショージキ、ショージキ

❶ うそやごまかしのないこと。中 老實；誠實。E honest; frank.

☆ 正直な人はみんなに信頼される / 老實的人得到大家的信賴。

☆ 本当のことを正直に話す / 老實地說真話。

❷ (副詞的に)自分の気持ちを隠さず、そのまま言うようす。中 老實說；說實在的。E frankly speaking.

☆ あの２人の結婚には正直びっくりした / 他們兩人結婚，說實在我相當驚訝。

☆ 人の悪口を聞かされるのは、正直言って、あまりうれしくない / 要我聽人家的壞話，說實在的我不喜歡。

▷ 話❷

じょうしき【常識】ジョーシキ その社会の人々が共通に持っている知識や判断力。中 常識；常情。E common sense.

☆ 助けてもらったらお礼を言うのは常識だ / 接受別人的幫助，道謝是人之常情。

☆ 常識に欠ける(＝常識がない) / 缺乏常識(＝沒有一點常識)。

☆ 常識はずれ / 反常；不合常理。

対 非常識

しょうしゃ【商社】ショーシャ 商品の売り買いや、輸出入の仕事をする会社。商事会社。中 商社；貿易公司。E a trading company.

☆ 世界各地に日本の商社の支店がある / 世界各地都有日本商社的分行。

☆ 総合商社 / 綜合商社。

じょうしゃ【乗車】ジョーシャ〔～する〕 電車、自動車などに乗ること。中 上車；乘車。E take (a train or a car); get on; get in.

☆ 大阪から乗車して広島へ行く / 從大阪搭車去廣島。

☆ 乗車口 / 乘車門。

☆ 乗車券 / 車票。(→項目)

対 下車、降車

じょうしゃきょひ【乗車拒否】ジョーシャキョヒ〔～する〕 タクシーの運転手が、空車でも、遠くまで行かない客などの乗車を断ること。中 拒載。E refuse to pick up passengers.

☆ 夜遅くタクシーに乗ろうとしたら、その方向へは行けないと言って乗車拒否された / 深夜要坐計程車，(司機卻)說不去那個方向而拒絕搭載。

じょうしゃけん【乗車券】ジョーシャケン 列車、電車、バスなどに乗るための切符。中 車票。E a ticket.

☆ 駅の券売機で乗車券を買う / 在車站的售票機買票。

数 1枚

し

じょうじゅん【上旬】ジョージュン　1月を3つに分けたうちの最初の10日間。1日から10日まで。初旬。中 上旬。E early in a month; the beginning of a month.

☆ 3月の上旬はまだ寒い/三月上旬還是很冷。

関連 中旬、下旬

しょうじょ【少女】ショージョ　7、8歳から15、6歳ぐらいまでの女の子。中 少女。E a girl.

☆ 少女のころの希望に満ちていた日々がなつかしい/懷念少女時代那充滿希望的日子。

☆ 少女時代/少女時代。

対 少年

しょうしょう【少少】ショーショー　「すこし」「ちょっと」の改まった言い方。中 稍微；一點。E a little; a minute; a few.

☆ 少々お待ちください/請稍候；請稍等一下。

☆ 少々のお金ならお貸しできます/如果是一點點錢的話，可以借你。

しょうじょう【症状】ショージョー、ショージョー　病気や傷などの状態。中 症狀。E symptoms; the condition of a patient.

☆ かぜをひくと、熱やせきが出たり、のどが痛くなったりというような症状が現れる/一感冒就出現發燒、咳嗽、喉嚨痛等症。

☆ 自覚症状/ a subjective symptom. /自覺症狀。

じょうしょう【上昇】ジョーショー〔～する〕　上に上がること。書 中 上升。E go up; rise.

☆ 飛行機は3000メートルの高さにまで上昇した/飛機升到三千公尺的高度。

☆ インフレで、物価が上昇する/因通貨膨脹導致物價上漲。

対 下降、低下

しょう・じる【生じる】ショージル、ショージル〔自他動一〕 ❶ いままでなかったものごとが現れてくる。生ずる。中 發生；產生。E happen; occur.

☆ 困った事態が生じて旅行に参加できなくなった/發生棘手的事而不能參加旅行。

☆ 不注意から生じた事故/因不注意而發生的事故。

❷ いままでなかったものごとをつくりだす。生ずる。中（使）產生；發生。E cause; create.

☆ 議長の発言は、別な問題を生じた/議長的發言引發了其他問題。

☆ 無から有を生じる/無中生有。

▷ 書

二 注 ❶は自動詞、❷は他動詞。

しょうしん【昇進】ショーシン〔～する〕　役や位が上がること。中 升級；晉級；高升。E be promoted.

☆ 課長から部長に昇進する/從科長晉升為經理。

しょうじん【精進】ショージン〔～する〕

❶ 他のことを考えず、そのことだけに心を集中して一生懸命すること。中 專心致志。E devotion.

☆ 若くて横綱になれたのも日ごろの精進のたまものだ/年紀輕輕能成為橫綱是完全歸功於平時的努力。

❷ 肉や魚を食べないで、野菜類だけを食べること。中 吃素；素食。E abstinence from meat and fish; vegetarianism.

☆ 葬式の後に精進の料理が出た/葬禮儀式後以素食招待。

しょうしんしょうめい【正真正銘】ショーシンショーメイ、ショーシンショーメイ　本物にまちがいないこと。中 真正；不折不扣。E genuine; authentic; true.

☆ 道子の指輪は正真正銘のダイヤモンドだ/道子的戒指是真的鑽石。

じょうず【上手】ジョーズ　❶ ものごとのやり方、処理のしかたがうまいこと。中 好；拿手。E good; skillful.

☆ 一郎はピアノが上手だ/一郎鋼琴彈得很好。

☆ 困難な問題を上手に片づける/圓滿地解決

難題。

☆ 聞き上手(=受け答えがうまく、相手によく話をさせることができる人)/善於聽旁人講話的人(=善於回答問題及讓別人講話的人)。

対 下手、まずい

❷ (「お上手」の形で)口先だけで相手をほめることば。お世辞。中 奉承話。E flattery.

☆ お上手を言って客に品物を買わせる/說奉承話讓顧客買東西。

じょうすい【上水】ジョースイ　水道によって家庭などに送るきれいな水。また、その水を供給する設備。中 自來水(設備)。E water supply; service water.

☆ この地域は上水がないので、井戸の水を使っている/這個地區沒有自來水設備，所以使用井水。

☆ 上水道/自來水管道。

対 下水

しょうすう【少数】ショースー　数が少ないこと。中 少數。E a small number; minority.

☆ 民主主義では、少数の意見も尊重される/在民主主義之下，少數人的意見也能受到尊重。

☆ 少数民族/a minority race./少數民族。

対 多数

しょう・する【称する】ショースル〔他動する〕 ❶ 名前など自分のことを言う。中 稱；叫~。E claim; name.

☆ 母のいとこと称する女性がわたしを訪ねてきた/來找我的這位女士自稱是媽媽的表妹。

❷ うそを言う。中 假稱；謊稱；說謊。E pretend; feign.

☆ 病気と称して会社を休む/謊稱(裝)生病不上班。

❸ ほめたたえる。中 稱讚。E praise; admire.

☆ むずかしい手術を成功させた医師たちの努力を称する/稱讚讓困難手術成功的醫生們。

☆ 栄誉を称する/讚頌榮譽。

▷ 書

じょうせい【情勢・状勢】ジョーセイ　変化するものごとのそのときのようす。中 形勢。E the situation; the state of affairs.

☆ 世界の情勢に目を向ける/注目世界的情勢。

☆ 情勢の変化/情勢變化。

☆ 社会情勢/社會情勢。

じょうせき【定石】ジョーセキ　❶ 碁で、いままでの研究で最もいいとされる石の置き方。中 棋譜；圍棋在某種情況下的固定下法。E a standard move (in *go*).

☆ 碁盤のすみから打つのが定石である/從圍棋盤的邊角上開始的下法就稱之為定石。

❷ 最もいいとされるものごとの処理のしかた。中 固定的方法；準則；常規的做法。E the rudiments; a standard practice.

☆ 人の流れを見て店の位置を決めるのが、商売の定石だ/觀察人潮流動情況再決定開店的位置是做生意的一貫手法。

しょうせつ【小説】ショーセツ　人生や社会のようす、作者の考えなどを、作品の中の人物と筋を通して物語の形式で表したもの。中 小說。E a novel; a story; fiction.

☆ 夏目漱石の小説を読む/閱讀夏目漱石的小說。

☆ 長編小説/長篇小說。

☆ 推理小説/推理小說。

☆ 小説家/小說家。

数 1編

じょうぜつ【冗舌・饒舌】ジョーゼツ　よくしゃべること。書 中 饒舌；耍嘴皮子；多嘴多話。E talkative; voluble.

☆ 会議は社長の冗舌に終始し、具体的な結論は出なかった/會議從頭到尾都是老闆一人在喋喋不休，沒有具體結論。

対 寡黙

注 もとは「饒舌」だったが、「饒」の字は常用漢字表にないので、同じ音の「冗」を当てて「冗舌」として使うようになった。

しょうそう【尚早】ショーソー　あることをするのにまだ時が早すぎて適当でないこと。[書][中]尚早。[E] too early.

☆ この程度の赤字で事業の中止を決めるのは時期尚早だ / 因這種程度的虧損就決定要中止事業為時尚早吧。

しょうそう【焦燥】ショーソー〔～する〕思うようにいかなくて、あせっていらいらすること。[書][中]焦躁；焦慮。[E] fret; be impatient.

☆ 研究がうまく進まなくて焦燥に駆られる/研究進行不順利，心裡十分急燥。

し

しょうぞう【肖像】ショーゾー　人の顔や姿に似せた絵、彫刻など。[中]肖像。[E] a portrait.

☆ イギリスの硬貨には女王の肖像がきざんである / 英國硬幣上刻著女王肖像。

☆ 肖像画 / a portrait. /肖像畫。

しょうそく【消息】ショーソク　❶ 手紙やことばなどで、無事かどうか、いまなにをしているかなどのようすを知らせること。

[中]消息；聯繫。[E] news; a personal communication.

☆ 海外にいる息子から年に１、２度消息がある/在海外的兒子一年和我們聯繫一、兩次。

☆ 海に出たまま消息を絶ったヨットをさがす / 搜尋出海就斷了音訊的遊艇。

❷ ものごとについての情報。[中]情況；消息。[E] information.

☆ 道子は財界の消息に通じている / 道子在財經界消息靈通。

☆ 消息筋 / 消息靈通的人士。

しょうたい【招待】ショータイ〔～する〕客として来てもらうこと。客を招いて食事などを出してもてなすこと。[中]招待；邀請。[E] invite; (an) invitation.

☆ 留学生をパーティーに招待する / 邀請留學生參加舞會。

☆ 結婚式に招待される / 被邀請參加婚禮。

☆ 招待状 / 請帖；請柬。

じょうたい【状態】ジョータイ　変化するものごとの、そのときのようすやありさま。

[中]狀態；情況。[E] (a) state; conditions.

☆ いつも自分の体の状態に気をつけて健康に暮らす / 時常注意自己的身體情況，健康地生活。

☆ 安定した精神状態 / 穩定的精神狀態。

しょうだく【承諾】ショーダク〔～する〕相手の要求や要望を聞き入れ、認めること。[中]同意；答應；承諾。[E] consent; agreement.

☆ 上司の承諾をえて、長期休暇をとった / 得到上司的同意，請了長假。

[対]拒絶、拒否

じょうたつ【上達】ジョータツ〔～する〕上手になること。[中]進步；長進；上進。[E] make progress; improve.

☆ 洋子は夏休みの間にスペイン語がとても上達した/洋子在暑假期間西班牙語進步神速。

☆ 上達が速い / 進步很快。

じょうだん【冗談】ジョーダン　本気でなく、人を笑わせるために言ったりしたりすることがら。[中]笑話；玩笑；開玩笑。[E] a joke.

☆ 冗談で「ＵＦＯが見える」と言ったら、みんな本気にして空を見上げた / 開玩笑地說「有飛碟（幽浮）」，大家就都信以為真地抬頭仰望天空。

☆ 冗談にもほどがある/ You carry the joke too far. / 開玩笑也要有個分寸。

☆ 冗談半分 / 半開玩笑地。

しょうち【承知】ショーチ〔～する〕❶ 依頼などを聞き入れ、引き受けること。[中]同意；答應；贊成。[E] consent to; agree to.

☆ 小説家の田中さんに講演を頼んだら承知してくれた / 請求小說家田中先生演講，他答應了。

☆ 承知しました / Certainly. /明白了；知道了。

❷ 事情、ようすなどを知っていること。

[中]知道。[E] know; understand.

☆ 無理は承知のうえでやったことだ/明知勉

強還是做了。

☆ ご承知のとおり / as you know. / 如您所知。

じょうちょ【情緒】ジョーチョ ❶怒ったり、喜んだり、悲しんだりする心の動き。中 情緒。E emotion; feeling.

☆ あの子は弟が生まれてから情緒が不安定になり、突然泣きだしたり大声を出したりする/那個孩子自從弟弟出生以後情緒就變得不穩定，動不動就突然哭或大叫。

❷ 感情の動きを誘いだすような雰囲気、気分。中 情趣；風趣。E an atmosphere.

☆ 東京の下町にはまだ古い江戸の情緒が残っている/在東京的老街(如淺草、神田日本橋等地)還遺留著江戸時代的古老情調。

注 以前は「じょうしょ」といったが、最近は「じょうちょ」のほうを多く使う。

しょうちょう【象徴】ショーチョー〔～する〕 形がなく、ことばで表現しにくいものを、具体的な姿を持つもの、色、音などで表すこと。また、表したもの。中 象徵。E a symbol.

☆ ハトは平和の象徴である/鴿子是和平的象徵。

☆ この絵の空の色は画家の心のさびしさを象徴している/這幅畫天空的顏色象徵畫家内心的寂寞。

☆ 象徴的な表現/象徵性的表現。

しょうてん【商店】ショーテン 商品を売る店。中 商店。E a store; a shop.

☆ デパートやスーパーができて、むかしからあった小さい商店が減ってしまった/百貨公司和超市興起後，傳統的小商店漸漸沒落了。

☆ 商店街/商店街。

数 1軒・1店

しょうてん【焦点】ショーテン、ショーテン ❶平行な光線がレンズを通って折れ曲がり、集まる点。中 焦點。E a focus.

☆ レンズの焦点を花に合わせる/把鏡頭的焦點對準花朵。

❷ 人の注意や関心の集まるだいじなところ。中 焦點；中心。E the crucial point; the heart; focus.

☆ この論文は焦点がぼやけている/這篇論文論點不明確。

☆ 焦点をしぼる/抓住重點(中心)；聚焦。

☆ ニュースの焦点/新聞焦點。

じょうとう【上等】ジョートー 程度や品質などが他よりすぐれているようす。中 上等；高級；非常好；極品；高檔。E of superior quality; very good.

☆ 上等な酒はたくさん飲んでも頭が痛くならない/高級的酒，喝多頭也不會痛。

☆ 上等の洋服/高級洋裝。

関連 中等　下等

しょうどく【消毒】ショードク〔～する〕 薬品や熱湯、日光などで病気のもととなる菌を殺すこと。中 消毒。E disinfect; sterilize.

☆ けがをした傷口をアルコールで消毒する/用酒精消毒傷口。

☆ 消毒薬/消毒藥。

☆ 日光消毒/日光消毒。

しょうとつ【衝突】ショートツ〔～する〕 ❶人やものがたがいにぶつかること。中 相撞；衝撞；撞上。E a collision.

☆ タクシーとトラックが正面から衝突して大きな事故になった/計程車和卡車正面相撞造成重大事故。

❷ 意見などが違って争うこと。中 矛盾；不一致；衝突。E a conflict; a clash.

☆ 会社の経営に関して重役の間で意見の衝突があった/對於公司的經營問題，董事之間的意見衝突。

しょうにか【小児科】ショーニカ 医学の一分野。子供の内科の病気を専門に扱う。中 小兒科。E pediatrics.

☆ 赤ん坊が熱を出したので、小児科の病院へ連れていった/嬰兒發高燒，所以帶去小兒科看病。

☆ 小児科医 / 小兒科大夫。

しょうにん【承認】ショーニン〔～する〕あることがらを正当だとして認めること。中 承認；批准；同意。E approve; recognize.

☆ 総会で、新しい役員を承認する / 在大會上通過新董事的任命。

☆ 新しく独立した国を承認する / 承認新獨立的國家。

しょうにん【商人】ショーニン　商売をする人。中 商人。E a merchant; a storekeeper.

☆ 安くて安全でおいしい食品を取り扱う商人になりたい / 想成為銷售便宜安全又好吃的食品商人。

☆ 小売商人 / 零售商。

しょうにん【証人】ショーニン　事実を証明する人。中 證人；見證人。E a witness.

☆ 90年も生きてきた祖父は、歴史の生きた証人だ / 活了九十歲的祖父是活生生的歷史見證人。

☆ 証人は、事件が起きたとき現場にいたのは自分と一郎だけだった、と証言した / 證人作證說，事件發生時只有他本人和一郎在現場。

☆ 証人喚問 / a summons of a witness. / 傳喚證人。

じょうねつ【情熱】ジョーネツ、ジョーネツ　激しく燃えあがるような気持ち。中 熱情；激情。E enthusiasm; passion.

☆ 公害の少ない自動車の開発に情熱を燃やす / 對研發低公害的汽車充滿熱情。

☆ 情熱的な音楽 / 熱情奔放的音樂。

しょうねん【少年】ショーネン　7、8歳から15、6歳ぐらいまでの男の子。中 少年。E a boy.

☆ 少年のころ、パイロットになって空を飛びまわるのが夢だった/少年時代的夢想是成為飛行員，在天空翱翔。

☆ 少年少女 / 少年少女；少男少女。

対 少女

参 少年法では、満20歳に満たない男女をいう。また、児童福祉法では、小学校入学から満18歳に達するまでの男女をいう。

しょうはい【勝敗】ショーハイ　勝つことと負けること。中 勝敗；勝負；輸贏。E victory or defeat; the issue.

☆ スポーツは勝敗よりも、参加することのほうがたいせつだ / 體育運動的參與重於其勝敗。

☆ 勝敗を決める / 決定勝負。

しょうばい【商売】ショーバイ　❶〔～する〕商品を仕入れて売ること。中 買賣；商業；生意。E business; commerce.

☆ 父は衣料品の商売をしている / 父親從事布料買賣。

❷「職業」「仕事」のくだけた言い方。中 職業；行業。E an occupation; a job.

☆ 小説家は小説を書くのが商売だ / 小說家的工作是寫小說。

☆ 先生商売も楽じゃない / 醫師這一行並不輕鬆。

▷ 話❷

じょうはつ【蒸発】ジョーハツ〔～する〕

❶ 液体が気体になること。中 蒸發；汽化。E evaporate; vaporize.

☆ 水が蒸発すると水蒸気になる / 水一蒸發就成為水蒸氣。

❷ だれにも行く先を知らせないで、ある日突然どこかへ行ってしまうこと。中 失蹤；不知去向。E disappear into thin air.

☆ 父は1年前に蒸発して、いまでもどこにいるのかわからない/父親一年前失蹤，到現在仍下落不明。

▷ 話❷

しょうひ【消費】ショーヒ、ショーヒ〔～する〕　もの、金、時間、エネルギーなどを使ってなくすこと。中 消費；耗費；花費。E consume; spend.

☆ ガソリンの消費が少なくてたくさん走る車を買う / 買省油又跑得遠的汽車。

☆ 消費者 / a consumer. / 消費者。

☆ 消費税 / 消費稅。

対 生産

しょうひん【商品】ショーヒン　売り買いされる品物。中 商品。E goods; merchandise.

☆ 売れ残った商品を安く売る / 便宜賣剩下的商品。

☆ 目玉商品 / a loss leader. / 招牌商品（招牌貨）。

しょうひん【賞品】ショーヒン　賞として与えられる品物。中 獎品。E a prize.

☆ 作文コンテストに入賞して、賞品に万年筆をもらった / 作文比賽得獎，獲得的獎品是鋼筆。

じょうひん【上品】ジョーヒン　ことば、動作、趣味などがよく、ほかの人にいい感じを与えるようす。中 文雅；雅致；高尚。E elegant; graceful; refined.

☆ 服はそまつだが上品な顔だちの人が向こうから歩いてきた / 一個衣著邋遢卻長得眉目清秀的人從對面走過來。

☆ 上品な話し方 / 談吐文雅。

対 下品

しょうぶ【勝負】ショーブ　❶ 勝つことと負けること。勝ち負け。中 勝負；勝敗。E victory or defeat.

☆ このすもうはどちらも強くてなかなか勝負がつかない / 這場相撲比賽雙方勢均力敵，勝負難分。

☆ 時間切れで勝負なしに終わる / 由於比賽時間結束，未分勝負就中止。

❷〔～する〕勝ち負けを争うこと。中 比賽；競賽。E a game; a match.

☆ きのうの野球の試合はいい勝負だった / 昨天的棒球賽很精彩。

☆ 相手が強すぎて勝負にならない / 對手太強，根本沒有勝算。

じょうぶ【丈夫】ジョーブ　❶ 体に悪いところがなく健康なようす。中 健康；健壯；結實。E healthy; robust.

☆ なにをするにも丈夫な体がいちばんだ / 不管做什麼，健康的身體是最重要的。

☆ 丈夫に育つ / 健康地成長。

❷ ものがしっかりしていて、こわれたりくずれたりしにくいようす。中 堅固；結實。E solid; firmly.

☆ 荷物を送るときは丈夫な箱に入れてください / 託運貨物時請裝進堅固的箱子。

☆ 何年も使えるように丈夫につくってあるかばん / 為了能用好幾年，做得很堅固的書包。

しょうべん【小便】ショーベン〔～する〕ぼうこうから排泄のためのくだを通って体の外に出される液体。中 小便。E urine.

☆ 犬が道ばたで小便をする / 小狗在路旁小便。

対 大便

参 子供に対して言うときは、幼児語の「おしっこ」を使う。また、医者に自分の健康状態を話すときなどは「尿」「小水」、女性は「お小水」などと言う。

じょうほ【譲歩】ジョーホ〔～する〕自分の主張ばかりを押し通そうとはせずに、相手の意見も受け入れること。中 讓步。E concede; concession.

☆ 会社側は労働組合に譲歩してボーナスの額を増やした / 公司方面向工會讓步，增加了獎金金額。

☆ 双方の譲歩により交渉が妥結した / 由於雙方的讓步，談判達成了協議。

しょうぼう【消防】ショーボー　火事を消したり防いだりすること。中 消防；救火。E fire fighting.

☆ ふだんから消防の備えをしておかなければいけない / 平時就必須做好消防準備。

☆ 消防車 / 消防車。

☆ 消防署 / a firehouse. / 消防署。

し

じょうほう【情報】ジョーホー　判断や意思決定をする材料になる知らせや知識や資料。中 情報；資料。E information; news.

☆ 新聞もラジオもないので、新しい情報が入らない/沒有報紙和收音機，所以得不到新資訊。

☆ パソコンで情報を処理する/用個人電腦處理資訊。

☆ 情報化社会/資訊化社會。

じょうほうさんぎょう【情報産業】ジョーホーサンギョー　情報の収集、提供や情報システムの開発などを行う産業。たとえば、出版、広告、放送、新聞など。中 資訊產業。E the information industry.

☆ 世の中の動きに関心があるので、情報産業で働こうと思う/關心社會的動向，所以想在資訊業界服務。

しょうみ【正味】ショーミ　❶ 入れ物や外側を包んでいるものを除いた、実際に役に立つ部分の重さや量。中 淨重；內容；實質。E net.

☆ 箱は大きいが、中の牛肉の正味は200グラムだ/雖然盒子很大，但裡面的牛肉淨重只兩百公克。

❷ 実際に意味のある部分の数や量。実質。中 實數。E full.

☆ 1日8時間勤務だが、休み時間を除くと労働時間は正味7時間だ/一天工作八小時，扣除休息時間後實際工作時間是七小時。

じょうみゃく【静脈】ジョーミャク、ジョーミャク　体の各部分をまわってきた血液を心臓に送り返す血管。中 靜脈。E a vein.

☆ 手首のところに静脈が青くすけて見える/在手腕處能看見淡青色的靜脈血管。

☆ 静脈注射/靜脈注射。

対 動脈　数 1本

しょうめい【証明】ショーメイ〔～する〕　ものごとが真実であること、また判断や論理が正しいということを、理由や根拠をあげて明らかにすること。中 證明。E prove; testify.

☆ 検査の結果、この川のよごれの原因は、近くの工場が出す水にあることが証明された/檢查結果證明這條河川受污染的原因是附近工廠排出廢水所致。

☆ 身分証明書/ an identification card. /身分證。

しょうめい【照明】ショーメイ〔～する〕

❶ 光を使って明るくすること。中 照明；照亮。E lighting; illumination.

☆ 部屋の照明を自然に近い光にする/使房間的照明接近自然光。

☆ 照明器具/照明器材。

❷ 効果を上げるために、光線を使って舞台などを照らすこと。また、その光線。中 舞台燈光。E stage lighting.

☆ はなやかな照明を受けて主人公が登場した/在絢麗的舞台燈光照耀下，主角登場了。

しょうめん【正面】ショーメン　❶ ものの表側。中 正面。E the front.

☆ 正面の入り口からお入りください/請從正面入口進入。

❷ まっすぐ前を向いた方向。中 對面。E in front of; directly.

☆ 駅の正面にデパートがある/車站對面有一家百貨公司。

☆ 問題に正面からぶつかっていく/直接面對問題。

☆ 正面の席/對面的座位。

参 建物では玄関やおもな出入り口のある側、体では顔のあるほうをいう。

正面きって　遠慮しないではっきりと。中 當面；不客氣；直接了當。E outright.

☆ 学生は先生に正面きって抗議した/學生當面向老師提出抗議。

しょうもう【消耗】ショーモー〔～する〕

❶ もの、資源などが使われて減ること。また、減らすこと。中 消耗；消費；耗費。E consume; exhaust.

☆ 山道で迷い、長い時間車で走ってガソリンを消耗した / 在山上迷了很長一段時間的路，耗費了不少汽油。

☆ 消耗品(=使うたびに減る品物。紙、鉛筆など) / 消耗品(=每次使用均減少的物品，如紙、鉛筆等)。

❷ 体力、気力などがなくなること。また、なくすこと。[中] 消耗；勞累；疲乏。[E] exhaust; be worn out.

☆ 休日も休まず働いて体力を消耗し、やせてしまった / 假日也不休息去工作，消耗很多體力人變瘦了。

じょうやく 【条約】ジョーヤク、ジョーヤク 国と国との間の、文書による、権利、義務についての約束。また、その文書。[中] 條約。[E] a treaty; a pact.

☆ 条約を締結する / conclude a treaty. / 簽訂條約；締結條約。

☆ 女子差別撤廃条約 / 廢除歧視婦女的條約。

しょうゆ ショーユ 大豆や小麦に、塩やこうじをまぜてつくった液体の調味料。[中] 醬油。[E] *shoyu*; soy sauce.

☆ 刺身にしょうゆをつけて食べる / 把生魚片沾著醬油吃。

[数] 1本

[注] 漢字で書くときは「醤油」。

じょうようかんじ 【常用漢字】ジョーヨーカンジ 日常使われる目安となるものとして、1981年に日本政府が定めた1945字の漢字。[中] 常用漢字。[E] the Chinese characters in common use.

☆ 「矍鑠」は2字とも常用漢字ではない/「矍鑠」兩個字都不屬於常用漢字。

☆ 常用漢字表 / 常用漢字表。

しょうらい 【将来】ショーライ これから先の時。[中] 將來；未來；前途。[E] the future.

☆ 将来、音楽家になりたいと思っている/將來我想成為音樂家。

☆ 将来の予想を立てる / 訂定未來的計畫。

☆ 将来性 / promising. / 前景；遠景。

[参] 「未来」も似ているが、「未来」がこれからずっと後の広い範囲の時間をさすのに対して、「将来」は個人など具体的なことについてのこれから先をさし、「未来」よりも現在に近い時を表している。また、「将来」は「将来、社長になりたい」など副詞的に使うこともあるが、「未来」にはこのような使い方はない。

しょうり 【勝利】ショーリ〔～する〕 戦いや試合に勝つこと。[中] 勝利。[E] a victory; a triumph.

☆ 激しい練習の結果、勝利を収めることができた / 刻苦訓練的結果是取得勝利。

☆ 抱き合って勝利を喜ぶ選手たち / 互相擁抱慶祝勝利的選手們。

[対] 敗北

じょうりく 【上陸】ジョーリク〔～する〕 船や海から陸に上がること。[中] 上陸；登陸；登岸。[E] land; strike.

☆ 1945年4月、アメリカ軍は沖縄に上陸した /1945年4月，美軍在沖繩登陸。

☆ 台風が本土に上陸する / 颱風登陸本土。

しょうりゃく 【省略】ショーリャク〔～する〕 簡単にするために一部分を省くこと。[中] 省略。[E] omit; abbreviate.

☆ 時間がないので詳細は省略して、要点だけ話す / 因沒有時間，所以省略細節，只講重點。

じょうりゅう 【上流】ジョーリュー ❶ 川の流れの、水源に近いほう。[中] 上游；上流。[E] upstream; up (the river).

☆ 川の上流にダムがある/河川的上游有水庫。

❷ 社会で、地位、生活程度などの高い階級。[中] 上層；上流。[E] the upper classes.

☆ 道子は豊かな上流の家庭で苦労なく育った / 道子生長在富裕的上層家庭，生活無憂無慮。

☆ 上流階級 / 上層階級；上流階級。

☆ 上流社会/上層社會：上流社會。

▷ 関連 中流、下流

しょうりょう 【少量】ショーリョー、ショーリョー　分量が少ないこと。すこし。書 中 少量。E a small quantity; a little.

☆ 酒は少量なら体に悪くない/如果少量飲酒，對身體沒壞處。

☆ 少量の塩を料理に加える/在菜裡加一點鹽。

対 多量

じょうるり 【浄瑠璃】ジョールリ　日本の伝統芸能の1つ。三味線の音楽を伴奏にして物語を語る。これに合わせて人形に芝居を演じさせるものを人形浄瑠璃という。

〔人形浄瑠璃〕

中 淨琉璃(日本的一種傳統戲，伴奏的樂器是三味線)。E a *joruri*; Japanese ballad drama to the accompaniment of a *shamisen*.

☆ 祖父は浄瑠璃が好きで、よく聞きに連れていってくれた/祖父喜歡淨琉璃，經常帶我去聽。

しょうれい 【奨励】ショーレイ〔～する〕するようにとすすめること。中 獎勵；鼓勵。E encourage; promote.

☆ 若い人たちにスポーツを奨励する/鼓勵年輕人參加體育運動。

☆ 農家に、米ばかりでなく野菜やくだものもつくるように奨励する/鼓勵農民不只種水稻，還要種蔬菜和水果。

じょおう 【女王】ジョオー　❶女性の王。中 女皇。E a queen.

☆ 首相は女王に新しい法律について報告した/首相就新法律的問題向女王報告。

❷その分野でいちばんすぐれた女性。中 皇后。E a queen of ~; a ~ queen.

☆ スケートの女王/溜冰皇后。

ジョーク (joke) ジョーク　人を笑わせるために言ったりしたりすること。冗談。中 笑話；玩笑。E a joke.

☆ 三郎はジョークを言って人を笑わせることが好きだ/三郎喜歡講笑話逗人笑。

☆ ジョークを飛ばす/開玩笑。

ショート (short) ショート　❶短いこと。中 短。E short.

☆ 髪をショートにする/把頭髮剪短。

☆ ショートパンツ/短褲。

対 ロング

❷野球の遊撃手。中 游擊手。E a shortstop.

☆ 打った球はショートのほうへ転がった/擊出的球向游擊手的方向滾去。

❸〔～する〕強い電流が、決められた回路からはずれて流れ、火花が出ること。中 短路。E short-circuit.

☆ いちどにたくさん電気器具を使ったらショートしてしまう/同時使用許多電器，會造成短路。

じょがい 【除外】ジョガイ〔～する〕そこから取り除くこと。中 除外；免除；不在此限。E exclude.

☆ 特殊な用法は除外して、まず一般的なものについて説明しよう/特殊的用法除外，先就一般用法進行說明。

しょかん 【書簡】ショカン「手紙」の改まった言い方。書 中 書信；尺牘。E a letter; a note.

☆ A国大統領に書簡を送る/寫信給A國總統。

☆ 書簡集/書信集。

☆ 書簡箋(=便箋)/信箋；信紙。

☆ 外交書簡/外交文書。

数 1通・1本

しょき 【初期】ショキ　初めの時期。始まって間もないころ。中 初期。E the early stages; the early years.

☆ 病気は初期のうちに治すことがたいせつだ/疾病的早期治療是很重要的。

☆ 日本は、明治初期に欧米から多くの学問や文化を取り入れた/日本在明治初期從歐美吸收了許多學問和文化。

関連 中期、末期

しょきゅう【初級】ショキュー クラスなどを分けたときの初めの等級、階級、学年。中 初級。E the biginners' class; elementary.

☆ 日本語を初級から勉強する/從初級日語開始學起。

☆ 初級のクラス/初級班。

☆ 初級教科書/初級教科書。

関連 上級、中級、下級

ジョギング (jogging) ジョギング〔～する〕健康などのために自分の体に合った調子で走るスポーツ。中 慢跑。E jogging.

☆ 毎朝、公園の中をジョギングする/每天早上在公園裡慢跑。

☆ ジョギングシューズ/慢跑鞋。

しょく【食】ショク ❶ものを食べること。食事。中 吃；餐；飲食。E (an) appetite; a meal.

☆ 食が細い(=食べる量が少ない)ので太らない/食量小(=吃得少)，所以不會胖。

☆ 食中毒/食物中毒。

☆ 病人食/meals for invalids./為病人所提供的伙食。

☆ 健康食/保健食品；健康食品。

❷(数を表すことばの後について)食事の回数を表す。中 表示吃飯的次數。

☆ 1泊2食つきの料金/a charge for a night including two meals./1宿2餐的費用。

☆ 3食とも外で食べる/三餐都在外邊吃。

しょく【職】ショク ❶生活のための仕事。中 職業；工作。E a job; work.

☆ 会社が倒産して職を失った/公司倒閉，丟了飯碗。

☆ 職をさがす/找工作。

❷受け持つ仕事。また、地位。中 工作；職位；職務。E a post; duty.

☆ 部長の職につく/擔任經理職務。

☆ 管理職/an administrative post./〔公司的〕管理階層。

☆ 専門職/專門職業。

-しょく【-色】(他のことばについて) ❶その色であること。中 ～色。

☆ 自然色/natural color./自然色。

☆ 濃緑色(=濃い緑色)/深綠色(＝很深的綠色)。

❷そのようなようすであること。中 色彩。

☆ 国際色豊かなパーティー/a party with a markedly international character./充滿國際色彩的宴會。

☆ 地方色を出す/bring out the regional color./突顯地方色彩。

❸そのような傾向があること。中 傾向。

☆ 日本の経済進出に警戒色を持つ国々/countries having a sematic coloration towards Japan's economic invasion./對日本經濟擴張保持戒備態度的國家。

☆ 政党色の濃い団体/政黨色彩濃厚的團體。

しょくいん【職員】ショクイン 役所、学校、会社などに勤め、仕事を受け持っている人。中 職員。E a staff member.

☆ 役所の事務の職員の数を増やす/增加政府機關辦公人員。

☆ 職員会議/a teachers' meeting./教師會議。

☆ 職員室/教員室。

しょくえん【食塩】ショクエン 食用などにする塩。中 食鹽。E table salt.

☆ 血圧が高い人は食塩の量を減らしたほうがいい/血壓高的人宜減少食鹽攝取量。

☆ 生理食塩水/生理食鹽水。

しょくぎょう【職業】ショクギョー 生活していくためにする仕事。中 職業；工作。E an occupation; a job.

☆ 専門を生かせる職業につきたい/想找個能一展所長的工作。

☆ 職業安定所/an employment security office./公立職業介紹所。

☆ 職業病/職業病。

しょくじ【食事】ショクジ〔～する〕 毎日のこととして、ごはんなどを食べること。また、そのために用意された食べ物。中 飯；餐；食物。E a meal.

☆ 休日は夫が食事をつくる/假日由丈夫做飯。

☆ 友人と一緒にレストランで食事する/和朋友一起在餐廳吃飯。

しょくたく【食卓】ショクタク 食事のときに使うテーブル。中 餐桌。E a (dining) table.

☆ 久しぶりに家族全員で食卓をかこんだ/很難得全家人圍著餐桌一起用餐。

☆ 食卓につく / sit down at the table. / 入席用餐；吃飯。

数 1 脚

しょくどう【食堂】ショクドー ❶ 食事をする部屋。中 飯廳。E a dining room.

☆ この家は食堂と居間が一緒になっている/這間屋子是飯廳兼起居室。

❷ 代金を取って食事をさせる店。中 餐廳。E a restaurant; an eating house.

☆ 学生たちは昼休みになると近くの食堂へ食事に行く / 學生們一到午休時間就去附近餐廳吃飯。

▷ 数 ❶ 1 室・1 間、❷ 1 軒・1 店

しょくにん【職人】ショクニン 手先でものをつくったり仕事をしたりする職業の人。大工、植木屋、たたみ屋など。中 技工；工匠。E a workman; a craftsman.

☆ 息子を10年かかって一人前の職人に育てあげた/花了十年時間把兒子培養成一個能獨立勝任的技工。

しょくば【職場】ショクバ、ショクバ 会社、工場、役所などで、その人が仕事をする場所。中 工作單位；工作崗位。E one's place of work.

☆ 京子は一郎と同じ会社だが職場は違う / 雖然京子和一郎在同一家公司，但工作單位卻不同。

☆ 家から職場まで自転車で通う / 從家裡騎腳踏車去上班。

しょくひん【食品】ショクヒン 食べ物となる品物。広くは飲み物もふくむ。中 食品。E food.

☆ 牛乳はカルシウムを多くふくむ食品だ/牛奶是富含鈣質的食品。

☆ 食品添加物 / 食品添加物。

☆ デパートの食品売り場 / 百貨公司的食品賣場。

☆ 冷凍食品 / 冷凍食品。

しょくぶつ【植物】ショクブツ 生物のうち、草木、藻、菌類など、多くは動くことができず、空気や水から養分をとって生きているもの。中 植物。E a plant; vegetation.

☆ 気温が高く雨の多い地方では植物が早く育つ/在氣溫高且雨水多的地方，植物生長得快。

☆ 植物性蛋白質 / 植物性蛋白質。

☆ 植物園 / 植物園。

☆ 薬用植物 / 藥用植物。

対 動物

しょくむ【職務】ショクム、ショクム 仕事で自分の受け持つ務め。中 職務；任務。E one's duty.

☆ 父はまじめに自分の職務を果たして、60歳の定年を迎えた/父親工作盡責，直到60歲退休。

☆ 職務質問/ a police checkup. /警察因公盤問。

しょくもつ【食物】ショクモツ 人や動物が、生き、成長し、健康を保つために食べるもの。広くは飲み物もふくむ。中 食物；食品。E food.

☆ 疲れたときは、栄養があって消化のいい食物を取るといい/疲勞時宜吃營養又好消化的食物。

参「食べ物」もほとんど同じだが、おもに「食べ物」が料理されていてすぐに食べられるものをいうのに対して、「食物」は米、麦、野菜、魚、肉など材料のままの状態のものをさす。「食卓にたくさん食べ物が並んでいる」「倉庫にたくさん食物が入れてある」の「食べ物」と「食物」を入れかえると不自然な使い方になる。

しょくよく【食欲】ショクヨク、ショクヨク 食べたいと思う気持ち。中食慾；胃口。E (an) appetite.

☆ 健康を回復するにつれて、食欲も徐々に出てきた / 隨著恢復健康，慢慢有了食慾。

☆ 食欲がない / 沒有食慾。

☆ 食欲の秋 / 秋大胃口好。

☆ 食欲不振 / lack of appetite. / 食慾不振。

しょくりょう【食料・食糧】ショクリョー

❶ 米や麦、魚肉類、野菜、くだもの、缶詰などの食品。中食品；食物。E food.

☆ 日曜日に1週間分の食料を買っておく / 在星期天先買好一週份的食物。

☆ 生鮮食料品 / 生鮮食品。

❷ 主食にする米や麦など。中食糧；食物；糧食。E food; provisions.

☆ 災害地に食糧を送る / 供應災區食物。

注 ❶は「食料」、❷は「食糧」

しょくん【諸君】ショクン 自分と同等か目下の人たちおおぜいに呼びかける、敬意と親しみをこめたことば。中諸位；各位。E Ladies and Gentlemen; My friends; you.

☆ 諸君、われわれはいま、非常に困難な時代にいます / 諸位，我們現在處於非常艱辛的時代。

☆ 親愛なる諸君 / 各位鄉親；各位父老兄弟姐妹們。

☆ 若い諸君 / 各位年輕朋友。

しょ・げる ショゲル、ショゲル〔自動一〕 失敗したり期待がはずれたりして、がっかりする。話 中沮喪；垂頭喪氣；灰心。E be dejected; be disheartened.

〔しょげる〕

☆ 弟は試験に失敗してしょげている / 弟弟因考試失敗而垂頭喪氣。

☆ しょげた顔つき / 神色沮喪。

しょこ【書庫】ショコ 書物をしまっておくための建物や部屋。中書庫；藏書室。E a library; stacks.

☆ 本が増えたので庭に書庫を建てた / 因藏書增加，所以在院子裡建了書庫。

☆ 図書館の書庫に入って文献を調べる / 到圖書館書庫查文獻。

じょこう【徐行】ジョコー〔～する〕 電車や列車や自動車などがゆっくり進むこと。中徐行；慢行；緩慢行駛。E go slow; slow down.

☆ 列車は吹雪のため徐行している / 列車由於暴風雪而緩慢行駛。

☆ 徐行運転 / 緩慢開(駕駛)。

しょこく【諸国】ショコク あちこちの国々。多くの国々。中諸國；各國。E various countries.

☆ 世界の諸国から若者が集まって友好と交流を深めた / 來自世界各國的年輕人聚在一起，加深了友誼和交流。

☆ 姉はアジア諸国へ旅に出た / 姊姊到亞洲各國去旅行。

しょさい【書斎】ショサイ 個人の家の、読書や書き物などをするための部屋。中書齋；書房。E a study; a library.

☆ 母は書斎で本を読んでいる / 媽媽正在書房讀書。

☆ 書斎にこもる / 在書房閉門不出。

数 1室・1間

じょし【女子】ジョシ ❶ 女の子。中女兒。E a girl.

☆ 女子が誕生した / 女兒出生了。

☆ 6年2組の女子/六年二班的女孩。

対 男子

❷ 成人、またはそれに近い女性。中 女子；婦女。E a woman; a female.

☆ A社では女子社員が60パーセントを占めている/A公司女職員佔百分之六十。

☆ 女子大学/女子大學。

対 男子

参「女性」「婦人」も似ているが、「女性」が年齢を問わず女の人全部をさし、「婦人」が比較的年齢の高い女の人をいうのに対して、「女子」は学校やスポーツ関係などグループの中で使われ、どちらかといえば年齢も低い。

じょし【助詞】ジョシ　文法上の単語の分け方の1つ。ほかのことばについて、そのことばとの関係を示したり、ある意味をそえたりすることば。活用がない。「が」「を」「に」など。中 助詞。E a particle.

☆「バスで行く」の「で」と、「庭で遊ぶ」の「で」はどちらも助詞だが、意味は違う/「バスで行く」中的「で」和「庭で遊ぶ」的「で」都是助詞，但意思卻不同。

じょしゅ【助手】ジョシュ　❶ 研究や仕事の手助けをする人。中 助手。E an assistant; a helper.

☆ 写真家の助手は、ライトを当てたり、カメラを運んだりする/攝影師的助手時而打光，時而搬照相機。

☆ 運転助手/副司機；副駕駛。

❷ 大学などで、教授の指導で研究をしながら、学生の指導も一部受け持つ人。講師の下の職名。中 大學助教。E a research assistant.

☆ 三郎はA大学の助手で、学生の実験の指導もしている/三郎是A大學助教，也指導學生做實驗。

じょじょに【徐徐に】ジョジョニ　ゆっくりとなにかをするようす。また、ゆっくりと変化していくようす。中 徐徐地；慢慢地。E gradually; by slow degrees.

☆ 列車は徐々にスピードを上げた/列車慢慢地加快了速度。

☆ 病人は徐々に回復に向かっている/病人慢慢地恢復健康。

しょしん【初心】ショシン　❶ 最初のときの決心。なにかを始めようとしたときに持った張りきった気持ち。中 初願；初衷。E one's first intention.

☆ 教師になって5年、生徒のための授業をするという初心にもどってやり直そう/做了五年老師，決心重拾當初願意為學生全心奉獻的初衷。

☆ 初心を忘れるな/勿忘初衷。

❷ 学問や技術などを習いはじめたばかりであること。中 初學；不成熟。E inexperienced; green.

☆ スキーの初心の人だけ集めて、講習会を開いた/只召集滑雪初學者，給予講習訓練。

☆ 初心者/初學者。

じょせい【女性】ジョセイ　女の人。中 女性；婦女。E a woman; a female.

☆ 門の前にいる白いスーツの女性はどなたですか/門前那位穿著白色套裝的女士是誰呀?

☆ 結婚しても仕事を続ける女性が増えてきた/婚後仍繼續工作的女性增加了。

対 男性　→女子、婦人

しょぞく【所属】ショゾク〔～する〕　ものごとや個人などが、ある組織やグループなどの一員になっていること。中 所屬；從事於～。E belonging to; be with.

☆ 道子はA研究所に所属してがんを研究している/道子屬於A研究所，研究癌症。

☆ 所属政党/所屬政黨。

☆ 無所属/無黨派。

しょたい【所帯】ショタイ　1つの家をつくって、独立して生活すること。また、その家の構成。中 家庭。E a household; a family.

☆ 結婚して新しい所帯を持つ / 婚後組成新家庭。

☆ 所帯を切りつめる / 節省家庭開銷。

☆ 男所帯(=女性のいない家族)/光棍之家(=沒有女人的家庭)。

参「世帯」も似ているが、「世帯」が「世帯数」「世帯主」など戸籍や公的なばあいに使われるのに対して、「所帯」は「所帯じみる」「所帯疲れ」のように個人のレベルで使われることが多い。

しょたいめん【初対面】ショタイメン 1 度も会ったことのない人とはじめて顔を合わせること。中 初次見面。E the first meeting.

☆ 初対面のあいさつをかわす / 初次見面相互寒暄。

☆ 初対面なので、ちょっと緊張した / 初次見面，所以有點緊張。

しょち【処置】ショチ〔～する〕 ❶ 手続きにしたがって、ものごとにきまりをつけること。中 處置；處理。E measures; disposal.

☆ 被災者に対して緊急の処置をとる / 對災民採取緊急措施。

☆ 厳しい処置 / 嚴厲的處置。

☆ 適切な処置 / 適當的處理。

❷ 傷や病気の手当てをすること。また、その手当て。中 處理；治療。E treatment.

☆ けががひどいようなら、病院で処置してもらおう / 如果傷勢嚴重，立即送醫治療。

☆ 応急処置/ an emergency measure. /急救處理。

▷ →処理

じょちょう【助長】ジョチョー〔～する〕

❶ 力を貸して、ものごとの成長や発展を助けること。中 促進；協助。E encourage; promote.

☆ 平等意識を助長するための講演会を開く/為提高平等意識舉行演講會。

❷ ある状態をさらにひどくすること。中 助長。E further; aggravate.

☆ 失業者の増加が社会不安を助長する/失業者增多，導致社會不安。

しょっき【食器】ショッキ 食事をするときに使う器や道具。中 餐具。E tableware; the dishes.

☆ テーブルに食器を並べる / 在餐桌上擺放餐具。

☆ 食器を洗う / 洗餐具。

☆ 食器棚 / 餐具櫥。

〔食器〕

ショック(shock) ショック ❶急に受ける強い打撃。中 打擊；震動；衝擊。E a shock; an impact.

☆ シートベルトは衝突のショックをやわらげる / 安全帶能減輕撞車的衝擊。

❷ 思いがけないことにあって、心の平静を失うこと。中 刺激；打擊；震驚。E a shock; a trauma.

☆ 親友の突然の死にショックを受けた/親友突然去世遭受到打擊。

☆ 石油ショック / the oil crisis. / 石油危機。

しょっちゅう ショッチュー 同じことを、短い時間をおいて何回も繰り返すようす。話 中 經常；總是；老是。E always; very often.

☆ しょっちゅう甘いものを食べるので、虫歯が多い / 因為老是吃甜食，所以滿嘴蛀牙。

☆ 最近は、しょっちゅうかぜをひく / 最近老是感冒。

ショッピングセンター(shopping center) ショッピングセンター 駅の近くや郊外の団地などの、大きな建物の中や地下につくられた商店街。中 量販店；購物中心。E a shopping center.

☆ 車で郊外のショッピングセンターへ買い物に行く / 開車去郊外的量販店購物。

しょてん【書店】ショテン、ショテン 本や雑誌などを売る店。また、出版社の名前にも使う。中 書店。E a bookstore; a publisher.

☆ 駅前の書店で本を買う / 在車站前的書店買書。

☆「やさしい日本語」はK書店で発行している / 《易懂日語》正在 K 書店發行中。

数 1軒・1店

参「本屋」も似ているが、「書店」のほうが改まった言い方。また、「本屋」は店だけでなく、「本屋さんに本を選んでもらった」のように人にも使うが、「書店」は店や会社にだけ使う。

しょとう【初等】ショトー　程度や段階が初めのほうにあること。中 初等；初級。E elementary.

☆ 初等の教育を修了する / 受完基礎教育。

☆ 初等科 / 初級課程；初級班。

関連 中等、高等

しょどう【書道】ショドー　学習、または芸術として、筆と墨で文字を書く技術。中 書法；書道。E calligraphy.

〔書道〕

☆ 伯母は書道教室を開いて、小学生に教えている / 伯母開辦書法教室，教授小學生書法。

☆ 一郎は書道の大家だ / 一郎是書法大師。

☆ 書道芸術 / 書法藝術。

じょどうし【助動詞】ジョドーシ　文法上の単語の分け方の１つ。動詞などについて、推量、使役などの意味を加える働きをすることば。活用がある。「らしい」「られる」など。中 助動詞。E an auxiliary verb.

☆「読むだろう」の「だろう」、「行くまい」の「まい」などは助動詞だ /「読むだろう」的「だろう」，「行くまい」的「まい」等都是助動詞。

☆「らしい」は推量の助動詞だ /「らしい」是推量助動詞。

しょとく【所得】ショトク　限られた期間に得た収入や利益。中 所得；收入。E an income; earnings.

☆ １年間の所得は約500万円だ / 一年的收入約五百萬日圓。

☆ 所得が増える / 收入增加。

☆ 所得税 / 所得稅。

☆ 給与所得 / 薪資所得。

しょばつ【処罰】ショバツ、ショバツ〔～する〕　悪いことをした人を罰すること。中 處罰；處分。E a penalty; punish.

☆ 飲酒運転をした者は厳しい処罰を受ける / 酒後駕車要接受嚴重處罰。

☆ 法律に違反すると処罰される / 違反法律就會受罰。

しょぶん【処分】ショブン〔～する〕 ❶ いらなくなったものやあまったものを捨てたり売ったりすること。中 處理掉；扔掉。E disposal.

☆ 古くなったテレビを処分する / 處理舊電視。

☆ 都会では、増えるごみの処分に困っている / 城市中不斷增多的垃圾令人困難。

❷ 規則などを破った人を罰すること。中 處分；處理。E punishment.

☆ 試験での不正行為が見つかり、処分された / 考試作弊被抓到，受到處分。

☆ 退学処分 / 退學處分。

☆ 行政処分 / 行政處分。

☆ 懲戒処分 / 懲戒處分。

しょほ【初歩】ショホ　学問や芸術、技術などを習う最初の段階。中 初步；初學；入門。E the rudiments; the elements.

☆ 先生について初歩から絵を習う / 跟著老師從入門開始學畫。

☆ パソコンの初歩 / 個人電腦入門。

☆ 初歩的なミス / 基礎的錯誤。

しょぼしょぼ　ショボショボ ❶ 細い雨が勢いなく降り続くようす。中 細雨濛濛；淅淅瀝瀝。

☆ 朝から雨がしょぼしょぼ(と)降っている/It has been drizzling since morning. /從早就淅瀝瀝地下著雨。

❷〔～する〕元気がないようす。中 垂頭喪氣；虛弱無力貌。

☆ 洋子に「もう会いたくない」と言われて、しょぼしょぼ(と)帰った/After Yoko said "I don't want to see you anymore," I went home depressed. /聽到洋子說「以後不想再看見你。」這句話後，就垂頭喪氣地回家了。

❸〔～する〕目がはっきり開かず、自然に何度もまばたきするようす。中 眼睜不開；朦朧；睡眼惺忪。

☆ 起きたばかりの妹は、まだ眠そうに目をしょぼしょぼさせている/Having just got up, my sister is blinking her eyes sleepily. /剛起床的妹妹睡眼惺忪。

しょみん【庶民】ショミン　特別の地位や財産を持たないふつうの人々。中 老百姓；群衆；庶民。E the common people; the masses.

☆ 庶民の声を政治に反映させる/政治反映人民的心聲。

☆ 戦争でいちばん被害を受けるのは庶民だ/戰爭中損失最大的是老百姓。

☆ 庶民生活/庶民生活；平民生活；百姓生活。

しょめい【署名】ショメイ〔～する〕　自分の名前を書類などに書くこと。また、その名前。サイン。中 簽名；署名；簽署。E a signature; sign.

☆ ゴルフ場建設反対の住民の署名を集める/集合反對興建高爾夫球場的居民連署。

☆ 保証書に署名する/在保證書上簽名。

☆ 署名運動/a signature-collecting campaign. /連署運動。

しょもつ【書物】ショモツ　文章や絵などを紙に印刷し、とじて表紙をつけたもの。本。中 書；書籍；圖書。E a book.

☆ この本箱には父が残した書物が入っている/這個書櫥裡放著父親遺留的書籍。

☆ 遺伝子工学に関する書物を購入する/購買有關遺傳基因工程學的書籍。

数 1冊

参「書籍」「図書」も似ているが、これらが個々の本のことより本のまとまりとしての意味で使うのに対して、「書物」は1冊1冊の本に重点が置かれている。「書籍商」「図書室」とはいうが「書物商」「書物室」とはいわないし、「愛読する1冊の書物」の「書物」を「書籍」「図書」で置きかえることはできない。

しょゆう【所有】ショユー〔～する〕　自分のものとして持っていること。書 中 所有。E own; possession.

☆ 当社は社用の車を10台所有している/本公司擁有十輛公務車。

☆ 所有権/所有權。

☆ 所有物/所有物。

しょり【処理】ショリ〔～する〕　事件や事務などを片づけて、きちんとすること。中 處理；辦理。E manage; deal with; disposal.

☆ 難問を1つ1つ処理する/一一解決難題。

☆ 処理が終わった問題/處理完畢的問題。

☆ ごみ処理/垃圾處理。

参「処置」も似ているが、「処置」が、完全ではないが手続きにしたがって片づけることであるのに対して、「処理」はやり終えてしまうことをいう。

しょるい【書類】ショルイ、ショルイ　連絡や記録のために文字で書いたもの。中 文件；資料；書面材料。E papers; documents.

☆ 会議に必要な書類をそろえる/備齊會議所需的文件。

☆ 書類に目を通す/瀏覽文件。

☆ 書類審査/文件審查。

☆ 秘密書類/秘密文件。

数 1枚・1通

し

しょんぼり ションボリ〔～する〕 がっかりして元気がないようす。話 中垂頭喪氣；無精打采。E lonely; depressed; dejectedly.

☆ 妹は、仲よしの友達が引っ越してしまってしょんぼりしている/妹妹因好友搬走了而無精打采。

☆ 一郎は、しかられてしょんぼり(と)家に帰った/一郎受到責備後垂頭喪氣地回家了。

しらが【白髪】シラガ 年をとったり、病的な原因があったりして、色素がなくなって白くなった髪の毛やひげ。中白頭髮。E white hair; gray hair.

☆ 最近、白髪が増えた/最近白頭髮變多了。

☆ 白髪頭/白頭髮(的人)。

☆ 白髪染め/將白髮染黑。

数1本 →白髪

しら・ける【白ける】シラケル〔自動一〕 楽しい気分がこわれて、明るさやおもしろさがなくなる。中掃興；敗興；不歡而散。E dampen (the atmosphere); be apathetic.

☆「宿題があるから帰る」という二郎の1言で、パーティーがすっかりしらけた/因二郎的一句話：「還有功課要做！得回家了」，聚會氣氛完全被破壞。

☆ 校長先生の熱の入った話を、しらけた顔で聞いている小学生/小學生以無趣的表情聽著校長充滿熱情的談話。

名白け

しらじらし・い【白白しい】シラジラシイ

❶ はっきりうそであることがわかるのに平気でいる。中顯而易見；明顯地。E transparent; downright.

☆ 店員に「スマートですね」としらじらしいお世辞を言いわれた/「真苗條啊！」顯然是店員在說奉承話。

❷ 知っているのに知らないふりをする。中假裝不知道；裝傻。E with feigned ignorance.

☆ 事件の関係者たちは、しらじらしくなにも知らないと言いはっている/事件的相關者都裝傻地說什麼也不知道。

じら・す ジラス〔他動五〕(じらして) 相手がしてほしがっていることを、遅らせたりしていらだたせる。中使～著急；讓～焦急。E irritate; keep a person in suspense.

☆ 出かける準備をわざとゆっくりして、待っている妹をじらす/故意慢吞吞地做出門準備，讓等待的妹妹著急。

自動じれる

しらずしらず【知らず知らず】シラズシラズ、シラズシラズ 自分では気がつかないうちに。中 不知不覺；不由地。E unconsciously; in spite of oneself.

☆ 本を読んでいるうちに、知らず知らず眠ってしまった/讀書時不知不覺就睡著了。

☆ この曲を聞くと、知らず知らずのうちに涙が出てくる/一聽到這首曲子，就不由自主地流下眼淚。

しら・せる【知らせる】シラセル〔他動一〕 人が知るようにする。通知する。知らす。中通知；告訴；告知。E let a person know; inform.

☆ 元気でいることを母に知らせる/稟告母親孩兒無恙。

☆ 手紙で帰国の日を知らせる/寫信告知回國日期。

名知らせ

しら・べる【調べる】シラベル〔他動一〕

❶ わからないことをはっきりさせるために、本を読んだり、人にきいたりする。中調査；查閱。E look up; consult; study.

☆ わからないことばを辞書で調べる/用字典查不懂的詞彙。

☆ 関係資料を調べて論文を書く/查閱相關資料寫論文。

❷ ぐあいが悪いことや誤りがないかなどを確かめる。中檢查；查驗。E examine; inspect.

☆ 血液を調べる/驗血。

☆ エンジンの調子を調べる/檢查引擎的運轉情況。

❸ 原因がどこにあるか、だれがしたのかなどを、さがしたりきいたりする。中 調查；查詢。E investigate; question.

☆ 事件を調べる/調查事件。

☆ 容疑者を調べる/偵訊嫌疑犯。

▷ 名 調べ

しり シリ ❶ 腰の後ろ下の、肉が多くついている部分。おしり。中 屁股；臀部。E the hips.

☆ いたずらした息子をしかって、しりをたたいた/責罵調皮的兒子，打了他的屁股。

☆ 頭隠してしり隠さず(=欠点などの一部分だけを隠して、全部を隠したと思いこんでいること)/藏頭露尾，欲蓋彌彰(=掩蓋了一部分缺點，就以為掩蓋了全部)。

❷ 後ろ。後。中 後邊；後頭。E the back; the rear.

☆ うちの娘はアイドル歌手のしりを追いかけている/我家的女兒一天到晚跟著偶像歌星的後頭跑。

☆ 上級生のしりについて歩く/跟在學長的後面走。

❸ 順序のいちばん後。中 最後；末尾。E the tail end.

☆ 試験をしたら、しりから3番目の成績だった/考試的結果，成績是倒數第三。

☆ しりとり遊び/接龍遊戲。

▷ 話❷ →体図

…………「しり」のつく慣用表現…………

しりが軽い よく考えずに行動する。中 輕率。E be imprudent.

☆ わたしはしりが軽くて、すぐ動いては失敗している/我行為過於輕率，導致失敗。

しりが長い 他人の家で話しこんでなかなか帰らない。中 久坐不走。E stay too long.

☆ あの客はしりが長くて、もう3時間もいる/那位客人久坐不走，已經待了三個小時了。

しりに敷く 妻が、夫を思いどおりに扱う。中 母老虎。E keep one's husband under one's thumb.

☆ 京子は夫をしりに敷いて、家事を全部やらせている/京子是隻母老虎，家務事全推給丈夫做。

しりに火がつく 処理しなければならないことが近づき、あわてる。中 燃眉之急；迫在眉稍。E be in a hurry.

☆ 卒論の締め切りを来週に控え、学生たちはしりに火がついた状態だ/眼看下禮拜就是畢業論文的截止日，學生們都處於緊急狀態。

しりをぬぐう 他人の失敗などの後始末をする。中 替人收拾殘局。E clear up somebody's mess.

☆ 知人が借金を残して逃げ、結局、保証人であるわたしがしりをぬぐうことになった/熟人欠債落跑，結果，只好由我這個保證人來收拾殘局。

似た表現 しりぬぐい

…………………………………………

しりあい【知り合い】シリアイ つきあって、たがいに知っていること。また、そういう人。中 相識(的人)；認識(的人)；熟人。E an acquaintance.

☆ あの人とはあいさつをする程度の知り合いだ/和那個人只是點頭之交。

☆ 知り合いのドイツ人/認識的德國朋友。

自動 知り合う

しりきれとんぼ【しり切れとんぼ】シリキレトンボ ものごとが途中で切れて、終わりまでいかないこと。話 中 有頭無尾；半途而廢。E be left unfinished.

☆ この文章はしりきれとんぼだから、書いた人の意見がわからない/這篇文章有頭無尾，不曉得作者想說什麼?

しりぞ·く【退く】シリゾク〔自動五〕(しりぞいて) ❶後ろへ下がる。[中]後退；倒退。[E] take (a step) backward.

☆ 白線の内側へ1歩退く/向白線線側後退一步。

[対]進む

❷ 職をやめる。[中]辭職；退位；下野。[E] resign; retire.

☆ 父は定年で校長の職を退いた/父親及齡從校長的職位退休。

❸ 試合などで、負けて引き下がる。[中]退出比賽；退場。[E] be defeated.

☆ 1回戦で退く/第一場比賽就被淘汰。

▷ [他動]退ける

しりつ【私立】シリツ、シリツ ❶個人や民間の団体が設立し、運営すること。また、運営している施設。[中]私立。[E] private.

☆ 山田氏はピカソの絵を集めて、私立の美術館を開いた/山田先生收集畢卡索的名畫，開辦了私立美術館。

☆ 私立大学/私立大學。

[対]国立、公立

❷「私立学校」を略した言い方。[中]私立學校的簡稱。[E] a private school.

☆ 私立の試験を受ける/參加私立學校入學考試。

☆ 私立には校風に特徴のあるところが多い/多數的私立學校在校風上擁有特色。

[対]国立、公立

▷ [数]❷1校

[参]「市立」と同じ音なので、区別するために「私立」を「わたくしりつ」、「市立」を「いちりつ」と呼び分けることがある。

じりつ【自立】ジリツ〔～する〕 自分だけの力で行動したり生活したりすること。ひとりだち。[中]自立；獨立。[E] become independent; self-support.

☆ 就職して経済的に自立する/就業之後經濟就能自立了。

☆ 障害者の自立を助ける/幫助殘障人士自立。

しりめつれつ【支離滅裂】シリメツレツ 全体のまとまりがなく、ばらばらになっているようす。[中]支離破碎；雜亂無章。[E] inconsistent; incoherent.

☆ 寝不足で頭がぼんやりしていて、支離滅裂な文章を書いてしまった/因睡眠不足而頭腦不清，寫的文章雜亂無章。

☆ あなたの言うことは支離滅裂だ/你說的話語無倫次。

しりもち シリモチ、シリモチ 後ろに倒れてしりを地面に打ちつけること。[話][中]摔倒屁股著地。[E] fall on one's behind.

☆ スケートで転んで氷の上にしりもちをついた/溜冰時在冰上屁股著地摔了一跤。

しりょ【思慮】シリョ〔～する〕 していいことか悪いことか、それはなぜか、するとどうなるかなどをしっかり考えること。[書][中]考慮；思慮；思考。[E] thought; consideration; prudence.

☆ 台風が近づいているのにボートで沖へ出るとは、思慮がたりない/颱風將至，卻乘小船出海，真是欠缺考慮。

☆ 思慮深い/thoughtful./深謀遠慮。

☆ 思慮分別/慎重考慮。

しりょう【資料】シリョー なにかを調べたり研究したりするときの、もとになる情報や材料。データ。[中]資料。[E] material; data.

☆ 卒業論文の資料を集める/收集畢業論文的資料。

☆ 資料がたりなくて論文が書けない/資料不夠，寫不出論文。

しる【汁】シル ❶ものにふくまれている液。また、しぼりだした液。[中]汁液；漿。[E] juice; sap.

☆ レモンの汁をしぼる/榨檸檬汁。

☆ 汁を吸う/把…的汁吸起來。

❷ 吸いもの。みそ汁。つゆ。[中]湯；醬汁。[E] sauce; soup.

☆ ざるそばは汁につけて食べる / 日式涼麵沾醬汁吃。

☆ 豚汁 / 豬肉高湯。

し・る 【知る】シル 〔他動五〕(しって) ❶ものごとについての知識をえる。理解する。中 知道；知曉；懂得。E know; learn.

☆ 辞書でことばの意味を知る / 查字典理解詞彙的意思。

☆ テレビのニュースでその事件を知った/看電視新聞報導，知道那個事件。

☆ 京子はロシア語を知っている/京子懂俄語。

❷ その存在や価値などを認める。中 承認；認識到。E realize; know.

☆ 親のありがたさを知る/體認到父母的恩情。

☆ 以前からよく知っている人 / 舊識。

❸ 気がつく。中 感覺；理解。E be aware of.

☆ 自分の欠点を知る / 認清自己的缺點。

❹ 経験する。中 經歷；體驗。E experience.

☆ 若いときに苦労を知っておくほうがいい/最好在年輕時先體驗一下艱苦。

☆ 戦争を知らない世代/沒經歷過戰爭的世代。

❺ 関係して責任を持つ。中 有關；關心；關切。E be concerned with; have to do with.

☆ あの事件に関してわたしはなにも知らない / 有關那個案件，我什麼也不知道。

☆ あのことがどうなろうと、知ったことじゃない / 那件事怎麼樣，都和我無關。

参 ❺は否定的な意味で使うことが多い。

知らぬが仏 知らなければ穏やかでいられ、よけいな苦労をしなくてすむということ。中 眼不見心不煩。E Where ignorance is bliss, 'tis folly to be unwise.

しるし 【印】シルシ ❶ほかのものと区別するためや、忘れないためにつけるもの。中 記號；符號。E a sign; a mark.

☆ まちがっている所に赤鉛筆でしるしをつける / 在錯誤的地方用紅色鉛筆做記號。

☆ 一方通行のしるしがあるから車は入れない / 有單行道的號誌，車子進不去。

☆ 矢印 / 箭形符號；箭頭。(→ 項目)

❷ 証拠となるもの。中 證據；證明。E evidence; proof.

☆ 展覧会に来たしるしに受付で署名をする/在展覽會的接待處簽名作為到場證明。

☆ 愛のしるしのダイヤの指輪 / 象徵愛情的鑽戒。

❸ わずかに気持ちを表すもの。中 表示心意。E a token.

☆ アンケートにお答えくださった方には、お礼のしるしに図書券を差し上げます/向回答問卷的人士，贈送圖書禮券以示感謝之意。

注 「いん」とも読めるので、区別するためには、ひらがなで書くほうがいい。

しる・す 【記す】シルス、シルス〔他動五〕(しるして) ❶後に残すために書いておく。中 記；寫；記述。E write down; make a note of.

☆ あすの予定をメモにしるす / 把明天預定要做的事記在筆記本上。

☆ 友達の住所、氏名をしるしたノート/記錄朋友住址、姓名的筆記本。

❷ 記憶にしっかりと残す。中 銘記；銘刻。E inscribe in one's mind.

☆ きょうの感激を心にしるして忘れない/把今天的感激之情銘記在心永誌不忘。

注 「きす」とも読めるので、区別するためには、ひらがなで書くほうがいい。

ジレンマ (dilemma) ジレンマ 対立する2つのことがらの間にはさまって、どちらとも決められないでいる状態。板ばさみ。中 困境；窘境；左右為難。E a dilemma.

☆ ゴルフはやりたいが、ゴルフ場による環境破壊は困るとジレンマに悩む / 想打高爾夫球，但因球場會破壞環境而左右為難。

☆ ジレンマにおちいる / fall into a dilemma. / 陷入困境。

しろ 【白】シロ ❶色の1つ。雪や塩のような色。中白；白色。E white.

☆ 白の制服を着た看護婦が忙しそうに働いている/身穿白制服的護士看似忙碌地工作著。

対黒

❷ 犯罪の疑いがないこと。また、その人。中無罪；清白。E innocent.

☆ 友人が盗みの疑いで逮捕されたが、わたしは白だと信じている/朋友因竊盜罪嫌被捕，但我相信他是清白的。

対黒

しろ【城】シロ　むかし、敵の攻撃を防ぐために山の上などにつくった丈夫な建物。中城；城堡。E a castle.

〔城〕

☆ 戦いに敗れて、敵に城を明け渡した/作戰失敗，向敵人開城投降了。

☆ 城を築く/修建城堡；築城。

☆ 城跡/城的遺址。

城に閉じこもる　他人を近づけないで自分だけの場所に入りこんだまま出てこない。中躲在自己的世界裡。E shut oneself into one's fort.

☆ Y教授は学会発表などはしないで、自分の城に閉じこもって1人で研究している/Y教授不做什麼學會發表報告，躲在自己的世界裡一個人研究。

しろ・い【白い】シロイ　白の色をしている。中白的；白色的。E white.

☆ 白い歯を見せて笑う/露出白齒微笑。

☆ 年とって髪が白くなった/上了年紀，頭髮變白了。

白い目で見る　冷たい、悪意のある目つきで人を見る。中冷淡對待；白眼相看。E give a person a cold look.

☆ いやな仕事のときは休む三郎を、みんなは白い目で見ている/大家都冷淡看待做討厭的工作時就休息的三郎。

しろうと【素人】シロート、シロート　その芸や技術を職業や専門としていない人。また、経験が少ない人。アマチュア。中外行；業餘玩家。E an amateur; a non-professional.

☆ 道子のモダンダンスは、しろうととは思えないほど上手だ/道子的現代舞很棒，超越業餘舞者的水準。

☆ しろうと離れ/as good as a professional. /不像外行；非一般人可比；和專家一樣。

対玄人

しろくろ【白黒】シロクロ、シロクロ　❶白色と黒色。中黑白；白和黑。E black and white.

☆ 碁は、白黒の碁石をたがいに盤に置いていく遊びだ/圍棋是白棋和黑棋交互下在棋盤上的遊戲。

☆ 白黒のしまのシャツ/黑白條紋相間的襯衫。

❷ ものごとのいいか悪いか、無罪か有罪かということ。「白」をいいほう、「黒」を悪いほうにたとえる。中是非；好壞；有罪無罪。E good and bad; guilty or innocent.

☆ 法廷で白黒を明らかにする/在法庭辯明有罪或無罪。

☆ 白黒を決める/決定誰是誰非。

❸ 映画や写真などで色のついていないもの。モノクローム。中黑白影片；黑白照片。E black and white; monochrome.

☆ 映画はカラーより白黒のほうが好きだ/喜歡看黑白電影勝過彩色電影。

☆ 白黒の写真/黑白照片。

☆ 白黒テレビ/黑白電視。

じろじろ　ジロジロ　失礼な態度で、何度も見たり観察したりするようす。中盯著看；目不轉睛地看。E stare at; look up and down.

☆ 髪型を変えて学校へ行ったら、じろじろ(と)見られて恥ずかしかった/改變髮型後，上學被人盯著看感到害羞。

しろバイ【白バイ】シロバイ　警察で交通の取り締まりをするときに使う、白くぬったオートバイ。中 警方取締違規時的白色摩托車。E a police motorcycle.

☆ 白バイがスピード違反の車を追いかけている / (警察的) 白色摩托車追趕違規超速的汽車。

☆ 白バイに捕まる / 被白色摩托車逮住。

数 1台

しろぼし 【白星】シロボシ　すもうで、勝ったことを示す「○」のしるし。また、勝つことや手柄を立てることにもいう。中 (相撲) 勝利的符號。E (*sumo*) a victory mark; a victory.

☆ 横綱は初日から白星が続いている / 橫綱從首場開始就一直保持優勝。

☆ 犯人を捕らえて、白星をあげる / 捉捕犯人取得成功。

対 黒星

じろりと　ジロリト、ジロリト　非難するように、1回、鋭く見るようす。じろっと。中 目光可怕地；目光銳利地。

☆ 会議で、山田さんと反対の意見を言ったら、彼にじろりとにらまれた / When I expressed an opinion opposite to Mr. Yamada's, he gave me a fierce glare. / 會議中，提出與山田先生相反的意見，被他狠狠地瞪了一眼。

しわ　シワ　紙や布や皮膚などが、たるんだり縮んだりしてできた細かい筋。中 皺紋；皺褶；褶子。E wrinkles; lines.

☆ アイロンでシャツのしわをのばす / 用熨斗熨平襯衫的皺摺。

☆ ひたいにしわを寄せて考えこむ / 皺眉深思。

数 1本

しわざ 【仕業】シワザ　あまりよくない行い。中 行徑 (多半指不好的行為)。E an act; a deed.

☆ 窓ガラスが割れているが、だれのしわざだろう? / 玻璃窗碎了，是誰幹的好事?

☆ 悪魔のしわざ / the work of the Devil. / 惡魔搗的鬼。

じわじわ　ジワジワ　すこしずつではあるが、確実に進んでいくようす。中 雖不特別明顯，但事情卻在緩慢中切實地進行。

☆ 地球では、砂漠が毎年じわじわ(と)ひろがってきている / On the earth, deserts are spreading bit by bit each year. / 地球的沙漠地帶每年逐漸擴大。

☆ じわじわ(と)汗がにじみ出る / 汗一顆顆地滲出來。

しわす 【師走】シワス　12月の別の呼び方。しはす。中 臘月。E December; the year-end.

☆ 師走になると、クリスマスやお正月の準備で忙しくなる / 一到臘月，就為準備聖誕節和新年而忙碌。

☆ 師走の大売り出し / 年底大拍賣。

しわよせ 【しわ寄せ】シワヨセ〔～する〕不利なことや困難なことの影響を他におよぼすこと。また、その結果。中 不良影響的後果。E be passed on to.

☆ 不況になると中小企業がしわよせを受ける / 經濟一不景氣，中小企業首當其衝。

☆ 会社がもうからないと、従業員の賃金にしわよせがくる / 如果公司不賺錢，員工的工資就受影響。

しん 【芯】シン　❶ 体やものの中心。また、中心にあるもの。中 芯。E the marrow; the core; lead.

☆ 体がしんまで冷える / 從骨子裡發冷。

☆ 頭のしんが痛む / 腦子疼。

☆ 鉛筆のしん / 鉛筆芯。

❷ ろうそくや石油ストーブなどの、火をつける所。中 燈芯。E a wick.

☆ 石油ストーブのしんを切りそろえる / 剪齊煤油爐的燈芯。

☆ ろうそくのしん / 蠟燭芯。

❸ ものの根本。本性。中 中心；核心。E the core.

☆ 京子は弱そうに見えても、しんは強い人だ / 京子是外表看起來軟弱，卻很有骨氣的人。

しん 【真】シン　本当のこと。中 真；真正；真

實。E true; utter; real.

☆ あの俳優の演技は真にせまっている/那位演員演技逼真。

☆ ほら穴の中は真のやみだった/洞穴裡真是一片漆黑。

☆ 真犯人/the actual criminal./真正的犯人。

しん【新】シン ❶新しいこと。新しいもの。中新；新的。E new.

☆ 新と旧の対立/新舊對立。

対旧

❷(他のことばの頭について)新しい。新しくする。中新～。

☆ 新企画/a new plan./新企劃。

☆ 新社長/(公司)新社長。

☆ 新勢力/a new power./新勢力。

▷ 書❶

-しん【-心】(他のことばについて)こころ。気持ち。中心；心意。

☆ 反抗心/a rebellious spirit./反抗心。

☆ 向学心(=勉強しようとする気持ち)/勤奮好學之心(=想努力學習的心情)。

☆ 好奇心/好奇心。(→項目)

-じん【-人】(他のことばについて)❶そこに属する人。中～人。

☆ 社会人(=学生でなく社会で働いている人)/社會人士(=不是學生、在社會獨立工作的人)。

☆ アメリカ人/美國人。

☆ ロシア人/a Russian./俄羅斯人。

❷それを専門、または職業とする人。

☆ 映画人/電影界人士；電影人。

☆ 財界人/經濟界人士；財經人。

☆ 芸能人/an entertainer; a person in show business./演藝界人士；藝人。

❸それを持っている人。中～人。

☆ 知識人/有知識的人；知識分子。

☆ 常識人/a person of common sense./有常識的人。

☆ 文化人/a cultured person./從事學術、文藝工作的人；知識分子；文化人。

しんあい【親愛】シンアイ 親しみや愛情を感じているようす。中親愛。E dear; beloved.

☆ 犬は飼い主の姿を見ると、すぐ尾を振って親愛の情を表す/小狗一看到主人就馬上搖尾示好。

☆ 親愛なる友よ/親愛的朋友啊!

☆ 親愛感/親切感。

じんいてき【人為的】ジンイテキ 自然のままではなく、人間が手を加えてそうなったようす。中人為(的)。E artificially; by man.

☆ 日本庭園の美しさは人為的につくられたものだ/日本庭園之美出自於人工。

☆ 今回の災害は人為的な原因によるものだ/這次災害是由於人為因素造成的。

しんいり【新入り】シンイリ 新しく仲間に入ること。また、入った人。中新参加；新來的人；新手。E a newcomer; a freshman.

☆ 新入りの山田一郎です、どうぞよろしく/我是新進的山田一郎，請多關照。

☆ 新入りの部員の歓迎会を開く/為新進人員舉辦迎新會。

しんえん【深遠】シンエン 論理などの内容が深くて、わかりにくいようす。書中深遠；深奧；深邃。E profound; deep.

☆ H氏の理論は深遠で、わたしにはよく理解できない/H氏的理論深奧，我無法深入了解。

☆ 深遠な哲学/深奧的哲學。

しんか【進化】シンカ〔～する〕❶生物が変化、発達して、複雑ですぐれたものになっていくこと。中進化；進步。E evolve.

☆ 人類は猿から進化した/人類是從人猿進化而來。

☆ 進化論/the theory of evolution./進化論。

対退化

❷ものごとがいい方向へ発展すること。中進步。E progress; development.

☆ 社会の進化と発展のために努力する/為社會的進步與發展而努力。

対退化

しんがい【心外】シンガイ、シンガイ　ものごとが思っていなかった方向に進み、残念に思うようす。中意外；意想不到；遺憾；抱歉。E unexpected; unthinkable.

☆ 一生懸命に働いてきたのに、きみはもう必要ないと言われるとは心外だ/拚命工作卻被你說不用了，真是意想不到。

しんがい【侵害】シンガイ〔～する〕　不当なやり方で、人の権利や利益に損害を与えること。中侵害；侵犯。E invasion; infringe.

☆ 他人にきた手紙を無断で開いて読むのは、プライバシーの侵害だ/私自拆閱他人信件是對隱私權的侵犯。

☆ 他国の主権を侵害することは許されない/不許侵犯他國主權。

しんがお【新顔】シンガオ　新しく仲間に入った人。目新しい顔。中新來的人；新參加的人；新面孔。E a new face; a newcomer.

☆ 会社の受付に４月から新顔が入った/公司的接待處四月起來了新人。

対古顔

しんがく【進学】シンガク〔～する〕　いままでより上の段階の学校に進むこと。中升學。E go on to (a school of higher grade).

☆ 中学を卒業し、高校に進学する/國中畢業後，升上高中。

☆ 進学希望者/希望升學者。

☆ 進学率/升學率。

じんかく【人格】ジンカク　❶道徳的にみたばあいの、人の性格。人柄。中人格；人品；人的品格。E character; personality.

☆ Ａ首相は、立派な人格の持ち主として人々から尊敬された/A首相具有高尚人格受到大家尊敬。

☆ 人格をみがく/磨鍊人格。

☆ 人格形成/character building./人格形成。

❷一人前の人間としての資格。中個人；人格。E individuality; personhood.

☆ 子供の人格を認める/尊重孩子的人格。

しんかんせん【新幹線】シンカンセン　全国のおもな都市の間を高速で走る新しい幹線鉄道。また、その列車。中新幹線。E the *Shinkansen*.

☆ 新幹線で広島に行く/坐新幹線去廣島。

☆ 東北新幹線/東北新幹線。

☆ 上越新幹線/上越新幹線。

数１本

しんぎ【審議】シンギ〔～する〕　会議などに出された議案について、いいか悪いか、どこをどう直すかなどを話し合うこと。中審議。E discuss; deliberation.

☆ 国会で来年度の予算案を審議する/由國會審議下年度的預算案。

☆ 審議を拒否する/拒絕審議。

☆ 国語審議会/國語審議會。(1934年設置，目的在改善國語及振興國語教育。)

しんきゅう【進級】シンキュー〔～する〕　学年や程度が上へ進むこと。中升級；升進。E be promoted to; move up to.

☆ どうにか４年に進級できた/總算能升上四年級了。

☆ 日本語の初級のクラスからなかなか進級しない/怎麼也跳不出日語初級班。

☆ 進級テスト/升等考試。

しんきょう【心境】シンキョー　そのときの心の状態。中心境；心情；精神狀態。E a mental state; feelings.

☆ 海に落ちた車の中から助けだされたときの心境を語る/訴說當時從墜海的車中獲救的心情。

☆ 心境の変化/心境變化。

☆ 複雑な心境/複雜的心情。

しんきんかん【親近感】シンキンカン　親

しみの感じ。身近な人のように感じること。中親切感。E a feeling of closeness.

☆ 魚屋のおばさんに、いなかの母のような親近感を覚える / 對魚舖的阿姨有一種好像鄉下的媽媽一樣的親切感。

しんきんこうそく【心筋梗塞】シンキンコーソク　心臓の冠動脈に血のかたまりなどができて、血液の流れがつまったり止まったりして、心臓の筋肉の細胞や組織の一部が死ぬ病気。生命が危険なばあいもある。中心肌梗塞。E myocardial infarction.

☆ 父は心筋梗塞でなくなりました / 父親因心肌梗塞而去世。

☆ 心筋梗塞の発作が起きる / 心肌梗塞發作。

しんくう【真空】シンクー　❶ 空気などの物質がまったくない状態。中真空。E a vacuum.

☆ 容器の中は真空になっている / 容器裡是真空狀態。

☆ 真空パック / 真空包裝。

❷ ものごとがまったくない、からっぽの状態や場所。中真空狀態；空白(點)。E void; empty.

☆ 突然の大事故を知らされて、頭の中が真空になってしまった / 被告知突發的重大事故，腦中頓時一片空白。

シングル (single) シングル　❶ 1人のためのもの。中單一；單人；單式。E single.

☆ シングルベッド / 單人床。

☆ シングルルーム / 單人房。

対ダブル

❷ 独身。独身者。中單身；獨身。E single.

☆ 二郎は40歳の現在までシングルを通している / 二郎現在四十歲了，仍是單身。

対カップル

❸ 上着やコートで、前の合わせる部分が狭く、ボタンが1列のもの。中單排釦西裝。E singlebreasted.

☆ 黒のスーツはシングルにする / 黑色西裝上衣是單排釦。

対ダブル

❹ ゴルフで、ハンディキャップが9以下。中(高爾夫球)差點在九桿以下。E a handicap below 10 in golf.

☆ 一郎はゴルフがとてもうまく、シングルの腕前だ / 一郎高爾夫球打得很棒，有單差點(9以下)的本事。

しんけい【神経】シンケイ　❶ 脳から体じゅうにつながっている糸のような器官。体の中の変化や、体に受けるいろいろな感じを伝えたり、命令を体に伝えたりする。中神經。E a nerve.

☆ 神経をまひさせて虫歯を抜く / 麻醉神經後拔蛀牙。

☆ 運動神経 / 運動神經。

☆ 脳神経外科 / 腦神經外科。

❷ ものを感じとったり考えたりする心の働き。中感覺；感受。E nerves; sensitivity.

☆ 会社の得意先の社長の相手をして神経が疲れた / 負責接待公司主要客戶的社長而感到全身疲憊。

☆ 神経質 / 神經質。

☆ 神経症 / 神經病。

神経が太い　大胆で、ちょっとしたことぐらいでは動揺しない。中蠻不在乎；不拘小節。E have a lot of nerve; be bold.

☆ 面接試験がもうすぐ始まるというのに、ゆっくり食事ができるなんて、道子は神経が太い / 面試馬上就要開始，道子卻能從容不迫地吃飯，真是冷靜。

対神経が細い

神経に障る　音や声などちょっとしたことが、いらいらする原因になる。中使激動；使興奮。E get on one's nerves.

☆ となりの部屋の話し声が神経にさわって、眠れなかった / 隔壁房間的說話聲使我神經敏感而睡不著覺。

神経を使う　細かいことまであれこれと気を配

る。[中]考慮得周到；用心；留神。[E] give careful attention to.

☆ 三郎はネクタイだけでなく、靴下やハンカチにも神経をつかっている/三郎不只對領帶用心，連襪子和手帕也都很費心。

しんけん【真剣】シンケン ❶木刀や竹刀ではなく、人を切ることのできる本物の刀。[中]真刀；真劍。[E] a real sword.

☆ 真剣勝負/真刀真槍一決勝負。

❷本気になってなにかをするようす。[中]認真；正經。[E] earnestly; serious.

☆ アンナは１年間で日本語をマスターしたいと、毎日真剣に勉強している/安娜想用一年時間學好日語，而每天勤奮不懈認真學習。

☆ ジョンは真剣な顔でガイドの説明を聞いている/約翰認真地傾聽導遊講解。

しんげん【震源】シンゲン、シンゲン ❶地震が起こった地下や海底の場所。[中]震源。[E] the seismic center.

☆ きのうの地震の震源はかなり深いようだ/昨天地震的震源好像相當深。

☆ 震源地/震源地；震央。

❷ある事件などが起こったもと。[中]根源。[E] the origin of the event or disturbance.

☆ Ａ社が倒産しそうだといううわさの震源は競争相手のＢ社らしい/謠傳「Ａ公司即將倒閉」的來源好像是競爭對手的Ｂ公司。

じんけん【人権】ジンケン 人間が生まれたときから持っている、生命、自由、平等などを保障される基本的権利。[中]人權。[E] human rights.

☆ 人権を認めないものと闘う/和不承認人權的人進行鬥爭。

☆ 子供の人権を守る/保護兒童人權。

☆ 世界人権宣言/世界人權宣言。

☆ 基本的人権/基本人權。

しんこう【信仰】シンコー〔～する〕 神や仏など神聖なものを信じてうやまうこと。[中]信仰。[E] faith; belief.

☆ 祖母は信仰が厚く、朝晩、必ず仏壇をおがむ/祖母信仰很虔誠，早晚都必在佛堂拜拜。

☆ 信仰を持つ/有信仰。

☆ 信仰心/(宗教)信仰。

しんこう【進行】シンコー〔～する〕 ❶ある場所に向かって進んでいくこと。[中]前進；行進。[E] move; advance.

☆ 列車が進行しているときは、窓から顔を出さないように/列車行進時，請注意不要把頭伸出窗外。

☆ 進行方向/行進方向。

❷時がたつにつれて、ある状態を深めながら進んでいくこと。[中]發展；惡化。[E] progress; become worse.

☆ 子供の病気は進行が速い/孩子的病情急速惡化。

❸先に進むこと。また、進ませること。[中]進展；進行。[E] progress; expedite.

☆ 工事は予定どおり進行している/工程按照預定計畫進行。

☆ 議事を進行する/進行議事。

しんごう【信号】シンゴー ❶色、光、音、形などを使って、離れている所へ合図を送る方法。また、その合図。[中]信號；暗號。[E] a signal.

☆ むかしは、山の上から煙で信号を送った/以前在山上用煙火傳送信號。

☆ モールス信号/摩斯密碼。

❷鉄道や道路などで、進んでいいかどうかを知らせる合図。また、その機械。シグナル。[中]紅綠燈；號誌燈。[E] a traffic signal; traffic lights.

☆ 信号が青になったら渡る/等綠燈亮了再過馬路。

☆ ３つ目の信号を左折する/在第三個紅綠燈處左轉。

☆ 交通信号/交通號誌。

▷ →交差点[図]

じんこう【人口】ジンコー 決まった地域に住んでいる人の数。[中]人口。[E] population.

☆ 都心では昼間の人口と夜の人口の差が大きい/在市中心，白天和晚上的人口相差很大。

☆ 地球の人口は増え続けている/地球的人口持續增長。

☆ 人口密度/人口密度。(→項目)

じんこう【人工】ジンコー　自然のものに人間の手を加えて別の状態に変えたり、自然に似せてものや状態をつくりだしたりすること。中人工。E artificial; man-made.

☆ 山の中に人工の湖をつくる/在山裡建人工湖。

☆ 人工呼吸/artificial respiration./人工呼吸。

☆ 人工地震/人工地震。

対自然、天然

じんこうえいせい【人工衛星】ジンコーエイセイ　気象の観測や電波の中継などのために、ロケットで打ち上げ、地球などのまわりを飛び続けるようにしたもの。中人造衛星。E a man-made satellite.

☆ 1957年に、旧ソ連が最初の人工衛星を打ち上げた/1957年，前蘇聯發射了第一顆人造衛星。

☆ 人工衛星による中継で、オリンピックの放送を現地と同時に見る/透過人造衛星轉播，可以同時收看奧林匹克當地的實況轉播。

じんこうじゅせい【人工授精】ジンコージュセイ　人工的に卵子と精子を結合させること。中人工授精。E artificial insemination.

☆ このパンダの子は人工授精で生まれた/這隻小熊貓是人工繁殖出來的。

じんこうみつど【人口密度】ジンコーミツド　人口を土地の面積で割ったもの。ふつうは1平方キロ内に住む人口をいう。中人口密度。E population density.

☆ 東京の人口密度は北京より高い/東京的人口密度比北京高。

☆ 人口密度の低い国/人口密度低的國家。

しんこきゅう【深呼吸】シンコキュー〔～する〕　息を大きく吸いこんだりはきだしたりすること。中深呼吸。E a deep breath.

☆ さわやかな朝の空気の中で深呼吸をする/在空氣清爽的早晨做深呼吸。

☆ 面接試験の前に深呼吸して気持ちを落ちつかせる/面試前做深呼吸以使心情鎮靜下來。

しんこく【申告】シンコク〔～する〕　国民の義務として決められていることがらを役所に文書などで申し出ること。中申報；報告。E report; declare.

☆ 税務署に所得を申告する/向稅務署申報所得。

☆ 税関に外国で買った指輪の申告をする/向海關申報在國外購買的戒指。

しんこく【深刻】シンコク　非常に重大で解決がむずかしいようす。中嚴重；重大。E serious; grave.

☆ A国の食糧不足は深刻な段階を迎えている/A國面臨糧食不足的危險時期。

☆ 父の病状は深刻になってきた/父親的病情變得更嚴重了。

☆ 深刻な顔つき/嚴肅的表情。

しんこん【新婚】シンコン　結婚したばかりであること。また、その人。中新婚。E newly-married.

☆ 新婚の夫婦は仲がいい/新婚夫婦感情好。

☆ 新婚カップル/新婚夫婦。

☆ 新婚旅行/蜜月旅行；新婚旅行。

☆ 新婚さん/新婚者。

しんさ【審査】シンサ〔～する〕　人柄や能力、品質などをくわしく調べて、合格不合格、優劣などを決めること。中審查。E (an) examination; judge; inspect.

☆ 厳密な審査の結果、A氏の博士論文の合格が決定した/經過嚴格審查，決定通過A先生的博士論文。

☆ 書類で審査する/書面審查。

しんさつ【診察】シンサツ〔～する〕　医者が病人の体を調べて、病名を判断したり、治療法を考えたりすること。中診察；看病。E medical examination; consultation.

☆ 医者は患者を診察して、病名を告げた/醫生診斷患者後，告知病名。

☆ 診察室/診療室。

→診断

しんし【紳士】ジンシ ❶教養があって礼儀正しく、行動も立派な男性。中紳士；君子；正人君子。E a gentleman.

☆ 一郎は紳士だから、酒を飲んでも酔って暴れるようなことはしない/一郎是紳士，儘管喝了酒也不會藉酒裝瘋。

☆ 紳士的な態度/紳士風度。

対淑女

❷男性を尊敬していう言い方。男性用の商品などに使う。中男士；男性。E men's.

☆ 紳士服/男裝；紳士服。

☆ 紳士物/男性用品。

じんじ【人事】ジンジ ❶会社などの、そこで働く人の地位や配置、評価などに関することがら。中人事。E personnel administration.

☆ K氏は会社で人事を担当している/K氏在公司負責人事部門。

☆ 人事異動/人事調動。

☆ 人事課/人事科。

❷人間社会に関すること。中世間的事；世事。E human affairs.

☆ 自然には興味があるが、人事には関心がない/對大自然興趣盎然，但對社會上的事卻毫不關心。

しんしつ【寝室】シンシツ 寝るために使う部屋。中臥室；臥房；寢室。E a bedroom.

☆ 寝室が2部屋にリビングルームと台所のあるマンションを買いたい/想買一間兩臥室帶客廳、廚房的高級公寓。

☆ 祖母は10時に寝室に入る/祖母十點就寢。

数1室・1間

しんじつ【真実】シンジツ、シンジツ ❶うそでない、本当のこと。中真實；實情；事實。E truth.

☆ 新聞やテレビは真実を報道しなければならない/報紙和電視必須報導事實。

☆ 真実み/sincerity; reality./真心。

対虚偽、うそ

❷(副詞的に)本当に。まったく。中真的；實在。E truly; really.

☆ あの人には、真実、ひどい目にあっている/我真的遭受那個人的殘酷對待。

☆ 真実、申し訳ない/實在對不起。

じんじふせい【人事不省】ジンジフセイ 意識がなくなり、なにもわからなくなること。中不省人事；昏迷。E unconscious.

☆ がん末期の患者が人事不省におちいった/癌症末期的患者陷入昏迷。

しんじゃ【信者】シンジャ ある宗教を信じている人。中信徒；教徒。E a believer.

☆ 姉はキリスト教の熱心な信者だ/姊姊是基督教的虔誠信徒。

☆ 信者になる/成為信徒。

じんじゃ【神社】ジンジャ 日本の神をまつってある所。中神社；廟。E a *Shinto* shrine.

☆ 初もうでに近くの神社へ行く/新年去附近的神社首次參拜。

☆ 神社の鳥居/(日本神社的門)牌坊；(日本神社入口立著的「開」字形)大門柱。

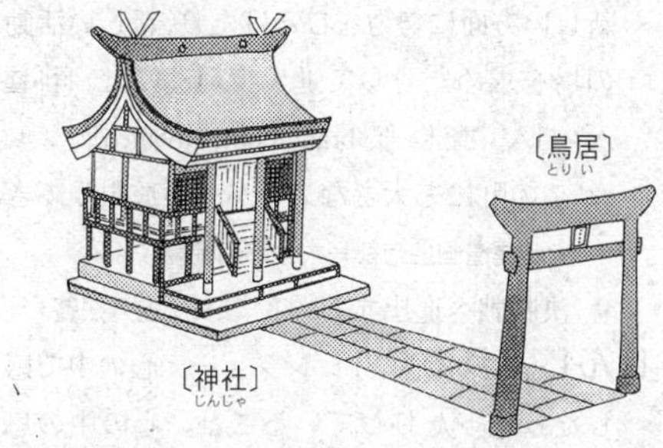

しんじゅ【真珠】シンジュ アコヤガイなどの体内にできる、まるい小さな玉。表面の光が美しいので、装飾用に使う。中珍珠；真珠。

し

E a pearl.

☆ この湾では真珠を養殖している/在這個海灣養殖珍珠。

☆ 真珠のネックレス/珍珠項鍊。

☆ 真珠貝/珍珠貝。

数 1粒

じんしゅ【人種】ジンシュ 体つき、顔のようす、皮膚の色、髪の色など、生物学的にみた人類の種別。中 人種；種族。E a race.

☆ 人種差別/種族歧視；種族差異。

☆ 人種的偏見/racial prejudice./種族歧視。

☆ 黄色人種/the yellow races./黃種人；黃色人種。

しんじゅう【心中】シンジュー〔～する〕

❶ 愛し合った男女や家族などが一緒に自殺すること。中 殉情；一起自殺。E a double or family suicide.

☆ 若い男女が雪の中で心中した/一對年輕男女在雪中殉情自殺。

☆ 親子心中/父母子女一起自殺。

☆ 無理心中/強迫一起自殺。

❷ 自分が属している組織などと一緒に滅びること。中 共同滅亡；共同走上絕路。E ruin mutually.

☆ 会社と心中するつもりはない/沒有和公司共存亡的打算。

しんしゅつ【進出】シンシュツ〔～する〕

新しい方面に勢力をひろげたり、新しい活動の場を求めたりして進んでいくこと。中 進入；打入；擠進。E branch out; advance.

☆ この町にも大きなスーパーが進出してきた/連這個地方都有大型超市進駐了。

☆ 決勝戦へ進出する/打入決賽；進入決賽。

しんじょう【心情】シンジョー 心の中で感じたり思ったりしていること。心の中の思い。中 心情。E one's feelings.

☆ 1960年代、ビートルズの曲は若者の心情にぴったりだった/六十年代，「披頭四」的歌曲很符合年輕人的心情。

☆ 心情を語る/訴說心情。

☆ 心情的/emotional./感情上。

しんじょう【信条】シンジョー、シンジョー

❶ かたく信じて守っていることがら。中 信念。E a belief; a principle.

☆ 小学校教師のわたしの信条は、児童にうそをつかないことだ/身為小學老師，我的信念是絕不對孩子說謊。

❷ その宗教の信者として守らなければならないきまり。中 信條；教義。E a creed.

☆ イスラム教徒の信条/伊斯蘭教徒的信條。

しんじょう【真情】シンジョー うそのない気持ち。真心。書 中 真情；真實感情。E one's true feelings.

☆ 事業に失敗して失望しているときなぐさめてくれた友人のことばには真情がこもっていた/當事業失敗而心灰意冷時，友人安慰我的話語充滿了真情。

☆ 真情を吐露する/吐露真情。

しんしょく【寝食】シンショク 寝ることと食べること。ふだんの生活。中 寢食。E sleeping and eating.

☆ 京子は寝食を忘れて病気の母親を看病した/京子廢寢忘食地照料生病的母親。

☆ 洋子はわたしが北京に留学したとき、2年間寝食をともにした友達だ/洋子是我在北京留學時，一起生活了二年的朋友。

しん・じる【信じる】シンジル〔他動一〕

❶ ものごとを本当だと思う。信ずる。中 相信；確信。E believe; trust.

☆ わたしはあなたのことばを信じています/我相信你說的話。

対 疑う

❷ 人間をこえた大きな力に自分をまかせる。信ずる。中 信；信仰；信奉。E believe in.

☆ 神を信じる/信奉神；信奉上帝。

しんしん【心身】シンシン、シンシン 心と

体。精神と肉体。[中]身心。[E] mind and body.

☆ 会社の倒産や職さがしで心身ともに疲れた / 因公司倒閉及另找工作，身心疲憊不堪。

☆ 若いうちに心身をきたえておく / 趁年輕鍛鍊好身心。

しんじん【新人】シンジン その分野に新しく進出してきたり、新しく仲間に入ったりした人。[中]新人；新手；新參加的人。[E] a newcomer; budding; new.

☆ 新人の作家がＡ文学賞をもらった / 新人作家榮獲了Ａ文學獎。

☆ 新人歌手 / 新人歌手。

☆ 新人教育 / 新人教育。

しんせい【申請】シンセイ〔～する〕許可や認可などを役所などに求めること。[中]申請。[E] apply for; (an) application.

☆ トルコ大使館にビザを申請する / 向土耳其大使館申請簽證。

☆ レストラン営業の認可を申請する / 申請餐廳營業執照。

☆ パスポートの申請 / 申請護照。

☆ 申請書 / 申請書。

しんせい【神聖】シンセイ 清らかでけがれがなく、そばに近づけないような感じがあるようす。[中]神聖。[E] sacred; divine.

☆ メッカはイスラム教徒にとって神聖な場所だ / 麥加對伊斯蘭教徒來說是聖地。

☆ この山は、むかしは神の住む神聖な山とされた / 這座山以前被認為是神仙居住的聖山。

じんせい【人生】ジンセイ ❶人間の、この世での生活。[中]人生；人的生活。[E] life.

☆ 人生は楽しいことばかりではないが、苦しいことばかりでもない / 人生不全是快樂但也不全是痛苦。

☆ 人生観 / 人生觀。

❷ ある個人がこの世に生きている間。人の一生。[中]人的一生；生涯。[E] man's span of life; life.

☆ 以前は人生わずか50年といったが、このごろでは人生80年という / 以前說人的一生僅有五十年，現在說是八十年了。

☆ 充実した人生を送る / 渡過充實的一生。

しんせき【親戚】シンセキ 「親類」のすこし改まった言い方。[中]親戚。[E] a relative.

☆ 娘の結婚式に親戚が集まってくれた / 在女兒的婚禮上親戚們歡聚一堂。

☆ 洋子は親戚の伯父さんにお年玉をもらった / 洋子從伯父那裡領到了壓歲錢。

しんせつ【親切】シンセツ 好意を持ってその人のためになるようにすること。[中]親切；熱情；好意。[E] kind.

☆ 歩いている人に駅を尋ねたら、親切に途中まで一緒に行ってくれた / 向路人尋問車站時，他很熱情地把我送到中途。

☆ 他人に親切にする / 待人親切。

☆ 親切な人 / 親切的人。

[対]不親切

しんせん【新鮮】シンセン ❶魚、野菜、肉などが新しくて生き生きしているようす。[中]新鮮。[E] fresh.

☆ この魚は新鮮だから刺身で食べられる / 這條魚很新鮮，能做生魚片吃。

☆ 新鮮な野菜でサラダをつくる / 用新鮮的蔬菜做沙拉。

❷ よごれがなく、気持ちがいいようす。[中]清新。[E] fresh.

☆ 窓を開けて新鮮な空気を入れる / 打開窗戶使新鮮的空氣進入。

❸ ものごとにそれまでと違った新しさが感じられるようす。[中]新鮮。[E] refreshing; new.

☆ 新入生を迎えて大学のキャンパスも新鮮に感じられる / 新生入學，大學校園令人耳目一新。

☆ アイデアが新鮮な広告 / 構思新鮮的廣告；創意新穎的廣告。

[対]陳腐

しんそう【真相】シンソー　世間に知られているのとは違う、事件などの本当の姿や内容。中 真相；本來面目。E the truth; the real facts.

☆ 三郎の無実を証明するために、事件の真相を調べる / 為證明三郎無罪，調查事件的真相。

☆ 真相を暴露する / 暴露真相。

しんぞう【心臓】シンゾー　❶ 内臓の1つ。血管の中心となるもので、使った血液を肺に送ってきれいにし、新しい血液を体じゅうに送る働きをする、袋のような形のもの。中 心臟。E the heart.

☆ 運動をしたあとは心臓がどきどきする / 運動後心臟噗通噗通地跳動。

☆ 心臓移植 / 心臟移植。

☆ 心臓まひ / 心臟麻痺。

❷ いちばんだいじな中心部。中 心臟；中心。E the heart.

☆ 東京は日本の心臓だ / 東京是日本的心臟。

☆ 機械の心臓部 / 機器的中樞部位。

❸ 思いきったことができ、あつかましいようす。中 厚臉皮；膽量。E impudent.

☆ 一郎は心臓だから、はじめて会った人に、おたくの会社で働かせてくれと頼んでいる / 一郎是個臉皮厚的人，向初次見面的人提出想進入對方公司工作的請求。

☆ 心臓が強い / have a lot of nerve. / 厚臉皮；膽子大。

▷ 話 ❸　→内臓 図

心臓に毛が生えている　たいへんずうずうしいようす。話 中 厚臉皮。E be brazen-faced.

☆ この前の借金を返していないのに、またスキーに行くと金を借りに来た。あいつは心臓に毛が生えているんだ / 以前借的錢還沒還，又來借去滑雪的錢，這傢伙真是厚臉皮。

じんそく【迅速】ジンソク　人の行動がすばやいようす。書 中 迅速。E promptly; speedy.

☆ 消防士たちは、火事の現場に着くと、迅速に消火活動をする / 消防員們一到火災現場就迅速開始滅火行動。

☆ 迅速な行動で、おぼれた幼児を救う / 迅速行動搶救溺水幼兒。

しんたい【身体】シンタイ　「体」の改まった言い方。中 身體。E the body; physical.

☆ 身体と精神の両方をバランスよく発達させる / 讓身體和精神兩方面都能均衡完整地發展。

☆ 身体検査 / 身體檢查。

☆ 身体測定 / 身體測量。

しんたい【進退】シンタイ　❶〔～する〕進むことと退くこと。中 進退。E advance or retreat.

☆ 軍隊の進退を決断するときがきた / 到了該決定軍隊要進攻還是要撤退的時候了。

☆ 進退きわまる / be up against the wall. / 進退維谷；進退兩難。

❷ ふだんの1つ1つの行動。中 行動；態度。E behavior; one's course of action.

☆ 責任ある地位にいる人は、その進退を誤ることのないように注意しなければならない / 位居要津者須謹言慎行。

❸ その職にとどまるかやめるか、自分の身の上を決める行動。中 去留；辭職和留職。E a decision to continue or resign from a job.

☆ 社長の交代で、副社長も前社長と進退をともにした / 因社長交接，副社長也追隨前任社長一起共進退。

☆ 進退うかがい / an informal resignation. / 請示去留。

しんだい【寝台】シンダイ　⇨ベッド

☆ 病人は寝台に静かに横になっている / 病人在床上安靜地躺著。

☆ 寝台車 / 臥鋪車。

じんだい【甚大】ジンダイ　ものごとの程度がたいへん大きいようす。中 甚大；很大。E serious; great.

☆ 台風15号の被害は甚大だ/十五號颱風造成的損失很大。

☆ 原子炉の事故は周囲の環境に甚大な影響をおよぼす/原子能反應爐的事故使周圍環境受到很大影響。

参 悪いこと、好ましくないことについていう。

しんだん【診断】シンダン〔~する〕❶医者が患者を診察して、病気を判断すること。中 診斷。E diagnosis.

☆ 医師の診断ではおなかの赤ん坊は順調に育っているそうだ/經醫生診斷，肚子裡的孩子正在順利地成長著。

☆ 健康診断/健康檢查。

❷ 今後の方針を決めるために、現状をよく調べて判断すること。中 判斷；調查。E a diagnostic check.

☆ 会社の経営状態を診断する/調查公司的經營狀況。

参 ❶は「診察」と似ているが、「診察」が医者がみることに重点があるのに対して、「診断」は判断をすることに重点がある。

しんちょう【身長】シンチョー　人間の体の高さ。背の高さ。中 身高。E height.

☆ 身長が1年間で10センチのびた/身高在一年裡長了十公分。

☆ 身長をはかる/量身高。

☆ 身長の高い人/身材高的人；高個子。

しんちょう【慎重】シンチョー　なにかをするときに、注意深くて、かるがるしい行動はしないようす。中 慎重；小心謹慎。E prudently; careful.

☆ あせらずに慎重に行動する/不要著急，小心謹慎地行動。

☆ 慎重な運転/小心謹慎地駕駛。

☆ 慎重論/對於新的提案計畫保持慎重的態度。

対 軽率

しんてん【進展】シンテン〔~する〕ものごとが新しい方向に進んでいくこと。中 進展；發展；進步。E progress; development.

☆ 領土問題に関する両国首脳の会談はなかなか進展しない/關於領土問題，兩國首腦會談毫無進展。

☆ 研究の進展を期待する/期待研究有所進展。

しんてん【親展】シンテン　封筒の表のあて名のそばに書いて、その人に直接開けてほしいということを表すことば。書 中 親展；親啓。E Confidential.

☆ 親展と書いてあるのに、母親が開けて読んだので、一郎は腹を立てた/雖然(信封上)寫了親啓，但母親還是拆閱了，所以一郎很生氣。

しんとう【神道】シントー　天照大神をはじめ、いろいろな神をまつる、日本に古くからある宗教。中 神道。E *Shinto*; *Shintoism*.

☆ わたしの家の宗教は神道だ/我家信仰的宗教是神道。

☆ 恩師の葬儀は神道によって行われた/按照神道舉行了恩師的葬禮。

しんとう【浸透】シントー〔~する〕❶液体がしだいにしみこむこと。中 滲透；滲入。E permeate.

☆ 雨水は地面に浸透して地下水となる/雨水滲入地下成為地下水。

☆ 浸透作用/滲透作用。

☆ 浸透圧/滲透壓。

❷ 思想などが多くの人の間にしだいにしみこむこと。中 滲透；滲入。E penetrate.

☆ 憲法の平和主義は国民の中に浸透している/憲法的和平主義已深入到全體國民的心中。

しんどう【振動・震動】シンドー〔~する〕

❶ 揺れ動くこと。一定の周期で揺れること。また、その揺れ。中 搖動；搖晃。E vibrate; oscillation.

☆ でこぼこ道で、車体は大きく振動した/在凹凸不平的道路上，車身搖晃得很厲害。

☆ 体に振動を感じない、いい車／感覺不到振動，真是輛好車。

☆ 振動数／振動次數；振動頻率。

❷ 震え動くこと。どっしりしたものが揺れ動くこと。中 震動。E shake; quake; a shock.

☆ 大型トラックが通ると地面が震動する／大型卡車一經過，地面就震動。

☆ 地震は震動の大きさで、強震、中震、弱震などと分ける／地震依震動的程度分為強震、中震和弱震。

注 ❶は「振動」、❷は「震動」。

じんどうてき【人道的】ジンドーテキ 人の命や人権をたいせつにして、温かく人に接するようす。中 人道的。E humanitarian; humane.

☆ 人道的立場から死刑に反対する／從人道的立場反對死刑。

☆ 人道的な教育のためには、体罰は許されない／人道的教育不允許體罰行為。

しんにゅう【侵入】シンニュー〔～する〕 他国の領土や他人の家など、入ってはいけない所に無理に入りこむこと。中 侵入；侵略。E break into; an invasion.

☆ 泥棒が２階の窓から侵入した／小偷從二樓窗戶侵入房内。

☆ 敵国の侵入を許さない／不許敵國的侵犯。

しんねん【信念】シンネン 心の中でかたく信じていること。信じて疑わない心。中 信念。E belief; faith.

☆ 正しいことが最後には勝つという信念を持って裁判の結果を待つ／正義必將取得最後勝利，以此信念等待審判結果。

☆ 信念を曲げない／堅持信念。

☆ 信念をつらぬく／貫徹信念。

しんねん【新年】シンネン 新しい年。年の初め。正月。中 新年；元旦。E the New Year.

☆ 新年を迎える／迎接新年。

☆ 新年おめでとう／恭賀新禧；新年好。

☆ 新年会／新年聯歡會。

対 旧年

しんぱい【心配】シンパイ〔～する〕

❶ 悪いことが起こりはしないか、これからどうなるかなどと気にすること。気がかり。中 擔心；牽掛；惦記。E be anxious; trouble.

☆ 最近、母の顔色が悪いので心配だ／最近母親氣色不好，令人擔憂。

☆ 親に心配をかけてはいけない／不能讓父母擔心。

☆ 心配無用／不用擔心。

対 安心

❷ ものごとがうまくいくよう気をつけて世話すること。中 操心；費心。E help; look after.

☆ 息子の就職を心配してくださってありがとう／兒子的就職讓您費心了，非常感謝。

☆ 旅行の宿の心配をする／擔心旅行的住處；張羅旅行的住處。

しんぱん【審判】シンパン、シンパン〔～する〕 ❶ ものごとや事件などを審理し、判決を下すこと。中 審判；判決；裁判。E judgment.

☆ 力の限り無実を主張したから、あとは法の審判を待つだけだ／已盡力申訴自己的清白了，所以接下來只有等待法庭的判決了。

☆ 審判が下りる／判決批下來。

❷ スポーツ競技で、勝ち負けや順位などの判定をすること。また、その人。中（體育比賽的）裁判（員）。E an umpire; a referee.

☆ 野球の審判が「アウト!」と叫んだ／棒球裁判高喊「出界!」

☆ 審判の笛を合図に、試合が始まった／以裁判的哨音為信號，比賽開始。

しんぴ【神秘】シンピ 人間の知恵ではよくわからないような不思議なことがら。中 神秘；奧秘。E (a) mystery.

☆ 科学の進歩が宇宙の神秘をだんだん明らかにしていく／由於科學的進步，得以逐步揭露宇宙的奧秘。

☆ 生命の神秘をさぐる／探索生命的奧秘。

しんぷ【神父】シンプ　キリスト教のカトリックで、儀式を行い、信者を指導する人。中 神父。E a father.

☆ 神父の前で罪を告白し、神の許しを求める／向神父告解自己的罪過，祈求上帝的寬恕。

☆ 聖書を手に話をする神父／手拿聖經講述的神父。

じんぶつ【人物】ジンブツ　❶「人」の改まった言い方。中 人；人物。E a person.

☆ A氏は危険な人物だと思われている／A先生被認為是危險人物。

☆ 人物画／人物畫。

☆ 登場人物／出場人物。

❷ その人に備わっている性格。人柄。中 為人；人品。E character.

☆ 道子の人物はわたしが保証します／我來保證道子的人品。

❸ 才能があるすぐれた人。中 人材；人物。E a person of talent.

☆ 会社では、きみのような人物を必要としている／公司很需要像你這樣的人材。

参「人」は一般的、生物学的にみた人間をいい、「人物」はその人の持っている性格や能力などを客観的にとらえる立場からいう。

しんぶん【新聞】シンブン　❶ 社会の新しいできごとをすばやく報道したり、問題の解説や批判をしたりするために定期的に出す刊行物。多くは毎日発行する日刊紙。中 報；報紙。E a newspaper.

☆ 毎朝、新聞を読んでから学校へ行く／每天早晨看完報再去學校。

☆ きのうの事件が新聞に載っている／昨天的事件已經上報了。

☆ スポーツ新聞／體育報導。

❷ 新聞紙。中（舊、廢）報紙。E (a sheet of) newspaper.

☆ 新聞で弁当を包む／用舊報紙包便當。

☆ 古新聞を集める／收集舊報紙。

▷ 数 ❶1部・1紙、❷1枚

じんぶんかがく【人文科学】ジンブンカガク　科学の一分野。人類のつくりあげた文化について研究する。哲学、歴史学、文学、言語学など。じんもんかがく。中 人文科學。E the humanities; cultrual sciences.

☆ A大学の講座は人文科学が主である／A大學的講座以人文科學為主。

☆ 人文科学部／人文科學系。

関連 社会科学、自然科学

しんぶんきしゃ【新聞記者】シンブンキシャ、シンブンキシャ　新聞社で新聞に載せる記事を取材したり書いたりする人。中 新聞記者；記者。E a newspaper reporter.

☆ 新聞記者の道子はペンとカメラを持って世界じゅうを飛びまわっている／身為新聞記者的道子帶著筆和照相機穿梭在世界各地。

☆ この探検隊には、記事を書くために新聞記者も加わっている／因為要撰寫報導，新聞記者也加入這個探險隊中。

しんぽ【進歩】シンポ〔～する〕　ものごとがいい方向に進んでいくこと。中 進步；長進。E progress; advance.

☆ アリの日本語は進歩が速い／阿里的日語進步得很快。

☆ 科学技術が進歩する／科技進步。

☆ 進歩的な考え方／進步的想法。

対 退歩

しんぼう【辛抱】シンボー〔～する〕　がまんすること。また、つらいことでもがまんしてすること。中 忍；忍耐；忍受。E persevere; be patient.

☆ 足の痛いのを辛抱して頂上まで登った／忍受腳痛上山頂。

☆ 辛抱強い／有耐心的；能忍耐的。

じんぼう【人望】ジンボー　立派な人とし

て、その人に多くの人が寄せる尊敬や信頼、期待の気持ち。中 人望；聲望；名望。E popularity; confidence.

☆ 一郎は患者の不安な思いを真剣に聞いてくれる医師として人望が厚い / 一郎能認真傾聽患者不安的心聲，是一個聲望高的醫生。

☆ 人望を失う / 喪失聲望；不受歡迎。

☆ 人望のある政治家 / 有聲望的政治人物。

しんまい【新米】シンマイ ❶その年にとれたばかりの米。中 當年收成的新米；新米。E new rice.

☆ 炊きたての新米のごはんはおいしい/新米剛煮好的飯很好吃。

☆ 新米でつくった酒 / 用新米釀造的酒。

対 古米

❷ 新しい仕事についたばかりで、慣れていないこと。また、その人。中 新手；生手；新加入的人。E a young hand; a beginner.

☆ 記者になったばかりの新米だから、まだ記事は書けない / 是個剛當記者的新手，還不會撰寫報導。

☆ 新米の運転する車に乗るのはこわい/害怕搭乘新手開的車。

対 ベテラン

しんみつ【親密】シンミツ　非常に仲がいいようす。中 親密；密切。E close; friendly.

☆ 公園のベンチで、老婦人と孫らしい若い娘が親密に語り合っている / 在公園長椅上，一位老婦和像孫女般的少女親切地交談著。

☆ あの２人は親密な関係のようだ / 他們倆好像關係親密。

☆ 親密の度を加える / 增加親密度。

対 疎遠

しんみょう【神妙】シンミョー、シンミョー　すなおで、おとなしいようす。中 老老實實；乖乖地。E docile; unresisting.

☆ 騒いで授業をじゃましてばかりいた三郎が、卒業式を前にしてすっかり神妙になっている / 在課堂上總是調皮搗蛋的三郎，在畢業典禮前夕，卻變的格外地乖。

☆ 神妙な顔で謝る / 老老實實地道歉。

しんゆう【親友】シンユー　たがいに信頼し合っている仲のいい友達。中 至交；親密的朋友。E a close friend; a good friend.

☆ 親友の京子にはなんでも相談できる/跟摯友京子什麼都能商量。

☆ 無二の親友/ one's best friend. /唯一的摯友。

しんよう【信用】シンヨー〔～する〕 ❶信じて疑わないこと。中 信；相信。E trust; confidence.

☆ 必ず治るという医者のことばを信用して、病気と闘う / 確信醫生說「一定能治好」，和病魔鬥爭。

☆ きみを信用してこのプロジェクトをまかせることにした / 相信你而決定把這個計畫委託給你。

❷ まちがいないと思うこと。中 信任；信賴；信用。E reputation; credit.

☆ 品質の悪いものを売ると、店の信用を落とす / 出售劣質商品，商店失去信用。

参 ❶は「信頼」と似ているが、「信頼」が、相手に疑いを持たないだけでなく、相手の力に頼ることであるのに対して、「信用」は単に相手に疑いを持たないことをいう。

しんらい【信頼】シンライ〔～する〕 信じて頼りにすること。中 信賴。E trust; rely on; expectations.

☆ 妻の実力を信頼して家業の経営をまかせる / 信賴妻子的能力，託付經營家業的重任。

☆ 国民の信頼にこたえる政治 / 不負國民所託的政治。

☆ 信頼感 / 信任感；信賴感。

→信用

しんり【心理】シンリ　心の動きやようす。精神の状態。中 心理。E a state of mind; psychology.

☆ 小学校の先生になるには、子供の心理がわからないといけない/要當小學老師，就不能不懂兒童的心理。

☆ 心理分析／心理分析。

しんり【真理】シンリ　いつどんなときでも変わることのない正しい道理。本当のこと。中 真理；不變的道理。E truth.

☆ 地球が太陽のまわりを回っているというのは真理だ／地球繞著太陽轉是不變的道理。

☆ 学問の究極の目的は真理の探究にある／學問的最終目標在於探究真理。

しんりゃく【侵略】シンリャク〔～する〕武力を使ってよその国に入りこみ、土地などをうばい取ること。中 侵略。E invade; (an) aggression.

☆ A国がとなりのB国を侵略して戦争が始まった／A國侵略鄰邦的B國，引發戰爭。

☆ 侵略者を追い返す／驅逐侵略者。

じんりょく【尽力】ジンリョク、ジンリョク〔～する〕一生懸命に努力すること。骨折り。中 盡力；幫忙；幫助。E endeavor; efforts.

☆ 町長は20年にわたって町の発展のために尽力した／鎮長在二十年裡為了全鎮的發展盡了最大的努力。

☆ ご尽力に感謝します／謝謝您的幫助。

しんりん【森林】シンリン　木がたくさん生えている所。中 森林。E a forest; woods.

☆ シベリアは森林がどこまでも続いている／西伯利亞到處都是森林連綿不斷。

☆ 森林は野生動物の天国だ／森林是野生動物的樂園。

☆ 森林資源／森林資源。

☆ 森林浴／森林浴。

参「森」も「林」も似ているが、「森」は「林」より木がたくさんあり、「森林」は「森」より規模が大きい。

しんるい【親類】シンルイ　祖父母、おじ、おば、いとこなどのように血のつながった人や、結婚などでつながった人々のうち、自分の家族以外の人々。親戚。中 親屬；親戚。E a relative; a relation.

☆ 姉の結婚式にはおおぜいの親類が集まった／姊姊的婚禮上親戚雲集。

☆ 親類づきあい／親戚往來；有如親戚般的交往。

じんるい【人類】ジンルイ　ほかの動物と区別していうときの、集団としての人間。中 人類。E the human race; humankind.

☆ 人類が火を使うようになってから文明が進んだ／人類從使用火起，就開始進入文明社會。

☆ 人類の幸福と繁栄を願う／祈禱人類的幸福、繁榮。

しんれき【新暦】シンレキ　地球が太陽のまわりを1回転する時間を1年とする暦。1年を365日とし、4年に1度366日とする。明治維新後の1873年、新しく採用されたので、新暦という。太陽暦。中 新曆；陽曆；西曆；西元。E the solar calendar.

☆ 日本では新暦の正月を祝うが、旧暦の正月を祝う国もある／日本過陽曆新年，但也有過陰曆新年的國家。

対 旧暦

しんわ【神話】シンワ　むかしから人々の間で語り伝えられてきた話のうちで、人間の姿をした神を主人公にして、古代の自然や人間世界のいろいろなできごとを物語るもの。中 神話。E a myth; mythology.

☆ ギリシャ神話では美の神や知の神が活躍する／在希臘神話中，美之神和智慧之神很活躍。

☆「古事記」は日本の神話を書いた本だ／《古事記》是一本描述日本神話的書。

☆ 神話の時代／神話時代。

す／ス

す【巣】ス、ス ❶けもの、鳥、虫などがすみ、卵を産んだり、子を育てたりする所。中巣；穴；窩。E a nest; a beehive; a den.

☆ 木の枝に鳥が巣をかける / 小鳥在枝頭上築巢。

☆ ハチの巣 / 蜂巢；蜂窩。

❷ クモが虫をとるために糸を張ってつくった網のようなもの。中蜘蛛網。E a web.

☆ クモが巣を張って虫がかかるのを待っている / 蜘蛛結網捕蟲。

❸ 人が住んだり、集まったりする所。中巢；家；窩。E a (love) nest; a den (of vice).

☆ 愛の巣 / 洞房；新房；愛巢；愛的小屋。

☆ 悪の巣 / 賊窟。

す【酢】ス 酸っぱい味の液体の調味料。中醋。E vinegar.

☆ ごはんに酢をまぜてすしの準備をする/在米飯裡摻醋準備做壽司。

ず【図】ズ ❶ものの形やようすなどを一目でわかるように描いたもの。図表、地図、絵など。中圖；圖表；地圖。E a diagram; a drawing; a figure.

☆ ことばで表しにくい部分は図で説明する/言語不易表達的部分利用圖說明。

☆ 案内図 / 導覽圖。

☆ 略図 / 草圖。(→項目)

❷ その場のありさま。中情景；情況；光景。E a sight; a scene.

☆ 転んで泥だらけになり、とても見られた図ではない / 摔了一身泥巴，真是慘不忍睹。

▷ 数❶1枚・1点

図に当たる 思ったとおりになる。中和預期一樣；如願以償。E work out as expected.

☆ 企画が図に当たって大成功だった/企畫如願以償，非常成功。

図に乗る ものごとが思うとおりになり、ますます得意になったり、いばったりする。中得意忘形。E be puffed up.

☆ あの子は歌が上手だねとほめられ、図に乗っていつまでも歌い続けている/那個孩子被誇獎歌唱得好，便得意忘形地唱個不停。

ず (動詞の「ない」形について)否定を表す古い形「ぬ」の活用形の1つ。中表示否定。

☆ どこへも行かず、うちにいる / I'm not going anywhere. I'll be home. / 那裡也不去就待在家。

☆ 朝ごはんを食べずに出かける / 早上沒吃飯就出門了。

参「する」動詞のばあいは「勉強もせず遊んでいる」のように「せ」につく。

〜ずにはいられない 〜しないでいることができない。どうしても〜してしまう。中非…不可。

☆ 体に悪いとわかっていても、タバコを吸わずにはいられない / Although I know it's bad for my health, I can't help smoking. /明知抽菸有害健康，卻戒不掉。

☆ 恋人に1日に1度、電話をかけずにはいられない / 每天必須和情人通一次電話。

ずあん【図案】ズアン 色、形、模様などを組み合わせて描いたもの。デザイン。中圖案；設計；設計圖。E a design.

☆ ポスターの図案を考える/設計海報的圖案。

☆ 珍しい図案の切手 / 有珍貴圖案的郵票。

-すい 【-水】 (他のことばについて)みず。中～水。

☆ 化粧水 / face lotion. / 化妝水。

☆ 地下水 / subterranean water. / 地下水。

☆ 飲料水 / 飲用水。

すいい 【推移】スイイ〔～する〕 時間が過ぎていくこと。また、時間とともにものごとが移り変わること。中 推移；變遷。E a transition; a change.

☆ 時代が推移するとともに人々の考え方も変わる/ 隨著時代的變遷，人們的想法也跟著改變。

☆ 事態の推移を見守る / 留意事情的發展。

すいえい 【水泳】スイエイ〔～する〕 水の中を泳ぐスポーツ。中 游泳。E swimming.

☆ あの選手は５歳のときから水泳を習っている / 那位選手從五歲開始學游泳。

☆ 水泳競技大会 / 游泳比賽。

すいか スイカ くだものの一種。大きなまるい実で、皮は緑色、中は赤か黄色。水分が多く甘い。中 西瓜。E a watermelon.

☆ スイカを冷やして食後に食べる / 把西瓜冰起來，飯後吃。

〔すいか〕

☆ 雨の少ない年にできるスイカは甘い/雨水少的那一年西瓜甜。

すいがい 【水害】スイガイ 大雨や津波などで起こる災害。中 水災。E a flood; flood damage.

☆ 水害で家の中まで水が入り、２階に逃げた / 因水災家中淹水，只好逃到二樓。

☆ 水害のため鉄道が不通になる / 因水災造成鐵路中斷。

すいがら 【吸い殻】スイガラ タバコを吸ったあとに残った部分。中 菸蒂。E a cigarette butt.

☆ 吸い殻を灰皿に捨てる/把菸蒂扔在菸灰缸裡。

→灰皿 図

すいこう 【推敲】スイコー〔～する〕 詩や文章などの表現を何度も考え、つくり直してよくすること。中 推敲。E polish; improve.

☆ この文章は推敲がたりないので読みにくい / 這篇文章缺少潤飾，不易理解。

☆ 推敲に推敲を重ねる / 反覆推敲。

すいさつ 【推察】スイサツ〔～する〕 人の気持ちや事情などを、たぶんこうだろうと想像すること。中 體察；推測；猜想。E guess; conjecture.

☆ 試験や競争で疲れているいまの子供の心を推察する / 體察現在的孩子們因考試競爭而疲憊不堪的心情。

参 「推量」も似ているが、「推量」が一般に、そうだと断定できないことをそうだろうと思うのに対して、「推察」は相手の心のようすをいろいろなことがらにもとづいて理解しようとすることをいう。

すいさんぎょう 【水産業】スイサンギョー 水産物をとったり育てたり、また、それらを缶詰などに加工したりする産業。中 水產業；漁業。E the marine products industry; fisheries.

☆ 最近の水産業は魚などをとることより、育て加工するほうに中心が移っている/最近水產業的重心從捕撈轉到養殖加工。

☆ 海にかこまれ、水産業の盛んな国 / 四面臨海，漁業發達的國家。

すいさんぶつ 【水産物】スイサンブツ 海、川、湖などでとれる魚、貝、海藻など。中 水產品；水產物。E marine products; aquatic products.

☆ 水産物が豊富にとれる漁村 / 海產豐富的漁村。

☆ 水産物を扱う店 / 買賣水產品的商店。

すいじ 【炊事】スイジ〔～する〕 食事をつくること。中 煮飯；烹調；伙食；做飯。E cooking; kitchen work.

☆ 炊事、洗濯、掃除などは家族全員でやる / 做飯、洗衣、打掃等是全家人共同的工作。

すいじゃく 【衰弱】スイジャク〔～する〕

体が弱くなり、元気がなくなること。中 衰弱。E grow weak; be emaciated.

☆ 祖父は長い間の病気ですっかり衰弱してしまった / 祖父久病在身，所以身體很虛弱。

☆ 神経衰弱 / 神經衰弱。

→衰退

すいじゅん【水準】スイジュン　能力や価値、品質などを比べるときのもとになる程度。中 程度；水準。E a standard; a level.

☆ 中学生の学力の水準が上がる / 中學生的學力水準上升了。

☆ 生活水準が高くなる / 生活水準提高了。

☆ 知的水準 / 知識水準。

☆ 文化水準 / 文化水準。

すいじょうき【水蒸気】スイジョーキ　水が蒸発してできた気体。また、それが煙のように見えるもの。中 水蒸氣。E vapor; steam.

☆ 水面が温められて水蒸気となる / 水面因受熱產生水蒸氣。

☆ 空気中の水蒸気が温度によって雨になったり雪になったりする/空氣中的水蒸氣因溫度不同而形成雨或雪。

すいしん【推進】スイシン〔～する〕　ものごとが目的に向かって進むようにすること。中 推進；推動。E promote; push forward with.

☆ 平和運動を推進する / 推動和平運動。

☆ 計画の強力な推進者 / 強勢推動計畫的人。

すいすい　スイスイ　❶ かるがると気持ちよく進むようす。中(小動物在空中、水中) 輕快地(前進)。

☆ トンボが空をすいすい(と)飛んでいる / 蜻蜓在空中輕快地飛翔著。

☆ 道子は魚のようにすいすい(と)泳ぐ / Michiko swims effortlessly like a fish. / 道子像魚一樣輕快地游泳。

❷ じゃまになるものがなにもなく、簡単に気持ちよく進むようす。中 很容易地；順利地；流利地；痛快地。

☆ きょうは仕事がすいすい(と)はかどって、早く帰れた / Since my work had progressed smoothly today, I could go home early. / 因為今天工作進行得很順利，所以提早回家。

☆ 難問にすいすい(と)答える / 流利地回答難題。

▷ 話 ❷

すいせん【推薦】スイセン〔～する〕　自分がいいと思った人やものをほかの人にすすめること。中 推薦；推舉；介紹。E recommend.

☆ 一郎を議長に推薦する / 推薦一郎當議長。

☆ 推薦状/ a letter of recommendation. /推薦信。

すいそ【水素】スイソ　気体の一種。色もにおいもなく、物質の中でいちばん軽い。中 氫。E hydrogen.

☆ 水素と酸素が化合して水になる / 氫和氧化合成水。

☆ 水素爆弾 / 氫彈。(→水爆 項目)

すいそく【推測】スイソク〔～する〕　わかっていることをもとにして、たぶんこうではないかと考えること。中 推測；猜測。E suppose; guess.

☆ 歴史にもとづいて将来のことを推測する/鑒往知來。

☆ 子供の行動はまったく推測がつかない/摸不清孩子在搞什麼!

すいたい【衰退】スイタイ〔～する〕　勢いがなくなり前より悪い状態になること。書 中 衰退；衰落。E decline; decay.

☆ 戦争で国力が衰退する / 戰爭使國力衰退。

☆ 古代文明の衰退 / 古代文明的衰退。

対 繁栄、隆盛

参「衰弱」も似ているが、「衰弱」が体力など体の衰えをいうのに対して、「衰退」は組織や文化の勢力が弱まるのをいう。

すいちょく【垂直】スイチョク　❶ 数学で、2つの線や面が直角に交わること。中 垂直。E perpendicular.

☆ 直線Aに垂直な線Bを引く / 在直線A處畫垂

直線B。

❷ あるものを糸でつるしたときのその糸の方向。[中]垂直。[E] vertical.

☆ 柱を垂直に立てる/垂直豎立柱子。

[対]水平

すいつ・く【吸いつく】スイツク〔自動五〕(すいついて)　口や吸盤(=タコの足などの表面にある器官)などが、ものの表面にぴったりついて離れない。[中]吸著；吸吮；吸住。[E] suck; stick to; be attracted to.

☆ 赤ん坊が母親の乳房に吸いついて乳を飲んでいる/嬰兒吸吮母親的乳房吃奶。

☆ 鉄が磁石に吸いつく/鐵吸附在磁鐵上。

[他動]吸いつける

スイッチ (switch) スイッチ スイッチ　電流を流したり止めたりする装置。[中]電門；開關。[E] a switch.

☆ この部屋の電気のスイッチはどこだろう/這房間的電燈開關在哪裡啊?

☆ テレビのスイッチを入れる/打開電視的開關。

すいてい【推定】スイテイ〔～する〕　なにかを根拠にして、たぶんこうにちがいないと決めること。[中]推斷；推定；估計。[E] presume; assume.

☆ 被害者の腕時計が止まっているのを見て死亡時刻を推定する/根據受害者手錶停止的那一刻來推定死亡時間。

☆ 推定人口/估計人口。

すいでん【水田】スイデン　稲を植えるために浅く水を入れた田。田んぼ。[中]水田；稻田。[E] a paddy; a rice field.

☆ 初夏に、水田に稲の苗を植える/初夏時在水田插秧。

[数]1枚

すいどう【水道】スイドー　飲み水や工業用の水を送るための設備。[中]水管。[E] water service; tap water.

☆ 村の家に水道を引く/為農戶埋設自來水管。

☆ 水道の栓をひねって水を出す/打開水龍頭放水。

すいばく【水爆】スイバク　「水素爆弾」を略した言い方。水素原子核の化学的変化により出るエネルギーを利用した、非常に強力な爆弾。[中]氫彈。[E] a hydrogen bomb.

☆ 水爆は決して使ってはならない/絕不能使用氫彈。

すいはんき【炊飯器】スイハンキ　ごはんを炊く器具。[中]電鍋。[E] a rice-cooker.

☆ 帰ったらすぐ炊飯器のスイッチを入れてごはんを炊く/一回來就馬上打開電鍋煮飯。

[数]1台

二[参]電気を使うものは「電気がま」ともいう。

すいぶん【水分】スイブン　ものの中にふくまれている水。また、その量。[中]水份。[E] water; juice.

☆ 病気で高熱が続くときは水分をとる必要がある/生病高燒不退時，必須多喝水。

☆ 水分の多い新鮮なくだもの/新鮮多汁的水果。

ずいぶん　ズイブン　❶予想した以上に程度が大きいようす。[中]相當；非常；很。[E] pretty; very; much.

☆ ちょっと油断しているうちに、ずいぶん(と)太ってしまった/一不小心又胖了很多。

☆ 今度の旅行は、ずいぶん(と)お金がかかった/這次的旅行所費不貲。

❷ ひどいようす。よくないようす。[中]心壞；夠嗆；不像話。[E] awful; nice.

☆ 欠陥品なのを知っていて売るなんて、ずいぶんな店だ/明知道是瑕疵品還拿出來賣，這商店真不像話。

▷[話]❷

すいへい【水平】スイヘイ　❶地球の重力の方向と直角な方向。[中]水平。[E] horizontal.

☆ 飛行機が水平に飛ぶ/飛機平飛。

[対]垂直

❷ 平らなこと。[中]水準；平坦。[E] level; flat.

す

☆ 土地を水平にならして家を建てる/把地整平建房子。

すいへいせん【水平線】スイヘイセン、スイヘイセン ❶海と空とが遠くで接したようになって見える平らな線。中 地平線。E the horizon.

☆ 水平線から朝日がのぼる/朝陽從地平線升起。

❷平らに引いた直線。中 水平線。E a horizontal line.

☆ 水平線を引く/畫水平線。

対 垂直線

すいみん【睡眠】スイミン 眠ること。中 睡眠。E sleep.

☆ じゅうぶん睡眠をとったので頭がすっきりしている/因為睡了個好覺，所以頭腦清楚。

☆ 睡眠不足で眠い/因睡眠不足而睏倦。

すいめん【水面】スイメン、スイメン 水の表面。中 水面。E the surface of the water.

☆ 桜の花びらが水面に浮かんでいる/櫻花的花瓣漂浮在水面上。

☆ 鏡のような静かな水面/如鏡面般的平靜水面。

すいようび【水曜日】スイヨービ 1週7日の4番目の日。火曜のつぎ、木曜の前の日。水曜。水。中 星期三；禮拜三。E Wednesday.

☆ 水曜日の午後は授業がない/星期三下午沒課。

すいり【推理】スイリ〔～する〕 わかっていることをもとにして、わからないことを、たぶんこうではないかと考えること。中 推理；推論。E reason; infer.

☆ 推理を働かせて古い資料を読む/利用推理的方式來研讀舊資料。

☆ 事故の原因を推理してみる/試著推斷事故的原因。

☆ 推理小説/偵探小說；推理小說。

参「推量」も似ているが、「推量」が直感的に考えるばあいに使うのに対して、「推理」は論理的に考えるばあいに使う。

すいりょう【推量】スイリョー、スイリョー〔～する〕 はっきり断定できないことを、たぶんこうだろうと考えること。中 推測；推斷。E guess.

☆ 子供を病気でなくした友人の心境を推量し、心を痛める/朋友的孩子病逝，其心情之悲慟令人感同身受。

☆ 推量の助動詞/推量助動詞。

→推察、推理

すいりょく【水力】スイリョク 水の流れる勢い。また、そのエネルギー。中 水力。E waterpower; hydraulic power.

☆ 水力を利用して電気を起こす/利用水力發電。

☆ 水力発電/水力發電。

すう【数】スー ❶かず。中 數。E a number.

☆ 数をたのむ/人多視衆。

☆ 出席者数/出席人數。

☆ 増加数(＝増えた数)/增加數(＝已增加的數量)。

❷「数学」を略した言い方。中 數學。E mathematics.

☆ 英、数の2科目/英語、數學兩科。

❸(他のことばの頭について)いくつかの。3、4か5、6ぐらいの。中 數次；數回。

☆ 京都へは数回行った/去了好幾次京都。

☆ 数カ所/ several places. /有幾處；有幾個地方。

☆ 10数人 / ten-odd people. /十幾個人。

す・う【吸う】スウ〔他動五〕(すって) ❶気体や液体を鼻や口から、体の中に引き入れる。中 呼吸；吸入。E breathe in; suck; smoke.

☆ 新鮮な空気を吸う/呼吸新鮮的空氣。

☆ ハチが花のみつを吸う/蜜蜂採蜜。

☆ タバコを吸う/吸菸。

対 吐く

❷ものが、気体や液体を中に引き入れる。中 吸收。E absorb.

☆ 綿のシャツはよく汗を吸う/棉襯衫容易吸汗。

☆ 湿気を吸ったふとん/受潮的棉被。

すうがく【数学】スーガク　自然科学の一部門で、数や量や図形などについて研究する学問。[中]數學。[E] mathematics.

☆ 経済学には数学の知識が必要だ／對經濟學來說必須具備數學知識。

☆ 数学の問題をとく／解數學題。

すうし【数詞】スーシ　数や量や順序を表すことば。[中]數詞。[E] a numeral.

☆ 1つ、2本、第3位、4匹、5番目などを数詞という／一個，兩支(根、棵)，第三位，四匹(隻)，第五名等叫作數詞。

すうじ【数字】スージ　❶数を表す文字。[中]數字。[E] a figure; a numeral.

☆ 数字にはアラビア数字(1、2、3…)、ローマ数字(Ⅰ、Ⅱ、Ⅲ…)、漢数字(一、二、三…)などがある／數字有阿拉伯數字(1、2、3…)，羅馬數字(Ⅰ、Ⅱ、Ⅲ…)，漢字數字(一、二、三…)等。

❷ 数で表されることがら。[中]數字計算；數據。[E] figures.

☆ 京子は数字に強く、統計を見て、すぐその内容を理解できる／京子擅長數字計算，看到統計馬上能理解其中含意。

ずうずうし・い　ズーズーシイ　恥ずかしいと思う気持ちがなく、また、人に迷惑をかけても平気でいる。[話][中]厚臉皮；厚顏無恥。[E] brazen-faced; impudent.

☆ 洋子を食事に誘ったら、道子もずうずうしくついてきた／邀請洋子吃飯，道子也厚臉皮地跟來了。

☆ みんなが並んでいる列に横から入りこむずうずうしい人／大家都在排隊，卻厚著臉皮插隊進來的傢伙。

スーツ(suit) スーツ　上と下を同じ布でつくったひとそろいの洋服。女性用の上着とスカートなどのひとそろいや、男性用の背広の上下をいう。[中]一套西裝；一套套裝。[E] a suit.

☆ 改まった場所にはスーツを着て行く／穿西裝去正式場合。

☆ ビジネススーツ／上班穿的西裝。

[数] 1枚・1着　→背広

スーパーマーケット(supermarket)　スーパーマーケット　食料品や日用品などたくさんの品物をセルフサービス方式で売る店。スーパー。[中]超級市場；超市。[E] a supermarket.

☆ 近くのスーパーマーケットで夕食の材料を買う／在附近超市買晚餐材料。

[数] 1軒・1店

すうはい【崇拝】スーハイ〔～する〕立派なものとして心から深く尊敬すること。[中]崇拜。[E] worship; admiration.

☆ むかしの人は太陽や大きな岩や古い木などを崇拝した／古代的人崇拜太陽、大岩石或古樹等。

☆ 崇拝する人物／崇拜的人物。

☆ 英雄崇拝／英雄崇拜。

スープ(soup) スープ　肉や野菜を煮て味をつけた汁。[中]湯。[E] soup.

☆ スープを音を立てないようにして飲む／喝湯不要出聲。

☆ コンソメスープ／清湯。

すえ【末】スエ　❶ある期間の終わり。[中]末尾；末了。[E] the end (of February).

☆ 2月の末にスキーに行く／二月底去滑雪。

☆ 来年の末に帰国する／明年底回國。

☆ 月末／月底。

[対] 初め

❷ 将来。[中]將來；未來；前途。[E] the future.

☆ あの学生はたいへんな努力家なので末が楽しみだ／那個學生非常努力，前途無量。

☆ 末が案じられる／前途令人擔心。

❸ ものの先のほう。はしのほう。[中]末端；頭；盡頭。[E] the tip; the top.

☆ つるの末のほうになったウリはおいしくない／長在藤尾的瓜，不好吃。

[対] 本

❹ ものごとの行われたあと。中～之後；～結果。E after～.

☆ いろいろ考えた末、旅行はやめることにした/仔細考慮的結果，決定不去旅行了。

❺ きょうだいのいちばん下。中末；最小的。E the youngest (sister).

☆ 末の妹が大学に入った/最小的妹妹上了大學。

すえおそろし・い【末恐ろしい】スエオソロシイ　将来どうなるのかと考えると不安だ。中前途堪慮；前途不堪設想。E ominous; portentous.

☆ 小学生なのに人をだますことがうまくて、末恐ろしい子供だ/雖然是小學生，但騙人的技倆很高明，真是前途不堪設想的孩子。

☆ 地球全体の自然がどんどん破壊されていくことを考えると、末恐ろしくなる/想到整個地球的自然環境一步步被破壞，後果不堪設想。

すえっこ【末っ子】スエッコ　きょうだいの中で年齢がいちばん下の子供。中兄弟姊妹中最年幼者；老么。E the youngest child.

☆ わたしは４人きょうだいの末っ子で、甘やかされて育った/我是四個兄弟姊妹中最小的，倍受寵愛。

す・える【据える】スエル〔他動一〕 ❶動かないようにものを置く。中放置；安放。E put; install.

☆ 公園に彫刻をすえる/在公園裡放置雕像。

☆ クーラーをすえつける/安裝冷氣。

❷ 落ちつかせる。中安下。E settle down.

☆ 腰をすえて勉強する/安下心來認真地讀書。

☆ 目をすえる(=じっと目玉を動かさない)/凝視；目不轉睛；注視。

☆ 腹にすえかねる(=がまんできない)/忍耐不住(=無法忍受)；嚥不下這口氣。

❸ 重要な地位につかせる。中使就～職位。E make (a person in an important position).

☆ 弟を子会社の社長にすえる/安排弟弟當分公司的總經理。

▷ 自動 据わる

スカート (skirt)スカート　下半身にはく女性用の衣服。中裙子。E a skirt.

☆ 短いスカートをはく/穿短裙。

☆ ロングスカート/長裙。

数 １枚・１着　→衣類 図

すがすがし・い スガスガシイ　さわやかで、気持ちがいい。中清爽；舒服。E refreshing; fresh.

☆ 京子はいつもすがすがしい笑顔できちんとあいさつをする/京子總是面帶爽朗的笑容打招呼。

☆ すがすがしい山の朝の空気/山裡早晨清新的空氣。

☆ すがすがしい気分/清爽的心情。

すがた【姿】スガタ　❶体の形。ものの形。中姿態；姿容；面貌。E a figure; a form.

☆ 話し声はするが姿は見えない/聞其聲不見其影；聞其聲不見其人。

☆ 田中さんが久しぶりにクラス会に姿を見せた/田中同學隔了很久才在同學會中出現。

❷ 服を着たときの格好。身なり。中裝扮；風采；打扮。E (an) appearance.

☆ 京子はパーティーにはでな姿で現れた/京子身穿華麗服飾出現在宴會上。

☆ 着物姿/和服裝扮。

❸ ようす。状態。中情形；狀態；面貌。E a state; a condition.

☆ 現在の日本の姿を外国に伝える/把日本現況向外國介紹。

すき【好き】スキ　❶心がひかれるようす。また、気に入るようす。中喜歡；喜愛。E favorite; like; be fond of.

☆ いちばん好きな食べ物はおすしだ/我最喜歡吃壽司。

☆ わたしは洋子が好きだ/我喜歡洋子。

対 嫌い

❷ 自分の思うとおりにするようす。中随意；任意。E as one likes.

☆ この仕事はあなたの好きなようにやっていい / 這工作隨你的意思做就行。

▷ 他動 好く

好きこそものの上手(なれ)　どんなことでも好きなことなら熱心にするのですぐ上手になるということ。中只要喜歡就能做好。E What one likes, one will do well.

すき　スキ　❶ものとものとの間の、わずかに空いている部分。また、ほんのすこし空いている時間。中縫；縫隙；間隙。E an opening; a spare moment.

☆ ドアのすきから内部をのぞき見る / 從門縫向裡面窺視。

☆ 仕事のすきを見て友達に電話をかける / 工作中抽空給朋友打電話。

❷ わずかな気持ちのゆるみ。中漏洞；機會。E an unguarded moment.

☆ 敵にすきを見せてはならない / 不給敵人機會。

☆ すきをうかがう / 乘機。

☆ すきをねらう / 伺機。

すぎ【杉】スギ　葉が１年じゅう緑色をしていて、針のようにとがり、幹はまっすぐにのびる木。建築や家具の材料として使う。中杉樹。E a Japanese cedar.

☆ 山から杉を切りだす / 把砍伐的杉樹從山裡運出。

☆ 杉花粉 / cedar pollen. / 杉樹花粉。

☆ 杉並木 / 杉林大道。

☆ 杉林 / 杉樹林。

☆ 杉山 / 杉樹山。

数 1本

スキー (ski) スキー　雪の上をすべるスポーツ。また、そのとき靴の下につける細長い道具。中滑雪；雪橇；滑雪板。E skiing; skis.

☆ スキーの選手が急な斜面をすべりおりる / 滑雪選手從陡峭斜坡滑下來。

☆ スキーをかついでリフトの所まで行く / 扛著滑橇到登山纜車處。

☆ スキー場 / 滑雪場。

すききらい【好き嫌い】スキキライ　人や食べ物などに対して持つ、いいとか悪いとかの感情。中好惡；喜愛和厭惡。E likes and dislikes.

☆ 好き嫌いを言わず、なんでも食べなさい / 不要挑食，什麼都要吃。

☆ 人に対する好き嫌いが激しい / 對人過於挑剔。

すきとお・る【透き通る】スキトール〔自動五〕(すきとおって)　❶ものを通して、そのものの中や向こうがはっきりと見える。透明だ。中透明。E be transparent.

☆ ここの海は水がきれいで、底まですきとおって見える / 這裡的海水清澈見底。

☆ すきとおったガラスのコップ / 透明玻璃杯。

❷ 声や音が澄んでよく通る。中清脆。E be clear; be silvery.

☆ すきとおるような歌声が聞こえてくる / 聽到清脆的歌聲。

すぎない　(「～にすぎない」の形で)～であるだけのことだ。ただ～だけだ。中只不過；僅僅是。

☆ あなたはまだ学生にすぎないのだから、自動車を買う必要はない / 你只不過是個學生，沒必要買車子。

☆ 言い訳にすぎない / It's merely an excuse. / 只是藉口罷了。

すきま【すき間】スキマ　ものとものとの間の、ほんのすこし空いている所。中縫；縫隙；空處。E an opening; a chink.

☆ 戸のすきまから冷たい風が入ってくる / 寒風從門縫吹進來。

すきやき【すき焼き】スキヤキ　鉄なべに牛肉、豆腐、野菜などを入れ、しょうゆや砂糖などで味をつけて、煮ながら食べる料理。

中日式牛肉火鍋；壽喜燒。E *sukiyaki*.

☆ 家族ですきやきのなべをかこむ/全家人圍爐吃壽喜燒。

☆ すきやきパーティー/壽喜燒聚餐。

す・ぎる【過ぎる】スギル〔自動一〕❶ある場所を通って、その先まで行く。中通過；經過。E pass (by).

☆ 列車は大阪駅を過ぎた/列車通過了大阪站。

❷ 時間が移る。中 經過；過；過去。E pass; elapse.

☆ わたしが東京に住んでから、10年が過ぎた/我已在東京住了十年。

☆ 暑さも盛りを過ぎた/酷暑已過。

❸ ものごとが、程度をこえる。中 超過；過分。E go too far.

☆ わがままが過ぎる/過任性；太任性。

☆ 冗談が過ぎる/玩笑開得過火。

❹ (動詞の「ます」形、形容詞と形容動詞の語幹について)ちょうどいい程度をこえている。中超過程度；過多。

☆ 食べすぎる/吃多了。

☆ 言いすぎる/say too much./說得過多。

☆ 熱すぎる/過熱。

☆ まじめすぎる/過認真；太認真。

❺ (「～にすぎない」の形で) ⇨すぎない

▷ 他動 過ごす

過ぎたるはなお及ばざるがごとし　ものごとには程度というものがあり、それをこえてやりすぎるのは、やりたりないのと同じことだ、ちょうどいいところでやめておくのがいいということ。中 過猶不及。E Too much is no better than too little.

す・く　スク〔自動五〕(すいて) ❶中のものが少なくなる。すきまができる。中 變少；空；有空隙。E get emptier; have gaps.

☆ ラッシュアワーを過ぎると、電車がすく/上班尖峰時間一過，電車就有空位。

☆ 歯の間がすく/牙齒之間有空隙。

対 込む

❷ (「腹がすく」「おなかがすく」の形で)空腹になる。中 餓。E feel hungry.

☆ 運動したあとは腹がすく/運動後飢腸轆轆。

❸ (「手がすく」の形で)用事が終わって、ひまになる。中 空閒。E be free; be unoccupied.

☆ 仕事も終わり手がすいたから、手伝いましょう/有空了，就幫你的忙吧。

❹ (「胸がすく」の形で) ⇨胸 慣用

▷ 他動 すかす

すぐ　スグ　❶時間をおかないで続けてつぎのことをするようす。中 馬上；立刻。E at once; immediately.

☆ 簡単な仕事だから、すぐできるはずだ/由於是簡單的工作，應該馬上就能做完。

☆ すぐ行きますから門の所で待っていてください/馬上去，請在門口稍等。

❷ 距離が非常に近いようす。中 很近；非常近。E very close; close by.

☆ うちのすぐ近くにスーパーがあるので便利だ/家附近就有一間超市，非常方便。

☆ 図書館は公園のすぐそばにある/圖書館就在公園旁邊。

すく・う【救う】スクウ〔他動五〕(すくって)あぶない状態や苦しい状態にいるものに力を貸して、そこから逃げられるように助ける。中 搶救；搭救；救援。E rescue; save; help.

☆ 3人の中学生が、川でおぼれていた幼児を救った/三個中學生搶救起在河裡溺水的幼童。

☆ 救いだす/搶救出來。

名 救い

すく・う　スクウ〔他動五〕(すくって) ❶液体や粉などを、手のひらやスプーンなどに載せて取りだす。中 捧；舀；撈。E scoop up; spoon out.

〔すくう❶〕

☆ 谷川の冷たい水を手のひ

らにすくって飲んだ/用手捧起山谷中的清涼溪水喝。

☆ 砂糖をひとさじすくう/舀一勺白糖。

❷ 液体の中にあるものを、手のひらやスプーンや網などで取りだす。中撈取。E scoop up.

☆ 夜店で金魚をすくう/在夜市撈金魚。

☆ すくい上げる/撈起；捧起。

すくな・い 【少ない】スクナイ　数や量がすこしだ。中少；不多。E few; little; small.

☆ 人数が少なくて野球ができない/人數不足不能打棒球。

☆ 給料が少ないので、生活が苦しい/由於工資不多，生活艱苦。

対 多い

すくなからず 【少なからず】スクナカラズ、スクナカラズ　少ないとはいえないぐらい数や量が多かったり、程度が大きかったりするようす。書中很多；不少；非常。E not a few; not a little.

☆ このごろ、会議で帰宅が遅くなることが少なからずある/最近，常常因為開會而晚歸。

☆ 今回の事件には少なからず驚かされた/這次的事件讓我大為吃驚。

すくなくとも 【少なくとも】スクナクトモ、スクナクトモ　どんなに少なく考えても。中至少；最少；最小限度。E at least; to say the least.

☆ この仕事を全部終えるには、少なくとも10日はかかる/這項工作要全部結束至少需要十天。

☆ 少なくとも買い物ができるぐらいの中国語は身につけたい/想學中文到至少能買東西的程度。

すく・む スクム〔自動五〕(すくんで)　恐れや緊張から体がかたくなって動かない。中驚懼；竦然；畏縮。E cower; cringe at.

☆ 目の前で人が殺され、こわくて足がすくんでしまった/親眼看到有人被殺，嚇得兩腿發軟。

☆ 立ちすくむ/嚇得縮成一團；呆直不動；嚇呆。(→項目)

他動 すくめる

-ずくめ (他のことばについて)そればかりであること。中淨是；全是。

☆ 黒ずくめの服装/be dressed all in black. /全黑的衣服。

☆ 規則ずくめの学校生活/學校生活規矩一大堆。

☆ いいことずくめ/all good things happen. /好事連連。

スクリーン (screen) スクリーン　❶ 映画を映す幕。中銀幕。E a screen.

☆ スクリーンに映しだされた風景に見入る/對銀幕上放映的風景看得出神。

❷ 映画。映画界。中電影；電影界。E the screen.

☆ この秋のスクリーンの話題を集めた俳優/這個秋季在電影界最受矚目的影星。

すぐ・れる 【優れる】スグレル〔自動一〕

❶ (「すぐれた[ている]」の形で)才能や力や価値などがほかより上だ。中優秀；出色；優越。E outstanding; be superior to.

☆ アインシュタインはすぐれた理論物理学者だ/愛因斯坦是卓越的理論物理學家。

☆ 弟は水泳では兄よりすぐれている/弟弟游泳游得比哥哥好。

対 劣る

❷ (「すぐれない」の形で)気分や体がいい状態ではない。中不好；不舒暢。E be not feeling well.

☆ きのうは気分がすぐれなかったので、家にいた/昨天心情不好，所以待在家裡。

スケート (skate) スケート、スケート　氷の上をすべるスポーツ。また、そのために、靴の底に細くて薄い金属をつけた道具。アイススケート。中溜冰；冰刀；冰鞋。E skating; skates.

☆ スケート競技/溜冰比賽。

☆ スケート靴/溜冰鞋。

スケジュール (schedule) スケジュール、スケジュール　その日や週、月、年などの予定。中日程；時間表；預定計畫表。E a schedule.

☆ 学校では４月に１年間のスケジュールを組む/學校在四月安排一學年的預定計劃表。

☆ 今週はスケジュールがつまっている/這週行程安排得很緊湊。

すご·い　スゴイ　❶ぞっとするほど恐ろしい。中可怕；駭人；令人害怕。E terrible; dreadful.

☆ 一郎は怒ると、すごい目つきでにらむ/一郎一生氣就用嚇人的眼神瞪人。

☆ ライオンのうなり声がすごい/獅子的吼聲令人害怕。

❷ 勢いや程度が非常に激しい。中 非常；特別；厲害。E awful; tremendous.

☆ 大学に入れてすごくうれしい/能上大學感到相當高興。

☆ 朝の電車はすごい混雑だ/早上的電車擁擠得很厲害。

❸ 感心するほど、すばらしい。中了不起；好得很。E wonderful; admirable.

☆ あの人はすごい人で、作家で、医者で、会社の社長もしている/那個人很厲害，又是作家、又當醫生，還開公司當老闆。

☆ すごい腕のコックさん/廚藝高超的廚師。

▷ 話❷❸　→すさまじい

すこし【少し】スコシ　時間、数や量、程度などが少ないようす。中一點點；少量；稍微。E a little; a few.

☆ 初雪で山の頂上がすこし白くなった/一場初雪使山頂微白。

☆ 漢字はまだすこししか読めない/只認得幾個漢字。

対たくさん

すこしも【少しも】スコシモ、スコシモ　(「すこしも～ない」の形で)全然～ない。中一點也不～；絲毫也不～。E not at all; not in the least.

☆ コンピューターの使い方がすこしもわからない/對電腦的用法一竅不通。

☆ 毎日忙しくてすこしも遊べない/每天忙得沒時間玩樂。

すご·す【過ごす】スゴス〔他動五〕(すごして)　❶時間を費やす。また、生活していく。中度過；生活。E pass; spend.

☆ 学生時代を外国で過ごした/學生時代是在外國度過的。

☆ いかがお過ごしですか/生活得怎麼樣?；日子過得怎麼樣?

❷ 適当な程度をこす。中過度；過量。E (drink) too much.

☆ 酒を過ごす/飲酒過量。

☆ 度を過ごす/過度。

❸ (動詞の「ます」形について)そのままにしておく。中過去；放過；不管。

☆ ゆうべ遅くまでテレビを見ていたので、寝すごしてしまった/昨晚看電視看到很晚，所以睡過了頭。

☆ 電車をやりすごす/let a train go past. /眼看著電車過去（沒搭上）。

☆ 見すごす/看漏；漏看；沒有看到。(→ 項目)

▷ 自動 過ぎる

すごすご　スゴスゴ　がっかりして元気なく、その場を離れるようす。中灰心喪氣地離開的樣子。

☆ サッカーを見に行ったが、満員で入れなくて、すごすご(と)引き返した/Finding the tickets for the football game were sold out, I went home in dejection. /去看足球，但因為擠滿了人進不去，只好垂頭喪氣地回來了。

すこやか【健やか】スコヤカ　心も体も健康なようす。中 健全；健康。E in good health; sound.

☆ 娘は重い病気にかかったこともなく、すこやかに育っている/女兒沒生過什麼重病，健康地成長著。

☆ すこやかな精神/健康的精神。

すさまじ·い スサマジイ ❶非常に恐ろしい。中 非常可怕；驚人；駭人。E terrible; dreadful.

☆ 交通事故のすさまじい現場を見た/看到可怕的交通事故現場。

❷勢いや程度が恐ろしいほど激しい。中 猛烈；厲害。E terrific; amazing.

☆ ゆうべはバイクの騒音がすさまじくて眠れなかった/昨晚摩托車的噪音吵得讓人睡不著覺。

☆ 大都市の近くの土地の値上がりはすさまじい/大城市附近的土地價格飆漲。

参「すごい」も似ているが、「すさまじい」のほうが程度が激しい。

すし スシ 酢、砂糖などで味をつけたごはんに、魚、貝、卵などを載せたりまぜたりした食べ物。中 壽司。E *sushi.*

☆ すしをにぎる/做(握)壽司。

☆ にぎりずし/握壽司。(→項目)

☆ ちらしずし/花壽司。

すじ【筋】スジ ❶細長くて線のようになったもの。中 條紋。E a line; a stripe.

☆ 道路に筋を引いて車道と歩道を区別する/在道路上畫線，以區別車道和人行道。

❷動物の筋肉や植物の繊維。中 筋。E a tendon; a string.

☆ 運動していて足の筋を痛めた/運動之後，腳筋很痛。

☆ 筋の多いサツマイモ/纖維豐富的甘薯(地瓜)。

❸血管。中 血管；青筋。E a vein.

☆ ひたいに筋が浮き出る/額頭露出青筋。

❹親、子、孫と続く血のつながり。中 血統；遺傳。E lineage; descent.

☆ 洋子の家は芸術家の筋で、おばあさんは音楽家、お母さんは画家、本人は彫刻家だ/洋子來自藝術世家，祖母是音樂家，母親是畫家，她自己則是雕刻家。

☆ 血筋/血脈；血緣。

❺素質。中 素質。E (an) aptitude.

☆ あの子は筋がいいから上達が速い/那孩子由於素質好，進步神速。

❻小説などのだいたいの構成、内容。中 概要；情節；大致內容。E a plot.

☆ その小説の筋を聞いて興味を持った/聽了那本小說的概要，興趣油然而生。

❼ものごとの論理。考え方などの全体をつらぬく道理。中 條理；道理。E reason; logic.

☆ 道子が筋を通してわかりやすく話したので、みな納得した/因為道子有條有理地說明，所以大家都理解了。

☆ 筋が通らない話/不合情理的情節。

❽その方面。はっきり名前を出せないときなどにいう。中 (某)方面。E a source.

☆ 信用できる筋からの情報/從可靠來源得到的資訊。

☆ 政府筋/政府方面；官方人士。

❾(他のことばの後について)道、川などにそったあたり。中 沿～一帶；～地方。E on; along.

☆ 学校へ行く道筋に黄色い花が咲いている/去學校的路上盛開著黃色的小花。

☆ 街道筋/沿街一帶。

☆ 川筋/沿河地帶；流域沿岸。

▷ 数❶❷❸1本

すしづめ【すし詰め】スシズメ 狭い所に多くの人やものがぎっしり入っているようす。中 擁擠不堪；擠得水泄不通。E jampacked.

☆ すしづめの電車で通学する/搭乘擠滿了人的電車上下學。

すず【鈴】スズ 金属や土でつくった、まるい形で中が空のもの。中に玉などを入れ、振って鳴らす。中 鈴；鈴鐺。E a bell.

〔鈴〕

☆ 猫の首に金色の小さな鈴をつける/在貓脖上繫上金色的小

鈴鐺。

☆ ちりんちりんと鈴を鳴らした / 叮鐺叮鐺地作響。

すす・ぐ　ススグ〔他動五〕(すすいで)　❶ 水で口の中を洗い清める。うがいをする。中 漱口；含漱。E rinse out (one's mouth); gargle.

☆ 口をすすぐ / 漱口。

❷ 水、湯などでよごれを落としたり、洗剤を洗い流したりする。中 涮；洗。E rinse; wash.

☆ 洗濯物を水でよくすすぐ / 用清水仔細清洗衣物。

❸ 恥や悪い評判などを消し去る。中 洗掉；雪除。E wipe out; remove.

☆ 汚名をすすぐ / 恢復名譽；洗刷汚名。

☆ 恥をすすぐ / 雪恥。

▷ 名 すすぎ

すずし・い　【涼しい】スズシイ　❶ 体にすこし冷たさを感じて、気持ちがいい。中 涼快；涼爽。E cool; refreshing.

☆ ここは夏でも涼しくて、クーラーはいりません / 這裡連夏天也很涼快，不需要裝冷氣。

☆ 窓から涼しい風が入ってくる / 涼風從窗口吹進來。

対 暑い

❷ すっきりしていて、さわやかだ。中 明亮；清澈。E clear; bright.

☆ 涼しい声のアナウンサー / 聲音清澈的播音員。

☆ 涼しい目をした少年 / 有著明亮眼睛的少年。

涼しい顔　自分には関係がないといったすました顔。中 若無其事的樣子；蠻不在乎的神色。E look indifferent.

☆ 京子の言ったことが原因でみんなが議論しているのに、彼女は涼しい顔で漫画を読んでいる / 大家因京子的話而起爭執，但她卻若無其事地看漫畫。

すす・む　【進む】ススム〔自動五〕(すすんで)

❶ 前へ移動する。中 往前；前進。E go forward; advance; travel.

☆ もう1歩前に進んでください / 請再向前進一步。

☆ 光は音より速く進む / 光速比音速快。

対 退く、下がる

❷ ものごとがはかどる。中 進展。E make progress.

☆ いま小説を書いているが、なかなかペンが進まない / 現在正在寫小說，卻怎麼也寫不出來。

☆ 工事は順調に進んでいる / 工程進行得很順利。

☆ 仕事が進む / 工作有進展。

対 遅れる

❸ それまでより高い段階に上がる。中 升級；晉級。E go on to; advance to.

☆ 中学から高校へ進む / 從初中升高中。

☆ 2回戦に進む / 進入複賽。

❹ 他のものより先になる。中 進步；先進。E progress; advance.

☆ 技術が進んで新しい方法が開発された / 由於技術進步，開發了新方法。

☆ 進んだ考えの持ち主 / 有先進思想的人。

対 後れる

❺ 志望して、ある方面へ行く。中 志願在於～方面；打算走～道路。E advance; enter.

☆ 将来、医学方面に進みたい / 將來，想走醫學這條路。

☆ 音楽の道に進む / 打算走音樂這條路。

❻ なにかをする気持ちになる。調子が出る。中 有意；增進。E feel like doing.

☆ かぜが治って食が進むようになった / 感冒好了，也有了食慾。

☆ 気が進まない / be in no mood for. / 沒心情。

❼ さらに悪い状態になる。ひどくなる。中 惡化；加重。E get worse.

☆ 伯父のがんはかなり進んでいる / 伯父的癌症迅速惡化。

☆ 大気汚染が進む / 空氣污染更形惡化。

❽ 時計が、正しい時間よりも速く動く。中快。E be fast; gain.

☆ この腕時計は５分進んでいる／這只手錶快五分鐘。

☆ １日に10秒進む時計／一天快十秒鐘的錶。

対 遅れる

❾（「進んで～する」の形で）積極的になにかをする。中主動；積極。

☆ 進んでむずかしい仕事を引き受ける／主動承擔困難的工作。

☆ 進んで発言する／speak voluntarily.／自願發言。

▷ 他動 進める

すず・む【涼む】スズム〔自動五〕(すずんで) 風に吹かれたり木陰に入ったりして暑さを避ける。中乘涼；納涼。E enjoy the cool air.

☆ 畑仕事で汗をかいたあと、大きな木の陰で涼んだ／在田裡工作大汗淋漓後，到大樹下乘涼。

☆ ベランダで涼む／在陽台乘涼。

名 涼み

すずめ スズメ 鳥の一種。家の近くでいちばんよく見られる。中麻雀；家雀。E a sparrow.

☆ 毎朝、スズメの声で目を覚ます／每天早上被麻雀的叫聲喚醒。

〔すずめ〕

☆ スズメのようによくしゃべる人／像麻雀一樣說話喋喋不休的人。

数 １羽・１匹

すずめ[雀]の涙 ほんのすこしで役に立たない量。中一點點；少許；微乎其微。E a mere speck.

☆ わたしが寄付した金額はすずめの涙にすぎない／我所捐贈的錢微不足道。

すずめ[雀]百まで踊り忘れず 小さいころに習い覚えたことは年をとっても忘れないということ。中幼時成習，終生難改。E What is learned in the cradle is carried to the grave.

すす・める【進める】ススメル〔他動一〕

❶ 前に出す。前のほうへ行かせる。中進；前進。E move forward; advance.

☆ 岩にぶつからないよう注意して船を進める／為了不要讓船撞到岩石，小心地行駛。

☆ 人ごみの中をそろそろと車を進める／車在人群中緩緩前進。

対 退ける、戻す

❷ ものごとをうまくはかどるようにする。中進展。E proceed with.

☆ 給料や労働時間などの条件がまとまれば、入社の話を進めたい／如果薪水和工作時間等條件都沒問題的話，想進一步談談進公司後的事情。

☆ 会議を進める／進行會議。

❸ ものごとの程度や内容をいいほうに向かわせる。中推動。E promote.

☆ 工場のコンピューター化をさらに進める／更進一步推動工廠電腦化。

☆ 国際化を進める／推動國際化。

対 遅らせる

❹ 時計の針を動かして、時刻を早くする。中（鐘錶）快；撥快。E set forward.

☆ この時計は遅れているから、針を３分進める／這只錶慢了，所以撥快三分鐘。

対 遅らせる

▷ 自動 進む

すす・める【勧める・薦める】ススメル〔他動一〕 ❶ 自分がいいと思うことを、人にするように言ったり誘ったりする。中勸；勸誘；勸告。E recommend.

☆ 水泳は健康にいいからぜひやりなさい、と友人にすすめた／勸朋友說，游泳對健康相當有益，一定要試試。

❷ 人やものごとを採用するように相手に言う。中推薦；薦舉。E advise; recommend.

☆ 地域活動に熱心な洋子を市会議員にすすめる／推薦熱心於地方活動的洋子當市議員。

☆ 店員がすすめる新製品を買った／買了店員

所推薦的新產品。

❸ 食べ物や飲み物などを客に差しだす。中勸；讓(煙、酒、茶、座等)。E offer.

☆ 客に茶菓子をすすめる/請客人用茶點。

☆ 座ぶとんをすすめる/請客人用坐墊。

▷ 名勧め・薦め

注 漢字で書くときは、❶❸は「勧める」、❷は「薦める」。

すす・る ススル〔他動五〕(すすって) ❶音を立てて、液体やうどん、そばなどを口に吸い入れる。中啜飲；吮吸；小口喝。E sip; slurp.

☆ 熱いみそ汁をおいしそうにすする/好像津津有味地喝熱味噌湯。

☆ うどんをすする/吸食烏龍麵條。

❷ たれた鼻汁を息と一緒に吸う。中抽吸(鼻涕等)。E sniffle.

☆ 弟はかぜをひいたらしく、鼻水をすすっている/弟弟好像感冒了，一直在吸鼻涕。

☆ すすりあげる/抽搭；抽噎；抽泣。

スタート (start) スタート、スタート〔～する〕

❶ 出発すること、また、その地点。中出發；出發地；起跑。E a start; a starting point.

☆ 選手たちはいっせいにスタートを切って走りだした/選手們同時跑了出去。

☆ スタートの位置に着く/各就起跑的位置。

対ゴール

❷ 始まること。開始。中開始。E start; begin.

☆ 新学期がスタートした/新學期開始了。

☆ 新生活のスタート/新生活的開始。

スタイル (style) スタイル ❶体、服装、髪型などの、外に表れている形。中身段；姿態；體態。E a figure; a style.

☆ あの踊り手はスタイルもいいし踊りもうまい/那位舞蹈演員不僅身段好，舞也跳得棒。

☆ いま流行のスタイルの服/現在流行的衣服。

☆ ヘアスタイル/髮型。

❷ なにかをするやり方。様式。中方式。E a style; a mode.

☆ 洋子は自由に生活のスタイルを変えて楽しんでいる/洋子隨心所欲地改變生活方式，日子過的很快樂。

❸ 建築、音楽、美術、文学などの様式や形式。中建築、音樂、美術、文學等的樣式；風格。E a style (of architecture)

☆ 古代ヨーロッパのスタイルをまねた建物/仿古歐洲風格的建築。

☆ 文章のスタイル/文章風格。

すたすた スタスタ、スタスタ 速く歩くようす。中(目不斜視地)急忙；匆忙；飛快。

☆ 叔母がすたすた(と)歩いていくのを見たので、大声で呼び止めた/I saw my aunt walking by hastily, so I stopped her by calling loudly. /看見姑姑快步走過，急忙大聲叫住她。

ずたずた ズタズタ 細かく切ったりこわしたりするようす。中稀碎；零碎；破碎。

☆ 大型台風で、線路も道路もずたずただ/Both the railroads and the roads were torn to pieces by the large typhoon. /強烈颱風颳得鐵路和公路七零八落。

スタンド (stand) スタンド ❶スポーツ競技場などの、階段のようになっている見物席。中看台；觀眾席。E the stands; the bleachers.

☆ 陸上競技に出場する級友を、スタンドから応援する/在看台上幫參加田徑比賽的同班同學加油。

❷ 台のついた電灯。電気スタンド。中檯燈。E a desk lamp; a floor lamp.

☆ スタンドをつけて本を読む/開著檯燈看書。

❸ ものを載せたり立てたりするための台や支え。中台；座。E a stand; a rack.

☆ インクスタンド/墨水台；墨水瓶架。

☆ ブックスタンド/書架。

❹ 軽い食事や飲み物などを出す、カウンター形式の店。中站著吃的攤子。E a (coffee) stand.

☆ コーヒースタンド/咖啡攤。

☆ ミルクスタンド / 牛奶攤。

❺ 駅や街頭にある売店。中 銷售處。E a stall; a station.

☆ ガソリンスタンド / 加油站。

ずつ (数や量を表すことばの後について)

❶ 同じ数や量を割り当てることを表す。中 接在表示數量的單詞後面表示均攤的意思。

☆ タクシーに４人ずつ乗る / 每四人搭乘一輛計程車。

☆ 1000 円ずつの会費 / a fee of thousand yen each. / 每人一千日圓的會費。

❷ 同じ数や量、程度が繰り返されることを表す。中 表示同一數量、程度的反覆。

☆ 毎日、３錠ずつ薬を飲む / take three pills each day. / 每天吃三顆藥。

☆ すこしずつ病気が治ってくる / 病漸漸痊癒了。

ずつう【頭痛】ズツー ❶ 頭が痛むこと。また、その痛み。中 頭疼；頭痛。E a headache.

☆ 酒を飲みすぎて頭痛がする / 喝酒過量而頭疼。

☆ ひどい頭痛に悩まされる / 被嚴重的頭痛所折磨。

❷ 心配や悩みごと。中 煩惱；苦惱。E a worry; a trouble.

☆ 新しい会社の経営のことで頭痛が絶えない / 為新公司的經營而煩惱不已。

頭痛の種 心配や悩みごとの原因。中 心病；煩惱的原因。E a cause of anxiety.

☆ 高校にも行かずバイクに夢中になっている息子が、わたしの頭痛のたねだ / 不上高中唸書，整天沉迷於摩托車的兒子真叫我傷透腦筋。

すっかり スッカリ ❶ 残らず全部。中 全；都；全都；全部。E all; entirely.

☆ 宿題はすっかり終わった / 作業全都做完了。

☆ 商品はすっかり売りきれた / 商品全都賣完了。

❷ 完全にそうなるようす。中 完全；徹底。E completely; entirely.

☆ １年たって外国の生活にもすっかり慣れた / 過了一年已完全習慣國外的生活。

☆ 約束をすっかり忘れていた / 把約會的事徹底忘了。

すっきり スッキリ〔～する〕 ❶ むだなものがなく、ととのっていて感じがいいようす。中 整齊；通暢。E neat; tidy.

☆ いらなくなったものを全部捨てたら、部屋の中がすっきりした / 把不需要的東西全扔掉，房間變得乾淨多了。

❷ 問題になることなどがなくなり、気分がよくなるようす。中 痛快；輕鬆；舒暢。E refreshed; neatly.

☆ 弟は、じゅうぶんに眠って、すっきりした顔で起きてきた / 弟弟睡飽覺，心情舒暢地起床了。

☆ 疑問がすっきり(と)解決した / 疑問徹底解決了。

ずっと ズット ❶ ものごとを比べて、その程度に大きな違いがあるようす。中 (比～)～得多；～得很。E much; by far.

☆ 船より飛行機で行ったほうがずっと早く着く / 搭飛機去比坐船要快到達。

☆ 自然の風はクーラーよりずっと気持ちがいい / 自然涼風比冷氣舒服得多。

❷ 長い間同じ状態が続くようす。中 一直；始終。E all the way; all the time.

☆ 電車がこんでいて、終点までずっと立っていた / 電車很擠，一直站到終點。

❸ 時間や距離が離れているようす。中 很～；遠遠～。E far; long ago.

☆ オーストラリアは日本のずっと南にある / 澳洲在離日本很遠的南邊。

すっぱ・い【酸っぱい】スッパイ 酢のような味がする。話 中 酸。E sour.

☆ 未熟で酸っぱいミカン / 沒熟還很酸的橘子。

☆ 酸っぱい梅干し / 酸梅乾。

☆ 酸っぱいレモン / 酸檸檬。

すっぽか・す　スッポカス〔他動五〕(すっぽかして)　しなくてはならないことをしないで、そのままほうっておく。話 中 擱下不管；置棄不顧。E break (an appointment); leave (a task) undone.

☆ 約束をすっぽかして遊びに行く / 爽約去遊玩。

☆ 仕事をすっぽかす / 扔下工作。

名 すっぽかし

すっぽり　スッポリ　❶ 全体を完全におおうようす。中 蒙上；包上。E (be covered) totally.

☆ 冬の間、北海道の山々は、すっぽり(と)雪でおおわれる / 冬季北海道的山脈完全被雪給覆蓋。

❷ 完全に抜けたり、はまったりするようす。中 完全脫落；整個掉入。E (get caught) completely.

☆ 靴のかかとが、小さな穴にすっぽり(と)入って抜けなくなってしまった / 鞋跟整個陷入小洞裡，拔不出來了。

ステーキ (steak) ステーキ　厚く切った肉を焼いたもの。特に、ビーフステーキ。中 烤肉；牛排。E a steak.

☆ 厚いステーキが食べたい/想吃厚厚的牛排。

☆ ハンバーグステーキ / 漢堡牛排。

数 1枚

すてき　ステキ　心がひきつけられるほど、たいへんいい。非常にすばらしい。中 極好；絕妙；漂亮。E lovely; nice; wonderful.

☆ あなたによく似合うすてきな洋服ですね/這套漂亮的衣服跟你很相配耶！

☆ 叔父は庭の広い、すてきな家に引っ越した / 叔父搬到庭院寬敞且漂亮的新家去了。

すでに　スデニ　基準となるときより前に終わっているようす。書 中 已；已經。E already.

☆ コンサートの切符を買いに行ったが、すでに売り切れで1枚もなかった / 去買音樂會的票，但已經賣完，一張也不剩。

☆ この理論の正しさは、すでに証明されている / 這個理論的正確性已被證明。

す・てる　【捨てる】ステル〔他動一〕 ❶ いらないものとして投げだす。中 扔掉；拋棄。E throw away; lay down; dump.

☆ 友人は自動車に乗ったまま海に飛びこんで命を捨てた / 朋友駕車衝進海裡自殺身亡。

☆ ごみを捨てる / 丟垃圾。

対 拾う

❷ そのものに対する関心やひかれる気持ちを断ち切る。中 遺棄；丟棄。E abandon; give up.

☆ 父は15歳で故郷を捨てて、東京に出た/父親十五歲時離開家鄉去了東京。

☆ 地位や名誉を捨てて貧しい人々の医療につくす / 放棄地位、名譽，為貧民醫療貢獻力量。

❸ むだだとして努力することをあきらめる。中 放棄；丟棄。E give up.

☆ 最後まで試合を捨ててはいけない/只要有一線希望，就不要放棄比賽。

☆ 希望を捨てる / 灰心；喪失希望。

❹ (「捨てておく」の形で)かまわずにほうっておく。中 不理；置棄不顧。E remain indifferent; leave as it is.

☆ 困っている人を見たら捨てておくわけにはいかない/如果見人有難，就不能置之不理。

❺ (動詞の「ます」形について)いらないものとして投げだす。ほうっておく。中 丟下；棄之不管。

☆ 服をぬぎ捨てる / cast off one's clothes. / 脫下衣服亂扔。

☆ 車を乗り捨てる / abandon one's car. / 棄車而行。

ステレオ (stereo) ステレオ　2個以上のスピーカーで再生して、音を立体的に感じさせる装置。また、その放送や録音など。中 立體聲。E a stereo.

☆ ステレオでCDを聞く / 用立體聲聽CD。

☆ ステレオ放送／立體聲廣播。

対モノラル

スト スト、スト ⇨ストライキ

☆ 話し合いによりストを中止する／按照談判協議中止罷工。

☆ 交通スト／交通罷工。

ストーブ (stove) ストーブ 暖房のための器具、石油、ガス、電気などを使う。中爐子；火爐；暖爐。E a stove; a heater.

☆ 寒いからストーブをつける／由於天冷所以開暖爐。

☆ ストーブで暖まる／用暖爐取暖。

数 1台

ストッキング (stockings) ストッキング

❶ 長い靴下。中長筒襪。E stockings.

☆ 絹のストッキングをはく／穿長筒絲襪。

☆ 運動選手のしまのストッキング／運動員的條紋長筒襪。

❷「❶」とパンツがひと続きの、ナイロンなどの薄い布地でできた衣類。パンティーストッキング。パンスト。中褲襪。E panty hose.

☆ ストッキングが伝線する(＝線状にほころびる)／褲襪脫線了(＝綻線)。

▷ 数 1足 →靴下

ストップ (stop) ストップ ❶〔～する〕止まること。止めること。中止；停止；中止。E stop.

☆ 雪で車がストップする／由於下雪，車停了。

☆ 木材の輸入をストップする／停止進口木材。

❷「止まれ」のしるし。中停止信號；停止標誌。E a stop sign.

☆ 交通信号の赤はストップの合図だ／交通號誌中的紅色是停止標誌。

ストライキ (strike) ストライキ 労働者や学生などが自分たちの要求が通るように、一緒に仕事や学校を休むこと。スト。中罷工；罷課。E a strike.

☆ ストライキで交通機関が動かない／由於罷工而交通癱瘓。

☆ 学費値上げに反対してストライキをする／學生罷課反對學費漲價。

ストレート (straight) ストレート ❶まっすぐなようす。中直；一直。E straight.

☆ ストレートパーマ／a staight permanent.／〔燙髮〕離子燙。

☆ ストレートボール(＝野球で、投手の投げるまっすぐなボール)／直球(＝棒球比賽，投手投出的直球)。

❷ 直接的、また、率直なようす。中直率；直接。E straight; bluntly.

☆ 思っていることをストレートに言えば誤解も少なくなるだろう／如果直率地講出自己的想法，誤會也就會減少吧！

❸ 競技で、勝ちや負けが続くこと。中連勝或連敗。E (win) a straight (victory).

☆ 3回の試合にストレートで勝つ／三連勝。

❹ 入学試験に1回で合格すること。中一次就考上。E (pass a college entrance exam) straight from high school.

☆ あの大学にストレートで入るのはむずかしい／一次就要考上那所大學是很困難的。

❺ コーヒーや酒などを、ほかのものをまぜたり薄めたりしないで飲むこと。中不摻水的純酒。E straight; neat.

☆ ウイスキーをストレートで飲む／喝不摻水的純威士忌。

対ブレンド

ストレス (stress) ストレス ❶緊張しすぎたり強い刺激を受けたりして、体や心に表れる病気のような反応。また、その緊張や刺激。中精神的緊張狀態；壓力。E stress.

☆ 休日はドライブでストレスを解消する／假日開車兜風以舒解緊張的情緒。

☆ ストレスがたまる／累積壓力。

❷ 音の強さ。中重音。E (a) stress.

☆「English」は、最初の音にストレスを置いて発音する／「English」的重音在第一音節。

す

☆ ストレスアクセント/重音。

すな【砂】スナ　海岸などにある、細かく砕けた非常に小さな石の粒。中 沙；沙子。E sand.

☆ 海岸の砂の上をはだしで歩くのはいい気持ちだ/光腳走在海邊沙灘上十分舒服。

砂をかむよう　おもしろみや楽しさがまったくなく、あじけないようす。中 枯燥乏味；掃興。E tasteless; dull.

☆ 妻に去られてからの毎日は、砂をかむような生活だ/妻子出走後，每天都過著枯燥乏味的生活。

すなお　スナオ　❶人の言うことをそのまま受け入れ、心がまっすぐで穏やかなようす。中 老實；誠實；聽話。E obedient; gentle.

☆ すなおに人の意見を聞く/誠懇地聽取別人的意見。

☆ 先生や親の言うことにしたがう、すなおな子供/遵循老師和父母教誨，十分聽話的孩子。

❷くせのないようす。中 質樸；工整；大方。E without peculiarities; free of mannerisms.

☆ すなおな字だから読みやすい/因為字跡工整，所以容易讀。

☆ 飾らない、すなおな文章/不加修飾的樸實文章。

スナック (snack) スナック　❶〔←スナックバー(snack bar)〕　軽い食事、飲み物、酒類を出すカウンター形式の店。中 酒吧。E a snack bar.

☆ 仕事がすんでから友人とスナックで酒を飲む/下班後和朋友在酒吧喝酒。

❷「スナック菓子」を略した言い方。ジャガイモ、トウモロコシなどを材料にした塩味の乾いた菓子。中 零食。E a snack food; a junk food.

☆ 洋子は甘いケーキよりスナックのほうが好きだと言う/洋子說，比起蛋糕更喜歡吃小點心。

▷ 数❶ 1軒・1店

すなわち　スナワチ　(文と文をつないで)前にいったことをもういちど、別のことばで説明するときに使うことば。中 即；也就是說。E namely; that is to say.

☆ 6月に降り続く雨、すなわちつゆは日本の農業に必要なものである/六月持續降雨，也就是說對日本農業而言，梅雨季節是不可少的。

すね　スネ　足のひざから足首までの前側の部分。中 脛；脛部；小腿。E the shin.

☆ すねを強く打って痛くて歩けない/小腿被狠狠地打了一下，疼得走不了。

数 1本　→体 図

すねにきずを持つ　人に知られては困るような悪いことをしたことがある。中 內心愧疚；心中有鬼。E have a guilty conscience.

☆ すねにきずを持つ身なので、警官には近づかない/因為心中有鬼，所以躲避警察。

すねをかじる　自分は働かないで親から生活費や学費を出してもらう。中 靠父母供給生活費及學費等支出。E sponge off (one's parents).

☆ いつまでも親のすねをかじっていないで独立したらどうだ/不要總是靠父母，要自立了，如何?

似た表現 すねかじり

す・ねる　スネル〔自動一〕　自分の気持ちがわかってもらえない不満から、文句を言ったり、さからったりする。中 乖戾；鬧彆扭；任意耍賴。E become sulky; pout.

☆ おもちゃを買ってもらえなくて、一郎はすねて部屋から出てこない/因為沒買玩具給他，所以一郎鬧彆扭不肯從房間出來。

☆ すねて1言もしゃべらない/鬧彆扭一言不發。

ずのう【頭脳】ズノー、ズノー　人間の脳。ものごとを考える頭の働き。また、頭の働きのすぐれた人。中 頭腦；腦筋。E brains; a head.

☆ 世界の頭脳が集まる/聚集全世界的一流人才。

☆ すばらしい頭脳の持ち主/腦力極佳的人。

☆ 頭脳明晰 / clear-headed. / 頭腦清晰。

☆ 頭脳流出 / 人才外流。

すばしこ・い　スバシコイ　動作が非常に速い。すばしっこい。話 中 敏捷；俐落；伶俐。E quick; nimble.

☆ あの小柄な卓球選手は、すばしこい動きで試合に勝った / 那個矮小的乒乓球員以敏捷的身手贏得了比賽。

☆ 子供はいたずらをして、すばしこく逃げた / 孩子惡作劇後，很俐落地脫逃了。

すばや・い【素早い】スバヤイ　頭の働きや行動がたいへん速い。中 快速；敏捷；俐落。E promptly; quickly.

☆ テレビや新聞に世界じゅうのニュースをすばやく報道する / 電視和報紙迅速地報導世界各地的新聞。

☆ ボールをとって、すばやく投げ返す / 接到球，快速地扔回去。

すばらし・い【素晴らしい】スバラシイ

❶ 感動するほど、非常にいい。中 極好；絶佳；極美。E wonderful; excellent; great.

☆ 山の上からすばらしい景色が見えた / 從山上能看到優美的景色。

☆ すばらしい演奏を聞いて感激した / 聽了絶佳的演奏很受感動。

❷ (「すばらしく」の形で)好ましい程度が非常に高い。中 非常；很；極。

☆ すばらしく広い庭 / an extremely large garden. / 遼闊的庭園。

☆ すばらしくおいしい料理 / 非常好吃的菜；山珍海味；美味佳餚。

▷ 話❷

ずばり　ズバリ　いちばん中心となるだいじなところを、正確に鋭く言うようす。中 擊中要害；一語道破；直截了當；不兜圈子。

☆ 問題の核心をずばり(と)つく / go directly to the heart of the problem. / 一針見血地擊中問題的要害。

☆ 思ったことをずばり(と)言う / 直言不諱。

スピーカー (speaker) スピーカー　❶ 電気信号を音に変える装置。ラジオ、テレビ、ステレオなどの音が出る所。中 喇叭。E a speaker (on a television).

☆ このテレビはスピーカーが右と左についている / 這部電視機的左右兩邊都配有喇叭。

❷ 音や声を大きくして出す装置。拡声器。中 擴音器；揚聲器。E a loudspeaker.

☆ 宣伝カーのスピーカーの音がうるさくて迷惑している / 宣傳車的擴音器喧鬧擾人。

▷ 数 1本・1台、❷1台

スピーチ (speech) スピーチ〔～する〕 人が集まった席でする、短い演説やあいさつ。中 講話；致詞。E a speech.

☆ 友人の結婚式でスピーチをする / 在朋友的婚禮上致詞。

☆ スピーチコンテスト / 演講比賽。

☆ テーブルスピーチ / an after-dinner speech. / 席間致詞。

スピード (speed) スピード　❶ 速度。速さ。中 速度。E speed.

☆ スピードをあげて前の車を追い越した / 加速超車。

☆ ブレーキをかけて自転車のスピードを落とす / 剎車使腳踏車減速。

☆ スピード違反 / 超速駕駛。

❷ 速いこと。中 快速；迅速。E speedy; quick-processed.

☆ 犯人が見つかって、その事件はスピード解決となった / 抓到犯人，那個事件迅速解決了。

☆ スピード写真 / 快速照相。

スプーン (spoon) スプーン　液体や粉などをすくいとる小さな道具。分量をはかるのにも使う。さじ。中 湯匙；匙；調羹。E a spoon.

☆ 紅茶をスプーンでまぜる / 用匙勺攪紅茶。

☆ ティースプーン / 茶匙。

数 1本

ずぶぬれ ズブヌレ 体全体がすっかりぬれること。話 中全身濕透。E be soaked to the skin.

☆ 傘もささずに雨の中を1時間も歩いてずぶぬれになった/不撐傘在雨中走了一個小時，全身都淋濕了。

すべて スベテ 全部。残らず。中一切；所有；全部。E all; everything.

☆ すべての人がしあわせになるように祈る/祈禱所有的人都幸福。

☆ 本に書いてあることがすべて正しいとは限らない/書上寫的事不一定全都對。

すべ・る【滑る】スベル〔自動五〕(すべって)

❶ ものの表面をなめらかに動く。中滑行。E slide; ski; skate.

☆ レールにワックスをぬったら、戸がよくすべるようになった/在軌道塗上蠟，拉門就變得滑順了。

☆ スキーですべる/用滑雪板滑行。

❷ 足もとがつるつるして転びそうになる。中滑；打滑。E be slippery.

☆ この床はすべるから、注意してください/這地板很滑，請小心。

☆ すべって転ぶ/滑倒。

❸ つかもうとしたものがすり抜ける。中沒拿住；手一滑。E slip (from one's hands).

☆ 手がすべって皿を落とした/失手把盤子給摔破了。

❹ 勢いを止めることができなくて、よけいなことをしてしまう。中失言；說溜嘴。E be a slip of (the pen).

☆ ペンがすべって失礼なことを書いてしまった/一時大意，寫了很失禮的事。

☆ 口がすべる/說溜嘴；失言。(→口 慣用)

❺ 試験に落第する。中不及格；考不上；落榜。E fail (an examination).

☆ 入学試験にすべって残念だ/入學考試沒考上很遺憾。

対 受かる

▷ 話❺ 名 滑り

スポーツ (sports) スポーツ いろいろな運動や競技。中(體育)運動。E sports.

☆ テニス、水泳などスポーツならなんでも好きだ/不論是網球、游泳等，只要是運動我都喜歡。

☆ スーポツで汗を流したあとで飲むビールはうまい/運動出汗後，喝的啤酒特別好喝。

すぼ・む スボム、スボム〔自動五〕(すぼんで)

ふくらんでいるものが小さくなったり、大きく開いていたものが閉じたりする。また、ものの先にいくにつれてだんだん狭くなる。つぼむ。中萎縮凋謝；越來越細。E close; shrivel.

☆ この花は夕方に開いて、夜明けにすぼむ/這花傍晚開，凌晨就謝。

☆ 風船がすぼむ/氣球扁掉了。

他動 すぼめる

すぼ・める スボメル、スボメル〔他動一〕

ひろがっているものやふくらんでいるものを小さくする。また、体のある部分を小さくするようにする。つぼめる。

〔すぼめる〕

中使窄小；縮小；收縮。E shut; pucker up; shrug.

☆ 雨がやんだので、傘をすぼめる/雨停收傘。

☆ 祖父は口をすぼめて、おいしそうにさかずきの酒を飲む/祖父抿著嘴，好像很享受地喝酒杯裡的酒。

☆ 肩をすぼめる/聳肩。

自動 すぼまる、すぼむ

ずぼら ズボラ 無責任でだらしないこと。話 中吊兒郎當；馬馬虎虎。E loose; slovenly.

☆ 兄はずぼらだから、あてにならない/哥哥吊兒郎當，靠不住。

対 几帳面

ズボン (フ jupon) ズボン 下半身にはく、筒状の衣服。またの下が2つに分かれている。中褲子。E trousers.

☆ ズボンをはく/穿褲子。

☆ 替(か)えズボン/替換用的褲子。

☆ 半(はん)ズボン/短褲。

対 上着(うわぎ) 数 1枚(いちまい)・1本(いっぽん) →衣類(いるい)図

参「ズボン」「スラックス」「パンツ」はどれも同(おな)じものをさすが、「ズボン」は一般(いっぱん)に男性用(だんせいよう)のものをいい、年配(ねんぱい)の人(ひと)が多(おお)く使(つか)うことば。背広(せびろ)の上下(じょうげ)ひとそろいのときは、おもに「ズボン」という。

スポンサー (sponsor) スポンサー ❶なにかをするとき金(かね)を出(だ)して援助(えんじょ)してくれる人(ひと)。中 資助者；贊助單位。E a sponsor; a backer.

☆ エジプトの遺跡調査(いせきちょうさ)のためのスポンサーをさがしている/為調查埃及遺跡而尋求資助者(金主)。

☆ 卒業記念(そつぎょうきねん)の海外旅行(かいがいりょこう)は父(ちち)がスポンサーになってお金(かね)を出(だ)してくれた/到國外的畢業旅行是爸爸(替我)出錢的。

❷ 商業放送(しょうぎょうほうそう)で番組(ばんぐみ)を提供(ていきょう)する広告主(こうこくぬし)。中 出資做廣告者；廣告主。E a sponsor; an advertiser.

☆ 化粧品会社(けしょうひんがいしゃ)がスポンサーになっているテレビドラマ/由化妝品公司資助的電視劇。

スマート (smart) スマート ❶人(ひと)の体(からだ)やものの形(かたち)がすらりとして格好(かっこう)がいいようす。中 苗條。E slim; slender.

☆ 太(ふと)りすぎを直(なお)そうと思(おも)って運動(うんどう)を続(つづ)けたら、だいぶスマートになった/為了減肥一直堅持運動，身材變苗條多了。

❷ 服装(ふくそう)、動作(どうさ)などが気(き)がきいてしゃれているようす。中 漂亮；瀟灑；灑脫。E smart; stylish.

☆ A教授(きょうじゅ)は明(あか)るい色(いろ)の上着(うわぎ)をスマートに着(き)こなしている/A教授很瀟灑地穿著淺色的上衣。

☆ 現代的(げんだいてき)でスマートな雰囲気(ふんいき)の人(ひと)/擁有現代瀟灑氣息的人。

すまい 【住まい】スマイ、スマイ 人(ひと)が住(す)んで生活(せいかつ)する所(ところ)。中 住所；居住的房舍。E a house; a home; an address.

☆ お住(す)まいはどちらですか/您家住在哪裡?

☆ 立派(りっぱ)なお住(す)まいですね/這房子真漂亮啊!

☆ いなか住(ず)まい/country life./田園生活。

☆ 1人(ひとり)住(ず)まい/獨居。

☆ マンション住(ず)まい/高級寓所；高級住宅。

自動 住(す)まう

参「住宅(じゅうたく)」も似(に)ているが、「住宅(じゅうたく)」が建物(たてもの)中心(ちゅうしん)のことばであるのに対(たい)して、「住(す)まい」は人(ひと)が住(す)んで生活(せいかつ)しているという人間(にんげん)との関係(かんけい)に中心(ちゅうしん)があることば。したがって、人(ひと)が住(す)んでいない家(いえ)は「住宅(じゅうたく)」とはいえるが「住(す)まい」とはいえない。

すま・す 【済ます】スマス〔他動五〕(すまして) ❶ものごとを全部(ぜんぶ)してしまう。し終(お)える。すませる。中 弄完；辦完；做完。E finish

☆ 夕食(ゆうしょく)をすましてからふろに入(はい)る/吃完晚飯後洗澡。

☆ 支払(しはら)いをすます/付清款項。

☆ 借金(しゃっきん)をすます(=借(か)りた金(かね)を返(かえ)し終(お)える)/還完債(=把借的錢還清)。

❷ じゅうぶんではないが、その場(ば)はそれでいいとしておく。すませる。中 對付；將就；湊合。E make do with.

☆ 朝食(ちょうしょく)はパンとミルクですます/早餐用麵包牛奶將就。

❸ 問題(もんだい)が解決(かいけつ)されたことにする。すませる。中 對付過去；加以解決。E settle; laugh off.

☆ なんでも金(かね)ですまそうとするいやな風潮(ふうちょう)がある/有一種什麼都想用錢了事的不正風氣。

☆ 笑(わら)ってすまされることではない/不可一笑置之的事情。

❹ (「〜になりすます」の形(かたち)で)〜だと見(み)せかける。中 冒充。

☆ その男(おとこ)は被害者(ひがいしゃ)になりすまして、お金(かね)をだまし取(と)った/那個男的冒充受害者，詐騙錢財。

☆ 医者(いしゃ)になりすます/pose as a doctor./冒充醫生。

▷ 自動 済(す)む

すまない 謝ったり感謝したりするときに言うことば。申し訳ない。話 中 對不起；抱歉；不好意思。E I am sorry; Excuse me; Thank you.

☆ 30分も遅れて本当にすまない。許してくれ / 遲到三十分鐘，真不好意思，請原諒我！

☆ 迷惑をかけて、すまないことをした / 給您添麻煩了，實在很抱歉。

参 丁寧な言い方は「すみません」、くだけた言い方は「すまん」。

すみ【炭】スミ 木を蒸し焼きにしてつくった黒い燃料。中 木炭；火炭。E charcoal.

☆ 茶道では炭で沸かした湯で茶をたてる / 在茶道中，要用木炭生火煮沸的水沏茶。

☆ 焼き鳥は炭で焼くのがいちばんおいしい / 用木炭烤的雞肉串最香。

☆ 炭火をおこす / 生炭火。

すみ【隅】スミ 角の内側の所。また、中央からはずれてめだたない場所。中 角；角落；隅。E a corner; a nook.

☆ 部屋のすみにごみ入れが置いてある / 房間的角落放著垃圾筒。

☆ 洋子はいつもすみのほうにすわっている / 洋子經常坐在角落裡。

参「すみ」と「角」は似ているが、内側から見たときは「すみ」といい、外側から見たときは「角」という。「銀行の角を曲がる」とはいうが「銀行のすみを曲がる」とはいわない。また、机の「すみ」にノートを置くことはできるが、机の「角」にものを置くことはできない。

隅に置けない 思いのほか才能や知識などがあってあなどれない。何かを抜け目なくする人を皮肉っていうこともある。中 出乎意料有些本領；不可小看。E be a knowing fellow; know a thing or two.

☆ こんなすてきな恋人がいたなんて、きみもすみに置けないね / 你有這麼出色的情人，可真有兩下子啊！

すみ【墨】スミ ❶すす(=煙や炎の中にふくまれている黒い粒)をにかわでかためたもの。また、それをすってつくった黒い液。書道で使う。中 墨；墨汁。E Chinese ink; an ink stick.

☆ 筆に墨をつけて文字を書く / 用毛筆沾上墨汁寫字。

☆ 墨をする / 研墨；磨墨。

❷ イカやタコなどが口から出す黒い液。中 烏賊、章魚的墨汁。E ink (of a cuttlefish).

☆ イカを料理していて手を墨でよごした / 料理烏賊時，手被它體內的墨汁弄髒了。

❸ なべの底などについたすす。中 煤煙；鍋灰。E soot.

☆ なべの墨をこすりとってきれいにする / 把鍋底的鍋灰擦乾淨。

▷ →書道 図

-ずみ【-済み】(動作を表す名詞について)すんでいること。中 已經做完。

☆ お金は支払いずみだ / 那筆帳已經付清了。

☆ 解決ずみ / already solved. / 解決完畢；已經解決。

☆ 売約ずみ / Sold. / 已經售出。

すみずみ【隅隅】スミズミ、スミズミ すみからすみまで全部。あらゆる方面。中 各個角落；各方面；所有的地方。E all the corners; all over.

☆ 教室のすみずみまできれいに掃除する / 把教室的各個角落都打掃乾淨了。

☆ ピカソの名前は世界のすみずみまで知れわたっている / 畢卡索的名字家喻戶曉聞名世界。

すみません スミマセン 謝ったり感謝したりするときに言うあいさつのことば。話 中 對不起；謝謝；勞駕。E I am sorry; Excuse me; Thank you.

☆ すみません、駅へはどう行ったらいいでしょうか / 對不起，請問去車站該怎麼走？

☆ こんなにきれいな花をいただいて、どうもすみません / 送給我這麼漂亮的花，真太謝謝了。

→すまない

＝参 もともとはわびることばだったが、このごろは「ありがとう」の代わりに使う人が増えた。

す・む 【住む】スム〔自動五〕(すんで) ❶居所を決めて、そこで生活する。中住；居住。E (people) live; dwell.

☆ わたしは東京の郊外に住んでいる/我住在東京郊外。

☆ 住む家がない/沒有家。

❷ 動物が巣をつくって、そこで暮らす。中棲息；生存。E (animals) live; inhabit.

☆ 森にすむけもの/棲居密林的野獸。

＝注 ❷はひらがなで書く。

住めば都 住みなれると、どんな所でもよさがあるものだということ。中地以久居為安；住慣了就會產生好感。E Every bird thinks its own nest charming.

す・む 【済む】スム〔自動五〕(すんで) ❶ものごとが全部終わる。中完了；結束；完結。E end; be over.

☆ 仕事がすんだから、一緒に帰ろう/下班了，一起回家吧!

☆ すんでしまったことはしかたがない/過去的事無法挽回。

❷ じゅうぶんあって、それだけで用がたりる。中過得去；沒問題。E can do; cost only ~.

☆ きょうは暖かいから、上着はなしですむ/今天很暖和，不穿外套也行。

☆ 交通費は200円ですんだ/交通費兩百日圓就夠了。

❸ 問題が解決できる。中解決；了結；滿意。E be settled; get off with; be satisfied.

☆ これは金ですむ問題ではない/這不是用錢就可解決的問題。

☆ 3000円の罰金ですんだ/交三千日圓的罰金就解決了。

☆ 気がすむまでやる/做到滿意為止。

❹ (「すまない」の形で) ⇨すまない

▷ 他動 済ます

す・む 【澄む】スム〔自動五〕(すんで) ❶液体や気体がすきとおる。中清澈；澄清。E become clear.

☆ 空気が澄んでいるので遠くまではっきり見える/空氣很清新，遠處亦明晰可見。

☆ よく澄んだ川の水/非常清澈的河水。

対 濁る

❷ くもらず、はっきりする。中明亮；晶瑩。E become clear; shine brightly.

☆ 澄んだ目をしている/有一雙明亮的眼睛。

☆ 月が澄む/月亮明亮；皓月。

対 曇る

❸ 音や声や色がきれいだ。中清晰。E become clear.

☆ 澄んだ笛の音が静かに響いてきた/清脆的笛聲輕輕響了起來。

☆ 澄んでよく通る声/清晰悦耳的聲音。

対 濁る

❹ 心配などがなく、心が清らかになる。中平靜；寧靜。E become serene.

☆ 美しい星空を眺めていると、心が澄んでくる/眺望美麗的星空，心情就會平靜下來。

対 濁る

すもう 【相撲】スモー 日本の伝統的競技の1つ。2人が土俵の中で戦い、相手を地につけるか、土俵の外に押しだしたほうが勝つ。中相撲；角力。E *sumo* wrestling.

☆ テレビですもうを見る/在電視裡看相撲。

☆ すもうを取る/摔跤。

☆ 腕ずもう/arm wrestling./比腕力。

スモッグ (smog) スモッグ　工場の煙や自動車の排気ガスなどが霧のようになって空気中にひろがったもの。中 煙霧；煙塵；濁霧。E smog.

☆ スモッグのせいで目が痛い/煙霧刺痛眼睛。

☆ 光化学スモッグ / 光化學煙霧。(→ 項目)

すやすや　スヤスヤ　気持ちよさそうに、小さな寝息を立てて眠っているようす。中 安靜地，香甜地睡眠。

☆ 赤ちゃんが気持ちよさそうにすやすや(と)眠っている/ The baby is sleeping peacefully. / 嬰兒好像睡得很香甜。

すら　「さえ」の改まった古い言い方。書 中 連；尚且。

☆ 研究に夢中になって、食事すら忘れるほどだった/ She was so busy with her research that she forgot to eat. / 專心研究，連吃飯都忘了。

☆ 家族すら知らないのだから、職場の人が気がつくはずがない/連家人都不知道，公司裡的人就更不會注意了。

スライド (slide) スライド　❶〔～する〕すべること。すべらせること。また、数や量の変化に合わせて動かすこと。中 滑；浮動。E slide.

☆ 年金額を物価にスライドさせる案を支持する / 支持養老金隨物價浮動而調整的提案。

❷ 顕微鏡で、調べようとするものを載せるガラス板。スライドガラス。中（顯微鏡用）載玻片。E a slide.

☆ スライドの上にかびを置いて、顕微鏡で見る / 把黴菌放在載玻片上用顯微鏡觀察。

❸ フィルムに光を当て、レンズで拡大して幕に映しだす装置。また、そのフィルム。中 放映裝置；幻燈機；幻燈片。E a slide; a slide projector.

☆ 部屋を暗くして旅行のスライドを見る / 把房間弄暗來看旅行的幻燈片。

▷ 数 ❷❸ 1枚

ずら・す　ズラス〔他動五〕(ずらして) ❶ ものを持ち上げないで、すべらすようにしてちょっと動かす。中 挪一挪；移開。E shift; move.

☆ 机をすこし右へずらす / 把桌子往右邊挪一點點。

❷ 日時などを、ほかのことと重ならないように動かす。中 錯開。E postpone; advance.

☆ 年末は列車がこむから、旅行の日にちをずらす / 年底列車很擁擠，所以把旅行的日期錯開。

☆ 予定をずらす / 錯開時間安排。

▷ 自動 ずれる

すらすら　スラスラ　途中で止まったりしないで、順調に進むようす。中 痛快地；流利地；順利地。E easily; smoothly.

☆ 日本語の本がすらすら(と)読める / 能流利地讀日文書。

☆ 仕事がすらすら(と)運んでいる / 工作進行得順利。

すらりと　スラリト、スラリト〔～する〕細くて形がいいようす。すらっと。中 苗條。E slim; slender.

☆ 背が高く、すらりとした少年 / 身材瘦高的少年。

☆ すらりとのびた脚 / 修長的腿。

❷ ものごとや動作が、順調にうまくいくようす。中 順利地；無阻礙地。E without trouble; smoothly.

☆ 商談が、1度ですらりとまとまった/商務洽談一次就順利談妥了。

☆ 攻撃からすらりと身をかわす / dodge an attack nimbly. / 靈巧地閃避對方的攻擊。

ずらりと　ズラリト、ズラリト　たくさん並んでいるようす。ずらっと。中 整齊地排成一行。

☆ スズメが電線にずらりと並んでとまっている / Sparrows are sitting in a row along the electrical line. / 一大群麻雀排在電線上。

☆ 道路わきに車がずらりと駐車している/道路兩邊停著長排的車輛。

すり　スリ　他人が身につけている金やものをこっそり抜き取ること。また、その人。中扒手；小偷。E a pickpocket.

☆ 人ごみですりの被害にあう/在人群中遭扒手。

☆ すりに財布をすられた/錢包被扒手偷了。

他動する

すりか・える【すり替える】スリカエル、スリカエル〔他動一〕人にわからないようにこっそり別のものと取りかえる。多くは、いいものを悪いものにかえる。中頂替；偷換。E change one thing for another secretly; substitute fraudulently.

☆ ダイヤモンドの指輪を偽物とすりかえた/拿假貨偷換鑽戒。

☆ 問題をすりかえる/推諉問題。

名すり替え

スリッパ (slipper) スリッパ、スリッパ　室内用の洋風のはきもの。中室内拖鞋。E mules; scuffs; slippers.

〔スリッパ〕

☆ ホテルではスリッパをはいたままで部屋の外に出てはいけない/在飯店不可以穿著拖鞋到房間外面去。

数 1足

すりばち【すり鉢】スリバチ　食べ物を細かくすりつぶすために使う鉢。内側にたくさんのきざみ目がある。中擂缽；研缽。E an earthenware mortar.

〔すり鉢〕

☆ 魚の身をすり鉢ですってつみれをつくる/用研缽把魚肉研碎做魚丸。

する　スル〔自他動する〕(して)　❶ある動作やことを行う。中做。E do.

☆ 化学の実験をする/做化學實驗。

☆ 運動をする/做運動。

☆ なにもしない/什麼也不做。

❷ある状態にならせる。中使呈現某種狀態。E make; change.

☆ 砂糖を入れて甘くする/放糖使其變甜。

☆ 部屋をきれいにする/把房間收拾乾淨。

❸ある役を務める。中當；做。E be; serve as.

☆ 母は教員をしていた/媽媽當過教師。

☆ 社長をする/當老闆。

❹ある状態だとみる。そう考える。そう思う。中以～為～；拿～作～。E regard as; consider as.

☆ 子供だといってばかにするな/別小看我是小孩!

☆ 必要とされている人/被視為不可缺少的人物。

❺なにかを身につける。中帶。E wear.

☆ 背広にネクタイをして会社へ行く/穿西裝打領帶去上班。

☆ 金の指輪をする/戴金戒指。

❻(「～を…にする」の形で)役をさせたり、地位につけたりする。中當；做。

☆ 木の箱を机にして勉強する/把木箱當作書桌來唸書。

☆ 娘を科学者にする/make one's daughter a scientist./培養女兒成為科學家。

❼(「お〔ご〕～する」の形で)自分の動作を謙遜していう言い方。中自謙語。

☆ あす事務所にお訪ねする/明天去辦公室拜訪您。

☆ 駅までお送りしましょう/送您到車站吧。

☆ ご案内します/May I show you the way?/我帶您去。

❽自然現象が起こる。体や心に、ある状態が起こる。起こるのが感じられる。中感覺到～；有～的感覺。E hear; feel.

☆ 遠くで雷の音がする/遠處雷聲隆隆傳來。

☆ さびしい気がする/感到寂寞。

☆ 頭痛がする/感到頭痛。

❾ある状態になる。ある状態だ。中呈現某種狀態。E be; keep; stay.

す

☆ 凍った池の底で金魚はじっとしている/金魚在結冰的池底動也不動。

☆ 堂々とした態度/不卑不亢的態度。

❿ 時間や値段がどれだけかを表す。中經過；值。E elapse; cost.

☆ あと１週間すると夏休みだ/再過一個禮拜就放暑假了。

☆ この靴は5000円した/這雙鞋花了五千日圓。

⓫ 動作をする人の意思を表す。それに決める。中表示動作人的意志；決定。

☆ わたしは会社をやめることにした/我決定辭職了。

☆ わたしはすしにする/I'll have *sushi*./我要(點)「壽司」。

⓬ (「〜うとする」の形で) ⇨う❶(4)

⓭ (「〜ようとする」の形で) ⇨よう❷(4)

⓮ (「〜と[に]すれば」「〜と[に]して[は]」「〜と[に]すると」の形で)その立場に立って考えると。仮に考えると。中以〜來考慮。

☆ 洋子にすれば、言いたいことがたくさんあるだろう/對洋子來說，肯定是一言難盡吧!

☆ 大家の小説としては、あまりおもしろくない/For a master's novel, it's not very interesting./這本小說雖出自名家，卻不怎麼有趣。

⓯ (「〜と[に]しても」の形で)そのようなばあいでも。中即使〜，也〜。

☆ すぐ出たとしても間に合わない/Even if we leave here immediately, we will be late./現在走也來不及了。

⓰ (「〜にしろ[せよ]」の形で)例にあげて示すばあいにいう。中即使〜，也好。

☆ 行くにしろ行かないにしろ返事がほしい/Whether you are going or not, we need your reply./不管去不去，總得給個答案。

注 ❶〜❼は他動詞、❽〜⓰は自動詞。

参 名詞、副詞などに直接ついて、「出版する」「アピールする」「ほっとする」のように、「する」動詞をつくることが多い。

することなすこと　すること全部。中所作所為；一切事情。E everything one does.

☆ することなすこと裏目に出る(=いいようにと思ってやったが、反対にみんな悪い結果になってしまう/所作所為適得其反(=想著很好，但一做起來就得到相反的壞結果)。

す・る【刷る】スル〔他動五〕(すって) ❶印刷する。中印刷。E print.

☆ 名刺を刷る/印名片。

❷ 版画などで、版木(=字や絵などを彫った板)に紙や布を当て、こすって模様をつける。中印。E make a print.

☆ 年賀状に富士山の絵を刷った/賀年卡上印了富士山的畫。

☆ 刷りこむ/加印上；印刷進去。

す・る【擦る】スル〔他動五〕(すって) ❶ものとものとをふれ合わせてこする。中摩；摩擦。E rub; strike (a match).

☆ マッチをする/劃火柴。

❷ 押しつぶして細かく砕く。中研碎；磨碎。E grind.

☆ すり鉢でゴマをする/用研缽研碎芝麻。

❸ 金を全部使ってしまう。中損失；賠；消耗。E gamble away; lose.

☆ 競馬で、持っていた金をみんなすってしまった/帶去的錢全賠在賽馬上了。

▷ 話❸

注 ❷❸はひらがなで書く。

ずる・い　ズルイ　自分が得をするために、正しくないやり方をする性質だ。中狡猾；奸滑；奸詐。E sly; cunning; crafty.

☆ おなかが痛いとうそをついて、掃除を怠けるとはずるい/謊稱肚子痛，偷懶不打掃真狡猾。

するする　スルスル　なめらかに、すべるように動くようす。中迅速地、順利地移動的樣子。

☆ するする(と)木に登る/climb a tree easily./敏捷地上樹。

☆ するする(と)幕が下りる/The curtain glides down. / 帷幕迅速地降下。

ずるずる　ズルズル、ズルズル　❶ものを引きずったり、ものがすこしずつすべり落ちたりするようす。中 移動難以搬動的重物時的樣子及聲音。

☆ 重い荷物をずるずる(と)引きずって運ぶ/ drag a piece of heavy baggage. /吃力地拖著沈重的貨物。

❷ よくない状態が解決しないでそのまま続いていくようす。中 拖泥帶水。

☆ ずるずる(と)返事を引きのばす/ drift into delaying the answer. / 一再拖延答覆。

すると　スルト　(文と文をつないで)❶ 前にいったことに続いて、後でいうことが起こるときに使うことば。中 於是；於是乎。E (just) then.

☆ ドアを開けた。すると、小犬が飛びだしてきた/一開門，小狗就飛奔了出來。

❷ 前にいったことが理由になって、後でいうことが当然考えられるときに使うことば。中 那麼；這麼說來。E then; if so.

☆「あの店は日曜日は休みだよ」「すると、きょうはだめだね」/「那家店星期天休息唷!」「那麼，今天就不行啦。」

参「そうすると」も意味は同じだが、「そうすると」のほうが前のことばを受ける意味が強い。そのため❶の意味では「すると」を多く使い、❷の意味では「そうすると」を多く使う。

するど・い【鋭い】スルドイ　❶ 先が細く、とがっている。中 尖銳。E sharp; pointed.

☆ 鋭い針/尖銳的針。

☆ 猫の鋭いつめ/貓的尖爪。

❷ ナイフやはさみなどがよく切れる。中 鋒利；快。E sharp-edged.

☆ 切れ味の鋭いナイフで切る/用利刃切割。

対 鈍い

❸ 勢いが激しく、恐ろしい。中 激烈；強烈；尖銳。E piercing; cutting.

☆ 鋭い目つきでにらむ/用銳利的目光盯著；以可怕的眼睛瞪著。

☆ 鋭いことばで相手を非難する/以嚴厲的言詞指責對方。

❹ 頭の働きや感じ方が速くて、すぐれている。中 敏銳；靈敏；機靈。E keen; quickly.

☆ ジョンはことばの感覚が鋭いから、日本語の上達が速い/約翰的語感敏銳，所以日語進步得很快。

☆ 鋭く他人の心を見抜く/敏銳地看穿別人的心。

対 鈍い

すれすれ　スレスレ　❶ もうすこしでさわるほどなにかに近づいているようす。中 幾乎接觸；差一點碰上。E close to.

☆ ツバメが地面すれすれに飛ぶ/燕子貼著地面飛。

❷ もうすこしで限度をこえてしまいそうなようす。中 勉勉強強；差一點就不能～。E barely; just.

☆ すれすれで約束の時間に間に合った/差點就沒趕上約定的時間。

☆ すれすれの成績で進級できた/以勉勉強強的成績升級了。

すれちが・う【擦れ違う】スレチガウ、スレチガウ〔自動五〕(**すれちがって**)　❶ たがいに接触するぐらい近くを通りすぎて、それぞれ反対の方向へ行く。中 錯過。E pass each other.

☆ 狭い道で対向車とすれちがうのは技術がいる/在狹窄的路上會車是需要技術的。

❷ 出会うはずのものがなにかのつごうで出会わない。中 錯過；失之交臂。E miss each other.

☆ 父を迎えに行ったのに、父は別の道を帰ってきてすれちがってしまった/去接父親，誰知父親卻走別的路回來而錯過了。

❸ 中心点がかみ合わない。中 發生隔閡；產生齟齬。E discord; run counter.

☆ いつまで話し合っても意見がすれちがったままで合意に達しない／不論怎麼協商，意見總是分岐，未能達成協議。

▷ 名 擦れ違い

ず·れる　ズレル〔自動一〕 ❶ 上下や左右にすべり動いて、正しい位置から移る。中 離開；移動；錯離。E slip out of place.

☆ 汗をかくと、めがねがずれるので困る／一出汗，眼鏡就下滑所以很難受。

☆ 地震で壁の額がずれた／因地震，牆上的相框歪了。

❷ 基準になることからはずれてくいちがう。中 背離；偏離；錯。E be postponed; deviate.

☆ 飛行機のつごうで出発が１日ずれた／因飛機的關係，出發延誤一天。

☆ ２人の考えがずれてしまった／兩個人的想法分岐。

▷ 名 ずれ　他動 ずらす

すわ·る【座る·据わる】スワル〔自動五〕(すわって) ❶ ひざを折り曲げて席につく。中 坐；跪坐。E sit.

☆ いすにすわる／坐在椅子上。

☆ たたみにきちんとすわる／端正地坐在榻榻米上。

対 立つ

❷ 決まった位置にあって動かなくなる。中 不動；鎮定；沈著。E hold (its head) up; have guts.

☆ 赤ん坊の首がすわる／嬰兒的脖子硬起來了。

☆ 腹がすわった人／沉著的人；有膽量的人。

☆ 目がすわる／兩眼發直；直眉瞪眼。

❸ 重要な地位につく。中 居重要地位；身居要職。E take (an important position).

☆ いまの社長が引退したら、だれがそのあとがまにすわるのだろう？／現任的總經理退休後，誰來繼任呢?

☆ 議長のいすにすわる／當議長；坐上議長的寶座。

▷ 名 座り·据わり　他動 据える

注 漢字で書くときは、❶❸は「座る」、❷は「据わる」。

ずんずん　ズンズン　速く、力強く進むようす。中 事情進展、變化得很快的樣子。

☆ 若い二郎は、けわしい岩の山もずんずん(と)登っていった／Young Jiro climbed the steep rocky mountain vigorously.／年輕的二郎在陡峭的山岩上迅速地攀登。

すんなり　スンナリ　❶〔～する〕細くて形がいいようす。中 線條流暢地伸展，很好看的樣子。

☆ 道子はすんなり(と)のびた足をしていて、走ると速そうだ／Having very slim legs Michiko can probably run fast.／道子的雙腿修長，跑起來一定很快。

☆ すんなりした体つき／苗條的身段；修長的身材。

❷ じゃまになるものもなく、順調に進むようす。中 毫無阻礙地順利的進行的樣子。

☆ 野党の反対もなく、法案はすんなり(と)国会を通った／With no opposition from the party out of power, the bill was easily passed by the Diet.／未遭在野黨反對，法案在國會順利地通過了。

すんぽう【寸法】スンポー　体やものの、長さや大きさ。中 長短；大小；尺寸。E a size; the measure.

☆ 姉のワンピースを借りて着たいが寸法が合わない／想借姊姊的洋裝穿，但尺寸不合。

☆ 机の寸法をはかる／量桌子的尺寸。

せ／セ

せ【背】セ、セ　❶⇨背中❶。中背；脊背。

☆ 馬の背に乗る / 騎在馬背上。

対腹

❷ 人やものの後ろ側。中背後；背面。E the back.

☆ 駅を背にして右側のビル / 背對車站右手邊的大樓。

❸ ⇨背。中身長；身高。

☆ キリンは動物の中でいちばん背が高い/長頸鹿是最高的動物。

☆ 弟は1年間に15センチも背がのびた/弟弟一年内長了十五公分。

背に腹はかえられない[ぬ]　たいせつなことのためには、ほかのものが少々だめになってもしかたがない。中為了解救燃眉之急顧不得其他；灶裡無柴燒菩薩。E Necessity knows no law.

☆ 電車が不通で試験に遅刻しそうだ。背に腹はかえられないから、高くてもタクシーで行こう / 由於電車不通，考試就要遲到了，為解決燃眉之急顧不得其他，儘管很貴也要坐計程車去。

ぜ　(文の終わりについて)相手に知らせたり、念を押したりする気持ちを表す。話中用於加強語氣或促使對方注意。

☆ バスが来たぜ / 公車來了唷!

☆ 1本ホームラン頼むぜ / All I'm asking for is one home run. / 拜託打支全壘打吧!

☆ あの映画、とてもよかったぜ / 那部電影真棒啊!

二参 親しい人に使う。

せい【正】セイ　❶ ものごとの筋道に合った正しいこと。狂いがないこと。中正；正直；正義。E right; justice.

☆ 正は勝ち、邪は負ける / 正義必勝，邪惡必敗；邪不勝正。

対邪

❷ 主となるもの。中正；主要的。E the original; regular.

☆ 書類を正と副の2通つくる / 文件做了正副兩份。

☆ 正社員 / 正式職員。

対副

❸ 数学で、0より大きいこと。プラス。記号は「+」。中正；正數。E plus; positive.

☆ 1、2、3は正の整数だ/1、2、3是正整數。

対負

❹ (他のことばの頭について)ちょうど。本当に。中正好；完全。

☆ 正反対 / the exact opposite. / 正相反；完全相反。

☆ 正比例 / direct proportion. / 正比例；正比。

▷ 書❶

せい【生】セイ　❶ 生きていること。生きること。命。中生；生活；生命。E life; living.

☆ 生あるもの、いつかは必ず死ぬ / 有生必有死。

☆ この世に生を受ける / 出生在這個世界上。

対死

❷ (他のことばの後について)勉強している人。学生。生徒。中學生；門生。

☆ 1年生 / 一年級學生。

☆ 研究生 / a research student. / 研究生。

せ

☆ 門下生/門生；弟子。

▷ 書❶

せい【姓】セイ　家の名前。中 姓。E a family name; a surname.

☆ この村には同じ姓の人が多い/這個村裡同姓的人很多。

☆ 結婚しても姓を変えない女姓が増えてきた/結婚不從夫姓的女性增加了。

☆ 姓名/姓名。(→項目)

対 名前　→名字

せい【性】セイ　❶生まれつき持っている性質。中 天性；本性。E nature.

☆ 人の性は善である/人性本善。

❷ 生物の雄と雌、人間の男と女の区別。中 性別。E a sex.

☆ 性による差別をしてはいけない/不要性別歧視。

❸ 男と女が異性を求めて、ふれ合ったり肉体的に交わったりすること。セックス。中 性交；性行為。E sex.

☆ 性に目覚める/情竇初開。

☆ 性教育/性教育。

☆ 性体験/性經驗。

❹ (他のことばの後について)そのような性質であること。中 性質；～性。

☆ 動物性蛋白質/animal protein./動物性蛋白質。

☆ 安全性/安全性。

☆ 可能性/possibility./可能性。

▷ 書❶

せい【背】セイ、セー　足もとから頭の上までの高さ。身長。せ。中 身長；身高。E height; stature.

☆ もっと背が高くなりたい/想再長高點。

☆ 背比べ/比身高。

せい【精】セイ　❶人の心や体を動かすもとになる力。中 精神；精力；衝勁。E energy; vitality.

☆ 栄養のあるものを食べて精をつける/吃有營養的東西進補。

☆ 精も根もつきはてる/精疲力竭；筋疲力盡。

❷ 自然物が持つと思われている魂。人の姿をして現れるという。中 精靈；妖精；精。E a spirit; a sprite.

☆ 水の精が現れて舟を沈めるという言い伝えのある湖/傳說有水怪出沒會翻覆船隻的湖泊。

☆ 森の精/森林裡的精靈。

精を出す　一生懸命に勉強や仕事をする。中 努力；全力以赴。E work hard.

☆ 日曜日は1週間分の洗濯や買い物など家事に精を出す/星期日拚命做家事，要洗一週份量的衣服還要買東西。

似た表現 精が出る

せい　セイ　その結果を生んだ原因。中 歸咎；原因；緣故。E put the blame; because of; owing to.

☆ 失敗を他人のせいにしてはいけない/不要推諉過失。

☆ 気のせいか、みんながわたしを嫌っているようだ/可能是我多心了，感覺大家好像都討厭我。

参 ふつう、結果があまりよくないときに使う。

-せい【-製】(他のことばについて)～でつくったもの。中 ～製造。

☆ ドイツ製の車/a car made in Germany./德製汽車；德國車。

☆ 日本製のカメラ/日產的相機。

☆ 金属製のいす/a metal chair./金屬椅子。

☆ プラスチック製の箱/塑膠箱子。

ぜい【税】ゼイ　国や都道府県や市区町村などがその運営のために国民、住民から強制的に集める金やもの。税金。中 税。E a tax.

☆ 税が重い/重稅。

☆ 税を徴収する/徵稅。

☆ 税収入 / 稅收。
☆ 消費税 / 消費稅。
☆ 所得税 / 所得稅。

せいい【誠意】セイイ　うそを言ったりだましたりせず、まじめにものごとについて考え、行動しようとする気持ち。真心。中 誠心；誠意；真心。E good faith; sincerity.
☆ 誠意をもって問題を解決する / 誠心誠意解決問題。
☆ 誠意を見せる / 表示誠意。
☆ 誠心誠意 / 誠心誠意。

せいいく【生育·成育】セイイク〔～する〕
❶ 植物が育つこと。植物を育てること。中 生長；發育；培育。E growth; grow.
☆ 今年は稲の生育が速い / 今年稻子生長很快。
☆ 高原で寒さに強い野菜を生育する / 在高原地區培育耐寒的蔬菜。
❷ 人や動物が育つこと。中 成長；生長。E grow.
☆ 子牛がすくすくと成育する / 小牛茁壯成長。
注 ❶は「生育」、❷は「成育」。

せいいっぱい【精いっぱい】セイイッパイ、セイイッパイ　出すことができる力を全部出すようす。中 竭盡全力；盡最大努力。E with all one's might; to the best of one's ability.
☆ 精いっぱいがんばったが負けてしまった / 雖然盡了最大努力，還是輸了。
☆ 精いっぱいサービスしますから、うちの店でお買いください / 竭盡全力為您服務，請在我們的商店買吧。

せいえい【精鋭】セイエイ　精力や気力がいっぱいあって、すぐれた能力を持つこと。また、そういう人。中 精銳；精幹；強悍；精英；精明。E the pick; the best.
☆ 社員の中の精鋭を集めて新製品開発のグループをつくる / 集合公司菁英組成開發新產品的團隊。

せいおう【西欧】セイオー　❶ ヨーロッパの国々。欧州。中 歐洲；西方。E Europe; the West.
☆ 西欧の首脳が集まって会議を開いた / 西歐首腦聚集一起開會。
☆ 西欧文明 / 西歐文明。
❷ ヨーロッパの中で西にある国々。また、その地方。西ヨーロッパ。中 西歐。E Western Europe.
☆ ベルリンの壁がなくなって、東欧と西欧の行き来が簡単になった / 柏林圍牆拆除後，東、西歐的往來容易多了。
対 東欧

せいおん【清音】セイオン、セイオン　日本語で、濁点「゛」や半濁点「゜」をつけないかなで表す音。中 清音。E a voiceless sound.
☆「カ、サ、タ、ハ」などは清音で、「ガ、ザ、ダ、バ」などは濁音だ /「カ、サ、タ、ハ」等是清音，「ガ、ザ、ダ、バ」等是濁音。
関連 濁音、半濁音

せいか【成果】セイカ　努力をしてえられた、いい結果。中 成果；成就。E the result; the fruit.
☆ 研究の成果を論文に書いて発表する / 把研究成果寫成論文發表。
☆ 期待していた成果を収めることができた / 能夠獲得預期的成果。
☆ 成果が上がる / 獲得成就。

せいかい【正解】セイカイ　❶〔～する〕問題や質問に正しく答えること。また、正しい答え。中 正確的解答；正解。E a correct answer.
☆ 入試問題の正解をきく / 詢問入學考試試題的正確答案。
☆ 正解を出す / 正確解答。
❷ 結果からみたとき、そうしたことが正しかったと言えるやり方。中 正確的做法。E be right to ～.
☆ あ、雨が降りだした。傘を持ってきたのは正解だった / 啊！下雨了，帶傘來是帶對了。
▷ 話❷

せいかく【正確】セイカク　まちがいなく正しいこと。[中]正確。[E] correct; accurate; exact.

☆ 正確を期して何度も計算する／期望正確多次進行計算。

☆ 正確な時刻／正確的時間。

[対]不正確

せいかく【性格】セイカク　❶人の考え方、感じ方、行動のしかたなどにみられる傾向。[中]性格；性情。[E] character; personality.

☆ ２人は性格が合わずに離婚した／兩人個性不合而離婚了。

☆ やさしい性格で人とけんかしたことがない／性情溫和沒有和人吵過架。

❷ ものごとの持つ特徴、傾向。[中]性質；特性；特點。[E] a characteristic; a nature.

☆ 性格の違ういろいろな団体が会合に参加した／性質不同的各種團體參加了聚會。

☆ 問題の性格が違う／問題的性質不同。

せいかつ【生活】セイカツ〔～する〕❶生きて活動すること。[中]生活。[E] live; life.

☆ 土の中で生活しているアリのようすを見る／觀察螞蟻在土中生活的情況。

❷ 社会の中で人間が毎日を生きていくこと。[中]過日子；生活。[E] life; a living.

☆ 健康で幸福な人間らしい生活をする／過像健康幸福的人們一樣的生活。

☆ 毎日の生活に追われる／每天為生活而忙碌。

☆ 生活費／生活費。

▷ →暮らし

ぜいかん【税関】ゼイカン　国境を越えて運ばれるものを検査したり、その税金を扱ったりする役所。[中]海關。[E] the customs.

☆ 空港の税関で荷物を調べられた／在機場海關，接受行李檢查。

☆ 税関で手続きをすませる／在海關辦完手續。

せいき【世紀】セイキ　❶西暦で、100年を１単位として区切った年代。[中]世紀。[E] a century.

☆ 20世紀には科学が非常に発達した／二十世紀科學非常發達。

☆ 世紀末的な現象／世紀末的現象。

❷ (「世紀の」の形で)100年に１度というほどめったにない。[中]百年一見的；劃時代的。[E] of the century.

☆ 世紀の偉業をなしとげる／完成劃時代的偉業。

☆ 世紀の大事業を計画する／規劃百年大業。

☆ 世紀の大発見／百年一見的大發現。

せいぎ【正義】セイギ　人間として行うべき正しい道。道理。[中]正義。[E] justice.

☆ 正義は必ず勝つ／正義必勝。

☆ 正義を守る／維護正義。

☆ 正義感／正義感。

せいきゅう【請求】セイキュー〔～する〕正当な権利として、金やものをもらうことを相手に求めること。[中]請求；要求；索取。[E] demand; claim.

☆ 出張の費用を会社に請求した／向公司申請出差費。

☆ 飲食代の請求が来た／餐飲費的請款單來了。

☆ 請求書／請款單。

せいきょ【逝去】セイキョ〔～する〕「死去」の丁寧語。[書][中]去世；逝世。[E] death.

☆ 先生は昨年逝去された／老師去年過世了。

☆ お父上のご逝去を心からお悔やみ申し上げます／對令尊的逝世表示哀悼。

☆ 逝去の報に接する／接獲訃聞。

せいぎょ【制御】セイギョ〔～する〕❶いきすぎのないように意志の力でおさえること。[中]駕馭；控制。[E] control; restrain.

☆ 激しい感情を制御する／控制激動的情緒。

❷ 機械や装置などが適切な状態で動くように調節すること。[中]控制；操縱；調節。[E] control; regulate.

☆ 新幹線の運転をコンピューターで制御す

る / 新幹線列車用電腦控制駕駛。

☆ 原子炉の自動制御装置/原子反應爐的自動控制設備。

せいきょう【生協】セイキョー、セイキョー 「生活協同組合」を略した言い方。消費者が日常生活に必要な品物を合理的に買い入れるために、共同で資金を出してつくった組織。中消費合作社。E a cooperative; a co-op.

☆ 生協に加入する / 加入消費合作社。

☆ 生協の組合員 / 消費合作社的社員。

☆ 生協の売店 / 消費合作社的賣店。

ぜいきん【税金】ゼイキン 税として納める金。中税金；稅款。E a tax.

☆ 収入が増えれば税金も増える / 如果收入增加，稅金也上漲。

☆ 高い税金に苦しむ/在高稅金下掙扎；苦於高稅金。

☆ 税金を滞納する(=期日が過ぎても納めない) / 拖欠稅款；滯納稅款(＝過了日期仍不繳稅)。

せいけい【生計】セイケイ 生活をしていく方法、手段。中生計；生活的手段。E a living; a livelihood.

☆ 病気で働けないので、生活保護を受けて生計を立てている/ 因病不能工作，只好接受社會救濟來維生。

☆ アルバイトをして生計を助ける/靠打工維生。

せいけつ【清潔】セイケツ ❶よごれがなく、きれいであること。中清潔；乾淨。E cleanliness; clean.

☆ 衣服は清潔が第一だ / 衣服以清潔為要。

☆ 台所は清潔にしておく / 把廚房打掃乾淨。

☆ 清潔な部屋 / 乾淨的房間。

対不潔

❷ 道徳的で、清く、いさぎよいようす。中純潔；清廉；清白。E clean; honest.

☆ 清潔な政治を考える / 嚮往清廉政治。

☆ 清潔な人物 / 清白的人品。

対不潔

せいけん【政権】セイケン 国の政治を行う権力。中政權。E political power; a government; an administration.

☆ 軍部が政権をにぎった / 軍隊執掌政權。

☆ 多数党が政権を取る / 由多數黨取得政權。

☆ 政権を争う / 爭奪政權。

せいげん【制限】セイゲン〔～する〕 ある範囲を決めてそこから出ないようにすること。また、その範囲。中限制；限度。E a limit; restrict.

☆ 小論文の字数の制限は800字だ / 小論文的字數限於八百字。

☆ 病気のため食事を制限している / 因生病而節制飲食。

☆ スピード制限 / 限制速度；限速。

せいこう【成功】セイコー〔～する〕 ❶仕事などがうまくいくこと。中成功。E (a) success.

☆ 手術の成功で命が助かった / 因手術成功而挽回生命。

☆ 7000 メートルの山に酸素なしで登るのに成功した / 在不攜帶氧氣筒的情況下，成功地登上了七千公尺的高峰。

対失敗

❷ 努力の結果、社会的な地位や財産が手に入ること。中功成名就。E succeed in the world.

☆ 30 年前に町へ出た一郎は、成功して村に帰ってきた / 三十年前離開小鎮的一郎，衣錦還鄉了。

☆ 成功者 / 成功者。

せいこう【精巧】セイコー 細かいところまで丁寧に上手につくってあるようす。中精巧；玲瓏。E elaborate; delicate.

☆ 造花が実に精巧にできているので本物かと思った/人造花製作得十分精巧，幾可亂真。

☆ 精巧な計算機 / 精巧的計算機。

せいざ【正座】セイザ、セイザ〔～する〕 ひざをそろえて折り曲げ、きちんとすわること。中 端坐；日式跪坐。E sit straight in Japanese style.

〔正座〕

☆ 道場で正座をして先輩の柔道を見る／跪坐在道場看前輩們練習柔道。

☆ たたみの上で長時間正座していたので、足がしびれた／由於在榻榻米上長時間跪坐，所以腳麻了。

せいさく【制作・製作】セイサク〔～する〕

❶ 絵画や彫刻などの作品をつくること。中 創作；製作。E produce; make.

☆ 展覧会に出す作品の制作に取りかかる／著手創作將在展覽會上展出的作品。

☆ 仏像を制作する／製作佛像。

☆ 卒業制作／畢業作品。

❷ 機械や器具などの品物をつくること。中 製造。E manufacture; make.

☆ 精密機械を製作している／製造精密機械。

☆ 大型の医療器具の製作に取りかかる／著手製造大型醫療器械。

☆ 製作所／製造廠；工廠。

❸ 演劇や映画や放送番組などで、１つの作品をつくるために計画や進行や宣伝などの仕事をすること。中 製作。E produce.

☆ テレビドラマの制作に加わる／參加電視劇的製作。

☆ 宣伝映画を製作する／製作宣傳影片。

注 ❶は「制作」、❷は「製作」、❸は「制作」「製作」。

せいさく【政策】セイサク　政治を行うための方針とそのやり方。中 政策。E a policy.

☆ 首相が今後の政策を発表する／首相發表今後的政策。

☆ 円高に対する政策を立てる／制定因應日圓升值政策。

☆ 外交政策／外交政策。

せいさん【生産】セイサン〔～する〕　人間が生活するために必要なものをつくりだすこと。中 生產。E production.

☆ 米の生産を減らす／減少稻米產量。

☆ 自動車の生産量が増える／汽車生產量增加。

☆ 大量生産／大量生產。

対 消費

せいさん【清算・精算】セイサン〔～する〕

❶ いままでの貸し借りや関係にすっかり結末をつけること。中 結算；清算；結帳。E clear off; break up with.

☆ 長年の借金を清算する／結算長年舊債。

☆ 悪友との関係を清算する／與惡友撇清關係。

❷ 金額などを後からくわしく計算して、不足分、余分の調節をすること。中 細算；追加費用。E pay the adjusted amount.

☆ 降りた駅の窓口で電車賃の精算をする／在到站的窗口補交電車費。

対 概算

注 ❶は「清算」、❷は「精算」。

せいし【生死】セイシ　生きることと死ぬこと。また、生きるか死ぬかということ。中 生死；生與死。E life and death; one's fate.

☆ 大病をして生死の境をさまよった／生了大病，在死亡邊緣徘徊。

☆ 戦場で生死をともにした仲間／戰場上生死與共的夥伴。

☆ 生死不明／生死不明。

せいし【精子】セイシ　雄が体内に持っている細胞の一種。卵子と結合して子供をつくる。中 精子。E a sperm.

☆ 精子と卵子が結合することを受精という／精子與卵子的結合稱為受精。

対 卵子

せいじ【政治】セイジ　国や地方などを主権者が治めること。中 政治。E politics; government.

☆ 民主主義にもとづく政治／立基於民主主義的政治。

☆ 生活に結びついた政治／政治與生活息息相關。

☆ 政治家／政治人物。

☆ 政党政治／政黨政治。

せいしき【正式】セイシキ　正しいやり方に合っていること。中 正式；正規。E formal; official.

☆ 2人は5年も一緒に住んでいるが、まだ正式に結婚の届けを出していない／兩人在一起同居了五年，但還沒正式做結婚登記。

☆ 正式な手続き／正規的手續。

☆ 正式裁判／正式裁判。

対 略式

せいしつ【性質】セイシツ　❶ 人が生まれつき持っている感情、意思の表れ方を型に分けたもの。中 性情；性格；脾氣。E nature; disposition.

☆ 気が短いのは持って生まれた性質だ／我是天生的急性子。

☆ 激しい性質／脾氣剛烈；烈性子。

❷ そのものがもともと持っていて、他と区別できる特徴。中 性質；特性。E a property; a nature.

☆ 水にとけにくい性質の薬品／成分難以溶解的藥品。

☆ 問題の性質が違う／問題的性質不同。

せいじつ【誠実】セイジツ　まじめで正直なこと。中 誠實；正直；老實。E sincerity; honest.

☆ 人間は誠実が第一だ／做人以誠實為第一要務。

☆ 約束したことを誠実に実行する／答應(約定好)的事情就要誠心誠意地去做。

☆ だれからも信用される誠実な人／誰都相信的老實人。

対 不誠実、不実

せいじゅく【成熟】セイジュク〔～する〕

❶ くだものなどがじゅうぶんに熟すこと。中 成熟。E ripen; mature.

☆ 成熟したカキは甘くておいしい／成熟的柿子甘甜好吃。

☆ 今年は稲の成熟が遅い／今年稻子成熟得晚。

対 未熟

❷ じゅうぶんに成長、発達すること。中 成熟；發育。E mature; achieve full growth.

☆ 心身ともに成熟した大人になった／成為身心都發育成熟的大人了。

☆ 21世紀には、もっと成熟した社会になるだろう／二十一世紀的社會將變得更為成熟吧!

対 未熟

❸ ものごとを行うのにちょうど適当なときになること。中 成熟。E be ripe.

☆ 時機が成熟するのを待って改革の運動を始める／等待時機成熟，開始改革運動。

せいしゅん【青春】セイシュン　ふつう、二十前後の、若く元気で希望に燃える時期。中 青春。E youth; the springtime of life.

☆ バラ色の青春／充滿希望的青春。

☆ 第二の青春／第二春。

☆ 青春期／青春期。

せいしょ【清書】セイショ〔～する〕　下書きした文字、文章などを丁寧に書き直すこと。また、その書き直したもの。中 謄清；抄寫清楚。E a fair copy.

☆ 研究論文をワープロで清書して提出した／提交用文字處理機謄寫清楚的研究論文。

☆ 原稿の清書は人に頼んだ／委託別人把原稿抄寫清楚。

対 下書き

せいしょ【聖書】セイショ　キリスト教の教えが書かれている本。中 聖經。E the (Holy) Bilble.

☆ 日曜日には聖書を持って教会へ行く／星期天帶著聖經去教堂。

☆ 旧約聖書／舊約全書；舊約聖經。

☆ 新約聖書／新約全書；新約聖經。

数 1冊

せいじょう【正常】セイジョー　変わったところがなく、ふつうであること。中 正常。

せ

E normal.

☆ 交通機関は正常に動いている / 交通工具正常地運轉。

☆ 体の状態は正常だ / 身體狀況正常。

☆ 正常な行動 / 行為正常。

対 異常

せいしん 【精神】セイシン ❶ 人間の心。また、心の働き。中 精神。E mind; spirit.

☆ 1つのことに精神を集中させる / 把精神集中在一件事上；精神專一。

☆ 精神をきたえる / 鍛鍊精神。

☆ 精神年齢 / 精神年齡。

対 肉体、物質

❷ ものごとの基本となっている考え方。中 精神；思想。E the spirit.

☆ 政治に憲法の精神を生かす / 政治應發揮憲法精神。

☆ 愛社精神 / 愛社精神。

せいじん 【成人】セイジン〔～する〕 心身がじゅうぶんに成長して大人になること。また、その人。中 成人；長大成人。E come of age; an adult.

☆ 成人して家を出て独立した生活をする/長大成人後，離家自立生活。

☆ 成人教育 / 成人教育。

☆ 成人式/每年一月的第二個星期一舉行的成人儀式；成人禮。

☆ 成人病 / 成人病。

参 少年法は、満20歳以上の男女をいう。

せいしんか 【精神科】セイシンカ 医学の一分野。人間の心の病気を専門に扱う。中 精神科。E psychiatric division.

☆ 社会が複雑になり、精神科へ通う人も増えてきた / 社會變得複雜，去精神科看病的人也增多了。

☆ 精神科で不眠症の治療を受ける / 在精神科接受失眠症的治療。

せいせい セイセイ〔～する〕 いやだと思っていたことがなくなり、気分がよくなるようす。中 痛快；輕鬆；舒暢。E feel relieved.

☆ 借金を全部返してせいせいした / 還清所有債務，心頭頓感輕鬆。

☆ 試験が終わって、気がせいせいした / 考完試，心情舒暢多了。

せいぜい セイゼイ ❶ できるだけ努力するようす。中 儘量；盡可能；盡力。E as much as possible.

☆ せいぜいお安くしておきますから、買ってください / 儘量算你便宜一點，就買了吧!

❷ どんなに多く見積もってもそれが限界であるようす。中 最多也；充其量。E at most; at the longest.

☆ どんなに甘くみても、せいぜい70点ぐらいしか取れないだろう/不管怎麼放寬標準，最多也只能得七十分左右吧。

☆ 祖父の命は長くてもせいぜい半年だと医者に言われた / 醫生說祖父的壽命最多只剩下半年了。

せいせいどうどう 【正正堂堂】セイセイドードー、セイセイ・ドードー やり方や態度が、正しく立派なようす。中 堂堂正正；光明磊落。E fair and square.

☆ 正々堂々と自分の意見を述べる/堂堂皇皇直言不諱。

☆ 正々堂々と戦う / 正大光明地戰鬥。

参 改まって「正々堂々たる態度」のように表現することもある。

せいせき 【成績】セイセキ 仕事、勉強、試験などの結果。点数などで表す。中 成績。E a grade; a result; performance.

☆ 今学期はがんばって勉強したので成績が上がった / 這學期認真讀書，所以成績較好。

☆ 1番の成績で入社した/以第一名的成績進入公司。

☆ 成績表 / 成績單。

☆ 営業成績 / 業績。

せいぜん【整然】セイゼン （「整然と」の形で)乱れず、きちんとととのっているようす。中整齊；井然；有條不紊。E orderly; logically.

☆ 人々は整然と並んで地下鉄を待っている/人們整齊排隊等候地鐵。

☆ 筋道を追って理路整然と説明する/按照順序有條不紊地加以說明。

対雑然

参 改まって「整然たる行進」のように表現することもある。

せいせんしょくりょうひん【生鮮食料品】セイセンショクリョーヒン 野菜、くだもの、肉、魚など、新しいうちに食べるとおいしいもの。中生鮮食品。E fresh foods; perishable foods.

☆ 夕方になるとスーパーでは、生鮮食料品の値段を下げる / 一到傍晚，超市的生鮮食品就降價銷售。

☆ 正月前には生鮮食料品が値上がりする/新年前，生鮮食品的價格上漲。

せいそう【清掃】セイソー〔～する〕 きれいに掃除すること。中清掃；打掃。E clean.

☆ 住民が公園や道路の清掃を行う / 居民清掃公園和道路。

☆ 乗客が降りたあと、車内を清掃する / 乘客下車後，打掃車廂。

☆ 清掃車 / 清掃車；清潔車。

せいぞう【製造】セイゾー〔～する〕 原材料に手を加えて商品をつくること。中製造；生產。E manufacture; produce.

☆ この工場では家庭電化製品を製造している / 這家工廠生產家用電器。

☆ 製造年月日 / 製造日期。

せいぞん【生存】セイゾン〔～する〕 生き続けること。また、生き残ること。中生存。E live; survive.

☆ 今回の飛行機事故で生存していた者はいなかった / 這次飛機事故無人倖存。

☆ 生存競争 / 生存競爭。

☆ 生存者 / 生存者。

対死亡

せいだい【盛大】セイダイ 会や式などの規模が大きくて、立派なようす。中盛大；規模宏大。E with great enthusiasm; grand.

☆ 多くの客を招いて、会社創立10周年を盛大に祝った / 邀請衆多賓客隆重地慶祝公司創立十週年紀念。

☆ 有名ホテルで盛大なパーティーが開かれた / 在有名的大飯店舉行盛大宴會。

ぜいたく【贅沢】ゼイタク、ゼイタク〔～する〕 ❶衣食住にふつうよりずっとたくさん金をかけること。中奢侈，奢華。E luxurious; extravagant.

☆ 二郎は若いのにドイツ製の新車に乗り、流行のスーツを何着も持ってぜいたくな生活をしている / 二郎雖然年輕，卻開德國新車，並有好幾套流行西裝，過著十分奢侈的生活。

☆ ぜいたく品 / 奢侈品。

対質素

❷ 必要以上に金やものを使っていること。中奢侈；過分；浪費。E deluxe; sumptuous.

☆ 有名俳優をぜいたくに使ったドラマ/衆星雲集的電視劇。

☆ ぜいたくにつくった家/建得奢侈浮華的房子。

せいちょう【生長·成長】セイチョー〔～する〕 ❶ 植物が育つこと。中生長。E grow.

☆ 春は草木の生長が目に見えるように速い/春天，草木生成長得相當快速。

❷ 人や動物、また産業などが育って大きくなること。中成長；生長。E growth; grow.

☆ 子供の成長は速い / 孩子成長得很快。

☆ 経済が大きく成長した/經濟發展得非常快。

☆ 成長産業 / 成長產業。

注 ❶は「生長」、❷は「成長」。

せ

せいてんのへきれき【青天の霹靂】　突然起こった思いがけないできごと。書 中 晴天霹靂。E a bolt from the blue.

☆ 父の交通事故死は、わたしたち一家にとって青天の霹靂だった / 父親死於交通事故，對全家來說真是晴天霹靂。

参 晴れた青空に突然鳴る雷のことからいう。

せいと【生徒】セイト　❶ 中学校、高等学校で勉強している人。中 初中、高中的學生。E a student; a pupil.

☆ 4月になると中学校の生徒が新しい制服で登校するのが目につく / 一到四月，就能看到中學生穿新制服上學。

☆ 生徒会 / 學生會。

❷ 塾、各種学校などで勉強している人。中 在補習班或其他學校學習的學生。E a student.

☆ 50歳で英会話学校の生徒になった / 五十歲時成為英文會話班的學生。

☆ そろばん塾の生徒 / 珠算補習班的學生。

▷ 関連 ❶ 児童、学生

せいど【制度】セイド　国や社会、団体などの仕組みやきまり。中 制度。E a system.

☆ 老後を安心して暮らせる制度をつくる / 制定能安心養老的制度。

☆ 社会保障制度 / 社會保障制度（含社會福利、社會救濟、及失業保險等制度）。

☆ 選挙制度 / 選舉制度。

☆ 封建制度 / 封建制度。

せいとう【正当】セイトー　道理に合っていて、正しいこと。中 正當；合法；合理。E just; fair.

☆ わたしの仕事を正当に評価してほしい / 我希望能合理地評價我的工作。

☆ 正当な主張 / 合理主張。

☆ 正当防衛 / 正當防衛。

対 不当

せいとう【政党】セイトー　政治について同じような考え、理想を持つ人が集まってつくった団体。中 政黨。E a political party.

☆ 政治家になりたくて政党に入った / 想成為政治人物所以加入政黨。

☆ 政党政治 / 政黨政治。

☆ 革新政党 / 革新政黨。

☆ 保守政党 / 保守政黨。

せいとん【整頓】セイトン〔～する〕　ものごとがきちんとした状態になること。また、そうすること。中 整頓；整理；收拾。E put in order; proper arrangement.

☆ 部屋の中に散らかっていたものを整頓してさっぱりした / 把房間裡散亂的東西整理得乾乾淨淨。

☆ 整頓が終わった図書館の本棚 / 整理好的圖書館書架。

☆ 整理整頓 / 整理整頓。

せいねん【青年】セイネン　20歳前後の若い男女。中 青年。E a young person; a youth.

☆ 村の青年が集まって祭りの準備をする / 村裡的青年們集合在一起準備節慶活動。

☆ 青年社長 / 年輕老闆。

☆ 文学青年 / 文學青年。

せいねんがっぴ【生年月日】セイネンガッピ　生まれた年と月と日。中 出生日期。E the date of one's birth.

☆ 書類に氏名と生年月日を記入すること / 在文件上填寫姓名和出生日期。

せいのう【性能】セイノー　機械や器具などの働きの面からみた性質と能力。中 性能；機能；效能。E performance; efficiency.

☆ 各社のワープロの性能を比べる / 比較各公司文字處理機的性能。

☆ すぐれた性能の機械 / 性能優越的機械。

☆ 性能テスト / 性能測試。

せいび【整備】セイビ〔～する〕　調子や状態をととのえて、悪い部分や故障がないようにすること。中 維修；保養；整備。E maintenance; service; repair.

☆ 整備の終わった飛行機に乗組員が乗りこんだ / 維修結束後，空服人員登機。

☆ 自動車整備工場 / 汽車維修廠。

☆ 環境整備 / 環境維護。

せいふ【政府】セイフ　国の政治を行う最高の機関。内閣とその下にある行政機関をいう。中 政府。E the government.

☆ 国会で議員の質問に対して政府としての考えを述べる / 在國會上針對議員的質詢陳述政府的想法。

☆ A国の要求に対し政府は公式の見解を伝えた / 對 A 國的要求，政府發表了官方見解。

せいふく【制服】セイフク　学校や会社、役所などで、規則で着るように決められた衣服。中 制服。E a uniform.

☆ この高校の生徒は、個性が表現できないからと制服を着たがらない / 這所高中的學生認為制服不能表現出個性，所以不願穿制服。

☆ スチュワーデスの制服にあこがれて入社した / 嚮往空姐的制服，所以進了航空公司。

対 私服　数 1枚・1着

せいふく【征服】セイフク〔～する〕 ❶ 力の強いものが敵や相手に勝って自分の支配下に置くこと。中 征服；打敗。E conquer.

☆ ナポレオンは、一時はヨーロッパのほとんどを征服した / 拿破崙一時幾乎征服了全歐洲。

❷ むずかしいことを最後までがんばってなしとげること。中 克服；戰勝。E conquer; overcome.

☆ 悪天候と闘って冬のヒマラヤを征服した / 與惡劣氣候博鬥，克服了冬季的喜馬拉雅山。

せいぶつ【生物】セイブツ、セイブツ　動物や植物など、生命を持ち、育ち、ふえていくもの。中 生物。E a living thing; a creature.

☆ 砂漠でも多数の生物が生きている / 即使在沙漠中也生存著許多生物。

☆ 海の中の生物を研究する / 研究海洋生物。

☆ 生物学 / biology. / 生物學。

対 無生物

せいぶん【成分】セイブン　ものを組み立てている各部分の物質、元素。中 成分；組成部分。E an ingredient; a component.

☆ このかぜ薬には眠くなる成分がふくまれている / 這感冒藥含有另人想睡的成分。

☆ 食品の成分を分析して調べる / 調查分析食品的成分。

☆ 主成分 / 主要成分。

せいほうけい【正方形】セイホーケイ、セイホーケイ　四角形の１つ。４つの辺の長さが同じで、４つの角が直角のもの。中 正方形。E a square.

☆ 碁盤は正方形だ / 圍棋盤是正方形的。

☆ 紙を正方形に切る / 把紙剪成正方形。

→四角 図

せいみつ【精密】セイミツ　細かいところまで正確なようす。中 精密；精細；細緻。E in detail; precise.

☆ 精密につくられた地図は安心できる / 製作精密的地圖可放心使用。

☆ 精密な時計をつくる / 製作精密的手錶。

☆ 精密機械 / 精密機械。

☆ 精密検査 / 精細檢查。

せいめい【生命】セイメイ　❶ 生物が生きるための力のもとになるもの。命。中 生命。E life.

☆ 戦争で多くの生命がうばわれた / 戰爭奪去了許多的生命。

☆ 生命の危険を感じる / 感到生命危險。

☆ 生命保険 / 人壽保險。

❷ あるものごとのもとになる最もだいじなもの。中 生命；命根子。E the life; the soul.

☆ 新聞の報道は正確さが生命だ / 正確的報導是報紙的命脈。

☆ 政治生命をかける / 賭上政治生命。

▷ 書❶

せいめい【声明】セイメイ〔～する〕 個人や団体の意見、意思を広く世間に発表すること。また、その内容。中聲明。E a declaration; a statement.

☆ 平和大会で核兵器反対の声明を発表する/在和平大會上發表反對核武聲明。

☆ 大統領は空港に着くとすぐ声明を読み上げた / 總統一到機場就即刻發表了聲明。

☆ 共同声明 / 共同聲明。

せいめい【姓名】セイメイ 人の名字と名前。家の名前と個人の名前。中姓名。E one's full name.

☆ 姓名を書くとき、日本では姓を先に名を後に書く/寫姓名時，在日本是先寫姓後寫名。

☆ 姓名判断 / fortune-telling from the letters of a name. / 根據姓名算命；姓名學。

参「名字と名前」の意味では「氏名」と同じで、書類、用紙などの名前を書く欄の指示では「氏名」を使うことが多い。

せいもん【正門】セイモン 建物などの正面にある正式な門。表門。中正門。E the main entrance; the front gate.

☆ 工場の正門を入った右側に案内板がある/進入工廠正門後的右側有指示牌。

☆ 学校の正門から入る / 從學校的正門進入。

対裏門、通用門

せいやく【制約】セイヤク〔～する〕 制限や条件をつけて、自由にさせないこと。また、その制限や条件。中限制；制約。E a restriction; a limitation.

☆ 公共の図書館を利用したいが、時間の制約があってできない/想利用公共圖書館，但有時間限制所以不行。

☆ 制約が厳しい / 限制嚴格。

☆ 制約を受ける / 受制約。

せいよう【西洋】セイヨー ヨーロッパやアメリカの国々。中西洋；西方。E the West.

☆ 西洋の料理には、肉やバターをたくさん使う / 在西餐中，肉和奶油用得多。

☆ 西洋医学 / 西醫；西洋醫學。

☆ 西洋音楽 / 西洋音樂。

対東洋

せいよう【静養】セイヨー〔～する〕 心や体をゆっくり休養させて病気を治したり、仕事や勉強を休んだりすること。中静養。E recuperation; rest.

☆ 病後の静養のために温泉へ行く / 病後，為了靜養到溫泉區去

☆ 夏休み中は涼しい高原で静養したい/暑假想在涼爽的高原靜養。

せいり【生理】セイリ ❶生物が生きていくための体の働き。中生理。E physiology.

☆ 生理現象 / 生理現象。

☆ 生理学 / 生理學。

❷ 月経。中月經。E menstruation.

☆ 生理が不順で困る / 因月經不調而煩。

☆ 生理休暇 / 經期例假。

せいり【整理】セイリ〔～する〕 ❶散らかったものや混乱したものごとを正しい状態にすること。中整理；收拾。E put in order; arrange.

☆ 机の上を整理してから勉強を始めよう/收拾好桌子後就開始讀書吧。

☆ 問題点を全部出して整理してみる / 把有問題的地方全部整理出來。

☆ 整理だんす / 便於整理的衣櫥；收納櫃。

❷ いらないものやむだなものを、捨てたり必要な人にあげたりすること。中清理；處理。E dispose of; reduction.

☆ 引っ越す前に衣類や家具を整理する/搬家前清理衣服和傢俱。

☆ 人員整理 / 裁減人員；裁員。

せいりつ【成立】セイリツ〔～する〕 ものごとがある形にできあがること。また、話し合いや相談がまとまること。中成立；實現。

[E] be approved; be concluded.

☆ 来年度の予算案が国会で成立する/明年度的預算案在國會通過了。

☆ 大型の輸出契約が成立する/簽訂大型出口合約。

[対] 不成立

せいりょく【勢力】セイリョク 他のものをおさえつける勢いや力。[中] 勢力；威力。[E] force; power.

☆ 台風の勢力は弱まってきた/颱風減弱了。

☆ 反対派の勢力をおさえて政権を取った/壓制反對派的勢力，取得了政權。

せいれき【西暦】セイレキ キリストが誕生したといわれる年を紀元1年とする西洋式の年数の数え方。[中] 西曆，西元。[E] the Christian Era; Anno Domini (A.D.).

☆ 西暦2001年から21世紀になる/從西元2001年開始進入二十一世紀。

☆ 日本には西暦と元号の年数の数え方がある/在日本有西元和年號的計年法。

セーター (sweater) セーター 毛糸などで編んだ上着。[中] 毛衣。[E] a sweater.

☆ 古いセーターを編み直して着る/重織舊毛衣來穿。

☆ カシミヤのセーターはとても暖かい/羊絨(喀什米爾)的毛衣很暖和。

[数] 1枚 →衣類図

セーフ (safe) セーフ 野球で、打った人や走った人がうまく生きたり、塁を進めたりできること。また、一般的に、なにかに間に合うこと。[中] 安全上壘；趕得上；來得及。[E] safe; be in time for.

☆ いい球が返ってきたが、足が速かったのでセーフになった/雖然球回傳得漂亮，但因跑得快，所以安全上壘。

☆ 遅刻しそうだったが、走ったらセーフだった/因為幾乎要遲到，所以跑步趕去，結果趕上了。

[対] アウト

せお・う【背負う】セオウ〔他動五〕(せおって) ❶ 人やものを背中にのせる。[中] 背。[E] carry on one's back.

☆ 兄は足をけがした母を背負って病院へ行った/哥哥背起腳受傷的媽媽去醫院。

☆ リュックサックを背負って山を登る/背著背包登山。

❷ 苦しい仕事や条件などを引き受けて責任を持つ。[中] 擔負；背負；擔當。[E] bear; shoulder (a heavy burden).

☆ A国会議員は国を背負う気持ちで働くと言う/A國會議員說：以背負起國家重任的心情為人民做事。

☆ 一家を背負う/扶養全家。

[参] 話しことばでは、「ランドセルをしょった1年生」のように、「背負う」を短くして、「しょう」ともいう。

せかい【世界】セカイ、セカイ ❶ 地球全体。その上にあるすべての国々。[中] 世界。[E] the world; the earth.

☆ いつ世界は平和になるのだろうか/世界何時才能和平啊！

☆ 世界地図/世界地圖。

❷ ある限られた範囲の中の社会。[中] 世界；領域；天地。[E] a world; a realm.

☆ 旅をして世界をひろげる/行萬里路以開眼界。

☆ 勝負の世界は厳しい/成王敗寇的世界是殘酷的。

せかいてき【世界的】セカイテキ 規模が世界全体にわたっているようす。また、世界じゅうに知られているようす。[中] 全世界(的)。[E] worldwide; international.

☆ 世界的に日本語ブームとなり、学習者の数が増えた/世界各地出現學日語的熱潮，學習的人數大增。

☆ マリー・キュリーは世界的な科学者だ/瑪

麗・居里(即居里夫人)是世界聞名的科學家。

せか・す セカス〔他動五〕(せかして) 急いでするように言う。せかせる。中 催；催促。E hurry; press.

☆ のんびりテレビを見ている妹をせかして、学校へ行く準備をさせる / 催促悠哉地看著電視的妹妹準備上學。

☆ 仕事をせかす / 催促工作。

自動 せく

せかせか セカセカ〔～する〕 急いでいて落ちつかないようす。中 慌慌張張地。

☆ 夫がせかせか(と)動きまわるので、ゆっくりコーヒーを飲む気分になれない / With my husband moving about restlessly, I can't enjoy a quiet cup of coffee. / 丈夫不停地走動，使人靜不下心品嚐咖啡。

☆ せかせか(と)歩く / 急急忙忙地走。

対 のんびり

せが・む セガム〔他動五〕(せがんで) 甘える気持ちで無理に頼む。中 糾纏；死纏。E pester; press.

☆ 三郎は船員の叔父さんに船に乗せてくれとせがんだ / 三郎死纏著當船員的叔叔讓他坐上船。

☆ 父に車を買ってほしいとせがむ / 死纏著要買車。

→ねだる

せき【席】セキ ❶ すわる場所。中 位子；席位；座位。E a seat.

☆ バスの中で老人に席をゆずる / 在公車上讓座給老人。

☆ 指定席 / 對號入座。

☆ 自由席 / 自由入座。

❷ 人が集まってなにかをする場所。中 聚會場所。E a place; an occasion.

☆ 会議の席で意見を述べる / 在會場發表意見。

せき セキ のどがなにかの刺激を受けたときに、音と一緒に急に出る、激しく短い息。中 咳嗽。E a cough.

☆ 煙を吸ってせきが出た / 吸進煙發出咳嗽。

☆ かぜをひいて、ゆうべはせきが止まらなかった / 感冒了，昨晚咳個不停。

せきじゅうじ【赤十字】セキジュージ ❶「赤十字社」を略した言い方。戦争や災難で病気やけがをした人を助ける組織。中 紅十字會。E the Red Cross (Society).

☆ 赤十字の採血車 / 紅十字會捐血車。

☆ 赤十字募金 / 紅十字會募款。

❷ 白い地の中にある赤十字形などのしるし。「❶」や医療のチームのマーク。中 紅十字。E a red cross on a white background.

☆ 戦争中でも赤十字の旗をつけた船は攻撃を受けない / 在戰爭中掛紅十字旗的船是不會被攻擊的。

せきた・てる セキタテル、セキタテル〔他動一〕 急いでするように繰り返して言う。中 催促；催逼。E hurry; urge.

☆ 駅員が、列車が出るから早く乗るように乗客をせきたてる / 站服員催促乘客：「列車要開了，快點上車。」

☆ 返事をせきたてられる / 被催促快回信。

せきたん【石炭】セキタン 地中からとる黒くてかたい石のような燃料。大むかしの植物が深い土の中で、熱と圧力のために変化してできたもの。中 煤；煤炭。E coal.

☆ むかしの汽車は石炭をたいて走った / 以前的火車是燒煤炭的。

☆ 石炭を掘る / 挖煤；採煤。

☆ 石炭ストーブ / 煤爐。

せきどう【赤道】セキドー 地球上の、北極点と南極点から同じ距離の点を結んだ線。地図上では緯度0度の線。中 赤道。E the equator.

☆ 赤道を通過して南半球の国へ行く / 經過赤道到南半球的國家去。

☆ 赤道上にある地域は1年じゅう暑い / 位於

赤道上的地區一年四季都炎熱。

せきとり【関取】セキトリ　職業としてすもうを取る人で、十両以上の人。中(相撲)「十兩」以上的力士；「關取」。E a ranking *sumo* wrestler.

☆ 早く関取になりたいと、けいこに励む若い力士/想快些成為「關取」，而努力練習的年輕力士。

せきにん【責任】セキニン　仕事や役目としてしなければならないこと。中責任；職責。E responsibility.

☆ 会社が赤字になった責任を取って社長が辞任した/總經理因公司入不敷出而引咎辭職。

☆ 責任を果たす/盡到責任；完成任務。

☆ 責任の重い仕事/責任重大的工作。

☆ 連帯責任/ joint responsibility. /共同負責；連帶責任。

せきゆ【石油】セキユ　地中からとる黒くてどろどろの液体。また、それを精製したもの。燃料や化学製品の原料となる。中石油。E petroleum; oil.

☆ 石油は大むかしの動物や植物が地中で変化してできたものだ/石油是古代的動、植物在地底變化而形成的。

☆ 石油コンビナート/石油聯合企業。

せ・く　セク〔自動五〕(せいて)　早くしようと思ってあせる。中急；著急。E be in a hurry; be impatient.

☆ 遅刻しないようにと気はせくのだが、かばんが重くて走れない/擔心遲到而著急，但皮包重得跑不動。

☆ 心がせく/著急。

自動 せかす

せいては事を仕損じ[ず]る　急いで行うと不注意から失敗することが多い。中忙中有錯；欲速則不達。E Haste makes waste.

セクハラ　セクハラ〔←セクシュアルハラスメント(sexual harassment)〕　性的いやがらせ。おもに男性が職場などで、男性であることを武器にして女性を困らせ、いじめること。中性侮辱；侮辱女性；性騷擾。E sexual harassment.

☆ 上司をセクハラで裁判所に訴える/因上司性騷擾，向法院控告。

せけん【世間】セケン　人が生活している社会。中社會；世上；人間。E the world; the public.

☆ 世間の目がうるさい/人言可畏。

☆ 世間知らず/不諳世故。

☆ 世間並み/普通；一般；平常。

☆ 世間体/ appearances; reputation. /面子；體面。

参「世の中」も似ているが、「世間」は「世の中」より狭い範囲をいい、「世間の目」「世間の口」などの「世間」は、おもにその人の周囲の人間関係を主とした社会をさす。

せし【セ氏】セシ　1気圧のときに水が凍る温度を0度、沸騰する温度を100度とし、その間を100に分けた温度のはかり方。記号は「℃」。摂氏。中攝氏。E Celsius; centigrade.

☆ 人間の体温はセ氏36度ぐらいだ/人的體溫約為攝氏三十六度。

対 カ氏

せしゅう【世襲】セシュー〔～する〕　その家の持っている地位、職業、財産などを、親から子へと代々受けついでいくこと。中世襲。E hereditary.

☆ 歌舞伎など日本の伝統芸能の世界では世襲の役者が多い/在歌舞伎等日本傳統表演藝術界中世襲的演員很多。

☆ 世襲制度/世襲制度。

せすじがさむくなる【背筋が寒くなる】　恐ろしくてぞっとする。中後背直出冷汗；毛骨悚然。E send a cold shiver down one's spine.

☆ つごうで乗ることができなかった飛行機

せ

が墜落したと聞いて、背筋が寒くなった/聽到自己湊巧沒搭上的飛機失事墜毀，真叫人毛骨悚然。

せせこまし・い　セセコマシイ、セセコマシイ　❶狭くて、窮屈だ。中窄小；狹窄。E confined; small.

☆ せせこましい都会を離れて、広いいなかへ行きたい/想離開擁擠的都會去廣闊的鄉村。

❷ 細かいことを気にして、気持ちにゆとりがない。中心胸狹隘。E fussy; narrow-minded.

☆ 100円や200円のことにこだわるのは、せせこましくていやだ/一、兩百日圓也要斤斤計算，小氣得令人討厭。

せせらわら・う　【せせら笑う】セセラワラウ、セセラワラウ〔他動五〕(**せせらわらって**) 人をちょっと見下すように、鼻先でふふんと笑う。中嘲笑；冷笑。E sneer at.

☆ 兄は「こんなむずかしい漢字は、おまえなどに読めるはずがない」とせせら笑って言う/哥哥嘲笑我說：「這麼難的漢字像你這樣的人會讀才怪呢!」

名 せせら笑い

せたい【世帯】セタイ、セタイ　生活や住居をともにする集団。中家庭。E a household; a family.

☆ 1世帯あたりの平均の人数が4人以下になった/每戶平均人數為四人以下。

☆ 世帯主の名を書く/寫上戶長姓名。

☆ 世帯数/戶數。

→所帯

せだい【世代】セダイ、セダイ　同じような歴史体験を持つ同じ年ごろの人々。中世代；一代；輩。E a generation.

☆ この本は若い世代によく読まれている/這是年輕一代經常讀的書。

☆ 戦争を知らない世代が増えてきた/不知道戰爭這輩增加了起來。

☆ 同世代の人々/同世代的人。

☆ 世代交代/世代交替。

せちがら・い　セチガライ　性格が計算高く、抜け目がない。また、世の中の人情が感じられなくて暮らしにくい。中小氣；好打算盤。E stingy; hard to live.

☆ おもちゃを貸して金を取るとは、子供の世界もせちがらい/出租自己的玩具來獲取錢財，連孩子也會打小算盤。

せつ【説】セツ、セツ　❶あることについての論理的な説明、考え方、意見。中見解；論點；主張。E a theory; an opinion.

☆ 経済の専門家の説によれば、いまの景気はあまり続かないということだが、わたしの説はまた違う/根據經濟學家的見解，目前的繁榮是不會持續下去的，但我有不同的看法。

❷ (他のことばの後について)学説。中學說。

☆ 性善説/ the view that human nature is fundamentally good. / 性善說。

☆ 性悪説/性惡說。

☆ 地動説/ the Copernican theory. / 地動說。

☆ 天動説/天動說。

せっかく　セッカク　時間や労力、金などをかけたことが、むだにならないようにしたいと思うようす。中好(不)容易；煞費苦心；特意。E all the way.

☆ せっかく訪ねていったのに会えなくて残念だった/特意造訪竟未遇見，真遺憾!

☆ せっかく京都に来たのだから、金閣寺を見て帰ろう/好不容易來了京都，看了金閣寺再回去吧。

せっかち　セッカチ　先を急いで落ちつかないようす。また、そういう性格の人。話中急性；性急；急躁。E impatient; hasty.

☆ 母はせっかちで、出発の30分も前から玄関に出て待っている/媽媽性急，出發前三十分鐘就在玄關等著。

せっきょう【説教】セッキョー、セッキョー〔～する〕❶神や仏など、宗教上の教えを話して聞かせること。また、その話。中(宗教)傳教。E a sermon.

☆ お寺の坊さんのありがたい説教を聞く/聽寺裡住持深入人心的說教。

☆ あの牧師さんの説教はわかりやすい/那位牧師的傳道淺顯易懂。

❷ 注意したり、しかったりすること。また、その内容。中 教誨；教訓。E a scolding; a lecture.

☆ 授業中に漫画を読んでいて先生に説教された/上課偷看漫畫，被老師臭罵。

☆ またおやじの説教が始まった/父親又開始說教了。

せっきょくてき【積極的】セッキョクテキ 自分から進んで行動するようす。中 積極(的)；積極地。E positively; active

☆ 積極的に日本語を使う学生は、日本語の進歩が速い/積極使用日語的學生日語進步很快。

☆ 積極的な性格の人は友達が多い/具積極性格的人朋友多。

対 消極的

せっきん【接近】セッキン〔～する〕すぐ近くに寄ること。中 接近；靠近。E approach; be almost equal.

☆ 台風が九州に接近しているそうだ/聽說颱風正向九州接近。

☆ 両チームの力は接近しているので、どちらが勝つかわからない/兩隊實力相當，所以勝負難料。

せっく【節句】セック、セック むかしから行われていた、季節の変わり目などにする祝いの日。1年に5日あって、5節句といわれたが、いまではふつう3月3日と5月5日の節句をいう。それぞれ季節のものを食べて祝う。中 傳統節日。E a seasonal festival.

☆ 桃の節句はひな祭りともいう/桃花節也叫女兒節。

☆ 端午の節句にはこいのぼりを立てる/在端午節掛鯉魚旗。

☆ 初節句/出生後第一個節日(男為五月五日，女為三月三日)。

参 5節句とは、1月7日(七草)、3月3日(桃の節句)、5月5日(端午の節句)、7月7日(たなばた)、9月9日(菊の節句)の5つ。

セックス(sex)セックス ❶ 男性と女性の体のうえでの違い。中 性；性別。E the sexes.

☆ セックスアピール/性感(=性魅力)。

☆ セックスチェック/性別檢查。

❷〔～する〕男女が性的な交わりをすること。中 性交；性行為。E sex.

☆ セックスを楽しむ/享受性愛的樂趣。

☆ セックスによって伝染する病気もある/也有透過性行為傳染的疾病。

せっけい【設計】セッケイ〔～する〕❶ 建物や機械などをつくるとき、初めにそのできあがりの形や構造、材料などについての計画を立て、それを図面などで示すこと。中 設計。E a design; a plan.

☆ この家は友人の設計によるものだ/這個家是朋友設計的。

☆ 設計図/設計圖。

❷ 自分の生き方などについての計画を立てること。中 計劃；規劃。E a plan.

☆ 人生設計/生涯規劃。

☆ 生活設計/生活規劃。

せっけん セッケン 体や衣服などについたよごれやあかを除くために使う、水にとけやすいもの。中 肥皂。E soap.

☆ せっけんを泡立てる/使肥皂起泡沫。

☆ 洗濯せっけん/洗衣皂。

☆ 粉せっけん/洗衣粉。

ぜっこう【絶交】ゼッコー〔～する〕人と仲が悪くなって、いままでのつきあいをやめてしまうこと。中 絶交；斷絕關係。E have nothing more to do with; break up with.

☆ ぼくとの約束を破って、ほかの人とドライブに行った京子とはもう絶交だ/京子對我失約，而跟別人開車兜風，我已和她絶交了。

☆ 一郎とは絶交したから口もきかない/和一郎絶交，不再理他。

ぜっこう【絶好】ゼッコー　あることをするのに非常につごうがいいこと。中 絶好；極好；最好。E ideal; perfect; the best.

☆ よく晴れて運動会には絶好の日だ/天真晴朗，是運動會絶佳的日子。

☆ 絶好のチャンス/絶佳機會。

せっしょく【接触】セッショク〔～する〕

❶ 2つのものがたがいにふれること。中 接觸；碰著了～。E touch.

☆ 2台の自動車が接触して事故を起こした/兩輛汽車相撞發生交通事故。

❷ 人、団体、国などとつきあうこと。中 接觸；交往。E come into contact.

☆ 知人を通してライバル会社との接触を試みる/通過朋友與競爭對手的公司接觸。

☆ 世界各国の同じ専門の学者と接触をもつ/與世界各國同行學者交流。

せっ·する【接する】セッスル、セッスル〔自他動する〕 ❶ ものがほかのものとほとんど間をおかずにつながる。また、となり合う。中 連接；鄰接；靠近。E border on; be next to.

☆ この町はとなりのA国に接していて、A国の人々との交流が盛んだ/這個小鎮靠近A國，和A 國人交往頻繁。

☆ 湖に接して立つホテル/矗立在湖畔的飯店。

❷ ものごとに出あう。中 遇上；碰上；接到。E receive; come in contact with.

☆ 悲しい知らせに接する/接到噩耗。

☆ わたしは高校時代にはじめてゴッホの絵に接した/我在高中時代初次接觸梵谷的畫。

❸ 人と交わる。応対する。中 認識；應酬；接待。E attend to.

☆ 客に接する態度が悪いと店長にしかられた/被店長責備，接待客人的態度不佳。

❹ 数学で、直線、曲線、平面、曲面などが、ほかの曲線や曲面と1つの点だけで出あう。中 相接；相切。E touch.

☆ 円と直線が接する点/圓與直線相切的點。

❺ ものとほかのものとを、ふれ合うぐらいに近づける。また、くっつける。中 連接；接連。E close; side by side.

☆ ひたいを接して話し合う(= 人に聞かれては困るような話をする)/交頭接耳地密談(=不足為外人道的談話)。

☆ 軒を接して並ぶ家々/家家戶戶鱗次櫛比。

三 注 ❶～❹は自動詞、❺は他動詞。

せっせと セッセト　休まず、一生懸命にするようす。中 拚命；不停地；一個勁地。E diligently; hard.

☆ 妹の誕生日に間に合わせようと、せっせとセーターを編んでいる/為趕上妹妹的生日而不停地織毛衣。

せつぞく【接続】セツゾク〔～する〕 ものとものがつながること。また、つなぐこと。中 連接；連續；接連。E connect; connection.

☆ ストーブをガス管に接続する/把暖爐接上瓦斯管。

☆ 電車とバスの接続が悪くて遅刻してしまった/乘電車轉公車，時間銜接不上，所以遲到了。

せつぞくし【接続詞】セツゾクシ、セツゾクシ　文法上の単語の分け方の1つ。単独で使われ、活用がない。前の文、語句、語を、後ろの文、語句、語につないで両方の関係を示すことば。中 連接詞。E a conjunction.

☆「だから」「しかし」「そして」「また」などの接続詞を上手に使って文章を書く/很會使用「所以」、「但是」、「然後」、「再者」等連詞寫文章。

せったい【接待】セッタイ〔～する〕 食事やお茶などで客にサービスをしたり世話をしたりすること。中 接待；招待。E entertain; receive.

☆ 会社の接待で歌舞伎に招待する/由公司招待看歌舞伎。

☆ 接待を受ける/受到招待。

☆ 接待ゴルフ/招待打高爾夫球。

☆ 接待係/接待人員。

ぜったい【絶対】ゼッタイ ❶ほかに比べるものがない、ただ1つのものであること。[中]絶對；無與倫比。[E] absolute.

☆ この命令は絶対だから、反対はできない/令出必行，不得有違。

☆ 絶対安静/絶對安靜。

☆ 絶対評価/絶對評價。

[対]相対

❷どんなことがあっても、必ず。[中]絶對；堅決。[E] by all means.

☆ あすの試合は絶対勝つぞ/明天的比賽一定要贏。

❸(「絶対[に]〜ない」の形で)決して〜ない。[中]絶不〜。[E] never.

☆ 父は絶対に大きな声を出さない/父親絶不大聲說話。

ぜったいぜつめい【絶体絶命】ゼッタイゼツメイ あぶないことや非常にむずかしい問題に直面して、そこから逃げる方法がないこと。[中]絶境；無可奈何；窮途末路。[E] a desperate situation; the last extremity.

☆ 前には敵、後ろは川の絶体絶命の窮地に追いこまれた/前無去路，後有追兵走投無路陷入了絶境。

せっち【設置】セッチ、セッチ〔〜する〕

❶機械、設備などを備えつけること。[中]設置；安裝。[E] install; furnish.

☆ 各研究室に冷房装置を設置する/在各研究室安裝冷氣設備。

☆ 消火器の設置を義務づける/規定必須設置滅火器。

❷施設、組織、機関などを新しくつくること。[中]設置；設立。[E] establish; found; set up.

☆ 区内に図書館を設置する/在區内設立圖書館。

☆ 事故の調査委員会を設置する/成立事故調査委員會。

せってい【設定】セッテイ〔〜する〕 新しくものごとを決めること。[中]設定；制定；確定。[E] establish; set up.

☆ 目標を設定して、それに向かって努力する/設定目標，努力前進。

☆ 買い物の場面を設定して会話の練習をする/設定場面練習購物會話。

せっとく【説得】セットク〔〜する〕 よくわかるように話して、相手にその考えを納得させること。[中]說服；勸導。[E] persuasion; persuade.

☆ 教師の説得で、生徒たちは雨の中の登山をあきらめた/由於老師的勸導，學生們打消了雨中登山的念頭。

☆ 両親を説得して留学を許してもらった/說服父母得以出國留學。

せつな・い セツナイ 悲しかったり恋しかったりしてつらい。[中]難過；苦悶。[E] sorrowful; painful.

☆ 留学のため国を出るとき、妻や子との別れがせつなかった/出國留學時，和妻兒的別離依依難捨。

☆ 長い間入院している幼い息子のことを思うとせつない/想起幼兒長期住院的事，頓感心酸。

せつに【切に】セツニ 心の底から強く願うようす。[中]懇切地；殷切地。[E] earnestly; sincerely.

☆ 投票日には、私に1票入れてくださいますよう、せつにお願いいたします/懇請大家在投票日賜我一票吧。

☆ 交流の促進をせつに希望する/祈望促進交流。

せっぱく【切迫】セッパク〔〜する〕 ❶時刻や期限などがすぐそばまで来ていること。

中 逼近；迫近。E darw near; press.

☆ 金を返す日が切迫しているのに、まだ用意できない/雖然債期已屆，還款仍無著落。

❷ ものごとが緊張した状態になること。中 緊迫；吃緊；緊張。E become tense.

☆ 対立が激しくなって、いまにも戦争が起こりそうな切迫した事態になっている/對立激升緊張加劇，看來戰爭已迫在眉睫。

せつび【設備】セツビ〔～する〕 ある目的にしたがって、必要な建物、機械、道具などを備えつけること。また、備えつけたもの。中 設備。E accommodation; facilities; equipment.

☆ この町には負傷者を全員収容する設備はない/這個小鎮的設備不足收容全部傷患。

☆ 設備投資/設備投資。

☆ 宿泊設備/住宿設備。

せっぷく【切腹】セップク〔～する〕 自分で自分の腹を刀などで切って死ぬこと。中 剖腹自殺。E *harakiri*; self-disembowelment.

☆ 殿に切腹を命じられた/被主人下令剖腹自殺。

☆ 切腹しておわびする/剖腹自殺以示歉意。

参 鎌倉時代以降、武士の間で、責任をとるなどのために行われた。

ぜつぼう【絶望】ゼツボー〔～する〕 希望がまったくなくなること。中 絶望。E despair; give up hope.

☆ 絶対に治らない病気だと聞いて絶望した/聽說得了絶症而絶望了。

☆ 人生に絶望する/對人生感到絶望。

ぜつみょう【絶妙】ゼツミョー 非常にすぐれ、上手なようす。中 絶妙。E marvelous; exquisite.

☆ 体操競技で絶妙な演技が続く/體操比賽中妙姿百出目不暇給。

☆ 手品師は絶妙な腕を見せた/魔術師秀出高超技術。

せつめい【説明】セツメイ〔～する〕 意味や内容が相手によくわかるように順序よく述べること。中 説明；講解。E (an) explanation.

☆ 機械の使い方を説明する/說明機械的使用方法。

☆ もっとくわしい説明がほしい/希望更詳細的說明。

☆ 取り扱い説明書/使用說明書。

せつやく【節約】セツヤク〔～する〕 金や時間やものなどをむだに使わないようにすること。中 節約；節省。E cut down; economize.

☆ 経費を節約して会社の赤字を減らす/節省開銷減少公司的赤字(虧損)。

☆ 電気や水の節約に心がける/注意節約水電。

対 浪費 →倹約

せつりつ【設立】セツリツ〔～する〕 新しく会社や団体などの組織、機関をつくること。中 設立；成立。E establish; organization.

☆ この会社は祖父が50年前に設立したものだ/這家公司是祖父在五十年前創立的。

☆ 組合の設立に賛成して準備委員になる/贊成設立工會，並擔任籌備委員。

せともの【瀬戸物】セトモノ 土を焼いてつくった茶碗や皿など。中 陶瓷器。E china; porcelain.

☆ 瀬戸物の皿を落として割ってしまった/把陶瓷盤子掉在地上打碎了。

☆ 瀬戸物の人形/陶瓷娃娃。

参 もとは、愛知県の瀬戸地方でつくられた焼き物の意味であったが、現在では土を焼いてつくった容器の全般をさす。

せなか【背中】セナカ ❶ 胸や腹と反対側で肩から腰までの部分。背。中 背；背梁；脊背。E the back (of a body).

☆ 背中に赤ん坊をおぶって働く/背著孩子做事。

☆ 猫が背中をまるくして寝ている/貓正弓著背睡覺。

❷ 後ろ。後ろ側。中 背後；背面。E the back.

☆ 床の間を背中にしてすわる/背靠壁龕而坐。

☆ 本の背中/書脊。

▷ →体図

せば・める【狭める】セバメル〔他動一〕 範囲や間を狭くする。中 縮小；縮短。E shorten; narrow.

☆ 2位のランナーは1位のランナーとの距離をどんどんせばめてきた/位居第二的選手與第一的距離很快地縮短了。

☆ 試験の範囲をせばめる/縮小考試範圍。

対 広げる、広める　自動 狭まる

ぜひ【是非】ゼヒ　❶ いいことと悪いこと。正しいか正しくないか。中 是非；好歹；善惡。E right or wrong.

☆ あの子はまだ幼くて、自分のしていることの是非がわからない/那孩子還小，不知道自己做的是對是錯。

❷ (副詞的に)強く願うようす。どうしても。中 務必；必須；一定。E really.

☆ 冬の北海道にぜひ行ってみたい/一定要去看看冬天的北海道。

注 ❷はひらがなで書く。

ぜひとも　ゼヒトモ、ゼヒトモ　非常に強く願うようす。どんなことがあっても。中 無論如何；一定。E by all means; at any cost.

☆ 真犯人をぜひとも捕まえたい/無論如何要逮到真正的犯人。

せびろ【背広】セビロ　男性が勤めに行くときなどに一般的に着る洋服。同じ生地の上着とズボンで、正式にはベストがつく。ふつう、下にワイシャツを着てネクタイをしめる。中 西裝。E a business suit.

☆ 新入社員が慣れない背広で出社した/新進職員穿著還不習慣的西裝上班了。

☆ 定年退職して背広とネクタイから解放された/屆齡退休後，從西裝和領帶中解放出來。

数 1枚・1着

参 最近は「スーツ」のほうをよく使う。

せま・い【狭い】セマイ　❶ 面積や幅にゆとりがない。中 狹；窄小；狹窄。E small; narrow.

☆ 部屋が狭いので、ベッドが置けない/房間窄小，擺不下床。

☆ この道は狭いから、タクシーも通れない/這條路太窄了，連計程車也開不過去。

対 広い

❷ 範囲が小さい。中 狹；狹隘。E small; limited.

☆ わたしは交際が狭くて、友人が少ない/我交際不廣，朋友少。

☆ 知識が狭い/知識狹隘。

対 広い

❸ 考え方や気持ちにゆとりがない。中 狹隘；狹小。E narrowminded; short-sighted

☆ 心が狭い人は、自分のことしか考えられない/心胸狹隘的人只考慮自己。

対 広い

せま・る【迫る】セマル〔自他動五〕(せまって)　❶ 時期や時刻が近づく。中 迫進；逼近；臨近。E (time) approach; draw near.

☆ 約束の日がせまっているのに、製品はまだ仕上がっていない/雖然交期已近，但產品還沒生產出來。

☆ 結婚式が3日後にせまる/婚期近了，將在三天後舉行。

❷ なにかに近づく。また、なにかが近づく。特に悪い状態が近づいてくる。中 迫近；逼近。E (distance) approach; close in on.

☆ 事件の核心にせまる/已接近案件的核心。

☆ 危険が目の前にせまっている/危險迫在眉睫。

☆ 飢えが身にせまる/迫於饑餓。

❸ 強い態度で催促したり、なにかを求めたりする。中 迫使；逼迫；強迫。E compel; press.

☆ 返事をあいまいにしている担当者に、はっきりした回答をせまる/逼迫含糊答覆

せ

的負責人明確地回應。

☆ A国はB国に条約を結ぶようせまった/A國強迫B國締結條約。

☆ 辞職をせまられる/被迫辭職。

〓 注 ❶❷は自動詞、❸は他動詞。

セミナー (seminar) セミナー　❶大学で、少人数の学生が専門的なテーマで研究をする形式の授業。また、そのグループ。中(大學的)研究班；研討會。E a seminar.

☆ 大学では歴史学のセミナーに属している/在大學隸屬歷史學研究班。

☆ セミナーの指導教授/研討會的指導教授。

☆ セミナーハウス/研究教室；研討廳。

❷ 一般の社会で「❶」の形をとる研究会。中 專家討論會；研究討論會。E a research meeting.

☆ 夏休みには市の開く考古学のセミナーに参加して勉強した/暑假參加市裡舉辦的考古學研討班。

〓 参 ドイツ語で「ゼミナール(Seminar)」といい、これを略した「ゼミ」もよく使かわれる。

せめて セメテ　❶満足ではないが、少なくともこれだけはそうなってほしいと願うようす。中 哪怕是～(也好)；至少～。E at least.

☆ 会えないのなら、せめて声だけでも聞きたい/如果不能見面的話，起碼聽聽聲音也好。

☆ せめて合格点だけは取りたい/至少也要及格。

❷ (「せめてもの」の形で)満足ではないが、これだけのことはできてよかったと思うようす。中 總算；也算。E only; sole.

☆ 家は焼けたが、たいせつなものは持ちだせたのがせめてもの救いだ/儘管房屋焚毀，但是救出了貴重物品，總算是不幸中的大幸了。

せ・める 【攻める】セメル〔他動一〕　❶進んで敵や相手を攻撃する。中 攻；攻打。E attack.

☆ 相手の弱い所を見つけてせめる/找出對方的弱點攻擊。

☆ 敵の城をせめる/攻打敵城。

☆ せめこむ/攻入；攻進去。

対 守る、防ぐ

❷ 目的を達するために自分から進んで働きかける。中 說服；打動。E use (various ways) to achieve (one's goal).

☆ 父と母をいろいろな手でせめて、海外旅行のお金を出してもらった/費盡口舌說服父母出錢給我去海外旅行。

せ・める 【責める】セメル〔他動一〕　❶相手の過ちや失敗などを強く非難する。中 指責；責備。E reproach; blame.

☆ 寝床で吸ったタバコが原因で火事になった、と二郎はわたしを責めた/二郎指責我在床上抽菸而釀成火災。

☆ 公約違反を責める/指責違反公約。

❷ いじめ苦しめる。中 折磨；苛責。E torment; harass.

☆ なぐったり水をかけたり、いろいろな手段で責めて本当のことを言わせる/又揍打又澆水，無所不用其極地刑求使其招供。

☆ 借金の取り立てに責められる/受到討債的催促折磨。

▷ 名 責め

せりふ セリフ、セリフ　❶演劇などの中で俳優が言うことば。中 台詞。E one's lines.

☆ せりふを全部覚えて舞台の練習に臨む/把台詞記熟上場彩排。

☆ せりふまわし/theatrical elocution./說台詞的技巧。

☆ 名せりふ/名段；有名的台詞。

❷ ものの言い方。また、ことば。中 說法；說詞。E words.

☆「金を出せ」とは親に向かって言うせりふじゃない/"錢拿來!" 這不是對父母說話的

語氣。

せる (五段動詞の「ない」形について)
❶他の人になにかをするように言って、言われた人がそのとおりにすることを表す。中表示使役；讓做…。
☆ 一郎は弟に仕事を手伝わせた/ Ichiro made his younger brother help him with the work. / 一郎叫弟弟幫他工作。
☆ 課長は部下を報告に行かせた / 課長讓部下去報告。
❷ 他の人にあることをしていいと言ったり、したいだけすることを許したりする。中表示讓某人只做什麼好。
☆ 疲れて帰ってきた子をゆっくり休ませる/ I let my son relax when he comes home tired. / 讓疲憊不堪的孩子回家後好好休息。
☆ 学校の食堂はコーヒーを飲みたいだけ飲ませる/在學校餐廳只要想喝咖啡就可以再續杯。
❸ ある状態をひきおこすことを表す。中表示產生某種狀態。
☆ 娘の死は両親を悲しませた / The girl's death caused her parents great sadness. / 女孩的死使父母悲痛萬分。
☆ 学生たちの贈り物は先生を喜ばせた/學生們送的禮物讓老師很高興。
❹ (「～せていただきます」「～せてください」の形で)ある動作をすることを相手に許してもらうことを表す。中表示請允許～。
☆ 早く帰らせていただきます / I'd like to be excused to go home early. / 請允許我早點回去。
☆ 部屋に入らせてください / 請讓我進屋。
参「する」動詞のばあいは「仕事をさせる」のように「さ」につく。また、一段動詞、の「来る」は「ない」形に「させる」がつく。

セルフサービス (self-service) セルフサービス 商店や飲食店などで店員のサービスを受けずに客が自分で品物を運び、代金を支払うやり方。中(商店或飲食店等)自助式；自助餐。E self-service.
☆ セルフサービスの店では、自分で料理を運ばなくてはいけない/在自助餐店，必須自己取菜。
☆ 休み時間のお茶はセルフサービスでお願いします / 休息時間請自取茶水。

ゼロ (zero) ゼロ ❶ 数字の0。正でも負でもない数。中零。E zero.
☆ 1億はゼロが8個並ぶ/一億中的零有八個。
❷ なにもないこと。中一無所有。E nothing.
☆ ゼロから出発して社長になった / 從一無所有做起，之後自己當老闆。

せろん【世論】セロン、セロン ある問題についての、非常におおぜいの人々の意見や考え。中民意；輿論。E public opinion.
☆ 原子力発電所建設について世論は2つに分かれている / 關於核能電廠的興建，輿論分為兩派。
☆ 政府は世論を取り入れた新政策を打ちだした / 政府採納民意提出新政策。
☆ 世論調査 / 民意調查。
→世論

せわ【世話】セワ〔～する〕 人や生き物に気を配って面倒をみること。中照顧；照看。E care; help.
☆ 病気の母の食事の世話をする / 照顧病中母親的飲食。
☆ よけいな世話をやかないでくれ / Don't meddle with other people's business. / 少管閒事。
☆ 世話役 / a manager; an agent. / 聯繫人；主管人；負責人。

せわし・い セワシイ ❶ つぎからつぎへと、いろいろなことをしなくてはならず、ひまがない。忙しい。中忙；忙碌。E busy.
☆ いろいろな仕事があって、せわしい1日だった/有許多工作要做，忙碌的一天。

☆ 年末はすることが多くてせわしい/年底很忙有許多要做的事。

❷ せかせかして、落ちつきがない。中 匆匆忙忙；不踏實。E restless; jumpy.

☆ 見る所が多くて、せわしい旅行だった/要參觀的地方很多，真是一趟匆忙的旅行。

☆ ちっともじっとしていないせわしい子供/一點也不踏實的孩子。

▷ 話

ニ 参 強めて「せわしない」ともいう。

せん【千】セン　100の10倍の数。1000。中 千；一千。E a thousand.

☆ 500円の本を2冊買って1000円払った/買兩本五百日圓的書，付了一千日圓。

☆ 千変万化(=さまざまな変化)/千變萬化(=各種各樣的變化)。

せん【線】セン　❶ 糸のように細長く続いているもの。中 線；線條。E a line.

直線

曲線

点線

〔線❶〕

☆ 紙の上にまっすぐ線を引く/在紙上劃直線。

☆ 点と線/點和線。

❷ 鉄道など、交通機関の通っている道筋。中 鐵道；交通線。E (transportation) a line; a route.

☆ つぎの駅で別の線に乗りかえる/在下一站換乘別線的電車。

☆ 国道1号線/國道一號。

☆ 地下鉄線/地鐵線。

☆ 国際線/國際航線。

❸ ものごとを進めていく方針。中 路線；方針。E a line; a policy.

☆ 今度の企画はきのう話した線でいくことにした/這次計畫決定按昨天說的路線進行。

❹ 人について、外見やことばなどから受ける感じ。中 人品；器量。E an external impression.

☆ 今度出た新人俳優は、線が太くて頼もしい/這次出道的新演員氣度不凡前途無量。

☆ 線が細い/delicate./度量小；沒氣魄。

▷ 数 ❶❷ 1本

-せん【-船】（他のことばについて)ふね。汽船。中 船；汽船。

☆ 大型船/大型船。

☆ 貨物船/貨船。

☆ 客船/a passenger boat; a liner./客船；客輪。

-せん【-戦】（他のことばについて)❶ 戦争。中 戰；戰爭。

☆ 局地戦/a local war./局部戰。

☆ 長期戦/a prolonged war./持久戰。

❷ 試合。中 比賽。

☆ 将棋の名人戦/(日式)象棋的名人賽。

☆ 決勝戦/the final match./決賽。

☆ 5戦全勝/五戰全勝。

❸ 競争。中 競爭。

☆ 情報戦/an intelligence war./情報戰；資訊戰。

☆ 販売戦/銷售戰。

ぜん【善】ゼン　正しいこと。いい行い。中 善；善行；好事。E good; right.

☆ 弟はまだ子供で、善と悪の区別がつかない/弟弟還是孩子，善惡辨別不清。

☆ 善を行う/行善。

対 悪

善は急げ　いいことだと思ったらすぐ実行しなさい。中 善不宜遲。E Never hesitate to do good.

ぜん-【前-】（他のことばについて)❶ 順序が1つ前であること。中 前~。

☆ 前社長/前任老闆。

☆ 前首相/the ex-prime minister./前首相。

対 現

❷ 時間的にそうなる前であること。中 前。

☆ 前近代的/pre-modern./近代之前。

☆ 前世紀/前世紀。

❸ 2つに分けたもののうちの前のほうであ

ること。[中]兩部分中的前半部分。

☆ 前半生 / the first half of one's life. / 前半生。

[対]後-

せんい【繊維】センイ ❶動物や植物をつくっている細い糸のようなもの。[中]動植物的纖維。[E] a fiber.

☆ 繊維を多くふくむ野菜を食べると体にいい / 吃纖維量豐富的蔬菜有益健康。

❷ 紙や織物などの原料になる非常に細い糸のようなもの。[中]纖維。[E] a fiber.

☆ 絹は繊維が細い / 絲綢的纖維細緻。

☆ 繊維製品 / 纖維製品。

☆ 化学繊維 / 化學纖維。(→[項目])

ぜんい【善意】ゼンイ いい心。ほかの人、ものがよくなるようにと思う心。[中]善意；好心；好意。[E] good intentions; good faith.

☆ 災害地に善意の贈り物がたくさんとどいた / 受災區收到許多的善意贈品。

☆ 善意で注意したのにかえってうらまれてしまった / 雖然善意忠告，但反遭抱怨。

☆ 善意が実る / 善有善報。

☆ 善意に解釈する / 善意地理解。

[対]悪意

ぜんかい【全快】ゼンカイ〔～する〕 病気が完全によくなって、もとのように健康になること。[中]痊癒。[E] complete recovery.

☆ 全快まで半年はかかる / 到全癒要半年。

☆ 1日も早いご全快を祈ります / 祈禱早日病癒。

☆ 全快祝い / 祝賀康復。

→全治

ぜんかい【前回】ゼンカイ、ゼンカイ この前の時。1つ前の時。[中]上次；上回。[E] last time; last.

☆ 前回は学生として日本へ来たが、今回は仕事で来た / 上次是來日本唸書，這次是來日本工作。

☆ 前回の試験は失敗したから今度はがんばろう / 上回考不好，這次要加油!

▷ [関連]今回、次回

ぜんき【前記】ゼンキ〔～する〕 1つの文章の中で前に書いたこと。また、その部分。[書][中]上述；上列。[E] mentioned above; the said.

☆ 前記のとおりご報告いたします / 報告如上所述。

☆ 前記の住所にお送りください / 請送到上述地址。

[対]後記

ぜんき【前期】ゼンキ ❶ある期間をいくつかに分けたばあいの最初の期間。[中]前期。[E] the first semester; the first half year.

☆ 前期の試験が終わって後期が始まるまで休みだ / 上學期考試結束到下學期開學之間放假。

❷ ある期間のすぐ前の期間。[中]上期。[E] the preceding term.

☆ 前期から今期まで続けて係を引き受ける / 從上一屆到這一屆繼續做主管。

☆ 前期決算報告 / 上一期決算報告。

▷ [関連]❶中期、後期、❷今期、次期、来期

せんきょ【占拠】センキョ〔～する〕 許可をえないで、ある場所にいすわって、他人を入れないこと。[中]佔據；佔領。[E] occupy; capture.

☆ デモ隊に建物を占拠された / 建築物被示威遊行隊伍佔據了。

☆ 学生が図書館を占拠して学校側と交渉する / 學生佔領圖書館，和校方進行交涉。

せんきょ【選挙】センキョ〔～する〕 何人かの人の中からその目的に合った人を選びだすこと。[中]選舉。[E] an election.

☆ ふつう、4年に1度、衆議院議員の選挙が行われる / 通常每四年舉行一次衆議員選舉。

☆ 選挙に立候補する / 提名為候選人參加選舉。

☆ 選挙運動 / 競選活動。

せ

☆ 選挙演説 / 競選演說。

☆ 選挙権 / the right to vote. / 選舉權。

せんぎょう【専業】センギョー　職業として1つの仕事だけをすること。また、その仕事。中 專業；專門職業。E a full-time ~.

☆ 最近、専業の農家が減って兼業農家が多くなった/最近，專業農戶減少而兼職農戶增多。

☆ うちの母は勤めを持たない専業主婦だ/我媽媽是沒有上班的家庭主婦。

対 兼業

せんぎり【千切り】センギリ、センギリ　おもに野菜をできるだけ細く切ること。また、切ったもの。中 切成細絲。E cut ~ into fine strips; shred.

☆ キャベツを千切りにして肉料理にそえる/把包心菜切絲做為肉的配料。

せんげつ【先月】センゲツ　今月のすぐ前の月。中 上月；上個月。E last month.

☆ 先月から今月にかけて3週間入院した/從上個月算起到這個月為止已住院三星期了。

▷ 関連 今月、来月

参「前月」も似ているが。「前月」が「父は昨年の10月に死んだが、その前月までは元気で旅行をしたりしていた」のように、ある月からみてすぐ前の月をいうのに対して、「先月」はいまの月からみてすぐ前の月をいう。

せんげん【宣言】センゲン、センゲン〔~する〕　考え、意見などを広く他に向かって言うこと。また、そのことば。中 宣言；宣告。E declare; (a) declaration.

☆ オリンピック大会の開会を宣言する/宣佈奧運開幕。

☆ 国連で世界平和の宣言を行う / 在聯合國發表世界和平宣言。

☆ 独立宣言 / 獨立宣言。

せんご【戦後】センゴ、センゴ　戦争が終わったあと。特に、第2次世界大戦が終わった1945年からあと。

☆ 戦後しばらくはみんな生活が苦しかった/戰後有一陣子大家生活都很苦。

☆ 戦後処理 / 戰後處理。

☆ 戦後派 / the postwar generation. / 戰後世代。

▷ 関連 戦前、戦中

ぜんご【前後】ゼンゴ　❶時間、場所などの前と後ろ、先と後。中 前後。E the front and the rear; before and after; the consequences.

☆ 前後に注意して車を運転する / 瞻前顧後地小心開車。

☆ 前後の考えもなく家を飛びだした / 不顧前後地奔出家門。

☆ 前後左右を見まわす / 環顧前後左右。

❷〔~する〕ものごとの順序が逆になること。中 前後顛倒；錯亂。E be reversed; get mixed up.

☆ 説明が前後してわかりにくかった / 前後顛倒的說明非常難懂。

❸〔~する〕ものごとが短い時間の間に起こること。中 相繼；一前一後。E (things happen) almost simultaneously.

☆ 2人は前後して事業を始めた / 兩人相繼創業。

☆ 父と兄は前後して帰ってきた / 爸爸和哥哥一前一後地回家了。

❹ (数や量を表すことばの後について)だいたい~ぐらい。中 大概；大約。

☆ 70歳前後の男性に駅への道をきかれた/ I was asked the way to the station by a man of about seventy. /七十幾歲的老人問我去車站的路。

☆ その会社は1950年前後につくられた/那家公司是一九五零年左右設立的。

▷ →内外

せんこう【専攻】センコー〔~する〕　学問の中のある部門を専門に研究すること。また、その部門。中 専攻；主修；專業。E one's specialty; major in.

☆ 大学の専攻は経営学だった/大學主修企管。

☆ ギリシャ文学を専攻する/專攻希臘文學。

せんこく【宣告】センコク〔～する〕 重大なことを相手にはっきりと言うこと。中 宣告；宣布；宣判。E tell; sentence.

☆ 医師は家族に病人の死を宣告した/醫生向家屬宣告病人死亡。

☆ 無罪の宣告をする/宣判無罪。

ぜんこく【全国】ゼンコク その国じゅう。その国全体。中 全國。E all over the country; national.

☆ そのニュースはただちに全国に伝わった/那消息立即傳遍全國。

☆ 全国大会/全國大會。

☆ 全国放送/全國播放。

せんさい【繊細】センサイ ❶ ほっそりして細かいようす。中 纖細；精緻。E delicate; fine.

☆ 繊細で美しいデザインのガラス製品/設計精緻美觀的玻璃製品。

❷ 感情が細やかで鋭いようす。中 細膩；微妙。E delicate; sensitive.

☆ 神経が繊細な人は、人ごみに出るとすぐ疲れる/神經敏感的人一到人多的地方，就立即感到疲憊。

せんざい【洗剤】センザイ 衣類や食器などのよごれを洗い落とすときに使う粉や液体。中 洗滌劑；洗衣劑；洗衣粉。E a detergent; a cleanser.

☆ 洗剤を入れて洗濯機をまわす/倒進洗衣粉轉動洗衣機。

☆ 洗剤で食器を洗う/用洗碗精洗餐具。

☆ 中性洗剤/中性洗滌劑。

せんざいいちぐう【千載一遇】センザイイチグー、センザイ・イチグー 1000年のうちで1回あるかないかというぐらいの、めったにない機会。中 千載難逢。E the chance of a lifetime.

☆ ヒマラヤ旅行ができるなんて千載一遇のチャンスだから、ぜひ参加しよう/能去喜馬拉雅山旅行真是千載難逢的機會，我一定要參加。

せんさばんべつ【千差万別】センサバンベツ、センサ・バンベツ ものごとはたくさんあってもそれぞれ違いがあるということ。中 千差萬別。E an infinite variety of; various kinds of.

☆ みなの意見は千差万別で、なかなかまとまらない/大家的意見異論紛紛，不易統一。

☆ 千差万別の生き方/千差萬別的生活方式。

せんじつ【先日】センジツ きょうのすこし前の日。数日前。中 前幾天。E the other day.

☆ 先日はお見送りありがとう/謝謝你前幾天的送行。

☆ 先日、大阪へ出張した/前幾天去大阪出差。

☆ 先日からかぜをひいている/前幾天開始感冒。

参「前日」も似ているが、「前日」が「出発の前日、荷物を調べた」のように、ある日からみてすぐ前の日をいうのに対して、「先日」はきょうからみてすこし前の日をいう。

ぜんじつ【前日】ゼンジツ ある日のすぐ前の日。中 前一天。E the previous day; the day before.

☆ 旅行の前日に熱が出て、出発を遅らせた/旅行前一天發燒，所以延後出發了。

☆ 母が死ぬ前日に父は外国から帰ってきた/在媽媽去世的前一天，從國外回來了。

関連 当日、翌日 →先日

せんじつ・める【せんじ詰める】センジツメル、センジツメル〔他動一〕 最後のところまで考えを進め、論じる。中 徹底分析；追根究柢；總而言之。E when boiled down; after all.

☆ 失敗したのは、せんじつめれば、計画の立て方が悪かったからだ / 我之所以失敗，歸根究柢是因為計畫訂的不好。

ぜんしゃ【前者】ゼンシャ　先に述べた２つのものごとのうち、前のほう。中 前者。E the former.

☆ 国会には衆議院と参議院があり、前者には解散があるが、後者にはない / 國會有衆議院和參議院，前者可解散，後者則不可。

対 後者

せんしゅ【選手】センシュ　スポーツなどの競技に出るために選ばれた人。職業として競技をする人。中 選手；運動員。E a player; an athlete.

☆ 選手権試合 / a title match. / 錦標賽；冠軍爭奪賽。

☆ オリンピック選手 / 奧運選手。

☆ 野球選手 / 棒球選手。

せんしゅう【先週】センシュー　今週のすぐ前の週。中 上星期；上週。E last week.

☆ きょうは10日で月曜日、先週の月曜日は３日だった / 今天是十號星期一，上週的星期一是三號。

☆ 先週に続いて今週も毎日暑い / 從上週持續到本週，每天都很熱。

関連 今週、来週

せんしゅうがっこう【専修学校】センシューガッコー　職業や生活に必要な実技、教養などを教える学校。中 專科學校。E a professional training school.

☆ 専修学校で英会話とコンピューターを勉強する / 在專科學校學習英文會話和電腦。

数 1校

ぜんしょ【善処】ゼンショ〔～する〕　ものごとをいちばんいい方法で処理すること。中 妥善處理。E deal properly with; do one's best.

☆ その件は係の者と相談して善処します / 那件事將和主管人員商量一下再妥善處理。

☆ 前向きに善処します / 積極地妥善處理。

参 役所や会社、また会議などで、すぐ実行する気持ちはないが、相手にそれをはっきり言わずにすむつごうのいいことばとしてよく使われる。

せんしょく【染色】センショク〔～する〕　色をつける材料を使って糸、布、紙などを染めること。また、染めた色。中 染色；染的色。E dyeing.

☆ 洋子の染色は色の扱いがすぐれている / 洋子擅於利用配色來染色。

☆ 染色工芸 / dyeing technology. / 染色工藝。

ぜんしん【全身】ゼンシン　体全部。体じゅう。中 全身。E the whole body; all over.

☆ 安心すると同時に全身の力が抜けたようになった / 一安心放鬆下來，就感到渾身無力了。

☆ 雨に降られて全身びしょぬれだ / 全身被雨淋濕了。

☆ 全身全霊 (＝体も心もすべて) / 全身心；整個身心(＝身體、心靈全部)。

☆ 全身麻酔 / 全身麻醉。

ぜんしん【前進】ゼンシン〔～する〕　❶ いままでの場所よりも前のほうへ進むこと。中 前進。E advance; move forward.

☆ ブレーキをゆるめると車はゆっくり前進した / 剎車一鬆，車就緩緩前進了。

対 後退

❷ いままでの状態よりもよくなること。中 前進；進步。E progress.

☆ 交渉が１歩前進して解決に近づいた / 談判略有進展，邁向解決。

対 後退

ぜんしん【漸進】ゼンシン〔～する〕　すこしずつゆっくり先へ進むこと。書 中 漸進；逐步前進。E move forward step by step; progress gradually.

☆ はっきりみえないが改革は漸進している / 雖不能清楚地看到，但改革已在逐步前進。

☆ 漸進主義 / 漸進主義。

対急進

せんしんこく 【先進国】センシンコク　国土の開発が進み、近代産業が発達して、国民の生活水準が高い国。中 先進國家。E an advanced (a developed) country.

☆ 経済が発展して先進国の仲間入りをした/經濟發展後，躋身於開發國家行列。

対発展途上国

数 1カ国・1国

せんす 【扇子】センス　手に持って動かし風を起こす道具。竹などの骨に紙や布などがはってあり、折りたためるようになっている。儀式や舞などにも使う。扇。中 扇子。E a (folding) fan.

☆ 会場が暑くて、扇子であおぎながら講演を聞く / 會場很熱，邊搧扇子邊聽演講。

☆ 扇子をひろげる / 攤開扇子。

▷ 数 1面・1本　→うちわ 図

せんせい 【先生】センセイ　学問や技術、知識などを持っていて、それを人に教えたり指導したりする人。中 教師；老師；先生。E a teacher; an instructor.

☆ 母は小学校の先生をしている / 媽媽在小學當老師。

☆ 中学生時代は先生によくしかられた/中學時代常被老師訓話。

参 尊敬していう言い方で、職業としての「先生」のほかに、芸術家、政治家、医師、学者、弁護士などを呼ぶときにも使うことがある。

ぜんせい 【全盛】ゼンセイ、ゼンセイ　勢いがいちばん盛んなときであること。中 全盛；極盛。E the height of prosperity.

☆ 江戸時代は町人文化が全盛をきわめた/江戸時代商人文化盛極一時。

☆ 全盛を誇った独裁政権がくずれ去った/號稱全盛的獨裁政權崩潰了。

☆ 全盛時代 / 全盛時代。

ぜんせん 【前線】ゼンセン　❶ 戦争で、敵と向かい合っているいちばん前の所。中 前線；前方。E the front (line).

☆ 戦争が終わって、前線から兵士がもどってきた / 戰爭結束，戰士從前線返回。

☆ 前線で戦う / 在前線戰鬥。

❷ 気象で、冷たい空気と温かい空気のかたまりがふれ合う所。中 鋒面。E a front.

☆ 前線が通過すれば天気がよくなるだろう/如果鋒面通過的話，也許天氣會變好吧。

☆ 温暖前線 / 暖鋒。

☆ 寒冷前線 / 冷鋒。

ぜんぜん 【全然】ゼンゼン　❶ (「全然〜ない」の形で)まったく〜ない。まるで〜ない。中 一點點也沒有；一點點也不；絲毫。E not at all; absolutely not.

☆ このドラマは全然おもしろくない/這個電視劇無聊透了。

☆ この2カ月間、雨が全然降らない / 在這兩個月裡，一點雨也沒下。

❷ 完全に。まったく。中 完全；簡直；全然。E totally; completely.

☆ 想像していたのとは全然違っていたので驚いた / 和想像完全不同，所以感到驚訝。

☆ お酒は全然だめなんです/我根本不能喝酒。

参 ❷はふつう、否定的な内容のばあいに使うが、最近では「非常に」の意味で、会話などで「全然いいね」「全然すてきだ」のように使われることがある。

せんせんきょうきょう 【戦戦恐恐】センセンキョーキョー、センセン・キョーキョー　(「戦々恐々と」の形で)こわがってびくびくするようす。中 戰戰兢兢；心驚膽顫。E in fear and trembling.

☆ 火山がいつ爆発するかと、ふもとの住民たちは戦々恐々と過ごしている/不知道火山何時爆發，山腳下的居民一直戰戰兢兢的過

せ

生活。

せんぞ【先祖】センゾ　その家の血のつながりのいちばん初めの人。また、その人から、いま生きている人の前の代までの人。[中] 始祖；祖先；祖宗。[E] an ancestor; a forefather.

☆ お盆には先祖の墓まいりをする/中元節去掃祖先的墓。

☆ わが家の先祖には有名な学者がいた/我家的先祖裡有著名的學者。

☆ 先祖代々/列祖列宗。

[対] 子孫

せんそう【戦争】センソー　❶〔～する〕国と国とが武力によって戦うこと。[中] 戰爭。[E] a war.

☆ 戦争ではたくさんの人が死ぬ/發生戰爭會有許多人死亡。

☆ 戦争が終わってやっと平和になった/戰爭結束，和平終於降臨。

☆ 戦争責任/戰爭責任。

[対] 平和

❷ 激しい競争や悪い状態。[中] 戰爭；問題；競爭。[E] war-like competition or conditions.

☆ 交通戦争/交通問題。

☆ 受験戦争/考試戰爭；聯考競爭。

せんぞく【専属】センゾク〔～する〕　ある1つの会社、団体とだけ約束して仕事をすること。また、している人。[中] 專屬。[E] attached to; under exclusive contract with.

☆ 洋子はA社の専属の俳優だから、B社の仕事はできない/洋子是A公司專屬演員，所以不能替B公司工作。

☆ 専属契約を結ぶ/締結專屬契約。

☆ 専属歌手/專屬歌手。

ぜんそく【喘息】ゼンソク　急に激しいせきが出て、息が苦しくなる病気。[中] 氣喘。[E] asthma.

☆ 夜中に喘息の発作が起きて眠れなかった/夜裡因氣喘發作沒能睡好。

☆ 気管支喘息/支氣管哮喘。

☆ 小児喘息/小兒氣喘。

センター (center) センター　❶ 中心になって活動する場所、建物など。[中] 中心；中心機構。[E] a center.

☆ 市民センターでダンスの講習会がある/市民活動中心有舉辦舞蹈訓練班。

☆ 交通情報センター/交通情報中心。

❷ ボールを使う競技で、中央部を守る人。また、その場所。[中] 中場手；中心圈；中線。[E] a center fielder; a center.

☆ 打球がピッチャーの頭上を越えてセンターへ飛んだ/擊出的球越過投手的頭頂飛向中外野手。

☆ センターライン/中線。

ぜんたい【全体】ゼンタイ、ゼンタイ　❶ ものごとの全部。[中] 全體；全部；總體。[E] the whole; all over.

☆ クラス全体の意見がまとまる/總結全班的意見。

☆ 地震の被害は市の全体におよんだ/地震造成的災害遍及全市。

[対] 部分

❷ (副詞的に)(1)初めからそうであるようす。もともと。[中] 本來；根本。[E] from the beginning.

☆ 80歳でマラソンをするなんて、全体、無理だとわかっていた/八十歲還跑什麼馬拉松，根本就是開玩笑。

(2) 強い疑問の気持ちを表す。[中] 到底；究竟。[E] (why, what) on earth.

☆ いったい全体なにが起こったんですか/究竟發生了什麼事?

せんたく【洗濯】センタク〔～する〕　よごれた衣類などを、水や洗剤などを使って洗ってきれいにすること。[中] 洗衣服；洗滌。[E] wash; laundry.

☆ 洗濯したらこんなに縮んでしまった/用水

一洗，就縮成這樣了。

☆ 洗濯ばさみ/曬衣夾。

☆ 洗濯機/洗衣機。

せんたく【選択】センタク〔~する〕 いくつかのものの中から目的に合うものを選ぶこと。中 選擇。E choose; select.

☆ 自分の進む道は自分で選択したい/自己選擇自己想要走的路。

☆ 聞きたい講義が多く、選択に迷ってしまう/想聽的課很多，一時難以抉擇。

☆ 取捨選択/選擇取捨。(→項目)

せんたん【先端】センタン いちばん先。中 頂端；尖端；前頭；最前面。E the forefront; the point.

☆ 時代の先端を行く/走在時代尖端。

☆ 電柱の先端に鳥がとまっている/小鳥停在電線桿的頂端。

☆ 先端技術を取り入れた設備/採用尖端技術的設備。

ぜんち【全治】ゼンチ〔~する〕 けがが完全によくなること。中 痊癒；治好。E heal completely.

☆ 駅の階段で転んで全治1カ月の大けがをした/在車站樓梯上摔傷，要花一個月才能治好。

☆ けがが全治するまで練習を休む/傷痊癒前，停止訓練。

参「全快」も似ているが、ふつう、「全快」は病気が治ったときにいうのに対して、「全治」はけがが治ったときにいう。

センチメートル(フ centimètre) センチメートル 長さの単位。1センチメートルは1メートルの100分の1。センチ。記号は「cm」。中 釐米；公分。E a centimeter.

☆ わたしの身長は160センチメートルです/我身高一百六十公分。

せんちゃ【煎茶】センチャ 緑茶の葉に湯を入れて飲む飲み物。また、その茶の葉。中 烹茶；煎茶；綠茶。E green tea.

☆ 色、かおり、味のいい煎茶は和菓子によく合う/色香味俱佳的綠茶和日式點心很搭配。

☆ 濃く入れた煎茶を飲む/喝濃郁的綠茶。

数 1杯・1缶

せんでん【宣伝】センデン〔~する〕 団体や個人の考え、商品の名前や特徴などを、多くの人に知らせること。中 宣傳。E advertisement; publicity; propaganda.

☆ 新車の宣伝をする/為新車作宣傳。

☆ 宣伝ポスター/宣傳海報。

☆ 宣伝効果/the effectiveness of advertising./宣傳效果。

参「広告」も似ているが、「宣伝」は商品だけでなく、主義、思想など、考え方のいい面を積極的にわかってもらおうとすることもふくむ。

せんてんてき【先天的】センテンテキ 生まれたときから身についているようす。中 先天(的)；天生(的)。E by nature; inborn.

☆ わたしは先天的に酒が飲めない体質だ/我是天生不能喝酒的體質。

☆ 道子の歌のうまさは先天的なものだ/道子天生一副金嗓子。

対 後天的

ぜんと【前途】ゼント ❶これから進んでいく道。また、その目的地。中 前方；路程。E the journey before one.

☆ 目的地までやっと半分来た。前途はまだ遠い/離目的地好不容易走了一半，路途還很遙遠。

☆ 下車前途無効/No stopover on this ticket./中途下車，車票自動失效。

❷ これから先の運命。将来のようす。中 將來；前途。E a future; prospects.

☆ 前途洋々とした人生/前途遠大的人生。

☆ 前途多難/have many difficulties ahead of one./前途多難。

せんとう【先頭】セントー　ひと続きになって動いているものの中でいちばん先にいるもの。中 前頭；最前列；最先。E the head; the lead.

☆ マラソンで先頭を切って走る／跑馬拉松時跑在最前頭。

☆ 課長が先頭に立って仕事をするので、みなも熱心に働く／課長帶頭工作，所以大家也認真地跟著做。

対 後尾

せんとう【銭湯】セントー　料金を取って利用させるふろ屋。中 澡堂；公共浴池。E a public bath.

☆ 銭湯は広くてゆったりできるからいい／公共浴池又大又舒適。

☆ １日おきに銭湯に行く／每隔一天去一次公共浴池。

数 １軒

せんどう【船頭】センドー　船をこぐことを職業としている人。また、その人たちを指揮する人。中 船夫；船老大。E a boatman; a ferryman.

☆ 年とった船頭さんが船をこいでいる／上了年紀的船夫在划船。

船頭多くして船山に登る　なにかをするときに指導したい人が多すぎるとうまくいかず、目的の方向へ進まないということ。中 船夫多，撐翻船，人多反礙事。E Too many cooks spoil the broth.

せんにゅうかん【先入観】センニューカン　あることについて、実際に見聞きする前にこうだと思ってしまう考え。中 先入之見；成見。E a preconception; a prejudice.

☆ 先入観にとらわれると本当の姿はみえなくなる／帶有成見來看的話，就不能看清真相。

せんねん【専念】センネン〔～する〕　ある１つのことだけに心身を集中すること。中 一心一意；專心一志。E devote oneself to.

☆ 京子は研究に専念していて、家のことは夫にまかせきりだ／京子專心做研究，家事全交給丈夫。

☆ 子供がうまれてしばらくの間、育児に専念した／生孩子後有很長一段時間，全心撫育嬰兒。

せんぱい【先輩】センパイ　同じ学校や職場、また一般社会で、年齢、地位、経験などが自分より上の人。中 前輩；先進；高年級同學。E one's senior.

☆ ２年早く入社した先輩に仕事を教えてもらう／向比我早兩年進公司的前輩請教工作。

☆ 大学の先輩に就職を頼む／拜託大學的學長找工作。

対 後輩

せんばつ【選抜】センバツ〔～する〕　多くのものの中からすぐれたものを選びだすこと。中 選拔；挑選；選優。E select; pick out.

☆ 部員の中から、足の速い者を選抜してチームをつくる／從成員中挑選跑得快的人組成一隊。

☆ 選抜にもれて残念だ／沒被選上很遺憾。

☆ 選抜試験／選拔考試。

ぜんぱん【全般】ゼンパン　あることがらの全体。中 全般；全面；普遍。E on the whole; generally.

☆ 今年の夏は全般に雨が少ない／今夏普遍雨水少。

☆ 全般にわたって調査する／普查；進行全面調查。

☆ 全般的／普遍的；總體的；一般的；整個的。

ぜんぶ【全部】ゼンブ　あるものごとのすべて。中 全部；全；都。E all; whole; total.

☆ 100万円全部を使ってしまい、いまは１円もない／一百萬日圓全花光了，現在連一塊日圓也不剩。

☆ 出された料理を全部食べた／出的菜全都吃完了。

☆ 数えたら全部で50本あった／數一數全部共

五十支。

対一部、一部分

せんぷう【旋風】センプー、センプー　❶突然、激しく渦を巻きながら吹く強い風。中旋風。E a cyclone; a whirlwind.

☆ 旋風が空へ舞い上がっていくように見えた / 似乎能看見旋風向空中飛舞。

❷ ものごとが突然起きて、人々を驚かすこと。中風波；風潮。E (create) a sensation.

☆ 京子の発表した報告は学界に旋風を巻き起こした / 京子發表的報告在學術界捲起了一陣旋風。

せんぷうき【扇風機】センプーキ　プロペラのような羽根をモーターで回して風を送る器具。中電扇。E an electric fan.

〔扇風機〕

☆ 部屋の中が暑いので扇風機をつけた / 房間很熱，所以開了電扇。

☆ ふろから出て扇風機に当たる / 洗澡後吹電扇。

数1台

せんべい　センベイ　米や小麦の粉に水を加え、薄くのばしてかたく焼いた菓子。中用米粉或麵粉烤製的脆餅乾；仙貝。E a Japanese (rice) cracker.

☆ 祖母は歯が悪いのでせんべいが食べられない / 祖母的牙齒不好，所以不能咬仙貝。

☆ 塩せんべい / 鹹仙貝。

数1枚　→菓子図

せんべつ【餞別】センベツ　引っ越していく人や長い旅行に出かける人に、金や品物を贈ること。また、その金や品物。中臨別贈送的錢或禮物。E a farewell gift.

☆ 国へ帰る友達のせんべつに、日本の着物をあげた / 把日本和服作為臨別紀念禮物贈送給歸國友人。

☆ 旅行に出るとき、祖母が5000円のせんべつをくれた / 去旅行時，祖母臨別塞給我五千日圓。

せんぺんばんか【千変万化】センペンバンカ〔～する〕　ものごとが、つぎつぎといろいろに変わること。書中千變萬化。E everchanging.

☆ 千変万化する国際情勢/國際情勢千變萬化。

☆ 千変万化の風景 / 千變萬化的風景。

せんぽう【先方】センポー　❶自分が向かっている方向。また、向かう先。中前方；對面；那一方面；那裡；目標地。E there; one's destination.

☆ 先方に見える建物が銀行だ / 對面可看得見的建築物是銀行。

☆ 先方に着いたら知らせる / 到了目的地就通知你。

❷ 相手の人。中對方。E the other party; he; she; they.

☆ 先方のつごうをきく / 詢問對方方便與否。

☆ 先方の返事を待つ / 等待對方回信。

対当方

せんめい【鮮明】センメイ　色、形などがあざやかではっきりしているようす。中鮮明；清楚；清晰。E clear; distinct; vivid.

☆ 新しいテレビは画面が鮮明で細かい部分もよく見える / 新電視畫面清晰，細微處也能看得很清楚。

☆ 鮮明な印象 / 印象鮮明。

☆ 鮮明な記憶 / 記憶鮮明。

対不鮮明

せんめんじょ【洗面所】センメンジョ、センメンジョ　顔や手を洗い、きれいにととのえる所。また、便所。中盥洗室；廁所；化妝室。E a washroom; a lavatory.

☆ 洗面所で歯をみがく / 在盥洗室刷牙。

☆ 洗面所でこっそりタバコを吸う / 在盥洗室偷抽煙。

せんもん【専門】センモン　ある1つの部門

せ

だけを研究したり仕事にしたりすること。また、その学問や仕事。中 專門；專業；專長。E a specialty; a major.

☆ 専門は物理だが、学校では数学も教えている/雖然專業科目是物理，但在學校也教數學。

☆ 専門分野/專業範圍。

☆ 専門家/專家。

☆ 専門店/專賣店。

せんよう【専用】センヨー〔～する〕❶決まった人や団体だけが使うこと。中 專用。E exclusive; private.

☆ 部屋に専用の電話を引いた/在房間裝了專用電話。

☆ 歩行者専用道路/行人專用道；人行道。

対 共用

❷ ある決まった目的のためだけに使うこと。中 專門用於。E for ~ only.

☆ 布地専用のはさみだから紙は切らないでください/這是專門裁剪布料的剪刀，請不要用來剪紙。

対 兼用

ぜんりゃく【前略】ゼンリャク、ゼンリャク

❶ 手紙で、時候のあいさつを書かずに用件から書くとき、その始めに書くことば。中（書信用語）以此省去開頭的問候客氣語。E a heading used in Japanese letters: “dispensing with formalities”.

☆ 改まった手紙は「前略」で書きはじめてはいけない/正式書信不能省去開頭問候語。

❷〔～する〕引用する文章の、前の部分を略すこと。中 將文章前面的部份省略。E as stated above.

☆ 前略としてある部分の内容を知りたい/想知道省略部分的內容。

▷ 書 関連 ❷中略、後略

せんりゅう【川柳】センリュー、センリュー

5、7、5の3句、17の音でできた短い詩。江戸時代に生まれて、俳句よりさらに直接的に庶民の生活感情やユーモアや風刺などを表現したもの。中 川柳（由5、7、5三個句子共17個音所構成的短詩，出現在江戶時代，比俳句更能直接表達庶民的感情生活幽默及諷刺的面貌）。E a *senryu*; a humorous or satirical Japanese poem consisting of seventeen sylleblas.

☆ 川柳を読むと江戸時代の庶民の生活がよくわかっておもしろい/一讀川柳，就明白江戶時代的庶民生活，很有意思。

数 1句

参「孝行をしたいときには親はなし」「役人の子はにぎにぎをよく覚え」などがある。

せんりょう【占領】センリョー〔～する〕

人または国などが、ある場所を自分だけのものとして使うこと。中 佔領。E occupy; have ~ all to oneself.

☆ 沖縄は戦後27年間、アメリカ軍に占領されていた/沖繩在戰後被美軍佔領了二十七年。

☆ 広い部屋を1人で占領する/一個人佔用寬敞的房間。

☆ 占領軍/佔領軍。

ぜんりょう【善良】ゼンリョー　正直でまじめなようす。中 善良。E good-natured; good.

☆ 祖父は善良な人柄でだれからも好かれていた/爺爺為人善良，誰都喜歡他。

☆ 善良な市民/善良的市民。

対 不良

ぜんれい【前例】ゼンレイ　❶それより前にもあった同じようなことがら。また、のちの見本になるような例。中 先例；前例。E a precedent.

☆ 自分のつごうで2年間も休職した前例はないが、特別に許可する/雖然沒有因私休假兩年的先例，但卻因情況特殊而特別准許。

❷ 前にあげた例。中 上述例句。E the above example.

☆ 前例は中学生の会話から採集したものである／上述例句是從中學生的談話中收集來的。

せんれん【洗練】センレン〔～する〕 (おもに「洗練された」の形で)上品できちんとしてととのっている。中 精練；講究；考究。E polished; refined.

☆ 洗練された、味わいの深い文章／精練且文意雋永的文章。

☆ 洗練された服装／講究的服裝。

☆ 洗練された文化／高尚的文化。

せんろ【線路】センロ　電車や列車などが通るための道。また、そこに敷いたレール。中 鐵路(線)；軌道。E a railroad track; a railroad line.

☆ 道がわからなくなり、線路にそって歩いた／認不得路，只好沿著鐵軌走。

☆ 線路工事／鐵路工程。

数 1本　→汽車 図

そ／ソ

ぞ　(文の終わりについて)自分に言い聞かせたり、相手に自分の考えを押しつけたりする気持ちを表す。話 中 表示促使對方注意，自言自語或強烈的主張。

☆ そんなことはないぞ／That's not true!／絕不會有那種事。

☆ あした、必ず来るんだぞ／明天一定要來啊!

☆ がんばるぞ／努力啊!加油啊!

参 自分と同等か目下の人に使う。

そう　ソー、ソー　❶「そのよう(に)」のくだけた言い方。中 那麼；那樣。E so; like that.

☆ あしたは休んでもいいよと言われたので、そうするつもりだ／聽說明天請假也無所謂，所以打算就這麼辦。

❷ 相手のことばに同意するときに言うことば。中 是；不錯。E yes; really; oh.

☆ そう。それはいい／是，說得好。

☆ そう、うまくいってよかったね／是，進行順利真是太好了!

▷ 話　→付録 指示語のまとめ

そ・う【沿う・添う】ソウ、ソウ〔自動五〕(そって) ❶長くつながっているものなどのわきを離れないように進む。また、離れないで続いている。中 沿著；順著。E along; line.

☆ 線路にそって歩く／沿著鐵路走。

☆ 川にそって工場が並んでいる／工廠排列在河邊。

❷ ある方針や基準から離れないようにして行動する。中 按照。E in line with; according to.

☆ 初めの計画にそって工事を進める／按照最初計畫加快工程進度。

❸ もとになるものに合う。中 符合；滿足。E meet; serve.

☆ ご期待にそうよう努力します／加倍努力以免辜負您的期望。

☆ 目的にそう／符合目標。

▷ 他動 添える

注 漢字で書くときは、❶❷は「沿う」、❸は「添う」。

そう-【総-】 (他のことばについて)すべての。全体の。中 所有的；全部；全體；總。

☆ 総まとめ／put everything together and in order.／總括。

☆ 総選挙／總選舉；大選。(→項目)

ぞう【象】ゾー　陸にすむ動物の中でいちばん大きい草食の動物。灰色で、大きい耳、長い鼻、1対の長いきばを持つ。中 象。E an elephant.

☆ 象が太い材木を鼻で運んでいる / 大象用鼻子搬運著粗大木材。

☆ 象は鼻が長い / 大象鼻子長。

数 1頭・1匹

ぞう【像】ゾー　❶目や画面などに映る人やものの姿、形。中 相；像；圖像。E an image; a picture.

☆ なき父の像が目に浮かぶ / 父親遺影浮現在眼前。

☆ 台風のせいか、テレビの像が不鮮明だ / 也許是颱風的關係，電視影像不清晰。

❷ 人やものの形をまねてつくったもの。中 像；塑像；銅像。E a statue; an image.

☆ 学校の創立者の像を建てる / 樹立學校創辦者的塑像。

☆ 銅像 / 銅像。(→ 項目)

そうい【相違】ソーイ〔～する〕　2つ以上のものを比べて違っていること。また、その違い。中 不同；差異。E differ from; (a) difference.

☆ その新聞記事は事実と相違している / 那家報紙的報導與事實不符。

☆ 意見の相違を明らかにする / 弄清楚意見分歧之處。

☆ 右のとおり相違ありません / 如右無誤。

そうい【創意】ソーイ　ほかのもののまねではなく新しく考えだすこと。また、その考え。中 獨創的見解；創意。E originality.

☆ この建物には使いやすいような創意がいくつも見られる / 從這座建築物中，隨處可見便於使用的新穎設計。

☆ 創意に富む / inventive; creative. / 富有創意。

☆ 創意工夫 / inventive ideas. / 別出心裁；獨具匠心。

そうい【総意】ソーイ　あることがらに関係のある全部の人の考えや意見。中 全體的意見；輿論。E the general will; the concensus.

☆ 平和への願いは人類の総意だ / 祈求和平是全人類的心願。

☆ 会員の総意にもとづく決定 / 根據全體會員的意見所做的決定。

そうおん【騒音】ソーオン　うるさくてやかましくじゃまになる音。中 噪音；噪音。E (a) noise.

☆ すばらしいピアノ曲も、夜遅いと近所には騒音だ / 再優美的鋼琴曲，在深夜對街坊來說也是噪音。

☆ 騒音公害 / noise pollution. / 噪音公害。

☆ 工場騒音 / 工廠噪音。

参「雑音」も似ているが、「雑音」がなんの音かわからない、いろいろまじった音そのものであるのに対して、「騒音」はなんの音であるかは問題ではなく、聞く人が不快に思う音をいう。

ぞうか【増加】ゾーカ〔～する〕　数や量などがそれまでよりも増えること。また、増やすこと。中 增加。E increase; grow.

☆ 世界の人口は毎日増加している / 世界的人口每天都在增加中。

☆ 野菜の生産量を増加することに決めた / 決定增加蔬菜的產量。

対 減少　→増大

そうかい【爽快・壮快】ソーカイ　❶さっぱりして気持ちのいいようす。中 爽快；痛快。E refreshing; invigorating.

☆ プールで泳いでシャワーを浴びると心身ともに爽快になる / 在泳池游泳後淋浴，身心都清爽了。

☆ 爽快な気分 / 神清氣爽。

❷ 元気がよくて気持ちのいいようす。中 壯觀；雄壯；痛快。E thrilling; stirring.

☆ 真っ赤な服のスキーヤーが壮快にすべってきた / 身穿鮮紅服裝的滑雪者飛快地滑過來了。

☆ スポーツ大会の壮快な入場行進曲/運動會雄壯的入場進行曲。

注 ❶は「爽快」、❷は「壮快」。

そうかい【総会】ソーカイ ある組織、団体に入っている全部の人が集まって話し合う会合。中 總會；大會；全會。E a general meeting .

☆ 重要な問題は総会で話し合って決める/重要問題由大會討論決定。

☆ 株主総会/ a general meeting of stockholders. /股東大會。

☆ 国連総会/聯合國大會。

そうかつ【総括】ソーカツ、ソーカツ〔～する〕 ❶ばらばらの考え、意見などをまとめて整理すること。中 總括；概括。E summarize; generalize.

☆ 部会で出た意見を各部長が総括して報告する/各部經理把部門會議中的意見總括後進行報告。

☆ 総括質問/ an overall interpellation. /總質詢。

❷ ひと続きのことがらが終わったあとで見直して評価、反省すること。中 總結；評估檢討。E assess.

☆ 今年の学会活動を総括して来年の参考にする/總括今年的學會活動做為明年的參考。

そうぎ【争議】ソーギ たがいに違う立場の人が意見を主張して争うこと。中 爭議；爭論；爭執。E a dispute; a strike.

☆ 長期間続いた争議が解決した/長期持續的爭議終獲解決。

☆ 家庭争議/ a family dispute. /家庭糾紛。

☆ 労働争議/勞資糾紛。

そうぎ【葬儀】ソーギ 「葬式」の改まった言い方。中 葬禮；喪葬儀式。E a funeral (service).

☆ 前社長の葬儀に参列した/參加前任總經理的葬禮。

☆ 葬儀委員長/治喪委員會主任。

☆ 葬儀社/葬儀社。

ぞうき【臓器】ゾーキ 肺、胃、腸、肝臓など、胸や腹の部分にある器官。中 內臟器官。E internal organs.

☆ 父から子へと臓器の移植手術がされた/做了由父親移植內臟給兒子的手術。

☆ 臓器提供者/ an organ donor. /內臟器官捐贈者。

そうきゅう【早急】ソーキュー 非常に急ぐようす。さっきゅう。中 緊急；火急；趕緊。E immediate; without delay.

☆ 外交問題の早急な解決が望まれる/盼望外交問題儘快解決。

☆ 早急に対策を講じる/採取緊急措施。

ぞうきん ゾーキン よごれた所をふいてきれいにするために使う布切れ。中 抹布。E a duster; a floorcloth; a mop.

☆ 机の上をぞうきんでふいてきれいにする/用抹布把桌子擦乾淨。

☆ ぞうきんをかける/ wipe with a damp cloth; mop the floor. /用抹布擦。

数 1枚

ぞうげ ゾーゲ、ゾーゲ 象のきば。白に近い黄色でかつては加工してさまざまな道具や装飾品をつくった。中 象牙。E ivory.

☆ 象を守るためにぞうげの輸出を禁止する/為保護大象而禁止象牙出口。

☆ ぞうげの塔/ an ivory tower. /象牙塔。

数 1本

そうけん【壮健】ソーケン 体が元気で丈夫なようす。書 中 健壯；健康。E healthy; in good health.

☆ おかげで家族そろって壮健に暮らしています/託您的福，全家都很健康。

☆ 先生にはご壮健でなによりです/欣聞老師安康，勝過一切。

ぞうげん【増減】ゾーゲン〔～する〕 増えることと減ること。増やすことと減らすこと。中 增減。E increase and decrease; vary.

☆ 10年ごとの人口の増減を調べる/每十年調查一次人口的增減情況。

☆ ふろの水の量を増減してちょうどいい温度にする / 調整洗澡水的水量，把水溫調到適中。

そうこ【倉庫】ソーコ　商品や生産されたものをしまっておく建物。中 倉庫。E a warehouse; a storehouse.

☆ 港には貿易会社の倉庫が並んでいる / 貿易公司的倉庫並排在港口。

☆ 収穫した米を倉庫にしまう / 把收成的稻米堆進倉庫。

数 1棟　→倉・蔵

そうご【相互】ソーゴ　それぞれ。たがいに。かわるがわる。中 互相；相互。E mutual.

☆ 会員が相互に協力して研究会を発展させる / 會員合力推動研究會。

☆ 相互乗り入れ(=電車などの交通機関がたがいに相手の線に乗り入れて運転すること)/不同的電車公司之間相互利用對方軌道與車站（＝電車等交通工具互相利用對方的路線行駛）。

☆ 相互作用/ [an] interaction. / 互相作用。

☆ 相互理解 / 互相理解。

そうごう【総合】ソーゴー〔～する〕　いくつかのものを大きく全体的にまとめあげること。中 綜合。E synthesize; put ~ together.

☆ 関係者の意見を総合して考えると、この計画を実現させるのは無理のようだ/要是綜合考量相關人員的意見，這個計畫似乎難以實現。

☆ 総合商社 / a general trading company. / 綜合商社。

☆ 総合大学 / 綜合大學。

対 分析

そうごん【荘厳】ソーゴン　立派で重々しい雰囲気のようす。書 中 莊嚴。E solemn; sublime.

☆ 森の奥に古い寺院が荘厳な姿を見せていた / 在森林深處古寺顯現莊嚴的面貌。

☆ 葬儀は荘厳に行われた / 舉行莊嚴的葬禮。

そうさ【捜査】ソーサ〔～する〕　警察官や検察官が犯人をさがしたり、犯罪を調べたりすること。中 搜查；查找。E a criminal investigation.

☆ 麻薬事件を捜査する / 搜查毒品案件。

☆ 捜査は順調に進んでいる / 搜查進行得很順利。

☆ 捜査活動 / 搜查活動。

☆ 強制捜査 / 強行搜查。

そうさ【操作】ソーサ〔～する〕　❶ 機械などをうまく動かして仕事をすること。中 操作；操縱；駕駛。E operate; handle.

☆ この機械はボタン１つで操作できる/這部機器用一個按鈕就能操縱。

☆ 遠隔操作 / remote control. / 遙控。

❷ ものごとを自分の思うとおりに動かすこと。中 安排；周轉。E manipulate.

☆ 資金をうまく操作して利息をふやす / 靈活周轉資金，來賺取利息。

そうさく【創作】ソーサク〔～する〕　❶ はじめてつくりだすこと。中 創造；創作；製作。E create.

☆ 漢字のテストをすると、ときどき自分勝手に創作した文字が見つかる / 在漢字考試中，時而發現自己杜撰的文字。

❷ 小説などの芸術作品を書くこと。また、その作品。中 創作；寫作。E write (a novel); creative (activity).

☆ 文学部に入ったのは、創作に興味があるからだ / 會進文學系，是因為對創作有興趣。

☆ 創作活動 / 創作活動。

❸ つくり話。中 捏造；編造。E a made-up story.

☆ 一郎の少年時代の話は創作で、聞くたびに内容が変わっている/一郎小時候的故事是捏造的，每次聽到的內容都不一樣。

▷ 数 ❷ 1作・1点

そうじ【掃除】ソージ〔～する〕　ごみ、ほこり、その他のよごれを取り除いてきれいにすること。中 掃除；打掃。E clean; cleaning.

☆ となりの家の主人は毎朝ほうきで庭を掃除している / 鄰居的男主人每天早上都拿掃帚打掃院子。

☆ ふき掃除 / 擦拭屋內。

☆ 大掃除 / 大掃除。

☆ 電気掃除機 / 吸塵器。

そうしき【葬式】ソーシキ　死んだ人を葬るための式。告別式。中 葬禮。E a funeral (service).

☆ 友達のお父さんのお葬式に行く / 参加朋友父親的葬禮。

☆ 葬式を出す / 舉行葬禮。

そうして　ソーシテ　(文と文をつないで)❶前にいったことに続いて、後でいうことが起こるときに使うことば。中 於是。E and; then; and now.

☆ 世界は平和になった。そうして人々は、こわされた家や橋を直しはじめた / 戰後，人們開始修復被損毀的房屋和橋樑。

☆ 気温が急に下がった。そうして雪も降りはじめた / 氣溫驟降，白雪紛飛。

❷ あるものにつけ加えるときに使うことば。中 然後；而且；還有。E and.

☆ 10時まで講義を聞き、12時まで図書館で調べる。そうして午後はゼミで発表する予定になっている / 預定計畫上課到十點，去圖書館查資料到十二點，然後下午在研討會上發表研究報告。

参「そして」も同じ意味でよく使われるが、「そうして」のほうがもとの形。「そして」よりゆっくりした気分のときに使われ、やや丁寧な感じがある。

そうじて【総じて】ソージテ、ソージテ　細かいところは違っても、全体としてみると。書 中 整體；一般說來。E generally; in general.

☆ 最近の住宅は、総じて洋風のものがめだつ / 最近的住宅，一般來說以西式風格建築為多數。

☆ この村の人は、総じてよく働く / 這裡的村民，整體說來很勤勞。

そうじゅう【操縦】ソージュー〔～する〕

❶ 自分の思うように機械を動かすこと。中 操縱；駕駛；操作。E operate; pilot; steer.

☆ 洋子はヘリコプターの操縦ができる / 洋子會駕駛直升機。

☆ 操縦士 / a pilot. / 飛行員。

☆ 無線操縦 / radio control. / 無線操縱。

❷ 自分の思うように人を使うこと。中 操縱；駕馭；支配。E maneuver.

☆ 部員を上手に操縦して部をまとめていく / 善於領導社團成員，使社團團結一致。

参 ❶はおもに飛行機類を動かすことについていう。

そうしょ【草書】ソーショ　漢字の書き方の1つで、速く続けて書くようにしたもの。中 草書；草體。E the cursive style of writing Chinese characters.

田 右 多〔楷書〕
↓ ↓ ↓
田 右 多〔行書〕
↓ ↓ ↓
田 右 多〔草書〕

☆ 草書で書れた古い書物はとても読めない / 用草書寫成的古書很不容易閱讀。

関連 楷書、行書

参「楷書」→「行書」→「草書」の順に書き方がくずされている。

ぞうしょ【蔵書】ゾーショ　個人または団体、公共の機関などが本を持っていること。また、その本。中 藏書。E a collection of books; one's library.

☆ この図書館には約100万冊の蔵書がある / 這座圖書館約有一百萬冊的藏書。

☆ 珍しい本を買って、自分の蔵書に加える / 買珍貴的書籍來豐富自己的藏書。

☆ 蔵書目録 / a library catalogue. / 藏書目錄。

数 1冊

そうしょく【装飾】ソーショク〔～する〕見える所をものを使って美しく飾ること。また、その飾り。[中]裝飾；點綴。[E] (an) ornament; (a) decoration.

☆ 12月になると、クリスマスの装飾で街は美しくなる / 一到十二月，聖誕節的裝飾便把街道點綴得多彩多姿。

☆ 装飾の多い建物 / 裝飾豪華的建築物。

☆ 室内装飾 / interior decoration. / 室內裝潢。

ぞうしょく【増殖】ゾーショク〔～する〕ものがそれまでよりも多くなること。また、多くすること。[書][中]增殖；增生。[E] increase; multiply.

☆ 検査でがん細胞が増殖しているのがわかった / 經過檢查得知癌細胞正在繁殖中。

☆ 青かびを増殖してペニシリンをつくる / 培養青霉製造青黴素(盤尼西林)。

☆ 増殖炉 / a breeder reactor. / 增殖反應爐。

ぞうしん【増進】ゾーシン〔～する〕力や勢いが大きくなること。また、大きくすること。[中]增進；增加。[E] increase; promote.

☆ 食事の前に軽く運動すると食欲が増進する / 飯前稍做一點輕微運動，就會增進食欲。

☆ 国民の勤勉な労働により国力を増進する / 靠國民勤奮工作增強國力。

[対]減退

[参] よくなるほうへ進むときにいう。

そうすかん【総すかん】ソースカン　関係するみんなからいやがられ、反対されること。[話][中]被周圍所有的人討厭(反對)。[E] get the cold shoulder from everybody.

☆ 猫を飼いたいと言って家族の総すかんをくった / 想要養貓卻遭到全家人反對。

☆ 前会長は会員から総すかんをくって辞任した / 前任會長遭所有會員的反對而辭職了。

[参]「すかん」は「好かん(=好きではない)」の意味。

そうすると　ソースルト　(文と文をつないで)前にいったことが理由になって、後でいうことが当然考えられるときに使うことば。[中]那樣的話；要是那樣；而後；於是；這麼說來；那麼說來。[E] then; if so.

☆ あしたは1日アルバイトなんですか。そうすると、研究室には来られませんね / 明天要打一天的工嗎?那樣的話你就不能來研究室了。

→すると

そうぜん【騒然】ソーゼン　騒がしく、やかましいようす。また、なんとなくざわざわしてなにかが起こりそうなようす。[中]吵吵嚷嚷。[E] restless; in an uproar.

☆ 世の中が騒然として戦争でも起こりそうだ / 社會上動盪不安好像要發生戰爭。

☆ 火災報知のベルの音に館内は一時騒然となった / 火災警鈴聲使館內一時陷入混亂狀態。

☆ 物情騒然 / public unrest. / 群情騷動。

[参] 改まって「騒然たる世相」のように表現することもある。

そうせんきょ【総選挙】ソーセンキョ　衆議院議員の全員を選びだす選挙。[中]大選。[E] a general election.

☆ 国会が解散され、総選挙が行われることになった / 決定解散國會，舉行大選。

☆ 総選挙が近づいて候補者のポスターが目につきだした / 臨近大選，到處都看得到候選人的海報。

そうそう【早早】ソーソー　❶あることが始まってすぐのとき。[中]剛剛～；馬上就～。[E] as soon as; soon after.

☆ 新学期早早かぜをひいて休んでしまった / 新學期才剛開始就感冒請假休息了。

❷(「早早に」の形で)ある動作を急いでするようす。[中]急急忙忙；趕緊。[E] hurriedly; in haste.

☆ 先輩を訪ねたが、忙しそうだったので、早早に引きあげた / 去拜訪前輩，但他好像很忙所以就提早告辭了。

そうぞう【創造】ソーゾー〔～する〕いままでにない新しいものをつくりだすこと。

[中]創造。[E] create.

☆ 神が天地を創造した / 上帝創造了天地。

☆ この地方にしかない文化を創造しよう/創造本地特色的文化。

☆ 創造的活動 / creative activity. / 創造性活動。

[対]模倣

そうぞう【想像】ソーゾー〔～する〕　まだ見たり経験したりしていないことを心の中で思い描くこと。[中]想像。[E] imagine; guess.

☆ 旅行記を読んで、まだ見ぬ国のようすを想像する / 閱讀遊記，想像尚未去過的國家。

☆ 想像を絶する/ be beyond one's imagination. / 超出想像。

☆ 想像をたくましくする / give full play to one's imagination. / 隨意想像，胡思亂想。

そうぞうし・い【騒騒しい】ソーゾーシイ

❶ 音や声が大きくて、うるさい。[中]吵鬧；嘈雜；喧囂。[E] noisy; boisterous.

☆ 宣伝カーの声が騒々しい / 宣傳車的聲音十分嘈雜。

☆ 騒々しかった子供たちが寝て静かになった / 吵鬧的孩子們睡著後，變得安靜了。

❷ 事件や大きなできごとなどがあってうるさく、落ちつかない。[中]不安寧；動盪不安。[E] turbulent; upsetting.

☆ 大きな地震が起こるといううわさで、世間が騒々しい / 謠傳要發生大地震，所以社會上動盪不安。

そうぞく【相続】ソーゾク、ソーゾク〔～する〕　死んだ人の財産や権利などを受けつぐこと。[中]繼承。[E] inherit; succeed to.

☆ 妻が夫の遺産の半分を相続する / 妻子繼承丈夫的一半遺產。

☆ 相続税/ an inheritance tax. /繼承税；遺產税。

☆ 遺産相続/ succession to property. /繼承遺產。

そうだ　❶ (動詞、形容詞、形容動詞の基本形について)他から聞いたということを表す。[中]據說；傳說；傳聞。

☆ 天気予報によると、あすは晴れるそうだ/ According to the weather report, tomorrow will be fine. /根據天氣預報，明天好像是晴天。

☆ 新聞によると、東京の物価は他の都市と比べて、高いそうだ/據報載，東京的物價似乎比其他城市都要高。

❷ (動詞の「ます」形、形容詞と形容動詞の語幹について)(1)そのようなようすだということを表す。[中]表示從外表看的樣子，像是；好像；似乎。

☆ この店はきれいだけど、高そうだね/ This store is nice, but it looks expensive. /這個店很漂亮，但好像很貴。

☆ 顔色もよくなって、健康そうだ/臉色也變好了，好像很健康

(2) いまにもそのようになるようすだということを表す。[中]似乎就要；好像就要。

☆ 先生にしかられて、洋子は泣きそうになった / Yoko almost burst into tears when the teacher scolded her. / 洋子被老師罵得快要哭出來了。

☆ 空が暗くなって、雨が降りそうだ/天色變暗好像快要下雨了。

(3) いろいろな条件から考えて、そのようになるだろうと予想できる状態であることを表す。[中]表示預定的狀態。

☆ 工事を急いでいるので、このビルは今年じゅうにできそうだ/ Since they're working fast, the building will probably be completed this year. /工程進展得很快，這座大廈也許今年能夠完工。

☆ 今週は会議はなさそうだ / 本週好像沒有會議。

[注] ❷で形容詞の「ない」「よい」は、「金がなさそうだ」「あすは天気がよさそうだ」のように「なさそうだ」「よさそうだ」の形になる。

そうたい【早退】ソータイ〔～する〕　学校

や職場などから、決まった時間より早く出ること。中 早退；早走。E leave ~ earlier than usual.

☆ 会社へ行ったが頭が痛くなり、早退して帰ってきた / 雖然去了公司，但因頭疼就早點回來了。

☆ 道子は体が弱くて遅刻や早退が多い/道子身體衰弱，經常遲到早退。

そうだい【壮大】ソーダイ　大きくて立派で、堂々としているようす。中 雄壯；宏大；雄偉。E grand; magnificent.

☆ 100年かけて首都を新しく建設しようという壮大な計画を立てる/制訂花一百年來建設新首都的宏偉計畫。

☆ アルプスの山々が続く壮大な眺め/阿爾卑斯群山相毗景色雄偉。

ぞうだい【増大】ゾーダイ〔～する〕　数や量などがそれまでよりも増えること。また、増やすこと。中 增大；增多。E increase; enlarge.

☆ 不景気で社会不安が増大した / 因為不景氣，社會上增加很多不安的因素。

☆ 大統領の権力を増大するように法律を改めた / 為擴大總統的權力而修改法律。

対 減少

参「増加」も似ているが、「増加」が実体のあるもののときに使うのに対して、「増大」はおもに抽象的なことがらのときに使う。

そうたいてき【相対的】ソータイテキ　ほかのものと比べて、そうであるようす。中 相對(的)。E relative.

☆ 幸福とは相対的なもので、Aにとって幸福だと思われることがBにとっても幸福だとは限らない / 幸福是相對的，對A來說是幸福的事對B來說就不一定是幸福的。

対 絶対的

そうだん【相談】ソーダン〔～する〕　ある問題についてほかの人の意見を聞いたり、自分の考えを言ったりして、どうすればいいか話し合うこと。中 商量；協商；協議。E consult; talk over.

☆ 友達と旅行の相談をする / 和朋友商量旅行的事。

☆ 就職のことで先生に相談した / 跟老師請教就業問題。

☆ 相談にのる/ give advice; counsel. /參與商量。

そうち【装置】ソーチ〔～する〕　機械や道具などをある目的のためにつくっておくこと。また、その機械や道具。中 裝置；設備。E equipment; (an) apparatus.

☆ 冷房の装置が故障して、電車の中がとても暑くなった/冷氣設備故障，電車裡變得很熱。

☆ 安全装置 / a safety device. / 安全裝置。

☆ 舞台装置 / 舞台設備。

そうちょう【荘重】ソーチョー　重々しく立派で、圧倒されるようなようす。書 中 莊重；莊嚴。E solemn; grave.

☆ 荘重な鐘の音に身が引きしまる思いがする / 莊嚴的鐘聲使身心感到緊張。

☆ 裁判長の声が荘重に響いた / 審判長的聲音莊嚴地響起。

そうちょう【総長】ソーチョー　団体や機関などのいちばん上に立つ人。中 總長。E a president.

☆ 大学の入学式で、1万人の新入生に向かって総長が話をした / 在大學的入學典禮上，校長對一萬名新生講話。

☆ 検事総長 / 最高檢察官。

ぞうてい【贈呈】ゾーテイ〔～する〕　人にものを贈ること。中 贈呈；贈送；贈給。E present; presentation.

☆ 退職する部長に記念品を贈呈する / 向退休的部長致贈紀念品。

☆ 花束贈呈 / 贈送花束；獻花。

そうとう【相当】ソートー ❶〔～する〕別のものにちょうどあてはまること。つりあうこと。中 相當於；相等於。E be equivalent to; worth.

☆ チンパンジーは４歳ぐらいの子供に相当する知恵がある／黑猩猩有相當於四歲小孩的智力。

☆ ５万円相当の品物／相當於五萬日圓的物品。

❷ ものごとの程度がかなり高いようす。中 相當；頗；很。E pretty; considerable.

☆ あすは相当寒くなりそうだ／明天好像會變得相當冷。

☆ 先日の地震で相当な被害があった／因前些天的地震而受到相當大的損失。

そうどう【騒動】ソードー ある問題や事件について人々が集まって騒ぐこと。また、その騒ぎ。中 騷動；擾亂；鬧事。E a disturbance; confusion.

☆ つぎの社長のいすをめぐって騒動が起きている／因下任總經理職位之爭而引發騷動。

☆ 政界は議員の汚職事件で大騒動だ／政壇因議員的貪污事件而引發大騷動。

ぞうとうひん【贈答品】ゾートーヒン、ゾートーヒン 人に贈ったり、また、そのお返しにしたりする品物。中 贈品；禮物。E a gift; a present.

☆ お中元、お歳暮のときの贈答品の数はたいへんなものだ／中元節及歲暮的互贈禮品數量相當龐大。

☆ 贈答品の配達／分發贈品。

そうなめ【総なめ】ソーナメ ❶ 対抗する競争相手の全部に勝つこと。中 一一擊敗。E win a sweeping victory.

☆ 秋のシーズンで、対戦したチームを総なめにした／在秋季大賽中，擊敗了參賽隊伍獲得了全勝。

❷ 災害などが、範囲の全部をおおいつくすこと。中 全部受害。E make a clean sweep.

☆ 火事が町を総なめにした／火災把整個城鎮燒毀了。

▷ 話

そうなん【遭難】ソーナン〔～する〕 海、山、空などで、命がなくなるような危険な事故にあうこと。中 遇難；遇險。E be wrecked; meet with a disaster.

☆ あらしの海で船が遭難して、乗組員がゆくえ不明になっている／船因海上風暴而遇難，船員因而下落不明。

☆ 冬山に登った息子から１週間たっても連絡がない。遭難したのではないか／兒子在寒冬登山，斷絕音訊已經一週，不知是否遇難了？

ぞうに【雑煮】ゾーニ、ゾーニ みそやしょうゆで味をつけた汁に、肉、野菜などとともにもちを入れた正月料理。中 年糕大鍋菜。E *zoni*; rice cakes and vegetables cooked in soup.

☆ 雑煮を食べて正月気分を味わう／吃年糕大鍋菜感受新年氣氛。

☆ 地方によって雑煮の味も材料も違う／煮年糕及大鍋菜的口味及材料，每個地方各有風味。

そうば【相場】ソーバ ❶ 品物が市場で売り買いされるときの値段。中 行情；行情；市價。E the market price.

☆ 世界的な豊作で小麦の相場が下がった／由於全球豐收，小麥的行情下跌了。

☆ 株式相場／股票行情。

❷ 実際に品物のやりとりをしないで価格の変動によって利益をえるやり方。中 投機；投機買賣；買空賣空。E speculation.

☆ 金の相場に手を出して大損をした／著手黃金投機交易，遭受重大的損失。

☆ 米相場／稻米投機買賣。

❸ 世間一般の評価や考え方。中 一般慣例。E a matter of course.

☆ 猫はよく寝るものと相場が決まっている／貓生來就愛睡覺。

▷ 話❸

そうべつかい　【送別会】ソーベツカイ、ソーベツカイ　別れていく人を送る会。中 歡送會；送別會。E a farewell party.

☆ 九州へ引っ越していく洋子の送別会を開く / 為搬家到九州的洋子開歡送會。

対 歓迎会

そうめい　【聡明】ソーメイ　ものごとの理解が速くて、賢いようす。中 聰明。E intelligent; wise.

☆ 一郎は積極的で聡明だから、リーダーとして適任だ / 一郎積極又聰明，適合做領導人物。

☆ 聡明な判断 / 聰明的判斷。

ぞうよ　【贈与】ゾーヨ〔～する〕　人に品物や金を与えること。中 贈送；贈給；贈與。E donate; present.

☆ 祖父から贈与された土地に住む / 住在祖父贈與的土地上。

☆ 財産贈与 / 贈與財產。

☆ 贈与税 / a donation tax. / 贈與稅。

そうらん　【騒乱】ソーラン　おおぜいの人が騒ぐような事件が起きて世の中が乱れること。また、その騒ぎ。書 中 騷亂；騷擾；暴動。E a riot; a disturbance.

☆ 小さな抗議運動に労働者や市民が加わり、ついに騒乱にまでひろがった / 本來如星火般的抗議活動，由於工人和市民的加入，最終擴大成了暴動。

☆ 騒乱をしずめる / 平息騷亂。

ぞうり　【草履】ゾーリ　日本のはきもの。長円形で、はなおがついている。わら、ゴム、革、布などでつくる。中 草鞋；日式拖鞋。

〔草履〕

E *zori*; Japanese sandals.

☆ むかしの人は、わらでつくったぞうりをはいていた / 古代的人穿稻草做的草鞋。

数 1足

そうりだいじん　【総理大臣】ソーリダイジン　国会議員の中から選ばれて内閣をつくる、政府の最高責任者。内閣総理大臣。総理。首相。中 總理大臣；內閣總理。E the Prime Minister.

☆ 総理大臣の施政方針演説が国会で行われた / 總理大臣在國會進行施政方針的演說。

☆ 総選挙後、総理大臣がかわり、内閣も新しくなった / 大選後，總理大臣換人，內閣也重新改組了。

そうりつ　【創立】ソーリツ〔～する〕　学校、会社などをはじめてつくること。中 創立；創辦。E found; establish.

☆ 山田氏が中心になってこの会社を創立した / 以山田先生為首創辦了這家公司。

☆ 創立記念日 / the anniversary of the founding. / 創立紀念日。

そうりょ　【僧侶】ソーリョ　仏教の教えを説いてひろめる人。ふつう髪の毛をそり、寺院に住んでいる。書 中 僧侶。E a priest.

〔僧侶〕

☆ お寺の庭を歩いていると、僧侶が経を読む声がした / 在寺院漫步，聽見僧侶梵唱聲。

参 日常の話しことばでは「(お)坊さん」を使う。

そうりょう　【送料】ソーリョー、ソーリョー　ものを送る費用。中 郵費；運費。E postage; carriage.

☆ 送料をそえて本を注文した / 附上郵資訂書。

☆ この荷物を上海へ送りたいんですが、送料はいくらですか / 想把這行李託運到上海，不知運費是多少?

参 郵便で送る「送料」は「郵送料」といい、自動車や鉄道などで送る「送料」は「運送料」という。

そ・える　【添える】ソエル〔他動一〕　❶お

もなものにつけ加える。中 添；附加；附上。E add; together with.

☆ カードをそえて誕生日に花束を贈る/贈送生日花束並附上卡片祝賀。

☆ 1言書きそえる/附言一句。

❷ そのものの助けとなるようなものをつけ加える。中 防備；陪同。E lend one's aid.

☆ 風で倒れないように庭木に棒をそえる/給庭院裡的樹加上木棒以防被風吹倒。

☆ 口をそえる/ recommend. /替人說好話；替人美言。

▷ 自動 添う

そえん【疎遠】ソエン　あまり交際せず親しくないこと。手紙のやりとりや会うことをしなくなること。中 疏遠。E one's long silence; become estranged from.

☆ 日ごろの疎遠をおわびする/對平日的疏遠表示歉意。

☆ 卒業後10年、級友ともしだいに疎遠になっていく/畢業後十年，和同班同學都逐漸疏遠了。

対 親密

ソース (sauce) ソース　黒っぽい液体の調味料。洋風の料理で使う。中 調味醬；(西餐用)調味料；醬料。E sauce.

☆ フライにソースをかけて食べる/將油炸食品淋上醬料食用。

☆ ウスターソース/英國辣醬油。

そがい【疎外】ソガイ〔～する〕　仲間に入れないこと。書 中 疏遠；不理睬。E alienate; leave out.

☆ 閉鎖的な集団では、部外者を疎外し排除する傾向が強い/在封閉性的集團中，疏遠及排斥局外人的傾向很強。

☆ 疎外感/孤獨感；疏離感。

-そく【-足】(数を表すことばについて)靴、靴下、げたなどのひとそろいの数を表す。中 ～雙。

☆ スリッパ1足/a pair of scuffs. /一雙拖鞋。

☆ 靴下2足/two pairs of socks. /兩雙襪子。

ぞく【俗】ゾク　❶ 世間で一般的に行われたり言われたりしていること。また、一般的な世間。中 通俗；通常。E commonly; the world.

☆ 俗にいうエスニック料理を1度食べてみたい/很想品嚐一次所謂少數民族的菜餚。

☆ 俗を離れる/不尋常；脫俗。

❷ 品性があまり高くなく、風流でないようす。中 鄙俗；低級；俗氣。E low; vulgar.

☆ 俗なわたしには上品なお香の世界は理解できない/對於我這個凡夫俗子來說，高尚的香道世界是無法理解的。

☆ 俗な趣味/cheap taste. /低級趣味。

-ぞく【-族】(他のことばについて)❶ 同じ先祖につながっている仲間。中 族。

☆ 一族/一族；整個家族；同族。

☆ 血族/血族；親族；近親。

☆ 種族/a race; a tribe. /種族。

❷ どこかで共通の性格、行動を持つ仲間。中 有共同性格、共同行為的一夥人。

☆ マイカー族/car owners. /擁有自用小轎車的階級。

☆ ながら族(=他のことをしながら、あることをする人たち)/慣於一心兩用的人；慣於同時做兩件事的人(=一邊做那件事，一邊做這項工作的人們)。

☆ 社用族/公器私用的人們。

ぞくあく【俗悪】ゾクアク　下品でいやらしいようす。中 低級；庸俗惡劣。E vulgar; low-brow.

☆ 兄はいつも俗悪な週刊誌を見ている/哥哥經常看庸俗的週刊雜誌。

☆ 俗悪漫画/庸俗低級的漫畫。

そくざに【即座に】ソクザニ　すこしの時間もおかずに、すぐ行うようす。すぐその場で。書 中 立即；即刻；馬上。E immediately; at once; on the spot.

☆ 会が終わると即座に退場する/會議一結束馬上離席。

☆ 質問に即座に答える/即席作答。

そくしん【促進】ソクシン〔～する〕 ものごとが速く進んで効果が出るようにすること。中 促進。E promote; promotion.

☆ 予算を増やしてがんの治療薬の研究を促進する/增加予算以促進治療癌症藥品的研究。

☆ 社員のやるきが販売の促進につながる/職員的幹勁直接關係到生意的好壞。

そ

そくせき【即席】ソクセキ 前から準備をしないで、その場ですぐになにかをすること。中 即席；即刻；當場(做)。E impromptu; instant.

☆ 突然指名されて即席のスピーチをした/突然被指名做即席演講。

☆ 即席の料理/現做的菜。

☆ 即席ラーメン/速食麵。

ぞくぞく【続続】ゾクゾク、ゾクゾク 多くのものごとが続くようす。中 迅速不斷。

☆ 通勤電車からぞくぞく(と)人が降りてきた/People got off the commuter train one after another./人們從通勤電車上湧了出來。

☆ 被災地に見舞いの品やお金がぞくぞく(と)送られた/慰問災區的物品和金錢源源不斷地送來了。

ぞくぞく ゾクゾク〔～する〕 ❶寒かったり恐ろしかったりして体が震えるようす。中 持續感到寒冷使人瑟瑟發抖的樣子。

☆ 体が冷えてぞくぞくしてきた/As my body is cooling down, I've gotten a bit chilled./身體冷得發抖。

❷ 体が震えるほどうれしく感じたり、緊張したりするようす。中 由於恐懼、高興、喜悅等原因、緊張或興奮得渾身發抖的樣子。

☆ コンサートに行ってあこがれの歌手と握手したときは、うれしくてぞくぞくした/I thrilled with joy when I shook hands with my favorite singer at her concert./去聽音樂會，和我崇拜的歌手握手時，心情激動的不得了。

そくたつ【速達】ソクタツ 「速達郵便」を略した言い方。特別料金を取って、ふつうより速くとどける郵便。中 快件；限時專送。E special delivery; express delivery.

☆ 合格の知らせが速達でとどいた/錄取通知用限時專送寄到了。

☆ 締め切りに間に合うように速達で出す/為趕得上截止日期而以快遞寄出。

数 1通

ぞくっぽ・い【俗っぽい】ゾクッポイ、ゾクッポイ 高級でなく、品がなくて、ありふれている。話 中 低級；庸俗；通俗。E not high quality; lowbrow.

☆ 有名な哲学者のK氏は、パチンコとカラオケの好きな、意外に俗っぽい人だ/著名哲學家K先生想不到竟是個喜歡打柏青哥(小鋼珠)和唱卡拉OK的庸俗之人。

そくてい【測定】ソクテイ〔～する〕 ものの長さ、重さ、広さ、速さ、温度などをはかること。中 測量；測定。E measure; weigh.

☆ 海水の透明度を測定して水質汚染のようすを調べる/測定海水的透明度來檢驗水質污染的情況。

☆ 体重測定/測量體重。

そくど【速度】ソクド ものが進む速さ。また、その程度。スピード。中 速度。E speed.

☆ 電車はしだいに速度を上げた/電車逐漸加速了。

☆ 速度を落とす/slow down./減速；減低速度。

☆ 光の速度/光速。

☆ 速度制限/限制速度。

☆ 最高速度/最高速度。

そくばく【束縛】ソクバク〔～する〕 行動や考え方に制限を加えて自由にさせないこと。中 束縛；限制。E restrainst; restrict.

☆ 旅行すると、生活や仕事の束縛から解放されて、いい気分になる/旅行使人從生活和工作的束縛中解脫出來，心情變得很愉快。

☆ だれにも束縛されず自由に暮らしたい/不想被任何人所束縛，希望自由自在地生活。

対解放

そくめん【側面】ソクメン、ソクメン ❶ものの面のうちの左右の面。中側面；側翼；旁邊。E the side; the flank.

☆ この建築物は、夜になると、正面だけでなく側面からも照明を当てて美しく見せている/這棟建築物一到夜裡，不只正面，側面也用燈光打亮，看起來很漂亮。

❷ ものごとの多くある面のうちの1つ。別の方面、見方。中一面；片面。E a side face; the sidelines.

☆ 一緒に出張したときに、部長のふだん知られていない側面を見た/一起出差時，看到了經理平常不為人知的另一面。

☆ 側面から援助する/從側面進行援助。

そくりょう【測量】ソクリョー、ソクリョー〔～する〕 山林、土地などの広さ、高さなどをはかること。中測量。E a survey.

☆ 最近の測量で、この山の本当の高さがわかった/透過最近的測量，知道了這座山真正的高度。

☆ 測量技師/測量工程師。

そくりょく【速力】ソクリョク 走る速さ。スピード。中速度；速率。E speed.

☆ 大型タンカーが20ノットの速力で進んでいる/大型油船以二十海浬的時速前進。

☆ 速力を出す/speed up./加快速度。

☆ 全速力/全速；開足馬力。

そこ【底】ソコ ❶瓶や箱などの容器や、まわりより低くなっているもののいちばん下の所。中底；底部。E the bottom; the sole.

☆ 瓶の底にすこしだけ酒が残っている/瓶底還剩下一點點酒。

☆ 川の底の泥をさらう/淘河底的淤泥。

☆ 靴の底/鞋底。

❷ 表面に見えないいちばん深い部分。中最深處；內心。E the bottom (of one's heart).

☆ 心の底から感謝している/打從內心感謝。

☆ 底の浅い人間では困る/要是沒有實力的人可傷腦筋。

❸ 物価、相場などの最も下がった値。底値。中最低價；最低行情。E rock bottom.

☆ 株価が底をつく/股市跌到谷底。

対天井

そこ ソコ ❶聞く人が、いまいる所。聞く人に近い所をさすことば。中那裡；那裡；那邊。E there.

☆ そこで待っていてください/請在那裡等著。

☆ 消しゴムはそこにありますよ/橡皮擦在那裡啊！

❷ 話題になっていたり、前に問題にしたりしたことや所をさすことば。中那；那裡；那個地方。E that; that place.

☆ 洋子も言っていたが、そこが問題だね/洋子也說過了，問題就出在那裡。

☆ まっすぐ行くと信号がありますから、そこを右に曲がってください/直走看到紅綠燈後，請從那向右轉。

▷ →付録指示語のまとめ

そこここ ソコココ そちらこちら。中這裡那裡；到處。E here and there.

☆ 町のそこここに公園がある/小鎮到處有公園。

☆ そこここに人が集まって、祭りのみこしが来るのを待っている/到處都是人在等待著節慶神轎的到來。

そこそこ ソコソコ、ソコソコ ❶(「～もそこそこ〔に〕」の形で)急いで簡単にものごとをすませるようす。中草草了事；慌慌張張。E rush through; hurriedly.

☆ 寝坊をして朝食もそこそこに家を出た/睡懶覺，慌慌張張吃了早飯就出門了。

☆ あいさつもそこそこに別れる/倉促地打了個招呼就離別了。

❷ (数や量を表すことばの後について)せいぜいそれぐらい。中 大約；最大限度；充其量。

☆ 10人そこそこのパーティー / a party of about 10 people. / 頂多十個人的舞會。

☆ 60点そこそこの成績 / 頂多六十分的成績。

そこぢから【底力】ソコジカラ、ソコジカラ　ふだんは見せないが、なにか重要なことがあると出せる力。中 潛力；深厚的力量。E potential energy.

☆ あのチームは底力があるから優勝できるだろう / 那支隊伍很有潛力，應該能獲勝吧。

☆ 底力を発揮する / 發揮潛力。

そこで　ソコデ　(文と文をつないで) ❶ 前にいったことがあるので、後でいうことが起こるときに使うことば。中 於是；此；所以。E so; therefore.

☆ 医者にもっと運動するようにと言われた。そこで、日曜ごとに泳ぐことにした / 醫生告訴我要多運動，所以我下定決心每星期日都要游泳。

❷ 後のことを言いだすときに使うことば。中 那麼。E now.

☆ 株が下がって会社の経営が苦しくなりました。そこで、お願いがあるのですが / 股價下跌，公司的經營也很困難。那麼，我有個請求。

▷ →囲み

そこな・う【損なう】ソコナウ〔他動五〕(そこなって) ❶ ものをこわしたり傷つけたりする。そこねる。中 損壞；破損。E damage; spoil.

☆ 無計画な開発で自然をそこなう / 無計畫的開發將破壞大自然。

☆ 器物をそこなう / 損壞器具。

❷ 人の感情や健康を悪くする。そこねる。中 傷害；損害。E ruin; hurt.

☆ 働きすぎて健康をそこなう / 勞動過度損害健康。

☆ きげんをそこなう / offend a person. / 得罪。

❸ (動詞の「ます」形について) その動作に失敗したり機会を失ったりする。そこねる。中 失掉機會；耽誤。

☆ 試験中だったので、その展覧会を見そこなった / 因為正在考試，所以錯過看展覽會的機會。

☆ ボールを受けそこなう / miss the ball. / 漏接球。

☆ 食べそこなう / 沒吃到。

そこぬけ【底抜け】ソコヌケ　常識をはるかにこえて限度がないこと。中 極端；無止境。

「そこで」と「それで」(「そこで」與「それで」)

「かぜをひいた。**そこで**/**それで**、学校を休んだ」「道に迷ってしまった。**そこで**/**それで**、散歩中の老人に尋ねた」では、「そこで」「それで」の両方を使うことができる。

しかし、「教科書に意味のわからないことばがあった。**そこで**、辞書を引いてみた」「食堂は満員だった。**そこで**、パンを買いに行くことにした」のばあいは「そこで」のほうが自然である。「そこで」が使われると、後でいうことがどんな状況で起こったかを、前でいうことになる。一方、「それで」が使われると、前でいうことと後でいうことが原因と結果の関係を示すことになる。

「電車が遅れた。**それで**で遅刻したのだ」「お父さんが重病らしい。**それで**で道子は元気がないのだ」のように、原因、理由とその結果を強調して表す文では「それで」が使われる。

E extremely; to the core.

☆ 二郎は底抜けに明るい性格で、どんなに困ったときでも暗い顔を見せない／二郎性格非常開朗，無論遭遇多困難的事從不垂頭喪氣。

☆ 底抜けのお人よし／老好人。

そこのけ (他のことばの後について)専門家も負けるほどすぐれていること。中 比專家還優秀的。

☆ プロそこのけのすばらしい技術／skill surpassing that of a professional.／連内行也比不上的高超技術。

☆ 先生そこのけの腕前／連老師也比不上的本事。

そこら ソコ̄ラ ❶ そのあたり。そのへん。中 那附近；那邊。E around there.

☆ ちょっとそこらを散歩してくる／到那附近散一下步就回來。

☆「はさみはどこ？」「そこらにあるだろう」／「剪刀在哪裡?」「在那裡吧。」

❷ (「〜かそこら」の形で)その程度。中 左右。E ~ or so.

☆ 1000円かそこらで買えるだろう／一千日圓左右能買得到吧！

☆ 30分かそこらで帰ってくる／三十分鐘左右回來。

❸ ものごとをはっきりさせないで表すことば。中 不明確表示的事情。

☆ そこらの事情はわかりませんが、よろしくお願いしますよ／I don't know exactly what the circumstance is, but please take care of it.／情況我不大清楚，請您多多關照。

▷ 話

そざい【素材】ソザ̄イ あるものをつくるときに、もとになる材料。中 素材。E material; a subject matter.

☆ 素材のよさを生かした料理をつくる／充分利用原料的特點，做一道鮮美的菜餚。

☆ 集めた素材を上手に使って、いい記事を書く／妥善利用收集到的材料，寫一篇好報導。

そざつ【粗雑】ソ̄ザツ 大ざっぱでいいかげんなようす。荒っぽいようす。中 粗糙；粗枝大葉。E crude; rough.

☆ 洋子の計算のしかたは粗雑でまちがいが多い／洋子的計算方法太粗糙，錯誤很多。

☆ 粗雑な考え方／馬虎的想法；粗略的想法。

対 緻密

そしき【組織】ソ̄シキ ❶〔〜する〕ある目的のために人やものを集めて、1つのまとまりにつくりあげること。また、そのもの。中 組織。E an organization; organize.

☆ 緑を守る市民運動の組織に入る／加入保護綠色市民運動的組織。

☆ 同じ職業の人々で組織した組合をつくる／由相同職業的人們所組成的工會。

❷ 生物の体内にある、同じ性質を持った細胞の集まり。中 組織。E tissue.

☆ 胃の組織を取りだして検査する／取出胃部的組織來檢查。

☆ 筋肉組織／muscular tissue.／肌肉組織。

☆ 神経組織／神經組織。

そしたら ソシ̄タラ (文と文をつないで)前にいったことがあって、続いて後でいうことが起こるときに使うことば。そうしたら。話 中 而後；後來；然後。E and then.

☆ かぜで気分が悪くて、ゆうべ早く寝たんだ。そしたら、けさはすっかり治ってた／因感冒覺得不舒服，所以昨晚提早就睡了，然後今早就痊癒了。

そしつ【素質】ソシ̄ツ 人が生まれたときから持っている性質、能力。中 素質；資質。E the makings; talent.

☆ プロの選手になるには、努力と素質が必要だ／要想成為職業選手，努力和天份都是必要的。

☆ この子には画家になる素質がある／這孩子有成為畫家的資質。

そして　ソシテ　(文と文をつないで)❶前にいったことに続いて後でいうことが起こるときに使うことば。中然後。E and; then; and now.

☆ 8時にうちを出る。そして、8時15分のバスに乗る / 八點出門，然後坐八點十五分的公車。

☆ 雨がやんだ。そして、青空が出てきた / 雨停了，然後天就放晴了。

❷ あるものにつけ加えるときに使うことば。中而；而且。E and.

☆ 靴は1階で売っている。そして、靴下は2階だ / 鞋在一樓賣，而襪子在二樓。

▷ →そうして　→囲み

そしな【粗品】ソシナ、ソシナ　高価でない、ちょっとした品物。中微薄的禮品。E a small gift.

☆ くじ引きではずれた方には粗品を差し上げます / 送給沒抽中籤的人一份小禮物。

☆ 粗品ではございますが、お受け取りください / 只是一點微薄的禮品，請收下吧。

参 人にものを贈るときに謙遜していう言い方。

そしらぬ　ソシラヌ、ソシラヌ　知っているのに、知らないふりをするようす。中佯裝不知；假裝不知道。E pretend not to know.

☆ 息子の学校へ授業を見に行ったが、息子はそしらぬ顔でわたしを見ようともしない / 去兒子的學校參觀教學，兒子假裝不知道，看也不看我。

そせん【祖先】ソセン　❶ある家系の中で、いま生きている人の代より前の代の人々。また、そのいちばん初めの人。先祖。中祖先；先祖。E an ancestor; a forefather.

☆ うちの祖先には強い武士もいたようだ / 我家的祖先中好像也出過勇猛的武士。

対子孫

❷ 生物が進化してきたその始まり。中祖先。E an ancestor.

☆ 人類の祖先は猿の仲間だという / 據說人類的祖先是猴子的同類。

対子孫

そそ・ぐ【注ぐ】ソソグ〔自他動五〕(そそいで)　❶水が流れこんだり、光がさしこんだりする。中流入；流。E flow into.

☆ わたしの生まれた町は川が海にそそぐ所にある / 我出生的小鎮在河流入海的地方。

❷ 液体を流しこむ。中倒入；盛入；灌入。E flood; pour into.

☆ 田に水をそそぐ / 往田裡灌水。

☆ ワインをグラスにそそいで乾杯する / 把葡萄酒倒進杯裡乾杯。

「そして」と「それから」（「そして」與「それから」）

A 「午後から雨が降りだした。**そして**、夕方には雪になった」

B 「ハンバーガーを2つ食べた。**それから**、コーヒーを飲んだ」

Aの「そして」、Bの「それから」とも、前にいったことに続いて後でいうことが起こることを表すが、「それから」は時間的な順番を表す気持ちが「そして」より強い。

また、「そして」が「胸が白く、**そして**背中が青い鳥」「静かで、**そして**便利な場所」のように単に並べていくばあいに使われるのに対して、「それから」は、「田中さんは、英語とドイツ語とフランス語と**それから**ロシア語も話せる」のように「それだけでなく」という気持ちで使われる。

❸ 液体を流しかける。中 澆；灑。E pour on; water.

☆ 花壇のバラに水をそそぐ / 給花壇裡的玫瑰澆水。

❹ 目や心などを１つのものごとに集中する。中 貫注；注視；集中。E concentrate ~ on.

☆ あの学者はモンゴル語辞書の完成に全力をそそいだ / 那位學者為完成蒙古語字典傾注了全力。

☆ 愛情をそそぐ / 傾注愛情。

注 ❶は自動詞、❷❸❹は他動詞。

そそっかし·い ソソッカシイ　考えや行動に落ちつきがなく、注意がたりない。話 中 舉止慌張；粗心大意；冒失。E careless; hasty.

☆ 洋子はそそっかしくて、待ち合わせの場所や時間をよくまちがえる / 洋子粗心大意，經常把約會的地點和時間給弄錯。

そそのか·す 【唆す】ソソノカス〔他動五〕**(そそのかして)**　うまいことばでいい気持ちにさせ、自分でするのがいやなことや、自分の利益になるようなことをさせる。中 唆使；挑唆；慫恿。E egg a person on; tempt.

☆ 妹をそそのかして、戸棚からチョコレートの箱を持ってこさせた / 慫恿妹妹去櫥櫃把巧克力盒拿出來。

名 唆し

そそりた·つ 【そそり立つ】ソソリタツ、ソソリタツ〔自動五〕**(そそりたって)**　山や絶壁などが、まっすぐに高く立つ。中 聳立；屹立。E rise precipitously.

☆ 目の前に岩壁がおおいかぶさるように高くそそりたっている / 岩石峭壁好像壓迫著我似地聳立在眼前。

参「そびえる」も似ているが、「そびえる」が高さに重点があるのに対して、「そそりたつ」はけわしいことに重点がある。

そだいごみ 【粗大ごみ】ソダイゴミ　古くなったりこわれたりして使わなくなり、捨てられた、たんす、電気器具、ベッドなど大型の家庭用品。中 大型垃圾。E large-sized garbage.

☆ 粗大ごみに出されている品物には、まだじゅうぶん使えるものがある / 在被當作大件垃圾丟出來的東西中，還有能夠善加利用的。

そだ·つ 【育つ】ソダツ〔自動五〕**(そだって)**

❶ 生命のあるものが、生まれてからだんだん大きくなる。成長する。生長する。中 發育；成長；生長。E grow (up).

☆ パンダの赤ちゃんが順調に育っている / 小熊貓健康地成長著。

☆ 子供が育つ / 孩子發育成長。

❷ 実力や知識を身につけて一人前になる。成長する。中 長進；成長。E be brought up.

☆ あの研究所では、いい指導者のもとに優秀な研究者が育っている / 在那個研究所裡，在好的導師的引導下，優秀的研究者在成長著。

▷ 名 育ち　他動 育てる

そだ·てる 【育てる】ソダテル〔他動一〕

❶ 生まれたものを、世話したり助け導いたりして大きくする。中 培養；撫育；撫養。E bring up; raise.

☆ 若い両親が助け合って子供を育てている / 年輕的父母共同撫育孩子。

☆ 朝夕水をやって草花を育てる / 早晚澆水培植花草。

❷ 一人前にするために、能力などをのばすように教え導く。中 教育；培養。E educate; train.

☆ 叔父は教育者として多くの若者を育てた / 叔父身為教育工作者培養了很多年輕人。

☆ すぐれた技術者を育てる学校 / 培養優秀技術人員的學校。

▷ 自動 育つ

そちら ソチラ　❶ 相手に近い所。また、その方向やそこにあるものをさすことば。中 那

裡；您那裡；那個。E there; that; your place.

☆ そちらの天気はどうですか / 您那裡的天氣怎麼樣?

☆ そちらにまいります / 到您那裡去。

❷ 相手、または相手に近い人をさすことば。中 您；您的家屬。E you; that person.

☆ そちらの意見を聞かせてください / 想聽聽您的意見。

☆ そちらはお変わりございませんか / 您一切都安好嗎?

☆ そちらさま / 您；您的家屬。

▷ →付録 指示語のまとめ

参 ❶のくだけた言い方は「そっち」。また、❷には敬意がふくまれ、「あなた」「その方」と同じような意味になる。

そつぎょう【卒業】ソツギョー〔～する〕

❶ 決められた学業を全部終えて学校を出ること。中 畢業。E graduation; graduate.

☆ 卒業の記念に校庭に木を植える / 在校園裡種樹作為畢業紀念。

☆ 三郎は7年かかって大学を卒業した / 三郎花了七年才讀完大學。

☆ 卒業証書 / 畢業證書。

対 入学

❷ ものごとをじゅうぶんにして、もうしなくなること。中 體驗過；過了階段。E have had enough of.

☆ 大学生になったので漫画はもう卒業だ / 因為已經是大學生了，所以已過了看漫畫的階段了。

そっくり ソックリ ❶すこしも残さずに。全部。中 全；全部；完全。E altogether; as; all.

☆ 友達のノートをそっくり写す / 把朋友的筆記照本全抄。

☆ 食卓の料理はそっくり平らげた / 餐桌上的飯菜全吃得乾乾淨淨。

❷ よく似ているようす。中 一模一樣；極像。E just like.

☆ あの子はお母さんにそっくりだ / 那孩子長得像他母親；那孩子酷似其母。

そっけな・い ソッケナイ 思いやりや親しさがなく、冷たい感じだ。話 中 冷淡；無情；不客氣。E cold; blunt.

☆ 京子に仕事を頼んだら、そっけなく断られた / 把工作拜託京子時，被一口拒絕了。

☆ ものの言い方はそっけないが、心の温かい人 / 刀子嘴，豆腐心的人；嘴上雖然不客氣，但心地善良的人。

ぞっこう【続行】ゾッコー〔～する〕 ものごとが休んだりやんだりせずに続いて行われること。また、続けて行うこと。中 繼續執行；繼續進行。E continue; go on with.

☆ これ以上戦争が続行しても双方の死者が増大するだけだ / 戰爭再繼續下去，雙方不過是徒增死亡人數而已。

☆ 昼休みもとらずに会議を続行した / 中午不休息，會議持續進行。

対 中止

そっせん【率先】ソッセン〔～する〕 ほかの人の先頭に立ってものごとを行うこと。中 率先；帶頭。E take the lead in.

☆ 学長が率先して大学の改革に乗りだした / 校長帶頭參與大學改革。

☆ 運動部の主将が厳しい訓練を率先してやる / 體育性社團的主將率先進行嚴格訓練。

そっち ソッチ 「そちら」のくだけた言い方。話 中 那裡；你那裡；那個。E there; your place; that.

☆ そっちのようすはどう? / 那邊情況如何?

☆ そっちに連絡するよ / 要和你那裡聯絡啊!

☆ そっちのほうがよさそうだね / 你那個好像比較好呢!

☆ そっちはみんな元気? / 在那邊的大家都好嗎?

→付録 指示語のまとめ

そっちょく【率直】ソッチョク 自分の考えを隠したりせずに、ありのままに表すようす。中 直率；直爽；坦率。E candid; frankly.

☆ この作品に対する率直な意見が聞きたい/想聽聽你對這部作品的直率的意見。

☆ 率直に言うと、きみは気が短すぎる/坦白說，你太性急了。

そっと ソット〔～する〕 ❶ 静かに行動するようす。中 輕輕地；安靜的。E quietly; softly.

☆ ピアノ演奏の途中で、そっと会場を出た/在鋼琴演奏會的中途，悄悄地走出了會場。

☆ ガラスの花瓶をそっと置く/輕輕地擺放玻璃花瓶。

❷ 人に気づかれないように行動するようす。中 悄悄地；偷偷地。E stealthily.

☆ 講演中、となりの人にメモをそっと渡す/演講時，悄悄地寫一張紙條遞給旁邊的人。

❸ 刺激しないようにそのままに。中 不驚動；不去動。E leave alone.

☆ 失恋したらしいので、しばらくそっとしておこう/好像是失戀了，所以暫時不要去惹他。

そっとう【卒倒】ソットー〔～する〕 突然意識がなくなって倒れること。中 昏倒；暈倒；昏厥。E faint; fall unconscious.

☆ 息子が交通事故で入院したと聞いて母親は卒倒した/聽到兒子因交通事故住了院，母親昏倒了。

☆ とても暑い野外の集会だったので、卒倒する人も出た/因為是在炎熱的野外舉行的集會，所以有人昏倒了。

そで ソデ ❶ 衣服で、肩から先の腕の部分。中 袖子；衣袖。E a sleeve.

☆ 暑くなってきたから、そでの短いシャツを着よう/天氣熱起來了，穿短袖襯衫吧。

☆ むかしは、恥ずかしいときは着物のそでで顔を隠したという/聽說古時候，在不好意思的時候會用和服的袖子把臉遮住。

☆ そでなし/無袖背心。

☆ 振りそで/(年輕姑娘的)長袖和服。(→項目)

☆ 半そで/短袖。

❷ 舞台、机、門などの左右のわきの部分。中 兩側。E a wing.

☆ 歌い終わった歌手が舞台のそでに引っこんだ/唱完歌的歌手從舞台的兩側退場了。

☆ 両そで机/兩側有抽屜的桌子。

▷ →着物、ワイシャツ 図

そで[袖]の下 わいろ。中 賄賂。E a bribe.

☆ A工務店は、役人にそでの下を使って市民ホールの建築工事を引き受けたそうだ/聽說A建築工程公司向官員行賄而承包了市民禮堂的建築工程。

そで[袖]振り合うも多生の縁 道を歩いているときに知らない人とすこしそでがふれ合うのも、偶然ではなく前世から決められていることなのだから、人と人との関係はたいせつにしなければならないということ。中 相逢自是有緣。E Even a chance meeting is due to the Karma in a previous life.

似た表現 そですり合うも他生の縁

そと【外】ソト ❶ かこみや仕切りなどでかこまれていないほうの側。中 外邊；外面。E the outside; out of.

☆ 本が多すぎて部屋の外に積んである/書太多了，堆放在屋外。

☆ 絹のハンカチが胸のポケットの外にすこし出ている/絲絹微露在胸前的口袋外面。

対 中

❷ 建物や敷地の中ではない所。中 外頭；外邊。E out of doors; outside.

☆ 天気がいいから外で遊びなさい/天氣很好，到外面去玩吧。

☆ 窓の外にある大きな木/種在窗外的大樹。

対 内

❸ 自分の家、会社、学校など以外の所。中 外邊；外面。E the outside; an outsider.

☆ 家族のことは外の者にはわからない/外人不知道我們家裡的事。

☆ 外の人に見せてはいけない書類 / 不能讓外人看到的文件。

対 内

❹ 表から見える部分。中 表面；外面。E the surface; an appearance.

☆ 洋子は喜びや悲しみの気持ちを外に出さない / 洋子從不表露她喜悅和悲傷的心情。

☆ 化粧や服装で外を飾る / 用化妝和衣著裝飾外表。

対 内

そなえ【備え】ソナエ、ソナエ　病気、災害、事故などがあるときのことを考えて、被害が少なくてすむような方法をとること。中 準備。E preparation; provision.

☆ 大地震の備えとして保存用の水や食料品を買っておく / 預先買好儲存用的水和食品以備大地震不時之需。

☆ 備えあれば憂いなし / Providing is preventing. / 有備無患。

☆ 老後の備え / 防老(作養老的準備)。

他動 備える

その　ソノ　❶ 話す人から離れていて、聞く人に近いもの、こと、人をさす。中 那；那個。E that.

☆ あなたの前のその辞書を取ってください/請把你面前的那本字典拿給我。

☆ その子はとなりの子です / 那孩子是鄰居家的小孩。

❷ 相手または自分がすぐ前にいったことをさす。中 那。E that (thing, person); it.

☆ その話は前に聞いたよ / 那件事先前已聽過了。

☆ その人はわたしもよく知っています/那個人我也很熟。

❸ ことばがすぐ出てこないとき、話をつなぐために言うことば。中 這個；那個。E uh; er; um.

☆ きょうは、その、用があるので、早く帰りたいのですが / 今天呢，因為有事所以想早點回去。

▷ 話 ❸ → 付録 指示語のまとめ

参 ❸は「そのう」と長くのばすことが多い。

そのうえ　ソノウエ　(文と文をつないで)前にいったことに加えて。中 而且；加之；兼之。E besides; moreover.

☆ 保証人を引き受けてくれ、そのうえ、学費も半分出してくれた/答應當我的保證人，而且還幫我出了一半學費。

☆ 雨が強く降っていた。そのうえ、風まで吹いてきた / 雨下得很大，而且還颳起風來了。

そのうち　ソノウチ　近い将来。すこし後。中 過幾天；不久；一陣子。E before long; some day; by and by.

☆ 一郎は若いから世の中を知らないが、そのうち、いろいろなことがわかってくるだろう/一郎少不經事，很多事情過段時日自然會明白。

☆ ごはんを食べてからテレビを見ていたが、そのうち眠ってしまった / 吃完飯看電視，才一會兒就睡著了。

そのかわり　ソノカワリ　(文と文をつないで)前にいったことと引きかえに。中 可是；另一方面。E instead; but.

☆ きょうは忙しくて行けません。そのかわり、あすは必ず行きます/今天很忙不能去，可是明天一定去。

☆ 値段はすこし高いですが、そのかわり品物は保証できます/價格有一點貴，可是保證品質一定好。

そのくせ　ソノクセ　(文と文をつないで)前いったこととは反対に。それでいて。話 中 儘管～可是。E and yet; for all that.

☆ 体の調子が悪いと言いながら、そのくせ夜遅くまで起きている / 雖然說身體不太舒服，可是卻很晚才睡。

☆ 口では立派なことを言って、そのくせ

ちっとも実行しないんだ / 嘴巴說得好聽，可是根本不行動。(光說不練。)

そのた【その他】ソノタ　前にいったことのほか。それ以外。そのほか。中其他；另外；以外。E the others; and so on.

☆ きょうのバザーには、衣類や食料品や食器その他いろいろなものがあります/今天的義賣會上，除了衣服、食品、餐具以外，還有其他各式各樣的東西。

そのひぐらし【その日暮らし】ソノヒグラシ　その日の収入でその日を暮らすような余裕のない生活。中當天賺當天花；一日打柴一日燒。E live from day to day; a hand-to-mouth existence.

☆ 定職もなくその日暮らしなので、将来のことはまったく考えられない / 沒有固定職業，只是當天賺當天花，所以根本無法考慮將來要怎麼辦。

☆ その日暮らしも気楽でいいものだ/過一天算一天的日子倒是挺輕鬆愉快的。

そのまま　ソノママ　❶いままでの状態を続けるようす。中就那樣；就照原樣。E leave a thing as it is; and never ~.

☆ 机の上はさわらないで、そのままにしておいてください / 不要動桌上的東西，就那樣擺著就好。

☆ 兄はアルプスに出かけて、そのまま帰ってこなかった / 哥哥去了阿爾卑斯山後，就一直沒回來。

❷ よく似ているようす。そっくり。中一模一樣；原樣。E just as it is; exactly the same.

☆ 寺はむかしの建物そのままの姿に再建された / 寺廟按以前的樣子重建了。

☆ 本物そのままのコピー / 按原樣複製。

❸ 時間をおかずにすぐに。中就那樣地。E as soon as.

☆ 子供はかばんを置くと、そのまま遊びに出かけた / 孩子把書包一放就跑出去玩了。

そば　ソバ　❶すぐ近い所。中旁邊；附近。E by; beside.

☆ 銀行のそばにデパートがある / 銀行的附近有百貨公司。

☆ そばに立っているのに気がつかない/雖然站在旁邊卻沒有發覺。

❷ (「〜そばから」の形で)〜するのに続いて。中剛〜就〜；隨〜隨〜。E as soon as.

☆ 覚えたそばから忘れていく / 剛記住就忘；隨記隨忘。

そば　ソバ　❶穀物の一種。畑でつくり、茎が赤く、花は白または赤。その実をひいて粉にして食用とする。中蕎麥。E buckwheat.

「そば❷」

☆ この地方はそばの産地として有名だ / 這個地方因出產蕎麥而聞名。

❷「❶」の実を粉にして、水でこねて薄くのばし細長く切ったもの。ゆでて、しょうゆ味のつゆにつけたりして食べる。中蕎麥麵。E *soba*; buckwheat nodles.

☆ わたしはうどんよりそばが好きだ/比起烏龍麵，我更喜歡蕎麥麵。

☆ 年越しそば / buckwheat noodles eaten on New Year's Eve. / 跨年麵；除夕吃的蕎麥麵。

☆ 月見そば / 月見麵 (麵中加蛋看似月亮)。

▷ 数❷1把・1束

そび・える　ソビエル〔自動一〕　山や建物などが、ほかのものよりずっと高く立つ。中聳立；峙立。E tower high; rise high.

☆ 東京には多くの高層ビルがそびえている/在東京聳立著許多高樓大廈。

☆ 空高くそびえる富士山/高聳入雲的富士山；聳入雲霄的富士山。

→そそり立つ

そふ【祖父】ソフ　自分の父の父、また母の父。中祖父；外祖父；爺爺。E a grandfather.

☆ 母方の祖父は元気で、山歩きが趣味だ/外祖父很健康，愛好爬山。

☆ きみのおじいさんとぼくの祖父は将棋の友達だ/你爺爺和我爺爺是下象棋的好夥伴。

対 祖母

参 人と話すときに自分の身内をさして使うことばで、親しい気持ちをこめて、「おじいちゃん」「じいさん」などともいう。他人の「祖父」に向かって、またその人を話題にしていうときは、「おじいさん」を使う。

ソフト (soft)ソフト ❶〔←ソフトウエア(software)〕コンピューターを動かすためのプログラムや、それを利用する技術。中(電腦)軟體；軟體設備。E (computer) software.

☆ コンピューターの学校を卒業してソフトの会社に入った/從電腦學校畢業後進了軟體公司。

☆ コンピューターはあってもソフトがなければ使いものにならない/即使有電腦但沒有軟體的話也沒用。

対 ハード

❷ やわらかいようす。中柔軟；柔和。E soft.

☆ ソフトな肌ざわりのふとん/觸感柔軟的棉被。

☆ ソフトタッチ/解感柔軟。

対 ハード

❸ 穏やかなようす。中柔和。E calm; gentle.

☆ ソフトなムードの曲/柔和情調的曲子。

そぼ【祖母】ソボ 自分の母の母、また父の母。中祖母；外祖母；奶奶。E a grandmother.

☆ この指輪は祖母から母へ、母からわたしへとゆずられてきた/這只戒指是外祖母留給媽媽，媽媽又傳給我的。

☆ うちの祖母はあなたのおばあさんと同じ年のはずだ/我奶奶和你奶奶年紀應該是一樣的。

対 祖父

参 人と話すときに自分の身内をさして使うことばで、親しい気持ちをこめて、「おばあちゃん」「ばあさん」などともいう。他人の「祖母」に向かって、またその人を話題にしていうときは、「おばあさん」を使う。

そぼく【素朴】ソボク ❶自然のままで飾り気のないようす。中樸素；質樸；淳樸。E simple; artless; naive.

☆ 素朴な絵だが見る人を感動させる/雖是樸實的畫，但令觀賞者感動。

☆ 山の中の素朴な温泉宿/山裡樸實的溫泉旅館。

☆ 素朴な人/淳樸的人。

❷ 発達していないで単純なようす。中樸素單純。E simple; unsophisticated.

☆ 5歳の息子は、サンタさんはどこから来るのかという素朴な疑問を持っている/五歲的兒子有個天真的問題，就是聖誕老人究竟從何處來?

そまつ【粗末】ソマツ ❶つくり方やできあがりが丁寧でなく、品質があまりよくないようす。中粗糙；不精緻；簡陋。E humble; small; little.

☆ そまつでもいいから自分の家を持ちたい/簡陋也沒關係，就是想要有一間自己的房子。

☆ そまつなものですが、お受け取りください/不成敬意，敬請笑納。

対 豪華

❷ たいせつにしないようす。中浪費；糟蹋。E waste; neglect.

☆ 食べ物をそまつにしてはいけない/不要浪費糧食。

☆ 親や友達をそまつにする人間は信用できない/怠慢父母和朋友的人不能信任。

対 大切

❸ (「おそまつ」の形で)⇨お粗末

そむ・く【背く】ソムク〔自動五〕(そむいて)

❶ 人の考えやきまりなどに反対してしたがわない。中違背；不遵從；不聽從。E disobey; break.

☆ 道子は親の意見に背いて芸能界に入った/道子違背父母的規勸，進了演藝圈。

☆ 法律に背く行為/違背法律的行為。

[対]従う

❷ 予想とは別のほうに向く。[中]背叛；辜負。[E] be contrary to.

☆ 支持してくれた人々の期待に背いて落選してしまった/競選失敗，辜負了支持者的期望。

▷ [他動]背ける

そ・める【染める】ソメル〔他動一〕 ❶ 色のある液にひたしたり、絵の具や墨、紅などをぬったりして色をつける。[中]染。[E] dye; tinge.

☆ Tシャツを友達のと同じ色に染める/把T恤染成和朋友一樣的顏色。

☆ 夕日が山々を赤く染めている/夕陽染紅了群山。

❷ 恥ずかしさや熱で顔やほおを赤くする。[中]臉發紅。[E] blush.

☆ はじめて会ったとき、洋子は恥ずかしそうにほおを染めた/第一次和洋子見面時，她羞得兩頰通紅。

❸ なにかを新しく始める。[中]著手；插手；開始。[E] start; begin.

☆ ゴルフは手を染めたばかりだが、おもしろくて夢中になりそうだ/才剛開始打高爾夫球，就覺得有趣地令人著迷。

☆ 筆を染める/著手寫。

▷ [名]染め [自動]染まる

そもそも ソモソモ ❶ ものごとの最初。ものごとの起こり。初めから。[中]最初；起始；開端。[E] the very beginning; to begin with.

☆ 事件のそもそもからお話ししましょう/從事件的開頭談起吧！

☆ その計画がそもそも甘かったのだ/那個計畫從開始是就讓人覺得很粗糙。

❷ (文の初めにきて)改めて説明を始めるときに使うことば。[中]說來；說起來。[E] now; well.

☆ そもそも明治維新というのは…/明治維新即所謂……。

☆ そもそも日本の近代文学を語るならば…/說起來，如果談到日本近代文學的話……。

▷ [書]❷

そよそよ ソヨソヨ 気持ちいい風が静かに吹くようす。[中]微風吹動貌。

☆ 春風がそよそよ(と)吹いている / There is a gentle spring breeze blowing. /春風輕輕地吹拂。

そら【空】ソラ ❶ 地面のかなり上のほうにひろがっている空間。[中]天；天空；空中。[E] the sky; the air.

☆ 真っ青な空を鳥が飛んでいく/小鳥飛向蔚藍的天空。

☆ 夕焼け空/晚霞的天空。

☆ 青空/青空；藍天；晴空。

☆ 夜空/夜空。

❷ 天候。[中]天；天氣。[E] the weather.

☆ 秋の空は変わりやすい/秋天的天氣多變化。

☆ 空模様 / the look of the sky. /天氣；天空的樣子。

❸ なにも見ずに言うこと。[中]背；憑記憶。[E] by heart; from memory.

☆ せりふをよく覚えてそらで言えるようになった/好好記台詞直到背起來。

❹ (他のことばの頭について)(1)確かではない。真実ではない。うその。[中]假的；不確實的；虛偽的。

☆ そら耳 / be hearing things. /聽錯。

☆ そら頼み / a vain hope. /白指望；瞎盼望。

(2) なんとなく。[中]不知為什麼；總感到；不由地；無意中。

☆ そら恐ろしい / feel a vague fear. /不知為什麼感到非常可怕。

☆ そら似 / a chance likeness. /面貌相似純屬偶然；沒有血統關係長的很像。

[注] ❸はひらがなで書く。

そ

そら・す【反らす】ソラス〔他動五〕(そらして) 後ろの方へ曲げる。中 往後彎；往後仰。E bend backward.

☆ 胸を反らして息を深く吸いこむ/挺胸深吸一口氣。

☆ 体を反らして空を見る/身子向後仰看天空。

☆ 身を反らす/身體向後仰。

自動 反る

そらぞらし・い ソラゾラシイ うそだとはっきりわかるようすだ。中 分明是假意地；顯然缺乏誠意。E empty; transparent.

☆ 悲しくもないのに、そらぞらしい涙を流す/一點也不悲傷，卻假心假意地流眼淚。

☆ そらぞらしいうそを言う/明顯地是在說謊。

そ・る ソル〔他動五〕(そって) 髪やひげなどを、かみそりなどで根もとから切り取る。中 剃；刮。E shave.

☆ 毎朝ひげをそる/每天早上刮鬍子。

☆ むだな毛をそる/剃除多餘的雜毛。

☆ そり落とす/剃掉。

参「ひげをする」のように、「そる」がなまって、「する」ともいう。

それ ソレ ❶ 話す人からはすこし離れていて、聞く人のほうに近いもの、こと、人をさすことば。中 那；那個。E it; that.

☆ ちょっとそれを取ってください/請把那個遞給我一下。

❷ 話す人や聞く人が前にいったもの、こと、人、時をさすことば。中 那。E that.

☆「おなかが痛いんです」「それはいけませんね。この薬をすぐお飲みなさい」/「肚子疼。」「那可不好，趕快吃這個藥吧。」

☆ 先月日本へ来て、それ以来ずっと忙しい/上個月來日本，從那之後一直很忙。

❸ 前にいったことばを繰り返すかわりに使うことば。中 那個。E that.

☆ 西洋の論理と日本のそれとは、非常に異なっている/歐美的思維方式和日本的有很大差別。

❹ 注意させたり励ましたりするときに言うことば。中 看；瞧；嘿；喂；哎呀；注意。E Now!; There!

☆ それ、行け/喂，走!；上!；去!；衝!

☆ それ、あぶないぞ/看，多危險!

▷ 話❹ →付録 指示語のまとめ

参 ❶❷で人をさすばあいは目下の人をいう。

それから ソレカラ (文と文をつないで) ❶ 前にいったことに続いて後でいうことが起こるときに使うことば。中 然後；後來。E and then; since then.

☆ 友達に会った。それから一緒に映画を見た/與朋友見面，然後一起看了電影。

☆ 三郎には3カ月前に会った。それから全然、連絡がない/三個月前見過三郎，後來一直沒有聯絡。

❷ あるものにつけ加えるときに使うことば。中 還有。E and; also.

☆ ビールがある。それからワインもある/有啤酒。也有葡萄酒。

☆ パンを買ってきてください。それから牛乳も/請買麵包來。還有牛奶。

▷ →そして 囲み

それじゃ ソレジャ、ソレジャ ❶「それでは」のくだけた言い方。中 那麼。E then; if so.

☆ みんな集まったね。それじゃ、始めようか/大家都到齊了，那麼，開始吧!

❷ 別れるときに言うあいさつのことば。

☆ それじゃ、さよなら/Well, good-bye./那麼，再見。

▷ 話

参「それじゃあ」と長くのばすこともある。

それぞれ ソレゾレ、ソレゾレ 2人以上の人のひとりひとり。また、2つ以上のものの1つ1つ。中 各；分別；各自。E each; respectively.

☆ セルフサービスの食堂ではそれぞれが食べ物を運ぶ/在自助餐廳，各自取食物。

☆ 学生がかいた作品にそれぞれ題をつける/為學生作品分別訂標題。

それで ソレデ (文と文をつないで)❶前にいったことが原因、理由で、そのために後でいうことが起こるときに使うことば。中 因此；因而；所以。E so; and; therefore.

☆ 今月は授業料を払わなければなりません。それでお金がたくさんいります/這個月必須交學費，所以需要很多錢。

☆ 家の前の道路が広くなった。それで車の量が増えた/屋前的道路拓寬了。車流量也因此增加了。

❷ 相手の話を先に進めさせようとするときに使うことば。中 後來。E so; then; well.

☆「進学するか就職するか父に相談したんです」「それで、お父さん、なんて言われたの？」/「是升學還是就業，和父親商量過了。」「那你父親說了些什麼?」

☆ それで、あの話どうなった？/後來，那件事怎樣了?

▷ 話❷ →そこで 囲み

それでは ソレデワ (文と文をつないで)

❶ 相手いったことを受けるときに使うことば。そういうことなら。では。中 要是那樣的話；如果是那樣。E then; if so.

☆「こんなに遅くては電車はありませんよ」「それでは、タクシーで行きましょう」/「這麼晚可沒有電車了。」「那樣的話，就坐計程車去吧。」

❷ 前の話を終えて、つぎにものごとを始めたり終えたりするときに使うことば。では。中 那麼；那麼說。E well; then.

☆ きょうの話について質問はありませんか。それでは、これで終わりましょう/對今天的内容沒有疑問嗎?那麼就到此結束吧。

☆ 時間になりましたね。それでは、これからテストを始めます/時間到了。那麼現在開始考試。

▷ →それなら

それでも ソレデモ (文と文をつないで)前にいったことがあっても、なお後でいうことが実現するときに使うことば。中 雖然那樣；即使那樣；儘管如此。E but; still; and yet.

☆ わたしは財産を全部なくしてしまった。それでも、事業は続けるつもりだ/我的財產全沒了，儘管如此，事業還是要繼續做下去。

それどころか ソレドコロカ (文と文をつないで)❶ 前にいったことより、もっと程度の低いことさえしないことを後でいうときに使うことば。中 豈止如此；豈足那樣；別說那個。E far from that.

☆ わたしは車の運転はできない。それどころか自転車にも乗れない/我不會開車。豈止如此，連腳踏車也不會騎。

❷ 前にいった程度ではなく、それ以上に。中 豈止那樣；相反。E on the contrary.

☆ わたしはきみの意見に反対ではない。それどころか協力したいと思っている/我不是反對你的意見。相反地是想協助你。

それとなく ソレトナク はっきり言ったりしたりしないで。中 暗中；不露痕跡地；婉轉地。E indirectly; in a round about way.

☆ 洋子に、転職する気があるかどうかそれとなくきいてみた/試探性地問洋子是否有改行的意思。

それとも ソレトモ (文と文をつないで)前か後のどちらかを選ぶときに使うことば。中 還是；或者。E or.

☆ この話、進めますか。それとも断りましょうか/這件事，是同意還是拒絕呢?

☆ 大阪まで新幹線で行きますか。それとも飛行機にしますか/到大阪是搭新幹線還是坐飛機去呢?

参「あるいは」も似ているが、「あるいは」がふつうの文でも疑問の文でも使えるのに対して、「それとも」はおもに疑問の文で使う。

それなら　ソレナラ　(文と文をつないで)相手のいったことを受けるときに使うことば。そういうわけなら。そんなら。中 如果是那樣；要是那樣；那麼。E then; if so; if that's the case.

☆「来年度の事業計画をまとめてきました」「それなら、すぐ見せてくれ」/「下一年度的事業計畫已整理好了。」「那就快給我看看。」

参 後には命令や意志を表す表現がくる。「それでは」も似ているが、「それでは」が前のことが終わったという気持ちが強いのに対して、「それなら」は「『きょう、一郎は来ないかもしれない』『それなら会議は中止にしよう』」のようにまだ終わっていないこともある。そのばあい、「それでは」で置きかえることはできない。

それに　ソレニ　(文と文をつないで)前にいったことに、さらになにかをつけ加えるときに使うことば。中 而且；並且。E and also; moreover.

☆ 頭が痛いんです。それに熱もあるんです/頭疼，而且發燒了。

☆ ここは交通が便利だ。それにとても静かだ/這裡交通便利，而且很安靜。

そ・れる　ソレル〔自動一〕 ❶ ねらいがはずれて、思ってもいなかった方向へ進んでいく。中 歪向一旁；偏離。E go astray.

☆ ボールがそれて、となりの家のガラスを割ってしまった/球投偏了，打破了鄰居家的玻璃。

☆ 台風の進路がそれる/颱風改變了路徑。

❷ ものごとが行くべき筋道からはずれる。中 走調；離題。E wander; stray from.

☆ 注意がそれる/沒注意。

☆ 話がわき道にそれる/話離題了。

▷ 他動 そらす

そろ・う　ソロウ〔自動五〕(そろって) ❶ 1カ所に集まる。中 到齊；聚齊。E be all present; have a collection of.

☆ メンバーがそろったから会議を始めよう/會員到齊了，開會吧。

☆ K書店にはパソコンの本がそろっている/K書店裡有關電腦的書很齊全。

❷ みんな同じになる。一致する。中 一致；相同。E agree with; be uniform.

☆ 全員の意見がそろって、修学旅行は広島に行くことになった/全體人員的意見一致，於是決定去廣島畢業旅行。

☆ 左右がそろっていない/左右不相同。

❸ あるべきものが全部ととのった状態になる。中 齊全。E have the whole set of.

☆ 5人分の食器がそろっている/五人份的餐具齊全。

☆ この全集は全部そろっていない/這套全集還不齊全。

▷ 名 そろい　他動 そろえる

そろそろ　ソロソロ　❶ ゆっくり、静かに行動するようす。中 緩慢平靜地繼續不斷前進或行動的樣子；小心地；慢慢地。

☆ 塀の上を、落ちないようにそろそろ(と)歩く/inch one's way along the top of the fence so as not to fall. /在牆頭上小心翼翼地走，生怕掉下來。

☆ 車庫から車をそろそろ(と)出す/把車從車庫小心翼翼地開出來。

❷ あまり時間がたたないうちに。ぼちぼち。中 即將成為某種態或產生某種態的情況表達；就到；快到。

☆ そろそろ始まる時間だ/快到開始的時間了。

☆ 遅くなりましたので、そろそろ失礼します/It's getting late, so I have to be going soon. /不早了，我差不多該走了。

ぞろぞろ ゾロゾロ ❶たくさんの人やものが、続いてゆっくりと動くようす。中許多人或物不斷活動的樣子。

☆ 音楽会が終わり、会場から人がぞろぞろ(と)出てきた/A large audience streamed out of the hall after the concert. /音樂會結束後，觀衆不斷地從會場湧出來。

❷長いものをだらしなく引きずるようす。中散漫地拖拖拉拉的樣子。

☆ 着物の帯がほどけて、ぞろぞろ(と)引きずって歩いた/The *kimono obi* came undone and she walked trailing it along. /和服的腰帶鬆了，在後面拖地走。

そろばん ソロバン ❶おもに日本や中国で、むかしから計算に使っている道具。中算盤。E an abacus.

〔そろばん❶〕

☆ そろばんと電卓とで計算の速さを比べる/比一比算盤和計算機的計算速度。

❷得をするか損をするかの計算。中利益得失的計算。E calculations of one's profit or loss.

☆ 内容がよければ、そろばんは無視して出版する/内容如果好的話，就不計利益得失的出版。

▷ 数❶1丁・1面

そろばんをはじく 得をするか損をするかを考える。中打算盤；計較個人利益。E calculate profit or loss.

☆ 何度もそろばんをはじいてみたが、あまり利益がなさそうなので、その話は断った/算了好幾次，好像無利可圖，於是拒絕了那件買賣。

そわそわ ソワソワ〔～する〕 落ちつかないようす。中形容為某種事所吸引而心神不定的樣子。

☆ きょうはボーナス日で、社員たちは朝からそわそわしている/Today bonuses will be given out, so the employees have been restless since morning. /因為今天是發年終獎金的日子，一大早公司職員們就坐立不安地盼望著。

そん【損】ソン 利益を失うこと。不利なこと。また、努力がむくいられないこと。中虧損；虧；吃虧。E (a) loss; unfavorable.

☆ 宝くじをたくさん買ったが1枚も当たらなくて損をした/買了很多獎券，但一張也沒中，白白虧損了。

☆ 友達を待っていて遅刻したのに、自分だけしかられるとは損な話だ/為了等朋友而遲到，卻只有自己挨罵，真是有夠倒楣。

対得、益

そんがい【損害】ソンガイ 損をしたり、事故や事件のために被害を受けたりすること。中損害。E damage; a loss.

☆ 自動車事故でわたしの車が損害を受けた/我的車因車禍而損壞了。

☆ 損害をこうむる/蒙受損害。

☆ 損害賠償/compensation for damages. /損害賠償；賠償損失。

対利益

そんけい【尊敬】ソンケイ〔～する〕 ほかの人を立派だと思ってうやまうこと。中尊敬。E respect.

☆ 他人のしあわせのために生涯をささげた父を、心から尊敬している/打從心底裡尊敬為了別人的幸福而奉獻了自己一生的父親。

☆ 尊敬の念をいだく/心懷尊敬的心情。

対軽蔑

そんけいご【尊敬語】ソンケイゴ 敬語の1つ。聞き手や話の中の人、またはそれに関係するものごと、行為、性質、状態などに対して、話し手の敬意を表すことば。「お子さま」「あの方」「お名前」「お元気ですか」「ごらんになる」など。中尊敬語。E a respectful expression.

☆ 目上の人と話すとき、また、目上の相手のしたことについて話すときには尊敬語

そ

を使う/和長輩說話以及講到關於長輩所做的事情時，使用尊敬語。

関連 謙譲語、丁寧語　→敬語

そんざい【存在】ソンザイ〔～する〕そこにあること。そこにいること。また、そこにあるもの。そこにいるもの。中 存在。E existence; exist.

☆ 宇宙から見たら、人間なんて小さな存在だ/從宇宙來看的話，人類的存在實在是很渺小。

☆ 神はどこに存在するのか/神真的存在嗎?

☆ 存在理由/存在的理由。

ぞん・じる【存じる】ゾンジル、ゾンジル〔他動一〕❶「考える」「思う」の謙譲語。存ずる。中「想」「認為」的自謙語。E ((humble)) think.

☆ お招きいただき光栄にぞんじます/能應邀前來感到十分榮幸。

☆ お目にかかりたくぞんじます/希望能去拜訪您。

❷「知る」「承知する」「心得る」の謙譲語。存ずる。中「知道」的自謙語。E ((humble)) know.

☆ お名前はよくぞんじております/久仰大名。

☆ いいえ、ぞんじません/不，不知道。

そん・する【損する】ソンスル〔他動する〕利益を失う。また、自分にとって不利だ。中 吃虧。E suffer a loss; lose.

☆ 株が暴落してひどく損した/股市暴跌，損失慘重。

☆ 1時間も待たされて時間を損した/等了一個小時真浪費時間。

対 得する

損して得取れ　一時的には損をしても、最終的に利益をえるようにしたほうがいい。中 吃虧就是占便宜。E Lose a dime and win a dollar.

そんぞく【存続】ソンゾク〔～する〕いまあるものごとがそのままの状態で続いていくこと。また、そのままの状態を残すこと。中 繼續存在；長存；永存。E continue (to exist); continuation.

☆ この鉄道は赤字だが、地元の住民のために存続することに決めた/這條鐵路儘管入不敷出，但為了本地居民而決定繼續保存下去。

☆ 会員が減ると、会の存続は困難になる/會員一減少，會的存續就有困難了。

対 廃止

そんだい【尊大】ソンダイ　いばって、自分は偉いという態度を見せるようす。中 自大；驕傲自大。E arrogant; haughty.

☆ 社長は大きないすに尊大にかまえてすわっている/總經理擺出一副驕傲自大的架式坐在大椅子上。

☆ 子供に尊大な態度で接する教師/以自大的態度對待孩子的老師。

そんちょう【尊重】ソンチョー〔～する〕そのものの価値を認めてたいせつにすること。中 尊重。E have a high regard for; respect.

☆ 相手の文化や国民性を尊重して外国の友人たちとつきあう/和外國友人交往要尊重對方的文化和國民性。

☆ 少数意見を尊重する/尊重少數人的意見。

☆ 人命尊重/尊重人的生命。

そんとく【損得】ソントク　利益を失うことと利益をえること。中 損益；得失；利害。E loss and gain; self-interest.

☆ 損得を考えてから仕事を引き受けるかどうか決める/先考慮利益得失之後再決定是否要接受這項工作。

☆ 損得を無視して働く/不計得失地工作。

☆ 損得計算/計算得失。

そんな　ソンナ　「そのような」「そのよう」のくだけた言い方。中 那樣的；那樣。E such; like that; so.

☆ そんなことは言った覚えがない/不記得說過那樣的話。

☆ そんなに早く起きられない/那麼早我起不來。

→付録 指示語のまとめ

た／タ

た【他】タ ❶あるものごとと別であること。また、その別のものごと。中其他；另外；別的。E another; the other; others.

☆ 他に方法をさがす／尋找其他方法。

☆ アマゾンほど大きい川は他にない／沒有比亞馬遜河更大的河川。

❷ 自分以外の人。中 他人；別人。E others; another person.

☆ 秘密を他へもらしてはいけない／不許向其他人透露秘密。

対 自

❸ その所と関係ない別の場所。中其他地方；別的地方。E another place.

☆ 住居を他へ移す／搬到別的地方去住。

▷ 書

た【田】タ 稲などを植えるために水を入れるようにした土地。田んぼ。中田；稻田；水田。E a rice field; a paddy.

☆ 田の草を取る／除去稻田裡的草。

☆ 田に水を引く／往田裡引水。

数 1枚

た (動詞の「て」に続く形、形容詞の「かっ」の形、形容動詞の「だっ」の形について)

❶ 動作、作用が過去のことであることを表す。中表示動作、作用已過去。

☆ ぼくはきのう新宿へ行った／I went to Shinjuku yesterday.／我昨天去了新宿。

☆ 母は歌がとても上手だった／母親以前歌唱得很好。

❷ 動作、作用が完了したことを表す。中表示動作、作用已經完了。

☆ 仕事はもう終わった／My work has already been finished.／工作已經做完了。

☆ 準備ができた／已準備好了。

❸ (名詞の前について)現在の状態を表す。中表示現在的狀態。

☆ 川にかかった橋/a bridge that spans the river.／架在河上的橋。

☆ 庭に生えた草／長在院子裡的雜草。

だ ❶(名詞について)(1)ある人やものがなにかと同じである、なにかに属するということを表す。中表示是。

☆ 日本は島国だ／Japan is an island country.／日本是島國。

☆ 道子はこの会社の社員だ／道子是這家公司的職員。

(2) あるものごとを取りあげて示す。中提示。

☆ さあ、夏休みだ／Hey, it's summer break.／好啊！放暑假啦！

(3) 前後の関係で述語の意味がわかるときに、その述語の代わりになる。中代替述詞。

☆「みんな、なにを食べる？」「ぼくはてんぷらだ」／「大家吃什麼?」「我要吃天婦羅。(油炸食物，一般有魚，蝦和南瓜茄子等)」

☆ 兄は野球、弟はサッカーだ／Older brother plays baseball, and younger brother plays soccer.／哥哥打棒球，弟弟踢足球。

❷ 形容動詞の基本形の語尾。中形容動詞基本形詞尾。

☆ 春は桜の花がきれいだ／The cherry blossoms are beautiful in spring.／春天櫻花很美。

☆ 駅の前はいつもにぎやかだ／車站前總是很

熱鬧。

❸ (「お～だ」の形で)尊敬を表す。中 表示尊敬。

☆ 先生がお着きだ / The teacher has arrived. / 老師到了。

☆ お客さまがお帰りだ / 客人回去了。

❹ (「～のだ」の形で) ⇨のだ❶❷❸

❺ ⇨た❶

☆ ビールを５杯飲んだ / 喝了五杯啤酒。

☆ 海で泳いだ / 在海裡游泳。

❻ ⇨た❷

☆ その本はもう読んだ / 已經讀完那本書。

参 ❶～❹の丁寧な言い方は「です」、改まった言い方は「である」。

ターゲット (target) タ̄ーゲット　的。ねらい。商品などを売りこむ相手。中 目標；靶子；指標。E a target.

☆ ターゲットを大学生にしぼって、海外旅行を企画する / 規劃以大學生為對象的海外旅行。

ターミナル (terminal) タ̄ーミナル　電車、列車、バスなどの交通機関が多く集まって発着する駅。終着駅、または始発駅。中 起點、終點站。E a terminal.

☆ 渋谷はターミナルだから、乗り降りする人で、いつも混雑している / 因為川口既是起點站，又是終點站，上下車的人多，經常擁擠不堪(擠得要命)。

☆ バスターミナル / 公車站。

たい【対】タ̄イ　❶ ２つのものの力やようすなどが同じこと。中 同等；對比。E even; equal.

☆ この子は碁で大人と対で戦える力を持っている / 這個孩子在圍棋方面具有與成年人對抗的能力。

☆ 対の力量 / 對等的力量。

❷ 組み合わせになるものを示すことば。中 相對；反面。E versus; between ~ and….

☆ 東軍対西軍の試合 / 東軍對西軍的比賽。

☆ 自然対人間 / 自然對人類。

❸ 数や量などを比べて示すことば。中 比；比例。E to.

☆ 試合は５対３で勝った / 比賽以五比三獲勝。

☆ コーヒーとミルクを２対１の割合で入れる / 咖啡和牛奶以二比一的比例加進去。

❹ (他のことばの頭について)～に対する。～への。中 對～；反～。

☆ 対がん運動 / an anticancer campaign. / 抗癌活動。

☆ 対米交渉 / 對美交涉；對美談判。

たい【隊】タ̄イ　ある目的を果たすために行動する人々の集まり。また、一団となって整列したり組み分けたりなどしたもの。中 隊；隊伍。E a party; a body.

☆ 隊を組んで行進する / 排隊前進；結隊行進。

☆ 登山隊 / 登山隊。

たい　タ̄イ　海にすむ魚の一種。多くは薄紅色で美しく、味がいい。マダイ、クロダイ、サクラダイなど。中 鯛。E a sea bream.

☆ タイは「めでたい」に通じるところから、お祝いの料理に使われる / 因為鯛魚的日語發音與「恭喜」一詞相通，所以被用作祝賀的料理。

数 １匹

注 漢字で書くときは「鯛」。

たい　(動詞の「ます」形について)❶ 話す人の希望を表す。中 表示說話人的希望。

☆ コーヒーが飲みたい / I want to drink coffee. / 想喝咖啡。

☆ パーティーを開きたい / 想開個舞會。

❷ 話す人以外の希望を表す。中 表示說話人以外的希望。

☆ 食べたいだけ、食べなさい / Eat as much as you want. / 想吃多少就吃多少。

☆ どこへ行きたいの？ / 想去哪裡?

参 ❶で他動詞のばあい、対象を示す助詞は「が」と「を」の両方を使う。「コーヒーが飲みたい」のように「が」のときは名詞だけが対象であり、「コーヒーを飲みたい」のように「を」のときは動作全体が対象と考えられる。また、❷のばあいは、質問の形や、修飾句の中で使い、「たい(です)」で文を終わらせることはできない。

-たい【-帯】(他のことばについて)❶かなり広い範囲の、ある特徴を持った地域。中大範圍有某種特徵的地域。

☆ 火山帯 / a volcanic zone. / 火山帶。

☆ 地震帯 / 地震帶。

☆ 熱帯 / 熱帶。(→ 項目)

❷ ある長さの時間、ある広さの場所など。

☆ このあたり一帯は東と西の方言がまじっている所だ / 這一帶是摻雜了關東與關西方言的地區。

☆ 時間帯 / a time zone; a time slot. / 時區；特定的某段時間。

だい【大】ダイ ❶大きいものごと。中大。E big; large.

☆ 大は工場の機械から小は家庭の電灯まで、電気を使うものはたくさんある / 用電的東西真多，大到工廠的機器小至家用的電燈。

☆ 声を大にする / 放大聲音。

対小

❷ 程度が高いこと。中非常；很；極度。E great; extreme.

☆ 洋子とは大の仲よしだ / 和洋子非常要好。

☆ 数学は大の苦手だ / 數學很差。

☆ 大好き / 最喜歡。

❸ (他のことばの頭について)(1)大きい。中大；大的。

☆ 大企業 / 大企業。

☆ 大規模 / large-scale. / 大規模。

対小

(2) 非常な。立派な。中非常大。

☆ 大失敗 / a terrible failure. / 徹底失敗。

☆ 大成功 / 大成功。

大の字 上向きに寝て、両手両足をのばし、「大」という字のような形になること。中(四肢伸開形成的)大字。E be spread-eagled.

☆ 20キロも走ったあと、疲れきって草の上に大の字になって寝た / 跑了二十多公里後，精疲力竭四腳朝天地躺在草地上睡著了。

大は小を兼ねる 大きいものは小さいものの代わりになる。中大小兼用。E A large thing will serve for a small one.

☆ このかばんは大きいけれど、大は小を兼ねるから、荷物の多いときには便利だ / 這個皮包雖然很大，但大小兼用，東西多時很方便。

だい【代】ダイ ❶家や地位を受けついでいる期間。中代；輩。E one's time; a generation.

☆ 祖父の代に買った土地 / 祖父那一代買的土地。

❷ 品物や仕事に対して払う金。中錢；費用。E a charge; (room) rent.

☆ お代は後でいいです / 錢可以後付。

☆ 部屋代 / 房租。

❸ (年を表すことばの後について)時代。

☆ 1960年代、日本の学生運動は非常に盛んだった / 六〇年代日本的學生運動非常盛行。

☆ 1950年代 / the 1950's. / 五〇年代。

❹ (数を表すことばの後について)(1)年齢の範囲を表す。中表示年代。

☆ 10代の若者 / 十幾歲的年輕人。

☆ 60代前半の人 / a person in his/her early 60's. / 六十歲左右的人。

(2) 家や地位を受けついだ人の順番を表す。中表示順序、世代。

☆ 6代続いた店 / 六代相傳的老店。

☆ 5代目団十郎 / Danjuro, the fifth. / 第五代團十郎。

だい【台】ダイ ❶ものを載せたり、仕事をしたりするための平らなもの。中台；座；架。E a rest; a stand.

☆ 台に乗って本棚のいちばん上の本を取る / 踩著台子取書架最上層的書。

☆ テレビ台／電視台。

☆ 仕事台／工作台。

❷ (数を表すことばの後について)車や大きな機械の数を表す。中台；輛。

☆ トラック１台／one truck.／一輛卡車。

☆ ワープロ３台／three word processors.／三台文字處理機。

❸ (数を数えることばの後について)だいたいの範囲を表す。中範圍。

☆ 1000円台の品物／an article priced between one and two thousand yen.／大約一千多日幣的商品。

☆ ９時台の電車がいちばんこむ／九點多的電車最擁擠。

だい【題】ダイ　❶作品、文章、書物、講演などの内容や主題を表した短いことば。中題；題目。E a title; a subject; a theme.

☆「世界の平和」という題で話す／以《世界和平》為題演講。

☆ 論文に題をつける／給論文加上題目。

❷ (数を表すことばの後について)問題の数を表す。中考題的量詞。E a question; a problem.

☆ 数学の問題は５題のうち３題できた／五道數學題做出了三道。

だい-【第-】(数を表すことばについて) 順番を表す。中第～。

☆ この本の第２章には、ヨーロッパの現代史が書かれている／這本書的第二章寫的是歐洲現代史。

☆ 第３回大会／The Third Conference.／第三屆大會。

☆ 第１巻／the first volume.／第１冊。

たいあたり【体当たり】タイアタリ〔～する〕

❶ 自分の体を勢いよく相手にぶつけること。中用自身衝撞；撞倒。E hurl oneself at.

☆ デパートの警備員は、体当たりして泥棒を捕らえた／百貨公司的保安衝撞過去抓住了小偷。

❷ 持っている力をすべて出して、目的にぶつかっていくこと。中拚命幹；全力以赴。E throw oneself into.

☆ 体当たりで仕事に取り組む／全力以赴地投入工作。

☆ 体当たりの演技／賣命演出。

たいあん【対案】タイアン　相手の案や先に出ている案に対抗して出す別の案。中相反的提案；替代方案。E a counterproposal.

☆ 反対するなら対案を出しなさい／如果反對的話請提出替代案。

☆ 対案をねる／擬定替代案。

たいいく【体育】タイイク、タイイク　❶丈夫な体をつくり、運動の能力を高めて、健康な生活をする態度を養うことを目的とする教育。中體育。E physical training.

☆ 10月10日は体育の日だ／十月十日是體育節。

☆ 体育祭／體育節慶。

❷ 運動や競技の実技や理論を教える、学校の教育科目の１つ。中體育課。E physical education.

☆ 雨が降っているから、体育の時間は自習にする／因為下雨，體育課改為自習。

☆ 体育館／體育館。

▷ 関連 ❶知育、徳育

だいいちいんしょう【第一印象】ダイイチインショー　最初に受けた感じ。中第一印象。E one's first impression.

☆ 日本に来たときの第一印象を話す／說說來到日本時的第一印象。

☆ 第一印象の悪い人／給人第一印象不好的人。

だいいちにんしゃ【第一人者】ダイ・イチニンシャ、ダイイチニンシャ　ある分野で最もすぐれている人。中權威；首屈一指的人。E a leading figure; a recognized authority.

☆ 道子は、若いころから大阪方言の研究を続け、いまではその方面の第一人者だ／道子從年輕時就開始研究大阪方言，到現在已是那方面的權威。

たいいん【退院】タイイン〔～する〕 入院していた病人やけが人が、病気やけがが治って病院から出ること。中出院。E be discharged from the hospital; leave the hospital.

☆ 医師から退院の許可が出た / 醫生開出出院許可。

☆ 退院したばかりでまだ体力がない / 剛剛才出院體力尚未恢復。

対入院

ダイエット(diet) ダイエット〔～する〕 健康のため、また美容のために、栄養やカロリーを調節すること。中(為治療或調節體重)規定的飲食；減肥。E a diet.

☆ 太りすぎだから運動をし、ダイエットをするようにと医者に言われた / 因為太胖了，所以醫生交待應該做做運動減減肥。

☆ ダイエットしているので、甘いお菓子は食べない / 因為在減肥，而不吃甜點。

☆ ダイエット食品 / 減肥食品。

たいおう【対応】タイオー〔～する〕 ❶ たがいにつりあいがとれていること。中相對。E be equivalent to; correspond to.

☆ 日本語の「平和」に対応する中国語は「和平」である / 與日文中「平和」相對應的中文是「和平」。

❷ 相手の動きや周囲のようすを見ながら、それに応じてふさわしい行動をとること。中適應；應付。E cope with; deal with.

☆ 東西の緊張緩和に対応した防衛政策を考える / 思考對應緩和東西方緊張局勢的國防政策。

たいおん【体温】タイオン、タイオン 動物や人の体の温度。中體溫。E (body) temperature.

☆ 人の体温はふつうセ氏36度から37度だ / 人的體溫一般是攝氏三十六度到三十七度。

☆ 運動の後は体温が上がる / 運動後體溫上升。

☆ 体温計 / 體溫計。

たいか【大家】タイカ 学問や芸術の１つの方面で、特にすぐれた力を持つと認められた人。中權威者；大師；巨匠。E an authority; a master.

☆ この建物は、建築工学の大家のＳ氏が設計した / 這座建築是建築大師Ｓ氏所設計的。

☆ 日本画の大家 / 日本畫的大師。

参「巨匠」も似ているが、「巨匠」は「映画界の巨匠黒沢明監督の作品」などというように、おもに芸術方面の「大家」をいう。

たいか【退化】タイカ、タイカ〔～する〕 生物の器官があまり使われないために、小さくなったり、なくなったりすること。また、ものごとの進歩が止まり、もとの状態にもどること。中退化；退步；倒退。E atrophy; degenerate.

☆ 蛇の手足は退化してなくなった / 蛇的手腳因退化而消失了。

☆ 文明が退化する / 文明倒退。

対進化

たいかい【大会】タイカイ ❶ 多くの人が１つの目的で集まる会合。中大會；集會。E a mass meeting; a rally.

☆ 看護婦をもっと増やすことを要求するための大会を開く / 要求進一步增加護士數量而召開大會。

☆ マラソン大会 / 馬拉松比賽。

❷ ある組織や団体の会合で最も大きいもの。中大會；全體會議。E a convention; a conference.

☆ 組合の大会を大阪で開く / 工會全體會議在大阪召開。

☆ 党大会 / 黨代表大會。

たいがい【大概】タイガイ ❶ ほとんど全部。大部分。中大部分；差不多；大體。E most of; generally.

☆ 会員の中のたいがいの人が、会長はもうやめたほうがいいと思っている / 會員中大部分的成員都希望會長最好馬上辭職。

た

☆ 日曜日はたいがい家にいる / 星期天通常在家。

❷ (「たいがいにする」の形で)適当な程度にする。中 適當；不過分。E moderately; not too much.

☆ あの人とつきあうのはたいがいにしておいたほうがいい / 與他交往最好適可而止。

たいかく【体格】タイカク　身長、骨格、栄養の状態などからみた体の格好。中 體格。E (a) build.

☆ 食生活が変わって、日本人の体格がよくなった/因為改變了日常飲食習慣，日本人的體格變好了。

たいがく【退学】タイガク〔～する〕 学生や生徒が学校を中途でやめたり、罰などでやめさせられたりすること。中 退學；開除學籍。E leave school; quit school.

☆ 学生生活がつまらなくて、大学を退学した / 覺得大學生活無聊，就退學了。

☆ 中途退学 / 中途輟學。

だいがく【大学】ダイガク　学校の中で、いちばん高いレベルの研究と教育をする所。ふつう、修業年限は４年。中 大學。E a university; a college.

☆ 弟は大学の２年生で、経済学を専攻している / 弟弟是大學二年級學生，專攻經濟學。

☆ 大学教授 / 大學教授。

☆ 総合大学 / 綜合大學。

☆ 単科大学 / 只有一個學院的大學。(日本有很多這樣的大學)

☆ 短期大学 / 短大 (兩年或三年類似國內的專科學校)。

数 １校

だいがくいん【大学院】ダイガクイン　大学を卒業した人がもっと深く専門的に研究する所。ふつう、修士課程が２年、その上の博士課程が３年。中 研究所。E a graduate school; a postgraduate school.

☆ 大学卒業後は大学院に進んで、心理学の研究を続けるつもりだ/大學畢業後打算進研究所，繼續研究心理學。

たいかくせん【対角線】タイカクセン、タイカクセン　多角形のとなり合っていない２つの角、また多面体の同一平面上にない２つの角の頂点を結ぶ直線。中 對角線。E a diagonal line.

☆ 町の中を対角線のように国道が通っている / 國道像對角線一樣從城市中間穿越。

☆ 対角線を引く / 畫對角線。

数 １本

たいがんのかじ【対岸の火事】 重大なことが起こっても、自分には関係のないこととしてのんびりしていること。中 隔岸觀火。E look on (a trouble) as something that have nothing to do with one.

☆ 友人の会社の倒産を対岸の火事とみていたが、自分の会社があぶなくなった / 把朋友公司的破產視為隔岸觀火但自己的公司也瀕臨破產了。

参 川をへだてた向こう岸で火事が起こっていることからいう。

たいき【大気】タイキ　地球を取り巻く空気の層。中 大氣；空氣。E the air; the atmosphere.

☆ 大気の汚染を防ぐ必要がある / 必需防止大氣污染。

☆ 大気圏 / 大氣層。

たいきおせん【大気汚染】タイキオセン　工場の煙、自動車の排気ガス、放射性物質などで、大気がよごれること。中 大氣污染。E air pollution.

☆ 大気汚染で喘息の患者が増えている/因為大氣污染，使得患哮喘病的患者一直增加。

☆ 大気汚染防止法 / 防止大氣污染法。

だいぎし【代議士】ダイギシ　国民から選ばれ、国民を代表して国の政治を行う人。国会議員のうちの衆議院議員をさす。中 衆議院議員。

E a member of the House of Representatives.

☆ 道子は頼りになる立派な代議士だ/道子是值得信賴的出色國會議員(衆議院議員通稱)。

☆ 郷土選出の代議士/故鄉選出的國會議員(衆議院議員通稱)。

たいきばんせい【大器晩成】タイキバンセイ、タイキ・バンセイ　本当に立派な才能のある人物は、若いころはあまりめだたないが、年をとってから実力が現れるということ。中 大器晚成。E a late-bloomer.

☆ K氏は、学生時代はめだたなかったが、40歳すぎて才能を発揮しだした大器晩成の人だ/K氏在學生時代默默無名，四十歲後才發揮出才能，是個大器晚成的人。

☆ 大器晩成型の人間/大器晚成型的人。

たいぎめいぶん【大義名分】タイギメイブン、タイギ・メイブン　人として守らなければならない根本的道理。また、筋の通った理由。中 名義；正當理由。E a great cause; a good reason.

☆ 民族の独立を守るという大義名分のもとに軍隊を出す/以維護民族獨立為名派出軍隊。

☆ 大義名分が立つ/名正言順。

たいきゅう【耐久】タイキュー　長い間、使い続けられること。長くもちこたえられること。書 中 耐久；耐用；持久。E durable; endurance.

☆ 耐久消費財/耐久性消費財產。

☆ 耐久力/耐力。

たいきょ【大挙】タイキョ〔～する〕　多数がそろって立ち向かうようす。中 大舉。E in crowds; in great mass.

☆ 市長との対話集会に市民が大挙、押しかけた/市民們大舉擁向與市長對話的集會。

☆ サケが大挙して川を上る/鮭魚大規模游回上游。

たいきょ【退去】タイキョ〔～する〕　ある場所からいなくなること。中 撤退；離開。E evacuate; expulsion.

☆ 戦争を避けて国外に
而撤退到國外去。

☆ 退去命令/撤退命令。

だいきん【代金】ダイキン、ダイ
に対して払う金。中 價款；貨款；款
price; the money.

☆ 商品の代金は1週間以内に払ってくださ
い/請在一週內付清商品款項。

☆ 代金と引きかえに品物をお渡しします/現貨兩訖(一手交錢一手交貨)。

だいく【大工】ダイク　家を建てたり修理したりする人。また、その職業。中 木匠；木工。E a carpenter.

☆ 優秀な大工がおおぜい集まり、3年かかってこのお寺を建てた/招集許多優秀木匠花了三年蓋好這座寺廟。

☆ 日曜大工/業餘木匠。

たいぐう【待遇】タイグー、タイグー〔～する〕　❶ 客などをもてなすこと。中 接待；服務。E service; be received.

☆ このホテルは待遇がいい/這家飯店的服務好。

☆ 冷たく待遇される/受到冷淡對待。

❷ 会社などでの、勤める人に対する地位や給与などの取り扱い。中 待遇；工資報酬。E treat; working conditions.

☆ この会社では男性も女性も同等に待遇している/這家公司男女職員同工同酬。

☆ 待遇を改善する/改善待遇。

たいくつ【退屈】タイクツ〔～する〕　❶ なにもすることがなく、ひまで困ること。中 悶；厭倦；無聊。E be bored.

☆ 定年になって毎日が退屈だ/退休後每天都很無聊。

☆ かぜをひいて外へ遊びに行けず退屈する/感冒了不能出去玩悶得慌。

❷ 興味をひくものがなくてつまらないこと。中 無聊；沒意思。E monotonous; tedious.

た

…れるので、会社…我做些沒意思的工…

…で寝てしまっ…睡著了。

…類の中の…まとめた全体。…a system; an organization.

…文法の体系を立てる/建立日語語法體系。

☆ 体系づける/建立體系。

☆ 賃金体系/工資制度。

たいけつ【対決】タイケツ、タイケツ〔～する〕 向き合って、どちらが正しいか、どちらがすぐれているかなどを決めること。また、困難なことと闘うこと。中決戰；對抗。E a showdown; confront.

☆ 与党と野党が防衛問題で対決する/執政黨和在野黨因防衛問題而相互對抗。

☆ がんと対決する/與癌症對抗；與癌症搏鬥。

たいけん【体験】タイケン〔～する〕 自分で実際に経験すること。また、その経験。中體驗；經驗；經歷。E (personal) experience.

☆ 若いときの体験はあとで必ず役に立つ/年輕時的體驗日後一定派上用場。

☆ 肉体労働を体験する/體驗勞動。

☆ 体験談/經驗談。

参「経験」も似ているが、「経験」が見たり聞いたりしたことや、そのようにしてえた知識や技能もふくむのに対して、「体験」は自身が実際に体で経験したことに限る。

たいこ【太鼓】タイコ 楽器の一種。木製、金属製の胴の両面や片面に革を張り、手やばちでたたいて音を出す。中鼓；大鼓。E a drum.

☆ 祭りの太鼓が響く/廟會的大鼓響起。

〔太鼓〕

☆ 太鼓をたたく/敲鼓；擂鼓；幫腔。

数 1面・1張

たいこう【対抗】タイコー〔～する〕 たがいに競争し合うこと。張り合うこと。中對抗；抗衡。E compete with; interclass.

☆ B社に対抗して新製品をつくる/為與B公司抗衡製作新產品。

☆ クラス対抗のバレーボールの試合/班級排球對抗賽。

だいこう【代行】ダイコー〔～する〕 他人の仕事などを、その人にかわってすること。また、その人。中代辦；代理。E act for another.

☆ 三郎は、酒を飲んだ人の車をその人の家まで運ぶ運転代行の仕事を始めた/三郎開始做起專為喝酒客把車開回家去的工作。

☆ 学長を代行する/代理校長。

たいこうしゃ【対向車】タイコーシャ 反対側の車線をこちらに向かって走ってくる車。中對頭車；對面來車。E an oncoming car.

☆ 対向車のライトがまぶしい/對面來車的車燈很刺眼。

☆ 対向車に気をつけながら右側のドアを開ける/一邊注意對面的來車，一邊打開右側的門。

数 1台

たいこばんをおす【太鼓判を押す】 確かにまちがいないと保証する。中打包票。E vouch for; guarantee.

☆ この青年は将来きっといい医者になる、と院長は太鼓判を押した/院長保證，這個年青人將來一定能成為一個好醫生。

だいこん【大根】ダイコン ❶野菜の一種。地中に育つ白くて太い根や葉を食べる。中白蘿蔔。E a *daikon*; a Japanese radish.

☆ 大根を細長く切って、刺身と一緒に皿に並べる/把白蘿蔔切絲與生魚片一起擺在盤子裡。

☆ 大根おろし/grated radish./蘿蔔泥。

❷「大根役者」を略した言い方。芝居が下手

な役者。中 演技拙劣的演員。E a poor actor.

☆ あの役者は大根だから、だいじな役はつけられない / 那位演員演技拙劣，演不了重要角色。

▷ 数❶1本　→野菜図

たいざい【滞在】タイザイ〔～する〕 よその土地に行って、そこに、ある期間いること。中 停留；逗留；旅居。E stay.

☆ 日本には2年ぐらい滞在する予定だ/預定在日本旅居兩年。

☆ 滞在期間 / 逗留期間。

☆ 滞在費 / 逗留費用。

だいざい【題材】ダイザイ 作品や研究などの内容となる材料。中 題材。E a subject matter; (a) material.

☆ 芭蕉には自然を題材にした俳句が多い/ 芭蕉的俳句中很多以大自然為題材。

☆ 山を題材にした絵をかく/畫以山為題材的畫。

たいさく【対策】タイサク あることがらに対して立てる手段、方法。中 對策；應付的方法。E measures; a countermeasure.

☆ 違反駐車に対策を講じる / 對違規停車採取對策。

☆ 高齢化社会への対策を立てる / 制定面對高齡化社會的對策。

☆ 入試対策/入學考試對策；對應入學考試的方法。

たいさん【退散】タイサン〔～する〕 ❶集まっていた人たちがばらばらにその場を離れ、帰っていくこと。中 散去；離去。E disperse; go home.

☆ 街頭演説が終わると、人々は退散した/街頭演說一結束，人們就散去了。

☆ 夜も遅い、そろそろ退散しよう / 夜也深了，該走了吧。

❷ 逃げ去ること。中 逃走；逃散。E run away; flee.

☆ 強盗は非常ベルの音にあわてて退散した/強盜聽到警鈴聲而慌忙逃走了。

だいさんしゃ【第三者】ダイ・サンシャ あることがらに直接関係しない人。また、公平な立場にある人。中 第三者；局外人。E a third party; an outsider.

☆ これはあなた方2人の問題だが、第三者としてわたしにも意見を言わせてほしい/雖然這是你們兩人的問題，但我希望你們能聽聽我這個局外人的意見。

☆ 第三者が公平な判断を下す / 第三者做公正的判斷。

対 当事者

たいし【大使】タイシ 「特命全権大使」を略した言い方。一国の代表として外国に派遣され、その国との外交の仕事のする人。中 大使。E an ambassador.

☆ Y氏は大使としてチリに赴任することになった / 決定由Y氏出任駐智利大使。

☆ 駐日大使 / 駐日大使。

たいじ【退治】タイジ、タイジ〔～する〕 悪者や害を与えるものを打ち負かして、いないようにすること。中 懲辦；撲滅；消滅。E conquer; get rid of.

☆ 桃太郎は悪い鬼を退治した / 桃太郎懲治了惡鬼。

☆ ゴキブリを退治する薬品 / 撲滅蟑螂的藥。

だいじ【大事】ダイジ、ダイジ ❶たいへんなできごと。重大なことがら。中 大事；重大問題。E a crisis; serious.

☆ 国の大事ともいえるような事件が起こった / 發生了堪稱國家大事的事件。

☆ 大事にならずにすんでよかった / 幸虧沒發展成嚴重問題。

対 小事

❷ たいせつにするようす。丁寧に扱うようす。中 保重；愛護；珍惜。E with care; carefully.

☆ 花をだいじに育てる / 用心種花。

☆ こわれやすいので、だいじに扱う / 因為易碎，所以要小心處理。

❸ 価値のあるようす。重要なようす。中 重要；要緊。E important; precious.

☆ だいじな約束を忘れていた/忘了重要的約會。

☆ だいじな品/貴重物品。

❹ (「おだいじに」の形で)⇨お大事に

大事をとる 注意深くものごとをする。中 小心從事。E as a precaution.

☆ かぜで、熱はないが、大事をとって会社を休んだ/得了感冒，雖然沒發燒還是小心點，向公司請了假。

ダイジェスト (digest) ダイジェスト〔～する〕 内容のたいせつな部分を短くまとめること。また、まとめたもの。中 摘要；文摘。E a digest.

☆ スポーツの試合をダイジェストにして、テレビで放送する/電視將播放體育賽事要聞。

☆ ベートーベンの一生をダイジェストしてレポートに書く/將貝多芬的一生摘要寫成報告。

☆ ダイジェスト版/要聞版；文摘版。

たいしかん【大使館】タイシカン 大使が駐在する国で公務をとる公館。中 大使館。E an embassy.

☆ 外国を旅行中パスポートをなくしたら、大使館へ行きなさい/到國外旅行如果丟了護照，請到大使館辦理。

☆ 大使館でビザを発行する/由大使館發行簽證。

☆ 駐日タイ大使館/泰國駐日大使館。

たいした【大した】タイシタ ❶ ふつうに考えられる程度をこえていて、驚いたり感心したりあきれたりするようす。中 了不起；非常的；驚人的。E quite; great; something.

☆ 歩いて日本を1周するとは、たいした人だ/能徒步繞日本一周，真是個了不起的人。

☆ ゆうべの地震に気がつかないで寝ていたとはたいしたものだ/昨晚睡覺竟然沒察覺到地震，真了不得。

❷ (「たいした～ない」の形で)特に騒ぐほどの大きなことではない。中 沒那麼嚴重；沒什麼大不了。

☆ たいした病気ではないから心配ない/It's not a severe illness, so there's no need to worry. /不是什麼大病，不用擔心。

☆ 入試に失敗するぐらい、たいしたことじゃない/入學考試失敗也算不了什麼。

たいしつ【体質】タイシツ ❶ 生まれつき持っている体の性質。中 體質。E a constitution.

☆ 一郎は酒が飲めない体質だ/一郎的體質不能喝酒。

☆ アレルギー体質/過敏體質。

❷ 組織や機構などが持っている性質。中 素質；本質。E the nature.

☆ 男尊女卑の企業の体質を改めないと、優秀な女性社員は集まらない/如不改變男尊女卑的企業本質，就聘請不到優秀的女職員。

☆ 政党の体質/政黨本質。

たいして タイシテ (「たいして～ない」の形で)特別にいうほどではない。中 並不太～；並不怎麼～。E not very; not so much.

☆ たいしておもしろい映画ではないから、おすすめしません/因為這部電影並不怎麼有趣，所以我不推薦。

☆ あなたがいなくてもたいして困らない/即使沒有你也不怎麼為難。

たいしゃ【退社】タイシャ〔～する〕 ❶ それまで勤めていた会社をやめること。中 退職；辭職。E retire (from a company).

☆ 12月末で退社する/到十二月底辭職。

☆ 退社を決意する/決定辭職。

対 入社

❷ 勤務時間が終わって会社から出ること。中 下班。E leave the office.

☆ 5時に退社する/五點下班。

☆ 退社時間/下班時間。

対 出社

たいしゃく【貸借】タイシャク〔～する〕貸すことと借りること。特に金についていう。貸し借り。書 中 借貸。E a loan; debit and credit.

☆ A社とB社との間には貸借関係がある/A公司與B公司之間有借貸關係。

☆ 貸借対照表/資產負債表。

たいしゅう【大衆】タイシュー 多くの人。社会の大多数を占める一般の人々。中 大眾；群眾。E the general public.

☆ A氏は大衆の気持ちがわかる政治家だ/A氏是懂得群眾心理的政治家。

☆ 大衆食堂/大眾食堂；小吃店。

たいじゅう【体重】タイジュー 体の重さ。中 體重。E one's weight.

☆ わたしの体重は60キロです/我的體重是六十公斤。

☆ 体重が増えた/體重增加了。

☆ 体重計/體重計；磅稱。

たいしょ【対処】タイショ〔～する〕問題や事件が起きたとき、情勢が変化したときなどに、適切な処置をとること。中 處理；應付。E cope with; deal with.

☆ 原子力発電所の事故は、対処が遅れたらたいへんなことになる/核能發電廠發生事故，如果處置晚了，後果將會不堪設想。

たいしょう【対象】タイショー ❶見たり考えたりする活動の向けられる相手となるもの。中 對象；目標。E a subject; an object.

☆ 道子はタバコとがんの関係を研究の対象にしている/道子把香菸與癌症的關係作為研究的目標。

❷ 働きかける目標や相手となるもの。中 對象。E a target; for.

☆ 大学生を対象にして読書の調査をする/以大學生為對象進行讀書調查。

☆ 野球ファンを対象とする新聞/以棒球迷為對象的報紙。

たいしょう【対照】タイショー ❶〔～する〕2つのものを比べ合わせること。中 對照。E compare; contrast.

☆ 原文と対照すると、訳本の誤りがよくわかる/和原文一對照，就十分清楚譯文的錯誤。

☆ 対照言語学/對照語言學。

❷ 性質が違う2つのものごとを並べたとき、違いをはっきりさせること。中 對比。E (a) contrast.

☆ にぎやかなことの好きな父と静かに考えるのが好きな母で、2人の性格はいい対照だ/愛熱鬧的父親和喜歡寧靜的母親，兩個人的性格正好成對比。

☆ 色の対照を考えてポスターをデザインする/考慮色彩的對比來設計海報。

だいしょう【代償】ダイショー ❶人に与えた損害の代わりに支払う労力や金。中 賠償；補償。E compensation.

☆ 客のズボンをよごした代償として、クリーニング代を支払った/支付洗衣費作為弄髒客人褲子的賠償。

☆ こわしたカメラの代償に金を払う/花錢賠償弄壞的照相機。

❷ あることをするために払った犠牲や損害。中 代價；代償。E (a) cost.

☆ 人の命という貴重な代償を払って、この橋は完成した/付出人命的寶貴代價，而完成了這座橋。

だいじょうぶ【大丈夫】ダイジョーブ しっかりしているので、安心できるようす。中 不要緊；沒關係；令人放心。E safe; all right.

☆ 病気のことは医者にまかせておけば大丈夫だ/治病的事交給醫生就可以了。

☆ 重いものを載せても大丈夫なように、しっかりとした棚をつけた/安裝結實的架子，放重物也沒關係。

たいしょく【退職】タイショク〔～する〕それまで勤めていた職をやめること。中 退

職；退休。E retire (from office).

☆ 母は定年で退職した / 母親屆齡退休了。

☆ 65歳まで働いたら退職するつもりだ/打算工作到六十五歲退休。

☆ 退職金 / 退休金。

☆ 退職願 / 辭呈。

対 就職

たいじん【退陣】タイジン〔～する〕 重要な地位や役目から去ること。中 下台；退出某一陣營。E resignation; retire (from a position).

☆ 汚職議員の退陣を要求する / 要求瀆職議員下台。

☆ 社長は若い人たちに会社をまかせようと退陣した / 董事長把公司委託給年輕人就下台了。

だいじん【大臣】ダイジン 内閣を構成し、国の政治を行う人。国務大臣。中 部長。E a (Cabinet) minister.

☆ 首相が大臣を任命する / 首相任命部長。

☆ 大蔵大臣 / the Minister of Finance. / 財政部長。

☆ 文部大臣 / 教育部長；文部大臣。

だいず【大豆】ダイズ、ダイズ 穀物の一種。畑でつくり、みそ、しょうゆ、豆腐などをつくったり、油をとったりする。豆が緑色のうちにゆでて食べるものを枝豆と呼ぶ。中 大豆；黃豆。E a soybean.

☆ 大豆は畑でとれる肉だといわれるほど、栄養がある / 大豆富有營養，可以說是地上出產的肉。

☆ 大豆油 / 大豆油。

たい・する【対する】タイスル〔自動する〕

❶ 2つのものが向き合う。中 對；面對。E face each other.

☆ 警察署は消防署に対している / 警察署面對著消防署。

❷ たがいに反対の関係だ。また、あれとこれとを比べる。中 與～相對；與～相反。E as opposed to; compared with.

☆ この商品は品質に対して値段が安い / 這商品物美價廉。

❸ あるものに向かう。中 對；對待。E to; toward.

☆ 出席者に対して自分の考えを述べる / 面對出席者講述自己的想法。

☆ 困っている人に対して親切にする / 熱忱對待有困難的人。

たいせい【大勢】タイセイ 全体からみた世の中やものごとのだいたいのなりゆき。中 大局；大勢；整體趨勢。E the general outcome; the general situation.

☆ 選挙の大勢は、夜中までにははっきりするだろう / 選舉局勢大致到夜裡就明朗化了吧。

☆ 世界の大勢を見守る / 注視世界局勢。

たいせい【体制】タイセイ ❶ 社会や集団の全体としての仕組み。中 體制；制度。E a system; a structure.

☆ 経済の体制の違う国と友好関係を結ぶ / 與經濟體制不同的國家結成友好關係。

☆ 資本主義体制 / 資本主義制度。

☆ 社会主義体制 / 社會主義制度。

☆ 戦時体制 / 戰時體制。

❷ 政府など、権力をにぎっている側を反対勢力からいうことば。中 政府方面。E the Establishment.

☆ 体制側 / 政府方面。

☆ 反体制運動 / 反政府運動；反體制運動。

対 反体制

たいせい【態勢】タイセイ あることに対して準備し身がまえる状態。中 態勢；陣勢；準備。E preparations; a condition.

☆ 飛行機が着陸の態勢に入る / 飛機準備降落。

☆ 会社は破産しかけたが、態勢を立て直して再出発した / 公司瀕臨破產，但又重整旗鼓重新開始了。

☆ 受け入れ態勢 / 準備狀態。

たいせき【体積】タイセキ 立体の大きさ。

立方メートル、立方センチなどの単位で表す。中 體積。E volume; capacity.

☆ 1辺が2センチの立方体の体積は8立方センチだ/邊長為兩公分的立方體，體積是8立方公分。

☆ 箱の体積を計算する/計算箱子的體積。

たいせつ【大切】タイセツ　非常に重要なようす。また、よく気をつけるようす。中 重要；要緊；貴重。E with care; take care of; precious.

☆ この本は先生にお借りしたものだから、たいせつにしてください/這本書是我向老師借的，所以請小心使用。

☆ 体をたいせつにする/保重身體。

☆ わたしのたいせつな宝物/我珍貴的寶物。

対 粗末

たいそう【体操】タイソー　❶〔～する〕体を発達させたり丈夫にしたり、健康を保つために行う規則正しい運動。中 體操。E gymnastics.

☆ 朝早く起きて体操するのはいい気持ちだ/早起做體操心情舒暢。

☆ 準備体操/暖身操。

❷「❶」を運動競技にしたもの。体操競技。跳馬、鉄棒、平均台などの種目がある。中 體操比賽。E gymnastics competition.

☆ アジア大会の体操で金メダルを獲得した/在亞運會的體操比賽中獲得了金牌。

たいそう　タイソー　❶程度が非常に大きいようす。中 很；甚；非常。E very much.

☆ 10月になると、紅葉を見に来る人たちで山はたいそうにぎわう/一到十月，山上因賞楓而來的人而變得熱鬧非凡。

❷ 大げさなようす。中 過分；過甚；誇張。E exaggerated.

☆ たいそうな宣伝をしていたので見に行ったが、つまらない映画だった/因為過分宣傳，所以去看了，結果是部無聊的電影。

二 注 漢字で書くときは「大層」。

二 参 すこし古い言い方。

だいそれた【大それた】ダイソレタ　その人の立場や能力をこえた。まったく不可能な。とんでもない。中 狂妄的；不知天高地厚的。E bold; audacious.

☆ 小学生のころ、総理大臣になりたいというだいそれた望みを持っていた/小學時，不知天高地厚地抱著想當總理大臣(行政院長)的願望。

☆ だいそれた考え/a wild idea. /狂妄的念頭。

☆ だいそれた計画/an outrageous plan. /狂妄的計畫。

たいだ【怠惰】タイダ　気持ちがゆるみ、勉強や仕事などをしないで怠けること。中 怠惰；懶惰。E idle; lazy

☆ ぶらぶらと遊びまわって怠惰な生活を送る/過著無所事事的怠惰生活。

☆ 怠惰に過ごす/怠惰地混日子。

対 勤勉

だいたい【代替】ダイタイ〔～する〕　ほかのものでかえること。書 中 代替。E substitute.

☆ 石油の代替エネルギーを準備する/準備石油的替代能源。

☆ 代替地/代替地。

だいたい　ダイタイ　❶ほとんど全部。また、細かい部分を除いたたいせつなところ。中 大致；大體；概要。E an outline; almost.

☆ 時間がないので、だいたいの話だけ聞かせてください/因為沒有時間了，所以請告訴我大概的內容。

☆ きょうの講義はだいたい理解できた/今天的課大致理解了。

❷ 全体の数を大きくつかんでいうようす。中 大致；大體；差不多。E about; in the rough.

☆ 集会の参加者はだいたい300人だった/參加集會的大約有三百人。

❸ もとはといえば。中 本來；是因為～。E to begin with; first of all.

☆ だいたいふだんの生活が不規則だから病

た

気になったりするのだ/大概是因為平日生活不規律而導致生病的。

⼆ 注 漢字で書くときは「大体」。

だいだいてき 【大大的】ダイダイテキ 規模が非常に大きいようす。中 大大(的)；很大(的)；大規模(的)。E widely; large-scale.

☆ 妹の学校のことが雑誌に大々的に紹介された/雜誌上大規模介紹妹妹的學校。

☆ 入管をめぐるトラブルは大々的な問題となった/有關入境管理局的糾紛已發展成極嚴重的問題。

たいだん 【対談】タイダン〔~する〕 あることがらについて、2人で向かい合って話すこと。また、その話。中 對談；會談；對話。E a talk; talk with.

☆ ゆうべラジオで音楽家と建築家の対談を聞いた/昨晚在收音機中聽到音樂家和建築家的對談。

☆ 科学者の責任というテーマで対談する/以科學家的責任為主題的對話。

☆ 対談の相手/會談的對象。

だいたん 【大胆】ダイタン 恐れず、思いきったことをするようす。中 大膽；膽大；勇敢。E boldly; daring.

☆ 他人の目を気にせず、大胆に生きてみたい/不介意別人怎麼看，只想勇敢地活下去。

☆ 背中が大きく開いた大胆なデザインの服/設計大膽的露背裝。

対 憶病・臆病

たいちょう 【体調】タイチョー 健康の状態。体の調子。中 健康狀態；身體情況。E physical condition; in (good or bad) shape.

☆ かぜぎみで、きょうは体調が悪い/有一點感冒，今天身體不舒服。

☆ 働きすぎて体調をくずした/工作過度損害了健康。

たいてい タイテイ ❶ほとんど全部。中 大抵；大都；大部分。E most; usually.

☆ 花をプレゼントされると、たいていの人は喜ぶ/十之八九的人都會高興別人送花給自己。

☆ 昼はたいてい外で食事する/中午大都在外邊吃飯。

❷ ふつう考えられるぐらいであるようす。中 適當；不過分。E properly; ordinary.

☆ 勉強や研究もたいていにして、すこしは遊んだほうがいい/專心學習和研究外，最好適度散散心。

☆ 外国で1人で暮らすのはたいていの苦労ではない/一個人隻身在外生活可不容易。

⼆ 注 漢字で書くときは「大抵」。

たいど 【態度】タイド ❶人やものごとに対するときの対応のしかた。中 態度；表現。E an attitude.

☆ 賛成か反対か態度を明らかにする/贊成還是反對要表明態度。

☆ あいまいな態度/態度曖昧。

❷ 人やものごとに対したときの感情などが、ことばや表情、身ぶりなどに表れたもの。中 態度；神情；舉止。E behavior; a manner.

☆ 洋子は真剣な態度で、自分の体験を発表した/洋子態度嚴肅地講述了自己的經驗。

☆ 態度が大きい/be arrogant./擺架子。

たいとう 【台頭】タイトー〔~する〕 新しい勢力が力をつけて、のびてくること。中 抬頭。E gain power; become influential.

☆ 政治の世界に、若い勢力が台頭してきた/在政界裡年輕的勢力已經抬頭了。

たいとう 【対等】タイトー 2つのものに、地位や実力などの差がないこと。中 對等；同等。E on equal terms; equal.

☆ 親と子が対等に話し合う/親子之間對等協商。

☆ 対等なつきあいをする/對等交往。

☆ 対等の立場/對等的立場。

⼆ 参 「同等」も似ているが、「同等」が「この試験に合格すれば高校卒業と同等の資格を与える」のように、権利や等級などが等しいことをいうのに対して、「対等」は同じ立場に立っていることをいう。

だいどうしょうい 【大同小異】ダイドーショーイ　すこし違うだけで、ほとんど同じであること。㊥大同小異。Ⓔ nearly alike; much the same.

☆ 学園祭の学生たちのアイデアは、どれも大同小異で、めだったものはなかった/學生們對校慶的主意大致大同小異，沒有什麼特別的創意。

だいとうりょう 【大統領】ダイトーリョー　共和国で国を代表する人。国民の選挙によって選ばれ、行政権を取りまとめる最高の地位の人。㊥總統。Ⓔ a president.

☆ ワシントンはアメリカの初代の大統領であった/華盛頓是美國的第一任總統。

☆ 大統領選挙/總統大選。

だいどころ 【台所】ダイドコロ　❶家の中で、料理をする所。㊥廚房。Ⓔ a kitchen.

☆ 台所から魚を焼くにおいがしてくる/從廚房飄來烤魚的香味。

☆ 家の中を改装して、台所を広くした/裝修房子拓寬了廚房。

☆ 台所仕事/烹調工作。

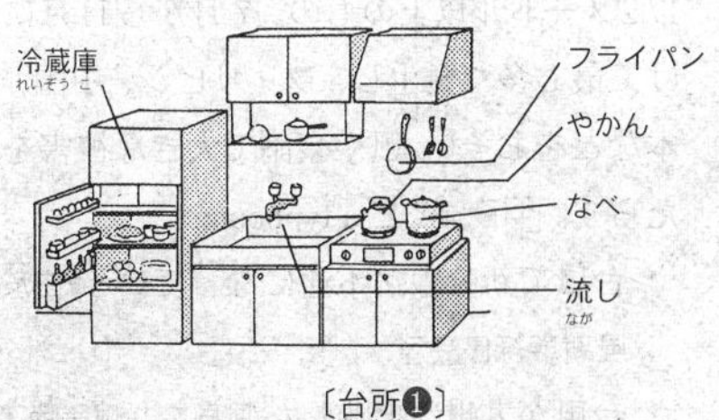

〔台所❶〕

❷ 金のやりくり。㊥經濟狀況。Ⓔ finances.

☆ 町の台所を預かる/掌管鎮上的財務。

㊜ ❶は「キッチン」と同じ役をする場所だが、「キッチン」のほうが新しく明るい洋風な感じがする。

タイトル (title) タイトル、タイトル　❶本や映画の題名。記事の見出し。㊥題目；標題。Ⓔ a title.

☆ タイトルを「ことば雑感」とつけた随筆集を出版した/出版了標題為《用詞雜感》的隨筆文集。

☆「戦争と平和」というタイトルの映画/片名為《戰爭與和平》的電影。

❷ スポーツ競技の大会などで、優勝した選手や団体に与えられる資格。選手権。㊥錦標。Ⓔ a title; a championship.

☆ 世界チャンピオンのタイトルを争う/爭奪世界冠軍的錦標賽。

☆ タイトルマッチ/錦標賽；冠軍賽。

だいなし 【台なし】ダイナシ　だめになること。役に立たなくなること。㊥弄壞，糟蹋。Ⓔ spoil; be destroyed.

☆ 買ったばかりの服を、雨で台なしにしてしまった/剛買的衣服因雨而泡湯了。

☆ 客が酔ってけんかを始めたので、パーティーは台なしになった/客人喝醉開始吵架，糟蹋了好好的聚會。

ダイナミック (dynamic) ダイナミック　動的で、力強いようす。㊥有力(的)；有生氣(的)；生動(的)。Ⓔ dynamic.

☆ 洋子は波のようすをダンスでダイナミックに表現した/洋子生動地用舞蹈表現了波浪的樣子。

☆ 三船敏郎のダイナミックな演技は世界的な注目を浴びた/三船敏郎的生動演技受到了世界的注目。

だいにじせかいたいせん 【第二次世界大戦】ダイニジ・セカイタイセン　1939年から1945年までの間、日本、ドイツ、イタリアなどの枢軸国がイギリス、フランス、アメリカ、ソ連、中国などの連合国と戦い、日本などが負けた戦争。㊥第二次世界大戰。Ⓔ World War II.

☆ 第2次世界大戦で世界の情勢は大きく変

わった/世界情勢因第二次世界大戰而發生了很大變化。

☆ 日本は第２次世界大戦後、平和憲法をつくり、軍隊を持たないことを宣言した/第二次世界大戰後日本制定和平憲法，宣告不持有軍隊。

たいはいてき【退廃的】タイハイテキ　健康的な考え方や雰囲気がなく、乱れたようす。中頹廢(的)。E decadent.

☆ 人間は生きる目的がなくなると、退廃的になりがちだ/人如果失去生存的目標，就容易變得頹廢不振。

☆ 毎日酒を飲んでばかりいるような退廃的な生活はすぐやめなさい/快點結束酗酒渡日的頹廢生活吧。

たいはん【大半】タイハン、タイハン　全体の半分をはるかにこえた数や量。中大半；多半；大部分。E the greater part; the majority.

☆ 出席者の大半の人が賛成した/大部分出席的人都贊成了。

たいひ【対比】タイヒ、タイヒ〔～する〕　２つのものを比べ、同じか違うかはっきりさせること。中對比；對照。E compare; contrast.

☆ Ａ社とＢ社の車を対比すると、Ｂ社製のほうが燃費がいいことがわかる/比較Ａ公司和Ｂ公司的車，就曉得Ｂ公司的車省油。

☆ 理想と現実との対比/理想和現實的對比。

だいひつ【代筆】ダイヒツ〔～する〕　手紙や書類などを、本人にかわって書くこと。中代筆。E write for another.

☆ たいせつな書類なので、文字に自信のある姉に代筆を頼んだ/因為是重要的文件，所以拜託字寫得好的姊姊代筆。

☆ 改まった手紙が書けなくて、母に代筆してもらった/不會寫正式的書信，所以請母親代筆了。

対 自筆、直筆

だいひょう【代表】ダイヒョー　❶〔～する〕多数の人にかわって意見などを外に表すこと。また、その人。中代表。E represent; on behalf of.

☆ 結婚式で、友人を代表してスピーチをする/在結婚典禮上代表朋友致詞。

❷〔～する〕一部分で、全体の性質や特徴を表すこと。また、そのような一部分。中代表；象徵。E representative; typical.

☆ 京都は日本を代表する古い都市の１つだ/京都是日本古都代表之一。

☆ 代表作/代表作。

❸ 能力がすぐれているために選ばれた人。中代表。E a representative; a delegate.

☆ テニスの試合で優勝して、日本の代表になった/在網球比賽中取勝，成為日本的代表。

☆ 代表選手/選手代表；運動員代表。

だいぶ　ダイブ　ものごとの程度が進んでいるようす。だいぶん。中很；頗；相當。E much; pretty; rather.

☆ だいぶ寒くなってきたので、ストーブを用意しよう/已經相當冷了，準備暖爐吧。

☆ けがはだいぶよくなった/傷勢大為好轉。

＝注 漢字で書くときは「大分」。

たいふう【台風】タイフー　北太平洋の南西部に発生する熱帯低気圧で、最大風速が毎秒17.2メートル以上のもの。７月から11月にかけて最も多く発生し、フィリピン、中国、日本などをおそい、風や豪雨で大きな被害をもたらす。中颱風。E a typhoon.

☆ 台風で新幹線が不通になっている/由於颱風新幹線停駛了。

☆ 台風が九州に上陸した/颱風在九州登陸了。

台風の目　❶ 台風の中心近くにできる、雨や風のない晴れた円形の地域。中颱風中心；颱風眼。E the eye of a typhoon.

☆ 東京は台風の目に入ったらしく、急に風がやんだ/東京好像進入了颱風眼，風突然停了。

❷ 社会に大きな影響を与えるもとになるも

の。騒ぎの中心となることがらや人をいう。中 引人注意的中心人物；引人注目的存在。E a social movement or person who creates a terrific sensation.

☆ 動きの激しい世界情勢の中で、G大統領は台風の目となっている / 在世界局勢的劇變中，G總統成為矚目焦點。

だいぶつ【大仏】ダイブツ、ダイブツ　大きな仏像。中 大佛像；大佛。E a great statue of Buddha.

☆ 東大寺には、高さ約15メートルの大仏がある / 在東大寺裡有高約十五米的大佛。

〔大仏〕

☆ 鎌倉の大仏は美男で有名だ / 鎌倉的大佛因俊美而聞名。

数 1基・1体

だいぶぶん【大部分】ダイブブン　数や量などのほとんど全部。中 大部分；多半。E most; the greater part of.

☆ 台風のため、大部分の電車が運転を取りやめた / 由於颱風，大部分的電車都停駛了。

☆ 彼女の話の大部分はうそだから、信用しないほうがいい / 她的話多半是謊話，最好別相信。

対 一部分

タイプライター (typewriter) タイプライター　指先でキーを打って文字を紙にしるす機械。タイプ。中 打字機。E a typewriter.

☆ 新聞記者のアリスはタイプライターで記事を書く / 新聞記者愛麗絲用打字機寫報導。

☆ 手紙をタイプライターで打つ / 用打字機打信。

数 1台

たいへん【大変】タイヘン　❶ 重大であるようす。また、程度がひどいようす。中 特別；很；非常。E very; so; terrible.

☆ たいへんお待たせしました / 讓您久等了。

☆ たいへんな事故が起きた / 發生了非常嚴重的事故。

☆ たいへんな暑さだ / 很熱。

❷ 苦労や問題が多いようす。中 不得了；厲害；重大。E dreadful; serious.

☆ 夏休みは宿題が多くてたいへんだ / 暑假作業多得不得了。

☆ わが国の経済はいま、たいへんな状態にある / 我國經濟現在處於嚴重的危機狀態。

だいべん【大便】ダイベン〔～する〕　肛門から出される食べ物のかす。便。中 大便；糞便。E excrement; feces.

☆ 健康診断で大便を検査する / 在健康檢查中檢驗大便。

対 小便

たいほ【逮捕】タイホ〔～する〕　警察が犯人や容疑者を捕らえること。中 逮捕；拘捕。E arrest.

☆ 警察は、選挙で金を配った候補者の秘書を逮捕した / 警察逮捕了在選舉中以金錢賄賂的候選人秘書。

☆ 逮捕状 / a warrant of arrest. / 逮捕證。

参「検挙」も似ているが、「検挙」は体の自由をうばわずに書類だけで処理することもあり、また、「逮捕」のような法律用語ではない。

たいまん【怠慢】タイマン　怠けていて、勉強や仕事などをしないこと。中 怠慢；懈怠；疏忽。E negligent; inattentive.

☆ このレストランの店員は怠慢で、おしゃべりばかりして注文を取りに来ない / 這家餐館的店員怠慢，只知道聊天而不過來招呼客人點菜。

☆ 期限を過ぎてもレポートを出さない怠慢な大学生 / 逾期仍不交報告的散漫大學生。

対 勤勉

だいみょう【大名】ダイミョー　日本の平安時代末期から中世にかけて多くの領地を支配

した有力な武士。また、江戸時代、将軍につかえた１万石以上の領主。中 諸侯。E a *daimyo*; a feudal lord.

☆ 江戸幕府は大名に土地を分け与えて、その領地を治めさせた/江戸幕府分配土地給諸侯，讓他們治理自己的領地(諸侯領地之規模)。

☆ 金沢の前田家は、加賀百万石の大名であった/金澤的前田家是加賀百萬石的諸侯。

☆ 大名旅行(=ぜいたくな旅行)/豪華旅行(＝奢侈的旅遊)。

タイミング (timing) タイミング　あることをするのにちょうどいい時機、瞬間。中 時機。E timing.

☆ スキーのジャンプでタイミングが狂って足首を折った/沒掌握好滑雪的飛躍時機而使腳踝骨折了。

☆ 停留所に着いたときバスが来た。いいタイミングだった/到公車站時車剛好到，真巧。

☆ グッドタイミング/好時機；好機會。

タイム (time) タイム　❶ 時刻。時間。中 時；時間。E time.

☆ タイムスイッチ/a time switch. /定時開關。

☆ タイムカード/工作記時卡。

❷ 競走や競泳などで、決まった距離を進むのにかかった時間。中 比賽時所需時間。E time.

☆ 一郎の100メートルのタイムは12秒だ/一郎一百公尺賽跑的成績是十二秒。

☆ いいタイムで優勝する/以好成績獲勝。

❸ 球技などで、試合を一時中止すること。中 比賽暫停。E a time-out.

☆ 監督はタイムを要求し、選手を呼んで励ました/教練要求比賽暫停，激勵選手們。

たいめん【体面】タイメン　自分の地位や立場にふさわしいものとして、まわりの人たちに見てほしいと思う自分の姿。中 體面；面子。E honor; appearances.

☆ 親の体面を傷つける/丟父母的面子。

☆ 体面をけがす/有損體面。

☆ 体面を保つ/保持名譽。

だいもく【題目】ダイモク、ダイモク　❶ 書物や作品などの題。中 題目；標題。E a title.

☆ 完成した作品に題目をつける/為完成的作品定標題。

☆ 論文の題目/論文題目。

❷ 問題として取りあげる点。主題。中 主題；問題。E a subject; a theme.

☆ 新しく始める研究の題目について述べる/就新開始的研究主題進行論述。

❸ (「お題目」の形で)口で言うだけで実行できそうもないこと。中 項目；口號。E an empty slogan.

☆ あの政治家は「政治改革、政治改革」とお題目ばかり唱えている/那位政治家只會高呼「政治改革，政治改革」的口號。

タイヤ (tire) タイヤ　自転車や自動車などの車輪の外側にはめる、空気の入ったゴムの輪。中 輪胎；車胎。E a tire.

☆ パンクしたタイヤを取りかえる/換掉爆胎。

☆ 地面に残されたタイヤの跡から、ひき逃げの車をさがしだす/從留在地面的輪胎痕跡找出了肇事後逃逸的車子。

☆ スノータイヤ/防滑輪胎。

数 1本

たいやく【対訳】タイヤク〔～する〕　翻訳した文ともとの文とが、比べられるように並べて書いてあること。また、そのもの。中 對譯；對照原文的翻譯。E a translation printed side by side with the original.

☆「ハムレット」を英語と日本語の対訳で読む/閱讀《哈姆雷特》的英日對照本。

ダイヤモンド (diamond) ダイヤモンド　宝石の１つ。炭素を成分とした結晶で、美しい光があり、たいへんかたい。ダイヤ。ダイアモンド。中 鑽石；金剛石。E (a) diamond.

☆ ボーナスで思いきってダイヤモンドの指輪

を買った / 下決心用獎金買了一個鑽石戒指。

☆ 夜空の星がダイヤモンドのように輝いている / 夜空的星星像鑽石一樣閃耀著。

たいよう【太陽】タイヨー ❶ 朝から夕方まで地球を照らし、生物に光と熱を与えている、位置の変わらない星。地球はそのまわりを回っている。中 太陽；日。E the sun.

☆ 雲の間から太陽が出て、明るくなる / 太陽從雲中露出來後，變明亮了。

☆ 夏の太陽 / 夏日的太陽。

☆ 太陽系 / 太陽系。

❷ いつも明るく輝いて希望の中心となるもの。中 帶來光明或希望的人或物等。E the life of the party; hope.

☆ 道子は明るく元気で、人柄も温かなので、職場の太陽といわれている / 道子開朗精神飽滿，性格溫柔，所以被稱為工作單位的太陽。

☆ 心に太陽を持つ / 心裡充滿希望。

たいら【平ら】タイラ 表面がまっすぐで、高い所と低い所のないようす。中 平；平坦。E level; flat.

☆ でこぼこの道を平らにする / 把凹凸不平的道路修整平坦。

☆ 日本は山が多く、平らな土地が少ない / 日本山多，平地少。

対 凸凹

たいら・げる【平らげる】タイラゲル、タイラゲル〔他動一〕 ❶ 敵や反抗する者を全部負かして、したがわせる。中 平定；征服。E conquer; subjugate.

☆ 敵を平らげる / 征服敵人。

❷ 残らず食べる。中 吃光；吃得精光。E eat up; put away.

☆ 三郎は３人前の料理をぺろりと平らげた / 三郎把三人份的飯菜一下子就吃光了。

だいり【代理】ダイリ〔～する〕 ほかの人にかわってものごとを処理すること。また、その人。中 代理。E on behalf of; act for.

☆ 部長の代理で会議に出席する / 以經理的代理身分出席會議。

☆ 代理を務める / 做代理。

☆ 代理店 / an agency. / 代理店。

たいりく【大陸】タイリク ❶ 地球上の広くて大きい陸地。中 大陸。E a continent.

☆ 大陸を横断する鉄道をつくる / 建設橫貫大陸的鐵路。

☆ 大陸性気候 / 大陸性氣候。

❷ 日本から見た中国、またはイギリスから見たヨーロッパ。中 (在日本指) 中國大陸，(在英國指) 歐洲大陸。E China (from the standpoint of Japan) or Europe (from the standpoint of England).

☆ 日本人の祖先は大陸から渡ってきた / 日本人的祖先是從中國大陸過來的。

参 ❶は、「ユーラシア大陸」「アフリカ大陸」「北アメリカ大陸」「南アメリカ大陸」「オーストラリア大陸」「南極大陸」の６つをさす。

たいりつ【対立】タイリツ〔～する〕 立場や意見などの違うものどうしが、たがいに主張し合ってゆずらないこと。中 對立；對峙。E be opposed to; antagonism.

☆ ゴルフ場の建設で、賛成側と反対側とが激しく対立している / 就修建高爾夫球場，贊成和反對的雙方處於激烈的對峙狀態。

☆ 与野党の対立が深まる / 執政黨與在野黨的對立不斷地加深。

☆ 民族的対立 / 民族的對立。

たいりょく【体力】タイリョク 人間の体が持っている、仕事や運動などをする力。また、病気に耐える力。中 體力。E (physical) strength; stamina.

☆ わたしは体力に自信があるから、徹夜の仕事でも大丈夫だ / 我對體力有自信，即使徹夜工作也沒關係。

☆ 年をとって体力が衰えた / 上了年紀體力衰弱了。

☆ 体力をつける / 增強體力。
☆ 体力測定 / 體力測定；健康檢查。
対 気力、精神力

ダイレクトメール (direct mail) ダイレクトメール デパート、商店、会社などが、客に直接に郵便で送る広告物。DM。中 信件廣告；直接郵寄的廣告。E direct mail.
☆ デパートから、セールを知らせるダイレクトメールが来た / 從百貨公司寄來了打折的廣告信。
数 1通

だいろっかん 【第六感】ダイロッカン、ダイ・ロッカン 見る、聞く、においをかぐ、味わう、ふれるの5つの感覚のほかにある、直感したり判断したりする感覚。勘。中 第六感；直覺；超感官知覺。E the sixth sense; intuition.
☆ 宝くじに当たるという第六感が働いたので買ったら、本当に当たった / 第六感告訴我能中獎，所以買了彩券，結果真的中了。

たいわ 【対話】タイワ〔～する〕 相手と向かい合っていろいろな話をすること。また、その話。中 對話；談話。E a dialogue; a conversation.
☆ 市長と住民との対話集会が開かれた / 舉行市長和市民的對話。
☆ 対話するうちにたがいの理解が深まる / 談話中加深了彼此的理解。

ダウン (down) ダウン ❶〔～する〕下がること。下げること。中 落下；降落；下降。E go down; fall.
☆ 勉強不足で成績がダウンした / 由於不夠用功而成績退步了。
対 アップ
❷〔～する〕ボクシングなどのスポーツで、倒れること。また、体の調子が悪くて元気がなくなること。中 倒下；擊倒；垮。E be downed; come down (with an illenss).
☆ チャンピオンは第5ラウンドでダウンした / 冠軍在第五回合比賽中倒下了。
☆ 道子はかぜでダウンして、寝こんでしまった / 道子由於感冒病倒，臥床不起。
❸ 鳥のやわらかい羽毛。布団や衣料の中に入れて使う。中 羽絨。E down.
☆ 暖かいダウンのジャケットがほしい / 想買一件暖和的羽絨外套。

たえがた・い 【堪え難い】タエガタイ がまんできない。中 不堪忍受；難以容忍；受不了。E unbearable; intolerable.
☆ この蒸し暑さはたえがたい / 悶熱得難以忍受。
☆ たえがたい苦痛を体験する / 體驗不堪忍受的苦痛。

たえか・ねる 【堪えかねる】タエカネル、タエカネル〔自動一〕 がまんしきれなくなる。中 難以忍受；忍不住；不堪忍受。E cannot bear.
☆ 悲しみにたえかねて大声をあげて泣く / 忍不住悲傷而大聲痛哭。
☆ 痛みにたえかねる / 難以忍受的疼痛。

たえず 【絶えず】タエズ 止まることなく続いているようす。何度も繰り返すようす。中 不斷；經常；連續。E constantly; continually.
☆ 大通りはたえず車が走っている / 大街上汽車川流不息。
☆ 約束があるらしく、京子はたえず時計を気にしていた / 好像是有約會，京子不停地看錶。

たえない (「～にたえない」の形で) ❶ その気持ちが強くてがまんできないほどだ。中 ～極了；非常～。E It is a great (joy) that ～.
☆ 市民の長年の夢であったコンサートホールが完成したのは喜びにたえない / 市民多年夢想的音樂廳完工了，大家高興極了。
☆ 感にたえない / 不勝驚嘆；萬分激動，不勝感嘆。(→感 慣用)
❷ 仕事、地位、責任などが重すぎてできない。中 做不了(工作)；不能勝任。E be unequal to.
☆ 高齢で、社長の任にたえない / 由於高齡不

能勝任社長的職務了。

☆ 重職にたえない / 勝任不了要職。

❸ ～する価値がない。中 不值～。

☆ 見るにたえない映画/ a movie not worth seeing. / 不值得看的電影。

☆ 聞くにたえない悪口 / 不堪入耳的惡言

▷ 書

たえまな·い【絶え間ない】タエマナイ　長く続いているものや同じ状態でいるものの切れ目がない。中 不斷；不停。E constant; without a break.

☆ たえまない努力が実を結んだ / 不斷地努力而有了成果。

☆ たえまなく降る雪 / 不停地下著的雪。

た·える【耐える·堪える】タエル〔自動一〕

❶ ほかから加えられる力や作用などにも同じ状態を保ち続ける。もちこたえる。中 耐；對抗。E stand up to; stand.

☆ 古い建物だから大地震には耐えられないだろう / 因為是古老的建築，也許經不起大地震吧。

☆ 高熱に耐える食器 / 耐高溫的餐具。

❷ つらさや苦しさをがまんする。こらえる。中 忍耐；忍受。E endure; bear.

☆ 雪の中を寒さにたえて、村まで10キロの道を歩いた / 忍受雪中的嚴寒，一直走了十公里的路來到村子。

☆ さびしさにたえる / 忍受寂寞。

☆ たえぬく / 忍受過來。

❸ それをするのに値する。それをすることができる。中 值得。E be worth doing.

☆ この小説は読むにたえる/這本小說值得一看。

❹ (「～にたえない」の形で) ⇨たえない

注 漢字で書くときは、❶は「耐える」、❷❸は「堪える」。❹はひらがなで書く。

た·える【絶える】タエル〔自動一〕❶ 続いてきたものがそこでしばらく切れる。中 斷絕；終了；停止。E cease; discontinue.

☆ 夜もふけ、人通りが絶えた/夜已深，沒有行人了。

☆ 心配が絶えない / 總是擔心個沒完。

❷ 続いてきたものがそこで切れて、なくなる。中 殆盡；絕盡。E be cut off; die out.

☆ 親からの送金が絶える / 來自父母的接濟中斷了。

☆ 血筋が絶える / 斷絕血緣關係。

☆ 息が絶える / 斷氣；死亡。(→息 慣用)

❸ (「たえて～ない」の形で)すこしも～ない。いちども～ない。中 一點～也沒有。

☆ 国へ帰った友達からは、たえて連絡がない / I have never heard from my friend who went back to his country. / 回了國的朋友，一點音信也沒有。

▷ 他動 絶やす、絶つ

たお·す【倒す】タオス〔他動五〕(たおして)

❶ 立っているものを横にする。中 弄倒；放倒；推倒。E tip over; fell; knock down.

☆ ジュースの瓶を倒してこぼしてしまった/弄倒了果汁瓶，灑了果汁。

☆ 木を倒す / 把樹推倒。

☆ 切り倒す / 砍倒。

❷ 殺す。命をうばう。中 殺死；打死。E kill.

☆ 猛獣を銃で倒す / 用槍殺死猛獸。

☆ 敵を倒す / 殺死敵人；打倒敵人。

❸ 勝負して負かす。中 打敗；擊敗。E beat; defeat.

☆ 相手チームを倒す / 擊敗對手。

☆ 横綱を倒す / 打敗橫綱。

❹ 政府などを滅ぼす。中 打倒；推翻。E overthrow; topple.

☆ 国民の力で、独裁政権を倒す / 靠國民的力量推翻獨裁政權。

☆ 幕府を倒す / 推翻幕府。

自動 倒れる

タオル (towel) タオル　❶ 布の表面に糸を輪のように織りだした、やわらかくて厚いもめ

た

んの織物。中 毛巾布。E terry cloth; toweling.

☆ タオルのパジャマ / 毛巾睡衣。

☆ タオルケット / 毛巾被。

❷「❶」でつくった、顔や体をふくための布。中 毛巾。E a towel.

☆ タオルで顔をふく / 用毛巾擦臉。

☆ タオルをしぼる / 擰毛巾。

☆ バスタオル / 浴巾。

▷ 数 1枚・1本　→手ぬぐい

だが ダガ　(文と文をつないで)前にいったことを受けて、後で反対のことをいうときに使うことば。中 但是；可是；然而。E but; however.

☆ 台風の危険は去ったようだ。だが、まだ安心はできない / 颱風的危險好像已過了，可是仍無法安心。

☆ わたしは年をとった。だが、心はまだ若いつもりだ / 我雖然上了年紀，但自認還年輕。

たか・い　【高い】タカイ　❶ 位置が上のほうにある。中 高。E high.

☆ 太陽が高くのぼった / 太陽高高地升起來了。

☆ 高い空 / 高空。

対 低い

❷ 下から上までの長さが長い。中 高。E tall; high.

☆ 60階建ての高いビル / 六十層的高樓。

☆ 高い山 / 高山。

対 低い

❸ 地位や身分などが上だ。中 高。E high.

☆ 地位が高くなると責任も重くなる / 地位一高責任也就重了。

☆ 身分の高い人 / 身分高的人。

対 低い

❹ 能力や価値がすぐれている。中 (能力、價值等)高；優秀。E high; superior.

☆ 知能が高い / 智慧高。

☆ 芸術的価値の高い絵 / 藝術價值很高的畫。

対 低い

❺ 数や量や程度が大きい。中 高。E high.

☆ 熱が高くて40度もある / 發燒高達四十度。

☆ 気温が高い / 氣溫高。

対 低い

❻ 音や声の振動数が多い。中 高；響。E high.

☆ 男性に比べて女性の声は高い / 和男性相比女性的聲音較高。

対 低い

❼ かかる金が多い。中 貴；昂貴；高。E high; expensive.

☆ 物価が高くなる / 物價高漲。

☆ 値段が高い / 價錢貴；價格高。

対 安い

❽ よく知られている。中 有名氣；有聲譽；著名。E well-known; notorious.

☆ 女優の道子は特に演技がうまいことで評判が高い / 女演員道子特別是演技出色而評價很高。

☆ ずるくて悪名の高い政治家 / 狡猾而惡名昭彰的政治家。

❾ (「お高い」の形で) 人を見下している。中 自傲自大；驕傲。E be proud; be haughty.

☆ お高くとまる / 妄自尊大；目中無人。

☆ お高い人 / 驕傲的人。

たがいちがいに【互い違いに】タガイチガイニ、タガイチガイニ　異なる2つのものがかわるがわるの順番で並ぶようす。中 交互；交替；交錯。E alternately.

☆ 赤と白のバラをたがいちがいに植える/交替地種植紅白玫瑰。

たがいに【互いに】タガイニ　関係のある人たちが同じ立場にあるようす。おたがいに。中 互相；雙方；彼此相同。E mutually; each other; one another.

☆ 親が死んだあと、きょうだいはたがいに助け合って暮らした / 父母去世後，兄弟姊妹們互相扶持過生活。

たかが　タカガ、タカガ、タカガ　小さくて、問題にするほどではないようす。中 至多；不

過是；充其量。E only; merely.

☆ たかがカキを１個盗まれたぐらいで、そんなに怒ることはない/充其量不過是被偷走了一個柿子，別那麼生氣。

たかくけいえい【多角経営】タカクケイエイ　１つの会社や個人が、いろいろ違った事業や商売をすること。中 多元經營。E diversified management.

☆ このビール会社は、映画をつくったりホテルを営業したり、多角経営をしている/這家啤酒公司又製作電影又經營飯店，進行多元經營。

たかのぞみ【高望み】タカノゾミ、タカノゾミ〔～する〕　自分の能力や身分をこえて大きすぎる望みを持つこと。中 過分的希望；奢望。E be too ambitious; unattainable ambition.

☆ 土地も財産もないのだから、庭つきの家に住みたいという高望みはやめよう/因為既沒土地又沒財產，放棄居住擁有庭院房子的奢望吧。

たかびしゃ【高飛車】タカビシャ　強い態度で、相手の言うことをおさえつけるようす。中 高壓；以勢壓人；強硬。E (act) high-handedly; overbearing.

☆ 父はだれに対しても高飛車に出て自分の意見を通してしまう/父親不管對誰都強硬地固執己見。

☆ 役人が高飛車な態度をとるので、不愉快になった/因為政府官員採取強硬態度而令人不愉快。

たかぶ・る【高ぶる】タカブル〔自動五〕(たかぶって)　❶ 心や感覚の働きが鋭くなる。中 興奮。E be on edge; get excited.

☆ 入学試験の前の晩は、神経が高ぶって眠れなかった/入學考試前的晚上，神經亢奮得無法入睡。

☆ 高ぶる気持ちを無理におさえる/勉強控制亢奮的心情。

❷ 自分が偉いという態度をとる。中 驕傲。E be arrogant; be self-important.

☆ あの人は社長になっても、高ぶらないところがいい/那個人就算當了總經理也不驕傲真不錯。

☆ 高ぶった態度/驕傲的態度。

☆ おごり高ぶる/驕傲自大。

たかま・る【高まる】タカマル〔自動五〕(たかまって)　程度や状態が高くなる。また、強くなる。中 高漲；提高；增長。E rise; go up.

☆ 台風が接近するにつれて、波が高まってきた/隨著颱風的接近，浪潮高漲了起來。

☆ 女性の地位が高まった/婦女的地位提高了。

名 高まり　他動 高める

たかみのけんぶつ【高みの見物】　安全な場所で、ものごとのなりゆきをなにもせずに見ていること。中 袖手旁觀；作壁上觀。E remain an idle spectator.

☆ 世界の食糧不足の問題に対して、日本は高みの見物を決めこむわけにはいかない/面對世界糧食不足的問題，日本決不會袖手旁觀。

たがや・す【耕す】タガヤス〔他動五〕(たがやして)　野菜の種をまいたり、苗を植えたりするために、田畑を掘り返して土を細かくする。中 耕；耕耘。E till; cultivate; plow.

☆ 畑をたがやして大根の種をまく/耕田播蘿蔔種子。

☆ 深くたがやす/深耕細作。

たから【宝】タカラ　❶ 世の中に数が少なく、非常に価値のある品物。中 寶；珍寶；財寶。E a treasure.

☆ 宝の山を掘り当てる/發掘了寶藏。

☆ 宝物/珍寶；寶物。

❷ なにものにもかえられない人やものごと。中 寶貝；珍物；珍品。E an irreplaceable person or thing.

☆ 家族の健康がなによりの宝だ/家人的健康比什麼都寶貴。

☆ 子宝 / a child. / 寶貝；孩子。

宝の持ち腐れ 価値のあるものを持っているのに役に立てようとしないこと。中 空藏美玉；英雄無用武之地。E be wasted; a useless possession.

☆ 大型コンピューターを入れたが、だれも使えないから宝の持ちぐされだ / 雖然有了大型電腦，但誰也不會用，空藏美玉真可惜。

だから ダカラ (文と文をつないで)❶ 前にいったことが、後に起こることの原因になっているときに使うことば。中 所以；因此。E so; therefore.

☆ きのうは頭が痛くて熱もあった。だから、宿題ができなかった/昨天頭痛又發燒，所以沒做作業。

☆ 国の主権は国民にある。だから、国民のひとりひとりがしっかり考えて行動しなければならない / 國家的主權在於國民。所以每位國民都必須深思而後行。

❷ 当然、予想された結果になったときに使うことば。中 所以。E That's why ~.

☆ かぜをひいたの？だから、上着を着なさいと言ったでしょう/感冒了吧，不是說過要你穿外套嗎?

▷ 話❷ →したがって

たか・る タカル〔自動五〕(たかって) ❶ おおぜいの人が、興味のあるところに集まる。中 聚集；靠攏。E gather; crowd.

☆ 事故の自動車のまわりに見物人がたかる/在出事的汽車周圍聚集著看熱鬧的人。

❷ 食べ物やえさに虫などが集まってくっつく。中 (蟲等) 滿；集滿。E swarm; infest.

☆ アリが砂糖に真っ黒にたかる / 白糖爬上滿螞蟻黑漆漆的一片。

☆ 食べ物にハエがたかる / 食物上黏滿蒼蠅。

❸ 無理を言ったり、おどしたりして、相手の持っている金や品物を手に入れる。中 勒索；迫使請客。E bum off; extort.

☆ 先輩にたかって、おごってもらう / 硬叫學長請客。

☆ 悪い友人たちにたかられる/被壞朋友們敲詐。

▷ 話❸ 名 たかり

たがる (動詞の「ます」形について)❶ 話す人以外の人が、それを希望することを表す。中 表示說話者以外的人的希望；想。

☆ 子供はお菓子を食べたがった / The child wanted to eat cake. / 孩子想吃點心。

☆ 若い人は流行の服を着たがる / 年輕人想穿時尚的服飾。

❷ 話す人が客観的な立場で、それを希望することを表す。中 說話者站在客觀的立場表示希望。

☆ わたしが都会へ出たがっても、両親は許さなかった/ Though I wanted to move to the city, my parents wouldn't let me. /就算我想去大城市，父母也不會贊同。

☆ わたしが子供のころはなんでも知りたがって両親を困らせたものだ / 我小時候什麼都想知道，讓父母很困擾。

たかをくくる【高をくくる】 たいしたことはないだろうと、ものごとを軽くみる。中 輕視不放在眼裡；認為一文不值。E make light of; underestimate.

☆ たいした火事ではないと高をくくっていたら、だんだん燃えひろがってきたので、心配になった / 以為不是很嚴重的火災就不放在眼裡，結果逐漸蔓延起來，令人擔心。

たかん【多感】タカン、タカン ものに感じやすく、すこしのことにも傷つきやすいようす。中 多感；多愁善感。E sensitive; sentimental.

☆ 多感な年ごろに読んだ本はいつまでも忘れられない / 在多愁善感的年紀所讀過的書永遠也忘不了。

たき【滝】タキ がけなどの高い所から流れ落ちる水の流れ。また、その場所。中 瀑布。E a waterfall; a cascade.

☆ ひたいから汗が滝のように流れる/汗從額

頭像瀑布一樣流下來。

☆ 滝つぼ／瀑布潭。

数 1本・1筋

だきこ・む 【抱き込む】ダキコム〔他動五〕(だきこんで) うまい話で相手をごまかし、味方に引き入れる。中 拉攏；籠絡。E win a person over to one's side.

☆ 反対派をうまく抱きこんで、道路の拡張に成功した／很技巧地拉攏了反對派，成功地將道路拓寬了。

名 抱き込み

だきつ・く 【抱きつく】ダキツク〔自動五〕(だきついて) 両手で抱くようにして相手に取りつく。中 抱住；摟住。E cling to; throw one's arms around.

☆ 離れまいとして、子供は母親の足に抱きついた／孩子抱住母親的腿不讓她離開。

たきび 【たき火】タキビ 庭や道で落ち葉や古い紙などを燃やすこと。また、その火。中 燒柴堆或落葉堆的火。E a bonfire.

☆ 冬の朝、たき火をかこんで冷たい手を温める／在冬天的早晨，圍著起火的柴堆暖暖冰冷的手。

☆ たき火の煙が目にしみる／院子裡燒落葉雜草的煙薰了我的眼。

だきょう 【妥協】ダキョー〔～する〕 たがいにゆずり合って、穏やかにものごとを処理すること。中 妥協；和解。E compromise.

☆ 何度も話し合ったが、あの2人は最後まで妥協せず自分の意見を主張し続けた／雖然商談了幾次，但那兩人到最後也沒有妥協，仍各自堅持己見。

☆ 妥協案を出す／提出妥協方案。

たく 【宅】タク ❶ 住んでいる所。中 家；住所；居處。E a home; a house.

☆ 宅へもお寄りください／請到我家來吧。

☆ 田中さん宅／田中先生家。

☆ 社長宅／社長住所；總經理家。

❷ (「お宅」の形で)相手の家や家庭。または相手。中 您；府上；尊府。E your home; you.

☆ お宅ではみなさんお元気ですか／您府上都好嗎?

☆ お宅の会社は給料がいいそうですね／聽說貴公司的工資很不錯。

た・く 【炊く】タク〔他動五〕(たいて) 食べ物、特に穀物を煮て食べられるようにする。中 煮；燒。E boil; cook.

☆ 夕方6時にごはんを炊く／在傍晚六點煮飯。

た・く タク〔他動五〕(たいて) まきや石炭、石油などの燃料を燃やす。中 燒；焚。E light; make a fire.

☆ ストーブをたいて部屋を暖める／生火爐暖和屋子。

☆ たきつける／點火；生火；煽動；教唆。

だ・く 【抱く】ダク〔他動五〕(だいて) 腕にかかえて、ぴったり胸につける。中 抱。E hold ～ in one's arms; embrace.

☆ 子供を抱く／抱小孩。

☆ 恋人の肩を抱く／摟住情人的肩膀。

〔抱く〕

☆ 抱きしめる／抱緊。

参 もとの形「いだく」の「い」が落ちてできたことば。「いだく」は「疑いをいだく」のように考えなどを心の中に持つ意味としても使うが、「抱く」は実際に手と胸で人をかかえるばあいにだけ使う。

たくあん タクアン 漬物の一種。ほした大根をぬかと塩でつけ、上から重いものを載せて押しつけたもの。たくあんづけ。たくわん。中 日式醃蘿蔔。E pickled radish.

☆ たくあんを薄く切って食卓に出す／把醃蘿蔔切成薄片擺到飯桌上。

数 1本・1切

参 江戸時代、「沢庵」という名の僧がつくったので、その名がついたという。

たくえつ【卓越】タクエツ〔～する〕 ほかのものよりはるかにすぐれていること。中卓越；超群。E excellent; be distinguished in.

☆ S博士の卓越した理論に人々は感心した/S博士的卓越理論使大家感到佩服。

☆ 卓越した指導力の持ち主/有卓越領導能力的人。

だくおん【濁音】ダクオン　日本語で、ガ行、ザ行、ダ行、バ行のそれぞれの音。中濁音。E a voiced sound.

☆ テープの発音を聞きながら、濁音の発音練習をする/邊聽卡帶(錄音帶)的發音，邊做濁音的發音練習。

関連 清音、半濁音

たくさん　タクサン、タクサン　❶ 数や量が多いようす。中 很多；好多；許多。E a lot of; many.

☆ 宿題がたくさんあってたいへんだ/作業有很多，真累人。

☆ 車がたくさん走っている/路上好多車在行駛。

対 少し

❷ じゅうぶんで、これ以上は必要でないようす。中 足夠；夠了。E enough; be fed up with.

☆ 簡単な仕事だから、３人もいればたくさんだ/因為是簡單的工作，有三個人就足夠了。

☆ 勉強はもうたくさんだ/已經學習夠了。

タクシー (taxi) タクシー　客の注文に応じて目的地まで走り、走った距離と時間で料金を取る営業用の乗用車。中 計程車。E a taxi.

☆ 遅くなったからタクシーで帰る/很晚了所以搭計程車回家。

☆ タクシーを拾う/在路上叫計程車。

☆ タクシー乗り場/計程車搭乘站。

数 1台　→ 囲み

たく・す【託す】タクス〔他動五〕(たくして)

❶ 自分にできないことやものなどをほかの人に頼んだり預けたりする。託する。中 託；託付。E entrust a thing to a person.

☆ 帰国する友達に両親へのみやげ物を託した/託付回國的朋友帶禮物給雙親。

☆ 若者に未来を託す/把未來寄託給年輕人。

❷ 気持ちなどをそのままでなく別の形で表現する。かこつける。託する。中 寄託；表達。

タクシーで使うことば（出租汽車用語）

タクシー乗り場　中 計程車搭乘站。E a taxi stand.

空車　中 空車。E an empty taxi.

料金　中 車費。E a fare.

夜間割増料金　中 深夜加價。E the late night extra charge.

運転手に指図する言い方

～まで行ってください　中 請去一下～。E Please take me to～.

つぎの角を右へ曲がってください　中 在下一轉角處往右轉。E Please turn to the right at the next corner.

そこを左へ曲がってください　中 就在那裡往左轉。E Please turn to the left a little way ahead.

まっすぐ行ってください　中 一直往前走。E Please go straight on.

ここで止めてください　中 請在這裡停車。E Please stop here.

信号　中 紅綠燈；號誌燈。E a signal.

交差点　中 十字路口。E an intersection; a crossing.

丁字路　中 丁字路口。E a T-junction.

突き当たり　中 盡頭。E the end (of a street).

E express (one's feeling) in (verse).

☆ 悲しみを歌に託す/用歌曲來表達自己悲傷的心情。

☆ 恋心を詩に託す/用詩歌來表達自己的愛慕之情。

たくち【宅地】タクチ　家が建っている土地。また、住宅のために用意された土地。中住宅用地。E residential land; a housing lot.

☆ 林を切り開いて宅地の開発を進めている/開墾山林來開發住宅建設用地。

☆ 農地を宅地にする/把耕地開發成住宅用地。

☆ 宅地造成/開闢住宅用地。

だくてん【濁点】ダクテン、ダクテン　かなの右上につけて、濁音であることを表すしるし「゛」。中濁音點，濁音符號。E a sonant mark.

☆「か」に濁点がつくと「が」になる/在「か」上加濁音符號成為「が」。

たくはい【宅配】タクハイ〔～する〕　新聞、牛乳、荷物などを家まで配達すること。中直接送貨到家。E deliver a thing to one's home.

☆ デパートで家具を買って宅配にしてもらう/在百貨公司買家具請他們直接送貨到家。

☆ 宅配便/直接送件；貨品、行李配送到家。

たくまし・い　タクマシイ　❶体が立派で、強そうだ。中健壯；強壯；魁梧。E sturdy; robust.

☆ スポーツできたえたたくましい体/靠運動鍛鍊健壯的體格。

❷ 力強くて、どんなことにも負けない。中旺盛；堅強。E stout; vigorous.

☆ 一郎はたくましい精神力の持ち主だから、こんな失敗でやめてしまうことはない/一郎是有旺盛精力的人，不會因這樣的失敗就灰心喪志。

☆ 道子は高校生だが、自分の力だけでたくましく生活している/道子雖是高中生，可是卻能靠自己的能力堅強地過活。

たくみ【巧み】タクミ、タクミ　技術ややり方がたいへんすぐれているようす。中巧妙；精巧。E skillfully; clever.

☆ ヘミングウェーの「老人と海」は海のようすを巧みに描いている/海明威的《老人與海》中巧妙地描寫了海的樣子。

☆ 宝石屋は巧みなことばで、客に高い指輪を売りつけた/寶石店老闆伶牙俐齒地把高價的戒指賣給了客人。

たくら・む　タクラム〔他動五〕(たくらんで)　人に気づかれないように、よくないことなどを計画する。中策畫；陰謀；打壞主意。E plot; scheme.

☆ 宝石店の宝石を盗もうとたくらむ/策畫盜取寶石店的珠寶。

☆ 悪事をたくらむ/打壞主意。

名たくらみ

たぐ・る【手繰る】タグル〔他動五〕(たぐって)　❶両手をかわるがわる動かして、糸や綱などを手もとに引き寄せる。中拖；拉。E pull in; reel in.

☆ たこの糸をたぐる/拉風箏的線。

☆ 魚がかかったと思って釣り糸をたぐる/感覺有魚上鉤了就拉釣魚線。

☆ たぐり寄せる/拖上來。

❷ 記憶に残っていることを1つ1つたどって引っぱりだす。中回憶；追憶。E trace back.

☆ 記憶をたぐりながら子供のころの村のようすを書く/邊回憶邊寫兒時村子裡的情況。

たくわ・える【蓄える】タクワエル、タクワエル〔他動一〕　❶金、もの、力、知識などを、のちになって役に立てるために、残してためておく。中貯存；積累；儲蓄。E store; save.

☆ 災害に備えて食糧を蓄える/為抗災貯備糧食；備荒貯糧。

☆ 老後のために金を蓄えておく/為晚年預先存錢。

❷ ひげや髪を切らずに、生やしておく。中留

た

(鬍子等)。E wear (a beard).

☆ 長いひげを蓄えた紳士/留著長鬍子的紳士。

▷ 名 蓄え

たけ【丈】タケ ❶ 身長。また、立っているものの高さ。中 身高；身長。E height.

☆ 息子は、この1年で丈が急にのびた/兒子這一年裡突然長高了。

☆ 丈の高い草/長得很高的草。

☆ 背丈/身長；身高。

❷ 服や着物の長さ。中 長度；長短；尺寸。E length (of clothes).

☆ スカートの丈をひざまでにする/把裙子的長度做到膝蓋。

☆ 丈をつめる / shorten the length. / 改短長度。

☆ そで丈/袖長。

❸ あるだけ。全部。中 全部；所有。E all; everything.

☆ 二郎は洋子への思いのたけを手紙に書いた / 二郎把對洋子的愛慕之心都寫在信裡了。

☆ ありったけ / 全部的；一切的；所有的。

(→ 項目)

たけ【竹】タケ 林や庭に生え、1年じゅう葉がある植物。茎にはかたい節があり、中は空でまっすぐにのびる。若い芽は「竹の子」といい、食用になる。中 竹；竹子。E a bamboo.

節

〔竹〕　竹の子

☆ 青々とした竹が風に揺れている / 翠竹在風中搖擺著。

☆ 竹細工 / bamboo work. / 竹器工藝；竹工藝品。

数 1本

竹を割ったよう ものごとにこだわらず、さっぱりした性格をしているようす。中 心直口快；性情直爽。E straightforward; openhearted.

☆ 母は竹を割ったような性格で、迷ったり悩んだりせず思いきりがいい / 母親個性直爽，不猶豫、不煩惱，非常達觀。

だけ ❶ (名詞、動詞と形容詞の基本形、形容動詞の「な」の形について)(1)ものごとをその程度や範囲内に限ることを表す。中 表示限於某種程度和範圍。

☆ わたしがなんでも話せるのは、あなただけだ / You are the only one with whom I can talk freely. / 我只有跟你才什麼都說。

☆ 新聞だけは毎日読む/只有報紙每天一定看。

(2) 最高の程度、分量を表す。中 表示最高程度、分量。

☆ 好きなだけ料理を取っていいですよ / You can take as much food as you like. / 你可以隨意選自己愛吃的菜餚。

☆ できるだけ速く走る/儘可能快跑；儘量快跑。

(3) 一方の動きにもう一方が比例することを表す。中 表示一方與另一方成正比。

☆ 働けば働くだけ、お金がたくさんもらえる/ The more you work, the more you'll earn. / 做越多錢賺的也越多。

☆ 魚は新鮮なら新鮮なだけおいしい/魚肉越新鮮越好吃。

(4) (「〜だけに」「〜だけ[のことは]ある」の形で)能力などがじゅうぶんに発揮されている、また、それにふさわしいということを表す。中 無怪乎；不愧；正因為；到底。

☆ 二郎は法律の専門家だけのことはあって、交通事故の相手とうまく話し合ってくれた/二郎不愧是法律方面的專家，替我擺平發生交通事故的對手。

☆ ジョンは若いだけに元気がいい / Youth explains John's health. /約翰正因年輕充滿了精力。

☆ ここは高原だけあって、夏でも涼しい/這裡到底是高原，連夏天也涼爽。

❷ (「これ」「それ」「あれ」「どれ」について)程度を強める。中 強調程度。

☆ あれだけ言ってわからないのなら、もう知らない / If you don't understand after all

I've said, I give up. / 說了那麼多，還不明白的話，我可不管了。

☆ これだけ練習すれば、試合で負けても満足だ/做了這麼多練習，就是比賽輸了也甘願。

参「しか」も、ものごとを限定する点で似ているが、「しか」が「教室に学生が１人しかいない」のように、いつも否定のことばと一緒に使われるのに対して、「だけ」は「教室に学生が１人だけいる」と肯定の形になる。「学生が１人だけいない」と言うこともあるが、このばあいは意味が違って、ほかの学生はいるが１人の学生だけがいないことになる。また、❶(1)の改まった言い方は「のみ」。

だげき【打撃】ダゲキ ❶強く打つこと。また、野球で、ボールを打つこと。中打擊；擊球。E a blow; batting.

☆ 洋子は頭部に打撃を受けて気を失った/洋子頭部受到撞擊而昏迷過去了。

☆ あの野球チームは打撃のうまい選手がそろっている / 那個棒球隊網羅了打擊好手。

❷ 精神的なショックや物質的な損害。中打擊。E damage; a shock.

☆ 台風で農作物が打撃を受けた / 因颱風來襲農作物遭受損失。

☆ その事件は、姉の家族に大きな打撃を与えた/那個事件給姊姊一家帶來了很大的打擊。

たけだけし・い タケダケシイ ❶非常に強そうで、荒々しい感じだ。中勇猛。E fierce; ferocious.

☆ ライオンがたけだけしくほえた/獅子凶猛地吼叫。

☆ たけだけしい顔つき / 凶狠的長相；凶狠的面貌。

❷ ずうずうしい。中厚顏無恥。E shameless; audacious.

☆ 盗っ人たけだけしい(＝泥棒が自分のことを悪いとも思わず、平気でいる)とは、おまえのことだ/偷了東西還厚顏無恥，說的就是你這種人。(＝竊賊不認為自己的行為是壞事，且坦然無事樣子)。

だけつ【妥結】ダケツ〔～する〕 たがいがゆずり合って、話し合いや交渉がまとまること。中妥協；達成協議。E a settlement; an agreement.

☆ よく話し合った結果、賃上げ交渉が妥結した / 好好進行協商的結果，達成了加薪的協議。

☆ 妥結にこぎつける / manage to reach an agreement. / 努力爭取以達成協議。

対決裂

だけど ダケド (文と文をつないで)前にいったことを受けて、それでもそのことにしたがえない気持ちのときに使うことば。だけれども。話中然而；可是；但是。E howerer; nevertheless.

☆ 家は買えないとわかっている。だけど、やはりあきらめきれない/雖然知道沒有能力買不了房子，但仍不死心。

☆ 父は早く結婚しろと言う。だけど、わたしはまだそのつもりはない/父親說：「快點結婚吧!」但我還沒有那樣的打算。

たけなわ タケナワ ものごとのいちばん盛んなとき。中酣；高潮；旺盛。E at its height; in full swing.

☆ 宴会がたけなわになって、カラオケが始まった/酒宴進入高潮，接著開始唱起卡拉OK。

☆ 投票日を目前にして、選挙戦もたけなわだ / 投票日在即，選舉大戰也到了最高潮。

たけのこ【竹の子】タケノコ 夏の初め、竹の地下茎から出る若芽。何枚もの茶色の皮に包まれていて、その皮をぬぎながら生長する。やわらかいうちに食べる。中竹筍。E a bamboo shoot.

☆ 竹やぶで竹の子を掘る / 在竹林挖竹筍。

☆ 竹の子のようにすくすく育った中学生/像竹筍一樣茁長的中學生。

た

数 1本 →竹図

たこ タコ 細くけずった竹でいろいろな形に骨組みをつくり、紙をはり糸をつけ、風の力を利用して空にあげるおもちゃ。中 風箏。E a kite.

☆ お正月は、野原でたこをあげて遊ぶ/過年時在曠野放風箏玩。

数 1枚

たこ タコ 軟体動物の一種。海底の岩の間にすみ、いぼのようなものがついた足が8本ある。体はやわらかく、茶または灰色で、ゆでると赤くなる。食用にする。中 章魚。E an octopus.

〔たこ〕 〔いか〕

☆ タコは海の底につぼを沈め、そこに入りこんだところを捕まえる/把壺沈到海底，等章魚鑽進去的剎那間將它捕捉。

☆ ゆでダコ/煮熟的章魚。

数 1杯・1匹

たさい【多彩】タサイ ❶ いろいろな色があって、美しいようす。中 美麗多彩；彩色繽紛；絢麗多彩；五彩繽紛。E colorful; varicolored.

☆ 春の公園には多彩な花々が咲きそろっている/春天的公園裡開滿了絢麗多彩的花卉。

❷ 種類が多く、はなやかなようす。中 豐富多彩。E variegated; of all sorts.

☆ 市制50年を記念して、多彩な催しが行われる/為紀念市政五十周年，舉辦多彩多姿的活動。

たさつ【他殺】タサツ 他人に殺されること。中 他殺；被殺。E murder.

☆ この死体には他殺の疑いがある/這具屍體有他殺的嫌疑。

☆ 他殺死体/被害者的屍體。

対 自殺

ださんてき【打算的】ダサンテキ 損得ばかりを考えて行動するようす。中 打小算盤(的)；計較得失。E calculating; self-centered.

☆ 打算的になっては、いい教育はできない/總計較得失的話，就無法有好的教育。

☆ 打算的な性格の人間は、友情が長続きしない/愛計較個性的人，其友誼持續不了多久。

たし【足し】タシ たりないところを補って、役に立てること。また、そのもの。中 貼補；補助。E a part; satisfy; help.

☆ 祖母が、旅費のたしにしなさいと、5000円くれた/祖母說當做旅費的補貼，給了我五千日圓。

☆ せんべい1枚では腹のたしにならない/吃一塊仙貝也填飽不了肚子。

他動 足す

たしか【確か】タシカ ❶ まちがいがなく信じられるようす。中 確實；準確。E surely; positive.

☆ 本は確かにきみに返した/書確實已歸還給你了。

☆ 彼が犯人だという確かな証拠をつかんだ/他是犯人的證據確鑿。

対 不確か

❷ まちがっているかもしれないが、たぶん。中 大概；也許。E if I remember correctly; I believe.

☆ きみはたしか、今年30だったね/你今年應該是三十歲了吧。

☆ いますれちがった人はたしか山田さんという名前だったと思う/我想剛剛擦肩而過的人名字叫山田。

二注 ❷はひらがなで書く。

たしか・める【確かめる】タシカメル〔他動一〕 あることについて、はっきりさせたり、まちがいはないか調べたりする。中 弄清；查明。E make sure; check.

☆ 番号を確かめて電話をかける/查明號碼再打電話。

☆ 事実を確かめてから批判する/弄清事實再

做評斷。

たしざん【足し算】タシザン〔～する〕 ある数や式にある数や式をたして和を求める計算。寄せ算。「5＋3」「8χ＋2y」など。中加法；加算。E addition.

☆ 347＋689の足し算の答えは1036だ/347加689的答案是1036。

☆ そろばんで足し算をする/用算盤算加法。

対引き算

たじたじ タジタジ〔～する〕 相手の気力や力が自分よりずっと上だと感じ、気が弱くなるようす。中嚇得直哆嗦；搖晃。

☆ すもう大会に参加したら、150キロぐらいの人が出てきたのでたじたじとなってしまった/ When I participated in the *sumo* tournament, I lost all confidence when a 150 kilogram guy came out. /參加相撲大賽，出現了體重一百五十公斤的對手，我嚇得直哆嗦。

たしな・む タシナム〔他動五〕(たしなんで)

❶ 芸ごとなどを習い覚えてすこしはできる。中愛好；好。E like; have a liking for.

☆ 妹はピアノをたしなんでいる/妹妹喜歡彈鋼琴。

❷ 酒、タバコなどを、ある程度好む。中愛好。E (drink) a little.

☆ 酒はたしなむ程度で、そんなに強くありません/酒不過是喝著玩的，喝不了多少。

▷ 名たしなみ

たしな・める タシナメル〔他動一〕 それはいけないことだと、穏やかにしかる。中責備；教訓；告誡。E reprove; warn.

☆ お客に乱暴なことばを使った店員をたしなめる/責備對客人說話粗魯的店員。

だしぬ・く【出し抜く】ダシヌク、ダシヌク〔他動五〕(だしぬいて) 他人のすきを利用したりだましたりして、自分が先に得になるようなことをする。中乘機搶先；先下手；欺騙。E outwit; get the jump on.

☆ 仲間を出し抜いて、先に仕事を仕上げて上司にほめられた/比同事搶先完成工作，而受到了長官的褒揚。

☆ 競争相手を出し抜く/戰勝了對手。

だしぬけ【出し抜け】ダシヌケ 突然なにかが起こるようす。中突然；出其不備；冷不防。E suddenly; unexpectedly.

☆ 街を歩いていたら、だしぬけに英語で道をきかれてあわてた/正在走路時，忽然有人用英語來問路，不知如何是好。

☆ ジョンの帰国があまりにだしぬけだったので、みんなが変に思った/約翰回國太突然了，使大家都覺得奇怪。

たしゅたよう【多種多様】タシュタヨー、タシュ・タヨー それぞれに違っていて、さまざまであるようす。中 各種多様；各式各樣。E various; a great variety of.

☆ 人の考え方は多種多様だから、1つに決めつけてしまってはいけない/人的想法有各式各樣，不可強求一致。

☆ 留学生は、多種多様な目的で日本にやってくる/留學生們抱著不同的目的來到日本留學。

たしょう【多少】タショー ❶ 数や量が多いか少ないかということ。中多少；多寡。E many or few; more or less.

☆ 出席者の多少に関係なく会議を始める/不論出席人數多寡，會議都照常召開。

☆ 金額の多少は問わない/ regardless of the amount of money. /不管金額多少。

❷ (副詞的に)すこし。いくらか。ちょっと。中多少；稍微。E somewhat; a little.

☆ けさ、体に多少感じるぐらいの地震があった/今天早上發生了有感地震。

☆ わたしは中国語には多少自信がある/我對中文有一定的信心。

たじろ・ぐ タジログ〔自動五〕(たじろいで) 相手の力や勢いに押されて、その場で立ち止まる。また、後ろに下がる。中退縮；畏縮；向

後退。E shrink back; recoil.

☆ 物陰から飛びだした大きな犬にたじろいで、2、3歩後ろに下がった/突然從暗處竄出一隻狗，令人措手不及，嚇得倒退了兩、三步。

☆ 相手の勢いにたじろいで、なにも言い返せなかった/對方來勢凶凶，一時無法還嘴。

だしん【打診】ダシン〔～する〕 前もって相手のようすをみて、意向を調べておくこと。中 試探；探詢；探問。E sound out.

☆ 会員の考えを打診してから、会議に提案する/打探會員的想法後，再向大會提出方案。

た・す【足す】タス〔他動五〕(たして) ❶たりない分を補う。中 添；加；續。E add; make up for.

☆ このスープは味が薄いから塩をすこしたしたほうがいい/這湯有一點淡，還是加點鹽比較好。

❷ 足し算をする。中 加。E plus; add ~ to….

☆ 2たす5は7/二加五等於七。

対 引く

❸ (「用をたす」の形で) ⇨用 慣用

▷ 名 足し 自動 足りる

だ・す【出す】ダス〔他動五〕(だして) ❶中から外に移す。中 拿出；取出；伸出。E take out; put out.

☆ かばんから本を出す/從書包中取出書。

☆ ポケットから手を出す/從口袋裡伸出手來。

対 入れる

❷ ある場所に行くようにさせる。送る。中 讓～去～；派；寄。E send out; mail.

☆ 息子を旅に出す/讓孩子外出旅遊。

☆ 手紙を出だす/寄信；發信。

❸ 代表としてだれかを送りこむ。中 出場；派。E send.

☆ 山田くんをサッカーの世界選手権に出す/派山田君去參加世界足球錦標賽。

☆ われわれで田中さんを国会に出そう/我們把田中推舉到國會去吧。

❹ ある所へ持っていく。中 提交；展出。E send in; hand in.

☆ 入学願書を出す/交報考志願書。

☆ レポートを出す/交報告。

❺ 金を支払う。中 出錢；出資。E pay.

☆ 500円出して入場券を買う/掏出五百日圓買門票。

❻ 中に隠れていたものなどを外に表す。中 露出；顯露；出。E show; utter.

☆ 喜びを顔に出す/喜形於色。

☆ 声を出して泣く/放聲哭。

❼ 本をつくったり、発表したりして、人に知られるようにする。中 出；發刊；發表。E publish; issue.

☆ 写真集を出す/出寫真集。

☆ 手記を新聞に出す/在報紙上刊登自己的手稿。

❽ 発生させる。起こす。中 發；發生。E (lives) be lost; get up (speed).

☆ 今年度は交通事故の死者を多く出した/本年度死於交通事故的人數很多。

☆ スピードを出す/加快速度。

❾ (動詞の「ます」形について)～はじめる。中 起來；出來。

☆ 雨が降りだす/It begins to rain. /下起雨來了。

☆ 笑いだしたら止まらない/一笑起來便沒完沒了。

▷ 自動 出る

三 注 ❾はひらがなで書く。

たすう【多数】タスー 数が多いこと。中 多數。E a large number of; the majority.

☆ 小学校の先生は女性が多数を占めている/小學老師中女性佔多數。

☆ 予防注射で多数の子供の命が救われる/由於打了預防針，保住了許多孩子的生命。

☆ 大多数/大多數。

対 少数

たすうけつ【多数決】タスーケツ 賛成する

人が多いほうの意見でものごとを決めること。中多數表決；多數決定。E decision by majority.

☆ 多数決で決まったことは守らなくてはならない／必須遵從多數的決定。

たす・ける【助ける】タスケル〔他動一〕

❶ 危険や死からのがれさせる。救う。中救；救助；搭救。E save; rescue.

☆ 川でおぼれていた子供を助けた／救出了溺水的孩子。

☆ 命を助けてもらった／受人搭救。

❷ 力などを貸して、うまくいくようにする。中幫助；援助。E help; promote.

☆ アルバイトをして家計を助ける／打工以貼補家計。

☆ 唾液や胃液が食物の消化を助ける／唾液和胃液有助於消化。

▷ 名助け　自動助かる

たずさ・える【携える】タズサエル、タズサエル〔他動一〕 ❶ 手にさげたり身につけたりして、ものを持っていく。中攜帶；拿。E carry a thing with one.

☆ 小型のパソコンをたずさえて通勤する／攜帶筆記型電腦上班。

❷ 手を取り合うようにして、一緒にする。中偕同；攜手。E (walk) hand in hand.

☆ 老夫婦が手をたずさえて、散歩している／老夫婦手牽手散步。

▷ 自動携わる

たずさわ・る【携わる】タズサワル、タズサワル〔自動五〕(たずさわって) あることがらと関係を持ったり、それを仕事にしたりする。中參與；從事。E participate in; be concerned with.

☆ 父は退職後、ミニコミ紙の編集にたずさわっている／父親退休後，從事地方報的編輯工作。

☆ 農業にたずさわる／務農；從事農業生產。

他動携える

たず・ねる【尋ねる・訪ねる】タズネル〔自他動一〕 ❶ 居場所のわからないものや先に行ったものをたどってさがし求める。中尋找；尋。E search for; ask after.

☆ 幼いころ別れた母を尋ねて日本へ来た／到日本尋找年幼失散的母親。

☆ 安否を尋ねる／詢問安否。

❷ ものごとの真理や筋道をさぐって明らかにする。中探求；尋求。E trace; inquire into.

☆ 人類の進化の跡を尋ねる／研究人類進化的軌跡。

☆ 歴史を尋ねる旅／探訪歷史之旅。

❸ わからないことを、手がかりを求めて質問する。中問；詢問。E ask; inquire.

☆ 美術館への道順を通行人に尋ねる／向路人詢問去美術館的路。

☆ 名前を尋ねる／詢問姓名。

対答える

❹ 人に会うなどの目的があって、そこへ行く。おとずれる。中訪問；拜訪。E go to see; visit.

☆ 先生を見舞いに病院を訪ねた／去醫院探望老師。

☆ 晩秋の古都を訪ねる／遊覽晚秋的古都風貌。

注 漢字で書くときは、❶❷❸は「尋ねる」、❹は「訪ねる」。また、❶❷❸は他動詞、❹は自動詞。

だせい【惰性】ダセイ　いままで続いてきて、なかなかやめられない習慣やくせ。中惰性。E force of habit.

☆ タバコが体に悪いのはよくわかっているが、惰性でつい吸ってしまう／明知道抽菸對身體有害，但還是戒不了。

たぜいにぶぜい【多勢に無勢】 戦争や議論などで、おおぜいの人に対して、少ない人数で対抗しても勝てないこと。中寡不敵衆。

た

E be outnumbered; be overwhelmed by the opposition in number.

☆ クラス旅行でわたしは京都へ行きたかったが、スキーに行きたい人がずっと多く、多勢に無勢で京都はあきらめた/班遊我想去京都，可是想去滑雪的人佔大多數，於是不得不跟隨大夥的意見，而放棄去京都。

たそがれ タソガレ ❶太陽が沈んで、あたりが薄暗くなったころ。中黃昏；傍晚。E dusk; twilight.

☆ たそがれになると、街はネオンがついて、はなやかになる/一到傍晚，街道霓紅燈一亮，非常絢麗悅目。

☆ たそがれどき/黃昏時分。

❷ 人生の盛りが過ぎて、衰えはじめる年代。中人生的衰老時期。E the twilight years of one's life.

☆ 人生のたそがれの日々を、妻と2人で静かに暮らしたい/想和妻子兩人一起安享晚年。

▷ 書❶ 自動たそがれる

参 ❶は「夕方」「夕暮れ」とほとんど同じころをさすが、「たそがれ」は文学的な表現。

だそく【蛇足】ダソク 後からつけられた、いらないもの。中蛇足；多餘；畫蛇添足。E be superfluous; unnecessary additions.

☆ 立派なお話の後で、蛇足かもしれませんが、1言話させてください/前面的人講得很好，或許我是畫蛇添足，但請允許我再說一句。

☆ 蛇足ながら、つけ加えます/雖說畫蛇添足，還是補充一句。

参 むかし、中国で蛇の絵をかく競争をして、早くかき終えた人が、蛇にはない足をかいてしまい負けた、という話からきたことば。

ただ タダ ❶ 代金や報酬がないこと。中白給；免費；無報酬。E free; for nothing.

☆ 5歳以下の子供はバスにただで乗れる/五歲以下的兒童可以免費搭乘公車。

☆ ただ働き/無償勞動。

❷ ふつうであること。中普通；平常；一般。E common; ordinary.

☆ ただのかぜですから、あまり心配しないでください/只是一點輕微感冒，不必過於擔心。

☆ これはただの石で、宝石ではない/這只是很普通的石頭，不是寶石。

❸ ほかのことでなく、それだけ。中光；盡；只是。E only; just.

☆ 遠くにいる老いた両親の健康をただ祈るだけだ/只能遙遠地祝福年邁的父母身體健康。

☆ ただ珍しいというだけの食べ物/只是罕見的食物而已。

❹ 数や量などが非常に少ないようす。たった。中僅；只。E only.

☆ その人とはただ1度会っただけです/我只見過那個人一次。

❺ (文と文をつないで)前にいったことを受けて、それに条件や例外をつけ加えるときに使うことば。中但是；不過；但。E but; however.

☆ この靴は足にぴったりでちょうどいい。ただ、値段が高すぎる/這雙鞋很合腳，但是價格太貴了。

☆ きょうはいい天気だ。ただ、風がちょっと強い/今天天氣不錯，只是風大了一點。

▷ →無料

ただいま タダイマ、タダイマ ❶「いま」「現在」の改まった言い方。中現在。E now; at present.

☆ 社長はただいま外出しております/總經理現在外出中。

☆ ただいま会議中でございます/現在正在開會。

❷ たったいま。ほんのすこし前。中剛剛；剛才。E just now.

☆ ただいまお話ししたとおりです/正如剛才談到的。

☆ 母はただいま出かけたところです/我母親剛出門。

❸ いますぐ。中馬上；立刻。E right away; in a minute.

☆ ただいま部屋にうかがいます/我馬上去房間看看。

❹ 帰ったときに言うあいさつのことば。中我回來了。E Hi, I'm home!

☆ 外出から帰ると「ただいま」と言って家に入る/從外面回來時，說一聲：「我回來了。」然後走進家中。

▷ 話❹

たた・える タタエル、タタエル〔他動一〕

立派な行いやすぐれた人格などをほめる。中稱讚；讚揚。E praise; extol.

☆ 政治家としての業績をたたえる/讚揚政治家的功績。

☆ ほめたたえる/讚揚。

たたか・う【戦う・闘う】タタカウ〔自動五〕(たたかって) ❶ 相手と力を比べ合って勝とうとする。また、戦争をする。中戰鬥；作戰。E fight; make war.

☆ 世界を相手に戦う/以世界為敵，發動戰爭。

☆ 50年前、日本はアメリカなどの連合国と戦って負けた/五十年前，日本和美國等聯合國作戰，結果輸了。

❷ 競技などで、たがいに力や技をふるって、優劣を争う。中競賽；比賽。E contend; play.

☆ 力いっぱい相手チームと戦う/盡全力和對手隊比賽。

☆ 正々堂々と戦う/堂堂正正地比賽。

❸ 困ったことや苦しいことなどをなくそうと努力する。中奮鬥。E struggle against; fight against.

☆ 古い考えの会社と闘って、女性社員に対する差別をやめさせた/和觀念陳舊的公司抗爭，消除了公司對女性職員的歧視。

☆ 貧困と闘う/和貧困搏鬥。

▷ 戦い・闘い

注 漢字で書くときは、❶❷は「戦う」、❸は「闘う」。

たた・く タタク〔他動五〕(たたいて) ❶ 手などで打つ。特に、続けて打つ。中敲；捶；拍。E tap; spank; knock.

☆ 母の肩をとんとんたたく/給媽媽捶肩。

☆ 子供のおしりをたたく/打孩子的屁股。

☆ 戸をたたく/敲門。

❷ 2つのものを打ち合わせて音を出す。中拍；敲。E clap; beat.

☆ 手をたたく/拍手。

☆ 太鼓をたたく/敲鼓；打鼓。

❸ 厳しく非難する。また、攻撃する。中攻擊，斥責。E criticize; attack.

☆ 政治家のスキャンダルを週刊誌がたたく/週刊雜誌揭露政治家的醜聞。

☆ 相手のミサイル基地をたたく/攻擊對方的飛彈基地。

❹ 値段を安くつけさせる。中殺價；還價。E beat down.

☆ 値段をたたいて買う/講價購物。

☆ 買いたたく/殺價購買；狠狠地壓價購買。(→項目)

▷ 名たたき →殴る

ただし タダシ (文と文をつないで)前にいったことを受けて、それに条件をつけたり、例外のあることを示したりするときに使うことば。中但；但是。E but; provided that.

☆ この道路は大型車は通行禁止だ。ただし、救急車や消防自動車は除かれる/這條路禁止大型車輛通行，但救護車和消防車例外。

ただし・い【正しい】タダシイ ❶ 本当だ。事実に合っている。中正確；對；正。E right; correct.

☆ 正しい時刻は9時5分です/正確時間是九點五分。

☆ 見たままを正しく伝える/正確地傳達所看

到的。

❷ きまりに合っている。ととのっている。中 端正；有規律。E proper; good.

☆ 漢字を正しく書く/工整地寫漢字。

☆ 姿勢が正しい/姿勢正確。

☆ 礼儀正しい/有禮貌。

ただ・す 【正す】タダス〔他動五〕(ただして)

❶ まちがっているものを正しく直す。中 改正；訂正；糾正。E correct; rectify.

☆ 現行の制度を正す/改革現行的制度。

☆ つぎの漢字の誤りを正す/糾正下面漢字的錯誤。

❷ ゆがんでいるものや乱れているものなどをきちんとする。中 端正；正。E straighten; mend.

☆ 背中をぴんとのばして姿勢を正した/挺直腰，擺正姿勢。

☆ 列を正す/整隊。

たたずまい タタズマイ、タタズマイ　その場のありさまから感じとれるようす。ものの姿。書 中 樣子；姿態；形狀。E appearance; shape.

☆ 雪が薄く積もった庭のたたずまいはすばらしかった/積著薄雪的庭院景觀真是美極了。

☆ 雲のたたずまいも春らしくなってきた/雲彩帶來了春天的氣息。

たたず・む タタズム〔自動五〕(たたずんで) 同じ場所でしばらくじっと立ち止まる。中 佇立；站著。E stand still; linger.

☆ 夕日の美しさに見とれて、門の前にしばらくたたずんでいた/落日餘暉太美了，不由得在門前佇立了一陣子。

ただちに 【直ちに】タダチニ　なにかの後、ほとんど時間をおかないで。書 中 立刻；馬上；迅速。E at once; immediately.

☆ 山にけがをした人がいるという連絡がきたので、ただちにヘリコプターを飛ばして救助した/聽說有人在山裡受傷了，立即派遣直升機去救援。

だだっぴろ・い 【だだっ広い】ダダッピロイ、ダダッピロイ　ものがなにもなくて、むやみに広い。話 中 寬敞；空曠；寬曠。E unnecessarily large; too big.

☆ だだっ広いホールに、わずかの参加者しかいなくてさびしい/如此寬敞的大廳，出席者卻寥寥無幾，顯得冷冷清清。

ただでさえ タダデサエ、タダデ・サエ　ふつうの状態でもそうであるのに。中 本來就；本來已經。E ~ even normally; to add to ~.

☆ 急いで書いたら、ただでさえ下手な字がますますきたなくなった/字寫得太快，使本來就難看的字顯得更潦草了。

たたみ 【畳】タタミ　和室に敷きつめて、その上で暮らす敷物。わらでつくったしんをイグサの茎で織った表でおおったもの。中 草蓆；榻榻米。E *tatami*; a *tatami* mat.

☆ 日本にいるあいだは、たたみの部屋で暮らしたい/逗留日本期間想住有榻榻米的房子。

☆ たたみを敷いた部屋/鋪著榻榻米的房間。

数 1畳・1枚　→座敷図

参 和室は、敷いたたたみの数で「3畳間」「4畳半」「6畳間」などという。ふつうのたたみの大きさは180センチ×90センチ。

たた・む 【畳む】タタム〔他動五〕(たたんで)

❶ ひろがっているものを、折って小さくする。中 疊；摺。E fold (up).

☆ ふとんをたたんで押し入れにしまう/把被子疊好放進壁櫥。

☆ 洗濯物をたたむ/摺好的衣服。

❷ 開いたものを、折り重ねるようにして閉じる。中 合上。E close; fold.

☆ 傘をたたむ/把傘合上。

☆ 扇子をたたむ/合上扇子。

対 広げる

❸ そこでの商売や生活をやめる。中 關閉。

E close down; shut up (one's house).

☆ 魚屋の老夫婦は店をたたんで、生まれ故郷に帰っていった/魚店老闆夫婦關店回老家去了。

ただよ・う 【漂う】タダヨウ〔自動五〕(**ただようて**) ❶空中や水面に浮かんで、あちこち揺れ動く。中 漂；漂盪；漂流。E drift; float.

☆ ボートが波間にただよっている/小船漂盪在波浪中。

☆ 空にただよう雲/在天空漂動的雲。

❷ ある雰囲気が感じられる。中 洋溢；充滿。E fill the air; hang in the air.

☆ パーティーの会場には、楽しそうな気分がただよっていた/舞會的會場洋溢著快樂的氣氛。

☆ 悲しみをただよわせた顔/充滿悲傷的表情。

❸ あたりににおいがひろがる。中 飄香；散發。E (smell) float in the air.

☆ 夜道を歩いていると花のかおりがただよってきた/夜裡走在路上飄來了花香。

ただ·れる タダレル〔自動一〕 皮膚病やけがのために皮膚や傷口がくさってとけてくる。中 爛；糜爛；潰爛。E be inflamed.

☆ 放射線で焼かれて赤くただれた皮膚/被放射線照射過度導致皮膚紅腫潰爛。

名 ただれ

だだをこねる 【駄駄をこねる】 子供などが、甘えて、人の言うことを聞かないで、自分のわがままを通そうとする。中 撒嬌；纏人。E be fretful; talk peevishly.

☆ おもちゃ売り場で、買ってくれなきゃ帰らないと子供がだだをこねて親を困らせている/在玩具專櫃前，孩子纏著要父母買玩具，不買就不回家，使他們很困擾。

-たち (人を表すことばについて)2人以上であること。中 兩人以上；～們。

☆ きみたちどこから来たの？/你們是從哪裡來的?

☆ 学生たち/students./學生們。

☆ わたしたち/我們。

参「森の中の動物たちが集まった」「小鳥たちが歌っている」などのように動物に使うこともあるが、そのばあいは動物を人間のように考えている。

たちあが・る 【立ち上がる】タチアガル、タチアガル〔自動五〕(**たちあがって**) ❶体を起こしてまっすぐ立つ。中 起來；站起來。E stand up; rise.

☆ 大きな揺れを感じて、部屋の中の全員がいすから立ち上がった/感覺到巨大的震動，屋裡的人全都站了起來。

❷ 決心して、ある行動を始める。中 開始；著手。E stand up against; take action.

☆ 近所の林がなくなっては困ると、住民たちはマンション建設反対に立ち上がった/若附近的樹林消失會很傷腦筋，居民們站出來反對建造高層公寓。

☆ 暴力追放に立ち上がる/為驅除暴力挺身而出。

❸ 病気や困難な状態を切り抜けて元気を取りもどす。中 恢復；重振。E recover; get back on one's feet.

☆ どん底の生活から立ち上がる/擺脫貧困的生活。

▷ 名 立ち上がり

たちうち 【太刀打ち】タチウチ、タチウチ〔～する〕 正面から向かっていって実力で勝負すること。中 競爭；較量。E compete with; be a match for.

☆ いくら泳ぎが得意でも、オリンピック選手には太刀打ちできない/不論游泳游得多好，也難勝過奧運選手。

たちおうじょう 【立ち往生】タチオージョー〔～する〕 途中で止まったまま、進むことももどることもできないこと。また、ものごとがいきづまってどうにもならない状態になること。中 進退維谷；進退兩難。E be held up; stand speechless.

☆ 大雪で列車が立ち往生している/由於下大雪火車被困動彈不得。

☆ 劇の途中でせりふを忘れてしまい、立ち往生した/演戲時把台詞忘了，十分尷尬。

たちおく・れる【立ち後れる・立ち遅れる】タチオクレル、タチオクレル〔自動一〕 ものごとを始めるのが遅くなる。また、その結果として、おとっている状態になる。中晚；耽誤；錯過機會。E get a late start; lag behind.

☆ 公害対策が立ち後れたため、公害病患者が多く出た/由於公害政策的延誤，出現了許多公害病的患者。

名立ち後れ・立ち遅れ

たちぎえ【立ち消え】タチギエ ものごとがいつのまにかとだえてしまうこと。中中斷；中輟。E come to nothing; fall through.

☆ この前の転勤の話はそのまま立ち消えになった/之前調動工作的事，就這樣不了了之了。

☆ 計画が立ち消えになる/計畫中斷了。

たちこ・める【立ち込める】タチコメル、タチコメル〔自動一〕 霧や煙などがあたり一面にいっぱいになる。中籠罩；瀰漫。E hang over; be filled with.

☆ 山の頂上は霧がたちこめて、1メートル先も見えない/大霧籠罩山頂，一公尺前的地方也看不見了。

☆ 会議が長く続いて部屋じゅうにタバコの煙がたちこめている/會議開得很久，屋子裡充滿了香煙濃霧。

たちさ・る【立ち去る】タチサル、タチサル〔自動五〕(たちさって) その場を去り、よそへ行く。中走開；離開；離去。E leave; go away.

☆ 少年は本と雑誌を見比べていたが、結局、なにも買わずに立ち去った/少年比較了一下書和雜誌，最後什麼也沒買就走了。

☆ 黙って立ち去る/默默地走開；默默地離去。

たちすく・む【立ちすくむ】タチスクム、タチスクム〔自動五〕(たちすくんで) 驚きや恐ろしさに体がかたくなり、立ったまま動けなくなる。中驚嚇；呆立不動。E be petrified; stand paralyzed.

☆ 山道でクマに出あって、恐ろしさに立ちすくんでしまった/在山路上碰上了熊，驚嚇得動彈不得。

たちどころに タチドコロニ、タチドコロニ その場ですぐに。書中立刻；立即；當即。E instantly; on the spot.

☆ 発見が早かったので、水をかけただけで火はたちどころに消えた/由於發現得早，只澆了一些水，火勢很快就被撲滅了。

たちどま・る【立ち止まる】タチドマル、タチドマル〔自動五〕(たちどまって) 歩くのをやめて止まる。中站住；停步；站下；止步。E stop; stand still.

☆ 後ろから名前を呼ばれてその場に立ち止まった/身後傳來了叫自己名字的聲音，所以停下了腳步。

たちなお・る【立ち直る】タチナオル、タチナオル〔自動五〕(たちなおって) 悪い状態からもとのいい状態にもどる。中恢復；復原；回升。E recover; get back on one's feet.

☆ 仕事に失敗して毎日酒ばかり飲んでいた弟が立ち直って、まじめに働くようになった/工作失敗天天喝悶酒的弟弟，已重新振作起來認真地工作了。

名立ち直り　他動立て直す

たちの・く【立ち退く】タチノク、タチノク〔自動五〕(たちのいて) いままで住んでいた所を去って、よそに行く。中搬出；搬遷；遷移。E move; vacate; evacuate.

☆ 道路をひろげるために、長年住んだ土地を立ち退かされた/由於要拓寬路面，而被迫遷離了居住多年的地方。

名立ち退き

たちば【立場】タチバ、タチバ ❶その人が置かれている社会的な、または心理的な場所。中立場；處境。E a position; a situation.

☆ 医者の立場からは、いますぐ手術をしたいところだ/從醫生的角度看，現在應該馬上動手術。

❷ ものの見方や考え方のよりどころ。中立場；角度；觀點。E a standpoint; a viewpoint.

☆ 2人は親友だが、政治的立場は違う/兩個人是好朋友，但是政治觀點卻不同。

☆ 自分の立場をはっきりさせる/清楚表明自己的立場。

たちまち タチマチ 非常に短い間に。中轉瞬間；立刻；馬上。E in a moment; immediately.

☆ 電子レンジに入れてスイッチを押すと、たちまち料理ができあがる/放進微波爐，一按開關，菜很快就做好了。

☆ 火はたちまち燃えひろがった/火轉瞬間蔓延開來。

たちよみ【立ち読み】タチヨミ〔～する〕本屋で、本や雑誌を買わずに立ったまま読むこと。中在書店站著閱讀。E stand reading in a bookstore.

☆ あの大学生は学校の帰りに、必ず漫画の立ち読みをしに来る/那個大學生從學校回家的路上，總是到書店看漫畫。

たちよ・る【立ち寄る】タチヨル、タチヨル〔自動五〕(たちよって) ある場所に行く途中で、ちょっとおとずれる。中順便到；順路去。E stop at; drop in.

☆ 仕事の帰りに友人の家に立ち寄る/下班回家的路上順道去朋友家。

☆ ついでのときに、お立ち寄りください/路過時請來坐坐；路過時歡迎來玩。

た・つ【立つ】タツ〔自動五〕(たって) ❶すわったり横になったりしているものが起きてまっすぐになる。中站；立；站著。E stand; stand up.

☆ いすから立つ/從椅子上站起來。

☆ 立って話す/站著說話。

☆ 立ち上がる/站起來；起來。(→項目)

対座る、寝る

❷ まっすぐ縦の状態で存在している。中直立。E stand.

☆ 丘の上に木が1本立っている/在小山上長著一棵樹。

☆ 街角に立つポスト/立在街道拐角的郵筒。

対横たわる、寝る

❸ あるものが形になったりしてはっきり現れる。中顯；露；傳出。E rise; lather; spread.

☆ 湯気が立つ/冒熱氣。

☆ 泡が立つ/冒泡；起泡。

☆ うわさが立つ/傳出風聲。

❹ 穏やかだったものが、激しい状態になる。中起；激動；激昂。E run high; get angry.

☆ 沖のほうに波が立っている/海面上掀起了波浪。

☆ 腹が立つ/生氣；發怒。(→腹 慣用)

☆ 気が立つ/動怒，鬧情緒。

❺ ものごとが立派にできる。中有用；站得住腳。E be useful; live on.

☆ 役に立つ/有用處；有益處；有幫助；起作用。(→役 慣用)

☆ 暮らしが立つ/能夠維持生計。

☆ 腕が立つ/技術高明；手藝精；有本事。

❻ 出発する。中出發；離開。E leave; start.

☆ 空港を10時にたつ/十點飛離機場。

❼ (動詞の「ます」形について)盛んに～する。中旺盛起來。

☆ 沸きたつ/boil up; seethe./沸騰；煮開。

☆ 燃えたつ/blaze./燃起；燒起。

▷ 他動 立てる

立つ鳥跡を濁さず 立ち去るときは、きれいに後の始末をすることがたいせつだ。中離去時要好好善後。E It is an ill bird that fouls its own nest.

た・つ【建つ】タツ〔自動五〕(たって) ある場所に建物などができる。中 建；蓋。E be built; be set up.

☆ 郊外につぎつぎに住宅が建つ/郊外不斷興建新住宅。

☆ 銅像が建つ/立銅像；建銅像。

他動 建てる

た・つ【断つ・絶つ・裁つ】タツ〔他動五〕(たって) ❶続いているものを途中で切って終わらせる。中 斷；切；結束。E give up; quit.

☆ 健康のためタバコを断つことにした/為了健康把菸戒了。

☆ 酒を断つ/戒酒。

❷ 人と人、国と国との関係を切る。中 斷絶。E break off.

☆ 国境紛争で両国は外交関係を絶った/因邊境糾紛，兩國斷絶了外交關係。

☆ 交際を絶つ/絶交。

❸ 続いてきたものをそこで終わらせる。中 結束。E bring to an end; take a person's life.

☆ 命を絶つ/結束了自己的生命。

❹ 布や紙を型に合わせて切る。中 裁；剪。E cut.

☆ 型紙に合わせて布を裁つ/照著紙板裁布。

▷ 自動 絶える

注 漢字で書くときは、❶は「断つ」、❷❸は「絶つ」、❹は「裁つ」。

た・つ タツ〔自動五〕(たって) 時が過ぎる。中 過。E pass; go by.

☆ 日本に来てから5年たった/來日本五年了。

☆ いつまでたっても帰ってこない/過了很久也沒回來。

たっきゅう【卓球】タッキュー 台の中央にネットを張り、1人対1人、または2人対2人で、セルロイド製の小さいボールをラケットで打って点を取り合う競技。ピンポン。テーブルテニス。中 乒乓球。E ping-pong; table tennis.

☆ 日曜には家族で卓球を楽しむ/星期日全家打乒乓球玩。

☆ 卓球台/乒乓球桌。

だっこ ダッコ〔～する〕「抱くこと」「抱かれること」の幼児の言い方。話 中 抱。E hold (a baby) in one's arms.

☆ 赤ちゃんをだっこしたお母さんが来る/媽媽抱著孩子來這裡。

☆ ぼくもだっこして！/也抱一抱我。

だつサラ【脱サラ】ダツサラ〔～する〕「脱サラリーマン」を略した言い方。勤めていた会社などをやめて独立し、自分で事業を始めること。中 辭掉公司工作，經營個人事業。E leave the company and start one's own business.

☆ 脱サラをして喫茶店の経営を始めた/辭掉工作開始經營茶館。

たっしゃ【達者】タッシャ ❶健康で元気なようす。中 健康；結實。E in good health.

☆ 老人は達者なのがいちばんだ/老人健康比什麼都重要。

☆ お達者にお暮らしください/請您保重身體，健康地活下去。

❷ 非常に上手なようす。中 精通；熟練。E talkative; skillful.

☆ 三郎は口が達者だから、セールスマンには向いている/三郎健談，適合做推銷的工作。

☆ ヤンの達者な日本語に驚く/小楊流利的日語令人吃驚。

▷ 話

ダッシュ (dash) ダッシュ ❶ことばとことば、文と文の間に入れる短い線「-」。また、「3′」「b′」など、数字や文字の右上につける記号「′」。中 破折號。E a dash; a prime.

☆ 補足することばをダッシュではさむ/補充的詞句後面加上破折號。

❷〔～する〕全速力で走ること。中 衝刺；猛跑。E a dash.

☆ マラソンで最後の500メートルをダッシュした/馬拉松的最後五百公尺衝刺。

☆ 電車に間に合うようにダッシュした/為了趕上電車猛跑。

たつじん【達人】タツジン　学問、技術、武術などに特にすぐれた人。中 高手；精通者。E a master; an expert.

☆ 叔父は鶏のひなが雌か雄かを見分ける達人で、まちがえたことはない/叔叔擅長辨別雛雞的雄雌而且從來沒有弄錯過。

☆ 剣道の達人/劍道高手。

たっ・する【達する】タッスル〔自他動する〕

❶ ものごとが、ある場所、程度、数や量などまでいきつく。中 到；到達；達。E reach; get to.

☆ 20歳に達すると選挙権がえられる/到二十歲就有選舉權。

☆ 山頂に達する/到達山頂。

❷ 目的や望みなどをなしとげる。中 達到；完成；實現。E achieve; accomplish.

☆ 姉は弁護士になって長年の希望を達した/姊姊當上了律師，實現了多年的願望。

注 ❶は自動詞、❷は他動詞。

だっ・する【脱する】ダッスル、ダッスル〔自動する〕あぶない所や状態からのがれ出る。中 脫離；逃脫。E escape from; get out of.

☆ ようやく熱が下がって、病人は危機を脱した/終於退燒，病人脫離了險境。

☆ 不況から脱する/從窘困態中擺脫出來。

たっせい【達成】タッセイ〔～する〕計画や目的をやり終えること。中 達到；成就；完成。E accomplish; attain; achieve.

☆ 今期の販売目標を期限前に達成した/提前完成了本期的銷售目標。

☆ 使命を達成する/accomplish the mission./完成使命。

だっせん【脱線】ダッセン〔～する〕❶ 電車や列車などの車輪が線路からはずれること。中 出軌；脫軌。E derail.

☆ けさ、近くの駅で電車が脱線する事故があった/今早附近的車站發生了電車脫軌事故。

❷ 話や行動が、本題や目的から離れること。中 離題；脫離常軌；走岔路。E digress from the subject.

☆ 三郎の話はすぐ脱線してしまい、なかなか先に進まない/三郎的話動不動就偏離主題，毫無進展。

たった　タッタ　数や量などが非常に少ないようす。ただ。話 中 只；僅。E only; no more than.

☆ 朝からたった1匹しか釣れなかった/從早上到現在只釣到一條魚。

☆ たった10分待たされたぐらいで、そんなに怒るなよ/不過就讓你等了十分鐘嘛，別那麼生氣啦。

だったら　ダッタラ　❶ (文と文をつないで)前にいったことを受けて、後で、それならばこうするということをいうときに使うことば。中 那樣的話。E in that case.

☆ きみ、行かないの？ だったら、ぼくも行かない/你不去嗎?那樣的話，我也不去。

❷ (名詞、動詞と形容詞の基本形に「の[ん]」のついたもの、形容動詞の語幹について)～だとしたら。中 如果；要是。E if.

☆ はさみだったらここにあるよ/找剪刀嗎?在這裡。

☆ お金がないんだったら貸してあげる/沒有錢的話，我借你。

▷ 話

タッチ (touch) タッチ　❶〔～する〕手でふれること。中 觸；接觸。E a touch.

☆ 水泳の100メートル自由形競技で、タッチの差で2位になった/一百公尺自由式游泳比賽中由於接觸時的失誤成了第二名。

☆ このワープロのキーのタッチは軽い/這個文字處理機的按鍵靈敏。

☆ ワンタッチ/一次操作。

❷〔～する〕関係すること。[中]涉及；參與。[E] have a hand in; be concerned with.

☆ 今年から父の会社の経営にタッチすることになった / 從今年開始參與了父親的公司的經營。

❸ 絵画、文章などで、筆の使いぐあい。また、彫刻で、のみの使いぐあい。[中]筆觸；筆勁。[E] a touch.

☆ やわらかなタッチでかいた絵 / 以輕柔的筆勁畫的畫。

☆ 力強いタッチの彫刻 / 筆力強勁的雕刻。

たって タッテ、タッテ 無理をしてでもぜひ。[中]強；硬；死賴活賴。[E] urgently; earnest.

☆ たいせつなものだが、たってお貸しくださいと頼まれては断れない / 雖說是珍貴的東西，但對方硬要借也不好拒絕。

☆ たってのお願い / 強硬的請求。

たって ❶(名詞、動詞と形容詞の基本形、形容動詞の語幹、動詞の命令形について)もし～ても。～といっても。[中]雖然～也。

☆ 車を買うったって中古車だ / If I buy a car, it will be a used car. /雖說是買汽車，也不過是輛二手車罷了。

☆ 寒いったってアラスカほどではない/雖說冷，也沒有阿拉斯加那麼冷。

❷ (動詞の「て」に続く形、形容詞の「く」の形について)どんなに～ても。

☆ 走ったって間に合わないよ / It will be too late even if you run. / 跑去也趕不上了。

☆ スキーのウエアは古くたってかまわない/滑雪衣舊一點也沒關係。

▷ [話]

三 [参]「ったって」ともいう。

だって ダッテ ❶(文と文をつないで)どうしてかというと。その理由は。[中]因為；可是。[E] because.

☆「どうして食べないの？」「だって、おなかが痛いんだもの」/「為什麼不吃呢?」「因為我肚子疼嘛。」

☆ いやならいやとはっきり言ったほうがいいよ。だって、相手は待っているんだから / 不願意最好就明確地說不願意，因為對方在等待著。

❷「でも」のくだけた言い方。[中]連～。

☆ 簡単な料理なら子供だってつくれる / Even a child can fix a simple meal. /簡單的飯菜，就連孩子也會做。

☆ 1円だってむだには使わない / 哪怕是一塊錢，也不可浪費。

☆ いつだっていいよ / 任何時候都可以。

❸ ⇨たって❷

☆ 酒なら、いくら飲んだって平気だ / 如果是酒，喝多少都沒關係。

▷ [話]

たっぴつ【達筆】タッピツ 文字がのびのびとして上手なこと。また、その文字。[中]寫得漂亮。[E] a skillful hand; good handwriting.

☆ 老教授から達筆な年賀状をいただいた/老教授寄來的賀年片上面字寫得好漂亮。

☆ 祖父が筆で書いた手紙は、達筆すぎてわたしには読めない / 祖父用毛筆寫的信太草了，我都看不懂。

[対]悪筆

たっぷり タップリ ❶数や量がじゅうぶんにあるようす。[中]足夠；充分。[E] plenty of; good.

☆ 時間はたっぷり(と)あるので、よく考えて答えてください / 時間很充裕，好好考慮之後再回答。

☆ 砂糖のたっぷり(と)入ったケーキ / 含糖成分多的點心。

☆ ここから駅まで歩くと、たっぷり1時間はかかる / 從這裡走到車站，足足需要1個小時。

❷〔～する〕大きさなどがじゅうぶんであるようす。[中]寬鬆；綽綽有餘。[E] flowing and comfortable.

☆ たっぷりしたセーターは着やすくて暖か

い/寬鬆的毛衣穿著舒服又暖和。

たて【縦】タテ ❶上下、前後ろの方向。また、その長さ。[中]縱；豎。[E] length; vertical.

☆紙に縦20センチの線を引く/在紙上畫一條二十公分長的直線。

☆縦2列に並びなさい/排兩列縱隊。

☆横のものを縦にもしない/懶到連油瓶倒了也不扶。(→ 横[慣用])

[対]横

❷親子、師弟、役職、先輩後輩などの上下の人間の関係。[中](指父子、師徒、上下級等)上下關係。[E] vertical (relationships).

☆2人は先輩後輩の縦の関係で結ばれている/兩個人是前後輩的關係而結成的。

[対]横

-たて (動詞の「ます」形について)動作が終わったばかりであること。[中]剛剛。

☆焼きたてのパン/bread fresh from the oven./剛烤好的麵包。

☆できたての料理/剛做好的菜。

-だて【-建て・-立て】❶(階数などを表すことばについて)家などの建て方。[中]房子的建築方法。

☆コンクリート建ての家/用鋼筋混凝土建的房子。

☆5階建てのビル/a five-story building./五層建築的大樓。

☆一戸建て/獨門獨戶。

❷(通貨名について)その通貨で支払われること。[中]以～支付。

☆ドル建てで輸入する/用美元結算進口貨物。

☆円建て/in yen./以日圓為基準。

❸(本数を表すことばについて)作品などの数を表す。[中]表示作品的部數。

☆3本立ての映画/a triple bill./三部電影。

[注]漢字で書くときは、❶❷は「建て」、❸は「立て」。

たていたにみず【立て板に水】つぎつぎとことばが出てよくしゃべるようす。[中]說話流利；口若懸河。[E] (speak) very fluently.

☆新発売の品を見せながら、セールスマンは立て板に水の話し方で宣伝を始めた/推銷員一邊展示商品，一邊流利地介紹了起來。

たてうり【建て売り】タテウリ 家を建てて売ること。また、売る目的で建てた家。[中]建造房屋出售。[E] a ready-built house.

☆注文建築より建て売りのほうが安い/請人來蓋房子不如買蓋好的較便宜。

☆建て売り住宅/預售屋。

たてか・える【立て替える】タテカエル、タテカエル〔他動一〕すこしの間、その人の代わりに金を支払う。[中]墊付；代付。[E] pay for another.

☆金がたりなくて友人に本代を立てかえてもらった/買書的錢不夠，朋友先代為墊付。

[名]立て替え

たてがき【縦書き】タテガキ 縦の方向に並べて書く文字の書き方。[中]豎寫。[E] write vertically.

☆日本文はふつう縦書きだが、最近横書きのものが増えてきた/日文通常是直寫，最近橫寫的也多了起來。

[対]横書き

たてぐ【建具】タテグ 戸、障子、ふすまなど、開けたり閉めたりして部屋を仕切るもの。[中](日本房屋的)門、拉門、隔扇等的總稱。[E] fittings; fixtures.

☆この家は上等な建具を使っている/這座房子裡用的都是上等的門窗隔扇。

☆建具屋/門窗隔扇裝修店。

たてこ・む【立て込む・建て込む】タテコム、タテコム〔自動五〕(たてこんで) ❶ある場所に人がたくさん入ってこみあう。[中]擁擠。[E] be crowded.

☆バーゲンに集まった客で店の中がたてこんでいる/商店裡擠滿了搶購減價商品的顧客。

❷狭い場所に家がたくさん建ってこみあう。

中 蓋得密集。E be crowded with houses.

☆ このへんは家がたてこんでいるので、火事になったらたいへんだ / 這一帶住宅密集，一旦發生火災，損失會很慘重。

❸ 用事がたくさん重なる。中 事情多；繁忙。E be very busy with.

☆ 年末は仕事がたてこむので、新しい仕事は引き受けられない / 年底工作堆積成山，不能再接新工作。

注 漢字で書くときは、❶❸は「立て込む」、❷は「建て込む」。

たてつ・く【盾突く】タテツク、タテツク〔自動五〕(たてついて)　親や目上の人にすなおにしたがわず、反抗する。中 反抗；頂嘴。E oppose; defy.

☆ 当然のことを言っただけなのに、上司にたてついたとみられてしまった / 只是說了理所當然的事，上司卻認為我在和他作對。

☆ 親にたてつく子供 / 頂撞父母的孩子。

たてつけ【建てつけ】タテツケ　戸や障子などを開けたり閉めたりするときのぐあい。中（門、窗等）開關窗的情況。E (do not) fit right.

☆ 戸の建てつけが悪いので、すきまから風が入って寒い / 劣質的窗戶關不緊，從縫裡鑽進風好冷。

たてふだ【立て札】タテフダ　人々に注意したり知らせたりすることを書いて立てる札。中 告示牌；布告牌。E a notice board.

☆ 道路に「工事中」の立て札が立っていて車は通れない / 路上立著「施工中」的牌子，所以車子過不去。

数 1枚・1本　→札図

たてまえ【建前】タテマエ、タテマエ　本当の気持ちではなく、表向きの方針や主義。中 主義；方針；主張。E a principle; one's official stand.

☆ 田中社長は、エネルギーをむだに使わないという建前で毎朝電車で通勤している / 田中社長主張節約能源，每天早晨搭電車上班。

☆ 建前でなく本音を言い合って討論しよう / 不說客套話，談談真心話吧。

対 本音

たてもの【建物】タテモノ、タテモノ　人が住んだり仕事をしたり、またはものを置いたりするために建てたもの。中 房屋；建築物。E a building; architecture.

☆ 駅前に新しい建物ができた / 車站前面蓋了新房子。

☆ 古い建物を取りこわす / 拆除舊房子。

数 1戸・1棟・1棟

た・てる【立てる】タテル〔他動一〕

❶ 横になっているものを、縦にまっすぐ起こす。中 豎；立；豎起。E set up; put up.

☆ 屋根の上にテレビのアンテナを立てる / 在屋頂安裝電視天線。

☆ 柱を立てる / 立柱子。

対 横たえる、寝かす

❷ ある役割を持たせて表に出す。中 派遣；派出。E place (a guard); send (a messenger).

☆ 見張りを立てる / 派遣警衛。

☆ 使者を立てる / 派遣使者。

❸ ある現象を起こさせる。中 冒；揚起；傳播。E raise (one's voice); spread (a rumor); send up (steam).

☆ 声を立てる / 放聲喊叫。

☆ うわさを立てる / 散佈謠言。

☆ 湯気を立てる / 冒蒸氣。

❹ 穏やかだったものを激しい状態にする。中 掀起；颳起。E make (waves); get angry.

☆ 波を立てる / 起風波。

☆ 腹を立てる / 生氣(發怒)。

❺ ものごとを立派に果たす。中 發揮；有用；起作用。E be serviceable; make (a living).

☆ 役に立てる / 發揮作用。

☆ 生計を立てる / 維持生活；維持生計。

❻ はっきりわかるようにする。中 發(誓)；找(證據)。E vow; prove.

☆ 誓いを立てる / 發誓。

☆ 証拠立てる / 舉證。

❼ 権威を持たせたり、名誉を保たせたりする。中 抬舉對方；尊敬。E pay due respect; save a person's face.

☆ 先輩を立てる / 尊敬前輩。

☆ 顔を立てる / 賞臉；賞光。

❽ (動詞の「ます」形について)盛んに～する。中 掀起；颳起。

☆ 呼びたてる / call out. / 大聲呼喊。

☆ 書きたてる/ write up. /大書特寫；大肆宣傳。

▷ 自動 立つ

二 注 ❽はひらがなで書く。

た・てる【建てる】タテル〔他動一〕 建物などをつくる。中 蓋；建造。E build; construct.

☆ 市の中心に高層ビルを建てる / 在市中心蓋高樓大廈。

自動 建つ

た・てる タテル〔他動一〕 茶の湯で、抹茶と湯を入れてかきまぜる。中 沏茶；泡茶。E make ceremonial tea.

☆ お茶をたてて客をもてなす/沏茶招待客人。

だとう【妥当】ダトー 判断が適切で、うまくあてはまるようす。中 妥當；合適；穩妥。E reasonable; appropriate.

☆ きみの能力、経験からすると、日給7000円というのは妥当だ / 就你的能力，經驗來看，每天付你七千日圓是妥當的。

☆ 住宅問題は深刻だが、妥当な解決策が見つからない / 住宅問題很嚴重，找不到妥善的解決辦法。

たとえ タトエ、タトエ もし。仮に。中 縱使；即使；哪怕是。E even if; no matter if.

☆ たとえ貧乏しても、他人の世話にはなりたくない/即便貧窮，也不想麻煩別人來照顧。

☆ たとえ雨が降っても、あした水泳大会を行います /即使下雨，明天仍會舉行游泳比賽。

たとえば【例えば】タトエバ 具体的な例をあげると。中 例如；比如；譬如。E for example; for instance.

☆ お見舞いには、たとえばリンゴやメロンのようなくだものがいい / 探望病人，帶些如蘋果，哈蜜瓜之類的水果比較好。

たと・える【例える】タトエル〔他動一〕

❶ わかりやすいことを例に引いていう。中 舉例說明。E use a metaphor.

☆ 油断していると失敗することがあるよと、猿も木から落ちる、のことわざにたとえて忠告する / 一到因粗心大意而失敗時，常用「智者千慮，必有一失」這個成語來告誡人們。

❷ 似ていることがらと比べていう。中 打比方；比喻。E compare to; liken to.

☆ 人生を旅にたとえる / 將人生比做旅程。

▷ 名 例え

たどたどし・い タドタドシイ まだ、あまり上手でなく、あぶなげなようすだ。中 蹣跚；不敏捷；結結巴巴。E faltering; unsteady.

☆ 日本語を習いはじめたばかりのパブロの話し方はまだたどたどしい / 剛學日語的巴甫洛說起話來結結巴巴。

たどりつ・く タドリツク、タドリツク〔自動五〕(たどりついて) 進みにくい道を苦労しながら進んで、やっといきつく。中 好不容易走到；掙扎走到。E find one's way to a place at last.

☆ 深い雪の道を3時間も歩いて、ようやく駅にたどりついた/在積雪深厚的路上走了三個小時，好不容易總算走到了車站。

たど・る タドル〔自動五〕(たどって) ❶ 知らない道を確かめながら進む。中 邊走邊找。E follow.

☆ 地図を頼りに山道をたどる / 靠著地圖走山路。

☆ 足跡をたどって雪の中を進む / 在雪地裡循

著腳印前進。

❷ はっきりしない筋道を確かめながら考え求める。中 追尋；追溯；探索。E trace; search.

☆ 残された資料をもとに歴史をたどる/依據殘留的資料追溯歷史。

☆ 幼いころの記憶をたどる/追溯兒時的記憶。

❸ ある方向へ進んでいく。中 走向。E tread; go.

☆ 手術後は順調な経過をたどっている/手術後恢復順利。

☆ 家路をたどる/找回家的路。

たな【棚】タナ　板を横に渡し、その上にものを載せる所。中 擱板；架子。E a shelf.

☆ 台所に棚をつる/在廚房搭架子。

☆ 本棚/書架。

棚からぼたもち　思ってもいなかった幸運がやってくること。中 福自天降。E a windfall; a godsend.

似た表現 棚ぼた

たなあげ【棚上げ】タナアゲ〔～する〕　問題としてすぐに取りあげないで、解決を後にのばすこと。中 擱置；暫不處理；束之高閣。E shelve; table.

☆ その計画はいったん棚上げして、来年になったらまた考えよう/那項計畫暫且擱置不談，明年再做考慮。

☆ 不況のため昇給を棚上げする/因為不景氣，加薪的事暫且擱置。

たなばた【七夕】タナバタ　7月7日の夜、天の川にへだてられた織姫と彦星が年に1度だけ会うという中国の伝説にもとづいて行う星の祭り。ささ竹に願いごとを書いた短冊などを結びつけて、字や絵などが上手になることを祈る。たなばた祭り。中 七夕。E the Star Festival.

〔七夕〕

☆ たなばたの飾りに「早く日本語が上手になりますように」と願いを書いた/在裝飾七夕用的祈願竹上寫「祈禱早日學好日語」。

→節句

たに【谷】タニ　❶ 山と山にはさまれた細長くくぼんだ土地。中 谷；山谷；山溝。E a valley.

☆ がけで足をすべらし、谷に落ちてしまった/在懸崖失足，跌落到峽谷裡。

☆ 谷川/溪流；溪澗。

対 山

❷「❶」のように、落ちこんだ所、高いものにはさまれた低い所。中 波谷；槽形低(氣)壓。E a figurative "valley"; a trough.

☆ あすは気圧の谷が近づくので天気が悪くなる/明天低氣壓接近，天氣不穩定。

だに　ダニ　❶ 虫の一種。体は小さく1ミリ以下で、人、動物、食品などにつく。中 蝨子；蜱；壁蝨。E a tick; a mite.

☆ ダニに刺される/被壁蝨咬了。

☆ イエダニ/家壁蝨。

❷ 追い払われてもつきまとって悪いことをする人。中 流氓；不要臉的人。E a hoodlum; a punk.

☆ あの連中はこの町のダニだ/那些傢伙是鎮上的敗類。

▷ 数 1匹　話❷

たにま【谷間】タニマ、タニマ　❶ 山と山にはさまれて、谷になっている地帯。谷あい。中 山澗；峽谷；山谷。E a ravine; a gorge.

☆ 谷間に春がきて、雪の下から青い草が現れた/春天來到了山谷，雪底下冒出了青草。

❷「❶」のような、まわりよりも低い所。中 比四周低的地方。E a figurative "valley".

☆ 一郎が住んでいる所はまるでビルの谷間だ/一郎住的地方就像是高樓中的峽谷。

❸ 援助や勢力などのおよばないところや取り残されたところ。中 被遺忘的角落。E a place

which cannot be reached by assistance or power.

☆ 福祉の谷間で病気と貧困に苦しんでいる人は多い／由於福利政策不健全，很多人苦於疾病和貧困。

たにん【他人】タニン ❶ 自分以外の人。また、関係のない人。中 別人；他人。E others; an outsider.

☆ 他人の言うことは気にせずに、自分の意思で決めなさい／不要介意別人說什麼，儘管照你自己的意思做。

☆ 夫婦の問題に他人は口出ししないほうがいい／夫婦之間的事別人最好不要插嘴。

❷ 血のつながりのない人。中 非親屬的外人。E an unrelated person.

☆ 電車の中で洋子そっくりの人に会ったが、他人のそら似だった／在電車裡看見一個和洋子長得很像的人，但不過是神似的陌生人而已。

☆ 赤の他人／陌生人。(→赤 慣用)

たにんぎょうぎ【他人行儀】タニンギョーギ 親しい関係なのに、距離をおいてよそよそしくふるまうこと。中 當客人對待；多禮；太客氣。E be unduly formal.

☆ わたしたちは親戚なのだから、他人行儀につきあうのはよそう／我們是親戚，不用多禮。

☆ 他人行儀なあいさつ／表面的客套話。

たぬき タヌキ ❶ 毛は濃い茶色で、尾が太く、足が短い動物。山や草原にすみ、むかし話や伝説では人を化かすとされた。中 狸。E a raccoon dog.

☆ 夜になるとタヌキの親子が農家の庭へやってくる／一到夜裡，大、小狸就跑進農家的院子來。

❷ ずる賢くて、ゆだんのできない人。中 騙子；狡猾的人。E a cunning person.

☆ 値下がりすることを知っていて株を人に売りつけるなんて、あいつは相当のたぬきだ／明知股價會跌，硬要賣給別人，那傢伙真是狡猾。

☆ たぬきおやじ／老狐狸。

▷ 数 ❶ 1匹

注 漢字で書くときは「狸」。

たぬきねいり【たぬき寝入り】タヌキネイリ〔～する〕 つごうの悪いときなどに眠ったふりをすること。中 裝睡；假寐。E pretend to be asleep.

☆ 男性が自立するには、掃除や洗濯や料理ができなければと話していると、夫はたぬき寝入りをしている／談到男人要想自立的話，就應當要會打掃，洗衣，做飯的話題時，丈夫就裝睡。

☆ たぬき寝入りをきめこむ／裝睡。

注 漢字で書くときは「狸寝入り」。

たね【種】タネ ❶ 植物が芽を出すもとになるもの。中 種子；子兒；果核。E a seed.

☆ 朝顔の種をまく／播牽牛花種。

☆ 種まき／播種。

❷ 血筋、血統を伝えるもとになるもの。また、その子。中 種；品種。E a breed; a stock; a child.

☆ たねを宿す／懷孕。

☆ 種つけ馬／種馬。

☆ 一粒だね／純種種子；獨生子(女)。

❸ ものごとが起こる原因。中 根源；起因；原因。E a cause; a source.

☆ 石油が国際紛争のたねになっている／石油引發了國際糾紛。

☆ 悩みのたね／苦惱的原因。

❹ 手品などのしかけ。中 秘密；訣竅。E a trick; a secret.

☆ この手品はたねもしかけもありません／這個魔術沒有訣竅。

☆ たねあかし／說破竅門。

❺ 話や小説、記事などの材料。中 材料；題材。E a subject; a topic.

☆ うわさのたねになる／成了閒話的話題。

☆ 話のたねがつきた／話題已盡。

☆ 新聞だね／新聞題材。

☆ 特だね／特訊（號外）；特別消息。（→項目）

☆ たね切れ／沒有材料。

❻ 料理の材料。中 飯菜的材料。E materials; ingredients.

☆ きょうのすしのたねは新鮮だ／今天做壽司的材料很新鮮。

☆ おでんのたね／關東煮的材料。

參 ❺のくだけた言い方で、「記事のねた」「すしのねた」のように、「たね」をさかさ読みにして「ねた」ということもある。

だの （名詞、動詞と形容詞の基本形、形容動詞の語幹、動詞の命令形について）いろいろなものごとを例として並べて示す。中 並列代表性例子，表示一般傾向。

☆ イワシだのサバだの、青い色の魚は体にいい／Bluish fish such as sardines or mackerels are good for the health.／沙丁魚啦，青花魚啦，凡是青色的魚都對身體好。

☆ お茶をくれだの灰皿を出せだのと、うるさい父／又要茶，又要菸灰缸的，真是個煩人的父親。

たのし・い 【楽しい】タノシイ　愉快で、気持ちがいい。中 快樂；愉快。E pleasant; delightful; happy.

☆ 友達と楽しく遊ぶ／和朋友愉快地玩。

☆ 先週の旅行は楽しかった／上週的旅行玩得很愉快。

たのし・む 【楽しむ】タノシム〔他動五〕（たのしんで）　❶ 楽しい気持ちになる。中 樂；快樂；享受。E have fun; enjoy (oneself).

☆ 旅行に連れていって、両親を楽しませた／帶父母去旅行，讓他們高興。

☆ 青春を楽しむ若い人たち／享受青春的年輕人們。

❷ 趣味として好きなことをする。中 以～為樂；以～為消遣。E enjoy; take pleasure in.

☆ ゴルフを楽しむ／打高爾夫來消遣。

☆ 釣りを楽しむ／以釣魚為樂。

❸ 将来のいい状態を期待する。中 期待；盼望。E look forward to.

☆ わが子の成長を楽しむ／盼望孩子的成長。

▷ 名 楽しみ

たの・む 【頼む】タノム〔他動五〕（たのんで）　❶ あることをしてもらうよう願う。中 請求；懇求。E ask; beg.

☆ 兄に頭を下げて金を貸してくれと頼む／向哥哥低頭懇求他借錢給我。

☆ 学校での失敗を親に言わないでくれと友達に頼んだ／拜託朋友別把我在學校丟臉的事告訴父母。

❷ それを力として頼りにする。中 依靠；依仗。E rely on.

☆ 数を頼んで意見を通そうとする／想藉人數多好讓自己的意見順利通過。

❸ 人や車に来てもらう。中 請；僱。E call.

☆ タクシーを頼む／叫計程車。

☆ 医者を頼む／請醫生。

❹ 信用して、あることをしてくれるのをまかせる。中 託付；委託。E place under a person's care; entrust.

☆ 赤ん坊の世話を頼む／委託人照顧孩子。

☆ 後を頼むと言って、父は息を引き取った／說完「以後的事靠你了。」父親就嚥氣了。

▷ 名 頼み

たのもし・い 【頼もしい】タノモシイ　心や体がしっかりしていて、なにかのときに頼れそうな感じだ。中 可靠；靠得住。E reliable; promising.

☆ 体も大きく、お母さんの相談相手にもなれる頼もしいお子さんですね／長得又高又大，又能給母親出主意可靠的孩子。

たば 【束】タバ　❶ 細長いものや平らで薄いものをそろえて、ひとまとめにしたもの。中 把；捆；束。E a bundle; a bunch; a sheaf.

☆ 古新聞を束にして積む／把舊的報紙捆起來，

堆成堆。

☆ 束になった手紙/成捆的信。

☆ 花束/花束。

❷ (数を表すことばの後について)「❶」の数を表す。中 表示數量。

☆ 1束200円のホウレンソウ/ spinach 200 yen a bunch. / 兩百日圓一把的菠菜。

束になってかかる おおぜいが一緒になっておそいかかる。中 群起而攻之；大家打一個人。E attack all at once.

☆ 子供たちが束になってかかっても、横綱はびくともしない/孩子們群起攻之，可是「橫綱」(相撲的最高力士)文風不動。

タバコ (ポ tabaco) タバコ ❶ 畑で栽培する植物。卵形の大きな葉はニコチンをふくむ。中 菸草。E tobacco.

☆ タバコをつくる農家は霜や雹の害に気をつかう/種菸的農家，很在意霜、冰雹等災害。

❷「❶」の葉をほしてつくったもの。巻きタバコ、きざみタバコ、葉巻などがあり、火をつけて煙を吸う。中 菸；香菸；紙菸。E a cigarette; a cigar; smoke.

☆ タバコの吸いすぎに気をつけよう/注意抽菸不要過量。

☆ 未成年者はタバコを吸ってはいけない/未成年者不可抽菸。

☆ タバコ屋/賣菸店；賣菸的人。

▷ 数 ❷ 1本・1箱

注「煙草」と漢字で書くこともあるが、ふつうは、かたかなかひらがなで書く。

たば・ねる 【束ねる】タバネル〔他動一〕細長いものや髪や紙などをひとまとめにして、ひもなどでくくる。束にする。中 捆；扎；束。E bundle; tie up.

☆ 書類を束ねる/捆文件。

☆ 髪を後ろで束ねる/把頭髮紮在腦後。

たび 【度】タビ ❶ そのことが繰り返されるときはいつも。中 每次；每當。E every time; whenever.

☆ この絵を見るたびに、若くしてなくなったあの人を思いだす/每當看到這張畫，就會想起那位那麼年輕就過世的人。

❷ 回数。中 次數。E the number of times.

☆ 山田氏は3たび立候補して3たび落選した/山田先生三次都被提名參選，三次都落選了。

☆ たび重なる事故/反覆發生的事故。

たび 【旅】タビ 自分が住んでいる所を離れて、よその土地をまわり歩くこと。中 旅行；旅遊。E a trip; a journey; travel.

☆ 来週、北海道への旅に出る/下週去北海道旅行。

☆ 旅の宿/旅行宿處。

☆ 旅立つ/出發；啓程；起身旅行。

参「旅行」も意味は同じだが、「旅」には、乗り物を使わずに歩いて出かけたむかしの意味が残っており、また、「心の旅」のような精神的な意味でも使う。

旅の恥はかき捨て 旅先では知った人もいないから、ふつうならしないような恥ずかしいことでも平気でするということ。中 旅行在外無相識，言行出醜也無所顧忌。E Once over the border, one may do anything.

旅は道連れ世は情け 旅先では一緒に行く人がいると楽しいし心強い、同じように、生活するにもたがいに思いやりを持つのがだいじだということ。中 行要好伴，住要好鄰。E On the road a companion, in life sympathy.

たび 【足袋】タビ 和服を着るとき足首から下にはくもの。先は親指とほかの4本の指との2つに分かれていて、かかとでとめる。中 日本式短布襪。E *tabi*; Japanese socks.

☆ 着物を着て白い足袋をはく/身著和服，腳穿白布襪。

数 1足 →着物、羽織 図

たびたび タビタビ 何回も繰り返されるようす。中 屢次；屢屢；再三。E often; over and

た

over.

☆ この車はたびたび故障するから買いかえよう / 這輛車老出毛病，換一輛吧。

☆ 道子は体が弱いので、たびたび学校を休む / 道子身體不好，經常缺課。

→時時

タフ (tough) タフ　体力があり、どんなに忙しくても疲れて途中でやめてしまうことのないようす。中 頑強；堅韌；倔強。E tough.

☆ 体がタフにできているので、すこしぐらいのことでは病気にならない / 身體結實，一般的情況不易生病。

☆ 毎日遅くまで残業し、土曜、日曜はゴルフとは、タフな人ひとだ / 每天加班到很晚，星期六，星期日又打高爾夫球，真是個硬朗的人。

タブー (taboo) タブー　❶ ある社会で、宗教上、または習慣上してはならないとされていること。中 宗教上的禁忌之物；禁忌的言行。E taboo.

☆ イスラム教では豚肉を食べるのはタブーになっている / 吃豬肉是伊斯蘭教的禁忌。

☆ タブーをおかす / 犯禁忌。

❷ ある社会や仲間の間で、言ったりしたりしてはいけないこと。中 避諱的事；忌諱。E taboo; a topic not allowed to be discussed.

☆ 兄を雪山で失っている京子の前では登山の話はタブーだ / 在哥哥死於雪山的京子面前，大家避談登山的事。

☆ わたしの家ではかけごとはタブーだ / 在我們家賭博是禁忌。

だぶだぶ　ダブダブ、ダブダブ〔～する〕

❶ たくさん入っている液体が中で揺れ動くようす。中 液體盪漾貌。

☆ 水を３杯も飲んだので、おなかがだぶだぶしている / After drinking three glasses of water, my insides are sloshing. / 喝了三杯水肚子直發脹。

❷ 洋服などが大きすぎるようす。中 衣物寬大貌。

☆ だぶだぶのズボン / a pair of baggy pants. / 又寬又大的褲子。

参 ❷は「ぶかぶか」と似ているが、「ぶかぶか」が外側と中身とのすきまに注目した表現であるのに対して、「だぶだぶ」は大きすぎる外側のものに注目した表現である。

たぶらか・す　タブラカス〔他動五〕(たぶらかして)　うまいことを言って、相手をだます。中 騙；誆騙。E swindle; deceive.

☆ セールスマンは老人をたぶらかして、1000円の品物を5000円で買わせた / 推銷員誆騙老人，一千日圓的東西賣五千。

ダブ・る　ダブル〔自動五〕(ダブって)　❶ 同じものが重なる。二重になる。中 重；重疊。E be doubled; fall on.

☆ 自分で買ったあとに招待券をもらって音楽会の券がダブった / 自己買了演奏會入場券後，又得到一張招待券。

☆ 日曜日と祝日がダブる / 星期日和假日重疊了。

❷ 落第して原級にとどまる。中 留級。E repeat a grade.

☆ １年ダブったので、友達より遅く卒業した / 因為留級了一年，所以比朋友晚畢業。

▷ 話

参 英語の「ダブル(double)を略した「ダブ」に「る」がついてできたことば。

ダブル (double) ダブル　❶ 二重。２倍。また、２人用であること。中 雙；雙重；兩倍。E double.

☆ 人気のある２人の女優がダブルで出演する芝居 / 這是由廣受民眾所喜愛的兩位女演員雙雙演出的戲。

☆ ダブルプレー / a double play. /（棒球）雙殺。

☆ ダブルベッド / 雙人床。

対 シングル

❷ 上着やコートで、前の合わせる部分が深く、ボタンが２列のもの。中 雙排扣(的西服)。E double-breasted.

☆ ダブルの背広を着て友人の結婚式に出席する / 穿雙排扣西裝出席朋友的結婚式。

対 シングル

たぶん【多分】タブン、タブン　❶(「たぶん～だろう」の形で)可能性が大きいと思うようす。中 大概；也許；可能。E probably; perhaps.

☆ 説明書どおりにつくったから、たぶん動くだろう / 照著說明書組裝的，大概會動吧。

❷ 数や量や程度が大きいこと。中 相當；很；頗。E very strong.

☆ 火山の付近の地震が多くなってきたので、噴火のおそれが多分にある / 火山的附近地震多起來了，火爆發的可能性很大。

▷ 書 ❷

注 ❶はひらがなで書く。

たべごろ【食べごろ】タベゴロ、タベゴロ　食べるのにいちばんおいしいとき。また、その時節。中 正適於吃的時候；好吃的季節。E be ripe for eating; be in season.

☆ このメロンはちょうど食べごろだ / 現在正是吃這種哈蜜瓜的時候。

たべざかり【食べ盛り】タベザカリ、タベザカリ　盛んに食べる成長期の年ごろ。また、その年ごろの子供。中 正能吃的年齡；胃口正好的孩子。E growing; have a good appetite.

☆ 食べ盛りの子供が３人いるから食費がかかる / 有三個食慾旺盛的孩子，伙食費花費大。

☆ 二郎はちょうど食べ盛りなので、いつも腹をすかしている / 二郎正是能吃的年齡，所以總感到餓。

たべもの【食べ物】タベモノ、タベモノ　人や動物が成長し、健康でいるために食べるもの。中 吃的東西；食物。E food.

☆ この店の食べ物は、味が塩辛くて口に合わない / 這家店的食物味道太鹹，不合口味。

→食物

た・べる【食べる】タベル〔他動一〕　❶ 食べ物を口に入れて、かんで飲みこむ。中 吃。E eat.

☆ ごはんを食べるのが速い / 吃飯吃得快。

☆ リンゴを食べる / 吃蘋果。

❷ 生活する。中 生活。E live on.

☆ 月給がこんなに安くては、食べていけない / 月薪這麼低，生活不下去。

たほう【他方】タホー　❶ ほかの方向、方面。中 他方；另一方向。E another side.

☆ あの人は一方で恐れられているが、他方ではやさしいところがある人だと頼られている / 那個人看似可怕，可是心地卻善良，是可以依靠的。

❷ (副詞的に)別の面からみると。もう一方からみると。中 另一方面。E on the other hand.

☆ 妹は明るいが、他方、わがままなところもある / 妹妹生性開朗，同時也很任性。

たぼう【多忙】タボー　非常に忙しいこと。中 百忙；繁忙；忙碌。E very busy.

☆ 仕事が多忙で日曜日も休めない / 工作忙，星期日也不得休息。

☆ 田中さんは多忙な人だから、なかなか連絡がつかない / 田中先生是個大忙人，怎麼也聯絡不上。

☆ 多忙をきわめる毎日 / 極為忙碌的每一天。

たま【玉・球・弾】タマ　❶ 真珠や宝石など。また、そのように美しいもの、たいせつなもの。中 寶石；珍珠。E a gem; a jewel.

☆ 大粒の玉の真珠のネックレスがほしい / 想要大顆的珍珠項鍊。

☆ 玉のような赤ちゃん / 粉雕玉琢般的嬰兒。

❷ まるい形をしたもの。中 球。E a ball; a bulb.

☆ 速い球を投げる / 投快速球。

☆ 電灯の球が切れた / 電燈的鎢絲斷了。

❸ 弾丸。中 子彈；炮彈；彈丸。E a bullet; a shell.

☆ ピストルの弾が飛んできた / 手槍的子彈飛過來了。

❹ レンズ。中 鏡片；透鏡。E a lens.

☆ めがねを落として玉を割ってしまった/眼鏡掉在地上，鏡片破了。

❺ まるい状態にまとめたもの。中 球；珠。E a ball; a one-portion pile.

☆ 毛糸の玉 / 毛線團。

☆ うどんの玉 / 一團烏龍麵。

▷ 数 ❹ 1枚

〓 注 漢字で書くときは、❶❹❺は「玉」、❷は「球」、❸は「弾」。

玉にきず ほとんど完全だが1つだけ欠点があるということ。中 白圭之玷；白璧微瑕。E the only defect.

☆ 明るくていい人だが、しゃべりすぎるのが玉にきずだ / 他是個性格開朗，心地善良的人，美中不足的是話太多。

たまご 【卵】タマゴ ❶ 鳥、魚、虫などの雌が産む、球の形をしたもの。中 卵；蛋；子。E an egg; spawn; roe.

☆ タラの卵を「たらこ」、サケの卵を「イクラ」という / 把鱈魚子叫「たらこ」，把鮭魚子叫「イクラ」。

☆ 卵をかえす / hatch an egg. / 孵蛋。

❷「❶」で、特に鶏が産んだもの。中 雞蛋。E an egg.

☆ 旅館の朝ごはんには、たいてい卵の料理が出る / 旅館的早餐通常都有雞蛋。

☆ ゆで卵 / 煮蛋。

❸ まだ修業中の人。一人前でない人。中 未成熟者；幼雛。E in the making; budding.

☆ いまはまだ医者の卵だが、勉強と経験を積んで立派な医者になりたい / 現在一切還不成熟，需要學習和積累經驗，希望以後能成為一名出色的醫生。

〓 注 ❷は「玉子」とも書く。

たましい 【魂】タマシー ❶ 生物の体の中で精神の働きをし、体を離れても存在すると考えられているもの。霊魂。中 魂；靈魂；魂魄。E a soul.

☆ あまりのショックに魂が抜けたようになった / 受到過分刺激，像是失了魂似地。

☆ 死者の魂 / 亡魂。

❷ 心、精神、性質。また、それらの型。中 精神；心魂。E spirit; will; heart.

☆ きのうまでの自分を反省し、魂を入れかえてやり直す/反省以往自己所做所為，重新出發。

☆ 詩人の魂 / 詩人的精神。

だま・す ダマス〔他動五〕(だまして)

❶ うそを言ったり偽物を使ったりして、本当のことと思わせる。中 騙；欺騙；蒙騙。E deceive; cheat; trick.

☆ 新品だとだまして中古品を売りつける/硬把舊貨騙說是新貨出售。

☆ 甘いことばでだます / 用花言巧語哄騙。

❷ うまく話したり、ものを与えたりして、なだめる。中 哄；哄騙。E coax.

☆ 体にいいからと病人をだまして食べさせる / 哄病人說吃了對身體好。

❸ (「だましだまし」の形で)あまり調子よくないものをなんとか動かすようす。中 將就使用已不太好的機器等。

☆ 古い機械をだましだまし使う / nurse an old machine. / 將就著使用舊機器。

たまたま タマタマ 思いがけず。偶然に。中 偶然；碰巧；無意中。E happen to do; by chance.

☆ たまたま通りかかった店のセーターが気に入って買ってしまった / 偶爾路過一家商店，看好了一件毛衣就買了。

たまに タマニ 非常に長い間をおいて、なにかをしたり、なにかが起こったりするようす。中 偶爾；偶然；有時。E once in a while; rarely.

☆ この電車はふだんは正確に時刻表どおりに

来るが、たまに遅れることもある/這班火車一般是按照列車時刻表運行，但偶爾也會誤點。

☆ 会にはたまにしか出席しないので、なかなか会員の名前が覚えられない/難得出席會議，所以很難記住會員們的名字。

たまらない ❶(「～て[は]たまらない」の形で)がまんできない。中 受不了；忍受不了。E be unbearable; cannot stand.

☆ 夜遅くまで、こんなにうるさく騒がれてはたまらない/直到深夜還這麼吵鬧真受不了。

☆ 毎日、こう暑くてはたまらない/每天這麼熱，真受不了。

❷ その気持ちが非常に強い。中 特別；難以形容；～得不得了。E unbearably; irresistibly.

☆ ビートルズが好きでたまらない/特別喜歡英國的披頭四樂隊。

☆ 洋子と別れて、たまらなくさびしい/和洋子分手後，寂寞難耐。

▷ 話❷

たまりかねて がまんできなくなって。中 忍耐不住；難以忍受。E unable to bear.

☆ 強いガスのにおいにたまりかねて、窓やドアを開け放した/忍受不了嗆人的煤氣味，把窗戶，門都打開了。

たま・る タマル、タマル〔自動五〕(たまって)

❶ じっとがまんできる。中 受得了；忍受；還了得。E endure; bear up.

☆ こう暑くてはたまったもんじゃない/這麼熱，可真夠受的。

☆ 病気なんかに負けてたまるか/我可絕不能病倒。

☆ 死んでたまるものか/我絕不能死!

❷ (「たまらない」の形で) ⇨たまらない

たま・る タマル〔自動五〕(たまって) 同じ所に多く集まる。中 積攢；積存。E be saved up; there is (water).

☆ 金がたまったら旅行したい/錢存夠了，想去旅行。

☆ 道路のわきに水がたまる/道路旁邊積著水。

☆ 疲れがたまる/累得緩不過來。

名 たまり 他動 ためる

だま・る 【黙る】ダマル〔自動五〕(だまって)

❶ ものを言うのをやめる。また、ものを言わない。中 不說話；不作聲；沈默。E become silent; hold one's tongue.

☆ 2人はけんかをして、2日間黙ったままでいる/兩個人吵架後兩天一直沒說話。

☆ うるさいから、すこし黙っていなさい/真吵人，先把嘴閉上不行嗎?

❷ (「黙って」の形で)相手の許可を取らないで。中 不打招呼；瞞著。E without a word; without permission.

☆ 親に黙って出かける/瞞著父母出門。

☆ 人のものを黙って借りる/不打招呼就隨便用人家的東西。

❸ (「黙っている」の形で)特に方法を用いないでほうっておく。中 什麼都不做。

☆ 黙っていてもおもしろいように金が入ってくる/ Money flows in like a magic without doing anything. /什麼也不做錢就來了。

ダム (dam) ダム 水力発電や水道などのため、川の流れをせきとめて水をためておく所。中 水庫。E a dam.

☆ 最近、雨が降らなくてダムの水も半分に減った/最近不下雨，水庫的水位下降了一半。

☆ 多目的ダム/多用途水庫。

たむろ・する タムロスル〔自動する〕 人が集まっている。中 集會；聚集。E hang around; gather.

☆ あの喫茶店はいつも学生たちがたむろしている/那家咖啡廳總是聚集著學生。

ため タメ ❶ 役に立つこと。利益。中 利益；好處；用處。E for; for the sake of.

☆ 将来の子供たちのために広場を残しておく/為了孩子們的將來，預留出一片空地。

☆ 人々のためになる仕事がしたい/希望做對

た

人們有益的事。

❷ (名詞に「の」のついたもの、動詞の基本形について)目的を表す。中表示目標。

☆ 旅行のための費用を貯金している/為了旅行存旅費。

☆ みんなを笑わせるために冗談を言う / tell a joke to make everybody laugh. /為了逗人笑，開個玩笑。

❸ (名詞に「の」のついたもの、動詞と形容詞の基本形、形容動詞の「な」の形について)原因、理由を表す。中表示原因、理由。

☆ 雨のために、運動会は中止になった/因為下雨運動會中止了。

☆ 値段が高いため、だれも買わない / Nobody buys it because of its high price. /價錢太貴，誰也不買。

だめ【駄目】ダメ ❶むだだ。中白費；無用。E useless; be no use.

☆ いまになって後悔してもだめだ/現在後悔也沒用了。

❷ いけない。中不行；不可以。E must not.

☆ 自分勝手な行動をしてはだめだ/不可任意行動。

❸ 不可能だ。無理だ。中不行；不可能；勉強。E impossible; unreasonable.

☆ 1晩で100ページの論文を仕上げるなんて、とてもだめだ/一個晚上要寫完一百頁的論文，根本辦不到。

❹ 役に立たない。中不好；壞。E spoil; good-for-nothing.

☆ カメラを落として、だめにしてしまった/相機掉地上摔壞了，不能用了。

☆ だめな人間/沒出息的人。

駄目を押す ほとんどじゅうぶんであるのに、さらに念を入れる。中再次確認；叮囑。E make doubly sure.

☆ あの人にはよく頼んでおきましたが、あなたからもだめを押しておいてください/我已經再三拜託他了，你最好也叮嚀他一下。

似た表現 駄目押し

ためいき【ため息】タメイキ 失望したり悩んだりしたときなどにする、長い息。中嘆氣；長吁短嘆。E a sigh.

☆ 試験の結果が悪くて、思わずため息が出た / 考試的結果不佳，不由得嘆了一口氣。

☆ ため息をつく / heave a sigh. / 唉聲嘆氣。

ためしに【試しに】タメシニ どのような結果になるかを試みるようす。中試；嘗試；試驗。E on trial; try on.

☆ おいしいかどうか、試しに1個食べてみよう / 不知好不好，吃一個嚐嚐。

☆ 友達の靴を試しにはいてみたら小さかった / 試穿了一下朋友的鞋，穿不進去。

ため・す【試す】タメス〔他動五〕(ためして) 確かめるために、実際にしてみる。中試；試驗；試試。E try; attempt.

☆ 自分の能力を試すためにテストを受けてみる / 參加考試，測試一下自己的能力。

☆ 洋服を買うときは、似合うかどうか着て試してみる / 買衣服時試穿看看好不好看。

▷ 名試し

参「試みる」も似ているが、「試みる」が、どんな結果が出るか知りたくてやってみるときに使うのに対して、「試す」は、本当かどうかなどを知るためにやってみるときに使う。

ためら・う タメラウ〔他動五〕(ためらって) 決心がつかないで、ぐずぐずする。中猶豫；躊躇。E hesitate; think twice about.

☆ 部屋の中がとても静かだったので、入るのをためらった / 因為房裡寂靜無聲，猶豫到底該不該進去。

☆ 返事をためらう / 遲遲不做答覆。

名ためらい

たも・つ【保つ】タモツ〔他動五〕(たもって)

❶ そのままの状態をもち続ける。中保持不

變；保留住。E keep; maintain.

☆ 精密機械を扱う部屋では、温度をいつも同じに保つことが必要だ / 精密儀器的操作房間，需要保持恆溫。

❷ いまの状態が衰えたり失われたりしないようにする。中 保持；維持。E keep up; preserve.

☆ 3位に入賞し、どうにか面目を保つことができた / 得到第三名，面子上總算過得去。

☆ 健康を保つ / 保持健康。

たもと タモト ❶ 着物のそでの、袋のようになっている部分。中 和服的袖子；袖兜。E a (*kimono*) sleeve.

☆ たもとで涙を押さえる / 以袖拭淚。

☆ たもとからハンカチを出す / 從袖子裡拿出手帕。

❷ すぐ近く。中 旁；側。E the foot; the edge.

☆ 橋のたもとでボートに乗る / 在橋邊乘船。

▷ →着物 図

たやす・い タヤスイ、タヤスイ むずかしくない。簡単にできる。中 簡單；容易；不難。E easy; simple.

☆ この問題はたやすくできた / 這道題輕而易舉地解開了。

☆ 言うのはたやすいが、実行するのはたいへんだ / 說起來容易，做起來難。

対 難しい

たよう 【多様】タヨー 違った状態のものや反応がいろいろあるようす。中 各種各樣。E various; diverse.

☆ ふろしきは用途が多様でとても便利だ / 包巾用處多，非常方便。

☆ 現代社会は複雑で多様な問題をかかえている / 現代社會存在著錯綜複雜的問題。

対 一様

たより 【便り】タヨリ〔～する〕 ❶ 手紙。手紙を出すこと。中 信；發信。E a letter.

☆ ふるさとの両親から便りがとどいた / 收到了家鄉父母的來信。

☆ お便りありがとう / 謝謝您的來信。

❷ 知らせ。連絡すること。中 音信；消息；通音信。E hear from; news.

☆ 息子は、中国旅行に出かけたきり、なんの便りもよこさない / 兒子去中國旅行，至今毫無音信。

☆ 風の便りに聞く / 風聞。

▷ 数 ❶ 1通・1本 →通信

たより 【頼り】タヨリ 頼る人やもの。中 依靠；依賴；信賴。E depend on; support; help.

☆ いつまでも親を頼りにしていてはいけない / 不可以依賴父母一輩子。

☆ はじめての場所なので、地図だけが頼りだ / 因為是第一次去那個地方，所以只能靠著地圖找。

☆ 懐中電灯の明かりを頼りに、夜道を歩いた / 用手電筒照亮走夜路。

自他動 頼る

たよ・る 【頼る】タヨル〔自他動五〕(たよって) ❶ 助けてくれるものとして、あてにする。中 依靠；仰仗；倚賴。E count on; rely on.

☆ 叔父を頼ってドイツへ行く / 去德國投靠叔叔。

☆ 近くに頼れる人がいない / 身邊沒有可仰仗的人。

❷ よりどころにする。依存する。中 憑藉；依靠。E with the help of; resort to.

☆ 懐中電灯の明かりに頼って、暗い道を歩く / 憑藉手電筒的光亮，走夜路。

☆ 記憶に頼ってむかし住んでいた家をさがす / 憑著記憶尋找從前住過的房子。

▷ 名 頼り

注 ❶は他動詞、❷は自動詞。

たら (動詞の「て」に続く形、形容詞の「かっ」の形、形容動詞の「だっ」の形について) ❶ もし、そのようなことがあったばあいには。中 如果～。

☆ 雨が降ったらハイキングは中止だ / If it

rains, the hike will be called off. / 要是下雨的話，郊遊就中止。

☆ 値段をきいて、安かったら買おう / 問問價錢，便宜就買。

❷ あることをしたとき。中 一～，就～。

☆ うちに帰ったら友達が来ていた / When I came home, my friend had already come. / 回家看到有朋友來。

☆ 京都に着いたら、電話してください / 到了京都請來個電話。

❸ 実際に起こったことと違うことを表す。中 假如～。

☆ もっと早く家を出ていたら間に合ったのに / If you had left home earlier, you could have been in time. / 要是早一點出門就趕得上了。

❹ (文の終わりについて)～てはどうか。

☆ 学生なんだから、もっと勉強したら？/ 身為學生，應該好好用功吧。

☆ そろそろ出かけたら？ / Will you go out now? / 該走了吧?

❺ ⇨ったら

▷ → 囲み

だら ⇨たら

☆ 日曜日ぐらい遊んだら / 星期日出去玩吧。

☆ 雨がやんだら外出しよう / 雨停了，就出去走走吧。

☆ 新聞を読んだら知人の話が載っていた / 讀報時看到了有關自己認識的人的報導。

たらいまわし 【たらい回し】タライマワシ 〔～する〕 人、ものごとなどを、つぎつぎにほかの人や場所に移すこと。中 轉父；轉來轉去；推卸；(權、地位)更替。E pass from one to

「ば」「たら」「と」「なら」

「ば」は、「春になれば暖かくなる」「読めばわかる」のように後のことの成立する条件を表し、どうすれば後で示されることが成立するかを述べる表現である。一般的な真理や判断を表す用法に多く使われ、「打てば響く」「住めば都」など慣用句やことわざに多くみられる。

さらに、「ば」は「雨が降れば行かない」「7時になれば、父も帰ってくる」のように、前で具体的な状況や場面を示し、それが成立したばあいには、という表現にも使われるが、このばあいには「たら」も使え、話しことばでは、むしろ「たら」が多く使われる。

「たら」は「書き終わったら出してください」「向こうに着いたら、すぐ電話します」のように、前のことが完了したときに後のことが成立するという時間的な順序を問題にするばあいに使われる。また、「新宿へ行ったら、偶然友達に会った」のように過去のことを述べるばあいでも、前のことが後のことより時間的に先行するばあいには「たら」が使われる。

「と」には、同時に、または続いて起こる動作や作用を結びつける働きがあるので、「このボタンを押すとふたが開く」「銀行の角を曲がるとバスの停留所がある」のように、前のことが成立するとき、自動的に、また必然的にそのような状態になることが後で示される。なお、後に命令、許可、希望、意志などの表現がくるばあいには「と」は使えない。

「なら」の特徴的な用法は、「『田中さんを見ませんでしたか』『田中さんなら帰りましたよ』」のような、相手のことばを受けての発言に使われるものである。また、「スポーツならサッカーがいい」のように、特定のものごとを主題として提示するばあいにも使われる。

the next.

☆ 委員長のポストをたらいまわしする/委員長的空缺被推來讓去。

だらく【堕落】ダラク〔～する〕 生活や考え方や行動が悪くなること。中 墮落；走下坡。E corrupt; degenerate.

☆ 仕事もせず酒ばかり飲むような堕落した生活を送る/放著工作不做，整天喝酒，過著墮落的生活。

-だらけ (他のことばについて)いやなものが非常にたくさんあること。中 滿；淨；全；煩的事多；很多。

☆ この部屋の中はほこりだらけだ/這間屋子裡到處都是灰塵。

☆ まちがいだらけの答え/an answer full of mistakes./錯誤百出的答案。

☆ 泥だらけ/covered with mud./都是泥巴。

☆ 傷だらけ/遍體鱗傷。

だら・ける ダラケル、ダラケル〔自動一〕 緊張がゆるんで、心や動きにしまりがなくなったり怠けたりする。中 散漫；鬆懈；懶。E become listless; be lazy.

☆ 同じ作業を繰り返していると、仕事もだらける/重複做同樣的工作，久而久之態度也會散漫起來。

☆ 遊んでばかりいて、だらけた生活を送る/過著遊手好閒的散漫生活。

だらしな・い ダラシナイ ❶生活態度などがきちんとしていない。中 不檢點；散漫；沒規矩。E slovenly; untidy.

☆ ぬいだ服が部屋じゅうにだらしなく散らかっている/穿過的衣服扔得屋子裡到處都是。

❷弱くて意気地がない。中 不爭氣；沒出息。E weak; poor-spirited.

☆ 泣かされて帰ってくるなんて、だらしないやつだ/被弄哭回來，真沒出息的傢伙。

▷ 話

-たらず【-足らず】(数や量を表すことばについて)～より少ない。中 不足；不夠。

☆ ジョージは3カ月たらずの間に日本語がとてもうまくなった/喬治學日語不到三個月，已經學得很好了。

☆ 10人たらず/fewer than ten people./不到十人。

☆ 1年たらず/less than a year./不到一年。

だらだら ダラダラ ❶血、汗、よだれなどが止まらずに流れ出るようす。中 不停地流；滴滴答答地。

☆ 汗をだらだら(と)流しながらジョギングをした/I jogged perspiring profusely./跑得汗流浹背。

☆ 赤ん坊がよだれをだらだら(と)流している/嬰兒不停地流著口水。

❷〔～する〕ゆるやかな坂などが長く続くようす。中 傾斜度小而長；漫長坡道。

☆ 友達の家は、だらだらした坂道を上っていった所にあった/My friend's house was at the top of a long gentle slope./朋友的家在一條漫長坡道上。

❸〔～する〕長く続くわりに内容のないようす。中 冗長；喋喋不休；磨磨蹭蹭地。

☆ 会議は結論が出ないまま、だらだら(と)続いた/The meeting dragged on without reaching any conclusion./會議開得沒完沒了，最後也未得出結論。

❹〔～する〕目的もなく、緊張もせず時間を過ごすようす。中 懶懶散散地。

☆ 夏休みをだらだら(と)過ごす/spend the summer vacation idly./懶懶散散地過暑假。

参 ❶は「たらたら」と似ているが、「だらだら」のほうが量が多い。

だらりと ダラリト 力なく、または、やわらかなものが、たれ下がっているようす。だらっと。中 無力地拿著；無精打彩地；散漫地。

☆ いすにすわって眠っている人の両手が、だらりと下がっている/Both hands of the person sleeping in a chair hang down limply./

坐在椅子上睡覺，人的兩手無力地垂下。

たり　(動詞の「て」に続く形、形容詞の「かっ」の形、形容動詞の「だっ」の形について)

❶ ２つ以上の動作や状態を並べるときに使う。中 又……又……；時而……時而……。

☆ みんなで食べたり歌ったりして楽しかった／大家又吃，又唱，非常愉快。

☆ 血圧が高かったり低かったりで、体の調子がよくない／My health is poor because my blood pressure rises and falls.／血壓忽高忽低，身體狀況不好。

❷ １つの動作や状態を例としてあげ、ほかにもあることを示す。中 (舉一例以暗示他)……什麼的；……之類的。

☆ どうしたの？そんなに泣いたりして／What has happened? Why are you crying and carrying on like that?／怎麼了?哭得那麼傷心。

だり　⇨たり

☆ 泳いだり、浜辺で遊んだりした／有時游泳，有時在海邊玩。

☆ 休みの日には本を読んだりしています／休假日就讀讀書。

たりょう　【多量】タリョー　分量が多いこと。書 中 大量。E a large quantity; a great deal.

☆ その土地から、多量の放射能が検出された／從那個地方檢測出很多放射能。

☆ 出血多量／流血過多。

対 少量

た・りる【足りる】タリル〔自動一〕　❶ じゅうぶん必要なだけある。中 足；夠用。E have enough; do.

☆ 忙しいのに人がたりなくて困る／這麼忙，人手又不夠；真為難。

☆ わざわざ行かなくても電話で用がたりる／用不著特意去，打個電話事情就解決了。

❷ (「～するにたりる」の形で)～するだけの値打ちがある。中 值得。

☆ 恐れるにたりない／no need to be afraid of.／不用驚慌。

☆ 信頼するにたりる人物／值得信賴的人。

▷ 他動 足す

たる　タル　酒などを入れ、貯蔵しておく木製のまるい入れ物。

中 桶；木桶。E a barrel; a cask.

☆ 倉庫には、ビールのたるが並んでいる／倉庫中擺著啤酒桶。

☆ 12年もののウイスキーをたるから出す／從酒桶中取出釀造了十二年的威士忌。

☆ たる酒／木桶裝著的酒。

→おけ 図

だる・い　ダルイ、ダルイ　疲れや病気などで元気がなくなり、動くのも面倒に感じる。

中 懶倦的；慵懶的。E feel sluggish; feel heavy.

☆ 熱があるらしく、体がだるい／好像發燒，渾身無力。

☆ １日じゅう立っていたので足がだるい／站了一天，累的雙腿發軟。

だるま　ダルマ　❶ 禅宗を開いたインドの僧のすわった姿に似せてつくった人形。中 達摩；不倒翁。E a Dharma doll.

〔だるま❶〕

☆ 願いどおり大学に合格できたので、だるまに目を入れた／如願以償地考上了大學，所以在不倒翁畫上眼睛。

☆ 正月にだるまを買う／新年時買不倒翁。

❷「❶」に似たまるい形のもの。中 圓形物。

☆ だるまストーブ／a potbellied stove.／圓型暖爐。

☆ 雪だるま／雪人。(→ 項目)

参 ❶ はふつう、顔以外は赤く、倒れても起き上がるようになっている。一般に目がかかれていなくて、願いごとをするとき、初めに片目だけ自分でかき、願いが実現したとき、もう一方の目もかき入れる。

た

たる・む タルム〔自動五〕(たるんで) ❶ぴんと張っていたものが、ゆるんでたれ下がる。[中]鬆；鬆弛；下沉。[E] get loose; slacken.

☆ 卓球台のネットがたるんだので張り直した／乒乓球桌的網鬆了，把它重新拉緊。

☆ たこの糸がたるむ／風箏的拉線鬆了。

❷ 体や気持ちなどにしまりがなくなる。[中]不振；發癢；鬆懈。[E] become lazy; go soft.

☆ 休みが続くと気持ちがたるむ／連續休息，使精神鬆懈。

[対]締まる

▷ [名]たるみ

[参] ❶は「ゆるむ」と似ているが、「ゆるむ」が、「ねじがゆるむ」「ベルトがゆるむ」など、すきまができるばあいに使うのに対して、「たるむ」は、張りきっていたものが、たれ下がった状態で形に現れるときに使う。

だれ ダレ ❶はっきりわからない人や、名前を知らない人などをさすことば。[中]誰。[E] who; someone.

☆ きのうはだれが欠席しましたか／昨天誰缺席了?

☆ 部屋にだれかいますか／屋子裡有人嗎?

❷ すべての人。[中]誰(都)；任何人。[E] everyone.

☆ そのことは、だれも知らない／那件事誰也不知道。

☆ だれにも話さないでください／不要對任何人講。

[参] 丁寧な言い方は「どなた」「どちらさま」。

だれも彼も どの人もみんな。だれでも。だれもかも。[中]不論誰都；任何人都。[E] anyone; everyone.

☆ 若い人はだれもかれも車を持ちたがる/年輕人誰都想有車。

た・れる【垂れる】タレル〔自他動一〕

❶ 液体がしずくとなって下に落ちる。[中]滴；流；滴答。[E] drip.

☆ ひたいから汗がたれる／汗從額頭流下來。

☆ 水がたれる／滴水。

❷ 一方が上についたまま、もう一方のはしがだらりと下がる。[中]懸垂；垂下。[E] hang down; dangle.

☆ 雨雲が低くたれる／烏雲低垂。

☆ 幕がたれる／落下帷幕。

❸ 下のほうにだらりと下げるようにする。[中]垂；下垂。[E] lower; drop.

☆ 頭をたれてじっと聞く／低頭仔細地聽。

☆ 釣り糸をたれる／垂下釣魚線。

❹ 目上の人が目下の人に模範などを実際に示す。[中]垂；示；垂範。[E] set (an example).

☆ 教えをたれる／賜教。

❺ 大便や小便などをする。[中]排泄；放(屁)[E] evacuate (the bowels, bladder); fart.

☆ 小便をたれる／小便。

▷ [書]❹ [話]❺ [名]垂れ

[注] ❶❷は自動詞、❸❹❺は他動詞。

だ・れる ダレル〔自動一〕 ❶緊張した気分がなくなる。だらける。[中]鬆懈；發倦；倦怠。[E] become inattentive; become listless.

☆ あまり暑いと気分がだれる／天氣太熱，使人精神散漫。

☆ だれた生活はよくない/生活散漫的人不好。

❷ 興味が薄くなって飽きてくる。[中]厭煩；膩。[E] become bored.

☆ 長くてつまらない演説に、聴衆はすっかりだれてしまった/冗長乏味的演說，聽衆不由得厭煩起來。

タレント (talent) タレント、タレント テレビやラジオなどに出演する芸能人。[中]演員；表演者。[E] a talent; an entertainer; a personality.

☆ 一郎は若者の間で人気があるタレントだ/一郎是深受年輕人歡迎的電視明星。

☆ テレビタレント／電視明星。

だろう ❶（名詞、動詞と形容詞の基本形、形容動詞の語幹について）

(1) 話す人の推量の気持ちを表す。中 表示說話者的推量。

☆ あしたはいい天気だろう / Looks like it will be nice tomorrow. / 明天會是好天氣吧。

☆ バスはもう来るだろう / 公車快來了吧?

(2) 相手に確かめたり、なにかを思いださせたりするときに使う。中 表示徵求對方同意的口吻。

☆ 今度の旅行、きみも行くだろう？/ You will join us on our next trip, won't you? / 這次旅行你也會去吧?

☆ あれが三原山だろう？/ 那就是三原山吧?

❷（「〜の[ん]だろう」の形で）疑いながら、理由や原因を推量することを表す。中 表示對理由與原因帶著懷疑的推量。

☆ なぜ食べないんだろう？/ I wonder why she doesn't eat. / 不知為何不吃?

▷ → 囲み

二二三 参 丁寧な言い方は「でしょう」。また、❶(2)はことばの終わりを上に上げて言う。

たわいな・い タワイナイ ❶簡単すぎて、手ごたえがない。中 輕而易舉；一下子就～。E easy.

☆ 洋子はお人よしで、たわいなくだまされてしまう / 洋子人好，動輒上當受騙。

❷ たいしたことではない。くだらない。中 無聊；無謂；不足道。E silly; trifling.

☆ 身のまわりのことや世間話など、たわいない話で時間をつぶしてしまった / 說說自己身邊的無聊事來打發時間。

☆ たわいないことでけんかをする / 為無聊的小事而吵架。

❸ 無邪気だ。中 天真；孩子氣。E innocent.

☆ 母は孫から誕生日の祝いをもらってたわいなく喜んでいる / 母親得到孫子送的生日禮物，高興得像孩子一樣。

だん【団】ダン 目的を持った人々の集まり。

「ようだ」「らしい」「だろう」

「ようだ」「らしい」「だろう」とも推量を表す。「店をひとまわりしてみたが、ここの品物はほかの店より１割ぐらい高い**ようだ**」のように、話す人が自分の直接の 経験を根拠に推量するときは、ふつう「ようだ」を使う。一方、「近所の人の話によると、この店はほかの店より値段が１割ぐらい高いらしい」のように「近所の人」という間接的な根拠をもとに推量するときは「らしい」を使う。

A 「どうもかぜをひいた**ようだ**」

B 「どうもかぜをひいた**らしい**」

両方とも話す人がかぜをひいたことを言っているのだが、Aがかぜをひいたことを自分自身のこととして身近にとらえているのに対して、Bは自分の症状から客観的てきに判断している。「ようだ」と「らしい」の違いは、ものごとを自分に近いものとして表すか、自分から遠いものとして表すかにある。

「だろう」は、話す人が自分自身で推量の根拠を持っているときに使う。そのため、「だろう」には「７時ごろには二郎も来る**だろう**と思う」のように、自分の立場を表す「と思う」をつけることができる。しかし「ようだ」「らしい」に「と思う」をつけ加えると不自然である。

また、疑問を表す文では、「いったい、だれ**だろう**？」「どうして、できないの**だろう**？」のように、「だろう」だけを使い、「ようだ」「らしい」は使わない。

中 團；集團；團體。E a group; a party.

☆ 劇団を結成する / 組劇團。

☆ 応援団 / a cheering party. / 啦啦隊。

☆ 視察団 / 考察團。

☆ 消防団 / a fire brigade. / 消防隊。

だん【段】ダン ❶ 階段や石段など、高さが違う面が順に並んでいる場所。中 台階；樓梯。E a step.

☆ 段があるから注意しなさい / 請注意台階。

☆ 講演者は、舞台のはしの段を上って演壇に立った / 演講者從舞台旁邊的樓梯上去，站到講台上。

❷ 棚などで上下に分けられたもの。中 段；層；格。E a shelf.

☆ 本棚の、上から2番目の段に辞書がある / 書架上從上面數第二格有字典。

☆ 押し入れの上の段 / 壁櫥的上層。

❸ 武道、将棋などで、技量や能力の差を表す等級。中 段；等級。E a *dan*; a grade.

☆ 1つ段が上がって3段になった / 升了一段，變成三段了。

❹ 文章や話の1つの区切り。段落。中 段落。E a paragraph.

☆ 論文を4つの段に分ける / 論文分四段。

だんあつ【弾圧】ダンアツ〔～する〕 権力、武力でおさえつけること。中 鎮壓；壓制。E oppression; suppression.

☆ 政府が国の政策に反対する人々を弾圧する / 政府對反對國家政策的人進行鎮壓。

☆ 不当な弾圧を受ける / 受到無理的鎮壓。

☆ 弾圧を加える / 鎮壓。

たんい【単位】タンイ ❶ ものの重さ、長さ、広さ、量などをはかるときの基準にするもの。グラム、メートル、坪、リットルなど。中 單位。E a unit.

☆ 日本の面積の単位は、以前は坪だったが、いまは平方メートルを使う / 日本的面積單位，以前是用「坪」，現在用「平方公尺」計算。

☆ 貨幣の単位 / 貨幣單位。

❷ 組織などの、基本的なまとまり。中 單位。E a unit.

☆ クラス単位に分かれて校外授業に行く / 以班為單位參加校外教學。

❸ 高校、大学などで、いろいろな科目を学習した量の基準。中 學分。E a credit.

☆ 欠席が多くて、数学の単位が取れなかった / 缺課太多，沒有得到數學的學分。

☆ 単位がたりなくて卒業できない / 學分不夠，不能畢業。

たんか【短歌】タンカ 5、7、5、7、7の5句、31の音でできた定型詩。中 短歌。E a *tanka*; a 31-syllable Japanese poem.

☆ 美しい景色を見て、その感動を短歌にした / 看到優美的景色，感動之餘寫下一首詩。

☆ 短歌を詠む / compose a *tanka*. / 作短歌。

対 長歌 数 1首

だんかい【段階】ダンカイ ❶ ものごとが進んでいくときの、1つの区切り。中 階段。E a stage; a phase.

☆ 交渉は最終の段階に入った / 交涉進行到了最後階段。

☆ 初歩の段階 / 初級階段。

❷ ある基準によって分けられた、ものごとの順序。中 階段；步驟。E a rank; a grade.

☆ 4つの段階に分ける / 分四個階段。

☆ 段階を追って進む / 逐步晉升。

たんかをきる【たんかを切る】 勢いのある調子で相手に鋭く激しいことばをぶつける。中 說得淋漓盡致；罵得痛快淋漓。E declare defiantly; hurl defiance.

☆「こんなけちな会社にはいられない。きょうでさよならだ」とたんかを切って飛びだした / 「這麼小氣的公司，不能待了，就做到今天為止吧。」說完揚長而去。

たんき【短気】タンキ 気が短く、すぐに怒ること。中 急性；性情急躁；沒耐性。E short-tempered; impatient.

☆ 弟とは短気な性格で、気に入らないことがあると、すぐに怒りだす/弟弟是個個性急躁的人，一遇到不稱心的事馬上就發脾氣。

☆ 短気を起こす/發脾氣。

対 気長

たんき【短期】タンキ　短い期間。中 短期。E a short term.

☆ 病気が早く治って短期の入院ですんだ/病好得很快，沒住多長時間就出院了。

☆ 短期大学(=２年または３年制の大学。短大)/短期大學(二年或三年制大學；短大)。

関連 長期、中期

たんきゅう【探求・探究】タンキュー〔～する〕 ❶ さがしもとめること。尋ねさがすこと。中 探求；尋找。E search for; pursue.

☆ 古美術品を探求する/找尋古董。

❷ ものごとをはっきりさせるために深く調べること。中 探究；研究。E investigate; (a) search.

☆ 人間の本質を探究する/研究人性的本質。

☆ 真理の探究/追求真理。

注 ❶は「探求」、❷は「探究」。

だんけつ【団結】ダンケツ〔～する〕 多くの人々がまとまること。また、まとまって力を合わせ、ものごとをすること。中 團結。E unite; solidarity.

☆ 市民が団結して市長と交渉する/市民團結一致，與市長進行交涉。

☆ 団結がかたい/堅定的團結。

☆ 一致団結/團結一致。

たんけん【探検・探険】タンケン〔～する〕 まだよく知られていない地域へ実際に行き、調査すること。中 探險。E explore; an expedition.

☆ 南極を探検する/去南極探險。

☆ 探検家/探險家。

だんげん【断言】ダンゲン、ダンゲン〔～する〕 はっきりと言いきること。中 斷言。E affirm; declare.

☆ 検事はその男が犯人だと断言した/檢察官斷言那個人就是犯人。

☆ そうだとは断言できない/不能斷言就是那樣。

たんご【単語】タンゴ　まとまった意味を持ち、それ以上分けることができない、ことばのいちばん小さい単位。中 單字。E a word.

☆ 新しい単語の意味を調べる/查一查新單字的意思。

☆「現代用語辞典」は「現代」「用語」「辞典」の３つの単語でできている/《現代用語詞典》是由「現代」、「用語」、「詞典」三個單字組成。

だんこ【断固】ダンコ　困難や反対があっても、強い決意で行うようす。中 斷然；毅然；堅決。E firmly; flatly.

☆ 反対されても、断固やりぬくつもりだ/即使遭受反對，也決心做到底。

☆ 情報を流してくれたら100万円やると言われたが、断固として断った/有人說，如果我提供情報的話，就給我一百萬日圓，但我斷然拒絕了。

→断然

参 改まって「断固たる態度」のように表現することもある。

だんこう【断行】ダンコー〔～する〕 反対を押しきってすること。また、思いきってすること。中 斷然實行；堅決實行。E carry out resolutely.

☆ 政府は、国民の反対にもかかわらず、法律の改正を断行した/政府不顧國民的反對，斷然修改了法律。

☆ ストライキ断行中/罷工正在進行之中。

☆ 値下げ断行/決意減價；強行降價。

参「強行」も強い意志で行うという点では似ているが、「断行」のほうが「思いきって」という意味が強い。

たんこうぼん【単行本】タンコーボン　そ

れだけで1冊の本として出版される本。中単行本。E a book.

☆ 図書館で「日本の文化」という単行本を借りた/在圖書館借了一本《日本文化》的單行本。

☆ 単行本で評判のよかった小説が文庫本になった/單行本受到了好評，於是把它改成文庫本發行。

数 1冊

たんさんガス【炭酸ガス】タンサンガス

気体の状態の二酸化炭素。中二氧化碳。
E carbon dioxide.

☆ ものが燃えると炭酸ガスが出る/物體燃燒產生二氧化碳。

☆ 炭酸ガスは、人や動物のはく息の中にもふくまれる/人和動物的吐氣中也含有二氧化碳。

だんし【男子】ダンシ　❶ 男の子。中男孩子。
E a boy.

☆ 男子が誕生した/生了個男孩。

☆ 6年1組の男子/六年一班的男生。

対 女子

❷ 成人、またはそれに近い男性。中男子；男性；男的。E a man; a male.

☆ テニスの男子の試合に出場する/參加男子網球比賽。

☆ 男子社員/男職員。

☆ 男子服/男裝；男服。

☆ 男子用/男性用品。

対 女子

参「男性」も似ているが、「男性」が年齢を問わず男の人全部をさすのに対して、「男子」は学校やスポーツ関係などグループの中で使われ、どちらかといえば年齢も低い。

だんじて【断じて】ダンジテ、ダンジテ

❶ 強い決意で行うようす。中堅決；一定。
E absolutely; positively.

☆ いちど立てた計画は、どんなことがあろうと断じて実行する/一旦制定了計畫，不管發生任何情況都要堅決實行。

❷ (「断じて～ない」の形で)絶対に～ない。
中決不；絕對不。E never; by no means.

☆ 人をおどして金を取るなどという行為は断じて許せない/絕不允許威脅他人索取錢財的行為。

▷ →断然

参 ❶は「必ず」と、❷は「決して」と似ているが、「断じて」のほうが意志の強い言い方。

たんしゅく【短縮】タンシュク〔～する〕

時間や距離などが短くなること。また、短くすること。中縮短；縮減。E reduce; shorten.

☆ 週休2日になって社員の労働時間が短縮された/變成週休二日後，職員的工時縮短了。

☆ 短縮授業/縮短授課時間；減少課時。

対 延長

たんじゅん【単純】タンジュン　❶ いりくんでいなくて簡単なようす。中簡單；單純。
E simple.

☆ 単純な仕事でつまらない/由於工作太簡單，覺得無聊。

☆ 単純な計算のまちがい/只是單純計算上的錯誤。

対 複雑

❷ ほかのものがまじっていないようす。
中單純；純正。E pure.

☆ この楽器は素朴で単純な音がする/這種樂器的音色簡樸純正。

☆ 単純語/單純詞彙。

対 複合

❸ 考え方が浅く、深く考えないようす。中簡單；單純。E simple-minded.

☆ 弟は単純な人間だから、他人の言うことをすぐ信じる/弟弟是個單純的人，輕易就相信別人說的話。

☆ 単純な発想/想法單純。

たんしょ【短所】タンショ　人やものの特に

た

よくない点。中 短處；缺點。E a fault; shortcomings.

☆ 田中さんはいい人なのだが、怒りっぽいのが短所だ / 田中是個很好的人，但易怒是他的缺點。

☆ 短所を補う / 彌補不足；補短。

対 長所　→欠点

だんじょ【男女】ダンジョ　男と女。中 男女。E men and women.

☆ 店員は男女合わせて20人いる / 男女店員共二十人。

☆ 男女共学 / coeducation. / 男女同校。

☆ 男女同権 / equal rights for men and women. / 男女同權(＝平權)。

たんじょうび【誕生日】タンジョービ　生まれた月、日。また、それと同じ月と日。中 生日；生辰；誕辰。E one's birthday.

☆ わたしの誕生日は３月15日です / 我的生日是三月十五日。

☆ 誕生日のパーティー / 生日派對。

だんじょびょうどう【男女平等】ダンジョビョードー、ダンジョービョードー　男性と女性の法律的権利、社会的待遇などが同じで差別がないこと。中 男女平等。E equality between men and women.

☆ 男女平等の原則を守る / 遵守男女平等的原則。

☆ 男女平等社会の実現をめざす / 努力實現男女平等的社會。

たんす　タンス　木でつくった、引き出しや棚のついた家具。服や道具などを整理して入れる。中 衣櫥；衣櫃。E a wardrobe; a chest of drawers.

☆ たんすの中にコートやスーツがかけてある / 大衣櫃裡掛著大衣和西裝。

☆ 靴下は、たんすのいちばん上の引き出しに入っている / 襪子放在衣櫃最上層的抽屜裡。

☆ 洋服だんす / 西裝櫃。

数 １棹　→家具 図

ダンス(dance) ダンス　西洋式の踊り。中 跳舞；舞蹈。E a dance.

☆ リズムに合わせてダンスをする / 合著優美的旋律跳舞。

☆ ダンスパーティー / 舞會。

☆ 社交ダンス / a social dance. / 社交舞；國際標準舞。

☆ ディスコダンス / 迪斯可舞。

たんすいかぶつ【炭水化物】タンスイカブツ　炭素、水素、酸素の化合物。中 碳水化合物。E a carbohydrate.

☆ 炭水化物は人間に必要な栄養の１つで、芋や米にふくまれている / 碳水化合物是人體所需的營養之一，它主要存在於稻米和芋類中。

たんすう【単数】タンスー　１つの数。中 單數。E singular.

☆ 日本語には、「人がいる」「本がある」など、単数か複数かはっきりしない文が多い / 日語中有很多類似「有人」，「有書」等單數或複數不分的句子。

☆ 英語の単数形 / 英語的單數形式。

対 複数

たんせい【端正】タンセイ、タンセイ　姿や動作がととのっているようす。中 端正；端方。E noble; handsome.

☆ 端正な容姿の若い俳優が人気を集めている / 儀容端莊的年輕演員深受歡迎。

☆ ひな人形はどれも端正な顔だちをしている / 女兒節的小偶人每個臉蛋都很標緻。

だんせい【男性】ダンセイ　男の人。中 男性；男子。E a man; a male.

☆ 林さんという男性から電話があった / 姓林的先生打電話來了。

☆ 理想の男性 / 理想的男性。

対 女性　→男子

だんぜつ【断絶】ダンゼツ〔～する〕　関係や結びつきが続かず、切れること。また、切ること。中 斷絕。E break off; a gap.

☆ 政府は、軍人が独裁政治を行うA国との国交を断絶した/政府與推行軍人獨裁政治的A國斷絶了外交關係。

☆ 親と子の断絶/斷絶親子關係。

だんぜん 【断然】ダンゼン ❶他と比べて、大きな違いがはっきりと表れているようす。中 顯然；絕對；確實。E by far; much.

☆ 自転車と比べたら電車のほうが断然速い/與騎腳踏車相比的話，電車還是快得多。

☆ ワープロよりパソコンのほうが断然おもしろい/比起文字處理機來，電腦顯然有意思多了。

❷ 強い決意で行うようす。中 斷然；毅然；堅決。E flatly, absolutely.

☆ドライブに誘われても、答えは断然「ノー」だ/即使找我出去開車兜風，回答也是斷然說「不」。

▷ 話

参 ❶は改まって「断然たる強み」のように表現することもあるが、その形以外は話しことばで多く使われる。❷は「断固」「断じて」と似ているが、「断然」のほうが軽い感じで、日常の話しことばでも使う。

だんたい 【団体】ダンタイ 同じ目的を持った人々の集まり。中 團體；集體。E a group; an organization.

☆ 20人以上の団体には、入場料が割引になる/對20人以上的團體票可打折優惠。

☆ 団体交渉/ collective bargaining. /集體交涉。

☆ 団体旅行/集體旅行；團體旅行。

☆ 政治団体/政治團體。

対 個人

たんたん 【淡淡】タンタン (「淡々と」の形で)話し方や態度があっさりしているようす。中 淡漠；淡泊；無所謂(地)。E dispassionately; quiet.

☆ 道子は過去の悲惨な体験を淡々と語った/道子平淡地談起她過去的悲慘經歷。

☆ 作家は淡々とした態度で受賞の喜びを述べた/作家以平淡的態度敘述他獲獎後的喜悅。

参 改まって「淡々たる心境」のように表現することもある。

だんだん ダンダン すこしずつ行われたり変化したりするようす。しだいに。中 漸漸；逐漸。E less and less; gradually.

☆ 体に悪いと言われだしてから、タバコを吸う人の数がだんだん(と)減ってきた/自從被警告抽菸有害身體後，抽菸的人漸漸地少起來了。

☆ だんだん(と)涼しくなってきた/漸漸地涼快起來了。

→ますます

だんち 【団地】ダンチ、ダンチ 住宅や工場などを計画的に集めた区域。中 (有計畫地集中建立很多公寓或住宅的)住宅區；工廠區；小區。E a housing complex.

☆ 新しく開発された団地に住む/居住在新開發的住宅區。

☆ 工業団地/工廠區；工業區。

☆ 住宅団地/住宅區。

たんちょう 【単調】タンチョー 同じ調子で変化が少ないようす。中 單調；平庸；無變化。E monotonous; dull.

☆ A先生の授業は単調で退屈だ/A老師的課單調乏味。

☆ 職場と家を往復するだけの単調な毎日/每天過著只往返於工廠和住家之間的單調生活。

たんてい 【探偵】タンテイ〔～する〕 他人にわからないようにひそかに事情や犯罪事件を調べること。また、その職業やその職業の人。中 偵探；偵查。E a detective.

☆ シャーロック・ホームズが登場する探偵小説が好きだ/喜歡閱讀以夏洛克・福爾摩斯為主角的偵探小說。

た

☆ 私立探偵 / a private detective. / 私家偵探。

だんてい【断定】ダンテイ〔～する〕 それ以外のものではないと、はっきりと判断すること。中 斷定；判斷；判定。E conclude; decide.

☆ 警察は、あの男が今回の事件の犯人だと断定した / 警察斷定那個男人就是這次事件的犯人。

たんとう【担当】タントー〔～する〕 仕事や任務を受け持つこと。また、その人。中 擔任；擔當(者)；負責(人)。E be in charge of.

☆ 兄は会社でコンピューターの管理を担当している / 哥哥在公司擔任電腦的管理工作。

☆ その患者の担当は田中先生です / 田中大夫負責那位患者的治療。

たんとうちょくにゅう【単刀直入】タントーチョクニュー、タントー・チョクニュー 遠回しに言わず、直接重要な話に入るようす。中 直截了當；乾脆；單刀直入。E straightforwardly; point-blank.

☆ 単刀直入におうかがいしますが、あなたの年収はいくらですか/直截了當地問，你的年收入是多少?

たんどく【単独】タンドク ただ1つであること。ただ1人であること。中 單獨；獨自。E individually; independent.

☆「さ」「的」「お」などの語は単独では使えない/「さ」，「的」，「お」等字都不能單獨使用。

☆ 冬山では、単独の行動はたいへん危険だ/冬天在山裡單獨行動是非常危險的。

対 共同

だんどり【段取り】ダンドリ、ダンドリ ものごとの手順や順序。中 安排；程式；順序。E arrangements.

☆ 新入社員に仕事の段取りを説明する/向公司新進職員們講解工作流程。

☆ パーティーの段取りを相談する / 商量安排聚會。

たんなる【単なる】タンナル 他のことはふくまず、ただそれだけの。ただの。中 僅僅；只不過。E mere; simple; only.

☆ あの2人の結婚話は単なるうわさにすぎない/那兩個人要結婚的事不過是個傳聞罷了。

☆ それは単なる誤解だ / 那只是一場誤會。

たんに【単に】タンニ ものごとをただそれだけと限るようす。中 僅；只；單。E only; merely; simply.

☆ 差別は、単に差別される人だけの問題ではなく、差別する人、また、それを黙って見ている人の問題でもある / 所謂歧視不僅是被歧視者的問題而已，也是歧視者以及對歧視行為持默視態度者的問題。

たんねん【丹念】タンネン 細かく注意し、丁寧に行うようす。中 精心；細心。E careful; painstaking.

☆ 今晩、客が来るので部屋を丹念に掃除しておく/今天晚上有來客，所以仔細地把房間打掃了一遍。

☆ 丹念な調査 / 細心的調查。

だんねん【断念】ダンネン、ダンネン〔～する〕 あきらめること。中 死心；放棄；作罷。E give up; abandon.

☆ 資金不足で海外旅行を断念した / 錢不夠，所以放棄了海外旅行的計畫。

たんのう【堪能】タンノー、タンノー、タンノー ❶〔～する〕じゅうぶん満足すること。中 十分滿足。E enjoy every bit; to one's heart's content.

☆ パリでは毎晩オペラ座に通って、オペラを堪能した / 在巴黎，每天晚上去歌劇院，盡情地欣賞了法國的歌劇。

☆ 堪能するまで酒を飲みたい / 喝酒喝到盡興為止。

❷ 技術などがすぐれているようす。中 熟練；精通；高明；擅長。E be proficient in; be good at.

☆ 道子はドイツ語とロシア語に堪能だ/道子精通德語和俄語。

☆ ワープロに堪能な人を社員に採用したい/想錄用能熟練使用文字處理機的人當職員。

たんぱく【淡泊·淡白】タンパク、タンパク
❶ 味や色などが薄くて、あっさりしているようす。中 淡；素。E lightly (seasoned).
☆ 淡泊な味の料理/清淡口味的菜。
対 濃厚。
❷ 性格がさっぱりしているようす。中 淡泊；恬然；坦率。E indifferent.
☆ 叔父は欲がなく金に淡泊な人だ/叔叔不貪心，對金錢也很淡泊。

たんぱくしつ【蛋白質】タンパクシツ、タンパクシツ　炭素、酸素、窒素などからできる化合物。中 蛋白質。E protein.
☆ 蛋白質は人間に必要な栄養の1つだ/蛋白質是人體所需要養分之一。
☆ 肉や魚、大豆などには蛋白質がふくまれている/魚、肉、大豆等都含有蛋白質。
☆ 植物性蛋白質/植物性蛋白質。
☆ 動物性蛋白質/動物性蛋白質。

ダンピング (dumping) ダンピング〔～する〕 利益が出ないほど安い値段で売ること。中 傾銷；大廉賣。E dumping.
☆ 暖冬で売れ残った衣類をダンピングして売る/因暖冬將賣剩下的衣服廉價大拍賣。
☆ ワープロの新型が出ると旧型はダンピングされる/新的文字處理機一上市，舊型的就被廉價出售。

ダンプカー ダンプカー　荷物を載せる台を傾けて積み荷を下ろすことができるトラック。ダンプ。中 傾卸車；自動卸貨卡車。E a dump truck.

〔ダンプカー〕

☆ ダンプカーで工事現場へ土砂を運ぶ/開自動卸貨卡車把沙土運往工地。
数 1台
参 英語の「ダンプ (dump)」と「カー (car)」から日本でできたことば。

だんぺんてき【断片的】ダンペンテキ　きれぎれで、大きなまとまりのないようす。中 片段(的)；部分(的)；不完整(的)。E bits and pieces; fragmentary.
☆ 子供のころ住んでいた町のことは、断片的にしか覚えていない/對兒時住過的地方只是零零散散地記得一點點。
☆ 作家がまだ無名のころ書いた断片的な作品が発見された/發現了作者未成名前的部分作品。

だんぼう【暖房】ダンボー〔～する〕 部屋の中を暖めること。また、その装置。中 供暖；暖氣設備。E heating; a heater.
☆ 朝起きるとすぐ暖房を入れる/早上一起來，就開暖氣。
☆ 暖房がよく効いて、暖かい部屋/取暖設備十分好，屋子裡很暖和。
☆ 暖房装置/取暖裝置。
対 冷房　数 1台

だんボール【段ボール】ダンボール　ボール紙に、さらに、波形にしたボール紙をはって厚くしたもの。また、それでつくった箱。中 瓦楞紙板；瓦楞紙箱。E corrugated cardboard.
☆ 割れやすいガラスの食器を、段ボールで包んで片づけた/容易打碎的玻璃餐具等都用紙箱裝好，收起來了。
☆ 引っ越し荷物を段ボールに入れる/搬家的東西都放進紙箱裡了。

たんまつ【端末】タンマツ　「端末装置」を略した言い方。コンピューターなどの入出力のための装置。中 終端裝置。E a terminal.
☆ 会社へ行かなくても家に端末を備えれば仕事ができる/在家裝上電腦終端機，不用去公司在家也能工作。
☆ 端末機/終端機。
数 1台

たんまり タンマリ　「たくさん」「じゅうぶん」のくだけた言い方。話 中 很多；足足地。

た

E large.

☆ 二郎は土地を売ってたんまり(と)もうけた / 二郎賣掉土地，大大地賺了一筆錢。

☆ たんまり(と)ボーナスをもらった / 得到很多獎金。

たんらく【短絡】タンラク〔～する〕 ものごとを論理的に考えないで、単純、簡単に結論づけてしまうこと。中 簡單地判斷；武斷。E simplistic.

☆ よく売れる本はいい本だというのは短絡した考えだ / 認為賣得多的書就是好書，那是過於簡單的想法。

☆ 短絡的思考 / 片面的思維。

だんらく【段落】ダンラク、ダンラク まとまった意味を持つ文章の１区切り。行を変えて１字下げて書いたひとまとまり。中 段落。E a paragraph.

☆ この文章は、３つの段落でできている / 這篇文章是由三個段落構成。

☆ 段落ごとの要約をする / 寫出每個段落的大意。

だんらん【団欒】ダンラン〔～する〕 家族など親しい人どうしが集まって楽しく過ごすこと。中 團聚；團圓。E gather and have a nice chat; the pleasure of a happy home.

☆ 家族全員が居間で団欒する / 全家人團聚在起居室裡。

☆ 一家団欒 / 全家團圓。

だんりょくせい【弾力性】ダンリョクセイ ❶ 外からの力によって形が変えられるとき、もとの形にもどろうとする性質。中 彈性。E elasticity.

☆ 弾力性の強いボール / 彈性很好的球。

❷ 状況の変化にうまく対応できる性質。中 彈性；靈活性。E flexibility; adaptability.

☆ 年をとると、社会に対する弾力性を失いがちだ / 上了年紀，往往不能靈活地適應社會。

☆ 弾力性に富む考え方 / 很靈活的思考方法。

たんれん【鍛練・鍛錬】タンレン〔～する〕 厳しい修行や練習をして、体、精神、技能をみがくこと。中 鍛鍊。E discipline; training.

☆ 座禅やジョギングをして、心身を鍛練する / 打坐和慢跑，使身心都得到鍛鍊。

☆ 激しい鍛練を重ねる / 反覆地做激烈的運動。

だんわ【談話】ダンワ ❶〔～する〕これといった目的もなくくつろいで話し合うこと。中 談話。E (a) talk; (a) conversation.

☆ 友達と楽しく談話する / 和朋友暢談。

☆ 談話室 / 談話室；接待室。

❷ 責任ある地位の人が述べる意見。中 講話。E a comment.

☆ 首相の談話を発表する / 公布首相的談話內容。

ち／チ

ち【地】チ ❶ 天に対して地上。海に対して陸上。多くの動物や植物が生きている場所。中 地；大地；陸地。E the earth; the ground.

☆ 天に鳥が鳴き、地に草木が育つ / 天上鳥鳴，地上草木滋長。

☆ 天と地ほどの差があるから勝てる見込みはない / 實力懸殊（有如天壤之別），致勝無望。

対 天

❷ 土地。場所。中 地；地方；地點；場所。E a place; a spot.

☆ 寒冷の地に生きる/生活在寒冷地帶。

☆ 目的地/目的地。

地に足のついた 落ちついて1歩1歩確実にするようす。中脚踏實地。E realistic; steady.

☆ 夢のようなことばかり言わず、毎日の仕事をきちんとして、地に足のついた生活をしなさい/別盡說夢話，要認真地把每天的工作做好，腳踏實地去過活。

地に落ちる 勢いのあったものがすっかり衰え弱くなる。中墜地；衰落。E be completely ruined.

☆ A氏は汚職事件を起こし、政治家としての名声も地に落ちた/身為政治家的A先生，因為貪污事件，而名聲掃地。

ち【血】チ ❶ 人や動物の体の中を流れている赤い液体。酸素や栄養分や体内でいらなくなったものを運ぶ。血液。中血；血液。E blood.

☆ 足にけがをして血が出た/腳受傷，流血了。

☆ 戦争でたくさんの若者の血が流れた/由於戰爭死了很多年輕人。

❷ 血筋。血統。中血緣；血統。E blood; lineage.

☆ 音楽家の母の血をひいて、息子の一郎もすばらしいピアニストに成長した/繼承音樂家母親的血統，一郎也成了出色的鋼琴家。

☆ 京子と洋子は血はつながっていないが、本当の姉妹のように仲がいい/儘管京子和洋子沒有血緣關係，感情卻像親姊妹一樣好。

…………「血」のつく慣用表現…………

血で血を洗う 肉親どうし、仲間どうしなどで殺し合う。また、激しく争う。中骨肉相殘。E for the violence with more violence.

☆ となり合った民族が、宗教が違うために血で血を洗う争いをしている/鄰近的兩個民族，由於宗教信仰的不同，而引發了激烈的戰爭。

血の気が多い 興奮しやすい。すぐ腹を立てたり、けんかをしたりしやすい。中血氣方剛；易動感情。E hot-blooded.

☆ 弟は血の気が多くて、だれとでもすぐけんかを始める/弟弟血氣方剛，和誰都容易發生衝突。

血の出るよう 非常に苦しくつらい思いをするようす。中拚命；嘔心瀝血。E strenuous.

☆ お金もなく助けてくれる人もなく、血の出るような努力をして、やっと自分の会社を持った/既沒有資金，又沒有人幫助，在嘔心瀝血地努力下，總算擁有了自己的公司。

似た表現 血のにじむよう

血の巡りが悪い 理解力が鈍く、気づくのが遅い。中腦筋遲鈍；腦袋不靈光。E slow-witted.

☆ あいつは血のめぐりが悪いから、よほどきちんと話さないとわかってくれないよ/那傢伙腦筋遲鈍，不一字一句地交待清楚，他就聽不懂。

血も涙もない やさしい心や同情心がすこしもない。中冷酷無情；狠毒。E cold-blooded.

☆ 保険金を取るために家に火をつけて妻と子を殺すとは、血も涙もない男だ/那個男人為了得到保險金，放火燒房，殺害妻子兒女，真可謂凶狠至極。

…………………………………………

ちあん【治安】チアン、チアン 国家や社会のきまりが守られ、世の中が穏やかであること。中治安。E public peace; public order.

☆ この国は治安がいいので、女性も夜1人で歩ける/這個國家治安好，女性一個人在夜裡外出也沒問題。

☆ 治安が乱れる/治安狀況不好。

ちい【地位】チイ 社会や組織の中で置かれている立場や役割。中地位；職位；身分。E a position; a post.

☆ 会の重要な地位につく/在會裡擔任重要職務。

ち

☆ 社長の地位を去る/辭掉總經理之職。

ちいき【地域】チイキ　なんらかの意味でひとまとまりのものとして他から区切った土地。中 地區；區域。E an area; a region.

☆ この地域は静かな住宅地だ/這個地方是安靜的住宅區。

☆ 保健所は地域の住民の健康について指導、助言をする/保健所對當地居民進行保健知識的指導與建議。

ちいさ・い【小さい】チーサイ　❶ 広さ、長さ、体積などがふつう以下だ。中 小。E small.

☆ 小さい公園/小公園。

☆ 小さい家/小房子。

☆ 小さい机/小桌子。

対 大きい

❷ 年齢が下だ。中 小；幼小。E little; young.

☆ 弟は小さいころ、体が弱かった/弟弟小時候身體虛弱。

☆ わたしは姉より2つ小さい/我比姊姊小兩歲。

対 大きい

❸ 数や量や程度などがふつう以下だ。中 小；微小。E low; small.

☆ 先生の声が小さくて聞こえない/老師的聲音小，聽不見。

対 大きい

❹ 心が狭い。中 狹隘；狹小。E small-minded; timid.

☆ 姉は気が小さくて、ちょっとのことでも心配する/姊姊小心眼，一點點小事就放不開。

☆ 一郎は社長としては人間が小さい/一郎作為老闆來說，器量太小。

対 大きい

▷ →小さな

ちいさな【小さな】チーサナ　小さいようす。中 小；微小。E small; little; low (voice).

☆ 小さな声で話すと聞こえない/說話聲音小，就聽不見。

☆ 小さな家/小房子。

☆ 小さなお金/小錢。

対 大きな

参「小さい」が「小さい子」「小さくなる」「家が小さい」のように活用したり、述語として使ったりするのに対して、「小さな」は「小さな子」と名詞の前でだけ使う。また、「小さい」が、一般的、客観的に、ある基準をこえているものについていうのに対して、「小さな」は話し手の主観的な判断による。

チーム(team)チーム　団体競技や同じ仕事をするためにつくられた人の集まり。中 隊；組。E a team.

☆ チームを組んで研究する/組隊研究。

☆ 野球のチーム/棒球隊。

☆ チームプレー/團體賽。

チームワーク(teamwork)チームワーク　あることをチームでするときの気持ちの通じ合い。中 隊員之間的合作；配合；協力。E teamwork.

☆ チームワークがとれているので能率がいい/隊員間默契好，所以效率高。

☆ この部の人たちはチームワークがいい/這個社團的團隊配合很好。

ちえ【知恵】チエ　ものごとを正しく判断し、うまく処理できる頭の働き。中 智慧；智能；主意。E wisdom; intelligence; wits.

☆ みなで知恵をしぼればいい考えが出るだろう/大家都出謀獻策的話，一定會有好辦法吧！

☆ 5歳の子供にしてはよく知恵がまわる/以五歲的孩子來說，智商算高的。

チェック(check)チェック　❶ 小切手。中 支票。E a check.

☆ 支払いはチェックでする/用支票支付。

☆ トラベラーズチェック/旅行支票。

❷ 縦横の線を直角に交差させた模様。格子

じま。中方格花紋。E a check.

☆ 白と黒のチェックの上着/黑白格紋的衣服。

❸〔～する〕照らし合わせること。検査すること。また、それがすんだしるし。中檢驗(記號)；核對。E check; mark.

☆ 会計のノートのチェックをする/核對會計帳簿。

☆ 赤ペンで誤字をチェックする/用紅筆校正錯別字。

▷ 数❶1枚

ちか【地下】チ̄カ、チ̄カ ❶地面の下。中地下；地底下。E below the ground; underground.

☆ このデパートは地下3階まである/這個百貨店地下有三層。

☆ 地下資源/地下資源。

対地上

❷ 世の中から隠れた所。中秘密地方；地下。E underground.

☆ 地下にもぐって反政府活動を続ける/暗中繼續進行反政府活動。

☆ 地下組織/地下組織。

ちか・い【近い】チカ̄イ ❶空間的、時間的へだたりが小さい。中近；將近。E near; close to.

☆ 家から駅までは近い/從家到車站很近。

☆ もう夏に近い/快到夏天了。

対遠い

❷ 関係が深い。中近；親近。E near; close to.

☆ 社長に近い人から聞いた話/從總經理的親信那裡聽到的話。

対遠い

❸ 性質や内容が似ている。中近似；近乎～；近於。E be like; be similar to.

☆ 猿は人間に近い動物だ/猿猴是近似人類的動物。

☆ 白に近い灰色/接近白色的灰色。

❹ だいたいそのくらいだが、すこしたりない。中近～；將近～；快～。E nearly.

☆ 駅まで1キロ近い距離がある/到車站大約有1公里的距離。

☆ 500人近い人が集まった/聚集了近五百人。

ちがいない (「～にちがいない」の形で)確かにそうだと思われる。中一定～；肯定；必定。E must; certainly.

☆ 星がたくさん出ているから、あすはいい天気にちがいない/今晚星光燦爛，明天一定是晴天。

☆「警察へ来い」と言われたら、だれでも驚くにちがいない/「走!跟我上警察局!」誰聽到這句話都會嚇壞的。

ちか・う【誓う】チカ̄ウ、チカウ̄〔他動五〕(ちかって) 神仏や他人や自分自身に対して、あることを必ず守るとかたく約束する。中起誓；發誓；宣誓。E swear; vow; pledge.

☆ 禁煙を心に誓う/自己對自己發誓一定要戒菸。

☆ 愛を誓う/宣誓愛情。

名誓い

ちが・う【違う】チガ̄ウ〔自動五〕(ちがって)

❶ 考えや価値や数などが、同じでない。中不一樣；不同；有差異。E be different; differ.

☆ 関東と関西ではことばのアクセントが違う/日本的關西和關東的語調不同。

☆ 意見が違う/意見不同。

❷ 正しいもの、正常なものと異なる。中錯誤；不符。E be wrong; be incorrect.

☆ 電話がなかなかかからないと思ったら、電話番号が違っていた/正奇怪電話為什麼不通，原來是電話號碼撥錯了。

☆ きみの計算の答えは違う/你的計算答案不對。

❸ ほかと異なってすぐれている。中不同；特殊。E be special; be a class apart.

☆ さすが名人の作品はわれわれのとは違う/不愧是名人的作品，和我們的大不相同。

☆ 頭のできぐあいが違う/大腦的構造不同。

❹ (「～にちがいない」の形で)⇨ちがいない

▷ 名違い 他動違える

ち

ちかく【近く】チカク ❶近い所。中附近；近處。E near; near by.

☆ わたしの家は駅の近くにある／我家在車站附近。

☆ 工場の近くを通る／經過工廠附近。

対遠く

❷(数や量を表すことばの後について)そこまではいかないが、ほとんど同じぐらいであること。中將近；近乎；快～。E nearly; almost.

☆ このコートは５万円近くした／這件大衣花了近五萬日圓。

☆ 50人近く出席した／出席者接近五十人。

❸(副詞的に)もうすぐ。中不久；即將；近期。E shortly; soon.

☆ 姉は近くタイへ行く／姊姊最近會去泰國。

☆ 近く法律が変わる／最近法律要更改。

ちかごろ【近ごろ】チカゴロ すこし前から現在までの間。中近來；最近；這些日子。E recently; today.

☆ 近ごろ、アレルギーで困っている人が増えている／受過敏困擾的人在增加。

☆「近ごろの若者はことばづかいを知らない」と、いつの時代でも言われる／哪個時代都能聽到這句話：「最近的年輕人用詞不當」。

参「このごろ」「最近」も似ていて、「近ごろ／このごろ／最近、悪いかぜがはやっている」のように、ある状態が続くことをいうばあいはどれも使える。「最近、結婚した」のように１回きりのことをいうばあいは「最近」しか使えない。「近ごろ」と「このごろ」では「このごろ」のほうが現在に近く、「近ごろにない大雪」のようなばあい、「このごろ」は使えない。

ちかぢか【近近】チカジカ、チカジカ あまり日がたたないうちに。中不久；近幾天。E shortly; before long.

☆ 昨日帰国しましたので、ちかぢかご報告にうかがいます／昨天才回國，近日將登門報告。

☆ ちかぢか結婚する予定なので、アパートをさがしている／預定近期結婚所以在找公寓。

注「きんきん」とも読めるので、区別するためには、ひらがなで書くほうがいい。

ちかづ・く【近づく】チカズク〔自動五〕(ちかづいて) ❶だんだん近くなる。中臨近；挨近；靠近。E approach; draw near.

☆ 船が陸に近づく／船靠岸。

☆ 帰国の日が近づいた／歸國之日即將到來。

対遠ざかる、遠のく

❷親しくなろうとする。中接近；交往。E become acquainted with.

☆ 悪い仲間には近づくな／不要接近不三不四的朋友。

☆ 近づきにくい人／不易親近的人。

対遠ざかる、遠のく

▷ 名近づき 他動近づける

ちかてつ【地下鉄】チカテツ 地面の下を走る電車。中地鐵。E a subway; an underground (railway).

☆ 道路がこんでいる都心では地下鉄がいちばん便利だ／在交通擁擠的市中心，乘坐地鐵最方便。

数１本、車両は１両

ちかどう【地下道】チカドー、チカドー 地面の下につくられた道。中地下道；地道。E an underground passage.

☆ 駅の東と西を地下道で結ぶ／藉由地下道貫穿車站的東西邊。

☆ 地下道で火事が起こったらたいへんだ／地下道若發生火災的話，損傷一定非常慘重。

数１本・１筋

ちかみち【近道】チカミチ ❶〔～する〕ある所へ行くのにいちばん距離の短い道。また、その道を行くこと。中捷徑；抄近路。E a shortcut.

☆ 遅刻しそうだから近道して行こう／好像要

遲到了，抄近路去吧。

☆ 駅への近道/通往車站的捷徑。

対回り道

❷ あることをするのに速くできる方法。早道。中捷徑。E the quickest way.

☆ 合格への近道は毎日の勉強を欠さないことだ/通往合格的捷徑在於每天不斷的努力學習。

ちかよ・る【近寄る】チカヨル、チカヨル〔自動五〕(ちかよって) 近くへ寄る。そばに行く。中走近；挨近；靠近。E get near; approach.

☆ この犬にあまり近寄るとかみつかれる/若太靠近這條狗，就會被牠咬。

☆ あのグループには近寄らないほうがいい/最好不要接近那幫人。

☆ 近寄ってよく見る/走近細看。

他動近寄せる

ちから【力】チカラ ❶ 人や動物の体内にあって、自分自身が動いたり他のものを動かしたりする働きのもとになるもの。中力氣；勁；勁兒。E strength; might.

☆ 若い男は力がある/年輕小伙子有力氣。

☆ 力を入れてにぎる/用力握。

❷ それを使ってものを動かしたり変化させたりするなど、なにかに役立つ働き。中力量；勁頭。E power; energy; force.

☆ 電車は電気の力で動く/電車利用電力驅動。

☆ 風の力を利用する/利用風力。

❸ 能力や実力。中能力；實力。E ability; faculty.

☆ 日本語の力をつける/加強日語的實力；提高日語的能力。

☆ 組織を動かす力がある/有領導組織的能力。

❹ 元気や勢い。中力氣；精力。E spirits; vigor.

☆ きみの1言で力が出た/你的一句話，讓我產生力量。

❺ 自分の思うとおりにすることのできる働き。中權力；威力；實力。E power; influence.

☆ 住民の力で地方政治を動かす/以居民的力量推動地方政治。

❻ 目的を達成させるための助けとなる働き。中憑藉；依靠。E help; aid.

☆ 新しい事業を始めるので力を貸してほしい/我想開始新事業，請助我一臂之力。

力を入れる 一生懸命になにかをする。中努力；盡力。E work with zeal.

☆ 勉強に力を入れる/致力於學業。

力を落とす がっかりしてやる気をなくす。中失去力量；灰心。E feel disappointed.

☆ 叔母は子供に死なれて力を落としている/嬸嬸失去了孩子後心灰意冷的。

ちからづよ・い【力強い】チカラズヨイ

❶ 力がこもっている。中強而有力；矯健。E powerful; vigorous.

☆ 男声合唱団の力強い歌声が響いている/男聲合唱團強而有力的歌聲餘音繚繞。

❷ 頼ることができて、安心だ。中感到心裡踏實；有信心。E reassuring.

☆ 道子は頭もいいし、知識も広いし、力強い味方だ/道子又聰明又有知識，真是個強而有力的好幫手。

ちからまかせ【力任せ】チカラマカセ 力を全部出して思いきりするようす。中用力；竭盡全力；猛使勁。E with all one's strength.

☆ いいボールが来たので力まかせにバットを振った/來了個好球，盡全力揮棒打去。

☆ なかなか抜けない雑草を力まかせに引っぱった/使勁拔出難拔的雜草。

ちかん【痴漢】チカン 暗い所や乗り物の中などで女性にいたずらする男。中色情狂。E a molester.

☆ 満員電車の中で若い女性にさわっている痴漢を見つけてやめさせた/制止在擁擠電車裡對婦女毛手毛腳的色狼。

ちきゅう【地球】チキュー 惑星の1つ。太陽に３番目に近く、金星の外側、火星の内側にある。人間をはじめ多くの生物がすむ。1日１回自転し、1年で太陽のまわりを公転する。中地球。E the earth; the globe.

☆ 宇宙から見た地球は青くて美しいという/聽說從宇宙看到的地球蔚藍又美麗。

ちぎ・る【千切る】チギル〔他動五〕(ちぎって)　❶指などで細かく切り離す。中撕碎；掐碎。E tear to pieces; shred.

☆ パンを細かくちぎって、小鳥のえさにまく/把麵包細細地撕碎來餵小鳥。

☆ 紙をちぎる/把紙撕碎。

❷引っぱったりねじったりして、ものを取る。もぎ取る。中掐下；摘取。E pluck off; tear off.

☆ ミカンを枝からちぎる/從樹枝上摘下橘子。

☆ 引きちぎる/扯掉；扯下來。

☆ 食いちぎる/咬斷；咬下來。

▷ 自動 千切れる

ちく【地区】チク、チク　ある目的のために人が決めた、ある範囲の土地。中地區。E a district; a zone; an area.

☆ この地区は３階以上の建物は建てられない/這個地區禁止建造三層以上的樓房。

☆ 地区大会/地區大會。

☆ アジア地区/亞洲地區。

ちくしょう【畜生】チクショー　❶人間以外の動物、特に全身に毛の生えた４本足のけものをさげすんでいう。中畜生；動物；獸類。E a beast; a brute.

☆ 人の親切を忘れたあいつの行動は畜生以下だ/那個傢伙的行為忘恩負義，連畜生都不如。

❷相手をののしったり、悔しがったりするときに言うことば。ちきしょう。中畜生；混帳東西。E Damn you!; Damn it!

☆ ちくしょう、よくもうそをついたな/你這混蛋，可真會說謊!

☆ ちくしょう、また失敗した/該死!又失敗了。

▷ 話❷

ちくせき【蓄積】チクセキ〔～する〕　ものごとがたまること。ためること。また、たまったもの。中積蓄；積累；積存。E accumulation.

☆ この仕事には長年の経験の蓄積が役に立っている/在這項工作中以往累積的經驗派上了用場。

ちくちく　チクチク、チクチク〔～する〕

❶先のとがったもので繰り返し、軽く刺すようす。また、刺されるように痛むようす。中用像針那樣尖的東西，一點一點地多次扎刺或扎痛的樣子。

☆ シャツを着ないで毛糸のセーターを着ると、ちくちくする/When I wear the woolen sweater without an undershirt, I feel itchy. /沒穿汗衫，就直接穿毛衣扎得令人難受。

❷「❶」のような痛みを、心で感じるようす。中感到反覆被針扎刺時那種痛楚的樣子。

☆ 小さなうそをついて母をだましたとき、胸がちくちく(と)痛んだ/When I deceived my mother with a small lie, I felt a prick in my heart. /撒了個小謊來騙母親，心裡很難受。

☆ ちくちく(と)皮肉を言う/話中帶刺地嘲笑。

ちぐはぐ　チグハグ、チグハグ　そろうはずのものや合うはずの話がくいちがっているようす。中不成雙；不一致。E odd; incoherent.

☆ 左右の靴下をちぐはぐにはく/襪子左右不同雙。

☆ ２人の話はちぐはぐで、どちらが本当かわからない/兩個人的話不一致，不知道誰說的是真話。

ちこく【遅刻】チコク〔～する〕　決められた時刻に遅れること。中遲到。E be late; be behind time.

☆ 朝寝坊して学校に遅刻した/早上睡過頭上學遲到了。

☆ 遅刻届を出す/提出遲到理由書。

ちじ【知事】チジ　都道府県の行政を行う最

高責任者。任期は４年で、住民によって選ばれる。中知事；都道府縣的首長。E a governor.

☆ 選挙で新しい知事が選ばれた／通過選舉選出了新知事（相當縣長）。

ちしき【知識】チシキ　ものごとについてよく知り、わかっていること。また、その内容。中知識。E knowledge; information.

☆ 本から多くの知識をえる／從書本中得到豐富的知識。

☆ 若いときにたくさん知識を吸収することがだいじだ／年輕時多吸收知識是非常重要的事。

ちじん【知人】チジン、チジン　たがいに知っている人。知り合い。中相識的人；熟人。E an acquaintance.

☆ 知人にアルバイトを紹介してもらう／透過熟人介紹去打工。

ちず【地図】チズ　❶海、陸、川、山など地球の表面のようすを平面に縮めてかいたもの。中地圖。E a map; an atlas.

☆ 地図をひろげてＡ国の首都をさがす／翻開地圖尋找Ａ國的首都。

❷道案内のための図。中遊覽地圖；地圖。E a map; a plan.

☆ 地図を見ながら観光地を歩く／邊看地圖，邊遊覽觀光地。

☆ 駅から学校までの地図をかく／畫下從車站到學校的地圖。

▷ 数１枚

ちせい【知性】チセイ、チセイ　感情的にならずきちんと考えたり判断したりする頭の働き。中才智；智力；理智。E intellect; intelligence.

☆ 教養があって知性があふれている人／有教養又充滿理性的人。

ちたい【地帯】チタイ、チタイ　ある共通の性質を持って続いている広い範囲の土地。中地帶。E a zone; an area; a belt.

☆ 安全地帯／安全地帶。

☆ 工業地帯／工業地帶。

☆ 非武装地帯／非武裝地帶。

ちち【父】チチ　❶男のほうの親。中父親；家父。E a father.

☆ わたしは父が28歳、母が25歳のときに生まれた／我是在爸爸二十八歲，媽媽二十五歲時生下的。

☆ 二郎は３人の子の父だ／二郎是三個孩子的爸爸。

☆ 父親／父親。

対母

❷新しいことを始めた偉い人。中先驅；奠基人。E the father.

☆ 現代医学の父／現代醫學之父。

参 ❶は人と話すときに自分の身内をさして使うことば。配偶者の男の親のこともいう。他人の父親に向かって、またその人を話題にしていうときは、「お父さん」を使う。自分の父を他人にいうばあいは、子供は「ぼくのお父さん」というが、成人は「わたしの父」という。また、客観的に他人の父親をいうときも「川端康成は幼いころ父をなくした」のように「父」を使う。

ちち【乳】チチ　❶乳房から出る白い液で、子供が育つための栄養となるもの。中奶；乳汁。E milk

☆ 牛の乳をしぼって飲む／擠牛奶喝。

☆ 赤ちゃんは乳を飲みながら眠ってしまった／嬰兒吃著奶睡著了。

❷乳房。中乳房。E the breasts.

☆ 牛の乳は大きい／牛的乳房大。

ちぢ・む【縮む】チジム〔自動五〕(ちぢんで)

❶広さや長さや高さ、または時間や距離などが小さくなる。縮まる。中縮；收縮。E shrink; narrow.

☆ 洗濯機でセーターを洗ったら縮んでしまった／用洗衣機洗毛衣，一下就縮水了。

ち

☆ トップとの差が縮んだ/縮短了和第一名之間的差距。

対 伸びる・延びる

❷ こわくなったり緊張したりして、体や気持ちが小さくなる。縮まる。中 畏縮；退縮；惶恐。E cringe; cower.

☆ 恐ろしさで身が縮む思いだった/由於恐懼身體蜷成一團了。

☆ 縮みあがる/畏縮；退縮。

▷ 名 縮み　他動 縮める

ちぢ・める【縮める】チジメル〔他動一〕

❶ 広さや長さや高さ、または時間や距離などを小さくする。中 縮；縮小；縮短。E shorten; cut down.

☆ ズボンの丈が長すぎるので縮める/褲腳太長，截掉一些。

☆ 夏休みを1週間縮める/暑假縮短一星期。

対 伸ばす・延ばす

❷ こわくなったり緊張したりして、体や気持ちを小さくする。中 畏縮；惶恐。E duck (one's head).

☆ しかられそうだったので首を縮めていた/好像要挨罵了，所以嚇得縮著頭。

▷ 自動 縮まる、縮む

ちぢ・れる【縮れる】チジレル〔自動一〕

髪や布などが、しわが寄ったり細かく波うったりする状態になる。中 捲曲；起皺。E crinkle; become curly.

☆ 雨が降らないので、朝顔の葉が縮れてしまった/因為不下雨，牽牛花的葉子都枯萎了。

☆ 生まれつき縮れた髪をしている/與生俱來的捲髮。

ちつじょ【秩序】チツジョ、チツジョ　全体をきちんとした状態にするための順序やきまり。中 秩序。E order.

☆ 警察は社会の秩序を守るのが仕事だ/警察的職責是維護社會秩序。

☆ 秩序の乱れ/秩序混亂。

ちっそく【窒息】チッソク〔〜する〕酸素がなくなったりのどがつまったりして、息ができなくなること。中 窒息。E suffocation; choke.

☆ もちがのどにつまって老人が窒息死した/因為年糕卡住喉嚨，造成老人窒息死亡。

☆ 煙で窒息しそうになる/幾乎快被煙嗆死。

ちっとも　チットモ　(「ちっとも〜ない」の形で)すこしも〜ない。全然〜ない。話 中 一點點也不；毫無；總不。E not at all; not a bit.

☆ このごろ雨がちっとも降らない/最近完全沒下雨。

☆ きのうの映画はちっともおもしろくなかった/昨天的電影一點也不好看。

ちっとやそっと　チットヤソット　(後に否定の意味のことばがついて)すこしぐらい。すこしばかり。ちょっとやそっと。話 中 一點點；一星半點兒。E just a little.

☆ ちっとやそっと英語ができてもそれだけでは生活できない/只會一點點英語，還是無法活下去。

☆ ちっとやそっとの努力では成功しないだろう/只靠一點點的努力，是成不了的。

ちてき【知的】チテキ　知識や知性が豊かなようす。中 智慧的；理智的。E intellectual; intelligent.

☆ 若くてハンサムで、知的な感じのする先生が赴任してきた/一位年輕英俊，好像很有智慧的老師新上任了。

ちなまぐさ・い【血なまぐさい】チナマグサイ、チナマグサイ　血のにおいがするような、残酷なようすだ。中 血腥；殘酷。E bloody; sanguinary.

☆ 血なまぐさい事件が続く/流血事件不斷地發生。

☆ 血なまぐさい光景/血淋淋的景象。

ちなみに　チナミニ、チナミニ　(文と文をつないで)前にいったことと関係があるが、話の本筋とはすこし離れた別の面からつけ加えるときに使うことば。ついでにいえば。中順便；附帶。E by the way; in this connection.

☆ 毎年10万人の人がスキーでけがをするという。ちなみに日本のスキー人口は1200万人だそうだ/每年有十萬人因為滑雪受傷。同時，據說日本滑雪的人數達一千兩百萬。

☆ 夫婦がそれぞれ自分の姓を名乗るのがいいという意見がある。ちなみに中国ではむかしから夫婦別姓だ/有人主張夫婦還是各自姓自己的姓好，順帶一提，中國從以前就是，夫婦各姓各的姓。

ちのう【知能】チノー、チノー　ものごとを見分けたり、記憶したり、処理したりする頭の働き。中智能；智慧；智力。E intelligence.

☆ 動物の中でも猿は知能が高い/在動物中，猿猴的智力最高。

☆ 知能指数/an intelligence quotient./智商。

ちぶさ【乳房】チブサ　女性や動物の雌にある、乳を出す器官。乳。中乳房；奶子。E the breasts.

☆ 猫の子が母猫の乳房に吸いついている/小貓吸吮著母奶。

☆ がんの手術で乳房を取る/由於進行癌症手術，切除了乳房。

ちへいせん【地平線】チヘイセン、チヘイセン　地面と空とが遠くで接したようになって見える線。中地平線。E the horizon; the skyline.

☆ 広い大陸で地平線に沈む太陽を見た/在遼闊的大陸看到夕陽落入地平線。

ちほう【地方】チホー　❶都会から遠く離れた所。中地方；外地。E the country; the provinces.

☆ 地方から都会に出て就職する/從鄉村到大都市就業。

対中央

❷ある広い範囲をさす言い方。中地方；地區。E a district; a region.

☆ 関東地方/關東地區(含東京都、神奈川縣、千葉縣、埼玉縣、栃木縣、茨城縣、群馬縣)。

☆ 熱帯地方/熱帶地區。

ちほうこうきょうだんたい【地方公共団体】チホーコーキョーダンタイ、チホー・コーキョーダンタイ　都道府県、市町村や特別区など、法が許す範囲でその地域だけの政治を行うことができる団体。中地方公共團體；地方團體。E a local public body.

☆ 地方公共団体の長は、その地域の住民から選挙で選ばれる/地方公共團體的首長是從當地居民中選舉產生的。

ちまちま　チマチマ　❶〔～する〕小さくまとまっているようす。中所有東西的佈置顯得小而緊湊的樣子。

☆ いなかと違って都会は、ちまちましたつくりの家が多い/Unlike the country, the city has many compactly built houses./和鄉下不同，城裡的房子都蓋得很密集。

❷非常に節約しているようす。中非常節省的樣子。

☆ 彼は、少ない給料の中からちまちま(と)貯金している/He saves a little bit of his small salary./他從微薄的工資中省下錢存起來。

ちまなこ【血眼】チマナコ、チマナコ　興奮のために赤くなった目。必死でなにかをするようす。中充了血的眼睛；眼紅；拚命。E frantically; desperately.

☆ なくしたパスポートを血眼でさがす/拚命地找尋遺失的護照。

ちみつ【緻密】チミツ　❶注意がいきとどいて、丁寧なようす。中周密的；嚴密的。E close; precisely.

☆ 緻密な調査と分析にもとづいた論文を書く/以周密的調查和分析為本撰寫論文。

☆ 緻密に作業を進める/仔細地作業。

対粗雑

ち

❷ 非常に細かくて、ととのっているようす。中細緻；精細。E minute; fine.

☆ 緻密な刺繍 / 精細的刺繡。

☆ 緻密な模様 / 精細的花樣。

対粗雑

ちみどろ【血みどろ】チミドロ　血をたくさん流してよごれるようす。また、血をたくさん流すほど苦労するようす。中滿身是血；沾滿鮮血。E bloody; desperate.

☆ 交通事故の現場には血みどろになった人が倒れていた / 交通事故現場倒著一個渾身是血的人。

☆ 血みどろの努力が実を結んだ / 拚命的努力得到了成果。

☆ 血みどろの戦い / 血腥的戰鬥。

ちめいしょう【致命傷】チメイショー、チメイショー　❶ 死の原因となるようなひどい傷。中致命傷。E a fatal wound.

☆ 頭に受けた傷が致命傷となって２週間後に死亡した / 頭上受的傷成了致命傷，兩星期後就死亡了。

☆ 致命傷を負う / 受了致命傷。

❷ 取り返しのつかない大きな失敗。中致命的打擊；無法挽回的失敗。E a fatal mistake; a deathblow.

☆ 多額の借金が致命傷となって社長をやめることになった / 巨額債務成了致命打擊，辭去了總經理的職務。

ちゃ【茶】チャ　❶１年じゅう緑色の葉をつけている低い木。若い葉を加工して飲料として使う。また、その葉。中茶樹；茶葉。E a tea plant.

☆ 茶畑 / 茶園。

☆ 茶つみ / 採茶。

❷「❶」でつくった飲み物。お茶。中茶。E tea.

☆ 茶をいれる / 沏茶。

☆ 緑茶 / 綠茶。(→項目)

☆ 抹茶 / 抹茶(日本的綠粉末茶)。(→項目)

❸ ⇨お茶❷

☆ 茶の湯 / 茶道。

☆ 茶会 / 茶會。(→項目)

❹ 茶色。中茶色。E brown.

☆ 茶の背広に茶の靴をはいて出かける / 身著茶色西裝，腳穿茶色鞋出門去了。

▷ 数❶１本、❷１杯

ちゃ　「ては」のくだけた言い方。話中「ては」的較通俗說法。

☆ あぶないから、１人で行っちゃいけないよ / 太危險了，不可一個人出門。

☆ もう帰らなくちゃ / I must be going now. / 告辭了；不得不走了。

三参「ちゃあ」と長くのばすこともある。

チャーハン（㊥炒飯）チャーハン　肉、野菜、卵などをごはんと一緒に油でいためて味をつけた、中国の料理。焼き飯。中炒飯。E fried rice.

☆ 残りごはんがあるから昼はチャーハンにしよう / 有剩飯，中午就煮炒飯吧。

ちゃいろ【茶色】チャイロ　色の１つ。黒っぽい赤黄色。中茶色；棕色。E brown.

☆ 葉が茶色になって散ってしまった / 葉子變黃，掉落下來。

☆ 茶色の靴 / 茶色鞋。

ちゃかい【茶会】チャカイ　茶室に客を招き、決まったやり方で茶をたててもてなす会。中茶會。E a tea-ceremony party.

☆ 秋の夜に月見の茶会を開く / 在秋夜開茶會賞月。

ちゃか・す　チャカス〔他動五〕(ちゃかして)　まじめなことを冗談のようにして、からかったりごまかしたりする。話中逗樂；開玩笑。E make fun of; mock.

☆ 自分の頭で考えないとばかになるぞと言われたので、もうなってるよとちゃかして答えた / 說什麼不用腦子就會成傻瓜，我開玩笑說：「我早已經變成傻瓜了。」

☆ 人の話をちゃかす / 把別人的話當玩笑。

-ちゃく【-着】 ❶ (時刻や地名について)その時刻や場所に着くこと。[中]到達。

☆ 成田着2時の飛行機 / an airplane due at Narita at two. / 兩點到達成田機場的飛機。

[対]-発

❷ (数を表すことばについて)(1)到着する順番を表す。[中]表示到達的順序。

☆ マラソンで1着となる / finish first in the marathon. / 馬拉松比賽，跑了第一名。

(2) 洋服の数を表す。[中]表示西裝的數量。

☆ 背広2着 / two business suits. / 兩套西裝。

ちゃくじつ【着実】チャクジツ 落ちついて1歩1歩確実にものごとを進めるようす。[中]踏實；紮實；牢靠。[E] steady; sound.

☆ 営業の部員がよくがんばっているので、売り上げは着実にのびている / 由於營業部人員的努力不懈，營業收入穩定成長。

☆ 着実な進歩 / 穩定的進步。

ちゃくしゅ【着手】チャクシュ、チャクシュ〔～する〕 研究や仕事を始めること。[書][中]著手；動手；開始。[E] start; set about.

☆ 新しい研究に着手する / 著手新的研究。

☆ 大事業に着手する / 開始大事業。

ちゃくせき【着席】チャクセキ〔～する〕席にすわること。[中]就座；入席。[E] be seated; take a seat.

☆ みなさま、どうぞご着席ください / 各位，請入席!

☆ 全員が着席して会が始まった / 全體入座後，會議就開始了。

[対]起立

ちゃくちゃくと【着着と】チャクチャクト 順序よく、または予定どおり、確実に進むようす。[中]穩步地；順利地；紮實地。[E] steadily; step by step.

☆ ロケットの打ち上げの準備が着々と進められた / 發射火箭的準備工作順利地進行中。

☆ 計画を着々と実行に移す / 計畫逐步付諸實施。

ちゃくりく【着陸】チャクリク〔～する〕飛行機などが地上に下りること。[中]降落。[E] landing.

☆ この飛行機はあと10分ほどで着陸する / 這架飛機在十分鐘後降落。

☆ 着陸に失敗して大きな事故となった / 由於降落失敗，造成了重大事故。

[対]離陸

ちゃしつ【茶室】チャシツ 茶道を行うための部屋。[中]茶室；舉行茶會的屋子。[E] a tea-ceremony room.

☆ 茶室は茶道のわび、さびの精神を表すために、ごく小さく簡素につくられている / 為了表現茶道的恬靜和古雅的精神，把茶室設計得簡單且樸實。

☆ 庭園の茶室で茶会を開く / 在庭院的茶室開茶會。

[数]1室・1間

ちゃち チャチ 安っぽくて、質のよくないようす。[話][中]差勁；粗糙；沒價值。[E] jerry-built; poorly-made.

☆ 最近の家はちゃちにできているので、長もちしない / 最近的房子建造粗糙，不耐用。

☆ 1週間でこわれるようなちゃちな時計では困る / 如果是一星期就會壞的爛時鐘，可哀傷腦筋。

ちゃっかり チャッカリ〔～する〕 自分の利益になることはなんでも利用するようす。[話][中]不吃虧；老練；老奸巨滑。

☆ 京子は試験前になると、ちゃっかり(と)1000円取って友達にノートをかしている / Before a test, Kyoko cunningly loans out her notes to her friends for a thousand yen. / 考試前，京子乘機索價一千日圓出借筆記。

☆ 一郎はちゃっかりしているから自分に損

なことはしない/一郎為人老練，自己是不會吃虧的。

ちゃづけ【茶漬け】チャズケ　ごはんに熱い お茶をかけたもの。上にのり、梅干しなどをのせたりする。お茶づけ。中茶泡飯。E boiled rice with tea poured over it.

☆ 昼は残りごはんのお茶づけですました/白天用茶泡剩飯吃吃就了事。

☆ サケ茶づけ/鮭魚茶泡飯。

ちゃのま【茶の間】チャノマ　家族が集まって食事をしたりくつろいだりする、たたみの部屋。伝統的な日本の家にある部屋で、場所はふつう台所のとなり。中飯廳。E a (Japanese) living room.

☆ 茶の間でお茶を飲みながらテレビを見る/在飯廳邊喝茶，邊看電視。

☆ 毎朝、家族そろって茶の間で食事する/每天早上，全家人一起在飯廳吃早餐。

数 1室・1間

参「居間」も似ているが、「居間」が、家族がふだんいる部屋で、食事をしないのがふつうであるのに対して、「茶の間」は食事もする。しかし、和風のたたみの部屋では「居間」「茶の間」が同じ部屋であることも多い。洋風の家には「茶の間」という呼び名の部屋はない。

ちやほや　チヤホヤ〔～する〕　必要以上にほめたり、大切にして甘やかしたりするようす。中捧；奉承。

☆ 一郎はファンにちやほやされて、いい気分になっている/Ichiro is enjoying having a lot of attention lavished upon him by his fans. /一郎被他的仰慕者們捧得得意洋洋。

ちゃらんぽらん　チャランポラン　決まった考えがなくていいかげんなようす。中輕率浮躁；吊兒郎當；任意胡來。E halfheartedly; irresponsible.

☆ 時間を1時間もまちがえるとは、ちゃらんぽらんに話を聞いているからだ/把時間弄錯了一小時，是因為吊兒郎當不留心聽話的結果。

☆ あの男はいつもちゃらんぽらんなことを言うから信用できない/那個人總是胡扯，不能信任。

チャリティー (charity) チャリティー　困っている人に金や品物をあげて、助けること。慈善。中慈善(事業)。E charity.

☆ 今度の事業は、もうけを考えずチャリティーの精神で行う/這次活動不考慮賺錢，就當成慈善活動。

☆ チャリティーバザー/慈善義賣。

チャレンジ (challenge) チャレンジ、チャレンジ〔～する〕　むずかしいものごとでも恐れず向かっていくこと。挑戦。中挑戰。E challenge.

☆ 司法試験にチャレンジする/挑戰司法考試。

☆ 今年は3000メートル級の山にチャレンジする/今年試著挑戰三千公尺高峰。

☆ チャレンジ精神/挑戰精神。

ちゃわん【茶碗】チャワン　お茶を飲んだりごはんを食べたりする食器。中碗；茶杯。E a (rice) bowl; a teacup.

☆ 茶碗にごはんを盛る/往碗裡盛飯。

☆ 湯のみ茶碗/喝茶用的杯子。

☆ 紅茶茶碗/喝紅茶的茶杯。

→食器図

-ちゃん　(人の名前などについて)親しみを表す。話 中表示親密。

☆ 京子ちゃん、学校へ行こう/京子，去學校吧!

☆ 父ちゃん/爸爸。

☆ おばあちゃん/[dear] grandma. /奶奶；姥姥；老奶奶。

参 小さい子供が使ったり、子供に対して使ったりすることが多い。

チャンス (chance) チャンス　あることをするのに偶然おとずれた、ちょうどいい時機。

[中]機會。[E] a chance.

☆ 強い選手が出場していないので、わたしにも勝つチャンスがありそうだ / 因為沒有太強的選手出場，好像我也有取勝的機會。

☆ 株が値上がりしているいまが売りのチャンスだ / 現在股票上漲，正是賣出的好時機。

ちゃんと チャント〔～する〕 ❶ ととのっているようす。[中]整整齊齊；整潔。[E] neatly; properly.

☆ 字は読みやすいようにちゃんと書いてください / 為了使人看得懂，請書寫工整一點。

☆ ちゃんとした服装で面接試験を受けに行く / 穿上整潔的服裝去參加面試。

❷ しなければならないことを確実にするようす。[中]的確；準時。[E] never fail to; duly.

☆ 品物はきょうじゅうにちゃんととどけてくださいね / 商品請今天務必送到。

❸ 世間の信用があったり、不正なことがなかったりするようす。[中]像樣；正當。[E] reputable; well-known.

☆ ちゃんとした店で買った宝石だから偽物ではないだろう / 在正規商店購買的寶石，應該假不了。

▷ [話]

[参] ❶は「きちんと」と似ているが、「きちんと」のほうがよくととのっているようすを表す。

チャンネル (channel) チャンネル、チャンネル ❶ 各放送局の電波がまじらないように区切って割り当てた電波を受ける回路。[中]廣播電台的頻道。[E] a channel.

☆ 新しい放送局ができて、チャンネルが増えた / 新的廣播電台成立，頻道也增加了。

❷ テレビ受像機で、放送を切りかえる装置。[中]電視頻道。[E] a channel.

☆ ドラマを見ていたが、つまらなくなってチャンネルをかえた / 所看的電視劇變得無聊，於是就換了頻道。

ちゅう【中】チュー ❶ 程度が極端でないこと。ふつうであること。[中]中等；一般。[E] average; medium.

☆ 成績は中だ / 成績中等。

☆ 中ぐらいのしあわせ / 中等的幸福。

❷ 3冊でひとそろいになっている本の真ん中の1冊。中巻。[中]中卷；中冊；中集。[E] the second volume of a three-volume book.

☆ 上と中を読み終えて、下が出版されるのを待っている / 讀完了上集和中集，期待著下集的出版。

❸ (他のことばの後について)(1)～のうち。～の中。[中]～中；～之中。

☆ 10人中6人が賛成した / Six out of ten agreed. / 十個人中六個人贊成。

☆ 血液中 / in the blood. / 血液中。

(2) ちょうどいまなにかをしている最中だ。[中]正在～之中。

☆ 営業中 / Open. / 營業中。

☆ 仕事中 / at work. / 工作中；正在工作。

(3) ～の間。[中]～期間。

☆ 夏休み中に運転免許を取った / 在暑假取得駕駛執照。

☆ 今月中/ within this month. /本月裡；本月份。

▷ [関連] ❶❷ 上、下

ちゅう【宙】チュー、チュー ❶ 地面から離れた空間。[中]空中。[E] the air.

☆ 粉雪が宙に舞う / 細雪在空中飛舞。

❷ 書いてあるものを見ないで記憶だけに頼ること。[中]背；憑記憶。[E] from memory.

☆ きのう習った詩をすらすらと宙で言う / 昨天學的詩，憑著記憶能流暢地背誦。

宙に浮く きまりがつかない。[中]懸而未決。[E] be pending.

☆ 空港建設案は住民の反対で宙に浮いている / 建設飛機場的事，由於居民的反對，至今懸而未決。

ちゅうい【注意】チューイ〔～する〕 ❶ よ

く気をつけること。中 注意；留神；小心。E care; caution.

☆ 交通事故を起こさないよう注意して運転する／小心開車，以免發生交通事故。

☆ 注意深く行動する／小心行動。

☆ すりに注意／注意扒手。

❷ 気をつけるように人に言うこと。中 提醒；警告。E advice; a warning.

☆ 店員に、もっと丁寧なことばを使うよう注意する／提醒店員措詞要更有禮貌。

☆ 注意を受ける／被警告。

参 ❶は「用心」「警戒」と似ているが、「注意」→「用心」→「警戒」の順で程度が強まる。「健康に注意する」「用心して、かぜをひいている人のそばに行かない」「A国大統領の車が通るので、警官がおおぜい出て警戒している」のように使い分ける。

ちゅういぶか・い【注意深い】チューイブカイ 細かいところまで、特によく気をつけるようすだ。中 注意；留神；小心謹慎。E careful; cautious.

☆ 医者は患者の舌やのどを注意深く見た／醫生細心觀察了患者的舌頭和喉嚨。

☆ 注意深い人／十分小心的人。

ちゅうおう【中央】チューオー、チューオー

❶ 四方にひろがっているものの真ん中。中 中間；中央。E the center; the middle.

☆ 工業地帯は県の中央に位置する／工業區位於縣的中央地帶。

対 末端

❷ 国の政治、経済、文化の中心地。また、国の政府。中 中央；首都。E a metropolis; the government.

☆ 各地の政治家たちは中央の動きをいつも注意している／各地的政治家隨時注意中央的動向。

☆ 中央集権／centralization of power.／中央集權。

対 地方

❸ 中心になる働きをする部分。中 中央。

☆ 中央で方針を決定する／由中央擬定方針。

☆ 中央郵便局／郵政總局。

☆ 中央官庁／central government organs.／中央機關。

対 末端

参 「中心」「真ん中」と似ている。一直線上の両端から同じ距離の場所をいうときは、「道路の真ん中／中央を走る」のように、「真ん中」「中央」を使い、「中心」は使えない。回転している車輪などについては「中心」を使う。時間の流れの中でいうときは、「その番組の真ん中あたりで出演する」のように「真ん中」を使い、「中央」「中心」は使えない。

ちゅうか【中華】チューカ ❶ むかし、中国人が自分の国を世界の中心であるとして呼んだことば。中 中華。E China.

☆ 中華人民共和国／中華人民共和國。

☆ 中華思想／中華思想。

❷「中華料理」を略した言い方。中国風の調理法による料理。中 中國菜。E Chinese food.

☆ ゆうべの会食は中華だった／昨天晚上的聚餐，吃的是中國菜。

ちゅうがっこう【中学校】チューガッコー 小学校を卒業したあとで、3年間勉強する学校。満12歳で入学する。小学校とともに義務教育になっている。中学。中 初級中學；國中。E a junior high school.

☆ 娘は来年、中学校に入る／明年女兒上國中。

数 1校

ちゅうかん【中間】チューカン ❶ 2つのものの中ほど。中 中間；兩者之間。E the middle; halfway.

☆ わたしの家と学校の中間に図書館がある／

圖書館位於我家和學校中間。

❷ ものごとが続いている途中。中中途。E midway; interim.

☆ 学期の中間に試験がある / 學期中有期中考。

☆ 研究の中間発表 / 發表中間研究報告。

❸ 程度や性質などがかたよっていないこと。中中間。E moderate; neutral.

☆ 大学側と学生側の中間の考え方をする / 站在大學和學生兩者間折衷考慮。

☆ 中間色 / 中間色。

ちゅうきゅう【中級】チューキュー　クラスなどを分けたときの中の等級、階級、学年。中ぐらいの程度。中中級；中等。E intermediate; medium.

☆ 初級の勉強はすんでいるので、中級か上級のクラスに入りたい / 初級班已經結束了，想進入中級或高級班學習。

☆ 中級の規模の会社 / 中等規模的公司。

関連 上級、下級、初級

ちゅうけい【中継】チューケイ〔～する〕

❶ 途中で受けつぐこと。中中繼。E relay.

☆ ２塁手が外野からのボールを中継して本塁へ送る / 二壘手從外野手接過球轉送回本壘。

☆ 中継点 / 中繼站。

❷「中継放送」を略した言い方。その場のありのままのようすを、放送局が中つぎして放送すること。中轉播。E relay broadcast.

☆ 衛星中継 / 衛星轉播。

☆ 生中継 / 現場直播；實況轉播。

ちゅうこ【中古】チューコ　使ってすこし古くなっているが、まだじゅうぶん使えるもの。ちゅうぶる。中半舊；半新；二手。E used; secondhand.

☆ ガレージセールで中古のテレビを買った / 在車庫拍賣會買了一台二手的電視機。

☆ 中古車だが性能はいいので満足している / 雖說是二手車，但性能好，我很滿意。

ちゅうこく【忠告】チューコク〔～する〕親切な気持ちから、その人のまちがっている点などを言ってあげること。また、そのことば。中忠告；勸告。E advice.

☆ 親の忠告に耳を貸していれば失敗しなかったのに / 要是早聽父母的忠告，就不會失敗了。

☆ 忠告に背く / act against a person's advice. / 不聽勸告。

ちゅうさい【仲裁】チューサイ〔～する〕

争っている人の間に入って両方の話をよく聞き、争いをやめさせること。中調停；調解；說和。E mediation; arbitration.

☆ ２人の言い分を聞いて、夫婦げんかの仲裁をする / 先聽聽夫婦兩人各自的意見，再為他們調解爭執。

☆ 仲裁役を引き受ける / 擔任裁判。

参「調停」も似ているが、「調停」が裁判所での争いや国家間の争いなど公的なことにいうのに対して、「仲裁」は私的な争いにいうことが多い。

ちゅうし【中止】チューシ〔～する〕進行中のものごとや予定を取りやめること。中中止；停止。E stop; call off; cancell.

☆ 雨が強くなり、運動会は途中で中止になった / 雨下大了，運動會只好中途停止。

☆ 台風が接近しているので、旅行は中止する / 颱風接近中，所以旅行宣告取消。

対 続行　→中断

ちゅうじつ【忠実】チュージツ　❶ 目上の人に言われたとおりに、まじめに務めを果たすようす。中忠實；忠誠。E devotedly; faithful.

☆ 社長の命令どおり忠実に仕事をする / 照老闆的吩咐，忠實地進行工作。

☆ 犬は主人に忠実な動物だ / 狗是忠於主人的動物。

❷ ありのままで、もとのものとすこしも違わないようす。中忠實於；如實；照原樣。E faithfully.

☆ この小説は実際にあった事件を忠実に描いている / 這部小說是根據真人真事描寫的。

ちゅうしゃ【注射】チューシャ〔～する〕針を刺して液体の薬を体の中に入れること。中注射；打針。E an injection; a shot.

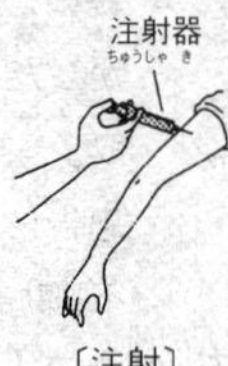

〔注射〕

☆ 薬を飲むよりも注射したほうが早く効く / 與其吃藥不如打針更有效。
☆ 腕に注射を２本打つ / 在胳膊上打兩針。
☆ 予防注射 / an inoculation. / 預防針。
☆ 注射器 / 針筒。

数 1本

ちゅうしゃ【駐車】チューシャ〔～する〕自動車などを、止めたその場所にしばらくの間置いておくこと。中停車。E park.
☆ 駅の前には駐車できない/車站前禁止停車。
☆ 駐車違反 / a parking violation. / 違規停車。
☆ 駐車禁止 / No Parking. / 禁止停車。

ちゅうじゅん【中旬】チュージュン　1月を３つに分けたうちの真ん中の10日間。11日から20日まで。中中旬。E the middle of a month.
☆ 来月中旬までに仕事を終わらせる/下個月中旬前要完成工作。

関連 上旬、下旬

ちゅうしょう【中傷】チューショー〔～する〕　事実ではないことや悪口を言って人の名誉を傷つけること。中中傷；誹謗；誣衊。E (a) slander.
☆ わたしが当選したのは金を配ったからだと言う人がいるが、それはまったくの中傷だ/有人說我當選是因為用錢行賄，這完全是中傷。

ちゅうしょう【抽象】チューショー〔～する〕　1つ1つ違うものから、どれにも共通する性質を抜きだして、一般的な考え方をつくること。書 中抽象。E abstraction.
☆ 抽象名詞 / 抽象名詞。
☆ 抽象画 / 抽象畫。

対 具象、具体

ちゅうしょうてき【抽象的】チューショーテキ　別々のものから似ているものを集めて、一般化するようす。中抽象的；概括的。E abstract.
☆ 数学は抽象的な考え方を必要とする学問だ / 數學是需要抽象思維的學科。
☆ 抽象的な議論ばかりで、具体的になにも決まらなかった / 只是做抽象的議論，沒有做任何具體的決定。

対 具体的

ちゅうしょく【昼食】チューショク　昼の食事。中午餐；中餐。E lunch.
☆ 昼食はなにになさいますか / 午餐吃什麼?
☆ 忙しくて昼食をとるひまもなかった/忙得連吃午餐的時間都沒有。

関連 朝食、夕食

ちゅうしん【中心】チューシン　❶ものの真ん中。中中心；當中。E the center; the middle.
☆ 病院は市の中心にある / 醫院位於市中心。
☆ 円の中心 / 圓的中心；圓心。
❷ 最も重要な位置にあるものや人。中中心。E a key role; the center; the core.
☆ 洋子はサークルの中心となって活躍している / 洋子是社團的中心人物，十分活躍。
☆ 東京は日本の政治、文化の中心だ / 東京是日本政治和文化的中心。

対 末端　▷ →中央

ちゅうすう【中枢】チュースー　ものごとの中心となる重要な部分。書 中中樞；中心。E the mainstay; the center.
☆ 社会の中枢となって働く / 發揮社會中樞的作用。
☆ 東京に日本の政治の中枢がある / 東京是日本的政治中心。
☆ 中枢神経 / 中樞神經。

ちゅうせい【中世】チューセイ　時代区分の

１つ。古代と近世との間の時代。日本史では鎌倉時代と室町時代。中中世紀。E the Middle Ages; the Medieval Period.

☆ 中世から封建制度が始まった / 從中世就形成了封建制度。

☆ 中世文学の研究 / 有關中世文學的研究。

ちゅうせい【中性】チューセイ ❶酸性でもアルカリ性でもない性質。中中性。E neutrality.

☆ 食塩水は中性だ / 食鹽水是中性的。

☆ 中性洗剤 / 中性清潔劑。

❷ 男性にも女性にもつかない性質。また、そのような人。中中性。E the neuter gender; a sexless person.

☆ 最近、男性語と女性語の区別がくずれ、中性的なことばづかいをする人が増えてきた / 最近男性用語和女性用語的界限混淆了，愈來愈多的人使用中性語。

ちゅうせい【忠誠】チューセイ 国や上の人に対して、決して裏切ることなく真心をもってつくすこと。中忠誠。E allegiance; loyalty.

☆ 国家に対する忠誠を示す / 對國家表示忠誠。

☆ 忠誠を誓う / 發誓效忠。

☆ 忠誠心 / spirit of loyalty. / 忠心。

ちゅうせん【抽選】チューセン〔～する〕くじを引くこと。中抽籤；彩券。E a lot; a lottery.

☆ 抽選に当たって海外旅行に行けることになった / 抽籤中獎，可以到國外去旅行了。

☆ 残念ながら抽選にはずれた / 遺憾沒抽中獎。

☆ 抽選にもれる / draw a losing number. / 抽籤沒中；沒抽中。

ちゅうたい【中退】チュータイ〔～する〕「中途退学」を略した言い方。学校を卒業しないまま途中でやめること。中中輟。E drop out of school; quit school.

☆ 授業も先生も友達もみんなつまらないと言って、息子は高校を中退してしまった / 兒子說學校的功課、老師和同學都很無聊，於是從高中輟學了。

ちゅうだん【中断】チューダン〔～する〕続いているものごとが途中で切れること。また、切ること。中中斷。E interrupt; discontinue.

☆ ビルの建設は材料不足のため中断したままだ / 大樓的施工，因建築材料不足而處於停工狀態。

☆ 全集の刊行を中断する / 中斷全集的發行。

参「中止」も似ているが、「中止」が進行中でも始まる前でもやめるばあいに使うのに対して、「中断」は進行中にやめるときに使い、また、あとで再開する見通しが強い。

ちゅうちょ【躊躇】チューチョ〔～する〕決心ができなくて迷うこと。中躊躇；猶豫。E hesitate; hesitation.

☆ 親の反対にあい、二郎との結婚をちゅうちょする / 受到父母的反對，猶豫是否要和二郎結婚。

☆ 給料が高いので、ちゅうちょなくその会社で働くことに決めた / 因為薪資高，毫不猶豫地決定去那家公司上班。

ちゅうと【中途】チュート どこかへ向かっていく道の中ほど。また、進行しているものごとの中ほど。中中途；半途；半路。E halfway; in the middle of.

☆ 忘れ物に気がついて中途で引き返してきた / 發現忘了東西，半路又折回來。

☆ 話の中途で電話が切れてしまった / 電話打到一半斷了。

参「途中」も似ているが、「途中」が、「学校へ行く途中で京子と会った」「食事の途中で立ってはいけない」のように動作の中ほどをいうのに対して、「中途」は、「中途採用」「中途退学」のように、ある期間の中ほどをいう。

ちゅうとう【中東】チュートー　アラビア半島からパキスタンにかけての地域。[中]中東。[E] the Middle East.

☆ 中東にはイスラム教が盛んな国が多い/中東地區很多國家信奉伊斯蘭教。

☆ 首相は中東の国々を訪問している/首相正在訪問中東各國。

☆ 中東の石油問題/中東的石油問題。

[関連]近東、極東

ちゅうどく【中毒】チュードク〔～する〕　毒性のものが体に入ってぐあいが悪くなること。[中]中毒。[E] poisoning; addiction.

☆ くさったものを食べて中毒を起こした/吃腐爛了的食物而中毒了。

☆ アルコール中毒/酒精中毒。

☆ ガス中毒/瓦斯中毒。

☆ 食中毒/食物中毒。

ちゅうとはんぱ【中途半端】チュートハンパ　途中までしかできていなかったり、徹底していなかったりするようす。[中]半途而廢；不徹底。[E] halfway; unfinished.

☆ 中国語もドイツ語もタイ語も習ったが、どれも中途はんぱで役に立たない/中文、泰文、德文都學了，但都只是學個皮毛完全不管用。

☆ 大会は中途はんぱなまま終わった/大會開了一半不了了之地結束了。

ちゅうねん【中年】チューネン　青年と老年の間の年ごろ。また、その年ごろの人。ふつう、40代から50代後半ぐらいまでをさす。[中]中年。[E] middle age.

☆ 中年になって、あちこち体に故障が出てきた/到了中年，全身出毛病。

☆ 生活体験の豊富な中年の女性を店員に採用する/錄用經驗豐富的中年婦女做店員。

ちゅうふく【中腹】チューフク　山の頂上とふもとの中間の所。[中]半山腰。[E] halfway up (down) a mountain.

☆ 中腹の山小屋に1泊し、翌朝早く頂上をめざす/在半山腰上的小屋裡住一夜，目的是第二天一早要登上山頂。

☆ 中腹と頂上あたりでは植物の種類が違う/山腰和山頂的植物不同。

ちゅうぶらりん【宙ぶらりん】チューブラリン　宙に浮いたように、どちらにもつかず中途はんぱなようす。[中]懸而不決；模稜兩可；不上不下。[E] indecisive.

☆ 研究者になろうか企業に勤めようかと迷いながらアルバイトで過ごす、宙ぶらりんな日々を送っている/拿不定主意將來作學者好，還是去公司上班好，目前只好打打零工打發日子。

ちゅうもく【注目】チューモク〔～する〕　関心を持ってよく注意して見ること。[中]注目；注視。[E] notice; attention.

☆ 話をやめてこちらに注目してください/不要講話，注意這裡！

☆ 道子のすぐれた研究は注目に値する/道子的卓越研究引人注目。

☆ 注目の的/焦點。

注目を浴びる　多くの人々の関心を集める。[中]引人注目。[E] draw attention.

☆ 新首相の政策が世界の注目を浴びる/新首相所制定的政策受全世界矚目。

ちゅうもん【注文】チューモン〔～する〕

❶ いろいろ希望を言って品物をつくらせたり、とどけさせたりすること。[中]訂；訂貨；定購。[E] order.

☆ 喫茶店でコーヒーを注文する/在咖啡店點一杯咖啡。

☆ 注文した洋服があしたできあがる/訂做的衣服明天就完成。

❷ 条件や希望を言うこと。また、その条件や希望。[中]要求。[E] a request; a demand.

☆ 80歳の老人に元気な子供と一緒に富士山に登れというのは、無理な注文だ/要八十

歳的老人和朝氣蓬勃的孩子一起去登富士山，簡直是無理的要求。

☆ いろいろ注文をつける/提出了很多的要求。

ちゅうりつ【中立】チューリツ〔～する〕対立しているもののどちらにも味方したり反対したりしないこと。[中]中立。[E] neutrality.

☆ 戦争中の両国に対して中立の立場を守る/對正在進行戰爭的兩個國家保持中立的立場。

☆ 中立主義/中立主義。

☆ 中立国/中立國。

ちゅうりゅう【中流】チューリュー ❶川の流れの中間のあたり。[中]中游。[E] the middle reaches.

☆ 中流まで来ると川の流れもゆるやかになる/河水一流到中游，流速也緩慢了。

❷社会で、地位、生活程度などが中ぐらいの階級。[中]中階；中流；中等。[E] the middle classes.

☆ 調査によると、日本人の多くが自分を中流だと思っているそうだ/據調查而言日本人大多數認為自己的生活屬於中等水準。

☆ 中流階級/中產階級。

☆ 中流家庭/中等家庭。

▷ [関連] 上流、下流

ちゅうわ【中和】チューワ〔～する〕性質の違うものがまざり合ってそれぞれの性質を失うこと。[中]中和。[E] neutralize.

☆ 酸をアルカリで中和する/用鹼對酸進行中和。

☆ 中和剤/中和劑。

ちょいちょい チョイチョイ 「たびたび」のくだけた言い方。ちょくちょく。[話][中]時常；經常。[E] often; now and then.

☆ 友達が近所に引っ越してきたので、ちょいちょい会っている/由於朋友搬到附近來了，所以經常見面。

☆ 近くの本屋にちょいちょい行く/經常到附近的書店去。

ちょう【兆】チョー 数の単位。1億の1万倍の数。[中]兆。[E] a trillion.

☆ 今年の予算は1兆10億円だ/今年的預算是一兆十億日圓。

ちょう【長】チョー ❶集団の中でいちばん上に立つ人。[中]長；首領。[E] the chief; the head; the manager.

☆ 学会の長を選挙で決める/用選舉決定學會會長。

☆ 工場長/工廠廠長。

☆ 病院長/醫院院長。

❷(「一日の長」の形で)他の人よりすこしだけすぐれていること。[中]長；長處。[E] be a little ahead of.

☆ 兄の作品は弟のより一日の長がある/哥哥的作品比弟弟稍有功力。

▷ [書]❷

ちょう【腸】チョー 内臓の1つ。腹部の胃の下にあって、食べ物の消化と吸収の働きをする。大腸と小腸に分かれる。[中]腸；腸子。[E] the intestines; the bowels.

☆ 腸が弱くてすぐ下痢をする/胃腸不好，動不動就拉肚子。

→内臓[図]

ちょう チョー 昆虫の一種。きれいな色や模様のついた2対の羽を持ち、花のみつを吸う。ちょうちょう。ちょうちょ。[中]蝴蝶。[E] a butterfly.

〔が〕

☆ 白や黄色のチョウがたくさん花のまわりに集まっている/很多白蝴蝶和黃蝴蝶聚集在花的周圍。

〔ちょう〕

☆ モンシロチョウ/白粉蝶。

[数] 1匹

二[注] 漢字で書くときは「蝶」。

-ちょう【-調】❶(「ハ、ニ、ホ、ヘ、ト、イ、ロ」について)音楽で、その音をもとにした音階。[中]調；曲調。

ち

☆ ヘ長調の曲 / a music in F major. /F大調的曲子。

❷ (名詞について)そのようなリズム、ようす、特色を持っていること。中風格。

☆ 日本のむかしの歌には、七五調のものが多い / 從前的日本詩歌韻律大都是七五調。

☆ 現代調の室内装飾 / contemporary interior decoration. / 現代風格的室內裝潢。

☆ ロック調の音楽 / rock music. / 搖滾樂。

ちょうえつ【超越】チョーエツ〔～する〕 ずっと高い立場に立つこと。ふつう考えられる程度、範囲などをはるかにこえること。中超越；超脫。E transcend; rise above; stand aloof.

☆ 利害を超越して他人のために働く / 不計報酬為別人工作。

☆ 世俗を超越した僧侶 / 脫離世俗的僧侶。

ちょうか【超過】チョーカ〔～する〕 時間や数や量の限度をこえること。中超；超過。E exceed; be more than.

☆ 話し合いは1時間の予定だったが、30分超過した / 本來預定會談一個小時，卻超過了三十分鐘。

☆ 超過料金 / an excess charge. / 超重費；超額費。

ちょうかい【聴解】チョーカイ ことばや文章を聞いて内容を理解すること。中聽解；聽力。E listening comprehension.

☆ 聴解のテストでテープを聞いて答えた / 聽力考試是聽錄音帶再回答問題。

☆ ラジオのニュースを聞いて聴解の練習をする / 聽收音機的新聞廣播來練習聽力。

ちょうかく【聴覚】チョーカク、チョーカク 音を聞き取ったり聞き分けたりする耳の感覚。中聽覺。E (the sense of) hearing.

☆ 犬は人間より聴覚が鋭い / 狗比人類聽覺敏銳。

ちょうかん【朝刊】チョーカン 毎日出る新聞で朝発行されるもの。中早報；日報。E a morning paper.

☆ 朝刊にゆうべの火事のことが出ていた / 早報上登載了昨晚火災的事件。

☆ 朝刊に目を通してから出勤する / 看完早報再去上班。

対夕刊 数1部・1紙

ちょうき【長期】チョーキ 長い期間。中長期。E a long term; long-range.

☆ 今回の交渉は長期におよびそうだ / 這次的交涉看來時間會拖長。

☆ 長期にわたる計画 / 長期計畫。

☆ 長期予報 / 長期預報。

関連中期、短期

ちょうけし【帳消し】チョーケシ、チョーケシ ❶ 金や品物の貸し借りの関係をなくすこと。中消帳；清帳。E write off; cancel.

☆ その宝石をくれれば、貸した金を帳消しにしてやってもいい / 要是把那個寶石給我，欠的帳就可以一筆勾銷了。

❷ たがいに差し引いて、なかったことにすること。中互相抵銷。E cancel out.

☆ お母さんの手伝いをして、きのうの失敗を帳消しにしてもらった / 幫媽媽忙，彌補了昨天的過錯。

ちょうこう【兆候・徴候】チョーコー ものごとの起こりそうな感じ。きざし。中徵兆；跡象。E a sign; a symptom.

☆ 病人に回復の兆候が現れる / 病人病情有了好轉的跡象。

☆ 地震の兆候を察知する / 察覺地震的前兆。

ちょうこう【聴講】チョーコー〔～する〕 講義を聞くこと。中聽講；旁聽。E attend (a lecture); audit.

☆ 今年は経済学を聴講することにした / 今年決定聽經濟學講座。

☆ A大学へB教授の講義を聴講に行く / 去A大學聽B教授的課。

☆ 聴講生 / 旁聽生。

ちょうこく 【彫刻】チョーコク〔～する〕 木、石、金属などに絵や文字を彫ったり、ものの形に仕上げたりすること。また、そのもの。中 雕刻。E a sculpture; a carving.

☆ 美術館の庭にロダンの彫刻が置いてある/美術館的庭院裡擺著羅丹的塑像。

☆ 彫刻家/雕塑家。

☆ 彫刻刀/彫刻刀。

ちょうさ 【調査】チョーサ〔～する〕 ものごとや事情をはっきりさせるため調べること。中 調查；查。E investigation.

☆ 事故の原因を詳細に調査する/詳細調查事故的原因。

☆ 市場調査/market research./市場調查。

☆ 人口調査/人口調查；人口普查。

ちょうし 【銚子】チョーシ 酒を入れて温めたりさかずきについだりするのに使う入れ物。とっくり。中 酒壺；酒瓶。E a *sake* bottle.

☆ 毎晩、ちょうしに1本の酒を飲むのが楽しみだ/每天晚上喝一小壺酒，是一大樂事。

数 1本 →日本酒図

ちょうし 【調子】チョーシ ❶ 音楽のリズムやテンポ。音の高さ、低さ。中 音調；調子。E a tone; a tune; a pitch.

☆ 調子のいい歌だから、すぐ覚えられる/因為是調子好聽的歌，所以一下子就記住了。

❷ 話し方や文章から受ける感じ。中 腔調；語調；口氣。E a tone.

☆ 今度の事件に関しては、どの新聞の書き方も同じ調子だ/關於這次事故，每家報紙的報導都是同樣的論調。

❸ 体や機械など動くものの状態。中 情況；狀態。E (a) condition.

☆ 毎朝散歩しているから体の調子がいい/每天早上散步所以身體好。

☆ ブレーキの調子が悪い/刹車不靈。

❹ ものごとの行われる勢い。中 聲勢。E a rate; a way.

☆ きのうの調子でがんばればきっと優勝できる/以昨天的聲勢乘勝追擊，一定能得到優勝。

調子がいい その場だけ相手に合わせてうまくやるようす。中 光會表面裝好人。E be all talk.

☆ 彼は調子がいいだけだから、責任ある仕事をさせるわけにはいかない/他只會耍嘴皮，難擔大任。

調子に乗る ❶ 周囲の影響を受けていい気になってものごとをする。中 得意忘形。E get carried away.

☆ 調子にのってふざけていたらストーブを倒してしまった/得意忘形地鬧著玩，把暖爐給弄倒了。

❷ ものごとが順調に進む。中 進展順利。E go well.

☆ 景気がいいこともあって会社経営は調子にのり、かなりの業績を上げている/遇到好景氣，公司的經營也如魚得水，獲利不小。

調子を合わせる 本心からではないが、しばらく相手の気に入るようにする。中 幫腔；奉承；恭維。E get along with.

☆ 課長とは違う意見だったが、その場では調子を合わせておいた/本來和科長意見相左，但事到臨頭時卻曲意迎合。

ちょうじ 【弔辞】チョージ 人の死を悲しみ、悔やむ気持ちを述べることば。中 哀辭；悼辭。E a memorial address.

☆ 葬儀に参列して、友人代表として弔辞を読んだ/參加喪禮，作為朋友代表致悼辭。

対 祝辞

ちょうじゅ 【長寿】チョージュ ❶ 長く生きること。中 長壽。E a long life; longevity.

☆ この地方には、90歳をこえた長寿の人が多い/這個地區有很多超過九十歲的長壽老人。

☆ 不老長寿/eternal youth and long life./長生不老。

❷ 長い期間続くこと。中 持續很久。E long-lived; continue for a long time.

ち

☆ 10年も続いている長寿番組/持續十年的長壽節目。

ちょうしょ【長所】チョーショ　人やものの特にすぐれている点。中 長處；優點。E a strong point; a merit.

☆ 洋子の長所は、だれとでもすぐ親しくなれることだ/洋子的優點是和誰都能很快地就打成一片。

☆ 長所を生かす/make the best use of one's talents./發揮長處。

対短所

ちょうじょ【長女】チョージョ　第1番目に生まれた女の子。中長女。E the oldest daughter.

☆ 4人きょうだいの長女として生まれる/生為四個兄弟姐妹中的長女。

☆ 京都で生まれた長女に「京子」と名をつけた/給在京都出生的長女取名為「京子」。

対長男

ちょうしょう【嘲笑】チョーショー〔～する〕 見下して笑うこと。中嘲笑。E derision; ridicule.

☆ 三郎の発表は他人の引用ばかりだったので学会の嘲笑を買った/三郎發表的文章全是引用他人的，受到了學會的嘲笑。

☆ 嘲笑の的になる/make oneself a laughing stock./成為嘲笑的對象。

ちょうじょう【頂上】チョージョー　❶山のいちばん高い所。中山頂；頂峰。E the top; the summit; the peak.

☆ 山の頂上に立つと遠くに海が見える/站在山頂上能夠看到遠處的海。

☆ 頂上の雪が消えたら登山しよう/山頂的積雪如果化了，就去登山吧!

対ふもと

❷ ものごとの最高の状態。中極點；頂點；頂峰。E the peak; the zenith; the summit.

☆ わが社の繁栄もいまが頂上だろう/我們公司的發展，達到了前所未有的高峰。

ちょうしょく【朝食】チョーショク　朝の食事。中早飯；早餐。E breakfast.

☆ 朝食をきちんととると体の調子がいい/好好吃早飯，身體狀態就會好。

☆ 朝食はパンとミルクで簡単にすます/早飯吃麵包、喝牛奶，簡單打發。

関連昼食、夕食

ちょうせい【調整】チョーセイ〔～する〕 調子をととのえ、つりあいのとれた正しい状態にすること。中調整；調節。E adjust; coordinate.

☆ 関係官庁の意見の調整をはかる/力求協調各個相關部門的意見。

☆ みんなのつごうを聞いてスケジュールを調整する/確認一下大家的狀況，然後安排日程。

ちょうせつ【調節】チョーセツ〔～する〕 ものごとがちょうどいい状態になるようにととのえること。中調節；調整；調劑。E regulate; adjust.

☆ ラジオの音を調節する/調整收音機的音量。

☆ いすの高さを調節する/調整椅子的高度。

☆ 温度調節/溫度調節。

ちょうせん【挑戦】チョーセン〔～する〕 困難なことに勇気をもって立ち向かうこと。チャレンジ。中挑戰。E a challenge; try.

☆ 敵の挑戦を受けて立つ/接受敵人的挑戰。

☆ 世界新記録に挑戦する/挑戰世界新紀錄。

☆ 挑戦状/挑戰書。

ちょうだい【頂戴】チョーダイ、チョーダイ　❶〔～する〕「もらうこと」「食べること」「飲むこと」の謙譲語。中「接受」「吃」「喝」的自謙語。E ((humble)) receive; eat; drink.

☆ 先生からおみやげをちょうだいした/老師給我禮物。

☆ 食事までちょうだいした/招待我們吃飯。

❷「ください」のくだけた言い方。中給我～；請～。E Can I have ～; give me.

☆ お母さん、お菓子ちょうだい/媽媽，給我點心。

☆ パンを買ってきてちょうだい/請買麵包回來。

ちょうちんもち【ちょうちん持ち】チョーチンモチ　命令のままに動いたり他人の宣伝をしてまわったりすること。また、そうする人。話 中吹捧；抬轎。E give ~ a big buildup.

☆ 今回の首相の演説は歴史に残るものだと、新聞はちょうちん持ちの記事を載せている/新聞奉承地報導說「這次首相的演說將永垂青史」。

参「ちょうちん」は持ち運びができるむかしの照明器具。

ちょうてい【朝廷】チョーテイ　むかし、天皇が政治をした所。また、天皇を中心とする政府。中朝廷。E the Imperial Court.

☆ 京都は長い間朝廷のあった所だ/京都長期都是朝廷所在地。

☆ 平安時代の終わりごろ、武士の力が朝廷より強くなった/平安末期，武士力量大過朝廷。

ちょうてい【調停】チョーテイ〔～する〕対立する両者の間に入って争いをやめさせること。中調停；調解。E mediation; arbitration.

☆ 国連が、両国間の紛争の調停に乗りだす/聯合國出面調停兩國的紛爭。

☆ 離婚の調停は家庭裁判所で行う/由簡易法庭仲裁離婚。

→仲裁

ちょうてん【頂点】チョーテン、チョーテン

❶ いちばん高い所。中頂尖；最高處。E the top; the summit.

☆ 山の頂点に立つ/站在山頂。

❷ ものごとの最高の状態。中頂點；頂峰；絕頂。E the peak; the climax.

☆ あの歌手の人気もいまが頂点だろう/那位歌手現在紅到極點。

ちょうど　チョード　❶ 時刻、数や量などが、完全に合うようす。中正；整。E just; exactly.

☆ デパートは、ちょうど10時に開店した/百貨公司十點整開店。

☆ 電車の中で読むのにちょうどいい本をさがす/找一本適合在火車上讀的書。

❷ よく似ているようす。中好像；正像；宛如。E just like.

☆ 兄はわたしにとって、ちょうど父親のような存在だった/哥哥對我來說，儼然就像父親一樣。

☆ 姉がつくったクッキーは、ちょうど星の形をしていた/姊姊烤的餅乾形狀和星星一樣。

ちょうなん【長男】チョーナン、チョーナン　第1番目に生まれた男の子。中長子。E the oldest son.

☆ むかしは長男がたいせつにされたが、いまはどの子供も平等だ/從前長子很受重視，現在每個孩子都是平等的。

☆ 長男に「一郎」と名づけた/為長子取名叫「一郎」。

対長女

ちょうふく【重複】チョーフク〔～する〕同じものごとが重なること。じゅうふく。中重複。E repeat; overlap.

☆ 名簿に一郎の名前が重複して出ている/名冊上一郎的名字重複出現。

☆ 道子の報告書は長くて重複している部分が多い/道子的報告書冗長而且重複的地方多。

ちょうほう【重宝】チョーホー〔～する〕便利で役に立つようす。また、そういうものとしてよく使うこと。中便利；方便；適用。E convenient; useful.

☆ ワープロは文章の編集も保存も印刷もできる重宝な機械だ/文字處理機既能編輯又能保存文件，同時還能印刷，是一種很方便的機器。

☆ いただいたかばんは、大きくてなんでも入れられるので重宝しています/你送我的

ち

手提包又大又能裝很多東西，非常好用。

ちょうほうけい【長方形】チョーホーケイ、チョーホーケイ　縦と横の辺の長さが違い、全部の角が直角である四角形。中長方形。E a rectangle.

☆ はがきは長方形である/明信片是長方形的。

☆ 縦75センチ、横90センチの長方形の机/長九十公分、寬七十五公分的長方形桌子。

→四角図

ちょうみりょう【調味料】チョーミリョー　砂糖、塩、みそ、しょうゆなど、食べ物に味をつけるもの。中調味料；佐料。E a seasoning; a condiment.

☆ 調味料を上手に使って、おいしい料理をつくる/恰到好處地使用調味料，做好吃的菜。

☆ 化学調味料/化學調味料。

ちょうり【調理】チョーリ〔～する〕　料理すること。中烹調；烹飪；做(菜)。E cooking.

☆ 調理の技術を身につけて店を1軒持ちたい/想學會烹飪技術，自己開一家店。

☆ 調理師/a cook./廚師。

☆ 調理台/a kitchen table./流理台。

ちょうわ【調和】チョーワ〔～する〕　2つ以上のものごとが、たがいにつりあいがとれていること。中調和；協調；配合。E harmony; match.

☆ カーテンと壁の色の調和がとれている/窗簾和牆壁的顏色很協調。

☆ この建物は色がはでで、静かな住宅街とは調和しない/這幢房子的顏色太刺眼，和閒靜的住宅區不協調。

チョーク(chalk)チョーク　黒板に字や絵をかくための道具。白墨。中粉筆。E chalk.

☆ 先生が黒板にチョークで漢字を書く/老師用粉筆在黑板上寫字。

☆ チョークの粉が洋服についた/衣服上沾著粉筆灰。

数1本

ちょきん【貯金】チョキン〔～する〕　金を使わないでためたり、郵便局や銀行に預けたりすること。また、その金。中存；存錢。E savings; save.

☆ 貯金をおろして車を買う/提款買車。

☆ しばらくの間使わないお金は貯金する/把暫時不用的錢存起來。

☆ 貯金通帳/存摺。

→貯蓄

参 法律のうえでは、郵便局に預けるばあいは「貯金」、銀行に預けるばあいは「預金」。

ちょくげき【直撃】チョクゲキ〔～する〕　爆弾や台風のように非常に大きな力を持つものが、直接、まともに当たること。中直接襲擊；直接轟炸。E a direct onslaught.

☆ 台風の直撃を受けた九州地方の被害は大きかった/九州受到颱風直接吹襲災情嚴重。

☆ 直撃弾/a direct hit./直接中彈。

ちょくご【直後】チョクゴ、チョクゴ　❶あるものごとが起こったすぐ後。中剛～之後；緊跟著。E immediately after; right after.

☆ 手術の直後は面会できない/剛做完手術，不能接受探視。

対直前

❷もののすぐ後。中正後面。E immediately behind.

☆ 車の直前、直後を横断するのはとても危険だ/穿越車的前後過馬路是非常危險。

対直前

ちょくせつ【直接】チョクセツ　間になにも入れないでものごとが行われること。中直接。E directly; immediate.

☆ 電話ではなく、直接に会って話したほうが誤解がない/不用電話，直接見面談，比較不容易發生誤會。

☆ 労働条件について社長と直接交渉する/有關待遇問題直接和總經理交涉。

対間接

ちょくせん【直線】チョクセン　まっすぐな線。２つの点を結ぶいちばん短い線。中直線。E a straight line.

☆ ものさしで直線を１本引いた / 用尺畫了一條直線。

☆ 直線距離 / 直線距離。

対曲線　数１本　→線図

ちょくぜん【直前】チョクゼン　❶あるものごとが起こるすぐ前。中剛要～的時候。E just before; immediately before.

☆ 父が死の直前に言い残したことばを思いだす / 想起父親臨終的話。

対直後

❷ もののすぐ前。中正前面。E immediately in front of.

☆ 車の直前に、ボールを追いかけて子供が飛びだしてきた / 車前衝出一位追逐球的孩子。

対直後

ちょくめん【直面】チョクメン〔～する〕あるものごとがすぐ目の前にあって避けることができないこと。中面臨；面對。E face; be confronted with.

☆ 経営の危機に直面する / 面臨經營的危機。

☆ 困難に直面しても負けない / 面對困難也不退卻。

☆ 死に直面する / 面對死亡。

ちょこ　チョコ　酒を飲むときに使う陶器の小さな器。おちょこ。中酒盅；小瓷酒杯。E a *sake* cup.

☆ お酒をちょこで１杯飲んだだけなのに顔が赤くなった / 只喝了一小盅酒，就滿臉通紅。

ちょこちょこ　チョコチョコ　❶〔～する〕小さいものが、歩いたり走ったり動きまわるようす。中(小孩走路貌)一晃一晃；搖搖晃晃。

☆ ２歳の子が、母親を見つけてちょこちょこ(と)走ってきた / The two-year-old child spotted his mother and came toddling toward her. / 兩歲的孩子看見媽媽，搖搖晃晃地跑過來。

❷ わずかな動作で簡単にすますようす。中簡單；俐落；從容。

☆ 機械をいじるのが好きな姉は、こわれたラジオをちょこちょこ(と)直してしまった / My sister who likes to fool around with machines fixed the broken radio in no time at all. / 喜歡玩機器的姊姊簡單俐落地把故障的收音機修好了。

▷ 話

チョコレート (chocolate) チョコレート　カカオの実の粉に砂糖やミルクなどをまぜてかためてつくった菓子。中巧克力。E chocolate.

☆ 誕生日にチョコレートをもらった / 生日時收到了巧克力。

☆ チョコレートケーキ / 巧克力蛋糕。

ちょしゃ【著者】チョシャ　その本を書いた人。中著者；作者。E a writer; an author.

☆ この本の著者は山田教授だ / 這本書的作者是山田教授。

☆ 本を買って著者にサインしてもらう / 買書後請作者簽名。

ちょしょ【著書】チョショ　その人が書いた本。中著作；著書。E a book; a work.

☆ A教授には著書がたくさんある / A教授有很多著作。

☆ あの人の著書は、経済関係のものが多い / 那個人的著作多數與經濟有關。

数１冊

ちょぞう【貯蔵】チョゾー〔～する〕品物を蓄えておくこと。中儲藏；儲存；貯存。E store; preserve.

☆ 冬に備えて燃料を貯蔵する / 為了過冬而儲存燃料。

☆ 貯蔵庫 / 儲藏庫。

☆ 貯蔵品 / 儲存物。

☆ 貯蔵量 / 儲存量。

ち

ちょちく【貯蓄】チョチク〔～する〕　金などを使わないでためること。また、そのためた財産。中 儲蓄；積蓄。E savings; save.

☆ 貯蓄があるから、仕事をやめても生活は心配ない/因為有存款，辭掉工作也不愁生計。

☆ 老後のために貯蓄する/為晩年存錢。

参「貯金」も似ているが、「貯金」が金だけをためることであるのに対して、「貯蓄」は株や品物もふくみ、金だけとは限らない。

ちょっかい　チョッカイ　わきからよけいなことを言ったりしたりすること。話 中 管閒事；多嘴。E meddle in; make a pass at.

☆ 兄の宿題にちょっかいを出してけんかになった/多嘴過問哥哥的家庭作業，引起了口角。

☆ 職場の女性にちょっかいをかけていやがられる/在公司干涉女職員的事而惹人厭。

ちょっかく【直角】チョッカク　２つの直線が垂直に交わってできる角度。90度。中 直角。E a right angle.

☆ 正方形や長方形の角は全部直角である/正方形和長方形的角都是直角。

☆ ２本の道路が直角に交わっている所を右に曲がる/在兩條路的直角交叉點向右轉。

→角度図

ちょっかん【直感】チョッカン〔～する〕　説明や理屈によらず心に感じとること。中 直覺；直覺；直觀。E intuition.

☆ 証拠はないが直感で、いたずらの犯人は弟だと思う/儘管沒有證據，憑直覺來判斷惡作劇的犯人就是弟弟。

☆ ことばは理解できないが相手の気持ちは直感でわかった/語言雖不通，但是憑直覺，也能理解對方的心情。

ちょっけい【直径】チョッケイ　円や球の中心を通ってそのまわりの２点を結ぶ直線の長さ。中 直徑。E a diameter.

☆ 直径600キロの大型の台風が来た/直徑六百公里的強大颱風過境。

☆ 地球の直径は約１万2756キロだ/地球的直徑約為一萬二千七百五十六公里。

☆ 直径10センチの円をかく/畫一個直徑十公分的圓。

→円図

ちょっと　チョット、チョット、チョット　❶時間、数や量、程度などが少ないようす。中 稍微；一陣子；一點點。E a little; a minute.

☆ ちょっと右へ寄ってください/稍微往右挪一點。

☆ ちょっと待って/等一下。

❷ かなりの程度であるようす。中 相當。E pretty; quite.

☆ ちょっとこわい先生/相當嚴厲的老師。

☆ ちょっといい話/好消息。

❸（「ちょっと～ない」の形で）簡単には～できない。中 一時難以；不大容易。E not easily.

☆ すぐにはちょっと答えられない/一時難以回答。

☆ ちょっとやそっとでは終わらない/It won't be done so easily. /難以一蹴而就；不是那麼輕易就可以完成的。

❹ 相手に呼びかけるときに言うことば。中 喂！E Excuse me!; Hey!

☆ ちょっと、ハンカチが落ちましたよ/喂！你的手帕掉了。

☆ ちょっと、こっちへ来て/喂！來一下！

▷ 話

ちょっぴり　チョッピリ　「すこし」のくだけた言い方。話 中 一點點。E a little bit.

☆ こんなちょっぴりの酒じゃ酔えない/這麼一點點酒，不會醉的。

☆ お金がちょっぴりたりない/錢有點不夠。

ちょめい【著名】チョメイ　名前が人によく

知られているようす。[中]著名。[E] famous; wellknown.

☆ 大江健三郎はノーベル賞作家として海外でも著名だ/大江健三郎是獲得諾貝爾獎的作家，在海外也很有名。

☆ 著名な学者を招いて講演会を開いた/邀請著名學者舉辦演講會。

ちょろちょろ チョロチョロ〔～する〕

❶ すこしの液体が流れるようす。[中](細水流動貌)涓涓地，潺潺地

☆ 雪どけの水がちょろちょろ(と)流れている/Water is trickling from the melting snow. /雪溶化成的水潺潺地流動。

❷ 小さな炎を上げて火が燃えるようす。[中]微火燃燒貌。

☆ 落ち葉を焼いた残りの火が、ちょろちょろ(と)燃えている/The remains of the burnt leaves are smoldering. /燒落葉的殘火微微地燃著。

❸ 小さな生物がすばやく動きまわるようす。[中]小動物敏捷活動貌。

☆ バスの前を小犬がちょろちょろしているので、なかなか発車できない/There is a little dog darting about in front of the bus, so it can't get started. /一隻小狗在公車前跑來跑去，所以無法開車。

▷ [話]

ちらか・す【散らかす】チラカス〔他動五〕(ちらかして) ものを、あちこちに乱雑にひろげる。[中]弄得亂七八糟；亂扔。[E] scatter about; litter.

☆ 部屋じゅうに本を散らかす/房間到處散亂著書本。

☆ ごみを散らかす/亂扔垃圾。

[自動]散らかる

ちらし【散らし】チラシ ❶宣伝文や広告を印刷して配る紙。[中]廣告單；傳單。[E] a handbill; a leaflet.

☆ バーゲンのちらしを配る/分發特價商品的廣告單。

❷「ちらしずし」を略した言い方。すし飯の上に卵焼き、魚、野菜などを載せたもの。[中]散壽司飯(壽司上灑著烹調好的蛋魚肉和青菜等的醋味飯)。[E] unrolled *sushi*.

☆ ちらし2人前、にぎり1人前お願いします/請給我兩份散壽司飯，一份握壽司。

▷ [数]❶1部・1枚 [他動]散らす

ちら・す【散らす】チラス〔他動五〕(ちらして) ❶ばらばらに散るようにする。[中]發散；分布。[E] scatter; strew.

☆ くもの子を散らすように逃げる/好像小蜘蛛一樣地四處奔逃。

☆ 花びらを散らす/花瓣散落一地。

☆ 火花を散らす/白刃相交；激烈交鋒。(→火花[慣用])

☆ 気を散らす/分散注意力。

❷ (動詞の「ます」形について)やたらに～する。さかんに～する。[中]胡亂～。

☆ 本を読みちらす/skip from book to book. /亂讀一通。

☆ 書きちらす/亂寫一通。

☆ どなりちらす/shout right and left. /亂罵一通。

▷ [名]散らし [自動]散る

ちらちら チラチラ〔～する〕 ❶小さいものが落ちるようす。[中]紛紛地；霏霏地。

☆ 雪がちらちら(と)降ってきた/A light snow has begun to fall. /白雪紛飛。

❷ ものが見えたり、隠れたりするようす。[中]隱隱約約地；若隱若現地。

☆ 夕方、山道を歩いていると、里の明かりがちらちら(と)見えた/傍晚，走在山路上隱隱約約地看到村子的燈火。

☆ 下着がちらちら(と)見える/Her underwear is showing. /隱隱約約地看得見內衣。

❸ めだたないように、たびたび見るようす。

中一閃一閃地；斷斷續續地。

☆ 電車の中で、こちらをちらちら(と)見る人がいた / In the train there was a person kept glancing at me. /電車裡有個人不時地往這邊看。

ちらば・る　【散らばる】チラバル〔自動五〕(ちらばって)　ものが、あちこちに散っている。ばらばらになる。中 分散；分布。E be scattered; be located (in all parts).

☆ 机のまわりに本が散らばっている/書散亂在桌子周圍。

☆ 全国に散らばる支店 / 分布於全國各地的分店。

ちらほら　チラホラ〔～する〕 あちこちに、すこしずつあるようす。中 (這裡那裡) 星星點點地；稀稀落落地。

☆ 公園の桜がちらほら(と)咲きはじめた / The cherry trees in the park have begun to blossom here and there. /公園裡的櫻花，稀稀落落地開始綻放。

ちらりと　チラリト　一瞬、すこしだけ見たり聞いたりするようす。ちらっと。中一閃，一晃。

☆ 電車の窓から、むかし住んでいた家がちらりと見えた / I caught a glimpse of the house I used to live in from the train window. / 從前住過的房子在電車窗外一閃而過。

ちり　【地理】チリ　❶ 地球上の海、山、陸、川、気候、産業、都市、交通、人口などのようす。中 地理。E geography; geographical features.

☆ 世界の地理を勉強したら外国へ行きたくなった / 唸到世界地理，就想到外國去旅行。

☆ 地理学 / 地理學。

❷ ある土地の状態。中 地理情況。E the conditions of a local area.

☆ このへんの地理にくわしい人に案内してもらう / 請熟悉這一帶地理情況的人做嚮導。

ちり　チリ、チリ　❶ 細かい土や砂。また、目に見えないぐらい小さくてきたないもの。中 塵土；塵埃；塵垢。E dust.

☆ この庭はきれいに掃除してあって、ちりひとつ落ちていない/這座院子，打掃得乾乾淨淨，一點灰塵都沒有。

❷ たいへん少ないこと。中 少許；一點；絲毫。E a bit.

☆ 悪い心はちりほどもない / 一點壞心眼也沒有。

参 ❶は「ほこり」と似ているが、「ほこり」が「ほこりが立つ」「ほこりが舞う」というように細かく軽いものの集まりであるのに対して、「ちり」は「ちりを拾う」というように「ほこり」より大きくて個々の形がわかるようなものをいう。

ちりも積もれば山となる　ほんのわずかなものでも、長い間ためれば山のように大きなものになる。中 積少成多。E Many a little makes a mickle.

ちりがみ　【ちり紙】チリガミ　鼻紙などに使う、やわらかでそまつな紙。中 衛生紙；面紙。E tissue paper.

☆ 外出のときはハンカチとちり紙を必ず持っていく / 外出時一定攜帶手帕和面紙。

☆ ちり紙で口をふく / 用面紙擦嘴。

数 1枚

ちりぢり　【散り散り】チリジリ　もとは集まっていたものが、ほうぼうに分かれてしまうようす。中 四散；離散；分散。E be scattered.

☆ 戦争で散り散りになっていた家族が、戦後また集まった / 戰爭中失散的親人，戰後又團圓了。

☆ ネックレスの糸が切れて、玉が散り散りばらばらになった/項鍊的繩子斷了，珠子散了一地。

ちりば・める　チリバメル〔他動一〕 飾りとして、金銀や宝石などをあちこちにはめこむ。また、文章などに美しいことばをはさみこむ。中 鑲嵌。E inlay; set; stud.

☆ 宝石をちりばめた時計が飾ってある/戴著鑲有寶石的手錶。

☆ 美しいことばをちりばめた詩/用美麗辭藻修飾的詩文。

ちりょう【治療】チリョー〔～する〕 手当てをして病気やけがを治すこと。中 治療；醫療；醫治。E treat; medical treatment.

☆ けがの治療のため病院に通う/為了治療傷口到醫院去。

☆ 歯を治療する/治療牙齒。

ち・る【散る】チル〔自動五〕(ちって) ❶ 離れ離れになって落ちたり飛んだりする。中 落；謝；凋謝。E fall; scatter.

☆ 桜の花が散る/櫻花凋謝了。

☆ ガラスの破片が散る/散落著玻璃碎片。

❷ ものごとや人があちこちに離れる。中 散；分散；四散。E disperse; break up.

☆ 映画が終わると、観客は散っていく/電影散場後，觀衆紛紛離開。

対 集まる

❸ (「気が散る」の形で) ⇨気 慣用

▷ 他動 散らす

-ちん【-賃】(他のことばについて)そのことに対して支払う金。中 ～費。

☆ 借り賃/rent; hire./租金；租費。

☆ 手間賃/pay; wages./手工費；工錢。

☆ 電車賃/電車費。

ちんあつ【鎮圧】チンアツ〔～する〕 反乱や暴動などを警察や軍隊が力でしずめること。中 鎮壓。E suppress; put down.

☆ 政府に対する反乱を武力で鎮圧する/武力鎮壓反政府的叛亂。

ちんぎん【賃金】チンギン 労働者が働いたことに対して受け取る金。中 工資；薪水；報酬。E wages.

☆ 経営者に賃金の引き上げを要求する/向資方要求增加工資。

☆ 最低賃金の保障/最低工資保障。

ちんじょう【陳情】チンジョー〔～する〕 実際の状態を述べて、役所や政治家になんとかしてくれるよう頼むこと。中 請願。E petition; make an appeal.

☆ 米の生産者価格を上げるよう農民が政府に陳情する/農民要求政府提高稻米的收購價格。

☆ 高校の数を増やしてほしいと陳情する/請願增設高中。

ちんせい【沈静・鎮静】チンセイ〔～する〕

❶ 落ちついて静かなこと。静かになること。中 沈靜；穩定。E settle down.

☆ インフレが沈静に向かう/通貨膨脹趨向穩定。

❷ 気持ちなどがしずまり落ちつくこと。激しく動いていた状態をしずめること。中 平靜；鎮靜。E soothe; tranquilize.

☆ この薬には痛みを鎮静する作用がある/這藥有止痛鎮靜的作用。

☆ 鎮静剤/鎮靜劑。

▷ 書

注 ❶は「沈静」、❷は「鎮静」。

ちんたい【沈滞】チンタイ〔～する〕 人の気持ちやものごとに活気がなくなり、底のほうに沈んでいるような状態であること。書 中 呆滯；沈悶。E dull; become depressed.

☆ 負けが続いてチーム全体が沈滞した空気になっている/連續挫敗，整個隊伍的情緒低落。

☆ 景気が沈滞する/經濟不景氣；景氣低迷。

ちんたい【賃貸】チンタイ〔～する〕 料金を取って、あるものを貸すこと。中 出賃；出租。E rent; lease.

☆ 道子は都心の賃貸マンションに住んでいる/道子住在市中心的出租公寓裡。

☆ 賃貸契約/a lease contract./租賃契約。

対 賃借

ちんちょう【珍重】チンチョー、チンチョー〔～する〕 珍しいものとしてたいせつにすること。中 珍重；珍視。E prize highly; think much of.

☆ パンダは中国四川省の山地にしかいない動物として珍重されている/熊貓是中國四川的山林裡才有的珍貴動物，而受到特別保護。

ちんでん【沈殿・沈澱】チンデン〔～する〕液体にとけないで底に沈んでたまること。中沈澱。E settle; precipitate.

☆ 食塩水の温度を上げて、沈殿している塩を全部とかす/將食鹽水的溫度加熱，使沈澱的食鹽全部融化。

☆ 沈殿物/沈澱物。

注 もとは「沈澱」だったが、「澱」の字は常用漢字表にないので、同じ音の「殿」を当てて「沈殿」として使うようになった。

ちんぷ【陳腐】チンプ　どこにでもあって、新しさに欠け、つまらないようす。中陳腐；陳舊。E commonplace; trite.

☆ この小説は見かけは新しいが、内容は陳腐でつまらない/這部小說看來是新出的，內容卻陳舊乏味。

☆ 陳腐な意見ばかりで、退屈してしまう/盡是些老掉牙的意見，真是無聊至極。

対新鮮

ちんぷんかんぷん　チンプンカンプン、チンプンカンプン　わけがわからなくてまったく理解できないようす。話 中糊裡糊塗；莫名其妙；無法理解。E gibberish; nonsense.

☆ アンナの話すことばは、わたしにはちんぷんかんぷんだ/安娜的話我一點也摸不著頭緒。

☆ 三郎はちんぷんかんぷんな話ばかりする/三郎盡說些糊裡糊塗、莫名其妙的話。

ちんぼつ【沈没】チンボツ〔～する〕船などが水中に沈むこと。中沈沒。E sink.

☆ 台風で漁船が沈没した/受到颱風的襲擊，漁船沈沒了。

☆ 沈没船を引きあげる/打撈沈船。

ちんもく【沈黙】チンモク〔～する〕黙ってなにも言わないこと。中沈默；默不作聲。E silence.

☆ さっきから一郎は沈黙したまま1言も口をきかない/一郎沈默半天沒說一句話。

沈黙は金　沈黙は最も価値が高いということ。中沈默是金。E Silence is golden.

沈黙を破る　いままで黙っていた人がものを言う。また、ふたたび行動を始める。中打破沈默。E break the silence.

☆ 病気で作家活動を休んでいた道子が、長い間の沈黙を破って小説を発表した/因病停筆的作家道子，沉寂許久後，發表了小說。

ちんれつ【陳列】チンレツ〔～する〕人々に見せるために品物を並べておくこと。中陳列；展覽；展示。E exhibit; display.

☆ 新製品をよくめだつ所に陳列する/新產品陳列在醒目地方。

☆ 陳列棚/櫥窗；展示窗。

☆ 陳列品/展示品。

つ／ツ

ツアー (tour) ツ̄アー　観光(かんこう)やスポーツをするための団体旅行(だんたいりょこう)。また、小旅行(しょうりょこう)。中 團體旅行；短程旅行。E a tour; a group tour.

☆ 古都(こと)の仏像(ぶつぞう)を見(み)てまわるツアーに申(もう)しこんだ / 申請了參訪古都佛像的旅遊團。

☆ スキーツアーに参加(さんか)する / 參加滑雪旅行團。

つい【対】ツ̄イ　❶ 同(おな)じ種類(しゅるい)のものが２つ(ふた)そろって１組(ひとくみ)になっているもの。材料(ざいりょう)、色(いろ)、形(かたち)などが同(おな)じであること。ペア。中 成雙；(成)對。E a pair; a couple.

☆ 結婚(けっこん)のお祝(いわ)いに対(つい)のモーニングカップを贈(おく)る / 送新婚的夫婦一對咖啡杯，以表示祝賀。

☆ 対(つい)のセーター / 成對的毛衣。

❷ (数(かず)を表(あらわ)すことばの後(あと)について) ２つ(ふた)で１組(ひとくみ)のものの数(かず)を表(あらわ)す。中 表示成雙的數。

☆ 座敷(ざしき)に１対(つい)の屏風(びょうぶ)を飾(かざ)る / 在榻榻米的房間裡擺一對屏風。

☆ ３対(つい) / three pairs. / 三對。

つい　ツ̄イ　しようと思(おも)わないのにしてしまうようす。中 不由得；無意中；不知不覺。E before one knows it; in spite of oneself.

☆ ダイエット中(ちゅう)なのにケーキを見(み)るとつい食(た)べてしまう / 正在節食，但一看到蛋糕就不由自主地吃起來了。

☆ ついテレビを見(み)すぎる / 不知不覺中把時間浪費在看電視上了。

ついか【追加】ツイ̄カ〔～する〕　後(あと)からつけ加(くわ)えること。不足(ふそく)しているものなどを補(おぎな)うこと。中 追加；添補；再增加。E add; supplementary.

☆ ビールがたりなくなったら、あとで追加(ついか)すればいい / 啤酒如果不夠可以再加。

☆ 追加予算(ついかよさん) / 追加預算。

ついきゅう【追及】ツイキ̄ュー〔～する〕　問(と)いつめて責(せ)めること。中 追問。E question closely; criticize.

☆ 警察(けいさつ)は容疑者(ようぎしゃ)を厳(きび)しく追及(ついきゅう)した / 警察嚴厲地審問嫌疑犯。

☆ 責任(せきにん)を追及(ついきゅう)されて辞職(じしょく)した / 被追究責任而辭職。

ついきゅう【追求・追究】ツイキ̄ュー〔～する〕　❶ ほしいものをどこまでも追(お)い求(もと)めること。中 追求。E pursue; pursuit.

☆ 幸福(こうふく)を追求(ついきゅう)する / 追求幸福。

☆ 利益(りえき)の追求(ついきゅう)を目的(もくてき)とする企業(きぎょう) / 以營利為目的的企業。

❷ わからないことを深(ふか)く研究(けんきゅう)すること。中 追究。E investigate; inquire into.

☆ 真理(しんり)を追究(ついきゅう)する / 追求真理。

＝注 ❶は「追求(ついきゅう)」、❷は「追究(ついきゅう)」。

ついしん【追伸】ツイ̄シン　手紙(てがみ)を書(か)き終(お)わったあとで書(か)き加(くわ)えることが出(で)てきたとき、その始(はじ)めに書(か)くことば。また、その書(か)き加(くわ)えた文章(ぶんしょう)。二伸(にしん)。書 中 附註；又及。E a postscript.

☆ 書(か)き忘(わす)れたことを思(おも)いだして追伸(ついしん)を書(か)いた / 想起來有東西忘了寫，用附註補寫上。

ついせき【追跡】ツイ̄セキ〔～する〕　逃(に)げる者(もの)の後(あと)を追(お)いかけること。また、あるものごとの結果(けっか)がその後(ご)どうなったかを調(しら)べること。中 追蹤；追捕緝拿。E pursue; chase; follow up.

☆ 逃(に)げた犯人(はんにん)をどこまでも追跡(ついせき)する / 天涯海

角追捕逃犯。

☆ 卒業後の学生の状況を追跡調査する/追蹤調查大學生畢業後的情況。

ついたち【一日】ツイタチ　その月のいちばん初めの日。1日。中 一日；一號。E the first (of July).

☆ 7月の1日に引っ越しをする/七月一日搬家。

☆ 1月1日/一月一日。

対 みそか

参「ついたち」は月の最初の日の意味にだけ使い、日数を表すときは「1日かかって部屋の掃除をした」のように「いちにち」という。「ついたち」以外の日は、「今月の4日に出発する」「旅行で4日(間)留守にした」のように、月の何番目の日であるかを示すときと、日数を数えるときの両方に使われる。

ついで【次いで】ツイデ、ツイデ　(文と文をつないで)前のことに引き続いて。中 接著；隨後。E and then.

☆ あいさつが終わり、ついで乾杯に移った/致完詞接著乾杯。

ついで　ツイデ　あることをするとき、ほかのことも一緒にできるちょうどいい機会。中 順便；就便。E an opportunity; a chance.

☆ わざわざ返しに来なくても、ついでのときで結構です/不用專程來還，有事順道拿來就可以了。

☆ ついでがあったので、京都の叔母を訪ねた/到京都時順便去看望叔母。

ついでに　ツイデニ、ツイデニ　なにか別のことをする機会を利用して行うようす。中 順便；就便。E while; when; as well.

☆ 銀行へ行ったついでに、近くの本屋に寄った/到銀行順便去附近的書店。

☆ コピーするなら、ついでにわたしの分も1枚お願いします/要去影印的話，順便幫我印一張。

→-かたがた

ついとつ【追突】ツイトツ〔～する〕　乗り物が別の乗り物の後ろにぶつかること。中 從後面撞上；衝撞；追撞。E collide with ~ from behind.

☆ バスにトラックが追突して大事故となった/大卡車追撞到公車，造成了重大事故。

☆ 追突事故/追撞事故。

ついに　ツイニ　長い間どうなるかわからなかったことの結果が出るようす。中 終於；直到最後。E at last; in the end; after all.

☆ ついに、島と島とを結ぶ橋が完成した/終於在兩個島嶼間架起了連接的橋樑。

☆ 2時間もさがしたのに、ついに会えなかった/找了兩個小時，最後竟沒有見到面。

ついほう【追放】ツイホー〔～する〕 ❶ 害を与えるものを社会から追い払うこと。中 驅除；驅逐。E banish; deport; proscribe.

☆ 犯罪を起こした外国人を国外へ追放する/將犯罪的外國人驅逐出境。

☆ 暴力や麻薬を追放する/清除暴力和毒品。

❷ 不適当として公務員などの公職をやめさせること。中 開除；革職。E purge; remove from office.

☆ 戦争に協力した人は、戦後、公職から追放された/戰後，對於參與戰爭的人將開除公職。

ついや・す【費やす】ツイヤス、ツイヤス〔他動五〕(ついやして)　金や時間や力などを使って減らす。中 花費；耗費；消耗。E spend; take; waste.

☆ この橋は完成までに10年の年月を費やした/這座橋是歷時十年建成的。

☆ 全財産を費やして、事業を再建した/拿出所有的財產，重新發展事業。

☆ むだなことに時間を費やす/把時間浪費在無聊的事情上。

自動 費える

ついらく【墜落】ツイラク〔～する〕 高い所から落ちること。中 墜落；掉下。E fall; crash.

☆ ビルの窓ふきをしていた人が誤って墜落して死んだ / 大樓洗窗工人失足而墜地身亡。

☆ 飛行機が海に墜落した / 飛機墜入大海。

☆ 墜落事故 / 墜毀事故。

つう【通】ツー ❶あるものごとについてよく知っていること。また、その人。中 通；精通；內行。E know a lot; an authority.

☆ 歌舞伎に関してはなかなかの通だ / 對歌舞伎很精通。

☆ 今度の駐日Ａ国大使は日本通だ / 這次的駐日Ａ國大使是個日本通。

❷(数を表すことばの後について)手紙や書類の数を表す。中 表示信件、文件的數量。

☆ １通の手紙も来ないのでさびしい / 一封信也沒來，讓人感到寂寞。

☆ ３通の書類 / three documents. / 3 份文件。

つうか【通貨】ツーカ その国で使われている金。中 通貨；貨幣。E currency.

☆ 国内の通貨の供給量を調節して経済を安定させる / 調節國內的貨幣供給量以穩定經濟。

つうか【通過】ツーカ〔～する〕 ❶ある場所を、止まらないで通り過ぎること。中 通過；經過。E pass (without stopping).

☆ この駅は小さいから、急行は通過してしまう / 這個車站小，快車不停。

❷いいと認められること。中 通過。E pass.

☆ １次試験を通過して２次試験を受ける資格をえた / 第一回合的考試合格了，取得資格參加第二次考試。

☆ 議案が議会を通過した / 議會通過了提案。

つうがく【通学】ツーガク〔～する〕 勉強のために学校に通うこと。中 上學。E go to school.

☆ わたしは電車で通学している / 我坐電車上學。

☆ 通学路 / 上學的路。

☆ 徒歩通学 / 步行上學。

つうかん【痛感】ツーカン〔～する〕 心に強く感じること。中 痛感；強烈感受到。E feel keenly; fully realize.

☆ 教師としてじゅうぶんに指導できなかった責任を痛感している / 身為教師卻沒有教好，深感慚愧。

つうきん【通勤】ツーキン〔～する〕 勤め先に通うこと。中 上下班；通勤。E commute; go to work.

☆ 通勤に時間がかかるので、朝早く起きる / 因為通勤時間很長，所以早上起得很早。

☆ 満員電車で通勤する / 乘坐擁擠的電車上下班。

つうこう【通行】ツーコー〔～する〕 人や車が行ったり来たりすること。中 通行；交通；往來。E traffic; passage.

☆ そこに車を止めたら通行のじゃまになる / 在那裡停車會妨礙交通。

☆ 工事のため通行禁止 / 正在施工，禁止通行。

つうじょう【通常】ツージョー これまでと同じで、ふつうの状態であること。中 通常；平常；普通。E usually; ordinary.

☆ 勤務時間は、通常は９時から５時までだ / 上班時間通常是九點到五點。

☆ 通常郵便物 / 平信。

☆ 通常勤務 / 正常班（加班以外的情況）。

対 特別

つう・じる【通じる】ツージル〔自他動一〕

❶道がつながって、ある所まで行ける。通ずる。中 通。E lead to; be connected.

☆ 駅に通じる地下道 / 通往車站的地下道。

☆ やっと通じた電話 / 好不容易打通的電話。

❷意思やことばが相手にわかる。通ずる。中 領會；理解；懂得。E be understood; make oneself understood.

☆ 覚えたばかりの外国語が通じるのはうれしい / 剛學會的外語能夠溝通，很高興。

☆ 若い人と気持ちが通じない / 與年輕人不能

溝通。

❸ くわしい知識がある。通ずる。中 通曉；精通；熟悉。E be well informed about.

☆ 洋子は東アジアの情勢によく通じている/洋子對東亞的情況很熟悉。

❹ 広くいきわたる。およぶ。通ずる。中 共通；通用；相通。E be common to.

☆ 子供を戦争で失いたくないのはだれにも通じる思いだ/誰都不願意因戰爭而失去孩子。

❺ 連絡をとる。連絡する。通ずる。中 溝通；告訴。E communicate secretly with; inform.

☆ 敵のスパイと通じる/和敵人的特務聯繫。

☆ 先方に話が通じていなかった/和對方沒聯繫上。

❻ (「～を通じて」の形で)(1)～の間ずっと。広く～全体に。中 在整個期間；在整個範圍內。E throughout; all.

☆ この町では四季を通じておいしい魚が食べられる/本市一年四季都能吃到新鮮的魚。

☆ 津田梅子は一生を通じて女子教育につくした/津田梅子為了女性的教育獻出了畢生的精力。

(2) ～を手段として。～を通して。中 透過；經過。E through; via.

☆ いろいろな機会を通じて、自然保護を訴える/利用各種機會進行自然保護的宣傳。

☆ 旅行社を通じて北京のホテルを予約する/透過旅行社預約北京的飯店。

注 ❶～❺は自動詞、❻は他動詞。

つうしん【通信】ツーシン〔～する〕 ❶ ようすやできごとを文書で知らせること。中 新聞；通訊。E correspondence; news.

☆ 学校から今週の通信がとどいた/從學校收到本週的通訊。

❷ 郵便、電話、ファックスなどで知らせること。中 通訊；電訊。E communication; correspondence.

☆ 地震のため通信がとだえている/由於地震，通訊中斷了。

☆ 通信衛星/a communications satellite./通訊衛星。

☆ 通信販売/郵購。

参「便り」も似ているが、「便り」が手紙などおもに紙を使って知らせるのに対して、「通信」は郵便、電話、ファックスなど伝える手段が多い。

つうせつ【痛切】ツーセツ 非常に強く身にしみて感じるようす。中 深切。E keenly; poignant.

☆ 若い研究者と話していると、自分の勉強不足を痛切に感じる/和年輕學者接觸後，便切身地感到自己學識不足。

☆ 作曲家は、なくした妻に対する痛切な思いを曲に表した/作曲家把對亡妻的深切思念表現在樂曲的旋律之中。

つうぞくてき【通俗的】ツーゾクテキ 深い内容はないがわかりやすく、多くの人に受け入れられるようす。中 通俗的。E common; popular.

☆ 有名な女優が出演して評判になった映画だが、内容は通俗的だ/著名女星主演的電影，雖獲好評但內容卻極其通俗。

☆ 愛だの恋だのという通俗的な歌がはやっている/表達「愛」呀、「戀」呀的通俗歌曲極為流行。

つうち【通知】ツーチ〔～する〕 必要なことを知らせること。また、その知らせ。中 通知。E a notice; notify.

☆ 合格の通知を出す/寄出合格通知書。

☆ 出席を通知する/通知出席。

つうちょう【通帳】ツーチョー 貯金、預金などの出し入れや、商品の売り買いなどを記録しておくノート。中 存摺。E a bankbook; a passbook.

☆ 銀行の通帳を見れば金の出入りがわかる/查看銀行存摺可了解收支情況。

☆ 預金通帳/存摺。

数 1冊・1通

つうやく【通訳】ツーヤク〔～する〕 使うことばが違う人の間に立って、一方のことばを他方のことばに言いかえて話を通じさせること。また、それをする人。中 翻譯；口譯員。E interpret; an interpreter.

☆ アモンさんにプラサート氏のタイ語を通訳してもらう／讓阿夢翻譯普拉薩圖的泰語。

☆ 国際会議で通訳として働く／在國際會議上擔任翻譯工作。

☆ 同時通訳／同步口譯。

つうよう【通用】ツーヨー ❶〔～する〕世間に広く用いられたり認められたりしていること。中 通用；通行。E be widely used; be accepted; hold good.

☆ 英語は多くの国で通用している／英語在很多國家都通用。

☆ 勉強しなくても卒業できるだろうという甘い考えは通用しない／不努力唸書也能畢業的單純想法是行不通的。

❷ いつも出入りすること。中 通常使用。E a side gate.

☆ 毎日出入りするのは正門ではなく通用門のほうだ／每天出入的不是正門，而是便門。

☆ 通用口／便門；側門。

つうれつ【痛烈】ツーレツ ひどく激しく、手厳しいようす。中 猛烈；激烈。E severely; hard.

☆ マスコミは痛烈に政府を批判した／大衆傳播媒體，對政府進行了猛烈的批判。

☆ 右の目に痛烈なパンチを受けて倒れた／右眼遭痛擊疼得倒在地上。

つえ ツエ 手に持ち、歩くときの助けにする細長い棒。中 手杖；拐杖；棍子。E a cane; a stick.

〔つえ〕〔松葉づえ〕

☆ 年をとって足が弱くなったので、つえを使っている／年紀大了，腳沒力，所以拄拐杖。

☆ つえをつきながらゆっくりと階段を上った／拄著拐杖慢慢地走上樓來。

数 1本

つえとも柱とも頼む 非常に頼りにする。中 唯一可以依靠的。E depend on as the sole support.

☆ つえとも柱とも頼む人に死なれて、本当に困っている／唯一可以依靠的人去世了，不知道如何是好。

つがい ツガイ 2つそろって1組のもの。特に、雌と雄。中 一對；雌雄。E a pair; a couple.

☆ つがいで鳥を飼い、雌は「ピー子」、雄は「ピー吉」と名前をつけた／養著一對鳥，母的起名叫「啤子」，公的叫「啤吉」。

つかいがって【使い勝手】ツカイガッテ 使ってみたときの調子。中 用的感覺；使用方便。E ease of use.

☆ デザインはいいが使い勝手の悪い食器／餐具花樣好看，但不好用。

つかいこな・す【使いこなす】ツカイコナス〔他動五〕(つかいこなして) 自由に思いのままに使って役立たせる。中 熟練掌握；運用自如。E master; get used to using; have a good command of.

☆ コンピューターを使いこなす／熟練地操作電腦。

☆ ベトナム語を使いこなす人／越南語說得流利的人。

つかいこ・む【使い込む】ツカイコム〔他動五〕(つかいこんで) ❶ 勤め先などの金を自分のために使う。中 盜用。E embezzle.

☆ 会社の金を使いこんだのが知られてくびになった／被發現挪用公司的資金，而被開除了。

❷ 予定以上に金を使う。中 花費過多；超支。E use more money than planned.

☆ 予算以上にお金を使いこんだから、赤字になった／花費超出預算，呈現虧損態。

❸ 使いなれて、ぐあいよく感じるまで長い

間使う。中 用慣；用熟。E use for a long time.

☆ 使いこんで書きやすくなった万年筆/用慣變好寫的鋼筆。

▷ 名 使い込み

つかいすて【使い捨て】ツカイステ　１度またはすこし使ったら捨てること。中 用完就扔掉；丟棄式使用；免洗的。E disposable; throw-away.

☆ 使い捨ての下着は旅行のとき便利だ/免洗內衣在旅行時很方便。

☆ 使い捨てライター/丟棄式打火機。

他動 使い捨てる

つかいわ・ける【使い分ける】ツカイワケル〔他動一〕　同じものを、目的によってうまく分けて使う。中 分開使用；分別使用；適當地使用。E have a good command of; use properly.

☆ A記者は３カ国語を自由に使い分けてインタビューする/A記者熟練地分別用三國語言進行採訪。

☆ 米を食用と加工用に使い分ける/把米分成食用和加工用兩種。

名 使い分け

つか・う【使う・遣う】ツカウ〔他動五〕(つかって)　❶ある目的のために役に立てる。中 使用；用。E use; make use of.

☆ もっと頭を使いなさい/多用點腦筋。

☆ はさみを使って紙で箱をつくる/用剪刀裁紙做紙盒。

❷ 人を働かせる。中 使用；僱傭。E employ; manage.

☆ この工場は従業員を300人使っている/這家工廠僱用了三百個員工。

☆ こき使う/任意驅使；使喚。

❸ ふつうの人にできないことをうまくする。操る。中 操；擺弄；耍弄。E manipulate; do.

☆ 操り人形をつかう/操縱木偶。

☆ 手品をつかう/表演魔術。

❹ 時間やもの、金などを費やす。中 花費；消費。E spend.

☆ 時間をむだに使う/浪費時間。

❺ 心をあれこれ悩ませる。中 操（心）；費（心）。E worry about.

☆ 気をつかう/用心。

☆ 神経をつかう/深思熟慮；不敢疏忽。(→神経 慣用)

▷ 名 使い・遣い　→用いる

注 漢字で書くときは、❶❷❹は「使う」、❸❺は「使う」「遣う」。

つかつか　ツカツカ、ツカツカ　遠慮しないで勢いよく近寄るようす。中 沒禮貌；隨隨便便地；不客氣地；毫無顧忌。

☆ 授業中、わたしが漫画を読んでいたら、先生がつかつか(と)やってきて取りあげた/ When I was reading a comic book in class, the teacher came right up to me and took it away. /我在課堂上看漫畫書時，老師大步走來，沒收了。

つかぬこと　それまでの話と関係のないこと。また、突然のこと。中 冒然的事；突如其來的事。E an abrupt question; something irrelevant.

☆ つかぬことをうかがいますが、ごきょうだいは何人ですか/ 冒昧地請問一下，你有幾個兄弟姊妹？

つかのま【つかの間】ツカノマ　ほんのすこしの間。中 一剎那；轉眼之間。E a brief moment; transient.

☆ 星を見ていると、長い人生もつかのまのように思えてくる/仰望星星不由得想到人生不過是短暫的一瞬間。

☆ つかのまの喜び/瞬間的快樂。

つかま・える【捕まえる】ツカマエル〔他動一〕　❶逃げないようにしっかり取り押さえる。中 捉住；逮住；捕捉。E catch; capture.

☆ 池で大きな魚を捕まえた/在池子裡抓到了大魚。

☆ 泥棒を捕まえる／抓小偷。

❷ しっかりにぎって離さない。[中] 抓住；揪住。[E] seize.

☆ 腕をつかまえて離さない／抓住胳膊不放。

▷ [自動] 捕まる

⇒[注] ❷はひらがなで書く。

つかみあい【つかみ合い】ツカミアイ　たがいに相手の体や服をつかんでけんかすること。[中] 扭打；揪打。[E] fight hand to hand; grapple with each other.

☆ 酒を飲んでつかみ合いの大げんかをした／飲酒後，大打了一架。

[自動] つかみ合う

つかみどころ　ツカミドコロ、ツカミドコロ　(「つかみどころが[の]ない」の形で)そのことを理解したり評価したりするときの手がかりがない。[中] 不得要領。[E] pointless; evasive.

☆ つかみどころがない話なので返事のしようがない／不得要領的話，無法答覆。

つか・む　ツカム〔他動五〕(つかんで)　❶ 手でしっかり持つ。[中] 抓；抓住。[E] catch; grasp; seize.

☆ 髪の毛をつかんで引き寄せる／抓住頭髮硬拖過來。

☆ 木の枝や岩をつかんでけわしい山を登る／抓著樹枝、攀著岩石上險峻的山。

❷ 自分のものにする。理解する。[中] 獲得；理解。[E] get; grasp.

☆ つかんだ幸運は放さない／珍惜得到的好運。

☆ 話の要点をつかむ／抓住談話的重點。

つか・れる【疲れる】ツカレル〔自動一〕心や体を使いすぎて元気がなくなる。くたびれる。[中] 累；疲乏；疲勞。[E] get tired; tire.

☆ ５時間も歩き続けて疲れた／連續走了五個小時，累壞了。

☆ テレビを長い間見ていると目が疲れる／看電視時間一長，眼睛就會疲累。

[名] 疲れ

つき【月】ツキ　❶ 地球のまわりを回っている衛星。[中] 月亮；月。[E] the moon.

満月　三日月

〔月❶〕

☆ 太陽が西に沈むころ、東の空にまるい月が出てくる／太陽西沈時東方的天際就會出現一輪明月。

❷ １年を12に分けたその１つ。[中] 月份；月。[E] a month.

☆ 月の終わりに給料をもらう／月底發薪。

☆ 月の半ば／中旬；月中。

☆ 月初め／月初。

月とすっぽん　２つのものがひどく違うこと。[中] 相差懸殊；天壤之別。[E] as different as day and night.

つき【付き】ツキ　❶ ものがつくこと。また、そのついた状態。つきぐあい。[中] 附；附著。[E] light; stick.

☆ しめっているらしくて、マッチのつきが悪い／火柴好像受潮了，點不著火。

☆ つきがいい口紅／不易脫色的口紅。

❷ いい運。[中] 運氣。[E] luck.

☆ つきがまわってきてゲームに勝った／運氣好，贏了比賽。

☆ つきが落ちる／運氣不佳。

❸ (他のことばの後について)(1)なにかが、あるものについていること。[中] 附帶。

☆ 先生の保証つきの人物だから信用できる／有老師擔保說好的人，可以信賴。

☆ １泊２食つき／two meals included in the room charge.／一宿兩餐。

(2) そのもののようす。[中] 樣子；姿勢。

☆ 目つきが鋭いと思ったらやはり刑事だった／看起來眼神敏銳，果然是警察。

☆ 顔つき／相貌；表情；神色。(→[項目])

☆ 手つき／a way of using one's hands.／手勢。

▷ [自動] 付く

つぎ【次】ツギ　順番や時間などが、すぐそ

つ

の後であること。また、すぐ後のもの。中下次；下回。E next.

☆ こんでいるからつぎの電車にしよう/這麼擠，坐下一班電車吧。

☆ このつぎ一緒に食事しましょう/下次我們一起吃飯吧。

☆ つぎからつぎへと客が来る/客人接二連三地進來。

自動次ぐ

-づき (他のことばについて)団体や組織に所属していること。中附屬；跟隨。

☆ 大使館づきの事務職員/大使館所屬的職員。

☆ 社長室づき/attached to the president's office./總經理室專屬人員（如秘書、司機等）。

つきあい【付き合い】ツキアイ、ツキアイ

❶ 人となにかを一緒にしたり、仲よくしたりすること。中交際；交往；打交道。E association; acquaintance.

☆ 引っ越してきたばかりなので、まだ近所とつきあいがない/剛搬家到這裡，和鄰居還不認識。

☆ 二郎とは長いつきあいだ/和二郎是老交情。

❷ 自分の意思からではなく、人がするので一緒にすること。中陪伴；奉陪；應酬。E for (business) reasons; to be sociable.

☆ 今度の日曜日は仕事のつきあいでゴルフに行かなくてはならない/這個星期天由於工作上的關係得去打應酬高爾夫。

☆ つきあいで酒を飲む/為了交際應酬而喝酒。

▷ 自動付き合う →交際

つきあたり【突き当たり】ツキアタリ 道などで、それ以上進めなくなった所。中盡頭。E the end (of a street).

☆ 病院はこの道をまっすぐ行った突き当たりにある/沿著這條路一直走，走到盡頭，就是醫院。

自動突き当たる

つききり【付ききり】ツキキリ いつもそばにいて離れないこと。つきっきり。中始終不離左右；一直守在身旁。E be in constant attendance on; stay with ~ the whole time.

☆ 1晩じゅうつききりで病気の子供を看病した/整個晚上守在生病的孩子身邊照顧。

☆ 先生がつききりで生徒に字を教える/老師一直跟在旁邊教學生寫字。

つぎこ・む【つぎ込む】ツギコム〔他動五〕(つぎこんで) なにかのために多くの金や人を使う。中花掉；投入。E invest~in; put~into.

☆ 彼は事業でえた全財産を、美術館の建設につぎこんだ/他把經營事業所賺的財富全都投入了美術館的建設。

☆ 調査に予算をつぎこむ/把錢都用在調查上。

☆ 競馬につぎこむ/（錢）花在賽馬上。

つきそ・う【付き添う】ツキソウ、ツキソウ〔自動五〕(つきそって) 世話や保護をするために、人のそばについている。中陪伴；護理。E accompany; attend.

☆ 目の不自由な父につきそって旅行する/陪伴眼睛不好的父親去旅行。

☆ 入院患者につきそう/陪伴住院的病人。

名付き添い

つぎつぎ【次次】ツギツギ つぎからつぎへと続くようす。中一個接一個；陸續；連續不斷。E one after another.

☆ つぎつぎ(に)新しいビルが建つ/新的大樓一幢一幢地蓋起來。

☆ 学生はつぎつぎ(と)立って質問した/學生不斷地站起來發問。

つきなみ【月並み】ツキナミ 平凡で新しさがないようす。中平凡；平庸；陳腐。E commonplace; hackneyed.

☆ わざわざ講演を聞きに来る人は、月並みな話では満足しないだろう/特地來聽講演的人，一般的話題恐怕不能滿足他們吧。

☆ 月並みな表現/一般的表現。

つぎはぎ【継ぎはぎ】ツギハギ〔～する〕

❶ 服などの破れた所に別の布を当てて修理すること。中 補；縫補。E patch up.

☆ つぎはぎだらけの服だが、よく洗濯して清潔にしている／雖是縫的滿是補丁的衣服，但常洗倒很乾淨。

❷ いろいろなものをつなぎ合わせて1つのものにすること。中 東拼西湊；修修補補。E patch together; piece together.

☆ あの人の論文は、他人の論文のいいところだけをとってつぎはぎしたものだ／那個人的論文，全是拿別人論文的優點而拼湊起來的。

つきはな・す【突き放す】ツキハナス〔他動五〕**(つきはなして)**　❶ 突いて離れさせる。中 推開。E throw off.

☆ 組みついた相手をどんと突き放す／使勁推開揪住我的對手。

❷ 関係を切ったり、強く断ったりする。中 不理睬；拋棄。E forsake; detached; cool.

☆ 子供にあまり手や口を出さないで、すこし突き放したほうがいい／對孩子不能什麼都管，適當地放手比較好。

☆ 突き放したものの言い方／不抱希望的說法；放棄對方的說法。

つきまと・う【付きまとう】ツキマトウ、ツキマトウ〔自動五〕**(つきまとって)**　いつもそばについていて離れない。中 纏身；糾纏；纏繞。E haunt; follow a person about; hang around.

☆ 日本の社会では、まだ学歴がつきまとう／日本的社會還是離不開學歷。

☆ 子供につきまとわれて自分のことができない／被孩子纏著而做不了自己的事。

☆ 不安がつきまとう／渾身不安。

つ・きる【尽きる】ツキル〔自動一〕　❶ 減っていってすっかりなくなる。また、続いていたものがそこでなくなる。中 盡；罄盡；完。E be exhausted; come to an end.

☆ とうとう資金もつきてしまった／終於連資金也用完了。

☆ 林がつきて広い野原に出た／森林盡頭，露出了寬闊的平原。

☆ 話がつきない／話說不完。

☆ 命がつきる(＝死ぬ)／生命盡頭（＝死亡）。

❷ (「〜につきる」の形で)〜がいちばんだ。中 最好；到頭。

☆ 芝居のおもしろさはシェークスピアにつきる／Of all the plays ever written, Shakespearian plays are the best to represent the essence of drama.／說到戲劇的有趣，非莎士比亞莫屬。

▷ 他動 尽くす

つ・く【付く】ツク、ツク〔自動五〕**(ついて)**　❶ 取れなくなる。中 沾上；黏上，附著。E stick to; be stained with.

☆ けがをしてズボンに血がついた／受了傷，褲子上沾著血。

☆ インクが手につく／墨水沾在手上。

☆ こびりつく／stick to.／黏著；牢牢地黏住。

❷ なにかに、ほかのものが加わる。中 增加；附加。E acquire; gain; come with.

☆ 先輩に教わって技術が身についた／跟著前輩學到了技術。

☆ よく食べ、よく運動したので体力がついた／吃得好又適當運動，增強了體力。

☆ 面倒な条件がつく／附帶著繁瑣的條件。

❸ 離れないで一緒にいる。中 跟隨；伴隨；附有。E accompany; attend.

☆ 社長についてアメリカに行く／跟老闆去美國。

☆ 案内人がつく／附有嚮導。

❹ いままで決まらなかったことが決まる。中 決定；下定〜。E decide; be settled.

☆ やっと決心がついた／終於做決定了。

☆ 話がつく／商量好了。

❺ ある値に当たる。中 值；當；相當於。E cost.

☆ この卵は、1個20円につく／這雞蛋一個二十日圓。

☆ きょうの夕食は安くついた / 今天的晚餐很便宜。

❻ 目、耳、心などに感じる。中 感到。E notice; ring (in one's ears).

☆ 車の音が耳について眠れない / 車聲繞耳睡不著。

☆ 気がつく / 用心周密；細心；發覺；察覺；意識到；清醒過來；甦醒。(→気 慣用)

☆ 目につく / 引人注目；顯眼。(→目 慣用)

❼ (「ついている」の形で)運が向く。中 走運。E be lucky.

☆ もらった宝くじが当たるとはついている / 人家送的彩券中獎了，運氣可真好。

▷ 話❼　名 付き　他動 付ける

二 注 ❼はひらがなで書く。

～につき　❶ ～に関して。中 關於；就。E about; on.

☆ 例の件につきご説明します / 就上次的事情進行說明。

❷ ～のために。～のゆえに。中 因；因為。E because of.

☆ 病気につき会議は欠席します / 因病未出席會議。

❸ ～ごとに。～を単位として。中 每。E per; for.

☆ 自転車１台につき1000円の預かり料/一部腳踏車要付1000日圓保管費。

☆ ３個につき500円のリンゴ/三個蘋果500日圓。

つ・く　【突く】ツク、ツ̄ク、ツク̄〔他動五〕(ついて)　❶ 先の細いものをなにかに当てて強く押す。中 扎；戳。E poke; prick.

☆ 棒で突いてカキの実を落とす / 用棒子，把柿子(從樹上）給戳下來。

☆ 針で突いて小さな穴を開ける / 用針刺個小洞。

☆ 突き刺す / 扎；刺；插。

❷ 細長いものの先を、ほかのものに当てて支えとする。中 支；拄。E on (one's knees); with (a stick).

☆ 手をついて謝る / (在榻榻米上）把手支著，低著頭道歉；深深道歉。

☆ つえをついて歩く / 拄著拐杖走路。

❸ 強く打ち当てて音を出す。中 撞；敲。E strike (a bell).

☆ お寺の鐘をつく / 敲廟裡的鐘。

❹ 困難な状態でもかまわずにやる。中 冒；不顧。E in spite of; through.

☆ あらしをついて船を進める / 船迎著暴風雨前進。

☆ 吹雪をついて出発する / 冒著暴風雪出發。

❺ 鋭くせめる。おそう。中 攻擊；打中。E seize upon; catch a person (off guard).

☆ 相手の弱点をつく / 攻擊對方的弱點。

☆ 不意をつかれる / 出其不意被偷襲。

❻ 感覚などを鋭く刺激する。中 強烈地影響；衝。E pierce; assail.

☆ 飢えのため死んでいく人々の姿に胸をつかれた / 看到餓死的人，悲痛莫名。

☆ 悪臭が鼻をつく / 惡臭撲鼻。

つ・く　【就く】ツ̄ク、ツク̄〔自動五〕(ついて)

❶ ある仕事や地位に身を置く。中 從事；就。E hold; take; get.

☆ 京子は会社の重要なポストについている/京子在公司擔任重要的職務。

☆ 会長の職につく / 擔任會長之職。

❷ ものごとを始める。中 起程；開始～。E get to; start.

☆ 眠りにつく / 入睡。

☆ 帰途につく / 踏上歸途。

❸ その人に教えを受ける。中 師事；跟～學習。E take ~ lessons from.

☆ 日本画を習うために先生についた/拜師學習日本畫。

▷ 他動 就ける

～について　～に関して。中 關於；就。E about; on; concerning.

☆ 自分の生き方について考える / 思考自己的人生態度。

☆ 新製品についての説明会 / 關於新產品的發表會。

つ・く 【着く】ツク、ツク〔自動五〕(ついて) ❶ 移動して、ある場所まで行く。中 到達。E arrive at; reach.

☆ 飛行機が空港に着く / 飛機抵達飛機場。

☆ けさ着いた荷物 / 今天早上送到的行李。

❷ ある場所に身を置く。中 就坐。E sit down; take (a seat).

☆ 家族そろって夕食のテーブルに着いた / 全家圍著桌子吃晚飯。

☆ 会議の席に着く / 參加會議。

❸ とどいてふれる。中 搆著；碰。E reach, touch.

☆ 川が深くて、底に足が着かない / 河水深，腳搆不到底。

つ・く ツク、ツク〔自動五〕(ついて) ❶ 火が燃えだす。中 點著；燃起。E catch fire.

☆ ストーブの火がカーテンについて火事になった / 暖爐的火延燒窗簾，引起了火災。

対 消える

❷ 電気やガス器具のスイッチが入る。中 打開（開關）。E be lighted; be turned on.

☆ 1日じゅう明かりがついている / 一整天開著燈。

☆ テレビがつく / 開著電視。

対 消える

▷ 他動 つける

つ・ぐ 【次ぐ】ツグ〔自動五〕(ついで) ❶ 後に続く。中 接著；繼～之後。E come after; follow.

☆ 昨年についで今年も洋子がマラソン大会で優勝した / 今年洋子和去年一樣在馬拉松比賽中得了冠軍。

☆ 地震につぐ津波が被害を大きくした / 地震之後的海嘯引起更嚴重的災情。

❷ 地位や役職などの順位がすぐ後だ。中 次於；亞於。E be next to.

☆ 一郎は学長につぐ地位についた / 一郎的職位僅次於校長。

☆ 富士山についで2番目に高い山 / 僅次於富士山的第二高峰。

▷ 名 次

つ・ぐ 【継ぐ・接ぐ】ツグ〔他動五〕(ついで)

❶ 後を受けて続ける。中 繼承；襲；嗣。E succeed (to); inherit.

☆ 父の跡をついで医者になる / 繼承父業當醫生。

☆ 王位をつぐ / 繼承王位。

☆ 受けつぐ / 繼承；承繼。(→ 項目)

❷ 後からまた加える。中 繼續；接上；添加。E resume.

☆ おばあさんはちょっと考えていたが、またことばをついで話しだした / 老奶奶想了想又接著說了起來。

❸ 破れたものに、布地などを当ててつくろう。中 補上；縫上。E patch.

☆ ズボンの破れたところをつぐ / 把褲子破的地方補上。

☆ 靴下をつぐ / 補襪子。

❹ つなぎ合わせる。中 接；接上；連接。E set (a broken bone).

☆ 骨をつぐ / 接骨。

▷ 名 継ぎ・接ぎ

注 漢字で書くときは、❶❷❸は「継ぐ」、❹は「接ぐ」。

つ・ぐ ツグ〔他動五〕(ついで) 液体を器に流し入れる。中 斟；灌；倒。E pour; fill.

☆ お茶を1杯ついでください / 請倒一杯茶給我。

☆ ビールをグラスにつぐ / 把啤酒倒進杯子裡。

つくえ 【机】ツクエ 本を読んだり文字を書いたりするときに使う台。中 桌子；書桌；辦公桌。E a desk.

〔机〕

☆ 遊んでばかりいない

で机に向かいなさい/別總是玩，坐下來讀書。

☆ 姉と机を並べて勉強する/和姊姊並排坐著唸書。

数 1脚

つく・す【尽くす】ツクス〔他動五〕(つくして) ❶ある限り全部出しきる。中 儘；竭；盡力。E exhaust.

☆ ことばをつくして頼む/說盡好話請求。

☆ ぜいたくの限りをつくす/極盡享受。

☆ 最善をつくす/竭盡全力。

❷ ほかのもののためにじゅうぶん努力する。中 為～盡力；效力。E devote oneself to; serve.

☆ 学問の進歩につくす/致力於學問的提升。

☆ 社会福祉のためにつくす/為社會福利打拼。

❸ (動詞の「ます」形について)その動作や作用を、これ以上進められない状態までする。中 ……盡；……完。

☆ 雪は、野山を白く埋めつくした/白雪覆蓋了山野。

☆ 言いつくす/tell everything./說盡；說完。

☆ 出しつくす/傾全力。

▷ 自動 尽きる

つくづく ツクズク ❶注意深く見たり考えたりするようす。中 仔細；十分注意地仔細考慮的樣子。

☆ 母の寝顔をつくづく(と)見て、ずいぶん年をとったなあと思った/I gazed intently at my mother's face while she was sleeping, and thought that she had aged greatly./仔細看著母親熟睡時的臉龐，感到母親真是老了。

❷ 心に深く感じるようす。中 心靈深處感受到的樣子；深切；痛切。

☆ 働きながら大学に通っている友を見ると、自分はつくづく(と)しあわせだと思う/When I look at my friend who attends university while working, I keenly realize how well off I am./看到邊工作邊上大學的朋友，深深地感到自己太幸福。

つぐな・う【償う】ツグナウ〔他動五〕(つぐなって) ❶相手にかけた損害を金やもので補う。中 補償；賠償。E compensate for; make up for.

☆ あなたに損をさせた100万円はわたしが償います/你損失的一百萬日圓由我來賠償。

☆ 損害を償う/賠償損失。

❷ 金や労力を出したり刑務所に入ったりして、自分のおかした過ちや罪を埋め合わせる。中 贖罪；抵罪。E atone for; expiate.

☆ いくら謝っても、戦争で多くの人を殺した罪は償いきれない/不管怎樣道歉，也補償不了戰爭中殺了很多人的罪過。

☆ 懲役刑に服して罪を償った/服徒刑償罪。

▷ 名 償い

つくり【作り・造り】ツクリ ❶つくること。また、つくられたもののできぐあい。中 構造；結構。E be made; built of.

☆ この机は古いものだが、つくりがしっかりしているのでまだまだ使える/這張桌子雖然舊，但做得很結實，到現在還能用。

☆ れんがづくり/磚瓦結構。

❷ 身なりや化粧のようす。中 化妝；打扮。E be dressed; make-up.

☆ 地味なつくりにする/打扮得樸素。

☆ 若づくりの人/an older person dressed and made-up to look young./打扮得很年輕。

❸ 魚などの刺身。中 生魚片。E *sashimi*; slices of raw fish.

☆ マグロのおつくり/鮪魚的生魚片。

❹ (他のことばの頭について)わざとそのようにすること。中 裝作；假裝。E feigned; forced.

☆ いやな客の前でつくり笑いをする/在討厭的客人面前裝笑臉。

☆ つくり声で話す/用假音說話。

▷ 他動 作る・造る

つくりばなし【作り話】ツクリバナシ 事実ではないことを本当のようにつくった話。

中編造的話；虛構的故事。E a made-up story; a fabrication.

☆ 子供のとき両親に死に別れ、苦労して大学を出た、という二郎のつくり話にすっかりだまされていた / 我完全相信了二郎「小時候父母雙亡，百般辛苦才從大學畢業」的謊言。

つく・る【作る・造る】ツクル〔他動五〕(つくって) ❶ いままでになかった新しいものを生みだす。中創造。E establish; compose.

☆ 会社をつくる / 開公司；創辦一家公司。

☆ 俳句をつくる / 寫俳句。

❷ 材料や素材などを使って別のものをこしらえる。中造；製造；做。E make, prepare.

☆ 米から日本酒をつくる / 用米釀日本酒。

☆ 弁当をつくる / 做便當。

❸ 人や作物などを手をかけて育てあげる。中培養；培育。E train; raise; grow.

☆ 21世紀に役立つ人間をつくる / 培育二十一世紀的有用人才。

☆ 野菜をつくる / 種菜。

❹ 工夫して表情や話などをこしらえる。中裝作；虛構；化妝。E force; make up.

☆ 苦しいけれど笑顔をつくって母を安心させる / 雖然苦，卻強作笑顏使母親安心。

☆ 顔をつくる(=化粧をする)/ 化妝。

▷ 名 作り・造り　→こしらえる

注 漢字は「作る」を一般的に使う。自動車、船、酒など、機械や道具を使ったりして規模の大きいものをこしらえあげるときには「造る」と書くが、「作る」と書いてもまちがいではない。

つくろ・う【繕う】ツクロウ〔他動五〕(つくろって) ❶ 衣服などの破れたり傷んだりしたところを直す。中縫補；修理；修繕。E mend; patch.

☆ ズボンの破れたところをつくろう / 把褲子破的地方補好。

❷ 見た目や身なりをととのえて、よく見えるようにする。中整理；修飾；敷衍。E save (the scene); adjust (one's clothes).

☆ 社長の質問にその場をつくろって適当に答えた / 當時為了敷衍社長的發問，胡亂地回答了。

☆ 身なりをつくろう / 整衣。

☆ 取りつくろう / 粉飾；打份；掩飾；遮掩。(→ 項目)

▷ 名 繕い

つけ【付け】ツケ ❶ 品物や飲食の代金をあとで払うことにして帳簿につけておくこと。また、その請求書。中賒帳；帳單。E a credit account; a bill.

☆ お金を持っていなかったので、つけにしてもらった / 因為沒帶錢，只好賒帳了。

☆ つけを払う / 償還賒帳。

❷ (動詞の「ます」形について)いつも～している。中經常；時常。

☆ かかりつけの医者 / 經常就診的醫生。

☆ 行きつけの喫茶店 / one's favorite coffee shop. / 經常去的咖啡店。

▷ 他動 付ける

注 ❷はひらがなで書く。

付けが回る　よくないことをしたむくいが現れる。中報應；惡有惡報。E have to pay for.

☆ 彼は若いころ遊びすぎたつけがまわってきて、いまでは毎日の暮らしにも困っている / 他年輕的時候過分浪蕩，現在得報應了，連每天的生計都維持不了。

っけ　(文の終わりについて)❶ むかしのことを思いだしてなつかしく思う気持ちを表す。中(表示忽然想起來而緬懷某事)是啊；是…來著。

☆ 子供のころよく川で遊んだっけ / I used to play at the river when I was a child. / 小時候經常在河邊玩來著。

☆ 宿題を忘れて、先生にしかられたっけ / 忘

つ

做家庭作業，挨老師罵。

❷ 相手に確かめたり、きいたりする気持ちを表す。中（為向對方明確忘掉或不清楚的事，叮問一下）可是（是不是）……來著。

☆ どなたでしたっけ？/ What's your name again? / 您是？

☆ きみ，いくつだったっけ？/ 你多大了？

▷ 話

-づけ【-付け】 ❶ (名詞について)それをつけること。中 附上；加上。

☆ 先輩を「山田さん」と「さん」づけで呼ぶ / 稱呼學長「山田」加「さん」。

☆ 位置づけ / placement; positioning. / 賦予地位。

❷ (日を表すことばについて)その日であること。中 生效日期。

☆ 1日づけで課長になった / 從一號（一日）開始當科長。

☆ 5月5日づけの手紙 / a letter dated May 5. / 五月五日的信。

-づけ【-漬け】 (他のことばについて)❶ そのものの漬物であること。中 醃菜。

☆ 大根づけ / 蘿蔔鹹菜；醃蘿蔔。

☆ 白菜づけ/ pickled Chinese cabbage. /醃白菜。

❷ そのものの中につけること。また、つけてできあがったもの。中 醃的。

☆ みそづけ / vegetables preserved in *miso*. / 用味噌醃的鹹菜。

☆ 塩づけ / 用鹽巴醃。

❸ そのもののつけ方。中 醃；醃製。

☆ 一夜づけ / 一夜醃好的菜。

☆ 浅づけ/ lightly pickled vegetables. /清淡的醃鹹菜。

❹ それが多すぎること。中 表示過多。

☆ アルコールづけの生活 / 醉生夢死的生活。

☆ 薬づけ医療 / treatment by excessive use of medication. / 全靠吃藥治療。

つけあが・る【付け上がる】ツケアガル、ツケアガル〔自動五〕(つけあがって) 相手のやさしい思いやりにいい気になる。中 放肆起來；得意忘形。E get puffed up; get big ideas.

☆ 弟はほめられるとすぐつけあがって、自分がとても偉いと思いこんでしまう/弟弟一被誇獎就得意忘形自大起來。

つけい・る【付け入る】ツケイル、ツケイル〔自動五〕(つけいって) 自分の利益のために、機会をうまく利用する。つけこむ。中 抓住機會；乘隙而入。E take advantage of; presume on.

☆ 上役の弱みにつけいって、いいポストにつけてもらう / 抓住上司的弱點，讓他為自己安排一個好職位。

☆ つけいるすきのない人/使對方無隙可乘的人。

つげぐち【告げ口】ツゲグチ〔～する〕 人の失敗や隠していることをこっそりほかの人に知らせること。中 告密。E tell on a person; tell tales.

☆ 先生に、山田くんが校門のそばでタバコを吸っていると告げ口をした / 把山田在校門旁邊抽菸的事告訴老師。

参「密告」も似ているが、「密告」が公的なことに使うのに対して、「告げ口」は私的なことに使う。警察に知らせるのは「密告」で、きょうだいのことを親に言うのは「告げ口」である。

つけくわ・える【付け加える】ツケクワエル、ツケクワエル〔他動一〕 あるものにさらに後からそえる。中 附加；添加；補充。E add to.

☆ 写真に説明文をつけ加える/為照片附上說明。

☆ 論文に注と参考文献をつけ加える / 論文要列出參考文獻和註解。

自動 付け加わる

つけもの【漬物】ツケモノ 野菜を塩、みそ、ぬかなどの中につけてつくった食品。おしんこ。中 鹹菜；醬菜；醃菜。E pickles; pickled vegetables.

☆ 父は、外国旅行は好きだが、白いごはんと漬物が食べられなくて困る、と言う/爸爸說喜歡去外國旅行，但吃不到米飯和醬菜就受不了。

つけやきば【付け焼き刃】ツケヤキバ　急に必要になって、そのときだけのために覚えた知識や技術など。中 臨陣磨槍；臨時抱佛腳。E a thin veneer.

☆ つけやきばの知識しかないので、深く質問されると答えられない/臨時學的一點知識，被追問就回答不了。

つ·ける【付ける】ツケル〔他動一〕❶ 取れないようにする。中 抹上；塗上；擦上。E fix; put; apply.

☆ 胸に名札をつける/胸前戴上名牌。

☆ パンにジャムをつけて食べる/在麵包上抹果醬吃。

☆ 傷口に薬をつける/在傷口上抹藥。

❷ なにかに、ほかのものを加える。中 附加；添加；增添。E season; add to.

☆ 塩とこしょうでスープに味をつける/在湯裡放胡椒、鹽調味。

☆ つけたす/添加；附加；追加。

❸ 離れないようにさせる。中 使跟隨；使隨從。E let someone (something) attend to.

☆ はじめてスキーをする子供に指導員をつける/為剛學滑雪的孩子們指派輔導員。

☆ 目の不自由な人に盲導犬をつける/為盲人配導盲犬。

❹ いままで決まらなかったことを決める。中 解決；了結；決定。E settle; set.

☆ 論争に結末をつける/為爭論的問題做結論。

☆ 値段をつける/為商品定價。

❺ 書きこむ。中 寫上；記上。E enter; keep.

☆ 収支を帳簿につける/將收支記帳。

☆ 3年間つけた日記/寫了三年的日記。

❻ 目、耳、心などで注意を集中する。中 注意；著眼。E watch out; keep an eye on.

☆ 夜遅く帰るときは気をつけなさい/晚上回來的時候要多加小心。

☆ 目をつける/盯著看。

❼ 追跡する。中 尾隨；跟蹤；跟在後面；盯梢。E follow; trail.

☆ あやしい行動をする男をつける/跟蹤行為可疑的男人。

❽ (動詞の「ます」形について)(1)～することに慣れる。いつも～する。中 經常。

☆ ふだん行きつけている店で食事をする/have a meal at the restaurant that one patronizes./在常去的餐館裡吃飯。

☆ 食べつけないものを食べておなかをこわした/因為吃不常吃的東西弄壞肚子了。

(2) 動作の勢いが強いことを表す。中 表示動作強烈，加強語氣。

☆ どなりつける/thunder at./大聲斥責。

☆ なぐりつける/撲過去打。

(3) 動作が相手に向けられることを表す。中 吩咐。

☆ 言いつける/吩咐；命令；告密；告發；告狀。(→項目)

☆ 送りつける/send forward./送交；送到。

▷ 名 付け　自動 付く

注 ❼❽はひらがなで書く。

つ·ける【漬ける】ツケル〔他動一〕❶ 水などの液体に入れておく。中 浸泡。E soak in.

☆ 洗濯物をせっけん水につけておく/把換洗衣服放到摻有洗滌劑的水裡泡著。

❷ 野菜などをぬかみそや塩などに入れて、漬物にする。中 醃。E pickle.

☆ ぬかみそにキュウリとナスをつける/把黃瓜和茄子放進米糠醬醃著。

▷ 自動 漬かる　→浸す

つ·ける　ツケル〔他動一〕❶ 火を燃えさせる。中 點；點燃。E light.

☆ 落ち葉に火をつけて燃やす/點火燃燒落葉。

つ

☆ タバコをつける/點菸。

対 消す

❷ 電気やガス器具のスイッチを入れて、使えるようにする。中 開；打開；扭開。E turn on; switch on.

☆ テレビをつけよう/開電視吧。

☆ 電気をつける/開電燈。

対 消す

▷ 自動 つく

つ・げる 【告げる】ツゲル〔他動一〕❶ ことばで伝え知らせる。中 告訴；告知；通知。E say; announce.

☆ 家族に別れを告げて飛行機に乗りこんだ/告別家人，坐上了飛機。

☆ 駅員が列車の到着を告げる/站務員廣播列車的到達。

❷ 知らせ教える。中 報告；宣告。E inform; proclaim.

☆ 医師が患者に病名を告げる/醫生告訴患者病名。

☆ ラジオが正午を告げた/收音機報時十二點整。

つごう 【都合】ツゴー、ツゴー ❶ あることをするときのぐあい。事情。中 方便；合適；情況。E convenience; circumstances.

☆ あしたはつごうが悪くて行けない/明天沒有時間去不了。

☆ 好つごう/恰好；順利；方便。

❷〔～する〕なんとか工夫してぐあいのいいようにすること。中 準備；安排；設法。E make time; manage.

☆ 時間のつごうがつけば行く/有時間就去。

☆ なんとかつごうしてうかがいます/想辦法抽出時間去拜訪。

❸ (副詞的に)全部で。中 總共；共計。E in all.

☆ 参加者は男３人、女５人、つごう８人です/參加者男性三人，女性五人，總共八個人。

つじつまがあう 【つじつまが合う】 前後や筋道に矛盾がなく、よく合う。中 前後吻合；合乎邏輯。E be consistent.

☆ プールに行ったというのに水着がぬれていないのは、つじつまが合わない/說是去游泳，可是泳衣卻沒濕，不合乎邏輯。

☆ 話のつじつまが合う/說的話前後吻合。

似た表現 つじつまを合わせる

つた・える 【伝える】ツタエル、ツタエル〔他動一〕 ❶ 熱や音などを一方からもう一方へ移す。順々に送る。中 傳；傳導。E transmit; conduct.

☆ この金属は熱をよく伝える/這種金屬的導熱性好。

❷ ことばで広く知らせる。中 廣播；傳達。E tell; convey.

☆ ７時のニュースをお伝えします/現在播報七點的新聞。

☆ みなさんによろしく伝えてください/請向大家問好。

❸ ものごとをゆずったり教えたりして後に残す。中 傳授；傳給。E teach; hand down.

☆ 弟子に技術を伝える/傳授技術給弟子。

☆ 語り伝える/口傳。

❹ 遠くから持ってきてひろめる。中 傳來；傳播。E introduce into.

☆ フランシスコ・ザビエルがキリスト教を日本に伝えた/弗朗西斯科・薩比埃爾把基督教傳入了日本。

▷ 自動 伝わる

つたな・い ツタナイ 下手だ。中 拙；笨拙；不高明。E poor; unskillful.

☆ わたしのつたない英語では、なかなか通じない/我的爛英語說不通。

☆ 子供が書いたつたない字/孩子寫的不熟練的字。

参 自分のことをいうときには、謙遜の気持ちが加わる。

ったら (名詞、動詞と形容詞の基本形、形容動詞の語幹、動詞の命令形について)「といったら」のくだけた言い方。❶ 相手を軽く悪く言う気持ち、親しい気持ち、命令や驚きの気持ちなどを表す。

☆ 早くしろったら、遅れるよ / Hurry up! We'll be late. / 不快一點的話，就會遲到唷！

☆ 一郎ったら、いつまで寝てるの / 一郎，你要睡到什麼時候啊？

❷ (文の終わりについて)呼びかけ、意味の強め、命令などの気持ちを表す。

☆ 早く帰ってきてよ。お父さんったら / 爸爸，你快點回來呀！

☆ わかってるったら / All right, all right! / 哎呀！明白了。

▷ 話

つち【土】ツチ　岩や石が雨や風で小さな粒になったもの。中 地；土地。E earth; soil; the ground.

☆ 土をたがやして種をまく / 耕地播種。

☆ 雪がとけて黒い土が見えてきた / 雪溶化，露出了黑色土地。

☆ 土を深く掘って木を植える / 把土挖深，種上樹。

つつ　(動詞の「ます」形について)❶ ある動作と同時にほかの動作も行われることを表す。中 一面……一面……。

☆ なくなった友をしのびつつ思い出を語る / 一邊懷念死去的朋友一邊聊往事。

☆ メモをとりつつ話を聞く / listen to a person as one takes notes. / 一面做記錄，一面聽談話。

❷ 前のことと後のことが反することを表す。中 雖然；可是；儘管。

☆ 悪いとは知りつつ、お金を盗んでしまった / I've stolen some money though I knew it was wrong. / 明知道不好，還是偷了錢。

❸ (「〜つつある」の形で)その動作が現在進行していることを表す。中 表示正在……。

☆ 滅びつつある文化 / a dying culture. / (正在)走向滅絶的文化。

▷ 書

参 ❶❷は「ながら」と似ているが、「つつ」のほうが改まった言い方。

つっ-【突っ-】(動詞について)意味やことばの調子を強める。中 加強語氣。

☆ 交差点をまっすぐ突っ切ってください / 請直接穿過十字路口。

☆ 突っ放す / thrust away; reject. / 甩開；拋開不管；冷淡對待。

☆ 突っ走る / 猛跑。

参「突き」の変化した形。カ行、タ行、ハ行の音で始まることばにつく。また、「走る」「放す」などの「は」は「突っ」がつくと「ぱ」になる。

つつうらうら【津津浦浦】ツツ・ウラウラ、ツツ・ウラウラ　全国あらゆる所。つづうらうら。中 全國各地；五湖四海；全國各個角落；家家戶戶。E far and wide; all over the country.

☆ そのニュースは、テレビやラジオで全国の津々浦々まで広まった / 這條新聞透過電視及收音機傳到全國各地。

参 全部の「津(=港)」や「浦(=海岸)」の意味。

つつ・く　ツツク〔他動五〕(つついて) ❶ ひじや指で軽く突く。中 輕輕地碰一下；戳。E poke; nudge.

☆ 居眠りしている友達の背中をつついて起こす / 推睡著的朋友的後背，叫醒他。

❷ 細いもので何度も突く。また、そのようにして食べる。中 啄；少量的吃。E peck at; pick.

☆ スズメが、落ちた米をつついて食べている / 麻雀啄食掉在地上的米。

☆ すきやきをつつく / 吃壽喜燒。

❸ 欠点などをわざわざ取りだす。中 挑毛病；吹毛求疵。E find fault with.

☆ 会費の使い方が変だとつついて会長を困らせる / 挑剔會長使用會費不當來困擾他。

☆ 欠点をつつく / 挑毛病；吹毛求疵。

つ

〓参「つっつく」ともいうが、「つっつく」のほうがはっきりしていて強い動作。

つづ・く【続く】ツズク〔自動五〕(つづいて)

❶そのままずっと同じ状態だ。中繼續；連續。E continue; go on.

☆松林の向こうに白い砂浜が続いている/松樹林的對面綿延著白色沙灘。

☆休みが3日続くのでうれしい/連休三天，真高興。

☆雨が降り続く/連續下雨。

❷つぎつぎに起こる。また、すぐ後にくる。後にしたがう。中接連；連續不斷；接著。E in succession; follow.

☆電車が続いてくる/電車接連不斷。

☆師の後に続く/繼承師傅。

▷名続き　他動続ける

つづ・ける【続ける】ツズケル〔他動一〕

❶そのままずっと同じ状態にする。中繼續；連續；連接不斷。E continue; keep on.

☆ダイエットを続けているが、なかなかやせない/一直持續減肥，可是怎麼也瘦不下來。

☆会議を続ける/繼續開會。

☆待ち続ける/繼續等待。

❷すぐ後になにかをする。中接著；連上。E proceed.

☆山田さん、後を続けて読んでください/山田君，請繼續往下讀吧。

▷自動続く

つっけんどん　ツッケンドン　ことばや態度にやさしさがなく、とげとげしいようす。話中粗暴；不和藹；怠慢。E curtly; abrupt.

☆窓口の駅員はつっけんどんにつりを投げて返した/車站售票口的站務員，粗魯地把找的錢扔給了乘客。

☆店員はにこりともせず、つっけんどんな態度で注文をきいた/店員板著臉，冷淡地聽客人點菜。

つっこ・む【突っ込む】ツッコム〔自他動五〕(つっこんで)　❶激しい勢いで中に入る。中闖進；衝進。E run into; plunge into.

☆居眠り運転のトラックが商店に突っこんだ/打瞌睡的卡車司機把車開進了商店裡。

❷中に入れる。中塞進；放進。E thrust into; stuff in.

☆ポケットに手を突っこむ/把手插進口袋裡。

☆なんでも引き出しに突っこむ/什麼都往抽屜裡塞。

❸深く入りこんで相手の弱みなどを鋭くせめる。中深入追究；追問。E question closely.

☆大臣の答えがはっきりしないので、もういちど突っこんできく/部長的答覆含糊，進一步追問下去。

▷名突っ込み

〓注❶は自動詞、❷❸は他動詞。

〓参「突きこむ」からできたことば。

つつし・む【慎む・謹む】ツツシム〔他動五〕(つつしんで)　❶過ちのないように気をつける。中謹慎；慎重；小心。E be careful; be discreet.

☆知らず知らずに人を傷つけることがないように、ことばをつつしむ/為了避免無意中傷人，說話要謹慎一些。

❷やりすぎないようにする。中節制；抑制。E abstain from; refrain from.

☆健康が心配なので酒をつつしむ/為了健康，少喝酒。

☆夜ふかしをつつしむ/少熬夜。

❸(「つつしんで～する」の形で)相手をうやまって～する。中敬；謹。

☆つつしんで新年のお喜びを申し上げます/I wish you a Happy New Year./恭賀新禧。

▷書❸　名慎み・謹み

〓注漢字で書くときは、❶❷は「慎む」、❸は「謹む」。

つつぬけ【筒抜け】ツツヌケ　❶話し声、音などがそのまま他の人に聞こえること。中聽

得清楚。E be distinctly heard.

☆ 壁が薄いので、となりの部屋の話し声がつつぬけに聞こえる / 因為牆薄(隔音差)，隔壁房間說的話，聽得一清二楚。

❷ 隠しておいたことが全部人に知られること。中 完全洩漏。E leak out to.

☆ 企業秘密がライバルの会社につつぬけだった/企業機密都被洩漏給競爭對手公司了。

つっぱ・る 【突っ張る】ツッパル〔自動五〕(つっぱって) ❶ 筋肉などが強く張ってかたくなる。つる。中 抽筋。E become stiff.

☆ プールに飛びこんだら、急に足が突っぱった / 剛跳進游泳池，腳就突然抽筋了。

☆ 欲の皮が突っぱる(＝非常に欲が深い)/貪得無厭（＝欲望非常之人）。

❷ 社会や組織のあり方に抵抗する。また、強く見せようとして無理になにかをする。中 抵抗；抵制。E persist in (doing an act of defiance).

☆ 長髪を禁じた校則に反発して、一郎は1人だけ髪をのばして突っぱっている/只有一郎留長髮，一個人反抗禁止長髮的校規。

▷ 話❷ 名 突っ張り

つつまし・い ツツマシイ ❶ 遠慮深くて、しとやかだ。中 謙虛；謙恭；客客氣氣。E modest.

☆ ふだんは活発な姉が、きょうは和服を着てつつましくすわっている / 平時活潑的姊姊，今天身著和服斯文地坐著。

❷ ぜいたくでない。つましい。中 簡樸；樸素。E frugal; humble.

☆ 結婚式は親戚の者だけでつつましく行った / 舉行了只有親戚參加的樸實婚禮。

☆ 必要以外のお金は使わないつつましい生活 / 除了必要的開銷外，不花錢的樸實生活。

つつ・む 【包む】ツツム〔他動五〕(つつんで)

❶ 布や紙などの中にものを入れて、全体をおおう。中 包；裹；包上。E wrap.

☆ プレゼントをきれいな紙に包んで渡す/用漂亮的包裝紙把禮品包裝起來送人。

❷ 心の中などに隠す。秘密にする。中 藏在心裡；隱瞞。E conceal; keep secret.

☆ 悲しみを胸に包む / 將悲痛埋在心裡。

❸ まわりを取りかこむ。中 籠罩；掩蓋。E envelop; fill with.

☆ 森や林が町を包んでいる / 小鎮隱沒在森林中。

☆ 興奮に包まれた会場 / 沸騰的會場。

▷ 名 包み

つづ・る ツズル、ツズル〔他動五〕(つづって)

❶ つなぎ合わせて、ひと続きのものにする。中 裝訂。E file; bind.

☆ 書類をつづる / 把文獻裝訂起來。

❷ 文章や詩歌をつくる。中 寫；作文。E write; compose.

☆ 旅行の思い出をつづる / 將旅行的回憶寫成文章。

❸ アルファベットなどの文字を続けて単語を書く。中 拼；拼寫。E spell.

☆ 単語をまちがってつづる / 單字拼錯了。

▷ 名 つづり

って ❶ 動作、作用の内容を表す。と。中 表示動作、作用、思想的內容。

☆ 医者に退院していいって言われた / The doctor said that I could go home. /大夫對病人說：「可以出院了。」

☆ 来いって言われたから来た / 要我來，我才來的。

❷ つぎに来ることばを説明する。という。中 表示以同格關係進行修飾。

☆ 田中一郎って俳優知ってる？/ Do you know the actor whose name is Ichiro Tanaka? /你知道田中一郎這個演員嗎？

❸ 相手の発したことばを受けて、それに否定的に答える。といっても。中 表示否定的回答。

☆ どこへ行くかって、まだ決めてないよ / You ask me where I'm going, but I haven't decided yet. / 去哪裡還沒決定耶。

☆ すぐしろって、それは無理だよ / 要馬上就做，那可辦不到。

❹ ものごとの意味や内容の説明をするときの主題を表す。とは。というものは。中 表示主題的提示。

☆ 人生ってなんだ？/ 人生究竟是什麼？

☆ 道子っていい人ね / Michiko is really good-natured. / 道子這個人真好啊！

❺ (文の終わりについて)(1)ほかから聞いた話であることを表す。ということだ。中 據說；聽說。

☆ あの２人、結婚したって / They say those two have gotten married. / 聽說那兩個人已經結婚了。

☆ 京都のもみじ、きれいだって / 據說京都的紅葉很美。

(2) 相手の話、またはほかから聞いた話などを相手に確かめる。中 進行反問或表示懷疑。

☆ きみ、アメリカに行くんだって？/ 聽說你要去美國，是嗎？

☆ 田中さん、病気ですって？/ Mr.Tanaka is sick, isn't he? / 田中病了？

❻ (動詞、形容詞、形容動詞の基本形について)反対の条件を表す。といっても。としても。話中 表示逆反條件。

☆ いくら説明したって、父はわかってくれない / No matter how much I explain, my father just won't understand. / 無論怎麼講，父親也不懂。

☆ テレビがおもしろいからって、１日に７時間は見すぎだ / 即使電視有趣，也不能一天看七個小時啊！

▷ 話

参 ❺(2)はことばの終わりを上に上げて言う。

つど【都度】ツド　そのたびごと。中 每次；隨時。E every time; whenever.

☆ わからないことがあったら、そのつど質問するほうがいい / 如有不明白的地方，還是當場就問最好。

つとめ【勤め・務め】ツトメ　❶ 勤めること。また、その仕事。中 工作；差事。E work; a job.

☆ 勤めが終わってからビールを飲みに行く / 工作結束之後去喝啤酒。

☆ 朝８時に勤めに出る / 早晨八點去上班。

❷ 当然しなければならないこと。中 義務；責任；任務。E one's duty.

☆ 子供を教育するのは親の務めだ / 教育孩子是父母的義務。

☆ 務めを果たす / 盡職；盡義務。

▷ 他動 勤める・務める

注 漢字で書くときは、❶は「勤め」、❷は「務め」。

つとめて【努めて】ツトメテ　すこし無理でも努力してするようす。書中 儘量；盡力；儘可能。E as much as one can; make an effort to do.

☆ 仕事が忙しいが、健康のため努めて運動するようにしている / 工作雖然忙，但為了健康儘量做運動。

つと・める【努める】ツトメル〔他動一〕

❶ 一生懸命力をつくす。努力する。中 努力；盡力。E exert oneself; try hard.

☆ 三郎は島の子供たちの教育に努めている / 三郎致力於島上兒童的教育工作。

❷ がまんしてなにかをする。中 努力做；拚命忍住。E try; endeavor.

☆ 悲しかったが泣き顔を見せないように努めた / 雖然悲傷，卻努力強忍哭臉。

つと・める【勤める・務める】ツトメル〔他動一〕　❶ 役所や会社などで、給料をもらって決まった仕事をする。勤務する。中 工作；做事；任職。E work for; be employed in.

☆ 姉は銀行に勤めている / 姊姊在銀行上班。

❷ 頼まれた役目や任務を受け持つ。中 擔任；當；做。E serve as.

☆ 国際会議の案内係を務める/擔任國際會議的招待。

☆ クラスの担任を務める/擔任班導。

▷ 名勤め・務め 自動勤まる・務まる

注 漢字で書くときは、❶は「勤める」、❷は「務める」。

つな【綱】ツナ ❶繊維、針金などを材料として長く太くより合わせたもの。ものを結びつなぐのに使う。ロープ。中粗繩；繩索；纜。E a rope; a cord.

☆ ボートを綱で岸につなぐ/把小船用纜繩拴在岸上。

☆ 綱渡り/tightrope walking./走鋼絲。

❷頼りにするもの。中命脈；依靠。E something to depend on.

☆ 山で遭難したときチョコレート1枚が命の綱だった/被困在山裡時，一塊巧克力成了賴以維生的救命丹。

☆ 災害のときの頼みの綱は小型ラジオだ/遇到災難時，可依靠的是小型收音機。

▷ 数❶1本

参 ❶は「ひも」や「縄」と似ているが、材料、太さ、強度などが違う。「ひも」は太い糸のようなもので、あまり重いものをしばって支えることはできないが、「綱」はいちばん丈夫で強くつくってある。「縄」はその中間になる。

つなが・る ツナガル〔自動五〕(つながって)

❶離れているものが結びついてひと続きになる。中連接；連繫。E be connected; come through.

☆ 工場と宿舎は廊下でつながっている/工廠和宿舍之間以走廊互相連接。

☆ やっと電話がつながった/電話總算打通了。

❷関係、関連がある。中牽連；有關聯；有關係。E be connected with; be related to.

☆ 国の安全につながる問題/關係到國家安全的問題。

☆ 血のつながった姉妹/親姊妹。

▷ 名つながり 他動つなぐ

つな・ぐ ツナグ〔他動五〕(つないで) ❶ひもや綱などでものを結んで離れないようにする。中繫；拴。E chain; keep; tie

☆ 犬を鎖でつなぐ/用鐵鏈拴狗。

❷離れているものを結びつけてひと続きにする。中接上；連起；串起。E hand in hand; connect.

☆ 仲よしの友達と手をつないで散歩する/和好朋友手拉手散步。

☆ 田中先生の研究室に電話をつないでください/請接田中老師的研究室。

❸長く続けて絶やさないようにする。中維繫。E cling to; sustain oneself.

☆ わずかな望みをつなぐ/抱持一線希望。

☆ パン1個で命をつなぐ/以一個麵包維持了生命。

▷ 名つなぎ 自動つながる

つなみ【津波】ツナミ 地震などのために突然海岸へ押し寄せる高い波。中海嘯。E a *tsunami*; a tidal wave.

☆ 津波におそわれて、海岸にいた子供たちが海の中に連れ去られた/由於海嘯襲擊，在岸邊的孩童被捲進海裡去了。

つねに【常に】ツネニ いつも変わらないようす。いつでも。書中常；時常；總。E always; at all times.

☆ 親は常に子供の幸福を願っているものだ/父母總是盼望自己的兒女幸福。

☆ 常に努力する/不斷地努力。

つね・る ツネル〔他動五〕(つねって) つめや指の先で皮膚を強くはさんでひねる。中掐；擰。E pinch.

☆ はしを置いたままテレビに夢中になっていたら、母に手をつねられた/放下筷子入神的看電視，被媽媽掐了一下。

☆ つねられた跡/被掐的痕跡。

つの【角】ツノ　牛など動物の頭に突き出ている、かたくて先が細いもの。中角；犄角。E a horn; an antler.

☆ シカの角を切る / 剪鹿角。

☆ 角が生えている / 長犄角。

数 1本

角突き合わせる　仲が悪くていつもけんかしている。中衝突。E be at odds with each other.

☆ あの2人が角突き合わせているので、仕事が進まない / 兩個人互相衝突，因而工作進展不了。

つの・る【募る】ツノル〔自他動五〕(つのって)　❶ ますますひどくなる。激しくなる。中越來越厲害。E grow on one; gather force.

☆ イレーヌの手紙を読むと、パリへ飛んでいきたい思いがつのる/讀著伊雷努的信，不由得衍生出想飛去巴黎的念頭。

☆ あらしがつのる / 暴風雨越來越猛。

☆ 吹きつのる / 風越颳越大。

❷ 広い範囲に呼びかけて集める。募集する。中招；募集；徵集。E invite; collect.

☆ 工場見学の参加者をつのる / 募集參觀工廠的人。

☆ 寄付金をつのる / 籌集捐款。

注 ❶は自動詞、❷は他動詞。

つば　ツバ　口の中に出る液。食べ物の消化を助ける働きをする。つばき。中唾沫；唾液。E spit; saliva.

☆ おいしそうなものを見るとつばが出る/一看見好吃的東西，口水就流出來。

☆ つばを飛ばして議論する/爭論得口沫橫飛。

☆ つばをはく / 吐口水。

つばをつける　他人に取られないように、前もってこれは自分のものだとはっきり言っておく。中預先表示該物是屬於自己的。E reserve a thing for oneself.

☆ いい茶碗を見つけたので、つばをつけておいた / 看到了好碗，怕別人買走，就先訂了下來。

つばさ【翼】ツバサ　鳥が飛ぶために動かす羽。形が似ているので飛行機の両側についているものにもいう。中 翼；翅膀。E the wings.

☆ 白い鳥がつばさをひろげて飛んでいった/白鳥展翅飛走了。

☆ 銀色のつばさを輝かせて飛行機が下りてきた / 機翼閃著銀光的飛機在下降。

数 1枚

つぶ【粒】ツブ　❶ 小さくてまるい形をしたもの。中粒；顆粒；顆。E a drop; a grain.

☆ ひたいに汗の粒が光っている / 額頭上的汗珠在發光。

☆ 大粒の雨 / 大雨點兒。

☆ ごはん粒 / 飯粒。

❷ (数を表すことばの後について)小さくてまるい形のものの数を表す。

☆ 1粒の涙 / a teardrop. / 一滴眼淚。

☆ 2粒の米 / 兩粒米。

☆ 3粒の真珠 / 三顆珍珠。

粒がそろう　❶ 集まっている人やものの大きさ、質などがだいたい同じだ。中大小一致；品質劃一。E be all of a size; be of even quality.

☆ このミカン畑のミカンは、粒がそろっていて味がいい / 這片橘子園的橘子大小均勻，味道又甜。

❷ 集まった人やものの性質、能力がみなすぐれている。中一個比一個強。E be all very good.

☆ 選手の粒がそろっているから、きっと優勝するだろう / 選手個個實力堅強，定能戰勝其他對手。

似た表現 粒をそろえる、粒ぞろい

つぶ・す　ツブス〔他動五〕(つぶして)　❶ 力を加えて形をくずす。中壓碎；踩扁；弄得不成樣子。E crush; smash.

☆ 空き缶をつぶして捨てる / 把空罐子壓扁

扔掉。

☆ 古い自動車を機械でつぶす / 把報廢車輛用機械壓碎。

❷ なくしたり、役に立たないようにしたりする。中 弄壞；毀壞；使破產。E lose; ruin.

☆ 長い時間演説を続けて声をつぶした / 長時間連續講演，聲音都啞了。

☆ チャンスをつぶす / 錯過機會。

☆ 車を乗りつぶす / 車一直開到不能開。

❸ 別のことに使うために、もとの形を変える。中 搗毀；熔化。E demolish (and use in another way).

☆ 山林をつぶして住宅地にする / 剷平山林改為住宅用地。

❹ すきまを埋める。中 堵上；堵死；塗蓋上。E fill in; fill up.

☆ すっかり水がかれてしまったので、井戸をつぶす / 因為井水乾枯了，所以把它填平。

☆ 穴をつぶす / 填洞。

☆ ぬりつぶす / 塗滿。

❺ 空いている時間をほかのことをして過ごす。中 消磨；打發；浪費。E kill (time).

☆ 約束の時間まで喫茶店で時間をつぶす / 見面之前先在咖啡館打發時間。

☆ ひまをつぶす / 消磨時間；打發時間。(→暇 慣用)

▷ 名 つぶし　自動 つぶれる

つぶや・く　ツブヤク、ツブヤク〔他動五〕(つぶやいて)　口の中でぶつぶつとひとりごとを言う。中 嘀咕；發牢騷。E murmur; mutter.

☆ 平和を願ってひとりひとりがつぶやく声も、集まれば大きな叫び声となる / 期望和平的心願，即使是個體的私語聲，聚集起來也會成為巨大的呼聲。

名 つぶやき

つぶ・れる　ツブレル〔自動一〕❶ 力を加えられて形がくずれる。中 壓壞；擠破；倒塌。E be destroyed; be crushed.

☆ 地震で家がつぶれる / 由於地震，房屋倒塌。

☆ つぶれた卵 / 壓壞的雞蛋。

❷ なくなったり、役に立たなくなったりする。中 失去作用；破產；倒閉。E lose; be ruined.

☆ チャンスがつぶれる / 失去機會。

☆ 面目がつぶれる / lose one's face. / 丟臉；失面子。

☆ 声がつぶれる / 聲音沙啞。

❸ 使おうと思っていた時間が、なにかのために使えなくなる。中 浪費掉。E waste (time).

☆ 日曜日は客が訪ねてきたので、1日つぶれてしまった / 星期日客人來訪，浪費掉一天的時間。

▷ 他動 つぶす

つべこべ　ツベコベ　いろいろうるさく言うようす。話 中 東拉西扯地擺一些道理，發一些牢騷，提一些意見等而糾纏不休的樣子。

☆ 一郎は、仕事がつらいとか給料が安いとか、つべこべ(と)文句ばかり言っている / Ichiro is always complaining that his job is hard or his salary is low. / 一郎一下說工作緊張一下又說工資太低，牢騷個不停。

☆ つべこべ(と)言うな / 別嘮叨沒完。

つぼ【坪】ツボ　尺貫法の面積の単位。1坪は1辺が約1.8メートルの正方形で、約3.3平方メートルの広さ。中 坪（一坪相當三．三平方公尺）。E a *tsubo*; a unit for measuring land.

☆ 30坪の家を建てる / 建一座三十坪的房子。

☆ 坪あたり50万円の土地 / 每一坪五十萬日圓的土地。

つぼ　ツボ　❶ 口の部分が細く、胴の部分がまるくふくらんだ形の入れ物。中 罐；罈；甕。E a jar; a pot.

☆ このつぼは400年前につくられたもので、色も形もすばらしい / 這個罈子是四百年前燒成的，形狀顏色都好。

❷ ものごとのたいせつな点。中 關鍵；要點。

つ

E the main point.

☆ つぼを押さえた話でわかりやすかった/講話簡明扼要，容易理解。

❸ (「思うつぼ」の形で)期待どおりになること。中企圖；心願。E be nothing but what a person wanted.

☆ ここで短気を起こして会社をやめたら、社長の思うつぼだ/因這點小事發脾氣而辭去工作，正合老闆的心願。

-っぽい (名詞、動詞の「ます」形について) ～の感じが強い。～する傾向がある。

☆ 大人っぽい感じの中学生/像大人的中學生。

☆ 水っぽい / watery. / 水份多。

☆ 熱っぽい / feverish. / 好像發燒。

☆ 忘れっぽい / forgetful. / 健忘。

つぼみ ツボミ ❶ 花が咲く前の、すこしふくらんだ状態。中花蕾；蓓蕾。E a bud.

☆ 暖かくなって桜のつぼみがふくらんできた / 天氣漸暖，櫻花的蓓蕾含苞待放。

☆ 枝にたくさんつぼみをつけている梅/梅枝上結滿了花蕾。

❷ 大人として認められる前の将来性のある若い人。中未成年。E before one's bloom.

☆ 弟は病気で17歳のつぼみのまま死んでいった / 弟弟在十七歲，未成年就因病而夭折了。

▷ →花 図

つま【妻】ツマ 結婚している男女の、女性のほう。中妻；妻子。E a wife.

☆ 妻と夫が協力して、いい家庭をつくる/夫妻協力共創美滿的家庭。

☆ 妻の誕生日に、ランの花をプレゼントした / 妻子生日那天，送蘭花作為禮物。

対夫

参 第三者や自分の妻をさすときに使う。くだけた言い方は「女房」、自分の妻を改まった場面などで謙遜していう言い方は「家内」。また、自分の妻だけでなく、きょうだいや伯父(叔父)の妻、友人や知人など他人の妻をさしていう言い方に「つれあい」がある。なお、「つれあい」は妻の側から夫の側についていうこともできる。「奥さん」は、他人の妻をさしていい、また直接呼びかけるときにも使う。

つまさき【つま先】ツマサキ 足の指やはきものの先の所。中腳尖。E the tip of a toe; tiptoe.

☆ 赤ちゃんが寝ているので、そっとつま先で歩く/因為孩子在睡覺，所以輕輕地踮起腳尖走。

☆ 靴下のつま先に穴が開いた / 襪子的腳尖處破洞。

→足・脚 図

注 漢字で書くときは「爪先」。

つまず・く ツマズク〔自動五〕(つまずいて)

❶ 歩いているとき、足先がものに当たって、よろけたり前にのめったりする。中摔；絆；跌倒。E stumble over; trip on.

☆ 山を歩いていて、木の根につまずいて転んだ / 走山路，被樹根絆倒了。

☆ 石につまずく / 被石頭絆倒了。

❷ うまく進んでいたのに、中途で障害にあって失敗する。中失敗；受挫；挫折。E fail; meet with a setback.

☆ 資金がたりなくなり、事業につまずいた/因資金不足，生意受挫。

☆ 実験の失敗で研究がつまずく / 因為實驗失敗，研究中斷。

▷ 名つまずき

つまはじき ツマハジキ〔～する〕 嫌ったり軽蔑したりして仲間に入れないこと。中嫌惡；輕蔑；排斥。E shun; disdain.

☆ 弟はわがままで自分勝手なことをするので、みんなのつまはじきになっている/弟弟總是任性妄為，因而被大家排擠。

つまみ ツマミ ❶ つまむこと。また、つまんだ量。[中]一撮。[E] a pinch.

☆ ひとつまみの塩/一撮鹽。

❷ なべや器具などの、指先ではさんで持つ部分。[中]提把；紐；把手。[E] a knob.

☆ なべのふたのつまみがこわれて不便だ/鍋蓋的把手壞掉了，不好拿。

❸ ビールや酒を飲むときに食べる簡単な食べ物。[中]下酒菜。[E] a snack with a drink.

☆ チーズをつまみにしてビールを飲む/拿乳酪當下酒菜配啤酒。

▷ [他動]つまむ

つまみぐい【つまみ食い】ツマミグイ〔～する〕 ❶ はしなどを使わないで指先ではさんで食べること。[中]抓著吃。[E] eat with one's fingers.

☆ 台所で料理している父親のそばで子供がつまみ食いしている/父親在廚房做飯，孩子在一旁偷吃。

❷ 隠れてこっそり食べること。[中]偷吃。[E] eat in secret.

☆ ダイエットしているのに効果がないのは、つまみ食いのせいだ/減肥不見效，是因為忍不住嘴饞的緣故。

❸ 会社などの金を隠れて使うこと。[中]侵佔公款。[E] embezzle.

☆ 会社の金をつまみ食いしたのがわかって首になった/因為挪用公款的事跡敗露，而被開除了。

▷ [話]❸

つま・む ツマム〔他動五〕(つまんで) ❶ 指先やはしではさんで持つ。[中]捏；夾。[E] pinch; hold.

☆ シャツのよごれた部分をつまんで洗う/抓住襯衫髒的地方洗一洗。

☆ いやなにおいがするので鼻をつまんだ/有怪味道而捏住鼻子。

☆ つまみだす/揪出來。

❷ 指先やはしで取って食べる。[中]夾起來吃。[E] eat with one's fingers or chopsticks.

☆ 豆をつまみながらテレビを見る/邊吃豆子邊看電視。

☆ すしをつまむ/吃壽司。

❸ 要点などを抜きだす。要約する。[中]摘要；提要。[E] sum up.

☆ 要点をつまんで書きだす/寫出重點。

☆ かいつまむ/摘要；抓住要點。

▷ [名]つまみ

つまらな・い ツマラナイ ❶ おもしろくない。興味が持てない。[中]無趣；沒趣；沒意思。[E] dull; boring.

☆ テレビのドラマがつまらないので、途中で消してしまった/電視劇很無聊，所以就把電視關了。

☆ つまらない小説/無聊的小說。

[対]おもしろい

❷ 重要でない。価値がない。[中]沒有價值；無謂。[E] silly; a little (something).

☆ 1行抜かして読むというつまらないミスで試験に落ちた/只因為漏讀了一行字這種小錯誤就落榜了。

☆ つまらないものですが、召し上がってください/一點小意思，請嚐。

[参] ❷で自分のものやことについていうときには、謙遜の気持ちが加わる。

つまり ツマリ ❶ (文と文をつないで)前にいったことを簡単にまとめたり、言いかえたりするときに使うことば。[中]就是說；也就是。[E] in short; in other words.

☆ 二郎はわたしの父の兄の息子だから、つまりいとこだ/二郎是我伯父的孩子，也就是我的堂兄。

☆ 財政困難、つまりお金がたりないという問題はどこの国にもある/所謂財政困難，也就是沒有錢，這是各個國家都存在的問題。

❷ 要するに。結局。[中]究竟。

☆ きみはつまり、なにがほしいんだ？/ What

do you want, after all? / 你究竟想要什麼？

つま・る【詰まる】ツマル〔自動五〕(つまって)　❶空いている所にものが入っていっぱいになる。中 塞滿；擠滿；充滿。E be filled with; be tight.

☆ 箱にぎっしり本がつまっている / 箱子裡裝滿了書。

☆ 2カ月先まで予定がつまっている / 行程排到了兩個月以後。

❷ 途中でふさがって、通じない。中 堵塞；不通。E be stuffy; be stopped up.

☆ かぜをひいたためか、鼻がつまる / 不知道是不是感冒了，鼻子不通。

☆ ごみで下水がつまった / 垃圾把下水道堵住了。

❸ 余裕や逃げ道がなくなる。中 困窘；窘迫。E be hard up; be at a loss.

☆ 資金につまって、経営が困難になる / 資金短缺，以致營運困難。

☆ 鋭い質問で答えにつまる / 問題太尖銳，答不出話。

☆ ことばにつまる / 說不出話。

❹ 小さくなる。短くなる。少なくなる。中 縮短。E shrink; become shorter.

☆ ズボンを洗ったら、たけがつまった / 褲子一洗就縮水了。

☆ 差がつまる / 差距縮短了。

☆ 煮つまる / 煮乾；即將解決。(→ 項目)

❹ (「つまらない」の形で) ⇨つまらない

▷ 他動 詰める

つまるところ　要するに。結局。中 歸根究柢。E in short; to sum up.

☆ 落第したのは、つまるところ、きみが怠けたからだ / 落榜的原因，歸根究柢還是因為你懶惰。

つみ【罪】ツミ　❶法律、宗教、道徳などに反すること。中 罪；犯罪。E a crime; a sin.

☆ 盗みの罪で警察に捕まる / 因犯盜竊罪，而被警察逮捕。

☆ 罪の意識 / a sense of guilt. / 犯罪意識。

❷ 悪いことをした罰。中 罪過；罪咎；責任。E the blame; punishment.

☆ あの子の病気は、雨の中で無理に働かせたわたしに罪がある / 那孩子是因為我讓他冒雨工作才生病的，所以我有責任。

☆ 他人に罪を着せる / put the blame on someone else. / 嫁禍於人。

❸ 人の心を傷つけたり、悲しませたりするようす。中 冷酷無情；不近人情；殘忍。E cruel; inhuman.

☆ 病人の前で、「今晩、ホテルでフランス料理を食べるのが楽しみだ」などと言うのは罪な話だ / 在病人面前說「好期待今天晚上在大飯店吃法國菜」，簡直是作孽。

罪がない　悪い心がない。無邪気だ。中 無罪；無辜；天真。E white (lie); harmless.

☆ 罪がないうそだから、とがめる気にならない / 只不過是一句無心的謊言，我不怪他。

つみき【積み木】ツミキ　いろいろな形の小さな木を積み重ねてものの形をつくる遊び。また、そのおもちゃ。中 積木；堆積木。E building blocks.

☆ 積み木で家をつくって遊ぶ / 堆積木蓋房子玩。

つみた・てる【積み立てる】ツミタテル〔他動一〕　なにかの目的のために何回かに分けて預金や貯金をする。中 積存；積累。E save (money).

☆ 開業のための資金を積み立てる / 為了開業而儲存資金。

名 積み立て

つみほろぼし【罪滅ぼし】ツミホロボシ〔～する〕　前にした悪いことを償うためにいい行いをすること。中 贖罪。E atonement for one's sins.

☆ 戦争で損害を与えた罪滅ぼしに経済援助をする / 為贖在戰爭中犯下的罪行，進行經濟援助。

つ・む【摘む】ツム〔他動五〕(つんで)　指先でつまんで取る。[中]摘；採；掐。[E] pick; pluck.

☆ 茶の新芽をつむ / 採新茶。

☆ 花をつむ / 採花；摘花。

☆ つみ取る / 摘取。

つ・む【積む】ツム〔他動五〕(つんで)　❶ なにかの上に重ねる。[中]堆積。[E] pile up; lay.

☆ 机の上に本を積む / 往桌子上堆書。

☆ いくら金を積まれても断る / 就算把錢積成堆也不答應。

☆ れんがを積んでつくった塀 / 用磚頭砌成的牆。

❷ 船や車などに荷物を載せる。[中]裝載。[E] load.

☆ 荷物を山のように積んだトラック / 滿載貨物的大卡車。

[対]下ろす

❸ すこしずつふやしてためる。また、繰り返すことにより豊かにする。[中]累積；積存；積蓄。[E] accumulate; gain (experience).

☆ 巨万の富を積む / 累積鉅萬財富。

☆ 経験を積む / 累積經驗。

▷ [自動]積もる

つむじ　ツムジ　頭の上のほうで髪の毛が渦のように巻いて生えている所。[中]髮旋。[E] a hair whirl.

☆ つむじに合わせて髪の分け方を決める / 順著髮旋分頭髮。

つむじを曲げる　きげんを悪くし、わざと意地悪くしたりして相手を困らせる。[中]耍脾氣；鬧情緒。[E] get perverse.

☆ 道子につむじを曲げられると、仕事が予定どおり進まなくなる / 只要道子一耍脾氣，工作便無法如預期進展。

[似た表現]つむじ曲がり

つめ　ツメ　❶ 人間や動物の指の先に生えるかたいもの。[中]指甲；趾甲；爪。[E] a nail; a claw.

☆ 猫のつめでひっかかれて痛い / 被貓爪給抓疼了。

☆ つめを短く切る / 把指甲剪短。

❷ 琴をひくときに指にはめるもの。[中]義甲。[E] a plectrum; a pick.

☆ つめをはめて琴をひく / 戴義甲彈古箏。

❸ ものをひっかけたり、とめたりするしかけのもの。[中]鉤子。[E] a hook; a tab.

☆ カセットテープのつめを折り取ると録音できなくなる / 把錄音帶的楔子拆掉後，就不能錄音了。

▷ [数]❷1本　→手[図]

[参] 他のことばの前につくと、「つま先」「つまはじき」などのように「つま」と読み方が変わることが多い。

つめ[爪]に火をともす　倹約して暮らすようす。[中]燃指代燭；非常吝嗇。[E] very frugal.

☆ 失業して収入がなくなり、つめに火をともすような生活をしている / 失業沒有收入，過著非常節儉的生活。

つめ[爪]のあかほど　ほんのすこし。[中]少得可憐；一星半點。[E] at all.

☆ あの人は正直だから、つめのあかほどもうそが言えない / 那個人非常正直，一句謊話都不說。

つめ[爪]のあかをせんじて飲む　立派な人のまねをして、すこしでもその人と同じになれるようにする。[中]百般仿效。[E] learn a lesson from.

☆ 怠け者の兄に努力家の弟のつめのあかをせんじて飲ませたい / 想讓懶惰的哥哥好好學學（弟弟的）勤奮努力。

-づめ【-詰め】❶ (名詞について)その中に入っていること。[中]裝；裝入。

☆ 箱づめのリンゴ / apples packed in a box. / 箱裝的蘋果。

☆ 瓶づめのジャム / bottled jam. / 瓶裝的果醬。

❷ (数や量を表すことばについて)その数や量

つ

だけ入れること。中～装。

☆ ケーキを10個づめにする / put 10 pieces of cake in one box. / 一盒裝十個蛋糕。

❸ (場所を表すことばについて)そこで仕事をすること。中勤務；工作。

☆ 警察署づめの新聞記者 / a newspaper reporter assigned to the police station. / 常駐警察局的報社記者。

❹ (動詞の「ます」形について)動作を長く続けること。中持續。

☆ 電車では立ちづめだった/在電車裡一直站著。

☆ 歩きづめ / keep walking. / 一直走。

☆ 食べづめ / 一直吃；光吃。

つ

つめか・ける 【詰めかける】ツメカケル、ツメカケル〔自動一〕 その場所がいっぱいになるほど人が集まってくる。中蜂擁而來；擁上前去。E throng to; crowd.

☆ 大統領を見に、広場に市民がつめかける/為了見總統，市民擁入廣場。

☆ 重大な発表があると聞いて新聞記者やカメラマンがつめかけた / 據說有重大事件發表，很多新聞記者、攝影記者蜂擁而至。

つめこ・む 【詰め込む】ツメコム、ツメコム〔他動五〕(つめこんで) できるだけたくさん押し入れる。中裝入；填入；塞滿。E pack; cram.

☆ かばんに衣類や本をつめこんで旅に出る/裝書及衣服在包包裡，然後去旅行。

☆ 若い間に知識をつめこむ / 趁年輕時多累積一些知識。

名詰め込み

つめた・い 【冷たい】ツメタイ ❶肌にふれたときに、そのものの温度が低く感じる。中冷；涼；冰涼。E cold; cool; chilly.

☆ 冷蔵庫から出した冷たいビールを飲む/飲用從冰箱裡取出來的冰啤酒。

☆ 冷たい風 / 冷風。

対温かい、熱い

❷ やさしさや思いやりがない。中冷淡；不熱情。E cold; cold-hearted.

☆ 助けてくれるように頼んだが、冷たく断られた / 求人幫忙，卻被冷淡地拒絕了。

☆ 心の冷たい人 / 冷淡的人。

対温かい、熱い

つ・める 【詰める】ツメル〔自他動一〕 ❶空いている所にものを入れていっぱいにする。中填；填塞。E pack; sit closer.

☆ トランクに衣類をつめる/往皮箱裡裝衣服。

☆ 順に座席をつめてください / 請按照順序一個挨一個坐。

❷ 途中でふさがるようにし、通じなくする。中塞進；裝入。E stuff~with; hold (one's breath).

☆ 耳に綿をつめる / 往耳朵裡塞棉花。

☆ 息をつめる / 摒息；停止呼吸。

❸ そのことばかり休みなく続ける。中不停地；連續。E do continuously; concentrate on.

☆ 朝から晩までつめて勉強する / 從早到晚不停地學習。

☆ 根をつめる / 聚精會神。

☆ 思いつめる / 鑽牛角尖；越想越煩惱；想不通。

❹ 余裕や逃げ道がないようにする。中索逼；窮追。E (live) frugally; (question) closely.

☆ 暮らしをつめる / 節儉過日。

☆ 問いつめる / 追問；逼問。

☆ 追いつめる / 緊緊追趕；追得走投無路。

(→項目)

❺ 小さくする。短くする。少なくする。中縮短。E shorten; narrow.

☆ ズボンの丈をつめる / 把褲腳剪短。

☆ 差をつめる / 縮短差距。

❻ 最後の段階にまで進める。中醞釀；歸納。E boil down.

☆ 条約案をつめる / 具體地商量協約草案。

☆ 話をつめる / 總結歸納談話內容。

☆ 煮つめる / 煮乾；熬乾；燉乾。

❼ 自分の受け持ちの場所にいて、いつでも仕事にかかれるように準備して待つ。中待

機；待命。E be in attendance; be on duty.

☆ 救急病院では、24時間医者がつめている/在急診室，二十四小時都有醫生値班。

☆ 首相官邸につめる記者/守候在首相官邸的記者。

▷ 自動 詰まる

注 ❶～❻は他動詞、❼は自動詞。

つもり【積もり】ツモリ ❶前もってそうしようと思っていること。中 打算；意圖。E intend to; expect.

☆ 今夜は一郎とディスコへ行って踊るつもりだ/我打算今天晚上和一郎去跳迪斯可。

❷ 本当はそうではないのにそうであるような気持ちになること。中 就當作～；就算是～。E imagining that; as if.

☆ 死んだつもりで働けば借金も返せるだろう/如果賣命工作的話，借款一定能還清吧。

つも・る【積もる】ツモル、ツモル〔自動五〕(つもって) ❶なにかの上に重なる。中 積；堆積。E lie; accumulate.

☆ ちりも積もれば山となる/積少成多。(→ちり 慣用)

☆ 雪が積もる/積雪。

❷ すこしずつ増えてたまる。中 累積；積存。E long (talk); grow.

☆ 学生時代の友人と久しぶりに会って、積もる話をし合った/見到久未謀面的學生時代的友人，說了很多想說的話。

☆ うらみが積もる/積怨已久。

▷ 他動 積む

つや【通夜】ツヤ 葬式をする前に家族や親しかった人が、死んだ人のそばで1晩過ごすこと。中 靈前守夜。E a wake.

☆ 通夜は今夜7時から、告別式は明日午後1時から行われる/守靈是從今晚七點開始，告別式是明天下午一點舉行。

☆ 通夜を営む/靈前守夜。

つや ツヤ ❶表面がきれいで美しく光ること。中 光澤；光亮。E gloss; luster; polish.

☆ 靴にクリームをぬってつやを出す/把皮鞋上油擦亮。

❷ 若々しく、みずみずしい美しさ。中 潤澤；光潤。E mellow; bright.

☆ あの歌手は70歳なのに、むかしのままのつやのある声をしている/那位歌手都七十歲了，聲音還像從前一樣甜美動聽。

☆ 肌につやがあって健康そうだ/皮膚有光澤，看起來很健康。

つやつや ツヤツヤ、ツヤツヤ〔～する〕 つやがあって美しいようす。中 光潤；光滑；亮亮地；光溜溜地。

☆ けさ洗ったばかりなので、髪がつやつやしている/I just washed my hair this morning, so it is nice and shiny. /今早剛洗過頭，所以頭髮柔柔亮亮的。

つゆ【露】ツユ ❶空気中の水分が冷て細かい粒となり、ものの表面についたもの。中 露；露水。E dew.

☆ 夏草に露が降りている/夏日繁茂的綠草上沾著露水。

☆ 朝露で靴がぬれる/朝露沾濕鞋子。

☆ 夜露/晚上的露水。

❷ 短い時間で形が変わり、すぐ消えてしまうもの。中 短暫；無常。E fleeting; transient.

☆ 人の命は露のようなものだから、いまをたいせつにしたい/人生猶如露水一般轉瞬即逝，一定要好好珍惜現在。

☆ 露と消えた命/生命如露水。

❸ たいへん少ないこと。中 一點點；極少。E very little.

☆ 露ほどの親切心でも、ないよりましだ/微薄的熱情也比沒有強。

❹ (後に否定の意味のことばがついて)すこしも～ない。まったく～ない。中 一點也不～；絲毫不～。E not in the least.

☆ 引っ越したとはつゆ知らず友達の家に遊

びに行った/朋友搬家了卻毫不知情，還去找他玩。

☆ そんなことはつゆ考えたことはありません/那種事絲毫沒想過。

☆ つゆほども疑わない/絲毫不懷疑。

═ 注 ❹はひらがなで書く。

つゆ【梅雨】ツユ　日本で6月から7月にかけて降り続く雨。また、その季節。ばいう。中 梅雨；梅雨期；梅雨季節。E the rainy season.

☆ 米をつくる農家にとって、つゆはたいせつな時期だ/對種稻米的農家來說，梅雨季節是非常重要的時期。

☆ つゆ入り/進入梅雨季節。

☆ つゆ明け/梅雨季節結束。

☆ 空つゆ(=つゆの時にはとんど雨が降らないこと)/乾旱的梅雨季節(＝梅雨期幾乎不下雨)。

つゆ　ツユ　❶ ごはんにそえる汁で、豆腐、ワカメ、野菜などを入れ、しょうゆや塩などで味をつけたもの。吸い物。おつゆ。中 湯；羹湯。E soup.

☆ 夕食はごはんにおつゆに魚だ/晚飯有飯，有湯，還有魚。

❷ そば、うどん、てんぷらなどにつけたりかけたりする汁。中 湯汁；淋汁。E sauce; soup.

☆ コンブでだしを取ってそばのつゆをつくる/用海帶熬製做蕎麥麵條的湯汁。

つよ・い【強い】ツヨイ　❶ 力がすぐれている。中 強；強而有力；棒。E strong; powerful.

☆ 兄は腕力が強い/哥哥的胳膊強而有力。

☆ 強いチーム/常勝軍。

対 弱い

❷ 丈夫だ。こわれにくい。中 強壯；健壯；結實。E strong; stand.

☆ 運動して体を強くする/做運動以強健體魄。

☆ 火事にも地震にも強い建物をつくる/建造防火防震的堅固房子。

対 弱い

❸ 精神的にしっかりしている。中 堅強；堅決。E strong; brave.

☆ 道子は意志が強く、決めたことは最後までやる/道子意志堅強，決定的事情，一定做到底。

☆ 強い心/堅強的意志。

対 弱い

❹ 勢いが激しい。中 強烈；厲害。E strong; intense.

☆ この花はにおいが強い/這花的香味芬芳濃郁。

☆ 強い風/強風。

対 弱い

❺ そのことが得意だ。その能力を持っている。中 對～強；擅長～。E be good at; be strong in.

☆ 洋子は数字に強いから計算をまかせても大丈夫だ/洋子精於數字，計算找她準沒錯。

対 弱い

つよき【強気】ツヨキ、ツヨキ　成功を信じて、強い気力で行動すること。中 堅決；強硬。E positive; aggressive.

☆ 強気で攻撃に出たのが勝利につながった/滿懷自信地應戰才能取得勝利。

対 弱気

つよ・める【強める】ツヨメル〔他動一〕強くする。中 加強；增強。E strengthen; intensify.

☆ 警戒を強める/加強警戒。

☆ 関心を強める/越發關注。

対 弱める　自動 強まる

つら【面】ツラ　❶「顔」のくだけた言い方。中 臉；面。E a face.

☆ 大げんかして出ていったのに、どの面下げてもどってきたんだ/大吵一架走了，怎麼又厚著臉皮回來了?

☆ 横っ面/側面；面頰。

❷ ものの表面。中 表面。E the surface.

☆ 上っ面だけのことばでは人を動かすことはできない/淨說膚淺的話是無法打動人心的。

☆ 文字面/字面。

▷ 話❶

参 ❶は嫌ったり見下したりしているときに使う。

面の皮が厚い 恥ずかしいことをしてもなにも感じないようす。ずうずうしい。中厚臉皮；厚顏無恥。E impudent; brazen-faced.

☆ 一郎は面の皮が厚いから、自分の失敗を同僚のせいにして平気でいる/一郎厚顏無恥地把自己的罪過推給同事，一副若無其事的樣子。

つら・い ツライ ❶心や体が、がまんできないぐらい苦しい。中苦；艱苦；難過。E painful; bitter.

☆ 恋人と別れるのがつらい/和情人分手是十分難過的。

☆ 妹は熱が高くてつらそうだ/妹妹發燒，看起來好像很痛苦。

❷ 人に対する思いやりがない。中刻薄；苛刻；殘酷。E harshly; cruel.

☆ 子供につらくあたる/對孩子刻薄。

☆ つらい仕打ちを受ける/受到刻薄的待遇。

-づらい (動詞の「ます」形について)～するのが困難だ。～しにくい。中難做的。

☆ 父の手紙は字がくずしてあって、とても読みづらい/爸爸的信字跡潦草，不容易讀。

☆ 使いづらい/difficult to use./不好用。

つらな・る 【連なる】ツラナル〔自動五〕(つらなって) ❶たくさんのものが1列に並び続く。中成行；成排；綿延。E stretch in a row; range.

☆ 車が何十台もつらなって走る/好幾十輛車子奔馳前進。

☆ つらなる白い峯々/蜿蜒起伏的白色山峰。

❷ 会合などの場に出る。中列席；參加。E attend.

☆ 新しい橋の開通式につらなる/出席新橋的竣工儀式。

▷ 名 連なり 他動 連ねる

つらぬ・く 【貫く】ツラヌク〔他動五〕(つらぬいて) ❶はしからはしまで、また、表から裏へ突きとおす。貫通する。中穿過；穿透；貫通。E go through; bore through.

☆ 弾丸が胸をつらぬく/子彈穿透胸膛。

☆ 海底をつらぬいたトンネル/貫穿海底的隧道。

❷ 終わりまでやりぬく。中貫徹；堅持。E carry through.

☆ 基本方針をつらぬく/貫徹基本方針。

☆ 志をつらぬく/不改初衷。

つり 【釣り】ツリ ❶魚を釣ること。中釣魚。E fishing.

☆ きのう兄と近くの川に釣りに行った/昨天和哥哥到附近的河邊去釣魚。

☆ アユ釣り/釣香魚。

☆ 釣りざお/釣魚竿。

❷ ⇨お釣り

☆ つりはいらない。とっておいてくれ/找的錢不要了，給你吧!

▷ 他動 釣る

つりあい 【釣り合い】ツリアイ 2つのものの力、重さ、性質、状態などが同じぐらいでうまく合っていること。中平衡；相稱。E balance; proportion.

☆ セーターとスカートの色のつりあいがいい/毛衣和裙子的顏色很相配。

☆ つりあいを保つ/保持平衡。

自動 釣り合う

参「バランス」「均衡」も似ている。「均衡」が抽象的なことに多く使われるのに対して、「つりあい」「バランス」は具体的なこと、私的なことにも使われる。「つりあい」「バランス」は日常で使うことばだが、「バランス」のほうがすこし新しくしゃれた言い方。「つりあい/バランスのとれた夫婦」といえるが「均衡」は使えない。「A国との貿易はバランス/

⼆ つりあい/均衡がとれている」では3語とも使える。

つりかわ【つり革】ツ͞リカワ　乗り物の中で立っている人がつかまる、上からつるされた輪。中 吊環；吊帶。E a strap.

☆ 揺れるからつり革につかまりなさい/搖搖晃晃的，請抓好吊環。

☆ 満員電車の中でつり革につかまる/在擁擠的電車中抓住吊環。

〔つり革〕

つる　ツ͞ル　鳥の一種。首や足が細長い。古くから「つるは千年、かめは万年」といわれ、長生きするおめでたい動物とされている。中 鶴；白鶴。E a crane.

☆ 冬になるとシベリアのツルが日本へやってくる/每到冬天，白鶴就從西伯利亞飛到日本。

〔つる〕

☆ ツルが北へ帰るために飛びたっていく/白鶴向北方飛去。

数 1羽

つる [鶴]の一声　それによってすべてが決まるような力のある人の1言。中 權威者的一句話。E just one word from the top.

☆ なかなか結論が出なかったが、社長のつるの一声で方針が決まった/遲遲得不到結論，卻因總經理的一句話，就定案了。

つる　ツ͞ル　❶ 茎が長くのびて、地面をはったりものに巻きついたりしているもの。中 蔓。E a vine.

☆ 朝顔のつるがどんどんのびる/牽牛花的蔓藤不斷伸延。

❷ めがねの、耳にかける細長い部分。中 眼鏡架。E an earpiece.

☆ 転んで、めがねのつるが折れた/摔倒在地，眼鏡架斷了。

▷ 数 1本　→朝顔 図

つ・る【釣る】ツ͞ル〔他動五〕(つって)　❶ 魚を針にかけて捕る。また、それと似た方法で捕る。中 釣。E fish; catch.

☆ 池で魚を釣る/在池塘裡釣魚。

☆ トンボを釣る/捉蜻蜓。

❷ 人をうまくだまして、自分の思うようにさせる。中 勾引；引誘；誘騙。E allure; entice.

☆ 甘いことばで釣る/以花言巧語誘惑人。

☆ 広告に釣られて新型カメラを買う/被廣告吸引，而購買新型照相機。

▷ 名 釣り

つ・る　ツ͞ル〔自他動五〕(つって)　❶ 引っぱられたように片方に寄る。中 吊；往上吊。E raise (one side upwards).

☆ まゆがつる/挑眉。

☆ 目のつった表情/眼角往上吊的表情。

☆ つり上がる/吊起來。

❷ 筋肉が急にかたくなり、引っぱられたようになる。中 抽筋。E have a cramp.

☆ 泳いでいたら足が急につった/游泳時腳突然抽筋。

☆ 引きつる/痙攣；抽筋。

❸ 上からぶら下げる。つるす。中 吊；懸。E hang; put up.

☆ 天井からランプをつる/在天花板上裝吊燈。

☆ 棚をつる/安吊棚。

☆ 電車の中につられた雑誌の広告/電車上懸掛的雜誌廣告。

⼆ 注 ❶❷は自動詞、❸は他動詞。

つる・す　ツ͞ルス〔他動五〕(つるして)　ものを上からつって下げる。ぶら下げる。中 吊；懸；掛。E suspend; hang.

☆ 木の枝にえさをつるして小鳥を呼ぶ/在樹枝上放誘餌，吸引小鳥來。

☆ 天井から電灯をつるす/在天花板上裝吊燈。

つるつる　ツ͞ルツル、ツルツ͞ル〔～する〕　表面がなめらかでよくすべるようす。中 滑；光滑；滑溜溜。

☆ 地面が凍って、つるつるしているからあぶない/ The ground is frozen and is slippery, so be careful. / 道路結凍滑溜溜的，很危險。

☆ クリームをぬったら、肌がつるつるになった / 擦完乳液後，皮膚光滑多了。

対ざらざら

つれ【連れ】ツレ　一緒に行くこと。また、一緒に行ったり、行動したりする人。中同伴；夥伴。E a companion; a mate.

☆ 1人じゃありません。連れがいます/不是一個人，有同伴。

他動連れる

-づれ【-連れ】(他のことばについて)その人を連れていること。また、一緒であること。中帶~一起。

☆ 子供連れの旅行は疲れる / 帶孩子一起去旅行很累。

☆ 5人連れ / 五人一起。

☆ 親子連れ / parents with children. / 大人小孩一起。

つれあい【連れ合い】ツレアイ、ツレアイ　結婚した男女の一方。自分または他人の、夫や妻をさす言い方。中配偶；伴侶。E one's spouse; one's husband; one's wife.

☆ 兄は昨年つれあいをなくした / 哥哥去年喪妻。

☆ おつれあいさまにもよろしく / 向尊夫人問好。

→夫、妻

つれな・い　ツレナイ　頼ってくる相手に対して思いやりの気持ちがなく、冷淡だ。中冷淡；薄情；無情。E flat; hardhearted.

☆ 銀行に事業資金を貸してくれるように頼んだが、つれなく断られた/向銀行申請公司營運貸款，卻被斷然拒絕了。

つ・れる【連れる】ツレル〔他動一〕　ともなって一緒に行く。中帶；領。E take; bring.

☆ 社員を連れて出張する/帶公司員工一起出差。

☆ 犬を連れて散歩する / 帶狗散步；溜狗。

☆ 引き連れる / 帶領。

名連れ

〜につれて　あるものごとが変化するのに合わせて、他のものごとも変化するようす。中隨著~；伴隨著~。E as ~ ; with ~ .

☆ 寒くなるにつれて、かぜをひく人も増える / 隨著天氣變冷，感冒的人也越來越多了。

つんつん　ツンツン〔~する〕 ❶ 非常にきげんが悪かったりして、かたい態度をとるようす。中冷酷無情、使人無法接近的樣子。

☆ 娘はつんつんしていて、なにをきいても返事をしない/ My daughter is in a pout and will not answer anything I asked. /女兒一臉不高興的樣子，問什麼都不理。

❷ 強いにおいが鼻を連続的に刺激するようす。中（氣味）刺鼻。

☆ トイレのにおいがつんつん(と)鼻にくる / The smell of the toilet assails my nostrils. /廁所的臭味猛然撲鼻。

つんと　ツント、ツント〔~する〕 ❶ きげんが悪かったり、自分が上だと考えたりして、相手を無視するようす。中冷酷無情、傲慢神氣、無視對手的樣子。

☆ その色は似合わないよと言ったら、道子はつんとして横を向いてしまった / Michiko turned to the side and stuck her nose in the air when I said she didn't look good in that color. /說了「那種顏色不適合妳」後，道子馬上板起面孔不理我了。

☆ つんとすます / 不理睬對方。

❷ 強いにおいが鼻を刺激するようす。中鼻子受到強烈刺激的樣子；嗆鼻。

☆ すしのわさびがききすぎて、鼻の奥につんときた/ There was too much *wasabi* in the *sushi*, and my nostrils began to burn. / 壽司的綠芥末放得太多，辣得直嗆鼻。

て／テ

て　【手】テ　❶人間の体の、肩から先の部分。中 臂；胳膊。E an arm.

☆ 手や足をよく動かして体操をする / 活動手腳做體操。

❷ 手首から先の部分。中 手。E a hand.

☆ 自転車に乗るときは手が冷たいので手袋をはめる / 騎腳踏車時手會冷，所以戴上手套。

て

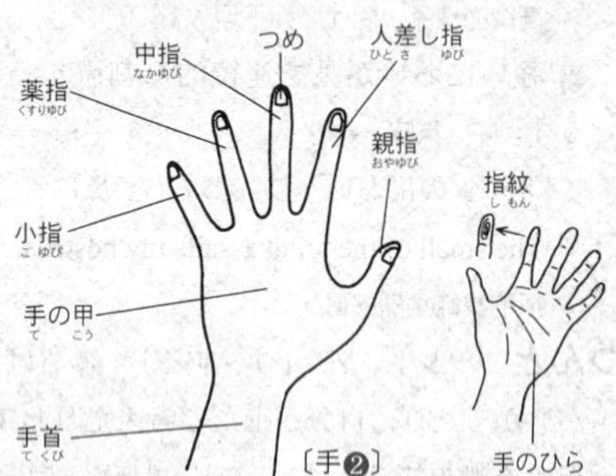

〔手❷〕

❸「❷」の指先。中 手指。E the fingertips.

☆ 手が器用なので、刺繍が上手だ / 手巧，很會刺繡。

❹ 道具、器具などの持ちやすいように突き出ている部分。中 把手。E a handle.

☆ 手のついたコップ / 帶把手的杯子。

☆ なべの手 / 鍋子的把手。

❺ 労働力。中 人手；人。E a hand; a helper.

☆ 忙しいのでみんなの手を借りる / 因為很忙所以請大家幫忙。

☆ 手があまっている / 人浮於事。

❻ 手段。方法。策略。中 手段；方法；招數。E means; a way.

☆ わたしをだまそうとしても、その手には乗らない / 想騙我，我可不上你的當。

☆ すもうの四十八手 / the forty-eight tricks of *sumo* wrestling. / 相撲的四十八招。

❼ 腕前。中 本領；能力。E ability; skill.

☆ 習字をよく練習したので手が上がった / 經常練字，所以比以前進步了。

❽ 方向。中 方向；方位。E a direction.

☆ 行く手に海が見えてきた / 前方看見海了。

☆ 駅の右手の建物 / 車站右方的建築物。

☆ 山の手 / 高崗住宅區。

☆ 上手 / 上座；(從觀衆席) 舞台右側。(→ 項目)

❾ 種類。中 種類。E a kind; a sort.

☆ この手の品がほしいんです / 想要這種商品。

☆ 厚手のオーバー / 厚大衣。

❿ (動詞の「ます」形について)その動作をする人。中 做動作的人。

☆ 話し手 / 說話的人。(→ 項目)

☆ 踊り手 / a dancer. / 舞者。

⓫ (形容詞の頭について)後のことばの意味を強める。中 強調後面的意義。

☆ 手厳しい批評 / harsh criticism. / 嚴厲的批評。

☆ 手ぬるい処置 / 輕微的處置。

▷ 数 ❶❷ 1本

……………「手」のつく慣用表現……………

手が込む　手間がかかっていて細かいようす。中 手續複雜；手工精巧。E elaborate.

☆ 時間がないから手がこんだ料理はつくれない / 沒有時間，不能做費工夫的菜。

手がつけられない　なんとかしようとしてもどうすることもできない。中 無法下手；手足無措。E be out of control.

☆ 火事を発見したときは、もうあちこちに燃えひろがっていて手がつけられなかった / 發現火災時火已到處蔓延，無法撲滅了。

手が出ない 自分の能力以上にむずかしかったり値段が高すぎたりして、どうすることもできない。中 無法出手；無能為力。E cannot afford to buy.

☆ すてきな茶碗だが、高すぎて、わたしにはとても手が出ない/茶杯雖然漂亮，但太貴了我買不起。

手取り足取り 1つ1つ世話をするようす。中 從基本教起；循序漸進地教。E teach step by step.

☆ 先生はみんなに泳ぎ方を手取り足取りして教えてくれた / 老師循序漸進地教大家游泳。

手に汗を握る 緊迫した場面や危険な場面などを見たり聞いたりして、はらはらする。中 捏一把汗；提心吊膽。E very exciting; breath-taking.

☆ サッカーの決勝戦は手に汗をにぎる試合だった / 足球決賽令人緊張。

手に入れる 自分の持ち物にする。中 弄到手。E get.

☆ 前からほしかった本をやっと手に入れた/好不容易才得到以前就想買的書。

似た表現 手に入る

手に負えない 自分の力ではどうすることもできない。中 麻煩；應付不了。E be unmanageable.

☆ 学生数が増えて、教師1人ではとても手に負えなくなった /學生人數增加，一個老師應付不過來。

似た表現 手に余る

手につかない 落ちついてすることができない。中 靜不下心；心不在焉。E cannot settle down to.

☆ あすのデートのことが気になって、勉強が手につかない / 想起明天的約會，就靜不下心讀書了。

手に手に みんなが同じようなものを手に持って。中 各人手中；各自。E in every hand.

☆ 人々は手に手にろうそくを持ってクリスマスキャロルを歌った/毎個人都拿著蠟燭唱聖誕歌。

手の内 ❶ 心の中。中 內心；意圖。E one's intentions.

☆ トランプで相手に手のうちを読まれる / 玩撲克牌時，被對方看破了自己的招術。

❷ 勢力、支配のおよぶ範囲。中 勢力範圍。E the scope of one's power.

☆ 反乱ゲリラは軍隊の手のうちにあった/叛亂游擊隊已在政府軍的控制之中。

手も足も出ない 力がたりなくて、どうすることもできない。中 無能為力；毫無辦法。E be at a complete loss.

☆ 試験の問題はむずかしくて手も足も出なかった / 考試題目難得無從下手。

手を打つ ❶ 交渉、話し合いで意見をまとめる。中 達成協議。E strike a bargain.

☆ まだ高いが、どうしてもほしい絵だから100万円で手を打とう / 價格雖然還是很貴，因為是一直想要的畫，所以決定花一百萬日圓買下。

❷ ものごとがうまくいくように対策を立てる。中 採取措施；設法。E take measures.

☆ 両国間の摩擦が大きくならないうちに手を打たなくてはならない / 必須在兩國間摩擦還未擴大時採取措施。

手をかえ品をかえ いろいろな方法を使って。中 千方百計；施展各種手法。E by all possible means.

☆ 店員は手をかえ品をかえ客を説得して、商品を買わせようとした / 店員想盡各種辦法推銷商品。

手を切る それまであった関係をやめる。特に、好ましくない関係をやめる。中 斷絕關係。E cut one's connection with.

☆ 条件の悪いいまの会社とは早く手を切って、どこかへ移りたい/想儘早離開目前條件惡劣的公司而到別的地方去。

似た表現 手が切れる

手を加える ❶加工する。中 加工。E work.

☆ 宝石は天然の石に人の手を加えて美しくしたものだ／寶石是天然石頭經由人工切磨才成為美麗的寶石。

❷ 修正する。中 修改；修正。E amend; revise.

☆ 部下の作成した原案に課長が手を加えて部長に提出した／部下寫的草案經科長修改後，提交給經理。

似た表現 手が加わる

手を出す ❶かかわりを持つ。中 參與；打交道。E dabble in.

☆ いろいろな商売に手を出して失敗した／做了很多種生意都失敗了。

❷ 暴力をふるう。なぐる。中 動手打人。E hit.

☆ 口でけんかをするのはいいが、手を出してはいけない／吵嘴可以，但不可動手。

❸ 盗んだりうばったりする。中 拿人家的東西。E steal; rob.

☆ 自分の借金を払うために会社の金に手を出した／為了償還私人債務而挪用了公款。

似た表現 手が出る

手を抜く しなくてはならないことの一部をしないですます。中 草草了事；偷工減料。E cut corners.

☆ 橋がこわれたのは、工事のとき手を抜いたことが原因だった／橋樑毀壞是由於施工時偷工減料所釀成的。

似た表現 手抜き

手を引く ❶手をとって導く。中 牽手引導。E lead a person by the hand.

☆ 老いた母の手を引いて道路を渡る／牽著老母親的手過馬路。

❷ 関係することをやめる。中 斷絕關係；洗手不做。E back out of.

☆ 会社の経営から手を引く／不再插手公司的經營管理。

手を広げる 商売などの、関係する範囲をひろげる。中 擴大營業範圍；擴大業務範圍。E expand one's business.

☆ 小さな店から手をひろげて、いまでは外国にも支店をつくった／從小店舗著手逐漸發展，現在在海外也設有分店了。

似た表現 手を伸ばす

手を結ぶ 同じ目的のために協力する。中 結盟；合作。E join hands with.

☆ 自動車の輸出をのばすため、A社はB国のC社と手を結んだ／為擴大汽車出口，A公司和B國的C公司合作。

似た表現 手を握る

手を焼く どう扱っていいかわからず、取り扱いに困る。中 感到麻煩；無法對付。E be quite annoyed; cannot control.

☆ いくら注意してもなくならない違法駐車に、警察は手を焼いている／警察對怎樣加強管理也杜絕不了的違規停車問題傷透腦筋。

似た表現 手が焼ける

て ❶(動詞の「て」に続く形、形容詞の「く」の形について)(1)動作や状態が続いて起こることを表す。中 表示動作、狀態連續進行。

☆ 朝6時に起きて、ジョギングをする／wake up at six in the morning and jog.／早上六點起床去慢跑。

☆ まっすぐ行って、銀行の角を右へ曲がる／直走，看到銀行往右轉。

(2) 動作や状態を並べて示す。中 表示動作或狀態並列進行。

☆ パーティーでは、歌って踊って大騒ぎだった／We were having a great time at the party, singing and dancing.／在晚會上又唱歌又跳舞，熱鬧極了。

☆ 大きくてきれいな花／大又美麗的花朵。

(3) ある動作の状態を表す。中 表示動作的狀態。

☆ いすにすわって本を読む／sit in a chair reading a book. / 坐在椅子上看書。

(4) 手段や方法を表す。中 表示手段或方法。

☆ 電話をかけて知らせる / inform by telephone. / 打電話通知。

☆ 電車に乗って行く / 坐電車去。

(5) 原因、理由を表す。中 表示原由、理由。

☆ 父が職を失って、生活が苦しい / After my father lost his job, life has been hard for us. / 父親失業後，生活困苦。

☆ 駅から遠くて不便だ / 離車站遠，很不方便。

❷ (動詞の「て」に続く形について)(1)(その動詞と「いる」「ある」「おく」「いく」「くる」「あげる」「くれる」「しまう」などの動詞をつないで)状態の内容を表す。中 表示狀態的內容。

☆ 黒板に字が書いてある / 黑板上寫著字。

☆ かぎをかけておく / leave it locked up. / 上鎖。

☆ 写真を見せてあげる / 給你看照片。

(2) (文の終わりについて)軽い命令を表す。中 表示委婉的命令。

☆ ちょっと待って / Wait a second. / 稍等一下。

☆ それを持ってきて / 把那個拿來。

で デ ❶ ⇨そこで

☆ 時間が全然たりなくてね。で、半分しかできなかったんだ / 時間不夠，所以只做了一半。

❷ ⇨それで

☆ 停電になって電車が動かないんじゃ大変だったね。で、どうしたの？ / 電車突然停電不動，你一定很緊張吧！後來怎麼辦呢？

❸ 場所を表す。中 表示場所。

☆ 会社で働く / work at a company. / 在公司工作。

☆ 学校で勉強する / 在學校念書。

☆ 日本では野球が盛んだ / 在日本棒球很興盛。

❹ 時間、期限、限度、範囲を表す。中 表示時間、期限、限度、範圍。

☆ 申し込みは明日で締めきります / Tomorrow is the closing date for applications. / 報名到明天截止。

☆ 世界でいちばん高い山 / 世界上最高的山。

❺ 動作を行う組織、団体を表す。中 表示進行動作的組織、團體。

☆ 市では海外派兵反対を決めた / The city has decided to oppose the sending of troops overseas. / 本市決定反對對外派遣軍隊。

☆ 事故の原因は警察で調べている / 事故的原因正由警察調查中。

❻ 手段、材料を表す。中 表示手段、材料。

☆ 自転車で学校へ行く / go to school by bicycle. / 騎腳踏車去學校。

☆ 花で部屋を飾る / 用花裝飾房間。

❼ 原因、理由を表す。中 表示原由、理由。

て

「に」と「で」（「に」與「で」）

ものの存在する場所を表すときは、「机の上に辞書がある」「両親は京都にいる」のように、「に」を使う。

動作が行われたり、なにかが起きたりする場所を表すときは、「部屋でテレビを見る」「あす、ここで音楽会がある」のように、「で」を使う。

「に」を使うか「で」を使うかは、おもに後にくる動詞の意味によって決まる。

しかし、「そこに/で車を止める」「草の上に/で寝る」「旅館に/で泊まる」「切手は郵便局に/で売っている」などの文の動詞「止める」「寝る」「泊まる」「売っている」は、「に」を使うと状態を表し、「で」を使うと動作を表す。たとえば「車を止める」が、「駐車する」意味であれば「に」を、「停止させる」意味であれば「で」を使う。

☆ 台風で新幹線が動かない / The *Shinkansen* is not running because of the typhoon. / 新幹線因颱風停開。

☆ 心臓病で死んだ / 死於心臟病。

❽ 動作、作用の行われるときの状態を表す。中表示動作、作用進行時的狀態。

☆ 悲しい気持ちで別れた / They parted in sad spirits. / 他們很傷心地分開了。

☆ みんなで歌を歌った / 大家一起唱歌。

❾ ⇨て

☆ 靴をぬいで上がる / 脫鞋進屋。

☆ 薬を飲んで寝る / 吃完藥睡覺。

❿「だ」の活用形の１つ。中「だ」的活用形之一。

☆ ここがあなたの部屋で、あそこがわたしの部屋です / 這是你的房間，那是我的房間。

☆ 日本は資源の少ない国である / Japan is poor in natural resources. / 日本是缺乏資源的國家。

☆ 信号が青でないから、渡ってはいけない / 號誌還沒有變成綠燈，不可以過馬路。

⓫ 形容動詞の活用形の１つ。

☆ 静かで便利なところに部屋を借りたい / 打算在清靜又方便的地方租房子。

☆ 元気で明るい人 / a lively and cheerful person. / 有朝氣而又開朗的人。

▷ 話❶❷　→ 囲み

であ・う【出会う・出遭う】デアウ、デアウ〔自動五〕(であって)　偶然に人に会ったり事件などにあったりする。中遇見；碰見；偶遇。E meet with; happen to meet.

☆ 地下鉄に乗っていて、事故に出あった / 坐地鐵時遇到事故。

☆ ２人がはじめて出会った湖 / 兩個人初次相遇的湖畔。

名 出会い

注 漢字で書くときは、人に会うときは「出会う」、事件などにあうときは「出遭う」。

であし【出足】デアシ　❶ 催しなどに人が集まる、その集まり方。また、ものごとの始まりの状態。中參加情況；開始。E a turnout.

☆ あいにくの雨で、観客の出足が悪い / 雨下的不是時候，沒什麼觀衆。

☆ 新事業の出足は好調だ / 新事業的開始很順利。

❷ 出発のときの速さ。中起距；啓動的速度。E start (easily).

☆ この新型の車は、出足がいいので若い人に人気がある / 這款新型車因為啓動快，很受年輕人的青睞。

てあたりしだい【手当たり次第】テアタリシダイ　目につくものや手にふれるものならなんでも。中順手抓到什麼算什麼；胡亂。E anything that comes one's way; anything one can lay one's hands on.

☆ 本が好きな姉は、小説でも科学書でも手当たり次第(に)読んでいる / 喜歡看書的姊姊，不論小說或科學性書籍，有什麼就看什麼。

☆ 怒った弟が手当たり次第(に)ものを投げつけるので、あぶなくて近寄れない / 因為生氣時的弟弟抓到什麼就扔什麼，危險得不敢靠近他。

てあつ・い【手厚い】テアツイ、テアツイ　心がこもっていて丁寧だ。中熱情；熱誠；殷勤。E cordial; warm; with great care.

☆ 手厚い看護を受けて早く退院できた / 受到周全的看護，而得以提前出院。

☆ 客を手厚くもてなす / 熱情地招待客人。

てあて【手当て・手当】テアテ　❶〔～する〕病気やけがの治療。中醫療；治療。E treat.

☆ どんな病気でも早くに手当てしたほうがいい / 不論什麼病，最好早些治療的好。

☆ 応急手当て / first aid. / 進行急救。

❷〔～する〕用意。準備。中準備；預備。E provide; prepare.

☆ 事業を始めるためにまず資金の手当てをする / 為了創業而籌措資金。

❸ 基本給以外に払う金。中津貼；補貼。E an allowance; extra pay.

☆ 給料のほかに年に２回特別の手当が出る /

薪資以外，一年發兩次特別津貼。

☆ 超過勤務手当 / overtime pay. / 加班津貼。

注 ❶❷は「手当て」、❸は「手当」。

てあら【手荒】テアラ　取り扱いが乱暴なようす。中 粗魯；粗暴；粗手粗腳。E roughly; rudely.

☆ たいせつな花瓶だから、手荒に扱わないでください/由於是珍貴的花瓶，請小心輕放。

☆ ここの歯医者は手荒だから、治療されるとき痛くて困る / 這位牙醫粗手粗腳的，治療時很痛。

てあらい【手洗い】テアライ　❶ 便所。トイレ。中 廁所；洗手間。E a rest room; a bathroom.

☆ 駅で手洗いに行く / 去車站的廁所。

☆ お手洗いはどちらでしょうか/廁所在哪裡?

❷〔～する〕手で洗うこと。中 用手洗。E handwash.

☆ このブラウスは洗濯機で洗わないで、手洗いしてください/這件女襯衫不要用洗衣機洗，請用手洗。

▷ →便所

である「だ」の改まった言い方。書 中 是。

☆ 東京は日本の首都である / Tokyo is the capital of Japan. / 東京是日本的首都。

☆ 平和は全世界の人々が望むものである/和平是全世界的人類最期望的。

ていあん【提案】テイアン〔～する〕相手の意見を求めるために、ある案を出すこと。また、その案。中 提案；建議。E propose; a proposal.

☆ クラスで1泊旅行をしようと提案する/提議全班一起去兩天一夜的旅行。

☆ 議事の進め方について提案があった/針對會議進行方式有人提出了建議。

ティーシャツ (T-shirt) ティーシャツ　形がTの字に似た、丸首で半そで、または長そでのシャツ。もめんのものが多い。中 圓領衫；汗衫；T恤。E a T-shirt.

☆ 胸に「PEACE」と大きく書いたTシャツを着て出かける / 穿著胸前寫有「和平」兩個大字的T恤出門。

数 1枚　→ワイシャツ 図

ていいん【定員】テイイン　規則などによって決められた人数。中 定額；規定的人數；名額。E a fixed number; a capacity.

☆ 研究室の定員を増やす/增加研究室的名額。

☆ 定員8名のエレベーター / 限乘八人的電梯。

ていえん【庭園】テイエン　人が手を加えてつくった広い庭。中 庭園；花園；園林。E a garden.

☆ 京都へ銀閣寺の庭園を見に行った/去遊覽京都銀閣寺的庭園。

ていか【低下】テイカ、テイカ〔～する〕

❶ 低いほうへ下がること。中 下降；低落。E fall; drop.

☆ 上空に冷たい空気が入りこみ、気温が急激に低下する / 冷空氣進入高空，氣溫急劇下降。

対 上昇

❷ 質や内容などが悪くなること。中 降低；下降。E decline.

☆ 運動不足で体力が低下してしまった/缺乏運動，體力減退。

☆ モラルの低下 / 道德心低落。

対 向上

ていか【定価】テイカ　品物を売るときの決まった値段。中 定價。E a fixed price.

☆ 夏の終わりには、定価を割引して夏物を売る店が出る / 夏末有的商店降價促銷夏裝。

☆ 定価で売る / 按定價賣。

☆ 定価をつける / 定價。

ていき【定期】テイキ　❶ ある一定の期間、期限。中 定期。E periodical; regular.

☆ 定期刊行物を購読する / 訂閱期刊。

☆ 定期試験 / 定期考試。

対 不定期

❷「定期券」「定期預金」「定期保険」を略した言い方。中 定期車票；定期存款；定期保險。E a commuter pass; a fixed deposit; term insurance.

☆ 改札口で定期を忘れたことに気がついた/在剪票口才發現忘記帶月票。

☆ ボーナスが入ったので半年の定期にして銀行に預けた/因為領到獎金，所以把它以半年定存存進銀行。

ていき【提起】テイキ〔～する〕 問題などを持ちだすこと。書中 提起；提出。E institute; bring forward.

☆ 公害の被害者たちは訴訟を提起した/環境污染的受害者向法院提起了告訴。

☆ 会合で問題を提起する/在集會中提出問題。

ていぎ【定義】テイギ、テイギ〔～する〕 ものごとやことばなどの意味をはっきりと定めること。また、その述べられたもの。中 定義。E a definition.

☆ 辞書によって、あることばの定義が違うことがある/因字典不同，同一字彙的釋義也有所不同。

☆ 憲法の理念を定義する/為憲法的理念釋義。

ていきあつ【低気圧】テイキアツ ❶大気中で、まわりに比べて気圧の低い状態。中 低氣壓。E low atmospheric pressure.

☆ 関東地方は低気圧におおわれて天気が悪い/關東地區由於低氣壓籠罩，因而天氣不穩定。

対 高気圧

❷ きげんが悪いこと。中 不高興。E be in a bad temper.

☆ きょうは、先生は低気圧だから近くへ行かないほうがいい/今天老師不高興，最好別靠近他。

▷ 話❷

ていきけん【定期券】テイキケン 通学や通勤のためなどに、電車やバスなどの決まった区間で決まった期間使える割引乗車券。定期。中 定期車票；月票。E a commuter pass; a season ticket.

☆ 毎日同じ所に通うなら定期券を買ったほうがいい/每天都去同一個地方的話，買月票最合適。

ていきゅう【低級】テイキュー 程度、地位、品質などが低いようす。中 低級。E low-grade; vulgar.

☆ 弟は低級なテレビ番組を見て喜んでいる/弟弟喜歡看低級的電視節目。

☆ 人の趣味を低級だときめつけるのはよくない/不該妄下斷語認為別人的興趣是低級的。

対 高級

ていきゅうび【定休日】テイキュービ 商店などで、毎月または毎週決まった休みの日。中 公休日。E a regular holiday.

☆ このあたりは、理髪店は月曜日、美容院は火曜日が定休日になっている/這附近理髮店的公休日是星期一，美容院的公休日是星期二。

ていきょう【提供】テイキョー〔～する〕

❶ 自分の持っているものを、他の人の役に立てるために差しだすこと。中 提供；供給。E offer; provide.

☆ 大けがをした友人の輸血のために血液を提供する/輸血給受重傷的朋友。

❷ テレビ、ラジオなどで、番組制作のために金を出し、その番組を視聴者に差しだすこと。中 資助播放。E be sponsored.

☆ ただいまの番組はA社の提供でした/剛才播放的電視節目是由A公司贊助播出的。

ていけつ【締結】テイケツ〔～する〕 条約などを結ぶこと。中 締結；簽訂。E conclude.

☆ 2国間で平和条約を締結する/兩國之間締結和平條約。

ていけつあつ【低血圧】テイケツアツ 血圧が低くて、成人では最高の血圧が100ミリ以下の状態。中 低血壓症狀。E low blood pressure.

☆ 低血圧で朝はなかなか起きられない/由於

是低血壓，早上起不來。

☆ 低血圧症 / 低血壓。

対 高血圧

ていこう【抵抗】テイコー ❶〔～する〕外から加わる力、権力、古い道徳などにさからうこと。中 抵抗；抗拒。E resistance.

☆ 敵の攻撃を受けて必死で抵抗する / 受到敵人的攻擊而拚命地抵抗。

☆ 病気に対する抵抗力をつける / 增強對疾病的抵抗力。

☆ 抵抗運動 / 反抗運動。

対 服従

❷ すなおに受け入れられない気持ち。中 反感；不適宜。E unacceptable.

☆ この服装は働きやすくて好きだが、このまま結婚式に行くには抵抗がある / 這套衣服活動方便，我很中意，但是就這麼穿它參加婚禮那可不適宜。

❸ 物理で、作用する力に対して反対の方向に作用する力。また、導体の、電気を通しにくい働き。中 抵抗；阻力。E resistance.

☆ 乗り物の速度が増すと空気の抵抗も増える / 隨著交通工具的速度加快，空氣的阻力也增大。

☆ 抵抗器 / a resistor. / 電阻器。

☆ 電気抵抗 / 電阻。

ていさい【体裁】テイサイ ❶ 外から見たようす。中 樣子；樣式；外表。E (an) appearance.

☆ この本は、体裁は立派だが内容はつまらない / 這本書外表不錯，但內容貧乏。

❷ 他人に見られたときの自分の姿。中 體面；體統。E (an) appearance.

☆ みんなスーツにネクタイで来ているのに自分だけTシャツで体裁が悪かった / 大家都穿西裝打領帶，只有我穿著T恤，很不體面。

☆ 体裁をつくろう / keep up appearances. / 修飾外表。

❸ あることを満足させるための内容と形式。中 應有的形式；局面；體裁。E required content and form.

☆ 実験結果もその分析も述べてなくて、これでは研究論文の体裁をなしていない / 沒論述分析實驗的結果，便不能成為論文。

ていし【停止】テイシ〔～する〕❶ 途中で止まること。途中で止めること。中 停；停頓。E stop.

☆ 車は踏切で一時停止しなければならない / 汽車過平交道時，一定要停看聽。

☆ 停止線 / 停車線。

❷ しばらくの間、禁止すること。中 停止；禁止。E suspend.

☆ 食中毒が出たレストランの営業を1週間停止する / 發生食物中毒事件的餐廳，被罰停業一週。

ていしせい【低姿勢】テイシセイ 相手に対して自分のほうが弱い立場にあることを示す態度。中 低姿態；謙遜；甘居人下。E a modest attitude.

☆ 人種差別発言を非難された大臣は、低姿勢で事情を説明した / 被譴責為有種族歧視發言的部長，以低姿態就事情進行了說明。

対 高姿勢

ていしゅ【亭主】テイシュ ❶ 宿屋、茶屋、茶席などの主人。中 旅館、茶館等的主人；老闆。E an innkeeper; a host.

☆ 父の跡をついで宿屋の亭主になる / 繼承父業，當旅館的老闆。

☆ 亭主がお茶をたてて客をもてなす / 主人親自沏茶招待客人。

❷「夫」のくだけた言い方。中 丈夫。E a husband.

☆ うちの亭主はこのごろゴルフにこっているの / 我丈夫最近熱衷於打高爾夫球。

☆ 亭主をしりに敷く / 老婆當家。

☆ 亭主関白 / He is the boss in his home. / 大男人主義；丈夫跋扈。

対 女房

▷ 書❶　話❷

ていしゅつ【提出】テイシュツ〔～する〕 差しだすこと。中 提交；提出。E introduce; turn in.

☆ 会議に議案を提出する / 向大會提交議案。

☆ レポートは月末までに提出すること/月底前交出報告書。

☆ 提出期限を守る / 遵守繳交期限。

ていしょう【提唱】テイショー〔～する〕 意見や考えを述べて、そうするように人々に呼びかけること。書中 提倡；倡導。E propose; bring forward.

☆ ごみの量を減らすために、リサイクル運動を提唱する / 為了減少垃圾量，提倡廢物再利用。

ていしょく【定食】テイショク　食堂などの、前もって決まっている献立の食事。中 套餐。E a set meal.

☆ 昼は学生食堂で定食を食べた / 中午在學生餐廳吃了套餐。

☆ 焼き肉定食 / 烤肉套餐。

ディスカウント (discount) ディスカウント〔～する〕 定価より安くして売ること。割引。中 折扣；減價。E a discount.

☆ どの店も２月になると冬物をディスカウントして売るようになる / 每家商店到二月都減價出售冬裝。

☆ ディスカウントストア / 減價商店。

ディスカッション (discussion) ディスカッション〔～する〕 話し合い。討論。中 討論。E a discussion.

☆ 問題提起の後、ディスカッションに移った / 提出問題後，便展開了熱烈的討論。

☆ 激しいディスカッションが展開される/ 開始了激烈的討論。

ディスコ (disco) ディスコ〔←ディスコテーク(ラ discothèque)〕 音楽を流し、ダンスを楽しませる店。中 迪斯可。E a disco.

☆ ゆうべは友達と六本木のディスコへ行った / 昨晚和朋友去六本木的迪斯可。

☆ ディスコパーティー / 迪斯可舞會。

ていせい【訂正】テイセイ〔～する〕 まちがいを正しく直すこと。中 訂正；改正；修訂。E correct.

☆ プリントの漢字のまちがいを訂正する/訂正講義中錯誤的漢字。

ていぞく【低俗】テイゾク　考え方、趣味、好みなどの程度が低くて品がないようす。中 庸俗；下流。E vulgar; lowbrow.

☆ 子供に見せられないような低俗なテレビ番組は困る / 不適合孩子看的低俗電視節目令人困擾。

対 高尚

ていたい【停滞】テイタイ〔～する〕 ものごとがうまく進まないで１カ所にとどまっていること。中 停滯。E be delayed; pile up.

☆ ストのため郵便物の配達が停滞した/由於罷工，耽誤了郵件的配送。

☆ 景気の停滞/ economic stagnation. /景氣停滯。

ていた・い【手痛い】テイタイ　受けた損害などの程度が大きい。中 重大；嚴重；嚴厲。E serious; hard.

☆ 手痛いミスが続いて、試合に負けてしまった / 連續嚴重失誤，輸比賽了。

☆ この夏の悪天候で農作物は手痛い打撃を受けた/今夏天氣變化無常，農作物受災嚴重。

ていちゃく【定着】テイチャク〔～する〕

❶ あるもの、場所などにしっかりついて離れないこと。中 固定；定居；生根。E fix; anchor.

☆ 庭をつくって４、５年たち、やっと植木が定着してきた / 庭院裡種的樹過了四、五年後終於生根茁壯了。

❷ ある考え、学説などが社会的に認められるようになること。中 固定；紮根。E become established; take root.

☆ 男女平等の考えはまだこの国の社会に定

着していない/男女平等(兩性平權)的觀念還沒有在這個社會生根。

ていちょう【丁重】テイチョー　心がこもっていて礼儀正しいようす。中鄭重其事；很有禮貌；誠懇。E courteous; politely.

☆ 丁重なあいさつを受けて恐縮した/彬彬有禮地與我寒暄，使我感到惶恐。

☆ 丁重にお断りする/鄭重拒絕。

参「丁寧」も似ているが、「丁重」のほうが重々しい感じがする。

ていちょう【低調】テイチョー　調子が悪く、盛りあがらないこと。中不旺盛；蕭條；低迷。E sluggish; dull.

☆ 円高のために輸出産業は低調が続いている/由於日圓升值，出口產業處於低迷狀態。

☆ 盛りあがりに欠けた低調な試合/不夠激烈的比賽。

ティッシュペーパー (tissue paper) ティッシュペーパー　よごれをふき取るときに使う、やわらかくて薄い紙。ティッシュ。中面紙。E tissues.

☆ ティッシュペーパーを出して鼻をかむ/取出面紙擤鼻涕。

数1枚

ていど【程度】テイド、テイド　❶他のものと比べたときの大小、高低、強弱などの度合い。中程度。E a degree.

☆ けがの程度はたいしたことはない/傷勢不重。

❷ 適当な度合い。水準。レベル。中程度；水準。E a level; a standard.

☆ この問題は高校生には程度が高すぎて無理だ/這道題對高中生來說難度太高，做不來。

❸ ここまではいいという限度。中程度；適當；限度。E a limit.

☆ 酒を飲んでもいいが程度を越さないように/喝酒可以，但不能過量。

❹ (数や量を表すことばの後について)だいたい。およそ。中大體上；大約。

☆ 5000円程度のワイシャツ/五千日圓左右的襯衫。

☆ 3時間程度のドライブ/about a three-hour drive. /三小時左右的兜風。

ていとう【抵当】テイトー　借金をするとき、もし借金が返せなかったら貸し手が自由に処分してもいいという約束で、借り手が差しだす品物、土地、権利など。中抵押；擔保。E a mortgage.

☆ 自分の家と土地を抵当に入れて、銀行から金を借りた/以房地產做抵押，向銀行借貸。

ていねい【丁寧】テイネイ　❶ことばや行動などが礼儀正しく、きちんとしているようす。中很有禮貌，恭恭敬敬。E politely, courteous.

☆ 道で先生に会ったので、丁寧にあいさつした/在路上見到老師，恭恭敬敬地打招呼。

☆ 目上の人には丁寧なことばづかいをする/對長輩要恭恭敬敬地說話。

対乱暴

❷ 仕事のやり方が、細かい点まで注意がいきとどき、念入りなようす。中周到；細心；精心。E careful; thorough.

☆ 道子は仕事が丁寧でミスが少ない/道子工作細心，失誤少。

☆ 丁寧な字で書いたノート/字跡工整的筆記。

対乱暴

▷ →丁重

ていねいご【丁寧語】テイネイゴ　敬語の1つ。話し手が聞き手に対して敬意を表すために丁寧にいうことば。「ます」「です」「ございます」「お茶」「お値段」など。中鄭重語。E a polite expression.

☆「雨が降ります」の「ます」や、「田中でございます」の「ございます」は丁寧語だ/「雨が降ります」中的「ます」和「田中でございます」中的「ございます」是鄭重語(=敬體)。

て

て

[関連]尊敬語、謙譲語 →敬語

ていねん【定年】テイネン 会社員、公務員などが退職する一定の年齢。ふつう60歳前後。[中]退休年齡。[E] the retirement age.

☆ 定年で会社をやめて年金で暮らす/屆齡退休，靠退休金生活。

☆ 定年退職/屆齡退休。

ていひょう【定評】テイヒョー 多くの人が認めている、変わることのない評判。[中]公認；定評。[E] an established reputation.

☆ あの医者は手術がうまいことでは定評がある/那位醫生被公認手術高明。

ていへん【底辺】テイヘン ❶ 三角形の頂点に対する下の辺。[中] 底邊。[E] the base.

☆ 三角形の面積は底辺の長さに高さをかけて2で割ったものである/三角形的面積等於底邊長乘高除2。

❷ 社会のいちばん下の層。[中] 底層。[E] the bottom.

☆ 社会の底辺で暮らす/生活在社會的最底層。

☆ 底辺からはい上がる/從底層往上攀爬。

ていめい【低迷】テイメイ〔～する〕 ❶ 雲などが低くただよっていること。[中]低垂；瀰漫。[E] hang low.

☆ 暗雲が低迷する/黑雲低垂。

❷ 悪い状態から抜けだせないこと。[中]沈淪；淪落；呆滯。[E] be sluggish; be inactive.

☆ 景気が長い間低迷して、失業者が増えてきた/長期不景氣，失業者不斷增加。

▷ [書]

ていよく【体よく】テイヨク うわべだけうまく理由をつけて。[中]體面地；委婉地。[E] tactfully.

☆ 二郎にプロポーズされたが、病気の母の世話をするという理由で、体よく断った/二郎來求婚，我以要照顧生病的媽媽為由，委婉地拒絕他了。

でいりぐち【出入り口】デイリグチ、デイリグチ 建物などで、人が出たり入ったりする所。[中]進出口；出入口。[E] an entrance; a doorway.

☆ 映画館の出入り口はおおぜいの人で混雑していた/電影院門口擠滿了很多人。

☆ 出入り口に止まらないで中に入ってください/不要停在門口，請往裡面走。

ていりゅうじょ【停留所】テイリュージョ、テイリュージョ

客の乗り降りのため、市内電車、バスなどが止まる、決まった場所。〔停留所〕[中]公共汽車站；電車站。[E] a stop; a depot.

☆ 停留所でおおぜいの人がバスを待っている/車站有很多人在等公車。

ていれ【手入れ】テイレ、テイレ〔～する〕

❶ 修理や世話をすること。[中]收拾；修整。[E] care for.

☆ 毎朝、庭の花の手入れをしてから朝食にする/每天早上，整修完院子裡的花草後吃早飯。

❷ 警察が犯人の捜査や逮捕のために、関係する場所に入りこむこと。[中]搜捕。[E] a raid; a crackdown.

☆ 暴力団の本部に警察の手入れがあった/警察搜查了黑道組織的總部。

てうす【手薄】テウス 人手や手持ちの品物などが少ないようす。[中]缺少；不足；人手少。[E] weak; short.

☆ マンションの警備が手薄で心配だ/大樓公寓的門禁不嚴，令人擔心。

☆ 店の人気商品が手薄になったので補充する/店裡的暢銷商品不夠了，所以要補貨。

データ (data) データ ❶ ものごとを決めたり判断したりするもとになる資料、情報。[中]資料；數據。[E] data.

☆ 研究のためのデータを集める/搜集研究用的資料

☆ データを分析する/分析資料。

❷ コンピューターで処理、計算するためにそろえた数値や文字や記号。中 電腦的資料。E data (for computer).

☆ コンピューターに大量のデータを記憶させる / 電腦裡儲存著大量的資料。

データバンク (data bank) データバンク 多くのデータをコンピューターで整理、保管しておき、必要に応じて取りだし、利用者に提供する機関。中 數據庫；資料庫。E a data bank.

☆ 会員の名前をすべてデータバンクに入れる / 將會員的名字都存入資料庫裡。

☆ データバンクを利用して新製品の宣伝をする / 利用資料庫做新產品的宣傳。

データベース (data base) データベース ある目的のために多くのデータを整理、保管、いつでも取りだせるようにした情報のファイル。中 資料庫。E a data base.

☆ 会社では客のデータベースをつくっている / 公司裡有顧客的資料檔案。

☆ データベースで各支店の売り上げ状況を調べる / 透過資料庫調查各分公司的營業額。

デート (date) デート〔～する〕 2人の男女が前もって時間と場所を決めて会うこと。また、その約束。中 男女間的約會。E a date.

☆ 恋人とデートする / 和情人約會。

☆ デートを申しこむ / 約情人相會。

テープ (tape) テープ 紙、布、ビニール、アルミなどでできた、幅の狭い、長く、薄いもの。中 帶子。E a tape.

☆ 400メートル競走のゴールに白いテープを張る / 在四百公尺賽跑的終點拉起白布條。

☆ カセットテープ / 卡帶式錄音帶。(→ 項目)

☆ ビデオテープ / 錄影帶。(→ 項目)

☆ 磁気テープ / magnetic tape. / 磁帶。

数 1本

テーブル (table) テーブル 平らな板に脚のついた家具。おもに食事をする。中 桌子；飯桌；餐桌。E a table.

☆ 食事の時間になったので、みんなはテーブルについた / 吃飯時間到了，大家都就座於桌前。

☆ テーブルクロス/ a tablecloth. /桌布；台布。

☆ テーブルマナー/ table manners. /餐桌禮節；進餐規矩。

数 1脚 →家具 図

テープレコーダー (tape recorder) テープレコーダー テープ式録音機。音を磁気テープに録音して再生する機械。中 錄音機。E a tape recorder.

☆ 大学の講義をテープレコーダーで録音し、家で聞いて復習する/用錄音機把大學的授課內容錄下來，回家後再聽講複習。

数 1台

テーマ (ⓓThema) テーマ 主題。題目。中 主題；題目；中心思想。E a theme; a subject.

☆ 男女の愛をテーマにして小説を書く/寫以男女情愛為主題的小說。

☆ 論文のテーマがまだ決まらない / 尚未決定論文的題目。

☆ テーマ音楽 / 主題音樂。

ておくれ 【手遅れ・手後れ】 テオクレ 病気の手当て、事件の処置などをする時機が遅れて間に合わないこと。中 耽誤；為時已晚。E too late.

☆ 医師が駆けつけたときはもう手遅れで、けが人は助からなかった / 醫生趕到時，晚了一步，傷患已經斷氣了。

☆ 留年は確実で、いまから先生に頼んでも手遅れだ / 留級已經是確定的事，現在去求老師也來不及了。

ておち 【手落ち】 テオチ 方法や手続きなどにじゅうぶん注意がされず、欠点があること。また、その欠点。中 疏忽；過錯；漏洞。E a fault; an oversight.

☆ 書類をなくしたのは役所側の手落ちだ/把

文件弄丟是政府機關方面的過錯。

☆ 手落ちのないように心がける / 注意可千萬別出差錯。

てがかり【手掛かり】テガカリ　❶ 手でつかまる所。中 抓手處；握把。E a handhold.

☆ この木は枝がなくて、登る手がかりがない / 這棵樹沒有樹枝，手沒有地方可抓。

❷ ものごとの始まる最初のいとぐち。中 線索；頭緒。E a clue; a lead.

☆ タイヤの跡を手がかりにして、逃げた車をさがした / 以車轍為線索尋找逃逸的車。

でか・ける【出かける】デカケル〔自動一〕家から外へ出ていく。中 出去；出門。E set out; go out.

☆ 母は毎年海外へ出かける / 母親每年都出國。

☆ 散歩に出かける / 出去散步。

☆ ちょっと出かけてきます / 出去一下。

でかせぎ【出稼ぎ】デカセギ〔～する〕故郷から他の土地に出かけて、しばらくそこに住んで働き、収入をえること。中 出外賺錢。E work away from home.

☆ 毎年冬になると、父は東京へ出かせぎに行く / 每到冬天，父親就去東京打工賺錢。

☆ 出かせぎ労働者 / laborers living away from home. / 出外打工賺錢的人。

てがた・い【手堅い】テガタイ、テガタイ　確実で、あぶなげがない。中 踏實；堅實；靠得住。E safe; steady; reliable.

☆ あの会社は手がたいやり方で、確実に利益を上げている / 那家公司以踏實的方法經營，利潤因而穩固攀升。

☆ 手がたくせめる / 步步圍攻。

☆ 手がたい仕事 / 安穩的工作。

てがみ【手紙】テガミ　❶ あいさつや用事などを書いて、他人に送るもの。中 書信；函；信件。E a letter; a note; mail.

☆ 国の母に手紙を書く / 給家鄉的母親寫信。

❷「❶」で封筒に入ったもの。中 信。E a (sealed) letter.

☆ はがきより手紙で出すほうが丁寧だ / 寄明信片不如寄信來得鄭重。

▷ 数 1 通・1 本

てがる【手軽】テガル　手間がかからず、気楽で便利なようす。中 簡便；輕便。E light; easy.

☆ 忙しいときにも間に合う手軽な料理を覚える / 學著煮一些在忙的時候也來的及準備的簡便料理。

☆ 手軽に持ち運びのできるパソコンを買う / 購買攜帶方便的筆記型電腦。

てき【敵】テキ　❶ 戦争の相手方。また、害となるので戦わなければならない相手。中 敵；敵人。E an enemy.

☆ 50年前、日本は連合国を敵として戦った / 五十年前，日本以聯合國為敵發動了戰爭。

☆ がんは人類の敵である / 癌症是人類之敵。

対 味方

❷ 試合や競争などの相手。中 對手；敵手。E an opponent; a competitor.

☆ すばらしいプレーに敵も味方も拍手を送った / 對於這場精彩的比賽，敵我雙方都鼓掌叫好。

対 味方

-てき【-的】(他のことばについて) ❶ ～に似ている。中 似乎；好像。

☆ 父のいないわたしにとって、兄は父親的な存在だ / 對沒有父親的我來說，哥哥儼然就是父親。

☆ サラリーマン的発想 / a businessman-like idea. / 上班族的想法。

☆ 家庭的な雰囲気のレストラン / 具有家庭氣氛的餐廳。

❷ ～のような状態にある。中 某種狀態或性質。

☆ 現実的な態度 / a realistic attitude. / 現實的態度。

☆ 定期的 / regular; periodic. / 定期的。

❸ ～からみて。～についての。中 ……上的。

☆ 学問的に価値がある / 有學術上的價值。
☆ 芸術的才能 / artistic talent. / 藝術才能。
❹ ～にかなう。～に合った。中 相符。
☆ 論理的に正しい / be logically correct. / 合乎邏輯。
☆ 人道的立場 / 人道主義的立場。

でき【出来】デキ ❶できあがった状態。中 結果；品質。E workmanship; make.
☆ この絵はすばらしいできだ / 這張畫畫得好。
☆ あまりできがよくない映画 / 沒拍好的電影。
❷ 農作物が育ち、実ったようす。中 收成；年成。E a crop.
☆ 今年はリンゴのできがよく、甘くて大きい実がたくさんなった / 今年的蘋果長得好，收成許多又大又甜的果實。
❸ 成績。中 成績。E one's grades; the result.
☆ わたしは高校時代、数学のできが悪かった / 我在高中時數學成績不好。
▷ 自動 出来る

できあが・る【出来上がる】デキアガル、デキアガル〔自動五〕(できあがって) すっかりつくられる。完成する。中 完成；竣工；做完。E be completed.
☆ 新しい橋が２年かかってできあがった / 新橋花了兩年時間完工了。
名 出来上がり

てきおう【適応】テキオー〔～する〕 ❶ある条件や状況にうまくあてはまること。中 適應；適合；順應。E well-suited; appropriate.
☆ 子供の能力に適応した教育をする / 根據孩子的能力加以教育。
❷ 環境に合うように変わること。中 適應。E adapt oneself to.
☆ 生活の変化に適応できない人は、外国で暮らすことはむずかしい / 不能適應生活變化的人，難以在國外生活。

てきかく【的確・適確】テキカク ❶判断や指摘が、的をはずれず、正確なようす。てっかく。中 中肯；準確；確切。E accurate; exact.
☆ 京子の批評は的確で、反論の余地がない / 京子的批評很中肯，沒有反駁的餘地。
☆ この訳者は的確な訳語をあてている / 這位翻譯員翻譯得很精準。
対 不的確
❷ よくあてはまって確かなようす。てっかく。中 準確；正確。E precisely.
☆ 経済の動きを適確に予想するのは困難だ / 準確地預測經濟動向是很不容易的。
対 不適確
注 ❶は「的確」、❷は「適確」。

てきぎ【適宜】テキギ、テキギ ❶その時と場に最もふさわしいようす。中 適宜；適當；合適。E appropriately; suitably.
☆ 時間や人数を考えて仕事を適宜分担する / 考慮時間及人力，適當的分擔工作。
❷ 思うとおりにするようす。中 酌情；隨意地。E as one sees fit; as one pleases.
☆ 事務所の中のものは、適宜お使いください / 辦公室裡的東西，請隨意取用。

できごころ【出来心】デキゴコロ ふと起こったよくない考え。中 一時的衝動；一時的邪念。E a sudden impulse.
☆ 机の上にあった１万円札を、ついできごころでポケットに入れてしまった / 一時貪心，把桌子上的一萬日圓放進了口袋裡。

できごと【出来事】デキゴト 世の中で起こったいろいろなこと。中 事；事情；事件。E an event; an incident; a happening.
☆ 新聞を読むと世界のできごとがよくわかる / 看報紙能知道世界各地發生的事。
☆ 今年のわが家のいちばん大きなできごとは引っ越しだった / 今年我家最值得一提的事情是搬了家。
参「事件」も似ているが、「事件」が社会で話題になるような変わったことが起こったときにいうのに対して、「できご

て

と」は社会のレベルだけでなく、個人のレベルで日常生活の中で思いがけず起こったことなどもふくむ。また、「事件」が好ましくないことに使うのに対して、「できごと」はいいことにも悪いことにも使う。

てきざいてきしょ【適材適所】テキザイテキショ　人の能力や才能を評価して、その人にふさわしい仕事をさせたり地位に置いたりすること。中 適才適所。E the right person in the right place.

☆ 組織の中では適材適所に人を配置することがたいせつだ／組織中最重要的是量才適用。

テキスト (text) テキスト、テキスト　❶〔←テキストブック(textbook)〕

☆ 教科書。中 教科書；教材。E a textbook.

☆ 初級のテキスト／初級課本；初級教科書。

❷ 本文。中 課文。E the text.

☆ 最初にテキストを読み、つぎに文法説明を見る／先讀課文，然後再看語法說明。

❸ 原文。原典。中 原文；原著。E the text.

☆ シェークスピアのテキストと現代語訳を比べる／比較莎士比亞的原著和現代的譯本。

▷ 数❶ 1冊

てき・する【適する】テキスル〔自動する〕

❶ ちょうどうまくあてはまる。適す。中 適合；適應。E be suitable for.

☆ この地方の気候はくだものをつくるのに適している／這個地方的氣候適合栽種水果。

☆ 水泳に適した海岸／適合游泳的海岸。

❷ あることをするのにふさわしい資格や能力がある。適す。中 適合；適當。E be qualified; be suited to.

☆ 議長には洋子がいちばん適している／洋子是最合適當議長的人。

☆ 能力に適した仕事／適合自己能力的工作。

てきせい【適性】テキセイ　人の性質、能力などがそのことに適していること。また、その性質、能力。中 適應性；適於某人的資質。E fitness; aptitude.

☆ 職業を選ぶのには自分の適性を知ることがだいじだ／選擇職業時重要的是要知道自己適合做什麼。

☆ 適性検査／性向測驗。

てきせつ【適切】テキセツ　その場に正しくあてはまるようす。中 恰當；適當。E suitably; proper.

☆ 通訳する人は状況に合わせて適切に訳さなければならない／口譯者需視情況適當地做翻譯。

☆ 医者の適切な手当てで命を取りとめた／由於醫生妥當的治療而保住了性命。

対 不適切

できそこない【出来損ない】デキソコナイ

❶ 品物の性能や作品のできばえがひどく悪いもの。中 做壞；搞壞。E a failure; a waste product.

☆ このパンはかたくてできそこないだ／這個麵包太硬，沒做好。

☆ できそこないの茶碗／沒燒好的茶杯。

❷ 能力などがひどくおとる人。中 廢物；飯桶。E a good-for-nothing.

☆「おまえはきょうだいの中のできそこないだ」と兄に言われてけんかしてしまった／因為被哥哥說「你是兄弟姊妹中最沒有出息的」而吵起來了。

▷ 自動 出来損なう

できたて【出来たて】デキタテ　品物や食べ物などができたばかりであること。また、その品物や食べ物。中 剛做好；剛出爐。E just made; brand-new; fresh.

☆ みそ汁はできたてがおいしい／剛做好的味噌湯好喝。

☆ できたてのほやほや／piping hot; steaming hot.／剛出爐熱騰騰的。

てきど【適度】テキド　ちょうどいい程度。

[中]適當；適當的程度。[E] moderate; temperate.

☆ 健康のためには適度の飲食と適度な運動が必要だ/保持健康，需要適當的飲食和運動。

[対]過度

てきとう 【適当】テキトー ❶ ちょうどいいようす。[中]適當；合適；恰當。[E] appropriate; suitable.

☆ 適当なことばを補って文を完成しなさい/填上適當的語彙來完成句子。

☆ タイ語を習いたいが、適当な学校はないだろうか/想學泰語，但不知有沒有適合的學校?

[対]不適当

❷ いいかげんなようす。[中]隨意；馬虎。[E] irresponsible; whimsical.

☆ あの人はいつも適当なことばかり言うので信用できない/那個人總是隨便說說，不可信任。

▷ [話]❷

てきぱき テキパキ〔～する〕 すばやく、つぎつぎと、適切に行うようす。[中]俐落；有效率；乾脆。[E] in a crisp manner; efficiently.

☆ 道子は部下にてきぱき(と)指示を与え、仕事をうまく処理している/道子有效率地給予部下指示，工作處理得很好。

☆ 用事をてきぱき(と)片づける/乾脆俐落地完成工作。

[対]ぐずぐず

てきびし・い 【手厳しい】テキビシイ 処置のしかたが非常に厳しい。[中]厲害；嚴厲。[E] harsh; severe.

☆ 国民の手厳しい批判を浴びて、政府は政策を変更した/受到國民嚴厲的批判，政府改變了政策。

[対]手ぬるい

で・きる 【出来る】デキル〔自動一〕 ❶ ものごとが新しく起こる。生まれる。[中]產；發生；起。[E] come up; form; be born.

☆ 急用ができた/有急事了。

☆ しわができる/產生皺褶。

☆ 赤ん坊ができる/生孩子。

❷ ものごとが新しくつくられる。完成する。[中]做出；完成。[E] be built; be completed.

☆ 駅前にレストランができた/車站前新開張了一家餐廳。

☆ 橋ができる/橋架好了。

❸ 能力がある。得意だ。[中]會；能；能夠。[E] be good at; be capable of.

☆ 二郎はタイ語ができる/二郎會說泰語。

☆ 洋子は数学がよくできる/洋子數學好。

❹ なにかをすることが可能だ。[中]辦得到；會。[E] can do; be able to do.

☆ このテニスコートはだれでも利用できる/這個網球場誰都可以使用。

☆ できる相談とできない相談がある/有能商量的事和不能商量的事。

❺ (「できた[ている]」の形で)人柄などがすぐれている。[中]有修養；有人品。[E] mature.

☆ 道子は若いのに、なかなかできた人だ/道子雖年輕，卻是個有修養的人。

[名]出来

[注] ❸❹❺はひらがなで書く。

できるだけ デキルダケ 可能な限り。[中]儘量；儘可能。[E] as~as possible; do one's utmost.

☆ あすの集まりにはできるだけ早く来てください/請儘早來參加明天的集會。

☆ 老いた両親に、できるだけのことはするつもりだ/我打算對年邁的父母盡孝。

てぎわ 【手際】テギワ、テギワ ものごとを処理する方法。[中]處理某事的手法；技巧。[E] efficiency; skill.

☆ 会場に集まったおおぜいの人を手ぎわよく入場させた/把大量到場的群衆順利地安排入場。

☆ 引っ越しの準備の手ぎわがいい/搬家的準備很妥當。

てぐすねひく【手ぐすね引く】じゅうぶんに準備して機会を待つ。中 摩拳擦掌；嚴陣以待。E be on the lookout for; be ready for.

- ☆ 子供たちは、けんかの相手を手ぐすね引いて待っていた/孩子們摩拳擦掌地等待打架的對手到來。

でぐち【出口】デグチ　建物などの外へ出る所。中 出口。E an exit.

- ☆ 駅の出口で友達と待ち合わせる/在車站的出口等著和朋友見面。

対 入り口

てくてく　テクテク　遠くまで、同じ調子で歩き続けるようす。中 步行貌；一步一步地。

- ☆ 駅までバスで15分だが、健康のため毎朝てくてく(と)歩いている/ It's fifteen minutes to the station by bus, but every morning I walk it for my health. /到車站搭公車要花十五分鐘，但為了健康每天早上步行到車站。

テクノストレス (techno-stress) テクノストレス　コンピューターなどの新しい技術が要求されるようになった労働者が、対応しきれなくて感じる精神的な負担。中 因不熟悉新技術而感到有壓力；精神壓力。E techno-stress.

- ☆ 新しい事務機器がつぎつぎに導入されて、テクノストレスを感じる人が増えた/不斷引進新機種，讓不少人因為要學習適應而備感壓力。

テクノロジー (technology) テクノロジー　科学技術。中 科學技術。E technology.

- ☆ テクノロジーの発達で日常生活も大きく変化してきた/科學技術的發達給日常生活帶來很大的變化。
- ☆ バイオテクノロジー/生物工學；生命工學。

(→項目)

てくび【手首】テクビ　腕と手のひらがつながっている部分。中 手腕。E a wrist.

- ☆ 左の手首に腕時計をはめる/把手錶帶在左手腕上。
- ☆ そでが手首までくるシャツ/長袖襯衫。

→手 図

でくわ・す【出くわす】デクワス、デクワス〔自動五〕(でくわして)　偶然に行き合う。出っくわす。中 偶然遇見；碰上。E meet with; come across.

- ☆ 思ってもいなかったことに出くわす/遇到了意外的事情。
- ☆ 町でむかしの友達に出くわした/在街上遇到了老朋友。

てこいれ【てこ入れ】テコイレ〔～する〕事業などのうまくいかないところを助けるために外部から援助すること。中 採取人為的措施；撐腰。E bolster up; beef up.

- ☆ 倒産しそうな会社に、力のある人を送っててこ入れする/派遣人力支援瀕臨倒閉的公司。

てごころをくわえる【手心を加える】相手の事情を考えに入れて、ふつうよりゆるやかな処置をとる。中 酌量放寬；從輕發落。E take into consideration; make allowances for.

- ☆ どんな理由があっても、試験の結果に手心を加えることは許されない/不論有什麼理由，考試結果都不能酌情加分。

てこず・る　テコズル〔自動五〕(てこずって)うまくいかないで取り扱いに困る。中 麻煩；難對付。E have much trouble.

- ☆ 質問の意味がわからず、答えを書くのにてこずった/不懂題目的意思，而無法作答。
- ☆ 母はわがままな弟にてこずっている/母親拿任性的弟弟沒辦法。

てごたえ【手ごたえ】テゴタエ　❶打ったりさわったりしたときに手に受ける感じ。中 手的觸感；手感。E a tug; a reaction.

- ☆ 釣りざおに手ごたえがあったからリールを巻いた/感到魚竿動了，於是就往上拉。

❷ 働きかけに対する反応や効果。中 反應；效果。E a response; an effect.

- ☆ 一生懸命教えても、学生たちの手ごたえがさっぱりない/再拚命教，學生們的學習也完全沒有成果。

でこぼこ【凸凹】デコボコ、デコボコ〔～する〕 ❶表面に高い所と低い所があり、平らでないこと。中凹凸不平。E uneven; bumpy.

☆ 工事用のトラックが毎日通るので、道がでこぼこになっている/工程大卡車每天在路上奔馳，使得路面凸凹不平。

対平ら

❷数や量のつりあいがとれていないこと。中不平均。E inequality.

☆ みんな同じ仕事をしているのに給料にでこぼこがある/大家做相同的工作卻領不同的薪水。

てごわ・い【手ごわい】テゴワイ、テゴワイ 強くて、油断ができない。中不好對付；難纏。E tough; formidable.

☆ 二郎は実力があるので、競争相手としては手ごわい/二郎有實力，是一個不好對付的競爭對手。

☆ 手ごわい敵と戦う/和強敵作戰。

デザート (dessert) デザート 食後に食べる菓子やくだものなど。中餐後點心或水果等。E (a) dessert.

☆ デザートはチーズケーキにする/飯後甜點是起士蛋糕。

☆ イチゴのデザート/草莓的甜點。

デザイン (design) デザイン〔～する〕 工芸、製品などの色や形についての工夫。また、それを考えること。中設計；圖案。E a design.

☆ はなやかなデザインのパーティードレスを注文する/訂購了一套設計華麗的晚禮服。

☆ シンプルなデザインの家具/設計簡單的家具。

でし【弟子】デシ 先生について教えを受ける人。中弟子；門生；學徒。E a pupil; a disciple.

☆ 山田教授は弟子を厳しく育てるので有名だ/山田教授由於嚴格教授弟子而出名。

☆ イエスと12人の弟子/耶穌和十二個門徒。

☆ 弟子入り/ become the pupil of. /當學徒；拜師。

てしおにかける【手塩にかける】 初めからたいせつに世話をする。中親手精心培養；親手提拔起來的。E with tender care.

☆ 手塩にかけて育てた子牛を市場に出す/把親手養大的小牛牽到市場去賣。

デジタル (digital) デジタル 数や量やデータを数字で表すこと。計数式。中數字(的)；計數(的)。E digital.

☆ デジタル時計/電子錶。

☆ デジタル表示/a digital indicator. /數位指示器。

対アナログ

てじな【手品】テジナ ハンカチ、トランプなどの小道具を使って不思議なことをしてみせる芸。中魔術；戲法。E magic; a conjuring trick.

☆ ハンカチを消す手品を習って忘年会でやってみた/學習讓手帕消失的魔術，在忘年會上表演。

☆ 手品のたねを明かす/disclose magic technique. /揭開魔術的秘密。

でしゃば・る【出しゃばる】デシャバル〔自動五〕(でしゃばって) するべきでないことまで、よけいに口出ししたり手出ししたりする。また、ほかの人を押しのけてまでする。話中出風頭；多管閒事；多嘴長舌。E push oneself forward; poke one's nose into.

☆ 彼は議長でもないのに、でしゃばってどんどん議事を進めてしまう/他又不是議長，卻多管閒事地進行會議。

☆ 子供のけんかに親がでしゃばって、ことが大きくなった/孩子打架，大人一插手事情就鬧大了。

名出しゃばり

てじゅん【手順】テジュン、テジュン ものごとを行う順序。中次序；層次；順序。E (a) procedure; arrangements.

☆ 仕事が多くても、みんなで手順よく片づければ早く終わる/即便工作多，如果各位按

て

照步驟進行，就能儘快結束。

☆ 手順が悪くて準備に時間がかかる/順序不對，準備起來很費時。

です ❶「だ」「である」の丁寧な言い方。中是；為。

☆ この方が山田先生です / This is Professor Yamada. / 這位是山田先生。

☆ わたしの家はここです / 我家在這裡。

☆ ニュースの時間です/播報新聞的時間到了。

☆ 買いたいんですが、お金がないんです/想買，但沒錢。

❷ (形容詞の基本形について)その状態、性質などを丁寧にいう。中表示敬體。

☆ きょうはとても暑いです / It is really hot today. / 今天很熱。

てすう【手数】テスー　ものごとをするのにかかる労力や時間。てかず。中麻煩；費事。E trouble.

☆ お手数ですが、あすもういちど来てください / 勞駕您明天再來一趟。

☆ 入国手続きに手数がかかる / 辦入境手續很麻煩。

ですから デスカラ「だから」の丁寧な言い方。中所以；因此。E so; therefore.

☆ 文章を書くことが好きでした。ですから、小説家になりたいと思いました / 以前喜歡寫文章，所以曾經想當小說家。

☆ コンピューターの世界は進歩が速いのです。ですから、いつも勉強しなければなりません / 電腦領域發展迅速，所以要經常學習。

テスト (test) テスト〔～する〕 ❶ 試験をすること。また、その試験。中考試；測驗。E a test; an examination.

☆ 5課と6課を来週テストします / 下週測驗第五課和第六課。

☆ きょうの数学のテストはやさしかった/今天的數學測驗很簡單。

❷ 試してみること。中試驗；檢查。E a test.

☆ 新しい製品のテストをする / 測試新產品。

☆ テストケース / a test case. / 試例。

▷ 数 ❶ 1題・1問

てすり【手すり】テスリ　階段や橋や窓などについている、人がつかまったり、落ちないようにしたりするための横木。中扶手；欄杆。E a handrail.

☆ 足が悪いので階段の手すりにつかまって下りる / 腳不方便，所以抓著扶手下樓梯。

てだすけ【手助け】テダスケ〔～する〕 人の仕事などの手伝いをして助けること。中幫；幫助。E help; assistance.

☆ ボランティア活動で、老人ホームの手助けをする / 參加義工活動，幫助養老院做事。

☆ 子供たちも家事の手助けができるようになった / 孩子也能幫忙做家事了。

でたらめ デタラメ　いいかげんなその場だけの思いつき。また、無責任で、筋が通らないこと。中荒唐；胡來；胡說八道。E nonsense; at random.

☆ 裏の山を掘ると石油が出るなどというでたらめな話は信用できない / 說什麼在後山能挖出石油，胡說八道不能相信。

☆ でたらめに答えを書いたら合っていた/胡亂作答卻矇對了。

てちがい【手違い】テチガイ　ものごとの手順をまちがえること。中錯誤；差錯。E a mistake; a hitch.

☆ 準備に手違いが起こって出発が遅れた/準備時出了差錯以致延遲出發。

てちょう【手帳】テチョー　予定やメモなどを書き入れるために使う、小型のノート。中記事本；雜記本。E a (pocket) notebook.

☆ 1週間の予定を手帳に書いておく/把一週的行程記在本子上。

数 1冊

てつ【鉄】テツ ❶銀白色のかたい金属。丈夫で重い。中鐵。E iron.

☆ 鉄でできたなべ/鐵鑄的鍋；鐵鍋。

❷「❶」のようにかたいこと。中堅硬如鐵。E iron～.

☆ 鉄の意志を持って目標に向かう/以堅強的意志向著目標前進。

てっかい【撤回】テッカイ〔～する〕 いちど出した意見、提案などを取り下げること。中撤回；撤銷。E withdraw; take back.

☆ 状況が変わったので、先日出した案を撤回したい/情況改變了，因此想撤回前幾天提出的草案。

てつがく【哲学】テツガク、テツガク ❶理性の力で人生、世界、ものごとのあり方の根本原理を求めようとする学問。中哲學。E philosophy.

☆ 大学で哲学を専攻する/在大學攻讀哲學。

☆ 実存哲学/ existential philosophy. /存在哲學；實存哲學。

❷ 自分の経験からえた、ものごとの基本的な考え方。中人生觀；世界觀；人生哲學。E the philosophy (of life); one's way of thinking.

☆ すわって待っていてもなにも変わらない、というのがわたしの人生の哲学だ/光是坐著等待，什麼也不會改變，這是我的人生哲學。

☆ 経営哲学/經營哲學。

てっきり テッキリ きっとそうだと思っているようす。中(以為)肯定～(可是～)。E surely; no doubt.

☆ てっきり落としたと思っていたかぎが、古いハンドバッグの中にあった/以為鑰題一定弄丟了，結果在舊皮包裡找到。

☆ とてもよく似ているので、てっきり親子だと思った/長相非常相似，所以認為一定是父子（母子）。

てっきんコンクリート【鉄筋コンクリート】テッキンコンクリート コンクリートに鉄の棒を埋めこんで補強した構造物。地震、火事、台風などに強く、長持ちする。中鋼筋混凝土；鋼筋水泥。E reinforced concrete; ferro-concrete.

☆ 木造の家を鉄筋コンクリートに建て直す/把木造的家改建成鋼筋水泥結構的房子。

☆ 鉄筋コンクリート3階建ての事務所/鋼筋水泥結構的三層辦公樓。

てづくり【手作り】テズクリ 自分の手でつくること。また、そのつくったもの。中親手做(的東西)；手工。E handmade; homemade.

☆ 客を手づくりの料理でもてなす/款待客人自己親手做的菜。

てつけ【手付け】テツケ 契約をするときなどに、そのことを実行する保証として先に渡しておく金。中定金；押金；保證金。E a deposit; earnest money.

☆ マンションを買う契約をして、手付けを払った/簽下買大樓公寓的契約，交了押金。

☆ 手付金/押金。

てっ・する【徹する】テッスル、テッスル〔自動する〕 ❶最後まで1つのことをやりとおす。中徹底；貫徹始終。E put one's heart into.

☆ きょうだけはお客のサービス係に徹して働こう/今天就充當服務員徹底地為顧客服務吧!

☆ わき役に徹する/好好當配角。

❷(「夜を徹して」の形で)1晩じゅう1つのことをして通すようす。中徹夜；通宵。E all night.

☆ 夜を徹して論文を書く/徹夜寫論文。

てったい【撤退】テッタイ〔～する〕 軍隊や企業などが、活動している場所から退くこと。中撤退。E withdraw from; evacuate.

☆ 軍隊は前線から撤退した/軍隊從前線撤回來了。

☆ 事業を縮小するので海外から撤退する/由於縮小經營規模，所以從海外撤回公司。

てつだ・う【手伝う】テツダウ〔自他動五〕

(てつだって)　❶ほかの人の仕事を助けて、自分もする。手助けをする。中 幫忙；幫助。E help; assist.

☆ 友達に引っ越しを手伝ってもらった/請朋友幫忙搬家。

☆ 父の農業を手伝う/幫助父親耕作。

❷ ある原因のうえにそれも加わって影響がある。中 加上。E help; have a hand in.

☆ 山でけがをして動けなくなり、寒さも手伝って死んだ/在山上受傷動彈不得，加上太冷因而喪生了。

▷ 名 手伝い

注 ❶は他動詞、❷は自動詞。

でっちあ·げる【でっち上げる】デッチアゲル、デッチアゲル〔他動一〕 ❶事実でないことを事実のようにつくりあげる。中 捏造；編造。E frame up; make up.

☆ 警察はまじめな会社員を強盗犯人にでっちあげた/警察誣陷老實的公司職員是竊犯盜。

❷ 間に合わせて急いでつくりあげる。中 拼湊出。E slap together.

☆ 宿題の作文を30分ででっちあげる/作業的作文用三十分鐘就寫好了。

▷ 話 名 でっち上げ

てつづき【手続き】テツズキ〔～する〕 ものごとを行うときに順序を踏んでしなければならないこと。中 手續。E (a) procedure; formalities.

☆ 合格通知を持って入学の手続きをしに行った/拿著錄取通知單去辦入學手續。

☆ 出国手続き/出國手續。

てってい【徹底】テッテイ〔～する〕 ❶行動、考え、態度などが中途はんぱでなく、最後までじゅうぶんにいきとどいていること。中 徹底；完全；徹頭徹尾。E thorough; out-and-out.

☆ 京子は徹底した合理主義者だ/京子是徹頭徹尾的合理主義者。

❷ すみずみまでいきわたること。中 徹底；貫徹到各個角落。E make ~ generally known.

☆ 休講の知らせが徹底していなかったらしく、何人かの学生が教室へ来た/好像有人還不知道停課通知，有幾個學生來教室了。

てっていてき【徹底的】テッテイテキ　徹底するようす。中 徹底的。E thorough.

☆ 多くの警官がやってきて、家の中を徹底的に調べた/來了很多警察，家裡被徹底地搜查了一遍。

☆ 徹底的な調査の結果、事故の原因がわかった/徹底調查的結果，瞭解了事故的原因。

対 不徹底

てつどう【鉄道】テツドー　レールを敷き、車両を走らせて人やものを運ぶ機関。中 鐵路。E a railroad; a railway.

☆ 全国に鉄道が網の目のようにひろがっている/全國鋪設著四通八達的鐵路網。

☆ 国内を鉄道で旅行する/利用鐵路環遊國內。

☆ 大陸横断鉄道/橫貫大陸的鐵路。

数 1本

てっとりばや·い【手っ取り早い】テットリバヤイ　手間がかからない。中 迅速；簡單；省事。E quick and easy; practical.

☆ 他人に説明してやってもらうより、自分でやったほうが手っ取り早い/請別人幫忙不如自己做的快。

でっぷり　デップリ〔～する〕 非常に太っているようす。中 肥胖；胖嘟嘟。E big and heavy; obese.

☆ あのおすもうさんは、でっぷり(と)太っている/那個相撲選手胖嘟嘟的。

てつや【徹夜】テツヤ〔～する〕 夜の間ずっと寝ないで起きていること。中 徹夜；通宵；開夜車。E stay up all night.

☆ 試験勉強のため2晩徹夜した/為了準備考試熬了兩個晚上。

☆ 徹夜で看病をする/徹夜看護病人。

てどり【手取り】テドリ、テドリ　収入から税金などを引いた、実際に自分の受け取る金額。中 實收金額；純收入。E a net income; take-home pay.

☆ 税金が高くなって、去年より手取りが減った / 税金提高，實際收入比去年少了。

てなおし【手直し】テナオシ〔～する〕 不完全な部分を直すこと。中 修改；修正。E revise; correct.

☆ 20年前に出した本を手直しして、改めて出版する / 修改二十年前的書，重新出。

☆ 現状に合わなくなった規定の手直しが必要だ / 不適應現狀的規定需要修改。

でなお・す【出直す】デナオス、デナオス〔自動五〕(でなおして) ❶ いちど帰って、もういちど出る。中 返回再來，又出去。E come again; call again.

☆ 財布を忘れたから、出直してこよう / 忘了錢包，回家拿了再來。

❷ 初めから全部やり直す。中 重新開始；從頭做起。E make a fresh start.

☆ 事業に失敗したが、気分を新しくして出直すつもりだ / 儘管事業失敗了，打算振作精神重新再開始。

▷ 名 出直し

てなみ【手並み】テナミ 仕事などをやりとげる能力、技能。中 本領；本事。E skill; performance.

☆ 道子の乗馬の手並みはすばらしかった / 道子的騎馬技術相當不錯。

☆ お手並み拝見 / 領教一下你的本事。

テニス (tennis) テニス 1人対1人、または2人対2人で、ネットをはさんでボールをラケットで打って点を取り合う競技。庭球。中 網球。E tennis.

☆ テニスの合宿に伊豆へ行く / 網球隊一起到伊豆半島去集訓。

てにをは テニオハ ❶ 助詞の「て」「に」「を」「は」のこと。また、助詞全体のこと。中 助詞。E particles.

☆ 日本語の勉強で「てにをは」はとてもたいせつだ / 在日語學習中，助詞的「てにをは」是十分重要的。

☆ 緊張して「てにをは」をまちがえてしまった / 一緊張說錯助詞了。

❷ 基本的なことばの使い方。中 說話方法；話的條理。E grammar; word usage.

☆ 日本語を習うなら「てにをは」からきちんとやりなさい / 要學日語首先要學好助詞。

てぬき【手抜き】テヌキ〔～する〕 しなければならない手数や工程をはぶくこと。中 偷工。E cornercutting; skimp.

☆ 工事の手抜きが大事故のもとになった / 工程偷工減料釀成了大事故。

☆ きょうの夕食は手抜きして残り物ですました / 今天偷懶不做晚飯，吃剩的飯菜應付一頓。

てぬぐい【手ぬぐい】テヌグイ 顔、手、体などをふく、もめん製の長方形の布。中 手巾；手帕。E a towel; a facecloth.

☆ 植木屋は仕事が終わると手ぬぐいを出して汗をふいた / 園丁完工後就拿出手巾擦汗。

数 1枚・1本

参「タオル」も似ているが、「タオル」が洋風で織り方も厚くけばだっているのに対して、「手ぬぐい」は和風で織り方も薄い。

てぬる・い【手ぬるい】テヌルイ、テヌルイ 処置のしかたに厳しさがたりない。中 太寬大；不嚴格；寬鬆。E mild; lenient.

☆ 麻薬に対する警察の取り締まりが手ぬるい / 對於毒販警察取締不嚴。

対 手厳しい

てのひら【手のひら】テノヒラ、テノヒラ 手首から先の部分で、ものをつかむほうの面。中 手掌。E the palm of the hand.

☆ 桜の花びらを手のひらに載せて眺める / 把櫻花的花瓣放在手掌上觀賞。

対手の甲 →手図

手のひらを返すよう 人に対する態度を急に変えるようす。中 態度突然改變；翻臉不認人。E change one's attitude abruptly.

☆ 仕事を断ったら、相手は手のひらを返すように冷たくなった/我拒絕工作，對方便當場翻臉，態度冷淡。

似た表現 手の裏を返すよう

ては (動詞の「て」に続く形、形容詞の「く」の形について) ❶ それをするとあとでよくないことが起こる条件を表す。中 (表示引起後面不好事情的條件) 如果……可就……。

☆ いくらカラオケが好きでも、そんなに歌っては声が出なくなるよ/No matter how much you may enjoy *karaoke*, if you keep singing like that, you're going to lose your voice. /無論再怎麼喜歡卡拉OK，那樣唱，嗓子會沙啞唷。

☆ そんなに食べては、体に悪いよ/那麼吃對身體不好哦!

❷ 同じ動作を繰り返すことを表す。中 (表示重複相同動作) 又。

☆ 何度も書いては消して、やっと作文を書き終えた/After writing and erasing over and over again, I've finished writing a composition at last. /好幾次寫了又塗掉，終於完成作文。

では デワ ❶ (文と文をつないで) 話題を変えるとき、ものごとを始めたり終えたりするとき、別れるときに使うことば。中 那；那麼；好。E then; well; so.

☆ では、つぎの話に移りましょう/那麼我們談下一個話題吧!

☆ では、さようなら/那麼，再見。

❷ ⇨ては

☆ そんなに酒を飲んでは病気になる/那樣喝酒會生病的。

❸ (名詞、形容動詞の語幹について) ～であっては。～だとすると。中 如果。

☆ こんなに下手では、テニスの相手は見つからない/網球打得這麼差，會找不到對手。

☆ 病気では働けない/You can't work if you get sick. /若是生病，就不能工作。

デパート デパート〔←デパートメントストア (department store)〕 広い売り場でいろいろな商品を部門に分けて売っている大型の小売店。百貨店。中 百貨商店；百貨公司。E a department store.

☆ 新宿のデパートへ買い物に行く/到新宿的百貨公司購物。

☆ デパートのバーゲンセール/百貨公司大拍賣。

数 1軒・1店

てはい 【手配】 テハイ、テハイ〔～する〕

❶ なにかを行うために必要な準備や連絡をすること。中 籌畫；安排；布置。E arrangements; preparations.

☆ 外国から客が来るのでホテルを手配した/從國外有客人要來，所以幫忙安排旅館。

❷ 犯人を捕まえるために必要な処置をすること。中 通緝。E (a) search.

☆ 警察は犯人を手配中である/警察局通緝犯人中。

☆ 指名手配/put a criminal on the wanted list. /指名通緝。

てばな・す 【手放す】 テバナス〔他動五〕(てばなして) ❶ だいじに持っていたものを他人に売ったり与えたりする。中 放棄；賣掉；脫手。E part with; sell.

☆ 事業に失敗して、家や土地を手放した/生意賠本，房子土地都賣了。

☆ これはわたしが手放した絵だ/這是我賣掉的畫。

❷ 手もとにいたものを遠くへやる。中 離開。E send away.

☆ ピアニストにするために幼い娘を外国へ手放した/為了培養孩子成為鋼琴演奏家，而把年幼的女兒送到了國外。

▷ 名 手放し

でばなをくじく【出ばなをくじく】 相手がなにかをしようとしているときじゃまをして、相手の気力をなくさせる。出はなをくじく。中 一開始就給人潑冷水。E baffle a person at the start.

☆ 母にセーターを買ってと言おうとしたら、今月は弟の受験と親戚の結婚式でお金がかかってたいへんだと言われ、出ばなをくじかれてしまった/剛說想買一件毛衣，媽媽就說這個月弟弟考試和親戚結婚都需要花錢，一開始就給我潑了一盆冷水。

てびき【手引き・手引】テビキ、テビキ

❶〔～する〕人を導くこと。案内すること。中 引路；嚮導。E guidance; lead.

☆ 産業スパイは、内部の者の手引きで秘密書類を持ちだした/企業間諜借由內部人員的引導，把秘密文件給偷出來了。

❷ わかるように教え、指導すること。また、そのための文書。中 輔導；啓蒙；指南(的書)。E a guide book; a handbook.

☆ 海外旅行の手引を読む/閱讀海外旅遊指南。

☆ 学習の手引/學習手冊；學習指南。

❸ 引き合わせて、力を貸すこと。中 引薦；介紹；門路。E an introduction; an influence.

☆ 伯父の手引きでA社に就職できた/經由叔叔的介紹，得以任職於A社。

三 注 ❶❸は「手引き」、❷は「手引」。

てひど・い【手ひどい】テヒドイ 与える打撃の程度が強いようすだ。中 嚴重；沉重；毫不客氣。E heavy; severe.

☆ 株の値下がりで手ひどい損害を受けた/股價下跌，受到了嚴重的損失。

☆ この町は地震で手ひどい打撃を受けた/這個小鎮因地震而受重創。

てぶくろ【手袋】テブクロ 寒さやけがから守るため、また、飾りのために、手にはめたり、持ったりするもの。中 手套。E gloves.

☆ 冬は寒いので手袋が必要だ/冬天冷，需要戴手套。

☆ 手袋をはめてスケートをする/戴著手套溜冰。

数 1 組

てぶら【手ぶら】テブラ 手になにも持たないこと。えものやみやげを持っていないこと。話 中 空著手。E without taking a present (with one); empty-handed.

☆ 人のうちに行くのに手ぶらはまずいから、花でも買って行こう/到人家家裡去作客，空手不好，買束花帶去吧!

☆ 荷物は宅配便に頼んで、手ぶらで帰る/把行李交給托運公司，自己空著手回家。

てほん【手本】テホン ❶ 習いはじめの人が見てまねをして練習するための絵や字。中 字帖；畫帖。E a copybook.

☆ 手本を見ながら筆で字を書く/看著字帖寫毛筆字。

❷ 行動や判断の見習うべき例。中 榜樣；樣本；模範。E a model; an example.

☆ スウェーデンの社会福祉行政を手本として、日本の老人福祉対策を考える/以瑞典福利行政措施為榜樣，日本政府正在考慮改善老人福利政策。

てま【手間】テマ なにかをするのにかかる労力や時間。中 勞力和時間；時間。E time; labor; trouble.

☆ 洗濯機や掃除機のおかげで、家事の手間がかからなくなった/多虧有了洗衣機、吸塵器，大大地節省了家務時間。

☆ 手間を省く/省時間。

てまえ【手前】テマエ ❶ 自分に近いほう。中 自己的面前；跟前。E this side; before.

☆ 手前にあるケーキを取った/拿了面前的蛋糕。

☆ 郵便局の手前を右へ曲がる/到郵局前往右轉。

❷ 他の人に対する自分の立場、体裁。中 顧慮；考慮到～。E since; out of consideration for.

☆ はっきり約束した手前、いまさらいやだとは言えない/考慮到當初答應得很痛快，現

在已不能拒絶了。

❸ 自分のことを謙遜していう言い方。中 (謙)我。E I.

☆ 手前がこの店の主人でございます/我就是這裡的店主。

でまえ【出前】デマエ〔～する〕 料理を、注文した人の家にとどけること。また、その料理。中 餐廳為顧客送菜到家；送外賣。E home delivery of food to order.

☆ すし屋に電話して出前を頼む/打電話請壽司店外送到家裡。

☆ 急な客なので出前をとる/突然來了客人，所以叫外賣。

てまえみそ【手前みそ】テマエミソ 自分のつくったものやしたことを自分でほめること。中 自吹自擂；自賣自誇。E blow one's own trumpet.

☆ 手前みそになるが、わが社の製品は最高のものだ/這樣說也許是老王賣瓜，但我們公司的產品可是一流的。

でまかせ【出任せ】デマカセ 思いつくままによく考えもしないで言うこと。中 信口開河；隨意胡說。E talk without thinking; speak at random.

☆ 一郎はよくでまかせの話をするから信用できない/一郎常常信口開河，不可相信。

☆ 二郎は、この薬を飲むと20歳は若くなるなどと口からでまかせを言う/二郎胡說什麼吃了這種藥會年輕二十歲。

てまど・る【手間取る】テマドル〔自動五〕(てまどって) 思ったより時間がかかる。ひまがかかる。中 費工夫；費時間；耽誤。E take time; be delayed.

☆ 入国の手続きにてまどる/入境手續很費時。

☆ 準備にてまどって、遅刻してしまった/準備太費功夫，所以遲到了。

でまわ・る【出回る】デマワル、デマワル〔自動五〕(でまわって) 品物があちこちの店に出る。中 上市；充斥。E appear on the market.

☆ 白菜が大量に出まわる季節になった/到了白菜大量上市的季節。

☆ 偽物のブランド商品が出まわっている/仿冒名牌的商品充斥市場。

てみじか【手短】テミジカ 話などを簡単に短くするようす。中 簡單；簡略。E briefly; in short.

☆ 現在の状況を手短に説明する/簡要說明目前的狀況。

☆ きみの話は長すぎる。もっと手短にやってくれ/你的廢話太多，長話短說吧。

でむかえ【出迎え】デムカエ ある場所まで人を迎えに行くこと。中 迎接。E go to meet someone.

☆ ジョンは日本がはじめてだから、出迎えが必要だ/約翰第一次來日本，所以必須去接他。

☆ 出迎えの人々/出迎的人們。

対 見送り　他動 出迎える

ても (動詞の「て」に続く形、形容詞の「く」の形について)❶ ある条件を示して、それと反対のことと結びつける。中 雖然～；儘管～。

☆ この問題はいくら考えてもわからない/No matter how hard I think, I can't understand this problem. /這個問題怎麼想也想不通。

☆ 多少古くても住みやすい部屋がいい/稍舊一點沒關係，只要房子住得舒服就好。

❷ (「～ても…ても」の形で)いろいろしたが、効果がないことを表す。中 無論…也；就是……也。

☆ 家へ行っても電話をかけても、いつもいない/Whether I go to the house or call him, he is never home. /不管是去他家或是打電話，總找不到他。

でも デモ ❶ (文と文をつないで)(1)前にいったことと反対のことを後でいうときに使うことば。中 但是；可是；不過。E but; however.

☆ 魚は好きです。でも、刺身は嫌いです/我喜歡吃魚，但不喜歡吃生魚片。

(2) 相手の言ったことに対して弁解や言い訳を言うときに使うことば。中 不過；(你要知道)因為～。E but.

☆「もっと早く来なくちゃだめじゃないか」「でも、バスがなかなか来なくて」/「不早點來怎麼行呢?」「可是公車都不來啊!」

❷ それを例としてあげ、それがそうだから、ほかのものはもちろんそうだろうということを表す。でさえも。だって。中 (舉出極端例子，表示其他也會一樣)就連～也。

☆ 夏でもこんなに涼しいのだから、冬はさぞ寒いだろう / With summer this cool, it must be very cold in winter. / 夏天就這麼涼快，想必冬天一定很冷吧!

☆ はじめての人でもつくれる料理だ/沒下過廚的人也會做的菜。

❸ たとえ～であっても。だって。中 即使。

☆ 1人でも行きます /I'll go even if I'm the only one. / 即使一個人也要去。

☆ 下手でも練習すればうまくなる / 做不好，練習一下就進步。

❹ (「だれ」「どこ」「いつ」「どれ」「どんな」などについて)全部そうであることを表す。だって。中 表示全部；都。

☆ だれでも参加できる / Anyone can participate. / 誰都能參加。

☆ どれでも好きなのを取りなさい / 請隨意挑選喜歡的。

❺ 軽く一例として示す。中 舉例來說。

☆ コーヒーでも飲もう / How about a cup of coffee or something?/ 喝杯咖啡吧?

☆ 公園でも散歩しませんか / 要不要到公園或其他地方散散步?

❻ ⇨ても

☆ 雨がやんでも傘をさしている / 雨停了，但仍撐著傘。

☆ 薬を飲んでも会社を休んでも、なかなかかぜが治らない / 服了藥，又請了假，感冒還是好不了。

▷ 話 ❶

デモ デモ〔←デモンストレーション (demonstration)〕〔～する〕 要求を通すために集団で集会を持ったり行進したりすること。中 示威；示威運動；示威遊行。E a demonstration.

☆ 自衛隊機の海外派遣に反対するデモに参加する / 參加反對派遣自衛隊到海外的遊行。

☆ デモ行進 / a demonstration parade. / 示威遊行。

☆ 抗議デモ / 示威遊行以示抗議。

て

てもち【手持ち】テモチ、テモチ 商品、材料、金銭などを手もとに持っていること。また、そのもの。中 手拿；手中保存；手頭有(的東西)。E on hand; with one; holdings.

☆ 手持ちの商品が売りきれたので、工場から取り寄せる / 現有的商品賣光了，要向工廠調貨。

☆ 手持ち外貨 / 手上現有的外幣。

てもちぶさた【手持ちぶさた】テモチブサタ なにもすることがなくて時間をどう過ごしていいかわからず困ること。中 閒得無聊。E feel ill at ease.

☆ 父の代理でパーティーに出たが、知らない人ばかりで手持ちぶさただった/代表父親出席酒會，由於都是生面孔，感到很無聊。

てもと【手元】テモト ❶ 手のそば。中 手邊；手頭；身邊。E at hand; on hand.

☆ 辞書を手もとに置いて調べながら読む/把字典放在旁邊，邊查邊讀。

❷ 手の働き。中 手的動作。E hand movement.

☆ 料理をしているとき、手もとが狂って指を切ってしまった/做飯時手的動作不靈活，切到手指了。

デモンストレーション (demonstration) デモンストレーション〔～する〕 ❶ ⇨デ

モ。中示威遊行。

☆ 大がかりなデモンストレーションで、政府の方針に反対する意思を表明する/舉行大型示威遊行，公開表明反對政府的方針。

❷ 宣伝などのために行う実演。中公開表演。E a demonstration.

☆ 講習会で新しい製品の使い方のデモンストレーションをする/在宣傳演講會上表演商品的使用方法。

てら【寺】テラ 仏教の僧が住み、仏像をまつり、仏事を行ったり修行をしたりする所。中寺院；佛寺。E a (Buddhist) temple.

☆ 京都には寺がたくさんある/京都有很多廟宇。

☆ 寺まいり/參拜寺院。

てら・す【照らす】テラス〔他動五〕(てらして) ❶ 光を当てて明るくする。中照；照耀。E shine; light up.

☆ 夜道が暗いので、足もとを懐中電灯で照らして歩く/晚上路很暗，所以用手電筒照著路走。

☆ ライトで照らされた舞台/燈光照耀的舞台。

❷ 見比べる。中對照；按照；參照。E compare with; check with.

☆ 原文に照らして1語1語検討する/對照原文，一個詞一個詞地校正。

☆ 照らし合わせる/對照。

▷ 自動 照る

デラックス(フ de luxe) デラックス 高級で豪華なようす。中高級；豪華。E deluxe.

☆ デラックスなホテルに泊まって、一流のレストランで食事をする/住進豪華飯店，在高級餐廳用餐。

☆ 高価な家具や置物で飾ったデラックスな部屋/擺設著高級家具和裝飾品的豪華房間。

デリケート (delicate) デリケート、デリケート ❶ 感じやすいようす。中纖細；敏感。E sensitive.

☆ 相手はデリケートな神経の持ち主だから、ことばに気をつけよう/對方是感情纖細的人，說話要注意。

❷ 細かいところに重要な意味があるようす。中微妙。E delicate.

☆ デリケートな問題なので慎重に取り扱う/這是個微妙的問題，要謹慎處理。

てりやき【照り焼き】テリヤキ 魚の切り身を、みりんとしょうゆなどをまぜた汁につけてから焼くこと。また、その料理。中沾醬油和味醂烤(的魚)。E broil fish with sweetened soy sauce.

☆ ブリの切り身を照り焼きにする/烤沾醬油和味醂的鰤魚片。

てる「ている」のくだけた言い方。動作や状態がずっと続くことを表す。話 中表示動作、態繼續進行。

☆ いま、お弁当つくってるから、もうちょっと待って/I'm making your lunch right now. Just wait a minute./我現在正在做便當，請再等一下。

☆ まだ雨が降ってる/雨還在下。

て・る【照る】テル〔自動五〕(てって) ❶ 太陽や月などが光って明るくなる。中照；照耀；曬。E shine.

☆ きょうも朝から日が照って暑くなりそうだ/今天也從早上就陽光普照，看來會很熱吧。

☆ 月が照る夜/月光皎潔的夜晚。

☆ 照りつける/照射。

❷ 晴れる。中晴天。E shine; be fine.

☆ 降っても照っても旅行に出発する/不論晴雨都要去旅行。

▷ 他動 照らす

でる【出る】デル〔自動一〕 ❶ 中から外へ移る。中出；出去；出來。E leave; go out.

☆ 5時に会社を出る/五點離開公司。

☆ 庭に出る/到院子來。

対 入る

❷ 出発や発車をする。中離開；出發。E depart; leave; start.

☆ 汽車は上野駅を出た/火車駛離了上野車站。

☆ 旅に出る/出外旅行。

対 戻る

❸ 卒業する。中 畢業。E graduate from.

☆ 大学を出て10年になる/大學畢業十年了。

対 入る

❹ いきつく。中 通到；走到。E lead to; come to.

☆ つぎの角を左に行けば公園に出る/下一個路口往左轉，就到公園了。

❺ 外に現れる。中 露出；現出。E rise; come up; show on.

☆ 月が出る/月亮出來了。

☆ 喜びが顔に出ている/臉上露出喜悅。

❻ 仕事や活動をするために、ある場所に現れる。中 上班；出席；參加。E go to; attend.

☆ 病気が治ったから、会社に出る/病好了，因此要去公司上班。

☆ クラス会に出る/出席同學會。

❼ 出版されたり出版物に載ったりする。中 出；刊登；發表。E be published; appear in.

☆ 雑誌の1月号に出る/刊登在一月份的雜誌上。

☆ 新聞に出た広告/登在報上的廣告。

❽ 産出する。中 出產；生產。E be found; produce.

☆ この地帯は石油が出る/這一帶產石油。

❾ 生じる。中 發生。E rise; arise.

☆ 風が出る/颳風。

☆ 欲が出る/產生慾望。

❿ 売れる。中 賣出；銷出。E sell; be in demand.

☆ よく出る品をたくさん仕入れる/大量批進暢銷商品。

▷ 他動 出す

出るくいは打たれる めだったことをしたり才能を出しすぎたりすると、憎まれたり、じゃまされたりする。中 樹大招風。E The nail that sticks out will be hammered down.

出る所へ出る 警察や裁判所などに訴え出て、ものごとを解決させる。中 到法院等地方去評理。E settle a matter in court.

☆ そんなに自分が正しいと言いはるなら、出る所へ出てはっきりさせよう/你認為自己是對的話，去法院論個是非。

出る幕ではない 口を出すばあいではない。中 不是你該出面的時候。E It's none of your business.

☆ ここはおまえさんの出る幕ではない、引っこんでいなさい/這不是你該出面的時候，你別強出頭。

てるてるぼうず【照る照る坊主】テルテルボーズ

天気が晴れるように願って、軒先につるす、紙でつくった人形。中 掃晴娘。E a paper doll as a charm to bring fine weather.

〔照る照る坊主〕

☆ あした遠足なので、照る照る坊主をつくって窓の外につるした/明天要去郊遊，所以做了個「晴天娃娃」掛在窗戶外。

てれくさ・い【照れくさい】テレクサイ

自分のことを話題にされたり、注目を浴びたりして、恥ずかしい。中 害羞；害臊；不好意思。E feel embarrassed.

☆ みんなの前でたいへんほめられて照れくさかった/在大家面前受表揚，真難為情。

☆ こんなにめだつ服を着て学校へ行くのは照れくさい/穿這麼顯眼的衣服去學校很害羞。

テレビ

テレビ〔←テレビジョン(television)〕

❶ 実際の景色やようすを電気信号に変え、無線または有線で送ったものを受けて画像に再生する仕組み。また。その受像機。中 電視。E a TV; a television.

☆ 画面の大きいテレビを買う/買螢幕大的電視。

☆ カラーテレビ/彩色電視。

❷「❶」の放送番組。中 電視節目。E a TV program.

☆ 今夜のテレビはおもしろかった/今天晚上的電視節目很有趣。

▷ 数 ❶1台、❷1本

テレホンカード (telephone card) テレホンカード　公衆電話で、硬貨の代わりに使う磁気カード。中 電話卡。E a (prepaid) telephone card.

☆ テレホンカードを使って国際電話をかける/用電話卡打國際電話。

数 1枚

て・れる【照れる】テレル〔自動一〕 自分のことを話題にされたり、注目を浴びたりして、恥ずかしくなる。きまりが悪くなる。中 害羞；羞怯；害臊。E feel embarrassed; feel awkward.

〔照れる〕

☆ 困っていた人を助けただけなのに、いちばん勇敢な人だとほめられて、すっかり照れてしまった/不過是幫了一下有困難的人，就被人誇是最勇敢的人，感到怪不好意思的。

☆ 照れて頭をかく/難為情地直搔頭。

名 照れ　→はにかむ

てん【天】テン　❶大空。中 天；天空。E the sky; the heavens.

☆ 天には無数の星がきらめいている/天空閃爍著無數的星星。

☆ 絶望して天を見上げる/絶望地仰望天空。

対 地

❷ 神、精霊などのいる所、天国。中 天國；天堂。E Heaven; Paradise.

☆ 死んだ母が天からわたしを見守っていてくれる/死去的母親在天上保佑我。

❸ 神。中 神；上帝。E God.

☆ 天の声を聞く/聽老天的安排。

☆ 天の守りがある/有老天保佑。

天高く馬肥ゆる秋　秋になって空が青くきれいに晴れて高く感じられ、農作物もできて馬も太るということ。秋がいい季節であることをいう。中 秋高氣爽，馬肥草長。E in autumn, when the sky is high and clear, and horses grow fat and sturdy.

てん【点】テン　❶小さなしるし。中 點；小點。E a dot; a point.

☆ 空の飛行機が点になって消えた/空中的飛機成為一個小點消失了。

☆ 点と点を結ぶ/把點和點連接起來。

❷ 文を区切って読みやすくするしるし。読点。記号は「、」。中 逗點。E a punctuation mark.

☆ 点のところで文を区切って読む/在文章的逗點處停頓一下再讀。

❸ 漢字の「犬」や「玉」についている「、」。中 (筆劃的)點。E the small mark like a comma in Chinese characters.

☆ 点をつけるのを忘れると、別の字になってしまう/忘記加點就會變成別的字。

❹ 成績、得点、評価などを表す数。中 分；分數；得分。E a mark; a point.

☆ 点がたりなくて合格できなかった/分數不夠，沒考上。

☆ なかなか点が入らない/總是得不了分。

☆ 甘い点をつける/分數打很鬆。

❺ 特に問題として取りあげるところ。中 點；論點；觀點。E a point; a respect.

☆ 新しい計画書の中でこの点がたいせつだ/在新計畫中，這一點很重要。

☆ わからない点が2つある/有兩個地方不明白。

☆ 問題点/有問題的地方。

❻ (名詞の後について)ある決まった場所。中 已決定的場所、地點。

☆ 出発点/a starting point./出發點。

☆ 到着点/終點。

❼ (数を表すことばの後について)(1)試験や競技などでえたものの数を表す。中 考試、比賽的分數。

☆ 試験は100点だった/I got 100 marks on the

test. / 考試考了一百分。

☆ 野球の試合で８点取って勝った / 棒球比賽中以八分取勝。

(2) 品物の数を表す。中 物品的件數。

☆ きょうはこの商品が５点売れた / 今天賣了五件商品。

☆ 品物が２点残った / There are two pieces of merchandise left. / 東西還剩兩件。

-てん【-店】(他のことばについて)みせ。中 ～店。

☆ 喫茶店 / 咖啡店。(→項目)

☆ 小売店 / a retail store. / 零售店。

☆ 書店 / 書店。(→項目)

-てん【-展】(他のことばについて)展覧会。中 ～展；展覽會。

☆ フランス美術展 /A French art exhibit. / 法國美術展。

☆ 日本画展 / 日本畫展。

☆ 書道展 / a calligraphy exhibit. / 書法展覽。

てんい【転移】テンイ、テンイ〔～する〕がんなどがほかの場所へ移ること。中 轉移；擴散。E metastasize; spread.

☆ 手術したら、がんが体じゅうに転移していることがわかった/做了手術才知道癌細胞已經擴散了。

てんいん【店員】テンイン　商店に勤めている人。中 店員；售貨員 E a salesclerk.

☆ デパートの店員に、ガラスケースの中の商品を出してもらった/請百貨公司的服務員把櫥窗裡的商品拿出來。

てんか【天下】テンカ　❶世の中。世界。中 天下；世界。E the world.

☆ 天下を驚かすような大事件が起こる/發生了震驚世界的大事。

❷その国全体。全国。中 全國。E the whole country.

☆ 徳川家康は天下にその名を知られた/德川家康的名字廣為人知。

☆ 天下を治める / 治理天下。

❸実権をにぎって思うままにふるまうこと。中 ～的天下。E be in one's element; have one's own way.

☆ 現代は子供の天下の時代だ / 現在是孩子們的天下。

☆ かかあ天下 / 老婆當家；老婆掌權。(→項目)

❹(「天下の」の形で)世の中で有名であること。中 聞名天下。E world-famous.

☆ 洋子は天下のピアニストとして各国を演奏旅行している / 洋子身為世界級鋼琴家在各國巡迴演奏。

天下を取る　全国を治める権利を自分のものにする。中 奪取天下。E conquer the whole country.

☆ 激しい争いののち、豊臣秀吉が天下を取った / 在激烈的爭奪後，豐臣秀吉奪取了天下。

てんか【添加】テンカ、テンカ〔～する〕他のものがつけ加わること。また、つけ加えること。中 添加；加上。E add.

☆ ジャムに保存料を添加する / 在果醬中添加防腐劑。

☆ 食品添加物 / food additives. / 食品添加物。

てんか【転嫁】テンカ、テンカ〔～する〕罪や責任などを他人のせいにすること。中 轉嫁；推諉。E shift (responsibility) to a person.

☆ A大臣は、金を受け取ったのは妻で自分ではないと、責任を転嫁している/A部長說受賄的是他的妻子，不是自己，而把責任轉嫁到他妻子身上。

てんかい【展開】テンカイ〔～する〕❶目の前につぎつぎと繰りひろげられること。中 展現；展開。E unfold; develop.

☆ 舞台の上でははなやかな場面が展開されている / 舞台上展現著華麗的場面。

☆ 熱戦を展開する / 展開激烈的戰鬥。

❷ものごとがどんどん動き、発展すること。中 推動；展開。E expand; develop.

て

☆ 事件は意外な方向に展開した / 事情向意外的方向發展。

☆ 論理的に文章を展開する/以邏輯推理寫文章。

てんかいっぴん【天下一品】テンカイッピン、テンカ・イッピン　他に比べるものがないほどすぐれているものごと。中 天下第一。E unequaled; unparalleled.

☆ あの店のウナギは天下一品だ / 那家店的鰻魚天下第一好吃。

☆ 天下一品のすばらしい風景/天下最美的風景。

てんかん【転換】テンカン〔～する〕　ものごとや気分などがほかの方向に変わること。また、変えること。中 轉換；轉變。E change; convert.

☆ 疲れたときは好きな音楽を聞いて気分を転換する / 累的時候，聽喜愛的音樂來轉換心情。

☆ 配置転換 / reshuffle of personnel. / 人員的調配；調換。

てんき【天気】テンキ　❶ 風、雨、温度などの状態。空のようす。中 天氣；天。E the weather.

☆ きょうは蒸し暑い天気だ / 今天天氣悶熱。

☆ 天気予報 / 天氣預報。(→項目)

☆ 天気図 / 氣象圖。

❷ 晴れ。中 晴天；好天氣。E fine weather.

☆ きのうは雨だったが、きょうは天気になった / 昨天下雨，今天轉晴。

❸ きげん。気分。中 心情；情緒。E a mood; a feeling.

☆ 父の天気が変わらないうちに野球を見に行く約束をしておこう/趁著父親心情好，趕緊約好去看棒球比賽的事。

☆ お天気屋 / a moody person. / 喜怒哀樂無常的人。

▷ 話❸　→気候

でんき【伝記】デンキ　個人の一生のできごとを書いたもの。中 傳記；傳。E a biography.

☆ アインシュタインの伝記を読む / 讀「愛因斯坦」的傳記。

☆ 伝記文学 / 傳記文學。

でんき【電気】デンキ　❶ エネルギーの一種。電車を動かしたり、電気器具を働かせたりするもとになるもの。電力。中 電；電氣；電力。E electricity.

☆ 電気でモーターを動かす / 用電力驅動馬達。

☆ 電気洗濯機 / 電動洗衣機。

☆ 電気工学 / electrical engineering. / 電工學。

❷ 電灯。中 電燈。E an electric light.

☆ 部屋の電気をつけたまま寝てしまった/開著房裡的燈睡著了。

でんきゅう【電球】デンキュー　電灯の球。中 電燈泡。E a light bulb.

☆ クリスマスツリーにつけた小さな電球がついたり消えたりしてきれいだ / 聖誕樹上掛的小彩燈一明一暗地閃爍著，很漂亮。

☆ 電球が切れたので新しいのにかえた/燈泡壞了，換新的。

てんきょ【転居】テンキョ、テンキョ〔～する〕　住まいを別の場所に変えること。書 中 遷居；搬家。E move; a change of address.

☆ 都心から郊外に転居する/從市中心搬到郊外。

☆ 転居通知 / 遷徙通知。

てんきよほう【天気予報】テンキヨホー　これからの天気のようすを予想して知らせること。また、その知らせ。中 天氣預報。E a weather forecast.

☆ 天気予報では、あすは晴れるそうだ / 根據天氣預報說明天是晴天。

☆ 天気予報が当たった / 天氣預報說中了。

てんきん【転勤】テンキン〔～する〕　1つの会社、役所などの中で、勤める場所が変わること。中 調動工作；調換工作地點。E be transferred to.

☆ 大阪の本社から広島の支社へ転勤になった / 由大阪的總公司調到廣島分公司。

☆ 転勤が多い職場 / 調動頻繁的公司。

てんぐ【天狗】テング ❶人間の姿をしているが、顔が異常に赤く、鼻は高く、自由に空を飛んで、山奥に住むという、想像上の生き物。中天狗(一種想像的妖怪)。E a *tengu*; a long-nosed goblin.

〔天狗❶〕

☆ この山にはむかし力の強い天狗が住んでいたそうだ/據說這座山裡從前住著強壯有力的天狗。

❷ 自慢すること。また、その人。中自誇;驕傲。E get conceited.

☆ 弟は大学の試験に受かって天狗になっている/弟弟考上了大學得意揚揚的。

☆ 釣り天狗/自稱釣魚高手的人。

てんけいてき【典型的】テンケイテキ 同じ種類の中で、その特徴をいちばんよく表し、その種類を代表しているようす。中典型的。E typical.

☆ うちの子猫は毛が短く顔のまるい、典型的な日本猫だ/我家小貓毛短,臉圓,是典型的日本貓。

☆ この台風は、短時間に集中的に雨を降らす典型的な夏型台風だ/這場颱風下雨密集,是典型的夏季颱風。

でんげん【電源】デンゲン、デンゲン ❶電流を回路に流す源。中電源。E a power supply; an outlet.

☆ 電気工事をする前に電源を切っておく/修電線等之前,要把電源切斷。

☆ 電源がないと電気器具が使えない/沒有電源不能使用電器。

❷ 電気をつくりだし、供給する源。中電力資源;電源。E a power source.

☆ このダムが市民の電源になっている/這座水壩是供應市民的電力來源。

☆ 電源開発 / development of power resources. / 開發電源。

てんこう【天候】テンコー ある期間を通しての天気の状態。中天氣。E the weather.

☆ 天候が不順だから、体をこわさないように気をつけてください/天氣變化無常,請注意身體。

☆ 天候に恵まれて農作物がよく育った/受惠於天氣,農作物生長的很好。

→気候

でんこうせっか【電光石火】デンコーセッカ 非常に短い時間。また、非常にすばやいこと。中電光石火;瞬間。E like a shot; as quick as lightning.

☆ 首相は電光石火の早業で内閣改造を行った/首相以迅雷不及掩耳的速度改組了內閣。

☆ 電光石火の決定/果斷的決定。

参「電光」は稲妻の光、「石火」は石を打ったときに出る火。どちらも一瞬のものであることから、非常に速い意味を表す。

てんごく【天国】テンゴク ❶神の国。天上にあるという理想的な世界。中天堂;天國。E Heaven; Paradise.

☆ 多くの人たちが、死後、天国へ行けると信じている/很多人相信死後會上天堂。

対地獄

❷ 悩みや危険のない楽しい所。中理想境界;樂園。E a paradise.

☆ この遊び場は、車も通らないし、緑も多いし、子供の天国だ/這個場地禁行車輛,樹又多,是孩子們活動的好地方。

☆ 歩行者天国 / a street temporarily converted to pedestrian use; a vehiclefree promenade. / 行人徒步區;人行道。

でんごん【伝言】デンゴン〔~する〕 人に頼んで相手に用件を伝えてもらうこと。また、そのことば。中傳話;口信;帶口信。E a message.

☆ 電話をしたが、相手が留守だったので、家

て

の人に伝言を頼んだ / 打了電話，對方不在家，於是託他的家人代為轉達。

☆ 駅の伝言板 / 車站的留言板。

てんさい 【天才】テンサイ　生まれつき持っている特別すぐれた才能。また、そういう才能を持った人。中 天才。E a genius.

☆ モーツァルトは小さいときから天才といわれた / 莫札特從小就被稱為天才。

☆ 天才教育 / education of gifted children. / 天才教育。

☆ 天才児 / 很有天賦的孩子；天才兒童。

対 凡才

てんさい 【天災】テンサイ　台風、地震、雷などの自然現象によって起こされる災害。中 天災；自然災害。E a natural calamity.

☆ 大雨による住宅地の山くずれは天災とも人災ともいえる / 由於大雨引起的房屋倒塌，既稱為天災，也可稱為人禍。

☆ 天災は忘れたころにやってくる / 當人們忘了天災的時候天災就會降臨。

対 人災

てんさく 【添削】テンサク〔～する〕　他人の文章や答案などを直すこと。中 刪改；修改；批改。E correction.

☆ 学期末は、試験の答案の採点と添削で忙しい / 學期末忙於改考卷和修改作文。

☆ 作文の添削をしてもらう / 請人修改作文。

てんじ 【点字】テンジ　目の不自由な人が指でさわって読む、文字の代わりになる立体的な符号。中 點字；盲文。E braille.

☆ 新聞記事を点字に訳す / 把報上的報導譯成盲文。

☆ 点字本 / 盲文書籍；點字書。

てんじ 【展示】テンジ〔～する〕　商品、作品などを並べて、一般の人に見せること。中 展示；展出；陳列。E exhibit; display.

☆ ショールームにワープロの新しい製品が展示されている / 展覽廳裡陳列著新型的文字處理機。

☆ 民芸品を展示する / 陳列手工藝品。

☆ 展示会 / 展覽會。

でんしけいさんき 【電子計算機】デンシケイサンキ　⇨コンピューター

☆ 電子計算機の発達によって事務処理が簡単にできるようになった / 電腦的發展大大地簡化了事務的處理的過程。

☆ 大型電子計算機 / 大型電腦。

でんしゃ 【電車】デンシャ、デンシャ　電気の力でレールの上を走る乗り物。中 電車。E a train; a streetcar.

☆ 電車で学校へ通う / 坐電車上學。

☆ 朝の電車はこんでいて乗れないことがある / 早上電車人多，有時擠不上去。

☆ 電車賃 / 電車車資。

☆ 特急電車 / 特快電車。

数 1本、車両は1両

てんじょう 【天井】テンジョー　❶ 部屋の上の、板などを張った部分。中 頂棚；天花板。E the ceiling.

☆ 天井から電灯が下がっている / 天花板上吊著電燈。

☆ 天井裏 / 天花板與屋頂間的空間。

対 床

❷ 物価、相場などの最高値。中 (物價上漲的)頂點；最高限度。E the ceiling price.

☆ 株はいまが天井だろう / 股價目前處於最高點。

☆ 天井知らず / skyrocketing. / (物價漲得)沒有止境。

対 底

▷ →座敷 図

でんしレンジ 【電子レンジ】デンシレンジ　高周波を熱に変え、短時間に食品を調理する器具。中 微波爐。E a microwave oven.

〔電子レンジ〕

☆ 冷めたスープを電子レンジで温めてから

食卓に出す / 把涼了的湯放到微波爐裡加熱後，端到餐桌上。

数 1台

てんしんらんまん【天真爛漫】テンシンランマン　ことばや行いが自然で無邪気なようす。中 天真爛漫。E simple and innocent; naive and unsophisticated.

☆ 赤ん坊の天真爛漫な姿を見ると育児の苦労も忘れる / 看到孩子天真爛漫的模樣，就忘了帶孩子的辛苦。

でんせつ【伝説】デンセツ　むかしから言い伝えられてきた話。中 傳說。E a legend; a tradition.

☆ この松原には天から女の人が舞いおりたという伝説がある / 傳說在這片松林中曾有天女下凡。

☆ 伝説上の人物 / 傳說中的人物。

でんせん【伝染】デンセン〔～する〕 ❶ 病気が他の人にうつること。中 傳染。E be infectious; be contagious.

☆ かぜは伝染するから、冬は人ごみの中に行かないほうがいい / 因為會傳染感冒，冬天最好別去人多的地方。

☆ 伝染病 / 傳染病。

❷ ある状態が他の人にうつること。中 傳染。E infect another person.

☆ わたしのあくびがとなりにすわっていた人に伝染した / 我打哈欠傳染給了坐在旁邊的人。

てんたい【天体】テンタイ　太陽、月、星など、宇宙にある物体。中 天體。E a celestial body.

☆ 天文学は天体を研究する学問だ / 天文學是研究天體的學問。

☆ 天体観測 / 天體觀測。

でんたく【電卓】デンタク　「電子式卓上計算機」を略した言い方。足し算、引き算、掛け算、割り算などの計算をするための小型計算機。中 計算機。E an electronic (pocket) calculator.

☆ 外国の旅行客が電卓で計算しながら買い物をしている / 外國旅客拿著計算機邊計算邊購物。

数 1台

でんたつ【伝達】デンダツ〔～する〕 ❶ 連絡したいことなどを他の人に伝えること。中 傳達；轉達。E transmit; notify.

☆ 社長の指示を社員に伝達する / 向職員們傳達老闆的指示。

❷ 話す人が自分の気持ちや考えを、聞く人に伝えること。中 表達。E communicate.

☆ 外国語で自分の気持ちを伝達することは容易ではない / 用外語表達自己的感受不是一件容易的事。

▷ 書

てんち【天地】テンチ　❶ 天と地。中 天地；天壤。E heaven and earth; the world; nature.

☆ 春になり天地は生き生きとしてきた / 春天來了，大地恢復了生機。

☆ 広々とした天地 / 廣闊的天地。

❷ 世界。世の中。中 天地；世界。E a world; a land.

☆ 新しい天地を求めて海外へ旅立つ / 為了尋求新天地而走訪海外。

☆ 自由の天地 / 自由的天地。

❸ 本や荷物などの上の部分と下の部分。中 上下。E top and bottom.

☆ 今度出す本は天地を縮めて小型にしよう / 下次出的書，上下縮小做成小型的吧！

☆ 天地無用(＝箱や荷物などの上下をさかさまにしてはいけないということ) / 禁止顛倒放置(＝箱子或行李不能上下倒放)。

でんち【電池】デンチ　化学作用によって電流を起こす装置。中 電池。E a battery.

☆ 小型ラジオの電池を取りかえる / 更換小型收音機的電池。

☆ 乾電池 / a dry battery. / 乾電池。

☆ 蓄電池 / a storage battery. / 蓄電池；電瓶。

数 1本

でんちゅう【電柱】デンチュー　電線を支えている柱。電信柱。

〔電柱〕

中 電線桿。 E a utility pole; a telephone pole.

☆ 電柱に広告がはってある / 電線桿上貼著廣告。

☆ 電柱にトラックが衝突した / 卡車撞到電線桿了。

数 1本

てんてき【点滴】テンテキ〔～する〕 つり下げた瓶から薬液をすこしずつ血管に送りこむこと。中 點滴(注射)。E an intravenous drip.

☆ 栄養をつけるため毎日患者に点滴を行う/為了補充營養，每天給患者打點滴。

てんてこまい【てんてこ舞い】テンテコマイ〔～する〕 休むひまもなく忙しく動きまわること。中 忙得不可開交；手忙腳亂。E be tremendously busy; be in a bustle.

☆ 急におおぜいの来客があって、てんてこまいした / 突然來了很多客人，忙得團團轉。

☆ 会議の準備で、きょうはてんてこまいの忙しさだ /為了準備會議，今天忙得不可開交。

てんでに　テンデニ、テンデニ　ひとりひとり自由に行動をするようす。話 中 各自；各個；分別。E each of ~ in one's own way.

☆ 会員がてんでに要求を出すので、なかなか会の意見がまとまらない / 會員們各提各的意見，難以達成共識。

二 参「手に手に」からできたことば。

てんてん【点点】テンテン、テンテン　❶ 2つ以上の点。中 斑點。E dots; spots; specks.

☆ テントウムシには点々がある / 甲蟲背上長有斑點。

❷ (「点々と」の形で)(1)あちこちに散らばっているようす。中 稀稀落落。E scattered; here and there.

☆ 暗い海に船の灯が点々と見える / 漆黑的海面上依稀可見點點漁火。

(2) 上からしずくが落ちてくるようす。中 一滴滴。E in drops.

☆ けがの傷口から点々と血がしたたり落ちた / 血從傷口滴滴流出。

てんてんと【転転と】テンテント、テンテント〔～する〕 ❶ まるいものが転がるようす。中 滾轉貌。

☆ ボールが転々と転がっていった / The ball went rolling. / 球一蹦一蹦地滾走了。

❷ つぎつぎと移っていくようす。中 輾轉；轉來轉去。

☆ 転勤が多く、日本じゅうを転々としている / I get transferred often and have been all over Japan. /由於調動頻繁，快走遍全日本了。

☆ 転々と職を変える / 不斷地換工作。

でんと　デント　❶ 大きくて重いものが置いてあるようす。中 沉重；沉甸甸地；穩重。

☆ 部屋の中央に、大きなテーブルがでんと置いてある/ There is a big table sitting in the middle of the room. /一張大桌子穩穩地擺在房間中央。

❷ 落ちついていて動かないようす。中 莊重地。

☆ 社長室のいすに、でんとすわっている / He is sitting firmly planted in a chair in the company president's office. / 莊重地坐在老闆辦公室的椅子上。

▷ 話

てんとう【転倒】テントー〔～する〕 ❶ 転んでひっくりかえること。中 跌倒；翻。E fall down.

☆ オートバイに乗っていて転倒した /騎摩托車摔倒了。

❷ 上と下や順序が反対になること。また、反対にすること。中 顛倒。E reverse.

☆ 本末転倒 / 本末倒置。(→ 項目)

☆ 主客転倒 / 喧賓奪主；反客為主。

❸ ひどくあわてて心の落ちつきを失うこと。中 驚慌失措。E lose one's presence of mind; be upset.

☆ 交通事故を起こして気が転倒し、道路にすわりこんでしまった/發生了交通事故而驚慌失措，跌坐在路邊。

でんとう【伝統】デントー　前の時代からずっと伝えられてきた、精神的、文化的なものや風俗、習慣など。中 傳統。E (a) tradition.

☆ 新しい文化の波に押され古い伝統を持つ芸能が消えていく/受到新文化潮流的衝擊，具有歷史傳統的演藝逐漸消失。

☆ 伝統を受けつぐ/繼承傳統。

☆ 伝統文化/傳統文化。

でんとう【電灯】デントー　電流を通して光を出す明かり。中 電燈。E a light; an electric light.

☆ 夕方、玄関の電灯をつける/傍晚打開玄關的電燈。

☆ 懐中電灯/手電筒。(→項目)

てんとりむし【点取り虫】テントリムシ　学校の成績で、いい点を取ることだけを考えている学生を悪くいう言い方。中 書呆子；只在意成績的好學生。

E a grind; a swot.

☆ 道子は点取り虫だから、試験の２カ月も前から準備を始める/道子是分數的奴隸，考試前兩個月就開始準備了。

てんねん【天然】テンネン、デンネン　人間の手を加えていない自然のままの状態。中 天然；自然。E natural.

☆ 天然の色を人工的につくりだすことはむずかしい/用人工煉製天然的色彩很難。

☆ 天然記念物/a protected plant [animal]./受保護的天然植〔動〕物。

☆ 天然資源/天然資源。

対 人工

てんのう【天皇】テンノー　❶ 日本国憲法で決められた、日本国および日本国民統合の象徴の地位にある個人。中 天皇；日皇。E the Emperor.

☆ 天皇が国会を召集する/天皇主持召開國會。

☆ 天皇陛下/His Majesty the Emperor./天皇陛下。

☆ 天皇制/天皇制。

❷ ある分野で非常な勢力や権力を持っている人。中 某一領域中有權勢的人物。E an emperor; a leading figure.

☆ 財界の天皇と言われるK氏には、こわいものはない/被稱為財界天皇的K氏什麼都不怕。

でんぱ【電波】デンパ　赤外線より波長が長い電磁波。テレビ、ラジオ、通信などを送るのに使う。中 電波。E a radio wave.

☆ ニュースを電波に乗せて国じゅうに伝える/經由電波把新聞傳達到全國各地。

☆ 電波を流す/播放電波。

☆ 電波障害/jamming./電波干擾。

てんびき【天引き】テンビキ〔～する〕　給料などの支払いのときに、税金や保険料などを前もって引いておくこと。中 先行扣除。

E deduct.

☆ 毎月、給料から税金が天引きされる/每個月都要從薪資中先行扣除稅金。

☆ 天引き貯金/先行扣款儲蓄。

でんぴょう【伝票】デンピョー　銀行、会社、商店などで、金銭や品物の出し入れを記録して、関係者の間の連絡や責任をはっきりさせる小さな用紙。中 記帳單；發票；傳票。E a slip; a chit.

☆ 品物を会社に納めるとき、伝票を一緒に渡す/交付公司物品時，連發票一起送交。

☆ 伝票を整理する/整理傳票。

数 1枚

てんびんにかける　2つのうちのどちらか1つを選ぶとき、両方のいい点と悪い点、損か得かを比べる。中 權衡；衡量。E weigh ～

て

against…; compare ~ with….

☆ 道子は結婚の相手として一郎と二郎をてんびんにかけている/道子正在衡量著該和一郎還是二郎結婚。

似た表現 はかりにかける

参「てんびん」は、はかりのこと。

てんぷく【転覆】テンプク〔~する〕 ひっくりかえること。ひっくりかえすこと。中顛覆;翻倒;推翻。E overturn; overthrow.

☆ 列車が脱線して転覆した/列車脫軌翻落了。

☆ 軍人が政府を転覆して実権をにぎった/軍人推翻政府掌握了政權。

☆ 転覆事故/翻車事故。

てんぷら(ポtempêro) テンプラ 魚、貝、野菜などに、水と卵でといた小麦粉をつけて、油であげた料理。中(裹麵粉後油炸的蝦、魚、蔬菜等)天婦羅。E *tempura*; deep-fried food.

☆ てんぷらはあげてすぐ食べるのがおいしい/天婦羅炸好馬上吃,口感絕佳。

☆ てんぷらそば/上面放有天婦羅的蕎麥麵條。

注 もとはポルトガル語だが、日本語に入ってから長い時間がたっているので、かたかなよりもひらがなで書くことが多い。

でんぶん【伝聞】デンブン〔~する〕 他人から伝え聞くこと。書 中傳聞;聽說。E hearsay; a rumor.

☆ 伝聞でえられた情報だけでは正しい判断はできない/僅憑傳聞得到的消息,難以做出正確的判斷。

☆「メアリーは国へ帰るそうだ」の「そうだ」は伝聞の言い方だ/「聽說瑪麗要回國」中的「そうだ」是傳聞的說法。

テンポ(イtempo)テンポ ❶音楽の曲の速さ。中速度;拍子。E a tempo.

☆ 速いテンポの曲に合わせて踊る/隨著快節奏的舞曲跳舞。

❷ ものごとの進む速さ。中速度;發展速度。E a pace.

☆ 社会の変化のテンポが速くなって、なかなかついていけない/社會發展的步調加快了,怎麼也跟不上。

てんぼう【展望】テンボー〔~する〕 ❶広く遠くのほうまで見わたすこと。また、その眺め。中瞭望;眺望;展望。E a view.

☆ 高層ビルにある展望のいいレストランへ行く/到高層建築上能眺望全市風景的餐廳去吃飯。

☆ 展望台/an observatory./瞭望台。

❷ 社会、文化、世界の動きなどについて広く見わたすこと。中展望。E a prospect; a survey.

☆ 日本経済の展望を語る/談論日本經濟的展望。

☆ 世界情勢を展望する/展望世界局勢。

でんぽう【電報】デンポー 電信によって文字などを送ること。また、その通信文。中電報。E a telegram; a wire.

☆ 結婚のお祝いに電報を打つ/發電報恭賀新婚。

☆ 電報で知らせる/發電報通知。

数 1本

てんめつ【点滅】テンメツ〔~する〕 明かりがついたり消えたりすること。また、つけたり消したりすること。中忽亮忽滅。E flash on and off; blink.

☆ クリスマスツリーの明かりが点滅している/聖誕樹上的燈忽明忽滅。

☆ 灯台の光の点滅で位置を知る/藉由燈塔上的閃燈,知道位置。

てんやもの【店屋物】テンヤモノ 飲食店から出前を頼んで取り寄せた食べ物。中從餐廳叫來的飯菜。E a dish delivered from a restaurant.

☆ 食事の支度ができないので、店屋物で間に合わせる/不能做飯,以外送來應急。

☆ 店屋物を取る/請餐廳外送飯菜。

でんらい【伝来】デンライ〔~する〕 祖先

から代々伝わっていること。また、外国から伝わってくること。中 傳來；傳入；祖傳。E be handed down; be introduced.

☆ 仏教は6世紀に日本へ伝来した / 佛教是六世紀傳到日本的。

☆ 先祖伝来の宝物 / one's family treasure. / 祖傳的寶貝；傳家之寶。

てんらんかい【展覧会】テンランカイ　広い場所に芸術作品などを並べて多くの人に見せる会。中 展覽會。E an exhibition; an exhibit.

☆ 上野の美術館で日本画の展覧会をしている / 上野美術館在舉行日本畫的畫展。

☆ 菊の花の展覧会に出品する / 送展示品到菊花展覽會。

でんわ【電話】デンワ　❶ 音を電波や電流に変えて、離れている人と話せるようにした装置。電話機。中 電話機。E a telephone.

☆ 電話のベルが鳴った / 電話鈴響了。

☆ 電話番号 / 電話號碼。

☆ 電話帳 / 電話簿。

❷〔～する〕「❶」で話すこと。中 電話。E a telephone call.

☆ さっき道子から電話があった / 剛才道子打電話來。

☆ 留守番電話 / 電話答錄機。

☆ 長電話 / 電話講個不停。

▷ 数 ❶ 1台　→ 囲み

電話をかけるときに使うことば（打電話用語）

電話　中 電話。E a telephone.

公衆電話　中 公用電話。E a public telephone.

電話番号　中 電話號碼。E a telephone number.

市外局番　中 區域號碼。E an area code.

内線番号　中 分機號碼。E an extension number.

国際電話　中 國際電話。E an international call.

コレクトコール　中 對方付費電話。E a collect call.

テレホンカード　中 電話卡。E a (prepaid) telephone card.

留守番電話　中 電話答錄機。E an answerphone.

話し中　中 佔線。E The line is busy.

電話をかけるときの言い方

A　**もしもし、山田さんのお宅ですか**　中 喂！是山田先生家嗎？E Hello, is this Mr. Yamada's residence?

B　**はい、そうです**　中 是。E Yes, it is.

A　**私、ヤンですが、一郎さんいらっしゃいますか**　中 我姓楊。請問一郎先生在不在？E This is Yan speaking. Is Ichiro there?

B　**ただいま外出中ですが**　中 他出門了。E I'm sorry, he is out now.

A　**では、あとでかけ直します**　中 那待會兒我再打來。E Then I'll call again later.

A　**はい、東西銀行です**　中 喂，這裡是東西銀行。E Hello, this is Tozai Bank.

B　**田中さんをお願いします**　中 請轉田中先生。E May I speak to Mr. Tanaka?

A　**どちらさまですか**　中 請問您貴姓。E Who's calling, please?

B　**山田と申します**　中 我姓山田。E This is Yamada speaking.

A　**少々お待ちください**　中 請稍等一下。E Just a moment, please.

と／ト

と【戸】ト　建物や部屋の出入り口や窓などに、開けたり閉めたりできるように取りつけたもの。中門；大門；拉門。E a door.

☆ 午後8時には店の戸を閉める／下午八點關店門。

☆ 玄関の戸をたたく／敲大門。

数 1枚

〔戸〕

と【都】ト　行政上の1つのまとまり。道、府、県と同等の地方公共団体。現在あるのは東京都だけなので、東京都をさす。たくさんの市、区、町、村からできている。中都；東京都。E Tokyo Metropolis.

☆ 都の予算で文化センターをつくる／用都政府的預算建設文化中心。

☆ 都議会／the Metropolitan Assembly.／都議會。

☆ 都知事／the Governor of Tokyo.／都知事。

と　ト　❶(文と文をつないで)前にいったことに続いて、後でいうことが起こるときに使うことば。中於是；於是乎。E when; then.

☆ 玄関のベルを押した。と、ドアが静かに開いた／一按大門的電鈴，門便靜靜地開了。

❷ 動作、作用の相手を表す。中表示動作、作用的對手。

☆ 日曜日は子供と遊ぶ／星期日和孩子一起玩。

☆ どうしても洋子と結婚したい／I want to marry Yoko, no matter what.／無論如何都想和洋子結婚。

❸ 比べる対象を表す。中表示比較的對象。

☆ わたしは母と似ている／I resemble my mother.／我長得像母親。

☆ 日本と違って、わたしの国では車は右を走る／我國和日本不一樣，車子是靠右側通行。

❹ 変化の結果を表す。中表示變化的結果。

☆ ジェームズはついに大統領となった／詹姆士終於當上了總統。

☆ 江戸は名を東京と改めた／The name "Edo" was changed to "Tokyo".／江戶改名為東京。

❺ 言ったり書いたり考えたりした内容を表す。中表示說、寫、想的內容。

☆「おはよう」と言った／He said, "Good morning."／他說：「早!」

☆「禁煙」と書いた紙がはってある／貼著一張寫有「禁止吸菸」的紙。

❻ 動作、作用の行われるようすを表す。中表示動作、作用的樣子。

☆ 電車の乗りかえも、2度3度と繰り返すうちに慣れてきた／電車的轉乘，只要搭兩三次後就習慣了。

☆ 山と積まれた引っ越し荷物／packages for moving piled like a mountain.／搬家的行李堆積如山。

☆ ころころと転がる／咕嚕咕嚕的滾動。

❼ 2つ以上のものを並べあげる。中並列。

☆ 掃除と洗濯と料理がおもな家の仕事だ／打掃房間、洗衣服和做飯是主要的家務。

☆ リンゴとミカンを買った／I bought some apples and mandarin oranges.／我買了蘋果和

橘子。

❽ (動詞、形容詞、形容動詞の基本形について)(1)動作、作用が同時に、または続いて行われることを表す。中 表示前後兩件事幾乎同時發生)一……就……。

☆ 家の中に入ると、カレーのにおいがしてきた / Upon entering the house, the smell of curry was evident. / 一進家門就聞到咖哩味。

☆ 玄関のベルを押すと、若い女の人が出てきた / 一按大門電鈴，一個年輕女子便走了出來。

(2) あることが起こると、必ずもう 1 つのことが起こることを表す。中(前面的事一發生，後面的事自然隨之而來) 一……就要……。

☆ 人が前に立つと、ドアが開きます / If someone stands in front of the door, it opens. / 人走上前，門就自動打開。

☆ 夏になると、海はにぎやかになる / 一到夏季，海邊就熱鬧起來。

(3) 条件を表す。中 表示條件。

☆ 戦争になると、たいへんだ / If it comes to war, it will be terrible. / 發展成戰爭可就糟糕了。

☆ 雨が降らないと、米ができない / 如果不下雨，稻米就長不成。

(4) 前置きを表す。中 表示引言。

☆ はっきり言うと、日本の政治には哲学がない / To put it bluntly, there is no philosophy in Japanese politics. / 坦百說，日本的政治缺乏哲學。

☆ 表によると、出生率は下がっている / 從圖表來看，出生率在下降中。

▷ →たら、なる 囲み

ど【度】ド ❶ 程度。中 程度。E an extent.

☆ 会うたびに親しさの度が増す / 每見一次面就更親密些。

❷ 回数。中 次數；回數。E a time.

☆ 外国旅行も最初は緊張したが、度を重ねるうちに平気になった / 首次到海外旅行感覺很緊張，次數多了就覺得沒什麼了。

☆ 仏の顔も三度 / 事不過三。(→仏 慣用)

❸ めがねのレンズの強さを表す単位。中 度數。E a degree.

☆ 目が悪いので度の強いめがねをかけている / 視力不好，所以戴高度近視眼鏡。

❹ 酒にふくまれるアルコールの割合をパーセントで表す単位。中 度數。E percent; proof.

☆ 中国の酒とタイの酒の度の強さを比べる / 比較中國酒和泰國酒的酒精濃度。

☆ 35 度のウイスキー / 三十五度的威士忌酒。

❺ 温度の単位。中 度。E a degree.

☆ けさの気温は 10 度だった / 今天早上的氣溫是十度。

❻ 角度の単位。中 度。E a degree.

☆ 直角は 90 度である / 直角是九十度。

❼ 経度、緯度の単位。中 度。E a degree.

☆ 北緯 35 度 / 北緯三十五度。

度が過ぎる 程度がふつうの状態をこえる。中 過度；過火。E go too far.

☆ 冗談もユーモアのあるうちはいいが、度が過ぎると失礼になる / 開玩笑也好，幽默也好，都要適度才不致失禮。

似た表現 度を過ごす

度を失う 落ちつきをなくす。中 失神。E lose one's composure.

☆ 留守中に家が火事で焼けてしまったと聞いて、度を失った / 不在家時聽說家裡失火了，一時驚惶失措。

ど- (名詞、形容詞について)❶ すごい。たいへんに。中 非常；很；厲害。

☆ ど偉い / amazing; awful. / 非常了不起；很厲害。

☆ ど根性 / 堅強有骨氣。

❷ まさにそのものであること。中 正。

☆ ど真ん中 / right in the middle. / 正中心；正中間。

▷ 話

三 参 もともとは関西地方のことば。

ドア (door) ドア 洋風の戸や扉。中 西式建築的門。E a door.

と

☆ ドアをノックする / 敲門。

☆ ドアボーイ / 門童。

☆ 自動ドア / an automatic door. / 自動門。

数 1枚

どあい 【度合い】ドアイ　ものごとの程度。中 程度。E a degree; an extent.

☆ 試合が近づくにつれて、選手たちの緊張の度合いが高まってくる / 比賽逼近，選手們也越來越緊張了。

☆ 対立の度合いが深まる / 更加深雙方的對立。

とい 【問い】トイ　❶ 尋ねること。質問。中 問；詢問；發問。E a question; an inquiry.

☆「元気にしているか」という国の父の問いに「もちろん」と答えた / 遠在故鄉的父親問：「你好嗎?」我回答道：「當然。」

対 答え

❷ 試験などの問題。中 問題；考題。E a question.

☆ つぎの問いに答えなさい / 請回答下面的問題。

☆ 3番の問いはやさしかった / 第三題很簡單。

対 答え

▷ 他動 問う

といあわ･せる 【問い合わせる】トイアワセル、トイアワセル〔他動一〕　よくわからないことなどをきいて確かめる。問い合わす。中 問；打聽；詢問。E inquire; refer to.

☆ 電話で会合の日時を問い合わせる / 打電話確認集合的時間。

名 問い合わせ

というのは　トユーノワ、トイウノワ　(文と文をつないで)前にいったことを受けて、原因、理由の説明をするときに使うことば。なぜならば。中 因為～。E for; because.

☆ わたしは一生、結婚はしないつもりだ。というのは、現在の結婚は仕事を続ける女性にとっては負担が重すぎるからだ / 我打算一生都不結婚，因為現代的婚姻對職業婦女而言負擔過重。

といただ･す 【問いただす】トイタダス、トイタダス〔他動五〕(といただして)　よくわからない点がはっきりするまで、厳しく尋ねる。中 問；質問。E question a person closely.

☆ 課長は部下の報告書を読んで、さらに細かい点を問いただした / 科長看了屬下的報告，並進一步質詢細節問題。

どいつもこいつも　「だれも」「みんな」をののしっていう言い方。話 中 全都。E everyone; all.

☆ どいつもこいつも意気地のないやつだ / 都是一些沒有志氣的人。

☆ どいつもこいつも怠け者もので困ったもんだ / 都是些懶惰蟲，真沒辦法。

トイレ　トイレ〔←トイレット(toilet)〕　便所。手洗い。中 廁所；洗手間。E a toilet; a rest room.

☆ トイレはどこですか / 廁所在哪裡?

☆ トイレに行く / 去廁所。

☆ 男子トイレ / 男廁。

☆ 女子トイレ / 女廁。

→便所

とう 【党】トー　目的、利害などを共通に持っている人たちの集団。特に、政治上の目的で集まった集団。政党。中 黨。E a party.

☆ 選挙演説で党の主張をはっきりと述べる / 在競選演說中明確闡述黨的方針。

☆ 新しい党をつくる / 創建新政黨。

☆ 党の方針 / 黨的方針。

☆ 党員 / 黨員。

☆ 党首 / 黨首。

とう 【塔】トー　❶ 細く高くそびえたつ建築物。中 塔。E a tower.

☆ 市の中心にある塔に上って周囲を見る / 登上市中心的高塔眺望四周的景色。

☆ テレビ塔 / 電視塔。

☆ 管制塔 / 塔台。

〔塔〕

❷ 仏教で、宗教的な意味をもって建てられた高い建物。中 塔。E a pagoda.

☆ 寺に五重の塔がある / 寺廟裡有五層塔。

☆ 平安時代に建てられた塔/平安時代建造的塔。

▷ 数 1基

とう【等】 ❶(数を表すことばの後について)賞の順番を表す。中 (表示獎勵的) 等級。

☆ 1等賞 / the first prize. / 一等獎。

☆ 勲3等/ the Third Order of Merit. /三等勛章。

❷ (名詞の頭について)同じだ。中 相等；相同。

☆ 等距離 / 相等距離。

☆ 等間隔 / at equal intervals. / 間隔相等；等間距。

❸「など」の改まった言い方。中 等。E and so on.

☆ 音楽、演劇、絵画等の芸術活動を盛んにする / 讓音樂、戲劇、繪畫等藝術活動更豐富多采。

と・う【問う】トウ、トウ〔他動五〕(とうて)

❶ わからないことやはっきりしないことを人に尋ねる。中 問；打聽；詢問。E ask; inquire.

☆ 列車事故にあった乗客の安否を問う電話が絶えない / 詢問發生事故那班列車上的旅客情況的電話頻頻不斷。

☆ 出席者の意見を問う / 聽取出席者的意見。

対 答える

❷ 責任や罪、事実などを取りあげて調べ、責める。中 追問；問。E charge; accuse.

☆ 火事の責任を問う / 追究火災責任。

☆ 罪に問われる / 被問罪。

❸ 問題にする。中 當作問題。E matter; care about.

☆ 性別を問わず社員を採用する / employ workers regardless of sex. / 公司錄用職員無性別之分。

☆ 新しい大臣の力量を問う / 考驗新任部長的能力。

▷ 名 問い

-とう【-頭】 (数を表すことばについて)牛、馬など大きな動物の数を表す。中 (牛、馬等大的動物的數量) 頭。

☆ ライオンが5頭いる / 有五頭獅子。

☆ 2頭の象/ two head of elephants. /兩頭大象。

どう【同】ドー ❶ 前にいったことばを繰り返すかわりに使うことば。中 與上述的相同。E the same.

☆ A大学学生山田洋子、同田中京子の2名を派遣する / 派遣A大學學生山田洋子和田中京子。

❷ (前のことばを受けて)その。中 該；同。E the same; the said.

☆ 千葉県知事は同県の福祉政策について語った / 千葉縣知事發表了關於該縣的福利政策。

❸ (他のことばの頭について)同じであること。中 相同；同樣。

☆ 同規模 / 同樣規模。

☆ 同時刻/ the same time. /同一時刻；同一時間。

☆ 同世代 / 同年齡層。

▷ 書 ❶❷

どう【胴】ドー ❶ 体の手足、頭を除いた部分。胴体。中 軀幹；腰身。E the trunk; the body.

☆ 胴が太い / 腰身粗。

☆ 金入れを胴に巻きつける/把錢包繫在腰上。

❷ ものの中央のおもな部分。胴体。中 腹部；腰部；中間部分。E the body; the frame.

☆ 飛行機の胴に穴が開いて大事故になった/飛機的機身破了個洞，釀成重大事故。

☆ 太鼓の胴 / 大鼓的中間部分。

▷ →体 図

どう【堂】ドー ❶ 神や仏をまつる建物。中 佛堂；神殿。E a temple; a shrine.

☆ 山の上のお堂に花を供える / 到山上的佛堂供奉鮮花。

☆ 寺の御堂 / 廟裡的大廳。

☆ 聖堂 / 教堂。

❷ おおぜいの人が集まる建物。中 集會廳；會

と

場；禮堂。E a hall.

☆ 人が堂にあふれている / 大廳裡擠滿了人。

☆ 議事堂 / 議事堂。

☆ 公会堂 / a public hall. / 公衆集會廳；禮堂。

❸ (他のことばの後について)店や建物などの名前を表す。中 表示店或建築物的名稱。

☆ 哲学堂 / 哲學大樓。

☆ ニコライ堂 / the Nikolai Cathedral. / 尼古拉大教堂。

▷ 書 ❷

堂に入る　ものごとや役割などに慣れて、じゅうぶん身についている。中 登堂入室；很高明。E be a master of; be an expert in.

☆ 30年間、この役を演じてきた俳優の演技はさすがに堂に入ったものだった / 三十年來扮演這個角色的演員，演技已達爐火純青之境。

どう【道】ドー　❶ 行政上の１つのまとまり。都、府、県と同等の地方公共団体。現在あるのは北海道だけなので、北海道をさす。たくさんの市、町、村からできている。中 道；北海道。E Hokkaido.

☆ 道知事の選挙 / 道知事的選舉(道：行政區域)。

☆ 道議会 / 道議會。

❷ むかしの地域の分け方の１つ。京都から通じる道によって分けた。中 從前地區的劃分方法之一。

☆ 東海道 / Tokaido. / 東海道。

☆ 山陰道 / 山陰道。

☆ 南海道 / 南海道。

❸ (他のことばの後について)(1)道路。中 道路；道。

☆ 自転車道 / a bicycle route. / 自行車道。

☆ 国道 / 國道。

☆ 地下道 / 地下道。(→ 項目)

(2) 専門の学問、技能、やり方。中 專門的技藝；學問。

☆ 合気道 / *aikido.* / 合氣道。

☆ 茶道 / 茶道。(→ 項目)

☆ 書道 / 書法。(→ 項目)

どう【銅】ドー　茶色っぽい赤色のつやのある金属。電気や熱をよく通す。中 銅。E copper.

☆ 銅でできた硬貨 / 銅幣。

☆ 銅メダル / 銅牌。

☆ 銅線 / copper wire. / 銅絲。

どう　ドー　❶「どのよう(に)」のくだけた言い方。中 怎麼；如何；怎麼樣。E how; what.

☆ あなたの名前はどう発音するのですか / 你的名字怎麼發音?

☆ 顔色が悪いけれど、どうしたの？/ 你臉色不太好，怎麼了?

❷ 相手の気持ちを確かめたり、相手にものをすすめたりするときにいうことば。中 (用於問候、詢問或勸誘)怎麼樣。

☆ どう、うまいだろう / "How is it? Good, isn't it?" / 怎麼樣，好吃吧！

☆ 食後のデザートはどうですか / 飯後來點甜點怎麼樣?

❸ (「どう〜ても」の形で)すべての方法、手段をつくすようす。中 怎麼也；怎麼〜也。E no matter how; however.

☆ どう考えてもわからない / 怎麼想也不明白。

▷ 話 ❶❷　→ 付録 指示語のまとめ

どうあげ【胴上げ】ドーアゲ、ドーアゲ〔〜する〕　スポーツで勝ったときなど、それを祝って、中心になる人をみんなで投げ上げること。中 衆人把某人向空中拋起來慶祝。E toss a person into the air.

〔胴上げ〕

☆ 優勝を祝って選手たちは監督を胴上げした / 祝賀取得冠軍，隊員把教練拋了起來。

とうあん【答案】トーアン　試験で一定の用紙に書いた答え。また、その用紙。中 答案；考試卷。E an answer; an examination paper.

☆ 試験の答案をペンで書く / 用筆寫試卷。

☆ 答案用紙／答案卷。

☆ 模範答案／標準答案。

数 1 枚

どうい【同意】ドーイ ❶〔～する〕相手の意見や求めに賛成すること。中 同意；贊成。E agree; consent.

☆ 委員長の提案に全員が同意する／全體贊成委員長的提議。

☆ 同意書／同意書。

❷ 同じ意味。中 同義。E the same meaning.

☆「ピッチャー」と「投手」は同意のことばだ／「ピッチャー」和「投手」是同義詞。

☆ 同意語／同義語；同義詞。

▷ 書 ❷

どういたしまして ドーイタシマシテ、ドー・イタシマシテ 相手のお礼や謝罪のことばを軽く否定しながら受け入れて、謙遜の気持ちをこめて返事するときに言うあいさつのことば。話 中 不客氣；沒什麼；哪裡的話。E Not at all; You're welcome; Never mind.

☆「いろいろお世話になりました」「どういたしまして。あまりお役にも立ちませんで」／「承蒙多方關照。」「沒什麼，也沒為您做什麼。」

☆「ご迷惑をおかけしてすみませんでした」「どういたしまして、これからもなにかありましたら、いつでもどうぞ」／「抱歉，給您添麻煩了。」「哪裡的話，今後要有什麼事也不要客氣。」

とういつ【統一】トーイツ〔～する〕 2つ以上のものを1つにまとめあげること。中 統一；集中。E unite; unification.

☆ いくつかのグループを統一して大きい組織にした／把幾個小組織統一成一個大組織。

☆ 南北朝鮮の統一／南北韓的統一。

☆ 意思統一／統一意志。

対 分裂、不統一

どういつし【同一視】ドーイツシ、ドーイツシ〔～する〕 同じもの、同じことと見なすこと。書 中 同樣看待；同等看待。E identify a thing with another.

☆ 社会主義と共産主義を同一視するのはまちがいだ／將社會主義和共產主義同等看待是錯誤的。

とうおう【東欧】トーオー ヨーロッパの中で東にある国々。また、その地方。東ヨーロッパ。中 東歐。E Eastern Europe.

☆ 東欧の社会は1990年代に大きく変わった／東歐社會在一九九〇年代發生了巨大變化。

対 西欧

どうか ドーカ ❶ 相手に丁寧に頼むときや、願うときにいうことば。中 請。E please.

☆ いい解決方法がありましたら、どうか教えてください／請告訴我有什麼好的解決方法。

☆ 父の病気が、どうか早く治りますように／祈禱父親的病快快好。

❷ (「どうかして」の形で)どうしても。中 設法。E by all means; at any cost.

☆ どうかして、戦争をやめさせたい／設法停止戰爭。

❸ なにか変だと思うときにいうことば。中 怎麼了；怎麼回事。E something wrong.

☆ 顔色が悪いですが、どうかしたのですか／你臉色不太好，怎麼了嗎？

❹ 疑問に思うことを表すことば。中 (用於疑問)如何；是～還是～。E whether ~ or not.

☆ いいかどうかわからない／不知道好不好。

とうかくをあらわす【頭角を現す】 学問や才能が人よりすぐれていて、めだってくる。中 嶄露頭角。E distinguish oneself.

☆ 彼は入社したときはめだたなかったが、記者として最近めきめき頭角を現してきた／他剛進公司時不太顯眼，最近當記者才嶄露頭角。

三 参「頭角」は頭の先のこと。

とうかしたしむこう【灯火親しむ候】 明

と

かりをつけて、本を読むのにいちばんいい季節。涼しくて、夜の長い秋のことをいう。灯火親しむべき候。中 適合讀書的秋季。E the best season for reading.

どうかすると ❶ときどきそうなりやすいようす。中 動不動。E sometimes; tend to.

☆ どうかすると電車の中で寝てしまう/動不動就在電車裡睡著了。

☆ 最近はどうかすると、人の名前を忘れがちだ/最近容易忘記別人的名字。

❷ 場合によると。もしかすると。中 搞不好；說不定。E if anything goes wrong; possibly.

☆ どうかすると、戦争になるかもしれない/搞不好會引起戰爭。

☆ どうかすると、夕方から山のほうでは雪になるだろう/說不定，傍晚山上會下雪。

とうがらし【唐辛子】トーガラシ 野菜の一種。畑でつくり、実は細長く、熟すと赤くなる。乾燥して漬物や料理に香辛料として使う。中 辣椒。E red pepper.

☆ キムチには唐辛子がたくさん入っている/韓國泡菜裡放了很多的辣椒。

☆ 七味唐辛子/辣椒粉。

どうかん【同感】ドーカン〔～する〕 同じように感じること。賛成すること。中 同感；同意；贊同。E a gree with; sympathy.

☆ あなたのおっしゃることに同感です/我贊同您的說法。

☆ 同感の気持ちを表明する/表示贊同的心情。

とうき【投機】トーキ 確実ではないが、うまくいけば大もうけができることをねらってする行為。特に、株などの相場の変動を利用してもうけようとする取り引き。中 投機；投機交易。E speculation.

☆ 投機で大損をして財産を失う/做投機交易，虧了老本，財產盡失。

☆ 投機の目的で土地を買う/以投機為目的而購買土地。

とうき【陶器】トーキ 土で形をつくり、うわぐすりをかけて焼いたもの。中 陶器；陶瓷器。E earthenware; china.

☆ 庭を掘ったら、割れた陶器が出てきた/挖院子挖出了碎陶器。

☆ 陶器の馬の置物を玄関に飾る/門口擺著做裝飾的陶馬。

参「磁器」も同じ材料で同じ作り方をするが、「磁器」のほうが高い温度で焼かれて質がいい。「陶器」と「磁器」を合わせて「陶磁器」という。また、「陶器」だけで「陶磁器」全体をさすこともある。

とうき【騰貴】トーキ〔～する〕 値段が上がること。書 中 騰貴；漲價。E rise; appreciation.

☆ インフレで物価が騰貴する/通貨膨脹，物價上漲。

☆ 地価の騰貴/地價高騰。

☆ 株の騰貴/股票上漲。

対 下落

とうぎ【討議】トーギ〔～する〕 あることがらについて結論を出すために、意見を出し合って話し合いをすること。中 討論。E (a) debate; (a) discussion.

☆ 委員会で討議して新しい方針を決めた/委員會討論決定新方針。

→議論

どうき【動悸】ドーキ 心臓の動きがふだんより強く速いこと。中 心跳；心悸。E beat; (a) palpitation.

☆ 走ったあと、しばらくは動悸が激しい/剛跑完步，脈搏會劇烈跳動。

どうき【動機】ドーキ あることをしようと思わせた、直接の原因。中 動機。E a motive.

☆ わたしが医学の道を選んだ動機は妹の難病だった/我選擇讀醫的動機是為了治療妹妹的不治之症。

☆ この殺人事件の動機を推理する/推理這起殺人案件的作案動機。

☆ 動機づけ / motivation. / 動機的形成因素。

どうきょ【同居】ドーキョ〔～する〕❶ 夫婦、親子などが同じ所に住むこと。中 家人住在一起；同住。E live in the same house.

☆ 結婚しても両親と同居する / 結婚後也會和父母同住。

対 別居

❷ 同じ家に家族以外の人が一緒に住むこと。中 和外人一起住；同居。E live with.

☆ 姉は東京の伯父の家に同居している/姊姊住在東京的伯父家裡。

☆ 同居人 / 同居人；同住一起的人。

とうきょく【当局】トーキョク　そのことを扱う責任と権限を持つ所や人。中 當局；官方。E the authorities.

☆ 学校当局は警察の介入を拒否した/校方拒絕警察的介入。

☆ 事務当局が検討する / 有關單位研究處理。

どうぐ【道具】ドーグ　❶ 生活したり、ものをつくったり、仕事をしたりするときに使う器具。中 工具。E a tool; an instrument.

☆ はさみやナイフなどの道具を使って紙で箱をつくる / 用剪刀及小刀等工具做紙盒。

☆ 大工道具 / 木工工具。

❷ 他の目的のための手段として利用されるもの。中 工具；手段。E a tool; a means.

☆ 父親の地位を、政界に出るための道具に使う / 利用父親的地位當作進入政界的跳板。

とうげ【峠】トーゲ　❶ 山道を登りきって、そこからは下りになる境の所。中 山頂。E a mountain pass.

☆ 峠でひと休みする / 在山頂上歇息一陣子。

☆ 峠の茶屋 / 山頂的茶屋。

❷ いちばん盛んな、またはたいへんな時。中 頂點；絕頂；緊要時期。E the crisis; the peak.

☆ 病気は峠を越して熱も下がりはじめた/渡過了疾病的危險期後，燒也開始退了。

☆ 寒さもいまが峠で、これからはすこしずつ暖かくなる / 最冷也不過如此了，今後將逐漸回暖。

とうけい【統計】トーケイ　社会での人やもの、できごとなどのようすを種類に分けて、それぞれの性質や特色などを数字、表、グラフなどで表すこと。また、表したもの。中 統計。E statistics.

☆ 各国の出生率の統計をとる / 統計各國的出生率。

☆ 結婚する人と離婚する人の割合を統計で調べる / 統計調查結、離婚人數的比例。

とうけつ【凍結】トーケツ〔～する〕❶ 凍りつくこと。中 凍；凍冰；結冰。E freeze.

☆ 路面が凍結していて車の運転は危険だ/路面結凍，開車危險。

☆ 池が凍結する / 池子結冰了。

❷ 資産や賃金などの現在の状態を、ある期間変えないでそのままにしておくこと。中 凍結。E freeze (assets).

☆ 政府は海外資産を凍結した / 政府凍結了海外的資產。

☆ 賃金を凍結する / 凍結薪資。

とうこう【登校】トーコー〔～する〕　生徒が授業を受けるために学校へ行くこと。中 上學；到校。E go to school.

☆ 登校の途中で先生に会った / 去學校的路上遇到了老師。

☆ 登校拒否 / refusal to attend school. / 逃；抗拒去上學。

対 下校

とうごう【統合】トーゴー〔～する〕いくつかのものを1つにまとめること。中 合併；統一；綜合。E unite; unify; combine.

☆ 生徒の数が減ったので、2つの中学校を統合した / 學生人數減少了，所以把兩所中學合併成一所學校。

どうこう【動向】ドーコー　人や社会の動く方向。中 動向。E a movement; a trend.

☆ 国際社会の動向をさぐる / 探討國際社會的動向。

☆ 世論の動向 / 輿論的動向。

とうざ【当座】トーザ　なにかが必要になったそのとき。あることがあったあと、しばらくの間。中 眼前；暫時；一陣子。E when; for the moment.

☆ 日本へ来た当座は、生活習慣が違うので困った / 剛來日本的時候，因生活習慣不同，所以很不習慣。

☆ 当座の費用 / 暫時所需的費用。

どうさ【動作】ドーサ、ドーサ〔～する〕 体の動き。中 動作。E (a) movement.

☆ 身軽な動作で仕事をすばやく片づける / 動作敏捷迅速地完成工作。

☆ 動作がのろい / be slow in one's movements. / 動作遲緩。

とうざいなんぼく【東西南北】トーザイナンボク　❶ 東と西と南と北。中 東西南北。E north, south, east and west.

☆ 京都では道が東西南北に走っている / 京都的道路呈東西南北走向。

❷ 方角。中 方向；東西南北。E a direction.

☆ 磁石を使って東西南北を知る / 用磁鐵辨別東西南北。

どうさつ【洞察】ドーサツ〔～する〕 よく観察してものごとの内部、または将来まで見抜くこと。書 中 洞察；洞悉。E an insight; see into.

☆ 世界の将来に対して鋭い洞察を行う / 敏銳地洞悉世界的未來。

☆ 若者の心情を深く洞察した小説 / 深刻地洞悉年輕人心理的小說。

☆ 洞察力 / 洞察力。

とうさん【倒産】トーサン〔～する〕 財産を使ってしまって会社などがつぶれること。中 倒閉；破產。E go bankrupt.

☆ 不景気でたくさんの会社が倒産した / 因為不景氣，很多公司都破產了。

☆ 倒産をくいとめる / 挽回倒閉的局面。

とうし【投資】トーシ、トーシ〔～する〕 利益をえるために資金を出すこと。中 投資。E invest.

☆ 新しい事業に投資する / 投資新事業。

☆ 設備投資 / investment in plant and equipment. / 設備投資。

とうし【闘志】トーシ　闘おうとする強い気持ち。中 鬥志。E fighting spirit.

☆ サッカーの選手たちは、試合を前にして闘志にあふれていた / 足球選手們賽前鬥志昂揚。

☆ 闘志を燃やす / be highly combative. / 燃起鬥志。

☆ 闘志満々 / 鬥志高昂。

とうじ【冬至】トージ　太陽が赤道からいちばん南へ離れたとき。北半球では1年じゅうで昼間の時間が最も短い日。毎年12月22日ごろ。中 冬至。E the winter solstice.

☆ 冬至も近づき昼が短くなった / 冬至臨近的白天變得越來越短。

対 夏至　→残暑

とうじ【当時】トージ　そのころ。中 當時；那時。E at that time; in those days.

☆ 新幹線は1964年に開通した。当時、わたしは大阪に住んでいた / 新幹線是1964年開通的，當時我正住在大阪。

☆ 戦争当時のことを母にきく / 向媽媽打聽戰爭當時的情況。

どうし【同志・同士】ドーシ　❶ 考え方、志が同じである人々。中 志同道合的人；同好；同志。E a comrade; a like-minded person.

☆ 同志を集めて抗議運動を起こす / 召集志同道合的人發起抗爭活動。

❷ (他のことばの頭や後について)同じ仲間、同じ関係であること。中 相同關係。

☆ あの2人はいとこどうしだ / 那兩個人是表兄弟。

☆ かたきどうし/ enemies; rivals. /仇人；冤家。

☆ 同士討ち/自己人打自己人；同室操戈。

注 ❶は「同志」、❷は「同士」。

どうし【動詞】ドーシ　文法上の単語の分け方の１つ。人間やものごとの動き、状態を表すことば。日本語では、50音図のウ段の音でおわり、決まった規則によって語の終わりが変化する。中 動詞。E a verb.

☆ 動詞「行く」は、「行かない」「行きます」「行って」のように、使い方によって形が変わる/動詞「行く」按照使用方法不同而有為「行かない」「行きます」「行って」的形態。

☆ 動詞の活用/ conjugation. /動詞的活用。

☆ 自動詞/ an intransitive verb. /自動詞。

☆ 他動詞/ a transitive verb. /他動詞。

☆ 一段動詞/一段動詞。

☆ 五段動詞/五段動詞。

どうじ【同時】ドージ　❶ 同じ時刻。中 同時。E the same time.

☆ 道子と一郎が到着したのは同時だった/道子和一郎是同時到達的。

☆ 同時通訳/ simultaneous interpretation. /同步翻譯。

❷ (「〜と同時に」の形で)(1)〜と同じ時に。中 (與〜)同時。E at the same time; simultaneously.

☆ 一郎と同時に二郎もゴールインした/一郎和二郎同時到達了終點。

(2) 〜とともに。一方では。中 同時；並且；又。E while; on the other hand.

☆ わたしにとって山歩きは、スポーツであると同時に友達とのおしゃべりを楽しむ場でもある/對我來說，登山不僅是為了運動，同時也是和朋友快樂聊天的機會。

(3) 〜するとすぐに。中 一〜就〜。E as soon as.

☆ 疲れていたので、ベッドに入ると同時に眠ってしまった/由於太勞累，一上床就睡著了。

とうじしゃ【当事者】トージシャ　あることがらに直接関係のある人。中 當事者；當事人。E the person concerned; the party concerned.

☆ 事件の当事者から事情をきく/向當事人詢問情況。

☆ 当事者どうしで話し合う/當事者之間進行協商。

対 第三者

とうじつ【当日】トージツ、トージツ　その日。中 當天；當日。E the very day; that day.

☆ 試験の当日、かぜをひいて欠席してしまった/考試當天因感冒缺席了。

☆ 当日売りの切符/當天出售的票。

☆ 当日限り/ only for the designated day. /當日有效；只限當日。

関連 前日、翌日

どうして　ドーシテ　❶ どんな方法で。どうやって。中 怎麼；怎樣；怎麼樣。E how; in what way.

☆ この魚はどうして調理すればいいかわからない/不知道怎麼烹調這條魚才好。

❷ どんな理由や原因で。なぜ。中 怎麼；為什麼。E why; for what reason.

☆ どうしてしかられたのかわからない/莫明其妙被訓了一頓。

❸ 驚いたり感心したりする気持ちを表す。中 唉呀唉呀。E far from it; on the contrary.

☆ 失敗作と聞いていたが、どうしてなかなかすばらしい絵だ/聽說是失敗之作，唷!其實還真是幅好畫啊!

どうしても　ドーシテモ、ドーシテモ

❶ どんなことがあっても。どうやってでも。中 怎麼也得；必定；一定。E at any cost; by all means.

☆ みんなにどうしてもきいてもらいたいことがある/我有話要說，請大家務必聽聽。

❷ (「どうしても〜ない」の形で)どんな方法でも〜ない。中 無論如何也；怎麼也。E just cannot; for the life of one.

☆「に」と「へ」の使い方の違いがどうして

もわからない/「に」與「へ」用法的不同之處，我怎麼也弄不懂。

とうしょ【投書】トーショ〔～する〕 自分の意見や作品を新聞、雑誌または公共機関などに書いて送ること。また、その意見や作品。中投稿；寄稿。E contribute; write a letter to.

☆ 新聞に意見を投書する/向報社投書表達意見。

☆ 投書欄/a readers' column./讀者投稿專欄。

数 1通・1本

とうじょう【登場】トージョー〔～する〕

❶ 舞台や小説などに現れること。中登場；出場；上場。E appear on the stage or in the novel.

☆ 幕が開くと舞台に1人の男が登場した/一開幕一個男人登台。

☆ 登場人物/the characters./登場人物。

対 退場

❷ 世間に現れること。中出現；登場。E make an appearance.

☆ 新しいタイプの政治家が登場した/新類型的政治人物出現了。

どうじょう【同情】ドージョー〔～する〕

他人の苦しみや悲しみなどを心から気の毒に思うこと。中同情。E sympathy; compassion.

☆ 交通事故で父をなくした子供に同情が集まった/因交通事故失去父親的孩子引起人們的同情。

☆ 戦争で苦しんでいる人々に同情する/同情因戰爭受苦的人們。

とう・じる【投じる】トージル、トージル〔他動一〕 ❶ 投げる。投げ入れる。投ずる。中投；投入；扔。E cast; throw.

☆ 池に石を投じる/往池子裡扔石頭。

☆ 海に身を投じる/跳海自盡。

❷ 惜しまないで払う。つぎこむ。投ずる。中投入；投下。E sink; invest.

☆ 大金を投じて名画を買う/砸大錢買名畫。

☆ 資本を投じる/投資。

❸ 選挙などで、票を入れる。投ずる。中投票。E cast.

☆ 清き1票を投じる/投清白的一票。

☆ 反対票を投じる/投反對票。

❹ 自分をその中に置く。投ずる。中投身；投入；獻身。E devote (one's life) to.

☆ 母は福祉活動に一生を投じた/媽媽將畢生獻給了福利事業。

▷ 書

どう・じる【動じる】ドージル、ドージル〔自動一〕 驚いて、どうしていいかわからなくなる。動ずる。書 中動搖；心慌。E be upset; be perturbed.

☆ どんなことが起こってもすこしも動じるようすがない/無論發生什麼事都神色自若。

☆ ものに動じない人/臨事不亂的人。

とうすい【陶酔】トースイ〔～する〕 酒に酔ったときのような、うっとりとしたいい気持ちになること。書 中陶醉。E be intoxicated; rapture.

☆ モーツァルトの美しい音楽に陶酔する/為莫札特的美妙音樂所陶醉。

☆ 陶酔から覚める/從沉醉中清醒過來。

☆ 陶酔感/陶醉感。

どうせ ドーセ なにをしても結果は変わらないと思い、あきらめるようす。中反正；橫豎；總歸。E anyhow; in any case.

☆ どんなに働いてもどうせ家は買えないんだから、がんばるのはやめよう/怎麼努力工作也買不起房子，所以決定不要努力。

とうせい【統制】トーセイ〔～する〕 ❶ ばらばらにならないように1つにまとめること。中統管；統一；統制。E control; regulation.

☆ みなが勝手なことをしては、グループの統制がとれない/每個人都任意行動的話，團體就無法行動一致了。

☆ 統制のとれた団体/步調一致的團體。

❷ ある目的のために制限したり、きまりをつくったりして取り締まること。中 統一管

理；限制。E control.

☆ 物価を下げるために食料品の価格を統制する / 為了穩定物價，統一管理食品價格。

☆ 統制経済 / 計畫經濟。

☆ 言論統制 / 限制言論。

どうせい 【同性】ドーセイ　男女の性が同じであること。中同性；性別相同。E the same sex.

☆ 道子には京子、洋子など同性の友達が多い / 道子有京子、洋子等許多同性的朋友。

☆ 同性愛 / homosexuality. / 同性戀。

対異性

どうせい 【同棲】ドーセイ〔～する〕　1つの家に一緒に住むこと。特に、法的に結婚していない男女が一緒に住むこと。中 住在一起；同居。E cohabitation; live together.

☆ 最近、結婚より同棲を選ぶ若者が増えてきた / 最近，選擇同居的年輕人比選擇結婚的要多。

☆ 同棲生活 / 同居生活。

とうせん 【当選】トーセン〔～する〕　❶ 選挙などで選ばれること。中當選。E be elected.

☆ 国会議員に当選する / 當選為國會議員。

対落選

❷ くじや懸賞に当たること。中中彩；中獎。E win a prize; a winning (number).

☆ 懸賞に当選する / 中獎了。

☆ 宝くじの当選番号を発表する / 公布中獎號碼。

とうぜん 【当然】トーゼン　まったくそのとおりであるようす。中當然。E naturally; as a matter of course.

☆ 都市の人口が増えると、当然水の需要も多くなる / 隨著城市人口的增加，水的需求量當然也隨之增加。

☆ 困っている人を助けるのは当然のことだ / 幫助有困難的人是理所當然的事。

どうぞ ドーゾ　❶ 人に非常に丁寧に頼むときや、願うときにいうことば。中請。E please.

☆ どうぞよろしくお願いします / 請多關照。

☆ どうぞ宝くじが当たりますように / 請保佑我中獎。

❷ 人にすすめるときや、許可を与えるときにいうことば。中請。E please.

☆ 好きなものをどうぞお取りください / 請隨意拿你喜歡的東西。

☆ どうぞお入りください / 請進!

とうそう 【闘争】トーソー〔～する〕　相手に勝とうとして争い、闘うこと。中鬥爭；爭鬥。E strife; a fight; a struggle.

☆ A国内では民族の間の激しい闘争が続いている / A國國內的種族糾紛越演越烈。

☆ 黒人たちは差別をなくすための闘争を続けている / 黑人為了消除種族歧視，不斷地鬥爭。

☆ 賃上げ闘争 / a struggle for higher wages. / 加薪抗爭；為提高薪資而抗爭。

どうぞう 【銅像】ドーゾー　銅、特に青銅でつくった像。中銅像。E a bronze statue.

☆ 学内に創立者の銅像が建っている / 校園內豎立著創辦人的銅像。

☆ 渋谷駅前の犬の銅像 / 澀谷車站前忠犬的銅像。

数1基

どうそうせい 【同窓生】ドーソーセイ　同じ学校で学んだ人。中同窗；同學。E a schoolmate.

☆ 久しぶりに小学校の同窓生に会ってなつかしかった / 真高興見到久未見面的小學同學。

とうだい 【灯台】トーダイ　船が安全に航海できるように、港の出入り口やみさきなどに設けられた、光を出す高い建物。中燈塔。E a lighthouse.

☆ 船はあらしの中を灯台の光を目当てに進んだ / 船在大風浪中向著燈塔的燈光前進。

数1基

灯台下暗し　身近なことはかえって気がつきにくいということ。中當局者迷。E It's often difficult to see what is right in front of your eyes.

と

とうたつ【到達】トータツ〔～する〕 いきつくこと。ある点に達すること。中 到達；達到。E arrive at; reach.

☆ 全員が努力した結果、売り上げ目標に到達した/經過全體努力的結果，營業額達成了目標。

☆ 結論に到達するまで徹底的に議論する/徹底地討論直到得到結論。

とうち【当地】トーチ 自分がいまいるこの土地。中 當地；本地；此地。E this place; here.

☆ 当地は気候がよく、住みやすい/本地氣候宜人，適合居住。

とうち【統治】トーチ〔～する〕 主権者が国土や国民を治めること。中 統治。E rule; govern.

☆ むかし、この国は王が統治していた/從前，這個國家由國王統治。

☆ 委任統治/a mandate./委任統治。

とうちゃく【到着】トーチャク〔～する〕 目的の場所に着くこと。中 到達；抵達；到。E arrive at; arrival.

☆ 列車が駅に到着した/列車到達車站了。

☆ 到着時刻/到達時刻。

☆ 到着駅/到達車站；到站。

対 出発

とうてい トーテイ （「とうてい～ない」の形で)どんなことをしても～ない。中 無論如何也；怎麼也；根本無法。E cannot possibly; absolutely not.

☆ 会社の給料だけでは、とうてい家は買えない/光靠公司的薪水根本買不起房子。

☆ いまから行っても、とうてい時間に間に合わない/就算現在去，根本也來不及了。

どうでも ドーデモ、ドーデモ、ドーデモ

❶ たとえどのようであっても、問題にはならないようす。中 怎麼都(可以)；隨意怎樣(都行)。E as one pleases; do not matter.

☆ どうでも好きなようにしなさい/你隨意怎樣都行。

☆ そんな小さなことはどうでもいい/那樣的小事無所謂。

❷ どんなことがあっても、そうする必要がある、そうしたいというようす。どうしても。中 無論如何；總要；必須。E by all means; no matter what.

☆ あの会議にはどうでも出席しなければならない/無論如何一定要出席那個會議。

☆ あの人にはどうでも会いたい/無論如何都想和那個人見面。

☆ どうでも今週中に仕上げてください/本週內不論如何都得完成。

とうと・い【尊い・貴い】トートイ ❶ 立派で、重んじなければならないようすだ。たっとい。中 尊貴；高貴；值得尊敬。E noble; holy.

☆ この寺には尊い仏像がある/這座寺廟裡有一尊珍貴的佛像。

☆ 先祖の尊い教えを守る/遵守祖先重要的教誨。

対 卑しい

❷ 価値や地位や身分が高い。貴重だ。たっとい。中 珍貴；貴重；寶貴。E precious; irreplaceable.

☆ おおぜいの人から集められた貴いお金でつくられた施設/由很多人捐獻的寶貴資金建設起來的設施。

☆ 貴い命を失う/失去寶貴的生命。

☆ 貴い身分のお坊さん/地位高貴的僧侶。

対 卑しい

注 漢字で書くときは、❶は「尊い」、❷は「貴い」。

とうとう トートー いろいろなことがあったあとで最終的に。中 終於；到底；終究。E at last; finally; in the end.

☆ 12年前に買ったテレビが、とうとうこわれた/十二年前買的電視終於壞了。

☆ とうとう病気になってしまった/終於病倒了。

どうどう【堂堂】ドードー、ドードー　恥ずかしがったりしないで、態度が立派であるようす。中 儀表堂堂正正；光明正大；威風凜凜。E boldly; in a dignified manner.

☆ おおぜいの観客の前で、堂々と演説する/在衆多觀衆前大大方方地演說。

☆ 正しいと思うなら、堂々としていなさい/如果你認為正確就光明正大地做。

参 改まって「堂々たる態度」のように表現することもある。

どうどうめぐり【堂堂巡り】ドードーメグリ〔～する〕 ❶ 議論などが同じところをまわるだけで進展しないこと。中 來回兜圈子。E go round in circles and get nowhere.

☆ これ以上話し合っても堂々めぐりをするばかりだから、このへんで結論を出そう/再繼續商量，也只是在兜圈子，現在就做出結論吧！

❷ 議会で、議員が席を立ち列をつくってつぎつぎに投票すること。中 議員輪流走上主席台投票。E file round to vote.

☆ 決選投票のために堂々めぐりが始まった/為進行決定勝負的投票，議員們開始一個個地走上台。

どうとく【道徳】ドートク　人が生活したり行動したりするとき、守らなければならないこと。中 道德。E morality; morals; manners.

☆ みんなが道徳を守れば、社会はもっと住みやすくなるだろう/人人都遵守道德規範的話，我們的社會一定會更美好。

☆ 道徳が乱れる/道德敗壞。

☆ 交通道徳/交通道德。

とうとつ【唐突】トートツ　言い方や動作がその場にふさわしくなく、突然であるようす。中 突然；唐突。E abrubtly; unexpected.

☆ 会議中、社長が唐突に笑いだしたので驚いた/開會中總經理唐突地笑了起來，讓人驚訝不已。

☆ 唐突な発言/唐突的發言。

とうと・ぶ【尊ぶ・貴ぶ】トートブ〔他動五〕(とうとんで) ❶ 尊いものとしてあがめ、たいせつにする。たっとぶ。中 尊敬；尊重；重視。E respect; honor.

☆ 神仏をとうとぶ/敬神。

☆ 先祖をとうとぶ/敬祖。

❷ 価値の高いものとみて、うやまってたいせつにする。たっとぶ。中 尊敬；尊重；崇敬。E value; esteem.

☆ 年長者をとうとぶ/尊重年長者；敬老。

☆ 少数意見をとうとぶ/尊重少數人的意見。

注 漢字で書くときは、❶は「尊ぶ」、❷は「貴ぶ」。

とうなん【盗難】トーナン　金や物が盗まれること。中 失竊；被偷。E (a) robbery; (a) theft.

☆ 旅行中に盗難にあい、電車賃もなくなり困った/旅行中被竊，連電車錢都沒有，真尷尬。

☆ 盗難にご注意ください/注意小偷。

☆ 盗難品/贓物。

とうに　トーニ　ずっと前に。とっくに。中 早就。E long ago; quite a while ago.

☆ 息子はとうに大学を卒業して、もう２人の子の父です/兒子早已大學畢業，是兩個孩子的父親了。

☆ 準備はとうにできている/早就準備好了。

どうにか　ドーニカ、ドーニカ　❶ じゅうぶんではないが、なんとかできるようす。中 好歹；湊合；勉勉強強。E somehow; in some way.

☆ つえを使ってどうにか歩けるようになった/拄著手杖勉強能走了。

❷ 苦労したあとに、やっとできるようす。中 總算；好歹。E manage to.

☆ いすの上に乗って手をのばしたら、どうにかとどいた/站在椅子上勉強搆得到。

☆ 徹夜して、どうにかレポートを書きあげることができた/徹夜趕報告，總算寫完了。

どうにも ドーニモ ❶(「どうにも～ない」の形で)どんな方法でも～ない。中 怎麼也～；無論怎麼也～。E just cannot.

☆ 物価が高くて給料だけではどうにも暮らしていけない／物價高，只靠薪水維生很難。

☆ 一郎の本心はどうにもわからない／真不知道一郎的心裡究竟是怎麼想的。

❷ 非常に困難な状態であるようす。中 實在；的確。E really; truly.

☆ 山の中をドライブしていたときガソリンがなくなり、電話もないし、だれも通らないし、どうにも困った／在山裡開車兜風時，汽油用完了，既沒電話，也沒路過的人，實在不知該如何是好。

どうにゅう【導入】ドーニュー〔～する〕

❶ 外部から新しく取り入れること。中 導入；引入；輸入。E introduce; introduction.

☆ 工場に大型機械を導入する／工廠引進大型機器。

☆ 外国資本の導入／引進外資。

❷ 授業で、学生に新しい学習内容を示すこと。中 介紹。E introduce.

☆ 新しい文型を導入する／講解新的句型。

とうにん【当人】トーニン　そのことに直接関係を持つ人。本人。中 本人；當事人。E the person concerned; the said person.

☆ 結婚は当人どうしが決めることだ／結婚是當事人雙方決定的事情。

☆ 当人から事情をきく／向當事人詢問情況。

とうのむかし【とうの昔】　ずっとむかし。ずっと以前。中 很久以前；老早；早就。E long ago.

☆ 初恋の人のことなんか、とうのむかしに忘れていた／早就忘了初戀情人。

とうばん【当番】トーバン　なにかの仕事をする順番に当たること。また、その人。中 值班(人)；值日(生)；值勤。E duty; a turn.

☆ 教室の掃除をする当番を決める／決定輪流打掃教室的順序。

☆ 炊事当番／a turn to cook.／輪到要作飯。

対 非番

どうはん【同伴】ドーハン〔～する〕　一緒に連れていくこと。中 同伴；偕同；同行。E go with; be accompanied by.

☆ 海外旅行に妹を同伴する／和妹妹結伴去海外旅行。

☆ 同伴者／a companion.／同行者；同行的人。

とうひょう【投票】トーヒョー〔～する〕　選挙をしたりものごとを決めたりするとき、選びたい人の名や、賛成、反対などを紙に書いて、決められた箱に入れること。中 投票。E vote.

☆ 委員を投票によって決める／投票決定委員。

☆ 投票率／投票率。

☆ 記名投票／記名投票。

どうびょうあいあわれむ【同病相あわれむ】　同じ病気や苦しみを持つ人は、たがいに同情し合ったり、なぐさめ合ったりする。中 同病相憐。E Fellow sufferers pity each other.

とうふ【豆腐】トーフ、トーフ　大豆をつぶして汁をしぼり、その汁をかたまらせた、白くてやわらかい食べ物。中 豆腐。E *tofu*; bean curd.

☆ 豆腐のみそ汁をつくる／做豆腐味噌湯。

☆ 絹ごし豆腐／嫩豆腐(用絹濾做的)。

☆ もめん豆腐／木棉豆腐(用布濾做的)。

数 1丁

どうぶつ【動物】ドーブツ　❶ 生物のうち、人、けもの、鳥、魚、虫など、自由に動くことができ、他の生物を食べて生きているもの。中 動物。E an animal.

☆ 人間は火を使う動物である／人是會用火的動物。

☆ 高等動物／the higher animals.／高等動物；高級動物。

☆ 下等動物／the lower animals.／低等動物；低

級動物。

対 植物

❷「❶」で、人間以外のもの。特に、けもの。中 動物；獸。E all animals except humans; beasts.

☆ 野生の動物を保護する / 保護野生動物。

☆ 動物学 / zoology. / 動物學。

☆ 動物性蛋白質 / 動物性蛋白。

対 植物

▷ 数❷ 1頭・1匹

どうぶつえん【動物園】ドーブツエン　いろいろな動物を集め、飼育し、人々に見せる施設。中 動物園。E a zoo.

☆ 日曜日に子供を連れて動物園へ行く / 星期日帶孩子去動物園。

☆ 上野動物園 / 上野動物園。

とうぶん【当分】トーブン　これからしばらくの間。中 一時；暫時。E for the present; for some time.

☆ 転勤することになったので、当分会えなくなる / 由於調職了，暫時無法見面。

とうぼう【逃亡】トーボー〔～する〕　義務、束縛、逮捕などから逃げて隠れること。書 中 逃亡；逃走；逃跑。E escape; run away.

☆ 犯人が逃亡しないよう警戒する / 警戒防止犯人逃跑。

とうほんせいそう【東奔西走】トーホンセイソー〔～する〕　用事があって、あちこち忙しく動きまわること。書 中 東奔西走；到處奔走。E be on the run; busy oneself about something.

☆ 事業の資金を集めるために東奔西走する / 為籌措做生意的資金到處奔走。

どうみゃく【動脈】ドーミャク、ドーミャク

❶ 血液を心臓から体の各部分へ送る血管。中 動脈。E an artery.

☆ コレステロールがたまって動脈が細くなる / 膽固醇積淤，動脈血管會變細。

☆ 動脈硬化 / 動脈硬化。

☆ 大動脈 / the main artery. / 大動脈。

対 静脈

❷ たいせつな道。中 交通幹線。E an important traffic way.

☆ 新幹線は日本の動脈だ / 新幹線是日本的交通動脈。

▷ 数❶ 1本

どうみゃくこうか【動脈硬化】ドーミャクコーカ　❶ 動脈の血管が厚くなって弾力を失うこと。心臓や脳の病気の原因となる。中 動脈硬化。E hardening of the arteries.

☆ 老人になると動脈硬化が起こりやすくなる / 人一老就容易動脈硬化。

❷ 人や団体の考え方が柔軟でなくなること。中 變僵硬，死板。E become too inflexible.

☆ 動脈硬化を起こしている組織は、新しい時代の流れについていけない / 死板板的組織跟不上新時代的潮流。

とうめい【透明】トーメイ　すきとおっていて、向こうが見えるようす。中 透明。E tansparent.

☆ 最初はにごっていた水も、しばらく置いておいたらだんだん透明になってきた / 原本混濁的水，放一段時間後就逐漸變清澈了。

☆ 窓に透明なガラスを入れる / 窗戶鑲上透明的玻璃。

対 不透明

どうめい【同盟】ドーメイ〔～する〕共同の目的のために、国家、団体、個人が同じ行動をとると約束すること。中 同盟。E an alliance.

☆ となりの国と同盟を結ぶ / 和鄰國結成同盟。

☆ 同盟を破棄する / 同盟分裂。

☆ 同盟国 / 同盟國。

どうも　ドーモ　❶（「どうも～ない」の形で）どうしても～ない。中 怎麼也。E just cannot.

☆ どうもうまく説明できない / 怎麼也解釋不清楚。

❷ はっきりわからないが。なんだか。中總感到；似乎；好像。E somehow.

☆ どうも変なにおいがすると思ったら、魚がくさってた / 總感到有怪味道，原來是魚腐臭掉了。

☆ あの子のようすがどうも気になる / 我總擔心那個孩子。

❸ 感謝したり謝ったりする気持ちを強めることば。本当に。中實在；太；很。E very much; very.

☆ どうもありがとう / 非常感謝!

☆ どうもすみません / 真抱歉。

どうやって どんな方法で。どのようにして。話中怎麼；怎樣。E how; in what way.

☆ どうやってこの厚いタイ語の本を訳そうか / 怎樣翻譯這麼厚的泰文書呢?

☆ 1人残されて、これからどうやって生きていこう / 就剩下我一個人了，今後怎麼活下去呢?

どうやら ドーヤラ ❶ 確かな理由はないが、そうだろうと思うようす。中彷彿；多半；大概。E seem; probably.

☆ 笑い声が聞こえるので、どうやら交渉はうまく進んでいるようだ / 傳來了笑聲，看來交涉大概進行得很順利吧。

❷ じゅうぶんではないが、なんとかできそうなようす。中好歹；湊合。E somehow; barely.

☆ 少ない収入だが、どうやら暮らしていける / 收入雖然少，尚能應付生活。

☆ この3月にはどうやら卒業できそうだ / 今年三月總算可以畢業了。

とうよう【東洋】トーヨー アジアの国々。また、アジアの東部と南部の地域。中亞洲；東洋；東方。E the East; the Orient.

☆ 最近、東洋の思想が見直されている / 最近東方思想重新受到重視。

☆ 東洋医学 / 東洋醫學。

対 西洋

どうよう【動揺】ドーヨー〔～する〕❶ 動いて揺れること。中顛簸；搖動；搖晃。E shaking; tossing.

☆ 山道を車で走ったら、その動揺で気分が悪くなった / 車在山路上顛顛簸簸，很不舒服。

❷ 不安を感じて気持ちが落ちつかなくなること。中動搖；不安；不穩定。E be agitated; become restless.

☆ 夫の会社が倒産しそうだと聞いて動揺した / 聽到丈夫的公司快要倒閉，心裡很不安。

☆ 心が動揺する / 意志動搖。

どうらく【道楽】ドーラク、ドーラク ❶ 気分を変えたり楽しんだりするために、好きですること。中愛好；嗜好；癖好。E a hobby.

☆ 父の道楽は魚釣りだ / 父親的嗜好是釣魚。

❷〔～する〕酒やばくちなどの悪い遊び。また、その遊びに夢中になること。中吃喝嫖賭；放蕩；不務正業。E dissipation.

☆ 道楽におぼれて地位と財産を失う / 沉溺於吃喝玩樂，失去了財產和地位。

☆ 道楽者 / 不務正業者。

参「趣味」も、実用や利益を考えずに好きでするという点では同じだが、「道楽」にはそのほかに、周囲のことも考えず勝手気ままに熱中する、金をかける、などの意味もある。

どうり【道理】ドーリ ❶ ものごとや、人の行いの正しい筋道。中道理；情理。E reason; truth.

☆ 叔父はものの道理がわかった人だ / 叔叔是個通情達理的人。

☆ 無理が通れば道理が引っこむ / 倘若歪理行得通，真理就蕩然無存了。

❷（「道理で」の形で）原因や理由に思いあたることがあるようす。中怪不得；無怪乎。E No wonder that ～; It's natural that ～.

☆ 外は雪が降っているのか。道理で寒いは

ずだ / 外面下雪嗎?怪不得這麼冷。

☆ きみがぼくの辞書を使っていたのか。道理でさがしても見つからないわけだ/原來是你在用我的字典。難怪我怎麼找也找不到。

道理にかなう もっともだ。中 合理；合乎情理；有道理。E stand to reason.

☆ 学生たちの要求は道理にかなったものだ/學生的要求合乎情理。

どうりょう【同僚】ドーリョー 同じ所に勤めていて、地位などがだいたい同じ人。
中 同事。E a colleague; a co-worker.

☆ 職場の同僚と昼休みにバレーボールをする / 午休時和同事們一起打排球。

☆ 同僚と酒を飲む / 和同事喝酒。

どうりょく【動力】ドーリョク、ドーリョク 機械を動かす力。電力、水力、風力、原子力など。中 動力；原動力。E (motive) power.

☆ 動力の供給を電力に頼る / 動力的供給依賴電力。

☆ 動力資源 / 動力資源。

どうろ【道路】ドーロ 人や車などが通るための道。中 道路。E a road; a street.

☆ 日本では車は道路の左側を走る / 在日本，汽車是靠道路左側行駛。

☆ 道路工事 / 道路施工。

☆ 道路標識 / a road sign. / 路牌；路標。

数 1本・1筋

とうろく【登録】トーロク〔～する〕 公式の帳簿や名簿に記入すること。また、とどけ出て記入してもらうこと。中 登記；註冊。
E registration.

☆ 市役所に新しい住所を登録する / 去市政府登記新住址。

☆ 外国人登録済証明書 / 外僑居留證。

☆ 住民登録 / 住戶登記(相當戶口名簿)。

とうろん【討論】トーロン、トーロン〔～する〕 ある問題についてたがいに意見を出して論じ合うこと。中 討論。E (a) debate; (a) discussion.

☆ 戦争に参加するかどうかについて激しい討論が行われた / 就應否參加戰爭進行激烈的討論。

☆ 公開討論会 / an open forum. / 公開討論會。

→議論

どうわ【童話】ドーワ 子供のための話。
中 童話。E a fairy tale; a children's story.

☆ 子供にグリムの童話を読んで聞かせる/讀格林童話給孩子們聽。

☆ 夢のある童話を書きたい / 想寫一本充滿夢想的童話故事。

☆ 童話作家 / 童話作家。

数 1編

とうわく【当惑】トーワク〔～する〕 どうしていいかわからず、困ってしまうこと。中 為難；困惑；不知～才好。E be perplexed; embarrassment.

☆ パーティーで、突然、歌を歌えと言われて当惑した / 晚會上，突然叫我唱歌，我感到手足無措。

☆ 当惑の表情を見せる / 顯出為難的樣子。

とお【十】トー、トー ❶ 9つのつぎの数。10。10。中 十。E ten.

☆ 1つ、2つ ... 9つ、10と数える / 數1個、2個、……9個、10個。

☆ リンゴを10ください / 請給我十個蘋果。

❷ 10歳。10。中 十歲。E ten years old.

☆ 子供はこの3月で10になる / 孩子今年三月滿十歲。

とお・い【遠い】トーイ ❶ 空間的、時間的へだたりが大きい。
中 遠。E far; distant.

☆ わたしの家から会社までは遠くて、1時間半もかかる / 我家離公司遠，上班要花一個半小時。

☆ 遠い日の思い出 / 久遠以前的回憶。

対 近い

❷ 関係が薄い。中 遠；疏遠。E distant; remote.

☆ いとこの結婚式で遠い親戚の人たちと会った / 參加表弟婚禮時，見到了遠房親戚。

対 近い

❸ 内容や数や量に差がある。中 差得遠。E be far off.

☆ 目標の100万円にはまだ遠い / 離一百萬日圓的目標還差得遠。

❹ よく聞こえない。中 聽不清楚。E be hard of hearing; can't hear.

☆ 年をとって、耳が遠くなった / 上了年紀，耳朵不靈光了。

☆ 電話が遠くて聞き取りにくい / 電話聲音小，聽不清楚。

とおか 【十日】トーカ ❶ その月の10番目の日。10日。中 十號；十日。E the tenth (of October).

☆ 10月10日は体育の日で休みだ / 十月十日是體育節，放假一天。

❷ 日の数が10あること。10日。中 十天。E ten days.

☆ 小学校の春休みは10日ぐらいだ / 小學的春假放十天左右。

☆ 10日間 / 十天。

とおく 【遠く】トーク、トーク 遠い所。中 遠方；遠處。E distant; far away.

☆ 遠くの山がかすんで見える / 依稀可見遠處的山。

☆ 遠くの親戚より近くの他人 / 遠親不如近鄰。

対 近く

とおざか・る 【遠ざかる】トーザカル、トーザカル〔自動五〕(とおざかって) ❶ だんだん遠くへ離れる。中 遠離；離去。E become distant; go away.

☆ 飛行機が遠ざかっていく / 飛機飛遠了。

☆ 危険が遠ざかる / 脫離危險。

対 近づく

❷ つきあいが薄くなる。中 疏遠。E drift apart from; become estranged.

☆ 結婚後、親から遠ざかっている / 結婚後，與父母關係疏遠了。

☆ 社会に出て学問から遠ざかってしまった / 步入社會後，和學問疏遠了。

対 近づく

▷ 他動 遠ざける

-どおし 【-通し】(動詞の「ます」形について)ずっとそれをし続けること。中 一直(做某種動作)。

☆ 働きどおしで疲れた / 不停地工作，累了。

☆ 歩きどおし / keep walking. / 一直行走。

☆ 食べどおし / 一直吃。

とお・す 【通す】トース〔他動五〕(とおして) ❶ 一方から他方にとどかせる。中 通過；穿過。E lay (a subway); thread (a needle).

☆ A市からB市まで地下鉄を通す / A市和B市之間有地下鐵相連。

☆ 針の穴に糸を通す / 穿針引線。

❷ 導いて室内に入れる。中 帶路進屋內。E show into.

☆ お客さんを応接間に通してください / 請把客人帶到會客室。

❸ 認めさせる。中 堅持；固執。E stick to; have one's own way.

☆ ずっと無抵抗主義を通す / 我一向隨遇而安。

☆ わがままを通してきた / 一直為所欲為地活到現在。

❹ 終わりまで続ける。中 連續；一直。E keep; through.

☆ 1週間通して雨が降る / 連續下一週的雨。

☆ 札幌まで通して買った乗車券 / 買一張到札幌的直達車票。

❺ (「〜を通して」の形で)〜を間にして。中 經過；通過。

☆ 先輩を通して就職を頼む / 拜託學長幫忙介紹工作。

☆ テレビを通して知る/ know through TV. /從電視上知道的。

❻ (動詞の「ます」形について)その動作をずっとし続ける。中 動作繼續進行。

☆ 1晩じゅう本を読みとおす / keep reading a book all night. / 看書看了一整夜。

☆ 歩きとおす / 一直走。

▷ 名 通し 自動 通る

とおまわし 【遠回し】トーマワシ、トーマワシ 直接的でなく、それとなくわかるように言うこと。中 拐彎抹角；委婉。E indirectly; roundabout.

☆ となりのピアノの音がうるさいので、遠まわしに注意してみたが、通じなかった/ 彼隔壁的鋼琴聲吵得心煩，於是婉轉地提醒鄰居，可是卻沒用。

ドーム (dome) ドーム まる天井。まる屋根。また、その形をした建物。中 半圓形屋頂；半圓形建築物。E a dome.

☆ イスラム寺院のドーム/伊斯蘭教堂的半圓形屋頂。

☆ 屋内競技場のドーム/室内運動場的半圓形建築物。

とおり 【通り】トーリ、トーリ ❶ 人や車が通るための、街の中の道。中 大街；馬路。E a street; an avenue.

☆ デパートはにぎやかな通りにある/百貨公司位於繁華的街道上。

☆ 左右を見て通りを横切る / 留意左右來車，再過馬路。

❷ 空気や水などの流れ。中 流通；水流；氣流。E drainage; passage.

☆ 下水の通りが悪く、水がよく流れない/下水道不通，水排放得很緩慢。

❸ 他の人によく通じること。また、世間の人が受ける感じ。中 易懂的(話)；人緣；衆所周知。E be recognized; reputation.

☆ クラスでは本名よりもあだ名のほうが通りがいい/在班級裡叫名字不如叫外號來得順耳。

❹ 同じようであること。中 一樣；同樣；照～樣。E as; like.

☆ 先生の言うとおりにする / 按照老師交待的去做。

☆ 見たとおりに話す / 如實敘述看到的一切。

☆ 右のとおり相違ありません / 確實如右所寫無誤。

❺ (数を表すことばの後について)種類、組などの数を表す。中 種類；種。

☆ ふたとおりのやり方 / two ways of doing things. / 兩種做法。

▷ 数 ❶1本・1筋 自動 通る

注 ❹❺はひらがなで書く。

-どおり 【-通り】 ❶ (他のことばについて)

(1) 道の名前などを表す。中 表示街名。

☆ すずらん通り / Suzuran Street. / 鈴蘭大道。

☆ 海岸通り / 海岸大道；海濱路。

☆ 大通り / 大道；大街；大馬路。(→ 項目)

☆ 裏通り / 後面的小巷；後街。

(2) 前のことばの内容と同じようであること。中 正如～；和預料的一樣。

☆ 予想どおり / as expected. / 正如所料。

☆ もとどおり / 與原來一樣。

❷ (「～分どおり」の形で)～割ぐらい。～割程度。中 表示程度。

☆ 仕事は8分どおりできあがった/ The job is eighty percent completed. / 工作完成了八成。

注 ❶(2)❷はひらがなで書く。

とおりいっぺん 【通り一遍】トーリイッペン 表面だけのことで、真心からではないようす。中 泛泛；膚淺。E superficially; perfunctory.

☆ 通り一遍に読んだだけでは、この詩のよさはわからない / 只是大概地讀一遍的話，體會不到這首詩的絶妙之處。

☆ A氏とは、会えば通り一遍なあいさつをするだけの関係だ / 與A氏只是點頭之交。

と

とおりすがり【通りすがり】トーリスガリ 偶然そこを通ること。また、通ったついで。中偶然路過；順路。E a passer-by; on the way.

☆ 道で転んだが、通りすがりの人に助けられた / 在路上摔倒，被路過的人扶了起來。

☆ 通りすがりに本屋へ寄る / 順路到書店去。

とお・る【通る】トール〔自動五〕(とおって) ❶ 一方から 他方にとどく。中通；通暢；滲透。E run; make sense.

☆ 林の中に１本の道が通っている / 樹林中有一條通路。

☆ 京子の話は筋が通っている / 京子的話合情合理。

❷ ある所を過ぎて先へ進む。中通過；經過；走過。E pass; run.

☆ 汽車が鉄橋を通る / 火車駛過鐵橋。

☆ 学校の前を通るバス / 經過學校門前的公共汽車。

❸ 導かれて室内に入る。中被帶進屋裡。E come in.

☆ どうぞ奥までお通りください/請到裡面坐。

❹ むずかしいところを無事に過ぎる。中通過；合格。E pass.

☆ 試験に通る / 通過考試。

☆ 議案が通る / 通過議案。

❺ 認められたり知られたりする。中通過；被承認。E be accepted; well-known.

☆ 会議でわたしの意見が通った / 我的意見在會議中通過了。

☆ 建築では広く名の通った人 / 建築業的知名人士。

▷ 名 通り　他動 通す

とか (名詞、動詞と形容詞と形容動詞の基本形、動詞の命令形について)いくつかのものごとを例として並べて示す。話中表示並列或舉例。

☆ リンゴとかミカンとかカキとか、くだものならなんでも好きだ / I like any kind of fruit such as apples, mandarin oranges, persimmons, and so on. / 蘋果啦、橘子啦、柿子啦，只要是水果我都愛吃。

☆ 音楽会に行くとか、展覧会をのぞくとか、映画を見るとかがわたしの楽しみだ/去聽音樂會啦、看展覽啦、看電影啦，都是我的樂趣。

とかい【都会】トカイ　人々がおおぜい住み、経済が活発で、また文化的設備などもととのっている大きな都市。中都市；城市。E a city.

☆ 都会は便利で働く場所も多いが、静かに暮らすにはいなかのほうがいい / 都市生活方便，工作好找，但是要過寧靜的生活，還是鄉下好。

☆ 都会人 / 城市人。

☆ 大都会 / 大城市；大都市。

対 田舎

とかく トカク ❶〔～する〕いろいろあったことなどをまとめていうようす。中總之。E this and that; in the meantime.

☆ 夏休みはアルバイトをしたり、引っ越しをしたりで、とかく忙しく過ごした / 暑假又是打工，又是搬家，總之，過得很忙碌。

☆ とかくするうちに日が暮れた / 總之，一天不知不覺地過去了。

❷ (「とかくの」の形で)いろいろよくないようす。中種種；這個那個；這樣那樣。E unfavorable; unsavory.

☆ 洋子は、とかくの評判があるが、わたしにはたいせつな親友だ/儘管別人對洋子有種種批評，她仍是我的好朋友。

❸ よく起こることであるようす。中動不動；動輒；總是。E be apt to; tend to.

☆ 雪に慣れていない人は、とかく雪道ですべりやすい / 不習慣雪的人，在雪上行走總是容易滑倒。

とか・す【解かす・溶かす】トカス〔他動五〕(とかして) ❶ 雪や氷などを水にする。中溶化。E melt.

☆ 冬山では雪をとかして飲み水にする/冬天在山上，將雪化成飲用水。

❷ 凍っているものを凍る前の状態にする。中解凍。E defrost; thaw.

☆ 冷凍した魚をとかして料理する/把冷凍的魚解凍烹調。

❸ かたまったものを熱などによって液体のようにする。中熔化。E melt; fuse.

☆ 炉で鉄をとかして加工する/鐵在冶煉爐熔化後加工。

☆ とかした鉛/熔化的鉛。

❹ 液体の中にほかのものを入れて、まぜ合わせる。中融解；溶合。E dissolve.

☆ 油でとかした絵の具で色をつける/用油化開水彩顏料來著色。

☆ 食塩をとかした水/溶解食鹽的水。

▷ 自動 解ける・溶ける

注 漢字で書くときは、❶❷は「解かす」、❸❹は「溶かす」。

とか・す トカス〔他動五〕(とかして) くしなどで髪の乱れを直したりととのえたりする。とく。中梳；攏。E comb; brush.

☆ 鏡に向かって髪をとかす/對著鏡子梳頭髮。

とが・める トガメル〔自他動一〕 ❶ 相手の過ちや欠点を非難する。中責難；責備；挑剔。E blame; rebuke.

☆ だいじな書類をタクシーの中に置き忘れた部下を、部長は厳しくとがめた/經理嚴厲地斥責把重要文件忘在計程車裡的部下。

❷ あやしんで問いただす。中盤問。E question.

☆ 工場の門を入ろうとしたら守衛にとがめられた/想進工廠大門時被警衛盤問了。

❸ 反省して心が痛む。中過意不去；愧疚。E have a guilty conscience.

☆ 息子のほおをなぐったあとで、気がとがめた/打了兒子耳光後，心裡很過意不去。

☆ 良心がとがめる/良心不安。

▷ 名 とがめ

注 ❶❷は他動詞、❸は自動詞。

とがら・す トガラス〔他動五〕(とがらして)

❶ ものの先を細く鋭くする。とがらせる。中削尖；磨尖；突出。E sharpen; pout.

☆ 鉛筆をとがらす/把鉛筆削尖。

☆ 口をとがらす/噘嘴。

❷ (「声をとがらす[せる]」の形で)怒ったようなとげとげしい言い方をする。中提高嗓門。E speak sharply.

☆ いつまでも寝ていないで早く起きなさい、と声をとがらして言う/大聲喊：「別再睡了，快起床吧!」

❸ (「神経をとがらす[せる]」の形で)細かいことに神経をつかう。中提高警覺；緊張起來。E get nervous.

☆ コンピューターにほこりがつかないように、いつも神経をとがらしている/我總是提高警覺，不讓電腦沾上灰塵。

▷ 自動 とがる

とき 【時】トキ ❶ 時間。中時間。E time.

☆ なにもしないあいだにも時は過ぎていく/什麼也沒做，時間就過去了。

☆ 年をとると時のたつのを速く感じる/上年紀後，感覺時間過得很快。

❷ 時刻。中鐘點；時間。E time; the hour.

☆ 時計台の鐘が時を知らせる/鐘樓的鐘報時了。

❸ ある期間。中(某個)時候。E when; while.

☆ 若いときは夜も寝ないでがんばったものだ/回想年輕時，晚上也不睡覺拼命努力。

☆ 寝ているときにだれか来たらしい/睡著時好像有人來過。

❹ 場合。時機。中時機；機會。E a time; an opportunity.

☆ いまこそ平和に向かって世界じゅうが努

力するべきときだ/現在正是全世界應該努力追求和平的時機。

❺ (「時の」の形で)その時代の。いま評判の。中當時(的～)；當前話題的～。E then; ~ of the time; ~ of the day.

☆ 時の総理大臣/現任的總理大臣。

☆ 時の人/話題人物。

☆ 時の話題/當前的話題。

時は金なり 時間は金と同じようにたいせつなものだから、むだにしてはいけない。中時間就是金錢；一寸光陰一寸金。E Time is money.

時を移さず すぐ。中立即；當即。E promptly; without a moment's delay.

☆ 悪い病気だとわかり、時を移さず入院した/當得知是重病後，立即住進醫院。

-どき 【-時】 (他のことばについて)❶ 時刻。中～時間。

☆ 会社のひけどき/the closing time of a company./公司下班時間。

☆ たそがれどき/dusk; twilight./傍晚時刻。

☆ 夕暮れどき/傍晚。

❷ 季節。中季節。

☆ 麦の取り入れどき/麥子收成的季節。

☆ つゆどき/the rainy season./梅雨季節。

☆ 花見どき/賞花季節。

ときおり 【時折】トキオリ、トキオリ すこし、またはすこし長めの間を空けて、同じことを繰り返すようす。中有時；偶爾。E at intervals; sometimes.

☆ ときおり、珍しい鳥が庭の木の実を食べに来る/偶爾有珍奇的鳥來吃樹上果實。

ときたま 【時たま】トキタマ 非常に長い間を空けて、同じことを繰り返すようす。中有時；偶爾。E at long intervals; occasionally.

☆ ときたま小学校時代の友達と会う/偶爾和小學時代的朋友見面。

☆ ときたま魚釣りに出かける/偶爾出去釣魚。

ときどき 【時時】トキドキ すこし間を空けて、同じことを繰り返すようす。中有時；時常。E sometimes; now and then.

☆ 駅前の交差点でときどき交通事故が起こる/車站前面的十字路口常發生交通事故。

☆ ときどきかぜをひく/有時感冒。

参「しばしば」「たびたび」も似ているが、「ときどき」のほうが繰り返して起こる回数が少ない。

どきどき ドキドキ〔～する〕 心臓が激しく速く打つようす。中心臟怦怦直跳。

☆ 走ったあとは心臓がどきどきする/My heart pounds after I run./跑完步後心怦怦直跳。

☆ たくさんの人の前で話をするときはどきどきする/在衆人面前講話時，心跳加速。

ときに 【時に】トキニ ❶ (文と文をつないで)急に別の話題に変えるときに使うことば。中可是；轉換話題時的用語。E by the way; well.

☆ 報告書はあした持ってきます。ときに、昼ごはんはおすみですか/明天我會把報告書帶來，對了！不知您吃過中飯了嗎？

❷ ちょうどその時。中那時候。E The time (day) was ~.

☆ 2人は結婚した。ときに戦争の始まる3日前のことであった/兩個人結婚的時間，正是戰爭爆發的前三天。

❸ ⇨時には

☆ いつも時間に正確な京子も、ときに遅れることがある/一向守時的京子，偶爾也有遲到的時候。

▷ 書❷❸

ときには 【時には】トキニワ いつもは違うが、あるときには。ばあいによっては。ときに。中有時。E at times; once in a while.

☆ ふだん丈夫な一郎も、ときにはかぜをひくことがある/平日強壯的一郎也有感冒的時候。

ときふ・せる 【説き伏せる】トキフセル、トキフセル〔他動一〕 事情をよく説明して自分の意見にしたがわせる。中 說服；勸說。E persuade.

☆ 友人を説き伏せて参議院議員に立候補することを決意させる/說服朋友決心參選參議院議員。

どぎまぎ ドギマギ〔～する〕 予想していなかったことが起きて、落ちつきを失うようす。中 慌張；驚慌；驚慌失措。

☆ 予習していなかった所を先生に急に当てられ、どぎまぎした / Not having prepared for the subject, I felt very nervous and confused when the teacher called on me. / 沒預習的地方被老師突然一問，手足無措不知該怎麼辦。

ときめ・く トキメク〔自動五〕(ときめいて) 喜びや期待などで胸がどきどきする。中 心情激動；心臟跳動。E throb; beat fast.

☆ 散歩の途中であの人に会えるかもしれないと思うと、胸がときめいた / 一想到散步時或許會遇到他，因而心跳加快。

名 ときめき　他動 ときめかす

どぎもをぬく【度肝を抜く】 非常に驚かせる。中 使大吃一驚；嚇破膽。E take a person aback; dumbfound.

☆ 中国を旅行して、皇帝の墓の大きさにはどぎもをぬかれた/在中國旅行時，看到雄偉的帝王陵墓感到驚嘆不已。

どきょう【度胸】ドキョー ものごとを恐れない心。あわてたり迷ったりしない心。中 膽量。E courage; nerve; guts.

☆ 一郎は度胸があるから、社長に直接会って給料を上げてほしいと頼んだ/一郎很大膽，親自找總經理要求提高薪資。

どきりと ドキリト〔～する〕 突然起きた思いがけないことに驚いて、心臓が1回、強く打つようす。どきっと。中 震驚；嚇一跳；大吃一驚。E be shocked; be startled.

☆ 横道から出てきた車にひかれそうになり、どきりとした / 差點被岔路開出的車子撞到，嚇了一大跳。

とぎ・れる【途切れる】トギレル〔自動一〕 続いていたものが途中で切れる。中 間斷；中斷。E come to an end; be interrupted.

☆ 森の中を歩いていったら、途中で道がとぎれていた/在樹林裡行走時，前方突然沒路了。

☆ 人が入ってきて、話がとぎれた / 有人進來，因此談話就中斷了。

とく【得】トク 利益をえること。また、有利なこと。中 利益；有利；賺頭。E (a) profit; (an) advantage.

☆ 高い品物を安い値段で買って得をした/以低價買進昂貴的東西，很划算。

☆ 二郎はだれにも好かれる得な性格だ/三郎的個性好，大家都喜歡他。

対 損

と・く【解く・溶く】トク〔他動五〕(といて)

❶ 結んであったりしばってあったりするものをほどく。中 解；解開。E unlace; undo.

☆ 靴のひもをとく / 解開鞋帶。

☆ 小包をとく / 拆開包裹。

対 結ぶ、縛る

❷ 縫ってあるものなどをほどく。中 拆；拆開。E unstitch.

☆ 母の着物をといて、ふとんにつくり直す/把媽媽的和服拆開，改做被子。

対 縫う

❸ 約束などを取りやめにする。中 解除；取消。E cancel.

☆ 契約をとく / 解除合約；取消合約。

❹ 禁止や制限、役目などを取り除く。中 廢除；解除。E lift; raise.

☆ 1年続いた戒厳令をとく / 解除持續了一年的戒嚴令。

☆ かこみをといて逃げる / 突破包圍，逃逸。

❺ 人の気持ちをほぐす。中 解除；消除。E dispel; appease.

☆ 事実がはっきりして、京子への誤解をやっとといた / 澄清了事實，終於消除了對京子的誤會。

☆ 怒りをとく / 平息怒氣。

❻ 問題や疑問の答えを出す。中 解明；解答。E solve; answer.

☆ むずかしい事件をとくかぎが見つかった/ 找到解決難題的關鍵。

☆ とき明かす / 說明白。

❼ 粉やかたまりを液体の中に入れて、まぜ合わせた状態にする。中 溶解；稀釋。E dissolve.

☆ 小麦粉を水と卵でといてケーキをつくる/ 把麵粉用水和蛋攪拌後做點心。

☆ 絵の具を油でとく / 用油把顏料溶解。

▷ 自動 解ける・溶ける

注 漢字で書くときは、❶〜❻は「解く」、❼は「溶く」。

と・く【説く】ト̄ク〔他動五〕(といて) よくわかるように、また相手に承知させようとして説明する。中 說明；勸說。E explain; persuade; preach.

☆ きみのやったことはまちがっていると説いて聞かせる / 說服他：「你做的事是錯的。」

☆ 道理を説く / 講道理。

と・ぐ 【研ぐ】ト̄グ〔他動五〕(といで) ❶ 刃物を他のものにこすりつけて、よく切れるように鋭くする。中 磨快；擦亮；磨光。E sharpen; whet; grind.

☆ 切れなくなった包丁をとぐ / 磨已經鈍了的菜刀。

☆ とぎすます / 磨出光亮。

❷ 米を水の中で洗う。中 淘米。E wash (rice).

☆ 米をといでごはんを炊く / 淘米做飯。

どく 【毒】ド̄ク ❶ 健康、生命、心などに害のあるもの。中 毒害；有害。E harm.

☆ 酒やタバコは体に毒だ/酒和菸對身體有害。

☆ 平気で人を殺すような映画は子供には毒だ / 隨意殺人的影片對孩子有不良的影響。

❷ 生命をうばう物質。毒物。毒薬。中 毒；毒藥；毒物。E poison; venom.

☆ ソクラテスは毒を飲んで死んだ / 蘇格拉底(哲學家)服毒而死。

☆ 毒を消す / 消毒。

☆ 毒蛇 / 毒蛇。

❸ 悪いもの。心を傷つけるもの。中 惡毒；毒辣。E malice; evil.

☆ あの人のことばには毒がある / 那個人說話十分毒。

☆ 社会に毒を流す / 污染社會。

毒にも薬にもならない 害にもならないが、そうかといって役にも立たない。中 既無害也無益；治不了病，也要不了命。E be neither useful nor harmful.

☆ 新しくできた法律は、国民にとって毒にも薬にもならない / 新的法律對國民來說說不上壞，也稱不上好。

毒をもって毒を制する 悪いことや悪い人をなくすため、他の悪いことや悪い人を利用する。中 以毒攻毒。E Poison quells poison.

とくい 【得意】ト̄クイ、トクイ̄ ❶ 望みが実現し満足に思うこと。中 得意；滿意；心滿意足。E elated; complacent.

☆ 仕事が世間に認められて、たいへん得意な気分だ / 自己的工作得到社會的認同，十分得意。

☆ 得意の絶頂 / be at the height of one's glory. / 得意到極點。

対 失意

❷ 自慢するようす。中 得意洋洋；自鳴得意。E proud; triumphant.

☆ 自分のかいた絵を得意になってみなに見せる/對自己畫的畫非常滿意，而向大家炫耀。

☆ 得意顔 / 得意的樣子。

❸ 上手であるようす。中 擅長；拿手。E be good at; favorite.

☆ 二郎はスペイン語が得意だ / 二郎擅長西班

牙語。

対不得意、苦手

❹ 自分の店に特別に力を入れてくれる客。中顧客；主顧。E a customer.

☆ お得意に中元を贈る/送中元禮品給老主顧。

☆ お得意さま/主顧。

☆ 得意先/經常來往的客戶。

とくぎ【特技】トクギ　その人が自信を持つ特別の技能。中持別技能；拿手。E one's special ability.

☆ 兄の特技は暗算で、わたしが電卓でやるよりも速い/哥哥的特長是心算，比我用計算機算的還要快。

☆ 特技を身につける/擁有一技之長。

どくさい【独裁】ドクサイ〔～する〕君主や権力を持った者が自分の考えだけで政治や会社、団体などを支配すること。中獨裁；專政。E autocracy; dictatorship.

☆ 社長の独裁ですべてが決まる/總經理獨裁，一個人決定一切。

☆ 独裁政治/獨裁政治。

☆ 独裁者/獨裁者。

どくじ【独自】ドクジ、ドクジ　ほかにはない自分だけのものを持っているようす。中獨自；個人。E independently; one's own.

☆ この薬はわが社が独自に開発したものだ/這種藥是我們公司獨力開發的。

☆ 父は独自の考えで子供を教育してきた/父親以他獨特的方法教育孩子。

とくしつ【特質】トクシツ　そのものだけが持つ特別の性質。中特質；特徵。E a characteristic.

☆ 江戸文化の特質を研究する/研究江戶文化的特徵。

とくしゅ【特殊】トクシュ、トクシュ　ふつうのものと違っているようす。中特殊；特別。E special; peculiar.

☆ 特殊な技術を持っていると就職に有利だ/擁有特殊技能有利於就業。

☆ 地域の特殊性を尊重する/尊重地區的特殊性。

対一般、普遍

どくしょ【読書】ドクショ〔～する〕本を読むこと。中看書；讀書。E reading.

☆ 読書の秋/秋天是讀書的季節。

☆ 読書家/a great reader; a well-read person./愛讀書的人。

とくしょく【特色】トクショク　他と違った点。おもに、いい点。中特色；特長。E a characteristic; a special feature.

☆ それぞれの大学の特色を調べて、自分に合った学校を選ぶ/研究各大學的特色，選擇適合於自己的學校。

☆ 特色を生かす/發揮特長。

☆ 特色を出す/展示特色。

どくしん【独身】ドクシン　結婚しないでいること。また、その人。中獨身；單身。E single; unmarried.

☆ 兄は独身を楽しんでいる/哥哥以單身生活為樂。

☆ 独身生活/獨身生活。

とく・する【得する】トクスル〔他動する〕利益をえる。もうかる。また、自分にとって有利だ。中佔便宜；賺。E profit; gain; benefit.

☆ この品はいま買っておけば得するだろう/這個東西如果現在買的話是撿到便宜了！

☆ ２割まけてもらって5000円得した/打了八折，省了五千日圓。

対損する

どくぜつ【毒舌】ドクゼツ　手厳しい皮肉や悪口。中刻薄話；挖苦。E a spiteful tongue; malicious language.

☆ 部長は毒舌をふるって部下の失敗を攻撃した/經理用刻薄的話挖苦部下的過失。

☆ 先輩の毒舌に自信をなくしてしまった/因長輩的挖苦而失去了信心。

☆ 毒舌家/說話刻薄的人。

どくせん【独占】ドクセン〔～する〕 ❶ 自分だけのものにして他人には与えたり使わせたりしないこと。中 獨佔。E have a thing to oneself.

☆ 赤ん坊は両親の愛を独占した / 嬰兒集父母之愛於一身。

☆ 弟はパソコンを独占してだれにも使わせない / 弟弟霸佔電腦，不讓別人用。

❷ 経済で、決まった個人や団体だけが市場を支配して、利益をえること。中 壟斷；獨佔。E monopolize.

☆ 少数の会社が鉄の生産を独占している/少數公司壟斷了鐵的生產。

☆ 独占企業 / 獨佔企業。

☆ 独占禁止法 / the Antimonopoly Law. / 壟斷禁止法。

どくぜんてき【独善的】ドクゼンテキ 自分の考えだけが正しいと信じて、他人の気持ちを考えないようす。中 自以為是(的)。E self-righteous.

☆ 部長は独善的な態度でなんでも押しつけるので、部下に嫌われている / 經理以自以為是的態度強迫部下，使部下產生反感。

どくそうてき【独創的】ドクソーテキ ほかの人にはつくれない、新しいものをつくりだす力を持ったようす。中 獨創性；獨創的。E original; creative.

☆ ピカソは独創的な画家だ / 畢卡索是位有獨創性的畫家。

☆ 独創的でだれにもまねのできない作品を生みだす/作出獨創的、無人可以模仿的作品。

ドクター (doctor) ドクター ❶ 医者。中 醫生。E a doctor.

☆ 家族が病気になったら近くのドクターにみてもらう/家裡有人生病時就找附近醫生看病。

☆ ホームドクター / 出診醫生；家庭保健醫生。

❷ 博士。博士号。中 博士。E a doctor; a doctor's degree.

☆ 経済学のドクターの資格を取る/ 取得經濟博士學位。

❸〔←ドクターコース(doctoral course)〕大学院で博士号を取るための課程。中 博士班。E a doctoral course.

☆ 来年の春、A 大学のドクターの試験を受けるつもりだ / 打算明年春天，參加Ａ大學的博士班考試。

ドクターストップ ドクターストップ ❶ ボクシングなどで、試合中にけがをした選手に対して医者が診察して試合を中止するようにすすめること。中 醫生喊停。E the stopping of a fight by a (ring) physician.

☆ ボクシングの試合で、目のけががひどくてドクターストップがかかった / 拳擊比賽中眼睛受到重創，醫生喊停。

❷ 健康上の理由で医者が禁じること。中 醫生的勸誘。E a doctor's orders not to do something.

☆ ドクターストップがかかっているので、酒はしばらく飲めない/由於醫生的勸阻，暫時不可喝酒。

三 参 英語の「ドクター(doctor)」と「ストップ(stop)」から日本でできたことば。

とくだね【特種】トクダネ 新聞や雑誌、放送などで、その社だけが特別に手に入れた材料やニュースなど。中 特訊；特別消息。E a scoop; an exclusive news story.

☆ 新聞記者は特だねを手に入れようと走りまわっている/報社記者為得到獨家新聞而奔波。

☆ 特だね記事 / 獨家新聞；特別報導。

どくだん【独断】ドクダン〔～する〕 人の意見を聞かず、自分の考えだけで決めること。中 獨斷；專斷。E an arbitrary decision; one's own discretion.

☆ 家族の考えも聞かずに、父が独断で引っ越しを決めた / 不聽家人意見，父親專制地決定了搬家的事。

☆ 独断と偏見/ arbitrary decision and prejudice. /獨斷與偏見。

とくちょう【特徴·特長】トクチョー ❶他のものと比べて特にめだつ点。中 特徵；特色。E a characteristic; a distinctive feature.

☆ 一郎の顔の特徴は目が大きいことだ/一郎臉部的特徵就是眼睛大。

☆ 洋子の声は特徴があるから、電話で「もしもし」と言うだけですぐわかる/因為洋子的聲音具有特色，在電話裡只要說聲「喂!」就馬上知道是她。

❷ 特にすぐれた点。中 特點；特長。E a strong point; a merit.

☆ 監督はひとりひとりの特長を生かして強いチームをつくった/教練發揮每一個人特長組織了一支強大的隊伍。

☆ この辞書の特長は説明がわかりやすいことだ/這本字典的特點就是解釋簡單明瞭。

注 ❶は「特徴」、❷は「特長」。

とくてい【特定】トクテイ〔~する〕 特にそのように決めること。中 特定；特別指定；特別規定。E specific; specify.

☆ 一般の人は入れないが、特定の人に限って見学が許される/一般人不可入内，只允許特定的人參觀。

☆ 証拠がなくて犯人を特定することができない/沒有證據而無法斷定犯人是誰。

どくとく【独特·独得】ドクトク そのものだけが特別に持っているようす。中 獨特；特有。E unique; peculiar.

☆ どの国もそれぞれ独特の文化を持っている/每個國家都有其獨特的文化。

☆ ジョンは独特な話し方をする/約翰的說話方式獨特。

注 本来は「独得」だが、最近は「独特」と書くのがふつう。

とくに【特に】トクニ ほかのものと区別して、それだけを取りあげて扱うようす。特別に。中 特；特別。E especially; particularly.

☆ 母の誕生日のために、特においしいケーキを用意した/為了母親的生日，特意準備了好吃的蛋糕。

とくばい【特売】トクバイ〔~する〕 品物を特別に安く売ること。中 拍賣。E a (bargain) sale.

☆ 年末大売り出しでどの店も特売をしている/年終大清倉時，每家商店都在特價拍賣中。

☆ 特売品/特賣品。

☆ 特売日/特賣日。

とくべつ【特別】トクベツ これまでのことや、一般のものとは違うようす。中 特別；格外。E special; particularly.

☆ 誕生日だからといって、特別なことをするわけではない/雖說是生日，也沒有特別要做什麼。

☆ あなたには特別(に)大きいリンゴをあげる/給你一個特別大的蘋果。

☆ 特別国会/臨時國會。

対 普通、一般、通常

とくゆう【特有】トクユー そのものや人だけが特に持っているようす。中 特有。E peculiar; characteristic.

☆ これはこの地方に特有な風習である/這是這個地方的特殊風俗。

☆ 英語特有の言い方/英語中特有的說法。

どくりつ【独立】ドクリツ〔~する〕 ❶他人に頼ったりしばられたりしないで、自分の力で行動し、生活すること。中 獨立。E become self-supporting; become independent of.

☆ 就職して親から独立して生活できるようになった/工作後，就離開父母獨立生活了。

対 従属

❷ 他の権力にしたがわないで主権を行使できること。中 獨立。E become independent of.

☆ インドは1947年にイギリスから独立した/印度於1947年自英國統治下獨立了。

☆ 独立宣言 / the Declaration of Independence. / 獨立宣言。

❸ 他のものとはっきり別になっていること。中 孤立；單獨存在；獨自。E one's own; detached.

☆ 家族が１人ずつ独立した部屋を持っている / 家裡每個人都擁有自己的房間。

☆ 独立家屋 / 獨門獨戶。

とげ トゲ ❶ 植物の茎や葉、また魚のひれなどにある、短くてかたくとがったもの。中 刺。E a thorn; a spine.

☆ バラの木にはとげがある / 薔薇樹上有刺。

❷ 肌に突き刺さる、木や竹などのとがった小さな切れはし。中 扎在身上的刺。E a splinter.

☆ 指にとげが刺さって痛い/手指被刺扎到很痛。

☆ とげを抜く / 拔刺。

❸ 人の心を突き刺すもの。中 說話帶刺。E a harsh (tongue); bitter (words).

☆ あの人のことばにはとげがある / 那個人的話中帶刺。

☆ とげのある言い方 / 不友善的說法。

▷ 数 ❶❷ １本　→ばら 図

とけい 【時計】トケイ　時刻を示したり、時間をはかったりする機械。中 鐘；錶。E a watch; a clock.

☆ 父にもらった時計は古いが正確だ/父親給我的錶雖然舊了，但很準。

☆ この時計は５分進んでいる / 這隻錶快五分鐘。

☆ 腕時計 / 手錶。

☆ 砂時計 / 砂漏。

とけこ・む 【溶け込む】トケコム、トケコム〔自動五〕(とけこんで)　❶ 液体の中にほかの物質が完全にまじった状態になる。中 溶化；熔化；溶解。E be dissolved in.

☆ 山からわく水には、鉄分などがとけこんでいる / 從山中湧出的水中含有鐵質。

❷ ほかの人々の中に入って、うまく調和するようになる。中 融洽。E adapt oneself to.

☆ アンナは日本の社会にとけこんで生活している / 安娜的生活完全融入日本的社會中。

とげとげし・い トゲトゲシイ　ことばや態度がきつくて、心を突き刺すようだ。中 冷漠；苛荷；帶刺。E harsh; unconcealed hostility.

☆ 母親がとげとげしい声で子供をしかっている / 母親用刺耳的聲音訓斥孩子。

☆ ２人はとげとげしい顔つきで言い争っている / 兩個人板著面孔爭論著。

と・ける 【解ける・溶ける】トケル〔自動一〕

❶ 結んであったりしばってあったりするものが、ゆるくなってほどける。中 解開。E come loose; come untied.

☆ 荷物のひもがとける / 解開行李的繩子。

☆ 帯がとけた / 帶子解開了。

❷ 禁止や制限、役目などが取り除かれる。中 解除；消除。E be removed; be lifted.

☆ 立入禁止がとける/解除了禁止入內的禁令。

☆ 戒厳令がとける / 解除戒嚴令。

❸ かたくなっていた人の気持ちがほぐれる。中 消；消除。E relax; clear up.

☆ 手術が成功に終わってやっと緊張がとけた / 手術成功地結束了，終於安心了。

☆ 誤解がとける / 解除誤會。

❹ 問題や疑問の答えが出る。中 解明；解開。E be solved.

☆ むずかしい問題がとけてうれしい/解開難題非常高興。

☆ なぞがとける / 謎底解開了。

❺ かたまったのが、熱などによって液体のようになる。中 溶化。E melt; thaw.

☆ 家に着くまでにアイスクリームがとけてしまった / 還沒到家冰淇淋就溶化了。

☆ バターがとける / 奶油溶化了。

❻ 液体の中にほかのものが入って、まぜ合わさった状態になる。中 溶化。E dissolve; be soluble.

☆ コーヒーがぬるくて砂糖がとけない/咖啡

不熱以致砂糖不溶化。

▷ 他動 解く・溶く、解かす・溶かす

注 漢字で書くときは、❶〜❹は「解ける」、❺❻は「溶ける」。

と・げる 【遂げる】トゲル、トゲル〔他動一〕

❶ しようと思っていたことを実際にやり終える。中 完成；達到。E accomplish; fulfill.

☆ 一郎は自転車で日本一周をするという目的を遂げた / 一郎達成了騎腳踏車環遊日本全國的目標。

☆ 思いを遂げる / 實現願望。

❷ 最後にある結果になる。中 取得；實現。E die; make progress.

☆ 船長は沈む船とともに悲壮な最期を遂げた / 船長與沈船一起渡過悲壯的最後一刻。

☆ よく練習してすばらしい進歩を遂げた / 苦練後有了卓越的進步。

ど・ける ドケル〔他動一〕 じゃまなものをほかの場所に移す。のける。話 中 挪開；移開；搬開。E remove; get out of the way.

☆ じゃまだから車をどけてくれ / 礙事，快點把車開走！

☆ 荷物を横にどける / 把東西挪到旁邊。

自動 どく

とこ 【床】トコ ❶ 寝床。中 床鋪。E a bed.

☆ 疲れたのでいつもより早く床についた / 因為累了，所以比平時早睡。

☆ 床をとる(=ふとんを敷く) / 鋪被(=鋪床鋪)。

❷ 床の間。中 壁龕。E a *tokonoma*.

☆ 床に花が生けてある / 在壁龕插有花。

とこ トコ 「ところ」のくだけた言い方。話 中 地方；點。E a place; a point.

☆ 旅行はどんなとこへ行きたいの？/ 旅行想去哪裡？

☆ そこのとこが知りたい / 想知道那裡的事。

☆ わからないとこを教えて / 不明白的事請告訴我。

どこ ドコ ❶ はっきりわからない場所をさすことば。中 哪裡。E where.

☆ どこに住んでいますか / 你住在哪裡？

☆ 事務所はどこですか / 辦公室在哪裡？

❷ どの点。なに。中 哪裡；哪一點。E what.

☆ この本のどこがおもしろいの？/ 這本書哪一點有趣？

☆ この絵のどこに価値があるかわからない / 不知這幅畫的價值在哪裡？

▷ → 付録 指示語のまとめ

参 ❶の丁寧な言い方は「どちら」。

どこの馬の骨 どういう人か、どこから来たのかわからない人に対して、悪口として言うことば。話 中 來歷不明的傢伙。E (not know) where a person sprang from.

☆ どこの馬の骨かわからないやつに、だいじな仕事をさせるわけにはいかない / 不能把重要的工作交給一個來歷不明的人。

どこ吹く風 人のことばやすることを、自分には関係ないという態度で全然気にしないようす。中 不在乎周圍人的言行；一副與自己毫無關係的樣子。E quite indifferent.

☆ あの子は親の苦労もどこ吹く風で遊びまわっている / 那個孩子不顧父母的辛勞到處玩耍。

どこをたたいても いろいろな場所をさがしても。中 找哪裡也〜。E no matter where one looks for.

☆ どこをたたいてもお金なんて出てこないよ / 錢不是說找就找得到的。

どこか ドコカ ❶ はっきりわからない場所をさすことば。中 哪裡；什麼地方。E somewhere.

☆ どこかで会ったような気がする / 我感覺好像在哪裡見過你。

☆ 財布をどこかに落としたらしい / 錢包好像在哪裡掉了。

❷ はっきり言うことはできないが、そうだと思うときにいうことば。どことなく。なん

と

となく。中 總覺得；好像。E something; somehow.

☆ この子(こ)はどこか祖母(そぼ)に似(に)ている/總覺得這孩子有點像祖母。

☆ この音楽(おんがく)はどこかなつかしい感(かん)じがする/這音樂好像有一種懷舊感。

二参 くだけた言(い)い方(かた)は「どっか」。

どことなく ドコトナク はっきりどことはいえないが。中 總感到；好像；不知為什麼。E somehow; something.

☆ 弟(おとうと)は祖父(そふ)にどことなく似(に)ている/總覺得弟弟有點像祖父。

☆ どことなくようすが変(へん)だ/總覺得有點奇怪。

とことん トコトン 最後(さいご)の最後(さいご)。どこまでも。話 中 最後；到底；徹底。E thoroughly; to the bitter end.

☆ 自分(じぶん)の正(ただ)しさが証明(しょうめい)されるように、裁判(さいばん)でとことんまで争(あらそ)うつもりだ/為了證實自己沒錯，打算在法庭徹底爭辯一番。

☆ 事故(じこ)の責任(せきにん)をとことん追及(ついきゅう)する/徹底地追究事故的責任。

とこのま【床の間】トコノマ 和室(わしつ)の正面(しょうめん)にある、床(ゆか)を1段高(だんたか)くした所(ところ)。床(とこ)。中 日式客廳擺設字畫、花瓶之處。壁龕。E a *tokonoma*; an alcove for paintings or flower arrangements.

☆ 客(きゃく)に床(とこ)の間(ま)の前(まえ)の席(せき)をすすめた/請客人坐上席。

☆ 床(とこ)の間(ま)に花(はな)を生(い)ける/在「壁龕」擺飾鮮花。

→座敷(ざしき)図

どこまでも 終(お)わりがないようす。徹底的(てっていてき)に。中 到哪裡都～；始終；徹底。E endlessly; to the end.

☆ 海(うみ)はどこまでも続(つづ)いている/大海無邊無際。

☆ どこまでもがんばるぞ/一直努力到最後!

とこや【床屋】トコヤ 理髪店(りはつてん)。理髪師(りはつし)。中 理髮店；理髮師。E a barbershop; a barber.

☆ 床屋(とこや)へ行(い)って髪(かみ)を短(みじか)くしてもらう/到理髮店把頭髮剪短。

☆ 父(ちち)は腕(うで)のいい床屋(とこや)だった/父親從前是手藝高超的理髮師。

数 1軒(いっけん)

どこやら ドコヤラ どこなのか、はっきりしないようす。中 哪裡；什麼地方；總感到。E in some way or other.

☆ 2人(ふたり)はきょうだいでも親戚(しんせき)でもないのに、どこやら似(に)たところがある/兩個人既非兄弟，亦非親戚，但總覺得有相似的地方。

ところ【所】トコロ、トコロ ❶ 場所(ばしょ)。中 地方；場所。E a place; a spot.

☆ 東京(とうきょう)でいちばんおもしろい所(ところ)はどこだろう/東京最好玩的地方在哪裡?

❷ 位置(いち)。中 地方；位置；部位。E a position.

☆ 所(ところ)を変(か)えてもう1枚写真(まいしゃしん)をとる/換個地方再拍一張照片。

❸ 土地(とち)。地域(ちいき)。中 地區；地方。E a locality; an area.

☆ 所(ところ)が変(か)わると習慣(しゅうかん)も違(ちが)う/地方不一樣習慣也不一樣。

❹ もののある場所(ばしょ)。中 地方。E a location.

☆ 門(もん)の所(ところ)に大(おお)きな木(き)がある/大門附近有大樹。

❺ 人(ひと)のいる場所(ばしょ)。家庭(かてい)、会社(かいしゃ)など。中 地點；家；工作場所。E one's home; one's place.

☆ わたしのところは5人家族(にんかぞく)だ/我家有五個人。

☆ 先生(せんせい)のところへすぐ行(い)ってください/請馬上去老師那兒。

❻ 住所(じゅうしょ)。中 住處；地址。E an address.

☆ この紙(かみ)に所(ところ)と名前(なまえ)を書(か)いてください/請把姓名、住址寫在這張紙上。

❼ 場合(ばあい)。その時点(じてん)。中 (某種)時候；(某種)情況。E just this once; a case.

☆ きょうのところはこれで許(ゆる)してやる/今天的事就算了。

☆ 1万円(まんえん)のところを8000円(えん)にまけてもらった/一萬日圓的東西，折價賣給我八千日圓。

❽ 点(てん)。部分(ぶぶん)。中 點；部分；處。E a point; a

part.

☆ 自分の悪いところを直そうと努力する/我努力改正自己的缺點。

❾ (動詞の基本形について)その状況、状態の場面にあることを表す。中表示正處於某種狀況、狀態。

☆ いま、終わったところだ/This is the ending./現在正好剛結束。

☆ 食事をしているところに客が来た/正在吃飯時客人來訪了。

❿ (「～したところ」の形で)～した結果。中後項是前項的結果。

☆ 友達に聞いたところ、すぐ教えてくれた/A friend of mine told me about it when I asked him./向朋友詢問，朋友馬上就告訴我了。

二注 ❼❾❿はひらがなで書く。

所変われば品変わる 土地が変われば、ことば、風俗、習慣などが違うものだ。中一個地方一個樣；十里不同風，百里不同俗。E Many countries, many customs.

どころ【所】 ❶(「～どころ…で〔は〕ない」の形で)そんなことが可能な程度ではない。中表示已到達無法……的程度。

☆ 頭が痛くてテレビを見るどころではない/I've got a terrible headache and I can't watch TV./頭痛得無法看電視。

☆ 研究するどころの話ではない忙しさだ/忙得無暇研究。

❷ (名詞の後について)生産地を表す。中產地；生產地點。

☆ 秋田は日本の米所だ/Akita is a place famous for its rice production in Japan./秋田是日本盛產稻米的地方。

☆ 酒所/盛產酒的地方。

❸ (動詞の「ます」形について)～する価値のあるところ。中值得…的地方。

☆ ここがかまんのしどころだ/This is where your patience is needed most./這正是應該忍耐的地方。

☆ 見どころ/值得看的地方；精彩處；前途；前程；長處。(→項目)

二注 ❶❸はひらがなで書く。

ところが トコロガ ❶(文と文をつないで)前に予想したり期待したりしていたことと反対のことをいうときに使うことば。中然而；可是；不過。E but; however.

☆ 老後はのんびりと暮らせるはずだった。ところが、病気で長期入院ということになってしまった/上了年紀，本可悠閒生活，卻因生病而長期住院。

☆ 会の準備は完全だと思っていた。ところが、出席者に時間を知らせるのを忘れていた/以為會議的準備已經妥善了，可是卻忘了通知出席者時間。

❷ (「～したところが」の形で)(1)前のことが起こったあとで、続いて後のことが起こることを表す。中剛剛。

☆ 京子に会の司会を頼んだところが、気持ちよく引き受けてくれた/When I asked Kyoko to preside at the meeting, she accepted my request with alacrity./拜託京子當大會司儀，她馬上就欣然答應了。

(2) 前に予想したことに反した結果になってしまうことを表す。中然而；可是。

☆ 洋子に結婚を申しこんだところが、断られてしまった/When I asked Yoko to marry me, I was refused./向洋子求婚，卻被她拒絕了。

どころか (名詞、動詞と形容詞の基本形、形容動詞の「な」の形について)前のことを否定して、後に続くことを強調することを表す。中不但～，反而～。

☆ 貯金するどころか、毎月借金している/別說存錢，每月還在借錢呢！

☆ しかられるどころか、ほめられた/Far from being scolded, I was praised./不但沒有挨罵，反倒稱讚了。

ところで トコロデ ❶(文と文をつないで)話題を変えて話を始めるときに使うことば。中可是；我說；這個。E well; by the way.

☆ いい天気ですね。ところで、どちらへお出かけですか/今天天氣真好呀!您要去哪裡?

☆ きょうの話は資源の再利用についてです。ところで、このジュースの缶はなにでできているか知っていますか/今天我們要談的是關於資源回收的事。大家知道這個果汁罐是用什麼做的嗎?

❷(「～したところで」の形で)前のことが実現しても、結果は別であることを後で表す。～ても。中即使～也～。

☆ いまから行ったところで、間に合わないだろう/Even if we leave now, we can't get there on time./即便現在去也來不及了吧!

☆ 貯金したところで、家も土地も買えない/即使存錢，也不夠買房子或土地。

ところどころ トコロドコロ、トコロドコロ あちらこちら。中處處；這裡那裡。E here and there.

☆ 公園のところどころにベンチが置いてある/公園到處擺放著長椅。

☆ 壁のところどころに字が書いてある/牆上到處寫著字。

どさくさ ドサクサ 混乱していること。話 中忙亂；混亂。E confusion.

☆ 出発のどさくさで、あいさつもせず家を出てしまった/出發時一場忙亂，也沒道別就離開了家。

☆ 引っ越しのどさくさにまぎれて、だいじな本をなくしてしまった/在搬家的忙亂中，把重要的書弄丟了。

とざ・す 【閉ざす】トザス、トザス〔他動五〕(とざして) ❶戸や門を閉める。中關閉；鎖上。E shut; close.

☆ 雨戸を閉ざす/把遮雨窗關起來。

☆ 口を閉ざす(=なにも言わない)/閉口不言(=什麼都不說)。

☆ 国を閉ざす/鎖國。

❷出口や通路をふさいで通れなくする。中封閉；封鎖。E block off; close off.

☆ 事故のため道路を閉ざす/由於事故而封鎖道路。

❸外側をおおって中に閉じこめる。中封上；封住；憋在心裡。E be bound in; be immersed.

☆ この村は1年の半分は雪に閉ざされる/這個村子一年中有半年為積雪所困。

☆ 悲しみに胸を閉ざされる/把悲痛埋藏在心裡。

とざん 【登山】トザン、トザン〔～する〕山に登ること。中登山。E mountain climbing.

☆ 夏休みには友達と登山をするつもりだ/暑假打算和朋友登山。

☆ 富士登山/登富士山。

☆ 登山家/登山家。

☆ 登山者/登山的人們；登山者。

対下山

とし 【年】トシ ❶1月1日から12月31日まで。1年間。中年；歲。E a year.

☆ 年の初めに1年の計画を立てる/年初訂定一年的計畫。

☆ 年がかわると気分も改まる/一過新年，心情也隨之改變。

❷特定の1年間。中用於特定的一年。E a specific year.

☆ 来年はうま年だ/明年是馬年。

☆ うるう年(=1年の日数が365日より1日多い年)/閏年(=一年的天數比三百六十五天多一天的年)。

❸年齢。中年齡；歲數。E age.

☆ 履歴書に家族の年を書く/在履歷表上寫家庭成員的年齡。

❹特定の年齢。中年齡。E around a certain age.

☆ 年のせいか、よく物忘れをする/也許是年齡的關係，經常忘東忘西。

❺ 月日。中歳月；光陰；年頭。E years.

☆ あっという間に年がたってしまった/光陰似箭。

年が明ける 新年になる。中進入新年。E the new year begins.

☆ 年が明けて、周囲の景色も新しくなったような気がする/進入新年，周圍的景像彷彿也煥然一新了。

年の暮れ その年の終わり。年末。中年底；歲暮。E the end of the year.

☆ 年の暮れはいろいろ用事があって忙しい/年底有各種事情要做，很忙。

年の功 年をとって経験が豊かになること。また、その経験の力。中年長經驗豐富。E the wisdom of age.

☆ 60歳の山田先生は年の功で教え方がうまい/六十歲的山田老師年長經驗豐富，教學方法很高明。

年を取る 年が多くなる。老年になる。中上年紀；上歲數。E get old.

☆ 年をとってもスキーだけは続けたい/即使上了年紀，也想繼續滑雪。

とし【都市】トシ 人口が多く、その地方の政治、文化、経済などの中心となっている所。中都市；城市。E a city.

☆ 都市には子供の遊び場が少ない/城市裡孩子的遊戲場所少。

☆ 都市銀行/城市銀行。

としけいかく【都市計画】トシケイカク 都市の道路、交通、土地利用などについての計画。中都市計畫。E city planning.

☆ 名古屋は戦後、都市計画にもとづいて、新しい町をつくった/名古屋是戰後依據都市計畫建設起來的新城。

☆ 都市計画基本法/都市計畫基本法。

としこし【年越し】トシコシ、トシコシ〔～する〕 その年を送って新しい年を迎えること。中過年；跨年。E see the old year out and the New Year in.

☆ 家族そろって年越しをする/全家團聚過新年。

☆ 年越しそば/除夕吃的跨年麵。

とじこ・める【閉じ込める】トジコメル、トジコメル〔他動一〕 戸などを閉めて外に出られないようにする。中關在裡面；憋在裡面。E shut up; confine.

☆ 犬がうるさくほえるので、物置小屋に閉じこめた/由於狗吠得讓人心煩，所以把牠關儲藏室裡。

☆ あらしに閉じこめられて、船が出せない/被風暴所困不能開船。

自動 閉じこもる

としごろ【年ごろ】トシゴロ ❶だいたいの年齢。中大約的年齡。E age.

☆ 50歳ぐらいの年ごろの男が訪ねてきた/一個五十歲左右的男人來過。

☆ 遊びたい年ごろ/貪玩的年紀。

❷ 結婚するのにちょうどいいぐらいの年齢。中適婚年齡；該結婚的年齡。E of marriageable age.

☆ 娘や息子が年ごろになる/女兒和兒子到了該結婚的年齡。

として ❶～の資格で。～の立場で。中作為～；以～資格。

☆ 留学生として日本へ来た/以留學生身份來到日本。

☆ 社長として責任をとる/take the responsibility as the president. /身為總經理應負責任。

❷（「1」のつくことばについて、「として～ない」の形で）例外なく～ない。全部～ない。中沒有不～的。

☆ その光景には1人として泣かない者はなかった/那個情景使所有人落淚。

☆ 1つとして自信のある作品はない/There is not even a piece of work which I am proud of. /沒有一項作品是有把握的。

どしどし ドシドシ ❶力強く地面などを踏

と

んで歩く音を表す。中 咚咚地(大的腳步聲)。

☆ 体の大きな弟が廊下を歩くと、どしどし(と)音がする / My large-built brother walks down the hall with heavy footsteps. /身體高大的弟弟在走廊一走就震得咚咚作響。

❷ 続けて、積極的に行うようす。中 積極;毫不客氣;儘管。

☆ わからないことがあったら、どしどし質問してください / If there is something you don't understand, please ask as many questions as you like. / 如有不明白的地方,請儘管問。

とじまり【戸締まり】トジマリ、トジマリ〔~する〕 用心のために、建物の門、戸、窓などを閉め、かぎをかけること。中 鎖門。E lock up; lock the doors.

☆ 外出するときは戸締まりを忘れないようにする / 外出時不忘鎖門。

☆ 全部戸締まりして寝る/把門都鎖好後就寢。

どしゃぶり【どしゃ降り】ドシャブリ 雨が激しく降ること。また、その雨。中 大雨傾盆;傾盆大雨。E a heavy rain; a downpour.

☆ 途中でどしゃ降りにあい、全身がぬれた/途中遇到傾盆大雨,全身都被淋濕。

としょ【図書】トショ 本をまとめていう言い方。また、公共の場所に備える本など。書 中 圖書。E books.

☆ 日本語を勉強している人たちのために図書を用意する / 為學習日語的人準備圖書。

☆ 図書閲覧室 / a reading room. / 圖書閱覽室。

☆ 図書券 / 圖書券。

→書物

としょかん【図書館】トショカン 図書、資料、フィルムなどを集め保存して、多くの人に見せたり貸したりする所。中 圖書館。E a library.

☆ 図書館で本を借りる / 在圖書館借書。

☆ 国会図書館 / 國會圖書館。

→ 囲み

としより【年寄り】トシヨリ、トシヨリ 年をとった人。中 老人;上年紀的人。E an old person; old people.

☆ 父は80歳の年寄りだが、気持ちは青年のように若い / 父親雖然是八十歲的老人,可是精神卻好的像年輕人一樣。

と・じる【閉じる】トジル〔自他動一〕 ❶ 開いていたものがふさがる。閉まる。中 閉;闔上。E shut; close.

☆ 眠くて知らず知らずにまぶたが閉じてしまう / 睏得不知不覺地閉上了眼睛。

対 開く、開く

❷ 会合や営業などが終わりになる。閉まる。中 結束;告終。E close; end.

☆ 図書館が閉じる時間になる / 圖書館關門的時間到了。

対 開く、開く

❸ 開いていたものをふさぐ。閉める。中 閉;

図書館で使うことば (圖書館用語)

図書館員 中 圖書館員。E a librarian.

入館証 中 閱覽證。E an admission certificate.

書庫 中 藏書室。E stacks.

開架式 中 開架式借書。E open-access; open-stack.

閉架式 中 閉架式借書。E closed-access; closed-stack.

閲覧 中 閱覽。E reading; inspection.

複写 中 影印;複印。E copying.

貸し出し 中 出借;借。E checking out.

返却 中 還;歸還;退還。E returning.

闔上。E shut; close.

☆ 読み終わった本を閉じる/把看完的書闔上。

☆ 口を閉じる/閉上嘴。

対 開ける、開く

❹ 会合や営業などを終わりにする。閉める。中 結束；告終；關閉。E close; end; shut.

☆ 大会の幕を閉じた/大會閉幕。

☆ 店を閉じる/關店。

対 開ける、開く

注 ❶❷は自動詞、❸❹は他動詞。

と･じる トジル〔他動一〕 紙などを重ね合わせて、はしのほうを糸やホチキスなどでとめる。中 裝訂；訂起來。E bind; file.

☆ 新聞を１週間分ずつとじる/把報紙按週裝訂起來。

☆ 作文をとじて文集にする/把作文裝訂成冊。

としん【都心】トシン 大都市、特に東京都の中心部。中 市中心。E the center of Tokyo (a city).

☆ 都心には高いビルがたくさん建っている/在市中心蓋了很多高樓大廈。

☆ 副都心/a newly-developed city center./大城市裡新開發的中心地區；副都市中心。

どすぐろ･い【どす黒い】ドスグロイ、ドスグロイ 色が黒くてきたない感じだ。中 烏黑；紫黑。E blackish; dark red.

☆ 大掃除をしたら顔がどす黒くなった/大掃除過後，因灰塵汗垢加上疲憊，臉色烏黑。

☆ 交通事故の現場にはどす黒い血の跡があった/車禍現場留下暗紅色的血跡。

とそ トソ ❶ サンショウ、ニッケイなどの薬草をまぜ合あわせたもの。とそ散。中 屠蘇散。E spices for *toso*.

〔とそ❷〕

☆ とそをみりんにひたす/把屠蘇泡在甜料酒(味醂)裡。

❷「❶」をひたしたみりんや酒。おとそ。中 屠蘇酒。E *toso*; the New Year's spiced *sake*.

☆ 年始の客にとそをすすめる/向來拜年的客人敬酒道賀。

どそく【土足】ドソク 外ではくはきものをはいたままの足。また、泥のついた足。中 不脫鞋；穿著鞋；帶泥的腳。E with one's shoes on; muddy feet.

☆ 土足でうちの中に入る/穿著鞋子進入家中。

☆ 土足厳禁/Remove your shoes before entering./嚴禁穿鞋入內。

どだい【土台】ドダイ ❶ 建物などの基礎。中 地基；底座。E a foundation.

☆ この建物は土台がしっかりしているから、地震がきても大丈夫だ/這個建築物的地基很牢固，即使發生地震也不要緊。

❷ ものごとのもとになるもの。中 基礎。E a basis; a foundation.

☆ 若いころ受けた教育が、わたしの現在の考え方の土台になっている/年輕時所受的教育是我現在思考方法的基礎。

❸ (後に否定の意味のことばがついて)もともと。初めから。中 本來；根本。E utterly; from the start.

☆ 1カ月で外国語をマスターしろといっても、どだい無理な話だ/一個月就想精通外語，根本就是不可能的事。

▷ 話 ❸

注 ❸はひらがなで書く。

とだ･える【途絶える】トダエル〔自動一〕 続いていたものが途中で切れる。とぎれる。中 斷絕；杜絕；中斷。E stop; cease.

☆ このへんは夜になると交通がとだえる/這一帶到了晚上交通便停擺。

☆ 高校時代の級友との行き来がとだえている/和高中的同班同學斷絕了往來。

とだな【戸棚】トダナ 前に戸があり、中に棚がある、ものを入れる家具。中 櫥；櫃。E a cupboard; a cabinet.

☆ 戸棚にお菓子をしまう/把糕點放進櫥櫃裡。

☆ ガラス戸棚 / 玻璃櫃。

☆ 食器戸棚 / 餐具櫃。

どたばた ドタバタ〔〜する〕 騒がしい音を立てて乱暴な行動をするようす。また、そのときの音を表す。中 亂跳亂鬧；胡亂扭打。

☆ 子供たちが２階でどたばた(と)すもうを取っている/ The children are wrestling noisily upstairs. /孩子們在二樓亂蹦亂跳地玩相撲。

☆ あの夫婦は、離婚したり、また結婚したり、どたばた喜劇を演じた/那對夫妻離了婚又結婚，簡直就像在演鬧劇。

とたん 【途端】トタン ❶ (「〜したとたん〔に〕」の形で)〜したちょうどその時。〜するとすぐに。中 剛一〜時候。

☆ スイッチを入れたとたんに、温風が出てくる / As soon as the switch is turned, warm air comes out. / 一打開開關，熱風頓時冒了出來。

☆ 部屋に入ったとたん電話のベルが鳴った/ 剛進到房間，電話鈴就響了。

❷ (「とたんに」の形で)急に。中 立刻。

☆ 社長からの電話だとわかると、三郎はとたんにことばが丁寧になった / Saburo knew the telephone call was from the president, and then immediately his language became polite. / 一發覺是總經理來的電話，三郎說話就變得很恭敬了。

どたんば 【土壇場】ドタンバ ものごとが決まろうとする最後の時。中 最後；最後關頭；千鈞一髮之際。E at the last moment; (be driven) to the wall.

☆ １対１の同点だったが、土壇場でシュートが決まって勝った/場上比分一直為1比1，最後關頭射進一球贏了。

☆ 土壇場に追いつめられる/被逼得走投無路。

とち 【土地】トチ ❶ 土。大地。中 土地；土壤。E ground; soil.

☆ 土地をたがやす / 耕作土地。

☆ 土地を切り開く / 開墾土地。

❷ 人間が利用する地面。地所。中 地；地皮；土地。E land; real estate.

☆ 土地の値段が高くなった / 地價上漲了。

☆ 郊外に土地を買った / 在郊外買了土地。

❸ その地方。中 當地；地區；某地方。E a locality; a region.

☆ 旅行した土地の名産を買って帰る / 在觀光地買了特產帶回來。

とちゅう 【途中】トチュー ❶ 出発してから目的地に着くまでの間。中 途中；半路。E on the way.

☆ 駅へ行く途中で友達に会った / 在去車站的途中遇到了朋友。

☆ 途中下車 / a stopover. / 中途下車。

❷ ものごとを始めてから終わるまでの間。中 中途；半途。E in the middle of; halfway.

☆ 試合の途中で雨が降りだした / 比賽到一半下起雨來了。

☆ 話の途中に電話がかかった / 話說到一半電話鈴響了。

▷ →中途

どちら ドチラ ❶「どこ」の丁寧語。中 哪邊；哪裡。E ((polite)) where.

☆ お国はどちらですか / 您老家是哪裡?

☆ どちらにお住まいですか / 您住在哪裡?

❷ ２つ以上のものの中から１つを選ぶときに使うことば。中 哪個；哪邊。E which.

☆ リンゴとミカンとどちらがお好きですか/ 蘋果和橘子您喜歡哪個?

☆ どちらかといえば和食が好きだ / 說起來，我還是喜歡日本料理。

❸ (「どちらさま」の形で)「だれ」の丁寧語。中 哪一位；哪位。E ((polite)) who.

☆ 失礼ですが、どちらさまでいらっしゃいますか / 對不起，請問您是哪一位?

▷ →付録 指示語のまとめ

二 参 ❷のくだけた言い方は「どっち」。

とち・る トチル〔他動五〕(とちって) ❶ 俳

優が舞台などでせりふやしぐさをまちがえる。中念錯台詞；做錯動作。E muff (one's lines).

☆ はじめての舞台で上がってしまい、せりふをとちった/由於是頭一次登台，緊張得念錯了台詞。

❷ ものごとをやりそこなう。中弄糟；弄錯。E fail; mistake.

☆ 試験をとちる/考試考糟了。

☆ 運転をとちる/開車出差錯。

▷ 話 名とちり

とっ-【取っ-】(動詞について)意味やことばの調子を強める。中加強語氣或程度。

☆ 泥棒をとっ捕まえる/catch a thief. /抓小偷。

☆ とっ払う/get rid of. /拆除；除掉；撤除。

参「取り」の変化した形。カ行、タ行、ハ行の音で始まることばにつく。また、「払う」などの「は」は「とっ」がつくと「ぱ」になる。

どっかい【読解】ドッカイ〔～する〕文章を読んで、その意味を理解すること。中閱讀和理解。E reading comprehension.

☆ 日本語の長文を読解する力をつける/提高閱讀和理解長篇日語文章的能力。

☆ 読解練習/練習閱讀理解。

どっかり ドッカリ ❶重いものをおろして置くようす。中放下重物貌。E plump down; (put down) heavily.

☆ 疲れたと言いながら、どっかり(と)ソファに腰を下おろす/說累了，便一屁股坐在沙發上。

❷ 大きなものが場所を占めて動かないようす。中固定不動貌。E (sit) unmovingly.

☆ お客が居間にどっかり(と)すわっているので、テレビを見ることができない/由於客人在客廳坐著不走，所以無法看電視。

とっきゅう【特急】トッキュー ❶「特別急行電車」「特別急行列車」を略した言い方。「急行」や「快速」よりさらに速度が速く、止まる駅の少ない電車や列車。中特快；特快車。E a limited express.

☆ 夜行の特急で九州へ行く/乘夜間特快車去九州。

☆ 特急券/特快車票。

☆ 超特急/超級特快列車。

❷ 特に急いでするること。中火速；趕快。E at express speed.

☆ この仕事は特急でやってくれ/火速把這件事處理一下。

▷ 数❶1本、車両は1両

どっきょろうじん【独居老人】ドッキョロージン　1人暮らしの老人。中獨居老人。E an old person living alone.

☆ この市には独居老人を訪問するヘルパー制度がある/這個城市有協助獨居老人的制度。

とっくに トックニ、トックニ　ずっと前に。とうに。話 中早就；老早；很久以前。E quite a while ago.

☆ 年賀はがきはとっくに売りきれたから、いまごろ買いに行ってもむだだよ/賀年明信片老早就賣完了，這時候去買也是白去。

とっくり トックリ ❶陶器でつくった、細長くて首の部分が狭くなっている、酒の容器。とくり。ちょうし。中酒壺。E a *sake* bottle.

☆ 毎晩とっくり1本の酒を飲む/每天晚上喝一壺酒。

❷「❶」の首の形をしたえり。中套頭圓領；高領。E a turtleneck.

☆ とっくりのセーターは首が暖かい/穿高領毛衣脖子很暖和。

▷ 数❶1本

どっこいしょ ドッコイショ　力を入れてなにかをするときの掛け声。話 中嗨喲；哼唷；嘿喲。E Well, here goes! Heave ho!

☆ 太った母は「どっこいしょ」と言って立ち上がる/胖嘟嘟的母親每當站起來時就嘿喲

と

嗨喲的叫。

☆「どっこいしょ」と力を出して重い石を動かす/嘴裡喊著「嗨喲嗨喲」地費力搬動很重的石頭。

とっこうやく【特効薬】トッコーヤク　その傷や病気にだけ特別によく効く薬。中 特效藥。E a special remedy.

☆ ストレプトマイシンやパスなど、特効薬のおかげで結核はとても減った/由於有了鏈黴素和對氨基水楊酸這類的特效藥，結核病患者已經明顯減少了。

☆ がんの特効薬はまだない/目前還沒有治療癌症的特效藥。

とっさ　トッサ、トッサ　あっという間。短い間。考える間もなく、反射的になにかをするようす。中 瞬間；刹那間；猛然。E instinctively; unexpected.

☆ 横の道から自転車が飛びだしてきたので、とっさにハンドルを右に切った/由於從旁邊岔道上突然衝出一輛腳踏車，猛然將方向盤向右邊轉。

☆ とっさのことで返事に困った/由於事出突然，不知怎樣回覆才好。

とつじょ【突如】トツジョ、トツジョ　まったく予想していないことが急に起こるようす。中 突然。E suddenly; all of a sudden.

☆ ハワイへ向かった飛行機から、突如ハイジャックされたという連絡が入った/從飛往夏威夷的飛機上突然傳來被劫機的消息。

参「突然」も似ているが、「突如」のほうが変化が大きく意外に思う気持ちが強い。

どっしり　ドッシリ〔～する〕　重そうで立派な感じがするようす。中 沈重；沈甸甸；穩重。E dignified; massive.

☆ 父は、どんなことが起きてもどっしり(と)かまえて、決してあわてない/無論發生什麼事，父親總是泰然自若絕不慌亂。

☆ どっしりした石の仏像/巍然不動的石頭佛像。

とつぜん【突然】トツゼン　予想していないことが急に起こるようす。中 突然；忽然。E suddenly; unexpected.

☆ 歩いていたら突然雨が降りだしたので、本屋に飛びこんだ/走在路上忽然下起雨來，所以躲進了書店。

☆ 突然の指名にあわてた/突然被叫到名字而手忙腳亂。

→突如

どっち　ドッチ　「どちら」のくだけた言い方。話 中 哪一個；哪一方面。E where; which.

☆ これからどっちへ行くの？/現在要去哪裡?

☆ コーヒーと紅茶とどっちがいい？/咖啡和紅茶，您要哪一個?

☆ きみのかばんはどっち？/你的皮包是哪一個?

→付録 指示語のまとめ

どっちみち　ドッチミチ　どの方法を選んでも結果は決まっているようす。どのみち。中 反正；總之；總而言之。E in any case; anyway.

☆ 経済を学ぶにしろ経営を学ぶにしろ、どっちみち統計の知識が必要だ/學經濟也好，學企管也好，總之，統計學的知識是必要的。

とって【取っ手】トッテ、トッテ　家具や扉や食器などについている、手で持つための突き出た部分。中 把手；拉手。E a handle; a knob.

☆ ドアの取っ手を引く/拉門把手。

とっておき【取っておき】トッテオキ　必要なときのために、たいせつにしまっておいたもの。中 秘藏；珍藏(之物)。E treasured; best.

☆ 最後まで残ってくれたきみのために、とっておきの話をしよう/你為我留到最後，就講點秘密的事情給你聽吧!

☆ とっておきの酒を出して客をもてなす/拿出珍藏的酒招待客人。

どっと　ドット、ドット　❶ おおぜいの人が、いちどに声や音を立てるようす。中 哄堂；哄然。

☆ 先生の冗談に、学生たちはどっと笑った/The students burst out laughing at the teacher's joke. / 老師的玩笑逗得學生們哄堂大笑。

☆ 演奏が終わると、どっと拍手が起こった/演奏剛結束就響起了如雷般的掌聲。

❷ 多くの人やものが、いちどに動くようす。中雲集；蜂擁。

☆ ショーが終わり、観客がどっと出てきた/The show ended and the audience exited all at once. / 表演一結束，大批觀衆湧出。

☆ 疲れがどっと出る / 頓感疲勞。

とっぱ 【突破】トッパ、トッパ〔～する〕

❶ 困難や障害を越えて、先に進むこと。中突破；衝破。E break through; overcome.

☆ 戦車で敵の防衛線を突破する / 用坦克突破敵人防線。

☆ 大学入試の難関を突破する / 衝破大學考試的難關。

☆ 突破口 / a breakthrough. / 突破點；突破性進展。

❷ ある決まった数や量をこえること。中超過。E exceed; rise above.

☆ 世界の人口が50億を突破した / 世界人口突破了五十億。

とっぱつ 【突発】トッパツ〔～する〕 事件などが突然起こること。中突發；突然發生。E break out; occur suddenly.

☆ 戦争が突発する / 戰爭突然爆發。

☆ 突発的に起こる病気 / 突發性疾病。

☆ 突発事故 / 突發事故。

とっぴ トッピ 人が驚くほど変わっているようす。中離奇；古怪。E extraordinary; eccentric.

☆ とっぴな服装や髪型の若者に、老人たちはびっくりしている/年輕人的奇裝異服和古怪髮型把老人們嚇了一大跳。

☆ 彼のデザインはとっぴだから人の注目をひく / 正因為他的設計奇特，所以引人注目。

トップ (top) トップ ❶ 競争する人やものの中の第１番。いちばん初め。中首位；第一。E the top; the lead.

☆ マラソンでトップを走る / 在馬拉松比賽中跑在最前面。

☆ トップクラス / 最高級。

☆ トップレベル / 最高水準。

❷ 新聞、雑誌などの紙面、誌面の最初。中報紙等的頭條。E top space on a newspaper or magazine page.

☆ そのニュースは新聞のトップに載った/那條新聞上了報紙的頭條。

☆ トップニュース / 頭條新聞。

❸ 国家、団体、会社などの、いちばん高い地位の人。最高幹部。中首領；最高層；最高級。E the top executives.

☆ 会社のトップが来年度の方針を発表した/公司的董事發表了下個年度的經營方針。

☆ トップ会談/ a summit conference. /高峰會。

とてつもない 常識では考えられない。中極不合理；出人意料；驚人。E preposterous; exorbitant.

☆ とてつもない大きな計画/龐大驚人的計畫。

☆ とてつもない金額 / 驚人的金額。

似た表現 途方もない

とても トテモ ❶(「とても～ない」の形で)どんな方法ででも～ない。中無論如何也；怎麼也。E not at all.

☆ オペラ歌手のようには、とても歌えない/無論怎麼樣也不可能唱得像歌劇演員那樣好。

☆ 熱が高くて、あすの遠足にはとても行けそうにない / 發高燒，看來明天的郊遊無論如何去不成了。

❷ 非常に。中 非常；特別；很。E very; very much.

☆ 朝から１日じゅう歩きまわって、とても疲れた/一早開始就在外面走了一整天，真是太累了。

☆ とてもおいしいケーキ／很好吃的蛋糕。

とどうふけん【都道府県】トドーフケン、トドーフケン　都と道と府と県。日本には1都1道2府43県がある。中 都道府縣。E the metropolis and districts; prefectures.

☆ 都道府県議会／都道府縣議會。

☆ 都道府県知事／都道府縣知事。

とど・く【届く】トドク〔自動五〕(とどいて)

❶ 差しだしたものが到着する。中 寄達；到。E reach; arrive.

☆ 送った本がとどいたという手紙が父から来た／父親來信說寄去的書已經收到了。

☆ 請求書がとどく／寄來了付款通知單。

❷ 離れたところ、ある点にまでいきつく。中 搆得著。E reach; be close to.

☆ 手が天井にとどく／伸手搆得著天花板。

☆ 年が90にとどくほどの高齢の人／年近九十的老年人。

❸ すみずみまでよくいきわたる。中 周到；周密。E keep; reach.

☆ この保育園は保母が多いので、子供によく目がとどく／這所托兒所的保母很多，孩子們受到非常周到的照顧。

☆ 注意がとどく／注意到。

❹ 望むとおりの結果がえられる。中 達到；得以實現。E be attained; be heard.

☆ 人々の平和を望む気持ちがとどいて、戦争は終わった／人們盼望和平的願望終於結束了戰爭。

☆ 願いがとどく／如願以償。

▷ 他動 届ける

とどこお・る【滞る】トドコール、トドコール〔自動五〕(とどこおって)　❶ ものごとがうまく進まないで、つかえたりたまったりする。中 拖延；耽擱；堵塞。E be delayed; be hindered.

☆ かぜで会社を休む人が多くて、事務がとどこおっている／由於感冒向公司請假的人很多，工作便堆積著。

☆ 車の流れがとどこおる／來往車輛壅塞。

対 はかどる

❷ 支払わなければいけない金がたまる。中 拖欠款項。E be overdue; be in arrears.

☆ 病気で働けず、部屋代が3カ月分もとどこおってしまった／由於生病不能工作，拖欠了三個月的房租。

▷ 名 滞り

ととの・える【整える・調える】トトノエル、トトノエル〔他動一〕　❶ きちんとした形や状態にする。中 整理；使整齊。E make ~ tidy; fix.

☆ 服装をととのえて式に出席する／整理服裝出席典禮。

対 乱す

❷ 必要なものを用意する。そろえる。中 備齊；準備好。E prepare; get ready.

☆ 災害に備えて1週間分食料をととのえておく／為了防備災害，備妥一個星期所需的食品。

❸ 相談などをまとめる。成立させる。中 談妥；達成。E arrange; settle.

☆ 商談をととのえる／貿易談判達成協議。

▷ 自動 整う・調う

注 漢字で書くときは、❶は「整える」、❷❸は「調える」。

とどのつまり　トドノツマリ、トドノツマリ　途中にいろいろあっても、最後には悪い結果や平凡な結果になるようす。中 最後；到底；歸根究底；到頭來。E in the end; after all.

☆ クラス会は北海道がいい、いやハワイにしようとにぎやかだったが、とどのつまりは近くの温泉に落ちついた／同學會上：「北海道不錯，不，還是去夏威夷吧。」討論得十分熱烈，可是到頭來還是決定去附近的溫泉。

☆ とどのつまりは実力がものをいう／歸根究底，還是實力發揮了作用。

参「とど」はボラという魚の呼び名の１つ。ボラは成長するにつれて何度も名前が変わり、最後にトドになることからいう。

とどま・る トドマル、トドマル〔自動五〕(とどまって) ❶１カ所に長い間いる。後に残る。中 留下；停留。E stay; remain.

☆ アリスは大学卒業後も日本にとどまって会社で働いている/愛麗絲大學畢業後留在日本的公司工作。

☆ 内閣を改造したが、外務大臣のＡ氏はそのままとどまった/雖然內閣改組，外務大臣Ａ氏仍然留在原本的職位。

❷ 一定のわくから出ない。中 止於；限於。E be limited to; be confined to.

☆ 物価の値上がりは１パーセント以内にとどまってほしい/物價的上漲率最好低於百分之一。

☆ うわさはとどまるところを知らない/謠言流傳不止。

▷ 書 他動 とどめる

とどめをさす【とどめを刺す】❶人を殺すとき、生き返らないようにのどをもういちど刺す。中 攻擊要害；給予致命一擊。E give a person the final stroke.

☆ 殺人者はとどめをさして立ち去った/兇手給予被害者致命的一擊後揚長而去。

❷ 相手が立ち直れないように完全にやっつける。中 最後一擊；徹底打垮。E give a coup de grâce.

☆ 野球の試合でわがチームは５対１でリードしていたが、９回に３点入れてとどめをさした/棒球比賽中我隊一直以五比一領先，在第九局又得三分，將對手徹底擊敗。

とどろ・く トドロク〔自動五〕(とどろいて)

❶ 低くて大きな音が響きわたる。中 轟鳴；轟響。E roar; resound.

☆ 突然、雷がとどろいた/突然，響起了隆隆的雷聲。

☆ 観客席の中にとどろく歓声/觀衆席上響起潮水般的歡呼聲。

❷ 広く世間に知られる。有名になる。中 名滿天下。E become wellknown.

☆ すぐれた物理学者として、アリスの名は世界にとどろいている/身為出衆的物理學家，愛麗絲的名字享譽全球。

▷ 名 とどろき

とな・える【唱える】トナエル、トナエル〔他動一〕❶決まった文句を、節をつけて読んだり大声で言ったりする。中 念；誦。E chant; cheer.

☆ 念仏を唱える/唸經。

☆ 万歳を唱える/高呼萬歲。

❷ 口に出して言う。人の先に立って主張する。中 提倡；倡導；主張。E advocate; oppose.

☆ 人々は海を埋め立てて工場をつくるのに反対を唱えた/人們表明反對填海蓋工廠。

☆ 異議を唱える/提出異議。

どなた ドナタ 「だれ」の丁寧語。中 哪一位；哪位。E ((polite)) who.

☆ これはどなたの傘ですか/這是哪位的傘?

☆ どなたが山田さんですか/哪位是山田先生?

☆ どなたさまですか/是哪位?

となり【隣】トナリ ❶横に並んでいるもの。また、その位置。中 旁邊。E next; neighboring.

☆ ドイツはフランスのとなりの国だ/德國是法國的鄰國。

☆ となり合わせ/side by side./比鄰；鄰接；緊鄰。

❷ 自分のすぐ右、または左の家。中 鄰居；鄰家。E the house next door.

☆ となりから子供たちの声が聞こえてくる/從鄰居家傳來孩子們的聲音。

☆ となり近所/左鄰右舍。

どな・る【怒鳴る】ドナル〔自他動五〕(どなっ

と

て) ❶大声で叫ぶ。中大聲喊叫；吵嚷。E cry out; roar.

☆ そんなにどならなくても聞こえる/不用那麼大喊大叫也聽得見。

❷ 大声でしかりつける。中大聲斥責。E shout at; yell at.

☆ もっと勉強しろと生徒をどなる/大聲斥責學生：「用功點」。

☆ どなりつける/大聲叱責。

注 ❶は自動詞、❷は他動詞。

とにかく トニカク ❶いろいろな事情はあるにしても。中無論如何；不管怎樣；總之。E anyway; in any case.

☆ 間に合うかどうかわからないが、とにかく行ってみよう/別管來得及還是來不及，總之去看看再說。

☆ とにかく、いくらかかるか聞いてから考えよう/不管怎樣，先打聽清楚需要多少錢，再作打算。

❷ (「～はとにかく」の形で)～は別にして。中暫且不說。

☆ 予習はとにかくとして、復習は必ずやりなさい/Setting aside preparation, you must be sure to review the lesson. /暫且不談預習，但一定要複習。

どの ドノ ❶はっきりわからなかったり、決められなかったりするものをさす。中哪個；哪。E which; what.

☆ この写真のどの山に登ったの？/攀登了這張照片中的哪座山呢?

☆ きょうはどの洋服を着て行こうか/今天穿哪套洋裝去呢?

❷ (「どのくらい」の形で)量や程度がわからないことを表す。中多少。

☆ 駅までどのくらいありますか/How far is it from here to the station? /從這裡到車站有多遠?

☆ シベリアがどのくらい寒いか想像できない/無法想像西伯利亞有多冷。

❸ (「どの～も」の形で)全部がそうであることを表す。どれも。中哪個都；全部。

☆ どの作品もすばらしい/All works are wonderful. /每個作品都很好。

☆ どの先生も生徒に親切だ/每位老師對學生都很親切。

▷ →付録指示語のまとめ

-どの【-殿】(人の名前や職業などを表すことばについて)敬意を表す。中表示尊敬。

☆ 田中一郎殿/Mr.Ichiro Tanaka. /田中一郎先生。

☆ 科学技術庁長官殿/科學技術廳長官。

参 事務的、公式的に使うことが多く、堅苦しくいばった感じを与えるので、最近、役所などでは「様」に変える所が増えている。

とは ❶ものごとの意味や内容の説明をするときの主題を表す。中說明意義、内容時的主題。

☆ 幸福とは人の考え方によって違うものである/The concept of happiness varies from person to person depending on one's way of thinking. /幸福的定義因人的看法而有所不同。

☆ 化学とは物質の性質や変化を研究する学問である/所謂化學就是研究物質的性質和變化的科學。

❷ (文の終わりについて)驚きや怒り、感動などの気持ちを表す。中表示驚訝、感動等的心情。

☆ あんな人が会長に選ばれるとは/What a surprise that a person like him has been elected president! /沒想到那種人會被選為會長。

☆ こんな美しい場所が地球上にあったとは/沒想到地球上竟會有如此美麗的地方!

❸「と」を強めた言い方。中加強語氣。

☆ 一郎とはもうつきあわない/I'm not going to see Ichiro any more. /已經再也不和一郎來往了。

☆ 京子とは30年来の友達だ/和京子是三十多年的朋友。

とはいうものの トワユーモノノ、トワイウモノノ ❶(文と文をつないで)前にいったことをいちおう認めておいて、後で否定するようなことをいうときに使うことば。中 雖然那麼說；雖說是那樣。E but; however.

☆ 漱石も芥川も全部読んだ。とはいうものの、学生時代に読んだので忘れているものも多い/雖說漱石和芥川的書全都看了，但因是在學生時代看的，很多都已忘了。

❷ (名詞、動詞と形容詞の基本形、形容動詞の語幹、基本形について)どんなに～といっても。中 雖說(是)～。E although.

☆ むずかしいとはいうものの、大学生ならできるはずの問題だ/雖說很難，但應該是大學生能解答的問題。

☆ 努力しているとはいうものの、まだたりない/雖說已經很努力了，但還不夠。

参「とはいえ」も似ているが、「とはいうものの」のほうが前にいったことと対立する気持ちが強い。

とはいえ トワイエ ❶(文と文をつないで)前にいったことをいちおう認めておいて、後で否定するようなことをいうときに使うことば。中 話雖如此；儘管那樣。E but; however.

☆ 京子は能力のある人だ。とはいえ、もうすこし広い考え方ができるほうがいい/儘管京子是個有能力的人，如能再把思路再擴展一點就好了。

❷ (名詞、動詞と形容詞の基本形、形容動詞の語幹、基本形について)そうはいっても。中 雖說(是)～。E although.

☆ 外国とはいえ、ここはわたしにとって第二の故郷だ/雖說是外國，但對我來說這裡是第二個故鄉。

▷ 書 →とはいうものの

とばっちり トバッチリ 直接には関係のない事件や災難の影響を受けること。話 中 連累；牽連。E be involved in; be caught in the wake of.

☆ 戦争のとばっちりで、海外出張が中止になった/由於受到戰爭的影響，國外出差取消了。

☆ けんかのとばっちりをくってけがをした/捲進了鬥毆事件而受了傷。

とびいり【飛び入り】トビイリ〔～する〕予定していなかった人が急に参加すること。また、その人。中 突然加入(的人)；臨時報名參加(的人)。E participate in ~ from the outside.

☆ 飛び入りでマラソンに参加した/臨時報名參加馬拉松比賽。

とびきり トビキリ ほかと比べてはるかにいいようす。中 卓越；出衆；優秀。E very; exceptionally.

☆ とびきり上等のすしを注文する/點了最高級的壽司。

☆ 二郎はクラスの中でとびきり歌がうまい/二郎在班上歌唱得最好。

とびこ・む【飛び込む】トビコム〔自動五〕(とびこんで) ❶高い所から身を躍らせて入る。中 跳入；跳進去。E jump into; dive into.

☆ 沈みそうな船を捨てて海中に飛びこんだ/放棄快要沈沒的船跳進海裡。

☆ プールに飛びこむ/跳進游泳池。

❷ 突然、また勢いよく入る。駆けこむ。中 突然進入；突然闖進。E rush into; burst into.

☆ 急に雨が降ってきたので、近くの本屋に飛びこんだ/由於突然下雨，便躲進了附近的書店。

☆ 交番に飛びこんで助けを求める/闖進派出所求助。

❸ 自分から進んで事件などとかかわりを持つ。中 參加；投入。E plunge into; get oneself involved in.

☆ S氏はカメラをかついで戦場に飛びこん

でいく/S先生扛著攝影機投入戰場。

☆ 事件現場に飛びこむ新聞記者/闖進事件現場的新聞記者。

▷ 名 飛び込み

とびつ・く【飛びつく】トビツク〔自動五〕(とびついて) ❶ 勢いよく身を躍らせてかかっていく。中 撲過來；撲上去。E jump at; fly at.

☆ 犬が喜んで飛びついた/小狗歡喜地撲了過來。

☆ 母親の背に飛びつく子/撲到母親背上的孩子。

❷ ほしいと思ったり興味を持ったりしたものを、すぐに手に入れようとする。中 撲過去。E jump at; leap at.

☆ 金もうけの話にはすぐに飛びつく/一聽有錢賺馬上搶著要做。

☆ 流行に飛びつく/趕時髦。

とびとび【飛び飛び】トビトビ　ものが離れて、あちこちにあるようす。また、間が抜けて、続いていないようす。中 零散；不按順序。E at intervals; at random.

☆ 庭石がとびとびに置いてある/庭院裡的石頭零零散散地擺放著。

☆ とびとびに読んだので、くわしいことはわからない/由於是跳著看的，所以詳細內容不清楚。

とびひ【飛び火】トビヒ　❶〔～する〕火事が離れた所へ移ること。中 延燒；火勢蔓延。E a fire leaps to another place.

☆ 火事は道路の向かい側の家に飛び火した/大火延燒到馬路對面的房子。

❷〔～する〕事件などが思いがけないところにまでひろがること。中 牽連；涉及；牽涉。E the trail of ~ leads to….

☆ 地方の汚職事件は政府の内部に飛び火した/地方的貪瀆事件牽連到政府內部。

❸ 子供によくできる、うつりやすい急性の皮膚病。中 膿痂疹；黃水瘡。E impetigo.

☆ 体じゅうに飛び火ができて、とてもかゆい/全身長了膿痂疹癢得要命。

どひょう【土俵】ドヒョー　土をつめた俵でまるくかこった、すもうの勝負をする場所。中 (相撲)比賽場；摔角場。E the (*sumo* wrestling) ring.

☆ 力士が土俵に上がり、いよいよすもうが始まる/力士登上摔角場，相撲比賽就要開始了。

☆ 土俵ぎわ/the edge of the ring; the critical moment./比賽場的邊界；緊要關頭。

数 1面　→相撲 図

とびら【扉】トビラ　外から中、または中から外に向かって開くようになっている戸。中 門；門扇。E a door.

☆ 扉を開けて中に入る/開門進屋。

☆ 扉を閉ざす/鎖門。

数 1枚

と・ぶ【飛ぶ・跳ぶ】トブ〔自動五〕(とんで) ❶ 空中を移動する。中 飛；飛行；飛翔。E fly.

☆ 鳥が群れをなして飛んでいる/鳥兒成群地飛翔。

〔飛ぶ・跳ぶ〕

☆ 飛行機で大阪へ飛ぶ/坐飛機去大阪。

☆ 飛びまわる/飛來飛去；飛翔；東奔西走。

❷ 空中に勢いよく散らばる。中 吹起；颳走。E be blown off; splash.

☆ 台風で屋根のかわらが飛んだ/颱風刮走了屋頂的瓦楞。

☆ ミカンの汁が飛ぶ/橘子的汁飛濺。

☆ 飛びちる/飛散；四處亂飛。

❸ 情報やうわさなどが速くひろまる。中 傳播；傳開。E fly; spread at once.

☆ タクシー料金の値上げのうわさが飛ぶ/計程車車資漲價的謠言傳開了。

❹ 速く走る。中 飛跑；快跑。E dash; hurry.

☆ 遅刻しそうになって、学校へ飛んでいった / 眼看要遲到了，只好飛奔到學校。

❺ 間を越えたり順番を抜かしたりして先へ行く。中 越過；跳過；離題。E be missing; jump.

☆ この本はページが飛んでいる/這本書漏頁了。

☆ 話が飛ぶ / 離題。

❻ 地面をけって跳ねて空中に上がる。また、跳ねてものを越える。中 跳；跳躍；跳過。E jump; leap; clear.

☆ うれしそうにぴょんぴょん跳びながら歩く / 高興得蹦蹦跳跳地往前走。

☆ 棒高跳びで、5 メートルを跳んだ / 撐竿跳比賽中跳過了五米。

注 漢字で書くときは、❶～❺は「飛ぶ」、❻は「跳ぶ」。

飛ぶ鳥を落とす勢い 勢力が盛んなこと。中 權勢登峰造極；來勢洶洶。E at the zenith of one's power.

☆ 大きな会社を３つも買い取って、飛ぶ鳥を落とす勢いのＡ氏にはこわいものはなにもない/勢力強大的A氏接連收買了三家大公司，真是所向披靡。

飛んで火に入る夏の虫 死んだり失敗したりすることが明らかなのに、わざわざ災いに向かって進むこと。中 飛蛾撲火；自投羅網。E It is a case of a moth flying into the flame.

どぶ ドブ よごれた水や雨水の流れる溝。中 髒水溝；下水道。E a ditch; a gutter.

☆ 道の両側をどぶが流れている / 道路的兩側有水溝。

☆ 酔って歩いていてどぶに落ちた / 喝醉酒走路掉進水溝。

☆ どぶ川 / 暗溝。

とほ【徒歩】 トホ 乗り物に乗らず、足で歩くこと。中 徒步；步行；走。E on foot; walking.

☆ 駅から家まで徒歩で20分かかる / 從車站走到家需要二十分鐘。

☆ 徒歩旅行 / 徒步旅行。

とほうにくれる【途方に暮れる】 いい方法が見つからず、どうしたらいいかわからなくなる。中 走投無路；不知如何是好。E be at a loss; be bewildered.

☆ 知らない町で、暗くなるし道はわからないし、とほうにくれてしまった / 在陌生的小鎮，天越來越黑，又不認識路，真不知如何是好。

とほうもない【途方もない】 常識では考えられない。中 毫無道理；駭人聽聞。E extraordinary; absurd; incredible.

☆ 高校生が結婚したいなんてとほうもないことを言う / 高中生就說要結婚，真是離譜。

☆ チョモランマからスキーですべりおりるというとほうもない計画 / 從珠穆朗瑪峰一路滑雪下來，真是個駭人聽聞的計畫。

似た表現 とてつもない

とぼ・ける トボケル〔自動一〕 ❶ 相手がなにかをきいているのに、わざと知らないふりをする。しらばくれる。中 裝糊塗；裝傻；假裝不知道。E pretend not to know; feign ignorance.

☆「そこにいるのはだれ？」ときかれた父は、「だれもいないよ」ととぼけて答えたが、声でわかってしまった / 父親被追問：「那邊那個人是誰呀?」雖然裝糊塗答說：「沒人在呀!」，但聽說話聲就認出來了。

☆ 兄はとぼけるのがうまい / 我哥很會裝傻。

❷ こっけいな表情や動作をする。中 作滑稽的表情或動作。E play the fool.

☆ とぼけたことを言って、みんなを笑わせる / 說滑稽的話逗大家笑。

☆ とぼけた顔 / 裝傻相。

とぼし・い【乏しい】 トボシイ、トボシイ 少なくてたりない。中 缺乏；不足；缺少。E poor; scarce; have little (experience).

☆ 日本は地下資源が乏しい / 日本缺乏地下資源。

☆ まだ経験が乏しくて、うまくできない/由於經驗還不足，做的不夠好。

対豊か、富む

とぼとぼ トボトボ 元気なくさびしそうに歩くようす。中(步伐)蹣跚；沒有力氣；腳步沉重；慢慢吞吞。

☆ 仕事が見つからず、疲れきってとぼとぼ(と)家に帰った/ Not being able to find a job and totally exhausted, I trudged home wearily. / 沒找到工作，精疲力竭慢吞吞地走回家。

トマト (tomato) トマト 野菜の一種。実は赤くてまるく、水分が多い。生で食べることが多い。中蕃茄。E a tomato.

☆ レタスとトマトでサラダをつくる/用生菜和蕃茄做沙拉。

☆ トマトケチャップ / 蕃茄醬。

とまど・う 【戸惑う】トマドウ〔自動五〕(とまどって) どうしたらいいかわからずまごつく。中不知所措；躊躇；猶豫不決。E be at a loss; be puzzled.

☆ コンピューターが入って、仕事のしかたがすっかり変わり、とまどっている/由於引進了電腦，工作方式完全改變了，有點不知所措。

☆ 返事にとまどう / 不知如何答覆才好。

名戸惑い

とま・る 【止まる・留まる】トマル〔自動五〕(とまって) ❶動いていたものが動かなくなる。中停；停住；站住。E stop; be halted.

☆ バスが止まって客が降りてきた / 巴士停住，乘客下了車。

☆ 台風で電車が止まる / 因颱風電車停擺。

対動く

❷ 続いていたものがやむ。終わる。中停止；止住；止息。E stop; cease.

☆ おかしくて笑いが止まらない / 滑稽得笑個不停。

☆ 息が止まる / 呼吸停止。

❸ 通じていたものが通じなくなる。中中斷；不通。E be cut off; fail.

☆ 電気代を払わなかったので電気が止まってしまった / 由於沒交電費被斷電了。

☆ 工事のため水道が止まる / 由於施工而停水。

❹ 鳥や虫などがものにつかまって休む。中棲止；停；落。E perch on.

☆ ハトが木の枝にとまっている / 鴿子停在樹枝上。

❺ 目や耳や心に印象として残る。中留下；停留。E notice; remain.

☆ ２人が親しそうに話しているのが目にとまった/兩人狀似親密地交談的畫面映入眼簾。

☆ 子供のころ心にとまった光景をいまでもときどき思いだす / 即使到現在也常憶起兒時情景。

▷ 名止まり・留まり 他動止める・留める

注 漢字で書くときは、❶❷❸は「止まる」、❹❺は「留まる」。

とま・る 【泊まる】トマル〔自動五〕(とまって) ❶よその家や宿で夜を過ごす。中投宿；住宿。E stay at; stay with.

☆ 京都では駅前のホテルに泊まった / 在京都，住在站前的旅館。

❷ 船がいかりを下ろして休む。中停泊。E lie at anchor.

☆ 港に、白い大きな客船が泊まっている/白色的大客輪停泊在港口。

▷ 名泊まり 他動泊める

と・む 【富む】トム〔自動五〕(とんで) ❶財産などをたくさん持つ。中富；富裕；有錢。E be rich.

☆ 富んでいる人がしあわせとは限らない/有錢人不一定幸福。

対貧しい

❷ (「〜に富む」の形で)〜が多い。〜が豊かだ。中多；豐富。

☆ 日本は海にかこまれていて、海産物に富んでいる / 日本四面環海，海產豐富。

☆ 経験に富んだ人 / a well-experienced person. / 經驗豐富的人。

[対] 乏しい

▷ [名] 富

とむら・う 【弔う】トムラウ〔他動五〕(とむらって) ❶ 人の死を悲しみ、遺族をなぐさめる。[中] 弔喪；弔唁。[E] express one's sympathy with.

☆ ご遺族をとむらう / 到死者家弔唁。

❷ 死者の霊をなぐさめるために法事をする。供養する。[中] 喪事；葬禮。[E] mourn for; hold a funeral.

☆ 家族、友人、同僚が集まって死者をとむらう / 家人、友人、同事聚集在一起弔唁往生者。

☆ 先祖の霊をとむらう / 祭弔祖先亡靈。

▷ [名] 弔い

とも 【友】トモ、トモ ❶「友達」の古い言い方。[中] 友；朋友。[E] a friend.

☆ いい友を持ってしあわせだ / 擁有好朋友真是太幸福了。

☆ 終生の友 / one's lifelong friend. / 終生的朋友。

❷ いつも親しんでいるもの。[中] 友；伴兒。[E] a companion.

☆ 花鳥風月を友として暮らす / 以花鳥風月的天地自然景觀為友渡日。

▷ [書] ❶

とも 【共】トモ、トモ ❶ 同じ。[中] 同樣。[E] the same.

☆ 着物とともの羽織をつくる / 做跟和服一樣的外套(用相同的布)。

☆ ともぎれ / 一樣的布。

❷ (他のことばの頭について)一緒に。たがいに。[中] 一起；相互。

☆ 共食い / devour one another. / 同類相殘；自相殘殺。

☆ 共倒れ / 兩敗俱傷；同歸於盡。

❸ (他のことばの後について)〜はすべて。〜をふくめて。[中] 全部；包括…在内。

☆ 一郎と京子は２人ともテニスがうまい / Ichiro and Kyoko are both good tennis players. / 一郎和京子兩個人都很會打網球。

☆ 送料ともで 5000 円 / 包括運費共五千日圓。

-ども ❶ (他人を表すことばについて) ２人以上であることを表す。[中] 表示複數。

☆ 者ども、よく聞け / Everyone, listen to me! / 大家聽著!

☆ 家来ども集まれ / 家臣們集合!

☆ 野郎ども / 渾小子們；這幫混蛋；這群畜生。

❷ (自分を表すことばについて)謙遜の気持ちを表す。[中] 表示謙遜。

☆ 私どものまちがいでした / I was wrong. / 我錯了；是我的錯。

☆ 手前どもの店にはございません / 我的店裡沒有。

[参] ❶は見下していうときに使う乱暴な言い方。

ともかく トモカク ❶ 結果や細かい事情は別にして。[中] 無論如何；不管怎樣；總之。[E] at all events; at any rate.

☆ あとで使うかどうかわからないが、ともかく捨てないでとっておこう / 不管以後還用不用，總之放著別扔掉。

☆ ともかくすぐ医者にみてもらいなさい / 無論如何馬上去看醫生。

❷ 別な問題であるようす。[中] 暫且不談；姑且不論。[E] anything but; aside from.

☆ ほかのことはともかく、これだけは許すわけにはいかない / 姑且不論別的事，只有這件事不能答應。

☆ きらいならともかく、いちどぐらい食べてみなさい / 暫且不談喜不喜歡，你總要嚐嚐看吧。

ともすると トモスルト いつもではないが、ある状態になりやすいようす。ともすれば。[中] 往往；每每；動不動。[E] be apt to; quite easily.

☆ 雨の日は、ともすると傘を電車の中に忘れそうになる / 下雨天，總是差點把傘忘在電車裡。

☆ 人は、ともすると他人の苦しみや悲しみに気がつかないものである / 人往往會忽略他人的痛苦和悲傷。

ともだち 【友達】トモダチ　一緒に勉強したり遊んだり仕事をしたりして、仲よくしている人。中 朋友；友人。E a friend.

☆ わたしには中国人とドイツ人の友達がいる / 我有中國和德國的朋友。

☆ 京子とはスキー場で知り合って友達になった / 和京子在滑雪場相識成了朋友。

☆ 遊び友達 / 酒肉朋友。

ともな・う 【伴う】トモナウ〔自他動五〕(ともなって)　❶ 同時に起きる。中 伴有；伴隨；帶著。E accompany; involve.

☆ はじめての１人旅には不安がともなう / 初次單獨旅行的人會感到不安。

❷ だれかを一緒に連れていく。中 帶；領；牽。E take ~ with one.

☆ 娘をともなって旅行する / 帶著女兒去旅行。

❸ 同時に起こさせる。つきまとわせる。中 伴有；伴隨。E be accompanied by.

☆ この工事は危険をともなう / 這項施工伴有危險。

☆ 大雨をともなう台風 / 夾帶大雨的颱風。

ニ 注 ❶は自動詞、❷❸は他動詞。

ともに トモニ　❶ 両方とも。中 一起；都；全都。E both.

☆ 夫も妻もともに高校の教師をしている / 夫妻兩人都在高中當老師。

❷ 一緒に。中 一起；共同。E share; together.

☆ 運命をともにする / 休戚興共。

☆ ともに学んだ仲間 / 在一起學習的夥伴。

❸ (「～とともに」の形で)～と同時に。中 隨著；跟著。E as; with.

☆ 年とともに体力が弱ってくる / 隨著年齡的增長體力逐漸衰退。

▷ 書 ❷

ともばたらき 【共働き】トモバタラキ〔～する〕　夫婦の両方が働いて暮らしを立てること。共かせぎ。中 夫婦都工作；雙薪家庭。E (They) both work for a living.

☆ 子供が生まれても２人はずっと共働きを続けた / 生下孩子後，夫妻兩人仍繼續工作。

とも・る トモル、トモル〔自動五〕(ともって)　電灯やランプなどがつく。中 點上；點亮。E be lit; burn.

☆ 夕暮れになって家々に灯がともりはじめた / 到了傍晚家家戶戶點亮了燈。

☆ 街灯がともる / 路燈亮著。

ども・る ドモル〔自動五〕(どもって)　なめらかに発音できないで、つかえたり同じ音を何度も繰り返したりする。中 口吃；結巴。E stammer; stutter.

☆ 弟は緊張するとどもってしまい、うまく話せなくなる / 弟弟一緊張就結巴，不能流利地講話。

名 どもり

とやかく トヤカク　いろいろなことを並べたてて、うるさく言うようす。中 說三道四；說這說那。E all kinds of things; this and that.

☆ 親でも、二十を過ぎた子供にはとやかく言わないほうがいい / 即使是父母也不要對已經二十多歲了的孩子嘮嘮叨叨。

☆ とやかく注文をつける / 這個那個地提出要求。

どやどや ドヤドヤ　おおぜいの人が騒がしく、一緒に出たり入ったりするようす。中 闖入；蜂擁而來；一擁而入。

☆ 首相の記者会見が終わり、記者たちがどやどや(と)出てきた / The prime minister's press conference ended, and the reporters thronged out. / 首相的記者招待會一結束，記者們一下子蜂擁而出。

どようび【土曜日】ドヨービ　1週7日の最後の日。金曜のつぎ、日曜の前の日。土曜。土。中 星期六；禮拜六。E Saturday.

☆ 土曜日も休みの会社が増えてきた/星期六也放假的公司越來越多。

どよめ・く　ドヨメク〔自動五〕(どよめいて)

たくさんの音や声が1つになって鳴り響く。中 響徹；鼎沸。E be stirred; resound.

☆ 1位でもどってきたマラソンのランナーに観衆がどよめいた/看到第一位跑回來的馬拉松運動員，觀衆沸騰了。

☆ 満場が笑いでどよめく/全場笑聲響徹雲霄。

名 どよめき

とら　トラ　❶全身が黄色で、黒いしまがある、体長2メートルほどの動物。鋭いきばとつめを持ち、性質は荒く、ほかの動物を捕らえて食べる。中 老虎；虎。E a tiger.

☆ トラはインドや中国に多い/老虎有很多分布在印度和中國。

❷ 酔っぱらい。中 酔漢；醉鬼。E a drunk.

☆ 飲みすぎてトラになる/喝成了醉鬼。

▷ 数 ❶1頭・1匹　話❷

とら[虎]の威を借るきつね[狐]　偉い人の力を借りていばっている人。中 狐假虎威。E an ass in a lion's skin.

とら[虎]の子　非常にたいせつにしているもの。話 中 珍藏的東西。E precious savings; one's treasure.

☆ 祖母はとらの子の100万円を悪い男にだまし取られた/祖母被壞男人騙走了珍藏的一百萬日圓。

ドライ (dry) ドライ　❶⇨ドライクリーニング

☆ 背広の洗濯はドライでやってもらう/把西裝拿去乾洗。

❷ 乾いているようす。中 乾；乾巴巴。E dry; dried.

☆ ドライアイス/乾冰。

☆ ドライフラワー/乾燥花；經乾燥處理的鮮花。

❸ 洋酒で、甘くないようす。中 (酒等)不甜；無果味。E dry (alcohol).

☆ ドライシェリー/純白葡萄酒(西班牙雪利酒)。

☆ ドライジン/純杜松子酒。

❹ 義理や人情にこだわらず、割りきるようす。中 理智；冷冰冰；不夾雜感情。E businesslike.

☆ 最近の若者は職場の人間関係をドライに考えているようだ/現在的年輕人好像不把工作單位中的人際關係當一回事。

☆ ドライな性格/ be hardboiled. /理性的性格。

対 ウエット

▷ 話❹

ドライクリーニング (dry cleaning) ドライクリーニング〔～する〕　水の代わりにベンジンなどの薬を使ってよごれを落とす洗濯。ドライ。中 乾洗。E dry cleaning.

☆ コートをドライクリーニングに出す/把外套送去乾洗。

ドライバー (driver) ドライバー、ドライバー

❶ 自動車を運転する人。中 汽車司機。E a driver.

☆ 初心者のドライバーは自動車にマークをつけることになっている/剛學會開車的駕駛都會在車上貼一個標誌。

☆ ペーパードライバー/ a licensed driver who does not drive. /持有駕照卻未實際駕駛汽車者)。

❷ ねじの頭に差しこんでまわし、ねじを入れたりはずしたりする道具。ねじまわし。中 螺絲起子。E a screwdriver.

☆ ドライバーで機械のねじをしめる/用螺絲起子上緊機器的螺栓。

❸ ゴルフで、ボールを遠くへ飛ばすためのクラブ。中 (高爾夫球)一號木桿。E (golf) a driver.

☆ ドライバーで300ヤードも飛ばした/用一號桿打了三百碼的距離。

▷ 数 ❷❸1本

ドライブ (drive) ドライブ〔～する〕 自動車を運転すること。自動車で郊外や観光地などに遊びに行くこと。中 開車遠遊；兜風。E a drive.

☆ 天気がいいので箱根までドライブした/由於天氣好，開車到箱根去兜風。

☆ ドライブイン/ a roadside restaurant. /休息站。

ドライヤー (dryer) ドライヤー、ドライヤー

❶ 洗濯物などを乾燥させる機械。乾燥機。中 乾燥機。E a dryer.

☆ シーツをドライヤーで乾かす/用烘乾機把被單烘乾。

❷〔←ヘアドライヤー(hair dryer)〕熱い空気を出して髪の毛を乾かす電気器具。中 吹風機。E a hair dryer.

☆ 毎朝ドライヤーで髪型をととのえる/每天早上用吹風機整理髮型。

▷ 数 1台

とら・える【捕らえる】トラエル、トラエル〔他動一〕 ❶「捕まえる」のすこし改まった言い方かた。中 捉住；逮住。E catch; capture.

☆ 網でチョウを捕らえる/用網子捉蝴蝶。

☆ 電車の中で他人の財布を取ろうとしていたすりを捕らえた/在電車裡逮到偷別人錢包的扒手。

❷ しっかりつかむ。中 捕捉；抓住；利用。E seize; get.

☆ 腕をとらえて離さない/抓住手臂不放。

☆ 機会をとらえて留学する/抓住機會去留學。

❷ 抽象的なことがらを理解する。中 掌握；領會。E grasp; catch.

☆ 問題を正しくとらえる目が必要だ/可以正確掌握問題的觀察力是需要的。

▷ 書 ❶

三 注 ❷❸はひらがなで書く。

トラック (track) トラック 陸上競技で、競走する所。また、そこで行われる競技。中 跑道；徑賽。E a track.

☆ トラックを全力で走る/在跑道上全力奔跑。

対 フィールド

トラック (truck) トラック 荷物を運ぶ自動車。貨物自動車。中 卡車。E a truck.

☆ トラックで引っ越しの荷物を運ぶ/用卡車運送搬家的行李。

☆ トラックの運転手/卡車司機。

☆ 大型トラック/大型貨車。

数 1台

トラブル (trouble) トラブル、トラブル ❶ 争いなど面倒な問題。中 糾紛；紛爭；麻煩。E trouble; a complicated problem.

☆ 家賃の値上げのことで家主との間にトラブルがあった/因為房租漲價的事和房東發生了糾紛。

❷ 機械などの故障や事故。中 機器等的故障；事故。E (engine) trouble.

☆ 自動車のエンジンにトラブルが起きたので、ドライブを中止した/由於汽車的引擎出了毛病，開車兜風只好作罷。

ドラマ (drama) ドラマ 劇。中 劇；戲劇。E a drama.

☆ テレビのドラマを見る/看電視劇。

☆ ホームドラマ/以日常家庭生活為題材的電影，電視劇。

数 1本

どらむすこ【どら息子】ドラムスコ 遊ぶことが好きで、金をよく使う怠け者の息子。話 中 浪子；敗家子。E a prodigal son.

☆ 金づかいの荒いどら息子に困っている/拿任意揮霍的敗家子沒辦法。

トランジスター (transistor) トランジスター ゲルマニウムやシリコンなどでできた半導体でつくった小さな部品。ラジオ、テレビなどに使う。中 電晶體。E a transistor.

☆ トランジスターを組み立てる工場/裝配電晶體的工廠。

と

☆ トランジスターラジオ/電晶體收音機。

トランプ (trump) トランプ　ハート、ダイヤ、スペード、クラブの４組13枚ずつにジョーカーを入れた、全部で53枚のカードでできた遊び道具。また、そのゲーム。[中]撲克(牌)。[E] cards.

☆ お正月にトランプをして遊んだ/過年打撲克牌消遣。

☆ トランプ占い/用撲克牌算命。

[数] １枚・１組

とり【鳥】トリ　❶つばさを持ち、体が羽毛でおおわれた、２本足の動物。卵を産む。[中]鳥；禽。[E] a bird.

☆ 外で鳴く鳥の声で目が覚める/被外面的鳥叫聲給吵醒。

❷ 鶏。また、その食用肉。[中]雞；雞肉。[E] (a) chicken.

☆ ゆうべはとりのからあげを食べた/昨晚吃炸雞。

[数] １羽・１匹

とり-【取り-】（動詞について）ことばの調子をととのえたり強めたりする。

☆ 取りかこむ/ surround; gather around. /圍；包圍。

☆ 取り決める/規定；決定；商定；締結。

とりあえず　トリアエズ　ほかのことは別にして、まず初めに。[中]暫時；姑且；首先。[E] first of all.

☆ 料理はまだ来ないが、とりあえずビールで乾杯しよう/菜還沒上來，先乾一杯啤酒吧。

とりあ・げる【取り上げる】トリアゲル、トリアゲル〔他動一〕　❶ものを手に取って持ち上げる。[中]拿起；舉起。[E] pick up; take up.

☆ ベルが鳴ったので受話器を取りあげた/電話鈴響了，所以拿起了聽筒。

❷ 意見や提案を受けつける。[中]採納；接受。[E] take up; accept.

☆ 会議の議題に取りあげる/被採納為會議的議題。

☆ わたしの意見が取りあげられた/我的意見被採納了。

[対]取り下げる

❸ ほかの人の持っているものをうばい取る。[中]奪取；沒收；吊銷。[E] take away; confiscate.

☆ 授業中、生徒が漫画の本を読んでいたので、取りあげた/上課時學生看漫畫，我便把它沒收了。

とりあつか・う【取り扱う】トリアツカウ、トリアツカウ〔他動五〕(とりあつかって)

❶ ものを動かしたり使ったりする。[中]使用；操縱；操作。[E] handle.

☆ 図書館の本はたいせつに取り扱うこと/要愛護圖書館的書籍。

☆ 危険物を取り扱う係/使用危險物品的工作人員。

❷ 人をもてなす。[中]待；對待；接待。[E] treat.

☆ 病人を丁寧に取り扱う/細心周到地對待病人。

❸ 調べたり裁いたりする。[中]處理。[E] deal with.

☆ いま、裁判所では公害訴訟を取り扱っている/現在，法院正在受理公害訴訟。

❹ ある仕事を受けて行う。[中]辦理；處理。[E] accept.

☆ この郵便局では外国への小包も取り扱っている/這個郵局也辦理寄往國外的包裹。

▷ [名]取り扱い

とりい【鳥居】トリイ　神社の入り口に立てる門。[中]神社入口的牌坊。[E] a *torii*; a shrine gate.

☆ 鳥居をくぐって神社におまいりに行く/穿過鳥居(神社入口的牌坊)，到神社參拜。

☆ 赤い鳥居/神社入口的紅色牌坊。

→神社[図]

とりい・れる【取り入れる】トリイレル、トリイレル〔他動一〕　❶取って中へ入れる。取りこむ。[中]拿進；引進；導入。[E] take in.

☆ 雨が降りだしたので、あわてて洗濯物を

と

取り入れた/突然下起雨，便急忙把洗好的衣服收了進來。

❷ 他のいい点を受け入れて利用する。中 採納；吸取。E introduce; adopt.

☆ A国の法律制度の一部を取り入れる/採用了A國的一部分法律制度。

☆ みんなの意見を取り入れて旅行先を決める/聽取大家的意見來決定旅遊地點。

❸ 稲や麦などの農作物を収穫する。中 收割；收穫。E harvest.

☆ 稲が実ったので、あすは取り入れよう/水稻已經成熟了，明天來收割吧。

▷ 名 取り入れ

と

とりえ【取り柄】トリエ　すぐれた点。長所。中 長處；優點；可取之處。E a merit; a good point.

☆ まじめに働くのが三郎のとりえだ/認真工作是三郎的優點。

☆ どんな人にもなにかとりえはあるものだ/任何人都有他的優點。

とりかえしがつかない【取り返しがつかない】　失敗して、もうもとにもどすことはできない。中 無法挽回；不可彌補。E irrevocable; irreparable.

☆ もし万一、核戦争が起こったら、取り返しがつかない/如果萬一爆發核戰，就無可挽回了。

☆ 高価な花瓶を割ってしまって、取り返しがつかないことをした/把貴重的花瓶打破了，做了一件無法挽回的事情。

とりかえ・す【取り返す】トリカエス、トリカエス〔他動五〕(とりかえして)　❶ 取られたものをふたたび自分の手もとに持ってくる。取りもどす。中 要回來；取回來。E get back; take back.

☆ お金に困って手放した絵をやっと取り返すことができた/終於把因缺錢用而脫手的畫弄回來了。

❷ ふたたびもとのようにする。取りもどす。中 挽回；恢復；補回。E recover; make up for.

☆ いちど失った信用は、なかなか取り返せない/一旦失去信用就很難挽回。

▷ 名 取り返し

とりか・える【取り替える】トリカエル〔他動一〕　❶ いままでのものを、新しいものや別のものにかえる。中 換；更換。E change; replace.

☆ テレビが故障したので、部品を新しく取りかえた/由於電視機壞了所以更換了新的零件。

❷ たがいに自分の持っているものを相手のものとかえる。交換する。中 換；交換。E exchange.

☆ 姉と妹は服を取りかえて着ている/姊姊和妹妹互換衣服穿。

▷ 名 取り替え

とりかか・る【取りかかる】トリカカル、トリカカル〔自動五〕(とりかかって)　新しく始める。しはじめる。中 著手；開始。E begin; set to.

☆ 昼休みが終わったら、午後の仕事に取りかかる/午休結束，開始下午的工作。

とりきめ【取り決め】トリキメ　話し合って決めること。また、その内容。中 規定；商定；協定。E an agreement; a decision.

☆ 両国は貿易に関する取り決めを結んだ/兩國締結了有關貿易的協定。

他動 取り決める

とりく・む【取り組む】トリクム、トリクム〔自動五〕(とりくんで)　熱心に、ある問題や仕事に当たる。中 埋頭；努力；專心致力。E tackle; grapple with.

☆ 洋子はエイズの予防薬の研究に取り組んでいる/洋子埋首於預防愛滋病藥物的研究。

☆ 難問に取り組む/專心解決疑難問題。

名 取り組み・取組

とりけ・す【取り消す】トリケス、トリケス

〔他動五〕(とりけして) 前に言ったり書いたりしたことを後になってからなかったことにする。中 取消；作廢；廢除。E cancel; take back.

☆ 結婚の約束を取り消す / 解除婚約。

☆ 前回の発言を取り消します / 收回上次的發言。

名 取り消し

とりこしぐろう【取り越し苦労】トリコシグロー〔～する〕 どうなるかわからない先のことをあれこれと考えて、心配すること。中 杞人憂天；過慮；自尋煩惱。E worry needlessly about the future.

☆ 姉は、子供がまだ小学生なのに、いい大学に入れるだろうかと取り越し苦労をしている / 姊姊整天為還是小學生的孩子是否能考上好大學而操心。

とりしき・る【取り仕切る】トリシキル、トリシキル〔他動五〕(とりしきって) 全部の仕事を引き受けて行う。仕切る。中 掌管；主持。E have charge of; manage (all by oneself).

☆ この会の運営は洋子が取り仕切っている / 洋子掌管著這個組織的營運。

☆ 店の移転を取り仕切る / 負責店鋪的搬遷。

とりしまりやく【取締役】トリシマリヤク、トリシマリヤク 会社の方針を決め、運営を担当する重要な役職。最高の決議機関である取締役会を構成する。中 董事。E a director.

☆ 会社の取締役に選ばれる / 被選任為公司的董事。

☆ 取締役社長 / 總經理。

とりしま・る【取り締まる】トリシマル、トリシマル〔他動五〕(とりしまって) 悪いことが起きないよう見張ったり監督したりする。中 取締；管理；管制。E crack down on; control.

☆ 選挙違反を厳しく取り締まる / 嚴格取締違反選舉法的行為。

名 取り締まり

とりしら・べる【取り調べる】トリシラベル、トリシラベル〔他動一〕 調べて実情を明らかにする。特に、犯罪の容疑者をいろいろと調べる。中 調查；審訊。E investigate; examine.

☆ 事故の原因を取り調べる / 調查事故的原因。

☆ 事件の関係者を呼んで取り調べる / 把和事件有關的人叫來進行調查。

名 取り調べ

とりた・てる【取り立てる】トリタテル、トリタテル〔他動一〕 ❶ 催促して強制的に金を取る。中 催繳；催收；徵收。E collect; levy; exact.

☆ 税金を取り立てる / 催繳稅金。

☆ 家賃を取り立てる / 催繳房租。

❷ 特別のものとして数えあげる。中 特別提起；強調；突出。E be worth mentioning.

☆ 軽い気持ちでしたことだから、取り立てて言うほどのこともない / 只是隨意做的一點小事，沒什麼值得特別提的。

▷ 名 取り立て

トリック(trick) トリック 人をだますしかけや方法。中 詭計；奸計；騙術。E a trick.

☆ この手品のトリックはだれにもわからない / 這個魔術的手法誰也沒看破。

☆ あの写真にはなにかトリックがある / 這張照片上有可疑的地方。

とりつ・ぐ【取り次ぐ】トリツグ、トリツグ〔他動五〕(とりついで) ❶ 両方の間に立って、ものごとを一方から他方に伝えたり受け渡しをしたりする。中 傳達；轉達；代辦。E convey; act as an agent.

☆ あなたの希望を先方に取りついであげよう / 就把你的願望轉達給對方。

☆ 品物の注文を取りつぐ / 代辦商品的訂購。

❷ 間にいて、客が来たことや電話がかかったことを伝える。中 傳達；轉告；通報。E an-

と

nounce (a guest); get a person on the phone.

☆ 秘書が社長に来客を取りついだ/秘書通報總經理有客人來訪。

☆ 電話を取りつぐ/轉接電話。

▷ 名 取り次ぎ

とりつくろ・う 【取り繕う】トリツクロウ、トリツクロウ〔他動五〕(とりつくろって) うまくごまかして、その場を切り抜ける。中 掩飾；粉飾；遮掩。E smooth over; keep up.

☆ 失言したことに気づいて、あわてて取りつくろった/意識到失言了，急忙打圓場。

☆ 体面を取りつくろう/顧面子。

とりとめのない 話や文章などにまとまりがない。とりとめもない。中 不得要領；漫無邊際；捕風捉影。E rambling; incoherent.

☆ とりとめのないことばかり言っていても、時間のむだだ/盡說一些不著邊際的話，真是浪費時間。

☆ とりとめのないお話で失礼しました/抱歉，說了很多沒頭沒腦的話。

とりなお・す 【取り直す】トリナオス、トリナオス〔他動五〕(とりなおして) ❶(「気を取り直す」の形で)もとの元気を取りもどす。中 重振精神。E take heart; pull oneself together.

☆ 試験に失敗してがっかりしていたが、友達に励まされて気を取り直した/考試沒考好很沮喪，在朋友們的激勵下又重新振作了起來。

❷ すもうで、勝敗がはっきりしないので、もういちどやり直す。中 (相撲)重新比賽。E (*sumo*) wrestle the bout again.

☆ 横綱と大関はどちらが勝ったかわからなくて、取り直すことになった/由於無法判斷是橫綱還是大關贏，只好重新進行比賽。

▷ 名 取り直し

とりのぞ・く 【取り除く】トリノゾク、トリノゾク〔他動五〕(とりのぞいて) いらないものを取り去る。中 除掉；去掉。E remove; get rid of.

☆ 排気ガス中の有毒な物質を取り除く装置を開発する/開發一種能去除排放廢氣中有毒物質的裝置。

☆ 不安を取り除く/消除不安。

とりひき 【取り引き・取引】トリヒキ、トリヒキ〔～する〕 ❶ 品物を売ったり買ったりすること。中 交易；貿易；買賣。E business; dealings.

☆ A 社は契約を守らないから、取り引きをやめることにした/由於A公司不遵守合約，決定中止和其交易。

❷ たがいの利益になるような条件を出し合って、ものごとを解決すること。中 交易；討價還價。E a deal.

☆ 与党は野党との取り引きで法案を可決した/由於執政黨和在野黨的交換條件，使法案得以通過。

☆ 裏取引/幕後交易。

注 1語だけで使うばあいは「取り引き」、「信用取引」「取引所」のようなばあいは「取引」。

とりま・く 【取り巻く】トリマク、トリマク〔他動五〕(とりまいて) ❶ まわりをかこむ。取りかこむ。中 包圍；圍住。E surround.

☆ デモ隊が建物を取り巻いている/示威遊行的隊伍包圍了大樓。

❷ きげんを取ろうとして、権力や金のある人などのそばにいつもいる。中 逢迎；阿諛奉承。E cluster around; fawn upon.

☆ スターはファンたちに取り巻かれて上きげんだ/明星被影迷們包圍，心情格外愉快。

▷ 名 取り巻き

とりみだ・す 【取り乱す】トリミダス、トリミダス〔自他動五〕(とりみだして) ❶ ものを散らかす。中 弄得亂七八糟。E mess up; scatter about.

☆ 片づけるひまがなくて、部屋の中を取り乱したまま旅行に出た/由於沒時間整理，只好摺下亂七八糟的房間去旅行。

❷ 突然の不幸なできごとに、心の落ちつきを失って、見苦しいふるまいをする。中 慌張；失去理智；心慌意亂。E lose one's composure; be upset.

☆ 子供の事故死を知らされて、母親はすっかり取り乱してしまった/得知孩子死於事故，母親完全失去了理智。

☆ 取り乱した姿を人に見せたくない/不想給人看到驚慌失措的樣子。

二 注 ❶は他動詞、❷は自動詞。

とりも・つ【取り持つ】トリモツ、トリモツ〔他動五〕(とりもって) ❶ 両方の間に立って、うまくいくよう世話する。中 調停，斡旋，撮合。E mediate; act as a go-between.

☆ 田中さんがわたしたち２人の仲を取りもってくれた/田中先生為我們兩人調停。

☆ スキーが取りもつ縁/因滑雪而結成的姻緣。

❷ 人の気をそらさないようにもてなす。中 接待；應酬。E entertain; treat.

☆ 歌やクイズでパーティーの座を取りもつ/在晚會中安排了唱歌和猜謎節目以娛賓客。

☆ 兄は客を取りもつのが上手だ/哥哥深諳待客之道。

▷ 名 取り持ち

とりもなおさず【とりも直さず】トリモ・ナオサズ、トリモナオサズ 前にいったことが、そのまま後にいうことの原因や証拠になるようす。言いかえると。中 即是；就；也就是。E which means; in other words.

☆ 議員のレベルが低いということは、とりもなおさず選挙民の意識が低いということだ/議員的水準低，也就意味著選民的水準低。

どりょく【努力】ドリョク〔～する〕 目標を実現するために一生懸命すること。中 努力。E (an) effort; (an) endeavor.

☆ 長い間の努力が実って文学全集が完成した/多年的努力終得成果，完成了文學全集。

☆ ごみを少なくするよう努力する/儘量努力減少垃圾。

とりよ・せる【取り寄せる】トリヨセル、トリヨセル〔他動一〕 品物などを注文して、とどけさせる。中 使送來；使靠近來；郵購。E order; send for; get.

☆ 出版社から本を取り寄せる/從出版社郵購書籍。

☆ すしを取り寄せる/訂外送壽司。

名 取り寄せ

ドリル (drill) ドリル ❶ 回転させて穴を開ける道具。中 鑽；鋼鑽；鑽孔機。E a drill.

☆ ドリルで板に穴を開ける/用鑽子在木板上鑽洞。

☆ 電気ドリル/電鑽。

❷ 繰り返してする練習。中 反覆式練習；訓練。E drills; exercises.

☆ 新しい文型のドリルをする/反覆練習新句型。

☆ 漢字ドリル/反覆練習漢字。

▷ 数 ❶ 1本

とりわけ トリワケ 同じ種類、同じような程度のものの中でも特に。中 特別；尤其；格外。E especially; particularly.

☆ ポピュラー音楽の中でも、ビートルズがとりわけ好きだ/在流行音樂中，尤其喜歡披頭四的音樂。

☆ 近所においしいケーキ屋は何軒かあるが、角の店のがとりわけおいしい/附近有許多很好吃蛋糕店，轉角那家的特別好吃。

と・る【取る・執る・採る・捕る】トル〔他動五〕(とって) ❶ 手でにぎったりして持つ。中 拿；取；握。E take.

☆ 郵便箱から新聞を取る/從信箱拿報紙。

☆ 手に取ってごらんください/請拿在手上看看。

❷ その仕事を行う。中 擔任；承擔；處理。

[E] perform.

☆ オーケストラの指揮をとる / 擔任管弦樂團的指揮。

☆ 事務をとる / 辦公；處理公務。

☆ ペンをとる(= 書く)/ 執筆(＝寫作)。

❸ もとあったところからはずす。[中] 摘下；摘掉；脫掉。[E] take off; weed.

☆ 帽子を取ってあいさつする / 脫帽寒暄。

☆ めがねを取る / 摘下眼鏡。

☆ 雑草を取る / 除雜草。

❹ ほしいものを集めたり、選んだりする。[中] 採；採摘。[E] gather.

☆ 森へキノコをとりに行く / 去森林中採蘑菇。

❺ えものを捕まえる。[中] 捕；捉；抓。[E] catch.

☆ 魚を捕る / 撈魚；捕魚。

☆ ネズミを捕る猫 / 捉老鼠的貓。

☆ 生け捕る / 生擒；活捉。

❻ 受け入れる。採用する。[中] 採用；錄用；招收。[E] employ; take on.

☆ 1学科に50名の学生をとる / 一個學科招五十名學生。

☆ 新しく大学を出た人を社員にとる / 招收剛畢業的大學生為職員。

❼ 金や品物をうばう。盗む。[中] 偷盜；搶奪。[E] rob; steal.

☆ 泥棒に金を取られた / 被小偷偷了錢。

❽ 記憶するために必要なことを書いて残す。[中] 記錄；記下。[E] take (notes); write (a memo).

☆ A 教授の講義はむずかしくて、ノートを取るのがたいへんだ / A 教授的課很艱澀，做筆記相當不容易。

☆ メモを取る / 做筆記。

❾ 決められた金額を集める。[中] 收；徵收。[E] charge.

☆ この音楽会は入場料を取らない / 這個音樂會不收門票。

☆ 税金を取る / 收稅。

❿ 自分がそれを引き受ける。[中] 承擔；負(責任)。[E] take (the trouble, responsibility).

☆ 紹介の労を取る / 為介紹而辛勞。

☆ 責任を取る / 承擔責任。

⓫ 手に入れる。自分のものにする。[中] 取得；獲得。[E] get; obtain.

☆ 運転免許をやっと取った / 終於拿到了駕駛執照。

☆ 学位を取る / 取得學位。

☆ 買い取る / 買過來；買下來。(→[項目])

⓬ 注文して持ってこさせる。[中] 訂下；叫～。[E] take; order.

☆ 新聞を取る / 訂報紙。

☆ 出前のすしを取る / 叫外送壽司(從餐廳送到顧客家裡)。

⓭ 解釈する。[中] 解釋；理解。[E] take; interpret.

☆ 親切で言われたことを悪く取ってはいけない / 不能惡意曲解別人善意的言話。

⓮ 数を知る。[中] 診(脈)；把(脈)；量(尺寸)。[E] take (the measure, a person's pulse).

☆ 服の寸法を取る / 量衣服的尺寸。

☆ 脈を取る / 把脈診斷。

☆ 出席を取る /(學校上課時)點名。

⓯ 時間、空間、手間などを必要とする。[中] 耗費；空出時間；抽空。[E] spare (time); take up.

☆ ちょっと時間を取ってほしい / 我想佔用您一點時間。

☆ 荷物で場所を取り、寝る所もない / 行李佔空間，連睡覺的地方都沒有。

☆ 手間を取る仕事 / 費時的工作。

⓰ 場所を確保する。[中] 確保地方。[E] secure; save.

☆ 花見の場所を取る / 佔到賞花的位置。

☆ 席を取る / 取得座位。

▷ [自動] 取れる・執れる・採れる・捕れる

[注] 漢字で書くときは、❶❸❼～⓰は「取る」、❷は「執る」、❹❻は「採る」、❺は「捕る」。

捕らぬたぬき[狸]の皮算用　まだ確かでないこ

とを期待して計画を立てること。[中]打如意算盤。[E] Don't count your chickens before they are hatched.

取るに足りない　取りあげるだけの値打ちがない。[中]不足取；不足道。[E] trivial; of no account.

☆ 命が助かったのだから、自転車がこわれたことなど取るにたりないよ / 保住命就不錯了，腳踏車壞了算不了什麼。

取るものも取りあえず　じゅうぶんな準備もできず大急ぎで。[中]什麼也顧不得急忙；趕緊；火速。[E] without a moment's delay.

☆ 祖母の危篤の知らせを聞いて、取るものも取りあえず駆けつけた / 得知祖母病危的消息，急忙趕去。

〜にとって　〜の立場からは。[中]對於。[E] to, with; for.

☆ わたしにとっていちばんたいせつな人をなくした / 失去了對我來說最重要的人。

☆ 子供たちにとっていい先生 / 對孩子們來說是好老師。

と・る【撮る】ト̄ル〔他動五〕(とって)　❶ 写真を写す。[中]照(相)；攝(影)。[E] take (a photograph).

☆ 全員で記念写真をとる/全體人員拍記念照。

❷ 映画をつくる。[中]拍(電影)。[E] film (a movie).

☆ 駅前の広場で映画をとっている / 站前廣場正在拍電影。

ドル (dollar) ド̄ル　アメリカ合衆国の金の単位。１ドルは100セント。記号は「$」。[中]美元。[E] a dollar.

☆ ドルを売って円を買う / 賣美元買日圓。

☆ ドル相場 / the dollar exchange rate. / 美元匯率；美元市價；美元匯價。

[参] カナダ、オーストラリア、シンガポール、香港などでも「ドル」を貨幣の単位としている。

ドルばこ【ドル箱】ド̄ルバコ　金をもうけさせてくれるものや人。また、金を出してくれる人。[中]搖錢樹；提供資金的人。[E] a gold mine; a financial supporter.

☆ あの小説家の本はよく売れるので、出版社にとってはドル箱だ/那位小說家的書很暢銷，對出社來說是棵搖錢樹。

☆ A氏はこの学会のために毎回多額の寄付をしてくれるドル箱だ /A氏是這個學會的財神爺，每次都捐助巨款。

☆ ドル箱歌手 / 熱門暢銷歌手。

どれ

ド̄レ　❶ はっきりわからなかったり、決められなかったりするものをさすことば。[中]哪；哪個。[E] which.

☆ これらの本の中で、どれがいちばんおもしろいだろうか / 這些書中哪本最有趣呢?

☆ 先生のかばんはどれですか / 哪個是老師的皮包?

❷ 思いたってなにかをしようとするとき、また、他人をうながすときに言うことば。[中](表示想要做什麼時，及要求對方給…看或說給…聽時說的話)哎；啊；喂；嘿。

☆ どれ、行こうか / OK, let's go. / 哎，走吧。

☆ どれ、パパに見せてごらん / Well, show Dad. / 喂，給爸爸看看。

▷ [話]❷　→おい[囲み]　→[付録]指示語のまとめ

どれい【奴隷】ドレ̄イ　❶ むかし、主人の私有物とされ、人としての権利もなく、牛や馬のように働かされた人。[中]奴隸。[E] a slave.

☆ ジョンの祖先はアフリカから奴隷としてアメリカに渡ってきた/約翰的祖先是從非洲來到美國的奴隸。

☆ 奴隷解放 / the emancipation of slaves. / 解放奴隸。

❷ あるものに心をうばわれて、それにしばりつけられている人。[中]奴隸。[E] a slave.

☆ 金銭の奴隷となる / 成為金錢的奴隸。

トレーナー (trainer) トレ̄ーナー、トレ̄ーナ̄ー

❶ スポーツで、選手の体調を管理し、練習

を指導する人。中 教練。E a trainer.

☆ トレーナーが科学的な方法で選手のコンディションをととのえる / 教練用科學的方法調整運動員的狀態。

❷ 運動用の長そでのシャツ。中 長袖運動衫。E a sweat shirt.

☆ トレーナーを着てジョギングをする/穿著長袖運動衫慢跑。

▷ 数 ❷ 1枚

トレーニング (training) トレーニング〔～する〕 訓練。練習。中 訓練；練習；鍛鍊。E training.

☆ 厳しいトレーニングの結果、100メートルを10秒台で走れるようになった/嚴格訓練的結果，一百公尺只需十秒多即可跑完。

☆ 頭のトレーニング / 智力訓練。

☆ トレーニングウエア / 訓練時穿的服裝。

どれも ドレモ いくつかあるもののすべて。全部。中 哪個都；全部；全都。E all; every.

☆ いろいろあるけれど、どれもいやだ / 各式各樣都有，但全都不喜歡。

☆ どれもきれいな花で、ほしくなる / 這些花都非常漂亮，很想買。

☆ どれもいい / 每個都不錯。

と・れる【取れる・採れる・捕れる】トレル〔自動一〕 ❶ ついていたものが離れて落ちる。中 脫落；掉下。E come off; fall off.

☆ シャツのボタンが取れた / 西裝襯衫的扣子掉了。

☆ 表紙が取れた本 / 封面脫落的書。

❷ よくない状態がなくなる。中 解除；消除；去掉。E be gone; be removed.

☆ 薬を飲んだら痛みが取れた / 喝了藥，疼痛就消除了。

☆ 疲れが取れる / 解除疲勞。

❸ 取ることができる。中 拿到手；弄下來。E be got; can get.

☆ 特急の指定席が取れた/取得了特快車的指定席位。

☆ 台に乗れば高い棚の本が取れる / 踩踏腳凳可以拿到高架上的書。

❹ 役立つものがえられる。中 能收穫；能生產。E be produced; be caught.

☆ 今年は小麦がたくさんとれた / 今年小麥豐收了。

☆ 魚がよく捕れる海 / 漁產豐富的海域。

❺ 解釈できる。中 可以理解；可以解讀為。E can be interpreted.

☆ 先生のことばはほめているともしかっているとも取れる / 老師的話可以解讀為讚美，也可解讀為責備。

▷ 他動 取る・採る・捕る

注 漢字で書くときは、❶❷❸❺は「取れる」、❹は「採れる」「捕れる」。

どろ【泥】ドロ 水がまじってやわらかい土。中 泥；泥巴。E mud; mire.

☆ 子供は外で泥だらけになって遊んだ/孩子在外面玩得滿身是泥巴。

☆ 靴の泥を落とす / 弄掉鞋上的泥巴。

☆ 泥んこ / muddy. /滿是泥巴；全身沾滿了泥巴。

泥のように眠る 疲れて、ぐっすり眠る。中 熟睡如泥。E sleep like a log.

☆ 2晩徹夜して仕事を終えたあと、泥のように眠った/通宵兩晚做完工作後，熟睡如泥。

泥を塗る 名誉をけがす。話 中 抹黑；丟臉。E disgrace.

☆ 警察官の息子が泥棒をして、親の顔に泥をぬった / 警察的兒子作小偷，讓父母顏面無光。

どろくさ・い【泥くさい】ドロクサイ 洗練されていない。中 土氣；粗俗；不文雅。E unrefined; uncouth.

☆ この服は材質はいいが、デザインが泥くさい / 這件衣服的料子不錯，設計卻很土氣。

どろじあい【泥仕合】ドロジアイ たがいに相手の秘密、悪い点、失敗などを言って非難し合い、みにくい争い方をすること。また、そのような争い。[中]互揭瘡疤；互揭醜事。
[E] mudslinging.

☆ 同じ党の２人が市長選挙に立候補して泥仕合になった / 同一黨派的兩位市長候選人，為了當選互揭瘡疤。

☆ 泥仕合を演じる / 互相攻擊。

ドロップアウト (dropout) ドロップアウト〔～する〕 学校や社会などにいられなくなり、その外へ出ること。[中]退學；在社會上混不下去。[E] a dropout.

☆ 高校生のドロップアウトが年々増加している / 高中生退學人數逐年增加。

どろどろ ドロドロ、ドロドロ〔～する〕

❶ 強いねばりけのあるようす。[中]黏糊。

☆ 高い熱で鉄をどろどろにとかす / soften iron into a muddy consistency with an intense heat. / 用高溫把鐵熔化。

☆ どろどろしたシロップをパンケーキにかける / 把溶化的糖漿淋到鬆餅上。

❷ 泥がたくさんついてよごれたようす。
[中]沾滿了泥巴。

☆ 畑の中を歩いて靴がどろどろになった / My shoes became muddy from walking through the field. / 在田間走路，鞋上沾滿了泥水。

❸ 人間関係が複雑で、すっきりしないようす。[中]人際關係複雜；纏在一起。

☆ 職場でのどろどろした人間関係がいやになって仕事をやめた/ I quit my job because the group dynamics among the staff were very bad. /因討厭單位裡複雜的人際關係而辭去了工作。

どろなわ 【泥縄】ドロナワ ものごとが起こってからあわてて準備をしたり、対策を考えたりすること。[中]臨陣磨槍；臨時抱佛腳。
[E] a last-minute cramming.

☆ 泥縄で試験勉強をしても、いい点が取れるはずがない / 就算臨陣磨槍地讀書，也不可能高分。

[参]「泥棒を見て縄をなう(=縄をつくる)」を縮めてできたことば。

どろぬま 【泥沼】ドロヌマ ❶ 泥が深い沼。
[中]泥沼；泥潭。[E] a bog .

☆ 泥沼に美しいハスが咲いた / 泥塘裡盛開了美麗的荷花。

❷ 抜けだすことがむずかしい状況。[中]泥坑。
[E] a morass.

☆ 借金と病気続きの泥沼から早く抜けだしたい/想儘早從負債和病魔纏身的困境中解脫。

どろぼう 【泥棒】ドロボー〔～する〕 他人のものを盗むこと。また、その人。[中]小偷；賊；盜賊。[E] a thief; a burglar.

☆ ゆうべ、となりのアパートに泥棒が入った / 昨晚，隔壁公寓遭小偷侵入。

☆ 火事場泥棒 / a thief at a fire. / 趁火打劫。

☆ 泥棒猫 / 潛入家中偷、搶食物的野貓。

どろまみれ 【泥まみれ】ドロマミレ 泥がたくさんついてよごれること。どろんこ。[中]滿是泥巴；塗滿了泥巴；到處是泥水。[E] muddy all over.

☆ 雨の中でラグビーをして泥まみれになった / 在雨中玩橄欖球，弄得滿身是泥巴。

トン (ton) トン ❶ 重さの単位。１トンは1000キログラム。記号は「t」。[中]噸。[E] a (metric) ton.

☆ ２トン積みのトラック/裝載兩噸貨物的卡車。

❷ 船の大きさを表す単位。記号は「t」。
[中]噸。[E] a ton.

☆ 10万トンのタンカーをつくる / 建造十萬噸的油輪。

とんカツ 【豚カツ】トンカツ 厚く切った豚肉に、小麦粉、卵、パン粉をつけて、油であげた料理。[中]炸豬排。[E] a breaded pork cutlet.

☆ 晩ごはんは豚カツとサラダとみそ汁だ/晚飯是炸豬排、沙拉和味噌湯。

☆ 豚カツ定食 / 炸豬排套餐。

数 1枚

どんかん【鈍感】ドンカン　感じ方や頭の働きが鈍く遅いようす。中 感覺遲鈍。E dull; insensitive.

☆ 鈍感で、人にいやなことを言われてもあまり気にならない／由於感覺遲鈍，被人講壞話也不太在意。

☆ 長い間暑い国で暮らしたので、暑さに対して鈍感になった／由於長時間在氣候炎熱的國家生活，所以變得很耐熱。

対 敏感、鋭敏

どんじり　ドンジリ、ドンジリ　いちばん終わり。最後。話 中 末尾；最後。E the tail end.

☆ 100メートル競走でどんじりになった／在一百公尺賽跑中跑了個倒數第一。

☆ テストではいつもクラスのどんじりだった／考試成績總是吊車尾。

どんぞこ【どん底】ドンゾコ　いちばん悪い状態。中 最底層；無底深淵；下層；最惡劣的狀態。E the very bottom; the depths.

☆ 長い戦争が終わったとき、人々はどん底の生活をしていた／長期征戰結束時，人們過著極惡劣的生活。

☆ 失意のどん底／失意到了極點。

☆ 不景気のどん底／景氣蕭條到了極點。

とんだ　トンダ　❶ まったく思いがけない。中 意想不到的；想像不到的；意外的。E terrible; fatal.

☆ トラックに追突されるとは、とんだ災難でしたね／被卡車追撞，真是禍從天降啊！

☆ 図書館の本をなくすという、とんだ失敗をしてしまった／把圖書館的書弄丟了，真是無法挽回的失誤。

❷ まったく非常識な。あきれた。中 不像話；荒唐。E awful; dumbfounded.

☆ まじめそうな顔をしていたけれど、とんだうそつきだった／裝出一副一本正經的面孔，實際上是個大騙子。

☆ とんだいんちきにひっかかった／意外地上了當。

▷ 話

どんちゃんさわぎ【どんちゃん騒ぎ】ドンチャンサワギ　酒を飲み、歌ったり踊ったりして大騒ぎをすること。また、その騒ぎ。中 喝酒喧鬧；又喝又唱又跳地玩鬧。E uproarious merrymaking; a racket.

☆ 温泉宿で宴会をして、夜遅くまでどんちゃん騒ぎをした／在溫泉旅館舉行宴會，又唱又跳玩鬧到深夜。

とんでもな・い　トンデモナイ　❶ まったく思いがけない。常識では考えられない。中 意外；出乎意料；意想不到。E inconceivable; incredible.

☆ 浪人してやっと入った大学をやめたいなんて、とんでもないことを言う子だ／說想從重考後才好不容易考上的大學休學，這孩子簡直瘋了。

❷ あってはならない。中 豈有此理；荒唐；不像話。E outrageous; preposterous.

☆ 国宝の仏像に傷をつけるとは、とんでもないいたずらだ／損壞貴為國寶的佛像，真是太荒唐了。

❸ 相手の言うことを強く否定するときに言うことば。中 哪裡的話；沒那回事。E Impossible!; Oh, no!

☆ わたしが天才だなんて、とんでもない／我是天才?哪裡的話。

☆ とんでもない。わたしが盗んだなんて／是我偷的?沒那回事。

▷ 話 ❸

とんとん　トントン、トントン　❶ 収入と支出がだいたい同じぐらいで損得がないようす。中 收支平衡。E be even in profit and expense.

☆ この前はもうけたが、今度は損をしたので収支はとんとんだ／之前賺了錢，這次卻虧損，正好扯平。

❷ 同じぐらいで、どちらが上とも下ともいえないようす。中 相等；不相上下；差不多。E be even.

☆ 一郎と二郎の実力はとんとんだ/一郎和二郎的實力相當。

❸ ものを続けて軽くたたくときに出る音を表す。中 (輕擊聲)咚咚。E tap, tap!

☆ ドアをとんとん(と)たたく/(輕輕地)咚咚地敲門。

❹ ものごとが順調に進むようす。中 順利；順當。E smoothly.

☆ 商売の話がとんとん(と)進んだ/生意談的很順利。

☆ とんとん拍子/一帆風順；順順當當 (,項目)

▷ →どんどん

どんどん ドンドン ❶ ものを続けて強くたたくときに出でる低い大きな音を表す。中 咚咚敲打聲。

☆ ドアをどんどん(と)乱暴にたたく/bang at a door violently./粗暴地咚咚敲門。

❷ 止まらずに勢いよく進むようす。中 順利；接連不斷地。

☆ 病気がどんどん悪くなっていく/He is getting worse rapidly./病情不斷惡化。

☆ 意見をどんどん言ってください/請把意見全說出來。

参 ❶は「とんとん」と似ているが、「どんどん」のほうが音が大きく騒がしい。

とんとんびょうし 【とんとん拍子】トントンビョーシ ものごとが速く、うまいぐあいに進むこと。中 一帆風順；順順當當。E rapidly; by leaps and bounds.

☆ 一郎は、係長、課長と、とんとん拍子に昇進した/一郎先被昇為組長後來又是課長，仕途一帆風順。

どんな ドンナ ❶「どのような」「どのよう」のくだけた言い方。中 怎樣；怎麼樣的；什麼樣的。E any (kind of); how.

☆ わたしはどんな食べ物でも食べられる/我什麼都吃。

☆ きのうのパーティーはどんなだった？/昨天的晚會怎麼樣?

❷ (「どんなに」の形で)その程度が高かったり、量が多かったりすることを強める意味を表す。中 怎樣；如何。

☆ どんなにさがしてもコンタクトレンズは見つからなかった/However hard I looked for the contact lens, I could not find it./不管怎麼找，都找不到隱形眼鏡。

☆ どんなに貧乏でも好きな仕事ができるなら満足だ/不管再怎麼窮，只要能做喜歡的工作就滿足了。

▷ →付録 指示語のまとめ

トンネル (tunnel) トンネル 山腹、海底、川底、地下などを掘り抜いて、鉄道、道路、水路などを通すためにつくった穴。中 隧道。E a tunnel.

☆ 列車がトンネルに入って外が見えなくなった/列車進入隧道，外面什麼也看不見。

☆ トンネルを抜ける/穿過隧道。

数 1本

どんぶり ドンブリ ❶ 厚手で深い、陶器の鉢。ごはん、うどん、そばなどを盛るのに使う。中 大碗。E a (porcelain) bowl.

☆ 高校生の息子はいつもどんぶりに2杯ずつごはんを食べる/上高中的兒子總是吃兩大碗飯。

❷「❶」にごはんを盛り、上に肉、魚、野菜、卵などの具を載せたもの。中 大碗蓋飯。E a bowl of rice topped with cooked meat, fish, vegetable or eggs.

☆ ウナギどんぶり/鰻魚蓋飯(鰻魚蓋在飯上面的吃法)。

☆ 親子どんぶり(=とり肉と卵を煮てごはんの上に載せたもの)/親子蓋飯(=將雞肉雞蛋

蓋在飯上的一種吃法)。

▷ →食器図

どんぶりかんじょう【どんぶり勘定】ドンブリカンジョー　収入と支出を正確に計算しないで、いいかげんに金銭のやりとりをすること。また、そのような会計。中隨意花錢；無計劃的開支。E without keeping books; slipshod accounting.

☆ この店の経営はどんぶり勘定なので、もうかっているのか損をしているのかわからない/這個店經營帳目不明，搞不清是賺還是虧。

とんぼ　トンボ　昆虫の一種、体は細く、2対の羽を持ち、目はまるくて大きい。中蜻蜓。E a dragonfly.

〔とんぼ〕

☆ 高原で子供がトンボを追いかけている/高原上，孩子正在追逐著蜻蜓。

☆ 赤トンボ/紅蜻蜓。

数 1匹

とんや【問屋】トンヤ　生産者などからいちどに商品をたくさん買い入れて、小売店に卸売りをする店。中批發商。E a wholesale store.

☆ 問屋から商品を仕入れる/從批發店批貨。

☆ 衣料問屋/服飾批發店。

☆ 問屋街/批發店街。

数 1軒・1店

どんよく【貪欲】ドンヨク、ドンヨク　金銭やものなどに対して欲が深いようす。中貪婪；貪得無厭。E avaricious; greedy.

☆ 立場の弱い患者から取れるだけ金を取ろうとする貪欲な医者がいる/榨取窮人血汗錢的黑心醫生。

☆ 知識を貪欲に吸収する/貪婪地汲取知識。

対 無欲

どんより　ドンヨリ〔～する〕❶ 空がくもって薄暗いようす。中烏雲密布。E gloomy; overcast.

☆ 空がどんより(と)くもり、いまにも雨が降りだしそうだ/天空烏雲密布，眼看就要下雨了。

❷ 元気がなくて目が死んだように見えるようす。中(眼睛)渾濁；不明亮。E dull; glazed.

☆ テレビゲームで疲れてどんよりした目の小学生/玩電動遊戲玩到兩眼昏花的小學生。

な／ナ

な【名】ナ ❶たくさんのものごとを、ほかとの違いをはっきりさせるように言い表す呼び方。名前。中名；名稱；名字。E a name.

☆ 新しい機械や道具の名は外来語が多い/新機器和工具名稱有很多都是外來語。

☆ 道ばたの花の名を尋ねる/打聽路旁的花名。

❷ 人や土地などのそれぞれにつけて、ほかと区別する呼び方。名前。中名；名字；姓名。E a (given) name.

☆ はじめての男の子の名を「一郎」とつけた/給第一個男孩取名叫「一郎」。

☆「花子」という名の象が動物園にいた/動物園裡有一頭名叫「花子」的大象。

❸ 世間によく知られている名前。中名；名譽。E reputation; fame.

☆ 名もない主婦のグループだが立派な活動をしている/雖然是連名字都沒有的主婦團體，卻活動得有聲有色。

☆ 新しい薬を発見して名をあげる/由於發現了新藥而出名。

▷ →名称

参 ❷の人のばあい、「名」は、「山田一郎」という姓名をさすときと、姓を除いて「一郎」という名だけをさすときとがある。

名は体を表す 名を聞いただけでそのもののようすがよくわかることがある。中名符其實。E Names and natures do often agree.

☆ 朝顔の花は朝咲いて昼にはしぼんでしまう。名は体を表している、いい例だ/牽牛花早晨綻開，天黑前就枯萎，名符其實，這個例子太恰當了。

名を捨てて実を取る うわべの立派さよりも実

な

「ね」「よ」「な」

「きょうはいい天気だ**ね**／**よ**／**な**」のように、「ね」「よ」「な」は、どれも文の終わりについて、話す人の気持ちを表す。

「ね」は、「このほうがいい**ね**」「きっと来てください**ね**」「会議は10時からです**ね**」のように、自分の判断について相手に同意を求めたり、念を押したり、確かめたりするときに使う。なお、同意を求めるばあいなどで「きょうは寒いです**ねえ**」のように、感情をこめて「ねえ」とのばして言うこともある。

「よ」は、「ぼくは好きです**よ**」「あぶないよ」「早く行こう**よ**」のように、自分の判断や意見などを相手に強く言うときに使う。「これ、おもしろいね」が単に相手に同意を求めているのに対し、「これ、おもしろい**よね**」にすると、自分の意見を相手に押しつける感じになる。

これら「ね」や「よ」が相手に働きかけているのに対して、「な」は「もう春なんだ**な**」「きれいだ**な(あ)**」などのように、自分の感動を直接的に表す点に特徴がある。

際に自分に役に立つものを選ぶ。[中]捨名取實。[E] choose substance over appearance.

☆ 有名ではないが自分の力を出せる会社を選んだ兄は、名を捨てて実を取ったのだ/哥哥選擇了一家雖然不很有名但能發揮自己能力的公司，可謂是捨名取實。

名をなす　ある仕事、研究などで立派な成果を上げて、世間によく知られるようになる。[中]成名。[E] make a name for oneself.

☆ つぎつぎに性能のいい自動車の設計をして、三郎はその分野で名をなした/由於接連不斷地設計出性能良好的汽車，三郎在這個領域成名了。

な　❶(文の終わりについて)(1)(動詞の基本形について)してはいけないという禁止を表す。[中]表示禁止。

☆ そんなに大きい声で泣くな/Don't cry so loudly./別那麼大聲哭。

☆ お酒を飲みすぎるな/不要飲酒過量。

(2)(動詞の「ます」形について)親しい人や目下の人に対する軽い命令を表す。[中]用以表示對親人或屬下叮嚀囑咐，輕度命令。

☆ 中に入りな/Come in./進來吧。

☆ もっと食べな/多吃點。

☆ こちらへいらっしゃいな/到這邊來呀!

(3)感動や詠嘆の気持ちを表す。[中]表示感動或感嘆。

☆ いい絵だな/It's a good picture, isn't it?/真是幅好畫呀!

☆ 国へ帰りたいな/真想回老家啊!

(4)自分の考えをはっきり言ったり、相手に返事や同意を求めたりするときに使う。[中](表示自己的見解或促使對方同意自己的主張時用)是吧。

☆ 腹が減ったな/I'm hungry./肚子餓了。

☆ もう、きょうは遅いな、やめよう/哦，今天來不及了，算了吧。

❷(ことばをつなぐのに使い)相手の注意をひいたり、勢いをつけたりする。[中]加強語氣，引起對方注意。

☆ この本な、きみにあげるよ/This book, I'll give it to you./這本書啊，送給你。

☆ となりの犬のシロな、あいつ死んだんだって/聽說隔壁的那條狗小白死了。

❸ 形容動詞の活用形の1つで、名詞に続く形。[中]形容動詞的活用形之一，接名詞。

☆ 元気な子供/a cheerful child./很有精神的孩子。

☆ 有名な小説/著名小說。

▷ [話]❶❷　→[囲み]

[参] ❶(2)(3)(4)❷はくだけた言い方。❶(3)(4)❷は「なあ」と長くのばすこともある。

なあ　「な」を長くのばして強めた言い方。[話][中]加強語氣；啊。

☆ きれいな景色だなあ/A lovely view, isn't it?/多麼美的景色啊!

☆ 旅行に行きたいなあ/真想去旅行啊!

☆ あの仕事なあ、うまくいかなかったんだ/That business, it really didn't go very well./那件事，沒談成。

なあに　ナーニ　「なに」を長くのばした言い方。[話][中]什麼；沒什麼。

☆ お母さん、今夜のおかずはなあに?/Mam, what do you cook for dinner tonight?/媽媽，今天晚上吃什麼?

☆ なあに、これぐらいのことに負けないよ/All right, I won't give in./沒什麼，我才不會輸給這點小事。

な・い　【無い・亡い】ナイ　❶存在しない。[中]沒有；沒；無。[E] There is no ～.

☆ この部屋にはベッドがない/這個房間裡沒有床。

☆ 1つの雲もない青い空/萬里無雲的晴空。

[対]有る

❷ 持っていない。[中]沒有；沒；無。[E] have no.

☆ お金がない/沒有錢。

☆ 才能がない / 沒有才能。

対有る

❸ 行われない。起こらない。中 沒有；不進行；不發生。E be no; not be held.

☆ 午後は授業がない / 下午沒有課。

☆ 去年は大きな地震はなかった / 去年沒有大地震。

対有る

❹ 生きていない。中 不在世；已故。E dead; the late.

☆ いまはない恩師の思い出を語る / 述說已不在世的恩師的往事。

❺ (形容詞の「く」の形、形容動詞の「で」の形について) 否定を表す。中 表示否定。

☆ この本は高くない / This book isn't expensive. / 這本書不貴。

☆ おもしろくない映画だ / 一部無趣的電影。

☆ あまり好きでない人 / 不太喜歡的人。

❻ (動詞の「ない」形について) (1)否定を表す。中 表示否定。

☆ 旅行には行かない / I don't go on a trip. / 不去旅行。

☆ 朝からなにも食べていない / 從早上到現在什麼也沒吃。

(2) 誘ったり頼んだりすることを表す。中 表示勸誘、懇求。

☆ 映画を見に行かない / Won't you come with me to the movies? / 要不要去看電影?

☆ ちょっと手伝ってくれない / 能不能稍微幫一下忙?

注 漢字で書くときは、❶❷❸は「無い」、❹は「亡い」。❺❻はひらがなで書く。

参 ❻(2)はことばの終わりを上に上げて言う。

無いそで[袖]は振れない[ぬ] ないものは出せない。中 巧婦難為無米之炊。E One can make nothing out of nothing.

ないか【内科】ナイカ、ナイカ 医学の一分野。心臓、肺、胃、腸など内臓の病気を、手術をしないで、薬などで治す。中 内科。E internal medicine.

☆ おなかが痛くて内科に入院したが、手術をすることになって外科に移った / 肚子疼痛住進了內科，為了要動手術轉到外科。

☆ 内科医(=内科の医師) / 內科醫生(＝內科醫師)。

対外科

ないか ❶ (動詞の「ない」形について)(1)誘う気持ちを表す。中 表示勸誘。

☆ 旅行に行かないか / Won't you come on a trip with us? / 要不要去旅行?；去不去旅行?

☆ コーヒーを飲まないか / 喝不喝咖啡?；要不要喝咖啡?

(2) 軽い命令を表す。中 表示輕度命令。

☆ 早くしないか / Can't you hurry up? / 不能再快點兒嗎?；快點兒好不好?

☆ もう起きないか / 還不起來嗎?

❷ (「〜てくれないか」の形で) 頼む気持ちを表す。中 表示懇求、請求。

☆ 手伝ってくれないか / Won't you help me? / 能不能幫我一下?

☆ 教えてくれないか / 能不能教教我；不能告訴我嗎?

ないがい【内外】ナイガイ ❶ 内側と外側。国の中と外国。中 內外；(國)內外。E the inside and the outside; at home and abroad.

☆ 展覧会は評判が高く、会場の内外に人があふれている / 展覽會受到很高評價，會場內外擠滿了人潮。

☆ フランスをはじめ、内外から注目されている映画監督 / 受到法國以及國內外注目的電影導演。

❷ (数や量を表すことばの後について)だいたい〜ぐらい。中 表示左右；大約。

☆ 会場に集まった人は 50 人内外だった / 到會場的人大約五十位左右。

☆ 5000 円内外の品物 / an article around 5,000

yen. / 五千日圓左右的商品。

〓参 ❷は「前後」と似ているが、「1カ月前後かかる仕事」「10歳前後の子供」のように時間や年齢をいうばあいには「内外」は使えない。「前後」のほうが使う範囲が広い。

ないかく【内閣】ナイカク　国の行政を受け持つ最高の機関で、内閣総理大臣とそのほかの国務大臣とでなりたっている。中 内閣。E a cabinet

☆ ノルウェーの内閣には女性の大臣が半数近くいる / 挪威的內閣裡近一半是女性部長。

☆ 内閣改造 / 內閣改組。

ないがしろ　ナイガシロ、ナイガシロ　(おもに「ないがしろにする」の形で)人やものを、まるで存在しないかのようにそまつに扱うようす。中 不放在眼裡；不當一回事。E make light of; slight.

☆ 長い間ないがしろにされていた1円玉も最近は大もてだ / 長時間不被放在眼裡的壹圓硬幣，最近很受歡迎。

☆ 一郎は会員をないがしろにしてなんでも1人で決めてしまう / 一郎不把會員放在眼裡，凡事一個人決定。

ないし　ナイシ　❶(数や量を表す2つのことばをつないで)〜から…までの間。中 到；至。E from ~ to….

☆ 今度の海外出張は2週間ないし3週間の予定だ / 這次的海外出差預定兩到三週。

☆ 15万ないし20万の給料 / 十五至二十萬日圓的薪水。

❷ (語と語をつないで)前か後のどちらかを選ぶときに使うことば。または。あるいは。中 或；或者。E or; either ~ or.

☆ 社員として、中国語ないしタイ語ができる人をさがしている / 正在尋找會講中文或是泰語的人。

☆ 大学卒業者ないしそれと同等の学力がある者 / 大學畢業或有相當於大學學歷的人。

▷ 書

〓参 ❷は強めて「ないしは」ともいう。

ないしょ【内緒】ナイショ、ナイショ　他の人には知らせず、その人たちだけの秘密にすること。中 秘密；不告訴別人。E without a person's knowledge; a secret.

☆ 父はときどき母に内緒でおこづかいをくれる / 爸爸經常瞞著媽媽給我零用錢。

☆ 内緒話 / a private talk. / 私話；秘密的話。

〓参「秘密」も似ているが、「秘密」が「国家間の秘密」など公的な大きなことがらから、「わたしの秘密」のように小さなことまでふくむのに対して、「内緒」は小さな個人的なことについていう。

ないしょく【内職】ナイショク〔〜する〕収入を増やすために、自分のもともとの仕事のほかに、別の仕事をすること。また、その仕事。中 副業；臨時工作。E a side job; piecework at home.

☆ 姉は中国語が得意なので、会社から帰ると翻訳の内職をしている / 姊姊由於擅長中文，下班之後以翻譯作副業。

☆ 封筒のあて名書きの内職をする / 在家以寫信封上收發件人地址為副業。

対 本職

ないしん【内心】ナイシン　心の中。中 内心；心裡。E one's mind; at heart.

☆ あの人は黙っているが、内心ではどう思っているかわからない / 那個人一直沈默不語，不知道心裡是怎麼想的。

☆ 内心おもしろくなかった / 內心不愉快。

ナイス(nice)ナイス　すばらしい。見事だ。中 好。E nice.

☆ ナイス、いい調子 / 好，狀態不錯。

☆ ナイスキャッチ / a nice catch. / 漂亮的接球。

☆ ナイスガイ / a nice guy. / 好人；好漢。

ないぞう【内臓】ナイゾー　人や動物の胸や

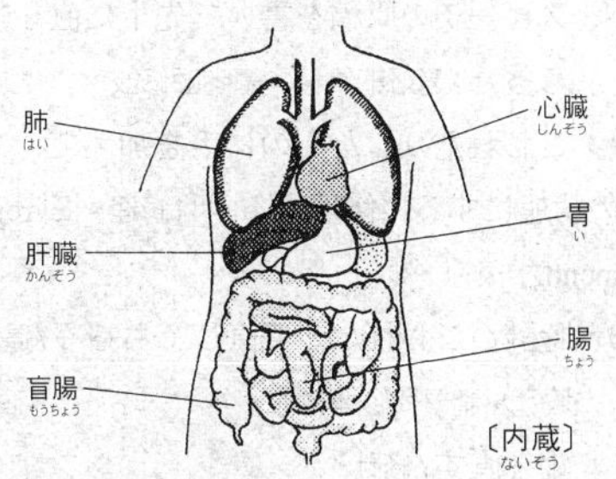

腹の中にあるいろいろな器官、心臓、胃、腸、肺など。中 內臟。E the internal organs.

☆ 健康な人はたいがい内臓が丈夫だ/健康的人大多內臟結實。

☆ 内臓の病気/內臟疾病。

ナイター ナイター 夜行うスポーツ。特に野球の試合についていうことが多い。中夜間比賽。E a night game.

☆ 父と弟と３人でナイターを見に行った/和爸爸，弟弟共三個人去看夜間棒球比賽了。

☆ ナイターの設備のあるスキー場/有夜間照明裝置的滑雪場。

参 英語の「ナイト(night)」から日本でできたことば。

ないてい【内定】ナイテイ〔～する〕 あることが正式に発表される前にほとんど決まっていること。また、決めること。中內定。E an unofficial decision.

☆ 銀行の試験を受けたら内定の知らせが来た/參加銀行考試，收到了內定合格的通知(決定採用)。

☆ まだ新聞には出ないが、A氏が文部大臣に内定したそうだ/雖然報紙還沒登出來，可是A氏好像被內定為文部大臣人選了。

ナイフ (knife) ナイフ 切ったりけずったりするための小さい刀。中小刀；餐刀。E a knife.

☆ 西洋式の食事にはナイフとフォークを使う/吃西餐時要用刀和叉。

☆ ジャックナイフ/(水手用的)大摺刀。

☆ ペーパーナイフ/裁紙刀。

数 1丁・1本 →食器図

ないぶ【内部】ナイブ ❶ものの内側。中の部分。中內部；裡面。E the inside; the interior.

☆ 建物の内部はいくつもの部屋に分かれていた/房子的內部被隔成好幾個房間。

☆ 内部構造/ the internal construction. /內部構造。

対外部

❷ ある組織の内側。また、組織に入っている人。中內部；內情；內幕。E inside an organization; an insider.

☆ 市役所の不正事件は内部では早くから知られていた/市政府的瀆職事件，早已被內部所知。

対外部

ないものねだり【無い物ねだり】ナイモノネダリ 現在そこにないものごとをほしがること。中死皮賴臉地要沒有的東西。E crying for the moon.

☆ まじめで無口な人に冗談を上手に言えというのは、ないものねだりだ/要讓老實不愛說話的人開玩笑，真是強人所難。

ないゆうがいかん【内憂外患】ナイユー・ガイカン 国の内部に心配ごとがあるところに、外国から受ける心配ごとが重なること。また、内と外両方からの心配ごと。中內憂外患。E troubles at home and abroad.

☆ 19世紀中ごろの日本は、国内は混乱し、外国は開国を求め、内憂外患の状態が続いた/19世紀中葉的日本一直持續著國內混亂，同時被外國強迫開放門戶，這種內憂外患的狀態。

ないよう【内容】ナイヨー ものごとの中身。ものごとの価値を表す実質。中 內容。E content(s); substance.

☆ 外見だけでなく内容も充実した立派な図書館だ/不只外觀連內容都非常出色充實的圖書館。

☆ 内容のないスピーチ/內容空洞的演講。

対形式

ナイロン (nylon) ナイロン 石油などを原料

な

とする人工の繊維。軽くて丈夫で、絹に似た性質がある。中 尼龍。E nylon.

☆ ナイロンは水に強いが熱には弱いといわれていた / 據說尼龍耐水，但是怕熱。

☆ ナイロンの靴下 / 尼龍襪。

なえ【苗】ナエ　種から芽が出てすこし育った植物。中 苗；秧子；幼苗。E a seedling; a young plant.

☆ 日曜日に花の苗を庭に植えた / 星期天在院子裡種植花苗。

☆ 水田に稲の苗を植える / 在稻田裡插秧苗。

数 1本・1株

なお　ナオ　❶ 前の状態が続いているようす。中 還；尚；仍然。E still; yet.

☆ いまもなおむかしの風習が残っている / 現在仍然還遺留著以前的風俗習慣。

❷ 前と比べて程度が進んだり、増えたりするようす。中 更；還；再。E still more; still less; further.

☆ 入院したのに、病状はなお悪くなった / 雖然住進醫院，可是病情變得更糟了。

❸ (文と文をつないで) つけ加えるときに使うことば。中 另外；而且。E and.

☆ 午前に総会を行います。なお、午後は講演会を予定しています / 上午開大會。另外，下午預定舉行演講會。

なおさら　ナオサラ　前にいったことに比べて程度が一段と上になるようす。中 更；更加；越發。E all the more; still more.

☆ 秘密だといわれるとなおさら知りたくなる / 越是保密就越想知道。

☆ 先生に出す手紙なら、なおさらきれいに書かなければいけない / 給老師的信，就應該寫得更工整。

なお・す【直す・治す】ナオス〔他動五〕(なおして)　❶ ぐあいの悪い状態を変え改める。中 改；改正；矯正。E correct; break.

☆ スピーチの原稿を書いて先生に直してもらった / 寫好的講稿，請老師修改。

❷ こわれたりしたものに手を加えて、もとの状態にする。修理する。中 修理。E repair; mend.

☆ 時計がこわれたので直してもらう / 這支錶壞了，請幫我修理一下。

☆ 靴を直す / 修鞋。

❸ 別のものに変える。中 改變；變更；譯成。E translate; convert.

☆ ベトナム語を日本語に直す / 把越南文譯成日文。

☆ マイルをメートルに直す / 把英里換算成公尺。

❹ 病気やけがを治療して健康な状態にもどす。中 醫治。E heal; cure.

☆ けがを治すのに2カ月かかった / 療傷花了兩個月。

☆ 病気を治す / 治病。

❺ (動詞の「ます」形について) もういちど〜する。中 重新；重複；再。

☆ 古くなった家を建て直す / 翻修舊房子。

☆ 読み直す / reread. / 再念一遍；重讀。

☆ やり直す / start over again. / 重做。

▷ 名 直し　自動 直る・治る

注 漢字で書くときは、❶❷❸❺は「直す」、❹は「治す」。

なお・る【直る・治る】ナオル〔自動五〕(なおって)　❶ ぐあいの悪い状態が改まる。中 改過來；改正過來；矯正過來。E get over; get rid of.

☆ 仕事を始めてから、夜ふかしのくせが直った / 自從開始工作後，改掉了熬夜的毛病。

❷ こわれたりしたものが手を加えられて、もとの状態になる。中 修理好。E be mended; be repaired.

☆ 台風でくずれた道路は1週間たっても直らない / 由於颱風而崩塌的道路，過了一星期也沒修復。

☆ テレビの故障が直る / 電視機的故障排除了。

❸ 病気やけがが、治療してよくなり、健康な状態にもどる。中 病醫好；痊癒。E recover; get over.

☆ かぜがやっと治ったので、きょうから学校へ行く／感冒終於好了，今天開始上學。

☆ けがが治る／傷治好了。

❹ (動詞の「ます」形について)もういちど～になる。改まる。中 改變。

☆ 開き直る／突然改變態度；翻臉。(→ 項目)

☆ 立ち直る／恢復；復原；回升。(→ 項目)

☆ 居直る／change suddenly to a threatening attitude.／態度突變；翻臉。

▷ 名 直り　他動 直す・治す

注 漢字で書くときは、❶❷❹は「直る」、❸は「治る」。

なか【中】ナ̄カ　❶ かこみや仕切りなどでかこまれた内側。中 中；裡；裡邊。E in; the inside.

☆ 公園の中に池がある／公園裡有池塘。

☆ 他人の心の中はわからない／人心叵測。

対 外

❷ ある範囲のうち。中 中；當中。E of; in; among; out of.

☆ 兄は家族の中でいちばん背が高い／哥哥是家中個子最高的。

❸ 3つあるばあいの2番目。また、両端から同じ距離にある部分。中 中央；中間；當中。E midway; halfway.

☆ 友人が40万円で売りたいという車を20万円で買おうとしたが、結局、中を取って30万円で買った／打算花二十萬日圓買朋友想賣的四十萬日圓的車，結果各退一步，以三十萬日圓成交。

☆ 中指／中指。(→ 項目)

なか【仲】ナ̄カ　人と人との関係。中 關係；交情；交誼。E terms; relations.

☆ わたしたちは学生時代から親友の仲だ／我們從學生時代就是親密無間的朋友。

☆ 仲のいい夫婦／和睦的夫妻。

なが-【長-】(他のことばについて)長いこと。中 長；長期。

☆ 長わずらい／a long illness.／久病；長期患病。

☆ 長そで／long sleeves.／長袖。

☆ 長電話／長電話。

☆ 長話／長談；久談；長時間閒聊。

なが・い【長い・永い】ナガ̄イ　❶ はしからはしまでの間が、大きく離れている。中 長。E long.

☆ 世界でいちばん長い川／世界上最長的河川。

☆ 馬のように長い顔／像馬一樣的長臉。

対 短い

❷ ある時からある時までの間が、大きく離れている。中 長，長久。E long.

☆ このトンネルをつくるのに長い年月がかかった／開鑿這條隧道歷經了漫長的歲月。

☆ 永い眠りにつく(＝死ぬ)／長眠(＝死亡)。

対 短い

注 漢字で書くときは「長い」だが、❷で特に「いつまでも続く」の意味のときは「永い」。

長い目で見る　ものごとを現在の状態だけで判断せずに、将来のことなどを考える。中 從長遠看；把眼光放遠；高瞻遠矚。E take a long-range view of.

☆ 値段は高くても10年も使えるなら、長い目でみて得といえる／即使價錢貴，如能用上十年，從長遠看應該說划得來。

長いものには巻かれろ　強いものには反抗しないで、言うとおりにしたほうが得だということ。中 胳膊扭不過大腿。E Yield to the powerful.

ながいき【長生き】ナガ̄イキ、ナガ̄イキ〔～する〕　長い年月生きて、高齢になること。中 長壽；長命。E long-lived; live long.

☆ この地域は長生きの人が多い／這個地區長壽的人很多。

☆ わたしの祖母は95歳まで長生きした／我

な

的祖母一直活到九十五歲。

[対] 早死に、若死に

ながぐつ【長靴】ナガグツ　足首からひざぐらいまで隠れる靴。雨の日や、釣り、乗馬などのときにはく。[中] 靴子；長筒靴；雨靴。[E] boots.

☆ 大雨になりそうなので長靴をはいて出かける / 好像要下大雨了，所以穿上雨鞋出門。

[数] 1足　→雨具 [図]

ながし【流し】ナガシ、ナガシ　❶ 水を使ってものを洗うようにした場所。台所の食器や野菜を洗う台や、浴室の体を洗う所。[中] 洗碗槽；洗澡間的沖洗身處。[E] a sink; a draining floor.

☆ 流しで皿を洗う / 在廚房洗碗槽裡洗盤子。

☆ 流し場 / 澡盆外沖洗身體之處。

❷ 客を求めて移動しながら商売をすること。[中] 沿街(賣唱、攬客)。[E] a strolling (musician); a cruising (cab).

☆ 流しの歌手 / 走唱的歌手。

☆ 流しのタクシー / 流動出租車。

▷ [他動] 流す　→台所 [図]

なが・す【流す】ナガス〔他動五〕(ながして)

❶ 液体を低いほうへ移動させる。[中] 使流動；潑；倒。[E] pour; drain; shed.

☆ 工場廃水を川に流す / 把工廠廢水排放到河裡。

☆ 涙を流して喜ぶ / 高興得流淚。

❷ 液体が低いほうへ動いていくときの力で、ほかのものを移動させる。[中] 沖走；使流走；使漂浮。[E] wash away; carry away.

☆ 大雨が家を流した / 大雨沖走了住家。

☆ 道路が流された / 道路被沖毀。

☆ 押し流す / 沖刷；沖走。

❸ ひろめ伝える。[中] 傳播；散布。[E] air (the news); spread (a rumor).

☆ ラジオで臨時ニュースを流す / 電台播放臨時新聞。

☆ 悪いうわさを流す / 散播謠言。

❹ 体に水や湯をかけて、よごれを洗い落とす。[中] 洗掉。[E] wash; wash away.

☆ ふろで背中を流してもらう / 在浴室幫我擦背。

☆ 汗を流す / 流汗；沖洗汗水；努力工作。

❺ 会合や計画などが成立しないようにする。[中] 使流產。[E] cancel; call off.

☆ 出席者が半分以下なので、会議を流した / 由於出席者不到半數，會議流會了。

▷ [名] 流し　[自動] 流れる

なかたがい【仲たがい】ナカタガイ〔～する〕人と人とのつきあいの状態が悪くなること。[中] 不和；感情破裂。[E] a quarrel; fall out with.

☆ 約束の時間に遅れて、恋人と仲たがいをしてしまった / 由於約會不守時和戀人鬧翻了。

[対] 仲直り

ながたらし・い【長たらしい】ナガタラシイ　いやになるほど長い。長ったらしい。[話] [中] 冗長；囉唆。[E] lengthy; long-winded.

☆ 長たらしい話で、いやになった / 冗長的講話令人厭煩。

☆ この文章は長たらしいから、もっと簡単に書き直しなさい / 這篇文章太冗長，再改寫得簡單點。

なかだるみ【中だるみ】ナカダルミ〔～する〕途中で、慣れてきたり飽きたりして緊張がゆるむこと。[中] 中間鬆弛；半途鬆懈。[E] a slump; become less active.

☆ こう暑くては、受験勉強も中だるみになる / 這麼悶熱，就連複習考試也沒勁兒了。

☆ 3年計画の仕事も2年目に入って中だるみのようだ / 三年計畫的工作進入第二年後好像鬆懈下來了。

なかでも【中でも】　たくさんのものの中で特に。[中] 尤其；其中尤以。[E] especially; above all.

☆ わたしは中国料理が好きだ。中でも北京ダックは大好きだ / 我喜歡吃中國菜，尤其喜歡吃北京烤鴨。

☆ ビートルズの曲ならなんでも聞きたい。中でも「イエスタデイ」がいい / 披頭四的歌

什麼都喜歡聽，尤其是喜歡「Yesterday(昨日)」。

なかなおり【仲直り】ナカナオリ〔～する〕悪くなっていたつきあいの状態がまたよくなること。中 和好；言歸舊好。E (a) reconciliation; make up with.

☆ けんかをしていた友達と仲直りをした/和吵了架的朋友言歸舊好了。

対 仲たがい

なかなか ナカナカ ❶ 標準的な程度をかなりこえているようす。中 頗；很；非常。E very; quite; rather.

☆ このデパートはなかなかいい家具を置いている/這家百貨公司擺放著特別漂亮的家具。

☆ 兄がくれた切手は、なかなか珍しいものだ/哥哥送我的郵票非常珍貴

❷ 考えていた以上であるようす。中 相當。E more than one expected.

☆ 子供が焼いたケーキだが、なかなかおいしくできている/雖說是孩子烤的蛋糕，可是烤得還真不錯。

☆ 着てみたら、なかなかよく似合う/穿上一試還真合身。

❸ (「なかなか～ない」の形で)簡単には～ない。中 不輕易；不容易；怎麼也。E not easily; not readily.

☆ ゆうべは暑くて、なかなか眠れなかった/昨晚很悶熱怎麼也睡不著。

☆ 電車がなかなか来ない/電車等了半天也不來。

ながなが【長長】ナガナガ、ナガナガ ❶ 時間が非常にかかるようす。中 長時間。E lengthily; for a long time.

☆ 電話でながなが(と)話していたら、出かけるのが遅くなってしまった/電話講個沒完，耽誤了出門。

☆ 病院でながなが(と)待たされた/在醫院等了很久。

❷ ものが長くのびているようす。中 伸長；長長地。E at full length.

☆ 父は疲れたらしく、たたみの上にながなが(と)寝そべっている/父親好像很疲倦，攤著身子躺在榻榻米上。

なかば【半ば】ナカバ、ナカバ ❶ 半分ぐらい。中 半；一半。E half.

☆ きのうのコンサートは聴衆の半ばが高校生だった/昨天的音樂會上，一半的聽衆是高中生。

☆ 半ばばかにしたような口調で言った/夾帶著瞧不起人的口吻說話。

❷ 半分ぐらい進んだところ。中 半途；中途。E the middle; halfway.

☆ もう半ば以上来ているから、あと20分あれば着くだろう/已經走一半多了，大概再過二十分鐘就會到了。

☆ 仕事半ばで病気で倒れた/工作做到一半病倒了。

ながび・く【長引く】ナガビク〔自動五〕(ながびいて) 予定や予想していたより長い時間がかかる。のびのびになる。中 拖長；拖延。E be prolonged; drag on.

☆ インフレが長引くと、人々の生活は苦しくなる/通貨膨脹如果持續下去，人們的生活將變得很困苦。

☆ 会議が長引く/會議拖延。

なかほど【中ほど】ナカホド、ナカホド 真ん中あたりの時や場所。中 中間；中等。E the middle; halfway.

☆ 用事があったので宴会の中ほどで帰ってきた/由於有事，宴會的中途就回來了。

☆ お乗りになりましたら、バスの中ほどにつめてください/上來後，請往巴士中間擠一擠。

なかま【仲間】ナカマ 気持ちが合って、仕事や遊びなどを一緒にする人。中 夥伴；朋友；一夥。E a companion; a fellow worker.

☆ 職場の仲間と旅行する/和工作的夥伴去旅行。

☆ 仲間割れ (=気が合わなくなったり意見が違ったりして、仲間が別れてしまうこと)

な

/分裂；散夥；斷交(=性格不和，意見不同，夥伴之間斷絕關係)。

なかまはずれ【仲間外れ】ナカマハズレ 仲間に入れてもらえないこと。また、その人。中 被夥伴們撇在一邊。E be shunned; be left out of.

☆ 引っ越してきた子供はしばらく仲間はずれだった/剛搬家來的孩子一時交不到朋友。

☆ 反対の意見を言って仲間はずれにされた/由於提了反對意見，被排擠在圈外。

なかみ【中身・中味】ナカミ 中に入っているもの。また、実際の内容。中 內容；裡面容納的東西。E content(s); substance.

☆ 缶の中身は紅茶だ/罐裡裝的是紅茶。

☆ 三郎は見かけは立派だが中身がない人間だ/三郎是個外強中乾的人；三郎是個虛有其表的人。

注 漢字で書くときは、ふつう「中身」だが、「箱の中味」のようなばあいは「中味」とも書く。

なが・める【眺める】ナガメル〔他動一〕

❶ 遠くのほうをゆっくり見わたす。中 眺望；遠眺。E view; look out.

☆ 屋上から眺める町の景色はすばらしい/在屋頂平台上看到的市街景觀，非常美麗。

☆ あたりを眺める/眺望四周。

❷ それだけをじっと見つめる。中 凝視；注視。E look at; stare at.

☆ 鏡の中の顔をつくづく眺める/凝視鏡中的面孔。

☆ 花を眺める/賞花。

▷ 名 眺め

なかゆび【中指】ナカユビ 手の5本の指の1つ。5本の指の真ん中にある。中 中指。E the middle finger.

☆ 中指は人さし指と薬指の間のいちばん長い指だ/中指是食指和無名指中間的最長的指頭。

→手 図

なかよく【仲良く】ナカヨク 仲がいいようす。中 相好；親密。E happily; make friends with.

☆ 子供たちは外で仲よく遊んでいる/孩子們在外面很親密地玩耍著。

☆ だれとでもすぐ仲よくなる/和誰都能很快要好起來。

なかよし【仲良し】ナカヨシ 仲がいいこと。また、その人。中 要好；好朋友。E be good friends with; a good friend.

☆ 子供のころ仲よしだった京子は、おとなになったいまもいちばんの親友だ/孩提時代的好友京子，長大後仍是我最好的朋友。

ながら ❶ (動詞の「ます」形について)ある動作と同時にほかの動作も行われることを表す。中 邊…邊…；一面…一面…。

☆ 楽しく話しながら歩いた / They walked along, talking happily. /邊走邊愉快地交談。

☆ テレビを見ながらごはんを食べる/邊看電視邊吃飯。

❷ (名詞、動詞の「ます」形、形容詞の基本形、形容動詞の語幹について) 前のことと後のことが反することを表す。中 雖然…但是…；儘管…卻…。

☆ 小型ながら大形と同じ性能のカメラ/這型照相機雖然小，但其功能卻與大型的相同。

☆ 知っていながら知らないような顔をしている/ Knowing full well, she looks as though she didn't know. /明明知道卻裝作不知道。

▷ →つつ

ながらく【長らく】ナガラク 長い間。中 很長時間；長久。E for a long time.

☆ 長らくごぶさたいたしました/久未連絡了。

☆ 長らく続いた紛争がやっと解決した/持續很久的紛爭終於解決了。

ながれ【流れ】ナガレ ❶ 流れること。流れるもの。中 流；流動。E a flow; a stream.

☆ 流れがゆるやかな川/流速緩慢的河川。

☆ 観光地へ向かう車の流れ/往觀光地的車流。

❷ 学問、芸術などで、それぞれの派のつながり。中 流派；派別。E a school (of thought).

☆ この音楽はロマン派の流れをくんでいる/這音樂繼承了浪漫派的風格。

☆ 江戸時代の古典研究の流れを受けつぐ学者/繼承江戸時代古典研究流派的學者。

▷ 自動 流れる

流れにさおさす　時流に乗って、ものごとがさらに思うように調子よく進む。中 順水推舟；一帆風順。E ply with the current.

ながれさぎょう　【流れ作業】ナガレサギョー　仕事をいくつかの段階に分けて受け持ち、順々に渡しながら製品を完成していくやり方。中 流水作業。E an assembly line.

☆ 流れ作業の工場では製品がベルトに載って運ばれてくる/在流水作業工廠，成品是被放在傳送帶上搬運過來。

なが・れる　【流れる】ナガレル〔自動一〕

❶ 液体が低いほうへ移動する。中 流；流動。E flow; run.

☆ 市内を美しい川が流れている/一條美麗的河川流經市內。

☆ 流れる汗をぬぐう/擦汗。

☆ 流れ落ちる/流下來；往下流。

❷ 液体が低いほうへ動いていくときの力で、ほかのものも移動する。中 漂流；沖走。E float; be carried away.

☆ 丸太が川を流れてくる/原木被河水沖走。

☆ 桜の花びらが流れていく/櫻花的花瓣逐流而去。

❸ 水が動いていくようにものが動く。中 流動；漂動。E drift; be charged with.

☆ ゆったりと雲が流れる/雲朵在輕輕飄動。

☆ 電気が流れる/電流流動。

❹ 時が過ぎていく。中 推移；流逝。E pass away.

☆ 入社して5年の月日が流れた/進入公司一眨眼已過了五年。

❺ ひろまり伝わる。中 傳播；傳開。E be spread.

☆ クーデターが起きたというニュースが流れた/發生軍事政變的消息傳開了。

☆ うわさが流れる/散播謠言。

❻ 会合や計画などが成立しないようになる。中 流產；作罷。E be canceled; be called off.

☆ 雨で運動会が流れた/運動會因下雨而中止了。

▷ 名 流れ　他動 流す

なきおとし【泣き落とし】ナキオトシ　泣いて相手に同情させ、自分の頼みを聞いてもらおうとすること。中 哀求；哭訴。E tearful entreaty.

☆ 泣き落としの戦術でうまく先生に単位をもらうことができた/用哀求的戰術巧妙地從老師那裡取得學分。

他動 泣き落とす

なきがら【亡きがら】ナキガラ　死んだ人の体。書 中 屍首；屍體。E one's remains; the corpse.

☆ 母のなきがらにつきそって1晩過ごした/陪伴著母親的遺體過了一夜。

☆ なきがらを棺に納める/把屍體放進棺材。

数 1体

参「死体」「遺体」も意味は同じだが、「死体」が虫でも鳥でも動物全体についていうのに対して、「遺体」「なきがら」は人についていう。また、「遺体」と「なきがら」では、「遺体」が「犠牲者の遺体を運ぶ」「遺体の収容作業」のように事務的、一般的にも使うのに対して、「なきがら」は肉親など個人的な関係のあるばあいに使う。

なぎさ　ナギサ、ナギサ　海岸などの、波が寄せてくる所。中 岸邊；海濱。E a beach; a shore.

☆ なぎさで貝殻を拾う/在岸邊撿拾貝殼。

なきじょうご【泣き上戸】ナキジョーゴ

な

酒に酔うと泣くくせがある人。また、そのくせ。中 喝醉酒後好哭的人(癖好)。E a maudlin drinker.

☆ 三郎は泣き上戸で、酔うと泣きだして、くどくどと同じことばかり言う/三郎是酒後愛哭的人，一喝醉就哭，幾句話反覆說個沒完。

対 笑い上戸

なきつらにはち【泣き面にはち】 悪いことに悪いことが重なること。泣きっ面にはち。中 禍不單行；船遲偏遇頂頭風。E Misfortunes never come singly.

注 漢字で書くときは「泣き面に蜂」。

参 泣いている顔をハチが刺して、痛くてもっと泣くということからいう。

なきねいり【泣き寝入り】ナキネイリ、ナキネイリ〔～する〕 ❶ 幼い子供などが、泣いているうちに眠ってしまうこと。中 哭著睡著。E cry oneself to sleep.

☆ 赤ちゃんはベッドで泣き寝入りをしたようだ/嬰兒好像哭著就睡著了。

❷ ひどいことをされても、相手が強いのであきらめてしまうこと。中 忍氣吞聲。E give in (to another); let a matter drop.

☆ 事故でけがをしたが、相手が暴力団だったので泣き寝入りしてしまった/在事故中受了傷，但對方是黑道組織，只好忍氣吞聲了。

なきむし【泣き虫】ナキムシ、ナキムシ なにかあるとすぐ泣く人。中 愛哭的孩子。E a crybaby.

☆ 涙が出そうだったが、泣き虫と言われたくなくてがまんした/眼淚都快流出來了，但怕別人說是愛哭的孩子，只好強忍著。

な・く【泣く】ナク〔自動五〕(ないて) ❶ 悲しいときや痛いときなどに、がまんできずに涙を流し声に出す。中 哭；啼哭；哭泣。E cry; weep.

☆ 交通事故で死んだ親友の遺体を見て、声をあげて泣いた/看到因交通事故而死亡的親友屍體，不禁放聲痛哭了。

☆ 泣き叫ぶ/哭喊起來。

対 笑う

❷ 深い悲しみを味わう。中 傷心；懊悔。E cry over (one's misfortune).

☆ 倒産に続いて火事という重なる不運に泣いた/破產之後接著發生火災，厄運不斷，真讓人傷心。

❸ がまんして承知する。中 忍痛答應；為難。E make a concession.

☆ 友人はバイクを３万円で売ると言ったが、金がたりなくて２万円で泣いてもらった/朋友說摩托車要賣三萬日圓，但我錢不夠，他勉強答應以兩萬日圓賣給我了。

▷ 話❸ 名 泣き

泣いても笑っても どんな方法をつくしても。いずれにしても。中 不管想什麼辦法；不管怎樣。E Like it or not.

☆ 泣いても笑っても今年もあと３日だけとなった/不管怎樣，今年只剩最後三天了。

な・く【鳴く】ナク〔自動五〕(ないて) 鳥やけものや虫などが声や音を出す。中 啼；鳴叫。E sing; chirp.

☆ 春になるとウグイスが鳴く/春天來到，黃鶯啼叫。

☆ 草の中で虫が鳴いている/昆蟲在草叢中鳴叫著。

鳴かず飛ばず なんの活躍もしないで人から忘れられたようになっているようす。中 不出頭露面；消聲匿跡。E remain obscure.

☆ しばらく前に売れっ子だったタレントのAも、このごろは鳴かず飛ばずだね。どうしたんだろう/前不久還十分活躍的電視明星A先生，近來消聲匿跡了，不知是怎麼回事。

なぐさ・める【慰める】ナグサメル、ナグサメル〔他動一〕 ❶ さびしさや悲しみ、苦しみなどをまぎらして、心をやわらげる。中 安慰；寬慰；使快意。E be pleasing.

☆ 電車から見える美しい花々が通勤の人の目をなぐさめている／上班的人們透過電車窗戶看到美麗鮮花，真是賞心悅目。

❷ 苦しんだり悲しんだりしている人をなだめいたわる。中 慰問；撫慰；安撫。E console; comfort.

☆ 航空機事故の遺族をなぐさめる／慰問在空難中失去親人的遺族。

▷ 名 慰め　自動 慰む

なく・す【無くす・亡くす】ナクス〔他動五〕(なくして)　❶ 落としたりして失う。中 遺失；丟掉；喪失。E lose.

☆ たいせつにしていたネクタイピンをなくした／遺失了一個非常珍貴的領帶夾。

☆ なくした本が出てきた／找到了遺失的書。

❷ 身近な人に死なれる。中 死；喪。E lose (someone close to one).

☆ 交通事故で親友をなくす／朋友在交通事故中喪生。

☆ 去年母をなくした／去年母親去世了。

▷ 自動 無くなる・亡くなる

注 漢字で書くときは、❶は「無くす」、❷は「亡くす」。

なくてはならない　❶ なかったら困る。必要だ。中 必需；不可缺少；必不可少；必要。E indispensable.

☆ 空気は生物にとって、なくてはならないものだ／空氣對生物來說是不可缺少的。

☆ 世の中で、なくてはならない人になりたい／想成為這個世界上的重要人物。

❷ (動詞の「ない」形、形容詞の「く」の形、形容動詞の「で」の形について) なければならない。中 必須；不得不～。

☆ もう帰らなくてはならない／I must go home now.／已經晚了，得回去。

☆ この仕事はあすまでに終えなくてはならない／這項工作明天必須完成。

なくな・る【無くなる・亡くなる】ナクナル〔自動五〕(なくなって)　❶ 見当たらなくなる。ないようになる。中 遺失；消失。E be lost; be missing.

☆ 電車の網棚に置いた書類の袋がなくなった／放在電車行李架上的文件袋不見了。

❷ すっかり使われてしまう。つきる。中 完；盡。E run out; be used up.

☆ 給料をもらって１週間で、もう金がなくなった／領到的工資在一個星期內就花光了。

☆ ガソリンがもうすぐなくなる／汽油快用完了。

❸「死ぬ」というのを避けて、遠まわしにいう言い方。中 死；歿；去世；過世。E die; pass away.

☆ 父がなくなってから10年になります／父親去世已經十年了。

☆ 先生のお母さんがなくなった／老師的母親去世了。

▷ 他動 無くす・亡くす

注 漢字で書くときは、❶❷は「無くなる」、❸は「亡くなる」。

なぐ・る【殴る】ナグル〔他動五〕(なぐって)　げんこつや棒で人や動物を強くぶつ。中 毆打；打；揍。E hit; club; strike.

☆ 酔ってけんかをして二郎の顔をなぐってしまった／喝醉酒打架，打傷了二郎的臉。

☆ だれかに後ろから棒で頭をなぐられた／不知被誰用棒棍從後面打了一下頭部。

☆ なぐりかかる／正要打(他)。

参「たたく」も似ているが、人をぶつばあい、「たたく」がふつう手のひらを使うのに対して、「なぐる」は「バットでなぐる」のように勢いが強い。また、「たたく」は、「ドラムをたたく」「戸をたたく」のように道具を使ったり、ものを続けて打ったりする意味でも用い、腕力を使うとは限らない。

なげうり【投げ売り】ナゲウリ〔～する〕利益を考えないで、非常に安く売ること。

[中]抛售；拍賣。[E] a sacrifice sale; a clearance sale.

☆ 夕方、魚屋の店先でサンマの投げ売りをしていた/傍晚，在賣魚的店舗前拍賣秋刀魚。

☆ 商売をやめるので在庫品を投げ売りする/因為要停業，所以拍賣庫存。

なげかわし・い 【嘆かわしい】ナゲカワシイ　非常に残念で、情けなくなる。[中]可嘆；可悲。[E] deplorable; regrettable.

☆ 電車の中で、老人に席をゆずる若者が少ないのはなげかわしい/電車裡，很少有年輕人讓座給老人，實在叫人感嘆。

なげ・く 【嘆く】ナゲク〔他動五〕(なげいて)

❶ 悲しいことや腹の立つことに出あって、ため息をついたり声やことばに出したりする。[中]嘆氣；悲嘆；嘆息。[E] heave a sigh; lament.

☆ 京子は試合の前日に病気になり、「なんて運が悪いんだろう」となげいていた/京子在比賽前一天生病了，她嘆息道：「運氣真背啊！」

☆ 身の不幸をなげく/悲嘆身世的不幸。

❷ 不合理なことなどを憤慨し悲しく思う。[中]慨嘆；嘆惋。[E] deplore.

☆ 貧富の差が大きくなるのをなげく/慨嘆貧富差異的擴大。

☆ 政治の腐敗をなげく/慨嘆政治腐敗。

▷ [名]嘆き

なげだ・す 【投げ出す】ナゲダス、ナゲダス〔他動五〕(なげだして)　❶ ものなどを投げるように乱暴に置く。ほうりだす。[中]拋出；扔下；甩。[E] throw out; stretch out.

☆ 息子は学校から帰ると、かばんを投げだして遊びに行ってしまう/兒子從學校一回來，就扔下書包跑去玩了。

☆ 足を投げだしてすわる/伸腿坐。

❷ 命や財産などを全部差しだす。[中]豁出；捨出；拿出。[E] offer; sacrifice (one's life).

☆ 美術館を建てるのに全財産を投げだした/用全部財產興建美術館。

☆ K牧師は命を投げだして人種差別と闘った/K師豁出性命與種族歧視抗爭。

❸ やりかけたことを完成しないうちにあきらめてやめる。ほうりだす。[中]放棄；丟下。[E] abandon; give up.

☆ 朝早く起きるのがつらくて、新聞配達の仕事を投げだした/因為早起很辛苦，所以放棄了送報的工作。

なけなし ナケナシ、ナケナシ　金などが、あるとはいえないほどすこしであること。[書][中]僅有的一點。[E] what little (money) one has.

☆ なけなしの金をはたいて子供におもちゃを買ってやった/把僅有的一點錢拿去給孩子買了玩具。

☆ なけなしの知恵をふりしぼって考えた/用盡僅有的一點智慧來考慮。

なげやり 【投げやり】ナゲヤリ　どうなってもかまわないということ。[中]馬虎；草率；隨意。[E] leave unfinished; negligent.

☆ 家庭がうまくいかず、仕事もなげやりになっている/家庭生活並不順心，對工作也馬虎不負責任。

な・げる 【投げる】ナゲル〔他動一〕❶ 手に持っているものを遠くへ飛ばす。ほうる。[中]投；拋；扔。[E] throw; pitch.

☆ 石を投げて、畑を荒らす鳥を追う/扔石塊趕走糟蹋田地作物的鳥。

☆ ボールを投げる/投球。

❷ あきらめて見捨てる。[中]放棄；不認真做。[E] give up; abandon.

☆ 強い相手だから勝てるはずがないと、試合を投げてしまった/說是因為對手強，不可能贏，於是放棄了比賽。

☆ さじを投げる/認為無法挽救而死心；束手無策。(→さじ[慣用])

❸ (「身を投げる」の形で) 水の中や谷などへ飛びこんで自殺する。[中]投；投海自盡。

[E] drown oneself in.

☆ 生きる望みをなくして海に身を投げた/失去了生存的希望而投海自盡。

なければならない ❶(動詞の「ない」形、形容詞の「く」の形、形容動詞の「で」の形について)なにかをする義務がある。それをするのが当然だ。[中]必須；一定；必然。

☆ 法律は守らなければならない/We must obey the law./一定要遵守法律。

☆ 裁判官は公平でなければならない/法官一定要公平。

❷ あるべきだ。ぜひ必要だ。[中]必須；應該。

☆ 政治には正義がなければならない/政治必須有正義。

☆ 家庭には温かさがなければならない/It is necessary to be warm at home./家裡應該要有溫暖。

なこうど【仲人】ナコード 男女の間に立って、結婚の約束をまとめるなど、世話をする人。媒酌人。[中]媒人；婚姻介紹人。[E] a go-between; a matchmaker.

☆ 勤め先の社長に仲人をしてもらう/委託總經理作媒人。

なご・む【和む】ナゴム〔自動五〕(**なごんで**) 気持ちや顔つきが穏やかになる。[書][中]平靜下來；溫和起來。[E] soften; calm down.

☆ 堅苦しい会議だったが、三郎の冗談で雰囲気がなごんだ/本是一個令人拘束的會議，三郎的一個笑話使大家的情緒緩和下來。

☆ 心がなごむ/心情平靜下來。

なごやか【和やか】ナゴヤカ 静かでやわらかなようす。みんなが仲よく穏やかな気持ちでいるようす。[中]和睦；和諧；平靜。[E] calm; harmonious.

☆ 子供の笑顔は人の気持ちをなごやかにさせる/孩子的笑臉使人感到心情平靜。

☆ なごやかな雰囲気のパーティー/氣氛和諧的宴會。

なごり【名残】ナゴリ ❶ものごとが終わってからも、まだそれが残っていると感じさせるもの。[中]遺跡；痕跡；殘餘。[E] remains; traces.

☆ 山にはまだ冬の名残の雪がある/山上還有冬天的殘雪。

☆ 名残をとどめる/留下痕跡。

❷ 別れを惜しむ心。[中]惜別；依戀。[E] farewell; the sorrow of parting.

☆ 転勤する人と名残の宴会をした/為調職的人舉行告別宴會。

☆ 名残がつきない/依依不捨。

なごりおし・い【名残惜しい】ナゴリオシイ 心がひかれて、別れるのがつらい。[中]依依不捨；戀戀不捨。[E] be reluctant to part.

☆ 名残惜しいが、ここでお別れしなければなりません/雖然依依不捨，但不得不在此處與您告別了。

☆ 国へ帰るのですか。名残惜しいですね/要回國了嗎?真是依依不捨啊!

なさい ナサイ 軽い命令の言い方。

☆ もっと練習をなさい/要多做些練習。

☆ 早くなさい/快點!

☆ 日記を書きなさい/Keep a diary./〔請〕寫日記。

☆ お帰りなさい/您回來啦!；你回來了!(→[項目])

☆ おやすみなさい/晚安；睡覺吧，再見!(→[項目])

三[参]「なさる」の命令形。

なさけ【情け】ナサケ、ナサケ 人のためを思うやさしい心。人に親切にすること。[中]仁慈；慈悲；人情。[E] sympathy; compassion; mercy.

☆ 苦しいとき、まわりの人の情けに元気づけられた/痛苦的時候，受到周圍的人情鼓舞，振作起精神來了。

☆ 情けをかける/對……表示同情。

情けは人のためならず 親切は人を助けるだけ

ではなく、必ず自分にいいことになって返ってくるということ。中 好心會有好報。E One good turn deserves another.

なさけな・い【情けない】ナサケナイ ❶思いどおりにならず、残念だ。中 沒有出息；令人遺憾；可恥。E shameful; deplorable.

☆ 試合で１点も取れなかったとは情けない/比賽時一分也沒得到，真是令人遺憾。

☆ 勉強してもすぐ忘れてしまうので情けなくなる/儘管學了但馬上就忘掉，真使人洩氣。

❷ 哀れでみじめだ。中 悲慘；可憐。E miserable; pitiable.

☆ 仕事も家族もなく、情けない状態で暮らしている/既沒有工作也沒有家人，在悲慘的狀態下生活著。

なさけぶか・い【情け深い】ナサケブカイ 相手の立ち場や気持ちを思う心が強い。中 熱心腸；富有同情心。E compassionate; kind-hearted.

☆ 店の主人は情け深い人で、店員の住居や食事のことまでいろいろ心配してくれる/店主是個熱心腸的人，連店員的起居飲食各個方面都給予許多照顧。

なさ・る ナサル〔他動五〕(なさって) ❶「する」の尊敬語。中「做」「為」的尊敬語。E ((respectful)) do.

☆ 部長はゴルフをなさいますか/部長打高爾夫球嗎?

❷ (「お[ご]〜なさる」の形で)他人の動作を尊敬していう言い方。中 尊敬他人動作的表達。

☆ お父さんがご心配なさるから早く帰ったほうがいい/令尊會擔心，還是早點回去的好。

☆ お出かけなさいますか/ Are you going out? / 您出門嗎?

なし【無し】ナシ ない状態。ないこと。中 無；沒有。E no ~ ; without.

☆ この前の約束はなしにしてください/請取消以前的約定。

☆ 断りもなしに入ってきては困る/令人困擾連個招呼也不打就進來。

☆ 意気地なし/沒志氣；窩囊廢。

対 有り

なしのつぶて 手紙などを書いても返事がこないこと。中 杳無音信。E haven't heard word in reply.

☆ 息子に手紙を何度書いてもなしのつぶてだ/給兒子寫了好幾次信都杳無音信。

参「つぶて」は「投げた小石」のこと。「なし」はくだものの「ナシ」と「無し」をかけている。投げた小石のように返ってこないという意味。

なじ・む ナジム〔自動五〕(なじんで)

❶ 慣れて窮屈な感じがなくなる。慣れて親しくなる。中 熟；適應。E become familiar with; get used to.

☆ 10年も住んで、この町にすっかりなじんだ/在這裡住了十年，對這個鎮上很熟悉了。

☆ 新しい環境になじむ/適應新環境。

❷ ほかのものととけ合って、しっくりした感じになる。中 習慣；適應；融合。E get to fit.

☆ この靴は毎日はいているうちに足になじんで歩きやすくなった/這雙鞋每天穿已適應了，變得好走多了。

☆ 子供のころからなじんだ味/孩提時代起就熟悉了的味道。

▷ 名 なじみ

ナショナリズム (nationalism) ナショナリズム 自分の属する国や民族の独立、利益を第一とする考え方。国家主義。民族主義。中 國家主義；民族主義。E nationalism.

☆ 独立したばかりの国はナショナリズムの傾向が強い/剛獨立的國家，國家主義意識是很強的。

な・す ナス〔他動五〕(なして)「する」の古い言い方。書 中 做；為。E do.

☆ することなすことみんなだめだ/所作所為

都不行。

☆ 災いを転じて福となす / 轉禍為福；因禍得福。(→災い 慣用)

☆ 害をなす / 造成危害。

自動 なる

なせばなる　やればできる。中 如果去做就能成功。E You can do it if you try hard enough.

☆「なせばなる」は父の口ぐせで、できないのは努力がたりないからだとよく言われた /「有志者事竟成」是父親的口頭禪，他常說做不成功是因為努力不夠。

なすりつ·ける　ナスリツケル、ナスリツケル〔他動一〕 ❶ こすりつける。ぬりつける。中 擦上；塗上。E rub; smear.

☆ クレヨンを画用紙になすりつける / 在圖畫紙上用蠟筆塗鴉。

☆ 新しい服に泥をなすりつけられた / 新衣服被沾上了泥巴。

❷ 自分につごうの悪いことを人のせいにする。中 推諉；嫁禍於…。E lay the blame on a person.

☆ 社長は交通事故の責任を秘書になすりつけた / 老闆把交通事故的責任推給秘書。

なぜ　ナゼ　どんな理由や原因で。どうして。中 為什麼；為何。E why; for what reason.

☆ 戦争が避けられなかったのはなぜだろう / 戰爭不可避免，這究竟是為什麼呢?

☆ なぜ失敗したのかわからない / 不明白為什麼會失敗了。

なぜか　ナゼカ　理由や原因がわからないが、ある状態になったり、あることが起こったりするようす。中 不知為什麼；不知為何。E somehow; for some reason.

☆ この写真を見るとなぜか悲しくなる / 不知為什麼，一看到這張照片就感到難過。

☆ 3時に帰ると言ったのに、なぜか6時になっても帰ってこない / 說是三點鐘回來，可是不知為什麼到六點鐘了也還沒回來。

なぜなら　ナゼナラ　(文と文をつないで)前にいったことの原因、理由を説明するときに使うことば。なぜかというと。そのわけは。書 中 因為；原因是。E because; since.

☆ どんなに危険が多くてもぜひ登りたい。なぜなら、そこに山があるのだから / 無論多危險也想要攀登。因為那裡有山。

☆ やがて若い労働力が不足するだろう。なぜなら、出生率が下がっているから / 過不了多久，年輕的勞動力就會不足了吧，因為出生率正在下降。

なぞ　ナゾ　❶はっきり知ることができない不思議なものごと。中 謎。E a mystery.

☆ 宇宙から来たなぞの物体を見た / 看見了來自宇宙的神秘物體。

☆ 生命のなぞ / 生命的奧秘。

❷ ことばの中に意味を隠しておいて、相手にそれを答えさせる遊び。なぞなぞ。中 謎語。E a riddle.

☆「初め4本足で、つぎに2本足で、おしまいに3本足で歩くものは？」のなぞに答えてごらん / 起初為四條腿，然後為兩條腿，最後變為三條腿走路的東西是什麼。請猜猜看這個謎語。

☆ なぞをかける(=遠回しに言う)/ 影射說法(=轉彎抹角)。

☆ なぞとき / 解謎；猜謎。

なぞなぞ　ナゾナゾ　⇨なぞ❷

☆ なぞなぞ遊び / 猜謎遊戲。

なぞら·える　ナゾラエル〔他動一〕 ❶ 似ているほかのものに引き比べて考えてみる。中 比喻；比擬。E liken to.

☆ 人生を旅になぞらえる / 將人生比喻成旅程。

❷ 似せる。まねる。中 仿照；模擬。E imitate; copy.

☆ ベルサイユ宮殿になぞらえた建物 / 模仿凡爾賽宮建造的建築物。

▷ 書

な

なだか・い【名高い】ナダカイ　人々に名前がよく知られている。有名だ。中有名；著名；出名。E famous; noted.

☆ 学長室には名高い画家の作品がかけてある / 校長室裡掛著名畫家的作品。

☆ 青森県はリンゴの産地として名高い/青森縣以蘋果產地而聞名。

なだ・める　ナダメル〔他動一〕　泣いたり怒ったりしている人の心をなごやかにする。中勸解；安撫；撫慰。E appease; calm.

☆ けんかして腹を立てている２人をなだめて仲直りさせる / 發生爭吵正在相互鬥氣的兩人，勸使他們和好如初。

☆ なだめすかす / soothe. / 哄；用好話勸。

なだらか　ナダラカ　けわしさがなく、ゆるやかなようす。中 坡度小；不陡。E gentle; smoothly.

☆ なだらかな坂の両側には桜並木が続いている / 緩坡兩側的櫻花樹沿路一直延伸下去。

☆ 話し合いはなだらかに進んだ/商談順利進行。

なだれ【雪崩】ナダレ、ナダレ　山の斜面などにたくさん積もった雪が、いちどにくずれて落ちること。中雪崩。E a snowslide; an avalanche.

☆ なだれが起こって鉄道の線路が埋まってしまった / 發生雪崩，鐵路被埋沒了。

☆ 兄は冬山でなだれに巻きこまれて遭難した / 哥哥冬天在山上被雪崩捲入而遇難。

自動 なだれる

雪崩を打つ　おおぜいの人がいちどに押し寄せる。中雪崩一般；蜂擁而來。E surge in crowds.

☆ 火事だ、の叫びに、人々はなだれを打って出口へ向かった / 隨著「失火了」一聲叫喊，人們都蜂擁逃向了出口。

なつ【夏】ナツ　四季の１つ。春のつぎに来る、１年でいちばん暑い季節。日本では６、７、８月ごろに当たる。中夏；夏天；夏季。E summer.

☆ 夏になったら海水浴に行く / 夏天一到，就去海水浴。

☆ 夏祭り /(神社的) 夏季節慶活動。

☆ 真夏 / 盛夏。

関連 春、秋、冬

なつかし・い【懐かしい】ナツカシイ　以前にあったことなどが思いだされて、心がひかれる。中 懷戀；眷戀；令人想念。E yearn for; nostalgic; dear.

☆ 年をとると子供のころのことがなつかしくなる / 上了年紀就令人想念起孩提時代的事情。

☆ 10年ぶりに山田さんに会ってなつかしかった / 隔了十年與山田君見面，真是令人懷念。

☆ なつかしいふるさと / 令人眷戀的故鄉。

なつ・く【懐く】ナツク〔自動五〕(なついて)　子供が大人に、また動物が人間に、安心して近づいて親しむ。中接近；喜歡；馴服。E take to; be tamed.

☆ この子はすぐ人になついて、だれとでも親しそうに話す / 這孩子很討人喜歡，不管和誰都馬上就談得很投機。

☆ 猫はあまり人になつかない動物だ/貓是和人親近不起來的動物。

なづ・ける【名付ける】ナズケル〔他動一〕　名をつける。中取名；命名。E name.

☆ 長女は京都で生まれたので「京子」と名づけた/因為長女出生在京都，所以取名為「京子」。

☆ 新しいワープロを「カンジスキー」と名づけて売りだした/將新的文字處理機取名為「好感受」來出售。

なっとう【納豆】ナットー　煮た大豆を発酵させてつくった食品。ねばって独特の味とにおいがある。中納豆(食品)。E *natto*; fermented soybeans.

☆ ごはんに納豆をかけて食べる / 在飯裡加點納豆吃。

なっとく【納得】ナットク〔～する〕　人の

することや考えをよくわかって認めること。[中]理解；領會；同意。[E] satisfaction; consent to.

☆ 納得がいくまで何度でも質問する/發問多次直到理解為止。

☆ 部屋代を来月から２倍にすると言われても納得できない/即使被告知房租從下月起加倍也不能同意。

なつばて【夏ばて】ナツバテ〔～する〕 夏の暑さで体が弱り元気がなくなること。夏負け。[話][中]夏天體力衰弱。[E] be weary from the summer heat.

☆ じゅうぶんに栄養と休みをとって夏ばてを防ぐ/以充足的營養和休息來避免夏天體力衰弱。

☆ 夏ばてで食欲がない/因夏天體力衰弱而沒有食慾。

なつやすみ【夏休み】ナツヤスミ　学校などが夏の暑いときに授業を休みにすること。その期間。また、会社員などが夏にとる休暇。[中]暑假。[E] the summer vacation.

☆ 夏休みには家族と旅行をする/暑假與家人一起去旅行。

☆ ８月初めに夏休みをとる/八月初放暑假。

な・でる　ナデル〔他動一〕 手のひらなどでやさしくこする。そっとさわってさする。[中]撫摸。[E] stroke; pat; fan.

☆ いい子いい子と頭をなでる/「好孩子，好孩子。」一邊說著，一邊撫摸孩子的頭。

☆ 春の風がほおをなでていく/春風吻上我的臉。

など　❶ 同じようなものごとを並べあげて、まだほかにもあることを示す。[中]等。[E] and so on.

☆ 一郎は絵や音楽やスポーツなど趣味が広い/一郎興趣廣泛，對繪畫、音樂、運動等都感興趣。

☆ ごみや排気ガスや水のよごれなどの問題が起きている/出現了垃圾、廢氣及水污染等問題。

❷ 同じようなものごとの中から１つを例としてあげる。[中]等。[E] such as.

☆ ホウレンソウなど青い野菜は体にいい/菠菜等綠色蔬菜對身體有益。

❸ 表現を強くしたりやわらかくしたりする。[中]什麼；之類。

☆ コーヒーなどを飲むと眠れなくなるよ/喝咖啡之類的會睡不著。

☆ おみやげにケーキなどはどうでしょうか/How about something like cake for a present?/買點心當作禮物你看怎麼樣?

❹ (後に否定の意味のことばがついて)謙遜や見下した気持ちを表す。[中]表示謙遜或輕視之意。

☆ ぼくなどとても選手になれない / I never could be chosen as an athlete. / 我這樣的人當不了運動員。

☆ おまえなど、いくらがんばっても入賞できない/你這種人，無論怎樣努力也不會得獎。

三[参] ❸❹のくだけた言い方は「なんて」。

なな【七】ナナ　⇨七

☆ ７色のにじ/七色彩虹。

☆ 七転び八起き/浮沈無定；百折不回；不屈不撓；失敗也不灰心。(→[項目])

ななくさ【七草】ナナクサ　春や秋に咲く７種類の草花。[中]春天的七種菜；秋天的七種花草。[E] the seven spring herbs; the seven autumn flowers.

☆ １月７日には春の七草を入れた七草がゆを食べる/一月七日這天要吃有加春天七種野草作的七草粥。

☆ 秋の七草を飾って十五夜の月を見る/擺飾秋天的七種花草，觀賞十五晚上的月亮。

→節句

ななころびやおき【七転び八起き】ナナコロビ・ヤオキ、ナナコロビ・ヤオキ　７回転んだら８回立ち上がる、というように、何回失敗しても負けずにやり直して努力すること。[中]百折不撓；失敗也不灰心。[E] the ups and downs of life; If you fall down seven times get up eight.

☆ 七転び八起きで、けがや病気から立派に立ち直った選手/失敗了也不灰心，從傷痛與疾病中堅強地振作起來的運動員。

ななつ【七つ】ナナツ　❶ 6つのつぎの数。7。7つ。中7個。E seven.

☆ ミカンが2つとリンゴが5つで、全部で7つだ/橘子兩個，蘋果五個，一共七個。

❷ 7歳。7つ。中七歲。E seven years old.

☆ 7つのとき父に死に別れた/七歲時與父親永別了。

ななめ【斜め】ナナメ　垂直、水平の方向に対して縦横に傾いていること。中歪；斜；傾斜。E slant; diagonally; be in a bad mood.

☆ 高い窓から日光が斜めにさす/陽光從高大的窗戶外斜射進來。

☆ 道を斜めに横切る/斜行穿過馬路。

☆ ごきげん斜め(=きげんが悪いようす)/有一點不高興(=情緒不好)。

なに【何】ナニ、ナニ　❶ 名前やどんなものかがわからないものをさすことば。中什麼；何。E what.

☆ あれはなに？/那是什麼?

☆ なにをしようか/該做些什麼呢?

☆ なにからなにまでわからないことばかりだ/什麼都不知道。

❷ 相手のことばを軽く否定して答えるときに言うことば。中哪裡；沒什麼。(表示輕微的否定)。E Why.

☆ なに、あきらめることはない、大丈夫だ/沒什麼，無須放棄，不要緊的。

❸ 強い意志、決意を表すときに言うことば。中哪裡；沒什麼(表達強烈意志時使用)。E All right; OK.

☆ なに、きっと勝てるさ/沒什麼，一定會贏的。

❹ 驚いて質問したり、命令したりするときに言うことば。中表示驚訝、疑問、命令時的話語。

☆ なに、失敗したって？/什麼?失敗了?

☆ なに、連絡がない？じゃあこちらから連絡しろ/What? They haven't called? Then you call them. /什麼?沒有聯絡?那我們來聯絡吧。

❺ (「なに～ない」の形で)すこしも～ない。まったく～ない。中沒有任何不～；一點也沒～。E not at all; never.

☆ なに不自由ない生活をしている/過著什麼都不愁的生活。

▷ 話❷❸❹

参 ❹はことばの終わりを上に上げて強く言う。❶❷❸は「なあに」と長くのばすこともある。

何がなんでも　どんなことが起きても、自分の考えを実現させようとするようす。中不管怎麼說；不管怎樣；無論如何。E no matter what; at any cost.

☆ なにがなんでも卒論だけは書きあげるつもりだ/打算無論如何也要寫完畢業論文。

何はさておき　ほかのことは後にしても。まず第一に。中其他暫且不提；先不說別的。E before anything else.

☆ なにはさておき、まず食事にしよう/其他暫且不提，先吃飯吧。

なにか【何か】ナニカ　❶ 決まっていないもの、わからないものをさすことば。中不知有什麼。

☆ なにか食べるものない？/有什麼可吃的東西嗎?

☆ 箱の中になにかいる/There's something in the box. /箱子裡好像有什麼。

❷ (「～か[や]なにか」の形で)同じような不特定なものをさすことば。中什麼。

☆ ケーキかなにかないの？/Don't you have any cake or something? /有沒有點心或其他什麼的?

☆ 日曜日は掃除やなにかで忙しい/星期日做些掃除或其他的，很忙。

❸ なぜだかわからないが。なんとなく。中不知為何；無意中。

☆ このごろなにかさびしい / Somehow, I've been feeling lonely recently. / 這陣子總覺得有點寂寞。

☆ この事件はなにか変だ / 這事件總覺得有一點怪。

なにかと ナニカト 1つだけでなく、たくさんのことがあるようす。なにかにつけて。中這個那個地；各方面。E in various ways; with one thing or another.

☆ 新学期はなにかとお金がかかる / 新學期各方面都需用錢。

☆ 年末はなにかと忙しい / 年底忙這忙那不得空閒。

なにくわぬかお 【何食わぬ顔】 知っているのに、なにも知らないような顔つき。中若無其事的面孔；佯裝不知道的樣子。E feign innocence.

☆ 兄は父のカメラをこわしたのに、なにくわぬ顔をしている / 哥哥把父親的相機弄壞了，卻裝出若無其事的樣子。

なにげな・い 【何げない】 ナニゲナイ 特別な考えや気持ちがない。中無意；無心。E casually; careless.

☆ なにげなく窓から外を見たら、木の枝にスズメが2羽とまっていた / 偶向窗外望去，見兩隻麻雀停在樹梢。

☆ なにげないことばが人を傷つけることがある / 有時無心之語會刺傷人。

なにごと 【何事】 ナニゴト ❶どんなこと。中何事；什麼事情。E what; whatever.

☆ 人が騒いでいるが、なにごとが起こったのだろう / 鬧哄哄的，發生什麼事了?

☆ なにごとがあってもこの箱を開けてはいけない / 不管發生什麼事也不許打開這個箱子。

❷(「〜とはなにごとだ[か]」の形で)どういうわけでそうするのだと、とがめる気持ちを表す。中(責難口氣)怎麼回事。

☆ 呼ばれても返事をしないとはなにごとだ / 被叫到了也不回應一聲，怎麼回事!

☆ 黙って休むとはなにごとか / That you should be absent without notice! / 什麼都沒說就請假這算什麼!

❸(「なにごとも」の形で)すべてのことは。どんなことでも。中無論什麼事。

☆ なにごともがまんがたいせつだ / No matter what you are doing, hang in there. / 不論任何事忍耐很重要。

なにしろ ナニシロ 他の事情は別にして現実をそのまま認め、強調するようす。中不管怎樣；總之；畢竟。E anyway; at any rate.

☆ ゴルフを習いたいと思うが、なにしろ時間がないのでまだ始められないでいる / 想學打高爾夫球，但總是沒時間，所以一直沒開始學。

なにとぞ ナニトゾ 相手に非常に強く丁寧に頼むときや、願うときにいうことば。中請。E please; I beg you.

☆ 息子がいろいろご迷惑をおかけしましたことを、なにとぞお許しください / 兒子給您添了許多麻煩，請原諒。

☆ 先月、大阪から転勤してまいりました。なにとぞよろしくお願いいたします / 上個月從大阪調到這裡來工作，請多關照。

二参 手紙やあいさつでいう。

なにひとつ 【何一つ】 (「なにひとつ〜ない」の形で)「なにも〜ない」「ひとつも〜ない」を強めた言い方。中一點也沒〜；沒有一點〜。E nothing; none at all.

☆ この町は戦争で全部焼けて、むかしのものはなにひとつ残っていない / 這座城鎮因戰爭而被全部燒毀，以前的東西盡失無遺。

☆ なにひとつ嫌いな食べ物はない / 沒有一樣討厭的食物。

なにぶん ナニブン ❶相手に丁寧に頼むときにいうことば。中請。E please; kindly.

☆ 子供が夏休みの間お世話になりますが、なにぶんよろしくお願いします / 孩子在暑假期間要承蒙您照顧了，請多關照。

❷ よく考えたり努力したりしても。中 只是因為；無奈；畢竟。E as you know; anyway.

☆ 先祖のことを知りたいが、なにぶんむかしのことなので調べるのはむずかしい/想了解祖先的事，只因年代久遠，所以很難調查。

なにも【何も】ナ̄ニモ、ナニ̄モ ❶(「なにも～ない」の形で)(1)すこしも～ない。まったく～ない。ひとつも～ない。中 什麼也沒～；什麼也不～。E nothing; not at all.

☆ 社長からはなにも聞いていない/從老闆那裡什麼也沒聽說。

☆ まだ、準備はなにもしていない/還沒有作任何準備。

(2) 特別に～しなくてもいい。中 何必；不～也行。

☆ なにも行く必要はない/ There's no particular need to go. / 何必要去。

な

☆ なにもそんなに怒らなくてもいいだろう/何必那樣發火呢。

❷ (「～もなにも」の形で) それもふくめて全部。中 全部；全都。

☆ パスポートもなにもなくした/ I lost everything, including my passport. / 護照和其他東西全都弄丟了。

☆ 火事で本もなにも焼いてしまった/因發生火災，書和其他東西全都燒光了。

参 ❶(1)は強めて「なんにも」「なにひとつ」ともいう。

なにもかも【何もかも】どんなことも全部。中 什麼也；全都。E everything; all.

☆ なにもかもはじめてのことばかりだ/一切都是初次遇見的事。

☆ 部屋の中のものはなにもかも盗まれてしまった/房間裡的東西全被偷光了。

なにやかや【何やかや】１つ１つ取りあげないが、いろいろ。中 這個那個；種種。E this and that; one thing and another.

☆ 親がなにやかやと言ってくるのでうるさい/父母親總是跟我說這說那的，真煩人。

☆ なにやかや、することはたくさんある/這個那個的，要做的事情很多。

なにやら【何やら】ナ̄ニヤラ 正確なことはわからないが、なにかである、またはなにかがあると思われるようす。中 什麼；某些。E something.

☆ なにやら変なにおいがすると思ったら、冷蔵庫の奥で野菜がくさっていた/總覺得有種怪味道，原來是冰箱裡的蔬菜腐爛了。

なにより【何より】ナ̄ニヨリ、ナニ̄ヨリ 他のどんなものごとにも比べものにならないようす。中 比什麼都。E above all; the best.

☆ なにより悪いのは暴力をふるうことだ/比什麼都可惡的是使用暴力。

☆ なによりも健康がたいせつだ/健康是最重要的；健康比什麼都重要。

なのか【七日】ナノカ ❶その月の７番目の日。７日。中 七號；七日。E the seventh (of July).

☆ ７月７日はたなばただ/七月七日是七夕。

❷ 日の数が７つあること。７日。中 七天。E seven days.

☆ １週間は７日だ/一週有七天。

参 もとは「なぬか」といった。

なのに ナ̄ノニ ❶(文と文をつないで)前にいったことから予想されることと反対のことを後でいうときに使うことば。中 然而；可是。E but; yet; all the same.

☆ ぼくは京子のために、車を運転したりプレゼントをしたり一生懸命だ。なのに、彼女はほかの男友達とスキーに行ってしまった/我為了京子而拚命為她開車，送她禮物等等，可是她卻跟其他男性朋友一起去滑雪了。

☆ 毎日、薬を飲んでいる。なのに、病気は治らない/每天都吃藥，但是病就是好不了。

❷ (名詞、形容動詞の語幹について)～であるが。中 卻；倒。E though.

☆ 歌が下手なのに歌いたがって困る/歌唱得

不好卻想唱，真令人困擾。

☆ 学生なのに勉強しない/是個學生，卻不肯讀書。

参 ❶は「けれども」「しかし」と似ているが、「けれども」「しかし」が、一般的、客観的に反対と思われる2つの文をつなぐのに対して、「なのに」は感情がこもった主観的な判断の文が後に続く。

なの・る【名乗る】ナノル、ナノル〔他動五〕(なのって) ❶自分から名前や職業などを言う。中自報姓名。E introduce oneself.

☆ 公の場では、自分の名を名乗ってから発言する/在公開場合，先自報姓名後才發言。

❷ 名前としてつける。称する。中自稱。E take ~ name.

☆ 妻の姓を名乗って旧姓の「山田」を「田中」にした/從了妻子的姓，把舊姓「山田」改為「田中」。

❸ それを自分だと申し出る。中自首；投案。E surrender oneself to.

☆ 自転車を盗んだのはわたしですと、警察に名乗って出た/向警察自首：「偷竊腳踏車的是我。」

▷ 名 名乗り

なび・く ナビク〔自動五〕(なびいて) ❶風や水などの力に押されて横に動く。中隨風飄動；風靡。E bend; stream.

☆ 稲の穂が風になびいて、金色の波のようだ/稻穗隨風飄動，像是金色的波浪一樣。

☆ 旗がなびく/旗幟隨風飄揚。

❷ 強い力や魅力にひかれてしたがう。中屈服；打動人心。E bow to; yield to.

☆ 金の力になびく/屈服於金錢的力量。

対 逆らう

ナプキン (napkin) ナプキン ❶食事のときに、服をよごさないように胸やひざにかけたり、口をふいたりする布。中餐巾。E a napkin.

☆ 白いナプキンをきちんとたたんでテーブルに置く/將白色餐巾疊好放在餐桌上。

☆ 紙ナプキン/餐巾紙。

❷ 女性が生理のとき使う紙製品。中(婦女)衛生棉。E a napkin.

☆ 薬局でナプキンを買う/在藥局買衛生棉。

▷ 数 ❶1枚

なふだ【名札】ナフダ 名前を書いた札。中姓名牌；姓名卡。E a name card; a nameplate.

☆ 最初の会合のときは名札をつけることにした/決定在初次聚會時每個人都戴上姓名牌。

☆ 部屋の入り口に名札をはる/在房間的入口處貼上姓名牌。

数 1枚 →札 図

なべ ナベ ❶食べ物を入れ、火にかけて料理をつくる道具。中鍋。E a pot; a pan.

☆ ふたがある深いなべでシチューをつくる/用有蓋且底深的鍋子來燉肉。

☆ 中華なべ/中國式鍋；帶耳的中國炒菜鍋。

❷ ⇨なべ物。中火鍋。

☆ 今晩は寒いから、なべにする/今晚天冷，我們就吃火鍋吧。

☆ ちりなべ/什錦火鍋(把魚肉、豆腐、青菜等放在鍋裡煮好後，沾佐料吃的一種火鍋)。

☆ 寄せなべ/火鍋；什錦火鍋。

▷ →台所 図

参 漢字で書くときは「鍋」。

なべもの【なべ物】ナベモノ なべで煮ながら食べる料理。なべ料理。なべ。中火鍋。E one-pot cookery.

〔なべ物〕

☆ 寒い晩には温かいなべ物がいちばんのごちそうだ/在寒冷的夜晚吃熱火鍋是最好的美食。

注 漢字で書くときは「鍋物」。

なま【生】ナマ ❶煮たり焼いたりしていないこと。中生；鮮。E raw.

☆ 大根をサラダにして生で食べる/將蘿蔔做成沙拉生吃。

☆ 生ビール/生啤酒；鮮啤酒。(→項目)

❷ 手を加えず自然のままの。中 直接的。E candid.

☆ 住民の生の声を聞く/聽一聽人民的心聲。

❸ 録音や録画、印刷などしていないもの。中 未經錄音、錄影、印刷的。E live ～.

☆ 生の音楽/未經錄音的音樂；現場音樂。

☆ 生放送/直播；實況轉播。

❹ (名詞の頭について)(1) 完全でないこと。いいかげんなこと。中 不完全的；不明確的。

☆ 生乾きの洗濯物/half-dried laundry./沒完全乾的衣服等。

☆ 生返事/不明確的回答；含糊的回答；曖昧的回答。(→項目)

(2) できてまだ新しいこと。中 新的；生的。

☆ 生傷/a fresh wound./新傷；剛受的傷。

❺ (形容詞の頭について)なんとなく。すこし。中 一點點；總有點。

☆ 生暖かい/disagreeably warm./微溫；微暖；有點熱氣。

☆ 生ぬるい/微溫；有點熱氣；不夠嚴格，馬馬虎虎；不徹底。(→項目)

なまいき【生意気】ナマイキ　じゅうぶんな力もないのに、偉そうな態度をとったり、偉そうなことを言ったりして憎らしいようす。中 自以為是；自大；驕傲。E impertinent; cheeky.

☆ 妹は先生にも先輩にも遠慮せず自分の意見をはっきり言うので、生意気だと思われている/妹妹因在老師和學長面前毫無顧忌地明確說出自己的意見而被認為是狂妄自大。

☆ 上級生のあいさつも無視する生意気な新入生/無視於學長打招呼的傲慢新生。

なまえ【名前】ナマエ　❶ ほかのものと区別するために、人、もの、場所などにつけられた呼び方。名。中 名；名字。E a name.

☆ 白い子犬をもらって、名前を「シロ」とつけた/得到一隻小白狗，取名為「小白」。

☆ 世間に知られた名前/人所共知的名字；舉世聞名的名字。

❷ 人の姓名のうち、家族に共通の姓ではなく、それぞれが生まれたときにつけられた呼び方。名。中 名字。E a given name; a first name.

☆ 最初に生まれたので「一郎」と名前をつけた/因為是第一個出生的，所以取名為「一郎」。

対 名字、姓

❸ 氏名。姓名。中 姓名。E one's full name.

☆ 山田京子という名前の人が訪ねてきた/一個叫山田京子的人前來拜訪了。

▷ →名称

なまぐさ・い【生臭い】ナマグサイ　❶ 生の魚や肉のにおいがする。中 腥；羶；腥臊。E smell fishy.

☆ 魚を料理したので、手が生ぐさくなった/因為處理魚，所以手沾上腥味。

❷ 血のにおいがする。中 血腥。E bloody.

☆ あの映画には、兵士たちが殺し合う生ぐさい戦場の場面が多い/在那部影片中，士兵互相殘殺的血腥戰場場面很多。

❸ 世俗的で生々しい感じがする。中 利慾薰心的；貪圖利益的。E unholy.

☆ A氏は金で会長のポストについたという生ぐさい話がひろまっている/A氏花錢當上會長的醜聞散布開來。

なまけもの【怠け者】ナマケモノ、ナマケモノ　いつも怠けている人。中 懶漢。E a lazy person.

☆ 一郎は怠け者で、病気でもないのに働かず家でぶらぶらしている/一郎是個懶惰蟲，沒病卻不去工作在家裡閒晃。

対 働き者

なま・ける【怠ける】ナマケル〔他動一〕仕事や勉強など、しなければならないことをしない。中 懶惰；怠惰；玩忽職務。E be lazy; play truant.

☆ 兄はきょうも怠けて、部屋でごろごろしている / 哥哥今天也偷懶在房間裡閒待著。

☆ 学校を怠けて、友達とスケートに行った/偷懶不去上學，與朋友去溜冰了。

なまじ ナマジ 中途はんぱでかえって悪い結果が起こるようす。なまじっか。中 不上不下；一星半點；不徹底。E halfway; imperfectly.

☆ なまじロシア語ができるばかりに、ロシア人が会社に来ると通訳に使われてしまう / 只因會一點俄語，俄羅斯人來公司時就被派作翻譯。

なまじっか ナマジッカ 「なまじ」のくだけた言い方。中 不上不下；一星半點；不徹底。E halfway; imperfectly.

☆ なまじっかピアノがひけるばかりに、パーティーのたびにひいてくれと言われて困る/只因會一點點鋼琴，每當舉行晚會都被叫去彈一曲，真是令人困擾。

なまなまし・い 【生生しい】ナマナマシイ いま、目の前で起こったできごとのように感じられるようすだ。中 生動；活生生；鮮明。E fresh; vivid; graphic.

☆ 去年の火事はまだ記憶に生々しい/對去年的火災仍然記憶猶新。

☆ 事故現場の生々しい写真 / 反映事故現場的活生生照片。

なまぬる・い 【生ぬるい】ナマヌルイ、ナマヌルイ ❶すこしぬるい。中 微溫；有點熱氣。E lukewarm.

☆ 時間がたって、料理が生ぬるくなってしまった / 時間一長，菜就不熱了。

☆ 夏は庭の池の水も生ぬるい / 夏天庭院池塘裡的水也是微溫的。

❷ 厳しさがたりない。中 不夠嚴格；馬馬虎虎；不徹底。E halfhearted; too lenient.

☆ そんな生ぬるい練習ではとても優勝はできない/做練習那樣馬虎的話，實在是無法獲得冠軍。

☆ 取り締まりが生ぬるいので交通違反が減らない/取締得不夠徹底，所以違反交通法規的事件沒有減少。

なまビール 【生ビール】ナマビール できあがってから熱を加える処理をしていないビール。生。中 鮮啤酒；生啤酒。E draft beer.

☆ 暑いときは、よく冷えた生ビールがいちばんだ/炎熱的時候喝一杯冰涼的生啤酒是最大的享受。

数 1杯・1本

なまへんじ 【生返事】ナマヘンジ 〔～する〕はっきりしない、いいかげんな返事。中 含糊的回答；曖昧的回答。E a vague answer; a reluctant answer.

☆ 用事を頼まれたが、やりたくないので生返事をしておいた/雖受託於人，但因為不想做，所以回答得含糊其詞。

なまめかし・い ナマメカシイ 異性の心をひきつけるようで、魅力的だ。中 嬌艷；妖艷；嬌媚。E coquettish; amorous.

☆ 歌舞伎役者のなまめかしい目つき/歌舞伎演員那嬌媚的眼神。

なまもの 【生物】ナマモノ 煮たり焼いたりなど熱を加えていない食べ物。特に魚類や菓子。中 鮮食品；生食品。E raw food; perishables.

☆ 夏、生物はくさりやすいから、よく気をつけてください / 夏天生鮮食品容易腐爛變質，所以要多加注意。

注 「せいぶつ」とも読めるので、気をつけること。

なまやさし・い 【生易しい】ナマヤサシイ (後に否定の意味のことばがついて) 簡単にできることではない。中 不能輕而易舉；不容易；不簡單。E be no easy (task).

☆ オリンピックで優勝するのは、生やさしいことではない / 在奧運會上得冠軍並不是件容易的事。

なまり ナマリ 発音のしかたや言い方が標

な

準と違うこと。中口音；鄉音；土音。E an accent.

☆ ことばのなまりで出身地がわかる／由口音得知出身地。

☆ 関西なまり／關西口音。

自動 なまる

なみ【並・並み】ナミ ❶よくも悪くもなくふつうのもの。また、その程度。中普通；一般。E ordinary; average.

☆ 並の人間に育ってくれればいい／培養成普通人就可以了。

☆ 並の成績／成績普通。

❷ (他のことばの後について)(1) 同じ程度であること。中同等程度。

☆ 家族並みの待遇／與家人相同的待遇。

☆ 例年並み／as in other years.／同往年一樣。

(2) それがそろって並んでいること。中整齊排列。

☆ 毛並の美しい馬／毛鬃梳得很漂亮的馬。

☆ 町並／a row of stores and houses on a street.／街道。

注 ❶は「並」、❷は「並み」。

なみ【波】ナミ ❶風などで起こる、水面の高低の動き。中波；波浪；波濤。E a wave; surf.

☆ 波の荒い所で泳ぐのは危険だ／在波濤洶湧處游泳是件危險的事。

☆ 岸に打ち寄せる波／拍岸而來的波濤。

❷ 高低の動きのある連続しているものごと。中波動；高峰。E a wave of.

☆ 仕事はいま好調の波にのっている／目前工作進行得很順利。

☆ 感情の波が激しい人／感情波動激烈的人。

❸ 連続して押し寄せるものごと。中浪潮；潮流。E the tide; the crowd.

☆ 新しい時代の波にのる／跟上新時代的潮流。

☆ 人の波をかき分ける／用手撥開人潮。

なみき【並木】ナミキ 道路のはしにそって1列に植えてある木。中街道樹。E a row of trees.

☆ この通りは柳の並木が美しい／這條街道兩旁的柳樹很漂亮。

☆ 並木道／林蔭道。

なみだ【涙】ナミダ ❶泣いたり刺激されたりしたときに目から出る水分。中眼淚。E tears.

☆ 悲しいドラマを見て涙を流す／看了令人悲傷的連續劇讓人流眼淚。

❷ 泣くこと。人間らしい感情、思いやりなど。中流淚；同情心。E sympathy.

☆ 事故で死んだ人を笑うなんて、血も涙もない人だ／竟然嘲笑那些因事故而死亡的人，真是一個冷酷無情的人。

☆ 涙もろい（＝気がやさしくて、すこしのことで泣いてしまう）／愛流淚；感情脆弱（＝感情脆弱，因一點點小事就哭）。

▷ 数❶1滴・1粒

涙に暮れる 深い悲しみに毎日泣いて暮らしている。中淚眼朦朧；悲痛欲絶；整天以淚洗面。E weep night and day.

☆ 1人娘をなくした夫婦は、外出もせず涙にくれる日々を過ごした／失去了獨生女的夫婦，也不出門，整天過著以淚洗面的日子。

涙をのむ 悔しさをじっとがまんする。中飲泣吞聲。E swallow one's tears.

☆ もうすこしで勝てるところだったのに、最後に逆転されて涙をのんだ／差一點點就能勝利了，但後來卻發生逆轉，只好飲泣吞聲（忍氣吞聲）。

なみたいてい【並たいてい】ナミタイテイ (後に否定の意味のことばがついて) ふつうの～でない。ふつうではない。中不一般；非同小可。E be no easy (task).

☆ 現在の地位を手に入れるまでの苦労はなみたいていではなかった／為取得現在的地位而付出非同一般的辛勞。

☆ なみたいていの努力では東京に家を持てな

い/憑著非同一般的努力才能在東京維持一個家。

二注 漢字で書くときは「並大抵」。

なみだきん【涙金】ナミダキン、ナミダキン 同情して人に与えるわずかな金。特に、つきあいを終わりにしたいために、相手に渡すわずかな金。中 斷絕關係時給的少額慰問金。E a small sum of consolation money.

☆ 退職金というよりは、ほんの涙金を渡されて会社を首になった/被公司解僱，得到的與其說是退休金，不如說是少得可憐的慰問金。

なみだぐまし・い【涙ぐましい】ナミダグマシイ 同情したり感動したりして、涙が出そうになるようすだ。中 令人流淚；令人心酸。E painful; pathetic.

☆ 優勝するために、酒もタバコもやめて、涙ぐましい努力をする/為了獲得冠軍，戒掉酒和菸，付出了令人心酸的努力。

なみだぐ・む【涙ぐむ】ナミダグム〔自動五〕(なみだぐんで) 目に涙を浮かべる。中 含淚；噙淚。E be moved to tears.

☆ 立派になって留学から帰ってきた娘を見て、父親は涙ぐんだ/看著留學學成歸國的女兒，父親熱淚盈眶。

☆ 先生と別れるのがつらいと涙ぐむ生徒/學生含著淚，與老師難捨難分。

なみだながら【涙ながら】ナミダナガラ 涙を流しながら。中 流著淚；含淚。E in tears; tearful.

☆ 洋子は首相に、原爆で受けた苦しみを涙ながらに訴えた/洋子含淚向首相訴說在原子彈爆炸中所受的苦難。

☆ 涙ながらの別れ/含淚而別。

なみなみ ナミナミ 入れ物のふちまでいっぱいに液体を入れるようす。中 滿滿地。E to the brim.

☆ グラスにビールをなみなみ(と)ついで乾杯した/斟了滿滿一杯啤酒乾杯。

なみなみならぬ【並並ならぬ】ふつうのことではない。たいへんな。中 不尋常；不平常；特別。E extraordinary; remarkable.

☆ 先生にはなみなみならぬお世話になり、本当にありがとうございました/承蒙老師特別照顧，非常感謝。

☆ なみなみならぬ親切/特別的親切。

☆ なみなみならぬ苦労/非同尋常的辛勞。

なみはず・れる【並外れる】ナミハズレル〔自動一〕ふつうの程度と大きく違う。中 超出常軌；不尋常。E uncommon; extraordinary.

☆ A先生の声はなみはずれて大きいので、学校じゅうどこにいてもわかる/A老師的聲音大如雷公，在學校任何一個角落都能聽得到。

なめらか【滑らか】ナメラカ ❶ 表面がでこぼこしていなくて、つるつるしているようす。また、すべるように平らなようす。中 光滑；滑溜；平滑。E smooth; velvety.

☆ つきたてのもちのようななめらかな肌/肌膚好像剛剛搗好的年糕那樣光滑。

❷ 順調に進むようす。中 順利；流暢。E fluently.

☆ 洋子は英語をとてもなめらかに話す/洋子的英語說得非常流利。

な・める ナメル〔他動一〕❶ 舌の先でなでる。また、舌でさわってゆっくりと味わう。中 舔；含。E lick; lap; suck.

☆ 猫は体をなめてきれいにする/貓將身體舔乾淨。

☆ あめをなめる/含著糖果。

❷ つらいことや悲しいことを経験する。中 嘗受；經歷。E experience.

☆ 貧乏の苦しみをなめる/承受貧窮帶來的痛苦。

☆ 世の中の辛酸をなめる/飽嘗人間辛酸。

❸ 建物などを燃やす。中 燒光；吞沒。E lick up.

☆ 火が町の3分の1をなめつくした/大火把城鎮的三分之一燒掉了。

❹ 軽くみる。見下す。中 小看；輕視。E underrate.

☆ 低い山だから簡単に登れるとなめていたら、けわしくてたいへんだった/因為山不高所以小看它，以為很容易，其實很險峻，爬起來很辛苦。

☆ なめてかかる/瞧不起別人。

▷ 話❹

なやまし・い 【悩ましい】ナヤマシイ　性的な刺激を受けて、落ちつかなくさせられる。中迷人；誘惑；挑逗情慾。E seductive; heady.

☆ 恋愛映画には悩ましい場面が多い/以戀愛為主題的電影中挑逗的場面很多。

☆ 洋子がそばに来ると、悩ましい香水のかおりがする/洋子一近身邊就有一股迷人的香水味。

なやみ 【悩み】ナヤミ　悩むこと。中煩惱；苦惱。E worries; troubles.

☆ 家族が病気になって、新しい悩みが増えた/家人得病，又添了新的煩惱。

☆ 悩みを打ち明ける/說出心中的苦惱。

☆ 恋の悩み/戀愛的煩惱。

自動悩む

なや・む 【悩む】ナヤム〔自動五〕(なやんで)

❶ どうしたらいいのか、わからなくて困る。あれこれ考えて苦しむ。中煩惱；苦惱；痛苦。E be troubled with; be worried about.

☆ 自分のやりたい仕事が見つからなくて悩んでいる/正為沒找到自己想做的工作而苦惱著。

☆ 物価高に悩む/因物價上漲而苦惱。

☆ 恋に悩む/為愛情而煩惱。

❷ 病気や痛みに苦しむ。中感到痛苦。E suffer from.

☆ 頭痛に悩む/苦於頭痛。

☆ 神経痛に悩む/患神經痛而痛苦。

❸ (動詞の「ます」形について) その動作が順調に行われない。中動作進行不順利。

☆ 収入がのび悩む/My income fails to increase as expected. /收入呆滯。

☆ 雪が深くて行き悩む/積雪很深，難以前進。

▷ 名悩み

なら ナラ ❶ (名詞、動詞と形容詞の基本形について)もし、そうだとすると。中要是；如果；假如。E if; in case; supposing.

☆ あなたが行くなら、わたしも行きます/如果你去的話，我也去。

☆ 反対意見が多いなら、この計画はやめよう/如果反對意見多，那麼就取消這個計畫吧。

❷ (名詞について) あるものごとを特に取りあげて示す。中特別提示，就……方面說。

☆ 電気製品なら、秋葉原がいいね/As for electric appliances, you had better go to buy at Akihabara. /想要買電器，秋葉原最好。

☆ 旅行なら京都にしよう/想要旅行，就去京都。

❸ (文と文をつないで) そういうことであれば。それなら。中那麼。E then; if so.

☆ 銀座へ行くんですか？なら、地下鉄がいちばん便利ですよ/是去銀座嗎？那麼坐地鐵最方便。

☆ かぜをひいたんだって？なら、早く寝たほうがいいよ/感冒了?那麼，還是早點睡覺好。

❹ 形容動詞の活用形の１つ。

☆ まじめなら信用されるだろう/If you are serious, you will be trusted. /你如果認真，就會受到信任。

▷ 話❸　→たら 囲み

なら・う 【倣う】ナラウ〔自動五〕(ならって)

あるものを見本として、まねて同じようにする。中仿效；仿照；摹仿。E follow; imitate.

☆ 結婚する先輩へのお祝いは、前例にならって２万円とする/給學長的結婚賀禮就依照慣例，為貳萬日圓。

☆ 父にならって酒を飲んでみた/學著父親的樣子試著喝酒。

なら・う 【習う】ナラウ〔他動五〕(ならって)

教えてもらって知識や技術などを身につける。中學習；練習。E learn; study.

☆ きのう習ったばかりなのにもう忘れた/昨天剛學的，現在卻已經忘了。

☆ 車の運転を習う / 學開車。

対教える　名習い

なら・す　ナラス〔他動五〕(ならして)　❶ でこぼこのないよう平らにする。中弄平；平整。E level.

☆ 土をならして種をまく / 整平土地後播種。

☆ 練習を始める前にテニスコートをならす/在開始練習前把網球場平整一下。

❷ 数や量を平均する。中平均。E average.

☆ アルバイト収入を月にならすと10万円になる / 打工的月平均收入為十萬日圓。

ならない　❶ (「〜てはならない」の形で)〜てはいけない。中不准。

☆ 中を見てはならない / 不准看裡面。

☆ 酒を飲んで運転してはならない/ You must not drink and drive. / 不准酒後開車。

❷ (「なくてはならない」の形で) ⇨なくてはならない

❸ (「なければならない」の形で) ⇨なければならない。

❹ (「〜てならない」の形で) がまんができないほど、そのように思う。中忍不住。

☆ つらくてならないときは家族の写真を見る/想家想得難受的時候，就拿出全家福照片看。

☆ 帰りたくてならない/ I'm dying to go home. /想回去想得要命。

参「なる」の「ない」形「なら」に否定の「ない」がついたことば。「なりません」はこれの丁寧な言い方。かたい書きことばとしては「ならぬ」の形でも使う。

ならば　ナラバ　「なら」のすこし古い言い方。中如果可能的話。

☆ いやならば食べなくていい / You may not eat if you don't want to. /如果不喜歡，不吃也可以。

☆ 勉強を続けたいのか。ならば大学院に進んだらどうだ？/想繼續讀嗎?如果是的話，進研究所怎麼樣?

ならび【並び】ナラビ　❶ 並ぶこと。並んだもの。中排列；排。E a side; a row; a line.

☆ わたしの家と同じ並びに、京子の家がある / 和我家並排的是京子家。

☆ きれいな歯並び / 牙齒排列得整齊漂亮。

☆ 横並び / 橫排。

❷ (「並び〔も〕ない」の形で)同じようなものがない。比べるものがない。中無比；無與倫比。E unrivaled; incomparable.

☆ この学校で並びもない秀才 / 是這所學校沒人能比的秀才。

☆ 並びない人気者 / 沒人能比得上的大紅人。

▷ 自動並ぶ

ならびに　ナラビニ　(語と語をつないで) 同じ種類のものを並べあげるときに使うことば。書中和；及；以及。E and.

☆ 議長ならびに副議長を選出する / 選出議長及副議長。

☆ 市長ならびに教育長の出席をえて卒業式を挙行した / 承蒙市長和教育局長出席，舉行畢業典禮。

参「および」も似ているが、「および」が前のことばと後のことばが同じ重さであるのに対して、「ならびに」は前のことばに重点がある。

なら・ぶ【並ぶ】ナラブ〔自動五〕(ならんで)

❶ 前後や左右の位置を占める。中排；排隊。E stand in a line; (walk) side by side.

☆ 乗客が１列に並んでバスを待つ / 乘客們排成一列等公車。

☆ ２人で並んで歩く / 兩人並排走。

❷ 程度が同じぐらいだ。中匹敵；比得上。E rank with; equal.

☆ 全社をあげて努力した結果、A社の業績は１位のB社に並ぶことができた/全社成員共同努力的結果，使A社的成績得以與第一名的B社相匹敵。

▷ 名並び　他動並べる

な

なら・べる【並べる】ナラベル〔他動一〕

❶ 前後や左右に置く。中 排列；擺；陳。E arrange; line up; set.

☆ 机を1列に並べる/將桌子排成一排。

☆ 本棚に本を並べる/將書擺放在書架上。

☆ テーブルにごちそうを並べる/將豐盛的飯菜擺在餐桌上。

❷ 同じようなことをつぎからつぎへと言う。中 列舉；一個接一個提出。E enumerate; set forth.

☆ 不平を並べる/牢騷說了一大堆。

☆ 欠点を並べたてる/列舉一大堆缺點。

▷ 自動 並ぶ

ならわし【習わし】ナラワシ、ナラワシ 前からしてきたこと。慣習。中 習慣；習俗。E a custom; a practice.

☆ 毎朝、家族そろって食事をするのがわが家のならわしです/每天早上全家一起吃早餐是我家的習慣。

なり ❶(動詞の基本形について)あることをすると、すぐに。中 立即；馬上就；一…就…。

☆ 妹は家に入るなり、泣きだした/My little sister burst into tears as soon as she came in the house./妹妹一回家就哭起來。

❷(「～したなり」の形で)その状態のままで、つぎに予期される動作が行われない状態であることを表す。中 表示原樣不動。

☆ 国を出たなり、10年も帰らない/出國之後已十年沒有回國了。

☆ 寝巻きを着たなり外へ飛びだした/She ran out of the house in her pajamas./穿著睡衣就跑出去了。

❸(名詞、動詞の基本形について、「～なり…なり」の形で)いくつかの例をあげて、どれかを選ぶことを表す。中 (列舉事物表示任何均可)或是…或是…；…也好…也好。

☆ 電話するなり手紙を書くなりして連絡してください/Whether you phone or write letters, please keep in touch with me./打電話也好，寫信也好，請跟我聯絡一下。

☆ アパートなりなんなり、まず住む所を決めよう/公寓也好其他也好，首先決定住所。

❹(名詞の後について)(1)それに相応すること。中 相應的；那樣；那般。

☆ 部長は部長なりの判断をしたはずだ/部長自會有他的判斷。

☆ 子供なりに考えたのでしょう/She must have thought about it in her own way as a child./孩子自會有孩子的想法。

(2)その形であること。中 照…那樣。

☆ 道なりに進むと駅の前に出る/沿著這條路走下去，就會到車站前。

☆ 弓なり/a bow shape./弓形。

なりきん【成金】ナリキン 急に金持ちになった人を見下していう言い方。中 暴發戶；乍富(的人)。E the new rich; an upstart.

☆ 土地の値上がりで成金が増え、この町にも高級車と豪邸がめだつようになった/因地價上漲使暴發戶增多，這座城鎮的高級車和豪華住宅也變得引人注目了。

☆ 成金趣味/愛好炫耀乍富的財力。

☆ 土地成金/土地暴發戶。

参 将棋で、位の低いこまが相手の勢力範囲に入って位の高い「金」に変わることからできたことば。

なりた・つ【成り立つ】ナリタツ、ナリタツ〔自動五〕(なりたって) ❶ まとまって、ある形をとる。できあがる。中 成立；談妥。E be concluded.

☆ 契約がなりたつ/合約成立。

☆ 商談がなりたつ/商談已經談妥；達成協議。

❷ いくつかのものからできあがっている。構成される。中 組成；構成；形成。E consist of; be made up of.

☆ この組織は800人の会員でなりたっている/這個組織由八百名會員所組成。

❸ 経済的にやっていける状態になる。中 能維

持。E be dependent on; make a living.

☆ この町は観光でなりたっている／這個城鎮依靠觀光業來維持。

☆ 生活がなりたたない／生活無法維持。

▷ 名 成り立ち

なりて【なり手】ナリテ　ある役割りにつこうとする人。中 想當～的人。E a person who is willing to hold a certain position.

☆ 会員はみんな忙しくて会長のなり手がない／會員們都很忙，沒人想當會長。

なりふり　ナリフリ　❶ 身なりと態度。服装や動作。中 服裝；裝扮；動作。E appearance; costume.

☆ なりふりに気をつける／注意打扮。

☆ なりふりが立派な人／服裝漂亮的人。

❷ (「なりふりかまわず[ぬ]」の形で)自分が人からどのようにみられても気にせず、一生懸命になにかをするようす。中 不修邊幅；不顧衣著打扮。E regardless of one's appearance.

☆ わたしも若いころは、なりふりかまわず働いたものだ／我年輕時也是不顧衣著打扮而拚命工作的人。

☆ なりふりかまわぬ宣伝競争／不顧一切的宣傳戰。

なりゆき【成り行き】ナリユキ　ものごとが自然に変わりながら進んでいくこと。また、その結果。中 動向；趨勢。E the course (of events); the outcome (of a matter).

☆ なりゆきにまかせて自分はなにもしない／聽憑趨勢的發展，自己什麼也不做。

☆ 3年生の正選手が新人部員に負けるとは意外ななりゆきだった／三年級的正式隊員竟輸給新人，真讓人感到意外。

な・る【成る】ナル〔自動五〕(なって)
❶ していたことができあがる。仕上がる。中 成；完成；成功。E be accomplished.

☆ 新薬の開発がなる／完成新藥的開發。

☆ 新装なったビルディング／煥然一新的大樓。

☆ なっていない (=問題にならない)／不是問題(=不成問題)。

❷ 組み立てられている。中 構成；組成。E consist of.

☆ 前編と後編からなるテレビドラマ／由上集和下集構成的電視劇。

「になる」と「となる」(「になる」與「となる」)

A「京子は大学を卒業して、会社員**になり**、やがて結婚した」

B「一郎は30年の政治家生活ののち、ついに総理大臣**となった**」

Aでは「会社員になる」ことを人生の自然ななりゆきとして述べているが、Bでは「総理大臣となる」ことを特別な結果として強調して述べている。

「になる」が変化の結果を特別のことではなく、単なる事実として述べるのに対して、「となる」のばあいは、変化の結果に特別の意味や気持ちが加えられている。

「に」が「大阪に行く」「社長になる」のように動作のいきつく先や目標を表すことばであるのに対して、「と」は「『禁煙』と書いてある」のように特に内容を表すのに使われる。この違いが「になる」と「となる」の違いとして残っている。ふつうは「になる」が使われるが、「先月の人事異動で、ニューヨーク事務所長**となった**」「王制が廃止されて、議会制民主主義国家**となった**」など、特に取りあげて強調するばあいには「と」が使われる。

❸ あるものが、前と違った形やようすに変わる。中 變成；變為；成為。E become; get.

☆ 娘は大学生になった / 女兒已成了大學生。

☆ 病気になる / 生病；患病。

❹ 時間がたつ、その時期や季節が来る。中 到。E It has been ～; come.

☆ この町に住んで10年になる / 住在這個鎮上十年了。

☆ 冬になる / 冬天到了。

❺ 役に立つ。役目をする。中 有益；有用。E serve as; instructive.

☆ この草は薬になる / 這草能入藥。

☆ ためになる本 / 有益的書。

❻ 植物が実を結ぶ。実る。中 結。E bear fruit.

☆ 今年は梅がたくさんなった / 今年梅樹結了許多果實。

☆ 実がなる / 結果實。

❼ (「お[ご]～になる」の形で)他人の動作を尊敬していう言い方。中 作敬語用。

☆ 社長が書類をごらんになる / The president looks over the papers / 老闆看文件。

☆ お休みになる / 去睡覺。

▷ 書 ❶❷ 他動 成す →囲み

三 注 ❸～❼はひらがなで書く。

な・る【鳴る】ナル〔自動五〕(なって)

❶ 音がする。響く。中 鳴；響。E ring; sound.

☆ 電話が鳴る / 電話響了。

☆ 鳴りわたる / 響徹四周；馳名；聞名。

❷ 世間に広く知られる。中 馳名；聞名。E know as; famous.

☆ 秀才をもってなる山田氏 / 以秀才而出名的山田氏。

☆ 全国になる名選手 / 舉國皆知的著名選手。

▷ 書 ❷ 他動 鳴らす

なるべく ナルベク、ナルベク 無理なくできる範囲内で、よくしたい、または、よくしてほしいと思うようす。中 儘量；儘可能。E if possible; as ～ as one can.

☆ あしたの会議には、なるべくご出席ください / 請儘量出席明天的會議。

なるほど ナルホド ❶ 他人の意見や他からえた知識を実際にあてはめて、確かにそうだと思うようす。中 怪不得；原來如此。E be convincing; indeed.

☆ おもしろいからとすすめられた本だが、読んでみて、なるほどと思った / 因為有趣而被推薦的書，看了之後，認為確實如此。

❷ 相手のいうことに感心したり同意したりするときに言うことば。中 誠然；的確；果然。E indeed; I see.

☆ なるほど、あなたのアイデアはすばらしい。ぜひ実現させましょう / 的確，你的構思很好，一定要實現它!

▷ 話 ❷

三 参 ❷は自分と同等か目下の人に使う。

なれっこ【慣れっこ】ナレッコ 何度も経験しているうちに、すっかり慣れてしまうこと。話 中 司空見慣；習以為常。E get used to; grow accustomed to.

☆ 線路のそばに住んでいるので、電車の音には慣れっこになった / 因為住在鐵路旁，所以對電車的聲音已經習以為常了。

なれなれし・い ナレナレシイ 不愉快に感じるほど、遠慮がなく、親しそうにする。中 過分親暱；裝熟。E over-friendly; over-familiar.

☆ 三郎ははじめて会った人にも、なれなれしく話しかける / 三郎即使是跟初次見面的人，也能像老朋友似地打招呼。

☆ なれなれしい態度を見せる / 擺出老朋友似的態度。

なれのはて【なれの果て】ナレノハテ、ナレノハテ 落ちぶれていきついた結果。また、その姿。中 窮途末路；悲慘下場。E the shadow of one's former self; the ruins of a person.

☆ 駅の地下道で暮らしているわたしが会社

社長のなれの果てだとだれが信じようか/誰能相信在車站地下道生活的我，曾經是個公司老闆呢。

な・れる【慣れる】ナレル〔自動一〕 ❶ 何度も繰り返して、特に変わったこととは感じなくなる。中 習慣；適應。E become used to; acclimate to.

☆ 入社して2年たち、会社にも仕事にも慣れてきた/進公司兩年了，無論對公司還是對工作都已適應了。

☆ 早起きに慣れている/習慣早起。

❷ (名詞、動詞の「ます」形について)何度も繰り返した結果、ぐあいがよくなる。中 (習)慣了的……。

☆ はきなれた靴/shoes that fit well with wear. /穿慣了的鞋。

☆ 使いなれたペン/用慣了的筆。

☆ 旅なれた人/旅行慣了的人。

▷ 名 慣れ 他動 慣らす

なわ【縄】ナワ わら、麻の繊維などを細く長くより合わせて丈夫にしたもの。中 繩；繩索。E a rope; a cord.

☆ となりの土地との境に縄を張る/在與相鄰的地界處拉一根繩為界。

☆ 縄跳び/跳繩。

数 1本 →綱

なわばり【縄張り】ナワバリ、ナワバリ 自分の勢力のおよぶ範囲。中 勢力範圍；地盤。E one's territory; one's sphere of influence.

☆ 縄張りを荒らされて怒ったやくざが押しかけてきた/地盤被侵犯，憤怒的流氓們擁了過來。

☆ 縄張り争い/地盤之爭。

なん【何】ナン ❶「なに」の変化した言い方。中 什麼。

☆ この字はなんと読むのですか/這個字怎麼讀?

☆ なんの話をしているのですか/What are you talking about? /在說什麼呢?

❷ (他のことばの頭について) 数や量、時間、順序、程度などがわからなかったり、はっきりしなかったりすることを表す。中 幾；多少。

☆ お客は何人、来るのですか/How many guests will come? /幾位客人要來呢?

☆ 何メートル/幾公尺?

☆ 何センチ/幾公分?

☆ 何回/how many times. /幾次?

☆ 何時/幾點鐘?

▷ 話 ❶

なん【難】ナン ❶ 自分の身に振りかかる災い。よくないこと。中 災難；苦難。E danger; a disaster.

☆ 戦争になったので難を避けて自分の国へ帰ってきた/因發生戰爭，為避難而回自己的國家。

☆ 難をのがれる/躲避劫難；逃難。

❷ 性格や作品などの欠点。中 缺點；毛病。E a defect; a fault.

☆ 立派な人だが、難を言えばすこし気が短い/(他)是個很出色的人，要說缺點，就是有點性急。

☆ 文章はいいが論の進め方に難がある/文章很好，就是論述方法上有問題。

❸ 解決できなくて困ること。中 難；困難。E difficulty; shortage.

☆ 進んで難に当たる/主動面對困難。

☆ 就職難/就業難。

☆ 住宅難/住屋難。

なんか【軟化】ナンカ〔～する〕 ものや人の態度などが、やわらかく穏やかなものに変わること。中 軟化；變軟。E become soft; soften.

☆ 高熱にあうとプラスチックの部品が軟化する/一遇高溫，塑膠零件就會軟化。

☆ 犬を飼うのに反対していた父も、弟の必死の頼みで軟化してきた/反對養狗的父親因弟弟拚命請求而態度軟化了。

対 硬化

な

なんか ナンカ ❶「など」のくだけた言い方。

☆ くだものではりんごなんか好きだ / I like fruit, for example, an apple. / 說到水果，我喜歡蘋果類的。

☆ 結婚の贈り物にはテーブルクロスなんかどうでしょう / How about something like a tablecloth for a wedding present? / 結婚禮物送塊桌布什麼的怎麼樣?

☆ わたしなんか生まれてこないほうがよかったんだ / It would have been better if someone like me had never been born. / 像我這樣的人還不如不要出生的好。

❷ ⇨何か

☆ なんかおもしろいことない？ / 沒有什麼有趣的事嗎?

☆ ジュースかなんか飲みたい / 想喝點果汁什麼的。

☆ なんかつまらない毎日だ / 每天都很無聊。

▷ 話

なんかい【難解】ナンカイ 内容がむずかしくてわかりにくいようす。中 費解；難解。E difficult to understand; abstruse.

☆ この文章は子供には難解だ / 這篇文章對孩子來說很難懂。

☆ 数学の難解な問題をとく / 解答數學難題。

対 平易

なんかん【難関】ナンカン 通り抜けたり乗り越えたりするのが非常にむずかしい場所やものごと。中 難關；險要通道。E a difficulty; a hurdle.

☆ 2度の大手術という難関を越えて生きのびた / 度過兩次大手術的難關後終於活了下來了。

☆ 公務員試験の難関を突破した / 突破公務員考試的難關。

なんぎ【難儀】ナンギ〔～する〕 ❶ 非常に苦労すること。苦しむこと。中 困難；辛苦。E hardship; difficulty.

☆ 重い荷物を持って坂を上るのに難儀した / 帶著沉重的行李走上坡路是很困難的。

☆ 難儀な思いをする / 感到為難。

❷ 面倒なこと。迷惑なこと。中 麻煩。E trouble; a nuisance.

☆ 仕事に失敗して家族にも難儀をかけた / 工作失敗，給家人也增添了麻煩。

なんぎょうくぎょう【難行苦行】ナンギョークギョー〔～する〕 たいへんむずかしいことや苦しいことをすること。また、そういう努力。中 苦修苦行；費盡心血；歷盡艱辛。E go through severe hardships; practice asceticism.

☆ 仏教の修行は、寒さやそまつな食事に耐えなければならない難行苦行の毎日だ / 佛教的修行就是每天要忍受寒冷與粗茶淡飯等的苦難修行。

☆ こんな暑い日に黒い上着を着て出かけるのは難行苦行だ / 這麼熱的天還穿黑衣出門，真是苦修苦行啊!

なんきょく【南極】ナンキョク ❶ 地球の南のはしに当たる所。磁石で南をさしているほうのはし。中 南極。E the South Pole.

☆ 2つの磁石の南極と北極は引き合っている / 兩個磁石的南北兩極相互吸引著。

☆ 南極点 / 南極點。

対 北極

❷ 南極点を中心にひろがる大陸。南極大陸。中 南極大陸；南極洲。E Antarctica.

☆ 南極はいつも雪と氷におおわれている / 南極總是被冰雪覆蓋著。

☆ 南極観測基地 / 南極觀測基地。

なんきょく【難局】ナンキョク 解決したり切り抜けたりするのが非常にむずかしい情勢。書 中 困難局面。E a grave situation; a crisis.

☆ 現在の態勢でこの難局がはたして乗りきれるだろうか / 以現在的形勢，真能渡過這個難關嗎?

☆ 難局を打開する / 打開僵局。

なんくせをつける【難癖をつける】 わざわざ小さな欠点を見つけて悪く言う。中 刁難；挑剔毛病。E find fault with.

☆ 客にコーヒーがぬるいと難くせをつけられた / 被顧客挑剔說「咖啡是溫的」。

参「文句をつける」も似ているが、「難くせをつける」はもっと細かい点を悪意をもって指摘することをいう。

なんこう【難航】ナンコー〔～する〕 ものごとが思うように進まないこと。中 難以進展；遲遲不進。E (face) rough going; hardly progress.

☆ 事件の捜査は難航しそうだ / 事件的搜查工作遲遲沒有進展。

☆ 意見がいくつにも分かれて会議は難航した / 產生幾種分歧意見，使會議很難進行下去。

なんざん【難産】ナンザン〔～する〕 ❶ 赤ん坊が生まれるときに、困難があったり時間が長くかかったりすること。中 難產。E have a difficult delivery.

☆ 難産だったが元気な赤ちゃんが生まれた / 雖然是難產，但是生下了一個健康的嬰兒。

対 安産

❷ ものごとがまとまるまでに、いろいろな理由で時間がかかること。中 難產。E have a great deal of difficulty.

☆ 反対意見が強くて新しいプロジェクトは難産している / 反對意見很強烈，新的計畫難產了。

なんじゃく【軟弱】ナンジャク ❶ 質がやわらかくてしっかりしていないようす。中 軟弱；鬆軟。E soft.

☆ 軟弱な地盤だから大雨が降ったら危険だ / 因為地基鬆軟，所以下大雨的話就會很危險。

対 強固

❷ 意志、性質などがしっかりしていないようす。中 軟弱。E weak-kneed; spineless.

☆ 人に言われて意見を変えるような軟弱な態度では困る / 經人一說就改變意見的軟弱態度，真令人困擾。

☆ 最近の男の子は軟弱で、頼りにならない / 近來男人們很軟弱，沒什麼好指望的。

対 強固、強硬

なんしょく【難色】ナンショク 賛成できないという態度。書 中 為難的神色；難色。E reluctance; disapproval.

☆ 家を建て直してマンションにしたいという父の案に、祖父は難色を示した / 對於父親想把家改建為高級公寓的建議，祖父面露難色。

なんだい【難題】ナンダイ なかなか答えが出せないむずかしい課題。無理な要求。中 難題；不易解決的問題；無理的要求。E a hard problem, an unreasonable demand.

☆ いままでどおりの教師数で、2倍に増えた学生を教えなければならないという難題をかかえている / 目前的難題是，教師人數不變，卻必須要教增加了兩倍的學生。

☆ 難題に取り組む / 致力於解決難題。

☆ 無理難題をふっかける / 故意提出無理的要求。

なんだか ナンダカ ❶ なんであるか。なんのことか。中 是什麼。

☆ あそこに置いてあるものがなんだかわかりますか / 放在那裡的東西是什麼，知道嗎?

☆ なにがなんだかわからない / I can't make out what it's all about. / 弄不清是怎麼回事。

❷ どうしてだかわからないが、そう感じるようす。中 總感到；感到有點；不由得。E somehow; I don't know why, but ~ .

☆ かばんがなんだか軽いと思ったら、辞書を入れるのを忘れていた / 感到書包有點輕，(原來)是忘了裝字典了。

なんて ナンテ ❶ どう。どのように。中 什麼。

☆ いま、なんて言ったの？/ What did you say now? / 剛才你說了什麼?

❷ 簡単なこと、はっきりわからないことを表す。中 表示簡單又不太明白的事情。

な

☆ 足首の手術など、なんてこともないさ/腳踝部位的小手術，根本算不了什麼!

☆ きみ、なんて名前だったっけ / You, what's your name? / 你叫什麼名字?

❸ ふつうの程度をこえていることに感心したり驚いたりしたときにいうことば。なんとまあ。中 多麼；何等。

☆ なんて美しい景色でしょう / What a beautiful landscape it is! / 多麼美麗的風景呀!

☆ なんてひどい人だろう/多麼惡劣的人呀!(多麼殘忍的人啊!)

❹「など」のくだけた言い方。中 什麼的；…之類的。

☆ 彼がうそをつくなんて信じられない/他竟然撒謊，真不敢相信。

☆ コンピューターなんて簡単だよ/ It's easy to operate the computer. / 電腦的操作很簡單呀。

❺ (文の終わりについて)驚きや怒り、感動などの気持ちを表す。中 表示驚訝、憤怒、感動的心情。

☆ 台風が来るのに、出かけるなんて / Why should you go out when the typhoon is coming? / 颱風接近，還要出門?

▷ 話

なんで　ナンデ　❶「なぜ」のくだけた言い方。中 怎麼；為什麼。E why.

☆ こんなにがんばって練習しているのに、なんでうまくならないのだろう / 這麼努力地練習怎麼還做不好呢?

☆ なんできのう休んだの？/為什麼昨天請假了?

❷ どんな手段や方法で。なにで。中 怎麼；怎麼樣；怎樣。E how.

☆ はしもフォークもないときは、なんで食べるの？/ 筷子和叉子都沒有的時候，怎麼吃呀?

▷ 話

なんでも　ナンデモ　❶ どんなものでも。どんなことでも。中 無論什麼事。什麼都～；不管什麼；任何。E anything; whatever.

☆ この店にはスポーツ用品はなんでもそろっている/這家店各種體育用品都應有盡有。

☆ なんでも相談できる人 / 什麼都能與之商量的人。

❷ はっきりしないがという気持ちを表すことば。どうも。どうやら。中 據說是；好像是；多半是。E I hear.

☆ なんでも、山田さんのお父さんがなくなったそうだ / 聽說山田的父親去世了。

☆ なんでも、田中という人が責任者らしい/一個叫田中的人好像是負責人。

なんでもない　❶ 特別にいうほどのことではない。たいしたことではない。中 算不了什麼；沒什麼。E nothing; a trifle.

☆ 試験なんてなんでもない / 考試這種事算不了什麼。

☆ なんでもないことで騒ぐな / 不是什麼大事，別吵吵嚷嚷。

❷ (「～でもなんでもない」の形で)「～ではない」を強めた言い方。中 什麼也不是。E absolutely not.

☆ 病気でもなんでもないのに会社を休んでいる / 根本沒病沒痛地卻向公司請假休息。

なんと　ナント　❶ どのように。どう。中 怎麼；如何；什麼。E how; what.

☆ このむずかしい問題をなんと解決したらいいものか / 這個難題如何解決才好呢?

☆ なんと答えていいかわからない / 不知道該怎樣回答。

❷ 非常に驚いたり感動したりあきれたりしたときにいうことば。中 多麼。

☆ なんと大きな建物だろう / 這是一座多麼大的建築物啊!

☆ なんと美しい音楽だ/多麼優美動聽的音樂啊!

☆ なんと親切な人だろう/ What a kind person he is! / 多麼和藹可親的人啊!

なんといっても　ほかのものと比べてみて、それが特にきわだっていることを表す。中 不

管怎麼說；畢竟；終究。[E] after all; when all is said and done.

☆ 温泉で有名なのは、なんといっても箱根だ / 溫泉中最有名的不管怎麼說都是箱根。

☆ ことばを調べるなら、なんといってもこの辞書だ / 要查單字的話，無論如何要用這本字典。

なんとか ナントカ ❶考えられるいろいろな方法を使ってなにかをするようす。[中] 想辦法；設法。[E] something; somehow.

☆ いまのうちになんとかしないと、地球はたいへんなことになる / 從現在起不想點辦法的話，地球將會有很大的麻煩。

☆ なんとかやってみる / I'll try to do it somehow or other. / 想辦法試試看吧。

❷ 完全ではないが、どうにか目的を達することができるようす。[中] 好歹；總算；勉勉強強。[E] manage to; somehow.

☆ 走って、なんとか終電車に乗れた / 一路奔跑，總算趕上了末班電車。

☆ 成績は悪いが、なんとか卒業できそうだ / 成績雖差，但勉強能畢業。

❸ (「なんとかいう」の形で) はっきりしないことを表す。[中] (表示不清楚的事物或模糊的概念) 某；什麼。

☆ その薬はなんとかいう会社でつくっているらしい / That medicine is produced by a company called something-or-other. / 那藥好像是什麼什麼公司製造的。

❹ (「〜とかなんとか」の形で) いろいろあるようす。[中] 種種；各方。

☆ 彼は、仕事だとかなんとか言って、忙しがっている / He makes himself busy on the pretext of his business. / 他老是說什麼工作忙得不可開交。

☆ わからなければ人にきくとかなんとかすればいいのに / 不明白的話，應該問別人或是想想其他辦法。

なんとなく ナントナク ❶はっきりした原因や理由もなく、そう感じるようす。[中] 總感到；不由得。[E] somehow; without knowing why.

☆ 冬が近づくと、なんとなくさびしくなる / 臨近冬天，總覺得變得冷清。

❷ はっきりした目的を持たずになにかをするようす。[中] 無意中。[E] aimlessly.

☆ 来ようと思ったわけではないのに、なんとなく公園に来てしまった / 並沒想要來公園的，但卻無意中來了。

なんとも ナントモ、ナントモ ❶(「なんとも〜ない」の形で) (1) どのようにも〜ない。[中] 不在乎；不介意。[E] not at all; nothing.

☆ 人を殺してもなんとも思わないひどい人間 / 殺人不眨眼的殘酷凶魔。

(2) はっきり〜ない。[中] 怎麼也；什麼也。[E] can not.

☆ 来週の予定が決まらないので、行けるかどうかはなんとも言えない / 下週計畫尚未決定，所以沒法說要去還是不去。

❷ 表現のしようがないほど。[中] 實在；真的。[E] really; incredibly.

☆ あの２人は、飲むとけんかばかりして、なんとも困ったものだ / 他倆 (在一起) 只會喝酒打架，真是糟糕。

☆ なんともすばらしい / 真棒啊；實在美啊!

なんにも ナンニモ (「なんにも〜ない」の形で)「なにも〜ない」を強めた言い方。[話] [中] 什麼也。

☆ 食べ物がなんにも残っていない / There's nothing left to eat. / 吃的東西一點也不剩。

☆ ここで失敗したら、いままでの努力はなんにもならない / 若現在失敗的話，以前的努力就化為烏有了。

なんぱ【難破】 ナンパ〔〜する〕 あらしなどにあって、船がひどくこわれて走れなくなったり沈んだりすること。[中] 失事；破損；遇難。[E] be shipwrecked.

☆ 難破した船を救助する / 救助遇難的船隻。

☆ 難破して島に流れついた船 / 遇難後漂流到島上的船隻。

ナンバー (number) ナ̅ンバー ❶ 番号。順番。中 號碼；數字。E a number.

☆ ひき逃げした車のナンバーを覚えている/記下撞人後逃逸的車號。

☆ 図書館で新しい本にナンバーを書き入れる / 在圖書館給新書寫上編號。

☆ ナンバーワン / 第一；頭號。

❷ 雑誌の号数。中 期；號。E a number; an issue.

☆ 古いナンバーの雑誌もそろっている/過期雜誌也都齊全。

☆ バックナンバー/過期雜誌；運動員背後的號碼。

なんみん【難民】ナンミ̅ン、ナンミ̅ン 戦争や災害などで安定した生活の場を失い、よその土地や国へ逃げこんだ人々。中 難民。E refugees; displaced persons.

☆ 難民の乗ったボートが助けを求めている/難民乘坐的小船正尋求援助。

☆ 定住する難民に仕事や家の世話をする/負責給需要定居的難民安排工作與住處。

なんら ナ̅ンラ (「なんら～ない」の形で)すこしも～ない。書 中 絲毫；一點點不。E not at all; not in the least.

☆ たがいに自分の主張を繰り返すだけで、なんら進展がない/只是各自重複己見，沒任何進展。

☆ 準備は完全だから、なんらの心配もない/因為準備工作很紮實，所以一點也不擔心。

に／ニ

に【二】ニ̅ ❶ 1に1を加えた数。2。2つ。中 兩；兩個。E two.

☆ 2たす3は5だ / 二加三等於五。

☆ 切手を2枚はって出す/貼上兩枚郵票後寄出。

❷ 順番が1のつぎ。2番目。第2。中 第二。E the second.

☆ ロケットの打ち上げは2度目に成功した/第二次發射火箭成功。

☆ 第2次試験 / 第二次考試。

二の足を踏む どうしようかと迷うようす。中 躊躇；猶豫不前。E be reluctant to; hesitate to.

☆ 海外転勤をすすめられたが、妻が病気なので二の足を踏んでいる / 雖被推薦調到海外工作，但由於妻子生病，所以正在猶豫中。

二の句が継げない 非常に驚いたり、あきれたりして、ことばが出ない。中 沒話可說；無言以對；說不出第二句話來。E be struck dumb; be at a loss for words.

☆ となりの小学生は学習塾に週4日通い、そのほかピアノと絵と水泳の教室に行っていると聞いて、二の句がつげなかった/聽說隔壁的小學生每週去四天補習班外還學鋼琴、繪畫和游泳，我吃驚得說不出話來。

に【荷】ニ̅ ❶ 運んだり送ったりするようにまとめた品物。荷物。中 行李；貨物；東西。E a load; freight; a package.

☆ 荷を車に積む / 將貨物裝上車。

☆ 注文した荷を受け取る / 收到訂貨。

☆ 積み荷 / 裝載的貨物；載貨。

❷ 自分が責任を負うもの。自分の負担とな

るもの。中負擔；責任。E a burden; a load.

☆ 会長の役はわたしには荷が重い/會長這個職位對我來說責任太重。

☆ 委員をやめて肩の荷が下りた/辭掉委員後，肩上的擔子總算放下了。

に ❶ものの存在する場所を表す。中表示場所、地點。

☆ 机の上に本がある/There's a book on the desk./桌上有書。

☆ 家の前に車が止まっている/家門前停著一輛車。

☆ まもなく東京に着く/快要到東京了。

☆ 電車に乗る/乘坐電車。

☆ 会社に勤める/在公司上班。

☆ 壁に地図をはる/將地圖貼在牆上。

❷時を表す。中表示時間。

☆ 午前9時に授業が始まる/Class begins at nine./上午九點開始上課。

☆ 日曜日にテニスをする/星期天打網球。

❸目的を表す。中表示目標、目的。

☆ 彼は、日本へ機械の勉強に来た/He came to Japan to study machinery./他來日本學習機械。

☆ 図書館へ本を読みに行く/去圖書館看書。

❹相手や対象を表す。中表示動作的對方、對象。

☆ 先生に相談する/consult the teacher./跟老師商量。

☆ 日本に比べて、物価が安い/與日本相比物價很便宜。

❺変化の結果を表す。中表示變化的結果。

☆ 氷がとけて水になる/When ice melts, it becomes water./冰溶化成水。

☆ 信号が青になったら渡る/紅綠燈變綠後再過(馬路)。

❻受身の文の動作をする人や、また、動作の出所を表す。中表示被動句中的主動者。

☆ 宿題を忘れて、先生にしかられた/I was scolded by the teacher because I forgot to do my homework./忘了寫作業被老師罵了一頓。

☆ 父にもらった腕時計/a watch form my father./父親給的手錶。

❼原因、理由などを表す。中表示原因、理由。

☆ 雨にぬれる/get wet in the rain./讓雨淋濕了。

☆ おみやげに人形をもらう/得到一個人偶的禮物。

❽比べたり、割合を示したりするときの基準を表す。中表示比較的基準、比例。

☆ このセーターはわたしには大きすぎる/This sweater is too big for me./這件毛衣對我來說太大了。

☆ 1カ月に15万円の収入がある/一個月有十五萬日圓的收入。

❾ある状態の内容を表す。中表示某種狀態的內容。

☆ この子は才能に恵まれている/This child is gifted with talent./這個孩子富有才能。

☆ 資源に乏しい国/資源貧乏。

❿動作の行われるようすを表す。中表示動作進行的樣子。

☆ 横に1列に並んでください/Please stand in a row./請排成一列橫隊。

☆ 左右に揺れる/左右搖擺。

☆ 窓ごしに見る/隔著窗戶看。

⓫(同じ動詞2つの間に使って)その動作を強める。中強調。

☆ 待ちに待った夏休みが始まった/等待已久的暑假開始了。

☆ ボートは揺れに揺れた/The boat pitched and rolled/小船搖個不停。

⓬形容動詞の活用形の1つで、動詞に続く形。中形容動詞的活用形的一種，接動詞。

☆ 静かに話す/speak softly./平靜地講話。

☆ 元気になる/恢復健康；有精神了。

▷ →へ →で、なる 囲み

にあ・う【似合う】ニアウ〔自動五〕(にあって)

2つのものが、つりあいがとれていてふさわ

に

しく感じられる。中 相襯；相配；合適。E suit; match well.

☆ その服はきみによく似合う / 那件衣服很適合你。

☆ 家具に似合ったカーテン/與家具相襯的窗簾。

名 似合い

ニーズ (needs)　ニーズ　必要とされていること。要望。要求。需要。中 需要；必要；要求。E needs.

☆ 企業は消費者のニーズに合わせた製品をつくる / 企業製造滿足消費者需要的產品。

☆ 若い人たちにニーズがある商品 / 年輕人需要的商品。

にえきらな・い【煮えきらない】ニエキラナイ　考えや態度がはっきりしない。中 曖昧不明；猶豫不定。E dubious; indecisive.

☆ 相手の返事が煮えきらなくていらいらする / 因對方答覆不明確而心裡焦躁著急。

☆ 結婚すると言ったり、やめると言ったり、煮えきらない人だ/一會兒說要結婚，一會兒又說不結了，真是一個優柔寡斷的人。

に・える【煮える】ニエル〔自動一〕　食品に水などを加え、火にかけたものに、熱がよく通って食べられるようになる。中 煮；煮熟。E be boiled; be cooked.

☆ 芋がやわらかく煮えた / 白薯煮得很軟。

☆ 豆が煮える / 豆子煮熟了。

他動 煮る

におい　ニオイ　鼻から入ってくる感覚。中 味道；氣味道。E (a) smell; (an) odor; (a) scent.

☆ 台所からおいしそうなにおいがしてくる/從廚房飄來一陣香味。

☆ よごれた川のいやなにおい / 污濁河流（散發）的難聞氣味。

自動 におう

にお・う　ニオウ〔自動五〕(におって)　❶ いいにおいが鼻に感じられる。かおる。中 有香味；散發香味；發出芳香。E smell; be fragrant.

☆ 夜道を歩いていたら梅の花がにおってきた / 走在夜路上，梅花的香味撲鼻而來。

❷ 悪い刺激が鼻に感じられる。中 發臭；有臭味道。E stink.

☆ 冷蔵庫の中がにおっている / 冰箱中有臭味道。

☆ この魚はにおう / 這條魚發臭了。

❸ 色が美しく輝くように見える。中 顯得鮮艷。E glow; be bright.

☆ 朝日ににおう山桜花/在旭日的光輝中，顯得鮮艷奪目的山櫻花。

☆ におうように美しい / 雍容華貴般的美。

▷ 書 ❸　名 におい

にかい【二階】ニカイ　建物の、下から２番目の階、また、家が２層になっていること。中 2 樓；2 層。E the second floor; two-story.

☆ 建物の１階は商店で、２階から上は住宅になっている / 這座建築物的一樓是商店，二樓以上是住宅。

☆ 一郎の家は２階建てだ/一郎家是兩層樓房。

→家 図

二階から目薬　むだが多くて効果が上がらないということ。中 遠水救不了近火；無濟於事。E be a totally ineffective method.

にが・い【苦い】ニガイ　❶ 濃すぎるお茶のような、いやな味だ。中 苦。E bitter.

☆ 苦い薬をがまんして飲む/強忍著苦味道吃藥。

対 甘い

❷ つらくて、苦しい。中 痛苦；難受。E hard; trying.

☆ 無理をして体をこわした苦い経験がある/（我）有硬撐著以至於搞壞身體的痛苦體驗。

☆ 失恋の苦い思い出 / 失戀的痛苦回憶。

❸ 不愉快だ。中 不高興；不痛快。E sour; sullen.

☆ お金を貸してくれと言ったら、苦い顔をされた / 對他說「借點錢給我」後，他一臉不高興。

にが・す【逃がす】ニガス〔他動五〕(にがし

て）❶捕まえていたものを放して自由にしてやる。中放；放跑；沒有抓住。E set free.

☆ 釣った魚が小さいときは、逃がすことにしている / 決定如果釣到的魚太小就放掉。

❷ 捕まえそこなう。のがす。中錯過；丟掉；放掉。E fail to catch; miss.

☆ 惜しいところで泥棒を逃がした / 可惜的是讓小偷跑掉了。

☆ チャンスを逃がす / 錯失機會。

▷ 自動 逃げる

逃がした魚は大きい 手に入りかけてもうすこしのところで失ったものは、いっそう惜しく思われるということ。中沒釣上來的魚往往認為是大條的魚。E Every fish that escapes appears greater than it is.

にがつ【二月】ニガツ、ニガツ　1年の2番目の月。2月。中二月。E February.

☆ 2月はふつうは28日までだが、4年ごとに29日の月になる。その年をうるう年という / 二月通常是只有二十八天，每四年有一次二十九天，這一年就叫作閏年。

にがて【苦手】ニガテ、ニガテ　やりにくくてうまく自分の力が出せないこと。また、その相手やものごと。中難對付(的人)；不好對付；不擅長。E an undesirable opponent; be poor at.

☆ これまでいつも負けている苦手の選手と、また対戦することになった / 以前老是輸給這個難纏的選手，如今又要跟他比賽了。

☆ 科目の中では数学と歴史が苦手だ / 在衆多科目中，我不擅長數學和歷史。

対 得意

にがみばしった【苦みばしった】　顔つきが引きしまって、きりっとしている。中嚴肅端莊。E stern and handsome.

☆ 新しく来た課長は苦みばしったいい男だ / 新來的課長是個莊重的紳士。

二 参 大人の男性だけについていう。

にがわらい【苦笑い】ニガワライ〔～する〕失敗したり気に入らなかったりするときなど、気持ちは不愉快なのに表面だけ笑い顔をつくること。また、その笑い。苦笑。中苦笑。E a bitter smile; a wry smile.

☆ 子供にまちがった字を見つけられて、苦笑いでごまかした / 被孩子們發現錯字，只好以苦笑來敷衍。

にきび　ニキビ　若い人の顔などにできる小さいはれもの。中青春痘；粉刺。E a pimple; a blackhead.

☆ 高校生になって、にきびがいくつも出てきた / 上了高中，長出了幾顆青春痘。

☆ にきびは青春のしるしともいう / 青春痘也叫作青春的標誌。

にぎやか　ニギヤカ　❶人やものが多く、活気があるようす。中熱鬧；熙熙攘攘。E bustling; lively.

☆ 祭りがあるので町がにぎやかだ / 因為有廟會，所以街上很熱鬧。

☆ にぎやかな商店街 / 繁華熱鬧的商店街。

対 寂しい

❷ 陽気でよくしゃべるようす。中極其開朗；熱鬧。E cheerful; merrily.

☆ にぎやかな弟がいないので家が静かだ / 因為活潑開朗的弟弟不在，所以家裡顯得很安靜。

☆ 家族そろって、にぎやかに話しながら食事をする / 全家人在一起熱熱鬧鬧地邊聊天邊吃飯。

にぎり【握り】ニギリ　❶にぎること。また、にぎって持つ所。中握；把手。E a grip; a handle.

☆ ラケットのにぎりをいろいろ変えて練習する / 變換各種球拍的握法來練習。

☆ ステッキのにぎり / 手杖的把手。

❷ にぎったときの長さ、太さ、量。中把。E a handful.

☆ 庭の草花にひとにぎりずつ肥料をやった / 給院裡的每株花草各施一把肥。

❸ ⇨握りずし

に

☆ すし屋でにぎりを注文する / 在壽司店點了握壽司。

▷ 他動 握る

にぎりずし【握りずし】ニギリズシ　酢をまぜた飯を手でかためて形をつくった上に、魚、貝などを載せたもの。にぎり。中 握壽司。E hand-rolled *sushi*.

☆ にぎりずしを１口で食べる / 一口吃掉一個握壽司。

☆ この店のにぎりずしは上に載せるたねが新しくていい / 這家店的握壽司上面的佐料既新鮮又好吃。

にぎりつぶ・す【握りつぶす】ニギリツブス〔他動五〕(にぎりつぶして)　❶ 強くにぎってつぶす。中 捏壞；捏碎。E crush ~ in one's hand.

☆ 横綱どうしの熱の入ったすもうを見ていて、思わずトマトをにぎりつぶしてしまった / 看著兩位「橫綱」展開的相撲比賽進入高潮，不自禁將手上的蕃茄給捏碎了。

❷ 提案や意見などを、わざと自分の手もとに置いて出さずにとどめておく。中 置之不理；擱置起來；束之高閣。E shelve; pigeonhole.

☆ 市立の「平和資料館」を建ててほしいと要望書を出したが、にぎりつぶされた / 雖然發出了請願書，希望建一座市立「和平資料館」，但被置之不理。

にぎ・る【握る】ニギル〔他動五〕(にぎって)

❶ 手の指５本を内側に曲げる。また、そのように曲げてなにかを持つ。中 握；捏；抓。E grasp; clasp.

☆ 久しぶりに会った祖母は喜んでわたしの手をにぎって離さなかった / 隔了好久才相見，祖母高興地握住我的手不放。

☆ ハンドルをにぎる / take the wheel. / 握住方向盤。

☆ にぎりしめる / 握緊；緊緊握住。

❷ だれにも渡さないようにしっかりと自分のものにしておく。中 掌握；抓住。E come to (power); know (a secret).

☆ だれでも、いちど権力をにぎると、いつまでも持ち続けたくなるものらしい / 看來只一旦掌握權力，誰都想永遠握住不放。

☆ 競争相手の秘密をにぎった / 掌握到競爭對手的秘密。

❸ にぎりずしやにぎり飯をつくる。中 捏飯糰。E make *sushi* or a rice ball.

☆ すしを１人前にぎってください / 請來一人份壽司。

▷ 名 握り

にぎわ・う　ニギワウ〔自動五〕(にぎわって)

❶ 人が多く集まってにぎやかになる。中 熱鬧；擁擠。E be crowded; be bustling.

☆ 町は秋祭りでにぎわっている / 因為是秋季廟會，所以街上顯得熱鬧擁擠。

❷ 商売がうまくいって客も多く入っている。中 繁榮；興旺；興隆。E prosper.

☆ 年の暮れでどの店もにぎわっている / 在年底不管哪家商店，生意都很興隆。

▷ 名 にぎわい　他動 にぎわす

にぎわ・す　ニギワス〔他動五〕(にぎわして)　盛んにし、活気づかせる。にぎわうようにする。中 使熱鬧；使繁盛。E be played up; enliven.

☆ 最近、ある映画俳優の結婚が週刊誌をにぎわした / 最近，某位電影明星結婚，週刊雜誌競相報導。

☆ 食卓をにぎわす数々の料理 / 豐盛的菜餚擺滿餐桌。

自動 にぎわう

にく【肉】ニク　❶ 人や動物の体で、皮膚の下にあり、骨を包んでいるやわらかい部分。中 肉；肌肉。E flesh.

☆ 以前はやせていたが、最近すこし肉がついてきた / 以前很瘦，最近稍微長了些肉。

☆ 贅肉 / fat; flab. / 肥肉。

☆ 筋肉 / 肌肉。(→ 項目)

❷ 牛、豚、鶏、鳥、魚などの、食用にする部分。中肉。E meat.

☆ 肉と野菜をいためる/肉和蔬菜一起炒。

☆ ステーキ用の肉/作牛排用的肉。

参 ❷では、豚肉、とり肉は「豚を300グラムととりを200グラムください」のように「豚」「とり」ともいうが、牛肉のばあいは「今晩は牛肉にする」とか、「牛を200グラム買った」とはいっても、「牛」とはいわない。

にく・い【憎い】ニクイ ❶ 許せないと思うほど、腹の立つようすだ。中討厭；可惡；可恨。E hateful; detestable.

☆ 信用していたのに裏切ったあいつは本当に憎いやつだ/我原本很信任他，他居然背叛了我，真是可惡的人。

☆ 人の命をうばう憎いがん/奪走人命的可恨癌症。

対かわいい

❷ 感心するほど、よく気がきいているようすだ。中令人佩服；真夠可以；漂亮。E tasteful; admirable.

☆ 誕生日を覚えていて花を贈ってくれるとは、憎いね/記得我的生日還送花給我，你真夠意思的了。

▷ 話❷

-にくい (動詞の「ます」形について)〜するのがむずかしい。中難〜。

☆ 靴が大きくて歩きにくい/鞋子太大，不好走路。

☆ 書きにくい/difficult to write./難寫。

☆ 読みにくい字/script that is difficult to read./難唸的字。

対-やすい、-いい

にくしみ【憎しみ】ニクシミ、ニクシミ 憎いと思う気持ち。中憎惡；憎恨。E hatred; hate.

☆ 父をうばった戦争への憎しみは消えない/我永遠憎恨戰爭，因為它奪走了父親的生命。

☆ 憎しみをやわらげる/緩和憎意。

☆ 憎しみの目で見る/用憎惡的目光盯著看。

にくしん【肉親】ニクシン 親子、きょうだいのように、血が濃くつながっている人。また、その関係。中骨肉親；親人。E a blood relation.

☆ 結婚式には両方の肉親だけが出席した/只有雙方的親人出席婚禮。

☆ 肉親の愛情/骨肉之情。

にくたい【肉体】ニクタイ 生きている人間の体。中肉體。E the body; the flesh.

☆ 健康な肉体を与えてくれた両親に感謝している/感謝雙親賜與我健康的身軀。

☆ 肉体労働/體力勞動。

対精神

にくたらし・い【憎たらしい】ニクタラシイ 「憎らしい」を強めた言い方。話中實在可恨；令人討厭。E spiteful; hateful.

☆ 花壇をめちゃめちゃにしてしまった憎たらしい犬/可惡的狗把花圃弄得亂七八糟。

☆ 弱い子をいじめて喜んでいる憎たらしい中学生/以欺侮弱小為樂的可惡中學生。

にくまれぐち【憎まれ口】ニクマレグチ 人に憎まれるようなことばやものの言い方。中惹人討厭的話。E (say) spiteful things; malicious language.

☆ 小さな子供が、おばさんがつくったお菓子はまずいと憎まれ口をきく/小孩子說出「姑姑做的點心不好吃。」這樣惹人討厭的話。

☆ 憎まれ口をたたく/專說討人嫌的話。

にくまれっこよにはばかる【憎まれっ子世にはばかる】 みんなに憎まれるような人が、かえって世の中では力を持ち大きな顔をするものだ。中好人不長命，禍害三千年；禍害無窮惡人得勢。E Ill weeds grow apace.

にく・む【憎む】ニクム〔他動五〕(にくんで) 憎いと思う。ひどく嫌う。中憎惡；憎恨。E hate; detest.

に

☆ わたしたちの命と平和な暮らしをうばう戦争を憎む / 憎恨奪走我們生命與和平的戰爭。

☆ 罪を憎んで人を憎まず / 恨罪不恨人。

対 愛する

にくらし・い【憎らしい】ニクラシイ　憎い気持ちにさせるようすだ。中 討厭；憎恨。E spiteful; provokingly.

☆ わたしが通るといつもほえる憎らしい犬/這隻可惡的狗，每當我們經過時總是吼叫。

☆ 憎らしいほど頭のいい人 / 聰明得讓人厭惡的人。

対 かわいらしい

にげごし【逃げ腰】ニゲゴシ　責任などからのがれようとするようす。中 想要逃脫；打退堂鼓。E shrink; get cold feet.

☆ 旅行の費用がとても高いと聞いて逃げ腰になった/聽說旅行的費用很高，便打退堂鼓了。

に・げる【逃げる】ニゲル〔自動一〕❶ 捕まえられないように、その場を離れたり身を隠したりする。また、捕まっている所から抜けだす。中 逃；逃跑；逃學。E run away; flee; escape.

☆ 犬にほえられてあわてて逃げた / 狗一叫，嚇得落荒而逃。

☆ ろうから逃げる / 越獄。

❷ ものごとを避けて、関係しないようにする。中 避開；避免；迴避。E evade; back out of.

☆ 田中さんに会長を頼もうと思ったら、健康を害しているからと、うまく逃げられた / 想請求田中先生作會長，他卻說：「現在身體狀況不佳，所以……」就這樣巧妙地被回絕了。

▷ 他動 逃がす　→逃れる

逃げるが勝ち　勝負をしたり面倒なことになるよりは逃げるほうが得だ。中 三十六計，走為上策。E The best of all tactics is to run away.

にご・す【濁す】ニゴス〔他動五〕(にごして)

❶ 液体や気体に他のものをまぜて不透明にする。中 弄髒；弄渾濁。E make muddy; make foul.

☆ 工場の廃液を流して川をにごす / 工廠流出的廢水污染了河川。

☆ タバコの煙で部屋の空気をにごす/香菸的煙霧使房間空氣混濁。

対 澄ます

❷ あいまいにしてはっきりさせない。ごまかす。中 含糊；支吾。E (speak) ambiguously.

☆ お金を貸してほしいと頼まれたが、ことばをにごしておいた/雖然他向我借錢，但我含糊其詞地敷衍了過去。

▷ 自動 濁る

にこにこ　ニコニコ〔～する〕声を出さないで、楽しくうれしそうに笑うようす。中 笑嘻嘻；笑瞇瞇；微笑。E smile; (look) cheerful.

☆ 祖母はいつもにこにこしていて、1度も怒ったことがない/祖母總是面帶微笑，沒發過一次脾氣。

にこやか　ニコヤカ　にこにこ笑っているようす。中 笑嘻嘻；笑容滿面；和藹可親。E smiling; with a smile.

☆ 二郎は、会うといつもにこやかな顔であいさつする / 每次見面，二郎總是笑容滿面地問候致意。

☆ にこやかに話しかけてきた / 和和氣氣地來和我說話。

にご・る【濁る】ニゴル〔自動五〕(にごって)

❶ 液体や気体などに他のものがまじって透明でなくなる。中 渾濁；污濁。E become muddy; become foul.

☆ 大雨で川の水が茶色くにごっている/因大雨河水變成褐色十分渾濁。

☆ タバコの煙で部屋の空気がにごる/房間的空氣因香菸的煙霧而變得混濁。

対 澄む

❷ 音や声や色などがはっきりしない。中 變嘶啞；不清晰；渾濁。E be vague; be dull.

☆ このラジオは音がにごっていて聞きにく

い/這台收音機音色混濁，很難聽清楚。

☆ にごった目をしている/目光渾濁。

☆ にごった色/不鮮明的顏色。

[対]澄む

❸ 悪い考えがまじる。正しくない。[中]起邪念；沒條理。[E] become impure.

☆ どんな社会も、同じ人物が長く支配していると、にごってくる/同樣的人物長期掌權的話，無論什麼社會都會變得腐敗。

☆ にごった心/心地不純。

[対]澄む

❹ 濁音に発音する。[中] 發濁音。[E] have a voiced pronunciation.

☆「カ・サ・タ」をにごって発音すると、「ガ・ザ・ダ」になる/「カ・サ・タ」發濁音為「ガ・ザ・ダ」。

☆ 最近は「3階」を「さんかい」とにごらないで言う人が多い/近來很多人把「三階」不發濁音而讀成「さんかい」。

[対]澄む

▷ [名]濁り [他動]濁す

にし 【西】ニ̄シ 4つの方角の1つ。太陽が沈む方角。[中]西；西方。[E] the west.

☆ 太陽は東から出て西に沈む/太陽從東邊升起，西邊落下。

☆ 新幹線で西へ向かう/搭乘新幹線向西行。

[対]東

にじ 【二次】ニ̄ジ ❶1回で終わらず何度もあるものごとの2番目。第2回。[中]第二次。[E] the second.

☆ 忘年会の2次会/忘年會後的第二攤(同一天)。

☆ 2次試験/第二次考試。

❷(「二次的な」の形で) 本来のもの、たいせつなものに比べれば、それほど重要でないようす。[中]次要；其次。[E] secondary.

☆ 論文の内容が重要なのであって、字が上手か下手かは二次的な問題だ/論文的內容很重要，字的好壞是次要問題。

[注] ❶は「1次、2次……」のような数え方の1つで「2次」と書くが、❷は決まった言い方なので「二次」と書く。

にじ ニ̄ジ 雨がやんで晴れた空や、滝、噴水などの所に、半円の形で現れる美しい7色の光。[中]虹；彩虹。[E] a rainbow.

☆ にじの色は赤、だいだい、黄、緑、青、あい、紫の7色だ/彩虹的顏色有紅橙黃綠藍靛紫七種。

☆ にじがかかる/彩虹出來了。

[注] 漢字で書くときは「虹」。

にしき ニ̄シキ いろいろな色の糸、また金や銀の糸を使って美しい模様を織りだした、地の厚い絹織物。また、そのように美しいもの。[中]織錦；錦緞。[E] Japanese brocade.

☆ 薄い色の着物ににしきの帯をしめる/在淡色的和服外繫上緞帶。

☆ ニシキゴイ/a colored carp./錦鯉；花鯉。

にしき[錦]の御旗 だれも反対できない権威のあるものだということを示すもの。[中]尚方寶劍誰也不好反對的冠冕堂皇的藉口。[E] a noble cause.

☆ 福祉のため、というにしきの御旗を掲げて税金を取る/打著落實社會福利政策這個冠冕堂皇的口號來徵稅。

にじ・む ニジム〔自動五〕(にじんで) ❶液体がものにしみてひろがる。[中]滲；湮；潤。[E] run; blot.

☆ 泣きながら手紙を書いたら涙でインクがにじんだ/一邊哭一邊寫信，眼淚使得墨水都散開了。

☆ 墨がにじむ/墨水滲透了。

❷ 液体が表面にうっすらと出る。[中]隱約滲出；湮出；流出。[E] be stained; ooze.

☆ ひどい傷で、包帯に血がにじんでいる/因傷勢嚴重，紗布上都滲出血來了。

☆ 山を登っていると、ひたいに汗がにじんでくる/剛開始登山，額頭就沁出汗珠來。

にしゃたくいつ【二者択一】ニシャタクイツ　2つのものごとのどちらかを選ばなければならないこと。書中 二者擇一；二者選一。E a choice between two things.

☆ 大学で勉強を続けるか親の仕事をつぐかの二者択一をせまられている / 是要麼繼續大學學業，或是要麼繼承父業，被迫在這兩者間做選擇。

にじゅう【二重】ニジュー　同じ種類のものごとが2つ重なること。ふたえ。中 兩層；雙層；雙重。E dual; double.

☆ 二重国籍 / 雙重國籍。

☆ 二重人格 / 雙重人格。

☆ 二重生活 /（與家屬）分居生活。

にせ【偽】ニセ　本物と思わせるように似せてつくったもの。また、そのようにつくること。中 假；假冒；贗品。E an imitation; a fake; counterfeit.

☆ 似た署名にだまされて偽の絵を買ってしまった / 被相似的簽名所騙，買了幅假畫。

☆ 偽札 / 偽鈔；假幣。

☆ 偽物 / 冒牌貨；贗品。

にせい【二世】ニセイ　❶ 王の国などで、同じ名で2代目の王になった人。また、歌舞伎俳優などで、名前や地位を2番目についだ人。中 二世。E the second.

☆ エリザベス二世 / 伊利莎白二世。

☆ 二世市川団十郎 / 第二代市川團十郎。

❷ 親からみて子供。中 二世；第二代。E a son; junior.

☆ 二世が誕生した / 第二代誕生了。

☆ 二世議員 / 第二代議員。

❸ 親が移民した国で生まれた子で、その国の市民権を持つ人。中（移民）第二代；二世。E a *Nisei*; a second-generation Japanese.

☆ ハワイ生まれの二世/出生在夏威夷的第二代。

にそくのわらじをはく【二足のわらじを履く】　1人の人が両立しにくい2つの職業、立場に同時につく。中 一身兼任不同的兩種職業。E be engaged in two trades at the same time.

☆ 銀行員と小説家の二足のわらじをはいてきたが、小説に専念することにした / 原本身兼銀行職員和小說家兩職，後來決定專心從事小說創作。

にたにた ニタニタ〔～する〕　声を出さずに、よくないことを心の中で楽しむように笑うようす。中 猙獰的呆笑貌；齜牙咧嘴地笑。E smile lewdly; grin lewdly.

☆ 兄がテレビを見ながらにたにた(と)笑っていて、いやな感じだ / 哥哥邊看電視邊傻笑，感覺怪噁心的。

にち【日】ニチ　❶「日本」を略した言い方。中 日本。E Japan.

☆ 日米関係 / 日美關係。

☆ イギリス首相の訪日 / 英國首相訪問日本。

☆ 在日外国人学生 / 在日本留學的外國學生。

❷「日曜日」を略した言い方。中 星期日。E Sunday.

☆ 毎週土日は休みだ / 每逢週六和週日休息。

☆ 2月12日(日)に出発する / 二月十二日(星期日)出發。

❸（数を表すことばの後について）日付、日数を表す。中 日期；日。

☆ 誕生日は11月29日です / My birthday is November 29. / 生日是十一月二十九號。

☆ 1日は24時間ある / 一天有二十四個小時。

にちじ【日時】ニチジ、ニチジ　あることが行われる日と時刻。中 日期和時間。E the time and date.

☆ つぎの会議の日時は後で知らせます/下次會議時間日後通知。

☆ 到着の日時を知らせる / 告知抵達的時間。

にちじょう【日常】ニチジョー　いつも変わらず自分のまわりにある状況。同じように繰り返す毎日。中 日常；平時。E daily; everyday.

☆ わたしの日常は平凡なものだ / 我的日常生

活很平凡。

☆ 日常生活/日常生活。

にちじょうさはんじ【日常茶飯事】ニチジョーサハンジ　毎日お茶を飲み食事をするのと同じで、すこしも珍しくないこと。書 中家常便飯；毫不稀奇的事。E a daily occurrence.

☆ わたしの家では、父や兄が洗濯や掃除をすることなど日常茶飯事だ/在我家，和哥哥洗衣打掃，是毫不稀奇的事。

にちぼつ【日没】ニチボツ　太陽が西に沈むこと。日の入り。中日落。E sunset; sundown.

☆ 冬と夏では日没の時刻が2時間も違う/冬天和夏天的日落時刻相差兩小時。

にちや【日夜】ニチヤ、ニチヤ　昼と夜。また、昼も夜も、いつでも。書中日夜；晝夜；總是；經常；無時。E night and day; always.

☆ 心配ごとが日夜頭を離れない/心事總是揮之不去。

☆ 日夜工夫を重ねる/日夜反覆鑽研。

にちようび【日曜日】ニチヨービ　1週7日の最初の日。土曜のつぎ、月曜の前の日。日曜。日。中星期日；星期天；禮拜日。E Sunday.

☆ 日曜日は会社も学校も休みだ/週日公司和學校都休息。

☆ 日曜日には家族でハイキングに出かける/週日全家一起去遠足。

にちようひん【日用品】ニチヨーヒン、ニチヨーヒン　毎日の生活に使う身のまわりの品物。中日用品。E daily necessities.

☆ 日用品を売る店が近くにあると便利だ/附近若是有賣日用品的商店就方便了。

にっか【日課】ニッカ　自分で決めて毎日することにしている仕事や勉強。中每天的例行活動。E daily work; a daily task.

☆ 犬を連れて散歩するのが朝の日課だ/帶狗散步是每天早上的例行活動。

につかわし・い【似つかわしい】ニツカワシイ　よく似合っている。ぴったり合っている。中合適；相襯。E suitable; becoming.

☆ 静かで落ちついた道子の結婚相手には、一郎のようなまじめな青年が似つかわしい/像一郎那樣老實的青年與文靜、穩重的道子結婚，是很登對的一對。

☆ 楽しいドラマに似つかわしい、明るい音楽/與愉快的電視劇相襯的節奏明快的音樂。

にっかん【日刊】ニッカン　新聞、雑誌などを毎日刊行すること。中日刊。E daily.

☆ A社は日刊の新聞のほかに、週刊誌も出している/A社除了日刊報紙外，還發行週刊雜誌。

にっき【日記】ニッキ　その日のできごとや感想などを記録すること。また、その記録。日記帳。中日記。E a diary.

☆ 毎晩、日記をつけてから寝る/每天晚上寫完日記後睡覺。

ニックネーム (nickname) ニックネーム　親しみを表したり、からかったりするために、本名のほかにつける呼び名。あだ名。中外號。E a nickname.

☆ ベルが鳴るとすぐ教室へ来る先生に、「消防自動車」というニックネームをつけた/給上課鐘一響就馬上進教室的老師取了個「消防車」的綽號。

☆ 友達をニックネームで呼ぶ/用外號來稱呼朋友。

にっけい【日系】ニッケイ　日本人の血統を引いていて外国籍を持っていること。また、その人。中日裔。E a person of Japanese descent.

☆ 日系三世はもうほとんど日本語を話さない/日裔的第三代已經幾乎不說日語了。

☆ 日系のブラジル人/日裔巴西人。

にっこう【日光】ニッコー　太陽の光線。日の光。中陽光；日光。E sunshine; sunlight.

☆ 窓からいっぱいに日光が入る/陽光從窗口照射進來。

☆ 壁に日光が当たっている/陽光照射在牆上。

☆ 日光浴 / 日光浴。

☆ 直射日光 / 直射陽光。

にっこり ニッコリ〔～する〕 声を出さずに、一瞬、楽しくうれしそうに笑うようす。中微微一笑；嫣然一笑。E smile; a happy smile.

☆ 美しい花をプレゼントされ、思わずにっこりした / 收到了一束美麗鮮花，不禁微微一笑。

☆ にっこり(と)ほほえむ / 微微一笑。

にっしょうけん【日照権】ニッショーケン 住む家の日当たりや風通しを確保する権利。中日照權；享受陽光的權利。E the right to sunshine.

☆ 家の前に高いビルが建ちそうになったが、日照権を主張して建設計画を変更させた/原本家門口要建一座高樓，(我們)要求日照權，迫使建設計畫變更。

にっしょく【日食】ニッショク 月が太陽と地球の間に入って陰になり、地球から太陽の一部や全部が見えなくなる現象。中日蝕。E a solar eclipse.

☆ 日食が始まって、あたりがすこし暗くなってきた / 日蝕開始，周圍有些暗了下來。

☆ 皆既日食 (= 太陽が全部隠れる日食) / 日全蝕 (太陽被全部隱去的日蝕)。

☆ 部分日食 / 日偏蝕。

にっしんげっぽ【日進月歩】ニッシンゲッポ〔～する〕 日ごとに月ごとに止まらず進歩すること。進歩が速いこと。中日新月異。E rapid progress; ever-advancing.

☆ コンピューターの世界は日進月歩で、ついていくのがたいへんだ / 電腦領域日新月異，要跟隨它的發展是非常困難的。

☆ 日進月歩の医療技術/日新月異的醫療技術。

にっちもさっちもいかない どのように考えても、してみても、できないようす。中一籌莫展；毫無辦法。E be in a fix; get bogged down.

☆ 毎月赤字で、銀行もお金を貸してくれず、事業はにっちもさっちもいかなくなった/每月都是赤字(虧損)，銀行也不再貸款，事業一籌莫展。

にっちゅう【日中】ニッチュー 太陽が高い間。朝と夕方を除いた昼間。中白天；日間。E in the daytime; by day.

☆ 日中は暑かったが、夕方になって涼しくなった / 白天還很熱，到了傍晚就變涼快了。

にってい【日程】ニッテイ 仕事や行事、旅行などの、その日その日の予定。中日程。E a day's program; a day's schedule.

☆ 今度の旅行はかなり日程がつまっている/這次旅行的日程安排很緊湊。

☆ 合宿の日程を終える / 結束集訓的日程。

にっとう【日当】ニットー 1日分の仕事、労働に対して払われる給料。中日薪；日津貼。E a daily allowance; daily wages.

☆ 日当が高いアルバイトをさがす / 找份日薪高的副業來做。

にっぽん【日本】ニッポン ⇨日本

☆ 日本晴れ / 晴空萬里的好天氣；(喻)開朗。

につま・る【煮詰まる】ニツマル〔自動五〕(につまって) ❶煮すぎて水分や汁が少なくなる。中煮乾。E boil down.

☆ みそ汁が煮つまって辛くなった / 味噌湯煮久會變鹹了。

❷ 交渉が重ねられたり意見が出つくしたりして、まとめの段階に近づく。中接近解決。E boil down; get close to a conclusion.

☆ 話もだいぶ煮つまったから、そろそろ結論を出そう / 問題已經討論差不多了，快下結論吧。

☆ 交渉が煮つまる / 交涉接近結束。

▷ 他動 煮詰める

にどあることはさんどある【二度あることは三度ある】 2度起こった同じようなことは3度起こる。ものごとは繰り返すものだということ。中有了兩次就會有三次；事物是再三

反覆的；一而再，再而三。E What happens twice will happen three times.

にどと【二度と】ニドト　(「二度と～ない」の形で)もう～ない。決して～ない。中再也不；再也沒。E never ~ again.

☆ あなたとは二度と会いたくない/再也不想見到你了。

☆ 二度と見られないようなすばらしい景色/再也見不到的美景。

にとをおうものはいっとをもえず【二兎を追う者は一兎をも得ず】同時に２つのことをしようとすると、どちらも成功できない。中追二兔者不得一兔；不要腳踏雙船。E He who pursues two hares catches neither.

似た表現 あぶはちとらず

にな・う【担う】ニナウ〔他動五〕(になって)

❶ ものを肩にかけて運ぶ。かつぐ。中擔；挑。E carry ~ on one's shoulder.

☆ 大きな荷物をになって山を登る/挑著大行李登山。

❷ 自分の責任として、身に引き受ける。負担する。中肩負；擔負；承擔。E assume; bear.

☆ 一郎は社長の責任をになうにはまだ若すぎる/要一郎來承擔董事長的重任還太年輕。

☆ 21世紀をになう若者たち/肩負二十一世紀重任的年輕人。

ににんさんきゃく【二人三脚】ニニンサンキャク　２人が並んで肩を組み、それぞれの内側の足首をひもで結んで１本の足のようにして、足並みをそろえて走る競技。また、強い協力関係。中兩人三腳；同心合力。E a three-legged race; in cooperation with.

〔二人三脚〕

☆ 呼吸を合わせて二人三脚で走る/步調一致地進行兩人三腳的賽跑。

☆ この仕事は友達との二人三脚で、ここまでうまくやってくることができた/因為與朋友齊心協力，這件工作才能那麼順利進行到此。

にぶ・い【鈍い】ニブイ　❶ナイフやはさみなどがよく切れない。中鈍；不快。E dull.

☆ 包丁が古くなって、切れ味が鈍くなった/菜刀舊了，也變鈍了。

対鋭い

❷ 頭の働きや感じ方が遅い。中遲鈍；反應慢。E dull; slowwitted.

☆ 寝不足のため、頭の働きが鈍い/由於睡眠不足，腦筋反應變慢了。

対鋭い

❸ 動きが遅い。中不靈活。E slow; sluggish.

☆ このごろ太りすぎて、動作が鈍くなった/最近由於太胖，動作變遲鈍了。

❹ 光や音がはっきりしない。中暗淡；不清晰；不響亮。E dull; dim.

☆ 柱に頭をぶつけたら、ごつんと鈍い音がした/頭碰地一下撞到柱子上，發出沉悶的聲響。

にぶ・る【鈍る】ニブル〔自動五〕(にぶって)

❶ 鋭さがなくなる。中鈍；不利。E become dull; become blunt.

☆ 包丁の切れ味が鈍る/菜刀不利。

❷ 力や勢いが弱くなる。衰える。中變遲鈍；不靈活。E be numb; be shaken.

☆ 冷たいものを持っていたら、指先の感覚が鈍ってきた/拿了冷東西後，指尖的感覺就變鈍了。

☆ とてもつらい仕事だと聞いて決心が鈍った/聽說是件苦差事，決心就動搖了。

☆ 眠くて頭の働きが鈍る/由於很睏，腦筋反應變鈍了。

にべもない　まったく思いやりを見せず、冷たく扱うようす。中非常冷淡。E flatly; point-blank.

☆ 借金を友達に申しこんだが、にべもなく断られた/向朋友借錢，卻被非常冷淡地拒絕了。

にほん【日本】ニホン　アジア大陸の東、太平洋の西にある島国。面積

に

は約38万平方キロで、人口は約１億2000万。首都は東京。にっぽん。中日本。E Japan.

☆ 日本の国土は、４つのおもな島といくつもの小さな島とでできている／日本的國土由四個主要的島嶼和許多小島組成。

☆ 日本の歴史／日本歷史。

☆ 日本人／日本人。

参「にほん」と「にっぽん」は両方使われているが、ほかのことばと一緒に使うときに「日本語」「日本列島」のように「にほん」になることが多い。

にほんが【日本画】ニホンガ　日本でむかしからかかれてきた絵。紙や絹の布などに、毛の筆で、墨や岩絵の具を使ってかく。中日本畫。E a Japanese-style painting.

☆ 墨で風景をかいた日本画を床の間にかける／將日本風景水墨畫掛在壁龕上。

対洋画　数１枚・１点・１幅

にほんがみ【日本髪】ニホンガミ　日本の女の人が長い髪を結い上げていた髪型。中日本髮型。E a traditional Japanese hairstyle.

〔日本髪〕

☆ お正月だから、着物を着て日本髪に結ってみよう／因為是正月(新年)，所以要穿上和服，梳日本髮型。

対洋髪

にほんご【日本語】ニホンゴ　おもに日本で、そこに住む人たちによって使われていることば。特徴は、発音が単純であること、文をつくるのに助詞や助動詞が大きな役割を持つこと、文字はひらがな、かたかな、漢字の３種類を使うこと、など。中日語；日本語；日文。E Japanese; the Japanese language.

☆ ジョンは日本語で買い物ができるようになった／約翰已經學會用日語來購物了。

にほんしゅ【日本酒】ニホンシュ　米などからつくるアルコール飲料。日本でむかしから独特の方法でつくっている。中日本酒。E *sake*.

〔日本酒〕

☆ 日本料理にはやはり日本酒が合う／吃日本料理還是喝日本酒比較合適。

対洋酒　数１杯・１本

にほんま【日本間】ニホンマ　和風につくった、畳のある部屋。和室。中日式房間。E a Japanese-style room.

☆ 日本間にふとんを敷いて寝る／在日式房間裡鋪上被子睡覺。

対洋間　数１室・１間

にまいじた【二枚舌】ニマイジタ　前と違うことやうそを言って平気でいること。また、その人。中說話前後矛盾；撒謊；一口二舌。E be double-tongued.

☆ 市長は、農民には農地を守ると言い、家のない人には農地を宅地にして住宅を建てると言う。まったくの二枚舌だ／市長對農民說要保護農地，又對無殼蝸牛說要將農地變更為住宅用地修建住宅，真是前後矛盾。

にまいめ【二枚目】ニマイメ　映画や演劇などで、若くて美しい男の役をする俳優。また、その役。顔や姿の美しい男の人のこともいう。中小生；美男子。E a lover's part; a handsome man.

☆ 二枚目の役者が登場すると、舞台は一段とはなやかになった／扮演小生的演員一上場，舞台頓時顯得格外亮麗。

☆ 娘の結婚相手はなかなかの二枚目だ／女兒要嫁的人是個英俊、瀟灑的美男子。

対三枚目

参 歌舞伎の番付面の２枚目に名前が出ていることからできたことば。

にもかかわらず　ニモカカワラズ、ニモ・カカワラズ　❶(文と文をつないで)前にいったことを受けて、後で反対のことをいうときに使うことば。中雖然～，可是；儘管～，可是。

E nevertheless.

☆ 市民たちは戦争反対を叫んだ。にもかかわらず、戦争は始まってしまった / 儘管市民們呼籲反對戰爭，但戰爭還是爆發了。

❷ (名詞、動詞と形容詞の基本形、形容動詞の語幹について) ～なのに。

☆ 自分の卒業式にもかかわらず遅刻してきた学生がいる / 儘管是參加自己的畢業典禮，但有的學生還是遲到。

☆ 全力をつくしたにもかかわらず、負けてしまった / Though we did our best, we lost the game. /儘管已經使出全力，可是還是輸了。

▷ 書

にもつ【荷物】ニモツ ❶ 運んだり送ったりするようにまとめた品物。荷。中 行李；貨物；東西。E baggage; personal effects; a package.

☆ 旅行するときは荷物が少ないほうがいい/旅行時，行李最好少帶。

☆ 荷物を駅のロッカーに預けて買い物をする / 將行李寄放在車站的保管箱後去購物。

❷ (「お荷物」の形で)負担になっているやっかいなものごとや人。中 負擔；累贅。E a burden; a drag.

☆ わたしはいちばん理解が遅くて、先生のお荷物だった/我讀書理解得最慢，是老師的累贅。

にやにや ニヤニヤ〔～する〕 声を出さずに、まわりの人にはわからない理由で笑うようす。中 默默地笑。E grin; smirk; simper.

☆ 姉は１人で写真を見ながら、にやにや(と)思いだし笑いをしている / 姊姊一個人邊看照片邊回想並不禁地笑了。

ニュアンス (フ nuance) ニュアンス 絵、音楽、ことばなどで、すこし変わるだけで違った印象になる微妙な特色。中 語氣；語感；微妙差別。E a nuance.

☆ ことばのニュアンスで同じ話が別の話のように感じられることがある / 有時因為語氣不同，同一句話能讓人感覺到其他意思。

ニュー (new) ニュー 新しいこと。新しいもの。中 新；新的。E new.

☆ ニュースタイル / 新樣式。

☆ ニューモデル / 新模型；新款式。

対 オールド

にゅういん【入院】ニューイン〔～する〕病気やけがなどを治すために、ある期間病院に入っていること。中 住院。E be hospitalized.

☆ けがをして、１週間、入院した / 因受傷而住院一週。

☆ 入院患者 / 住院病人。

対 退院

にゅうがく【入学】ニューガク〔～する〕学校に入って、児童、生徒、学生になること。中 入學；上學。E enter a school.

☆ 日本では６歳の４月に小学校に入学する/在日本，六歲的孩子四月份上學。

☆ 入学式 / 開學典禮。

対 卒業

にゅうかん【入管】ニューカン 「入国管理局」を略した言い方。外国から日本へ来る人や外国へ行く人の審査、また、日本に滞在する外国人についての事務をする政府の役所。中 入境管理局。E the Immigration Bureau.

☆ 入管でビザを更新する / 在入境管理局更換簽證。

→ 囲み

にゅうさつ【入札】ニューサツ〔～する〕工事の請負の相手や美術品の買い手などを決めるとき、契約したい業者に希望の金額や条件を示させること。中 投標。E a tender; a bid.

☆ 大きなビルの仕事なので、たくさんの業者が入札している / 這是一個大型建設工程，所以有許多業者參加投標。

☆ 入札価格 / 投標價格。

対 落札

にゅうし【入試】ニューシ、ニューシ 「入学試験」を略した言い方。中 入學考試。E an

に

entrance examination.

☆ 今年の入試は受験する人が多いので厳しい / 今年的入學考試因為人多而變得嚴格。

☆ 入試問題集 / 入學考試試題集。

にゅうじ【乳児】ニュージ　生まれてから1年ぐらいまでの、母乳やミルクで育てられている時期の子供。中 嬰兒；嬰孩；乳兒。E a suckling; an infant.

☆ 乳児も生後10カ月ごろになると歩きだす / 嬰兒出生後十個月左右就開始學走路。

☆ 乳児期 / 嬰兒期。

参 児童福祉法では、満1歳に満たない男女をいう。

にゅうしゃ【入社】ニューシャ〔～する〕会社に入ってその社員になること。中 進公司。E enter a company.

☆ 給料が高くて休みの多い会社に入社したい / 想進高薪及放假多的公司工作。

☆ 入社試験 / 進公司的就職考試。

対 退社

にゅうしょう【入賞】ニューショー〔～する〕　芸術の展覧会やスポーツの競技会などで、いい成績をあげて賞をもらうこと。中 獲獎；得獎。E win a prize.

☆ 洋子はバイオリンのコンクールで1等に入賞した / 洋子在小提琴比賽中獲得一等獎。

☆ あすのマラソン大会ではぜひ入賞したい / 一定要在明天的馬拉松大賽中獲獎。

入管で使うことば（入國管理局用語）

学生が在留期間更新のときに使うことば

留学生　中 留學生。E a "college student".

大学院生　中 研究生。E a postgraduate student.

大学生　中 大學生。E a university student.

短期大学生　中 短期大學生。E a junior college student.

高等専門学校生　中 技術專校學生。E a college of technology student.

聴講生　中 旁聽生。E an auditor.

専修学校生　中 專科學校學生。E a professional training school student.

就学生　中 就學生。E a "pre-college student".

在留期間更新許可申請書　中 居留期限更新許可申請書。E Application for extension of period of stay.

在学証明書　中 在學證明書。E a certificate of enrollment or registration.

身元保証書　中 身分擔保書。E a letter of guarantee.

保証人の職業証明書　中 保證人的在職證明書。E the guarantor's certificate of employment.

保証人の納税証明書　中 保證人的納稅證明書。E the guarantor's certificate of tax payment.

保証人の住民票　中 保證人的居民證。E the guarantor's residency registration.

身元引受経緯等説明書　中 擔保人認可經過證明書。E documents describing the relationship between the applicant and the guarantor.

保証人の印鑑登録証明書　中 保證人印鑑登記證明書。E a certificate of the guarantor's seal.

履修証明書(成績書)　中 在學證明書(成績單)。E a certificate of course completion (or a certificate of university or school record).

出席・成績証明書　中 出席；成績證明書。E certificates of attendance and university or school record.

にゅうじょう【入場】ニュージョー〔～する〕 ものごとが行われている場所に入ること。中入場。E enter; admission.

☆ 博覧会に入場した人は10万人をこえた/入場參觀博覽會的人數超過了十萬。

☆ 入場券/入場券。

対退場

ニュース(news) ニュース 起こったばかりのできごと。また、その知らせ。中新聞；消息。E news.

☆ 火山の大噴火を伝えるテレビのニュースに見入る/看火山爆發的電視新聞轉播看得入迷。

☆ A先生とB先生の婚約のニュースは学校じゅうにひろまった/A老師與B老師的訂婚消息傳遍了全校。

☆ 臨時ニュース/臨時新聞。

にゅうせん【入選】ニューセン〔～する〕 募集に応じて出した作品が審査に合格すること。中入選；當選。E be accepted; be selected.

☆ 美術の展覧会ではじめて入選した/首次在美術展覽會上入選。

☆ 新聞に出した短歌が入選した/在報紙上發表過的短歌入選了。

対落選

にゅうもん【入門】ニューモン〔～する〕 ある人を先生として選び弟子になること。また、あることを学びはじめること。中拜師；初學。E become a pupil of; an introduction.

☆ 空手の道場に入門を申しこむ/在空手道場拜師入門。

☆ 入門書/入門書；啓蒙書。

☆ 哲学入門/哲學入門。

にゅうよく【入浴】ニューヨク〔～する〕 ふろに入ること。中洗澡；入浴。E take a bath.

☆ 毎日入浴を欠かさない/每天洗澡必不可缺。

☆ 寝る前に入浴して体を温める/睡前洗澡暖和身體。

☆ 入浴剤/沐浴劑。

にゅうりょく【入力】ニューリョク、ニューリョク〔～する〕 機械などの装置を働かせるために、外から動力や情報などを入れること。インプット。中輸入。E input.

☆ この資料はコンピューターに入力してある/這份資料輸進電腦裡了。

☆ 入力装置/輸入裝置。

対出力

にゅうわ【柔和】ニューワ 態度や性質がやさしくて、穏やかなようす。中溫柔；溫和。E gently; mild; tender.

☆ この仏像は柔和にほほえんでいるように見える/這尊佛像看起來好像在溫和地微笑著。

☆ 一郎は人柄が柔和だ/一郎人品好，性情溫和。

にょう【尿】ニョ ぼうこうから排泄のためのくだを通って体の外へ出される液体。おしっこ。中尿。E urine.

☆ 尿を調べて病気を判断する/檢查尿液判斷病情。

☆ 尿の検査/驗尿。

→小便

にょうぼう【女房】ニョーボー 「妻」のくだけた言い方。中老婆。E a wife.

☆ うちの女房は陽気で、おしゃべりだ/我老婆性格爽朗，愛說話。

☆ あいつは女房とカラオケへよく行くそうだ/據說他常和老婆一起去唱卡拉OK。

対亭主 →妻

参 もとは身分の高い家の女の使用人のことをいったが、だんだん「女の人」の意味になり、「妻」の意味に変わってきた。

にょじつに【如実に】ニョジツニ、ニョジツニ 現実がはっきりわかるように、そのとおりに表現するようす。書中如實地；真實地。E vividly; realistically.

☆ 1階がくずれて傾いているビルの写真は、工事が手抜きであったことを如実に表している/拍下一樓傾斜倒塌的照片，真實反應出當初施工確有偷工減料之處。

にら・む ニラム〔他動五〕(にらんで) ❶こわい目つきでじっと見る。中盯視；瞪眼；怒目而視。E glare at; stare fiercely.

☆ 電車の中で、わたしの足を踏んで謝りもしない相手をにらんでやった / 在電車上，我對那個踩了我的腳連道歉都不說一聲的人瞪了一眼。

☆ にらみ合う / 互相瞪眼；敵視。

☆ にらみつける / 瞪眼看。

❷ 注意してよく見る。また、見当をつける。中估計；推測；判斷。E suspect; estimate.

☆ 花畑を荒らしたのはとなりの犬だとにらんでいる / 推測是鄰居的狗弄亂了花圃。

☆ あすの会の出席者は50人とにらんでいる / 預計明天出席會議的有五十人。

❸ 悪いことをしそうな人だと、特別に注意を向ける。中盯上。E keep an eye on.

☆ 弟は１年生のときから先生ににらまれている / 弟弟從一年級開始就被老師盯上了。

▷ 名にらみ

参 ❸は受身の形で使うことが多い。

にらめっこ ニラメッコ〔～する〕 子供の遊びの１つ。向かい合っていろいろな表情をつくって、相手を先に笑わせたら勝ちになる。また、必要があってなにかをじっと見続けること。中做鬼臉(遊戲)；兩人對視；盯著。E a staring game; constantly referring to.

☆ 子供はにらめっこを始めるとすぐ笑いだした / 孩子一開始做鬼臉就馬上笑了起來。

☆ 辞書とにらめっこで翻訳する/盯著字典翻譯。

にる【似る】ニル〔自動一〕 形や性質がたがいに同じように見える。中 像；似；相像。E look like; resemble.

☆ このくだものは、形はトマトに似ているが、味はすこしも似ていない / 這種水果形像蕃茄，但味道卻一點也不像。

☆ 母親によく似た娘 / 酷似母親的女兒。

他動 似せる

似たり寄ったり よく似ていて、ほとんど違いがわからないようす。中差不了多少；差不多。E be much the same.

☆ どれもこれも似たり寄ったりの小説だ/這些小說寫得都差不多一樣。

似ても似つかない[ぬ] 少しも似ていない。中毫不相似；一點也不像。E do not bear the slightest resemblance.

☆ 背の低い父と、190センチもある二郎とは似ても似つかない親子だ / 身高較矮的父親和身高一百九十公分的二郎是毫無相似之處的父子倆。

にる【煮る】ニル〔他動一〕 食品に水などを加え、火にかけて熱を通す。中煮；燉；熬。E boil; cook.

☆ 魚を甘辛く煮る / 將魚煮得又甜又鹹。

☆ 肉と野菜を一緒に煮る/將肉與蔬菜一起煮。

☆ 煮こむ / 煮熟；煮爛。

自動 煮える

煮ても焼いても食えない まったく手に負えない。中蒸不熟；煮不爛；很難對付。E be too much for one.

にわ【庭】ニワ 家の敷地の中で、建物がなく空いている部分。木や花を植えることが多い。中 院子；庭院。E a garden; a yard.

☆ 庭に季節の花を植えて楽しむ / 在院子裡種上各種季節的花卉來欣賞。

☆ 庭の小鳥の声で目が覚める / 因院裡小鳥的叫聲而醒過來。

☆ 庭仕事 / 庭院裡的工作。

にわか ニワカ ❶急に起こるようす。急に変わるようす。中 突然；忽然。E suddenly; abruptly.

☆ いい天気だったのに、にわかに雷が鳴りだした/原來是個好天氣，突然間卻打起了雷。

☆ にわか雨 / a shower. / 急雨；驟雨。

❷ すぐに、または必要になってから急いで対応するようす。中 馬上；立刻。E readily; hastily.

☆ いますぐと言われても、にわかに賛成はできない / 即使被要求馬上就做，也不能立刻就同意。

☆ にわか仕立て(=急いでつくること) /馬上做成(= 湊合著急忙做成)。

にわとり【鶏】ニワトリ　むかしから庭に放したり小屋に入れたりして飼ってきた飛ばない鳥。卵や肉を食用にする。中 雞。E a chicken; a hen.

☆ 子供の飼っている鶏がはじめて卵を産んだ / 孩子養的母雞第一次下蛋了。

ひよこ　〔鶏〕

数 1羽・1匹

-にん【-人】 ❶ (数を表すことばについて)人間の数を表す。中 表示人數。

☆ 1万人 / ten thousand people. / 一萬人。

☆ 3人 / 三人。

☆ 何人 / 幾人。

❷ (動作を表す名詞について) ～する人。中 ～人。

☆ 受取人 / a recipient. / 收件人。

☆ 管理人/ a manager; a janitor. /管理人；管理員。

☆ 保証人 / 保證人；擔保人。(→ 項目)

▷ →名

にんい【任意】ニンイ、ニンイ　ものごとをそれぞれが自分の思うとおりに自由に考えて決めること。中 任意；隨意。E optional; voluntary.

☆ 各団体が任意に代表を選ぶ / 各團體任意推選代表。

☆ 任意参加 / 隨意參加。

☆ 任意保険 / 任意保險。

にんき【人気】ニンキ　人々が好きだと思い、もてはやすこと。高い評判。中 有人緣；受歡迎；很紅。E popularity.

☆ 短いスカートはまだ人気がある / 短裙仍受歡迎。

☆ 子供たちに人気のある漫画 / 受孩子們歡迎的漫畫。

にんき【任期】ニンキ、ニンキ　役職など、仕事についていられる、決められた期間。中 任期。E a term (of office).

☆ 知事の任期は4年だ / 縣長任期為四年。

☆ 3年の任期を果たして取り締まり役をやめた / 三年的任期一到，辭去了董事職務。

にんぎょう【人形】ニンギョー　❶ 布、木、プラスチックなどで人や動物の形をつくり、子供のおもちゃや飾りにするもの。中 娃娃；人偶。E a doll.

☆ 古い人形を抱いて寝る子供 / 抱著舊洋娃娃睡覺的孩子。

☆ 人形遊び / 洋娃娃遊戲。

☆ ひな人形 / (三月三日) 女兒節陳列的人偶。

❷ 芝居や劇で使う、人の姿につくったもの。中 木偶。E a puppet; a marionette.

☆ 人形浄瑠璃では三味線と浄瑠璃に合わせて人形を操る / 在木偶淨琉璃中，弦琴伴奏說唱的同時操縱木偶。

☆ 人形劇 / 木偶劇。

☆ 操り人形 / 有操縱裝置的木偶。

▷ 数 1体

にんげん【人間】ニンゲン　❶ 社会生活をするおおぜいの中の1人としての人。中 人。E a human being; a person.

☆ 人間は動物たちのすむ自然を破壊してきた / 人破壞了動物們賴以生活的大自然環境。

☆ 人間関係 / 人際關係。

☆ 人間嫌い / 討厭人類。

❷ ほかの人やものに対してやさしい心を持つものとしての人。人柄。中 人品；為人。E character; human.

☆ 二郎も苦労して人間ができてきた/二郎吃

盡千辛萬苦，才成為這樣一個出色的人。

☆ 人間味 / 人情味。

にんげんせい【人間性】ニンゲンセイ　人としてもともと持っているはずのいい性質。中 人性。E human nature; humanity.

☆ 人の言動にはその人の人間性が表れるものだ / 人的言行中能反映其人性。

☆ 人間性を失う / 失去人性。

にんげんてき【人間的】ニンゲンテキ　人間らしい心のあるようす。中 有人情味的；有人性的。E human; like of a human being.

☆ 自然や芸術に親しんで人間的な感情を育てる / 欣賞自然和藝術，培養有人性的情感。

☆ コンピューターの相手ばかりでない、人間的な生活がしたい / 不光是做一個操作電腦的人，還想享受有人情味的生活。

にんしき【認識】ニンシキ〔～する〕　ものごとをはっきり見定めて理解すること。また、その理解した内容。中 認識；理解。E recognize; understanding.

☆ 事件の重大さを認識する / 理解事件的重要性。

☆ 認識不足 / 理解不夠；認識不足。

にんじょう【人情】ニンジョー　人間がもともと持っているいろいろな心の動き。特に思いやりややさしさ。中 人情。E human feelings; human nature.

☆ 1人暮らしで病気をしたとき、世話をしてくれたまわりの人たちの人情がとてもうれしかった / 一個人生活，生病時周圍的人都來照顧我，能夠得到如此的人情味我感到快樂。

☆ 厚い人情 / 濃厚的人情。

にんしん【妊娠】ニンシン〔～する〕　おなかの中に子供ができること。中 妊娠；懷孕。E pregnancy.

☆ 妻の妊娠を聞いて、とてもうれしかった / 聽說妻子懷孕了，非常高興。

☆ 妊娠中絶 / abortion. / 人工流產；墮胎。

にんじん　ニンジン　野菜の一種。細長い黄色がかった赤色の根の部分を食べる。中 胡蘿蔔；紅蘿蔔。E a carrot.

☆ ニンジンを切ってカレーに入れる / 切胡蘿蔔放到咖哩中。

数 1本

にんそう【人相】ニンソー　性格や運勢が表れているといわれる、その人の顔つき。中 面孔；相貌。E looks; physiognomy.

☆ 病気でやせて人相まで変わってしまった / 因生病而身體消瘦下來，連樣子都變了。

☆ 人相を見て人の運命を占う / 替人看面相算命。

にんたい【忍耐】ニンタイ〔～する〕　つらいことや腹が立つことなどをじっとがまんすること。中 忍耐。E endure; patience.

☆ 下積みの苦労が長かったので忍耐することを覚えた / 長期居於人下，吃盡苦頭，所以學會了忍耐。

☆ 忍耐強い / 忍耐力強。

☆ 忍耐心 / endurance. / 耐心。

にんてい【認定】ニンテイ〔～する〕　役所などが、ものごとがあるかないか、条件に合っているかいないかなどを調べて決めること。中 認定。E find; qualify; authorize.

☆ 裁判所は証拠によって事実を認定する / 法院依照證據認定事實。

☆ 講習を受けた人に上級の資格を認定する / 給參加講習的人認定高級資格。

にんにく　ニンニク　野菜の一種。球形になった地下の茎の部分を食べる。かおりが強いので、おもに肉料理などの味をととのえるのに使う。中 蒜；大蒜。E garlic.

☆ ニンニクを上手に使った中華料理はとてもうまい / 善於使用大蒜的中國菜很好吃。

☆ ニンニクを食べると、口の中がくさくなるからいやだ / 因為吃了大蒜後嘴裡會有臭味，所以很討厭。

にんむ【任務】ニンム　組織の一員としてまかせられた、責任を持ってしなければならない仕事。中 任務；職責。E a duty; a task; a mission.

☆ 一郎は新しい支店をつくる任務を与えられた / 給一郎一個開新分店的任務。

☆ 任務を果たす / 完成任務。

☆ 重大な任務 / 重大的任務。

ぬ (動詞の「ない」形について)否定を表す古い形。書 中 表示否定的文語形式。

☆ まだ見ぬ景色を心に描く / 在心中描繪著尚未見過的景觀。

☆ 見て見ぬふりをする / 裝作沒看見的樣子。

☆ 見知らぬ人 / a stranger. /陌生人；沒見過的人。

参「する」動詞のばあいは「驚きもせぬ」のように「せ」につく。

ぬいぐるみ【縫いぐるみ】ヌイグルミ　布を縫い合わせて中に綿などを入れ、動物などの形にしたおもちゃ。芝居などで、人が中に入る大きいものもある。

〔縫いぐるみ〕

中 填棉絮的絨毛(動物)玩偶。

E a stuffed toy animal; an animal costume.

☆ クマの縫いぐるみを抱いて寝る / 抱著玩具熊睡覺。

☆ 遊園地で、ミッキー・マウスの縫いぐるみの中に入って入場者を迎える / 在遊樂園，穿上絨毛米老鼠玩偶而迎接入場者。

ぬ・う【縫う】ヌウ〔他動五〕(ぬって) ❶ 糸を通した針で布などを細かく刺していって、つなぎ合わせたり、刺繍したりする。中 縫；縫紉。

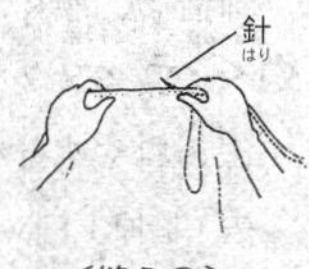

〔縫う❶〕

E sew; stitch.

☆ ミシンで洋服を縫う / 用縫紉機縫製洋裝。

☆ 半そでのブラウスを手で縫った / 用手工縫製短袖女襯衫。

☆ 縫い直す / 重新縫製。

対 解く

❷ 傷口を糸と針で閉じる。中 縫合。E sew up (a wound).

☆ けがの傷口を5針縫った / 傷口縫了五針。

❸ ものともの、人と人の間などを折れ曲がりながら進む。中 穿過。E in the intervals; thread one's way through; meander through.

☆ 仕事の合間を縫って、入院中の母を見舞う / 利用工作的空檔去探望住院的母親。

☆ 少年は自転車で人ごみを縫って走っていく/少年騎著單車左拐右彎地穿過人群飛奔而去。

☆ 平野を縫って流れる川 / 流經平原的河川。

▷ 名 縫い

ぬか・す【抜かす】ヌカス〔他動五〕(ぬかして) ❶ 順序があって並んでいるものの間を飛ばす。中 除掉；跳過；省去。E skip; omit.

☆ 今週は火曜と水曜を抜かして毎日雨が降った / 這星期除了週二和週三以外，每天都下雨。

☆ あいさつのことばは抜かして必要なことだけ言う / 免去客套話，只說有必要的事。

❷「言う」「しゃべる」の乱暴な言い方。

☆ 生意気なことをぬかすな / How dare you say that to me? / 不要說大話。

☆ なにをぬかすか / 你在說什麼?

▷ 話❷

注 ❷はひらがなで書く。

参 ❷は相手の言ったことをののしって返すときに使う。

ぬかみそ　ヌカミソ　米のぬかに塩水を入れて発酵させたもの。野菜の漬物に使う。中 米糠醬。E salted rice-bran paste (for pickling).

☆ キュウリとナスをぬかみそにつける / 將小黃瓜和茄子抹上米糠醬醃製。

☆ ぬかみそくさい(=台所仕事など家事が忙しく、身なりをかまわなくなったようす)/ 有米糠醬味道(=女人只操心家務不顧裝扮的樣子)。

ぬかるみ　ヌカルミ　雨や雪が降ったあと、土がやわらかくなって、通るのに苦労する所。中 泥濘。E mud; a muddy spot.

☆ 道路工事の現場のぬかるみを歩いて、靴とズボンがよごれてしまった / 在滿是泥濘的道路工程現場中行走，鞋子和褲子都弄髒了。

自動 ぬかるむ

ぬきうち【抜き打ち】ヌキウチ　相手に前もって知らせず、不意になにかをすること。中 冷不防；突然。E a surprise (inspection).

☆ 警察はときどき抜きうちの交通取り締まりをやる / 警察有時突然來個交通違規取締(臨檢)。

☆ 抜きうち検査 / 臨檢。

参 武士が刀を抜くと同時に相手に切りつけたやり方からいう。

ぬきがき【抜き書き】ヌキガキ〔～する〕本や報告書などの中から必要な部分だけ抜きだして書くこと。また、その書いたもの。中 摘錄；摘抄。E extract.

☆ 本を読んでうまいと思う表現を抜き書きしておく / 看書摘錄佳句。

ぬ・く【抜く】ヌク〔他動五〕(ぬいて)　❶はまっていたものを引っぱりだして取り除く。中 拔掉；抽出。E open; weed; draw.

☆ ビールの栓を抜く / 拔掉啤酒瓶塞。

☆ 庭に生えた雑草を抜く / 拔掉院子裡長出的雜草。

☆ 刀を抜く / 抽刀。

☆ 歯を抜く / 拔牙。

☆ 引き抜く / 抽出；拔出；選拔；拉攏過來；爭取過來。(→項目)

❷ なければならないものを省いたり、なしですませたりする。中 省略。E skip; omit.

☆ けさは、胃の検査のために朝食を抜いた / 今早為了做胃鏡檢查而省掉了早飯。

☆ 手を抜く / 潦草從事；偷工減料；馬虎從事；粗心大意。(→手 慣用)

❸ 追い越す。中 趕過；超過。E outrun; overtake.

☆ 最後の１周で３人抜いて１位でゴールインした / 在最後一圈時超越三個人，以第一名跑到終點。

☆ 追い抜く / 超過；勝過。

❹ (動詞の「ます」形について)最後まで～する。すっかり～する。

☆ 考え抜いた末、離婚することにした / 考慮了很久，最終決定離婚。

☆ マラソンを全部走り抜いた / 馬拉松比賽跑完全程。

☆ 勝ち抜く / win one's way. / 贏到底；連勝到底。

☆ 困り抜く / 毫無辦法；極端困難。

▷ 自動 抜ける

ぬ・ぐ【脱ぐ】ヌグ〔他動五〕(ぬいで)　身につけているもの、特に衣服を体から取り去る。中 脫；摘。E take off; undress.

☆ 部屋の中ではコートをぬぎなさい / 在房間裡請脫掉外套。

☆ 靴をぬいで上がる / 脫鞋進來。

☆ ぬぎ捨てる / 脫下來扔掉。

対 着る、履く、はく、かぶる　自動 脱げる

ぬぐ・う　ヌグウ、ヌグウ〔他動五〕(ぬぐって)　よごれや水分をふいて取り去る。中 擦掉；拭去；揩掉。E wipe off.

☆ ハンカチで涙をぬぐう / 用手帕擦掉眼淚。

☆ 口のまわりをきれいにぬぐう / 將嘴巴周圍

擦乾淨。

ぬくぬく ヌクヌク、ヌクヌク〔～する〕

❶ 暖かくて気持ちがいいようす。中暖烘烘；熱呼呼。E snugly; comfortably.

☆ 寒い朝、いつまでもふとんの中でぬくぬく(と)温まっている/寒冷的早晨總是躲在被窩裡，覺得暖烘烘的。

❷ 苦労がなく、のんきなようす。中舒舒服服；輕鬆自在；厚著臉皮。E comfortably; easily.

☆ 一郎は父からゆずり受けた社長のいすにぬくぬく(と)納まっている/一郎舒舒服服地坐在從父親那裡繼承過來的社長的位子上。

ぬけあな【抜け穴】ヌケアナ 人に知られずに向こう側へ通っていくことができる穴。また、きまりなどからうまく逃げるやり方。中可以逃走的地道；漏洞；解脫的手段。E a secret passage; a loophole.

☆ 城には地下を通って外へ出られる抜け穴があった/城裡有一個地下隧道可通往城外。

☆ 法律の抜け穴をさがし、裁判を自分のつごうのいいように運ぶ/尋找法律漏洞，使判決向著對自己有利的方向發展。

ぬけだ・す【抜け出す】ヌケダス〔自動五〕(ぬけだして) ❶ 人に気づかれないように中から外へ抜けて出る。中溜；脫出。E slip out of.

☆ 授業中にこっそりと教室を抜けだす/上課時偷偷溜出教室。

☆ 入院中の病院を抜けだして、映画を見に行く/從醫院溜出來看電影。

❷ ある状態や考えから離れる。抜け出る。中擺脫。E break away from.

☆ 古い考え方から抜けだす/擺脫陳舊的想法。

☆ 不況を抜けだす/擺脫不景氣。

ぬけぬけ ヌケヌケ、ヌケヌケ ふつうなら恥ずかしくてできないことを、平気でするようす。中厚顔無恥。E how dare～; impudently.

☆ 金をだまし取っておきながら、よくもぬけぬけ(と)来られたものだ/詐騙錢財後還敢厚顔無恥地過來。

☆ ぬけぬけ(と)うそをつく/厚著臉皮撒謊。

ぬけみち【抜け道】ヌケミチ あまり人が知らない、ふだん通っていく道より近い道。また、きまりなどからうまく逃げるやり方。中抄近道；退路；後路。E a byroad; a secret path; a loophole.

☆ この抜け道を通ると駅まで3分早く行ける/抄這條捷徑的話，可以提早三分鐘到車站。

☆ 脱税の抜け道をさがす/尋找逃稅的門路。

ぬけめがない【抜け目がない】 自分の利益になることによく気がついて、うまく行動する。中精明。E shrewd; smart.

☆ 抜け目がない社長は、倒産する前に自分の財産をスイスの銀行に預けたそうだ/據說精明的社長在公司倒閉前已將自己的財產存入了瑞士的銀行。

ぬ・ける【抜ける】ヌケル〔自動一〕 ❶ はまっていたものが離れて取れる。中脫落；落掉。E come out; lose.

☆ 歯が抜けて食べにくくなった/牙齒掉了，吃東西變得困難了。

☆ ストレスのため髪の毛がよく抜ける/由於壓力太大，一直掉頭髮。

❷ 組織や団体などをやめて退く。中退出；脫離。E quit; leave.

☆ ジョンはサッカーチームから抜けた/約翰退出了足球隊。

❸ ととのっているべきもの、なくてはならないものがない。もれる。中漏掉；遺漏。E be left off; be missing.

☆ 卒業生名簿にわたしの名前が抜けている/畢業生名冊中漏掉了我的名字。

☆ このコピーは3ページ目が抜けている/這次影印時漏掉了第三頁。

❹ 知恵や注意がたりない状態だ。中遲鈍；傻；沒心機。E be halfwitted; be careless.

☆ ドアにかぎをつけたまま外出するとは、抜けたことをしたものだ/鑰匙插在門上就

ぬ

外出了，真是做了件傻事。

❺ 消える。少なくなる。中消失。E be gone; disappear.

☆ においの抜けた香水 / 失去香味的香水。

❻ ある場所の中を通り過ぎて向こうへ出る。中穿過。E pass through; (a typhoon) blow out into.

☆ 列車はやっと長いトンネルを抜けた/列車終於穿過了漫長的隧道。

☆ 台風は日本海へ抜けた/颱風已穿越到日本海。

▷ 他動 抜く

ぬし【主】ヌ̄シ ❶ 中心になる人。主人。中主人。E the head; the lord.

☆ 池の主のような大きな魚 / 像是池塘主人似的大魚。

☆ 主のいない家 / 沒有主人的房子。

☆ 雇い主 / 店主；老板闆；僱主。

❷ あるものを持っている人。中主；物主。E the owner.

☆ うちの門の前に止めた車の主をさがして、のけてもらう / 找到車主，請他將停在我們門前的車開走。

☆ 飼い主 / 飼主；(家畜等的) 主人；所有者。(→項目)

☆ 地主 / 地主。(→項目)

☆ 家主 / 房東；房主。(→項目)

❸ あることをした本人。中～的人；者。E the person who ~ .

☆ 財布の落とし主 / 錢包的失主。

☆ 拾い主 / 拾到者；拾物者。

ぬすみ【盗み】ヌ̄ス̄ミ̄ 盗むこと。また、人に隠れてなにかをすること。中偷盜；偷竊。E theft; stealing.

☆ となりの家に盗みに入った男が逮捕された / 侵入鄰家行竊的男子被逮到了。

☆ 盗み聞き / eavesdropping. / 偷聽；竊聽。

☆ 盗み撮り / take a picture stealthily. / 偷拍；偷照相。

他動 盗む

ぬす・む【盗む】ヌス̄ム〔他動五〕(ぬすんで)

❶ ほかの人の持ち物を、人に気づかれないように取る。中偷；偷竊；盜竊。E steal.

☆ だれもいない家に入って金や品物を盗む/侵入沒有人的家裡偷取錢財和東西。

☆ 店の本を盗む / 偷店裡的書。

☆ 盗みだす / 偷出來。

❷ 人の目をごまかしてなにかをする。また、うまくやりくりしてなにかをする。中擠時間；偷閒；偷著做。

☆ 先生の目を盗んでカンニングする / cheat in the examination behind the teacher's back. / 背著老師作弊。

☆ ひまを盗む / 抽空；找空閒。(→暇 慣用)

▷ 名 盗み

ぬの【布】ヌ̄ノ 糸を縦と横に平らに織ったもの。織物。中布；布匹。E cloth; fabric.

☆ ブラウスにする絹の布を買う / 買做女襯衫的綢緞料子。

☆ 厚い布でかばんをつくる/用厚布料做書包。

☆ 布を張ったいす / 裹上布的椅子。

数 1枚

ぬま【沼】ヌマ̄ 自然に水がたまってできた大きな池。中池塘；沼澤；池沼。E a swamp; a marsh.

☆ 火山の噴火でできた沼/由火山噴發而形成的沼澤。

☆ 五色沼 / 五色沼澤。

☆ 泥沼 / 泥沼；泥潭；泥坑。(→項目)

参「沼」も「湖」も、「池」の大きなもので、その区別はあまりはっきりしていない。一般に「沼」は泥が多く水中や岸辺に植物があることが多い。また、「池」や「湖」は人造のものもあるが、「沼」は自然にできたものだけ。

ぬり【塗り・塗】ヌリ̄ ぬること。また、ぬったもの。中塗抹；塗(的)漆。E coating; painting; varnishing; lacquering.

☆ 塗りのはげた古い家具/塗漆剝落的舊家具。

☆ 塗りのおわん/上漆的碗。

☆ 春慶塗/春慶塗(一種上漆技法，以發明者春慶的名字命名)。

☆ 朱塗り/塗朱紅漆。

他動 塗る

ぬ・る【塗る】ヌル〔他動五〕(ぬって) ものの表面に、延びのいい液状のものやクリーム状のものをのばしつける。中 塗；抹；擦。E paint; put on.

☆ 壁を白くぬる/將牆壁塗成白色。

☆ 口紅をぬる/抹口紅。

☆ ペンキをぬったばかりのベンチ/剛塗上油漆的長凳。

名 塗り・塗

ぬる・い ヌルイ 湯などの温度が、ふつうより低い。中 微溫；不夠熱。E tepid; lukewarm.

☆ あまりぬるいふろに入ると、かぜをひく/用不熱的澡水洗澡會得感冒的。

☆ スープがぬるくて、おいしくない/湯不夠熱，不好喝。

☆ ぬるいお茶/溫茶。

ぬるぬる ヌルヌル、ヌルヌル〔～する〕 ねばりつく感じがするようす。また、すべりやすいようす。中 滑溜；黏滑。E greasy; slippery.

☆ 油のついた瓶を持つとぬるぬるする/拿著沾油的瓶子，感到滑溜溜的。

☆ ウナギはぬるぬるしていて、捕まえにくい/鰻魚很滑溜，難以抓到。

ぬるまゆ【ぬるま湯】ヌルマユ、ヌルマユ 熱い湯と水との中間ぐらいの温度の湯。ぬるい湯。中 溫水；微溫的水。E tepid water.

☆ ぬるま湯でセーターを洗う/用溫水洗毛衣。

ぬるま湯につかる それほど苦労もせず、また、外から危害を加えられるようなこともなく、安心して毎日をのんびりと過ごす。中 安於現狀；過安穩日子。E lead an easy, but monotonous life.

☆ 特にがんばらなくてもじゅうぶん給料をくれる会社で働いて、ぬるま湯につかっているような30年だった/在一個不須特別努力就能拿到足夠工資的公司工作，就這樣安穩地度過了三十年。

ぬれぎぬ ヌレギヌ、ヌレギヌ ほかから自分に関係のない罪を着せられること。本当でないうわさ。無実の罪。中 冤罪；冤枉。E an unfounded accusation; an unjust charge.

☆ 自分がお金を置き忘れたのに、わたしが取ったとはひどいぬれぎぬだ/自己忘了將錢放在哪裡，卻說是我拿的，太冤枉人了。

☆ ぬれぎぬを着せられる/被冤枉。

ぬれてであわ【ぬれ手であわ】 苦労しないで利益をえること。中 不勞而獲。E make easy money.

☆ 安く買った土地が10倍の値段で売れて、ぬれ手であわの大もうけをした/將便宜買得的土地以十倍的價格賣出，不勞而獲地賺了一大筆錢。

参「あわ」はイネ科の黄色くて粒が小さい穀物。ぬれた手でアワをつかむとたくさんくっついてくることからいう。

ぬれねずみ ヌレネズミ、ヌレネズミ 服を着たまま全身びしょぬれになること。また、その姿。中 渾身濕透；落湯雞。E be as wet as a drowned rat.

☆ ボートから池に落ちてぬれねずみになった/從船上掉入池中，成了落湯雞。

☆ 夕立にあって、ぬれねずみで家に帰った/碰上雷陣雨，渾身透濕地回到家。

ぬ・れる ヌレル〔自動一〕 ものの表面に水などがかかって水分をふくんだ状態になる。中 濡濕；淋濕。E get wet; be damp.

☆ にわか雨に降られてすっかりぬれてしまった/下了場暴雨，全身被淋濕了。

☆ ゆうべ雨が降ったらしく道がぬれている/昨晚好像下雨了，路還濕著呢。

他動 ぬらす

ぬ

ね／ネ

ね【音】ネ　心をひかれるような音や声。中聲音；音響；樂音；音色。E a sound; a note.

☆ 秋の夜はいろいろな虫の音が聞こえる/在秋天的夜晚能聽見各種昆蟲的鳴叫聲。

☆ 鐘の音/鐘聲。

音を上げる　苦しいことやむずかしいことに、これ以上耐えられないと言い、自分が負けたことを認める。中叫苦；發出哀鳴；示弱。E admit one's defeat; give in.

☆ 山の登り道があまりけわしいので音を上げた/由於上山的路太險峻，所以叫苦連天。

ね【値】ネ　❶商品についている金額。値段。中值；價錢；價格。E a price.

☆ 値は高いが品がいいから買おう/價格雖貴但品質好，所以想買下。

☆ 値上げ/提高價格；漲價；加價。(→項目)

☆ 値札/價目標籤；價格標牌。

❷そのものの価値。中價值。E value.

☆ まだ無名の画家の絵だが、そのうちに値が出てくるだろう/雖是無名畫家的畫，但日後其價值會顯現出來吧。

値が張る　売値の金額が大きい。中價錢過高。E be expensive.

☆ きょうは和服とか帯とか値が張るものばかり買った/今天盡買和服、腰帶之類的價值貴重的東西。

ね【根】ネ　❶植物の、地面より下にのびる部分。植物が倒れないように支え、また、水や栄養をとる役目をするもの。中根。E a root.

☆ 草も木も、根がなければ枯れてしまう/如果沒有根，草木都會枯萎。

☆ しっかりと根を張る大木/根紮得很深的大樹。

❷ものを支えている下の部分。中根底。E the base; the root.

☆ この柱は根がくさっている/這根柱子的根底腐爛了。

☆ 寒くて歯の根が合わない/由於寒冷，牙齒直打顫。

❸ものごとのもとになること。終わっても後に残ること。本当の性質。中根本；本性。E a cause; nature.

☆ 簡単なようにみえるが事件の根は深い/看似單純的事件，卻根深蒂固。

☆ 無口だが根は親切な人だ/雖沈默寡言，本質卻是個熱情的人。

▷ 数❶1本　→木図

根が生える　人が同じ場所にいて動かない。中紮根；生根。E be rooted.

☆ しばらくのつもりでこの家に住みはじめたが、根が生えて、もうほかへ引っ越すのはいやになった/原想只在這裡暫住一段時間，沒想到就地紮根，已不願搬到別處去了。

似た表現 根を生やす

根に持つ　心の中でずっとうらみに思っている。中懷恨不忘；懷恨在心；記仇。E bear a grudge against a person.

☆ 以前わたしがしかったのを根に持って、一郎は会ってもあいさつもしない/一郎把我以前責備過他的事記恨在心，即使見了面，也一聲招呼都不打。

根も葉もない　話になんの根拠も目に見える事実もない。でたらめなようす。中毫無根據；平空捏造。[E] groundless.

☆ うちの会社がつぶれそうだという根も葉もないうわさが流れている / 目前到處都流傳著我們公司將要倒閉這一毫無根據的謠言。

根を下ろす ❶ 考えなどがしっかり動かないものとなる。[中] 紮根。[E] take root; take firm hold.

☆ 政治家になるという決意は、高校生のころから洋子の心にしっかり根を下ろしていた/當政治家的決心，從高中時代就在洋子心中紮下了根。

❷ ある土地に住みつく。[中] 安居；落戶。[E] settle.

☆ 8年前東京から越してきた一郎も、この土地に根を下ろして市会議員になった/八年前從東京搬來的一郎也在此地定居，並當上了市議會議員。

ね

❶ (文の終わりについて) (1) 軽い感動を表す。[中] 表示輕微感嘆。

☆ きみはほんとにやさしい人だね / 你真是一位親切的人啊!

☆ きれいな花ね / Beautiful flowers, aren't they? / 真漂亮的花。

(2) 軽く確かめる気持ちを表す。[中] 表示輕度確定的口氣。

☆ みんなの意見で決めていいね/ It would be nice to consider everyone's opinion in deciding,wouldn't it? / 那麼看大家的意見來決定吧。

☆ 出席者は25名だね / 出席者是二十五位吧。

(3) 自分の考えをはっきり表す。[中] 表明自己的想法。

☆ それは無理だと思うね / I'm afraid that is impossible. / 我想那太勉強了。

☆ ぜひあの車を買いたいね /真想買下那部車。

(4) 相手に同意を求める気持ちを表す。[中] 表示徵求對方同意。

☆ この小説あまりおもしろくないね / This novel is not so interesting, is it? / 這本小說並不怎麼有趣，是不是?

☆ どう、このほうがいいわね/怎麼樣，還是這個好吧?

(5) (疑問を表す語句について) 質問する意味を強めることを表す。[中] 表示強調疑問。

☆ みんな、どこへ行くのかね / So, where is everyone going? / 你們大家要去哪裡啊?

☆ どうしてうまくいかないんだろうね /為什麼不能順利進行呢?

❷ (ことばをつなぐのに使い) 調子をととのえたり強めたりする。[中] 加強語氣。

☆ あのね、ジョンがね、病気なんだって / Guess what! I hear John got sick. /哎，那個約翰呀，聽說病了。

☆ これはね，わたしが好きな絵なんだけどね、あなたにあげる/這個呀，雖是我喜歡的畫，不過還是送給你吧。

▷ [話] →な[囲み]

[参] ❶(1)(3)(4)(5)❷は「ねえ」と長くのばすこともある。

ねあがり 【値上がり】ネアガリ〔～する〕値段や料金がそれまでより高くなること。[中] 價格上漲；漲價。[E] a rise in price; rise.

☆ 悪い天候が続くと野菜が値上がりする/ 惡劣的天氣持續下去的話，蔬菜價格會上漲。

☆ バス代が180円から200円に値上がりした/ 公共汽車票價從一百八十日圓漲到了兩百日圓了。

[対] 値下がり

ねあげ 【値上げ】ネアゲ〔～する〕 値段や料金をそれまでより高くすること。[中] 提高價格；漲價；加價。[E] a price increase; raise.

☆ ビール会社がいっせいにビールの値上げをした / 啤酒公司一起提高啤酒的價格。

☆ 大家さんに部屋代を値上げすると言われて困っている/房東說房租要漲價，傷腦筋啊!

[対] 値下げ

ねいろ 【音色】ネイロ　楽器の種類や演奏する人によってそれぞれ違って出てくる音の感じ。おんしょく。[中] 音色。[E] (a) tone; (a) timbre.

☆ きょうのコンサートでは笛の音色が特にすばらしかった/今天的音樂會上，笛子的音色特別美。

☆ 美しいバイオリンの音色にうっとりする/聽那小提琴優美的音色聽得出了神。

ねうち【値打ち】ネウチ　人やものごとの立派さや役に立つ程度。ものの価値。中 聲價；品格；價值。E value; worth.

☆ 父にもらった時計は古いが値打ちがある/父親給的錶雖然舊，但很值錢。

☆ 遠くから聞きに来るだけの値打ちのある演奏会だった/這是一場值得從老遠跑來欣賞的演奏會。

ねえ　ネー　❶ 相手に親しみをこめて呼びかけるときに言うことば。念を押したり同意を求めたりする気持ちを表す。中 表示親切地徵求對方的同意。

☆ ねえ、お父さん、あした海へ連れてって/Dad, please take me to the sea tomorrow./喂，爸爸，明天帶我到海邊去吧。

☆ ねえ、これ、食べてもいいでしょ？/喂，這個，可以吃吧?

❷「ね」を長くのばした言い方。

☆ このお菓子おいしいねえ/這點心很好吃啊!

☆ あしたは晴れるといいねえ/I hope it will be fine tomorrow./明天天晴就好了。

☆ きみねえ、これはまちがってるよ/你呀，這裡弄錯了。

▷ 話

ネームバリュー　ネームバリュー　有名な人の、その名前が持っている価値。中 名聲；名氣；聲譽。E (have) an established reputation.

☆ いい絵でもネームバリューがない画家のはなかなか売れない/即便是幅好畫，但由於畫家沒名氣而賣不出去。

参 英語の「ネーム(name)」とバリュー(value)から日本でできたことば。

ネオンサイン (neon sign) ネオンサイン　文字や模様の形につくったガラスのくだに電気を通して、いろいろな色で光らせるもの。広告や装飾に使う。ネオン。中 霓虹燈。E a neon sign.

☆ 夕暮れになると商店街のあちこちにネオンサインがともる/到了傍晚，鬧區到處都開了霓紅燈。

☆ ネオンサインが輝く/霓紅燈閃爍。

ねが・う【願う】ネガウ〔他動五〕(ねがって)

❶ そうなってほしい、こうあってほしい、と心の中で強く望む。中 願望；希望。E wish; desire.

☆ 母の病気がよくなってくれるように願う/希望母親的病能治好。

❷ ほかの人に、こうしてほしい、と丁寧に頼む。中 請求；要求。E wish; ask.

☆ 病人がいますから、静かに願います/因為有病人，所以請安靜一點。

☆ どうかよろしく願います/請您多關照。

❸ 神や仏に頼む。祈る。中 祈禱；祈求。E pray for; ask God for.

☆ 神に交通安全を願う/向神祈求交通安全。

▷ 名 願い

願ったりかなったり　こちらの望みどおりに願いがかなうようす。中 正中下懷；正合心願。E this is just what I wanted.

☆ 公費で留学できるとは、願ったりかなったりだ/能公費留學，正是求之不得的事。

ねがえり【寝返り】ネガエリ、ネガエリ〔～する〕❶ 寝ていて体の向きを変えること。中 翻身。E turn in bed.

☆ 赤ちゃんが寝返りができるようになった/嬰兒睡覺會翻身了。

❷ それまでの味方を離れて敵の側についてしまうこと。中 背叛；叛逆；投敵。E change sides; betray.

☆ 軍隊の一部の寝返りで、クーデターは失敗した/由於軍隊中有人叛變，所以政變失敗了。

▷ 自動 寝返る

参 ❷は「裏切り」と似ているが、「裏切り」が信頼関係に背くことであるのに対して、「寝返り」はそれまでの味方との関係をこわして敵についてしまうことをいう。

ねか・す【寝かす】ネカス〔他動五〕(ねかして) ❶ 立っているものを横に倒す。寝かせる。中 使躺下；放倒；放平。E lay down.

☆ ワインの瓶は寝かしておくほうがいい/最好將葡萄酒瓶平放。

☆ けが人をその場に寝かしておいて、救急車を呼んだ/先讓受傷的人就地躺下，然後再去叫救護車。

対 起こす、立てる

❷ 眠りにつかせる。寝かせる。中 使睡覺。E put a person to bed.

☆ 赤ん坊を寝かす/讓嬰兒睡覺。

☆ 寝かしつける/讓……睡覺；使……入睡。

対 起こす

❸ じゅうぶんに役立てずに手もとにとどめる。ねかせる。中 存放著。E let (goods, money) lie idle.

☆ 夏物をひと冬ねかしておく/夏裝存放一個冬天。

☆ 資本をねかす/存放資本；擱置資金。

▷ 自動 寝る

ねぎ ネギ 野菜の一種。細長い葉の緑色の部分と白い部分を食べる。春に小さい白い花がまるく集まって咲く。中 蔥。E a Welsh onion.

☆ 今夜の食事は、牛肉と豆腐とネギですきやきだ/今晚吃的飯菜是用牛肉、豆腐、蔥做的「壽喜燒」。

数 1本・1束 →野菜図

ねぎら・う ネギラウ〔他動五〕(ねぎらって) 相手がした苦労に対し、感謝してやさしくいたわる。中 慰勞；犒賞。E thank a person for his/her trouble.

☆ 大統領が無事地球に帰った宇宙飛行士たちをねぎらう/總統慰勞安全返回地球的太空人。

☆ ご苦労さんと労をねぎらう/慰勞說「辛苦了」。

名 ねぎらい

参 ふつう、自分より目下の人に使う。

ねぎ・る【値切る】ネギル、ネギル〔他動五〕(ねぎって) 値段を割り引かせる。まけさせる。中 還價；講價；殺價。E beat down the price.

☆ 1万円のものを8500円に値切って買う/將一萬日圓的東西殺價到八千五百日圓後再買。

☆ 20パーセント値切る/殺價百分之二十。

ネクタイ (necktie) ネクタイ ワイシャツのえりにまわして結び、飾りにする細長い布。中 領帶。E a tie; a necktie.

☆ ネクタイは絹でつくったものが多い/很多領帶是用絹做的。

☆ しまの模様のネクタイ/條紋式的領帶。

☆ ネクタイピン/領帶夾。

数 1本

ねぐるし・い【寝苦しい】ネグルシイ 気持ちよく眠ることができない。中 睡不著覺；難以入眠。E cannot sleep well.

☆ ゆうべは暑くて寝苦しかった/昨晚悶熱得睡不著覺。

☆ 熱があって寝苦しい/因為發燒，而難以入眠。

ねこ【猫】ネコ 体が小さく、顔はまるく、毛がやわらかい動物。むかしから人に飼われている。中 貓。E a cat.

☆ 猫がこたつでまるくなって寝ている/貓在被爐上蜷成一團正在睡覺。

☆ 野良猫/a stray cat./野貓。

数 1匹

…………「猫」のつく慣用表現…………

猫に小判 どんないいものも、その価値がわからない人には役に立たないということ。

中 不起作用；對牛彈琴。E That's like casting pearls before swine.

似た表現 豚に真珠

猫の手も借りたい 非常に忙しいようす。中 忙

亂；人手不足。E be very busy and short-handed.

☆ 引っ越しのときはあれこれ用事が多くて、猫の手も借りたいぐらいだ/搬家時這個那個事情真多，真是手忙腳亂。

猫の額　非常に狭いようす。中 面積窄小。E a bit (of field).

☆ 庭のすみの、猫のひたいほどの畑で野菜をつくっている/在院子角落裡的一小塊菜圃上種菜。

猫の目　ものごとが変わりやすいようす。中 變化無常。E change like a chameleon's color.

☆ 大学入試のやり方が毎年猫の目のように変わって、受験生は当惑している/大學入學考試方法每年都變化不定，考生們難以把握。

猫もしゃくしも　だれでもみな。中 不論張三李四；不管什麼東西。E everyone and anyone.

☆ このごろは猫もしゃくしも海外旅行に行きたがる/最近誰都想去海外旅行。

猫をかぶる　本当の性質を隠し、おとなしそうにふるまう。中 假裝老實(的人)。E play the hypocrite.

☆ あの子は家では大声を出して弟とけんかしているのに、教室では猫をかぶって1言も話さない/那孩子在家裡大聲和弟弟吵架，在教室卻裝得很老實的樣子，一句話也不說。

似た表現 猫かぶり

…………………………………………………

ねこかわいがり【猫かわいがり】ネコカワイガリ、ネコカワイガリ〔～する〕　子供などをむやみに甘やかすかわいがり方。話 中 溺愛；嬌慣。E dote on; show excessive affection.

☆ 末っ子を猫かわいがりして、だめな子にしてしまった/由於溺愛老么，使他變成了沒用的孩子。

ねこそぎ【根こそぎ】ネコソギ、ネコソギ

❶ 根まで全部抜き取ること。中 連根拔掉；掃蕩無遺。E (pull out) root and all.

☆ 洪水で、畑の作物が根こそぎにされた/洪水把農田裡的作物掃蕩殆盡。

❷ すこしも残さずに全部。中 徹底；一點不留地。E all; completely.

☆ 泥棒に根こそぎ盗まれ、部屋の中は空になっていた/房裡的東西被小偷偷得精光。

ねごと【寝言】ネゴト　❶ 眠っているときに無意識に言うことば。中 夢話；夢囈。E talk in one's sleep.

☆ となりに寝ている弟の寝言で目が覚めた/睡在旁邊的弟弟說夢話把我吵醒了。

❷ なにを言っているのかはっきりわからない話。中 胡說；夢話。E nonsense.

☆ おまえの言うことは寝言だ。もっとよく現実をみて言え/你真是痴人說夢話，好好面對現實吧！

ねこなでごえ【猫なで声】ネコナデゴエ　人によく思われたくて出す、表面だけやさしそうな声。中 諂媚聲；甜言蜜語的聲調。E a soft coaxing voice.

☆ いつもいばっている姉が、用事を頼むときだけ猫なで声になる/一向傲慢的姊姊只在有事相求時才會甜言蜜語。

ねこばば【猫ばば】ネコババ〔～する〕　拾ったものなどを、こっそり自分のものにすること。話 中 把拾物據為己有。E pocket.

☆ 会の金がすこしあまったのを会計係が猫ばばしてしまった/會裡的費用有一些剩餘，會計將其侵吞。

ねころ・ぶ【寝転ぶ】ネコロブ〔自動五〕(ねころんで)　体を横たえる。横になる。寝っころがる。中 橫臥；隨意躺下。E lie down; throw oneself down.

☆ 夫は休みの日は寝ころんでテレビを見ている/放假時，丈夫總是躺在床上看電視。

☆ 芝生に寝ころぶ/躺在草坪上。

ねさげ【値下げ】ネサゲ〔～する〕　値段や料金をそれまでより低くすること。中 降低價格；減價。E a reduction in price.

☆ 冬物の衣類は春になると値下げされる/冬天的衣服一到春季就降價。

☆ 石油が安くなって電力会社は料金を値下げした／石油便宜，電力公司隨之調降電費。

対 値上げ

ねざめがわるい【寝覚めが悪い】❶寝て目が覚めたときの気分が悪い。また、なかなか起きられない。中 睡醒後情緒不佳。E have a hard time getting up in the morning.

☆ わたしは低血圧なので朝の寝覚めが悪い／由於低血壓，我早上睡醒後總是情緒不佳。

❷ 悪いことをしたのが気になって気持ちがよくない。中 夢寐不安(受良心譴責)；睡不安穩。E have a guilty conscience; feel remorseful.

☆ 勝つには勝ったが、ひきょうなやり方だったと思うと、どうも寝覚が悪い／贏是贏了，但一想到用的是卑鄙手段，就總是夢寐難安。

ねじ ネジ 渦になったきざみがついていて、回しながら押しこんで、ものをしっかり固定するもの。また、そのきざみ。中 螺絲；螺釘。E a screw.

〔ねじ〕

☆ いすの脚は木のわくにねじでとめてある／椅腳是用螺絲釘固定在木架上的。

☆ ねじ回しでねじをしっかりしめる／用螺絲起子擰緊螺絲。

☆ ねじくぎ／螺絲釘。

数 1本

ねじを巻く しっかり努力するように励ます。話 中 鼓勵；推動；督促。E encourage.

☆ 怠け者の弟のねじを巻いて働かせる／督促懶惰的弟弟做事。

ねじこ・む【ねじ込む】ネジコム、ネジコム〔自他動五〕(ねじこんで) ❶ねじって中に入れる。中 擰進；扭進。E screw into.

☆ ボルトをねじこむ／擰螺栓。

❷ 無理に押しこむ。中 硬塞進。E thrust into.

☆ 一郎はお礼の金はいらないと言ったが、わたしは、いや受け取ってくれと言って彼のポケットにねじこんだ／雖然一郎說不要謝禮金，但我還是說「不，收下吧。」把錢硬塞進他的口袋裡。

❸ 他人のしたことや言ったことに、強く文句を言いに行く。中 提出嚴重抗議；責難；譴責。E make a strong complaint.

☆ お宅の猫がうちの金魚を食べたと、となりの人がねじこんできた／「您家的貓吃了我家的金魚。」鄰居來提出嚴重的抗議。

注 ❶❷は他動詞、❸は自動詞。

ねじりはちまき【ねじり鉢巻き】ネジリハチマキ 手ぬぐいなどをかたくねじって、頭に巻いて結んだもの。また、その姿。中 擰起來紮在頭上的毛巾。E a tightly twisted towel worn around one's head, as hard as one can.

〔ねじり鉢巻き〕

☆ そろいの着物にねじり鉢巻きで祭りのみこしをかついで町内をまわる／穿著同一花色的和服，頭上紮著擰著的毛巾，抬著神轎，在鎮內繞。

☆ 試験の前になると、ねじり鉢巻きでがんばる／一到考試前夕，頭上就紮起擰著的毛巾一本正經地用功起來。

ねじ・る ネジル〔他動五〕(ねじって) ❶細長いもののはしとはしを持って、たがいに逆の向きに回す。中 扭；擰。E twist; wrench.

☆ 手ぬぐいをねじって頭に巻く／將小毛巾擰起來紮在頭上。

☆ 針金をねじる／擰鐵絲。

❷ 1つの方向にだけ力を入れて回す。中 扭轉；扭曲。E screw; twist.

☆ 瓶詰のふたをねじって開ける／扭轉蓋子打開瓶罐。

☆ けんかをして、腕をねじられる／打架時，胳膊被扭了一下。

☆ 首をねじって後ろの人を見る／轉頭看後面的人。

▷ 自動 ねじれる

参 ❷は「ひねる」と似ているが、「ひねる」が指先でものをつまんで回したり、軽く向

二 きを変えたりすることであるのに対して、「ねじる」は力を入れて何回も回したり、大きく向きを変えたりすることを表す。

ねじ・れる ネジレル〔自動一〕 ❶ まっすぐであったものが曲がったようになる。中 扭歪；彎曲。E be twisted; be distorted.

☆ 鏡を見たらネクタイがねじれていたので、急いで直した/從鏡中發現領帶歪了，趕緊調正。

☆ 腸がねじれる/腸套結。

❷ 性質がすなおでなくなる。ひねくれる。中 乖僻；彆扭。E be warped; get crooked.

☆ いじめられ続けて、心がねじれてしまった弟には、他人の親切も親切と思えなくなっている/接連不斷被欺侮，弟弟的性格變得乖僻，不再把別人的關心當一回事了。

▷ 名 ねじれ 他動 ねじる

ねずみ ネズミ 尾が長く、体が毛でおおわれた小さい動物。家の中にすむ種類と野山にすむ種類があり、ものを食べ荒らして害を与える。中 鼠；老鼠；耗子。E a rat; a mouse.

☆ ネズミが壁に穴を開けて、夜になると台所に出入りしている/老鼠在牆上打洞，一到晚上就進出廚房。

☆ ネズミ色/深灰色。

数 1匹

ねずみざん【ねずみ算】ネズミザン ネズミが短い間にふえるように、急に数や量が増えること。中 數量急劇增加；按幾何級數增加的算法。E geometrical progression.

☆ 不潔にしていると、ばいきんがねずみ算式にふえる/弄不乾淨的話，細菌會急遽增加。

ねぞう【寝相】ネゾー 眠っているときの格好。中 睡相；睡覺的姿勢。E one's sleeping posture.

☆ 寝相が悪いと、ふとんがずれてかぜをひく/睡相不好的話，被子會被踢掉而感冒的。

☆ 寝相がいい/睡相好。

ねそべ・る【寝そべる】ネソベル〔自動五〕(ねそべって) 腹を下にしたり横にしたりして体を長くのばして横たわる。中 隨意伏臥；伸腿伏臥。E lie down; lie sprawled.

☆ 寝そべって本を読む/俯臥著看書。

☆ 犬が木陰に寝そべっている/狗躺在樹蔭下。

ねたきり【寝たきり】ネタキリ 病気などで長い間、寝たままになっていること。中 因病長期臥床不起。E bedridden.

☆ 長い病気で入院しているうちに体が動かなくなって寝たきりになってしまった/由於長時間生病住院，身體僵硬得長期臥床不起。

☆ 寝たきりの生活/長期臥床不起的生活。

ねたまし・い ネタマシイ ねたみたくなるような気持ちだ。中 感到嫉妒；妒忌；眼紅。E be envious; be jealous.

☆ 努力もしないのにどんどん出世する二郎がねたましい/二郎並不努力卻接連不斷地出人頭地，真讓人眼紅。

☆ きれいで人気のある洋子がねたましい/洋子人長得漂亮，又有人緣，招人嫉妒。

ねた・む ネタム〔他動五〕(ねたんで) 相手が自分よりすぐれていたり、しあわせだったりするのがうらやましくて、心の中で憎く思う。中 嫉妒；妒忌；眼紅。E be jealous; envy.

☆ うちの犬を散歩に連れて出かけると、となりの犬はねたんで大声でほえる/我家的狗被帶出門散步時，鄰居的狗嫉妒地大聲叫嚷。

☆ 人のしあわせをねたむものではない/不要妒忌別人的幸福。

名 ねたみ

ねだ・る ネダル、ネダル〔他動五〕(ねだって) ほしいものを手に入れようとして、甘えて無理を言い、頼む。中 死皮賴臉地要求；央求。E pester; coax; beg.

☆ 子供が母親におもちゃを買ってとねだる/孩子向母親鬧著要求買玩具。

☆ 親戚の子供たちにこづかいをねだられた/親戚的孩子們央求我給零用錢。

二 参「せがむ」も似ているが、「せがむ」が何度も繰り返して要求をきいてもらおうとすることをいうのに対して、「ねだる」は相手に甘えてものを要求することを表す。

ねだん【値段】ネダン　商品についている金額。中價錢。E a price.

☆ 値段を見比べながら買い物をする/購物要貨比三家。

☆ バーゲンでふつうの値段の２割引きで買う/拍賣時，以八折購買。

☆ 値段表/價格表。

ねちねち　ネチネチ〔～する〕❶ ねばりけがあって、くっつくようす。中黏糊糊的。

☆ 手にハチみつがついてねちねちする/ Some honey got on my hand and it feels a little sticky. /手沾上蜂蜜黏糊糊的。

❷ 必要以上にしつこく、いつまでも言ったり、したりするようす。中不乾脆；嘮嘮叨叨。E tenaciously; persistently.

☆ １時間もねちねち(と)弁解を聞かされていやになった/整整一個小時都在聽他辯解，快煩死了。

ねつ【熱】ネツ　❶ 高い温度。また、温度を高くするエネルギー。中熱；熱度。E heat.

☆ 太陽の熱で雪がとける/藉著陽光的熱，積雪融化了。

☆ 熱を加える/加熱。

❷ 病気などでふだんより高くなった体温。中發燒；體溫高。E a fever; a temperature.

☆ かぜをひいて熱がある/感冒發燒了。

☆ 熱が下がる/退燒。

❸ ものごとに夢中になること。中熱情；幹勁。E passion; enthusiasm.

☆ すこし会わないうちに、恋人への熱が冷めてしまった/一段時間沒見，對戀人的熱情冷卻了。

熱に浮かされる　❶ 高い熱が出たために、意識がはっきりしなくなる。中因發高燒而夢囈。E be delirious with fever.

☆ 母は病気のとき、熱に浮かされて、戦争が始まる、と叫んでいた/母親生病時因發高燒夢囈，喊著：「戰爭要爆發了。」

❷ ものごとに夢中になる。熱中する。中熱中；入迷。E be crazy about.

☆ サッカーの熱に浮かされて、毎週、競技場に通っている/熱中足球，每週都去足球場。

熱を上げる　ものごとや人の魅力にひきつけられて、夢中になる。中入迷；熱狂；迷上。E be smitten with.

☆ ロック歌手に熱を上げ、学校を休んでコンサートに行く/迷上了搖滾歌手，不上學去聽演唱會。

ねつい【熱意】ネツイ　目的のものごとに対する強く真剣な気持ち。中熱忱；熱情。E zeal; enthusiasm.

☆ 生徒たちの熱意に先生も動かされて、修学旅行は広島と決まった/老師被學生們的熱情所動，決定帶學生去廣島修學旅行。

☆ 自然保護に熱意を持つ市民団体/熱心於保護自然的市民團體。

ねっから【根っから】ネッカラ、ネッカラ

❶ 生まれたときから備わっているようす。中本來；生來。E by nature; through and through.

☆ 根っからの悪人で、人を傷つけてもなんとも思わない/他生來就是壞蛋，即使傷害別人，他也無關痛癢。

❷ (「根っから～ない」の形で) 全然～ない。中完全不；絲毫不。E not at all.

☆ 三郎はいつもうそをつくので、今度の話も根っから信用できない/因為三郎總是撒謊，所以這次他講的話也絕不能信。

▷ 話

ねっきょう【熱狂】ネッキョー〔～する〕ものごとに夢中になり、まわりのこともかまわず騒ぎたてること。中狂熱；熱烈。E go wild with excitement; enthusiastic.

☆ コンサートで熱狂したファンが舞台に駆け上がった/音樂會上狂熱的歌迷衝上舞台。

ね

☆ 熱狂的なカーニバル/狂熱的嘉年華會。

ネック (neck) ネック ❶人の頭と肩の間の細くなった所。首。また、服の首まわり。えり。中脖子；頸部。E a neck.

☆ ネックライン(=服の首まわりの線)/領口；領圍(＝衣服領口周圍線)。

☆ ハイネック/高領(指緊緊圍繞頸部的領子)。

❷狭くなっていて通りにくい場所。なにかをするときにじゃまになるものごと。中窄路；隘路。E a bottleneck.

☆ 道路工事の場所がネックになって,車が渋滞する/道路施工現場使道路變窄，造成車輛堵塞。

☆ 仕事の遅い1人がネックになって、グループの作品が完成できない/工作慢的那個人成了瓶頸，使得集體作品無法完成。

ネックレス (necklace) ネックレス 金、銀、真珠などいろいろな材料を輪にして首にかけるアクセサリー。首飾り。中項鍊。E a necklace.

☆ 絹のブラウスに真珠のネックレスをする/在真絲女襯衫上再佩戴珍珠項鍊。

数 1本 →アクセサリー図

ねっしん【熱心】ネッシン、ネッシン ものごとに心を打ちこみ、一生懸命であること。中熱心。E enthusiastically; hard.

☆ この市はごみ処理の問題に熱心に取り組んでいる/這個城市熱心解決垃圾處理問題。

☆ 姉は仕事熱心ということで有名だ/姊姊因工作熱忱而出名。

ねっ・する【熱する】ネッスル、ネッスル〔自他動する〕 ❶熱を加える。熱くする。中加熱；弄熱。E heat; make hot.

☆ 水をなべに入れて熱する/將水放入鍋裡煮熱。

☆ 鉄を熱して加工する/將鐵加熱後再加工。

❷熱心になる。そのことに夢中になる。中熱中；興奮。E be enthusiastic; get excited.

☆ 道子は熱しやすいので、やりはじめるとすぐ一生懸命になる/道子因為很容易投入，所以一開始就十分拚命。

☆ 熱しやすく冷めやすい/易熱易冷。

ニ注 ❶は他動詞、❷は自動詞。

ねつぞう【捏造】ネツゾー〔～する〕 自分のつごうのために事実ではないことを事実のようにつくりあげること。中捏造；編造。E fabricate; invent.

☆ おもしろそうな話をねつぞうして、雑誌社に売りこむ/編造有趣的故事賣給雜誌社。

☆ ねつぞう記事/捏造的新聞。

ねったい【熱帯】ネッタイ 地球の赤道を中心として南緯および北緯23度27分にはさまれた地帯。1年の気温の平均が20度以上になる。中熱帶。E the Torrid Zone; the tropics.

☆ 熱帯では雨期と乾期の区別がはっきりしている/在熱帶地區，雨季與乾季的區別很明顯。

☆ 熱帯雨林/熱帶雨林。

関連 寒帯、温帯

ねっちゅう【熱中】ネッチュー〔～する〕 1つのものごとに夢中になること。中熱中；入迷。E be lost with; be absorbed in.

☆ 弟はテレビゲームに熱中していて、呼んでも返事をしない/弟弟玩電動正入迷，即使叫他也不回應。

ネットワーク (network) ネットワーク ❶テレビやラジオで、同じ番組を同じ時間に放送できるようにあちこちの放送局を結んだ組織。中廣播網；電視網。E a (broadcasting) network.

☆ 中央の放送局がつくった番組をネットワークで地方に流す/中央廣播電台製作的節目透過廣播網向各地播放。

❷同じ目的などを持つ人々が連絡し、協力し合う組織。中網路；網組織。E a network; a cooperative organization.

☆ 環境保護運動の団体が全国にネットワークをつくる/環保運動團體在全國建立聯絡網。

☆ パソコンのネットワーク/個人電腦的網際網路。

ねつべん【熱弁】ネツベン 相手を説きふせ

るような力がこもった話し方。心を打つ力のある演説。中 熱情的演說雄辯；熱烈的辯論。E an impassioned speech.

☆ 市議会で熱弁をふるい、提案を認めさせた/在市議會上經過熱烈的辯論，提案終於通過。

ねづよ・い【根強い】ネズヨイ　ものごとの基礎がしっかりしていて、簡単には変わらない。中 根深蒂固。E deep-rooted; firmly.

☆ あの歌手は若い人から老人にまで、根強い人気がある/那位歌手深受年輕人到老年人的愛戴。

☆ この地方には、いろいろな古い習慣が根強く残っている/這個地方保留著許多根深蒂固的古老習俗。

ねつれつ【熱烈】ネツレツ　夢中になって興奮しているようす。中 熱烈，火熱。E ardently, enthusiastic; passionate.

☆ A国大統領の訪問を国民は熱烈に歓迎した/國民對A國總統的訪問表示熱烈的歡迎。

☆ B氏は熱烈なサッカーファンだ/B氏是個狂熱的足球迷。

☆ 熱烈な恋愛/火熱的戀愛；熱戀。

ねどこ【寝床】ネドコ　眠ったり、横になって休んだりするためのふとんやベッド。また、その場所。中 床鋪；被窩。E a bed.

☆ 頭が痛くて1日じゅう寝床を出られなかった/頭痛得一整天都無法下床。

☆ 泊まっていく客のために寝床の用意をする/為前來住宿的客人準備床鋪。

ねばならない　⇨なければならない❶

☆ どうしてもきょうの試合には勝たねばならない/無論如何都要贏得今天的比賽。

☆ 早く行かねばならない/必須早去；必須趕緊去。

ねばねば　ネバネバ、ネバネバ〔～する〕くっついてなかなか離れないようす。また、そういうもの。中 黏；發黏；黏糊糊。

☆ 接着剤がくっついて指がねばねばする/沾到黏合劑，手指黏糊糊的。

☆ わたしは納豆のねばねばが嫌いだ/I don't like the stickiness of *natto*./我討厭納豆黏糊糊的樣子。

ねばり【粘り】ネバリ　❶ねばること。また、その程度。中 黏；黏性；黏度。E stickiness.

☆ 小麦粉と水を、ねばりが出るまでまぜる/將麵粉和水混合攪拌，直到有黏性為止。

☆ ねばりのないもち/沒有黏性的年糕。

❷ 長くかかってもあきらめずに続ける態度。中 頑強；韌性。E perseverance; tenacity.

☆ 次郎は頭はいいがねばりがないので、長期の研究には向かない/次郎雖然聰明，但缺乏韌性，所以不適合從事長期的研究。

☆ ねばり勝ち/堅持到底贏得勝利。

▷ 自動 粘る

ねばりづよ・い【粘り強い】ネバリズヨイ　あきらめないで、最後までしようとするようすだ。中 不屈不撓；堅韌不拔；堅韌頑強。E persistently; tenacious.

☆ ねばり強く何度も頼んで、会長を引き受けてもらった/不屈不撓地多次請求下，他終於接下會長一職。

☆ 道子はねばり強い性質だから、何年かかってもやるだろう/道子秉性堅強，就算花幾年時間她也會堅持吧！

ねば・る【粘る】ネバル〔自動五〕(ねばって)

❶ やわらかで、ふれたものによくくっつく。中 發黏；黏上。E be sticky; be adhesive.

☆ 油がついて手がねばる/手上沾到油，黏黏的。

☆ よくねばる納豆/很黏的納豆。

☆ ねばりつく/黏上；黏到…上。

❷ 根気よく持ちこたえて、がんばる。中 堅持；有耐性。E stay long; persevere.

☆ 三郎はコーヒー1杯で3時間も喫茶店にねばった/三郎竟然點一杯咖啡就在咖啡店待了三個小時。

☆ 道子との結婚は早すぎると父に反対されたが、ねばってとうとう許してもらった/

ね

父親認為我和道子結婚嫌早而反對，但我一直堅持，最終還是得到了父親的諒解。

▷ 名粘り

ねびえ【寝冷え】ネビエ〔～する〕 眠っているあいだに体が冷えて、かぜをひいたり、腹をこわしたりすること。中睡覺著涼。E get chilled while sleeping.

☆ 窓を開けたまま寝て寝冷えしてしまった/開著窗戶睡覺，結果著涼了。

ねびき【値引き】ネビキ〔～する〕 ついている値段より安くすること。中減價；折扣。E reduce the price; discount.

☆ たくさん買い物をしてくれた客の合計金額から10パーセント値引きする/從買了很多東西的顧客的總金額中打九折。

ねぼう【寝坊】ネボー〔～する〕 朝起きる時間に起きずに眠っていること。また、その人。中睡懶覺；貪睡晚起；睡懶覺的人。E oversleep; get up late.

☆ けさは寝坊して会社に遅れてしまった/今早睡懶覺，以致上班遲到了。

☆ 朝寝坊/愛睡早覺的人；起得晚；早晨睡懶覺。(→項目)

ねぼ・ける【寝ぼける】ネボケル〔自動一〕

❶ 目を覚ましたばかりで、まだぼんやりしている。中剛睡醒，還迷迷糊糊。E be half asleep.

☆ 寝ぼけたまま目覚まし時計を止めた/迷迷糊糊中將鬧鐘按掉了。

❷ 眠ったままのような状態で起き上がって、わけのわからないことをする。中夢遊。E be disoriented as if half asleep.

☆ 弟はゆうべ寝ぼけて部屋の中をうろうろ歩きまわっていた/弟弟昨晚夢遊，在房間裡走來走去。

ねほりはほり【根掘り葉掘り】ネホリハホリ、ネホリ・ハホリ 細かいところまでしつこく尋ねるようす。中打破沙鍋問到底。E to the minutest details; be inquisitive.

☆ 新聞記者に、事件のようすを根掘り葉掘り尋ねられた/被新聞記者追根究底地追問事件的情況。

☆ 他人の家庭のことを根掘り葉掘りきくのは失礼だ/追根究底地打聽別人家的事是失禮的行為。

参「葉掘り」はつけたしで、特別な意味はない。穴をすこしずつ掘っていって奥深い根まですっかり出してしまうことからいう。

ねまき【寝巻き・寝間着】ネマキ 寝るときに着る衣服。中睡衣。E nightcothes; pajamas.

☆ 寝巻きに着がえてベッドに入る/換上睡衣上床。

数 1枚

注 漢字は、もともとは体に巻きつける意味の「寝巻き」だが、寝室で着る意味で「寝間着」も使うことがある。

ねまわし【根回し】ネマワシ〔～する〕 交渉などがうまくいくように、事前に関係者に話しておくこと。中事先安排；事先溝通；打基礎。E lay the groundwork; maneuver behind the scenes.

☆ 議長がうまく根回しをしておいたので、会議はスムーズに運ばれた/因為議長已經事先溝通，所以會議進展很順利。

☆ おもな人に根回ししてあるから、今度の人事はこちらの希望どおりに決まるはずだ/因為已事先拜訪過主要人物，所以這次人事案應該會按我方的意願來決定。

参 植木を移したり、実をよくならせたりするために、根のまわりを掘って細い根を切り、掘り起こす用意をすることからいう。

ねみみにみず【寝耳に水】 突然のことに驚くこと。中晴天霹靂。E completely unexpected; a bolt from the blue.

☆ 親友が急死したという寝耳に水の知らせにびっくりした/聽說好朋友突然去世，晴天霹靂地大吃一驚。

似た表現 やぶから棒

ねむ・い【眠い】ネムイ　眠りたい気持ちだ。中 睏；睏倦；想睡覺。E sleepy.

☆ きのう３時間しか寝なかったので、きょうはとても眠い／因為昨天只睡了三個小時，所以今天特別睏。

☆ A先生の話はつまらなくて、授業中、眠くなる/A老師說話平淡無聊，課堂上我一直想睡。

ねむた・い【眠たい】ネムタイ　「眠い」のくだけた言い方。話 中 睏；睏倦；昏昏欲睡。E sleepy.

☆ 眠たければ寝ていいよ/睏的話可以睡覺呀。

ねむ・る【眠る】ネムル〔自動五〕(ねむって)

❶ 目が閉じられて、心や体の活動が一時休んだ状態になる。中 睡覺；睡眠。E sleep; fall asleep.

☆ 授業がつまらなくて眠ってしまった/課程內容無聊，聽著聽著就睡著了。

☆ ゆうべはよく眠った／昨晚睡得很好。

☆ 眠りこける／酣睡；熟睡。

対 覚める

❷「死ぬ」というのを避けて、遠まわしにいう言い方。中 死；安息。E die; rest in the grave.

☆ 父は戦死して異国の土の下に眠っている/父親戰死，長眠在異國的土地下。

☆ 永遠に眠る／永眠。

❸ 活用されない状態で、ほうっておかれる。中 閒置；沒用過。E lie idle; lie untapped.

☆ 倉庫の中に、いろいろな機械が使われないままねむっている/倉庫裡有許多機器閒置著。

☆ 地中にねむる資源／蘊藏在地下的資源。

▷ 名 眠り　→寝る

ねもと【根元】ネモト　草木の根に近い部分や、立っているもののいちばん下の部分。中 根部。E the root; the base.

☆ 花を根もとから折る／從根部把花摘下。

☆ 大きな地震で電柱が根もとから倒れた/因發生大地震，電線桿從根部折斷而倒塌。

ねら・う　ネラウ〔他動五〕(ねらって)　❶ 目標を決めて、銃や弓などをかまえる。中 瞄準。E aim at.

☆ 的をねらって矢を放つ／瞄準靶心射箭。

❷ あるものに目をつけて、手に入れる機会を待つ。中 尋找～的機會。E watch for; have an eye on.

☆ テニスで、相手のすきをねらってボールを打ちこむ/打網球時，瞄準對方的空隙擊球。

☆ ライオンはねらったえものを捕まえた/獅子追捕到盯上的獵物。

❸ あることがらを目標としてめざす。中 以～為目標。E aim for; be targeted at.

☆ 上位入賞をねらって、練習に励む／以取得前幾名為目標，努力練習。

☆ 中学生、高校生をねらった映画／以初、高中生為對象的電影。

▷ 名 ねらい

ねる【寝る】ネル〔自動一〕　❶ 立っているものが横になる。中 躺；臥。E lie down.

☆ たたみに寝て手足をのばす／伸開手腳躺在榻榻米上。

☆ 寝ころぶ／橫臥；躺著；隨意躺下。(→項目)

対 起きる、立つ

❷ 眠りにつく。また、眠るために寝床に入る。中 睡；睡覺。E go to bed; sleep.

☆ わたしは夜11時に寝ることにしている／我通常在晚上十一點睡覺。

☆ ゆうべはほとんど寝ていない／昨晚幾乎一夜沒睡。

☆ 寝つく／入睡；睡著；因病臥床不起；病倒。

対 起きる

❸ 病気になって床につく。中 臥病在床。E be sick in bed.

☆ かぜで１週間寝ていた/因感冒而躺了一星期。

☆ 寝こむ／熟睡；睡下；入睡；臥床不起。

ね

❹ 商品が売れないでいる。ものが利用されていない。中滞銷。E lie idle.

☆ 倉庫で古い米がねている/滯銷在倉庫的舊米。

▷ 他動寝かす

参 ❷は「眠る」と似ているが、「眠る」が体が横になっているとは限らないのに対して、「寝る」は横になっている動作を表す。実際には「寝る」を「眠る」の意味に使うばあいも多い。

寝た子を起こす　せっかく収まっていることがらに手を出して、かえって悪い結果を招くようなことをする。中無事生非；平地起風波。E invite an unwelcome outcome.

☆ 禁酒している夫を、友達が酒を持って訪ねてきて、寝た子を起こすことになってしまった/朋友提著酒來看正在戒酒的丈夫，真是無事生非。

ね

寝ても覚めても　眠っているときも起きているときも。いつでも。中日日夜夜；什麼時候都～。E awake or asleep.

☆ 京子は寝ても覚めても研究のことばかり考えている/京子日夜都在思考研究工作。

ね・る【練る】ネル〔他動五〕(ねって)　❶粉などをまぜてねばらせる。中摻和；揉和；攪拌。E knead.

☆ 小麦粉に水をまぜてねり、うどんをつくる/將水倒入麵粉中攪拌，做烏龍麵條。

☆ ねり合わせる/摻和；攪拌；攪和。

❷ 文章や芸、精神、また計画などを立派なものにするためにいろいろ工夫する。中仔細推敲；錘煉。E polish; work on.

☆ 手紙の文章をねる/仔細推敲書信的內容。

☆ よくねられた計画/經過仔細推敲的計畫。

ねわざ【寝技・寝業】ネワザ　❶柔道やレスリングで、寝た姿勢で相手をせめるやり方。中柔道上把對方壓制在地的技巧。E groundwork techniques; pinning techniques.

☆ 寝技に持ちこんで点を取る/憑藉把對方壓制在地來得分。

対立ち技

❷ 政治家などの、人目につかない裏側でのかけひき。中背後玩弄權術搞陰謀。E behind the scenes negotiations.

☆ あの議員はよく寝業を使うから信用できない/因為那個議員常在背地玩陰的，所以不能信賴他。

☆ 寝業師/a person skilled in secret manipulation./背後玩弄權術搞陰謀的人。

注 ❶は「寝技」、❷は「寝業」。

ねん【年】ネン　❶地球が太陽のまわりを1周する時間。とし。中年；1年。E a year.

☆ 年に1度のお祭りだ/一年一度的節慶。

❷ (数を表すことばの後について) (1)「❶」の数を表す。中表示年數。

☆ この辞書を完成するのに10年かかった/為完成這本字典共花了十年時間。

☆ 人生80年/Man's span of life is eighty years./人的壽命也不過八十寒暑。

(2) 西暦や年号、学年などの何番目の年であるかを表す。中年號；學年；屆。

☆ 昭和60年、すなわち1985年に大学を卒業した/I graduated from college in the sixtieth year of Showa, namely 1985./昭和60年，即1985年從大學畢業。

☆ 大学4年のとき、インドへ行った/大四時，去了趟印度。

ねん【念】ネン、ネン　❶心にいつもある考え。心に強く残る思い。中念頭；心情；觀念。E a sense; a feeling.

☆ 感謝の念を持ち続ける/一直心懷感謝。

☆ 尊敬の念をいだく/懷著尊敬的心情。

❷ じゅうぶん気をつけること。また、注意深い心。中注意；小心。E care; attention.

☆ 失敗しないよう準備に念を入れる/為避免失敗而用心準備。

▷ 書❶

念のため　大丈夫だとは思うが、さらに注意して確実なものにするため。中為了慎重起見；以防萬一。E by way of precaution; in case.

☆ 寝る前に、念のためガスの元栓を調べる/為了慎重起見，睡前檢查瓦斯總開關。

念を押す　相手が言ったことについてまちがいがないかどうか、もういちど確かめる。中叮囑。E remind a person of; make sure of.

☆ こわれたら必ず修理に来てくれるように念を押して冷蔵庫を買った/叮囑壞了的話一定要來修理之後，買下冰箱。

ねんいり【念入り】ネンイリ、ネンイリ　よく注意して、丁寧になにかをするようす。中周到；周密；仔細。E with great care; elaborately.

☆ きょうは客が来るので、念入りに掃除した/因為今天有客人要來，所以仔細地打掃一番。

☆ 舞台に出る前に念入りに化粧をする/上舞台前仔細化妝。

ねんがじょう【年賀状】ネンガジョー、ネンガジョー　新しい年を祝って友人や知り合いに出す手紙やはがき。中賀卡；賀年片。E a New Year's card.

☆ 年賀状に、あけましておめでとう、と書いた/在賀年卡上寫「新年快樂」。

数 1枚・1通

ねんがらねんじゅう【年がら年中】ネンガラネンジュー、ネンガラ・ネンジュー　いつも同じことをしているようす。中一年到頭。E all the year round; always.

☆ 年がら年じゅう忙しくて、家族とゆっくり話すひまもない/一年到頭都很忙，與家人閒話家常的時間都沒有。

ねんきん【年金】ネンキン　決まった年月の間、毎年支払われる一定の金。年をとって仕事をやめたときのために、若いうちから金を積み立てておくことが多い。中退休金；養老金。E a pension; an annuity.

☆ 年金だけでは豊かな老後は送れない/光憑養老金不能富裕地安度晚年。

☆ 年金生活者/靠養老金過活的人。

☆ 老齢年金/老人年金；老人津貼。

ねんごう【年号】ネンゴー　日本やむかしの中国などで、天皇や王が位についている期間を基準にして年を数えるためにつけた名。元号。中年號。E the name of an era.

☆ 昭和は日本の歴史の中でいちばん長く続いた年号である/「昭和」是日本歷史上持續最久的年號。

☆ 年号を改める/更改年號。

☆ 年号を廃止する/廢除年號。

ねんこうじょれつ【年功序列】ネンコージョレツ　1つの職場に勤めた年数や年齢によって決まる地位や賃金。中按照工齡決定年資和職位的制度。E the seniority system.

☆ 日本では年功序列の制度を採用している会社が多い/在日本，採用年資職位制度的公司很多。

ねんざ【捻挫】ネンザ〔～する〕　無理な動き方をして、足、腕、肩などの関節を痛めること。中扭傷；挫傷；扭。E sprain; twist.

☆ スキーで足をねんざした/因滑雪而扭傷了腳。

☆ 転んで手首をねんざした/因跌倒而扭傷了手腕。

ねんし【年始】ネンシ　❶ 年の初め。1月の7日ごろまでをいう。中年初。E the beginning of the year.

☆ 年始は仕事がないから家でゆっくりする/年初放假沒事做，只好在家閒著。

☆ 年末年始の休暇/年底年初的休假。

対 年末

❷ 新年のあいさつ。中賀年；拜年。E a New Year's call.

☆ 祖父の家へ年始に行く/年初去祖父家拜年。

ねんしゅう【年収】ネンシュー　1年間の収入の金額。中一年的收入。E an annual income.

☆ 年収が増えて生活が楽になった/年俸增加，生活變得寬裕了。

ね

☆ 東京では、わが家の年収の10倍も出さないと家が買えない／在東京，如果拿不出相當於我家年收入十倍的錢，就買不到房子。

ねんじゅう【年中】ネンジュー ❶年の初めから終わりまでの間。中全年；整年。E throughout the year; all the year round.

☆ 年中無休(=店などが休みの日をつくらずいつでも開いていること)／全年無休(=商店等假日不休息，任何時候都開門營業)。

❷ いつでも。中無論什麼時候；經常。E always.

☆ 都会の盛り場は年じゅうにぎやかだ／都市的繁華街道無論在什麼時候都很熱鬧。

☆ 母は年じゅう忙しがっている／母親一年到頭都很忙。

ねんしょう【燃焼】ネンショー〔～する〕

❶ ものが燃えること。中燃燒。E burn; combustion.

☆ ものが燃焼するためには酸素が必要である／物體燃燒需要氧氣。

☆ 不完全燃焼／不完全燃燒。

❷ 自分のあるだけの力を使ってなにかをすること。中付出全部精力；傾注心血。E put all one's energy into .

☆ 青春を燃焼させた大学生活だった／這是一段釋放青春的大學生活。

☆ 芸術家は自分の生命を燃焼しつくして作品を生みだす／藝術家以燃燒自我生命的方式來創作。

ねんだい【年代】ネンダイ ずっと過ぎてきて積み重なった年月。歴史をある分け方で区切った期間。中年代；時代。E an age; an era; a period.

☆ シェークスピアと徳川家康は同じ年代に西と東で活躍していた／莎士比亞和德川家康在同一年代分別活躍在西方和東方。

☆ 年代物(=古いことで価値が大きくなっているもの)／古董(=因為古老而增值的東西)。

ねんちゅうぎょうじ【年中行事】ネンチューギョージ 1年のうちで時期を決めて、毎年行われる行事。中每年例行的活動和儀式。E an annual event.

☆ 節分、ひな祭り、お月見などの年中行事は季節と深く結びついている／像春分、女兒節、賞月等每年的例行節慶與季節有緊密相連的關係。

注 以前は「ねんじゅうぎょうじ」といったが、最近は「ねんちゅうぎょうじ」のほうを多く使う。

ねんとう【念頭】ネントー 心の中。書 中心上；頭腦中。E one's mind.

☆ 安全をいつも念頭に置いて車の運転をする／我開車總會注意安全。

☆ 仕事に熱中すると家族のことなど念頭になくなる／熱中於工作後，就把家人忘了。

ねんねん【年年】ネンネン 1年ごとに変化していくようす。中年年；每年；逐年。E from year to year; year by year.

☆ 庭のカキの木は、年々大きくなり、実もたくさんつけるようになった／院子裡的柿子樹一年比一年高，結實累累。

☆ 科学者たちは、年々地球が暖かくなってきていると言っている／科學家們說地球逐年變暖。

ねんぱい【年配・年輩】ネンパイ ❶だいたいの年齢。中大致的年齡。E age.

☆ わたしと同じ年配の男性／與我同齡的男性。

☆ 30年配の人／三十歲左右的人。

❷ 世間のことがよくわかる程度に年をとった人。中年以上の人。中通曉事故的年齡；年長。E an elderly person.

☆ 道子は一緒にいた年配の紳士を、父です、と紹介した／道子介紹跟她在一起的年長紳士說：「這是我父親。」

注 以前は「年輩」を使ったが、最近は「年配」のほうを多く使う。

ねんぴょう【年表】ネンピョー 歴史の中のおもなことがらを古い順に並べて表にしたも

の。中年表。E a chronological table.

☆ 教室の壁に、絵がついた世界史の年表がはってある/教室牆上貼著附圖的世界史年表。

☆ 世界と日本の文学史が一目でわかる年表/世界和日本文學史一目瞭然的年表。

ねんぶつ【念仏】ネンブツ、ネンブツ〔～する〕 仏を心に思い浮かべながら、仏の名を声に出して言うこと。特に「なむあみだぶつ」と唱えること。中念佛。E a prayer to Buddha.

☆ 念仏を唱えれば極楽へ行けると親鸞 (=13世紀の有名な僧侶) は説いた/「念佛號的話就可以去極樂世界。」親鸞如是說。(親鸞：13世紀的名僧)。

ねんまつ【年末】ネンマツ 1年の終わりのころ。年の暮れ。歳末。中年終。E the year-end.

☆ 年末は、いろいろ用事があってとても忙しい/年終有許多事情，很忙。

☆ デパートでは年末の大売り出しをやっている/百貨公司推出年終大拍賣。

対年始

ねんりょう【燃料】ネンリョー 石炭、石油、ガスなど熱や光やエネルギーを利用するために燃やす材料。中燃料。E fuel.

☆ 冬になる前に燃料を確保しておく/在冬天到來前，先確保燃料無虞。

☆ 食料と燃料をじゅうぶんに準備して冬山に向かう/食品和燃料準備充足後開始進行冬季登山。

ねんりん【年輪】ネンリン ❶ 木を横に切ったときに見える輪になった筋。中年輪。E an annual ring.

☆ 年輪を数えると木の育った年数がわかる/透過計算年輪可以知道樹木生長的年數。

〔年輪❶〕

☆ 年輪の模様を利用してつくった家具/利用樹木年輪紋路製成的家具。

❷ 人が年をとるにつれて深く広くなる経験。中技藝經驗；歷史的年輪。E the wisdom of age; the effect of the years.

☆ 年輪を感じさせる穏やかな人柄/令人感到閱歷豐富且穩重的人品。

☆ 年輪を重ねた芸/長年累積的技藝。

ねんれい【年齢】ネンレイ 生まれてからの年数。年。中年齡。E age.

☆ 申込書に名前と住所と年齢を書いてください/請在申請書上寫下姓名、住址和年齡。

☆ 精神年齢/ mental age. /心智年齡；智力年齡。

☆ 平均年齢/平均年齡。

の／ノ

の【野】ノ ❶ 自然の中の広くて平らな土地。中野地；原野。E a field;a plain.

☆ 雪が降って野も山も真っ白になる/下雪後，原野和山巒都變成銀白色。

☆ 秋の野を散歩する/在秋天的原野散步。

❷ (動物や植物の名前の頭について)野生のものであること。中野生的；野～。

☆ 野ウサギ/野兔。

☆ 野ネズミ/ a field mouse. /田鼠；野鼠。

☆ 野バラ/ a wild rose;a briar. /野薔薇；野玫瑰。

の ❶ 持ち主やそこに属していること を表す。中(表示所屬或所有)的。

☆ 道子のかばん/ Michiko's bag. /道子的手提包。

☆ 本屋の店員/書店的店員。

☆ 中国の歴史/ the history of China. /中國歷史。

❷ 性質、状態、材料、数や量、場所、時などを表す。中 表示原材料或屬性。

☆ 赤の信号 / a red light. / 紅色號誌；紅燈。

☆ 絹の糸 / silk thread. / 絲線。

☆ 1キロの肉 / 一公斤肉。

☆ 新宿のビル / 新宿的大樓。

☆ 朝の散歩 / 早晨散步。

❸ 前と後のことばが同じ人であることを表す。中 表示同格。

☆ 姉の京子/ my older sister, Kyoko. /姊姊京子。

☆ 学長の山田先生 / Professor Yamada, the president. / 大學校長的山田教授。

❹ 名詞を修飾することばの中で使い、「～が」の代わりの役をする。中 表示動作、狀態的主體。

☆ わたしのつくった料理 / 我做的菜。

☆ お酒の強い人/ a heavy drinker. /酒量好的人。

❺ (「～のようだ」「～のとおり」「～のこと」などの形で)内容を表す。中 表示內容。

☆ 雪のように白い / 像雪一樣白。

☆ きょうの試験の時間割はつぎのとおりだ/ The schedule for today's exams is as follows. / 今天的考試時間表如下。

☆ よろしくとのことだ/ She sends you her regards. / 說要向你問好。

❻ それに属するものを表す。中 表示所屬物。

☆ あなたのはあるけど、わたしのがない / Yours is here, but mine isn't. /你的有，但我的沒有。

☆ こっちより、あっちのほうがいい / 那個比這個好。

❼ (動詞、形容詞の基本形、形容動詞の「な」の形について)行為やことがらを表す。中 表示行為或事物。

☆ ぼくがかいたのはこの絵だ/ This is the picture I've drawn. / 我畫的是這一張畫。

☆ 寒いのと暑いのとどちらがいい？/寒冷與炎熱，哪個好?

☆ 立派なのができた / 做得很出色。

❽ (文の終わりについて) (1)はっきり言う気持ちを表す。中 表示斷定的語氣。

☆ もう全部、終わったの / 全部做完了。

☆ 二郎とは別れたの/ I've broken up with Jiro. / 我已經和二郎分手了。

(2) 尋ねる気持ちを表す。中 表示發問。

☆ どうしたの？ / What's wrong? / 怎麼了?

☆ もう読だの？早いね / 已經讀完了?真快呀!

(3) 確かめる気持ちを表す。中 表示想確認的語氣。

☆ その話、本当だったの？ / Was it a true story? / 那件事，是真的嗎?

☆ あの電話、あなただったの？ / 那個電話，是你打的嗎?

(4) 命令を表す。中 表示命令。

☆ おなかをこわすから、もう食べないの/ You cant have any more or you'll upset your stomach. / 會吃壞肚子的，別再吃了。

☆ 早く起きるの。遅刻だよ/快點起床，(不然)要遲到了。

▷ 話❽

参 ❽(2)(3)はことばの終わりを上に上げて言う。

ノイローゼ (Ⓓ Neurose) ノイローゼ 心配など心理的なことが原因で不安定になる精神の状態。神経症。中 神經過敏；神經衰弱。E neurosis.

☆ 会社の同僚にいつも悪口を言われているような気がして、ノイローゼになってしまった/總感覺好像被公司同事說壞話，而變得神經衰弱。

のう 【能】 ノー、ノー 日本の古典演劇の1つ。室町時代に発達した劇。面や衣装をつけた演技者が楽器の拍子などに合わせてうたいながら舞う。能楽。中 能樂。E a *Noh* play.

☆ 能は特別の形につくった舞台で演じられる / 能樂在造型很特殊的舞台上演出。

☆ 能狂言 / 能樂與狂言(日本傳統表演)。

〔能〕

のう【脳】ノー　頭の骨の中にあって神経を働かせ、精神と肉体の活動の中心になっている部分。また、その働き。[中]脳；腦力。[E] the brain; cerebral; brains.

☆ 父は脳の血管が破れて倒れた / 父親因腦血管破裂而病倒了。

☆ 脳が弱い / 智商低。

☆ 大脳 / 大腦。

☆ 小脳 / 小腦。

のうか【農家】ノーカ　農業を職業としている家。その人々。また、その人たちの住んでいる建物。[中]農戶；農民；農家。[E] a farmer; a farmhouse.

☆ 農家の仕事は季節や天候と関係が深い / 農家的作業與季節和天氣關係密切。

[数] 1軒・1戸　→百姓

のうぎょう【農業】ノーギョー、ノーギョー　田や畑で米や野菜などの作物を育てたり、牛、豚などを飼い育てたりする産業。[中]農業。[E] agriculture.

☆ 農業の機械化を進める / 推動農業機械化。

☆ 農業協同組合 / 農會。

のうこう【濃厚】ノーコー　❶味や色などが濃いようす。また、行動などがあっさりしていないようす。[中]濃厚；強烈。[E] thick; rich; hot.

☆ 牧場のしぼりたての牛乳は味が濃厚だ / 場剛擠出來的牛奶味道濃厚。

☆ 濃厚なラブシーン / 強烈的愛情場面。

[対] 希薄・稀薄、淡泊・淡白

❷ そうなる可能性が強く感じられるようす。[中](可能性)大；加深。[E] deepen; strong; certain.

☆ 彼が犯人である疑いが濃厚だ / 他是犯人的嫌疑很大。

☆ 敗色(=負ける気配)が濃厚だ / 大有敗北之勢(=輸的徵兆)。

のうさんぶつ【農産物】ノーサンブツ　農業によってつくりだされるもの。米、麦、野菜、くだもの、牛乳、肉など。[中]農產品。[E] agricultural products.

☆ 農産物の値段は天候に影響されやすい / 農產品價格易受天氣影響。

☆ 農産物の自由化 / 農產品的自由化。

のうし【脳死】ノーシ、ノーシ　脳の働きが止まること。心臓の働きが止まる心臓死と同時でないばあいがあるので区別していう。[中]腦死。[E] brain death.

☆ 脳死の判定が下されてのち、臓器移植の準備にかかる / 診斷出腦死之後，便著手準備器官移植。

のうしゅく【濃縮】ノーシュク〔～する〕　いろいろな方法で水分を抜いて液体の成分を濃くすること。[書] [中]濃縮。[E] concentrate.

☆ 天然果汁を濃縮して保存する / 將天然果汁濃縮後保存。

☆ 濃縮加工 / 濃縮加工。

のうぜい【納税】ノーゼイ〔～する〕　税金を納めること。[中]納稅。[E] payment of taxes.

☆ 納税は国民の義務である / 納稅是國民的義務。

☆ 納税通知書 / 繳稅通知單。

☆ 納税者 / 納稅人。

[対] 徴税

のうそっちゅう【脳卒中】ノーソッチュー　脳の血管に異常があって突然起こる病気。意識を失ったり、まひしたりする。卒中。[中]腦血管病變；中風。[E] cerebral apoplexy; a stroke.

☆ 父は脳卒中で倒れたが、手当てが早かったので命は取りとめた / 雖然父親中風病倒，但及時治療而保住了性命。

のうそん【農村】ノーソン　農業で生活している人々が多く住む村。中農村。E a farm village.

☆ 都会と違って農村の生活は朝早くから始まる/農村生活與城市不同從一大清早就開始。

のうたん【濃淡】ノータン、ノータン　色や光などの濃いことと薄いこと。中濃淡；深淺。E light and shade.

☆ 墨の濃淡でかき分ける/依照墨水的濃淡分開畫。

☆ 同じ色で濃淡をつけて染めた布/用一種顏色染成濃淡不同的布。

のうど【濃度】ノード　液体や空気などにまじっている成分の示す割合。濃い、薄いの度合い。中濃度。E density; concentration.

☆ 人がたくさんいる部屋は炭酸ガスの濃度が高い/人多的房間二氧化碳的濃度就高。

☆ 3パーセントの濃度の食塩水/濃度為百分之三的鹽水。

のうのうと　ノーノート〔～する〕　心配がなくて、のんびりした気分でいるようす。中悠閒；輕鬆；悠然自得。E free from care; in easy circumstances.

☆ 国王だからといって、いまはのうのうと暮らせる時代ではない/雖貴為國王，但在現代也無法悠閒度日。

ノウハウ (know-how) ノーハウ　製品の開発や製造などに必要な技術や知識と、それについての情報。中技術知識；技術情報；訣竅。E know-how.

☆ A社が開発した新技術のノウハウをなんとかして手に入れたい/設法取得A公司所開發的新技術資訊。

のうみそ【脳みそ】ノーミソ　「脳」のくだけた言い方。話中腦筋；腦漿。E brains.

☆ 子供のころ、脳みそがいっぱいつまっている子は頭がいい、などと言ったものだ/小時候，人家都說腦容量大的孩子聰明。

参 脳が食品のみそのようにやわらかいものであることからいう。

のうみん【農民】ノーミン　農業を職業としている人。中農民。E a farmer; a peasant.

☆ 農民の苦労が実る収穫の季節がやってきた/農民的辛苦將有所成果的收穫季節到了。

→百姓

のうりつ【能率】ノーリツ　ある時間の中でどのくらい仕事が進むかの割合。中效率。E efficiency.

☆ 新しい機械を入れたので仕事の能率が上がってきた/添了新機械，工作效率得以提高。

☆ 疲れてくると能率が下がる/人疲倦，效率就減低。

のうりょく【能力】ノーリョク　ものごとを仕上げることができる体や頭の働き。中能力。E ability; capacity.

☆ この動物は地震を予知する能力を持っているらしい/這種動物好像有預知地震的能力。

☆ 自分の能力を生かせる仕事をしたい/想做能發揮自己能力的工作。

☆ 能力の限界/能力的界限。

→才能

ノースモーキング (no smoking) ノースモーキング　その場所でタバコを吸ってはいけないということ。中禁止吸菸。E No Smoking.

☆ 待合室に「禁煙」と「ノースモーキング」の両方の札がはってある/會客室裡貼著「禁菸」和「不許吸菸」兩張牌子。

参「禁煙」も意味は同じだが、「禁煙」がタバコを吸ってはいけないという知らせと、自分自身にタバコを吸う習慣をやめさせるという意味があるのに対して、「ノースモーキング」はその知らせの意味だけである。

ノート (note) ノート　❶〔～する〕覚えておきたいことを書きとめること。また、書きとめたもの。中筆記。E take notes.

☆ 講義のノートをとる/作課堂筆記。

☆ 話の重要な部分をノートしておく/將談話重點記錄下來。

❷〔←ノートブック(notebook)〕書きとめるための、紙をとじたもの。帳面。[中]筆記本；本子。[E] a notebook.

☆ ノートに作文を書く/在筆記本上寫作文。

☆ 大学ノート/一般指B5橫寫的筆記本。

▷ [数]❷1冊 →文房具[図]

ノーモア・ヒロシマ ノーモアヒロシマ 広島の悲劇を2度と繰り返してはならない、というスローガン。[中]喊出不允許廣島悲劇重演，廣島再也不要原子彈的口號。[E] No more Hiroshima!

☆ 8月の平和大会に集まった人々はノーモア・ヒロシマを世界に訴えた/聚集於八月份和平大會的人們向世界呼籲：「不要再讓廣島的悲劇重演」。

[参] 2度と繰り返さない、もういらない、という意味の英語(no more)に原爆の被害を受けた都市広島の名をつないだことば。

のが・す【逃す】ノガス〔他動五〕(のがして)

❶ 捕まえたものを放してしまったり、捕まえそこなったりする。逃がす。[中]錯失；放過；錯過。[E] have (a fish) get away; miss.

☆ 釣り糸が切れて、大きな魚をのがした/釣魚線斷了，錯失了一條大魚。

☆ チャンスをのがす/錯過機會。

❷ (動詞の「ます」形について)〜する機会をつかみそこなう。[中]錯過(機會)。

☆ せっかくのコンサートを聞きのがした/錯過一次難得的音樂會。

☆ 見のがす/ miss; pass up. /放過；忽略；饒恕。

▷ [自動]逃れる

のが・れる【逃れる】ノガレル〔自動一〕

❶ 逃げて捕まらないようにする。危険から遠ざかる。[中]逃跑；逃出；逃脫。[E] escape; retreat.

☆ 火山の噴火をのがれて避難した/火山爆發，逃離避難。

☆ 新聞記者の取材をのがれて山の中に住む/逃避記者採訪而去山裡居住。

❷ 面倒な状態から離れ、遠ざかる。[中]逃避；擺脫；躲避。[E] evade; shirk.

☆ 委員長をやめて責任をのがれることができた/由於辭去委員長的職務，才逃避了責任。

☆ 罪をのがれる/逃避罪責。

▷ [他動]逃す

[参]「逃げる」も似ているが、「逃げる」が目の前の危険から身を避ける動作を表すのに対して、「のがれる」は危険がおよぶ範囲の外に脱出することをいう。

のき【軒】ノキ 建物の屋根の、壁より外に突きだしている部分。[中]簷，屋簷。[E] the eaves.

☆ 店の軒の下で雨がやむのを待った/在商店屋簷下等雨停。

☆ わたしの家の軒にツバメが毎年巣をつくる/燕子每年在我家屋簷下築巢。

☆ 軒先/房簷端。

→雨宿り[図]

軒を連ねる 同じような家がすきまなく並んでいる。[中]房屋鱗次櫛比。[E] stand side by side.

☆ この有名な温泉町には、大きい旅館が軒をつらねている/在這個有名的溫泉勝地，大旅館的房屋鱗次櫛比。

[似た表現]軒を並べる

のけもの【のけ者】ノケモノ 同じ集団に入れてもらえず仲間はずれにされる人。[中]被排擠的人。[E] boycott; exclude.

☆ よく時間に遅れるのでグループからのけ者にされてしまった/由於經常遲到而被小組除名。

の・ける ノケル〔他動一〕 ❶ その場所から他の場所に移す。どける。[中]挪開；推開。[E] move aside; get ~ out of one's way.

☆ 荷物をわきにのけて通り道をつくる/把行

李往兩旁挪開，騰出一條通道。

☆ 人をのけて前へ出る / 推開他人站到前面。

☆ 押しのける / 推開。

❷ 取って別にする。除外する。中 除掉；去掉。E exclude; get rid of.

☆ いらない本はのけておく/拿掉不需要的書。

☆ 魚の骨をのけて調理する / 去掉魚骨調理。

☆ 取りのける / 除掉；留下。

❸ (「～てのける」の形で) ふつうはしにくいことを見事にしてしまう。中 表示可以做出色、漂亮、精彩。

☆ スケートの選手はむずかしい演技を楽々とやってのけた / 溜冰選手很輕鬆地完成了高難度動作的表演。

☆ 言ってのける / say boldly. / 大膽地說出來。

▷ 自動 のく

の

のこぎり ノコギリ、ノコギリ 薄い金属板にぎざぎざの歯をつけた、木などかたいものを切るのに使う道具。中 鋸。E a saw.

☆ のこぎりで木を切る / 用鋸子鋸斷木頭。

☆ 電気のこぎり / 電鋸。

数 1丁・1本 →かなづち 図

のこ・す【残す】ノコス〔他動五〕(のこして)

❶ 後に残るようにする。中 留下；剩下；保留。E leave behind; set aside; keep in.

☆ 帰りの遅い洋子のためにごはんを残しておく / 為晚歸的洋子留下飯菜。

☆ テニス部の練習の後、一郎だけ残して特別に教えた / 網球社練習完後，只留下一郎對他進行特別訓練。

☆ やり残す / 剩下一些未做。

❷ 後世に伝える。中 遺留；留傳。E leave; hand down.

☆ ピカソは「ゲルニカ」というすぐれた作品を残した / 畢卡索留下了一幅名叫「格爾尼卡」的傑作。

☆ 残された宝物 / 遺留下來的寶物。

▷ 自動 残る

のこのこ ノコノコ 出てきては困る場所などに、気にせずに、または知らないで出てくるようす。中 蠻不在乎、毫不介意地出入。

☆ お客がいる部屋に、夫が下着のまま、のこのこ(と)入ってきた / My husband came nonchalantly into the room where the guests were in his underwear. / 丈夫穿著內衣蠻不在乎地走進來客人所在的房間。

のこり【残り】ノコリ 残ること。残ったもの。中 殘餘；剩餘。E the rest; the remainder.

☆ 残りの仕事はあしたやろう / 剩下的工作明天再做吧！

☆ 残りものには福がある(=残ったものの中に意外にいいものがある)/ 剩下的東西裡有福氣（＝剩餘的東西中出乎意料會有好東西）。

☆ 5から3を引くと残りは2だ/五減三餘二。

自動 残る

参「あまり」も似ているが、「あまり」が多すぎて残った部分をいうのに対して、「残り」は使ったものを取り去って残った部分をいう。

のこ・る【残る】ノコル〔自動五〕(のこって)

❶ おもなものがなくなったあとに、一部がとどまる。中 留；剩。E remain; stay; be left.

☆ 会社に残って仕事をする / 留在公司加班。

☆ ボーナスでパソコンを買って、5万円残った/用獎金買了個人電腦，還剩五萬日圓。

☆ バザーの品物が売れ残る / 跳蚤市場的商品賣不出去。

❷ 消えないで、後まで続く。中 殘存；殘留。E linger; persist.

☆ 旧友の顔には幼いころの面影が残っていた / 老友臉上依稀可見兒時容貌。

☆ 傷が後に残る / 傷口日後會留下疤痕。

❸ 後世に伝わる。中 遺留；留傳。E live on; be handed down.

☆ 歴史に名が残る / 留名青史。

▷ 名 残り 他動 残す

のさば・る ノサバル〔自動五〕(のさばって) いばって勝手気ままにふるまう。中 專橫跋扈；任意妄為。E act overbearingly; domineer.

☆ あの子は、クラスでいちばん力が強くだれにも負けないと言ってのさばっている/那孩子在班上力氣最大，蠻橫地自認為不會輸給任何人。

☆ 悪徳商法が世の中にのさばる/不道德的商業行為危害社會。

のし ノシ 贈り物の表に、めでたいことのしるしとしてそえる飾り。中 禮籤。E a decoration put on a congratulatory gift.

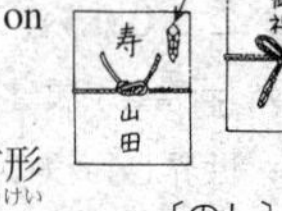

〔のし〕

☆ のしは色がついた正方形の紙をたたんでつくる/禮籤是由有色的正方形紙張摺疊而成的。

☆ のし袋に祝儀を入れる/在印有禮籤的紙袋裡裝入賀儀。

☆ のし紙/印有禮籤的包裝紙。

の・せる 【乗せる】ノセル〔他動一〕 ❶ 人などを乗り物や台の上に上がらせたり、中に入らせたりする。中 載運；使搭乘。E give a person a ride; help a person to get on.

☆ 休日に家族を車に乗せて、ドライブする/假日開車帶家人兜風。

☆ 船に乗せる/乘船。

対 降ろす・下ろす

❷ なにかが起こる前から準備をして、相手を計略にかける。だます。中 騙人；誘騙；陰謀陷害。E take in; cheat.

☆ おだてにのせて、金を出させる/給他戴高帽子，讓他出錢。

☆ うまい話にのせられて失敗した/因被花言巧語所騙而失敗了。

☆ 口車にのせる/使人上當；用花言巧語騙人。(→項目)

❸ 仲間に加える。中 使參加。E let a person have a share.

☆ ぼくも１口のせてくれ/讓我也參加1份吧。

❹ 調子を合わせる。中 和著。E to (the rhythm).

☆ リズムにのせて歌う/和著節奏唱歌。

❺ ある手段でものごとを運ぶ。中 播送；以某種方式運送。E broadcast; stage.

☆ 首脳会談の模様を電波にのせて世界に送る/透過電波向全世界播放元首會談的情況。

☆ 反戦をテーマとしたドラマを舞台にのせる/將以反戰為主題的劇目搬上舞台。

❻ 感動させたり興奮させたりして、調子づかせる。中 使興奮；使感動；使上勁。E excite; thrill.

☆ 司会者は聴衆をうまくのせて、コンサートを盛りあげた/司儀使聽衆們興奮不已，掀起了音樂會的高潮。

▷ 自動 乗る

の・せる 【載せる】ノセル〔他動一〕 ❶ 車など、ものを運ぶ道具に荷物などを積む。中 裝上；裝載。E load ~ with.

☆ 汽船に貨物を載せる/將貨物裝船。

❷ なにかの上にものを置く。中 放在～上。E put a thing on.

☆ 電車の網棚に荷物を載せる/將行李放在電車的行李架。

☆ テーブルになべを載せる/將鍋子放在餐桌上。

❸ 文章や写真などを雑誌や新聞などに出す。掲載する。中 登載；刊登；記載。E publish; carry.

☆ 読書の感想文を雑誌に載せる/將讀後感登在雜誌上。

▷ 自動 載る

のぞ・く 【除く】ノゾク〔他動五〕(のぞいて) ❶ よけいなものなどを取りのける。中 消除；去掉。E remove.

☆ 歩くじゃまになるものは除く/去掉給走路帶來不便的障礙物。

☆ 老後の不安を除く政策を期待する/期待著能消除晚年不安的政策出現。

☆ 取り除く/除掉；去掉；拆掉；拆除。(→項目)

❷ はずして別にする。中除了～；～除外。E exclude; except.

☆ 学生のわたしを除いて、ほかはみんな社会人だ/除了我這個學生外，其他全是社會人士。

☆ 定員は30名。ただし幼児は除く/限額三十名，不過幼兒除外。

のぞ・く　ノゾク〔自他動五〕(のぞいて)

❶ すきまや小さな穴などから見る。また、ようすを見る。中窺視；探視。E peep through; look through.

☆ となりの部屋のようすが変なので、戸のすきまからのぞいてみた/隔壁房間情況詭異，所以試著從門縫一窺究竟。

☆ 顕微鏡をのぞく/用顯微鏡看。

❷ 高い所から、体を乗りだして下を見る。中往下望。E look down at; look into.

☆ ビルの上から下をのぞく/從大樓高處往下眺望。

☆ のぞきこむ/偷看；俯身看。

❸ すこし見たり、ちょっと立ち寄ったりする。中看一看；瞧瞧。E drop in.

☆ 学校の帰りに古本屋をのぞいてみた/從學校回來時(順便)到舊書店看了一看。

❹ ものの一部分だけが外に現れる。中露出。E poke out; stick out.

☆ 雲の間から月がのぞく/月亮從雲間露出來。

☆ セーターのえりから赤いスカーフがのぞいている/從毛衣領子裡露出了紅絲巾。

▷ 名のぞき

注 ❶❷❸は他動詞、❹は自動詞。

のそのそ　ノソノソ〔～する〕　はうように、鈍く遅く進むようす。中慢吞吞地。

☆ カメがのそのそ(と)歩いている/The turtle is walking along sluggishly. /烏龜慢吞吞地爬著。

☆ 弟は母に起こされて、のそのそ(と)ふとんから出た/弟弟被母親叫醒，慢吞吞地從被窩裡出來。

のぞまし・い【望ましい】ノゾマシイ、ノゾマシイ　そうあってほしい。中最好；最理想的。E desirable; advisable.

☆ 困っている人を見たら、すぐ助けるのが望ましい態度だ/看見別人有困難時就馬上去幫忙，這是最理想的態度。

☆ 研究会には全員の参加が望ましい/最好全體都參加研究會。

のぞ・む【望む】ノゾム〔他動五〕(のぞんで)

❶ こうしたい、こうあってほしいと思う。願う。中希望；願望。E wish; want; hope.

☆ 世界じゅうの子供たちがしあわせになることを望む/希望全世界的孩子們都幸福。

☆ 望んでいたものが手に入った/盼望已久的東西到手了。

☆ 待ち望む/期盼；盼望。

❷ 遠くから眺める。中眺望。E command; overlook.

☆ 頂上からはるかに太平洋を望む/從山頂上遙望太平洋。

☆ 四方の山々を望む見晴らし台/能眺望四周山巒的眺望台。

▷ 書❷　名望み

のぞ・む【臨む】ノゾム〔自動五〕(のぞんで)

❶ 向いている。面する。中面臨；面對。E face; overlook.

☆ 湖に臨んだホテル/湖畔飯店。

❷ 集まりなどに出る。中身臨；蒞臨。E attend; take part in.

☆ 服装をととのえて開会式に臨む/整理好服裝出席開幕式。

☆ 試合に臨む/參加比賽。

❸ ある場面に出あう。あることにぶつかる。中面臨；遭。E meet; at (parting); in the face of.

☆ 別れに臨んで全員で記念の写真をとった/臨別時全員拍了紀念照。

☆ 死に臨んで家族に言い残す/臨死時對家人留下遺囑。

▷ 書

のだ (動詞、形容詞の基本形、形容動詞の「な」の形について) ❶ものごとの事情を説明する。中對事情進行說明。

☆ ねばり強い交渉の結果、ついにこちらの主張が認められたのだ/At last our claim was accepted after persevering negotiation. /經過反覆交涉，他們終於接受了我們的主張。

☆ そのころ日本は戦争をしていたのだ/那時日本正處於戰爭中。

❷ 原因、理由、根拠などを説明する。中說明原因、理由、根據等。

☆ 火事が起きたのは、タバコの火が原因だったのだ/A cigarette butt was the cause of the fire breaking out. /發生火災是起因於吸菸不注意。

❸ 話す人の強い意志、相手に対する強い要求を表す。中表示說話人的決心和對對方的要求。

☆ どんなことがあっても、成功させるのだ/不管發生什麼事情，我們都要成功。

☆ みんな、ここから出ていくのだ/Everyone, you must leave from here. /各位，要從這裡出去!

❹ (「～のだった」の形で) 事情の説明を感情をこめてする。中帶有感情地對事情進行說明。

☆ 親から離された子牛は、悲しそうに鳴き続つづけるのだった/A calf which had been separated from its mother was mooing sadly. /離開母親的小牛悲鳴不已。

参 くだけた言い方は「んだ」、丁寧な言い方は「のです」。

のたれじに【野垂れ死に】ノタレジニ〔～する〕 飢えや病気で、道の途中で倒れて死ぬこと。また、なんの役にも立たないみじめな死に方。中死在路旁；倒在路上。E die destitute; die by the roadside.

☆ 貧乏な生活の中でのたれ死にをした俳人が、死後30年もたって見直されてきた/死於貧困的詩人，在死後三十年才得到重新評價。

のち【後】ノチ、ノチ ❶あることが終わった後。ある時より後。中後；之後；以後。E after; and then.

☆ A氏は政界を退いてのち、悠々自適の生涯を送った/A氏退出政界後過著悠然自得的生活。

☆ くもりのち雨/多雲轉雨。

対 前、先

❷ これから先。ずっと後。中後；今後；將來。E from now; in.

☆ 10年のちの社会がどうなっているか想像もつかない/無法想像十年後的社會是怎樣的。

☆ のちの世 (＝死後) /後世 (＝死後)。

注 「あと」「ご」とも読めるので、区別するためには、ひらがなで書くほうがいい。

のちほど【後ほど】ノチホド 時間がすこしたってから。中回頭；過一會兒。E later; afterward.

☆ 係の者がいませんので、のちほどこちらからお電話します/因為承辦人不在，所以過一會兒再給您回電。

対 先ほど

ノック (knock) ノック〔～する〕 部屋の入り口で戸を軽くたたいて、入ってもいいかと尋ねること。また、その合図。中敲門。E a knock.

☆ ノックの音がしたので戸を開けた/有敲門聲所以去開門。

☆ ノックしても返事がない/敲了門，卻沒有回應。

のっそり ノッソリ〔～する〕 ❶動作が非常に遅いようす。中動作遲鈍；慢吞吞。E sluggishly; slowly.

☆ 象がのっそり (と) 歩いている/大象慢吞吞地行走著。

❷ ぼんやりと立っているようす。中呆立。

Ⓔ stolidly.

☆ 門の前に大きな男がのっそり(と)立っていた / 一個高大的男人呆呆地站在門前。

のっと・る【乗っ取る】ノットル〔他動五〕(のっとって) うばい取って自分のものにする。また、自分の支配のもとにおく。中 奪取；劫持。Ⓔ hijack; take over.

☆ 旅客機を乗っ取って国外に脱出する / 劫持客機逃往國外。

☆ 株を全部買って会社を乗っ取った / 買下全部股份奪取了這個公司。

名 乗っ取り

のっぴきならない 避けることも逃げることもできない。どうにもならない。中 無法逃脫；進退兩難。Ⓔ be in a bad fix; unavoidable.

☆ 敵にまわりをかこまれて、のっぴきならない事態に追いつめられた / 敵人包圍四周，被逼到進退兩難的局面。

☆ のっぴきならない用事があるので、あすの会議は欠席する / 因為有事無法脫身，明天的會議不能出席了。

のっぺり ノッペリ〔～する〕平らで変化が少なく、しまりがないようす。中 平板而無表情。

☆ のっぺりした顔 / a smooth, expressionless face. / 平板而無表情的臉。

のっぽ ノッポ やせて、背が高いこと。また、その人。細くて高い建物などについてもいう。話 中 個子高；高個子(的人)。Ⓔ very tall.

☆ 父に似たのか、兄もわたしものっぽだ / 也許是像父親，哥哥和我個子都很高。

☆ のっぽ煙突 / 高煙囪。

☆ のっぽビル / 高樓大廈。

対 ちび

ので (動詞、形容詞の基本形、形容動詞の「な」の形について) 原因、理由などを表す。中 (表示原因、理由等) 因為；由於。

☆ 彼は、あまり働いたので、体をこわした / Because he's worked too hard, he's ruined his health. / 由於過分勞累，他把身體弄垮了。

☆ 忙しいので、行かれない / 因為忙而去不了。

☆ ここは静かなので、よく眠れる / 這裡很安靜，所以能好好睡。

対 のに

参「から」も似ているが、「から」が後に命令、希望、意志など話す人の気持ちを表す文がくるのに対して、「ので」は事実をそのまま表す文がくることが多い。また、「から」には理由をはっきり表す文末の「～からだ」の形があるが、「ので」は文中でしか使わない。さらに、「ので」のほうがやわらかい表現なので丁寧な言い方になることがある。

のど ノド ❶ 口の奥にあって、呼吸をしたり食べ物を飲みこんだりする入り口。声が出る所。中 咽喉；喉嚨。Ⓔ the throat.

☆ かぜをひいてのどがとても痛い / 感冒了，喉嚨很痛。

☆ のどが渇く / be thirsty. / 口渴；口乾。

❷ 歌う声。中 嗓音；歌聲。Ⓔ a singing voice.

☆ 自慢ののどを聞かせる / 顯露自豪的歌聲。

のどから手が出る ほしくてがまんできない。中 渴望弄到手。Ⓔ covet; be badly in need of.

☆ この茶碗は色も形もすばらしくて、のどから手が出るほどほしいが、値段が高すぎる / 這只茶杯無論是顏色還是形都很漂亮，讓人非常渴望弄到手，但價格太高了。

のどか ノドカ 急ぎのことがなかったり心配ごとがなかったりしてのんびりしたようす。また、天気がよくてうららかなようす。中 平靜；悠閒；晴朗。Ⓔ peacefully; mild.

☆ 老後はいなかでのどかに暮らしたい / 晚年想在農村過平靜的生活。

☆ 小鳥のさえずるのどかな春の日 / 暖和的春天陽光下，小鳥啁啾不停。

のどもとすぎればあつさをわすれる【のど元過ぎれば熱さを忘れる】苦しいとき

にあったことがらも、またそのときに人から受けた恩も、楽になるとすぐ忘れてしまう。中 好了傷疤忘了痛。E Danger past, God forgotten.

のに (動詞、形容詞の基本形、形容動詞の「な」の形について) ❶ 前のことから考え、当然そうなるだろうという予想に反したことが後に続くことを表す。中 (表現出意外、不應該、不合邏輯等)卻；倒；居然。

☆ 健康なのに、薬を飲んでいる/沒病卻在吃藥。

☆ おいしいのに、だれも食べない/Although it's delicious, nobody's eating any./很好吃，但誰也不吃。

☆ 手紙を出したのに、返事が来ない/信已寄出了，卻沒有回音。

対 ので

❷ (文の終わりについて)意外な結果に対する不満や残念な気持ちを表す。中 表示不滿、遺憾、惋惜等。

☆ お金が必要なら、貸してあげたのに/If you needed money, why didn't you ask me?/早知道你需要錢的話，我就借給你了。

☆ ここはむかしは静かだったのに/以前這裡很安靜的…。

▷ →くせに、ものを

ののし・る ノノシル〔他動五〕(ののしって)

大声で相手の悪口を言う。中 罵；臭罵。E abuse; curse.

☆ おまえのせいでひどい目にあった、謝れ、と男はののしっている/男子大罵「就是因為你，我才倒了大楣，你要向我道歉!」

☆ 口ぎたなくののしる/罵髒話。

☆ ののしり合う/互相漫罵；對罵。

名 ののしり

のば・す【伸ばす・延ばす】ノバス〔他動五〕(のばして) ❶ 長さや高さを増やす。中 延長；拉長；放長。E let ~ grow; crane; enlarge.

☆ 髪を肩までのばす/留長髮齊肩。

☆ 首をのばす/伸長脖子。

☆ 写真をのばす/放大相片。

対 縮める

❷ 縮んだり曲がったりしているものをまっすぐにする。中 伸直；伸開。E iron out; straighten; stretch.

☆ アイロンでズボンのしわをのばす/用熨斗燙平褲子的皺摺。

☆ 針金をのばす/拉直鐵絲。

☆ 腰をのばす体操/伸展腰部的體操。

対 縮める、曲げる

❸ 勢いなどを盛んにする。中 發揮；提高；擴展。E increase;develop.

☆ 商品の売り上げをのばす/提高商品的銷售量。

☆ 才能をのばす/發揮才能。

❹ 時間や距離を長くする。中 延長(時間、距離)。E extend; prolong.

☆ 授業時間を10分のばす/將上課時間延長十分鐘。

☆ 道路を10キロのばす/將道路延長十公里。

対 縮める

❺ 時期を後にする。中 推遲；延期；延緩。E put off; postpone.

☆ 給料の支払日をのばす/延遲發薪。

☆ 準備ができなくて出発をのばした/沒有準備好而延遲出發。

対 早める

❻ とかしたりやわらかくしたりして、よくひろげる。中 稀釋。E dilute; thin out.

☆ 絵の具を水でのばす/用水稀釋繪畫的顏料。

☆ クリームをのばす/稀釋奶油。

▷ 自動 伸びる・延びる

注 漢字で書くときは、❶❷❸は「伸ばす」、❹❺❻は「延ばす」。

のはら【野原】ノハラ 平らで広く、草が生えている場所。中 野地；草地。E a field; a plain.

☆ 目の前に緑の野原がずっと続いていた/眼前綠色的草原一望無際。

☆ 野原にピクニックに行った / 去野外郊遊。

のびのび 【伸び伸び・延び延び】 ノビノビ、ノビノビ ❶〔～する〕じゃまをするものがなく、自由でゆったりしているようす。中 舒展；悠然自得、輕鬆愉快的樣子。

☆ 大きくて勢いのある、のびのびした字だ / The letters are large, powerful and facily written. / 大而有力且如行雲流水般的字體。

☆ のびのび(と)育った子 / 在無憂無慮中長大的孩子。

❷ 予定されていた時期が、何度も遅れていくようす。中 拖拖拉拉、延遲、猶疑的樣子。

☆ 運動会が雨でのびのびになっている / The field day has been postponed again and again due to rain. / 運動會因下雨一再延期。

注 漢字で書くときは、❶は「伸び伸び」、❷は「延び延び」。

の・びる 【伸びる・延びる】 ノビル〔自動一〕

❶ 長さや高さが増える。中 伸長；變長；長長。E grow.

☆ この1年で身長が10センチのびた / 這一年長高了十公分。

対 縮む

❷ 縮んだり曲がったりしているものがまっすぐになる。中 舒展。E be straightened; stretch.

☆ 背筋がぴんとのびている人 / 脊樑挺直的人。

対 縮む、曲がる

❸ 長くなったまま弾力を失う。中 失去彈性。E go slack; get soggy.

☆ ゴムがのびる / 橡膠失去彈性。

☆ のびたそば / 失去彈性的蕎麥麵。

❹ 勢いなどが盛んになる。中 擴大；增加；發展。E increase; develop.

☆ 今回の選挙で野党の得票率が大きくのびた / 這次選舉，在野黨得票率大增。

☆ のび悩む / 停滯不前；進度緩慢；難以伸展；行情呆滯(不上升)。

❺ ひどく疲れたりなぐられたりして動けなくなる。中 累倒而不能動彈。E be exhausted; be worn out.

☆ 山を1日じゅう歩きまわって、すっかりのびてしまった / 走了一整天山路，累得不能動彈了。

❻ 時間や距離が長くなる。中 延長。E be prolonged; be extended.

☆ 平均寿命がのびる / 平均壽命延長。

☆ 地下鉄がとなりの市までのびた / 地鐵延伸到隔壁城市。

対 縮む

❼ 時期が後になる。中 延期；拖延；推遲。E be put off.

☆ 雨で遠足が1週間のびた / 因下雨，郊遊延遲一週。

対 早まる

❽ とけたりやわらかくなったりして、よくひろがる。中 推開；塗勻。E spread.

☆ よくのびるクリーム / 好擦的面霜。

▷ 話❺ 名 伸び・延び 他動 伸ばす・延ばす

注 漢字で書くときは、❶～❺は「伸びる」、❻❼❽は「延びる」。

のべ 【延べ】 ノベ、ノベ あることについて数を数えるとき、同じものが出てくるたびに、そのそれぞれを1として数えてたすやり方。中 共計；總計；人次。E a total; a man-day.

☆ 3人で4日間働くと延べ12人働いたことになる / 三個人工作四天，相當於十二人工作一天。

☆ 延べ人数 / 總人數。

の・べる 【述べる】 ノベル〔他動一〕 自分の考えを口で言ったり、文章に書き表したりする。中 敘述；陳述；說明。E state; exppress; mention.

☆ 堂々と意見を述べる / 堂堂正正地表達意見。

☆ 前のページで述べたとおりです / 正如前頁所說明的。

のぼ・せる ノボセル〔自動一〕 ❶ 頭に血

がのぼって顔が熱くなり、くらくらする。中頭部充血；上火。E become dizzy.

☆ 湯に長く入っていたので、すっかりのぼせた/由於長時間泡在熱水裡，全身上下都發紅發熱。

❷ 興奮して、正しい判断ができなくなる。中暈頭轉向；頭昏腦脹。E get upset.

☆ ののしられ、かっとのぼせて、相手をなぐってしまった/挨罵的我一時氣昏了頭，而將對方揍了一頓。

❸ 夢中になる。中熱中；迷醉。E be crazy about.

☆ アイドル歌手にのぼせて、コンサートについてまわる/因熱中於偶像歌手而跟隨至各地聽他的音樂會。

❹ 自分だけが偉いと思う。思いあがる。中驕傲自大。E be puffed up with pride.

☆ コンクールに入選したぐらいでのぼせてはいけない/只不過比賽入選而已不要驕傲自大。

▷ 名のぼせ

のぼり【上り·登り】ノボリ ❶上ること。上へ行くこと。また、その道。中上；登；上坡。E go uphill; an ascent.

☆ 道は途中から上りになった/這條路半途會轉為上坡。

☆ 登りはつらいが下りは楽だ/上去難而下來就容易了。

☆ 上り坂/上坡。

対下り

❷ 地方から中央へ、また支線から幹線へ向かうこと。中從地方到中央，或者從支線到幹線。E up; an up train.

☆ 連休の最後の日には、上りの道路は東京へ帰る車でいっぱいになる/連續假日的最後一天，回東京的路上大塞車。

☆ 大阪から上りの列車に乗って名古屋へ行く/從大阪乘列車去名古屋。

対下り

▷ 自動上る·登る

注 漢字で書くときは、❶は「上り」「登り」、❷は「上り」。

のぼりおり【上り下り】ノボリオリ〔～する〕 上のほうへ行ったり下のほうへ行ったりすること。のぼりくだり。中上下；升降。E go up and down; ascend and descend.

☆ 足をけがしたので階段の上り下りに苦労している/由於腳部受了傷，上下樓梯很費力。

☆ 駅までの坂を毎日自転車で上り下りする/每天騎腳踏車上下坡去車站。

のぼ·る【上る·登る·昇る】ノボル〔自動五〕(のぼって) ❶低い所から上のほうへ移る。中上，登，爬。E go up; ascend; climb.

☆ 船で川を上っていく/坐船溯溪而上。

☆ 坂を上る/上坡。

☆ 富士山に登る/登富士山。

対下りる·降りる、下る

❷ 太陽や月などが地平線や水平線の上に出る。また、高く上がる。中上升。E rise.

☆ 朝日がのぼる/朝陽升起。

☆ 天にものぼるような気持ち/歡天喜地；得意揚揚的心情。

対沈む

❸ 地位が進む。中升級。E rise to.

☆ 大臣の位にのぼる/升到部長的職位。

❹ 地方から中央へ行く。中進京。E go from the rural areas to the center.

☆ 都に上る/進京；上京。

対下る

❺ 数や量などが増えて、あるところに達する。中達到；高達。E amount to; reach.

☆ 利益は5億円にのぼる/利益高達五億日圓。

☆ 交通事故による死者は、毎年1万人以上にのぼっている/每年因交通事故的死亡人數達到一萬人以上。

❻ 話などに出る。中 被拿出；成為話題。E be talked about.

☆ 休日の過ごし方が話題にのぼった/如何度過假日成為人們的話題。

▷ 名 上り・登り・昇り

注 漢字で書くときは、❶は「上る」「登る」、❷❸は「昇る」、❹❺❻は「上る」。

のみ　「だけ」の改まった言い方。書 中 僅，僅僅；只，只剩。

☆ みんな帰ってしまって、残っているのは社長のみだ/Everyone's gone home, only the boss is left./大家都回去了，只剩下總經理一人。

☆ こうなったらストライキあるのみだ/這樣的話，只能罷工了。

のみこ・む【飲み込む】ノミコム、ノミコム〔他動五〕(のみこんで)　❶ 飲んでのどの奥深くに入れる。中 嚥下；吞下。E swallow; gulp down.

☆ びっくりした拍子にあめを飲みこんだ/一吃驚，竟吞下了一顆糖。

☆ つばを飲みこむ/嚥下口水。

❷ 理解して、受け入れる。中 領會；理解。E understand; grasp.

☆ 話の要点をすばやくのみこんで適切な助言をした/很快領會話中要點，並適當地提出建議。

☆ 事情をのみこむ/了解情況。

▷ 名 飲み込み

注 ❷はひらがなで書く。

のみもの【飲み物】ノミモノ　お茶、コーヒー、酒など、味を楽しんだり、のどの渇きを止めたりするために飲むもの。中 飲料；喝的東西。E a drink; a beverage.

☆ のどが渇いたからなにか飲み物がほしい/因口渴而想要喝點飲料。

☆ 寒い日は温かい飲み物がいちばんいい/冷天喝熱的飲料最好。

の・む【飲む】ノム〔他動五〕(のんで)　❶ 水などを口から体の中へ送りこむ。中 喝；嚥；吃。E drink; take.

☆ コーヒーを飲む/喝咖啡。

☆ 茶を飲む/喝茶。

☆ 薬を飲む/吃藥。

☆ タバコをのむ/抽菸。

❷ 酒を口から胃へ送りこむ。中 喝酒。E have a drink.

☆ ここでちょっと飲んでいこう/就在這裡喝點酒吧。

❸ 不満でも受け入れる。中 無可奈何地接受。E accept.

☆ 会社は組合の要求をのんだ/公司無可奈何地接受了工會的要求。

❹ 相手を軽くみる。圧倒する。中 藐視；不放在眼裡。E make light of; overwhelm.

☆ 敵をのんでかかってはいけない/不能輕視敵人。

☆ 相手の勢いにのまれる/被對方的氣勢嚇倒。

注 ❸❹はひらがなで書く。

のめりこ・む【のめり込む】ノメリコム〔自動五〕(のめりこんで)　❶ 前に倒れるようにして入りこむ。中 向前傾；陷入；跌入。E pitch forward.

☆ 演説をしている人が、急にのめりこむようにして前のほうに倒れた/正在演講的那個人突然向前倒了下來。

❷ ある状況や環境、考えの中にすっぽり入りこむ。中 陷入；迷上。E be completely absorbed in.

☆ 妹は大学のクラブ活動にのめりこんで、勉強しない/妹妹迷上了大學社團活動，而不讀書了。

☆ 二郎は映画にのめりこんで、毎日映画館に通っている/二郎迷上了電影，每天都去看電影。

のら【野良】ノラ　❶ 田や畑。中 田地。E a field; a farm.

☆ 朝早くから野良へ出て働く/一大早就到田

裡工作。

☆ 野良仕事/農活。

☆ 野良着/田間勞動的農裝。

❷ 犬や猫に決まった飼い主がいないこと。また、その犬や猫。中野狗；野貓。E a stray dog (cat).

☆ わたしの家の子犬はえさを近くの野良に食べられてしまう/我家小狗的食物被附近的野狗吃了。

☆ 野良猫/野貓。

のらりくらり ノラリクラリ〔～する〕 質問や要求に対してはっきり答えず、責任ある態度をとろうとしないようす。中態度曖昧；推推託託；支支吾吾。

☆ 野党の質問に対して大臣は、のらりくらり(と)答えている/ The Minister gives evasive answers to the opposition party's questions. / 對於在野黨的質詢，部長支吾其詞地答覆。

のり ノリ ものをはり合わせたり、布や服に張りを持たせたりするときに使うねばりのあるもの。中漿糊；漿。E paste; starch.

☆ ポスターを壁にのりではる/用漿糊把海報貼到牆上。

☆ のりのきいたシーツ/漿洗的床單。

のり ノリ 食用になる海藻の一種。また、それを紙のように薄く広げてほした食品。中紫菜；海苔。E laver; seaweed.

☆ 旅館の朝ごはんはのりと卵とみそ汁だった/旅館的早餐是紫菜，雞蛋和味噌湯。

☆ のり巻きずし/用紫菜捲的壽司。

☆ 焼きのり/烤紫菜。

☆ アサクサノリ/乾海苔(淺草的名產)。

数 1枚

のりい・れる【乗り入れる】ノリイレル〔自他動一〕 ❶ 乗ったままで車などを中に入れる。中乘車進入。E drive (a car) into.

☆ 車を大学構内に乗り入れる/駕車進入大學校區。

❷ バスや電車などを、別の会社や土地の路線に入れて運転する。中定期路線延長到其他路線上。E join.

☆ 郊外電車に地下鉄が乗り入れている/地鐵延長到郊外電車站。

▷ 名乗り入れ

注 ❶は他動詞、❷は自動詞。

のりか・える【乗り換える】ノリカエル、ノリカエル〔他動一〕 ❶ 1つの乗り物から降りてほかの乗り物に乗る。中換車；換乘；轉車。E change; transfer.

☆ バスを乗りかえて行く/換乘公共汽車前往。

☆ 新宿駅で中央線に乗りかえる/在新宿車站換乘中央線。

❷ いままで頼ってきたものをやめてほかのものにする。中改變。E switch.

☆ 社会主義から資本主義に乗りかえる/從社會主義轉變為資本主義。

▷ 名乗り換え

のりき【乗り気】ノリキ あることに興味を持って、してみようという気持ち。中起勁；感興趣；熱心。E enthusiasm; interest.

☆ 兄の結婚の話に母はとても乗り気になっている/一說到哥哥結婚的話題，母親就十分起勁。

のりこし【乗り越し】ノリコシ 乗り物で、切符を買ってある駅より先まで乗っていくこと。中坐過站。E riding past the destination for which one has purchased a ticket.

☆ 乗り越しの方は、車掌が車内で精算いたしますのでお申しつけください/列車乘務員將在車内進行補票，請坐過站的乘客購買吧。

自動 乗り越す

のりだ・す【乗り出す】ノリダス〔自他動五〕(のりだして) ❶ 船などに乗って出ていく。中乘～出去；出海。E sail out.

☆ 大海に乗りだす/坐船出海。

❷ 自分から進んでものごとをする。中親自出馬；登上～舞台。E go into.

☆ 祖父は60歳を過ぎて、政界に乗りだした/祖父年過六十才進入政界。

❸ 体を前のほうへぐっと出す。中 探出；挺出。E lean out of; lean forward.

☆ 京子が２階の窓から身を乗りだしてわたしを呼んだ/京子從二樓窗戶探出身來叫我。

☆ ひざを乗りだして聞く/向前湊近對方打聽。

注 ❶❷は自動詞、❸は他動詞。

のりもの【乗り物】ノリモノ　自動車や電車など、遠くへ行くときや急いでいるときなどに乗っていくもの。中 交通工具。E a means of transportation.

☆ いちばん速い乗り物は飛行機だ/速度最快的交通工具是飛機。

☆ 乗り物に酔う/暈車；暈船；暈機。

の・る【乗る】ノル〔自動五〕(のって)　❶乗り物など移動するものの上に上がったり、中に入ったりする。中 乘坐；騎；坐。E take; get on; get into.

☆ 毎朝９時ごろ電車に乗る/每天早上九點左右坐電車。

☆ 飛び乗る/跳上；躍身騎上。

☆ 乗りこむ/搭乘；乘上。

対 降りる

❷ 低い所から高い所に移る。中 登上；上。E get on; step on.

☆ 台に乗っていちばん上の棚の本を取る/爬上梯子去取最上層書架的書。

☆ ひざに乗ってくる猫/爬上膝蓋的貓。

対 下りる・降りる

❸ 知らずに計略にかかる。だまされる。中 上當；受騙。E be taken in.

☆ うかうか相手のやり口にのってしまった/不留神上了對方的當。

☆ 口車にのる/被花言巧語所騙。

❹ 相手になったり仲間に加わったりする。中 參與；參加。E give some advice; show an interest in.

☆ 相談にのってください/想和您商量一下。

☆ 計画にのる/參與計畫。

❺ 調子にうまく合う。中 附和；隨著。E to (the rhythm).

☆ リズムにのって踊る/隨著音樂旋律跳舞。

❻ 勢いよく進む。中 增強；狂盛起來。E be on the crest of; concentrate on.

☆ 景気が好調の波にのる/經濟景氣順利地好轉。

☆ 仕事に気がのらない/提不起勁做事。

❼ ある手段でものごとが運ばれる。中 進入軌道；載。E go into (orbit); be broadcast.

☆ 人工衛星がうまく軌道にのった/人造衛星成功地進入軌道。

☆ 電波にのる/載入電波。

❽ 感動したり興奮したりして、調子づく。中 感動；興奮。E be thrilled; be excited.

☆ 聴衆は大いにのって、舞台の歌手と一緒に歌いはじめた/聽衆們十分興奮，與台上的歌手一起唱起歌來。

❾ ひろがって、ものによくつく。中 附著。E stick; put on.

☆ おしろいがよく顔にのる/白粉容易上妝。

☆ 脂がのった肉/很肥的肉；肥肉。

▷ 名 乗り　他動 乗せる

乗りかかった船　なにかをやりはじめたら，もう途中でやめることができないこと。中 既然開始了，只好做到底；一不做二不休。E Once we have set out, we can't turn back.

☆ この計画の実行には困難なことが多いが、乗りかかった船だから、やりとおさなければならない/實行這項計畫雖然困難重重，但既然已經做了，就必須堅持到底。

の・る【載る】ノル〔自動五〕(のって)　❶なにかの上にものが置かれる。中 放著；載；裝。E be on.

☆ 本が机の上に載っている/書放在桌上。

❷ 文章や写真などが雑誌や新聞などに出る。中 登載；登；記載。E appear; be in.

☆ 郷里のことが新聞に載った / 故鄉的事上報了。

☆ 辞書に載っていないことば / 字典裡沒有的詞。

▷ 他動 載せる

ノルマ (◎ norma) ノルマ　個人、職場などの単位ごとに割り当てられる仕事の量。中 工作指標；定額。E a norm; a quota.

☆ ノルマが終わらないので工場に残って仕事をする/由於指標還沒達成，所以留在工廠加班。

☆ ノルマをこなす/ fill one's quota. /完成定額。

のれん　ノレン　❶ 商店の軒に店の名前を書いてつるしたり、部屋の仕切りや飾りとしてつるしたりする布。中 掛在商店門上印有商號名稱的布簾；門簾。E a shop curtain.

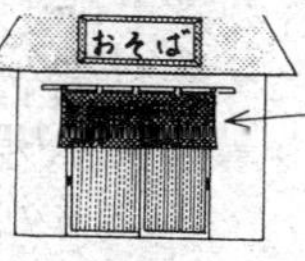

〔のれん❶〕

☆ 「一番ずし」と書かれたのれんをくぐって店に入った/穿過寫有「一級棒壽司」的門簾走進店內。

❷ 信用ある店として世間に知られた名前。中 信譽；字號。E credit; reputation.

☆ 悪い品物を売ればのれんに傷がつく/販賣劣質品信譽會受損。

☆ 古いのれんを守る / 保護老字號。

のれんに腕押し　こちらからなにを言っても手ごたえがないようす。中 徒勞無益；白費力氣。E It is like beating the air.

☆ 父にピアノを買ってほしいと頼んでも、「わかった、そのうちに」というだけで、のれんに腕押しだ / 請父親買架鋼琴，他只說：「知道了，以後再說吧。」真是白說了。

似た表現 馬の耳に念仏

のれんを分ける　長く働いた店員が独立して店を開くときに、同じ店の名で商売をすることを認める。中 允許店裡的老伙計使用同一個字號開店。E set an employee up in business.

☆ 二郎は「一番ずし」ののれんを分けてもらって、駅前に店を開いた / 二郎被允許使用「一級棒壽司」的字號，在車站前面開了家分店。

のろ・い　ノロイ　❶ 速度が非常に遅い。中 緩慢；磨蹭。E slow.

☆ わたしは書くのがのろくて、ほかの人より時間がかかる / 我寫東西慢吞吞的，比別人費時間。

☆ カメはのろく、ウサギは速い/烏龜跑得慢，兔子跑得快。

❷ 動作や頭の働きが鈍い。中 遲鈍；愚蠢；不靈活。E dull-witted; dense.

☆ 年をとって、頭の働きがのろくなったようだ / 上了年紀，腦子好像變遲鈍了。

▷ 話

のろ・う　ノロウ〔他動五〕(のろって)　❶ 嫌いな人や憎く思う人に悪いことが起こるように、神や仏に祈る。中 詛咒；咒罵。E curse; wish ill of.

☆ 飲酒運転で夫をひき殺した男をのろう/我要詛咒那個酒後駕車害死我丈夫的男人。

☆ のろい殺す / 把人咒罵死。

❷ 思うようにならなくて、強い不満を感じる。中 詛咒；感到不滿。E curse; feel extreme displeasure toward.

☆ 一生懸命に働いても生活が楽にならない世の中をのろう / 我要詛咒這個無論怎樣拚命工作也過不了富裕生活的社會。

☆ 運命をのろう/ lament one's fate. /詛咒命運。

▷ 名 のろい

のろ・ける　ノロケル ノロケル〔他動一〕自分と恋人、または夫婦の間の仲のいい話を遠慮なく、うれしそうに他人に話す。中 津津樂道地講自己和情人的事。E talk fondly of one's sweetheart or spouse.

☆ 新婚の道子は、夫のことをのろけてばかりいる/新婚的道子總是毫無顧忌地大談自己丈夫的事。

の

名のろけ

のろのろ ノロノロ〔～する〕 ふつうよりずっと進み方や動作が遅いようす。中動作進行得十分緩慢的樣子。

☆ 渋滞で、車がのろのろ(と)動いている/The cars are inching along in the traffic jam./由於交通壅塞，汽車開開停停。

のろま ノロマ 体を動かしたり頭を働かせたりするのが遅いこと。また、その人。話中動作緩慢；腦筋遲鈍；慢性子。E stupid; a brockhead.

☆ 妹はのろまで、２時間たっても１枚のはがきがまだ書けない/妹妹動作慢，過了兩個小時還沒寫完一張明信片。

のんき ノンキ ❶なにごともあまり気にかけず、のんびりしているようす。中不拘小節；樂天派。E easy-going; happy-go-lucky.

☆ 父はのんきなたちで、貧乏暮らしもまったく気にしない/父親是樂天派，對貧困生活一點也不在意。

❷心配ごともなく、苦労しなくていいようす。中悠閒；無憂無慮。E carefree.

☆ 年をとったら、気候のいい所でのんきに暮らしたい/上年紀後想在氣候溫暖的地方無憂無慮地過日子。

のんびり ノンビリ〔～する〕 気持ちや体に余裕があるようす。中悠閒自在；舒舒服服；不著急。E feel at ease; leisurely; carefree.

☆ 試験が終わったので、家でのんびり(と)過ごした/因為考完試了，所以悠哉地待在家裡。

☆ 景色を見ながら、のんびり(と)歩く/一邊看風景，一邊悠閒自在地走著。

☆ のんびりした性格/逍遙自在的性格。

対せかせか →悠悠

のんべえ【飲んべえ】ノンベー 酒が好きで、いつでも酒を飲みたがっている人。話中酗酒者；酒鬼。E a heavy drinker; a souse.

☆ 叔父は飲んべえで、いつも赤い顔をしている/叔父是個酒鬼，總是喝得滿臉通紅。

☆ 飲んべえの集まりで酒の瓶がすぐ空になる/這是酒鬼聚會，酒瓶馬上就空了。

のんべんだらりと ノンベンダラリト、ノンベンダラリト〔～する〕 だいじなことはなにもしないで、時間をむだに過ごすようす。話中遊手好閒；無所事事。E idly; idle away.

☆ 宿題もせず、本も読まず、のんべんだらりと夏休みを過ごしてしまった/作業不做，書也不看，無所事事地過了個暑假。

は／ハ

は【刃】八 ナイフやはさみなど、ものを切る道具の、切るための部分。中 刃；刀刃；刀口。E an edge; a blade.

☆ かみそりの刃を取りかえる/替換用的刀片。

☆ 鋭い刃/利刃。

☆ 包丁の刃/菜刀的刀刃。

☆ 替え刃/交換用的刀片。

数 1枚

は【派】八 考え方や立場の同じ人たちがつくるグループ。中 派；派別。E a group; a school; a faction.

☆ 原子力発電に賛成する派と反対する派が選挙で戦う/核能發電的贊成者和反對者在選舉時互相對抗。

☆ 多数派/多數派。

☆ 少数派/少數派。

☆ 印象派/印象派。

☆ 学派/學派。

は【葉】ハ 植物の枝や茎から出ている、ふつう緑色の平たく薄いもの。中 葉。E a leaf.

☆ 秋になると木の葉が落ちる/一到秋天落葉紛紛。

☆ 青々と葉がしげる/綠葉茂盛。

☆ 葉っぱ(=「葉」のくだけた言い方)/葉子(=樹葉的通俗叫法)。

☆ 枯れ葉/枯葉。

数 1枚 →木、花図

は【歯】八 ❶ 口の中の上と下に並んでいる、食べ物をかむための器官。白くてかたい。中 牙齒；牙；齒。E a tooth.

☆ 毎朝起きるとすぐ歯をみがく/每天早上一起床就刷牙。

☆ 歯が痛い/牙痛。

☆ 歯が生える/長牙。

❷「❶」の形に並んでいるもの。中 東西的齒。E a tooth (of a comb, saw).

☆ 髪をとかしていたら、くしの歯が1つ欠けた/梳頭髮時，梳子掉了一個齒。

☆ のこぎりの歯/鋸齒

▷ 数 ❶ 1本

歯が浮く ❶ 歯の根もとがゆるみ、不快な感じがする。中 牙齒鬆動。E have a loose tooth.

☆ 歯が浮いて、食べ物がよくかめない/由於牙根鬆動，所以不能細嚼東西。

❷ すぐうそとわかるようなことばに、不快な気持ちになる。中 肉麻。E put a person on edge.

☆ 洋子は気に入られようとして、歯が浮くようなお世辞を言う/洋子為了討人喜歡而說一些肉麻的恭維話。

歯が立たない ❶ 食べ物がかたくて、かむことができない。中 咬不動。E be too hard to bite.

☆ とてもかたいせんべいで歯が立たない/餅乾太硬，咬不動。

❷ 相手が強すぎたり、ものごとがむずかしかったりして、かなわない。中 比不上；啃不動。E be over one's head.

☆ この哲学の本はむずかしすぎて、わたしには歯が立たない/這本哲學書太難了，我實在看不懂。

歯にきぬ[衣]着せない[ぬ] 自分の思ったとおりをそのまま言う。中 直言不諱。E do not mince

は

matters.

☆ A教授は、歯にきぬ着せないで学長を批判するので学生に人気がある / 由於A教授直言不諱地批評校長，所以受到學生歡迎。

歯を食いしばる つらいとき、苦しいとき、怒ったとき、それをがまんする。中 咬緊牙關。E clench one's teeth.

☆ アルバイトの収入だけで生活費と学費をまかなう苦しい生活だったが、歯をくいしばってがんばった/單靠打工的收入支付生活費和學費，生活雖然辛苦，但我咬緊牙關努力打拚。

は ❶ 1つのものごとを取りあげて示し、後に、それについての説明が続く。中 提出一種事物並進行說明。

☆ この大学は7つの学部を持っている/ This university has seven colleges. / 這所大學有七個學院。

☆ わたしは田中です / 我叫田中。

☆ 学問の自由は、これを保障する / 學術自由保障著它。

❷ 1つのものごとを対比的に取りあげて示す。中 對照地提出一種事物。

☆ もう日本語の授業は終わった / 日語課程已經結束了。

☆ 教室ではタバコを吸ってはいけない / Smoking is prohibited in the classroom. / 教室裡不許抽菸。

❸ 2つ以上のものごとを比べて示す。中 對比地提出兩種事物。

☆ 肉は好きだが、魚は嫌いだ / 喜歡吃肉，但不喜歡吃魚。

☆ 建物はできたが、家具はなにもない / The building is complete but there's still no furniture. / 房子蓋好了，但什麼家具都沒有。

❹ (「〜は…ない」の形で)前にあることばだけを否定する。中 否定前面的話。

☆ まだ全部はできない/ I haven't finished yet. / 還沒有全部做完。

☆ 学校へは行かない / 不去學校。

☆ あいさつだけで、話はしなかった / 只是打聲招呼，別的什麼也沒說。

▷ → 囲み

二 参「わ」と発音する。

ば【場】バ ❶ なにかをする所。また、なにかがある所。中 場所；場。E a place; a spot.

☆ 父が倒れたとき、その場にいたのは母だけだった / 父親倒下時，在場的只有母親。

☆ 宝くじの抽選の結果を公の場で発表する / 在公開場合公布彩券開獎結果。

❷ テレビ、映画、演劇などでの進行している物語の一部分。場面。中 幕；場面。E a scene.

☆ 親子が対面する場では観客はみな泣いた/ 觀眾看到親子重逢的場面後都哭出來了。

☆ 見せ場(=観客にいちばん見てもらいたいと力を入れている場面) /最精彩的場面(＝特別想讓觀眾看的而賣命演出的場面)。

ば (動詞、形容詞、形容動詞の「ば」に続く形について)❶ もし、そのようなばあいには。中 (表示假定條件) 如果……假如……。

☆ 雨が降れば行かない/ If it rains, I won't go. / 若是下雨就不去。

☆ 安ければ買おう / 便宜的話就買。

❷ 前のことが後のことのきっかけ、根拠となることを表す。中 表示前面的事情是後面的開端。

☆ よく考えれば、簡単なことだった / When I thought carefully about it, it was a simple matter. / 仔細想了想，確實很簡單。

☆ 新聞によれば、景気はよくなりはじめたらしい / 據報紙上說，景氣開始復甦了。

❸ 前のことが起こったばあいには、必ず後のことが起こることを表す。中 (有某種條件即得某種結果) 表示該條件。

☆ 春になれば、桜の花が咲く / When spring comes, cherry blossoms are in bloom. / 一到春天，櫻花就開了。

☆ この道を左に行けば駅があります/順著這條路往左走，就到車站了。

❹ 同じようなものごとを並べることを表す。中(表示並列)又～又～。

☆ 歌も歌えばダンスも踊る/He sings songs and dances./又唱歌又跳舞。

☆ ビールもあれば日本酒もある/既有啤酒又有日本酒。

❺ (「～ば～ほど」の形で)⇨程❺

▷ →たら 囲み

参「ならば」「たらば」のばあい、「ば」がとれて「なら」「たら」になることが多い。

はあ ハー、ハー ❶ 相手の質問などに答えるときに言うことば。中 啊。E oh; I see; well.

☆「洋子さんはいらっしゃいますか」「はあ、おりますが、どちらさまですか」/「洋子小姐在嗎?」「啊，在，請問您是哪位?」

❷ 疑問の気持ちなどを表すときに言うことば。中 啊；嗯；嘿。E what?

☆ はあ？すみませんが、もういちどおっしゃってください/「啊?麻煩您再說一遍。」

▷ 話

参「はい」よりもはっきりしない言い方。また、❶はことばの終わりを下に下げて、❷は上に上げて言う。

ばあい【場合】バアイ ❶ ある特定の状況の時。中 場合；時候。E a case; an occasion.

☆ 非常のばあいはこのボタンを押してください/在緊急情況下請按這個鈕。

☆ 雨天のばあいは運動会を中止する/下雨的話就中止運動會。

❷ そのときの事情。中 情況；狀態；場合。E circumstances; conditions; the situation.

☆ 場合によっては学校をやめるかもしれない/根據情況的不同，可能會退學。

☆ 時と場合でやり方が違う/時間與場合不同做法也不一樣。

はあく【把握】ハアク、ハアク〔～する〕 ものごとを完全に理解すること。中 充分理解；掌握。E understand; grasp.

☆ この論文はとても難解で、正確な内容の把握は困難だ/這篇論文很難懂，要正確掌握住內容有點困難。

☆ 世界情勢を把握する/掌握世界局勢。

☆ 現状の把握/把握現狀。

は

「は」と「が」(「は」與「が」)

A「京子**は**先生だ」

B「京子**が**先生だ」

Aは、「京子について説明するならば職業は先生だ」ということを表しているが、Bは、「だれが先生ですか」という質問に対しての答えの文である。つまり、Aの「XはY」の文では、「X」は主題で、「Y」はその主題についての説明や解説である。一方、Bの「XがY」の文では、「X」は問われているものの答えを表している。したがって、このような文は常に質問に対する答えの文となり、単独では使われない。

C「公園の桜**が**満開になったよ」

D「公園の桜**は**満開になったよ」

Cは、「公園の桜が満開になった」という情報を相手に伝えており、全体が1つの伝達内容になっている。Dのように「は」を使うと、「このへんの桜はまだ五分咲きだが、公園の桜はどうだろう？」というような「公園の桜」についての疑問に対して、「満開になった」の部分だけが情報として与えられていることになる。

バーゲン　バーゲン〔←バーゲンセール(bargain sale)〕 定価より安い値段で品物を売ること。中 廉價出售；大拍賣。E a (bargain) sale.

☆ このセーターはバーゲンで定価の半額で買った / 這件毛衣是在大拍賣時以半價買下的。

☆ 春物のバーゲン / 春季衣物大拍賣。

パーセント (percent) パーセント　全体を100として、その中で占める割合。記号は「%」。中 百分比；百分之～。E percent.

☆ 定価４万円のコートを25パーセント引きの３万円で買った / 定價四萬日圓的外套，打七五折後，用三萬日圓買下來了。

☆ きみの考えは100パーセントまちがっている / 你的想法完全錯了。

パーティー (party) パーティー　❶ 祝いごとや話し合いなどの集まり。中 晚會；聚會；舞會。E a party.

☆ 山田氏が社長になったのを祝って友人たちがパーティーを開いた / 朋友們舉行晚會慶祝山田先生當上總經理。

☆ 誕生日のパーティーに招かれる / 被邀請参加生日派對。

❷ 仲間。特に一緒に登山するグループ。中 小組；隊。E a party; a group.

☆ A大学の登山部のパーティーがヒマラヤに登る計画を立てている / A大學登山社的小隊訂定了攀登喜瑪拉雅山的計畫。

ハード (hard) ハード　❶〔←ハードウエア(hardware)〕コンピューターの機械装置。中 (電腦)硬體。E (computer) hardware.

☆ コンピューターのハードは以前に比べると小型になってきた / 與以前相比，電腦硬體愈來愈小型化了。

対 ソフト

❷ かたいようす。中 硬；堅固。E hard.

☆ ハードカバー / 硬封面；精裝書。

対 ソフト

❸ 激しいようす。中 猛烈。E hard; heavy.

☆ １日に13時間も歩くハードな登山 / 一天要行走十三個小時的激烈登山活動。

☆ ハードスケジュール / 緊湊的日程安排。

パート (part) パート　❶ 全体の中の一部分。部分。中 部分；部門。E a part; a portion.

☆ ここは会社の中ではめだたないパートだが、仕事はおもしろい / 這在公司裡雖然只是一個不起眼的部門，但工作很有趣。

❷ 音楽で曲の一部。合奏曲の中の楽器別の部分や、合唱で分かれて歌うときの１つの部分。中 樂曲的一部；聲部。E a part (of a musical score).

☆ 合唱でアルトのパートを受け持つ / 在合唱中負責唱女低音。

❸「パートタイム」「パートタイマー」を略した言い方。１時間の単位で賃金をもらい、比較的短い時間働くこと。また、そうして働く人。中 短時間工作(的人)；零工。E a part-time job; a part-timer.

☆ 近所の店で10時から３時までパートで働いている / 從早上十點到下午三點在附近的商店打零工。

バーベキュー (barbecue) バーベキュー　野外で肉や野菜を焼いて食べる料理。中 (在野外的)烤肉。E a barbecue.

☆ 今晩は肉、ピーマン、タマネギなどを買ってきて、庭でバーベキューをしよう / 今晚買些肉、青椒、洋蔥等東西，在院子裡烤肉吧。

パーマ　パーマ〔←パーマネントウエーブ(permanent wave)〕 熱や薬品によって髪の毛にくせをつけ、髪全体の形をととのえること。また、その髪型。パーマネント。中 燙髮。E a permanent wave; a perm.

☆ 髪がのびたのでパーマをかけに行く / 頭髮長了，所以去燙頭髮。

はい【灰】ハイ　ものが燃えたあとに残る粉のようなもの。中 灰。E ashes.

☆ タバコの灰は床に落とさないで、灰皿に入れてください/請將菸灰彈入菸灰缸，不要掉在地板上。

☆ 灰になる(=焼けてなくなる。また、火葬されて骨になる)/化為灰燼(＝燒盡，火葬燒骨頭)。

☆ ストーブの灰/爐灰。

☆ 火山灰/火山灰。

はい【肺】ハ̄イ　内臓の１つ。胸の左右に１つずつあり、呼吸するときに使う。中肺。E the lungs.

☆ レントゲン写真で、肺に影があることがわかった/透過X光片得知肺部有陰影。

☆ 肺がん/肺癌。

☆ 肺結核/肺結核。

→内臓 図

はい　ハ̄イ　相手の言うことを認めたり承知したりするときに言うことば。話 中是；是的；對。E yes.

☆「あなたはこの学校の卒業生ですか」「はい、そうです」/「你是這所學校的畢業生嗎?」「對，我是。」

☆「行かないんですか」「はい、行きません」/ "Won't you go?" "No, I won't."/「不去嗎?」「是的，我不去。」

対いいえ　→はあ、ええ

-はい【-杯】(数を表すことばについて)液体などをコップや茶碗に入れたときの数を表す。中～杯；～碗。

☆ ごはんを２杯食べる/吃兩碗飯。

☆ コーヒーを３杯飲む/drink three cups of coffee./喝三杯咖啡。

☆ コップ１杯の水/a glass of water./一杯水。

ハイ(high)ハ̄イ　❶気持ちが盛りあがっているようす。中情緒高漲。E in high spirits.

☆ きょうの気分はとってもハイだ/今天情緒特別激昂。

☆ 酒を飲んでハイな気分になった/喝酒後情緒高漲了起來。

❷高いこと。高いもの。中高；高的。

☆ ハイジャンプ/a high jump./跳高。

☆ ハイヒール/high heels./高跟鞋。

❸程度が高い。高級な。中高級；高水準。

☆ ハイクラスの品物/high-class goods./高級品。

☆ ハイスピード/高速。

☆ ハイレベル(=程度が高いこと)/高水準(＝程度高)。

ばい【倍】バ̄イ、バ̄イ　❶ある数に同じ数を加えること。２倍。中倍。E double; twice.

☆ 10年前に比べると物価が倍になっていて、50円だったパンがいまは100円だ/與十年前相比物價漲了一倍，原來五十日圓一個的麵包現在要一百日圓。

☆ 倍の人数/成倍的人數。

対半分

❷(数を表すことばの後について)同じ数を何回か加える度数を表す。中～倍。

☆ ５倍の時間がかかる/It takes five times longer than ～./花費五倍的時間。

☆ 7.8倍の競争率/七點八倍的競爭率。

はいいろ【灰色】ハ̄イイロ　❶色の１つ。灰のような色。黒と白をまぜた色。中灰色。E gray.

☆ くもった灰色の空から雨が降りだした/灰濛濛的天空飄起雨來了。

❷気持ちが明るくないこと。希望がないこと。中黯淡；乏味；陰鬱。E gloomy; dreary.

☆ 火事で財産を全部失ってから、灰色の人生を歩いてきた/因火災而喪失全部財產後，人生一片黯淡。

❸罪となるかならないか、はっきりしないこと。中不鮮明；可疑的。E gray; questionable.

☆ A議員は灰色のまま選挙に立候補している/頗有爭議性的A議員也報名參加選舉。

☆ 灰色高官/灰色高官(有犯罪嫌疑的高級官員)。

▷ 話❸

は

ばいう【梅雨】バイウ ⇨梅雨 書

☆ 梅雨前線 / a seasonal rain front. / 梅雨鋒面。

はいえん【肺炎】ハイエン 肺に悪い細菌やウイルスなどがついて起こる病気。中 肺炎。E pneumonia.

☆ かぜから肺炎になって入院した / 由感冒引起肺炎而住進了醫院。

☆ 肺炎のために体温が40度近くまで上がった / 因肺炎發燒，體溫高到將近四十度。

バイオテクノロジー (biotechnology) バイオテクノロジー 生物の細胞や遺伝子などを、医療、農業生産などに利用する技術。生命工学。生物工学。バイオ。中 生物科技；生物工程學；遺傳工程學。E biotechnology.

☆ バイオテクノロジーを使って、白菜とキャベツの両方の性質を持つ野菜をつくる / 利用生物工學培植一種具有白菜和包心菜兩種性質的蔬菜。

バイオリン (violin) バイオリン 楽器の一種。木でつくった胴に４本の糸を張り、馬の尾の毛をつけた弓でこすって音を出す。ヴァイオリン。中 小提琴。E a violin.

☆ ベートーベンのバイオリンの曲は熱情的なものが多い / 貝多芬的小提琴作品中，熱情激昂的曲調很多。

☆ バイオリン協奏曲 / a violin concerto. / 小提琴協奏曲。

数 1丁

ばいかい【媒介】バイカイ〔～する〕 関係のなかった２つのものの間に立って、それらになにかの関係をつけること。中 媒介。E mediation; agency; be carried.

☆ X銀行の媒介によってA社とB社が合併することになった / 經由X銀行的仲介，A公司與B公司正式合併。

☆ マラリアはハマダラカが媒介する / 瘧疾以瘧蚊作媒介。

はいきガス【排気ガス】ハイキガス 車のエンジンなどから出される、いらなくなったガス。排ガス。中 廢氣；廢煙氣。E exhaust gas.

☆ 車の排気ガスのために、道に植えた木が枯れた / 車輛排出的廢氣使路樹枯萎了。

ばいきん【黴菌】バイキン 人間に害を与える細菌。中 細菌；黴菌。E germs; bacteria.

☆ けがをしたときは、ばいきんが入らないように傷口をよく消毒する / 受傷時為避免細菌感染，對傷口要進行完全消毒。

☆ ばいきんを殺す / 殺菌；滅菌。

ハイキング (hiking) ハイキング〔～する〕 山や野などを楽しみながら歩くこと。中 郊遊；徒步旅行；遠足。E a hike; hiking.

☆ 日曜日に友達と近くの山へハイキングに行く / 星期日與朋友去附近的山上郊遊。

はいく【俳句】ハイク、ハイク 5、7、5の3句、17の音でできた定型詩。中 俳句；俳詩。E a *haiku*; a seventeen-syllable Japanese poem.

☆「古池や蛙飛びこむ水の音」は多くの人々に知られている、芭蕉の有名な俳句だ /「古池塘，青蛙跳，水聲響」這是衆人皆知的松尾芭蕉的名俳句。

☆ 名月を俳句に詠む / 將中秋明月寫成俳句吟誦。

数 1句

参 ふつう、季語(=季節を表すことば)を入れてつくる。

はいぐうしゃ【配偶者】ハイグーシャ 結婚している相手。夫からみた妻、妻からみた夫。中 配偶。E a spouse; a wife; a husband.

☆ 一郎はよい配偶者をえて、しあわせな毎日を送っている / 一郎娶了個好太太，過著幸福的生活。

☆ 調査票に配偶者の有無を書く / 在調查表上寫下有無配偶。

はいけい【拝啓】ハイケイ 「つつしんで申し上げます」の意味で、手紙の始めに書くあいさつのことば。ふつう、「敬具」で終わる。

[書] [中]敬啓(用於信中的開頭部分)。[E] Dear~; My dear~.

はいけい【背景】ハイケイ　❶舞台や絵、写真などで、中心となるものの後ろにある風景やもの。[中]背景；布景。[E] a background; scenery.

☆ 京都ではお寺を背景にして写真をとった/在京都，以寺廟為背景拍照。

☆ 舞台の背景/舞台背景。

☆ 背景画/背景畫。

❷あるできごとの、表に表れないで裏に隠されている事情。[中]幕後的情況；背景。[E] the background.

☆ この事件の背景には、社長のグループと会長のグループとの対立がある/這次事件的背景是總經理派與董事長派的對立。

☆ 犯罪の背景/犯罪背景。

はいけん【拝見】ハイケン〔~する〕「見ること」の謙譲語。[中]「看」的自謙語。[E] ((humble)) see; look at.

☆ お手紙を拝見いたしました/已拜讀過您的信了。

☆ 家の中を拝見させてください/請讓我看一下屋裡面的情況。

はいざら【灰皿】ハイザラ　タバコの灰や吸い殻を入れる皿。[中]菸灰缸。[E] an ashtray.

吸い殻

〔灰皿〕

☆ 灰皿でタバコの火をもみ消す/在菸灰缸中熄掉菸頭。

☆ ガラスの灰皿を父の誕生日に贈る/把玻璃菸灰缸做為生日禮物送給父親。

はいし【廃止】ハイシ〔~する〕いままでしていたことをやめること。[中]廢止；廢除；作廢。[E] abolish; abolition.

☆ ここの中学校では制服を廃止して、服装は自由とした/這個中學廢除了校服，可以自由穿著。

☆ 国民は消費税の廃止を望んでいる/國民渴望取消消費稅。

[対]存続

はいしゃ【歯医者】ハイシャ　悪い歯を治す医者。また、その医院。歯科医。[中]牙醫；牙科大夫。[E] a dentist.

☆ 歯が痛いので、歯医者に行く/因為牙痛所以去看牙醫。

☆ 歯医者で虫歯を治療してもらう/讓牙醫治療蛀牙。

はいしゃく【拝借】ハイシャク〔~する〕「借りること」の謙譲語。[中]「借」的自謙語。[E] ((humble)) borrow.

☆ 拝借したお金は必ずお返しします/借的錢我一定還。

☆ あなたの辞書を拝借できますか/能借用您的字典嗎？

☆ お知恵を拝借したいのですが/想請您幫忙出個主意…。

ハイジャック(hijack)ハイジャック〔~する〕乗り物、特に、飛んでいる飛行機を、武器などを使って乗っ取ること。[中]劫持飛機；劫機。[E] hijack.

☆ 太平洋の上で旅客機がハイジャックされ、犯人の命令で近くの島に着陸させられた/在太平洋上空受劫匪迫使，飛機在附近小島降落。

ばいしゅう【買収】バイシュー〔~する〕

❶土地や建物など金額の大きなものを買い取ること。[中]購買；收購；買。[E] purchase.

☆ 市は公園をつくるために土地を買収した/市政府為了建造公園而收購土地。

☆ A社はB国のC社を買収してB国に進出した/A公司收購了B國的C公司而打進B國市場。

❷相手に金などを与えて、ものごとが自分に有利になるようにしてもらうこと。[中]收買。[E] bribe; buy off.

☆ 役人を買収して県の土地を安い値段で買う/收買官員以廉價收購縣有土地。

☆ 金で村民を買収して選挙に当選する/用錢

は

収買村民要在選舉時當選。

ばいしゅん【売春・買春】バイシュン〔～する〕 ❶女性が金をえる目的で性行為をすること。中 賣淫。E prostitution.

☆ 家が貧しいために売春する女性が数多くいる / 因家境貧寒而賣淫的婦女很多。

☆ 売春防止法/賣春防制法(嚴禁賣淫的法案)。

❷ 男性が女性に金を与え性行為の相手をさせること。中 嫖;嫖妓。E buy a prostitute.

☆ 夫の買春が原因で離婚した / 因丈夫嫖妓而離婚。

☆ 買春ツアー / 嫖妓旅行。

注 ❶は「売春」、❷は「買春」。

はいじょ【排除】ハイジョ〔～する〕 じゃまなもの、いらないものを取りのけること。中 排除。E exclude; removal.

☆ 猿のリーダーは自分にしたがわない若い猿をグループから排除した / 猴王將不服從命令的年輕猴子趕出了猴群。

☆ 危険物の排除 / 排除危險物。

は

ばいしょう【賠償】バイショー〔～する〕 相手に与えた損害に対して金やもので法的に償うこと。中 賠償。E compensation; reparations.

☆ A国との戦争に勝ったB国は、A国に賠償を要求した/在與A國的戰爭中取勝的B國要求A國賠償。

☆ 損害の賠償 / 賠償損害。

はいすい【排水・廃水】ハイスイ ❶〔～する〕いらない水を外に出すこと。中 排水。E drain; displacement.

☆ 台風の後、運動場にたまった水を排水する / 颱風過後排除運動場的積水。

☆ 排水の悪い土地 / 排水性能差的土地。

☆ 排水口 / 排水口。

☆ 排水量 / 排水量。

❷ 使ったあとの、よごれていらなくなった水。中 廢水;污水。E effluent; waste water.

☆ 工場廃水 / 工廠排放的污水。

注 ❶は「排水」、❷は「廃水」。

はいすいのじん【背水の陣】 1歩も下がれない立場でなにかをしなければならないこと。中 背水一戰。E stake everything on; with one's back to the wall.

☆ 背水の陣で会社の再建に努力する / 背水一戰,致力於公司的重建。

参 川や海などを背にして軍隊をかまえることからいう。

はいせき【排斥】ハイセキ〔～する〕 人やものを嫌って受け入れないようにすること。中 排斥;排擠;抵制。E boycott; reject.

☆ 学生たちは、企業から不正な金を受け取ったA教授を排斥する運動を起こした /A教授收受企業賄賂,被學生發起排斥運動。

はいせつ【排泄】ハイセツ〔～する〕 動物が体に必要な栄養をとったあと、必要でないものを体の外に出すこと。中 排泄。E excrete; discharge.

☆ 水を飲むと、大部分は汗と尿になって排泄される / 喝完水後,大部分會變成汗和尿排出來。

☆ 排泄物(＝大便、小便)/ 排泄物(＝大便、小便)。

はいせん【敗戦】ハイセン 戦争や試合に負けること。中 戰敗;輸掉。E (a) defeat.

☆ B国は敗戦から立ち直って新しい国を建設した /B國從戰敗中重新站起,建設了一個新國家。

☆ 敗戦処理 / 處理戰敗事宜。

はいたつ【配達】ハイタツ〔～する〕 手紙、荷物、商品などを目的の場所までとどけること。中 投遞;送。E deliver.

☆ 新聞は毎朝6時ごろ配達される / 報紙每天早上六點送到。

☆ デパートで買ったものを家に配達してもらう / 請人把在百貨公司買的東西送到家。

☆ 郵便配達/郵差。

はいたてき【排他的】ハイタテキ　自分の認める考え方や仲間以外の人を受け入れないようす。中排他的；排外。E exclusive; unfriendly.

☆ 島国の人間は外国人に対して排他的だといわれる/據說島國國民有排斥外國人的傾向。

☆ 排他的な人がいると周囲は迷惑だ/如果周圍有排外的人就麻煩了。

バイタリティー (vitality) バイタリティー　生き生きとした力強い生命力。元気な力。中活力；生氣；生命力。E vitality.

☆ 洋子は朝早くから夜遅くまで仕事をしているが、疲れたようすがない。すごいバイタリティーだ/洋子從早到晚地工作，卻沒有疲累的樣子，真是精力充沛。

はいち【配置】ハイチ、ハイチ〔～する〕　人やものを適当な場所や地位に置くこと。中配置；安置；布置。E arrangement; station.

☆ 荷物を入れる前に家具の配置をよく考えておこう/搬入行李之前，先想好要如何擺放家具。

☆ 配置転換(＝会社などで、働く人の仕事や場所をかえること)/調動職務、位置(＝在公司等，變更職員的工作和場所)。

ハイテク　ハイテク〔←ハイテクノロジー(high technology)〕　高い知識を必要とする、いちばん進んだ電子工業や生物科学の分野の技術。先端技術。中高科技。E high technology.

☆ ハイテク技術/高科技技術。

☆ ハイテク産業/高科技產業。

ばいばい【売買】バイバイ〔～する〕　売ったり買ったりすること。中買賣。E buying and selling.

☆ 不動産屋のおもな仕事は土地や建物の売買だ/房地產公司的主要工作是進行土地和建築物的買賣。

☆ 魚の売買は魚市場で行われる/魚的買賣在魚市進行。

バイバイ (bye-bye) バイバイ〔～する〕　子供や若い人など、親しい人どうしが別れるときに言うあいさつのことば。さようなら。話 中再見。E bye-bye.

☆ バイバイ、またあしたね/再見，明天見吧。

☆ ここで別れよう。じゃ、バイバイ/就在這裡分手吧，那麼再見了。

はいふ【配布・配付】ハイフ、ハイフ〔～する〕　❶広く人々に配ること。中散發。E distribute.

☆ 週に1回、区役所の広報紙が家庭に配布される/每週各個家庭會收到一次區公所的傳單。

❷ 関係のある人々に配ること。中分發。E hand out.

☆ 学生に試験用紙を配付する/發考試卷給學生。

☆ 資料の配付/分發資料。

▷ 書

注 ❶は「配布」、❷は「配付」。

パイプ (pipe) パイプ、パイプ　❶水やガスなどを通すための、中が空いている細長い形のもの。くだ。中管道；導管。E a pipe.

☆ ふろ場のパイプがつまったらしく、水の流れが悪い/浴室的水管好像堵塞了，水流不下去。

❷ タバコの葉をつめ火をつけて吸うもの。中菸斗。E a (tobacco) pipe.

☆ パイプを口にくわえてゆっくりと吸う/將菸斗銜在口中慢慢地吸。

❸ 人や組織をつなぐ役割をするもの。中中間人；介紹人；仲介人。E a pipeline; a go-between.

☆ 仕事をさがしている人と、人を求めている会社とのパイプになる/成為求職者和招聘公司之間的仲介人。

▷ 数❶❷1本

はいぼく【敗北】ハイボク〔～する〕　戦いや試合に負けること。中敗北；打敗仗。E be defeated; (a) defeat.

☆ きのうの試合は10対0で敗北した/昨天的

は

比賽以零比十敗北。

☆ この戦争でわれわれの敗北は決定的になった/我們在這場戰爭中，注定敗北。

☆ 敗北を喫する/吃了敗仗。

☆ 敗北感/失敗感。

対勝利

はいゆう【俳優】ハイユー 映画、テレビ、ラジオ、舞台などで、劇の中の人物を演じることを職業としている人。中演員。E an actor; an actress.

☆ あのハムレット役の俳優はとてもうまい/那個扮演哈姆雷特的演員演技非常出色。

☆ 二枚目俳優/英俊小生。

☆ 映画俳優/電影明星。

☆ 舞台俳優/舞台演員。

はいりょ【配慮】ハイリョ〔～する〕 人のためになるよう、またものごとがうまくいくよう、いろいろ気をつかうこと。中關懷；照顧；照料。E consideration; concern.

☆ いろいろな国の人が集まる会なので、特に食事に配慮して準備を進めてほしい/因為這次集會有許多國家的人要來，希望能在食物的準備上多花心思。

☆ この計画は子供や老人に対する配慮がたりない/這項計畫對孩子和老人的照顧不足。

バイリンガル (bilingual) バイリンガル 2つの言語を話せること。また、その人。中能說兩國語言的；雙語的。E bilingual.

☆ 道子はバンコクで育って10歳で日本へ帰ってきた、タイ語と日本語のバイリンガルだ/道子在曼谷長大，十歲時回日本，所以能說泰語和日語兩種語言。

はい・る【入る】ハイル〔自動五〕(はいって) ❶ 外から中へ移る。中進；進入。E enter; go into; get into.

☆ 列車はトンネルに入った/列車駛入了隧道中。

☆ 目にごみが入る/眼裡進了灰塵。

☆ 茶の間に入る/進入餐廳。

☆ 入りこむ/進入(裡面)；鑽入；入。

対出る

❷ 団体、組織などに加わる。中進；加入；參加。E get a job in; go into.

☆ 会社に入る/進公司上班。

☆ 政界に入る/進入政界。

対出る

❸ あるものの中に収まる。中容納；放入；裝入。E can accommodate; hold.

☆ この会場は700人入る/這個會場能容納七百人。

☆ 1リットル入る瓶/容量為1公升的瓶子。

❹ 自分の手のとどく範囲のものになる。中到手；得到。E get; learn.

☆ 珍しい品が手に入る/得到一件珍品。

☆ むずかしくてなかなか頭に入らない/很難，不好理解。

☆ 目に入る(=見える)/看見(＝看得見)。

☆ 耳に入る(=聞こえる)/聽見(＝能聽見；聽得見)。

❺ ものが取りつけられ使えるようになる。中裝上；安上。E have ~ installed.

☆ 事務所に新しいコピー機とファックスが入った/辦公室裝上了新的影印機和傳真機。

☆ 都市ガスが入る/都市瓦斯已連結完成。

❻ 収入がある。中收入。E get; have an income of.

☆ 月々30万円入る/月收三十萬日圓。

☆ アルバイトで5000円入った/打零工賺得五千日圓。

❼ ある時期となる。中進入。E begin; set in.

☆ 12月に入ると、忙しくなる/一到十二月份就忙碌起來。

☆ きょう関東地方はつゆに入った/今天關東地區進入梅雨季。

▷ 他動 入れる

パイロット (pilot) パイロット、パイロット 航空機を操縦する人。中飛機駕駛員；飛行員。

E a pilot.

☆ パイロットは地上と連絡をとりながら着陸の態勢に入った/飛行員一邊與地面聯絡一邊進入降落態。

は・う ハウ〔自動五〕(はって) ❶ 手と足を地面や床などにつけて進む。中 爬。E creep; crawl.

☆ 赤ん坊がはうようになった/嬰兒會爬了。

〔はう❶〕

☆ 床をはいまわってぞうきんをかけた/趴在地上用抹布擦地板。

❷ 虫などが体を地面や壁に密着させて進む。中 爬行。E crawl.

☆ 蛇がはって木に登っていった/蛇爬上樹。

☆ 青虫がはう/綠色的毛蟲在爬。

❸ 植物の根やつるなどが、地面や壁にそってのびる。中 攀緣；爬。E trail.

☆ 壁一面にツタがはっている図書館/圖書館的外牆上長滿了長春藤。

はえ ハエ 昆虫の一種。1センチ前後の大きさで黒く、羽があり、食べ物などにとまる。はい。中 蒼蠅。E a fly.

☆ 皿の上の刺身にハエが1匹とまっていた/盤中的生魚片上停著一隻蒼蠅。

☆ ハエたたき(=ハエをたたいて殺す道具)/蒼蠅拍(=撲殺蒼蠅的工具)。

数 1匹

はえぬき【生え抜き】ハエヌキ ❶ 生まれてからずっとその土地で暮らしていること。中 土生土長；地道。E born and bred.

☆ 京子は生え抜きの大阪人で、大阪以外の場所に住んだことがない/京子是土生土長的大阪人，從來沒在大阪以外的地方住過。

❷ 最初から1つの会社で働き続けていたり、同じ内容の仕事を続けたりしていること。中 創業以來的元老。E a person who has spent all his/her life with ~.

☆ 会社創設のときからの生え抜きの社員が社長に選ばれた/公司創業以來的老職員被選為總經理。

は・える【生える】ハエル〔自動一〕 ❶ 植物の芽や根などが出る。中 長；生。E come up; grow.

☆ 春になって庭にいろいろな草が生えてきた/一到春天，院裡長出許多草。

☆ かびが生えたパン/發霉的麵包。

❷ 毛や歯などがのびて出る。中 長。E cut (one's teeth); develop.

☆ 子供は1歳になって歯が2本生えてきた/孩子一歲時，長了兩顆牙。

☆ ひげが生える/長鬍鬚。

▷ 他動 生やす

は・える【映える】ハエル〔自動一〕 ❶ 光に照らされて輝く。中 照；映照。E glow; shine.

☆ 新緑が映える/新綠耀目。

☆ 夕日に映える雪山/夕陽映照下的雪山。

❷ まわりと調和していっそうよく見える。中 顯得好看。E look attractive.

☆ 背広がグレーだから、赤いネクタイがよく映える/灰色的西裝繫上紅領帶顯得特別出色。

はおり【羽織】ハオリ 着物の上に着る、前あきで、2本のひもで左右を結ぶ短い上着。中 (和服)短外褂。E a *haori*; a Japanese half-coat worn over a *kimono*.

〔羽織〕

☆ 羽織とはかまの正装で式に出る/穿著短外褂和褲裙這種正式禮服參加典禮。

☆ 黒い絹の羽織/黑色絲綢做的短外褂。

数 1枚 他動 羽織る

はお・る【羽織る】ハオル〔他動五〕(はおって) 衣服のそでに腕を通さないで上から軽くかけて着る。中 披上；罩上。E put on; fling on.

☆ 部屋の中が寒いので、カーディガンをはおる/因為屋裡寒冷，所以披上開襟毛衣。

は

☆ コートをはおる / 披上外套。

名羽織

はか【墓】ハカ　死体や遺骨を埋めた所。

中墓；墳；墳墓。E a grave; a tomb.

☆ 毎年父の命日(=その人の死んだ日と同じ日付の日)には墓にまいることにしている/每年父親的祭日(=其人去世的那一日)都要去掃墓。

〔墓〕

☆ 墓を建てる / 蓋墳墓。

☆ 墓を掘る / 挖墓；掘墓。

数 1基

ばか　バカ　❶ 知能が低く、頭の働きが鈍いこと。また、その人。中愚蠢；呆傻；糊塗。E a fool; foolish; stupid.

☆ 右と左をまちがえるなんて、わたしはなんというばかだろう/竟然左右都分不清，我多麼笨呀!

☆ ばか息子 / 傻兒子。

対利口

❷ 常識をはずれているようす。中愚蠢；荒唐；無聊。E foolish; thoughtless.

☆ 雨の中を傘もささずに2時間も歩きまわるなんて、ばかなことをしたものだ / 傘也不打竟然在雨中走了兩個小時，真是做了愚蠢的事。

対利口

❸ 程度がはなはだしい。中特別；厲害。E terribly.

☆ きょうはばかに暑い / 今天特別熱。

☆ ばか高い値段 / a ridiculously high price. / 價格貴得嚇死人。

☆ ばか正直 / 特別老實。

☆ ばか丁寧 / 過分恭敬。

❹ (他のことばの後について)その仕事、身分以外についての常識がまったくない人。中只知工作無生活常識的人。

☆ 役者ばか / an actor who has no common sense outside the world of stage. / 只會演戲，卻不通人情世故的演員。

☆ 専門ばか / 只懂專業知識，其他什麼都不懂的人。

▷ 話❸❹

…………「ばか」のつく慣用表現…………

ばかにする　自分よりおとったものとして軽くみる。中輕侮；看不起；輕視；欺負。E look down on.

☆ 子供だと思ってばかにしてはいけない。あの子はきみよりずっと力がある/不要認為是個孩子就小看他，他的力氣比你大得多。

ばかにできない　軽くみることはできない。

中不能忽視；不可小看。E not to be trifled with.

☆ 安い時計だからといってばかにできない。高級品と同じぐらい正確に動くし、丈夫だ/不能因為是便宜的手錶就小看它，它與高級品一樣，不但時間很準，而且耐用。

ばかにならない　軽く考えることはできない。

中不容輕視；不可小看。E not to be treated lightly.

☆ コーヒー代だってばかにならない。1杯300円のコーヒーを毎日飲めば、1カ月で9000円になる / 喝咖啡的錢可不能小看，如果每天喝一杯三百日圓的咖啡，那麼一個月就是九千日圓。

ばかになる　だめになる。働きが鈍くなる。

中不靈；失靈；不中用。E do not work properly.

☆ かぜをひいて、鼻がばかになる / 得了感冒，鼻子不通。

ばかを見る　つまらない思いをする。中吃虧；上當；倒楣。E feel like a fool.

☆ 父がほしがっていた本をさがして買って帰ったら、父はもう買って持っていた。一生懸命さがしてばかをみた / 找到父親想要的書，買回來後，發現父親已經買了，真是白費力氣。

…………………………………………

はかい【破壊】ハカイ〔～する〕　こわれること。こわすこと。中破壞。E destroy; demolish.

☆ 戦争で建物や道路などが破壊された/建築

物和道路等因戰爭而遭受破壞。

☆ 家庭を破壊する / 破壞家庭。

☆ 破壊力 / 破壞力。

[対] 建設

はがき【葉書】ハガキ　相手の住所、氏名と、知らせたいことを書いてポストに入れることができる、郵政省発行の長方形の紙。また、切手のをはって、それと同じように使えるもの。[中] 明信片。[E] a postcard.

☆ お世話になった人にお礼のはがきを書く / 寄明信片給關照過自己的人。

☆ 往復はがき / 往返明信片；附有回信用的明信片。

☆ 年賀はがき / 賀年名信片。

☆ 絵はがき / 風景明信片。

[数] 1枚・1通

ばか・げる　バカゲル〔自動一〕（「ばかげた[ている]」の形で）ばからしく感じられる。つまらなくみえる。[話] [中] 愚蠢；荒唐；無聊。[E] be absurd; be ridiculous.

☆ 入場券を買うのに前の晩から並ばなくてはいけないとは、まったくばかげている / 為買入場券必須從前一天晚上排隊，真是無聊得很。

☆ こんな絵1枚に3000万円も払うなんて、ばかげた話だ / 買一幅這種畫要付三千萬日圓，真是荒唐。

はが・す　ハガス〔他動五〕（はがして）　くっついているものをめくって取る。[中] 剝下；揭下。[E] peel off; tear off.

☆ 珍しい切手を封筒からはがして集める / 把罕見的郵票從信封上撕下收集起來。

☆ 塀にはられたポスターをはがす / 撕下貼在牆上的海報。

[自動] はがれる

ばか・す【化かす】バカス〔他動五〕（ばかして）　人をだまして心を迷わせる。[中] 欺騙；迷惑。[E] bewitch.

☆ この山には人を化かすキツネがいるそうだ / 據說這座山上有迷惑人的狐狸精。

[自動] 化ける

はかせ【博士】ハカセ　❶ あることについてよく知っている人。[中] 知識淵博的人；博學之士。[E] a learned person; an expert.

☆ 物知り博士 / 博學多聞的人。

☆ お天気博士 / 氣象博士。

❷ ⇨博士

☆ 博士号を取る / 取得博士學位。

はかど・る　ハカドル〔自動五〕（はかどって）　ものごとが順調に進んでいく。[中] 進展順利。[E] make good progress.

☆ きみが手伝ってくれたから、作業がはかどって時間内に終わった / 由於你的幫助而進展順利，已在預定時間內完成了工作。

☆ 勉強がはかどる / 讀書進展順利。

[対] 滞る

はかな・い　ハカナイ　❶ 消えてなくなりやすい。長く続かない。[中] 短暫；變幻無常。[E] transient; shortlived.

☆ 人の命ははかないものだ / 人生是短暫的；人生如夢。

☆ はかない恋 / 短暫的戀情。

❷ 実現しそうもない。確かでない。[中] 虛幻；不可靠。[E] empty; vain.

☆ 宝くじが当たるかもしれないというのは、はかない夢だった / 也許會中獎這事只不過是一場虛幻的夢。

☆ はかない望みをいだく / 抱有渺茫的希望。

はかばかし・い　ハカバカシイ　（「はかばかしく〜ない」の形で）ものごとが順調に進まない。[中] 沒有進展；沒有進行。[E] do not make much progress; do not have a good (appetite).

☆ 雨が多くて、工事がはかばかしく進まない / 因為雨天多，工程沒有進展。

☆ 暑さのせいで食欲がはかばかしくない / 由於酷熱，所以沒有什麼食欲。

ばかばかし・い　バカバカシイ　❶ まったく価値がなくて、つまらない。ばからしい。

は

[中]毫無價值；荒謬；愚蠢。[E] silly; absurd.

☆ タクシーに乗ったら、地下鉄より時間もお金もかかって、ばかばかしいことをしてしまった / 坐計程車比坐地鐵貴，又花時間，太不划算了。

❷ 程度をこえている。[中]不像話；胡鬧。[E] awful; extreme.

☆ ゆうべは送別会で、遅くまでばかばかしい大騒ぎをした / 昨晚歡送會上，鬧得天翻地覆，直到很晚。

はかま ハカマ 着物の上からはく、腰から足首までの長さの、ゆったりした衣服。[中]和服裙子；褲裙。[E] a *hakama*; a Japanese long pleated skirt worn over a *kimono*.

☆ 大学の卒業式には、はかまをはいて出席する / 我穿著傳統的褲裙禮服出席大學畢業典禮。

→羽織[図]

ばかやろう【ばか野郎】バカヤロー、バカヤロー けんかしたときなどに、怒ったり相手を見下したりして大声で言うことば。[話] [中]混蛋。[E] You fool!; Idiot!

☆ ばかやろう。黙って見てないで、さっさと手伝え！/ 混蛋，別呆呆地看著，快來幫忙！

[参] ふつうの会話では使わない。

はがゆ・い【歯がゆい】ハガユイ 思いどおりにならないで、いらいらする。[中]急死人；令人焦急。[E] feel impatient; feel irritated.

☆ 漢字がなかなか覚えられなくて、自分でもはがゆい / 漢字怎麼也記不住，自己也急壞了。

☆ 相手が悪いのに、怒らず、ただがまんしている父を、はがゆく思う / 對方那麼惡劣，父親卻不發怒只是一味忍耐，看了真令人焦急。

はかり ハカリ もののの重さを調べる道具。[中]秤；天平。[E] a balance; a scale.

☆ 荷物をはかりにかけて重さを調べる / 把行李放在秤上稱重量。

☆ はかりが狂っている / 天平不準。

☆ はかりの目盛り / 秤子的度數、秤星。

ばかり ❶(数や量を表すことばの後について)だいたいの数や量や程度を表す。[中]左右；上下。

☆ この道を100メートルばかり行くと銀行があります / 沿著這條路走一百公尺左右，就到銀行了。

☆ 10年ばかり前に引っ越してきた / We moved in about ten years ago. / 大約十年前搬到這裡來了。

❷(名詞、形容詞の基本形、形容動詞の「な」の形について、動詞は「〜てばかり」の形で)そのことだけということを表す。[中]只；僅；光；淨。

☆ お金のことばかり言う / He only talks about money. / 光說錢的事。

☆ テレビを見てばかりいる / 一直在看電視。

☆ 値段が高いばかりで、全然よくない / 光是價格貴，根本不好。

❸(動詞の基本形について)ほかは全部準備ができているが、そのことだけが残っていることを表す。[中]只等；只剩。

☆ 部屋もテーブルも客を待つばかりになっている / The rooms and tables are ready and just waiting for the guests. / 只等客人進屋入席。

☆ あとは出発するばかりだ / 接著就只等出發了。

❹(「〜したばかり」の形で)そのことが終わって時間がたっていないことを表す。[中]剛剛；剛才。

☆ いま、ここに着いたばかりだ / I've just arrived here. / 現在剛到這裡。

☆ 日本に来たばかりで、なにもわかりません / 剛到日本，什麼都不懂。

❺(「〜んばかり」の形で)〜しそうだ。〜とほとんど同じ状態だ。[中]幾乎要；快要；眼看就要；簡直要。

☆ 子供は泣かんばかりになって、広い公園で親をさがしている / The child is on the

verge of tears, searching the big park for his parents. / 孩子在公園裡四處找父母，急得快要哭出來。

☆ いやだと言わんばかりの顔 / 臉上露出厭煩的神色。

❻ (「〜ばかりに」の形で)ただそれだけが原因や理由であることを表す。中 唯有；只有。

☆ 試験に遅刻したばかりに、その科目は不合格になってしまった / I missed the examination just the reason for being late. / 只因為考試遲到，結果那門課就被當掉了。

☆ スキーがしたいばかりに、スキー場でアルバイトする / 只為了想滑雪，而到滑雪場打工。

参 ❷❹❻は強めて「ばっかり」ともいう。

はかりしれな・い 【計り知れない】ハカリシレナイ、ハカリシレナイ　どれぐらいか想像もできない。中 不可測量；不可估量。E imponderable; immeasurable.

☆ 戦争は人々にはかり知れないほどの苦しみと悲しみを与える / 戰爭給人們帶來無盡的痛苦和悲傷。

☆ この作品の完成の陰にははかり知れないほどの努力と苦労があった / 為完成這件作品，其背後隱藏著無法估計的努力和辛酸。

はか・る 【計る・測る・量る・図る】ハカル〔他動五〕(はかって)　❶ はかりやものさし、時計などを使って、重さ、量、長さ、時間などを知る。中 秤；量。E weigh; measure; time.

☆ 体重をはかる / 秤體重。

☆ 距離をはかる / 測量距離。

☆ 時間をはかる / 估計時間。

☆ 面積をはかる / 測量面積。

❷ 心の中で想像する。中 想像；推測；揣摩。E guess.

☆ テニスの試合に優勝できて大喜びしているだろうと娘の気持ちをはかる / 「網球比賽奪得冠軍，大概會讓她欣喜若狂吧。」(父母親)揣摩著女兒的心情。

☆ 推しはかる / 推測；猜測。(→項目)

❸ 工夫する。くわだてる。中 圖謀；策畫。E strive for; attempt.

☆ 問題の解決をはかる / 謀求解決之道；想辦法解決問題。

☆ 自殺をはかる / 企圖自殺。

▷ 名 計り・量り

注 漢字で書くときは、❶は「計る」「測る」「量る」、❷は「量る」、❸は「図る」。なお、❶で、「計る」は時間や数や量、「測る」は面積、高さ、距離など、「量る」は重さをはかるときに使う。

はか・る 【諮る・謀る】ハカル〔他動五〕(はかって)　❶ 自分の意見を人に検討してもらう。相談する。中 商量；磋商；協商。E refer (a plan) to; consult.

☆ 新しい企画を審議会にはかる / 將新計畫拿到審議會上商討。

☆ 親にはかって決める / 與父母商量後再決定。

❷ 計画的に人をだます。あざむく。中 謀算；欺騙。E deceive; take in.

☆ 敵をはかって捕まえた / 誘捕敵人。

☆ まんまとはかられた / 被巧妙地欺騙了。

注 漢字で書くときは、❶は「諮る」、❷は「謀る」。

はき 【破棄】ハキ〔〜する〕　❶ 破って捨てること。中 撕毀；廢棄。E destroy.

☆ 会社でいらなくなった書類を破棄する / 銷毀公司不需要的文件。

❷ いちど決めたことを、こちらのつごうで一方的に取り消すこと。中 取消；撤消。E annul; cancel.

☆ 契約を破棄する / 取消契約。

☆ 婚約を破棄する / 取消婚約。

☆ 条約を破棄する / 取消條約。

▷ 書

はきけ 【吐き気】ハキケ　食べたものをはき

たくなること。また、そのような不快な気持ち。中 噁心；想要嘔吐。E nausea; feel sick.

☆ 酒を飲みすぎて、はき気がする / 酒喝多了，想吐。

☆ ひどい交通事故の現場を見て、はき気を催した / 看了嚴重車禍的現場後感到噁心。

はきだ・す【吐き出す】ハキダス、ハキダス〔他動五〕(はきだして) ❶ 口や胃の中に入れたものを口から外へ出す。中 吐出。E vomit; spit out.

☆ 嫌いなものを食べさせると、赤ん坊ははきだしてしまう / 餵嬰兒吃他討厭的東西，他就會吐出來。

❷ 中から外へ出す。中 冒出；噴出。E send up; emit.

☆ 煙突から煙をはきだす / 煙囪冒煙。

❸ 蓄えている金やものを出す。中 拿出。E release.

☆ ためていた金をはきだしてマンションを買う / 拿出存款買高級公寓。

❹ 思っていることを全部言う。中 傾吐出來；完全說出。E speak out one's mind.

☆ 上司にいままでの不満を全部はきだして、会社をやめた / 向上司說出至今所有的不滿後辭職了。

はきはき　ハキハキ〔～する〕　ことばや態度が明るくはっきりしているようす。中 乾脆；爽快；明朗。E briskly; clearly.

☆ 係員がはきはきした応対をして仕事を処理している / 辦事員以敏捷的態度處理著工作。

☆ はきはき(と)ものを言う / 說話爽快。

はきもの【履物】ハキモノ　靴、げた、スリッパなど、歩くために足にはくもの。中 鞋子類；腳穿的東西。E footwear.

☆ 玄関で、はきものをぬいで家の中に入る / 在大門口脫了鞋後再進屋。

☆ はきもの屋 / 鞋店；鞋商。

数 1足

は・く【吐く】ハク〔他動五〕(はいて) ❶ 呼吸するために息を口や鼻から出す。中 吐；呼；呼吸。E breathe out.

☆ 走り終わった選手たちは荒い息をはいている / 跑完全程的選手們呼吸急促。

☆ ゆっくりと息をはく / 慢慢地吐氣。

対 吸う

❷ 口や胃の中にあるものを口から外へ出す。中 嘔吐。E vomit.

☆ バスに酔って食べたものをはく / 因為暈車，而吐出吃的東西。

☆ 血をはく / 吐血。

❸ 中にあるものを外へ出す。中 冒出；噴出。E belch out.

☆ 火山が煙をはいている / 火山正在噴煙。

❹ 口に出して言う。中 說出；吐露。E disclose.

☆ とうとう本音をはいた / 終於說出真心話。

は・く【掃く】ハク〔他動五〕(はいて)　ほうきやブラシなどでごみなどを除く。中 掃；打掃。E sweep.

☆ 庭を掃いて落ち葉を集める / 打掃庭院，收集落葉。

☆ ほうきで部屋を掃く / 用掃帚打掃房間。

☆ 掃きだす / (將塵土、垃圾等)清掃出去；掃除。

は・く【履く】ハク〔他動五〕(はいて)　靴やげたなどのはきものを足につける。中 穿(鞋或木屐等)。E put on.

☆ ゆかたを着てげたをはく / 穿上浴衣後，再穿木屐。

☆ ジョギングシューズをはいて走る / 穿上慢跑鞋去跑步。

対 脱ぐ

は・く　ハク〔他動五〕(はいて)　衣類を腰から下につける。中 穿。E put on; wear.

☆ 長いスカートをはく / 穿長裙。

☆ 靴下をはく / 穿襪子。

対 脱ぐ

はぐき【歯茎】ハグキ　歯の根もとを包んで

いる肉。中牙床；牙齦。E the gums.

☆ 歯をみがいていたら、歯茎から血が出た/刷牙時牙齦出血了。

☆ 歯茎をむきだしにする/露出牙齦。

はぐく・む ハグクム〔他動五〕(はぐくんで)

❶ 親鳥がひなを羽で包んで育てる。また、人が子供をたいせつに養い育てる。中養育。E brood over; bring up.

☆ 夫婦のハトがひなをはぐくんでいる/公鴿與母鴿在孵小鴿。

☆ 両親の愛にはぐくまれて大きくなった/在父母的呵護下長大。

❷ 発展するように保護する。中維護；保護。E cultivate; foster.

☆ 子供の独立心をはぐくむ/培養孩子的自立能力。

☆ 自由の精神をはぐくむ社会/維護自由精神的社會。

はくさい【白菜】ハクサイ、ハクサイ　野菜の一種。葉先が薄い緑色で根もとが白く、葉が重なり合ってかたまっている。日本料理、中華料理によく使う。中白菜。E a Chinese cabbage.

☆ なべ料理やキムチに白菜は欠かせない/做火鍋和韓國泡菜時，白菜是不可缺少的。

はくし【白紙】ハクシ　❶ なにも書いていない紙。中白紙；空白的紙。E a blank sheet of paper.

☆ きょうの試験はとてもむずかしく、白紙のまま出した/今天的考試很難，(我)交了白卷。

❷ あることについて、前もって知ったり考えたりしないこと。中事前沒有成見；沒有準備。E an open mind.

☆ 話し合いには白紙の状態で出席し、両方の意見を聞いてから結論を出したい/在事先沒有成見的情況下出席會議，想先聽取雙方意見後再下結論。

❸ なにもなかったもとのままの状態。中原狀。E the original condition.

☆ 地元住民の反対が強いので、道路をひろげる計画は白紙にもどした/由於當地居民強烈抗爭，道路拓寬計畫又回到原點。

☆ 白紙撤回/go back to square one./一律作廢。

▷ 数❶ 1枚

はくし【博士】ハクシ　❶ 専門の学問について深く研究し、論文審査に合格した人に与えられる学位。博士号。また、それを持っている人。はかせ。中博士。E a doctor's degree; a doctor.

☆ 道子は女性教育史に関する論文で博士を取った/道子憑著關於女性教育史的論文取得了博士學位。

☆ 博士論文/博士論文。

❷「博士課程」を略した言い方。中博士課程。E a doctoral course.

☆ 来年、修士を終えたら、博士に進むつもりだ/明年修完碩士班後想唸博士班。

▷ 関連❶ 学士、修士

はくしき【博識】ハクシキ　いろいろな知識を、広く持っていること。中博學多識。E learned; wide knowledge.

☆ 祖父はとても博識で、なにをきいても知らないことはない/祖父博學多識，無論問什麼，他沒有不知道的。

はくしゃをかける【拍車をかける】　ものごとの速度や勢いをいっそう速めたり強めたりする。中加速；加快；促進。E spur on; accelerate.

☆ 結婚したがらない女性の増加が、出生率の減少にさらに拍車をかけている/不想結婚的女性人數遞增，使出生率更加速降低。

参「拍車」は、馬に乗るときにはく靴のかかとにつける歯車のようなもの。

はくしゅ【拍手】ハクシュ〔～する〕　両手を何度も打ち合わせて音を出し、ほめたり喜んだりする気持ちを表すこと。中拍手；鼓

は

掌。E applause; clap one's hands.

☆ 人々は勝ったチームをあらしのような拍手で迎えた/人們以熱烈的掌聲迎接勝利的隊伍。

☆ 拍手の喝采/cheering and clapping./拍手喝采。

はくじょう【白状】ハクジョー〔～する〕 自分の罪や人に隠していたことを正直に言うこと。中 坦白；招認；供認。E confess; own up.

☆ 男は警察官の取り調べに、人をひいて逃げたことを白状した/在警方的審問下，男子供認了撞人後逃逸的事實。

☆ 一郎はみなの前で洋子が好きだと白状した/一郎在大家面前坦承喜歡洋子。

はくじょう【薄情】ハクジョー 心が冷たく、相手のことを考える気持ちが少ないこと。中 薄情；薄幸。E coldhearted; heartless.

☆ 薄情にも青年は、助けを求めている老人を見捨てて行ってしまった/無情的青年悻悻離去不理睬正在求助的老人。

ばくぜん【漠然】バクゼン （「漠然と」の形で)話の内容や、考え、気持ちなどがはっきりしないようす。中 含糊；含混；籠統。E vague; obscurely.

☆ 漠然とした説明だったので、具体的なことはなにもわからなかった/因為解釋得很含糊，所以具體的內容無法得知。

☆ 将来のことを漠然と考える/以模糊的心境考慮將來的事情。

参 改まって「漠然たる不安」のように表現することもある。

ばくだい【莫大】バクダイ 数や量が非常に多いようす。中 龐大；巨大。E huge; enormous.

☆ 地下鉄工事には莫大な費用がかかる/興建地鐵工程需要龐大的費用。

☆ 戦争で消費される金額は莫大だ/因戰爭而消耗的金額是龐大的。

ばくだん【爆弾】バクダン 落としたり投げたりして、中につめた火薬を爆発させ、人やものを破壊するもの。中 炸彈。E a bomb.

☆ 戦争中、爆弾でたくさんの人が殺された/戰爭中很多人被炸彈炸死。

☆ 原子爆弾/原子彈。(→原爆 項目)

爆弾を抱える 危険や心配ごとを持っている。中 潛伏著危機；隨時可能出現的危險。E have some danger or worry.

☆ 心臓病という爆弾をかかえているので、毎日、養生に努めている/因為有心臟病潛伏的危機，所以一直努力療養。

ばくだんはつげん【爆弾発言】バクダンハツゲン 人を非常に驚かすことを突然言うこと。中 爆炸性的發言。E a bombshell remark.

☆ 社長は、今年じゅうに社員を半分に減らすと爆弾発言をした/總經理做了爆炸性的發言，說今年內要裁員一半。

ばくち バクチ ❶金や品物をかけて勝負をすること。中 賭博。E gamble.

☆ ジョンはラスベガスでばくちをして500ドルもうけた/約翰在拉斯維加斯賭博賺了五百美元。

☆ ばくちを打つ(=ばくちをする)/賭博(=打賭)。

❷ 成功する可能性は低いが、もし成功すると大きな利益になるようなやり方。中 孤注一擲。E a risk; a gamble.

☆ 新人の京子を映画の主役に選んだのは、会社にとって大きなばくちだ/選新人的京子作電影主角，對公司來說是一大賭注。

はくちゅう【伯仲】ハクチュー〔～する〕 2つのものの実力がだいたい同じで、どちらがすぐれているか、おとっているか判断がつけられないこと。書 中 伯仲；不分上下；力量相當。E be equally matched.

☆ 選挙の結果、保守党が158名、革新党が155名で、両党の勢力は伯仲している/選舉結果，保守黨一百五十八席，革新黨一百五十五席，兩黨勢力在伯仲之間。

はくはつ【白髪】ハクハツ 白くなった髪の

毛。中白髮。E white hair; gray hair.

☆ 心配ごとがたくさん重なって、父はすっかり白髪になってしまった／因為有許多心事，父親頭髮全白了。

☆ 白髪の老人／白髮老人。

参「しらが」も意味は同じだが、「しらが」が全体についても、「しらがを１本見つけた」のように１本だけにもいうのに対して、「はくはつ」は白くなった髪全体についていう。

ばくはつ【爆発】バクハツ〔～する〕 ❶大きなエネルギーが熱、音、光などと一緒に瞬間的に噴き出ること。中爆炸。E an explosion.

☆ 花火工場で爆発があって、工場の屋根が吹き飛んだ／煙火工廠發生爆炸，工廠的房頂都炸飛了。

☆ 爆発物／爆炸物。

☆ 核爆発／核爆炸。

❷おさえていた感情がいっぺんに外に出ること。中爆發。E (dissatisfaction, anger) explode.

☆ 国民の不満が爆発して大きな反政府デモが起こった／國民的不滿情緒爆發，發起了大規模反政府遊行。

☆ 怒りを爆発させる／爆發憤怒。

ばくふ【幕府】バクフ 鎌倉、室町、江戸時代に将軍が政治をした所。また、その政治組織。中幕府。E the shogunate.

☆ 源頼朝は1192年に鎌倉に幕府を開いた／源賴朝於1192年在鎌倉建立幕府。

☆ 江戸幕府が倒れてから日本の近代化は始まった／江戶幕府結束後，日本開始現代化。

はくぶつかん【博物館】ハクブツカン、ハクブツカン 歴史、自然、芸術、科学など人間の暮らしに関係のあるいろいろなものを並べて多くの人に見せる所。中博物館。E a museum.

☆ 外国を旅行したら、その国の歴史や生活を知るために博物館を見ることにしている／到國外旅行，為了解該國歷史與生活，一定去參觀博物館。

☆ 自然博物館／自然博物館。

☆ 大英博物館／大英博物館。

はぐらか・す ハグラカス〔他動五〕(はぐらかして) 正面から答えようとせず、中心点をはずして言いのがれる。中岔開；支吾。E dodge; evade.

☆「優勝の自信は？」ときかれた横綱は、「すもうは取ってみなければわかりません」とはぐらかした／被問及是否「有勝利的自信。」橫綱岔開話題答道：「相撲不摔就不知道。」

☆ 答えをはぐらかす／支支吾吾地；答非所問。

はくらんかい【博覧会】ハクランカイ １つのテーマを決めて、それに関するものを並べたり催し物をしたりして、多くの人々に見せる会。中博覽會。E an exposition; an exhibition; a fair.

☆ 交通と通信をテーマとする博覧会が開かれている／以交通與通訊為主題的博覽會正在舉行。

☆ 万国博覧会／萬國博覽會；國際博覽會。(→項目)

はくりょく【迫力】ハクリョク 人の心に強く働きかける力。中動人的力量；扣人心弦。E power; appeal.

☆ あの映画の戦争の場面は本物以上の迫力があって、とてもこわかった／那部電影中的戰爭場面比真實的畫面更加扣人心弦，相當可怕。

☆ 迫力に欠ける／缺乏氣魄。

☆ 迫力のある演技／動人的演技。

はぐるま【歯車】ハグルマ ❶まわりにとがった歯のようなものを持つ車。２つの車の歯と歯をかみ合わせて、ものの動きの速さを変えたり、動きをほかに伝えたりするのに使う。中齒輪。E a gear.

〔歯車❶〕

☆ この工場ではたくさんの歯車を使って重いものを動かしている/在這家工廠使用許多齒輪來移動重物。

❷ 組織などの全体をつくっている１つ１つの部分。中 一部分；零件。E a cog.

☆ 歯車の１つにはなりたくないので、独立して自分の会社をつくった/因為不想屈居人下，於是出來自行創業。

☆ 歯車がかみ合わない(=ものごとがうまく進んでいかない)/齒輪不合(事情無法順利進展下去)。

はぐ・れる ハグレル〔自動一〕 ❶ 連れの人を見失って離れ離れになる。中 (與同行者)走散。E lose sight of; get separated from.

☆ 人ごみの中で、友達とはぐれてしまった/在人群中與朋友走散了。

☆ 親にはぐれて迷子になった子が泣いている/與父母走散而迷路的孩子正在哭泣。

❷ (動詞の「ます」形について)～しそこなう。失敗する。中 失敗；沒有成功。

☆ 遅くまで飲んでいて終電車に乗りはぐれた/I drunk until late at night and missed the last train./喝酒喝到深夜，沒趕上末班電車。

☆ 仕事に追われて夕食を食いはぐれた/因忙於工作沒趕上吃晚飯。

ばくろ【暴露】バクロ、バクロ〔～する〕隠していたことや、つごうの悪いことが表れてしまうこと。また、他人の秘密などを外に表し出すこと。中 暴露；洩漏；揭露。E reveal; disclose.

☆ おまえの過去を暴露するぞとおどして金を取る/威脅說「要洩漏你過去的秘密」，以此來勒索錢財。

☆ 暴露記事/揭露真相的報導。

はげし・い【激しい】ハゲシイ ❶ 勢いがたいへん強い。中 激烈；強烈；猛烈。E violent; fiery.

☆ 外は激しい風が吹いている/外面風颳得很猛。

☆ 三郎は気性が激しくて、すぐ大声でどなる/三郎脾氣暴躁，動不動就大發雷霆。

❷ 程度がたいへんひどい。中 厲害；很；甚。E acute; rapid.

☆ 歯の激しい痛みで１晩じゅう眠れなかった/因牙齒疼得厲害，整個晚上都沒睡著。

☆ 世界情勢が激しく変化する/世界局勢發生劇烈的變化。

バケツ (bucket) バケツ 水などを入れて手にさげて運ぶ容器。中 水桶。E a bucket.

☆ このバケツの水を使って掃除をしてください/請使用這桶水清掃。

☆ 雨もりをバケツで受ける/用水桶接漏雨。

ばけのかわがはがれる【化けの皮がはがれる】いままで隠していた、よくない本当の性格や素性が知られてしまう。中 假面具被揭開；原形畢露。E betray oneself; be unmasked.

☆ 大金持ちだと言っていた伯父の化けの皮がはがれて、本当はかなりの借金をかかえていることがわかった/自稱是大富翁的伯父，假面具被揭穿了，實際上他欠了一身債。

はげま・す【励ます】ハゲマス〔他動五〕(はげまして) ❶ 元気をつけてやる。ふるいたたせる。中 鼓勵；激勵；勉勵。E encourage; cheer up.

☆ 疲れて歩けないという生徒を、もうすぐ頂上だ、がんばれ、と励ます/鼓勵那個喊累且走不動的學生說：「馬上就到山頂了，加油!」

☆ 病気の妹を励ます/鼓勵生病的妹妹。

❷ (「声を励ます」の形で)声を強くする。中 厲聲；提高嗓門。E raise one's voice.

☆ 試合に負けそうなので、声を励まして応援する/眼看要輸掉比賽，所以提高嗓門大聲助威。

▷ 名 励まし 自動 励む

はげ・む【励む】ハゲム〔自動五〕(はげんで) 一生懸命に努力する。精出す。中 努力；奮勉；

勤勉。[E] devote oneself to.

☆ 休日も休まず仕事に励む / 連假日也不休息努力地工作。

[対]怠る [名]励み [他動]励ます

は·げる ハゲル〔自動一〕 ❶ 髪の毛が抜け落ちて、頭の皮膚が見えるようになる。[中]禿；頭髮脫落。[E] get bald.

☆ 父は50歳を過ぎて頭がはげてきた / 父親年過五十歲，才開始掉頭髮。

❷ 山などに草木がなくなって地面が現れる。[中]禿。[E] become bare.

☆ 緑だった山々が開発ですっかりはげてしまった / 原來翠綠的山巒因開發而完全變禿了。

☆ はげた山に木を植える / 在禿山上種樹。

▷ [名]はげ

は·げる ハゲル〔自動一〕 ❶ ぬってあるものや、はってあるものが取れて離れる。[中]剝落；脫落。[E] peel off; come off.

☆ めっきがはげて、ネックレスが金でないことがわかった / 待鍍金脫落才知項鍊非純金所打造。

☆ おしろいがはげる / 脫妝、粉底脫落。

☆ ペンキがはげたベンチ / 油漆脫落的長凳。

❷ 日光にさらされて色が薄くなる。[中]褪色。[E] fade.

☆ このジーンズは何度も洗濯をして色がはげてきた / 這牛仔褲洗了好幾次後，漸漸褪色了。

▷ [他動]はぐ

ば·ける 【化ける】バケル〔自動一〕 ❶ 形を変えて、ほかの姿になる。[中]化；變。[E] take the shape of.

☆ キツネは娘に化けて旅人をだました / 狐狸化身為姑娘來欺騙旅行客。

☆ 化けて出る / 化身出現。

❷ 本当の自分を隠してふるまう。また、姿を変えて別の人のように見せる。[中]化裝；喬裝。[E] disguise oneself as; pretend.

☆ 警官に化けて現金輸送車をうばう / 喬裝成警官搶劫現金運鈔車。

☆ 三郎は学生に化けて、A大学で講義を聞いている / 三郎扮成學生模樣在A大學聽課。

❸ まったく違ったものに変わる。[中]化成；變成。[E] change itself into.

☆ ボーナスがオートバイに化けた / 用獎金買下摩托車。

▷ [名]化け [他動]化かす

はけん 【派遣】ハケン〔～する〕 人をある目的のために決められた場所に行かせること。[中]派遣。[E] dispatch; send.

☆ 政府はパリで開かれる国際会議に代表を派遣した / 政府派遣代表出席在巴黎舉行的國際會議。

☆ オリンピックに選手を派遣する / 派遣選手參加奧運。

☆ 派遣団 / 派遣團；派遣代表團。

[対]召還

はこ 【箱】ハコ 木や紙などでつくった、ものを入れてしまっておくための器。[中]箱子；盒子。[E] a box; a case.

☆ この箱の中にはたくさんの本が入っている / 這個箱子裡裝了許多書。

☆ 箱入りのチョコレート / 盒裝巧克力。

☆ 箱のふた / 盒蓋。

☆ ごみ箱 / 垃圾箱。

→ケース

はこ·ぶ 【運ぶ】ハコブ〔自他動五〕(はこんで) ❶ ものごとが調子よく進む。[中]進展。[E] progress; go on well.

☆ 会議がうまく運んで予定より早く終わった / 會議進展順利比預定提早結束。

❷ ものを持ったり車に積んだりしてほかの場所に移す。[中]搬；運。[E] carry; transport.

☆ 荷物をトラックで運ぶ / 用卡車運送行李。

☆ 客間へお茶を運ぶ / 將茶送到會客室。

❸ ものごとを進める。はかどらせる。[中]推進。[E] promote.

☆ 計画どおりに仕事を運ぶ/工作按計畫進行。

❹ (「足を運ぶ」の形で)そこまで行く。中 移步；前往。E go.

☆ 毎日図書館へ足を運ぶ/每天去圖書館。

▷ 名 運び

注 ❶は自動詞、❷❸❹は他動詞。

バザー (bazaar) バザー　金を集めるために、人々から寄付されたものや自分たちでつくったものを売る催し。中 義賣會。E a bazaar.

☆ 生活に困っている人を助けるためにバザーを開く/為幫助生活困苦的人舉辦義賣會。

☆ 衣類や食器をバザーに出す/將衣服及食具等拿到義賣會出售。

はさみ ハサミ　２枚の刃でものをはさんで切る道具。中 剪刀。E scissors.

☆ このはさみでは厚い紙は切れない/這把剪刀不能剪厚紙。

☆ 花ばさみ/修剪花草樹枝的剪刀。

数 1丁

はさ・む【挟む】ハサム〔他動五〕(はさんで)

❶ ものとものとの間に置く。中 隔。E sandwich ~ between; across.

☆ 川をはさんで２軒の家が建っている/隔著河建了兩棟房子。

☆ ビルにはさまれて、日が当たらない部屋/夾在大樓之間，日光照不進來的房間。

❷ ものとものとの間に入れて落ちないようにする。中 夾。E put (under one's arm); pick up.

☆ 体温計をわきの下にはさむ/把體溫計夾在腋下。

☆ はしではさむ/用筷子夾。

❸ ものを間に差し入いれる。中 夾；插。E put ~ in; put ~ between.

☆ 本の間に写真をはさむ/把照片夾進書本裡。

☆ パンの間にハムと野菜をはさむ/在麵包中夾火腿和蔬菜。

☆ はさみこむ/插入；夾進。

❹ 間に差し入れて両側から強く押さえる。中 擠；夾。E catch ~ in.

☆ ドアに指をはさんでしまった/手指夾在門縫中了。

❺ (「耳にはさむ」の形で) ⇨耳 慣用

❻ (「口をはさむ」の形で)途中でことばを入れる。中 插嘴。E break in; put in a word.

☆ 関係のない人は口をはさまないでほしい/與此事無關的人請別插嘴。

▷ 自動 挟まる

はさん【破産】ハサン〔～する〕 財産を全部なくしてしまうこと。中 破產。E bankruptcy.

☆ 財産を全部使って会社をつくったが、失敗して破産してしまった/拿出全部財產創立公司，但經營失敗而破產了。

☆ 破産宣告/宣告破產。

☆ 破産者/破產者。

はし【端】ハシ　❶ ものや場所の、中心からいちばん遠く離れた部分。はじ。中 邊；邊緣；角。E the edge; the border.

☆ 会場のはしのほうにすわったため、真ん中で話している人の声がよく聞こえなかった/由於坐在會場的邊緣，所以聽不清楚中間說話人的聲音。

❷ 細長いものや場所の、真ん中から離れた部分。中 頭；端。E an end; a side.

☆ 建物のはしからはしまで10メートルある/從建築物的一端到另一端共有十公尺。

☆ ことばのはし(=話しているときに使われたちょっとしたことば)/話碴兒(=說話時使用的小話題)。

はし【橋】ハシ　川や湖、道路、谷などの一方から他方へかけて人や車が横切れるようにしたもの。中 橋；橋樑。E a bridge.

☆ 川に橋をかける/在河上架橋。

☆ 橋を渡る/過橋。

☆ 橋のたもと/橋頭。

☆ 石橋/石橋。

数 1本

はし ハシ 食べ物などをはさむための2本の細い棒。中 筷子。E chopsticks.

☆ 豆を1つずつはしでつまんで食べる / 用筷子夾起豆子一粒一粒地吃。

☆ はしをつける(=食べはじめる) / 動筷子(=開始吃飯)。

☆ 割りばし / 衛生筷子；免洗筷子；用時劈成兩支的簡易木筷。(→項目)

数 1膳 →食器図

はし[箸]にも棒にもかからない 問題にもならないほど能力や程度がひどくおとっている。中 無法對付；軟硬不吃。E be below criticism.

☆ 展覧会に出したいと見せにきた絵だが、下手ではしにも棒にもかからない/因想把畫拿到展覽會上，而先拿來看看，但是它拙劣得無法見人。

はじ【恥】ハジ 常識のない、名誉を失うようなことをしてしまうこと。また、それを他人に見られたくないと思う心。中 恥辱；羞恥；丟人。E shame; disgrace.

☆ 他人のものを盗むようなことをすれば、家族全体の恥だ/盜竊他人物品是家族之恥。

自動 恥じる

恥をかく 恥と思われることをして情けない思いをする。中 出醜；丟臉；丟人。E disgrace oneself.

☆ コーラスで、1人だけ先に歌いはじめてしまって恥をかいた/合唱時我因搶拍子先唱而出了洋相。

対 恥をかかせる

はじ・く ハジク〔他動五〕(はじいて) ❶ はねかえす力でものを打つ。中 彈；撥弄。E flip; rebound.

☆ 車が小石をはじきとばして走り去った / 車子碾飛碎石，奔馳而去。

❷ 寄せつけない。はねかえす。中 防；抗；排斥。E repel.

☆ 水をはじくレーンコート / 防水雨衣。

▷ 自動 はじける

はしくれ【端くれ】ハシクレ グループの中にはいるが、いてもいなくてもいいような役に立たない存在。話 中 地位低的人；能力差的人。E a piece of ~; a petty ~.

☆ 医者のはしくれとしてこの病院に勤めはじめてから5年になります / 作為醫生中的無名小卒在這家醫院開始行醫，已有五年之久。

☆ 芸術家のはしくれ / 藝術家中的無名小卒。

三 参 おもに謙遜していうときに使う。

はしご ハシゴ ❶ 高い所に上るための道具。2本の棒の間に直角にいくつもの横棒をつけたもの。中 梯子。E a ladder.

☆ はしごをかけて屋根に上る / 架梯子上屋頂。

〔はしご❶〕

☆ はしご段 / 樓梯。

❷「はしご酒」を略した言い方。酒場をつぎからつぎへと飲み歩くこと。中 由這家喝到那家；串酒館。E barhopping.

☆ ゆうべは4軒もはしごをして、家に帰ったのは午前2時だった / 昨晚去四家酒館喝酒，到家時已是凌晨兩點了。

▷ 数 ❶ 1台

はじさらし【恥さらし】ハジサラシ 恥となることをして多くの人に知られ、関係者にも不愉快な思いをさせること。また、その人。中 當衆出醜；出醜。E a disgrace; a shame.

☆ なにをしてもいいが、悪いことをして警察に捕まるような恥さらしなことだけはしないでくれ / 做什麼都可以，但千萬別做壞事，尤其像被警察逮到那樣丟人現眼的事可千萬別做。

はしたな・い ハシタナイ 礼儀にはずれていて、品がない。中 卑鄙；下流；粗俗。E vulgar; shameful.

☆「あんた」と呼ぶのははしたないから、「あなた」と言いなさい／叫「あんた」的話顯得粗俗，要說「あなた」。

はじま・る【始まる】ハジマル〔自動五〕(はじまって)　❶ものごとが新しく起こる。中開始。E begin; start.

☆ 新学期が始まる／新學期開始了。

☆ 戦争が始まる／戰爭開始了。

対終わる

❷ (おもに「始まった」の形で)習慣のようになっている動作が起こる。くせが出る。中犯老毛病；習慣動作。

☆ また始まった。つめをかむのはやめなさい／又來了，不要咬指甲。

☆ またきみのくせが始まった／There you go again!／你的老毛病又犯了。

❸ (「～ても始まらない」の形で)そんなことをしてもむだだ。中做～也無用。

☆ いまごろ後悔しても始まらない／It's too late to regret now.／事到如今後悔也無濟於事。

▷ 名始まり　他動始める

はじめ【初め・始め】ハジメ　❶始めること。続いていくことの最初のところ。中開始；開頭；最初。E the beginning.

☆ ８月の初めは30度以上の日が続き、とても暑かった／八月初，每日持續三十度以上的高溫，非常炎熱。

☆ 年の初め／年初。

☆ 仕事始め(＝正月休みが終わり、新しい年になってはじめて仕事をする日。また、仕事をすること)／新春開工日(＝正月假期結束，新的一年開始工作的日子。或指開始上班)。

対終わり、末

❷ (「～をはじめ」の形で)多くあるものの中で、～を中心として。中以～為首。E ～ and; from ～ down.

☆ 校長先生をはじめ先生方によろしくお伝えください／請代為問候校長等諸位師長好。

▷ 他動始める

注 漢字で書くときは、❶で時間的な順序として先のほうをいうばあいは「初め」、動作に関係のあるばあいは「始め」。❷はひらがなで書く。

はじめて【初めて】ハジメテ　第１回目に。そのとき新しく。中初次；第一次；頭一次。E for the first time; do not ~ until.

☆ はじめて飛行機に乗って、とても緊張した／第一次坐飛機非常緊張。

☆ 子供を持ってはじめて、親の苦労がよくわかった／自己有了孩子，才開始明白父母的辛勞。

はじめまして【初めまして】ハジメマシテ　はじめて会う人に言うあいさつのことば。話中您好，幸會幸會。E How do you do?

☆ はじめまして。山田と申します。どうぞよろしくお願いします／幸會幸會，我叫山田，請多關照。

はじ・める【始める】ハジメル〔他動一〕

❶ ものごとを新しく起こす。中開始。E start; begin.

☆ 来年から新しい仕事を始める／從明年起開始新的工作。

対終える、終わる

❷ (動詞の「ます」形について)その動作を起こす。中開始～。

☆ 咲きはじめる／begin to bloom.／花蕾開始綻放。

☆ 遊びはじめる／開始玩。

☆ 書きはじめる／開始寫。

対終える、終わる

▷ 名始め　自動始まる

はしゃ・ぐ ハシャグ、ハシャグ〔自動五〕(はしゃいで)　うれしくて浮かれて騒ぐ。中喧鬧；歡鬧。E romp about; make merry.

☆ 子供たちは出かけるのがうれしくてはしゃいでいる／孩子們可以出去玩，樂得又蹦又跳。

☆ はしゃぎまわる／歡呼雀躍；蹦蹦跳跳。

ばしょ【場所】バショ ❶なにかがある所。なにかをする所。中 場所；地方；地點。E a place; a location.

☆ 通勤に便利な場所にアパートを見つけた/在方便上班的地方找到公寓。

☆ 荷物の置き場所/放行李的地方。

❷ いる所。すわる所。中 座位；席位。E a seat; a place.

☆ 今夜の音楽会は自由席だから、早く行っていい場所を取っておこう/今晚的音樂會沒有對號入座，所以要早點去佔個好位子。

☆ 場所をゆずる/讓座。

はしょ・る ハショル〔他動五〕(はしょって)

❶ 着物のすそを持ち上げて、帯などにはさみこむ。中 撩起來。E tuck up; hitch up.

☆ 歩きやすいように着物のすそをはしょる/為行走方便而把和服的下襬撩起來。

☆ しりをはしょった姿/撩起後衣服下襬的樣子。

❷ 省いて短くする。中 簡化；省略。E cut short.

☆ 前後をはしょって、要点だけ説明する/省略前後內容，只說重點。

☆ 話をはしょる/長話短說。

▷ 話

はしら【柱】ハシラ、ハシラ ❶建物の屋根など、上のほうにあるものを、まっすぐに立てて支える棒。中 柱子。E a pillar; a post.

☆ このお寺の柱には直径30センチもの太い木が使われている/這個寺院的柱子使用直徑三十公分的巨木。

❷ ものごとの中心となるものや人。中 靠山；頂樑柱。E a support; a stay.

☆ 父が死んだあと、母が一家の柱として働いている/父親死後，母親成為家庭經濟的支柱。

▷ 数❶1本

はしりがき【走り書き】ハシリガキ〔～する〕急いで字を書くこと。また、その書いたもの。中 匆忙書寫；潦草書寫。E write hurriedly; scrawl.

☆ 時間がないから走り書きで要点だけを書く/因為沒有時間，所以只草草記下重點。

☆ 走り書きなので読みにくい/書寫潦草很難看懂。

はし・る【走る】ハシル〔自動五〕(はしって) ❶人や動物が足を速く動かし、後ろへけるようにして進む。中 跑。E run.

☆ 草原を馬が走る/馬在草原馳騁。

☆ 運動場を3周走る/繞運動場跑三圈。

❷ 速いスピードで動き進む。中 快速行駛。E travel; run.

☆ 光は1秒間におよそ30万キロ走る/光速一秒大約跑三十萬公里。

☆ この新車はよく走る/這輛新車很會跑。

❸ 逃げていく。中 逃走；逃跑。E flee; go to live with.

☆ 家を出て恋人のもとへ走る/離家出走投奔情人。

❹ ある方向へかたよって進む。中 傾向；偏重於～。E be carried away by.

☆ 感情に走って子供をなぐってしまった/一時感情失控打了孩子。

☆ 空想に走る/陷入空想。

❺ 道など細長いものが、ある方向にのびる。中 通過；流向；走向。E run; stretch.

☆ 平野を鉄道が走っている/鐵道穿越原野。

☆ 日本列島を南北に山脈が走っている/南北走向的山脈穿越日本列島。

▷ 名走り

は・じる【恥じる】ハジル〔自他動一〕❶自分のしたことを恥ずかしく思う。中 害羞；羞愧；慚愧。E feel ashamed.

☆ 子供にうそをついてしまったことを恥じている/因向孩子撒謊而感到慚愧。

☆ 良心に恥じる/愧對良心。

❷ (「恥じない」の形で)期待を裏切らない。

は

背かない。[中] 不愧；無愧。[E] be worthy of; well deserve.

☆ 専門家の名に恥じない豊富な知識/不愧為專家，知識相當豐富。

☆ 横綱として恥じないすもうを取る/他的相撲無愧於他的横綱身份。

▷ [名] 恥 →はにかむ

はず ハズ そのようになるのが当然であるということ。また、そのような推測。[中] 應該；理應；會。[E] ought to; be supposed to.

☆ 1週間前に国の妻に手紙を出したのだから、もう着いているはずだ/一週前給妻子寄的信，應當已經收到了。

☆ 社長はあすタイへ出発するはずだ/總經理明天會出發去泰國。

バス (bath) バス 洋風の、体を横にして入る浅いふろおけ。また、ふろ場。[中] 西式浴池；浴缸；洗澡間。[E] a bath.

☆ バスを使ったあとはお湯を流しておく/用完浴缸後將熱水放掉。

☆ このホテルのバスは広くて、のびのびできる/這家飯店的浴缸很大可以舒適地使用。

☆ バス、トイレつき/配有浴室及洗手間設備。

☆ バスタオル/浴巾。

バス (bus) バス 多くの人を乗せる大型の自動車。[中] 公車。[E] a bus.

☆ 家から電車の駅までバスで15分かかる/從家到電車車站坐公車要十五分鐘。

☆ バス旅行/乘大巴士旅行。

☆ 観光バス/遊覽巴士。

[数] 1台 →停留所[図]

バスに乗り遅れる 世の中の移り変わりに遅れる。[中] 落伍，跟不上時代。[E] miss the bus.

☆ 久しぶりに都会へ出ると、なにもかも目まぐるしくて、バスに乗り遅れてしまった自分を感じる/許久後重返都市，格外新奇，目不暇給，感到自己跟不上時代。

パス (pass) パス ❶〔～する〕スポーツ競技で、ボールを味方に送り渡すこと。[中] 傳球。[E] pass (the ball).

☆ ラグビーではボールは自分より後ろにいる人にパスする/玩橄欖球時要將球傳給在自己身後的人。

☆ パスが決まる/傳球傳得很漂亮。

❷〔～する〕試験などに合格すること。[中] 合格；通過。[E] pass (an examination).

☆ やっと卒業試験にパスできた/總算通過畢業考。

☆ 入管の審査にパスして1年間のビザ延長が認められた/通過入境管理局的審查，簽證得以延長一年。

❸〔～する〕自分の順番がきても、休んでつぎの人にまわすこと。また、ほかの人と一緒に行動しないこと。[中] 跳過；不參加。[E] pass.

☆ 頭が痛いから今夜の忘年会はパスする/因頭痛而無法參加今晚的忘年會。

❹ 建物や施設などに入るときいつでも使える入場券。また、定期券。[中] 月票；通行證。[E] a pass; a commuter pass.

☆ プールに無料で入れるパスがあるから、毎日泳ぎに行こう/因為有免費的泳池通行證，所以每天都去游泳吧。

☆ 無料パス/免費通行證。

☆ 老人パス/老人月票。

▷ [数]❹ 1枚 [話]❸

はずかし・い【恥ずかしい】ハズカシイ

❶ 自分の欠点や失敗を恥に思って、他人に顔を見られたくないような気持ちだ。[中] 慚愧；不好意思。[E] be ashamed.

☆ 駅で転んで、おおぜいの人に見られて恥ずかしかった/在車站跌倒，被眾人圍觀，真不好意思。

❷ うれしいような、困ってしまうような気持ちだ。[中] 害羞；害臊；不好意思。[E] be shy; be embarrassed.

☆ ダンスは好きだが、人の前で踊るのは恥

ずかしい / 雖然喜歡跳舞，但在人面前就不好意思跳了。

☆ みんなの前でほめられて恥ずかしかった/當著大家面前受到表揚，真不好意思。

はずかし・める【辱める】ハズカシメル〔他動一〕 ❶ 恥をかかせる。中 侮辱；羞辱。E put to shame; humiliate.

☆ 級友の前で「おまえのようなばかはクラスのじゃまだ」と先生にはずかしめられた / 老師在同學面前羞辱我說：「像你這樣的笨蛋是班上的累贅。」

❷ 名誉や地位などを傷つける。中 辱沒；玷污。E disgrace; dishonor.

☆ 集団で万引きをして、学校の名をはずかしめた / 集體偷竊，壞了校譽。

☆ この器は名人の名をはずかしめない作品だ / 這件器皿作品沒有玷污名人的聲譽。

▷ 名 辱め

バスケットボール (basketball) バスケットボール　５人ずつのチームが、網をつけた輪の中にボールを入れて点を取り合う競技。バスケット。中 籃球。E basketball.

☆ バスケットボールの選手は背の高い人が多い / 籃球選手中高個兒很多。

はず・す【外す】ハズス〔他動五〕(はずして)

❶ 固定されているものを取って離す。中 取下；摘下。E take off; remove.

☆ 泥棒は外から雨戸をはずして侵入した / 小偷從外面拆下木窗進來。

☆ めがねをはずす / 摘下眼鏡。

☆ ボタンをはずす / 解開鈕扣。

❷ 当たらないようにそらす。中 避開；躲過。E upset; evade.

☆ 相手の攻撃のタイミングをはずす / 躲過對方攻擊的時機。

☆ ねらいをはずす / 瞄不準；擊不中。

❸ 捕まえそこなう。逃がす。中 錯過；錯開。E miss.

☆ この機会をはずすと２度と留学はできないだろう / 錯過這次機會的話，恐怕不能再留學了吧。

❹ その中から取り除く。中 去掉。E remove from.

☆ 欠席した人の名前を名簿からはずす / 將缺席者從名冊中刪除。

☆ 練習を怠けている部員を試合のメンバーからはずす / 將惰於練習的成員從參賽名單中剔除。

❺ その場所から離れる。中 退；離。E leave; be not at.

☆ ２人だけで話したいようだったので、その場をはずした / 他們倆好像只想單獨說話，所以我避開。

☆ 課長はただいま席をはずしております / 課長現在不在位置上。

▷ 自動 外れる

パスポート (passport) パスポート　外国へ旅行する人について、国籍、身分などを証明するために国が出す書類。旅券。中 護照。E a passport.

☆ 外国旅行中にパスポートをなくして、とても困った / 在國外旅行，中途遺失護照，真傷腦筋。

数 １通

はず・む【弾む】ハズム〔自他動五〕(はずんで) ❶ 弾力のあるものが、地面や床などに当たって勢いよくはねかえる。中 彈；反跳；蹦。E bounce.

☆ 空気がいっぱい入ったボールはよくはずむ / 充滿氣的球彈性很好。

❷ 喜びなどのために、勢いにのる。調子づく。中 起勁；高漲。E become lively; be in high spirits.

☆ 久しぶりに会った友達と話がはずんだ / 見到久別的朋友，兩人談得很起勁。

☆ 心がはずむ / 高興起來。

☆ はずむ声 / 響亮的聲音。

❸ 思いきって金をたくさん出す。中 拿出很多錢。E fork out (a big sum).

☆ 今度の運動会では社長が賞金をはずむそうだ / 據說這次運動會總經理要拿出很多獎金。

☆ チップをはずむ / 給很多小費。

▷ 名 弾み

注 ❶❷は自動詞、❸は他動詞。

はず・れる【外れる】ハズレル〔自動一〕

❶ 固定されているものが取れて離れる。中 脫落；掉下；離開。E be disconnected; come off.

☆ テレビが映らないと思ったら、プラグがはずれていた / 電視沒有影像，原來是插頭掉了。

☆ ドアの取っ手がはずれた / 門的把手掉了。

❷ ある決まったものの外にある。中 偏離；不合。E be out of; don't meet; be against.

☆ 父の歌は、いつも調子がはずれているのでおかしい / 父親唱歌總是荒腔走板，令人發笑。

☆ 規格にはずれた製品 / 不合規格的產品。

☆ 人の道にはずれた行い / 違反人道的行為。

❸ ものごとが思っていたことと違う。中 不中。E prove wrong; miss; fail.

☆ 天気予報がまたはずれた / 天氣預報又錯了。

☆ 宝くじがはずれて残念だ / 彩券沒中獎，真遺憾。

☆ 予想がはずれる / 期望落空。

対 当たる

▷ 名 外れ　他動 外す

パソコン　パソコン〔←パーソナルコンピューター (personal computer)〕 個人用の小さい電子計算機。中 個人電腦。E a personal computer.

☆ 会社にパソコンを入れたら給料の計算が簡単に速くできるようになった / 公司引進個人電腦後，薪資計算變得又簡單又快捷。

☆ パソコン通信 / 個人電腦通訊。

数 1台

はた【旗】ハタ　布や紙でつくり、なにかを表したり知らせたり、飾りにしたりするもの。中 旗；旗幟。E a flag.

☆ 国の旗を立てて独立記念日を祝う / 升起國旗慶祝獨立紀念日。

☆ 旗を振ってマラソンの走者を応援する / 揮舞旗幟為馬拉松運動員加油打氣。

数 1枚・1本

はだ【肌】ハダ　❶ 人の体やものの表面をおおっている部分。中 皮膚；肌膚。E the skin.

☆ 北風が肌を刺すように冷たい / 北風刺骨般地寒冷。

☆ 肌が荒れる / 皮膚粗糙。

❷ その人が持っている性質、気質。中 氣質；風度。E disposition; character.

☆ 洋子とは肌が合わなくて、話をしていてもすぐにけんかになる / 與洋子個性不合，即便聊天也會馬上吵起來。

☆ 天才肌 / 天才的氣質。

バター (butter) バター　牛乳の脂肪をかためてつくった食品。中 奶油。E butter.

☆ パンにバターをぬって食べる / 把奶油抹在麵包上吃。

☆ 肉をバターで焼く / 用奶油烤肉。

はだか【裸】ハダカ　❶ 体になにもつけていず、肌が全部見える状態。中 裸體；赤身露體。E naked; bare.

☆ はだかになってふろに入る / 赤身露體入浴。

☆ はだかで寝る / 裸睡。

❷ 持っているものは自分の体のほかにはなにもないこと。中 精光；身無一物。E become penniless.

☆ 旅行中、持ち物を全部盗まれ、はだかになって帰ってきた / 旅行帶的東西都被偷光，身無分文地回來。

❸ 他人に対して、隠したり飾ったりしないこと。中 赤誠；真誠。E frankly; heart-to-heart.

☆ 一郎とははだかのつきあいができる / 與一

郎能真誠地交往。

はたけ【畑】ハタケ ❶野菜やくだものなどをつくるための土地。[中]田地；旱田。[E] a field; a garden.

☆ 畑をたがやしてトマトを植える／耕田種蕃茄。

☆ 花畑／花圃。

❷ 仕事や学問の専門とする範囲。[中]專業領域。[E] a field; one's specialty.

☆ わたしは経理部で、あなたは営業部、同じ会社でも畑が違う／我在管理部，你在營業部，雖在同一公司，專業卻不同。

☆ 外交畑／外交領域。

▷ [数]❶ 1枚

はださわり【肌触り】ハダザワリ ものが肌にさわったときの感じ。[中]接觸皮膚時的感覺；觸感。[E] the touch; feel (smooth).

☆ このブラウスは肌ざわりがなめらかで、着ていて気分がいい／這件女用襯衫觸感很柔順，穿在身上很舒服。

☆ 絹の下着は肌ざわりがいい／真絲做的內衣觸感好。

はだし ハダシ ❶はきものなどをはいていないこと。[中]赤腳；光腳。[E] barefoot.

☆ 突然の地震に驚いて、はだしのまま外へ飛びだした／被突然的地震給嚇到，光著腳就飛奔而出。

❷ (他のことばの後について)専門家にも負けないほど上手にすること。[中]敵得過。[E] put even (a professional) to shame.

☆ 父は料理をつくるのが好きで、専門家はだしのフランス料理をつくる／父親喜歡做菜，能做出可以媲美專家的法國菜。

☆ くろうとはだし／媲美內行。

はたして【果たして】ハタシテ ❶予想していたとおりだと思うようす。[中]果然；果然不出所料。[E] just as one thought; sure enough.

☆ 5時までにはとても終わらないと思ったら、はたして夜中までかかった／猜想五點之前絕對做不完，果然一直做到半夜。

❷ 疑う気持ちを強調するようす。[中]果真；究竟；到底。[E] really; ever.

☆ 20年後に、はたして宇宙旅行ができるようになるだろうか／二十年後，果真能去宇宙旅行嗎?

はた・す【果たす】ハタス〔他動五〕(はたして) すっかりなしとげる。[中]完成；實現。[E] accomplish; carry out; fulfill.

☆ 博士の果たした役割は大きい／博士發揮的作用大。

☆ 目的を果たす／達到目標。

☆ 約束を果たす／完成約定；履約。

はたち【二十・二十歳】ハタチ 20歳。[中]二十歲。[E] twenty years of age.

☆ 日本の法律では二十から大人の扱いになる／日本法律規定滿二十歲為成年人。

ばたばた バタバタ ❶〔～する〕布などが風に吹かれたり、鳥が翼を動かしたりするときの音を表す。また、そういう音を立てるようす。[中]形容展開的布被風吹；鳥的翅膀拍動時的樣子及聲音。

☆ 強い風に吹かれて、旗がばたばた(と)音を立てている／The flag is flapping in the high wind.／旗子被大風颳得嘩啦啦直響。

☆ 廊下をばたばた(と)走る／啪嗒啪嗒在走廊上跑。

❷ つぎつぎに続いて起こるようす。[中]物體一個接一個連續進行或倒下去的樣子。

☆ 景気が悪くなり、小さな会社がばたばた(と)倒産した／With the economic downturn, a lot of small companies have gone bankrupt one after another.／因為景氣不好，小公司紛紛倒閉了。

❸〔～する〕忙しそうに落ちつきなく行動するようす。[中]形容由於忙亂或著急而行動慌張的樣子。

は

☆ あした引っ越しで、うちじゅうがばたばたしている / With the move tomorrow, our house is chaotic. / 因為明天要搬家，所以家裡很亂。

はため【はた目】ハタメ　直接関係ない人から見た感じ。中 旁觀者的看法。E to others; another's eyes.

☆ ２人の結婚生活ははた目には幸福そうに見えたが、突然離婚してしまった / 旁觀者看這對夫妻的婚姻生活似乎幸福美滿，但兩人卻突然離婚了。

☆ はた目を気にする / 很在意旁人的看法。

はためいわく【はた迷惑】ハタメイワク　まわりの人が迷惑して困ること。中 周圍的人遭受的麻煩；煩擾旁人。E a nuisance to others.

☆ となりの夫婦が毎日はでにけんかするので、はた迷惑だ / 隔壁夫婦每天大肆吵鬧，四周鄰居不堪其擾。

☆ はた迷惑も考えず、となりの学生は下手な歌を毎晩大声で歌う / 隔壁的學生不考慮是否擾人安寧，每晚都大聲難聽地唱歌。

はたらき【働き】ハタラキ　❶ 働くこと。働いて収入をえること。中 工作。E work.

☆ わたしの働きによって家族は生活している / 全家人依賴我的薪水生活。

☆ 働きがある(=たくさんの収入をえる能力がある) / 有工作能力；有才幹(=有能力得到很多收入)。

☆ 働きすぎ / 過勞；勞動過度；勞累過度。

☆ 働き者 / 勤勞的人；勞動能手；有本領的人；有才能的人。

❷ 機能。効果。中 機能；作用。E a function; (an) effect.

☆ 起きたばかりなので、まだ頭の働き鈍い / 剛起床，腦筋尚未清醒。

☆ 緑茶にはがんをおさえる働きがあるそうだ / 據說綠茶有抑制癌症的作用。

▷ 自他動 働く

はたら・く【働く】ハタラク〔自他動五〕(はたらいて)　❶ 体を動かして仕事をする。中 工作；勞動；做工。E work; labor.

☆ 母は工場で働いている / 母親在工廠工作。

☆ 汗水たらして働く / 汗流浹背地工作。

❷ 知能などがよく活動する。中 動；活動。E work.

☆ 二郎は頭がよく働いて、つぎつぎにアイデアを出す / 二郎腦筋轉得快，想出一個又一個好主意。

☆ 悪知恵が働く / 使壞主意。

❸ ほかに作用する。影響をおよぼす。中 起作用；顯出效果。E act on; function.

☆ 月の引力が働いて、潮が満ちたり引いたりする / 由於月亮的引力，使海潮漲退。

☆ タイマーが働いてエアコンが止まった / 定時器起作用，空調關了。

❹ 悪いことなどをする。中 做(壞事)。E commit.

☆ 強盗を働く / 當強盜。

▷ 名 働き

注 ❶❷❸は自動詞、❹は他動詞。

はち【八】ハチ　❶ ７に１を加えた数。８。８つ。中 8；8個。E eight.

☆ ２かける４は８ / 二乘四得八。

☆ ８ミリビデオ / 八厘米錄影機。

❷ 順番が７のつぎ。８番目。第８。中 第八。E the eighth.

☆ 会議室は８階にある / 會議室在八樓。

参 「八」の字は下がひろがっているので、末ひろがりといって喜ばれる。

はち【鉢】ハチ　皿より深くて口が広い入れ物。中 缽；碗；盆。E a bowl; a pot.

☆ 小さい鉢に卵を入れて食卓に出す / 把雞蛋裝入小碗放到桌上。

☆ 鉢に花を植える / 在花盆裡種花。

☆ どんぶり鉢 / 大碗(陶器)。

☆ 金魚鉢 / 金魚缸。

はち ハチ 昆虫の一種。体の長さは数センチ。2対の羽があり、雌は毒のある針で人を刺すことがある。中 蜂；蜜蜂。E a bee.

☆ 林の中でハチに刺されて顔がはれてしまった / 在樹林中被蜜蜂螫了一下，臉腫了起來。

☆ ハチの巣 / 蜂窩。

☆ ハチみつ / 蜂蜜。

数 1匹

はち[蜂]の巣をつついたよう たいへんな騒ぎになるようす。中 像捅了馬蜂窩一樣。E be in a state of utter confusion.

☆ 火事だという声に、買い物客があわてて逃げだそうとして、店内ははちの巣をついたようになった / 隨著「失火了」一聲叫喊，買東西的顧客們慌慌張張往外跑，店内就像捅了馬蜂窩一樣，變得一團糟。

ばち 【罰】バチ 神や仏などが、人間のした悪い行いに対して与える精神的、肉体的苦しみ。中 懲罰。E (a) punishment; pay for.

☆ 若いとき遊んで暮らした罰が当たって、年をとったいま苦労をしている / 年少不努力，老大徒傷悲。

はちあわせ 【鉢合わせ】ハチアワセ、ハチアワセ〔～する〕 ❶ 2人の人の頭と頭がぶつかること。中 頭碰面；撞頭。E bump heads; bump into each other.

☆ 急いで廊下を曲がろうとして、向こうから来た先生と鉢合わせしそうになった / 正急著要在走廊處拐彎，卻差點與迎面而來的老師撞頭。

❷ 思いがけなく人に出会うこと。中 撞上；碰上。E come across; run into.

☆ 道子と公園を散歩していたら、前の恋人と鉢合わせしてしまった / 與道子在公園散步時不巧碰到老情人。

ばちがい 【場違い】バチガイ その場にふさわしくないこと。中 不合時宜。E out of place; improper.

☆ 洋子のはでなドレスは葬式には場違いな服装だ / 洋子艷麗的服裝不適合出席葬禮。

☆ 場違いな発言 / 不合時宜的發言。

はちがつ 【八月】ハチガツ、ハチガツ 1年の8番目の月。8月。中 八月。E August.

☆ 8月は夏の盛りで、東京では気温がセ氏30度をこえる日が続く / 八月正值盛夏，連日來東京的氣溫已超過攝氏三十度。

ぱちくり パチクリ〔～する〕 驚いて、数回大きく目を開けたり閉じたりするようす。中 形容受驚，睜大眼睛，眼珠亂轉或眨眼的樣子。

☆ しかられると思っていたらほめられたので、目をぱちくりさせた / I blinked my eyes in surprise when I was praised instead of being scolded. / 原以為會挨罵，沒想到反而受到表揚，吃驚得直眨眼睛。

ぱちぱち パチパチ〔～する〕 ❶ 何度もまばたきするようす。中 形容上下眼瞼迅速開閉的樣子。

☆ 映画館から外へ出たらまぶしくて、目をぱちぱちさせた / As I left the movie theater, I had to blink my eyes in the light. / 剛從電影院出來，一下子睜不開眼睛。

❷ 熱せられてはじけたり、火花が飛んだりするときの音を表す。また、そういう音を立てるようす。中 形容加熱後爆烈及火花飛濺的樣子及聲音。

☆ 熱い油に水が入り、ぱちぱち(と)飛んだ / Water drops sputtered in the hot oil. / 熱油裡進了水，劈里啪啦地往外濺。

☆ 木がぱちぱち(と)燃える / 樹木在劈哩啪啦地燃燒。

❸ 小さくてかたいものを続けて何度も打ち合わせるときの音を表す。また、そういう音を立てるようす。中 小而硬的東西連續相互撞擊時發出的聲音及樣子。

☆ ぱちぱち(と)手をたたく / clap one's hands. / 劈里啪啦地拍手。

パチンコ パチンコ たくさんのくぎを打った盤をガラスの板でおおって立て、その盤の穴に玉をはじき上げて入れる遊び。中 柏青哥；小鋼珠。E *pachinko*; a pinball game.

☆ パチンコの玉を景品にかえる / 把玩柏青哥贏來的小鋼珠換成獎品。

はつ【初】ハツ ❶はじめてのこと。最初。中 最初；首次。E the first.

☆ 列車を時速500キロで走らせようという世界でも初の実験が行われた / 讓列車行駛時速高達五百公里，這是世界首次進行這樣的實驗。

❷(他のことばの頭について)(1)その年になってはじめての。中 初；初次。

☆ 初氷が張る / 初次結冰。

☆ 初日の出 / the sunrise on New Year's Day. / 元旦的日出。

(2) 人が生まれてはじめての。中 人生第一次。

☆ 初歩き /(嬰兒)第一次走路。

☆ 初体験 / 初次體驗。

☆ 初舞台 / 初次登台。

☆ 初恋 / one's first love. / 初戀。

-はつ【-発】❶(時刻や地名について)出発すること。中 出發；發出。

☆ 6時発の新幹線 / the 6:00 *Shinkansen.* / 六點開出的新幹線。

☆ 成田発の飛行機 / a plane from Narita. / 由成田機場起飛的飛機。

対 -着

❷(地名について)通信を発すること。中 發通訊。

☆ ワシントン発の新聞記事 / a newspaper article from Washington. / 來自華盛頓的新聞報導。

☆ 北京発のニュース / 發自北京的新聞。

❸(数を表すことばについて)弾丸などの発射数を表す。中 (子彈的)發。

☆ ピストルの音が2発聞こえた / I heard two shots of pistol. / 聽見兩聲槍響。

ばつ【罰】バツ 悪いことをしたり罪をおかしたりしたときに、受けなくてはならない精神的、肉体的苦しみ。中 懲罰；處罰；罰。E (a) punishment; a penalty.

☆ 酔っ払い運転の罰として、免許を取り消す / 取消駕照，作為對酒醉駕車的懲罰。

☆ 罰を与える / 懲罰。

☆ 罰を受ける / 受罰。

☆ 罪と罰 / 罪與罰。

対 賞

ばつ【閥】バツ 学校や出身地や利害が同じ人たちの集まり。中 派閥；派系。E a faction; a clique.

☆ わたしの会社には、A大学出身者の閥とB大学出身者の閥がある / 我們公司裡有A大學畢業生的派系和B大學畢業生的派系。

☆ 学閥 / 學閥；學派。

☆ 派閥 / 派閥；派系；派別。(→ 項目)

ばつ バツ まちがっているものや否定することにつけるしるし。ばってん。記号は「×」。中 叉號；叉。E a cross; an X.

☆ 正しいものには丸、まちがっているものにはばつをつけなさい / 正確的畫圈，錯誤的畫叉。

☆ ばつ印 / 叉號標記。

対 丸

はついく【発育】ハツイク〔～する〕動物や植物が大きく育つこと。中 發育；成長。E growth.

☆ この木は日陰に植えられているので、発育が悪い / 由於這棵樹種在背光的地方，所以長不好。

☆ 発育ざかり / 發育旺盛期。

はつおん【発音】ハツオン〔～する〕くちびるや舌などを動かして声や音を出すこと。

また、その出し方。[中]發音。[E] pronunciation.

☆ ジョージの英語の発音はとてもきれいで正確だ / 喬治的英語發音特別好聽，而且正確。

☆ 日本人にはＬとＲの発音の区別がむずかしい / 對日本人來說，很難區別L和R的發音。

はつか【二十日】ハツカ ❶ その月の20番目の日。20日。[中]二十號；二十日。[E] the twentieth (of July).

☆ 7月20日から夏休みが始まる / 暑假從七月二十號開始。

❷ 日の数が20あること。20日。[中]20天。[E] twenty days.

☆ この仕事は2週間から20日あればできる / 完成這項工作需用兩週到二十天的時間。

☆ 20日間 / 20天時間。

ばつがわるい【ばつが悪い】 その場にいることが困るような感じになる。[中]不好意思；害臊；尷尬。[E] feel awkward.

☆ 演奏会で、まだ曲の終わらないうちに大きな拍手のをしてしまい、とてもばつが悪かった / 演奏會上，曲子還沒奏完就大聲鼓掌，特別尷尬。

[似た表現] きまりが悪い

はっき【発揮】ハッキ、ハッキ〔～する〕 人の能力やものの価値をわかるように示すこと。[中]發揮。[E] display; demonstrate.

☆ われわれの持つ力をじゅうぶんに発揮すれば、必ず相手のチームに勝てる / 如果我們充分發揮，那麼定能戰勝對手。

☆ 実力を発揮する / 發揮實力。

はっきり ハッキリ〔～する〕 ❶ ものの形やものごとの違いがよくわかるようす。[中]清楚；明確。[E] clearly; distinctly.

☆ めがねをかけると、はっきり(と)見える / 戴上眼鏡就能看清楚了。

[対] ぼんやり

❷ 態度や状態などが、他からもよくわかるようす。[中]清楚；鮮明；痛痛快快。[E] definitely; unsettled.

☆ 自分の気持ちをはっきり(と)相手に伝える / 將自己的心情清楚地傳達給對方。

☆ はっきりしない天気だ / 天氣不明朗。

[対] ぼんやり

ばっきん【罰金】バッキン 罰として払う金。[中]罰金；罰款。[E] a fine; a penalty.

☆ 駐車違反をしたために罰金を払った / 因違反停車規定而繳了罰金。

☆ 罰金刑 / 罰金(刑罰的一種)。

バック (back) バック ❶ 背景。後ろ。[中]背景；背後。[E] the background; the back.

☆ 海をバックに写真をとる / 以大海為背景拍照。

☆ バックミラー / (汽車)後視鏡。

☆ バックネット / 棒球場本壘後方設置的擋球網。

❷ 他の人には見えない形で支援すること。また、その人。[中]後盾；靠山；後台。[E] backing; support.

☆ この事業は銀行のバックがあったから成功したのだ / 這項事業因有銀行的支援而成功了。

❸〔～する〕後ろへ下がること。[中]後退。[E] back.

☆ 車をバックさせる / 倒車。

バッグ (bag) バッグ かばん。手さげ袋。[中]提包。[E] a bag.

☆ バッグを手に持つ / 手拿提包。

☆ ゴルフバッグ / 裝高爾夫球桿的袋。

☆ ハンドバッグ / 女式手提袋；提包。

ばつぐん【抜群】バツグン 多くのものの中で特にすぐれているようす。[中]超群；出衆。[E] excellent; outstandingly.

☆ クラスの平均点が55点だったのに、道子は95点も取って抜群の成績だった / 班上平均為五十五分，而道子的成績卻出類拔萃得了九十五分。

☆ 足が抜群に速い人 / 跑步奇快的人。

はっけん【発見】ハッケン〔～する〕 それまで人が知らなかったものごとを見つけだす

は

こと。中 發現。E discover; discovery.

☆ 飛行機の機体に小さな穴が開いているのを発見した / 發現飛機的機體上有一個小洞。

☆ がんの新しい治療法が発見されることを期待する / 期待發現治療癌症的新療法。

☆ 歴史的な発見 / 歷史性的發現。

はつげん【発言】ハツゲン〔~する〕 会議などで、意見を言うこと。また、その意見。中 發言。E speak; a remark.

☆ 教育問題について、わたしにも発言させてください / 關於教育問題，請讓我說幾句話。

☆ 会議中の発言を記録する / 記錄會議發言。

☆ 発言権 / 發言權。

☆ 発言力 / 發言的能力。

はっこう【発行】ハッコー〔~する〕 本、新聞などを印刷して世の中に出すこと。中 發行。E publish; issue.

☆ サークルの雑誌を月に1回発行する/社團雜誌每月發行一回。

☆ 発行年月日 / 發行年月日。

☆ 発行所 / 發行所。

ばっさり バッサリ 思いきって勢いよく切ったり減らしたりするようす。中 一刀砍斷；乾脆地削去。

☆ 長い髪をばっさり(と)切る / chop off long hair. / 乾脆地剪掉長髮。

☆ 予算をばっさり(と)けずられた / 預算被大量地削減。

はっさん【発散】ハッサン〔~する〕 光や力などが勢いよく、ひろがるように出ること。 また、出すこと。中 發散；散發。E work off; emission.

☆ 仕事でたまったストレスをスポーツで発散させる / 工作所累積的壓力藉運動來舒解。

☆ 地震は地の中にたまったエネルギーの発散と考えられる / 地震被認為是地心中積存的能量釋放出來而引起。

バッジ (badge) バッジ えりや帽子などにつけて、自分の属している会社、身分、グループなどを表すしるし。中 徽章；證章。E a badge.

☆ 会場にはバッジをつけた人しか入れません / 只有佩戴徽章的人才能進入會場。

☆ 国会議員のバッジ / 國會議員的徽章。

はっしゃ【発車】ハッシャ〔~する〕 電車、列車、バスなどの乗り物が出発すること。中 發車；開車。E departure; start.

☆ 新幹線の発車までに15分あるから、家に電話をしておこう / 離新幹線發車還有十五分鐘，所以先給家裡打個電話。

☆ 発車のベルが鳴る / 開車的鈴聲響了。

対 停車

ばっすい【抜粋】バッスイ〔~する〕 文章などの必要な部分を抜きだすこと。また、その部分。中 摘錄；集錦。E extract; excerpt.

☆ この本の重要な部分だけを抜粋する/只摘錄書中的重要部分。

☆ オペラの名場面を抜粋して1枚のCDをつくる / 將歌劇的精彩場面收錄起來製作一張光碟。

はっ・する【発する】ハッスル〔他動する〕

❶ 起こす。始める。中 發生；發端。E originate; rise.

☆ 人々の抗議に端を発して大きな騒動になった / 人們的抗議為開端，形成了大規模的騷亂。

☆ 富士山の雪どけ水に源を発する川/由富士山融雪為源頭形成的河流。

❷ 音や光などを外に向かって出す。中 發射；發散。E give; give out; send out.

☆ 大声を発する / 發出巨大聲響。

☆ 悪臭を発する / 發出惡臭。

☆ 光を発する物体 / 發光物體。

❸ 公に発表する。中 發；發表；發布。E issue; announce.

☆ 警官は駅前に止まっている車に、早く移動するよう警告を発した/警察警告停在車站前的車要快點開走。

☆ 区役所がスモッグ注意報を発する/區公所發出煙霧警報(光化學煙霧有害人體)。

▷ 書

ばっ·する【罰する】バッスル、バッスル〔他動する〕 違反者に法律で刑を与える。中 判罪；定罪。E punish.

☆ 裁判所は法律に違反した者を罰する/法院給犯法的人定罪。

☆ 人を殺せば罰せられる/殺人要被判刑的。

はっせい【発生】ハッセイ〔~する〕 なにもないところからなにかが生まれること。ものごとが起こること。中 發生。E break out; appear; occurrence.

☆ 村に原因のわからない病気が発生した/村裡發生一種原因不明的疾病。

☆ 台風が発生する/颳起颱風。

☆ 事故の発生を防ぐ/防止發生事故。

はっそう【発想】ハッソー〔~する〕 学問、芸術などに関する考えが心の中に思い浮かんでくること。また、その考え。アイデア。中 構思；主意。E an idea; a way of thinking.

☆ 首都を東京から別の都市に移そうというのは思いきった発想だ/將首都從東京遷到別的城市，這是一個大膽的構想。

☆ 発想の転換/改變想法。

☆ 自由な発想/自由構思；自由地表達思想。

はったつ【発達】ハッタツ〔~する〕 ❶ ものごとや人の心、体が完全な形に近づくように変化していくこと。中 發達。E develop; growth.

☆ 科学は20世紀になって急速に発達した/進入二十世紀後，科學急速發展。

☆ 心身の発達/身心的發展。

❷ 勢いよく、大きくなっていくこと。中 擴大，發達。E develop; make progress.

☆ 台風が急速に発達しながら九州に近づいている/颱風迅速擴大正接近九州。

☆ 交通が発達して便利になる/交通變得發達便利。

はったり ハッタリ 相手に強い印象を与えようとして、実際以上に自分自身やものごとを大げさに言ったり、したりすること。話 中 故弄玄虛；虛張聲勢。E bluff.

☆ 100万円も自由にできないのに、1億円ぐらいすぐ集められると社長ははったりを言っている/連一百萬日圓都不能自由支配，董事長卻故弄玄虛地說能馬上籌集到一億日圓左右。

ばっちり バッチリ 時期的に、または内容的に、非常によく合うようす。また、うまくいったと喜ぶようす。話 中 順利地；成功地；漂亮地。E perfectly; with perfect timing.

☆ 予想がばっちり(と)当たったから、今度のテストは100点だ/由於預測完全正確，所以這次考了滿分。

☆ 洋子が怒って二郎をなぐった瞬間を、ばっちり(と)カメラにおさめた/洋子一生氣打了二郎，這一瞬間正好被照相機拍攝下來了。

ばってき【抜擢】バッテキ〔~する〕 多くの人の中から選びだしてたいせつな仕事をさせること。中 提拔；提升；選拔。E select; single out; promote.

☆ 京子はまだ若いが、新しい事業の責任者にばってきされた/京子雖然年輕，但已被提拔為新業務主管。

はってん【発展】ハッテン〔~する〕 ものごとの勢いが盛んになって、のびひろがること。中 發展。E develop; expand.

☆ 会社の事業を発展させるために、海外に支店を出す/為拓展業務，到海外開設分公司。

はっと ハット、ハット〔~する〕 急に思いついたり驚いたりするようす。中 突然；恍然；大吃一驚。E come to oneself; be startled.

☆ 小説に夢中になり、はっと気づいたときは夜中の2時だった/看小說入了迷，一回神已經是半夜兩點了。

☆ 急に車が曲がってきたので、はっとしてよけた／由於來車急速轉彎，一驚之下馬上避開。

ぱっと パット、パット ❶急に動いたり変化したりするようす。中 動作、變化、事情的發生等突如其來的樣子。

☆ 電車のドアが閉まりそうになったので、ぱっと飛び乗った／I jumped on the train just as the door was closing.／眼看電車門即將關門跳上車。

☆ カーテンを開けたら、部屋の中がぱっと明るくなった／拉開窗簾，房間馬上就變亮了。

❷〔～する〕めだつようす。中 突出、鮮明奪目的樣子。

☆ 洋子は、黄色やオレンジ色のようなぱっとした色が好きだ／Yoko likes bright colors such as yellow and orange.／洋子喜歡黃色及橘色那樣明亮的顏色。

☆ あの選手は、今年はぱっとしないがどうしたんだろう／那位選手今年的成績不太理想，怎麼回事呢?

はつばい【発売】ハツバイ〔～する〕 商品を売りだすこと。中 賣；發售；出售；銷售。E put ~ on sale; sell.

☆ 新しいビールが発売された／新品牌的啤酒上市了。

☆ 発売禁止／禁止出售。

☆ 新発売／新上市。

はっぱをかける【発破をかける】 ほかの人に強い励ましのことばをかける。中 激勵；打氣。E urge on; spur on.

☆ このごろ一郎は練習を怠けている。がんばるようにはっぱをかけよう／最近一郎貪玩懶於練習，要鼓勵他好好加油。

参「発破」は、大きな工事のときなどに岩や石を火薬でこわすこと。

はっぴょう【発表】ハッピョー〔～する〕 広く人々に知らせること。中 發表。E announce; publish.

☆ 試験の結果、合格者は４人と発表された／考試結果發表了，合格者有四人。

☆ 研究発表会／研究成果發表會。

☆ 公式発表／正式發表。

はっぽうスチロール【発泡スチロール】 ハッポースチロール ものを入れたり熱をさえぎったりするために使う、小さな泡のような空間のある物質。石油を原料にしてつくり、白くて軽い。中 保麗龍。E styrene foam.

☆ 肉や野菜を発泡スチロールの皿に載せて売る／將肉和蔬菜放在保麗龍的盤子裡賣。

☆ 魚を発泡スチロールの容器に氷と一緒に入れて運ぶ／把魚和裝進保麗龍容器裡冰塊一起運送。

はっぽうふさがり【八方ふさがり】 ハッポーフサガリ どの方面にもつごうがあって、どうしようもないこと。なにもできないこと。中 走投無路；四面楚歌。E Everything goes against me.

☆ 赤字続きで事業の資金が続かない。銀行にも知人にも融資を断られ、八方ふさがりで工場を閉鎖するしかない／因連續虧損，營業資金枯竭，被銀行和熟人拒絕融資，走投無路之下只好關閉工廠。

はっぽうやぶれ【八方破れ】ハッポーヤブレ どこからでもせめ入られるような、でたらめなようす。中 千瘡百孔；蠻幹；莽撞。E haphazard; hit-or-miss.

☆ 前後のこともまわりのことも考えず八方破れの意見を言う／不思前因後果及其影響層面，就唐突地說出一己之見。

はつめい【発明】ハツメイ〔～する〕 いままでだれも考えつかなかったものをはじめてつくりだすこと。ふつう、機械や科学的な技術についていう。中 發明。E invent; invention.

☆ 近眼の治療法が発明されたら、めがねがいらなくなる/如果治療近視的方法發明出來的話，就不需要眼鏡了。

☆ 電話の発明が生活を大きく変えた/電話的發明，使生活發生了巨大變化。

はつもうで【初もうで】ハツモーデ　新年になってはじめて神社や寺にまいること。中新年首次參拜神社或寺廟。E the first visit of the year to a shrine or temple.

☆ わたしの家では、毎年元日に家族そろって初もうでに行くことにしている/我們家每年元旦會全家一起去神社參拜。

はつゆめ【初夢】ハツユメ　1月1日か2日の夜に見る夢。中正月初一、初二作的夢。E the first dream of the New Year.

☆ 富士山の初夢を見た。今年はなにかいいことがありそうだ/正月初一夢見了富士山，看來今年會有好運氣。

参 富士山、タカ、ナスの夢を見るといいとされている。

はつらつ【溌剌】ハツラツ　(「はつらつと」の形で)明るく元気いっぱいのようす。中活潑；精力充沛。E lively; full of life.

☆ 洋子は、希望していた会社で好きな仕事ができるので、毎日はつらつと通勤している/洋子實現了在自己期望的公司裡做喜歡的工作，所以每天都充滿活力地去上班。

☆ 元気はつらつとした若者/精力旺盛又活潑的年輕人。

はて【果て】ハテ　❶ものごとの最後のところ。中最後；末了。E after; the end.

☆ 長い議論の果てにやっと結論に達した/長時間討論後終於得出結論。

☆ 旅路の果て/旅途的終點。

❷ ここから先はもう行けないという、いちばんはしの場所。中 邊；邊際；盡頭。E the end; the extremity.

☆ 珍しい動物をさがして世界の果てまで旅をする/為尋找珍稀動物，足跡遍及世界各地。

☆ 宇宙の果てはどうなっているのだろう？/宇宙的盡頭是怎樣的呢?

▷ 自動 果てる

はで【派手】ハデ　色や行動などがはなやかだったり、大げさだったりして、人目をひくようす。中鮮艷；艷麗；華美。E showy; colorful; loudly.

☆ うちのおばあさんは赤や黄色のはでな服がよく似合う/我奶奶非常適合穿紅的、黃的色彩艷麗的服裝。

☆ 妹はちょっとけがをしただけでも大声ではでに泣く/稍微受點傷，妹妹就放聲大哭。

☆ はで好き/喜歡鮮艷。

対 地味

はてしな・い【果てしない】ハテシナイ　いつまでも終わりがない。中沒完沒了；一望無際；無邊無際。E endless; boundless.

☆ 子供たちには果てしない未来がある/孩子們的未來；兒童們前途無量。

☆ 果てしなく続く線路/一直延伸下去的(火車)車軌。

☆ 果てしなくひろがる海/浩瀚無垠的大海。

は・てる【果てる】ハテル〔自動一〕❶ものごとが終わりになる。つきる。中終；盡。E end; be finished.

☆ 宴が果てる/宴會結束。

☆ 父の小言はいつ果てるとも知れない/父親的牢騷不知何時才能發完。

❷ 命がつきる。死ぬ。中死；斷氣。E die; pass away.

☆ 外交官の父は祖国を遠く離れた任地で果てた/父親在外交官任內客死異鄉。

☆ みずから果てる/自盡。

❸ (動詞の「ます」形について)すっかり〜する。〜しきる。中達到極點。

☆ あきれはてる/be thoroughly disgusted./十分驚訝；驚訝到極點。

☆ 困りはてる/一籌莫展；束手無策。

は

☆ 絶えはてる / 完全斷絕；斷氣；死去。

▷ 書❶❷　名果て

ニ注 ❸はひらがなで書く。

ば·てる　バテル〔自動一〕 動けなくなるほど疲れる。話中累得要命；精疲力盡。E be exhausted; be done in.

☆ 8時間休まず歩き続けて、すっかりばてた / 一刻不停地連續走八個小時，完全精疲力盡了。

☆ 徹夜したので、きょうはばててしまった / 由於熬了一整夜，所以今天累得不得了。

パトカー　パトカー〔←パトロールカー(patrol car)〕 警察官が事故を防いだり、事件を調べたりするために乗る車。中巡邏車；警車。E a police car; a patrol car.

☆ パトカーが交通事故の現場に急行した / 警車急忙趕到交通事故現場。

☆ スピード違反の車をパトカーが追いかける / 警車追趕超速的車輛。

数1台

バドミントン (badminton) バドミントン　1人対1人、または2人対2人で、ネットをはさんで羽根のついた球をラケットで打って点を取り合う競技。中羽毛球。E badminton.

☆ 昼休みに会社の中庭でバドミントンをする / 午休時間在公司的院子裡打羽毛球。

はどめ【歯止め】ハドメ、ハドメ　ものごとが悪い方向に進んでいくのをくいとめること。また、その方法。中煞住；抑制不良現象的方法。E a brake.

☆ 土地の値上がりに歯止めをかける / 抑制地價上漲。

パトロール (patrol) パトロール〔～する〕 警官などが犯罪や事故を防いだり調べたりするために街や建物を見てまわること。中巡邏；巡視。E patrol.

☆ 無人のアパートに盗みに入った泥棒がパトロールの警官に捕まった / 闖空門的小偷被巡邏的警察逮捕了。

はな【花】ハナ　❶ 植物が枝や茎に咲かせて実や種をつくるもの。美しい色や形をしているものが多い。中花。E a flower; a blossom.

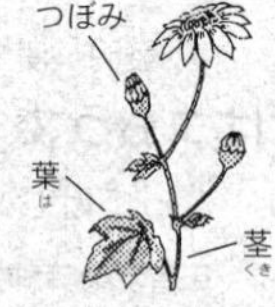

〔花❶〕

☆ 春になると、赤や黄色のチューリップの花が咲く / 到了春天，紅色和黃色的鬱金香就開花。

☆ 花が散る / 花朵凋謝。

☆ 花畑 / 花圃。

❷ 桜。中櫻花。E cherry blossoms.

☆ 吉野は花の名所だ / 吉野是櫻花的名勝地。

☆ 花見 / 賞櫻花。(→ 項目)

☆ 花便り / 花信(櫻花盛開時的消息)。

❸「❶」のように美しく、めだつもの。中華麗；光彩；精華。E the gaiety (of the party).

☆ 洋子のピアノの演奏がパーティーに花をそえた / 洋子的鋼琴演奏為晚會增添光彩。

❹ いちばん盛んでいい時期。中黃金時代；最美好的時期。E one's best days.

☆ 天才少年と騒がれたあのころがぼくの花だった / 曾被譽為天才少年而轟動一時，那段時期是我的黃金時代。

▷ 数❶❷ 1本·1輪

ニ注 ❸❹は「華」とも書く。

…………「花」のつく慣用表現…………

花と散る　劇的な形でものごとがこわれ、滅びる。中像櫻花凋謝那樣死去。E die dramatically.

☆ 道子は劇の主役を演じている最中に倒れて、舞台の花と散った / 道子擔任戲劇主角，演出時在台上當場倒下，就像一朵凋零的落花。

花も実もある　見て美しいだけでなく、内容も充実している。中名實兼具；既風趣又有內涵。E interesting and complete.

☆ 1度だけなのだから花も実もある人生を送りたい / 因為人生只有一回，所以(我)想過名實兼具的生活。

花よりだんご　風流よりも、実際的な利益のほうがいいということ。中捨名求實。E A dumpling is better than a flower.

花を咲かせる　注目されるような成果を上げる。中揚名；功成名就。E make a noteworthy achievement.

☆ 叔父は定年後に書きはじめた小説が認められて、第二の人生に花を咲かせている/叔父在退休後開始寫的小說獲得評價，他在第二人生上可說功成名就。

似た表現 花が咲く

花を持たせる　相手に勝ちや功績をゆずる。中讓～臉上增光；榮譽讓給別人。E let a person have the credit for.

☆ 先輩に花を持たせて、共同研究の成果を、先輩の名前で発表した/用學長的名字發表共同研究的成果，把榮譽謙讓給學長。

……………………………………………

はな

【鼻】ハナ　顔の真ん中の高い部分。息をしたり、においをかいだりする働きをする。中鼻子。E a nose.

☆ いやなにおいがするので、鼻をつまんだ/因為氣味難聞，所以捏住鼻子。

☆ 鼻をかむ/擤鼻涕。

☆ 鼻の穴/鼻孔。

☆ 鼻かぜ/輕感冒；傷風。

→顔図

…………「鼻」のつく慣用表現…………

鼻が高い　他人に自慢できる。また、得意なようすだ。中得意揚揚；感到驕傲。E be proud of.

☆ 娘の書いた小説がベストセラーになって、鼻が高い/女兒寫的小說成了暢銷書，而感到驕傲。

似た表現 鼻を高くする

鼻であしらう　相手のことばをまじめに取りあげず、冷たい態度をとる。中冷淡對待；態度冷淡。E turn up one's nose at.

☆ 柔道を習いたいと夫に言ったら、きみにはとうてい無理だと鼻であしらわれてしまった/對丈夫說想學柔道，得到的卻是冷冰冰的回答說：「這對你肯定太勉強吧!」

鼻にかける　相手が不快に感じるような自慢をする。中炫耀；自高自大。E boast haughtily.

☆ あの子は自分の父が大会社の社長であることを鼻にかけている/那孩子向人炫耀說，他的父親是某大公司的總經理。

鼻につく　❶いやなにおいがつきまとう。中惡臭衝鼻。E be offensive to the nose.

☆ 便所のにおいが鼻につく/廁所的惡臭衝鼻。

❷飽きて、いやになる。中膩煩。E get sick of.

☆ すしは好きだが、1週間も食べ続けていたら、鼻についてきた/雖然喜歡吃壽司，但如果連吃一星期的話，也會吃膩的。

鼻の下が長い　女性に対する関心が強く、態度が甘い。中溺愛女人；好色。E be soft on women.

☆ 鼻の下が長い課長は、女子社員にはだれにでも声をかけ、お茶に誘う/色瞇瞇的課長對每個女職員都打招呼並邀請喝茶。

鼻を明かす　できるわけはないと他人が思っていることをしてみせてびっくりさせる。中乘其不備；先下手；使大吃一驚。E outwit.

☆ 兄はいつもぼくの走るのが遅いとばかにするから、100メートルを11秒台で走って鼻を明かしてやろう/哥哥總是奚落我跑得慢而瞧不起我，所以這次我以跑一百公尺十一秒的成績讓他另眼相看。

……………………………………………

はないき【鼻息】ハナイキ　鼻でする息。中鼻息；用鼻子呼氣。E a snort.

☆ 馬が荒い鼻息をしながら全力で走ってきた/馬喘著粗重鼻息、全力奔馳過來。

鼻息が荒い　なにかをしようとする気持ちが強く、勢いのいいようす。中氣勢；盛氣凌人。

は

E be arrogant.

☆ 一郎は仕事がすべてうまくいっているので、近ごろはとても鼻息が荒い/因為一郎工作順利，最近顯得盛氣凌人。

はながた 【花形】ハナガタ、ハナガタ　はなやかで人気があり、よくめだつ人やもの。中紅人；明星；時髦。E a star; leading.

☆ 二郎は足も速くシュートもうまく、わがサッカーチームの花形だ/二郎跑得快，射門又準，是我們足球隊的明星。

☆ 花形産業/熱門產業。

はなくそ 【鼻くそ】ハナクソ　鼻汁とほこりがまじって鼻の中にかたまったもの。中鼻屎。E nose dirt.

☆ 鼻くそをほじる/pick one's nose./挖鼻孔。

はなごえ 【鼻声】ハナゴエ、ハナゴエ　❶甘えたときに出す、鼻のほうへ抜けるような声。中撒嬌時發出的哼哼唧唧聲。E a wheedling nasal tone.

☆ 妹は父に「洋服を買って」と鼻声を出してねだった/妹妹撒嬌纏著父親說：「給我買件衣服。」

❷ かぜをひいたときなどの鼻がつまったような声。中鼻音。E a nasal voice.

☆ かぜをひいて鼻声なので、聞きにくいかもしれませんが許してください/由於感冒而有鼻音，所以可能聽不清楚，請多包含。

はなし 【話】ハナシ　❶話すこと。中說話；談話。E a conversation; a talk.

☆ 洋子は話が上手だから会の司会をしてもらう/洋子說話流利，請她當晚會主持人。

❷ 物語。中故事。E a story.

☆ 子供のころ、父はよくお化けの話をしてくれた/小時候，父親常給我講妖怪的故事。

☆ おとぎ話/a fairy tale./童話；寓言故事。

☆ むかし話/傳說。

❸ 話題。中話題。E a topic; a subject.

☆ 久しぶりに中学時代の友人と会って話がはずんだ/見到久違的中學朋友，談得津津有味。

☆ 話を変える/換話題。

▷ 他動 話す

話がつく　話し合ってたがいにそれでいいと決める。中說定；談妥。E reach an agreement.

☆ 交通事故を起こしたが、わたしが50万円支払うことで被害者と話がついた/交通事故因我而起，但已與被害人合解，付他五十萬日圓了事。

似た表現 話をつける

話にならない　話題にする価値がない。問題にならない。中不成體統；不像話；不值一提。E be beyond discussion.

☆ あの人の無責任さは話にならない/那人缺乏責任感，真不像話。

話に花が咲く　話している人たちが、楽しみ、おもしろがって、つぎからつぎへと会話が続いていく。中越談越起勁。E have a lively discussion.

☆ ゆうべは旅行の話に花が咲いて、気がついたら午前1時だった/昨晚就旅行的話題越談越起勁，不知不覺已是凌晨一點了。

似た表現 話に花を咲かせる

はなしあ・う 【話し合う】ハナシアウ、ハナシアウ〔他動五〕(はなしあって)　❶たがいに話をする。中談話；對話。E talk together; talk with.

☆ 親と子が仲よく話し合っている/親子之間交談，氣氛融洽。

❷ 相談する。中商量；商談。E discuss; consult with.

☆ よく話し合って、みんなにわかってもらう/好好談談，讓大家都理解。

☆ 大学祭について話し合う/商量關於大學校慶的事。

▷ 名 話し合い

はなしことば 【話し言葉】ハナシコトバ　ふだんの生活の中で話していることば。中口

語；口頭語言；會話語言。E spoken language; a colloquial expression.

☆ この文章はことばがむずかしくてわかりにくいから、話しことばで説明してほしい/這篇文章用辭艱深難而難以理解，希望能用口語加以解釋。

対 書き言葉

はなして【話し手】ハナシテ、ハナシテ　話をする人。中 說話的人。E a speaker.

☆ 話し手の顔を見ながら話を聞く/邊看著說話人的臉邊聽他講話。

対 聞き手

はな・す【放す】ハナス〔他動五〕(はなして)

❶ にぎったりつかんだりしているのをやめる。中 放；放開。E let go; take off.

☆ 人ごみの中では、子供の手を放さないようにしなさい/請不要在人群中放開孩子的手。

☆ 電車のつり革から手を放す/將手從電車的吊環上放下。

❷ しばったりつないだりしていた動物などを自由に行動させる。中 放；放開；撒開。E let loose; turn out.

☆ 捕まえた魚を川に放してやる/將捉到的魚放回到河裡。

☆ 牛を牧場に放す/在牧場放牛。

❸ (動詞の「ます」形について)すっかり～する。きっぱり～する。中 全；全部；完全。

☆ 窓を開け放す/open the window wide./打開窗戶。

☆ 突き放す/推開；甩開；撇開；拋棄。(→項目)

▷ 自動 放れる

はな・す【話す】ハナス〔他動五〕(はなして) ❶ ことばを声に出して言う。中 說；講。E tell; speak; talk.

☆ 夏休みに経験したことを先生に話す/向老師講述暑假的經歷。

☆ 人前で話す/在人前講話。

☆ 話しかける/打招呼；開始談話。

❷ たがいに語る。話し合う。中 交談；商談。E talk with.

☆ ゆっくり話す時間がない/沒有時間慢慢談。

☆ 話しこむ/暢談；只顧談話；談得投機。

▷ 名 話

参 ❶は「言う」と似ているが、「言う」が、相手が聞くかどうかは問題にしないのに対して、「話す」は聞く相手が必ずいるばあいに使う。

はな・す【離す】ハナス〔他動五〕(はなして)

❶ くっついているものを分ける。中 離開；放開。E remove; take off.

☆ ハンドルから手を離して運転する/把手放開方向盤來駕駛。

☆ 小さい子から目を離してはいけない/視線不要離開幼童。

☆ 切り離す/分開；割裂；斷開；割開；割斷。

❷ 距離をおく。間を空ける。中 拉開距離；隔開。E be ahead of; set ~ away.

☆ 2位を10メートル離してゴールインする/領先第二位選手十公尺跑到終點。

☆ 机を離して並べなさい/把桌子分開擺放。

☆ 引き離す/拉開；使疏遠；拉下；離間。

▷ 自動 離れる

はな・つ【放つ】ハナツ〔他動五〕(はなって)

❶「放す」の古い言い方。中 放；放開；撒開。E let loose.

☆ 犬を野原で放つと勢いよく駆けだした/把狗一放到野外就猛然跑起來。

❷ 光やにおい、声などを出す。中 放射。E give; give off.

☆ 立候補の第一声を放つ/候選人首次發表政見。

☆ 悪臭を放つごみ捨て場/散發著惡臭的垃圾場。

❸ 矢や弾丸などを発射する。中 放；射。E hit; shoot.

☆ 弾丸のようなホームランを放った/打出像砲彈般神速的全壘打。

☆ 矢を放つ/放箭；射箭。

▷ 書

はなっぱしらがつよい【鼻っ柱が強い】 他人に負けたくなくて、無理をしても自分の主張を通そうとするようす。話 中 固執己見；頑固。E overconfident; pushing.

☆ 鼻っ柱が強い道子は、今度のコンクールで必ず優勝すると宣言している / 好強的道子宣稱一定要在這次比賽中獲勝。

はなっぱしらをへしおる【鼻っ柱をへし折る】 相手の自慢したい心や負けまいとする心をくじく。話 中 挫其銳氣。E knock a person off his perch.

☆ 一郎が切手を１万枚集めたと自慢したので、ぼくは１万5000枚持ってると言って鼻っ柱をへし折ってやった / 一郎自豪地說他收集了一萬張郵票，我說我已有一萬五千張而蓋過了他，以挫其銳氣。

はなつまみ【鼻つまみ】ハナツマミ、ハナツマミ 人からいやがられ嫌われること。また、その人。中 臭不可聞(的人)；惹人嫌惡(的人)。E a nuisance; be detested.

☆ 彼はいつも同級生の悪口ばかり言っているので、クラスの鼻つまみになっている / 由於他總是說同班同學的壞話，成為全班最討厭的人。

はなはだ【甚だ】ハナハダ 程度が非常に大きいようす。書 中 很；甚；非常。E greatly; very.

☆ 住民は暴走族の騒音にはなはだ迷惑している / 居民對飆車族的噪音深以為苦。

☆ 事態ははなはだ深刻な局面を迎えている / 事態正朝向非常嚴重的局面發展。

はなはだし・い【甚だしい】ハナハダシイ ふつうの程度をはるかにこえている。書 中 很；甚；非常；極其；非常的；很大的。E extreme; too.

☆ 砂漠では昼と夜の気温の差がはなはだしい / 沙漠的晝夜溫差非常大。

☆ 相手の名前を忘れるのは、はなはだしく失礼だ / 忘記對方的名字是非常失禮的事。

はなばなし・い【華華しい】ハナバナシイ 人を驚かせるほどはなやかで、立派だ。中 壯烈；轟轟烈烈；豪華；光彩的；華麗的；華美的。E brilliant; gorgeous.

☆ きょうの試合で、一郎は３回もシュートを決めてはなばなしく活躍した / 在今天的比賽中，一郎三次射門成功，相當活躍。

☆ ２人ははなばなしい結婚式をあげた / 兩人舉行了豪華的結婚典禮。

はなび【花火】ハナビ 火薬に色を出す材料をまぜて細長い形や球の形をした入れ物に入れたもの。火をつけて空中で爆発させ、色や形を楽しむ。中 煙火；花炮。E fireworks.

☆ 夜空に大きな菊の花のような花火が上がった / 狀似菊花的大煙火升上了夜空。

☆ 花火大会 / 煙火大會；煙火晚會。

☆ 線香花火 / (細長的)花火；五分鐘熱度(的人)。

数 大きいものは１発、小さいものは１本

はなびら【花びら】ハナビラ、ハナビラ 数枚が集まって１つの花を形づくっているその１枚。中 花瓣。E a petal.

☆ 桜の花びらが庭一面に散っている / 櫻花花瓣散落滿院子。

数 １枚・１片 →ばら 図

はなみ【花見】ハナミ 桜の花を見て楽しむこと。中 賞櫻花。E cherry blossom viewing.

☆ 今度の日曜日は花見に行こう / 這個星期天去賞櫻花吧。

☆ 花見の客が桜の木の下で宴会を始めた / 賞櫻花的遊客在櫻花樹下舉行賞花宴。

☆ 花見気分 / 賞櫻花的心情。

はなみち【花道】ハナミチ ❶ 歌舞伎で、客席の間につくられた、舞台と客席の後ろの出入り口を結ぶ道。役者の出入りに使われる。中 (歌舞伎)演員上下場的通道。E (*kabuki*) an elevated passage running through the audience.

☆ 役者が花道から登場し、舞台へゆっくりと歩いていった/演員從花道登場，慢慢向舞台走去。

❷ すもうで、力士が土俵へ出たり引っこんだりする道。中 (相撲)力士出場的通道。E (*sumo*) a passage leading to the ring.

☆ 東西２つの花道に力士が姿を現し、土俵に向かった/力士們出現在東西兩邊的通道上，走向摔跤場。

❸ 仕事や地位から人が退くのをはなやかにする場面。中 光榮退休。E (adorn) one's retirement or one's way out.

☆ 部長が定年で会社をやめる前に、部の営業成績を上げて引退の花道を飾ってあげよう/在經理退休前，希望能提高本部的業績，讓他光榮退休。

▷ 数 ❶❷ １本 →歌舞伎 図

はなむけ ハナムケ、ハナムケ 遠くへ旅立つ人に贈る金や品物や励ましのことば。書 中 餞別；餞行。E a farewell gift or greeting.

☆ 帰国する友人にはなむけとして、わたしのかいた絵を贈った/把我畫的畫送給即將回國的友人，作為餞別禮物。

☆ はなむけのことばを贈る/臨別贈言。

はなむこ【花婿】ハナムコ 結婚式をあげたばかりの男性。また、これから式をあげる男性。中 新郎。E a bridegroom.

☆ 白いタキシードの花婿が緊張した顔で式場に入ってきた/身穿白色晚禮服的新郎神色緊張地進入禮堂。

☆ 花婿は花嫁の指に指輪をはめた/新郎將戒指戴在新娘的手指上。

対 花嫁

はなもちならない【鼻持ちならない】 言ったりしたりすることが不愉快で、がまんできない。中 令人生厭；俗不可耐。E disgusting; intolerable.

☆ 彼女が鼻もちならないのは、なんでも自分１人でやったように自慢して話すからだ/她之所以令人討厭是因為她總是吹牛，似乎全都是她一個人的功勞。

参 もとの意味の「くさくてがまんできない」が「いやでがまんできない」の意味で使われるようになったもの。

はなやか【華やか】ハナヤカ 美しくあざやかだったり、勢いが盛んだったりして、人目をひくようす。中 華麗；華美；華貴。E gorgeously; brilliant.

☆ お正月にははなやかに着飾った和服姿の女性が多く見られる/過年時能看見許多身穿和服裝扮美麗的女性。

☆ はなやかな活躍/十分活躍，顯赫一時。

はなよめ【花嫁】ハナヨメ 結婚式をあげたばかりの女性。また、これから式をあげる女性。中 新娘。E a bride.

☆ 白いウエディングドレスの花嫁が父親に手を引かれて式場に入ってきた/身穿白色婚紗的新娘由父親牽著手走進禮堂。

☆ 花嫁は花婿と並んで写真をとった/新郎新娘合影。

対 花婿

はなればなれ【離れ離れ】ハナレバナレ ２つ以上のもの、または２人以上の人が分かれてばらばらになること。また、ばらばらに存在すること。中 分散；離散。E separately.

☆ 父は大阪、母とわたしは東京、兄はアメリカと、家族が離れ離れに住んでいる/父親在大阪，母親和我在東京，哥哥在美國，全家七零八散。

はな・れる【離れる】ハナレル〔自動一〕

❶ くっついていたものが分かれる。中 離；離開；分離。E part from; leave.

☆ 親のもとを離れて独立する/離開父母獨立生活。

☆ その考えが頭から離れない/無法從腦中擺脫那個想法。

❷ 距離がある。間が空く。中 離開。E be away from.

は

☆ わたしの家は駅から１キロ離れている/我家離車站有一公里遠。

☆ 兄とは 10 歳離れている / 和哥哥相差十歲。

☆ すこし離れて歩く/稍微隔開一些距離走路。

❸ 関係がなくなる。中 離開；(與～)沒有什麼關係；置之度外。E be apart from; digress from.

☆ 利害を離れて仕事に打ちこむ / 不計較利害關係而專心工作。

☆ 本筋から離れた議論 / 偏離主題的議論。

▷ 名 離れ　他動 離す

はなれわざ【離れ業】ハナレワザ　ふつうの人にはまねのできない、人を驚かせるような思いきった行動。中 絶技；驚人的行動。E a feat; a stunt.

☆ 一郎は６カ月間に３カ国語をマスターするという離れ業をやって、みなを驚かせた/一郎在六個月內，學好了三國語言，這個傑出的成就使大家感到十分驚訝。

はにか・む　ハニカム〔自動五〕(はにかんで) 恥ずかしそうな表情や身ぶりをする。中 靦腆；羞怯。E be shy; be bashful.

☆ 知らない人に声をかけられて、はにかんで母親の後ろに隠れる子供 / 被不認識的人打招呼，使孩子靦腆地躲到母親身後。

名 はにかみ

参「恥じる」「照れる」も似ているが、「恥じる」が恥とする理由があって人目を避けたがる感じがあり、「照れる」が人前でほめられたりしたときに恥ずかしがっている気持ちを行動で示すのに対して、「はにかむ」はうつむいたり、ちょっとほほえんだりして遠慮深いようすを示す。子供や若い人などによく見られる。

はね【羽・羽根】ハネ　❶ 鳥や虫などの体の両側から出ている、飛ぶための器官。中 翅膀；翼。E a wing.

☆ 鳥が大きく羽をひろげて空を飛んでいる/鳥兒展翅高飛。

☆ チョウが花の上で羽を休めている / 蝴蝶停在花朵上。

❷ 鳥の体全体に生えている毛。羽毛。中 羽毛；翎毛；鳥毛。E a feather.

☆ ２羽の鶏がけんかしたあとの地面に、羽がたくさん落ちていた/兩隻雞打架後，地上散落著許多羽毛。

☆ 羽ぶとん / 羽絨被。

❸ ものに取りつけられた「❶」の形をしたもの。中 機器等的葉片；翼。E (airplane) wings; a blade (of an electric fan).

☆ 空港にはたくさんの飛行機が羽を休めていた / 許多飛機停在飛機場上。

☆ 扇風機の羽根 / 電扇的葉片。

▷ 数 ❶❸ 1 枚、❷ 1 枚・1 本

注 ❶❷は「羽」、❸は「羽根」。ただし、飛行機のばあいは「羽」。

羽が生えて飛ぶよう　つぎからつぎへとその場からものが離れていくようす。中 像長了翅膀似的。E (sell) like hot cakes.

☆ 戦争開始を伝える新聞が、羽が生えて飛ぶように売れている/報導戰爭爆發的報紙像長了翅膀似地暢銷著。

似た表現 羽が生えたよう

羽を伸ばす　いままでの思うようにならなかった状態から解放されて、のびのびと自由に行動する。中 放開手腳；無拘無束地。E have good time; live it up.

☆ 1 週間休みがとれたので、仕事のことを忘れて羽をのばした/由於請了一週的假，所以可以忘掉工作，放鬆心情。

ばね　バネ　❶ 細長い金属を連続した輪の形に巻いたり、曲げたりしたもの。押さえると縮み、放すともどる力がある。中 發條；彈簧。E a spring.

☆ このいすはばねがきいてい　〔ばね❶〕

るので、立ち上がるとき、体が跳ね上がるような感じになる/這把椅子彈性很好，所以站起來的時候，身體有一種跳起來的感覺。

❷ 人の足や腰の跳ねるような力。中 彈力。E spring.

☆ A選手が高く跳べるのは、腰のばねが強いからだ/A選手之所以能跳得很高，是因為他的腰部彈力很強的關係。

はねあが・る【跳ね上がる】ハネアガル、ハネアガル〔自動五〕(はねあがって) ❶ 勢いよく跳び上がる。中 跳起來；飛濺。E splash; jump up.

☆ 自動車とすれちがうとき、スカートに泥が跳ね上がった/與汽車擦身而過時，泥水濺到裙子上。

❷ 値段などが急激に上がる。中 暴漲；猛漲。E shoot up; rise sharply.

☆ 中東で紛争が起こると、石油の値段が跳ね上がる/只要中東一發生戰爭，石油價格就會暴漲。

☆ 物価が跳ね上がる/物價暴漲。

❸ 指示にしたがわず自分勝手な行動をする。中 急進行動。E act rashly.

☆ 新入部員が跳ね上がった行動をするので、先輩たちは困っている/由於新進學員不重倫理，潛越本分，讓老學員傷透腦筋。

▷ 名 跳ね上がり 他動 跳ね上げる

ハネムーン (honeymoon) ハネムーン ❶ 結婚後の約1カ月間。中 蜜月。E a honeymoom.

☆ ハネムーンはあっという間に過ぎた/蜜月轉眼即過。

❷ 結婚式をあげたばかりの男女が出かける旅行。新婚旅行。中 蜜月旅行；新婚旅行。E a honeymoom.

☆ 午前中に結婚式をして、午後の飛行機でハネムーンに出かける/上午舉行結婚典禮，下午就坐飛機去蜜月旅行。

は・ねる【跳ねる】ハネル〔自他動一〕 ❶ 跳び上がる。躍り上がる。中 跳；跳躍。E leap; jump.

☆ ウサギがぴょんぴょん跳ねている/兔子一蹦一蹦地跳著。

☆ 跳ねまわる子供たち/到處活蹦亂跳的孩子們。

❷ 飛びちる。ほとばしる。中 濺；飛濺。E spit; spatter.

☆ てんぷらをあげていて油が跳ねた/正在炸天婦羅時油濺了出來。

☆ 水が跳ねる/水濺起來。

❸ ぶつかってはじきとばす。中 撞；濺。E splash; hit.

☆ 自動車が泥水をはねて走り去った/汽車濺起泥水奔馳而去。

☆ タクシーにはねられてけがをした/被計程車撞倒受了傷。

注 ❸はひらがなで書く。また、❶❷は自動詞、❸は他動詞。

はは【母】ハハ ❶ 女のほうの親。中 母親；媽媽。E a mother.

☆ わたしは母が25歳のときに生まれた/我在母親二十五歲時出生。

☆ 道子は3人の子の母だ/道子是三個孩子的媽媽。

☆ 母の日/母親節。

☆ 母親/母親。

対 父

❷ ものごとを生みだすもと。中 母。E the mother.

☆ 必要は発明の母/需要是發明之母。

参 ❶は人と話すときに自分の身内をさして使うことば。配偶者の女の親のこともいう。他人の母親に向かって、またその人を話題にしていうときは、「お母さん」を使う。自分の母を他人にいうばあいは、子供は「ぼくのお母さん」というが、成人は「わたしの母」という。また、客観的に他人の母親をいうときも「太宰治の母は病弱だった」のように「母」を使う。

はば【幅】ハバ　❶横のはしからはしまでの長さ。中寛度；幅面。E width; breadth.

☆ 川の幅は下流に行くほど広くなる/越往下游河面越寬。

☆ 横幅/横幅（寬度）。

❷ 2つの数や量が示すものの間の差。中相差；幅度。E a (numerical) difference.

☆ きのうの最高気温は25度、最低気温は13度で、1日の気温の幅は12度だった/昨天最高氣溫為二十五度，最低氣溫為十三度，一天內溫差為十二度。

☆ 値上げの幅が大きい/物價大幅上漲。

❸ 自由にできる部分。ゆとり。中伸縮餘地；靈活性。E (become) a broad-minded person; latitude.

☆ 兄は結婚してから人間に幅が出てきた/哥哥結婚之後就變得成熟了。

幅が利く　自分の思うように他人を動かす力を持っている。中有勢力。E have influence (over others).

☆ 道子は銀行の関係者に幅がきくので、お金のことで相談したかったら彼女のところへ行くといい/道子在銀行裡有點影響力，要想借錢的話，可以去找她。

似た表現 幅を利かせる[す]

パパ (papa) パパ　父。また、子供が父親に呼びかけることば。お父さん。中爸爸。E papa; dad; daddy.

☆ ぼくの家族はパパ、ママ、ぼくの3人です/我家有爸爸、媽媽和我，共三人。

☆ パパ、今度の日曜日、動物園に連れていってよ/爸爸，這個星期天帶我去動物園嘛。

対 ママ

はばか・る ハバカル、ハバカル〔自他動五〕(はばかって)　❶他人に対して遠慮する。中忌憚；顧忌；怕。E be afraid of; hesitate.

☆ 人前をはばかって小声で話す/在人前有所顧忌而小聲說話。

☆ 人目をはばかる仲/對他人眼光有所顧忌的親密關係。

❷ 周囲にかまわず勝手にふるまう。中有權勢；當權。E behave selfishly.

☆ 憎まれっ子世にはばかる/好人不長命，禍害遺千年；惡人橫行霸道。(→項目)

▷ 名 はばかり

二 注 ❶は他動詞、❷は自動詞。

はばた・く【羽ばたく】ハバタク〔自動五〕(はばたいて)　❶鳥が両方の翼をひろげて上下に動かす。中展翅；拍打翅膀。E flap the wings.

☆ ツルが大きくはばたいて空へ飛んでいった/白鶴振翅高飛。

☆ 鶏がばたばたはばたく/雞啪嗒啪嗒地拍打翅膀。

❷ 広い社会に出て活躍する。中飛向未來；走上社會。E spread one's wings.

☆ 大学卒業後は社会で大いにはばたいてください/祝大學畢業後在社會上大展鴻圖！

▷ 名 羽ばたき

はばつ【派閥】ハバツ　1つの集団の中にできたグループ。同じ学校を出た人、同じ地方から来た人、同じ考え方の人などがつくったもの。中派別；派系。E a faction; a clique.

☆ この会社は社長派と副社長派の2つの派閥がある/這家公司有總經理派和副總經理派的兩個派系。

☆ 派閥争い/派系鬥爭。

はば・む【阻む】ハバム〔他動五〕(はばんで)　ほかのものがのびたり進んだりできないようにじゃまをする。防ぎとめる。中阻止；阻擋。E hinder; obstruct.

☆ よごれた空気が草木の生長をはばむ/空氣污染會阻礙草木的生長。

☆ 台風で倒れた木に通行をはばまれる/颱風吹倒樹木而阻斷通路。

はびこ・る　ハビコル〔自動五〕(はびこって)

❶ 草木などがしげってひろがる。中 蔓延；叢生。E be overgrown with; grow wild.

☆ 庭に雑草がはびこる / 庭院裡雜草叢生。

☆ 枝がはびこる / 樹枝蔓延。

❷ 悪いものの勢いが強くなって、いっぱいにひろがる。中 横行；猖獗。E spread; thrive; be rampant.

☆ エイズがはびこるのを防ぐ / 預防愛滋病蔓延。

☆ 悪人がはびこる / 惡人橫行霸道。

☆ 暴力がはびこる世の中 / 暴力猖獗的社會。

はぶ・く 【省く】ハブク〔他動五〕(はぶいて)

❶ よけいなものを取り除いて、少なくする。中 省；節省；減去。E avoid; save.

☆ 生活のむだを省く / 減少生活中的浪費。

☆ 手間を省く / 節省時間和勞力。

❷ 必要でないものとして取り除く。中 從略；省略。E omit; leave out.

☆ くわしい説明を省く / 省略詳細說明。

☆ 主語を省いた文 / 省略主語的句子。

▷ 自動 省ける

ハプニング (happening) ハプニング　思いがけないできごと。中 偶發事件；意外事件。E a happening; an incident.

☆ 野球の試合中、観客の１人がグラウンドに飛び下りるというハプニングが起こった / 棒球比賽中，意外發生了一名觀衆跳入賽場的事件。

バブル (bubble) バブル　株や不動産の取り引きによって、実際の中身より大きな価値がつくこと。中 泡沫經濟。E the "bubble economy".

☆ バブルがはじけて株価が暴落した / 泡沫經濟崩壞造成股價暴跌。

☆ バブル経済 / 泡沫經濟。

はま 【浜】ハマ　海や湖の、水のある所にそった砂の部分。浜辺。中 海邊；湖邊。E the beach; the seashore.

☆ 泳いだあと、浜を散歩した / 游完泳之後在海邊散步。

☆ 浜で貝を拾う / 在海邊撿貝殼。

☆ 浜風 / 海風。

はみだ・す 【はみ出す】ハミダス、ハミダス〔自動五〕(はみだして)　押されたり、決められた範囲に入りきれなかったりして外へ出る。はみ出る。中 溢出；擠出；露出；突出。E stick out; be crowded out.

☆ ワイシャツのすそがズボンからはみだしている / 襯衫的下擺從褲腰中露出來了。

☆ 講演会の会場からはみだした満員の聴衆 / 從爆滿的演講會場被擠出來的聽衆。

ハム (ham) ハム　❶ 豚肉を塩づけにして、薫製にしたもの。中 火腿。E ham.

☆ ハムと卵でハムエッグをつくる / 用火腿和雞蛋做火腿蛋。

☆ ロースハム / 上等瘦肉火腿。

❷ アマチュア無線。また、その免許証を持っている人。中 業餘無線電愛好者；火腿族。E a (radio) ham.

☆ ゆうべ九州のハムと通信した / 昨晚與九州的火腿族通過信息。

▷ 数❶ １枚・１本

はむか・う 【刃向かう・歯向かう】ハムカウ〔自動五〕(はむかって)　敵意をむきだしにして反抗する。中 張牙咧嘴；反抗。E rise against; resist.

☆ 権力に鋭くはむかう / 與權力進行激烈的抗爭。

☆ 親にはむかって家を出る / 反抗父母而離家出走。

☆ 飼い主にはむかう犬 / 對主人張牙咧嘴的狗。

参 もともとは、刃物を持ったり、かみつこうと歯をむきだしたりして向かってくる意味で、物理的、肉体的に直接力を使うことになる。また、「さからう」も似ているが、「さからう」は精神的に反抗する意味で使われることが多い。

はめ 【羽目】ハメ　❶ 板を並べてはった壁。中 板壁。E a panel board.

は

☆ この羽目には杉の板が使ってある/這片板壁用的是杉木。

❷ 自分にとってつごうのよくない状態。中 困境；窘況。E a plight; be compelled.

☆ あなたが飛行機の時間に遅れたために、旅行を中止するはめになったのだ/因為你誤了飛機的班次，所以才造成旅行的中止情形。

羽目を外す 調子にのって、ふつうではしないようなことをして騒ぐ。中 盡情；歡鬧；盡興；過分。E whoop it up; pull out all the stops.

☆ 10年ぶりに大学時代の友人と会って、うれしくて羽目をはずして騒いでしまった/與久違十年的大學朋友相見，十分高興，盡情地歡鬧了一場。

はめつ【破滅】ハメツ〔～する〕 2度ともとにもどせないほどひどくこわれること。中 破滅；滅亡；毀滅。E ruin.

☆ 核戦争が起こったら、人類は破滅する/發生核戰的話，人類將步入毀滅。

☆ ギャンブルにのめりこんで身の破滅を招いた/誤入賭博的歧途而招致身敗名裂。

は·める ハメル〔他動一〕 ❶ ある形のものの中に、ぴったり合うように入れる。また、外側からかぶせ合わせる。中 鑲；嵌；戴。E put on; fit in.

☆ 手袋をはめる/戴手套。

☆ 戸にガラスをはめる/把玻璃鑲在門板上。

☆ 型にはめる/墨守常規；老套。

❷ おとしいれる。だます。中 使陷入；欺騙。E entrap; take in.

☆ 敵の計略にはめられる/陷入敵人的圈套。

▷ 話❷ 自動 はまる

ばめん【場面】バメン、バメン ❶ テレビ、映画、演劇などの中の1つの情景。中 場面。E a scene.

☆ きのう見た映画の恋人たちが別れる場面がとても美しかった/昨天看的電影中，戀人們分手的場面很美。

☆ 場面が変わる/場面改變。

❷ ものごとが行われているときの情景。中 場面；情景。E a sight.

☆ 電車の中ですりが乗客の財布を盗む場面を見てしまった/在電車上看到扒手偷竊乘客錢包的場面。

はもの【刃物】ハモノ 刃がついている、ものを切ったりけずったりする道具。包丁、ナイフなど。中 刀劍；刃具。E an edged tool; a knife.

☆ 男が刃物で通行人をおどし、金を取って逃げた/男子用刀子威嚇行人，奪取錢財後逃逸了。

☆ 刃物をとぐ/磨刀。

☆ 鋭い刃物/鋒利的刀子。

はもん【波紋】ハモン ❶ 水面に石などを投げたときにできる波の輪。中 波紋。E a ripple.

☆ 池に木の実が落ちて、小さな波紋ができた/樹上的果實落到池中，激起了細微的漣漪。

❷ 他の方面にまでおよぶ影響。中 影響。E a stir; a sensation.

☆ A大統領の発言は全世界に波紋を呼んだ/A總統的發言對全世界產生了很大的影響。

☆ B社長の辞任で内外に大きな波紋がひろがった/B總經理的辭職對公司內外造成了很大的影響。

はや【早】ハヤ ❶ 早くものごとが進むようす。中 早已；已經。E already; now.

☆ 高校を卒業してから、はや5年たった/高中畢業已有五年了。

☆ はや、日が暮れた/天已經黑了。

❷ (他のことばの頭について)早い。中 早的；早。

☆ 早起き/早起(的人)。(→項目)

☆ 早咲き/early-blooming./〔花〕早開；先開。

☆ 早死に/早死；過早去世。

▷ 書❶

はや·い【早い·速い】ハヤイ ❶ 時刻や時期が前だ。中 早；早的。

E early.

☆ 約束の時間より５分早く来た / 比約定時間早到了五分鐘。

☆ 朝早く起きる / 早上早起。

対 遅い

❷ 時間がかからないようすだ。決まった時間に遠くまで行く。中 快；迅速。E quick; fast; speedy.

☆ 飛行機のほうが電車より速い / 與電車相比，飛機速度快。

☆ 速く走る / 跑得快。

対 遅い

注 漢字で書くときは、❶は「早い」、❷は「速い」。

はやおき【早起き】ハヤオキ〔・する〕 朝、早く起きること。また、その人。中 早起（的人）。E get up early; an early riser.

☆ 早起きして近所を散歩する / 早起在附近散步。

☆ あしたは６時出発だから早起きしなくてはいけない / 因為明早六點要出發，所以必須早起。

対 朝寝、朝寝坊

早起きは三文の得 早起きをすれば、チャンスに恵まれることも多いということ。中 早起的鳥兒有蟲吃。E The early bird catches the worm.

はやがてん【早合点】ハヤガテン〔～する〕 相手の話をよく聞かないうちにわかったつもりになってしまうこと。はやがってん。中 貿然斷定。E jump to a conclusion.

☆ 早合点しないで最後までわたしの話を聞けば、わたしがあなたと同じ考えだということがわかったはずだ / 不要貿然地下結論，把我的話聽完，你應當就明白我和你是同一個想法。

はやし【林】ハヤシ 木がたくさん生えている所。中 林；樹林。E a grove; a thicket.

☆ 林の中には小鳥や小さな動物がすんでいる / 樹林中住著小鳥和小動物。

☆ 雑木林 / 雑木林。

☆ 松林 / 松樹林。

→森林

はや・す【生やす】ハヤス〔他動五〕（はやして） 生えるようにする。のばす。中 使～生長；種；留（鬍子）。E grow.

☆ 父はひげを生やしている / 父親留著鬍子。

☆ 庭の手入れができず、雑草を生やしたままだ / 沒能整理庭院，使得雜草叢生。

☆ 根を生やす / 生根。

自動 生える

はやてまわし【早手回し】ハヤテマワシ 実際に必要になるときより前に、早く準備をしておくこと。中 提前準備；事先作好準備。E early preparations.

☆ 旅行すると決めたら、早手まわしに準備をするほうがいい / 如果決定去旅行的話，最好提前準備。

はやとちり【早とちり】ハヤトチリ〔～する〕 早合点してしまい、失敗すること。話 中 錯誤理解；貿然下結論而造成錯誤。E jump to a (wrong) conclusion.

☆ 荷物を家に送るように頼んだのに、一郎は早とちりして会社に送ってしまった / 拜託一郎將行李送到家裡，但他卻冒失地送到公司。

はやばや【早早】ハヤバヤ ふつうよりも早いときに行うようす。中 早早地；很早地；極早地。E very early; quickly.

☆ 冬休み１週間前に、京子はスキー旅行にはやばや（と）出かけた / 在寒假一週前，京子就提前出門去滑雪旅行了。

☆ 11月初めに、クリスマスカードがはやばや（と）とどいた / 十一月初，聖誕節的賀卡就提早到了。

注「そうそう」とも読めるので、区別するためには、ひらがなで書くほうがいい。

はや・める【早める・速める】ハヤメル〔他

は

動一〕 ❶期日や時刻などを予定より早くする。中提前。E advance.

☆ 仕事が順調に終わったので、帰国を早める/由於工作順利完成，所以能夠提前回國。

☆ 飛行機に乗り遅れないように出発を早めた/為了不耽誤飛機而提前出發。

対延ばす

❷ 速度を速くする。促す。中加快；加速。E hasten; quicken.

☆ 夜も光を当てて、植物の生長を速める/晚上也用光線照射，加速植物的生長。

☆ 足を速めて歩く/加快腳步走。

▷ 自動 早まる・速まる

注 漢字で書くときは、❶は「早める」、❷は「速める」。

はやりすたり ハヤリスタリ、ハヤリスタリ　人気が出てはやることと、人気を失ってはやらなくなること。中 流行和過時。E be subject to changes in fashion.

☆ 現代は商品のはやりすたりが激しく、春に流行したものが秋にはもう流行後れになっている/現代商品流行變化快，春天流行的東西到秋天就已經過時了。

☆ ことばにもはやりすたりがある/語言也有流行或過時。

はや・る ハヤル〔自動五〕(はやって) ❶人気があって、その時期にもてはやされる。中流行；時髦；時興。E be popular; come into fashion.

☆ 若者の間でゴルフがはやっている/年輕人流行打高爾夫球。

☆ 今年の冬はミニスカートとブーツがはやりそうだ/看來今年冬天要流行迷你裙和長筒靴。

対廃れる

❷ 商売などが繁盛する。中興旺。E do a good business.

☆ この八百屋は安くて品物がいいので、よくはやっている/這家蔬果店價廉物美，所以生意興隆。

対廃れる

❸ 病気がひろがる。中流行；蔓延。E prevail; rage.

☆ 悪いかぜがはやっている/目前正在流行惡性感冒。

▷ 名 はやり

はやわざ【早技・早業】ハヤワザ、ハヤワザ　人々が驚くほど速くて上手な技術。中神奇的技藝；俐落的手法。E a feat of agility; quick work.

☆ またたく間に1頭の羊の毛を刈っていくその早技に、人々は感心して見入っていた/一眨眼的工夫就剪下一頭羊毛，人們對於這一技術十分佩服並看得出神。

☆ 電光石火の早業/做得非常迅速；極為敏捷。

はら【腹】ハラ　❶体の中で胃や腸などの内臓が入っていて、顔と同じ方向を向いている部分。おなか。中腹；肚子。E the stomach; the abdomen.

☆ 食べすぎて腹がいっぱいだ/吃多了，肚子滿滿的。

☆ 腹が減る/肚子餓了。

☆ 腹をこわす/鬧肚子。

対背

❷ 生まれる前の子供がいる母親の体の中。中胎内；母體内。E the womb.

☆ 腹違いのきょうだい /同父異母的兄弟。

❸ 心の中。中内心；心裡。E one's heart; one's mind.

☆ 三郎は口では道子のことをほめるが、腹ではよく思っていない/三郎口頭上稱讚道子，内心裡卻不這麼想。

☆ 腹を決める/下決心。

▷ →体 図

…………「腹」のつく慣用表現…………

腹が立つ　なにかに対して怒りの心が起こってくる。中生氣；發怒。E get angry.

☆ 飲んだあとの空き缶をどこにでも捨てる人には本当に腹が立つ / 對於那種隨手亂扔飲料空罐的人，叫人生氣。

似た表現 腹を立てる

腹が減っては戦ができぬ 腹が減っていたのでは、満足な働きができない。中 餓著肚子打不了仗；不吃飯什麼也幹不了。E One cannot work on an empty stomach.

腹を痛める 子供を産む。中 分娩之苦；親生。E give birth to.

☆ 自分の腹を痛めた子は、どんなに悪い子でもかわいい / 親生的孩子再壞也覺得可愛。

腹を抱える 大笑いをする。中 捧腹大笑。E hold one's sides with laughter.

☆ わたしの冗談に父は腹をかかえて笑った / 父親聽了我講的笑話捧腹大笑。

腹をくくる 覚悟を決める。中 做好準備；下定決心。E make up one's mind.

☆ この仕事は人のためになることだから、損をしてもいいと腹をくくった / 因為這份工作對人有益，所以決心要做，哪怕自己受損失也不在乎。

似た表現 腹を決める、腹を据える

腹を下す 下痢をする。中 腹瀉；拉肚子。E get diarrhea.

☆ なにか悪いものでも食べたのか腹を下してしまい、何度も便所に通った / 恐怕是吃了什麼不潔之物，跑好幾次廁所拉肚子。

似た表現 腹が下る

腹を探る 他人が考えていることを知ろうとする。中 刺探對方的想法。E try to read another's mind.

☆ 交渉をどのあたりでまとめるか、たがいに腹をさぐっている / 談判能談到何種程度呢?雙方互相刺探著對方的想法。

腹を据える 決心したことに対しては結果がどうなろうとかまわないと覚悟する。中 下定決心；沉下心去。E be prepared for the worst.

☆ 新しい土地での生活にはいろいろむずかしいことがあるから、腹をすえてがんばろう / 由於在新環境中生活上會遇到種種的難題，所以下定決心去努力奮鬥。

似た表現 腹が据わる、腹を決める、腹をくくる

腹を割る 隠さずに自分の気持ちを言う。中 推心置腹。E (talk) frankly.

☆ 一郎に、一緒に仕事をしないかと腹を割って話してみた / 推心置腹地對一郎說：「一起做吧。」

ばら バ̄ラ かたまっていないで1つ1つが分かれていること。中 零散；分散；拆散。E loose.

☆ 箱入りの鉛筆をばらにして1人2本ずつ配る / 將盒裝的鉛筆拆散，按每人兩支分發。

☆ ばら売り / 零售。

ばら バ̄ラ 幹や枝にとげがあり、色や形が美しくてかおりのいい花が咲く木。中 薔薇；玫瑰花。E a rose.

花びら
とげ
〔ばら〕

☆ バラの花からお茶や香水をつくる / 用玫瑰花生產茶葉和香水。

☆ 赤いバラの花束をもらった / 收到了一束紅玫瑰。

☆ バラ色 / 薔薇色；淡紅色。

数 1本、花は1輪

はら・う 【払う】ハラ̄ウ〔他動五〕(はらって)

❶ じゃまなものを、勢いよく取り除く。中 去掉；除掉。E lop off; sweep (one's feet) out from under.

☆ 木の小枝を払う / 修剪樹上的小枝。

☆ つえで相手の足を払う / 用拐杖絆倒對方的腳。

❷ 軽くたたいて、ちりやくずを取り除く。中 拂；撣。E dust off; brush away.

☆ 上着についたチョークの粉を払う / 撣去沾

在上衣上的粉筆灰。

☆ 本棚のほこりを払う/撣去書架上的灰塵。

☆ 払い落とす/抖落。

❸ 金を渡す。中支付。E pay.

☆ 入場料を払って美術館に入る/買門票後進入美術館。

☆ 賃金を払う/支付工資。

☆ 支払う/支付；付款；交錢。(→ 項目)

❹ 気持ちや態度をそちらに向ける。中傾注；表示。E pay; show.

☆ 四方に注意を払う/小心注意四周。

☆ 敬意を払う/表示敬意。

☆ 努力を払う/付出努力。

▷ 名 払い

はらぐろ・い【腹黒い】ハラグロイ　心の中に悪い考えを持っている。中心眼兒壞；黑心腸。E crafty; deceitful.

☆ 腹黒い不動産屋が、客をだまして不便な土地を高い値段で売った/黑心的房地產業者欺騙顧客，將條件不好的土地用高價出售。

はらげい【腹芸】ハラゲイ、ハラゲイ　ことばに出さず、度胸や経験で自分の意思を伝え、思うように相手を動かすこと。中有膽略；有膽識；訥於言而敏於行。E a knack for making one's views felt; the force of one's personality.

☆ 有力な政治家の腹芸で政治が動くことがある/有時政治是靠著有實力的政治人物的膽識來推動的。

はらごしらえ【腹ごしらえ】ハラゴシラエ〔～する〕　なにかをする前に食事をしておくこと。中先吃好飯。E have a meal (before starting).

☆ もうすぐ昼だから、出かける前に腹ごしらえをしておこう/因為馬上就到中午了，所以在出門前先吃好飯。

はらごなし【腹ごなし】ハラゴナシ　食べたものを消化させるために軽い運動などをすること。中消化。E (go for a walk) to help one's digestion.

☆ 晩ごはんを食べすぎてしまった。腹ごなしに散歩してこよう/晚飯吃多了。為了消化散散步吧。

ばら・す　バラス〔他動五〕(ばらして)　❶ばらばらにこわす。中拆開；弄得七零八散。E take a thing to pieces.

☆ 息子は機械をばらして組み立てるのが好きだ/兒子喜歡拆開機械再重行組裝。

☆ 時計をばらす/拆開鐘錶。

❷ 殺す。中殺死；殺掉。E kill.

☆ 声を立てるとばらすぞ、と強盗におどされた/被強盜威脅道：「要是出聲就殺了你。」

❸ 人の秘密などをほかの人に教える。中揭穿；洩漏。E let out; expose.

☆ ぼくの言うとおりにしないなら、きみの秘密をばらすよ/如果不照我說的做，就揭穿你的秘密。

▷ 話 自動 ばれる

はらだたし・い【腹立たしい】ハラダタシイ　怒りたい気持ちだ。中可氣；令人氣憤。E exasperating; provoking.

☆ 女は家で子供を育てていればいいという部長の考えには、本当に腹立たしくなる/經理這種女人在家帶小孩就好的想法，真是令人生氣。

はらっぱ【原っぱ】ハラッパ　草が生えている広い場所。話中草地；空地。E an open field; an empty lot.

☆ 子供たちが原っぱを走りまわって遊んでいる/孩子們在草地上跑動玩耍。

☆ ここは10年前は原っぱだったのに、いまは大きなビルが建っている/這裡十年前是空地，而現在卻聳立著高樓大廈。

はらはちぶんめ　【腹八分目】ハラ・ハチブンメ、ハラ・ハチブンメ　腹いっぱいになるまで食べず、もうすこし食べたいと思うところでやめておくこと。腹八分。中 吃八分飽。E be moderate in eating.

☆ 健康を保つには腹八分目にしておくのがだいじだ / 要保持健康，飯吃八分飽是很重要的。

はらはら ハラハラ ❶ 木の葉や花びらなどが続いて散って落ちるようす。中 樹葉、花瓣等不停地散落的樣子。

☆ 紅葉した木の葉が、風ではらはら(と)ちった / The autumn leaves fluttered down, blown by the wind. / 紅葉隨風紛紛飄落。

❷ 涙やしずくなどが静かに続いて落ちるようす。中 眼淚、水滴等不停地滴落的樣子。

☆ 兄は友の死を知り、はらはら(と)涙を落とした / The news of his friend's death drew silent tears from my brother. / 哥哥得知朋友的去世，眼淚簌簌地落下。

❸〔～する〕悪い結果になりそうで、非常に心配するようす。中 由於感到會產生不良結果而不斷提心吊膽的樣子。

☆ デパートの火事で、お客がヘリコプターで救出されるのをはらはらしながら見た / I watched in suspense as customers were rescued by a helicopter from the department store fire. / 看到用直升機搶救困在商場失火裡的顧客，真替他們捏一把冷汗。

ばらばら バラバラ、バラバラ ❶ 小さな粒のものが、勢いよく続いて落ちる音を表す。また、そういう音を立てるようす。中 嘩啦嘩啦；吧嗒吧嗒(地散落)。E come pelting down; fall in drops.

☆ 雨が突然、ばらばら(と)降りだした / 突然嘩啦嘩啦地下起雨來了。

❷ いくつかに分かれるようす。また、まとまりのないようす。中 零亂；七零八落。E be scattered; be divided.

☆ 卒業後、級友たちはばらばらに分かれてしまった / 畢業後，同學們就各奔東西了。

☆ 意見がばらばらで、いつまでも結論が出ない / 意見五花八門，就是沒有達成結論。

参 ❶は「ぱらぱら」と似ているが、「ばらばら」のほうが粒がすこし大きく、落ちる音も大きい。

ぱらぱら パラパラ、パラパラ ❶ 小さな粒のものが続いて落ちる音を表す。また、そういう音を立てるようす。中 顆粒狀物體不停地散落的樣子及聲音。

☆ 雨がぱらぱら(と)降ってきた / It has begun to sprinkle. / 雨稀稀落落地下起來了。

❷ 本などを続けてめくる音を表す。また、そういう音を立てるようす。中 連續翻看書頁的聲音及樣子。

☆ 辞書をぱらぱら(と)めくって、ことばの意味を調べる / leaf through a dictionary, looking up the meanings of the words. / 嘩啦嘩啦地翻著字典，查詞彙的意思。

❸ 間がすこしずつ空いているようす。中 空間間散著的樣子。

☆ 秋の海岸は、人がぱらぱら(と)しかいない / There is only a sprinkling of people on the beach in autumn. / 秋天的海岸遊人寥寥無幾。

☆ 塩をぱらぱら(と)振りかける / 稀稀落落地撒上鹽。

▷ →ばらばら

はらぺこ 【腹ぺこ】ハラペコ 「空腹」のくだけた言い方。話 中 肚子很餓；餓扁肚皮。E be starving.

☆ ぼく腹ぺこなんだ。なにか食べるものない？ / 我肚子餓了，有什麼吃的嗎?

☆ 朝ごはんを食べてこなかったので腹ぺこだ / 因為早上沒吃早飯，所以肚子都餓扁了。

ばらま・く バラマク、バラマク〔他動五〕(ばらまいて) ❶ 勢いよく振りまく。中 大把大把地撒；散佈。E scatter.

☆ 屋上から宣伝ビラをばらまく / 從屋頂上散發傳單。

☆ 節分に豆をばらまく / 立春前一天撒豆。

☆ うわさをばらまく/散佈謠言。

❷ 気前よく金を使ったり品物を与えたりする。中 到處花錢；散財。E scatter; give ~ generously.

☆ 選挙で金をばらまき、票を集める/選舉時到處花錢收買選票。

☆ 海外旅行のみやげを周囲の人たちにばらまく/向周圍的人分發海外旅行帶回來的禮物。

▷ 名 ばらまき

はらわたがにえくりかえる【はらわたが煮えくりかえる】 非常に腹が立ってがまんができないほどだ。中 非常氣憤；怒火衝天。E feel outraged at.

☆ わたしは、父をひき殺したトラックの運転手が、はらわたが煮えくりかえるほど憎い/我對撞死父親的卡車司機可說是恨之入骨。

はらん【波乱・波瀾】ハラン、ハラン　変化や事件などが多いこと。中 波折；風波；糾紛。E ups and downs; troubles.

☆ 波乱を呼ぶ/引起糾紛。

☆ 波乱に富んだ人生を送る/度過充滿波折的一生。

☆ 波乱万丈/ stormy; full of ups and downs. /波瀾壯闊；起伏不平。

注 もとは「波瀾」だったが、「瀾」の字は常用漢字表にないので、同じ音の「乱」を当てて「波乱」として使うようになった。

バランス (balance) バランス　全体の中での量や質のつりあい、調和。中 平衡；均衡。E balance.

☆ 栄養のバランスを考えた食事をする/吃飯應該考慮營養平衡。

☆ バランスがくずれる/失去平衡。

対 アンバランス　→釣り合い

はり【針】ハリ　❶ 先のほうがとがった、細長くてかたいもの。縫ったり、とめたりするのに使う。中 縫針。E a needle.

☆ 厚い布を縫うには太い針のほうがいい/縫厚布最好用粗針。

☆ 針の穴に糸を通す/穿針引線。

☆ ミシン針/縫紉機針。

❷「❶」に形、または使われ方が似ているもの。中 針狀物。E a hand; a (hypodermic) needle; a hook.

☆ 時計の針が8時をさしている/鐘錶的指針指向八點。

☆ 注射針/注射針頭。

☆ 釣り針/釣魚鉤。

❸ 人の心を傷つけるようなことばや視線。中 帶刺的話等。E stinging (words).

☆ 課長は、部下の報告書を読みながら「きみは大学出てたはずだね」と針をふくんだ言い方をした/課長一邊閱讀部下的報告，一邊話中帶刺地說：「你是上過大學的吧。」

▷ 数 ❶❷ 1本　→縫う 図

はり【張り】ハリ　❶ たるまないで、ぴんと張りきった状態。中 張力；拉力。E tension.

☆ バイオリンの糸の張りを調節する/調節小提琴弦的張力。

☆ 張りのある声/ a voice full of life. /響亮而有力的聲音。

❷ ものごとをしようという意欲。中 幹勁；信心。E challenge; interest.

☆ 子供が生まれてから仕事に張りが出てきた/自孩子出生之後，開始對工作覺得有幹勁。

☆ 張りがある生活/有活力的生活。

▷ 自他動 張る

はりあい【張り合い】ハリアイ　❶ たがいに競い合うこと。中 競爭。E competition; rivalry.

☆ 意地の張り合い/互相意氣用事。

❷ ものごとをしようという意欲。張り。中 有幹勁；有意義；起勁。E (a) will; interest.

☆ 戦争で家族も仕事も失って、生きる張り合いがなくなった/因戰爭失去家庭和工作，已無活下去的意義了。

▷ 他動 張り合う

はりあ・う【張り合う】ハリアウ〔他動五〕(はりあって) 1つの目標をめざして競争する。中 競爭；爭奪。E compete with; vie with.

☆ 二郎は三郎とテニスで技を張り合っている／二郎和三郎在網球技術上競爭高下。

☆ 優勝をめざして張り合う／為奪得冠軍而參加競爭。

名 張り合い

はりがね【針金】ハリガネ 金属をひものように長く、針のように細くのばしたもの。中 鐵絲；鋼絲；銅絲。E (a) wire.

☆ 盆栽は針金で枝の形をととのえる／盆景是用鐵絲來調整枝形的。

☆ 針金で材木をしばる／用鋼絲捆木材。

数 1本

ばりき【馬力】バリキ ❶ 決まった時間の中でできる仕事の量を表す単位。1馬力は75キログラムのものを1秒間に1メートル動かす力。中 馬力。E horsepower.

☆ この車は馬力が強いから山道でも楽に上れる／因為這輛車馬力強勁，所以既便是山路也能輕鬆地上去。

☆ 5馬力のモーター／五馬力的引擎。

❷ 人の活動力。体力。中 精力；幹勁。E energy; power.

☆ わたしは馬力があるから、1日ぐらい徹夜をしても平気だ／我幹勁十足，開一晚上夜車也不在乎。

はりき・る【張り切る】ハリキル〔自動五〕(はりきって) なにかをしようという気力に満ちている。中 精神百倍；幹勁十足。E be enthusiastic; be full of energy.

☆ 兄は、今度の研究はぜひ成功させると張りきっている／哥哥幹勁十足，一定要讓這次研究成功。

☆ 生徒たちはマラソンコースを完走するのだと張りきって出発していった／學生們精神百倍地說要跑完馬拉松全程，之後便出發上路了。

はりこ・む【張り込む】ハリコム〔自他動五〕(はりこんで) ❶ 犯人などを捕まえようとして、現れそうな場所で待つ。見張る。中 埋伏。E be on the lookout.

☆ 駅の改札口に刑事が張りこんでいる／車站的檢票口埋伏著警察。

❷ 思いきって高い値段のものを買ったり、たくさん金を出したりする。中 豁出。E treat oneself to; give a generous (tip).

☆ 今晩は張りこんでビーフステーキにしよう／今晚豁出去了，吃牛排吧。

☆ 祝儀を張りこむ／豁出錢來送禮金。

▷ 名 張り込み

二 注 ❶は自動詞、❷は他動詞。

はりつ・める【張り詰める】ハリツメル〔自動一〕 ❶ すきまがないように一面に張る。中 全面覆蓋；鋪滿。E be covered all over; be frozen over.

☆ 池に氷が張りつめる／水池覆蓋著冰。

❷ 非常に心が引きしまる。緊張する。中 緊張。E strain; make tense.

☆ いまにも戦争になりそうな張りつめた情勢が続いている／緊張局勢持續發展，好像馬上就要爆發戰爭似的。

☆ 入学試験が近づき、張りつめた気持ちになる／入學考試臨近，心情變得緊張起來。

ばりばり バリバリ、バリバリ ❶ 板や厚い紙などを破ったりする音を表す。また、そういう音を立てるようす。中 剝落地板或厚紙板的聲音及樣子。

☆ 壁の板をばりばり(と)はがす／tear the boards off the wall.／咯吱咯吱地拆下牆上的木板。

❷ かたいものをかみ砕く音を表す。また、そういう音を立てるようす。中 咬碎硬東西的聲音及樣子。

☆ せんべいをばりばり(と)食べる/ crunch on a rice cracker. /喀喀地嚼著脆餅。

❸ 勢いよく行うようす。中 精力充沛地工作的様子。

☆ 元気にばりばり(と)働く/ work like a horse. /幹勁十足地工作。

☆ 若くてばりばりの新聞記者/年輕有為的新聞記者。

❹〔～する〕表面がかたく、張りのあるようす。中 漿得很硬的様子；硬梆梆的。

☆ 洗濯物が凍ってばりばりになった/The laundry froze solid. /晾曬的衣服凍得硬梆梆的。

はりめぐら・す 【張り巡らす】ハリメグラス〔他動五〕(**はりめぐらして**) まわり一面に張る。中 圍上；圈圍；布滿。E rope off; stretch around.

☆ 工事現場にロープを張りめぐらす/用纜繩把工事現場圍起來。

☆ 金網を張りめぐらした軍事基地/圍著鐵絲網的軍事基地。

はる 【春】ハル ❶ 四季の１つ。冬のつぎに来る季節。日本では３、４、５月ごろに当たる。

中 春；春天。E spring.

☆ 今年の春はぜひ吉野の桜を見に行きたい/今年春天一定要去吉野賞櫻花。

☆ 春めく/有春色；有春意；有春天的景像。

☆ 春先/ in early spring. /初春；早春；春初。

❷ 活動が盛んで順調な時期。中 極盛時期。E the spring (of one's life).

☆ 結婚して子供もできたし、仕事も順調だし、わたしにとって、いまが人生の春だ/結了婚有了孩子，工作也順利，對我來說，現在是人生最美好的時期。

▷ 関連 ❶ 夏、秋、冬

は・る 【張る】ハル〔自他動五〕(**はって**)

❶ のびてひろがる。中 伸展；延伸。E be rooted; spread.

☆ 木の根が張る/樹往下紮根。

☆ クモの巣が張る/掛著蜘蛛網。

❷ ふくれて表面が突っぱる。中 膨脹；脹。E feel bloated; be bursting.

☆ 下腹が張って苦しい/下腹發脹；很痛苦。

☆ 乳が張る/乳房發脹。

❸ 一面におおう。中 覆蓋。E (a skin) form; be frozen over.

☆ 牛乳を温めると表面に膜が張る/把牛奶加熱的話表面會結膜。

☆ 氷が張る/結了一層冰。

❹ ひもなどがゆるむところがない。中 拉緊；繃直。E stretch.

☆ ぴんと張った電線に鳥がとまっている/繃緊的電線上停著一隻鳥。

❺ 緊張する。中 緊張。E be tense.

☆ 気が張る/精神緊張。

❻ (「値が張る」の形で) ⇨値 慣用

❼ のばしひろげる。中 伸展；擴張。E spread out; pitch.

☆ 大地にしっかり根を張る/牢牢地紮根於大地。

☆ キャンプ場にテントを張る/在露營地搭帳篷。

❽ ひろげるように突きだす。中 撐起；架起。E throw out; stick out.

☆ 胸を張って歩く/挺胸走路。

☆ ひじを張る/撐起手肘。

❾ 水などを器にいっぱいに入れる。中 盛滿。E fill.

☆ 洗面器に水を張る/臉盆裡盛滿水。

❿ 手のひらで打つ。中 用手掌打；毆打。E slap.

☆ ほっぺたを張る/打耳光。

☆ 張り倒す/(用手等)拉倒；打倒。

⓫ 一面に平らに打ちつけたり、のりでつけたりする。中 貼；黏；糊。E put; put up.

☆ 封筒に切手をはる/在信封上貼郵票。

☆ びらを壁にはる/將傳單貼在牆上。

☆ はりつける/貼上；糊上。

⑫ ひもなどを、一方から他方に引き渡す。中 拉；牽拉。E stretch; extend.

☆ 木と木の間に綱を張ってシャツをほす/在樹與樹之間拉繩晾襯衫。

☆ 電線を張る/拉電線。

⑬ 犯人などを捕まえようとして、注意して見ている。中 監視；警戒。E be on the lookout; stake out.

☆ 刑事が張っているから、いまは出るな/刑警正在監視，所以現在不要出去。

☆ 張りこむ/埋伏；監視。(→項目)

⑭ 気持ちなどを押し通す。中 固執；堅持。E be obstinate.

☆ 強情を張る/固執己見。

☆ 意地を張る/固執；逞強心；逞強。(→意地 慣用)

⑮ 見せかける。中 好(虚榮)；講(排場)。E show off.

☆ 見えを張る/追求虚榮；講排場；虚飾。(→見え 慣用)

▷ 話⑬ 名 張り

ニ 注 ❶～❻は自動詞、❼～⑮は他動詞。

はるいちばん【春一番】ハル・イチバン

２月末か３月の初めごろ、その年ではじめて吹く強い南風。春が来たことを知らせるもの。中 冬末春初第一次颳來較強的南風。E the spring's first south gale.

☆ 春一番が吹いた。これからは１日１日と暖かくなる/初春南風已吹起，今後會一天天變暖的。

はるか ハルカ ❶ 時間、距離が、非常に離れているようす。中 遙遠；遠遠。E far away; a long time ago.

☆ ロケットは、はるか遠く、金星へ向けて飛びたった/火箭向著遙遠的金星飛去。

☆ はるかむかし/太古時代。

❷ (「はるかに」の形で)違いが大きいようす。中 ～得多；遠為。E much; by far.

☆ マニの日本語は１年前に比べてはるかにうまくなった/馬尼的日語與一年前相比要好得多了。

☆ 相手のチームのほうがはるかに強かった/對方隊伍強得多。

はるさめ【春雨】ハルサメ ❶ 春に降る細かい雨。中 春雨。E spring rain.

☆ 音もなく降る春雨が庭の木々をぬらす/悄然無聲的春雨淋濕了院子裡的樹木。

❷ 豆や芋のでんぷんからつくる、透明で糸のように細長い食品。ゆでて酢の物やサラダにしたり、肉などと煮たりする。中 冬粉；粉絲。E gelatin noodles.

☆ 今晩のおかずは春雨とキュウリの酢の物にしよう/今晚的菜就用醋涼拌粉絲和黃瓜吧。

はるばる ハルバル、ハルバル 非常に遠くまで移動するようす。中 千里迢迢；遠道而來。E all the way.

☆ 九州にいる友達が、はるばる(と)東京まで見舞いに来てくれた/九州的朋友千裡迢迢來到東京探望我們。

はるやすみ【春休み】ハルヤスミ ３月末から４月初めにかけての、１学年が終わったときの休み。また、その期間。中 春假。E the spring vacation.

☆ 春休みが終わって新学年が始まる/春假結束，新學年開始。

はれ【晴れ】ハレ ❶ 天気がいいこと。中 晴；晴天。E fine weather.

☆ 朝のうちは晴れだが、午後からはくもるそうだ/據說早上放晴，但從下午起變成多雲的天氣。

☆ 晴れの日が続く/連續晴天。

❷ (「晴れの」の形で)多くの人から祝福されたり注目されたりするようす。中 隆重；盛大；正式。E grand; formal.

☆ あすはコーラスの晴れの舞台だ/明天是合唱團將要盛大演出的日子。

は

☆ 晴れの結婚式/隆重的結婚典禮。

▷ 関連 ❶ 曇り、雨　自動 晴れる

バレエ (フ ballet) バレー　ある物語を、音楽に合わせた踊りで表現する芸術。中 芭蕾舞。E (a) ballet.

☆「白鳥の湖」は何度見てもすばらしいバレエだ/「天鵝湖」是精彩的芭蕾舞，百看不厭。

☆ バレエ音楽/芭蕾音樂。

☆ バレエ団/芭蕾舞團。

バレーボール (volleyball) バレーボール　6人ずつのチームが、ネットをはさんで、地面に落とさないようにボールを打って点を取り合う競技。9人制のもある。バレー。中 排球。E volleyball.

☆ バレーボールの試合では一方が1セット取るとコートを交代する/排球比賽一方贏一局後交換場地。

はれがまし・い【晴れがましい】ハレガマシイ　たいへん立派で、はなやかだ。また、そのような場所にいるのが恥ずかしい気がする。中 盛大；豪華；有點不好意思。E grand; splendid.

☆ 社長の就任式という晴れがましい席であいさつさせられて困った/要我在總經理就任的盛大儀式致詞，真有點緊張。

はれぎ【晴れ着】ハレギ　結婚式、パーティーなど特別はなやかな場所に着ていく衣服。中 盛裝。E one's best clothes.

☆ 正月に着る晴れ着を準備する/準備正月裡穿的盛裝。

☆ 入学式の晴れ着/入學典禮穿的盛裝。

対 ふだん着　数 1枚・1着

はれつ【破裂】ハレツ〔～する〕　内や外から大きな力が加わったために破れて裂けること。中 破裂。E burst; explode.

☆ 風船に空気を入れすぎると破裂する/往氣球裡灌進過多的空氣會爆裂的。

☆ 水が凍って水道管が破裂した/水結冰，凍破水管。

はればれ【晴れ晴れ】ハレバレ〔～する〕　心配なことが全然なく、気持ちが非常に明るいようす。中 輕鬆；愉快；明快。E cheerful; lighthearted.

☆ 借金を全部返して、はればれした気持ちになった/借款全部還清，心情變得輕鬆了。

はれぼった・い　ハレボッタイ、ハレボッタイ　はれて、ふくらんでいる感じだ。話 中 微腫；有一點腫。E swollen; bloated.

☆ 寝不足ではれぼったい目をしている/因睡眠不足，眼有些浮腫。

☆ 1日じゅう立っていたので、足がはれぼったい感じだ/因為站了一整天，感到腿部有些發脹。

はれものにさわるよう【はれものに触るよう】　おそるおそる、するようす。中 提心吊膽；小心謹慎。E most tenderly; with utmost care.

☆ 失恋して悲しんでいる妹に、家族ははれものにさわるように接している/家人提心吊膽地接近因失戀而很傷心的妹妹。

〓 参「はれもの」は、ばいきんなどによって皮膚の一部がはれたもの。

はれやか【晴れやか】ハレヤカ　心配ごとがなかったり、いいことがあったりして、明るい気持ちでいるようす。中 愉快；明朗。E cheerful; beaming.

☆ 心配していた弟の手術がうまくいったので、心は晴れやかだ/弟弟的手術成功了，所以一直懸著的心也舒暢起來。

☆ 妹は晴れやかな笑顔で世界一周へと旅立った/妹妹心情愉快地笑著出發去環遊世界一周的旅行。

は・れる【晴れる】ハレル〔自動一〕 ❶ 雲や霧などが消えたり、雨や雪などがやんだりして青い空が出る。中 晴朗；放晴。E clear up.

☆ 台風が通り過ぎ、晴れた空がひろがる/颱風過後，天空晴朗起來。

☆ 霧が晴れると、山頂が目の前に見えた/霧散了，山巔呈現在眼前。

☆ 晴れあがる/晴空萬里。

[対]曇る

❷ 心をおおっていたものがなくなって、さっぱりする。[中]開朗；愉快。[E] feel refreshed; cheer up.

☆ 山に向かって大声で叫んだら、すっかり心が晴れた/對著山大聲喊叫後，心情就完全舒暢了。

☆ 気が晴れる/心情舒暢。

[対]曇る

❸ 疑いなどが消える。[中] 疑雲消散。[E] be cleared of.

☆ 二郎への疑いは、10年たってやっと晴れた/經過十年之後，二郎的嫌疑才被解除。

▷ [名]晴れ [他動]晴らす

は・れる ハレル〔自動一〕 病気やけがなどで皮膚の一部が赤くふくれる。[中]腫；腫脹。[E] swell; get swollen.

☆ かぜをひいて、のどがはれている/得了感冒，喉嚨腫痛。

☆ ねんざで足首がはれた/因扭傷，腳踝腫起來了。

[名]はれ [他動]はらす

ば・れる バレル〔自動一〕 悪いたくらみや隠していたことが、ほかの人に知られる。[話][中]暴露；敗露。[E] come to light; be discovered.

☆ 会社の金でマンションを買ったのがばれて、会社をやめさせられた/挪用公款買了公寓的事件揭發後，被迫辭職。

☆ 弟のうそはすぐばれる/弟弟的謊話立刻露出馬腳。

☆ しまった、ばれたか！/糟糕，事情敗露了。

[他動]ばらす

バロメーター (barometer) バロメーター

❶ 気圧をはかる器械。気圧計。[中]氣壓計；晴雨表。[E] a barometer.

☆ 気圧をバロメーターではかる/用氣壓計測量氣壓。

❷ ものごとを判断するときの1つの基準。[中]衡量事物的標誌；晴雨表。[E] a barometer; an index.

☆ 出版される本の種類や量がその国の文化水準のバロメーターといえる/出版書籍的種類和數量，可以說是衡量一國文化水準的指標。

☆ 食欲は健康のバロメーターだ/食慾是健康的標誌。

パワー (power) パワー ❶ 力。[中]力量；動力；馬力。[E] power; strength.

☆ この車は小さいがパワーがあるから、急な坂道も楽に上れる/這輛車雖小但馬力強，所以能輕鬆地上陡坡。

☆ パワーアップ/提高功率；加大馬力。

❷ 人や社会に与える影響力。[中]權力；勢力；力量。[E] power; influence.

☆ 高速道路をつくる計画を住民パワーでやめさせた/興建高速公路的計畫因居民反對而被迫停止了。

☆ ウーマンパワー/婦女力量；婦女權力。

はん【半】 ❶ (他のことばの頭や後について)半分。[中]半；一半。[E] (a) half.

☆ 2年半東京に住んだ/在東京住了兩年半。

☆ 半時間/半個小時。

☆ 半年/半年。

☆ 2カ月半/兩個半月。

☆ 8時半/八點半。

☆ 1つ半/一個半。

☆ 1キロ半/一公里半；一點五公里。

❷ (他のことばの頭について)(1)ものごとが全部進行してしまわない状態。[中]半……。

☆ 半製品/semi-processed goods./半成品。

☆ 半解凍/半解凍。

(2) だいたい。ほとんど。[中]幾乎；大概。

☆ 半永久的/semipermanent./半永久〔性〕。

はん【判】ハン ❶「印」「印鑑」のくだけた

は

言い方。はんこ。中 圖章；印鑑。E one's seal; a stamp.

☆ 書留を受け取るときは判を押す / 收掛號信時要蓋章。

☆ 三文判(=値段の安い判) /簡易圖章(＝便宜的圖章)。

❷ 紙や本の大きさの規格。判型。中 紙張的尺寸規格。E size.

☆ A 3 判 / A3 規格的紙。

☆ B 5 判 / B5 規格的紙。

☆ 大判 / 大尺寸的紙。

判で押したよう 同じことを繰り返すようす。中 總是一樣；老樣；千篇一律。E stereotyped; cut and dry.

☆ わたしは毎朝 8 時に家を出、9 時から 5 時まで働いて 6 時に家に帰るという、判で押したような生活をしている / 我每天早上八點出門，工作從九點到五點，六點鐘回家，就過著這樣千篇一律的生活。

はん【版】ハン ❶ 文字や写真などに凹凸をつけて、印刷できるようにした板のようなもの。中 版；製版。E a plate.

☆ 活字を版に組む / 用鉛字排版。

❷ 印刷して出版すること。またその回数を表す。中 印刷出版；(出版的) 版次。

☆ 版を重ねる / 再版。

☆ 第 5 版 / the fifth edition. / 第五版。

☆ 初版 / 初版；第一版。

はん【班】ハン 人々をいくつかのグループに分けたもの。中 班；組。E a group.

☆ このクラスを 5 つの班に分けて、班ごとに発表させる / 將這個班分成五組，讓每個組發表意見。

☆ 近所の人と班をつくって生協に入る/與附近的人聯合加入消費合作社。

☆ 班長 / 班長。

はん-【反-】 (他のことばについて)それに反対する。それに対立する。中 反。

☆ 反社会的行動 / antisocial behavior. / 反社會行為。

☆ 反政府デモ / 反政府遊行。

☆ 反革命 / a counterrevolution. / 反革命。

ばん【晩】バン 日が暮れてから、しばらくの間。中 晩；晚上。E an evening; a night.

☆ 月曜日の晩 8 時ごろ電話します / 週一晚上八點左右打電話。

☆ きのうは朝から晩まで山を歩いて疲れた/昨天從早到晚一直在走山路累壞了。

☆ 晩ごはん / 晚飯。

対 朝 →夜

ばん【番】バン ❶ 順番を決めてなにかをすること。また、そのときの順番。中 班；輪班；順序。E a turn; order.

☆ 病院で待たされて、やっとわたしの番が来たのは 11 時半だった / 在醫院候診室等待，終於輪到我看病時已是十一點半了。

❷ 注意してなにかを見ていること。中 看守。E watch; guard.

☆ 家の者が外出しているあいだは犬が家の番をしている / 家人外出時有狗看家。

☆ 番人 / 看門人。

☆ 留守番 / 看門(的人)。(→ 項目)

☆ 店番 / 商店看門人。

-ばん【-版】 (他のことばについて) ❶ 印刷して出版されたものの内容や形。中 ～版。

☆ カラー版/ color edition. / 彩色版；彩版；彩頁。

☆ 改訂版 / 修訂版。

☆ 縮刷版 /a pocket edition. / 縮印版。

❷ 新聞、雑誌などの、特定の地域で発行されるもの。中 (報紙、雜誌等的)～。

☆ 地方版 / 地方版。

☆ 大阪版 / the Osaka edition. / 大阪版。

❸ ～における。～の。中 ～版的。

☆ 現代版徳川家康 / 現代版德川家康。

☆ ビートルズの日本版/ a Japanese version of the Beatles. / 日本版的「披頭四樂團」。

パン (㊥pao) パン。小麦粉を水でこねて発酵させて焼いた食べ物。中麵包。E bread.

☆ 朝食はパン２枚と卵とコーヒーに決めている/每天早餐吃兩片麵包、一個雞蛋，和一杯咖啡。

☆ パンにバターをぬる/在麵包上抹奶油。

☆ パンを焼く/烤麵包。

数 １枚・１切、食パンは１斤

はんい【範囲】ハンイ　ある決まった広さ。中範圍。E a range; an extent; a circle.

☆ 試験の範囲は教科書の３ページから30ページまでだ/考試範圍是從教科書的第三頁到第三十頁。

☆ この法律が適用される範囲は20歳以上の成人だ/這部法律適用範圍是二十歲以上的成年人。

☆ 交際範囲/交際範圍。

☆ 守備範囲/防守範圍。

はんえい【反映】ハンエイ〔～する〕考えなどが別のものの上に目に見える形で表れること。中反應。E reflect.

☆ 国の豊かさを反映して、ごみの量も増えてきた/垃圾量的增加，反應出國家的物質豐富。

☆ 政治に世論を反映させる/讓輿論反映在政治上。

はんえい【繁栄】ハンエイ〔～する〕栄えること。中繁榮。E prosper; prosperity.

☆ この町は19世紀に貿易都市として繁栄した/這城鎮在十九世紀時，以貿易都市而繁榮。

☆ 一家の繁栄を祈る/祈禱全家安康。

対 衰退

ばんかい【挽回】バンカイ〔～する〕失った力や名誉などを取りもどすこと。中挽回。E recover; reestablish.

☆ 試合の前半は１対２で負けていたが、後半は挽回して４対２で勝った/比賽的前半場以一比二輸給對方，但後半場挽回了局面。最後以四比二戰勝了對方。

☆ 犯人と疑われていたが、本当の犯人が捕まってやっと名誉が挽回できた/曾被當作嫌疑犯，真正的犯人被抓住後總算挽回了名譽。

はんかがい【繁華街】ハンカガイ　たくさんの店があり、人が多く集まってにぎわっている所。中繁華街；鬧區。E a shopping and amusement district.

☆ 買い物やデートを楽しむために、若者たちが繁華街に集まってくる/為了享受購物和約會的樂趣，年輕人都聚集到鬧區。

ハンカチ ハンカチ、ハンカチ〔←ハンカチーフ (handkerchief)〕外出するときなどに持って歩く、手や顔をふくための四角い布。ハンケチ。中手帕；手絹。E a handkerchief.

☆ ハンカチで汗をふく/用手帕擦汗。

☆ ハンカチを振る/揮動手帕。

数 １枚

はんかん【反感】ハンカン　他人の考えや感じ方に反対したくなる感情、気持ち。中反感。E (an) antipathy; ill feeling.

☆ 先生が京子ばかりかわいがるので、生徒たちは反感を持っている/因為老師偏愛京子，所以學生們很反感。

☆ 反感を買う/招致反感。

対 共感

はんぎゃく【反逆】ハンギャク〔～する〕政府や国王や自分の主人にさからうこと。中叛逆；反叛；造反。E revolt against; treason.

☆ 軍隊が政府に反逆して、政府の建物に武器を持って侵入した/軍隊叛變，提起武器衝進政府大樓。

☆ 反逆罪/反叛罪。

はんきょう【反響】ハンキョー　❶〔～する〕音がものにぶつかってはねかえって聞こえること。また、その音。中迴響；回音。E echo; resound.

☆ 人々の叫び声が会場に反響して大きく聞こえた/人們的叫聲在會場迴響，聲音很大。

は

❷ あるもの、人、できごとなどに影響された結果として現れる、人々の意見や動き。中 反應；迴響。E a sensation; repercussions.

☆ アメリカ大統領の発言について全世界から大きな反響があった / 關於美國總統的發言，在全世界產生了巨大迴響。

☆ 反響を巻き起こす / 引起迴響。

パンク (puncture) パンク〔～する〕 ❶ 自動車や自転車のタイヤが破れて、中の空気が外へ出てしまうこと。中 破裂而爆胎。E a puncture; a flat tire.

☆ 自転車のタイヤがパンクしたので押して帰った / 由於腳踏車輪胎爆了，所以推著回家。

❷ ものや人が多く入ってふくれすぎて役に立たなくなること。中 脹破；失靈。E exceed (its) capacity.

☆ 200人の定員のホールに300人も入ってしまって、会場はパンクしそうだ / 只能容納兩百人的大廳一下擁進了三百人，會場都快擠爆了。

▷ 話 ❷

ばんぐみ【番組】バングミ、バングミ テレビ、ラジオなどの放送の1つ1つ。また、演芸、勝負ごとなどの組み合わせ。中 節目。E a program.

☆ 番組を編成する / 編排節目。

☆ つまらない番組 / 無聊的節目。

☆ スポーツ番組 / 體育節目。

☆ クイズ番組 / 趣味問答；猜謎節目。

数 1本

ばんくるわせ【番狂わせ】バンクルワセ 勝負が多くの人の予想とは大きく違った結果になること。中 打亂次序；出乎意料。E an upset; a surprise.

☆ 横綱が新入幕の力士に負けるという番狂わせが起こった / 橫綱竟然被剛升為力士的相撲手打敗，真是出乎意料。

☆ 大番狂わせ / 大大出乎意料。

はんけい【半径】ハンケイ 円や球の中心からそのいちばん外側までの直線の長さ。中 半徑。E a radius.

☆ 地球の半径は約6378キロだ / 地球半徑大約是六千三百七十八公里。

☆ 都心から半径15キロの地域に人口が集中している / 人口集中在以都市為中心，半徑十五公里的地區。

→円 図

はんげき【反撃】ハンゲキ〔～する〕 せめてくる敵に対してこちらからも反対に攻撃すること。中 反擊。E a counterattack.

☆ 攻撃を受けて、その翌朝から反撃に転じた / 受到攻擊後，翌日凌晨轉為反擊。

はんけつ【判決】ハンケツ〔～する〕 裁判所が裁判の判断を示すこと。中 判決。E (a) judgment; a judicial decision.

☆ 裁判長は被告に有罪の判決を言い渡した / 法官宣布被告有罪。

☆ 判決を下す / 做出判決。

☆ 無罪判決 / 判決無罪。

はんこう【反抗】ハンコー〔～する〕 自分の気に入らない人や組織に対して反対するような行動をとること。中 反抗。E disobey; resist.

☆ 親に反抗して、吸いたくもないタバコを吸う / 為反抗父母，不想吸菸也吸。

☆ 反抗期 / a rebellious age. / 反抗期。

☆ 反抗心 / 反抗心理。

対 服従

はんこう【犯行】ハンコー 罪になる行動。犯罪行為。中 罪行。E a crime; an offense.

☆ 盗みや暴力などたくさんの犯行を重ねた末、警察に捕まった / 又是偷竊，又是使用暴力，犯下了許多罪後，結果被警察逮捕。

☆ 犯行を認める / 供認犯罪事實。

☆ 犯行の動機 / 犯罪動機。

ばんごう【番号】バンゴー 順番を表す数字。中 號碼；號數。E a number.

☆ 宝くじには全部違った番号がついている/

每張彩券都是不一樣的號碼。

☆ 番号順 / 號碼順序。

☆ 受験番号 / 准考號碼。

☆ 電話番号 / 電話號碼。

ばんこくはくらんかい【万国博覧会】バンコク・ハクランカイ　世界の国々が参加して開かれる博覧会。万博。中 萬國博覽會；世界博覽會。E an international exposition; a world fair.

☆ 今回の万国博覧会には世界じゅうから多くの国が参加した / 從世界各地許多國家參加了這次的萬國博覽會。

はんざい【犯罪】ハンザイ　罪をおかすこと。おかした罪。中 犯罪。E a crime; an offense.

☆ 不景気になり、失業が増えると犯罪も多くなる / 因為不景氣，失業人口增加的話，犯罪也會增多。

☆ 凶悪な犯罪 / 凶殘的犯罪行為。

☆ 軽犯罪 / 輕度違法行為。

ばんざい【万歳】バンザイ〔～する〕❶めでたいこと、うれしいことを祝って叫ぶ喜びのことば。また、そのことばを言うこと。中 萬歲。E *banzai*; hurrah; cheers.

☆ 苦しい試合に勝てて、選手たちは万歳を叫んだ / 在比賽中險勝對方，選手們直呼萬歲。

☆ 万歳を三唱する / 連呼三聲萬歲。

❷ どうすることもできなくなること。中 束手無策。E be finished.

☆ もうこれ以上走れない。万歳だ / 再也走不動了，放棄了。

▷ 話❷

はんざつ【煩雑・繁雑】ハンザツ　❶こみいっていて、面倒で、わずらわしいようす。中 複雜；麻煩。E complicated; troublesome.

☆ ビザの更新には煩雑な手続きが必要で面倒だ / 更換新的簽證需要複雜的手續，真麻煩。

❷ ものごとが多くて、ごたごたしているようす。中 煩瑣；繁雜。E entangled; confused.

☆ 繁雑な礼儀作法 / 煩瑣的禮節儀式。

二 注 ❶は「煩雑」、❷は「繁雑」。

ハンサム (handsome) ハンサム　男性の顔だちがいいようす。中 美男子。E handsome.

☆ 映画スターのAは背が高くてハンサムなので、ファンが多い / A電影明星個子高又帥，是個美男子，影迷很多。

☆ わたしの恋人はハンサムでとてもやさしい / 我的男朋友長相英俊，人也十分和藹可親。

☆ ハンサムボーイ / 英俊小生。

ばんじ【万事】バンジ　すべてのこと。全部。中 萬事；一切。E everything; all.

☆ 結婚式の準備は万事すんだ / 婚禮的準備工作一切就緒。

☆ あとはきみに万事まかせる / 之後的事就全託付給你了。

万事休す　悪い結果が出てしまって、もうどうすることもできない。中 萬事休矣。E It's all over for me.

☆ 金を借りられるところからは全部借り、できることは全部したが、経営の状態はよくならず、万事休すだ / 能借的錢都借了，能做的事都做了，但仍經營不善，萬事皆休。

はんしゃ【反射】ハンシャ〔～する〕❶光や電波などがものに当たってはねかえること。中 反射；折射。E reflect.

☆ 日の光が川に反射して、川が光って見える / 陽光在河面上反射，一片波光粼粼。

☆ 反射鏡 / 反射鏡。

❷ なにかの刺激を受けて、自分の意思には関係なく、瞬間的に体の部分が反応を起こすこと。中 反射似地～。E a reflex.

☆ 車がすごいスピードで走ってきたので、反射的に身をよけた / 由於來車速度快，所以反射似地將身體避開。

☆ 反射神経 / 反射神經。

☆ 条件反射 / 條件反射。

はんじょう【繁盛】ハンジョー〔～する〕

は

商売や仕事がうまくいき、人々がたくさん出入りし、活気があること。中 興旺；興隆；繁榮昌盛。E prosper; have a large practice.

☆ 店が繁盛して売り上げも増えてきた/商店生意興隆營業額也增加了。

☆ あの医院は患者がおおぜい来て繁盛している/那家醫院來了許多病人，門庭若市。

はんしょく【繁殖】ハンショク〔～する〕 生物がつぎつぎにふえること。中 繁殖。E breed; propagate.

☆ 春は繁殖の季節で、家畜に子供がたくさん生まれる/春天是繁殖季節，家畜生了許多幼仔。

☆ 細菌が繁殖する/細菌繁殖。

はんしんはんぎ【半信半疑】ハンシンハンギ 半分信じているが、半分は疑っていること。完全には信じられないこと。中 半信半疑。E half in doubt; dubious.

☆ 合格の知らせを聞いても、半信半疑の気持ちでいた/即便聽到合格通知，心情仍是半信半疑。

はん・する【反する】ハンスル〔自動する〕

❶ 実際とくいちがう。反対だ。中 相反。E be contrary to.

☆ 期待に反する結果に終わる/以與期待相反的結果而告終。

☆ 約束に反する行い/違反約定的行為。

❷ 法律、規則などと違う。中 違反。E be against.

☆ 男女差別は憲法に反する/男女差別(不平等)待遇是違反憲法的。

はんせい【反省】ハンセイ〔～する〕 自分のしたこと、言ったことなどについて、それでよかったかどうかを考えてみること。中 反省；檢查自己。E reflect on; reconsideration.

☆ 冷静さを失って子供をなぐってしまったことを反省している/對失去冷靜而打孩子一事進行反省。

☆ 企業は環境や自然の破壊に対する反省がたりない/對於破壞環境和自然的事，企業反省還不夠。

ばんぜん【万全】バンゼン 完全にものごとを行って、すこしの手落ちもないこと。中 萬全；周到。E all possible; sure.

☆ 冬山は天気が変わりやすいから、万全の準備をして登ろう/冬天山上天氣變化快，所以要準備周全再上山。

☆ 万全を期する(=すこしの手落ちもないように完全な準備をする)/以期萬全之策(=要做好充分準備，不要有一點疏漏)。

ばんそう【伴奏】バンソー〔～する〕 歌ったり、楽器を演奏したりするときに、それに合わせて補うように他の楽器を演奏すること。中 伴奏。E accompaniment.

☆ ピアノの伴奏で歌を歌う/在鋼琴伴奏下演唱歌曲。

☆ 一郎は妻のコンサートで伴奏した/一郎在妻子的音樂會上伴奏。

ばんそうこう【絆創膏】バンソーコー 傷をした所を保護するために皮膚にはるもの。中 OK 繃。E an adhesive plaster.

☆ 傷口にばいきんが入らないようにばんそうこうをはる/為了不讓細菌感染傷口而貼上OK 繃。

数 1枚

はんたい【反対】ハンタイ ❶ あるものと逆の関係にあること。中 相反；相對。E the opposite; the reverse.

☆ 北半球と南半球では夏と冬が反対になる/在北半球和南半球，夏天和冬天是恰好相反的。

☆ 反対側/反方。

☆ 反対語/反義詞。

❷〔～する〕 ある意見や考えを受け入れず、逆の態度をとること。中 反對。E object to; opposition.

☆ 憲法を変えようという意見には絶対に反

対する / 堅決反對修憲的意見。

☆ 反対運動 / 反對運動。

☆ 反対派 / 反對派。

対 賛成 ▷ →逆

はんだくおん 【半濁音】ハンダクオン、ハンダクオン 日本語で、「パ、ピ、プ、ペ、ポ、ピャ、ピュ、ピョ」の音。中 半濁音。E a *p*-sound in Japanese.

☆ 半濁音は外来語に多く使われる / 半濁音多用於外來語。

☆「パイプ」には半濁音が２つ使われている /「パイプ」(管道) 這個詞的發音用了兩個半濁音。

関連 清音、濁音

はんだん 【判断】ハンダン、ハンダン〔～する〕 はっきりした結論を出すこと。中 判斷。E a judgment; a decision.

☆ この計画を進めるか中止するかの判断はあなたにまかせる / 這個計畫是執行下去還是中止，由你來判斷。

☆ 適切な判断を下す / 做出適當的判斷。

☆ 判断力 / 判斷力。

ばんち 【番地】バンチ 住所を示す番号。また、それを手紙や名刺などに書いたもの。中 門牌號碼；住址。E a house number; an address.

☆ 番地を書き忘れて手紙がもどってきた / 由於忘記寫住址，信被退還回來了。

☆ 番地を見ながら家をさがす / 邊看門牌號碼邊找房子。

パンチ (punch) パンチ ❶ 相手をなぐること。中 拳擊；拳。E a punch.

☆ 強烈なパンチで相手を倒した / 以強有力的一拳將對手擊倒。

❷ 相手に強い印象や刺激を与えること。迫力があること。中 簡潔有力。E punch.

☆ カラオケで叔母が歌う演歌はパンチがきいている / 唱卡拉 OK 時阿姨唱的「演歌」生動有力。

パンツ (pants) パンツ 下半身につける、足の部分が２つに分かれている衣類。下着用、上着用、短いもの、長いもの、女性用、男性用などいろいろある。中 內褲；褲子；短褲。E underpants; pants.

☆ 毎日パンツをはきかえる / 每天更換內褲。

☆ 70歳の母も、このごろはスカートをやめて、パンツをはいている / 70 高齢的母親最近也不穿裙子改穿褲子了。

☆ もめんのパンツ / 棉布短褲。

☆ 水泳パンツ / 游泳褲。

数 1枚 →ズボン

はんてい 【判定】ハンテイ〔～する〕 判断して、いい悪いなどを決定すること。中 判定；判斷。E judge; a decision.

☆ 写真で見ただけでは、このつぼが古いものかどうか判定できない / 光看照片不能判斷這個壺是不是古董。

☆ 試合では審判の判定にしたがう / 比賽時聽從裁判的判定。

ハンディキャップ (handicap) ハンディキャップ ❶ 他の人よりも不利な条件を負っていること。ハンディ。ハンデ。中 不利條件；障礙。E a handicap.

☆ 三郎は目がよく見えないというハンディキャップを克服して、立派に仕事を続けている/三郎克服了嚴重的視障，一直將工作做得很出色。

❷ スポーツで、強い人と弱い人との間の勝負の差を縮めるために、強い人に不利に、弱い人に有利になるようにつける条件。ハンディ。ハンデ。中 讓步；差點。E a handicap.

☆ ハンディキャップをつけて、50歳以上の人は10キロ、50歳未満の人は15キロ泳ぐことにしよう / 做出讓步，決定五十歲以上的人游十公里，不滿五十的人游十五公里。

☆ ゴルフのハンディキャップ / 打高爾夫球時

的差點。

はんとう【半島】ハントー 海に向かって大きく突きだした陸地。中 半島。E a peninsula.

☆ イタリアは国全体が半島である / 義大利整體上是個半島。

☆ 房総半島を自転車で１周した / 騎車繞房總半島一周。

はんどう【反動】ハンドー ❶ ある方向に力が働いたとき、それと反対の方向に動こうとする力が働くこと。中 反動；反作用。E (a) reaction.

☆ 電車が突然動いた反動で倒れそうになった / 電車突然開動，由於反作用力差點跌倒。

☆ 勉強ばかりしてきた反動で、大学に入学してからは毎日遊んでいる / 以前只知道讀書，相反地進入大學後每天玩。

❷ 歴史の動きにさからい、古い考え方にもどろうとすること。中 反動；逆歷史潮流而動。E reactionary.

☆ 天皇主権を復活させるというのは反動的な考えだ / 天皇復闢是反動思想。

☆ 保守反動 / 保守反動。

はんどうたい【半導体】ハンドータイ 電気をよく通す導体と全然通さない絶縁体の中間の性質を持つもの。中 半導體。E a semiconductor.

☆ テレビ、電気冷蔵庫など、ほとんどの電気製品に半導体が使われている / 電視、電冰箱等幾乎所有的電器產品裡都用半導體。

ハンドブック (handbook) ハンドブック あることについての知識やものの使い方などをわかりやすく書いた小さな本。中 手冊；導覽；指南。E a handbook.

☆ 機械の使い方や部品の名前がわからなければ、ハンドブックを見るといい / 如果不知道機械的使用方法和零件的名稱，可以看一下使用說明書。

数 １冊

ハンドル (handle) ハンドル 自動車、自転車、機械を運転したり動かしたりするとき手で操作する部分。中 方向盤；車把；手柄。E a steering wheel; a handlebar.

☆ 子供が飛びだしてきたので、あわてて車のハンドルを切ってよけた / 由於小孩飛跑出來，所以急忙轉動方向盤避開。

はんにん【犯人】ハンニン 罪をおかした人。中 犯人。E a criminal; an offender.

☆ わたしのお金を盗んだ犯人が捕まった / 偷我錢的犯人被逮住了。

☆ 犯人を逮捕する / 逮捕犯人。

☆ 殺人犯人 / 殺人犯。

ばんねん【晩年】バンネン 人の一生の中で、終わりのころの時期。中 晚年。E one's later years.

☆ 父は若いときは苦労が多かったが、晩年はしあわせそうだった / 父親年輕時吃了許多苦，晚年似乎很幸福。

はんのう【反応】ハンノー〔～する〕 ❶ 相手になにかを働きかけた結果、相手がそれに対してこたえること。中 反應；迴響。E a response; a reaction.

☆ 病院に駆けつけて「お父さん」と何度も呼んだが、父の反応はなかった / 跑到醫院喊了好幾聲「父親」，他卻沒有反應。

☆ 反応が鈍い / 反應遲鈍。

❷ 化学で、２種類以上の物質が影響し合って起こす変化。中 反應。E a reaction.

☆ 鉄が酸素と反応して酸化する / 鐵與氧發生反應而氧化。

☆ 化学反応 / 化學反應。

ばんのう【万能】バンノー ❶ なんでもよくできること。中 萬能；全能；全才。E all-round; almighty.

☆ 道子はスポーツが万能で、できないものはない / 道子是體育全才，沒有不會的。

☆ 万能の神 / 萬能之神。

☆ 万能選手 / 全能選手。

❷ なににでも効き目があること。中 萬能；多用途。E all-purpose; be everything.

☆ 金が万能の世の中はよくない / 金錢萬能的社會不好。

☆ 万能薬 / 萬能藥。

はんぱ【半端】ハンパ ❶ たりなかったり、あまったりすること。中 零頭；零星。E a fragment; an odd piece.

☆ 9人いて4人ずつのグループをつくると1人はんぱになる / 有九人，四人一組的話，剩一人。

❷ どちらともつかず、はっきりしないようす。中 不徹底。E indecisive; irresolute.

☆ 結婚したいとも思うし、まだしばらくはひとりでいたいとも思うし、なんとなくはんぱな気持ちだ / 既想結婚，又想再過一段獨身生活，情緒總是猶豫不定的。

☆ 中途はんぱ / 半途而廢；不徹底。(→項目)

ハンバーガー (hamburger) ハンバーガー パンの間にハンバーグ(= ひき肉と細かく切ったタマネギをパン粉と卵でかため、油で焼いたもの)をはさんだもの。中 漢堡。E a hamburger.

☆ 昼食は近所のスナックでハンバーガーを食べた / 午飯在附近的小吃店吃漢堡。

☆ 大きな口を開けてハンバーガーをかじる / 張開大口吃漢堡。

はんばい【販売】ハンバイ〔～する〕 品物を売ること。中 販賣；出售。E sale; sell.

☆ 酒や米の販売には役所の許可が必要だ / 銷售酒和米需要政府批准。

☆ 商品を販売する / 銷售商品。

対 購入

はんぱつ【反発】ハンパツ〔～する〕 おさえつけられると感じて、はねかえそうとすること。中 彈回；排斥；反攻。E repel; repulsion.

☆ 厳しい学校の規則に反発して、学校に行くのをやめてしまった / 反抗嚴格的校規，而放棄上學。

☆ 反発を覚える / 產生反感。

はんぴれい【反比例】ハンピレイ〔～する〕

❶ 数学で、2つの数や量の一方が2倍、3倍と増えるにつれて、他方が2分の1倍、3分の1倍と減っていく関係。中 反比例。E inverse proportion.

☆ 温度が一定のとき、気体の体積は圧力に反比例する / 溫度一定時，氣體的體積與壓力成反比。

対 正比例、比例

❷ 2つのものの一方が増えるにつれて他方が減る関係が一定していること。中 成反比例。E in inverse proportion to.

☆ 物価が高くなるのと反比例して消費が減る / 物價高漲時，消費成反比例的減少。

対 比例

パンフレット (pamphlet) パンフレット、パンフレット 宣伝や紹介のためにつくった簡単な本。中 小冊子。E a pamphlet.

☆ いろいろな旅行会社のパンフレットを比べて旅行の計画を立てる / 將各個旅行社的宣傳資料冊進行比較之後再制定旅遊計畫。

数 1部・1冊

はんぶん【半分】ハンブン、ハンブン ❶ 2つに等しく分けたものの1つ。中 一半；二分之一。E (a) half.

☆ リンゴを半分に分けて2人で食べる / 將蘋果分成兩半兩人吃。

対 倍

❷ (副詞的に)その状態に完全にはなっていないようす。中 一半。E half; almost.

☆ 半分あきらめていたが、合格できた / 半放棄了但卻及格了。

❸ (他のことばの後について)全部ではないが、いくらかその気持ちであること。中 半～(似地)。E half in ~ ; partly for ~ .

は

☆ 遊び半分で仕事をするならやめなさい/如果半開玩似工作的話，那就不要做了。

☆ おもしろ半分/半開玩笑地；鬧著玩地。

☆ 冗談半分/半帶玩笑地。

はんめい【判明】ハンメイ〔～する〕 原因、理由、本当のことなどがはっきりわかること。中 判明；弄清楚。E turn out; become clear.

☆ この交通事故の原因は居眠り運転だと判明した/這次交通事故的原因判定為開車時打瞌睡。

はんめん【反面】ハンメン、ハンメン ❶ 反対の面。中 反面；另一面。E the other side; the reverse.

☆ この鏡の反面には、きれいな花の模様が彫ってある/這面鏡子背後雕著漂亮的花紋。

☆ 反面教師(＝欠点を見せることによって、相手にそうなってはいけないという気持ちを起こさせる人)/反面教師；行為動作不當被當為不可學習的對象(＝透過反面教材好讓對方，知道不可以那麼做)。

❷ (副詞的に)もう一方では。中 另一方面。E on the other hand.

☆ ワープロの文字はきれいで読みやすい反面、個性がなくてつまらない/文字處理機的文字既漂亮又容易讀，但另一方面喪失了個性，也缺乏生趣。

はんもく【反目】ハンモク〔～する〕 仲が悪くて、対立すること。中 反目；不和；敵對。E be hostile to.

☆ 親の財産の分配について意見が分かれ、きょうだいが反目し合っている/對於父母財產分配問題兄弟倆意見不和，彼此翻臉相向。

ばんらいのはくしゅ【万雷の拍手】 おおぜいの人がほめたり祝福したりするとき、いっせいにする大きな拍手。書 中 雷鳴般的掌聲。E thunderous applause.

☆ 講演が終わったとたん、万雷の拍手が起こった/演講一結束，就響起了如雷的掌聲。

☆ ピアニストの演奏のすばらしさに聴衆は万雷の拍手を送った/聽眾對鋼琴家精采的演奏報以如雷的掌聲。

はんらん【反乱】ハンラン〔～する〕 政府や軍隊などのやり方に反対して、武力で行動を起こすこと。中 叛亂；反叛。E a rebellion; a revolt.

☆ 人民が反乱を起こしたが、まもなく軍隊によってしずめられた/人民掀起叛亂，但不久就被軍隊鎮壓平定了。

☆ 反乱軍/叛亂軍。

はんらん【氾濫】ハンラン〔～する〕 ❶ 川などの水がいっぱいになりすぎてまわりに流れだすこと。中 氾濫。E flood; overflow.

☆ 台風による大雨で川が氾濫し、道路や家が水につかった/因颱風而下大雨造成河水氾濫，道路和房子都淹在水裡了。

❷ あふれるほど出まわること。中 充斥；過多。E be overflowing with; be flooded with.

☆ マスコミの発達で、現代の社会には情報が氾濫している/由於大衆傳播媒體的發達而使得現代社會資訊氾濫。

はんろん【反論】ハンロン〔～する〕 ある意見に対して反対の考えを持ち、それを述べること。また、その議論。中 反駁。E (an) objection; argue against.

☆ 国際化のために外国語教育に力を入れるという校長に、わたしは、日本をよく知ることが国際化の第一歩だと反論した/校長說為了國際化應致力於外語教育，我反駁道：「要先充分了解自己的國家日本，才是國際化的第一步。」

は

ひ／ヒ

ひ

【日】ヒ、ヒ ❶太陽。太陽の光。中日；太陽；陽光。E the sun; sunlight.

☆ 日がのぼる/太陽升起。

☆ 日が沈む/日落；太陽下山。

☆ 日が当たる/向陽；朝陽；有陽光。

☆ 日の出/日出。(→項目)

☆ 西日/ the afternoon sun. /夕陽；西照的陽光。

☆ 夕日/夕陽。(→項目)

❷ 太陽が出てから沈むまでの間。中白天；白晝。E the days; the daytime.

☆ 11月になると、とても日が短くなる/到了十一月，白天就變短了。

☆ 日が暮れる/天黑了。

対夜

❸ 昼と夜を合わせた丸１日。中日；天；日子。E a day.

☆ 日に３度、食事をする/每天吃三頓飯。

☆ 日を数える/數日子。

☆ 日がたつ/經過很多日子。

❹ ものごとを行う、ある１日。中日期。E the date.

☆ 結婚式の日を友達に知らせる/通知朋友舉行婚禮的日子。

☆ 日をのばす/ postpone. /延期。

☆ 記念日/紀念日。

❺(「～した日には」の形で)そのようなばあいには。中～情形；時候；場合；狀態。

☆ この暑さで電気が止まった日には、食べ物がくさってしまう/ If the electricity is cut on a day as hot as this, all our food will spoil. /這麼熱，要是停電的話，(冰箱的)食物都要腐爛了。

❻(「～ときた日には」の形で)前のことばを取りたて、それについて不満や驚きの気持ちなどを表す。中表示不滿的情緒。

☆ 二郎ときた日には、いくらタバコをやめろといってもきかない/ That Jiro! No matter how often I ask him to stop smoking, he never listens. /說起二郎嘛，怎麼勸他戒菸都不聽。

▷ 話❺❻

…………「日」のつく慣用表現…………

日が浅い そのことがあってからの期間が短い。中日子短；日子不長。E it is only recently that ~.

☆ 引っ越してきて日が浅いので、町のようすがよくわからない/由於搬過來時間不長，所以對鎮上的情況不太了解。

日の当たる場所 社会的に恵まれた立場。中為人重視；為人注意的位置。E a privileged position.

☆ 日の当たる場所にいる人には、弱い立場の人のことがわからない/得勢的人不了解處於弱勢地位的人。

日の高いうち 夕方になる前に。中趁天還沒黑。E before dusk.

☆ 日の高いうちに山を下りないと道がわからなくなる/如果不趁天黑前下山的話，就要迷路了。

日の目を見る それまで世に出ていなかったものが、広く世間に知られるようになる。中問世；出世。E see the light of day; be realized.

ひ

☆ 20年前に企画を立てた辞書が出版されてやっと日の目を見た/二十年前計畫出版的字典總算問世了。

日を改める 別の日にする。中改天。E another day.

☆ きょうは用事があるので、日を改めて会いましょう/因為今天有事，所以改天再見面吧。

日を追って 日がたつにつれて。中逐日；一天比一天地。E day by day.

☆ 母の病気は日を追って悪くなった/母親的病情一天比一天嚴重。

日を切る 何日までと期限を決める。中定日期。E set a deadline.

☆ 日を切って、三郎に金を貸した/限定日期借錢給三郎。

似た表現 日を限る

………………………………………………

ひ【比】ヒ 同じ種類の数や量を比べて、片方が他方の何倍になるかという関係。中比；比例。E a ratio.

☆ 日本と中国の人口の比は1：10である/日本和中國的人口比例是一比十。

☆ 面積比/面積比。

～の比ではない 同じ種類のものではあるが、比べることもできないぐらい違う。中非所能比；比不上。E be no match for.

☆ 学生ずもうで1位の強さといっても、横綱の比ではない/即使是學生相撲冠軍也無法與橫綱相比。

ひ【火】ヒ ❶ ものが燃えて出る熱や光や炎。中火。E fire.

☆ 風で火が消える/因颳風火熄了。

☆ 火が強い/火很旺。

☆ 火の粉/sparks./火星。

❷ 火事。中失火；火災。E a fire.

☆ 夜中に火が出て近所の家が2軒燃えた/半夜著火，附近有兩間房子被燒了。

☆ 火の用心/小心火災。

❸ 激しい気持ち。中憤怒之火；怒火。E strong feelings; a flame (of emotion).

☆ 独立を求める人々の胸の火を消すことはできない/尋求獨立的人們胸中的強烈念頭無法平息。

▷ 数❷1件

…………「火」のつく慣用表現…………

火に油を注ぐ 激しいものをいっそう激しくする。中火上澆油。E add fuel to the fire.

☆ 人がけんかをしているときに、「がんばれ」「もっとやれ」などと火に油をそそぐようなことを言ってはだめだ/別人打架時，不要火上澆油似地說「加油」、「用力打吧」之類的話。

火の消えたよう 急に静かになって、にぎやかな明るさがなくなってしまうようす。中頓時沉寂；失去生氣。E become still as death.

☆ 明るくおしゃべりな娘が外国へ行ってから、火の消えたような家になってしまった/既開朗又愛講話的女兒出國後，家裡頓失生氣。

火の車 経済的に非常に苦しいこと。話中生活貧困；經濟拮据。E be very hard up.

☆ 家のローンと子供の教育費で、わが家の経済は火の車だ/由於要付房貸和孩子的教育費用，所以經濟狀況很拮据。

火の気がない 全然火を使っていない。中不點火；不用火。E not using fire of any kind.

☆ 火事が起こったのは火の気がない所だから、放火らしい/由於發生火災的地方並不用火，所以好像是人為縱火。

火のない所に煙は立たない[ぬ] うわさが流れるのには必ず原因となる事実がすこしはあるはずだ。中無風不起浪。E There is no smoke without fire.

火を通す 煮たり焼いたりして熱を加える。中加熱。E heat; cook.

☆ この貝は生で食べないで、必ず火を通して食べてください/這種貝類不能生吃，一定要加熱後再吃。

火を吐くよう 非常に激しく気持ちを言うようす。中 發自肺腑地；激動地。E fiery; furious.

☆ 三郎の火をはくような訴えに、みんなは心を打たれた/三郎發自肺腑地傾訴，大家為之動容。

火を見るより(も)明らか このうえなく確かではっきりしているようす。中 洞若觀火；顯然若見。E be as clear as day.

☆ もっと働かなければ生活できなくなるのは火を見るより明らかだ/如果不好好工作就無法生活，這是顯而易見的。

ひ【灯】ヒ 電灯やろうそくなど、あたりを明るくするもの。明かり。中 燈。E a light.

☆ 飛行機の窓から夜の東京の灯が見えた/從飛機的窗口可以看見東京夜晚的燈火。

☆ 山小屋の灯/山上小屋的燈光。

ひ【非】ヒ ❶ 不正や欠点。中 非；不對；錯誤。E injustice; a fault; an error.

☆ 新聞の役目の１つは社会の非をあばくことだ/報紙的任務之一是揭露社會歪風。

☆ 会社側は非を認めて謝罪した/公司方面承認錯誤並且道歉。

対 是

❷ (他のことばの頭について)否定を表す。中 表示否定。

☆ 非民主的/undemocratic./非民主的。

☆ 非常識/不合乎常理；沒有常識；荒唐。(→項目)

非の打ちどころがない 欠点がなにもない。中 無可非議；沒有一點缺點。E be flawless; be perfect.

☆ 京子の態度には非の打ちどころがなかった/京子的態度無懈可擊。

-ひ【-費】(他のことばについて)そのためにかかる金。中 ～費；費用。

☆ 交通費/transportation expenses./交通費；車費。

☆ 宿泊費/住宿費。

☆ 会費/會費。(→項目)

☆ 公費/公費。(→項目)

☆ 食費/餐費。

☆ 旅費/旅費；路費。(→項目)

び【美】ビ 見たり聞いたりして感じられる調和のとれたよさ、きれいさ。書 中 美；美麗。E beauty.

☆ 自然の美に勝てるものはない/沒有東西能勝過自然美。

☆ 美を感じとる心/感受美的心情。

☆ 美の追求/美的追求。

☆ 古都の美/古都之美。

対 醜

ひあたり【日当たり】ヒアタリ 太陽の光の当たりぐあい。中 向陽；朝陽。E sunlight exposure.

☆ この家は南に面していて、日当たりがいい/這座房子朝南，採光好。

☆ 日当たりの悪い部屋/背光的房間。

ピアノ (piano) ピアノ 楽器の一種。指で小さい鍵盤をたたくと、鍵盤につながったハンマーが、大きな木の箱に張った弦をたたいて音を出す。中 鋼琴。E a piano.

☆ ピアノをひく/彈鋼琴。

☆ ピアノを習う/學鋼琴。

☆ グランドピアノ/三角鋼琴。

数 1台

ピーアール (PR) ピーアール〔～する〕「public relations」を略した言い方。いろいろな方法で世間に広く知ってもらうようにすること。中 公關；廣告。E PR.

☆ ビール会社が競争で、新製品のPRをしている/啤酒公司為了競爭正在進行新產品的宣傳廣告。

ひ

☆ PR誌/宣傳雜誌。

ピーク (peak) ピ̄ーク　ある状態がいちばん盛んなとき。中 最高峰；頂峰。E a peak.

☆ ラッシュアワーのピークは朝8時と夕方6時だ/交通的尖峰時間是早上八點和傍晚六點。

☆ インフレのピークはもう過ぎた/通貨膨脹的高峰已過了。

☆ ピークを越える/越過頂峰。

ヒーター (heater) ヒ̄ーター　暖房のための器具、設備。中 溫室裝置；暖氣設備。E a heater.

☆ 寒くなったから、この部屋にもヒーターを入れよう/因為天氣變冷了，所以這間房裡也裝上暖氣吧。

数 1台

ピーティーエー (PTA) ピ̄ーティーエー「Parent-Teacher Association」を略した言い方。小学校、中学校、高等学校で、親と教師が協力して、子供の教育のために活動する団体。中 家長教師聯合會。E a PTA.

☆ PTAの会員として子供の教育環境をよくするために努力する/身為家長教師聯合會的會員，為改善孩子的教育環境而努力。

☆ PTA会長/家長教師聯合會會長。

ピーピーエム (ppm) ピ̄ーピーエム「parts per million」を略した言い方。数字の後につけて、100万分のいくつかということを表す。中 百萬分之一。E ppm.

☆ 河川のよごれはppmの単位で表す/河川的污染程度用ppm單位來表示。

☆ 空気中の二酸化窒素の濃度が0.03ppmをこえると体によくない/空氣中二氧化氮的濃度超過0.03ppm的話，對身體有害。

ビーフステーキ (beefsteak) ビ̄ーフステ̄ーキ 牛肉の厚切りを焼いた料理。ビフテキ。ステーキ。中 牛排；烤牛排。E (a) beefsteak.

☆ ちょうどいい程度に焼いた、厚くてやわらかいビーフステーキが食べたい/想吃燒烤程度正好又厚又軟的牛排。

☆ 今晩はビーフステーキにする/今晚吃烤牛排。

数 1枚

ビール (オ bier) ビ̄ール　大麦などからつくる、すこし苦みのあるアルコール飲料。中 啤酒。E beer.

☆ 毎日、夕食時にビールを1本飲む/每天晚飯時喝一瓶啤酒。

☆ 缶ビール/罐裝啤酒。

☆ 生ビール/鮮啤酒；生啤酒。(→ 項目)

数 1杯・1本

ビールス (ド Virus) ビ̄ールス　⇨ウイルス

☆ ビールスは電子顕微鏡でしか見えない/病毒只能用電子顯微鏡才看得見。

ひえこ・む 【冷え込む】ヒエコ̄ム、ヒエコ̄ム〔自動五〕(ひえこんで) 温度が急に下がる。中 驟冷；氣溫急劇下降。E grow cold; become chilly.

☆ けさはひどく冷えこんで、氷が張った/今天凌晨氣溫遽降，還結了冰。

名 冷え込み

ひえびえ 【冷え冷え】ヒエビ̄エ〔～する〕

❶ 非常に冷えた感じのするようす。中 感到非常寒冷的樣子。

☆ 朝、窓を開けると冷え冷えした空気が入ってくる/In the morning, when I open the window, chilly air pours in. /早晨打開窗戶，涼颼颼的空氣一下湧了進來。

☆ だれもいない学校の中は冷え冷えしている/無人的學校冷冷清清。

❷ 心が冷たくさびしくなると感じるようす。中 心裡感到冷冰冰、寂寞的樣子。

☆ 話し声も笑い声もしない冷え冷えした家庭/a desolate family with no sound of chatting nor laughing. /沒有歡聲笑語的冷冰冰的家庭。

ひ・える 【冷える】ヒエ̄ル〔自動一〕 ❶ 温度が下がって、冷たいと感じる。中 變冷；變涼；感覺冷。E grow cold; feel cold.

☆ この部屋は日が当たらないので、冬は冷える／這個房間背陽，所以冬天會冷。

☆ 足が冷える／腳冷。

☆ よく冷えたジュース／冰鎮果汁。

対暖まる・温まる

❷ 熱中する気持ちがなくなる。冷淡になる。中冷淡下來；變冷淡。E grow cool; grow indifferent.

☆ 夫婦の仲がだんだん冷えてきた／夫婦關係漸漸變冷淡了。

▷ 他動 冷やす

ひがい【被害】ヒガイ　ものがこわされたり使えないようにされたり、人が傷つけられたり殺されたりするような、さまざまな害を受けること。また、その損害。中受害，受災，損失。E damage; (an) injury.

☆ 西日本は台風で大きな被害を受けた／日本西部因颱風受到嚴重災害。

☆ 泥棒に入られたが、幸い被害はなかった／雖然小偷侵入，幸運的是沒有受到什麼損失。

☆ 被害者／受害者；被害者。

対加害

ぴかいち【ぴか一】ピカイチ、ピカイチ　多くの人、ものの中で断然すぐれていること。話中出類拔萃；首屈一指。E the top; No.1; the star.

☆ 一郎の絵は、展覧会に出品されたものの中でぴか一だった／一郎的畫在展覽會參展作品中是最優秀的。

ひかえめ【控えめ】ヒカエメ、ヒカエメ

❶ じゅうぶんな程度よりすこし少ないようす。中少；保守；節制。E moderately; temperate.

☆ 家の修理には、控えめに見積もっても100万円かかる／要修理房屋，即使保守估計，也要花一百萬日圓。

☆ 酒は控えめにすること／節制飲酒。

❷ おとなしくして、めだたないようにするようす。中謹慎；穩重。E reserved; self-effacing.

☆ 課長は、部長の案は実現の可能性が薄いと思うと、控えめな言い方で反対した／課長覺得經理的提案，不太可能實現，就以婉轉的口氣表示反對。

ひがえり【日帰り】ヒガエリ〔～する〕　どこかへ行ってその日のうちに帰ること。中當天來回。E a oneday trip.

☆ 新幹線ができて日帰りの出張が多くなった／有了新幹線後，當天往返的出差就多了起來。

☆ 日帰り旅行／一日遊。

対泊まりがけ

ひか・える【控える】ヒカエル、ヒカエル〔自他動一〕　❶ すぐ行動できるように準備して、近くで待つ。中等候；待命。E wait; be in attendance.

☆ 会議中はとなりの部屋に控えていた／開會時，在隔壁房間裡待命。

☆ 社長のそばに秘書が控えている／秘書在總經理的身邊待命。

❷ 事情を考えて、自分の行動を制限したり、なにかの量を減らしたりする。中控制；節制；抑制。E refrain from; cut down.

☆ 委員長はなるべく発言を控え、まずみんなの意見を聞いたほうがいい／委員長最好儘量克制發言，先聽一聽大家的意見為上。

☆ 塩分を控えた食事／節制鹽分的飲食。

❸ すぐ近くにそのような場所を持つ。中靠近；臨近。E have nearby; behind.

☆ A小学校は後ろに山を控えている／A小學後面靠山。

☆ 近くに温泉街を控えた別荘地／臨近溫泉街的別墅地區。

❹ ある特別な時を目前にする。中面臨；迫近。E be near at hand.

☆ 受験を1週間後に控えて緊張している／一週後就要面臨考試，真是緊張。

❺ 後のために書きとめる。中記下。E write down.

ひ

☆ 住所と電話番号を手帳に控える／把住址和電話號碼記在筆記本上。

▷ 名控え

═ 注 ❶は自動詞、❷〜❺は他動詞。

ひかく【比較】ヒカク〔〜する〕 共通のところがあるいくつかのものごとを、違う点や似ている点などをあげて比べ合わせること。中比較；相比。E compare; comparison.

☆ 北海道と九州を気候の面から比較する／從氣候方面對北海道和九州進行比較。

☆ わたしがオリンピック選手と一緒に泳いでも比較にならない／我和奧運選手一起游泳，根本不能比。

ひかくてき【比較的】ヒカクテキ ふつうの、または他の状態と比べてみると。中比較。E comparatively; relatively.

☆ 息子は10歳にしては比較的大きいほうだ／兒子以十歲而言，算是比較高了。

☆ この車種は小型乗用車の中では比較的売れているほうだ／這種車在小轎車中算是比較暢銷的。

ひかげ【日陰】ヒカゲ 太陽の光が当たらない場所。中背陰處；陰涼處。E the shade.

☆ 日がかんかん照って暑いから日陰に入った／太陽火辣辣地照射下，因為很熱，所以到了陰涼處。

☆ 日陰で休む／在陰涼處休息。

対ひなた

ひがし【東】ヒガシ、ヒガシ 4つの方角の1つ。太陽がのぼる方角。中東；東方。E the east.

☆ 太陽は東から出て西に沈む／太陽從東方升起，由西方下降。

☆ 日本は中国の東にある／日本在中國的東邊。

☆ 東日本／日本東邊。

☆ 東側／東邊。

対西

ぴかぴか ピカピカ、ピカピカ、ピカピカ〔〜する〕 ❶何度も続けて光るようす。中閃爍不停地發光的樣子。

☆ 救急車の赤いランプがぴかぴか(と)光る／The red ambulance light flashes.／救護車的紅燈閃爍不停地發出亮光。

❷ つやがあって美しいようす。中有光澤、美的樣子。

☆ 床を何度も布でこすってぴかぴかにする／用布將地板擦拭好幾遍，使它光可鑑人。

☆ ぴかぴかにみがいた靴／shoes polished shining.／擦得亮光光的皮鞋。

❸ 非常に新しいようす。中指根據表面閃光來比喻新的樣子。

☆ 買ったばかりの、ぴかぴかの万年筆／a brand-new fountain pen.／剛買的嶄新鋼筆。

☆ ぴかぴかの1年生／一年級新生。

ひが・む ヒガム〔自動五〕(ひがんで) ものごとをすなおに考えずに、自分だけ悪く扱われていると思いこむ。中乖僻；彆扭；懷偏見。E feel oneself unfairly treated.

☆ 母が病弱の妹を世話するのを見て、京子は「妹ばかりかわいがる」とひがんでいる／看著母親照顧病中殘弱的妹妹，京子又嫉妒又羨慕地說：「媽媽最偏心只喜歡妹妹。」

名ひがみ

ひから・びる【干からびる】ヒカラビル、ヒカラビル〔自動一〕 乾燥してかさかさになる。中乾涸；乾透。E dry up; shrivel.

☆ 冷蔵庫の奥からひからびたニンジンが出てきた／從冰箱裡拿出乾巴巴的胡蘿蔔。

ひかり【光】ヒカリ ❶太陽や火や電灯などから出て、明るく見えるもの。また、その反射したもの。中光；光亮；光線。E (a) light; a ray.

☆ カーテンを開けると朝の光がまぶしかった／拉開窗簾後，發現早上的陽光明亮刺眼。

☆ 月の光／月光。

❷ 心を明るくするもの。中光明；希望。E a ray (of hope).

☆ 人間は心に光を求めて生きる / 人為追求心中的希望而活著。

☆ 希望の光 / 希望之光。

▷ 自動 光る

ひか・る【光る】ヒカル〔自動五〕(ひかって)

❶ 光を出したり反射したりして輝く。中 發光；發亮。E shine; twinkle; glitter.

☆ 星が光る / 星光閃爍。

☆ ガラスが光る / 玻璃閃閃發光。

❷ すぐれていて、めだつ。中 出衆；出類拔萃。E shine; be outstanding.

☆ 新入社員の中では洋子が特に光っている/ 在新進職員中洋子顯得特別出衆。

☆ ひときわ光る演技 / 特別出衆的演技。

▷ 名 光

ひかん【悲観】ヒカン〔～する〕 ものごとが自分の希望や期待どおりに進まず暗い沈んだ考え方になること。中 悲觀。E be discouraged; be pessimistic.

☆ 二郎は将来を悲観して、死にたいと言う/ 二郎對將來很悲觀，了無生意。

☆ いちど失敗したぐらいで悲観してはいけない / 只不過失敗一次，不要悲觀。

対 楽観

ひかんてき【悲観的】ヒカンテキ ものごとが悪い結果になると予想するようす。中 悲觀的。E pessimistic; gloomy.

☆ 一郎は車の事故で父をなくしてから、すべてのことに悲観的になっている/一郎自從父親車禍喪生後，對任何事都顯得很悲觀。

対 楽観的、楽天的

-ひき【-匹】(数を表すことばについて)獣、虫、魚、カエルなどの小動物、ときには鳥などの数を表す。中 匹；隻；條。

☆ あそこに犬が２匹と猫が１匹いる/那裡有兩隻狗和一隻貓。

☆ 池に金魚が３匹いる / There are three goldfishes in the pond. / 池塘裡有三條金魚。

ひきあ・げる【引き上げる・引き揚げる】ヒキアゲル〔自他動一〕 ❶ 引っぱって高い所へ上げる。中 吊起；曳起；拉上來。E pull up; draw up.

☆ 川に落ちた車をクレーンで引き上げた/用起重機吊起墜河的車子。

対 引き下ろす

❷ 値段や率を高くする。中 抬高；提高。E raise; increase.

☆ 公定歩合を引き上げる / 提高公定利率。

☆ 家賃を４月から引き上げる / 從四月份起提高房租。

対 引き下げる

❸ 出かけていた先から、もとの所へ帰る。中 返回原地；歸回。E be repatriated; return.

☆ 田中さん一家は去年中国から引きあげてきた / 田中先生一家去年從中國舉家歸國。

❹ もとの所へもどす。中 撤回；收回。E take back.

☆ 転勤のとき一時預けてあった荷物も全部引きあげた / 調職時暫時寄存的行李全都取回來了。

☆ 出資金を引きあげる / 收回投資金額。

▷ 名 引き上げ・引き揚げ

注 漢字で書くときは、❶❷は「引き上げる」、❸❹は「引き揚げる」。また、❶❷❹は他動詞、❸は自動詞。

ひき・いる【率いる】ヒキイル〔他動一〕 多くの人を連れていく。中 率領；帶領；統率。E lead; command.

☆ 学生をひきいて見学旅行に行く / 帶領學生去參觀旅行。

☆ 兵をひきいて戦う / 率領士兵作戰。

ひきう・ける【引き受ける】ヒキウケル〔他動一〕 ❶ 責任を持って受け入れる。中 承擔；答應；接受。E take (responsibility); take on.

☆ その結果の責任はわたしが引き受けよう/ 那結果的責任，我願一人承擔。

ひ

☆ 役員を引き受ける／接下董事之位。

❷ 大丈夫だと保証する。中保證；負責。E guarantee; vouch for.

☆ 損害は会社が引き受ける/損失由公司負責。

☆ 身元を引き受ける／給……當擔保人。

ひきおと・す【引き落とす】ヒキオトス〔他動五〕(**ひきおとして**)　金融機関が、支払いに必要な金額を口座から差し引く。中金融機關從銀行戶頭扣款，轉帳支付。E withdraw ~ from a customer's account.

☆ 電話料金を銀行の口座から引き落とす/電話費從銀行的戶頭轉帳。

名引き落とし

ひきかえ・す【引き返す】ヒキカエス〔自動五〕(**ひきかえして**)　もとの所へもどる。引っ返す。中返回；折回。E turn back; return.

☆ 忘れ物をしたので、家に引き返す／忘記帶東西，所以又回家。

ひきか・える【引き換える】ヒキカエル、ヒキカエル〔自他動一〕　❶ものとものとを取りかえる。交換する。中換；兌換。E exchange.

☆ 当たりくじを景品と引きかえる／把中獎的籤換成贈品。

☆ 代金と引きかえて品物を渡す／一手交錢，一手交貨；銀貨兩訖。

❷ (「～に引きかえ〔て〕」の形で)～に比べて。～に反して。中～相反；～相比。

☆ 去年の夏に引きかえて、今年の夏は暑かった / Compared to last year's summer, this year was hot. / 跟去年夏天相反，今年夏天特別熱。

☆ 勤勉な兄に引きかえ、弟は怠け者で困る/與勤奮的哥哥相反，弟弟是個懶蟲，叫人頭痛。

▷ 名引き換え

二注 ❶は他動詞、❷は自動詞。

ひきがね【引き金】ヒキガネ　❶ピストルなどを撃つとき指で引く部分。中扳機。E a trigger (of a gun).

☆ ピストルを空に向けて、引き金を引く／將手槍朝天扣動扳機。

❷ 重大なことを起こさせるきっかけ。中誘因；契機。E trigger.

☆ 暗殺事件が第１次世界大戦の引き金となった／暗殺事件成為第一次世界大戰的導火線。

☆ 汚職事件が首相交代の引き金になった/瀆職事件成為更換首相的契機。

ひきさが・る【引き下がる】ヒキサガル〔自動五〕(**ひきさがって**)　その場から退く。中退出；退下；離開。E withdraw; retreat; back down.

☆ けんかに負けて、引き下がる／因打架輸了而退出。

☆ 予算の増額を要求したが、説得されて引き下がった/雖要求增加預算，但被說服而作罷。

他動引き下げる

ひきざん【引き算】ヒキザン〔～する〕　ある数や式からある数や式を引いて差を求める計算。「５－３」「８ｘ－２ｙ」など。中減法。E subtraction.

☆ 689 － 347 の引き算の答えは 342 だ / 689 減去 347，答案是 342。

☆ そろばんで引き算をする／用算盤做減法。

対足し算

ひきずりこ・む【引きずり込む】ヒキズリコム、ヒキズリコム〔他動五〕(**ひきずりこんで**)　❶引きずって無理に中へ入れる。中拖入；拖進。E drag a person into.

☆ かぜをひいているから寒い外で遊んではいけないと、子供を家の中へ引きずりこんだ／「因為你正在感冒，所以不許到寒冷的室外去玩。」說著將孩子拖進家裡。

対引きずり出す

❷ 無理に仲間に入れる。引っぱりこむ。中強迫拉入。

☆ 気の弱い一郎を麻薬のグループに引きずりこむ／將意志薄弱的一郎強行拉入吸毒的集團中。E entice a person into.

ひきず・る【引きずる】ヒキズル〔他動五〕(ひきずって) ❶ 地面や床にふれたままで、足やものを引っぱる。中 拖；拉；曳。E drag; trail.

☆ 重いテーブルを引きずって動かしたら、床に傷がついてしまった / 將沉重的桌子拉動後，地板上出現了刮痕。

☆ けがをして、足を引きずって歩く / 受了傷，拖著腿傷走路。

❷ いやがるのを無理に引っぱる。中 強拉硬拽。E drag a person (against his/her will).

☆ 木に登りかけた二郎を引きずり下ろす / 將爬上樹的二郎強行拉下。

ひきだし【引き出し】ヒキダシ 机やたんすについていて、引きだせるようになっている箱。中 抽屜。E a drawer.

☆ たんすの引き出しに衣類を入れる / 把衣物收入衣櫥的抽屜中。

☆ 事務所の机には引き出しが 3 つある / 辦公室的桌子有三個抽屜。

他動 引き出す →机 図

ひきだ・す【引き出す】ヒキダス〔他動五〕(ひきだして) ❶ 中にあるものを外へ出す。また、隠れていたものを外へ出す。中 拉出；拽出；引導出來。E pull out; draw out.

☆ 小屋から牛を引きだす / 將牛從牛舍中拉出來。

☆ 先生は生徒の隠れた才能を上手に引きだす / 老師善於讓學生發揮潛力。

対 引き入れる

❷ 銀行などから預金をおろす。また、資金などを出させる。中 提款；提取。E withdraw; get ~ out of.

☆ 貯金を引きだす / 提取存款。

☆ A 社から資金を 1 億円引きだした / 從 A 公司提取一億日圓資金。

▷ 名 引き出し

ひきた・てる【引き立てる】ヒキタテル〔他動一〕 ❶ 無理に引っぱって連れていく。引ったてる。中 強行拉走；帶去。E haul; march off.

☆ 警官が容疑者を引きたてていった / 警官強行帶走了嫌犯。

❷ 元気を出させる。励ます。中 鼓勵；給～打氣。E cheer up; encourage.

☆ 気を引きたてて試験場に入る / 鼓起勇氣進入考場。

❸ 特にめだつようにする。中 使～顯眼；使～顯得好看。E show ~ off to advantage.

☆ 形のいい松の木が庭を引きたてている / 栽種外型俊美的松樹使得院子格外顯眼。

❹ よく注意し、世話をして特別に扱う。中 照顧；關照。E favor; patronize.

☆ あの部長は、まじめな社員を引きたてて、ふさわしい仕事をさせる / 那位經理提拔辦事認真的職員，讓他們從事適當的工作。

▷ 名 引き立て

自動 引き立つ

ひきつ・ぐ【引き継ぐ】ヒキツグ〔他動五〕(ひきついで) 前の人にかわって、後の人が受けつぐ。中 繼承；接過來。E take over; succeed to.

☆ 父親の仕事を引きついで、病院を経営する / 繼承父業經營醫院。

☆ 伝統を引きつぐ / 繼承傳統。

名 引き継ぎ

ひきつ・ける【引き付ける】ヒキツケル〔自他動一〕 ❶ 引っぱって近くへ寄せる。中 拉到近旁；吸引。E draw; attract.

☆ 走りだそうとする犬を体の横に引きつけて歩く / 將想跑的狗拉在身旁走。

☆ 鉄を引きつける磁石 / 吸鐵的磁石。

❷ 魅力で誘い寄せる。中 吸引；引誘。E charm; attract.

☆ おばあちゃんのむかし話は子供たちをひきつけた / 奶奶的故事吸引了孩子們。

☆ 少年をひきつける漫画家 / 吸引少年的漫

書家。

❸ 特に子供などが、全身にけいれんを起こす。中 痙攣；發作；抽搐。E have a convulsive fit.

☆ 急に子供が引きつけたので、救急車で病院へ運んだ / 孩子突然痙攣，所以叫救護車送往醫院。

▷ 名 引き付け

注 ❷はひらがなで書く。また、❶❷は他動詞、❸は自動詞。

ひきつづき【引き続き】ヒキツズキ　ずっと続けるようす。また、すぐつぎのことが続くようす。中 連續。E continuously; be followed by.

☆ ひきつづき10年校長を務めた / 連續當了十年的校長。

☆ 会議にひきつづき忘年会がある / 會議之後緊接著是尾牙。

自動 引き続く

ひきど【引き戸】ヒキド、ヒキド　横に引いて開けたり閉めたりする戸。中 拉門。E a sliding door.

☆ 日本の家の障子や雨戸は、たいてい引き戸だ / 日本房屋的拉窗和雨窗大多是拉門。

☆ 引き戸を開ける / 拉開拉門。

対 開き戸

数 1枚　→戸 図

ひきと・める【引き止める】ヒキトメル〔他動一〕　なにかしようとするのをやめさせる。特に、帰ろうとするのをやめさせる。中 拉住；挽留；制止。E prevent; detain.

☆ 父親とけんかして家を出ていこうとする息子を母親は懸命に引きとめた / 兒子與父親吵架要出走，母親拚命地制止。

☆ 帰るという客を、まだ話があるからと引きとめた / 「還有話要說呢！」說著挽留住要離去的客人。

ひきと・る【引き取る】ヒキトル〔自他動五〕(ひきとって)　❶ その場から帰る。中 退出；退下。E leave; withdraw.

☆ 父は留守ですから、きょうはお引き取りください / 因為父親不在家，今天請回了。

❷ 自分のほうへ受け取る。中 取回；領回。E receive; take back.

☆ 預けていた品物を引き取る / 領回寄存的東西。

❸ 自分のところへ引き受けて世話をする。中 收養；領回照顧。E take charge of; look after.

☆ 戦争で親をなくした子供たちを引き取って育てる / 收養因戰爭而失去父母的孩子們。

❹ (「息を引き取る」の形で)死ぬ。中 死亡；斷氣；咽氣。E breathe one's last; die.

☆ 母は昨夜、息を引き取りました / 母親昨晚去世了。

▷ 名 引き取り

注 ❶は自動詞、❷❸❹は他動詞。

ひきにく【ひき肉】ヒキニク　豚肉や牛肉などを機械にかけて細かくしたもの。中 絞碎的肉。E ground meat.

☆ 牛のひき肉でハンバーグをつくる / 用牛絞肉做漢堡。

☆ 豚のひき肉を300グラム買う / 買三百克豬絞肉。

ひきぬ・く【引き抜く】ヒキヌク〔他動五〕(ひきぬいて)　❶ 引っぱって抜く。引っこ抜く。中 拔出；抽出。E pull out.

☆ 大根を引き抜く / 拔蘿蔔。

☆ くぎを引き抜く / 拔出釘子。

❷ ほかの団体に入っている人を誘って、自分のほうへ来させる。引っこ抜く。中 選拔；挖角；拉攏過來；爭取過來。E poach; pick.

☆ A社から優秀な技術者を引き抜く / 從A公司挖角優秀的技術員。

▷ 名 引き抜き

ひきのば・す【引き伸ばす・引き延ばす】ヒキノバス〔他動五〕(ひきのばして)　❶ 写真などを大きくする。中 放大。E enlarge.

☆ B5判の原稿をB4判に引きのばす / 將B5

尺寸的原稿放大到B4。

☆ 写真を引きのばして額に入れる/放大照片裝入相框。

❷ 時間や期限を長引かせる。中 拖延；拖長。E prolong; delay.

☆ いくつも質問を出して会議を引きのばす/提出幾個問題拖延會議。

▷ 名 引き伸ばし・引き延ばし

注 漢字で書くときは、❶は「引き伸ばす」、❷は「引き延ばす」。

ひきはら・う【引き払う】ヒキハラウ〔他動五〕(ひきはらって) 跡を片づけて、ほかの場所へ移る。中 離開；搬遷。E move from; clear out.

☆ 東京を引き払って、母の待つ故郷へ帰る/離開東京回到母親等待的故鄉。

☆ 下宿を引き払う/搬離寄宿處。

ひきょう【卑怯】ヒキョー 勇気がなかったり、ずるかったりして、やり方がよくないようす。中 卑怯；卑鄙。E mean; cowardly; unfair.

☆ 自分の名前も言わずにおどしの電話をかけてくるとはひきょうだ/匿名打恐嚇電話，真卑鄙。

☆ 本人のいない所で悪口を言うようなひきょうなことはするな/在背後說他人的壞話，這種卑鄙的事情不要做。

ひきわけ【引き分け】ヒキワケ 勝ち負けを争うゲームやスポーツなどで、勝ち負けが決まらないままでやめること。中 合局；不分勝負。E a draw; a tie.

☆ 試合は同点のまま延長戦になったが、結局、引き分けに終わった/因打成平手而延長比賽，結果還是不分勝負。

☆ 引き分け試合/不分勝負的比賽。

自動 引き分ける

ひきわた・す【引き渡す】ヒキワタス〔他動五〕(ひきわたして) ほかの人の手に渡す。中 交給；交還；提交。E hand over; deliver.

☆ 迷子を、迎えに来た母親に引き渡す/將走失的孩子交給前來接他的母親。

☆ 商品を引き渡す/交貨。

名 引き渡し

ひ・く【引く】ヒク〔自他動五〕(ひいて) ❶向こうからこちらへ寄せる。引っぱる。中 領；拉；拽。E pull; tug; draw.

☆ ドアを引いて開ける/拉開門。

☆ 綱を引く/拉繩子。

☆ 引き寄せる/拉到跟前。

対 押す

❷ 人の心を誘う。注意を呼ぶ。中 引誘；吸引。E draw; attract.

☆ 人々の関心をひくニュース/引起人們注目的新聞。

☆ 人目をひくふるまい/引人注目的行為(或舉動)。

❸ 線や図面をかく。中 畫(線)；製(圖)。E draw.

☆ 線を引く/畫線。

☆ 家の図面を引く/畫房屋的設計圖。

❹ 電灯やガスなどを設備する。中 架設(管、線)；安裝(電話、自來水)。E lay; install.

☆ 電話を引いた/安裝電話。

☆ 水道を引く/安裝自來水。

❺ 続いているものを受けつぐ。中 繼承；遺傳。E inherit; be descended from.

☆ 一郎は父親の血を引いて、穏やかな性格をしている/一郎繼承了父親的血統，性格穩重。

❻ のばしてひろげる。中 拉開；塗；塗抹。E oil; draw.

☆ フライパンに油を引く/在平底鍋裡塗油。

☆ 幕を引く/落幕。

❼ 仕事や職をやめる。中 辭去；辭退。E retire.

☆ 会社の第一線から身を引く/不再從事公司第一線的工作。

❽ 多くの中から選んで取りだす。中 查(字典)；舉(例)；抽(籤)。E look up; give; draw.

ひ

☆ わからないことばは辞書を引いて調べる/不懂的單字查字典解決。

☆ 例を引いて説明する/舉例說明。

☆ くじを引く/抽籤。

❾ 数や量を減らす。中 減；扣除。E deduct.

☆ 月給から住宅ローンを引くと、少ししか残らない/從月薪中扣除住宅貸款後就所剩無幾了。

対 足す

❿ 引き算をする。中 減；做減法。E subtract.

☆ 10引く3は7だ/十減三等於七。

対 足す

⓫ もとにもどったり少なくなったりする。中 落；減退；退。E go down; leave.

☆ 熱がやっと引いた/燒終於退了。

☆ 汗が引く/不出汗了。

注 ❷はひらがなで書く。また、❶～❿は他動詞、⓫は自動詞。

ひ・く【弾く】ヒク〔他動五〕(ひいて) ピアノ、バイオリンなどの楽器を演奏する。中 彈；拉；彈撥。E play.

☆ ギターをひきながら歌う/邊彈吉他邊唱歌。

☆ ピアノをひく/彈鋼琴。

ひ・く ヒク〔他動五〕(ひいて) 車が人などを車輪の下じきにして通る。中 輾。E run over.

☆ トラックが老人をひいてそのまま走り去った/卡車輾了老人後就那麼逃跑了。

☆ 子供がタクシーにひかれた/孩子被計程車撞了。

ひく・い

【低い】ヒクイ ❶ 位置が下のほうにある。中 低。E low.

☆ ヘリコプターがビルにぶつかりそうな低いところを飛んでいる/直升機飛得低，就像快要撞到大樓似的。

対 高い

❷ 下から上までの長さが短い。中 低；矮。E short; low.

☆ わたしは背が低い/我個子矮。

☆ 低い山/矮山。

対 高い

❸ 地位や身分などが下だ。中 低微；低賤。E low.

☆ 江戸時代、商人は身分が低かった/江戸時代商人身分低賤。

☆ 低い地位からだんだん上がっていく/從低賤的地位逐漸上升。

対 高い

❹ 能力や価値がおとっている。中 低；劣。E low; poor.

☆ この機械は古くて、生産能力が低い/這台機械又老產能又低。

☆ おもしろいが文学的価値は低い小説/雖有趣但缺少文學價值的小說。

対 高い

❺ 数や量や程度が少ない。中 低。E low.

☆ 気温が低い/氣溫低。

☆ 生活水準が低い/生活水準低。

対 高い

❻ 音や声の振動数が少ない。中 低；小。E low.

☆ 女性に比べて男性の声は低い/與女性相比，男性的聲音低。

対 高い

ひくつ【卑屈】ヒクツ 自信がないために、まわりに対して小さくなり、いじけた態度をとるようす。中 卑躬屈膝；低聲下氣。E subservient; servile.

☆ 相手が金持ちだからといって、卑屈になる必要はない/沒有必要，因為對方是有錢人，就低聲下氣的。

☆ 卑屈な笑いでごまかす/以卑躬屈膝的笑臉打馬虎眼。

びくともしない すこしも動かない。また、驚かない。中 一動不動；安然如故；蠻不在乎。E don't move an inch; be undaunted.

☆ この箱には本が100冊も入っていて、持ち上げようとしてもびくともしない/這個箱子裝有一百本書，想要拿卻拿也拿不動。

☆ A社は経営が安定しているから、1億円ぐらいの損害ではびくともしない/A公司經營穩定，所以對一億日圓左右的損失毫不在乎。

ピクニック (picnic) ピクニック、ピクニック　郊外や野山などにみんなで遊びに出かけて楽しむこと。中郊遊；野餐。E a picnic.

☆ 日曜日にはクラスの友達とピクニックに行く/週日與同學去野餐。

びくびく　ビクビク〔～する〕　悪いことが起きそうだと不安に思い、こわがるようす。中擔心會發生不良後果而害怕或不安的樣子。

☆ 強い台風で、家が倒れるのではないかと1晩じゅうびくびくしていた/I was on tenterhooks all night wondering if the big typhoon would blow down my house./我整晚提心吊膽，擔心強烈颱風會不會颳倒房子。

☆ 試験の点が悪かったので、卒業できるかどうかびくびくしている/由於考試成績差，所以提心吊膽地擔心能否畢業。

ひぐれ【日暮れ】ヒグレ　太陽が沈んで暗くなるころ。中黃昏；傍晚；日暮。E sunset; dusk.

☆ 朝出発して日暮れにやっと目的地に着いた/早上出發，黃昏時終於到達目的地。

対夜明け

ひげ　ヒゲ　❶おもに男性の顔の、口のまわりやほおからあごのあたりに生える毛。中鬍鬚；鬍子。E a mustache; a beard.

☆ ひげを生やす/grow a mustache./留鬍子。

〔ひげ❶〕

☆ ひげがのびる/鬍子長長了。

☆ ひげそり/a razor; a shaver./刮鬍刀。

❷動物の口のまわりに生える特別の毛。中動物的鬚。E whiskers.

☆ 猫のひげを切る/剪掉貓的鬍鬚。

☆ ヤギのひげ/山羊鬍子。

▷ 数1本

ひげき【悲劇】ヒゲキ　❶悲しい結果に終わる劇。中悲劇。E a tragedy.

☆ シェークスピアの「ハムレット」「オセロー」「リア王」「マクベス」は4大悲劇と呼ばれる/莎士比亞的《哈姆雷特》、《奧賽羅》、《李爾王》、《馬克白》被稱作四大悲劇。

☆ 悲劇を上演する/上演悲劇。

対喜劇

❷社会や人生の中で起こる、悲しくてひどいできごと。中悲劇。E a tragedy.

☆ 戦後、国が2つに分断されるという悲劇が起こった/戰後發生了國家分裂為二的悲劇。

☆ 受験競争はさまざまな悲劇を生む/考試競爭會產生各式各樣的悲劇。

対喜劇

ひけつ【否決】ヒケツ〔～する〕　議会、会議などで、出された案に反対する人のほうが多いと認めて、承認しないと決めること。中否決。E reject; vote down.

☆ 市議会で、税金を増やすという案は否決された/在市議會，增稅的議案被否決了。

対可決

ひけつ【秘訣】ヒケツ　ものごとをうまくやるための最もいいやり方。中秘訣。E the secret; the key.

☆ 試験に合格する秘訣があったら教えてください/如果有使考試合格的秘訣，請教教我吧。

☆ 先生の健康の秘訣はなんですか/老師保持健康的秘訣是什麼?

ひけめ【引け目】ヒケメ　自分が人よりおとっているように感じて恥ずかしく思う気持ち。中自卑感；遜色。E feel small; feel inferior to.

☆ サークルの友達がみんな英語がうまいので、京子は引け目を感じている/因社團裡的朋友都很擅長英語，所以京子感到自卑。

ひこう【非行】ヒコー　社会のきまりに反す

ひ

る行いをすること。また、その行い。[中]不正當的行為；流氓行為。[E] delinquency; misconduct.

☆ 他人のものを盗んだり、シンナーを吸ったり、非行に走る少年が増えている/有盜竊、吸膠等不良行為的少年增多了。

びこう【備考】ビコー　参考のために書き加えて、本文を補うこと。また、そのことがら。[中]備考。[E] a note; remarks.

☆ 備考の欄に書き忘れたことを書いておく/在備註欄中寫下遺漏的事項。

ひこうき

【飛行機】ヒコーキ　翼を持ち、エンジンの力で空を飛ぶ乗り物。[中]飛機。[E] an airplane.

☆ 北京から成田まで飛行機で約４時間かかる/乘飛機從北京到成田大約要四個小時。

☆ 飛行機の切符を予約する/預訂飛機票。

☆ 飛行機事故/飛行事故。

[数] 1機

ひこく【被告】ヒコク　訴えられて裁判にかけられている人。被告人。[中]被告。[E] a defendant; the accused.

☆ 殺人罪で訴えられている被告を弁護する/為因殺人罪而受起訴的被告進行辯護。

[対]原告

ひごと【日ごと】ヒゴト、ヒゴト　毎日。１日１日と。[中]每天；天天。[E] day by day.

☆ 日ごとに寒くなる/一天一天地冷起來了。

☆ 日ごとに春めく/一天天的出現了春意。

☆ 日ごと夜ごと/每日每夜；日日夜夜。

ひざ　ヒザ　❶足の中ほどにあり、足を曲げたりのばしたりできる部分の前側。[中]膝；膝蓋。[E] a knee.

☆ ひざを曲げていすにすわる/彎膝坐在椅子上。

☆ ひざをそろえてすわる/併膝而坐。

❷すわったときのももの上側。[中]膝上；腿上。[E] a lap.

☆ 赤ん坊をひざに抱く/將嬰兒抱在腿上。

☆ ひざ掛け/蓋在膝蓋上的毯子等。

▷ →体[図]

ひざを打つ　思わず感心したり思い当たったりするときに、自分の手のひらでひざをたたく。[中]（恍然大悟或表示欽佩時）拍大腿。[E] pat one's lap (realizing that something is right).

☆ 兄はなにを思いついたのか、はたとひざを打って立ち上がった/哥哥好像想起了什麼，突然一拍大腿站了起來。

ひざを崩す　正座から楽なすわり方に変える。楽な姿勢ですわる。[中]隨意坐。[E] sit at ease.

☆ どうぞひざをくずしてお楽になさってください/請隨意坐，不要拘束。

ひざを交える　集まって親しく接する。[中]促膝談心。[E] have a heart-to-heart talk.

☆ 教師と親がひざをまじえて、子供たちのことを話し合う/老師和父母促膝交談關於孩子們的事。

ビザ (visa) ビザ　外国へ行くときに、行く先の国の役所が出す、その国に入っていいという許可証。[中]簽證；入境許可證。[E] a visa.

☆ ビザの申請に領事館に行く/去領事館申請簽證。

☆ ビザを延長する/延長簽證。

☆ 留学生ビザ/留學生簽證。

☆ 観光ビザ/觀光簽證。

→査証

ピザ (㋑pizza) ピザ　小麦粉をこねてつくった薄くてまるい形の生地の上に、トマトの入ったソースを敷き、ハムや野菜などとチーズを載せて、オーブンで焼いたイタリアの食べ物。ピザパイ。ピッツァ。[中]披薩。[E] a pizza.

☆ 昼食はピザにしよう/午餐吃披薩吧。

[数] 1枚

ひざし【日差し】ヒザシ　太陽の光線。[中]照射的陽光；陽光照射。[E] the sunlight.

☆ 夏の強い日差しを防ぐため日傘をさす/為

防止夏日強光照射而撐洋傘。

☆ 日差しがまぶしくて目を細める/因陽光刺眼而瞇起眼睛。

ひさし・い【久しい】ヒサシイ　あることがあってから、長い時間がたっている。中好久；許久。E long; for a long time.

☆ 一郎とは学校を卒業してから久しく会っていない/從學校畢業後與一郎許久不見了。

☆ 道子が北海道へ引っ越してからもう久しい/道子搬家到北海道已很久了。

ひさしぶり【久しぶり】ヒサシブリ、ヒサシブリ　以前に会ってから、またはなにかが起こってから長い時間がたっているようす。中好久；隔很久。E after a long time.

☆ 久しぶりにお目にかかれてうれしい/隔了許久才見到您，十分高興。

☆ 久しぶりのクラス会/隔了很久才開的同學會。

ひざまず・く　ヒザマズク〔自動五〕(ひざまずいて)　両ひざを地面や床などにつけて体を低くする。中跪；跪下。E kneel (down).

☆ 神殿でひざまずいて祈る/在神殿跪著祈禱。

☆ 墓前にひざまずく/跪在墓前。

ひさん【悲惨】ヒサン　見るのがつらくなるほど、むごくみじめなひどいようす。中悲慘；悽慘。E tragic; miserable.

☆ つぎつぎに子供を誘拐して殺すという悲惨な事件が起こった/誘拐並殺死孩子的悲慘事件接連不斷地發生。

☆ 沖縄戦では多くの母親が、悲惨にも、わが子を殺して自分も死んだ/在沖繩戰役中，許多母親淒慘地殺死自己的孩子後自殺。

ひじ　ヒジ　腕の中ほどにあり、腕を曲げたりのばしたりできる部分の外側。中手肘；手臂。E an elbow.

☆ ひじをついてごはんを食べてはいけない/不許撐著手臂吃飯。

☆ ひじで人をつつく/用手肘戳人。

☆ ひじかけ(=いすの、ひじを置く所)/扶手(=椅子上放手肘的地方)。

→体 図

ひしがた【ひし形】ヒシガタ　4つの辺の長さが等しく、どの角も直角でない四角形。中菱形。E a lozenge; a diamond.

☆ 3月3日のひな祭りには、ひし形のもちを飾る/三月三日女兒節這天擺飾菱形的餅。

→四角 図

ひじでっぽう【ひじ鉄砲】ヒジデッポー　ひじで人を強く突く意味から、人の誘いなどをいやだと厳しく断ること。ひじ鉄。中用肘撞人；嚴厲拒絕。E refuse bluntly; give a rebuff.

☆ 京子は二郎に、あなたと映画を見ても楽しくないから行かないと言って、ひじ鉄砲をくわせた/京子嚴厲拒絕二郎說，「即使和你去看電影也不開心，所以不去。」

☆ ひじ鉄砲をくらう/被嚴辭拒絕。

ビジネス (business) ビジネス　事業。仕事。中事業；事務；工作。E business.

☆ コンピューター関係や、人材の派遣など新しいビジネスが増えている/像有關電腦、派遣人才等新型事業正在增加中。

☆ ビジネスとして、割りきって話をする/既然是談生意，就言歸正傳。

☆ ビジネスマン/商人；生意人。

ひしひし　ヒシヒシ、ヒシヒシ　しだいにせまってくるものを、心や感覚で強く感じるようす。中強烈地感到有一種東西襲來的樣子。

☆ 倒産の話を聞くたびに、景気が悪化してきているのをひしひし(と)感じる/Whenever I hear about a bankruptcy case, I strongly feel that the economic conditions are changing for the worse. /每當聽到破產倒閉的消息，便深深地感到景氣惡化的狀況。

☆ 手紙を読むと、母のさびしさがひしひし(と)伝わってくる/看了來信，深感母親寂寞的心情。

びしびし　ビシビシ　遠慮しないで、非常に厳しく行うようす。中毫不留情嚴格辦事的樣子。

☆ スピード違反の車をびしびし(と)取り締まる/ crack down on driving over the speed limit. /嚴厲取締行車超速。

☆ 部下をびしびし(と)しかる/嚴厲地訓斥部下。

ひしめ・く ヒシメク〔自動五〕(ひしめいて)
人や動物が、多く集まって押し合い混雑する。また、押し合って騒がしい声をあげる。中擁擠；吵吵嚷嚷。E jostle; throng.

☆ 劇場の楽屋口では、ファンがひしめいて、スターが出てくるのを待っている/劇場的後台出口，擠滿許多影迷，等候著明星出場。

☆ ひしめき合う/相互擁擠。

ぴしゃりと ピシャリト ❶ 戸や窓などを乱暴に閉めるようす。また、そういう音を立てるようす。ぴしゃっと。中用力地關門或關窗戶的樣子及聲音。

☆ 道子は怒って戸をぴしゃりと閉めて出ていった/ Michiko slammed the door in anger as she went out. /道子生氣地砰的一聲把門關上走了出去。

❷ 肌などを強く打つようす。また、そういう音を立てるようす。ぴしゃっと。中用力地拍打肌肉的樣子及聲音。

☆ 腕にとまった蚊を、ぴしゃりとたたきつぶした/ He swatted the mosquito that had landed on his arm. /他啪地一聲打死了停在手臂上的蚊子。

❸ 強い態度で、相手を完全におさえるようす。ぴしゃっと。中毫不留情地採取強硬態度壓制對方的樣子。

☆「何度頼みに来てもだめなものはだめ」と、彼はぴしゃりと断った/ "No matter how many times you ask, the answer will still be no." he said flatly. /他不容分說地拒絕道，「你來求多少次都沒用，不行就是不行。」

ひじゅう【比重】ヒジュー ❶ 同じ体積のセ氏4度の水と比べたときの、ものの重さの割合。中比重。E specific gravity.

☆ 油は水より比重が小さいので水に浮く/由於油的比重比水小，所以浮在水上。

❷ 他のものと比べたときの重要さの程度。中比例；對比。E weight.

☆ この会社は、能力よりも人柄に比重を置いて人を採用する/這個公司用人，注重人品更勝於能力。

びじゅつ【美術】ビジュツ 絵や彫刻や工芸など、描いたりつくったりしたものの美しさで人を感動させる芸術。中美術。E art; fine arts.

☆ イタリアへ留学してルネサンスの美術の研究をしたい/想留學義大利研究文藝復興時期的藝術。

☆ 美術鑑賞/ viewing works of art. /美術鑑賞。

☆ 美術館/美術館。

☆ 東洋美術/東洋美術。

ひしょ【秘書】ヒショ、ヒショ 重要な地位にある人のそばで、連絡やスケジュールの調整、書類の管理などをする人。また、その職業。中秘書。E a secretary.

☆ 秘書が仕事を上手に処理するので社長は楽に働ける/因為秘書將工作處理得很出色，所以經理能輕鬆愉快地工作。

☆ 議員秘書/議員秘書。

ひしょ【避暑】ヒショ〔～する〕 暑さを避け、涼しい海辺や高原などで過ごすこと。中避暑。E summering; go to ~ for the summer.

☆ 夏はいつも高原に避暑に行くことにしている/夏天總是去高原避暑。

☆ 避暑客/來避暑的客人。

☆ 避暑地/避暑地。

ひじょう【非常】ヒジョー ❶ ふつうよりも程度がずっと高いようす。中非常；特別；很。E very; extreme.

☆ 東京は非常に大きい都市だ/東京是一個大城市。

☆ 毎日非常な暑さが続いている／毎天持續著高溫。

❷ 地震などの天災や、火事など、ふだんと違う危険なことのある状態。中 緊急。E an emergency.

☆ 非常の際には冷静に行動することだ／緊急時要冷靜行動。

☆ 非常手段(＝非常のときだけに使う特別の方法)／非常手段；暴力手段(＝只有在非常時期才使用的特別方法)。

☆ 非常口／安全門；緊急出口。(→項目)

対 平常

ひじょう【非情】ヒジョー 人間らしい感情を持たないようす。書 中 無情；冷酷無情的人。E cold hearted; heartless.

☆ 犯人は非情にも子供を殺して逃げた／犯人殘酷無情地殺死孩子便逃走了。

☆ 飼っている動物にえさもやらないとは非情な人だ／不給飼養的動物餵食，真是冷酷無情的人。

びしょう【微笑】ビショー〔～する〕 声を出さずににっこり笑うこと。中 微笑。E a smile.

☆ 母親は口もとに微笑を浮かべて、やさしく子供を見守っていた／母親嘴角浮現微笑，溫柔地照顧著孩子。

☆ 京子が微笑しながら近づいてくる／京子微笑著靠近過來。

ひじょうぐち【非常口】ヒジョーグチ 火事や地震などの事故のときに、建物や乗り物などから逃げだすための出口。中 安全門；緊急出口。E an emergency exit.

☆ 着陸に失敗した飛行機の客たちは非常口から脱出した／飛機著陸失敗，機上乘客從緊急出口逃生而出。

☆ 旅館の非常口を確かめてから寝る／確認了旅館的安全門後再就寢。

ひじょうしき【非常識】ヒジョーシキ 世の中のふつうのやり方に反し、みんなをあきれさせるようなようす。中 沒有常識；不合乎常理；荒唐。E thoughtless; absurd.

☆ こんな狭い道をスピードを出して走るとは非常識なドライバーだ／居然在這麼窄的路上高速行駛，這駕駛員真沒有常識。

☆ 非常識な人／沒有常識的人。

対 常識

びしょびしょ ビショビショ、ビショビショ ❶ すっかりぬれるようす。中 濕透；淋透。

☆ 家に帰る途中で急に雨が降りだして、びしょびしょにぬれてしまった／I got drenched when it suddenly started raining on my way home.／回家的路上突然下起大雨，全身都被淋濕。

❷ 雨が降り続くようす。中 雨持續不斷地下。

☆ 雨がびしょびしょ(と)降っているので、長靴をはいて出かけた／It was drizzling, so I went out in rainboots.／雨下個不停，只好穿雨鞋出門。

参 びしょびしょにぬれることを「びしょぬれ」という。

ピストル(pistol) ピストル 片手で弾を発射できる小型の武器。拳銃。中 手槍。E a pistol; a gun; a revolver.

☆ 日本ではふつうの人がピストルを持つことは禁じられている／在日本禁止一般人持有手槍。

☆ ピストルを撃つ／開槍射擊。

☆ ピストル強盗／持槍強盜；持槍歹徒。

数 1丁

ひずみ ヒズミ 外からの力を受けて、もとの正しい形が失われた状態。中 歪斜；翹起；不良影響。E (a) strain; a warp.

☆ あまり急に豊かになると、人々の考え方にひずみが出てくる／過於急速的豐衣足食，人們的想法反而容易偏頗。

☆ 柱のひずみを直す／修正歪斜的柱子。

自動 ひずむ

びせいぶつ【微生物】ビセイブツ　細菌やウイルスなど、顕微鏡でなければ見えないような非常に小さい生物。中 微生物。E a microbe; a microorganism.

☆ 微生物の動きを顕微鏡で見る / 用顯微鏡觀察微生物的動態。

☆ 人間の役に立つ微生物も多い / 對人類有益的微生物也很多。

ひそう【皮相】ヒソー　ものの表面だけをみて、考えや判断が浅いようす。書 中 淺薄；膚淺。E superficial; shallow.

☆ 円の強さだけで日本を大国だとみるのは皮相な見方である / 光憑日圓強勢就認為日本是大國，這是膚淺的看法。

ひそう【悲壮】ヒソー　困難が予想されるので、悲しいけども、一生懸命がんばろうとするようす。中 悲壯；壯烈。E tragic but heroic.

☆ 兵士たちは悲壮な顔つきで家族に別れを告げた / 士兵們神色悲壯地向家人告別。

☆ 目的を達するまでは国に帰るまいと、悲壮な決意で留学した / 不達目標誓不還，立下這一悲壯的決心後留學去了。

ひそか　ヒソカ、ヒソカ　人に知られないようにするようす。中 秘密；暗中；偷偷。E stealthily; secret.

☆ 兄はひそかに会社の金を使いこんでいた / 哥哥暗中盜用公款。

☆ 母のひそかな楽しみは、宝くじを買うことだ / 母親私下的樂趣是買彩券。

ひそひそ　ヒソヒソ　話し相手以外には聞こえないように小さな声で話すようす。中 悄悄地；暗中地；形容不讓說話對象以外的人聽見的小聲音談話的樣子。

☆ 2人は顔を寄せてひそひそ(と)なにかを話している / The two people are whispering something to each other in an undertone. / 兩個人臉貼臉地悄悄地說著什麼。

☆ ひそひそ話 / 悄悄話。

ひそ・む【潜む】ヒソム、ヒソム〔自動五〕(ひそんで)　隠れていて、姿を見せない。中 隱藏；潛藏；潛伏下來。E be in hiding; lie concealed.

☆ 動物園から逃げたトラは近くの林の中にひそんでいるらしい / 從動物園逃走的老虎好像隱藏在附近的樹林中。

☆ 健康な体にいつのまにか病気がひそんでいた / 不知不覺病就侵襲健康的身體了。

他動 潜める

ひだ　ヒダ　布を折りたたんでできる細長い折り目の山。また、それに似たもの。中 褶；襞；皺摺。E a pleat; a fold.

☆ 制服のスカートのひだにアイロンをかける / 燙平制服裙子上的褶痕。

〔ひだ〕

☆ 厚いひだのあるカーテン / 有厚褶的窗簾。

☆ 山ひだ / 山的皺摺(山背或山谷中出現的皺摺凹凸)。

ひたい【額】ヒタイ　顔のまゆから上、髪の生えている所から下の部分。おでこ。中 額；天庭。E the forehead; the brow.

☆ 父は髪が減って、若いころよりひたいが広くなった / 父親頭髮掉落，額頭比年輕時寬敞了。

☆ 前髪でひたいを隠す / 用瀏海(＝前髮)遮住額頭。

→顔図

額に汗する　一生懸命働く。中 努力工作；拚命。E earn with the sweat of one's brow.

☆ 20年もひたいに汗して、まだ自分の家が持てない / 拚命工作了二十年，還無法擁有自己的家。

額を集める　集まって、顔を寄せ合って相談する。中 召集大家共同商議。E put one's heads together.

☆ みんなでひたいを集めて、いい方法はないかと考えた/大家聚集起來商議是否有好辦法。

ひた・す【浸す】ヒタス、ヒタス〔他動五〕(ひたして) ❶ 全体が隠れるぐらいに、水などの液体に入れる。中 浸；泡。E dip; soak.

☆ 谷川の冷たい水に手をひたす/將手浸泡在山澗冰冷的溪水中。

☆ 洗濯物をぬるま湯にひたしておく/將要洗滌的衣物先泡在溫水裡。

❷ じゅうぶんに液体をふくませる。中 浸濕。E moisten.

☆ アルコールをひたした布で消毒する/用浸過酒精的紗布消毒。

▷ 自動 浸る

参 ❶は「つける」と似ているが、「つける」が時間をかけて液体によく慣れるようにすることであるのに対して、「ひたす」は時間とは関係なくやっと隠れるぐらいの液体にものを入れることをいう。

ひたすら ヒタスラ、ヒタスラ 1つのことだけに集中して一生懸命にするようす。中 只顧；一味；一心一意地；一個勁地。形容集中精力努力做一件事的樣子。

☆ 40年間、会社のためにひたすらつくしてきた/I have worked for the company singlemindedly for forty years./四十年來，一心一意地為公司打拼。

☆ 手術の成功をひたすら祈っている/全心全意地祈禱手術成功。

ひたひた ヒタヒタ、ヒタヒタ、ヒタヒタ

❶ 波が静かに繰り返し当たるようす。また、そのときの音を表す。中 水拍擊貌及聲音。

☆ 岸辺の小船に波がひたひた(と)寄せている/Waves are lapping against the boat in shore./波浪輕輕地拍打著岸邊的小船。

❷ 静かにせまってくるようす。中 (漸漸)靜靜地迫近的樣子。

☆ 戦争の足音がひたひた(と)近づいてくる/The tread of war quietly advanced./戰爭的腳步聲漸漸地逼近。

❸ 中のものが隠れる程度に水が入っているようす。中 水剛剛浸沒過的樣子。

☆ ひたひたに水を入れ、その水がなくなるまで煮てください/Add just enough water to cover, then boil until all the water is gone./把水添到剛好淹過的程度，然後直熬到水乾為止。

ビタミン (Ⓓ Vitamin) ビタミン、ビタミン 人間の体に必要なおもな栄養の1つ。体の中ではつくれず、食物からとる。中 維生素；維他命。E vitamin.

☆ ビタミンが不足して病気になる/由於缺少維生素而生病。

☆ ビタミン剤/維生素劑。

☆ ビタミンC/維他素C。

ひたむき ヒタムキ 1つのことに一生懸命なようす。中 只顧；一心；一個勁。E earnest; devotedly.

☆ 若い2人のひたむきな愛情に心を打たれて、親たちは結婚を許した/父母們被這兩個年輕人專一的愛情所打動，答應了他們的婚事。

☆ ひたむきに研究に励む/專心致力於研究。

ひだり【左】ヒダリ ❶ 横の方向や位置を2つに分けたときの1つで、この辞書では偶数のページの側。中 左；左邊；左面。E the left.

☆ 日本では車は道の左を走る/在日本車輛靠左行駛。

☆ 心臓は体の左のほうにある/心臟位於人體的左邊。

対 右

❷ 革新的な政治的立場。中 左派；革新派；左傾。E the Left; liberal; leftist.

☆ 道子の考え方は左寄りだ/道子的想法有些左傾。

対 右

ひだりうちわ【左うちわ】ヒダリウチワ、ヒ

ダリウチワ　経済的に豊かで、働かなくても楽に暮らせること。中安閒度日。E live in ease and luxury.

☆ 叔父は商売がうまくいって、いまでは左うちわで暮らしている/叔父做生意很順利，現在正安閒度日。

ひだりきき【左利き】ヒダリキキ、ヒダリキキ　❶字を書いたり道具を使ったりするのに、右手より左手のほうが使いやすいこと。また、そういう人。中左撇子。E lefthanded.

☆ 京子は左利きだから、はしは左手で持つ/京子是個左撇子，所以用左手拿筷子。

対右利き

❷ 酒好きの人。中好喝酒的人。E a drinker.

☆ 山田氏は全然飲めないが、洋子夫人は左利きだ/山田先生根本不會喝酒，而夫人的洋子卻嗜杯中物。

▷ →利き腕

ひだりまえ【左前】ヒダリマエ、ヒダリマエ

❶ 商売や仕事が経済的にうまくいかなくなること。中衰落；衰敗；倒霉。E be on the wane; go downhill.

☆ 会社が左前になると、銀行も金を貸さなくなる/公司衰落的話，銀行也不會再提供貸款。

❷ 和服を着るときの前の左右の重ね合わせ方が、ふつうとは反対に、相手から見て左側が上になった着方。中衣襟向左扣。E (wear a *kimono*) with the right side overlapping the left.

☆ 着物の着方を知らないのか、左前に着ている/也許是不知道和服的穿法，所以衣襟向左扣。

ひた・る【浸る】ヒタル、ヒタル〔自動五〕(ひたって)　❶全体が隠れるぐらいに、水などの液体に入る。中浸；浸濕；包。E soak; be flooded with.

☆ 疲れを取るために、ふろにゆっくりひたる/為了消除疲勞，充分地浸泡在浴池裡。

☆ 川の堤防が切れて、田畑が水にひたった/河川決堤，田地都浸泡在水中。

❷ その思いに深く入りこむ。中沉浸；陶醉；沉溺。E be immersed in.

☆ 優勝の喜びにひたる/沉浸在勝利的喜悅中。

☆ 思い出にひたる/沉浸在回憶之中。

▷ 他動浸す

ぴちぴち　ピチピチ、ピチピチ〔～する〕

❶ 元気よく跳ねたり動きまわったりするようす。中充滿青春活力、又蹦又跳的樣子。

☆ 網から出た魚がぴちぴち(と)跳ねている/The fish that got out of the net is flipflopping about. /剛捕獲的魚活跳跳的。

❷ 洋服などが体に合って、まったく余裕のないようす。中洋裝合身，幾近狹窄貼身。

☆ ぴちぴちの、すわると破れそうなズボン/tight slacks ready to burst at the seams when one sits down. /緊得彷佛一坐下就要裂開的褲子。

ひっ-【引っ-】(動詞について)意味やことばの調子を強める。話中加強意思或話的語氣。

☆ 机の中をひっかきまわして、かぎをさがす/翻箱倒櫃找鑰匙。

☆ ひっ捕まえる/catch; seize. /抓住。

☆ ひっかける/掛上；披上。(→項目)

☆ ひっつく/stick to. /黏住。

☆ ひっぱたく/猛揍；猛打。

参「引き」の変化した形。カ行、タ行、ハ行の音で始まることばにつく。また、「はたく」などの「は」は「ひっ」がつくと「ぱ」になる。「曲がる」「むく」などには「ひん」がつく。

ひつう【悲痛】ヒツー　非常に悲しくてつらいようす。中悲痛。E grievous; sorrowful.

☆ 事故で子をなくした母の悲痛な表情が、テレビに大きく映しだされた/因事故而失去孩子的母親，她那悲痛的表情在電視機上被放大播出。

☆ 悲痛な叫び/悲痛的叫聲。

ひっかか・る【引っ掛かる】ヒッカカル〔自

動五〕(ひっかかって) ❶ものにかかってそこに止まる。中 掛；掛上；掛住。E catch; be caught.

☆ 風で飛んできた洗濯物が木の枝にひっかかっている／風把洗好的衣服吹到樹枝上。

❷ 途中でとめられる。中 卡住；牽連。E be involved in; be caught.

☆ 交通渋滞にひっかかって、遅くなった／因交通阻塞而來晚了。

☆ 検査にひっかかる／被攔下接受檢查。

❸ 計略などにはまる。だまされる。中 受騙；上當。E be taken in; be tricked.

☆ 悪いセールスマンにひっかかった／上了惡質推銷員的當。

☆ 詐欺にひっかかる／受騙上當。

❹ 納得できなくて気になる。中 想不通而擔心。E be a bit suspicious.

☆ 京子の話にはなにかひっかかるところがある。本心をきいてみよう／京子的話中有些地方難以理解，問問她是怎麼想的吧。

▷ 話❸ 名 引っ掛かり 他動 引っ掛ける

ひっか・く【引っかく】ヒッカク〔他動五〕(ひっかいて) つめや先のとがったもので強くかいて傷をつける。中 搔；撓。E scratch; claw.

☆ 猫のひげを切ろうとしたら、わたしの手をひっかいて逃げた／想要剪貓的鬍鬚，牠抓了我的手便逃走了。

ひっか・ける【引っ掛ける】ヒッカケル〔他動一〕 ❶かけて下げる。中 掛上。E hang; hook.

☆ シャツを木の枝にひっかけておく／將襯衫掛在樹枝上。

❷ 体にちょっとつける。中 披上。E slip into; slip on.

☆ サンダルをひっかけて、飛びだす／穿上拖鞋飛跑出去。

☆ 急いでカーディガンをひっかけて外へ出た／急忙披上羊毛衫到室外去。

❸ 布をくぎなどにかけて破り裂く。中 刮破。E catch ~ on.

☆ ズボンを枝にひっかけて、破ってしまった／褲子被樹枝刮破了。

❹ うまく仕組んで計略にはめる。だます。中 欺騙。E trick; deceive.

☆ 弟をひっかけてこづかいを取りあげた／騙走弟弟的零用錢。

❺ 水などを浴びせる。中 潑。E splash.

☆ 車に泥水をひっかけられた／被車子濺到泥水。

❻ 酒などを一息に飲む。また、軽く飲む。中 一飲而盡。E have a drink.

☆ そのへんで熱いのを1杯ひっかけていこう／到那裡隨便喝一杯熱的吧。

▷ 話❹❻ 自動 引っ掛かる

ひっき【筆記】ヒッキ〔～する〕 書くこと。書き取ること。中 筆記；記下來。E take notes; write down.

☆ 講義を聞いて筆記する／聽課做筆記。

☆ 入学試験は筆記と口頭で行う／入學考試分筆試與口試。

☆ 筆記用具／寫字用具。

ひっきりなし ヒッキリナシ、ヒッキリナシ 間をおかずにつぎつぎと続くようす。中 接連不斷地。E continuously; incessantly.

☆ きのうは1日じゅうひっきりなしに客が来て忙しかった／昨天一整天，客人接連不斷地來，很忙。

☆ 電話がひっきりなしにかかってくる／電話不停地打進來。

びっくり ビックリ〔～する〕 突然起こったことや考えてもいなかったことに驚くようす。話 中 吃驚；嚇一跳。E be surprised; be astonished.

☆ 大きな雷の音にびっくりした／被大雷聲嚇了一跳。

☆ びっくり箱 / a jack in the box. / 驚奇箱。

ひっくりかえ・す【引っくりかえす】ヒックリカエス〔他動五〕(ひっくりかえして)

❶ 順序や上下を反対にする。裏返す。中 翻過來；倒過。E turn over.

☆ フライパンのオムレツをひっくりかえす/將平底煎鍋裡的蛋皮翻個面。

❷ 横に倒す。中 弄倒；翻倒。E knock over; overturn.

☆ つまずいてバケツをひっくりかえした/因跌倒而弄翻了鐵桶。

❸ それまでの状態や関係を、逆または別のものにする。中 推翻。E reverse; upset.

☆ 村民たちが強く反対して、ゴルフ場建設の計画をひっくりかえした / 村民們強烈抗爭，推翻了建高爾夫球場的計畫。

▷ 話 自動 引っくりかえる

ひっくる・める【引っくるめる】ヒックルメル〔他動一〕 1つにまとめる。話 中 包括在內；總計。E include; in all; altogether.

☆ 出産費用は、入院費から赤ちゃんのミルク代までひっくるめて30万円かかった/分娩費用從入院費到奶粉錢，總共花了三十萬日圓。

☆ 全部ひっくるめて話す / 總而言之來說…。

ひづけ【日付】ヒズケ 手紙、書類などに書きこむ年月日。中 年月日；日期。E a date.

☆ 申込書に名前ときょうの日付を書いた/在申請書上寫下姓名和今天的日期。

☆ 日付変更線 / the international date line. / 國際換日線。

ひっこ・す【引っ越す】ヒッコス〔自動五〕(ひっこして) 住んでいる家や事務所などが別の所に移る。中 搬家；搬遷；遷居。E move.

☆ 名古屋から東京に引っ越す / 從名古屋搬家到東京。

☆ 職場の近くへ引っ越してきた / 搬家到上班地點附近。

名 引っ越し

ひっこ・める【引っ込める】ヒッコメル〔他動一〕 ❶ 外に出したものを中へ入れる。中 縮回；收回。E withdraw; pull back.

☆ 握手しようと出した手を引っこめる /把要伸出打算要握手的手收回來。

❷ いちど出した意見や前から出ていた提案などをもとへもどす。取り消す。中 撤回；收回。E withdraw; retract.

☆ 会費値上げの案を会員の反対で引っこめた / 因會員的反對而撤回會費調漲的提案。

▷ 話 自動 引っ込む

ひっし【必死】ヒッシ 死んでもかまわないほど全力でがんばるようす。中 拚命；殊死。E for one's life; desperate.

☆ 突然海に投げだされ、必死になって泳いだ / 突然被推入海中，拚命地游。

☆ 必死の覚悟でやる / 豁出去拚。

ひっし【必至】ヒッシ 必ずそうなるにちがいないこと。中 必定；必然；一定到來。E inevitable; unavoidable.

☆ 両方の国がまったくゆずらないので、このままでは戦争が起こるのは必至だ / 由於兩國互不相讓，這樣下去的話發動戰爭是必然的。

ひっしゃ【筆者】ヒッシャ、ヒッシャ その本や文章を書いた人。中 筆者；作者；書寫者。E the writer.

☆ この論説の筆者は事実をよく調べて書いている / 這篇評論是作者對事實進行詳細調查後才寫的。

☆ 筆者の言いたいことが読む人によく伝わる / 作者的意圖完整地傳達給讀者。

ひっしゅう【必修】ヒッシュー 学校で、必ず全員が学ばなければならないこと。また、その科目。中 必修(的科目)。E required; compulsory.

☆ この高校ではドイツ語が必修だ / 這所高中德文是必修科目。

☆ 必修科目 / 必修科目。

ひつじゅひん【必需品】ヒツジュヒン、ヒツジュヒン　なにかをするために絶対に必要な品物。中 必需品。E necessaries; necessities.

☆ このごろはキャッシュカードが旅の必需品になっている / 最近現金提款卡成了旅行的必需品。

☆ 生活必需品 / 生活必需品。

びっしり　ビッシリ　空いている所がすこしもないぐらい、たくさんあるようす。中 密密麻麻；滿滿的(地)。E closely; be jam-packed.

☆ 葉の裏に、たくさんの小さな虫がびっしり(と)ついていた / 葉子背面密密麻麻地布滿著許多小蟲。

☆ 社長の予定は来月までびっしり(と)つまっている / 總經理的預定一直滿滿地排到下個月。

ひつぜん【必然】ヒツゼン　必ずそうなると決まっている方向へものごとが向かっていくこと。中 必然。E inevitable; natural.

☆ 不正事件を起こした議員が落選するのは必然の結果だ / 有違法行為的議員落選是必然的結果。

☆ 必然性 / 必然性。

☆ 必然的 / 必然的。

対 偶然

ひっそり　ヒッソリ〔～する〕 ❶ 動くものがなく、静かなようす。中 沒有人的氣息和物的聲音一片寂靜的樣子。

☆ 日曜日のオフィス街は、人通りもなくひっそりしている / The business district is deserted and quiet on Sundays. / 星期天的辦公街上沒有行人，靜悄悄的。

❷ 人に知られないようにしているようす。中 避免讓人知道，惹人注目，毫不聲張的樣子。

☆ 叔父は社長をやめたあと、山奥の別荘でひっそり(と)暮らしている / After retiring as company president, my uncle has led a quiet life at his country home in the mountains. / 叔父辭去總經理以後，在深山別墅裡靜靜地生活。

☆ 庭のすみに、小さな白い花がひっそり(と)咲いている / 庭院的角落裡小白花靜靜地開著。

ひったく・る【引ったくる】ヒッタクル〔他動五〕(ひったくって)　他人の持っているものを無理にうばい取る。話 中 搶奪；奪取。E snatch away.

☆ 自転車の男がハンドバッグをひったくって逃げた / 一個騎腳踏車的男子搶了手提包後逃走了。

名 引ったくり

ぴったり　ピッタリ ❶〔～する〕すきまが全然ないようす。中 緊；緊密；嚴實。E tightly; closely.

☆ 外からのぞかれないように、カーテンをぴったり(と)閉める / 為了不讓外面窺視，將窗簾拉得密不通風。

❷〔～する〕完全に合うようす。中 正合適；恰好。E perfectly fitting; exactly.

☆ 足にぴったりした靴なので、歩きやすい / 這鞋很合腳，所以走起來很舒服。

☆ お金の計算が、いちどでぴったり(と)合ってよかった / 金額一次就核對正確，真好。

❸ 突然、または完全に止まるようす。中 突然停止；一下子止住。E once and for all; completely.

☆ 病気をしてから、酒をぴったり(と)やめた / 生病後完全戒酒了。

☆ 台風の中心が来たとき、風がぴったり(と)やんだ / 進入颱風眼的時候，風一下子就停了。

ひってき【匹敵】ヒッテキ〔～する〕　ほかと比べたときに同じぐらいすぐれていること。中 匹敵；比得上。E be a match for; be equal to.

☆ 速さで飛行機に匹敵する交通機関はない / 沒有在速度上能與飛機相匹敵的交通工具。

☆ 洋子の働きは、新しく入った社員3人分に匹敵する / 洋子的工作效率抵得上三個新進職員。

ひっぱりだこ【引っ張りだこ】ヒッパリダコ　喜ばれてみんなからほしがられること。また、その人やもの。中 各方面都搶著要。E be in great demand.

☆ 人手不足で、今年の卒業生は引っぱりだこだ/因人手不夠，今年的畢業生很搶手。

ひっぱ・る【引っ張る】ヒッパル〔他動五〕(ひっぱって)　❶ひものようなものを強く引いてぴんと張る。中 拉緊；繃緊；拉上。E pull; stretch.

☆ ゴムひもだから、引っぱればのびる/因為這是橡皮繩，所以用力拉的話就會伸長。

❷ つかんで引き寄せる。中 拉；拽；扯。E pull; drag.

☆ 一郎が帰ろうとするので、手を引っぱって引きとめた/因為一郎要走，所以拉著手挽留他。

❸ 力を入れて引いたり、無理に連れていったりする。中 硬拉；硬拽著去。E take a person to.

☆ 東京を見物させようと、あちらこちら引っぱって歩く/硬拉著我走這走那，說是要讓我遊覽東京。

☆ 警察に引っぱられる/被警察拘押。

☆ 引っぱりまわす/硬拉著到處轉。

ひつよう【必要】ヒツヨー　どうしても欠かせないこと。なくてはならないこと。中 必要；必需。E necessary; have to.

☆ この料理をつくるには大きいなべが必要だ/要做這個菜需要大鍋子。

☆ わざわざ行く必要はない、電話でたりる/沒必要特地去，打個電話就可以了。

対 不要

ひてい【否定】ヒテイ〔～する〕　そうではないと打ち消すこと。また、ものごとを認めないこと。中 否定。E deny; negative.

☆ 戦争はいいことかと問われたら、だれでもすぐ否定するはずだ/被問及戰爭是否是好事時，誰都應當馬上說出否定的回答。

☆ 否定的/否定的。

☆ 否定文/否定句。

対 肯定

ビデオ (video) ビデオ　❶〔←ビデオテープ(videotape)〕テレビで、映像や音声を記録するための、またはすでに映画や放送番組の内容を記録してある磁気テープ。中 錄影帶。E a videotape.

☆ 夜中に古い映画のビデオを見た/深夜裡看了一部老片的錄影帶。

☆ レンタルビデオ/a rented video./出租錄影帶。

❷〔←ビデオテープレコーダー(videotape recorder)〕「❶」に映像や音声を記録したり、記録したものをテレビ画面に再生したりする装置。VTR。中 錄影機。E a videotape recorder.

☆ 見たいテレビ番組の時間に家にいないので、ビデオで録画しておく/由於想看的節目播放時不在家，所以用錄影機先預錄下來。

☆ ビデオデッキ/a video player./錄影機。

▷ 数 ❶1本、❷1台

びてん【美点】ビテン　性格や品物などの、すぐれたところやいいところ。中 長處；優點。E a merit; a virtue.

☆ 京子の美点は、明るくて、はっきりものを言うところだ/京子的優點在於開朗及說話爽快。

対 欠点

ひと【人】ヒト、ヒト　❶生物としての人類。中 人類。E the human race.

☆ 人が猿と違うところは火を使うことだ/人類與猿猴的不同之處是會使用火。

❷ 人間。中 人。E a human being; a person.

☆ 人はなんのために生きるか/人為了什麼而活著呢?

☆ 道子はすばらしい人だ/道子是一個很出色的人。

❸ 自分以外の人間。他人。中 別人；人家；旁

人。E others; other people.

☆ 人がなんと言ったって自分のしたいようにする / 不管別人說什麼只做自己想做的事。

❹ 話し手である自分。中指說話人自己。E me.

☆ 兄が「きみにちょうどいいよ」と、小学生の本をくれたので、「人をばかにするな」と言って突き返した/因為哥哥給了我一本小學生的書，還說：「很適合你。」所以我就回了「別小看人!」然後把書退回去。

❺ ある決まった人物。中 指特定的人。E a certain person.

☆ これから約束の場所へ行って人と会うことになっている / 決定這就去約會地點見面。

❻ 人間の性質。人柄。中人品；品質。E nature; character; personality.

☆ 京子は人がよくてみんなに好かれる/京子人好，受到大家的喜愛。

▷ 数❷1人 →人物、者

人のうわさも七十五日 人々がうわさをするのもすこしの間だけで、世間は忘れっぽいということ。中謠言只是一陣風。E A wonder lasts but nine days.

人のふり見てわがふり直せ 他人のすることはよくわかるのだから、他人の悪い行動を見て自分の行動に気をつけなさいということ。中借鏡他人，矯正自己。E Learn from the mistakes of others.

人を食う 他人を人間と思っていないような、見下した態度をとる。中耍弄人；愚弄人；目中無人。E impertinent; insolent.

☆ 大臣の人をくった返事に、記者たちは抗議した/部長目中無人地回答發問，記者們因而提出了抗議。

ひど・い ヒドイ ❶思いやりがなくて、残酷だ。中殘酷；無情；粗暴。E cruel; harsh.

☆ 老人をだましてお金を取りあげるとはひどい話だ / 欺騙老人奪取錢財，真殘酷。

☆ 小さい子を力いっぱいなぐるひどい親/用力揍小孩的粗暴父親。

❷ 程度が大きい。中激烈；凶猛。E severe; violent.

☆ 雨がだんだんひどくなる / 雨漸漸下大了。

☆ ひどい熱だと思ってはかったら、40度もあった/感到體溫很高，一量之下，居然有40度。

❸ 非常に悪い。中極壞；極端惡劣。E terrible; dreadful.

☆ 全然勉強しなかったので、試験はひどい成績だった / 因為根本沒讀書，所以考試成績極差。

ひといき【一息】ヒトイキ ❶1回の呼吸。また、短い間に休まずなにかをすること。中喘一口氣。E a breath; a draft.

☆ 誕生日のケーキのろうそくを一息で吹き消す / 一口氣吹熄生日蛋糕上的蠟燭。

☆ ビールを一息に飲みほす / 一口氣喝完啤酒。

❷ 目的まであとすこしであること。中一把勁；稍加把勁兒。E one more effort.

☆ ゴールまであと一息だ、がんばれ / 再加把勁就到終點了，加油!

一息入れる ちょっと休む。中 歇口氣；歇一陣子。E take a rest.

☆ 3時だ。一息入れてお茶でも飲もう / 三點了，歇一會喝點茶吧!

ひといちばい【人一倍】ヒトイチバイ、ヒトイチバイ ふつうの人以上であるようす。中比別人加倍。E more than others; uncommonly.

☆ 選手になるには人一倍の練習が必要だ / 要當選手需要進行比別人多一倍的練習。

☆ 一郎は人一倍寒がり屋だ / 一郎比別人更怕冷。

ひとえに ヒトエニ ❶ 理由がほかにはなく、ただそれだけ。中完全；全都。E entirely; a great deal.

☆ 私が当選できたのは、ひとえにみなさまのご支援のおかげです/我之所以能當選，完

ひ

全歸功於諸位的支持。

❷ そのことだけ。中 專心；衷心；誠心誠意。E earnestly.

☆ 息子がたいへんご迷惑をおかけしましたことを、ひとえにおわびいたします / 兒子給您添了許多麻煩，為此深表歉意。

▷ 書

ひとかげ【人影】ヒトカゲ、ヒトカゲ　❶ 人の姿。中 人。E a (human) figure.

☆ 夜10時を過ぎると、通りに人影がなくなる / 一過晚上十點，馬路上就沒有人影了。

☆ 人影が絶える / 不見人影。

❷ 鏡や水や障子などに映った人の影。中 人影。E a silhouette; the shadow of a person.

☆ 障子に人影がさす / 紙門上映出人影。

ひとがら【人柄】ヒトガラ　人とのつきあいの中で表れる人間の性質。中 人品；為人。E nature; personality.

☆ 1年間つきあって、道子の人柄がよくわかった / 相處了一年，非常了解道子的為人。

☆ 人柄がにじみ出ている文章 / 顯示出為人的文章。

ひときわ　ヒトキワ、ヒトキワ　ほかの多くのものと比べて、違いがはっきりしているようす。中 格外；尤其。E conspicuously; remarkably.

☆ はでなドレスを着ているので、おおぜいの中でもひときわめだつ / 由於穿著艷麗的服裝，所以在人群當中格外顯眼。

ひとくち【一口】ヒトクチ　❶ いちどに口に入れること。中 一口。E a mouthful.

☆ ライオンは肉のかたまりを1口で食べた / 獅子一口吃掉一大塊肉。

❷ すこし食べたり、飲んだりすること。中 一點點。E a bite; a sip.

☆ 1口飲んだけれど、苦いから捨ててしまった / 喝了一口，但因很苦就扔掉了。

❸ 短い簡単なことば。中 一言；一句話；一二句。E a word.

☆ いまのわたしの気持ちは、1口では申し上げられません / 現在我的心情真是一言難盡。

☆ 1口で言えば / 一言以蔽之。

❹ 寄付や会員募集の事業などの金を払うときの最小の単位。中 一股；一份。E a share.

☆ 寄付は1口1000円で、何口でもけっこうです / 捐款一份一千日圓，捐幾份都行。

ひとこと【一言】ヒトコト　ことば1つ。また、短いことば。中 一言；一句話。E a word; something.

☆ 会議中、社長は1言も言わなかった / 開會中，總經理一句話也沒說。

☆ 出発する前に1言言っておきたいことがある / 在出發前想先說句話。

ひとごと【人事】ヒトゴト　自分には関係のない、よその人の問題。中 別人的事。E other people's affairs.

☆ 両親が年をとってくると、老人問題もひとごとではなくなってきた / 父母上了年紀後，老人問題就不再是他人的事了。

注「他人事」と書くこともある。しかし、「人事」は「じんじ」、「他人事」は「たにんごと」とも読めるので、区別するためには、ひらがなで書くほうがいい。

ひとごみ【人込み】ヒトゴミ　人がたくさんいてこんでいること。また、その場所。中 人群；人山人海。E a crowd.

☆ クリスマスのデパートはたいへんな人ごみだ / 聖誕節百貨公司裡人山人海。

☆ 人ごみにまぎれる / be lost in the crowd. / 混在人群裡。

ひとさしゆび【人指し指・人差し指】ヒトサシユビ　手の5本の指の1つ。親指と中指の間にある。中 食指。E a forefinger; an index finger.

☆「あれはなに？」と人さし指で右のほうをさしながらきいた / 用食指指著右邊問：「那

是什麼?」

→手 [図]

ひとし・い【等しい】ヒトシイ ❶２つ以上のものの数や量、程度、性質などが同じだ。[中]相等；相同。[E] equal.

☆ ２つの荷物はどちらも５キロで、重さが等しい/兩件行李都是五公斤，重量相等。

☆ この部屋にある机といすの数は等しい/這個房間裡桌子和椅子數目相同。

❷ あるものの状態と同じようだ。[中]等於～；和～一樣。[E] as good as; almost.

☆ 他人のものを黙って借りて返さないのでは盗んだに等しい/不說一聲就借走別人的東西不還，這和偷竊沒什麼兩樣。

▷ [書]

ひとしお ヒトシオ、ヒトシオ 特別な事情のために、前よりも強く感じられるようす。[中]更加；格外。[E] all the more; much more.

☆ 失業した年の暮れは、寒さがひとしお身にしみる/失業這年的年終，寒氣格外刺骨。

ひとしきり ヒトシキリ しばらくの間、盛んに続くようす。[中]一陣；一陣子。[E] for a while.

☆ 雷が鳴り、ひとしきり激しく雨が降ったが、また太陽が出てきた/雖然雷電交加，又下了一陣大雨，但太陽還是出來了。

ひとじち【人質】ヒトジチ 相手にこちら側の要求を認めさせる１つの方法として、無理やりこちら側にとめておく相手側の人。[中]人質。[E] a hostage.

☆ 銀行強盗が客を人質にして、金を要求した/銀行搶匪將顧客當作人質勒索金錢。

☆ 子供を人質にとる/將孩子當作人質。

ひとしれず【人知れず】ヒトシレズ 人に知られないように。こっそり。[中]暗中；暗地裡；偷偷地。[E] secretly.

☆ 妹は人知れず背の低いことを悩んでいる/妹妹暗自為個子矮而煩惱。

☆ 人知れず泣く/暗自哭泣。

ひとすじなわではいかない【一筋縄ではいかない】 ふつうの方法ではうまくものごとが運ばない。[中]用普通的方法不行；不易對付；不容易解決。[E] be very diffcult to deal with; be a tough customer.

☆ 交渉の相手は経験が豊富なベテランだから、一筋縄ではいかないだろう/談判對手是個經驗豐富的老手，恐怕不好對付。

ひとつ

【一つ】ヒトツ ❶初めの数。１。１つ。[中]一個。[E] one.

☆ 頭は１つ、手は２本/一個腦袋，兩隻手。

☆ １つずつ/每人一個。

❷ １歳。１つ。[中]一歲。[E] one year old.

☆ この子も誕生日がきて１つになった/生日到來，這孩子一歲了。

❸ 同じということを強める言い方。[中]相同；一樣；同一個。[E] in a body; the same.

☆ 心をひとつにしてがんばろう/同心協力加油吧!

☆ ひとつ屋根の下に暮らす/生活在同一屋簷下。

❹ それだけでほかにないということを強める言い方。[中]就看～；就在於～。[E] just; only.

☆ きみの気持ちひとつで、まだ仲直りできるんだよ/還是能夠和好的，就全看你的心意了。

☆ ひとつ覚え / the one and only ~. /只記住一件事。

❺ いくつもの中から取りあげて述べることがら。[中]一項；一個；第一。[E] partly because.

☆ 三郎が参加できなかったのは、ひとつには金のせいだし、またひとつには母の反対のせいでもあった/三郎之所以沒能參加，一則因為錢的原因，再則由於母親的反對。

❻ (副詞的に)ためしにちょっとやってみるようす。[中]一點；稍微。[E] just.

☆ 結論が出せなくて困っているらしい。ひとつ相談にのってやろうか/得不出結論，看起來很為難，給你出個主意吧。

ひ

二注 ❻はひらがなで書く。

ひとで【人手】ヒトデ　❶働く人。また、その労働力。中人手；勞力。E a hand.

☆ 仕事が増えて人手がたりなくなった/工作增加，人手變得不夠。

☆ 人手を借りる/求助於別人。

❷ 他人がすること。また、他人が持つこと。中別人(的手)。E other hands.

☆ 仕事に失敗して、土地も家も全部人手に渡ってしまった/事業失敗，土地和房子都落到別人手中了。

ひとでなし【人でなし】ヒトデナシ、ヒトデナシ　人とは思えないほど、他の人の気持ちや恩のわからないようす。また、その人。中不是人；無人性的人；忘恩負義之徒。E an inhuman wretch; a brute.

☆ 山で歩けなくなった友人を見捨てて帰るとは、なんという人でなしだ/在山上丟下走不動的朋友自己回來，真不是人。

☆ 親をなぐるような人でなしになるな/不要成為毆打父母的忘恩負義之徒。

ひとなつっこ・い【人懐っこい】ヒトナツッコイ　人にすぐ慣れて、親しみの気持ちを見せる。人なつこい。話中容易和人親近；不認生；和藹可親。E affable; take kindly to people.

☆ あの子は人なつっこくて、だれにでもにこにこしながら話しかける/那孩子不認生，不管和誰都能笑著打招呼。

☆ しっぽを振って走り寄ってくる人なつっこい小犬/不認生的小狗搖著尾巴跑過來。

ひとなみ【人並み】ヒトナミ　ふつうの人と同じようす。中普通；一般。E average; common; decent.

☆ 小さいころは体の弱かった娘も、人並みの健康な体になった/小時候體弱的女兒也變得和普通人一樣健康了。

☆ 人並みな生活ができるだけの金があればいい/只要有足以過著普通人生活的錢，就心滿意足了。

ひとにぎり【一握り】ヒトニギリ　片手でにぎれるぐらいの量。ほんのわずかの量。中一把；一點點；一小撮。E a handful; very few.

☆ 袋の中にひとにぎりの米しか残っていない/袋中只剩一點點米了。

☆ ひとにぎりの反対意見で計画は中止になった/計畫因一些人反對而中止了。

ひとはたあげる【一旗揚げる】　他人から認められるような新しい事業を始める。中發奮幹一場；樹旗創業；興辦新事業。E make a fortune; make a name in the world.

☆ 父の会社で働いていたが、一旗あげようと思ってニューヨークへ飛んですし屋を開いた/曾在父親的公司工作，但想要發奮創業，所以飛往紐約開了家壽司店。

ひとはだぬぐ【一肌脱ぐ】　他人のために、自分が積極的に出ていって助けてやる。中奮力相助。E lend someone a helping hand.

☆ 資金がたりなくて困っている友人に、一肌ぬいで金を貸すことにした/朋友因缺少資金而發愁，我決定奮力相助借錢給她。

ひとまず　ヒトマズ　❶つぎのことを始める前に。中暫時；暫且。E first; anyway.

☆ ひとまず家へ帰って着がえてから、パーティーへ出かけよう/先回家換件衣服再去參加晚會。

❷ ふじゅうぶんではあるが、いちおう。中姑且。E for the present.

☆ 手術の後、思ったより早く退院できたので、ひとまず安心した/手術之後出院時間比預定要早，所以暫且放心了。

ひとまね【人まね】ヒトマネ〔～する〕　他人のようすや仕事などをまねること。中模仿別人；學人。E imitate; mimic.

☆ 人まねではなく自分にしか書けない文章を書きなさい/不要抄襲別人，要寫只有自己才能寫的文章。

ひとみ　ヒトミ、ヒトミ　目の真ん中の部分。
中瞳孔。E the pupil (of the eye).
☆ ひとみをこらす / strain one's eyes. / 凝視；注視；凝眸。
☆ 澄んだひとみ / clear eyes. / 清澈的眼睛。
→目図

ひとみしり【人見知り】ヒトミシリ、ヒトミシリ〔～する〕　見なれていない人に対して、恥ずかしがったり、近づくのをいやがったりすること。中認生；怕生。E be shy of strangers.
☆ 友達の赤ん坊を抱いたら、人見知りをして泣きだした / 一抱起朋友的嬰兒，他卻因認生而哭了起來。
☆ わたしは人見知りするほうで、はじめての人とは話もできない / 我很怕生，無法和初次見面的人交談。

ひとめ【一目】ヒトメ　❶ 1回見ること。ちょっと見ること。中看一眼。E a glance; a look.
☆ 一目でその絵が偽物とわかる / 看一眼就知道那幅畫是贗品。
☆ 一目ぼれ(= 1回見て好きになってしまうこと) / 一見鍾情 (= 看一眼就愛上了)。
❷ いちどに全体を見わたすこと。中一眼望盡。E a panoramic view.
☆ この山の上から一目で町が見下ろせる / 從這座山上往下望，城鎮盡收眼底。

ひとめ【人目】ヒトメ　他人や世の中の人々が見ていること。中世人的眼目；衆目。E public attention; the eyes of others.
☆ 人目があるから、恥ずかしい格好で街を歩くな / 在衆目睽睽之下，打扮不得體就不要上街。
☆ 人目を気にしていたら、なにもできない / 在意世人眼光的話，什麼都做不成。

人目につく　他人に見られる。中被人發現。
E attract attention.
☆ 人目につかないように夜出発しよう / 為了不被人發現，晚上出發。
☆ 人目につく場所 / 容易被人發現的地方。
似た表現 人目に立つ

人目を忍ぶ　他人に見られないように注意する。中躲避人的眼目。E in secret.
☆ 2人は人目をしのんで毎日会った / 兩人暗中每天見面。

人目を盗む　他人が見ていないあいだをねらってなにかをする。中趁人不注意。E secretly.
☆ 勤務時間中に、人目を盗んで近くの喫茶店にコーヒーを飲みに行く / 上班時間偷偷溜到附近的咖啡店喝咖啡。

人目を引く　他人が見るような動きやようすをする。めだつ。中引人注目。E attract a lot of attention; eye-catching.
☆ 一郎はいつも人目をひくヘアスタイルをしている / 一郎總是梳著引人注目的髮型。

ひとり【一人・独り】ヒトリ　❶ 1個の人。いちにん。中一個人；一人。E one person.
☆ あす客が1人来る / 明天有一位客人要來。
☆ 1人の学生 / 一位學生。
❷ その人だけで他にだれもいないこと。
中單獨一人；獨自。E alone; by oneself; only.
☆ 1人で留守番をする / 一個人看家。
☆ 1人暮らし / 獨身生活。
☆ 1人娘 / 獨生女。
❸ 結婚していないこと。中獨身；單身。
E single; unmarried.
☆ 洋子は仕事に夢中で、まだひとりだ / 洋子熱衷工作，至今單身。
☆ ひとり者 / 獨身；單身。(→項目)
❹ (副詞的に)ただ。単に。中只；光；單。
E only; merely.
☆ 交通事故はひとり運転手が謝ればすむ問題ではない / 交通事故不是司機一人道歉就能解決的問題。
▷ 書❹
注 漢字で書くときは、❶❷は「1人」、❸は「独り」。❹はひらがなで書く。

ひ

ひどり【日取り】ヒドリ　なにかをする日を決めること。また、その日。中 日期；日子；日程。E the date.

☆ 結婚式の日取りが決まる / 決定舉行婚禮的日子。

☆ 出発の日取りをずらす / 錯開出發日期。

ひとりごと【独り言】ヒトリゴト、ヒトリゴト　相手に言うのではなく、自分ひとりで声を出して言うこと。また、そのことば。中 自言自語。E talk to oneself.

☆ 年をとると、ひとりごとを言うことが多くなる / 上年紀後，自言自語的情況變多。

ひとりっこ【一人っ子・独りっ子】ヒトリッコ　兄も姉も弟も妹もいない子供。1人だけの子供。中 獨生子；獨生女。E an only child.

☆ 1人っ子はわがままになるからと、両親はわたしを厳しく育てた / 雙親認為獨生子女會變的任性，所以對我嚴格管教。

☆ 中国は人口問題解決のため、1人っ子政策を取っている / 為了解決人口問題，中國實行一胎化政策。

ひとりでに【独りでに】ヒトリデニ　だれもなにもしないのに、また、しようとしないのにそうなるようす。中 自已；自動地；自然而然地。E by itself; automatically.

☆ 風もないのに、ひとりでにドアが開いた / 沒有風，門卻自動地開了。

☆ 楽しい音楽を聞くと、ひとりでに体が動きだす / 一聽到輕快的音樂，身體就自然而然地動起來。

ひとりぼっち【独りぼっち】ヒトリボッチ　そばにいる人や頼りにできる人がだれもいなくて、さびしい状態。中 孤零零一個人；單獨一人。E alone; lonely.

☆ 親もきょうだいも死んで、ひとりぼっちになってしまった / 父母和兄弟姊妹都去世了，只剩下我孤零零一個人。

ひとりもの【独り者】ヒトリモノ、ヒトリモノ　結婚していない人。中 獨身；單身。E an unmarried person; a single person.

☆ ひとり者どうしが一緒に暮らす / 單身貴族們一起生活。

☆ ひとり者は気楽でいい / 一個人過得自由自在。

ひとりよがり【独りよがり】ヒトリヨガリ　人がどう思うかを考えず、自分の行動や考えをいいと思いこむこと。中 自以為是；沾沾自喜。E self-satisfied; self-complacent.

☆ 二郎のひとりよがりの旅行の計画にはだれも賛成しなかった / 二郎那自以為是的旅行計畫誰都不贊成。

☆ ひとりよがりな人とはつきあえない / 無法與自以為是的人交往。

ひな　ヒナ　❶ 卵から出たばかりの幼い鳥の子。中 雛；小雞。E a chick; a young bird.

☆ ひながかえる / 小雞孵出來了。

☆ ひな鳥 / 雛鳥。

〔ひな❷〕

❷ 3月3日の女の子の祭りに飾る人形。ひな人形。中 3月3日女兒節陳列的玩偶。E fancy dolls for the Doll's Festival on March 3.

☆ ひなを飾る / 擺飾玩偶。

☆ ひな祭り / 女兒節。

❸ (他のことばの頭について)小さいこと。中 小；雛。

☆ ひな型(＝本物と同じ形で小さくつくったもの) / 雛型(＝形與真物相同，尺寸縮小了的模型)。

☆ ひな菊 / a daisy. / 雛菊。

▷ 数 ❶ 1羽・1匹、❷ 1体

ひなた　ヒナタ　太陽の光が当たって明るい場所。中 朝陽的地方；向陽處。E in the sun.

☆ 冬でもひなたは暑いぐらいだ / 即使是冬天，向陽的地方有點熱呢。

☆ ひなたぼっこ(＝寒いときに日に当たって暖まること) / 曬太陽(＝冷的時候通過陽光照射

而取暖)。

対 日陰

ひなん【非難】ヒナン〔～する〕 まちがいや欠点を悪いといって責めること。中 非難；責備；譴責。E criticism; blame.

☆ 大臣が差別発言をして人々の非難を浴びる / 部長因歧視性發言而遭受人們譴責。

☆ アメリカは日本を貿易の問題で非難している / 美國因貿易問題指責日本。

ひなん【避難】ヒナン〔～する〕 あぶない場所から別の安全な場所へ移ること。中 避難。E refuge.

☆ 津波が来ると聞いて、住民は山へ避難した / 聽說海嘯即將到來，居民們便到山區避難了。

☆ 避難訓練 / a fire drill. / 避難訓練。

びにいりさいにわたる【微に入り細にわたる】 非常に細かい点にまでおよぶ。中 仔仔細細。E minutely; in thorough detail.

☆ 洋子は交通事故にあったときのようすを微に入り細にわたって説明した / 洋子對遭遇交通事故時的情況作了詳細的說明。

似た表現 微に入り細をうがつ

ビニール(vinyl) ビニール 石油などから合成されるプラスチックの中で、やわらかいもの。袋などをつくるのに使う。中 塑膠薄膜。E vinyl; plastic.

☆ ビニールは加工しやすく水や空気を通さないので、いろいろなものに使われる / 由於塑膠薄膜加工容易，且不透氣不滲水，所以被製成各式各樣的物品使用。

☆ ビニールハウス / a plastic greenhouse. / 塑膠棚；塑膠簡易溫室。

ひにく【皮肉】ヒニク ❶ 直接ではなく、遠まわしに意地悪く批判すること。また、そのことば。中 諷刺；挖苦；嘲諷。E sarcasm; irony.

☆ 遅刻をしたら、重役並みだねと皮肉を言われた / 遲到後就被挖苦說：「董事級的上班時間。」

❷ あいにくなこと。思いどおりにいかないこと。中 不湊巧；偏巧。E ironical.

☆ 皮肉にもハイキングの日は雨で、つぎの日はいい天気だった / 遠足那天偏巧下雨，第二天卻是好天氣。

☆ 皮肉な運命 / 不如意的命運。

ひにち【日にち】ヒニチ ❶ あることをすることに決めた日。中 日期。E the date.

☆ 結婚式の日にちが決まったら知らせてください / 舉行婚禮的日子決定後請通知我。

☆ 出発の日にちは未定です / 出發日期未定。

❷ 日の数。中 天數；日數；日子。E (many) days.

☆ 食べ物は日にちがたつとまずくなる / 食物放久了味道就差了。

ひにひに【日に日に】ヒニヒニ 1日ごとに程度が進んでいくようす。中 逐日；一天比一天。E day by day.

☆ 庭の竹は日に日にのびて、屋根より高くなった / 院裡的竹子逐日竄升，已經比房頂都高了。

☆ 日に日に春めいてくる / 越來越像春天了。

参 「日増しに」も似ているが、「日増しに」が変化が速いことに重点を置いているのに対して、「日に日に」は1日ずつの変化としてみている。

ひにん【否認】ヒニン〔～する〕 事実だと認めないこと。中 否認。E deny; refuse to admit.

☆ 企業から金を受け取ったということを、政治家A氏は否認した / 政治人物A氏否認從企業收受賄款。

☆ 被告は殺人を否認している / 被告否認殺人。

対 是認

ひにん【避妊】ヒニン〔～する〕 妊娠しないようにすること。中 避孕。E contraception; birthcontrol.

☆ 避妊は世界の人口問題のためにもたいせつだ / 為解決世界人口問題，避孕是很重要的手段。

ひ

☆ 避妊手術 / 避孕手術。

ひねく・れる ヒネクレル〔自動一〕 性質や考え方がすなおでなく、曲がっている。中 乖僻；彆扭；拗。E get warped; become distorted.

☆「そのネクタイすてきね」とほめたら、弟は「無理してほめなくていいよ。安物なんだから」とひねくれて答えた / 讚美弟弟說「那條領帶真漂亮!」弟弟卻曲解地答道：「用不著那麼勉強地誇獎，因為是便宜貨。」

びねつ【微熱】ビネツ いつもの体温よりもすこし高い熱。中 低燒；低熱。E a slight fever.

☆ 37度ぐらいの微熱が続くので、いちど病院へ行ってみよう / 由於持續著三十七度左右的輕度發燒，還是去醫院看看吧。

☆ 微熱がとれない / 低燒不退。

対 高熱

ひね・る ヒネル〔他動五〕(ひねって) ❶ 指先でつまんで回す。中 擰；拈；捻。E turn; switch.

☆ 水道の栓をひねる / 轉水龍頭。

☆ スイッチをひねる / 轉開關。

❷ 体の一部をねじって向きを変える。中 扭轉。E twist; bedn.

☆ 前を向いたまま首をひねって後ろの人と話す / 身子依舊朝前，扭過頭來與後面的人說話。

☆ 腰をひねる / 扭腰；扭身。

❸ 工夫してつくりだす。中 費盡心機。E intricate; work on.

☆ この学校は入学試験にひねった問題を出す / 這所學校為入學考試而費盡心機出題。

☆ 俳句をひねる / 絞盡腦汁做俳句。

☆ 頭をひねる(= いろいろ考えて工夫する) / 煞費心思(= 左思右想地想辦法)。

▷ 名 ひねり →ねじる

ひのいり【日の入り】ヒノイリ 夕方、太陽が沈むこと。また、その時刻。中 日落；日沒；日暮時分。E sunset; sundown.

☆ 冬が近づいて、日の入りが早くなる / 冬天臨近，日落時間變早。

☆ 日の入りまで田で働く / 在田間工作直到日落。

対 日の出

ひので【日の出】ヒノデ 朝、太陽が出ること。また、その時刻。中 日出(時分)。E sunrise.

☆ 富士山の頂上で、日の出を待つ / 在富士山頂上等待日出。

☆ 初日の出(=元日の日の出) / 第一個日出(=元旦那天的日出)。

対 日の入り

日の出の勢い 新しい人や組織が、急速に力をのばしてくること。中 旭日東昇之勢。E on the rise.

☆ 情報産業では、いまやA社が日の出の勢いだ / 在資訊產業方面，現在A公司勢如旭日東昇。

ひばくしゃ【被爆者】ヒバクシャ、ヒバクシャ 原爆で被害を受けた人。中 原子彈受害者。E an atomic-bomb victim.

☆ 広島や長崎には外国人の被爆者もたくさんいた / 在廣島和長崎遭受原子彈轟炸的外國人受害者很多。

☆ 被爆者援護法 / 原子彈受害者援助保護法。

ひばな【火花】ヒバナ かたいものがぶつかったときや電気関係で、一瞬飛びちる火や光。中 火花；火星。E a spark.

☆ ライターは、まず火花が散ってから火がつく / 打火機先是引起火花，然後再點火。

火花を散らす きっと勝つという強い気持ちで激しく対立する。中 白刃相交；激烈交鋒。E fight desperately.

☆ サッカーの世界一をめざして、両チームが火花を散らす / 為爭取足球的世界第一，兩隊激烈交鋒。

似た表現 火花が散る

ひはん【批判】ヒハン、ヒハン〔～する〕 人の意見、主張、行動について、いいか悪いかを明らかにして、悪い点を改めるよう主張すること。中批判；批評。E criticize; criticism.

☆ 田中教授の学説を批判する / 批評田中教授的學說。

☆ 厳しい批判を受ける / 受到嚴厲的批評。

ひび ヒビ ガラスや陶磁器などかたいものにできる細かい割れ目。中裂痕。E a crack.

☆ ひびのある茶碗 / 有裂痕的茶杯。

☆ ひび割れ / a crack. / 裂痕；龜裂。

ひびが入る ❶ 細かい割れ目ができる。中發生裂痕。E crack.

☆ コップをちょっとぶつけたら、割れなかったけれどひびが入った / 杯子稍微撞了一下，雖然沒破但出現了裂痕。

❷ うまくいっていた関係がうまくいかなくなる。中發生裂縫。E cause a rift.

☆ 友達に金を貸したが、なかなか返してくれなくて、友情にひびが入るようになった / 借錢給朋友，但他總不還，就這樣，友情產生了裂縫。

ひび・く 【響く】ヒビク〔自動五〕(ひびいて)

❶ 音がひろがり、遠くまで聞こえる。中響；發出聲響。E sound; ring.

☆ 夕方の空に鐘の音が響く / 鐘聲在傍晚的天空迴響。

☆ 教室じゅうに響く声で話す / 用響徹整個教室的音量說話。

❷ 音が反響する。中發出迴音；有迴響；震響。E resound; echo.

☆ この会場は声がよく響く / 這個會場迴音效果很好。

☆ こだまが響く / 發出迴音。

❸ 悪く影響する。中影響。E tell on; have an influence on.

☆ 徹夜の仕事は体にひびく / 熬夜會影響身體健康。

☆ 消費税が家計にひびく/消費稅影響家庭開支。

❹ 心に強く感じる。中打動人心；產生共鳴。E move; impress.

☆ 卒業生代表のあいさつは出席者の胸にひびいた / 畢業生代表的致詞打動了出席者的心弦。

❺ 評判がひろまる。中揚名；出名；聞名。E echo; become wellknown.

☆ ピカソの名は世界じゅうにひびいている / 畢卡索名在世界各地都很出名。

▷ 名響き 他動響かす

ひひょう 【批評】ヒヒョー〔～する〕 人の行動、作品などについて、どこがいいか悪いかなど根拠のあるきちんとした感想を述べること。中批評；評論。E criticize; criticism; a notice.

☆ 展覧会の作品を批評する / 評論展覽會的作品。

☆ 演奏会の批評 / 演奏會評論。

びび・る ビビル〔自動五〕(びびって) 相手の勢いや、その場の雰囲気に押されて気が弱くなる。話中害怕；恐懼；心驚膽顫。E get nervous; get cold feet.

☆ 試合の相手の選手が、体が大きくてとても強そうなのでびびった / 對方選手的塊頭大看上去好像很強，讓人心驚膽顫。

ひふ 【皮膚】ヒフ、ヒフ 人や動物の体の表面をおおっている皮。中皮膚。E the skin.

☆ 人間は皮膚でも呼吸している / 人就連皮膚也在呼吸。

☆ 皮膚の色で人を差別してはいけない/不要以膚色而歧視人種。

☆ 皮膚科 / 皮膚科。

☆ 皮膚病 / 皮膚病。

ひぼん 【非凡】ヒボン ふつうの人よりもずっとすぐれているようす。中非凡；不平常。E extraordinary; uncommon.

☆ あの子はバイオリンに非凡な才能を見せはじめた / 那個孩子在小提琴上已展現出非凡的才能。

対平凡

ひま【暇】ヒマ ❶用がなくて、自由な時間。中 閒空；餘暇；閒工夫。E spare time.

☆ 二郎はひまがあると寝ている / 二郎一有空就睡。

❷ なにかをする時間。中 時間；工夫。E time.

☆ 年をとった祖母は外出の準備にひまがかかる / 年邁的祖母花時間做外出的準備。

☆ 忙しくて手紙の返事を書くひまもない / 由於太忙，連回信的時間都沒有。

❸ 仕事を休むこと。中 休假；假。E leave.

☆ 1週間ひまをもらう / 請假休息一週。

❹ することがなくて、のんびり過ごしているようす。中 閒空；閒。E free; not busy.

☆ ひまなら手伝ってください / 有空就來幫幫忙。

☆ 午前中に仕事が終わって、午後はひまだ / 上午把工作做完，下午就有空閒了。

対 忙しい

暇をつぶす 用がない時間を過ごすために、無理になにかをする。中 消遣；打發時間。E kill time.

☆ 約束の時間にまだ1時間もあるから、散歩してひまをつぶそう / 離約定時間還有一小時，所以散步打發時間。

似た表現 暇つぶし

暇を盗む 忙しいときに、なんとか時間をつくる。中 抽空。E snatch; in one's spare moments.

☆ 商売のひまを盗んで勉強する / 做買賣時抽空讀書。

ひましに【日増しに】ヒマシニ、ヒマシニ 日がたつにつれて程度が進んでいくようす。中 日益；一天比一天；與日俱增。E day by day; from day to day.

☆ 手術の後、日増しに体力がついてきているので、退院も近いだろう / 手術後體力日漸復原，離出院的日子不遠了。

☆ 日増しに暖かくなってきた / 日漸變暖。

→日に日に

ひみつ【秘密】ヒミツ 人に知られないように隠すこと。公開しないこと。また、そのものごと。中 秘密。E a secret.

☆ だれにだって人に知られたくない秘密がある / 誰都有不願讓人知道的秘密。

☆ 秘密を守る / 保守秘密。

☆ 秘密をもらす / 洩漏秘密。

☆ 秘密外交 / 秘密外交。

→内緒

びみょう【微妙】ビミョー 簡単には扱えないほど細かくて複雑なようす。中 微妙。E delicate; subtle.

☆ ワインの味は年代や産地によって微妙に違う / 因年代和產地不同，葡萄酒的味道有微妙的差別。

☆ 微妙な音の違いを聞き分けられる耳 / 能夠區分聲音的微妙差別的耳朵。

ひめ【姫】ヒメ ❶むかしの、身分が高い人の娘。お姫さま。中 公主；姑娘。E a princess.

☆ 国王には3人の姫があった / 國王有三位公主。

☆ かぐや姫 / 竹林公主(日本古典文學〈竹取物語〉中的女主角)。

☆ 眠り姫 / the Sleeping Beauty. / 睡美人。

❷「女の子」の美しい言い方。中 姑娘。E a girl.

☆ 一姫二太郎(=子を持つなら1番目が女で2番目が男だといいということ) / 一女二男(=頭一胎生女孩，第二胎生男孩最理想)。

❸ (他のことばの頭について)そのものが小さくてかわいいこと。中 小而可愛。

☆ 姫ユリ / a red-star lily. / 山丹。

☆ 姫リンゴ / a tiny apple. / 小蘋果。

ひめい【悲鳴】ヒメイ ❶驚いたり痛かったりしたときに出す叫び声。中 慘叫；驚叫聲。E a scream.

☆ キャーという女の悲鳴が聞こえた / 傳來女人「啊!」的一聲慘叫。

☆ ラッシュアワーの電車で、押されて思わず悲鳴をあげた / 在尖峰時間的電車中被推擠，不由得發出了驚叫聲。

❷ あまりたいへんで、もう無理だと思って出す声。中 叫苦。E a cry for help; a cry of despair.

☆ 最近は仕事が多く、忙しくて悲鳴をあげている / 最近工作繁忙，叫苦連天。

ひ・める【秘める】ヒメル〔他動一〕 隠しておいて人に見せない。中 藏；隱藏；隱瞞。E keep ~ to oneself; hide.

☆ 悲しみを胸に秘めて、いつもと変わらないようすで話す / 將悲傷藏在心中，和平常一樣說話。

☆ 深く秘めた愛情 / 深深藏於心中的愛情。

ひめん【罷免】ヒメン〔～する〕 公の職をやめさせること。書 中 罷免。E dismiss (from office).

☆ 最高裁は刑事事件を起こしたD判事を罷免した / 最高法院將發生刑事案件的D審判官撤職。

ひも ヒモ 結んだりたばねたりするのに使う、紙、布、ゴム、ビニールなどでできた細長いもの。中 細繩；帶子。E a string; a cord.

☆ 女性が着物を着るときは、ひもをたくさん使う / 女性穿和服時要使用許多帶子。

☆ ひもでくくる / 用繩子捆紮。

☆ ひもを結ぶ / 繫上細繩。

☆ ひもをほどく / 解開繩。

☆ 靴のひも / 鞋帶。

数 1本 →綱 →こま図

ひもじ・い ヒモジイ 非常におなかがすいて、食べ物がほしい。中 餓；飢餓。E hungry.

☆ 子供のころ、家が貧乏だったので、よくひもじい思いをした/小時候，由於家裡窮，常常餓肚子。

☆ 戦争中は食べ物がなくて、いつもひもじかった/戰爭時期，由於沒有食物，總是挨餓。

三 参 すこし古い言い方。

ひもつき【ひも付き】ヒモツキ、ヒモツキ 条件がついていて自由にできないこと。中 附帶條件。E with strings attached.

☆ 金を出すから、その金でこちらの製品を買えというひもつきの援助ではありがたくない / 因為出錢就要求得用那筆錢來買這裡的產品，這種附帶條件的金援叫人不敢恭維。

☆ ひもつきの金 / 有附帶條件的款項。

ひやあせ【冷や汗】ヒヤアセ 恥ずかしかったりこわかったりしたときに出る、冷たく感じる汗。中 冷汗。E a cold sweat.

☆ 舞台に立って歌いだしたが、歌の文句を忘れて冷や汗をかいた/站在舞台上唱歌，但由於忘了歌詞而緊張得出了一身冷汗。

ひやか・す【冷やかす】ヒヤカス〔他動五〕(ひやかして) ❶ 冗談を言ってからかう。中 嘲弄；戲弄；開玩笑。E tease; make fun of.

☆ あなたたちほど仲のいい夫婦は見たことがないと言って、となりの夫婦をひやかす / 向鄰居夫婦開玩笑說：「從沒見過像你們倆這樣恩愛的夫妻。」

❷ 買う気がないのに品物を手に取って見たり、値段をきいたりする。中 只詢價而不買。E window-shop; browse in the stores.

☆ 夜店をひやかして歩く/光看不買地逛夜市。

▷ 名 冷やかし

ひやく【飛躍】ヒヤク〔～する〕 ❶ 急速にのびたり発展したりすること。中 飛躍；躍進。E a leap; by leaps and bounds.

☆ 今年こそ新しいシステムを取り入れて飛躍をめざす / 今年要採用新機制，爭取快速發展。

☆ 飛躍的に発展する / 飛速地發展。

❷ 話の内容などにつながりがなくて、別のほうへ行ってしまうこと。中 思路不連貫。E a leap in logic.

☆ 山田さんの話は飛躍が多くて、どうもよくわからない / 山田的話思路不連貫，實在聽不大懂。

☆ 論理の飛躍 / 理論不合邏輯。

ひゃく【百】ヒャク ❶ 10の10倍の数。100。中 百；一百。E a hundred.

☆ 100の100倍は1万だ/一百的一百倍是一萬。

☆ 百人一首 / 百人一首和歌選。(→ 項目)

❷ 数や種類が多いこと。中 許多；上百；好幾百。E a large number or variety.

☆ 人間100人集まれば100の意見があるものだ/一百個人聚集在一起的話就有一百種意見；人多嘴雜。

☆ 百科事典 / 百科字典；百科全書。(→ 項目)

百も承知　じゅうぶんよくわかっていること。中 十分清楚；瞭若指掌；充分知道。E know all too well.

☆ むずかしい交渉であることは百も承知だが、とにかく話し合ってみよう/明知這是一次困難的交涉，但不管怎樣，還是試著談談吧。

ひゃくしょう【百姓】ヒャクショー　農業を職業としている人。また、その家。中 農民；莊稼人。E a farmer; farming.

☆ うちはずっとむかしから百姓をしている/很早以前我家就是農民。

☆ 江戸時代の百姓は重い税金に苦しんでいた / 江戸時代的農民不堪忍受繁重的徵稅。

参「お百姓さん」などと親しみをこめていうことはあるが、すこし古い言い方で、いまは、ふつう「農民」「農家」を使う。また、「ぼくには百姓が向いている」「百姓に誇りを持つ」などともいうが、「二郎はいなかで百姓をしている」など他人のことをいうときは、差別的に聞こえることがあるので注意が必要。

ひゃくにんいっしゅ【百人一首】ヒャクニンイッシュ ❶ 鎌倉時代に藤原定家が、7世紀から12世紀の間にすぐれた和歌をつくった100人の和歌を1首ずつ選んでまとめたもの。中 百人一首和歌選。E the Hundred Poems by One Hundred Poets.

☆ 百人一首を全部暗記した / 把百人一首和歌選全部背誦下來了。

☆ 小倉百人一首 / 小倉百人一首和歌選。

❷「❶」の和歌を覚えて取り合うゲーム。また、そのゲームのために、下の句だけを印刷した100枚の取り札と、和歌を全部印刷した100枚の読み札を合わせた200枚の札。中 用百人一首和歌選製作的紙牌。E the playing cards of one hundred famous poems.

☆ お正月には、家族そろって百人一首をして遊んだものだ / 正月裡家人一起玩百人一首和歌選的紙牌遊戲。

▷ 数 ❷ 1組

ひゃくねんのけい【百年の計】　遠い将来のことまで考えた計画。中 百年之計。E a far-sighted policy.

☆ 政治家は目先のことだけではなく、百年の計を立てて政治を行わなくてはならない/政治家必須獻百年大計而不能只顧眼前利益。

ひゃくぶんはいっけんにしかず【百聞は一見にしかず】　何度も聞くよりも実際に見たほうがよくわかるということ。

中 百聞不如一見。E Seeing is believing.

ひゃくぶんりつ【百分率】ヒャクブンリツ　全体の中でどのくらいの割合になるかを、パーセントを単位にして表したもの。パーセンテージ。記号は「%」。中 百分率。E a percentage.

☆ 留学生の出身国別の比率を百分率で表す/以百分率表示留學生的國別比率。

ひやけ【日焼け】ヒヤケ〔～する〕　太陽の光を浴びて皮膚の色が変わったり、やけどのようになったりすること。また、太陽の光でものの表面の色が変わったり薄くなったりすること。中 曬黑。E a suntan; a sunburn.

☆ 海水浴に行って真っ黒に日焼けした/去海邊，結果曬黑了。

☆ 障子が日焼けして黄色っぽくなる/紙門被曬得變黃了。

☆ 日焼け止めクリーム/ suntan cream. /防曬乳。

ひや・す 【冷やす】ヒヤス〔他動五〕(ひやして) 冷えるようにする。中 鎮；冰鎮；拔。E cool; chill.

☆ 川の水でスイカを冷やす/用河水來冰鎮西瓜。

☆ 頭を冷やす/使頭腦冷靜下來；冰敷。

対 暖める・温める 自動 冷える

ひゃっかじてん 【百科事典】ヒャッカジテン 自然と社会のあらゆることがらを、五十音順など決まった順序で並べて解説した書物。中 百科字典；百科全書。E an encyclopedia.

☆ わからないことがあったら、すぐ百科事典を引く/有不懂的就查百科字典。

数 1巻・1冊

ひやひや 【冷や冷や】ヒヤヒヤ〔～する〕

❶ 体に冷たさを感じるようす。中 身上一直覺到涼意的樣子。

☆ 汗が引いて背中がひやひやする/ become chilled when sweat on one's back dries up. /汗乾了，背上感到涼意。

❷ 悪いことが起こりそうだと心配し続けるようす。中 預感到危險而擔心，恐怖不止的樣子。

☆ 凍った道路を、ひやひやしながら運転する/ nervously drive on the frozen street. /在結冰的道路上提心吊膽地開車。

ひややか 【冷ややか】ヒヤヤカ 関心や同情の気持ちがなく、冷たいようす。中 冷淡；冷冰冰。E cold; indifferently.

☆ アパートの住民たちは、新しく引っ越してきた人に冷ややかな態度をとった/公寓的住戶對新搬來的人態度冷淡。

☆ 人の不幸を冷ややかに眺める/冷眼旁觀他人的不幸。

ひゆ 【比喩】ヒユ ものごとを説明するときに、その特徴をよく表している別のものを例にして表現すること。中 比喻。E a metaphor; a figure of speech.

☆ 「火のように熱い」や「火のように赤い」など、熱さや赤さを表すときの比喩として「火」を使う/表現熱和紅時常用「像火一樣熱」、「像火一樣紅」之類的文字來作比喻。

☆ 比喩を上手に使うと文章が生きてくる/出色地使用比喻，文章就變得生動多了。

びゅうびゅう ビュービュー 風が強く吹くときの音を表す。また、細長いものや薄いものなどが強い風にあおられたときの音を表す。中 (風聲；細長物或薄物等被大風吹颳時發出的聲音)呼呼地；嘘嘘地；颼颼地。

☆ 北風がびゅうびゅう吹きつける/ The north wind is howling. /北風呼呼地颳。

☆ 電線が風でびゅうびゅう鳴る/電線被風颳得咻咻直響。

参 「ぴゅうぴゅう」も似ているが、「ぴゅうぴゅう」は「びゅうびゅう」より鋭い音を表すときに使う。

ヒューマニズム (humanism) ヒューマニズム いいことも悪いこともふくめて、人間の人間らしさをいちばんたいせつなものとし、人間ひとりひとりを尊重することをめざす考え方。人道主義。中 人道主義。E humanism.

☆ ヒューマニズムの立場から死刑に反対する/從人道主義出發反對死刑。

ひよう 【費用】ヒヨー なにかをするために必要な金。中 費用；開支。E expenses; cost.

☆ 入院の費用は10万円ぐらいかかりそうだ/看來住院費用要花十萬日圓左右。

☆ 費用を見積もる/估算費用。

ひょう 【表】ヒョー ものごとの内容をまとめて分類し、一目でわかるような形に並べて書き表したもの。中 表；表格。E a list; a table; a chart.

☆ 年代を縦に、国名を横にして、20世紀の歴史を表にする/以年代為縱列，國名為橫列，將二十世紀的歷史製成年表。

☆ 時刻表 / 時刻表。

ひょう【票】ヒョー　選挙で選ぶ人の名を書いたり、なにかを決めるときに賛成か反対かを表したりする札。また、その数を表す。中 票；選票。E a vote.

☆ 反対の票は３票だけだった / 反對票只有三票。

☆ 票を読む(=何票とれるか予想をする) / 估票（＝預計得多少票）。

☆ 無効票 / an invalid vote. / 無效票。

びょう【秒】ビョー　時間、時刻の単位。１分の 60 分の１。中 秒。E a second.

☆ １分は 60 秒だ / 一分鐘有六十秒。

☆ 一郎は 100 メートルを 13 秒で走る / 一郎用十三秒跑完一百公尺。

☆ 発射５秒前 / 5 seconds to blast-off. / 離發射還有五秒。

びよういん【美容院】ビヨーイン　顔や髪などを美しくする店。特に、髪を切ったりパーマをかけたりする店。中 理髮店和美容院。E a beauty salon.

☆ 美容院でカットをしてもらう / 在美容院理髮。

☆ １カ月に１回、美容院へ行く / 一個月去一次美容院。

数 １軒　→ 囲み

びょういん【病院】ビョーイン　病気やけがを治すための施設。中 醫院。E a hospital.

☆ 病院へ行って医者にみてもらう / 去醫院看病。

☆ 足にけがをして病院に運ばれた / 腳受傷被送進醫院。

☆ 総合病院 / a general hospital. / 綜合醫院。

→ 囲み

ひょうか【評価】ヒョーカ、ヒョーカ〔～する〕 ❶ ものや人や人の仕事などをよく見、考えて、価値や価格を決めること。中 評價；估價。E estimate; evaluation.

☆ 社長は京子の能力を高く評価している / 總經理對京子的能力評價很高。

☆ 芸術作品の評価 / 對藝術作品的評價。

❷ すぐれたものと認めること。中 承認；給予好的評價。E appreciate.

☆ 政府はＡ国の新提案を評価して賛同の意を表した / 政府高度評價了Ａ國的新提案並表示了贊同。

ひょうき【表記】ヒョーキ〔～する〕 ❶ ことばを文字や句読点などを使って書き表すこと。中 書寫；記載。E writing.

☆ 正しい表記で文章を書く / 用正確的表記方式寫文章。

☆ 現代表記 / 現代表記方式。

美容院や理髪店で使うことば（美容、理髮店用語）

シャンプーしてください　中 請幫我洗頭。E I want to have a shampoo, please.

カットしてください　中 請幫我剪頭髮。E I want to have my hair cut, please.

３センチぐらい短くしてください　中 請剪短三公分左右。E I want to have my hair cut around 3 centimeters, please.

セットしてください　中 請幫我做個髮型。E I want to have my hair set, please.

パーマをかけてください　中 請幫我燙髮。E I want to have my hair permed, please.

トリートメントしてください　中 請幫我護髮。E I want to have my hair given a treatment, please.

ひげをそってください　中 請幫我刮刮鬍子。E Give me a shave, please.

着付けをしてください　中 請您幫我穿上和服。E Please help me dress (a *kimono*).

病院で使うことば（醫院用語）

受付 [中]櫃台。[E] a reception desk.

初診 [中]初診。[E] a first-time visit.

健康保険証 [中]健保卡。[E] a health insurance card.

診察券 [中]掛號證。[E] a consultation card.

待合室 [中]候診室。[E] a waiting room.

医者 [中]醫生；大夫。[E] a doctor.

看護婦 [中]女護士。[E] a nurse.

患者 [中]患者；病人。[E] a patient.

診察室 [中]問診室。[E] a consultation room.

会計 [中]收費處。[E] an accounting section.

薬局 [中]取藥處。[E] a dispensary.

検査 [中]檢查；檢驗。[E] a test; examination.

レントゲン [中]X光線。[E] X-rays.

採血 [中]抽血。[E] take a blood sample.

尿検査 [中]驗尿。[E] urinalysis.

注射 [中]注射；打針。[E] an injection.

手術 [中]手術。[E] an operation.

入院 [中]住院。[E] be hospitalized.

退院 [中]出院。[E] leave the hospital.

通院 [中]到醫院去看病。[E] visit a hospital for treatment.

内科

熱がある [中]發燒。[E] have a fever.

寒気がする [中]發冷。[E] have a chill.

頭が痛い [中]頭痛。[E] have a headache.

せきが出る [中]咳嗽。[E] have a cough.

貧血 [中]貧血。[E] anemia.

めまいがする [中]頭暈。[E] feel dizzy.

血圧が高い [中]血壓高。[E] have high blood pressure.

腹が痛い [中]肚子疼。[E] have a pain in one's abdomen.

はき気がする [中]噁心。[E] feel sick.

胃が痛い [中]胃疼。[E] have a stomachache.

胃が重い [中]消化不良。[E] feel heavy in one's stomach.

食欲がない [中]沒有食慾。[E] have no appetite.

便秘している [中]便秘。[E] be constipated.

下痢している [中]腹瀉；拉肚子。[E] have diarrhea.

血尿が出る [中]血尿。[E] have bloody urine.

尿が出にくい [中]排尿困難。[E] be difficult to urinate.

体がだるい [中]身體疲倦。[E] feel sluggish.

足がむくむ [中]腳有點浮腫。[E] one's legs are swollen.

胸がどきどきする [中]心跳；心慌。[E] one's heart is palpitating.

脈が速い [中]脈搏快。[E] have a fast pulse.

脈が少ない [中]脈搏慢。[E] have a slow pulse.

胸が痛い [中]心痛；胸悶。[E] have a pain in one's chest.

胸が苦しい [中]胸部難受。[E] feel pressure in one's chest.

外科

切り傷 [中]刀傷；切傷。[E] a cut.

刺し傷 [中]刺傷。[E] a stab wound.

腰が痛い [中]腰疼。[E] have a pain in one's lower back.

骨折する [中]骨折。[E] break a bone.

突き指する [中]扭傷手指。[E] sprain one's finger.

ねんざする [中]扭傷；挫傷。[E] sprain; twist.

皮膚科

やけどする [中]燒傷；燙傷。[E] burn; scald.

皮膚がかゆい [中]皮膚癢。[E] have itchy skin.

湿疹 中濕疹。E eczema.

おでき 中膿腫；膿包；癤子。E a boil; an abscess.

ふきでもの 中疹子；小疙瘩。E an eruption.

じんましん 中蕁麻疹；過敏。E a nettle rash.

虫さされ 中被蟲咬(螫)。E be bitten or stung by an insect.

眼科

目がかすむ 中眼花；眼睛昏花。E one's eyesight is dim.

目が充血する 中眼睛充血。E one's eyes are bloodshot.

目が疲れる 中眼睛疲勞。E one's eyes get tired easily.

目が見えない 中眼睛看不見。E can't see clearly.

目やにが出る 中有眼屎。E have eye mucus.

近眼 中近視眼；近視。E nearsighted.

ものもらい 中麥粒腫；針眼。E a sty.

耳鼻科

声がかれる 中喉嚨啞。E have a hoarse voice.

のどが痛い 中喉嚨痛。E have a sore throat.

のどがはれる 中喉嚨發炎。E one's throat is swollen.

耳が痛い 中耳疼。E have an earache.

耳鳴りがする 中耳鳴。E have a ringing in one's ears.

耳だれがする 中耳朵流濃。E have running ears.

耳が聞こえない 中耳聾。E be hard of hearing.

鼻水が出る 中流鼻涕。E have a runny nose.

鼻血が出る 中流鼻血。E have a nosebleed.

鼻がつまる 中鼻子不通。E one's nose is stuffed.

歯科

歯が痛い 中牙痛。E have a toothache.

虫歯がある 中有蛀牙。E have a cavity.

歯茎が痛い 中牙齦疼。E have painful gums.

入れ歯 中假牙。E a false tooth.

❷ 封筒などの表に書くこと。また、書いたもの。中書面記載。E mentioned on the face.

☆ 表記の金額をお支払いください／請支付標記的金額。

☆ 表記のあて先に送る／送件到記載的地址。

▷ 書❷

びょうき

【病気】ビョーキ ❶〔～する〕体や精神のぐあいが悪くなって、痛く感じたり苦しく感じたりすること。また、その状態。中病；疾病。E sickness; illness.

☆ 病気になって、しばらく会社を休んだ／生病了，向公司請假休息一段時間。

☆ 病気が重い／重病。

☆ 病気が治る／病好了。

☆ 心の病気／心病。

❷ 困ったくせ。中毛病；缺點。E a weakness; a mania.

☆ 金が入るとつい病気が出て、ギャンブルに使ってしまう／一有錢就不守安份，都拿去賭博了。

ひょうきん

【剽軽】ヒョーキン おもしろいことをしたり言ったりして、よく人を笑わせるようす。中滑稽；詼諧。E comical; funny.

☆ 猿のひょうきんなしぐさにみんな笑った／猴子滑稽的動作引得大家發笑。

☆ ひょうきんな顔で人を笑わせるタレント／以滑稽表情逗人發笑的演員。

☆ ひょうきん者／活寶。

ひょうげん【表現】ヒョーゲン、ヒョーゲン〔～する〕 思ったことや感じたことなどを、ことばや音楽、絵画、あるいは身ぶり、表情などで人に伝わるようにすること。中 表現；表達。E represent; (an) expression.

☆ この絵は人生の悩みを表現している／這幅畫表達了人生的煩惱。

☆ それはうまい表現だ／那是很出色的表現。

☆ 表現手段／表現手段。

☆ 表現力／表現能力。

ひょうご【標語】ヒョーゴ 人々にわかりやすく知らせるために、行事や主義、主張などを短くて調子のいいことばで表したもの。中 標語。E a motto; a slogan.

☆ 選挙のポスターに各政党の主張が標語で出ている／各政黨的主張以標語形式出現在選舉海報上。

参 交通安全の標語「注意1秒、けが一生」「飲んだら乗るな、乗るなら飲むな」
防火の標語「マッチ1本火事のもと」
防犯の標語「お出かけは一声かけてかぎかけて」「気をつけよう甘いことばと暗い道」
選挙の標語「出たい人より出したい人を」
戦争中の標語「ほしがりません勝つまでは」

ひょうこう【標高】ヒョーコー 平均の海の表面からの高さ。中 標高；海拔。E above sea level.

☆ 富士山は標高3776メートルだ／富士山海拔三千七百七十六公尺。

☆ 標高が低い山／低海拔的山。

☆ 標高差／difference in elevation.／海拔差。

参「海抜」も意味は同じだが、「海抜」が「海抜ゼロメートル」「海抜2000メートル」のように高さの数字と一緒に使うだけであるのに対して、「標高」には「標高をはかる」「標高が高い」などの使い方もある。

ひょうさつ【表札】ヒョーサツ ほかの人にわかるように、その建物に住んでいる人や、そこを使っている団体、会社などの名前を書いて門や入り口に掲げておく札。

〔表札〕

中 名牌；門牌。E a nameplate; a doorplate.

☆ 表札を見ながら郵便物を配達する／看著門牌送郵件。

数 1枚

ひょうざん【氷山】ヒョーザン 南極や北極の海に浮かんでいる氷の大きなかたまり。中 冰山；浮冰。E an iceberg.

☆ 地球の温暖化が進むと、氷山がとけて海水が増え陸地が減るという／據說地球的溫室效應，會引起冰山融化，海水增加使陸地面積減少。

☆ 船が氷山にぶつかって沈んだ／船撞上冰山沉沒了。

氷山の一角 実際に見えているのはほんの一部にすぎないということ。明らかになった悪いことの陰にもっと大きな悪いことがあるということ。中 冰山的一角。E be only the tip of the iceberg.

☆ 今度明らかになった汚職事件は、実は氷山の一角だ／這次揭發的貪污案件實際上只是冰山一角。

ひょうし【拍子】ヒョーシ、ヒョーシ ❶ 音楽のリズムをつくる、強い音と弱い音の組み合わせ。中 拍；節拍。E time; measure.

☆ この曲は3拍子だ／這支曲子是三拍。

❷ 音楽や踊りに合わせて手をたたいたり声をかけたりすること。中 拍子。E beat time.

☆ 歌手が歌うと観客も手を打って拍子をとる／歌手一開始唱歌，觀衆們就同時用手打拍子。

☆ 足拍子／用腳打拍子。

❸ ちょうどそのとき。はずみ。中 機會；～時候；剛一～時候。E the moment; chance.

ひ

☆ 重い荷物を持ち上げた拍子に腰を痛めた/將沉重的行李往上抬時扭傷了腰。

☆ なにかの拍子で怒らせるようなことを言ってしまった/不知什麼時候說了讓他生氣的話。

▷ 数❶1拍

ひょうし【表紙】ヒョーシ、ヒョーシ　本などの、いちばん外側につけてある、厚い紙でつくったり布や革をはったりしてあるもの。中封面；書皮；封皮。E a cover.

☆ 表紙に本の題名と著者名が印刷してある/封面印有書名和作者姓名。

☆ 裏表紙/封底。

ひょうじ【表示】ヒョージ、ヒョージ〔～する〕❶人にわかるように示すこと。中表示；表明；表達。E indicate; express.

☆ 缶詰の製造年月日は缶に表示してある/罐頭的製造日期都標明在罐上。

☆ 表示価格/標示價格。

☆ 意思表示/意思表達。

❷ ものごとを表にして示すこと。中用表顯示；圖示。E show ~ on a chart.

☆ 最近5年間の賃金と物価の変化を表示する/圖示最近五年工資和物價的變化。

▷ 書

ひょうしき【標識】ヒョーシキ　見てわかるように字や記号などをかいて道や駅の構内などに出す目印。中標誌；標記；信號。E a sign; a mark.

☆ 標識に気がつかないで通り過ぎてしまった/沒有注意到標誌而走過頭了。

☆ 案内標識/引導標誌。

☆ 交通標識/交通標誌。

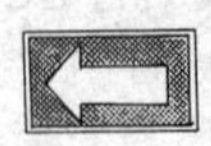

〔標識〕

びょうしゃ【描写】ビョーシャ〔～する〕文章や絵や音楽などで、ものごとのようすや感じたことなどを表現すること。中描寫。E describe; description.

☆ この童話は子供の心理をうまく描写している/這篇童話很出色的描寫了兒童心理。

☆ 心理描写/描寫心理。

ひょうじゅん【標準】ヒョージュン　❶ものごとを判断したり決めたりするときの手本となるもの。中標準；基準。E a standard; a norm.

☆ 世界の時間はイギリスのグリニッジ天文台を標準にして決められている/世界各地的時間是以英國格林威治天文台時間為標準而決定的。

☆ 標準価格/標準價格。

☆ 標準語/the standard language./標準話；普通話。

❷ 平均的でごくふつうの程度であること。中平均；一般；標準。E average; normal.

☆ 家族4人の標準の家庭を例にとってその生活を調査する/以四口之家的標準家庭為例，調查生活水準。

☆ 標準寸法/標準尺寸。

▷ →基準・規準

ひょうじょう【表情】ヒョージョー　❶心の中の感情の変化が体、特に顔に表れたもの。中表情；神情。E (an) expression; a look.

☆ ほめられて、京子はうれしそうな表情をした/京子受到讚揚，露出高興的表情。

☆ 表情がかたい/look stern./表情僵硬。

☆ 暗い表情/表情黯淡。

❷ 特色が表れている姿やようす。中情況；樣子。E a scene.

☆ テレビが各地の新年の表情を伝える/電視播放著各地新年的情況。

ひょうたんからこまがでる【ひょうたんからこまが出る】　冗談で言ったことが本当になるなど、考えてもみなかったことが実現する。中弄假成真；笑談變成事實；事出意外。

E Unexpected things often happen.

☆ 友達がわたしの写真をテレビ局に送ったら、ひょうたんからこまが出て、ドラマの主役に選ばれてしまった/朋友將我的照片送到電視台後，出乎意外地我竟然被選為主角了。

参「ひょうたん」は植物の実からつくった、酒を入れる器。「こま」は馬。ヒョウタンから馬が出るはずがないことからいう。

びょうどう【平等】ビョードー　差別がなくて、みんな同じこと。中平等。E equal.

☆ 会員が費用を平等に分担する/會員平均分攤費用。

☆ 人種や男女の差別のない平等な社会/沒有人種和男女差別的平等社會。

☆ 悪平等(=形の上での平等を重んじた結果、実は平等ではないこと)/假平等(=形式上注重平等，實際上結果並不平等)。

ひょうはく【漂白】ヒョーハク〔～する〕色を抜いて、白くすること。中漂白。E bleach.

☆ よごれたシャツを漂白して真っ白にする/將髒襯衫漂白乾淨。

☆ 漂白剤/漂白劑。

ひょうばん【評判】ヒョーバン　❶世間にひろまった評価。中評價；名聲；聲望。

E reputation; fame.

☆ あの店は品物がよくて安いという評判だ/大家評價那家店的東西又好又便宜。

☆ 評判がいい/評價高。

❷世間の話題になること。中聞名；出名；傳聞。E be much talked about; become the talk of.

☆ これがいま評判の本だ/這是本正受人矚目的書。

☆ 町じゅうの評判になる/在整個鎮上出名。

ひょうめい【表明】ヒョーメイ〔～する〕自分の考えなどを人にはっきりとわかるように示すこと。中表明；表示。E express; manifest; declare.

☆ 反対意見があれば、きちんと表明するべきだ/如有反對意見就應明確地表態。

☆ 戦争反対の態度を表明する/表明反對戰爭的態度。

☆ 決意表明/表明決意。

ひょうめん【表面】ヒョーメン　❶もののいちばん外側の面。中表面；外表；表層。

E the surface; the face.

☆ 池の表面に落ち葉が浮かんでいる/池塘水面飄浮著落葉。

対裏面

❷他人の目に見える部分。中外表；表面。

E an appearance; the surface.

☆ 表面だけ見たのでは、実際の人々の暮らしはわからない/光看表面不能了解人們的實際生活。

☆ 内部の争いが表面化してきた/內部鬥爭表面化。

対裏面

ひょうりいったい【表裏一体】　2つのものごとが強く関連し合っていて、切り離せないこと。中密不可分；直接聯繫；相互關聯。

E one and indivisible; intimately connected.

☆ 車の増加と空気の汚染とは表裏一体の関係にある/車輛增加和空氣污染二者有密不可分的關系。

参「表裏」は表と裏。

ひょうりゅう【漂流】ヒョーリュー〔～する〕船などが風や波に流されるままになること。中漂流。E drift.

☆ 船は3週間の漂流ののち、ある小さな島に着いた/船漂流了三週後到達一個小島。

☆ 漁船がボートで漂流している人を助けた/漁船救起在小船上漂流的人。

ひょうろん【評論】ヒョーロン〔～する〕政治、社会、芸術、生活などのいろいろな分野について論じること。また、その文章。

中評論；批評。E criticism; a review.

☆ 最近は教育問題についての評論が盛んだ/

ひ

最近關於教育問題的討論非常熱門。

☆ 評論家/評論家。

☆ 政治評論/政治評論。

ひよこ ヒヨコ ❶卵からかえったばかりの鳥の子。特に鶏の子。ひよっこ。中 雛雞；幼鳥。E a chick.

☆ ひよこを飼っている/飼養著小雞。

☆ 黄色いひよこ/黃色的幼鳥。

❷ 未熟な人。ひよっこ。中 雛兒；黃口小兒。E a greenhorn.

☆ 一郎は先生になったばかりのひよこで、教え方がまだ下手だ/一郎剛當老師還是新手，教法還不太高明。

▷ 数 ❶1羽・1匹 →鶏 図

ひょっこり ヒョッコリ 突然現れたり、思いがけなく会ったりするようす。中 突然；偶然。E unexpectedly; happen to.

☆ 小学校時代の友達が、なんの連絡もなしにひょっこり(と)訪ねてきた/小學時代的朋友沒有任何聯絡，突然前來拜訪。

☆ 映画館の前でひょっこり(と)友達に出会った/在電影院前偶然碰到一位朋友。

ひょっとしたら もしかしたら。ひょっとすると。中 也許；或許；有可能。E it's possible; possibly.

☆ 三郎もここに来ると言っていたから、ひょっとしたら会えるかもしれない/三郎也說要到這裡來，所以有可能會見到。

☆ この夏ひょっとしたらインドへ行けるかもしれない/也許今年夏天說不定能去印度。

ひょろひょろ ヒョロヒョロ、ヒョロヒョロ〔～する〕 ❶細長くのびて、すぐ倒れそうなほど弱い感じがするようす。中 瘦弱貌；纖細貌；細長貌。

☆ 日当たりの悪い裏の庭の松は、ひょろひょろしている/The pine tree in the poorly lit back garden looks feeble. /後院的松樹曬不到太陽，而長得細弱。

☆ やせてひょろひょろな男/a lanky man. /瘦弱的男人。

❷ 弱々しく、倒れそうになりながら歩くようす。中 步伐搖晃；步伐蹣跚；踉踉蹌蹌。

☆ 父は、病後でまだ体に力がなく、ひょろひょろ(と)歩いている/My father walks with faltering steps because his strenth was sapped by his illness. /父親大病初癒，所以渾身沒勁，走起路來蹌蹌踉踉。

ひよわ 【ひ弱】ヒヨワ ❶いかにも体が弱く、病気になりやすそうなようす。中 虛弱；纖弱。E frail; sickly.

☆ 最近の子供はひ弱で、すぐに熱を出す/最近的小孩子身體虛弱，動不動就發燒。

☆ わたしはひ弱な赤ん坊だったので、母は苦労したそうだ/據說我在嬰兒時期身體虛弱，讓母親吃了不少苦。

❷ 精神的に弱いようす。中 纖弱；軟弱。E delicate.

☆ 先生にしかられたと言って、ひ弱な息子は学校を休んだ/軟弱的兒子被老師罵兩句，就不去上課了。

☆ 甘やかされてひ弱に育った/一直嬌生慣養，長大了依舊軟弱。

ひら 【平】ヒラ 会社などの組織の中で、部長や課長というような管理職の地位にいないこと。また、その人ひと。中 普通；沒有官銜的。E common.

☆ 二郎はいまはまだ平だが、もうすぐ係長になるはずだ/二郎雖然現在沒有頭銜，但應該快當上組長了。

☆ 平社員/普通職員。

ひらがな 【平仮名】ヒラガナ、ヒラガナ かなの1つ。漢字の形をくずしてできた「あ、い、う…」などの文字。中 平假名。E *hiragana*; the cursive form of *kana*.

☆ ひらがなで名前を書いてやわらかい感じを出す/用平假名寫名字表現柔和的感覺。

ひらきど【開き戸】ヒラキド　自分のほうに引くか向こうに押すかして、前後に開け閉めする戸。[中] 單扇門；雙扇門。[E] a hinged door.

☆ 洋風の家では玄関はほとんど開き戸になっている/西式房屋的正門幾乎都是摺頁門。

[対] 引き戸　[数] 1枚　→戸 [図]

ひらきなお・る【開き直る】ヒラキナオル、ヒラキナオル〔自動五〕(ひらきなおって)

急に態度を変えて、厳しい態度になったり、反抗的になったりする。[中] 突然改變態度；翻臉。[E] suddenly take a defiant attitude.

☆ そんなに批判ばかりするなら、わたしを解任してくれ、と開き直った/突然改變態度說道：「老是那樣批評我的話，還是開除我好了。」

ひら・く【開く】ヒラク〔自他動五〕(ひらいて) ❶ 閉じていたものが開く。[中] 開。[E] open.

☆ 電車のドアが開いて乗客が降りてきた/電車車門打開乘客下車。

☆ 門が開く/門開了。

[対] 閉じる、閉まる

❷ 花などが大きく咲く。[中] 開。[E] bloom; come out.

☆ 桜の花がぱっと開く/櫻花一下子全開了。

[対] しぼむ

❸ 間が空く。へだたりができる。[中] 距離拉開；差距大。[E] (the distance) become greater.

☆ マラソンの1位の走者と2位以下との差が大きく開いた/領先的馬拉松選手與其後選手的距離拉得很大。

[対] 縮まる

❹ 閉じていたものを開ける。[中] 打開；開。[E] open; unfold.

☆ 店を10時に開く/十點鐘開店營業。

☆ 扇子を開く/打開扇子。

☆ 本を開く/打開書本。

[対] 閉じる

❺ ものごとを始める。起こす。[中] 創始；開創；開張。[E] set up; found; open.

☆ 福沢諭吉が慶応義塾を開いた/福澤諭吉創辦了慶應義塾。

☆ 新しい店を駅前に開く/在車站前面開一家新店。

[対] 閉じる

❻ 会合などを催す。[中] 開；召開；舉辦。[E] hold.

☆ 市の美術館で展覧会を開く/在市立美術館舉辦展覽會。

[対] 閉じる

❼ 新しくつくりだす。[中] 開拓；開闢；開通。[E] open; clear.

☆ 後進のために道を開く/為後進開路。

☆ 原野を開く/開墾荒野。

▷ [名] 開き　→開催

[注] ❶❷❸は自動詞、❹～❼は他動詞。

ひらた・い【平たい】ヒラタイ　❶ 平らで横に広い。また、平らで薄い。[中] 平；平坦；扁平。[E] flat; level.

☆ つきあがったもちを平たくのばす/將搗製好的年糕壓平。

☆ 平たい皿/扁平的盤子。

❷ わかりやすい。[中] 平易；簡明；淺易。[E] plain.

☆ 条約というのは、平たく言えば国と国との約束だ/所謂條約，簡單地說，就是國與國之間的約定。

ひらひら　ヒラヒラ、ヒラヒラ　❶〔～する〕薄くて軽いものが空中で動くようす。[中] 飄盪；隨風飄；嘩啦嘩啦地飄的樣子。

☆ 桜の花びらがひらひら(と)舞い落ちる/The cherry blossom petals are fluttering down. /櫻花的花瓣隨風紛紛飄落。

☆ チョウがひらひら(と)飛ぶ/蝴蝶隨風飛舞。

❷「❶」のような動き方をする薄くて軽いもの。[中] 能隨風飄動的輕薄物。

☆ レースのひらひらのついたワンピース/a dress with ruffles of lace. /綴有飄飄蕾絲的連身裙。

ひらべった・い【平べったい】ヒラベッタイ、ヒラベッタイ　「平たい」を強めた言い方。話中平；平坦；扁平。E flat; level.

☆ 肉をたたいて平べったくする/將肉拍平。

☆ 平べったい顔/扁平的臉。

ひらめ・く　ヒラメク〔自動五〕(ひらめいて)

❶ 一瞬､強く光る。中閃；閃耀；閃爍。E flash.

☆ 稲妻がひらめいたと思ったら大きな雷の音がした/閃電剛過，緊接著雷聲隆隆響起。

❷ ある考えや思いつきなどが突然頭に浮かぶ。中閃念；忽然想出。E flash into one's mind.

☆ つぎの研究テーマがひらめいたので、さっそくメモをしておいた/由於下一個研究題目突然掠過腦海，所以馬上記下來。

❸ 旗などが風にひらひらする。中飄動；飄揚；飄蕩。E flutter; flap.

☆ 競技場にオリンピックの旗がひらめいている/奧運會旗飄揚在運動場上。

▷ 名ひらめき

参 ❶は「輝く」「きらめく」と似ているが、「輝く」が続いて強く光ることをいい、また、「きらめく」がとぎれたりしながら続いて光ることをいうのに対して、「ひらめく」は瞬間的に鋭く光ることをいう。

ひらりと　ヒラリト、ヒラリト　飛ぶように、体を1回大きく動かすようす。中輕輕地；輕巧地；輕快地；敏捷地；迅速地。

☆ 京子は、馬にひらりと飛び乗って駆けていった/京子飛身上馬，奔馳而去。

☆ 猿が、木から木へひらりと飛び移る/The monkey jumps nimbly from tree to tree. /猴子敏捷地從這棵樹跳到那棵樹。

ピリオド (period) ピリオド　英語など横書きの文の終わりにつけるもの。終止符。記号は「.」。中終止符；句號。E a period; a full stop.

☆ 日本語文の句読点に当たるものが英語文のピリオドとコンマだ/英語中相當於日文中句讀點的是句號和逗號。

ピリオドを打つ　ずっと続けてきたことを完全にやめる。中畫上終止符；結束。E bring to an end.

☆ 一郎と道子は、10年間の結婚生活にピリオドを打って離婚した/一郎和道子離婚了，給十年的婚姻生活畫下了休止符。

似た表現 終止符を打つ

ひりつ【比率】ヒリツ　2つ以上の数や量の多い少ないを比べた割合。中比率；比。E a ratio; a percentage.

☆ 社員の中の女性の比率が増えてきた/職員中女性的比率在增加。

ひりょう【肥料】ヒリョー　植物の生長をよくするために土にまぜる、栄養になるもの。中肥料。E manure; fertilizer.

☆ いい肥料をやったので、大きくてきれいなバラが咲いた/由於施了好的肥料，所以玫瑰花開得又大又漂亮。

☆ 畑に肥料をまく/給旱田施肥。

☆ 化学肥料/化學肥料。

びりょく【微力】ビリョク、ビリョク　わずかな力。中微薄的力量。E little influence; poor ability.

☆ 微力ながらお手伝いいたします/願盡微薄之力。

☆ 微力をつくす/盡微薄之力。

参 謙遜していうときに使う。

ひる【昼】ヒル　❶ 太陽が出てから沈むまでの間。中白天；日照時間。E day.

☆ 冬至の日は1年じゅうでいちばん昼が短い/冬至這天是一年中白晝最短的。

対夜

❷ 午前10時ごろから太陽が沈むころまでの、1日のうちの明るいとき。昼間。中白晝；中午。E the daytime.

☆ あしたの昼はひまだから映画でも見よう/明天中午有空，去看電影吧。

❸ 正午。中正午。E noon.
☆ 昼から出かける/中午出門。
☆ もう昼になった/已是正午。
☆ 昼過ぎ/afternoon./過午；下午。
❹ 正午ごろの食事。昼ごはん。お昼。中午飯；中飯。E lunch.
☆ 昼はすませてきた/吃過午飯了。
☆ 12時過ぎだからお昼にしましょう/都過十二點了，吃午飯吧。

ビル ビル〔←ビルディング(building)〕 コンクリートなどでつくった、高い建物。中大廈；大樓；高樓。E a building.
☆ 新宿には高いビルが立ち並んでいる/新宿高樓鱗次櫛比。
☆ 高層ビル/高樓大廈。
☆ 駅ビル/車站大樓。

ひるがえ・す 【翻す】ヒルガエス〔他動五〕(ひるがえして) ❶旗などを風になびかせる。中飄揚；飄動。E wave; fly.
☆ 旗をひるがえして先頭に立って進む/舉著飄揚的旗幟走在隊伍的前頭。
❷ 考えや態度などを急に変える。中突然改變。E take back; change.
☆ 三郎が意見をひるがえしたので、賛成と反対の数が逆になった/三郎突然臨陣倒戈，贊成與反對票數發生逆轉。
☆ 決心をひるがえす/突然改變決定。
❸ 体を躍らせるようにする。中閃開；躲閃。E turn around; dodge.
☆ 身をひるがえしてプールに飛びこんだ/翻身跳入水池中。
▷ 書❷ 自動 翻る

ひるがえ・る 【翻る】ヒルガエル〔自動五〕(ひるがえって) ❶旗などが風になびく。中飄揚；飄動。E wave; flutter.
☆ こいのぼりが5月の空にひるがえっている/鯉魚旗飄揚在五月的高空中。
❷ (「ひるがえって」の形で、文と文をつないで)前にいったことから別の話題に切りかえるときに使うことば。中反過來～。E And now, turning to ～.
☆ ひるがえって国内情勢をみると、経済状況は深刻なところにきている/反觀國內局勢，經濟狀況相當嚴重。
▷ 書❷ 他動 翻す

ひるま 【昼間】ヒルマ 1日のうち、太陽が出ていて明るい間。中白天；白日；晝間。E the daytime; day.
☆ 昼間はいい天気だったが夜になって雨が降った/白天是好天氣，到了晚上卻下起雨來。
☆ 昼間から寝ていないで、仕事をしろ/白天不要睡覺，工作吧！
対 夜間

ひる・む ヒルム〔自動五〕(ひるんで) こわくて勢いが弱くなる。中畏怯；畏縮；畏懼。E wince; flinch.
☆ 庭に入ったボールを取りに行ったら、大きな犬にほえられてひるんでしまった/去撿掉入院裡的球時，一條大狗向我直叫，嚇得我不敢往前。
☆ ひるまず進む/毫不畏懼地前進。

ひれい 【比例】ヒレイ〔～する〕 ❶数学で、たがいに関連して変わる2つの数や量が同じ割合で増えたり減ったりする関係。正比例。中比例；比。E proportion.
☆ xが2倍、3倍になるとyも2倍、3倍になるとき、xとyは比例するという/x增加到兩倍、三倍時，y也增加到兩倍、三倍，這時，x、y成正比。
対 反比例
❷ 2つのものが、増えたり減ったりする関係が対応していること。中相稱；成比例關係。E in proportion to.
☆ 物価が上がるのに比例して年金が上がる/與物價上漲成正比，退休金也上漲了。
☆ 冬の寒さに比例して、オーバーが売れる/

外套的銷量與冬天的寒冷成正比。

ひれつ【卑劣】ヒレツ　正々堂々としないで、やり方がずるくてきたないようす。中卑劣。E dirty; mean.

☆ 人をだまして金を手に入れるのは卑劣だ/欺騙別人把錢弄到手，真卑鄙。

☆ 競争相手に薬物を飲ませて失格させるとは、卑劣なやり方だ/給競爭對手服用禁藥，使其喪失比賽資格，這種做法真卑鄙。

ひろ・い【広い】ヒロイ　❶ 面積や幅にゆとりがある。中廣闊；遼闊；廣大。E large; wide; broad; spacious.

☆ 海は広い/大海寬廣遼闊。

☆ 一郎の家の庭は広くて、プールもある/一郎家的院子很大，有游泳池。

☆ 広い道路/寬廣的道路。

対狭い

❷ 範囲が大きい。中廣；廣泛；廣博。E wide; broad.

☆ 道子は知識が広くて、なんでもよく知っている/道子知識廣博，對什麼都很通曉。

☆ 二郎は交際が広くて、いろいろな国の友達がいる/二郎交友廣闊，有來自各國的朋友。

対狭い

❸ 考え方や気持ちにゆとりがある。中寬廣；寬宏。E generous; broad-minded.

☆ 謝ったら、心の広い一郎は、これから気をつけろと言って許してくれた/道歉之後，寬厚的一郎就說「今後多注意」的原諒我了。

対狭い

ひろいよみ【拾い読み】ヒロイヨミ〔～する〕

❶ 文章の全体を読まないで、たいせつな部分や読みたいところなどをあちこち読むこと。中挑著看；挑重點讀。E skim through.

☆ 電車の中で雑誌を拾い読みする/在電車上挑著看雜誌。

❷ 字を1つ1つ拾うようにしてゆっくり読むこと。中一個字一個字地讀。E read letter by letter.

☆ 5歳の洋子は絵本を拾い読みして楽しんでいる/5歲的洋子快樂地逐字閱讀漫畫。

ひろう【披露】ヒロー〔～する〕　みんなに広く見せたり知らせたりすること。中披露；公布；發表。E announce; introduce.

☆ 新しいビルが完成したので、関係のある人々を呼んで披露した/新廈落成，把相關人員請來一起發表。

☆ 結婚披露宴/a wedding reception./結婚酒席；喜宴。

ひろう【疲労】ヒロー、ヒロー〔～する〕　疲れること。中疲勞。E fatigue; exhaustion.

☆ 洋子は肉体的疲労と精神的疲労が重なって倒れた/洋子因身心俱疲而病倒了。

☆ 疲労が回復する/疲勞消除。

☆ 疲労がたまる/積勞。

ひろ・う【拾う】ヒロウ〔他動五〕(ひろって)

❶ 下に落ちているものを取って手に入れる。中拾；撿。E pick up.

☆ 道を歩いていて財布を拾った/走在路上撿到錢包。

☆ ごみを拾う/撿垃圾。

対落とす、捨てる

❷ 多くの中から選び取る。中挑出；選出；撿出。E select; pick out.

☆ 辞書の中から適当なことばを拾って手紙を書く/從字典中挑出適當的詞彙寫信。

❸ 思いがけなく、手に入れる。中弄到手；意外地得到。E pick up an unexpected (victory); have a narrow escape.

☆ 優勝を拾う/意外獲勝。

☆ 命を拾う/撿回一條命。

対落とす

❹ (「車を拾う」の形で) ⇨車 慣用

ひろが・る【広がる】ヒロガル〔自動五〕(ひろがって)　❶ 閉じてあったりしたものが開いた状態になる。中放開；擴大。E open; flare.

☆ 傷口が広がる / 傷口擴大。

☆ すそが広がったスカート / 下擺大的裙子。

対 狭まる、縮まる

❷ 広い面積や範囲にいきわたる。中 變寬；蔓延；傳開。E spread; get around.

☆ 一郎がつぎの社長になるといううわさがひろがっている / 一郎要接任總經理的謠言已傳開。

☆ 火がひろがる / 火勢蔓延。

❸ 規模が大きくなる。中 擴大；發展。E expand.

☆ 事業がひろがる / 事業發展。

対 狭まる、縮まる

▷ 名 広がり　他動 広げる

ひろば【広場】ヒロバ　❶ 広い場所。特に、人がいろいろな目的で集まり、行き来する公共の広い場所。中 廣場。E an open space; a square; a plaza.

☆ 団地の広場で子供たちが野球をしている / 孩子們在住宅區的廣場上玩棒球。

☆ 駅前の広場からタクシーに乗った / 從站前廣場搭計程車。

❷ 人々の交流の場。中 場所。E a place where people gather for public activities.

☆ 新聞の投書欄は読者の広場になっている / 報紙的投稿欄是讀者的天地。

ひろびろ【広広】ヒロビロ〔～する〕非常に広く感じられるようす。中 寬廣；遼闊。E spacious; open; extensive.

☆ 家具を全部運びだしたあとの部屋は、広々している / 家具全部搬出後，房間寬敞了。

☆ 広々した牧場を、馬が自由に駆けまわっている / 馬兒在遼闊的牧場上自由地馳騁。

ひろま【広間】ヒロマ　おおぜいの人が入れる広い座敷。中 大廳。E a hall.

☆ 広間で祖父の誕生日を祝う夕食会を開いた / 在大廳舉行慶祝祖父生日的晚宴。

☆ 旅館の広間 / 旅館大廳。

☆ 大広間 / 大廳。

ひろ・める【広める】ヒロメル〔他動一〕

❶ 範囲や間を広くする。中 擴大；展開。E enlarge; extend.

☆ 旅行をして見聞をひろめる / 出外旅行增加見識。

☆ 研究分野をひろめる / 拓寬研究領域。

対 狭める

❷ 広く知らせるようにする。中 傳播。E popularize; spread.

☆ 新しいことばをつくり、マスコミを通してひろめる / 創造新詞彙，透過大衆媒體傳播。

☆ 教えをひろめる / 傳播教義。

▷ 自動 広まる

ひん【品】ヒン　❶ 人やものに備わっている価値。中 品格；品性；風度。E dignity; grace.

☆ 道子は品がよくて、しかも活発な女性だ / 道子是個人品好，又活潑的女性。

☆ 品がない動作 / 動作不高雅。

❷ (他のことばの後について)品物。中 物品。

☆ 食料品 / 食品。

☆ 高級品 / superior quality goods. / 高級品；上等貨。

びん【便】ビン　そこまで行く交通、運輸、郵便の手段。中 班車；班輪；班機。E service; a flight; mail.

☆ このへんは夜遅くなってもバスか電車の便がある / 這一帶即使很晚也有公車或電車。

☆ つぎの便で追いかける / 搭下一班車追趕。

☆ 定期便 / 班機；班輪；班車；班次。

☆ 船便 / 船運；海運；船郵。(→ 項目)

びん【瓶】ビン　ガラスやプラスチックなどでできた、液体などを入れる器。中 瓶；瓶子。E a bottle.

☆ 化粧品の瓶が並んでいる / 擺放著瓶瓶罐罐的化妝品。

☆ 瓶の栓を抜く / 拔去瓶塞。

☆ 空き瓶 / 空瓶。

☆ ビール瓶 / 啤酒瓶。

数 1本

ピン (pin) ピン　ものを刺したりはさんだりしてとめるための、針のようなもの。中 針；別針；髮夾。E a pin; a hairpin.

☆ 名札を上着にピンでとめる / 將名牌別在衣服上。

☆ 髪をピンで押さえる / 用髮夾夾住頭髮。

☆ ネクタイピン / 領帶夾。

☆ 安全ピン / 安全別針。

数 1本

ひんい【品位】ヒンイ　人やものに備わっている、品のよさ。中 品格；風度；體面。E dignity; grace.

☆ 議員が下品なやじを飛ばして、議会の品位を下げた / 由於議員發出粗俗的奚落聲，所以失去了議會的風度。

ピンからキリまで　いちばん上等なものから最低のものまで。また、始めから終わりまで。話中 從最好的到最壞的。E all sorts of; from the top to the bottom.

☆ 毎年たくさんの本が出版されるが、内容はピンからキリまである / 毎年都出許多書，但內容有好有壞，參差不齊。

びんかん【敏感】ビンカン　感じ方や頭の働きが鋭く速いようす。中 敏感。E sensitive.

☆ 火災報知器は、わずかの煙にも敏感に反応する / 火災警報器對一點煙霧都能作出敏感反應。

☆ 警察犬は敏感な鼻をしている / 警犬有一個敏感的鼻子。

対 鈍感

ピンク (pink) ピンク　❶ 色の1つ。桃の花の色。桃色。中 桃紅色；粉紅色。E pink.

☆ ピンクのセーター / 粉紅色的毛衣。

☆ ピンク色 / 桃紅色。

❷ 性愛を中心とすること。中 黃色；桃色。E sexual; erotic.

☆ ピンク映画 / 黃色電影。

☆ ピンクムード / 色情氣氛。

ひんけつ【貧血】ヒンケツ〔～する〕　血が薄くなって、顔色が悪くなったりめまいがしたり頭痛がしたりすること。中 貧血。E anemia.

☆ 2晩続きの徹夜で、貧血を起こした / 連續兩晚熬夜，引起了貧血。

☆ 貧血症 / 貧血症。

☆ 脳貧血 / cerebral anemia. / 腦貧血。

ひんこん【貧困】ヒンコン　❶ 金がなくて生活が苦しいこと。中 貧困；窮困；貧窮。E poverty.

☆ 貧困をなくすのが政府の仕事だ / 解除貧困是政府的工作。

☆ 貧困に苦しむ人々を救う / 救濟貧苦。

❷ 内容がたいしたことがなくそまつなこと。中 貧乏；極度缺乏。E lack; poverty.

☆ 固定観念からは貧困な発想しか生まれない / 從一成不變的觀念中只能產生貧乏的想法。

ひんしつ【品質】ヒンシツ　品物のよしあし。中 品質。E quality.

☆ いくら安くても品質が悪くては困る / 如果品質差，即使再便宜也不划算。

☆ 品質を保つ / 維持品質。

☆ 高品質 / 高品質。

ひんじゃく【貧弱】ヒンジャク　❶ 量や程度がじゅうぶんでなく、見おとりがするようす。中 貧乏；瘦弱。E meager; poor.

☆ きょうの夕食会は、食事が貧弱だった / 今天的晚宴，沒啥可吃。

☆ 貧弱な体格 / 瘦弱的身體。

❷ 内容がじゅうぶんでないようす。中 貧乏；空洞。E poor; scanty.

☆ こんな貧弱な内容の論文で卒業できるわけがない / 論文內容如此空洞，是不能畢業的。

☆ 貧弱な知識 / 貧乏的知識。

ひんしゅくをかう【顰蹙を買う】　言ったりしたりすることが人々から批判され、いやがられる。中 招人嫌棄；惹人瞧不起。E be frowned on.

☆ 二郎は会議中居眠りをしていびきをかき、出席者全員のひんしゅくを買った/二郎在開會時打瞌睡，還發出鼾聲，遭到全體出席者的白眼。

びんしょう【敏捷】ビンショー　動作や反応がすばやいようす。[中]敏捷。[E] nimbly; agile.

☆ 猿は敏捷に木に登っていく/猴子敏捷地爬上樹。

☆ 三郎は敏捷な身のこなしで卓球の試合に優勝した/三郎憑著敏捷的動作在桌球比賽中獲勝。

びんじょう【便乗】ビンジョー〔～する〕

❶ 他人の車などについでに乗せてもらうこと。[中]順路搭乘，[E] get a lift.

☆ ちょうど友達が車で駅まで行くというので便乗させてもらった/正好朋友說要開車去車站，所以就搭了便車。

❷ 機会を自分につごうがいいように利用すること。[中]乘機。[E] take advantage of.

☆ 土地ブームに便乗して大もうけする/乘土地買賣熱潮而大賺一筆。

☆ 便乗値上げ/乘機漲價。

びんせん【便箋】ビンセン　手紙を書くための用紙。[中]信箋；信紙。[E] letter paper; a letter pad.

☆ 便箋を10枚も使って長い手紙を書いた/用十張信紙寫了一封長信。

☆ 便箋と封筒/信紙和信封。

[数] 1枚

ひんそう【貧相】ヒンソー　顔や服装などが、いかにも貧乏そうなようす。[中]窮酸(相)。[E] poor-looking; shabby.

☆ 忙しくて長い間本も読まないでいたら、顔が貧相になったと父に言われた/由於忙而長時間沒有讀書，被父親說成是一臉窮酸相。

☆ そんな貧相な服ではパーティーでめだたないよ/穿那樣寒酸的衣服去參加舞會是多麼不顯眼啊！

ヒント (hint) ヒント　問題をといたり、なにかを考えたりするときの助けになるもの。[中]啓發；啓示；暗示。[E] a hint.

☆ きみのことばが今度の小説のヒントになった/你的話啓發我寫了一部小說。

☆ ヒントを与える/暗示一下；給以啓發。

ぴんと　ピント、ピント　❶ 強く引っぱったりのばしたりするようす。[中]用力拉緊，繃緊的樣子。

☆ 高くあがったたこの糸が、ぴんと張っている/The string of the kite high in the air is stretched tautly./上升高空中的風箏線繃得很緊。

❷ (「ぴんとくる」の形で)直感でわかる。また、自分の感じや気持ちに合う。[中]透過直覺感覺到的樣子。

☆「もしもし」という声を聞いただけで、母が怒っているとぴんときた/Hearing my mother's voice answering, "Hello," I knew at once that she was angry./只是聽到「喂喂」聲，就直覺覺得媽媽在生氣。

☆ 友人は名画だとほめるが、どうもわたしにはぴんとこない/朋友稱讚說是名畫，我卻覺得不怎樣。

ピント (㋔brandpunt) ピント　❶ レンズの焦点。[中]焦點；焦距。[E] a focus.

☆ このカメラはピントが自動的に合うようになっている/這架相機能夠自動對焦。

☆ ピントがぼける/焦點不對。

❷ ものごとの中心になる所。[中]中心；要點。[E] the point.

☆ 首相の答えは、いちばん聞きたいことに答えず、どうもピントがはずれている/首相避重就輕沒有回答大家最想聽的。

☆ ピントが狂う/miss the point./抓不到重心；找不到重點。

ピンはね　ピンハネ〔～する〕　他人の賃金やもうけの一部を自分のものにしてしまうこ

ひ

と。[話][中] 回扣；揩油；抽頭。[E] pocket a kickback; take a rake-off.

☆ Aは外国人に仕事を世話してやって、その給料をピンはねしているらしい/看來A給外國人推薦工作，自己則從薪水中抽頭。

[参]「ピン」はポルトガル語の「pinta(=点)」の変化したもの。

ひんぱん【頻繁】ヒンパン　何度も何度も起こるようす。[中] 頻繁；屢次。[E] frequent; very often.

☆ 最近、頻繁に地震があるが、大地震が近いのではないだろうか/最近地震頻繁，是不是快要發生大地震了?

☆ 頻繁なまちがい電話に腹を立て、番号を変えてしまった/屢次接到打錯的電話，一氣之下換了電話號碼。

ぴんぴん　ピンピン〔～する〕　非常に元気なようす。また、相手の心などが強くひびくようす。[中] 身體非常健康而精神旺盛的樣子。

☆ 祖父は90歳だが、ぴんぴんしていて、毎朝外で体操している/My grandfather is ninety, but is still full of life, exercising outside every morning. / 祖父雖然已經 90 歲了，但身體硬朗，每天早晨都在外面做體操。

☆ 洋子の気持ちがぴんぴん(と)伝わってくる/洋子的心情一看便知。

びんぼう【貧乏】ビンボー〔～する〕　金や財産がなくて生活が苦しいこと。[中] 貧窮；貧困；貧苦。[E] poverty; poor.

☆ きょう食べる米もないほど貧乏している/窮得連今天吃的米都沒有。

☆ 貧乏な生活/貧困的生活。

☆ 貧乏人/窮人。

[対] 裕福

貧乏暇なし　貧乏なため金をかせぐのに忙しく、ひまがないということ。[中] 越窮越忙。[E] Poor men have no leisure.

☆ 貧乏ひまなしで、旅行にも行けない/越窮越忙，旅行也去不成。

びんぼうくじ【貧乏くじ】ビンボークジ、ビンボークジ　いちばん損な役割。[中] 倒楣差事。[E] be the most unlucky of all.

☆ ドライブ旅行に行くことにしたが、5人しか車に乗れないので、二郎が貧乏くじを引いて家に残った/本來決定開車旅行，但由於車子是5人座，所以二郎只好自認倒楣待在家中了。

ピンぼけ　ピンボケ〔～する〕 ❶ 写真のピントが合わないでぼやけてとれること。[話][中] 影像模糊；焦距不對。[E] be out of focus.

☆ せっかくとったのにピンぼけの写真ばかりだ/好不容易才拍到的相片竟然全都失焦。

❷ 話題などが中心の点からずれていること。[中] 牛頭不對馬嘴；不得要領。[E] be off the point.

☆ 話をちゃんと聞いていなかったらしく、一郎はピンぼけな質問をした/看來一郎沒有好好聽，他提的問題牛頭不對馬嘴。

[参]「ピン」は「ピント」を略したもの。

ピンポン (ping-pong) ピンポン　⇨卓球　[中] 乒乓球。

☆ ピンポン球/乒乓球。

ひんやり　ヒンヤリ〔～する〕　気持ちのいい冷たさを感じるようす。[中] 涼絲絲感；清涼感。

☆ 冷蔵庫から出したばかりのトマトは、ひんやり(と)冷たくておいしかった/The tomato just taken out of the refrigerator was cool and tasty. / 剛從冰箱拿出來的蕃茄冰涼好吃。

☆ 山の朝の空気は、ひんやりしてさわやかだ/早晨山裡的空氣清新涼爽。

ふ／フ

ふ【府】フ ❶行政上の1つのまとまり。都、道、県と同等の地方公共団体の1つ。たくさんの市、区、町、村からできている。[中]府。[E] a prefecture.

☆ 現在、大阪府、京都府の2つの府がある／現在有大阪和京都兩府。

❷ ものごとの中心となる所。[中]府；中心機關；領導部門。[E] the center; the seat.

☆ 大学は学問の府である／大學是高等學府。

☆ 立法の府/ the legislature. /立法機構；立法院。

▷ [書]❷

ふ【負】フ 数学で、0より小さいこと。マイナス。記号は「－」。[中]負；負數。[E] minus; negative.

☆ この方程式の答えは負になる／這個方程式的答案是負數。

☆ 負号／負號。

☆ 負数／負數。

[対]正

ふ-【不-】（他のことばについて）❶ ～でない。～しない。[中]不～。

☆ 不合格／不合格。

☆ 不完全／imperfect; incomplete. /不完全。

☆ 不必要／unnecessary. /不必要。

❷ ～が悪い。～がよくない。[中]不好；壞。

☆ 不機嫌／不愉快；不高興。(→[項目])

☆ 不景気／不景氣。(→[項目])

☆ 不出来/ failure; poor. /做得不好；收成不好。

ぶ【分】ブ ❶うまくいく度合い。[中]優劣的形勢。[E] an advantage.

☆ あすのサッカーの試合は日本チームに分がない／明天的足球比賽日本隊沒有獲勝的希望。

☆ こちらに分がある／我們這邊有優勢。

❷ 利益の割合。[中]有利的程度。[E] a profit.

☆ 分がいい仕事／利益高的工作。

❸ 全体を10として、その中で占める割合。[中]十分之一。[E] one-tenth of whole.

☆ 彼の病気が治るかどうかは5分5分だ／There is a fifty-fifty chance of his recovery from the disease. /他的病治好的可能性只有一半。

☆ 収入を2人で6分と4分に分ける/兩人以六四分帳。

❹ 割合の単位。1分は1割の10分の1。[中]百分之一。[E] a percent.

☆ 定価の5分しか引けない／只能打九五折。

☆ 3割3分の打率／(棒球)百分之三十三的打擊率。

❺ 温度の単位。1分は1度の10分の1。[中]一度的十分之一。[E] one tenth of one degree.

☆ けさ6時の気温は11度3分だった/今早六點的氣溫是十一點三度。

☆ 39度の熱が5分だけ下がった／三十九度的高燒只退了零點五度。

分が悪い 不利だ。[中]形勢不利；處於劣勢。[E] be at a disadvantage.

☆ 北海道の高校生とスキーの競争をしたら、沖縄の高校生は分が悪い／如果與北海道的高中生比賽滑雪，那麼形勢對沖繩的高中生相當不利。

ぶ【部】ブ ❶全体をある基準で分けたものの1つ1つ。[中]部；部分；部類。[E] a section; a part.

☆ 昼の部の歌舞伎を見る/看中午時段的歌舞伎表演。

☆ 第1部/第一部。

❷ 役所や会社などの、仕事によって分けた区分の1つ。ふつう、課の上。中 (高於科的)部；處。E a department.

☆ 会社に今度新しい部ができた/公司這次成立了新部門。

☆ 人事部/人事部。

❸ 学校や職場などにつくられた趣味のグループ。中 部；俱樂部；社團。E a club.

☆ コーラス部に入る/加入合唱團。

☆ 囲碁部/圍棋社。

❹ (数を表すことばの後について)新聞、本などの数を表す。中 (書、報、刊、雜誌) 部；冊；份。

☆ この本は10万部売れた/This book sold a hundred thousand copies./這本書銷售了十萬冊。

ぶ-【不-】 (他のことばについて) ❶ ～でない。～しない。中 不～。

☆ 不器用/手笨；拙笨。(→項目)

☆ 不調法/a blunder./不周到；疏忽。

❷ ～が悪い。～がよくない。中 不好。

☆ 不器量/plain; homely./醜；無能。

☆ 不格好/樣式不好；不好看。(→項目)

☆ 不作法/沒規矩；沒禮貌。(→項目)

☆ 不用心/警惕不夠；不安全；粗心大意。(→項目)

⊏注「無」とも書く。

ぶ-【無-】 (他のことばについて)～がない。

☆ 無愛想/unsociable./簡慢；不和氣；冷淡。

☆ 無遠慮/rude;unreserved./不客氣。

☆ 無礼/沒有禮貌；失禮；無禮。(→項目)

ファースト (first) ファースト ❶ 第1番目。最初。中 第一；最初；頭等。E first.

☆ 飛行機のファーストクラス/飛機的頭等艙。

☆ レディーファースト(＝女性優先)/女士優先。

❷ 野球で、1塁のこと。1塁手。中 一壘；一壘手。E first base.

☆ わたしは野球でファーストを守っている/棒球我守一壘。

ファーストフード (fast food) ファーストフード 注文するとすぐできあがってくる、簡単な食べ物。中 快餐；速食。E fast food.

☆ きょうのお昼はファーストフードの店でハンバーガーを食べよう/今天午餐在速食店吃漢堡吧。

☆ 郊外にファーストフード店が進出している/在郊外開設快餐店。

ファイル (file) ファイル ❶ 書類をはさんで入れるもの。中 文件夾。E a file; a holder.

☆ だいじな書類をファイルにはさむ/將重要文件裝入文件夾。

❷ 新聞や書類のとじたもの。中 合訂本。E a file.

☆ 先月の新聞のファイルの中からおもしろい記事を見つけた/在上個月報紙合訂本中看見到一則有趣的報導。

❸ 〔～する〕後から見やすいように分類して整理すること。中 整理；分類；存檔。E file.

☆ 留学生関係の記事をファイルする/分類整理有關留學生的報導。

▷ 数 ❶ 1冊

ファシズム (fascism) ファシズム 自由を認めない独裁的な全体主義。中 法西斯主義。E fascism.

☆ 第2次世界大戦中、ドイツや日本にファシズムのあらしが吹き荒れていた/第二次世界大戰期間，法西斯主義的狂風橫掃德國和日本。

ぶあつ・い【分厚い】ブアツイ、ブアツイ ものの厚みがかなりあるようす。中 厚；厚厚的；相當厚。E thick.

☆ ぶあつい板で丈夫な棚をつくる/用厚板做

一個結實的架子。

☆ ぶあつくて重い辞書 / 又厚又重的字典。

[対]薄っぺら

ファックス (fax) ファックス〔←ファクシミリ(facsimile)〕 文字、絵、写真などを電送する通信装置。[中]傳真；電話傳真。[E] a fax; a facsimile.

☆ 原稿をファックスで送る / 用傳真發送原稿。

☆ ファックスの番号を知らせる / 告知傳真號碼。

[数] 1台

ファッション (fashion) ファッション 服装などの流行。[中]流行；時裝。[E] (a) fashion.

☆ 新しいファッションの洋服を着て街を歩く / 穿著最新的流行服飾走在街上。

☆ ファッションショー / 時裝秀。

☆ ファッションモデル / 時裝模特兒。

ファミリー (family) ファミリー ❶ 家族。[中]家屬；家庭。[E] a family.

☆ ニューファミリー / 新家庭。

❷ 家族と親類。同族。[中]家族；同族；同黨。[E] the whole family; the same family.

☆ あの店はファミリーで経営している/那個店是家族企業。

☆ マフィアのファミリー / 黑手黨家族。

ふあん【不安】フアン 心配で心が落ちつかないこと。[中]不安；不放心。[E] uneasy; anxious.

☆ 手術を受ける前は、だれでも不安な気持ちになる / 手術前任誰都不放心。

☆ 不安におそわれる/ be attacked by anxiety. / 感到擔心害怕。

☆ 不安がつきまとう / 深感不安。

☆ 不安感 / 不安感。

[対]安心

ファン (fan) ファン ❶ 風を起すもの。扇風機。送風機。また、換気扇。[中]風扇；抽風機。[E] a (ventilation) fan.

☆ タバコの煙がひどいのでファンを回した/由於香菸的煙霧很濃，所以打開抽風機。

❷ 映画、演劇、スポーツ、またその俳優や選手などを好きで夢中になっている人。[中]迷；熱衷者；擁戴者。[E] a fan.

☆ わたしはビートルズのファンだった/我是披頭四樂團的歌迷。

☆ サッカーファン / 足球迷。

ふあんてい【不安定】フアンテイ ものごとが動きやすく、しっかりしていないようす。[中]不安定；不穩定。[E] unstable; insecure.

☆ 為替レートが不安定で、商売しにくい/由於匯率不穩定，所以生意難做。

☆ 不安定な姿勢でものを取ろうとして、いすから落ちた / 姿勢不穩的去拿東西，結果從椅子上掉下來。

[対]安定

ふい【不意】フイ なにかが起こるのを予期していないこと。[中]意外；意料之外；突然。[E] unexpected; suddenly.

☆ 先生の不意の訪問であわてた / 因老師突然來訪而十分慌張。

☆ 不意に後ろからなぐられた / 突然被人從背後打了一下。

ふい フイ たいせつなものごとがだめになること。[話][中]一場空。[E] come to nothing; waste.

☆ 急用ができて音楽会の切符はふいになった / 由於有急事，音樂會的票就泡湯了。

☆ チャンスをふいにした / 錯過機會。

ブイアイピー (VIP) ブイアイピー 「very important person」を略した言い方。最も重要な人物。要人。ビップ。[中]最重要的人物；要人。[E] a VIP.

☆ 重要会議に出席するVIPを警護する / 保護出席重要會議的重要人物。

ふいうち【不意打ち】フイウチ〔～する〕相手が予期していないときにすること。[中]出其不意的打擊；突然襲擊。[E] a surprise attack.

☆ 二郎は日曜の朝早く、京子に不意打ちを

ふ

かけてドライブに誘った / 週日一大早，二郎出其不意地約京子去兜風。

ブイティーアール (VTR) ブイティーアール 「videotape recording」「videotape recorder」を略した言い方。磁気テープを使ってテレビ映像を記録、再生すること。また、その装置。中 錄影；錄影機。E videotape recording; a videotape recorder.

☆ サッカーの決勝戦をVTRで録画した / 用錄影機錄下足球決賽。

☆ VTR で再生する / 用錄影機放影片。

数 1台

フィルター (filter) フィルター、フィルター

❶ いらないものを取り除くための装置。中 過濾裝置；過濾紙。E a filter.

☆ コーヒーを紙のフィルターでこす / 用濾紙過濾咖啡。

❷ 必要な光だけを通すためにカメラのレンズにつけるガラス。中 濾光鏡。E a filter.

☆ カメラにフィルターをつけて、雪の写真をとる / 給相機裝上濾光鏡拍攝雪景。

❸ 紙巻きタバコの吸い口で、ニコチンやタールを取るためのもの。中 濾嘴。E a (cigarette) filter.

☆ フィルターがついているタバコを買う / 買帶有濾嘴的香菸。

フィルム (film) フィルム 光を感じさせる薬をぬった、薄い膜のようなもの。映画や写真に使う。中 軟片。E (a) film.

☆ 旅行に36枚どりのフィルムを２本持っていく / 帶兩捲三十六張的軟片去旅行。

☆ 映画のフィルムを編集する / 剪接影片。

数 1枚・1本

ふう 【封】フー 入れ物や、手紙を入れた封筒などの口を閉じること。中 加封；封緘；封口。E seal.

☆ 手紙を封筒に入れ、しっかり封をする / 將信裝入信封並封口。

☆ お茶の袋の封を切る / 打開茶葉袋的封口。

ふう 【風】フー ❶ あるものごとについてのやり方。中 (這)樣；(那)樣；做法。E a way; a manner.

☆ その問題はこんなふうに考えたらどうか / 關於那個問題，這樣考慮如何?

❷ ようす。態度。中 態度；樣子。E a look; an attitude.

☆ 妹はいつも他人に頼っているが、あんなふうでは大人になったとき困る / 妹妹總是依賴他人，一直像那樣，長大成人後就麻煩了。

❸ (他のことばの後について)生活のうえのやり方や様式。中 習俗；習慣。E a style; a type.

☆ 洋子は10年もアメリカにいたので、家の中はアメリカ風だ / 由於洋子在美國待了十年，所以家裡裝飾很美式。

☆ 東洋風 / 東洋習俗；東洋式；東洋風格。

☆ 都会風 / 都市習慣。

注 ❶❷はひらがなで書く。

ふうか 【風化】フーカ〔～する〕 ❶ 岩石が雨や風に当たって時間がたつうちに土や砂になること。中 風化。E weather.

☆ 岩が風化してだんだん小さくなる / 岩石風化後逐漸變小。

☆ 風化作用 / 風化作用。

❷ 記憶や印象が時間がたつにつれて薄れ、忘れられること。中 風化；消失；磨滅。E fade.

☆ 広島、長崎の悲劇は風化させてはならない / 對於廣島、長崎的悲劇我們絕對不能淡化忘懷。

ふうかく 【風格】フーカク その人の人格や態度から感じられる独特のよさ。中 風格；風度；品格。E a distinctive character; a style.

☆ 道子は中年になって風格が出てきた / 道子到了中年展現出獨具的風格。

☆ 一郎は風格のある字を書く / 一郎寫得字很有風格。

ふうがわり 【風変わり】フーガワリ 考え

方、性質、行いなどがふつうとは違っているようす。中 與衆不同；奇特；古怪。E strange; eccentric; odd.

☆ みんなが楽しみにしている祭りを大嫌いだと言う風変わりな人もいる／討厭大家都期待的祭典，這樣奇特的人也存在。

☆ 風変わりな格好で街を歩く若者／打扮得怪裡怪氣在街上走的年輕人。

ふうけい【風景】フーケイ ❶目の前に見える自然の景色。中 風景；景色。E scenery; a landscape.

☆ 紅葉した山々とそれを映した湖とのすばらしい風景に見とれる／面對滿山紅葉倒映湖中的美景，看得入迷。

☆ 風景写真／風景照。

❷ その場のようす。中 情景；狀況。E a scene; a sight.

☆ テレビが年末のあわただしい町の風景を伝えている／電視轉播著年終街頭忙碌的情景。

▷ →景色

ふうし【風刺】フーシ〔～する〕 世の中や人間の悪いところをおもしろおかしく批評すること。中 諷刺。E (a) satire; satirize.

☆ この漫画にかかれた、口がとても大きく耳の小さい人は政治家を風刺したものだ／漫畫中那個大嘴巴小耳朵的人是諷刺政治人物的作品。

☆ 風刺劇／諷刺劇。

ふうしゅう【風習】フーシュー その土地にむかしから伝わっている習慣や行事。中 風俗習慣。E customs; manners.

☆ 転勤してきたばかりなので、土地の風習がわからない／由於剛調職過來，所以對地方上的風俗習慣不了解。

☆ その土地の風習にしたがう／入境隨俗。

ふう・じる【封じる】フージル、フージル〔他動一〕 ❶出入り口を閉じる。封をする。封ずる。中 封；封上。E block (up).

☆ 古くなった蔵を封じる／封閉老朽倉庫。

❷ ある活動ができないようにする。封ずる。中 封鎖；禁止。E silence; forbid; blockade.

☆ 圧力をかけて自由な発言を封じる／施加壓力禁止自由言論。

ふうせん【風船】フーセン 紙やゴムでできた袋に、空気やヘリウムなどを入れてふくらませたもの。中 氣球；輕氣球。E a balloon.

〔風船〕

☆ 赤い風船をふくらませて空に飛ばす／將紅氣球吹得鼓起來放到空中飛。

☆ ゴム風船／橡皮氣球。

☆ 紙風船／紙氣球。

ふうぜんのともしび【風前のともしび】 危険が近づいてきて、もうすぐだめになりそうなようす。中 風前之燭；風燭殘年。E be in a precarious state; hang by a thread.

☆ たくさんの借金をかかえて、会社の運命はいまや風前のともしびだ／背負許多債務，公司的命運已如風前殘燭了。

参 火の明かりが風に吹き消されそうであることからいう。

ふうぞく【風俗】フーゾク その時代や地域の特徴を表す服装や食べ物や生活のしかたなど。中 風俗。E customs; manners.

☆ 原宿へ行くと、いまの若者の風俗がわかる／去原宿的話，就能了解現在年輕人的風俗了。

ふうちょう【風潮】フーチョー その時代の世の中の傾向。中 潮流；風氣。E a trend; a current.

☆ 最近、結婚しないで自由を楽しみたいという風潮が強くなってきた／最近，不結婚而嚮往自由的風氣越來越濃了。

☆ 世の中の風潮／社會風氣。

ふうど【風土】フード その土地に住んでいる人々に影響を与える気候や地形などの自然環境。中 風土；水土。E climate; natural features.

☆ ロルフはドイツから来て10年になり、すっかり日本の風土に慣れた / 羅爾夫從德國來日本有十年了，已完全習慣了日本的風土。

☆ 恵まれた風土 / 好風土；好風水。

☆ 風土病 / 風土病；地方病；水土病。

ふうとう【封筒】フートー　手紙や書類を入れる紙の袋。中 信封；紙袋。E an envelope.

☆ 手紙を封筒に入れて送る / 將信裝入信封寄出。

☆ 封筒にあて名を書く / 在信封上寫收信人姓名。

数 1枚

ふうふ【夫婦】フーフ　結婚している1組の男女。夫と妻。中 夫婦；夫妻。E husband and wife; a (married) couple.

☆ わたしの家は夫婦と子供2人の4人家族だ / 我家是夫妻加兩個孩子的四人家庭。

☆ 仲のいい夫婦 / 感情和睦的夫婦。

☆ 夫婦げんか / 夫妻吵架。

→夫妻

ふうみ【風味】フーミ、フーミ　その食べ物の持っている独特な味やかおり。中 風味；味道。E taste; flavor.

☆ 生のお菓子は早く食べないと風味が落ちる / 不趕快趁新鮮吃點心的話，味道就不好了。

☆ 新茶の風味を楽しむ / 品嚐新茶的味道。

ブーム(boom) ブーム　ある時期だけ流行したり、人気が出たりすること。中 高潮；熱潮。E a boom.

☆ いまはカラオケがブームで、日本じゅうどこへ行っても盛んだ / 現在唱卡拉OK是熱潮，整個日本都很盛行。

☆ 海外旅行ブーム / 海外旅行熱。

ふうりゅう【風流】フーリュー　上品で、日常の生活を忘れさせてくれるような雰囲気。また、そういうものを与えてくれる詩歌や趣味の世界。中 風流；風雅。E of refined tastes; elegant arts.

☆ 社長はとても風流な人で、花を生けたり、お茶をたてたりする / 總經理是個很風雅的人，時而插點兒花，時而泡點茶什麼的。

☆ 風流を楽しむ / 享受風雅；盡享風流。

プール(pool) プール　❶コンクリートなどでつくった人工の水泳場。中 游泳池。E a (swimming) pool.

☆ 日曜日に友達とプールへ行く / 星期天和朋友去游泳池游泳。

☆ 学校のプールで水泳を習う / 在學校的游泳池裡學游泳。

❷〔～する〕蓄えること。中 儲備。E pool (money).

☆ 将来店を持つために、資金をプールしておく / 為了將來開店，先儲備資金。

▷ 数 ❶ 1面

ふうん【不運】フウン　運が悪いこと。中 不幸；倒楣；不走運。E unfortunately; ill-fated.

☆ テニスの試合で、不運にも第1回戦で優勝候補に当たってしまった / 不幸的是，在網球比賽第一回合就碰上了準優勝。

☆ 不運な生涯 / 不幸的生涯。

対 幸運

ふえ【笛】フエ　❶楽器の一種。木や竹や金属の長いくだに穴を開けてつくる。口で吹き、指で穴を押さえて音を出す。縦にして使うものと、横にして使うものがある。中 笛子；横笛。E a flute; a pipe.

☆ さびしそうな笛の音が聞こえてくる / 傳來寂寞的笛聲。

☆ 縦笛 / 豎笛。

☆ 横笛 / 横笛。

❷ 合図のために吹いて鳴らすもの。中 哨子；口笛。E a whistle.

☆ 笛の合図で集合する / 聽哨子信號集合。

▷ 数 ❶ 1本

笛吹けど(も)踊らず　すっかり準備して人を誘っても、それにのって動きだす人はだれもいないということ。中 百呼不應；有人號召，無人響應。E do not dance to another's tune.

☆ 車に乗らないで歩こうと政府が呼びかけても、笛吹けど踊らずで、人々はなかなか実行しない / 即使政府號召大家多走路不要坐車，也是無人響應，人們根本不實行。

フェスティバル (festival) フェスティバル 祭り。中 慶典；慶祝活動。E a festival.

☆ デパートでおもちゃのフェスティバルをやっている / 百貨公司正在舉辦玩具展。

☆ きのうロックフェスティバルに行った / 昨天去參加了搖滾樂慶祝活動。

ふえて 【不得手】フエテ、フエテ 得意でないようす。中 不擅長；不會做。E be poor at; weak.

☆ 車の運転が不得手で、よく事故を起こす / 由於不擅長開車，所以常發生事故。

☆ 不得手な科目は体育です / 不擅長的科目是體育。

対 得手

フェミニズム (feminism) フェミニズム 女性の、社会や政治や法律上の権利をひろげ、女性差別をなくそうとする主張。中 男女平等主義；女權主義；婦女解放運動。E feminism.

☆ フェミニズムがひろまって、性差別がすこしずつなくなってきた / 由於女權運動普及，性別歧視漸減。

ふ・える 【増える・殖える】フエル〔自動一〕

❶ 数や量が多くなる。中 增加；增多。E increase.

☆ 市の人口はこの1年で急に増えた / 這一年，城市人口急遽增加。

☆ 税金が増える / 稅收增加。

☆ 体重が増える / 體重增加。

対 減る

❷ 財産や動物や植物などが多くなる。中 增加；增多；繁殖。E breed; multiply.

☆ 雨が続いたために、稲の害虫がふえた / 由於不停地下雨，稻作的蟲害增多了。

☆ がん細胞がふえる / 癌細胞增加了。

☆ 貯金がふえる / 存款增加。

対 減る

▷ 他動 増やす・殖やす →増す

注 漢字で書くときは、❶は「増える」、❷は「殖える」。

フォーク (fork) フォーク 西洋料理で、肉や野菜を刺して食べる食器。おもに金属でできている。中 刀叉。E a fork.

☆ ナイフとフォークを使ってビーフステーキを食べる / 使用刀叉吃牛排。

数 1本 →食器 図

ふおん 【不穏】フオン よくないことが起こりそうで、穏やかでないようす。中 不穩；險惡。E threatening; disquieting.

☆ 軍人の姿が多くなり、町は不穏な空気に包まれている / 由於軍人頻頻出現，鎮上被不安的氣氛所籠罩。

☆ いまにも戦争が起こりそうな不穏な状況だ / 現在似乎正處於戰事一觸即發的不穩狀況中。

対 平穏

ぶか 【部下】ブカ 組織の中で、ある人の下に所属して命令を受けて行動する人。中 部下；下級；屬下。E a subordinate; one's men.

☆ 課長は誠実で責任感のある人なので、部下にとても信頼されている / 課長誠實且富責任感，所以深受部下的信賴。

対 上司

ふかい 【不快】フカイ、フカイ いやな気持ちになること。中 不愉快；不快。E unpleasant; disagreeable.

☆ 友達にだまされて不快だ / 被朋友欺騙感到不愉快。

☆ 不快指数/ a temperature-humidity index. / 不快指數（溫度、濕度等的升高使人產生不愉快）。

ふか・い 【深い】フカイ ❶ 底や奥までの間が長い。中 深；深的。E deep; thick.

☆ この川は深いから、子供が泳ぐのはあぶない / 這條河很深，孩子游泳很危險。

☆ この洞窟は深くて、奥まで行った人はだれもいない / 這個洞窟深邃，還無人深入過。

☆ 深い森で迷う / 在森林深處迷路。

対 浅い

❷ 程度や量が多い。中 深；深的。E deep; strong.

☆ この本を読んで、深く感動した / 讀了這本書深受感動。

☆ A国文化に対する理解が深い / 對A國文化理解得深。

対 浅い

❸ (名詞、動詞の「ます」形について)程度が高い。中 深。

☆ 考え深い / 深思熟慮；慎重考慮。(→ 項目)

☆ 毛深い / hairy. / 毛多；毛濃。

☆ 用心深い / careful. / 小心謹慎。

☆ 遠慮深い人 / 深謀遠慮的人。

ふがいな・い フガイナイ よくできなかったり、力がたりなかったりして、情けない。中 不中用；沒出息；沒志氣。E cowardly; be ashamed.

☆ ふがいないことに、引き受けた仕事が半分しかできなかった/沒出息的是，分派的工作只完成了一半。

☆ 1点も取れないで負けるとは、われながらふがいない / 一分也沒得就輸了，連自己都感到丟臉。

ふかかい【不可解】フカカイ 複雑だったり、なぞが多かったりして、どうにもよくわからないようす。中 難以理解；不可思議。E mysterious; baffling.

☆ 人生は不可解だ、と言って自殺した青年がいた/有些青年慨嘆人生無常難以理解而走上絕路。

☆ 弟は毎晩遅くに外出したり金づかいが荒くなったり、不可解な行動がめだつ/弟弟每天晚上很晚才外出，又亂花錢，盡做些讓人難以理解的事。

ふかくをとる【不覚を取る】 ちょっとした油断のために思いがけない失敗をする。中 遭受意想不到的失敗。E be defeated unexpectedly.

☆ 相手は新人だと安心していたが、試合では思わぬ不覚を取った/由於對方是新手所以很安心，沒想到比賽時竟意外地輸了。

ふかけつ【不可欠】フカケツ 絶対欠くことのできないようす。中 不可缺少；必需。E indispensable; essential.

☆ 生命にとって水は不可欠である / 水是維持生命所不可欠缺的。

☆ いいアイデアを生むには、適当な睡眠と休養が不可欠な条件だ/要想出好主意，適當的睡眠和休養是不可缺少的條件。

ふかこうりょく【不可抗力】フカコーリョク 人の力では止めることができないこと。中 不可抗力；人力不可抗拒。E inevitable; unavoidable.

☆ ボートの転覆はいきなり突風におそわれたためで、まったくの不可抗力だった/船的顛覆是由於突然遭受風暴襲擊，完全是不可抗力。

ふか・す【吹かす】フカス〔他動五〕(ふかして) ❶ タバコを吸って煙をはきだす。中 抽菸；吸菸；吞雲吐霧。E smoke.

☆ おいしそうにタバコを吹かす / 很美味似地吞雲吐霧。

❷ エンジンを速く回転させる。中 使引擎快轉。E rev up.

☆ バイクがエンジンを吹かして坂を上っていく / 摩托車加快了引擎騎上坡。

❸ (「～風を吹かす」の形で)人の前で、わざとそれらしいようすをする。中 (在人前)顯弄；炫示；擺架子。

☆ 新任の教師は先生風を吹かすので、生徒たちにばかにされている / 新老師擺出老師的架子，反而被學生們瞧不起。

☆ 先輩風を吹かす/ put on an air of seniority. / 擺老資格。

ぶかっこう【不格好・無格好】ブカッコー

ものの姿や形が悪いようす。中 樣式不好；不好看。E ill-shaped; unsightly.

☆ 母の若いころの服を着てみたら、体に合わないし、センスも古く、不格好だった/穿上母親年輕時的衣服，顯得又舊又不合身，真難看。

☆ 破れて形がくずれた不格好な靴/又破又變形的爛鞋子。

ふかのう【不可能】フカノー　したくてもできないこと。中 不可能；做不到。E impossible.

☆ ビザが切れて、これ以上日本にいることは不可能になった/簽證到期，在日本要再待下去是不可能的了。

☆ 日本で夏に雪を降らせるなんて、不可能なことだ/在日本，夏天不可能下雪。

対 可能

ふかふか フカフカ、フカフカ〔～する〕　やわらかくふくらんでいるようす。中 鬆軟；喧騰騰。E soft and fluffy.

☆ ふとんを日にほしたら、ふかふかになった/棉被曬過太陽後變得鬆軟了。

☆ ふかふかしたベッド/鬆軟的床。

ぶかぶか ブカブカ、ブカブカ〔～する〕　大きすぎて、体にぴったり合わないようす。

中（衣服的）寬鬆不合體貌；飄浮貌。

☆ すこし大きな靴を買ったら、ぶかぶかして歩きにくい/買了雙尺寸稍大的鞋，寬鬆不合腳難以走路。

☆ ぶかぶかの服/ very loose-fitting clothes. /寬鬆的衣服。

→だぶだぶ

ふかぶかと【深深と】フカブカト　非常に。深いようす。中 深深地。E far back; low.

☆ 居間のソファに深々と腰かけてテレビを見る/深深地坐在起居室的沙發上看電視。

☆ 帽子を深々とかぶる/把帽沿壓得很低。

ふか・める【深める】フカメル〔他動一〕程度を進める。深くする。中 加深；加強。E deepen; promote.

☆ よく話し合って、たがいの理解を深める/多多交談以加深相互間的了解。

☆ 親善を深める/加強親善；進一步加強友好合作。

自動 深まる

ぶき【武器】ブキ　❶ 鉄砲、ピストル、刀など、戦いに使う道具。中 武器。E a weapon; arms.

☆ 武器を取って戦う/拿起武器戰鬥。

☆ 武器弾薬/ arms and ammunition. /武器彈藥。

❷ 組織や個人が持っている有力な手段。

中 有力的手段。E a weapon; a powerful means.

☆ 洋子は上手な話術を武器にして商売をひろげている/洋子出色的說話技巧是拓展生意的手段。

☆ わが社の武器は有能な人材だ/人才是本公司的利器。

ふきげん【不機嫌】フキゲン　なにか気に入らないことがあって、楽しくないようす。

中 不高興；不痛快。E cross; displeased.

☆ 父は応援しているチームが負けるとふきげんになる/父親看到自己聲援的球隊輸了，很不開心。

☆ 授業に遅刻したら先生はふきげんな顔をした/(我)上課遲到，老師露出一臉不高興的樣子。

対 上機嫌

ふきそく【不規則】フキソク、フキソク　規則正しくないこと。中 不規則；無規律。E irregular.

☆ 一郎は昼まで寝ていたり、夜中から朝まで働いたり、不規則な生活をしている/一郎有時睡到白天，有時從半夜工作到早晨，過著不規律的生活。

対 規則的

ふきだ・す【吹き出す・噴き出す】フキダス、フキダス〔自他動五〕(ふきだして)　❶ 気体や液体や粉などが勢いよく内から外へ出る。

中 冒出；噴出。E gush out; spout out.

☆ 岩と岩の間から温泉が噴きだす/從岩石間

噴出溫泉。

❷ 風などが吹きはじめる。中 開始颳風。E begin to blow.

☆ 12月になると冷たい北西の風が吹きだす/一到十二月份，就開始颳寒冷的西北風。

❸ がまんしきれず、ぷっと息を出すようにして笑う。中 忍不住笑出來。E burst out laughing.

☆ 弟とにらめっこをしたが、がまんできずにわたしのほうが先に噴きだしてしまった/和弟弟玩瞪眼看誰先笑的遊戲，結果我卻忍不住先笑了出來。

❹ 気体や液体や粉などを勢いよく内から外へ出す。中 吹出；噴出。E blow out; belch out.

☆ 機関車が蒸気を噴きだして走っている/火車頭噴著蒸氣在奔馳。

▷ 名 吹き出し・噴き出し

注 漢字で書くときは、❶❸❹は「噴き出す」、❷は「吹き出す」。また、❶❷❸は自動詞、❹は他動詞。

ふきつ【不吉】フキツ　よくないことが起こりそうなようす。中 不吉(利)；不吉祥。E ill-omened; ominous.

☆ カラスの声は不吉で気味が悪い/烏鴉的叫聲不吉利，令人毛骨悚然。

☆ 不吉な予感がする/有不祥之感。

ぶきみ【不気味・無気味】ブキミ、ブキミ　なにが起こるかわからなくて、気味が悪いようす。中 令人毛骨悚然；令人害怕。E weird; uncanny; eerie.

☆ 夜の学校はだれもいなくて不気味だ/晚上學校裡沒人，令人害怕。

☆ 台風が近づいているというのに、不気味な静けさだ/雖然颱風臨近，但卻靜得令人坐立不安。

ふきゅう【不朽】フキュー　価値があって、いつまでも滅びないこと。のちの世まで伝わること。書 中 不朽。E immortal; eternal.

☆ この映画は60年前につくられたのだが、いまでも人気があり、不朽の名画だ/這部影片雖然是六十年前拍的，但一直很受歡迎，是部不朽的名片。

☆ 不朽の名作/不朽的名作。

ふきゅう【普及】フキュー〔～する〕　広くいきわたること。中 普及；推廣。E come into wide use; spread.

☆ ビデオやワープロがどんどん普及している/錄影機和文字處理機漸漸普及中。

☆ 教育を普及させる/教育普及。

ふきょう【不況】フキョー　社会の経済の状況が悪いこと。不景気。中 不景氣；蕭條。E a depression; a recession.

☆ 不況のため製品が売れなくて、会社は倒産した/因不景氣，產品滯銷而使公司倒閉了。

☆ 不況を乗りきる/度過蕭條期。

対 好況

ぶきよう【不器用・無器用】ブキヨー　❶ 手を使ってする細かい仕事が下手なようす。中 手笨；拙笨。E awkward; clumsy.

☆ 手先が不器用で、ボタンさえもつけられない/手笨得連鈕扣也不會縫。

☆ 不器用な手つきでリンゴの皮をむく/削蘋果皮的動作很笨拙。

対 器用

❷ 要領が悪く、ものごとの処理が下手なようす。中 不會處事。E awkward; inept.

☆ 兄は不器用に生きてきたので、出世はできなかった/由於哥哥不善於處世，所以一直無法昇遷。

☆ 不器用な言い方で相手を怒らせる/因說話不婉轉而使對方惱怒。

対 器用

ふきん【付近】フキン　ある場所の近く。中 附近；一帶。E near; the neighborhood.

☆ 家の付近にはまだ畑がたくさん残っている/家附近還剩下許多田地。

☆ 学校の付近を散歩する/在學校附近散步。

☆ 東京付近/東京附近。

ふきん　フキン　食器などをふくための布。中 擦碗布；抹布。E a dish towel .

☆ 真っ白なふきんで皿をふく/用雪白的抹布擦盤子。

☆ 台ぶきん/擦桌抹布。

数 1枚

ふく【服】フク　体につけて着る洋風の衣類。中 衣服。E clothes; wear.

☆ 寒くなったので冬の服を出す/天氣冷了，把冬天的衣服拿出來。

☆ 子供服/童裝。

☆ 紳士服/男裝。

☆ 婦人服/女裝。

数 1枚・1着

ふく【副】フク　あるものに対して補助となるものやつけ加わるもの。中 副～。

☆ 正と副の議長を選ぶ/選出正副議長。

☆ 副社長/a vice-president./副總經理。

☆ 副産物/副產品。(→項目)

対 正

ふく【福】フク　金やものに恵まれること。運のいいこと。しあわせ。中 福；幸福。E good luck; fortune; happiness.

☆ むかし話に、ネズミが正直者の家に福を持ってくるというのがある/傳說，老鼠能把福氣帶到誠實人家中。

☆ 福の神/福神。

対 禍

福は内、鬼は外　節分のとき、豆をまきながら言うことば。しあわせは家の中に入れ、悪いことは家から出ていけということ。中 納福消災！E Happiness in! Ogres out!

ふ・く【吹く・噴く】フク、フク〔自他動五〕(ふいて)　❶ 風が起こる。風が動いて通る。中 颳；吹。E blow.

☆ 春風が吹く/春風吹拂。

☆ 吹き荒れる/狂風大作。

❷ 沸騰して湯や汁がこぼれる。中 煮開溢出；沸騰。E boil over.

☆ ガスこんろの上でなべが噴いている/瓦斯爐上的鍋子(水)滾了。

☆ 噴きこぼれる/(水、湯)開了，溢出來。

❸ 息を出して楽器などを鳴らす。中 吹。E blow; play; whistle.

☆ フルートを吹く/吹笛子。

☆ 口笛を吹く/吹口哨。

❹ 大げさなことを言う。中 吹牛；說大話。E brag; boast.

☆ ほらを吹く/talk a lot of hot air./吹牛。

❺ 内から外へ出す。中 噴；出。E put forth; spit.

☆ 木々が芽を吹いて若い緑の季節を迎えた/樹木生芽迎接嫩綠季節。

☆ カニが泡を吹いている/螃蟹吐著泡沫。

❻ 勢いよく内から外へ出す。中 噴出；冒出。E spew out; spout.

☆ 三原山が火を噴いて火山活動を始めた/三原山噴出火焰，開始火山活動了。

☆ 鯨が潮を噴く/鯨魚噴水。

注 漢字で書くときは、❶❸❹❺は「吹く」、❷❻は「噴く」。また、❶❷は自動詞、❸～❻は他動詞。

ふ・く　フク〔他動五〕(ふいて)　布や紙などを当てて、よごれや水分を取り除いたり、こすってきれいにしたりする。中 擦；抹；揩。E wipe; dry; rub.

☆ ふきんでテーブルの上をふく/用抹布擦桌面。

☆ 流れる汗をふく/擦去往下流淌的汗水。

☆ ふき取る/拭去。

ふぐう【不遇】フグー　能力や才能があるのに運が悪く、世間に認められないこと。中 不走運；遭遇不佳；不得志。E obscurity; misfortune.

☆ シューベルトは病気と貧しさのため才能が発揮できず、不遇な一生を送った/舒伯特因疾病與貧窮而無法發揮才能，終生不得志。

ふくぎょう【副業】フクギョー　自分の本来

ふ

の仕事のほかにしている仕事。アルバイト。中副業。E a side job; a sideline.

☆ 三郎は高校の教師だが、副業に塾の先生をしている／三郎是高中教師，但他也在補習班任職當作副業。

☆ 農家が副業に花をつくって売る／農民以種植花卉為副業。

対本業

ふくざつ【複雑】フクザツ　いろいろからみ合っていて簡単ではないこと。中複雜。E intricate; complicated.

☆ この推理小説の筋は複雑なので、なかなか犯人がわからない／這部推理小說情節非常複雜，不容易看出誰是犯人。

☆ 複雑な事情／複雜的原因。

☆ 複雑な表情／複雜的表情。

対簡単、単純

ふくさよう【副作用】フクサヨー　ある薬を使った結果、効き目のほかに出てくる有害な作用。中副作用。E a bad reaction; a side effect.

☆ がんをおさえる薬を飲んだら、副作用で髪が抜けてきた／吃了抗癌藥物後，由於副作用，頭髮掉落了。

☆ この薬には、飲むと眠くなるという副作用がある／這種藥的副作用是吃了以後想睡覺。

ふくさんぶつ【副産物】フクサンブツ

❶ ものを生産する途中でできる別のもの。中副產品。E a byproduct.

☆ 石油から化学繊維をつくるときに、肥料やガスが副産物としてできる／從石油中提取化學纖維時，也產生了肥料及煤氣等副產品。

対主産物

❷ なにかをするときに関連してできる他のもの。中附帶的收穫。E a resulting benefit.

☆ 新聞配達のアルバイトを続けた副産物で、体がとても丈夫になった／持續送報打工所附帶收穫是身體變得更結實了。

ふくし【副詞】フクシ　文法上の単語の分け方の１つ。おもに動詞、形容詞、形容動詞を修飾することば。中副詞。E an adverb.

☆「ぴかぴか」「きらきら」「ぎらぎら」「きらりと」は、どれも「光る」を修飾する副詞だ／「一閃一閃地」、「閃閃發光」、「光輝耀眼」、「閃爍地」這些詞，都是修飾「發光」的副詞。

ふくし【福祉】フクシ　社会の人々の幸福な環境。特に老人や病人など弱い人々が生きやすい環境。中福利；福祉。E welfare.

☆ 道子は福祉の充実をスローガンにして、国会議員に選ばれた／道子以落實福利為口號，被選為國會議員。

☆ 福祉国家／福利國家。

☆ 社会福祉／社會福利。

ふくしゅう【復習】フクシュー〔～する〕いちど学習したところをもういちど勉強すること。中複習。E review.

☆ きょう学校で勉強したところを家で復習する／在家複習今天在學校學過的東西。

対予習　→おさらい

ふくしゅう【復讐】フクシュー〔～する〕相手からひどいことをされた人が、その相手に同じようにひどいことをすること。中報仇；復仇；報復。E revenge.

☆ ハムレットは父を殺した叔父に復讐した／哈姆雷特向叔父報了殺父之仇。

☆ 復讐の念に燃える／復仇的願望燃燒起來。

参「仕返し」も似ているが、「仕返し」が日常生活の中での軽い動作もいうのに対して、「復讐」は相手の命をうばうような大きなことをいう。

ふくじゅう【服従】フクジュー〔～する〕他人の言ったことや、命令のとおりにすること。中服從。E obedience; obey.

☆ 一郎は父親の言うことに絶対服従する／一郎絕對服從父親說的話。

☆ 命令に服従する／服從命令。

対反抗、抵抗

ふくしん【腹心】フクシン　心の底から信頼できる、同等か目下の人。[書][中]腹心；心腹。[E] confidential; devoted.

☆ 二郎は課長の腹心の部下だ / 二郎是課長的心腹。

ふくすう【複数】フクスー　2つ以上の数。[中]複數。[E] plural; more than one.

☆ 市長選挙に複数の人が立候補している/市長選舉，候選人衆多。

☆ 複数の企業の中から就職先を選ぶ/從好幾家企業中挑選工作單位。

[対]単数

ふくせい【複製】フクセイ〔～する〕　絵や彫刻、写真、書物などで、本物とまったく同じものをつくること。また、つくったもの。[中]複製；仿製；仿印。[E] a duplicate; a reproduction; a replica.

☆ この絵はルノワールの複製だ / 這幅畫是雷諾瓦的複製品。

☆ 複製なら買えるが本物は無理だ / 複製的倒還買得起，真跡就負擔不起了。

ふくそう【服装】フクソー　衣服や装飾品を身につけた姿。身なり。[中]服裝；衣著。[E] dress; clothes.

☆ 洋子の服装はとてもセンスがいい/洋子的穿著大方給人感覺很好。

☆ 服装をととのえる / 整理衣著。

ふくつ【不屈】フクツ　どんな困難にも負けないで、最後まですること。[書][中]不屈服；不屈。[E] unconquerable; indomitable.

☆ 父は病気に倒れたあとも、不屈の意志で仕事を最後までやりとげた / 父親在病倒後，仍憑著不屈不撓的意志將工作完成了。

☆ 不屈の精神 / 不屈不撓的精神。

☆ 不撓不屈/ unyielding; indomitable. /不屈不撓。

ふくつう【腹痛】フクツー　おなかが痛くなること。はらいた。[書][中]腹痛。[E] a stomacha-che.

☆ 腹痛のため仕事を休む/因腹痛而請假休息。

☆ 腹痛を起こす / 產生腹痛；引起腹部疼痛。

ふくびき【福引き】フクビキ　くじ引きで当たった人に景品をあげること。また、そのくじ。[中]抽籤；摸彩。[E] a lottery.

☆ 年末の商店街の福引きで1等賞が当たり、ステレオをもらった/在年末商店街的摸彩活動中了頭獎，得到一台立體音響。

ふく・む【含む】フクム〔他動五〕(ふくんで)

❶ 内に包み持つ。中に持っている。[中]含有；包括。[E] contain; include.

☆ 牛乳はカルシウムを多くふくんでいる/牛奶含鈣豐富。

☆ この値段は消費税がふくまれていない/這個價錢不含消費稅。

❷ 口の中に入れている。[中]含。[E] hold something in one's mouth.

☆ 水を口にふくむ / 口中含著水。

❸ 事情を理解して心の中にとめる。[中]了解；含；懷。[E] bear in mind.

☆ 来年は海外勤務になりそうだということをふくんでおいてほしい / 希望你有心裡準備明年可能要調去海外工作。

▷ [名]含み

ふく・める【含める】フクメル〔他動一〕　ふくむようにする。中へ入れる。中に持たせる。[中]包含；包括。[E] include.

☆ 宿泊料にはサービス料をふくめてあります / 住宿費中包含服務費。

☆ 言いふくめる(＝よくわかるように言って聞かせる) / 囑咐(＝說明白些讓對方聽)。

ふくよか　フクヨカ　やわらかそうにふくらんでいるようす。[中]福態；豐滿。[E] ample; plump.

☆ 胸をふくよかに見せる下着が売れている / 讓人看起來感覺胸部豐滿的內衣，現在十分暢銷。

☆ ふくよかな微笑 / 福態的微笑。

ふくらはぎ　フクラハギ　ひざから下の裏側の、筋肉のあるふくらんだ部分。[中]小腿；小腿肚。[E] the calf.

ふ

☆ 運動したあと、ふくらはぎをマッサージする／運動之後按摩小腿。

→体〔図〕

ふくら・む【膨らむ】フクラム〔自動五〕(ふくらんで)　❶ものが内からの力で、外側にまるみをもって大きくなる。〔中〕鼓起；膨脹；凸起。〔E〕become inflated; swell.

☆ 風船が大きくふくらむ／氣球鼓得很大。

☆ 桜のつぼみがふくらんだ／櫻花含苞待放。

〔対〕しぼむ

❷ 考えや計画などが大きくなる。〔中〕擴大。〔E〕increase; swell.

☆ 国家の予算が毎年ふくらんでいく／國家預算每年都擴大。

☆ 夢がふくらむ／充滿理想。

〔対〕しぼむ

▷〔名〕膨らみ　〔他動〕膨らます　→膨れる

ふくれっつら【膨れっ面】フクレッツラ　怒ってほおをふくらませた顔。〔中〕繃臉；噘著嘴的臉。〔E〕a sulky look; a pout.

☆ 母親に、テレビを見るのをやめて手伝いなさいと言われ、子供はふくれっ面をした／「別看電視了，來幫幫忙。」聽母親這麼一說，孩子噘起了嘴。

ふく・れる【膨れる】フクレル〔自動一〕

❶ 内から外へ張りだす。盛りあがってくる。〔中〕腫；脹；鼓出。〔E〕be full; become inflated.

☆ たくさん食べて腹がふくれた／吃了許多肚子飽了。

❷ 不満の気持ちを顔に表す。ふきげんな顔つきをする。〔中〕噘嘴；不高興。〔E〕get sulky.

☆ 洋子はしかられるとすぐふくれる／洋子一受到批評就馬上噘嘴。

〔参〕❶は「ふくらむ」と似ているが、「ふくらむ」が盛りあがったものが、やわらかでまるくなっている状態をいうのに対して、「ふくれる」はただ盛りあがった状態になることをいう。

ふくろ【袋】フクロ　❶布、紙、革などでつくった入れ物。〔中〕袋；口袋。〔E〕a bag; a sack.

☆ サンタクロースは大きな袋にプレゼントをつめてやってきた／聖誕老人將禮物裝入大袋中走了過來。

☆ ごみ袋／垃圾袋。

☆ ポリ袋／聚乙烯塑膠袋。

❷「❶」に似たもの。〔中〕與袋相似的。

☆ 胃袋／the stomach.／胃。

☆ 戸袋／收放板窗的地方。

▷〔数〕❶1枚

袋のねずみ　どうやっても逃げることのできない状態。〔中〕甕中之鱉。〔E〕a mouse in a trap.

☆ 銀行強盗は逃げまわったが、まわりを警官にかこまれ、もう袋のねずみだ／銀行搶匪到處逃竄，但四周被警察包圍，已是甕中之鱉。

ふくろだたき【袋だたき】フクロダタキ　おおぜいで1人をさんざんたたくこと。また、みんなで1人を非難すること。〔中〕衆人圍打一人；衆人攻擊一人。〔E〕beat up.

☆ いんちきな商品を売っていた会社の社長は、世間から袋だたきにあった／出售仿冒品的公司總經理受到世人嚴厲苛責。

ふけいき【不景気】フケイキ　❶ものをつくっても売れないなど、経済活動が活発でないこと。不況。〔中〕不景氣；蕭條。〔E〕a depression; a recession.

☆ 不景気が続き、倒産する企業が多くなった／經濟持續不景氣，破產的企業增多了。

〔対〕好景気

❷ 商売が繁盛しないこと。〔中〕買賣蕭條；買賣冷清。〔E〕dull; stagnant.

☆ 不景気な店／買賣冷清的商店。

❸ 元気がないようす。〔中〕沒精神；愁眉不展。〔E〕gloomy; cheerless.

☆ どうしたの、不景気な顔をして／怎麼了，愁眉苦臉的?

ふけいざい【不経済】フケイザイ　金や時間

などがむだになること。中不經濟；浪費。E uneconomical; wasteful.

☆ 1人分の料理をつくるのは材料のむだが出て不経済だ/做一人份的飯菜，材料會多出來，不經濟。

対経済的、経済

ふけつ【不潔】フケツ ❶きたならしいようす。中不清潔；不乾淨；骯髒。E unclean; dirty.

☆ 台所を不潔にしておくとゴキブリがふえる/如果廚房不乾淨的話，蟑螂就會增多。

☆ 不潔な手で目をさわると病気になる/用髒手摸眼睛的話會得眼疾。

対清潔

❷ 道徳的でなく、けがらわしいようす。中不純潔；卑鄙。E dirty; immoral.

☆ これは決して不潔な金ではない/這錢絕不是不義之財。

☆ 不潔な考え/不純潔的想法。

対清潔

ふけ・る フケル〔自動五〕(ふけって) 1つのことに、すっかり夢中になる。中耽於；沉迷；入迷。E be lost in; be absorbed in.

☆ あの子は最近考えごとにふけっていることが多い/那孩子最近常常沉迷於靜思之中。

☆ 読書にふける/埋頭讀書。

ふ・ける【老ける】フケル〔自動一〕 年をとった感じが表れる。中上年紀；老。E age; grow old.

☆ 久しぶりに会った伯母はずいぶん老けていた/許久沒見的伯母顯得老態龍鍾。

☆ 京子は年のわりに考え方が老けている/京子的想法比實際年齡要成熟。

☆ 老けこむ/年紀很大了。

参「老いる」も似ているが、「老いる」が実際に年をとっている人のことをいうのに対して、「老ける」は、「三郎は25歳だが、年齢より老けている」のように、若いのに年をとってみえることもいう。

ふ・ける【更ける】フケル〔自動一〕 時がたって、夜が遅くなる。中闌；深。E get late.

☆ 夜がふけたから急いで帰ろう/夜深了，快回去吧。

ふげんじっこう【不言実行】フゲンジッコー、フゲンジッコー あれこれ言わずに実行すること。書中埋頭苦幹；默默耕耘。E action before words.

☆ 山田さんは不言実行の人で、だれにも言わないが、毎朝、近くの公園の掃除をしている/山田君是個埋頭苦幹的人，每天早上清掃附近的公園從不張揚。

ふけんぜん【不健全】フケンゼン 体やもののあり方が病的で好ましくないようす。中不健康；不健全。E unhealthy; unsound

☆ 子供が遊びもせず1日じゅう勉強しているのは不健全だ/孩子不玩耍成天讀書，這是不健康的。

対健全

ふこう【不孝】フコー 子供が親をたいせつにしないで、心配させたり悲しませたりすること。中不孝；不孝敬。E unfilial; undutiful.

☆ 親の反対を押しきって結婚したわたしは親不孝だと思う/我不顧父母反對而結婚，深覺對父母不孝。

対孝行

ふこう【不幸】フコー ❶しあわせでないこと。中不幸；厄運；倒楣。E unhappy; unfortunate.

☆ 一郎は両親を交通事故でいちどに失った不幸な子だ/一郎很不幸，在一次交通事故中失去了雙親。

☆ 不幸中の幸い/不幸中的萬幸。

対幸福、幸せ

❷ 人の死。中死亡；喪事。E a death; a loss.

☆ きのう、となりの家に不幸があったのでお悔やみに行った/昨天鄰居辦喪事，所以前去弔唁。

ふ

ふごう【符号】フゴー　文字や数字以外の記号。「＋」や「－」など。中符號。E a sign; a code.

☆ 数学に使う「×」や「÷」は世界共通の符号だ / 數學中使用的乘號和除號是世界共用的符號。

☆ モールス符号 / 摩斯密碼(電碼)。

ふこうへい【不公平】フコーヘイ　扱いが平等でないこと。中不公平；不公正；不公道。E unfair; partial.

☆ 職場で、人種、性、学歴などによる不公平な扱いは許されない/在工作單位不允許有人種、性別、學歷的差別待遇。

☆ 不公平な税制 / 不公平的稅制。

対公平

ふごうり【不合理】フゴーリ　道理や理屈に合わないこと。中不合理。E irrational; unreasonable.

☆ 同じ仕事で同じ時間働いても女性は男性より給料が安いとは不合理な話だ/即使工作相同、時間相同，女性的工資卻比男性少，真不合理。

対合理、合理的

ふさ【房】フサ　❶糸や毛糸などをたばねて先をばらばらにしたもの。中纓；穗子。E a tassel; a tuft.

〔房❷〕

☆ スキー帽に白い毛糸の房をつける / 給滑雪帽繫上白色的毛線穗子。

❷ 花や実が1つの茎にたくさんついてたれ下がっているもの。また、その数を表す。中一串；一掛。E a bunch; a cluster.

☆ ブドウの房をもぎ取る / 摘下一串串葡萄。

☆ バナナを1房買った / 買一串香蕉。

ブザー (buzzer) ブザー　電磁石を使って音を出す装置。呼び出しや警報の合図に使う。中警鈴；信號器。E a buzzer.

☆ 玄関のブザーが鳴ったので出てみる/由於大門的門鈴響了，所以出門去看看。

☆ ブザーを押す / 按警鈴。

ふさい【夫妻】フサイ　他人の夫婦。ふつう、人の名前の後につけて使い、軽い敬意を表す。中夫妻。E husband and wife; Mr.and Mrs. ~ .

☆ 先生ご夫妻はインド旅行に出かけられた/老師夫婦去印度旅行了。

☆ 山田夫妻をパーティーに招く / 邀請山田夫婦參加晚會。

参「夫婦」も似ているが、夫婦が「わたしたちは仲のいい夫婦です」「妹夫婦が遊びに来た」のように自分や自分の身近な人についていうのに対して、「夫妻」は他の人についていう。

ふざい【不在】フザイ　❶いるはずの所にいないこと。中不在；不在家。E be out; be absent.

☆ 友達の家を訪ねたが、残念ながら不在だった / 走訪友人，但遺憾的是他不在家。

☆ 社長はただいま不在でございます / 公司總經理剛好不在。

☆ 不在者投票 / 事先投票。

❷ 存在しないこと。中不存在。E be unconcerned with.

☆ 国民不在の政治 / 抹煞民意的政治。

ふさが・る　フサガル〔自動五〕(ふさがって)

❶ ものなどがいっぱいにつまった状態になる。中堵；塞。E be clogged by; be filled with.

☆ 金曜日は、都心の道路はどこも車でふさがってしまう / 週五，市中心的道路到處都塞車。

☆ 悲しみで胸がふさがる / 因悲傷而心情鬱悶。

☆ 穴がふさがる / 洞口塞住了。

❷ 閉じる。中關；閉。E close.

☆ 眠くて眠くて目が自然にふさがる / 睏得不得了，眼睛自然就閉上了。

☆ 開いた口がふさがらない / 嚇得發呆；嚇得說不出話來。(→開く 慣用)

❸ ほかのことに使われていて、使えない状態になる。中 佔著。E be occupied; be engaged.

☆ たくさんの荷物で両手がふさがっている/由於拿著許多行李，所以手空不出來。

☆ 席がふさがる/沒空位。

対 空く

▷ 他動 ふさぐ

ふざ·ける フザケル〔自動一〕 ❶ 子供などが騒ぎまわる。中 歡鬧；活蹦亂跳。E romp about.

☆ プールのまわりでふざけてはいけない/不要在泳池四周打鬧。

❷ 冗談を言ったりおもしろいことをしたりする。中 開玩笑；戲謔。E joke.

☆ ふざけて机に落書きをしていたら先生にしかられた/開玩笑地在桌上塗鴉，結果挨了老師的一頓罵。

❸ 人を見下したり、からかったりする。中 愚弄；戲弄；嘲弄。E make fun of.

☆ ふざけたことを言うな/別捉弄人了。

▷ 名 ふざけ

ふさふさ フサフサ、フサフサ〔～する〕 髪、ひげ、糸、くだものなどが、たくさん集まって房のようになっているようす。中 成簇；簇生；毛密；毛厚。

☆ 毛がふさふさした犬/a dog with shaggy hair./毛茸茸的狗。

ぶさほう【不作法·無作法】ブサホー 礼儀を知らず、行儀の悪いこと。中 沒規矩；沒禮貌。E rude; bad manners.

☆ トムは不作法なのではなく、日本の習慣を知らないだけだ/湯姆並不是沒禮貌，他只是不知道日本的習俗。

☆ 他人の家に行ってあいさつもしないのは不作法だ/到別人家去不打招呼，不問候，這樣不禮貌。

☆ 不作法をお許しください/請原諒我的不禮貌。

ぶざま ブザマ、ブザマ 見える態度や形などがよくないようす。見ていられないほど格好が悪いようす。中 難看；不像樣；拙笨。E awkwardly; unsightly.

☆ 30対0というぶざまな負け方をした/以三十比零慘敗了。

☆ ぶざまな格好で転んだ/跌了一跤醜態百出。

ふさわし·い フサワシイ ちょうどよく似合っている。条件に合っている。中 適合；適稱；相稱。E suitable; right.

☆ 季節にふさわしい服装をする/穿與季節相稱的服裝。

☆ 二郎はまじめでよく努力するし、子供が好きなので、教師としてふさわしい/因為二郎既認真努力，又喜歡孩子，所以很合適當老師。

ふし【節】フシ ❶ 竹やアシなどの茎の区切りの所。中 節。E a joint.

☆ 竹を節の所で切った/在有竹節的地方砍下去。

❷ 木の幹の枝の出ている所。中 節子。E a knot; a knob.

☆ 木の節の所はかたくて切りにくい/樹木的節子硬，很難砍。

❸ 人間や動物の、骨と骨をつなぐ部分。関節。中 關節；骨節。E a joint.

☆ きのう山登りをしたので体の節々が痛い/由於昨天去登山了，所以關節痛。

❹ 区切り目。中 關鍵的時候；節骨眼。E a turning point.

☆ 結婚はわたしにとって大きな節になった/結婚對於我來說是件大事。

❺ 音楽の、音の高低や長短によってつくりだされるもの。旋律。メロディー。中 調子；曲調。E a tune; a melody.

☆ うれしくて、思わず大好きな歌の節を口ずさむ/高興得不禁哼起最喜歡的曲調來。

☆ 節をつけて読む/配上曲調讀。

▷ →竹 図

ぶし【武士】ブシ 平安時代から江戸時代に

ふ

かけて、戦うことを職業にした身分の人。中武士。E a *samurai*; a warrior.

☆ 江戸時代は、武士の身分がいちばん高かった / 江戸時代，武士的身分最高。

☆ 武士の情け / the *samurai* chivalry. /武士精神。

☆ 武士道 / *Bushido*; the code of the *samurai*. / 武士道。

→侍

ぶじ【無事】ブジ　病気や事故など、変わったことがないこと。中平安無事；太平無事。E well; in good health; without a hitch.

☆ 国の両親が無事に暮らしていると聞いて安心した / 聽到故鄉的雙親平安地生活就放心了。

☆ 結婚式が無事に終わった / 婚禮圓滿結束了。

☆ 旅の無事を祈る / 祈禱旅行平安無事。

ふしぎ【不思議】フシギ　どう考えてもわからないこと。中 不可思議；奇怪；奇異。E a wonder; strange; mysterious.

☆ 重い金属製の飛行機が空を飛べるのは本当に不思議だ / 用笨重金屬製造的飛機能在空中飛行，真是不可思議。

☆ 不思議な現象 / 不可思議的現象。

☆ 不思議な事件 / 不可思議的事件。

ふしぜん【不自然】フシゼン　わざとらしくて、自然でないようす。中不自然；做作。E unnatural.

☆ ふだん敬語を使ったことがない人が急に敬語を使うと、不自然に聞こえる / 平常不使用敬語的人突然用到敬語時，聽起來不自然。

☆ 不自然な姿勢で本を読むと、肩がこる / 讀書姿勢不自然的話，肩膀就發疫。

対自然

ぶしゅ【部首】ブシュ　漢字を組み立てのうえから分類する目印となっているもの。「へん」「つくり」「かんむり」「あし」「にょう」「かまえ」「たれ」の７つがある。中部首。E a radical (of a Chinese character).

☆ 読み方のわからない字を、部首をもとにして漢字辞典で調べる / 用漢字辭典依據部首查閱不懂讀音的字。

☆ 「林」「字」「都」の部首はそれぞれ「木(=木へん)」「宀(=うかんむり)」「阝(=おおざと)」である / 「林」、「字」、「都」的部首分別是木旁、寶蓋頭和右耳旁。

ふじゆう【不自由】フジユー、フジユー〔～する〕　自分の思うようにできないこと。中不自由；不如意；不充裕。E have weak (eyes); needy.

☆ 祖母は目が不自由なので、あまり外出しない / 祖母由於視力欠佳，所以不怎麼外出。

☆ 金に不自由しない生活をしたい / 想過不為錢操心的那種自由自在悠閒舒服的生活。

対自由

ふじゅん【不順】フジュン　順調でないこと。中不順；不調；異常。E unseasonable; changeable.

☆ 今年の天候は不順で、４月に雪が降ったり、11月に台風が来たりした / 今年天氣異常，四月份下雪，十一月份又颳颱風什麼的。

☆ 生理不順/ menstrual irregularity. /月經不調。

ふしょう【負傷】フショー〔～する〕　けがをすること。中負傷；受傷。E an injury; be injured.

☆ 地震で負傷した人を病院に運ぶ / 將因地震而負傷的人送往醫院。

☆ 交通事故による負傷者が増えている / 因交通事故受傷的人多起來了。

ぶしょう【無精・不精】ブショー〔～する〕　面倒がって怠けること。中懶；不想動；懶散。E lazy; indolent.

☆ 疲れて食事の準備もいやなので、無精をしてハンバーガーで夕食をすませた / 累得連飯都懶得做，所以就拿漢堡來解決晚餐。

☆ 無精ひげ / 因懶得刮任其長長的鬍子。

☆ 出無精 / 不愛出門(的人)。

対まめ

ぶじょく【侮辱】ブジョク〔～する〕　人を見下して恥ずかしい思いをさせること。中侮辱；凌辱。E insult; contempt.

☆ 年をとったらおとなしく子や孫にしたがえというのは、老人を侮辱するものだ/上年紀後就得乖乖地跟隨子孫過日子，這等於是侮辱老人家。

☆ 侮辱を受ける/受到侮辱。

ふしん【不信】フシン　信じられないこと。中不相信；不能信用。E distrust; disbelief.

☆ 口先だけで、公約をすこしも実行しない政治家に不信の念をいだく/不能相信那種光憑一張嘴巴，而根本不履行承諾的政治人物。

☆ 大人に不信感を持つ子供/對大人持不信任感的孩子。

ふしん【不振】フシン　調子や成績が悪いこと。中不振；不好；不興旺。E do very badly; a slump; a decrease.

☆ 今年はけがの選手が多く出て、チームは不振だった/今年許多選手負傷，隊伍士氣不振。

☆ 経営不振/經營不善。

☆ 食欲不振/食慾不振。

ふしん【不審】フシン　動作などが変で、あやしいと思うこと。中可疑；疑問；不清楚。E doubtful; suspicious.

☆ 今度となりへ越してきた人は、昼間は家にいて夜遅く出かけていく、どうも不審な人物だ/這次搬到隔壁的那人，白天待在家裡，晚上很晚才出門，實在是可疑的人物。

☆ 不審尋問/盤問可疑者。

ふじん【夫人】フジン　他人の妻を尊敬していう言い方。中夫人。E a person's wife; Mrs.; Madam.

☆ 社長は夫人とともにパーティーに出席した/總經理和夫人一起出席晚會。

☆ 夫人同伴/和夫人隨行。

☆ 首相夫人/首相夫人。

参「奥さま」も似ているが、「奥さま」は話しことばで、また、相手に呼びかけるばあいにも使う。

ふじん【婦人】フジン　大人の女の人。中婦女。E a woman; a lady.

☆ きょうの会に集まったのは、5、60歳代の婦人ばかりであった/今天參加聚會的都是些五、六十歲的婦女。

☆ 婦人科/婦科。

☆ 家庭婦人/家庭主婦。

→女子

参 比較的年齢の高い女性をさすことと、対応する男性側のことばがないことから、最近、組織名や施設名などで「婦人」を「女性」に変える自治体が多くなっている。

ふすま　フスマ、フスマ　部屋の仕切りや押し入れの戸にする、木のわくに和紙や布をはったもの。からかみ。中(日本式房屋的)隔扇；拉門。E a *fusuma*; a Japanese sliding door.

☆ 大掃除をして部屋のふすまをはりかえた/大掃除後，重糊了紙拉門。

☆ ふすまはり/貼拉門。

数1枚　→座敷図

ふせい【不正】フセイ　正しくないこと。中不正當；不正派。E injustice; unjust; wrong.

☆ 試験のとき他人の答案を見るのは不正な行為だ/考試時看別人考卷，是不正當的行為。

☆ 不正を働く/做壞事；違法。

☆ 不正乗車/無票乘車；坐霸王車。

ふぜい【風情】フゼイ　そのものが持っている独特の味わいや趣。中風趣；趣味；情趣。E taste; elegance; charm.

☆ 茶道の先生のお宅は風情のある和風の家だ/茶道老師的家富有日式風味。

☆ すこし色づいたイチョウ並木には秋の風情が感じられる/淡黃色的銀杏林蔭大道，讓人感到秋天的景致。

ふせ・ぐ【防ぐ】フセグ〔他動五〕(ふせいで)

❶ せめてきた敵をそこでくいとめる。中防禦；防守；防衛。E defend; protect.

☆ 村じゅうの人が海岸に集まって、海からせめてくる敵を防いだ/全村人聚在海邊抵抗從海上進攻的敵人。

対 攻める

❷ 悪いことが起こらないようにさえぎり守る。中 預防；防止；防備。E prevent; keep away.

☆ 水害を防ぐために山に木を植える/為預防水災而在山上種樹。

ふ・せる【伏せる】フセル〔他動一〕 ❶ 表を下にして置く。中 扣；倒；翻。E turn down; put a thing upside down.

☆ 読んでいた本を机に伏せて立ち上がる/將看的書蓋在桌上站起來。

☆ グラスを伏せる/把玻璃杯倒扣過來。

❷ 体の正面や体の一部が下を向くようにする。中 伏；臥。E lie down; lower.

☆ 敵の弾が当たらないように身を伏せる/為避免被敵人的子彈擊中而將身子趴在地上。

☆ 恥ずかしそうに顔を伏せる/害羞地低下頭去。

❸ ほかに知られないように隠しておく。秘密にする。中 隱藏。E keep secret.

☆ この話が知られると会社の信用を傷つけるから伏せておこう/這種事被人知道的話會損及公司的信譽，請不要洩露。

ふそく【不足】フソク ❶〔～する〕たりないこと。中 不足；不夠。E lack; be short of.

☆ 最近、仕事が忙しくて、睡眠が不足している/最近由於工作忙，睡眠不足。

☆ 練習不足/練習得不夠。

対 過剰

❷ 不満なこと。中 不滿；不平。E dissatisfaction; a complaint.

☆ あのチームなら相手として不足はない/如果是那個隊伍，那麼作為對手沒有不滿意的地方。

▷ →欠乏

ふぞく【付属・附属】フゾク〔～する〕 おもなものについていること。中 附屬。E be attached to.

☆ この病院は大学に付属している/這家是大學附屬醫院。

☆ 大学の付属の高校に入る/進入大學附屬高中。

☆ 付属品/附屬品。

注 以前は「附属」を使ったが、最近は「付属」のほうを多く使う。

ふた フタ 瓶や箱などの入れ物の口に上からかぶせるもの。中 蓋；蓋子。E a cap; a lid; a cover.

☆ ジャムの瓶詰のふたがなかなか開かない/果醬的瓶蓋很難打開。

☆ なべのふたを取る/拿掉鍋蓋。

ふたを開ける ❶ なにかを始める。中 開始；開業；開幕。E open; begin.

☆ 初日の舞台のふたを開ける/舞台第一天開幕。

❷ なにかをした結果を確かめる。中 揭曉。E see the outcome.

☆ 市長選挙は接戦で、ふたを開けてみるまでまったくわからない/市長選舉競爭激烈，要到開票那天才能知道結果。

ふだ【札】フダ ❶ 小さく切った紙、布、木などに文字や記号を書きつけたもの。中 牌子；條兒；簽。E a card; a label; a tag.

〔札❶〕

☆ 新しいクラスが始まる前に、学生の名前を書いた札を準備しておく/在新班開始之前，備好學生的名牌。

❷ トランプやかるたなどのカード。中 紙牌；撲克牌。E a (playing) card.

☆ トランプの札を配る/發撲克牌；(玩牌時的)發牌；分牌。

☆ 切り札/王牌；最後的招數。(→項目)

▷ →数 1枚

ぶた【豚】ブタ 家畜の一種。体が太っていて鼻が大きく足が短い。肉は食用に、皮は皮革製品にする。中 豬。E a pig.

☆ 豚はブーブーと鳴く/豬哼哼地叫。

☆ 豚肉を焼く/烤豬肉。

☆ 豚小屋/豬圈。

数 1頭・1匹

豚に真珠 価値のわからない人には、どんなにすばらしいものでも役に立たないということ。中 投珠與豬；對牛彈琴。E It's like casting pearls before swine.

似た表現 猫に小判

ぶたい【舞台】ブタイ ❶劇場などの芝居や踊りなどをする場所で、客席よりもすこし高くなっている所。中 舞台。E a stage.

☆ はじめて舞台に立ったときは足が震えた/第一次站上舞台時，雙腳發抖。

☆ 舞台装置/stage setting./舞台設備。

☆ 初舞台/首次登台。

❷ 力を発揮する場。中 大顯身手的地方。E one's sphere (of activity).

☆ ヨーロッパを舞台に活躍する/活躍於歐洲的舞台上。

☆ 晴れ舞台/a grand occasion./大出風頭的地方；大顯身手的地方。

▷ →歌舞伎 図

ふたえ【二重】フタエ、フタエ 2つ重なっていること。にじゅう。中 雙層；雙重。E double; twofold.

☆ 小包にひもをふたえにかける/給包裹繫上兩圈繩子。

☆ ふたえまぶた/雙眼皮。

ふたご【双子】フタゴ 同じ母親から同時に生まれた2人の子供。双生児。中 雙胞胎；雙生子；孿生。E twins.

☆ わたしと妹とはふたごだが、そんなに似ていない/我和妹妹是雙胞胎，但長得並不那麼像。

☆ ふたごのきょうだい/孿生兄弟。

ふたたび【再び】フタタビ 2度目に。もういちど。書 中 再；重；又。E again; once more.

☆ 大学を卒業して働いていたが、また勉強したくなってふたたび大学の門をくぐった/大學畢業後就了業，但還想讀書，於是再次踏進大學校門。

ふたつ【二つ】フタツ、フタツ ❶1つのつぎの数。2。2つ。中 二；兩個。E two.

☆ 口が1つ、目が2つ/一張嘴，兩隻眼。

❷ 2歳。2つ。中 兩歲。E two years old.

☆ この子はまだ2つなのに、自分のことはなんでも自分でやる/這孩子才兩歲，自己的事情卻什麼都會做。

二つとない 1つしかなく、非常に価値がある。中 唯一；獨一無二。E matchless; unique.

☆ 二つとないほどすばらしい茶碗/獨一無二的精美茶杯。

ふだつき【札付き】フダツキ、フダツキ 悪いという評判があること。また、その人。中 聲名狼籍；惡名昭彰。E notorious.

☆ うちの息子は札つきの飲んべえで、酒代だけで破産しそうだ/我兒子是個惡名昭彰的酒鬼，光因酒錢就快破產了。

ふたつへんじ【二つ返事】フタツヘンジ なにかを頼まれて、「はいはい」と快く返事をして、承知すること。中 馬上答應；立即同意；欣然應允。E willingly; readily.

☆ 面倒な仕事なのに、一郎は二つ返事で引き受けてくれた/明明是麻煩的工作，一郎卻欣然接受了。

ふたん【負担】フタン〔～する〕 仕事や責任を引き受けること。また、その仕事や責任。中 負擔。E a burden; bear; pay.

☆ 会長の役はわたしには負担が重い/會長一職對我來說負擔很重。

☆ 費用を負担する/負擔費用。

ふだん フダン 日常。いつも。中 平時；平常；日常。E usually; always; everyday.

☆ 病気にならないように、ふだんから健康に気をつけている/為了防止生病，從平時就

ふ

注重健康。

☆ ふだんはおしゃべりなのに、きょうはどうして黙っているのだろう / 平常那麼健談，今天為什麼沉默不語了呢?

☆ ふだん着 / 便服；常服。

二注 漢字で書くときは「普段」。

ふち 【縁】フチ　❶ もののはし。中 邊；緣。E an edge; a border.

☆ 机のふちに頭をぶつけて、けがをした / 頭撞到桌邊，受了傷。

☆ がけっぷち(=がけのふち)に立つ/站在懸崖邊(＝懸崖絕壁的邊緣)。

❷ なにかをかこむまわりの部分。中 緣；框。E a brim; a rim; a frame.

☆ 洋子は泣いていたらしく、目のふちが赤い / 看來洋子哭了，眼眶發紅呢!

☆ めがねのふち / 眼鏡框。

ぶち- (動詞について)意味を強めたり、その動作が勢いよく行われたりすること。話 中 表示加強語氣。

☆ 電気がついていない暗い部屋の中に入ったら、柱にぶち当たった/走進沒開燈的昏暗房間裡，撞到了柱子。

☆ ぶちこわす / break to pieces; demolish. / 弄壞；打碎；破壞。

☆ ぶち抜く / 拔掉。

→ぶっ-

二参 荒い感じの言い方。

ぶちま・ける ブチマケル、ブチマケル〔他動一〕 ❶ 入れ物をひっくりかえして、中のものを勢いよく外へまきちらす。中 傾倒一空。E throw out.

☆ ごみ箱をぶちまけて、なくしたメモをさがした/把垃圾箱中的東西全部倒出，尋找遺失的筆記。

❷ たまっていた感情やことばを全部表に出す。中 傾吐一空；完全說出。E make a clean breast of.

☆ いままでがまんしてきたが、きょうは最後だから全部ぶちまけた / 以前一直在忍耐，今天因為已到最後了，所以才說出全部情況。

▷ 話

ふちょう 【不調】フチョー　❶ 調子が悪いこと。中 不順利；不得勁。E in a slump; in bad condition.

☆ テニス選手の三郎は今年は不調で全然勝てない / 網球選手三郎今年因為手氣不順沒贏半場。

☆ エンジンが不調だ / 引擎失常。

対 好調、快調

❷ うまくまとまらないこと。中 談不攏；不成功。E end in failure; fall through.

☆ A国との貿易交渉が不調に終わった / 與A國的貿易交涉以破裂告終。

対 順調

ぶっ- 【吹っ-】 (動詞について)意味を強めたり、その動作が勢いよく行われたりすること。話 中 表示加強語氣；猛亂。

☆ 台風の強い風で、屋根の上のアンテナが吹っ飛んだ / 由於強烈颱風，屋頂的天線被吹走了。

☆ 気持ちが吹っきれる / 隔閡消除。

☆ 吹っ飛ばす / blow away. / 吹跑；颳跑。

三参 「吹き」の変化した形。カ行、タ行の音で始まることばにつく。

ぶ・つ ブツ〔他動五〕(ぶって) ❶ 手で強くたたく。中 打；敲；擊。E hit; strike.

☆ 5歳の息子がいたずらをしたので、おしりをぶってしかった/因為五歲的兒子調皮搗蛋，所以打了他的屁股。

☆ けんかしてぶたれた / 打架挨揍。

❷ 威勢よく演説などをする。中 演說；講演。E make (a speech).

☆ 学生を集めて最近の世界の動きについて一席ぶった / 召集學生就最近世界局勢做了一

席演講。

▷ 話

-ぶつ【-物】(他のことばについて)もの。中 物品；～品；～物。

☆ 食品添加物には体に有害なものもある/食品添加劑中含有對人體有害的物質。

☆ 危険物/危險品。

☆ 水産物/水產品；水產物。(→ 項目)

☆ 農産物/農產品。(→ 項目)

☆ 郵便物/mail; post./郵件。

ぶっ- (動詞について)意味を強めたり、その動作が勢いよく行われたりすること。話 中 表示加強語氣；猛地～。

☆ 高速道路を時速 120 キロでぶっとばしたら、気分がスッキリした/When I got to 120 km on the expressway, I felt refreshed./在高速公路上飆到時速一百二十公里，心情痛快極了。

☆ ぶっ倒す/knock down./猛力打倒。

☆ ぶっちぎる/猛地撕碎。

参「ぶち」の変化した形。カ行、タ行、ハ行の音で始まることばにつく。また、「なぐる」「投げる」「回す」などには「ぶん」がつく。

ふつう【不通】フツー 交通や通信が通じないこと。中 不通。E be interrupted; be cut off.

☆ 台風のため、けさから電車が不通になっている/由於颱風到來，從今早起電車停駛。

☆ 音信不通/have heard nothing from./沒有音信；音信全無。

ふつう【普通】フツー ❶ 世間によくあることで、他と違うことが少ないこと。中 普通；一般。E ordinary; common.

☆ 客が来てもふつうの食事を出し、ふつうの生活を見てもらう/即使來了客人也用平常的飯菜招待，讓他看看平常一般的生活。

対 特別

❷ 平均の水準であること。中 平均。E average.

☆ 息子は学校の成績はふつうだが、車の知識は専門家以上だ/兒子在學校成績平平，但有關汽車方面的知識則勝過專家。

対 特別

❸ (副詞的に)いつも。たいてい。中 一般；總是。E usually.

☆ 父はふつう夕方6時に帰ってくる/父親總是傍晚六點回家。

☆ わたしはふつう8時間は寝る/我平常睡八個小時。

ふつか【二日】フツカ ❶ その月の2番目の日。2日。中 二號；二日；初二。E the second (of March).

☆ 3月2日はわたしの誕生日だ/三月二日是我的生日。

❷ 日の数が2つあること。2日。中 兩天。E two days.

☆ 週に2日、火曜日と木曜日にアルバイトをしている/每週兩天，即週二和週四打工。

☆ 2日間/兩天時間。

ぶっか【物価】ブッカ ものの値段。中 物價。E prices.

☆ 東京はニューヨークよりも物価が高い/與紐約相比，東京物價高。

☆ 物価が安定する/物價穩定。

☆ 物価が上がる/物價上漲。

☆ 物価高/物價高。

ふっかつ【復活】フッカツ〔～する〕❶ いちどだめになったものが、またよくなること。中 恢復；復興。E revival; come back.

☆ 客が減っていた映画の人気が、最近また復活してきた/觀衆人數曾一度減少的電影業最近又恢復了人氣。

☆ 敗者復活戦/敗部復活賽。

❷ いちど死んだ人が生き返ること。中 復活；復甦。E resurrection.

☆ キリストの復活を祝う/慶祝基督復活。

ふつかよい【二日酔い】フツカヨイ 酒を飲みすぎて酔いがつぎの日まで続き、はき気や頭痛やめまいなどがすること。中 宿醉；醉到第二天。E a hangover.

☆ きょうは二日酔いで、頭が痛くて仕事ができない/今天宿醉未醒，頭痛得無法工作。

ぶつか・る　ブツカル〔自動五〕(ぶつかって)

❶ 強い勢いで突き当たる。衝突する。中 碰；撞。E hit; run into; collide.

☆ バスが電柱にぶつかって、けが人が出た/公車撞到電線桿上，有人受了傷。

☆ 交差点でタクシーとトラックがぶつかった/在十字路口一輛計程車與卡車相撞。

❷ 困難な問題と直接関係を持つ。中 直接談判；面臨困難。E negotiate directly with; meet with.

☆ 考えているだけでは進まないから、まず先方にぶつかってみよう/光考慮是無法進展的，所以還是先和對方談判一下吧。

☆ 難題にぶつかる/遇到難題。

❸ 2つのものごとが一緒になる。中 適逢；趕在一起。E fall on.

☆ 祝日と日曜日がぶつかると月曜日が休みになる/節慶與週日碰在一起的話，週一補假。

☆ この道をまっすぐ行くと大通りにぶつかる/沿著這條路一直走會遇到大馬路。

❹ 考えが合わなくて衝突する。中 衝突；爭吵。E clash with; quarrel with.

☆ 上司とぶつかって、会社をやめた/因與上司發生衝突，而辭職了。

☆ 親と意見がぶつかる/與父母意見衝突。

▷ 話 他動 ぶつける

ぶっきょう【仏教】ブッキョー、ブッキョー　紀元前5世紀の初め、釈迦がインドで始めた宗教。信仰することによって苦しみがなくなり悟りを開くという教え。中 佛教。E Buddhism.

☆ 仏教は中国、朝鮮をへて日本に伝わった/佛教經中國、朝鮮傳到日本。

☆ 仏教を信じる/信仰佛教。

☆ 仏教芸術/佛教藝術。

☆ 仏教徒/佛教徒。

ぶっきらぼう　ブッキラボー、ブッキラボー　話し方や態度が丁寧でなく、愛想のないようす。話 中 粗魯；生硬。E blunt; curt.

☆ 兄は心はやさしいが、話し方はぶっきらぼうだ/哥哥雖然心地善良，但說話方式粗魯。

☆ わたしは嫌いな人の前では、ぶっきらぼうに話す/在討厭的人面前，我會說話生硬。

ブック (book) ブック　❶ 本。書籍。書物。中 書；書籍。E a book.

☆ ブックカバー/書皮。

☆ ガイドブック/導遊手冊。

❷ とじて表紙をつけてあるもの。中 冊子；集。E a ~ book.

☆ スクラップブック/報刊集錦；剪報集；剪貼簿。

☆ スケッチブック/素描本。

▷ 数 1冊

ふっくら　フックラ〔~する〕　ふくらんでいて、やわらかそうなようす。中 柔軟而膨脹貌。

☆ 買ってきたばかりのふとんは、ふっくらしている/The new *futon* is fluffy. /剛買的新棉被很鬆軟。

☆ ふっくらした赤ちゃんのほお/嬰兒胖嘟嘟的臉蛋。

ふっこう【復興】フッコー〔~する〕　いちど衰えたものが、ふたたび盛んになること。また、盛んにすること。中 復興；重建。E revive; reconstruction.

☆ 日本経済は、敗戦後、急速に復興した/戰後日本經濟迅速復興。

☆ 地震で破壊された町の復興を急ぐ/急於重建因地震而遭受破壞的城鎮。

ぶっしつ【物質】ブッシツ　❶ 見たりさわったりして、存在していることがわかるもの。中 物質。E material; matter.

☆ いろいろな物質にかこまれて生活する/過著物質豐富的生活。

☆ 物質文明/物質文明。

☆ 物質欲/物質慾望。

対 精神

❷ 物体をつくっているもとになるもの。中 物質。E substance.

☆ 本は紙という物質からできている/書籍由紙張這種物質製成的。

☆ 有害物質/有害物質。

プッシュホン プッシュホン〔←プッシュボタンホン(push-button phone)〕 指で番号を押す型の電話機。中 按鍵式電話。E a push-button phone.

☆ プッシュホンは番号を指で押して電話をかける/按鍵式電話是用手指按下號碼打的。

数 1台

ぶっしょく【物色】ブッショク〔～する〕なにかいいものがないか、いい人がいないかとさがすこと。中 物色；尋找。E hunt around; search for.

☆ わたしの留守中に、だれかが部屋を物色した跡がある/有跡象顯示我不在時有人來搜過房間。

☆ 不動産屋で、アパートを物色する/在房地產公司物色公寓。

☆ つぎの選挙の候補者を物色する/物色下屆選舉的候選人。

ぶっそう【物騒】ブッソー あぶないことが起こりそうなようす。中 騷然不安；不安定。E unsafe; dangerous; troubled.

☆ 夜の街は物騒だから、歩かないほうがいい/夜晚街上不安全，最好不要外出。

☆ 凶悪事件の多い物騒な世の中/兇殺事件頻傳的騷亂不安社會。

ぶつぞう【仏像】ブツゾー 彫刻されたり絵にかかれたりした仏の像。中 佛像。E an image of Buddha.

☆ ここにある仏像は1000年前につくられたといわれている/據說這裡的佛像是一千年前製造(雕刻)的。

〔仏像〕

☆ 奈良と京都の寺へ古い仏像を見に行く/去奈良和京都的寺院觀賞古老佛像。

数 1基・1体

ぶったい【物体】ブッタイ 形があって存在しているもの。中 物體。E an object.

☆ 空を飛ぶ、なぞの物体を「UFO」と呼ぶ/把空中的不明飛行物叫作「幽浮」。

☆ 月にはどんな物体が存在しているのだろうか/月亮上有什麼物體存在呢?

ぶっつけ ブッツケ 準備や予告なしにいきなりすること。話 中 突然；直接；沒有準備就～。E without preparation.

☆ パーティーで突然歌を歌えと言われ、ぶっつけで1曲歌った/晚會上突然要求我唱歌，我當場就唱了一首。

☆ ぶっつけ本番/acting without rehearsal./上場就演；不準備就當場來。

ぷっつり プッツリ ❶ ひもなどが切れるようす。中 切斷東西的聲音；繩子等斷掉的聲音。

☆ たこの糸がぷっつり(と)切れた/The kite string snapped./風箏的線噗哧一聲斷了。

❷ 続いていたことが、突然、完全に終わるようす。中 突然停止貌。

☆ 肺がんの話を聞いてから、ぷっつり(と)タバコをやめた/After hearing about lung cancer, I totally quit smoking./聽到有關肺癌的情況後，毅然把菸戒掉了。

ふっとう【沸騰】フットー〔～する〕❶ 水などが煮えたつこと。中 沸騰。E boil.

☆ やかんのお湯が沸騰して音を立てている/水壺的水開了發出聲響。

☆ 水が沸騰したら野菜を入れる/水開了就放入蔬菜。

❷ 人気や世論などが沸きたつほど盛んになること。中 群情激昂。E become aroused; be heated.

☆ 人の心を揺さぶるような美しい声を持つ歌手のアンに人気が沸騰している/歌星安妮的甜美歌喉動人心弦，歌迷情緒駭到最高點。

ぶつりがく【物理学】ブツリガク　自然科学の一部門で、あらゆる自然現象の根本法則をはっきりさせ、それを、物質を構成するものと、その間に働く相互作用として研究する学問。中 物理學。E physics.

☆ 道子は大学で物理学を専攻している/道子在大學專攻物理學。

☆ 理論物理学 / theoretical physics. / 理論物理學。

ふで【筆】フデ　❶ 竹や木の先に毛の束をつけ、墨や絵の具をつけて文字や絵をかく道具。中 毛筆。E a writing brush; a paintbrush.

☆ 祖母はいつも筆で手紙を書く / 祖母總是用毛筆寫信。

☆ 筆ペン / 書法鋼筆(筆尖為毛筆，筆桿為鋼筆狀的東西)。

☆ 絵筆 / 畫筆。

❷ 文章や絵をかくこと。中 執筆；寫；畫。E the act of writing or drawing.

☆ 70歳の名人が筆をふるった作品/這是一幅七十高齡的名人所畫的作品。

☆ 筆がさえる / 文章寫得好。

▷ 数 ❶ 1本　→書道 図

筆が立つ　文章を書くのが上手だ。中 文章寫得好；善於寫文章。E write well.

☆ 筆が立つ洋子に、この本の推薦文を書いてもらう / 讓善於寫文章的洋子寫這本書的推薦文章吧。

筆を折る　作家などが、文章を書く仕事をやめる。中 停止寫作。E end one's literary career.

☆ 若いころのようないい小説が書けなくなって、一郎はついに筆を折った/因為再也寫不出年輕時那種好小說，一郎最後停止寫作。

似た表現 筆を断つ、ペンを折る

筆を執る　文章や絵をかく。中 執筆。E write; take up one's pen.

☆ あなたにお知らせしたいことがあって、筆をとりました / 由於有事相告，所以提筆寫信。

似た表現 ペンを執る

ふてぎわ【不手際】フテギワ　やり方が完全でなく、なにか抜けていること。中 笨拙；有漏洞；不漂亮。E clumsiness; a mistake.

☆ 卒業式でふてぎわがないように、じゅうぶんに準備する / 為了在畢業典禮上不出差錯，需要充分的準備。

☆ わたしのふてぎわでお客に迷惑をかけた / 由於我的笨拙，給客人添了麻煩。

ふてくさ・れる　フテクサレル、フテクサレル〔自動一〕　目上の人からの命令などに反抗的になったり、わざと怠けたりする。ふてくさる。中 鬧彆扭；嘔氣。E become sulky.

☆ 弟はサッカーの選手になれなかったので、ふてくされて寝てしまった / 弟弟由於無法當選為足球選手，一嘔氣就去睡了。

ふてってい【不徹底】フテッテイ　中途はんぱで、じゅうぶんでないようす。中 不徹底；半途而廢。E not thorough; incomplete.

☆ きょうの新入生歓迎会は、連絡が不徹底だったため半分しか集まらなかった / 今天的迎新會由於事先聯絡不徹底，只到了一半的人。

☆ 不徹底な調査ではいい資料はえられない/調查不徹底就得不到好資料。

対 徹底的

ふでぶしょう【筆無精・筆不精】フデブショー　手紙など文章を書くのを面倒がること。中 懶於動筆。E a bad correspondent.

☆ わたしは筆無精だから、いつも電話で用をすませてしまう / 我由於懶於動筆，所以總是用電話聯絡了事。

対 筆まめ

ふてぶてし・い　フテブテシイ　憎らしいと思うほどずうずうしいようすだ。中 目中無人；厚臉皮；毫不客氣。E impudent; saucy.

☆ あの乗客は、禁煙席だからやめるようにと言っても、ふてぶてしくタバコを吸い続けている／儘管已對他說「因為是禁菸席，所以請勿吸菸」，但那個乘客還是毫不客氣地繼續抽。

☆ 先生にしかられているのに、笑って横を向いている、ふてぶてしい中学生／挨老師的罵卻笑著把臉扭向一邊，這個中學生真是厚臉皮。

ふでまめ【筆まめ】フデマメ　手紙など文章を面倒がらずに書くこと。中好動筆；勤於寫文章。E a good correspondent.

☆ 母は筆まめで、家のようすをよく知らせてくれる／母親勤於寫信，常常告知我家裡的情況。

対筆無精　筆不精

ふと　フト、フト　偶然、または特別に意識しないで、そうなったりそうしたりするようす。

中突然；偶然；一下子。E suddenly; casually.

☆ 仕事の途中でふと病気の母のことが気になり、昼休みに電話をかけた／工作中突然擔心起生病的母親來，於是中午休息時打了個電話。

☆ 授業中に漫画を読んでいて、ふと目を上げると、先生がわたしのほうを見ていた／上課的時候看漫畫，偶爾抬眼，發現老師正往我這邊看。

ふと・い【太い】フトイ　❶棒などのまわりや、線のようなものの幅が大きい。中粗。E thick; wide; bold.

☆ ３人が腕をのばしてやっとかこめるほどの太い木／樹木很粗，要三人伸長手臂才能圍住它。

☆ 太いベルト／寬腰帶。

☆ 太い線／粗線。

対細い

❷ 声が低くて、大きい。中粗。E deep.

☆ 運動場で体操の先生が太い声でどなっている／運動場上體操老師用粗嗓子大聲叫嚷。

☆ 腹の底から出るような太い声／聲音粗曠得就像是從腹底發出的。

対細い

❸ 小さいことにこだわらず、力強い。中(膽子)大；(心)寬。E bold; sturdy.

☆ 京子は神経が太いから、皮肉を言われても平気だ／京子不拘小節，即使被諷刺也不在乎。

☆ 線が太い人 / a tough-minded person. / 度量大的人。

対細い

ふとう【不当】フトー　道理にはずれていて、正しくないようす。中不正當；不當；不合理。

E unjustly; unfair.

☆ 障害者だからといって不当に扱われる理由はない／不能說因為是殘障者就有理由受到不合理的對待。

☆ A社は鉱物の輸入で不当な利益をえていた／A公司從進口礦物，謀取不正當的利益。

対正当

ぶどう　ブドー　くだものの一種。枝がつるになってのびる低い木にできる。秋に房になった実が実る。中葡萄。E grapes.

☆ このブドウは甘くておいしいので、１房全部食べてしまった／這種葡萄又甜又好吃，所以一串全吃光了。

☆ ブドウからワインをつくる／用葡萄釀製葡萄酒。

数１房　→房図

ふどうさん【不動産】フドーサン、フドーサン　土地や建物など、簡単に動かすことのできない財産。中不動產；房地產。E real estate.

☆ 三郎はアパートや別荘などあちこちに不動産を持っている／三郎到處都擁有公寓、別墅等不動產。

☆ 不動産屋／房地產公司。

対動産　→囲み

ふところ【懐】フトコロ　❶服や着物の胸の部分の内側。中懷；胸；懷抱。E the breast;

ふ

one's inside pocket.

☆ 祖父はたいせつなものは懐に入れていた/祖父將重要的東西放入懷中。

☆ 懐に手を入れる/將手揣入懷中。

❷ 持っている金。中 手頭；腰包；帶的錢。E one's purse; one's pocket.

☆ 一郎はいつも他人の懐をあてにしている/一郎總是指望別人掏錢。

☆ 懐ぐあいが悪い/經濟狀況不好。

❸ まわりをかこまれた所。中 環抱；內部。E the bosom.

☆ わたしの故郷は山の懐にある/我的故鄉在群山環抱之中。

懐が痛む 自分の金がたくさん出ていく。中 花自己的錢；掏腰包。E be a strain on one's budget.

☆ 年末は、忘年会がいくつもあるので懐が痛む/年末總有幾個忘年會，會花費不少錢。

似た表現 懐を痛める

懐が寂しい 持っている金が少なくて、心細い。中 手頭緊；沒帶錢。E be short of money.

☆ 毎月、月給日前になると懐がさびしくなる/每月到發薪水的前幾天，手頭就緊了。

似た表現 懐が寒い

懐を肥やす 正しい方法によらないでたくさんの利益をえる。中 中飽私囊。E feather one's own nest.

☆ 不当な土地の売買で懐をこやす/憑著不正當的土地買賣而中飽私囊。

似た表現 私腹を肥やす

ふとっぱら【太っ腹】フトッパラ、フトッパラ 心が広く、すこしのことでは驚いたり怒ったりしないようす。話 中 度量大。E broad-minded; generous.

☆ 社長は太っ腹だから、あの程度の損害では驚かない/總經理度量大，即使遭受那樣的損失，也不慌亂。

ふと・る【太る】フトル〔自動五〕(ふとって)

不動産屋で使うことば (不動產用語)

アパート 中 公寓。E an apartment.

マンション 中 高級公寓；公寓大樓。E a condominium.

大家 中 房東；房主。E a landlord; a landlady.

家賃 中 房租。E rent.

管理費 中 管理費。E a maintenance fee.

敷金 中 租房時的押金；保證金。E a deposit.

礼金 中 租房時的禮金。E key money.

契約期間 中 合約期。E the term of a contract.

更新 中 更新；延期。E renewal of a contract.

更新料 中 續租費。E a renewal fee.

仲介料 中 介紹費。E an agent's fee.

保証人 中 保證人。E a guarantor.

部屋の条件を示すことば

和 中 和式房間。E a Japanese-style room.

洋 中 西式房間。E a Western-style room.

1K 中 一房帶廚房(一房一廚)。E one room and a kitchen.

1DK 中 一房帶餐廳兼廚房(一房一餐廳一廚)。E one room and a kitchen-dining room.

1LDK 中 一房一客廳一餐廳一廚。E one room, a living room and a kitchen-dining room.

～畳 中 疊(榻榻米)；疊。E ～ *tatami* mats.

バス・トイレつき 中 帶浴廁。E having a bath and a toilet.

新築 中 新建。E a newly built (apartment).

築～年 中 屋齡～年。E built ~ years ago.

徒歩～分 中 步行～分鐘。E ~minute(s) walk.

体に肉や脂肪がついて、体重が増える。中 胖。E put on weight; get fat; plump.

☆ 甘いものばかり食べていると太るよ/盡吃甜食身體會發胖。

☆ まるまる太った赤ちゃん/胖嘟嘟的嬰兒。

対 やせる

参「こえる」も似ているが、人間についてはふつうは「太る」を使う。関西では人間についても「こえる」をよく使う。

ふとん【布団】フトン 袋にした布の中に綿や羽毛などを入れて平らにしたもの。敷いたり、かけたりする。中 被褥；鋪蓋。E *futon*; bedding.

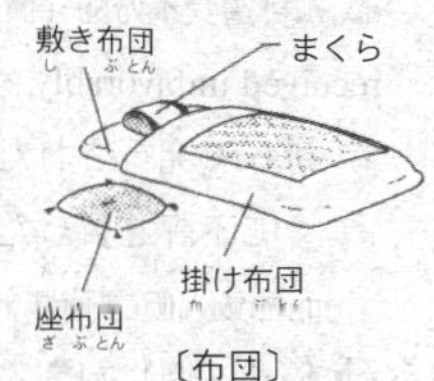

〔布団〕

☆ ゆうべは疲れていて、ふとんに入るとすぐ寝てしまった/昨晚很累，鑽進被窩後馬上就睡著了。

☆ ふとんを敷く/鋪被子。

☆ ふとんをたたむ/疊被子。

数 1枚・1組

ふなびん【船便】フナビン、フナビン 荷物や郵便物を船で運ぶこと。また、その荷物や郵便物。中 海運；船郵。E sea cargo or mail.

☆ ヨーロッパから荷物を船便で送った/從歐洲用海運運行李。

☆ 船便のほうが航空便より安い/與空運相比，海運便宜。

対 航空便

ふなれ【不慣れ】フナレ 経験が少ないので、うまくできないようす。中 不習慣；不熟練。E inexperienced.

☆ 新しい機械に不慣れで、仕事が進まない/由於對使用新機械不習慣，所以工作沒有進展。

☆ 司会という不慣れな役を命じられて困っている/被派擔任司儀這個不太熟悉的工作，頗感為難。

対 慣れ

ぶなん【無難】ブナン、ブナン 特にいいわけではないが、めだった欠点もないようす。中 沒有缺點；無可非議。E safe; secure; passable.

☆ 父は公務員になって無難な人生を送った/父親成為公務員後，過著風平浪靜(=平安無事)的生活。

☆ どこにでも着ていけて、どんな靴とも合う無難なスーツをつくった/做了套樸實的套裝，到哪裡都能穿去，和任何鞋都相配。

ふにおちない【ふに落ちない】 納得できない。中 不能理解；不能領會。E can't quite understand; do not go down with one.

☆ 三郎の話には変なことが多くて、ふに落ちない/三郎話中古怪的地方多，無法理解。

ふにん【赴任】フニン〔～する〕 任命された土地へ働くために出かけること。中 赴任；上任。E leave for one's new post.

☆ 二郎はきのう東京から名古屋へ赴任した/二郎昨天從東京到名古屋赴任去了。

☆ 赴任先/赴任地點；新調的工作地點。

☆ 単身赴任/獨自一人(被調)到異地工作。

ふね【船・舟】フネ ❶ 人やものをのせて水の上を行くもの。中 船；舟。E a ship; a boat.

☆ 退職してひまになったら船で世界旅行をしよう/退休後有時間的話就想坐船周遊世界。

☆ 湖を船で1周する/坐船繞湖一周。

☆ 舟をこぎだす/划起船來。

☆ 釣り舟/釣魚船。

❷ 水などを入れる箱形の入れ物。中 盆；水箱。

☆ 湯船/a bathtub./澡盆。

☆ 刺身の舟/裝生魚片的船形容器。(日本料理上菜時之器皿)。

▷ 数 ❶ 1隻・1艘

注 漢字で書くときは、大きいものは「船」、小さいものは「舟」。

参 ❶は他のことばの前につくと、「船便」「船賃」「舟歌」などのように「ふな」と読み方が変わることが多い。

舟をこぐ すわったまま居眠りをする。中 打盹兒；打瞌睡。E nod.

☆ つまらない講演だったので、舟をこぐ人が多かった/因為演講乏味，所以打瞌睡的人多。

ふねんぶつ【不燃物】フネンブツ 燃えないもの。燃えにくいもの。中 不可燃物。E non-flammables; incombustibles.

☆ ごみの不燃物を地中に埋める/將垃圾中的不可燃物埋入地下。

☆ プラスチックやガラスは不燃物だ/塑膠、玻璃等是不可燃物。

対 可燃物

ふのう【不能】フノー 能力のないようす。できないようす。中 不能。E impossible.

☆ 地震で通信が不能になった/因發生地震而無法通訊聯絡。

☆ 再起不能におちいる/陷於無法翻身的地步。

ふはい【腐敗】フハイ〔～する〕 ❶ものがくさること。中 腐爛；腐朽。E rot; spoil.

☆ 冷蔵庫に入れておいても食品の腐敗は防げない/食品即使放入冰箱，也無法防止腐爛。

❷ 精神が堕落して不正や悪いことが行われること。中 腐敗；墮落。E grow corrupt.

☆ 自分の地位や利益ばかり考える政治家が増えると、政治は腐敗する/只考慮自己的地位和利益的政治人物增多的話，政治就會腐敗。

ふび【不備】フビ 必要なものがそろっていないこと。中 不完備；不齊全。E inadequate; incomplete.

☆ ビザを申請したが、書類が不備で受け取ってもらえなかった/申請簽證，由於文件不齊對方沒有受理。

☆ 設計に不備な点があったため、工事が遅れている/由於設計尚有瑕疵，所以工程延遲。

対 完備

ふひょう【不評】フヒョー 評判が悪いこと。中 聲譽不佳；名聲不好。E unpopular; a bad reputation.

☆ 旅行を計画したが、遠いし費用が高いしと不評だった/曾計畫去旅行，但地方又遠，費用又高，評價不好。

☆ 今晩の料理は辛すぎて不評だった/今晚的菜太辣了，大家都不喜歡。

対 好評

不評を買う 人からよくないという評価を受ける。中 遭受不好的評價；招致人們的不滿。E be received unfavorably.

☆ 新しく発行された雑誌は、写真がよくなくて不評を買った/新發行的雜誌因照片不好而招致人們的不滿。

ふびん【不憫】フビン かわいそうなようす。助けてあげたいと思わせるようす。中 可憐。E pity; poor.

☆ 捨て猫をふびんに思って拾ってきた/感到被丟棄的貓很可憐，於是又把牠撿了回家。

☆ 一夜にして両親を失ったふびんな姉妹/一夜間失去雙親的可憐姐妹。

ぶひん【部品】ブヒン 機械や器具などをつくりあげている１つ１つの部分。中 零件。E parts.

☆ 自分で本棚を組み立てようと思ったら部品が１つたりなかった/想自己組裝一個書架，但缺了一個零件。

☆ 古いテレビの部品を取りかえて、はっきり映るようにした/更換電視機舊零件後，影像清楚了。

ふぶき【吹雪】フブキ 強い風とともに雪が激しく降ること。中 暴風雪。E a snowstorm; a blizzard.

☆ 吹雪でスキー場のリフトが止まってしまった/因暴風雪，滑雪場的升降機停止運轉了。

☆ 紙吹雪/confetti./彩色紙屑。

☆ 花吹雪/a shower of falling cherry blossoms.

/落櫻繽紛。

ふふく【不服】フフク　納得できず、したがえないこと。中 不服從；不心服。E dissatisfaction; an objection.

☆ 突然の転勤の命令に不服で会社をやめた/因不願接受突發的調職令而辭職了。

☆ 不服がある/內心不服。

☆ 不服を申し立てる/提出異議。

☆ 不服を言う/提出不服。

ぶぶん【部分】ブブン　全体を小さく分けた1つ。中 部分；一部分。E a part; a section; a portion.

☆ この論文は部分部分はよく書けているが全体としてまとまりがない/這篇論文各個部分寫得很好，但整體上顯得條理不一致。

☆ 交通規則を部分的に改正する/對交通法規進行局部的修改。

☆ 大部分/大部分。(→項目)

対 全体

ふへい【不平】フヘイ　満足できず、なにか言いたいような気持ち。中 不平；不滿意；牢騷。E discontent; complaint.

☆ 点のつけ方が公平でないと洋子は先生に不平があるようだ/洋子似乎不滿老師給分不公平。

☆ 勤め先の給料が安くて、休みが少ないと不平を言う/抱怨工作單位待遇低，假日少等不滿。

☆ 不平を鳴らす/發牢騷。

☆ 不平不満/滿腹牢騷。

ふべん【不便】フベン　役に立たないで、手間がかかること。中 不方便。E inconvenient.

☆ わたしの家は駅から遠くて通勤に不便だ/我家離車站遠，上班不方便。

☆ 自転車に乗れないのは不便だ/不會騎車真不方便。

対 便利

ふへんてき【普遍的】フヘンテキ　すべてのものにあてはまるようす。中 普遍的。E universal.

☆ 葬式はどの民族にも普遍的に存在する儀式である/葬禮是任何民族普遍都有的儀式。

☆ この映画は愛という普遍的なテーマを取りあげて成功した/這部電影採用了「愛」這一普遍性主題而獲得成功。

ふぼ【父母】フボ　父と母。両親。書 中 父母；雙親。E one's parents.

☆ 久しぶりに父母に手紙を書いた/隔了許久才給父母寫信。

☆ 父母会/家長會。

ふま・える【踏まえる】フマエル、フマエル〔他動一〕 ❶ 動かないように強く踏んで立つ。中 踩；踏；用力踏。E stand firm.

☆ 両足をしっかりと踏まえてチョモランマ山頂に立った/兩腳牢牢地踩在珠穆朗瑪峰山頂上。

❷ ある考え方や事実をよりどころにする。中 根據；依據。E be based on.

☆ 事実を踏まえて論じる/根據事實進行討論。

☆ 伝統を踏まえたやり方/基於傳統的作法。

ふまん【不満】フマン　満足できないこと。中 不滿；不滿足；不滿意。E dissatisfaction.

☆ いまの会社は給料が安いので不満だ/因目前公司待遇低而心生不滿。

☆ 不満をいだく/心懷不滿。

☆ 欲求不満/慾望尚未滿足。(→項目)

対 満足

ふみきり【踏切・踏み切り】フミキリ　❶ 列車や電車の線路と道路が交わる所。中 平交道口。E a (railroad) crossing.

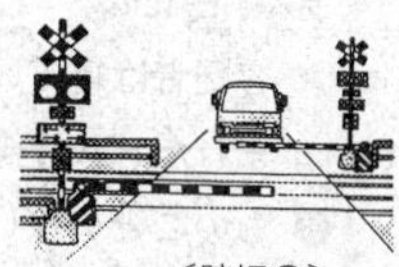

〔踏切❶〕

☆ 踏切の手前では車は必ず一時停止をすること/在平交道前車輛必須暫停。

☆ 踏切を渡る/過平交道。

☆ 無人踏切/無人平交道。

ふ

❷ 走り高跳び、走り幅跳びで、走っていって踏みきること。中 起跳；起跳點。E a takeoff.

☆ きょうの走り幅跳びは、踏み切りに失敗して、いい記録が出なかった/今天跳遠由於起跳失敗而沒有破紀錄。

▷ 自動 踏み切る

注 ❶は「踏切」、❷は「踏み切り」。

ふみき・る【踏み切る】フミキル〔自動五〕(ふみきって) ❶ 高く跳んだり遠くに跳んだりするために地面を強く踏む。ふんぎる。中 起跳。E take off.

☆ 力強く右足で踏みきって、跳び上がる/右腳用力起跳，一躍而起。

❷ 思いきって、そのことに乗りだす。ふんぎる。中 下定決心。E make up one's mind and do; decide.

☆ 定年にはまだ早いが、自分で事業を始めようと退社に踏みきった/雖然離退休還早，但決心辭職，打算自己創業。

☆ 結婚に踏みきる/下決心結婚。

▷ 名 踏切・踏み切り

ふみこ・む【踏み込む】フミコム〔自動五〕(ふみこんで) ❶ 入ったらすぐには出られないような所へ入りこむ。中 陷入；跨進；踩陷進去。E step into.

☆ 山深く踏みこんで、道がわからなくなった/走進深山，迷了路。

☆ 泥沼に踏みこむ/踩進泥沼之中。

❷ 断りなしで、人の家に入る。中 闖入；擅自進入。E raid.

☆ 容疑者は寝ているところを刑事に踏みこまれた/乘嫌犯睡覺的時候，刑警破門而入。

❸ ものごとの深いところまで考える。中 深入。E reflect deeply on.

☆ もう1歩踏みこんで考えてみよう/再深入一步考慮看看。

☆ 事件の核心に踏みこむ/深入事件核心。

ふみだい【踏み台】フミダイ ❶ 高い所にあるものを取ったり、高い所に上がったりするために乗る台。中 腳凳；凳子；梯子。E a footstool.

☆ 踏み台に乗って電球を取りかえた/上梯子更換燈泡。

❷ 目的のためにそのときだけ利用するもの。中 墊腳石；手段。E a stepping-stone.

☆ 彼は多くの同僚を踏み台にして社長になった/他把許多同事當作墊腳石，上總經理寶座。

ふみたお・す【踏み倒す】フミタオス〔他動五〕(ふみたおして) ❶ 足で踏んで倒す。中 踏倒；踢倒。E trample down.

☆ 公園の花を踏み倒して2匹の犬が走りまわっている/兩隻狗狂奔著，踩踏了公園的花卉。

❷ 代金や借金を払わないままにしてしまう。中 借錢不還；賴帳。E do not pay.

☆ 東京から横浜まで乗った客がタクシー代を踏み倒して逃げた/從東京去橫濱的乘客賴掉計程車費溜走了。

☆ 部屋代を踏み倒す/賴掉房租。

ふみにじ・る【踏みにじる】フミニジル〔他動五〕(ふみにじって) ❶ 足で踏みつけてめちゃめちゃにする。中 踏毀；踐踏。E trample underfoot.

☆ 野に咲いている花を踏みにじる/踐踏原野上盛開的鮮花。

❷ 名誉、きまり、人の気持ちを無視して傷つける。中 蹂躪；踐踏。E trample on; completely ignore.

☆ 二郎は道子に編んでもらったセーターを友達にあげてしまい、道子の好意を踏みにじった/二郎把道子織給他的毛衣送給了朋友，踐踏了道子的一片好意。

ふみんしょう【不眠症】フミンショー、フミンショー　よく眠れなくなる状態。中 失眠症。E insomnia.

☆ 不眠症の治療には運動がいちばんだという/治療失眠，運動是最好的辦法。

☆ 不眠症にかかる/得了失眠症。

ふ・む【踏む】フム〔他動五〕(ふんで) ❶ も

のの上に足をのせ、上から押すようにする。中踩；踏；踩腳。E step on.

☆ 電車が急停車して、となりの人の足を踏んでしまった/電車突然停下，而踩到了旁邊人的腳。

☆ 車のブレーキを踏む/踩煞車。

❷ 実際に行う。経験する。中實踐；經驗；經歷。E experience.

☆ 初舞台を踏む/初次登台。

☆ 場数を踏む(=いろいろな経験を重ねる)/經驗豐富(＝有各式各樣的經歷和經驗)。

❸ ものごとを決まった順序にしたがって進める。中按照；遵守。E go through.

☆ 手続きを踏んで願い出る/按手續提出申請。

☆ 段階を踏んで進む/按程序進展。

ふむき【不向き】フムキ　性格や能力が合っていないこと。中不適合；不相稱。E never do as; unsuitable.

☆ きみは気が短いから、教師には不向きだ/你性子急，所以不適合當老師。

☆ 漢字が多くて子供には不向きな本/這本書漢字多不適合孩子看。

対向き

ふめい【不明】フメイ　❶はっきりわからないようす。中不明；不詳。E unknown; unconscious.

☆ 原因の不明な病気が流行している/正流行一種原因不明的疾病。

☆ 意識不明におちいる/陷於意識不清之中。

☆ ゆくえ不明/去向不明；失蹤。

❷ 才能がないこと。先を読む力がないこと。中無能；見識少。E ignorance; lack of foresight.

☆ 自分の不明を恥じる/羞愧於自己的無知。

▷ 書❷

ふめつ【不滅】フメツ　いつまでもなくならないこと。書中不滅；不朽。E immortal; eternal.

☆ 2人の愛は不滅だ/兩人的愛情海枯石爛。

☆ 不滅の名曲/an immortal famous music./不朽的名曲。

ふもう【不毛】フモー　❶その土地に、植物を育てるための栄養分がないようす。中不毛。E barren.

☆ 不毛な土地を改良して農地にする/將不毛之地改良為農地。

☆ 不毛の原野/不長草的原野；不毛之地。

対肥沃

❷ 成果がないようす。中無成果。E fruitless.

☆ たがいに自分の主張だけを繰り返す不毛な議論が続いた/雙方只重複自己的主張，持續一場毫無結果的論戰。

ふもと フモト　山の下のほう。中山腳；山麓。E the foot; the base.

☆ ふもとまではバスで行って、そこから登りはじめる/坐巴士到山腳下，從那裡開始登山。

☆ あの山のふもとには人家が1軒しかない/那座山的山腳下只有一戶人家。

対頂、頂上

ぶもん【部門】ブモン、ブモン　全体をある基準で分けたそれぞれの部分。中部門；方面。E a section; a department.

☆ 洋子は歌のコンクールのシャンソンの部門で優勝した/洋子在歌唱比賽中獲得流行歌曲組的冠軍。

ふや・ける フヤケル〔自動一〕　❶水につかってやわらかくふくれる。中泡脹。E swell up; become sodden.

☆ 長い間ふろに入っていたら手足がふやけた/因為長時間待在澡堂裡，手腳都泡脹了。

☆ ふやけた豆/泡大的豆子。

❷ 気持ちがだらける。中散漫；懶散。E grow lazy.

☆ 息子は25歳にもなって、まだ、困ったときは親が助けてくれるなどとふやけた考えでいる/兒子都二十五歲了，令人頭痛的是他還吊兒郎當地想依靠父母的幫助。

▷ 他動ふやかす

ふや・す【増やす・殖やす】フヤス〔他動五〕

(ふやして) ❶ 数や量を多くする。中 増加；添。E increase.

☆ これ以上仕事を増やしたくない / 不想再增加工作了。

☆ 会員を増やす / 增加會員。

対 減らす

❷ 財産や動物や植物などを多くする。中 增加；繁殖。E add to; breed.

☆ 財産をふやす方法をいろいろ考える/考慮許多增加財產的方法。

☆ 家畜をふやす / 繁殖家畜。

対 減らす

▷ 自動 増える・殖える →増す

注 漢字で書くときは、❶は「増やす」、❷は「殖やす」。

ふゆ 【冬】フユ 四季の１つ。秋のつぎに来る、１年でいちばん寒い季節。日本では12、１、２月ごろに当たる。中 冬；冬季；冬天。E winter.

☆ 冬はスキーを楽しみたい / 冬天想享受滑雪的快樂。

☆ 厳しい冬 / 嚴冬。

☆ 冬枯れ/ winter decay. /冬季草木枯萎；冬天的淒涼景象。

☆ 冬休み / 寒假。

関連 春、夏、秋

ふゆかい 【不愉快】フユカイ いやな気持ちで楽しくないようす。おもしろくないようす。中 不愉快；不痛快；不高興。E displeased; unpleasant.

☆ あいさつしても相手が返事をしないので、不愉快だった / 即使打了招呼對方也不理睬，感到很不高興。

☆ 酔って遅く帰った父を見て、母は不愉快な顔をした / 看見酒醉晚歸的父親，母親滿臉的不高興。

対 愉快

ふよう 【不要・不用】フヨー ❶ なくてもいいこと。いらないこと。中 不需要；沒有。E unnecessary; needless.

☆ 暖かくなって暖房器具は不要になった/天氣變暖不需用暖氣設備了。

☆ 不要不急 / 不急需。

対 必要

❷ 使わないこと。また、使ってしまっていらなくなること。中 不用；不起作用。E disused; useless.

☆ 不用になった子供の衣類をバザーに出す/將孩子用不著的衣服拿到義賣會出售。

☆ 不用品 / 無用的物品。

対 入り用、入用

注 ❶は「不要」、❷は「不用」。

ふよう 【扶養】フヨー〔～する〕 助けて生活の面倒をみること。書 中 扶養。E support.

☆ 親は子供を扶養する義務がある / 父母有扶養孩子的義務。

☆ 年とった親を扶養する / 扶養年邁的父母。

☆ 扶養家族 / 扶養的家屬。

ぶようじん 【不用心・無用心】ブヨージン 危険に対する注意がたりないようす。中 警惕不夠；不安全；粗心大意。E unsafe; careless.

☆ かぎをかけないで外出するのは不用心だ / 不鎖門就外出，真是粗心大意。

☆ 財布を後ろのポケットに入れる不用心な人 /是個把錢包放在後面口袋就置之不理的粗心人。

対 用心

ぶよぶよ ブヨブヨ、ブヨブヨ〔～する〕 しまりなくやわらかくふくらんでいるようす。中 柔軟貌；肥胖貌。

☆ ナシがくさってぶよぶよになった / The pear was rotten and became soft. / 梨爛了，變得軟趴趴的。

☆ 運動もしないで食べてばかりいたので、ぶよぶよ(と)太ってしまった/光吃不運動，變得胖嘟嘟。

プライド (pride) プライド 誇り。自尊心。中 自尊心；自豪感。E pride.

☆ 妹とけんかをしたとき、ずいぶんひどいことを言って妹のプライドを傷つけたと思う/和妹妹吵架時話說得很難聽，想必傷了她的自尊心。

☆ プライドの高い人/自尊心強的人。

プライバシー (privacy) プライバシー　他人に知られたくないような個人の生活の内容。中 私生活；個人的秘密；隱私。E privacy.

☆ 京子は、年齢、収入、家庭などプライバシーに関することは言いたがらない/京子不想說有關年齢、收入、家庭等隱私的事。

☆ プライバシーを守る/嚴守隱私。

☆ プライバシーの侵害/ an invasion of privacy. /侵犯隱私。

フライパン (frying pan) フライパン　焼いたりいためたりするときに使う、底が浅くて平らな、柄のついたなべ。中 長柄平底鍋。E a frying pan.

☆ フライパンで肉をいためる/用平底鍋炒肉。

→台所図

ブラウス (blouse) ブラウス　上半身に着る、シャツに似た女性用の薄地の上着。中 女襯衫；罩衫。E a blouse.

☆ もめんのブラウスにアイロンをかける/熨棉質女用襯衫。

☆ このスーツには白いブラウスが合う/白色女襯衫與這件套裝相襯。

数 1枚　→衣類図

ぶらさが・る【ぶら下がる】ブラサガル〔自動五〕(ぶらさがって)　❶ ぶらりと揺れるようにたれ下がる。中 吊垂；懸掛。E hang; dangle.

☆ 鉄棒にぶら下がる/懸掛在單槓上。

☆ 軒下に赤いちょうちんがぶら下がっている/紅燈籠懸掛在屋簷下。

❷ いまにも手に入りそうなほどすぐ近くにある。中 眼看到手。E be almost near enough to grasp.

☆ 優勝が目の前にぶら下がっている/眼看冠軍就要到手了。

▷ 話　名 ぶら下がり　他動 ぶら下げる

ブラシ (brush) ブラシ　動物の毛やナイロンでできた毛を柄に植えつけてつくった道具。髪をととのえたり、ほこりを取ったりするときに使う。中 刷子。E a brush.

☆ ブラシで服のほこりを落とす/用刷子刷掉衣服上的灰塵。

☆ 長い髪をブラシでとかす/用梳子梳頭髮。

☆ 歯ブラシ/牙刷。

数 1本

プラス (plus) プラス、プラス　❶〔～する〕たすこと。加えること。中 加；加上。E plus; add to.

☆ 遅くまで働かせたので、時間給に深夜手当をプラスして払った/由於讓別人工作到很晚，所以在計時工資中加入深夜津貼。

☆ 5プラス3は8/五加三等於八。

対 マイナス

❷ 0より大きい数を表す。正。記号は「＋」。中 正數；正號。E plus.

☆ けさの気温はプラス3度だ/今早的氣溫為三度。

対 マイナス

❸ 物理で、電極の陽極を表す。記号は「＋」。中 陽極；正極。E the positive pole.

☆ 乾電池のプラスとマイナスを線でつなぐと電流が流れる/用電線連接電池的正負極，就會通電。

対 マイナス

❹ たりること。黒字。中 盈餘；營利。E a surplus; the black.

☆ 本年度の収支決算はプラスだった/本年度收支結算顯示是有盈餘的。

対 マイナス

❺ 利益になること。中 利益；好處。E an advantage.

☆ 外国で勉強することは、将来きっとプラスになる/到外國求學，對將來一定有幫助。

対 マイナス

プラスチック (plastics) プラスチック、プラ

ふ

スチック　石油などから化学的に合成される物質。熱や圧力で形を変えることができる。合成樹脂。中 塑膠。E plastics.

☆ プラスチックのコップは丈夫で色もきれいだ/塑膠杯子既耐用，顏色又漂亮。

☆ プラスチック容器/塑膠容器。

ふらつ・く　フラツク〔自動五〕(ふらついて)

❶ 足もとが不安定で、体がふらふらする。中 腳步不穩；搖晃；蹣跚。E feel giddy; stagger.

☆ 高い熱が続いたので、歩くとまだふらつく/由於持續發高燒，所以走起路來還搖搖晃晃的。

☆ 酒に酔って足がふらつく/喝醉了酒腳步不穩。

❷ 気持ちが不安定で揺れ動く。中 舉棋不定；猶豫。E waver; be unsteady.

☆ 大学を受験しようか就職をしようかと考えがふらついている/是要考大學還是就職，正猶豫不定。

❸ 目的もなく歩きまわる。ぶらつく。うろつく。中 信步而行；閒逛；蹓躂。E loiter.

☆ こんなに遅くまでどこをふらついていたの？/這麼晚，到哪裡閒逛去了?

ぶらつ・く　ブラツク〔自動五〕(ぶらついて)

目的もなくのんびり歩きまわる。中 信步而行；閒逛；蹓躂。E stroll; ramble.

☆ 子供を連れて公園をぶらついてくる/正帶著孩子逛公園。

☆ ショーウインドーをのぞきながら銀座通りをぶらつく/一邊看商店櫥窗一邊在銀座街上蹓躂。

ブラック (black) ブラック　❶ 黒い色。黒。中 黑；黑色。E black.

☆ この部屋にはブラックの家具が合う/這個房間配黑色家具正合適。

☆ ブラックペッパー(=黒こしょう)/黑胡椒。

❷ ミルクや砂糖を入れないコーヒー。中 黑咖啡；不加牛奶和糖的咖啡。E black.

☆ わたしはコーヒーをブラックで飲む/我喝咖啡不加牛奶和糖。

ブラックユーモア (black humor) ブラックユーモア　人のみにくさや悪さを鋭くつく、こわさのあるユーモア。中 聽後使人感到害怕的幽默；黑色幽默。E black humor.

☆ 人生と社会を深くみているA先生のブラックユーモアは人の心に突き刺さる/看透了人生和社會的A老師的黑色幽默觸動人心。

ブラックリスト (blacklist) ブラックリスト　注意が必要な人物の、名前や住所などを書いた名簿。中 黑名單。E a blacklist.

☆ その強盗は警察のブラックリストに載っていた/那個強盜的名字列在警察的黑名單上。

フラッシュ (flash) フラッシュ　❶ 暗い所で写真をとるときに発する、瞬間的な強い光。また、それを出す装置。中 閃光(燈)；鎂光(燈)。E a flash.

☆ フラッシュがまぶしくて目をつぶった/閃光燈眩目耀眼。

☆ フラッシュをたく/按閃光燈。

❷ 映画やテレビなどの瞬間的な場面。また、短い速報。中 瞬間場面。E a flash.

☆ ニュースフラッシュ/新聞影片的瞬間場面。

☆ フラッシュ写真/快照。

ふらふら　フラフラ、フラフラ　❶〔～する〕頭や体が揺れるようす。中 搖晃；晃蕩；蹣跚。

☆ 熱が高いのに、急に起き上がったらふらふらした/還發著高燒卻突然起來，感到頭暈暈的直搖晃。

☆ 酒を飲みすぎて、ふらふら(と)歩いている/He drank too much and is staggering about./酒喝多了，走起路來直搖晃。

❷〔～する〕考えや態度がはっきり決まらないようす。中 游移不定；猶豫不定。

☆ 別の会社に移ろうかどうしようかとふらふらしている/I am wavering between changing companies or not./猶豫不定到底要不要換工作。

❸ よく考えずに行動してしまうようす。
中 糊裡糊塗；馬馬虎虎。

☆ 高い車をふらふら(と)買ってしまい、いまそのローンで苦しんでいる/ Before I knew it I had bought an expensive car, and now I am having the trouble to pay the car loan. /沒考慮清楚就買下高級轎車，現在苦惱付不出貸款。

▷ →よろよろ

ぶらぶら ブラブラ、ブラブラ〔～する〕

❶ すこし重いものが下がって揺れ動くようす。
中 晃蕩；搖動。

☆ 子供が高いいすにすわり、足をぶらぶらさせている/ The child sat in the big chair dangling his feet. /孩子坐在高椅上兩條腿晃動著。

❷ 目的もなく、ゆっくり歩くようす。中 蹓躂，信步而行。

☆ 時間があまったので、公園をぶらぶらした / Having plenty of time I wandered in the park. / 剩下一點時間，在公園裡蹓躂蹓躂。

❸ 怠けて過ごすようす。中（沒有工作）賦閒；閒待著。

☆ 失業してから、ずっと家でぶらぶらしている/ Since I lost my job, I've just been idling my time away at home. /失業以後，一直賦閒在家。

プラン (plan) プラン　計画。案。中 計畫；方案。E a plan.

☆ 友達と春休みの旅行のプランを立てる/與朋友制定春假旅行計畫。

☆ プランを出す / 拿出方案。

☆ プランをねる / work on a plan. / 擬定計畫。

フランク (frank) フランク　隠しごとをしないで、率直なようす。中 直率；坦率。E frank.

☆ なんでもフランクに相談できる人がほしい / 想找一個能推心置腹的人。

☆ だれとでも友達になれるフランクな性格/和誰都能交上朋友的直率性格。

ブランド (brand) ブランド　有名なデザイナーや会社の名前やマーク。中 名牌產品；高級商品。E a brand.

☆ 有名なブランドのバッグを母にプレゼントした / 買個名牌皮包作為母親的生日禮物。

☆ ブランド品ばかり身につけたがる/只想穿名牌。

ふり【不利】フリ　負けそうであったり、損をしそうであったりすること。中 不利。
E disadvantageous; handicapped.

☆ 日本語ができないと、アルバイトをしても不利だ / 不會日語的話，對打工不利。

☆ 不利な条件 / 不利的條件。

☆ 不利な立場 / 不利的處境。

対 有利

ふり【振り】フリ、フリ　❶ 振ること。中 振動，擺動。E a swing, a wave.

☆ バットの振りが鈍い / 揮球棒的動作遲緩。

☆ 腕の振りが小さい / 手臂的擺動小。

☆ 旗振り / 搖旗。

❷ ほかの人から見えるようす。中 樣子；狀態。E appearance; pretence.

☆ 悲しくても楽しいふりをする / 雖然悲傷卻假裝高興的樣子。

☆ 見て見ないふりをする/假裝沒看見的樣子。

❸ 音楽に合わせた動き。中（合著音樂旋律的）姿勢；動作。E postures.

☆ アイドル歌手のふりを見てまねをする/看著偶像歌手的動作而跟著模仿。

☆ ふりをつける / 做(舞蹈、戲劇) 動作。

▷ 他動 振る

-ぶり　❶(名詞、動詞の「ます」形について)ようす、動作のしかたなど。中 樣子；狀態；情況。

☆ 枝ぶりのいい木 / a gracefully-shaped tree. / 枝葉形狀好看的樹。

☆ 暮らしぶり / the way one lives. / 生活狀況。

☆ 仕事ぶり / 工作情況。

☆ 話しぶり / 說話口氣。

❷ (時を表すことばについて)それだけ時がたって、また前と同じようにしたりなったり

ふ

すること。中 表示經過的時間。

☆ 10年ぶりに小学校のときの先生に会った/隔了十年見到了小學時的老師。

☆ 1週間ぶりにお酒を飲む/ drink *sake* for the first time in a week. /隔了一週之後喝酒。

〓参 ❶は「話しっぷり」「飲みっぷり」のように「っぷり」になることもあり、そのばあいはことばにもっと勢いがつく。

フリー (free) フリー　自由。中 自由；無拘束；不受制約。E free.

☆ 出版社勤めをやめて、いまはフリーの記者をしている/辭去出版社的工作，現在是一名自由的記者。

☆ フリーのカメラマン/自由的攝影師。

☆ フリーな立場/自由(=不受拘束)的立場。

ふりかえ【振り替え・振替】フリカエ　❶あるものを他のものと取りかえること。中 調換。E substitute; transfer.

☆ 日曜日と祝日が重なると、月曜日は振り替え休日になる/週日和節慶碰在一天的話，週一就補假。

☆ 振り替え輸送/代送。

❷ 直接、金を動かさないで、帳簿の上での移しかえによって支払うこと。中 匯款；轉帳。E (postal) transfer.

☆ 郵便振替で代金を支払う/用郵政轉帳支付貨款。

▷ 他動 振り替える

〓注 ❶は「振り替え」、❷は「振替」。

ふりかえ・る【振り返る】フリカエル〔自他動五〕(ふりかえって)　❶頭をまわして後ろを見る。中 回頭看；回過頭去。E look back; turn around.

☆ 後ろから名前を呼ばれて振り返った/聽見背後有人叫名字，於是回過頭去。

❷ すんだことを思いだす。顧みる。中 回顧。E look back on.

☆ 大みそかの夜に、過ぎていく1年を振り返る/在除夕夜回顧過去的一年。

〓注 ❶は自動詞、❷は他動詞。

ふりかざ・す【振りかざす】フリカザス〔他動五〕(ふりかざして)　❶頭の上に勢いよく上げてかまえる。中 揮起；掄起；揮舞。E brandish; raise aloft.

☆ 刀を頭上に振りかざす/拿刀在頭上揮。

❷ 自分の主義や主張などを正面から押しだす。中 大肆標榜；大力宣揚。E insist on.

☆ 理想を振りかざして進む/大肆宣揚理想往前進。

ふりがな【振り仮名】フリガナ、フリガナ　漢字の読み方を示すために、わきや上、下に書く小さなかな。中 標注假名。E letters of the Japanese syllabary written next to or above Chinese characters.

☆ お名前にふりがなをつけてください/請給名字注上假名。

☆ 漢字にふりがなをつけて読み方を覚える/給漢字注上假名，記住其讀法。

ふりこ・む【振り込む】フリコム〔他動五〕(ふりこんで)　相手の口座に金を払いこむ。中 存入；撥入。E pay money into a person's account.

☆ 給料を社員の口座に振りこむ/將薪資匯入職員的帳戶。

名 振り込み

ふりしぼ・る【振り絞る】フリシボル〔他動五〕(ふりしぼって)　あるだけの力や声や涙などを出す。中 竭盡全力。E (shout) at the top of one's voice; exert all one's strength.

☆ 離れていく船に向かって声を振りしぼって叫ぶ/朝著離去的船隻竭盡全力地大聲喊叫。

☆ 最後の力を振りしぼる/用盡最後的力氣。

ふりそで【振りそで】フリソデ、フリソデ　未婚の女性がお祝いの席などに着ていく長いそでの和服。中 長袖和服；未婚女性的和服。E a long-sleeved *kimono*.

☆ 友人の結婚式に、母にもらった振りそでを着る/在朋友的婚禮上穿母親送的長袖和服。

対 留めそで　数 1枚

二注 漢字で書くときは「振り袖」。

ふりむ・く【振り向く】フリムク〔自動五〕(ふりむいて)　後ろを向く。中 回頭；向後轉。E turn around; turn one's head.

☆ 後ろから名前を呼ばれて振り向いたら、中学時代の級友がそこにいた/有人從後面喊我的名字，回頭一看，原來是國中時的同班同學。

他動 振り向ける

ふりょう【不良】フリョー　❶質や状態がよくないようす。中 不好；不良；壞。E bad; poor.

☆ このテレビは音声が不良だ/這台電視的音質不好。

☆ 今年は冷害で稲作は不良のようだ/今年由於低溫災害，稻子的收成似乎不好。

対 良好

❷性質や行いが悪いこと。また、その人。中 品行不良；小流氓。E bad; delinquent.

☆ あの人は若いころ不良の仲間に入っていたそうだ/據說他年輕時曾加入不良幫派。

☆ 不良少年/不良少年。

☆ 不良少女/不良少女。

対 善良

ふりん【不倫】フリン　道徳的ではないこと。特に、結婚している人との許されない恋愛。中 違背人倫道德；外遇。E illicit liaison; immoral.

☆ 彼女は妻のある上司と不倫の関係にある/她與有妻室的上司發生婚外情。

プリント (print) プリント〔～する〕　❶印刷すること。また、印刷したもの。中 印刷；印刷品。E print.

☆ 研究論文をプリントしてみんなに配る/把研究論文印出來發給大家。

❷布に模様をかいた紙を当てて染めること。また、その染めたもの。中 印花；印染。E print.

☆ あなたには大柄のプリントのブラウスがよく似合う/印有大花的女襯衫很適合妳。

☆ 花柄プリント/印花圖案。

❸写真や映画のフィルムを、ふつうに見るように焼きつけること。また、焼きつけたもの。中 沖洗相片。E print (a film).

☆ 旅行の写真のフィルムを大きくのばしてプリントしてもらう/將旅行時拍的底片沖洗放大。

☆ 同時プリント/ instant developing and printing. / 快速沖印。

▷ 数 ❶1部・1枚、❸1枚

ふる【古】フル　❶(「お古」の形で) ⇨お古

❷(他のことばの頭について)(1)古い。中 舊；舊的；陳舊。

☆ 古道具屋/舊家具店。

☆ 古新聞/ an old newspaper. /舊報紙。

☆ 古株/ an old-timer. /老人；老手。

(2) 以前の。むかしの。中 以前的，昔日的，老的。

☆ 10年ぶりに古巣の会社にもどった/ After ten years, I returned to my old company. /時隔十年，又回到了原來的公司。

☆ 古なじみ/ an old friend. /老友；熟人。

ふ・る【振る】フル〔他動五〕(ふって)　❶一方のはしを動かないようにして、もう一方のはしを前後、左右、上下に揺り動かす。中 揮；搖；擺。E shake; wave; swing.

☆ 首を横に振って、いやだと言う/搖著頭說：「真討厭。」

☆ バットを振る/揮球棒。

❷手の中にあるものをまきちらすようにする。中 撒；擲。E sprinkle; throw.

☆ 肉に塩とこしょうを振る/把鹽巴和胡椒撒在肉上。

☆ さいころを振る/擲骰子。

❸わきに小さくそえる。中 注上；編上。E add (*kana*) to (*kanji*); number.

☆ むずかしい漢字にかなを振る/給難唸的字注上假名。

☆ 番号を振る/編上號碼。

❹手に入っていたものや手に入ることに

なっているものをむだにする。[中] 放棄；丟掉；犧牲。[E] lose; waste.

☆ 前大臣は差別発言をして、その地位を振った / 前部長的岐視性發言，使他丟掉了官位。

☆ 一生を棒に振る / 白白浪費一生。

❺ それを嫌って相手にしないようにする。[中] 謝絕；拒絕；甩。[E] reject; jilt.

☆ 就職が決まった会社を振って大学院に進む / 拒絕已決定了的公司，而去唸研究所。

☆ 二郎は洋子に振られた/二郎被洋子給甩了。

▷ [話]❺　[名] 振り

ふ・る 【降る】フル〔自動五〕(ふって)

空から雨や雪などの水の粒が落ちてくる。[中] 下；降下；落。[E] snow; rain.

☆ あすは山のほうでは雪が、平野部で は雨が降るでしょう / 明天山上會下雪，平原地區會下雨。

[名] 降り

降ってわいたよう　まったく思いがけないようす。[中] 宛如天降；突然出現；沒有想到。[E] quite unexpected.

☆ 降ってわいたような留学の話に驚き、また喜んだ / 能去留學的消息如從天降，聽到後驚喜交加。

フル (full) フル　❶ 限度いっぱいまでのようす。[中] 充分；最大限度。[E] full.

☆ 学資をつくるため、夏休みはフルにアルバイトをする / 為了湊足學費，整個暑假都在打工。

☆ フルタイムの仕事 / 全職的工作。

☆ フルスピード / 全速。

☆ フル回転 / operating at full capacity. / 全速運轉。

❷ 全部そろっている。[中] 全部。

☆ フルセット / 一整套。

☆ フルネーム / one's full name. / 全名。

-ぶる　(名詞、形容詞と形容動詞の語幹について)いかにもそれであるかのように見せたり行動したりする。[中] 擺……架子；裝……樣子。

☆ 兄は物知りぶっていろいろ教えてくれる/哥哥裝作什麼都懂的樣子，教了我許多。

☆ 偉ぶった態度 / 假裝了不起的態度。

☆ 上品ぶる / act refined. / 假充上流。

☆ 利口ぶる / try to appear intelligent. / 假裝聰明；顯示聰明。

ふる・い 【古い】フルイ　❶ いままでのものと同じで、時代後れだ。[中] 過時；落後。[E] old-fashioned; out-of-date.

☆ 女性が家を守るなどというのは古い考え方だ / 女性持家之類的想法是落後的思想。

☆ 父は頭が古い / 父親思想陳舊。

[対] 新しい

❷ 長い時間がたっている。[中] 古老；陳舊。[E] old.

☆ 祖父が使っていた古い時計/祖父用過的舊錶。

☆ 300年前に建てられた古い寺/三百年前建的古寺。

☆ 古い友達 / 老朋友。

[対] 新しい

ふる・う 【振るう・奮う】フルウ〔自他動五〕(ふるって)　❶ 力がわき出てくる。勢いが盛んになる。[中] 振奮；激動；振作。[E] thrive; do well (at school).

☆ 軍備を増やさず、生活を豊かにすれば、国力はふるう / 不擴充軍備，而使生活富足的話，國力就會興旺。

☆ 成績があまりふるわない / 成績不佳。

❷ (「ふるった[ている]」の形で)変わっていて、人の目をひく。[中] 奇特；特別；新穎。[E] unique; impressive; original.

☆ 道子の外国旅行をしない理由がふるっていて、飛行機がこわいのだそうだ/道子不去外國旅行的理由很特別，據說是因為害怕坐飛機。

☆ ふるった趣向 / 奇特的主意。

❸ 思うままに振り動かす。[中] 抖；揮。[E] wield (a pen, a sword).

☆ 筆をふるって書きたいだけ書く/隨性之所至，提筆揮灑。

☆ 刀をふるう/揮刀；舞刀。

❹ 持っている力をじゅうぶん発揮する。中發揮。E show off (one's ability).

☆ 妻の誕生日には、毎年わたしが料理の腕をふるう/每年在妻子生日那天都由我掌廚。

❺ 自分の心を沸きたたせる。中振興；鼓起。E summon up (one's courage).

☆ 勇気をふるって困難に立ち向かう/鼓起勇氣面對困難。

☆ ふるいたつ/奮起；振奮。

注 漢字で書くときは、❶～❹は「振るう」、❺は「奮う」。また、❶❷は自動詞、❸❹❺は他動詞。

ブルー (blue) ブルー　青い色。青。中青；藍色；天藍色。E blue.

☆ わたしはブルーが好きで、洋服も持ち物もブルー系のものが多い/我喜歡藍色，衣服和攜帶物品多是藍色系列的。

☆ ブルージーンズ/藍色牛仔褲。

ふるえあが・る【震え上がる】フルエアガル〔自動五〕(ふるえあがって)　恐ろしかったり寒かったりして体がひどく震える。中膽戰心驚；發抖；哆嗦。E shiver; be thoroughly frightened.

☆ 山頂でケーブルカーを降りて外へ出たら、とても寒くて震えあがってしまった/在山頂上下了纜車走到外頭，冷得直打哆嗦。

☆ あまりにむごい犯罪に世間が震えあがった/極為殘忍的罪行令世人膽戰心驚。

ふる・える【震える】フルエル〔自動一〕

❶ 細かく揺れ動く。中顫動；震動。E shake; tremble.

☆ 基地に近い家では、ジェット機が飛ぶときガラス窓が震える/噴射機起飛離地時，基地附近房子的玻璃窗震得直顫動。

❷ 恐れや寒さや病気などで、体の筋肉が細かく動く。中發抖；哆嗦；發顫。E tremble; shudder.

☆ 高い熱のため体が震えて止まらない/由於發高燒身體抖個不停。

▷ 名震え　他動震わせる

ふるさと　フルサト　生まれ育った土地。中故鄉；老家。E one's home; one's hometown.

☆ 30年ぶりにふるさとへ帰った/相隔三十年後回到故鄉。

☆ ふるさとの山や川がなつかしい/想念故鄉的山山水水。

→郷土

参「故郷」も似ているが、「ふるさと」のほうが山や川や海などの具体的な風景を思う気持ちが強く、詩や歌によく使われる。また、「ふるさと」には、「こけしのふるさと」「民謡のふるさと」のように、あるものを育てた源となるものの意味がある。

ふるって【奮って】フルッテ　自分から進んで積極的に行うようす。中積極地；踴躍地。E cordially; willingly.

☆ クイズに、ふるってご応募ください/請積極參加益智(猜謎)遊戲。

ふるぼ・ける【古ぼける】フルボケル〔自動一〕　古くなって、色が消えたり、見た感じがきたなくなったりする。中變陳舊；破舊；又髒又舊。E grow old.

☆ 引き出しから古ぼけた写真が出てきた/從抽屜中找到陳舊的照片。

ふるほん【古本】フルホン　いちどだれかが読んでいらなくなり、手放した本。中舊書。E a secondhand book.

☆ 古本の山の中から長年さがしていた本を見つけだした/從舊書堆中找到了渴望已久的書。

☆ 古本をあさる/尋找舊書。

☆ 古本市/古舊書市。

☆ 古本屋/舊書店；舊書攤。

対新本　数1冊

ふるま・う【振る舞う】フルマウ〔自他動五〕

ふ

(ふるまって) ❶人の前でなにかを行う。[中]行動；動作。[E] behave.

☆ 茶道の先生は、もの静かにふるまう/茶道老師靜靜地做著動作。

☆ 洋子は自分の生きたいように自由にふるまっている/洋子按自己的生活方式自由奔放的過著。

❷人にごちそうをする。客をもてなす。[中]請客；款待；宴請。[E] treat; entertain.

☆ ボーナスが出たら後輩に夕食をふるまってやろう/發年終獎金後請部屬(或學弟、妹)吃晚飯。

☆ 酒をふるまう/請喝酒。

▷ [名]振る舞い

[注] ❶は自動詞、❷は他動詞。

ふるめかし・い【古めかしい】フルメカシイ いかにもむかしのもののような感じだ。[中]古老；古香古色。[E] old-fashioned; ancient-looking.

☆ あの古めかしい建物は、江戸時代につくられた旅館です/那座古老建築是江戶時代建造的旅館。

☆ 姉は、祖母の使った古めかしいたんすをいまもたいせつに使っている/祖母用過的古色古香的衣櫥，姊姊現在還很愛惜地使用著。

ふるわ・せる【震わせる】フルワセル〔他動一〕 震えるようにする。震わす。[中]使哆嗦；使發抖。[E] shake; quaver.

☆ A先先は、ガラス窓を震わせるような声で生徒をしかりつける/A老師用幾乎可以搖動玻璃窗的音量，大吼訓斥學生。

☆ 声を震わせて事故のひどさを報告する/用顫抖的聲音報告事故的慘狀。

[自動]震える

ふれあ・う【触れ合う】フレアウ〔自動五〕(ふれあって) ❶たがいにふれる。[中]互相挨著；互相銜接。[E] touch each other.

☆ 肩と肩がふれ合う/肩並肩。

❷親しくつきあう。気持ちが通う。[中]親密交往；親密接觸；心心相印。[E] come in contact with.

☆ 同じ建物の中に保育園と老人会館をつくって、子供と老人がふれ合う機会を多くする/在同一棟大樓開設托兒所和老人活動中心，以增加孩子與老人接觸的機會。

▷ [名]触れ合い

ぶれい【無礼】ブレイ 失礼なこと。[中]沒有禮貌；失禮。[E] rude; impolite.

☆ ぶつかっても謝らないのは無礼だ/撞到後也不道歉，真沒禮貌。

☆ 手紙に返事も書かない無礼な人/連信也不回的失禮的人。

☆ 無礼を働く/失禮。

☆ 無礼者/沒禮貌的人。

プレー (play) プレー ❶〔～する〕遊ぶこと。遊び。[中]玩；遊戲。[E] play.

☆ プレーボーイ/拈花惹草的花花公子。

☆ プレーガール/好玩的女子；(風流的)交際花。

❷〔～する〕競技をすること。競技。[中]比賽。[E] play.

☆ 家族でゴルフのプレーをする/全家一起打高爾夫球。

☆ プレーボール/(棒球等)開球；開始比賽。

☆ ファインプレー/絕技；美技。

❸演劇。演奏。[中]表演；演劇；演奏。[E] a play; theater.

☆ プレーガイド/入場券預售處。

☆ ミュージカルプレー/音樂劇。

ブレーキ (brake) ブレーキ 車の回転や動きを止める装置。[中]煞車。[E] a brake.

☆ 横の道から子供が飛びだしてきたので、急いでブレーキを踏んだ/由於從旁邊的路口跑出來一個孩子，所以趕忙緊急煞車。

☆ この自転車はブレーキがきかない/這輛腳踏車煞車失靈。

☆ 急ブレーキをかける/緊急煞車。

ブレーキになる ものごとの進行を止める。じゃまな存在になる。[中]阻礙；成為障礙；成了絆腳石。E be a drag.

☆ きのうの試合では、足を痛めていたわたしがブレーキになって負けてしまった / 昨天比賽時，腳痛的我成了絆腳石，結果輸給對方。

ブレーキをかける ものごとの進行をおさえる。中 阻攔；阻礙；制止。E put a stop to.

☆ 父は、19歳のわたしが結婚するのは早すぎると言ってブレーキをかけた / 父親阻攔著我說才十九歲就結婚，太早了。

似た表現 ブレーキがかかる

ブレーン (brain) ブレーン 政治家や企業などの相談相手になる専門家や学者。中 顧問；智囊。E a brain trust; brains.

☆ A教授は首相のブレーンの1人だ/A教授是首相智囊團中的一員。

☆ 会社のブレーンとして助言する / 身為公司的顧問提出建議。

プレゼント (present) プレゼント〔～する〕 贈り物をすること。また、贈り物。中 禮物；贈品；送禮。E a present.

☆ 入学のプレゼントにもらった時計をして学校へ行く / 戴著作為入學禮物的錶去學校。

☆ 父の誕生日にセーターをプレゼントする/把毛衣作為父親的生日禮物。

フレッシュ (fresh) フレッシュ 新鮮なようす。中 新鮮；新；清新。E fresh.

☆ このオレンジはとてもフレッシュだ/這橘子很新鮮。

☆ 新学期からはフレッシュな気分で勉勉しよう / 從新學期起要以新的心情來讀書。

ふ・れる 【振れる】フレル〔自動一〕 ❶ 揺れ動く。中 振動。E oscillate; swing.

☆ 時計の振り子が左右に振れる / 時鐘的鐘擺左右晃動。

❷ 正しい方角からはずれる。かたよる。中 偏向。E lean.

☆ 進む方向が西に振れる / 前進的方向偏西。

ふ・れる 【触れる】フレル〔自他動一〕 ❶ 人やものがちょっと当たる。接触する。中 觸；碰。E touch.

☆ そっとほおにふれる / 輕輕地碰觸臉頰。

☆ 肩にふれる / 碰到肩膀。

❷ 軽く目や耳や心で感じる。中 感觸到。E see; reach.

☆ 旅行中、目にふれた景色をかきとめておく / 記下旅行中看到的景色。

☆ 耳にふれるやさしい音楽/聽到的優美的音樂。

❸ あることに関係する。あることがらについて話す。中 觸及；涉及；提到。E refer to; touch.

☆ 遺族は事件にふれるのをいやがっている/遺屬們不願提及那一事件。

☆ 問題の核心にふれる / 觸及問題的核心。

❹ 規則などに反する。さからう。中 觸犯。E violate; be against.

☆ 法律にふれる行為をしてはいけない / 不要做違法行為。

❺ 人やものにちょっと当てる。中 觸；摸。E touch.

☆ 作品に手をふれないでください / 請不要觸碰作品。

▷ 名 触れ

注 ❶～❹は自動詞、❺は他動詞。

参 ❶は「さわる」と似ているが、「さわる」が、接触する両方または一方が人間であるばあいにいうのに対して、「ふれる」は、ものともの、気体などとの接触のばあいにもいう。また、「さわる」は「ふれる」より接触の程度が強く、時間も長い。

ブレンド (blend) ブレンド、ブレンド〔～する〕 コーヒーや酒などで、味やかおりをよくするために違う種類のものをまぜ合わせること。また、そのもの。中 混合；摻雜。E blend.

☆ コーヒー豆3種類をブレンドして、わが家独特のコーヒーをいれる / 將三種咖啡豆混合，泡成我家獨特的咖啡。

☆ ブレンドコーヒー / 綜合咖啡。

対ストレート

ふろ フ̄ロ ❶体を洗うための湯を沸かす設備。また、その場所。中澡堂；浴池；洗澡間。E a bath.

☆ ゆっくりとふろに入って旅行の疲れを取る/悠閒地洗個澡，以消除旅行的疲勞。

〔ふろ〕

☆ ふろを沸かす/燒洗澡水。

☆ ふろ場/浴室。

❷ 銭湯。中澡堂。E a public bath.

☆ ふろの帰りにコンビニに寄る/從澡堂回家的途中順道去便利商店。

☆ ふろに行く/去澡堂洗澡。

☆ ふろ屋/(公共)澡堂。

⼆注 漢字で書くときは「風呂」。

プロ プ̄ロ〔←プロフェッショナル(professional)〕 専門家としての知識や技術を持ち、それを職業としている人。くろうと。中專業(的)；職業。E a professional.

☆ 一郎はプロのサッカー選手になろうと練習に励んでいる/為當職業足球選手，一郎正拚命訓練。

☆ プロ野球/職業棒球。(→項目)

対アマ、アマチュア、ノンプロ

ブローチ (brooch) ブロ̄ーチ 衣服のえりや胸につける女性用の小さなアクセサリー。中胸針；飾針。E a brooch.

☆ 星の形のブローチを胸につける/胸前配戴星形胸針。

☆ 真珠のブローチ/珍珠胸針。

→アクセサリー図

ふろく【付録】フロ̄ク ❶本文の後についている参考のための資料。中附錄。E an appendix.

☆ 付録として、本文に関係のある地図や年表を載せる/與本文有關的地圖和年表刊載於附錄。

❷ 雑誌などについているおまけのもの。中附帶的東西。E an extra.

☆ 付録のカレンダーがほしくて雑誌を買った/想要雜誌中附帶贈送的年曆，所以就買了本雜誌。

☆ 今月号には3つも付録がついている/這月的期刊有三個附錄。

プログラム (program) プログ̄ラム ❶映画、音楽、演劇、パーティーなどの催しで、出演者や出し物の順番などを書いたもの。また、その出し物。中節目表；節目。E a program.

☆ 劇場に着いたら、まずプログラムを買って劇のあらすじを読んでおく/到劇場後先買節目表看劇情介紹。

☆ 二郎はきのうのコンサートのプログラムの最後で歌った/昨天音樂會到了最後，二郎才出場唱歌。

❷ 予定。計画。中預定；計畫(表)；進程(表)。E a plan; a schedule.

☆ 夏期講習会のプログラムを組む/編排暑期講習會的計畫。

❸〔～する〕コンピューターが読み取れる手順、方式を指示したもの。また、それをつくること。中電腦程式；編製程式。E a (computer) program.

☆ コンピューターで将来の人口を予測するためのプログラムをつくる/用電腦編寫能預測未來人口的程式。

▷ 数❶1部

プロジェクト (project) プロ̄ジェクト 特定の計画を実行するための事業。また、その計画。中計畫；項目；設計。E a project.

☆ 国際博覧会に参加するためのプロジェクトを組む/編排為參加國際博覽會的計畫。

☆ プロジェクトチーム/研究小組；計畫推進小組。

ふろしき フロシ̄キ ものを包んだり、持ち歩いたりするための四角い布。中包袱巾；包東西用的四方布。E a *furoshiki*; a wrapping cloth.

☆ ふろしきにおみやげを包んで持っていく/用包袱巾包禮物帶去。

☆ ふろしき包み/用包袱巾包的包裹。

〔ふろしき〕

数 1枚

注 漢字で書くときは「風呂敷」。

プロパンガス (propane gas) プロパンガス 天然ガスや石油から取れるガス。燃料に使う。プロパン。中 液化石油氣;丙烷氣。E propane gas.

☆ プロパンガスが切れたので、新しいボンベと取りかえた/由於液化瓦斯用完了,所以換了一個新氣罐。

プロポーズ (propose) プロポーズ〔~する〕 相手に結婚してほしいと言うこと。中 求婚。E a marriage proposal.

☆ 道子にプロポーズしたが断られた/向道子求婚,但被拒絕。

☆ プロポーズの手紙を書く/寫求婚信。

プロやきゅう【プロ野球】プロヤキュー 職業として行う野球。中 職業棒球。E professional baseball.

☆ わたしは子供のころプロ野球の選手になるのが夢だった/當一名職棒選手是我小時候的夢想。

☆ 父の楽しみはテレビでプロ野球を見ることだ/父親的樂趣是看電視上的職棒比賽。

フロン フロン、フロン 塩素とフッ素をふくむ炭化水素の気体。液体化して、ヘアスプレーや殺虫剤、冷蔵庫やエアコンの冷却機に使う。中 氟利昂。E chlorofluorocarbon.

☆ フロンはオゾン層を破壊し、その結果、皮膚がんが増えるといわれている/據說氟利昂會破壞臭氧層,其結果會導致皮膚癌增加。

☆ フロンを規制する/限制氟利昂的使用。

参 正式の名前は「クロロフルオロカーボン(chlorofluorocarbon)」。

ふわ【不和】フワ 仲が悪いこと。中 不和;不和睦;關係不好。E discord; trouble.

☆ 家庭の不和は子供に悪い影響がある/家庭不和對孩子產生不好的影響。

☆ 性格の違いが不和のもととなった/性格差異是產生不和的根本所在。

ふわふわ フワフワ、フワフワ〔~する〕

❶ 軽いものが浮かんで、ゆっくり動いているようす。中 輕飄貌。

☆ 風船がふわふわ(と)飛んでいる/A balloon is drifting aloft. /氣球輕盈地飄在空中。

❷ やわらかくふくらんでいるようす。中 鬆軟貌。

☆ ふわふわの羽根ぶとんで寝る/sleep in a fluffy down quilt. /蓋上鬆軟的羽絨被睡覺。

❸ 1つのところに落ちつかず、よく動くようす。中 不定;浮躁。

☆ 決まった職業を持たず、ふわふわ(と)暮らす/drift through life without a set profession. /沒有固定的職業,四處遊盪。

☆ ふわふわした気持ち/浮躁的心情;心神不定。

ふわらいどう【付和雷同】フワライドー、フワ・ライドー〔~する〕 自分でしっかりと考えずに、他人の意見に賛成し、同じように行動すること。書 中 隨聲附和;追隨別人。E follow others blindly.

☆ 付和雷同ばかりして自分の考えを持たない人は尊敬されない/只會隨聲附和而沒有自己想法的人不會受人尊重。

ふん【分】フン ❶ 時間、時刻の単位。1時間の60分の1。中 分。E a minute.

☆ 2分/2分。

☆ 9時15分すぎ/九點過十五分了。

❷ 経度、緯度の単位。度の60分の1。中 分。E a minute.

☆ 北緯36度5分/北緯三十六度五分。

☆ 東経135度9分/東經一百三十五度九分。

ぶん【分】ブン ❶ 分けて割り当てられたも

の。中部分；份。E a share; a portion.

☆ 姉がわたしの分も払ってくれた / 我的那份，姐姐也幫我付了。

☆ 人の分まで食べる / 把別人的份也吃了。

☆ 取り分 / 該得的份。

❷ 全体の中の一部。部分。中部分。E a part.

☆ 休んで遅れた分を取りもどす / 取回因請假而落後的部分。

☆ 収入の増えた分を貯金する / 儲蓄所得中增加的那部分。

☆ 残りの分 / 剩下的部分。

❸ ものごとの程度。中程度；狀態；情況。E judging from; so long as.

☆ 雪もこの分ならまもなくやむだろう / 照這個情形來看，雪再不久就會停了吧。

☆ アルバイトを週に 1 回する分には勉強にさしつかえないだろう / 每週打一次工對讀書沒有妨礙吧。

❹ (他のことばの後について)(1)ものの成分。中～成分。

☆ アルコール分 / 酒精成分。

☆ 営養分 / nutriment. / 營養成分。

(2) それに相当する身分。中身分；地位。

☆ 兄貴分 / a sworn brother. / 義兄。

☆ 親分 / a boss. / 頭頭兒；乾爹；乾媽。

☆ 子分 / 乾兒子；義子；部下。

ぶん【文】ブン　まとまった考えや気持ちを表すために、いくつかのことばをつないで書いたもの。終わりに「。」がくる。中文章；句子；文。E a sentence.

☆「できる」を使って短い文をつくりなさい / 請使用「能夠」一詞造一短句。

☆ 受身の文 / 被動句。

☆ 文の成分 / 句子的成分。

☆ 命令文 / 命令句。

ふんいき【雰囲気】フンイキ　人や場所から自然に出てくる独特な気分。中氣氛；空氣。E an atmosphere; an air.

☆ 京子はとても優雅な雰囲気を持っている / 京子具有十分優雅的氣質。

☆ この店の雰囲気が気に入った / 這家店的氣氛令我滿意。

☆ 家庭的な雰囲気 / 家庭式的氣氛。

ふんか【噴火】フンカ〔～する〕　火山が爆発して、とけた岩や灰などを噴きだすこと。中(火山)噴火。E erupt; an eruption.

☆ 地震が続いたあと、火山が噴火した / 連續發生地震後，火山爆發了。

☆ 大きな噴火で山の形が変わった / 由於猛烈的爆發，山的形改變了。

☆ 噴火口 / (火山)噴火口。

ぶんか【文化】ブンカ　❶ 世の中が進歩し、人々の生活が豊かになること。中文化；文明。E civilization.

☆ 文化が発達して生活が便利になった / 文明進步，生活變得方便了。

☆ 文化の向上をはかる / 謀求提昇文化水準。

❷ 学問や芸術など、人が長い時間をかけてつくりだしたもの。また、人に知恵や知識を伝えたり、人を感動させたりするもの。中文化。E culture.

☆ 外国へ行ったらその国の文化に直接にふれるのがたいせつだ / 到國外後直接與那國文化接觸很重要。

☆ 文化交流 / 文化交流。

☆ 古代文化 / 古代文化。

ふんがい【憤慨】フンガイ〔～する〕　不正や不当な扱いに対してひどく怒ること。中憤慨；氣憤。E indignation; be indignant at.

☆ 選手は審判のまちがった判定に憤慨して、駆け寄って抗議した / 選手對裁判的誤判很氣憤，跑過去抗議。

ぶんかい【分解】ブンカイ〔～する〕　❶ ものが部分に分かれること。また、分けること。中拆開；分開；解體。E take ~ to pieces.

☆ こわれたラジオを分解して修理する / 拆開

壞了的收音機修理。

☆ 空中分解/ break up to pieces in the air. /空中解體。

対組み立て

❷ 化合物が２種類以上の物質に分かれること。また、分けること。中分解；裂化。

E dissolve; resolve.

☆ 食べたものは消化酵素の働きにより、胃の中で分解する/吃下去的東西由於消化酶的作用會在胃中分解。

☆ 水を分解すると酸素と水素になる/水分解成氧氣和氫氣。

対合成

▷ →解体

ぶんがく【文学】ブンガク ❶ 小説、随筆、詩など、ことばによって表現される芸術。中文學；文藝。E literature.

☆ 文学は、その時代の人の心のあり方を映すものだ/文學是反映當時人心的東西。

☆ 文学者/文學家。

☆ 古典文学/古典文學。

❷「❶」について研究する学問。中文學。E literary studies.

☆ 大学では文学を専攻するつもりだ/打算在大學裡專攻文學。

☆ 文学入門/文學入門。

❸ 学問で、自然科学、社会科学以外の、宗教学、哲学、心理学、文芸学、言語学などをまとめていう言い方。中文科；文學。E the humanities.

☆ 文学部/文學院。

☆ 文学博士/文學博士。

ぶんかざい【文化財】ブンカザイ、ブンカザイ 文化によって生みだされた、価値のあるもの。中文物；文化遺產；文化財富。E cultural properties.

☆ この寺の仏像は文化財として保護されている/這座寺廟的佛像是受保護的文化遺產。

☆ 重要文化財/重要的文化遺產。

☆ 無形文化財/intangible cultural properties. /無形文化遺產。

ぶんかつ【分割】ブンカツ〔～する〕 いくつかに分けること。中分割；瓜分；分期付款。E divide; partition.

☆ 遺産を子供たちに公平に分割する/把遺產公平地分給孩子們。

☆ 分割された国土/被瓜分的國土。

☆ 分割払い/分期付款。

ぶんぎょう【分業】ブンギョー〔～する〕 1つの仕事を分けてすること。中分工；分擔。E divide the work.

☆ 近代的な工場では、仕事はすべて分業で行われている/在現代化的工場，工作全部都是分工作業。

☆ 分業すると能率がいい/分工的話，工作效率較高。

☆ 医薬分業/醫藥分業。

ふんぎり【踏ん切り】フンギリ 思いきって決心すること。話中下決心。E take a decisive step; make up one's mind.

☆ 会社をやめようかどうしようか迷っていたが、やっとふんぎりがついた/到底是要不要辭職，一直猶豫不決，最後才下定了決心。

☆ ふんぎりをつける/下決心。

ぶんけい【文型】ブンケイ 文のいろいろな型。中句型。E a sentence pattern.

☆ 外国語を勉強するときは文型をしっかり覚えなければならない/學外語時必須牢牢記住句型。

☆ 否定の文型とは､｢ない｣｢ありません｣などで文が終わるものをいう/所謂否定句型就是以｢ない｣｢ありません｣等結尾的句子。

ぶんげい【文芸】ブンゲイ、ブンゲイ ❶ 音楽や美術などに対して、詩、小説など、ことばによって表現された芸術。中文藝。E literature; literary arts.

ふ

☆ わたしはスポーツよりも文芸のほうが好きだ／與體育相比，我更喜歡文藝。

☆ 文芸欄／文藝欄。

❷ 学問と芸術。中 文藝。E liberal arts and fine arts.

☆ 江戸時代の文芸について調べる／調查關於江戶時代的文藝。

☆ 文芸復興／文藝復興。

ぶんけん【文献】ブンケン　知りたいことを調べるのに役立つ記録や印刷物。中 文獻；文件；資料。E literature; documentary records.

☆ 歌舞伎の歴史を調べるために図書館で文献をさがした／為調查歌舞伎的歷史在圖書館查文獻。

☆ 文献学／philology.／文獻學。

☆ 参考文献／參考文獻。

ぶんご【文語】ブンゴ　日本の古典のことばで、おもに平安時代のことばを基本にしたもの。中 日語的文言。E a literary word; literary language.

☆「忘れずに」の「ず」は「ない」の文語だ／「忘れずに」的「ず」是「ない」的文言表達形式。

☆ 文語文法／文言文法。

☆ 文語体／文言體。

対 口語

ぶんごう【文豪】ブンゴー　非常にすぐれた文学者。特に小説家。中 文豪；偉大的作家。E a great writer.

☆ 学生時代は漱石や鴎外など文豪たちの作品をたくさん読んだ／學生時代閱讀了許多漱石、鷗外等大文豪的作品。

☆ 文豪シェークスピア／大文豪莎士比亞。

ぶんし【分子】ブンシ　❶ 物質の性質を失わないままで分けることのできるいちばん小さい粒子。中 分子。E a molecule.

☆ 物質を分子式で表す／用分子式來表示物質。

❷ 数学で、分数の横線の上にある数や式。中 分子。E a numerator.

☆ $\frac{3}{10}$の分子は3だ／$\frac{3}{10}$的分子是3。

☆ 分子で分母を割って割合を出す／用分子除分母得出比例。

対 分母

❸ 集団の中の一部の者。中 份子。E an element.

☆ 反対分子／反對份子。

☆ 不満分子／discontented elements.／不滿份子。

☆ 異分子／異己份子。

ふんしつ【紛失】フンシツ〔～する〕　ものがなくなること。ものをなくすこと。中 遺失；失落。E loss; lose; be missing.

☆ 学生証を紛失したので、再発行を依頼した／因遺失學生證而請求補發一份。

☆ 重要な書類が紛失して困っている／因遺失了重要文件而苦惱著。

☆ 紛失物／遺失物。

ぶんしょう【文章】ブンショー　いくつかの文がつながって全体として考えや感情を表しているもの。中 文章。E writing; a composition.

☆ この作家の文章はとても簡潔でわかりやすい／這個作家的文章十分簡潔易懂。

☆ 文章がうまい／文章寫得好。

☆ 論理的な文章／合乎邏輯的文章。

ぶんじょう【分譲】ブンジョー〔～する〕　広い土地や多くの家、マンションなどを分けて売ること。中 分開出售。E sell (land) in lots; (a house) on its own lot.

☆ 不動産会社が住宅地を分譲する／房地產公司分售住宅地。

☆ 分譲住宅／分開出售的住宅。

☆ 分譲マンション／分開出售的高級公寓。

ふんすい【噴水】フンスイ　公園などにある、水が高く噴き出るようにした設備。また、その水。中 噴泉；噴水池。E a fountain.

☆ 噴水から水がいろいろな形になって噴き上がっている／噴水池的水噴出各式各樣的形狀。

ぶんすう【分数】ブンスー 数学で、横線の上と下に数や式を書き、上の数や式を下の数や式で割ることを表したもの。$\frac{2}{5}$、$\frac{1}{10}$など。中分數。E a fraction.

☆ 小学校のころは分数の計算が苦手だった/小學時很不擅長分數的計算。

☆ 10パーセントを分数で表すと$\frac{1}{10}$となる/將百分之十用分數表示是$\frac{1}{10}$。

ぶんせき【分析】ブンセキ〔～する〕 ものごとを単純な要素に分けて整理し、その構成を調べること。中分析；剖析。E analyze; (an) analysis.

☆ 井戸水を分析して飲み水に適しているかどうかを調べる/化驗井水，看它是否適合做為飲用水。

☆ 選挙の敗因を分析する/分析選舉失敗的原因。

対総合

ふんそう【紛争】フンソー〔～する〕 話し合いで解決できなくてたがいに争うこと。中糾紛；爭端。E a dispute; trouble.

☆ 紛争をひきおこす/引起糾紛。

☆ 紛争を解決する/解決糾紛。

☆ 民族紛争/民族糾紛。

ぶんたい【文体】ブンタイ ❶文章の形式。文語体と口語体、「です・ます」体と「だ・である」体などいろいろある。中文體。E a literary style; language.

☆ 作文を書くときは文体を統一すること/寫作文時文體要一致。

☆ 話しことばの文体/口語文體。

❷ 文章に表れている、書く人の表現のしかたの特徴。中風格；文體。E a style.

☆ あの作家の文体はリズム感があって、読んでいて楽しい/那位作家的文體有韻律感，讀起來很舒服。

ふんだく・る フンダクル〔他動五〕(ふんだくって) ❶乱暴にうばい取る。中生搶；硬奪。E snatch.

☆ 若い男が、銀行から出てきた老人のかばんをふんだくって逃げた/一位年輕男子搶走從銀行出來的老人錢包後逃之夭夭了。

❷ 無理に高い金額を支払わせる。中敲詐；勒索。E charge exorbitantly.

☆ ビール１本で5000円もふんだくるバーがある/有的酒吧敲詐勒索，一瓶啤酒竟然要花五千日圓。

▷話

ぶんたん【分担】ブンタン〔～する〕 仕事や責任を、いくつかに分けて受け持つこと。中分擔；分攤。E divide; share.

☆ この仕事を３人で分担して引き受ける/這份工作由三人分擔接受。

☆ 家事の分担を決める/決定分擔家務事。

☆ 費用を分担する/分攤費用。

ふんとう【奮闘】フントー〔～する〕 力いっぱい戦うこと。中奮鬥。E a hard struggle.

☆ 研究所の所員たちの奮闘で、心臓病を治す薬が開発できた/在研究所成員們的共同奮鬥下，治療心臟病的藥被開發出來了。

☆ 孤軍奮闘/unaided effort; fight alone./孤軍奮鬥。

ぶんど・る【分捕る】ブンドル〔他動五〕(ぶんどって) 他人のものを力ずくでうばい取る。話中掠奪；劫掠。E plunder; capture.

☆ となりの部にはコピー機が２台あるから１台ぶんどってきた/由於隔壁部門原有兩台影印機，所以搶了一台過來。

☆ 敵の武器をぶんどる/掠奪敵人的武器。

ぶんぱい【分配】ブンパイ〔～する〕 分けて配ること。中分配；配給；分給。E distribute; divide.

☆ 仕事も、それでえた収入も、全員に公平に分配する/工作，以及為此而得到的收入都公平地分給全體成員。

ふんぱつ【奮発】フンパツ〔～する〕 思い

ふ

きって多くの金を出すこと。中狠下心來花大錢。
E treat oneself to; splurge on.

☆ ボーナスが出たので、奮発して大型テレビに買いかえた/由於發年終獎金了，所以狠下心來換了台大電視。

ふんば・る【踏ん張る】フンバル〔自他動五〕(ふんばって) ❶開いた足に力を入れて、倒れないようにする。中張開雙腳使勁站住。
E stand firm.

☆ 電車が急ブレーキをかけたので、倒れないように足をふんばった/由於電車緊急刹車，為了不致跌倒而張開雙腳使勁站住。

❷ じっとがまんして負けないようにする。がんばる。中堅持；掙扎；固執到底。E hold out; make an effort.

☆ 仕事は厳しくつらいが、家族のためにふんばって働く/工作又嚴格又辛苦，但為了家人要堅持到底。

▷ 話 名踏ん張り

注 ❶は他動詞、❷は自動詞。

ぶんぴつぶつ【分泌物】ブンピツブツ　生物体の細胞が体の活動に役に立つ液体をつくって細胞の外へ出したもの。ぶんぴぶつ。中分泌物。E a secretion.

☆ 成長しているときは分泌物も多く出る/分泌物會隨著身體成長而增多。

☆ 汗も涙も分泌物の一種だ/汗和眼淚都是分泌物的一種。

ぶんぷ【分布】ブンプ、ブンプ〔～する〕あちこちにひろがっていること。また、分かれて存在すること。中分布；遍布。E be distributed; distribution.

☆ シラカバの木は寒い地方に分布している/白樺樹遍布在寒冷地區。

☆ 方言の分布状況を調べる/調查方言的分布狀況。

ぷんぷん プンプン、プンプン〔～する〕
❶ 強いにおいがするようす。中氣味衝鼻；氣味衝天。

☆ 父は酒のにおいをぷんぷんさせて帰ってきた/My father came home reeking of alcohol. /父親滿身酒氣地回來了。

☆ 香水がぷんぷん(と)におう/香水味撲鼻。

❷ 非常に怒っているようす。中激怒貌；非常生氣貌。

☆ 父の帰りが遅いので、母はぷんぷん(と)怒っている/My mother is in an angry mood as my father is late coming home. /因為父親回來得晚，母親因而大為惱火。

☆ しかられてぷんぷんしている/挨了罵，怒氣沖沖的。

ふんべつ【分別】フンベツ、フンベツ〔～する〕 ものごとのよしあしを正しく判断すること。また、その能力。中判斷能力；思考力。
E discretion; good sense.

☆ 二郎は分別があるから、自分や会社に損なことは引き受けない/二郎有判斷力，不會接受有損於自己和公司的事。

☆ 他人のものを盗むとは、分別のないことをしたものだ/偷竊他人的東西代表沒有分辨是非的能力。

対 無分別

ぶんべつ【分別】ブンベツ〔～する〕 種類ごとに分けること。中分別；區別；分類。
E separate; by type.

☆ 燃えるごみと燃えないごみに分別する/區分可燃垃圾和不可燃垃圾。

☆ ごみの分別収集/垃圾分類。

ぶんぼ【分母】ブンボ　数学で、分数の横線の下にある数や式。中分母。E a denominator.

☆ $\frac{3}{10}$ の分母は 10 である/$\frac{3}{10}$ 的分母是 10。

対 分子

ぶんぽう【文法】ブンポー　ことばの使い方やきまり。文章の構成の方法。中文法。
E grammar.

☆ ドイツ語とフランス語の文法を比較する/

比較德語和法語的文法。

☆ 文法書／文法書。

ぶんぼうぐ【文房具】ブンボーグ　紙、ノート、ペン、鉛筆、消しゴムなど、なにかを書くときに使うもの。文具。中文具。E stationery; writing materials.

☆ 新学期には新しい文房具を買いたい/新學期想買新文具。

☆ 文房具屋／文具店。

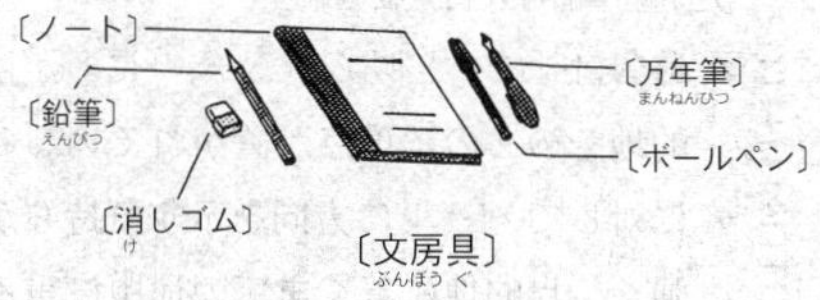

ぶんめい【文明】ブンメイ　知識や技術が進み、精神的、物質的な文化に恵まれ、生活が豊かなこと。中文明；物質文化。E civilization.

☆ 文明の進歩によって人間が失ったものも多い/隨著文明的進步，人類失去的東西也很多。

☆ 文明開化／civilization and enlightenment.／文明開化。

☆ 現代文明／現代文明。

対野蛮

ぶんや【分野】ブンヤ　ものごとの全体をある基準で分けた１つの部分。中領域；範圍；方面。E a field; a sphere.

☆ 道子は自然科学の分野の知識が豊かだ/道子在自然科學方面的知識很豐富。

☆ 田中先生と山田先生は同じ心理学でも専門分野が違う／田中老師和山田老師雖同屬心理學範疇，但研究領域不同。

ぶんらく【文楽】ブンラク　浄瑠璃に合わせ、人形を操って演じる芝居。人形浄瑠璃の１つ。中木偶淨琉璃戲。E *Bunraku*; Japanese puppet theater performed with *joruri* ballad drama.

☆ 国立劇場で文楽を見る/在國家劇院觀賞木偶淨琉璃戲。

☆ 文楽の人形はふつう３人で操る/木偶淨琉璃戲的木偶通常由三人操縱。

ぶんり【分離】ブンリ、ブンリ〔～する〕　分かれ離れること。分け離すこと。中分離；分開。E separate; divide.

☆ 仕事が増えたので、開発部を企画部と研究部に分離した/由於工作量增加，把開發部分成企劃部和研究部。

☆ この調味料は酢と油が分離している/這種調味料醋和油分離。

ぶんりょう【分量】ブンリョー　重さ、体積、数、仕事などの、分けることのできる量。中分量；數量；重量。E a quantity; an amount.

☆ 患者の体重によって薬の分量を変える/根據病人的體重來變換用藥的分量。

☆ 食事の分量を減らす／減少飯菜量。

ぶんるい【分類】ブンルイ〔～する〕　種類によって分けること。中分類；分門別類。E classify; sort.

☆ 本を専門分野別に分類する／把書按專門領域分類。

☆ 分類学／taxonomy.／分類學。

ぶんれつ【分裂】ブンレツ〔～する〕　１つのものがいくつかに分かれること。また、その状態。中分裂；裂開。E split; divide.

☆ 政党が分裂する／政黨分裂。

☆ 分裂国家／國家分裂。

☆ 核分裂／nuclear fission.／核分裂。

対統一

ふんわり フンワリ〔～する〕　❶軽いものが浮かんだり、非常にゆっくり動いたりするようす。中飄浮貌；輕飄貌。

☆ 白い雲が空にふんわり(と)浮かんでいる／White clouds are floating gently in the sky.／朵朵白雲飄浮在空中。

❷ やわらかくふくらんでいるようす。中鬆軟貌；蓬鬆貌。

☆ ふんわりしたセーター／a fluffy sweater.／柔軟的毛衣。

へ／へ

へ へ 肛門から出る腸の中の気体。ガス。話 中屁。E wind.

☆ へをする／放屁。

→おなら

へとも思わない すこしも問題にしない。話 中 根本不當回事；一點都不放在眼裡。E think nothing of.

☆ 金のために友人を裏切ることをへとも思わないやつ／為錢背叛朋友，而根本不當一回事的傢伙。

へ ❶ 動作などが向けられる方向を表す。中表示動作的方向。

☆ 新幹線は西へ向かって発車した／The *Shinkansen* departed, west-bound.／新幹線朝西駛去。

☆ 国連は世界平和への道をさがしている／聯合國正在尋找通往世界和平之路。

❷ 動作の目的の場所を表す。中表示動作的目標地。

☆ 来月、国へ帰るつもりだ／I'm planning to go home next month.／打算下個月回國。

☆ ここへ来るのが楽しみだ／很高興來這裡。

❸ 動作が向けられる相手を表す。中表示動作的對象。

☆ いなかの母へ暖かい下着を送った／I sent some warm underwear to my mother in the country.／給鄉下的母親寄暖和的內衣。

❹ (「～ところへ」の形で)ある動作をしているとき、ほかの動作が行われることを表す。中表示正在做某種動作時，又做別的動作。

☆ ごはんを食べているところへ客が来た／A guest arrived just when I was having dinner.／正在吃飯時，客人來了。

☆ 用意ができたところへ人々が集まってきた／剛準備好人們就聚過來了。

参 ❶❷は「に」と似ているが、「に」が目的地そのものに重点が置かれているのに対して、「へ」に方向を示す気持ちが強く、目的地に着くまでの途中に重点がある。また、「友への手紙」のように「～への」の形はあるが、「～にの」の形はない。「え」と発音する。

ヘア (hair) ヘア ❶ 髪の毛。中頭髮。E hair.

☆ ヘアスタイル／髮型。

☆ ヘアスプレー(＝髪に吹きつけて髪型を保つための液)／(噴霧式)髮膠(＝噴到頭髮上保持髮型的液體)。

☆ ヘアサロン(＝美容院)／美髮廳(＝美容院)。

❷ 陰毛。中陰毛。E pubic hair.

☆ ヘアの部分をぼかした映画／影片中把露毛的部位弄成模糊不清。

▷ 数 1本

ペア (pair) ペア 2つ、2人で1組になること。また、そのもの。中一對；一組；一雙(的東西)。E a pair; matching.

☆ 結婚のお祝いにペアのティーカップを贈る／贈送一對茶杯作為結婚禮物。

☆ ペアでワルツを踊る／配對跳華爾滋舞。

☆ ペアを組む／組對；配對。

へい 【塀】ヘイ 家や土地などの境界に建てる、板、ブロック、れんが、石などのかこい。中圍牆；院牆。E a wall.

☆ 塀があって家の中が見えない／因為有圍

牆，所以看不見家中的情況。

☆ 板塀 / 板牆。

☆ ブロック塀 / 水泥磚牆。

→垣根

へいおん【平穏】ヘイオン　なにも起こらず、平和で静かなようす。[中] 穩定；平安；平靜。[E] quiet; peaceful.

☆ 家族そろって平穏に暮らす/全家安穩度日。

☆ 戦争が終わって、平穏な日々がもどってきた / 戰爭結束之後，日子又恢復了平靜。

☆ 平穏無事 / 平安無事。

[対] 不穏

へいかい【閉会】ヘイカイ〔～する〕　集会、会議などが終わること。また、終えること。[中] 閉會。[E] (a meeting) be closed.

☆ 国連総会が閉会し、各国の代表が国へ帰る / 聯合國大會閉幕，各國代表回國。

☆ 閉会のあいさつ / 閉會致詞；閉幕詞。

☆ 閉会式 / 閉會儀式；會議閉幕典禮。

[対] 開会

へいがい【弊害】ヘイガイ　長く続いたり、改めなかったりしたために起こる、よくないこと。[中] 弊病；惡劣影響。[E] a harmful effect; an evil influence.

☆ 1人の人物が長く権力をにぎると、弊害が生じやすい / 一個人長期掌握政權的話，容易產生弊病。

☆ 弊害を取り除く / 消除弊病。

へいき【平気】ヘイキ　変わったことがあっても、気にかけないようす。[中] 不在乎；不介意。[E] don't mind; indifferent; cool.

☆ わたしはどんなけわしい山道でも平気です / 不管多麼險峻的山路我都不在乎。

☆ 弟は何度しかられても平気な顔で遅刻する / 弟弟儘管挨了幾次罵，仍然蠻不在乎地遲到。

へいきん【平均】ヘイキン〔～する〕 ❶ 違いがないこと。違いがないようにすること。[中] 平均。[E] on the average; equally.

☆ 今年の稲は平均してよく育っている/今年水稻平均發育良好。

☆ 1つのリンゴを3人の子供に平均に分ける / 將一個蘋果平均分給三個孩子。

❷ 大小の差のある数を計算して、中間の値を出すこと。また、その値。[中] 平均值。[E] an average.

☆ 国民所得の平均を求める / 計算國民所得的平均值。

☆ 平均気温 / 平均氣溫。

☆ 平均点 / 平均分數。

❸ 傾かないで、つりあっていること。[中] 平；均衡。[E] balance.

☆ 後ろから急に押されて体の平均を失った/突然被人從身後一推，身體失去了平衡。

☆ 片足で平均をとって立つ / 用一條腿平衡站立。

☆ 平均台(＝体操競技で使う、木の長い台)/平衡木(＝體操比賽用的長木台)。

へいきんじゅみょう【平均寿命】ヘイキンジュミョー　0歳の赤ん坊が平均して何歳まで生きるかを計算して出した値。[中] 平均壽命。[E] the average life span.

☆ 日本人女性の平均寿命は80歳をこえた / 日本女性的平均壽命已經超過八十歲。

☆ 平均寿命がのびる / 平均壽命延長。

へいこう【平行・並行】ヘイコー〔～する〕

❶ 2つ以上の線や面などが、交わらないで続いていること。[中] 平行。[E] parallel.

☆ 直線Aに平行する直線B引く / 劃一條與直線A平行的直線B。

☆ 平行線 / 平行線。(→[項目])

❷ 2つ以上のものが並んで続いていること。並んで行くこと。[中] 並行。[E] side by side; in parallel with.

☆ 線路に並行して走っている道路/與鐵路並行的道路。

☆ 並行して走る3台のレーシングカー/並排奔馳的三輛賽車。

❸ ２つ以上のことが同時に進行すること。中並行；同時舉行。E at the same time.

☆ 陸上競技場で、走り幅跳びと400メートル競走を並行して行う/在田徑場上，跳遠和四百公尺賽跑同時舉行。

☆ ２つのビルの建築を並行して進める/兩座樓房同時施工。

注 ❶は「平行」、❷❸は「並行」。

へいこう【閉口】ヘイコー〔～する〕 困ること。まいってしまうこと。中為難；受不了；吃不消。E be annoyed; get fed up with.

☆ アパートのとなりの人が、毎晩遅くまでギターをひいているので閉口している/公寓隔壁的人每晚彈吉他到深夜，真是受不了。

☆ 父の長いお説教には閉口する/受不了父親的長篇說教。

へいこうせん【平行線】ヘイコーセン、ヘイコーセン 交わらないで続く、２本以上の線。中平行線。E parallel lines.

☆ ２組の平行線でできた四角形を平行四辺形という/由兩組平行線組成的四邊形叫平行四邊形。

参 幾何学では直線についてだけいうが、一般的には、交わらない曲線についてもいう。

平行線をたどる 話し合っても意見が一致しない。中意見分歧；不一致。E be in disagreement.

☆ 住民の要求を市は受け入れず、話し合いは平行線をたどったままだった/市政府不接受居民的要求，談判沒有交集。

へいさ【閉鎖】ヘイサ、ヘイサ〔～する〕

❶ 入り口などを閉じること。また、閉ざすこと。中封閉；關閉。E close.

☆ 交通事故のため、高速道路の入り口を閉鎖する/因交通事故而封閉高速公路的入口。

☆ 閉鎖社会(＝他のものを受け入れようとしない社会)/封閉式社會(＝不願接納其他事物的社會)。

対開放

❷ 学校、工場などの活動が停止すること。また、停止させること。中封閉；關閉。E shut down.

☆ 製品が売れないので、工場を閉鎖する/由於產品銷售不佳，所以工廠關門。

☆ 学級閉鎖/學校停課(如發生流行性感冒)。

へいじつ【平日】ヘイジツ 日曜や祝日以外の日。中平日。E a weekday.

☆ 遊園地は平日の午前中はすいている/遊樂場平常整個上午都很空。

☆ 平日会員(＝ゴルフやテニスなどのクラブで、平日だけ利用できる会員)/平日會員(＝在高爾夫和網球等俱樂部，只能利用平日玩的會員)。

☆ 平日料金/平日的費用。

対休日、祝日

参 土曜も「平日」だとする考え方と、週休２日制がひろまったので、土曜は日曜と同じく「平日」ではないとする考え方がある。

へいじょう【平常】ヘイジョー いつもと同じ状態。中平常；平時。E normal; usual.

☆ 戦争が終わり、国民の生活は平常にもどった/戰爭結束，國民的生活恢復了正常。

☆ 正月も平常どおり営業する/新年也照常營業。

☆ 平常運転(＝列車やバスなどが時刻表どおりに走ること)/正常行駛(＝列車、公車等按時刻表運行)。

対非常

へいせい【平静】ヘイセイ 気持ちやものごとが、いつもと変わらず、落ちついているようす。中平靜。E calm; quiet; peaceful.

☆ 平静な心で判決を待つ/以平靜的心情等待判決。

☆ オリンピックでにぎやかだった町も、１カ月後は平静にもどった/因舉辦奧運會而熱鬧非凡的城鎮一個月後也恢復了平靜。

へいたい【兵隊】ヘイタイ 武器を持って戦うために訓練された人。また、その組織。

中士兵；軍人；軍隊。E a soldier; troops.

☆ 今回の戦争で２万人の兵隊が死んだ/這次戰爭中有兩萬官兵犧牲。

☆ 兵隊に入って訓練を受ける/入伍接受軍訓。

へいたん【平坦】ヘイタン、ヘイタン　土地などが平らなこと。書中平坦。E flat; level.

☆ 平坦な場所に飛行場をつくる/在平坦的場地修建飛機場。

☆ 平坦な道/平坦的道路。

へいち【平地】ヘイチ　山などがなく、平らな土地。中平地。E flatland; a plain.

☆ 日本の平地は、ほとんどがたがやされて畑や水田になっている/日本的平地幾乎都被用來耕作，成為旱田和水田。

対山地

へいねつ【平熱】ヘイネツ　健康なときの体温。中正常體溫。E normal temperature.

☆ 熱が下がり、平熱になったから、もう安心だ/高燒退了，恢復到正常體溫，可以放心了。

☆ 子供の平熱は大人よりも高い/小孩的正常體溫比大人高。

へいはつ【併発】ヘイハツ〔～する〕　なにかがもとになって、同じようなことが続いて起こること。また、起こすこと。中併發。E a complication; concur.

☆ かぜから肺炎を併発する/由感冒併發肺炎。

☆ 事故が併発する/事故接連發生。

へいほう【平方】ヘイホー　❶〔～する〕２つの同じ数や式をかけあわせること。２乗。自乗。中平方；自乘。E a square.

☆ ５の平方は25だ/五的平方是二十五。

☆ 平方根(=２つの同じ数をかけあわせてできた数に対する、もとの数。たとえば、25の平方根は±5)/平方根(例如，二十五的平方根是正負五)。

❷(長さの単位を表すことばの頭について)その数の大きさの面積であることを表す。1 cm × 1 cm = 1 ㎠で、１平方センチメートルと読む。中平方。E square measure.

☆ 日本の国土は約38万平方キロだ/日本國土面積約有三十八萬平方公里。

❸(長さの単位を表すことばの後について)その長さを１辺とする正方形であることを表す。中表示以那個長度為邊長作一個正方形。

☆ ５メートル平方の部屋/ a room five meters square. /五公尺平方(五公尺見方）的房間。

へいぼん【平凡】ヘイボン　特別にすぐれたところもなく、ふつうであるようす。中平凡。E commonplace; ordinary.

☆ ハッピーエンドに終わる恋愛小説は平凡でつまらない/圓滿結局的愛情小說平凡無奇。

☆ 父は平凡なサラリーマンとして、30年間まじめに働いた/父親是一個平凡的職員，認真地工作了三十年。

対非凡

へいめん【平面】ヘイメン、ヘイメン　平らな面。中平面。E a plane.

☆ 地図は地形を平面にかき表したものだ/地圖是將地形用平面圖形表達出來。

☆ 平面的な見方/膚淺的看法。

☆ 平面図/平面圖。

対立体

へいや【平野】ヘイヤ　山などがなく、広くて平らな土地。長い間に自然の作用ででき、各地の呼び名がついている。中平原；原野。E a plain.

☆ 関東平野は日本でいちばん広い平野だ/關東平原在日本是面積最大的平原。

対山地

へいよう【併用】ヘイヨー〔～する〕　いくつかのものを一緒に使うこと。書中併用。E use together; take at the same time.

☆ かなと漢字を併用して日本語を書き表す/將假名和漢字併用來書寫日語。

☆ ２種類の薬を併用して治療する/同時使用兩種藥來治療。

へいわ【平和】ヘイワ　争いや災難などがなく穏やかなこと。中和平。

E peace.

☆ 話し合いで世界の平和を実現したい/想透過談判實現世界和平。

☆ 平和的解決/和平解決。

☆ 平和共存/和平相處。

対戦争

へえ　ヘー、ヘー　感心したり、驚いたり、あきれたり、軽い疑問を感じたりするときに言うことば。話中(表示驚嘆、疑問)哎；咦。

E Dear!; Indeed!

☆ へえ、これがディズニーランドか/這就是迪斯尼樂園啊?

☆ へえ、道子、結婚するの/咦，道子，你結婚啦?

ページ(page) ページ　❶本、ノートなどの紙の片面。また、その数を表す。中頁。E a page.

☆ 最初のページに写真が載っている/照片登在第一頁上。

☆ 絵本のページをめくる/翻閱畫冊。

☆ 320ページの本/三百二十頁的書。

❷ 人生を本にたとえたばあいの、その一場面。中(人生的)一頁。E a page (in one's life).

☆ 人生の新しいページを開く/翻開人生新的一頁。

☆ 思い出の1ページ/記憶中的一頁。

ベースアップ　ベースアップ〔～する〕給料を上げること。ベア。中提高工資標準。E a raise of basic wages.

☆ 物価が高くなったので、ベースアップする/由於物價上漲，所以要提高基本的工資。

☆ 従業員がベースアップを要求する/員工要求提高基本工資。

参 英語の「ベース(base)」と「アップ(up)」から日本でできたことば。

べからず　(動詞の基本形について、文の終わりにきて)～してはいけない。書中禁止；不可；不能。

☆ 無用の者、中に入るべからず/Authorized Personnel Only./閒人勿進。

☆ ここに駐車するべからず/此處嚴禁停車。

参 基本形「べし」の否定形で、古い言い方だが、立て札などで使うことがある。「するべからず」はもとは「すべからず」の形を使った。

べき　(動詞の基本形について)❶そうしなければならないということを表す。中應該。

☆ 会議では、自分の意見をはっきり言うべきだ/In a meeting, one must state one's opinion clearly./會議中，應該直率地說出自己的意見。

☆ 男女、国籍、思想などによって人を差別するべきではない/不應以男女、國籍、思想等對人歧視。

❷ 当然、そうなるはずだということを表す。中理由；合適。

☆ 来るべきときが来た/The time came as it had to./這一天終於來臨了。

☆ 人間はだれでも、いつかは死ぬべき運命にある/任何人都逃不掉總有一天要死亡的命運。

参 基本形「べし」は「きょうの会には全員出席すべし」「練習は3時間続けるべし」のように命令の意味で使う、古い言い方。「するべき」はもとは「すべき」の形を使った。

へきえき【辟易】ヘキエキ〔～する〕相手の勢いにうんざりすること。中感到為難；感到厭煩。E be bored by.

☆ 先生があまり自分の息子を自慢するので、辟易した/由於老師過於誇耀自己的兒子，讓大家感到厭煩。

へこた・れる　ヘコタレル〔自動一〕つらさや疲れで元気をなくす。話中精疲力竭；洩氣；氣餒。E be tired out; lose heart.

☆ かぜをひいているのに山登りをして、途中でへこたれてしまった/感冒了還去爬山，到了中途就精疲力竭了。

☆ １度や２度の失敗でへこたれてはいけない／不要因一、兩次失敗而洩氣。

ぺこぺこ ペコペコ、ペコペコ ❶腹が減っているようす。中空腹；餓極了。E be very hungry.

☆ 朝からなにも食べていないので、おなかがぺこぺこだ／由於早上起來什麼也沒吃，所以餓極了。

❷〔～する〕必要以上に相手のきげんを取るようす。中點頭哈腰；諂媚。E behave humbly to; (bow) low repeatedly.

☆ あの助教授は教授の前ではぺこぺこしているが、助手や学生の前ではとてもいばっている／那位副教授在教授面前極盡諂媚，而在助教和學生面前卻耀武揚威。

☆ ぺこぺこ(と)おじぎをする／點頭哈腰地行禮。

▷ 話

へこ・む ヘコム〔自動五〕(へこんで) ❶平な表面の一部が低くなる。中凹下；窪下；陷下。E be dented; cave in.

☆ 自動車が電柱にぶつかって、車体がへこんだ／汽車撞到電線桿，車體凹了下去。

☆ 踏まれてへこんだ帽子／被踩扁了的帽子。

対出っ張る

❷負けて相手の言うとおりになる。中屈服；認輸。E give in; yield.

☆ 話がうまい道子と議論するといつもへこまされる／與能言善道的道子辯論總是不得不認輸。

▷ 話❷ 名へこみ

参 ❶は「くぼむ」と似ているが、「くぼむ」が、周囲より低くなって、そのままであることをいうのに対して、「へこむ」は低くなったあと、またもとにもどることができるばあいにもいう。

ベスト (best) ベスト ❶最もいいようす。中最好；最上等。E the best.

☆ 旅行に行くなら秋がベストだ／去旅行的話，秋天最適宜。

☆ ベストドレッサー／穿著最講究的人。

☆ ベストテン／前十名。

対ワースト

❷最善。全力。中全力。E one's best.

☆ ベストをつくす／竭盡全力。

へそ ヘソ ❶腹の中心にある、くぼんだ部分。中臍；肚臍。E the navel.

☆ あの子はズボンが小さくて、へそが出ている／他的褲子小，肚臍露了出來。

❷ものの真ん中にあるもの。中小坑；中心。E the center; a navel.

☆ この町の位置は日本のへそに当たる／這個城鎮位於日本的中心。

☆ あんパンのへそ／豆沙麵包的小凹洞。

▷ →体図

へそを曲げる なにかできげんを悪くし、人の言うことをすなおに聞かない。中鬧彆扭；不聽話。E get cross.

☆ 弟は自分の誕生日を忘れられてへそを曲げ、ごはんを食べようとしなかった／弟弟鬧彆扭，說自己的生日被忘記，而不想吃飯。

似た表現 へそ曲がり

へそくり ヘソクリ、ヘソクリ 人に知られないように、こっそりためた金。中私房錢。E secret savings; pin money hidden away.

☆ 辞書の間に隠しておいたへそくりを見つけられてしまった／藏在字典裡的私房錢被發現了。

他動 へそくる

べそをかく 子供などが泣きだしそうになって顔をゆがめる。泣きべそをかく。中快哭的臉。E sob; blubber.

☆ デパートで親の姿が見えなくなってべそをかいている子／在商場找不到父母，嚇得都快哭的小孩。

へた【下手】ヘタ ものごとのやり方、処理のしかたがまずいこと。中拙劣；不高明。

Ⓔ poor; unskillful.

☆ 教え方が下手だと、学習者の日本語はうまくならない / 教法拙劣的話，學生的日語也學不好。

☆ カラオケで部長の下手な歌を聞かされた/唱卡拉OK時，我們被迫聽了經理拙劣的歌聲。

対 上手、うまい

下手の横好き あまり上手ではないのに熱心なようす。中 搞不好偏要搞；喜歡卻不擅長。
Ⓔ be enthusiastic but poor at something.

☆ 父の絵は下手の横好きで、いくらかいても上手にならない / 父親不擅長繪畫卻偏要畫，但是再怎麼畫也沒有長進。

下手(を)すると 運が悪ければ。場合によっては。中 弄不好的話。Ⓔ if one is unlucky; if one is not careful.

☆ 転んで頭を打っただけでも、下手をすると死んでしまう / 雖然只是撞到頭，但弄不好的話會要命的。

ベター (better) ベター なにかに比べ、そのほうがいい。中 比較好；更好。Ⓔ be better; the better ~.

☆ いまの時間なら、タクシーより地下鉄で行くほうがベターだ / 現在這時間，坐地鐵去比坐計程車好。

☆ ベターハーフ(=妻。特に愛妻) / 愛妻(=妻子，特指愛妻)。

へたくそ【下手くそ】ヘタクソ、ヘタクソ 非常に下手なこと。また、そういう人を軽蔑していう言い方。話 中 非常笨；拙劣。Ⓔ lousy; pathetic.

☆ こんな下手くそな絵が100万円もするなんて、ばかばかしい/這麼拙劣的畫居然也要賣到一百萬日圓，真是無聊。

べたつ・く ベタツク〔自動五〕(べたついて)
❶ ねばってくっつく。中 發黏；黏住。Ⓔ be sticky; stick to.

☆ 汗で体じゅうがべたつき、気持ちが悪い/因出汗渾身發黏，感覺不好。

❷ 人にまといつくようにする。中 糾纏；撒嬌。Ⓔ hang on each other.

☆ あの新婚の2人はどこででもべたついている / 那對新人總是形影不離。

▷ 話 ❷

へだ・てる【隔てる】ヘダテル〔他動一〕
❶ 2つのものの間になにかを置く。中 隔開；間隔。Ⓔ separate; partition.

☆ 道路をへだてて小学校と中学校が向き合っている / 小學和中學隔著馬路相對。

☆ 壁をへだてて話す / 隔著牆壁說話。

❷ 間を引き離す。遠ざける。中 離間、分開。Ⓔ separate; estrange.

☆ 親が娘と恋人の仲をへだてる / 父母阻擋女兒和男友交往。

❸ 間に時間をおく。長い時間を過ごす。中 相隔。Ⓔ have an interval of.

☆ 旧友の一郎とは10年をへだてて再会した / 隔了十年才與老友一郎相見。

▷ 名 隔て 自動 隔たる

へたば・る ヘタバル〔自動五〕(へたばって) 疲れて体が動かせなくなる。へばる。話 中 累趴；精疲力盡。Ⓔ be exhausted; be tired out.

☆ 力をふりしぼって走り続けたが、ゴールのすぐ前でとうとうへたばった / 用盡全力跑步，但在幾乎快到終點的地方終於累倒了。

べたべた ベタベタ、ベタベタ ❶〔～する〕くっついて気持ち悪く感じるようす。中 發黏；黏糊糊的樣子。

☆ アイスクリームをこぼしたところがべたべたする/ It's sticky where the ice cream fell. / 沾到冰淇淋的地方黏糊糊的。

☆ のりがついて手がべたべただ / 手上有漿糊，黏糊糊的。

❷ 必要以上にたくさんぬったりはったりするようす。中 (全面)貼滿；黏滿。

☆ 壁にポスターがべたべた(と)はってある /

There are many posters pasted up over the wall. / 牆上到處貼滿了海報。

❸〔～する〕そばに来て何度もふれたりするようす。中女人糾纏著撒嬌的樣子。

☆ 電車の中で若い男女がべたべたしている/在電車上青年男女總是倚偎纏綿在一起。

☆ 母親にべたべた(と)甘える子/ children fawning on their mothers. / 纏著媽媽撒嬌的孩子。

ぺちゃくちゃ ペチャクチャ 会話が休みなく続くようす。話中絮叨；喋喋；絮絮叨叨。

☆ まわりの学生たちがぺちゃくちゃ(と)しゃべるので、先生の話がよく聞こえない/ The surrounding students chatter away, so I can't hear the teacher well. / 周圍的學生沒完沒了地說話，所以聽不見老師的話聲

ぺちゃんこ ペチャンコ 強い力で押されて、もとの形がわからないほどつぶれたようす。ぺしゃんこ。ぺっちゃんこ。話中壓扁；壓碎。E squash ~ flat; be flattened.

☆ 知らずに帽子の上にすわって、ぺちゃんこにしてしまった/不小心坐在帽子上，把帽子壓扁了。

☆ かかとがぺちゃんこの靴/腳後跟被壓扁了的鞋。

べつ【別】ベツ ❶それ以外のものであること。中別的；其他的。E another; other.

☆ これはすこし小さいから、別の靴を見せてください/這鞋有點小，所以請給我看一下其他的。

☆ 教師をやめて別な仕事に変わる/辭去教職換別的工作。

対同じ

❷ 区別すること。中分別；區別。E each; respective.

☆ 紙幣と硬貨は別の財布に入れている/將紙鈔和硬幣分別放入不同的錢包。

❸ (他のことばの後について)それによって分けること。中按～區分。E classified by.

☆ 年齢別のチーム/按年齡劃分的隊伍。

☆ 職業別電話帳/按職業分類的電話簿。

べっきょ【別居】ベッキョ〔～する〕 夫婦、親子などが別な所に住むこと。中分居；分開居住。E live apart from; (a) separation.

☆ 妻とは3年前から別居している/從三年前起，便與妻子分居。

☆ 別居生活/分居生活。

対同居

べっし【蔑視】ベッシ、ベッシ〔～する〕 軽蔑した目でみること。見下げること。書中蔑視；輕視；小看。E despise; look down upon.

☆「女のくせに」「女のくさったような」などは女性蔑視の表現である/「是個女孩，卻…」「像女孩了墮落那樣的」等等是蔑視女性的表達方式。

べっそう【別荘】ベッソー、ベッソー ふだん住む家のほかに、暑さ寒さを避けるために山や海の近くなどに建てた家。中別墅。E a cottage; a villa.

☆ 別荘でのんびり休養する/在別墅悠閒地休養。

☆ 山の中に別荘を建てる/在山中修建別墅。

数1軒

べったり ベッタリ〔～する〕 ❶たくさん、ひどく、くっついているようす。中整片地或緊緊地黏住或貼上的樣子。

☆ 青いインクがべったり(と)洋服についてしまった/ I got a big blotch of blue ink on my clothes. / 衣服沾上藍墨水。

❷ くっついているように見えるようす。中看似黏住、纏住的樣子；筋疲力盡地坐下貌。

☆ べったり(と)すわりこむ/ flop down. / 像攤泥似地坐下。

☆ 子供が母親にべったり(と)くっついている/孩子纏住母親。

☆ 体制にべったりの人/ a blind follower of the Establishment. / 趨炎附勢的人。

三参「ぺったり」も似ているが、「べったり」

のほうがくっつき方が強い。

ベッド (bed) ベッド　その上に寝るようにつくられた長四角の台。寝台。中床。E a bed.

☆ 寝るときはベッドですか、ふとんですか/睡覺時是睡床呢?還是鋪被子睡呢?

☆ ベッドルーム(=寝室)/臥室(=寢室)。

数 1台

ペット (pet) ペット　かわいがるために飼う動物。中寵物。E a pet.

☆ このマンションでは犬や猫などのペットを飼うことはできない/在這所高級公寓裡不能飼養狗、貓之類的寵物。

☆ ペットショップ/寵物商店。

☆ ペットフード/寵物食品。

ベッドタウン　ベッドタウン　大都市のまわりの、通勤できる範囲にある住宅地。中大城市周圍的住宅區。E a bedroom town; a dormitory suburb.

☆ 都心へ1時間ほどで行ける所には、つぎつぎにベッドタウンができる/離市中心路程一個小時左右的地方接連地成為住宅區。

参 英語の「ベッド(bed)」と「タウン(town)」から日本でできたことば。

ヘッドホン (headphone) ヘッドホン　ステレオなどを1人で聞くために両耳に当てる装置。中耳機。E headphones.

☆ 弟はヘッドホンで音楽を聞いていて、呼んでも返事しない/弟弟用耳機在聽音樂，叫他也沒回應。

べつに【別に】ベツニ、ベツニ　(「別に～ない」の形で)特別に関心を持ったり言ったりするほどのことではない。中並不；並不怎麼。E not particularly; not especially.

☆ 別に用はないんですが、声が聞きたくて電話をしました/並沒有什麼事，只是想聽聽你的聲音，所以就打電話了。

☆ あなたがいなくても、別に困らない/即使你不在，也並不為難。

へっぴりごし【へっぴり腰】ヘッピリゴシ、ヘッピリゴシ　腰を後ろに突きだした不安定な格好。また、不安で自信がなさそうな態度。話中彎腰曲背的站立姿勢；缺乏信心的樣子。E with one's back bent; irresolutely.

☆ そんなへっぴり腰で柔道をやっても勝てるわけがない/那樣彎腰曲背地站著摔柔道，贏不了的。

☆ へっぴり腰で組織の改革に取り組む/優柔寡斷地進行組織改革。

べつべつ【別別】ベツベツ　1つ1つ分かれていること。また、分けて扱うこと。中分別；各自。E separate; each.

☆ トイレとふろは各部屋に別々についている/各個房間都分別配有廁所和浴室。

☆ 卒業後は別々の道に進む/畢業後各奔前程。

へつら・う　ヘツラウ〔自動五〕(へつらって)相手に気に入られるようにふるまう。中阿諛；逢迎；奉承。E flatter; butter up.

☆ 業者が役人にへつらって品物を売りこもうとしている/商人巴結公務員想推銷商品。

☆ 権力者にへつらう/奉承有權的人。

名へつらい

ベテラン (veteran) ベテラン　長い間の経験があって、能力が高かったり、そのことについてよく知っていたりする人。中老手；老練的人。E a veteran; an expert.

☆ ワープロの使い方はベテランの道子に教えてもらった/請有經驗的道子教我用文字處理機。

☆ ベテラン選手/老選手；老運動員。

対新米、駆け出し

ぺてん　ペテン　いかにもそれのように見せて人をだますこと。話中欺騙；詐騙。E a trick; a swindle.

☆ 客は偽の札束で店員をぺてんにかけ、宝石を持ち去った/顧客用偽鈔欺騙店員拿走了寶石。

☆ ぺてん師/騙子。

へど ヘド、ヘド 食べたり飲んだりしたものを口から出すこと。また、その出したもの。中 嘔吐；嘔吐物。E vomit.

☆ 酔って電車の中でへどをはいた/因醉酒而在車上嘔吐了。

へどが出る 非常に嫌いで、見るのもいやな気持ちになる。中 要吐；噁心；十分討厭。E be nauseating.

☆ 戦争中、芋ばかり食べたので、芋のことを考えただけで、へどが出る/由於在戰爭時期淨吃蕃薯，所以只要想到它就覺得噁心。

似た表現 へどを吐く

へとへと ヘトヘト 非常に疲れたようす。中 非常疲之貌；筋疲力盡貌。

☆ 彼らはへとへとになるまで議論を続けた/They continued arguing until they were worn out./他們一直討論到精疲力盡。

☆ へとへとで1歩も歩けない/累得連一步也走不動了。

へどろ ヘドロ 川や海などの底に沈んでいる泥のようなもの。きたない排水などが原因でできる。中 淤泥。E sludge.

☆ 川の底のへどろを取り除いて、きれいな川にもどす/清除河底的淤泥，使它恢復潔淨。

へばりつ・く ヘバリツク、ヘバリツク〔自動五〕(へばりついて) 離れないようにぴったりくっつく。話 中 黏上；貼上；緊貼。E cling to; stick to.

☆ 登山者が岩にへばりつくようにして登っていく/登山者緊貼岩石攀登。

☆ 外出しようとする母親にへばりついて離れない幼児/幼兒纏著要外出的母親不願離開。

へび 【蛇】ヘビ 細長くて手足のない動物。中 蛇。E a snake.

☆ 山道で、ひもが落ちていると思ったら蛇だった/在山路上，以為是繩子掉了，結果一看竟是一條蛇。

☆ 毒蛇/毒蛇。

数 1匹

ベビー (baby) ベビー 赤ん坊。赤ちゃん。中 嬰兒。E a baby.

☆ マリーにベビーが生まれた/瑪麗生孩子了。

☆ ベビーベッド/嬰兒床。

☆ ベビー服/嬰兒服。

へま ヘマ 気がきかなかったり、間が抜けたりしたこと。つまらない失敗。話 中 愚蠢；疏忽；失敗；錯誤；不應有的過失。E stupid; a blunder.

☆ お客が抱いている女の子を見て、「かわいい坊やですね」と、へまなことを言ってしまった/看見客人抱的女孩，居然冒失地說了句：「多可愛的小男孩啊。」

へや 【部屋】ヘヤ 建物の中をいくつかに区切ったものの1つ。中 房間；屋子。E a room.

☆ 6畳の部屋を借りて住む/借了一間有六個榻榻米大的房間住。

☆ 子供部屋/孩子的房間。

数 1室・1間

へら・す 【減らす】ヘラス〔他動五〕(へらして) 数や量などを少なくする。中 減；減少；縮減；裁減；精簡。E cut down; reduce.

☆ もうすこしタバコを減らしたほうがいい/最好再少抽一點菸的好。

☆ 体重を減らす/減肥。

対 増やす・殖やす、増す 自動 減る

ぺらぺら ペラペラ、ペラペラ ❶外国語を上手に話すようす。中 (外語等)說得流暢貌。

☆ キムは日本語がぺらぺらで、よく日本人とまちがえられる/Kim is fluent in Japanese and is often mistaken for being Japanese./小金日語說得非常流利，經常被誤認為是日本人。

❷ 深く考えずに、よく話すようす。中 不加考慮的語言流暢貌。

☆ 三郎は他人の秘密をぺらぺら(と)話してしまうから、気をつけたほうがいい/Saburo

has a loose tongue, so be careful with your secrets. /三郎把別人的秘密隨口往外說，對他要小心一點。

❸〔～する〕薄くて弱いようす。中 單薄貌。

☆ ぺらぺらの紙はすぐ破れる / Flimsy paper tears easily. / 薄紙容易破。

☆ ぺらぺらした安物のコート/便宜貨的薄外套。

❹ 重なった紙などを続けて何枚もめくるようす。中 連續翻看多頁紙的嘩啦嘩啦聲。

☆ 週刊誌をぺらぺら(と)めくって、読みたい記事をさがす / flip through the pages of the weekly magazine searching for a good article to read. / 嘩啦嘩啦地翻著週刊雜誌找愛看的內容。

参 ❷は「べらべら」と似ているが、「べらべら」が、「会議の席で、他の人の意見も聞かず、1人でべらべら(と)しゃべり続けた」のようにつぎからつぎへとよく話すようすを表すのに対して、「ぺらぺら」は話し方が軽薄なようすを表す。

へ

ベランダ (veranda) ベランダ　洋風の建て物で、部屋の外に張りだしている所。中 陽台；涼台。E a veranda; a porch.

☆ ベランダにテーブルを出して食事をする/把桌子放在陽台上吃飯。

へりくだ・る ヘリクダル、ヘリクダル〔自動五〕(へりくだって)　相手を尊敬するために、自分や自分側のものを低く扱う。謙遜する。中 謙恭；謙遜。E be humble; humble oneself.

☆ 祖母はだれに向かっても、へりくだった言い方をする / 祖母無論對誰說話都很謙恭。

へりくつ【へ理屈】ヘリクツ　自分または自分の意見が正しいと言いはるために無理に考えた理屈。中 歪理；詭辯；強詞奪理。E quibble.

☆ 自分の不注意で事故を起こしたのに、車がうまく止まらなかったからだとへ理屈を言う/由於自己不注意而引發事故，卻強詞奪理地說是車子沒有停好的緣故。

ヘリコプター (helicopter) ヘリコプター　機体の上の大きなプロペラを回転させて空を飛ぶ乗り物。ヘリ。中 直升機。E a helicopter.

☆ 災害地にヘリコプターで食糧をとどける/用直升機往受災地區運送糧食。

☆ 大統領専用ヘリコプター / 總統專用直升機。

数 1機

へる【経る】ヘル〔自動一〕 ❶ 時間がたつ。中 經過。E pass.

☆ 日本に来て、半年をへてやっと生活に慣れた / 來日本半年後才習慣了這裡的生活。

❷ そこを通っていく。中 經過；路過；經由。E pass through; by way of.

☆ マルコ・ポーロはイタリアから中央アジアをへて中国へやってきた / 馬可波羅從義大利經中亞來到中國。

❸ あるところまで行くのに、いくつかの段階を通る。中 經過；經歷。E experience; go through.

☆ 何回もの失敗をへて新しい方法を完成させた / 經歷了多次失敗後終於完成了新方法。

へ・る【減る】ヘル〔自動五〕(へって)　数や量などが少なくなる。中 減；減少。E lose; decrease.

☆ 病気をして体重が3キロ減った / 因生病體重減輕了三公斤。

☆ 遊びすぎて貯金が減ってしまった / 玩過火而儲蓄減少了。

対 増える・殖える、増す　他動 減らす

ベル (bell) ベル　合図に鳴らすもの。中 鈴；電鈴；鐘。E a bell.

☆ 電話のベルが鳴る / 電話鈴聲響起。

☆ 非常ベル / an alarm bell. / 警鈴；警報器。

☆ ポケットベル / 傳呼機。(→ 項目)

ベルト (belt) ベルト　❶ 革などでつくった、ズボンやスカートを腰のところでしめるためのもの。中 腰帶；皮帶。E a belt.

☆ やせてベルトがゆるくなった / 因消瘦皮帶變鬆了。

☆ ベルトをしめる / 繫腰帶。

❷ 機械で、回転する軸から動力を伝える、ひ

もの形をしたもの。中 傳動帶。

☆ ファンベルト / a fan belt. /〔汽車等〕風扇傳動帶。

❸ 細長い地帯。中 狹長地帶。

☆ グリーンベルト / a green belt. /(城市周圍等的)綠化地帶。

☆ 太平洋ベルト工業地帯/太平洋狹長工業帶。

▷ 数 ❶❷ 1本

ベルトコンベヤー (belt conveyor) ベルトコンベヤー　ものを載せて運ぶベルト式の装置。中 輸送帶。E a belt conveyor.

☆ ベルトコンベヤーで部品を送る / 用輸送帶運送零件。

☆ 飛行場では乗客の荷物をベルトコンベヤーで運ぶ / 機場用輸送帶搬運乘客的行李。

ヘルパー (helper) ヘルパー　手伝いをする人。体の不自由な人の身のまわりを助ける人。中 幫手；護理員。E a helper.

☆ 1人暮らしの老人の家をまわってヘルパーとして働く / 一家接一家地到獨居老人家中做護理員。

☆ ホームヘルパー / 家庭護理員。

ヘルメット (helmet) ヘルメット、ヘルメット　頭を危険から守るための、金属やプラスチック製のかたい帽子。中 頭盔；鋼盔；盔形安全帽。E a helmet.

〔ヘルメット〕

☆ オートバイに乗るときはヘルメットを着用すること / 騎機車時，要戴安全帽。

べろ べロ　「舌」のくだけた言い方。話 中 舌頭。E a tongue.

☆ べろを見せてごらん / 讓我看看舌頭。

☆ 犬が、暑くてべろを出しているよ / 狗都熱得伸出舌頭來了。

へん【辺】ヘン、ヘン　❶ 数学で、多角形や多面体を形づくっている直線。中 邊。E a side.

☆ 三角形は辺が3つある / 三角形有三邊。

❷ (「この」「その」などの指示語や地名の後について)場所や程度がそのあたりであること。中 一帶。E around; vicinity.

☆ このへんは木が多い / 這一帶樹木多。

☆ 横浜へんまでドライブする / 到橫濱一帶去兜風。

参 ❷は「あたり」と似ているが、「あたり」は1語でも使え、また、「へん」のほうがくだけた感じがする。「ここ」「そこ」「あそこ」「どこ」につくときは「ら」と一緒に使って「ここらへん」「そこらへん」「あそこらへん」「どこらへん」となる。

へん【変】ヘン　❶ ふつうでなかったり、世の中の常識からはずれていたりするようす。中 怪；反常。E strange, crazy.

☆ 酒に酔っているので歩き方が変だ/由於喝醉酒，走路方式都怪怪的。

☆ 暑すぎて頭が変になる/太熱了，頭腦變得不正常。

☆ 変死 / 橫死；死於非命。

❷ 突然のできごと。事件。中 事變；意外。E an incident; a disturbance.

☆ 桜田門外の変 / 櫻田門外的事變。

参 ❶はくだけた会話では、「変てこな格好」のように「変てこ」を使うこともある。

へん【偏】ヘン　漢字の部首の1つ。「村」の「木」、「話」の「言」のように左の部分にあるもの。中 漢字的偏旁。E a left-hand radical of a Chinese character.

☆ へんで意味を表し、つくりで音を表す漢字が多い / 有許多漢字是用左「偏」來表達意思，用右「旁」來表示讀音的。

☆ 手へん / 提手旁(=扌)。

☆ 人べん / 單人旁(=亻)。

べん【弁】ベン　❶ 液体や気体を通す装置の途中にあって、流れの調節をするもの。中 機器的活門；閥門。E a valve.

☆ ガスの弁を閉めてガスを止める / 關閉瓦斯

へ

閥門停止供氣。

☆ 心臓の弁 / 心臟瓣膜。

☆ 安全弁 / 安全閥。

❷ 多くの人の前でする話。中 能說；善辯；講話。E a speech.

☆ 優勝者が喜びの弁を述べる / 優勝者發表演說表達內心的喜悅。

☆ 弁が立つ(= 話し方がうまくて、説得力がある) / 能言善道(=說話方式得體，有說服力)。

❸ その地方のことばづかい。中 口音；腔調。E a dialect; an accent.

☆ 彼は関西弁を話す / 他講關西方言。

☆ 東北弁 / 東北口音。

べん【便】ベン ❶なにかをするときの便利さ。中 方便；便利。E convenience.

☆ 駅に近くて交通の便がいい / 離車站近交通便利。

☆ 水の便が悪くては水田はつくれない / 用水不便無法作水田。

❷ 大便や小便。特に大便。中 大小便；大便。E feces.

☆ けさは、すこしやわらかい便が出た / 今早的大便有些軟。

☆ 便の検査 / 大便檢査。

ペン (pen) ペン　インクを使って文字などを書く道具。中 筆；鋼筆。E a pen.

☆ 履歴書をペンで書く / 用鋼筆寫履歷表。

☆ ペンを折る(= ものを書くことをやめる) / 封筆(＝放棄寫作)。

☆ ボールペン / 原子筆。(→ 項目)

数 1 本

へんか【変化】ヘンカ〔～する〕 性質や状態などがこれまでと違うようになること。

中 變化。E (a) change; variety.

☆ 昼と夜とでは気温の変化が大きい / 白天與夜晚的氣溫變化大。

☆ 30年前といまとでは、人々の生活は非常に変化した / 三十年前和現在相比，人們的生活發生了巨大變化。

☆ 動詞の変化(=動詞の活用) / 動詞的變化(=動詞的活用)。

べんかい【弁解】ベンカイ〔～する〕 失敗や過失などを非難されたとき、自分の正しさを説明すること。また、その説明。中 辯解；辯白。E an excuse; justification.

☆ 交通渋滞のため遅くなったと弁解する / 辯解道：「由於車子壅塞而來晚了。」

☆ 弁解の余地がない / 沒有辯解的餘地。

へんかん【返還】ヘンカン〔～する〕 いちど手に入れたものを、もとの持ち主に返すこと。中 歸還。E return; restore.

☆ 1972年にアメリカは沖縄を日本に返還した / 1972年美國將沖繩歸還給日本。

☆ 領土の返還 / 歸還領土。

へんかん【変換】ヘンカン〔～する〕 別なものに変わること。また、変えること。中 變換。E convert; transform.

☆ ワープロでひらがなを漢字に変換する / 用文字處理機將平假名轉換成漢字。

☆ 図形を変換する / 變換圖形。

べんぎ【便宜】ベンギ　つごうがいいこと。つごうのいい扱い。中 方便。E convenience; accommodation.

☆ 友人と部屋がとなりになるよう、ホテルが便宜をはかってくれた / 想和朋友的房間相鄰，飯店為我提供了方便。

☆ 便宜上、離婚しても姓はそのままにしておく / 為了圖方便，即使離了婚，姓名還照舊不變。

ペンキ (オ pek) ペンキ　色のついた粉を油などにとかした液体で、木や金属などにぬるもの。中 油漆。E paint.

☆ 古くなって門のペンキがはがれてきた / 門舊了，上面的油漆剝落下來了。

☆ ペンキぬりたて / Wet Paint. / 油漆未乾。

☆ 油性ペンキ / 油性漆。

へんきゃく【返却】ヘンキャク〔～する〕

借りたものを返すこと。書 中還；歸還；退還。E return.

☆ 借りた本は、2週間以内に返却すること/借書必須在兩周內歸還。

べんきょう【勉強】ベンキョー〔～する〕❶知識や技術を身につけるために励むこと。中讀書；求學；用功。E study; work.

☆ 絵の勉強をしにパリへ行く/到巴黎去學繪畫。

☆ 遊ぶことは好きだが、勉強は嫌いだ/我喜歡玩，但討厭讀書。

☆ 受験勉強/為應付考試而讀書。

❷ 本人のためになる経験をすること。中見識；知識。E instructive; a good lesson.

☆ 外国を旅行するのはいい勉強になる/到外國旅行增長見識。

☆ なにごとも勉強だから、やってみるといい/因為任何事都是學習，都可以試著做看看。

❸「値段を安くすること」のくだけた言い方。中減價；賤賣。E come down.

☆「5000円のを4500円に勉強するから買ってくださいよ」「もっと勉強できないの？」/「五千日圓的東西已經減價到四千五百日圓了，就買下吧！」「能再便宜一些嗎？」

▷ 話❸

へんけん【偏見】ヘンケン　正しい理由がないのに一方的にこうだと決める見方。公正でない考え方。中偏見；偏執。E (a) prejudice.

☆ 女性は男性より弱いというのは偏見だ/說女性比男性軟弱，這是偏見。

☆ 偏見が強い/嚴重偏見。

☆ 偏見を捨てる/丟掉偏見。

☆ 人種的偏見/種族偏見。

べんご【弁護】ベンゴ〔～する〕　その人がなぜそうしたかなどを説明して、その人の立場を守ること。中辯護。E defend; justify.

☆ 弁護士は、被告には悪意がなかったと弁護した/律師辯護道：「被告沒有惡意。」

☆ 自己弁護(=自分で自分のためにする弁護)/自我辯護(=自己為自己辯護)。

へんこう【変更】ヘンコー〔～する〕　決まっていたものを変えること。中變更；更改。E change; alter.

☆ 飛行機が遅れたので、予定を変更する/由於飛機誤點，所以要變更預定計畫。

☆ 日付変更線/換日線。

べんごし【弁護士】ベンゴシ　裁判のとき、依頼した人の利益を守る意見を言ったり、人々の法律上の相談にのったりすることを職業としている人。中律師。E a lawyer; an attorney.

☆ 弁護士は、被告の無罪を証明したり罪を軽くしたりするために、証拠をそろえる/律師為了證明被告無罪或為了減輕被告罪責而備齊證據。

へんさい【返済】ヘンサイ〔～する〕　借りた金や品物を返すこと。中還；償還；還債。E pay back; a return; (a) repayment.

☆ 借りたお金に利子をつけて返済する/借來的錢連本帶息償還。

☆ 返済をせまる(=早く返せと言う)/催債(=催促快點還錢)。

へんじ【返事】ヘンジ〔～する〕　呼びかけ、問いなどに答えること。また、そのことばや手紙。中答應；回信。E an answer; a reply.

☆ 名前を呼ばれたら「はい」と返事をしなさい/叫到名字要回答「是」。

☆ 手紙を出したが、返事がない/信寄出了但沒有回音。

へんしゅう【編集】ヘンシュー〔～する〕

❶ いろいろな材料を集めたり整理したりして、本、新聞、雑誌などの形にまとめること。中編輯。E edit; compile.

☆ 週刊誌を編集する/編輯週刊。

☆ 編集会議/編輯會議。

❷ 放送や映画などで、記録したテープやフィルムを整理して、まとまりのある作品に

すること。中 編輯。E edit; cut.

☆ 街でとった8ミリビデオを、教材用に編集する/將在街頭拍到的八厘米錄影帶編輯成教材使用。

べんじょ【便所】ベンジョ 大便や小便をするための場所。中 廁所。E a toilet; a washroom.

☆ おなかをこわして何度も便所に行く/拉肚子上了好幾次廁所。

☆ 公衆便所/公共廁所。

☆ 水洗便所/抽水馬桶。

参「便所」をさすことばは、それをいう人の性別、年齢などにより、いろいろある。現在は「(お)便所」より「(お)手洗い」「(お)トイレ」などのほうがよく使われている。

べんしょう【弁償】ベンショー〔～する〕相手に与えた損害と同じ価値のものや金を相手に渡して償うこと。中 賠償；賠。E compensation; reparation.

☆ 図書館の本をなくしたので、同じ本を買って弁償した/向圖書館借的書弄丟了，只好買一本同樣的書作為賠償。

☆ 事故でこわした車の弁償を要求された/被要求賠償因事故而受損的車子。

参「補償」も似ているが、「弁償」のほうが損害の規模が小さい。

へんしょく【偏食】ヘンショク〔～する〕食べ物の好き嫌いが多く，好きなものだけを食べること。中 偏食。E an unbalanced diet; eat only what one likes.

☆ 偏食するのは体によくない/偏食對身體不好。

☆ 偏食を直す/矯正偏食。

へんせい【編成】ヘンセイ〔～する〕ばらばらのものを一緒にして，まとまりのあるものをつくること。中 編成；組成。E organize; make up.

☆ 仲間が集まって楽団を編成する/大夥聚在一起組成樂團。

☆ サッカーは11人でチームを編成する/足球隊由十一人組成。

☆ 番組の編成/編排節目。

ベンチ (bench) ベンチ 横に長いいす。中 長椅。E a bench.

☆ 公園のベンチにすわる/坐在公園的長椅上。

☆ 駅のホームのベンチ/車站月台上的長椅。

数 1脚

へんちょう【偏重】ヘンチョー〔～する〕特定のものだけを重んじること。書中 偏重。E attach too much importance to.

☆ 学歴を偏重するから受験競争が激しくなるのだ/因為偏重學歷，所以考試競爭變得越來越激烈。

べんとう【弁当】ベントー 入れ物に入れて持ち運びができるようにした食事。中 盒裝飯菜；便當。E a box lunch.

☆ 会社へ弁当を持っていく/帶便當去公司。

☆ 弁当箱/便當盒。

へんぴ【辺鄙】ヘンピ 都会から遠く離れていて不便なようす。中 偏僻。E remote; out-of-the-way.

☆ バスが1日に3本しかない、へんぴな村に住んでいる/住在公車一天只有三趟的偏僻村莊。

☆ 電気も来ていないへんぴな山小屋/連電都沒有的偏僻山中小屋。

べんぴ【便秘】ベンピ、ベンピ〔～する〕大便が順調に出ないこと。中 便秘。E constipation.

☆ 便秘したときは冷たい牛乳を飲むといい/便秘時最好喝點冷牛奶。

☆ 便秘の予防/預防便秘。

対 下痢

べんめい【弁明】ベンメイ〔～する〕自分のしたことについて，その理由や事情をじゅうぶんに説明すること。中 辯明；辯白；說明。E defend oneself; an explanation.

☆ 暴力事件を起こした選手が、自分は友人を助けるために相手をなぐったんだと弁

明した/引發暴力事件的選手辯白說，為了幫助朋友才打對方的。

☆ 弁明を求める/尋求辯白。

べんり【便利】ベンリ　役に立ち、手間が省けること。中 方便；便利。E convenient; handy.

☆ 洗濯機や電子レンジができて、家事が便利になった/有了洗衣機和微波爐，做家事就方便多了。

☆ 駅から近くて便利だ/離車站近，很方便。

☆ 持ち運びに便利なワープロ/便於攜帶的文字處理機。

対 不便

ほ／ホ

ほ【歩】ホ　❶ 歩くこと。歩み。中 步行；走。E a step; a pace.

☆ 校長先生は生徒たちのほうへゆっくり歩を進めた/校長慢慢地朝向學生們走過去。

❷ (数を表すことばの後について)歩くときの、足を動かす回数を表す。中 步；步數。

☆ 1歩後ろに下がる/後退一步。

☆ 2歩歩く/take two steps./走兩步。

▷ 書 ❶

ほ【穂】ホ　長い茎のまわりに花や実がかたまってついたもの。ススキ、稲、麦などに見られる。中 穗。E an ear; a head.

☆ 麦の穂がまっすぐにのびている/麥穗筆直地成長。

☆ よく実った稲穂/結實纍纍的稻穗。

数 1本　→稲図

ほいくえん【保育園】ホイクエン　乳児や幼児を預かり、保護し育てる所。保育所。中 托兒所。E a day nursery; a nursery scool.

☆ 子供を保育園に預けて働く/將孩子放到托兒所再去上班。

☆ 保育園の庭で遊ぶ保母と子供たち/在托兒所院子裡玩耍的保母和孩子們。

ほいほい　ホイホイ　頼まれたことを簡単に引き受けるようす。中 滿不在乎地接受貌。

☆ おじいさんは孫にはなんでもほいほい(と)買ってやる/Grandfather is soft and buys his grandchildren anything they want./爺爺蠻不在乎地什麼都買給孫子。

ぼいん【母音】ボイン　発音のしかたによって分けた音の種類の1つ。日本語では「ア、イ、ウ、エ、オ」の5つの音。中 母音；元音。E a vowel.

☆ 日本語には子音だけで発音することばはなく、必ず母音とともに発音される/日語裡沒有只發子音的單詞，必須和母音一起發音。

☆「愛」「家」は母音だけのことばである/「愛」、「家」是只發母音的單詞。

対 子音

ポイント (point) ポイント　❶ 特に重要な部分。特に定められた部分。中 要點；要領；旨趣。E the point.

☆ このページの1行目が文章全体のポイントである/這頁第一行是整篇文章的重點。

☆ ポイントをつかむ/抓到要領。

❷ スポーツなどで、えた点数。中 得分；分數。E a point.

☆ 二郎はサッカーの試合で大活躍をして、1人でポイントをかせいだ/二郎在足球賽中非常活躍，一個人包辦得分。

☆ ポイントゲッター/(體育比賽中的)主要得分者。

❸ 活字の大きさの単位。1ポイントは約0.35ミリ。[中]點(鉛字大小的單位)。[E] ~ point (type).

☆ この本の文字の大きさは9ポイントだ/這本書的字體大小是九號。

☆ 広告の見出しのポイントを大きくする/將廣告標題的字體放大。

ほう【方】ホー　❶ 方角。方向。また、その方向に当たる場所やもの。[中]方；方向。[E] a direction.

☆ 駅は交差点を右のほうへ曲がった所にある/車站在交叉路口往右轉的地方。

☆ 教室の前のほうにすわる/坐在教室前排的位置。

❷ 比べられるもののうちの1つをさすことば。[中]用於比較。

☆ わたしはパンよりごはんのほうが好きだ/I like boiled rice better than bread. /和麵包比起來，我比較喜歡吃米飯。

☆ 行くのがいやならやめたほうがいい/如果不願去的話就別去了。

❸ 表現をやわらげ、あいまいにするときに使うことば。[中]方面。

☆ 姉はテレビのほうの仕事をしている/姊姊從事有關電視方面的工作。

☆ 弟は性質はおとなしいほうだ/My brother has rather a quiet nature. /弟弟的性情算是溫順的。

ほう【法】ホー　❶ 社会生活をするのに守らなければならないきまり。法律。[中]法；法律。[E] the law; a rule.

☆ すべての人々は法のもとでは平等だ/在法律面前人人平等。

☆ 法に背く/違法。

☆ 法にしたがう/遵守法律。

☆ 国際法/國際法。

❷ ものごとのやり方に関するきまり。手段。手順。[中]禮法；規矩；道理。[E] a way; a method.

☆ 車の通らない山道だから、歩くしか法がない/這條山路車輛無法通行，只好步行。

☆ 教授法/講授法。

☆ 料理法/做菜的方法；烹飪方法。

ぼう【棒】ボー　木や金属などでできた細長い形のもの。[中]棍子；棒子。[E] a stick; a pole; a baton.

☆ 高い所になっているカキの実を棒で落とす/用棍子打落高處的柿子。

☆ 指揮棒/指揮棒。

☆ マッチ棒/火柴棒。

☆ 平行棒/平行槓(男子體操競技之一)。

[数]1本

棒に振る　いままでの努力や苦心をむだにする。[中]白白糟蹋；斷送。[E] ruin; waste.

☆ A氏は差別発言で大臣の地位を棒に振った/A氏因發表歧視言論而斷送了大臣的地位。

ぼういんぼうしょく【暴飲暴食】ボーインボーショク、ボーイン・ボーショク〔~する〕　むやみにたくさん飲んだり食べたりすること。[中]暴飲暴食。[E] eat and drink too much.

☆ ゆうべ暴飲暴食して、きょうは頭と胃が痛い/因為昨晚暴飲暴食，所以今天頭和胃都疼。

ぼうえい【防衛】ボーエイ〔~する〕　戦い、試合、交渉などで防ぎ守ること。[中]防衛；保守；防守。[E] defend; defense.

☆ どこの軍隊も自国を防衛するためにあるというが、本当にそうなら戦争は起こらないはずだ/說是任何軍隊都是為了保衛自己國家，果真那樣的話，就應該不會發生戰爭了。

☆ 防衛手段/防衛手段。

☆ 防衛策/防衛策略。

[対]攻撃

ぼうえき【貿易】ボーエキ〔~する〕　国家間で、品物を売ったり買ったりの取り引きをすること。[中]貿易。[E] (foreign) trade.

☆ 貿易会社／貿易公司。

☆ 自由貿易／自由貿易。

☆ 保護貿易／貿易保護。

ぼうえんきょう【望遠鏡】ボーエンキョー　レンズを組み合わせて、遠くのものを大きく、はっきり見る器具。中望遠鏡。E a telescope.

☆ 望遠鏡で見ると、山の頂上にいる人がはっきりわかる／用望遠鏡能清楚地看見山頂上的人。

☆ 天体望遠鏡／天文望遠鏡。

数 1台・1本

ほうか【放火】ホーカ〔～する〕 火事を起こそうとして、家などにわざと火をつけること。中放火；縱火。E arson; set fire to.

☆ ゆうべの火事の原因は放火らしい／昨晚火災的原因可能是有人縱火。

☆ 放火犯人／縱火犯。

対 失火

ぼうか【防火】ボーカ　火事にならないようにすること。また、火事がひろがらないようにすること。中防火。E fire prevention; fireproof.

☆ 大きなビルには、防火のためのシャッターが備えてある／大樓備有防火百葉捲簾。

☆ 防火設備／防火設備。

☆ 防火建築／防火建築。

ほうかい【崩壊】ホーカイ〔～する〕 建物や組織などがくずれこわれること。書中崩塌；崩潰。E collapse; fall down.

☆ 地震で古いアパートが崩壊した／舊公寓因地震而倒塌。

☆ 封建制度の崩壊／封建制度的崩壞。

☆ 家庭の崩壊／家庭崩潰。

ほうがい【法外】ホーガイ、ホーガイ　常識の範囲を大きくこえているようす。書中過分；過度；放肆。E unreasonable; exorbitant.

☆ タクシーに乗ったら、法外な料金を請求された／搭上計程車後，被要求支付過量的車費。

☆ 法外に高い値段で売りつける／以過高的價格硬賣(給人)。

ぼうがい【妨害】ボーガイ〔～する〕 他人の行動のじゃまをすること。中妨礙；干擾。E obstruct; disturb.

☆ 大声で騒いで会議の進行を妨害する／大聲喧嘩干擾會議的程序。

☆ 安眠妨害／妨礙睡眠。

☆ 営業妨害／妨礙營業。

ほうがく【方角】ホーガク　目的のもののある場所が、ある点をもとにしてどちらのほうにあるかという向き。中方向；方位。E a direction; one's bearings.

☆ 磁石で方角を調べる／用指南針查明方位。

☆ 駅の方角に向かう／朝著車站的方向。

参「方向」も似ているが、「方向」が「車の方向を変える」のように、移動するばあいの向きをもいうのに対して、「方角」は位置を示すばあいに多く使う。

ぼうかん【傍観】ボーカン〔～する〕 そのことに関係を持たず、ただ見ているだけであること。中旁觀。E look on; remain a spectator.

☆ 電車の中で、1人の青年が数人の男に乱暴されているのに、まわりの乗客は傍観しているだけだった／電車上一位青年遭幾名男子毆打，而周圍的乘客卻只是袖手旁觀。

ほうき【放棄】ホーキ〔～する〕 自分から投げ捨てること。書中放棄；棄權。E renounce; abandon.

☆ 日本は憲法で戦争を放棄すると表明している／日本憲法表明要放棄戰爭。

☆ 権利を放棄する／放棄權利。

☆ 試合を放棄する／放棄比賽。

ほうき　ホーキ、ボーキ　ごみやちりなどを掃いて、きれいにするための道具。中掃帚。E a broom.

☆ ほうきで玄関の掃除をする／用掃帚打掃正門口。

☆ 庭の落ち葉を竹ぼうきで掃

〔ほうき〕

ほ

く/用竹帚掃除院裡的落葉。

数 1本

ほうげん【方言】ホーゲン、ホーゲン　ある地方だけで使われることば。中 方言；地方話。E a dialect.

☆ 大阪に生まれ育った祖母は、東京に移ってからも関西の方言で話している/在大阪土生土長的祖母，儘管搬到東京後仍說關西方言。

☆ 方言調査/方言的調查研究。

☆ 東北方言/東北方言。

対 標準語、共通語

ほうげん【放言】ホーゲン、ホーゲン〔〜する〕　思うままに無責任なことを言うこと。また、そのことば。中 信口開河；信口胡說。E indiscreet remarks; bombastic talk.

☆ 三郎は「おれが彼を大臣にしてやったんだ」と放言した/三郎信口開河地說：「是我讓他當上部長的。」

ぼうけん【冒険】ボーケン〔〜する〕　危険や不成功を覚悟して、ものごとをすること。中 冒險。E an adventure; risky.

☆ 徒歩でサハラ砂漠を横断するという冒険に挑戦する/向徒步穿越撒哈拉沙漠這一冒險挑戰。

☆ 資金もないのに会社をやめて事業を始めるのは冒険だ/連資金都沒有，卻辭職創業，真是冒險。

☆ 冒険小説/冒險小說。

ぼうげん【暴言】ボーゲン、ボーゲン　相手の立場を考えない、無礼で乱暴なことば。中 粗暴的話。E violent language; harsh words.

☆ 以前、「貧乏人は麦を食え」と暴言をはいた大臣がいた/以前有位大臣粗暴無情地說：「窮人只配吃小麥」(有錢人家吃米。)

ほうけんしゅぎ【封建主義】ホーケンシュギ　身分や階級による差別をし、権力のある者がほかの者の自由や権利を認めないで強い権力でおさえつけるようなやり方。中 封建主義。E feudalism.

☆ 日本では、鎌倉時代から江戸時代まで、封建主義の社会が続いた/在日本，封建主義社會從鎌倉時代延續到江戶時代。

ほうこう【方向】ホーコー　❶ ものが動いていくとき、向かっていく方角。向き。中 方向。E a direction.

☆ 人々は別々の方向に歩いていく/人們朝各自的方向走去。

☆ 風の方向が変わる/風向改變。

❷ 目的。方針。中 方針；方向。E course; a policy.

☆ A社とB社は合併する方向で話し合っている/A公司與B公司正在商談合併事宜。

☆ 方向転換/a change of course./轉變方針。

▷ →方角

ぼうこう【暴行】ボーコー〔〜する〕　相手の体に傷をつけるような乱暴な行い。また、相手の意思に反して無理に性的交渉を行うこと。中 暴行；暴力行為。E violence; attack; rape.

☆ 彼は友達とけんかして、なぐるけるの暴行を加えた/他與朋友吵架，並對其拳打腳踢施以暴力。

☆ 彼女は夜道で知らない男に暴行されそうになったが、空手の技を使って切り抜けた/她走夜路時差一點被陌生男子施暴，最後使出空手道擺脫了對方。

ほうこく【報告】ホーコク〔〜する〕　途中経過や結果を知らせること。中 報告；匯報。E report.

☆ 調査した内容を係長に報告する/將調查到的內容向組長報告。

☆ 報告書/報告書。

☆ 経過報告/報告事情的經過。

ほうさく【豊作】ホーサク　作物がよく実って、たくさんとれること。中 豐收。E a good crop.

☆ 稲は3年続きの豊作だ/水稻連續三年大豐收。

対 凶作、不作

豊作貧乏 作物がとれすぎて値段が下がり、かえって収入が減ること。中 收成過好造成價格下跌而使收入減少。E take a huge cut in profits because a glut on the market brought the selling price down.

☆ 今年はキャベツがとれすぎて、これでは豊作貧乏になる/今年包心菜產量過多，這樣收入反而減少。

ぼうさん 【坊さん】ボーサン 「僧侶」を親しみ尊敬していう言い方。お坊さん。話 中 和尚。E a priset.

☆ 坊さんに来てもらって、死んだ人をとむらう/請和尚為死者做法事。

☆ お坊さんにお経をあげて(=読んで)いただきましょう/請和尚唸經吧。

→僧侶

ほうし 【奉仕】ホーシ、ホーシ〔～する〕

❶ 社会や人のために力をつくすこと。中 效勞；效力；服務。E service.

☆ 娘は週に1度、体の不自由な人たちに奉仕する仕事をしている/女兒做義工，每週為殘障人士服務一次。

☆ 奉仕活動/慈善活動。

❷ ⇨サービス❷

☆ 奉仕品/廉價品。

☆ 奉仕値/廉價。

ぼうし 【防止】ボーシ〔～する〕 よくないことが起こらないように、起こる前から防いでおくこと。中 防止。E prevent; check.

☆ 交通事故を防止するために運転者を教育する/為了防止交通事故，而對司機進行教育。

☆ 伝染病がひろがるのを防止する/防止傳染病蔓延。

☆ 犯罪の防止/防止犯罪。

ぼうし 【帽子】ボーシ 寒さ、暑さを防いだり、身を飾ったりするために頭にかぶるもの。中 帽子。E a cap; a hat.

☆ 外は暑いから帽子をかぶって出かけなさい/外面熱，請戴上帽子出門。

☆ ドレスに合わせた白い帽子でパーティーに出かける/戴上與洋裝相襯的白帽子出門參加舞會。

☆ 帽子かけ/帽架；帽鉤。

ほうしき 【方式】ホーシキ ものごとをするときの、ある決まったやり方や手続き。中 方式；方法。E a form; a system.

☆ 試合のルールはこれまでの方式にしたがう/比賽規則按照以前的方式。

☆ 工場に新しい生産方式を取り入れる/工廠引進新的生產方式。

ぼうじゃくぶじん 【傍若無人】ボージャクブジン まわりの人の迷惑を考えず、勝手に行動するようす。中 旁若無人。E outrageously; impudent.

☆ アジアの国へ行って傍若無人にふるまう日本の若者が増えた/到亞洲其他國家去，我行我素旁若無人的日本青年增多了。

☆ 電車の中で騒いだり走りまわったりする傍若無人な子供たち/孩子們在電車上又吵又跳，旁若無人。

ほうしゃせん 【放射線】ホーシャセン ウランやプルトニウムのような放射能を持つ元素がこわれるときに出される粒子の流れ。中 輻射；放射線。E radiation.

☆ 祖母は原爆の放射線による障害に苦しんでいる/祖母為原子彈的輻射所傷害，深以為苦。

☆ 父は退院後も放射線の治療を受けている/父親出院後仍在接受放射治療。

三 参 α線、β線、γ線をいうが、広く赤外線やX線などをふくめることもある。

ほうしゅう 【報酬】ホーシュー その人がした仕事や努力に対して与えられる金や品物。中 報酬。E a reward; pay; a fee.

☆ つらい仕事だが報酬がいいのでがまんする/工作雖辛苦，但報酬高，所以忍耐著。

☆ 無報酬で働く / work for nothing. / 無報酬地

ほ

工作；免費服務。

ほうしょく【飽食】ホーショク〔～する〕 飽きるほどじゅうぶん食べること。中飽食。E satiation.

☆ 飽食で、太りすぎの子供が増えている/因飽食而過胖的孩子逐漸增加。

☆ 飽食の時代/飽餐的時代。

ほうしん【方針】ホーシン ものごとを進めるときの、基本的な考え方や方向。中方針。E a policy; a course.

☆ 会社の方針がはっきりしないので社員は困っている/由於公司方針不明確，職員們感到困擾。

☆ 外交方針/外交方針。

ほうしん【放心】ホーシン〔～する〕 意外なできごとに驚いたり他のことに気を取られたりして、ぼんやりすること。書中發呆；精神恍惚。E absent-mindedly.

☆ 火事で焼けた校舎を見て、生徒たちは放心したように立っている/看到因火災而燒毀的校舍，學生們都茫然失神。

ほうじん【法人】ホージン 会社や団体など、人間ではないが、法律のうえで1人の人間と同じように権利と義務を持つことが認められた組織。中法人。E a juridical person; a corporation.

☆ 研究会の組織が今年から法人になる/研究會從今年起變為法人組織。

☆ 財団法人/a foundation; a nonprofit corporation./財團法人。

ぼうず【坊主】ボーズ ❶「坊さん」のくだけた言い方。中和尚。E a priest.

☆ あの寺の坊主とは幼なじみで、子供のころはよく遊んだものだ/與那座寺院裡的和尚是老朋友，小時候經常在一起玩。

❷ 髪の毛を刈って頭にほとんど残っていないこと。また、その頭。中禿頭；光頭。E have one's head shaved; a shaven head.

☆ 坊主にしたら頭が寒い/理成光頭後腦袋涼颼颼。

☆ 坊主頭/光頭；禿頭。

☆ 坊主刈り/剃光頭。

❸ 男の子を親しみをこめていう言い方。中男孩子；兒子。E sonny.

☆ うちの坊主はいたずらばかりして困る/我的兒子只會惡作劇，叫人頭痛。

参 ❶❸は見下した言い方になるばあいもあるので、他人に対して使うときは注意が必要。

ぼうすい【防水】ボースイ〔～する〕 水が布、紙、機械などの中まで入りこまないようにすること。中防水。E waterproof.

☆ レーンコートの生地は防水してあるから雨に降られても大丈夫だ/因為雨衣質料防水，即使下雨也沒關係。

☆ 防水の腕時計/防水手錶。

☆ 防水加工/防水加工。

ほうせき【宝石】ホーセキ 色や光が美しく珍しいために装飾用にされる、かたい鉱物。ダイヤモンド、エメラルドなど。重さの単位はカラット。中寶石。E a jewel; a gem.

☆ 道子がつけている宝石の指輪は、お母さんの形見だ/道子戴的寶石戒指，是她母親的遺物。

ぼうせん【傍線】ボーセン 縦書きの文章で、読む人の注意をひくために語句や文の右側に引く線。サイドライン。中旁線。E a side line.

☆ 3行目の文は重要なので傍線を引いておこう/第三行的句子很重要，所以在旁邊劃上線吧。

☆ 傍線の部分を中国語に訳しなさい/將劃線部分譯成中文。

数 1本 →アンダーライン

ぼうぜん【呆然・茫然】ボーゼン （「ぼうぜんと」の形で）全然予想しなかったことが起き、どうしたらいいか、なにも考えられないようす。中茫然；茫然自失。E in a state of shock; absent-mindedly.

☆ 火事で焼けてしまった自宅の前に、ぼうぜんと立っていた/茫然地站在慘遭火災的家門前。

参 改まって「ぼうぜんたる顔つき」のように表現することもある。

ほうそう【包装】ホーソー〔~する〕 荷物や品物を包むこと。中 包裝;打包。E wrap; pack.

☆ デパートでプレゼントを買って、きれいな紙で包装してもらう/在商場買禮物,並請店員用漂亮的紙包裝好。

☆ 包装紙/包裝紙。

ほうそう【放送】ホーソー〔~する〕 ラジオやテレビなどで、ニュース、音楽、演劇、スポーツなどを伝え送ること。中 廣播;播放;播出。E broadcasting; telecast.

☆ 国会の審議のようすをテレビの放送で見る/通過電視收看國會審議的實況轉播。

☆ すもうの実況を放送する/播放相撲比賽實況。

ぼうそう【暴走】ボーソー〔~する〕 ❶ 規則を無視した乱暴な運転をすること。中 亂開;橫衝直撞。E drive recklessly.

☆ 制限速度50キロの道路を100キロのスピードで暴走していた車が警察に捕まった/在限速為五十公里的道路上以一百公里的速度飆車,結果車被警察拘押了。

☆ 暴走族/a motorcycle gang; hotrodders. /飛車黨;飆車族。

❷ 運転する人のいない車がひとりでに動きだすこと。中 失去控制車子突然行駛。E start moving without its driver.

☆ 坂道に止めてあったトラックが、突然、暴走した/停在坡路的卡車突然失控動了起來。

❸ 自分だけが勝手に行動すること。中 魯莽從事;隨心所欲。E do at one's own discretion.

☆ 一郎は株の取り引きで暴走し、会社に大きな損害を与えた/一郎魯莽從事股票買賣,給公司造成了巨大損失。

ほうそく【法則】ホーソク ❶ 決まった条件のもとで、いつもなりたつ根本的な原理。中 法則;規律;定律。E a law.

☆ ニュートンは万有引力の法則を発見した/牛頓發現萬有引力的定律。

☆ 遺伝の法則/遺傳法則。

❷ 守らなければならないきまり。おきて。中 法規;規則。E a rule; a law.

☆ 送りがなの法則にしたがうと、「いきる」は「生きる」になる/若遵循假名使用法則,「いきる」就寫成「生きる」。

ほうたい【包帯】ホータイ〔~する〕 傷口などをおおったり守ったりするために使う細長い布やガーゼ。また、それで巻くこと。中 繃帶。E a bandage.

〔包帯〕

☆ 洋子はけがをしたのか、足に包帯している/洋子可能受傷了,腳上纏著繃帶。

☆ 傷口に包帯を巻く/給傷口纏繃帶。

☆ 伸縮性のある包帯/有彈性的繃帶。

数 1本

-ほうだい【-放題】(動詞の「ます」形、形容動詞の語幹について)するまま、なるままにして制限をしないこと。中 表示自由、隨意、毫無限制的意思。

☆ 言いたい放題/speak without reserve. /想說什麼就說什麼。

☆ 食べ放題/eat as much as one likes. /隨意吃到飽。

☆ わがまま放題/任性放縱。

ぼうだい【膨大】ボーダイ 規模や量が非常に大きいようす。書 中 龐大。E enormous; vast.

☆ 貿易赤字が膨大にふくれあがった/貿易虧損越發龐大。

☆ 膨大な量の資料を1年かけて読み終わった/花一年時間讀完了數量龐大的資料。

ほうち【放置】ホーチ、ホーチ〔~する〕 ほうってそのままにしておくこと。中 放置;置

ほ

之不理。E leave alone; leave a thing as it is.

☆ けが人は事故の現場に放置されていた/對於在事故現場受傷者置之不理。

☆ 道路の穴はこのまま放置しておくと危険だ/如果對道路的窪洞置之不理的話會很危險。

☆ 放置自転車/丟棄而沒人管的腳踏車。

→放任

ほうちょう【包丁】ホーチョー　料理に使う薄くて平たい刃物。中 菜刀；切菜刀。E a kitchen knife.

☆ 包丁で野菜をきざむ/用菜刀切菜。

☆ 出刃包丁/(切魚或肉類)厚刃尖菜刀。

数 1丁・1本　→まないた図

ぼうちょう【傍聴】ボーチョー〔～する〕会議や裁判などを、直接には関係のない人が許可を受けてわきで聞くこと。中 旁聽。E attend; hear.

☆ 住民生活に関することが審議されるので、市議会を傍聴に行く/由於市議會要審議有關居民生活的事，所以去旁聽。

☆ 裁判を傍聴する/去法院旁聽。

☆ 傍聴席/旁聽席。

ぼうちょう【膨張・膨脹】ボーチョー〔～する〕❶ものの体積が大きくふくれること。中 膨脹。E expand.

☆ 暑い所に風船を置いておいたら、中の空気が膨張して破裂した/將氣球放到熱的地方，裡面的空氣會膨脹因而爆裂了。

☆ 水は温度が上がると膨張する/溫度升高，水就發生膨脹。

対 収縮

❷ 全体の数や量や面積などが非常に大きくなること。中 增加；放大發展。E increase; grow.

☆ この町は大きな工場ができてから人口が急に膨張した/這個城鎮自從建了大工廠後，人口急遽增加了。

☆ 国の予算は昨年に比べてかなり膨張した/國家預算比去年明顯增加了。

注 以前は「膨脹」を使ったが、最近は「膨張」のほうを多く使う。

ぼうっと ボーット ❶火が炎を上げて急に燃えあがるようす。また、そういう音を立てるようす。中 火苗上升、突然燃燒起來的樣子。

☆ たき火の火が、突然ぼうっと燃えあがった/A bonfire suddenly burst into flames. /燒落葉的火猛地燃燒了起來。

❷〔～する〕形がはっきり見えないようす。中 事情、形狀看不清楚的樣子。

☆ 霧で、あたりの景色がぼうっとしている/The scenery is hazy with fog. /霧中，四周的景色朦朧。

❸〔～する〕頭の中がはっきりしないようす。中 腦中意識模糊不清的樣子。

☆ 昼寝から覚めたばかりで、まだぼうっとしている/Waking up from a nap, I'm in a complete daze. /午覺剛醒，腦子還迷迷糊糊的。

ほうてい【法廷】ホーテイ　裁判官が裁判を行う場所。中 法庭。E a (law) court.

☆ 法廷で証言する/出庭作證。

☆ 法廷に出頭する/傳喚到法庭；出庭。

ほうどう【報道】ホードー〔～する〕新聞、ラジオ、テレビなどで、できごとを広く一般の人々に知らせること。また、そのニュース。中 報導。E report; news.

☆ テレビは毎日のできごとをすばやく報道する/電視將每天發生的事快速地報導出來。

☆ 報道機関/報導機關。

☆ 報道写真/新聞照片。

ぼうとう【冒頭】ボートー　文章や演説などのいちばん初めの部分。書中 起首；開頭。E the beginning; the opening.

☆ 島崎藤村の「夜明け前」の冒頭は「木曾路はすべて山の中である」だ/島崎藤村的《黎明前夕》開頭這樣寫道：「木曾路全都是山路。」

☆ 講演は冒頭から冗談の連続で、聴衆は大笑いして聞いている/演講從一開始就妙語如珠，聽衆們聽得哄堂大笑。

対 末尾

ぼうどう【暴動】ボードー　集団で社会の秩序を乱すような大きな騒ぎを起こすこと。中 暴動。E a riot; an uprising.

☆ 住民の暴動で、建物が破壊されたり燃えたりしている / 因居民暴動，建築物毀的毀、燒的燒。

☆ 暴動の鎮圧 / the suppression of a riot. / 鎮壓暴動。

ぼうとく【冒瀆】ボートク〔～する〕　神聖なもの、清らかなものを精神的にけがし、傷つけること。中 冒瀆。E blasphemy; profane.

☆ 地動説を唱えることは神への冒瀆だとされた / 提倡地動說曾經被認為是對神的褻瀆。

☆ 仏像に石を投げるのは仏を冒瀆することになる / 朝佛像扔石頭是對神佛的褻瀆。

ほうにん【放任】ホーニン〔～する〕　ほうっておいて、したいようにさせておくこと。中 放任。E let a person do as he/she likes.

☆ 子供を放任する / 放縱孩子。

☆ 放任主義 / 放任主義。

☆ 自由放任 / 自由放任。

参「放置」もほうっておくことでは同じだが、「放置」がなにかする必要があるのにしないでいることをいうのに対して、「放任」は相手に自由にさせて干渉しないことをいう。

ぼうねんかい【忘年会】ボーネンカイ　1年の終わりに、仕事仲間や友人たちと一緒に食べたり飲んだりして、その年にあった苦労やいやなことを忘れてしまおうとする会。中 年終聯歡會；尾牙。E a year-end party.

☆ 会社の忘年会は12月27日、Aレストランで開かれる/公司十二月二十七日在A餐廳吃尾牙。

☆ 忘年会の会場を予約する / 預約年終晩會的會場。

ほうび【褒美】ホービ　いい行いをほめること。また、ほめて与える品物や金。中 獎賞；獎品；獎金。E a reward; a prize.

☆ 川でおぼれそうになっていた子供を助けたほうびに、自転車を買ってもらった/由於救起落水快溺死的孩子，買了一輛腳踏車給我作為獎賞。

ほうふ【抱負】ホーフ、ホーフ　心の中に持っている希望や計画。中 抱負。E an ambition; one's hopes.

☆ 一郎は、自分の半生をもとにした小説を書きたいという抱負を持っている/一郎有一個抱負，就是想寫一部以自己半生經歷為題材的小說。

☆ 新年の抱負を語る / 訴說新年的抱負。

ほうふ【豊富】ホーフ、ホーフ　必要なものがたくさんあるようす。中 豐富。E rich; abundant.

☆ 食糧が豊富にあると安心だ / 如果糧食豐富，就放心了。

☆ 豊富な水を使って水力発電を行う/用豐富的水資源進行水力發電。

☆ 豊富な経験 / 豐富的經驗。

ぼうふうう【暴風雨】ボーフーウ　激しい雨と風。あらし。中 暴風雨。E a rainstorm.

☆ 東京地方をおそった激しい暴風雨で交通が止まってしまった/由於東京地區遭暴風雨襲擊，交通中斷。

☆ 暴風雨による被害 / 暴風雨造成的危害。

ほうふく【報復】ホーフク〔～する〕　ひどい目にあわされた人が仕返しをすること。中 報復。E retaliation; revenge.

☆ A電力会社は電気料金不払いの報復として、電気を止めた/A電力公司停止供電，作為不付電費的報復(措施)。

☆ 報復を企てる / 圖謀報復；企圖報復。

☆ 報復手段 / 報復手段。

ほうほう【方法】ホーホー　なにかをしたり、つくったり、目的を果たしたりするためのやり方。中 方法；法子；辦法。E a way; a method; a means.

☆ 狭い道路で車を運転する方法を身につける / 掌握在窄路上開車的方法。

☆ 方法論 / methodology. / 方法論。

ほうぼう【方方】ボーボー　いろいろな方角、場所。あちらこちら。中 各處；到處。E everywhere; various places.

☆ かぎをなくしてしまい、ほうぼうさがしまわった / 鑰匙掉了到處尋找。

☆ 夏休みにはほうぼうを旅行したい / 暑假想到各處去旅行。

ぼうぼう　ボーボー　❶ 火が勢いよく燃えるようす。また、そのときの音を表す。中 熊熊地燃燒。E burst into flames.

☆ 空気が乾燥していたので、火はぼうぼう(と)燃えひろがった / 由於空氣乾燥，熊熊大火一發不可收拾。

❷ 髪やひげや草が盛んにのびているようす。中 叢生；蓬亂。E overgrown; shaggy.

☆ 草がぼうぼう(と)しげっている / 雜草叢生的十分茂密。

ほうほうのてい【ほうほうの体】 ひどい目にあって、立って歩けないほどあわてるようす。中 狼狽不堪地；倉惶失措。E precipitately; hurriedly.

☆ 山に木の実をとりに行ったら大きなクマが出てきたので、ほうほうのていで逃げ帰った / 入山採果，因大熊出現，驚惶而逃。

ほうむ・る【葬る】ホームル〔他動五〕(ほうむって)　❶ 死体や遺骨を土の中に埋める。埋葬する。中 埋葬。E bury.

☆ 父の遺骨を故郷の墓に葬る / 將父親的遺骨埋葬在故鄉。

☆ 死者を葬る / 埋葬死者。

❷ 人に知られないように隠してしまう。中 遮掩；秘而不宣。E hush up.

☆ 新聞などに知られたくない事件をやみに葬る / 把不想被報紙等媒體知道的事件遮掩起來。

❸ 二度とその社会に出られないようにする。中 葬送。E fall into oblivion.

☆ 人気歌手が殺人事件を起こして社会から葬られた / 頗受歡迎的歌手因殺人事件而被社會遺棄了。

ぼうめい【亡命】ボーメイ〔～する〕 政治的、思想的な理由で自分の国を出て、他の国へ逃げること。中 亡命；政治避難。E exile oneself; defect.

☆ 自分の国の政府を激しく批判したA氏は、逮捕されそうになってB国へ亡命した / 強烈批判政府的A氏在遭逮捕前，跑到B國請求避難。

☆ 亡命政権 / an exiled regime. / 亡命政權。

ほうめん【方面】ホーメン　❶ その方向の地域。中 方面；地區。E a direction; an area.

☆ 九州方面のいい温泉をさがす / 尋找九州地區的好溫泉。

❷ そのほうの分野、領域。中 領域。E a field; a line.

☆ 将来は美術の方面に進みたい / 將來想進入美術領域。

ほうもん【訪問】ホーモン〔～する〕 人や人のいる所を訪ねること。中 訪問；來訪。E call on; a visit.

☆ 中学校の恩師を訪問した / 訪問中學的恩師。

☆ 見知らぬ人の訪問を受ける / 接受陌生人的訪問。

☆ 訪問販売 / door to door sales. / 登門售貨；到戶推銷。

ぼうや【坊や】ボーヤ　他人の男の子を親しみをこめていう言い方。中 (男孩的愛稱)小弟弟。E son; kid; sonny.

☆ 坊やのおうちはどこ / 小弟弟，你家在哪裡呀?

☆ うちの子ととなりの家の坊やとは仲がいい / 我的孩子與鄰家小男孩關係很好。

=参 丁寧な言い方は「坊ちゃん」。

ぼうよみ【棒読み】ボーヨミ〔～する〕 文章の意味や句読点を考えないで、リズムやアクセントをつけずに同じ調子で声を出して読むこと。中 不分語句不加抑揚地唸。E read in a monotone.

☆ 下手なアナウンサーは棒読みでニュースを読むので、聞いていてわかりにくい/笨拙的播音員報新聞缺乏抑揚頓挫，不易聽懂。

☆ せりふを棒読みする新人の俳優/台詞生硬呆板的新演員。

ぼうらく【暴落】ボーラク〔～する〕 物価や株価などが急に大きく下がること。中 暴跌。E decline heavily; a sharp fall.

☆ 倒産のうわさがひろまって、A社の株は暴落した/破產的謠言傳開，A公司的股價暴跌。

☆ ミカンができすぎて、値段が暴落した/橘子產量太多，價格暴跌。

対 暴騰

ほうりこ・む【ほうり込む】ホーリコム〔他動五〕(ほうりこんで) 乱暴に投げて入れる。中 投入；扔進去。E throw into; fling into.

☆ 寮の部屋に先生が来るというので、なにもかも押し入れにほうりこんで隠した/據說老師要來宿舍，所以把東西都扔進壁櫥裡藏起來。

対 ほうり出す

ほうりだ・す【ほうり出す】ホーリダス〔他動五〕(ほうりだして) ❶ 乱暴に投げて外に出す。また、投げるようにしてものを乱暴に置く。中 拋出去；扔出去。E throw out; fling out.

☆ 二郎は学校から帰ると、玄関にかばんをほうりだして遊びに行ってしまった/二郎一從學校回來，把書包扔進門就去玩了。

対 ほうり込む

❷ 仕事や勉強を途中でやめてしまう。中 中途放棄；丟開。E give up; lay aside.

☆ 勉強をほうりだしてアルバイトに熱中する/拋開學業，熱衷於打工。

❸ 人をかまわないでおく。中 丟下不管；推出門外。E neglect.

☆ 母親が子供をほうりだしてパチンコに夢中になっている/母親丟下孩子不管，玩小鋼珠入了迷。

ほうりつ【法律】ホーリツ 社会生活を保つために国家が決めた、国民のしたがうべききまり。中 法律。E the law.

☆ 法律に違反すると罰せられる/違法的話會受到懲罰。

☆ 法律を改正する/修改法律。

ぼうりょく【暴力】ボーリョク、ボーリョク なぐったりけったりして、他人に乱暴なことをすること。中 暴力；武力。E violence; force.

☆ 道子は夫の暴力にがまんができなくて離婚した/道子無法忍受丈夫的暴力而離婚。

☆ 暴力に訴える/ resort to violence. /訴諸武力；行使暴力。

☆ 暴力団/ an organized group of gangsters. /幫派；黑道組織。

ボウル (bowl) ボール 料理に使う、底の深いまるい入れ物。中 缽；碗。E a bowl.

☆ ボウルの中に卵を割って入れる/敲開雞蛋放入碗中。

☆ サラダボウル/沙拉碗。

ほうろう【放浪】ホーロー〔～する〕 目的もなく広い範囲を旅行してまわること。中 流浪。E wander about.

☆ 祖父は若いころ世界じゅうを放浪したそうだ/據說祖父年輕時在世界各地流浪。

☆ 放浪の旅に出る/過流浪生活。

☆ 放浪癖/ wanderlust. /流浪癖。

ほうわ【飽和】ホーワ〔～する〕 ❶ 決まった条件のもとで、ある量をそれ以上ふくむことができない状態にあること。中 飽和；極限。E saturation.

☆ 食塩の飽和した溶液をつくる/製作食鹽的飽和溶液。

ほ

❷ これ以上、入れられないほどいっぱいになった状態。中 最大限度；極限。E be at its peak of congestion.

☆ 東京の人口はすでに飽和の状態だ/東京的人口已呈飽和態。

▷ 書❷

ほ·える　ホエル〔自動一〕 ライオンなどの猛獣や犬が大声で鳴く。中 吼；吠；叫。E bark; roar.

☆ １匹の犬がほえると、近所の犬がいっせいにほえる/一隻狗叫，附近的狗就都跟著一齊叫起來。

ほお　ホ̄ー　顔の目の下から鼻の両わきの、ふくらんだやわらかい部分。ほほ。ほっぺ。ほっぺた。中 頰；臉蛋。E a cheek.

☆ ほおに手を当てて考えこむ/雙手托著臉頰沉思。

☆ 元気そうな赤いほお/顯得很健康的紅潤臉蛋。

☆ ふっくらしたほお/胖嘟嘟的臉蛋。

→顔 図

ほおを染める　ほおをぽっと赤くする。中 臉紅；臉蛋變得通紅。E blush.

☆ 京子はおおぜいの人の前でほめられて、恥ずかしそうにほおを染めた/京子在衆人面前受到讚揚，羞得臉頰都紅了。

ボーイ (boy) ボ̄ーイ　❶ 男の子。中 男孩；少年。E a boy.

☆ ボーイスカウト/童子軍；少年團。

☆ ボーイソプラノ/變聲前的男童聲。

☆ ボーイフレンド/男朋友。

対 ガール

❷ ホテルや船の中、レストランなどで客の応対をする若い男性。中 男服務員。E a porter; a bellboy; a waiter.

☆ ボーイに荷物を部屋まで運んでもらう/讓男服務員把行李送到房間。

☆ ボーイを呼ぶ/呼叫男服務員。

ほおかぶり　ホ̄ーカ̄ブリ〔～する〕 ❶ 手ぬぐいや布などで、頭からあごの下にかけて包むようにすること。ほおかむり。ほっかぶり。中 用頭巾等包住頭和雙頰。E wrap one's cheeks with a towel.

〔ほおかぶり❶〕

☆ 母は手ぬぐいでほおかぶりして、畑で働いている/母親用頭巾包住頭臉在田裡工作。

❷ 知っていながら知らないふりをすること。ほおかむり。ほっかぶり。中 假裝不知。E feign ignorance.

☆ 宣伝カーの騒音を取り締ってほしいと頼んでも、警察はほおかぶりを決めこんでなにもしない/儘管請求取締宣傳車的噪音，但警察佯裝不知，什麼也不管。

ポーズ (pose) ポ̄ーズ　❶〔～する〕体をいろいろな形に曲げて、ある姿勢をつくること。また、その姿勢。中 姿勢；架子。E a pose.

☆ 踊るときのポーズをして見せる/擺出舞姿給人看。

☆ 自然なポーズを取る/擺出自然的姿勢。

❷ 表面だけの見せかけの態度。中 裝出～的樣子；作態。E pretense.

☆ 洋子はあなたに冷たいポーズを取っているが、本当はあなたが好きなのだ/洋子雖然對你擺出冷淡的態度，但她真的喜歡你。

ボート (boat) ボ̄ート　小さな舟。中 小船；小艇。E a boat.

☆ 公園の池でボートをこぐ/在公園的池中划船。

☆ ボートレース/划船比賽。

☆ モーターボート/汽艇；摩托艇。

数 １隻・１艘

ボーナス (bonus) ボ̄ーナス　給料をもらって働く人に、月給のほかに年に数回与えられる金。賞与。一時金。中 獎金；額外津貼。E a bonus.

☆ 今年の夏のボーナスは月給の３カ月分だった/今夏的獎金相當於三個月的薪水。

☆ ボーナスで車を買う/用獎金買車。

ほおば・る ホーバル〔他動五〕(ほおばって) 口いっぱいにつめこむ。また、口いっぱいにつめこんで食べる。中大口吃；把嘴塞滿。E cram one's mouth.

☆ 腹をすかしていた子供は、ごはんを口いっぱいにほおばって、夢中で食べた/肚子餓了的孩子大口大口地吃飯，吃得津津有味。

☆ お菓子をほおばる/大口大口地吃點心。

ホーム ホーム〔←プラットホーム(platform)〕駅の一部で、電車や列車に乗り降りする所。中月台。E a platform.

☆ 毎朝、新宿駅のホームはたいへん混雑する/每天早上新宿車站的月台都十分擁擠。

☆ 列車がホームに入る/列車進入月台。

ホーム (home) ホーム ❶家庭。自分の家。中家；家庭；自己的家。E a home.

☆ ホームドラマ/家庭劇。

☆ マイホーム/自己的家；自己的房子；我的家。(→項目)

❷ 保護者のいない子供や老人が住む施設。中孤兒院；養老院。E a home.

☆ 老人ホーム/養老院。

❸ 本国。故郷。中故鄉；老家。E one's home.

☆ ホームタウン/故鄉。

❹ 野球の本塁。ホームベース。中本壘。E the home plate.

☆ ホームイン/跑回本壘。

ホームシック (homesick) ホームシック 故郷を離れて1人でいる人が、自分の家庭や故郷を恋しく思う状態。中思鄉病；想家。E homesick.

☆ マリーはホームシックにかかって元気がない/瑪麗得了思鄉病，沒精打采。

ホームステイ (homestay) ホームステイ〔～する〕 外国へ行ったとき、その国の家庭に泊まり、家族の1人として一緒に生活すること。中去外國人家中居住生活；寄宿家庭。E homestay.

☆ 家に留学生をホームステイさせる/讓留學生寄住在家中。

ボール (ball) ボール、ボール ❶スポーツに使う、球の形をしたもの。中球。E a ball.

☆ ボールをける/踢球。

☆ ボールを投げる/扔球；投球。

☆ テニスのボール/網球。

❷ 野球で、打者が打たなくてもいいとされる、コースをはずれた投球。中壞球。E a ball.

☆ ボールに手を出さないで、いい球を待つ/壞球不要出手，等待好球。

対ストライク

ボールペン ボールペン〔←ボールポイントペン(ball point pen)〕 文字などを書く道具。インクのついた小さい球が軸の先についたもの。中原子筆。E a ball-point pen.

☆ ボールペンのインクがなくて書けなくなった/原子筆沒墨水了寫不出字來。

数1本 →文房具図

ほ

ほか【外】ホカ ❶それではないものごと。別。別のもの。中另外；別的；～以外。E another; something else; but; others.

☆ これでなくほかのものを見せてください/請把別的給我看看，不是這個。

☆ あなたのほかに適当な人はいない/除你之外再沒有合適的人選了。

☆ 部長ほか5名/部長與其他五人。

❷ そこではない所。別の所。中別處；別的。E another place; somewhere else.

☆ ほかの所をさがそう/找找別的地方吧。

☆ ほかへ行ってみよう/去別的地方看看吧。

❸ 程度やものごとがある範囲をこえていること。中出乎～之外。E beyond; besides.

☆ 病人は思いのほか元気だった/出乎意料，病人很健康。

❹ (動詞の基本形について、「～ほか…ない」の形で)～以外にはない。中只有。

☆ みんなで協力するほかない / 大家只有同心協力地做了。

☆ あきらめるほかない / We have no choice but to give up. / 只好放棄。

ほかでもない　それ以外のことではない。まさに、そのことだ。中 不是別的。E the very; what I want to say is.

☆ ほかでもない、山田くんのことなんだが、いい就職口はないかね / 不是別的，正是山田君的事，有沒有適合他的工作呢?

ぼか・す　ボカス〔他動五〕(ぼかして)　❶ 色の濃い所と薄い所の境目をはっきりさせないようにする。中 弄淡；暈映。E shade off; gradate.

☆ ほお紅をぼかしてぬる / 將胭脂淡淡地抹在臉頰上。

☆ 墨絵は墨をぼかして景色をかく / 水墨畫是使用暈染法來畫風景。

❷ はっきりさせず、あいまいにする。中 使曖昧；使模稜兩可。E vague (answer); blur.

☆ 実験は成功したかときかれて、成果がなかったわけではない、とぼかして答えた / 被問及實驗是否成功時，模稜兩可地答道：「也並非沒有成果。」

☆ 焦点をぼかす / 模糊焦點。

▷ 名 ぼかし

ほかならない　❶ (「～にほかならない」の形で)～以外のものではない。まちがいなく～だ。中 正是；不外；無非。

☆ 優勝できたのは、長い間の努力の結果にほかならない / It's nothing but the result of our efforts for a long time that we could win the championship. / 勝利無非是歸功於長期努力的結果。

❷ 特にだいじな。中 特別重要的；不是一般的。E no one but (you).

☆ ほかならないあなたのお申し出ですから、協力しましょう / 由於不是別人而是你的要求，所以我會協助你的。

参 古い言い方は「ほかならぬ」。

ほかほか　ホカホカ、ホカホカ〔～する〕　気持ちよく、暖かいようす。中 溫暖。

☆ 日にほしたふとんがほかほかして、いい気持ちだ / the sunned *futon* feels warm and comfortable. / 曬過的被子暖烘烘的很舒服。

☆ 焼きたてで、ほかほかのパン / 剛烤好熱烘烘的麵包。

→ぽかぽか

ぽかぽか　ポカポカ　❶〔～する〕体の中まで気持ちよく、暖かく感じるようす。中 溫暖，渾身溫暖，感到特別舒服的樣子。

☆ 温泉にゆっくりつかったので、体がぽかぽかする / I soaked leisurely in the hot spring bath, so I feel nice and toasty. / 由於泡了一會兒溫泉，熱得通體舒暢。

☆ ぽかぽかした春の日 / 暖和的春天。

❷ かたいもので続けてたたくようす。中 用堅硬的東西連續毆打的樣子及聲音。

☆ げんこつでぽかぽか(と)なぐる / hit repeatedly with one's fists. / 用拳頭連續毆打。

参 ❶は「ほかほか」と似ているが、「ほかほか」が、あるものが暖かいようすを表すのに対して、「ぽかぽか」は空気や光などが暖かくて気持ちのいいようすを表す。また、❷に似た言い方で、1回だけのばあいは「ぽかり」や「ぽかっと」という。

ほがらか【朗らか】ホガラカ　はればれして、明るいようす。中 開朗；爽快；快活。E cheerful; merry.

☆ 京子はいつもにこにことほがらかで楽しそうだ / 京子總是微笑著，十分開朗，看起來很快樂。

☆ ほがらかな性格 / 開朗的性格。

☆ ほがらかに笑う / 爽快地笑。

ほかん【保管】ホカン〔～する〕　こわしたりなくしたりしないように、たいせつにしまっておくこと。[書][中]保管。[E] keep; safekeeping.

☆ だいじな書類を金庫に保管する / 重要文件放入保險箱裡保管。

ほきゅう【補給】ホキュー〔～する〕 たりなくなった分を補うこと。[中]補給；補充。[E] supply; furnishing.

☆ ガソリンを補給して出発する / 加好汽油後出發。

☆ 営養の補給 / 補充營養。

ぼく【僕】ボク 自分をさすことば。男性が同等か目下の人に対して使う。[中](男性對同輩以下的自稱)我。[E] (masculine) I (used when talking to one's equal or junior).

☆ ぼくときみとは小学校の同級生で、もう10年以上のつきあいだ / 我和你小學同班，交往已有十多年了。

☆ ぼくはきょうは授業がないから学校に行かない / 今天沒課，我不去學校。

ぼくし【牧師】ボクシ、ボクシ キリスト教のプロテスタントで、教会の管理や信者の教育、指導をする人。[中]牧師。[E] a clergyman; a minister.

☆ 日曜に教会で聞いた牧師の話はとてもよかった/週日在教會聽到牧師的傳道十分精彩。

☆ 神学校を出て牧師になる / 從神學院畢業後當牧師。

ぼくじょう【牧場】ボクジョー 牛、馬、羊などの家畜を飼うための草の生えている広々とした場所。まきば。[中]牧場。[E] a stock farm; a ranch.

☆ 山のふもとにある牧場で牛がのんびりと草を食べていた / 在山腳下的牧場，牛悠閒地吃著草。

ボクシング (boxing) ボクシング 2人の選手がリングと呼ばれる正方形の試合の場で、両手に革でできた手袋のようなものをはめて打ち合う競技。拳闘。[中]拳擊。[E] boxing.

☆ ボクシングの試合で、チャンピオンが顔を打たれて目にけがをした / 在拳賽中，冠軍的臉部被擊中，眼睛受了傷。

☆ ボクシングは、ヘビー級、ミドル級、バンタム級などの階級に分かれている/拳擊分為重量級、中量級和雛量級等級別。

ほぐ・す ホグス〔他動五〕(ほぐして) ❶ もつれたものをほどいたり、かたまりになっているものを細かく分けたりする。ほごす。[中]理開；拆開。[E] disentangle; break up ~ into pieces.

☆ もつれた毛糸をほぐす/解開纏在一起的毛線。

☆ カニの身をほぐしてサラダに入れる/將螃蟹肉剝下放入沙拉中。

❷ かたくなっているものをやわらかくする。ほごす。[中]揉開；解除。[E] relax; ease.

☆ 緊張をほぐすために、軽い体操をする/為消除緊張而做輕微的體操。

☆ 肩のこりをほぐす /(消除肩部的酸痛)捶背。

▷ [自動]ほぐれる

ほくそえ・む【ほくそ笑む】ホクソエム〔自動五〕(ほくそえんで) ものごとが思ったとおりにいったときなどに、1人こっそり笑う。[中]竊笑；暗笑。[E] gloat over; chuckle to oneself.

☆ 株が値上がりして株主たちはほくそえんだ / 股價上揚，股東們都笑瞇瞇的。

☆ 陰でほくそえむ / 背後暗自高興。

ぼくちく【牧畜】ボクチク 牛、馬、羊などの家畜を飼ってふやす仕事。また、それらの動物から衣類や食品の材料をつくる仕事。[中]畜牧。[E] stockfarming; cattle breeding.

☆ 牛乳をしぼることは牧畜の仕事のたいせつな部分だ / 擠牛奶是畜牧工作的重要部分。

☆ 将来、スイスの山のふもとで牧畜をして暮らすつもりだ / 打算將來在瑞士的山腳下以畜牧為生。

ぼくとつ【朴訥】ボクトツ 話し方は上手でないが、誠実さがよく表れているようす。

中 樸實寡言；木訥。E unaffected; simple and good-natured.

☆ ぽつりぽつりと、ぼくとつにインタビューに答える若い力士 / 吞吞吐吐地回答記者發問，顯得木訥的年輕相撲選手。

☆ 飾り気のない、ぼくとつな人柄 / 坦率而樸實的人品。

ほくほく　ホクホク、ホクホク〔～する〕

❶ 調理した芋、クリ、カボチャなどが、水分が少なくてやわらかいようす。中 (剛蒸好的白薯等) 熱呼呼。

☆ このサツマイモはほくほくして、とてもおいしい / This sweet potato is delicious, being soft but not soggy. /這個白薯熱呼呼的很好吃。

❷ うれしくて自然に笑いが出てきてしまうようす。中 喜悦貌。

☆ ボーナスをたくさんもらって、社員たちはほくほくしている / Having received large bonuses, the employees are all smiling complacently. /一領到豐厚的獎金，員工們都抑制不住心裡的高興。

☆ 魚がたくさんとれて、漁師たちはほくほく顔だ / 漁獲豐收，漁民們笑顏逐開。

ほくろ　ホクロ　皮膚の表面にある黒い小さな点。中 黑痣；烏痣。E a mole.

☆ 京子は口もとにほくろが２つある / 京子的嘴角有兩顆黑痣。

☆ 泣きぼくろ / a mole under one's eye. / 眼下的烏痣。

ほけつ【補欠】ホケツ　欠けてたりないものや人員を補うこと。また、そのために用意された人。中 補缺；補充。E an alternate; a substitute.

☆ 道子はＡ大学に補欠で合格した / 道子是Ａ大學的備取生。

☆ 二郎は補欠の選手だ / 二郎是個候補選手。

☆ 補欠選挙 / 補選。

ポケット (pocket) ポケット　洋服などについている、小さな物入れ。中 衣袋；口袋。E a pocket.

☆ 胸のポケットにハンカチを飾る / 在胸前小口袋中裝飾著手帕。

☆ ポケットサイズ / 袖珍型。

☆ ポケットマネー / pocket money. / 零用錢。

→ワイシャツ 図

ポケットベル　ポケットベル　遠くにいる相手を無線の信号で呼び出す、ポケットに入るぐらいの小型の機械。ポケベル。中 超小型無線電接收信號器；袖珍無線電傳呼機；呼叫器；BB 扣。E a beeper; a pager.

☆ ポケットベルが鳴りだしたので、会社に電話して用件をきいた / 由於呼叫器響起，於是回公司電話詢問事由。

三 参 英語の「ポケット (pocket)」と「ベル (bell)」から日本でできたことば。

ぼけつをほる【墓穴を掘る】　自分で自分を破滅させるようなことをする。中 自掘墳墓。E be suicidal; dig one's own grave.

☆ 病気なのに酒を飲み続けるのは、墓穴を掘るようなものだ / 生病了卻繼續喝酒，如同自掘墳墓。

ぼ・ける　ボケル〔自動一〕 ❶ 頭の働きが鈍くなって、ぼんやりする。中 健忘；發呆；糊塗。E become senile.

☆ 祖父は90歳になって、すこしぼけてきた / 祖父九十歲了，有些糊塗健忘。

☆ 最近、ぼけて忘れっぽくなった / 最近糊塗，變得健忘了。

❷ 形や色がはっきりしなくなる。中 模糊；變得不鮮明。E fade; be out of focus.

☆ 色がぼける / 褪色。

☆ ピントがぼける / 焦點模糊。

▷ 名 ぼけ

ほけん【保険】ホケン　❶ 火事や事故などの災難にあったときや、病気になったり死んだりしたとき金をもらうために、前から契約して金を払っておく制度。[中]保險。[E] insurance.

☆ 海外旅行に出る前に保険をかける/出國旅行前買保險。

☆ 火災保険/火險。

☆ 生命保険/壽險。

❷「健康保険」を略した言い方。病気やけがをしたときなどにかかる費用を、本人、国、会社などで分担する仕組みの保険。[中]健康保險。[E] health insurance.

☆ この病院は保険でみてくれる/這家醫院可憑健保看病。

☆ 保険医/健保醫生(給參加保險的病人診治的醫生)。

ほけんじょ 【保健所】ホケンジョ、ホケンジョ　医師や保健婦がいて、住民の健康を守るための相談や予防注射、衛生の指導などを行う公的な機関。[中]健康中心；衛生所；衛生防疫站。[E] a (public) health center.

☆ 保健所でエイズの正しい知識を教わる/在衛生所學習有關愛滋病的正確知識。

ほけんしょう【保険証】ホケンショー　「健康保険証」を略した言い方。健康保険などに加入していることを示す証明書。[中]健保卡。[E] a health insurance card.

☆ 医院に行くときは保険証を忘れないように/去醫院看病時別忘記帶健保卡。

ほご 【保護】ホゴ〔～する〕　危険などから守ったりかばったりすること。[中]保護。[E] protection; conservation.

☆ ひな鳥は親鳥の保護のもとにたいせつに育てられた/雛鳥在母鳥細心地照顧下成長。

☆ 保護貿易/貿易保護。

☆ 自然保護/自然保護。

☆ 過保護/溺愛；嬌生慣養。(→[項目])

ぼご 【母語】ボゴ　学習して覚えた言語ではなく、幼いとき家族などを通じて最初に自然に覚えた言語。[書][中]母語；祖國語言。[E] one's native language.

☆ 日本で生まれ育ち、教育も日本語で受けたマリーの母語は日本語だ/在日本出生長大，接受日文教育的瑪麗，她的母語是日語。

ぼこう 【母校】ボコー　自分が卒業した、また、いま学んでいる学校。出身校。[中]母校。[E] one's old school; one's Alma Mater.

☆ 10年ぶりに母校をおとずれたが、A先生は10年前と同じように元気に数学を教えていた/隔了十年來到母校，發現A老師仍與從前一樣精力充沛地教著數學。

☆ 母校の野球チームを応援する/為母校的棒球隊吶喊助威。

ぼこく 【母国】ボコク　自分の生まれた国。[中]祖國。[E] one's native country.

☆ ジョンは2歳のとき父の仕事のため、母国のアメリカを離れてイギリスに渡った/約翰兩歲時因父親工作的緣故而離開祖國的美國，來到英國。

☆ 母国語/one's native language./母語；本國語言。

ほごしゃ【保護者】ホゴシャ　児童などを保護する義務のある親、または親にかわる人。[中]家長；扶養人；監護人。[E] one's parents; a guardian.

☆ 生徒が学校でけがをしたので、校長は保護者に連絡した/由於學生在學校受了傷，所以校長與監護人聯絡。

ほこらし・い【誇らしい】ホコラシイ　得意で、自慢したい気持ちだ。[中]洋洋得意；自豪；自鳴。[E] proud; triumphant.

☆ どんな苦しいときでも明るさを失わない母を誇らしく思う/無論多麼痛苦也不失開朗的母親，我為此感到自豪。

☆ 娘がオリンピックの代表に選ばれて誇らしい気持ちだ/女兒被選為奧運會代表，感到很自豪。

ほこり【誇り】ホコリ、ホコリ　誇る気持ち。プライド。[中]自豪；驕傲；自尊心。[E] pride.

ほ

☆ この町が生んだ作曲家A氏は、町の人々の誇りだ/在這個城鎮出生的作曲家A氏是該鎮居民的驕傲。

☆ 誇りを傷つける / hurt a person's pride. / 挫傷自尊心。

[他動]誇る

ほこり ホコリ 飛びちる粉のようなごみ。[中]塵埃；塵土；灰塵。[E] dust.

☆ 自動車が通るとほこりが舞い上がる/車輛駛過，塵土飛揚。

☆ テーブルの上のほこりをふく/把桌子上的灰塵擦掉。

☆ ほこりっぽい/滿是灰塵；灰塵多。

☆ 砂ぼこり/風沙；砂塵。

→ちり

ほこ・る【誇る】ホコル、ホコリ〔他動五〕(ほこって) 自慢する気持ちをことばや態度に表す。名誉に思う。[中]自誇；誇耀；自豪。[E] be proud of; boast of.

ほ

☆ 両国の代表は、軍縮交渉の成果を誇った/兩國代表誇耀裁軍談判的成果。

☆ 日本が世界に誇る美術品/馳名世界的日本美術品。

[名]誇り

ほころ・びる ホコロビル〔自動一〕 ❶ 縫い目の糸がとけて、すきまができる。ほころぶ。[中]開綻；綻線。[E] be ripped; come apart.

☆ ズボンがほころびる/褲子綻線了。

❷ つぼみが開きはじめる。ほころぶ。[中]微開；稍微張開。[E] begin to bloom.

☆ 梅の花がほころびる/梅花綻開。

❸ 口もとがすこしゆるんで笑い顔になる。ほころぶ。[中]微笑。[E] smile.

☆ ボーナスが考えていたより多かったので、社員の顔もほころびた/由於獎金比預期要多，員工也喜形於色。

▷ [名]ほころび

ぼさぼさ ボサボサ、ボサボサ〔～する〕

❶ するべきことをしないでぼんやりしているようす。[中]發呆；發愣貌。

☆ ぼさぼさしていないで手伝いなさい / Don't be idle. Help me with finishing the work. /別發呆，快幫個忙吧。

❷ 髪などがととのっていないようす。[中]頭髮蓬亂貌。

☆ 起きたままのぼさぼさの頭 / the hair left disheveled since morning. /起床後沒梳理的蓬亂頭髮。

▷ [話]

ほし【星】ホシ ❶ 晴れた夜空に小さく輝いて見える、宇宙空間の物体。[中]星；星星；星斗。[E] a star.

☆ 夜空に星が光っている/星星在夜空閃爍。

☆ 流れ星 / a shooting star. /流星。

❷「❶」で、その人の生まれや生き方に関係があるといわれるもの。[中]星相；命運。[E] one's star.

☆ 洋子はしあわせな星のもとに生まれた/洋子命帶吉祥。

☆ 星まわり/本命星的吉凶；運氣；命運。

❸ すもうの勝ち負けをしるす、まるいしるし。「○」は勝ち、「●」は負け。[中](相撲)(表示勝負分數的)點；得分。[E] a score in *sumo*.

☆ もう1つ星を取れば大関になれる/再勝一場的話，就能成為大關(相撲級別)。

☆ 星取り表/得勝表。

☆ 白星/白色圓點(相撲)等表示勝的符號；(喻)成功，勝利的標記。(→[項目])

☆ 黒星/黑色圓點(相撲)表示輸的記號。(→[項目])

星が降る 星が空一面に輝く。[中]滿天星斗。[E] stars fill the sky.

☆ 星が降る街を恋人と歩いた/與情人漫步在星辰大道上。

ほじ【保持】ホジ〔～する〕 その状態を保ち続けること。[書][中]保持；保守。[E] hold; maintain.

☆ S氏は走り高跳びの日本記録を保持して

いる / S 氏是日本的跳高紀錄的保持人。

☆ 公務員は国の機密を保持する義務がある/公務員有保守國家機密的義務。

ほし・い【欲しい】ホシイ ❶自分のものにしたい気持ちだ。中想要；要；希望得到。E want; wish.

☆ お金がほしい / 想要錢。

☆ ほしかったカメラがやっと買えた/終於買到了渴望的相機。

❷ (「〜てほしい」の形で)〜てもらいたい。中表示希望或命令。

☆ わたしの話を聞いてほしい / I want you to listen to me. / 請聽一下我的話。

☆ 両親にはいつまでも元気でいてほしい/希望雙親一直健康安泰。

二注 ❷はひらがなで書く。

ポシェット (フ pochette) ポシェット　財布やハンカチなどを入れて、肩からかけて持って歩く小さなバッグ。中側背包。E a pochette.

☆ ポシェットを肩からかけて本を手に持って出かける / 把側背包掛在肩上，手上拿著書出門。

ほしゅ【保守】ホシュ〔〜する〕❶ものごとを急に変えることに反対し、いままでのやり方を守っていこうとすること。中保守。E stick to; conservatism.

☆ 現状を保守する / 保持現狀；維持現狀。

☆ 保守主義 / 保守主義。

☆ 保守政党 / 保守政黨。

対 革新

❷ いい状態をもち続けること。中保養。E maintenance.

☆ エレベーターの保守の仕事を引き受ける/接受保養電梯的工作。

☆ 保守点検/ maintenance inspection. /保養檢修。

ほじゅう【補充】ホジュー〔〜する〕たりない分や減った分を補って、もとのとおりにすること。中補充。E fill up; replenish.

☆ 病気でやめた先生の補充として、道子を採用した / 某老師因病請辭，任用道子替補。

ぼしゅう【募集】ボシュー〔〜する〕求めていることを人々に広く知らせて人や作品などを集めること。中募集；徵募；招募。E advertize; recruit; invite.

☆ 新聞広告で社員を募集する / 在報紙上登廣告招聘職員。

☆ 展覧会のための作品を募集する / 為辦展覽會而募集作品。

☆ 募集人員 / 招聘人員。

ほしゅてき【保守的】ホシュテキ　いままでの状態を守って、変えようとしないようす。中保守的。E conservative.

☆ 保守的な人は新しいものごとを取り入れたがらない / 保守的人不想接受新事物。

☆ 父は保守的だから、男は外、女は内の役割分担を守るべきだと言う/由於父親很保守，所以他說：「應當保持男主外，女主內的分工。」

対 革新的、進歩的

ほじょ【補助】ホジョ〔〜する〕不足しているところを補って助けること。また、その助けとなるもの。中補助。E aid; help; assistance.

☆ 父の死後は伯父から学資の補助を受けた/父親死後，由伯父補助學費。

☆ 補助金 / 補助金。

☆ 補助いす / 補助椅；(劇場大廳中固定座椅旁的) 備用椅。

ほしょう【保証】ホショー〔〜する〕❶大丈夫だ、まちがいないと責任を持って請け合うこと。中保證；擔保。E guarantee; assure.

☆ 一郎はしっかりした青年です、わたしが保証します / 一郎是值得信賴的年輕人，我為他作擔保。

☆ 身元を保証する / guarantee a person's identity. / 擔保身分。

❷ 将来の結果や損害に対して責任を取ること。中擔保。E guarantee.

☆ このカメラは1年間の保証がついている/這台相機附有一年的保證期。

☆ 保証金/保證金。

☆ 保証書/保證書。

▷ →保障

ほしょう【保障】ホショー〔～する〕 保護して、不安やほかからの害がおよばないようにすること。中保障。E secure; security.

☆ 社員としての身分を保障する/保障職員的身份。

☆ 社会保障/social security./社會保障。

参「保証」も似ているが、「保証」が、確かだと請け合うことを意味し、「連帯保証」「保証つき」などと使うのに対して、「保障」は不安や害がないよう請け合うことで、「最低生活を保障する」「安全保障」などと使う。

ほしょう【補償】ホショー〔～する〕 相手に与えた損害と同じ価値のものや金を相手に渡して償うこと。中補償；賠償。E compensation.

☆ T氏は無実の罪で刑務所にいた15年間の補償を国に求めた/T氏因莫虛有之罪在監獄待了十五年，他向國家要求補償。

→弁償

ほしょうにん【保証人】ホショーニン、ホショーニン ある人物の身元や行為について責任を負う人。中保證人；擔保人；保人。E a guarantor; a surety.

☆ 伯父が、就職するときの保証人になってくれた/伯父是我找工作時的保證人。

☆ 連帯保証人/a joint surety./連帯保證人。

ほ・す【干す】ホス〔他動五〕(ほして) ❶しめりけを取り除くために、日光や風に当てる。中曬乾；晾乾。E dry; air.

☆ きょうは天気がいいからふとんをほそう/今天天氣好，曬曬被子吧。

☆ 洗濯物をほす/曬乾洗淨的衣物。

❷ 水をすっかり取り除いて空にする。中弄乾；淘乾。E draw off.

☆ 池の底の泥を取り除くために、水をほす/為清除池底的淤泥而抽乾池水。

❸ 残らず飲んでしまう。中喝乾。E drink up; empty.

☆ さあ、さかずきをほしてください/來，乾了這一杯!

☆ 飲みほす/乾杯；一飲而盡。

❹ 仕事を与えない。中不給工作；使挨餓。E be left out in the cold.

☆ あの俳優はこのごろほされているらしく、テレビに出ない/那位演員最近好像被冷凍了，沒在電視中露面。

参 ❹は受身の形で使うことが多い。

ポスター(poster) ポスター 広報や宣伝用に、絵や文字などを組み合わせてつくったはり紙。中海報。E a poster.

☆ 選挙が近いので、候補者の名前と顔の入ったポスターが町のあちこちに見られる/選舉快要到了，城鎮各處可見印有候選人名字和照片的宣傳海報。

☆ 映画のポスター/電影的宣傳海報。

数 1枚

ポスト(post) ポスト ❶道路わきなどにある、郵便物を入れる箱。また、配達された郵便物を受け取る箱。中郵筒；信筒；信箱。E a mailbox; a pillar box.

☆ 校門の前のポストに手紙を入れる/把信投入學校門前的郵筒中。

☆ 家のポストに父からの手紙が入っていた/家裡的信箱有父親寫來的信。

❷ 地位。職。中地位；職位；工作崗位。E a position; a post.

☆ 一郎は4月に社長のポストについた/一郎四月份升任社長。

☆ 重要なポスト/重要的職位。

❸ 以後。中以後。

☆ ポストモダン/後現代藝術；後現代建築。

☆ ポスト冷戦 / after the Cold War. / 冷戰後。

ホスピス (hospice) ホスピス　重病で死期が近い人の苦痛をやわらげ、穏やかに死を迎えられるようにする施設。中 收容瀕死患者的安寧病房；慈善機構。E a hospice.

☆ 伯母はホスピスで死を迎える心の準備をしている/伯母在安寧病房作好迎接死亡的準備。

ほそ・い【細い】ホソイ　❶ 棒などのまわりや、線のようなものの幅が小さい。中 細 E thin; narrow.

☆ すぐ折れそうな細い枝/似乎馬上就會斷掉的細枝。

☆ 車の入れない細い道/車輛無法進入的狹路。

対 太い

❷ やせている。中 纖細；瘦；纖瘦。E slender; slim.

☆ 道子は細いけれど丈夫だ / 道子雖然纖瘦但很健康。

対 太い

❸ 声が高いが、あまり響かない。中 微細；低小。E thin; weak.

☆ 先生にしかられた中学生は、蚊の鳴くような細い声で話した / 挨老師罵的那個中學生，說話聲音小得像蚊子叫。

対 太い

❹ 勢いがなくて、弱々しい。中 微弱；微少；狹小。E sensitive; delicate.

☆ 二郎は神経が細くて、ちょっと注意されてもとても気にする/二郎太過敏感，稍微被人注意就十分在意。

対 太い

ほそく【補足】ホソク〔～する〕　ふじゅうぶんなところをつけたして補うこと。中 補充。E supplement; complement.

☆ 部長の報告は簡単すぎたので、次長が補足した/由於部長的報告過於簡單，於是次長加以補充。

☆ 補足説明 / 補充說明。

ほそぼそ【細細】ホソボソ　続けるのがむずかしい状態だが、なんとか続いているようす。中 勉勉強強地。E barely; scantily.

☆ 病気で働けなくなり、わずかな貯金をおろして細々(と)暮らしている/因生病而無法工作，取出僅有的一點儲蓄勉強度日。

☆ 読者が減ってしまったが、雑誌を細々と発行し続けている / 雖然讀者減少，但雜誌仍勉強維持著發行。

ぼそぼそ　ボソボソ、ボソボソ　❶ 低く小さな声で話すようす。中 小聲地說話；吱吱喳喳地說話。

☆ 先生は 1 人ぼそぼそ(と)話している / The teacher is talking in a subdued tone. / 老師一個人在小聲地講話。

❷〔～する〕乾いて水分が少ないようす。中 乾巴巴(不好吃)。

☆ おととい買ったパンは、もうぼそぼそでおいしくない / The bread I bought the day before yesterday is dry and crumbling, so it's no longer tasty. /前天買的麵包變得乾巴巴的不好吃。

ほそ・める【細める】ホソメル〔他動一〕細くする。中 使細；弄細。E narrow; turn down.

☆ 祖父は孫たちの顔を目を細めて見ている/祖父瞇起眼睛細看孫子們的臉蛋。

☆ ガスの火を細める / 將瓦斯的火調小。

自動 細まる

ほぞん【保存】ホゾン〔～する〕　そのままの状態を保つようにして取っておくこと。中 保存。E preserve; keep.

☆ 遺跡を保存するため、市が土地を買いあげることになった/為保存遺跡，市政府決定收購土地。

☆ 保存食 / preserved food. / 可以存放的食品。

ぽたぽた　ポタポタ　水などが 1 滴ずつ続いて落ちるようす。中 (小水滴) 滴滴答答(滴落貌)。

☆ 天井からぽたぽた(と)雨がもる / The rain-water drips down from the ceiling. / 雨水從屋頂滴滴答答地漏下。

ボタン (㊥botão) ボタン ❶ 洋服などの合わせ目につけて一方の穴に入れてとめるもの。まるくて平たい形のものが多い。[中] 鈕扣；扣子。[E] a button.

☆ ワイシャツのボタンが取れる / 襯衫的扣子掉了。

☆ ボタンをはめる / 扣鈕扣。

☆ ボタンをはずす / 解鈕扣。

☆ カフスボタン / 袖扣。

❷ 機械を動かしたり、人を呼んだりするとき、押すもの。[中] 電鈕；按鈕。[E] a button.

☆ ボタンを押すと、エレベーターのドアが閉まる / 按一下電鈕，電梯門就關上。

☆ ボタン戦争 / a button war. / 按鈕式戰爭。

▷ →ワイシャツ [図]

ぼち 【墓地】ボチ 死者を埋葬してある場所。墓場。[中] 墓地；墳地。[E] a graveyard; a cemetery.

☆ 大統領が、戦争でなくなった人たちの墓地に花輪を供えた / 總統在戰爭亡魂塚上獻上花圈。

☆ 墓地におまいりに行く / 去墓地祭拜。

ホチキス ホチキス 押すと「]」の形の金属製の針が１つずつ出て、紙などをとじる事務用品。ホッチキス。[中] 釘書機。[E] a stapler.

☆ ３枚の資料を、ホチキスでとめて配る / 用釘書機把這三頁資料釘在一起後分發。

[参]「ホチキス(Hotchkiss)」は発明した人の名前で、商標名でもある。

ぼちぼち ボチボチ 急がずにすこしずつするようす。そろそろ。[中] 一點一點；慢慢；漸漸。[E] soon; little by little.

☆ ぼちぼち(と)帰ってくるころだろう / 差不多該回來了吧。

☆ 客がぼちぼち(と)来るようになった / 客人漸漸多起來了。

[参]「ぼつぼつ」も似ているが、「ぼちぼち」のほうがくだけた言い方。

ほちょう 【歩調】ホチョー ❶ 歩くときの速さなどの調子。[中] 步調；步伐。[E] a pace; a step.

☆ 歩調をそろえて行進する / 步調一致地前進。

☆ 老人はゆっくりとした歩調で散歩している / 老人悠閒地散步。

❷ 多くの人が一緒に行動するときの調子。[中] 步調。[E] pace.

☆ みんなが歩調を合わせて仕事をすると早くできる / 大家步調一致，工作就能及早完成。

ぼつ 【没】ボツ ❶ 死んだこと。死んだ年月日を表すときに多く用もちいる。[中] 死。[E] died ~ (used with date).

☆ 川端康成 1972 年没 / 川端康成歿於 1972 年。

☆ 没後 200 年 / 死後兩百年。

❷ 投書、提案などが採用されないこと。[中] 不採用。[E] be rejected.

☆ A 新聞に投書したが、１カ月たっても出ないから、没になったのだろう / 向 A 報投稿，過了一個月也沒刊出來，大概未被採用吧。

☆ 旅行の計画は没になった / 旅行計畫未被採用。

❸ (他のことばの頭について)全然ない。[中] 無；沒有。

☆ 没個性 / lack of individuality. / 沒個性。

☆ 没交渉 / have no connection with. / 無關係；無來往。

☆ 没趣味 / 不高雅；枯燥乏味。

▷ [書] ❶

ほっかいどう 【北海道】ホッカイドー 日本列島の中でいちばん北にあり、本州のつぎに大きい島。地方公共団体の１つ。[中] 北海道。[E] Hokkaido.

☆ 夏は涼しく冬はスキーができる北海道に住みたい / 想去夏天涼爽、冬天能滑雪的北海道定居。

☆ 北海道でいちばん大きい市は札幌だ / 北海道最大的城市是札幌。

ぽっかり ポッカリ ❶はっきりと、めだつように浮かんでいるようす。中突然特別引人注目的飄浮貌。

☆ 青い空に、白い雲がぽっかり(と)、浮かんでいる / One white cloud is floating conspicuously in the blue sky. / 藍天上飄著一朵白雲。

❷ 突然、大きな穴が開くようす。中硬物突然裂開或開口。

☆ 工事現場に大きな穴がぽっかり(と)開いていた / There was a large gaping hole at the construction sight. /工地現場裂開了一個大坑。

☆ 母が死んで心の中にぽっかり(と)穴が開いたような気がする/母親去世後總感到心中空洞蕩然。

ほっきょく【北極】ホッキョク 地球の北のはしに当たる所。磁石で北をさしているほうのはし。中北極。E the North Pole.

☆ 探検隊は北極を犬ぞりで走って北極点に達した / 探險隊乘坐狗拉的雪橇到達北極點。

☆ 北極圏 / the Arctic Circle. / 北極圈。

☆ 北極星 / 北極星。

対南極

ホック(オhoek) ホック ❶洋服などの留め金。かぎ状の小さな金具でひっかけてとめる。中掛鉤。E a hook.

☆ えりのホックをはずして汗をふく/解開領扣擦汗。

☆ ホックをかける / 掛鉤子。

☆ かぎホック / 鉤子;掛鉤。

❷ 凹凸1組になった円形の小さな留め金。押し合わせてとめる。中金屬扣;子母扣。E a snap.

☆ 太ってそでロのホックがとまらなくなった / 太胖了,袖口的扣子扣不上了。

ぽっくり ポックリ 人が突然死ぬようす。中人突然死去;暴卒。

☆ きのうまで元気に仕事をしていた二郎が、ぽっくり(と)死んでしまった / Though Jiro was working just fine until yesterday, he suddenly died. /到昨天都還精神奕奕工作的二郎,突然暴斃身亡。

☆ ぽっくり病 / 暴病;急病。

ほっさ【発作】ホッサ 病気の激しい痛みや苦しみが急に起こること。中發作。E an attack; a fit.

☆ 心臓の発作に苦しめられる / 心臟病發作,非常痛苦。

☆ 喘息の発作を起こす / 引起哮喘發作。

ほっさてき【発作的】ホッサテキ ものごとが思いがけなく急に起こるようす。中發作性的。E by fits and starts.

☆ ときどき、発作的に旅行がしたくなる / 有時,突然想去旅行。

☆ 発作的な犯行 / a spasmodic crime. / 突發性犯罪。

ぼっしゅう【没収】ボッシュー〔~する〕強制的に財産や権利などを取りあげること。中沒收;查抄;充公。E confiscate; seize; forfeit.

☆ 空港の税関は、輸入を禁止されている珍しい動物を没収した/機場海關沒收了禁止進口的珍稀動物。

☆ 10年間税金を払わなかったので、土地と建物を没収された/十年沒有繳稅,土地和房屋都被沒收了。

ほっそく【発足】ホッソク〔~する〕 団体や会などがつくられ活動が始まること。書
中開始活動。E start; form.

☆ A市に「町の緑を守る会」が発足した/A市的「城市綠化保護組織」開始活動。

二注 最近は「はっそく」も使うようになった。

ほっそり ホッソリ〔~する〕 細くて形が美しいようす。中體形纖細、苗條美貌;長而細貌。

☆ あの女優の指は、長くてほっそりしている/ That actress' fingers are long and slender. / 那位女演員的手指又細又長。

☆ 縦じまの濃い色の服は、体をほっそり(と)見せる/穿直條紋的深色衣服,看上去身材顯得瘦長。

ほ

ほったらか・す　ホッタラカス、ホッタラカス〔他動五〕(ほったらかして)　中途でやめて、そのままにする。また、なにもしないままにする。話中 棄置不顧；丟下不管。E neglect; lay aside.

☆ 仕事をほったらかして、テレビばかり見ている / 丟下工作不管，只顧看電視。

☆ けが人をほったらかして逃げる / 丟下受傷的人不管，自己逃了。

名 ほったらかし

-ぽっち　(数や量を表すことばや、「これ〔っ〕」「それ〔っ〕」「あれ〔っ〕」について)わずかに～だけ。ぽち。ぼっち。ぼち。話中(接尾詞) 表示僅僅、只有的意思。

☆ 10円ぽっちじゃなにも買えない / We can buy nothing for only ten yen. / 只有十日圓什麼也買不到。

☆ これっぽっち / only this much. / 這麼一點點。

ぼっちゃん【坊ちゃん】ボッチャン　❶ 他人の男の子を丁寧にいう言い方。中 令郎；您家的公子。E a person's son.

☆ おたくの坊ちゃんは今年小学校を卒業なさったのですね / 令郎今年小學畢業了吧。

対 (お)嬢ちゃん

❷ 世の中をあまり知らず苦労せずに成長した男性を、すこし軽蔑していう言い方。中 大少爺；公子哥；少爺作風的人。E a greenhorn.

☆ 兄は甘やかされてのんびり育った坊ちゃんだから、世間の苦労がわからない / 哥哥是從小被寵慣的大少爺，不懂世間的艱辛。

☆ 坊ちゃん育ち / 少爺出身。

▷ →坊や

ほっと　ホット、ホット　❶ いちどに軽く息をはきだすようす。中 嘆氣。E heave a sigh of relief.

☆ 部長の長い話が終わって、みなほっとため息をついた / 經理結束了長篇大論，大家都輕輕地鬆了一口氣。

❷〔～する〕安心するようす。中 安心；放心。E feel quite relieved.

☆ 母の手術が無事に終わったと聞いてほっとした / 聽說母親的手術很順利，就放心了。

ホット (hot) ホット　❶ 熱い。温かい。中 熱；熱的。E hot.

☆ コーヒーをホットで飲む / 咖啡趁熱喝。

☆ ホットケーキ / a pancake. / 鬆餅。

☆ ホットミルク / 熱牛奶。

対 アイス

❷ いちばん新しく、話題になっているようす。中 新；新鮮。E hot; absolutely new.

☆ ニューヨークのホットな話題を伝える雑誌 / 報導紐約熱門話題的雜誌。

☆ ホットニュース / 熱門新聞。

ぼっとう【没頭】ボットー〔～する〕　1つのことに夢中になってそのことしか頭の中にないこと。中 埋頭；專心致志。E be absorbed in; devote oneself to.

☆ 京子は読書に没頭していて、呼んでも気がつかない / 京子專心讀書，叫她都沒聽見。

☆ A博士はいま、がんの治療薬の研究に没頭している / A博士正在專心研究治療癌症的藥物。

ほっと・く　ホットク〔他動五〕(ほっといて)　なにもしないで、そのままにしておく。ほうっておく。話中 置之不理；放下不做；丟開不管。E leave a thing as it is; leave alone.

☆ 疲れたから食事の後片づけはあしたまでほっとこう / 因為累了，所以飯桌就留到明天再收拾吧。

☆ うるさい、ほっといてくれ / 煩死了，別管我。

ホットライン (hot line) ホットライン　2つの国の首脳の間をつなぐ非常用の直通電話。また、大きな組織の長が直接他の組織の長と話す電話。中 熱線；直通電話。E a hot line.

☆ ホットラインは、事故などによる核戦争の突発を防ぐために設けられた / 熱線電話是為了防止因事件突發而引起核戰所設置的。

ほっぺた　ホッペタ　「ほお」のくだけた言

い方。話中頬；臉蛋。E a cheek.

☆ 幼児がほっぺたを真っ赤にさせて走ってきた / 小孩子跑得滿臉通紅。

ほっぺたが落ちる おいしくてたまらない。中非常好吃。E be surprisingly delicious.

☆ きみがつくったケーキは、本当においしくてほっぺたが落ちそうだ / 你做的蛋糕，真是好吃得不得了。

似た表現 ほおが落ちる

ぼつぼつ ボツボツ、ボツボツ ❶急がずにすこしずつするようす。中漸漸；慢慢；一點一點；稀稀落落；點點。

☆ 来月引っ越しなので、ぼつぼつ(と)荷づくりを始めている / 下個月搬家，所以慢慢開始收拾東西了。

☆ また時間はあるが、ぼつぼつ(と)出かけよう / There is still time, but let's get going. / 雖說還有時間，可是差不多該走了吧。

❷ ちょっと大きい点や小さい穴のようなもの。中小疙瘩；小斑點。E pimples; spots.

☆ 顔にぼつぼつができた / 臉上長出了小疙瘩。

▷ →ぼちぼち

ぽつぽつ ポツポツ、ポツポツ ❶すこしずつ間をおくようす。中下雨；滴滴答答。

☆ 雨がぽつぽつ(と)降りはじめた / It has begun to sprinkle. / 雨滴滴答答地下起來了。

☆ 会の始まる30分前になり、ぽつぽつ(と)人が集まってきた / 開會前三十分鐘，人三三兩兩地集合起來了。

❷ 小さい点のようなもの。中小疙瘩；小斑點。E pimples; spots.

☆ 皮膚にぽつぽつが出ている / 皮膚上長出了小疙瘩。

参 ❶は「ぽつりぽつり」と似ているが、「ぽつりぽつり」は「ぽつぽつ」より、場所も時間も間が離れているようすを表す。

ぼつらく【没落】ボツラク〔～する〕 栄えていたものが衰えて力を失ってしまうこと。中没落；衰敗。E fall; ruin.

☆ 繁栄の絶頂にあったローマ帝国もやがて没落した / 繁榮至極的羅馬帝國終歸還是衰亡了。

☆ 没落貴族 / a ruined nobility. / 沒落貴族。

ほつ・れる ホツレル〔自動一〕 編んだものや結んであるものがほどける。中綻開；蓬亂。E fray; become loose.

☆ セーターのそで口がほつれる / 毛衣的袖口脫線了。

☆ ほつれた長い髪 / 蓬亂的長髮。

名 ほつれ

ボディー (body) ボディー ❶人の体。また、その形。中身體。E the body.

☆ ボディーチェック / 檢查身體。

☆ ボディーガード / 保鏢。

❷ 機械などの胴体に当たる部分。中車身；機身。E the body.

☆ 交通事故にあって、新車のボディーに傷がついた / 發生車禍，而把新車的車身給刮傷了。

ボディーランゲージ (body language) ボディーランゲージ 意思や感情を伝えるための身ぶりや表情や態度。身体言語。中肢體語言。E body language.

☆ 母はどこの国へ行っても、ボディーランゲージを使ってコミュニケーションしている / 母親無論去哪個國家，都用肢體語言溝通。

ポテト (potato) ポテト ジャガイモ。中馬鈴薯。E a potato.

☆ 夕食にポテトのサラダをつくる / 晚飯做馬鈴薯沙拉。

☆ ポテトチップス / 炸薯片；洋芋片。

☆ フライドポテト / 油炸馬鈴薯；炸薯條。

ほて・る【火照る】ホテル〔自動五〕(ほてって) 顔や体が熱く感じられる。中感覺發燒；發熱。E be flushed; be in a glow.

☆ アルコールに弱いので、ビールを1口飲むと、もうほおがほてってくる / 不會喝酒，只要一口啤酒，臉馬上就發熱。

☆ 熱が出てほてった体/由於發燒，渾身發熱。

名火照り

ホテル (hotel) ホテル　洋風の旅館。中飯店；賓館。E a hotel.

☆ ホテルのロビーで会う/在飯店的大廳碰面。

☆ ホテルを予約する/預訂飯店。

☆ 一流ホテル/一流賓館；一流飯店。

数 1軒　→旅館　→囲み

ほど【程】ホド　❶ 能力や身分などの限度。中限度；分寸。E bounds; the limit.

☆ 力のほどをつくす/盡全力。

☆ 身のほどを知らない/不知天高地厚。

❷ ものごとの程度、ぐあい、ようす。中程度；情形；樣子。E degree; extent.

☆ 真偽のほどはわからない/不知究竟多少是真多少是假。

☆ 年のほど30ぐらいの男性/年約三十歲的男子。

❸ (数や量を表すことばの後について)だいたいの数や量や程度を表す。中(接在表示數、量的詞後)表示大致的數量、程度、範圍等。

☆ レポートを半分ほど書いたとき、電話がかかってきた/報告寫到一半時，電話來了。

☆ 5分ほど行くと郵便局がある/If you go about five minutes, you will come to a post office. /走五分鐘左右就到郵局。

❹ (動詞、形容詞の基本形、形容動詞の「な」の形について)ある例を示して動作や状態の程度を表す。中(舉例比較)表示動作、狀態的程度。

☆ 時計が止まっているのかと思うほど、時間がたつのが遅い/Time passes so slowly that I feel the clock has stopped. /時間過得真慢，讓人錯以為錶停了。

☆ あの2人は不思議なほど似ている/那兩人像得不可思議。

❺ (「～ば～ほど」の形で)～するにつれてますます。中表示越～越～。

☆ 考えれば考えるほどわからなくなる/越想越糊塗。

☆ 高い所へ上がれば上あがるほど気温が下がる/The higher you ascend, the lower the air temperature becomes. /越到高處氣溫越低。

❻ (「～ほど…ない」の形で)(1)比較の基準を示し、それを否定する。中表示情況等的比較，並否定。

☆ ビールはウイスキーほど強くない/Beer is not as strong as whisky. /啤酒不如威士忌強烈。

☆ わたしの英語は人に教えるほどではない/我的英語還沒到可以教人的程度。

ホテルや旅館で使うことば（飯店、賓館用語）

予約する　中預訂。E make a reservation.

宿泊する　中住宿；住。E stay at (a hotel).

チェックイン　中住房登記。E check-in.

チェックアウト　中退房登記。E check-out.

宿泊カード　中住房卡。E a registration card.

部屋のかぎ　中房間鑰匙。E a room key.

ルームサービス　中客房服務。E room service.

モーニングコール　中起床電話。E morning call.

1泊2日　中一宿兩天。E two days and one night.

1泊2食つき　中一宿外附兩餐。E one night with two meals.

部屋の種類

和室　中和式房間。E a Japanese-style room.

洋室　中西式房間。E a Western-style room.

シングル　中單人房；單人床房間。E a single room.

ツイン　中雙人房；標準雙人房。E a twin room.

ダブル　中雙人床房間。E a double room.

(2) 最高の程度であることを表す。[中]表示事物的極限。

☆ これほどすばらしいピアノは聞いたことがない / I've never heard such wonderful piano playing. / 從沒聽過彈得這麼好的鋼琴。

☆ 健康ほどありがたいものはない / 再沒有比健康更好的了。

▷ →位[囲み]

[注] ❸～❻はひらがなで書く。

ほどがある 限度をこえてひどすぎる。[中]要有分寸。[E] be beyond the limit; go too far.

☆ 二郎はきょうも1日じゅう寝ていた。怠けるにもほどがある / 二郎今天又睡了一整天，偷懶也要有個分寸。

ほどう【歩道】ホドー 人が歩くために車道と分けて、区切ってある部分。[中]人行道。[E] a sidewalk.

☆ 歩道が狭くて歩きにくい / 人行道太窄，很難走。

☆ 歩道橋 / a pedestrian overpass. / 人行天橋。

☆ 横断歩道 / a crosswalk. / 行人穿越道。

[対]車道 [数]1本 →交差点[図]

ほど・く ホドク〔他動五〕(ほどいて) 縫ったものや結んであるものをとく。[中]解開；拆開。[E] untie; unknit.

☆ ひもをほどいて荷物を開ける / 解開繩子，打開行李。

☆ 古いセーターをほどいて編み直す / 把舊毛衣拆了重織。

[対]結ぶ [自動]ほどける

ほとけ【仏】ホトケ、ホトケ ❶仏教を開いた人。仏陀。釈迦。また、仏教の正しい悟りをえた人。[中]佛；釋迦。[E] the Buddha.

☆ 仏の教えをひろめる / 傳播佛教教義。

☆ 仏の道を学ぶ / 學習佛道。

❷「❶」の像。仏像。[中]佛像。[E] an image of Buddha.

☆ 仏をおがむ / 拜佛。

☆ 東大寺の仏さまはとても立派だ / 東大寺的佛像非常壯觀。

❸ 仏教のやり方で葬られる死者。[中]死者；亡魂。[E] a dead person; the dead.

☆ この仏は酒が好きだった / 這位死者(＝往生者)喜愛喝酒。

☆ 仏になる / 去世。

▷ [数]❷1基・1体、❸1体

仏作って魂入れず ものごとをほとんど完成しておきながら、いちばんたいせつなことを抜かしている。[中]畫龍而不點睛。[E] have the form but not the spirit.

仏の顔も三度 どんなにやさしく情け深い人も、何度もひどいことをされれば、最後には怒るものだ。[中]事不過三。[E] Even the patience of a saint has limits.

ほどとお・い【程遠い】ホドトーイ、ホドトーイ 時間、距離、程度などがかなり離れている。[中]相當遠；不近。[E] have a long way to go; be far from.

☆ 地下鉄の工事は始まったばかりで、完成にはほど遠い / 地鐵工程才剛開始，離完工還早。

☆ すこしは貯金があるが、家を買うにはほど遠い金額だ / 雖有點積蓄，但離買房子還差得遠。

[対]程近い

ほとばし・る ホトバシル〔自動五〕(ほとばしって) 勢いよく飛びちる。[中]迸出；噴出；濺出。[E] gush out; spurt.

☆ 水道の蛇口を強くひねったら、水がほとばしって出てきた / 水龍頭用力轉開，水就噴出來了。

☆ 情熱がほとばしるピアノ演奏 / 迸發出激情的鋼琴演奏。

ほとほと ホトホト、ホトホト どんなやり方をしてもよくならず、本当にいやになったり困ったりしているようす。[中]非常；實在；幾乎。

☆ いつまでも泣きやまない子供には、ほと

ほ

ほと手を焼いた/ I found it utterly impossible to deal with the child who didn't stop crying the whole time. /對這個哭個不停的孩子我實在沒辦法。

☆ 外国旅行中にパスポートをなくし、ほとほと困った/國外旅行中把護照弄丟了，實在是令人困擾。

ほどほど ホドホド、ホドホド ちょうどいい程度。適度。中 適當地；恰如其分地。E moderate.

☆ 仕事もほどほどにしないと体をこわす/過度地工作會傷身體。

☆ 冗談もほどほどにしろ/ Let's not carry jokes too far. / 開玩笑也不能太過分。

☆ ほどほどの成績/成績還算過得去。

ほとぼり ホトボリ、ホトボリ 感情や興奮の名残。事件が終わったあとの世間の関心。中 事情的尾聲；餘波。E the public excitement; the rumors.

☆ 選挙のほとぼりも冷めて、これからが新市長の腕の見せどころだ / 選舉熱潮已冷淡下來，今後就看新市長的本事了。

☆ 事件のほとぼりが収まるまで待とう/等到事件風平浪靜吧。

ほとり ホトリ、ホトリ すぐそば。近い所。中 邊；畔；旁邊。E along; on; near.

☆ 川のほとりを散歩する / 在河邊散步。

☆ 湖のほとりのホテル/湖畔旅館；湖濱飯店。

ぽとりと ポトリト 軽いものが１つ落ちるようす。中 輕輕一點一點地落下貌。

☆ 涙が１粒、ぽとりと落ちた / The tear fell with a tiny plop. / 輕輕淌下一滴淚珠。

☆ ボールをつかんだと思ったが、ぽとりと落としてしまった/以為已經接住了球，可是又掉了。

ほとんど ホトンド ❶すこしの例外はあるが、全部といっていいほど。大部分。中 幾乎；差不多；大體上。E most; almost; hardly.

☆ 給料のほとんどがアパート代と食費に消えてしまう/薪水幾乎都花在房租和伙食費上。

☆ 日曜日はテレビを見る以外、ほとんどなにもしない / 星期天除了看電視外，幾乎不做別的事。

❷ もうすこしで。中 幾乎；差一點點。

☆ ほとんど死にかけたが、奇跡的に助かった/ He was almost dying, but he survived miraculously. /差一點喪命，卻奇蹟般地得救了。

ほね【骨】ホネ ❶人やけもの、鳥、魚などの体の中にあるかたいもの。内臓を守り、体を支えたり運動を助けたりする。中 骨。E a bone.

☆ 転んで足の骨を折る / 摔一跤，腿骨骨折。

❷「❶」の、死んだ人のもの。こつ。中 遺骨；骨灰。E ashes; remains.

☆ 戦争で死んだ兄は骨になって帰ってきた/在沙場陣亡的哥哥，遺骨被運了回來。

☆ 骨を拾う / 撿骨；替別人善後；繼承別人的困難事情。

❸ 道具などの内部にあって、全体を支える細いもの。中 骨物；骨架。E a rib; a stick.

☆ 強い風で傘の骨が曲がる / 大風把傘骨給吹彎了。

☆ 扇子の骨 / 扇骨。

❹ ものごとに耐えるしっかりした気持ち。中 骨氣。E spirit; backbone.

☆ 骨のある人間 / 有骨氣的人。

❺ むずかしいこと。苦労を必要とすること。中 費力氣的事；難事。E hard.

☆ 漢字の多い文章を読むのは骨だ / 漢字多的文章讀起來很辛苦。

☆ 骨を惜しむ / 吝惜力氣；不肯花力氣。

▷ 数❶❸１本

骨が折れる 苦労がいる。困難だ。中 費力氣；困難；麻煩。E hard; laborious.

☆ 会社まで２時間かかるのだから、通勤だけでも骨が折れる/到公司要花兩小時，光是通車就已經累了。

似た表現 骨を折る

骨と皮 肉がなくなるほどやせていること。中 瘦得皮包骨。E become all skin and bones.

☆ 洋子は長い病気で骨と皮になってしまった/洋子長年生病，瘦得皮包骨。

骨をうずめる ❶ その土地で死ぬ。中 死在某地。E make the land one's last home.

☆ いろんな土地で暮らしたが、やはり最後は故郷に骨をうずめたい/雖然在很多地方生活過，但最後還是想回故鄉落葉歸根。

❷ 職場などに一生をささげる。中 工作到老。E devote the rest of one's life to.

☆ 入社式で、社長は、会社に骨をうずめるつもりで働いてほしいとあいさつした/在公司的迎新會上，老闆希望我們與公司共存共榮。

ほねおりぞん【骨折り損】ホネオリゾン、ホネオリゾン

苦労して努力したのにむだになること。中 徒勞。E a waste of effort.

☆ せっかくワープロを打ったのに、機械の故障で全部消えてしまった。まったくの骨折り損だ/好不容易都打在文字處理機裡，因機械故障全部消失了，真是白辛苦一場。

骨折り損のくたびれもうけ 苦心して力をつくしたのにむだになって、くたびれただけのこと。中 徒勞無功；勞而無功；徒勞無益。E gain nothing for all one's trouble.

ほねぐみ【骨組み】ホネグミ、ホネグミ

❶ 体の骨の構造。骨格。中 骨骼；骨格。E a build; a frame.

☆ 兄はがっしりした骨組みの体で、柔道部で活躍している/哥哥骨格健壯，所以在柔道社很活躍。

❷ 建造物やものごとの、全体を支える組み立て。中 骨架。E a framework; an outline.

☆ 体育館の骨組みができた/體育館的骨架已經蓋起來了。

☆ 計画の骨組み/計畫大綱。

ほねぬき【骨抜き】ホネヌキ、ホネヌキ

❶ 計画や構想などのいちばん重要な部分をなくしてしまうこと。中 去掉主要部分；抽去主要內容。E mutilated.

☆ 政治改革の法案は骨抜きにされ、効果のないものになった/政治改革方案被去掉了主要部分，結果成了一個不實用的東西。

❷ しっかりした心がまえや主義などがないこと。中 喪失人格；喪失主義。E spineless.

☆ 野党の代表は与党の接待を受けて、骨抜きにされてしまった/在野黨的代表接受執政黨的籠絡，完全喪失了主張。

ほねみ【骨身】ホネミ、ホネミ

骨と肉。体。中 骨和肉；全身。E flesh and bones; the body.

☆ 骨身にしみる寒さ/徹骨寒；寒風刺骨。

骨身にこたえる 心に強く感じる。中 徹骨；透入骨髓。E come deeply home to one.

☆ いつも温かい目で見守ってくれた先生の忠告は骨身にこたえる/經常用溫和眼神守護著我的老師，他的忠告銘刻我心。

似た表現 骨身にしみる

骨身を削る 体がやせるほど苦労する。中 粉身碎骨。E toil; slave.

☆ 骨身をけずって小説を書く/全心全意地寫小說。

ほの-

(動詞、形容詞について)すこし。ぼんやり。書 中 表示輕微的意思。

☆ ほの見える/be vaguely visible. /隱約看得見。

☆ ほの暗い/dusky; dim. /微暗；有點黑暗。

☆ ほの白い/微微發白。

ほのお【炎】ホノオ、ホノオ

❶ ろうそくやガスなど、ものが燃えているときに見える火の先。中 火焰；火苗；火舌。E a flame; a blaze.

☆ ろうそくの炎を吹き消す/把蠟燭的火焰吹滅。

☆ 炎に包まれて逃げ遅れる/被火焰包圍，逃也逃不掉了。

☆ マッチの炎/火柴的火苗。

❷ 激しく燃えたつ感情。中 激動的心情；火焰。

Ⓔ the heat of; the flame of.

☆ わが子をひき殺した戦車を見る母親の目には、怒りの炎が燃えていた／看見坦克碾死了自己孩子的母親，眼裡燃燒著怒火。

☆ 胸の炎を消す／平息心中之火；讓激動的心情平靜下來。

▷ →ろうそく図

ほのか ホノカ　すこしだけ感じられるようす。中模糊；隱約；略微。Ⓔ faint; dim.

☆ バラの甘いかおりがほのかにただよってくる／微微飄來薔薇的芳香。

☆ ほのかな期待をいだく／抱著一點點希望。

☆ ほのかな光がさしこむ／隱隱約約射進一點光線來。

ほのぼの ホノボノ〔～する〕 ❶ 夜が明けるときに、空がすこしずつ明るくなるようす。中東方發白；朦朧；隱約。

☆ 東の空がほのぼの(と)明るくなってきた／The eastern sky has begun to lighten up a bit. ／東方的天空漸漸泛白了。

❷ 明るく、温かみのあるようす。中溫暖；和睦貌。

☆ 世界各国の学生たちの仲のいい姿を見ると、ほのぼのした気持ちになる／It warms my heart to see students from all over the world friendly with each other. ／看到世界各國的學生們和睦相處，從心裡感到欣慰。

☆ ほのぼのした雰囲気／令人感到溫暖的氣氛。

ほのめか・す ホノメカス〔他動五〕(ほのめかして)　ことばや行動でそれとなく知らせる。中暗示；略微表示；略微透露。Ⓔ allude to; hint.

☆ 腕時計を見たりして、もう時間がきたことをほのめかす／盯著手錶，暗示時間已到。

ポピュラー (popular) ポピュラー　❶ 多くの人に広く知られていて、人気があること。中通俗的；流行的；受歡迎的。Ⓔ popular.

☆ ビートルズの曲はとてもポピュラーで、世界じゅうの人から愛されている／披頭四樂團的曲子很流行，為全世界的人所喜愛。

❷〔←ポピュラーミュージック(popular music)〕大衆音楽。中流行音樂；大衆音樂。Ⓔ popular music; pop.

☆ クラシックよりポピュラーのほうが好きだ／與古典音樂相比，更喜歡流行音樂。

☆ ポピュラー歌手／流行歌手。

ほふ【保父】ホフ　保育所や養護施設などで乳児や幼児を保育する男性。中男保育員。Ⓔ a male kindergarten teacher; a male nurse.

☆ 二郎は子供が好きで、将来、保父になりたいと言っている／二郎喜歡孩子，他說將來要當一名保育員。

対保母

ほぼ【保母】ホボ　保育所や養護施設などで乳児や幼児を保育する女性。中保母；保育員。Ⓔ a kindergarten teacher; a nurse.

☆ 道子は保母になりたくて、幼児教育の専門学校で勉強している／道子想當保母，目前正在幼教學校學習。

対保父

ほぼ ホボ　完全な状態に近いようす。中大略；大致；大體上。Ⓔ almost; nearly; for the most part.

☆ 日本は石油を、ほぼ100パーセント輸入に頼っている／日本的石油大致上完全仰賴進口。

☆ 注文の服はほぼできあがり、あとはボタンをつけるだけだ／訂做的衣服大體上都做好了，只剩下扣子還沒有縫上。

ほほえまし・い ホホエマシイ　感じがよくて、思わずほほえみたくなるようすだ。中使人欣慰；讓人不由得微笑起來。Ⓔ heartwarming.

☆ 老夫婦が手をつないで仲よく歩いているのは、ほほえましい光景だ／老夫婦牽著手感情很好地在散步，看來著實令人羨慕。

ほほえ・む ホホエム〔自動五〕(ほほえんで)　声を出さずに、やさしくかすかに笑う。ほおえむ。中微笑。Ⓔ smile.

☆ 電車で席をゆずったら、おばあさんはありがとうと言ってほほえんだ/電車上我讓座給老奶奶，她笑著向我道謝。

☆ にっこりとほほえむ/嫣然一笑。

名ほほえみ

ほめちぎ・る【褒めちぎる】ホメチギル、ホメチギル〔他動五〕(ほめちぎって) これ以上ほめられないぐらい盛んにほめる。中極力稱讚；讚不絕口。E praise very highly.

☆ やっぱり社長の息子さんだけあってしっかりしている、将来は立派な経営者だ、とほめちぎる/讚不絕口地說，不愧是董事長的兒子，穩健厚重，將來肯定是位傑出的企業家。

ほ・める【褒める】ホメル〔他動一〕 すぐれている、立派だ、と、相手または世間に向かって言う。中讚揚；稱讚；讚美。E praise; admire.

☆ あなたの料理は有名レストランで食べるのと同じぐらいおいしい、とほめられた/被稱讚做的菜與名餐館的菜一樣好吃。

☆ ほめたたえる/大肆讚揚；極力稱讚；盛讚。

対けなす、しかる

ニ参 ふつう、自分より目下の人に使う。

ぼや ボヤ 一部を焼いただけの小さな火事。中小火災；小火警。E a small fire.

☆ 石油ストーブの火が机に燃え移ったが、ぼやですんだ/煤油爐的火，燒到了桌子，但沒釀成大火。

☆ ぼやの原因はタバコの消し忘れだそうだ/據說發生小火災的原因是忘了熄滅菸蒂而引起的。

ぼや・く ボヤク〔自動五〕(ぼやいて) 不平や愚痴を言う。中抱怨；牢騷；嘟噥；發牢騷；嘮叨不平。E grumble; complain.

☆ 夫は日曜日も休めないとぼやきながら会社へ行った/丈夫抱怨著星期天也不能休息，就去公司上班了。

☆ 生徒が勉強しない、とA先生はいつもぼやいている/A老師經常發牢騷學生不好好讀書。

ぼや・ける ボヤケル〔自動一〕 ものの形や色がはっきりしなくなる。ぼんやりする。中模糊；不清楚。E become dim; blurred.

☆ 新聞の字がぼやけてきたので老眼鏡をつくった/報紙上的字模糊看不清，所以配了一副老花眼鏡。

☆ 涙でとなりの人の顔がぼやけて見えた/因為流眼淚，旁邊人的臉孔看起來朦朧不清。

他動ぼやかす

ぼやっと ボヤット〔～する〕 ❶ぼやけてはっきりしないようす。中模模糊糊；模糊不清。

☆ めがねをはずすと、字がぼやっとする/If I take my glasses off, the letters become blurry. /一摘下眼鏡，字就變得模糊不清了。

☆ 涙であたりの景色がぼやっとしてきた/因流眼淚使旁邊的景色變得模糊不清。

❷ なにも考えないでいるようす。中發呆；失神。

☆ ぼやっとしていて、友達がそばに来たのも気づかなかった/I was absent-minded and wasn't aware that my friend had come closeby. /正在發呆，朋友走到身旁也沒注意到。

ほやほや ホヤホヤ できたばかりで、温かいようす。また、その状態になったばかりのようす。中剛出鍋；剛剛做好；熱呼呼。E newly; piping hot.

☆ 姉たちは新婚ほやほやだから仲がいい/姊姊們新婚燕爾，恩恩愛愛。

☆ 焼きたてのほやほやのパン/剛出爐熱呼呼的麵包。

☆ 入学ほやほやの1年生/a new first grader. /剛入學的一年級新生。

ぼやぼや ボヤボヤ〔～する〕 注意がたりなくて気づかないようす。中發呆；呆頭呆腦；不注意。

☆ 空港で、ぼやぼやしていて飛行機に乗り遅れた/At the airport I was careless enough to miss the plane. /在機場一不留神，錯過了一

ほ

班飛機。

ほよう【保養】ホヨー〔～する〕❶心や体を休ませて、健康を保つこと。中保養；休養。E preservation of one's health; recuperate.

☆ 病気が治って退院したら、しばらく海辺で保養する/病癒出院後，去海邊療養一段時間。

☆ 保養所/(公司的)療養設施。

❷ いいものや美しいものを見て、心を楽しませること。中休養；消遣。E delight (one's eyes).

☆ 展覧会ですばらしい絵を見て、目の保養になった/在展覽會上看到非常出色的畫，真是大飽眼福。

ほら　ホラ　ものごとを実際よりずっと大きく言ったり、なかったことをあったように言ったりすること。また、その話。中(說)大話；(吹)牛皮。E big talk.

☆ 弟は10センチぐらいの魚を釣って、30センチもの魚を釣り上げたとほらを吹いた/弟弟釣到一條十公分左右的魚，卻吹牛說釣了一條三十公分長的魚。

☆ ほらふき/a braggart./吹牛皮。

ほら　ホラ　相手の注意をなにかに向けようとするときに言うことば。話中瞧；喂。E Look!

☆ ほら、早くしないと遅れるよ/喂!不快點就要遲到了。

☆ ほら、あっちを見てごらん/Look! Look over there./喂，你看那邊!

ボランティア (volunteer) ボランティア　自分の意思で他人のために報酬なしで働く人。また、そのこと。中志工；義工；志願者。E a volunteer.

☆ 週に2回老人ホームでボランティアとして働く/每週兩次自願到老人院做義工。

☆ ボランティア活動/義工活動；志工活動。

ほり【堀】ホリ　地面を細長く掘って水を通した所。中溝；渠。E a moat.

☆ 日本の城はまわりに堀を掘って水をため、敵が入りにくいようにしてある/日本的古城周圍都挖渠灌水，為使敵人難以入侵。

☆ 堀をめぐらす/挖渠。

☆ 堀ばた/護城河。

ほりだしもの【掘り出し物】ホリダシモノ　期待していなかったのに手に入れることができた珍しいものや貴重なもの。また、思いがけないほど安い値段で手に入れた品物。中偶然弄到的珍品；偶然買到的便宜東西。E a lucky find; a good buy.

☆ 世界でも珍しい切手を偶然見つけて安く買った。すごい掘り出し物だった/偶然的機會便宜買下世上珍貴的郵票，真是難得到手的珍品。

☆ このセーターが5000円なら掘り出し物だ。別の店では1万円で売っていた/這件毛衣只要五千日圓的話，真是難得買到的便宜貨，在別的店要賣一萬日圓。

ほりゅう【保留】ホリュー〔～する〕ものごとや態度をその場では決めないでおくこと。中保留。E reserve; defer.

☆ 賛成と反対がそれぞれ半数ずつなので、決定を保留にした/因贊成者和反對者各半，所以保留了決定。

☆ はっきりした条件がわからないから、返事を保留する/因條件不明，暫不做答覆。

ボリューム (volume) ボリューム、ボリューム　❶量。また、見た目の大きさ、多さ。中體積；容積；分量。E substantial.

☆ このカレーライスは、大きな皿にたっぷり盛ってあってボリュームがある/大盤子裡盛滿了咖哩飯，份量很多。

❷ 音の大きさ、豊かさ。中音量；響度。E volume.

☆ もう夜遅いのでステレオのボリュームを下げて聞く/已經很晚了，把音響關小聲一點聽。

ほ・る【彫る】ホル〔他動五〕(ほって)❶も

のの表面にきざみつける。中雕刻。E carve; engrave; inscribe.

☆ 表札に名前を彫ってもらう/(請別人)在門牌上刻上名字。

❷ ものをきざんで形につくる。中雕像。E carve; sculpt.

☆ 心をこめて仏像を彫る/精心地雕刻佛像。

▷ 名彫り

ほ・る【掘る】ホル〔他動五〕(ほって) ❶地面や岩などに穴を開ける。中挖；挖掘。E dig; bore.

☆ 山にトンネルを掘って新しい道路をつくる/在山裡挖隧道，修築一條新路。

☆ 犬が庭に穴を掘る/狗在院子裡挖了一個洞。

❷ 地面に穴を開けて、中のものを取りだす。中挖；刨挖。E mine; dig up.

☆ 石炭を掘る/挖煤；採煤。

☆ 芋を掘る/挖番薯。

ホルモン(Ⓓ Hormon) ホルモン 動物の分泌物で、体の機能を調節し、進めたりおさえたりする働きをするもの。中荷爾蒙；激素。E a hormone.

☆ 若いときはホルモンの働きが活発だ/年輕時荷爾蒙分泌旺盛。

☆ 女性ホルモン/雌性激素；女性荷爾蒙。

☆ 男性ホルモン/雄性激素；男性荷爾蒙。

ほれぼれ ホレボレ〔～する〕 まわりのことを忘れるほどすばらしいと思うようす。中令人喜愛；令人神往；令人心蕩。

☆ 美しい色が出せて、自分でもほれぼれするようないい絵がかけた/I was fascinated by the picture I painted with such lovely colors. /畫出一幅色彩諧調，連自己都十分欣賞的好畫。

☆ 美しい民族衣装のアンナを、級友たちはほれぼれ(と)見ていた/身著美麗民族服裝的安娜，令同學們覺得她越看越可愛。

ほ・れる ホレル〔自動一〕 ❶人やものなどに感心して強く心がひかれる。中看中；愛；出神。E admire; be impressed with.

☆ スタイルや学歴にではなく、人柄にほれて採用を決めた/不是憑長相和學歷，而是看中他的人品而決定錄用的。

☆ 聞きほれる/聽得入迷；聽得出神。

❷ 異性を好きになって夢中になる。中戀慕；迷戀。E fall in love with.

☆ 一郎は洋子にほれている/一郎愛慕著洋子。

☆ ほれた弱み/因迷戀的弱點。

▷ 話❷

ぼろ ボロ ❶破れたり、よごれたり、古くなったりして着られなくなった衣類。中破布；襤褸；破衣服。E rags; tatters.

☆ ぼろを着ていても心は美しい/雖然衣衫襤褸，但心靈是美麗的。

☆ ぼろきれ/a rag. /破布。

❷ 古くなって形が悪くなったり、使えなくなったりすること。また、そうなったもの。中破。E worn-out; dilapidated.

☆ ぼろのかばんだが、愛着があって捨てられない/書包雖破了一個洞，但因喜歡還捨不得扔掉。

☆ ぼろ家/破家；破爛不堪的家。

☆ おんぼろ/破破爛爛；破爛不堪；破舊；破爛。(→項目)

❸ 欠点や失敗。中缺點；破綻。E a defect; a fault.

☆ 京子は中国語が話せると言っていたが、中国人からの電話に答えられず、ぼろを出した/京子說她會中文，可是中國人打來的電話她卻沒法接聽，這下可露出馬腳了。

☆ ぼろを隠す/隱藏缺點。

❹ (他のことばの頭について)程度がはなはだしいこと。中表示非常之多；程度之甚。

☆ ぼろもうけ/easy money; a killing. /賺大錢。

☆ ぼろ負け/大敗。

ぼろ・い ボロイ ❶労力に比べて利益が多い。中一本萬利。E lucrative; profitable.

☆ 電話を1本かけて10万円ももうかると

は、ぼろい商売だ/打個電話就能賺十萬日圓，真是暴利的生意。

❷ 古かったり、こわれかけたりしている。中破舊。E dilapidated; run-down.

☆ この車はずいぶん乗ってぼろくなったから買いかえたい/這輛車開了好久，很舊了，想換一輛。

▷ 話

ぼろくそ ボロクソ 強い調子でののしるようす。話中一文不值。E speak of ~ in the most disparaging terms; speak very ill of.

☆ 先輩に自作の小説を見せたら、ぼろくそにけなされた/讓前輩看看自己寫的小說，沒想到被貶得一文不值。

☆ 姉は別れた夫のことをぼろくそに言う/姊姊把前夫說得一文不值。

ほろにが・い【ほろ苦い】ホロニガイ、ホロニガイ ❶ すこし苦みがある。中微苦。E slightly bitter.

☆ ビールはほろ苦いところがおいしいのだ/啤酒雖然微苦，但可口好喝。

❷ 二度と経験はしたくないが、なつかしいような気持ちだ。中苦澀；又甜又苦的。E bittersweet.

☆ 中学生のころの初恋や失恋は、ほろ苦い思い出だ/中學時代的初戀和失戀真是又苦又甜的回憶。

ほろ・びる【滅びる】ホロビル ホロビル〔自動一〕 勢いが衰えて、なくなってしまう。滅ぶ。中滅亡。E go to ruin; perish; die out.

☆ 日曜も休日も働いていたら、自分の身が滅びてしまう/如果星期例假日都工作的話，那等於是自殺行為。

☆ 環境が大きく変化して滅びてしまった動物も多い/由於環境發生了很大的變化，許多動物已滅絕了。

☆ 国が滅びる/亡國；國家滅亡。

他動 滅ぼす

ぼろぼろ ボロボロ、ボロボロ ❶ 小さなものが続けて落ちるようす。中粒狀物、塊狀物紛紛散落貌。

☆ はしの使い方が下手で、ごはんをぼろぼろ(と)こぼす/His rice falls in clumps because he can't use chopsticks well. /因為不擅長用筷子，所以飯粒直往下掉。

❷ 隠れていた悪いことなどが、つぎつぎに出てくるようす。中隱瞞的壞事一個一個地暴露。

☆ 過去の悪事がぼろぼろ(と)明るみに出る/His past evil deeds come to light one after another. /過去做的壞事接連地暴露出來。

❸ ものや気持ちがひどく弱くなっているようす。中(東西、心情)易壞。

☆ 疲れて身も心もぼろぼろだ/I am worn out like a rag. /疲憊不堪，心力交瘁。

☆ ぼろぼろの服/破爛的衣服。

参 ❶❷は「ぽろぽろ」と似ているが、「ぼろぼろ」のほうが、量が多かったり、程度が重く大きかったりする。

ほろりと ホロリト〔~する〕 ❶ 涙が1粒落ちるようす。また、そのときのように同情したり感動したりするようす。ほろっと。中紛紛散落貌；感動貌。

☆ 涙がほろりとこぼれ落ちた/A teardrop trickled down her face. /淚水滴滴落下。

☆ 傷ついた子犬を必死で守る母犬の姿にほろりとした/看到母狗拚命保護受傷小狗的情景，感動得掉了眼淚。

❷ 軽く、気持ちよく酔うようす。中微醉貌。

☆ ほろりと酔って、いい気分だ/I'm slightly drunk, and it feels good. /有點醉意，感覺真好。

ほん【本】ホン ❶ 文章や絵などを印刷し、世間の人に読んでもらうように、表紙をつけてまとめたもの。中書；書籍。E a book.

☆「社会とことば」という本を書く/編寫《社會和語言》這本書。

☆ 図書館に本を借りに行く/去圖書館借書。

☆ 本棚 / 書架。

❷ (他のことばの頭について)(1) いまの。問題にしている。中本～；此。

☆ 本事件 / this case. / 本事件；這個事件。

☆ 本大会 / 這次大會。

(2) 正式の。本格的な。中正式。

☆ 本放送 / regular broadcasting. / 正式廣播；正式播放。

☆ 本採用 / 正式錄用。

❸ (数を表すことばの後について)(1) 細長いものの数を表す。中枝；棵。

☆ ボールペンを３本ください / 請給我三枝原子筆。

☆ ２本の桜の木 / two cherry trees. / 兩棵櫻花樹。

(2) バスや電車などの運行の数を表す。中趟(表示公車或電車等的行駛次數)。

☆ 青森行きの急行は１日に３本ある / There are three express trains a day to Aomori. / 往青森的快車一天有三班。

(3) 映画や戯曲などの数を表す。中部。

☆ 先月は映画を３本見た / I saw three films last month. / 上個月看了三部電影。

数❶１冊

ぼん【盆】ボン、ボン　❶ 食器などを載せて運ぶための、浅くて平たい、木や金属などでできた道具。中盤；托盤。E a tray.

☆ コップを盆に載せて運ぶ / 把杯子放在托盤裡端走。

❷ ⇨お盆

☆ 盆の休みには、いなかに帰る / 中元節回家鄉。

☆ 盆暮れ / 中元節和年底；陰曆七月十五日和年底。

☆ 盆踊り / 中元節跳的民俗舞蹈。

▷ 数❶１枚

ほんかくてき【本格的】ホンカクテキ　本当にそのものらしいようす。中真正的。E full-scale; real; orthodox.

☆ つゆが明けて本格的に夏がきた / 梅雨季已過，真正的夏天到了。

☆ たくさんのスパイスを使って長い時間煮こんだ本格的なカレー / 這是放了許多香料煮了很久的正宗咖哩。

ほんき【本気】ホンキ　真剣でまじめなようす。中認真。E seriously; in earnest.

☆ 剣道の練習は本気でやらないとけがをする / 練習劍道如果不專心的話，會受傷的。

☆ 結婚してほしいなんて冗談では言えないよ。ぼくは本気で言っているのだ / 我想和你結婚，這話不是開玩笑，我是經過認真考慮才說的。

本気にする　本当にそうだと思う。中當真。E take ~ seriously.

☆ 冗談に世界一周旅行を計画していると言ったら、友人は本気にして、無事に帰ってこいと言ってくれた / 當我開玩笑說，我計畫環遊世界，沒想到朋友當真了，祝我平安歸來。

ほんごし【本腰】ホンゴシ　真剣な取り組み。中鼓起幹勁；認真努力。E seriously; in earnest.

☆ 世界全体が環境問題に本腰を入れて取り組まないと、地球は滅びてしまう / 全世界若不認真處理環境問題的話，地球就將毀滅。

ぽんこつ　ポンコツ　古くなったりこわれたりして使えなくなること。また、使えなくなったもの。話中廢品；廢物。E junk; an old jalopy.

☆ 交通事故にあって車がぽんこつになってしまった / 出了交通事故，車子報廢了。

ぼんさい【盆栽】ボンサイ　鉢などに小さな草木を植え、枝や葉を形よく刈って見て楽しむようにしたもの。中盆栽；種在盆裡的花木。E a *bonsai*; a dwarf tree in a pot.

〔盆栽〕

☆ 盆栽の松の形をととのえる / 修整松樹盆栽的造型。

☆ 父の趣味は盆栽の手入れをすることだ / 父親的愛好是修剪盆栽。

数１鉢

ほんしつ【本質】ホンシツ　そのものをつくりあげている中心となる性質。中 本質；骨子。E true nature; essence.

☆ 政治家は、国民のしあわせを第一に考えるという政治の本質を忘れてはいけない/政治家不能忘記優先考慮國民的幸福生活這一政治本質。

☆ 問題の本質をさぐる/尋找問題的本質。

ほんじつ【本日】ホンジツ　「きょう」の改まった言い方。中 本日。E today.

☆ 雨のため、本日予定していたスポーツ大会は中止いたします/因為下雨，今天預定舉行的運動會要中止。

☆ 本日はお忙しい中をご出席くださいましてありがとうございます/今天承蒙在百忙之中抽空列席，不勝感謝。

☆ 本日休業/今日停業。

関連 昨日、明日

ほんしつてき【本質的】ホンシツテキ　そのものの本質に関係しているようす。最も重要であるようす。中 根本；本質上。E essential.

☆ くだものと肉とでは、栄養に本質的な違いがある/水果和肉的營養是完全不同的。

☆ 仏教信者のきみと無神論者のぼくとでは宗教に対する考え方が本質的に異なる/佛教徒的你和無神論者的我對宗教的看法是根本不同的。

ほんしゃ【本社】ホンシャ　会社の組織の中心となっている所。中 總行；總公司。E the head office.

☆ わたしの会社は東京に本社があり、全国各地に 20 の支社がある/我們公司總部在東京，全國各地有二十個分公司。

☆ 本社勤務/在總公司上班。

対 支社、出張所

ほんしゅう【本州】ホンシュウ　日本列島の中でいちばん大きい島。中 本州。E Honshu.

☆ 日本列島は主として本州、北海道、四国、九州の4つの島からなっている/日本列島主要由本州、北海道、四國、九州四個島嶼組成。

☆ 本州を縦断する道路/縱貫本州的公路。

ほんしょく【本職】ホンショク ❶いくつか持っている職業の中で、その人が主としている職業。中 本職；本行；本職工作。E one's regular job.

☆ 京子は本職は大学の教授だが、小説家としても有名だ/京子的本職是大學教授，但也是名小說家。

対 内職

❷それを専門の職業としていること。また、その人。専門家。くろうと。中 行家；專業；內行。E a professional.

☆ さすがに本職の画家の絵はうまい/不愧是職業畫家的畫，真棒。

ほんしん【本心】ホンシン　本当の気持ち。本当の考え。中 本心；真心。E one's real intention.

☆ 一郎はわたしの意見に表面上は賛成しているが、本心はわからない/一郎對我的意見表面上是贊成的，但他心裡的想法就不得而知。

☆ 本心を明かす/reveal one's real intention./道出真心話；吐露真情。

ぼんじん【凡人】ボンジン、ボンジン　特にすぐれたところのない、ふつうの人。中 凡人；凡夫；庸人。E an ordinary person.

☆ 天才の胸の中は、わたしのような凡人にはわからない/天才心裡想的事，是我這凡人無法臆度的。

ほんせき【本籍】ホンセキ、ホンセキ　その人の戸籍を登録してある所。中 原籍；籍貫。E one's legal domicile.

☆ わたしは東京に住んでいるが、本籍は大阪にある/我雖住在東京，但原籍是大阪。

☆ 本籍地/原籍。

ほんそう【奔走】ホンソー〔～する〕　ものごとがうまくいくように、走りまわって努力すること。中 奔走；張羅；斡旋。E make every effort; busy oneself.

☆ 国連の事務総長は、戦争を早く終わらせるために奔走している/聯合國秘書長為儘早結束戰爭而四處奔走。

☆ 三郎が銀行や関係者の間をまわって奔走した結果、B社とC社の合併が決まった/三郎與銀行和有關人員之間斡旋後，B公司和C公司決定合併。

ぼんち【盆地】ボンチ　まわりを山にかこまれた平らな場所。中 盆地。E a basin.

☆ 京都は盆地なので、風が通りにくく、夏はとても暑い/京都地處盆地，通風不良，夏天特別悶熱。

☆ 甲府盆地/甲府盆地(山梨縣中部的盆地)。

ほんとう【本当】ホントー　❶ 事実、真実であること。中 真；真的；真正。E in fact; true.

☆ 二郎は独身だと言っているが、本当は結婚していて子供もいる/二郎說他是單身，其實他不但結了婚連孩子都有了。

☆ アリスが帰国したというのは本当だ/傳聞愛麗絲回國了是真的。

対 うそ

❷ もともとの状態であること。中 本來；正常。E be fully recovered.

☆ 退院したばかりで、体がまだ本当ではない/剛出院，身體還沒復原。

❸ (「本当に」の形で)非常に。たいへん。中 真；實在。E really; very.

☆ 本当におもしろいビデオだった/真是一部有趣的錄影帶。

☆ 本当にありがとう/實在太感謝了。

二参 くだけた言い方は「ほんと」。

ほんにん【本人】ホンニン　代わりの人ではなく、その人自身。中 本人。E the person himself/herself.

☆ 写真では見たことがあるが、本人には会ったことがない/雖看過照片，但沒見過本人。

☆ 代理人ではなく、本人が出頭すること/不能代理，須本人出面。

☆ 本人次第/ depend on the person himself/herself. / 關鍵在於本人。

ほんね【本音】ホンネ　本当の気持ちから出たことば。中 真話；真心話；吐真言。E one's heart; one's real intention.

☆ パブロは、日本が好きだとわたしには言っているが、本音はあまり好きではないらしい/巴布羅對我說他喜歡日本，但其實他心裡好像不是很喜歡。

☆ 本音をはく/說真心話；吐真言。

☆ 本音で話し合う/交心。

対 建前

ほんねん【本年】ホンネン　「今年」の改まった言い方。中 本年。E this year.

☆ 昨年はいろいろとお世話になりました。本年もよろしくお願いいたします/去年得到了您很多幫助，今年也請多多關照。

☆ 本年限り/僅限本年度。

☆ 本年度/本年度。

関連 昨年、明年

ほんの　ホンノ　本当の。まったくの。ただそれだけの。中 實在的；不過；僅僅；一點點；些許。

☆ まだほんの子供だから、むずかしいことを言ってもわからない/還不過是個小孩，對那些複雜難懂的事說了也不會明白。

☆ ほんのすこし/ just a little. / 一點點。

ほんのう【本能】ホンノー、ホンノー　動物が生まれたときから持っている能力、性質。中 本能。E instinct.

☆ 鳥には自分の巣に帰る本能がある/鳥類有自己歸巢的本能。

☆ 食べたいときに食べて、寝たいときに寝て、本能のままの生活をする/想吃就吃，想睡就睡，順著人類的本能生活。

ほんのうてき【本能的】ホンノーテキ　生まれつき持っている能力や性質によるよう

す。中本能地。E instinctively.

☆ 動物は本能的に火をこわがる / 怕火是動物的本能。

ほんのり ホンノリ〔～する〕 色、光、におい、ものの影などがわずかに現れるようす。中微微；稍微。E faintly; slightly.

☆ 東の空がほんのり明るくなった / 東方天空微亮。

☆ ほおをほんのり赤くする/臉頰呈現微微紅潤。

☆ ほんのりにおう梅の花/聞到淡淡的梅花香。

ほんば【本場】ホンバ あるものごとが盛んにつくられたり行われたりしている所。中主要產地；發源地；本地。E the best place; the home.

☆ さすがに本場の宇治から送られてきたお茶はおいしい / 不愧是從主要產地宇治那裡寄來的茶葉，真好喝。

☆ ラグビーの本場 / 橄欖球的發源地。

☆ 本場仕込み / 產地採購；道地貨。

ほんばん【本番】ホンバン 映画、テレビ、ラジオなどで、練習ではない実際の撮影、放送、演技。中 實錄；正式開始廣播。E a take; when it counts.

☆ 練習はここまで。これから本番に入ります / 練習到此，接下來正式表演。

☆ 本番に強い選手 / 在正式比賽中實力強勁的選手。

☆ ぶっつけ本番 / 沒有經過排練的正式演出。

ほんぶん【本文】ホンブン 本などの、おもな内容が書かれている中心の部分。ほんもん。中本文；正文。E the text; the body.

☆ この本の本文は洋子が書き、写真は二郎がとった / 這本書的正文是洋子寫的，照片是二郎拍的。

☆ 本文の内容について感想を言う / 就本文的內容談一點感想。

ほんぽう【奔放】ホンポー 常識などを気にせず、好きなように行動するようす。書中奔放；自由自在。E free; uninhibited.

☆ なにものにもとらわれない奔放な生き方から本物の芸術が生まれる / 從自由奔放的生活中產生真實的藝術。

☆ 自由奔放 / 自由奔放。

ぽんぽん ポンポン ❶続けて打ったり、たたいたり、破裂したりするときの軽い感じの音を表す。中乒乓、啪啪的響聲。

☆ 乾杯のため、シャンパンの栓をぽんぽん(と)抜く / uncork the champagne bottles for the toast. / 為了乾杯，碰地一聲打開香檳酒。

☆ 神社の前で手をぽんぽん(と)打つ / 在神社前啪啪地拍手。

❷勢いよく、続けて言ったり、したりするようす。中不客氣地說話；直言不諱；痛痛快快地。

☆ **思ったことをなんでもぽんぽん(と)言う** / be outspoken in one's remarks. /心裡想到什麼都痛痛快快地說出來。

参 ❷は「ぼんぼん」と似ているが、「ぼんぼん」が、「あの人は友達の欠点をぼんぼん言って非難する」のように遠慮なく言うようすを表すのに対して、「ぽんぽん」は勢いよく言うようすを表す。

ほんまつてんとう【本末転倒】ホンマツテントー、ホンマツテントー ものごとの重要な部分と、重要ではない部分とを取り違えること。逆になっていること。中本末倒置。E putting the cart before the horse.

☆ 軍隊の役割は平和を守ることであって、戦争をすることではない。戦争をするために軍隊があるというのは本末転倒の考え方だ/軍隊的作用在於保國安民，不是發動戰爭，為了戰爭而建立軍隊是本末倒置的想法。

ほんみょう【本名】ホンミョー 戸籍に載っている本当の名前。中本名；真名。E one's real name.

☆ 珍しい名だが、ペンネームではなく本名だ/這個名字雖少見，但它不是筆名而是真名。

☆ 夏目漱石の本名は夏目金之助である/夏目

漱石的本名是夏目金之助。

対偽名、仮名

ほんめい【本命】ホンメイ　競馬など順位を争う勝負ごとや競争で、優勝する可能性がいちばん高いと思われている馬、チーム、人。中冠軍候選。E the favorite; the probable winner.

☆ 新聞に本命だと書かれた馬に１万円かけた/為登在報上有潛力奪冠軍的馬賭了一萬日圓。

☆ マラソン大会では、本命とされた山田が新人の田中に負けた/在馬拉松比賽中，一致被看好的山田輸給了新人田中。

対ダークホース

ほんもう【本望】ホンモー、ホンモー　長い間の心からの望みが実現して満足すること。中滿足；夙願；宿願。E be quite satisfied; one's long-cherished desire.

☆ 若いときから行きたいと思っていたアフリカに行けて本望だ/能去年輕時就一直嚮往的非洲，是我的宿願。

☆ 本望がかなった/達成宿願；如願以償。

ほんもの【本物】ホンモノ　まちがいなく本当のもの。また、見せかけだけではない、しっかりした実力がついているもの。中真東西；真貨。E a genuine thing; lifelike.

☆ このダイヤの指輪は偽物なので１万円だが、本物なら50万円はする/這枚鑽戒是假的，所以才一萬日圓，若是真的要五十萬日圓。

☆ まるで本物のようによくできた造花/做得完全像是真花一樣的人造花。

☆ 本物の絵/真畫。

対偽物

ほんやく【翻訳】ホンヤク〔～する〕　あることばで書かれたり、話されたりしたことを他のことばにかえること。中翻譯；筆譯。E translation.

☆ 聖書は世界じゅうのことばに翻訳されている/聖經被翻譯成世界各國語言。

☆ いい翻訳とは原作の内容を完全に伝えるものだ/好的翻譯要完全忠實於原作的內容。

☆ 翻訳小説/翻譯小說。

ぼんやり　ボンヤリ〔～する〕　❶はっきりしないようす。中模糊；不清楚貌。

☆ 暗くて、人の顔がぼんやりとしか見えなかった/It was dark and I could only see the people's faces vaguely./由於光線暗，人的臉顯得模模糊糊的。

☆ 説明を聞いて、原子の仕組みがぼんやり(と)わかってきた/聽了說明之後，對原子的構造有點理解了。

対はっきり

❷なにも考えない、または集中できないようす。中不注意；心不在焉；發呆。

☆ 電車の窓からぼんやり(と)外を眺めていた/I was looking out of the train window vacantly./從電車的窗戶心不在焉地望著外面。

ほんらい【本来】ホンライ　❶もともとそうであること。元来。中本來；原來。E by nature; original.

☆ 象は本来は暑い地方の動物だ/大象本來是熱帶動物。

☆ 本来の姿/原來的樣子。

❷一般的にそうするのがあたりまえであること。中本來；應該；按理說。E essentially; rightful.

☆ ６歳になって、本来なら小学校に行くところだが、三郎は難病のため病院にいる/6歲了，按理說三郎應該進小學了，但得了重病而待在醫院。

☆ 本来のやり方/原來的做法。

ほんりょう【本領】ホンリョー　その人がもとから持っている部分。中本領；特長；本來的特色。E one's line; one's real ability.

☆ 道子の本領は歌より芝居にある。それを生かすべきだ/道子的特長是演戲，不是唱歌，應該發揮其特長。

☆ 本領を発揮する/發揮特長。

ま／マ

ま【真】マ ❶ 本当のこと。中 真實；實在。E truth.

☆ 冗談を真に受ける / 把玩笑當真。

❷ (他のことばの頭について) (1)だれが見ても正しいということ。中 真誠；誠實；正派；正經。

☆ 真人間 / an honest man. / 正經人；正派人；正直人。

☆ 真心 / sincerity. / 真心；誠心；誠意。

(2) 正確な。中 正。

☆ 真四角 / a true square. / 正方形。

☆ 真正面 / directly in front of. / 正前方。

(3) 純粋な。中 純；沒有雜質。

☆ 真新しい / brand-new. / 嶄新；全新。

☆ 真水 / fresh water. / 淡水；純淨水。

▷ →真っ-、真ん-

ま【間】マ ❶ ものとものとの間の部分。中 空隙；間隔。E space; room.

☆ となりの人との間を空けてすわる / 與旁邊的人隔著一點空隙坐下。

❷ ことことことの間の時間。中 時間；工夫。E time.

☆ 日本に来て間がない / 剛來日本不久。

☆ あっという間のできごと / 一瞬間發生的事情。

❸ 演劇、日本の音楽、踊りなどで、動作を休んでいる時間。中 休止；停頓；節拍。E a pause; an interval.

☆ うまく間を取る / 節奏很好。

❹ 部屋。また、その数を表す。中 房間；屋子；房間的量詞。E ～room; a room.

☆ 茶の間 / 餐室；起居間；(家庭的) 飯廳；客廳；茶室。(→項目)

☆ ぼたんの間 / 牡丹廳。

☆ 1間だけの家 / 只有一個房間的家。

間が抜ける ❶ だいじなものが抜け落ちている。中 疏忽；馬虎；大意。E be missing something important.

☆ なにが言いたいのかわからない、間が抜けた感じのポスター / 這是一張讓人弄不清楚主題內容的海報。

❷ ばかげている。中 愚蠢；糊塗；痴呆。E be stupid.

☆ 寝坊して試験が受けられないなんて、間が抜けている / 說什麼睡過了頭而趕不上考試，真糊塗。

間が持てない ある時間の扱いに困る。中 閒得慌；尷尬。E be unable to fill up the time.

☆ 父が帰るまで、年配のお客さまを相手に、間が持てなかった / 在父親回來之前要我接待上了年紀的客人，處境真是尷尬。

似た表現 間が持たない

間が悪い ❶ 運が悪い。なにかをしたときが、適当でない。中 不湊巧；不走運。E be unlucky.

☆ ほしい本が見つかったのに、間が悪いことに金を持っていなかった / 看到了自己想要買的書，但不巧沒有帶錢。

❷ そこにいるのが恥ずかしい。中 難為情；不好意思。E feel awkward.

☆ 2人がキスをしているところに入っていったので、間が悪かった / 二人正在接吻時跑了進去，真不好意思。

ま【魔】マ、マ ❶ 人の心を迷わせて、悪いことをさせる神。中 魔；惡魔。E a demon; an

evil spirit.

☆ 魔の手をはらいのける / 推開惡魔之手。

❷ 人の力では避けられない、よくない力を持つもの。中 魔力。E an evil influence.

☆ 病魔 / 病魔。

☆ 睡魔 / 睡魔；睡意。

☆ 魔物 / 妖魔鬼怪。

❸ 何度も同じ悪いことが起こる場所や時間。中 不吉利（的地方、時刻）。E dangerous; fatal.

☆ 魔の踏切 / 鬼門關（= 恐怖的平交道）。

☆ 魔の時刻 / 不吉利的時刻（= 令人迷失的瞬間）。

❹（他のことばの後について）同じことを病的なほどに繰り返す人。中 ～狂；～魔。E an addict; a maniac

☆ 電話魔 / 電話迷；電話狂；專門打電話干擾別人的人。

☆ 投書魔 / 投稿狂。

☆ 放火魔 / 放火狂；縱火狂。

魔がさす ふと悪い考えを起こしてしまう。中 鬼迷心竅；中邪。E be possessed by some evil spirit.

☆ まじめで評判だった先生が万引きしたということだが、きっと魔がさしたのだろう / 那麼認真治學的老師竟然在商店偷竊，肯定是中邪了。

まあ マー ❶ 相手になにかをさせようとしたり、気持ちを落ちつかせようとしたりするときにいうことば。中 哎；好了。E Just; Please.

☆ まあ、見てごらん。きれいなにじだよ / 啊，快看，漂亮的彩虹。

☆ まあ、そんなに怒らないで / 好了，不要這樣生氣了。

❷ じゅうぶんとはいえないが、認めてもいい程度であるようす。中 還可以；還算。E well; say.

☆ いまの暮らしにも、まあがまんしています / 現在的生活還算過得去。

❸ 驚いたり感心したりするときに言うことば。中 嘿；哎喲。E Oh!; Goodness!

☆ まあ、驚いた / 嘿，嚇了一跳。

☆ まあ、きれいな星空 / 哎，漂亮的星空。

▷ →まあまあ ▷ 話❸

マーガリン (margarine) マーガリン、マーガリン 動物の脂肪や植物の油を使ってつくった、バターのような食品。中 人造奶油。E margarine.

☆ バターよりマーガリンのほうが値段が安く、健康にもいい / 與奶油相比，人造奶油的價格便宜，且有益健康。

☆ パンにマーガリンをつける / 往麵包上塗人造奶油。

マーク (mark) マーク〔～する〕 ❶ しるし。記号。また、それをつけること。中 記號；符號；標記。E a mark.

☆ 会社のマークの入ったタオルを配る / 分發印有公司標記的毛巾。

☆ マークシート方式 / 符號選擇考試法。

☆ トレードマーク / 商標。

❷ ある人の行動をいつも注意していること。また、スポーツで、相手チームのある選手の動きに注意すること。中 看住；尾隨；盯人。E keep watch over; be careful with.

☆ 警察は暴力団の動きをマークしている / 警察盯住黑道幫派的動向。

☆ 5番の選手をマークする / 盯住五號運動員。

❸ 競技などで、記録に残るようないい成績を出すこと。中 刷新紀錄。E set (a record).

☆ 100 メートル競走で 9.8 秒の世界記録をマークする / 在一百公尺賽跑中締造了九．八秒的世界紀錄。

マーケット (market) マーケット、マーケット ❶ 日用品や食料品などの店が何軒も集まっている所。市場。中 市場；商場；菜市場。E a market.

☆ マーケットへ夕飯の買い物に行く / 去市場

ま

買做晩飯的材料。

☆ スーパーマーケット / 超市；超級市場。(→ 項目)

❷ 商品が売り買いされる場所。経済的活動の行われる場所。市場。中 銷售範圍；銷售地區；市場。E a market.

☆ 新製品のマーケットを開拓する / 開拓新產品的市場。

☆ マーケットリサーチ (= 市場調査) / 市場研究 (= 市場調査)。

マージャン (中麻雀) マージャン、マージャン 中国から伝わった室内のゲーム。４人で 136 枚のパイを使って勝負する。中 麻將。E mah-jongg.

☆ 徹夜でマージャンをする / 通宵打麻將。

☆ マージャンのパイをかきまぜる / 把麻將牌搓開洗牌。

☆ かけマージャン / 賭博麻將。

まあまあ マーマー、マーマー ❶ 相手になにかをさせようとしたり、気持ちを落ちつかせようとしたりするときにいうことば。中 得；好了好了；行了行了。E Now, now; Come, come.

☆ まあまあ、そんなに怒るなよ / 行了行了，不要那麼生氣。

❷ じゅうぶんとはいえないが、がまんできる程度であるようす。中 還算可以；馬馬虎虎。E not so bad; passable.

☆ ぜいたくはできないが、まあまあ暮らしていけるだけの給料だ / 雖不能太奢侈，但日子還過得去的薪水。

☆ まあまあの成績 / 成績還算可以。

❸ 驚いたり感心したりするときに言うことば。中 哎喲；喲。E Oh!; Goodness!

☆ まあまあ、ずいぶん背が高くなりましたね / 哎喲，長這麼高了。

▷ 話❸

参 ❶は「まあ」と意味は同じだが、「まあまあ」のほうが相手の気持ちをなだめる程度が強い。

まい (動詞の基本形について) ❶ しないだろうという推量を表す。中 不會…吧；也許不…；大概不…。

☆ あすは雨は降るまい / I don't think it will rain tomorrow. / 明天不會下雨吧。

☆ 専門が違うから A 先生の講義は聞いてもわかるまい / 專業不同，所以 A 老師的講課聽也聽不懂。

❷ しないようにしようという意志を表す。中 不打算…；不想…。

☆ 笑うまいと思っても、おかしくて笑ってしまう / I tried not to laugh, but it was so funny, I couldn't help myself. / 想忍住不笑，可是太可笑了，終於忍不住笑了出來。

☆ あんな失礼な人とは二度と会うまい / 這樣不懂禮貌的人，我不想再見到他了。

❸ (「～まいし」の形で) 後でいう理由を否定の形で強く言うことを表す。中 也不是…；並不是…。

☆ 学者じゃあるまいし、そんなにむずかしいこと知らないよ / 又不是學者，這樣難的問題不可能知道的。

☆ やくざじゃあるまいし、そんな格好するなよ / Since you're not a gangster, don't dress like that. / 你又不是黑道，別穿成那樣好不好。

▷ 書❶

参 本来、一段動詞は「見まい」「寝まい」、「する」動詞は「しまい」、「来る」は「来まい」のように、「ない」形に続いた。しかし、最近では、「見るまい」「寝るまい」「するまい」「来るまい」のように基本形に続く形が多い。

まい-【毎-】 (他のことばについて) それぞれの。そのたびごと。中 每。

☆ 毎日曜日、テニスをする / I play tennis every Sunday. / 每個星期日打網球。

☆ 毎時間 / 每小時。

☆ 毎晩 / 每天晚上。

☆ 毎回 / 每次；每回。

-まい 【-枚】 (数を表すことばについて)紙や布など、薄いものの数を表す。中 (表示紙、布等薄物的數) 頁；件。

☆ 原稿用紙600枚の小説を書く / write a novel of six hunred sheets of manuscript paper. / 寫六百頁稿紙的小說。

☆ ブラウスを２枚買った / 買了二件女襯衫。

マイカー マイカー 自分のうちで使うために持っている自動車。中 私人汽車；自用轎車。E one's own car.

☆ マイカーで家族と旅行をする / 開自用轎車和家人去旅行。

☆ 洋子はマイカーで通勤をしている / 洋子自己開車上班。

数 １台

参 英語の「マイ(my)」と「カー(car)」から日本でできたことば。「自家用車」ともいうが、「自家用車」がすこし古く重々しい感じがするのに対して、「マイカー」は軽い感じで言いやすい。

まいきょにいとまがない 【枚挙にいとまがない】 １つ１つ数えあげられないほど多い。中 不勝枚舉；舉不勝舉。E be too numerous to mention.

☆ 小さなことが原因で大きな戦争になった例は枚挙にいとまがない / 因一件小事引發戰爭的例子不勝枚舉。

マイク マイク 〔←マイクロホン(microphone)〕 音、声を電流に変えて送る装置。中 麥克風。E a microphone; a mike.

☆ 教室が広いので、マイクを使って授業をする / 因教室很大，用麥克風上課。

☆ 性能のいいマイクで録音する / 用性能好的麥克風錄音。

数 １本

マイクロフィルム (microfilm) マイクロフィルム 保存するために、新聞、文献などを縮めて写したフィルム。マイクロ。中 微縮影片；微型膠卷。E a microfilm.

☆ マイクロフィルムに入っている50年前の新聞を、器械で映して読む / 把錄在微型膠卷上五十年前的報紙用機器放映出來閱讀。

☆ マイクロフィルムに収める / 收錄在微型膠卷上。

数 １枚・１本

まいご 【迷子】 マイゴ 一緒にいた人と離れてしまった子供。また、どの方向に行ったらいいのかわからなくなった人。中 走失的孩子；迷路。E a lost child; get lost; lose one's way.

☆ 道子はパンダを見ているうちに迷子になってしまった / 道子看熊貓看得迷了路。

☆ 地下街では、方向がわからなくて迷子になることがよくある / 在地下街，由於搞不清楚方向，經常會迷路。

まいこ・む 【舞い込む】 マイコム 〔自動五〕 (まいこんで) ❶ 小さく軽いものが、舞うように入ってくる。中 飄進；飄然飛入。E come in fluttering.

☆ 教室の窓から桜の花びらが舞いこんできた / 櫻花的花瓣從教室窗戶飄了進來。

☆ 風とともに雪が舞いこむ / 隨著風雪飄了進來。

❷ 予想しなかったものが入りこむ。中 出乎意料地到來；闖進來。E receive ~ unexpectedly.

☆ ある日、知らない人からの手紙が舞いこんだ / 有一天，出乎意料地收到一封陌生人寄給我的來信。

☆ しあわせが舞いこむ / 幸福從天降臨。

まいそう 【埋葬】 マイソー 〔~する〕 死んだ人の体または骨を土の中に埋めて葬ること。中 埋葬。E bury; inter.

☆ お墓に祖母の遺骨を埋葬して、別れを告げた / 把祖母的骨灰葬在墓地後告別。

まいぞう 【埋蔵】 マイゾー 〔~する〕

ま

❶ 埋めて隠すこと。中 埋藏。E bury in the ground.

☆ 埋蔵してあったむかしのお金が、工事現場の土の中から出てきた / 在工地挖出了埋在地下的古幣。

☆ 埋蔵物 / 埋藏物。

❷ 天然資源などが地中に埋まっていること。中 蘊藏；儲藏。E a reserve; a deposit.

☆ 中東には、多くの石油が埋蔵されている / 中東石油蘊藏豐富。

☆ 埋蔵量 / 埋藏量；儲藏量。

まいった 【参った】 実力、勝負などで負けたと思ったときに言うことば。話 中 認輸；服了。

☆ まいった。この試合はぼくの負けだ / I give up. I've lost this match. / 我認了，這場比賽我輸了。

☆ 京子の記憶のよさにはまいった。5年前の約束をちゃんと覚えているんだから / 我真佩服京子的記憶力，五年前約定的事還記得這麼清楚。

まいど 【毎度】マイド ❶ あることをするときにはいつも。中 每次；每回。E every time.

☆ 妹は食事のとき、毎度毎度、はしの持ち方を注意される / 妹妹吃飯的時候，每次都要被提醒如何拿筷子。

❷ いつも。中 經常；屢次。E always.

☆ 三郎の遅刻は毎度のことだ / 三郎的遲到是家常便飯。

☆ 毎度ありがとうございます / 經常得到您的關照，謝謝。

マイナス (minus) マイナス ❶〔～する〕引くこと。中 減。E minus; subtract.

☆ 5マイナス3は2だ / 五減二等於三。

対 プラス

❷ 0より小さい数を表す。負。記号は「−」。中 負數；負號。E minus; below zero.

☆ 気温がマイナスの日が続いて、とても寒い / 連日來氣溫都在零度以下，真冷。

対 プラス

❸ 物理で、電極の陰極を表す。記号は「−」。中 陰極；負極。E the negative pole.

☆ 乾電池のプラスとマイナスをまちがえて入れたので、機械が動かない / 電池正負極放顛倒了，所以機器不動。

対 プラス

❹ たりなくなること。赤字。中 虧損；虧欠；不足。E a deficit; the red.

☆ 今月はお金を使うことが多くて、収支はマイナスだ / 這個月花費大，入不敷出。

☆ マイナス決算 / 虧損結算。

対 プラス

❺ よくないこと。中 不利；不合算。E a disadvantage.

☆ いいと思ってしたことがマイナスの結果となった / 認為可行的事，結果卻是不好的結果。

対 プラス

まいにち 【毎日】マイニチ、マイニチ どの日もどの日も。中 每天。E every day.

☆ 毎日、6時に起きる / 每天六點鐘起床。

☆ 犬の散歩が毎日の仕事だ / 遛狗是每天的必做的事。

マイペース マイペース まわりからの影響を受けないで、自分に合ったやり方や速さでものごとをすること。中 自己的一套；自己的做法；自己的腳步。E one's own way.

☆ 他人にどう思われようとも、マイペースで生きていく / 不管別人如何想，我還是按自己的方式去生活。

☆ マイペースのやり方 / 自己的一套做法。

参 英語の「マイ(my)」と「ペース(pace)」から日本でできたことば。

マイホーム マイホーム 自分の家庭。また、自分の家。中 自己的家；自己的房子。E one's own house.

☆ 長い間の夢だったマイホームを、やっと

ま

持つことができた/長期一直想擁有自己房子的願望終於實現了。

☆ マイホーム主義(= 仕事よりも家庭を第一に考える生き方)/家庭第一主義(=比工作更優先考慮家庭生活)。

[参] 英語の「マイ(my)」と「ホーム(home)」から日本でできたことば。

まい・る 【参る】マイル〔自動五〕(まいって) ❶「行く」「来る」の謙譲語、丁寧語。[中]「去」「來」的自謙語和鄭重語。[E] ((humble, polite)) go; come.

☆ 私がそちらへまいります/我到您那裡去。

☆ 首相、お車がまいりました/首相，車來了(=請上車)。

❷ (「〜てまいる」の形で)「〜ていく」「〜てくる」の謙遜した言い方。[中]謙遜表達。

☆ おみやげにはなにを持ってまいりましょうか/是否要帶點禮物去呢。

☆ 父を呼んでまいります/I'll go and get my father./我去叫爸爸來。

❸ 神社、寺、墓などへおがみに行く。[中]參拜；掃墓。[E] visit (a shrine).

☆ 元日の朝は、家族で近くの神社にまいることにしている/新年的早上，全家都會去附近的神社參拜。

❹ (「まいった」の形で) ⇨参った

❺ 困る。閉口する。[中]受不了；不堪；吃不消。[E] be stumped.

☆ 彼のおしゃべりにはまいってしまう/他總是說個不停，真讓人受不了。

❻ 弱る。[中]不堪；累垮。[E] be overcome.

☆ 暑さで体がまいる/太熱了，身體受不了。

❼ すっかり心をうばわれる。[中]迷戀；神魂顛倒。[E] be gone on.

☆ 三郎は道子にまいっている/三郎對道子神魂顛倒。

[注] ❷はひらがなで書く。

ま・う 【舞う】マウ、マウ〔自他動五〕(まって) ❶ 音楽や拍子に合わせて手足や体を美しく動かす。[中]舞蹈；跳舞。[E] dance.

☆ 日本の古い曲に合わせて舞う/伴隨著日本的古典樂曲跳舞。

☆ 舞い踊る/跳舞。

❷ まわるように空中を飛ぶ。[中]飛舞；飄盪。[E] fly; whirl.

☆ 事故現場の上をたくさんのヘリコプターが舞っている/事故現場的上空有多架直升機在巡航。

☆ 落ち葉の舞う季節になった/到了落葉紛飛的季節了。

▷ [名]舞・舞い

[注] ❶は他動詞、❷は自動詞。

[参] ❶は「踊る」と似ているが、「踊る」はどんな音楽やリズムにでも合わせて手足や体を動かすことで、「ダンスを踊る」「盆踊りを踊る」など幅広く使う。それに対して、「舞う」は優雅な音楽に合わせて手足や体を美しく動かすことをいう。

まえ 【前】マエ ❶ 顔や体が向いているほう。[中]前。[E] the front; ahead.

☆ 電車が止まったので白線の前に出た/電車到站，(乘客)跨出白線(上車)。

☆ 前向き/面對前方；面對正面；朝前看；積極。(→[項目])

[対]後ろ

❷ ものの正面のほう。[中]前面；〜前。[E] in front of.

☆ 駅の前の本屋へ行く/去車站前的書店。

☆ テレビの前にすわる/坐在電視機前。

[対]後ろ、裏

❸ 並んでいるものの始めに近いほう。[中]前邊；先頭；開始。[E] the beginning; the head.

☆ 中に入ったとき映画はもう始まっていて、前のほうは見られなかった/進場時，電影已經開演了，所以前面沒看到。

☆ 行列の前のほうにいる / 站在隊伍的前端。

対 後ろ、後

❹ ある時より早いとき。中 ～前；～之前。E before; former; previous.

☆ 食事の前に手を洗う / 飯前要洗手。

☆ いまの先生の前の先生 / 目前老師的前一位老師。

☆ 出発の前の日 / 出發的前一天。

対 後、後

❺ 過去。中 以前；過去；從前。E before; previously.

☆ この本は、前に読んだことがある / 這本書以前看過。

☆ 前から知っている人 / 這人以前就認識。

対 先

❻ だれかいる所。中 面前。E in the presence of.

☆ おおぜいの人の前で話す / 在許多人面前講話。

☆ 子供の前でする話ではない / 這不是在孩子面前說的話。

❼ (他のことばの後について)(1) その人の身についているもの。中 本領；性質；功能。

☆ 腕前 / 功夫；本領；手藝；能力；本事；才幹。(→項目)

☆ 持ち前 / one's nature. / 天性；生性；秉性。

(2) ある基準になる量。中 表示食物的份。

☆ 1人前 / 一人的份；一份；夠格的人；能勝任的人。(→項目)

☆ 分け前 / a share. / 份。

まえおき 【前置き】マエオキ、マエオキ〔～する〕 本論に入る前に述べること。また、そのことばや文章。中 開場白；引言。E introductory remarks; an introduction.

☆ 山田さんの話は前置きが長すぎる / 山田先生的開場白太長了。

☆ 前置きを省いて直接本題に入る / 省略開場白，直接進入正題。

まえかけ 【前掛け】マエカケ 仕事をするときに、服をよごさないように体の前にかけるもの。中 圍裙。E an apron.

☆ 魚屋さんは長いゴムの前かけをしている / 魚店老闆繫著長長的橡膠圍裙。

☆ 着物に前かけをして働く / 在和服外繫上圍裙工作。

数 1枚

まえぶれ 【前触れ】マエブレ、マエブレ

❶ なにかをする前に、そのことを人々に知らせること。中 預告；預先通知。E previous notice.

☆ なんの前ぶれもなく故郷の母が訪ねてきたので、驚いた / 住在老家的母親也不預先通知一下就突然來了，讓我吃了一驚。

❷ なにかが起こる前に、それを知らせるように起こるできごと。中 前兆；預兆。E a sign; a forerunner.

☆ 台風の前ぶれの強い雨がときどき降る / 颱風的前兆常常是下傾盆大雨。

☆ 地震の前ぶれ / 地震的前兆。

まえむき 【前向き】マエムキ ❶ 前のほうを向くこと。中 面對前方；面對正面。E facing front.

☆ 前向きの写真をとる / 照一張正面相片。

対 後ろ向き

❷ ものを考えるとき、積極的、発展的であること。中 朝前看；積極。E positive; constructive.

☆ 交渉をまとめるために、両者が前向きに話し合う / 為達成協議雙方積極談判。

☆ 前向きの生き方 / 積極向上的生活方式。

対 後ろ向き

まえもって 【前もって】マエモッテ、マエモッテ なにかが起こる前に。なにかをする前に。中 事先；預先；提前。E in advance; beforehand.

☆ 到着の時刻を前もって連絡しておく / 提前通知到達的時間。

→あらかじめ

まか・せる 【任せる】マカセル 〔他動一〕

❶ 自分ではなにもせず、だれかに全部やらせる。まかす。[中]委託；託付；任憑。[E] entrust ~ to … ; leave ~ to … .

☆ 仕事を息子にまかせて旅行に行く/把工作託付給兒子，自己去旅行。

☆ 運を天にまかせる / 聽天由命。

❷ (「~にまかせ[し]て」の形で)そのものが持つ力をじゅうぶんに活用する。[中]儘量；不惜金錢；信步而行。[E] regardless of (expenses); make use of (one's leisure).

☆ 金にまかせて美術品を買い集める/不惜重金收集藝術品。

☆ ひまにまかせて本を読む/利用空閒盡量看書。

まかな・う 【賄う】マカナウ 〔他動五〕(まかなって) ❶ 限られた費用や人などで処理りする。[中]維持；籌措。[E] cover the expenses.

☆ 道子は、学費も生活費も全部アルバイトでまかなっている/道子的學費，生活費全靠打工賺來的。

☆ 会費で会の運営をまかなう / 用會費維持大會的營運。

❷ 決まった費用の中で食事をつくり食べさせる。[中]供應伙食。[E] provide with board.

☆ 学生寮では月3万円の食費でまかなってくれる / 在學生宿舍裡月繳三萬日圓伙食費搭伙。

▷ [名]賄い

まがり 【間借り】マガリ〔~する〕 他人の家の部屋を、金を払って借りること。[中]租房間。[E] rent a room.

☆ 学校の近くの家に、毎月5万円を払って間借りしている/在學校附近每月支付五萬日圓租房子。

☆ 間借り生活 / 租房生活。

☆ 間借り人 / 房客。

[対]間貸し

まかりとお・る 【まかり通る】マカリトール〔自動五〕(まかりとおって) 正しくないことが堂々と行われる。[書][中] 肆無忌憚；橫行；盛行。[E] be unchallenged; go on openly.

☆ 暴力や不正がまかり通る世の中では困る/暴力與歪風盛行於社會，令人感到困擾。

まがりなりにも 【曲がりなりにも】 じゅうぶんではないが。不完全ではあるが。[中]勉勉強強；好好歹歹。[E] somehow or other; though not quite satisfactorily.

☆ A博士の話はむずかしかったが、前もって博士の本を読んでおいたので、まがりなりにも理解できた /A博士的話很深奧，因事先閱讀了博士的書，才勉強可以理解。

まが・る 【曲がる】マガル〔自動五〕(まがって) ❶ まっすぐでなくなる。また、位置や方角が正しくない。[中]彎；彎曲。[E] curve; be awry; be crooked.

☆ 川の流れにそって道が曲がっている/道路沿著溪流蜿蜒延伸。

☆ 壁の絵が曲がっている / 牆上的畫歪了。

☆ ネクタイが曲がる / 領帶繫歪了。

[対]伸びる

❷ 進む方向を変える。[中]拐彎；轉彎。[E] turn.

☆ つぎの角を右へ曲がると駅が見える/在下一個拐角處往右轉，就可以看見車站了。

❸ (「曲がった[ている]」の形で)性質や考えが正しくない。[中] 不正；歪斜；乖張。[E] dishonest; wrong.

☆ 父は曲がったことの大嫌いな性格だ/父親最討厭邪道歪門。

▷ [他動]曲げる

まきあ・げる 【巻き上げる】マキアゲル〔他動一〕 ❶ 巻いて上に上げる。[中] 捲上；捲起。[E] roll up.

☆ 朝、研究室に入ったら、まずブラインドを巻き上げる/早上進研究室後，先拉起百葉窗。

❷ 相手をおどしたりだましたりして、金やものを取る。[中] 搶奪；勒索；搜刮。[E] cheat a person out of.

ま

☆ 兄はまじめに働かず、親から金を巻き上げることばかり考えている / 哥哥不好好工作，只想從父親那裡挖錢用。

まきかえし【巻き返し】マキカエシ　相手に押されていた状態から、逆に反撃すること。中 反攻；反撲。E rebound; rollback.

☆ 前の選挙で負けたので、巻き返しをはかっている / 因為上次選舉落敗，所以打算捲土重來。

☆ 巻き返し作戦 / 反攻作戰。

他動 巻き返す

まきこ・む【巻き込む】マキコム〔他動五〕(まきこんで)　❶ 巻いて中に入れる。中 捲進；捲入。E catch ~ under.

☆ トラックの車輪に巻きこまれて大けがをした / 被捲進卡車的車輪裡受了重傷。

❷ その人が望まない状態に引き入れる。中 牽連；連累。E involve in; drag into.

☆ 外国旅行中に戦争に巻きこまれて、帰国できなくなった / 在國外旅行時被戰爭波及不能回國了。

まきぞえ【巻き添え】マキゾエ　他人の事件などに巻きこまれて、ひどい目にあうこと。中 牽連；連累。E be involved in; be entangled in.

☆ 交通事故の巻きぞえになって、軽いけがをした / 受交通事故的連累受了輕傷。

☆ 巻きぞえをくう / 受牽連。

まぎらわし・い【紛らわしい】マギラワシイ　よく似ていて、まちがえやすい。中 容易混淆；不易分辨；模糊不清。E hardly distinguishable; confusing.

☆ 同じクラスに田中という生徒が３人もいるのでまぎらわしい / 同一個班級裡有三個學生叫田中，所以容易混淆。

☆ わたしの傘はあなたのと色が同じでまぎらわしい / 我的雨傘顏色跟你的一樣，不易分辨。

まぎれもない【紛れもない】　まちがいない。非常にはっきりした。中 道道地地；純粹；不折不扣。E plain; obvious; unmistakable.

☆ 地球上から緑が減っていることはまぎれもない事実だ / 地球上的綠地正在減少，這是不容置疑的事實。

☆ とてもよく似ているこの２人は、まぎれもなくきょうだいだ / 相貌酷似的兩人，毫無疑問一定是兄弟。

まぎ・れる【紛れる】マギレル〔自動一〕

❶ まわりのものといりまじって区別ができなくなる。中 混淆；混同；難以辨別。E disappear among; be lost in.

☆ 一緒にいた友達が人ごみにまぎれて見えなくなってしまった / 在一起的朋友混在人群中不見了。

☆ 暗やみにまぎれる / 消失在黑暗中。

❷ そのことに注意が向いて、ほかのことを忘れる。中 忘懷。E be diverted.

☆ 忙しさにまぎれて手紙を出し忘れた / 由於太忙了，忘了寄信。

☆ ピアノをひいていると悲しみがまぎれる / 一彈鋼琴，就稍微紓解悲痛。

▷ 他動 紛らす

まぎわ【間際】マギワ　なにかが起こるすぐ前。中 正要～的時候；快要～的時候。E just before; on the point of.

☆ 電車のドアが閉まるまぎわに、駆けこんだ / 電車快要關門的時候衝了進去。

☆ 出発のまぎわになって中止と決まった / 馬上就要出發了，卻決定取消了。

まく【幕】マク　❶ 仕切りや飾りなどに使う大きい布。中 帷幕；帷幔。E a curtain.

☆ お祝いの会場に赤と白の幕を張る / 慶祝大會會場掛著紅色和白色的帷幕。

❷ 舞台と客席との間の布の仕切り。中 中幕；帷。E a curtain.

☆ 幕が上がって芝居が始まった / 揭幕開始演戲。

☆ 幕を引く / 拉開幕。

❸ 演劇などで、「❷」が開いてから閉まるま

でのひと続きの場面。中 幕。E an act.

☆ つぎの幕はこの芝居のいちばんおもしろいところだ / 下一幕是這齣戲中最有趣的地方。

☆ 3幕目 / 第三幕。

❹ (「出る幕ではない」の形で) ⇨出る 慣用

▷ 数 ❶❷ 1張

ま・く 【巻く】マク〔他動五〕(まいて)

❶ 長いものを、一方のはしを中心に回すようにして、まるい形にする。中 捲；捲上。E roll up; wind.

☆ 古いじゅうたんを巻いて物置にしまう / 把舊地毯捲起來，收到儲藏室裡。

☆ カメラのフィルムを巻いた / 捲好底片；回好底片。

❷ なにかのまわりを広いもので包む。また、なにかのまわりに長いものを回してつける。中 纏；裹。E wear～around; wind～around.

☆ 首にマフラーを巻く / 在脖子圍裹一條圍巾。

☆ 指に包帯を巻く / 在手指上纏繃帶。

ま・く マク〔他動五〕(まいて) ❶ 植物の種を地面に散らして、土をかける。中 播；種。E sow; plant.

☆ 庭に朝顔の種をまく / 在院子裡播牽牛花的種。

☆ 畑に豆をまく / 在地裡種豆。

❷ ものをまわりに散らす。中 灑；撒；散布。E scatter; sprinkle.

☆ 暑いので道路に水をまいた / 太熱了，所以在路上灑水。

❸ 自分と一緒にいる人や自分を追ってきた人から、うまく離れるようにする。中 擺脫；甩掉。E dodge; shake off.

☆ 泥棒は、警官をまいて逃げた / 小偷擺脫警察逃跑了。

まかぬ種は生えぬ なにもしないでいては、なにも手に入れることはできない。中 不勞則不獲；春不種，秋不收。E Nothing comes from nothing.

まくあい 【幕あい】マクアイ、マクアイ 演劇などの演技の1幕が終わって、つぎの幕が始まるまでの時間。中 幕間。E an intermission.

☆ 第2幕と第3幕の幕あいに食事をする / 在第二幕和第三幕之間吃飯。

☆ 幕あいのおしゃべりを楽しむ / 喜歡幕間休息時聊天。

注 漢字で書くときは「幕間」。そこから「まくま」と読む人もいるが、これは誤り。

まくぎれ 【幕切れ】マクギレ、マクギレ 演劇などで、1幕の終わり。また、ものごとの終わり。中 閉幕；終場；結束。E the end of an act; an end.

☆ きょうの芝居の最後の幕切れがよかった / 今天這齣戲的結局很好。

☆ オリンピックの幕切れを飾るマラソンが始まった / 奧林匹克的壓軸戲馬拉松比賽開始了。

対 幕開き

まくした・てる マクシタテル〔他動一〕激しい勢いで1人が続けて話す。中 喋喋不休地說；滔滔不絕地說。E talk one's mouth off; argue furiously.

☆ ぶつかった2台の車のドライバーが、たがいに相手が悪いとまくしたてた / 兩車相撞，駕駛員相互不停地指責對方。

まぐち 【間口】マグチ ❶ 土地や家や家具などの、前から見たときの横の長さ。中 正面的寬度；橫寬。E a frontage; width.

☆ 店の間口を広くとる / 把商店的門面拓寬。

☆ 間口が狭い土地 / 正面很窄的一塊土地。

対 奥行き

❷ 知識や仕事の範囲。中 範圍；領域。E a range; a scope.

☆ 仕事の間口をひろげすぎて、忙しい / 工作的範圍太廣，忙不過來。

☆ 専門以外にもいろんなことを研究している、間口の広い学者 / 他是一位研究領域寬廣的學者，目前正從事專業以外的研究。

対 奥行き

▷ →奥行き図

マグニチュード (magnitude) マグニチュード、マグニチュード　地震そのものの大きさを表す数。記号は「*M*」。中震級；芮氏地震規模。E magnitude.

☆ マグニチュード７以上は、A級の大地震である / 震級在七以上屬A級的大地震。

参 地震のときに「マグニチュード5.7、震度３」などというが、「震度」はその場所での揺れ方の度合いを表し、「マグニチュード」はその地震の地中でのエネルギーの大きさをいう。

まくら　マクラ　❶寝るときに、頭の下に置くもの。中枕頭。E a pillow.

☆ ホテルのまくらが高すぎてよく眠れなかった / 旅館的枕頭太高，沒睡好。

☆ 腕まくら(=腕をまくらにすること)/頭枕在手臂上(=用手臂作枕頭)。

❷ 話の本論に入る前にする短い話。中開場白；引言。E preliminary remarks.

☆ おもしろいまくらで客を笑わせてから本論に入る / 說段有趣的開場白，把客人逗笑後再進入正題。

☆ 落語のまくら / 單口相聲的開場白。

▷ →布団図

まくら[枕]を高くして寝る　安心して寝る。中安心睡覺；高枕無憂。E sleep in peace.

☆ 放火犯人が捕まったので、今晩からはまくらを高くして寝られる / 抓到縱火犯了，所以今晚開始可以安心睡覺了。

まくらもと【まくら元】マクラモト　寝ている人のまくらのそば。中枕邊。E one's bedside.

☆ 病人のまくらもとにすわって世話をする/坐在病人身邊，照料病人。

☆ 目覚まし時計をまくらもとに置く/把鬧鐘放在枕邊。

注 漢字で書くときは「枕元」。

まく・る　マクル〔他動五〕(まくって)

❶ おおっているものを、巻くようにして上げる。中捲起；挽起；捲。E turn up; roll up.

☆ ズボンをひざまでまくって川を渡る/把褲子捲到膝上過河。

☆ シャツのそでをまくる / 捲起襯衫袖子。

❷ (動詞の「ます」形について)激しく～する。中接在動詞連用形後，表示動作的激烈。

☆ 書きまくる / write off. / 猛寫。

☆ しゃべりまくる / talk away. / 口若懸河喋喋不休。

まぐれ　マグレ、マグレ　特に理由がないのに、いい結果になること。中偶然；僥倖。E a fluke; pure luck.

☆ いちばん上に丸をつけたら、まぐれで正解だった / 在第一選擇上畫個圓圈，沒想到歪打正著答對了。

☆ まぐれ当たり / 歪打正著。

まぐろ　マグロ　海にすむ魚の一種。肉の部分が赤く、刺身やすしにして食べることが多い。中金槍魚；鮪魚。E a tuna.

☆ マグロの刺身 / 鮪魚生魚片。

数 1匹

まけ【負け】マケ　❶負けること。中輸；敗。E a defeat; a loss.

☆ この試合は負けだ / 這場比賽輸了。

☆ 負けがこむ (=負けた回数が多くなる)/ 輸了多次(=輸的次數很多)。

対 勝ち

❷ (「おまけ」の形で) ⇨おまけ

▷ 自他動 負ける

まけおしみ【負け惜しみ】マケオシミ　自分が負けたことや失敗したことなどをすなおに認めないで、いろいろな理屈を言うこと。中不服輸；不認輸；嘴硬。E refuse to admit one's defeat; (be) a bad loser.

☆ 相手がかわいそうだから負けてやった、と負け惜しみを言う/不服輸地說，因可憐對

ま

手才輸給他的。

☆ 負け惜しみの強い人 / 不肯服輸的人。

まけずおとらず【負けず劣らず】マケズオトラズ　たがいに同じ程度で、どちらがすぐれているかを決められないようす。中 不相上下；不分優劣；差不多。E equally; as ~ as.

☆ ２人とも、負けずおとらず足が速いので、どちらが勝つかわからない / 兩人不相上下都跑得很快，不知鹿死誰手?

まけずぎらい【負けず嫌い】マケズギライ　人に負けるのが、特に嫌いなこと。また、その人。中 好強；要強。E be never content to be the second best.

☆ 洋子は負けず嫌いで、競走に負けると、泣いて悔しがる / 洋子好強，賽跑輸了，氣得直掉淚。

ま・ける【負ける】マケル〔自他動一〕

❶ 戦って、その結果が相手よりおとる。中 輸；負；敗。E lose; be defeated.

☆ テニスの試合は６対３で負けた / 網球比賽以六比三輸了。

☆ 選挙で負ける / 選舉失敗。

対 勝つ

❷ 苦しいこと、むずかしいことに抵抗できない。中 屈服；不能抵抗。E be overcome; be affected.

☆ ダイエットしようと思うのだが、いつも食欲に負けて食べてしまう / 雖然想減肥，但總是難以控制食慾，而吃太多。

☆ 暑さに負ける / 中暑。

対 勝つ

❸ 皮膚が刺激を受けて、赤くなったりかゆくなったりする。中 起斑疹；～過敏。E be poisoned with; get a rash.

☆ うるしに負ける / 漆中毒；漆瘡(因受漆毒而生的皮膚病)；對漆過敏。

☆ かみそりに負ける / 刮鬍子而引起過敏。

❹ ものの売り買いで、売り手が買い手の得になるようにする。中 折扣；減價；附贈。E throw ~ in extra; take off.

☆ リンゴを１つまけてもらった / 附贈了一個蘋果。

☆ 500円まけて3000円にします / 減價五百日圓後變為三千日圓。

▷ 名 負け

二 注 ❶❷❸は自動詞、❹は他動詞。

ま・げる【曲げる】マゲル〔他動一〕❶ まっすぐなものを曲がった状態にする。中 弄彎；彎；歪。E bend.

☆ ひざを曲げる運動をする / 做曲膝運動。

☆ 首を横に曲げて考える / 歪著頭思考問題。

対 伸ばす

❷ 意味、考え、きまりなどを無理に変える。中 違心；改變；歪曲。E depart from; distort.

☆ どんな理由があっても規則は曲げられない / 不論何種理由，都不能違反規定。

☆ 事実を曲げて報告書を書く / 寫歪曲事實的報告。

▷ 自動 曲がる

まけんき【負けん気】マケンキ　どんなことがあっても負けたくない、という気持ち。中 好強；好勝。E an unyielding spirit.

☆ あの子は負けん気が強くて最後までねばるから、きっと勝つだろう / 那個孩子很好強，會努力堅持到底，一定能獲勝。

まご【孫】マゴ　❶ 子供の子供。中 孫子；孫女。E a grandchild.

☆ 娘に子供が生まれて、わたしははじめて孫を持った / 女兒生了小孩，我第一次抱孫子。

❷ (他のことばの頭について)間を１つおいてつぎの。中 隔代；間接。

☆ 孫弟子(＝弟子の弟子)/徒孫(＝徒弟的徒弟)。

☆ 孫引き / requotation. / 盲目抄襲；間接引用。

まごつ・く　マゴツク、マゴツク〔自動五〕(まごついて)　どちらへ行けばいいのか、どうすればいいのかわからないで迷う。中 茫然

ま

不知所措；張惶失措。E be at a loss; be confused.

☆ はじめて学校へ行ったとき、教室がわからずまごついた／第一次去學校時，找不到教室而慌了手腳。

☆ 電車の切符を買おうとして、券売機の前でまごついた／想買電車票，但站在自動售票機前卻茫然不知所措。

まこと【誠】マコト ❶うそでない、本当のこと。中真實；真的；事實。E truth; a fact.

☆ まことの友情／真正的友情。

☆ うそかまことか、わからない／不知是真是假。

対偽り、うそ

❷相手のためになろうとする、うそや飾りのない心。中真誠；誠意。E sincerity; faithfulness.

☆ 恋人にまことの愛情をささげる／對情人獻出真誠的愛情。

☆ 主人にまことをつくす家来／忠於主人的家臣。

❸(「まことに」の形で)「本当に」の改まった言い方。中真；實在。E very; really.

☆ まことにありがとうございます／衷心感謝。

▷書

まことしやか マコトシヤカ いかにも本当であるようなようす。中煞有其事；像真的。E quite as if it were true; plausible.

☆ 兄は自分のつくり話をまことしやかに弟に話して聞かせた／哥哥把自己編的故事煞有其事地講給弟弟聽。

☆ まことしやかにうそをつかれて、みんな信じてしまった／他說謊說得煞有其事，大家都信以為真。

まごまご マゴマゴ〔～する〕 どうしたらいいかがわからず困っているようす。中不知所措；不知如何是好；驚慌失措；著急；手忙腳亂。

☆ たまに東京へ行くと、地下鉄の乗りかえにまごまごしてしまう／When I go to Tokyo occasionally, I get confused changing trains on the subway.／偶爾去東京坐地鐵時，總是不知如何換車而驚慌失措。

まさか マサカ ❶(「まさか～ない」の形で)

(1) そのような可能性はないだろう。中絕不；萬想不到；難道。E surely not.

☆ 道で転んだぐらいで、まさか足の骨が折れるとは思わなかった／在路上摔了一跤，萬萬沒想到腳會骨折。

☆ まさか弟に負けるようなことはないだろう／怎麼也不會輸給弟弟吧。

(2) そのようなことはできない。中怎會；怎能。E can't possibly.

☆ 出された料理を、おいしくないから食べないとはまさか言えない／端出來的菜雖難以下嚥，但又怎能說得出口呢。

☆ みんなの前でまさかどなるわけにもいかない／當著大家的面，怎麼能發火呢。

❷予想できないような特別の事態。中萬一；一旦。E the worst; an emergency.

☆ まさかのときのために、水と食料を準備しておく／為預防萬一，先準備好水和糧食。

まさつ【摩擦】マサツ ❶〔～する〕ものとものがこすれること。あるもので、あるものをこすること。中擦；摩擦。E rubbing.

☆ 木の枝と枝との摩擦から山火事が起こった／由於樹枝的摩擦而引起火燒山。

☆ 毎朝、乾いた布で皮膚を摩擦する／每天早上用乾布擦皮膚。

❷ものが動くとき、その動きをじゃまするように働く力。中摩擦；相觸。E friction.

☆ 自動車は、地面とタイヤとの摩擦で止まる／汽車是由於地面和車輪的摩擦而停下的。

❸人と人、国と国との間に意見や感情の行き違いがあって、ものごとがうまくいかないこと。中摩擦；意見分歧。E friction; trouble.

☆ 貿易の問題で、両国の間に摩擦が生じる／因貿易問題，兩國發生摩擦。

☆ 三郎は部の人たちと考え方が違って摩擦を起こすことがよくある／三郎和部裡的人想法不同，經常發生摩擦。

まさに マサニ ❶まちがいがないと認めたことを強くいうようす。中 的確；確實；真正。E perfectly; certainly.

☆ まさにあなたのおっしゃるとおりです/誠如您所說的。

☆ 10万円、まさに受け取りました/十萬日圓收訖。

❷いま始まるということを強くいうようす。中 快要；將要；即將。E be just about to.

☆ まさにのぼろうとしている太陽を山頂から眺める/從山頂眺望即將升起的太陽。

❸そうするのが当然だということを強くいうようす。中 應當；應該。E duly; surely.

☆ 責任者のきみこそ、まさに辞任するべきだ/正因為你是負責人，所以應該辭職。

▷ 書

まざまざ マザマザ、マザマザ 実際に目で見ているように、はっきりとしているようす。中 清清楚楚；清晰；歷歷。E clearly; vividly.

☆ 目を閉じると、元気だった祖父の姿がまざまざ(と)目に浮かぶ/一閉上眼睛，祖父精神飽滿的身影清楚地浮現在眼前。

☆ 衝突事故の現場の悲惨なようすをまざまざ(と)思いだす/撞車事故現場的悲慘情景歷歷在目。

まさ・る 【勝る】マサル、マサル〔自動五〕(まさって) 程度がほかより上だ。中 勝過～；比～好。E be superior to; far more ~ than.

☆ 三郎はクラスの中のだれよりも体力が勝っている/三郎的體力勝過班上任何一個人。

☆ 聞きしに勝る(=人から聞いていた以上だ)/勝於耳聞(=比從別人那裡聽來的好)。

対 劣る

勝るとも劣らない 比べるものと同じかそれ以上だ。中 有過之而無不及；不亞於。E be in no way inferior to.

☆ 父の将棋は、プロに勝るともおとらない腕前だ/父親的象棋實力絕不亞於職業棋手。

まざ・る 【交ざる・混ざる】マザル〔自動五〕(まざって) ⇨交じる・混じる

☆ 中学生の三郎も大人にまざって働いた/中學生三郎，也混在大人中工作。

☆ 米にまざった砂を取り除く/把摻雜在米裡的砂子撿出來。

まじ・える 【交える】マジエル〔他動一〕

❶ほかのものを中に一緒に入れる。中 摻雜；讓～一起參加。E mix; include.

☆ 記者の主観をまじえて書いた記事/摻雜著記者主觀而寫出來的新聞報導。

❷たがいに組み合うようにする。中 交叉；交錯。E cross.

☆ 木が枝をまじえて重なるように生えている/樹枝交錯重疊生長。

☆ ひざをまじえる/促膝而談；促膝談心。(→ひざ 慣用)

❸たがいにやりとりする。中 交；交換。E exchange.

☆ となりの人と、はじめてことばをまじえた/第一次和隔壁的人交談。

☆ 一戦をまじえる/一次交鋒；進行一次交鋒。

▷ 自動 交わる

マジック (magic) マジック、マジック ❶魔法。手品。不思議な力。中 魔術；戲法。E magic.

☆ 二郎はトランプのマジックが得意で、相手の札を全部当ててしまう/二郎擅長撲克牌魔術，把對方的牌全都猜中。

☆ マジックショー/魔術表演。

❷「マジックペン」「マジックインキ」などの商標名を略した言い方。ペンの一種で、インクはすぐ乾き、水にぬれてもにじまない。中 奇異筆。E a felt pen; a marker.

☆ 赤のマジックでポスターをかく/用紅色奇異筆畫海報。

まして マシテ 2つものを並べて、前のものでさえそうなのだから、後のものはもちろんということを表す。中 何況；況且。

ま

E still more; to say nothing of.

☆ 飛行場から1キロ離れていてもこんなにうるさいのだから、まして、すぐ近くではとてもがまんできないだろう/離機場一公里就這麼吵，若更近些那怎麼受得了!

☆ ワープロも使ったことがない。ましてコンピューターなんてさわったこともない/文書處理機都沒用過，更何況電腦什麼的，連碰也沒碰過。

まじない マジナイ、マジナイ 神や仏や、その他の不思議な力を借りて、災難をのがれたり起こしたりすること。また、そのことば。おまじない。中 巫術；符咒；咒文。E a charm; an incantation.

☆ 飛行機に乗るときはいつも、落ちないようにと、まじないを唱える/搭飛機時總是祈禱，保佑飛機別出事。

☆ いつまでも止まらないしゃっくりを、まじないで止める/念咒來止住打個不停嗝。

まじまじ マジマジ、マジマジ 目を離さず、まっすぐに見つめ続けるようす。中 盯；目不轉睛地看；凝視。E look hard at.

ま

☆ 来月スペインへ移住すると突然言いだした友達の顔を、驚いてまじまじ(と)見た/我吃驚的看著突然說下個月要移民到西班牙的朋友的臉。

まじめ マジメ ❶ うそや冗談ではなく、本気であるようす。中 認真；嚴肅。E earnestly; serious.

☆ うちの両親は子供の言うことをまじめに聞いてくれる/我父母會很認真聽小孩說話。

☆ 叔父はまじめな顔で冗談を言う/叔叔一臉正經地開玩笑。

対 不まじめ

❷ 心をこめて、一生懸命にするようす。誠実なようす。中 誠實；踏實；正經。E diligent; hard.

☆ わが社としてはまじめで積極的な人物を採用したい/我們公司想錄用踏實、積極進取的人。

☆ 一郎は学生時代、まじめによく勉強した/一郎在學生時代，非常努力用功。

対 不まじめ

まじ・る 【交じる・混じる】マジル〔自動五〕(まじって) ほかのものが入って一緒になる。中 混；雜；夾雜。E be mixed; be mingled.

☆ 黄色に青がまじると緑色になる/黃色裡滲進藍色就變成綠色。

☆ この毛のセーターにはナイロンがすこしまじっている/這件毛衣裡摻雜了一點尼龍布料。

他動 交ぜる・混ぜる

注 漢字で書くときは、一緒になってもそれぞれもとの形が残っていたり独立していたりするものは「交じる」、もとの形がなくなったり一体になったりしているものは「混じる」。

参 「まざる」も意味は同じで、「〜て」の形のときは「まざって」「まじって」のどちらも使うが、「〜ない」「〜ます」の形のときは「まじる」の活用の「まじらない」「まじります」を多く使う。

まじわ・る 【交わる】マジワル〔自動五〕(まじわって) ❶ 交差する。中 交叉；相交。E cross; intersect.

☆ 道路が交わる所を交差点という/道路交叉的地方叫十字路口。

❷ 人とつきあう。中 交；交際。E associate with.

☆ いろいろな友人と交わって視野をひろげる/結交各種朋友來開闊視野。

☆ 朱に交われば赤くなる(=悪い友と交わっていると自分も悪くなっていく)/近朱者赤(=如果與壞朋友交往，自己也會變壞)。

❸ 性交する。中 性交。E have sex with.

☆ 愛する異性と交わる喜び/與心愛的異性享受做愛的快感。

▷ 名交わり 他動交える

ます (動詞の「ます」形について) 相手に対する、話す人の丁寧な気持ちを表す。中表示鄭重、尊敬。

☆ 手紙を書きます / 寫信。

☆ その本は、ここにはありません / There isn't the book here. / 那本書不在這裡。

☆ きのう、コンサートに行きました / 昨天去聽音樂會了。

☆ 妹を行かせます / 讓妹妹去。

ま・す 【増す】マス〔自他動五〕(まして)

❶ 数や量や程度などが大きくなる。中 增加；增多；增大。E increase; grow; rise.

☆ 7月も暑いが、8月はもっと暑さが増す / 七月雖也熱，但八月更熱。

☆ 大雨が降って川の水が増した / 下了一場大雨，河水上漲了。

対減る

❷ 数や量や程度などを大きくする。中 使增加；增多；增大。E increase; pick up.

☆ 乗客が増えたので、電車の数を増すことにした / 乘客增加了，所以決定增開電車班次。

☆ 前の車を追い越すため速度を増した / 為了超車，而加快了速度。

☆ 勢いを増す / 鼓起幹勁。

対減らす

注 ❶は自動詞、❷は他動詞。

参 ❶は「増える」と、❷は「増やす」と似ているが、「増える」「増やす」が具体的な数や量にだけ使うのに対して、「増す」は抽象的な程度にも使う。

まず マズ ❶ 第1番目に。中 先；首先；最初。E first; first of all.

☆ まず電話をして、いるかどうかを確かめてから行こう / 先打個電話確認一下在不在之後再去。

❷ 絶対ではないが、だいたい。中 大致；大體；差不多。E fairly; almost.

☆ かぎをかけたし犬もいるから、まず泥棒に入られることはないだろう / 上了鎖又有狗看家，小偷大概進不去了吧。

ますい 【麻酔】マスイ 薬などを使って、体の一部または全身の感覚をなくすこと。中 麻醉。E anesthesia.

☆ 全身に麻酔をかけて手術をする / 進行全身麻醉後做手術。

☆ 麻酔から覚める / 從麻醉中醒來。

☆ 麻酔薬 / 麻醉藥。

まず・い マズイ ❶ 味が悪い。おいしくない。中 不好吃；難吃。E don't taste good.

☆ 料理をつくったが、まずくて食べられなかった / 菜做好了，可是難吃得無法下嚥。

対うまい、おいしい

❷ 下手だ。中 拙劣；笨拙；不高明。E poor.

☆ この手紙は文も字もまずい / 這封信的內容和字體都很拙劣。

☆ まずい歌は聞きたくない / 不想聽拙劣的歌。

対うまい、上手

❸ ぐあいが悪い。中 不妙；不合適；不恰當。E awkward; unwise.

☆ この話はほかの人に知られるとまずいから、だれにも言わないでください / 這件事讓別人知道了就不好了，請不要告訴任何人。

▷ 話❸

マスコミ マスコミ〔←マスコミュニケーション(mass communication)〕 新聞やテレビ、ラジオなどを通じて、いちどに多くの人に多くの情報を伝えること。また、その機関。中 大眾傳播；媒體。E mass communication; the mass media.

☆ 世界じゅうのマスコミが今回の首脳会談に注目している / 全世界的媒體都關注著這次的高峰會談。

☆ マスコミが世論をつくることがある / 大眾媒體有時製造輿論導向。

対ミニコミ

ま

まずし・い【貧しい】マズシイ　❶生活に必要な金やものがすこししかない。中 貧窮；窮苦；貧困。E poor; needy.

☆ 家が貧しくて、高校時代からアルバイトをした/因家境貧寒，從高中起便開始打工了。

☆ 着るものも食べるものもない貧しい生活/過著沒得吃沒得穿的貧窮生活。

対 豊か、富む

❷ 少ない。ふじゅうぶんだ。中 貧乏；微薄；少；不充足。E poor; scanty.

☆ 知識が貧しい/知識貧乏。

☆ 貧しい経験/缺乏經驗。

対 豊か

❸ 心が狭い。中 (心胸)狹窄。E narrow-minded.

☆ 他人の成功を喜べないのは心の貧しい証拠だ/不替別人的成功感到高興是心胸狹窄的證據。

対 豊か

マスター (master) マスター　❶店の主人。特に喫茶店やバーなどの経営者。中 店主人；老闆。E an owner; a proprietor.

☆ この店のマスターがいれるコーヒーはおいしい/這家店老闆沖的咖啡很好喝。

対 マダム

❷ 大学院の修士。修士号。中 碩士；碩士學位。E a master; a master's degree.

☆ 政治学のマスターの資格を取る/取得政治學的碩士學位。

❸〔←マスターコース (master's course)〕大学院で修士号を取るための課程。中 碩士課程。E a master's course.

☆ 大学を卒業したらマスターに進むつもりだ/大學畢業後打算繼續攻讀碩士課程。

❹〔～する〕ことばや技術を勉強して、自由に使えるようにすること。中 掌握；精通；學好。E master.

☆ 日本語をマスターして、日本の会社に就職する/把日語學精通後準備去日本公司上班。

☆ ワープロの使い方をマスターした/掌握文書處理機的使用方法。

マスプロ　マスプロ〔←マスプロダクション (mass production)〕　ものの形や質などを同じにして、機械などでいちどにたくさん安い品物をつくること。大量生産。中 成批生產；大量生產。E mass production.

☆ マイクを使ったマスプロ式授業/使用麥克風的大班授課。

☆ マスプロ製品/大規模生產的產品。

ますます　マスマス　数や量や程度が、前よりもっと増えたり減ったりしていくようす。中 越來越；逐漸。E more and more; less and less.

☆ 交通機関の発達で、外国がますます近くなってきた/由於交通發達，與外國變得越來越近了。

☆ 仕事を持つ女性がますます増えてきている/職業婦女越來越多了。

参「だんだん」も似ているが、「ますます」は程度がすこし大きくなったときから始まり、その変化のしかたが「だんだん」より速く大きいときに使う。

まずまず　マズマズ　完全ではないが、かなり満足できるようす。中 還算過得去；還算不錯。E fairly good; not so bad.

☆ はじめてつくったケーキは、形がすこし悪いが、まずまずのできだ/第一次做蛋糕，雖然形狀有點差，但還算過得去。

☆ 試験の結果はまずまずだった/考試的結果還算不錯。

ませ　❶(「いらっしゃる」「おっしゃる」「くださる」「なさる」などの「ます」形について) 相手に対してその動作をするようにと丁寧に希望することを表す。中 懇切地對對方的行為表示期望。

☆ はっきり、おっしゃいませ/Please speak clearly./請講清楚。

☆ しばらくお待ちくださいませ/請稍等一會。

❷ あいさつのことばに使って、ことばの調子を丁寧にする。[中]語氣鄭重。

☆ お帰りなさいませ / Welcome home!; Hello, dear! / 您回來了。

☆ いらっしゃいませ / 歡迎光臨!

▷ [話]

[参]「ます」の命令形。すこしくだけて、「いらっしゃいまし」のように、「まし」と言うこともある。

まぜこぜ マゼコゼ　いろいろなものがいりまじること。[話][中]摻和；混雜；混合。[E] mix up; jumble together.

☆ 本棚にいろいろな種類の本がまぜこぜに並んでいる / 各式各樣的書混雜著放在書架上。

☆ 日本語と英語と中国語を、まぜこぜにして話す / 日語、英語、中文摻雜在一起說。

ま・ぜる【交ぜる・混ぜる】マゼル〔他動一〕

2つ以上のものを一緒にする。また、なにかを他のものに加える。[中]摻和；混合。[E] mix; blend.

☆ 米に麦をまぜて炊く / 把稻米和麥子混在一起煮飯。

☆ いろいろな花をまぜて花束をつくる / 把各種花混在一起綁成花束。

☆ コーヒーと牛乳をまぜる / 把牛奶和咖啡混在一起。

[自動]交じる・混じる

[注] 漢字で書くときは、一緒になってもそれぞれもとの形が残っていたり独立していたりするものは「交ぜる」、もとの形がなくなったり一体になったりしているものは「混ぜる」。

また マタ　❶ 1つのもとから2つ以上に分かれている所。また、そのもの。[中] 分岔。[E] a fork (of a road, tree).

☆ またになっている枝の一方を折る / 把樹枝分岔的那一頭折斷。

☆ ふたまた / 兩岔；分岔。

❷ 足が分かれて出ている所の内側のあたり。[中]股；胯。[E] the crotch; the thigh.

☆ またを開いて体を曲げる / 張開兩腿彎腰。

☆ また下の長いズボン / 褲管很長的褲子。

またにかける　広い範囲で活躍する。[中]活躍於各個地方。[E] all over.

☆ 世界をまたにかけて音楽活動をする / 舉行音樂活動，活躍於全世界。

また マタ　❶ 同じことが繰り返されるようす。[中]又；再；還。[E] again.

☆ また地震が起こった / 又發生地震了。

☆ また、あの人が来た / 那個人又來了。

❷ さらに別のことがあるようす。[中]同時；又。[E] also; as well.

☆ 医者である道子は、またピアニストとして有名だ / 身為醫生的道子也是位名鋼琴家。

❸ ことばの調子をととのえたり、驚きや感心する気持ちを表したりする。[中]究竟；到底；可。[E] ah.

☆ それはまた困ったことだ / 這到底是件麻煩事。

❹ (語句と語句をつないで)それが重なっているときに使うことば。[中]又；也。[E] on; and.

☆ 山また山の道を歩く / 行走在連綿不斷的山路上。

☆ さびしくまた苦しく思われた旅だった / 想起來真是一次又寂寞又辛苦的旅行。

❺ (文と文をつないで) 前にいったことにさらにつけ加えるときに使うことば。[中]又；也；同時。[E] as well as; too.

☆ 京子は生徒にとって、よき教師であり、またよき先輩でもあった / 京子對學生來說既是好老師同時也是好前輩。

❻ (他のことばの頭について)間にほかのものが入っていること。直接でないこと。[中]間接的；非直接的。

☆ またいとこ / a second cousin. / 從堂兄弟(或姊妹)；從表兄弟(或姊妹)。

☆ また聞き / 間接聽來。(→[項目])

まだ　マダ　❶話し手が考えている状態や時期になっていないようす。中尚；還；未。E (not) yet; only.

☆ 手紙はまだとどかない / 信尚未收到。

☆ まだ子供だ / 還是個孩子。

対もう

❷ 前の状態が終わらずに続いているようす。中還；仍然。E still; yet.

☆ 山にはまだ雪がある / 山上還有積雪。

☆ 教室にまだ学生が残っている / 教室裡還有學生留下未走。

対もう

❸ 同じようなものごとがほかにもあるようす。中還。E more; still.

☆ 話したいことは、ほかにもまだたくさんある / 想說的話還很多。

❹ じゅうぶんではない２つのものを比べて選ぶようす。中還；還算；還是。E a little better.

☆ 冬はまだがまんできるが、蒸し暑い夏はがまんできない / 冬天還可以忍受，但悶熱的夏天實在難熬。

☆ このアパートは古くて狭いが、寮よりまだましだ / 這間公寓雖又舊又小，但比起宿舍還算好。

またがし　【又貸し】マタガシ〔～する〕　借りたものを、またほかの人に貸すこと。中轉借；轉租。E lend a borrowed thing to another.

☆ 図書館の本は、また貸しをしてはいけない / 圖書館的書不能轉借他人。

☆ テープをまた貸しする / 轉借錄音帶。

対又借り

またが・る　マタガル〔自動五〕(またがって)

❶ またを開いて乗る。中騎；跨。E ride; sit astride.

☆ 馬の背にまたがって野原を駆ける / 騎馬在原野上奔馳。

❷ ２つ以上の場所、時などにかかわる。中跨越；橫越。E extend over.

☆ 富士山は静岡と山梨の２つの県にまたがっている / 富士山橫跨靜岡和山梨兩縣。

▷ 他動 またぐ

またぎき　【又聞き】マタギキ〔～する〕　話を自分が直接に聞くのではなく、ほかの人を通して聞くこと。中間接聽來。E secondhand information; bearsay.

☆ また聞きだから、正確かどうかわからない / 因為是間接聽來的，不知是否正確。

また・ぐ　マタグ〔他動五〕(またいで)　またを開いてなにかの上を越える。中跨過；跨越。E step over; stride over.

☆ ドアの前で寝ている犬をまたいで外に出た / 跨過睡在門前的狗走了出去。

☆ 隅田川をまたいで橋がかかっている / 架一座橋跨越隅田川。

自動 またがる

またた・く　【瞬く】マタタク〔自動五〕(まばたいて)　❶目を何度も開けたり閉じたりする。まばたく。中眨眼。E blink; wink.

☆ 大きく目を開けて目薬をさしてからまたたいた / 把眼睛睜大滴入眼藥水後再眨眨眼。

❷ 光が強くなったり弱くなったりする。中閃爍；一閃一閃。E twinkle.

☆ 晴れた空に星がまたたく / 星星在晴朗的天空閃爍。

▷ 名 瞬き

またたくま　【瞬く間】マタタクマ　非常に短い時間。中眨眼之間；一瞬間。E in an instant; in the twinkling of an eye.

☆ みんなおなかがすいていたので、料理はまたたく間になくなった / 因為大家都餓了，飯菜瞬間一掃而光。

☆ 学生たちに手伝ってもらったら、仕事がまたたく間に片づいた / 請學生來幫忙，轉眼間工作就做完了。

または　マタワ、マタワ　(語句と語句をつないで)前か後のどちらかを選ぶときに使うことば。中 或者；若不然。E or; either ~ or.

☆ 万年筆またはボールペンで書かなければならない / 必須用鋼筆或原子筆書寫。

☆ 欠席のばあいは、友達に伝えるか、または電話で連絡すること/不能出席的話，要告訴朋友，或打電話聯絡。

→あるいは、もしくは

まち【町·街】マチ ❶ 行政上の１つのまとまり。ちょう。中 町。E a town.

☆ この島には町が２つと村が１つある/這個島上有兩個小城鎮和一個村莊。

❷ 家が多く集まっている地域。中 城；城市；街道。E a city.

☆ いなかから町に来ると、人が多くて驚く/從農村一進城就覺得人多得吃驚。

☆ 港町 / 港都。

対 田舎

❸「❷」の中で、特に商店などが並んでいるにぎやかな区域。中 街；大街。E town; a street.

☆ 街の灯をめざして人々が集まってくる/街燈吸引人們聚集。

☆ 六本木は若者の街だ/六本木是屬於年輕人的街道。

注 ❶❷は「町」、❸は「街」。

まちあいしつ【待合室】マチアイシツ 駅や病院などで、時間や順番などを待つ部屋。中 等候室；候車室；候診室。E a waiting room.

☆ 駅の待合室で、電車が来るのを待つ / 在車站的候車室裡等電車來。

まちあわ·せる【待ち合わせる】マチアワセル、マチアワセル〔他動一〕 時間と場所を決めておいて、２人以上の人が会うようにする。待ち合わす。中 等候；約會。E arrange to meet.

☆ 道子と、あしたの12時に学校の門の前で待ち合わせることにした / 和道子約定明天十二點在校門口碰面。

名 待ち合わせ

まぢか【間近】マジカ、マジカ ある時間や場所に近づいていること。中 臨近；接近；跟前。E near at hand; close up.

☆ 帰国の日が間近なので、忙しい/回國的日子迫在眉梢，所以很忙。

☆ 富士山が間近に見えてきた/富士山近在眼前。

まちがい【間違い】マチガイ ❶ 正しくない結果になること。中 錯誤。E a mistake; an error.

☆ 戦争を始めたのは最大のまちがいだ/開始戰爭是最大的錯誤。

☆ 生徒の文章の字のまちがいを直す/改正學生文章中的錯字。

☆ 言いまちがい / 說錯。

❷ よくないできごと。中 事故；差錯；過錯。E an accident; trouble.

☆ 妻の帰りが遅いが、なにかまちがいがあったのだろうか/妻子晚回家，不知是不是發生了什麼意外。

▷ 自他動 間違う →過ち

まちが·える【間違える】マチガエル、マチガエル〔他動一〕 ❶ やり方が悪くて、正しくない結果を出す。中 弄錯；弄錯；做錯。E make a mistake.

☆ 電話番号をまちがえる / 弄錯電話號碼。

☆ 計算をまちがえる / 計算錯誤。

❷ あることを別のものだと思ってしまう。中 誤會；搞錯；弄錯。E mistake ~ for ··· .

☆ 自分の部屋とまちがえて、となりのドアを開けてしまった/誤以為是自己的房間，把隔壁的房門打開了。

▷ 自動 間違う

まちか·ねる【待ちかねる】マチカネル、マチカネル〔他動一〕 長い間待って、それ以上待てなくなる。中 等得不耐煩。E can't wait any longer.

☆ バスが20分以上も来ないので、待ちかねて歩きはじめた / 等了二十多分鐘公車還不來，等得不耐煩而開始用走的。

☆ 返事を待ちかねて電話で問い合わせた/等不及回音，打電話去詢問。

まちかま・える 【待ち構える】マチカマエル、マチカマエル〔他動一〕 じゅうぶんに準備をして相手などが来るのを待つ。中 做好準備而等待、等候。E be prepared for; be on the watch for.

☆ いい写真をとろうと、チャンスが来るのを待ちかまえている/為了捕捉精彩鏡頭而做好準備等待時機到來。

まちどおし・い 【待ち遠しい】マチドーシイ 早くと望んでいるため、待つ時間が長く感じられる。中 急切等待；盼望。E wait impatiently for; be looking forward to.

☆ 寒い地方では特に春の来るのが待ちどおしい/寒冷地區的人們特別盼望春天到來。

☆ 子供のころはお正月が待ちどおしかった/小時候總盼望過年。

まちにまった 【待ちに待った】 長い間期待して待っていた。中 等了又等；盼望很久。E long-awaited.

☆ きょうは待ちに待ったロケットの打ち上げの日だ/今天是人們盼望已久的火箭升空日。

☆ 山田さん夫婦は結婚して５年目に、待ちに待った子供が生まれた/山田夫婦結婚第五年才盼到了一個孩子。

まちぶせ 【待ち伏せ】マチブセ〔～する〕 相手の来るのを隠れて待つこと。中 埋伏；伏擊；隱蔽起來等候。E lie in wait; an ambush.

☆ 暗い所で待ち伏せして、金をうばう/埋伏在黑暗中突然竄出搶錢。

☆ 曲がり角で待ち伏せをする/埋伏在轉角處。

他動 待ち伏せる

まちまち マチマチ、マチマチ それぞれが違っていて、そろわないようす。中 紛紜；形形色色；各不相同。E different; various.

☆ 意見がまちまちで、相談がなかなかまとまらない/意見各不相同，無法達成協議。

☆ レストランで、みんなまちまちなものを注文した/在餐廳裡，各自點了自己喜歡的菜餚。

まちわ・びる 【待ちわびる】マチワビル、マチワビル〔他動一〕 なかなか来ない人などを心配しながら待つ。中 焦急等待；望眼欲穿。E wait anxiously for.

☆ 家族の帰りを待ちわびる/焦急地等待家人的歸來。

☆ 春が来るのを待ちわびる/急切盼望春天的到來。

まつ 【松】マツ ❶ 葉が１年じゅう緑色で針のように細く、野山に生えたり、庭木として植えたりする木。中 松樹；松木。E a pine (tree).

☆ 庭に松の木を植える/在院子裡種松樹。

☆ 松林/松樹林。

❷ 門松。中 門松(在大門口擺放來迎新年)。E the New Year's pine decorations.

☆ 松が取れる(＝正月が終わる)/過完年了(＝正月結束)。

☆ 松の内/新年之中(正月初七内)。

☆ 松飾り/新年裝飾正門的松枝。

▷ 数 ❶ 1 本

参 冬も葉が緑色をしているので、竹、梅とともに「松竹梅」といって、めでたい木とされている。実は「松かさ」と呼ぶ。

ま・つ 【待つ】マツ〔他動五〕(まって) ❶ ものごとが早く来るのを願いながら時を過ごす。中 等；等候。E wait.

☆ 毎朝バスを待つあいだ新聞を読む/每天早上在等公車時看報紙。

☆ 自分の順番が来るのを待つ/排隊等候叫號。

❷ 相手がどう行動するかがわかるまで、なにもしないで時を過ごす。中 等待。E wait and see.

☆ 今後どうするかは実験の結果を待って決めよう/今後怎麼做，等實驗結果出來後再決定吧。

☆ 相手の出方を待つ / 等對方的態度。

❸ (「～に待つ」の形で) ～に期待をする。～を必要とする。中 期待；指望。E depend on; rely on.

☆ この計画の成功は、みんなの協力に待つところが大きい / 這個計畫的成功與否，主要靠大家的協助。

▷ 書❸

-まつ【-末】 (時を表すことばについて)終わり。終わりに近い。中 (表示時間) 末。

☆ 学期末 / the end of a term. / (學) 期末。

☆ 年度末 / 年度末。

☆ 世紀末 / 世紀末。

☆ 年末 / 年末。(→ 項目)

まっ-【真っ-】 (名詞、形容詞について)完全にそうだ、本当にそのとおりだということ。中 完全；真。

☆ 真っ白い / 雪白；雪白的。

☆ 真っ赤 / 通紅；鮮紅。(→ 項目)

☆ 真っ青 / 深藍；蔚藍；臉色) 蒼白。(→ 項目)

☆ まっぱだか(= 完全なはだか) / 赤裸身體；全裸 (= 全身裸著)。

☆ まっぷたつ / right in half. / 一半；對半。

参「真」を強めた形。ア行、カ行、サ行、タ行、ハ行の音で始まることばにつく。また、「はだか」「ふたつ」などの「は」「ふ」は「まっ」がつくと「ぱ」「ぷ」になる。

まっか【真っ赤】マッカ ❶非常に赤いようす。中 通紅；鮮紅。E deep red; crimson.

☆ ビールを1杯飲んで真っ赤になる / 一杯啤酒下肚，滿臉通紅。

☆ 真っ赤になって怒る / 氣得滿臉通紅。

☆ 真っ赤な夕日 / 通紅的夕陽。

❷ まちがいなくそのとおりであるようす。中 純粹；完全。E out-and-out; downright.

☆ 500年前の茶碗だと言って買わされたが、真っ赤な偽物だった / 買下說是五百年前的茶杯，原來竟是假貨。

☆ 真っ赤なうそ / 一派胡言。

まつげ マツゲ まぶたのふちにある毛。中 睫毛。E eyelashes.

☆ 涙にぬれたまつげ / 眼淚弄濕了眼睫毛。

☆ 長いまつげ / 長睫毛。

数 1本 →目 図

マッサージ (massage) マッサージ〔～する〕手のひらや指で体をもんだりさすったりして、血液の流れをよくし、かたくなった筋肉をやわらかくすること。中 按摩；推拿。E a massage.

☆ 働きすぎて疲れた体をマッサージしてもらう / 因工作過度而疲勞，而請人按摩。

☆ 顔のマッサージをする / 按摩臉部。

まっさお【真っ青】マッサオ ❶非常に青いようす。中 蔚藍；深藍。E deep blue.

☆ 台風が去って、真っ青な空がひろがった / 颱風過後，天空一片蔚藍。

☆ 真っ青な海 / 深藍色的大海。

❷ ひどく驚いたりこわかったりして、顔の血の色がなくなるようす。中 臉色蒼白。E deadly pale.

☆ 田中さんは家が火事だと聞いて、真っ青になって帰っていった / 田中先生聽說家裡失火，嚇得臉色蒼白地急忙趕回去了。

まっさき【真っ先】マッサキ、マッサキ いちばん先であること。中 最先；首先；最前面。E first; the head.

☆ ドアが開くと真っ先に電車に乗る / 一開門搶先搭上電車。

☆ 列の真っ先に立つ / 站在隊伍的最前面。

まっしぐら マッシグラ 目的に向かって、まっすぐに勢いよく進んでいくようす。中 一直猛進；勇往直前。E at full speed; at breakneck speed.

☆ 飼い主が呼ぶと、犬はまっしぐらに走ってきた / 主人一叫，小狗直衝了過來。

ま

☆ 出世コースをまっしぐらに進んできた一郎は、10年後には重役の地位についた/在升遷上一帆風順的一郎，十年後終於登上了董事的職位。

まっしょうてき【末梢的】マッショーテキ
だいじな部分から離れていて、重要でないようす。書 中 細節(的)；細小(的)。E trivial; trifling.
☆ 受付をだれがするか、マイクはどうするかなど末梢的な問題は後にして、まず講演会のテーマを検討しよう/誰負責接待或麥克風怎麼用等等的細節問題以後再說，首先討論一下演講的主題。
☆ 末梢的なことにこだわる/拘泥於枝節小事。
対 根本的

まっすぐ【真っすぐ】マッスグ ❶曲がっていないようす。中 直；筆直；不彎曲。E straight.
☆ この道は駅までまっすぐに続いている/這條路直通車站。
☆ まっすぐな線/直線。
❷ どこへも寄らないようす。中 一直；不繞路。E directly.
☆ この飛行機はまっすぐパリへ行く/這架飛機直飛巴黎。
☆ 会社からまっすぐに帰る/從公司直接回家。
❸ 人の心がすなおで正しいようす。中 正直；耿直；直率。E upright; honest.
☆ 道子はまっすぐな性格だから、話をしていて気持ちがいい/道子性格耿直，和她說話感覺很好。

まったく【全く】マッタク、マッタク
❶ 完全に肯定するようす。中 實在；真；簡直。E really; indeed.
☆ 今年の夏はまったく暑くて、すわっていても汗が出てくる/今年夏天實在太熱了，坐著不動也會出汗。
☆ となりの犬は夜中に鳴くので、まったく困ったものだ/隔壁那隻狗半夜嚎叫，簡直拿牠沒辦法。
☆ まったくの事実/完全是事實。
❷ (「まったく～ない」の形で) 完全に～ない。すこしも～ない。中 完全不；全然不。E not at all; not in the least.
☆ コンピューターのことはまったくわからない/對電腦一竅不通。
☆ この色はわたしにはまったく似合わない/這種顏色一點也不適合我。

まつたけ マツタケ キノコの一種。赤松の林に生え、かおりがよく、秋の食べ物の代表とされる。中 松茸。E a *matsutake* mushroom.
☆ すきやきにマツタケを入れる/壽喜燒裡放點松茸。
☆ マツタケごはん/松茸飯。
数 1本
二 注 漢字で書くときは「松茸」。

まったん【末端】マッタン ❶いちばんはしの部分。中 末端；尖端；盡頭。E the end; the tip.
☆ 髪の毛の末端まで白くなる/一直白到頭髮的末端。
対 中央
❷ 組織の中心からいちばん遠い部分。中 基層。E the lowest levels; the end ～.
☆ 中央の方針が末端にまでなかなか伝わらない/中央的方針很難傳達到基層。
☆ 末端価格/零售價；最後價格。
対 中央、中心

マッチ (match) マッチ ❶先に薬のついた細い木をすって、火をつくるもの。中 火柴。E a match.
☆ マッチをすって、タバコに火をつける/劃火柴點菸。
☆ マッチ箱/火柴盒。
☆ マッチ棒/火柴棒。
❷ 試合。中 比賽；競賽。E a match.
☆ マッチポイント/(決定勝負的)最後的一分。
☆ タイトルマッチ/錦標賽。

❸〔～する〕２つ以上のものの色や形などが、たがいによく合って好ましい状態であること。中調和；相稱；協調。E match; go with.

☆ スカートとコートの色がよくマッチしている／裙子和上衣的顏色很配。

☆ まわりの景色にマッチした建物／和周圍景色非常協調的建築物。

▷ 数❶１本・１箱

まっちゃ【抹茶】マッチャ　質のいい緑茶を粉にしたもの。また、それに湯を入れて飲む飲み物。中日式綠茶；抹茶。E powdered tea.

☆ 抹茶をたてて、和菓子と一緒にいただく／沏抹茶和日式點心一起品嚐。

数１杯・１缶

参 多く茶道に使う。茶碗に入れて湯をそそぎ、茶筅という道具でかきまぜ、泡を立てたものを飲む。

まっとう・する【全うする】マットースル〔他動する〕　最後まで完全にやり終える。書中做完；完成。E accomplish; fulfill.

☆ 二郎は海外での仕事をまっとうして、あす帰国する／二郎完成了海外的工作，準備明天回國。

☆ 責任をまっとうする／盡到責任。

まつばづえ【松葉づえ】マツバズエ　足の不自由な人が体を支えるために使うつえ。中丁字拐；拐杖。E a crutch.

☆ スキーで足を痛めて、松葉づえをついて歩く／滑雪摔傷了腳，拄著拐杖走路。

数１本　→つえ図

まっぴら　マッピラ　絶対にいやだというようす。話中完全；絕對。

☆ 寒いのは嫌いだから、スキーに行くなんてまっぴらだ／I hate cold, and I wouldn't go skiing for anything.／因為我怕冷，所以絕對不去滑雪。

まつり【祭り】マツリ　❶神に供え物などをして霊を慰め、祈る儀式。その日に行ういろいろな行事。また、その日。中祭祀；祭奠；祭日；廟會。E a festival; a fete.

☆ 近くの神社から祭りの太鼓が聞こえてくる／從附近神社傳來節慶的鼓聲。

☆ 秋祭り／祭秋節；秋祭。

☆ 花祭り／祭花節；花祭。

❷祝いや記念、宣伝などのために行う、にぎやかな行事。中節；節日；紀念儀式。E a festival; a gala.

☆ 東京祭り／東京節。

☆ 桜祭り／櫻花節。

▷ 他動祭る

まつわりつ・く　マツワリツク〔自動五〕(まつわりついて)　くっついて離れようとしない。まとわりつく。中纏；纏住。E follow about; cling to.

☆ ３歳の弟は、出かけようとする父にまつわりついて離れない／三歲的弟弟纏著要出門的父親不放。

☆ 丈の長い服は、すそが足にまつわりついて歩きにくい／尺寸長的服裝，下襬纏著腳不好走路。

まで　❶場所、時間、量の限界を表す。中(表示場所、時間、量的界限)到；到達。

☆ 京都まで行く／go to Kyoto.／到京都去。

☆ 朝から夜中まで働く／從早上開始工作到三更半夜。

☆ 食事は１日2000カロリーまでにしなさい／一天不要攝取超過兩千大卡的熱量。

対から

❷程度の限界を表す。中表示到……程度。

☆ 動けなくなるまでがんばるぞ／I will go on till I can move no more.／要努力到動不了為止。

☆ わかるまで何度も説明しよう／一直重複說明到理解為止。

❸そこまでおよんだことに驚く気持ちを表す。中(表示極端的情況)甚至於；連……都。

☆ 妹にまでばかにされるとは思わなかった／

I never imagined that I would be made fun of even by my younger sister. / 真沒想到連妹妹都當我是傻瓜。

☆ 母さんまでそんなふうに思っていたのか/沒想到連母親都那麼認為。

❹ もうこれで終わりということを表す。中 到…為止。

☆ きょうの授業はこれまでにします / That's all for today's class. / 今天的課到此為止。

対 から

❺ (「～までもない」の形で) その必要はないということを表す。中 無需；沒有必要。

☆ 比べるまでもなく、兄のほうが強い / There's no need to compare, but the older brother is stronger than his younger brother. / 不用比，哥哥比弟弟強。

❻ その範囲のものだと限定することを表す。手紙の最後に使う慣用的な言い方。中 表示限定範圍。在信的最後用的慣用說法。

☆ 以上、お知らせまで / That's all. Just to let you know. / 特此通知。

☆ まずは、御礼まで / 謹此表示謝意。

▷ 書❻

まと 【的】マ̅ト̅　❶ 矢、弾などを当てる目標。中 標的；靶子。E a mark; a target.

☆ 弾が的の中心に当たる / 子彈擊中靶心。

☆ 矢で的を射る / 用箭射靶。

❷ なにかをするときの対象になるもの。中 對象；目標。E an object; a target.

☆ A 先生は村の人たちの尊敬の的である / A 先生是全村人所尊敬的對象。

☆ 差別発言をした大臣は攻撃の的となった/部長的歧視性發言，成了被攻擊的目標。

☆ 的をしぼる / 目標集中。

的を射る　たいせつな点をつかむ。中 抓住重點。E be to the point; relevant.

☆ 的を射た、いい質問だ/抓住重點處的好問題。

まど 【窓】マ̅ド　光を入れたり空気を出し入れしたりするために、壁や屋根に開けた部分。ふつう、ガラスが入っている。中 窗；窗戶。E a window.

☆ 窓を開けて、外の空気を入れる / 打開窗戶，讓外頭的空氣進入。

☆ 窓ガラス / 玻璃窗。

☆ 天窓 / 天窗。

数 1 枚　→家図

まどぎわぞく 【窓際族】マドギワ̅ゾ̅ク　肩書きは与えられているが、あまりたいせつな仕事はまかされなくなったサラリーマン。中 被冷落的公司職員；在窗邊坐冷板凳的人們。E an office worker who is given little work to do as a form of indirect pressure to retire.

☆ 30 年間勤めたが、いまは窓ぎわ族になってしまい、毎日がつまらない / 在公司工作了三十年，現在被打入冷宮，每天無事可做。

参 この人たちの机が窓ぎわにあるばあいが多いことからつけられた。

まどぐち 【窓口】マド̅グ̅チ　❶ 金を扱う所や役所などで、窓やカウンターを通して金や書類の受け渡しをする場所。また、その係。中 窗口。E a window.

☆ 役所の外国人登録の窓口で手続きをする/在區公所的外國人登記窗口辦理登記手續。

☆ 郵便局の窓口 / 郵局的窗口。

❷ 連絡や交渉などを直接するための場所。また、その係。中 服務窗口。E a window; a person in charge.

☆ 話し合いのための窓口をつくる / 設置一個協商服務窗口。

☆ 洋子が受験相談の窓口になる / 洋子擔任考試諮詢服務的窗口。

まと・める マ̅ト̅メル〔他動一〕　ばらばらになっているものを、1 つのものにする。中 整理；總結；匯總。E collect; gather together; complete.

☆ 荷物はみんなまとめて、ここに置いてく

ださい / 行李整理好之後，請放在這裡。

☆ 今月中に論文をまとめる / 這個月底前把論文整理好。

[名]まとめ [自動]まとまる

まとも マトモ ❶正面から向かうようす。[中]正面。[E] directly; straight.

☆ トラックにまともにぶつかったのだから、助かるはずがない / 和卡車正面相撞，肯定沒救了。

☆ ２度も留年して、親の顔をまともに見られない / 留級二次，實在沒臉見父母。

❷ きちんとしていて、特に変なところのないようす。[中]正常；正經；規規矩矩。[E] normal; honest.

☆ まともな神経では通勤ラッシュに耐えられない / 是正常人的話，就無法忍受上下班尖峰期的擁擠。

まどろっこし・い マドロッコシイ 手間がかかって、遅い。まだるい。まどろっこい。まだるっこい。[話][中]遲緩；磨蹭。[E] tedious; slow-going.

☆ 郵送ではまどろっこしいから、すぐ持っていきます / 因郵寄太慢，所以馬上送去。

まどわ・す 【惑わす】マドワス〔他動五〕(まどわして) 正しい判断力を失わせる。[中]蠱惑。[E] mislead; delude.

☆ 大金は人の心を惑わして、その人生を変えてしまうことがある / 金錢有時會蠱惑人心，改變其人生。

☆ 流行に惑わされる / 為時尚所迷惑。

[自動]惑う

まないた マナイタ、マナイタ 包丁でものを切るときに下に置く、木やプラスチックの台。[中]砧板；切菜板。[E] a cutting board.

〔まないた〕

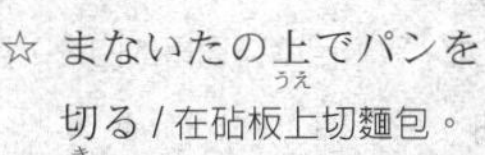

☆ まないたの上でパンを切る / 在砧板上切麵包。

☆ まないたを洗って水を切る / 清洗砧板把水瀝乾。

[数]１枚

まないたの(上の)こい[鯉] どうされてもしかたないとあきらめて、静かにしている人。[中]俎上之魚；任人宰割。[E] a person who is entirely left to his fate.

☆ まないたのこいの気持ちで手術台に上る / 抱著任人宰割的心情，上了手術台。

まなざし マナザシ、マナザシ なにかを見る、目の表情。[書][中]眼神；目光。[E] a look.

☆ やさしいまなざしで人を見る / 用慈祥的目光看人。

☆ 鋭いまなざし / 敏銳的眼神。

まな・ぶ 【学ぶ】マナブ〔他動五〕(まなんで) 見たり聞いたり考えたりして、知識や技術などを身につける。[中]學；學習。[E] study; learn.

☆ 経済学を学ぶために日本に来た / 為研究經濟學而來到了日本。

☆ わたしは父を見て、その生き方を学んだ / 我看著父親，學習他的生活方式。

[対]教える

まにあ・う 【間に合う】マニアウ〔自動五〕(まにあって) ❶決まった時間に遅れずにすむ。[中]趕得上；來得及。[E] be in time.

☆ 走ったので授業に間に合った / 因為用跑的，所以上課沒遲到。

☆ 急がないと飛行機に間に合わない / 不快點的話，就趕不上飛機了。

❷ その場の必要を満たす。たりる。[中]夠用；過得去。[E] be enough; make do with.

☆ あしたの旅行は、２万円あれば間に合うだろう / 明天的旅行有兩萬日圓就差不多夠用了吧。

まぬか・れる 【免れる】マヌカレル〔他動一〕 悪いことを身に受けないですむ。まぬがれる。[中]免；避免。[E] escape; avoid.

☆ 電車は急ブレーキをかけて止まったの

で、大事故を免れた / 由於電車緊急煞車，而避免了一次重大的事故。

☆ 責任を免れてほっとする / 被免除了責任，總算安下心。

まぬけ【間抜け】マヌケ　ばかげた失敗をすること。また、その人。中 糊塗蟲；笨蛋；愚蠢。E stupid; foolish.

☆ 自転車のかぎをなくして引っぱって帰るとは、きみも間抜けだね / 把腳踏車鑰匙弄丟了，推車回家，你也真糊塗。

☆ 買ったものを店に忘れてきた間抜けなわたし / 把買好的東西忘在店裡沒拿回家，我真是笨蛋。

まね　マネ　❶〔～する〕まねること。中 模仿。E (an) imitation.

☆ 先生のまねをして発音する / 模仿老師的發音。

☆ 親のまねをする子供 / 模仿父母的孩子。

❷ ふるまい。行い。中 舉止；動作；行為。E an action; behavior.

☆ 妹のケーキを取るなんて、ひどいまねはよしなさい / 請不要做搶妹妹點心的過分行為。

☆ ばかなまねをする / 做愚蠢的行為。

▷ 話❷　他動 まねる

マネージャー (manager) マネージャー、マネージャー　❶ 店や会社などで、仕事を指図したり取り締まったりする人。支配人。中 經理。E a manager.

☆ 叔父はAホテルのマネージャーをしている / 叔叔是A飯店的經理。

❷ 学校の運動部やスポーツクラブなどで、選手やチームの世話をする人。中 管理人；總管；經理。E the team's caretaker.

☆ 野球部のマネージャーは、チームの食事や試合の連絡などで忙しそうだ / 棒球隊的經理負責隊裡的伙食，對外聯絡，比賽等工作，看起來很忙碌。

❸ 芸能人の予定を決めたり、世話をしたりする人。中（藝人的）經紀人。E an agent.

☆ 歌手のマネージャーとして、劇場と交渉をする / 歌手的經紀人要負責與劇場交涉。

まね・く【招く】マネク〔他動五〕(まねいて)

❶ 手で、こちらへ来るようにという合図をして、自分のそばに呼ぶ。中 招；招呼。E beckon.

☆ 客を部屋に招き入れる / 招呼客人進屋。

❷ 客として呼ぶ。中 招待；邀請。E invite.

☆ おおぜいの友達を招いて新年を祝った / 邀請很多朋友到家裡來歡慶新年。

☆ 友達の結婚式に招かれる / 應邀參加朋友的婚禮。

❸ 能力のある人を、仕事をしてもらうために呼ぶ。中 招聘；聘請。E call in; engage.

☆ 専門家を招いて戦争の見通しを聞いた / 聘請專家講述戰爭的動向。

☆ 副社長として田中氏を招く / 聘請田中先生為副總經理。

❹ よくない結果をひきおこす。中 招致；惹。E cause; bring about.

☆ 車のスピードの出しすぎが事故を招いた / 車子速度太快導致發生車禍。

☆ 世間の疑惑を招く / 遭受世人的懷疑。

☆ 誤解を招く / 引起誤解。

▷ 名 招き

ま・ねる　マネル〔他動一〕ほかのものと同じになるようにする。中 學；模仿；仿效。E imitate; copy.

☆ 先生の発音をまねて発音する / 學老師發音。

☆ 動物の鳴き声をまねる / 模仿動物的叫聲。

名 まね

まのあたり【目の当たり】マノアタリ、マノアタリ　自分の目の前。また、カメラなどを通さずに直接に。中 眼前；親眼。E with one's own eyes.

☆ 交通事故を目の当たりにして事故の恐ろしさを知った / 親眼目睹交通事故的慘，了解了事故的可怕。

☆ 宇宙飛行士は目の当たりに見る地球の美しさに感動した/太空人親眼看見美麗的地球而深深感動。

まばたき マバタキ〔～する〕 すばやく目を閉じたり開けたりすること。またたき。[中]眨眼。[E] a blink; a wink.

☆ カーテンを開けながら、朝日のまぶしさにまばたきをした/一邊拉窗簾，一邊被早上耀眼的陽光刺得眨眼。

☆ まばたきもせずじっと見つめる/目不轉睛地凝視著。

[自動]まばたく

まばゆ・い マバユイ 光が強くて、目を大きく開けていられないほどだ。[書][中]耀眼。[E] dazzling; blinding.

☆ まばゆい夏の太陽が照りつける/耀眼的夏日陽光照射大地。

☆ パーティー会場にはまばゆいほどの電灯が輝いている/宴會廳的燈光非常耀眼。

まばら マバラ 間を空けて、人やものがすこしだけいたり、あったりするようす。[中]稀；稀疏；稀稀落落。[E] only a few; sparsely.

☆ 朝夕は通勤客でこんでいる電車も、昼間は人がまばらだ/早晚因上班族而十分擁擠的電車在中午時乘客也稀疏。

☆ 木がまばらに生えている林/樹木稀疏的樹林。

まひ 【麻痺】マヒ、マヒ〔～する〕 ❶ 神経の働きが悪くて、感覚がなくなったり、体を動かせなくなったりすること。[中]麻痺。[E] be paralyzed; be numbed.

☆ 脳の病気の後、右半身がまひし歩けなくなった/由於腦疾引起右半身麻痺，而無法走路。

☆ 感覚がまひする/感覺麻木。

☆ 心臓まひ/心臟麻痺。

❷ なにかが正常に動かなくなること。[中]麻痺；癱瘓；失靈。[E] be paralyzed; be dead.

☆ 車が非常にこんで道路がまひ状態だ/道路因車子壅塞，交通呈現癱瘓狀態。

☆ 良心がまひする/喪失天良。

まび・く 【間引く】マビク〔他動五〕(まびいて) ❶ つまって生えている野菜や木などの苗を、よく育てるために間をおいて抜き取る。[中]間苗；間拔。[E] thin out.

☆ 若い木を間引いて、いい杉林をつくる/清除樹間的小樹苗，培育好杉樹林。

❷ 本来あるはずのものを省く。[中]省略原本應有的。[E] reduce.

☆ 客の少ない時期には電車を間引いて運転する/在客流量少的時候，減少電車行駛的班次。

▷ [名]間引き

まぶし・い マブシイ ❶ 光が強くて、目を開けていられない。[中]耀眼；刺眼。[E] dazzling; blinding.

☆ 空を見上げたら、太陽の光がまぶしくて、思わず目を閉じた/抬頭一看天空，陽光耀眼，不由自主地閉上了眼睛。

☆ 夜の野球場はまぶしいほど明るい照明で照らされている/晚上棒球場被耀眼的燈光照得通明。

❷ 相手が非常に立派だったり美しかったりして、まっすぐ見られない感じだ。[中]光輝耀眼；光彩奪目。[E] radiant; dazzling.

☆ すべての欲を捨てて、研究に打ちこんでいる姿がまぶしい/捨盡塵俗，潛心研究的身姿光彩奪目。

☆ まぶしいほどの美人/光彩奪目的美人。

まぶた マブタ 目を上下からおおう皮膚。[中]眼瞼；眼皮。[E] an eyelid.

☆ まぶたを閉じると、母の顔が浮かんでくる/一閉上眼，母親的臉就浮現在前。

☆ まぶたが重くなる(＝眠くなる)/眼皮沉重(＝睏了，想睡覺)。

☆ 下まぶた/下眼皮。

→目[図]

マフラー (muffler) マフラー ❶首に巻く、長方形の布や、毛糸であんだもの。中圍巾。E a muffler.

☆ 寒い朝はマフラーを巻いて出勤する/寒冷的早晨繫上圍巾去上班。

❷ オートバイや自動車などの排気音を小さくする装置。中汽車等的消音器；滅聲器。E a muffler; a silencer.

☆ マフラーをはずしたオートバイが騒音を立てて走りまわる/拆掉消音器的摩托車，帶著刺耳的噪音在街上來回奔馳。

▷ 数❶1枚

まほう 【魔法】マホー ふつうでは考えられない不思議なことをする技。中魔法；魔術。E magic; sorcery.

☆ 空飛ぶ魔法のじゅうたんで世界じゅうをまわりたい/我想乘坐空中魔毯周遊世界各地。

☆ 魔法使い/a magician; a witch; a wizard. /魔法師。

まぼろし 【幻】マボロシ ❶本当はないのに、あるように見えるもの。中幻；幻影。E a vision; an apparition.

☆ 戦争に行っている恋人の幻を見て、思わず名前を呼んだ/夢見去參戰戀人的身影，不由得喚起了他的名字。

☆ いま見ているのは夢か幻か/如今所見如夢似幻。

❷ 実際にあるといわれているのに、見た人がいないもの。中虛幻。E a phantom; an illusion.

☆ ネス湖には幻の怪物「ネッシー」がいると信じられていた/在尼斯湖裡被認為住有一隻尚未發現的水怪「尼斯」。

まま ママ ❶ものごとがそうなるようにさせておくこと。中一如原樣；原封不動；仍舊；照舊。

☆ 地球上の CO_2 を、増えるままにしておいてはいけない/絕對不能放任地球上的二氧化碳，繼續增加。

☆ 病人の望むままにさせる/let a sick person do as he wants. /讓病人做他自己希望的事。

❷ なにかを変えないで、そのときの状態にしておくこと。中按照…那樣；如實地；據實。

☆ 自分が見たままを絵にかいた/將自己所見如實地畫下。

☆ 靴のままで入ってください/Please come in with your shoes on. /請穿著鞋進來。

ままにならない 思うようにならない。不自由だ。ままならぬ。中不能隨心所欲。E have trouble in ～.

☆ 仕事がなくて、生活費もままにならない/失去工作，生活也非常拮据。

ママ (mama) ママ ❶母。また、子供が母親に呼びかけることば。お母さん。中媽媽；母親。E mom; mommy.

☆ ぼくのママは走るのが速いんだよ/我媽媽跑得很快唷!

☆ ママ、おなかすいたよ/媽媽，我餓了啦。

対パパ

❷ 酒場の女主人。中 酒店或餐廳的女老闆。E a bar proprietress.

☆ あのバーのママは人気がある/那個酒吧的女老闆很有人緣。

まみ・れる マミレル〔自動一〕 きたないものが、一面につく。中沾滿全身。E be covered with; be smeared with.

☆ 激しい運動をして汗とほこりにまみれた/做激烈運動，弄得渾身是泥和汗。

☆ 泥にまみれたシャツ/沾滿泥巴的襯衫。

まめ 【豆】マメ ❶食べるためにつくったマメ科の植物の種。特に大豆をさすこともある。中豆；大豆；黃豆。E a bean; a soybean.

☆ 豆ごはん/豆飯。

☆ 豆まき/(立春前日)撒豆驅邪招福。

☆ 枝豆/毛豆。

❷「❶」の形をしていて、手や足のこすれる

所にできる、水のたまったもの。中 泡；水泡。E a blister.

☆ 靴が合わなくて、足にまめができた / 鞋子不合腳，而磨出了水泡。

☆ まめがつぶれて痛い / 水泡破了很疼。

❸ (他のことばの頭について)小さい。中 小；小的。

☆ 豆台風 / 小型颱風。

☆ 豆電球 / a miniature bulb. / 小燈泡。

☆ 豆博士 / 小博士。

二 注 ❷はひらがなで書く。

まめ マメ どんなことも面倒だと思わずに進んでするようす。中 勤快；認真。E diligent; good.

☆ 父はとてもまめな人で、家事も趣味もうまくこなす / 父親很認真，無論家事或個人嗜好都做得有模有樣。

☆ 手紙の返事をまめに書く / 認真回信。

対 無精・不精

まもなく【間もなく】マモナク、マモナク あまり時間がたたないあいだに。中 不久；一陣子。E soon; before long.

☆ 父はまもなく帰ってきますから、ここでお待ちください / 父親待會兒就回來，請在這裡等一下。

まも・る【守る】マモル〔他動五〕(まもって)

❶ 悪いことが起きないように防ぐ。中 守；保衛；守衛。E protect; defend.

☆ 車の事故から身を守るために、シートベルトをしめる / 為了避免發生車禍，而繫上安全帶。

☆ 敵の攻撃から国を守る / 抵抗敵人的攻擊來保衛祖國。

対 攻める

❷ ある状態をそのまま続ける。また、きまりなどにしたがう。中 遵守；格守。E keep; obey.

☆ 平和を守る / 保衛和平。

☆ 約束を守る / 遵守諾言。

対 破る ▷ 名 守り

まやかし マヤカシ、マヤカシ 人の目をごまかそうと、本当らしく見せること。また、そのもの。中 欺騙；誆騙；贗品。E a fake; a counterfeit.

☆ 有名な商品に似ているが、これはまやかしのものだ / 雖很像名牌，但其實是贗品。

☆ 大学教授だと言っていたが、まったくのまやかしだった / 自稱是大學教授，完全是欺人之語。

まやく【麻薬】マヤク 感覚をなくさせたり、酔ったような心持ちにさせたりする、習慣性のある薬。ヘロイン、コカインなど。中 麻藥，毒品。E a drug, a narcotic.

☆ 麻薬から抜けられない / 吸食毒品，而無法自拔。

☆ 麻薬患者 / 吸毒者。

☆ 麻薬中毒 / drug addiction. / 吸毒成癮。

まゆ マユ 目の上の、弓の形に生えている毛。中 眉毛。E an eyebrow.

☆ まゆをつり上げる / 揚眉。

☆ まゆを開く(=心配ごとがなくなる)/ 舒眉；展眉；心情舒展起來；安下心來(＝擔心的事情沒有了)。

☆ まゆ墨 / an eyebrow pencil. / 眉筆。

☆ まゆ毛 / 眉毛。

→顔、目 図

まゆにつばをつける だまされないように用心する。中 提高警惕。E be on one's guard.

☆ あいつはよくうそをつくから、この話もまゆにつばをつけて聞いておこう / 那小子老是說謊，所以那個消息不能當真，聽聽就好！

似た表現 まゆつば

まゆをひそめる 心配ごとや不快なことのために、まゆを寄せる。中 皺眉。E knit one's brows; frown.

☆ 父の病気は治らないかもしれないという

ま

医者の話を、母はまゆをひそめて聞いた/母親皺著眉頭聽醫生說父親的病也許治不好了。

似た表現 まゆを曇らせる[す]

まゆつばもの マユツバモノ 本物かそうでないか、だまされないように用心が必要なもの。中 不可輕信的事物。E a fishy story.

☆ 江戸時代の絵だから価値が高いと画商は言うが、どうもまゆつばものだ/畫商說這是江戶時代的畫很值錢，但總覺得不可輕信。

まよ・う【迷う】マヨウ〔自動五〕(まよって)

❶ 行く方向がわからなくなる。中 迷；迷失。E get lost; be lost.

☆ 駅へ行く途中、道に迷って、30分も歩きまわった/去車站途中迷了路，繞了三十分鐘的路。

❷ どうしたらいいのかがわからなくなる。中 猶豫；躊躇。E be puzzled; cannot decide.

☆ どの辞書が使いやすいのか、買うときに迷った/不知哪本字典好用，所以買的時候猶豫不決。

❸ 心をうばわれて正しい判断ができなくなる。中 迷戀；貪迷。E be tempted.

☆ 金に迷って、わいろを受け取った/由於貪戀錢財，而收受了賄賂。

▷ 名 迷い

マヨネーズ (フ mayonnaise) マヨネーズ 卵の黄身に、酢、塩、サラダ油などをまぜ合わせてつくったソース。野菜や魚にかけて食べる。中 美乃滋。E mayonnaise.

☆ ジャガイモをマヨネーズであえて、サラダにする/馬鈴薯拌上美乃滋，做成沙拉。

マラソン (marathon) マラソン ❶ 陸上競技で、42.195キロを走る競走。中 馬拉松；長途賽跑。E a marathon.

☆ オリンピックのマラソンに出るのが夢だ/參加奧運馬拉松比賽是我的夢想。

☆ マラソンコース/馬拉松比賽路線。

❷ 長い時間や期間をかけてする仕事や行事。中 馬拉松式的；長時間的。E a marathon (concert).

☆ チャリティーのための24時間マラソンコンサートを開く/為慈善義演，舉辦二十四小時馬拉松音樂會。

まる【丸】マル ❶ 円の形。中 圓形；圈。E a circle.

☆ 砂の上に丸をかく/在沙子上畫圓圈。

☆ 写真の顔を丸でかこむ/照片上的臉用圓圈圈起來。

❷ 欠けていない全体。中 完整；整個。E whole.

☆ 芋を丸のまま煮る/將整個蕃薯連皮煮。

☆ リンゴを丸ごと食べる/(不切也不削皮)蘋果整個連皮啃。

❸ 文の終わりにつけるしるし。句点。記号は「。」。中 句號。E a period; a full stop.

☆ 文の終わりには必ず丸をつけなさい/句尾一定要劃上句號。

❹ 正しいものや肯定することにつけるしるし。記号は「○」。中 (打)圓圈；圈號(表示正確或肯定)。E a circle (mark used as an affirmative reply).

☆ 正しい答えに丸をつける/在正確答案上畫圈。

対 ばつ

❺ (他のことばの頭について) 完全な。まったくの。中 完全；整。

☆ 丸2年間/for two whole years./整整兩年。

☆ 丸暗記/死記硬背。

☆ 丸見え/完全看得見。

❻ (他のことばの後について) 船や人、刀などの名前を表す。中 ～號；名稱。

☆ 第五福竜丸/The Fifth Fukuryu Maru./福龍五號船。

☆ 牛若丸/牛若丸(源義經的小名)。

まる・い【丸い・円い】マルイ ❶ 平面的な円の形をしている。中 圓；圓形。E round; circular.

☆ まるいテーブルをかこんですわる/圍著圓桌坐。

☆ まるい輪を描く/畫圓圈。

❷ 立体的な球の形をしている。中球形。E spherical; round.

☆ 地球はまるい/地球是圓的。

☆ 年をとって背中がまるくなった/上了年紀，背駝了。

❸ 穏やかだ。円満だ。中圓滿；妥善；和藹。E amicable; amiable.

☆ けんかがまるく収まってよかった/妥善解決了爭執，太好了。

☆ だれとでも仲よくできるまるい人柄の人/與誰都能處得好，為人圓融的人。

注 漢字で書くときは、❶❸は「丸い」「円い」、❷は「丸い」。

まるだし【丸出し】マルダシ 隠さないで、全部出すこと。中全部露出；完全暴露。E bare; exposed.

☆ 幼児が下半身丸出しで走りまわっている/幼兒赤裸著下半身來回的跑著。

☆ 歯を丸出しにして笑う/張嘴露牙大笑。

まるっきり マルッキリ ❶ まったくその状態であるようす。中完全；簡直。E entirely; completely.

☆ きのうの数学の試験はまるっきりだめだった/昨天的數學考試簡直考得糟透了。

☆ まるっきりのしろうと/完全是個外行。

❷ (「まるっきり〜ない」の形で)まったく〜ない。完全に〜ない。まるきり。中完全不；全然不；根本不。E absolutely not; not at all.

☆ すこし習った中国語も上海ではまるっきり通用しなかった/學了一點中文在上海一點也沒派上用場。

参「まるで」も似ているが、「まるっきり」のほうが強い気持ちが入っている。

まるで マルデ ❶ (「まるで〜ようだ」の形で)すべての点で似ているようす。中好像；就像〜一樣；宛如。E just like; just as if.

☆ 2月なのに、まるで春のような暖かさだ/還是二月份卻像春天一樣暖和。

☆ まるで生きているように見える彫刻/看起來栩栩如生的雕刻。

❷ 完全に。すっかり。中完全；截然。E entirely; completely.

☆ 洋子は兄とはまるで違う性格だ/洋子和哥哥的性格迥然不同。

❸ (「まるで〜ない」の形で)まったく〜ない。完全に〜ない。中完全不；全然不。E absolutely not; not at all.

☆ アンナは日本語がまるでわからない/安娜完全不懂日語。

▷ →まるっきり

まるまる【丸丸】マルマル、マルマル ❶〔〜する〕よく太っているようす。中圓溜的樣子。

☆ まるまる(と)太った健康そうな赤ん坊/a plump healthy-looking baby. /胖嘟嘟地，看起來很健康的小娃娃。

❷ 完全にその状態であるようす。中整個；全部；完全。E whole.

☆ 機械の故障を直すのにまるまる1日かかった/為修復機械花了整整一天。

まるめこ・む【丸め込む】マルメコム〔他動五〕(まるめこんで) ❶ ものをまるくしてなにかの中に入れる。中揉成團塞進。E stuff into.

☆ ハンカチを手の中にまるめこむ/把手帕揉成一團捏在手中。

❷ 他人にうまいことを言って自分の思うようにする。中籠絡；拉攏。E cajole; wheedle.

☆ 人々をうまくまるめこんで高い品物を買わせる/設圈套騙人買貴的東西。

まるもうけ【丸もうけ】マルモーケ、マルモーケ 入った金の全部がもうけになること。中全部賺回；包賺；無本穩賺。E a clear profit.

☆ 捨ててある本を集めて売れば丸もうけだ/如果把被扔掉的書收集起來賣，可說是無本包賺的生意。

対 丸損

まれ マレ、マレ たまにしかなくて、珍しいようす。中 稀少；稀罕；稀奇。E rare; unusual; seldom.

☆ 最近、6人きょうだいというのはまれだ/現在家有六兄弟的人是很少見的。

☆ この静かな山の中は、人もまれにしか通らない / 這座寂靜的山裡，行人稀少。

まろやか マロヤカ ❶ まるいようす。中 圓圓的。E round.

☆ 東の空にまろやかな月が姿を見せた/看見輪圓月從東方的天空冉冉升起來。

☆ まろやかな顔だち / 圓圓的臉孔。

❷ 口に入れたときの感じのいいようす。中 醇厚；醇和。E delicately; mellow.

☆ アイスクリームはまろやかに口の中でとけた / 冰淇淋在口中醇和地化開。

☆ この酒はまろやかな味がする / 這個酒口感醇厚。

まわ・す 【回す】マワス〔他動五〕(まわして) ❶ まるい形を描くように動かす。中 轉；擰；扭轉。E turn; revolve; spin.

☆ かぎを右に回すとドアが開く / 鑰匙往右轉，門就開了。

☆ こまを回して遊ぶ / 轉陀螺玩。

❷ ものを順に送る。中 依次傳遞。E pass around.

☆ 1枚の紙をまわして全員に名前を書いてもらう / 請大家在一張紙上依次寫上名字。

❸ 役立てるために、ものを必要な所へ動かす。中 傳送；轉送；轉到。E send around for; use for.

☆ 朝早くて電車がないので、迎えの車をまわす / 早上太早沒有電車，所以派車去接。

☆ 食費を本代にまわす/把伙食費轉為書籍費。

❹ (動詞の「ます」形について)全体にわたって～する。中 表示遍及四周。

☆ 新しい車を乗りまわす / drive about in a new car. / 乘坐新車到處走。

☆ 周囲を見まわす / 四處張望。

▷ 自動 回る

まわり 【回り・周り】マワリ ❶ まわること。中 轉；旋轉；轉動。E spread; revolving.

☆ 火のまわりが速くて、消すことができなかった / 大火迅速蔓延，滅也滅不掉了。

☆ まわり舞台 / 旋轉舞台。

☆ 右まわり / 向右轉。

❷ ものの外側のふち。中 周圍；四周。E the circumference; around.

☆ 池のまわりを散歩する / 在池塘邊散步。

☆ テーブルのまわりに集まる/聚集在桌子周圍。

☆ 腰まわり / 腰圍。

❸ 人やものの近くのこと。中 附近。E the neighborhood; around.

☆ ビルの屋上からまわりの景色を見る/從大樓的樓頂看附近的景色。

☆ 身のまわりのできごと / 周遭發生的事。

❹ (数を表すことばの後について)(1) 回る数を表す。中 圈；周。

☆ 時計の針が1回りする / A hand on the clock goes round once. / 時鐘的針轉一圈。

(2) だいたいの大きさの違いを表す。中 圈；號。

☆ これより1回りほど大きい皿を見せてください / Could I see a plate a size larger than this? / 請拿一個比這個盤子大一號的來給我看看。

(3) 十二支をもとにした年の言い方の12年の1区切り。中 一輪。

☆ 兄とわたしは、年が1回り違う / My brother is twelve years older than me. / 哥哥的年紀比我大一輪。

▷ 自動 回る

注 漢字で書くときは、❶❹は「回り」、❷

二 ❸は「回り」「周り」。

まわりくど・い 【回りくどい】マワリクドイ　話などが、同じことを繰り返していたりしてなかなか中心に行かず面倒だ。中 繞圈子；兜圈子；拐彎抹角。E roundabout; circuitous.

☆ まわりくどい言い方をしないで、必要なことをはっきり言ってください / 不要繞圈子，有話請直說。

☆ まわりくどい返事だったが、だめということだった / 雖是拐彎抹角的回應，但知道是被拒絕了。

まわりみち 【回り道】マワリミチ、マワリミチ〔〜する〕　遠くなるほうの道。また、その道を行くこと。中 繞道；繞遠路。E a roundabout way; a detour.

☆ まわり道だが、用事があるので、新宿経由で帰る / 雖然繞遠路，但有事，所以繞道新宿再回家。

☆ まわり道して郵便局へ行ったので遅くなった / 繞道去了郵局所以晚了。

対 近道

まわ・る 【回る】マワル〔自動五〕(まわって)　❶まるい形を描くように動く。中 轉；旋轉；迴轉。E turn; revolve; circle.

☆ 地球は太陽のまわりを回る / 地球繞著太陽轉。

☆ 頭の上でヘリコプターが輪をかいて回っている / 直升機在頭頂上繞著飛。

❷ 別の場所へ行く。中 繞彎；繞道；迂迴。E go around to.

☆ 建物の裏側へまわる / 繞到建築物後側。

☆ 駅の北口から南口へまわる / 從車站的北門繞到南門。

❸ 順に行く。中 巡迴；巡視；周遊。E go the rounds.

☆ 得意先をまわる / 拜訪客戶。

❹ 全体にいきわたる。中 周全；周到。E get around to; take effect.

☆ 忙しくて、家事にじゅうぶん手がまわらない / 忙得騰不開手做家務。

☆ 酒がまわっていい気持ちだ / 酒意遍佈全身，心裡感到舒服。

❺ ある時刻を過ぎる。中 已過。E be past.

☆ もう5時をまわったから、帰ろう / 已經過五點了，回家吧。

☆ 時計は夜中の12時をまわるところだ / 時鐘已過半夜十二點。

❻ (動詞の「ます」形について)あちこちを〜する。中 到處；各處。

☆ 犬が庭を走りまわる / A dog runs about in the garden. / 狗在院子裡四處亂跑。

☆ 泥棒は追われて逃げまわった / 小偷被追得四處逃竄。

▷ 名 回り　他動 回す

まん 【万】マン　❶ 数の単位。1000の10倍の数。中 萬。E ten thousand.

☆ 万の位まで数える / 數到萬位數。

☆ 人口100万人の都市に住む / 住在有百萬人口的城市。

❷ 数が多いこと。中 萬；上萬；很多。E a large number.

☆ 万に1つの幸運をめざして、ピアノのコンクールに出る / 以爭取萬分之一的幸運機率，去參加鋼琴比賽。

☆ 万病に効く薬 / 醫治百病的藥。

二 注 他のことばの頭について、「万国旗」「万里の長城」のように、「ばん」と読むことがある。

まん 【満】マン　❶ じゅうぶんな状態であること。中 滿；充滿。E full.

☆ 満を持す (=じゅうぶんに準備して機会を待つ) / 有充分準備(做好充分準備，等待時機)。

❷ 生まれてからの、実際の年齢の数え方。中 滿(〜歲)。E the way to express one's age.

☆ 娘は今月、満で5歳になる / 女兒這個月滿五周歲。

❸ (月、年を表すことばの頭について) 不足がなく、ちょうどその月、年であること。中 全；整。

☆ 満10年 / full ten years. / 十年整。

▷ →数え年

まん-【真ん-】 (名詞、形容詞について)完全にそうだ、本当にそのとおりだということ。中 正；最。

☆ 真ん中 / 正中間。(→ 項目)

☆ 真ん前 / 正前方。

☆ 真んまるい / perfectly round. / 正圓。

二 参「真」を強めた形。

まんいち【万一】マンイチ　1万に1つあること。可能性が非常に小さいこと。もしも。中 萬一；假如；意外。 E (in case of) an emergency; by any chance.

☆ わたしに万一のことが起こったら、本は母校へ寄付してほしい / 萬一我發生什麼事情，希望把書捐贈給母校。

☆ 万一、宝くじが当たったらどうしよう / 萬一中獎了怎麼辦?

まんいん【満員】マンイン　❶ 定員になること。中 名額已滿；滿座。E a full house.

☆ 定員1000人の会場が満員になった / 可容納一千人的會場坐滿了。

❷ 人がいっぱい入ること。中 載滿乘客；擠滿觀衆。E be jammed full; packed.

☆ バスは満員で、もう1人も乗れない / 公車已擠滿乘客，再多一個也上不了了。

☆ 満員電車 / 電車滿載。

まんえん【蔓延】マンエン〔～する〕　よくないことがどこまでもひろがること。書 中 蔓延。E spread.

☆ コレラが蔓延してたくさんの死者が出た / 由於霍亂蔓延，死了許多人。

☆ 麻薬の蔓延を防ぐ / 防止毒品的蔓延。

まんが【漫画】マンガ　単純な線で、おかしさ、風刺などを表した絵。また、簡単な絵と短いことばとで内容を表していく絵物語。中 漫畫。E comics; a cartoon.

☆ 小学生の息子は、新聞はまず漫画から見る / 上小學的兒子，看報紙都先看漫畫。

☆ 漫画雑誌 / 漫畫雜誌。

☆ 漫画家 / 漫畫家。

まんかい【満開】マンカイ　花がすっかり開くこと。中 盛開。E full bloom.

☆ 桜の花が満開になる / 櫻花盛開。

☆ 満開のバラ / 盛開的玫瑰。

まんげつ【満月】マンゲツ　欠けたところのない、まるい月。十五夜の月。中 滿月；圓月；望月；十五的月亮。E a full moon.

☆ 秋の満月の夜にお月見をする / 在月圓的秋夜裡賞月。

対 新月　→月 図

まんざい【漫才】マンザイ　2人の芸人が、こっけいなことを言い合って客を笑わせる演芸。中 相聲。E a comic dialogue.

☆ 社会を風刺する漫才を聞いて、大笑いする / 聽諷刺社會的相聲而大笑。

☆ 漫才師 / a comic duo. / 相聲演員。

まんざら　マンザラ　(「まんざら～ない」の形で) 必ずしも～ない。中 並非完全；未必一定。E not altogether; not entirely.

☆ 駅前のビルを借りて本屋を開くというのは、まんざら悪くない話だ / 租車站前的大廈來開書店是不錯的主意。

まんざらでもない　不満なところがあっても、結局のところは満足なようす。中 並不是不好；還算不錯。E be not so bad.

☆ 新しい職場は遠くて仕事もつらいが、給料と人間関係はまんざらでもないので続けられそうだ / 新公司離家遠，工作也辛苦，但待遇和人際關係還算不錯，好像還能繼續做下去。

まんじゅう　マンジュー　小麦粉をこねてつくったものに、あんなどを包み入れ、蒸した

菓子。中 饅頭；包子；豆沙包。E a bean-jam bun.

☆ 母は甘いものが好きで、毎日まんじゅうを２個ずつ食べる/母親喜歡吃甜食，每天吃兩個豆沙包。

☆ 中華まんじゅう / 中式包子(肉包子)。

→菓子 図

まんじょう【満場】マンジョー　会場に人がいっぱいに入ること。また、会場の中にいる人全部。書 中 全場；滿堂。E the whole audience; the whole house.

☆ 満場の拍手に迎えられて舞台に上がる/在全場的掌聲中走上舞台。

☆ 満場一致(= 場内のみんなの意見が合うこと)/ 全場一致 (= 場內人家的意見一致)。

マンション (mansion) マンション　中高層の１つの建物をいくつかに分けて、それぞれ独立した住宅にしたもの。中 公寓；高級公寓；公寓大廈。E a condominium; an apartment house.

☆ 公園のそばのマンションに住む/住在公園旁的公寓裡。

☆ 10 階建てのマンション / 十樓高的公寓。

数 １戸・１棟・１室

参「アパート」も似ているが、「マンション」には高級な建物というイメージがある。

まんじりともしない　不安、心配などのために、すこしも眠ることができない。中 睡不著；整夜不眠。E do not sleep a wink.

☆ 国で大地震があったようだが、家族と連絡がとれず心配で、まんじりともしなかった/家鄉好像有大地震，和家人聯絡不上，擔心得晚上都睡不著。

まんしんそうい【満身創痍】マンシンソーイ　❶ 体じゅうがひどく傷ついていること。中 滿身創傷；遍體鱗傷。E be wounded all over.

☆ 映画の主人公はおおぜいの敵にかこまれ、満身創痍になって倒れた / 電影主角被敵人包圍，遍體鱗傷地倒下了。

❷ さんざん非難を受けること。中 遭受譴責。E be severely criticized.

☆ その議案は何度も修正されたあげく、満身創痍となって議会を通った / 這個議案經過多次修正，最後面目全非地在議會通過了。

まんせい【慢性】マンセイ　❶ 激しい変化はないが長い間続く。病気の性質。中 慢性。E chronic.

☆ 叔母は慢性の胃の病気で、ずっと薬を飲んでいる / 伯母因患慢性胃病，一直都有在服藥。

☆ 慢性化 / 慢性化。

対 急性

❷ よくないことが長く続くこと。中 慢性的；長期的。E chronic; creeping.

☆ この道路は交通渋滞が慢性になっている/這條路的交通堵塞變成長期性了。

☆ 慢性インフレ / 長期通貨膨脹。

まんぜん【漫然】マンゼン　(「漫然と」の形で) ぼんやりとして目的のないようす。中 漫不經心；糊裡糊塗。E aimlessly; rambling.

☆ 夏休みは、勉強もせずアルバイトもせず、漫然と過ごしてしまった/暑假不唸書，也不打工，糊裡糊塗的度過了。

☆ 目標を持たない漫然とした生き方/沒有目標糊裡糊塗的生活方式。

まんぞく【満足】マンゾク〔～する〕

❶ 自分の思うような状態にあって、気分がいいこと。中 滿足；滿意；心滿意足。E satisfaction; be satisfied.

☆ 満足のできる論文が書けた / 寫出了十分滿意的論文。

☆ いまの生活に満足している/滿足於現的生活。

対 不満、不満足

❷ 欠けているところがなく、じゅうぶんであるようす。中 完善；完整；令人滿意。E properly.

☆ 社会人になって満足にあいさつもできな

ま

いようでは困る/踏入社會還不能說幾句令人滿意的寒暄，真差勁。

まんてん【満点】マンテン ❶決められた点数の全部。中 滿分。E a perfect score.

☆ 試験で満点を取る / 考試得滿分。

☆ 100 点満点 / 滿分一百分。

対 零点

❷たりないところがないこと。完全であること。中 完美無缺；天衣無縫。E perfect.

☆ 一郎のピアノ演奏は満点のできだった/一郎的鋼琴演奏無可挑剔。

☆ 栄養満点 / 營養豐富。

まんなか【真ん中】マンナカ ものや場所の中央の部分。また、両端から同じ距離の所。中 正中間。E the midddle; the center.

☆ 部屋の真ん中にテーブルを置く / 在房間的正中央擺桌子。

☆ 3人きょうだいの真ん中 / 兄弟姊妹三人的正中間。

→中央

マンネリ マンネリ〔←マンネリズム (mannerism)〕 同じやり方が繰り返されて、新しさがなくなること。中 因循守舊；千篇一律；老套。E mannerism; stereotyped.

☆ あの画家の絵は、マンネリでおもしろくない/那個畫家的畫千篇一律，令人興味索然。

まんねんどこ【万年床】マンネンドコ 片づけないで、敷いたままにしてある寝床。中 總是不疊的被褥。E bedding which is continually unmade.

☆ わたしの部屋は万年床にしてあるから、急に客に来られると困る/我房裡總不疊被，如果突然客人來訪可就糟了。

まんねんひつ【万年筆】マンネンヒツ 中にインクが入っていて、長い時間続けて書けるペン。中 鋼筆。E a fountain pen.

☆ この万年筆でサインしてください/請用這支鋼筆簽字。

数 1本 →文房具 図

まんびき【万引き】マンビキ、マンビキ〔～する〕 買い物をするように見せて、店の品物を盗むこと。また、その人。中 (假裝顧客)偷竊商店物品(的人)；順手牽羊。E shoplift.

☆ スーパーでお菓子を万引きしようとしている子供を見つけてやめさせた/在超市發現正要偷糕點的小孩，便制止了他。

まんぷく【満腹】マンプク〔～する〕 腹がいっぱいになること。中 滿腹；吃飽。E (have) a full stomach; be full.

☆ 満腹で、もう食べられない / 吃太飽，再也吃不下了。

対 空腹

まんべんなく【満遍なく】マンベンナク どこも抜けたところがなく、全体にわたって。中 普遍；均勻；平均地。E all over; equally.

☆ 選挙のときには、選挙区をまんべんなくまわって投票を頼む/競選時，走遍了整個選區拜票。

まんまと マンマト、マンマト 相手をだましたりして、自分の思いどおりになったようす。中 巧妙；漂亮；完全。E successfully; nicely.

☆ 本を買うお金を落としたとうそをついて、まんまと兄から1000円だまし取った/撒謊說買書的錢掉了，巧妙地從哥哥那裡騙來了一千日圓。

まんまん【満満】マンマン、マンマン あふれるほどいっぱいのようす。中 充滿。E filled; brimming.

☆ 満々と水をたたえたプール/裝滿水的游泳池。

☆ 不平満々 / 滿腹牢騷。

☆ 自信満々 / full of selfconfidence. /信心十足。

参 改まって「満々たる自信」のように表現することもある。

み／ミ

み【身】ミ ❶動物や人の体。中身；身體。E the body.

☆ 長い間病人の世話をして、身も心も疲れた／長期照顧病人，身心俱疲。

☆ 身の軽い京子は川をひょいと飛び越えた／身體輕盈的京子，一下子就跳過了小溪。

❷ 自分自身。中自己；自身。E oneself.

☆ 農業がどんなにたいへんか、身をもって体験する／親身體驗一下農家是多麼辛苦。

☆ 身の危険を感じる／感到身處危險。

❸ 社会生活の中での、その人の立場。中身分；處境。E one's place.

☆ わたしの身にもなってください／請替我想一想。

☆ 身のほどを考える／有自知之明。

❹ 魚やけものの肉の部分。中肉。E flesh; meat.

☆ 魚の身を骨からはがして食べる／從魚骨上挑肉吃。

☆ 赤身／瘦肉；紅肉。(→項目)

…………「身」のつく慣用表現…………

身が入る なにかに一生懸命になる。中幹勁十足；全神貫注於～。E concentrate.

☆ 4月から課長になったので、仕事にも身が入る／從四月起昇為科長，所以幹勁十足。

似た表現 身を入れる

身が持たない 無理を続けて、健康が保てない。中身體受不了；身體會得病。E ruin one's health.

☆ いくら忙しくても、休みなしに働いていては身が持たない／無論多忙，不休息連續工作身體會受不了的。

身から出たさび 自分が悪いことをしたことによって、自分が苦しみを受けること。中自作自受。E take the consequences for one's action.

☆ 落第したのは、アルバイトに夢中になって授業をサボっていたからで、身から出たさびだ／不及格是因為熱衷於打工，不好好上課，真是自作自受。

身に余る 自分の価値以上であるようす。中過分；無上。E more than one deserves.

☆ 首相に選ばれるとは、身にあまる光栄だ／能當上首相，真是無上的光榮。

身にしみる ❶心に強く感じる。中深感；銘刻在心。E touch one to the heart.

☆ 病気のとき、よく世話をしてくれる友達の親切が身にしみた／生病時朋友對我無微不至的照顧銘刻我心。

❷ 体に感じる。中寒氣襲人；冷得刺骨。E be piercing; cut one to the bone.

☆ 北風の冷たさが身にしみる／北風冷得刺骨。

身につく 知識や技術などが自分のものになる。中學到；掌握。E acquire; master.

☆ 京子は看護婦の仕事がすっかり身についたから、もう安心だ／京子已完全學會了護理工作，可以放心了。

似た表現 身につける

身につまされる 人の不幸を自分のこととして感じ、同情する。中聯想到自己的身世而同情。E hit close to home; be moved in sympathy.

☆ わたしは親が早く死んでさびしかったの

で、事故で両親をなくした子供を見ると、身につまされる/我從小失去了雙親很孤單，所以看到因事故失去雙親的孩子，不由得聯想到自己而深感同情。

身の毛がよだつ 恐ろしさに体じゅうの毛が逆立つ。中 毛骨悚然。E make one's hair stand on end; shudder.

☆ 砂漠の戦場での兵隊どうしの殺し合いは、想像しただけで身の毛がよだつ/在沙漠戰場上士兵們互相殘殺，想到就令人毛骨悚然。

身の程を知らない 自分の能力の程度や身分などを考えない。中 自不量力。E fail to know oneself.

☆ いちど歌をほめられただけで歌手になれると思うとは、身のほどを知らない人だ/唱歌僅受到一次讚賞，就自以為可以當歌星，真是太自不量力了。

似た表現 身の程知らず

身もふたもない はっきりとしすぎてよくない。中 毫不含蓄；太露骨；直截了當。E be altogether too frank.

☆ 道子の料理はおいしくなかったけれど、洋子のように、「まずい」と言ってしまっては身もふたもない/道子做的菜雖不怎麼可口，但像洋子那樣直接說不好吃，也太直截了當了。

身を誤る 人生の正しい道からはずれて、まちがった生き方をする。中 誤入歧途。E go astray.

☆ 弟はしあわせな少年時代を過ごしていたのに、ふとしたことから身を誤って、悪い友達のグループに入ってしまった/弟弟度過了幸福的少年時代，可是因不小心交友不慎而誤入了歧途。

身を固める 結婚して家庭を持つ。中 結婚；成家。E get married and settle down.

☆ 二郎は独身生活を楽しんでいたが、先月ようやく身をかためた/二郎一直享受著單身生活，但在上個月終於結婚了。

身を粉にする 苦労をいやがらずに、一生懸命に働く。中 不辭辛苦；粉身碎骨；拚命。E work oneself to a frazzle.

☆ 身を粉にして働いて、店を持つためのお金をためる/為了開店而拚命地工作存錢。

身を立てる 社会に出て、そのことで生活していけるようになる。中 發跡；成功；以～為生。E establish oneself.

☆ 音楽家として身を立てることを夢見て、練習に励む/夢想成為一個出名的音樂家而勤奮的練習。

身を投じる ❶ 自分の身を投げる。自殺する。中 自殺。E jump to one's death; drown oneself in.

☆ 倒産の責任を感じたA社長は、ビルの屋上から身を投じた/認為破產責任在他身上的A總經理，從大廈樓頂跳樓自殺了。

❷ 役に立とうと決心して、自分からその中に入っていく。中 投身；獻身；置身於～。E throw oneself into.

☆ 自分の考えるような政治をしたいと思って、政界に身を投じた/想要實行自己的政治理念，而投身於政界。

身を引く 現在の職や地位を離れる。中 退職；辭去；隱退。E retire from.

☆ 年をとったので会長の仕事から身を引いた/因上了年紀所以辭去了董事長的職位。

………………………………………………

み【実】ミ ❶ 植物の種または種とそのまわりを包んでいる部分。中 果實；水果。E fruit; a nut.

☆ 秋になると、カキの実が赤くなる/一到秋天，柿子就紅了(=熟了)。

☆ クリの実/栗子的果實。

❷ 汁の中に入れる野菜や肉など。中 加在湯裡的料。E ingredients.

☆ 実の多いみそ汁をつくる/做個料多一點的味噌湯。

❷ ものごとの内容。成果。中 内容。E substance; fruit.

☆ 実のない話は、聞いてもつまらない/沒有內容的話，聽了也乏味。

☆ 努力が実を結ぶ/經過努力，取得好成績。

み-【未-】 (他のことばについて)まだ～ない。まだ、そのことが実現していない。中未；沒。

☆ 未解決/unsolved./未解決。

☆ 未開発/未開發。

☆ 未発表/未發表。

対既-

-み ❶(形容詞と形容動詞の語幹について)そういう状態が見られたり感じられたりすること。中表示情況、樣子、程度等。

☆ 学生の話し方には真剣みが感じられた/從學生的談話中感到了真摯的態度。

☆ 弱みを見せる/露出弱點。

☆ ありがたみ/the value; the blessing./恩惠；價值。

☆ 甘み/sweetness; a sweet taste./甜味；甜勁。

❷(形容詞の語幹について)その状態のところ。中狀態；樣子；情形。

☆ 高みの見物/袖手旁觀；作壁上觀。(→項目)

☆ 深み/depth; a deep place./深度。

参「さ」も同じような働きをするが、「さ」の「ありがたさ」「甘さ」「真剣さ」などが状態や性質、程度などのそのものを意味しているのに対して、「み」はそのような感じであるということを意味している。

みあい【見合い】ミアイ〔～する〕 結婚の相手を決めるために、たがいに知らない男女が他の人の世話で会うこと。中相親。E a meeting arranged for prospective marriage partners.

☆ 一郎は2度目の見合いの相手と結婚した/一郎與第二個相親的對象結了婚。

☆ 見合い結婚/相親結婚。

みあた・る【見当たる】ミアタル〔自動五〕(みあたって) さがしていたものが見つかる。中找到；看到；看見。E find; be found.

☆ けさの新聞をさがしているのだけれど、見当たらなくて困っている/我在找今天早上的報紙，可是沒找到，很苦惱。

☆ ほしい本が本屋に見当たらない/在書店裡沒找到想要的書。

参否定の形で使うことが多い。

みあわ・せる【見合わせる】ミアワセル、ミアワセル〔他動一〕 ❶たがいに相手を見る。見合わす。中互相對看。E look at each other.

☆ 急に大きな音がしたので、驚いて夫と顔を見合わせた/突然聽到巨響，吃驚地與丈夫對看了一眼。

❷しようと思っていたことを、事情を考えてやめる。見合わす。中暫停；作罷。E give up; put off.

☆ 大雨が降るというので、旅行の計画を見合わせた/由於下大雨，旅行計畫只好作罷。

みいだ・す【見いだす】ミイダス、ミイダス〔他動五〕(みいだして) さがしていたもの、隠れていたものを見つけだす。書中找出來；看出來；發現。E find out; discover.

☆ 娘の絵の才能を見いだして、美術の学校へ行かせた/發現了女兒的繪畫才能，送她去念美術學校。

☆ 生きがいを見いだす/找到人生的意義。

ミイラ(ポmirra)ミーラ 人間や動物の死体が乾燥して、もとの形に近い状態で残っているもの。中木乃伊；乾屍。E a mummy.

☆ 中国のむかしの貴族の墓から女性のミイラが発掘された/從中國古代貴族的墓穴中挖掘出女性木乃伊。

☆ エジプトのミイラ/埃及木乃伊。

数1体

ミイラ取りがミイラになる 他の人をさがしに行った人が、自分も帰ってこなくなったり、説得しようとした人が、逆に説得されたりす

る。中 前去找人，自己反而一去不返。E go for wool and come home shorn.

みうしな・う【見失う】ミウシナウ、ミウシナウ〔他動五〕(**みうしなって**)　いままで見えていたものが見えなくなる。中 看丟；迷失。E lose sight of; lose.

☆ 人ごみで姉の姿を見失った / 人群中跟丟了姊姊的身影。

☆ 人生の目標を見失う / 迷失了人生的目標。

みうち【身内】ミウチ　家族や親類の人。中 家裡人；親屬。E a relative; a family.

☆ 身内に不幸があったので、学校を休む/家裡人發生不幸，所以沒有去學校。

みえ【見え】ミエ　❶ 実際以上によく見せようとすること。うわべを飾ること。中 排場；虛榮；門面。E vanity; show.

☆ そばにいた友人に対する見えで、高いものを買ってしまった/為了擺闊給一旁的朋友看，而買下昂貴的東西。

☆ 見え坊 / a showoff. / 愛虛榮的人。

❷ 芝居のだいじな場面で役者がする、大きな動きや表情。中 亮相。E a spectacular pose.

☆ 弁慶役の役者は舞台の中央で見えを切った/扮演弁慶(逞強角色)的演員在舞台中央做了一個亮相的動作。

☆ 大見え / 大亮相。

見えを張る　実際以上によく見られたいと思ってうわべを飾る。中 追求虛榮；講排場；擺闊。E show off.

☆ 友達に見えを張り、叔父から借りた外車を自分のだと言ってドライブに誘った/在朋友面前擺闊，把從叔叔借來的外國汽車說是自己的，而邀人去兜風。

似た表現 見えっ張り

み・える【見える】ミエル〔自動一〕❶ ものの形、色、ようすなどを目に感じる。中 看見。E see.

☆ 遠くに山が見える / 可眺望遠山。

☆ 窓から海が見える / 從窗戶可以看到海。

❷ 見ることができる。中 看得見；能看到。E can see.

☆ 晴れた日には、ここから富士山が見える/在晴朗的日子裡，從這裡能看見富士山。

☆ めがねをかけると遠くのものもよく見える/如果戴上眼鏡，遠處的東西也能看得一清二楚。

❸ 状況からみて、そのように思われる。中 好像是；似乎；顯得～。E look; seem.

☆ この花瓶は、とても高そうにみえる/這個花瓶看來好像很貴。

☆ 一郎は困っているようにはみえない/看不出一郎很為難的樣子。

❹「来る」の尊敬語。中「來」的尊敬語；光臨。E ((respectful)) arrive; come.

☆ もうすぐお医者さまがみえるでしょう/醫生快要來了吧。

▷ 他動 見る

みおく・る【見送る】ミオクル、ミオクル〔他動五〕(**みおくって**)　❶ 離れていく人、ものを目で追い続ける。中 送行；送別；目送。E see off; send off.

☆ 毎朝、父を門の前で見送る/每天早上在門口目送父親去上班。

☆ 船が岸から離れていくのを、港で見送る/在港口目送船隻離岸。

対 出迎える

❷ いまするのをやめて、別の機会を待つ。中 觀望；放過；暫緩考慮。E put off; let something go.

☆ 反対意見もあるので、決定は次回まで見送ろう / 因為有反對意見，下次再表決吧！

▷ 名 見送り

みおとり【見劣り】ミオトリ〔～する〕同じ仲間のものと比べておとって見えること。中 遜色；相形見絀。E compare unfavorably with; do not look as good as.

☆ うちの愛犬シロは、となりの大きなクロと比べると、どうも見おとりがする/我家的愛犬小白和鄰家的大黑相比的話，有些遜色。

☆ ５年前に買った車なので新車には見おとりする/因為是五年前買的車，所以在新車面前就相形見絀。

みかい【未開】ミカイ ❶文明が、まだ開けていない状態。中 不開化；未開化。E uncivilized; primitive.

☆ 未開の種族の人たちは、それぞれ独特の生活様式を持っている/文明未開的種族，都各有獨特的生活方式。

☆ 未開社会/未開化的社會。

❷まだ開拓されていないこと。中 未開墾。E undeveloped; unexplored.

☆ 未開の地をたがやして畑にする/開墾荒地造良田。

☆ 未開の分野の研究に手をつける/著手研究未開發的領域。

みかく【味覚】ミカク 甘い、塩辛い、苦いなど舌で感じる味の感覚。中 味覺。E the (sense of) taste; the palate.

☆ 味覚が衰える/味覺減退。

☆ 味覚が発達する/味覺發達。

☆ 味覚が鈍い/味覺遲鈍。

みが・く【磨く】ミガク〔他動五〕(みがいて)

❶なにかでこすって光らせたり、きれいにしたりする。中 擦；刷；磨。E polish; shine; brush.

☆ 窓ガラスをみがいたので、外がよく見えるようになった/由於擦亮了玻璃窗，所以可以清楚的看到外面。

☆ 靴をみがく/擦鞋。

❷努力していっそう立派にする。中 磨練；琢磨；推敲。E improve; refine.

☆ 料理の腕をみがくために、フランスで勉強してこよう/為了磨練烹飪技術，想到法國去學習。

☆ 技をみがく/磨練技能。

▷ 名 磨き

みかけ【見かけ】ミカケ 外から見たようす。中 外觀；外表；外貌。E (an) appearance; looks.

☆ 見かけはおいしそうだが、食べるとおいしくないケーキ/中看不中吃的蛋糕。

他動 見かける

見かけによらない[ぬ] 見かけと違う。中 和外表不符；外表看不出。E Appearances are deceptive.

☆ いつももの静かな洋子があんなにテニスが強いとは、人は見かけによらないものだ/總是那麼文靜的洋子網球卻打得這麼好，真是人不可貌相。

みかけだおし【見かけ倒し】ミカケダオシ 見かけは立派だが、中身はよくないこと。中 虛有其表，華而不實，名不符實。E deceptive; showy but worthless.

☆ 外側は立派だが、内部はたたみも床もなくてきたない、見かけ倒しの家だった/外觀氣派，但屋內連榻榻米和地板都沒有，是個虛有其表的家。

☆ 見かけ倒しの人/華而不實之人。

みかた【見方】ミカタ、ミカタ ❶見る方法。中 看法。E a way of looking.

☆ 地図の見方がわからないと、山道では危険だ/不會看地圖的話，走山路很危險的。

❷ものごとを、どうみて、どう考えるかということ。中 看法；見解；觀點。E a point of view.

☆ これは政治問題であるが、見方を変えれば経済問題でもある/這是個政治問題，如果換個角度看也是經濟問題。

☆ 柔軟なものの見方/靈活圓滑的見解。

みかた【味方】ミカタ〔～する〕 自分の属しているほう。仲間。また、仲間として助けること。中 我方；夥伴。E a friend; an ally; take sides with.

☆ 味方の失敗をみんなで補って試合に勝った/大家彌補了同伴的失誤，取得了比賽的勝利。

☆ 弱いほうに味方する / 袒護弱者。

対 敵

みかづき【三日月】ミカズキ　細長く、弓のようにすこしまるみのある形の月。中 新月；月牙；娥眉月。E a new moon; a crescent (moon).

☆ 西の山に三日月がかかっている / 在西邊的山上掛著一彎新月。

☆ 三日月形の美しいまゆ毛 / 非常漂亮的月眉。

→月 図

みがって【身勝手】ミガッテ　他人のことは考えないで、自分のつごうのいいようにするようす。中 自私；任性。E selfish.

☆ グループで旅行しているときに、１人になりたいというのは身勝手だ / 團體旅行時，說想單獨行動，未免太任性了。

☆ 身勝手なふるまい / 旁若無人的行為。

みか・ねる【見かねる】ミカネル、ミカネル〔他動一〕 ひどい、かわいそう、などと思って、黙って見ていられなくなる。中 看不過去；不忍目睹。E cannot remain indifferent.

☆ 子供を連れて、両手にたくさんの荷物を持っている人がいたので、見かねて荷物を持ってあげた / 看到有人帶著孩子還要兩手拿著許多東西，看不過去而幫他拿東西。

☆ 見るに見かねて / 不忍卒睹；看不下去；不忍坐視。(→見る 慣用)

みがる【身軽】ミガル　❶ 体が楽に動くようす。中 身手靈活。E nimbly; agile.

☆ 少年は身軽に窓から飛び下りた / 少年身手靈敏地從窗口跳了下去。

☆ 猿は身軽な動作で木に登った / 猴子動作靈敏地攀上了樹。

❷ 荷物や家族などがなくて、気楽に行動できるようす。中 輕鬆；一身輕。E free (to move around); carefree.

☆ 荷物をロッカーに入れて身軽になった / 把行李存進寄物櫃就輕鬆了。

☆ あの夫婦は子供がいなくて身軽だから、よく旅行に出かける / 那對夫妻沒有小孩一身輕，所以經常出門旅行。

みかん ミカン　くだものの一種。赤みのある黄色で、甘酸っぱい味がする。秋の終わりに、暖かい地方で実る。中 橘子。E a *mikan*; a mandarin orange.

☆ 冬の夜は，こたつでミカンを食べながら家族と話すのが楽しみだ / 冬天的晚上，和家人圍在電暖桌邊吃橘子邊聊天是一種享受。

☆ ミカン畑 / 橘園。

→果物 図

みき【幹】ミキ、ミキ　木の、地上に立っている太い部分。中 樹幹。E a trunk.

☆ 庭の松は幹の先が３本の枝に分かれている / 院子裡松樹的樹幹分成三叉。

☆ 幹に穴を開ける鳥 / 在樹幹上啄洞的鳥。

数 1本　→木 図

みぎ【右】ミギ、ミギ　❶ 横の方向や位置を２つに分わけたときの１つで、この辞書では奇数のページの側。中 右；右邊；右面。E the right.

☆ わたしは右の手で、はしや鉛筆を持つ / 我用右手拿筷子和鉛筆。

☆ 道の右を歩く / 靠右走。

☆ 右足 / 右腳。

☆ 右側 / 右側。

対 左

❷ 能力などで、すぐれたほう。上の位置。中 勝過～的；比～強的；在～之上。E be above; surpass.

☆ 計算の速さで、一郎の右に出る者はいない (=計算は一郎がいちばん速い) / 從計算的速度來看，沒有人比得上一郎(=一郎的計算速度最快)。

❸ 縦書きの文章で、それまでに書いたこと。中 上文；上述；前文。E the foregoing; the aforementioned.

☆ 右のとおり、まちがいありません / 上文無誤。

☆ 右に同じ / 同右。

❹ 保守的な政治的立場。中 右派；右傾。E the Right; conservative.

☆ きみの支持する政党は右ですか左ですか/你支持的政黨是右派還是左派呢?

☆ 洋子の考え方は、少し右寄りだ / 洋子的想法有點保守。

対 左　▷ 書 ❸

みぎうで 【右腕】ミギウデ　❶ 右側の腕。中 右臂。E the right arm.

☆ 右腕の骨を折ってしまって、字が書けない / 右臂骨折了，不能寫字。

対 左腕

❷ いちばん頼りになる部下。中 左右手；最可依賴的部下。E one's righthand person.

☆ 一郎は、どんなときでもわたしの右腕となって働いてくれる/不論任何時候，一郎都是我的好幫手。

ミキサー (mixer) ミキサー　❶ セメントと砂利と砂と水をまぜる機械。中 水泥攪拌機。E a mixer.

☆ ミキサー車 / 水泥攪拌車。

☆ コンクリートミキサー / 水泥攪拌機。

❷ くだものや野菜などを細かく砕いてジュースなどをつくる電気器具。中 果汁機。E a blender.

☆ ミキサーで、リンゴのジュースをつくる/用果汁機打蘋果汁。

▷ 数 1台

みきり 【見切り】ミキリ　これ以上どうしようもないと考えて、終わっていないのを途中でやめること。中 斷念；放棄。E give up; wash one's hands of.

☆ 姉は女優になりたがっていたが、30歳を過ぎて、自分の才能に見切りをつけ、ふつうの会社に就職した / 姊姊一直想當明星，但年過三十就打消了念頭，而就職於普通的公司。

☆ 援助に見切りをつける / 對援助絕望。

☆ 見切り品 / clearance goods. / 廉價出售的庫存貨。

▷ 他動 見切る

みきわ・める 【見極める】ミキワメル、ミキワメル〔他動一〕　ものごとの状況を、じゅうぶんに確かめて判断する。中 看清；看透；弄清楚。E see through; ascertain; grasp.

☆ 経済の動きを見きわめて会社の方針を決める / 認清經濟的動向再決定公司的方針。

☆ 本質を見きわめる / 認清本質。

名 見極め

みくだ・す 【見下す】ミクダス、ミクダス〔他動五〕(みくだして)　自分のほうが地位も能力も上だ、という態度で相手を軽くみる。中 輕視；蔑視；看不起。E look down upon; despise.

☆ 人を見下すような態度では客商売はできない / 不能用傲慢的態度來經營服務業。

対 見上げる

みくび・る 【見くびる】ミクビル、ミクビル〔他動五〕(みくびって)　相手の力やものごとを軽くみる。中 輕視；蔑視。E belittle; make light of.

☆ 相手は新人だと見くびっていたら、自分のほうが負けてしまった / 因為輕視對方是新手，結果自己失敗了。

みぐるし・い 【見苦しい】ミグルシイ　態度、外観などが、見ていていやな感じだ。中 不好看；難看。E disgraceful; dishonorable.

☆ 自分の失敗を認めないで言い訳ばかりするのは見苦しい / 不承認自己的失敗，只是一味辯解的話太丟臉。

☆ 人々が帰ったあと、公園にごみがたくさん残っていて見苦しかった / 人們回去後，公園裡到處留有垃圾，太難看了。

→みっともない

みこし ミコシ　祭りのときにおおぜいでか

み

つぐ、神の乗り物。中 神轎。E a portable shrine.

☆ 近くの神社のみこしが、にぎやかに通る/附近神社的神轎，鬧哄哄地通過。

☆ みこしをかつぐ/抬神轎。

数 1基

みごと【見事】ミゴト ❶結果が非常にすばらしいようす。中 精彩；漂亮。E excellently; beautiful.

☆ むずかしい曲を見事に演奏して拍手を浴びる/出色地演奏高難度的曲子獲得熱烈掌聲。

☆ 見事な工芸品/漂亮的工藝品。

❷すっかり。完全に。中 完全；徹底。E completely; really.

☆ はじめてのスキーで見事に転んでしまった/第一次滑雪就摔了個大跤。

☆ 碁の先生には見事に負けた/徹底輸給了圍棋老師。

みこみ【見込み】ミコミ ❶結果が出る前に、こうなるだろうと考えること。中 預料；估計；預定。E be expected to; calculation.

☆ この仕事は、1週間で終わる見込みだ/這個工作預計一週可以結束。

☆ 見込み違い/估計錯誤。

❷将来、有望であること。可能性があること。中 希望。E promise; hope.

☆ この会社は、見込みのある社員を海外に送って勉強させている/這家公司把有潛力的職員送到海外去進修。

☆ 父の病気は治る見込みがないようだ/父親的病好像沒治癒的希望了。

▷ 他動 見込む

みごろし【見殺し】ミゴロシ、ミゴロシ 人が死にかけたり困ったりしているのに、助けないでそのままにしておくこと。中 見死不救；坐視不管。E stand by and watch (a person in need of help) die.

☆ 火事で燃えている家の中の人を助けようとしたが、熱くて近寄れず、見殺しにしてしまった/想要搶救陷於火災中的人，可是熱得無法靠近，只能見死不救。

☆ 困っている友人を見殺しにすることはできない/不能坐視身陷困境的朋友。

みじか・い【短い】ミジカイ ❶はしからはしまでの間が、あまり離れていない。中 短；小。E short.

☆ 髪を短くした/把頭髮剪短了。

☆ 短い小説だからすぐ読める/因為是短篇小說，所以馬上能看完。

対 長い

❷ある時からある時までの間が、あまり離れていない。中 短。E short.

☆ 冬休みは短いからすぐ終わってしまう/寒假很短，一晃眼就過去了。

☆ 冬は日が短くて暗くなるのが早い/冬天白天短，很快就天黑了。

対 長い

みじめ【惨め】ミジメ 耐えられないほどひどくて、つらいようす。中 悲慘；悽慘；慘。E miserable; wretched.

☆ 入学試験に全部失敗して、みじめな思いをしている/入學考試全軍覆沒，而難過至極。

☆ 着るものも食べるものもないみじめな生活/過著沒得吃沒得穿的悲慘生活。

みじゅく【未熟】ミジュク、ミジュク ❶くだものなどが、まだ熟していないようす。中 未成熟；生。E unripe.

☆ このカキは青くて未熟だ/這個柿子青澀未成熟。

☆ 未熟なブドウは甘みがない/未成熟的葡萄不甜。

対 完熟、成熟

❷成長や発達がじゅうぶんでないようす。中 不成熟。E immature.

☆ 考え方が未熟だ/想法不成熟。

☆ 未熟児 / a premature baby. / 早產兒。

対 成熟

❸ 芸、仕事、技術などにまだ経験や練習がたりないようす。中 不熟練。E unskilled; inexperienced.

☆ 技が未熟でなかなか勝てない / 因為技術不熟練，不易取勝。

☆ 未熟な者ですが、どうぞよろしく / 我是個新手，請多關照。

対 熟練、円熟

みしらぬ【見知らぬ】 見たり会ったりしたことがなくて知らない。中 未見過的；陌生的。E strange; unknown.

☆ 玄関のドアを開けると見知らぬ女性が立っていた / 打開大門看見門口站著一位陌生女士。

☆ 見知らぬ国 / 陌生的國家。

ミシン (machine) ミ̄シン　布地などを縫ったり刺繍をしたりする機械。中 縫紉機。E a sewing machine.

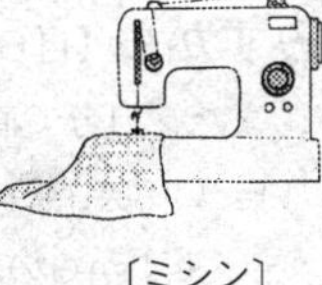

〔ミシン〕

☆ ミシンで夏のワンピースを縫う / 用縫紉機縫夏天的連身裙。

☆ ミシンをかける / sew ~ with a sewing machine. / 用縫紉機縫。

数 1台

ミス (Miss) ミ̄ス　❶ まだ結婚していない女性。中 小姐；未婚少女。E an unmarried woman.

☆ 来年結婚するので、ミス最後のクリスマスだ / 明年就要結婚，這是小姐時代最後一次的聖誕節了。

対 ミセス

❷「❶」を尊敬していう言い方。姓の前につける。中 ~小姐。E Miss.

☆ ミス・ウィリアムズをご紹介いたします / 謹向您介紹威廉斯小姐。

対 ミセス、ミスター

ミス (miss) ミ̄ス〔~する〕　うまくできないこと。失敗すること。中 失敗；失誤；差錯。E a mistake.

☆ つまらないミスを重ねて、テニスの試合に負けてしまった / 因為不斷出現不小心的失誤，所以網球比賽輸了。

☆ 仕事のミスの責任を取って会社をやめた / 向公司請辭，以示對工作差錯的負責。

みず【水】ミズ̄　色、味、においのない、すきとおった液体。中 水。E water.

☆ 山で飲んだ谷川の水は冷たくておいしかった / 在山上喝的山澗清泉沁涼爽口。

☆ 水で洗う / 用水洗。

☆ 水が出る(=洪水になる) / 水災（=洪水暴發）。

☆ 雨水 / 雨水。

…………「水」のつく慣用表現…………

水があく　競技や競走などで、相手と大きく差がつく。中 相差很大；拉開差距。E There is a distance.

☆ 相手のボートとの間に、5メートルも水があいた / 遙遙領先對手的賽艇達五公尺之遠。

似た表現 水をあける

水と油　たがいに調和しないようす。中 水火不容。E be like oil and water.

☆ 子供の育て方についての夫婦の考えは水と油で、夫はしつけがだいじだと言い、妻は自由にさせたいと言う / 對於孩子的教育方法，夫妻雙方的想法截然不同，丈夫說教養要嚴，妻子說讓孩子自由成長。

水に流す　過去にあった面倒なことなどを全部ないことにして、気にしない。中 付諸東流；讓它過去。E let bygones be bygones.

☆ 過去のことは水に流して出発し直す / 既往不咎，重新開始；過去的事情就讓它過去，重新開始。

水の泡　努力などがむだになること。中 泡影；白

費。E come to nothing.

☆ どんなに一生懸命に勉強しても、入学試験の当日に病気になったら、それまでの努力が水の泡になってしまう/不管多麼拚命地唸書，如果入學考試那天生了病，所有的努力都白費了。

似た表現 水泡に帰する

水も漏らさぬ 非常に厳しくて、すこしのすきもないようす。中 水洩不通；戒備森嚴。E closely.

☆ 外国のVIPを迎えるので、道路などは、水ももらさぬ警戒をしている/為迎接外國要人，所以沿途戒備森嚴。

水を打ったよう そこにいるおおぜいの人たちが、なんの音も立てないで、非常に静かなようす。中 鴉雀無聲。E a hush (falls over).

☆ 大きな拍手で迎えられたピアニストがいすにすわると、大ホールは水を打ったように静かになった/在掌聲中走上舞台的鋼琴家，往椅子上一坐下，大廳裡立即鴉雀無聲。

水を得た魚 人がふさわしい環境に身を置いて、生き生きと活躍するようす。中 如魚得水。E be in one's element.

☆ 一郎は、新しい職場に変わってから、水をえた魚のように元気に働いている/一郎自從換了新的工作後，如魚得水般地勤奮工作。

水を差す 仲のいい関係や、うまくいっている状態のじゃまをする。中 挑撥離間；潑冷水。E throw cold water on.

☆「彼はほかに好きな人がいる」と、兄はわたしの結婚に水を差そうとした/哥哥對於我的婚事潑冷水的說：「你的他另有新歡」。

似た表現 水をかける

……………………………………………

みずいらず【水入らず】ミズイラズ

家族や親類などだけで、他人が入っていないこと。中 只有自家人；不夾雜外人。E by ourselves.

☆ お正月の客が帰ったあと、久しぶりに家族水入らずで食事をした/新年來訪的客人回去後，自家人才好不容易地吃了一頓團圓飯。

☆ 親子水入らずの生活/父母與孩子和睦幸福的家庭生活。

みずうみ【湖】ミズウミ

陸にかこまれて、水がたくさんたまっている所。池より大きく深い。中 湖；湖水；湖泊。E a lake.

☆ 湖にボートを出して遊ぶ/在湖裡划小船遊玩。

☆ 火山の爆発でできた湖/由於火山爆發而形成的湖泊。

→沼

みずかけろん【水掛け論】ミズカケロン

たがいに自分の言いたいことばかりを言い続け、結論が出せそうにない議論。中 抬槓；沒有休止的爭論。E a fruitless argument.

☆ きみは本を返したと言う。彼は受け取っていないと言う。いつまで話し合っていても、水かけ論だ/你說書還了，他說沒收到，老是爭來爭去沒完沒了。

みずから【自ら】ミズカラ

自分。自分自身。また、自分で直接に行うようす。書 中 親自；自己；親手。E one's own; oneself.

☆ みずからの目で確かめて善悪を判断する/親自弄清楚後再判斷是非。

☆ みずから責任を取って、社長をやめる/自己承擔責任而辭去了總經理職務。

みずくさ・い【水くさい】ミズクサイ、ミズクサイ

親しい間柄なのに、他人のようによそよそしい。話 中 客套；見外；不親切。E too reserved; treat a person like a stranger.

☆ 夫婦なのにそんなに丁寧に礼を言うなんて水くさい/夫妻間那樣彬彬有禮似乎太客套了。

みすご・す【見過ごす】ミスゴス、ミスゴス

〔他動五〕(みすごして) ❶見ているのに、それに気がつかないままでいる。中 看漏；沒有看到。E overlook; fail to notice.

☆ こんないい本が図書館にあったのに、い

ままで見すごしていた/圖書館裡有這樣好的書，以前竟然沒發現。

❷ 見て知っているのに、それに対してなにもしないままにする。中 視若無睹；置之不問；忽視。E overlook; turn a blind eye to.

☆ 飢えで苦しんでいる子供たちをこのまま見すごすことはできない/不能眼看著忍受挨餓的小孩而置之不理。

みずしょうばい 【水商売】ミズショーバイ 客に気に入られるかどうかによって、収入が増えたり減ったりする不安定な商売。飲食店や酒場など。中 接待客人的行業。E the bar or restaurant business; a chancy trade.

☆ サラリーマンをやめて水商売を始めた/辭去上班族的工作，開始了經營餐飲服務業。

みずしらず 【見ず知らず】 見たことも会ったこともなくて、まったく知らないこと。中 素不相識；陌生。E strange.

☆ 財布を落として困っていたら、見ず知らずの人が電車の切符を買ってくれた/正因丟了錢包而不知如何是好的時候，一位陌生人為我買了車票。

みずっぽ・い 【水っぽい】ミズッポイ、ミズッポイ 食べ物、飲み物などの水分が多くて、おいしくない。中 水份多；淡而乏味。E watery; washy.

☆ 今年は雨が多かったので、くだものの味が水っぽい/今年雨水多，所以水果淡而無味。

☆ 水っぽい酒/淡而無味的酒。

ミステリー (mystery) ミステリー ❶ 不思議。神秘。中 神秘；不可思議的事情。E (a) mystery.

☆ まだ若くて給料も安い一郎に、あんな大きな家が買えるとは、これはミステリーだ/這麼年輕低薪的一郎，竟能買這麼大的房子，真不可思議。

❷ 推理小説。中 推理小說。E a mystery novel.

☆ 読みはじめたミステリーがおもしろくて、徹夜してしまった/剛開始看的推理小說很有趣，結果看了個通宵。

▷ 数 ❷ 1編

みすぼらし・い ミスボラシイ、ミスボラシイ 見たようすが貧しそうだ。中 難看；寒酸；破舊。E shabby; seedy.

☆ 古いよごれたシャツを着たみすぼらしい格好の男が地下道に寝ていた/穿著破舊襯衫，衣著寒酸的男子睡在地下道裡。

みずまし 【水増し】ミズマシ〔～する〕 実際の数字や予定の数よりも大きな数字に直すこと。中 虛誇；虛報；浮報。E pad (a figure).

☆ 実際の発行部数は2万部なのに、水増しして5万部と発表する/實際只發行兩萬冊，卻虛報成五萬冊。

☆ 水増し入学/虛報升學率。

みすみす ミスミス 悪い結果になるのがわかっているのに、どうすることもできず、残念なようす。中 眼看著；眼睜睜地。E though one is aware of it.

☆ 病院に行くひまがなくて、みすみす病気をひどくしてしまった/沒時間去醫院看病，而眼睜睜地看著病情加重。

みずみずし・い ミズミズシイ 若くて、新鮮な感じだ。中 水嫩水嫩的；嬌滴滴的。E fresh; young and fresh.

☆ 畑からとってきたばかりのみずみずしいキュウリをサラダにする/把從田裡剛摘下的新鮮小黃瓜做成沙拉。

☆ デビューして間もない、みずみずしい新人歌手/剛出道嬌滴滴的新人歌手。

☆ みずみずしい感覚/新鮮的感覺。

みずわり 【水割り】ミズワリ〔～する〕 ウイスキーなどの強い酒を水で薄めること。また、そのようにした酒。中 摻水的威士忌(或其他)酒。E watered; ～ and water.

☆ ウイスキーを水割りで飲む/把威士忌摻水喝。

☆ ウォッカの水割り/摻水伏特加酒。

みせ 【店】ミセ　商品を、人に見えるように並べて売る所。中 商店；店鋪；店鋪。E a store; a shop.

☆ 近くの店へ酒を買いに行く / 到附近的商店去買酒。

☆ 将来は自分の店を持ちたい / 將來想擁有自己的店鋪。

☆ 店先 (= 店の前) / 店頭(= 店鋪的門前)。

数 1 軒・1 店

みせいねん 【未成年】ミセイネン　大人になっていないこと。また、その人。日本では 20 歳未満の人をいう。中 未成年(人)。E be under age; a minor.

☆ きみは未成年だから、酒を飲んではいけない / 你還未成年，不可以喝酒。

☆ 未成年者 / 未成年人。

対 成年

みせか・ける 【見せかける】ミセカケル、ミセカケル〔他動一〕　表面だけを、そう見えるようにする。中 假裝。E pretend; make ~ look like….

☆ 病気の父は、元気に見せかけて家族を安心させようとする / 患病的父親強打著精神，想讓家人放心。

☆ おいしそうに見せかけた料理 / 看來好像很好吃的菜。

名 見せかけ

みせしめ 【見せしめ】ミセシメ　他の人が同じような悪いことをしないように、みなに見せるように罰すること。中 殺雞儆猴；警告。E a warning; a lesson.

☆ タバコを吸った高校生を、見せしめのために、校庭を 10 周走らせた / 讓吸菸的高中生繞著校園跑十圈，以示警告。

みぜにをきる 【身銭を切る】　自分の金で払う。中 自掏腰包。E pay out of one's own pocket.

☆ 働く母親たちのために身銭を切って保育園を建てる / 為了上班族的母親們，而用私費創辦托兒所。

みせびらか・す 【見せびらかす】ミセビラカス〔他動五〕(みせびらかして)　自慢そうに人に見せる。中 賣弄；誇示；炫耀。E show off; display.

☆ ビートルズのサインの入ったアルバムを友達に見せびらかす / 向朋友們炫耀有披頭四樂團簽名的紀念專輯。

☆ 子供が新しいおもちゃをみんなに見せびらかしている / 小孩向大家誇耀新玩具。

みせもの 【見世物】ミセモノ、ミセモノ

❶ 見物料を取って、珍しいものや芸を見せる催し。中 雜耍。E a show; an exbihition.

☆ お祭りで見世物をやっているから見に行こう / 廟會上有雜耍，去看看吧。

☆ 見世物小屋 / 曲藝場；雜耍場。

❷ 多くの人からおもしろがって見られること。また、そのもの。中 出洋相；活寶；成為笑料。E make a show of a thing.

☆ 二郎は歌が下手なのに得意になって歌うので、宴会のいい見世物になっている / 二郎不會唱歌，卻得意地唱了，成了宴會的笑料。

み・せる 【見せる】ミセル〔他動一〕 ❶ なにかを人の目に入るようにする。中 讓~看；出示。E let ~ see; show.

☆ 子供を動物園に連れていって、珍しい動物を見せてやろう / 帶著小孩去動物園看珍稀動物。

☆ パスポートを見せる / 出示護照。

❷ (「~てみせる」の形で)(1) 人にわかるように、その動作をする。中 給~看。E show how to do.

☆ 漢字の書き順を書いてみせる / 寫漢字的筆順給你看。

☆ ダンスをしてみせる / 跳舞給你看。

(2) 話し手の意志を強く表す。中 顯示；非~不可。E cannot fail to do.

☆ 必ず試合に勝ってみせる / 一定贏得比賽給

你看。

二 注 ❷はひらがなで書く。

みぜんにふせぐ【未然に防ぐ】 まだそのことが起こらないうちに防ぐ。中防患於未然。E prevent ~ from happening; nip ~ in the bud.

☆ 機械の故障を未然に防ぐためにじゅうぶんに点検する/為預防機械事故而仔細進行檢查。

☆ 災害を未然に防ぐ対策を考える/為防患災害而考慮預防的對策。

みそ ミソ ❶大豆や麦を蒸して細かくし、こうじや塩を入れて発酵させてつくった調味料。やわらかい固体で、おもにみそ汁に使う。中味噌。E *miso*; soybean paste.

☆ キュウリにみそをつけて食べる/黃瓜沾味噌吃。

☆ みそ漬け/用味噌醃(的食品)。

❷「❶」に似たもの。中味噌似的。

☆ カニのみそ/ the spongy gills in crabs. /蟹黃。

☆ 脳みそ/腦;腦漿。(→ 項目)

❸ 特別に工夫されていること。中得意之處;獨到之處。E the charm; the beauty.

☆ このレインコートは、小さくたためるのがみそだ/這件雨衣的特點是可以折成很小。

☆ 安いのがみそ/特點是便宜。

みそ[味噌]もくそ[糞]も一緒(にする) いいも悪いも区別しないで、全部を同じに扱う。中好壞不分;魚龍混雜;不問青紅皂白。E mix up good things and bad.

☆ みそもくそも一緒にされてはかなわない/不分青紅皂白(不分善惡好歹),令人受不了。

みそ[味噌]をつける 失敗をして、面目を失う。中失敗;丟臉。E make a mess of it.

☆ 立派な仕事をしてきた人なのに、汚職をしてみそをつけた/一直行事清高的人卻因貪污而丟人。

みぞ【溝】ミゾ ❶水を流すために、地面に細長く掘ったもの。中水溝。E a drain; a ditch.

☆ 溝にごみがつまって、雨水が流れない/水溝堵滿垃圾,所以雨水流不出去。

❷ なにかを通すために掘られた細長いへこみ。中溝;槽。E a groove.

☆ 雨戸の溝にたまったごみを取り除く/清除積存在木板窗溝槽裡的垃圾。

❸ 気持ちや考えなどが離れて、人と人との間にできるすきま。中隔閡。E a gap; a gulf.

☆ 子供のことが原因で、夫婦の間に溝ができた/為了小孩的事,夫妻間產生了隔閡。

みぞう【未曾有】ミゾウ、ミゾウ いままで1度どもなかったようす。書 中空前;未曾有過。E unprecedented.

☆ 未曾有の大洪水で多くの死者が出た/由於空前的大洪水淹死了許多人。

みそぎ ミソギ 罪やけがれを取るために、川などの水で体を清めること。また、汚職などの疑いをかけられた議員が、つぎの選挙に立候補して当選し、国民の信任をえたとすること。中淨身;洗滌(以海水或河水淨身以除去罪名或污點)。E a purification ceremony; be "purified".

☆ むかしの人は川でみそぎをしてから神殿に上がった/古時候的人要在河裡沐浴淨身後才能進入神殿。

☆ 3年前に汚職で議員をやめたAは今回の選挙で当選して、みそぎはすんだと大いばりで議会にもどってきた/三年前因貪污辭去了議員職務的A,這次選舉中當選而洗清罪名,又神氣地回到了議會。

みそこな・う【見損なう】ミソコナウ、ミソコナウ〔他動五〕(**みそこなって**) ❶なにかをまちがって見る。中看錯。E misread.

☆ 手帳の電話番号を見そこなって、違う人にかけてしまった/看錯通訊錄的電話號碼,而打錯了電話。

❷ 評価をまちがえる。中估計錯誤;看錯了人。E misjudge.

☆ きみがそんな無責任なやつだったとは見

そこなったよ / 你居然是個不負責任的人，我看錯人了啦。

❸ 見る機会を失う。中錯過看的機會；沒看上。E miss.

☆ テレビを見そこなって、そのニュースを知らなかった/没看電視，所以不知道這個消息。

みそしる【みそ汁】ミソシル　野菜などを入れて煮て、みそで味をつけた汁。中味噌湯。E *miso* soup.

☆ 朝食はごはんとみそ汁に決めている/早飯決定是米飯和味噌湯。

☆ 豆腐のみそ汁 / 豆腐味噌湯。

〓注 漢字で書くときは「味噌汁」。

みそっかす　ミソッカス　遊びの仲間に、対等に入れてもらえない子供。話 中小毛頭；乳臭未乾的小子。E a good-for-nothing.

☆ おまえはみそっかすだから、お兄ちゃんたちの遊びを見ていなさい / 你還小，所以看哥哥他們玩吧!

みたいだ　(名詞、動詞と形容詞の基本形、形容動詞の詞幹について) ❶ はっきりしないが、たぶんそうらしいということを表す。

み

中(表示推斷或委婉的斷定) 像；好像。

☆ かぜをひいたみたいだから、薬を飲んでおく / 好像感冒了，還是吃點藥好。

☆ 洋子はきみのことが好きみたいだよ / It seems that Yoko likes you. /洋子好像喜歡你呀!

❷ あるものごとがほかと似ていることを表す。中(表示與其他事物相似) 像…那樣；像…一樣。

☆ 羊みたいな雲/ a cloud looking like a sheep. / 綿羊似的雲。

☆ 子供みたいに話す / 像孩子般地說話。

❸ 1つの例としてあげる。中(舉止具體的例示) 例如……樣子；像…這樣。

☆ きみみたいに若い人にはわからないことだ / The young people like you can't understand it. / 像你這樣的年輕人是不會了解的。

☆ ケーキみたいな甘いものが食べたい/想吃蛋糕那樣的甜食。

▷ 話

〓参「ようだ」も似ているが、「みたいだ」のほうがくだけた言い方。

みだし【見出し】ミダシ　❶ 新聞や雑誌などで、内容が一目でわかるように、大きな字で簡単に書き表した部分。中標題。E a headline; a caption.

☆ 朝は忙しいから、新聞の見出しだけ見て会社へ行く / 早上很忙只瞄一下報紙標題就去上班了。

☆ 大見出し / 大標題。

❷ 辞書で、項目として出ていることば。見出し語。中(字典的) 詞條。E an entry.

☆ この辞書は、見出しが約1万語ある / 這本字典大約有一萬詞條。

☆ ローマ字見出し / 用羅馬拼音寫詞條。

みだしなみ【身だしなみ】ミダシナミ　服装や髪、態度などを、きちんとととのえること。中注意儀容；講求修飾；修邊幅。E attentiveness to one's personal appearance.

☆ 着るものや持ち物に気を配るのは、社会人としての身だしなみだ / 注意穿著及隨身配件是身為社會人的禮節。

☆ 身だしなみのいい人 / 修養好的人。

みた・す【満たす】ミタス〔他動五〕(みたして)

❶ いっぱいにする。中充滿；填滿。E fill.

☆ 池に水を満たす / 在池子裡灌滿水。

☆ 腹を満たす / 填飽肚子；果腹。

❷ ほしがっているものを与えて満足させる。中滿足。E meet; satisfy.

☆ わたしの条件を満たす部屋が見つかった/ 找到符合我的條件的房子。

☆ 要求を満たす / 滿足要求。

▷ 自動 満ちる

みだ・す【乱す】ミダス〔他動五〕(みだして) ととのっている状態を、そうでなくなるようにする。中弄亂；擾亂。E break; disturb.

☆ 電車が来ると、人々は列を乱して入り口に急いだ/電車一到站，隊伍就亂了，人們直奔車門。

☆ 平和を乱す/破壞和平。

対 整える　自動 乱れる

みだりに　ミダリニ　理由もなしに。勝手に。書 中 胡亂；隨意；任意。E without reason; without permission.

☆ バスの運行中は、みだりに運転手に話しかけないでください/在巴士行駛中，請勿隨意與駕駛交談。

☆ 高山植物をみだりにとってはならない/不得隨意砍伐高山植物。

みち　【道】ミチ　❶ 人や車が通る所。中 道路。E a road, a street.

☆ 通勤の車で道がこんでいる/道路上擠滿通勤車輛。

☆ 道を横切る/橫越馬路。

❷ 目的地へ行く途中。中 路上；途中。E on one's way.

☆ 学校へ行く道で、忘れ物に気がついた/在去學校途中，忽然發現忘了帶東西。

❸ 目的地までの道のり。中 路程。E (a) journey; (a) distance.

☆ 頂上への道は遠い/到山頂的路程還很遙遠。

☆ 完成への道/成功之路。

❹ 目的地までの行き方。中 路線；路。E the way; the course.

☆ 公園へ行く道をまちがえる/走錯了去公園的路。

☆ 道を尋ねる/問路。

❺ 人が取るべき生き方。中 道；道義；道德。E a moral code; teachings; the right way of life.

☆ 他人のものを盗むのは人の道に反することだ/偷竊別人的東西違反做人的道理。

☆ 道を説く/講道理。

❻ あることのために必要な方法。中 方法；手段。E a way; a means.

☆ しあわせに生きる道をさがす/尋找幸福人生之路。

☆ 生計を立てる道/謀生之路。

❼ 専門の分野。中 專業；領域。E a line; a subject.

☆ 自分で将来の道を選ぶ/自己選擇將來的路。

☆ 道をきわめる/登峰造極。

☆ その道の大家/這個領域的權威。

▷ 数 ❶ 1本・1筋

道が開ける　なにかを解決するための方法や進むべき方向が見つかり、将来に希望が持てるようになる。中 找出解決辦法；有眉目。E find a way of.

☆ 話し合いにより和平への道が開けてきた/通過協商，開啓了和平大道。

似た表現 道を開く

道をつける　いままでだれもしなかったことをはじめてしたり、進むべき方向を示したりして、後に続く人が進みやすいようにする。中 開闢道路；開始～的道路。E cut a path; lead the way.

☆ 道子が、女性パイロットへの道をつけた/道子開闢了女性當飛行員的道路。

似た表現 道がつく

みち　【未知】ミチ　まだ知らないこと。書 中 未知；不知道。E unknown; strange.

☆ 火星には、未知のことが多い/對於火星，未知的事情還有很多。

☆ 未知の世界/未知的世界。

☆ 未知数/未知數。

対 既知

みちくさ　【道草】ミチクサ〔～する〕目的地や目標に向かっている途中で、別のなにかをして時間を使ってしまうこと。中 中途耽擱；路上閒逛。E tarry on the way; fool around on the way.

☆ 学校の帰りは道草をしないでまっすぐ帰っていらっしゃい/放學回家路上不要閒

逛，直接回家來。

☆ 道草をくう / 在途中耽擱；路上閒逛。

みちのり【道のり】ミチノリ　目的地までの距離、遠さ。中 路程；距離。E (a) distance.

☆ 家から駅まで５キロの道のりを自転車で通う / 從家到車站五公里的路程騎腳踏車。

☆ 学校までは30分ばかりの道のりだ/到學校大概只是三十分鐘的路程。

みちばた【道端】ミチバタ　道のはしのあたり。中 道旁。E the roadside.

☆ 道ばたで友達と立ち話をする / 在路邊站著和朋友談話。

☆ 道ばたに財布が落ちていた / 有錢包掉在路旁。

みちび・く【導く】ミチビク〔他動五〕(みちびいて)　❶ 目的の場所へ迷わずに行かせるようにする。案内する。中 引路；引道。E show into; conduct; guide.

☆ 社長に面会を求めると、応接室に導かれた / 要求見總經理，就被帶領到接待室。

☆ 出口に導く / 帶領至出口。

❷ よくしようと教育する。中 指導；引導。E guide.

☆ 先生が導いてくださったおかげで、この子も立ち直りました/承蒙老師指點，這孩子重新站起來了。

❸ ある結果を引きだすようにする。中 導致。E lead.

☆ 話し合いによって問題を解決に導いた/透過談判使問題解決。

▷ 名 導き

み・ちる【満ちる】ミチル〔自動一〕　❶ いっぱいになる。中 滿；充滿。E be full of; expire.

☆ 湖に水が満ちる / 湖水滿盈。

☆ 会長の任期が満ちて、交代する / 會長任期屆滿進行交接。

❷ 月がまるくなる。中 圓；盈。E be full.

☆ 月が満ち、十五夜を迎える/十五月圓之夜即將到來。

対 欠ける

▷ 他動 満たす

参 否定形は、古い言い方「満つ」の活用形からできた「満たない」を使う。

みつ【密】ミツ　❶ すきまがないようす。中 稠密。E dense; thick.

☆ 木が密に生えている / 樹木稠密地生長著。

☆ いちばん人口が密な地域 / 人口最密集的地區。

対 疎

❷ 関係が深いようす。中 密切；親密。E close.

☆ 仲間との連絡を密にする/和搭檔密切聯繫。

☆ 友人との関係を密にする / 和朋友保持親密關係。

対 疎

❸ (他のことばの頭について)他人に知られないよう、また、隠れてなにかをすること。中 秘密行動；地下活動。

☆ 密入国 / smuggle oneself into a country. / 秘密入境；潛入國境。

☆ 密貿易 / 走私貿易。

▷ 書 ❶

みつ【蜜】ミツ　甘くて、ねばりけのある液体。中 蜜；蜂蜜；糖蜜。E nectar; honey.

☆ ハチが、花のみつを集める/蜜蜂採集花蜜。

☆ パンにみつをぬる / 麵包上塗蜂蜜。

☆ ハチみつ / 蜂蜜。

みっか【三日】ミッカ　❶ その月の３番目の日。３日。中 三號；三日。E the third (of May).

☆ ５月３日は憲法記念日で休みだ/五月三日是憲法紀念節，放假。

❷ 日の数が３つあること。３日。中 三天。E three days.

☆ １週間に３日アルバイトをしている/一星期打工三天。

☆ 土、日、月と３日間の休み / 禮拜六、禮拜日、禮拜一，三天休息。

❸ 非常に短い日数。中 極短的天數。

☆ 三日天下 / a very brief reign. / 短暫政權。

みっかぼうず 【三日坊主】ミッカボーズ 飽きやすくて、ものごとを長く続けられないこと。また、その人。中 沒有耐性(的人)；三天曬網，兩天捕魚(的人)。E one who can't stick to anything.

☆ なにごとも三日坊主の兄は、朝のジョギングも１週間続けただけだった / 做任何事都沒有耐性的哥哥，早上的慢跑也只持續了一週。

みつか・る 【見つかる】ミツカル〔自動五〕(みつかって) ❶ さがしていたものが、あるとわかる。中 找到。E be found; be discovered.

☆ 自分のやりたい仕事が見つかった / 找到了自己想做的工作。

☆ 友達の家はなかなか見つからなかった / 怎麼也找不到朋友的家。

❷ 人の目にとまる。中 被發現；被看到。E be caught (doing).

☆ 授業中に漫画を読んでいるところを先生に見つかった / 上課時偷看漫畫，被老師逮個正著。

▷ 他動 見つける

みつ・ぐ 【貢ぐ】ミツグ、ミツグ〔他動五〕(みついで) 自分にとって特別の価値があると思う相手に、金やものを贈る。中 獻貢；納貢。E supply a person with money.

☆ 政治家に資金をみつぐ / 向政治人物獻金。

みつ・ける 【見つける】ミツケル〔他動一〕 さがしだす。発見する。中 找到；看到；發現。E find.

☆ 新しい仕事を見つける / 找到新工作。

☆ 100円玉が落ちているのを見つけた / 發現了掉落的一百日圓硬幣。

自動 見つかる

みっこく 【密告】ミッコク〔～する〕 他人のした悪いことや秘密などを、その人に知られないように警察や他の人に知らせること。中 密告。E inform secretly.

☆ となりの人が犯人らしいと、警察に密告した / 向警察檢舉旁邊那個人好像犯人。

☆ 密告者 / 告密者。

→告げ口

みつごのたましいひゃくまで 【三つ子の魂百まで】 小さいころのくせや性格は年をとっても変わらないということ。中 江山易改，本性難移。E The child is father of the man.

みっしゅう 【密集】ミッシュー〔～する〕 たくさんのものが、すきまもないほど集まっていること。中 密集；稠密。E stand close together.

☆ 建物が密集している地域 / 建築物密集的地帶。

みっせつ 【密接】ミッセツ ❶〔～する〕 他と、すきまがないぐらい近く接していること。中 密接；緊連。E be very close.

☆ 壁と壁が密接して建っている２軒の家 / 兩幢牆壁連接的雙併式房子。

❷ 関係が深いようす。中 密切。E close.

☆ 自動車の数と空気のよごれには、密接な関係がある / 汽車數量與空氣污染有密切的關係。

☆ 密接に結びつく / 緊密結合。

▷ 書 ❶

みっちゃく 【密着】ミッチャク〔～する〕 離れないように、つくこと。中 貼緊；緊靠。E adhere closely to; stick fast to.

☆ 大臣に密着して取材する / 緊盯著部長進行採訪。

☆ 生活に密着した雑誌 / 十分生活化的雜誌。

みっちり ミッチリ 時間をかけて、じゅうぶん行うようす。中 嚴格；充分；大量；全部。

☆ きょうは時間があるので、みっちり(と)練習できる / 今天有時間，可以好好地練習。

☆ ファッションモデルは、歩き方をみっち

み

り(と)訓練させられる / A fashion show model is obliged to take hard training in how to walk. / 當時裝模特兒的人走路姿勢要受到嚴格的訓練。

みっつ【三つ】ミッツ、ミッツ ❶ 2つのつぎの数。3。3つ。中3個。E three.

☆ 1つ、2つ、3つ、4つ…と数える/一個、二個、三個、四個……的數著。

☆ 車輪が3つある子供の乗り物を三輪車という/有三個輪子給兒童乘騎的車叫做三輪車。

❷ 3歳。3つ。中三歲。E three years old.

☆ 子供が3つになったので、七五三のお祝いをした/小孩三歲了，做了「七五三」的慶祝活動(日本男孩三歲、五歲，女孩三歲、七歲時的十一月十五日要舉行的祝賀儀式)。

みつど【密度】ミツド ❶ 決まった範囲に、人やものがつまっている度合い。中 密度。E density.

☆ この国は人口の密度が非常に高い/這個國家的人口密度非常高。

❷ 物理で、物質の単位体積あたりの質量。中密度。E density.

☆ 水の密度は1立方センチあたり、1グラムだ / 水的密度是每一立方公分為一公克。

❸ 内容が充実している度合い。中 充實；周密。E substantial; rich in content.

☆ 短いが密度の濃い文章だ / 這是一篇簡短但內容充實的文章。

☆ 密度の高い講義 / 內容充實的講課。

みっともな·い ミットモナイ 体裁が悪くて、恥ずかしい。話中不像樣；不體面；不成體統。E shabby; shameful.

☆ よごれたシャツはみっともないから、早く着がえなさい / 穿這麼髒的襯衫真不像樣，快換下來。

☆ 社会人になって、あいさつもできないとはみっともない / 身為社會人，連打招呼都不會，成何體統。

参「見苦しい」も似ているが、「見苦しい」が他人が外から見ていやな感じであるのに対して、「みっともない」は他人の目を意識して自分が恥ずかしいと感じることに重点がある。

みっぺい【密閉】ミッペイ〔～する〕 すきまのないように閉じること。中 密封；嚴密關閉。E close up tightly.

☆ 中の水がこぼれないように、容器を密閉する / 要封緊容器，不讓裡面的水溢出來。

☆ 部屋を密閉して消毒する / 關緊房間進行消毒。

みつ·める【見つめる】ミツメル、ミツメル〔他動一〕 1つのものをじっと見続ける。中凝視；注視；盯著看。E gaze at; watch intently.

☆ 10年ぶりに帰ってきた息子の顔を、母親はものも言わずに見つめた / 遊子十年還鄉，母親靜默地凝視著愛子的臉龐。

☆ 穴の開くほど見つめる / 直盯著看。

みつもり 【見積もり】ミツモリ〔～する〕 なにかを行う前に、だいたいの量や金額を計算すること。また、その計算。中 估計。E an estimate.

☆ 家を建てる前に建築費の見積もりを出してもらう / 蓋房子前，事先要求建築費用的估價。

☆ 見積書 / 估價單。

他動 見積もる

みつゆ【密輸】ミツユ〔～する〕 法律にしたがわず、隠れてする輸入や輸出。中 走私。E smuggling.

☆ 靴の中に隠して麻薬を密輸しようとして、税関で捕まった / 企圖將毒品藏在鞋子中夾帶走私，卻被海關抓到了。

みてい【未定】ミテイ まだ決まっていないこと。中 未定；未決定。E be not fixed.

☆ 歓迎会の日時は未定です / 歡迎會的日期和時間還未定。

対 既定

みてくれ【見てくれ】ミテクレ　外側から見えるようす。[話][中]外觀；外表。[E] outward appearance.

☆ このリンゴは、見てくれはよくないが、味はいい/這種蘋果外觀雖然不佳，味道卻不錯。

☆ 見てくれを気にする/注重外表。

みとおし【見通し】ミトーシ　❶遠くまで見えること。[中]瞭望；眺望。[E] perspective; visibility.

☆ 激しい雨で、見通しが悪い/大雨滂沱，能見度差。

☆ まっすぐで見通しのいい道/筆直的，視野好的道路。

❷将来のことを、こうだろうと考えること。[中]預料；推測。[E] a prospect, an outlook.

☆ 5年先までの見通しを立てて、計画する/計劃要預測到五年後的變化。

☆ 明るい見通し/前途光明。

❸(「お見通し」の形で)隠していたこともすべてわかっていること。[中]看出來；看透；看穿。[E] see through; see into.

☆ 神は、すべてをお見通しだ/老天爺洞察一切；神仙洞察一切。

▷ [他動]見通す

みどころ【見どころ】ミドコロ、ミドコロ

❶見る価値のあるところ。[中]精彩處；值得看的地方。[E] the highlight.

☆ この映画の見どころは後半の部分にある/這部電影精彩的場面在後半部。

❷その人のいいところや、将来よくなるだろうと思えるところ。[中]前途；前程；長處。[E] promise; strong points.

☆ 見どころのある生徒だから、将来が楽しみだ/是個有前途的學生，將來不可限量。

みとど・ける【見届ける】ミトドケル、ミトドケル〔他動一〕　終わりまで見て、確かめる。[中]看準；看清楚。[E] make sure; see with one's own eyes.

☆ 学生が全部帰るのを見とどけて、図書室のかぎをかける/看到學生全回去後，才把圖書室鎖上。

☆ 火が消えるのを見とどける/確認火熄滅了。

みと・める【認める】ミトメル〔他動一〕

❶状況から、そうだと判断する。[中]斷定；認為。[E] acknowledge; admit.

☆ 事務員の要求を正当と認めてコピー機を買い入れた/認為職員要求合理，同意採購一台影印機。

☆ 賛成多数と認める/認定是多數贊成。

❷それだけの価値があるとして評価する。[中]賞識；承認。[E] recognize.

☆ 才能を認めてデザイナーとして採用する/才能受到肯定，被錄用為設計師。

☆ 世界的な科学者として認められる/公認為世界級的科學家。

❸適当だと判断し許す。[中]准許；同意。[E] permit; allow.

☆ 10日間の休暇を認める/准許休假十天。

☆ 入国を認める/准許入境。

▷ [名]認め

みどり【緑】ミドリ　❶色の1つ。木や草の葉のような色。黄と青の中間の色。[中]綠色；翠綠。[E] green.

☆ 夏も近づき、木の葉の色が濃い緑になってきた/夏日將近，樹葉轉為濃綠。

❷「❶」の色の葉をつけた木や草。[中]樹的嫩芽，嫩葉。[E] verdure; greenery.

☆ このへんは緑が多くて環境がいい/這一帶樹多，環境優美。

☆ 部屋に緑を置く/房間裡擺飾綠色植物。

みとりず【見取り図】ミトリズ　土地や建物、機械などを、ある位置から見て、全体のようすが一目でわかるようにかいた図。[中]配置圖；略圖。[E] a plan; a (rough) sketch.

☆ 簡単な見取り図をかいて、部屋のようすを説明する/畫張簡圖，說明房間的狀況。

数 1枚

みと·れる【見とれる】ミトレル、ミトレル〔自動一〕 あまりの美しさやすばらしさに、自分を忘れてしばらく見ている。中 看得入迷。E be fascinated; be lost in admiration of.

☆ 夜明けの空の美しさに、しばらく見とれていた / 優美的黎明天色讓人看得忘我。

みな【皆】ミナ、ミナ 全部の人。全部のものごと。みんな。中 全體；大家；全部。E everyone; everything; all.

☆ みなが喜ぶ / 皆大歡喜。

☆ 品物がみな売れた / 商品全都賣光了。

☆ きょうの仕事はみな終わった / 今天的工作全做完了。

みなぎ·る ミナギル〔自動五〕(みなぎって)

❶ 水などがあふれるほどいっぱいになる。中 滿溢。E be swollen.

☆ 湖に青々と水がみなぎっている / 碧綠的湖水滿溢湖中。

❷ 気持ちや力などが、あふれるほどいっぱいにある。中 充滿；滿溢；高漲。E overflow with; be full of.

☆ スポーツ大会の会場は、若さがみなぎっていた / 運動會場上充滿朝氣。

みなさん【皆さん】ミナサン 全部の人。また、ある場所にいる人全部に呼びかけることば。中 大家；諸位；各位。E all of you; all; everybody.

☆ みなさんのご協力をお願いします / 懇請各位大力協助。

☆ ご家族のみなさんによろしく / 請向家人問好。

☆ みなさん、こんにちは / 諸位(鄉親、朋友等)，大家好。

みな·す【見なす】ミナス、ミナス〔他動五〕(みなして) 実際のことには関係なく、そうだと決める。中 當作；看作。E regard as; consider.

☆ 9時までに来ない人は欠席と見なす / 到九點為止，未到的人算缺席。

みなと【港】ミナト 船を安全に出入りさせたり、泊めたりできる設備のある所。中 港；港口。E a harbor; a port.

☆ 大きな船が港に入ってきた / 大船入港了。

☆ 港へ船を見に行く / 到海港去看船。

☆ 港町 / 港口城市。

みなみ【南】ミナミ 4つの方角の1つ。太陽がのぼるほうを向いて右の方角。中 南；南方。E the south.

☆ 窓が南に向いている部屋だから、冬は暖かい / 房間窗子朝南，所以冬天暖和。

☆ 南の国 / 南國。

☆ 南風 / 南風。

対 北

みなもと【源】ミナモト 川が流れ出す、いちばんもとの所。また、ものごとの始めの部分。中 水源；發源地。E the source; the origin.

☆ 川の源をさがして川を上る / 為找河流的源頭，逆溪而上。

☆ 文明の源 / 文明發源地。

みならい【見習い】ミナライ 技術ややり方をじゅうぶんにわかっていない人が、これからその仕事をするために、実際の場でそれを習うこと。また、習っている人。中 學習；見習(生)；學著做。E probation; an apprentice.

☆ 病院で看護婦の見習いをする / 在醫院做實習護士。

☆ 見習い期間 / 實習期間。

☆ 教師見習い / 實習教師。

他動 見習う

みなり【身なり】ミナリ 衣服をつけた姿。中 服飾；裝束；打扮。E dress; one's appearance.

☆ 朝起きたらすぐに身なりをととのえる / 早上一起床就打扮整齊。

☆ 身なりにかまわない人 / 對穿著不在乎的人。

ミニ (mini) ミニ ❶〔←ミニスカート (miniskirt)〕丈がひざより上の、短いスカート。

中 迷你裙。E a miniskirt.

☆ 今年はミニがはやっている/今年流行迷你裙。

対 ロング

❷ 小型であること。小さいこと。中 小；小型。

☆ ミニカー/a minicar; a miniature car./小型汽車；模型汽車。

☆ ミニシアター/a tiny theater./小劇場。

▷ 数 ❶ 1枚・1着

みにく・い【醜い】ミニクイ ❶ 形がよくなくて、見ていやな感じがする。中 難看；不好看；醜。E ugly; plain; unsightly.

☆ にきびがたくさんできて、みにくい顔になってしまった/臉上長了許多青春痘，變得很難看。

☆ 山が半分けずられて、みにくい姿を見せている/山被削掉一半，樣子顯得十分難看。

対 美しい

❷ 心や行いなどが正しくなくて、いやな感じだ。中 醜陋；醜惡。E scandalous; ignoble.

☆ 父親の遺産の取り合いで、きょうだいがみにくい争いをしている/為爭奪亡父遺產，兄弟間進行醜陋的爭鬥。

☆ みにくい心/醜惡的心。

対 美しい

みぬ・く【見抜く】ミヌク、ミヌク〔他動五〕(みぬいて) 表に表れていない本当のことを見て知る。中 看穿；看透；認清。E see through.

☆ 弟がうそを言っていることを、すぐに見抜いた/弟弟的謊言立即就被拆穿了。

☆ 本質を見抜く/看清本質。

みのう【未納】ミノー 決められたときまでに金やものを納めていないこと。中 未繳納。E have not yet paid; be in arrears.

☆ 授業料が未納の人は、すぐに納めてください/還沒繳學費的人，請馬上繳交。

☆ 去年の税金が未納だ/去年的稅金尚未繳交。

みのうえ【身の上】ミノウエ、ミノウエ ある人がいままで過ごしてきた人生のさまざまなことや現在の状態。また、将来の運命。中 境遇；身世；命運。E one's circumstances; one's lot.

☆ 道子は両親に早く死に別れ、きょうだいもいない、さびしい身の上だった/道子雙親早逝，又無兄弟，一身孑然。

☆ これからの身の上を占ってもらう/請算一下我今後的命運。

☆ 身の上話/講述個人的身世。

みのしろきん【身代金】ミノシロキン、ミノシロキン 誘拐した人を返すかわりに、犯人が要求する金。中 贖金。E a ransom.

☆ 犯人が身代金を取りに来たところを警官が取り押さえた/嫌犯剛來取贖金，就被警察逮捕了。

みの・る【実る】ミノル、ミノル〔自動五〕(みのって) ❶ 植物に実ができる。中 結果實；成熟。E bear fruit; ripen.

☆ 秋になると、いろいろな木の実が実る/一到秋天，各式各樣的樹就結果。

☆ 稲が実って黄色くなった/稻子成熟後，變成了金黃色。

❷ いい結果になって表れる。中 有成果；有成績。E (one's efforts) bear fruit; be rewarded.

☆ 3年間の努力が実って、試験に合格した/三年努力終有成果，通過了考試。

▷ 名 実り

みばえ【見栄え・見映え】ミバエ、ミバエ 外観が立派に見えること。中 顯得好看；美觀。E look nice; nicelooking.

☆ 安い服だが、着ると見ばえがする/雖是便宜的衣服，穿在身上卻很漂亮。

☆ 見ばえのする家/美觀的房子。

みはから・う【見計らう】ミハカラウ、ミハカラウ〔他動五〕(みはからって) ちょうどいい時機やものを選ぶ。中 估計；計算；安排。E time (one's visit); at the proper time.

☆ 約束の時間に遅れないように、時間を見はからって家を出る/為了不要遲於約定的時間，算好時間出門。

みはらし【見晴らし】ミハラシ　ある場所から広く見わたせること。また、その景色。中 眺望；景致。E a view; an outlook.

☆ 山の頂上からの見晴らしはすばらしかった / 從山頂眺望的景緻極佳。

☆ 見晴らしがきく / 適於眺望。

☆ 見晴らし台 / 眺望台。

他動 見晴らす

みは・る【見張る】ミハル〔他動五〕(みはって)　❶なにか変わったことが起きないかと、注意して見ている。中 監視；戒備；看守。E watch; look out for.

☆ 警官が、スピード違反の車を見張っている / 警察等著抓超速的車輛。

❷ (「目を見張る」の形で) 目を大きく開き、驚く。中 瞠目驚視；睜大眼睛直看。E open one's eyes wide.

☆ 洋子はその光景に目を見張った / 洋子被眼前的情景嚇得目瞪口呆。

▷ 名 見張り

みぶり【身振り】ミブリ、ミブリ　気持ちや考えを表す体の動き。中 姿態；動作。E a gesture; a motion.

☆ 三郎はいつも大きな身ぶりで話をする / 三郎說話時動作總是特別誇張。

☆ 身ぶり手ぶりで意思を伝える / 用動作及手勢 (= 肢體語言) 表達意思。

みぶん【身分】ミブン　人が社会や団体の中で持っている地位。中 身分。E a social position; one's identity.

☆ むかし、武士は身分が高く、商人は身分が低かった / 古時武士位尊，而商人卑下。

☆ 身分を証明するものを示す / 請出示身份證明。

みぼうじん【未亡人】ミボージン　夫が死んで、その後、結婚していない女性。中 遺孀；寡婦；未亡人。E a widow.

☆ 夫が戦死して、わたしは若くして未亡人になった / 丈夫戰死了，我成了年輕的寡婦。

参 もとの意味は「夫が死んだのにまだ死なないでいる人」で、夫をなくした人が自分のことを謙遜していうとき使った。だから他人についていうのは失礼になる。

みほん【見本】ミホン　❶あるものの状態を人に知らせるために、代表として見せる品物。中 樣品；貨樣。E a sample; a specimen.

☆ レストランで料理の見本を見て注文する / 在餐廳裡看著食物的樣品點菜。

☆ 見本刷り / a specimen page. / 樣刷；樣書。

❷ 適切な例。いい手本。中 樣子；榜樣；範本。E a model; an example.

☆ スキー学校の先生が、まずすべり方の見本を示す / 滑雪學校的老師，首先對我們做滑雪的示範。

みまい【見舞い】ミマイ　災害にあったり病気になったりした人を訪ねたり、手紙を出したりして、ようすを聞き、なぐさめること。また、そのための手紙や贈り物。中 看望；探望；慰問。E an inquiry; an expression of sympathy.

☆ 花を持って、病院へ友達の見舞いに行く / 拿著鮮花去醫院探望朋友。

☆ 見舞いの手紙 / 慰問信。

他動 見舞う

みまん【未満】ミマン　その数や量に達しないこと。中 未滿；不足。E under; less than.

☆ 18歳未満の人は入れない / 未滿十八歲者不准入內。

☆ 10円未満を切り捨てる / 不足十日圓就捨去。

→以下

みみ【耳】ミミ　❶頭の両側にある、音を聞き取る器官。中 耳朵。E an ear.

☆ 耳に手を当てて相手の声をよく聞こうとする / 把手托在耳後想聽清楚對方的聲音。

❷ 聞く能力。中 聽力。E hearing.

☆ 二郎は耳がいいから演奏の小さなミスも聞き取れる / 二郎聽力很好，演奏的一點小錯誤也能聽出來。

❸ 食パンのはしのかたい所。また、紙や織物のはしなど。中 邊；緣。E the crust; (a) selvage.

☆ パンの耳を切り落とす / 切掉麵包邊。

▷ →顔 図

…………「耳」のつく慣用表現 …………

耳が痛い 自分の欠点を言われて、聞くのがつらい。中 刺耳；不愛聽。E hit a sore spot.

☆ 努力もしないでいい成績を望んでもだめだという先生の話は耳が痛かった / 老師說不努力就想得好成績是不可能的，聽來真刺耳。

耳が遠い 音を聞き取る能力が弱い。中 耳背。E be hard of hearing.

☆ 最近耳が遠くなり、人の話がよく聞こえなくなった / 最近耳背了，聽不清楚別人說的話。

耳が早い うわさなどを、すばやく聞いて知る。中 消息靈通。E have sharp ears.

☆ となりの山田さんは耳が早いから、近所のできごとはなんでも知っている / 鄰居山田先生消息靈通，附近發生的事都知道。

耳にたこができる 同じことを何度も聞かされて、聞き飽きる。中 聽膩。E be sick and tired of hearing.

☆ 父からも母からもいつもいつも「勉強しなさい」と言われ、もう耳にたこができた / 父母老對我說：「要用功讀書。」聽都聽膩了。

耳に挟む ある機会に、ちょっとだけ聞く。中 略微聽到一點。E happen to hear.

☆ ちょっと耳にはさんだのだが、田中さんが会社をやめるらしい / 略有耳聞，田中先生好像要辭去公司的職務了。

似た表現 小耳に挟む

耳を疑う 信じられないようなことを聞いて驚く。中 不敢相信，懷疑自己的耳朵聽錯。E can hardly believe one's ears.

☆ 旅行中の父が死んだと聞いて、あまり突然のことなので耳を疑った / 突然聽到父親在旅途中去世，懷疑自己的耳朵聽錯了。

耳を貸す 人の話を聞く。中 聽取意見；聽別人說話；參與商議。E lend one's ear to.

☆ 相談したいことがあるので耳を貸してほしい / 有事跟你商量，希望聽聽你的意見。

耳を傾ける 熱心に聞く。中 側耳傾聽；仔細聽。E listen to.

☆ ショパンの曲に耳を傾ける / 仔細聽蕭邦的樂曲。

耳を澄ます 注意を集中して聞く。中 注意傾聽；側耳傾聽。E strain one's ears.

☆ 変な音がしたので、耳を澄ましてようすをうかがう / 感到有異常的聲音，而側耳傾聽。

耳をそろえる 必要な金額を全部用意する。中 把錢一分不差地湊齊。E (pay off) in full.

☆ 借りた金を、耳をそろえて返す / 把錢湊齊還清借款。

……………………………………………………

みみうち【耳打ち】ミミウチ、ミミウチ〔～する〕

まわりの人に聞かれたくないことを、相手の耳のそばで小さい声で話すこと。中 耳語；咬耳朵；悄悄話。E whisper into a person's ear.

☆ 記者会見中の大臣に秘書が、「もう時間です」と耳打ちをした / 秘書悄悄地對正在會見記者的部長說：「時間到了。」

みみざわり【耳障り】ミミザワリ

声や音が不愉快に聞こえるようす。中 刺耳。E harsh to the car; jarring.

☆ 図書館では、友達どうしで話し合っている小さい声がとても耳ざわりだ / 在圖書館裡，友人間的耳語很刺耳。

☆ 耳ざわりな急ブレーキの音 / 刺耳的緊急煞車聲。

みみっち・い ミミッチイ

わずかな金や細

かいことを気にする。けちくさい。話 中吝嗇；小氣。E stingy; mean.

☆ 電話を借りたから10円払うなどとみみっちいことを言うな/別說借打個電話要付十日圓這種小氣的話。

みみより【耳寄り】ミミヨリ 聞く価値があるようす。中 值得一聽。E welcome (news).

☆ 職をさがしていたところ、友達が、条件のいい、耳寄りな話を持ってきてくれた/正在找工作時，朋友為我帶來了條件好，值得一聽的消息。

みむきもしない【見向きもしない】 そのほうをすこしも見ない。すこしもそちらに興味を示さない。中 連看也不看；根本不理睬。E do not even glance at; take no notice of.

☆ 京子は、怒ってわたしのほうは見向きもしないで、さっさと行ってしまった/京子生氣了，連看都不看我一眼，就匆匆走了。

☆ あの子は学校の本には見向きもしないで、漫画ばかり読んでいる/那個孩子一點也不看學校的書，光看漫畫。

みもと【身元】ミモト、ミモト ❶住所、氏名、年齢、家族など、その人がどんな人であるかを示すもの。中 出身；來歷；經歷。E one's identity.

☆ 被害者の身元がわかった/被害者的身份已經清楚了。

☆ 身元を証明する/證明身份。

❷ その人に関係のあるすべてのこと。中 身份。E character.

☆ 身元を引き受ける/作保。

☆ 身元保証人/擔保人；保證人。

みや【宮】ミヤ 日本の神をまつってある所。神社。中 神社。E a (*Shinto*) shrine.

☆ 初もうでに近所のお宮に行く/新年後初次到附近的神社去參拜。

☆ 宮まいり/參拜神社。

みゃく【脈】ミャク ❶動物の体の中を通っている、血液などが流れているくだ。中 脈；血管。E a blood vessel.

☆ 動脈/動脈；交通幹線。(→項目)

☆ 静脈/靜脈。(→項目)

❷ 心臓の動きが動脈に伝わった動き。中 脈搏。E the pulse.

☆ 走ったあとで脈をはかる/跑步後再量脈搏。

☆ 脈が速い/脈搏很快。

☆ 脈拍/脈搏。

❸ (他のことばの後について) 筋となってつながっているもの。中 (山脈、礦脈、水脈等的) 脈。

☆ 山脈/山脈。(→項目)

☆ 水脈/a water vein./地下水脈。

☆ 文脈/文脈；文理。

脈がある 将来に希望がある。中 將來有希望。E there is some hope.

☆ 第1回の実験は失敗だったが、まだ脈がある/第一次實驗雖然失敗了，但還有希望。

対 脈がない

みやげ【土産】ミヤゲ ❶旅行や外出のときに、そこで手に入れて、家族や知人のために持ち帰る品物。中 特產；土產。E a souvenir.

☆ 外国へ行った父が、おみやげに人形を買ってきた/去國外的父親，買了一個娃娃作禮物。

☆ みやげ物屋/特產禮品店。

❷ 人を訪ねるときに持っていく品物。手みやげ。中 禮品；禮物。E a present.

☆ ケーキをおみやげに持っていく/把蛋糕當禮物帶去。

みやこ【都】ミヤコ ❶政府のある所。首都。中 首都；京城；中央政府所在地。E a capital.

☆ 1000年ほど前の平安時代には、都は京都にあった/在千年以前的平安時代，首都是在京都。

❷ 人が集まり、文化の中心となっている所。都会。中 繁華的都市。E a city.

☆ 都にあこがれる/憧憬繁華的都市生活。

☆ 水の都/水都。

みやぶ·る【見破る】ミヤブル、ミヤブル〔他動五〕(みやぶって) 相手が隠したり、うそをついたりしていることに気づき、その事実を感じとる。[中]識破；看穿；看透。[E] see through.

☆ 1万円札を偽物だど見破る/識破一萬日圓是假鈔。

☆ うそを見破る/識破謊言。

ミュージカル (musical) ミュージカル 音楽や踊りを中心とした、映画や演劇。[中]音樂劇；歌舞片。[E] a musical.

☆ 今夜、テレビでおもしろそうなミュージカルの番組がある/今晩電視有有趣的歌舞劇節目。

☆ ミュージカル映画/歌舞劇電影。

みょう【妙】ミョー ❶ 非常にすぐれていて、人間の力ではなかなかできないこと。[中]絶妙；奥妙。[E] (a) mystery; bright (idea).

☆ 凍った霧が木についてできた樹氷は、天然の妙としか言いようがない/凍結的霧在枝頭形成冰掛（樹冰），宛若鬼斧神工。

☆ 妙案/妙計；妙策。

❷ ふつうと違った、変な感じがするようす。[中]格外；奇異；奇怪。[E] unusually; strange; extraordinary.

☆ この冬、妙に暖かいのは、地球の温暖化のせいだろうか/今年冬天格外暖和，是因為地球的溫室效應吧?

☆ マイケルは、はじめて食べた刺身は妙な味だった、と言った/麥克說：「第一次吃的生魚片味道很奇特。」

▷ [書]❶

みょう-【明-】(日、年などを表すことばについて)つぎの。明くる。[書][中]明天的。

☆ 明4月15日/tomorrow April 15./明天四月十五日。

☆ 明朝/明天早上。

☆ 明晩/明天晚上；明晚。(→[項目])

[関連]昨-、今-

みょうごにち【明後日】ミョーゴニチ 「あさって」の改まった言い方。[書][中]後天。[E] the day after tomorrow.

☆ 明後日の会議の資料を作成する/準備好後天開會的資料。

☆ 本日の会合は、2日延期して明後日に行う/今天的聚會延緩兩天，後天舉行。

みょうじ【名字】ミョージ 家族全体を表す呼び名。[中]姓。[E] a family name; a surname.

☆ 名字は山田といいます/姓山田。

☆ 名字と名前を書く/寫上姓名。

[対]名前

[参]「姓」も意味は同じだが、「姓」が「姓名」「改姓」など他のことばとも組み合わせて使うのに対して、「名字」はこれだけで使う。

みょうにち【明日】ミョーニチ 「あした」の改まった言い方。[書][中]明日。[E] tomorrow.

☆ 明日、おうかがいいたします/明天去拜訪您。

[関連]昨日、今日、本日

みょうねん【明年】ミョーネン、ミョーネン 「来年」の改まった言い方。[書][中]明年；來年。[E] next year.

☆ 明年の半ばには完成の運びとなっております/預定明年上半年完工。

☆ 明年度の予算/明年度的預算。

[関連]昨年、今年、本年

みょうばん【明晩】ミョーバン あしたの夜。あしたの晩。[書][中]明天晚上。[E] tomorrow night.

☆ 明晩の会合の出席予定者は約50名だ/明晚的聚會預計將有五十位出席。

[関連]昨晩、今晩

みようみまね【見よう見まね】人のすることを見てまねをすること。[中]依樣畫葫蘆；看著模仿。[E] by following the example of others.

☆ 見よう見まねでやっているうちに、いつのまにか本職のコックになった/耳濡目染下，不知不覺成了一名正式廚師。

☆ 見よう見まねで覚えた芸/靠觀摩見習學會的才藝。

みより【身寄り】ミヨリ　親、子、きょうだいや親類などの頼りになる人。[中]親屬；家屬。[E] a relative.

☆ 身寄りがないので、いざというときに困る/沒有親人，一旦有事就麻煩了。

みらい【未来】ミライ　これから先の時。[中]未來；將來。[E] the future.

☆ 地球の未来を考える/思考地球的未來。

☆ 未来の乗り物/未來的交通工具。

☆ 未来都市/未來都市。

[関連] 過去、現在　→ 将来

ミリ(㋫ milli) ミリ　❶(単位を表すことばの頭について)1000 分の 1 であることを表す。記号は「m」。[中]毫；千分之一。

☆ ミリメートル/a milimetre./毫米。

☆ ミリグラム/a milligram./毫克。

☆ ミリリットル/a milliliter./毫升。

❷「ミリメートル」を略した言い方。[中]毫米；公釐。[E] a millimeter.

☆ 厚さ5ミリに切る/切五毫米厚。

☆ 8ミリビデオ/八釐米錄影機。

みりょく【魅力】ミリョク、ミリョク　人の気持ちをひきつける不思議な力。[中]魅力；吸引力。[E] (a) charm; (an) appeal.

☆ 生き生きとして温かい叔母には、だれもが魅力を感じている/充滿活力又親切的阿姨(或姑姑)，對誰來說都魅力十足。

☆ この会社は、休みが多いのが魅力だ/這家公司令人動心的是假期多。

みる【見る・診る】ミル〔他動一〕❶ものの形、色、ようすなどを目で感じる。[中]看；瞧；觀看。[E] see; look at; watch.

☆ 空を見たら、鳥が飛んでいた/舉目望天，見飛鳥掠過。

☆ 映画を見る/看電影。

❷ なにかを調べたり、評価したりする。[中]查看；判斷；試試。[E] examine; see.

☆ ドアにかぎがかかっているかどうかをみる/試試看門鎖上沒有。

☆ 人をみる目がある/be a good judge of character./有識人的眼力；有眼光。

❸ なにか理由があって、そのように考える。そうだと判断する。[中]推斷；估計。[E] regard as; judge.

☆ バスでは間に合わないとみてタクシーに乗った/估計坐公車來不及，就叫了計程車。

☆ 世間を甘くみる/自視甚高，不知天高地厚。

❹ 世話をする。[中]照料；照顧。[E] look after; take care of.

☆ 友人の子供の勉強をみてあげる/輔導朋友的小孩讀書。

☆ 家で年とった母をみている/在家照料年邁的母親。

❺ 自分で体験する。[中]經歷；遭受；遇上。[E] experience.

☆ つらい目をみる/吃苦。

☆ ばかをみる/吃虧；上當；倒楣。(→ばか[慣用])

❻ 医者が患者の体のようすを調べる。[中]診察；看病。[E] examine.

☆ 医者にみてもらったほうがいい/最好看一下醫生。

❼(「〜てみる」の形で)ためしに〜する。[中]試試看。[E] try.

☆ このコートを着てみてもいいですか/這件風衣可以試穿嗎?

☆ やってみたら簡単だった/做起來很簡單。

▷ [自動] 見える

[注] 漢字で書くときは、❶〜❺は「見る」、❻は「診る」。❼はひらがなで書く。

見る影もない　むかしの立派なようすが思い浮かべられないほどひどい。[中]變得不成樣子。

E be utterly unrecognizable.

☆ 大地震のあった町に行ってみたら、美しい建物が見る影もなくこわれていた/到大地震後的城市一看，美麗的建築物已經倒塌得不成樣子了。

見るに忍びない 相手がとても気の毒だったりして、見ていることができない。中 慘不忍睹。E cannot bear to see.

☆ 病気で苦しんでいる友人を見るにしのびなくて、まだ見舞いにも行っていない/不忍見到友人受病痛折磨之苦，至今仍未去探望。

見るに見かねて 黙って見ていられなくて。中 看不下去；不忍坐視。E unable to remain indifferent.

☆ ことばがわからなくて困っている外国人を見るに見かねて、通訳をしてあげた/看到語言不通又求救無門的外國人，忍不住地幫忙做了翻譯。

ミルク (milk) ミルク ❶牛乳。中 牛奶；牛乳。E milk.

☆ 毎朝コップに１杯、冷たいミルクを飲む/每天早上喝一杯冰牛奶。

☆ ミルクコーヒー/咖啡牛奶。

☆ ホットミルク/熱牛奶。

❷「❶」の粉の状態のもの。粉ミルク。また、それをとかしたもの。中 奶粉或奶粉沖成的牛奶。E dried milk.

☆ 赤ちゃんにミルクを飲ませる/給嬰兒沖牛奶喝。

▷ 数❶１杯・１本

みるみる【見る見る】ミルミル 見ているあいだに。中 眼看著。E before one's eyes; in an instant.

☆ 飛行機はみるみる小さくなった/眼看著飛機逐漸變小了。

☆ 大雨で、川の水がみるみるうちに増えてきた/因下大雨，眼看著河水漲上來了。

みれん【未練】ミレン、ミレン いつまでも心をひかれて、あきらめられないこと。中 依戀；戀戀不捨；留戀。E (feel) reluctant; lingering attachment.

☆ 死んだ母の残したものは古くて使えないが、未練が残って捨てられない/母親留下的遺物，雖已舊得不堪使用，仍捨不得丟掉。

☆ 未練がましい/戀戀不捨的；一點也不乾脆。

みわ・ける【見分ける】ミワケル、ミワケル〔他動一〕 見て区別をする。中 識別；辨別；辨認。E distinguish.

☆ あのふたごのきょうだいはそっくりで、見分けるのがむずかしい/那對雙胞胎長得一模一樣，難以分辨。

☆ 偽物を見分ける/識別假貨。

名 見分け

みわた・す【見渡す】ミワタス、ミワタス〔他動五〕(みわたして) 広い範囲を見る。中 放眼望去；眺望。E look out over.

☆ 東京タワーから見わたすと、街のようすがよくわかる/從東京鐵塔放眼望去，城市的景觀看得一清二楚。

☆ 広場は、見わたす限り人の波だった/廣場上擠得水泄不通。

みんかん【民間】ミンカン ❶ふつうの人々が暮らしている社会。中 民間。E among the people; popular.

☆ むかしから民間で行われている方法で、かぜを治す/用古傳的民間療法治療感冒。

☆ 民間信仰/民間信仰。

❷公の組織に属していないこと。中 民營；私營。E private; civilian.

☆ 役所をやめ民間の会社に移る/辭去政府公職，轉到民營公司上班。

☆ 民間放送/民營廣播。(→民放 項目)

みんげいひん【民芸品】ミンゲイヒン、ミンゲイヒン 人々の生活の中から生まれ、つくり続けられている工芸品。中 民間工藝品。E a folkcraft article.

み

☆ こけし人形は東北地方の民芸品として有名だ/木偶娃娃是東北地區聞名的民間工藝品。

☆ 一郎は各地の民芸品を集めている/一郎收集了各地的民間工藝品。

みんしゅう【民衆】ミンシュー　世の中の一般の人々。中 民衆。E the people; the masses.

☆ 民衆の声をよく聞く政治家/認真聽取民意的政治家。

みんしゅく【民宿】ミンシュク　一般の民家が許可をえて客を泊めること。また、そのための施設。中 家庭旅館；民宿。E a private lodging house.

☆ 景色がよくて観光客が多いので、副業に民宿を始めた/由於景色優美遊客多，而開始以經營家庭旅館作為副業。

☆ 民宿に泊まって海水浴をする/住民宿洗海水浴。

数 1軒

みんしゅしゅぎ【民主主義】ミンシュシュギ　国民が主権を持ち、国民のために政治を行うという考え方。中 民主主義。E democracy.

☆ 民主主義のもとでは、自由と平等がたいせつにされる/在民主主義之下，自由和平等受重視。

☆ 民主主義の考え方をひろめる/推廣民主主義思想。

みんしゅてき【民主的】ミンシュテキ　ひとりひとりの意見をたいせつにして、みんなで相談しながらものごとを決めていくようす。中 民主的；民主主義的。E democratic.

☆ 民主的な選挙で大統領を選ぶ/用民主的選舉方式選總統。

☆ 民主的に話し合って会の方針を決めた/民主協商後決定了會議的方針。

☆ 民主的な組織/民主的組織。

対 独裁的

みんぞく【民族】ミンゾク　同じ言語、文化、歴史、宗教、生活様式などを持つ、ひとまとまりの集団。中 民族。E a race; a people.

☆ この国はいくつもの民族が集まってできている/這個國家由好幾個民族共同組成。

☆ 民族独立運動/民族獨立運動。

みんな　ミンナ、ミンナ　「みな」のくだけた言い方。話 中 全體；大家；都。E everyone; everything; all.

☆ みんな集まったら出発しよう/如果大家都到齊了就出發吧。

☆ みんな聞いちゃった/全都聽到了。

みんぽう【民放】ミンポー、ミンポー　「民間放送」を略した言い方。放送番組に広告を入れ、その料金を取ることによって経営している、ラジオやテレビの放送。また、その放送局。中 民營電台。E commercial broadcasting.

☆ 妹は民放のほうをよく見る/妹妹總是看民營電視。

みんぽう【民法】ミンポー　個人の財産や相続についての権利や義務、家族関係などを定めた法律。中 民法；民法法典。E civil law; the Civil Code.

☆ 結婚や離婚などについてのきまりは民法に定められている/有關結婚和離婚等的規定由民法所定。

みんよう【民謡】ミンヨー　それぞれの土地で、人々の生活の中から生まれ伝えられてきた歌。中 民謠；民歌。E a folk song.

☆ 民謡は、喜びや悲しみのとき、また働くときなどに各地で歌われてきた/民謠是民間各地在工作時，或人生悲歡之際，所歌唱的曲子。

数 1曲

みんわ【民話】ミンワ　それぞれの土地で、人々の生活の中から生まれ語りつがれてきた話。中 民間故事。E a folktale; a folk story.

☆ むかしの子供たちは、おばあさんから民話を聞きながら大きくなった/以前的孩子聽祖母所說的民間故事長大。

☆ 民話絵本/民間故事畫本。

む／ム

む【無】ムˉ、ム ❶なにもないこと。中 無；沒有。E nothing.

☆ 相手に約束を守るつもりがなければ、その約束は実際は無に等しい／如果對方不打算遵守約定的話，其約定實際上如同沒有。

☆ 無から有は生じない／不能無中生有。

対 有

❷ むだであること。中 白費；徒勞。E nothing; a waste.

☆ いま仕事をやめたら、これまでの努力が無になってしまう／如果現在打退堂鼓，以前的努力就全白費了。

☆ 厚意を無にする／辜負人家的好意。

❸ (他のことばの頭について) そのものがない。その状態がない。中 沒有；免。

☆ 無関係／unrelated.／沒有關係。

☆ 無抵抗／nonresistance.／無抵抗；沒抵抗。

☆ 無資格／沒有資格。

☆ 無試験／免試。

無に帰する もとの、なにもなかった状態になる。むだになる。中 化為烏有；成為泡影。E come to nothing.

☆ ついに戦争が始まり、人々の平和への努力は無に帰した／戰爭終於爆發了，人們為爭取和平所作的努力化為泡影。

むいか【六日】ムイカˉ ❶その月の6番目の日。6日。中 六號；六日。E the sixth (of June).

☆ 6月6日は、母の誕生日だ／六月六日是母親的生日。

❷ 日の数が6つあること。6日。中 六天。E six days.

☆ この会社では、社員は月曜日から土曜日まで6日働く／這家公司，員工從週一至週六工作六天。

むいしき【無意識】ムイˉシキ ❶意識を失っていること。中 沒有意識；失去知覺。E unconscious.

☆ 事故で頭を強く打ってから、一郎はずっと無意識のままだ／因事故頭部被重擊後，一郎一直處於昏迷態。

❷ 気がつかないで、なにかをするようす。中 無意識；不自覺；不自由主。E mechanically; unconsciously.

☆ 日本に来て2年、日本語で話しかけられると、無意識のうちに日本語が出るようになった／來日本已兩年了，如果對方用日語和我說話，我也能自在地說出日語來了。

☆ 火事だという声を聞いて半ば無意識で走りだした／聽見著火了的喊叫聲，就不知不覺地開始跑起來了。

ムード (mood) ムˉード ❶その場所やそこにいる人たちがつくりだす感じ。雰囲気。中 氣氛。E an atmosphere; a mood.

☆ ダンスが始まって、パーティーのムードはいっそう盛りあがってきた／開始跳舞後，晚會的氣氛就熱鬧了起來。

☆ 明るいムードの職場／環境氣氛很好的工作場所。

☆ ムード音楽(= 甘くやさしい感じの音楽)／富有情調的音樂(＝具有優美情感的音樂)。

❷ なんとなく感じられる社会の動き。風潮。中 風氣。E a predominant mood of the public.

☆ 貯金よりも消費、というムードが、国民の間にひろまっている/與其儲蓄不如消費的風氣在國民之間蔓延滋長。

☆ 社会にひろがるあきらめムード/消極風氣在社會上蔓延滋長。

むえき【無益】ムエキ　することがなんの役にも立たないようす。中 無益；沒有好處；沒用。E useless; futile.

☆ 両国は無益な戦争を始めた/兩國開始了毫無意義的戰爭。

☆ 無益な人殺し/無益的殺人行為。

対 有益

むかい【向かい】ムカイ　たがいの正面が向き合った位置にあること。中 對面；正對面。E opposite; across the street.

☆ 電車の中で向かいにきれいな白髪の老人がすわっていた/在電車裡，對面坐著有一頭漂亮白髮的老人。

☆ 郵便局の向かいにある銀行/郵局對面的銀行。

☆ お向かい(=向かいの家)/對門(＝對面的鄰居家)。

自動 向かう

むか・う【向かう】ムカウ〔自動五〕(むかって)　❶そのもののほうに正面が向く。中 向；朝；相對。E face.

☆ 鏡に向かってひげをそる/對著鏡子刮鬍子。

☆ 黒板に向かって右側の壁/面對黑板右手邊的牆壁。

❷ ある方向や場所へ進んでいく。中 往～去；朝～去；向～去。E head toward; leave for.

☆ 北へ向かって船を進める/把船往北駛。

☆ 今夜、大阪へ向かう/今晚，出發去大阪。

❸ ある状態に近づく。中 趨向；傾向。E get; approach.

☆ 病人は快方に向かっている/病人病情好轉。

☆ 話し合いは解決に向かっている/經過談判，問題即將解決。

▷ 名 向かい

むか・える【迎える】ムカエル〔他動一〕

❶ 来る人を待ち、受け入れる。中 迎接；歡迎；接待。E welcome; invite; meet.

☆ 家に客を迎える/接待客人到家裡。

☆ 副社長として田中氏を迎える/以副總經理的身份歡迎田中先生。

☆ 敵を迎えて撃つ/迎擊敵人；攔截敵人。

☆ 迎え入れる/迎入；迎進來。

対 送る

❷ ある時になるのを待ち、受け入れる。中 來到；迎來。E greet (the New Year); approach (death).

☆ 正月を迎える準備をする/準備迎接新年。

☆ 静かに死を迎える/靜靜地等待死亡。

▷ 名 迎え

むかし【昔】ムカシ　❶ 時間的に過ぎてしまった、ずっと前。中 從前；很早以前；古時候。E the old days; long ago.

☆ むかしの人は、石で道具をつくった/古時候的人用石頭製造工具。

☆ むかしは畑だったが、いまは家が建っている/過去是農田，現在蓋了房子。

☆ むかしなじみ/an old friend./老朋友；老相識。

☆ むかし話/老話；很久以前的故事；傳說。

対 今

❷ 過ぎた年月を10年を単位として数える言い方。中 往昔；昔日；過往以十為計算單位。E a decade.

☆ 大学生だったのは、ふたむかしも前のことだ/當大學生已是二十多年前的往事了。

☆ 10年ひとむかし/十年如隔一世。

昔取ったきねづか　むかし身につけた得意の技術。しばらく使っていないが自信のあるものをいう。中 老本事；老手藝。E utilizing one's experience of younger years.

むかつ・く　ムカツク〔自動五〕(むかついて)

❶ 食べたものをはきそうな、いやな感じがする。中 噁心；要吐；反胃。E feel sick; be sick

at the stomach.

☆ ゆうべ酒を飲みすぎて、胃がむかつく/昨晚酒喝多了反胃。

☆ 胸がむかつくような、いやなにおいだ/噁心難聞的味道。

❷ 腹が立っていらいらする。中生氣；發怒。E feel offended; be disgusted.

☆ 先生に告げ口をした京子のことを考えると、むかついて眠れない/想到京子向老師打小報告的事，氣得睡不著覺。

☆ 自分が悪いのに謝ろうともしないあいつには、本当にむかつく/自己錯又不想道歉的人，實在令人生氣。

▷ 話❷

むかむか ムカムカ〔~する〕 ❶ はきたい感じがするようす。中噁心想要嘔吐的樣子。

☆ 船に酔って胸がむかむかする/ I am seasick and feel queasy. / 暈船暈得胸悶想吐。

☆ 酒を飲みすぎてむかむかする/酒喝多了想吐。

❷ 不愉快で、いまにも怒りだしたくなるようす。中令人不愉快，立即就要生氣的樣子。

☆ 平気でうそをついているのを聞くと、むかむかしてくる / I get irritated when I hear a person lying with no scruples. / 一聽他滿不在乎地撒謊，不由得怒上心頭。

むかんしん【無関心】ムカンシン あることに興味がないこと。中不關心；不感興趣。E unconcerned; indifferent.

☆ 二郎は子供の学校の名前も知らないほど、教育には無関心だ/二郎對教育不關心，連自己小孩的校名都不知道。

☆ 政治に無関心ではいられない / 對政治不能莫不關心。

☆ 異性に無関心を装う/假裝對異性不感興趣。

対関心

むき【向き】ムキ ❶ 人やものが向いている方向。中方向。E a direction.

☆ 飛行機はゆっくり北に向きを変えた/飛機慢慢地將航道改為朝北。

☆ 南向きの部屋 / 朝南的房間。

❷ ちょうど合っていること。ふさわしいこと。中適合；合乎。E for; suitable for.

☆ 大学に近くて家賃も安い学生向きのアパート/離大學近房租又便宜，適合學生居住的公寓。

☆ 初心者向きのやさしい登山コース/適合初學者，較容易的登山路線。

対不向き

❸ 考え方などの傾向。中 傾向；趨向。E a tendency.

☆ 二郎は人のことばを悪くとる向きがある/二郎有把別人的話往壞處想的傾向。

☆ 洋子はなんでもむずかしく考えすぎる向きがある / 洋子有凡事都想得太難的傾向。

▷ 自動向く

向きになる 必要以上に本気になったり怒ったりする。中 過份認真；鄭重其事。E get upset; fiercely.

☆ ちょっと冗談を言ったら、田中さんは向きになって怒りだした/只是開了個玩笑，沒想到田中卻認真起來而生氣了。

むぎ【麦】ムギ 小麦、大麦、ライ麦などをまとめていう言い方。畑で栽培し、粉にしてパンやうどんなどをつくる。中麥；麥子。E wheat; barley; rye.

☆ 畑に麦の種をまく / 在田裡播麥種。

☆ ビールは麦からつくる/啤酒是用麥子釀造的。

☆ 麦畑 / 麥田。

☆ 麦踏み / 踩踏麥苗(日本農耕的一種方法，踩踏麥苗使其紮根)。

→稲図

むきだし【むき出し】ムキダシ ふつうは隠したり見えないようにしたりするものを、そのまま表に出すこと。中 露出；暴露；毫不掩飾。E unwrapped; openly.

☆ お祝いのお金をむきだしのままあげるの

む

は失礼だ / 把賀禮的禮金赤裸(不用禮袋)地送人是不禮貌的。

☆ 感情をむきだしにする / 毫不掩飾地表露感情。

他動 むき出す

むきふむき【向き不向き】ムキ・フムキ　適していることと、適していないこと。中 有人適合有人不適合；各有所長。E one's own forte and foible.

☆ 人には向き不向きがあって、自分に向いたことだと、上達が速い / 人各有所長，做適於自己的事情，進步會更快。

むきりょく【無気力】ムキリョク　積極的になにかをしようという気持ちがなく、元気がないようす。中 沒精神；缺乏朝氣。E spiritless; nerveless.

☆ 交通事故で息子をなくしてから、二郎はすっかり無気力になってしまった / 因交通事故失去了兒子之後，二郎完全喪失了活力。

☆ 無気力な生き方 / 死氣沉沉的生活方式。

む・く【向く】ムク〔自動五〕(むいて)　❶ そのほうに面している。中 向；朝；對。E look; turn; face.

☆ 黒板のほうを向いて話を聞く / 面向黑板認真聽講。

☆ 上を向いて歩く / 抬頭向前走。

☆ 南に向いた窓 / 朝南的窗戶。

❷ その方向に進む。中 傾向；趨向。E lead; feel like.

☆ 足が向くまま散歩をする / 信步而行。

☆ 気が向いたら行く / 有興趣的話就去。

☆ わたしに運が向いてきた / Luck has come my way. / 我開始走運了。

❸ うまく合う。中 適合。E be suited for.

☆ 子供に向くようにつくられた本 / 專為兒童寫的書。

☆ 病人に向く食べ物 / 適合病人吃的食物。

▷ 名 向き　他動 向ける

む・く　ムク〔他動五〕(むいて)　内側のものを出すために、外側のものを薄く取る。中 剝；削。E pare; peel.

☆ ナイフでリンゴの皮をむいて食べる / 用刀削蘋果皮再吃。〔むく〕

☆ バナナの皮を手でむく / 用手剝香蕉皮。

☆ ゆで卵の殻をむく / 剝掉雞蛋殼。

☆ 目をむく / 瞪大眼睛。(→目 慣用)

☆ 皮むき器 / 削皮器。

自動 むける

むく・いる【報いる】ムクイル、ムクイル〔自他動一〕　人から受けたことに対して、それにちょうど合うことをして返す。中 回報；報答；報復。E reward; repay.

☆ 社員の努力にむくいて、社長は給料を上げた / 總經理給大家加薪來回報員工的努力。

☆ 恩にむくいる / 報恩；報答…恩情。

☆ 一矢をむくいる(＝相手からの攻撃に対して、こちらもやり返す) / 報一箭之仇(＝對來自對方的攻擊，我們要反擊)。

名 報い

むくち【無口】ムクチ　あまりしゃべらないようす。中 不愛說話；沉默寡言。E of few words; reticent.

☆ 無口な少年だった弟も、いまでは人が変わったようによくしゃべる / 少年時不愛說話的弟弟，現在就像換了一個人似的，特別多話。

むく・む　ムクム〔自動五〕(むくんで)　体の中に水気がたまって、はれたようになる。中 浮腫；水腫。E swell; become swollen.

☆ 1日じゅう立っていたら、足がむくんできた / 站一整天腳都腫起來了。

☆ 病気で体がむくむ / 因病而身體浮腫。

名 むくみ

-むけ【-向け】(他のことばについて) そちらに送ったり、それを対象としてつくったりすること。中 對…；向。

☆ 海外向けのラジオ放送 / 對海外的廣播。

☆ 子供向けのテレビ番組 / a TV program for children. / 兒童電視節目。

む·ける【向ける】ムケル〔他動一〕❶そのもののほうに正面が向くようにする。中 向；朝；對。E turn toward.

☆ アンテナを北に向けて立てる/朝北架天線。

☆ 壁に背を向けてすわる / 背靠牆壁而坐。

❷ 使いとして行かせる。中 派遣；派。E send (a messenger) to.

☆ 交渉の相手国に使者を向けて、首相の考えを伝える / 派遣使者到交涉的對手國，傳達首相的想法。

❸ ある目的のために割り当てる。中 挪用；撥用。E allot.

☆ アルバイトの収入を本代に向ける/把打工的收入用來買書。

▷ 自動 向く

むげん【無限】ムゲン　数や量、時間、空間などに終わりがなく続くこと。中 無限；無邊；無止境。E infinitely; limitiess.

☆ 人類の宇宙への夢は無限にひろがる/人類對宇宙的幻想永無止境。

☆ 子供には無限の可能性がある / 小孩有無限的可能性。

対 有限

むこ【婿】ムコ　❶ 結婚したばかりの男の人。中 新郎。E a bridegroom.

☆ 白いタキシードのお婿さん / 身穿白色禮服的新郎。

☆ 花婿 / 新郎。(→ 項目)

対 嫁

❷ 娘の夫。中 女婿。E a son-in-law.

☆ 婿がイギリスに転勤になって、娘や孫も一緒に行くそうだ/聽說女婿要調職到英國，而女兒和外孫也一起去。

対 嫁

むご·い　ムゴイ　❶ 見ていられないぐらいひどい。中 悽慘；慘不忍睹。E gruesome; terrible.

☆ つぶれた車のそばに血を流した人が倒れていて、事故の現場はむごいありさまだった/撞壞的車邊倒著流血的人，事故的現場慘不忍睹。

❷ 思いやりがなく、ひどい。残酷だ。中 殘忍；殘酷；毒辣。E merciless; cruel.

☆ 病気が治ったばかりの洋子に、課長は、休んだ分までよく働けとむごいことを言った / 課長殘酷地對生病剛痊癒的洋子說：「把休假所耽誤的工作都補回來。」

むこう【向こう】ムコー、ムコー　❶ 話し手から見て、間にあるものを越えた先のほう。中 另一側；另一邊。E the other side; the opposite side.

☆ 地下鉄の入り口は通りの向こうにある/地鐵的入口在馬路的另一側。

☆ テーブルの向こうから話しかけられた /別人從桌子的另一邊對我講話。

❷ 話し手の前のほう。中 前面；正面；對面。E toward (us); over there.

☆ 向こうから来るのは三郎のようだ/對面走過來的人好像是三郎。

☆ 向こうに見えるのが富士山です/前面看到的就是富士山。

❸ 話題になっている離れた土地。中 那邊；那裡。E there.

☆ ハワイに着くのは9時の予定だが、向こうに着いたら電話する/抵達夏威夷的時間預定是在九點，到了那邊會打電話給你(們)。

❹ 現在、または未来のある時点から先。中 從現在起；從今以後；以後。E next; coming.

☆ 今年の9月から向こう2年間バンコクで働く予定だ/從今年九月起預定在曼谷工作二年。

❺ 相手側。中 對方。E the other party; he; she; they.

☆ 向こうのつごうを聞いてから、お見舞いに行こう / 先問一下對方什麼時候方便之後，再去探望。

向こうに回す 戦う相手にする。中以～為對手。E fight with; in opposition to.

☆ 優勝候補のチームを向こうにまわしてよく戦った/與冠軍候選隊正面對決，大戰了一場。

似た表現 敵に回す

むこうみず【向こう見ず】ムコーミズ あとでどうなるかを考えないで、思ったことをすぐにしてしまうようす。中顧前不顧後；不考慮後果；莽撞；魯莽。E recklessly; rash.

☆ 相手は強そうな大男だったのに、向こうみずにけんかしてしまった/對方雖是個看來很壯的大漢，卻不考慮後果地跟他打了一架。

☆ 向こうみずの勇気/有勇無謀。

むごん 【無言】ムゴン 黙っていること。書 中無言；不說話；沉默。E silence; tacit.

☆ 大事故の報告を、首相は無言のまま聞いていた/首相默默無語地聽取重大事故的報告。

☆ 無言の抵抗 / silent resistance. /以沉默對抗；無言的對抗。

☆ 無言の了解/默契。

参「無言の帰宅」「無言の対面」などの言い方で、その人が死んでいることを表すことがある。

むさくるし・い ムサクルシイ 家の中や身なりなどがきちんとしていなくて、きたならしい。話 中髒；邋遢；簡陋。E squalid; untidy; shabby.

☆ むさくるしい所ですが、どうぞお入りください/屋裡雖很簡陋，但請進來坐坐吧。

☆ ひげがのびたむさくるしい顔/長著長長鬍子的髒臉。

むさぼ・る ムサボル〔他動五〕(むさぼって) 満足せずに、いつまでもなにかをし続ける。中貪；貪圖；如饑似渴地。E be greedy; indulge in; devour.

☆ 山で3日も道に迷っていた登山者は、むさぼるように水を飲み、ものを食べた/在山上迷路了三天的登山者狼吞虎嚥地吃飯喝水。

☆ 眠りをむさぼる/貪睡。

☆ 本をむさぼり読む/如饑似渴地讀書。

むざむざ ムザムザ、ムザムザ なんの努力も抵抗もしないで、不利な結果にしてしまうようす。中輕易地；輕率地。E easily; willy-nilly.

☆ 注意深く契約書を読んでいれば、むざむざ(と)だまされることもなかったはずだ/如果認真地閱讀合約的話，理應不會輕易受騙的。

むざん 【無残・無惨】ムザン 見ていられないほどむごいようす。中悽慘；悲慘；慘。E tragic; horrible.

☆ 叔父は戦争で無残な死に方をした/叔叔在戰爭中悲慘地死去。

☆ 地震の後の街は、見るも無残なようすだった/地震後的街道情景慘不忍睹。

むし 【虫】ムシ ❶昆虫などの小さな動物。アリ、蚊、ゴキブリ、チョウ、クモなど。中蟲；蟲子；昆蟲。E an insect; a bug.

☆ 畑の草を取っていたら、あちこち虫に刺された/到田裡去除草，結果全身上下到處被蟲子螫了。

☆ 住宅がつぎつぎに建って、鳥も虫も少なくなった/住宅接連不斷地興建，鳥兒和蟲子都變少了。

❷「❶」の中の、特に、秋に美しい声で鳴くもの。コオロギ、鈴虫、松虫など。中(指秋天裡叫聲好聽的)蟋蟀；金鐘兒；金琵琶(等蟲子)。E a singing insect.

☆ 秋の夜は、庭に鳴く虫の声を聞きながら読書を楽しむ/在秋天的夜晚，享受著院中蟲鳴伴讀的樂趣。

❸ 本や布を食ったり、動物の体にすみついたりする小さな動物。中蛀蟲。E a moth.

☆ たいせつな着物や本を外に出して日光や風に当て、虫がつかないようにする/把貴重的衣服和書籍拿到陽光下通風晾曬，以免生蟲。

☆ 虫干し / airing. /晾曬衣服、書籍等。

❹ (「～の虫」の形で)(1) あることに熱中して

いる人。中 熱中；專心致志；入迷的人。E a devotee of ～.

☆ 道子は仕事の虫で、ほかに楽しむということを知らない/道子是個工作狂，不知道還有其他的樂趣。

☆ 芸の虫/熱衷於藝術。

(2) 気持ちの状態を変化させる原因と思われているもの。中(影響情緒的原因)怒氣；氣憤；鬱悶。E a source of changes in mood.

☆ みんなの前でさんざんばかにされて腹の虫がおさまらない/我在大家面前被弄得狼狽不堪，怒氣難消。

▷ 数❶❷❸1匹 話❹

…………「虫」のつく慣用表現…………

虫がいい 自分につごうのいいように考えて、ずうずうしい。中自私自利；只顧自己。E impudent.

☆ 遊んでいてもお金がたくさんもらえる仕事につきたいとは、虫がいい話だ/想做既悠閒又有豐厚收入的工作，這個如意算盤是打過頭了。

虫が知らせる 悪い予感がする。中不祥預感。E have a hunch.

☆ 急に不安になって家に電話したら、父が交通事故で入院したと言われた。虫が知らせたのだろう/突然覺得心神不寧，打了個電話回家，才聽說父親因交通事故住院了。這就是第六感吧。

似た表現 虫の知らせ

虫が好かない なんとなく好きになれない。中不知為什麼總感到討厭。E just don't like; disgusting.

☆ あいつはいつもぼくを見張っているようで、どうも虫が好かない/那人總盯著我看，令人討厭。

虫の息 いまにも死にそうなようす。中奄奄一息。E be dying.

☆ 救急車が来たときは、車にはねられた人はもう虫の息だった/救護車來時，被車撞的人已奄奄一息了。

虫の居所が悪い きげんが悪くて、つまらないことにもすぐ怒りだしそうなようす。中心情不好；很不高興。E be in a bad mood.

☆ いつもは愛想のいい人なのに、けさは虫のいどころが悪いらしく、あいさつもしない/平時和藹可親的人，今天早上好像情緒不好，連招呼也不打。

…………………………………………

むし【無視】ムシ〔～する〕人やものごとを軽く考えて、まるでいない、またはないように思って行動すること。中無視；忽視；不顧。E ignore; pay no attention to.

☆ 話しかけても一郎はわたしを無視して返事もしない/想跟一郎說話，他卻對我不理不睬。

☆ 少数意見も無視してはいけない/不能忽視少數意見。

☆ 信号無視 / run a red light. / 無視交通信號。

むじ【無地】ムジ 布や紙などで、全体が同じ色で模様がないこと。中素面；沒花紋。E unfigured; plain-colored.

☆ スカートは、模様のあるものより無地のほうが好きだ/比起有花色的來說，我比較喜歡素面的裙子。

☆ 無地のカーテン/素面的窗簾。

対 柄

むしあつ・い【蒸し暑い】ムシアツイ 湿度が高く、風がなくて暑い。中悶熱。E humid; sultry; muggy.

☆ ゆうべは蒸し暑くてよく寝られなかった/昨晚悶熱得難以入眠。

☆ 日本の夏は蒸し暑い/日本的夏天悶熱。

むじつ【無実】ムジツ ❶罪がないのに罪があるとされること。中冤罪；冤枉。E innocent; false.

☆ 一郎にはアリバイがあるから無実だと思

う / 一郎有不在場證明，我認為他是冤枉的。

☆ 無実の罪を着せられる / be falsely charged. / 遭受誣陷。

❷ 中身のないこと。中 沒內容；內容空虛。E nominal.

☆ 有名無実 / 徒有虛名；有名無實。

むしば【虫歯】ムシバ　口の中で細菌がつくる酸におかされて穴が開いた歯。中 蛀牙；齲齒。E a decayed tooth; a cavity.

☆ 歯医者で虫歯を治してもらう / 請牙醫治療蛀牙。

☆ 虫歯が２本ある / 有兩顆蛀牙。

数 1本

むしば・む　ムシバム〔他動五〕(むしばんで) すこしずつ悪くする。中 侵蝕；腐蝕。E undermine; eat away.

☆ 酸性雨が建物や植物をむしばむ / 酸雨腐蝕建築物和植物。

☆ がんにむしばまれた体 / 被癌症侵蝕的身體。

=参 もとは、虫が食う意味。

むしむし　ムシムシ〔〜する〕　暑くて湿度が高いようす。中 濕度大，氣溫高，悶熱不堪。

☆ むしむし(と)暑くて、すわっているだけでも汗が出る / It's so sultry, I sweat even when I am just sitting. / 悶熱得不得了，光是坐著也出汗。

☆ きょうは朝からむしむしするが、雨でも降るのだろうか / 今天從早就悶熱得不得了，大概要下雨吧。

むしめがね【虫眼鏡】ムシメガネ　目ではっきり見えない小さなものを、レンズで拡大して見る道具。中 放大鏡。E a magnifying glass.

☆ 字が小さすぎて、虫めがねで見ないと読めない / 字體太小了，不用放大鏡就看不清楚。

数 1枚

むじゃき【無邪気】ムジャキ　悪気がなくて、すなおでかわいらしいようす。中 天真爛漫；單純。E innocently; naive.

☆ カメラを向けると赤ん坊は無邪気に笑った / 一對著相機，嬰兒就天真地笑了。

☆ 子供の無邪気な疑問が、大きな発見につながることもある / 小孩天真的發問，有時會啓發重大的發現。

むしゃくしゃ　ムシャクシャ〔〜する〕　気持ちが落ちつかず、ちょっとのことでも怒りだしそうなようす。中 煩悶；煩惱；心煩意亂。E be irritated; be annoyed.

☆ ゆうべはむしゃくしゃしたので、ごはんも食べずに寝てしまった / 昨晚心煩意亂，沒吃飯就睡著了。

むしゃむしゃ　ムシャムシャ　勢いよく食べるようす。中 貪食；狼吞虎嚥；大口大口地吃的樣子。

☆ パンダが竹の葉をむしゃむしゃ(と)食べている / The panda is munching on the bamboo leaves. / 熊貓大口大口地吃竹葉。

むじゅん【矛盾】ムジュン〔〜する〕　論理的に合わないこと。中 矛盾。E be inconsistent with; (a) contradiction.

☆ 京子の思想と実際の行動は矛盾している / 京子的思想和實際的行動互相矛盾。

☆ 社会の矛盾をつく / 揭露社會矛盾。

☆ 矛盾だらけの話 / 矛盾百出的話。

むじょう【無上】ムジョー　最高であるようす。このうえないようす。書 中 無上；無比；極；最。E supreme; the highest.

☆ このたび、A文学賞をいただきましたことは、無上の光栄であります / 這次獲得了A文學獎，這是無上的光榮。

むじょう【無情】ムジョー　人間らしい、やさしい気持ちがどこにもないようす。中 無同情心；無人情；無情。E heartless; pitiless.

☆ 道に倒れている老人を、無情な都会の人々は助けようともしなかった / 無情的都市人看到倒在路旁的老人也沒人想去幫助。

☆ 大地震で家を失った人々の上に無情の雨が降っている / 大地震後無家可歸的人們又碰

上一場無情雨的吹打。

むしょうに【無性に】ムショーニ　理性ではおさえられないほどに気持ちが高まるようす。中特別；非常；忍不住。E be dying to; very much.

☆ むしょうにだれかと話がしたくなり、真夜中に友達に電話をした／忍不住想找人說話，在半夜打電話給朋友。

☆ 職場での性差別には、むしょうに腹が立つ／對公司裡的性別歧視覺得非常生氣。

むし・る　ムシル〔他動五〕(むしって)　❶つかんで引き抜く。中揪；拔。E pluck; pull.

☆ 鳥の羽をむしって料理する／將雞毛拔光料理。

☆ 庭の草をむしる／拔院裡的草。

❷ かたまりになっているものの一部を、はがすように取る。中撕；剝。E pick off.

☆ 焼いた魚をむしって食べる／把烤魚剝開吃。

むしろ　ムシロ　同じような程度と考えられる2つのものを比べて、そのうちの1つを選ぶようす。中 與其～不如～；寧可。E rather (than).

☆ 三郎は、小説家というよりむしろ詩人だ／與其說三郎是小說家，還不如說他是詩人。

☆ 夏は海で泳ぐよりも、むしろ山を歩きたい／夏天與其到海邊游泳，還不如去山上走一走。

むしん【無心】ムシン　❶ほかのことを考えないで、夢中でなにかをするようす。中熱心；專心致志。E be absorbed in.

☆ 公園では子供たちが無心に遊んでいる／孩子們在公園裡專心地玩耍著。

❷〔～する〕ずうずうしく金やものをねだること。中要(錢)；索要。E ask for.

☆ 久しぶりに会った叔父にお金を無心してしかられた／向久違的叔叔要錢，被訓斥了一頓。

むしんけい【無神経】ムシンケイ　感じ方が鈍いようす。また、そのため人のいやがることを平気でするようす。中反應遲鈍；沒反應；滿不在乎。E indifferent; insensitive.

☆ 着るものに無神経な兄は、いつも同じ服を着て平気でいる／對衣著不在意的哥哥，總穿著同樣的衣服也無所謂。

☆ 病人に聞こえる所で死後の話をするなんて無神経な人だ／在病人聽得到的地方談論處理後事的話題，真是個沒神經的人。

む・す【蒸す】ムス〔自他動五〕(むして)

❶ 蒸気を当てて熱する。中蒸。E steam.

☆ ごはんを蒸して温める／把飯蒸熱。

❷ 蒸し暑い感じがする。中悶熱。E be muggy; be sultry.

☆ きょうは朝から蒸しますね／今天從早就悶熱。

☆ ゆうべは蒸して眠れなかった／昨晚悶熱得睡不著覺。

三 注 ❶は他動詞、❷は自動詞。

むすう【無数】ムスー、ムスー　数えられないほど多いようす。中無數。E innumerable; countless.

☆ この地球には無数の生物がいる／地球上存在著無數的生物。

☆ 夜空に輝く無数の星／夜空閃爍著無數的星星。

むずかし・い【難しい】ムズカシイ、ムズカシイ　❶簡単にできない。簡単に理解できない。中難；難懂；難辦。E hard; difficult.

☆ 相手が強いので、勝つのはむずかしい／由於對方很厲害，所以難以取勝。

☆ この本はむずかしくて読めない／這本書很難看懂。

対易しい、たやすい

❷ 不満や文句が多くて、相手にするのがたいへんだ。中愛挑剔；愛提意見；好抱怨。E particular.

☆ 食べ物にむずかしい病人の世話はたいへんだ／照顧一個吃東西愛挑剔的病人是很累的工作。

❸ きげんが悪い。中心情不好；不痛快；不高興。E sour; sullen.

む

☆ 仕事がうまくいかないので、夫はむずかしい顔をしている/因工作進展不順，丈夫顯得鬱悶不樂。

❹ 病気やけがが治りにくい。中難以治好；不好治。E intractable.

☆ 父の病気はむずかしくて､医者も手を焼くほどだ/父親的病不好治療，醫生都感到棘手。

むすこ【息子】ムスコ　❶ 自分の、男の子供。中自己的兒子；男孩子。E one's son.

☆ わたしには息子が２人と娘が１人いる/我有兩個兒子和一個女兒。

☆ うちの息子は中学の教師をしている/我兒子在中學當教師。

☆ １人息子/獨子。

対娘

❷ よその家庭の、男の子供。中 兒子；男孩子。E the son of another family.

☆ あの人は自慢の息子を事故でなくした/他引以自豪的兒子因事故去世了。

☆ あいつは金持ちの息子だ/那小子是富家子弟。

対娘

参 ❶のくだけた言い方は「せがれ」、❷の改まった言い方は「ご子息さま」など。

むすび【結び】ムスビ　❶ 結ぶこと。中繫；結；連結。E a knot.

☆ こま結び/死結；平結。

☆ 結び目/結子；打結處。

❷ 終わり。最後。中結束；末尾；終結。E closing; the final (bout).

☆ お礼の気持ちを述べて講演の結びのことばとした/以表達內心的感謝來做演講的結尾語。

☆ 結びの一番 (=すもうの最後の取組)/日本相撲比賽，當日最後出場對決，這一場通常有橫綱出場。

❸ (おもに「おむすび」の形で)ごはんを両手でかたくにぎってかためたもの。にぎり飯。中飯糰。E a rice ball.

☆ お弁当におむすびを２つ持っていく/帶兩個飯糰做為便當。

▷ 他動結ぶ　→お握り

むすびつ・く【結びつく】ムスビツク〔自動五〕(むすびついて)　２つ以上のものが１つになる。近い関係を持つ。中結成一體；結在一起。E unite with; link.

☆ 酸素と水素が結びついて水になる/氫氧化合成水。

☆ 会員の顔と名前がなかなか結びつかない/會員的長相和名字不容易對上。

名結びつき　他動結びつける

むす・ぶ【結ぶ】ムスブ〔他動五〕(むすんで)

❶ ひものようなものや布などのはしをからめてしばる。中繫；結。E tie.

☆ 靴のひもを結ぶ/繫鞋帶。

☆ リボンを結ぶ/繫絲帶。

☆ 結び合わせる/結合。

対解く、ほどく

❷ 離れているものをつなぐ。中連結；建立關係；握(手)。E link; establish.

☆ 新幹線は東京と大阪を２時間半で結ぶ/搭乘新幹線從東京到大阪的路程只要兩個半小時。

☆ Ａ国と国交を結ぶ/和Ａ國建立邦交關係。

☆ 手を結ぶ/結盟；合作。(→手 慣用)

❸ まとまったものをつくる。また、終わりにする。中結(果)；終結；結束。E bear (fruit); conclude.

☆ 長年の努力が実を結ぶ/多年的努力有了結果。

☆ 感謝のことばで文を結んだ/以感謝辭來結束文章。

▷ 名結び

むずむず　ムズムズ〔～する〕 ❶ 虫が皮膚をはうときのような､かゆい感じがするようす。中癢；像蟲子在皮膚上那樣癢。

☆ 靴下の中に虫でもいるのか､足がむずむずする/My foot feels as if a bug is creeping round in my sock./腳癢得像襪子裡有蟲子一樣。

❷ したいことがあるのにすぐにはできなくて、落ちつかないようす。中 急得慌；躍躍欲試的樣子。

☆ 早くやりたくて、自分の番がくるのをむずむずして待っている / I am impatiently waiting for my turn to do. / 迫不及待地等著輪到自己做。

☆ 腕がむずむずする / 躍躍欲試。

▷ →うずうず

むすめ【娘】ムスメ ❶ 自分の、女の子供。中 自己的女兒；女孩子。E one's daughter.

☆ わたしには娘が２人と息子が１人いる/我有兩個女兒和一個兒子。

☆ うちの娘は薬の研究所で働いている/我女兒在藥物研究所工作。

☆ １人娘 / 獨生女。

対 息子

❷ よその家庭の、女の子供。中 女兒；女孩子。E the daughter of another family.

☆ 一郎には、たしか中学生の娘がいたはずだ / 一郎應該有一個正在上中學的女兒。

☆ 田中さんの娘さんは、高校の先生をしているそうだ/聽說田中先生的女兒在高中當老師。

☆ 箱入り娘 (=たいせつに育てられた娘)/千金小姐；大家閨秀 (＝視為掌上明珠般的女兒)。

対 息子

❸ 若い女の人。特に、まだ結婚していない女の人。中 姑娘；少女。E a girl.

☆ その青年と娘は愛し合うようになった/那個青年和女兒已經談起戀愛了。

☆ 母の娘時代 / 母親的少女時代。

ニ 参 ❷の改まった言い方は「お嬢さま」など。

む・せる ムセル〔自動一〕 煙や飲み物や食べ物が気管に入って、息がつまりそうになる。中 噎；嗆。E be stifled with; be choked with.

☆ 部屋の中は、むせるような花のかおりでいっぱいだった / 房間裡充滿嗆鼻的花香味。

☆ タバコの煙にむせる / 香菸的煙味嗆鼻。

むぞうさ【無造作】ムゾーサ 注意を払わず簡単にするようす。中 輕而易舉；毫不費力；隨意。E carelessly; simply; with ease.

☆ ダイヤの指輪がテーブルの上に無造作に置いてある / 鑽戒很隨便地放在桌子上。

☆ ゴムで無造作にまとめた髪 / 用橡皮筋隨意綁的頭髮。

むだ【無駄】ムダ ❶ なにかをしても、役に立たないこと。中 徒勞；無用；白做。E useless; futile.

☆ 覚えるつもりがない子供に教えてもむだだ / 不想學的孩子，教他也是白費。

☆ 若いときに苦労するのは、むだなことではない / 年輕時吃的苦頭，絕不會白費的。

❷ 役に立たない使い方をすること。中 浪費；白費。E (a) waste.

☆ つまらない映画を見て時間をむだにした/看無聊的電影而浪費了時間。

☆ むだのない表現 / 準確無誤的表達。

☆ お金のむだづかい / a waste of money. / 浪費錢；亂花錢。

むだあし【無駄足】ムダアシ わざわざ行ったのに、その用事ができないこと。中 白去；白跑一趟。E a fruitless errand.

☆ 銀座のデパートに出かけたが、定休日でむだあしになった/到銀座的百貨公司去，碰上公休日而白跑了一趟。

☆ むだあしを踏む / make a useless trip. / 白跑了一趟；走冤枉路。

むだん【無断】ムダン、ムダン 相手に知らせたり断ったりしないですること。中 擅自；私自；事先未經允許。E without permission; without notice.

☆ あなたの自転車を無断で使ってごめんなさい / 擅自使用你的腳踏車，對不起。

☆ 無断立入禁止 / No Trespassing. / 不准擅自入內。

むち【無知】ムチ 知識がないこと。知恵がな

む

いこと。中無知識；一竅不通；不懂。E ignorant.

☆ 法律に関してはまったく無知だ/有關法律問題簡直是一竅不通。

☆ 無知をさらけだす/betray one's ignorance. /暴露出無知。

むちうちしょう【むち打ち症】ムチウチショー、ムチウチショー　自動車に追突されたりして、首の骨や神経などを痛めたときに出る症状。むち打ち。中頸椎挫傷。E a whiplash (injury).

☆ 信号で止まっているときに追突されて、むち打ち症になってしまった/在等紅綠燈時被撞成頸椎挫傷。

むちゃ　ムチャ　❶ふつうでは考えられないような、とんでもないこと。中毫無道理；豈有此理。E absurd; reckless.

☆ 高い熱があるのに会社へ行ったりして、二郎はよくむちゃをする/發著高燒還去公司上班，二郎真是亂來。

❷ 程度がひどいようす。中胡亂；胡來；亂來。E exorbitant.

☆ ほかの店の3倍も取るなんてむちゃな値段だ/價格比別的店高出3倍，真是豈有此理。

▷ 話

むちゃくちゃ　ムチャクチャ　混乱したり、程度がひどかったりするようす。めちゃくちゃ。話 中過分；非常；亂。E excessively.

☆ 今年の夏はむちゃくちゃに暑い/今年夏天熱得出奇。

☆ むちゃくちゃに酒を飲む/不顧一切地亂喝酒。

むちゅう【夢中】ムチュー　ほかのことを忘れてしまうほど、あることに心が集中するようす。中熱中；入迷；沉醉。E desperately; be crazy about.

☆「火事だ！」の声に夢中で飛びだした/「著火了」的喊聲嚇得我沒命地跑了出來。

☆ 京子はあの歌手に夢中になっていて、写真集もCDも全部買っている/京子對那個歌星著了迷，他的寫真集和CD全都買了。

☆ 無我夢中/frantically; with all one's might. /不顧一切；不要命地。

むっくり　ムックリ　突然、黙って起き上がるようす。中忽地起來；驀地站起來。E (get up) abruptly.

☆ 猫が近づいてきたら、それまで寝ていた犬がむっくり(と)起き上がった/貓一接近，一直躺著的狗便忽然站了起來。

むっつ【六つ】ムッツ、ムッツ　❶ 5つのつぎの数。6。6つ。中6個。E six.

☆ 1つ、2つ、3つ、4つ、5つ、6つ、7つ…と数える/1個、2個、3個、4個、5個、6個、7個…的數著。

☆ 3人の家族が卵を2つずつ食べると6ついる/一家三口要是每人吃兩個雞蛋的話，就需要六個。

❷ 6歳。6つ。中六歲。E six years old.

☆ 6つになったら小学生だ/六歲該上小學了。

むっつり　ムッツリ〔～する〕　あまり話さず、きげんが悪いように見えるようす。中沉默寡言；不愛說話；沒笑臉。E taciturn; sullen.

☆ 兄はいつもむっつり(と)黙っているが、頼んだことは必ずやってくれる/哥哥平日沉默寡言不愛說話，但求他的事肯定幫我做。

むっと　ムット、ムット〔～する〕　❶腹が立って、一瞬、黙ったり表情が変わったりするようす。中(生氣)變臉。

☆ 兄に下手な字だと言われて、むっとした/I took offense when my brother called my handwriting poor. /一聽到哥哥說我的字寫得不好，我的臉馬上拉了下來。

❷ 暑さやよごれた空気などで、一瞬、息がつまりそうに感じるようす。中悶熱得喘不過氣來。

☆ 夏は、外に止めておいた車に乗ると暑さでむっとする/In summer, when you get into a car parked outside, the heat is stifling. /夏

天，一坐進停在外面的車裡，就熱得讓人喘不過氣來。

むつまじ・い ムツマジイ たがいに気が合って、仲がいい。中 和睦。E (be) happily (married); harmonious.

☆ 姉夫婦は仲がむつまじくて、見ていて気持ちがいい / 姊姊夫妻倆感情和睦，看了感覺真好。

むてき【無敵】ムテキ、ムテキ 非常に強くて、どんな競争相手にも負けないこと。書 中 無敵；戰無不勝。E cannot be matched; unrivaled.

☆ わが社の車は多くの国際レースで優勝し、スピードでも耐久性でも無敵だ / 我們公司的車在許多國際比賽中奪冠，速度和耐力都是所向無敵的。

☆ 無敵を誇る / be proud of one's invincibility. / 以無敵自豪。

むてっぽう【無鉄砲】ムテッポー 結果を考えずに、無理な行動をするようす。中 魯莽；莽撞；冒失。E rash; reckless.

☆ 夏目漱石の「坊っちゃん」は「親譲りの無鉄砲で小供の時から損ばかりして居る」という書き出しで始まる / 夏目漱石的《少爺》是以「因遺傳到父母的莽撞個性，從小就吃虧」開頭的。

☆ いきなり家出するなんて、それは無鉄砲というものだ/突然就離家出走，真是太魯莽了。

むとんちゃく【無頓着】ムトンチャク 関心がないので、人にどう思われようと、気にしないようす。むとんじゃく。中 不在意；不介意；不在乎。E indifferent; nonchalant.

☆ 服装に無頓着だった三郎が、結婚後はおしゃれになった / 對衣著不在意的三郎，結婚後變得時髦了。

☆ 父は金に無頓着で、自分の給料の額もよく知らない / 父親對錢很粗心，自己薪水多少都不很清楚。

むなさわぎ【胸騒ぎ】ムナサワギ、ムナサワギ〔～する〕 悪いことが起こりそうな気がして、ひどく不安になること。中 心驚膽跳；忐忑不安；心緒不寧。E uneasiness; a presentiment.

☆ 予定時間をはるかに過ぎても父の乗った飛行機が着かない。事故ではないかと胸騒ぎがする / 早已超過預定時間，父親搭的班機還沒到，心中擔心會不會出事。

むなし・い ムナシイ、ムナシイ ❶ 形だけで内容がともなわない。からっぽだ。中 空；空虛；空洞。E empty; meaningless.

☆ 愛する妻を失ってからは、むなしい日々を送っている / 失去愛妻之後，每天過著空虛的日子。

☆ 実りのない、むなしい議論が続いた / 繼續著內容空洞的議論。

❷ したことの結果が役に立たなくて、がっかりした気持ちになる。むだだ。中 徒然；枉然；白白。E be in vain; fruitless.

☆ 努力しても成果が上がらないのでむなしい / 即使努力也沒獲得成果真是浪費力氣。

▷ 書 ❶

むに【無二】ムニ 比べるものがないほどよかったり、たいせつであったりすること。書 中 獨一無二；無雙；無比。E bosom; peerless.

☆ 無二の親友を飛行機の墜落事故で失った/因墜機事故而失去了最好的朋友。

☆ 唯一無二 / 獨一無二。

むね【旨】ムネ ❶ 伝えようとする内容。中 意思；要點；主旨。E the effect; the purport.

☆ 会議は来週に延期する旨、本社から連絡があった / 總公司通知會議延期到下週。

☆ 欠席する方は、その旨、前日までにご連絡ください / 不能參加的人，請於前一天聯絡。

❷ 第一に考えること。目的とすること。中 宗旨。E the main purpose; a principle.

☆ 祖父は倹約を旨として、実に質素な生活をしていた / 祖父崇尚節儉，確實過著地儉樸的生活。

☆ 当社の製品は、高品質、低価格を旨としております / 本公司的產品以高品質，低價格為宗旨。

▷ 書

むね 【胸】ムネ ❶ 体の前の部分で、首と腹の間。中 胸；胸部；胸膛。E the chest; the breast.

☆ スポーツマンだから、がっしりと胸が厚い / 到底是運動員，胸膛健壯厚實。

☆ 名札を胸につける / 把名牌別在胸前。

❷「❶」の中にある内臓。中 心；心臟；肺。E the vital organs of the chest.

☆ 全力で走ったので胸がどきどきする / 由於拚命地奔跑，所以胸口怦怦直跳。

☆ 胸の病気 / lung trouble. / 肺病。

❸ 心。中 心；內心；心裡．E one's heart; one's mind.

☆ うれしくて胸がいっぱいだ / 滿心歡喜。

☆ 胸にしまって、だれにも話さない / 悶在心裡對誰也不說。

▷ →体 図

参 他のことばの前につくと、「胸毛」「胸騒ぎ」などのように「むな」と読み方が変わることが多い

…………「胸」のつく慣用表現 …………

胸が騒ぐ 悪いことが起こりそうで不安になる。中 心驚膽跳；忐忑不安。E feel uneasy.

☆ 国の両親からしばらく手紙が来ないので、病気ではないかと胸が騒ぐ / 家鄉的父母好久沒來信，心中忐忑不安，擔心是否有恙。

似た表現 胸騒ぎ

胸がすく 心につかえていたものが取れて、気持ちがすっきりする。中 心情開朗；舒暢；感覺痛快。E feel refreshed; feel satisfied.

☆ いつも負けている相手チームにはじめて勝って、胸がすく思いがした / 首次戰勝一直輸給的敵隊，感覺痛快極了。

胸がつぶれる ひどく悲しむ。中 心碎。E be choked with sorrow.

☆ 飛行機事故でいちどに両親を失った友を見ると、胸がつぶれる思いだ / 一看到因飛機失事，驟失雙親的朋友，真叫人心碎。

似た表現 胸がふさがる

胸が焼ける 胃に焼けるような痛みなどがある。中 胃酸過多。E have heartburn.

☆ 油の多いものを食べすぎたので、胸が焼けてむかむかする / 由於吃太多油膩的東西，胃酸分泌過多而難受得想吐。

似た表現 胸焼け

胸に一物 心の中に、悪い計画を持っていること。中 居心叵測；另有企圖。E have some plot in one's mind.

☆ あの男は胸に一物ありそうな顔をしているから、用心したほうがいい / 那個男人好像居心不良，最好當心一點。

似た表現 腹に一物

胸に迫る 非常に強くこちらの心にひびいてくる。中 打動人心；非常感動。E be deeply moving.

☆ 病気と闘いながら新しい発見をした学者の話には、聞く人の胸にせまるものがあった / 聽到學者與病魔纏鬥而又有科學新發現，令人感動。

胸を痛める 自分のことのように心配する。中 煩惱；苦惱。E be deeply worried about.

☆ 手足の不自由な子供の将来のことを考え、親は胸を痛めている / 想到四肢殘障小孩的將來，父母心中苦惱。

似た表現 胸が痛む、心を痛める

胸を打つ 感動させる。中 感動；打動。E move; touch.

☆ あの映画は、主人公の勇気ある行動が、見る人の胸を打つ / 那部電影的主角富有勇氣的行動，打動了觀眾的心。

似た表現 心を打つ

胸をたたく 自信があることを示す。中 拍胸脯；信心十足。E accept with confidence.

☆ パーティーの司会を二郎に頼んだら、「大丈夫、まかせておけ」と胸をたたいた / 請二郎做晩會的主持人，他拍胸脯說：「放心，交給我吧。」

胸をなでおろす 危険や心配がなくなり、安心する。中 放下心來；鬆了口氣。E feel relieved.

☆ 大地震のニュースを聞いてとても心配したが、家族の無事を知って胸をなでおろした/聽到了大地震的消息非常擔心，得知家中平安，才鬆了口氣。

胸を張る 自信のあるようすを見せる。中 挺起胸膛。E hold one's head high.

☆ 優勝チームの選手たちは、元気よく胸を張って行進した / 冠軍隊的運動員們，精神抖擻地挺胸前進。

胸を膨らます 喜びや希望で心をいっぱいにする。中 滿心歡喜；滿懷希望。E be filled with (happy expectations).

☆ 一郎は、夢と希望に胸をふくらまして大学生活を始めた / 一郎滿懷著理想和希望開始了大學生活。

似た表現 胸が膨らむ

むねん【無念】ムネン

❶ 悔しがるようす。中 懊悔；遺憾；悔恨。E really regret; feel vexed at.

☆ 親の死に目にあえなかったのが無念だ/懊悔沒有看到父母的最後一面。

☆ 無念の涙をのむ / swallow tears of vexation. / 忍住悔恨的眼淚。

☆ 残念無念 / 萬分遺憾；萬分懊悔。

❷ なにも考えないようす。中 什麼也不想。E thoughtfree.

☆ 無念の境地で試合に臨んだ / 在心無雜念的心境下參加了比賽。

☆ 無念無想 / freedom from all ideas and thoughts. / 萬念皆空。

▷ 書 ❷

むのう【無能】ムノー

その仕事をする能力がないようす。中 無能；無才能；沒用。E incompetent.

☆ 学生時代に秀才だった彼も、政治家としては無能だ / 學生時代是名列前茅的他，作為政治人物卻一籌莫展。

☆ 会社の仕事はよくできるが、家事や育児に無能な父親 / 公司裡的工作可以做得很出色，但做家務、教育孩子卻是個不稱職的父親。

対 有能

むふんべつ【無分別】ムフンベツ

判断力がないこと。また、よく考えないで行動するようす。中 輕率；莽撞。E indiscreet; thoughtlessly.

☆ 仕事上の重大な秘密を記者に話してしまうとは、無分別もはなはだしい / 對記者洩露了工作上重要秘密，簡直太輕率了。

☆ 無分別にブランド品を買いまくってカード破産とは情けない / 不顧後果，拚命買那麼多名牌商品而刷爆信用卡，真可悲。

対 分別

むぼう【無謀】ムボー

結果を考えないで、むちゃな行動をするようす。中 魯莽。E thoughtless; reckless.

☆ じゅうぶんな準備をせずに冬山に登るのは無謀だ / 冬季不作充分準備就去登山真是魯莽。

☆ 道子は1カ月で10キロやせるという無謀な計画を立てた / 道子制定了一個月瘦十公斤的蠻幹計劃。

むみかんそう【無味乾燥】ムミ・カンソー

味わいやおもしろみのないようす。中 枯燥無味。E uninteresting; dull; boring.

☆ 一郎の演奏は、技術は正確だが無味乾燥で人を感動させない/一郎的演奏技法無誤，但枯燥乏味不動人。

☆ 趣味もなく忙しいだけの無味乾燥な生活

ではつまらない/只是忙碌卻無娛樂的生活枯燥乏味，相當無聊。

むめい【無名】ムメイ　❶名前がわからないこと。中無名；不知名；不具名。E unknown; nameless.

☆ その国の独立は、多くの無名の人々の血と涙によって勝ち取られた/那個國家的獨立是無數無名英雄用血淚換來的。

☆ 無名戦士の墓/ the tomb of the unknown soldier. /無名戰士之墓。

❷ 世間に名前を知られていないこと。有名でないこと。中不著名；沒名氣。E obscure; unknown.

☆ これは無名の画家の絵だが、気に入っている/這是無名畫家的畫，但我喜歡。

☆ A氏の無名のころの小説/A氏成名前的小說。

対有名

▷ 書

むやみ　ムヤミ　❶よく考えないでするようす。中胡亂；瞎；輕率。E thoughtlessly; indiscriminately.

☆ 地図も見ずにむやみに歩きまわっても目的地に着くことはできない/不看地圖瞎走是到達不了目的地的。

☆ むやみに薬を飲んでもだめだ/胡亂吃藥也是白費。

❷ ふつうの程度をこえているようす。中過度；過分。E excessively; awfully.

☆ 病気なのか、暑くもないのに、むやみに汗が出る/是否生病了?天氣不熱，怎麼出了那麼多汗。

☆ きょうはむやみに寒い/今天實在太冷。

むよう【無用】ムヨー、ムヨー　❶役に立たないこと。また、必要や用件のないようす。中沒有用處；沒事；無事。E unnecessary; without business.

☆ 計画的に支出して、無用な出費をおさえる/有計畫地支出，控制不必要的開支。

☆ 当マンションに無用な者の立ち入りを禁止します/本公寓閒人勿進；本公寓禁止閒人入内。

☆ 心配無用/無須掛念；不用擔心。

対有用

❷ してはいけないこと。中不許；禁止。E Don't ~.

☆ 他言は無用/不許對別人說。

☆ 天地無用/切勿倒置；小心輕放。

▷ 書

無用の長物　あっても役に立たないで、じゃまなもの。書中無用之物。E a useless object; a white elephant.

☆ 狭い部屋には、大きくて立派な家具は無用の長物だ/這麼大而漂亮的家具在狹小的房間裡成了無用之物。

むら【村】ムラ　❶行政上の１つのまとまりで、最小単位のもの。中村；村莊；農村。E a village.

☆ 村は農業の近代化を計画している/村子正計畫著實現農業現代化。

☆ 村役場/村公所。

❷ 農業、漁業などで生活している家がおもに集まっている地域。また、その社会。中村落；村莊；鄉村。E a village; a rural community.

☆ 一郎は海のそばの小さな村に生まれた/一郎生於海邊的小村。

☆ 村八分/ ostracism. /江戶時代對不守法規的村民，採取除喪禮和火災外斷絕往來的懲罰。

☆ 村祭り/村祭。

むらが・る【群がる】ムラガル〔自動五〕(むらがって)　多くのものが１つの場所に集まる。中聚；聚集。E crowd; swarm.

☆ あちらに人が群がっているから行ってみよう/那裡聚集著許多人，去看看吧。

☆ アリが砂糖に群がっている/螞蟻聚集在砂糖周圍。

むらさき　【紫】ムラサキ　❶色の１つ。

赤と青をまぜた色。紫色。中 紫；紫色。E purple; violet.

☆ 庭に紫の朝顔が咲いている / 院子裡開著紫色的牽牛花。

☆ 寒さで体が冷えて、くちびるが紫になっている / 凍得渾身發抖，嘴唇變紫。

☆ 薄紫 / 淡紫色。

❷「しょうゆ」をすし屋や料理やなどでいう言い方。中 醬油。E *shoyu*; soy sauce.

☆ 刺身には、この紫をつけて食べると、おいしいですよ / 生魚片沾這種醬油很好吃哦。

むり【無理】ムリ　❶ 理由や道理が通らないようす。中 不講理；不可能。E unreasonable; unnatural.

☆ 働かないで楽に生活したいというのは無理な話だ / 不工作就想過舒服的日子是不可能的。

☆ ５年も帰国してないのだから、帰りたがるのも無理はない(= 当然だ)/ 已經五年沒回國了，想回家也是當然的。

❷ 実行することがむずかしいようす。中 難以辦到。E impossible.

☆ 金もない者に車を買えと言っても無理だ/ 叫沒錢的人買車也是白搭。

❸〔～する〕むずかしくても、それでもすること。中 過分；過度；硬幹。E overwork; do something excessively.

☆ 休日も休まず無理して働いて体をこわしてしまった / 連公休日也不休息地過度工作，弄壞了身體。

むりやり【無理やり】ムリヤリ　できそうもないことを行おうとするようす。また、相手がいやがっていることを知っていてやらせようとするようす。中 硬逼著；強迫。E forcibly; excessively; against one's will.

☆ 荷物を無理やり(に)つめたら、バッグがこわれてしまった / 由於硬塞行李，箱子被弄壞了。

☆ いやがる子供を無理やり(に)歯医者へ連れていった / 硬帶著不願去的小孩去看牙醫。

むりょう【無料】ムリョー、ムリョー　料金がいらないこと。中 免費；不要錢。E free (of charge).

☆ 市内は無料で配達いたします / 市內免費送貨。

☆ この展覧会は入場無料です / 這個展覽會免費入場。

☆ 無料サービス / 免費服務。

対 有料

参「ただ」も似ているが、「ただ」は「無料」よりくだけた言い方。また、「無料」が特に料金についていうのに対して、「ただ」は、「ただでもらう」「ただで働く」のように、料金以外のことにも使う。

むれ【群れ】ムレ　たくさんの人や動物が集まっている状態。また、その集団。中 群；夥。E a school; a crowd.

☆ 魚の群れが川を下っていく/魚群順流而下。

☆ 通勤する人々の群れで、駅は非常に混雑している / 由於上下班的人群，車站顯得非常混亂。

☆ 群れをなす / 成群。

自動 群れる

むろん【無論】ムロン　あたりまえだと思うようす。中 當然；不用說。E of course; needless to say.

☆ あなたが計画した旅行なのだから、むろんあなたも行きますよね？/ 是你策畫的旅行，你當然也得去啦。

→もちろん

むんむん　ムンムン〔～する〕　においや熱気やよごれた空気などがいっぱいで、息苦しいほどに感じるようす。中 悶熱貌；熱氣蒸騰貌。

☆ 会場は、ショーを見に来たおおぜいの人たちの熱気でむんむんしていた / The hall was sultry from the heat of all the people coming to see the show. / 會場上前來觀看表演的人數衆多，簡直要把人給悶死。

め／メ

め 【目】メ ❶顔にあって、ものを見る器官。中眼；眼睛。E an eye.

☆ 赤ちゃんが目を開けた／嬰兒睜開了眼。
☆ 寝不足で目が赤い／由於睡眠不足，眼睛發紅。
☆ 目を伏せる／閉眼。
☆ 目薬／眼藥水。

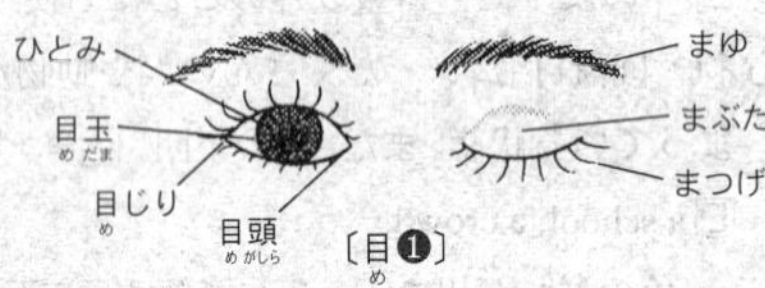

〔目❶〕

❷ものを見るときの目のようす。目つき。中眼神；目光。E a look; eyes.

☆ なにもしゃべるなと、京子はわたしに目で合図した／京子用眼神暗示我什麼也不要說。
☆ こわい目でにらむ／用可怕的眼光盯著看。
☆ 鋭い目／a piercing glance.／敏銳的目光。
☆ 白い目で見る／冷眼相看。(→白い 慣用)

❸ものの形を見分ける力。視力。中眼力；視力。E eyes; sight.

☆ 細かい作業をして目が疲れた／由於做精細的工作，眼睛很累。
☆ 年をとって目が悪くなる／因為上了年紀，視力減退了。

❹見ること。注意して見ること。注目すること。中看；盯；注視。E notice; attention.

☆ 目を離したすきに、かばんを盗まれた／稍不留神，包包就被人偷走了。
☆ 世間の目がうるさい／The world is censorious.／人言可畏(衆人的目光)。
☆ 目をつける／keep one's eye on.／著眼；注目。

❺もののよしあしを見抜く力。中眼力；識別力；判斷力。E an eye; judgment.

☆ うちの社長は人をみる目がないから、仕事のできない男を雇ってしまった／因為我們的老闆沒有識人的眼力，所以僱了個不會工作的傢伙。
☆ ものをみる目を養う／培養判斷事物的能力。

❻ものの見方。中看法；見解；觀點。E a viewpoint.

☆ 教育は長い目でみる必要がある／教育是必須以長遠的眼光來看的。
☆ 記者の目で見た東京の生活をレポートする／以記者觀點來報導東京的生活。

❼体験。中經驗；體驗。E experience.

☆ 空港でパスポートを盗まれて、ひどい目にあった／在機場護照被偷，真倒楣。
☆ いい目をみる／be fortunate.／嘗到甜頭。
☆ つらい目にあう／嘗到苦頭。

❽(「見た目」の形で)目に映るようす。中看來；看起來；外觀。E look ~.

☆ この店の料理は、見た目はきれいだが、おいしくない／這家餐廳的菜看起來漂亮卻不好吃。
☆ 見た目は悪いが、味のいいミカン／樣子難看但味道很好的橘子。

❾線と線の間。中心に開いた穴。中孔；眼；齒。E a mesh; the eye.

☆ 網の目が粗い／網眼很粗。
☆ 針の目に糸を通す／穿針引線。
☆ くしの目／梳齒。

❿(数を数えることばの後について)順序を表す。中用在數詞下以表示順序。

め

☆ 姉に3人目の子供が生まれた/姊姊生了第三個小孩。

☆ 右から4番目の男/ the fourth man from the right. / 從右數第四個男子。

⓫ (形容詞と形容動詞の語幹について) ふつうよりすこしその程度が多いようすを表す。中 接在形容詞語幹下表示程度。

☆ 学校に早めに来る/提前來學校;早點來學校。

☆ はでめの化粧/濃妝;稍豔一點的妝。

☆ 厚め/厚一點點。

☆ 多め/多一點點。

☆ 少なめ/ slightly less. / 少一點點。

⓬ (名詞、動詞の「ます」形について) 特にめだった時や箇所を表す。中 接在動詞連用形下表示正在該動作的開始時(處)。

☆ 季節の変わり目/季節變化時節。

☆ 親の死に目/ be present at a parent's death. / 父母臨終之際。

☆ 折り目/摺痕;摺線。(→項目)

☆ 結び目/結子;打結處。

☆ 境目/交界線;交界處;轉換點。

▷ →顔 図

ニ 注 ⓫はひらがなで書く。

…………「目」のつく慣用表現…………

目が利く 本物か偽物か、いいか悪いかなど見分ける力がある。中 眼尖;有眼力。E have a sharp eye.

☆ この浮世絵が広重のものかどうか、目がきく人に見てもらおう/這幅浮世繪(風俗畫)是否是廣重的畫，就讓內行人來鑑定。

似た表現 目が高い

目がくらむ ❶ まぶしくて目が見えなくなる。中 眼花撩亂。E be dazzled.

☆ 車の強いライトを浴びて、一瞬目がくらんだ/在車子強烈燈光一照之下，瞬間眼花撩亂。

❷ めまいがする。中 頭暈目眩。E feel dizzy.

☆ ホテルの窓から下を見ると、目がくらむような高さだった/從旅館的窗口往下看，高得令人頭暈目眩。

❸ 夢中になって判断力がなくなる。中 沖昏頭。E be blinded.

☆ 欲に目がくらんで、親友を裏切った/利慾薰心，出賣了好友。

目が肥える いいものを見なれて、見分ける力がある。中 有鑒賞力;眼力高。E have a good eye.

☆ 若いときから多くの名画を見てきたので、目がこえている/從年輕時就看了許多名畫，所以培養出鑑賞力。

似た表現 目を肥やす

目がない 非常に好きだ。中 非常喜愛;著迷。E be very fond of.

☆ 妹は甘いものに目がないから、お菓子ならなんでも食べる/妹妹非常喜歡甜食，只要是點心，什麼都吃。

目が回る ❶ めまいがする。中 眼花;眼暈。E feel dizzy.

☆ 酒を飲みすぎて、目がまわる/酒喝多了，頭暈眼花。

❷ ひどく忙しい状態だ。中 忙得團團轉。E (be so busy that) one's head is in a spin.

☆ 注文がつぎつぎに来て、目がまわるような毎日だ/訂單不斷地來，每天忙得團團轉。

▷ 似た表現 目を回す

目からうろこが落ちる 突然はっきりものごとがわかるようになる。中 恍然大悟;茅塞頓開。E be suddenly awakened to the truth.

☆ 講義を聞いて、国際経済と暮らしの関係がよくわかり、目からうろこが落ちる思いだった/聽了講課，非常清楚國際經濟與生活的關係，令我茅塞頓開。

目から鼻へ抜ける 利口で気がきいている。中 機靈聰明。E very clever.

☆ 道子は目から鼻へ抜けるような人だから、簡単な計画書を見ただけで、プロジェクトの全体のことがすぐつかめる/道子是個

聰明絕頂的人，只要看一下簡單的計畫書，馬上就掌握了工程計畫的全部情況。

目から火が出る　頭や顔を強く打ったときのようす。中 兩眼冒金星。E see stars.

☆ 急に閉まったドアに頭を思いっきりぶっつけて、目から火が出た/頭部被突然關閉的門撞了一下，兩眼直冒金星。

目と鼻の先　非常に近い所にあること。中 近在咫尺；非常近。E very close to.

☆ そのデパートなら、わたしのうちと目と鼻の先にあります/那家百貨，就在我家附近。

似た表現 目と鼻の間

目に余る　許せないほどひどい。中 看不下去；不容坐視。E be beyond endurance.

☆ あの男の乱暴な態度は目にあまる/那個男人的粗暴態度令人無法容忍。

目に角を立てる　とがめる。中 怒目而視。E nag at.

☆ 子供がまちがってこわしたんだから、そんなに目に角を立てることでもないだろう/是小孩不小心弄壞的，眼睛用不著瞪得那麼大。

目につく　よくめだつ。中 引人注目；顯眼。E catch one's eye.

☆ 大きな看板だから、すぐ目につく/是塊很大的招牌，馬上就看的到。

似た表現 目に立つ

目には目(を)、歯には歯(を)　人からなにかされたのと同じように、こちらからも仕返しをする。中 以眼還眼，以牙還牙。E An eye for an eye, a tooth for a tooth.

目に触れる　自然と目に見える。中 看到。E see.

☆ はじめての外国旅行だったので、目にふれるものがなにもかも珍しかった/因為是第一次出國旅行，所看到的東西全都感到稀奇。

似た表現 目に留まる

目に見えて　はっきり違いがわかるほど変化するようす。中 明顯地；顯著地。E visibly.

☆ その薬を飲んでから、病気が目に見えてよくなった/服用那個藥後，病情就明顯好轉了。

目の色を変える　一生懸命になにかをする。中 拚命地。E like mad.

☆ 国家試験をめざして、京子は目の色を変えて勉強している/以通過國家考試為目標，京子拚命地用功。

似た表現 目の色が変わる

目の上の(たん)こぶ　目ざわりな人。中 眼中釘；肉中刺。E an eyesore.

目の敵　見るたびに憎く思うこと。また、その相手。中 眼中釘。E loathe the very sight of.

☆ 同僚の山田さんはわたしを目の敵にして、ちょっとしたミスにも大騒ぎをする/同事山田把我視為眼中釘，稍出一點錯就大吵大嚷。

目(の玉)が飛び出る　ひどくびっくりするようす。程度がひどいようす。中 狠狠地；令人吃驚的。E staggeringly.

☆ 目が飛び出るほど高いカメラ/價格高得令人吃驚的照相機。

目(の玉)の黒いうち　元気に生きているあいだ。中 還活著的時候；一息尚存。E while one is alive.

☆ おまえたちがなんと言っても、わたしの目の黒いうちは、決して畑を売らない/不管你們怎麼說，只要我還有一口氣，我就絕不賣田。

目(の中)に入れても痛くない　子供などを非常にかわいく思うようす。中 溺愛捧在掌心。E be the apple of one's eye.

☆ 祖父は孫のわたしを、目に入れても痛くないほどかわいがってくれた/祖父對我就像是捧在掌心一樣的疼愛。

目の前が暗くなる　がっかりして望みを失う。中 眼前發黑；前途一片黑暗。E be thrown into despair.

☆ 来月から会社に来なくていいと言われて、目の前が暗くなった/當我被告知從下個月起不用來公司上班了之後，只覺眼前一片黑暗。

目も当てられない　まともに見られないほどひどい。中 慘不忍睹；沒法看。E too terrible to

look at.

☆ 勉強不足だったので、今度の試験は目も当てられない成績だった / 平時讀書不努力，這次的考試成績慘不忍睹。

目もくれない　まったく興味を示さない。中不屑一顧；不理睬。E pay no attention to.

☆ 洋子はテレビには目もくれないで、毎日、朝から晩まで勉強している / 洋子根本不看電視，每天從早到晚都在努力用功讀書。

目を奪われる　すっかり注意をひきつけられる。中奪目。E be fascinated.

☆ お祭りのはなやかな行列に観光客は目をうばわれた / 廟會的盛大遊行隊伍吸引著觀光客的目光。

目を覆う　あまりひどいので見ないようにする。中慘不忍睹。E can hardly bear to look at.

☆ 列車事故の現場は、目をおおいたくなるような光景だった/列車事故現場的情景，真是慘不忍睹。

目をかける　目下の人をかわいがる。中照顧；照料。E take a kindly interest in.

☆ 三郎はまじめで実験もよくできるので、教授に目をかけられている / 三郎讀書認真，實驗也做得很好，所以受到教授的重視。

目を皿にする　さがすときや驚いたときに、目を大きく開く。中睜大眼睛。E open one's eyes wide.

☆ 落としたコンタクトレンズを目を皿にしてさがしたが、見つからなかった / 睜大眼睛尋找掉落的隱形眼鏡，還是沒找到。

目を三角にする　怒ってこわい目つきをする。中大怒；怒目而視。E open one's eyes in anger.

☆ 怒った兄は、目を三角にして弟をどなりつけた / 生氣的哥哥，瞪起眼珠子怒斥弟弟。

目を白黒させる　苦しがったり驚いたりしたときのようす。中翻白眼。E be dumbfounded.

☆ 食べ物がのどにつかえて、目を白黒させる / 食物堵在喉嚨裡直翻白眼。

目をつぶる　見て見ないふりをする。目をつむる。中裝沒看見；置之不理。E turn a blind eye to.

☆ きみはいつも熱心に仕事しているから、今回のミスは目をつぶることにしよう/由於你平常工作用心，所以這次的錯誤我就睜一隻眼閉一隻眼。

目を通す　ざっと読む。中瀏覽。E skim over.

☆ 毎朝、新聞に目を通してから出勤する/每天早上，瀏覽過報紙後再去上班。

目を盗む　見つからないようにする。中避人耳目；偷偷。E do ~ behind a person's back.

☆ 親の目を盗んでタバコを吸う / 背著父母偷偷抽菸。

目を光らせる　注意して見る。中嚴加監視；提高警戒。E keep a watchful eye on.

☆ 年末はすりが多いので、警察が目を光らせている / 因為年終小偷很多，所以警察特別嚴加戒備。

似た表現 目が光る

目を細める　うれしくて、ほほえむ。中瞇著眼睛微笑。E smile with pleasure.

☆ 孫が遊んでいるのを見て、おばあさんは目を細めた/祖母瞇著眼睛微笑看孫子在玩耍。

似た表現 目を細くする

目を丸くする　驚いて目を大きくする。中瞪大眼睛；驚視。E open one's eyes wide in surprise.

☆ ピアノをひくロボットを見て、子供たちは目をまるくした/孩子們目瞪口呆地看著彈鋼琴的機器人。

目をむく　怒ったり驚いたりして目を大きく開く。中瞪大眼睛。E glare at.

☆ 黙って仕事を休んだら、店のおやじが目をむいて怒った / 沒請假就休息了，結果店老闆瞪起眼發火了。

……………………………………………………

め【芽】メ　❶ これからのびて葉、花、茎になる、植物の若い部分。中芽。E a bud; a sprout.

☆ 朝顔の種をまいてから、約２週間で芽が出た / 撒上牽牛花的種子後，大約兩星期就長出芽了。

☆ 暖かくなって、庭の木の芽がふくらんできた/隨著天氣暖和了起來，院子裡的樹枝長出芽苞了。

☆ 芽を吹く / put out new buds. / 吐芽

❷ これからのびようとするもの。中 萌芽。E the first signs of growth.

☆ 子供の成長の芽をつぶしてはならない/不能損傷孩子成長之芽。

☆ 悪の芽をつむ/ nip crime in the bud. /除惡務在萌芽期。

芽が出る 成功のチャンスが来る。中 發跡；走運；出頭。E come into luck.

☆ アルバイトをしながら一生懸命小説を書いているが、なかなか芽が出そうにない/雖然邊打工邊努力寫小說，但好像不容易出人頭地。

似た表現 芽を出す

めあたらし・い 【目新しい】メアタラシイ いままでのものとは違った感じだ。中 新奇；新穎；不常見。E novel; new; original.

☆ つぎつぎに目新しい電気製品が売りだされる / 新穎的電氣產品接連不斷地上市。

☆ 店に若い客をひきつけるように、目新しい企画を考える / 為了招攬年輕的客人上門，提出新企畫。

めあて 【目当て】メアテ ❶ 進んでいくとき、目標とするものや場所。中 目標。E a guide; a landmark.

☆ その本屋は、東京タワーを目当てにしてまっすぐ行くと右側にある / 以東京鐵塔為目標一直向前走的話，書店就在右側出現。

☆ 山で道に迷い、遠くの町の明かりを目当てに歩いた / 在山中迷了路，以遠處城鎮的燈光為目標才走了出來。

❷ 心の中でめざしていること、ねらっているもの。中 目標；指望；打算。E an aim; an object.

☆ 財産を目当てに金持ちの１人娘と結婚する / 看中財產才和有錢人家的獨生女結婚。

☆ 金目当ての殺人 / a murder for money. / 謀財害命；圖財殺人。

めい 【名】 ❶ (他のことばの頭について)有名な。すぐれた。中 有名的；優秀的。

☆ 名演奏 / 優美的演奏。

☆ 名演説 / a superb speech. / 出色的演說。

☆ 名ピアニスト / a celebrated pianist. / 有名的鋼琴家。

❷ (他のことばの後について)名前。呼び名。中 ～名。

☆ 会社名 / 公司名。

☆ 学校名 / 校名。

☆ 駅名 / station name. /（車）站名。

❸ (数を表すことばの後について)人間の数を表す。中 人數。

☆ 定員８名のエレベーター/限乘八人的電梯。

☆ 50名の参加者/ 50 participants. /五十名參加者。

参 ❸は「人」と似ているが、「名」のほうが改まった言い方。「定員」「定数」をいうときは「名」のほうを多く使う。

めい 【銘】メイ ❶ 金属、石などに彫った文。中 銘文；碑文。E an inscription; an epitaph.

☆ 墓石にきざまれた漢文の銘を読む/閱讀墓碑上雕刻的漢字碑文。

❷ 刀や器などに彫られた作者の名前。中 作者名。E a signature.

☆ この茶碗はすばらしい作品だが、不思議なことに銘がない/雖然這個碗是個非常出色的作品，但不可思議的是沒有作者名。

☆ 刀の銘の文字を読み取る/辨認刀上的銘文。

❸ 人の生き方、守るべき道などを短くまとめたことば。中 銘。E a motto.

☆ 座右の銘 / 座右銘。(→項目)

▷ 書

めい メイ 自分のきょうだいの、女の子供。

[中]姪女；外甥女。[E] a niece.

☆ 洋子は兄の娘なので、わたしのめいに当たる/因為洋子是哥哥的女兒，所以是我的姪女。

☆ めいの結婚式に出席する/出席姪女的婚禮。

[対]おい

[注] 漢字で書くときは「姪」。

[参] くだけた言い方は「めいっ子」、丁寧な言い方は「めいごさん」。

めいあん【名案】メイアン　いい考えや、うまい方法。[中]好辦法；好主意；妙策。[E] a good idea; an exellent plan.

☆ 学生の遅刻を減らすのに、なにか名案はないだろうか/有沒有什麼好辦法能減少學生的遲到。

☆ いろいろ考えたが、名案が浮かばない/東想西想也想不出好辦法。

めいあん【明暗】メイアン　❶ 明るいことと暗いこと。[中]明暗；濃淡。[E] light and shade.

☆ 絵をかくときは、明暗をつけて立体的な感じを表現する/畫畫時，用明暗色調表現出立體感。

☆ 明暗のはっきりしない写真/明暗不清的照片。

❷ 喜ばしいことと悲しいこと。[中]明暗；幸福與不幸。[E] the bright and dark sides.

☆ 交通事故のニュースや5つ子の誕生など、新聞は社会の明暗を伝えている/報紙既刊登交通事故也報導五胞胎誕生，同時傳達了社會的明與暗。

☆ 喜びも悲しみも人生のさまざまな明暗を経験した/經歷了人生各式各樣的幸與不幸，體驗了其喜悅與悲哀。

明暗を分ける　幸不幸、勝ち負けの分かれ目となる。[中]劃分出明暗。[E] decide one's fate.

☆ 今回の飛行機事故では、前の座席の人は助かり、後ろの人は全員死んで、座席の位置が生死の明暗を分けた/這次飛機失事，坐在前艙的人得救了，坐在後艙的人卻全部罹難，座位劃分出了人的生死。

めいう・つ【銘打つ】メイウツ〔自動五〕(めいうって)　もっともらしい理由をつける。[中]以～為名；打著～旗號；聲稱。[E] label as.

☆ 安全な食品と銘打って売りだされたが、本当に安全だろうか/標示安全的食品上市了，但真的安全嗎？

めいが【名画】メイガ　❶ 多くの人がすぐれていると認めている絵。[中]名畫。[E] a famous picture.

☆ 美術館で、ピカソやゴヤなどの名画を鑑賞する/在美術館鑑賞畢卡索和戈雅的名畫。

❷ 人の心を打つようないい映画。[中]名影片；優秀的影片。[E] a good film.

☆「モダン・タイムス」や「エデンの東」など古い名画をビデオで見た/在錄影帶中看過「摩登時代」和「伊甸園東（天倫夢覺）」等有名的舊片。

▷ [数]❶1枚・1点、❷1本

めいかい【明快・明解】メイカイ　❶ 気持ちがいいほど、論理的でわかりやすいようす。[中]明快。[E] clear; explicit.

☆ A先生は価格と需要供給の関係を、明快に説明した/A老師明快地闡述了價格與供需關係。

☆ 単純明快な論理/簡單明瞭的邏輯。

❷ はっきりしていてわかりやすい解釈。また、よくわかるようす。[中]明確。[E] clear; lucid.

☆ 語句の明解な説明/詞句的明確說明。

☆ 明解な法解釈/明確的法律解釋。

[注] ❶は「明快」、❷は「明解」。

めいかく【明確】メイカク　はっきりしていて、まちがいのないようす。[中]明確。[E] clear; definite.

☆ 政府は米の輸入に対する態度を明確にした/政府表明了對稻米進口的態度。

☆ 質問をしても明確な答えは返ってこなかった/即使發問也得不到明確的回答。

[対]曖昧

め

めいき【銘記】メイキ〔～する〕 心にしっかりきざんで忘れないこと。書 中 銘記；銘刻；牢牢記住。E keep in mind.

☆ 先生の忠告を深く心に銘記する/對老師的忠告銘記在心中。

めいぎ【名義】メイギ、メイギ 所有や責任などを明らかにする書類に書かれている名前。中 名義。E a person's name.

☆ この家は夫婦で働いて買ったので、2人の共同名義になっている/這幢房子是夫妻倆共同賺錢買下的，所以用了兩人的共同名義。

☆ 子供の名義の預金通帳をつくる/以孩子的名義開一個存款帳戶。

☆ 名義を変更する/變更名義。

めいげつ【名月】メイゲツ 陰暦で、8月15日、9月13日の夜の月。中 (陰曆八月十五日，九月十三日晚上的)明月。E a full moon; a bright moon.

☆ むかしの人は、名月を観賞し、歌を詠んだ/古人在中秋之夜賞月吟詩。

☆ 名月や池をめぐりて夜もすがら(芭蕉)/中秋之月呀，信步在小池旁，不覺知不夜色將明(芭蕉的詩)。

☆ 中秋の名月(=陰暦の8月15夜の月)/中秋月圓；中秋明月(＝陰曆八月十五日晚的月亮)。

めいげん【明言】メイゲン〔～する〕 考えなどを隠さないで、はっきり言うこと。書 中 明確說出。E declare; a definite statement.

☆ 理事長は来年度の授業料は上げないと明言した/理事長明確地宣布下一年度的學費不漲價。

☆ 市長は、ごみ問題については明言を避けた/市長對於有關垃圾問題避而不談。

めいさい【明細】メイサイ 細かいところまで、はっきりしてくわしいこと。また、くわしく書いてあるもの。中 詳細；明細；詳細說明書。E details; particulars.

☆ 費用の合計額だけでなく、なににどれだけ使ったか、明細をはっきりさせる/不只費用的總數，而且要清楚地記載多少錢用於何處的明細說明書。

☆ 給与明細/the details of a salary. /薪資明細。

めいさく【名作】メイサク 多くの人がすぐれていると認めている作品。中 名作；傑出的作品。E a masterpiece.

☆ 川端康成の「雪国」は、心に残る名作だ/川端康成的《雪國》是扣人心弦的傑作。

☆ 世界名作文学全集/世界名著文學全集。

数 1作・1点

めいさん【名産】メイサン その土地でできる有名な産物。中 名產。E a special product.

☆ この地方の名産はリンゴだ/這個地方的特產是蘋果。

☆ 北海道名産のサケ/北海道特產的鮭魚。

☆ 陶器の名産地/陶器的著名產地。

→名物

めいし【名刺】メイシ 名前、勤め先などを印刷した長方形の小さな紙。中 名片。E a business card; a calling card.

☆ 「私が田中です。どうぞよろしく」と言って、課長は客に名刺を差しだした/科長說完「我是田中，請多多關照」之後就把名片遞給了客人。

☆ 名刺代わり/名片的代替品。

☆ 名刺入れ/名片夾。

数 1枚

参 仕事で、はじめて会う人に渡して、自分を紹介するために使う。所属、肩書きなども書いてあるので、立場や仕事上の責任などもわかりやすい。人を紹介するとき、紹介状の代わりに自分の名刺に紹介文を書くこともある。

めいし【名詞】メイシ 文法上の単語の分け方の1つ。ものやことがら、人、数などを言い表すことば。中 名詞。E a noun.

☆ 「日本」「犬」「心」「学校」などを、文法では名詞という/在日語文法中，「日本」，「狗」，「心」，「學校」等等叫作名詞。

め

[参] 普通名詞（「海」「花」「平和」など）、固有名詞（「日本」「夏目漱石」など）、数詞（「１つ」「２つ目」など）、代名詞（「わたし」「あれ」など）、形式名詞（「ところ」「こと」など）などがある。

めいじいしん【明治維新】メイジイシン　江戸幕府が滅び、明治政府が成立する過程で起きた、1868年を中心とする大きな改革。[中] 明治維新。[E] the Meiji Restoration.

☆ 明治維新後、日本は近代的な統一国家になった / 明治維新後，日本成為現代化的統一國家。

めいじつ【名実】メイジツ　いい評判と実際の内容。[中] 名與實。[E] name and reality.

☆「源氏物語」は名実ともに日本を代表する文学作品だ /《源氏物語》是名符其實代表日本的文學作品。

めいしょ【名所】メイショ、メイショ　景色の美しさや歴史上のできごとなどで有名な所。[中] 名勝。[E] a noted place; the sights.

☆ 京都には、古い寺や美しい庭などの名所が多い / 京都有很多古老的寺廟及漂亮的庭園等名勝古蹟。

☆ 名所案内 / 名勝觀光指南。

☆ 名所見物 / 觀光名勝。

めいしょう【名称】メイショー　呼び名。[中] 名稱。[E] a name.

☆ 新しい会社の名称を「オリエント」とする / 新公司取名為《東洋》。

☆ 名称変更 / 改變名稱。

[参]「名」「名前」も似ているが、それらが一般的に広く使うことばで、人間についてもいうのに対して、「名称」は個人には使わない。また、「会社の名前」というより「会社の名称」というほうが、改まった言い方。

めい・じる【命じる】メイジル、メイジル〔他動一〕❶ 人になにかをしろと言う。命ずる。[中] 命令；吩咐。[E] order; command.

☆ 部長は二郎に１週間のアメリカ出張を命じた / 經理吩咐二郎去美國出差一星期。

☆ 騒いだ人に退場を命じる / 命令吵鬧的人退場。

❷ ある地位につくように言う。命ずる。[中] 任命；委派。[E] appoint; nominate.

☆ 大使に命じられる / 被任命為大使。

めいしん【迷信】メイシン、メイシン　むかしから人々の間に伝わる、科学的でない、理屈に合わない考え。[中] 迷信。[E] a superstition.

☆ 子供のころ、蛇を指さすとその指がくさるという迷信を信じていた / 小時候迷信過說什麼用手指指蛇的話，手指會腐爛掉這樣的話。

☆ 病室が４号室だったから死んだ、というのは迷信にすぎない / 謠傳因為住四號病房所以死去，只不過是迷信而已。

めいじん【名人】メイジン　❶ ある方面で、立派な技術などを持っている人。[中] 專家；能手。[E] an expert; a master.

☆ 名人がつくったバイオリンは音色がすばらしい / 專家製作的小提琴，音色好極了。

☆ 一郎は釣りの名人だ / 一郎是釣魚高手。

☆ 名人かたぎ / the spirit of a master artist. / 名家氣質。

❷ 将棋や碁で、いちばん強い人に与えられる呼び名。[中]（棋類的）名人；國手。[E] a (grand) champion.

☆ 将棋の名人と対戦する / 與象棋名人對局。

めいせい【名声】メイセイ　いいという評判。[中] 名聲；好名聲。[E] fame; (a) reputation.

☆ 世界的に名声のあるオペラ歌手の独唱を聞いた / 聽過聞名世界的歌劇演員的獨唱。

☆ 名声を博する / 出名。

めいせき【明晰】メイセキ　あいまいなところがなく、はっきりしているようす。[書][中] 清晰。[E] clear.

☆ 道子の文章は論理がしっかりしていて明晰だ / 道子的文章論理扎實而清晰。

め

☆ 科学者の明晰な頭脳で考えだされた計画/這是經科學家清晰頭腦所想出來的計畫。

めいそう【瞑想】メイソー〔～する〕 目を閉じて、静かに深く考えること。中 瞑想；閉目沈思。E meditation; contemplation.

☆ 人生や死についていろいろ考え、瞑想にふける/對於人的生死胡思亂想中而陷入了瞑想。

めいちゅう【命中】メイチュー〔～する〕 ねらったものに見事に当たること。中 命中。E hit.

☆ 投げた石が命中して鳥が落ちてきた/擲石擊鳥，應聲而落。

☆ 矢が的の真ん中に命中する/箭射中靶心。

めいはく【明白】メイハク はっきりしていて、疑いのないようす。中 明白；明顯；清楚。E obvious; clear; evident.

☆ 事故の責任が居眠り運転の兄にあることは明白だ/事故的責任很明顯是因為哥哥開車打瞌睡而造成的。

☆ 地球の汚染が進んでいることは明白な事実である/地球汚染越來越嚴重，這是不容分辯的事實。

めいぶつ【名物】メイブツ ❶ その土地や社会の特に有名なものやことがら。中 有名的事物。E a feature; an attraction.

☆ 仙台の名物、たなばた祭りを見に行く/去看仙台著名的七夕節。

☆ 霧はロンドン名物だ/倫敦的霧是有名的。

☆ 名物教授/有名望的教授；著名教授。

❷ その土地の有名な産物。中 名產；有名的東西。E a noted product; a local specialty.

☆ 名物にうまいものなし/有名的東西都不好；有名無好貨。

☆ 水戸名物の納豆/水戶的名產是納豆。

☆ 富山名物のマスずし/富山有名的東西是鱒魚壽司。

参 ❷は「名産」と似ているが、「名産」が食べ物だけでなく工芸品などについてもいうのに対して、「名物」は食べ物についていうことが多い。

めいぼ【名簿】メイボ ある目的で、多くの人の名前や住所などを集めて書いてあるもの。中 名簿；名冊；名單。E a list (of names).

☆ 同じ大学を卒業した人たちの名簿をつくる/編製一份相同大學畢業生的名冊。

☆ 選挙人名簿/選舉人的名單。

☆ 会員名簿/會員名冊。

数 1部・1冊

めいめい【銘銘】メイメイ ひとりひとり。中 各自；各個。E each; individually.

☆ 入場券はめいめいで持って、入り口で係にお見せください/請各自拿好入場券，在入口處由工作人員驗票。

☆ めいめいが得意な料理を持ち寄ってパーティーをしよう/各自帶一道拿手好菜來聚餐。

☆ めいめい皿/(每人取食物的)小碟。

めいもく【名目】メイモク ❶ 表向きの理由。中 名目；藉口。E a pretext.

☆ 新製品の説明会に来てくれた人に、交通費の名目でお礼を渡す/以交通費的名義發放答禮金，給來參加新產品說明會的人。

☆ 市場調査という名目の観光旅行/以市場調查為名的觀光旅行。

❷ 形式的なもので、実際に力がないこと。中 名目；名義。E a name; nominal.

☆ 二郎は名目だけの社長で、実際に会社を動かしているのは妻の道子だ/二郎只是名義上的老闆，實際掌握公司大權的是夫人道子。

☆ 名目賃金/名義工資。

対 実質

めいもん【名門】メイモン 何代も続いた歴史があって、すぐれた人物を出している家や学校など。中 名門；世家。E a distinguished family; (a school) famous for ～.

☆ 田中家は、この地方では300年も続く名門で、市長や知事も出している/田中家族，

是這個地方有三百年傳統的望族，家族中出過市長和知事。

☆ 全国大会で何度も優勝した、野球の名門校/這是一所在全國大賽中多次奪魁的棒球名校。

めいよ【名誉】メイヨ ❶社会からすぐれていると認められ、誇りに思うこと。中名譽；榮譽；光榮。E honor.

☆ 国の代表に選ばれてオリンピックに出場できることは、名誉なことである/被選為國家代表隊參加奧運會是無上光榮的事。

☆ あの社員は不正を行って、社の名誉を傷つけた/那個職員做了不正當的事情損害了公司的名譽。

対不名誉

❷立派な仕事をした人に尊敬のしるしとして贈る名。中名譽稱號。E honorary.

☆ 名誉博士号/榮譽博士稱號。

☆ 名誉市民/榮譽市民。

☆ 名誉教授/榮譽教授。

めいりょう【明瞭】メイリョー はっきりしているようす。中明瞭；明確。E clear; plain; lucid.

☆ アナウンサーは明瞭な発音で話す/播音員用清晰的聲音播音。

☆ 祖父は死の直前まで意識が明瞭だった/祖父直到臨死前，意識還是很清楚。

☆ 論旨が明瞭な論文/論點明確的論文。

対不明瞭、曖昧

めい・る メイル〔自動五〕(めいって) 元気がなくなり、気持ちが沈む。中鬱悶；沈悶。E be depressed; feel gloomy.

☆ 1週間も雨が降り続いて、気がめいる/連續下了一週雨，心情很鬱悶。

☆ 病気で苦しんでいる親のことを考えると、めいってしまう/一想到病中苦痛的父母，心情就為之鬱悶。

めいれい【命令】メイレイ〔～する〕 目上の人が目下の人に、自分がしてほしいことをするように言うこと。また、そのことば。中命令。E an order; a command.

☆ 会社の命令でカナダに行くことになった/由於公司的命令我將去加拿大。

☆ 命令にしたがう/遵命；服從命令。

めいろう【明朗】メイロー ❶性格が明るくてほがらかなようす。中明朗；開朗。E bright; cheerful.

☆ 洋子はとても明朗な性格で、冗談を言って人を笑わせるのが好きだ/洋子性格開朗，喜歡開玩笑來逗大家開心。

☆ 明朗活発/開朗活潑。

❷ごまかしがなくて公正なようす。中光明正大。E clean; fair.

☆ 公約どおりの明朗な政治/遵守諾言的明朗政治。

☆ 不正のない明朗会計/絕不偷雞摸狗的透明帳目。

対不明朗

めいわく【迷惑】メイワク〔～する〕 あることが原因で、困ったりいやな思いをしたりすること。中麻煩。E be annoyed; a nuisance.

☆ 工事の音がうるさくて、近所の人たちが迷惑している/工程施工的噪音很吵，給附近的居民造成了麻煩。

☆ ありがた迷惑/an unwelcome favor./不受歡迎的好意；幫倒忙。

めうえ【目上】メウエ、メウエ 自分より年齢、地位などが上であること。また、その人。中長輩；上司。E one's superior; one's senior.

☆ 近ごろの若い社員は、目上に対する礼儀を知らない/現在的年輕職員，不懂如何對待長輩的禮節。

☆ 目上の人を尊敬する/尊敬長輩。

対目下

メーカー(maker) メーカー ❶品物を製造している会社。また、特に有名な製造会社。

中製造廠商；廠商；名牌廠家。E a manufacturer; name-brand (goods).

☆ 修理の部品をメーカーに注文する/向製造廠商訂購修理用的零件。

☆ メーカー品だから、値段が高い/因是名牌廠家的產品，所以價格很高。

対ユーザー

❷ ものごとを生みだす人。中 製造者。E a maker.

☆ チャンスメーカー/機會創造者；會找機會的人。

☆ トラブルメーカー/a troublemaker./麻煩製造者；滋事的人。

▷ 数❶1社

メーデー (May Day) メーデー　労働者の団結を示すため、毎年5月1日に世界各地で行われる、労働者の祭り。中 五一國際勞動節。E May Day.

☆ メーデーには仕事を休んで集会とデモに参加する/五一國際勞動節請假去參加集會和示威遊行。

メートル (フ mètre) メートル　長さの基本になる単位。1メートルは100センチメートル。記号は「m」。中公尺；米。E a meter.

☆ この道路の幅は5メートルだ/這條道路的寬度為五公尺。

☆ 100メートル競走/百米競賽。

メーン (main) メーン　主要なもの。中心になるもの。メイン。中主要(的)。E the main ~.

☆ 通訳もときどきするが、メーンの仕事は翻訳だ/有時也從事口譯，但主要的工作是筆譯。

☆ メーン会場/the main hall./主會場。

☆ メーンストリート/the main street./主要街道。

めがしら【目頭】メガシラ　目の、鼻に近いほうのはし。中眼角。E inside corner of the eyes.

☆ 目頭に涙がにじむ/眼角含著淚水。

☆ ハンカチで目頭を押さえる/用手帕止住淚水。

対目じり　→目 図

目頭が熱くなる　深く感動して、涙が出そうになる。中感動得要落淚。E be moved to tears.

☆ 息子との30年ぶりの再会を喜ぶ友人を見て、思わず目頭が熱くなった/見到朋友與他分別三十年的兒子重逢時的喜悅情景，令我熱淚盈眶。

似た表現 目頭を熱くする

めかた【目方】メカタ　はかりではかったものの重さ。中重量；份量。E weight.

☆ 小包の目方をはかったら、2キロあった/稱了一下包裹的重量，竟然有兩公斤重。

☆ 病気をして、目方が10キロ減った/生了一場病，體重減輕了十公斤。

メカニズム (mechanism) メカニズム　❶機械の構造。中 機械裝置；機械構造。E mechanism

☆ 新しいエンジンのメカニズムを勉強する/研究新的引擎機械構造。

☆ 精巧なメカニズムのロボット/構造精巧的機器人。

❷ ものごとの仕組み。中機構。E mechanism; a device.

☆ 地震のメカニズムを、模型を使ってわかりやすく説明する/用模型簡單明瞭地說明地震的理論結構。

めがね【眼鏡】メガネ　❶ものがよく見えるようにする、レンズのついた器具。中眼鏡。E glasses.

☆ 姉は近視で、度の強いめがねをかけている/姊姊近視，戴著度數深的近視眼鏡。

☆ めがねをはずす/摘下眼鏡。

❷ もののよしあしなどを見分ける力。中識別能力；判斷。E judgment.

☆ 洋子の絵の才能を見抜いたわたしのめがねに狂いはなかった/發掘洋子繪畫才能的我沒有判斷錯誤。

眼鏡にかなう　目上の人に認められる。中 看

中；受上級賞識。E gain one's master's confidence.

☆ 社長のめがねにかなって、一郎は社長の娘と結婚できた/一郎被老闆相中，成了乘龍快婿。

めがねちがい 【眼鏡違い】メガネチガイ ものをうまく見分けることができなかったこと。見込み違い。中沒有眼光；看錯；瞎了眼。E misjudgment.

☆ まじめな青年だと信用していたのに、金を持って逃げるとは、とんだめがね違いだった/原本以為他是個誠實的青年，結果卻捲款潛逃，我真是太沒眼光了。

めきめき メキメキ 見てはっきりわかるぐらいに急速に成長、進歩するようす。中(事物的進展)迅速；顯著；很快。

☆ マイクは日本人の恋人ができてから、日本語がめきめき(と)上達した/Mike's Japanese improved rapidly after he got a Japanese girlfriend. /麥克自從交了日本女友之後，日語顯著地進步了。

☆ 手術後1週間もたったら、めきめき(と)元気になってきた/手術過後一星期，身體明顯地好轉了。

-めく (名詞、形容詞と形容動詞の語幹について)〜のように感じる。〜のようになる。中表示像…樣子；帶…意味。

☆ 春めく/become springlike. /有春意；春色濃；像春天的樣子。

☆ ざわめく/be astir. /人聲嘈雜；喧嘩；吵嚷。

☆ 皮肉めいた言い方/諷刺話；諷刺挖苦的說法。

めくじらをたてる 【目くじらを立てる】ちょっとしたことを、うるさく非難する。中吹毛求疵；找麻煩。E find fault with; get angry about.

☆ 足を踏まれたぐらいで目くじらを立てて怒ることはない/只被踩了一腳，用不著找碴發火。

めぐま·れる 【恵まれる】メグマレル〔自動一〕 いいこと、いい状態が自然に与えられる。中賦予；富有；蒙受恩惠。E be blessed with; be favored with.

☆ この寮は、緑も多く環境に恵まれている/這棟宿舍很好，綠樹成蔭，環境優雅。

☆ わたしはいい友人に恵まれてしあわせだ/我擁有很多好朋友，很幸福。

☆ 天候に恵まれる/遇上好天氣。

他動恵む

めぐみ 【恵み】メグミ 恵むこと。中恩惠；恩澤；施捨。E a blessing; welcome (rain).

☆ 太陽、土、水などの自然の恵みを受けて、植物は育つ/植物成長是受益於太陽、土、水等等自然界的恩惠。

☆ 恵みの雨/及時雨。

他動恵む

めぐ·む 【恵む】メグム〔他動五〕(めぐんで) 相手をかわいそうに思って、金やものを与える。中施恩惠；救濟；施捨。E give (in charity).

☆ 貧しい人々に金を恵む/施捨給窮人金錢。

☆ 他人から食べ物を恵んでもらう/請求別人施捨點食物。

名恵み 自動恵まれる

めぐら·す 【巡らす】メグラス、メグラス〔他動五〕(めぐらして) ❶ まわりをかこむ。中圍上；繞上。E encircle; surround.

☆ 家のまわりに木をめぐらして風を防ぐ/在房子的周圍植樹防風。

☆ 塀を張りめぐらす/砌上圍牆。

❷ いろいろな角度からものを考える。中反覆(想)。E think over; ponder.

☆ 家族の健康や毎日の暮らしを、あれこれと思いめぐらす/家人的健康呀，每天的生活呀，成天這個那個的想個沒完。

☆ 考えをめぐらす/反覆思考。

▷ 自動巡る

めく·る メクル〔他動五〕(めくって) 薄い

め

ものを、はしのほうから裏返す。[中]翻；揭下。[E] turn over; pull off.

☆ 本のページをめくる／翻書。

☆ 毛布をめくってベッドに入る／掀開毛毯上床。

めぐ・る【巡る】メグル〔自動五〕(めぐって) ❶ まわりを回る。また、回ってもとにもどる。[中] 旋轉；繞行。[E] travel around; come around.

☆ 地球は太陽のまわりをめぐり、月は地球のまわりをめぐっている／地球繞著太陽轉，月亮繞著地球轉。

☆ また桜の季節がめぐってきた／又盼到了櫻花盛開的季節。

❷ あちこちを動きまわる。[中]巡遊；周遊。[E] make a tour of.

☆ 京都のお寺をめぐって歩いた／巡遊京都的寺廟。

☆ 世界の国々をめぐる旅／環遊世界。

❸ あることを中心に、それに関連することを取りあげる。[中]圍繞；針對。[E] concerning; over.

☆ 世界の人口問題をめぐって議論をする／針對世界人口問題進行討論。

▷ [名]巡り　[他動]巡らす

め・げる　メゲル〔自動一〕　気持ちが弱くなり元気がなくなる。[話][中]畏懼；屈服。[E] be discouraged; succumb to.

☆ 1度の失敗にめげないで、またやってみよう／失敗一次不要氣餒，再試試看。

☆ 寒さにめげる／畏寒；怕冷。

めさき【目先】メサキ　❶ 目のすぐ前。[中]眼前；目前。[E] just in front of one.

☆ 冬山で道に迷ったとき、母の顔が目先にちらついた／冬天在山上迷路時，母親的臉浮現在眼前。

❷ ごく近い将来。[中]眼前；當前；最近的將來。[E] immediate; the present.

☆ 観光客を集めるという目先の利益のために、海岸にホテルをつぎつぎ建てて、美しい自然を破壊している／為貪圖近利招攬觀光客，在海邊蓋起許多旅館，破壞了美麗的自然景觀。

☆ 目先のことにとらわれる／受眼前的利益所驅使。

目先が利く　先のことを予測でき、それに合った行動ができる。[中]有預感的人；有遠見的人。[E] have foresight.

☆ 一郎は目先がきく男で、まだだれもやらないうちからスーパーを開いて成功した／一郎是個很有遠見的男子，在別人都還沒有開始做的時候，就成功的開了一家超市。

目先を変える　違った印象を与えるために、見た目を変える。[中]別開生面。[E] do something new.

☆ タバコの箱のデザインを新しくして、目先を変えて売りだす／重新設計香菸盒，打破現狀進行促銷。

[似た表現]目先が変わる

めざ・す【目指す】メザス〔他動五〕(めざして)　なにかを目標、または目的にする。[中]以～為目標；朝著～。[E] aim at; try for.

☆ 登山者たちは頂上をめざして山道を登っていく／登山隊員朝著山頂攀登山路。

☆ 優勝をめざして、毎日厳しい練習を続けている／為了爭冠軍，每天都在進行嚴格的訓練。

めざと・い【目ざとい】メザトイ　❶ 見つけるのが早い。[中]眼尖；眼力敏銳。[E] quick-eyed; sharp-eyed.

☆ 子供をスーパーに連れていくと、好きなお菓子を目ざとく見つける／帶小孩去超市，他一眼就看到了喜歡的零食。

☆ 母は落とした針を目ざとく見つけた／母親眼利，找到掉落的針。

❷ 小さな音などですぐ目が覚める。[中]易醒。[E] be easily awakened.

☆ 祖父は目ざとくて、夜中に何度も起きる/祖父淺眠易醒，夜裡總醒來好幾次。

めざまし·い【目覚ましい】メザマシイ　目を見張るほどすばらしい。中驚人；異常顯著。E remarkable; conspicuous.

☆ 三郎の研究はめざましい成果を上げている/三郎的研究獲得了驚人的成果。

☆ 道子のめざましい活躍によって、わがチームは優勝した/由於道子出色的活躍，我們隊伍獲得了勝利。

めざましどけい【目覚まし時計】メザマシドケイ　予定の時刻にベルが鳴るようにすることのできる時計。目覚まし。中鬧鐘。E an alarm clock.

☆ 目覚まし時計を6時にかけておく/把鬧鐘定在六點。

めざ·める【目覚める】メザメル〔自動一〕

❶ 眠りから覚める。中睡醒。E wake up.

☆ 毎朝目覚めるとすぐテレビをつける/每天早上一醒來就馬上打開電視。

❷ それまで意識しなかったことに気づく。中醒悟；覺醒。E awaken to.

☆ 民族の意識に目覚めた人々は、自分たちの国をつくろうとしている/對民族意識覺醒的人們，準備開始建立自己的國家。

☆ 性に目覚める/性意識的萌發；情竇初開。

▷ 名目覚め

めざわり【目障り】メザワリ　見て、不愉快でじゃまだと感じるようす。中礙眼；刺眼。E an eyesore; an offensive sight.

☆ 美しい公園にきたないごみ箱があるのは目ざわりだ/美麗的公園裡擺放著髒亂的垃圾箱，十分礙眼。

めし【飯】メシ　❶「食事」「ごはん」の乱暴な言い方。中飯。E a meal.

☆ そろそろ昼だから、飯にしよう/快要中午了，吃飯吧。

☆ 兄は「釣りが3度の飯より好きだ」と言っている/哥哥說：「寧可不吃飯也要釣魚。」

☆ 昼飯/午飯。

❷ 米や麦を炊いたもの。中米飯。E boiled rice.

☆ 貧しかったので、米の飯を食べられなかった/窮得連米飯也吃不起。

☆ 飯を炊く/做飯；煮飯。

☆ 麦飯/麥飯。

▷ 数❷1膳・1杯　話

飯の食い上げ　生活ができなくなること。中吃不了飯；丟掉飯碗。E starve; lose one's means of livelihood.

☆ 仕事の注文が来なくなったら、飯の食い上げだ/如果訂單再不來的話，就沒飯吃了。

飯の種　生活するための収入をえる手段。中生活的手段。E a means of making a living.

☆ 新聞や雑誌などに映画の批評を書いて飯のたねにしている/以幫報紙，雜誌寫電影評論來賺錢過日子。

めしあが·る【召し上がる】メシアガル〔他動五〕(めしあがって)　「食べる」「飲む」の尊敬語。中「吃」「喝」的尊敬語。E ((respectful)) eat; drink.

☆ どうぞたくさん召し上がってください/請多吃一點。

☆ 朝食はなにを召し上がりますか/早餐您吃什麼呢?

めした【目下】メシタ、メシタ　自分より年齢、地位などが下であること。また、その人。中晚輩；部下。E one's junior; one's subordinate.

☆「ご苦労さま」は、ふつう、目下の人に対して言う/「ご苦労さま」一般用於對晚輩講的話。

☆ 目下の者の面倒をみる/照顧部下。

対目上

めじるし【目印】メジルシ　見つけやすくしたり、区別したりするためのしるし。中目標；記號。E a guide; a landmark; a mark.

☆ わたしの家へは、電器店の大きな看板を目印にしておいでください/到我家來的話，就以電器商店那塊大廣告招牌當作標的來找。

☆ 目印の黄色いハンカチ/以黃手絹為記號。

めす【雌】メス 動物で、卵子を持つほう。[中] 雌；母。[E] a female.

☆ 雌の猫を拾ってきた/撿到一隻母貓。

☆ 雌の鳥が卵を温めている/母雞在孵蛋。

☆ 雌犬/母狗。

[対] 雄

ニ[参] 人間についてはいわない。

めずらし・い【珍しい】メズラシイ ふつうと変わっている。そのようなことはめったにない。[中] 少有；罕見；稀奇。[E] unique; rare; unusual.

☆ 動物園にはいろいろな珍しい動物がいる/動物園裡有各種珍奇的動物。

☆ この地方にしては珍しく大雪が降った/這個地方難得下了一場大雪。

メスをいれる【メスを入れる】 問題になっているものごとを、もとから正すために思いきった調査や処置をする。[中] 動大手術；採取果斷措施；清除禍根。[E] conduct a thorough investigation into.

☆ 国際的な麻薬組織にメスを入れ、ふたたび活動できないようにした/對國際販毒集團進行打擊，以免捲土重來。

☆ 腐敗政治にメスを入れる/清除腐敗政治的禍根。

三[参]「メス(mes)はオランダ語で、医者が手術などで使う小刀。

めそめそ メソメソ〔～する〕 声を出さないで弱々しく泣くようす。また、泣きそうになるようす。[中] 低聲哭泣；啜泣。[E] sob; whimper.

☆ 父にしかられてめそめそ(と)泣いている妹をなぐさめる/安慰被父親指責而低聲啜泣的妹妹。

めだ・つ【目立つ】メダツ〔自動五〕(めだって) ほかのものとはっきり違って見える。[中] 顯眼；引人注目。[E] be conspicuous; stand out.

☆ 京子はとてもめだつ赤いセーターを着ているので、すぐわかる/京子穿著非常顯眼的紅毛衣，馬上就能找到。

☆ 二郎は有能で、会社の中でもめだっている/二郎很有才華，在公司中也很引人注目。

めだま【目玉】メダマ ❶ 目の中心にある球形のもの。目の玉。[中] 眼珠；眼球。[E] an eyeball.

☆ 図書館で大声で話していたら、係の人に大きな目玉でにらまれた/在圖書館裡大聲說話，被管理員狠狠地瞪了一眼。

☆ 目玉焼き/a sunny-side up./煎荷包蛋。

❷ しかられること。[中] 挨罵。[E] a scolding.

☆ 遅刻して、先生からお目玉をちょうだいした/因為遲到，挨了老師罵。

☆ 大目玉をくう/被狠狠訓了一頓。(→[項目])

❸ 中心になるもの。[中] 中心；主要。[E] an eye-catching item.

☆ 新しく見つかった温泉を観光の目玉にする/把新發現的温泉作為發展觀光的重點。

☆ 目玉商品(=客を集めるために、特別に安くした商品)/特價商品(=為引起顧客注意，特別廉價的商品)。

▷ [話]❸ →目[図]

メダル(medal) メダル 賞や記念品として与える、金属の小さい板。[中] 獎章；獎牌。[E] a medal.

☆ マラソンで3位になってメダルをもらった/馬拉松比賽得第三名，獲得了獎牌。

☆ 日本は柔道でメダルを獲得した/日本柔道獲得了獎牌。

☆ 金メダル/金牌。

めちゃくちゃ メチャクチャ ❶ 混乱したり、程度がひどかったりするようす。むちゃくちゃ。[中] 胡亂；毫無道理；雜亂無章。[E] be all screwde up; excessively.

☆ あの会社の経営はめちゃくちゃだ/那個公司的經營亂七八糟。

☆ ひどいインフレで、物価がめちゃくちゃに上がった/由於嚴重的通貨膨漲，引起物價飛漲。

❷ ひどくこわれたり、だめになったりするようす。[中] 亂七八糟；一塌糊塗。[E] be broken to pieces; mess up.

☆ 台風で山小屋がめちゃくちゃになった/颱風把山上的小房子颳得一塌糊塗。

☆ 酔った人が騒ぎだして、パーティーがめちゃくちゃになった/喝醉酒的人鬧事，把宴會弄得亂七八糟。

▷ [話]

めつき【目つき】メツキ　なにかを見るときの目のようす。[中] 眼神。[E] a look.

☆ 学生たちが真剣な目つきで講義を聞いている/學生們聚精會神地聽課。

☆ 心配そうな目つき/擔心的眼神。

☆ 鋭い目つき/銳利的眼神。

めっき　メッキ〔～する〕 さびを防いだり、美しくしたりするために、金属の表面に金、銀などを薄くかぶせること。また、そのもの。[中] 鍍。[E] plating.

☆ 古くなって、自転車のめっきがはげてしまった/腳踏車舊了，鍍漆也剝落了。

☆ 銀めっきのスプーン/鍍銀的湯匙。

めっきがはげる　美しく見せていた表面がはげて、悪い中身がわかってしまう。[中] 原形畢露；現原形。[E] prove to be a thin veneer.

☆ 外見は立派な紳士だが、話をすると、すぐめっきがはげてしまう/金玉其外的紳士，一說話就原形畢露了。

めっきり　メッキリ　はっきりわかるぐらいに、急に変化が進むようす。[中] 變化、發展十分顯著的樣子。

☆ 開発が進み、東京周辺の緑はめっきり(と)少なくなった/由於不斷的開發，東京附近的綠地一下子減少了。

☆ 父は白髪がめっきり(と)増えた/ Dad's hair has really turned gray now. /父親的白髮一下子多了起來。

メッセージ (message) メッセージ　❶ 人に頼んだりして相手に伝えることば。伝言。[中] 口信；訊息；消息。[E] a message.

☆ 電話したら会議中だったので、メッセージを頼んだ/因為正在開會不能接電話，只好留言。

☆ メッセージをそえて花束を贈る/贈送鮮花並附上問候卡。

❷ 人々に伝えたい意見。[中] 致詞；通訊；傳言。[E] a message; an opinion communicated to an audience.

☆ 新年に当たって、大統領は国民へのメッセージを発表した/新年之際，總統向國民發表新年致辭。

☆ この曲には、地球を守ろうというメッセージがこめられている/這首歌曲傳達了要保護地球的意念。

めった　メッタ　❶ よく考えないで、むやみになにかをするようす。いいかげんなようす。[中] 胡亂；魯莽。[E] reckless; thoughtless.

☆ A記者の前ではめったなことは言えない/在A記者前不能亂說話。

☆ めった打ち/亂打一通。

❷ (「めったに～ない」の形で) たまにしか～ない。[中] 不常；不多；稀少。

☆ 兄は遠くに住んでいて、めったに会えない/哥哥住得很遠，難得見面。

☆ めったに見られない芝居/ a play which one can seldom see. /難得一見的戲劇。

めつぼう【滅亡】メツボー〔～する〕 滅びること。[書] [中] 滅亡。[E] fall; ruin; extinction.

☆ 476年、西ローマ帝国は滅亡した/西元476年西羅馬帝國滅亡了。

☆ 鎌倉幕府の滅亡/鎌倉幕府的滅亡。

め

☆ 民族の滅亡/民族的滅亡。

めでた・い　メデタイ　❶ 喜ばしくて、祝いたい感じだ。中 可喜可賀。E happy; joyous.

☆ きょうは一郎と道子のめでたい結婚式だ/今天是一郎和道子可喜可賀的結婚典禮。

☆ めでたい正月/可喜可賀的新年。

❷ ⇨おめでたい❷　中 頭腦簡單；愚蠢。

☆ 義理の拍手に気がつかずに歌い続けるめでたい男/看不出別人是由於情面才鼓掌，還繼續唱下去的愚蠢男人。

めどがつく　どうなるかわからなかったものごとが、こうなるだろうという予想ができるようになる。見通しがつく。中 有了頭緒；有了眉目；有了目標。E take on a definite prospect; become foreseeable.

☆ 何回かの話し合いの結果、ようやく停戦のめどがついた/經過多次談判的結果，停戰總算有了眉目。

☆ 年末までに発行できるめどがついた/年底前的發行有了眉目。

似た表現 めどが立つ

メニュー（㋫ menu）メニュー　❶ 料理の種類や組み合わせ。また、それを書いたもの。中 菜單。E a menu.

☆ メニューを見て、料理を注文する/看菜單點菜。

☆ 夕飯のメニューを考える/想一想晚飯吃什麼。

❷ 予定してある内容。中 預定計畫、内容、項目。E a schedule.

☆ 具体的な政策のメニューを示す/提出具體的政策内容。

めぬきどおり【目抜き通り】メヌキドーリ　町の中心にある、いちばんにぎやかな通り。中 繁華大街。E the main street.

☆ 銀行やデパートは、町の目抜き通りにある/銀行和百貨公司都位於鬧區的大街上。

☆ 目抜き通りを、祭りの行列が行く/節慶的遊行隊伍從鬧區大街上走過。

めば・える【芽生える】メバエル、メバエル〔自動一〕❶ 植物の芽が出る。中 出芽；發芽。E sprout; bud.

☆ 庭の木々も春になるとつぎつぎに芽生える/院裡的樹木到了春天就開始發芽了。

❷ なにかが新しくできはじめる。中 產生；發生。E grow up; bud out.

☆ 友情が芽生える/產生友情。

☆ 恋が芽生える/產生愛情；萌發戀情。

▷ 名 芽生え

めはなだち【目鼻だち】メハナダチ、メハナダチ　目、鼻の形や、それらがついているようす。中 相貌；五官。E features; looks.

☆ 洋子は目鼻だちがはっきりしている/洋子五官端正。

☆ この子は目鼻だちが父親に似ている/這孩子五官長得像父親。

めぼし【目星】メボシ、メボシ　目標とするもののだいたいの見当。見込み。中 大致的目標。E an aim; a mark.

☆ いろいろ調べて、やっと犯人の目星がついた/經過各方調查，對追查犯人終於有了大致的目標。

☆ カタログで目星をつけておいた品を買いに行く/根據產品目錄，有了大概的目標就去買。

めぼし・い　メボシイ　値打ちがありそうで、めだっている。中 顯著；出色；較好。E valuable; attractive.

☆ 開店から1時間ぐらいで、めぼしい品物は売りきれた/開店大約一小時左右，熱門商品就賣完了。

☆ 古本屋をまわったが、めぼしい本は見つからなかった/逛了一下舊書店，沒發現有什麼好書。

めまい　メマイ　見ているものが回るように感じられ、じっと立っていられなくなること。中 頭暈；眼花。E dizzy; giddiness.

☆ 熱のせいか、めまいがする/可能因為發燒所以感到頭暈。

☆ 高い所に登って下を見たら、急にめまいにおそわれた/上高處往下一看，突感頭暈眼花。

めまぐるし・い【目まぐるしい】メマグルシイ　ものごとの変化や動きが速くて、目がまわるようだ。中眼花撩亂；天旋地轉；瞬息萬變。E bewildering; bustling.

☆ バスのスピードが速くて、窓の外の景色が目まぐるしく変わる/公車的速度很快，窗外的景色令人眼花撩亂。

☆ 政権がつぎつぎに変わって、目まぐるしい世の中だ/政權不斷變化，真是令人難以預測的世界。

メモ (memo) メモ〔~する〕　忘れないように書きとめること。また、その書きとめたもの。中筆記；備忘錄。E a memo; notes.

☆ 講演会に来た人々は、話を聞いて熱心にメモをとっていた/來聽演講的人們，邊聽邊認真地做筆記。

☆ 相手の電話番号をメモする/記下對方的電話號碼。

☆ メモ帳/a scratch pad./筆記本。

めもり【目盛り】メモリ、メモリ　はかりやものさしなどで、数や量を表すしるし。中度數；刻度。E a graduation; a scale.

☆ 熱をはかってみたら、37度の赤い目盛りをはるかにこえていた/量了一下體溫，竟遠遠超過了三十七度紅線。

☆ 1目盛りが10ccの計量カップ/一刻度為十西西的量杯。

めやす【目安】メヤス、メヤス　❶だいたいの見通し。中大體的推測；目標。E an aim; an outlook.

☆ 新しい仕事の目安がついたら、いちど帰国するつもりだ/對新工作大致理解後，打算回國一次。

☆ 工事が大幅に遅れて、完成の目安が立たない/由於工程大幅度延遲，難以估計完工日期。

❷ 大まかな基準。中基準。E a standard; a yardstick.

☆ 健康をチェックするときは、体重の増減が1つの目安となる/在進行健康檢查時，體重的增減是一個判斷的基準。

☆ 判断の目安/判斷的基準。

メリット (merit) メリット　有利な点。すぐれているところ。中優點；好處；有利之處。E (a) merit; an davantage.

☆ うちの会社は輸出がおもなので、円高のメリットはない/我們公司主要做出口貿易，所以日圓升值對我們沒有好處。

☆ メリットが大きい/優點很大；很有好處。

対デメリット

めりはり　メリハリ　強くしたり弱くしたりして調子に変化をつけること。中抑揚；增強和減弱。E modulation; vary the pace of.

☆ めりはりのある声で、詩を朗読する/用抑揚頓挫的聲調來朗讀詩歌。

☆ 遊びや休みをうまく取り入れて、生活にめりはりをつける/以適度地遊玩和休息來調劑生活的步調。

メロディー (melody) メロディー　音の高低、長短でつくられる音楽の流れ。中旋律；曲調。E a melody; a tune.

☆ 曲名は知らないが、よく聞くメロディーだ/雖然不知道曲名，但是常聽到的旋律。

☆ 子供のころ歌った歌のメロディーをふと思いだした/忽然想起小時候唱過的旋律。

めん【面】メン、メン　❶人の顔。中臉。E a face.

☆ 面が割れる(= 顔が知られる)/露臉(= 出名)。

☆ 面食い/have a weakness for a pretty face./注重姿色。

❷ 劇などで、ある役になるために顔につけるもの。仮面。中面具。E a mask.

☆ 面をかぶる/戴假面具。

☆ 鬼の面/鬼面具。

☆ 能面/演能劇用的面具。

❸ 剣道で、頭の部分を打つ技。中 擊頭部。E a *men*; a blow on the head.

☆ 面を1本取られた/臉部被擊中一次。

❹ ひろがりを持った部分。中面；表面。E the surface; a side.

☆ テーブルの面を傷つけないようにする/儘量不要把桌面刮傷。

☆ ざらざらした面を裏にする/把不光滑的那一面放在裏面。

❺ ものごとのある部分。中方面；一面。E an aspect; a side.

☆ 仕事の面では頼りになる人だ/在工作上是個可靠的人。

☆ 生徒のいい面をのばす/發展學生好的才能。

面と向かって 直接､顔を合わせて。中當面；面對面。E face to face.

☆ 親しいからといって、面と向かって 白髪が増えましたねとは言えない/就算交情再好，也不敢當面說：「你白髮變多了呀。」

めん【綿】メン 綿からつくった糸や布地。中棉布；棉線。E cotton.

☆ この生地は､綿にすこし化学繊維がまじっている/這塊料子，是棉與少量化纖混紡的。

☆ 綿100パーセントのシャツ/全棉襯衫；純棉襯衫。

☆ 綿織物/棉織物；棉織品。

めん【麵】メン そば、うどんなど、粉をねって細長く切ったもの。また、その料理。中麵條。E noodles.

☆ たっぷり湯を沸かしてめんをゆでる/燒滿一鍋水煮麵條。

☆ めん類/麵條類。

数 ゆでたものは1玉、ほしたものは1把・1束

めんえき【免疫】メンエキ ❶ある病気に対して抵抗力ができ、かかりにくくなること。中免疫。E immunity.

☆ 予防注射をしたので、インフルエンザの免疫がある/由於打過預防針，所以對流行性感冒有免疫力。

☆ 免疫ができる/可以免疫。

☆ 免疫不全/immune deficiency./免疫不全。

❷ 慣れて平気になること。中 滿不在乎；習慣。E become accustomed to.

☆ いつもしかられているから、しかられるのには免疫ができている/老是挨罵，所以對挨罵已習慣了。

めんかい【面会】メンカイ〔～する〕 直接会って話をすること。中會見；會面；見面。E see; an interview.

☆ 入院中の母に面会に行く/去探望住院的母親。

☆ 大臣に面会を求める/請求拜會部長。

☆ 面会謝絶/No Visitors./謝絕會面；拒絕會見。

めんきょ【免許】メンキョ ❶国などが許可を与えること。中執照；許可證。E a license; a certificate.

☆ 車の免許を取るため、自動車教習所に通っている/為了考取駕照，現在在汽車駕訓中心學車。

☆ 教員の免許を持っている/持有教員的執照。

☆ 免許証/許可證。

❷ 芸能などで、先生が弟子に資格を与えること。中師傅頒發的資格；傳授拿手技藝。E qualify a pupil in an art form.

☆ お花を習って、免許をもらった/學習花道，得到了傳授資格。

☆ 免許皆伝の腕前/full mastership./取得真傳的本領。

めんくら・う【面食らう】メンクラウ、メンクラウ〔自動五〕(めんくらって) 予想していなかったことに出あい、あわてる。話 中倉惶失措；不知所措。E be confused.

☆ 電話に出たら、早口の英語だったので面くらってしまった/接電話一聽竟是說得很快的英語，一時不知所措。

めんじょ【免除】メンジョ〔～する〕 義務などをしなくてもいいようにすること。中 免除。E exemption.

☆ 成績が優秀な学生は、授業料が一部免除される / 成績優秀的學生，可減免部分學費。

☆ 税金を免除する / 免稅。

☆ 兵役免除 / exemption from military service. / 免服兵役。

めん・じる【免じる】メンジル、メンジル〔他動一〕 ❶ 本来はその人がしなければならないことを、なにかの理由でしなくてもいいとする。免ずる。中 免除；免去。E exempt.

☆ 成績優秀な学生の授業料を免じることがある / 對成績優秀的學生，可免除學費。

☆ 税金を免じる / 免稅。

❷ 職をやめさせる。免ずる。中 免職。E dismiss.

☆ 仕事で大きな失敗をしたために、課長の職を免じられた / 由於工作上出了大錯，被免去科長的職務。

❸ (「～に免じて」の形で) その人、またはその人に関係ある人やことを考えに入れて。中 看在～的分上；看～的情面。E out of respect for.

☆ 父親に免じて息子の失敗を許す / 看在父親的情面上，而原諒了兒子的失敗。

▷ 書 ❷

めん・する【面する】メンスル〔自動する〕

❶ 正面がなにかに向く。中 面向；面對。E face; look out on.

☆ この部屋は窓が南に面していて暖かい / 這個房間窗戶朝南，所以很暖和。

☆ 海に面して建っているホテル / 面向大海而建的飯店。

❷ あることが避けられない状態になる。中 面臨。E be faced with.

☆ 死に面して、自分の人生を振り返る / 面對死亡時，回想起自己的人生。

☆ 危機に面したとき、その人の真の姿が表れる / 在大難臨頭之際，才能顯現人的真實面目。

▷ 書

めんぜい【免税】メンゼイ〔～する〕 税金をかけないこと。税金を払わなくてもいいこと。中 免稅。E tax exemption; duty-free.

☆ パスポートを見せて免税の品を買う / 出示護照購買免稅商品。

☆ 酒やタバコを免税にする / 酒和香菸免稅。

☆ 免税店 / 免稅店；免稅商店。

めんせき【面積】メンセキ 面の広さ。平方メートル、坪などの単位で表す。中 面積。E (an) area.

☆ 三角形の面積を計算する / 計算三角形的面積。

☆ 日本の国土の面積は約 38 万平方キロです / 日本的國土面積大約三十八萬平方公里。

めんせつ【面接】メンセツ〔～する〕 相手の能力や考えを調べるために会うこと。中 面試。E interview.

☆ 人事部長が、入社を希望する人に面接して採用を決める / 人事經理對希望進公司的人進行面試後，決定是否錄用。

☆ 面接試験 / 面試。

メンツ(中 面子) メンツ、メンツ 世間から受ける評価や信用をだいじに思う気持ち。中 面子。E face; honor.

☆ 入社してすぐやめられたのでは、きみを紹介したわたしのメンツが立たない / 才進公司馬上就辭職，讓介紹你進來的我顏面盡失。

☆ メンツを保つ / save one's face. / 保住面子。

めんどう【面倒】メンドー ❶ 手間がかかって、いやなこと。中 麻煩；費事；麻煩事。E (a) bother; troublesome.

☆ 年賀状を100枚も書くのは面倒だから、印刷する / 要寫一百張賀年卡太麻煩了，所以決定用印刷。

☆ きょうは疲れて、夕食の準備をするのも面倒だ / 今天累到連準備晚餐也覺得麻煩。

め

❷ 困ることや、小さな争い。中 麻煩；難辦。E complicated; trouble.

☆ 課長に頼まれていた飛行機の予約を忘れて、面倒なことになった / 忘了訂科長所委託的機票，惹下麻煩了。

☆ 一郎は入社したばかりで、さっそく面倒を起こした / 一郎才剛進公司就惹下了麻煩。

面倒見がいい　人の世話をよくする。中 善於照料。E take good care of.

☆ あの課長は面倒見がいいから、困ったことがあったら相談に行くといい / 那位科長很會照顧部下，碰到困難的事情，可以找他商量。

面倒をかける　人にいろいろなことをしてもらって迷惑をかける。中 添麻煩。E trouble a person.

☆ 子供のころは、病気をしたり事故でけがをしたりして、親にいろいろ面倒をかけた / 小時候，一下子生病，一下子因事故受傷，總是給父母添麻煩。

面倒を見る　世話をする。中 照顧；照料。E take care of.

☆ 道子は、アパートを紹介したり相談相手になったりして、よく留学生の面倒をみている / 道子又幫忙找房子又是個商量的好對象，對留學生非常照顧。

めんどくさ・い　メンドクサイ　「面倒くさい」のくだけた言い方。手数がかかってやっかいだ。話 中 非常麻煩；極其費事。E troublesome; reluctant.

☆ 行って話そうかと思ったが、めんどくさいから電話にした / 想去找他當面談談，可是太麻煩了，所以決定打電話。

☆ 手紙の返事を書くのがめんどくさくて、まだのばしている / 寫回信太麻煩了，因此現在還拖著。

メンバー (member) メンバー　会やグループに参加している人。中 成員；分子。E a member.

☆ 世界大会の代表チームのメンバーに選ばれる / 被選為參加國際大賽代表隊的隊員。

☆ メンバーがたりない / 成員不足。

めんぼく【面目】メンボク　世間の評価。めんもく。中 面目；顏面；名譽。E honor; face.

☆ 今度失敗したら、面目が立たない / 這次失敗的話，就丟臉了。

☆ 面目を失う / 丟臉。

☆ 面目を保つ / save one's honor. / 保住面子。

面目次第もない　人の期待を裏切って、非常に恥ずかしい。中 沒臉見人。E be really ashamed of oneself.

☆ 部下がたびたび自動車事故を起こして、上司として面目次第もない / 部下不斷出車禍，作為上司實在無臉見人。

面目を一新する　すっかり改めて新しくする。中 面目一新。E undergo a complete change.

☆ この町は、国際会議場やホテルがつぎつぎと建って、面目を一新した / 這座城市一個接一個地興建國際會議廳及飯店，面目煥然一新。

めんぼくな・い【面目ない】メンボクナイ　自分に対する期待にこたえられなくて、恥ずかしい。めんもくない。中 丟臉；臉上無光。E be ashamed of oneself.

☆ 自分の家に泥棒に入られて、警官として面目ない / 當警察當到自己家裡都被偷了，真沒面子。

☆ 学校の代表として試合に出たのに、大差で負けて面目ない / 代表學校參加比賽卻輸得很慘，真沒面子。

めんみつ【綿密】メンミツ　細かくてよく考えられているようす。中 縝密；周密；詳盡。E minutely; detailed.

☆ 時刻表を綿密に調べて旅行の計画を立てた / 仔細查看時刻表後，決定了旅行計畫。

☆ 綿密な記録 / 詳盡的記錄。

も／モ

も ❶同じようなものをいくつか取りあげて、並べる。中 也…也…。
☆ コーヒーもジュースもビールもあります/We have coffee, juice and beer. /有咖啡、果汁，也有啤酒。
☆ 英語も中国語も勉強した/英語，中文都學過了。
❷ あるものが、ほかのものと同じようであることを表す。中 也…。
☆ きょうはいい天気だ。あすもそうだろう/It's fine today. Tomorrow, it'll probably be fine, too. /今天天氣好，明天大概也不錯吧。
☆ あなたが行くなら、わたしも行きます/如果你要去的話，我也去。
❸ 極端な例をあげて、ほかのばあいはもちろんそうだということを表す。中 連…也…；甚至…也…。
☆ 駅の階段も上れないのだから富士山に登れるはずがない/Since you cannot even go up the stairs in the station, neither can you climb Mt.Fuji. /連車站的樓梯都上不去，更不可能得上富士山。
❹ (「どれ」「だれ」「いつ」などについて) 全部そうであることを表す。中 也；都。
☆ どれも1000円です/These are one thousand yen each. /都是一千日圓。
☆ だれも来なかった/Nobody came. /誰也沒來。
☆ いつも朝ごはんを食べない/總是不吃早飯。
❺ 程度が高いことを表す。中 表示程度。
☆ この木は高さが30メートルもある/This tree is as high as 30 meters. /這棵樹有三十公尺高。
☆ 二郎はカメラを何台も持っている/二郎有好幾台照相機。
❻ それが最高でそれ以上はないということを表す。中 最多；最高；充其量。
☆ この部屋は100人も入ればいっぱいだ/If you put 100 people in this room, it will be packed. /這個房間頂多可容納一百人。
☆ 1つ500円もしないだろう/一個最多不超過五百日圓吧。
❼ 感動の気持ちで取りあげていうことを表す。中 表示輕微加強語氣或感嘆。
☆ 今年もいよいよ終わろうとしています/At last this year is almost over. /今年也快過去了。
❽ (動作を表す名詞、動詞の「ます」形について、「〜も…ない」の形で)否定の意味を強める。中 強調否定。
☆ いい本を貸してあげたのに、三郎は読みもしないで返した/Though I lent Saburo a good book, he returned it without reading. /借給三郎一本好書，可是他看都沒看就還回來了。
☆ 手紙を出したのに、返事もくれない/信都寄了，卻不見回信。

もう モー、モー ❶話し手が考えていた状態や時期になっているようす。中 已經；已。E now; already.
☆ もう寝る時間だ/已到睡覺的時間了。
☆ 朝刊はもう読みましたか/已經看過早報了嗎?
対 まだ
❷ 話し手が考えている状態や時期に近づいているようす。中 馬上就要；快要。E soon; al-

most.

☆ 約束の時間になったから、もうそろそろ来るだろう/已到了約定的時間，應該快來了吧。

☆ もう春だ/春天已到。

対まだ

❸ 現在の状態にさらに加わるようす。中再；還。E more; another.

☆ おもしろい映画だったので、もういちど見たい/因為是一部很有趣的電影，還想再看一遍。

☆ もう1つほしい/還想要一個。

❹ 感情が高まっているようすを強めるときに言うことば。中啊。E just; really.

☆ 夏休みにハワイへ行けるなんて、もう、最高！/暑假可以到夏威夷去，啊，太棒了!

☆ もう、悔しくて悔しくて/啊，後悔啊，後悔。

❺ 非難する気持ちを強めるときに言うことば。中唉；真是。E just; really.

☆ 30分も待たせるなんて、あの人ったら、もう/竟然讓我等了三十分鐘，那個人也真是的。

▷ 話❹❺

も

もうけもの モーケモノ、モーケモノ 運がよくて、偶然、得をすること。また、そのえたもの。中意外的收穫；意外之財。E a godsend; a find.

☆ 選手の調子が悪かったから、雨で試合が延期になったのはもうけものだった/運動員狀態不佳時，正巧下起雨使比賽延期，真是賺到了。

もう・ける【設ける】モーケル〔他動一〕なにかの目的のために、適当な状況や設備などをととのえたりする。中設置；設立；制定。E establish; set up.

☆ 新しい奨学金制度を設ける/制定新的獎學金制度。

☆ 都心に事務所を設ける/在市中心開設事務所。

もう・ける モーケル〔他動一〕 ❶ 利益をえる。得をする。中賺錢；發財；得利。E make money; make a profit.

☆ 新しいアイデアの製品を売ってもうける/出售創新產品賺錢。

☆ 株でもうける/買股票賺錢。

❷ 子供をえる。中生；得。E have (a child).

☆ 結婚して一男一女をもうけた/婚後生了一男一女。

▷ 書❷ 名もうけ 自動もうかる

もうしあ・げる【申し上げる】モーシアゲル、モーシアゲル〔他動一〕 ❶「言う」の謙譲語。中「說」、「講」的自謙語。E ((humble)) say.

☆ 会場のみなさまにごあいさつを申し上げます/向到場的各位問候。

☆ お気の毒で、申し上げることばもございません/很遺憾發生這種事，不曉得該如何表達。

❷ (「お[ご]〜申し上げる」の形で)「〜する」の非常に謙遜した言い方。中「做」的非常謙遜的說法。

☆ 私がご案内申し上げます/Let me show you the way. /請讓我為您做引導。

☆ お願い申し上げます/拜託您；麻煩您。

二参「申す」よりもさらに高い敬意を表す。

もうしあわせ【申し合わせ】モーシアワセ 話し合って決め、約束すること。また、その決めた約束。中協議；協定；約定。E an arrangement; (an) agreement.

☆ このマンションでは、夜8時すぎはピアノをひかないという申し合わせがある/這座公寓規定晚上八點以後不能彈鋼琴。

他動申し合わせる

もうしいれ【申し入れ】モーシイレ 正式に意見や希望を相手側に言うこと。また、その内容。中提出意見；提議；建議。E a proposal; a request.

☆ 子供向けの番組にひどい暴力場面は入れないよう、テレビ局に申し入れをした/向電視台建議，希望兒童節目裡不要播放暴力畫面。

☆ 申し入れを拒否する/否決提議。

他動 申し入れる

もうしこ・む【申し込む】モーシコム、モーシコム〔他動五〕(もうしこんで) 自分の希望や要求を特定の相手に伝える。中 提出；申請；報名。E propose; apply for.

☆ 二郎は京子に結婚を申しこんだが、断られた/二郎向京子求婚，但遭到了拒絕。

☆ セミナーへの参加を申しこむ/報名參加研討會。

名 申し込み

もうしぶん【申し分】モーシブン、モーシブン (「申し分〔が〕ない」の形で)不平や不満を言ったり、注文をつけたりするところがない。たいへんいい。中 再好也沒有的；相當理想；十全十美。E perfect; satisfactory.

☆ ジョンの日本語は、発音もアクセントも正しいし、敬語も上手に使って、申し分がない/約翰的日語發音及語調都正確，敬語也用得非常好，無可挑剔。

☆ 申し分ない生活/相當理想的生活。

もうしわけな・い【申し訳ない】モーシワケナイ 言い訳できない。弁解できない。相手に対して、たいへんすまない気持ちだ。中 十分對不起；實在很抱歉。E I'm sorry; Please pardon me.

☆ たいへんお待たせして、申し訳ないことをしました/讓您久等了，實在很抱歉。

☆ 諸君には、心配をかけて申し訳ない/讓各位擔心，實在很抱歉。

ニ 参 丁寧な言い方は「申し訳ありません」。

もう・す【申す】モース〔他動五〕(もうして)

❶「言う」の謙譲語。中「說」「講」的自謙語。E ((humble)) say.

☆ 弟が、伯父さまによろしくと申しておりました/弟弟向伯父請求多關照。

☆ 私は田中と申します/我叫田中。

❷ (「お[ご]〜申す」の形で)「〜する」の謙遜した言い方。中「する」的謙虛表達。

☆ おいでになるのをお待ち申しております/We'll be waiting for you to visit us. /恭候您的光臨；隨時等著您的光臨。

☆ 社長にもご報告申しておきました/也向總經理匯報過了。

もうすぐ ❶いまからすこしだけ後に。中 馬上就要；快要；很近。E soon; in a little while.

☆ もうすぐ映画が始まるから、急いで行こう/電影馬上就要開演了，快走吧。

☆ 日本に来てから、もうすぐ1年になる/來日本，馬上就要一年了。

❷ 向かっている目的地が、いまいる所から近い。中 馬上就到；很近。E very close; close by.

☆ 山の頂上はもうすぐだから、休まずに登ろう/馬上就要到山頂了，別休息了快爬吧！

☆ ここまで来れば、駅はもうすぐだ/到這裡的話，離車站就很近了。

もうちょう【盲腸】モーチョー ❶内臓の1つ。大腸の始めの部分。下に虫垂という細いくだがつく。中 盲腸。E an appendix.

☆ 手術をして盲腸を取る/進行手術切除盲腸。

❷「❶」が炎症を起こす病気。盲腸炎。虫垂炎。中 盲腸炎。E appendicitis.

☆ おなかがひどく痛かったので病院に行ったら、急性の盲腸と言われた/由於肚子劇痛，去醫院檢查，被診斷為急性盲腸炎。

▷ →内臓 図

もうてん【盲点】モーテン、モーテン 完全だと思っているため気づかない弱点。中 漏洞；空隙。E a blind spot; a weak point.

☆ コンピューター管理の盲点をついて、犯人はデータを盗んだ/竊犯利用電腦管理方面的漏洞，盜取了資料。

☆ 法の盲点をつく/鑽法律的漏洞。

もうとう【毛頭】モートー (「毛頭〜ない」の形で)すこしも〜ない。中 絲毫；一點也…。

☆ いまの会社は小さくて給料も安いが、仕事がおもしろいからやめようとは毛頭考えない/雖然現在的公司很小，工資也不高，但工作很有意思，所以根本沒考慮要辭職。

☆ あなたをだまそうなどという考えは毛頭ありません / I have no intention whatever of deceiving you. /我可沒有一點點想騙你的意思。

もうふ【毛布】モーフ　寝るときなどに体にかける、毛織りの厚い布。中 毯子；毛毯。E a blanket.

☆ 寝ている子供に毛布をかけてやる/幫睡著的小孩蓋上毛毯。

☆ 寒いので毛布にくるまって勉強する/因為太冷了，所以裹著毛毯讀書。

数 1枚

もうら【網羅】モーラ〔～する〕 関連するものを全部集めること。書中 網羅；收羅；包羅。E cover all; include all.

☆ この本は、「万葉集」の和歌をすべて網羅している/這本書收羅了《萬葉集》所有的和歌。

☆ 日本の現代作家を網羅した全集/包羅了日本近代作家的全集。

もうれつ【猛烈】モーレツ　勢いや行動が非常に激しいようす。中 猛烈；凶猛；激烈。E very hard; breakneck.

☆ 猛烈に勉強して、1年間で日本語をマスターした/由於拚命學習，一年就掌握了日語。

☆ パトカーが猛烈な勢いで犯人の車を追いかけている/警車飛速追趕犯人的車子。

もうろう【朦朧】モーロー　(「もうろうと」の形で)ぼんやりとしていて、はっきりしないようす。中 朦朧；模糊不清；昏沈。E be fuddled; grow faint.

☆ かなり酒を飲んでもうろうとしていたので、なにを話したか覚えていない/由於喝了很多酒，已經糊塗得記不得說了些什麼。

☆ 麻酔をかけられて意識がもうろうとしてきた/打了麻醉藥後，意識模糊不清。

も・える【燃える】モエル〔自動一〕 ❶火がついて、炎や煙が出る。中 燃燒；著火。E burn; blaze.

☆ 炎をあげて家が燃えている/房子冒著火焰在燃燒著。

☆ 燃えないカーテン/防火窗簾。

❷ 火がついて炎が立つように、気持ちが高まる。中 洋溢；充滿。E burn.

☆ 希望に燃えて留学する/滿懷希望去留學。

☆ 怒りに燃える/充滿怒火；怒火衝天。

▷ 他動 燃す、燃やす

モーター (motor) モーター　❶機械などを動かす装置。中 馬達。E a motor.

☆ このおもちゃの自動車には、モーターがついている/這輛玩具汽車裡裝有馬達。

☆ モーターで水をくみ上げる/用抽水馬達抽水。

☆ モーターボート/快艇。

❷ 自動車。中 汽車。

☆ モーターショー/ a motor show; an auto show. /汽車展覽會。

▷ 数 ❶ 1基

もが・く モガク〔自動五〕(もがいて) ❶苦しさのために手足を盛んに動かす。中 掙扎。E flounder; struggle.

☆ 川に落ちてもがいている小犬を助けた/救起一隻掉在河裡掙扎的小狗。

☆ 泥棒にしばられた縄をほどこうとして、もがいた/被小偷捆綁掙扎著想要解開，繩子。

❷ あせってなんとかしようとする。中 著急。E be impatient.

☆ 入学試験はあしただから、もうもがいてもむだだ/明天就要入學考試，著急也沒用了。

も・ぐ モグ〔他動五〕(もいで) それがついている所から引っぱったり、ねじったりして取る。もぎる。中 摘；扭下；摘取。E pick; pluck.

☆ リンゴを木からもぐ/從樹上摘蘋果。

☆ もぎ取る/摘取；擰下。

自動 もげる

もくげき【目撃】モクゲキ〔～する〕 事件などが起こった場所にいて、それを実際に見ること。中 目擊；目睹；親眼看到。E witness; see ~ with one's own eyes.

☆ 車を運転中、事故を目撃した / 開車途中，目睹了車禍。

☆ 目撃者の証言 / 目擊者的證詞。

もくざい【木材】モクザイ、モクザイ 建築や工作などに使う、木の材料。中 木材；木料。E wood; lumber.

☆ 山小屋は、鉄やコンクリートを使わず木材だけでつくりたい / 山上小屋不想使用鋼筋和水泥，只想用木材建造。

☆ 建築用木材 / 建築用木材。

参「材木」も似ているが、「材木」が「材木3本」というように具体的な材料をいうのに対して、「木材」は「木材は水に弱い」「鉄材より木材のほうが安い」というように、材質の面からみた言い方。

もくさつ【黙殺】モクサツ〔～する〕 他人の意見、行動などを無視すること。書 中 不理睬；置之不理。E take no notice of; ignore completely.

☆ 部長は部下の意見を黙殺した / 經理對部下的意見置之不理。

☆ 教員を増やしてほしいという要求は、大学側に黙殺された / (大學)校方對想要增加教師的要求不予理睬。

もくじ【目次】モクジ ふつう、本や雑誌の始めにある、内容の見出しとそれの載っているページを示したもの。中 目次；目錄。E (a table of) contents.

☆ 雑誌の目次を見て、おもしろそうだと思ったら買う / 看了雜誌的目錄之後，如果覺得很有趣便買。

☆ 総目次 / 總目錄。

もくぞう【木造】モクゾー 建物など大きなものを木でつくること。また、そのもの。中 木造；木材結構。E wooden; built of wood.

☆ 日本の住宅は、木造が多い / 日本的住宅，多為木造結構。

☆ 古い木造の旅館から火が出て、大きな火事になった / 由於老式木造建築的旅館起火，釀成了一場大火災。

☆ 木造校舎 / 木造校舍。

参「木製」も似ているが、「木製」は「木製の机」「木製のドア」などのように小さなものについて、材料が木であることをいう。

もくてき【目的】モクテキ しようと思ってめざしていること。中 目的。E a purpose; an aim; a goal.

☆ 金をもうけることがわたしの目的ではない / 賺錢並不是我的目的。

☆ この会は、国際交流を目的としてつくられた / 這個組織是以國際交流為目的而成立的。

☆ 目的を達成する / 達到目的；目的達成。

☆ 研究目的 / 研究目的。

もくにん【黙認】モクニン〔～する〕 なにも言わずそのままにさせておくこと。また、見のがしておくこと。中 默認；默許。E overlook; permit tacitly.

☆ こんな悪質ないたずらは黙認するわけにはいかない / 對這樣的惡作劇是無法默許的。

☆ 5分以内の遅刻は黙認されている / 默許五分鐘以內的遲到。

もくひょう【目標】モクヒョー ❶ そこまで到達したいと決めたこと。中 目標；指標。E a goal; an aim.

☆ わたしの目標は、だれにでも公平な裁判官になることだ / 我的目標是成為一個對任何人都公正的法官。

☆ 今月は100台売ったので、売り上げの目標は達成した / 這個月因銷售了一百台，達到了銷售目標。

☆ 生産目標／生産目標。

❷ さがしたり、ねらったりするときの目印。中 目標。E a landmark.

☆ 10階建てのビルを目標にして、叔母の家をさがす／以十樓高的大樓為目標，尋找姑姑的家。

もくもく【黙黙】モクモク　(「もくもくと」の形で)黙っているようす。中 一聲不響；默默地。E without saying anything; in silence.

☆ 電話のベルや話し声のうるさい部屋で、一郎はもくもくと仕事をしている／在電話鈴響和說話聲吵雜的屋子裡，一郎默默地工作著。

もぐもぐ　モグモグ〔～する〕　❶ 口をあまり開けずに食べるようす。中 閉著嘴咀嚼東西的樣子。

☆ 牛がもぐもぐ(と)草を食べている／The cow is munching on the grass.／牛抿著嘴在嚼草吃。

☆ かたい肉を口の中でもぐもぐ(と)かむ／把很硬的肉放進嘴裡慢慢嚼。

❷ 口をあまり開けずに話すようす。もごもご。中 不張大嘴說話；嘴裡嘟噥貌。

☆ 祖父は口の中でもぐもぐ(と)話すからよくわからない／My grandfather mumbles his words, so I can't understand him.／祖父嘴裡嘟噥著不知在說些什麼?

もくようび【木曜日】モクヨービ　１週７日の５番目の日。水曜のつぎ、金曜の前の日。木曜。木。中 星期四；禮拜四。E Thursday.

☆ 木曜日は週の後半だから、疲れが出てくる／星期四是一週的後半段，所以感到累了。

もぐ・る【潜る】モグル〔自動五〕(もぐって)

❶ 全身、水の中に入る。中 潛水。E dive; remain underwater.

☆ 海に潜って美しい魚を見る／潛入海裡看美麗的魚。

☆ 水に潜って、１度も顔を出さずにプールのはしまで泳ぐ／潛入水中，不用換氣就游到了游泳池的那一頭。

❷ なにかの中や下に入る。中 躲入；藏入。E hide oneself under; get into.

☆ 大きい地震のときは、机の下に潜るといい／大地震時，最好躲在桌子下面。

☆ ふとんに潜って寝る／鑽進被窩睡覺。

❸ 世の中から隠れる。中 潛入；隱遁。E go underground.

☆ 殺人犯人は地下に潜ったらしい／殺人犯好像躲到隱密的地方。

もくろく【目録】モクロク　品物の名前や種類などを整理して書き並べたもの。中 目錄；目次。E a list; a catalogue.

☆ 展示した作品の目録をつくる／製作展覽作品的目錄。

☆ 記念品の目録／紀念品的目錄。

☆ 蔵書目録／藏書目錄。

☆ 図書目録／圖書目錄。

もけい【模型】モケイ　実際のものの形をまねてつくったもの。中 模型。E a model.

☆ 飛行機の模型をつくって飛ばす／製造模型飛機並使它飛行。

☆ 火山の模型を使って説明する／使用火山的模型進行說明。

☆ 人体模型／an anatomical model.／人體模型。

もさく【模索】モサク〔～する〕　わからないことを知ろうとして、いろいろとしてみること。書 中 摸索。E grope for.

☆ 病気の原因がわからないままに、治療法を模索している／在病因不明的情況下摸索治療的方法。

☆ 人口問題に悩む国々は、解決方法の模索を続けている／擔心人口問題的各國正在繼續摸索著解決的辦法。

☆ 暗中模索／暗中摸索。(→項目)

もし　モシ　確実ではないことや、事実と違うことを仮定して。もしも。中 如果；要是；假如。E if.

☆ もしつごうが悪くなったら、連絡してください/如果不方便的話，請與我聯繫。

☆ もしわたしが鳥だったら、空を自由に飛びまわれるのに/如果我是一隻鳥的話，就可以在天空自由飛翔了。

もじ【文字】モジ　点、線などを使って、ことばの発音や意味を書き表した記号。中字；文字。E a character; a letter.

☆ 中国から漢字が伝わるまで、日本には文字がなかったという/據說在中國漢字傳來之前，日本沒有文字。

☆ かな文字/假名文字。

☆ 表意文字/表意文字。

☆ 表音文字/表音文字。

☆ 横文字/a European language./橫式書字；西洋文字。

対 音声

もしかしたら　はっきりとはわからないが～と考えられる。もしかすると。中或許；可能。E perhaps; maybe.

☆ おかしいな。もしかしたら道をまちがえたのかもしれない/真奇怪呀，或許是走錯了路也不一定。

☆ 天気がいいから、もしかしたら屋上から富士山が見えるかもしれません/因為天氣晴朗，站在屋頂上也許能看見富士山也不一定。

もしくは　モシクワ　(語句と語句をつないで)前か後のどちらかを選ぶときに使うことば。書中或；或者。E or; either ~ or.

☆ 来年の発表会は京都もしくは大阪で開く/明年的發表會在京都或在大阪召開。

☆ 歌舞伎もしくは文楽の切符を手に入れてほしい/希望能買到歌舞伎或文樂劇的門票。

参「または」も意味は同じだが、「もしくは」のほうがすこし古い言い方。

もじどおり【文字どおり】モジドーリ　ことばの意味のとおりであるようす。中如字面那樣；的的確確。E literally; word for word.

☆ かぎを落として、文字どおり目を皿にしてさがしたが、見つからなかった/把鑰匙弄丟了，的的確確睜大眼睛到處找過，但沒有找到。

もしもし　モシモシ　電話で相手に呼びかけるときや、知らない人に、後ろなどから呼びかけるときに言うことば。話中喂。E Hello!; Excuse me!

☆ もしもし、山田さんのお宅ですか/喂，是山田先生的家嗎?

☆ もしもし、財布が落ちましたよ/喂，錢包掉了。

→おい 囲み

もじもじ　モジモジ〔～する〕　遠慮や恥ずかしさのために、どうしようかと迷って落ちつかないようす。中忸忸怩怩；扭扭捏捏。

E squirm; fidget.

☆ 学長の前ではもじもじして、あいさつもじゅうぶんにできなかった/在校長面前扭扭捏捏，連招呼都沒有辦法好好打。

もたもた　モタモタ〔～する〕　動作やものごとがうまく進まず、遅れたり、はっきりしなかったりするようす。中緩慢；慢吞吞地；曖昧；猶豫。

☆ もたもたしていると電車に乗り遅れるよ/You had better not be so slow or you'll miss the train./慢吞吞的會趕不上電車哦。

☆ 交渉がもたもたしているうちに、ほかの会社と契約されてしまった/在拖拖拉拉的交涉中，被別的公司簽了合約。

もたら・す　モタラス〔他動五〕(もたらして)

❶ 持ってくる。中帶來。E bring; take.

☆ 水不足の地方に、台風が恵みの雨をもたらした/颱風給鬧水荒的地區帶來了及時雨。

☆ 幸福をもたらす鳥/帶來幸福的鳥。

❷ ある状態を生じさせる。中招致；造成。

E cause; bring about.

☆ 2国間に対立をもたらした原因は貿易の不

均衡である/造成兩國對立的原因是貿易失衡。
▷ 書

もた・れる モタレル〔自動一〕 ❶ 支えになるものに体の重みをかける。中 憑靠；靠。E lean back; lean against.
☆ いすの背にもたれて、テレビを見る/靠著椅背看電視。
☆ 電車のドアにもたれる/靠著電車門。
❷ 食べたものが消化しないで胃が重いように感じる。中 積食；存食；不消化。E sit heavy (on one's stomach).
☆ 油の多いものを食べすぎて、胃がもたれる/由於油膩食物吃多了積在胃裡不消化。
▷ 話❷ 名 もたれ

モダン (modern) モダン、モダン 現代的で新しい感じがするようす。中 摩登；現代；新式。E modern.
☆ 新しい美術館は、若手の建築家が設計したモダンな建物だ/新美術館是年輕建築師所設計的時髦建築。
☆ モダンなデザインのセーター/款式摩登的毛衣。
☆ モダンバレエ/現代芭蕾。
対 クラシック

もち モチ もち米を蒸してついた、ねばりのある食べ物。中 年糕。E rice cake.
☆ 正月には、もちを飾ったり食べたりする/新年時，要供年糕，吃年糕。
☆ むかしは、自分の家でもちをついたものだ/以前都在自己的家裡搗年糕。
☆ もちを焼く/烤年糕。
☆ 鏡もち/(供神用的)圓形年糕。(→ 項目)
☆ のしもち/flattened rice cake./扁平長方形年糕。

もち[餅]はもち屋 しろうとは専門家にはかなわないということ。中 犬守夜雞司晨；做什麼事還得靠行家。E Every man to his trade.
☆ もちはもち屋というから、新しく建てる家の設計は建築家にお願いしよう/做什麼事還得靠行家，新房子的建築設計還是請建築師吧。

もちあ・げる【持ち上げる】モチアゲル、モチアゲル〔他動一〕 ❶ 手で持ったり機械を使ったりして、ものを上に上げる。中 拿起；舉起。E lift; raise.
☆ クレーンで鉄の柱を持ち上げて運ぶ/用吊車把鐵柱子吊起來搬運。
☆ 両手で庭石を持ち上げる/用雙手抬起院中石頭。
❷ 相手を盛んにほめる。中 奉承；捧；抬舉。E flatter; cajole.
☆「この仕事ができるのはあなただけだ」と持ち上げて仕事をさせる/用「這個工作只有你能勝任」的話來奉承他，來讓他工作。
▷ 自動 持ち上がる

もちあじ【持ち味】モチアジ、モチアジ
❶ 料理の、その材料にだけある味。中 原味；固有的味道。E the natural flavor.
☆ 味つけを薄くして、野菜の持ち味を生かした料理をつくる/盡量少加調味料，做一道保持蔬菜原味的菜餚。
❷ その人や作品などが持つ独特のよさ。中 固有的特色。E a distinctive personality.
☆ 自分の持ち味を生かせる仕事をさがす/尋找能發揮自己長才的工作。

もち・いる【用いる】モチール、モチイル〔他動一〕 ❶ なにかのために使う。中 用；使用。E use.
☆ ボールペンを用い、楷書で記入すること/用原子筆以正楷來填寫。
❷ 人や、人の考えなどを取り入れて使う。中 錄用；任用；採納。E adopt; take.
☆ 三郎を秘書として用いようと思う/打算錄用三郎做秘書。
❸ (「心を用いる」「意を用いる」の形で)特に注意を払う。中 用心；注意。E be careful about; pay attention to.

☆ 家族の健康には、いつも心を用いている/經常用心照顧家庭成員的健康。

☆ 誤解のないように意を用いる/要注意避免發生誤解。

▷ 書

参「使う」も似ているが、「人を使う/用いる」では、「使う」がその人を労働力と見なして働かせるのに対して、「用いる」はその人の能力を尊重し生かして、ある働きをさせるという違いがある。

もちきり【持ち切り】モチキリ 人々の話がずっと1つの話題ばかりであること。中 始終談論一件事。E be the sole topic of conversation.

☆ わが社では、今度出した新製品の話題でもちきりだ/我們公司一直在談論著這次上市的新產品。

もちつもたれつ【持ちつ持たれつ】 たがいに助けたり助けられたりして、両方がうまくいくようす。中 互相幫助；彼此依靠。E help each other; interdependent.

☆ 夫婦は、持ちつ持たれつ助け合っていくのがいい/夫婦應彼此依靠，互相幫助才好。

☆ 問屋と小売店は、持ちつ持たれつの関係にある/批發商和零售店是相互依靠的關係。

もちなお・す【持ち直す】モチナオス、モチナオス〔自他動五〕(**もちなおして**) ❶ いちど悪くなった状態が、またいいほうへ向かう。中 恢復；好轉。E change for the better; recover; improve.

☆ 死ぬかと思われた病人が持ち直して、顔色がすこしよくなった/以為快要死的病人病情有了好轉，臉色也變得好些了。

☆ 天気が持ち直す/天氣好轉了。

❷ いままで持っていたものを、持つ手を変えたり、持ち方を変えたりして持つ。持ちかえる。中 改變拿法；換另一隻手拿。E carry in another way.

☆ かばんが重いので、何度も下に置いて持ち直した/由於皮箱太重了，放下來換了好幾次手。

注 ❶は自動詞、❷は他動詞。

もちぬし【持ち主】モチヌシ そのものを自分のものとして持っている人。中 持有者；所有人；物主。E the owner; the proprietor.

☆ 持ち主のわからない自転車が、家の前に止めてある/不知是誰的腳踏車停放在我家門口。

☆ 鋭いセンスの持ち主/感覺敏銳的人。

参「所有者」も似ているが、「所有者」がかたい言い方で、「住宅の所有者と直接、賃貸契約をする」のように、使う場面が限られるのに対して、「持ち主」は広い範囲に使える日常のことばで、ものだけでなく、人の持つ特徴などについてもいう。

もちまわり【持ち回り】モチマワリ 関係する人の間で、順番で役目などをすること。中 在有關者之間巡迴；輪流。E in turn among the members.

☆ その国際会議の議長は、各国が持ちまわりで務める/這個國際會議的主席由各國代表輪流擔任。

☆ 持ちまわり閣議/ make a Cabinet decision by obtaining the approval of each minister in turn. /由各部長輪流主持的內閣會議。

他動 持ち回る

もちゅう【喪中】モチュー 人の死後、家族などが他人との交際を控えて暮らしている期間。中 服喪期間。E be in mourning.

☆ 父の喪中なので、結婚式には出ない/因在父親的服喪期內，所以不參加婚禮。

☆ 喪中につき年末年始のごあいさつはご遠慮申し上げます/值此服喪期間，請包涵取消歲末年初的問候。

もちろん モチロン いう必要もないほどはっきりしていると思うようす。中 當然；不

用說；不言而喻。E of course; needless to say.

☆ 仕事の場では、能力はもちろん、人間性も重視される / 在工作上，能力當然不用說，人品也受到重視。

☆ 事故の責任は私にあるので、もちろん全額弁償します / 事故的責任在我，當然由我全額賠償。

参「むろん」も似ているが、「もちろん」のほうが強い気持ちを表す。

も・つ【持つ】モツ〔自他動五〕(もって)

❶ 手の中に入れて保つ。手に取る。中 持；拿。E have; hold.

☆ 一郎は手に本を持っている/一郎手中拿著書。

☆ この荷物は重いけれど、1人で持つことができる / 這件行李雖然很重，但一個人可以拿得動。

❷ 身につける。中 帶；攜帶。E have; carry.

☆ いま、時計を持っていますか/您有帶手錶嗎?

☆ ハンカチを持ってくるのを忘れた/忘了帶手帕來。

❸ 自分のものにする。所有する。中 有；持有；設有；具有。E have; own.

☆ わたしは東京に家を持っている / 我在東京有個家。

☆ 長い歴史を持つ国 / 具有悠久歷史的國家。

❹ 心にいだく。その中にふくむ。中 抱有；懷有。E have.

☆ 目標を持って生きる / 擁有目標的人生。

☆ 持って生まれた性格 / 天生的個性。

❺ 仕事として引き受ける。また、負担する。中 負擔；承擔。E take charge of; pay.

☆ 1年生のクラスを持つのははじめてだ/第一次擔任一年級的班導工作。

☆ 医療費を国が持つ / 醫療費由國家來負擔。

❻ ある状態が変わらずに続く。中 保持；維持；持久。E keep; be durable.

☆ 冷蔵庫に入れれば1週間ぐらいはもつだろう / 放在冰箱裡的話，大約可以維持一個星期吧。

☆ このかばんは丈夫だから一生もちますよ/這只皮包很結實，可以用一輩子。

注 ❶～❺は他動詞、❻は自動詞。

もっか【目下】モッカ 現在のところ。書 中 眼下；目前；當前。E now; at present.

☆ 家を建てたので、目下ローンの支払いに追われている / 因為蓋了房子，所以目前被貸款壓得喘不過氣來。

☆ 事故の原因は目下調査中である / 事故的原因，目前正在調查中。

もったいな・い モッタイナイ 役に立つ人やものが、見捨てられたり、だいじにされなかったりして惜しい。中 可惜；浪費。E wasteful; too good.

☆ 古くてもまだちゃんと映るテレビを捨てるのはもったいない/電視機雖然舊了，但畫面仍很清晰，要扔掉實在是太可惜了。

☆ 仕事のよくできる洋子に、コピーやお茶くみをさせるのはもったいない / 工作很能幹的洋子，讓她倒茶，沖咖啡太可惜了。

もったいぶ・る モッタイブル〔自動五〕(もったいぶって) 重々しく、格好をつけてふるまう。話 中 擺架子；裝模作樣；煞有介事。E assume an air of importance.

☆ 社長はもったいぶった態度で社員ひとりひとりにボーナスを渡した / 老闆煞有介事地一個一個分發獎金給職員。

もったいをつける 必要以上に重々しい態度や、偉そうなようすを見せる。中 故弄玄虛；擺架子；裝模作樣。E give something too much weight; assume an air of importance.

☆ 伯父は「これは家宝でだれにも見せたことがないんだが」ともったいをつけて、古い本を取りだした/伯父故弄玄虛地說：「這是傳家寶，沒有給任何人看過。」說完拿出了一本舊書。

☆ 大臣は胸を張ってゆっくりと、もったいをつけて歩いている/部長挺著胸，悠閒地裝模作樣地走著。

もって (「～をもって」の形で)❶方法や材料などを示す。～を使って。～によって。中用；以；拿。

☆ 調査の結果は、書面をもって通知する/以書面形式將調查結果通知大家。

☆ だれの力をもってしても、彼を助けることができない/No one can help him. /沒有人能幫得了他。

❷ 原因となるものを示す。～を根拠として。～があったから。中因為；憑；根據。

☆ 道子は努力家をもって知られている/Everyone knows that Michiko is a hard worker. /衆所皆知，道子是一個很認真的人。

☆ おかげをもって、バザーは無事に終了した/託福，義賣會順利地結束了。

❸ 区切りを表す。で。中(表示時間或數量)到。

☆ 3月をもって、校長を退職する/resign as school principal at the end of March. /三月底辭去校長職務。

▷ 書

もってこい モッテコイ　これ以上のものはないと思われるほど、そのものにぴったり合っているようす。中正合適；理想；再好不過。E ideal; excellent; the very.

☆ 風もないし、温度も高すぎず、テニスをするにはもってこいの天気だ/既沒風又不熱，這種天氣最適合打網球。

☆ 住むにはもってこいの環境/理想的居住環境。

もってまわった はっきり言わないで、間接的に表現するようす。中(說話)兜圈子；繞遠。E roundabout; circuitous.

☆ 課長のもってまわった言い方では、若い部下には真意が伝わらない/科長兜圈子講話，無法向部下傳達本意。

☆ もってまわった言い方をしないで、いやならいやと、はっきり言なさい/講話不要兜圈子，請說清楚。

もっと モット　数や量や程度が、いまより多く、または少なくなるようす。中更；更加；還。E more; less.

☆ 車を買うには、もっとお金が必要だ/要買車的話，需要更多的錢。

☆ うるさいから、テレビの音をもっと小さくしてください/太吵了，請把電視機的聲音再調小一點。

もっとも【最も】モットモ、モットモ　比べたものの中で、程度が1番であるようす。中最；頂。E (the) most.

☆ 世界で最も高い山はチョモランマだ/世界上最高的山是喜瑪拉雅山的聖母峰。

☆ あの部長は、いま社内で最も忙しい人です/那個部長是現在公司内最忙的人。

もっとも モットモ、モットモ　❶道理に合っているようす。中合理；正當；理所當然。E natural; reasonable.

☆ 30分も待たせたら、怒るのはもっともだ/讓人等了三十分鐘的話，發火也是理所當然的事。

☆ 男女同一賃金にしろというのはもっともな要求だ/男女薪資平等是合理的要求。

❷ (文と文をつないで)前にいった意見に反するような条件をつけ加えるときに使うことば。中可是；但是；不過。E but; though.

☆ 海を見ると心が落ちつく。もっとも、最近の海はよごれてしまったけれど/觀海使人心神安定，但最近的海變得很髒了。

もっぱら【専ら】モッパラ、モッパラ　1つのことだけに集中するようす。中專；淨；主要。E exclusively; mostly.

☆ きのうのパーティーでは、知り合いもいなかったので、もっぱら食べていた/由於昨天的宴會上沒有遇見熟人，所以拚命低頭猛吃。

☆ 部内では、道子と一郎が結婚するというもっぱらのうわさだ/部門内流傳道子要和一

も

郎結婚的謊言。

もつ・れる モツレル、モツレル〔自動一〕

❶ 細長いものや布がからんで、とけなくなる。中 糾結；糾纏在一起。E get entangled.

☆ 靴のひもがもつれてほどけない／鞋帶糾纏在一起，解不開了。

☆ 長い髪がもつれる／長髮打結。

❷ いろいろの事情があって、解決や最後のきまりなどがつかなくなる。中 發生糾葛。E become complicated.

☆ 交渉がもつれて、なかなか結論が出せない／交涉發生糾葛，難以作出結論。

☆ 試合がもつれて延長戦になる／比賽難分勝負，只好進行延長賽。

❸ 舌や足などが思うように動かなくなる。中 (舌、腳等)不靈；不聽使喚。E (speak) thickly; get caught up (in one's own feet).

☆ 酒の飲みすぎで舌がもつれて、はっきり話せない／酒喝過多，舌頭不聽使喚，話也說不清了。

☆ 足がもつれて歩けない／腳不聽使喚而無法行走。

▷ 名 もつれ

もてあそ・ぶ モテアソブ、モテアソブ〔他動五〕(もてあそんで) ❶ 手に持ってさわったり動かしたりする。中 拿著玩。E play with; toy with.

☆ 新しいカメラをもてあそんでいるうちに、落としてこわしてしまった／新的照相機拿著把玩時，結果掉在地上摔壞了。

❷ 強いものが、力のないものを思うようにする。中 玩弄；戲弄。E make sport of.

☆ あらしの海で、舟が波にもてあそばれる／在波濤洶湧的海面上，小船被海浪任意折騰。

❸ 自分のもののように扱う。中 玩弄；擺布。E fool with; trifle with.

☆ 権力をもてあそんで独裁政治を行う／玩弄權力，實行獨裁政治。

☆ 愛情をもてあそぶ／玩弄愛情。

▷ 書

もてあま・す モテアマス、モテアマス〔他動五〕(もてあまして) どう扱ったらいいかわからなくて困る。中 不好對付；難以處理。E do not know what to do with.

☆ 大きなケーキが食べきれなくて、もてあましている／由於大蛋糕吃不完，不好處理。

☆ 時間をもてあます／時間多到不知道做什麼；不知該如何消磨時間。(→ 時間 慣用)

もてな・す モテナス、モテナス〔他動五〕(もてなして) 客として大切に扱う。また、飲み物、食べ物をごちそうする。中 款待；招待。E entertain; show a person hospitality.

☆ 客をもてなすために、おいしい酒と料理を用意する／為了款待客人，準備美酒及好菜。

名 もてなし

もてはや・す モテハヤス、モテハヤス〔他動五〕(もてはやして) 多くの人々が盛んにほめる。中 極端稱讚；特別誇獎；讚揚。E talk much about; make much of.

☆ あの作家はA賞を受賞して、マスコミにもてはやされるようになった／那位作家得了A獎之後，受到了新聞界的讚賞。

も・てる モテル〔自動一〕 多くの人に好かれる。人気がある。中 受歡迎；吃香。E be popular with; be a favorite with.

☆ 二郎は、なぜか中年の女性にもてる／二郎不知為什麼很受中年女性的歡迎。

もと【下】モト ❶ 立っているものや高いものの下。中 下部；底下。E under.

☆ 桜の花のもとで、人々は楽しそうに飲んだり踊ったりしている／在櫻花樹下，人們高興地又喝又跳。

❷ 影響のおよぶところ。中 身邊；跟前；支配下。E under.

☆ 親のもとを離れる／離開父母身邊。

☆ 山田教授のもとで研究を続ける／在山田教

授的指導下繼續進行研究。

☆ 法のもとの平等 / 法律之前人人平等。

❸ (「～のもとに」の形で) ～の条件で。～の状態で。中 (表示前提、條件) 在……下。

☆ 独立と自由の名のもとに戦う / fight for independence and freedom. / 在獨立和自由的旗幟下奮鬥。

注「した」「しも」とも読めるので、区別するためには、ひらがなで書くほうがいい。

もと【元】モト、モト、モト ❶ものごとの起こり。中 原來；本來。E the origin.

☆ 漢字がもとになって、ひらがなやかたかながてきた / 平假名和片假名起源於漢字。

☆ 席がないと怒っているが、もとはといえば、遅れてきたあなたが悪い / 沒有座位就生氣，說起來還是要歸罪於你的遲到。

❷ 原因。中 原因；起因。E the cause.

☆ 85歳の祖母はちょっとしたかぜがもとでなくなった / 八十五歲的祖母因得了一點感冒就去世了。

☆ タバコの吸い殻は火事のもとになるから気をつけること / 菸蒂會引起火災，所以要注意。

❸ ずっと前。前の状態。中 原來的狀態；很久以前。E once; former; ex-.

☆ いまは住宅地だが、もとは畑だった / 現在是住宅地，但以前是農田。

☆ 使ったものは、もとの場所にもどす / 把用過的東西放回原處。

☆ 元大臣 / 前部長。

❹ 原料。材料。中 原料；材料。E materials.

☆ 大豆をもとにして、しょうゆをつくる / 以大豆為原料做醬油。

❺ 利益を生むために必要な金。元手。また、仕入れたときの値。中 資本；本錢。E capital; cost.

☆ このシャツは1枚5000円で売らないともとがとれない / 這種襯衫，一件賣不到五千日圓的話，會虧本的。

☆ もとを割る / below cost. / 虧本；不合算。

元の木阿弥 苦労していい状態にしたものが、また前の悪い状態になってしまうこと。中 恢復原來不好的狀態；依然如故。E lose all that one has gained.

☆ 株でもうけていたが、今度の大暴落で元の木阿弥になった / 買賣股票賺了錢，但這次暴跌又賠掉了。

元も子もない 利益も元手も失う。すべてを失う。中 得不償失；賠了夫人又折兵。E lose everything.

☆ 働きすぎて病気になったら、元も子もない / 由於過度勞累而生病的話，那可就得不償失了。

もと【本】モト、モト ❶木などの根もと。中 樹根。E the base.

☆ 大きな桜の木をもとから切り倒す / 把大櫻花樹從根部砍倒。

対 末

❷ いちばんだいじなところ。中 基本；根本。E the root; the basis.

☆ もとをたださなければ、選挙違反はなくならない / 如果不從根本著手的話，選舉舞弊就杜絕不了。

もと【基】モト、モト ものごとの土台。基礎。中 基礎；根基；根本。E a basis; a foundation.

☆ 留学したときの体験をもとに小説を書く / 以留學生活的體驗為基礎撰寫小說。

☆ 事実をもとにして判断する / 以事實為根據進行判斷。

もどかし・い モドカシイ 思うようにならなくて、いらいらする。中 令人著急；令人不耐煩；急不可待。E feel irritated; be impatient.

☆ 英語がまだ下手なので、思っていることがうまく話せなくてもどかしい / 由於英語水準很差，想說的話不能清楚地表達出來，令人著急。

☆ 父は病気が長びいて仕事にもどれないので、もどかしがっている/父親因久病而無法恢復上班，心裡很著急。

もとづ·く【基づく】モトズク〔自動五〕(もとづいて)　あるものをもととする。よりどころとする。中 根據；基於；按照。E be based on.

☆ 外務省の資料にもとづいて記事を書いた/根據外務省的資料寫報導。

もとで【元手】モトデ　❶ 商売などを始めるのに必要な金。中 本錢；資金。E capital; funds.

☆ 父から借りた500万円を元手にして、店を開いた/向父親借五百萬日圓做為本錢，開了一家商店。

☆ 元手がかかる/需要本錢。

❷ 利益を生むもとになるもの。中 資本；本錢。E capital; asset.

☆ スポーツ選手にとっては、体が元手だ/對運動員來說，身體就是本錢。

もと·める【求める】モトメル〔他動一〕

❶ ほしいと心の中で望む。中 想要；渴望；希望。E want; wish for; desire.

☆ 人々は長い戦いに疲れて、平和を強く求めている/人們被長年的戰爭拖得疲憊不堪，強烈渴望和平的來臨。

☆ きれいな空気を求めて、都会からいなかに移る/渴望清新的空氣，而從城市搬到鄉下。

❷ 人になにかをほしいと頼む。中 要求；徵求。E request; ask for.

☆ 会の進め方について会員に意見を求めた/有關協會的發展方向，向會員徵求意見。

☆ 助けを求める/求助；請求幫助。

❸ ほしいと思い、さがす。中 尋求。E search for; pursue.

☆ 石油にかわる新しいエネルギー源を求める/尋求替代石油的新能源。

☆ 人材を求める/招募人材。

❹「買う」の改まった言い方。中 買；購買。E buy; purchase.

☆ それは、どこでお求めになりましたか/那是在哪裡買的?

☆ 何軒もの古本屋をさがしてやっと目的の本を求めることができた/找了好幾家舊書店，終於找到了自己想要的書。

▷ 名 求め

もともと　モトモト　❶ 初めから。もとから。中 根本；本來；原來。E originally; by nature.

☆ 北海道は、もともとアイヌが住んでいた土地だ/北海道原來是愛奴族(日本原住民)居住的地方。

☆ ジョンはもともと頭がいいから、むずかしい漢字でもすぐ覚えてしまう/約翰本來就聰明，所以很難的漢字一下就記住了。

❷ 損も得もしないこと。中 不賺不賠。E be none the worse for.

☆ 失敗してもともとだから、やるだけやってみよう/做不成也沒損失，就儘量做做看吧。

☆ だめでもともとだから、とにかく試験だけ受けてみる/通不過也沒關係，姑且去考一次看看。

もとより　モトヨリ　❶ 初めから。中 本來；原來；根本。E from the beginning.

☆ たいへんな仕事になることは、もとより予想されていた/工作會很辛苦是我本來就預料到的事。

☆ 失敗はもとより覚悟している/對失敗原先就有心理準備。

❷ 改めていうまでもなく。もちろん。中 固然；當然；不用說。E not to mention; as well as.

☆ 石炭はもとより、石油も掘りつくされる日が来るだろう/煤炭當然不用說，連石油枯竭的時期也將到來吧。

▷ 書

もど·る【戻る】モドル〔自動五〕(もどって)

❶ もとの場所に帰る。中 返回；回(來)。E go back; come back.

☆ 海に出ていたボートが岸にもどってきた/

出海的船已回到岸邊了。

☆ 自分の席にもどる / 回到自己的座位上。

対 出る

❷ もとの状態に返る。中 返回；回到。E return; be restored.

☆ 戦争が終わり、静かな生活にもどった / 戰爭結束後，又回到平靜的生活。

☆ 春になったのに、寒さがまたもどってきた / 雖然已到了春天，但仍乍暖還寒。

❸ もとの場所に返る。中 歸還；退還。E be returned.

☆ 落とした財布がもどってきた / 弄丟的錢包又物歸原主了。

▷ 名 戻り　他動 戻す

参 ❶は「帰る」とよく似ていて、どちらももとの場所にもういちど移動する動作であるが、もとの場所を移動の出発点、自分の属する場所と考えるときは「帰る」、最初いた地点、通過中の地点と考えるときは「もどる」を使う。

もぬけのから【もぬけの殻】 いるはずの人がいなくなってしまったあとの家や寝床などのようす。中 空房子；空被窩。E nobody was found there.

☆ 密輸グループのアパートに警察が踏みこんだときは、中はもぬけの殻だった / 當警察衝進走私集團的住處時，已經人去樓空了。

もの【物】モノ、モノ ❶ 見たり、さわったりできる物体。中 東西；物品。E things; goods.

☆ 戦争中は、ものが不足していた / 在戰爭時期，物品缺乏。

☆ デパートでは、いろいろなものを売っている / 百貨公司銷售著各式各樣的物品。

❷ 動作の対象となるなにか。中 語言；話。

☆ 怒って、ものも言わない / get too angry to speak. / 氣得說不出話了。

☆ ものを書くのが仕事だ / 寫作是我的工作。

❸ いろいろなものごと。中 各種事情。

☆ ものは試しだ、やってみよう / 一切事情要勇於嘗試，做做看吧。

☆ ものには順序がある / There is a proper order in doing everything. / 凡事都有個順序。

❹ 1度名前をいったあとで、またそれをさすときにいうことば。中 指前面所說的。

☆ この野菜は庭でつくったものです / These vegetables are grown in my garden. / 這蔬菜是自家院子裡種的。

☆ この本は前に1度読んだものだ / 這本書以前看過一次。

❺ (「～というもの」の形で)(1) 話題を一般化する言い方。中 一般化的表達。

☆ 親切というものは人の心を明るくする / One's kindness makes other people happy. / 親切使人內心愉悅。

(2) 前に述べたものごとのことばだけ知っているが、実態は知らないことを表す。中 表示前述的事物。

☆ オーロラというものをいちど見てみたい / I want to see what is called aurora for once in my life. / 很想看一次極光這種自然現象。

❻ (「～ものだ」の形で)(1) 一般的な傾向を表す。中 表示一般傾向。

☆ 年をとると目が悪くなるものだ / Vision degenerates with age. / 人一上年紀視力就會減退。

☆ 人間はとかく楽なことをしたがるものである / 人總是喜歡做輕鬆的工作。

(2) ～するのが当然だ。～するべきだ。中 當然；應該。

☆ 人の意見は聞くものだ / You'd better listen to others' opinions. / 應該聽聽別人的意見。

☆ 人が困っているときは、助けてやるものだ / 別人有困難時，應伸出援手。

(3) 過去の習慣を表す。中 表示過去的習慣。

☆ 子供のころはよく川で遊んだものだ / When I was young, I used to play at the river.

/我小時候經常在河邊玩。

☆ 学生時代はよく映画を見に行ったものだ/學生時代經常去看電影。

(4) 感情を表す。中 表示感情。

☆ さすがにプロはうまいものだ/不愧為專業，很出色。

☆ あの男には本当に困ったものだ/That man really troubles me./那個男的，真拿他沒辦法。

❼ (形容詞と形容動詞の頭について)なんとなく。中 總感到；有點。

☆ もの静かな人/a quiet person./文静的人。

☆ ものさびしい/寂寞的；孤單的；沈寂的；淒涼的。

☆ もの悲しい/悲傷；悲哀。(→項目)

❽ (他のことばの後について) その種類。それに値すること。中 同一類；值得～的東西。

☆ 時代物のたんす/老古董的櫃子。

☆ 冬物の衣服/冬季的衣服。

☆ 冷や汗もの/break into a cold sweat./令人冒冷汗的東西。

注 ❸～❼はひらがなで書く。

…………「もの」のつく慣用表現…………

も

ものともしない　困難などまったく気にしない。中 不當一回事；不放在眼裡。E make nothing of.

☆ 台風をものともしないで出かける/不把颱風當一回事，照樣出門。

ものにする　❶ 技術などを身につける。中 掌握；學到手。E master.

☆ しっかり勉強して日本語をものにする/努力學習，把日語學好。

❷ 自分の手に入れる。中 弄到手。E win; get.

☆ 1位になって賞金をものにした/奪得冠軍，把獎金弄到手。

❸ まとまった形にする。中 做成功；達到目標。E wrap up; systematize.

☆ 今年こそはなんとかしてこの方言研究をものにしたい/今年要想辦法把這方言研究完成。

ものになる　❶ 一人前の人間になる。中 成為優秀的人材；成為像樣的人物。E be a success.

☆ 洋子は仕事熱心だから、きっと幹部社員としてものになる/洋子工作熱心，肯定會成為優秀的幹部。

❷ 技術などが身につく。中 成功；成就卓越。E become skilled at.

☆ 3年間フランス語を勉強したが、ものにならなかった/雖然讀了三年法語，但還是成不了氣候。

ものの数ではない　たいしたことではない。中 根本不算數；不值一提。E be nothing.

☆ きのうの優勝候補に比べたら、きょうの試合相手はものの数ではない/與昨天的冠軍候補相比，今天的比賽對手根本不值得一提。

ものをいう　効力がある。中 起作用；頂用。E carry weight; mean a lot.

☆ この仕事は経験がものをいう/做這個工作完全要靠經驗。

似た表現 ものをいわせる

……………………………………………

もの【者】モノ　人。中 人；者。E a person.

☆ 私はA銀行の山田と申す者です/我是A銀行的山田。

☆ 家の者を駅まで迎えにやりましょう/會派家人到車站去迎接。

☆ あわて者/冒失鬼；慌張鬼；輕率的人。

☆ 怠け者/懶鬼；懶漢。(→項目)

参「人」も意味は同じだが、「人」がこのことばだけでも使えるのに対して、「者」はそれだけで使うことはなく、「～(の)者」というように必ず前に説明がついて、謙遜したり軽視したりする気持ちのあるときや、法律などで客観的に表すときに使う。話し相手に関係のある人や、尊敬する人については使えない。

もの (文の終わりについて)不平や不満、または甘えの気持ちを表す。話 中 (表示辯解或撒嬌語氣的原因或理由，多為婦女、兒童用)因為；由於。

☆ だって忙しかったんだもの。忘れたのもしかたないよ / But I was busy. It's just too bad that I forgot it. / 因為我很忙啊，忘了也是不得已呀!

☆ わからなかったんだもの。答えられないよ / 我不知道呀。所以無法回答。

ものいり【物要り・物入り】モノイリ、モノイリ　費用がかかること。中 開銷；開支。E expenses.

☆ 今月は、子供の入院で物いりが多かった/這個月因小孩住院，所以開銷很大。

☆ 年末はなにかと物いりだ / 年終這個那個，總是開銷很大的。

ものおき【物置】モノオキ、モノオキ　ふだん使わない道具などをしまっておく所、または小屋。中 庫房；儲藏室。E a storeroom; a shed.

☆ 暑くなってきたから、そろそろ扇風機を物置から出そう / 天氣已漸漸熱了，差不多該把電扇從儲藏室搬出來了吧。

☆ 物置小屋 / 小倉庫；小儲藏室。

ものか (文の終わりについて)❶ 感動を表す。中 (表示感動)啊!

☆ なるほど、そういうものか / I see! That's why ~. / 啊，確實如此。

❷ 強く否定する気持ちを表す。中 表示強烈否定。

☆ あんな所に二度と行くものか / Would I go there a second time? / 那種地方還要我去第二次呀?

☆ そんなことがこの子にわかるものか/那種事，這孩子怎麼會理解呢?

▷ 話

ものがたり【物語】モノガタリ　❶ できごとなどを順序にしたがって説明した長い話。中 故事。E a story; a tale.

☆ 祖母の貧しい子供時代の話は、聞けば涙の物語だ / 祖母說起小時候的貧窮生活，聽起來是催人淚下的故事。

☆ 世にも不思議な物語/世間不可思議的故事。

❷ 日本の古典文学の形式の1つ。中 (日本古典文學形式) 物語；故事。E a form of Japanese classical literature.

☆「伊勢物語」と「源氏物語」を読んだ / 閱讀了《伊勢物語》和《源氏物語》兩部名著。

☆ 物語文学 / 故事文學。

❸ 一般的に、筋を持った、つくられた話。また、その作品。中 故事；小說。E a story; a fiction.

☆ 悲しい恋の物語 / 令人傷感的愛情故事。

▷ 数 ❸ 1編　他動 物語る

参 ❷は、平安時代から室町時代にかけて発達した文学形式。作者の見聞きしたこと、想像などをもとにして、人物、事件について人に語る形で書かれたもの。

ものがなし・い【もの悲しい】モノガナシイ、モノガナシイ　はっきりした理由はないが、なんとなく悲しい。中 悲傷；悲哀。E plaintive; sad.

☆ もの悲しい笛の音が聞こえる / 能聽見悲涼的笛聲。

☆ もの悲しい秋の夕暮れ / 悽涼的秋日黃昏。

ものぐさ　モノグサ　なにをするのも面倒がること。また、その人。中 懶惰；做事嫌麻煩(的人)；懶漢。E a lazybones; lazy.

☆ あいつはものぐさだから、ふとんも上げず、掃除もしない/那傢伙是個懶蟲，既不疊被，又不清掃房間。

☆ こたつに入ると、動くのがいやでものぐさになる / 腳伸進電暖桌裡就變成不想動的懶蟲了。

ものごころ【物心】モノゴコロ　周囲のできごとや人の気持ちを理解する力。中 懂事；懂人情世故。E discretion; understand what is happening; remember.

☆ 物心がつくかつかないころ父親に死なれた／在我還不太懂事的時候，父親就去世了。

☆ 物心がついてからずっと、東京に住んでいる／從我懂事起就一直住在東京。

ものごと【物事】モノゴト　ものとこと。形のないもの、形のあるもの、それらすべてのこと。中 事物；事情。E things; everything.

☆ ものごとを論理的に考えて意見を言う／思考事情的邏輯後，再發表意見。

☆ きみはものごとをまじめに考えすぎる／你考慮事情過於拘束。

ものさし【物差し】モノサシ　❶ 長さをはかる道具。中 尺子；尺。E a measure; a ruler.

☆ 家具の大きさをものさしではかる／用尺量傢俱的尺寸。

❷ 人やものごとを評価する基準。中 尺度；標準。E a standard; a yardstick.

☆ ふつうのものさしでははかれない、天才的な人物／不能用一般標準來衡量的天才人物。

▷ 数 ❶ 1本　→定規

ものしずか【もの静か】モノシズカ　❶ 態度やことばなどが穏やかで落ちついているようす。中 穩重；文靜。E gently; quiet; gentle-natured.

☆ 山田先生は、美しい日本語でもの静かにお話しになる／山田老師用優美的日語，文靜地講話。

☆ 和服の似合うもの静かな人／與和服相配且文靜的人。

❷ ひっそりとしていて、本当に静かだと感じられるようす。中 寂靜；平靜；安靜。E quiet.

☆ もの静かな山のホテル／寂靜的山中旅館。

☆ もの静かな1日／平靜的一天。

ものしり【物知り】モノシリ、モノシリ　広くものごとを知っていること。また、その人。中 知識淵博；知識淵博的人；博古通今；博古通今的人。E a learned person; know a lot of things.

☆ となりのおじさんは物知りだから、ちょっと世界の国の数と名前をきいてみよう／鄰居叔叔知識淵博，去問問看他世界有多少國家和各國國名。

☆ 物知り顔(＝なんでも知っているような、得意そうな顔)／博學多才的表情(＝什麼都知道的得意的表情)。

☆ 物知り博士／博古通今的博士。

ものずき【物好き】モノズキ、モノズキ　変わったものごとが好きなようす。また、その人。中 好奇；好事；好事者。E curious; an eccentric person.

☆ 東京からわざわざ人も住まない山奥に引っ越してくるなんて、物好きな人だ／從東京特意搬到人煙稀少的深山去，真是個奇怪的人。

☆ この寒さの中、町じゅうの物好きが集まって、水泳大会をした／在如此寒冷的天氣中，鎮上好事者聚在一起進行了冬泳比賽。

ものすご・い　モノスゴイ　❶ 非常に恐ろしい。中 可怕；令人害怕。E fierce; dreadful.

☆ だまされたと知って、ものすごい顔で怒った／得知受騙之後，臉色十分可怕地大發雷霆。

❷ 勢いや程度が非常に激しい。中 驚人；猛烈；不得了。E terrible; terrific.

☆ 台風が近づき、ものすごい雨と風になった／颱風臨近，變得狂風暴雨交加。

☆ ものすごいスピードで走る車／以驚人的速度奔馳的汽車；跑得飛快的汽車。

▷ 話

ものたりな・い【もの足りない】モノタリナイ、モノタリナイ　なんとなく満足できない。じゅうぶんでない。中 感到有點欠缺；不能令人滿意。E be unsatisfactory; feel dissatisfied.

☆ 今年はボーナスが少なくてものたりない／今年獎金很少，不能令人滿意。

☆ スキーに行ったが、雪不足であまりすべれなくてものたりなかった／去滑雪，可是雪不多滑不起來令人失望。

ものなら ❶(「～〔よ〕うものなら」の形で) その動作、状態が実現したばあいには、よくない結果になることを表す。中 表示某種動作，狀態實現時會產生不好的結果。

☆ ちょっと注意をしようものなら、すぐ怒るんだから/ Just when I'm about to warn him to be careful, he easily gets angry. / 只是想提醒你一下，你看你馬上就生氣了。

☆ ビールをコップ１杯飲もうものなら、顔が真っ赤になる / 只要喝一杯啤酒，臉就紅了。

❷ (可能の意味のことばの後について)不可能だと思われることを条件として示し、相手を突き放すような気持ちを表す。中 假如；要是；萬一。

☆ １人で生活できるものなら、やってみなさい / If you think you can live alone, go ahead and try it. /要是認為一個人能過活的話，你就試試吧。

ものの モノノ ❶ それが少ないことを表す。中 僅僅；還不到。E only; mere.

☆ ものの100メートルも歩いたら、にぎやかな商店街に出た / 走不到一百公尺就到了繁華的商店街。

☆ 新製品はものの30分で売りきれた/新產品還不到三十分鐘，就賣光了。

❷ 非常に。中 確實；非常。E really.

☆ 道子はテニスの大会に初出場でものの見事に優勝した / 道子初次參加網球比賽，就出色地取得了勝利。

ものの ❶ (動詞、形容詞の基本形、形容動詞の「な」の形について)あることや状態がいちおう認められるとしても、それから予想されることとは違ったことが起こることを表す。中 雖然…但是…。

☆ 病気は治ったものの、まだ仕事はできない/ Although he's recovered from the illness, he can't work yet. /雖說病好了，但是還不能工作。

☆ このへんは雪は降るものの、多くはない/ 這一帶雖下雪，但不多。

❷ (「～ようなものの」「～とはいうものの」の形で) 前のことは認めるとしても、そのまま後のことも認めることはできないことを表す。中 雖然…卻…。

☆ けがが軽かったからいいようなものの、交通事故は本当にこわい / Although I'm glad the injury was slight, I'm really afraid of traffic accidents. / 雖說傷勢不重還算幸運，但交通事故真是太可怕。

☆ お金はあるとはいうものの、家を買うほどはない / 雖然有點錢，但還買不起房子。

ものみだか・い 【物見高い】モノミダカイ なんでも珍しがって見たがる。中 好奇心強；好看熱鬧。E curious.

☆ 近所に火事があったときは、物見高い人がおおぜい集まってきた / 附近發生火災時，聚集了很多好看熱鬧的人。

ものものし・い モノモノシイ ❶ 厳重だ。厳しい。中 森嚴。E heavy; strict.

☆ A国の大統領が通るので、警官が朝からものものしい警戒をしている/A國總統要從這裡經過，所以警察從早就開始戒備森嚴。

❷ 大げさだ。中 大驚小怪；小題大作。E exaggerated; showy.

☆ ハイキングなのに、田中さんはヒマラヤ登山をするようなものものしい格好で来た / 只不過是去郊遊，但田中卻裝扮得像要去攀登喜瑪拉雅山的樣子。

☆ 小さな傷にものものしく包帯を巻いている / 只是一點點小傷，卻小題大作地綁了繃帶。

モノレール (monorail) モノレール １本のレールにつり下がったり、またがったりして走る電車。中 單軌鐵路；單軌電車。E a monorail.

〔モノレール〕

☆ 羽田空港に行くには、浜松町からモノ

レールを使うのが便利です / 去羽田機場的話，乘坐濱松町發車的單軌電車最方便。

数 1本

ものわかり【物分かり】モノワカリ、モノワカリ　人の考えや行動などを理解すること。中 理解力；理解程度。E an understanding; intelligent.

☆ 物わかりの悪い客で、何度説明してもわかってくれない / 理解力特差的顧客，說了好多遍還是不明白。

☆ この子は物わかりが速い / 這孩子理解力特強。

ものわかれ【物別れ】モノワカレ、モノワカレ　交渉などで、両方の意見が合わないまま別れる結果になること。中 決裂；破裂。E be broken off; fail to reach an agreement.

☆ 両国の会談は、結局、物別れに終わった / 兩國的會談以破裂而告終。

ものわらい【物笑い】モノワライ　人々から見下され、笑われること。中 嘲笑；笑柄。E a laughingstock.

☆ 試験日をまちがえて入学試験が受けられなかったとは、学校じゅうの物笑いだ / 弄錯了考試日期，而沒能參加入學考試，成為全校的一大笑柄。

☆ 物笑いのたねになる / 成為笑柄。

ものを　(動詞、形容詞の基本形、形容動詞の「な」の形について) ❶ 前のことがあるので、ほかの結果を期待していたのに、後のことが起きて不満だという気持ちを表す。中 表示怨恨，不滿等的語氣。

☆ 窓を開ければいい風が入るものを、クーラーばかり使っている / Even though a nice breeze comes in if you open the window, you only use the AC. / 其實一開窗風就會吹進來，可是偏要開冷氣。

☆ 会議で意見を言えばいいものを、あとで文句を言ってもしかたがない / 開會時可以盡量發表意見，但會後再發牢騷也沒用。

❷ (文の終わりについて) 不平や不満、後悔の気持ちを強く表す。中 表示牢騷、不滿、悔恨等語氣。

☆ 知らせてくれれば、すぐに行ったものを / If you had only told me, I would have gone right away. / 要是通知我，我馬上就去了。

☆ この薬を飲めば、治ったものを / 要是吃了這個藥，病早就好了。

参「のに」も似ているが、「ものを」のほうがすこし古い言い方。

もはや　モハヤ　いまとなっては。書 中 已經；已。E now; by now; already.

☆ 便利な生活に慣れてしまい、もはや洗濯機や掃除機なしの暮らしは考えられない / 習慣於便利的生活，已經無法想像沒有洗衣機或吸塵器的日子了。

☆ もはや会社の再建は不可能だ / 公司已經無法重整。

もはん【模範】モハン　まねるのにふさわしい、すぐれたものや人。中 模範。E a model; an example.

☆ 明治以降、日本の近代化は、西洋の制度や文化を模範として進められた / 明治以後，日本的現代化是以西歐的制度和文化為模範而發展的。

☆ 模範解答 / 標準答案。

☆ 模範生 / a model student. / 模範學生。

もほう【模倣】モホー〔～する〕　いままでにあるもののまねをすること。書 中 模仿；效仿。E imitate; copy.

☆ 幼児は周囲の人々のことばを模倣することによって言語を獲得していく / 幼兒經由模仿周圍人說話而學習語言。

☆ この作品はピカソの模倣だ / 這個作品是臨摹畢卡索的畫。

対 創造、独創

もみくちゃ　モミクチャ　おおぜいの人には

さまれて、ひどくもまれること。話中擠得一塌糊塗。E be mobbed; violently jostled.

☆ 人気歌手のAはファンに取りかこまれて、もみくちゃにされた/受歡迎的歌手A被歌迷團團圍住。

☆ 満員電車でもみくちゃになって通勤する/上下班被客滿的電車擠得一塌糊塗。

もみじ【紅葉】モミジ ❶〔～する〕寒くなって木の葉が赤や黄色に変わること。また、その葉。中紅葉；楓葉。E autumnal tints; colored leaves.

☆ 秋の山は、木々のもみじが美しい/秋天滿山紅葉非常美麗。

☆ 京都に出かけて、もみじを楽しんだ/去京都賞紅葉。

☆ もみじ狩り/an excursion to see the autumn leaves./賞紅葉；看紅葉。

❷ カエデ。葉が手のひらの形をして、秋に紅葉する木。中楓樹。E a maple.

☆ 庭にもみじの木を植えた/在院子裡種了一棵楓樹。

☆ もみじのような赤ちゃんの手/像楓葉般的嬰兒小手。

▷ 数❷1本 →紅葉・黄葉

も・む モム〔他動五〕(もんで) ❶手でつかんだり、こすり合わせたりする。中揉；按摩。E massage; rub.

☆ テニスで疲れた腕をもんでもらう/讓人按摩因網球而疲憊的手臂。

☆ キュウリを薄く切って塩でもんで食べる/把黃瓜切成薄片，用鹽巴揉過後，再食用。

❷ (「もまれる」の形で) まわりからの力で激しく動かされる。中互相推擠；亂成一團。E be jostled; be shoved about.

☆ 満員電車にもまれて、会社へ行くまでに疲れてしまう/在客滿的電車裡被擠來擠去，還沒有到公司上班就已經累壞了。

☆ 世間の荒波にもまれる/be buffeted about in the world./接受社會磨鍊；歷經風霜。

❸ (「気をもむ」の形で) ⇨気 慣用

▷ 自動 もめる

も・める モメル〔自動一〕 意見が合わなかったりして、結論が出ない。また、争いが起こる。中發生爭執；起糾紛。E have a dispute; get into trouble.

☆ だれが会長になるかでもめている/為了董事長人選而發生爭執。

☆ 毎年、ボーナスの交渉では何日ももめる/每年為了年終獎金要交涉好幾天。

他動 もむ

もめん【木綿】モメン 綿からつくった糸や布地。中棉製品；棉線；布。E cotton.

☆ 子供の服には、洗濯しやすくて丈夫なもめんがいちばんだ/小孩衣服，最好買好洗又耐穿的棉製品。

☆ 真っ白なもめんのハンカチ/雪白的棉布手帕。

もも【桃】モモ くだものの一種。夏に実り、淡いピンク色で甘い。春に美しい白やピンク色の花が咲く。中桃；桃樹。E a peach.

☆ デザートに桃を食べる/以桃子當做點心吃。

☆ 桃の節句 (=ひな祭り)/日本的女兒節 (=陳列偶人的節日)。

☆ 桃色/粉紅色；桃紅色。

→果物 図

もも モモ 足の、ひざより上の部分。中股；大腿。E a thigh.

☆ 久しぶりに運動したので、ももの筋肉が痛む/因為隔了長時間才做了運動，所以腿部肌肉疼痛。

☆ 鳥のもも肉/雞腿肉。

☆ 太もも/大腿。

→体 図

もや モヤ 空気中に水の粒が浮いて、遠くがかすんで見える状態。中靄；雲氣；煙靄。E (a) haze; (a) mist.

☆ 朝起きて窓を開けると、あたり一面、もやが立ちこめていた/早起一打開窗戶，一片靄霧瀰漫。

☆ もやがかかって、まわりの山がぼんやり見える/空中靄霧迷漫，周圍的山隱約可見。

→霧

もやし モヤシ、モヤシ 大豆などの植物の種を水にひたして、光を当てずに芽を出させたもの。中豆芽(菜)。E bean sprouts.

☆ もやしをいためて食べる/炒豆芽。

☆ もやしっ子(=外であまり遊ばない、体力のない子供)/豆芽菜(=瘦瘦高高不愛戶外活動，體力不健壯的孩子)。

もやもや モヤモヤ、モヤモヤ〔～する〕 気持ちなどがはればれしないようす。また、その気持ち。中朦朧；模糊；迷亂；衝動。

☆ ゆうべは徹夜したので、眠くて頭の中がもやもやしている/My mind is hazy because I'm sleepy having worked all night./由於昨晚熬夜，所以睏得腦子昏昏沉沉的。

☆ 戦争が終わったばかりの両国民の間には、もやもやが残っている/剛結束戰爭，兩國國民之間還存在著一點疙瘩。

もよう【模様】モヨー ❶飾りにする図案。中花樣；花紋；圖案。E a pattern; a design.

☆ 自分でつくった皿に、魚の模様をつけた/在自己做的盤子裡畫上一條魚的圖案。

☆ 水玉模様のブラウス/水珠圖案的女襯衫。

☆ しま模様/條紋圖案。

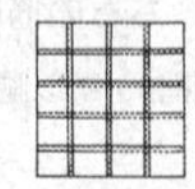
格子

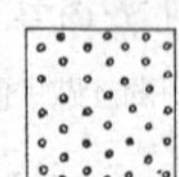
水玉

矢がすり

ペーズリー

〔模様❶〕

❷ようす。中情況；情形。E a look; seem.

☆ 事故の模様を知らせる/報導事故的情況。

☆ 大統領の乗った飛行機は、到着が遅れる模様です/看情形，總統乘坐的專機好像會誤點。

☆ 模様替え/remodel; alter./改變外觀；改變內容。

☆ 空模様/天氣；天氣情況。

もよお・す【催す】モヨース、モヨオス〔自他動五〕(もよおして) ❶会などを計画して行う。中舉行；舉辦；主辦。E hold; give.

☆ 来月、東京でピカソの展覧会を催す予定だ/預定下個月在東京舉辦畢卡索的畫展。

☆ チャリティーショーを催す/舉辦慈善義演。

❷そういう気持ちを起こさせる。中感覺。E feel.

☆ 悲しい映画に思わず涙を催した/看悲傷的電影，不由得流出了眼淚。

☆ はき気を催す/感覺想吐。

❸ものごとが起ころうとする。中起；有預兆。E feel.

☆ 授業中、眠気が催した/上課時想打瞌睡。

▷名催し

ニ注❶❷は他動詞、❸は自動詞。

もより【最寄り】モヨリ いちばん近い所。書中附近；最近。E the nearest; nearby.

☆ ここから最寄りの駅まで、歩いて10分です/從這裡到最近的車站，要走十分鐘。

☆ 年賀はがきを、最寄りの郵便局で買う/在附近的郵局買賀年明信片。

もら・う モラウ〔他動五〕(もらって) ❶人から与えられたものを受ける。中得到；領取；收到。E get; receive.

☆ 中学に入るとき、兄から辞書をもらった/進中學時，哥哥送我一本字典。

☆ いい返事をもらう/希望得到滿意的答覆。

対上げる、やる

❷試合やかけで、勝ちを自分のものにする。中拿下來；取勝。E win; take (a game).

☆ この試合はもうわたしがもらったようなものだ/這場比賽好像我們已經贏了。

❸(「～てもらう」の形で)他人から利益を受ける。中獲得；得到。

☆ 日本語を友達に教えてもらう/I have my friend teach me Japanese./請朋友教我日語。

☆ 熱があるので、医者に来てもらう/由於發高燒，所以請醫生來看病。

[対]上げる、やる

▷ [名]もらい

もら・す 【漏らす】モラス〔他動五〕(もらして) ❶液体や光などをすきまや穴から外に出す。[中]漏；漏掉；露。[E] let leak out.

☆ 建物の外に光をもらしたら、敵に見つかるぞ/光線漏到建築物外面，會被敵人發現的。

❷ 外に出してはいけないことを、ことばや行動に出す。[中]洩漏；走漏；透露。[E] reveal; let out; express.

☆ 家族にも会社の秘密をもらしてはいけない/對家裡人也不能洩漏公司的秘密。

☆ 不平をもらす/流露出不滿情緒。

❸ 衣服を着たまま、大便や小便をしてしまう。[中]遺尿；尿床；尿褲子。[E] wet one's pants.

☆ 子供が遊びに夢中になっていて、小便をもらした/小孩子玩得著迷，尿了褲子。

❹ (動詞の「ます」形について)そのことを、うっかりして、しないでしまう。[中](作接尾詞用法)……遺漏。

☆ 言いもらす/forget to say./漏說；忘記說。

☆ 聞もらす/漏聽；沒聽見。

▷ [自動]漏れる

モラル (moral) モラル　人として正しい行いをしようとする気持ち。また、社会的に正しいとされる生き方。[中]道德；倫理；道德觀念。[E] morals.

☆ この地方で選挙違反が多いのは、政治家と選挙民のモラルが低いからだ/這個地方選舉流弊很多，是因為政治人物和選民的道德觀念太低而造成的。

☆ 戦後、農村の女性たちも古いモラルから解放された/戰後，農村婦女也從舊倫理道德的束縛中被解放出來。

もり 【森】モリ　大きな木がたくさんしげって、薄暗い所。[中]樹林；森林。[E] a wood; a forest.

☆ 深い森の奥には、いろいろな動物がすんでいる/在深林中，棲息著各種各樣的動物。

☆ 神社の森/神社的樹林。

→森林

もりあが・る 【盛り上がる】モリアガル〔自動五〕(もりあがって) ❶なにかを盛ったように高くなる。[中]鼓；凸起；隆起。[E] be swollen; rise; bulge.

☆ きのう庭にごみを埋めたので、土が盛りあがっている/昨天在院子裡掩埋垃圾，所以這塊地隆起來了。

☆ 筋肉が盛りあがった腕/肌肉凸起的胳膊。

❷ 人々の気持ちがおさえることができないほど盛んになる。[中]熱烈；高漲起來。[E] arise; grow lively.

☆ オリンピックが近づいて、街の人たちのムードが盛りあがってきた/由於奧運會臨近了，城裡居民的氣氛都高漲了起來。

☆ パーティーが盛りあがる/晚會的氣氛熱烈。

▷ [名]盛り上がり　[他動]盛り上げる

もりもり モリモリ　勢いよく、盛んにするようす。[中]精力旺盛地；拚命地。

☆ 泳いだあと、おなかがすいてもりもり(と)食べた/After swimming I was hungry and ate like a wolf./游泳之後肚子很餓，大口大口地吃了很多東西。

☆ 意欲がもりもり(と)わく/意氣風發；熱情激昂。

も・る 【盛る】モル〔他動五〕(もって)　山の形にものを積む。[中]盛；堆高；堆起來。[E] pile up; fill.

☆ 大きな皿にくだものを盛って客に出す/在大盤子裡盛滿水果，端給客人。

☆ 茶碗にごはんを盛る/將飯盛入碗裡。

[名]盛り

もれなく 【漏れなく】モレナク、モレナク　1つも残さないようす。[中]無遺漏地；統統。[E] without exception; without omission.

☆ 参加した人にはもれなく賞品を差し上げます/贈送獎品給所有參加的人。

☆ 書類には、もれなく記入してください/請勿遺漏填寫表格。

も・れる【漏れる】モレル〔自動一〕❶液体や光などがすきまや穴から外に出る。[中]漏；漏出；透出。[E] leak; be heard outside.

☆ ふろ場から水がもれて、となりの部屋に流れてきた/由於浴室漏水，而流到隔壁的房間去了。

☆ 音が外にもれる/聲音傳到了外面。

❷外に出してはいけないことが、ことばや行動に出る。[中]洩漏；走漏。[E] leak out; be disclosed.

☆ 会社の秘密がもれないように、資料は必ず金庫にしまう/為了怕洩漏公司的秘密，資料一定要放在保險櫃裡。

❸入っていたほうがいいものが、入っていない。[中]遺漏；漏掉。[E] be omitted; be left out.

☆ 会員の名簿に副会長の名前がもれていた/會員名冊裡漏了副會長的名字。

▷ [名]漏れ [他動]漏らす

もろ・い モロイ ❶こわれやすい。くずれやすい。[中]脆弱；易壞。[E] fragile; brittle.

☆ その岩はもろいから、登るとあぶない/這種岩石很脆弱，上去很危險。

☆ 何百年もむかしの布はもろくなって、さわるとくずれてしまう/幾百年前的布已經變脆弱，一碰就破了。

❷がんばる力が弱い。[中]沒有耐力；沒有持久力。[E] weak; lacking in persistence.

☆ すぐやめようかと思うようなもろい精神力ではだめだ/一開始就打退堂鼓而沒有堅韌不拔的精神是不行的。

❸心が動かされやすい。[中]脆弱；不堅強。[E] be easily moved.

☆ わたしは涙もろくて、テレビドラマを見ていてもすぐ泣いてしまう/我感情脆弱，看電視劇也會流淚。

☆ 情にもろい人/感情脆弱的人。

もろに モロニ 全面的、直接的に影響を受けるようす。[話][中]全面；迎面；無處不。[E] straight; directly; squarely.

☆ 熱湯をもろに浴びて、大やけどをした/滾水迎面澆來，致使嚴重燙傷。

☆ 不況の波をもろにかぶって倒産した/受到不景氣的全面衝擊，公司破產了。

もろもろ モロモロ いろいろなもの。たくさんのものや人。[書][中]諸多；種種；許許多多。[E] various; every sort of.

☆ その病気の原因については、もろもろの説がある/有關那種疾病的原因，有各種說法。

☆ 歓迎会には、市長をはじめ、その他もろもろの人が集まった/以市長為首的許多人物聚集在歡迎會上。

もん【門】モン ❶建物の外側にある出入り口。[中]門；大門；街門。[E] a gate.

☆ 学校の門を入った所に、大きな桜の木があった/學校一進門處，就有一棵大櫻花樹。

☆ 10時に門を閉める/十點關門。

❷入るところ。[中]門；入口。[E] an entrance.

☆ 今年の入学試験は、受験生の数が多く、狭き門になりそうだ/今年升學考試因考生很多，入學門檻似乎變高了。

☆ 登竜門/ a gateway to success. /飛黃騰達的門徑。

❸教えを受ける先生を中心としたグループ。[中]老師的門下。[E] a group of pupil studying under their teacher.

☆ 彼は18歳のとき、日本画の横山大観の門をたたいた (=弟子にしてもらえるように頼んだ)/他十八歲的時候，就敲開了日本畫家橫山大觀的門 (=請求接納作弟子)。

☆ 夏目漱石の門下 (=漱石に教えを受けた人)/夏目漱石的門生 (=受過漱石的教導的人)。

▷ [書]❸ →家[図]

二 [参] ❸はすこし古い言い方。

もん 「もの」のくだけ言い方。[話][中]「もの」的一種較為隨意的說法。

☆ ほしいもんがあったらあげるよ / 有想要的東西就給你。

☆ だって寒いんだもん / But it's cold. / 可是太冷呀。

もんか 「ものか」のくだけた言い方。[話] [中]「ものか」的一種較隨意的說法。

☆ そんなこと知るもんか / How would I know such a thing. / 那種事怎麼會知道呢。

もんがいかん 【門外漢】モンガイカン その分野に関係がなく、知識がない人。[中]門外漢；外行。[E] an outsider; a layman.

☆ 法律のことは門外漢だから、よくわからない / 對法律是個門外漢，不太懂。

もんく 【文句】モンク ❶文章の中のことばや語句。[中]詞句；話語。[E] words; a phrase.

☆ その歌の文句ははっきり覚えていないが、故郷を歌ったものだった / 這首歌的歌詞雖然記不清了，但它是首歌頌故鄉的曲子。

☆ きまり文句 / a set expression. / 老套的話；口頭禪。

❷ 不平、不満。また、その気持ちを表すことば。[中]牢騷；意見。[E] a complaint.

☆ いまの生活に、なにも文句はない / 對現在的生活沒有什麼不滿。

☆ アパートで犬を飼ったら、となりから文句を言われた / 在公寓養狗，被鄰居抱怨了。

もんくなし 【文句なし】 完全で、非難したり欠点を言ったりするところがないこと。[中]沒有意見；沒有缺點。[E] perfect; absolute.

☆ きょうの洋子の演技は文句なしのできだった / 今天洋子的演出無可挑剔。

☆ 文句なしにわたしの負けだ / 我輸得心服口服。

もんぜんばらい 【門前払い】モンゼンバライ 会わずに追い返すこと。[中]閉門羹。[E] shut the door in a person's face; fail candidates.

☆ 市長に面会を申しこんだが、忙しいことを理由に門前払いをくった / 提出要拜會市長，可是市長以工作忙為理由，讓我吃了閉門羹。

☆ この大学は、2次試験の志願者が多いときは、1次の成績の悪い者を門前払いにすることがある / 這所大學在第二次考試志願生多的情況下，有時會把第一次考試成績不好的同學拒之門外。

もんだい 【問題】モンダイ ❶知識などを調べるために出す質問。[中]題；問題。[E] a question; a problem.

☆ 入学試験の問題はむずかしかった / 入學考試的試題很難。

☆ クイズの問題に答える / 回答猜謎遊戲的問題。

[対]解答

❷ 解決しなければならないことがら。[中]問題；事項。[E] a question; a problem; an issue.

☆ 一小学生の自殺事件が、社会に大きな問題を投げかけた / 一個小學生的自殺事件，反映出一個很嚴重的社會問題。

☆ 人口問題 / 人口問題。

☆ 住宅問題 / 住宅問題。

[対]解答

❸ うわさや批判などを呼び起こすことがら。面倒なことがら。[中]引起公衆注目；轟動社會。[E] trouble.

☆ 兄はいつも金のことで問題を起こしている / 哥哥總是為金錢的事，惹事生非。

☆ 問題の多いタレント / 是非不斷的影視明星。

▷ [数]❶1題・1問

問題にならない ❶取りあげる価値がない。[中]不值一提；無足輕重。[E] matter little.

☆ 今度の作品は失敗作で、問題にならない / 這次的作品是失敗之作，不值一提。

❷ 差が大きすぎて、比べるのがむだだ。[中]不能相提並論。[E] be out of the question.

☆ いくら野球が上手だといっても、プロの選手と比べたら、問題にならない／棒球無論打得多好，和職業選手還是不能相提並論的。

もんどう【問答】モンドー〔～する〕 質問することと答えること。また、その議論。

中 問答。E questions and answers; a dialogue.

☆ 教師は学生との問答で学生が理解したかどうかを知る／老師透過與學生的問答來了解學生是否已理解問題。

☆ 問答無用(＝話し合う必要はないという態度で相手の意見を聞かないこと)／不得爭論；發問無用（＝感到沒有必要交談，所以不聽對方的意見）。

☆ 禅問答／ a *Zen* dialogue used to free the mind of logical thought. ／禪僧所進行的問答；打啞巴禪。

もんなし【文なし】モンナシ 金をすこしも持っていないこと。また、その人。一文なし。

話 中 一文不名；一貧如洗。E penniless; broke.

☆ 給料日前はいつも文なしだ／發薪水前經常身無分文。

☆ 競馬で負けて、文なしになった／賽馬賭輸了，變得一貧如洗。

二 参「文」はむかしの通貨の単位。

もんもん【悶悶】モンモン （「もんもんと」の形で）非常に激しく、悩んだり苦しんだりするようす。書 中 悶悶不樂；愁悶；苦悶。

E suffer mental anguish; worry very much.

☆ 事業に失敗して家を売ることになり、家族になんと言おうかともんもんとしている／因事業失敗要把房子賣掉，所以悶悶不樂，不知如何向家人交代。

も

や／ヤ

や【矢】ヤ 弓を使って射るもの。細い棒の一方に羽根が、他方に矢じりという先のとがったものがついている。中 箭。E an arrow.

☆ 矢を射る / 射箭。

☆ 弓矢 / 弓箭。

数 1本 →弓図

矢の催促 続けて何度も、早くするように言うこと。中 緊催；緊逼。E press a person hard for.

☆ 原稿をなかなか送らないので、出版社から矢の催促が来る / 因原稿遲遲交不出去，所以出版社緊催。

矢も盾もたまらず どうしても、がまんができなくて。中 迫不及待；不能自制。E be dying to.

☆ 京都にいる恋人に会いたくて、矢も盾もたまらず、新幹線に乗る / 想見到在京都的情人，迫不及待地搭上新幹線。

や ❶ いくつかのものを並べあげることを表す。中 用於列舉。

☆ すきやきや刺身やてんぷらなど日本の食べ物が好きだ / Whether it is *sukiyaki* or *sashimi* or *tempura*, I like Japanese food. / 壽喜燒啦、生魚片呀、天婦羅之類的日本菜我都愛吃。

❷ (文の終わりについて)(1) 親しい人、目下の人に対する誘い、軽い命令を表す。中 表示對親人、或比自己年輕的人的勸誘、輕度命令。

☆ 一緒に行こうや / Let's go together. / 一起去吧。

☆ 早くしろや / 快點吧！

(2) ひとりごとのように自分の気持ちを軽く言う。中 表示自己的心情。

☆ まあ、いいや / All right. / 算了吧。

☆ しかたがないや / 沒辦法呀。

❸ (動詞の基本形について)あることに続いてすぐほかのことが起こることを表す。中 表示當……之時。

☆ 父は手紙を読み終わるや、電話をかけはじめた / 父親一看完信，就開始打起了電話。

☆ 京子はわたしの顔を見るや話しだした / Kyoko began to talk as soon as she saw me. / 京子一看到我，就說起話來了。

❹ 意味を強める。中 表示加強語氣。

☆ 注意したのに、またもや失敗してしまった / Though I had been careful, I failed again. / 雖然很小心，但還是失敗了。

☆ このご恩は必ずやお返しいたします / 這份恩情我一定要報答。

▷ 話❷

～やいなや ～したかと思うとすぐに。書中 表示一……就。

☆ 火事の知らせを聞くやいなや、消防車は出発した / No sooner had the fire alarm sounded than the fire truck set out. / 一聽到火警，消防車馬上就出動了。

-や【-屋・-家】(他のことばについて) ❶ その職業の家。中 店；鋪；館。

☆ 菓子屋 / 糖果店；點心鋪。

☆ 八百屋 / 菜店；蔬果店。(→項目)

☆ 肉屋 / a meat shop. / 肉鋪；肉店。

❷ それを専門にする人。また、そのことしか知らないという意味で、謙遜したり、他人を見下したりする言い方。

☆ 機械屋 / 從事機械工作的；機械工人；機械工程師。

☆ 技術屋 / a machinist. / 從事技術工作的；技術人員。

☆ 事務屋 / 專門從事事務性工作的人；事務員。

❸ ある性質の人。中 表示具有某種性格、特性的人。

☆ さびしがり屋 / a person who gets lonely easily. / 怕寂寞的人。

☆ がんばり屋 / 努力工作的人。

❹ 商店や歌舞伎俳優などの呼び名を表す。中 表示商店、歌舞伎演員等的名號。

☆ 木村家 / 木村家。

☆ 音羽屋 / 音羽屋(歌舞伎演員尾上菊五郎的家系及其子弟尾上姓的演員的屋號)。

❺ 人が住むための建物。中 住宅；房子。

☆ 一軒家 / a solitary house. / 獨棟房子；透天住宅。

☆ 空き家 / 空房子。

☆ 2階屋 / 二層樓房子。

注 ❶❷❸は「屋」、❹❺は「屋」「家」。

やあ ヤー 人に会ったとき軽く呼びかけたり、ちょっと驚いたりしたときなどに言うことば。話 中 呀；哎呀；哎喲。E Hi!; Hey!; Oh!

☆ やあ、しばらく、元気かい / 啊呀，近來身體健朗嗎?

☆ やあ、たいへんだ、遅刻するぞ / 哎喲，不好了，要遲到了!

→おい 囲み

やい ヤイ 乱暴に相手に呼びかけるときに言うことば。話 中 喂；哎；唉。E Hey, you!

☆ やい、そこの若いの、うるさいぞ / 喂，那邊的年輕人，太吵了。

☆ やい、ちょっとどけよ / 喂，閃開點。

やいのやいの ヤイノ・ヤイノ、ヤイノヤイノ 何度も、または、あちこちから催促するようす。話 中 緊逼貌；催逼貌；緊逼；緊催。

☆ 借金の返済を、やいのやいの(と)責めたてられている / I am being hounded to repay the debt. / 被人緊催著還債。

やえ【八重】ヤエ、ヤエ 花びらなどが、いくつも重なっていること。また、そのもの。中 八重；八層。E multilayered; double.

☆ 庭の八重のツバキが美しい / 院子裡的八重山茶花開得很美麗。

☆ 八重桜 / 多重櫻花；重瓣櫻花。

☆ 八重歯 / a double tooth. / 虎牙。

やおちょう【八百長】ヤオチョー 試合などで、真剣に戦うように見せながら、本当は前に勝ち負けを決めておくこと。中 騙人的比賽；假比賽。E a fixed fight (game).

☆ 八百長ずもうはおもしろくない / 騙人的相撲比賽很無趣。

☆ 八百長試合 / 假比賽；騙人的比賽。

やおや【八百屋】ヤオヤ おもに野菜の小売りをする店。また、それを職業としている人。中 菜鋪；蔬果店；蔬菜商。E a vegetable store; a greengrocer's.

☆ 駅前の八百屋は、いつも野菜が新鮮で、値段も安い / 車站前面的蔬果店，總是那麼新鮮，價格也便宜。

数 1軒・1店

やがて ヤガテ ❶ ある時からあまり時間がたたないで、その状態になるようす。中 不久；大約；將近。E soon; before long; almost.

☆ 雨はやがて雪に変わった / 雨下了一陣子又變成了下雪。

☆ 日本に来てから、やがて1年になる / 來日本已將近一年了。

❷ 最終的な結果として。中 將來；不久；結局。E in due course; eventually.

☆ 看護婦の待遇を改善しないと、やがて深刻な看護婦不足になるだろう / 再不改善護士待遇的話，護士不足將成為嚴重的問題。

☆ 勉強もせず遊び続けていると、やがて後悔することになるだろう / 不好好讀書只想玩，將來會後悔的。

やかまし・い ヤカマシイ ❶ 音や声が大きくて、うるさい。中 吵鬧；嘈雜；喧鬧。

E noisy; loud.

☆ この通りは車の音がやかましい/這條大街上車聲嘈雜。

☆ テレビの音がやかましくて電話が聞こえない/電視的聲音太吵了，聽不到電話。

❷ 細かいところまで、いろいろ言う。中 嚴格；嚴厲；講究。E particular; fastidious.

☆ 父はみそ汁の味にやかましい/父親對味噌湯的味道很講究。

☆ 母はことばづかいをやかましく注意する/母親非常注意講話的措詞。

▷ 話

やかん ヤカン アルミニウム、ステンレス、銅などでつくった、湯を沸かすための道具。中 水壺。E a kettle.

☆ やかんで湯を沸かして、お茶をいれる/用水壺燒水泡茶。

→台所 図

やき【焼き・焼】ヤキ ❶ 焼くこと。また、焼きぐあい。中 燒；烤；火候。E baking; roasting.

☆ パンの焼きがたりない/麵包烤的火候不夠。

☆ 焼き芋/烤甘藷。

❷ (地名などの後について)その土地の、また、そういう特色のある焼き物であること。中 ～瓷器。

☆ 清水焼/Kiyomizu ware./清水瓷器。

☆ 九谷焼/九谷瓷器。

☆ 益子焼/益子瓷器。

▷ 他動 焼く

注 ❶は「焼き」、❷は「焼」。

焼きを入れる 緊張がたりなかったり怠けたりしている者を厳しくしかって、しっかりさせる。中 鍛鍊；磨鍊；教訓。E discipline; chastise.

☆ 野球部の練習をサボったので、先輩から焼きを入れられた/棒球社的隊員練習不認真，被學長教訓了一頓。

やきつ・く【焼きつく】ヤキツク〔自動五〕(やきついて) ❶ 高い熱でものがとけて、他のものについて離れない。中 燒黏在一起；燒焦。E be burnt onto.

☆ 工場の火事で、パイプがとけて床に焼きついている/工廠著火，管子燒焦而黏在地板上。

❷ 見たり聞いたりしたものが、自分の中に強く残る。中 銘刻；留下深刻印象。E be burnt on one's memory.

☆ おととい見た交通事故のようすが目に焼きついて忘れられない/前天看到的車禍慘狀在心裡留下難以忘懷的烙印。

▷ 他動 焼きつける

やきもき ヤキモキ〔～する〕 なかなか自分の思うようにならず、どうなるだろうかと心配して気持ちが落ちつかないようす。中 焦急；焦慮不安。E get impatient; get nervous.

☆ 火事の現場で、やきもきしながら消防車の来るのを待つ/在火災現場焦慮不安地等待消防車的到來。

☆ 電車に乗り遅れそうだとやきもきしているのに、母はゆっくり切符を買っている/眼看要趕不上電車了，萬分焦急下媽媽還在慢吞吞地買票。

やきもち ヤキモチ、ヤキモチ 自分の愛する人がほかの人に好意を寄せるのをうらむ気持ち。しっと。話 中 吃醋；嫉妒；忌妒。E jealousy.

☆ 三郎は、ガールフレンドが兄の二郎と仲よく話しているのを見て、やきもちをやいている/三郎看見女朋友和哥哥二郎在親切交談，吃醋了。

やきゅう【野球】ヤキュー 9人ずつのチームが、せめと守りを交代にし、相手が投げるボールを1人ずつ打って点を取り合う競技。ベースボール。中 棒球。E baseball.

☆ となりのクラスと野球の試合をする/和隔壁班級進行棒球比賽。

☆ 野球選手/棒球運動員；棒球選手。

☆ 野球場/棒球場。

やく【役】ヤク ❶ 割り当てられた仕事。

中任務；工作。E a role; a part; duty.

☆ 司会の役を務める / 擔任主持人工作。

☆ 紹介の役を引き受ける/接受介紹人的任務。

❷ 演劇などで、俳優の受け持つ人物。中角色。E a part; a role.

☆ 刑事の役をやる / 扮演刑警角色。

☆ 大きい役をもらってうれしい / 被安排演主要角色，很開心。

☆ 主役 / 主角；主要角色；中心人物。(→項目)

❸ 人の上に立ち、責任を負う任務。中職務；領導工作。E an office; a post.

☆ 委員長の役についてから責任が重くなった / 自從擔任委員長的職位後，責任變重了。

☆ 役職 / 官職；職務。

☆ 上役 / 上級；上司；領導。(→項目)

役に立つ　ものや人が、じゅうぶんな働きをする。役立つ。中有用處；有益處；有幫助。E be useful.

☆ カナダ旅行で、大学ですこし習ったフランス語が役に立った/去加拿大旅遊時，在大學學到的一點點法語派上了用場。

☆ 役に立つ人物 / 有用之人；有才幹之人。

やく【約】ヤク　(数や量を表すことばの頭について)だいたい。中大約；大體。E about; around.

☆ 家から学校まで約1時間かかる / 從家到學校大約要一個小時。

☆ 約100人集まった / 大約聚集了一百人。

☆ 約半分 / 大約一半。

やく【訳】ヤク　あることばをほかのことばに直したり、古いことばを現代のことばに直したりすること。また、その直したもの。中翻譯。E translation.

☆ この本には、英語の訳がついている / 這本書附有英文翻譯。

☆ 訳が悪くて読みにくい翻訳書 / 這是一本譯得不好而難讀的譯作。

☆ 古典の現代語訳/古典的現代譯文；古文今譯。

や・く【焼く】ヤク〔他動五〕(やいて) ❶灰になるまで燃やす。中燒；燒毀。E burn; set fire to.

☆ ごみを焼いて捨てる / 把垃圾燃燒後丟棄。

☆ 落ち葉を集めて焼く/把落葉掃在一起燒掉。

❷ 火を当ててすこしこがしたり、熱を通したりする。中烤；焙。E fry; grill; broil.

☆ フライパンで卵を焼く/用平底鍋來煎雞蛋。

☆ 魚を焼いて食べる / 烤魚吃。

❸ 窯やオーブンの中で熱を加えて、ものをつくりあげる。中燒。E bake; make.

☆ 窯で茶碗を焼く / 用窯來燒製茶杯。

☆ 炭を焼く / 燒製木炭。

☆ パンを焼く / 烤麵包。

❹ 日光に当たって体を黒くする。中曬(黑)。E get a tan.

☆ 海辺で、体を小麦色に焼く/在海邊，將身體曬成小麥色。

❺ 写真で、フィルムから紙に写して仕上げる。中沖洗(相片)。E print.

☆ このフィルムをあすまでに焼いてください / 請在明天前把這捲底片沖洗出來。

▷ 名焼き・焼　自動焼ける

やくいん【役員】ヤクイン　❶ある役を持った人。中負責人員。E an officer.

☆ 講演会の役員を引き受けて、会の世話をする / 接受演講會的幹事工作，為大會服務。

❷ 会社や団体などで、運営の責任を持つ人。重役、幹部など。中董事；幹部。E an executive.

☆ 会社の役員になり、給料が上がったが責任が重くなった / 成為公司的董事後，薪水增加了，但責任也變重了。

やくざ　ヤクザ　❶きちんとした職業を持たず、暴力で人をおどしたり、ばくちを打ったりして生活している人。中賭徒；無賴；流氓。E a gangster; a gambler.

☆ やくざが仲間どうしのけんかで銃を撃ち合い、市民がけがをした / 黑道組織發生內鬩，相互開槍而打傷了市民。

☆ やくざ者/流氓；不良份子。

対 堅気

❷ 役に立たないようす。中 無用；破舊；廢物。E useless.

☆ ちっとも切れなくて、やくざなナイフだ/一點也切不動，是無用的小刀。

▷ 話❷

やくしゃ【役者】ヤクシャ　演劇などで、役を演じる人。中 演員。E an actor; an actress.

☆ 歌舞伎の役者は全部男で、女の役も男が演じている/歌舞伎的演員全都是男性，女性角色也由男性反串。

☆ 人気役者/受歡迎的演員。

やくしょ【役所】ヤクショ　国、県、市、区などの公の仕事をする所。中 政府機關；官署；官廳。E a government office.

☆ 近くの役所へ税金の相談に行った/去附近的公所請教稅金問題。

☆ 役所に勤める/在公家機構上班。

☆ 区役所/區公所。

☆ 市役所/市政府。

→ 囲み

やく・す【訳す】ヤクス〔他動五〕(やくして)

❶ あることばをほかのことばに直したり、古いことばを現代のことばに直したりする。翻訳する。訳する。中 譯；翻譯。E translate.

☆ リーさんに中国語を訳してもらう/請李先生翻譯成中文。

❷ わかりにくいことばをわかりやすく言いかえる。訳する。中 解釋。E put into similar language.

☆ この子のことばを訳せば「ぼくはおなかがすいた」ということになる/把那孩子的話翻譯過來就是：「我肚子餓了。」

やくそく【約束】ヤクソク〔～する〕必ずそうすると、たがいに取り決めること。また、取り決めたこと。中 約定；商定；約會。E a promise; an engagement.

☆ あした返すからと約束して、金を借りる/借錢時，約定明天會還。

☆ 結婚の約束をする/訂婚。

☆ 約束を守る/遵守約定。

やくにん【役人】ヤクニン　国、県、市、区、町などの公の仕事をする人。中 官員；官吏；公務員。E a government official; a public servant.

☆ 一郎は堅実な性格だから役人に向いている/一郎性格穩重，所以適合當官員。

☆ 文部省の役人/文部省的官員。

☆ 区役所の役人/區公所的公務員。

やくひん【薬品】ヤクヒン　化学的な働きをさせるための薬。中 藥；藥物。E (a) medicine; a drug.

☆ 薬品の検査をする/進行藥品的檢查。

☆ 化学薬品/化學藥品。

☆ 医薬品/醫藥品。

参「薬」も似ているが、「薬」が、「薬が効く」「飲み薬」など、日常のことばとし

市役所や区役所で使うことば (市政府及區公所之用語)

外国人登録 中 外國人登記。E foreign registration.

国民健康保健 中 全民健康保險；全民健保。E national health insurance.

婚姻届 中 結婚登記證明。E a natification of one's marriage.

出生届 中 出生證明。E a natification of a birth.

手続き 中 手續。E procedures.

届け出る 中 申報；辦理。E register.

加入する 中 加入；參加。E join.

負担する 中 負擔。E bear.

て具体的なものをさすときに使うのに対して、「薬品」は「薬品会社」「医療用薬品」など、広い範囲の薬をまとめていうときに使う。

やくめ【役目】ヤクメ　責任を持ってしなければならない務め。中 任務；職務；職責。E a duty; a role.

☆ 国民の生活を安定させるのは政府の役目だ/讓國民安居樂業是政府的職責和任務。

☆ 役目を果たす/完成任務；盡職。

☆ 重い役目/重任；重要任務。

やくわり【役割】ヤクワリ、ヤクワリ　割り当てられた仕事。中 任務；作用；職責。E a part; a role.

☆ 集会の受付や司会などの役割を決める/決定擔任集會接待人員和主持人的職責和任務。

☆ 会長の役割は重い/董事長的任務很重。

やけ　ヤケ　ものごとが思うようにならないで、もうどうなってもいいという態度をとること。話 中 自暴自棄；(因事不如意)耍脾氣；胡鬧。E desperation.

☆ 妻と子供を交通事故で失った二郎は、やけを起こして会社もやめてしまった/因車禍失去妻子和孩子的二郎，自暴自棄地連公司的工作也辭掉了。

☆ やけ酒/自暴自棄的喝酒；喝悶酒。

やけいしにみず【焼け石に水】　援助や努力が少なくてあまり効果がないこと。中 杯水車薪。E It's a mere drop in the bucket.

☆ 食料不足に苦しんでいる地方に、トラック５台の食料援助では焼け石に水だ/給發生饑荒的地區送去五大卡車食品，那也只不過是杯水車薪。

参 焼けた石にちょっと水をかけても冷せないことからいう。

やけくそ　ヤケクソ　「やけ」を強めた言い方。話 中 自暴自棄；(因事不如意)耍脾氣；氣急敗壞。E utter desperation.

☆ 会社は首になるし、競馬では大損をするし、やけくそになって酒を飲み続けた/被公司解僱，賽馬又大輸，而自暴自棄，天天喝悶酒。

やけど　ヤケド〔～する〕　火や熱湯などにさわって、皮膚を傷めること。また、その傷。中 燒傷；燙傷；火傷。E a burn; a scald.

☆ 火事を消そうとして、やけどした/要撲滅火勢時，被燙傷了。

☆ 熱い湯がかかって全身にやけどを負った/被開火淋身而全身燙傷了。

やさい　【野菜】ヤサイ　食べるために畑などでつくる植物。中 蔬菜；青菜。E vegetables; greens.

☆ 趣味と実益を兼ねて野菜をつくる/兼顧興趣和實際的利益而種蔬菜。

☆ 野菜サラダ/蔬菜沙拉。

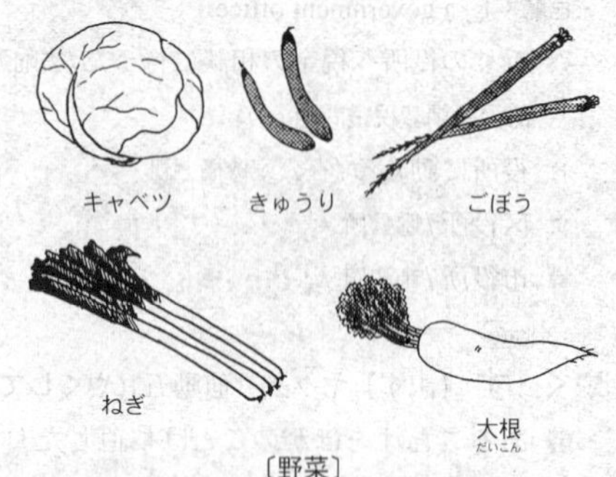

〔野菜〕

やさし・い　【易しい】ヤサシイ　簡単にできる。簡単に理解できる。中 容易；簡單；易懂。E easy; simple.

☆ この機械の扱い方はやさしい/這台機械的操作方法很簡便。

☆ 試験はやさしかったので、全部できた/考試很容易，全部都做出來了。

対 難しい

やさし・い【優しい】ヤサシイ　❶ 心が温かで、親切だ。思いやりがある。中 心眼好；慈祥；懇切。E kind; kindhearted.

☆ お母さんは、泣いている子供をやさしく抱きしめた/母親溫柔慈祥地抱起啼哭的孩子。

☆ 入院中の友達を毎日見舞いに行くやさしい二郎/二郎很體貼，每天去看望住院的朋友。

❷ 性質がおとなしく、見た感じが穏やかだ。中和善；和氣；溫和。E gentle; tender.

☆ やさしい三郎は人と争うのが大嫌いだ/性情溫和的三郎最討厭跟別人爭吵。

☆ 洋子は、顔つきや声はやさしいが、性格は強い/洋子長相和聲音都很溫和，但個性很強。

やじ ヤジ 人が話しているときなど、それをからかったり非難したりして、声やことばをかけること。また、そのことば。中喝倒采起鬨。E jeering; heckling.

☆ 首相の演説に、野党がやじを飛ばす/對首相的演講，在野黨喝倒采。

他動やじる

やじうま【やじ馬】ヤジウマ 自分に関係のない事件をおもしろがって見物したり、騒ぎたてたりする人たち。中看熱鬧的人；跟著起鬨的人。E curious onlookers.

☆ けんかが始まると、すぐにおおぜいのやじ馬が集まってきて、「よし、もっとやれ」などと声をかけた/一開始吵架，馬上就有許多看熱鬧的人圍過來喊：「好，再吵，再打」等等。

やしき【屋敷】ヤシキ ❶家の建っている、ひとまとまりの土地。中(房屋的)建設用地；房地；宅地。E the premises.

☆ 一郎の家は屋敷が広くて、中にプールやテニスコートがある/一郎家宅地寬敞，裡面有游泳池和網球場。

☆ 家屋敷を売る/賣房地產。

❷ 大きくて、立派な家。中宅邸；住宅。E a mansion; a residence.

☆ 京子は、むかしからの屋敷の多い高級住宅地に住んでいる/京子從很早以前就一直住在豪宅大院眾多的高級住宅區。

☆ となりのお屋敷からピアノの音が聞こえてくる/從隔壁宅邸傳來了鋼琴聲。

▷ 数❷1軒

やしな・う【養う】ヤシナウ、ヤシナウ〔他動五〕(やしなって) ❶子供や病人、また動物などに食事をさせ、面倒をみたり、育てたりする。中養；養育；餵養。E nurse; bring up; feed.

☆ 病人を養っているので忙しい/由於看護病人，所以很忙。

☆ 子牛を養う/飼養小牛。

❷ 生活できるようにする。中養活；扶養；供養。E support; provide for.

☆ おおぜいの家族を養うために、朝から晩まで働く/要養活一大家人，所以從早到晚都在工作。

☆ 親が早く死んだので、わたしが妹や弟を養った/因為父母去世早，所以我要扶養弟弟妹妹。

❸ 時間をかけて、なにかの力や習慣などをつくりあげていく。中培養；養成。E develop; cultivate.

☆ 適当な食事と運動をして、体力を養う/做適當的運動，飲食正常，可增強體力。

☆ 実力を養う/培養實力。

やじるし【矢印】ヤジルシ 方向や場所などを示す矢の形のしるし。「→」「⇨」など。中箭形符號；箭頭。E an arrow.

☆ この辞書では矢印で参照ページを示している/這本字典用箭頭表示參照的頁數。

☆ 矢印にそって歩く/沿著箭頭方向走。

やしん【野心】ヤシン、ヤシン その人にとっては大きすぎるような望み。中野心。E (an) ambition.

☆ 将来は大臣になりたいという野心を持つ/將來有想當大臣的野心。

☆ 野心家/野心家。

やすあがり【安上がり】ヤスアガリ 安い費用ですむこと。中省錢；便宜。E cheap; economical.

☆ 今度の旅行は、友達のうちに泊めてもらったので安上がりだった/這次旅行借住在朋友家裡，所以很省錢。

やす・い【安い】ヤスイ　かかる金が少ない。中便宜；低廉。E cheap; inexpensive; low-priced.

☆ 安くておいしいレストランで食事をする/在價廉物美的餐廳用餐。

☆ お金があまりないから、安いかばんを買おう/因為沒有什麼錢，所以買個便宜的皮包吧。

対高い

やす・い　ヤスイ　❶簡単だ。特別に努力しなくてもそうできる。中容易；簡單。E easy.

☆ わたしはむかし大工でしたから、棚つくりなどおやすい御用です/我以前是個木匠，所以做個架子什麼的很容易。

☆ 言うはやすく、行うはかたし(=言うのは簡単だが、実行するのはむずかしい)/說說容易做起來難(=說起來簡單，但實際做起來就難了)。

❷(動詞の「ます」形について)(1)～するのが楽だ。～するのが簡単だ。中舒服；簡單。

☆ この靴ははきやすい/These shoes are comfortable./這雙鞋很好穿。

☆ 書きやすいボールペン/很好寫的原子筆。

対-にくい、-難い

(2) すぐ～する。～する可能性が高い。中容易；易…。

☆ こわれやすい/fragile./容易壞。

☆ 燃えやすい/burn easily./易燃。

対-にくい

やすうり【安売り】ヤスウリ〔～する〕

❶安い値段で売ること。中賤賣；廉價出售。E a cut-rate price; a bargain sale.

☆ 1月の終わりごろには、どこのデパートでも冬物の衣料の安売りをする/到了一月底，每家百貨公司都在廉售冬季的衣服。

☆ 大安売り/大減價拍賣。

❷相手の気持ちも考えずに簡単にどんどん与えること。中隨意給予。E give away too much too easily.

☆ 理解できない子供に知識を安売りしても意味がない/對還沒有理解能力的孩子灌輸知識，沒有多大意義。

やすっぽ・い【安っぽい】ヤスッポイ　❶いかにも値段が安い感じだ。中不值錢；便宜。E cheap; tawdry.

☆ 安っぽい食器に入れると料理がまずそうに見える/把菜盛在廉價的菜盤中，看上去就不好吃。

☆ 安っぽい服/不值錢的衣服。

❷品格がない。中不高尚；庸俗；令人瞧不起。E cheap; mean.

☆ 自分の考えがなく、他人の言いなりになるような安っぽい人間にはなるな/不要做那種自己沒有主見、人云亦云，令人瞧不起的人。

▷ 話

やすみ【休み】ヤスミ　休むこと。また、その時間や日、期間。中休息；休息時間；休假。E a holiday; a vacation; (a) rest.

☆ 1週間の休みをとる/請假一個禮拜；休息一週。

☆ 夏休み/暑假。(→ 項目)

☆ 休み時間/休息時間。

☆ ずる休み/偷懶休息。

自他動休む

やす・む【休む】ヤスム〔自他動五〕(やすんで)　❶仕事や、そのときしていることをある時間やめて、心や体を楽にする。中休息；歇。E take a rest.

☆ 授業の間に10分休む/課間休息十分鐘。

☆ すこし休んでから、またやろう/稍微休息一下以後再做吧。

❷ずっと続けていることを、ある期間やめる。中休息；放假。E be away from; be closed.

☆ 夏は、1週間仕事を休む/夏天時，請假一週。

☆ 正月は5日まで店を休む/新年本店放假到初五。

❸その人のつごうで、学校、勤めなどに行

かない。中請假；缺勤。E be absent from; take a day off.

☆ かぜをひいて学校を休んだ/感冒了請假不上學。

☆ 急用のため会社を休む/因有急事請假不去公司上班。

❹ 寝る。中睡；安歇；就寢。E go to bed; sleep.

☆ もう12時だから、やすみましょう/已經12點了，睡覺吧。

☆ おやすみなさい/晚安；睡覺吧。(→ 項目)

▷ 名 休み

二 注 ❶❹は自動詞、❷❸は他動詞。

やすもの【安物】ヤスモノ　値段が安く、よくない品物。中便宜貨。E a cheap article.

☆ 安物のシャツは、いちど洗うとだめになる/便宜貨的襯衫，洗一次就不行了。

☆ ちょっと使うだけだから、安物でいい/只是稍微用一下，所以便宜貨就行了。

安物買いの銭失い　買うときは安くても、安いものは質が悪くて長く使えないから、結局は金がむだになるということ。中貪買便宜貨，結果白花錢；圖便宜白花錢。E Penny wise and pound foolish.

やすやす　ヤスヤス　非常に簡単にするようす。中非常容易地；輕易地；輕而易舉地。E very easily; without effort.

☆ この大型コンピューターはどんなに複雑な計算もやすやす(と)やってしまう/這台大型電腦，不論多麼複雜的計算都能輕而易舉地完成。

☆ 相手が弱かったので、やすやす(と)勝てた/因對手很弱，所以輕鬆取得勝利。

やすらか【安らか】ヤスラカ　心配がなく、穏やかなようす。中安樂；安靜。E in peace; peaceful.

☆ 死者が安らかに眠る墓地/死者安息的墓地。

☆ 赤ん坊の安らかな寝顔/嬰兒安心入睡的臉。

やせい【野生・野性】ヤセイ　❶〔～する〕動物や植物が、自然に野や山で育つこと。中野生。E wild.

☆ 野生のブドウは酸っぱいが、かおりがいい/野生葡萄很酸但很香。

☆ 野生の馬/野馬。

❷ 自然のままの性質。中野性；粗野的性質。E wild nature.

☆ 洋子は都会育ちだが、どこか野性を感じさせる/洋子是在大城市長大的，卻讓人感覺有一股野性。

☆ 野性的/野性的。

☆ 野性味/野味；野性味。

二 注 ❶は「野生」、❷は「野性」。

やせがまん【やせ我慢】ヤセガマン〔～する〕無理にがまんして平気そうに見せること。中硬著頭皮忍耐；打腫臉充胖子。E endure for pride's sake; play the martyr.

☆ 寒いのにやせがまんをして、シャツ1枚でいる/天冷還硬撐，只穿一件襯衫。

や・せる　ヤセル〔自動一〕❶体の肉や脂肪が少なくなって、体重が減る。中瘦。E become thin; lose weight.

☆ 病気をしてやせてしまった/因生病而瘦了許多。

☆ 息子からの連絡がとだえて、やせるほど心配している/沒有兒子的信息，擔心得人都消瘦了。

対 太る、肥える

❷ 土地の、植物を育てる力が弱くなる。中貧瘠；瘠薄。E become sterile.

☆ 土地がやせていて、米があまりとれない/由於土地貧瘠，米的收成很少。

対 肥える

やたら　ヤタラ　ふつうに考えられている程度を大きくこえているようす。中胡亂；不分好歹；過分。E excessively; immoderately.

☆ いつ起こるかわからない地震のことをやたら(と)心配してもしようがない/不知何

時發生地震，過分擔心也沒有用。

☆ やたらに騒ぎたてる / raise a clamor. / 胡亂吵嚷。

やちん【家賃】ヤチン　家を借りるために払う金。中 房租；房錢。E rent.

☆ 毎月10万円の家賃を払う / 每月支付十萬日圓的房租。

☆ 家を貸して、その家賃の収入で生活する / 把房子租出去，用房租過生活。

やつ　ヤツ　❶「人」「もの」の乱暴な言い方。中 傢伙；小子；的。E a fellow; a guy; a thing.

☆ 二郎はいいやつだ / 二郎是個好小子。

☆ もっと安いやつはないかなあ / 沒有再便宜的嗎?

❷「あの男」の乱暴な言い方。中 那個傢伙；那個東西。E that fellow; that guy.

☆ やつが来たらなぐってやる / 那傢伙來的話，我們揍他。

☆ やつを連れてこい / 把那傢伙帶來。

▷ 話

やつあたり【八つ当たり】ヤツアタリ、ヤツアタリ〔～する〕　関係のない人やものに、自分のいらいらした気持ちをぶつけること。中 遷怒；亂發脾氣；拿～出氣。E take it out on.

☆ 会社でいやなことがあったので、家族に八つ当たりをしてどなりちらした / 在公司裡碰到不順心的事，卻遷怒於家人而亂發脾氣。

やっかい【厄介】ヤッカイ　❶ 手数がかかり、簡単には解決できないようす。中 難為；難對付。E troublesome; annoying.

☆ 時間も労力もかかる厄介な仕事を引き受けた / 接受了一項費時又費力且難辦的工作。

☆ 電車を何度も乗りかえるのは厄介だ / 要換幾次電車真麻煩。

❷ 世話をしてもらうこと。迷惑をかけること。中 找麻煩；添麻煩。E trouble; care.

☆ 長い間病気をして家族に厄介をかける / 長年患病給家人添了很多麻煩。

☆ 今晩、ご厄介になります / 今晚，給您添麻煩了。

やっき【躍起】ヤッキ、ヤッキ　(「やっきに[と]なる」の形で)うまくいくように、必死に努力する。中 拚命；積極；發急。E be very eager to; frantically.

☆ 母親は娘をピアニストにしようとやっきになっている / 母親拚命地想培養女兒成為鋼琴家。

☆ 外国旅行の費用をつくるために、やっきとなって働いた / 拚命努力工作是為了準備海外旅行資金。

やっきょく【薬局】ヤッキョク　❶ 薬を調合する資格のある人が薬を管理し、売る店。中 藥局；藥房。E a pharmacy; a drugstore.

☆ 近くの薬局でかぜの薬を買う / 在附近的藥店買感冒藥。

❷ 病院などで、薬を調合する所。中 取藥處。E a dispensary.

☆ 病院の薬局に勤める / 在醫院的藥房上班。

▷ 数 ❶ 1軒・1店

やった　ヤッタ　ものごとがつごうよくいってうれしいと思う気持ちを表すときに言うことば。話 中 (表示高興心情時說的話) 太好了。

☆ やった、合格したぞ / I did it. I passed the exam. / 太好了，終於考上了!

☆ 優勝おめでとう。やったね / Congratulations! You won. / 恭喜你，獲得冠軍，太棒了。

= 参「やったあ」と長くのばすこともある。

やっつ【八つ】ヤッツ、ヤッツ　❶ 7つのつぎの数。8。8つ。中 八個。E eight.

☆ 四角い箱は、角が8つある / 四方形的箱子有八個角。

❷ 8歳。8つ。中 8歲。E eight years old.

☆ 8つの夏休みに、はじめて1人で祖父の家へ旅をした / 八歲那一年的暑假，第一次一個人出門去祖父家玩。

やっつ・ける　ヤッツケル〔他動一〕 ❶ い

いかげんにやり終える。[中]草率結束；草率做完；解決掉。[E] finish (a slipshod job).

☆ 5時までに、この仕事をやっつけてしまおう / 五點之前，把這個工作草草了結吧。

❷ 相手をひどい目にあわせる。また、負かす。[中]教訓；收拾；擊敗。[E] defeat; beat.

☆ 筋の通らないことを言う親を、子供たちが理論でやっつけている / 孩子們用理論擊敗了不講道理的父親。

☆ 魚をくわえて逃げる猫を捕まえてやっつけた / 抓住叼著魚逃跑的貓兒教訓一頓。

▷ [話]

やっと ヤット、ヤット 時間をかけたり、苦労や努力をしたりして、どうにかできるようす。[中]好不容易；終於；好歹；勉強；勉勉強強。[E] at last; finally; barely.

☆ 何度も説明を聞いて、やっとわかった / 聽了好多次解說，總算搞清楚了。

☆ 走っていって、やっと急行に間に合った / 跑著去，終於趕上了快車。

☆ 年金でやっと生活している / 靠年金，勉強維持生活。

やっぱり ヤッパリ 「やはり」を強めた言い方。[話][中]仍然；果然；畢竟還是。[E] too; as expected; after all.

☆ 今年こそ優勝したいと思っていたが、やっぱりだめだった / 本想今年一定要獲勝，但仍然輸了。

☆ やっぱり、最初にいいと思ったネクタイに決めた / 還是決定買一開始就認為不錯的那條領帶。

やつ・れる ヤツレル〔自動一〕 病気や苦労をしたために、やせて疲れたように見える。[中]消瘦；憔悴。[E] become thin; waste away.

☆ 長い病気をしてすっかりやつれた / 長期患病，憔悴極了。

☆ 子供のことで心配が続き、親はやつれた顔をしている / 一直為孩子的事情擔心，父母的臉看上去很憔悴。

やとう【野党】ヤトー、ヤトー 政党の中で、現在、政権を担当していない党。[中]在野黨。[E] the opposition party.

☆ 政府の提案に野党が反対する / 在野黨反對政府的提案。

☆ 野党議員 / 在野黨議員。

[対]与党

やと・う【雇う】ヤトウ〔他動五〕(やとって) 金を払って、人や乗り物などを、ある期間使う。[中]僱；僱用。[E] employ; hire.

☆ 人を雇うために、新聞に求人広告を出す / 為了僱人，在報紙上刊登徵才廣告。

☆ 船を1日雇って海釣りに行く / 租一天船，到海上去釣魚。

☆ 雇い入れる / 僱用。

やどや【宿屋】ヤドヤ 「旅館」のすこし古い言い方。[中]旅館；客棧。[E] a (Japanese-style) hotel.

☆ 京都へ行くと、いつも同じ宿屋に泊まる / 只要去京都，都是住在同一家旅館。

☆ 落ちついた宿屋 / 安靜的旅館。

[数]1軒 →旅館

やなぎ【柳】ヤナギ しなやかな枝がたれ下がり、街路樹として、また川や堀のそばに植える木。[中]柳；柳樹。[E] a willow.

☆ 春になって、川のほとりの柳が芽を吹いた / 一到春天，河岸邊的柳樹就吐出嫩芽。

[数]1本

柳の下にいつもどじょうはいない いちどいいことがあったからといって、いつも同じようにうまくいくわけではない。[中]柳樹底下不一定常有泥鰍可捉；不可守株待兔。[E] Good luck does not always repeat itself.

やにわに ヤニワニ 急に、予想もできないような行動をするようす。[中]突然；猛然；冷不防。[E] abruptly; all of a sudden.

☆ 自転車に乗った男が、やにわにわたしの

ハンドバッグをうばおうとした/那個騎腳踏車的男子企圖冷不防地搶走了我的手提包。

☆ 門を開けたら、犬がやにわに飛びかかってきた/一開門，小狗猛然撲了過來。

やぬし【家主】ヤヌシ、ヤヌシ　貸すための家や部屋を持っている人。中 房東；房主。E a landlord; a landlady.

☆ 家主に毎月家賃を払う/每月繳房租給房東。

やね【屋根】ヤネ　❶ 建物の上につけた、日光や雨、風などを防ぐためのおおい。中 屋頂；房蓋；房頂。E a roof.

☆ 屋根の上にテレビのアンテナを立てる/在房頂上豎立電視天線。

☆ 1つ屋根の下で3家族が一緒に暮らす/在同一幢房子裡住著三戶人家。

❷ ものの上の部分をおおうもの。中 頂。E the roof (of a car).

☆ 自動車の屋根がへこんだ/汽車頂凹了下去。

❸ いちばん高く、四方が見える所。中 屋脊。E the roof (of the world).

☆ 世界の屋根、ヒマラヤ/世界屋脊，喜瑪拉雅山。

▷ →家 図

やば・い　ヤバイ　ぐあいが悪くて、危険な状況だ。話 中 不妙；危險。E will be in trouble; chancy.

☆ 教室でタバコを吸っているのを先生に見つかるとやばい/在教室裡吸菸被老師發現就不妙了。

☆ やばい仕事だが、もうかるからやる/儘管工作危險，但能賺錢就做。

やはり　ヤハリ　❶ 同じであるようす。中 仍然；照舊；還是。E as ever; too; as well.

☆ ふるさとの自然は、いまもやはり美しい/家鄉的自然景觀至今仍然很美麗。

☆ 両親が音楽家で、息子もやはりピアニストをめざしている/父母都是音樂家，兒子也仍然想成為鋼琴家。

❷ 予想どおりであるようす。中 果然；到底還是。E as expected.

☆ 1カ月旅行して帰ってみたら、鉢植えの花はやはり枯れていた/旅行一個月回來，花盆裡養的花果然枯死了。

❸ いろいろ考えたりやってみたりしたが、結局、前と同じになるようす。中 畢竟還是；終歸究底。E after all; all the same.

☆ 高級なホテルや旅館に泊まってみたが、やはり自分の家がいちばんいい/高級飯店和旅館都住過了，終究還是自己家最好。

やばん【野蛮】ヤバン　❶ 知識や技術がふじゅうぶんで、文明が開けていないようす。中 野蠻。E barbarian; savage.

☆ 野蛮な生活/野蠻的生活；原始生活。

☆ 野蛮な土地/野蠻的土地；未開墾的土地；荒地。

対 文明

❷ 教養がなく、乱暴なようす。中 粗俗；沒教養。E barbarous; rude.

☆ 池の水鳥に石を投げて殺すという野蛮な行いは許せない/用石頭投擲池塘裡的水鳥這種野蠻行為是不允許的。

やぶ　ヤブ　草や低い木、竹などが、いっぱいに生えている所。中 草叢；灌木叢；竹叢。E a thicket.

☆ やぶの中は、昼間でも薄暗くしめっぽい/灌木叢中即使是白天也是陰濕濕的。

☆ 竹やぶ/竹林。

やぶから棒　だしぬけ。突然。中 突然；出其不意；沒頭沒腦。E abruptly; all of a sudden.

☆ 食事のとき「お父さん、10万円ください」と言ったら、「やぶから棒になにを言うんだ」としかられた/吃飯時剛說：「老爸，請給我十萬日元。」就被父親訓一頓：「沒頭沒腦的說什麼啊！」

似た表現 寝耳に水

やぶをつついて蛇を出す　しなくてもいいことをしたために、面倒なことをひきおこす。中 打草驚蛇；自找煩惱。E Let a sleeping dog lie.

☆ 先生に質問をしたら、おもしろい問題だから調べてレポートを書くように言われた。やぶをつついて蛇を出したようだ/向老師提了一個問題，老師說這個問題很有趣，研究一下寫個報告，真是自找麻煩。

似た表現 やぶ蛇

やぶ・る【破る】ヤブル〔他動五〕(やぶって)

❶ 紙や布、また平たいものなどを引き裂いたり、穴を開けたりする。中 撕；撕破；弄破。E break; tear.

☆ 窓ガラスを破って、部屋にボールが飛びこんできた/球擊破玻璃飛進了房間。

☆ 手紙を破って捨てる/把信撕碎扔了。

❷ それまで続いていた状態をこわす。中 打破；破壞。E break.

☆ 夜の静けさを破って、救急車のサイレンが聞こえる/救護車警笛長鳴，打破了夜裡的寂靜。

☆ 記録を破る/打破紀錄。

❸ 決められたことを守らない。中 違反；失約。E violate; break.

☆ 三郎は法律を破って警察に捕まった/三郎犯了法，被警察逮捕了。

☆ 約束を破る/不遵守誓約；失約。

対 守る

❹ 敵を負かす。中 打敗。E beat; defeat.

☆ 強い相手を破って優勝した/打敗強敵，取得了勝利。

▷ 自動 破れる

やぶれかぶれ【破れかぶれ】ヤブレカブレ うまくいかなくて、どうにでもなれという気持ちになるようす。話 中 破罐破摔；自暴自棄；豁出去了。E utter desperation.

☆ 追いつめられて破れかぶれになった犯人は、店員を人質にたてこもった/被逼得走投無路，犯人豁出去抓了店員當作人質。

やぶ・れる【敗れる】ヤブレル〔自動一〕

勝負で負ける。また、失敗する。書 中 失敗；戰敗；敗北；輸。E be defeated; be beaten.

☆ 日本は、第2次世界大戦で連合軍に敗れた/日本在第二次世界大戰中被盟軍打敗了。

☆ 強敵に敗れる/敗給了勁敵；被強大的敵人打敗。

☆ 人生に敗れる/失敗的人生。

対 勝つ

やぼった・い ヤボッタイ　洗練されていない。話 中 庸俗；土氣；不風雅。E unfashionable; unrefined.

☆ この服の柄はどうもやぼったい/這件衣服的花色總覺得有點俗氣。

☆ カーテンがやぼったくて、部屋の感じがよくない/窗簾土裡土氣，所以房間給人的感覺不太好。

やま【山】ヤマ ❶ 土地が、まわりよりも非常に高くなっている所。中 山。E a mountain.

☆ 富士山は、日本でいちばん高い山だ/富士山是日本最高的山。

☆ 山に登る/登山。

☆ 雪山/雪山。

対 谷

❷「❶」の形に盛りあげたもの。中 堆。E a heap; a pile.

☆ 砂で山をつくって遊ぶ/用砂子堆成山來玩。

☆ 1山500円のリンゴ/蘋果五百日圓一堆。

❸ ものごとが、たくさんたまっていること。中 一大堆；堆積如山。E a pile of; a mountain of.

☆ 仕事の山をかかえて困っている/工作堆積如山，束手無策。

☆ 借金の山/債台高築；欠一大堆債。

❹ ものごとの経過の中で、いちばんだいじなとき。山場。中 緊要關頭；最高潮。E the crisis; the climax.

☆ 病気が山を越して、すこしずつよくなってきた/病已經度過了危險期，正在逐漸好轉。

☆ 話の山にさしかかる/進入談話的緊要關頭。

❺ もしかしたら当たるかもしれないと思ってしてみること。中 押寶；考前猜題。E a guess.

☆ 中世の歴史だけ勉強していったら、山が当たって試験でいい点を取った/只讀了中世的歷史，沒想到（考前）猜題猜中了，考試成績不錯。

☆ 山がはずれる/押錯寶了。

☆ 山をかける/押寶；碰運氣；考前猜題。

▷ 数 ❶ 1座・1山

山が見える ものごとの見通しがつく。中 勝利在望；接近完成。E The end of ~ is in sight.

☆ 大きな仕事だったが、ようやく山がみえてきて、今年じゅうには終わりそうだ/雖然是一項大工程，但已接近尾聲，可望年中能完成。

やまい【病】ヤ̄マイ ❶「病気」の古い言い方。中 病。E sickness; a disease.

☆ 胸の病/肺病。

☆ 不治の病(=治らない病気)/不治之症（＝無法治好的疾病）。

❷ 悪いくせ。中 毛病；壞習慣；惡癖。E a bad habit.

☆ 盗みの病が出る/有偷竊的毛病。

▷ 書

病膏肓に入る 病気が、治らないほど悪くなる。また、どうしようもないほどなにかに夢中になる。中 病入膏肓。E become a slave to.

やまし・い ヤマシ̄イ 自分のしたことがよくないと思って、心に恥じる気持ちだ。中 受良心譴責；內心愧疚。E have a guilty conscience; be ashamed of.

☆ 正当な理由があってもらったお金だから、やましいところはない/以正當理由取得的錢財，所以問心無愧。

やまづみ【山積み】ヤマズ̄ミ〔～する〕山のように積み上げたり、たくさんためたりすること。山積。中 堆積如山；堆得滿滿的。E piles; heaps; too much.

☆ 旅行から帰ると、机の上に郵便物が山積みになっていた/旅行歸來，桌上的郵件堆積如山。

☆ 未解決の問題が山積みだ/尚未解決的問題堆積如山。

やまば【山場】ヤマバ̄ ものごとの経過の中で、いちばんだいじなとき。山。中 高潮；頂點；最高峰。E the critical stage; the climax.

☆ 裁判の山場を迎え、検察側も弁護側も熱のこもった論戦を展開している/審判到達最關鍵的時刻，原告和被告正在展開激烈的辯論。

☆ 山場を越す/過了緊要關頭。

やまびこ【山びこ】ヤマ̄ビコ、ヤマビ̄コ 声や音が山や谷にぶつかって返ってくること。また、その音。中 回聲；回音；迴響。E an echo.

☆ 山に登って「おーい」と叫んだら、「おーい」と山びこが答えた/上山喊了聲「哎──」後，山裡傳來「哎──」的回聲。

やまやま【山山】ヤマ̄ヤマ、ヤマヤ̄マ ❶ 多くの山。中 群山。E many mountains.

☆ 遠くに山々がつらなって見える/遠處可見連綿山峰。

❷（副詞的に）そうしたい気持ちがたくさんあるようす。中 很想～；很多。E would very much like to; a lot of.

☆ ハイキングに行きたいのはやまやまですが、かぜが治らなくて行けないのです/雖然很想參加遠足，但感冒沒好而去不了。

☆ 言いたいことはやまやまある/想說的話很多；意猶未盡。

ニ 注 ❷はひらがなで書く。

やみ ヤミ̄ ❶ 光がなく、暗いこと。中 黑暗。E darkness.

☆ やみの中で、タバコの火だけが見える/在黑暗中只能看見香菸的火光。

☆ やみ夜/黑夜。

☆ 暗やみ/漆黑；黑暗。(→ 項目)

❷ 人に知られないこと。中 不見天日；暗中隱

蔽。E the dark.

☆ 事件をやみからやみに葬る(＝事件を人に知られないように始末する)/暗中將事件掩蓋過去(＝處理事情不讓他人知道)。

❸ 正しい手続きをとらない、ものの売り買い。また、その品物。中 黑市；黑市交易；黑貨。E the black market.

☆ Aはやみで麻薬を買って逮捕された/A因在黑市上買大麻而被捕。

☆ やみ取引/黑市交易；暗中來往。

やみくも ヤミクモ 結果や効果のことを考えないで、ただ行動するようす。話中 胡亂；莽撞；不管不顧。E blindly; at random; recklessly.

☆ 父は30年間やみくもに働くだけで、自分の幸福について考えもしなかった/父親三十年來全心全意地工作，從未考慮過自己的幸福。

☆ 海中に投げこまれ、やみくもに手を動かしていたら泳げるようになった/被扔入海裡之後，胡亂地動手划水就變得會游泳了。

やみつき【病みつき】ヤミツキ なにかに非常に夢中になって、やめられなくなること。中 上癮；入迷。E give oneself up to; be crazy about.

☆ 若いときにビートルズを聞いて病みつきになり、いまでも毎日聞いている/年輕時聽披頭四樂團的歌上了癮，現在也是每天都在聽。

自動 病みつく

や・む【病む】ヤム〔自他動五〕(やんで) ❶ 病気になる。中 得病；患病。E get sick; fall ill.

☆ 祖父は長い間病んでいる/祖父長年患病。

❷ 悩む。心配する。また、病気をする。中 煩惱；痛心；患病。E worry about; suffer from.

☆ 京子は受験の失敗を気に病んで、最近元気がない/京子因考試失敗而煩惱，最近精神不振。

☆ 胸を病む/患肺病。

注 ❶は自動詞、❷は他動詞。

や・む ヤム〔自動五〕(やんで) 続いていたことが終わりになる。中 休止；停止；停息。E stop; cease.

☆ 外から聞こえていた子供たちの声がやんで静かになった/孩子們的聲音停息，外面安靜了下來。

☆ きのうから降っていた雨がやんだ/昨天開始下的雨停了。

他動 やめる

やむをえず ヤムオエズ ある理由のために、しかたなく。中 不得已；無可奈何。E unavoidably; of necessity; reluctantly.

☆ 頂上まで登りたかったが、雨と風がひどくなり、やむをえず引き返した/本想到山頂的，但由於風雨變強，不得已只好返回。

☆ 両親に結婚を反対され、やむをえず2人だけで式をあげた/婚事遭受父母反對，不得已舉行了只有兩個人的婚禮。

やむをえない いいことではないが、そうしないわけにはいかない。中 不得已；無可奈何；毫無辦法。E unavoidable; inevitable.

☆ 資金が集まらなければ、計画を中止することもやむをえない/如果籌措不到資金，那麼只得中止計畫。

☆ やむをえない理由で進学をあきらめた/不得已放棄了升學。

や・める【辞める】ヤメル〔他動一〕 続けてきた仕事から離れる。中 退(職)；辭(職)；離(職)。E retire; resign; quit.

☆ 定年になって会社をやめる/到了退休年齡而退休。

☆ 教員をやめて、小説家になる/辭去教職當小說家。

や・める ヤメル〔他動一〕 ❶ 続けてきたことを終わりにする。中 停止。E stop; give up.

☆ 暗くなったのでテニスをやめて、家に帰った/由於天色變暗，停止打網球回家了。

☆ 正月から、タバコをやめることにした/決定從一月開始戒菸。

❷ しようとしていたことを、しないことにする。中 作罷；取消。E cancel; call off.

☆ 病気で旅行をやめる / 因生病而取消旅行。

☆ 取りやめる / 取消；中止。

▷ 名 やめ　自動 やむ

やもめ　ヤモメ　❶ 夫に死なれた女性。寡婦。中 寡婦。E a widow.

☆ 姉はつれあいに死なれてやもめになった/姊夫去世，姊姊因而成了寡婦。

❷ 妻に死なれた男性。男やもめ。寡夫。中 鰥夫。E a widower.

☆ 兄がやもめになって３年になる / 哥哥鰥居三年了。

☆ やもめ暮らし / 寡居生活；鰥居生活。

やや　ヤヤ　程度の違いがすこしであるようす。中 稍微。E a little; rather; more or less.

☆ 午後から天気はやや回復に向かい、小雨になるでしょう / 估計下午起天氣會逐漸好轉，變為小雨吧。

☆ やや大きめの上着 / 稍微有些寬大的上衣。

ややこし・い　ヤヤコシイ　複雑で、わかりにくい。話 中 複雜；麻煩；難懂。E complicated; intricate.

☆ ２つの話を一緒にするとややこしくなるから、１つずつ話してください / 兩件事混在一起講的話，讓人感到很複雜，所以還是請一件一件地說。

☆ この地図はややこしくてよくわからない/這幅地圖複雜得讓人不易看懂。

やら　❶ (名詞、動詞と形容詞の基本形について)同じようなものごとをいくつか並べあげることを表す。中 表示並列。

☆ お弁当やら飲み物やら持って、ハイキングに出かけた / I packed a lunch and drinks, and went hiking. / 帶著便當飲料等的去健行。

☆ 帰国するのは、うれしいやらさびしいやら、複雑な気持ちだ/回國有著既興奮且寂寞的複雜心情。

❷ (「どれ」「だれ」「いつ」などについて)はっきりしないということを表す。中 表示不確切的想像或疑問。

☆ この橋が完成するのは、いつのことやらわからない/ We don't know when this bridge will be finished. / 這座橋不知道什麼時候能完工。

☆ ここがどこやら、さっぱりわからない/這是什麼地方完全不清楚。

やりあ・う　【やり合う】ヤリアウ〔自動五〕(やりあって)　たがいに相手を負かそうとして争う。中 爭執；爭論。E argue with; have a quarrel.

☆ 新しい法案について与党と野党がやり合っている / 執政黨與在野黨就新法案正在進行爭論。

☆ 仲間どうしでやり合う/夥伴之間發生爭執。

やりきれな・い　ヤリキレナイ　❶ 終わりまですることができない。中 完成不了；做不過來。E can't finish.

☆ こんなにたくさんの仕事は、今週中にはやりきれない / 這麼多的工作，本週一定無法完成。

☆ 試験の問題が多くて全部はやりきれなかった / 考試題目很多，無法全部做完。

❷ がまんできない。中 受不了；應付不了；忍耐不住。E unbearable; can't stand.

☆ 子供たちの飢えた姿を見るとやりきれなくなる / 看到孩子們飢餓的樣子，令人難過。

☆ 毎日蒸し暑くてやりきれない / 每天都悶熱得受不了。

やりくり　ヤリクリ、ヤリクリ〔～する〕　いろいろと工夫をして、つごうをつけること。中 設法安排；籌劃；籌措。E manage; make shift.

☆ 少ない収入をやりくりして、生活を楽しむ / 善用少量的收入，過著愉快的生活。

☆ 時間をやりくりして、映画を見に行く/擠出時間去看電影。

やりこ・める　【やり込める】ヤリコメル〔他

動一〕 議論して相手を言い負かす。[中]駁倒；問住。[E] talk a person down.

☆ 父に「怠け者でだめなやつだ」としかられた兄は、「子供を見れば親がわかる」と父をやりこめた／被父親責罵「懶蟲，沒用的東西。」的哥哥，反駁道：「有其父必有其子。」

やりて【やり手】ヤリテ　ものごとを、うまく進める人。[中]能手；幹將；能幹的人。[E] a tactician; an enterprising person.

☆ 道子はやり手だから、新しく始めた会社もうまくいくだろう／道子很能幹，所以新開的公司也會經營得很順利吧。

やりとり【やり取り】ヤリトリ〔～する〕与えたり受け取ったりすること。[中]交換；互換；交談。[E] exchange.

☆ 外国の友達と手紙のやりとりをする／與外國友人書信往來。

や・る ヤル〔他動五〕(やって)　❶行かせる。進ませる。[中]派遣；打發去。[E] send.

☆ ３人の子供を学校にやっているので、教育費がたいへんだ／由於要供三個孩子上學，所以教育費用負擔很重。

☆ 使いをやる／派人去；打發人去。

[対]よこす

❷ 目下の人や動物になにかを与える。[中]給。[E] give.

☆ 給料をもらったとき、妹にこづかいをやる／拿到工資時，給妹妹一點零用錢。

☆ 犬にえさをやる／餵狗。

[対]もらう、くれる

❸「行う」「する」のくだけた言い方。[中]做；搞；辦。[E] do; hold; be open; have.

☆ すきやきパーティーをやるから、みんな来てくれ／因為要辦一個壽喜燒聚會，所以大家都要來啊！

☆ この店は夜10時までやっている／這家店一直營業到晚上十點。

☆ 一杯やる(＝酒をすこし飲む)／喝一杯酒(＝喝一點酒)。

❹(「～てやる」の形で)目下の人のためになにかをする。[中]給做。

☆ 妹に夕食をつくってやった／給妹妹做晚飯。

☆ 書いてやる／I'll write for you.／寫給你。

☆ 見てやろう／I'll check it for you.／幫你看。

[対]もらう、くれる

やっていく　人の助けを借りないで生活する。[中](靠自己力量)維持生活。[E] get along; manage to live.

☆ １月10万円でやっていかなければならない／一個月得花十萬日圓過生活。

やれやれ　ヤレヤレ　ほっとしたとき、疲れたとき、困ったときなどに、思わず言うことば。[話][中]哎呀呀，哎呀。[E] Well, well, Oh, my!, Thank Heaven!

☆ やれやれ、きょうの仕事も終わった／哎呀，今天的工作總算做完了。

☆ やれやれ、くたびれた／哎呀，累壞了。

やわらか【柔らか・軟らか】ヤワラカ　❶押すと、簡単に形が変わるようす。簡単に曲げたり、のばしたりできるようす。[中]柔軟。[E] soft; tender; supple.

☆ やわらかになるまで、よく煮る／慢慢煮，直到軟了為止。

☆ やわらかな新芽／柔軟的新芽。

☆ やわらかな体／柔軟的身體。

❷ 穏やかなようす。[中]柔和；柔軟。[E] gently; soft; mild.

☆ やわらかに降る雨／細柔的雨；毛毛細雨。

☆ やわらかな声／柔和的聲音。

☆ お手やわらかに／手下留情；溫和一些。(→[項目])

❸ 適応性があり、堅苦しくないようす。[中]靈活；不死板。[E] flexible.

☆ 外からの批判にやわらかに対応する／低調地應付外界的批判。

☆ やわらかな心／靈活的心。

注 漢字の使い方は「やわらかい」と同じ。

やわらか・い【柔らかい・軟らかい】ヤワラカイ ❶ 押すと、簡単に形が変わる。簡単に曲げたり、のばしたりできる。中 軟；嫩；柔軟。E soft; tender.

☆ 芋をやわらかく煮る/將芋頭煮軟。

☆ つきたてのやわらかいもち/剛搗好的軟軟的年糕。

対 固い・硬い

❷ 穏やかだ。中 柔和；溫和。E gentle; mild.

☆ 深刻な問題が解決して、道子は表情がやわらかくなった/嚴重問題得以解決，道子的表情溫和了起來。

☆ やわらかい春の日ざし/春天溫暖的陽光。

対 硬い

❸ 適応性があり、堅苦しくない。中 靈活；不死板。E flexible.

☆ 頭のやわらかい社長は、若い者の気持ちもよく理解してくれる/腦筋靈活的總經理非常能理解年輕人的心情。

対 固い・堅い・硬い

注 漢字で書くときは、人の態度や、しなやかで力を加えて形が変わってもすぐもとにもどる状態のものは「柔らかい」、鉱物や、形が変わるともとにもどりにくい状態のものは「軟らかい」。

やわら・ぐ【和らぐ】ヤワラグ〔自動五〕(やわらいで) 激しさや厳しさがなくなって、穏やかになる。中 變柔和；和緩起來。E be eased; be pacified; abate.

☆ 薬を飲んだら、痛みがやわらいだ/吃藥後疼痛減輕了。

☆ 講師のユーモアで、会場の空気がやわらいだ/講師的幽默風趣，令會場的氣氛緩和了許多。

☆ 寒さがやわらぐ/寒氣和緩了。

他動 和らげる

やんちゃ ヤンチャ、ヤンチャ 子供が元気でいたずらをしたり、わがままで勝手なことをしたりすること。また、その子供。話 中 調皮；頑皮；不聽管束。E naughty; mischief; a tomboy.

☆ 子供のころ、わたしも弟もやんちゃをして母を困らせたものだ/小時候，我和弟弟都很頑皮，讓媽媽非常頭痛。

ゆ／ユ

ゆ【湯】ユ　❶温度が高くなった水。中 開水；熱水。E hot water.

☆ 毛のセーターは、30度ぐらいの湯で洗うといい／毛衣最好用三十度左右的溫水洗滌。

☆ 湯を沸かしてコーヒーをいれる／燒開水泡咖啡。

☆ ぬるま湯／溫水；微溫的水。(→項目)

❷ ふろ。また、ふろ屋。中 洗澡水；浴池澡堂。E a bath; a pubic bath.

☆ 湯に入って体を洗う／入浴池洗澡。

☆ うちの近くの湯に行く／到離家不遠的澡堂去洗澡。

☆ 朝湯／晨浴。

❸ 温泉。中 溫泉。E a hot spring.

☆ 山奥の湯で、体を休める／在山中洗溫泉，使身體得到休息。

☆ 湯がわきだす／溫泉湧出。

ゆあがり【湯上がり】ユアガリ　ふろに入ったあと。中 剛洗完澡。E after a bath.

☆ 湯上がりに飲むビールは本当にうまい／剛洗完澡時喝的啤酒味道特別好。

☆ 湯上がりタオル(＝体をふく大きいタオル)／浴巾(＝擦乾身體的大毛巾)。

ゆいいつ【唯一】ユイイツ　同じようなものが他になく、ただ1つであること。書 中 唯一。E only.

☆ これは、わたしが子供のときにかいた、唯一の絵だ／這是我小時候畫的僅有的一幅畫。

☆ 唯一の相談相手を失った／失去了僅有的一個可以商量的夥伴。

ゆいごん【遺言】ユイゴン〔～する〕　自分の死後のことを決めて言い残しておくこと。また、そのことば。中 遺言；遺囑。E a will; one's last words.

☆ 父の遺言にしたがって財産を分ける／依照父親的遺囑分配財產。

☆ 葬式は簡単にするように、と遺言する／留下了葬禮要簡單一點的遺囑。

☆ 遺言状／遺囑；遺書。

ゆいしょ【由緒】ユイショ、ユイショ　ものごとのいちばん初めや歴史など、伝えてきたことがら。中 淵源；歷史；由來。E a history; lineage.

☆ 歴史の古い学校の由緒を尋ねる／探尋一所老學校的歷史淵源。

☆ 由緒が明らかな刀／來歷清楚的刀。

☆ 由緒ある寺／有來歷的寺院；古寺。

ゆいのう【結納】ユイノー　結婚の約束をしたしるしに、金や品物をやりとりすること。また、その金や品物。中 訂婚禮；彩禮；聘禮。E betrothal presents.

☆ 姉はきのう結納をして、婚約の指輪を受け取った／姊姊昨天訂婚，收下了訂婚戒指。

☆ 結納をかわす／交換訂婚禮品。

ゆ・う【言う】ユー〔自他動五〕(ゆって)　⇨言う 話

☆ 失礼なことをゆうもんじゃない／不許說不禮貌的話。

☆ それはどうゆうつもり？／那又是打算怎樣?

参「言う」を、耳で聞いた音のとおりに書いたことば。

ゆ・う【結う】ユー〔他動五〕(ゆって)　糸、ひ

ゆ

も、縄などで、なにかを結んだり束ねたりして形をつくりあげる。中 繫；結；梳紮。E tie; do (one's hair).

☆ 竹を縄で結って、垣根をつくる/用繩子將竹子捆綁起來做圍牆。

☆ 正月に日本髪を結う/正月過年時，將頭髮梳成日本髮結。

ゆういぎ【有意義】ユーイギ　意義や価値があるようす。中 有意義。E meaningful; (make) good use; helpful.

☆ 人々の役に立つ、有意義なことをしたい/想做對大家有用且有意義的事。

☆ 夏休みを有意義に過ごす/過一個有意義的暑假。

☆ 有意義な話/有意義的話題。

対 無意義

ゆううつ【憂鬱】ユーウツ　気持ちが重苦しく、晴れないこと。心がふさがったように感じること。中 憂鬱；鬱悶。E gloomy; depressed.

☆ 毎日雨が降って、ゆううつだ/每天都下雨很悶。

☆ 母の病気がよくならないので、ゆううつな気分だ/因為母親的病還不好，所以心情鬱悶。

ゆうえつかん【優越感】ユーエツカン、ユーエツカン　自分が他人よりすぐれていると思いこんで持つ感じ。中 優越感。E a sense of superiority.

☆ ジョンは、だれよりも速く走れると優越感を持っていた/約翰有優越感，認為自己比誰都跑得快。

☆ 三郎は、新しい外車で他の車を楽に追い越すとき優越感を覚えるのだという/三郎說：「開著進口新車輕鬆超越其他車時，有一種優越感。」

対 劣等感

ゆうが【優雅】ユーガ　上品でゆとりのあるようす。中 優雅；文雅。E elegantly; graceful.

☆ 海辺の別荘で優雅に暮らす/在海邊的別墅中過悠閒自得的生活。

☆ 優雅な手つきで茶をたてる/用優雅的動作泡茶。

ゆうかい【誘拐】ユーカイ〔～する〕　人をだまして誘いだしたり、無理に連れていったりすること。中 誘拐；拐騙。E kidnap; abduct.

☆ 公園で遊んでいた子供を誘拐した犯人が、金を要求してきた/犯人在公園誘拐小孩後索取錢財。

☆ 誘拐事件/誘拐事件；拐騙事件。

ゆうがい【有害】ユーガイ　あるものが、他に悪い影響を与えるようす。中 有害。E harmful; noxious.

☆ こんな映画は子供には有害だ/這種電影對兒童有害。

☆ 有害な食品/有害食品。

☆ 有害無益/有害無益。

対 無害

ゆうがた【夕方】ユーガタ　太陽が沈みはじめてから暗くなるまでの間。中 傍晚。E evening.

☆ 夕方になると、公園から子供たちがいなくなる/一到傍晚，孩子們就從公園消失了。

☆ 昼間は暑いが、夕方はすこし涼しくなる/白天熱，但傍晚變得有些涼快。

対 朝方　→たそがれ

ゆうかん【夕刊】ユーカン　毎日出る新聞で夕方発行されるもの。中 晚報。E an evening paper.

☆ 会社の帰りに駅で夕刊を買う/從公司回家的路上在車站買份晚報。

☆ 夕刊を配達する/發送晚報。

対 朝刊　数 1部・1紙

ゆうかん【勇敢】ユーカン　勇気があり、逃げないで行動するようす。中 勇敢。E bravely; courageous.

☆ 市民たちは軍隊と勇敢に戦って、クーデターを失敗させた/市民勇敢地與軍隊對抗，挫敗了政變。

☆ 勇敢な消防士 / 勇敢的消防隊員。

ゆうき【勇気】ユーキ　むずかしいことや危険なことを、積極的にしようとする気持ち。中 勇氣。E courage; bravery.

☆ 道子は非常な勇気を持って、火の中から子供を助けだした / 道子憑著非凡的勇氣，從火場救出了孩子。

☆ 自分が正しいと思ったことを言うには勇気がいる / 要說出自己覺得正確的事是需要勇氣的。

☆ 勇気ある行動 / 有勇氣的行動。

ゆうぐう【優遇】ユーグー〔～する〕　他よりもいい扱いをすること。中 優遇；優待。E treat ~ very well.

☆ 洋子は、いい地位と高い給料を与えられて、会社の中で優遇されている / 洋子得到好地位和高薪資，在公司裡受到優待。

☆ 国が高齢者を優遇する / 國家對高齡老人實行優待政策。

対 冷遇

ゆうぐれ【夕暮れ】ユーグレ　太陽が沈みはじめて、暗くなるころ。中 黃昏；傍晚。E evening; dusk.

☆ 太陽が西に傾き、夕暮れの空が美しい / 太陽西下，傍晚的天空很美。

☆ 秋の夕暮れはさびしい / 秋天的傍晚很清寂。

→たそがれ

ゆうげん【有限】ユーゲン　数や量、時間、空間などに限度があること。書 中 有限。E limited.

☆ 石油は有限なものだから、たいせつに使いたい / 由於石油是有限資源，所以想珍惜利用。

☆ 有限の時間 / 有限的時間。

☆ 有限会社 / a corporation; a limited company. / 股份有限公司；有限公司。

対 無限

ゆうげん【幽玄】ユーゲン　心の非常に深いところで感じる美しさ。書 中 幽玄；幽邃情趣；奧妙；言外餘韻。E the mysterious profundity; subtle and profound.

☆ 日本の古い詩や歌、能などには、幽玄な味わいがある / 日本古代的詩、歌和能樂等，富有深奧的情意。

☆ 京都の、石だけの庭に幽玄の美しさを感じる / 京都那座只用石頭裝飾的庭院讓人感受幽美的情境。

ゆうこう【友好】ユーコー　友達として、仲よくつきあうこと。中 友好。E friendship; friendly.

☆ いろいろな国の人々と友好を深めるための集まりを開く / 為加深與各國人民的友好情誼而舉行聚會。

☆ 友好国 / 友好國家。

☆ 友好的 / 友好的。

ゆうこう【有効】ユーコー　効き目があるようす。中 有效。E valid; effective.

☆ この契約は1年間有効である / 這個合約有效期為一年。

☆ 時間を有効に使う / 有效地利用時間。

☆ 頭痛に有効な薬 / 治療頭痛的特效藥。

☆ 有効性 / 有效性。

対 無効

ゆうし【融資】ユーシ、ユーシ〔～する〕　事業などに必要な金を貸しだすこと。中 融資。E a loan; finance.

☆ 店をつくるために、銀行から融資を受ける / 為了開店向銀行的貸款。

☆ 会社に融資する / 貸款給公司。

ゆうしゅう【優秀】ユーシュー　非常にすぐれているようす。中 優秀。E excellent; brilliant.

☆ 道子は優秀な成績で入社した / 道子以優異的成績進入了公司。

☆ 多くの発明をした優秀な科学者 / 有多項發明的優秀科學家。

ゆ

対劣悪

ゆうしゅうのび【有終の美】 ものごとを最後までやりとおして、立派な成果を上げること。中善始善終。E a fine finish.

☆ 洋子はマラソンの日本記録を更新して、選手生活に有終の美を飾った／洋子刷新了日本馬拉松的紀錄，給運動生涯劃上了完美的句號。

ゆうじゅうふだん【優柔不断】ユージューフダン、ユージューフダン ぐずぐずして、なかなかものごとを決められないようす。中優柔寡斷。E irresolute; indecisive.

☆ 弟は優柔不断で、いつも「はい」か「いいえ」かはっきり言わないのでいらいらさせられる／弟弟優柔寡斷，對「是」還是「不是」總是不說清楚，真讓人著急。

☆ 優柔不断な性格／優柔寡斷的性格。

ゆうしょう【優勝】ユーショー〔～する〕競技などで、1位になること。中冠軍；第一名。E a championship; a victory.

☆ マラソン大会で優勝してメダルをもらった／在馬拉松比賽中取得第一，得了金牌。

☆ 二郎はピアノのコンクールで優勝した／二郎在鋼琴比賽中奪得冠軍。

☆ 優勝杯 / a championship cup. / 冠軍杯。

ゆうじょう【友情】ユージョー 友達としての愛情。中友情。E friendship.

☆ いつも励ましたり力になってくれたりする京子の友情が、とてもうれしい／京子總是鼓勵我、幫助我，對於她的友情我十分感激。

☆ 友情に厚い／友情深厚。

☆ 温かい友情／溫暖的友情。

ゆうしょく【夕食】ユーショク 夕方の食事。夕飯。中晚飯；晚餐。E dinner; supper.

☆ 今晩、夕食をご一緒にいかがですか／今晚一塊兒吃晚飯，怎麼樣？

☆ 寮の夕食の時間は、6時から9時までだ／宿舍的晚餐時間是從六點到九點。

関連朝食、昼食

三参 夜遅く軽く食べる食事は、「夜食」。

ゆうじん【友人】ユージン 「友達」の改まった言い方。中友人；朋友。E a friend.

☆ 友人代表としてあいさつする／作為朋友的代表致詞。

☆ 学生時代からの友人／學生時代的朋友。

ゆうずう【融通】ユーズー ❶変化に合わせて、ものごとをうまく処理すること。中靈活；隨機應變。E flexibility.

☆ 出発の時間は9時と伝えたが、30分ぐらいは融通を持たせてある／通知出發時間是九點，但有三十分鐘左右的寬限時間。

☆ 融通がきく / flexible; adaptable. /可以通融。

❷〔～する〕金やものを、つごうをつけて貸したり借りたりすること。中融資；貸款。E lend; accommodate.

☆ 来月まで10万円融通してください／請借給我十萬日圓，下個月還。

ゆうせい【優勢】ユーセイ 勢いや力が相手より強く、勝てそうなこと。中優勢。E lead; superior.

☆ 初めから優勢に試合を進めて、勝った／比賽一開始便取得優勢，最終奪得了冠軍。

対劣勢

ゆうせん【優先】ユーセン〔～する〕 他のものは後にして、いちばん先にすること。中優先。E priority; precedence.

☆ なによりも人命の安全が優先される／人身安全，優於一切。

☆ 速さより正確さを優先させる／正確優於速度。

☆ 優先権 / priority. / 優先權。

ゆうぜん【悠然】ユーゼン（「悠然と」の形で）まったく気にしないで落ちついているようす。書中悠然；不慌不忙；從容不迫。E calmly; with perfect composure.

☆ 飛行機が大きく揺れても、道子は悠然と本を読んでいる／儘管飛機搖晃得厲害，道子卻仍悠然地讀書。

☆ 国会での野党の追及に、大臣は悠然とかまえて笑顔さえ見せている/對於國會在野黨的追究，部長仍擺出從容不迫的態度，面帶笑容。

参 改まって「悠然たる態度」のように表現することもある。

ゆうせんてき【優先的】ユーセンテキ　ほかのものよりも先にするようす。中 優先。E preferential; with priority.

☆ 公共の乗り物では、障害者や老人を優先的にすわらせなさい/乘坐大衆交通工具時，要將座位優先禮讓給殘障人士和老年人。

☆ 開発に際しては、地元の人に優先的な権利を認める/在開發時同意當地人有優先權。

ゆうだい【雄大】ユーダイ　非常に規模が大きくてすばらしいようす。中 雄偉；宏大。E grand; majestic.

☆ 雄大にそびえる山/巍然聳立的山峰。

☆ 雄大な自然/雄偉的大自然。

☆ 雄大な計画/宏偉的計畫。

ゆうだち【夕立】ユーダチ　夏の午後、急に激しく降ってくる雨。雷が鳴ることが多い。中 驟雨；雷陣雨。E a shower.

☆ 家に帰る途中で夕立にあって、びしょぬれになった/回家途中遇上雷陣雨，被淋得像落湯雞。

☆ 夕立が上がるのを待つ/等著雷陣雨停止。

☆ 夕立が来る/下起雷陣雨來。

ゆうちょう【悠長】ユーチョー　気長で、のんびりしたようす。中 不慌不忙；慢條斯理；慢吞吞。E (take things) easy; leisurely.

☆ 出発まで10日もないのに、悠長にかまえてビザも取っていない/離出發不到十天了，卻依舊慢吞吞的，連簽證也還沒拿到。

☆ 入試に失敗したらどうするの？ ときいたら、弟は「どうにかなるさ」と悠長な返事をした/當問道：「沒通過入學考試怎麼辦?」時，弟弟卻不慌不忙地回答：「總會有辦法的。」

ゆうとうせい【優等生】ユートーセイ　学校の成績が、ほかの生徒よりも特にいい生徒。中 高材生；優等生。E an honor student.

☆ 道子は1年生のときからずっと優等生で、クラス委員をやっている/道子從一年級開始一直是優等生，還當班級委員。

対 劣等生

参 まじめなばかりでおもしろくない人という意味で、社会人に対しても皮肉をこめて使うことがある。また、特にすぐれているということから、「卵は物価の優等生(=卵はずっと値段が上がらない)」などと使うこともある。

ゆうはん【夕飯】ユーハン　夕方のごはん。夕食。中 晚飯。E dinner; supper

☆ 夕飯を食べながら、その日のできごとを話す/一邊吃晚飯一邊談論當天發生的事。

対 朝飯

ゆうひ【夕日】ユーヒ　夕方の太陽。また、その光。中 夕陽。E the evening sun.

☆ 西の空に夕日が沈んでいく/夕陽西下。

☆ 夕日に照らされて建物が赤く輝いている/建築物被夕陽照耀泛著紅光。

対 朝日

ゆうび【優美】ユービ　上品で美しいようす。中 優美。E graceful; elegantly.

☆ 美しい衣装とゆっくりした動きの、優美な踊り/亮麗的服裝和緩慢的動作形成優美的舞蹈。

☆ 優美にふるまう/動作優美。

ゆうびん【郵便】ユービン　❶手紙やはがき、小包などを集め、あて先に送りとどける制度。中 郵政；郵寄。E mail; post.

☆ 本を郵便で送る/郵寄書本。

❷「❶」で送られる手紙やはがき、小包など。郵便物。中 郵件。E mail; post.

☆ きょうは郵便の来るのが遅い/今天郵件來晚了。

☆ 郵便を出す/寄出郵件。

☆ 郵便番号 / postal code. / 郵遞區號。

☆ 郵便箱 / 信箱。

▷ 数 ❷ 1枚・1通・1本

ゆうびんきょく【郵便局】ユービンキョク　郵便物を集めたり配ったりするほか、貯金、保険、為替などの仕事をしたり、はがきや切手などを売ったりする所。中 郵局。E a post office.

☆ 郵便局へ行って、小包を出す/去郵局寄包裹。

→囲み

ゆうふく【裕福】ユーフク、ユーフク　金や財産があって生活が豊かなようす。中 富裕。E well-off; rich.

☆ 伯父の家は裕福で新車が3台もある/伯父家富裕，新車有三輛之多。

☆ 裕福に育って苦労を知らない子供/在富裕環境中長大而不知辛苦滋味的孩子。

☆ 裕福な家庭 / 富裕的家庭。

対 貧乏

ゆうべ【夕べ】ユーベ、ユーベ　❶ きのうの夜。きのうの晩。昨夜。昨晩。中 昨晚；昨夜。E last night.

☆ ゆうべは夕飯の後、テレビの映画を見て寝た/昨晚吃過晚飯，看完電視播放的電影便睡了。

☆ ゆうべ見た夢 / 昨晚作的夢。

❷ なにかの催し物を行う夜。中 晚會。E an evening.

☆ 市民ホールへクラシックの夕べを聞きに行く / 去市民大廳參加晚會，欣賞古典音樂。

▷ 話 ❶

二 注 ❶はひらがなで書く。

ゆうべん【雄弁】ユーベン、ユーベン　聞き手をひきつけ、心を打つように上手に話すこと。中 雄辯。E eloquence.

☆ 首相は会場にいっぱいの人に向かって、政治改革の進め方を雄弁に語った/首相面對擠滿會場的人，滔滔不絕地闡述了政治改革方針。

☆ 雄弁をふるう / 大展雄辯的才能。

対 訥弁

ゆうぼう【有望】ユーボー　将来に期待が持てそうなようす。中 有希望；前途。E (have) bright prospects; promising.

☆ あの新入社員は才能があるうえに、よく努力するので有望だ/那位新進員工不僅有才

郵便局で使うことば（郵局用語）

郵便の種類

封書　中 封緘書信。E a (sealed) letter.

はがき　中 明信片。E a postcard.

官製はがき　中 郵局出售的政府發行的明信片。E a government-printed postcard.

往復はがき　中 往返用明信片。E a return postcard.

小包　中 包裹。E parcel post.

速達　中 快遞；限時專送。E special delivery.

書留　中 掛號(信). E registered mail.

船便　中 船運郵件。E sea mail.

航空便　中 航空信；航空郵件。E air mail.

切手　中 郵票。E a stamp.

お金に関することば

郵便為替　中 郵匯；郵政匯票。E postal money order.

郵便振替　中 郵匯轉帳。E postal transfer.

郵便貯金　中 郵政儲金。E postal savings.

現金自動支払機(CD)　中 自動提款機。E a cash dispenser.

現金自動預入払出機(ATM)　中 自動存提款機。E an automatic teller machine.

能而且非常努力，所以前途無量。

☆ コンピューター技師はこれから有望な職業だ/電腦工程師今後是個有發展前途的職業。

☆ 前途有望/前途有望；有發展前途。

ゆうめい【有名】ユーメイ　多くの人に知られているようす。中有名；著名。E famous; well-known.

☆ 富士山は日本を代表する山として有名だ/富士山作為日本的象徵聞名於世。

☆ テレビに出演して有名になった/因在電視節目中演出而成名。

☆ 有名人/名人。

対無名

ユーモア (humor) ユーモア　上品に表現されるおかしみ。中幽默。E humor.

☆ 重苦しい雰囲気が、二郎のユーモアで明るくなった/由於二郎的幽默，使原來沈悶的氣氛變得活躍了起來。

☆ ユーモアを理解する/理解幽默。

☆ ユーモア小説/幽默小說。

ゆうやけ【夕焼け】ユーヤケ　太陽が沈むころ、西の空が赤く見えること。中晚霞。E the sunset glow.

☆ 学校の帰りにきれいな夕焼けが見えたから、あしたはきっと晴れるだろう/因為從學校回來時，看到美麗的晚霞，所以明天一定會是晴天吧。

☆ 夕焼け雲/傍晚的雲霞。

☆ 夕焼け空/晚霞滿天；晚霞斑斕的天空。

対朝焼け

ゆうゆう【悠悠】ユーユー、ユーユー　❶急がず、ゆっくりと落ちついているようす。中悠然；不慌不忙；從容不迫。E serenely; calmly.

☆ 午後に試合があるのに、ゆうゆう(と)昼寝をしている/下午有比賽，他卻還在悠閒自得地睡午覺。

❷ じゅうぶん余裕があるようす。中綽綽有餘。E (be) well (in time); with ease.

☆ 早く家を出たので、ゆうゆう(と)間に合った/很早就出門，所以時間綽綽有餘地趕上了。

☆ 広い部屋だから、100人はゆうゆう(と)入れる/房間很大，容納一百個人都綽綽有餘。

❸ 限りなくひろがっていたり、へだたっていたりするようす。中悠久；遼闊。E endlessly; calmly.

☆ ゆうゆう(と)流れる大河/水流悠悠的大河。

▷ 書❸

参 ❶は「のんびり」と似ているが、「のんびり」が気持ちがゆるみリラックスしているようすを表すのに対して、「ゆうゆう」は自信があって落ちついているようすを表す。また、改まって「ゆうゆうたる歩み」のように表現することもある。

ゆうゆうじてき【悠悠自適】ユーユージテキ、ユーユー・ジテキ　心配なことも義務としてしなければならないこともなく、自分のしたいことをして、ゆったりと暮らすこと。中悠閒自得。E live in comfort.

☆ 父は定年で会社をやめたあと、詩を書いたり草花を育てたり、悠々自適の生活を送っている/父親退休後寫詩、蒔花什麼的，過著悠閒自在的生活。

ゆうよ【猶予】ユーヨ〔～する〕 ❶どうしたらいいかと、ためらっていること。中猶豫。E hesitation; delay.

☆ 猶予せず、ただちに手を打つ必要がある/有必要立刻採取措施，不要猶豫。

☆ 一刻の猶予も許されない/不允許有片刻的遲疑。

❷ なにかを行う日時を、相手のために予定より先にのばすこと。中延期；緩期。E postponement; grace.

☆ 論文の提出期限を3日間猶予する/將提交論文的期限延長三天。

☆ 執行猶予/緩期執行；緩行。(→項目)

ゆうり【有利】ユーリ　利益があるようす。ほかよりも得であるようす。中有利。E advantageous; profitable.

☆ 背の高い人は、バスケットボールをするときにとても有利だ/高個子的人在打籃球時是很有利的。

☆ 利率が高くて有利な定期預金にする/選擇利率高，較有利的定期儲蓄方式。

☆ 有利な条件/有利條件。

対不利

ゆうりょ【憂慮】ユーリョ〔～する〕 心配し、考えること。書中憂慮。E be anxious; concern.

☆ 父の病状の悪化を憂慮し、専門医に相談する/擔心父親病情的惡化，於是找相關醫學專家商量。

☆ アフリカでは、食糧の不足が憂慮するべき状態にある/在非洲，因為糧食缺乏而令人擔憂。

ゆうりょう【有料】ユーリョー　料金がいること。中收費。E charged.

☆ この展覧会は小学生以上は有料だ/這個展覽會小學生以上的參觀者都要收費。

☆ 有料駐車場/收費停車場。

☆ 有料道路/收費公路。

対無料

ゆうりょう【優良】ユーリョー　品質などが水準以上にすぐれているようす。書中優良。E superior; excellent.

☆ 優良な製品をつくる/生產優良產品。

☆ 健康優良児/健康兒童。

対劣悪

ゆうりょく【有力】ユーリョク　❶実力を持ち、他への影響力があるようす。中有力；有勢力；有權威。E powerful; influential.

☆ あの人はわたしたちの運動の有力な理解者だ/對我們的行動，他是有力的支持者。

☆ 有力者/有權勢的人。

対無力

❷ 実現の可能性や効力が高いようす。中有力；最有希望。E prevailing; convincing.

☆ 労働時間を減らして個人の生活をだいじにしようという意見が有力になってきた/減少工作時數、重視個人生活的意見最有希望。

☆ 有力な証拠/有力的證據。

ゆうれい【幽霊】ユーレイ　❶死んだ人の霊が、生きていたときの姿で現れるというもの。中幽靈；鬼魂。E a ghost; a phantom.

☆ あの家は数年前に自殺した持ち主の幽霊が出るといううわさで、住む人がいない/謠傳那幢房子鬧鬼，幾年前自殺的屋主的幽靈會出現，所以沒人居住。

☆ 幽霊屋敷/鬼屋。

❷ 本当にはないのに、あるように見せかけたもの。中有名無實的；虛的。

☆ 幽霊会社/a bogus company./空頭公司；虛設公司。

☆ 幽霊人口/a bogus population./幽靈人口。

ゆうれつ【優劣】ユーレツ、ユーレツ　すぐれているか、おとっているか、ということ。中優劣。E superiority and inferiority.

☆ この2台の車は、どちらも同じようによく走り、優劣がつけられない/這兩輛車都跑得很快，不相上下。

ゆうわく【誘惑】ユーワク〔～する〕 人の心を迷わせて、よくないことに誘いこむこと。中誘惑；引誘。E (a) temptation.

☆ タバコを1週間やめていたが、誘惑に負けて、また吸いはじめた/戒菸一週，但經不起誘惑，又開始抽起來了。

☆ 誘惑に勝てず、会社の金を盗んだ/經不住誘惑盜用了公司的錢。

ゆえ【故】ユエ　そうする理由。わけ。書中理由；緣故。E a reason; a cause.

☆ ゆえあって、いまの仕事を選んだ/之所以選擇了現在的工作，是有原因的。

☆ ゆえなく入場を断られた/無故被拒絕入場。

☆ 貧乏ゆえの苦しみ/因貧窮而帶來的痛苦。

ゆえに ユエ̄ニ (文と文をつないで)前にいったことが原因や理由になって、後でいうことが起こるときに使うことば。こういうわけで。したがって。[書][中]從而；因而；因此。[E] therefore; so; consequently.

☆ AとBは等しく、AとCは等しい。ゆえに、BとCは等しい/A等於B，A等於C的話，B就等於C。

☆ われ思う。ゆえに、われあり/我思故我在。

ゆえん ユエン 理由となっていることがら。[書][中]理由；來由；所以。[E] a reason; (the reason) why.

☆ 事態の複雑さが、解決を遅らせているゆえんだ/事情太複雜，這是延遲問題解決的原因。

ゆか【床】ユカ̄ 建物の中の、人が歩ける平らな部分。[中]地板。[E] a floor.

☆ 石の床を歩く靴音が、こつこつと聞こえる/走在石頭地板上發出咯吱咯吱的鞋聲。

☆ 床をみがく/擦地板。

[対]天井

ゆかい【愉快】ユカイ 気持ちがよく、楽しいようす。おもしろいようす。[中]愉快；暢快。[E] pleasant; happy; amusing.

☆ きょうは久しぶりに友達と飲んだり話したりして愉快に過ごした/今天與久違的朋友喝酒聊天，過得非常愉快。

☆ 愉快な映画で、笑いが止まらなかった/電影很有趣，所以一直笑不停。

[対]不愉快

ゆが・く【湯がく】ユガ̄ク〔他動五〕(ゆがいて) 野菜のあくを取り除くために、煮立っている湯の中を通す。[中]川燙。[E] blanch; scald.

☆ ホウレンソウを湯がく/川燙一下菠菜。

ゆかた【浴衣】ユカ̄タ 入浴後、または夏に着るもめんの着物。[中]浴衣(夏天穿的布製單件和服)。[E] a *yukata*; an informal summer *kimono*.

☆ ゆかたを着て盆踊りを見に行く/穿上浴衣去看盂蘭盆舞蹈大會。

☆ ふろから出てゆかたでくつろぐ/洗完澡穿上浴衣休息。

[数]1枚・1着

ゆが・む ユガ̄ム〔自動五〕(ゆがんで) ❶ ものの形が、曲がったり、ねじれたりして変わる。[中]歪斜；歪曲。[E] be distorted; be contorted.

☆ あまり辛くて口がゆがむほどのカレーだった/這咖哩辣得讓人嘴都歪了。

☆ 安い鏡を買って映したら、顔がゆがんで見えた/用便宜貨的鏡子一照，看上去好像臉是歪的。

❷ 考え方や性格などがふつうでなくなる。[中]不正，乖僻。[E] be perverted; be warped.

☆ うそをついたり、悪いことを平気でしたりする子は心がゆがんでいる/時而撒謊，時而毫不在乎地做壞事的孩子心裡不健康。

☆ ゆがんだ性格/乖僻的性格。

▷ [名]ゆがみ [他動]ゆがめる

ゆき【雪】ユキ̄ 冬、空から降ってくる、白い冷たいもの。大気中の水蒸気が冷えてできた細かい氷の結晶。また、その天気。[中]雪。[E] snow.

☆ 夜中に雪が降って、朝起きたら外は真っ白だった/半夜裡下起雪來，早上起來一看，外邊一片銀白。

☆ 雪が積もる/積雪。

☆ 雪景色/雪景。

ゆき【行き】ユキ̄ 「行き」のすこし古い言い方。[中]去；往。[E] go.

☆ 行きはバスにしよう/坐公車去吧。

☆ つぎの列車は大阪行きです/下一趟列車開往大阪。

☆ 新宿行き/for Shinjuku./開往新宿。

[自動]行く

ゆきさき【行き先】ユキ̄サキ 進んでいく目的の所。いきさき。[中]去的地方；目的地。[E] one's

ゆ

destination; the place where one is going.

☆ このバスの行き先はどこですか / 這輛公車去哪裡?

☆ 行き先も言わずに出かけた / 連去哪裡都沒說就出門了。

ゆきずり【行きずり】ユキズリ　どこかへ行く途中で出あった、そのときだけの関係。中偶遇；偶然。E casual; passing.

☆ 新幹線でとなりにすわったゆきずりの人と、京都に着くまで話をした / 乘新幹線時與鄰座的人聊天，一直聊到京都。

☆ ゆきずりの恋 / 萍水之戀。

ゆきだるま【雪だるま】ユキダルマ　雪のかたまりを転がして、だんだん大きくしたものを重ねて、だるまの形にしたもの。中雪人。E a snowman.

〔雪だるま〕

☆ ゆうべ積もった雪で、庭に雪だるまをつくろう / 用昨晚的積雪在庭院裡堆個雪人吧。

☆ 雪だるまがとけてしまった / 雪人融化了。

雪だるま式に　なにかが急速に大きくなるようす。中滾雪球似的；越滾越大。E snowball into.

☆ つぎつぎと借りて、借金が雪だるま式に増える / 一次又一次借錢，債務就像滾雪球似地增加。

ゆきどけ【雪解け】ユキドケ、ユキドケ

❶ 冬の間積もっていた雪が、春になってとけること。中雪融；雪融化。E a thaw; thawing.

☆ 今年は春になっても寒かったので、雪どけが遅い / 今年春天因為寒冷，所以雪化得很慢。

☆ 雪どけ水 / 雪融化成的水；雪水。

❷ 対立していたものの緊張がゆるみはじめること。中緩和；解凍。E a thaw; détente.

☆ 1950年代の終わりごろから、米ソ間の雪どけが始まり、東西の緊張がとけてきた / 從一九五〇年代末起，美蘇關係開始解凍，東西方緊張情勢得以緩和。

ゆ・く【行く】ユク〔自動五〕 ❶「行く」のすこし古い言い方。中去；走。E go.

☆ あす仙台にゆきます / 明天去仙台。

❷ 過ぎ去る。中過去。E pass; depart.

☆ ゆく夏を惜しむ / 惋惜夏天的逝去。

☆ ゆく年くる年 / 送舊迎新。

▷ 名行き

参「〜て」の形のときは「行って」を使う。

ゆくえ【行方】ユクエ　❶ 進んでいく先。また、去っていった先。中去向；下落；行蹤。E one's whereabouts.

☆ 空港で荷物のゆくえがわからなくなって、さがしまわった / 在機場發現行李失蹤，於是到處尋找。

☆ ゆくえ不明 / missing. / 去向不明；失蹤。

❷ 将来どうなるか、ということ。中去向；將來。E the future.

☆ 新しく独立した国々のゆくえを見守る / 密切關注著新獨立國家的將來。

▷ 書❷

参 いつも、行く先や行った先がはっきりしていないときに使う。「道子のゆくえがわからない」とはいうが、「道子のゆくえは学校です」とはいわない。

ゆげ【湯気】ユゲ　湯などの表面から立ちのぼった水蒸気が、冷えて水滴となり、白い煙のように見えるもの。中蒸汽；熱氣。E steam.

☆ ふろ場の中は湯気でなにも見えない / 浴室裡充滿蒸氣，什麼也看不見。

☆ 頭から湯気を立てて怒る / 氣得七竅生煙。

☆ 湯気が立っている温かい料理 / 冒著熱氣的菜餚。

ゆけつ【輸血】ユケツ〔〜する〕　病人やけが人に、健康な人の血液を入れること。中輸血。E a blood transfusion.

☆ けがをした人に輸血をしたら、元気を取

りもどした/給受傷者輸血之後，使他恢復了精神和健康。

☆ B型の血液を輸血する/輸B型血。

ゆしゅつ【輸出】ユシュツ〔～する〕 外国へ品物や技術などを売るために送りだすこと。[中]出口；輸出。[E] export.

☆ 日本は、いろいろな電気製品を多くの国に輸出している/日本向許多國家出口各種家電產品。

☆ 武器の輸出を禁止する/禁止出口武器。

☆ 輸出品/出口產品。

[対]輸入

ゆす・ぐ ユスグ〔他動五〕(ゆすいで) ❶ 水の中でものを揺り動かして、よごれを取る。[中]洗滌，沖洗。[E] wash out, rinse out.

☆ シャツをせっけんで洗ったあと、よく水でゆすぐ/用肥皂洗過的襯衫，要用清水好好沖洗。

☆ コップを水でゆすぐ/用水沖洗杯子。

❷ 口の中で水をあちこち動かして、口の中をきれいにする。[中]漱口。[E] rinse out (one's mouth).

☆ 歯をみがいたあと口をよくゆすいでおく/刷牙後好好漱口。

▷ [名]ゆすぎ

ゆす・る【揺する】ユスル〔他動五〕(ゆすって) ものを前後、左右、上下などに動かす。[中]搖晃；搖動。[E] shake; rock.

☆ 弟はいすに腰かけると、体を前後にゆするくせがある/弟弟一坐到椅子上有前後搖晃身體的毛病。

☆ 赤ん坊をゆすって寝かせる/搖晃嬰兒讓其睡覺。

ゆす・る ユスル〔他動五〕(ゆすって) 人をおどして、金やものを出させ、うばう。[中]敲詐；勒索。[E] extort; blackmail.

☆ 暴力団が会社をゆすって、金を出させる/黑道組織勒索公司敲詐金錢。

☆ 中学生が先輩にゆすられて、金を取られた/國中生被學長勒索了錢財。

[名]ゆすり

ゆそう【輸送】ユソー〔～する〕 まとまった数の人やものを運ぶこと。[中]輸送；運輸；運送。[E] transport; conveyance.

☆ 新しい地下鉄ができて、たくさんの人を速く輸送できるようになった/新地鐵完工後，能快速地運送大量的乘客。

☆ 海上輸送/海上運輸。

ゆたか【豊か】ユタカ ❶ 必要なものがじゅうぶんに、満足できるほどあるようす。[中]豐富；富裕；充裕。[E] abundant; rich; affluent.

☆ 地球は太陽から豊かな光と熱を受けている/地球從太陽接受充裕的光和熱。

☆ 外国人の出席者が多く、国際色豊かなパーティーだった/出席的外國人很多，是個國際色彩濃厚的派對。

☆ 暮らしが豊かになる/生活變得富裕了。

☆ 豊かな才能/豐富的才能。

[対]貧しい、乏しい

❷ のびのびと、おおらかなようす。[中]豐富；開闊。[E] generous; abundant.

☆ 子供には豊かな心を持ってほしい/冀望孩子擁有豐富的想像力。

☆ 北海道の豊かな大地/北海道遼闊肥沃的大地。

[対]貧しい

ゆだ・ねる ユダネル〔他動一〕 ものごとの処置、解決などを他の人や集団にまかせる。[中]委託；託付。[E] entrust; leave.

☆ 意見がまとまらないので、決定を議長にゆだねた/由於意見分歧，所以委託議長作決定。

☆ 病人の世話を看護婦にゆだねる/託付護士照顧病人。

ゆだん【油断】ユダン〔～する〕 うっかりして、注意や警戒をしないこと。[中]疏忽大意；缺乏警惕。[E] be careless; be off guard.

☆ ちょっと油断をして、部屋にかぎをかけずに出かけたら、泥棒に入られた/一時疏忽大意，房間未鎖就出門，結果被小偷進來偷了東西。

☆ 油断して薄着をしていたので、かぜをひいた/因疏忽大意而穿著單薄，所以感冒了。

油断もすきも(なら)ない すこしの油断もできない。中 可一點點也不能疏忽。E cannot be too careful.

☆ かばんを下に置いて切符を買っていたら、盗まれてしまった。本当に油断もすきもない/將皮包放下買票，結果被偷了，真是一點都不能疏忽。

ゆだんたいてき【油断大敵】ユダンタイテキ 油断は失敗のもとになるから、油断そのものがこわい敵だ、決して油断をしてはいけないということ。中 大意失荊州；不要因過於自信、大意而導致失敗。E Overconfidence is our greatest enemy.

☆ 相手が弱いといっても、油断大敵だ。気持ちを引きしめていこう/雖說對手很弱，但千萬不能大意，提起精神吧。

ゆちゃく【癒着】ユチャク〔～する〕 ❶ 皮膚などの一部が、なにかの理由でたがいにくっついてしまうこと。中 黏著。E heal up; adhesion.

☆ ひどいやけどをして、皮膚が癒着を起こした/由於嚴重燙傷，皮膚沾黏在一起。

☆ 検査の結果、腸に癒着があることがわかった/檢查結果得知發生了腸黏結。

❷ 利害を共通にするものどうしが、不正な関係を持つこと。中 勾結。E have a cozy relationship.

☆ 政界が財界と癒着していると、清潔な政治はできない/政界與企業界勾結在一起，政治就不可能廉潔。

☆ 役人と業者の癒着が、汚職につながる/政府官員與工商界人士的勾結引發貪污瀆職。

ゆっくり ユックリ〔～する〕 ❶ 速度が遅いようす。中 緩慢；慢慢地。E slowly; without haste.

☆ 足が痛かったのでゆっくり(と)歩いた/因腳痛而緩慢走路。

❷ 時間的、空間的、また気持ちに余裕があるようす。中 充裕；充分。E enough; as long as one likes.

☆ この会場なら50人はゆっくり(と)入れる/如果是這個會場的話，50 個人顯得還很寬裕。

☆ どうぞごゆっくり/請慢用；請慢吃。

ゆったり ユッタリ〔～する〕 ❶ 大きさに余裕があるようす。中 寬敞舒適。E loose.

☆ ゆったりした洋服なので体を動かしやすい/洋服寬鬆，所以方便行動。

❷ 気持ちに余裕があるようす。中 舒暢。E relaxed; at ease.

☆ 温泉に入ると、ゆったりしたしあわせな気分になる/一泡溫泉，就給人一種心情舒暢又幸福的感覺。

ゆ・でる ユデル〔他動一〕 食べ物などを熱湯の中で煮る。中 煮；燙。E boil.

☆ ジャガイモをゆでてサラダをつくる/把馬鈴薯煮熟後做沙拉。

☆ 卵をゆでる/煮蛋。

自動 ゆだる

ゆとり ユトリ 時間や空間、また、金などがじゅうぶんにあること。中 寬裕；餘地。E time (to spare); space; comfort.

☆ 時間にゆとりを持たせて、すこし早めに家を出る/為使時間寬裕一些，稍微提早一點出門。

☆ まだ紙面にゆとりがあるから、この記事を載せよう/報紙的面還有空餘地方，所以把這個新聞登上吧。

☆ ゆとりのある暮らし/寬裕的生活。

ユニーク (unique) ユニーク ほかとは異なっていて、そのものだけが持っているようす。中 獨特；獨一無二。E unique.

☆ この絵は色の使い方がユニークで、新しい感覚を表現している/這幅畫在色彩使用方面非常獨特，表現出新穎的感覺。

☆ 二郎はとてもユニークな考え方をする/二郎的想法非常獨特。

ユニホーム (uniform) ユニホーム、ユニホーム　制服。特にスポーツで、同じチームの人たちが着る、色や形が同じ服。ユニフォーム。中運動服；工作服；制服。E a uniform.

☆ バレーボールの両チームの選手が、それぞれのユニホームを着て入場した/兩隊的排球選手們穿著各自的運動服進場了。

☆ ユニホームで働く、ハンバーガーの店の店員たち/漢堡快餐店的店員們身穿制服工作。

数 1枚・1着

ゆにゅう【輸入】ユニュー〔～する〕 外国から品物や技術などを買い入れること。また、外国の文化や制度、思想などを取り入れること。中進口；輸入；引進。E import.

☆ 日本は、国内で使う石油の大部分を輸入している/日本國內使用的石油大部分是進口的。

☆ 戦後、民主主義の考え方をアメリカから輸入した/戰後從美國引進民主主義的思想觀念。

☆ 輸入品/進口產品；進口貨。

対 輸出

ゆのみ【湯飲み】ユノミ 「湯のみ茶碗」を略した言い方。お茶などを飲むための茶碗。中茶碗；茶杯。E a teacup; a cup.

☆ 湯のみにお茶をつぐ/往茶杯裡倒茶。

☆ すし屋の湯のみは大きい/壽司店的茶杯很大。

→きゅうす 図

ゆび【指】ユビ 手足の先の、細かく分かれている部分。中指頭；手指；腳趾。E a finger; a toe.

☆ 指をさして道を教える/用手指指路。

☆ 指先/指尖。

数 1本　→手 図

参 手の指の名前は、甲を上にしたときの内側から外に向かって、親指、人さし指、中指、薬指、小指。

指をくわえる　ほしいのに手を出せないでいる。中羨慕；垂涎。E (look on) enviously.

☆ 家がほしいが、あまり高いので指をくわえて見ているしかない/雖想買住屋，但因為價格太高，而只有羨慕的份。

ゆみ【弓】ユミ ❶ 竹や木を曲げてつるを張った武器。つるに矢を当てて射る。また、その術。

〔弓❶〕

中弓。E a bow.

☆ 弓で的を射る/用箭射靶。

☆ 弓を引きしぼる/拉滿弓；拉弓。

☆ 弓矢/弓箭。

❷「❶」の形をした、弦楽器をひくのに使う道具。中弦樂器的弓；弓弦。E a bow (of a musical instrument).

☆ 洋子は弓をバイオリンに当て、静かに演奏を始めた/洋子將弓搭在小提琴上，靜靜地開始演奏。

▷ 数 1丁・1本

ゆめ【夢】ユメ ❶ 眠っているあいだに、ある状況を実際に経験しているように感じる現象。中夢。E a dream.

☆ ゆうべ、寝ていて空を飛ぶ夢を見た/昨晚睡覺夢見自己在天空中飛翔。

☆ 夢から覚める/夢醒；從夢中醒來。

対 うつつ

❷ 実現させたくて、いつも心に持っている大きな希望。中夢想；幻想。E a dream; an ambition.

☆ 子供のころからの夢がかなってオリンピックで優勝できた/在奧運會上獲得冠軍，實現了孩提時代的夢想。

☆ 道子の考えには夢がある/道子的想法充滿理想。

ゆめうつつ【夢うつつ】ユメウツツ、ユメウツツ　夢を見ているのか現実のことなのか、よくわからない状態。[中] 半睡半醒；似睡非睡；在睡夢中。[E] a trance; half asleep.

☆ 母がわたしを呼ぶ声を、ふとんの中で夢うつつで聞く/躺在被子裡半睡半醒地聽到母親叫我。

☆ 高い熱のために、1日じゅう夢うつつで過ごす/因發高燒而似睡非睡的度過了一天。

ゆゆし・い ユユシイ そのままにしておくと、たいへんなことになる。[中] 嚴重；重大。[E] serious; grave.

☆ 学校嫌いの子供が増えているのは、ゆゆしい問題である/討厭上學的孩子有增加的趨勢，這可是個嚴重的問題。

☆ 血液型をまちがえて輸血したとは、ゆゆしいミスだ/弄錯血型而輸血的事件是嚴重的過失。

ゆらい【由来】ユライ、ユライ〔～する〕古くからあるものごとが、どのようにして始まり、どうなってきたかということ。また、その歴史。[中] 由來；來歷。[E] the history; the origin.

☆ 近くにある古い寺の由来を調べる/調查附近古寺的來歷。

☆ 日本のお茶は、中国に由来する/日本茶起源於中國。

ゆら・ぐ【揺らぐ】ユラグ、ユラグ〔自動五〕(ゆらいで) ❶ 揺れ動く。[中] 搖動；晃盪。[E] swing; sway.

☆ 旗が風に吹かれて、揺らいでいる/旗幟被風吹得搖晃不停。

❷ 心が揺れるようになる。[中] 動搖。[E] waver; be shaken.

☆ タバコをやめようと思うが、人が吸っているのを見ると、決心が揺らぐ/雖然想戒菸，但一看見別人抽菸，決心就動搖了。

❸ いちばん基礎のところが不安定になる。[中] 搖搖欲墜；岌岌可危。[E] become unsteady.

☆ 大国の経済が揺らぐと、多くの国に影響が現れる/大國經濟發生動搖時，其影響就波及許多國家。

☆ 地位が揺らぐ/地位動搖。

▷ [名] 揺らぎ

ゆらゆら ユラユラ〔～する〕 ゆっくりと、何度も揺れるようす。[中] 搖動；搖晃。

☆ つり橋を渡るとき、ゆらゆらしてこわかった/ When I crossed the suspension bridge, the swaying frightened me. /過吊橋時搖搖晃晃，讓人感到害怕。

☆ 地震のとき、超高層ビルがゆらゆら(と)揺れていた/地震時，超高層大樓搖晃不停。

ゆる・い【緩い】ユルイ ❶ しめ方がきつくない。[中] 鬆；不緊。[E] loose.

☆ 苦しくないようにベルトをゆるくしめる/為了不至於難受而將腰帶繫得很鬆。

☆ ねじがゆるくなって抜けそうだ/螺絲釘鬆動得快要掉了。

[対] きつい

❷ 厳しくない。[中] 不嚴；鬆。[E] lax; lenient.

☆ 交通違反に対する取り締まりがゆるい/對違反交通規則者的取締不嚴格。

[対] 厳しい

❸ 速度や傾きが少ない。[中] 緩慢；不急；不陡。[E] slow; gentle.

☆ 車のスピードをゆるくする/放慢車速。

☆ ゆるい流れの川/水流緩慢的河川。

☆ ゆるい坂/緩坡。

ゆる・す【許す】ユルス〔他動五〕(ゆるして)

❶ 願いなどを受け入れて、そうしていいとする。[中] 許可；准許；允許。[E] permit; allow.

☆ 病人との面会を許す/被允許探望病人。

☆ 5分以上の遅刻は許されない/遲到不許超過五分鐘。

[対] 禁じる

❷ 人を罪や義務などから自由にする。[中] 饒恕；赦免。[E] forgive; excuse.

☆ 本を万引きした少年が心から謝ったので、

店の主人は許してやった／那個偷書的少年真心道歉，所以店主寬恕了他。

☆ 罪を許す／forgive a sin.／赦罪。

❸ 他の人に対する緊張をゆるめる。中 放鬆警惕；不小心；信任。E be off one's guard; trust.

☆ 電車の中で、ちょっと気を許したすきに財布をすられた／在電車上一不小心，錢包就被扒了。

☆ 心を許し合った友人／知心朋友。

❹ 制限しない。中 允許。E permit.

☆ 時間とお金が許せば、いろいろな地方を旅行したい／如果時間和金錢上允許的話，想去許多地方旅行。

☆ 体力が許す限り登山を続ける／盡體力所能，繼續登山。

▷ 名 許し

ゆる・む 【緩む】ユルム〔自動五〕(ゆるんで)

❶ ゆるくなる。中 鬆；鬆動。E become loose.

☆ 使っているうちにねじがゆるんで部品がはずれた／在使用中螺絲鬆動，造成零件脫落。

☆ ゴムがゆるむ／橡膠鬆弛。

対 締まる

❷ ものごとに対する強い態度が弱くなる。中 鬆懈；鬆弛。E relax.

☆ 大仕事が終わって気がゆるんだ／完成重要工作後，舒解了緊張氣氛。

☆ 規律がゆるむ／紀律鬆弛。

対 締まる

❸ 暑さや寒さなどの厳しさがやわらぐ。穏やかになる。中 緩和。E abate.

☆ 3月に入って寒さがゆるんできた／進入三月後天氣就暖和起來了。

☆ 痛みがゆるむ／疼痛得到舒解。

▷ 名 緩み 他動 緩める →たるむ

ゆる・める 【緩める】ユルメル〔他動一〕

❶ ゆるくする。中 放鬆。E loosen; unfasten.

☆ おなかがいっぱいになったので、ベルトをゆるめた／吃得太飽了，所以鬆一下腰帶。

☆ 三味線の糸をゆるめる／放鬆三弦琴的琴弦。

対 締める

❷ ものごとに対する強い態度を弱くする。中 放寬；緩和。E relax.

☆ 取り締まりをゆるめると、スピード違反の車が増える／如果放寬交通管制的話，超速的車輛就會增加。

☆ 緊張をゆるめる／緩和緊張情緒。

対 締める

❸ 速度を遅くする。中 減低速度。E slow down.

☆ 新幹線は速度をゆるめて、停車の準備に入った／新幹線列車減慢速度，開始準備停車。

☆ 歩みをゆるめる／放慢腳步。

▷ 自動 緩む

ゆるやか 【緩やか】ユルヤカ ❶ 速度や勢いが急でないようす。中 緩慢。E slow.

☆ 曲のテンポがゆるやかになる／樂曲的拍子變得緩慢了。

☆ ゆるやかに流れる大河／河水緩慢流動的大河。

❷ 坂の傾きぐあいやカーブの曲がりぐあいがあまり急でなく、なだらかなようす。中 緩慢；緩和。E gentle.

☆ ゆるやかに下る山道／緩慢而下的山路。

☆ ゆるやかなカーブ／緩緩的彎路。

❸ ゆとりがあって、規則などが厳しくないようす。中 寬鬆；寬大。E slack; lenient.

☆ 金利規制をゆるやかにすると、インフレが起こる／放寬利息限制(降息)的話，會引起通貨膨脹。

☆ 校則はゆるやかなほうがいい／學校的規章制度還是放寬一些好。

ゆ・れる 【揺れる】ユレル〔自動一〕 ❶ 前後、左右、上下などに動いて安定しない。中 搖晃；搖擺；擺動。E roll; shake; tremble.

☆ 飛行機が揺れて、飲み物がこぼれた／由於飛機晃動，飲料灑了一地。

☆ 木の葉が風に揺れる／樹葉在風中搖晃。

❷ 心が不安定だ。中 動搖；不穩定。E waver.

☆ 大学院へ行こうか、就職しようかと心が揺れている/是唸研究所還是就業，内心擺搖不定。

☆ 気持ちが揺れ動く/心情動搖不定；情緒不穩定。

❸ 状態が不安定だ。中不穩定；易變的。E be unstable.

☆ ことばの形が揺れていて、「見られる」という人も「見れる」という人もいる/詞彙的形態發生變化而不穩定，有人說是「見られる」，有人說是 「見れる」。

▷ 名揺れ 他動揺らす

よ／ヨ

よ【世】ヨ ❶人が実際に生活してつくっている社会。中世間；世上；社會。E the world; the public.

☆ 定年後は世のため人のために働きたい/想在退休後為社會或為他人做點有意義的工作。

☆ 世を去る / die. / 去世。

☆ 世の中 / 世間；世上；社會。(→項目)

❷ ある権力者、また、その人から続いて、その子孫が支配している時代。中時；時代；年代。E an age; a reign.

☆ 平安時代は貴族の世として栄えた/平安時代為貴族統治社會而繁榮的時代。

世に出る いい仕事をしてたくさんの人に名が知られるようになる。出世する。中出名；出息；發跡。E rise in the world.

☆ あの小説家は20代でA賞を受賞して世に出た/那位小說家在二十幾歲時就獲得A獎而嶄露頭角。

世を忍ぶ 本当は世間に名を知られている人が、なにかの事情で身元を隠す。中隱姓埋名。E avoid public notice.

☆ 有名な俳優が、世をしのぶ仮の名で福祉施設にたくさんの寄付をした/那位名演員用化名大量捐款給社會福利機構。

よ【余】ヨ (数や量を表すことばの後について、また、「～の余」の形で)その数や量よりもすこし多いこと。あまり。書中餘；多。E over; more than.

☆ きょうの集会には50人余の人が出席した/今天的集會有五十多人出席。

☆ 半年の余も入院していた/住院半年多。

よ【夜】ヨ 「夜」のすこし古い言い方。中夜；夜裡；夜間。E night; evening.

☆ 東の空が白くなり夜が明けてきた/東方天空泛白，天亮了。

☆ 夜がふけるまで本を読んでいた/看書看到深夜。

☆ 夜遊び/晚上在外遊蕩；夜遊。

☆ 月夜/月夜。

夜も日も明けない ものごとに夢中になって、それなしには時を過ごすことができない。中片刻也離不開。E be unable to do without.

☆ 三郎はカラオケに夢中で、カラオケなしには夜も日も明けないようだ/三郎對卡拉OK很著迷，每天都離不開它。

夜を明かす 1晩じゅう寝ずに朝になる。中徹夜。E sit up all night.

☆ 台風による大雨の後、洪水が心配で、川のようすを見ながら夜を明かした/擔心颱風帶來大雨後，會引起山洪爆發，於是整夜都在觀察河流狀況。

似た表現 夜が明ける、夜明かし

よ

(文の終わりについて)❶相手に知らせたり教えたりするときに、その気持ちを強めることを表す。中(加強語氣)呀；啦；啊。

☆ 先に出かけるよ/先出門囉!

☆ 雨が降っているよ/It's raining./在下雨喔!

☆ それ、きのうの新聞だよ/那是昨天的報紙呀!

❷ 命令や禁止を強めることを表す。中(表示主觀要求、命令)吧；喲。

☆ 早くしろよ/Hurry up!/快點吧!

☆ すぐ行きなさいよ/馬上就去吧。

☆ 忘れるなよ/別忘了喲。

❸ (「～〔よ〕うよ」の形で)誘う気持ちを強めることを表す。中(表示勸誘的意思)吧；啊。

☆ 早く行こうよ/Let's go quickly./快走吧。

☆ もう起きようよ/快起床了吧!

❹ (疑問を表す語句について)不満や非難する気持ちを強めることを表す。中(表示輕微責難或質問的語氣)呢；呀。

☆ なんだよ、こんなによごして/What's the matter with you? You made this so dirty./怎麼回事，你怎麼弄得這麼髒啊!

☆ どうしたのよ、遅刻して/怎麼搞的，居然遲到了。

▷ 話 →な 囲み

よあけ

【夜明け】ヨアケ ❶太陽が出る前の、あたりが明るくなりはじめるころから、太陽がのぼりはじめるころまで。中天亮的時候；黎明；拂曉。E dawn; daybreak.

☆ 夜明けの空に小鳥の声が聞こえる/拂曉時，天空中傳來小鳥的叫聲。

☆ 夜明けが近い/快天亮了。

対 日暮れ

❷ 新しい時代の始まり。中新時代的開始；黎明。E the dawning (of a new age).

☆ 明治維新は近代日本の夜明けだった/明治維新是日本現代化的開端。

☆ アジアの夜明け/亞洲的黎明。

よい

【酔い】ヨイ、ヨイ 酔うこと。また、酔った程度。中醉酒；酒意；酒勁。E drunkenness; (motion) sickness.

☆ 酔いがまわって頭がふらふらする/酒勁發作，頭暈暈的。

☆ 酔いをさます/醒酒。

☆ 乗り物酔い/暈車(船、飛機)。

自動 酔う

よ・い

【良い・善い】ヨイ 「いい」の改まった言い方。中好；適當；可以。E good; right; need not.

☆ お行儀のよいお子さんですこと/令公子真有禮貌。

☆ あすは来なくてもよい/明天可以不用來。

→いい

よいしょ

ヨイショ 重いものを持ち上げたり動作を始めたりするときの掛け声。話中哎喲；嘿咻(扛重物發出的聲音)。E Heaveho!

☆ 母は立ち上がるとき、いつも、「よいしょ」と言う/母親站起來時，總是說一聲「嗨喲」。

☆「よいしょ、よいしょ」と段ボール箱を運ぶ/喊著「嘿咻、嘿咻!」搬運紙箱。

参 最近は、「あの人はよいしょするのがうまい」のように、相手にお世辞を言ったりして喜ばせることの意味で、動詞の形で使うこともある。

よいっぱり

【宵っぱり】ヨイッパリ いつも夜遅くまで起きていること。また、その人。中熬夜(的人)。E sit up late at night.

☆ 両親がいつまでも起きていると、赤ん坊まで宵っぱりになる/如果父母總是晚睡的話，連小孩也會喜歡熬夜了。

☆ 宵っぱりの朝寝坊(=夜遅くまで起きていて、朝はいつまでも寝ていること。また、その人)/晚上熬夜，早上睡懶覺的人(＝夜裡很晚睡覺，早晨總是睡懶覺及早上睡懶覺的人)。

よいん

【余韻】ヨイン ❶金属のものを打っ

たときなどに、後に残る響き。中 餘音。E a lingering sound.

☆ 寺の鐘の音が長い余韻を引いて聞こえる/遠遠傳來寺院的繞耳鐘聲。

❷ なにかが過ぎ去ったあとに心に残る感じ。中 印象；感受；餘味。E aftertaste.

☆ コンサート会場にはすばらしい演奏の余韻がまだ残っている/音樂會場的精湛演奏仍餘音繞樑。

❸ ことばや文章などの奥にある味わい。中 餘韻；餘味。E subtle overtones; significance.

☆ この詩は結びの１行に深い余韻がある/這首詩的最後一行餘味無窮。

よう【用】ヨー ❶ する必要があることがら。しなければならないこと。用事。中 事情。E one's work; business.

☆ 用がすんだらすぐ家へ帰る / 事情辦完後馬上就回家。

☆ 急ぎの用で出かける / 因有急事而出門。

❷ 役に立つこと。中 用途。E useful; necessary.

☆ 新しいのを買ったから、古いテレビは用がなくなった / 因為買了新的，所以舊電視就沒用了。

❸ (他のことばの後について)～に使うもの。～が使うもの。中 ～用的。

☆ 登山用の靴 / mountain climbing boots. / 登山鞋。

☆ 社員用の出入り口/ a staff entrance. /公司職員出入口。

用を足す ❶ しなければならないことをすませる。中 辦事。E do one's business.

☆ 用をたしてから買い物をする / 辦完事後去購物。

❷ 大便や小便をする。中 解大小便。E go to the bathroom.

☆ 出かける前に用をたしておく / 先上好洗手間再出門。

▷ 似た表現 用足し

よう ヨー ❶ 人に呼びかけるときに言うことば。中 噢；喲。E Hi!; Hey!

☆ よう、しばらく / 喲，好久不見。

☆ よう、テレビゲーム貸してよ / 喂，借我電動遊戲吧。

❷ (一段動詞、「する」動詞、「来る」の「ない」形について)(1)話す人の意志を表す。中 表示說話人的意志。

☆ 仕事が終わったら、ごはんを食べよう / 工作完後就吃飯吧。

☆ あすは早く起きよう / I'll get up early tomorrow morning. / 明天早點起床吧。

☆ 部屋を掃除しよう / 打掃房間吧。

(2) 相手を誘う気持ちを表す。中 表示向對方勸誘。

☆ もう遅いから寝ようよ/ It's so late. Let's go to bed. / 不早了，快睡吧。

(3) (～ようじゃないか の形で)やわらかい誘い、命令を表す。中 表示勸誘及輕微命令。

☆ 諸君、人生を楽しく生きようじゃないか/ My Friends! Let us all enjoy life. /各位，我們何不愉快地享受人生!

(4) (「～ようとする」の形で)そのことが行われるすぐ前であることを表す。中 表示動作正要開始或將要開始。

☆ シャワーを浴びようとしたら、電話がかかってきた / Just as I stepped in the shower, the phone rang. / 剛要沖個澡，電話就響了。

▷ 話❶ →おい 囲み

三 参 ❷で五段動詞は「お」の段に「う」がつく。

よ・う【酔う】ヨウ〔自動五〕(よって) ❶ 酒を飲んでアルコール分が体にまわり、体や心がふつうでなくなる。中 醉；喝醉。E get drunk.

☆ ビール１杯で酔う / 喝一杯啤酒就醉了。

☆ 酒に酔うと父はおしゃべりになる/一喝醉酒，父親就變得喋喋不休。

❷ 船や車などに揺られて、気持ちが悪くなる。中 暈。E feel motioon sickness.

☆ 洋子は船に酔って青い顔をしている/洋子因暈船而臉色發青。

☆ バスに酔う/暈車。

❸ 心をうばわれ、うっとりする。中 陶醉。E be spellboound; be enraptured.

☆ スカイダイビングのすばらしい演技に酔う/為跳傘運動員的精湛表演所陶醉。

☆ 名曲に酔う/為名曲所陶醉。

▷ 名 酔い →酔っ払う

ようい【用意】ヨーイ〔～よる〕 あることのために、前もって支度しておくこと。中 準備；預備。E preparations; take ~ with.

☆ 今夜の客のために食事を用意する/為今晩光臨的客人準備飯菜。

☆ 雨具の用意をして出かける/準備好雨具外出。

☆ 用意周到/ very careful. /準備周到；準備齊全。

ようい【容易】ヨーイ 実行や解決がやさしいようす。簡単。中 容易；簡單。E easy; simple.

☆ 容易な仕事から先に片づけよう/先從簡單的工作開始做吧。

☆ 1日でこれだけの書類を処理するのは容易ではない/一天之內要處理這麼多的文件是很不容易的事。

対 困難

よういん【要因】ヨーイン ものごとが起こったおもな原因。書 中 主要原因；主要因素。E a (primary) factor; a cause.

☆ 物価値上がりの要因を調べる/調查物價上漲的主要原因。

☆ 工場廃水がこの川のよごれの要因になっている/工廠排放的廢水是污染這條河流的主因。

ようか【八日】ヨーカ ❶その月の8番目の日。8日。中 八號；八日。E the eighth (of April).

☆ 4月8日は花祭りだ/四月八日是浴佛節(紀念釋迦牟尼的誕辰)。

❷ 日の数が8つあること。8日。中 八天。E eight days.

☆ 8日会社を休んだ/向公司請假八天。

☆ 8日間/八天時間。

ようき【容器】ヨーキ ものを入れるための器。中 容器。E a container.

☆ 野菜をプラスチックの容器に入れて冷蔵庫にしまう/將蔬菜放入塑膠容器裡再放進冰箱。

☆ ふたがついた容器/有蓋子的容器。

☆ 紙の容器/紙製容器；紙杯。

参「入れ物」も似ているが、「入れ物」が、袋などもふくめて、なにかを入れるものという意味で広く使われるのに対して、「容器」は入れるものに合わせて形が決まっているものについていう。

ようき【陽気】ヨーキ ❶気候、天気の感じ方についていう言い方。中 氣候；時令。E (the) weather.

☆ 秋らしくさわやかな陽気になった/到了秋高氣爽的季節。

☆ 陽気がいい/氣候好。

❷ 性格や雰囲気が、明るくて楽しい感じがするようす。中 快樂；快活；開朗。E bright; cheerful.

☆ 文化祭の会場に陽気な音楽が流れている/文化節會場上播放著熱鬧的音樂。

☆ 父は酒を飲むと陽気になる/父親一喝酒，就變得開朗起來。

対 陰気

ようぎしゃ【容疑者】ヨーギシャ 罪をおかした疑いのある人。中 嫌疑犯。E a suspect.

☆ 警察は強盗事件の容疑者を逮捕した/警察逮捕了搶劫案的嫌疑犯。

☆ 容疑者を取り調べる/調查嫌疑犯。

ようきゅう【要求】ヨーキュー〔～する〕 あることが実現するように、相手に強くせまり、望むこと。また、その望み。中 要求。E demand; request.

☆ 市民は情報の公開を市に要求している/市民要求市政府公開資訊。

☆ 給料の引き上げを強く要求する / 強硬要求提高工資。

ようけん【用件】ヨーケン、ヨーケン　しなければならないことがら。また、その内容。[中]事情；事。[E] business.

☆ 急ぎの用件から片づけていく/從急件開始做。

☆ どんなご用件でしょうか / 有什麼事嗎?

ようご【養護】ヨーゴ〔～する〕　弱い人をたいせつに養い守ること。特に、体や心の弱い子供を学校教育の中で守り育てること。[中]護養；保健。[E] protect and care for.

☆ 老人や体の弱い子供を養護する / 照顧老人和體弱的孩子。

☆ 養護学級 / 特教班。

ようご【擁護】ヨーゴ〔～する〕　たいせつだと思う人やものごとを助け守ること。[書][中]擁護；維護。[E] protect; support.

☆ 弱い立場にいる人を擁護する/維護弱勢團體。

☆ 犯罪の容疑者の人権を擁護する / 維護犯罪嫌疑人的人權。

☆ 憲法擁護 / 擁護憲法。

ようこう【要項】ヨーコー　必要とするたいせつなことがら。また、それを書いたもの。[中]要點；重要事項。[E] essential points; guidelines.

☆ 渡された要項をよく見て申込書に記入する / 仔細閱讀重要事項後填寫申請表格。

☆ 学生募集要項 / 招生簡章。

ようさい【洋裁】ヨーサイ　洋服を縫うこと。洋服の形を考え、布を切り、縫い合わせてつくる技術。[中]西式裁剪(術)；縫紉(術)。[E] dressmaking.

☆ 洋裁を習う / 學習洋裁。

☆ 洋裁学校 / 洋裁學校。

[対]和裁　→裁縫

ようし【用紙】ヨーシ、ヨーシ　決まった目的のために使う紙。[中](特別用途的)紙張；格式紙。[E] a (blank) form; paper.

☆ 用紙の大きさをそろえる / 統一紙張的大小尺寸。

☆レポート用紙 / 報告用紙。

☆ 原稿用紙 / 稿紙。

[数]1枚

ようし【要旨】ヨーシ　講義や論文などの中心になるたいせつな論やだいたいの内容。また、それを書いたもの。[中]要旨；大意；要點。[E] the gist; the point; a summary.

☆ 要旨を100字ぐらいにまとめる / 將大意歸納成一百個字左右。

☆ 講演の要旨を印刷して配る / 印刷演講重點後分發。

→要点、要約

ようし【養子】ヨーシ　自分が産んだのではないが、法律上、子となった人。[中]養子。[E] an adopted child.

☆ 子供がないので、戦争で親をなくした子を養子にして育てる / 由於沒有孩子，所以將在戰爭中失去父母的小孩收留為養子來撫育。

☆ 養子に財産をゆずる / 將財產傳給養子。

☆ 養子縁組 / 結成養子關係；收養小孩。

[対]実子

ようじ【幼児】ヨージ　2歳から6歳ぐらいまでの幼い子供。[中]幼兒；學齡前兒童。[E] a little child; an infant.

☆ 洋子は幼児のとき大病をしたそうだ/據說洋子在幼兒時期得過大病。

☆ 幼児教育 / 幼兒教育。

☆ 幼児語 / 兒語。

[参]児童福祉法では、満1歳から小学校入学前までの男女をいう。

ようじ【用事】ヨージ　しなければならないことがら。用。[中]事情；事。[E] business; things to do.

☆ 市役所へ証明書を取りにいく用事がある/有事要去市公所拿證明書。

☆ 用事をすませてから映画を見る / 辦完事後

看電影。

ようしき【様式】ヨーシキ　同じ種類のものに共通な型ややり方。[中]様式；方式；一定的形式。[E] a way; a style.

☆ 日本人の生活の様式は、第2次世界大戦の前と後とでずいぶん変わった/二次大戦前後，日本人的生活方式發生了很大的變化。

☆ 建築様式/建築樣式。

☆ 表現様式/表達方式。

ようしつ【洋室】ヨーシツ　洋風につくった部屋。床は板、または、じゅうたんを敷き、壁が多く、ドアを出入り口とする。洋間。[中]西式房間。[E] a Western-style room.

☆ 洋室にベッドを置いて寝室にする/在西式房間裡擺張床作為臥室。

[対]和室　[数]1室・1間

ようしょ【要所】ヨーショ、ヨーショ　❶ たいせつな場所。[中]重要地點；要衝。[E] an important position; a strategic point.

☆ この駅は鉄道やバスが集まっている交通の要所だ/這個站是交通要道，鐵公路都匯集於此。

☆ 警備の要所をかためる/加強要地的守備。

❷ 全体の中で中心となるたいせつな箇所。[中]要點。[E] an important point.

☆ 要所をおさえて話す/抓住重點講話。

ようじょう【養生】ヨージョー〔～する〕健康を保つように食物などいろいろなことに気をつけること。また、病気などをしたあと、健康を回復するように気をつけること。[中]養生；養身。[E] recuperate oneself; take good care of oneself.

☆ 手術の後、体力を回復するため温泉で養生する/手術後為恢復體力而在溫泉療養。

☆ 養生して長生きしてください/請注重養生，長命百歲。

[対]不養生

ようしょく【洋食】ヨーショク　洋風の食事。西洋料理。[中]西餐。[E] Western food; Western dishes.

☆ 洋食はナイフやフォークで食べる/西餐是用刀叉吃飯。

☆ 部長においしい洋食をごちそうになった/經理請我們吃了一頓美味的西餐。

[対]和食

ようしょく【養殖】ヨーショク〔～する〕魚、エビ、貝、海藻などを人工的に育ててふやすこと。[中]養殖。[E] culture.

☆ 養殖のエビを輸入する/進口人工養殖蝦。

☆ 養殖真珠/人工養殖珍珠。

ようじん【用心】ヨージン〔～する〕いつ、なにが起こっても困らないように気をつけること。[中]注意；小心；警戒。[E] precaution; care.

☆ 用心のために戸口にかぎを2つつけた/為防萬一，在門上裝了兩把鎖。

☆ 用心深い/小心謹慎；非常小心。

☆ 火の用心/小心火燭。

[対]不用心・無用心　→注意

ようす【様子】ヨース　❶ 見てわかる状態。[中]樣子；跡象。[E] a look; (an) appearance.

☆ いまにも雨が降りだしそうなようすだ/好像馬上就要下雨了。

☆ 街のようすが変わった/街道的樣子變了。

❷ 人やものごとの状態。[中]情況；狀態；表情。[E] the state of affairs; a state.

☆ 手紙で家族のようすがわかった/從書信中了解到家人的情況。

☆ となりの部屋のようすをうかがう/觀察隔壁房間的動靜。

ようするに【要するに】ヨースルニ　まとめてわかりやすく言いかえれば。[中]總之；總歸；總而言之。[E] in short; to sum up.

☆「考えておきます」とは、要するにだめだということだ/「再考慮考慮」的說法等於說「不行」。

ようせい【要請】ヨーセイ〔～する〕そう

よ

してほしいと相手に強く頼むこと。また、その頼み。書中請求；要求。E request; demand.

☆ 外国の首脳に来日を要請する / 邀請外國首腦來日本訪問。

☆ 時代の要請にこたえる / 順應時代的要求。

ようせい【陽性】ヨーセイ　❶明るく楽しいことが好きな性質。中快活；開朗。E cheerful.

☆ 京子はどちらかといえば陽性で、悲しいことがあってもすぐ立ち直る/大致上來說京子性格開朗，即使有傷心的事也馬上能振作起來。

対陰性

❷ 病気などの検査で、反応がはっきり表れること。中陽性。E positive.

☆ ツベルクリン反応は陽性だった / 結核菌的反應是陽性的。

☆ 陽性反応 / 陽性反應。

対陰性

ようせい【養成】ヨーセイ〔～する〕　技術などを教えて一人前に仕事ができるように育てること。中培養；造就。E training.

☆ 機械化に合わせて技術者の養成を急ぐ/為配合機械化的要求，加速培養技術人才。

☆ 人材を養成する / 培養人才。

☆ 教員養成 / 培養教員。

ようそ【要素】ヨーソ　ものごとをつくりあげるためのたいせつな部分や条件となっているもの。中成分；要素；因素。E an element; a factor.

☆ 音の３つの要素は、強さ、高低、音色だ/聲音的三個要素是強弱、高低和音色。

☆ 不安な要素を取り除く / 消除不安的因素。

ようだ　❶(名詞に「の」のついたもの、動詞と形容詞の基本形、形容動詞の「な」の形について)(1)はっきりしないけれど、たぶんそうだということを表す。中似；像。

☆ 玄関のベルを押してもだれも出てこない。どうやら留守のようだ / 按了門鈴也沒人應門，看來沒人在家。

☆ 頭が痛くて熱もある。かぜをひいたようだ / I have a headache and fever, it must be a cold. / 頭疼又發燒，好像感冒了。

(2) あるものごとが、ほかのものと似ていることを表す。中像。

☆ 道子は小鳥のようによくしゃべる / Michiko chatters away like a little bird. / 道子像個小鳥一樣嘰嘰喳喳地愛講話。

☆ 氷のような、冷たい手 / 像冰一樣冷的手。

(3) 例としてあげる。中舉例。

☆ ピーマンやニンジンのような色のついた野菜は体にいい / Highly-pigmented vegetables like a sweet pepper and a carrot are good for the health. / 青椒、胡蘿蔔之類的有色蔬菜對身體好。

(4) ものごとをはっきり言わないでやわらかく言う。中似乎；彷彿；好像。

☆ 田中先生がいらっしゃるようなら、私もまいります/ If Professor Tanaka goes, I will, too. / 田中先生如果要去的話，我也去。

☆ むずかしいようなら、しなくてもいい/如果感到為難的話，不做也行。

(5) 内容を示す。中(表示內容)像…那樣。

☆ ごぞんじのように、わが社の経営は非常に苦しい状態です / As you know well, our company's management is in dire straits. / 正如大家所知，目前公司的經營陷入困難。

☆ つぎのような理由で、わたしはその意見に反対です/因下述幾點理由，我持反對意見。

❷ (動詞の基本形について、「～ように」の形で)目的を表す。中表示目標；希望；祝願；要求。

☆ 時間に遅れないようにしてください / Don't be late, please. / 請不要遲到。

☆ ７時にスイッチが入るようにしておく/將開關設定在７點鐘作用。

▷ →ごとく、みたいだ　→だろう囲み

ようだい【容体・容態】ヨーダイ、ヨーダイ　病気やけがのようす。中 病況；病情。E the condition (of a patient).

☆ 救急車で運ばれたあと、容体は落ちついている / 經救護車送醫後，病情已穩定下來。

☆ 病人の容体が急変して家族が駆けつけた/病人的病情突然惡化，家人都趕來了。

ようち【幼稚】ヨーチ、ヨーチ　考え方などが未熟で子供っぽいようす。中 幼稚。E infantile; childish.

☆ 自分のことしか考えられない幼稚な大人が増えている / 只顧著自己的幼稚大人正在增加。

☆ 幼稚な質問 / 幼稚的問題。

ようちえん【幼稚園】ヨーチエン　小学校へ入る前の子供たちが一緒に遊びながら団体の生活を経験する所。期間は１年から３年。中 幼稚園。E a kindergarten.

☆ 近くの幼稚園からかわいい歌声が聞こえてくる / 從附近的幼稚園傳來可愛的歌聲。

ようてん【要点】ヨーテン　文章や話の中心となるたいせつな部分。中 要點；要領。E the main point.

☆ 時間がないので簡単に要点だけ報告する/沒時間了，所以只簡單地報告重點。

☆ 要点を押さえた質問をする / 抓住重點發問。

参「要旨」も似ているが、「要旨」が文章や話のたいせつな部分をふくんだだいたいの内容をいうのに対して、「要点」はその中のたいせつな部分だけをいう。

ようと【用途】ヨート　ものを生かす使い方。使い道。中 用途；用處。E (a) use.

☆ 食器にはコーヒー茶碗のように用途が限られたものと、小皿のように用途が広いものとがある / 食器包括用途有限的咖啡杯，也有用途廣泛的小盤子。

☆ 用途に合った道具を買う / 購買合乎用途的道具。

ようび【曜日】ヨービ、ヨービ　日曜日、月曜日などの、１週間のそれぞれの日。中 星期；禮拜。E a day of the week.

☆ 曜日を決めて水泳教室に通う / 固定每週去學游泳。

☆ みんなのつごうのいい曜日に集まろう/趕在大家都有空的日子聚一聚吧。

ようひん【用品】ヨーヒン　(他のことばの後について)その仕事などをするのに使う品物。中 用品；用具。E equipment; supplies; utensils.

☆ スポーツ用品 / 體育用品。

☆ 事務用品 / 辦公用品。

☆ 台所用品 / 廚房用品。

ようひんてん【洋品店】ヨーヒンテン　洋風の衣類や、身につけるものを売る店。中 洋服店；服飾用品店。E a shop selling Western clothing and accessories.

☆ 近くの洋品店で靴下とシャツを買った/在附近的服飾商店買了襪子和襯衫。

数 １軒・１店

ようふう【洋風】ヨーフー　西洋のやり方でつくられ、または、行われているものごと。中 西式；洋式。E Western style; foreign style.

☆ 若い人の食生活はすっかり洋風に変わった / 年輕人的飲食習慣已經完全西化了。

☆ 洋風の家具をそろえた部屋 / 擺放著西式家具的房間。

☆ 洋風庭園 / 西式庭院。

対 和風

ようふく【洋服】ヨーフク　ズボン、スカートなど西洋から伝わった衣服。中 西服；西裝。E Western clothes.

☆ 流行の洋服を上手に着こなす / 善於穿著流行西服。

☆ 洋服だんす / 衣櫃；衣櫥。

対 和服、着物　数 １枚・１着　→和服

ようぶん【養分】ヨーブン　生物が育ち、生きていくために必要な栄養となるもの。中 養分。E nourishment.

☆ 草や木は根から水分や養分を吸い上げる/草木從根部吸收水分和養分。

☆ 人間の体は胃と腸で養分を吸収する/人體是靠胃腸吸收養分。

☆ 養分を取る/吸取養分。

ようま【洋間】ヨーマ　洋風につくった部屋。洋室。中 西式房間。E a Western-style room.

☆ この家で洋間は応接間だけだ/這幢房子裡的只有客廳是西式房間。

☆ ピアノを洋間に置く/將鋼琴擺在西式房間。

対 日本間　数 1室・1間

ようやく【要約】ヨーヤク〔～する〕　文章や話をわかりやすく短くまとめること。また、そのまとめたもの。中 要點；概要；歸納。E sum up; a summary.

☆ 5巻もある小説を、友達が上手に要約して話してくれた/朋友將長達五卷的小說精簡歸納後說給我聽。

参「要旨」も似ているが、「要旨」が主張や説明などをまとめたものであるのに対して、「要約」は長い文章や話を短くまとめること、また、そのまとめたもの。

ようやく　ヨーヤク　そうなってほしいと思っていた事態にやっとなるようす。中 好(不)容易；勉勉強強；才。E at last; barely; gradually.

☆ 新しいビルがようやく完成した/新的大樓終於完工了。

☆ 走っていってようやく間に合った/跑著去，總算趕上了。

☆ ようやく春らしくなった/終於有了春天的氣息。

ようりょう【要領】ヨーリョー　ものごとを処理したりするのにたいせつな点。また、その処理のしかた。中 要領；要點；訣竅。E the point; the knack.

☆ 車の運転も要領がわかれば簡単だ/開車只要掌握住要領，其實很簡單。

☆ 生徒に小論文の書き方の要領を教える/教學生小論文的寫作要領。

要領がいい　❶ ものごとを手ぎわよくする。中 乖巧。E sharp; skillful.

☆ 今年の新入社員は仕事の要領がいい/今年的新員工做起工作來精明乖巧。

対 要領が悪い

❷ あまり苦労しないでいい結果を手に入れてずるい。中 精明；狡猾。E shrewd.

☆ すこしも勉強しないで大学院の試験に合格するとは要領がいいやつだ/一點都沒讀書，卻考上研究所，真是個懂得要領的傢伙。

対 要領が悪い

要領を得ない　話し方が下手で、なにが言いたいのかよくわからない。中 不得要領。E be not to the point.

☆ 子供が先生のことばを伝えるのだが、さっぱり要領をえないので、しかたなく電話でききなおした/雖然孩子傳達了老師的話，但由於完全不得要領，只好再打電話去問。

ようれい【用例】ヨーレイ　あることばが文の中で実際に使われている例。使い方の見本。中 用例；實例；例句。E an example (of the actual usage of a word).

☆ むかしの書物の中から古い用例を見つけだす/從以前的書中找出老例句。

☆ 辞書に書かれた用例で、ことばの意味と使い方を知る/從字典記載的例句去了解詞彙的意義和使用方法。

よか【余暇】ヨカ　あまりの時間。仕事と仕事の間で自分の思うように使える時間。中 餘暇；閒暇時間。E spare time; leisure.

☆ いつも仕事が忙しいので、余暇にはじゅうぶんに休養をとりたい/由於工作總是忙碌，所以想在閒暇時充分休養。

☆ 余暇を楽しく過ごす/愉快地度過餘暇。

☆ 余暇の利用/利用休閒時間。

よかれあしかれ　いい結果になろうと悪い結果になろうと。よくても悪くても。どちらにしても。中 好歹；無論如何；不論好歹。E right or wrong; for better or for worse.

☆ よかれあしかれ、結果をみてからつぎのことを考えよう / 無論如何，看了結果後再考慮下一步吧。

☆ よかれあしかれ、テレビの影響は大きい/ 無論如何，電視的影響是很大的。

よかん【予感】ヨカン〔～する〕 こんなことがあとで起こりそうだとなんとなく感じること。また、その感じ。中 預感；預兆。E a hunch; a premonition.

☆ なにかいいことが起こるような予感がする / 預感到會有什麼好事發生。

☆ 死を予感する / 預感到死亡來臨。

よきん【預金】ヨキン〔～する〕 金を銀行などに預けること。また、その預けた金。中 存款。E a bank accoount; a deposit.

☆ 銀行の預金を引きだす / 從銀行提取存款。

☆ 毎月５万円ずつ預金する/毎月存款五萬日圓。

☆ 定期預金 / 定期存款。

→貯金

よく【欲】ヨク ほしいと思う心。そうなりたいと思う心。中 慾望。E greed; (a) desire.

☆ あんなにお金があってまだたりないとは欲が深い人だ / 那麼有錢卻還嫌不夠，真是個貪婪的人。

☆ 欲を出す / 產生慾望；貪心。

☆ 出世欲 / 想成名的慾望；成名慾。

☆ 知識欲 / 求知慾。

よく ヨク ❶じゅうぶんなようす。念を入れてするようす。中 好好地；很好地；充分地。E fully; well; properly.

☆ 食事の前には、手をよく洗いましょう/吃飯前要好好洗手。

❷ 程度が高いようす。中 好好地。E soundly; well.

☆ 疲れたので、よく眠っている / 因為累了，所以睡得很沉。

☆ よく売れる品物 / 好賣的商品；暢銷商品。

❸ 回数の多いようす。中 常常；經常；好。E often; frequently.

☆ 顔が似ているので、名前をよくまちがえる / 因為臉長得相像，所以經常把名字弄錯。

❹ ふつうではできないことに対して、ほめたり非難したりするようす。中 難為；竟能；居然。E It is a wonder that ~ ; I'm surprised that ~ .

☆ 毎朝４時に、よく起きられるね / 你竟然能夠每天早上四點就起床。

☆ よくあんなに上手にうそがつけるものだ/ 撒謊居然如此逼真。

二 参 ❹は強めて「よくも」ともいう。

よく-【翌-】 (日、月、年などを表すことばについて)つぎの。明くる。中 次；翌；第二。

☆ 翌翌日 / the day after tomorrow. / 後天。

☆ 翌 1956 年 / 隔年 1956 年。

☆ 翌朝 / the next morning. / 第二天早晨。

☆ 翌月 / 翌月；下個月。

☆ 翌週 / 下星期；下週。

-よく【-浴】 (他のことばについて)体をひたしたり、体に浴びたりすること。中 沐浴；洗澡；～浴。

☆ 海水浴 / 海水浴。(→ 項目)

☆ 森林浴 / 森林浴。

☆ 日光浴 / a sunbath. / 日光浴。

よくしつ【浴室】ヨクシツ 体を洗ったり湯船の中につかったりできるようになっている部屋。ふろ場。書 中 浴室；洗澡間。E a bathroom.

☆ この旅館の浴室からは正面に富士山が見える / 從這個旅館的浴室正面能看見富士山。

数 １室・１間

よくじつ【翌日】ヨクジツ ある日のつぎの日。中 翌日；第二天。E the next day; the day after.

☆ 台風の翌日は雨も風もやんで、いい天気になった / 颱風的第二天，風停雨止，天氣轉晴。

☆ 近い所なら手紙は翌日のうちにとどく/近的話，信第二天就能到。

関連 前日、当日

よくせい【抑制】ヨクセイ〔～する〕 ものごとが悪いほうに進んでいるばあいに、その勢いを止めようとすること。中 抑制；制止。E control; restrain.

☆ 物価の上昇を抑制する/抑制物價的上漲。

☆ 地球の人口が増えるのを抑制する/抑制地球人口的增加。

☆ 感情を抑制する/抑制情感；控制感情。

よくねん【翌年】ヨクネン ある年のつぎの年。よくとし。中 翌年；第二年。E the next year; the year after.

☆ 結婚した翌年にこの子が生まれた/結婚第二年生下了這個孩子。

関連 前年、当年

よくば・る【欲張る】ヨクバル〔自動五〕(よくばって) 必要以上に、なにかを求めようとする。中 貪婪；貪得無厭。E be greedy.

☆ いくら欲ばっても、1日に5冊の本は読めない/無論怎麼貪心，一天之內也看不完五本書。

☆ バーゲンで安いからと欲ばって買ったら、持てなくなった/貪圖便宜的拍賣品，買太多而提不動。

名 欲張り

よくふか・い【欲深い】ヨクフカイ ものや金などをほしがる気持ちがたいへん強い。よくぶかい。中 貪得無厭；貪心不足。E greedy; avaricious.

☆ 利益を全部自分のものにして、従業員には安い給料しか払わない欲深い経営者/將利益全歸己有，只發給員工微薄薪資，是一個貪得無厭的經營者。

よくぼう【欲望】ヨクボー 自分の思うとおりにしたい、ほしいものを手に入れたい、という強い望み。中 慾望。E (a) desire.

☆ 野生の動物は欲望をむきだしにして闘う/野生動物獸性大發，互相爭鬥。

☆ 人間としての欲望を捨てて仏道の修行に励む/拋開人類的慾望努力修行佛法。

よくも ヨクモ 「よく」を強めた言い方。中 竟然；竟能；膽敢。E It is a wonder that ～.

☆ 南極に残された犬が、よくも1年間生きていたものだ/被遺留在南極的狗兒居然能活一年。

☆ よくもだましたな/ How dare you trick me! /好啊，你竟敢騙我！

よくよく ヨクヨク じゅうぶんにするようす。程度が非常に高いようす。中 仔細地；十分注意地；特別的。E carefully; compelling.

☆ よくよく考えた結果、市長選挙に立候補することにした/經過仔細考慮之後，決定參選市長。

☆ いつも穏やかなあなたが怒るとは、よくよくのことがあったにちがいない/連溫和的你都生氣起來，肯定是發生了不得了的事。

よけい【余計】ヨケイ ❶ 必要以上に多くて、いらないようす。中 多餘；無用。E too much; unnecessarily.

☆ よけいに料理をつくりすぎて、たくさん残ってしまった/菜做得過多，剩下一大堆。

☆ 子供のことでよけいな心配はしないほうがいい/這是孩子的事，最好不要操心過多。

❷ ふつうより多めであるようす。中 多；富餘。E more.

☆ 夏休みはふだんよりよけいに本が読める/暑假裡比平時能閱讀更多的書。

❸ 程度が大きくなるようす。ますます。中 更加；更多。E all the more.

☆ タバコを吸うなと言われると、よけい吸いたくなる/被要求「不要吸菸。」反而更想吸。

よ・ける ヨケル〔他動一〕 近づいてきて自分に被害を与えそうなものから、体を離すようにする。中 避開；躲避。E get out of the way; avoid.

☆ 狭い道なので、向こうから来た車を、体を横にしてよけた/由於馬路很窄，所以側著身子躲過了對面的來車。

☆ にわか雨をよけるために、大きな木の下に入った/站在大樹下躲避陣雨。

〓 参「避ける」も似ているが、「避ける」が抽象的なものや遠くのものから離れることにもいうのに対して、「よける」はすぐ近くにあるものから離れることにいう。

よこ【横】ヨコ ❶前後ろに対して左右の方向。上下に対して水平の方向。また、その長さ。中 橫；寬度。E the side; horizontal; width.

☆ 道をまっすぐ歩いていって、つぎの角で横へ曲がる/沿著路一直往前走，在下一個轉角處拐彎。

☆ 横に線が引いてあるノート/有橫格的筆記本。

対 縦

❷もののわきの側。また、並んだとなり側。中 旁邊；側面。E the side; beside.

☆ 建物の正面にも横にも入り口がある/建築物的正面側面都有入口。

☆ 本屋は交番の横にある/書店在派出所旁邊。

☆ 横顔/側臉。

❸そば。中心となるもの以外。中 旁；旁邊。E aside.

☆ ボールを横へそらす/向旁邊發球。

☆ 横から口を出す/從旁插嘴。

横になる 体を横にする。寝て休む。中 躺下；橫臥。E lie down; take a rest.

☆ 疲れていたので長いすの上で横になった/由於疲憊，所以在長椅上躺下。

横のものを縦にもしない ひどいものぐさで、なにもしようとしない。中 懶得連油瓶倒了也不扶起。E do not even raise one's little finger.

☆ 横のものを縦にもしないような息子だったが、店の仕事をまかせたらよく働くので驚いた/兒子是個懶到油瓶倒了也不扶的人，但交給他店裡的事，卻手腳俐落令人驚訝。

似た表現 縦のものを横にもしない

よこがき【横書き】ヨコガキ 横の方向に並べて書く文字の書き方。中 橫寫。E write sideways.

☆ ローマ字は左から右へ横書きにするが、アラビア文字は右から左への横書きだ/羅馬拼音是從左到右橫寫，而阿拉伯文卻是從右往左橫寫。

☆ 横書きの原稿用紙/橫寫的稿紙。

対 縦書き

よこぎ・る【横切る】ヨコギル〔自動五〕(よこぎって) 横の方向に通り抜ける。中 橫過；橫穿過。E cross; fly across.

☆ 道を横切って、向こう側のバスの停留所へ行く/穿越馬路，前往對面的公車站。

☆ わたしの目の前を、きれいな鳥が横切った/一隻漂亮的鳥從我的眼前飛過。

よこく【予告】ヨコク〔～する〕 前もって相手に知らせること。また、その知らせ。中 預告。E (previous) notice; a preview.

☆ 社員をやめさせるばあいは、会社は30日前に予告しなければならない/要辭退員工時，公司必須提前三十天通知。

☆ 来週のテレビ番組の予告/下週的電視節目預告。

よこぐるまをおす【横車を押す】 相手の迷惑も考えず、道理に合わないことを無理に押しとおす。中 蠻橫不講理。E force one's unreasonable ideas.

☆ 彼はいつも横車を押して無理やり自分の主張を通そうとするので、人に嫌われている/他總是蠻不講理，硬要別人贊同自己的主張，所以惹人討厭。

〓 参 縦に進む車を横に押すことからいう。

よこ・す ヨコス〔他動五〕(よこして) ❶人やものを、こちらへ送ってくる。中 寄來；送來；遞給。E send; give.

☆ だれか機械の故障を直せる人をよこして

よ

ください/請叫人來修理機械故障。

☆ 月に１度は手紙をよこしなさい/請每月寄一封信來。

対 やる

❷ (「〜てよこす」の形で)こちらに向けて〜する。中 給〜。

☆ 書いてよこす/write to say ～./寫給～。

☆ 送ってよこす/forward; send./送來；寄來。

よご·す【汚す】ヨゴス〔他動五〕(よごして) きたなくする。中 弄髒。E make ~ dirty; pollute; stain.

☆ 泥んこ遊びで服をよごしてしかられた/因玩泥巴弄髒了衣服而挨罵。

☆ 工場の廃液が海をよごしている/工廠的廢水污染海洋。

☆ 手をよごす/弄髒手。

自動 汚れる →汚す

よこすべり【横滑】ヨコスベリ、ヨコスベリ〔〜する〕❶ 体の向きに対して横の方向にすべること。中 斜滑；橫滑。E skid; sideslip.

☆ 凍りついた道を車で走ったら横すべりしてあぶなかった/行駛冰結路面的車子打滑，很危險。

❷ 同じぐらいの地位で役職が変わること。中 調職；調任(同級別的職務)。E be shifted; change from one position to a similar one.

☆ 辞任した大蔵大臣の後に通産大臣が横すべりした/大藏大臣辭職後，由通產大臣轉任。

よこたわ·る【横たわる】ヨコタワル〔自動五〕(よこたわって) ❶ 横になる。寝ている状態になる。中 躺臥。E lie (down).

☆ ベッドに横たわる/躺在床上。

☆ 地面に横たわったまま動かない/躺在地上不動。

対 立つ

❷ 横にのびひろがっている。中 橫放；橫跨。E lie; stretch out.

☆ 盆地の北にゆるやかな丘が横たわっている/在盆地北部橫跨著平坦的丘陵。

❸ 前をふさいだ状態で存在する。中 迫在眉睫。E lie; be an impediment.

☆ 新大統領の前途には、インフレ対策、失業対策などむずかしい問題が横たわっている/通貨膨脹及失業等重大難題均擺在新任總統面前。

▷ 他動 横たえる

よこづな【横綱】ヨコズナ すもうで、いちばん上の地位。また、いちばん上のすもう取り。中 (相撲)“橫綱”。E a *yokozuna*; a grand champion (*sumo*) wrestler.

☆ ２度続けて優勝した大関が横綱になった/二連冠的大關昇為橫綱。

☆ 横綱はさすがに強くて、初日からずっと勝ち続けだ/不愧是實力堅強的橫綱，從第一天開始就連續獲勝。

参 もともとは、いちばん強いすもう取りが腰にしめる太い綱のことをいったが、それをしめる人の意味に変わってきた。

よこやり【横やり】ヨコヤリ かかわりのない人が途中から口を出してじゃまをすること。中 插嘴；干涉；干擾。E an interruption; an interference.

☆ まとまりかけていたところへ、横やりが入って交渉がだめになってしまった/談判即將成功時，有人插進來干涉，使談判失敗。

よご·れる【汚れる】ヨゴレル〔自動一〕きたなくなる。中 髒；污染。E become dirty; be polluted.

☆ 雨の日に公園を歩いて、靴が泥でよごれた/雨天在公園裡行走，鞋子被泥巴弄髒了。

☆ 排気ガスで、都会の空気はよごれている/因為大量排放廢氣，嚴重污染了都市空氣。

名 汚れ 他動 汚す →汚れる

よさん【予算】ヨサン 目的のために前もって計算した費用。国や団体などがつくる、決まった期間の収入と支出の見積もり。中 預

算。[E] a budget; an estimate.

☆ 家族旅行のために、今月の予算は先月よりも多くとってある/為了家族旅行，本月比上個月追加了預算。

☆ 政府は来年度の予算の編成を始めた/政府開始編製明年度的預算。

[対]決算

よし ヨシ 相手のことばに対して、承知したり決意を表したりするときに言うことば。[話][中]好；行。[E] OK.; All right; Good.

☆ よし、わかった。一緒にやろう/好吧，了解了，一起做（作）吧。

☆ よし、わたしが行こう/好吧，我去。

よしあし ヨシアシ、ヨシアシ ❶いいか悪いかということ。[中]善惡；好歹；好壞。[E] good or bad; quality.

☆ 美術品のよしあしを見分けることはなかなかむずかしい/辨別美術品的好壞是非常難的事。

❷ それがいいばあいもあるし、よくないばあいもあり、簡単には決められないこと。[中]很難說是好是壞。[E] be not always good.

☆ 遠慮ばかりしているのもよしあしだ/一味地客氣很難說是好是壞。

よじのぼ・る【よじ登る】ヨジノボル、ヨジノボル〔自動五〕(よじのぼって) けわしい場所や壁などを、手でつかむようにして登る。[中]爬；攀。[E] climb up; scramble up.

☆ 大きい岩をよじ登ったら頂上だった/爬上大岩石，就到了山頂。

☆ 木によじ登る/爬樹。

よしゅう【予習】ヨシュー〔～する〕 これから学習するところを先に勉強しておくこと。[中]預習。[E] prepare one's lessons.

☆ あした学校で習うところの予習をする/預習明天將要上課的內容。

[対]復習

よじ・れる ヨジレル〔自動一〕 細長いものが、ねじれた状態になる。[中]扭著；扭曲。[E] be twisted; be convulsed (with laughter).

☆ 電話のコードがよじれている/電話線扭結在一起。

☆ とてもおかしくて、腹の皮がよじれるほど笑った/特別可笑，笑得肚皮都痛了。

▷ [名]よじれ [他動]よじる

よ・す ヨス〔他動五〕(よして) 「やめる」のくだけた言い方。[中]停止；作罷。[E] give up; stop.

☆ かぜをひいたので、旅行はよして家にいる/因為感冒，所以不去旅行而待在家中。

☆ もう、けんかはよそう/不要再打架了。

よせ【寄席】ヨセ 落語家などが、客を集めて芸を演じる場所。[中]曲藝場；說書場。[E] a Japanese variety hall, a storytellers' hall.

☆ 寄席は江戸時代から庶民が楽しむ所だった/說書場是江戶時代起平民百姓的娛樂場所。

☆ 落語を聞きに毎日寄席に通う/為聽單口相聲，每天去曲藝場。

よ・せる【寄せる】ヨセル〔自他動一〕 ❶ある所へ近づく。[中]迫近；湧來。[E] approach; surge.

☆ 寄せてくる波を避けながら船を進める/一邊避開湧來的波浪一邊行船。

❷ なにかを、ほかのものに近づける。[中]靠近；接近。[E] pull (a car) to; take (interest in).

☆ 車を道のはしに寄せて止める/把車靠在路旁停下。

☆ 政治に関心を寄せる/關心政治。

☆ 心を寄せる/傾心；愛慕。

❸ 1つの所に集める。[中]聚集；召集。[E] gather; knit (one's brows).

☆ ごみをほうきで1カ所に寄せる/用掃帚將垃圾歸在一處。

☆ ひたいにしわを寄せる/皺眉頭。

❹ 意見などを送る。[中]寄送；投寄。[E] send.

☆ アンケートに回答を寄せる/投寄民意調查的問卷。

▷ [自動]寄る

三注 ❶は自動詞、❷❸❹は他動詞。

よせん【予選】ヨセン　スポーツ、芸術などで、いちばんすぐれた人や団体を決めるために、前もって候補を選んでおくこと。中 預選；預賽。E a preliminary heat; a qualifying round.

☆ 予選を通って決勝に進出する / 通過預賽進入決賽。

☆ 予選に残る / 通過預賽。

☆ 第１次予選 / 第一次預選。

よそ　ヨソ、ヨソ　❶ほかのところ。また、自分の家以外のところ。中 別處；別的地方；他鄉。E (look) away; another place.

☆ 授業中はよそを見ないで、先生の話を聞きなさい / 上課時不要左顧右盼，認真聽老師講課。

☆ 子供はよその家ではおとなしい / 孩子在別人家就顯得老實。

☆ よそいきの洋服 / one's Sunday best. / 出門穿的衣服。

対 内

❷（「～をよそに」の形で）～を顧みないで。中 不顧；滿不在乎。E ignoring; indifferent to.

☆ あの子は親の心配をよそに、遅くまで遊び歩いている / 那孩子不顧父母的擔心，外出玩到很晚。

よそう【予想】ヨソー〔～する〕　先のことについてだいたいこうなるだろうと考えること。中 預想；預料；預計。E expect; anticipation.

☆ つぎの総理大臣はだれだろうかと予想する / 預測下任總理大臣會是誰。

☆ 予想がはずれる / 預料落空。

☆ 予想どおり / 意料之中。

☆ 予想外 / 意料之外。

よそお・う【装う】ヨソオウ〔他動五〕(よそおって)　❶人からよく見られるように、身なりをととのえる。中 穿戴；打扮。E be dressed.

☆ 夜のパーティーのために、はなやかに装う / 為了出席晚上的宴會而打扮得很亮麗。

❷ 本当はそうではないのに、そのように見えるようにする。中 偽裝；假裝。E pretend; feign.

☆ とても頭が痛かったのだが、元気そうに装った / 頭很痛，但仍裝出很有精神的樣子。

☆ 警官を装って悪いことをする / 偽裝成警官做壞事。

▷ 名 装い

よそく【予測】ヨソク〔～する〕　先のことがどうなるかを、いろいろな状況をもとにして見当をつけること。中 預測；預計。E forecast; an estimate.

☆ 台風の進む方向を予測する / 預測颱風前進方向。

☆ 10年後の世界の人口の予測を出す / 預測十年後的世界人口狀況。

よそよそし・い　ヨソヨソシイ　親しいはずなのに、他人のように親しみのない態度だ。中 疏遠；見外；冷淡。E cold and distant; frigid.

☆ 恋人がよそよそしくなったのは、ほかに好きな人がいるからだろうか / 男(女)朋友變得冷淡，恐怕是移情別戀了吧!

☆ よそよそしいあいさつ / 冷淡的招呼。

よたよた　ヨタヨタ、ヨタヨタ〔～する〕　足が体を支えることができず、ふつうに歩けないようす。中 踉蹌；東倒西歪；步履蹣跚。E totter; unsteadily.

☆ 赤ん坊が大きなおもちゃを持って、よたよたしている / 嬰兒拿著大玩具跌跌撞撞地走著。

☆ 疲れきってよたよた(と)歩く / 累壞了，步履蹣跚地行走著。

→よろよろ

よだれ　ヨダレ　口から自然に流れだすつば。中 涎水；口水。E saliva; drool.

☆ たくさんのごちそうを見たら、思わずよだれをたらしそうになった / 看著許多豐盛的菜餚，不禁嘴饞得快要流口水了。

☆ 赤ちゃんのよだれをふく / 擦掉嬰兒的口水。

よだれを流す　ほしいという気持ちをおさえら

れないようす。中垂涎三尺。E drool with desire.

☆ 絵の好きな人が見たらよだれを流しそうな有名な画家の絵が売りに出された/繪畫愛好者看了都要垂涎三尺的著名畫家的畫被拿出來賣了。

似た表現 よだれを垂らす

よち【余地】ヨチ、ヨチ ❶あまっている土地。あまっている面積。中空地。E space; room.

☆ 家のまわりにはまだ車を置く余地がある/房子周圍還有空地可以停車。

☆ 部屋にベッドを入れると机やいすを置く余地がなくなる/在房間裡擺張床，就沒有放桌椅的地方了。

❷ それをするために残されている部分。中餘地。E room.

☆ 証拠がはっきりしていて疑う余地がない/證據確鑿沒有懷疑的餘地。

☆ 再検討の余地がある/有再進行商討的餘地。

よちよち ヨチヨチ〔～する〕 歩きはじめたばかりの子供がたどたどしく歩くようす。中東倒西歪；搖搖晃晃。

☆ 赤ちゃんがよちよち(と)歩いてきて、わたしの前で転んだ/ The baby came toddling and fell down in front of me. /幼兒搖搖晃晃走過來。

よっか【四日】ヨッカ ❶その月の4番目の日。4日。中四號；四日。E the fourth (of May).

☆ 5月4日は、3日の憲法記念日と5日のこどもの日の祝日にはさまれるので休みだ/因為五月四日夾在三號憲法紀念日和五號兒童節這兩個節日之間，所以也放假。

❷ 日の数が4つあること。4日。中四天。E four days.

☆ 週に4日働いて、3日休む/每週工作四天休息三天。

☆ 4日間/四天。

よっきゅうふまん【欲求不満】ヨッキューフマン、ヨッキューフマン 自分の望みや願いが実現できないために、いらいらして落ちつかないこと。中 欲望不能得到滿足；欲求不滿。E frustration.

☆ 一郎はバイクで走ることで欲求不満を解消している/一郎藉著飆摩托車，宣洩不滿情緒。

☆ 欲求不満のはけ口をさがす/ look for an outlet for one's frustration. /尋找發洩牢騷的管道。

よっつ【四つ】ヨッツ、ヨッツ ❶3つのつぎの数。4。4つ。中4個。E four.

☆ 1つ、2つ、3つ、4つ、5つ…と数える/數數：一個、兩個、三個、四個、五個……。

☆ リンゴを4つに切る/把蘋果切成四塊。

❷ 4歳。4つ。中四歲。E four years old.

☆ 長女が4つのとき次女が生まれた/大女兒四歲時，二女兒出生了。

ヨット (yacht) ヨット 三角の布を張って、風力や動力で走る小型の船。スポーツや遊びに使う。中帆船。E a yacht.

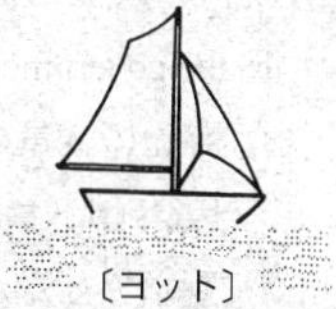

☆ 湖に色とりどりのヨットが浮かんでいる/湖面上飄著五顏六色的帆船。

〔ヨット〕

☆ ヨットレース/帆船比賽。

☆ ヨットハーバー/遊艇專用碼頭。

数 1隻・1艘・1艇

よっぱら・う【酔っ払う】ヨッパラウ〔自動五〕(よっぱらって) 酒を飲んですっかり酔い、ふつうの話し方や動作などができなくなる。中醉；喝醉；醉酒。E get drunk.

☆ おなかがすいているところに酒を飲みすぎて、酔っぱらってしまった/空腹飲酒過量，喝醉了。

☆ 酔っぱらって車を運転してはいけない/不許酒醉開車。

名 酔っ払い

参 「酔う」のくだけた言い方として使うこともある。

よっぽど ヨッポド 「よほど」を強めた言い

方。中很；頗；很想。E much; on the verge of.

☆ あんなつまらない映画を見るぐらいなら、家で寝ていたほうがよっぽどましだ/與其看那種無聊的電影，還不如在家裡睡覺。

☆ よっぽど声をかけようかと思ったが、人違いだと困るのでやめた/很想打招呼，但認錯人就麻煩了，還是作罷。

よてい【予定】ヨテイ〔～する〕 行事や自分の行動などについて前もって決めておくこと。また、その決めたこと。中預定。E a plan; a schedule.

☆ 今度の日曜は予定があるから一緒に遊べない/這禮拜天已另有安排，所以不能一起玩。

☆ あの橋は11月に完成する予定だ/那座橋預定十一月份竣工。

よとう【与党】ヨトー、ヨトー 政党の中で、現在、政権を担当している党。中執政黨。E the government party.

☆ 与党の議員の賛成で法案が成立した/法案因得到執政黨議員贊成而成立。

☆ 選挙で与党が負けて政権が変わった/選舉時執政黨敗選，政黨輪替。

対野党

よど・む ヨドム〔自動五〕(よどんで) ❶水や空気などの流れが止まって動かない。中淤塞；不流暢。E stagnate.

☆ 川の流れがよどんでいる所で水遊びをする/在河流淤積處玩水。

☆ 空気がよどんでいるようだから、窓を開けよう/空氣好像不流通，打開窗戶吧。

❷ 水にまじっているものが底に沈む。中沈澱。E settle; deposit.

☆ 池の底に、落ち葉がよどんで見える/隱約可見沈在池底的落葉。

☆ 川底によどんでいる泥を取り除く/挖出河底淤泥。

❸ 生き生きとしていない。中沒有生氣；死氣沈沈；停滯。E be inactive.

☆ 政界のよどんだ空気を新しくする/更新政界死氣沈沈的氣氛。

☆ よどんだ目/呆滯的目光。

▷ 名よどみ

よなか【夜中】ヨナカ 夜の真ん中あたり。中半夜；夜半。E the middle of the night.

☆ ゆうべ夜中の２時ごろに、大きい地震があった/昨天夜裡兩點左右發生了大地震。

☆ 真夜中/ midnight. /子夜；三更；深夜。

よねん【余念】ヨネン (「～に余念が[の]ない」の形で)ほかのことを忘れて、そのことだけに夢中になる。中一心一意；專心致志。E be absorbed in; devote oneself compltely to.

☆ 読書に余念のない学生たちで図書室はいっぱいだ/圖書館裡坐滿了專心讀書的學生。

☆ 研究に余念がない/專致於研究；潛心研究。

よのなか【世の中】ヨノナカ ❶おおぜいの人が実際に生活している社会。また、社会の中のいろいろな人間関係。中世間；世上；社會。E the world; life.

☆ 拾った財布をわざわざとどけるとは、世の中には親切な人もいるものだ/撿到錢包後還特地送還，看來世上還是有好心人。

☆ 世の中を騒がせる事件/使社會騷動的事件。

❷ 時がたつにつれて変わっていく社会のありさま。世相。中時代；社會情況。E times; an age.

☆ ４、５日も新聞を読まないでいると、世の中に後れてしまいそうだ/四、五天不看報紙，好像就會跟不上時代。

▷ →世間

よび【予備】ヨビ 前もって用意しておくこと。また、その用意したもの。中預備；準備(的東西)。E reserve; spare.

☆ 旅行先で費用がたりなくなるといけないから、予備のお金を持っていこう/旅費必須足夠，所以把備用的錢也帶去吧。

☆ 予備知識/ preliminary knowledge. /基礎知識。

☆ 予備校/ a cramming school. /考大學的補習學

校；補習班。

よびか・ける【呼びかける】ヨビカケル〔他動一〕 ❶直接、人に声をかけて、注意をひく。中打招呼；呼喚。E call out to.

☆ 部屋を出ていく先生に、「あの、すみません」と呼びかけた/叫住從房間走出去的老師說：「啊，抱歉。」

☆ 後ろから「もしもし」と呼びかけられた/後面有人向我打招呼。

❷多くの人に自分の意見を言って、賛成してくれるように求める。中號召；呼籲。E appeal to.

☆ テレビを通じて、自然保護への協力を呼びかける/透過電視呼籲大家同心協力保護大自然。

☆ マラソン大会への参加を、人々に呼びかける/呼籲大家參加馬拉松比賽。

▷ 名呼びかけ

よびすて【呼び捨て】ヨビステ 呼びかけるときやその人の話をするときに、「さん」「くん」などをつけず名前だけ言うこと。中直呼其名。E call a person without any polite address.

☆ A先生は、わたしを「田中」と呼び捨てにする/A老師直呼我「田中。」

よ・ぶ【呼ぶ】ヨブ〔他動五〕(よんで) ❶注意をひくために、相手に向かって声を出す。中叫；呼喚；招呼。E call.

☆ わたしの名前を呼ぶ声で目が覚めた/聽到有人叫我的名字後就醒了。

☆ 子供が、「お母さん」と呼んだ/孩子喊：「媽媽。」

❷自分の所に来てもらおうと、誘ったり、頼んだりする。中叫來；喚來。E invite; call; call in.

☆ 家に客を呼んで食事をする/請客人到家裡吃飯。

☆ タクシーを呼ぶ/叫計程車。

☆ 医者を呼ぶ/請醫生來。

❸引き寄せる。中招引；招致；引起。E arouse; cause.

☆ あの店は、おいしくて安いと人気を呼んで、いつも客でいっぱいだ/那家店的菜既好吃又便宜，深受歡迎，總是客滿。

☆ 反響を呼ぶ/引起迴響。

❹名づける。中叫；稱做。E name; call.

☆ 子供たちは、ひげの長い先生を「ヤギ先生」と呼んで、親しんでいる/孩子們將長鬍子老師叫做「山羊老師」，十分親近。

☆ 東京は、むかし江戸と呼ばれた/東京以前叫江戶。

よふかし【夜更かし】ヨフカシ、ヨフカシ〔～する〕 夜遅い時間までなにかをして起きていること。中熬夜。E sit up late.

☆ 読みはじめた本がおもしろくて夜ふかししてしまった/剛開始讀的那本書很有趣，於是熬夜看。

☆ ゆうべの夜ふかしのせいで、けさはまだ眠い/由於昨晚熬夜，所以今天早上還很睏。

よふけ【夜更け】ヨフケ 夜になってだいぶ時間がたったころ。中深夜。E late at night.

☆ 静かな秋の夜ふけに虫の声が聞こえる/在安靜的秋夜能聽見蟲叫聲。

☆ 夜ふけの電車には眠っている客が多い/深夜在電車上入睡的人很多。

よぶん【余分】ヨブン ❶あまった部分。必要以上でいらないもの。中多餘；剩餘。E an excess; an extra.

☆ 旅行するときは余分な荷物は持たないほうがいい/旅行時最好不要攜帶多餘的行李。

❷(「余分に」の形で)ふつうより多く。中多；超額；額外。E extra; more than usual.

☆ 今月は参考書を買うので、こづかいを余分にください/這個月要買參考書，所以請多給一些零用錢。

☆ 野菜が安かったので、すこし余分に買ってきた/因為蔬菜便宜，所以多買了一些。

よほう【予報】ヨホー〔～する〕 天気などに

ついて、前もって知らせること。また、その情報。中 預報。E a forecast.

☆ あすの予報を聞いてから山登りに行くかどうかを決める/聽了明天的天氣預報後，再決定去不去爬山。

☆ 予報が当たる/The foecast proves right. /預報準確。

☆ 天気予報/天氣預報。(→項目)

よぼう【予防】ヨボー〔～する〕病気や災害などが起こらないように、前もってするべきことをしておくこと。中 預防。E prevention.

☆ 交通事故の予防のため信号機をつける/為防止車禍而設置標誌燈。

☆ 予防注射/打預防針。

☆ 火災予防/預防火災。

よほど ヨホド ❶ ふつう考えられる程度や、他と比較したばあいの程度を、大きくこえているようす。中 很；頗；相當。E much; very; considerably.

☆ ニューヨークより東京のクリスマスのほうが、よほどにぎやかだ/與紐約相比，東京的聖誕節更熱鬧。

☆ おなかをすかした弟も食べないんだから、よほどまずいんだろう/連肚子餓了的弟弟都不吃，恐怕是相當難吃了。

❷ しようとしたことを、もうすこしのところでやめたようす。中 很想；差一點就。E on the verge of.

☆ 捨て猫をよほど拾って帰ろうかと思ったが、猫嫌いの母を思いだしてやめた/差點就想把棄貓撿回家，但想起媽媽討厭貓，也就算了。

よぼよぼ ヨボヨボ、ヨボヨボ〔～する〕年をとって体力が衰えたり、しっかり歩けなかったりするようす。中 (身體虛弱老人的步伐)蹣跚；搖搖晃晃。

☆ 90歳の祖父は、かぜで熱を出してから急によぼよぼしてきた/After getting a fever from a cold, my ninety-year-old grandfather suddenly became decrepit. /九十歲的祖父感冒發燒後突然手腳不靈活了。

☆ よぼよぼ(と)歩く/走路雙腳不靈活；一拐一拐地走。

二参 相手に向かって直接言うと失礼になる。

よみがえ・る ヨミガエル、ヨミガエル〔自動五〕(よみがえって) ❶ いちど死んだり、死んだようになったりしたものが、生き返る。中 甦醒；復活。E freshen up; be brought back to life.

☆ 枯れかけていた草木が、ゆうべの雨ですっかりよみがえった/昨晚下的雨，使枯黃的草木完全恢復生機了。

❷ いちど失われた力や状態が戻る。中 復興；復甦。E revive; come back.

☆ 写真を見ているうちに、子供のころの記憶がよみがえってきた/看著小時候的照片，喚起了對兒時的回憶。

☆ 戦争が終わって、人々に笑顔がよみがえった/戰爭結束後，人們臉上又露出了笑容。

よ・む【読む・詠む】ヨム〔他動五〕(よんで) ❶ 文字で書いたものの音を表す。中 念作；讀作。E read.

☆「今日」と書いて、「キョー」または「コンニチ」と読む/寫「今日」二個字，讀作「キョー」或「コンニチ」。

❷ 書かれた文章を、声に出して言う。中 念；讀；誦。E read (aloud).

☆ 目の見えない人のために、新聞を読んであげる/為盲人讀報。

☆ 子供に本を読んで聞かせる/讀書給孩子聽。

❸ 文字や図表などを見て、意味を理解する。中 看；閱讀。E read; understand.

☆ 本を読んで、感想を書く/看書後寫感想。

☆ このグラフから、人口の変化を読むことができる/從這張圖表可以看出人口的變化。

❹ 表に表れていないものを、こうではないかと思う。中 體察；忖度；揣摩。E read; guess.

☆ 黙っている人の気持ちを読むのはむずかし

い/要揣摩默不作聲的人的心情是很難的。

☆ 相手の作戦を読む/揣測對手的作戰方式。

❺ 短歌や俳句などをつくる。中 詠；作；吟。E compose; write.

☆ 桜の花のようすを和歌に詠む/將櫻花的美吟誦成和歌。

▷ 名 読み・詠み

注 漢字で書くときは、❶～❹は「読む」、❺は「詠む」。

よめ【嫁】ヨメ ❶ 結婚したばかりの女の人。中 新娘。E a bride.

☆ 真っ白なウエディングドレスのお嫁さん/身穿潔白婚紗的新娘。

☆ 花嫁/新娘；新娘子。(→ 項目)

対 婿

❷ 息子の妻。中 兒媳婦。E a daughter-in-law.

☆ 嫁に子供ができて、わたしもおばあさんになった/兒媳婦生了孩子，我也當祖母了。

対 婿

参 結婚が家を中心として行われていた時代を反映して「嫁に行く」「嫁をもらう」「嫁入り」などという表現が生まれたが、戦後、結婚は男女２人の間で行われるようになり、これらの表現は適当でなくなってきている。

よもや ヨモヤ (「よもや～ない」の形で)そのようなことは実現しないだろう。書 中 未必；不至於；難道。E surely not; It's not likely that ～.

☆ ５回も言ったのだから、よもや忘れてはいないだろう/都講過五遍了，總該不會忘了吧。

☆ この点数ではよもや合格できまい/這樣的分數怎麼會及格?

参 自分の意志ですることについては使わない。

よやく【予約】ヨヤク〔～する〕 ものを買ったり利用したりすることについて、前もって約束しておくこと。また、その約束。中 預約；預訂。E a reservation.

☆ 会合のために会場を予約する/為集會預訂會場。

☆ 予約を取り消す/ cancel a reservation. /取消預約。

よゆう 【余裕】ヨユー 必要な分より多くあって、ゆったりしていること。中 富裕；充裕。E time to spare; room; a margin.

☆ 電車が出るまでにまだ15分の余裕がある/離電車出發還有十五分鐘的剩餘時間。

☆ 庭が狭くて木を植える余裕はない/院子窄，沒空地種樹。

☆ 余裕のある生活/富裕的生活。

より ヨリ ❶ それ以上であるようす。中 更。E more; better.

☆ よりよい生活を望む/渴望更好的生活。

☆ よりいっそう努力する/更加努力。

❷ ものごとを比べるときの基準を表す。中 (表示比較的標準)比；較之；甚於。

☆ 500円玉は100円玉より大きい/五百日圓的硬幣比一百日圓的大。

☆ 試験は思ったよりやさしかった/ The exam was easier than I had expected. /考試比預期的容易。

❸ 「から」の改まった古い言い方。中 從；自；由。

☆ 会議は３時より行われる/ The meeting begins at three. / 會議三點開始。

☆ この線より中に入るな/不要進入這條線內。

❹ (「～より…ない」の形で)ほかのものを否定し、それ以外にないことを表す。中 (表示限定)除了……；只……。

☆ 本人が行くより方法がない/ There is nothing for it but to go to the place in person. /除了本人親自去以外，沒有別的方法。

☆ こちらが悪いのなら、謝るよりしかたがない/我方錯的話，只好賠禮道歉。

▷ 書 ❸

-より【-寄り】 (他のことばについて)それに近いほう、立場。中 偏；靠。

よ

☆ 駅の南寄りの入り口/ the southerly entrance of the station. / 車站靠南邊的入口。

☆ 市長寄りの意見を持つ議員 / assembly members whose opinions are close to those of the mayor. / 持偏向於市長意見的議員。

よりかか・る【寄りかかる】ヨリカカル〔自動五〕(よりかかって) ❶ 人やものに体を預けてもたれる。中 靠；倚。E lean against.

☆ 1日の仕事に疲れて、帰りの電車ではドアに寄りかかっていた/工作一天很疲勞，在回家的電車上倚靠在門邊。

☆ いすに寄りかかる / 靠在椅子上。

❷ 他人にすっかり頼る。中 依靠；依賴。E depend on.

☆ いつまでも親に寄りかかっていてはいけない / 不能總是依靠父母。

よりどころ ヨリドコロ、ヨリドコロ

❶ 考えたり行動したりするときのもとになるもの。中 根據；基礎；依據。E the foundation; the ground.

☆ 世論調査の数字をよりどころに選挙の結果を予測する / 根據民調數字預測選舉結果。

☆ 主張のよりどころはこの資料だ / 這個主張的依據是這份資料。

❷ 頼りにするところ。支えにするもの。中 依靠；支柱。E anchor; support.

☆ 夫に死なれ、心のよりどころを失った/因丈夫去世而失去了精神支柱。

よりみち【寄り道】ヨリミチ〔～する〕 ある所へ行き帰りする途中で、そこに近い別の場所へも行くこと。また、その道。中 繞道；順便繞到。E stop somewhere on the way.

☆ 学校の帰りに寄り道をして図書館へ行く/從學校回來時順便繞道去圖書館。

☆ 東京へ来る途中、広島に寄り道をしてきた / 來東京的路上繞道去了廣島。

よりょく【余力】ヨリョク、ヨリョク 仕事などをし終わって、まだほかのことができるほど残っている力。中 餘力。E reserve power; remaining energy.

☆ 会社を定年退職したが、まだじゅうぶんに仕事をする余力がある / 雖然從公司退休了，但還有充分的餘力工作。

よる【夜】ヨル 太陽が沈んでからまたのぼるまでの、1日のうちの暗いとき。中 夜；夜裡；晚上。E night; evening.

☆ 夜にならないうちに早く帰ってきなさい/趁還沒天黑前趕快回家吧。

☆ 昼は働いて、夜は学校へ行く / 白天工作，晚上去學校。

対 昼、日

参「晩」も似ているが、「夜」のほうが時間が長く、12時を過ぎてつぎの日の明るくなる前までをもふくむ。

よ・る【寄る】ヨル〔自動五〕(よって) ❶ ある所へ近づく。中 靠近；挨近。E step to; come near.

☆ 道のはしに寄って、車をよける / 靠著路邊走，避開車輛。

☆ 花のそばに寄って、においをかぐ / 靠近花聞花香味。

❷ 1つの所に集まる。中 集中；聚集。E gather; get together.

☆ 正月には祖父の家に家族が寄って、新年を祝う/過年時，全家人在祖父家裡團聚，祝賀新年。

☆ 三人寄れば文殊の知恵(= 1人ではだめでも、3人集まればいい知恵が生まれるということ)/ 三個臭皮匠，勝過一個諸葛亮 / (=即使一個人不行，三個人集合在一起，則產生智慧)。

❸ 目的の所へ行く途中で、別の所にちょっと行く。中 順便去；順路到。E drop in.

☆ 花屋に寄って花を買ってから見舞いに行く / 順路去花店買了束鮮花後，去探望病人。

☆ 学校の帰りに本屋に寄る / 從學校回來順便

去書店。

❹ もたれかかる。中靠；憑；倚。E lean over.

☆ 駅の階段の手すりに寄って話をする/靠在車站階梯的扶手講話。

☆ 寄りかかる/倚著；靠著。

▷ 他動 寄せる

よ・る ヨル〔自動五〕(よって) ❶それを根拠とする。それにもとづく。中根據；按照；靠。E according to; by.

☆ 天気予報によれば、あしたは雨が降るらしい/根據天氣預報，明天好像會下雨。

☆ そのことは多くの事例により証明される/那件事由許多事例得到證實。

❷ 手段、方法を表す。中靠；通過。E by; with.

☆ アルバイトによる収入を、生活費のたしにする/用打工的收入來補貼生活費。

☆ 話し合いによる解決/透過協商解決。

❸ そこに原因がある。中由於；因為；在於。E be caused by; be due to.

☆ この川のよごれは、工場廃水によるものだ/這條河受到污染，原因在於工廠排放的廢水。

☆ 不注意による事故/因不小心而引發的事故。

〜によって 〜に応じて。中與〜有關。E with (individuals).

☆ 顔も性格も人によって異なる/面相和性格都因人而異。

よれよれ ヨレヨレ 服や着物などが古くなって、生地が傷んだり形がくずれたりしているようす。中皺巴巴；滿是褶皺。E worn-out; threadbare.

☆ 祖母はよれよれの着物をたいせつに着ている/祖母十分愛惜地穿著滿是皺褶的和服。

☆ 父のコートがよれよれになったので、新しいのをプレゼントした/由於父親的大衣皺巴巴的，所以買了件新的做為禮物送給他。

よろこばし・い 【喜ばしい】ヨロコバシイ 喜びたい気持ちだ。めでたくてうれしい。書中喜悅；高興。E happy; joyous; desirable.

☆ われわれの研究会がどんどん発展するのは喜ばしいことだ/我們的研究會迅速發展，真是令人高興的事。

☆ 両親が年をとっても元気なのは喜ばしい/父母上了年紀卻很健康，真令人高興。

対 悲しい

よろこ・ぶ 【喜ぶ】ヨロコブ〔他動五〕(よろこんで) ❶いいことがあって、うれしいと思ったり、その気持ちを態度に表したりする。中高興；歡喜。E be pleased; be glad.

☆ 試験に合格したという知らせを聞いて、跳び上がって喜んだ/聽到考試合格的消息，高興了得跳起來。

☆ 子供の誕生を喜ぶ/為孩子出生而感到高興。

☆ 喜び合う/互相慶幸。

対 悲しむ

❷ (「喜んで〜する」の形で)相手のために自分から進んで〜する。中情願；願意；甘心；主動地。

☆ 喜んでお手伝いします/I'll gladly help you./很樂意幫忙。

☆ 喜んで参加させていただきます/很高興參加。

▷ 名 喜び

よろし・い ヨロシイ、ヨロシイ 「よい」の改まった言い方。中好；適當；行。E may; can.

☆ もう帰ってもよろしいでしょうか/可以回去了嗎?

☆ きょうの試験は辞書を見てもよろしい/今天的考試可以看字典。

参「いい」→「よい」→「よろしい」の順で、改まった言い方になる。

よろしく ヨロシク ❶頼んだり、自分の好意を伝えてもらったりするときにいうことば。中請多關照；問好；問候。

☆ 田中です。どうぞよろしくお願いします/My name is Tanaka. I'm glad to see you./我

叫田中，請多指教。

☆ ご家族のみなさんにもよろしくお伝えください／請代我向你的家人問好。

❷ 状況に合わせて適当に判断したり行動したりするようす。中 適當地；酌情地。E as one thinks fit; properly.

☆ 後のことはきみにまかせるので、よろしくやっておいてくれ／後續的事就拜託你了，你可要給我做好。

参 ❶は手紙やあいさつでいう。

よろよろ ヨロヨロ〔～する〕 足が体を支えきれず、倒れそうになるようす。中 搖搖晃晃；踉踉蹌蹌。E stagger; reel; unsteadily.

☆ 電車が急に止まったのでよろよろした／因電車突然煞車停止而踉踉蹌蹌地差點跌倒。

☆ よろよろ(と)歩く／踉踉蹌蹌地走。

参 「よたよた」「ふらふら」も似ているが、「よたよた」は、足はしっかりしていないがなんとか走き続けられる状態、「ふらふら」は、足だけではなく体全体が揺れながら歩くようすを表す。

よろん【世論】ヨロン 一般の人たちの意見。多くの人の考え。中 輿論。E public opinion.

☆ 政府は世論の支持を期待している／政府期望得到輿論的支持。

☆ 世論調査／a public opinion survey.／民意調查；民調。

注 もともとの「よろん」を表す漢字「輿論」を使わなくなったので、それに意味が近い字の「世論」をあてて「よろん」と読むことにした。「世」は「よ」と「せ」の両方の読み方があるので「よろん」と同じ意味で「せろん」ということもある。

よ

よわ・い【弱い】ヨワイ ❶ 力がおとっている。中 弱；軟弱。E weak.

☆ わたしは力が弱いから、こんな重いものは持ち上げられない／我力氣小，提不起這麼重的東西。

☆ あのチームは弱くて、負けてばかりいる／那個隊很弱，比賽老是輸。

対 強い

❷ 丈夫でない。こわれやすい。中 脆弱；不結實；不耐久。E weak; frail.

☆ 体が弱くて、よく病気をする／身體弱，經常生病。

☆ ビタミンCは熱に弱い／維他命C耐不住熱。

対 強い

❸ 精神的にしっかりしていない。中 懦弱。E weak; timid.

☆ 意志が弱くてなにをやっても長続きしない／意志薄弱，做什麼都不長久。

☆ 気が弱い／懦弱；懦法；膽怯；心軟；膽小；不爭氣。

対 強い

❹ 勢いがない。中 弱；小。E gentle; low.

☆ 台風が通り過ぎて、風が弱くなった／颱風過後風力減弱了。

☆ シチューは弱い火で長い時間煮る／燉鍋要用小火長時間煮。

対 強い

❺ そのことが苦手だ。その能力がない。中 不擅長；經不起。E weak; poor.

☆ 酒に弱くて、１口飲んだだけで頭が痛くなる／不擅長喝酒，喝一口就頭痛。

☆ 機械に弱い／不擅長機械。

対 強い

よわき【弱気】ヨワキ、ヨワキ 仕事などを始める前から、失敗するのではないかと、弱い気持ちを持つこと。中 軟弱；膽怯。E timid; faint-hearted.

☆ 病気をしてから弱気になって、旅行に誘われても断ってしまう／自從生病後，變得很膽小，別人邀約去旅行，也會拒絕。

対 強気

よわたり【世渡り】ヨワタリ〔～する〕 人々の間でうまく生活していくこと。中 謀生；處

世。E (know) how to get on in the world.

☆ 父は世渡りが下手で、いつまでたっても平社員のままだ/由於父親不會做人，所以一直是個小職員。

よわねをはく【弱音を吐く】 苦しさやつらさにがまんができなくなり、意気地がないことばを言う。中 示弱；叫苦；說洩氣話。E complain; whine.

☆ 弟は、こんなにたくさんの宿題を今晩じゅうにはできないと弱音をはいている/弟弟直叫苦說這麼多的作業，今天晚上做不完。

よわむし【弱虫】ヨワムシ 勇気のない人。また、けんかなどですぐ負ける子供。中 膽小鬼；孬種。E a coward; a chicken.

☆ わたしは子供のころは弱虫で、いつもいじめられて泣いていた/我小時候膽子小，經常被人欺負到哭。

よわよわし・い【弱弱しい】ヨワヨワシイ いかにも弱そうにみえる。中 孱弱；軟弱。E feeble; frail-looking.

☆ 病人は弱々しい声で痛みを訴えた/病人用衰弱的聲音訴說苦痛。

☆ 細くて弱々しい感じの人/瘦瘦的看起來很弱的人。

よわ・る【弱る】ヨワル〔自動五〕(よわって)

❶ 体が衰える。体力がなくなる。中 減弱；衰弱。E grow weak; weaken.

☆ ひどい暑さで体が弱って動けない/因天氣炎熱致使身體衰弱，動彈不得。

☆ 年をとって脚が弱ってきた/年紀大了行動不便。

❷ どうすればいいかわからなくて困る。中 為難；困窘；發愁。E be perplexed; be troubled.

☆ 部屋のかぎをなくして弱っている/正在為弄丟房間的鑰匙而發愁。

☆ 約束の時間に間に合わない。弱ったなあ/趕不上約定的時間，真糟糕。

よん【四】ヨン ❶ 3に1を加えた数。4。4つ。中 4；4個。E four.

☆ 自動車のタイヤは4個だ/汽車有四個輪胎。

☆ 4拍子/四拍子；四拍節。

☆ 4分/四分鐘。

❷ 順番が3のつぎ。4番目。第4。中 第4。E the fourth.

☆ 100メートル競走で4等になり、メダルをもらえなかった/一百公尺賽跑獲得第四名，沒拿到獎牌。

☆ 4学年/四個學年。

参 漢語の言い方で、1、2、3…と数えていくとき、3のつぎの4は「し」と言う。しかし、和語の言い方で数えるときは「ひい、ふう、みい、よ」と言う。この「よ」が「よん」に変わったものが「し」の発音よりはっきりしていて言いやすく聞きやすいので、また、「し」が「死」と同音であるので、それを避けるために「よん」がよく使われる。

ら／ラ

-ら ❶(人やものを表すことばについて)人が2人以上、また、ものが2つ以上であること。中等；們。

☆ きみら / [all of] you. / 你們。

☆ 子供ら / 孩子們。

☆ これら / 這些。

❷(人を表すことばについて)謙遜したり、他人を見下したりする気持ちを表す。中表示謙虛或瞧不起人時的用詞。

☆ わたしらにはわからない / None of us knows. / 我們這些人搞不懂。

☆ おまえらには無理だ / It's impossible for you. / 對你們這些來說不可能。

❸(人の名前などについて)おもな人をあげてほかの人を略すことを表す。中表示列舉主要的人物，其他人省略。

☆ 田中氏ら5名 / Mr.Tanaka and four others. / 田中先生等五人。

☆ 山田さんらのグループ / 山田等人的小組。

参 ❶で人についていうときは、自分と同等か目下の人をいう。

ラーメン (中拉麵) ラーメン　中国風の料理。スープの中にそば、豚肉、野菜などを入れて、塩、しょうゆ、みそなどで味をつけたもの。中拉麵；熱湯麵。E Chinese noodles.

☆ 昼は学生食堂でラーメンを食べた / 中午在學生餐廳吃了拉麵。

☆ 即席ラーメンをつくる / 做速食拉麵。

参「中華そば」ともいうが、材料にするのはそばの粉ではなく、小麦粉である。

らい【来】 ❶(時などを表すことばの頭について)つぎの。中下～。

☆ あの選手の来シーズンの活躍が楽しみだ / 期待那位選手在下一賽季能充分得到發揮。

☆ 来学期 / next school term. / 下學期。

❷(場所を表すことばの頭について)そこへ来ること。中來；來到。

☆ 大統領が来日した / 總統訪問日本。

☆ 来阪 / come to Osaka. / 來到大阪。

❸(時を表すことばの後について)その時からいままで。それ以後。中以來；從那以後。

☆ 数日来、かぜをひいている / 幾天來一直患感冒。

☆ 昨夜来の雨 / 昨晚開始下的雨。

☆ 昨年来 / since last year. / 去年以來。

▷ 書❸　関連❶先-、今-

らいう【雷雨】ライウ　雷が鳴るのと一緒に降る雨。中雷雨。E a thunderstorm.

☆ 天気予報によると、夕方、雷雨があるそうだ / 天氣預報說傍晚有雷雨。

☆ 山を歩いていて激しい雷雨におそわれた / 在山裡走的時候遇上猛烈的雷雨。

ライオン (lion) ライオン　毛が黄色に近い茶色で、体長2メートルほどの、鋭いきばとつめを持っている動物。性質は荒く、ほかの動物を捕らえて食べる。中獅子。E a lion.

☆ ライオンは強くて姿が立派なので、けものの王といわれている / 獅子由於強壯並且體態俊美，所以被稱為百獸之王。

数 1頭・1匹

らいきゃく【来客】ライキャク　人が家などに訪ねてくること。また、その人。中客人。E a guest; a visitor.

☆ 午後に来客があるので、出かけられない/因下午有客人要來，所以不能出門。

☆ 父は来客と話している/父親正在與賓客談話。

らいげつ【来月】ライゲツ　今月のつぎの月。中下個月；下個月。E next month.

☆ 来月、引っ越すので、その準備を始めた/因下個月要搬家，所以開始準備。

☆ 来月の末に帰国する/下個月底回國。

関連 先月、今月

らいしゅう【来週】ライシュー　今週のつぎの週。中下星期；下禮拜。E next week.

☆ 今週から来週にかけてとても忙しい/這禮拜到下禮拜非常繁忙。

☆ 来週の予定/下週的計劃。

関連 先週、今週

ライター(lighter) ライター　タバコを吸うときなどに火をつける道具。中 打火機。E a lighter.

☆ すみません、ライターをお借りしてもいいですか/對不起，能借打火機用一下嗎?

☆ 使い捨てのライター/丟棄式(一次性)打火機。

らいにち【来日】ライニチ〔～する〕　外国の人が日本にやってくること。中來日本。E come to Japan.

☆ ジョンは今度で3度目の来日だ/這是約翰第三次來日本。

☆ アリスは地震の研究のために来日した/艾麗斯為研究地震來到日本。

対 離日

らいねん【来年】ライネン　今年のつぎの年。明年。中明年；來年。E next year.

☆ 来年の春、わたしは学校を出て就職する/明年春天我將畢業就職。

☆ 一郎は来年30歳になる/一郎明年就三十歲了。

☆ 来年度/下一個年度；來年度。

関連 去年、今年

ライバル(rival) ライバル　同じぐらいの力で争う相手。競争相手。中對手；競爭者；情敵。E a rival.

☆ 道子とは子供のときから勉強でも運動でもライバルだった/從孩提時代起，無論讀書或運動，道子都是我的競爭對手。

ライフ(life) ライフ　生命。生涯。生活。中生命；人生；生活。E life.

☆ ライフスタイル(＝それぞれの人の生活のしかた)/生活方式(＝各人生活的方法)。

☆ ライフワーク(＝人が一生かけて仕上げるような大きな仕事)/終身事業(＝用盡一生心血完成的大事業)。

☆ カレッジライフ/大學生活。

ライブ(live) ライブ　音楽や芸能を、観客を前にした会場で直接に演奏、上演すること。また、テレビやラジオで、その場所から放送すること。中實況廣播；實況錄音。E live.

☆ 学園祭で、ロックバンドのライブを聞いた/校慶時聽了搖滾樂團的現場演奏音樂會。

☆ ライブ出演/現場演出。

☆ ライブ録音/實況錄音。

らく【楽】ラク　❶心や体に苦しいこと、つらいこと、困ったことなどがないようす。また、ゆったりしているようす。中舒服；快樂；安樂。E comfortable; easy.

☆ 足をのばして楽にしてください/請伸伸腳舒服一下，不要拘束。

☆ タクシーは自分で運転しないですむから気が楽だ/坐計程車可不用自己開車，心情很輕鬆。

対 苦

❷経済的にゆとりのあること。中舒適；富裕。E be well off; live comfortably.

☆ 妻が働くようになって生活が楽になった/妻子有了工作，生活變寬裕了。

☆ 老いた両親に楽をさせたい/想讓年邁的父母過得舒適一些。

対 苦

❸ たやすいようす。中容易；簡單；輕鬆。E easily; light.

☆ 楽に勝てる相手 / 能輕易取勝的對手。

☆ 1日3時間の楽な仕事 / 一天三小時的輕鬆工作。

楽は苦の種、苦は楽の種 楽と苦はつながっているから、いま楽をすればあとで苦労し、いま苦労すればあとで楽ができるということ。中樂極生悲，苦後方甜。E No pleasure without pain.

似た表現 楽あれば苦あり

らくがき 【落書き】ラクガキ〔～する〕 かいてはいけない所に字や絵などをかくこと。また、そのかいたもの。中胡寫(的詞句)；亂塗亂寫(的畫)。E doodle; scribble.

☆ 試験用紙に先生の顔を落書きして出したらしかられた / 在考卷上胡亂畫了老師的像，交上後挨罵了。

☆ 落書き帳 / a scratch pad. / 草稿本。

らくご 【落語】ラクゴ 古くからある、1人で演じる話の芸。身ぶりをしながらこっけいな内容の話を語る。中單口相聲。E *rakugo*; a comic story.

☆ 寄席へ落語を聞に行く/去說書場聽單口相聲。

☆ 落語を聞くと、江戸時代の町人の生活のようすがよくわかる/聽了單口相聲清楚地了解江戶時代市民的生活狀況。

らくせい 【落成】ラクセイ〔～する〕 工事をしていた建物などができあがること。書 中落成。E completion; be finished.

☆ 市民図書館は11月に落成の予定だ/市民圖書館預計十一月份完工。

☆ あの橋が落成すると駅に近くなる/那座橋一完工，離車站就變近了。

☆ 落成式/竣工儀式；落成典禮。

らくだい 【落第】ラクダイ〔～する〕 ❶ 試験や検査に不合格になること。また、進級できないこと。中落第；不及格；留級；沒有考中；名落孫山；失敗。E repeat the same class; fail.

☆ 学年末の試験の点がたりず落第と決まった/學期末考試分數未達標準，肯定要留級了。

対 合格、及第

❷ 人やものごとが、ある資格、または条件に合わないこと。中不適合。E a failure; no good.

☆ 子供の先生の名前も知らないのでは父親として落第だ / 連孩子老師的名字也不知道，真是不及格的父親。

対 合格、及第

らくたん 【落胆】ラクタン〔～する〕 期待が裏切られるできごとがあって、がっかりして気力をなくすこと。書 中灰心；氣餒；沮喪。E be discouraged; be disappointed.

☆ 頼りにしていた息子に死なれて、一郎はひどく落胆している/一直仰為依賴的兒子去世了，一郎非常沮喪。

らくてんてき 【楽天的】ラクテンテキ くよくよしたり心配したりしないで、明るくものを考えるようす。中樂觀；樂天派。E optimistic; cheerful.

☆ 妹は楽天的で、いつでものんびりかまえている / 妹妹很樂觀，無論何時都悠然自在。

☆ 楽天的な母のおかげで、どんなに苦しいときも一家に笑いが絶えない/多虧母親樂觀，無論處於多麼艱難的困境，一家人仍笑聲不斷。

対 悲観的 →楽観的

ラグビー (rugby) ラグビー 15人ずつのチームが、ボールを相手のゴールに入れて点を取り合う競技。中橄欖球。E rugby.

☆ サッカーのボールはまるいが、ラグビーのボールは細長い / 足球是圓的，而橄欖球是橢圓形的。

→サッカー

らくらく 【楽々】ラクラク 非常に簡単にできるようす。中非常容易；毫不費力。E with great ease.

☆ 前に1度やったことのある問題なので、楽々(と)とけた / 因為是以前曾經做過的習題，所以做起來非常容易。

☆ 辞書を引かなくても楽々(と)読める本 / (這)是一本不用查字典就能毫不費力地讀懂的書。

ラケット (racket) ラケット、ラケット　テニス、卓球、バドミントンなどで、手に持ってボールなどを打つ道具。中球拍。E a racket.

☆ 卓球のラケットはテニスのよりずっと小さい / 乒乓球拍比網球拍小得多。

☆ こんな大きなラケットにどうしてボールが当たらないのだろう/這麼大的球拍，怎麼就打不到球呢?

数 1本

らしい ❶(名詞、動詞と形容詞の基本形、形容動詞の語幹について)

(1) 客観的な根拠のある推量を表す。中(表示客觀的有根據的推量) 像是……；似乎……；好像……。

☆ 声が聞こえるから、となりの部屋にはだれかいるらしい / 聽得見聲音，看來隔壁房間裡有人在。

☆ ジョンは暖かい国から来たので、雪が珍しいらしい / Because John came from a warm climate country, he seems to find snow an oddity. / 約翰來自溫暖的國家，所以覺得雪很稀奇。

(2) ものごとをはっきり言わないでやわらかく言う。似乎……。

☆ どうもぼくの負けらしいね / I have apparently lost this game. / 我似乎輸了。

☆ きみはいつも帰りが遅いらしいね/你回家似乎總是很晚呢。

❷ (名詞、形容詞と形容動詞の語幹について) ～としての特徴をよく持っているということを表す。中像……樣子。

☆ 子供らしい表情 / a childlike expression. /孩子天真的表情。

☆ わざとらしい態度 / 假惺惺的態度。

▷ →だろう 囲み

ラジオ (radio) ラジオ　❶電波を使って広い地域に音声を流して聞かせる仕組み。また、その電波を受ける装置。中收音機。E a radio.

☆ ラジオの音楽を聞きながら勉強する /一邊聽收音機中的音樂一邊讀書。

☆ カーラジオ / 車內無線電收音機。

❷「❶」の放送番組。中廣播。E a radio program.

☆ ラジオに出演する / 參加廣播演出。

▷ 数 ❶1台、❷1本

ラジカセ　ラジカセ　ラジオとカセットレコーダーを、1つにまとめたもの。中收錄音機。E a radio cassette recorder.

☆ 方言の調査にラジカセを持っていく/帶著收錄音機去調查方言。

数 1台

参 英語の「ラジオ (radio)」と「カセット (cassette)」を合わせたものを略して日本でできたことば。

らちがあかない【らちが明かない】　ものごとのきまりがつかなくて、先に進まない。中毫無進展；得不到了結。E get nowhere; remain unsettled.

☆ みんなでいつまで話し合っていても、らちが明かない。このへんで結論を出そう/無論大家商談到什麼時候也沒結果，就在此提出結論吧。

らっかん【楽観】ラッカン〔～する〕　ものごとが自分の希望や期待どおりに進むと思い、明るい見通しを持つこと。中樂觀。E be optimistic.

☆ お金がなくてもなんとかなるだろうと楽観している / 即使沒錢也總會有辦法地想得非常樂觀。

☆ 父の病気は熱も下がり、山を越したが、まだ楽観できない / 父親雖然退了燒，並且度過了危險期，但對於他的病情還不能樂觀。

[対] 悲観

らっかんてき【楽観的】ラッカンテキ　ものごとがうまく進むだろうと考えて、心配しないようす。[中] 樂觀；樂觀主義（的）。

[E] optimistic; hopeful.

☆ わたしは将来を楽観的にみている/我樂觀的看待將來；我對將來持樂觀態度。

☆ 当日でも切符が買えると楽観的に考えていたら、全部売り切れだった / 原本很樂觀地認為當天也能買到票，結果全部賣光了。

[対] 悲観的

[参]「楽天的」も似ているが、「楽天的」が性格や人柄の特徴などをいうのに対して、「楽観的」はものの見方、考え方、ものごとに対する態度などをいう。

ラッシュアワー (rush hour) ラッシュアワー　通勤や通学の人がいっせいに集まって、乗り物や道路がこみあう朝夕の時間。ラッシュ。[中] 上下班擁擠的時間；交通尖峰時間。[E] the rush hour.

☆ ラッシュアワーの電車の中は身動きもできない/上下班高峰時間，電車裡擁擠得人動彈不得。

☆ 夕方のラッシュアワーで車の渋滞が始まった / 傍晚尖峰期開始塞車。

ラブレター (love letter) ラブレター　恋している気持ちを相手に伝えるために書いて出す手紙。[中] 情書。[E] a love letter.

☆ 妹はラブレターをこっそり隠れて読んでいる / 妹妹悄悄地躲起來看情書。

☆ 1晩かかってラブレターを書いた/花了一晚上寫情書。

[数] 1通

られつ【羅列】ラレツ〔～する〕　文字や数字などをたくさん並べること。また、ずらりと並んでいること。[中] 羅列；堆砌。[E] enumeration.

☆ この文章は、ことばを羅列しただけでおもしろみが全然ない / 這篇文章只是堆砌詞彙，一點意思都沒有。

られる（一段動詞、「来る」の「ない」形について）❶ 他からの動作や働きを受けることを表す。[中] 表示被動。

☆ 家の前に車を止められて迷惑だ / The car left in front of my house is a nuisance. / 家門前被停了輛汽車真礙事。

☆ 先生に作文をほめられた/作文受到老師讚揚。

☆ 夜遅く友達に来られて困った / 很晚了有朋友來訪，真麻煩。

❷ 動作をする人に対する敬意を表す。[中] 表示對動作主體的尊敬。

☆ 社長が来られました / The president has arrived. / 社長來了。

❸ あることができるということを表す。[中] 表示可能、能夠。

☆ この切符で映画が見られます/ You can see a movie with this ticket. / 用這張票可以看電影。

❹ しようと思わなくても自然にそうなるということを表す。[中] 表示自發。

☆ 吹く風に秋が感じられる/ I can feel autumn in the breeze. / 風使人感到秋天的到來。

[参] 五段動詞、「する」動詞には「れる」がつく。

らん【欄】ラン　❶ 書類などの中で、ある決められたことを書くために用意されたかこい。[中] 欄。[E] a blank.

☆ 調査書には家族の状況を書きこむ欄がある / 調查表上有填寫家人況的一欄。

❷ 新聞や雑誌などで、種類によって記事を別にした紙面。またはかこんだところ。[中] 專欄。[E] a column; a section.

☆ 兄は新聞のスポーツの欄だけ読んで会社へ行く/哥哥只看報上的體育專欄之後，就去公司上班。

☆ 雑誌の投書欄に知人の文が載った/雜誌的讀者投書專欄上刊登了熟人的文章。

らんざつ【乱雑】ランザツ　散らかっていて、きたないようす。中雑亂；雜亂無章。E disorderly; untidy.

☆ 弟の部屋は乱雑で、なにがどこにあるかわからない / 弟弟的房間雜亂無章，根本搞不清楚什麼東西放在哪兒。

☆ 乱雑な字の書き方 / 文字雜亂的寫法。

らんし【卵子】ランシ　雌が体内に持っている細胞の一種。精子と結合して子供をつくる。中卵子。E an ovum.

☆ 子供ができない夫婦の精子と卵子とで人工授精をする / 利用不能生育孩子的夫婦的精子和卵子進行人工授精。

対 精子

ランチ (lunch) ランチ　昼食。また、食堂などで用意する洋風の簡単な食事。中午餐；便餐。E lunch.

☆ 本日のランチは焼き肉とスープとサラダで、サービスにコーヒーがつきます / 今天午餐是烤肉、湯和沙拉的套餐，另外附送一杯咖啡。

ランドセル (オ ransel) ランドセル　小学生が通学に使う、背負う形になっているかばん。中(雙背帶)書包。E a satchel.

☆ 妹はランドセルを買ってもらって、1年生になる日を待っている / 妹妹買了書包，期待上學成為一年級學生的那一天。

〔ランドセル〕

らんぱつ【乱発・濫発】ランパツ〔～する〕紙幣や債券、布告などをきちんとした計画もなくむやみに出すこと。中濫發；亂發行。E an excessive issue; issue recklessly.

☆ 通貨の乱発はインフレの原因になる / 過度發行貨幣是導致通貨膨脹的原因。

☆ 社長は商品の欠陥を認め、おわびと反省のことばを乱発した / 公司經理承認商品有缺陷，並不斷表示道歉和反省。

注 以前は「濫発」を使ったが、最近は「乱発」のほうを多く使う。

らんぼう【乱暴】ランボー　❶ことばや考え方、行動などが荒々しいようす。むちゃなようす。中 胡亂；荒唐；潦草。E reckless; rough.

☆ お金もなしで旅行するとは乱暴な話だ / 沒錢還去旅行，真荒唐。

☆ 乱暴な字で書いてあるので、なかなか読めない / 由於字寫得很潦草，所以根本看不懂。

対 丁寧

❷〔～する〕荒っぽく激しい動作で、ほかに迷惑をかけたり人を傷つけたりすること。中粗暴；粗魯；粗野。E use violence.

☆ 酒に酔った客が乱暴して、いすやテーブルをこわした / 酒醉的客人發瘋，破壞了桌椅。

らんよう【乱用・濫用】ランヨー〔～する〕きちんとした理由もなくむやみに使うこと。書 中濫用；亂用。E (an) abuse; (an) overuse.

☆ 警官でも理由も言わずに持ち物を調べるのは職権の乱用だ / 警官如不說理由就搜查攜帶物品，那是濫用職權。

☆ 敬語の乱用は日本語を複雑にするだけだ / 濫用敬語只會使日語變得複雜。

注 以前は「濫用」を使ったが、最近は「乱用」のほうを多く使う。

らんりつ【乱立・濫立】ランリツ〔～する〕計画性がなくむやみに立ち並ぶこと。書 中雜亂的並排、成立。E too many (candidates) run for; be jumbled up.

☆ 同じ党の候補者が乱立して、みな落選してしまった / 同黨派的候選人過度參選，結果全都落選了。

☆ 駅前はビルの乱立で景色が変わった / 在車站前面蓋滿高樓大廈，美景因而變色。

注 以前は「濫立」を使ったが、最近は「乱立」のほうを多く使う。

ら

り／リ

リアル (real) リアル　いかにも本当らしいようす。中 真實的；本來；寫實的。E real; realistic.

☆ この似顔絵は、本人の表情をよく写していて、とてもリアルだ/這幅肖像唯妙唯肖地展現出本人的表情，非常真實。

☆ 戦争のようすをリアルに描いた小説/戰爭寫實小說。

☆ リアルな描写/真實的描寫；寫實。

リース (lease) リース〔～する〕　おもに機械類などを、月や年の単位で契約して、借りたり貸したりすること。中 租賃；出租。E a lease.

☆ 事務所のコピー機はリースだから、新型が出たら取りかえる/辦公室的影印機是租來的，所以新產品出來後就更換一台。

☆ パソコンをリースで入れた/租來一台個人電腦。

リーダー (leader) リーダー　先に立ってする人。指導する人。中 指揮者；領導人；領袖。E a leader.

☆ グループの山歩きにはリーダーが必要だ/組隊登山需要有指揮的人。

☆ リーダーシップ/領導能力。

☆ ニューリーダー/新領導。

りえき【利益】リエキ　❶ためになること。役に立つこと。中 利益；益處；好處。E interests; benefit.

☆ あの人は自分の利益だけを考えて行動する/他行事只考慮自己的利益。

☆ 今月は品物がよく売れて利益も上がった/本月貨品暢銷，利潤地增加了。

対 損失、損害、不利益

❷ 商売をして手に入るもうけ。中 利潤；盈利；賺頭。E (a) profit.

対 損失、損害、不利益

りかい【理解】リカイ、リカイ〔～する〕　ものごとの筋道や意味を知ること。中 理解；了解。E understand; understanding.

☆ 新聞を読んで国祭情勢を理解する/看報紙了解國際形勢。

☆ わたしの苦しい立場を理解してほしい/希望能理解我的困難處境。

☆ 相互理解/相互理解。

りがい【利害】リガイ　得と損。得になるか損になるかということ。中 利害；得失；利弊。E interests.

☆ 利害が一致する２つの会社が、協力関係を結ぶことになった/有共同利害關係的兩家公司結盟了。

☆ 利害をよく計算して交渉を進める/權衡利弊，進行交涉。

☆ 利害関係/利害關係；利弊關係。

りきせつ【力説】リキセツ〔～する〕　自分の考えを熱心に話すこと。相手を説得しようと一生懸命になること。中 強調；極力主張。E emphasize; stress.

☆ 村長は過疎の村を救うには道路建設しかないと力説した/村長強調為了拯救村落的人口減少的衰退傾向，只有進行道路的建設。

りき・む【力む】リキム〔自動五〕(りきんで)

❶ 息を止めて、体に力を入れる。中 費力；用力；硬撐。E strain oneself.

☆ 力んで顔を赤くしながら重い荷物を運ぶ/

鼓足勁搬運笨重行李，臉漲得通紅。

❷ 自分は力や能力があると張りきる。中 虛張聲勢；誇張；吹牛。E brag; put on a bold front.

☆ この仕事はわたしにしかできないと力んで、1人でがんばった/逞強地說過這項工作只有我會做，所以只好自己獨撐到底。

りく【陸】リク　地球上で、土や砂や岩が水におおわれていない所。中 陸地。E land.

☆ 1週間の航海の後、やっと陸が見えたときはうれしかった/經歷一個禮拜的航行後，終於看見陸地時，非常高興。

☆ 大陸/大陸。(→項目)

☆ 着陸/著陸；降落。(→項目)

☆ 陸地/陸地。

対 海

りくじょう【陸上】リクジョー　❶ 陸地の上。中 陸上；陸地上。E on land.

☆ 父は船で働いているので、陸上には年に2カ月しかいない/父親在船上工作，所以一年裡只有兩個月在陸地。

☆ 陸上輸送/陸地運輸。

対 海上、水上

❷「陸上競技」を略した言い方。おもに運動場で行われる、走る、跳ぶ、投げる、などの競技。中 田徑賽。E track and field.

☆ この高校はむかしから陸上が強い/這所高中從很早以前田徑項目就很強。

☆ グラウンドで練習しているのは陸上の選手たちだ/在運動場上練習的是田徑選手們。

対 水上

りくつ【理屈】リクツ　❶ ものごとの筋道。もっともな論。中 理論；道理；理。E reason; (a) theory.

☆ 理屈に合った話なら、反対する人はいないだろう/如果是合理的意見，恐怕不會有人反對吧。

☆ 自動車が動く理屈はわかるが、実際には動かせない/雖然明白發動汽車的原理，但實際上卻不會開。

❷ 自分につごうのいいことがものごとの筋道であるかのようにいう無理な論。中 歪理；藉口。E (an) argument; a strained interpretation.

☆ 弟は理屈は並べるが、すこしも現実をみていない/弟弟愛講歪理，根本不顧現實。

☆ 精いっぱい努力したんだから15点でも合格にしてくれという理屈は通らない/因為拚命努力了，所以即便是十五分也請讓我及格吧……這種理論是行不通的。

理屈をこねる　自分の考えをしつこく繰り返す。中 捏造理由；強詞奪理。E put up an argument.

☆ 昨日の大会は、会の進め方について理屈をこねる人がいて、肝心な討論はできなかった/昨天的大會上，有人就會議的進行方式強詞奪理，使得重要的討論沒法進行。

りこう【利口】リコー　❶ 賢くてものごとを理解するのが速いようす。中 聰明；伶俐；機靈。E clever; wise; intelligent.

☆ クロは、わたしが顔を見ただけで新聞を持ってくる利口な犬だ/「小黑」是一條聰明的狗，我只看牠一眼，牠就會把報紙拿來給我。

対 ばか

❷ ずるいぐらい要領がいいようす。中 精明；狡猾。E shrewd; smart.

☆ A課長は社内で利口に立ちまわって、社長のお気に入りになった/A課長在公司會討好賣乖，得到了總經理賞識。

❸ (おもに「お利口」の形で) 子供が大人の言うことをよく聞き、おとなしいようす。中 乖；懂事。E a good boy/girl.

☆ 赤ちゃんはきょうはあまり泣かなくてお利口だった/嬰兒今天不怎麼哭，很乖。

☆ 1人でお留守番をしてお利口ね/一個人留下來看家，真乖呀。

リコール (recall) リコール〔～する〕 ❶ 選挙で選んだ議員や市長などを任期の途中でやめさせること。また、それを要求すること。

解職請求。中(由公民投票把官員或議員)罷免。E recall.

☆ 建設業者からわいろを取っていたことがわかった市長をリコールした/得知市長從建設業界收取賄賂，於是罷免了他。

☆ 議会のリコールが成立し、選挙が行われることになった/議會的罷免決議通過，所以要重新舉行選舉。

❷ 製品に製造上の欠陥があることがわかったとき、公表して無料で回収し、修理する制度。中 廠商發現產品有製造上的缺陷等問題時，公開發表並收回已出廠的產品進行免費修理的制度。

E recall.

☆ 新型車Xにブレーキの欠陥が発見され、A社はその車のリコールを決めた/發現新型車X的煞車有缺陷，A公司決定回收並免費修理。

りこてき 【利己的】リコテキ　自分の利益ばかりを考えているようす。中利己的；自私自利。E selfish; egoistic.

☆ 会社の利益だけを考える利己的な企業は社会に受け入れられない/那種只考慮自己公司利益的自私企業無法為社會接受。

☆ 利己的な考え方/自私的想法。

りこん 【離婚】リコン、リコン〔～する〕 結婚を解消すること。夫婦でなくなること。中離婚。E divorce.

☆ 姉夫婦は性格が合わなくて離婚した/姊姊，姊夫因性格不合而離了婚。

☆ 迷った末に離婚に踏みきった/猶豫到最後，還是決定離婚。

対結婚

リサイクル (recycle) リサイクル〔～する〕 いらなくなったものをそのまま捨てず、もういちど利用できるようにすること。中資源回收再利用。E recycle.

☆ リサイクルの店で、修理してきれいにしたテレビを5000円で買った/在廢物回收利用店花五千日圓買了一台修好又被清理乾淨的電視機。

☆ 子供の服をバザーに出してリサイクルする/將孩子的衣服廢物利用拿去義賣。

☆ リサイクル運動/資源回收運動。

りし 【利子】リシ　銀行などに預けたり人に貸したりした金に対し、決まった割合で支払われる金。利息。中利息；利錢。E interest.

☆ 借金を早く返さないと利子がふえる/不快些還借款的話利息會增加。

☆ 利子をつけて返す/加上利息返還；連本帶利償還。

対元金、元金

りじ 【理事】リジ　団体などで、代表して事務を行う役。また、その役の人。中理事；董事。E a director; a trustee.

☆ 会の理事を選挙で決める/透過選舉決定協會的理事。

☆ 理事会/理事會。

☆ 理事長/理事長。

☆ 専務理事/a managing director. /常務董事。

りしゅう 【履修】リシュー〔～する〕 それぞれの学校で決められた学科や課程の勉強をすること。また、その勉強を終わること。書 中修業；學完；完成學業。E finish; take.

☆ 当大学では128単位以上履修しないと卒業できない/在本大學必須修滿一百二十八個學分以上才能畢業。

☆ 必修科目を履修する/選修必修科目。

りじゅん 【利潤】リジュン、リジュン　企業の売り上げからいろいろな費用を引いた残りの金額。中利潤；紅利。E (a) profit; (a) gain.

☆ 企業は利潤を追求するだけではなく社会的な責任も考えなければならない/企業不僅要追求利潤而且必須考慮社會責任。

☆ 利潤を配分する/分配利潤。

リスト (list) リスト　ある目的のために、人の名前、品物などを並べて表にすること。また、その表。中 名單；目錄；一覽表。E a list.

☆ 会に出席する人のリストをつくる/編製出席會議的人員名單。

☆ 買い物のリストをつくって出かける/列好購物單後出門。

☆ ブラックリスト/黑名單。(→項目)

リズム (rhythm) リズム　音の強弱、長短などを規則正しく繰り返すこと。また、繰り返しから生まれる調子。中 韻律；節奏。E (a) rhythm.

☆ リズムにのって踊る/隨著音樂的節奏跳舞。

☆ 音楽が２拍子から３拍子のリズムに変わった/音樂的節奏從二拍改為三拍。

☆ 生活のリズム/生活節奏。

りせい【理性】リセイ、リセイ　ものごとの筋道、道理を考える能力。また、道理によって正しい判断をする能力。中 理性；理智。E reason.

☆ 感情に走らず、理性で判断する/用理智來判斷而不要感情用事。

☆ 興奮して理性を失った/因興奮過度而失去理智。

対 感性

りそう【理想】リソー　考えられるいちばん立派で、完全な状態。最高の目的。中 理想。E an ideal.

☆ 自然の中で暮らすのがわたしの理想の生活だ/生活在大自然中是我理想中的生活方式。

☆ 理想を高く掲げる/hold high ideals./樹立遠大理想。

対 現実

りそうてき【理想的】リソーテキ　最も望ましい状態であるようす。中 理想的。E ideal.

☆ 誠実で行動力のある人が政治家として理想的だ/好的政治家應該是誠實而富行動力的人。

☆ 国境も戦争もないのが理想的な世界だ/既無國境也無戰爭，這是理想化的世界。

リゾート (resort) リゾート　行楽、休養、暑さ寒さを避ける、などの目的で人が集まる所。中 休閒地；娛樂地。E a resort.

☆ 週末をリゾートの温泉で過ごす/在休閒地的溫泉度週末。

☆ 夏休みのリゾート地は若い人たちでにぎわっている/暑假裡休閒區年輕人很多，非常熱鬧。

☆ リゾートホテル/休閒飯店(旅館)。

りそく【利息】リソク　「利子」を銀行などでいう言い方。中 利息；利錢。E interest.

☆ 定期預金の利息を元金に入れる/把定期存款的利息歸入本金。

対 元金、元金

りつ【率】リツ　あるものごとが全体の中で占めている割合。中 率；比率。E a rate; a percentage.

☆ 同じ年代の女性の中で、結婚しない人の率が以前より高くなってきた/同年代女性中，不結婚的比率比以前增加了。

☆ 競争率/a competitive rate./競爭率。

☆ 割引率/折扣率。

りっきゃく【立脚】リッキャク〔～する〕あるものごとを自分の考え、態度のよりどころとすること。書 中 立足；根據。E be based on.

☆ 仏教思想に立脚した生き方を考える/思考著立足於佛教思想的人生觀。

☆ A教授の経済理論に立脚して今後の経済の見通しを立てる/根據A教授的經濟理論，展望今後的經濟發展前景。

☆ 立脚点/立足點。

りっこうほ【立候補】リッコーホ〔～する〕選挙があるとき、候補者として名乗り出ること。中 當候選人。E run for; candidacy.

☆ 三郎は26歳の若さで市会議員に立候補した/三郎年紀輕輕的，才二十六歲就參選市議員。

☆ 立候補の届け出をしてすぐ選挙運動を始めた/完成參選登記後，立刻展開競選造勢活動。

りっしょう【立証】リッショー〔～する〕証拠を提出して事実をはっきりさせること。

書 中 作證；證實；證明。E prove.

☆ 川の水を分析して、その工場が汚水を流したことを立証する/分析河流水質，以證明那家工廠排放汚水。

☆ 信頼できる証言により、犯罪と無関係だという立証ができた/根據可信的證詞，證明了與犯罪無關。

りったい【立体】リッタイ　横幅、高さ、奥行きがあるもの。中 立體。E a solid.

☆ 高層ビルも、ごみ箱も、まるいボールも、みな立体だ / 高樓大廈、垃圾箱、圓球都是立體的。

☆ 立体交差 / 立體交叉。

☆ 立体感 / 立體感。

対 平面

リットル(フ litre) リットル　メートル法で、液体の量などの基本になる単位。1リットルは、縦、横、高さが10センチの容器に入る量。記号は「l」。中 升；公升。E a liter.

☆ 水が2リットル入るやかん / 能裝兩公升水的茶壺。

☆ 1リットル入りの容器に入った牛乳 / 裝在一公升容器裡的牛奶。

☆ 200リットル入る冷蔵庫 / 容納二百公升的冰箱。

りっぱ【立派】リッパ　欠点がなく、すぐれているようす。中 優秀；出色。E splendid; admirable; excellent.

☆ 新しくできた美術館は、とても広くて立派だ / 新落成的美術館，非常寬敞氣派。

☆ 叔母は働きながら4人の子供を立派に育てあげた / 嬸嬸一邊工作，一邊將四個孩子培育成才。

☆ 立派な成果を上げる / 取得優秀成果。

りっぷく【立腹】リップク〔~する〕　腹を立てること。怒ること。書 中 生氣；惱怒。E get angry; be offended.

☆ 一方的な契約解除の通知に関係者は全員立腹している / 接到單方面解除契約的通知後，相關人員都很憤怒。

☆ ご立腹はもっともだと思います / 我認為您生氣也是很正常的。

りっぽう【立方】リッポー　❶〔~する〕3つの同じ数や式をかけあわせること。3乗。中 立方。E a cube.

☆ 2の立方は8だ / 二的立方是八。

❷ (長さの単位を表すことばの頭について) その数の大きさの体積であることを表す。1cm×1cm×1cm=1cm³で、1立方センチメートルと読む。中 立方。E cubic measure.

☆ 1辺が10センチの箱の体積は1000立方センチで、1リットルに当たる/一邊為十公分的箱子的體積是一千立方公分，相當於1公升。

❸ (長さの単位を表すことばの後について) その長さを1辺とする立方体であることを表す。中 立方體。

☆ 10センチ立方の容器 / a container ten centimeters cube. / 十立方公分的容器。

りっぽう【立法】リッポー　法律をつくること。中 立法。E legislation.

☆ 日本では国会が立法を行う / 在日本，國會負責立法工作。

☆ 立法機関 / 立法機關。

関連 行政、司法

りてん【利点】リテン　便利なところ。また、すぐれたところ。中 優點；長處。E an advantage.

☆ カードでの買い物は、現金を持たなくていいという利点がある/用信用卡購物有不用帶現金的優點。

☆ この家の利点は日当たりがいいことだ/這棟房子的優點是採光好。

☆ 利点を生かす / 發揮優點；發揮長處。

リニアモーターカー　リニアモーターカー　磁気が反発する力を利用して走る乗り物。特に、車輪を使わずに非常に速いスピードで走るものをいう。中 磁浮列車。E a linear motor train.

☆ リニアモーターカーの実験で、時速500キロのスピードが出たそうだ/據說實驗中的磁浮列車時速達到五百公里。

数 1本、車両は1両

りねん【理念】リネン　ものごとの最高の姿はどうであったらいいかという判断のもとになる考え。中 理念；最高意境；根本想法。E an idea; a principle.

☆ 日本の憲法の理念は、ふたたび戦争をしないという第9条に表れている/日本憲法藉第九條表述不再發動戰爭的基本理念。

リハーサル (rehearsal) リハーサル　演劇や演奏会、放送などで、本番の前にするけいこ。中 彩排；排練。E a rehearsal.

☆ リハーサルでは失敗ばかりしていた洋子が、本番ではいちばんうまかった/排練時總是出錯的洋子在正式演出時表現卻最為出色。

りはつてん【理髪店】リハツテン、リハツテン　おもに男性や子供の髪を切る店。理容店。床屋。中 理髮店；理髮館。E a barbershop.

☆ 公園の前にしゃれた理髪店が開店した/公園前面開了一家時髦的理髮店。

数 1軒　→美容院 囲み

リハビリ　リハビリ〔←リハビリテーション(rehabilitation)〕　病気やけがで体の動きが不自由になった人がする、社会に復帰するためのいろいろな訓練。中 復健；醫療訓練。E rehabilitation.

☆ リハビリのおかげで、動かなかった左手が使えるようになった/託復健的福，原本動不了的左手能動了。

リビングルーム (living room) リビングルーム　洋風の居間。家族がふだん集まる部屋。リビング。中 客廳；起居室。E a living room.

☆ 夕食の後、リビングルームでみな一緒にテレビドラマを見た/晚飯後，大家在客廳一塊看電視劇。

数 1室・1間

リベート (rebate) リベート　受け取った金の一部を、金を払った人や取り引きの世話をしてくれた人に、謝礼の意味でもどすこと。また、その金。中 回扣；折扣。E a rebate; a bribe.

☆ 建設担当の役人が建設業者からリベートを取っていた/負責建設工作的官員向業界收取回扣。

リベラル (liberal) リベラル　政治の上で自由主義的な立ち場をとったり、社会の中でいろいろな制約にとらわれない考え方をするようす。中 自由的；自由主義的。E liberal.

☆ リベラルな校風をしたってこの大学を選んだ/因為仰慕自由校風，而選擇了這所大學。

リボン (ribbon) リボン　飾ったり結んだりするのに使う色のきれいな細長い布。中 絲帶；緞帶；髮帶。E a ribbon.

〔リボン〕

☆ 子供の髪をリボンで結ぶ/用絲帶給孩子綁頭髮。

☆ 花束を赤いリボンで飾って贈る/用紅絲帶裝飾花束後送人。

数 1本

リモコン　リモコン〔←リモートコントロール(remote control)〕　機械などを離れた所から動かすこと。また、その装置。中 遙控；遙控裝置。E remote control.

☆ 工事現場では、大きくて危険な機械はリモコンで操作する/在施工現場用遙控裝置來操作大型而又危險的機械。

☆ リモコンを使ってテレビの画面を変える/用遙控器改變電視畫面。

りゃくご【略語】リャクゴ　長いことばの一部分を省いて、短くしたことば。中 略語；簡稱。E an abbreviation.

☆「高校」は「高等学校」の、「入試」は「入学試験」の略語だ/「高校」是「高等学校」的簡稱，「入試」是「入学試験」的簡稱。

り

☆ 長い外来語は「ハイテク」「リモコン」のように略語になることが多い／很多冗長的外來語像「高科技(ハイテク)」、「遙控(リモコン)」都使用略語。

りゃくじ【略字】リャクジ　漢字の中で形が複雑なものを、その一部分を省いたりして簡単にした字。中 簡體字。E an abbreviated Chinese character.

☆「応」は「應」の、「學」は「学」の略字だ／「応」是「應」的簡體字，「学」是「學」的簡體字。

対 本字、正字

りゃく・す【略す】リャクス〔他動五〕(りゃくして) ❶ そのときに必要でない部分を取り去る。略する。中 省略；略去。E omit.

☆ 文の前後を略して、必要な部分だけを読みあげる／省略文章前後內容，只讀必要的部分。

☆ 手紙の前文を略す／省去信的開頭語。

❷ 長いものや複雑なものを簡単にする。略する。中 簡略。E abbreviate; shorten.

☆「生協」は「生活協同組合」を略したものだ／「生協」是「生活協同組合」的簡略詞。

☆ 急ぐときは、むずかしい漢字を略して書く／急的時侯，將難寫的漢字簡寫。

りゃくず【略図】リャクズ　目的に合わせて必要な部分だけをかき抜いた絵や地図。中 略圖；草圖。E a rough map; a sketch.

☆ 駅から家までの略図をかいて渡す／畫了一張從車站到家的草圖遞過去。

☆ 展覧会の会場のようすを略図で説明した／用草圖來說明展覽會場的概況。

数 1枚

りゆう【理由】リユー　ものごとがそうなったわけ。ものごとを決めるよりどころになるもの。中 理由；緣故。E a reason; a cause.

☆ 本当のタイ料理を食べてみたいという理由でバンコクへ行ってきた／以想吃道地的泰國菜為理由去了一趟曼谷。

☆ 会社をやめた理由は言えない／不知怎麼解釋離開公司的理由。

→原因

りゅうがく【留学】リューガク〔～する〕ある場所、特に外国へ、ある期間行って勉強すること。中 留學。E study abroad.

☆ 最近、日本へ留学を希望する人が増えている／近來想去日本留學的人數在增加中。

☆ 音楽を学ぶためにヨーロッパへ留学する／為學音樂而去歐洲留學。

☆ 留学期間／留學期間。

りゅうがくせい【留学生】リューガクセイ、リューガクセイ　留学して勉強する人。中 留學生。E a student studying abroad; a foreign student; a “college student”.

☆ マイクは建築学科の留学生として来日し、和風建築を学んでいる／麥克以建築系留學生的身份來日本學習日式建築。

☆ 留学生会館／留學生會館。

☆ 国費留学生／公費留學生。

→就学生

りゅうかん【流感】リューカン　「流行性感冒」を略した言い方。ウイルスによって伝染するかぜ。インフルエンザ。中 流行性感冒；流感。E influenza; the flu.

☆ 流感は毎年１、２月ごろ流行する／流行性感冒在每年一，二月份流行。

☆ どうも流感にかかったらしい／好像是得了流行性感冒。

りゅうぎ【流儀】リューギ　それぞれの人の独特のやり方。特に芸能などの派で、それぞれがむかしから伝えてきたやり方。中 流派；做派；做法。E a way; a manner; a style.

☆ この仕事はだれにも指図されず自分の流儀でやる／這件工作不讓別人插手，都按自己的方法去做。

☆ 流儀が違うと生け花もずいぶん感じが変わる／插花的流派不同給人感覺就會不一樣。

りゅうこう【流行】リューコー〔～する〕 あるものごとが一時的に世間にひろまり、はやること。中 流行。E (a) fashion; spread.

☆ 今年はまた短いスカートが流行しているようだ / 好像今年又流行起短裙了。

☆ 悪いかぜが流行している / 正流行重感冒。

☆ 流行語 / 流行語。

りゅうざん【流産】リューザン〔～する〕

❶ 妊娠して24週にならないうちに、赤ちゃんが死んで生まれること。中 流產；小產。E (a) miscarriage.

☆ 前に流産したので、今度は体をとてもだいじにしている / 因為上次曾經流產，所以這次特別保重身體。

❷ 計画などが、いろいろな理由で、実現しないこと。中 失敗；半途而廢；流產。E fail; miscarry.

☆ 計画案は資金の予定が立たなくて流産した / 計畫案因資金籌措不足而告流產。

りゅうしゅつ【流出】リューシュツ〔～する〕 中から外へ流れて出ていくこと。書 中 流出；外流。E flow out; a spill.

☆ 明治の初めごろ、刀や絵など美術工芸品がたくさん国外へ流出した / 在明治初期，刀、畫等工藝美術品大量流到國外。

☆ 原油の流出 / 原油外流。

☆ 頭脳の流出 / a brain drain. / 傑出人才外流。

対 流入

りゅうせい【隆盛】リューセイ ものごとが栄えて勢いがいいこと。書 中 隆盛；興隆；繁榮。E prosperity.

☆ 現在の会社の隆盛は社員全員の努力によるものだ / 現在公司的興隆是全體員工努力的結果。

対 衰退

りゅうちょう【流暢】リューチョー 話し方が上手で、ことばがすらすらと流れるように続くようす。中 流暢；流利。E fluent.

☆ 洋子は3カ国語を流暢に操る / 洋子能流利地講三國語言。

☆ ジョンは流暢な日本語を話す / 約翰說著一口流利的日語。

りゅうつう【流通】リューツー〔～する〕

❶ 空気などが同じ所に止まらずに動くこと。中 流通。E ventilation.

☆ 窓を開けて空気の流通をよくする / 打開窗戶使空氣流通。

❷ 商品が生産、卸、小売り、消費者へと、一定のやり方にしたがって動いていくこと。中 (商品)流通。E distribution.

☆ 流通の段階の工夫で物価を下げることもできる / 在流通過程中，可以想辦法降低物價。

☆ 流通機構 / 流通的機構。

☆ 流通経済 / 流通經濟。

❸ 貨幣などが社会に広く使われること。中 (貨幣)流通。E circulation; currency.

☆ 現在日本で流通しているお札の最高額は1万円だ / 現在日本流通中的紙幣最大面額為一萬日圓。

☆ 流通貨幣 / 流通貨幣。

りゅうとうだび【竜頭蛇尾】リュートーダビ ものごとが初めだけ勢いがよく、終わりに近づくにつれ勢いがなくなること。中 虎頭蛇尾；有頭無尾。E anticlimactic; promising start but poor finish.

☆ この夏はチョモランマに登ろうと計画を立てたが、資金と訓練の不足で北アルプスに変更し、竜頭蛇尾に終わった / 原本計畫今年夏天去攀登聖母峰，但由於資金不足、訓練不夠而變更計畫去登北阿爾卑斯山，虎頭蛇尾地告終。

りゅうにゅう【流入】リューニュー〔～する〕 外から中へ流れて入ること。書 中 流入。E flow in; an inflow.

☆ この湖にはいくつもの谷川の水が流入している / 這湖有幾條山澗匯入。

☆ 都会に流入する人口 / 流進大都市的人口。

☆ 外資の流入 / 外資的流進。

対 流出

りゅうねん【留年】リューネン〔～する〕学生が卒業や進級に必要な単位が取れず、同じ学年をもういちど繰り返すこと。中 留級。E stay in the same class.

☆ 卒業論文が書けなくて留年した / 因寫不出畢業論文而留級。

りよう【利用】リヨー〔～する〕❶ものごとを役に立つように使うこと。中 利用。E make use of; utilize.

☆ 通勤にはバスと電車を利用している / 搭乘公車和電車上班。

☆ 公園や図書館、市民センターなど市の施設は無料で利用できる / 可免費利用公園、圖書館、市民活動中心等市政施設。

❷ 自分の得になるようにうまく使うこと。中 利用。E take advantage of.

☆ 課長の地位を利用して、情報を早く手に入れる / 利用課長的身分地位，快速取得資訊。

▷ →活用

りょう【両】リョー　❶ 2つで組みになるものの2つとも。2つ一緒。また、2つ。中 雙；兩個。E both; two.

☆ 別れを悲しんで両の目に涙を浮かべた / 分別悲淒淒，兩眼淚汪汪。

☆ 両手両足 / 雙手雙腳。

☆ 両家族 / 兩個家庭；兩家族。

☆ 両親 / 雙親；父母。(→ 項目)

❷ (数を表すことばの後について) 電車、客車、貨車などの数を表す。中 輛；節。

☆ 7両編成の列車 / a 7-car train. / 七節車箱的列車。

りょう【量】リョー　ものごとの数や多さ。中 量；數量；分量。E (a) quantity; (an) amount.

☆ 仕事の量が多くてつらい / 工作量大，很辛苦。

☆ 駅で交通量を調査する / 在車站調查乘客流量。

☆ 量より質 / Quality is more important than quantity. / 質比量重要。

対 質

りょう【漁】リョー　海や川などで、魚や貝や海藻をとること。また、そのとれたもの。中 漁；捕魚；捕獲量。E fishing; a catch.

☆ 毎日小さい舟で沖へ漁に出る / 每天乘小船出海捕魚。

☆ サケ、マス漁 / 捕撈鮭魚和鱒魚。

☆ 大漁 / 捕魚量大。

☆ 不漁 / 捕魚量少。

りょう【寮】リョー　学校、会社などで、学生や社員の住居として用意する共同の建物。中 宿舍。E a dormitory; a dorm.

☆ 道子は、学生時代に寮の同じ部屋で暮らした友人だ / 道子是學生時代在宿舍同一房間的朋友。

☆ 寮生活 / 宿舍生活；寄宿生活。

☆ 学生寮 / 學生宿舍。

数 1棟・1室

-りょう【-料】(他のことばについて) なにかに使うことになっているもの。また、なにかに必要な金額。中 材料；費用。

☆ 調味料 / 調味料；佐料。(→ 項目)

☆ 授業料 / tuition; school fees. / 學費。

☆ 入場料 / 入場費。

りょういき【領域】リョーイキ、リョーイキ　勢力がとどく広さの範囲。よく知っているものごとの範囲。中 領域；範圍。E a territory; a sphere.

☆ 国内線の飛行機は自国の領域の中だけ飛ぶ / 飛國內線的飛機只能在自己國家的領空內飛行。

☆ 内科の医者には外科の領域はよくわからない / 內科醫生不太了解外科領域。

りょうかい【了解】リョーカイ〔～する〕話などがよくわかって認めること。中 了解；理解；體諒。E consent; understand.

☆ 上役の了解をとって休暇をとる / 取得上司的同意後休假。

☆ 相手の立場を了解する／理解對方的立場。

りょうがえ【両替】リョーガエ、リョーガエ〔～する〕 ある種類の金を、同じ金額のほかの種類の金と取りかえること。中 兌換；換錢。E change; exchange.

☆ 1万円札を1000円札10枚に両替する／將一萬日圓紙幣兌換成十張一千日圓的紙幣。

☆ 使い残したドルを円に両替した／將用剩的美金兌換成日幣。

りょうきん【料金】リョーキン、リョーキン ものなどを使ったり、なにかをしてもらったりしたことに対して払う金。中 費用；使用費。E a toll; a charge; a fare.

☆ 高速道路の料金が値上がりした／高速公路通行費漲價了。

☆ 電話の料金／電話費。

☆ タクシー料金／計程車費。

りょうこう【良好】リョーコー 質や状態がいいようす。中 良好。E satisfactory; good; fine.

☆ 手術の後の経過は良好だと医者が言った／醫生說手術後況良好。

☆ 感度が良好なマイクをさがす／尋找感度好的麥克風。

☆ 体調は良好だ／身體況良好。

対 不良

りょうじ【領事】リョージ 外国のおもな都市にいて、その国との貿易を進めたり、自国民の保護、監督をしたりする役人。中 領事。E a consul.

☆ A氏は上海の領事をしたこともある外交官だ／A氏是曾經做過上海領事的外交官。

☆ 総領事／總領事。

☆ 領事館／領事館。

りょうしき【良識】リョーシキ 社会一般に認められるような落ちついたものの考え方と判断力。中 明智；判斷力。E good sense; wisdom.

☆ 参議院は良識の府とされている／參議院被視為是有良知的機構(可以做明智的判斷)。

☆ 市民の良識に期待する／期待市民明智的判斷。

☆ 良識を備えた社会人／具有良知的社會人士。

りょうしゅうしょ【領収書】リョーシューショ、リョーシューショ 金を受け取ったというしるしに相手に渡す書類。領収証。中 收據。E a receipt.

☆ 領収証に名前を書いて判を押す／在收據上簽名蓋章。

☆ 大金を払って領収証をもらった／付了許多錢後，要了一張收據。

りょうしょう【了承】リョーショー〔～する〕 話をよく理解して受け入れること。中 曉得，諒解，同意，了解。E consent to; approval.

☆ 会長になることを了承する／同意當會長。

☆ 本人の了承なしには決められない／未經本人同意不得定案。

りょうしん【両親】リョーシン 父と母。お父さんとお母さん。父母。中 雙親；父母。E parents.

☆ 両親そろって健康でいてくれるのがうれしい／父母都非常健康，真令人高興。

☆ ご両親はお元気ですか／您父母身體都好吧。

りょうしん【良心】リョーシン 人間がもともと持っている、善と悪とを見分ける力。また、正しい行動をしようとする心の働き。中 良心。E conscience.

☆ うそをつくのは良心が許さない／說謊是良心所不允許的。

☆ 良心がとがめる／My conscience pricks me.／受良心苛責；良心譴責。

りょうほう【両方】リョーホー、リョーホー 2つあるものごとの2つとも。中 兩方；雙方；兩者。E both.

☆ 会社と自宅の両方に電話をかけたが、どちらにもいなかった／打電話到公司和家裡，但都不在。

☆ 両方の言い分を聞いてから判断する/聽過雙方的解釋後，再作判斷。

対 片方、一方

りょうほう【療法】リョーホー　病気やけがを治すやり方。中 療法。E (a method of) medical treatment; a cure.

☆ 病院で最新の療法によって治療してもらう/醫院採用最新療法幫我治療。

☆ コバルト療法/鈷療法。

☆ 自然療法/自然療法。

☆ 民間療法/民間療法。

りょうやくはくちににがし【良薬は口に苦し】　いい忠告は聞くのがつらいが、ためになる。中 良藥苦口；忠言逆耳。E Good medicine tastes bitter.

参 よく効く薬は苦くて飲みにくいことからいう。

りょうよう【療養】リョーヨー〔～する〕病気やけがの手当てをしながら、弱った体力を回復させるため休んだり栄養をとったりすること。中 療養；養病。E recuperate; medical treatment.

☆ 手術の後、温泉で療養する/手術後在温泉療養。

☆ 療養所/療養所。

☆ 自宅療養/在家療養。

りょうり【料理】リョーリ〔～する〕　材料に火を通したり味をつけたりして、食べられるようにすること。また、その食べ物。中 烹調；做菜；菜。E cooking; a dish.

☆ 家事の中では料理がいちばん楽しい/在家務中，以做菜最開心。

☆ 料理学校/烹飪學校。

☆ お正月料理/正月裡吃的菜；年菜。

☆ 日本料理/日本菜；日本料理。

りょうりつ【両立】リョーリツ〔～する〕2つのものごとがうまくいくこと。中 兼顧；並存。E do well both in ～ and … ; go together.

☆ 夫婦が協力し合って職業と育児を両立させる/夫婦同心協力，使工作和育兒都可兼顧。

☆ アルバイトと研究の両立はむずかしい/打工與研究這兩者很難兼顧。

りょかっき【旅客機】リョカッキ　旅行客を乗せて運ぶ飛行機。りょかくき。中 客機。E a passenger plane; an airliner.

☆ 最近の旅客機には500人もの乗客を運べるものもある/最新的客機載客量可達五百人。

☆ 大型旅客機/大型客機。

数 1機

りょかん【旅館】リョカン　旅行する人を泊めることを職業としている家。中 旅館；旅館。E a (Japanese-style) hotel.

☆ 温泉地の旅館に泊まる/在溫泉旅館投宿。

☆ 旅館の従業員として働く/在旅館工作。

数 1軒　→ホテル 囲み

参「ホテル」「宿屋」も仕事の内容は同じだが、建物や宿泊のしかた、食事などが和風のものを「旅館」「宿屋」、洋風のものを「ホテル」という。また、「宿屋」はすこし古い言い方で、一般に「旅館」より規模が小さいものについていう。

りょくち【緑地】リョクチ、リョクチ　草や木がたくさんあり、緑が多い土地。中 緑地；公園。E a green tract of land.

☆ 都市の緑地を増やす/增加都市的綠地。

☆ 緑地帯/綠化地帶。

りょくちゃ【緑茶】リョクチャ　薄い緑色の茶。茶の木の若葉を蒸して乾燥させてつくる。お茶。中 綠茶。E green tea.

☆ その年最初に出た葉でつくった緑茶を新茶という/用當年最早長出的嫩葉製成的綠茶叫做新茶。

☆ 和菓子には紅茶より緑茶が合う/吃日式點心時，配綠茶比配紅茶更適合。

数 1杯・1缶

りょけん【旅券】リョケン　パスポート。

中護照。E a passport.

☆ 国を出るときと帰ってくるとき、税関で旅券を見せる/出國和回國時，在海關要出示護照。

☆ 外国旅行中に旅券をなくして、とても困った/去外國旅行時丟了護照，非常困擾。

数 1通

りょこう【旅行】リョコー〔～する〕 いろいろな目的でよその土地へ出かけていくこと。中旅行。E a trip; a journey; travel.

☆ 夏休みに家族で北海道へ旅行をした/暑假裡全家去北海道旅行了。

☆ 旅行案内書/旅行指南。

☆ 観光旅行/觀光旅行。

☆ 修学旅行/ a school excursion. /修學旅行；見習旅行。

→旅

りょひ【旅費】リョヒ 旅行をするのに必要な金。中旅費；路費；差旅費。E traveling expenses.

☆ 来年外国へ行きたいので旅費を積み立てている/明年想去外國，所以正籌集旅費。

☆ 出張旅費/差旅費。

リラックス (relax) リラックス〔～する〕 体や心が緊張しているのをゆるめ、楽にすること。中放鬆；鬆弛；輕鬆。E relax.

☆ 仕事の後、リラックスするためにタバコを吸う/工作後，抽一支菸，放鬆一下。

☆ 上着のボタンをはずしてリラックスする/解開上衣鈕扣輕鬆一下。

りりく【離陸】リリク〔～する〕 飛行機などが地上を離れて飛びたつこと。中起飛。E a takeoff.

☆ いま飛行機が離陸したところだ/現在飛機剛起飛。

☆ 離陸のサインが出てベルトをしめる/發出起飛信號後，要扣上安全帶。

対 着陸

りりし・い リリシイ 引きしまっていて、勇ましい。中凜凜；威嚴可敬。E gallant; imposing.

☆ 馬に乗った、りりしい若い武士がテレビに映っている/電視上出現一位騎著高頭大馬威風凜凜的年輕武士。

☆ 行進する高校生たちの姿はりりしく頼もしかった/以威嚴步伐行進的高中生們，看上去堅強可靠。

りりつ【利率】リリツ、リリツ 銀行などに預けたり、また、人に貸したり人から借りたりした金に対する利息の割合い。中利率。E the rate of interest.

☆ 利率は経済の動きによって変わる/利率隨著經濟動向而變化。

☆ 定期預金は普通預金より利率が高い/定期存款比活期存款利率高。

りれきしょ【履歴書】リレキショ、リレキショ 現在までに学んだ学校や、ついた職業などを書いた書類。中履歷表。E a personal history; a curriculum vitae.

☆ 先輩のところへ履歴書を持って就職を頼みに行く/拿著履歷表去拜託學長幫忙找工作。

☆ 履歴書を見ながら面接する/看著履歷表進行面試。

数 1通

りろん【理論】リロン 原理、原則にもとづいて筋道を立てて説明することのできる考え。中理論。E a theory.

☆ アインシュタインの理論を応用する/應用愛因斯坦的理論。

☆ 机の上だけの理論では役に立たない/光靠紙面上的理論是沒有用的。

☆ 理論家/理論家。

対 実践

りんかく【輪郭】リンカク ❶ ものの形を表す線。外側のふち。中輪廓。E an outline.

☆ ほおのあたりの輪郭がお母さんにそっくりだ/臉形與母親一模一樣。

☆ 霧で建物の輪郭がぼやけて見える/因有

霧，建築物的輪廓隱約可見。

❷ ものごとのだいたいのようす。中 概略；要點。E an outline; a sketch.

☆ 調べるうちに事件の輪郭が浮かび上がってきた/在調查過程中，事件的輪廓漸漸浮現出來。

りんきおうへん【臨機応変】リンキオーヘン、リンキ・オーヘン　いつも同じではなく、その場のようすに合わせたいちばんいいやり方をすること。中 隨機應變；臨機應變。E as the occasion demands; temporary.

☆ 山の天気は変わりやすいので臨機応変の判断が必要だ/山上天氣易變，需要隨機應變地作出判斷。

☆ 臨機応変の処置/臨機應變地處理。

りんぎょう【林業】リンギョー、リンギョー　苗木を植え森林を育てて、木材などを生産する産業。中 林業。E forestry.

☆ この町は林業が盛んで、たくさんの木材を生産している/這地區林業興隆，出產許多木材。

りんご　リンゴ　くだものの一種。秋に実り、まるくて甘ずっぱい。色は赤いものが多いが、黄色、緑色のものもある。中 蘋果。E an apple.

☆ 朝食はパンと牛乳とリンゴに決めている/決定早飯吃麵包、牛奶和蘋果。

☆ リンゴを煮てジャムをつくる/煮蘋果做蘋果醬。

→果物 図

りんじ【臨時】リンジ　いつもではなく、必要なときだけすること。中 臨時；暫時。E extra; special; temporary.

☆ 正月は初もうでの客のために臨時のバスが出る/過年時為滿足年頭參拜而出門的乘客，安排了臨時公車。

☆ 臨時ニュース/臨時新聞。

☆ 臨時休業/臨時停業。

対 定時、定例、常時

りんじゅう【臨終】リンジュー　人が命を終わろうとするとき。死ぬまぎわ。中 臨終；臨死。E one's last moments; one's death.

☆ 病人の脈をとっていた医者は、「ご臨終です」と家族に告げた/醫生摸著病人的脈搏，告訴家屬：「去世了。」

☆ わたしは父の臨終に間に合わなかった/我沒趕上父親的臨終。

りんしょう【臨床】リンショー　医者が病人の診察や治療をすること。中 臨床。E clinical.

☆ 研究室から臨床の仕事に移る/從研究室轉到臨床工作。

☆ 臨床医学/臨床醫學。

りんり【倫理】リンリ　人間として守らなければならない道徳。中 倫理。E ethics; morals.

☆ 買春は人としての倫理に反する行いだ/買春是違背倫理的行為。

☆ 倫理学/倫理學。

☆ 企業倫理/企業倫理。

☆ 政治倫理/政治倫理。

る／ル

-る　名詞、形容動詞などを動詞にするときにつけることば。中 將名詞、形容動詞等作為動詞時作造語。

☆ けちる/be stingy./小氣；吝嗇。

☆ サボる/偷懶；曠職；逃學。(→項目)

るい【類】ルイ　性質などが似ているところ

があること。また、その同じようなものの集まり。中種類；類型；一類。E a sort; a kind.

☆ 夏はジュースの類がよく売れる / 夏天飲料類暢銷。

☆ 他に類をみない / 無與倫比。

類は友を呼ぶ 同じような考えのものは自然に集まる。中 物以類聚；人以群分。E Birds of a feather flock together.

るいじ【類似】ルイジ〔～する〕 あるものとあるものとがよく似ていること。中類似；相似。E resemble; similar.

☆ 今度の事件に類似の詐欺事件が前にもあった/以前也發生過與這次類似的欺詐事件。

☆ 意味の類似したことばを類義語という/意義相似的詞叫作同義詞。

☆ 類似品 / 類似品。

るいすい【類推】ルイスイ〔～する〕 わかっていることをもとにして、ほかもたぶんこうだろうと考えること。中類推；類比推理。E analogy; judge from.

☆ 兄のいつもの行動から類推して、1人で山登りに行ったとは思えない / 從哥哥平時的行為推論，我想他不可能一個人去登山的。

るいせき【累積】ルイセキ〔～する〕 ものごとが積み重なること。中累積；積累；積壓。E accumulate.

☆ 外交交渉に追われているあいだに、国内の問題が累積した/在外交談判忙得不可開交的時候，國內問題也積壓了一大堆。

☆ 累積赤字 / 累積赤字。

ルーツ (roots) ルーツ ものごとの起こり。遠い祖先。中根；始祖；祖先。E roots; an origin; ancestors.

☆ 船のルーツは、太い木の中をくり抜いたものだ/船的起源是挖空粗大木頭的中心部分而製成的。

☆ 自分の家のルーツを調べる / 調查自己家族的祖先淵源。

ルート (route) ルート 目的地までの通り道。道筋。中道路；路線；途徑。E a route; a channel.

☆ あすの登山のルートを調べる / 確認明天的登山線路。

☆ 情報が伝わる秘密のルートがある/有傳遞情報的秘密管道。

数 1本

ルール (rule) ルール 社会生活などの中で守らなければならない約束。中規；規則；規章。E a rule.

☆ サッカーでは、ゴールキーパー以外はボールを持って走ってはいけないルールになっている / 足球的規則是守門員以外的人不得抱球跑。

☆ ルール違反 / 違反規則；犯規。

→規則

るす【留守】ルス ❶よそへ出かけて家にいないこと。中不在家。E absence.

☆ 友達の家を訪ねたが、留守で会えなかった / 去朋友家拜訪，結果不在家，沒能見面。

❷ 人が出かけたりしたあと、そこを守ること。中 看家；看門。E look after ~ during a person's absence.

☆ 社長が海外に出張中は、副社長が留守を預かる/總經理去國外出差期間由副總經理留守公司。

☆ となりに留守を頼む / 請鄰居幫忙看家。

❸ (「お留守になる」の形で)心がほかのほうに向いて、たいせつなことをしなくなる。中忽略；思想不集中。E neglect (one's task).

☆ テレビを見ながら皿を洗っていると、手がお留守になるよ/邊看電視邊洗盤子，不專心喔!

るすばん【留守番】ルスバン 家の人が出かけているあいだ、その代わりに家を守ること。また、その人。中看家；看家人。E look after the house during a person's absence; a caretaker.

☆ 子供に留守番をさせて買い物に行く/讓孩子看家，自己去購物。

☆ 海外旅行をする叔父の家の留守番を頼まれた/叔叔去海外國旅行，託我幫他看家。

☆ 留守番電話/錄音電話；留言電話

れ／レ

れい【礼】レイ、レイ ❶ 礼儀。中 禮；禮貌；禮節。E courtesy; etiquette; manners.

☆ 礼をつくして頼む/有禮貌地懇求。

❷ 尊敬の気持ちを表す動作。おじぎ。中 敬禮；鞠躬。E a bow; salute.

☆ 帽子を取って礼をする/脫帽行禮。

☆ 挙手の礼/舉手禮。

❸ 感謝の気持ちを表すこと。また、そのために贈る金や品物。お礼。中 謝意；禮物。E a reward; thanks.

☆ 就職の世話をしてくれた人に礼として酒を送った/將酒做為禮物，送給幫忙找工作的人，以示謝意。

☆「どうもありがとう」と礼を言う/說聲「謝謝」，以表示感謝。

れい【例】レイ ❶ いつも同じようなこと。中 往常；定例；慣例。E usual; a habit.

☆ 会社の帰りに、例のとおり駅で夕刊を買った/從公司回來，與往常一樣在車站買了一份晚報。

☆ 電話をかけたいが、例によって息子が長電話している/想打電話，可是兒子如往常一樣，電話講不停。

❷ これまでにあったこと、またはいまあることで、参考や見本にできるもの。中 先例；前例；例子。E an example; a case.

☆ 例にならって問題に答えなさい/依照前例回答問題。

☆ 社長は、努力した人が最後に成功するというい い例だ/努力的人最後總會成功，公司總經理就是一個好例子。

❸ (「例の」の形で)話している人の間でわかっている。世間によく知られている。中 那個；某。E that; in question.

☆ 例の話はその後どうなりましたか/那件事後來變成怎樣了?

☆ 向こうに見えるのが例の事件のあったビルだ/前面那座大樓就是發生那事件的地方。

れい【零】レイ なにもないことを表す数。ゼロ。0。中 零。E zero; nothing.

☆ 3から3を引くと0になる/三減三等於零。

☆ 試験の成績が0点だった/考試得零分。

れい【霊】レイ 人間の肉体の中にあって肉体を動かし、死んだあとも残ると考えられているもの。中 靈；魂魄。E the spirit; the soul.

☆ あの女性は、死んだ人の霊を呼びだして会話をすることができるそうだ/聽說那個女人能招喚靈魂進行對話。

☆ 先祖の霊をまつる/祭祀祖先之靈。

れいか【零下】レイカ セ氏の温度計で、温度が0度より下であること。中 零下；零度以下。E below zero.

☆ 冷えてきたから外は零下になっているだろう/天冷了，外面恐怕已到零度以下了吧。

☆ 零下25度/零下二十五度。

れいがい【冷害】レイガイ 夏の気温がいつ

もの年より低いために農作物が受ける悪い影響。中 凍災；凍害；冷害。E cold-weather damage.

☆ 冷害で今年は稲の収穫量が少ない / 因冷夏，今年水稻收成下降。

☆ 夏が涼しいと冷害のおそれがある/夏天涼爽的話，（農作物）恐怕會遭受冷害。

れいがい【例外】レイガイ　一般的なまわりの状態と違うものごと。中 例外。E an exception.

☆ わたしの家族はみな背が高いが、わたしだけ例外で背が低い/我家人身材都很高，唯獨我是例外，身材矮小。

☆ 例外のない規則はない / There are no rules without exceptions. / 凡事必有例外。

れいかん【霊感】レイカン　ふつうは感じられないことを感じとる、説明できない心の働き。中 靈感；神靈的啓示。E inspiration.

☆ 天才芸術家は霊感によってつぎつぎと作品を生みだす / 天才藝術家根據靈感，創作出一個又一個的作品。

☆ 霊感がひらめく / 靈感閃現；來了靈感。

れいぎ【礼儀】レイギ　社会生活の中で決められている、ほかの人との関係をよく保つための態度や動作。礼。中 禮儀；禮貌；禮節。E courtesy; etiquette; manners.

☆ 電車やバスでは、年をとった人が前に立ったら席をゆずるのが礼儀だ / 在電車或公車上，如果有老年人站在前面就要讓座，這是禮貌。

☆ 礼儀作法 / 禮節規矩；禮節禮貌。

れいきゃく【冷却】レイキャク〔～する〕　冷たくなること。冷たくすること。中 冷卻。E refrigerate; cool.

☆ 最近、両国の関係は冷却している / 最近，兩國關係冷淡下來。

☆ 血液を冷却して保存する/將血液冷凍保存。

☆ エンジンの冷却装置 / 引擎的冷卻裝置。

れいきゃくきかん【冷却期間】レイキャクキカン、レイキャクキカン　争いごとなどがうまく解決しないときに、しばらく休んで、両方の気持ちを落ちつかせる期間。中 冷卻期間。E a cooling-off period.

☆ どちらも自分の主張を通そうとして交渉がまとまらないので、冷却期間をおいて考え直すことにした/雙方各自堅持己見，結果談判不成，所以決定談判暫停一段期間，再重新考慮。

れいこく【冷酷】レイコク　人情がなく、むごいようす。中 冷酷無情。E cruel; coldhearted.

☆ 息子たちは、老いた両親を寒い部屋に住まわせて、じゅうぶんな世話もせず冷酷に扱っている / 兒子們讓年老的父母住在寒冷的房間，不好好照顧，冷酷無情地對待他們。

☆ 冷酷な仕打ち (= ひどいやり方)/ 冷酷無情的做法(= 殘酷無情的做法)。

れいさいきぎょう【零細企業】レイサイキギョー　規模が非常に小さく、資金なども少ない会社や工場。中 小企業。E a small business.

☆ 円高になると、輸出の仕事をしている零細企業は苦しくなる/日圓升值，使做出口生意的小公司處境困苦。

れいじ【例示】レイジ〔～する〕　わかりやすいように例をあげること。中 例示；舉例說明。E illustrate by example; exemplify.

☆ これらの材料でできる料理を例示してほしい/希望舉例說明，用這些材料可做成的菜。

☆ そのことばの実際の用法を例示する/舉例說明那個詞彙的實際用法。

れいじ【零時】レイジ　午前と午後の12時。0時。中 零時；零點。E twelve o'clock; noon; midnight.

☆ 真夜中の12時は午前0時ともいう/半夜十二點也叫凌晨零點。

☆ 午後0時とは昼の12時のことだ/正午零時就是中午十二點。

れ

☆ 0時半／零時三十分。

れいじょう【礼状】レイジョー　相手に感謝の気持ちを伝える手紙。中 感謝信；謝函。E a letter of thanks.

☆ お世話になった人に礼状を書く／給照顧過自己的人寫感謝信。

☆ 贈り物をした相手から礼状がとどいた/朋友收到禮物後寫信來道謝。

数 1通

れいせい【冷静】レイセイ　落ちついていて、感情的にならないこと。中 冷静；鎮静；沈著。E coolly; (keep) cool; calm.

☆ 事故のときはあわてず、冷静に判断することがたいせつだ/發生事故時，重要的是要不慌不忙並冷静地做出判斷。

☆ 冷静を保つ／保持冷静。

☆ 冷静な態度／冷静的態度。

れいそう【礼装】レイソー〔～する〕　儀式などに出席するときに正式の服を着ること。また、その服。中 禮服；禮裝。E full dress.

☆ 葬式の礼装は男も女も黒がふつうだ/葬禮的禮服男女通常都穿黑的。

☆ 友人の結婚式に礼装して出かける／穿禮服出門參加朋友的婚禮。

対 略装

れいぞうこ【冷蔵庫】レイゾーコ　食品などを新鮮にしておくために、温度を低くできるようにした箱形の入れ物。中 冰箱。E a refrigerator.

☆ 買ってきた卵や牛乳や野菜を冷蔵庫にしまう/將買來的雞蛋、牛奶和蔬菜放進冰箱裡。

☆ ビールを冷蔵庫に入れて冷やしておく/將啤酒放入冰箱冰起來。

数 1台　→台所 図

れいたん【冷淡】レイタン　関心や同情心がなく、冷たく接するようす。中 冷淡；冷漠；不熱心。E coldly; show little interest; indifferent.

☆ 銀行で金を借りようとしたが、年収が低いからだめだと冷淡に断られた／想在銀行貸款，但因為年收太低被冷淡地拒絕了。

☆ 弱者に冷淡な社会制度／對弱勢冷淡的社會制度。

☆ 冷淡な返事／冷淡的回應。

れいだんぼう【冷暖房】レイダンボー　冷房と暖房。中 冷氣和暖氣。E air conditioning and heating.

☆ このアパートは冷暖房の設備がある/這座公寓有冷暖氣設備。

☆ 冷暖房のおかげで夏も冬も楽に過ごせる/多虧有冷暖氣，夏天和冬天都能過得很舒適。

☆ 冷暖房完備／冷暖氣設施完善。

れいとう【冷凍】レイトー〔～する〕　食品などを長く保存しておくため凍らせること。中 冷凍。E freeze.

☆ 食品を急速に冷凍すれば味が悪くならない／若將食品迅速冷凍的話，那麼味道就不會變壞。

☆ 血液の冷凍保存／血液的冷凍保存。

☆ 冷凍食品／冷凍食品。

対 解凍

れいねん【例年】レイネン　いつもの年。中 往年；例年；常年。E an average year; usual.

☆ 今年の冬は例年に比べて暖かい／與往年相比，今年冬天暖和。

☆ 運動会は例年のとおり10月10日に行う／和往年一樣運動會將於十月十日舉行。

☆ 今年の夏は例年になく雨が多い／今年夏天比往年雨水多。

れいぶん【例文】レイブン　使い方の例を示すための短い文や文章。中 例句。E an illustrative sentence; an example.

☆ いくつも例文をあげて説明する／舉幾個例句來說明。

☆ 例文にならって文をつくる／照樣造句。

れいぼう【冷房】レイボー〔～する〕　部屋の中を涼しくすること。また、その装置。中 冷氣；冷氣機。E air conditioning; an air conditioner.

☆ とても暑くて冷房のない部屋では仕事ができない/非常悶熱，在沒有冷氣的房間裡沒法工作。

☆ 冷房したまま寝るのは体によくない/開著冷氣睡覺對身體不好。

対暖房 数1台

レーザー (laser) レーザー　まっすぐで広がらない強力な光を出す装置。精密な測定、材料の加工、通信、印刷、医療などに使う。中鐳射；鐳射射線。E a laser.

☆ レーザー光線/鐳射射線。

☆ 半導体レーザー/半導體鐳射。

レーザーディスク (laser disc) レーザーディスク　音声と画像が記録された光学式のビデオ用円盤。レーザー光線を当てて再生する。LD。中激光碟片；雷射光碟。E a laser disc.

☆ レーザーディスクには非常に多くの情報が記録できる/雷射光碟能記憶非常多的資訊。

☆ レーザーディスクの百科事典が売りだされた/百科全書的影碟（事典）開始上市。

数1枚

レーダー (radar) レーダー　電波を出して物体に当て、その反射で飛行機や船などの位置を知る装置。中雷達。E radar.

☆ レーダーで飛行機の機種や位置をとらえる/用雷達探測飛機的機種和位置。

☆ レーダーで魚の群れをさがす/用雷達尋找魚群。

レール (rail) レール　❶電車や列車などが走るための細長い鉄の道。線路。中鐵軌；鋼軌；軌道。E a rail.

☆ 夜中にレールを取りかえる作業を行う/深夜進行更換鐵軌的作業。

☆ モノレール/單軌鐵路；單軌電車。(→項目)

❷ 引き戸やカーテンなどを動かすために取りつける細い棒。中軌道式橫條；橫溝。E a rail; a rod.

☆ 雨戸のレールにごみがたまって戸が閉まらない/木溝上積滿了灰塵而關不上了。

☆ カーテンレール/窗簾軌道式橫條；窗簾橫桿。

▷ 数1本

レールを敷く　ものごとが思うとおりに進むように、早くからその方向に準備をしておく。中鋪好道路；做好準備。E make arrangements.

☆ 祖父がつくり、父や叔父たちがレールを敷いてくれた会社を引きついだ/祖父創建，父親與叔叔們經營上軌道的公司，現在由我繼承。

レーンコート (raincoat) レーンコート　雨にぬれないように上着の上に着る服。レインコート。中雨衣。E a raincoat.

☆ 雨が降りそうだからレーンコートを着て出かけよう/好像要下雨了，所以穿雨衣出門吧!

数1枚・1着　→雨具図

れきし【歴史】レキシ　むかしからいままでの世の中の動きや、ものごとの移り変わり。また、それを書いた記録。中歷史。E history.

☆ 中国は古い歴史を持つ国だ/中國是一個具有悠久歷史的國家。

☆ 歴史に残るような大きなできごと/留存歷史的重大事件。

☆ 歴史が浅い/歷史不長。

☆ 本の歴史/書的歷史。

れきぜん【歴然】レキゼン（「歴然と」の形で）非常にはっきりしているようす。書中明顯；分明；清楚。E obvious; unmistakable.

☆ 中学生のチームと高校生のチームの実力の差は歴然としていた/中學生隊和高中生隊之間的實力差距很明顯。

☆ この遺跡にはむかしの生活の跡が歴然と残っている/這個遺址清楚地留下了古代生活的痕跡。

参 改まって「歴然たる事実」のように表現することもある。

レギュラー (regular) レギュラー　❶スポー

れ

ツの試合で、選手としていつも出る人。また、ラジオやテレビで、ある番組に決まって出る人々。中 正式成員；正式選手；正式演員。E a regular.

☆ 野球部で、早くレギュラーになりたくて一生懸命に練習する/為早日成為正式選手在棒球社團努力刻苦訓練。

☆ クイズ番組のレギュラーに選ばれた/被選為參加猜迷節目的正式成員。

❷ ふつうの。中 普通的；規定的。

☆ レギュラーガソリン/regular gasoline./普通汽油；通用汽油。

☆ レギュラーポジション/(選手在場上的)正式守備位置。

対 スペシャル

レクリエーション (recreation) レクリエーション　仕事や勉強の合間に、スポーツやいろいろな楽しみをして体や心の疲れを治すこと。また、そのスポーツや楽しみ。リクリエーション。中 休閒活動；文化體育休閒活動。E recreation.

☆ 会社は社員のレクリエーションとして毎年運動会を開く/公司每年舉辦運動會作為職員的休閒活動。

☆ レクリエーション施設/文化娛樂設施。

レコード (record) レコード、レコード　❶ 音楽演奏などを録音してある円盤。中 唱片。E a record.

☆ ショパンのレコードをたくさん集めている/收集了許多蕭邦的專輯唱片。

☆ レコードコンサート/唱片音樂會。

❷ 運動競技などの最高の記録。中 最高紀錄。E a record.

☆ 100 メートル競走のレコードを更新する/刷新一百公尺賽跑的紀錄。

☆ 1年間無遅刻のレコードをつくった/創下了一年未遲到的紀錄。

▷ 数 ❶ 1枚

レジ レジ〔←レジスター (register)〕 受け取ったり払ったりする金を計算、記録し、レシートを出したりする機械。また、それを扱う人や仕事や場所。中 收銀機；收款處；收款員。E a cash register; a cashier; a checkout counter.

☆ スーパーマーケットでレジのアルバイトをする/在超市打工做收銀員。

☆ パンと牛乳を持ってレジに並ぶ/拿著麵包和牛奶在收款處排隊。

レシート (receipt) レシート　レジで、金の計算をしてそれを打ちだした小さい紙。受け取り。中 收據。E a receipt.

☆ お金を払って品物とレシートを受け取る/付錢後取得商品和收據。

レジャー (leisure) レジャー　仕事や勉強をしない自由な時間。また、その時間にする遊び。中 閒暇；空閒；休閒時間的娛樂。E leisure.

☆ この冬のレジャーはスキーと温泉に決めた/今年冬天的休閒活動決定去滑雪和泡溫泉。

☆ レジャー産業/娛樂業。

☆ レジャーランド/a vacation resort./休閒渡假村。

レストラン (㋫restaurant) レストラン　西洋料理を出す食堂。中 西餐廳；餐館。E a restaurant.

☆ 兄はフランスで料理の勉強をしてきて、東京でレストランを開いた/哥哥在法國學習烹飪回國之後，在東京開了一家西餐廳。

☆ ファミリーレストラン/家庭式餐館。

数 1軒・1店

レスリング (wrestling) レスリング　マットの上で2人で組み合って闘う競技。先に相手の両肩を床につけたほうが勝ち。中 摔跤。E wrestling.

☆ レスリングは体重によっていくつかの階級に分けられる/摔跤根據體重不同而分成幾個級別。

☆ プロレスリング / 職業摔跤。

れつ【列】レツ ❶ ものや人が長く並んだ形。中 隊；行列。E a row; a line; a queue.

☆ 鳥が列をつくって飛んでいく / 飛鳥排成一行飛翔而去。

❷ (数を表すことばの後について)「❶」の数を表す。中 行；排；列。

☆ 机が３列に並べてある / There are three rows of desks. / 桌子被排成三行。

☆ 横に１列に並んでください / 請排成一列橫隊。

れっきょ【列挙】レッキョ、レッキョ〔～する〕 ある目的のためにことがらをつぎつぎに並べあげて示すこと。中 列舉。E enumerate; list.

☆ 学生にすすめる本の題名を列挙する/列舉書名推薦給學生。

れっしゃ【列車】レッシャ、レッシャ 人や貨物を運ぶために、いくつもつないだ形で鉄道の線路を走る電車や汽車。中 列車；火車。E a train.

☆ 長い列車が鉄橋を渡っていく / 長長的列車駛過鐵橋。

☆ 貨物列車 / 貨運列車；貨車。

☆ 夜行列車 / 夜行列車。

数 １本、車両は１両

レッスン (lesson) レッスン 決められた課題の練習。また、個人が時間を決めて受けるけいこ。中 課；功課。E a lesson.

☆ 午後にピアノのレッスンがある / 下午有鋼琴課。

☆ 友達と２人でフランス語のレッスンを受ける / 和朋友兩人一起上法語課。

☆ レッスン料 / 授課費；講課費；學費。

れっせい【劣勢】レッセイ 勢いや力が相手より弱く、負けそうなこと。中 劣勢。E inferior.

☆ 選挙は新人の候補者が劣勢のようだ/參選的新候選人好像處於劣勢。

☆ 試合は途中まで劣勢だったが、後半がんばって勝てた / 比賽的上半場還處於劣勢，但在下半場拚命努力最終取得了勝利。

対 優勢

れっとう【列島】レットー 長く列になって並んでいる島。中 列島。E an archipelago; (a chain of) islands.

☆ 地図を見ると鎖のように続いている列島がある / 看地圖就會發現有如鏈條一般形的列島。

☆ 日本列島 / 日本列島。

れっとうかん【劣等感】レットーカン 自分が他人よりおとっていると思いこんで持つ不安や無力感。中 劣等感；自卑感。E an inferiority complex.

☆ わたしは若いとき自分の顔についての劣等感に悩んでいた/我年輕時就為自己的長相感到自卑而煩惱。

☆ 妹は自分の運動能力に劣等感をいだいている / 妹妹對自己的運動能力感到自卑感。

対 優越感

レディー (lady) レディー 動作やことばづかいなどが上品な女の人。また、一般に女の人。中 貴婦人；女士；婦女。E a lady.

☆ レディーファースト / 女士優先。

☆ オフィスレディー / 公司女職員。

☆ ファーストレディー / 第一夫人。

対 ジェントルマン

レパートリー (repertory) レパートリー

❶ 劇団や俳優、音楽家などが、いつでも上演や演奏ができるように準備している劇や役、曲など。中 (劇團或演奏家準備好的) 上演節目；演奏節目。E a repertory.

☆ クラシックからポピュラーまで、洋子のピアノのレパートリーは広い/從古典音樂到流行音樂，洋子擅長的鋼琴演奏曲目範圍很廣。

❷ 得意にしていることや、よくできる範囲。中 個人擅長的研究領域或技能範圍。E a repertory.

☆ 父のカラオケのレパートリーは演歌ばか

りだ/父親唱卡拉OK擅長的領域只有「演歌」。

☆ 料理のレパートリーを増やす/增加拿手菜的種類。

レポート (report) レポート ❶調査や研究などの報告書。学生が課題に対して提出する短い論文。リポート。中報告書；學術研究報告。E a report; a paper.

☆ 出張のレポートを書くのに夜中までかかった/寫出差報告一直寫到半夜。

☆ レポートを出さないと単位がもらえない/不交報告就得不到學分。

❷〔～する〕新聞、雑誌や放送などで、現地から報告を送ること。また、その報告。リポート。中報告；報導；通訊。E report (news).

☆ 台風の状況を、ずぶぬれになってレポートするアナウンサー/播報員全身溼透地報導著颱風的情況。

▷ 数❶ 1通

レモン (lemon) レモン、レモン くだものの一種。黄色で、ラグビーのボールのように両端がとがり、かおりがよく、酸っぱい。中檸檬。E a lemon.

☆ レモンを薄く切って紅茶に入れる/將檸檬切成薄片放入紅茶內。

☆ レモンはビタミンCをたくさんふくんでいる/檸檬含有許多維生素C。

れる (五段動詞の「ない」形について) ❶他からの動作や働きを受けることを表す。中被；挨；受到；遭受。

☆ 電車の中で足を踏まれた/I was stepped on my foot in the train./在電車上被人踩了腳。

☆ みんなにかわいがられる/受到大家的疼愛。

☆ 雨に降られて困った/下雨了，真糟糕。

❷ 動作をする人に対する敬意を表す。中表示對別人動作的尊敬。

☆ 先生はもう帰られました/The teacher has already gone home./老師已經回去了。

❸ あることができるということを表す。中表示能；能夠；可以。

☆ ここから駅まで歩いていかれる/You can walk to the station from here./能從這裡走到車站。

❹ しようと思わなくても自然にそうなるということを表す。中表示禁不住；不由得；自然而然的意思。

☆ 国の家族のことが思いだされる/The thought of my family back in my hometown comes to my mind./不由地想起故鄉的親人。

参「する」動詞のばあいは「研究される」のように「さ」につく。また、一段動詞、「来る」は「ない」形に「られる」がつく。

れんあい【恋愛】レンアイ〔～する〕男性と女性がたがいに相手を好きになり、離れたくないと思うこと。また、その気持ち。恋。中戀愛；愛情。E love.

☆ 妹は二郎と恋愛している/妹妹與二郎正在談戀愛。

☆ 恋愛結婚/戀愛結婚。

れんが レンガ 粘土に砂などをまぜてねり、焼いてかためたもの。赤茶色で直方体のものが多く、建物の外側や道路などに使う。中磚。E a brick.

☆ 銀行はあの茶色のれんがの建物です/銀行就是那座茶色磚瓦建築。

☆ れんがを敷いた道/鋪了磚頭的道路。

☆ れんがづくり/做磚；製磚。

れんきゅう【連休】レンキュー 休みの日が2日以上続くこと。また、その続いた休日。中連續的假日；連休。E consecutive holidays.

☆ 祝日と日曜日が続いて連休になった/節日和星期天連在一起成為連休。

☆ 連休で乗り物がこんでいる/在連休期間交通工具很擁擠。

☆ 飛び石連休/a series of holidays with working days in between./斷斷續續的假期。

れんこ【連呼】レンコ〔～する〕❶同じこ

とばや名前などを大きな声で何度も続けて言うこと。中 連聲呼喊；連叫多次。E shout repeatedly.

☆ 候補者の名前を連呼して宣伝カーが通っていった / 宣傳車連續呼叫著候選人的名字行駛過去。

❷ 同じ音を重ねて発音すること。中 疊音；連呼。E reduplication (of a sound).

☆「ちち」は「ち」の、「つづく」は「つ」の連呼だ /「ちち」是「ち」的疊音，「つづく」是「つ」的疊音。

れんごう【連合】レンゴー〔～する〕 2つ以上の組織や団体などが一緒になって協力し合うこと。また、協力してつくったその組織や団体。中 聯合；聯盟。E combine; unite; an alliance.

☆ いくつかの商店街が連合して大売り出しをする / 幾條商店街聯合起來舉辦大拍賣。

☆ 国際連合 / 聯合國。(→国連 項目)

れんさはんのう【連鎖反応】レンサハンノー　ある現象やきっかけで変化が起こり、つぎつぎにその変化が続いていくこと。中 連鎖反應。E a chain reaction.

☆ 不景気になると、連鎖反応で倒産も失業者も増える / 一出現經濟不景氣，產生的連鎖效應是倒閉和失業者增加。

☆ 核分裂は連鎖反応で進む / 透過連鎖反應產生核分裂。

れんしゅう【練習】レンシュー〔～する〕 よくできるようになるために、1つのことを繰り返してすること。中 練習。E training; practice; (an) exercise.

☆ 毎日3時間ずつテニスの練習をする/每天練三小時網球。

☆ 練習問題 / 練習題。

レンズ (lens) レンズ　ガラスなど透明なものを球面にみがき、光を集めたり散らしたりするもの。中 鏡頭；透鏡；鏡片。E a lens.

☆ 望遠鏡にもカメラにもレンズが使われている / 望遠鏡和相機都使用鏡頭。

☆ めがねのレンズ / 眼鏡片。

☆ 凹レンズ / 凹鏡片。

☆ 凸レンズ / 凸鏡片。

数 1枚

れんそう【連想】レンソー〔～する〕 あるものごとから、それと関係があるものごとを思い浮かべること。また、その浮かんだ考え。中 聯想。E associate ~ with …; remind ~ of… .

☆ 救急車の音を聞くと不吉な連想をしてしまう / 一聽到救護車的聲音就產生不吉利的聯想。

☆ 太くて黒い線を描いた絵から力を連想する / 從描繪著粗黑色線條的畫上聯想到力量。

れんぞく【連続】レンゾク〔～する〕 終わらずにずっと続くこと。また、続けること。中 接連；連續。E (a) succession; consecutive.

☆ 朝から会議の連続で疲れてしまった/從早上開始會議一個連一個，累壞了。

☆ 不幸が連続して起こる/不幸接連不斷發生。

☆ 3時間連続の講演 / 連續三小時的講演。

☆ 失敗の連続 / 接連失敗。

れんたい【連帯】レンタイ〔～する〕 2人以上の人が1つの目的に向かって協力すること。また、あるものごとについて一緒に責任を持つこと。中 團結；聯合；合作。E solidarity; joint.

☆ 核兵器をなくすには、世界じゅうの人々の連帯が必要だ / 要消滅核武器，需要全世界人民團結合作。

☆ 連帯保証人 / 連帶保證人。

☆ 連帯感 / 連帶感；團結心。

レンタカー (rent-a-car) レンタカー、レンタカー　時間単位で料金を取って貸しだす自動車。中 租賃汽車；租車。E a rent-a-car; a rental car.

☆ 自分の車が故障しているあいだ、レンタカーを使った/自己的車在故障期間，租一輛車使用。

☆ 九州旅行はレンタカーで楽しんだ/租車去一趟愉快的九州旅行。

数 1台

レンタル (rental) レンタル〔～する〕 車、ビデオテープ、スキーなどを料金を取って貸しだすこと。中出租；出賃。E rental; rented.

☆ 海外旅行のスーツケースはレンタルで借りた/海外旅行用的衣箱是租來的。

☆ レンタルのパーティードレス/租來的晚會禮服。

☆ レンタルスキー/租借滑雪板。

れんちゅう【連中】レンチュー 一緒にいて同じようなことをしている人たちを、親しみをこめ、またはすこし軽くみていう言い方。話中夥伴；一夥；同夥。E a party; a bunch; a group.

☆ 無責任な連中の言うことを気にしなくてもいい/那幫不負責任的傢伙所說的話，請不用在意。

☆ 陽気な連中/開朗的夥伴。

レントゲン (Ⓓ Röntgen) レントゲン、レントゲン 不透明なものを通す力のある電磁波。エックス線。目には見えないが写真に写るので医療などに使う。また、その写真。中X光；X光照片。E X-rays.

☆ 胃のレントゲンでがんが見つかった/用X光檢查發現得了胃癌。

☆ レントゲン撮影/X光照相。

参 この電磁波を発見したドイツの物理学者の名前で、照射された放射線などの量の単位にも使われる。

れんぱつ【連発】レンパツ〔～する〕 ❶ 弾などを続けて撃つこと。また、同じことばなどを続けて何度も使うこと。中連續發射。E fire in rapid succession; use one ~ after another.

☆ 空に向けてピストルを連発する/朝天空連續開槍。

☆ 外国語を連発する評論家/接連不斷地講外語的評論家。

❷ 同じようなものごとが続いて起こること。中連續發生。E occur in rapid succession.

☆ この1年、火山性の地震が連発している/這一年連續發生火山性地震。

対 散発

れんぽう【連邦】レンポー それぞれの政府や法律を持つ国や州が、いくつか集まってつくっている国家。中聯邦。E a federation; a commonwealth; a union.

☆ 外交の権利は連邦の中央政府が持つ/外交權由聯邦中央政府掌握。

☆ アメリカ、スイスなどは連邦の形をとっている/美國、瑞士等國家採取聯邦體制。

☆ 連邦国家/聯邦制國家。

れんめい【連盟】レンメイ 国家や団体、個人どうしが共通の目的のために組織をつくって約束を結ぶこと。また、その組織。中聯盟。E a league; a federation.

☆ 大学野球の連盟に加入する/加入大學棒球聯盟。

☆ 国際連盟/國際聯盟。

れんらく【連絡】レンラク〔～する〕 ❶ 別々なものがつながること。つなぐこと。また、そのつながり。中聯絡；聯繫。E connect with.

☆ この電車はつぎの駅で急行電車に連絡する/這輛電車在下一個車站與特快電車銜接。

☆ 連絡船/聯絡船。

❷ 関係のある人などに、ものごとを知らせること。中聯絡；通知。E let a person know; contact; hear from.

☆ 会合の時間を電話で連絡する/用電話通知開會時間。

☆ 外国に住む息子からしばらく連絡がない/住在國外的兒子很久沒有聯絡了。

ろ／ロ

ろう【労】ロー　苦労してなにかをすること。また、その苦労。[書][中]勞苦；辛勞；功勞。[E] trouble; pains.

☆ 友達が紹介の労をとってくれたので、すぐ面会できた/由於朋友幫忙介紹，所以馬上就見到面了。

☆ 退職した父の長い間の労をねぎらう/慰勞多年辛苦工作現已退休的父親。

労多くして功少なし　苦労して力を使ったわりに結果があまりよくない。[書][中]事倍功半；費力不討好。[E] laborious but fruitless.

ろう　ロー　罪をおかした人などを閉じこめておく場所。[中]監獄；牢房。[E] a prison; a jail.

☆ ろうに入れられる/被關進監獄。

☆ ろうを破る/越獄。

☆ ろう屋/牢房；監獄。

ろう　ロー　動物や植物からとる、油に似た物質。ろうそく、薬品、化粧品などの原料に使う。[中]蠟；蠟油。[E] wax.

☆ ろうはふだんはかたまっていて、熱するととける/蠟通常是固體的，一受熱就溶化。

☆ ろう人形/蠟人；蠟像。

ろうか【老化】ローカ〔～する〕　年をとるにつれて体や心の働きが弱くなること。また、ものが古くなって性能が落ち、役に立たなくなること。[中]老化；衰老。[E] aging; age.

☆ できるだけ歩いて、足の老化を防ごう/儘量多走路，以防腿部老化。

☆ ゴムは老化するとかたくなって割れる/橡膠一老化就變硬而發生龜裂。

☆ 老化現象/老化現象。

ろうか【廊下】ローカ　部屋と部屋をつなぐ細長い通路。[中]走廊。[E] a corridor; a hallway.

☆ 廊下の片側は窓で、片側には部屋が並んでいる/走廊一邊是窗戶，另一邊是一個接一個的房間。

☆ 廊下は走らないこと/不要在走廊奔跑。

☆ 渡り廊下/a connecting corridor. /迴廊；走廊。

[数] 1本

ろうきゅう【老朽】ローキュー〔～する〕　長い間使われたり古くなったりして役に立たなくなること。[書][中]老朽；陳舊；破舊。[E] superannuation; decrepit.

☆ 建物の老朽が激しいので修理する/建築物非常破舊，所以要維修。

☆ 老朽した機械を新しいのと取りかえる/將破舊的機械更換成新的。

ろうく【労苦】ロック　体や心のひどい疲れや苦しみ。[書][中]勞苦；辛苦。[E] hardships; pains.

☆ トンネルを掘った人たちの、口では言い表せない労苦を思う/想起挖掘隧道的工人們的那種不能以語言來形容的辛勞。

☆ 80年の労苦がきざまれた母の顔/母親的臉上記錄著八十年來的操勞。

ろうご【老後】ローゴ、ローゴ　年をとって老人になってからのち。[中]晚年。[E] one's remaining years; one's old age.

☆ 老後の生活には健康と経済の面で不安がある/晚年生活主要擔心的是健康和經濟問題。

☆ 老後を安楽に暮らす/安度晚年。

☆ 老後の楽しみ/晚年的快樂；老有所樂。

ろうさく【労作】ローサク　手間をかけ苦し

んで仕上げた作品や仕事。中 苦心之作；精心創作的作品。E a laborious work.

☆ この教会の壁画は一郎が５年もかけてかきあげた労作だ／這所教會的壁畫是一郎花了五年時間精心創作的作品。

☆ 何度も書き直した姉の労作が作文コンクールに入選した／姊姊修改了多遍的苦心創作已入選作文比賽。

ろうし【労使】ローシ　労働者側とその使用者側。会社や事業所で賃金を受け取って仕事をする側と、賃金を支払う側。中 勞資；工人和資本家。E labor and management.

☆ 労使の話し合いがつかないときはストが行われる／當勞資談判破裂時，就發生罷工。

☆ ボーナス期を前に労使が対立している／分發獎金前，勞資雙方對立起來。

ろうじん【老人】ロージン、ロージン　年をとった人。中 老人；老年人。E an old person; old people.

☆ 公園を散歩する老人に若いころの話をきく／聽在公園裡散步的老人講述年輕時候的故事。

☆ 老人に席をゆずる／讓座給老人。

☆ 老人病／老年病。

ろうすい【老衰】ロースイ〔～する〕　年をとって心や体、特に体力がひどく弱ること。中 衰老。E infirmity of old age; become senile.

☆ 祖父は老衰で死んだ／祖父因衰老而去世。

☆ 犬のシロは老衰して目が見えなくなった／狗狗「小白」因衰老眼睛已失明。

ろうそく　ローソク、ローソク　糸や紙をしんにして、ろうをかためたもの。しんに火をつけ、ろうを燃やして明かりとして使う。中 蠟燭。E a candle.

〔ろうそく〕

☆ 台風で電気きが消えて、あわててろうそくをさがした／因颱風而發生停電，急忙地找蠟燭。

☆ 仏前にろうそくをともす／在佛像前點燃蠟燭。

数 １本

ろうどう【労働】ロードー〔～する〕　生活に必要なものをえるために体や頭を使って働くこと。中 勞動；工作。E labor; work.

☆ つらい労働だが生活のためだとがまんする／工作雖然辛苦，但為了生活也只好忍耐。

☆ 労働条件／勞動條件。

☆ 労働者／勞動者；工人。

☆ 頭脳労働／腦力勞動。

☆ 肉体労働／體力勞動。

ろうどうくみあい【労働組合】ロードークミアイ　労働者が、労働の条件をよくし自分たちの地位を高めるために、集まってつくる団体。労組。労組。中 工會。E a labor union; a trade union.

☆ 労働組合の代表が会社と賃金引き上げの交渉をしている／工會代表針對提高工資問題正在與公司談判中。

☆ 労働組合を結成する／成立工會。

ろうどく【朗読】ロードク〔～する〕　はっきりした声で、内容がよく伝わるように詩や文章を読むこと。中 朗讀；朗誦。E reading; recitation.

☆ ラジオの朗読の番組で古典の名作を聞く／收聽廣播節目中的古典名作朗讀。

☆ 詩人が自分の詩を朗読して聞かせる／詩人朗誦自己的詩給大家聽。

ろうにん【浪人】ローニン〔～する〕　❶ 武士がつかえていた主人の家を離れて給料も地位もなくなること。また、その武士。中 四處流浪的武士。E a masterless *samurai*.

☆ 江戸時代の浪人は生活に困っていろいろ内職をした／江戶時代到處流浪的武士因生活窘困而做各種各樣的副業。

❷ ある職業をやめてからつぎの職業につけずにいること。また、その人。中 失業的人。E a person out of work.

☆ 上役とけんかをして会社をやめて、1年ほど浪人した／與上司發生爭吵後辭職，失業了一年左右。

❸ 上の学校の試験に失敗した人が、翌年受験するために勉強すること。また、その人。中未被錄取而重考的學生。E a student who failed one set of entrance examinations but is studying for the following year.

☆ 1年浪人して志望の大学に入った／重考一年後，考上了嚮往的大學。

対現役

ろうねん【老年】ローネン　高い年齢になったころ。中老年。E old age.

☆ 最近では、70歳でもまだ老年といえない元気な人が増えた／近來，即使是七十歲，身體健朗的人增加很多。

対若年

ろうばい【狼狽】ローバイ〔～する〕　急なできごとにどうしたらいいかわからずあわてること。中狼狽；驚慌失措。E be confused; be flustered.

☆ 友達と思って後ろから声をかけたら違う人だったのでろうばいした／以為是朋友，所以從身後打了聲招呼，其實是認錯了人而有點狼狽。

ろうひ【浪費】ローヒ、ローヒ〔～する〕　金や時間やものなどをむだに使ってしまうこと。中浪費。E (a) waste; extravagance.

☆ だらだらと会議を続けるのは時間の浪費だ／會議拖拖拉拉地開下去，真是浪費時間。

☆ エネルギーの浪費を防ぐ／防止能源浪費。

☆ 浪費家／舖張浪費的人。

対倹約、節約

ろうりょく【労力】ローリョク　❶働くのに使う力。また、力を使って働くこと。中費力；出力。E labor; efforts.

☆ 電気製品を入れて家事の労力を減らす／購買了家電產品來減輕家務勞動的負擔。

❷ある仕事に必要な力。中勞動力；勞力。E labor forces.

☆ 工場を大きくすると、いまの2倍の労力がいる／如果擴大工廠，就需要相當於現在兩倍的勞動力。

ロープ (rope) ロープ　わらや針金などをより合わせてつくった縄。綱。中繩索；纜繩。E a rope.

☆ ロープで小舟を岸につなぐ／用纜繩繫著小船靠岸。

☆ 故障した車をロープで引いて運ぶ／用纜繩牽引故障車輛。

☆ ロープウエー／a ropeway.／空中吊車。

数1本

ローン (loan) ローン　銀行などが、決められた利息を加えた金額を分けて定期的に返すという条件で貸しつける金。中貸款；借款。E a loan.

☆ 家のローンの支払いがまだ10年残っている／房屋貸款的償還期還有十年。

☆ 車を買って2年のローンで払う／買車辦兩年貸款來支付。

ろく【六】ロク　❶5に1を加えた数。6。6つ。中6；6個。E six.

☆ 6人で食卓をかこむ／六個人圍坐在餐桌旁。

☆ 2の3倍は6だ／二的三倍是六。

❷順番が5のつぎ。6番目。第6。中第六。E the sixth.

☆ 小学校では6年生がいちばん上の学年だ／小學六年級是最高年級。

☆ 6等／第六等。

ろく　ロク　❶(「ろくな～ない」の形で)たいした～ない。中令人滿意；像樣。

☆ この店にはろくなものがない／There is nothing good in this store.／這店裡沒有什麼像樣的東西。

☆ 客にろくなあいさつもできない店員／不懂得向客人好好打招呼的店員。

❷(「ろくに～ない」の形で)じゅうぶんには

～ない。中好好；認真；正經。

☆ 仕事が忙しくて、ろくに食事をするひまもない / I've been so busy with work that I haven't had time to have a decent meal. /忙得連吃飯的時間都沒有。

☆ ろくに調べないで書いた論文 / 沒經過好好調查就寫成的論文。

ろくでもない 全然役に立たない。つまらない。話中不好；不正經；無聊。E useless; worthless.

☆ 父はろくでもない古い家具を集めて楽しんでいる / 父親以收集毫無價值的舊家具為樂趣。

ろくおん【録音】ロクオン〔～する〕 テープやCDなどに音を入れて後まで残るようにすること。また、残るようにしたもの。中錄音。E (a) recording; tape.

☆ いくつかの録音を編集して放送番組をつくる / 將幾個錄音編集起來製作廣播節目。

☆ 会議を録音しておいて議事録を整理する/ 將會議錄音後，整理成會議記錄。

☆ 録音テープ / 錄音帶。

ろくがつ【六月】ロクガツ、ロクガツ 1年の6番目の月。6月。中六月。E June.

☆ 6月はつゆの季節で雨が多い / 六月是梅雨季節，雨水多。

ロケット (rocket) ロケット、ロケット 燃料を爆発させてたくさんのガスを出し、その力で非常に速く進むようにした装置。中火箭。E a rocket.

☆ ロケットを打ち上げる / 發射火箭。

☆ 気象観測用のロケット / 氣象觀測火箭。

ろこつ【露骨】ロコツ むきだしで、あからさまにするようす。中露骨；明顯；毫不掩飾。E plainly; openly; indecent.

☆ 友人に借金を頼んだら、露骨にいやな顔をされた / 向朋友借錢，結果竟毫不掩飾地面露嫌惡。

☆ 露骨に悪口を言う / 非常露骨地說出壞話。

☆ 露骨な表現 / 露骨的表現；赤裸裸的表現。

ろしゅつ【露出】ロシュツ〔～する〕 ❶隠れていて見えなかったものが現れること。また、ふつうなら隠しておく部分を隠さずに外に出すこと。中露出；外露。E (an) exposure.

☆ 京子はすぐ怒ったり泣いたりして感情の露出が激しい人だ / 京子動不動就生氣，又愛哭，是個感情激動且容易形於色的人。

☆ 海岸で肌を露出して体を焼く / 在海邊裸露肌膚曬黑。

❷ 写真を写すときなどにフィルムに光を当てること。中曝光。E exposure (of films).

☆ 部屋の中で写真をとったら、露出がたりなくて顔がぼんやりしている / 在房間裡拍照，因為曝光不足，臉部變得模糊不清。

ロッカー (locker) ロッカー かぎがかけられる、衣類や持ち物などを入れる小さな戸棚。中上鎖衣物櫃；文件櫃。E a locker.

☆ 会社で着る上着はいつもロッカーに入れておく / 總是把在公司穿的上衣放到衣物櫃中。

☆ コインロッカー / a coin-operated locker. /投幣式衣物保管櫃。

ロビー (lobby) ロビー 劇場、ホテル、会社など人の出入りが多い建物の中の、入り口に続いて広くなった部分。中前廳；門廳；門廊。E a lobby.

☆ 友達と劇場のロビーで待ち合わせて芝居を見る / 跟朋友約在劇場的前廳會合後進去看戲。

☆ ホテルのロビーで新聞を読む / 在飯店的大廳看報紙。

ロボット (robot) ロボット、ロボット ❶人間にかわって仕事をするようにつくられた機械。特に人間の形に似たようにつくったものをいうことが多い。中機器人；機械人；自動儀器。E a robot.

☆ 子供はロボットが活躍するテレビ番組が好きだ / 兒童喜歡有機器人演出的電視節目。

☆ この工場では高熱の危険な作業はロボットにさせている / 這家工廠把那些高溫的危險

工作讓機器人來做。

❷ 自分の意見を持たず、他人の言うとおりに行動する人。中 傀儡。E a puppet.

☆ この会社では、専務が実力者で、社長はロボットだ / 這家公司的常務董事是實力派，總經理只是傀儡而已。

▷ 数❶ 1台

ロマン (㋫roman) ロマン ❶ おもに恋愛、冒険などを内容とする物語や小説。ロマンス。中 傳奇小說；愛情故事；浪漫史。E a romantic novel; a romance.

☆ 強くて心やさしい主人公が活躍するロマンを胸を躍らせて読んだ / 讓我興致勃勃地讀完這部敘述性格堅強且善良的主人公活躍的浪漫故事。

❷ 日常生活とは違ったことにあこがれ、夢を追うこと。また、そうする人々を満足させるものごと。中 浪漫。E adventure; romanticism.

☆ ロマンを求めて1人旅に出る / 為追求浪漫，單獨去旅行。

☆ ロマン主義 / 浪漫主義。

☆ ロマン派 / 浪漫派。

▷ 数❶ 1編

ロマンチック (romantic) ロマンチック 現実を離れて、夢や空想にひたるようす。中 浪漫；羅曼蒂克。E romantic.

☆ ロマンチックな恋にあこがれる / 憧憬浪漫的戀情。

☆ ロマンチックな雰囲気 / 浪漫的氣氛。

ろん 【論】ロン ものごとについて、または学問の分野で筋道を立てて述べること。また、その述べた考え。中 意見；見解；看法。E a theory; an opinion.

☆ A教授の論はこれまでの学説を否定する新しいものだ / A教授的見解是否定舊學說的新理論。

☆ あなたの論にわたしも賛成だ / 我也贊成你的看法。

☆ 進化論 / 進化論。

ろんぎ 【論議】ロンギ〔～する〕 問題になっていることについて意見を述べ合い、正しい考えを求めようとすること。中 議論；討論；爭論。E (a) discussion; (a) debate.

☆ 開発と自然保護をめぐって真剣な論議が行われた / 圍繞在開發和保護自然的議題上進行認真討論。

☆ 論議をつくす / have a full discussion. / 徹底討論；充分發表意見。

ろんし 【論旨】ロンシ 述べている考えの中心になること。中 論點。E the point of an argument.

☆ 新しい著書の論旨を要約して雑誌しに載せる / 將新書的論點摘要刊登在雜誌上。

☆ 市長の演説は論旨が明快で説得力があった / 市長的演講論點非常明確，很有說服力。

ろん・じる 【論じる】ロンジル、ロンジル〔他動一〕 ❶ 順序や方法などを正しく使って自分の考えを言う。論ずる。中 論述；闡述；說明。E deal with; argue.

☆ 新聞の社説で、人口問題を論じている / 在報紙的社論中論述人口問題。

☆ 現代文学を論じる講演会を開く / 舉辦論述現代文學的演講會。

❷ たがいに意見を戦わせる。論ずる。中 討論；議論；評論。E discuss; debate.

☆ 原子力エネルギーがいいか悪いかを、じゅうぶんに論じる必要がある / 有必要充分討論原子能的好壞。

ろんせつ 【論説】ロンセツ〔～する〕 ある問題に対して自分の立場をはっきりさせて意見を述べること。また、その意見。特に新聞の社説。中 論說；評論；社論。E an article; an editorial.

☆ この雑誌のA氏の論説はわたしの考えと同じだ / 這本雜誌中A氏的論點與我的想法相同。

☆ いくつもの新聞の論説を読み比べる / 閱

ろ

讀幾家報紙的社論加以比較。

☆ 論説委員/評論委員。

ろんそう【論争】ロンソー〔～する〕 意見が違う人の間で相手を批判し、それぞれの考えを言い合うこと。中 爭論；辯論。E a dispute; (a) controversy.

☆ A氏は天皇制をめぐってB氏と論争している/A氏與B氏對天皇制，進行辯論。

☆ 激しい論争を展開する/展開激烈的辯論。

ろんぶん【論文】ロンブン 1つの問題について考えた結論を順序正しく論理的に述べた文章。学問の分野で、研究した成果を報告する文章。中 論文。E a paper; a thesis; a dissertation.

☆ 調査をもとにして若者の新しいことばづかいに関する論文を書く/根據調查結果撰寫一篇論文敘述關於年輕人使用的新詞彙。

☆ 卒業論文/畢業論文。

☆ 博士論文/博士論文。

数 1編

ろんり【論理】ロンリ 考えや議論を進めていくときの、正しい筋道。中 邏輯；論理。E logic.

☆ 民主主義を守るために、力で国民をおさえるとは論理に合わない考え方だ/為維護民主主義而用武力壓制國民的聲音，是不合邏輯的想法。

☆ 論理学/邏輯學。

☆ 論理的/合乎邏輯的。

わ／ワ

わ【和】ワ ❶ たがいに仲よくすること。中 和睦；和平；和諧；和樂。E harmony; peace.

☆ 家族の和をだいじにする/珍惜家庭和睦。

☆ 2国間で和を結び相互に協力する/兩國之間和平共處互相合作。

❷ 数学で、ある数や式をある数や式に加え合わせたもの。中 和。E the sum; the total.

☆ 113と256の和を求める/求113與256之和。

対 差

❸ (他のことばの頭や後について)日本。日本語。中 日本；日語。

☆ 中国語の小説を和訳する/將中文小說譯成日文。

☆ 和英辞典/a Japanese-English dictionary./日英辭典。

☆ 和室/日本式房間；和式房間。(→ 項目)

▷ 書 ❶

わ【輪】ワ ひものように細長いもののはしをつないでまるくしたもの。また、その形。中 圈；環。E a circle; a ring; a loop.

☆ オリンピックのマークは5つの輪を組み合わせたものだ/奧運會的標誌是由五環組成的。

☆ 輪ゴム/橡皮筋。

☆ 指輪/戒指。

輪をかける さらに程度がひどくなる。中 更嚴重過分；更厲害。E be worse; be more ～.

☆ 父親もけちだが、子供たちはそれに輪をかけてけちだ/父親已夠小氣，而孩子們更有過之而無不及。

わ (文の終わりについて)❶ 感心したり驚いたりすることを表す。中 (表示驚訝、感動)哇！

☆ これは立派だわ/Oh, this is splendid!/這個真好哇！

☆ あるわ、あるわ、読みたい本がたくさんある/有啊，有啊，有許多想看的書。

❷ いくつかのことを並べて大げさに表す。中 (列舉事物、表示驚訝)呀。

☆ 熱は出るわ、頭は痛いわ、せきは出るわで、本当に苦しかった/I had a fever and I had a headache and I had a cough—I was just miserable./又發燒、又頭痛、又咳嗽，真難受。

❸ 軽く主張する気持ちを表す。中 輕微地表達自己的主張。

☆ ぼくはやめておくわ/I'd rather not do it./我不幹了。

❹ やわらかく言うときに使う。中 (用於委婉表達)喲；啊。

☆ わたしは行かないわ/Oh, I don't think I'll go./我不去!

❺ 軽い感動を表す。中 (表示輕微的感動)呀！

☆ おいしいわ。とても/Oh, so delicious./真好吃，真的。

-わ【-羽】 (数を表すことばについて)鳥やウサギの数を表す。中 隻。

☆ スズメが1羽飛んできた/一隻麻雀飛來了。

☆ ウサギが2羽いる/There are two rabbits./兔子有兩隻。

ワーカホリック (workaholic) ワーカホリック 仕事をしていないと落ちつかなくて、仕事ばかりしている一種の病的な状態。また、その人。仕事中毒。中 工作狂。E a workaholic.

☆ 日曜日も出勤するとは、きみもワーカホリックにかかったね/星期天也上班，你也變成工作狂了吧。

ワープロ ワープロ〔←ワードプロセッサー(word processor)〕 打ちこんだことばを漢字に変えたり、文章を記憶したり、印刷したりする装置。中文書處理機。E a word processor.

☆ ワープロでレポートを書く/用文書處理機寫報告。

☆ ワープロを打つ/用文書處理機打字。

☆ ワープロ原稿/用文書收處理機打的原稿。

数 1台

ワイシャツ ワイシャツ 背広の下などに着る、えりのついた前開きのシャツ。中襯衫。E a shirt; a dress shirt.

☆ ワイシャツにアイロンをかける/用熨斗熨襯衫。

☆ ワイシャツにネクタイを合わせる/領帶要與襯衫相配。

数 1枚

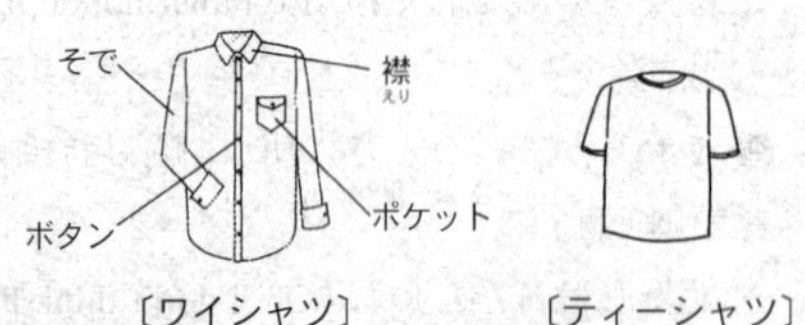

〔ワイシャツ〕 〔ティーシャツ〕

参 英語の「ホワイト(white)」と「シャツ(shirts)」を合わせたものを略して日本でできたことば。音だけ合わせて「Yシャツ」と書くこともある。

わいろ 【賄賂】ワイロ 相手の地位や立場を利用して自分に有利な情報をえたいときなどに、その相手に贈る不正な金や品。そでの下。中賄賂。E a bribe.

☆ 政治家にわいろを贈って、公共事業の注文を取りやすくしてもらう/向政治人物行賄，以便很容易地得到公共事業方面的訂單。

☆ わいろを受け取って、罪に問われる/因受賄而問罪。

わ

☆ わいろを使う/行賄。

わいわい ワイワイ ❶おおぜいの人たちが、いちどに話したり騒いだりするようす。中一堆人大聲吵嚷的樣子。

☆ ゆうべは遅くまで、クラスの友達と酒を飲んで、わいわい(と)騒いだ/I drank and made a lot of noise with classmates until late last night./昨晚和同窗好友一邊喝酒一邊大聲喧嘩到深夜。

❷おおぜいの人たちやマスコミなどが、問題にするようす。中許多人或輿論界的大肆渲染。

☆ スターの結婚や離婚を、マスコミはわいわい(と)書きたてる/The press makes a great fuss about movie stars' marriages or divorces./媒體對明星們的結婚離婚大肆宣傳。

ワイン (wine) ワイン ブドウからつくるアルコール飲料。ブドウ酒。中葡萄酒。E wine.

☆ 食前にワインを飲む/飯前喝葡萄酒。

☆ ワインの栓を抜く/開啓葡萄酒瓶塞。

☆ ワイングラス/葡萄酒杯。

☆ 赤ワイン/紅葡萄酒。

数 1杯・1本

わか 【和歌】ワカ 5音と7音を組み合わせてできた定型詩。5、7、5、7、7の「短歌」と、5、7、5、7…5、7、7と自由に長くのばす「長歌」、5、7、7、5、7、7の「旋頭歌」などがある。現在は「短歌」をさす。中和歌。E a *waka*; a 31-syllable Japanese poem.

☆「万葉集」「古今集」「新古今集」などは和歌を集めた歌集として有名だ/《萬葉集》、《古今集》和《新古今集》等是以收集和歌的歌集而出名。

☆ 和歌を詠む/詠誦和歌；朗頌和歌。

数 1首

わが 【我が】ワガ 自分の。わたしの。わたしたちの。書 中我的～。E my; our.

☆ わが子を思う親の心/父母關懷兒女之心。

☆ わがふるさと / 我的故鄉。

☆ わが母校 / 我的母校。

☆ わが国 / 我國。

わかい【和解】ワカイ〔～する〕 仲直りをすること。書中和解；和好。E reconciliation; be reconciled.

☆ 両国間で和解が成立した / 兩國之間的關係已經和解了。

☆ 長くけんかしていた兄と和解した/與長期吵架的哥哥和好了。

わか・い【若い】ワカイ ❶生まれてからの時間が少ない。年齢が少ない。中小。E young.

☆ このリンゴの木はまだ若くて実がならない / 這棵蘋果樹還小，還不會結果。

☆ 田中さんはわたしより3つ若い / 田中比我小三歲。

❷ 青年期にいる。中年輕。E young.

☆ 若い人と話していると、刺激が多くて楽しい/和年輕人講話，可以激勵自己，所以非常愉快。

☆ 若くて柔軟な考え方 / 年輕而靈活的想法。

❸ 元気で、生き生きしている。中年輕；有朝氣。E youthful.

☆ スポーツを続けている父の体は、本当の年齢よりずっと若い/持續保持運動習慣的父親，身體比實際年齡年輕得多。

☆ 気が若い / 年輕氣壯。

❹ 数や番号が小さい。中小數目。E low; small.

☆ 番号の若い順に並んでください / 號碼請按照由小到大的順序排列。

わかて【若手】ワカテ、ワカテ あるグループの中で、若くて盛んに働く年代の人。中年輕而能幹的。E a young person.

☆ 兄は若手の作曲家として期待されている/哥哥是被期待中的一個年輕作曲家。

☆ 若手政治家 / 年輕能幹的政治人物。

わかば【若葉】ワカバ、ワカバ 生え出たばかりの、やわらかくて薄い緑色の葉。中嫩葉；新葉。E young leaves; fresh green.

☆ 若葉が雨にぬれて美しい / 嫩葉被雨淋濕後很漂亮。

☆ 若葉色 / 嫩葉的顏色；嫩葉色。

☆ 若葉マーク(= 初心者が運転する車にはるしるし) / 新葉記號(= 新手上路標誌)。

わがまま ワガママ、ワガママ 自分のしたいことをして、他人のことを考えないこと。中任性；恣意。E selfish; willful.

☆ 親に甘やかされて育った子供はわがままだ / 被父母嬌生慣養長大的孩子很任性。

わかもの【若者】ワカモノ 年の若い人。青年。中年輕人；青年。E a young person; the young.

☆ 大会を成功させるため、若者の力に期待している / 為把大會開得圓滿成功，希望年輕人多出力。

☆ 若者向けの商品を開発する / 開發以年輕人為消費族群的商品。

わかりきった【分かりきった】 人にきいたりしなくても、よくわかっている。中十分明白；不言而喻；明顯的。E evident; obvious.

☆ わかりきったことだから説明はいらない/這是不言而喻的事，所以不用說明。

☆ 使えば古くなることはわかりきったことだ / 東西用了就會變舊，這是不言而喻的事。

わか・る【分かる】ワカル〔自動五〕(わかって) ❶はっきりしなかったことが、明らかになる。中知道；判明。E find; know.

☆ さがしていた友達の住所がわかった/得知了一直在尋找的朋友的住處。

☆ まだ結果がわからない / 還不知道結果。

❷ ものごとの意味や価値を知ることができる。中懂；明白；理解。E understand; appreciate.

☆ わたしの言っている意味がわかりますか/我說的意思你明白嗎?

☆ 絵を買うときは、絵がよくわかる人に見てもらうのがいい/買畫時，最好請懂畫的人來幫忙看。

❸ 世の中のことや人の気持ちなどを、よく知っている。中 通情達理；通曉世故。E know; understand.

☆ 道子はなんでもわかっているから、いい相談相手になってくれるだろう / 道子是個萬事通，一定會成為我的好商量對象吧。

☆ 話のわかる人 / 通曉世故的人；通情達理的人。

わか·れる【別れる·分かれる】ワカレル〔自動一〕 ❶ 一緒にいた人たちが、別々になる。中 離別；分手；離婚。E part; divorce.

☆ 友達と駅で別れた / 在車站與朋友道別。

☆ 姉夫婦は、性格が合わないといって別れた / 姊姊和姊夫因性格不合而離婚了。

対 会う

❷ 1つのものが、2つ以上になる。中 分；分開；分歧。E branch off; split up.

☆ この道をまっすぐ行くと3つに分かれるから、右の道を進んでください / 順著這條路一直走，到三岔路口請往右邊走。

☆ 枝の先が2つに分かれている / 樹枝前端分成兩岔。

❸ 別々のものとして区別される。中 分歧；區別；劃分。E be divided; be sorted out.

☆ 病院の中は、病気の種類によって、内科、外科などに分かれている / 醫院裡根據疾病的種類不同，而分為內科及外科等科別。

▷ 名 別れ　他動 分ける

注 漢字で書くときは、❶は「別れる」、❷❸は「分かれる」。

わかれわかれ【別れ別れ】ワカレワカレ たがいに別れてしまうこと。別々。離れ離れ。中 分開；分別。E break up; seperately.

☆ 戦争で親子が別れ別れになる / 父子因戰爭而分離。

☆ 夫は大阪、妻は東京で別れ別れに暮らす / 丈夫在大阪，妻子在東京，夫妻分居兩地。

わかわかし·い【若若しい】ワカワカシイ 非常に若く見える。中 年輕；年輕而有朝氣；朝氣蓬勃。E youthful; young.

☆ 社長は65歳だが、白髪もなく青年のように若々しい / 總經理六十五歲了，卻還沒有白頭髮，像年輕人一樣朝氣蓬勃。

☆ 母は声が若々しいので、電話でよくわたしとまちがえられる / 由於母親講話聲音聽起來很年輕，在電話裡常常被錯認為是我。

わき ワキ ❶ 人の胸の側面で、腕のつけねから下の部分。中 腋下；胳肢窩。E the armpit; the side.

☆ 荷物をわきにかかえる / 將東西夾在腋下。

☆ わきの下 / 腋下。

☆ わき毛 / 腋毛。

❷ そば。すぐ横。中 旁邊。E by; the side.

☆ 机のわきに荷物を置く / 把行李放在桌子旁邊。

☆ わきから口を出す / 從一旁插嘴。

❸ 目的からはずれた方向。中 旁處；別的地方。E another direction.

☆ 話がわきにそれる / 話題岔開。

☆ わき見運転 / 漫不經心的駕駛。

❹ 映画、演劇などで、主役を引きたてる役。中 配角。E a supporting role.

☆ この映画はわき役の女優がすばらしい / 這部電影中演配角的女演員演得很棒。

わきかえ·る【沸き返る】ワキカエル〔自動五〕(わきかえって) ❶ 激しい勢いで、湯などが沸く。中 沸騰；滾開。E seethe; boil up.

☆ やかんの湯が沸きかえって、口からこぼれている / 壺裡的水燒開了，從壺嘴溢出來。

❷ おおぜいの人が興奮して騒ぐ。中 歡騰；轟動。E be in an uproar; be highly excited.

☆ サッカー場の中は興奮した人たちで沸きかえっている / 整個足球場裡的人們興奮歡騰起來。

☆ 勝利の喜びで、国じゅうが沸きかえった / 因勝利的喜悅，舉國一片歡騰。

わきま·える ワキマエル、ワキマエル〔他動一〕 ものごとが正しいか正しくないか、いいか悪いかなどを見分ける。また、いろいろなことについてじゅうぶん理解し、よくわかっている。中 理解；懂得；知道。E know; learn to distinguish.

☆ 自分の能力をわきまえて、将来の計画を立てる / 斟酌自己的能力，制訂將來的計畫。

☆ 善悪をわきまえる / 辨別善惡。

名 わきまえ

わきめもふらず【わき目もふらず】 ほかのことに気をとられないで一生懸命に。一心不乱に。中 全神貫注；專心致志。E devote oneself completely to.

☆ 就職してから20年、わき目もふらずに働いてきた/就職二十年來，一直堅守工作崗位。

わく【枠】ワク ❶ 外側をふちどるかこみ。中 框子；框。E a frame.

☆ 記事をわくでかこむ / 把新聞框起來。

☆ 黒わく / 黑框(訃文)。

☆ 窓わく / 窗框。

❷ 中身を規定する制限や範囲。中 範圍；界限；圈子。E a limit; a framework.

☆ 子供をわくにはめて育てるのはよくない / 用很多規矩來約束孩子的教育方式是不好的。

☆ 予算のわくをこえる / 超過預算範圍。

わ・く【沸く】ワク〔自動五〕(わいて) 水が熱せられて、高い温度になる。中 沸騰；燒開；燒熱。E boil; grow hot.

☆ やかんの湯が沸いたから、お茶をいれよう / 壺裡的水燒開了就泡茶吧。

☆ おふろが沸く / 洗澡水燒好了。

❷ おおぜいの人が興奮する。中 激動；興奮；沸騰。E be in an uproar.

☆ ロックのコンサートで、歌手も客も1つになって沸いた / 搖滾音樂會上，歌手和聽衆一起沸騰起來了。

☆ 歓迎に沸く人波 / 為歡迎而沸騰的人潮。

▷ 他動 沸かす

わ・く ワク〔自動五〕(わいて) ❶ 地中にある水などが、中から表面に出る。中 湧出；冒出。E spring out; gush forth.

☆ 岩の間からわく冷たい水を飲む / 喝從岩石間湧出的冰涼泉水。

☆ 石油井戸から石油が勢いよくわいて出る / 石油從油井中滾滾噴出。

❷ 心の中にある気持ちなどが、自然に出る。中 湧現；產生。E stir (in one's mind).

☆ とても疲れていたが、よく眠ったら、また元気がわいてきた / 非常疲憊，睡一覺後又恢復了精神。

☆ 勇気がわく / 產生勇氣。

❸ 虫などが、いちどにたくさん生まれる。中 大量湧現；孳生。E breed; grow.

☆ 動物の死体にうじむしがわく / 動物屍體上孳生出蛆來。

わくせい【惑星】ワクセイ 太陽のまわりを公転する天体。水星、金星、地球、火星、木星、土星など。中 行星。E a planet.

☆ 太陽には9個の惑星がある / 太陽系有九顆行星。

☆ 惑星は太陽の光を反射して光って見える / 行星是因反射太陽光，才閃耀可見的。

対 恒星

ワクチン (ド Vakzin) ワクチン 伝染病の予防のために、死んだ病原菌などからつくった薬。これを注射して病気を防ぐ。中 疫苗；痘苗。E vaccine.

☆ インフルエンザのワクチンを注射する / 注射流感疫苗。

☆ 予防ワクチン / 予防疫苗。

わくわく ワクワク〔～する〕 期待や喜びで、落ちついていられないようす。中 歡欣雀躍；擔心或有所期望時的興奮貌。E trembling with expectation; be all excited.

☆ はじめてのボーナスの袋を、わくわくしながら開ける / 興奮地打開第一次領到的獎金紅包。

☆ 京都旅行のことを考えると、胸がわくわくしてくる/一想到要去京都旅行，心裡就歡喜興奮。

わけ【訳】ワケ ❶そのことばの持つ意味。中意思；意義。E (a) meaning.

☆ 赤ん坊がすこしずつわけのわかることばをしゃべり始めた/嬰兒開始說一些似懂非懂的有意義的話了。

☆ 古いことばのわけを辞書で調べる/在字典中查閱古文的意思。

❷ものごとの事情や理由。中理由；原因。E circumstances; a reason.

☆ きのうの会に欠席したのには深いわけがある/今天會議缺席是有充分理由的。

☆ どういうわけで先生にしかられたのかわからない/不知道為什麼受到老師責備。

❸あたりまえと考えられること。ものごとの筋道。中理所當然；道理。E reason.

☆ 練習しないで、上手になるわけがない/不練習當然不會變好。

☆ 黙って会社を休むわけにはいかない/不打聲招呼就不來上班是不應該的。

二注 ❸はひらがなで書く。

わ・ける【分ける】ワケル〔他動一〕 ❶ 1つのものを、2つ以上にする。中分；分開。E divide; part.

☆ クラスを3つのグループに分ける/將班級分成三個小組。

☆ 髪を真ん中から分ける/將頭髮中分。

❷なにかの一部分を、ほかの人に与える。中分給；分配。E share; divide.

☆ いなかから送ってきたリンゴを、となりの人にすこし分けてあげた/把鄉下送來的蘋果分一些給鄰居。

☆ 財産を子供に分ける/將財產分給孩子。

❸たくさんあるものを、種類によって区別する。中分類；區別。E classify; sort out.

☆ 卵を大きさによって分けて箱に入れる/根據雞蛋大小分開裝入箱中。

☆ 雑誌と辞書類に分けた本棚/將雜誌類和字典類分開陳列的書架。

❹進むためにじゃまなものを、両側に押し開く。中拔開；分開。E push apart.

☆ 船が波を分けて進んでいく/小船破浪前行。

☆ 人ごみを分けながら歩く/一邊撥開人潮一邊行走。

▷ 自動 分かれる

わご【和語】ワゴ 漢語などが伝わる前から日本にあったことば。中固有的日語。E a native Japanese word.

☆「白鳥」は、和語では「しらとり」で、漢語では「はくちょう」だ/「天鵝」一詞在和語中叫「しらとり」，漢語叫「はくちょう」。

☆ 漢字に同じ意味の和語を当てたものが訓読みだ/和語使用意思相同的漢字，但其讀法稱為訓讀。

関連 漢語、外来語

わざ【技・業】ワザ ❶スポーツや工芸などで、訓練して身につけた技術や腕前。中技；技能；本領。E an art; a skill.

☆ 大会では、一流の選手がスピードと技を競った/在運動會上，一流選手較量其速度和技巧。

☆ 京都で彫刻師としての技をみがいた/在京都練就了當雕刻藝術家的技術。

❷すもう、柔道、剣道などで、相手を負かすための決まった型の動作。中招式；招數；訣竅。E a *waza*; a technique.

☆ 得意の技が決まって勝った/使出拿手的招數獲得勝利。

☆ 技あり/*Waza-ari*!/高招(取得二次就獲勝)。

❸その人にできる仕事。また、やり方。中事情；行為；事業。E a task; a work.

☆ 容易な業ではない/並不是件容易的事情。

☆ 至難の業/極難的事情。

☆ 人間業 / human power. / 人力所及；人工。

注 漢字で書くときは、❶❷は「技」、❸は「業」。

わざと ワザト 特別に意識して行うようす。中 故意地。E intentionally; on purpose.

☆ 先生に話しかけてもらいたくて、わざとまちがった答えを書いた / 想讓老師和自己講話，所以故意寫錯答案。

☆ 仕事を増やされそうになったので、わざとゆっくり仕事をした / 因為工作量好像要被增加，所以故意慢慢做。

わさび ワサビ 山の水のきれいな所に生える草。根、茎をすりおろして、すしや刺身などにつけて食べる。強い辛みがある。中 綠芥末；山葵。E *wasabi*; Japanese horseradish.

☆ わさびがつんと鼻にくる / 山葵的辣味撲鼻而來。

☆ わさびが効きすぎた / 山葵的辣味太強了。

わざわい【災い】ワザワイ 病気、けが、天災などの害を受けること。また、それらのできごと。中 禍；災禍；災難。E a disaster; a misfortune.

☆ 村に、地震につぐ津波という大きな災いが振りかかった / 村子在發生地震後，接著又遭受重大的海嘯災害。

☆ 口は災いのもとだから、しゃべりすぎないように / 禍從口出，所以話不要說得過多。

対 幸い

災い(を)転じて福となす 自分の身に振りかかった災いを、うまく処理して逆にいいものに変えてしまう。書 中 因禍得福；轉禍為福。E turn a misfortune into a blessing.

わざわざ ワザワザ ふつうは行わないことを、特別に、時間、労力、金などを使って行うようす。中 特意。E especially; take the trouble to.

☆ 忙しいのに、わざわざ家まで書類をとどけてくれた / 儘管很忙，但還是特地把文件送到家裡來。

☆ わざわざ見送りにきてくださってすみません / 專程前來送行，非常感謝。

参 他人が自分にしてくれた行為を感謝したり、すまないと思ったりするときに言う。だから、他人に対して「わざわざ見送りに来ました」とは言えない。

わしつ【和室】ワシツ 和風につくった部屋。たたみを敷き、障子やふすまを多く使う。日本間。中 日式房間；和式房間。E a Japanese-style room.

☆ 和室にふとんを敷く / 在日式房間鋪上被子。

☆ 4畳半の和室 / 四個半榻榻米的日式房間。

対 洋室 数 1室・1間

わしょく【和食】ワショク 和風の食事。日本料理。中 和餐；日本式飯菜。E Japanese food; Japanese cuisine.

☆ 外国に長くいると、刺身やすしのような和食が食べたくなる / 在國外待久了，就想吃生魚片、壽司等日式料理。

対 洋食

わずか ワズカ 数や量、程度などが非常に少ないようす。中 僅；一點點。E a few; a little; a bit.

☆ 財布を忘れて、わずか10円の金もなく電話もかけられなかった / 忘記帶錢包，連十日圓都沒有，電話也打不了。

☆ わずかな人数で仕上げた作品 / 僅用幾個人完成的作品。

わずら・う【患う・煩う】ワズラウ、ワズラウ〔他動五〕(わずらって) ❶ 病気をする。中 患病；生病。E be sick; suffer from.

☆ 母は長い間患って、すっかりやせてしまった / 母親長年患病，非常消瘦。

☆ がんを患う / 身患癌症。

❷ (動詞の「ます」形について)どうしたらいいかと苦しむ。中 苦惱；煩惱。

☆ 思い煩う / worry about. / 焦慮；傷腦筋。

▷ 名 患い・煩い

注 漢字で書くときは、❶は「患う」、❷は「煩う」。

わずらわし・い【煩わしい】ワズラワシイ、ワズラワシイ　いろいろ気をつかったり複雑だったりして、面倒だ。中 麻煩。E complicated; troublesome; annoying.

☆ ビザを更新するには煩わしい手続きが必要だ / 更換簽證需要經過一些麻煩的手續。

☆ 職場の人間関係が煩わしくていやだ / 公司的人際關係複雜，令人厭煩。

わす・れる【忘れる】ワスレル〔他動一〕❶ 覚えたことや経験したことを、思いだせなくなる。中 忘記；忘掉。E forget.

☆ 相手の名前を忘れて困った / 忘記了對方的名字，好尷尬。

☆ つらいことは早く忘れたい / 很想儘快忘掉痛苦的事情。

対 覚える

❷ なにかに夢中になって、あることに気がつかない。中 忘懷；遺忘。E forget; slip one's memory.

☆ 本がおもしろくて、時間がたつのも忘れて読んだ / 書很有趣，讀得連時間都忘記了。

☆ 食事も忘れて実験を続けた / 連續做實驗連吃飯都忘了。

❸ 注意がたりなくて、しなければいけないことをしない。中 忘；忘在～。E forget; leave.

☆ 約束を忘れて、友達を待たせてしまった / 忘記了約會，讓朋友久等了。

☆ 電車の中に傘を忘れた / 把傘忘在電車上了。

☆ 電灯を消し忘れる / 忘記關燈。

わ

わた【綿】ワタ ❶ 実の白い毛を糸や織物の原料にする植物。もと、インドやエジプトでつくられた。ワタノキ。中 棉。E a cotton plant.

☆ 綿を栽培して綿織物の工場に売る / 種植棉花，把棉花賣給針織工廠。

☆ 綿の実から食用油をつくる / 用棉花種子榨食用油。

❷ おもに「❶」からとるやわらかい繊維のかたまり。温かいのでふとんや衣服に入れて使う。中 棉花；絲棉；皮棉。E cotton.

☆ 綿を入れたふとんは日に当てるとふくらむ / 裝有棉花的被子經陽光一曬就膨脹起來。

綿のように疲れる　非常に疲れる。中 精疲力竭。E be tired to death.

☆ 1日じゅう働き続けて綿のように疲れた / 工作一整天，累得都快倒了。

わだい【話題】ワダイ　話の中心になることがら。中 話題。E a topic (of conversation) .

☆ 一郎は本をたくさん読んでいるので話題が豊富だ / 由於一郎看了許多書，所以話題豐富。

☆ 話題にのぼる / 成為話題。

☆ 話題をさがす / 尋找話題。

わたくし【私】ワタクシ ❶ 個人に関することがら。中 私；私人；私事。E private; personal.

☆ 社長は社員に対して決して私の感情を表さない人だ / 總經理是一個絕不會對職員露出私人感情的人。

対 公

❷「わたし」を謙遜していう言い方。中 我。E I.

☆ これから私がみなさまをご案内いたします / 今後將由我來為大家作嚮導。

☆ 私がご紹介いただいた田中でございます / 我是剛才承蒙介紹的田中。

☆ 私ども / 我們。

わたくしごと【私事】ワタクシゴト　自分や身内に関係があるだけで、ほかの人には関係のないこと。中 私事。E a private matter.

☆ 私ごとですが、先週結婚しましたので、ご報告します / 有件私事要向您報告，上週我結婚了。

☆ 親友でも相手の私ごとには立ち入らないほうがいい / 即使是親友，也最好不要干涉對方的私事。

わたし　ワタシ　自分をさすことば。中 我。E I.

☆ わたしが説明しますからよく聞いてください / 我來作一下說明，請大家認真聽。

☆ こちらはわたしの友達の山田さんです/這位是我的朋友山田先生。

☆ わたしも一緒に行きたいな/我也想一起去。

わたりどり【渡り鳥】ワタリドリ　季節によって、海などを渡って、すむ土地を変える鳥。中 候鳥。E a migratory bird.

☆ 白鳥は渡り鳥なので、冬を日本の湖で過ごして春にはシベリアへ帰っていく/天鵝是候鳥，所以在日本的湖泊過冬後，春天一到就飛回西伯利亞。

対 留鳥　数 1羽・1匹

わた・る【渡る】ワタル〔自動五〕(わたって)　❶ なにかの上を通って向こう側へ行く。中 渡；過。E cross; go over.

☆ 太平洋を船で渡る / 坐船橫渡太平洋。

☆ 川を泳いで渡る / 游泳過河。

☆ 橋を渡る / 過橋。

❷ 世の中で暮らしていく。中 度日；過日子。E get along.

☆ 人と上手につきあいながら世を渡る/處世圓滑，很會與人交往。

❸ なにかが、ある人から他の人へ移る。中 歸～所有；到手。E pass into.

☆ 仕事に失敗して、住んでいる家が人手に渡る / 由於生意失敗，住的房子歸別人所有。

❹ (「～にわたる」の形で)(1)その範囲に及ぶ。中 達到某種範圍。

☆ 中国からインドにわたる広い地域がこの台風の被害を受けた/從中國至印度，廣大的地區受到這次颱風的侵襲。

☆ 全世界にわたる不景気 /worldwide depression. / 遍及全世界的不景氣。

(2) その期間ずっと続く。中 持續。

☆ 会議は5時間にわたって行われた/會議連續開了五個小時。

☆ 10年間にわたる研究の成果/ the result of 10 years' study. / 經過十年研究的成果。

❺ (動詞の「ます」形について)広い範囲に～する。じゅうぶんに～する。中 表示遍及廣範圍；普及。

☆ 晴れわたる / clear up. / 晴空萬里。

☆ いきわたる/ spread; become popular. /普及。

▷ 名 渡り　他動 渡す

注 ❹❺ はひらがなで書く。

渡る世間に鬼はない　世の中は悪い人ばかりではなく、親切な人もいる。中 人世間總有好人。E There is kindness to be found everywhere.

わっと　ワット　❶ 急に大きな声を出すようす。中 大聲吵鬧貌。

☆ 後ろから、わっと言って驚かした / I surprised him by shouting from behind. / 我從他背後突然「哇」地大叫一聲，嚇了他一跳。

☆ 突然わっと泣きだした / 突然「哇!」地一聲哭出來。

❷ たくさんの人やものが、勢いよく一緒に動くようす。中 一擁而上。

☆ 飛行機を降りてきた首相のそばに、新聞記者やカメラマンがわっと駆け寄った / Newspaper reporters and cameramen deluged the prime minister as soon as he had deplaned. / 新聞記者和攝影記者忽地一下擁到剛下飛機的首相周圍。

ワット (watt) ワット　電力の単位。1ワットは1ボルトの電圧で1アンペアの電流が1秒間に出すエネルギー。記号は「W」。中 瓦特；瓦。E a watt.

☆ 60ワットの電球 / 六十瓦的燈泡。

☆ ワット計(= 電力計) / 瓦特計(= 電表)。

わな　ワナ　❶ 鳥やけものを生きたままつかまえるためにつくったしかけ。中 圈套。E a trap; a snare.

☆ わなをしかけて野ウサギを生け捕りにする / 設下圈套捕捉野兎子。

❷ 相手をうまくだまして自分の思うようにしてしまうたくらみ。中 策略；圈套；暗算。E a trap; a trick.

☆ いんちきな不動産屋のわなにはまって、2倍の値段で土地を買わされた/中了狡猾的房地產商的圈套，以兩倍價格購買了土地。

わなな・く ワナナク〔自動五〕(わなないて) 恐ろしさや興奮などのために、体が震える。中 哆嗦；打顫；發抖。E quiver; tremble.

☆ 大臣の性差別発言には、怒りで全身がわなないた/對部長的有關性別歧視發言氣憤得全身發抖。

☆ 恐怖にわななく/嚇得渾身發抖。

わなわな ワナワナ〔～する〕 体や体の一部が小さく何度も続けて震えるようす。中 哆嗦；發抖；打顫。E quiver; tremble.

☆ 怒りのため、くちびるがわなわな(と)震えてことばが出てこなかった/因發怒而氣得嘴唇發抖，說不出話來了。

わび ワビ 俳句や茶道でたいせつにする、静かに澄んだ心の境地。中 閒寂；恬靜。E quiet refinement; taste for the simple and quiet.

☆ 芭蕉はわびとさびを俳句の理想の境地とした/芭蕉特意把閒寂和幽雅作為俳句的理想境界。

☆ わび住まい/寂寞的生活；清苦的生活；閒居；幽居；寂靜的住宅。

わびし・い ワビシイ ❶ 孤独で、さびしい。中 寂寞；冷清。E desolate; lonely.

☆ 毎日1人で食事をするのはわびしい/每天一個人孤單地吃飯很寂寞。

☆ 単身赴任でわびしい1人暮らしをしている/因為單身赴任，所以一個人過著寂寞的生活。

❷ 貧しい感じだ。中 貧困；寒酸。E miserable; frugal.

☆ 失業中のため、飾り物もごちそうも買えないわびしい正月だった/由於目前失業，所以過年時十分寒酸，連裝飾物和年菜都買不起。

☆ 漬物とごはんだけのわびしい食事/這頓飯十分寒酸，只有鹹菜配米飯。

わ・びる ワビル〔他動一〕 悪かったと思い、許しを求める。書 中 道歉；賠不是。E apologize.

☆ ごぶさたをわびる手紙を書く/寫封信對久未通訊表示歉意。

☆ 客を長く待たせた失礼をわびる/對讓客人長久等待的失禮行為表示歉意。

名 わび

わふう【和風】 ワフー 日本のやり方でつくられ、または、行われているものごと。中 日本式；和式。E Japanes style.

☆ たたみと障子がある和風の家を建てたい/想造一座有榻榻米和紙拉門的日式建築。

☆ 和風庭園/日式庭院。

対 洋風

わふく【和服】 ワフク 日本にむかしからあった衣服。中 和服；日式衣服。E Japanese clothes; a *kimono*.

☆ お正月には和服で初もうでに行った/過年時穿和服去參拜神社。

☆ 和服姿/和服裝束。

対 洋服 数 1枚・1着

参「着物」も意味は同じだが、「着物」がもともと着るものの意味で衣服全体をさしていたのに対して、「和服」は「洋服」と区別するためにできたことば。

わめ・く ワメク〔自動五〕(わめいて) 大声で叫ぶように言う。中 叫；喚；嚷。E shout; yell; shriek.

☆ 酔っぱらいが、大声でわめきながら歩いていった/醉鬼大聲叫嚷著走過去。

☆ 泣きわめく/大聲哭喊。

わら ワラ 稲や麦を収穫して実をとったあと、その茎をほしたもの。家畜のえさ、肥料などに使う。中 稻草；麥稈。E (a) straw.

☆ 馬小屋にわらを敷く/在馬廄裡鋪上稻草。

☆ たたみのしんにわらを使う/用稻草作榻榻

米的芯。

☆ 麦わら帽子/麥桿做的帽子。

数 1本・1束

わら・う 【笑う】ワラウ〔自他動五〕(わらって) ❶楽しい、うれしい、おもしろいなどの気持ちで、顔の表情をゆるめたり、声を立てたりする。中笑；微笑。E laugh; smile.

☆ テレビのおもしろい番組を見ながら、声を出して笑った/邊看著有趣的電視節目，邊笑出聲來。

☆ にっこり笑ってあいさつする/微笑著打招呼。

対泣く

❷ 人のことを見下す。中嘲笑；笑話。E ridicule; make fun of.

☆ 走るのが遅いからといって笑ってはいけない/不可以嘲笑人跑得慢。

☆ わたしの着ているものが変だと、みんなに笑われた/被大家嘲笑說我穿著的衣服很奇怪。

▷ 名笑い

注 ❶は自動詞、❷は他動詞。

わり 【割・割り】ワリ ❶基準になっているものごとに対する分量。割合。中比率；比例。E a rate; a ratio.

☆ 1月に5回の割で夜の勤務がある/毎月有五次夜班。

☆ 10人に1人の割で委員を選ぶ/按一成的比例選舉委員。

❷ 全体からみて得になるか損になるかのぐあい。中合算；比較。E a profit; an advantage.

☆ 仕事が楽で時間給が高い、割のいいアルバイトを見つけた/我找到既輕鬆，時薪又高的打工。

❸ 全体を10として、その中で占める割合。中10分之1；1成。E ten percent.

☆ 300人の1割は30人だ/三百人的十分之一是三十人。

☆ 3割引き/打七折。

❹ (他のことばの頭や後について)それぞれに割り当てて分けること。中分配；按～分配。E allotment; assignment.

☆ 割り当て/分配；分攤；分派。(→項目)

☆ 均等割り(=同じように分けること)/平均分配(=分配均等)。

☆ 部屋割り/分配房間。

☆ 頭割り/均攤；按人數平均分配。

▷ 他動割る

注 ❶❷❸は「割」、❹は「割り」。

わりあい 【割合】ワリアイ ❶あるものごとの全体に対する分量。ほかのものごとに対する分量。中比例。E a rate; a ratio; a percentage.

☆ 水にとけている塩の割合は10パーセントだ/水中溶鹽的比例為百分之十。

☆ 実験が成功するか失敗するかの割合は5分5分だ/實驗成敗的比例各佔一半。

❷ (副詞的に)どちらかといえばその状態であるようす。割合に。中比較；比預想的要～。E comparatively; rather.

☆ 入院している母が割合元気なので安心した/住院的母親滿有精神的，所以放心多了。

☆ きょうは割合涼しかった/今天比較涼爽。

わりあて 【割り当て】ワリアテ ものや仕事などを分けて、それぞれの人に与えること。また、それぞれに与えられたものや仕事。中分配；分攤；分派。E allotment; assignment.

☆ 新入社員に寮の部屋の割り当てをする/給新員工分配宿舍房間。

☆ 仕事の割り当てをこなす/把分擔的工作做完。

他動割り当てる

わりかん 【割り勘】ワリカン 「割り前勘定」を略した言い方。かかった費用の全体を人数で割って平等に支払うこと。中均攤；分擔費用。E split the tab; go Dutch.

☆ 4人で食べたり飲んだりして1万2000円かかったので、割り勘で3000円ずつ払った/四個人又吃又喝共花了一萬兩千日圓，所以分攤下來，每人各付了三千日圓。

☆ 友達とコーヒーを飲むときはいつも割り勘にする／與朋友喝咖啡時，總是各付各的。

わりき・る【割り切る】ワリキル〔他動五〕(わりきって) 他に問題があってもいちいち考えずに、ある原則によってものごとの結論をはっきりと出す。中 想通；乾脆明確地下結論。E give a clear-cut solutionc.

☆ いやな仕事だが、お金のためと割りきって働いている／雖然不喜歡這份工作，但想到為了賺錢，也就乾脆地做了。

☆ ものごとを割りきって考える／考慮問題時乾脆一點。

自動 割り切れる

わりこ・む【割り込む】ワリコム〔自動五〕(わりこんで) 順序など考えずに、無理に間に入る。中 擠進；插隊。E cut in; break into.

☆ 車の列にトラックが横から割りこんできた／卡車從旁邊插進車陣之中。

☆ 道子と旅行の相談をしているところへ、二郎が割りこんできた／正和道子商量旅遊之事時，二郎插進來打岔。

名 割り込み

わりざん【割り算】ワリザン〔～する〕 ある数や式をある数や式で割ってその結果を求める計算。「125÷5」「(6x＋5)÷3y」のような計算。中 除法。E division.

☆ 10割る3の割り算は割り切れない／10除以3除不盡。

対 掛け算

わりに【割に】ワリニ 予想されていたこととすこし違って。中 出乎意料；比較。E for; fairly; rather.

☆ 年のわりに元気だ／雖然年紀大了仍卻很有精神。

☆ はじめてつくったケーキだが、わりにおいしくできた／雖然是第一次做蛋糕，沒想到做得很好吃。

わりばし【割りばし】ワリバシ、ワリバシ 割れ目がついていて、食べるときに2本に割って使うはし。外食、来客の食事などのときに使い、使ったあとは捨てる。杉などを材料としてつくる。中 用完即丟的木筷子；免洗筷子；衛生筷子。E disposable wooden chopsticks.

☆ 割りばしは1回しか使わない清潔さが好まれるが、資源のむだづかいだという意見もある／衛生筷子雖然只用一次，乾淨而受歡迎，但也有意見說是浪費資源。

数 1膳

ニ 注 漢字で書くときは「割り箸」。

わりびき【割引】ワリビキ〔～する〕 決まった値段をいくらか下げて安くして売ること。中 打折扣；減價。E a discount; a reduction.

☆ 市外電話の料金は、夜7時以後は割引になる所もある／有些地方的市外電話（國內長途）晚上七點之後減價收費。

☆ 学生割引／學生優惠。

他動 割り引く

わ・る【割る】ワル〔他動五〕(わって) ❶なにかの力を加えて、かたいものをこわす。中 分；切；劈。E break.

☆ 茶碗を落として割ってしまった／把茶杯掉在地上打破了。

☆ 卵を割る／打雞蛋。

❷ 1つのものを、いくつかに分ける。中 分隔；分離。E divide.

☆ リンゴを半分に割って2人で食べる／將蘋果分成兩半兩個人吃。

☆ タクシー代を3人で割る／三人分攤計程車費用。

❸ なにかの間に無理に入りこむ。押し分ける。中 擠開；推開。E pull apart; step in.

☆ けんかをしている2人の間に、割って入る／推開正在打架的兩人，從中調解。

❹ 水などをまぜて、薄くする。中 摻；對；稀釋。E mix; dilute.

☆ ウイスキーを水で割って飲む/在威士忌中加點水來喝。

☆ 焼酎をお湯で割る/在燒酒中摻入溫開水。

❺ 割り算をする。[中] 除。[E] divide.

☆「6÷3＝2」は、「6割る3は2」と読む/「6÷3＝2」/讀作「六除以三等於二」。

[対] 掛ける

❻ 数や量が、ある基準より下になる。[中] 低於；打破。[E] drop below; fall below.

☆ 気温が10度を割ると、寒く感じる/氣溫低於十度就感到寒冷。

☆ 賛成する人が、全体の半分を割った/贊成的人數未過半。

▷ [名] 割・割り　[自動] 割れる

わる・い【悪い】ワルイ ❶ 道理に合わない。正しくない。[中] 不好；不對；錯。[E] bad; wrong.

☆ 他人のものを盗むのは悪い/偷別人的東西是不對的。

☆ 人に隠れて悪いことをする/背著人做壞事；在暗地裡做壞事。

[対] いい

❷ 状態、能力、性質、形などがおとっている。正常でない。[中] 壞；不；差；不佳。[E] bad; poor; wrong.

☆ 勉強しないので成績が悪くなった/由於不努力學習，所以成績變壞了。

☆ この作品はできが悪い/這幅作品畫得不好。

☆ 機械の調子が悪い/機械運轉不正常。

[対] いい

❸ 好ましくない状態だ。[中] 不適合；有害；不利。[E] bad; harmful.

☆ きのうは天気が悪かった/昨天天氣不好。

☆ タバコは体に悪い/吸菸對身體不好。

☆ 仲が悪い/關係不好。

[対] いい

❹ 申し訳ない。[中] 對不起。[E] I'm sorry.

☆ 悪いけど、もうすこし待ってください/對不起，請再等一下好嗎?

☆ 約束の日に行けなくて悪かった/約定的日子沒去成，真對不起。

わるがしこ・い【悪賢い】ワルガシコイ 悪いことに頭がよく働く。[中] 狡猾；奸詐。[E] cunning; crafty.

☆ 悪賢い政治家たちは自分の不正を秘書や妻の行為にしてしまう/狡猾的政治人物將自己的不正當行為歸罪到秘書和妻子身上。

☆ いたずらをして、それを上手に隠す悪賢い子供/這個孩子調皮搗蛋，還能狡猾地隱瞞起來。

わるくち【悪口】ワルクチ　ほかの人のことを悪く言うこと。また、そのことば。わるぐち。[中] 壞話，誹謗(的話)。[E] slander; abuse; speak ill of.

☆ 一郎は二郎のことを あいつはけちでうそつきだ と悪口を言っている/一郎說二郎的壞話，說他又小氣又撒謊。

☆ その場にいない人の悪口を言うのはよくない/背後講人家壞話不好。

わるぢえ【悪知恵】ワルジエ、ワルジエ　悪いことをしようと考えだす能力。また、そのよくない考え。[中] 壞主意；壞招數；陰謀詭計。[E] cunning; craft.

☆「イソップ物話」のキツネは、悪知恵を働かせてカラスからチーズを取った/《伊索寓言》中的狐狸使用詭計從烏鴉那裡奪走了乳酪。

わるび・れる【悪びれる】ワルビレル〔自動一〕(おもに後に否定の意味のことばがついて)恥ずかしそうな、自信のなさそうな態度をとる。[中] 膽怯。[E] be daunted; be abashed.

☆ マリアは日本語がまだ下手だが、悪びれないで積極的に話す/瑪麗亞的日語說得不好，卻毫不膽怯主動大膽地說。

☆ 遅刻してきた京子は悪びれたようすもなく席にすわった/遲到的京子還大搖大擺地坐到位子上。

わるもの【悪者】ワルモノ　悪いことをした人。悪いことをする人。中 壞蛋；壞人；惡棍。E a scoundrel; a rogue.

☆ 子供を誘拐して身の代金をおどし取るような悪者は絶対に許せない / 對拐騙孩子勒索贖金的壞蛋絕對不能寬待。

悪者になる　自分が悪かったことにして、他人に責任がいかないようにする。中 把責任攬到自己身上。E take all the blame on oneself.

☆ 級友たちのけんかは自分のことばが原因だからと、三郎が悪者になって先生に謝った/同年級朋友們的爭吵是由自己的話引起的，三郎把責任攬到自己身上向老師道歉。

われ【我】ワレ　❶「私」「わたし」の古い言い方。中 我；吾；我方。E I.

☆ 市民マラソン大会に、われこそはという人たちが集まった / 市民馬拉松比賽上聚集了自稱只有自己最行的人們。

対 なんじ

❷ 自分自身。中 自我；自己；本身。E oneself.

☆ 読書に熱中してふとわれに返ると、もう夕方だった / 讀書入了迷，等到回過神來時，發現已是傍晚了。

☆ 電車が来ると人々はわれ先に入り口へ走り寄った / 電車一到，人們就爭先恐後地擠向入口。

▷ 書 ❶

我を忘れる　1つのことに夢中になる。中 忘我(地)；出神(地)；入迷。E be absorbed in.

☆ すばらしい演奏にわれを忘れて聞き入った / 精彩的演奏讓我聽得入迷。

われわれ【我我】ワレワレ　自分たち。わたしたち。われら。書 中 我們；咱們。E we.

☆ われわれは現代社会の矛盾を許すわけにはいかない / 我們不能容許現代社會的矛盾。

☆ われわれ青年の責任は大だ / 我們年輕人責任重大。

三 参 改まった言い方で、演説やかたい文章で使う。

わん【湾】ワン　海や湖が陸地に入りこんでいる所。中 灣。E a bay; a gulf.

☆ 湾の中は波が静かなので、いい港がつくれる/海灣裡波平浪靜，能建設一個優良港口。

☆ 湾を埋め立てて町をつくる / 填海造鎮。

☆ ペルシャ湾 / 波斯灣。

☆ 伊勢湾 / 伊勢灣。

ワン (one) ワン　数で、1。1つだけ。1人だけ。中 一；一個；一個人。E one.

☆ ワン、ツー、スリーと数える / 一、二、三數數。

☆ ワンタッチ(=機械の操作、料理などが、ちょっと手を使うだけで簡単にできる工夫がしてあること)/一次操作(=機械的操作、做菜等稍微動一下手就很簡單地完成)。

☆ ナンバーワン / 第一；第一名。

わんぱく【腕白】ワンパク、ワンパク　元気がよくていたずらばかりすること。また、そういう子供。中 淘氣；頑皮(鬼)。E naughty; mischievous.

☆ 二郎は子供のころとても腕白で、いつもどこかにけがをしていた / 二郎小時候很淘氣，總是身上帶傷。

☆ 腕白盛り / be at a mischievous age. / 正値淘氣年齡。

ワンピース (one-piece) ワンピース　女の人や子供の、また、スポーツや仕事用の衣服で上と下を続けて1枚につくってあるもの。中 上下身一體式服裝；連衣裙。E a dress; one-piece.

☆ パーティー用に花模様のワンピースを買った / 為了參加派對而買了件花卉圖案的連衣裙。

☆ ワンピースのスキーウエア/連身式滑雪服。

対 ツーピース　数 1枚・1着　→衣類 図

ワンマン (one-man) ワンマン　❶ 1人だけ。中 1個人。E a one-man (show).

☆ ワンマンショー / 個人表演。

☆ ワンマンカー (=運転手が１人で客を扱うバスや電車) / 無人售票公車或電車 (=司機一個人來接待乘客的公共汽車或電車)。

❷ 他人と協力したり相談したりせず、自分の考えを押し通す人。中 獨裁者；獨斷專行的人。E an autocrat; a dictator.

☆ 社長はワンマンで、だいじなことも１人で決めてしまう / 經理獨斷專行，重要的事情也由自己一個人決定。

☆ ワンマン首相 / 獨裁首相。

わんりょく【腕力】ワンリョク、ワンリョク 腕の力。また、争いなどに使う肉体の力。中 腕力；力氣；暴力。E physical strength; violence.

☆ 三郎は腕力が強くて、けんかをして負けたことがない / 三郎力氣大，打架從來沒輸過。

☆ 腕力をふるう / use force. / 動武；採取暴力手段。

わんわん ワンワン ❶ 犬がほえる声。中 汪汪 (=狗叫聲)。E bowwow.

☆ となりの犬がわんわん鳴いてうるさい/隔壁的狗汪汪地叫，很吵人。

❷「犬」の幼児の言い方。中 (兒語) 狗。E a doggy; a bowwow.

☆ あのわんわん、かわいいね/那隻狗，好可愛呀!

❸ 激しく泣くようす。中 哇哇大哭。E wail.

☆ 失恋して、わんわん泣いてしまった / 因失戀而嚎啕大哭。

を／ヲ

を ❶ 動作の目的、対象を表す。中 表示動作的目標、對象。

☆ 毎日、新聞を読む / I read the paper every day. / 每天看報。

☆ 仕事を始める / 開始工作。

☆ 部屋を掃除する / 打掃房間。

❷ 移動する動作で通る場所を表す。中 表示行動經過的場所。

☆ いつも同じ道を通る/ I always take the same road. / 經常走同一條路。

☆ 町の中を川が流れている/河川從市内流過。

☆ 飛行機が空を飛ぶ / 飛機在天上飛。

❸ 離れる動作の起点を表す。中 表示動作離開的起點。

☆ 毎朝、８時に家を出る / I leave home at eight every morning. / 每天早上八點離開家。

☆ 大学を卒業して10年たった / 大學畢業已經十年了。

❹ 動作の行われる期間を表す。中 表示動作進行的時間。

☆ 夏休みをアルバイトで過ごす / I spend the summer working at a part-time job. /暑假都在打工。

☆ 現代を生きる / 生活在現代。

❺ 使役表現で、おもに自動詞の表す動作の主体を表す。中 使役表現，主要表示自動詞動作的主體。

☆ また父を怒らせてしまった / I provoked my dad again. / 又惹父親生氣了。

☆ 先生は体育の時間に生徒を２キロ走らせた / 老師在體育課時，叫學生跑了兩千公尺。

二 参「お」と発音する。

ん／ン

ん　「ぬ」のくだけた言い方。話 中「ぬ」的較為平易的說法。

☆ わけのわからんことばかり言うな/不要光說些難懂的事。

☆ あんなやつとはもう会わん / I'll never see such a fellow. / 我再也不跟那傢伙見面了。

☆ 今晩、一緒に食事をせんか/今天晚上一起吃飯吧。

んだ　「のだ」のくだけた言い方。話 中「のだ」的較為平易的說法。

☆ 旅行に行かないのは、お金がないからなんだ / The reason I'm not going on a trip is because I don't have enough money. / 不去旅行是因為沒有錢。

☆ さあ、すぐ行くんだ / Now! Go right away! / 喂，快走啊！

付録

目次

かなの使い方 …… 1556
指示語のまとめ …… 1557
活用することば …… 1558
時を表すことばの関係 …… 1562
数え方 …… 1564
おもな単位 …… 1566
あいさつのことば …… 1567
手紙の書き方 …… 1568
日本の祝日と行事 …… 1572
日本の教育制度 …… 1573
日本の政治機構 …… 1574
IT 関連のことば …… 1576
西暦・日本暦対照表 …… 1577
日本地図 …… 1578
中国簡体字・繁体字対照表 …… 1580

かなの使い方

中 假名的用法・E *Hiragana* and *Kastakana*.

かたかなで書くもの

①外国の地名、人名
「イタリア // ボン // ソウル // ジョン・レノン // スカーレツト・オハラ」

②外国語、外来語
「ワンダフル // アイデンティティー // カーテン // ラジオ」

③常用漢字表の範囲内で書けない動物や植物の名前
「スズメ // トラ // イリオモテヤマネコ // ツバキ // ケヤキ // バラ // アジサイ」

④その他、「カラスがカーカー鳴く」のように声や音を表すことばや、「ウへ一驚いた」のように感動を表すことばも、かたかなで書くことがある。

ひらがなで書くもの

①動詞、形容詞、形容動詞の変化する部分
「読む // 読め // 愛する // 愛して // 研究する // 研究すれば // 多い // 多くて // 多かった // 遠い // 遠ければ // 有名だ // 有名な」

②助詞
「雨が降る // 兄の本を読む // 姉と大阪へ行く // 駅で電車に乗る // 暗くて見えない // 寒いから行かない //20 人ぐらい //100 円しかない」

③助動詞
「雨がやんだ // 勉強しよう // 雪が降りそうだ // 父は怒っているらしい // 美容院で待たされる // 犬に留守番をさせる」

④ことばのもとの意味が薄くなり、形式的、補助的役割を果たすようになったもの
「行ったことがある // いまのところ行く気はない // むかしはよく映画を見に行ったものだ // 犬が人のことばを話すわけがない // 欠席のときは連絡する // 食べてみる // だんだん年をとっていく // 教えてあげる // 教えてください」

⑤ものごとのようすや程度を表すことば
「ゆっくり // はっきり // はっと // わくわく // すぐ // もう // ちょっと // とても」

⑥文と文、語句と語句、語と語をつなぐことば
「しかし // だから // けれども // とはいうものの // あるいは // および」

ひらがなの特別な使い方

①「ワ、エ、オ」と発音する助詞は「は、へ、を」と書く。
「京子は本屋へ辞書を買いに行った」

②動詞の「言う」は「いう」と書く。

③つぎのようなことばは「ぢ」「づ」と書く。
(1) 同じ音が続くもの
「ちぢむ // つづく」
(2) 2つのことばが結合したもの
「はなぢ // みかづき」

④長音の書き方
(1)「あ、い、う」の段の長音には、それぞれ「あ、い、う」をつける。
「おかあさん // おじいさん // すうじ // くうき」
(2)「え」の段の長音には「え」をつける。
「おねえさん // ええ」
例外「とけい // せいめい // せんせい」
(3)「お」の段の長音には「う」をつける。
「おとうさん // きょう // きのう // こう」
例外「おおい // おおきい // こおり // とおい // とおる」

⑤「きゃ、きゅ、きょ」「ちゃ、ちゅ、ちょ」などの「や、ゆ、よ」は小さく書く。

⑥「ひっぱる // やっと」などの「つ」は小さく書く。

指事語のまとめ

しじご

中 指示代詞的彙集。E Demonstratives.

話す人に近いもの	話す人からは少し離れていて、聞く人のほうに近いもの	話す人からも聞く人からも離れているもの	はっきりとわからないもの
これ 中 這；這個。 E this.	**それ** 中 那；那個。 E it; that.	**あれ** 中 那；那個。 E that over there.	**どれ** 中 哪；哪個。 E which.
こちら（こっち） 中 這邊；這兒；這裏；這個。 E here; this.	**そちら（そっち）** 中 那邊；那兒；那裏；那個。 E there; that.	**あちら（あっち）** 中 那邊；那兒；那裏；那個。 E over there; that over there.	**どちら（どっち）** 中 哪邊；哪兒；哪裏；哪個。 E where; which; who.
ここ 中 這兒；這裏。 E here.	**そこ** 中 那兒；那裏。 E there.	**あそこ** 中 那兒；那裏。 E there; over there.	**どこ** 中 哪兒；哪裏。 E where.
こんな 中 這様；這様的；這麼。 E such; like this.	**そんな** 中 那様；那様的；那麼。 E such; like that; so.	**あんな** 中 那様；那様的；那麼。 E such; like that.	**どんな** 中 怎様；怎麼様的；什麼。 E what; what kind of.
この 中 這；這個。 E this.	**その** 中 那；那個。 E that.	**あの** 中 那；那個。 E that over there.	**どの** 中 哪；哪個。 E which; what.
こう 中 這様；這麼。 E so; like this.	**そう** 中 那様；那麼。 E so; like that.	**ああ** 中 那様；那麼。 E like that; in that way.	**どう** 中 怎様；怎麼様；怎麼。 E how; that.

活用(かつよう)することば

中 活用詞。E Inflections.

五段活用動詞(ごだんかつようどうし)とその型(かた)の活用(かつよう)

	基本形(きほんけい)	「ない」に続(つづ)く形(かたち)	「ます」に続(つづ)く形(かたち)	「た」「て」に続(つづ)く形(かたち)	名詞(めいし)に続(つづ)く形(かたち)
書(か)く	かく	かか	かき	かい	かく
泳(およ)ぐ	およぐ	およが	およぎ	およい*	およぐ
立(た)つ	たつ	たた	たち	たっ	たつ
乗(の)る	のる	のら	のり	のっ	のる
洗(あら)う	あらう	あらわ	あらい	あらっ	あらう
行(い)く	いく	いか	いき	いっ**	いく
死(し)ぬ	しぬ	しな	しに	しん*	しぬ
読(よ)む	よむ	よま	よみ	よん*	よむ
遊(あそ)ぶ	あそぶ	あそば	あそび	あそん*	あそぶ
話(はな)す	はなす	はなさ	はなし	はなし	はなす
たがる	たがる	たがら	たがり	たがっ	たがる

一段活用動詞(いちだんかつようどうし)とその型(かた)の活用(かつよう)

	基本形(きほんけい)	「ない」に続(つづ)く形(かたち)	「ます」に続(つづ)く形(かたち)	「た」「て」に続(つづ)く形(かたち)	名詞(めいし)に続(つづ)く形(かたち)
起(お)きる	おきる	おき	おき	おき	おきる
寝(ね)る	ねる	ね	ね	ね	ねる
せる	せる	せ	せ	せ	せる
させる	させる	させ	させ	させ	させる
れる	れる	れ	れ	れ	れる
られる	られる	られ	られ	られ	られる

くる

	基本形(きほんけい)	「ない」に続(つづ)く形(かたち)	「ます」に続(つづ)く形(かたち)	「た」「て」に続(つづ)く形(かたち)	名詞(めいし)に続(つづ)く形(かたち)
来(く)る	くる	こ	き	き	くる

「ば」に続く形	命令を表す形	「う」に続く形
かけ	かけ	かこ
およげ	およげ	およご
たて	たて	たと
のれ	のれ	のろ
あらえ	あらえ	あらお
いけ	いけ	いこ
しね	しね	しの
よめ	よめ	よも
あそべ	あそべ	あそぼ
はなせ	はなせ	はなそ
たがれ		

*「泳ぐ」「死ぬ」「読む」「遊ぶ」は「だ」「で」に続く。

**基本形が「～く」の動詞の「た」「て」に続く形はふつう「～い」になるが、「行く」は例外として「いっ」になる。

「ば」に続く形	命令を表す形	「よう」に続く形
おきれ	おきろ おきよ	おき
ねれ	ねろ ねよ	ね
せれ	せろ せよ	せ
させれ	させろ させよ	させ
れれ	れろ* れよ*	れ
られれ	られろ* られよ*	られ

*「れる」「られる」の命令を表す形はふつう受身を表すときに使われる。

「ば」に続く形	命令を表す形	「よう」に続く形
くれ	こい	こ

する動詞

	基本形	「ない」に続く形	「ます」に続く形	「た」「て」に続く形	名詞に続く形
する*	する	し	し	し	する
察する**	さっする	さっし	さっし	さっし	さっする

形容詞とその型の活用

	基本形	名詞に続く形	中止する形	「て」に続く形	動詞に続く形
おいしい	おいしい	おいしい	おいしく	おいしく	おいしく
ない	ない	ない	なく	なく	なく
たい	たい	たい	たく	たく	たく
らしい	らしい	らしい	らしく	らしく	らしく

形容動詞とその型の活用

	基本形	名詞に続く形	中止する形	動詞に続く形
静かだ	しずかだ	しずかな	しずかで	しずかに
そうだ	そうだ	そうな*	そうで	そうに*
ようだ	ようだ	ような	ようで	ように
だ	だ	な**	で	

特別な型の活用

	基本形	名詞に続く形	中止する形	「た」「て」に続く形	「ば」に続く形
ぬ(ん)	ぬ(ん)	ぬ(ん)	ず		ね
う	う	う**			
よう	よう	よう**			
です	です			でし	
ます*	ます	ます		まし	ますれ
た	た	た			たら
まい	まい	まい**			

「ば」に続く形	命令を表す形	「よう」に続く形
すれ	しろ せよ	し
さっすれ	さっしろ さっせよ	さっし

＊「する」には、ほかに「せる」「れる」に続く「さ」の形、「ず」に続く「せ」の形があり、それぞれ「させる」「される」「せず」となる。

＊＊「察する」には、ほかに「ず」に続く「せ」の形があり、「察せず」となる。

「た」に続く形	「ば」に続く形	「う」に続く形
おいしかっ	おいしけれ	おいしかろ*
なかっ	なけれ	なかろ*
たかっ	たけれ	たかろ*
らしかっ	らしけれ	

＊古い形。

「た」に続く形	「ば」に続く形	「う」に続く形
しずかだっ	しずかなら	しずかだろ
そうだっ*	そうなら*	そうだろ*
ようだっ	ようなら	ようだろ
だっ	なら	だろ

＊「そうだ」の名詞に続く形、動詞に続く形、「た」「ば」「う」に続く形はようすを表すときだけ使われる。

＊＊「なのに」「なので」「なのだ」の形で使われる。

命令を表す形	「う」に続く形
	でしょ
ませ まし	ましょ
	たろ

＊「ます」には、ほかに「ん」に続く「ませ」の形があり、「ません」となる。

＊＊「あろうことか、あるまいことか」「しようものなら」のような特別の形の中で使われる。

時を表すことばの関係

中 表示時間的詞語彙集。E Time Expressions.

過去（かこ）			現在（げんざい）	未来（みらい）		
さきおととい (1)	おととい (2)	きのう (3)	きょう (4)	あした (5)	あさって (6)	しあさって (7)
				あす (8)		
	一昨日（いっさくじつ） (9)	昨日（さくじつ） (10)	今日（こんにち） (11) 本日（ほんじつ） (12)	明日（みょうにち） (13)	明後日（みょうごにち） (14)	
	一昨夜（いっさくや） (15)	昨夜（さくや） (16)	今夜（こんや） (17)	明夜（みょうや） (18)		
	一昨晩（いっさくばん） (19)	昨晩（さくばん） (20)	今晩（こんばん） (21)	明晩（みょうばん） (22)		
		ゆうべ (23)				
	先々週（せんせんしゅう） (24)	先週（せんしゅう） (25)	今週（こんしゅう） (26)	来週（らいしゅう） (27)	再来週（さらいしゅう） (28)	
	先々月（せんせんげつ） (29)	先月（せんげつ） (30)	今月（こんげつ） (31)	来月（らいげつ） (32)	再来月（さらいげつ） (33)	
さきおととし (34)	おととし (35)	去年（きょねん） (36)	今年（ことし） (37)	来年（らいねん） (38)	再来年（さらいねん） (39)	
	一昨年（いっさくねん） (40)	昨年（さくねん） (41)	今年（こんねん） (42) 本年（ほんねん） (43)	明年（みょうねん） (44)	明後年（みょうごねん） (45)	

(1) 中 大前天。E three days ago.

(2) 中 前天。E the day before yesterday.

(3) 中 昨天。E yesterday.

(4) 中 今天；今日。E today.

(5) 中 明天。E tomorrow.

(6) 中 後天。E the day after tomorrow.

(7) 中 大後天。E three days from today.

(8) 中 明天。E tomorrow.

(9) 中 前天。E the day before yesterday.

(10) 中 昨日。E yesterday.

(11) 中 今日。E today.

(12) 中 本日。E today.

(13) 中 明日。E tomorrow.

(14) 中後天。E the day after tomorrow.

(15) 中前晚。E the night before last.

(16) 中昨晚。E last night.

(17) 中今晚。E tonight.

(18) 中明晚。E tomorrow night.

(19) 中前天晚上。E the night before last.

(20) 中昨天晚上。E last night.

(21) 中今天晚上。E tonight.

(22) 中明天晚上。E tomorrow night.

(23) 中昨晚；昨夜。E last night.

(24) 中上上個星期。E the week before last.

(25) 中上星期；上週。E last week.

(26) 中本星期，這週，這星期。E this week.

(27) 中下星期；下週。E next week.

(28) 中下下個星期。E the week after next.

(29) 中上上個月。E the month before last.

(30) 中上個月。E last month.

(31) 中本月；這個月。E this month.

(32) 中下個月。E next month.

(33) 中下下個月。E the month after next.

(34) 中大前年。E three years ago.

(35) 中前年。E the year before last.

(36) 中去年。E last year.

(37) 中今年。E this year.

(38) 中明年；來年。E next year.

(39) 中後年。E the year after last.

(40) 中前年。E the year before last.

(41) 中去年。E last year.

(42) 中今年。E this year.

(43) 中本年。E this year.

(44) 中明年；來年。E next year.

(45) 中後年。E the year after next.

数え方(かぞえかた)

中 數量詞。E Counters.

		1	2	3	4
もの、年齢(ねんれい)	中 事物，年齡。 E thing, age.	ひとつ	ふたつ	みっつ	よっつ
もの (個(こ))	中 事物。 E small thing.	いっこ	にこ	さんこ	よんこ
人(ひと) (人(にん))	中 人。 E person.	ひとり	ふたり	さんにん	よにん
動物(どうぶつ) (匹(ひき))	中 小動物。 E small aninal.	いっぴき	にひき	さんびき	よんひき
動物(どうぶつ) (頭(とう))	中 大動物。 E large animal.	いっとう	にとう	さんとう	よんとう
動物(どうぶつ) (羽(わ))	中 動物。 E bird and rabbit.	いちわ	にわ	さんば さんわ	よんわ よんば
長(なが)いもの (本(ほん))	中 細長的東西。 E long thing.	いっぽん	にほん	さんぼん	よんほん
薄(うす)いもの (枚(まい))	中 平薄的東西。 E thin thing.	いちまい	にまい	さんまい	よんまい よまい
靴(くつ) (足(そく))	中 鞋類。 E shoes.	いっそく	にそく	さんぞく	よんそく
飲(の)み物(もの) (杯(はい))	中 飲料。 E drinks.	いっぱい	にはい	さんばい	よんはい
乗(の)り物(もの) (台(だい))	中 車輛。 E vehicles.	いちだい	にだい	さんだい	よんだい よだい
日(ひ) (日(にち))	中 日子。 E day.	いちにち	ふつか	みっか	よっか
時間(じかん) (分(ふん))	中 分。 E minute.	いっぷん	にふん	さんぷん	よんぷん
金(かね) (円(えん))	中 日元。 E Japanese money.	いちえん	にえん	さんえん	よえん
順番(じゅんばん) (番(ばん))	中 次序。 E order.	いちばん	にばん	さんばん	よんばん よばん

5	6	7	8	9	10	?
いつつ	むっつ	ななつ	やっつ	ここのつ	とお	いくつ
ごこ	ろっこ	ななこ	はちこ はっこ	きゅうこ	じゅっこ じっこ	なんこ
ごにん	ろくにん	しちにん ななにん	はちにん	きゅうにん くにん	じゅうにん	なんにん
ごひき	ろっぴき ろくひき	ななひき しちひき	はちひき はっぴき	きゅうひき	じゅっぴき じっぴき	なんびき なんひき
ごとう	ろくとう	ななとう	はっとう はちとう	きゅうとう	じゅっとう じっとう	なんとう
ごわ	ろっぱ ろくわ	ななわ しちわ	はちわ はっぱ	きゅうわ	じゅっぱ じっぱ じゅうわ	なんわ なんば
ごほん	ろっぽん ろくほん	ななほん しちほん	はちほん はっぽん	きゅうほん	じゅっぽん じっぽん	なんぼん
ごまい	ろくまい	ななまい しちまい	はちまい	きゅうまい	じゅうまい	なんまい
ごそく	ろくそく	ななそく	はっそく	きゅうそく	じゅっそく じっそく	なんぞく なんそく
ごはい	ろっぱい ろくはい	ななはい しちはい	はっぱい はちはい	きゅうはい	じゅっぱい じっぱい	なんばい
ごだい	ろくだい	ななだい しちだい	はちだい	きゅうだい	じゅうだい	なんだい
いつか	むいか	なのか なぬか	ようか	ここのか	とおか	なんにち
ごふん	ろっぷん	ななふん しちふん	はちふん はっぷん	きゅうふん	じゅっぷん じっぷん	なんふん なんぷん
ごえん	ろくえん	ななえん	はちえん	きゅうえん	じゅうえん	なんえん
ごばん	ろくばん	ななばん しちばん	はちばん	きゅうばん くばん	じゅうばん	なんばん

おもな単位（たんい）

中 單位。E Units.

明るさ（あか）
ルクス　lx

音の大きさ（おと　おお）
ホン　phon

重さ（おも）
グラム　g
キログラム　kg
トン　t
キロトン　kt
カラット　ct
貫（かん）

温度（おんど）
度（ど）　°
分（ぶ）　′

角度（かくど）
度（ど）　°
分（ふん）　′

気圧（きあつ）
ヘクトパスカル　hPa

経度・緯度（けいど　いど）
度（ど）　°
分（ふん）　′

時間（じかん）
時間（じかん）
日（にち）
週（しゅう）
週間（しゅうかん）
月（つき）
年（ねん）
世紀（せいき）

時間・時刻（じかん　じこく）
秒（びょう）
分（ふん）

時刻（じこく）
時（じ）

地震の大きさ（じしん　おお）
マグニチュード　*M*

湿度（しつど）
パーセント　%

照射線量（しょうしゃせんりょう）
レントゲン　R

体積（たいせき）
立方（りっぽう）センチメートル　cm³, cc
立方（りっぽう）メートル　m³
デシリットル　dl
リットル　l
キロリットル　kl
合（ごう）
升（しょう）

通貨（つうか）
円（えん）　¥

電圧（でんあつ）
ボルト　V

電流（でんりゅう）
アンペア　A

電力（でんりょく）
ワット　W

長さ（なが）
ミリメートル　mm
センチメートル　cm
メートル　m
キロメートル　km
寸（すん）
尺（しゃく）
間（けん）

熱量（ねつりょう）
ジュール　J
カロリー　Cal

濃度（のうど）
ピーピーエム　ppm

面積（めんせき）
平方（へいほう）センチメートル　cm²
平方（へいほう）メートル　m²
平方（へいほう）キロメートル　km²
アール　a
ヘクタール　ha
坪（つぼ）

割合（わりあい）
パーセント　%
割（わり）
分（ぶ）

あいさつのことば

中 寒暄語。E Greetings.

朝、人に会ったとき

おはようございます　中 你早；早安。E Good moring.

昼間、人に会ったとき

こんにちは　中 你好；午安。E Good afternoon.

夜、人に会ったとき

こんばんは　中 晚上好；你好。E Good evening.

はじめての人に会ったとき

はじめまして　中 你好；初次見面。E How do you do?

人と別れるとき

さようなら　中 再見。E Good-bye.

訪問するときと迎えるとき

ごめんください　中 主人在家嗎？我可以進來嗎？ E Hello!; Excuse me, is anyone here?

いらっしゃいませ　中 你來了；歡迎。E Welcome!

外出するときと帰ってきたとき

行ってまいります　中 我走了；我上班了；我去一下就來。E Good-bye.

行ってらっしゃい　中 你慢走。E Good-bye; Have a nice day.

ただいま　中 我回來了。E Hi, I'm home!

お帰りなさい　中 你回來了。E Hello, dear!; Welcome home!

食事のとき

いただきます　中 我要吃了。E I will receive of this meal.

ごちそうさま　中 承您款待了；我吃飽了。E Thank you for this fine meal.

夜、寝る前に

おやすみなさい　中 晚安；睡覺吧；再見。E Good night.

お礼を言うときと謝るとき

ありがとうございます　中 謝謝你；多謝。 E Thank you very much.

ごめんなさい　中 對不起；請原諒。E I'm sorry; Excuse me.

すみません　中 對不起；謝謝；不好意思。E I'm sorry; Excuse me.

申し訳ありません　中 實在對不起；很抱歉。E I'm very sorry; I beg your pardon.

頼むときと引き受けるとき

お願いします　中 一切拜託你。E May I ask a favor of you?

承知しました　中 明白了。E Certainly.

お祝い

おめでとうございます　中 恭喜恭喜；祝賀你。 E Congratulations!

葬式のとき

心からお悔やみ申し上げます　中 謹表沉痛之意。 E Please accept my sincere condolences.

手紙の書き方（てがみのかきかた）

中 信的寫法。E Writing Letters.

便箋（びんせん）　中 信紙。E Letter paper.

①拝啓　②さわやかな風が気持ちよい秋となりました。③お元気にお過ごしのことと存じます。④私も楽しく学校に通っております。
⑤先日はお宅におじゃまし、ご家族のみなさまと楽しく過ごすことができました。久しぶりに味わう家庭の温かさでした。本当にありがとうございました。
⑥そのときお頼みしました保証人の書類をお送りいたします。お忙しいところ申し訳ありませんが、ご記入と印をお願いします。来週お電話していただきにうかがいます。
⑦奥さまをはじめ、ご家族のみなさまによろしくお伝えください。　⑧敬具

⑨二〇〇一年十月十日
⑩タン　アイリン

⑪山田一郎様

①始め（はじ）のことば
中 開頭語。E First word.

②季節（きせつ）のあいさつ
中 有關季節的寒暄語。E Seasonal greetings.

＊急（いそ）ぐときは①②を省略（しょうりゃく）して「前略（ぜんりゃく）」としてもいい。中 有急事而省略①②時，寫“前略”。E In case of a hurry, one may omit ① and ② and simply write "*zenryaku*" which means dispensing with the preliminaries.

③相手（あいて）のこと
中 對方。E Referring to an addressee.

④自分（じぶん）のこと
中 自己。E Referring to a sender.

⑤用件（ようけん）1（お礼（れい））
中 正文內容之一（表示感謝）。E Business affair No.1 (thanks, appreciation).

⑥用件（ようけん）2（お願（ねが）い）
中 正文內容之二（表示請求）。E Business affair No.2 (a request).

⑦終（お）わりのあいさつ
中 結尾寒暄語。E Closing remarks.

⑧結（むす）びのことば
中 末尾用語。E A closing word.

＊⑧は省略（しょうりゃく）してもいい。「前略（ぜんりゃく）」に対（たい）する結（むす）びのことばは「草々（そうそう）」だが、これも省略（しょうりゃく）してもいい。中 可以省略⑧。省略開頭寒暄語時用 前略”，這時可用“草草”，也可省略。E One may omit ⑧. In case of starting with "*zenryaku*", "*soso*" is used as a closing word, but one may also omit it.

⑨(年) 月日

中（年）月日。E Date (and year).

⑩差出人の名前

中寄信人的姓名。E Sender's name.

⑪あて名

中收信人的姓名。E Adressee's name.

封筒 中信封。E An envelope.

表　　　裏

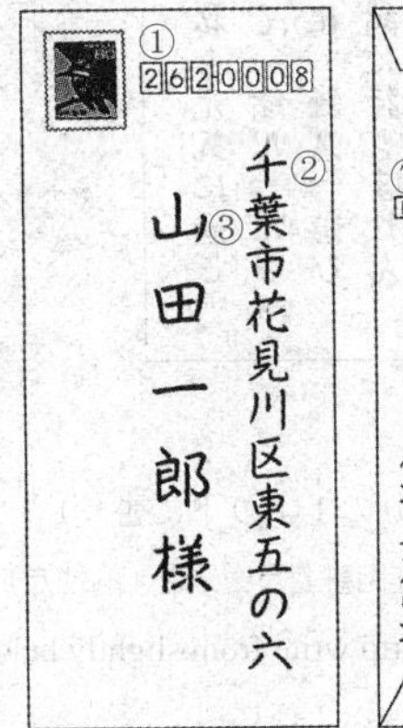

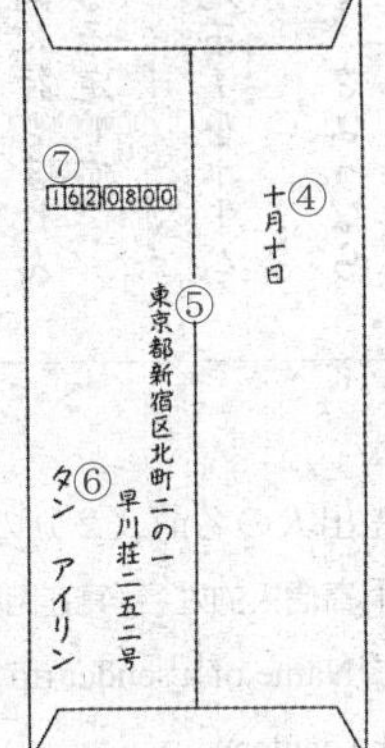

表書き（中正面書寫。E Items on the front.）

①相手の郵便番号

中收信人郵遞區號。E Postal code.

②相手の住所（中央より右にかく）

中收信人的地址（寫在右邊）。E Address of an addressee (to write to the right side of the center).

③あて名（中央に大きく書く）

中收信人的姓名（以較大的字寫在中間）。E Name of an addressee (to write in large letters in the center).

裏書き（中背面書寫。E Items on the back.）

④月日

中日期。E Date.

⑤差出人の住所（３分の２ぐらいの高さから書く）

中寄信人的地址（距離上方３分之１的地方開始寫）。

E Address of a sender (to write from around two third above the bottom.)

⑥差出人の名前（２分の１より下に書く）

中寄信人的姓名（寫在距離上方２分之１的地方）。

E Name of a sender (to write from slightly below the center).

⑦差出人の郵便番号

中寄信人郵遞區號。E Postal code.

＊全体を中央より左に書くばあいと左右に分けて書くばあいがある。中④⑤⑥可以全部寫在左側也可以分別寫在信封中間的左邊或右邊。E The above ④, ⑤ and ⑥ can be written using only left half of an envelope. They can also be written using both left and right side of the center of an envelope.

＊裏書きは表書きより小さい字で書く。中寫背面的字小於正面的字。E The above ④, ⑤ and ⑥ should be written in smaller letters than ①, ② and ③.

はがき 中明信片。E A postcard.

表（おもて）

郵便はがき

①1620800

東京都新宿区北町二の一 早川荘二五二号②

タン アイリン様③

七月二十日④

横浜市港北区大倉山二の五⑤

ハワード ケン⑥

⑦2220066

裏（うら）

前略 お元気ですか。私も元気に過ごしています。日本語学校で一緒だったキムさんと、来週の金曜日に、鎌倉へ遊びに行きます。あなたも一緒に行きませんか。神社や寺めぐりをする予定です。

集合場所 東京駅 横須賀線 地下1番ホーム

時間 午前9時

では、お待ちしています。さようなら

表書き（おもてがき）（中正面書寫。E Items on the front.）

①相手（あいて）の郵便番号（ゆうびんばんごう）

中收信人郵遞區號。E Postal code.

②相手（あいて）の住所（じゅうしょ）（中央（ちゅうおう）より右（みぎ）に書（か）く）

中收信人的地址（寫在右邊）。E Address of an addressee (to write to the right side of the center).

③あて名（な）（中央（ちゅうおう）に大（おお）きく書（か）く）

中收信人的姓名（以較大的字寫在中間）。E Name of an addressee (to write in large letters in the center).

④月日（つきひ）

中日期。E Date.

⑤差出人（さしだしにん）の住所（じゅうしょ）（３分（ぶん）の２ぐらいの高（たか）さから書（か）く）

中 寄信人的地址（距離上方３分之１的地方開始寫）。E Address of a sender (to write from around two third above the bottom).

⑥差出人（さしだしにん）の名前（なまえ）（２分（ぶん）の１より下（した）に書（か）く）

中寄信人的姓名（寫在距離上方２分之１的地方）。E Name of a sender (to write from slightly below the center).

⑦差出人（さしだしにん）の郵便番号（ゆうびんばんごう）

中寄信人郵遞區號。E Postal code.

＊差出人（さしだしにん）の住所（じゅうしょ）と名前（なまえ）はあて名（な）より小（ち）さい字（じ）で書（か）く。中寫寄信人的地址和姓名小於收信人的姓名。E To write the name and address of a sender in smaller letters than the name and address of an addressee.

裏書き（うらがき）（中背面書寫。E Items on the back.）

相手（あいて）に伝（つた）えたいことを書（か）く。中寫要傳達對方的事情。E To write whatever message a sender wants to convey.

年賀状 中賀年卡。E A New Year's card.

表 / 裏

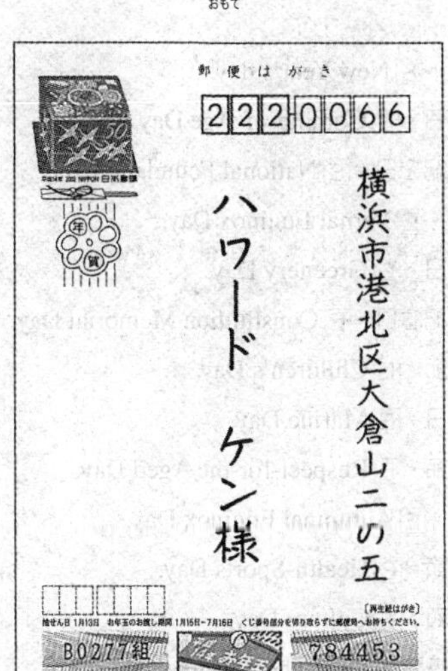

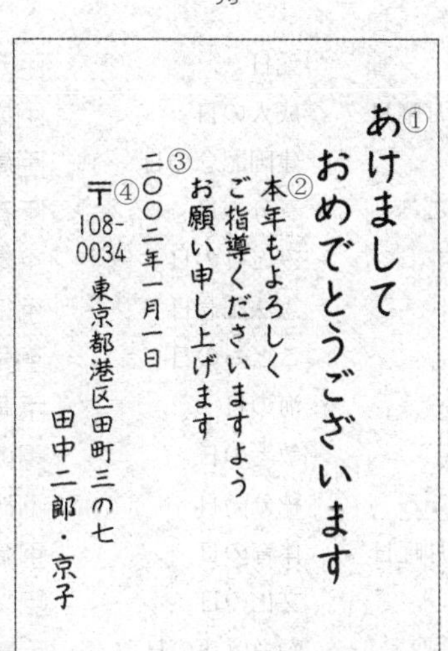

表書き（中正面書寫。E Items on the front.）

＊表書きははがきと同じだが、はがきの④～⑦は裏に書くことが多い。

中賀年片的正面跟明信片的一樣，但是④～⑦常常寫在背面。E The items on the front are the same as those of a postcard, but ④～⑦ are often written on the back.

裏書き（中背面書寫。E Items on the back.）

①新年のあいさつのことば（ほかの字より大きく書く）

中新年祝賀詞（用大於其他字的字體寫）。E Greetings for the new year (use slightly larger letters than others).

②お礼やお願い（①より小さい字で書く）

中表達感謝和期望（用小於①的字體寫）。E Expressions of new year's wishes, requests etc. (use slightly smaller letters than ①).

③年月日

中年月日。E Date and year.

④差出人の住所と名前と郵便番号

中寄信人的地址和姓名和郵遞區號。E Sender's address, name and postal code.

日本の祝日と行事
（にほん　しゅくじつ　ぎょうじ）

中日本的節日和傳統活動。E National Holidays and Annual Events.

祝日（しゅくじつ）

1月1日（がつついたち）	元日（がんじつ）	中元旦。E New Year's day.
1月第2月曜日（がつだいげつようび）	成人の日（せいじんひ）	中成人日。E Coming-of-Age Day.
2月11日（がつにち）	建国記念の日（けんこくきねんひ）	中建國紀念日。E National Foundation Day.
3月21日ごろ（がつにち）	春分の日（しゅんぶんひ）	中春分。E Vernal Equinox Day.
4月29日（がつにち）	みどりの日（ひ）	中綠化日。E Greenery Day.
5月3日（がつみっか）	憲法記念日（けんぽうきねんび）	中行憲紀念日。E Constitution Memorial Day.
5月5日（がついつか）	こどもの日（ひ）	中兒童節。E Children's Day.
7月20日（がつはつか）	海の日（うみひ）	中海洋日。E Marine Day.
9月15日（がつにち）	敬老の日（けいろうひ）	中敬老節。E Respect-for-the Aged Day.
9月23日ごろ（がつにち）	秋分の日（しゅうぶんひ）	中秋分。E Autumnal Equinox Day.
10月第2月曜日（がつだいげつようび）	体育の日（たいいくひ）	中體育節。E Health-Sports Day.
11月3日（がつみっか）	文化の日（ぶんかひ）	中文化節。E Culture Day.
11月23日（がつにち）	勤労感謝の日（きんろうかんしゃひ）	中勤勞感謝日。E Labor Thanksgiving Day.
12月23日（がつにち）	天皇誕生日（てんのうたんじょうび）	中天皇誕生日。E the Emperor's Birthday.

行事（ぎょうじ）

1月7日（がつなのか）	七草がゆ（ななくさ）	中以代表春天的七種蔬菜做成的粥。E rice gruel containing the seven spring herbs.
2月3日（がつみっか）	節分（せつぶん）	中立春的前一天。E the day before the beginning of spring.
3月3日（がつみっか）	ひな祭り（まつ）	中女兒節。E the Doll's Festival.
5月1日（がつついたち）	メーデー	中五一國際勞動節。E May Day.
5月第2日曜日（がつだいにちようび）	母の日（ははひ）	中母親節。E Mother's Day.
6月第3日曜日（がつだいにちようび）	父の日（ちちひ）	中父親節。E Father's Day.
7月7日（がつなのか）	たなばた	中七夕。E the Star Festival.
7月15日（がつにち） （8月15日ごろ）（がつにち）	お盆（ぼん）	中盂蘭盆會。E the *Bon* Festival.
9月15日ごろ（がつにち）	十五夜（じゅうごや）	中中秋節。E the night with a full moon.
11月15日（がつにち）	七五三（しちごさん）	中男孩於3歲、5歲，女孩則於3歲、7歲時舉行的祝賀儀式。“七五三”。E the celebration of a child's growth at three, five and seven years of age.
12月31日（がつにち）	大みそか（おお）	中除夕；年夜。E New Year's Eve.

日本の教育制度（にほんのきょういくせいど）

中日本的教育制度。E School system of Japan.

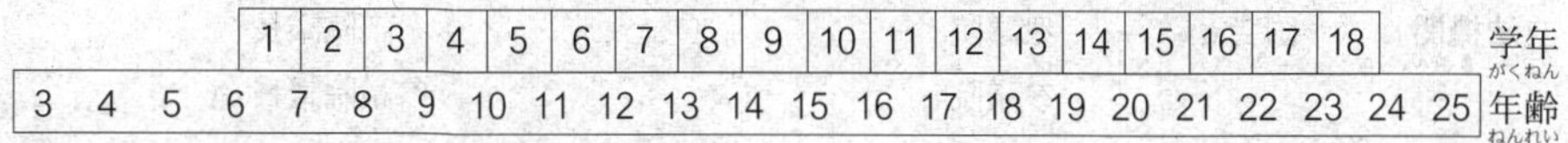

				1	2	3	4	5	6	7	8	9	10	11	12	13	14	15	16	17	18		学年（がくねん）
3	4	5	6	7	8	9	10	11	12	13	14	15	16	17	18	19	20	21	22	23	24	25	年齢（ねんれい）

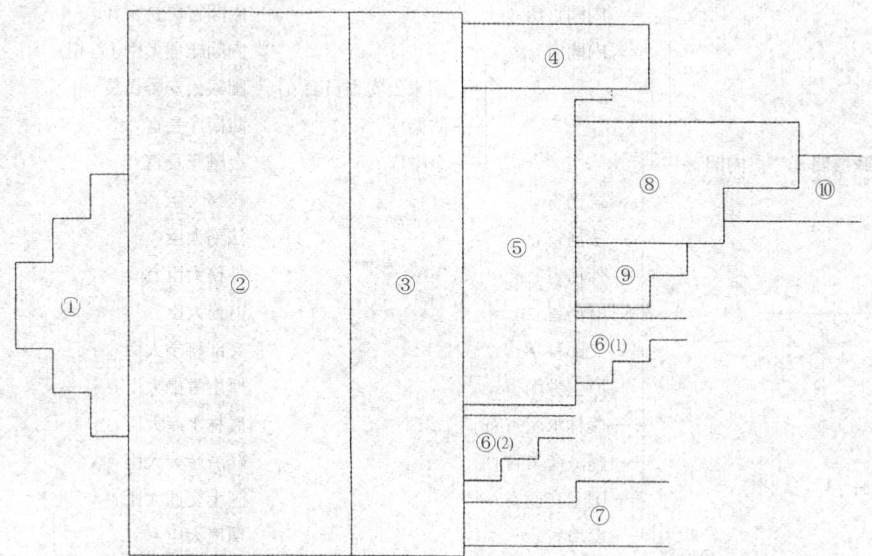

①幼稚園（ようちえん）　中幼稚園。E a kindergarten.

②小学校（しょうがっこう）　中小學（校）。E an elementary school.

③中学校（ちゅうがっこう）　中初級中學；國中。E a junior high school.

④高等専門学校（こうとうせんもんがっこう）　中高等專科學校。E a technical college.

⑤高等学校（こうとうがっこう）　中高級中學；高中。E a high school.

⑥専修学校（せんしゅうがっこう）　中專科學校。E a professional training school.

(1)専門学校（せんもんがっこう）　中專科學校。E a professional training school with a specialized course.

(2)高等専修学校（こうとうせんしゅうがっこう）　中高等專科學校。E a professional training school with a higher course.

⑦各種学校（かくしゅがっこう）　中各類專科學校。E a miscellaneous school.

⑧大学（だいがく）　中大學。E a university; a college.

⑨短期大学（たんきだいがく）　中短期大學。E a junior college.

⑩大学院（だいがくいん）　中大學院；研究所。E a graduate school; a postgraduate school.

日本の政治機構
にほん　せいじ　きこう

中 日本的政治機構。E Government of Japan.

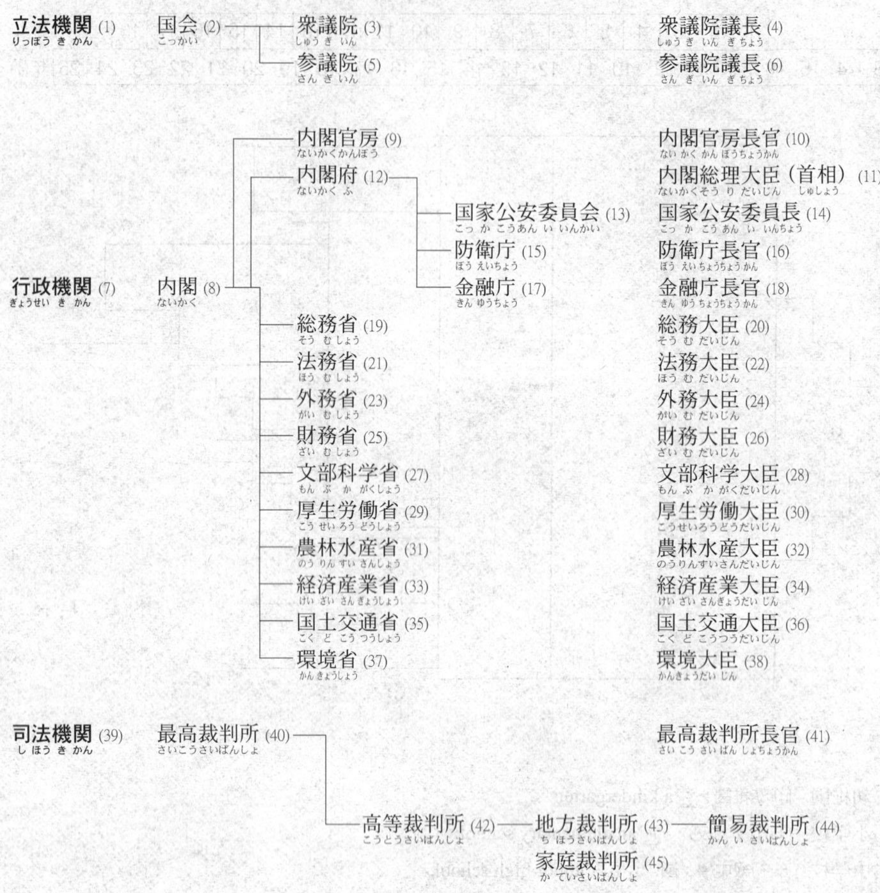

(1) 中 立法機關。E legislative branch.

(2) 中 國會。E Diet.

(3) 中 衆議院。E House of Representatives.

(4) 中 衆議院議長。E Speaker of the House of Representatives.

(5) 中 参議院。E House of Councilors.

(6) 中 参議院議長。E President of the House of Councilors.

(7) 中 行政機關。E executive branch.

(8) 中 内閣。E Cabinet.

(9) 中 內閣官房。E Cabinet Secretariat.

(10) 中 內閣官房長官。E Chief Cabinet Secretary.

(11) 中 內閣總理大臣（首相）。E Prime Minister.

(12) 中 內閣府。E Cabinet Office.

(13) 中 國家公安委員會。E National Pablic Safety Commission.

(14) 中 國家公安委員長。E Chairman of the National Public Safety Commission.

(15) 中 防衛廳。E Defense Agency.

(16) 中 防衛廳長官。E Director General of the Defense Agency.

(17) 中 金融廳。E Financial Services Agency.

(18) 中 金融廳長官。E Minister for Financial Services.

(19) 中 總務省。E Ministry of Public Management, Home Affairs, Posts and Telecommunications.

(20) 中 總務大臣。E Minister of Public Management, Home Affairs, Posts and Telecommunications.

(21) 中 法務省。E Ministry of Justice.

(22) 中 法務大臣。E Minister of Justice.

(23) 中 外務省。E Ministry of Foreign Affairs.

(24) 中 外務大臣。E Minister of Foreign Affairs.

(25) 中 財務省。E Ministry of Finance.

(26) 中 財務大臣。E Minister of Finance.

(27) 中 文部科學省。E Ministry of Education, Culture, Sports, Science and Technology.

(28) 中 文部科學大臣。E Minister of Education, Culture, Sports, Science and Technology.

(29) 中 厚生勞動省。E Ministry of Health, Labour and Welfare.

(30) 中 厚生勞動大臣。E Minister of Health, Labour and Welfare.

(31) 中 農林水產省。E Ministry of Agriculture, Forestry and Fisheries.

(32) 中 農林水產大臣。E Minister of Agriculture, Forestry and Fisheries.

(33) 中 經濟產業省。E Ministry of Economy, Trade and Industry.

(34) 中 經濟產業大臣。E Minister of Economy, Trade and Industry.

(35) 中 國土交通省。E Ministry of Land, Infrastructure and Transport.

(36) 中 國土交通大臣。E Minister of Land, Infrastructure and Transport.

(37) 中 環境省。E Ministry of the Environment.

(38) 中 環境大臣。E Minister of the Environment.

(39) 中 司法機關。E judicial branch.

(40) 中 最高裁判所。E Supreme Court.

(41) 中 最高裁判所長官。E Chief Justice of the Supreme Court.

(42) 中 高等裁判所。E High courts.

(43) 中 地方裁判所。E District courts.

(44) 中 簡易裁判所。E Summary courts.

(45) 中 家庭裁判所。E Family courts.

IT関連のことば

かんれん

[中]IT關聯用詞。[E]Technical terms in IT.

アイティー	[中]資訊技術。[E]IT (Information Technology).
アクセス	[中]存取（資料）。[E]access.
イーメール	[中]電子郵件。[E]e-mail.
インストール	[中]安裝。[E]install.
インターネット	[中]網際網路。[E]Internet.
ウイルス	[中]病毒。[E]virus.
クリック	[中]按下。[E]click.
携帯電話（けいたいでんわ）	[中]手機。[E]mobile phone.
サーバー	[中]伺服器。[E]server.
スキャン	[中]搜尋。[E]scan.
ダウンロード	[中]下載。[E]download.
ドメイン	[中]網域。[E]domain.
ハッカー	[中]駭客。[E]hacker.
プロバイダー	[中]網際網路服務提供者。[E]provider.
ホームページ	[中]網頁。[E]homepage.
マウス	[中]滑鼠。[E]mouse.
メール	[中]郵件。[E]mail.
メールアドレス	[中]郵件地址。[E]mail address.

西暦・日本暦対照表（明治以降）

せいれき　にほんれきたいしょうひょう　めいじいこう

中 西暦和日本曆對照表。E Japanese Era Conversion Table.

西暦	日本暦	西暦	日本暦	西暦	日本暦	西暦	日本暦
1868	明治元（めいじがん）	1904	37	1938	13	1974	49
1869	2	1905	38	1939	14	1975	50
1870	3	1906	39	1940	15	1976	51
1871	4	1907	40	1941	16	1977	52
1872	5	1908	41	1942	17	1978	53
1873	6	1909	42	1943	18	1979	54
1874	7	1910	43	1944	19	1980	55
1875	8	1911	44	1945	20	1981	56
1876	9	1912	45	1946	21	1982	57
1877	10		大正元（たいしょうがん）	1947	22	1983	58
1878	11	1913	2	1948	23	1984	59
1079	12	1914	3	1949	24	1985	60
1880	13	1915	4	1950	25	1986	61
1881	14	1916	5	1951	26	1987	62
1882	15	1917	6	1952	27	1988	63
1883	16	1918	7	1953	28	1989	64
1884	17	1919	8	1954	29		平成元（へいせいがん）
1885	18	1920	9	1955	30	1990	2
1886	19	1921	10	1956	31	1991	3
1887	20	1922	11	1957	32	1992	4
1888	21	1923	12	1958	33	1993	5
1889	22	1924	13	1959	34	1994	6
1890	23	1925	14	1960	35	1995	7
1891	24	1926	15	1961	36	1996	8
1892	25		昭和元（しょうわがん）	1962	37	1997	9
1893	26	1927	2	1963	38	1998	10
1894	27	1928	3	1964	39	1999	11
1895	28	1929	4	1965	40	2000	12
1896	29	1930	5	1966	41	2001	13
1897	30	1931	6	1967	42	2002	14
1898	31	1932	7	1968	43	2003	15
1899	32	1933	8	1969	44	2004	16
1900	33	1934	9	1970	45	2005	17
1901	34	1935	10	1971	46	2006	18
1902	35	1936	11	1972	47	2007	19
1903	36	1937	12	1973	48	2008	20

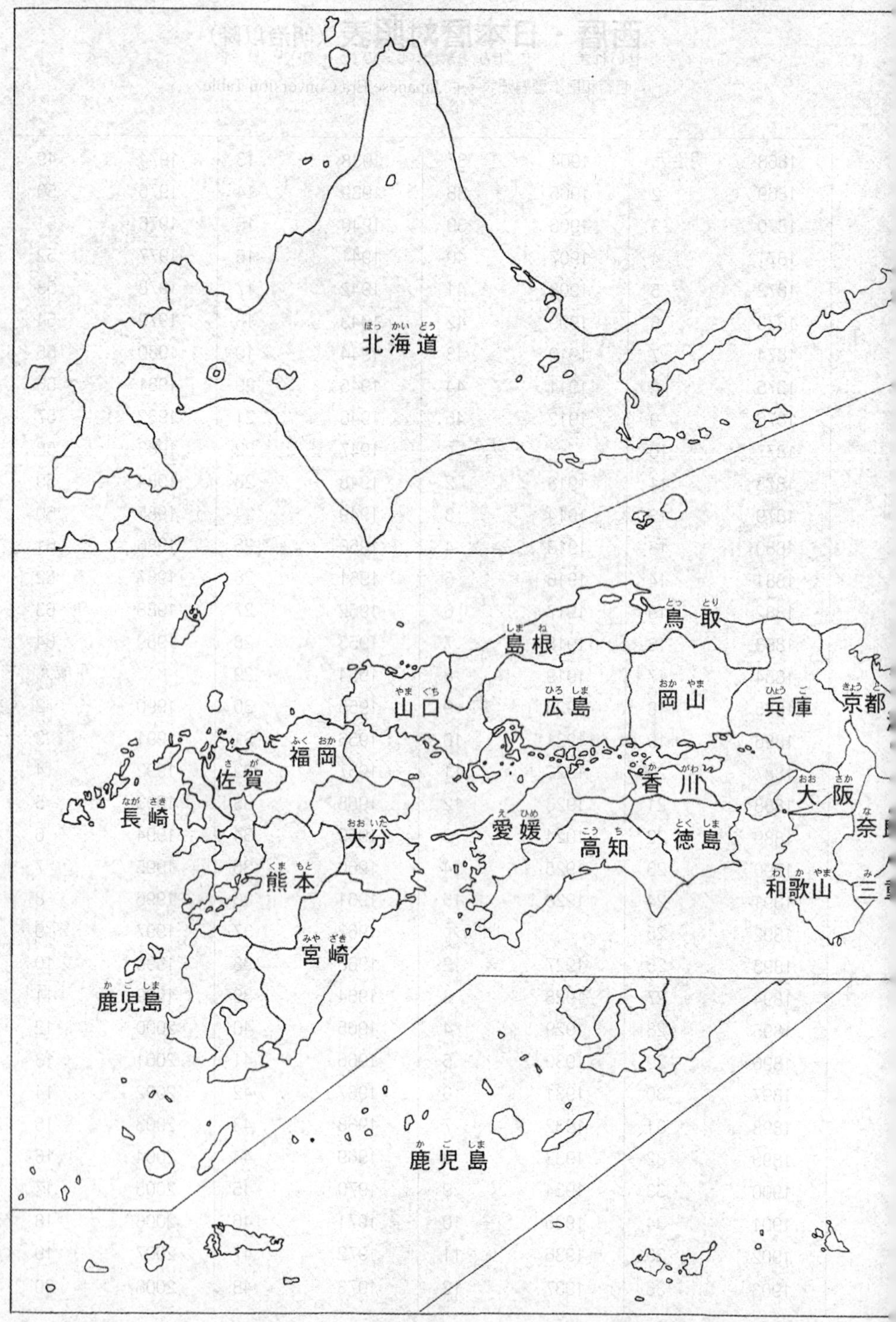
北海道
島根
鳥取
山口
広島
岡山
兵庫
京都
福岡
佐賀
長崎
香川
大阪
大分
愛媛
高知
徳島
奈
熊本
和歌山
三
宮崎
鹿児島
鹿児島

日本地図
にほんちず

中 日本地圖。E Map of Japan.

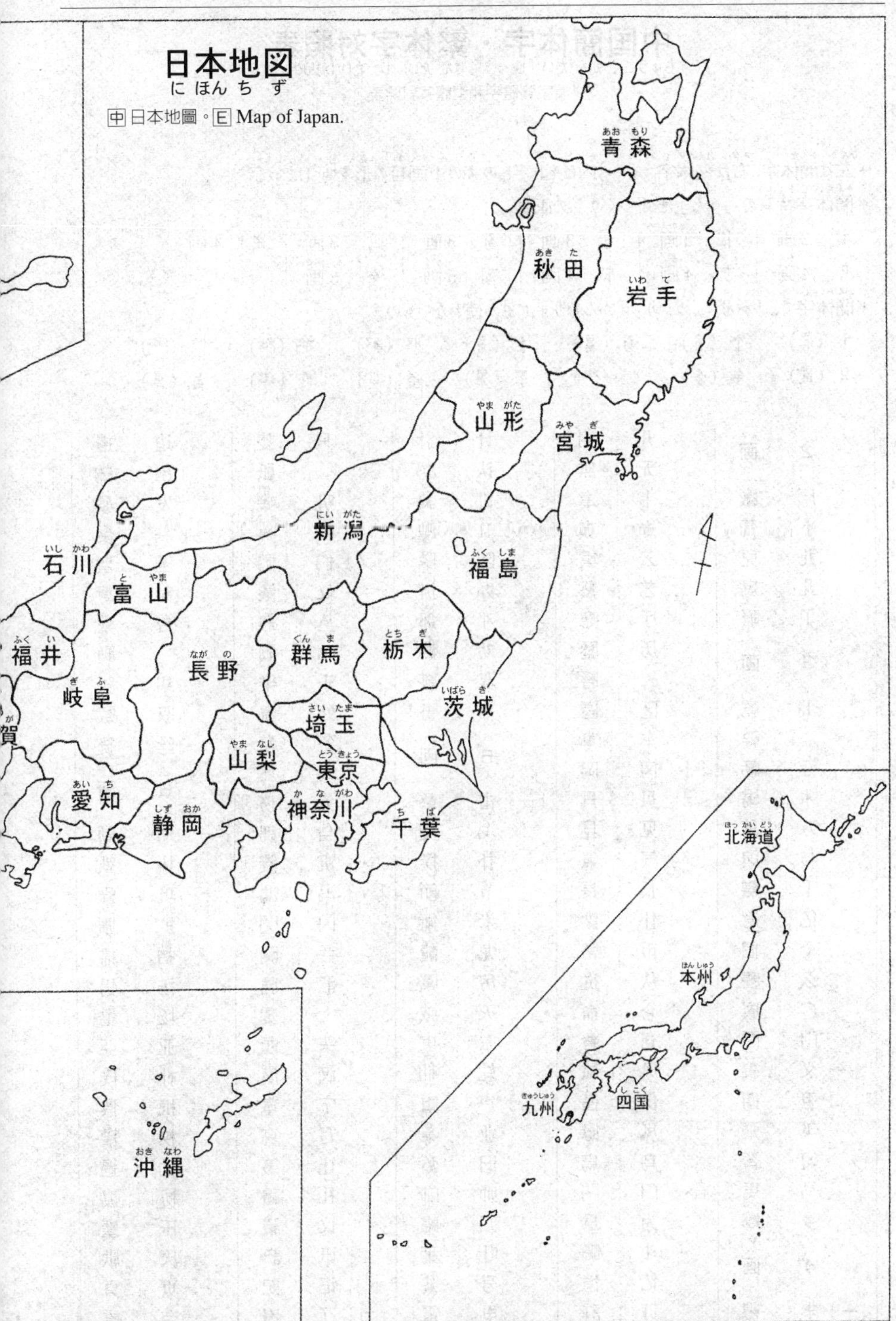

中国簡体字・繁体字対照表
ちゅうごくかんたいじ　はんたいじたいしょうひょう

[中] 漢字簡體字和繁體字對照表。

＊左は簡体字，右は繁体字．〔　〕内はそれぞれの字の1画目の形を示している．

＊簡体字特有の「へん」と「つくり」の画数．

讠 2画	阝 2画	与 3画	𠃓 3画	马 3画	长 4画
乌 4画	专 4画	车 4画	鸟 5画	钅 5画	

＊簡体字で，「へん」「つくり」「かんむり」にしか使わないもの．

讠（言）　饣（飠）　𠃓（昜）　纟（糸）　𠬤（臤）　𫇦（𤇾）　[illegible]（臨）

只（戠）　钅（釒）　[illegible]（與）　[illegible]（睪）　𢀖（巠）　亦（䜌）　呙（咼）

〔　〕	簡体字	繁体字
	2画	
	厂	廠
	卜	蔔
	儿	兒
	几	幾
	了	瞭
	3画	
	干	乾
		幹
	亏	虧
	才	纔
	万	萬
	与	與
	千	韆
	亿	億
	个	個
	么	麼
	广	廣
	门	門
	义	義
	卫	衛
	飞	飛
	习	習
	马	馬
	乡	鄉
	4画	
〔一〕	丰	豐
	开	開
	无	無
	韦	韋
	专	專
	云	雲
	艺	藝
	厅	廳
	历	歷
		曆
	区	區
	车	車
〔丨〕	冈	岡
	贝	貝
	见	見
〔ノ〕	气	氣
	长	長
	仆	僕
	币	幣
	从	從
	仑	侖
	仓	倉
	风	風
	仅	僅
	凤	鳳
	乌	烏
〔丶〕	闩	閂
	为	爲
	斗	鬭
	忆	憶
	订	訂
	计	計
	认	認
	讥	譏
〔フ〕	丑	醜
	队	隊
	办	辦
	邓	鄧
	劝	勸
	双	雙
	书	書
	5画	
〔一〕	击	擊
	戋	戔
	扑	撲
	节	節
	术	術
	龙	龍
	厉	厲
	灭	滅
	东	東
	轧	軋
〔丨〕	卢	盧
	业	業
	旧	舊
	帅	帥
	归	歸
	叶	葉
	号	號
	电	電
	只	隻
		祇
	叽	嘰
	叹	嘆
〔ノ〕	们	們
	仪	儀
	丛	叢
	尔	爾
	乐	樂
	处	處
	冬	鼕
	鸟	鳥
	务	務
	刍	芻
	饥	饑
〔丶〕	冯	馮
	闪	閃
	兰	蘭
	汇	匯
		彙
	头	頭
	汉	漢
	宁	寧
	写	寫
	让	讓
	礼	禮
	议	議
	讯	訊
	记	記
〔フ〕	辽	遼
	边	邊
	出	齣
	发	發
		髮
	圣	聖
	对	對
	台	臺
		颱
	纠	糾
	驭	馭
	丝	絲
	6画	
〔一〕	动	動
	执	執
	巩	鞏
	扩	擴
	扫	掃
	扬	揚
	场	場
	亚	亞
	朴	樸
	机	機
	权	權
	过	過
	协	協
	压	壓
	厌	厭
	页	頁
	夸	誇

	簡体字	繁体字
	怀	懷
	忧	憂
	穷	窮
	证	證
	启	啓
	补	補
	识	識
	诉	訴
	词	詞
	译	譯
〔ㄱ〕	灵	靈
	层	層
	迟	遲
	张	張
	际	際
	陆	陸
	陇	隴
	陈	陳
	坠	墜
	陉	陘
	劲	勁
	鸡	鷄
	纬	緯
	驱	驅
	纱	紗
	纲	綱
	纵	縱
	驴	驢

8 画

	簡体字	繁体字
〔一〕	环	環
	责	責
	现	現
	表	錶
	规	規
	担	擔
	顶	頂
	拥	擁
	势	勢
	拦	攔
	拧	擰
	拨	撥
	择	擇
	呕	嘔
	园	園
	旷	曠
	围	圍
	邮	郵
	困	睏
	员	員
	听	聽
	鸣	鳴
	别	彆
	财	財
	帐	帳
	岚	嵐
〔ノ〕	乱	亂
	体	體
	佣	傭
	彻	徹
	余	餘
	佥	僉
	谷	穀
	邻	鄰
	肠	腸
	龟	龜
	犹	猶
	条	條
	岛	島
	系	係
		繫
〔丶〕	冻	凍
	状	狀
	亩	畝
	库	庫
	疗	療
	应	應
	这	這
	庐	廬
	闲	閑
	间	間
	灿	燦
	灶	竈
	沥	瀝
	沟	溝
	沈	瀋
	驯	馴
	约	約

7 画

	簡体字	繁体字
〔一〕	寿	壽
	麦	麥
	进	進
	远	遠
	违	違
	运	運
	抚	撫
	坛	壇
	抟	摶
	坏	壞
	扰	擾
	折	摺
	抢	搶
	坟	墳
	护	護
	壳	殼
	块	塊
	声	聲
	报	報
	拟	擬
	严	嚴
	劳	勞
	克	剋
	苏	蘇
	极	極
	杨	楊
	两	兩
	丽	麗
	医	醫
	励	勵
	还	還
	来	來
	连	連
〔丨〕	卤	鹵
		滷
	坚	堅
	时	時
	县	縣
	里	裏
	伞	傘
	创	創
	杂	雜
	负	負
〔丶〕	壮	壯
	冲	衝
	妆	妝
	庄	莊
	庆	慶
	刘	劉
	齐	齊
	产	產
	闭	閉
	关	關
	灯	燈
	汤	湯
	忏	懺
	兴	興
	讲	講
	军	軍
	许	許
	论	論
	讼	訟
	讽	諷
	农	農
	设	設
	访	訪
〔ㄱ〕	寻	尋
	尽	盡
		儘
	导	導
	孙	孫
	阵	陣
	阳	陽
	阶	階
	阴	陰
	妇	婦
	妈	媽
	戏	戲
	观	觀
	欢	歡
	买	買
	纤	纖
	夺	奪
	达	達
	夹	夾
	轨	軌
	尧	堯
	划	劃
	迈	邁
	毕	畢
〔丨〕	贞	貞
	师	師
	当	當
		噹
	尘	塵
	吁	籲
	吓	嚇
	虫	蟲
	团	團
	吗	嗎
	屿	嶼
	岁	歲
	回	廻
	岂	豈
	则	則
	刚	剛
	网	網
〔ノ〕	迁	遷
	乔	喬
	伟	偉
	传	傳
	优	優
	伤	傷
	价	價
	伦	倫
	华	華
	伙	夥
	伪	僞
	向	嚮
	后	後
	会	會
	杀	殺
	合	閤
	众	衆
	爷	爺

繁体字	簡体字
潔	洁
灑	洒
濁	浊
測	测
濃	浓
惱	恼
舉	举
覺	觉
憲	宪
竊	窃
襖	袄
誤	误
說	说
〔ㄱ〕墾	垦
晝	昼
遜	逊
壘	垒
繪	绘
10画(かく)	
〔一〕艷	艳
盞	盏
撈	捞
載	载
趕	赶
鹽	盐
贄	贽
摯	挚
熱	热
壺	壶
聶	聂
獲	获
穫	
惡	恶
瑩	莹
橋	桥
樺	桦
樣	样
賈	贾
礫	砾
礎	础
顧	顾
較	较
蟻	蚁
雖	虽
罵	骂
響	响
峽	峡
罰	罚
〔ノ〕鐘	钟
鍾	
鋼	钢
鑰	钥
鈕	钮
氈	毡
氫	氢
選	选
適	适
種	种
鞦	秋
復	复
複	
篤	笃
倆	俩
貸	贷
儉	俭
鬚	须
膽	胆
勝	胜
獨	独
獪	狯
獄	狱
蝕	蚀
〔丶〕彎	弯
將	将
獎	奖
親	亲
養	养
薑	姜
類	类
婁	娄
總	总
煉	炼
爍	烁
爛	烂
窪	洼
艱	艰
練	练
終	终
織	织
經	经
貫	贯
9画(かく)	
〔一〕幫	帮
項	项
挾	挟
趙	赵
擋	挡
揮	挥
薦	荐
帶	带
繭	茧
蕩	荡
榮	荣
鬍	胡
蔭	荫
藥	药
標	标
櫛	栉
欄	栏
樹	树
鹹	咸
磚	砖
麵	面
牽	牵
鷗	鸥
殘	残
殤	殇
輕	轻
〔丨〕戰	战
點	点
臨	临
覽	览
豎	竖
嘗	尝
啞	哑
顯	显
蝦	虾
捨	舍
劊	刽
鄶	郐
慫	怂
貪	贪
貧	贫
膚	肤
脅	胁
魚	鱼
備	备
餞	饯
飾	饰
飽	饱
〔丶〕變	变
廟	庙
瘍	疡
劑	剂
廢	废
鄭	郑
捲	卷
單	单
爐	炉
淺	浅
瀧	泷
瀉	泻
潑	泼
學	学
寶	宝
寵	宠
審	审
簾	帘
實	实
試	试
襯	衬
視	视
諍	诤
該	该
〔ㄱ〕肅	肃
隸	隶
錄	录
彌	弥
陝	陕
參	参
範	范
樞	枢
櫃	柜
闆	板
鬆	松
構	构
喪	丧
畫	画
棗	枣
賣	卖
鬱	郁
礦	矿
廁	厕
奮	奋
態	态
歐	欧
毆	殴
轟	轰
轉	转
斬	斩
輪	轮
〔丨〕齒	齿
虜	虏
腎	肾
賢	贤
曇	昙
國	国
黽	黾
鳴	鸣
羅	罗
嶺	岭
凱	凯
敗	败
圖	图
購	购
〔ノ〕製	制
颳	刮
俠	侠
側	侧
憑	凭
貨	货
質	质
徵	征

	簡体字	繁体字
	缝	縫
	缠	纏
	14	画
〔一〕	蔷	薔
	蔑	衊
	酿	釀
	霁	霽
	愿	願
〔丨〕	蝇	蠅
	蝉	蟬
〔丿〕	稳	穩
〔丶〕	赛	賽
	15	画
〔一〕	聪	聰
	樱	櫻
	霉	黴
〔丨〕	嘱	囑
〔丶〕	颜	顏
〔乛〕	屦	屨
	缮	繕
	16	画
〔一〕	赝	贗
〔丨〕	赠	贈
〔丿〕	镜	鏡
	篮	籃
〔丶〕	辫	辮
	17	画
〔丨〕	羁	羈
〔丶〕	赢	贏
	懑	懣
〔乛〕	骤	驟
	19	画
〔一〕	攒	攢
	霭	靄
〔丶〕	颤	顫
	20	画
〔一〕	鬓	鬢

	簡体字	繁体字
	窝	窩
	愦	憒
	湿	濕
	湾	灣
	裤	褲
	谣	謠
〔乛〕	属	屬
	缓	緩
	骗	騙
	骚	騷
	13	画
〔一〕	摄	攝
	摆	擺
	蓝	藍
	蒙	矇
		濛
	颐	頤
	献	獻
	楼	樓
	赖	賴
	碍	礙
	槛	檻
	雾	霧
	辑	輯
	输	輸
〔丨〕	龄	齡
〔丿〕	辞	辭
	签	簽
		籤
	简	簡
	腾	騰
	触	觸
	雏	雛
〔丶〕	酱	醬
	粮	糧
	数	數
	满	滿
	滨	濱
	滩	灘
	誉	譽
	寝	寢
〔乛〕	辟	闢

	簡体字	繁体字
	脸	臉
	象	像
〔丶〕	痒	癢
	盖	蓋
	断	斷
	兽	獸
	渊	淵
	惧	懼
	惊	驚
	惨	慘
	祷	禱
	祸	禍
	谗	讒
	谚	諺
〔乛〕	弹	彈
	随	隨
	隐	隱
	婶	嬸
	颈	頸
	续	續
	绳	繩
	绿	綠
	12	画
〔一〕	趋	趨
	联	聯
	韩	韓
	硷	鹼
	确	確
	颊	頰
	翘	翹
〔丨〕	辈	輩
	凿	鑿
	赏	賞
〔丿〕	锅	鍋
	筑	築
	惩	懲
	御	禦
	释	釋
	腊	臘
〔丶〕	装	裝
	粪	糞
	窜	竄

	簡体字	繁体字
	涂	塗
	涤	滌
	烫	燙
	涩	澀
	悯	憫
	宽	寬
	家	傢
	宾	賓
	窍	竅
	请	請
	读	讀
	袜	襪
〔乛〕	恳	懇
	剧	劇
	难	難
	验	驗
	继	繼
	11	画
〔一〕	掴	摑
	掷	擲
	据	據
	职	職
	萝	蘿
	萤	螢
	营	營
	萧	蕭
	梦	夢
	检	檢
	啬	嗇
	袭	襲
	辆	輛
〔丨〕	悬	懸
	啭	囀
	跃	躍
	啮	嚙
	累	纍
〔丿〕	铠	鎧
	笼	籠
	偿	償
	躯	軀
	盘	盤
	领	領

	簡体字	繁体字
	毙	斃
	致	緻
〔丨〕	虑	慮
	监	監
	紧	緊
	党	黨
	晒	曬
	晓	曉
	晕	暈
	罢	罷
	圆	圓
	贼	賊
	赃	贓
〔丿〕	钱	錢
	钻	鑽
	铁	鐵
	氩	氬
	牺	犧
	敌	敵
	积	積
	称	稱
	笔	筆
	借	藉
	舰	艦
	耸	聳
	爱	愛
	脏	臟
		髒
	脑	腦
	胶	膠
	皱	皺
〔丶〕	恋	戀
	浆	漿
	症	癥
	斋	齋
	准	準
	离	離
	竞	競
	阅	閱
	烧	燒
	烛	燭
	递	遞
	涡	渦

あとがき

ここに、新しい日本語の辞書を世に出せることを、たいへんうれしく思います。「国語」の辞典ではなく「日本語」の辞典としたのは、世界のたくさんの言語の１つである日本語の辞書と考えたからです。

編集にあたった「にほんごの会」は、日本語教育に関心を持った女性たちの、日本語と日本語教育についての勉強会から、1984年に生まれました。母語である日本語を、教える対象として勉強し直すこと、学習者の目的に応じて効果的に教えること、学習者の持つ文化を理解し交流を深めることの３つを目標とし、その遂行を通じて自己実現、自立の方向をさぐっている集団でもあります。

わたしたちは、日本語教育の現場にあって、日本語学習にすぐ役に立つ手ごろな辞書がないことをもどかしく思い続けてきました。ことばの意味をはっきりと理解したい、また、その使い方を確かめたい、と思う学習者に「適当な辞書を紹介してください」と求められるたびに心苦しい思いをいだいてきました。

この辞書は、こうした教える側と教わる側の強い要求をもとに企画が立てられました。わたしたちのまわりで、日本語をマスターしようと熱心に取り組んでいたマイケルさん、パクさんたちの中から生まれたといえます。そして、その友人や後輩であるチンさん、マリーさんの、日本語を学ぶ姿を思い描きながらつくりあげていったものです。あれも載せたい、これも必要だと思いながら、いろいろな制約で果たせなかったことも多く、理想がすべてかなったわけではありません。

しかし、中国語と英語の訳をつける、全部の漢字に読みがなを振る、用例は実際の使い方がわかるような文の単位で示す、擬音語や擬態語では用例の文全体の訳をつけるなど、いままでにない種類の辞書に仕上げることができました。

この辞書が、日本語を学ぶ人の日本語理解を容易にし、日本語への興味をより深めるのに役立つことを心から願っています。さらに、日本語を教える人、その他日本語に関心を持つ人々になんらかの刺激や示唆を提供することができるなら、これに過ぎる喜びはありません。

最後に、わたしたちの長年の夢を、このようなすばらしい辞書の形にしてかなえてくださった新潮社のみなさん、そして使う側として具体的なアイデア、注文を寄せてくださった教え子のみなさんに心からお礼を言いたいと思います。本当にありがとうございました。

1995年1月

遠藤織枝

易懂日漢辭典

(日本語を学ぶ人の辞典)

2007 年(民 96) 8 月 1 日 第 1 版 第 1 刷
2010 年(民 99) 5 月 1 日 第 1 版 第 3 刷

本書局經行政院新聞局核准登記
登記證字號:局版臺業字 0869 號

監　　修:阪田雪子
編　　輯:遠藤織枝
編　　輯:にほんごの会企業組合
授　　權:(日本)株式会社新潮社

發 行 人:林　寶
翻　　譯:于乃明・李仲儀
封面設計:蕭莉靜
發 行 所:大新書局
地　　址:台北市大安區(106)瑞安街 256 巷 16 號
電　　話:(02)2703-3232・2707-3838・2755-2468
傳　　真:(02)2701-1633・郵撥帳號:00173901

香港地區:香港聯合書刊物流有限公司
地　　址:香港新界大埔汀麗路 36 號 中華商務印刷大厦 3 字樓
電　　話:(852)2150-2100
傳　　真:(852)2810-4201

NIHONGO WO MANABU HITO NO JITEN

Supervised by Yukiko Sakata
Edited by Orie Endo and Nihon'go no Kai Kigyo Kumiai

First published in Japan in 1995 by Shincho-Sha Co.
Traditional Chinese translation rights arranged with Shincho-Sha Co.
through Japan Foreign-Rights Centre/Bardon-Chinese Media Agency

「易懂日漢辭典(日本語を学ぶ人の辞典)」由 株式会社新潮社 授權在台灣、香港、澳門、新加坡地區,印行銷售。

聖經紙本　定價:新臺幣　捌佰捌拾元整　NT 880

ISBN 978-986-6882-41-8(D066)

この辞典で使

中 本辭典使用的記號。

【　】　見出し語の漢字表記

　＊常用漢字表とその付表にあるものを中心にし、それ以外の漢字にはつぎの記号をつけた。

　⌒　常用漢字表にない漢字

　⏜　常用漢字表にあるが、その読み方が示されていない漢字

〔　〕　動詞の変化の形

〔～する〕　「する」がつけば動詞になるもの

(　)　外来語の原語

　＊英語以外はつぎのように示した。

　㋑　イタリア語

　㋔　オランダ語

　㊥　中国語

　㋣　ドイツ語

　㋫　フランス語

　㋭　ポルトガル語

　㋶　ラテン語

　㋺　ロシア語

中　中国語の訳

E　英語の訳

注　表記についての注意